KB026434

복원된 피네간의 경야

A New Version of The Restored Finnegans Wake

— 원문 페이지와 완벽하게 맞춤
— 본문과 평설의 혼용으로 편집된 세계 최초의 완역본
— 현대 문학의 거장, 21세기의 최고 거작, 제임스 조이스 최후의 걸작
— 1939년 초판 후 9,000여 개의 오류를 수정한 2014년 복원판 완역본
— 제임스 조이스의 환상적 밤의 이야기

제임스 조이스 지음
김종건 편역

어문학사

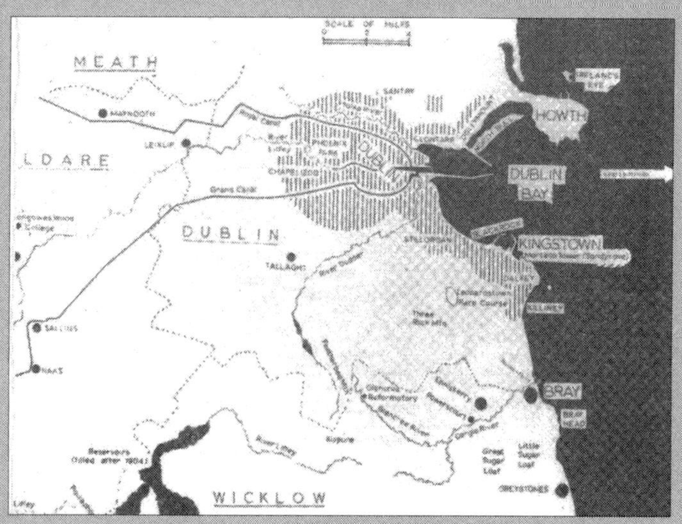

더블린과 그 인근 지역
"강은 달리나니, 이브와 아담 성당(교회)을 지나 해안의 변방으로부터 만의 굴곡까지, 우리로 하여금 비코의 둘러친 넓은 촌도로 하여 호우드(H) 성(C)과 주원(E)까지 되돌아오게 하도다."

호우드 성(Howth Castle)
1177년 이후, 성 로렌스 가족의 집으로, 현재의 성은 1564년 건립되었으며, 18세기에 재건되었다. 호우드 반도의 더블린 만 북쪽에 위치한다. 〈경야〉의 첫 구절에서 "호우드 성과 주원"으로서 등장하며, 또한 제I부 1장에서 프랜퀸과 반 후터 백작의 일화의 세팅이기도 하다.

리피 강

아일랜드의 위클로우 산에서 발원하여 더블린 시내를 관류하는 수려한 강으로, 〈경야〉 제8장의 배경을 이룬다. 아일랜드 강의 여신의 유일한 옛 이름이 바로 아나 리비아였다. anna란 영어의 avon, 스코틀랜드어의 afton, 게일어의 abhainn을 각각 뜻한다. Livia란 이름은 Liphe에서 유래한 말로 이는 강 자체보다 강이 궁극적으로 바다에 당도하기까지 그 사이에 뻗은 더블린의 서부 평원을 의미한다. 조이스는 여기에 이탈리아어의 plurabelle이란 말을 첨가했는데, 이는 "가장 아름다운"이란 뜻이다.

더블린 중심의
오코넬 가와 리피 강

〈켈즈의 책〉의 '퉁크'(Tunc) 페이지

조이스는 〈경야〉 제5장에서 아일랜드의 유명한 초기 신앙 해설서인 [〈켈즈의 책〉(Book of Kells)]의 '퉁크(Tunc)' 페이지를 고문서적古文書的으로 강조함으로써, 편지를 분석한다.

〈율리시스〉와 〈피네간의 경야〉의 배경을 이루는 더블린 외곽의 호우드 언덕 호우드 성과 헤더 만병초 꽃으로 유명하다.

더블린 만 북안의 벤 호우드 언덕 정상
아일랜드의 전설적 영웅인 핀 매쿨의 두상으로 전한다.

더블린 만과 멀리 호우드 언덕

더블린 남부 외곽으로 뻗은 비코 가도

피닉스 공원의 중앙 도로

더블린 외곽의 수려한 경치(글렌달로우)에 위치한 성 케빈의 성소

"그렇게 성 케빈은 공수병자인지라, 그의 전설은 욕조의 또 다른 이야기이다. 아보카의 물의 만남에서 그리 멀지 않는 곳의 글렌달로우는 7성당으로 유명하다."

웰링턴 기념비

1985年 1月 29日 火曜日 조선일보

難解소설 「피네간의 經夜」 번역

高大 金鍾健교수, 「아나 리비아」章 출간준비

조이스가 17個国語로 쓴 장편
完訳本 펴낸 나라 아직없어
「아나 리비아」章 세계 5번째

James
Finnegans Wake
Joyce

◇사진은 바이킹社刊 「피네간의 經夜」 표지.

◇金鍾健교수

〈피네간의 경야〉의 번역 초판 기사(조선일보, 1985.1.29)

wottle at his feet to stoke his energy of waiting, moaning feebly, in monkmarian monotheme, but tarned long and then a nation louder, while engaged in swallowing from a large ampullar, that his pawdry's purgatory was more than a nigger bloke could bear, hemiparalysed by the tong warfare and all the shemozzle, (*Daily Maily, fullup Lace! Holy Maly, Mothelup Joss!*) his cheeks and trousers changing colour every time a gat croaked.

How is that for low, laities and gentlenuns? Why, dog of the Crostiguns, whole continents rang with this Kairokorran lowness! Sheols of houris in chems upon divans, (revolted stellas vespertine vesamong them) at a bare (O!) mention of the scaly rybald exclaimed: Poisse!

But would anyone, short of a madhouse, believe it? Neither of those clean little cherubum, Nero or Nobookisonester himself, ever nursed such a spoiled opinion of his monstrous marvellosity as did this mental and moral defective (here perhaps at the vanessance of his lowest) who was known to grognt rather than gunnard upon one occasion, while drinking heavily of spirits to that interlocutor *a latere* and private privysuckatary he used to pal around with, in the kavehazs, one Davy Browne-Nowlan, his heavenlaid twin, (this hambone dogpoet pseudoed himself under the hangname he gave himself of Bethgelert) in the porchway of a gipsy's bar (Shem always blaspheming, so holy writ, Billy, he would try, old Belly, and pay this one manjack congregant of his four soups every lass of nexmouth, Bolly, so sure as thair's a tail on a commet, as a taste for storik's fortytooth, that is to stay, to listen out, ony twenny minnies moe, Bully, his Ballade Imaginaire which was to be dubbed *Wine, Woman and Waterclocks*, or *How a Guy Finks and Fawkes When He Is Going Batty*, by Maistre Sheames de la Plume, some most dreadful stuff in a murderous mirrorhand) that he was avoopf (parn me!) aware of no other shaggspick, other Shakhisbeard, either prexactly unlike his polar andthisishis or procisely the seem as woops (parn!) as what he fancied or guessed the sames as he was himself and that, greet scoot, duckings and thuggery, though he was foxed fux to fux like a bunnyboy rodger with all the teashop

저자의 연구 흔적

• 독자를 위한 일러두기 •

(1) 본서는 제임스 조이스 작 〈피네간의 경야〉(Finnegans Wake, London Faber and Faber, 1939)와 〈피네간의 경야〉(Finnegans Wake, New York Penguin Classics, 1939)를 저본底本으로, 초역과 제2개역을 하였고, 2014년에 새로 복원된 〈피네간의 경야〉(Finnegans Wake, The Restored Edition, Penguin Classics, 2014)로 오류를 개정하고 노트를 새로 정리하여 출간한 도서이다.

(2) 이 신판본(펭귄판)은 미국 버펄로 대학의 도서관에 소장된 〈조이스 기록문서〉(Joyce's Archices)를 아일랜드의 두 저명한 학자들인, 대니스 로스와 존 오한런이 30여 년 동안 원고와 조사 비교하여 9,000여 개의 오류를 발견하여 오역 및 오철어를 비롯한, 미처 파악하지 못한 무미한 조어, 신조어, 실험어, 구독점 등을 교정, 완벽하게 복원한 새 원고본이다.

(3) 각 장(each chapter)의 번호와 제목 및 페이지 번호는 독자의 편의를 위하여 역자가 수의로 삽입하였다.

(4) 각 장 이야기 개요는 권두에, 이는 주로 Fargnoli, Gillespie, Benstock의 이야기 개요(synopsis)와 역자의 부수적인 것이다.

(5) 제2개역본(revised copy)의 한자를 많이 삭제하였는바, 남아 있는 한자는 작가의 언어유희 실험을 위해 부득이 존속시켰다.

(6) 17,000여 개의 Note(주석)를 본문 뒤에 실어 독자로 하여금 본문 해독을 위한 "사서(dictionary)"용으로 이용하게 하였다. 그 중 대부분의 노트는 초역본과 제2개역본에 수록된 것이고 그 중 많은 것이 새로운 것들이다.

(7) 본문은 역자의 번역이요, 해설〔이탤릭 체〕은 조이스의 평설이다.

(8) 〈피네간의 경야〉 번역은 미래의 한결같은 작업(the future work of consistency)이다.

• 역자 서문(Foreword) •

새 복원판에 부쳐

조이스는 그의 〈율리시스〉에 대하여 진작 초기에 당당히 말했다. "**나는 너무나 많은 수수께끼와 퀴즈를 그 속에 담았기에 수세기 동안 대학 교수들은 내가 뜻하는 바를 논하면서 바쁠 것이요, 그것이 인간의 불멸을 보증하는 유일한 길이다.**" 이처럼 그의 〈율리시스〉는 자신의 만년晩年의 걸작 〈피네간의 경야〉와 함께,(그가 말한 대로) 지난 20세기 모더니즘과 그를 걸쳐 오늘날 포스트모더니즘의 양대 증언적證言的 텍스트들로서, 그가 자신하듯, 불멸의 영웅적 창조물로서 군림한다.

〈경야〉는 밤의 정신적 편력과 꿈의 이야기로서, 이는 그것의 우화적 어려움과 광범위한 예술 때문에 특히 다른 어떤 현대 소설보다 한층 비평적 연구와 주도면밀한 번역을 요구해 왔고, 지금도 그러하다.(미국 랜덤 하우스 출판사의 통계에 의하면 20세기 100대 소설들 중, 〈율리시스〉가 1위, 〈젊은 예술가의 초상〉이 3위, 〈피네간의 경야〉가 77위로 손꼽는다.) 조이스의 현대판 양대 클래식의 번역본들은 호머의 대본들로서 학생들과 학자들에게 현대를 읽기 위한 충실한 걸작들이다. 특히, 이들의 번역 출판은 보수적 비평가들에 의해 세계적으로 지적된 "가장 위대한 바건의 책들"(books of the greatest bargain)로 재삼 확약된다.

1973년에 역자는 미국의 조이스 연구 센터가 있는 털사대학에서 네덜란드의 리오 크누스(L Knuth) 교수로부터 최초로 〈피네간의 경야〉를 사사 하기 시작하여, 2002년 한국 최초로 이를 번역하고(범우사 초판 출간), 재차 2012년에 고려대 출판부에서 제2개역판이 나왔었다. 또한 그것의 〈주석본, 1,141페이지〉이 역시 역자에 의해 동시에 출간되었다. 다가오는 2018년 3월에 복원된 〈피네간의 경야〉 완역판이 도서출판 어문학사에 의해 발간될 예정이고, 그와 동시에 근 700여 페이지(약 17,000여 항)에 달하는 그것의 노트(주석)인, 〈피네간의 경야 노트〉를 본문 뒤에 실어 출판할 예정이다.

조이스 자신도 〈율리시스〉를 마감한 뒤, 〈피네간의 경야〉를 위해 17년 동안 그의 천재성을 헌납했거니와, 이 "총 미로의 밤"(Allmazifull Night)은 1939년 미국 뉴욕의 바이킹 프레스사 및 영국의 파이버 앤드 파이버 출판사에서 각각 처음으로 출판되었다. 그 뒤로 세계의 저명한 〈경야〉 학자들, 특히 아일랜드의 〈피네간의 경야〉 서지학자들인, 로스(Rose)와 오한런(O' Hanlon) 두 교수들은 〈피네간의 경야〉의 초판이 품은 그것의 잘못된 철자, 구두점, 누락된 어귀, 다양한 기호의 혼잡 등, 9,000여 개의 오류들을 거의 30여 년 동안, 수정 보안해 왔다. 그들은 오랫동안 텍스트 분석의 종국에 도달했다. 로스는 말하기를, "나는 이 날〔복원의 날〕이 올 것을 결코 생각지 못했다. 텍스트의 복잡성 및 사회적 상황의 복잡성은 그것이 아주, 정말 아주, 어려움을 의미했다. 그러나 우리는 그것에 부딪치고, 거기 달하여, 마침내 해냈다."드디어, 그의 개정본이 〔〈복원된 피네간의 경야〉(The Restored Edition of Finnegans Wake)〕란 이름으로 그의 초판 출간 75년 만인 2014년에 미국의 출판그룹인 펭귄사에 의하여 재차 출간되기에 이르렀다.

그러나 〈복원된 피네간의 경야〉는 한국어의 기존 번역판의 수정을 사실상 거의 불가능하게 했다. 수정상으로 이의 시청각의 결손缺損 때문이다. 역자는 이의 수정본의 조사를 위해, 저명한 조이스 학자들인, 마이클 그로든, 한스 월터 가블러, 데이비드 헤이만, A. 원톤 리즈 등과 함께, 뉴욕 버펄로 대학 도서관이 소장한 63권의 〈제임스 조이스 필사본(기록문서)(Joyce's Archives)〉을 탐사한 바 있다. 이들 〈필사본들〉은 오랜 편집의 노력과 9,000여 개의 개정 뒤에 한층 이해할 수 있는 〈경야〉를 생산했다. 20,000여 페이지의 원고, 60여 권의 노트북, 그리고 〈경야〉 초판이 품은 아수라장 같은 오철, 구두점, 누락된 어귀, 다양한 기호의 혼잡, 퇴고 등, 조이스의 초고, 타자고, 교정쇄의 검열이 역자의 주된 목적이었다. 이번에 역자는 2014년에 출간된 펭귄판인 새로 복원된 〈피네간의 경야〉의 한국어 번역을 위해 지난 3년 동안 원본의 오철誤綴 및 오역을 세밀히 조사해 왔다. 그리고 번역본이 담고 있는 수많은 "읽을 수 없는(unreadable)" 한자漢字나 불합리한 표현의 신조어들(coinages)을 다수 지우고 한자(漢字)의 웅축어(portmanteau words)들을 한글로 해체함으로써 산문화했다.

조이스의 〈경야〉는 수많은 외래어들이 중첩되고 혼용된 언어유희(linguistic punning)이다. 주된 기법은 "동음이의同音異意"(homonym)이다. 이의 최선의 번역을 위해 과거 재래식으로 우리의 한글을 한자와 혼용하는 것이 유일한 해결 방법일 것이다.(그 이외의 언어들은 구조상으로 번역이 불가능하기에). 예를 하나 들면, "愼速하게"(prumptly)(003.20)의 〈경야〉어는 愼重하게(prudently) + 迅速하게(promptly)의 시적 웅축어 등… 한국어의 〈경야〉역은 이처럼 한자의 웅축으로만 가능하다. 한자 없는 한글만의 〈경야〉 번역은 내용의 문맹文盲이요, 맹탕일 수 밖에 없다. 그러나 이번의 번역에서 앞서 편찬자들인 로스와 오한런이 성취한, 새 판본을 위한 한자 사용의 정확도는 컴퓨터의 힘을 빌리지 않는 한 기대할 길이 없었다.

조이스의 〈피네간의 경야〉는 〈율리시스〉와 함께, 모든 페이지에, 이를테면, "피수자彼鬚者(Shakisbeard)(177.32), 단테, 괴테"를 비롯한 수많은 문인들의 주석(인유)들이 음식물의 후추가루마냥 뿌려져 있다. 이는 제임스 S. 아서턴(Atherton)이 수행한 값진 논증의 결과이다.[〈경야의 책〉(the Books at the Wake)(162-165) 참조]. 조이스는, 일종의 텍스트의 내부의 논평을 가지고, 계몽적 소개와 더불어, 우리에게 20세기 또는 21세기의 가장 위대한 작품들 중의 하나의 요지를 제공한다. 한국에서 번역자의 희망인 즉, 조이스의 학도들 또는 연구자들로 하여금 이 사랑의 노동이 거대한 〈경야〉 세계를 총체적으로 계속 개척해 나가도록 도울 것이다.

〈경야〉는 조이스가 살아있을 때에도 감수를 하지 못했다. 그러나 햄릿처럼, 그는 기다리기를 배웠는지라, 조이스는 〈경야〉가 잠자도록 자주 말했음에 틀림없다 "잠 잘지라"(Let sleepth)(555.01), 그리하여 마침내, 소생의 피닉스처럼, 그것은 재의 토루로부터 재차 탄생할 것이요, 새로운 비코의 환적 순환으로 인식되리라. 그것은 마침내, "험 문文"(Hum Lit)(114.19)이 될지니, 그것은 인류학과 문학의 애호가들에 의해 영원히 읽히고, 즐기고, 감상되리라. 런던의 템스 강변에서 〈햄릿〉의 때도 없는 감상자들처럼 말이다. 조이스는 말하기를, "나는 독자에게 요구하는 바, 그는 나의 작품들에 그의 전 생애를 헌납할 것이요, 그들의 긴 노력에 의해 의심할 바 없이 즐거워하리라." 〈경야〉는 인간의 마음이 작동하는 방식으로 책을 썼다. 〈경야〉는 바로 다른 것 위에 쌓인 또 하나이다. 〈경야〉는 모든 종류의 "전후 참조"(cross reference)이다. 〈경야〉는 그의 새로운 기교에 의한 이번의 한어역이야말로 세계적으로 처음 있는 일이다.

지난날 〈율리시스〉와 함께, 금세기 소설(문학) 예술의 기념비를 이룬 〈경야〉는 현대문학에 가장 강력한 영향력을 행사함으로써, 셰익스피어의 〈햄릿〉을 비롯, 단테의 〈신곡〉이나, 괴테의 〈파우스트〉처럼, 인류의 감정, 문화, 사조, 그 자체를 그토록 고무적으로 변경시켜 놓은 작품도 드물 것이다.

역자는 국립 더블린 대학의 저명한 〈경야〉 학자인, 시머스 딘(S. Deane)교수에 의한 노트를 참조하였다.(모던 클래식) 그것의 어휘는 약 64,000 자이요, 65개 세계 국어들의 혼잡으로 이루어졌다.(시머스 딘의 〈경야〉서문 xvii 참조) 이 작품의 해독의 난해성은 세계문학사상 극히 드문 일이다. 얽히고설킨 "누에고치의 면사綿絲 풀기"와 같이, 그것의 언어 구성의 응축을 풀면, 프루스트의 〈잃어버린 시간을 찾아서〉(A la recherche du temps perdu)나, H. 스펜서(Spencer)의 6권짜리 장시인, 〈신성여왕〉(The Faerie Queene) 만큼 그 길이에 있어서 결코 뒤지지 않으리라.

〈경야〉의 텍스트를 읽는다는 것은 독자들의 엄청난 시간과 정력을 요한다. 과연 전대 미증유의 작품이요, 그것의 동료 격인 〈율리시스〉를 몇 갑절 능가하리라. 〈경야〉의 해독을 위해 독자는 자주 실망하기 일 수 일지니, 작품의 내용 절반은 "보통의 독자"(common reader—일반 독자)에게 거의 해독이 불가능하기 때문이다. 그럼 조이스의 〈경야〉의 해독이 "보통의 독자"에게 전혀 불가능한가! 그렇지만은 않다. 우리는 조이스의 이 같은 생성을 위해 광분해야 하는가! 그렇지만은 않다. 조이스의 〈경야〉어의 구성은 가장 합리적이요, 과학적이기 때문이다.

독자들이여, 최근 출간된 역자의 연구서 〈피네간의 경야 이야기〉를 자세히 읽을지라! 우리는 〈경야〉에 쓰인 단어의 해독을 위해 수많은 학자들의 연구서들을 동원해야 하고, 그의 다양한 언어유희의 기교들을 시험해야 한다. 한국어의 〈경야〉 번역은 우리의 한글만으로는 거의 불가능하다.(언젠가 정부가 약속한 한자 복원은 언제쯤인고! 과연 실현될 것인고!) 이를 위해 한자의 사용이 절대필수적이다. 최근 한글날(2017.10.9) 〈조선일보〉는 "한자를 알고 한글을 전용해야지, 모르고 하면 맹탕"이라는 제하에 우리 사회의 한자 부재의 시대착오적 수구주의를 강하게 비판했다. 현대판 한자 문맹 사회에서, 한자 부재의 〈피네간의 경야〉 **한 페이지의 해독을 위해 더 많은 각종 사서 및 "옥편" 을 비롯하여, 백과사전을 100~200번 뒤져야 한다.**

이를 위해 우리에게 필요한 것은 "인내"인지라. 재차 수년 동안을! "인내"의 독자여, 신조어를 조탁하기 위해 사전을 수천 번 뒤질지니, 〈피네간의 경야〉는 조이스가 그의 생시에 그것의 감수를 발견하지 못했다. 그러나 세익스피어의 햄릿처럼, 독자는 기다리기를 배워야 하나니, 이를 위해 조이스는 그의 작의 한 구절 속에 다음을 기술한다.

그러나 저쪽 방향으로 끝에서 끝까지 씀으로서, 되돌아오며 그리고 끝에서 끝까지 이쪽 방향에서 쓰다니 그리하여 위쪽 세로로 베어 짼 깔 지푸라기의 선線 및 큰 소리의 사다리 미끄러짐과 함께, 오랜 셈 장지와 야벳 재 귀향, 햄릿 인문학까지 그들로부터 봉기하게 할지라. 잠 잘지라, 황지에 혜지는 어디 있단 말인고?(114)

필자는, 1999년 대학 정년퇴임 이후 오늘까지, 〈경야〉의 연구와 개역을 위시하여 그의 해독을 위해 애써 왔다. 한 출판사에 의해, 그것의 방대한 주석본뿐만 아니라, 〈밤의 미로〉, 〈피네간의 경야 이야기〉, 〈경야 노트〉, 〈경야 읽기〉, 〈피네간의 안내〉 등, 6-7종의 참고서를 출간한 바 있다. 이들 참고서들은 대부분 텍스트의 해설을 위한 것이다.(비평 또한 읽기를 위한 배려이지만) 이번의 복원된 텍스트의 새 복원판에는 벤스톡의 유용한 〈피네간의 작업 개요〉를 위시하여, 파그노리(A. N. Fargnoli) 및 길레스파이(M. P. Gillespie)의 〈제임스 조이스 A에서 Z까지〉를 값지게 이용했다. 특히, 후자의 경우는 각 장의 모두冒頭에 이야기의 각 장의 개요를 첨부하고, 기타 평자들의 평설과 역자의 단편적 평설들을 본문 속에 삽입함으로써 텍스트의 이해와 친근감을 도모하려 했다. 이는 독자의 읽기의 편이를 위해, 약 600항의 다소 껄끄러운 "토"를 단 셈이다. **이번 새 복원판은 원문페이지와 번역페이지를 최대한 맞추어서 원문과 대조하며 읽을 수 있게 편집하였다.**

또한 이번의 새 복원판에는, 1980년 루터지 & 케간 판에서처럼, 맥휴(R. McHugh) 교수의 약 15,000항의 인유들을 가미했다. 이는 원전이 담은 수많은 노트들을 위시하여, 언어의 유희, 곁말, 동음이의(homonym), 조크, 외래어 구절, 더블린의 게일어, 가지각색의 유익한 클로스를 포함하여, 다른 항목들의 해석을 포함한다. 또한 이에 첨가하여, 역자가 과거 수확한, 〈율리시스〉의 더블린 현장 답사본인, 〈지지 연구〉(a topographical guide)(1996)의 지식 또한 밤하늘의 별들처럼 페이지마다 다수 흩뿌려져 있다.

최근 인터넷에서의 "독서 갤러리"란에 어떤 성급한 독자는 〈경야〉의 어느 번역판이든 못 읽겠다고 핀잔했다. 이러한 부정적 반응은 세계의 "경야 독해"의 반응이기도 하다.(지난 날 30여 년간의 〈뉴욕 경야 독회〉가 그를 입증하거니와) 부정하기 어려운 사실이다. 〈경야〉의 독서는 독자 마다 그 어휘의 해석이 달라, 저명한 학자 노만 오 브라운(Norman O'Brown)의 말처럼, "다기적 변태성多岐的 變態性(polymorphous perversity)"을 띠기 때문이다. 그리하여 역자는 원작의 언어 실험을 행사하고 독자의 읽을 기술을 터득하기 위해서 갖은 기술과 노력을 최대한 기울였다. 그것이 〈경야〉의 별난 특성이다. 당대의 미국 인기 작가 톰 로빈스(Tom Robbins)는 오늘날 그를 작업하는 다수 작가들 중의 하나이거니와, 그는 조이스의 복잡한 최후의 작품에 대한 감탄을 아래처럼 표현해 오고 있다.

그 속의 언어는 믿을 수 없다. 거기에는 신화 및 역사의 언어유희와 언급의 층層들이 있다. 그러나 그것은 여태 쓰인 가장 사실적 소설이다. 그것이야 말로 정확하게 아주 읽을 수 없을 것이다. 그는 인간의 마음이 작동하는 방식으로 책을 썼다. 하나의 지적, 의문의 마음 말이다. 그리하여 그것이 의식이 존재하는 방식이다. 그것은 바로 다른 것 위에 쌓인 또 하나이다. 그리하여 그것은 모든 종류의 "전후 참조(cross reference)"격이다. 그는 그것을 극한까지 추구한다. 그와 같은 책은 여태껏 결코 없었는지라, 나는 그와 같은 또 다른 책은 여태 있을 것 같지 않다고 생각한다. 그것은 인간의 기념비적 성취물이다. 그러나 그것을 읽기는 극히 어렵다.

이번의 새 복원판에는 특별한 편집을 시도했는지라, 난해한 본문을 이해하는 별난 의미를 지닌다. 이러한 방책은 세계에서 처음 있는 위태한(risky) 것일 게다. 즉, 텍스트의 선두에 각 장의 개요(synopsis)를 첨가하고, 번역된 본문을 구절로 토막 내어 그것의 각각 속에 해설(exegesis)을 병치함으로써, 상호의 협력을 도모하는 것이다. 〔개요〕와 〔해설〕은 "보통의 독자(common reader)"를 도우려는 궁여일책窮餘一策(the last resort)일 것이다.

그간 역자에게 〈경야〉의 번역은 40여 년간(1973-2017)의 분골粉骨의 작업이었다. 그러나 그것은 조이스의 예술적 취지를 몹시 감복시킨다. 나아가, 이번의 〈경야〉 개역은 "보통의 독자"에게도 작품을 위한 새삼스러운 의미를 제공할 것이니, 그리스 신화의 코누코피아(cornucopia), "염소의 풍요의 뿔"의 역할을 하리라—그리하여 이번의 특수한 형태의 번안과 연구는 "보통의 독자"에게 흥분적인 지력과 인상적 박학의 혼성을 안겨줌과 아울러, 그에게 독해의 참신성을 터득하게 하리라. "정화淨化—카타르시스"란 이름으로!

한 개의 출판사(도서출판 어문학사)가 한 사람에 의한 〈제임스 조이스 전집〉을 출판하기는 극히 어려우나 장한 일이다. 게다가, 지난 날 한 작가에 관한 번역과 연구서적을 7-8권씩이나 말이다. 제임스 조이스는 셰익스피어 못지않은 인기 작가이다. 아무리 큰 출판사라 한들 최근 수년 동안에 이토록 많은 그에 관한 책들을 출판하다니, 이는 회사의 보람일 동시에, 자랑이다. 어문학사하면 제임스 조이스요, 제임스 조이스 하면 어문학사일지라!

이번에 윤석전 사장님의 배려에 힘입어 목적을 일구어 냈다. 여기 그분에 대한 평소의 존경과 감탄을 한꺼번에 드린다. 앞으로도 회사의 무궁한 발전을 빈다.

2018년 2월 1일

김종건(고려대 명예교수)

• 새로 복원된 〈피네간의 경야〉의 서문 •

2014년 펭귄 복원판 출판(9,000여 개의 오류 개정)
Preface of The Restored Finnegans Wake

대니스 로스 및 존 오한런

제임스 조이스의 〈피네간의 경야〉는 영어의 20세기 문학 생산의 정상이다. 이 작품은 복잡한 작문의 우화적 어려움과 광범위한 기간 때문에, 특히 다른 어떤 현대 소설보다 한층 비평적 편집을 요구한다. 유용한 독서의 텍스트는 부패하고, 1939년의 그것의 본래의 출판으로부터 좀처럼 바뀌지 않았다. 더욱이, 책은 책으로서 결코 인쇄술로는 개작되지 않았는지라, 고로 페이지에서 페이지에 의해 그것의 외형적 모습이, 비록 모두 자체 속으로 스며들어가는 친근성을 허락하거나, 그들이 급진적 미의 영향을 감소하면서도, 말없이 그대로 있어 왔다. 현재의 판본은, 철저하게 조사되고, 재 디자인된 인쇄술의 세팅에서 〈피네간의 경야〉는 충분하게 복원되고, 개정된 독서의 텍스트를 제공함으로써 개정된 것이다. 그것은 1939년판을 위한 대체물代替物이 아니다. 왜냐하면 수탁된 판본은 언제나 역사적 중요성으로 남는지라 그에 대한 다른 방도로서 이기 때문이다.

새 출간본은 완전히 복원된 것으로, 제임스 조이스의—초고본, 노트, 원고의 쟁서본, 타자고, 교정쇄에 있어서—근 16년 동안의 기간은 텍스트를 분명히 재 확인하고 다시 창조하기를 되풀이하는 힘든 과정이었던 것이다. 그것은 수정된 것을 의미한다—시간의 긴 구절과 포함된 방대한 수의 서류 등—회복에 있어서 절대적 정확성이 부여된 채 얻어질 수는 없는 일이다. 복원본의 욕망된 이상은, 실질적으로—만일 철저하게는 아닐지라도, 가능하게, 최고로 근접될 수 있다. 물질적 증거상의 간격은 이른바 텍스트의 학자들이 칭하는 "편집의 판단"(editorial judgement)에 의하여 단지 충만될 수 있다. 이따금 편집자는—구 편집의 그리고 특별한 저자 및 현안 문제의 수용된 훈련을 겪은 그의 및 그녀의 지식 및 경험을 활용해야 할지라. 그것은 신뢰성과 개연성의 다른 정도를 가지는 상호의 독서를 평가하기 위함이다. 독서의 텍스트를 위하여, 다시 말해, 학자들을 위하여 합당된 증거의 종합적 분석으로서 보다 오히려 전반적 대중을 위한 '문학적 예술'(literary art)의 작품으로서 작품의 실현을 위하여, 결정이 궁극적으로 이루어지지 않으면 안 된다.

이러한 심오한 분석은, 30여 년 이상 동안 편집자들을 점령했던 것으로, 그럼에도 불구하고 마침내 이루어졌다. 이러한 새로운 독서본의 출판은 시간을 오래 끈 노동의 종말적 결과이다. 충분한 분석은 환경 상황이 허락할 정도로 이내 전자 측정기의 형태로서 흥미의 대중에게 그리고 학자들에게 가능했으리라. 전자 텍스트는 이 짧은 소개 분량을 마감하는 발문에서 한층 크게 서술되리라.

새로운 텍스트는 약 9,000개의 예들에서 오랜 구본舊本과는 다르다. 이는 사실보다 한층 장대하게 들릴지 모른다. 〈피네간의 경야〉는 약 220,000여 개의 단어들, 철자, 문자, 공간 및 구두점의 숫자를 추산한다. 변화는 개별적 단어들의 철자로부터 잃어버린 접속사들과 구두점들에 이르기까지(과연, 심지어 〈피네간의 경야〉에 있어서 이러한 과오들은 발생하거니와), 구문들의 재편성에 이르기까지 부활에 있어서 다양하다. 과도하게도, 변화는 어의성語義性(그들의 개인적 의미들)보다 오히려 구문성(텍스트, 단어들의 흐름)에 달렸다. 구문적 변화들은 그들이 처음에 보기보다 한층 중요하다. 〈피네간의 경야〉는 자주 음악으로 서술되어 왔거니와, 이렇게, 그것은 소리의 음악만큼이나 감각적이다. 그리하여, 모든 음악처럼, 그것은 방해를 받지 않고, 귀에 들리도록 흘러야 한다.

선량한 독자여, 이 책을 나는 어떻게 읽어야 하는지 물을 것인가? 마치 어느 선량한 책처럼 수동적으로 읽을 것인가, 너무나 빠르게도 아니요 너무나 느리게도 아닌지라. 멈추지 말지니, 왜냐하면 그대는 한 개의 단어나 혹은 여러 개의 단어들을 이해할 수 없을 것인지라, 즉 그대는 그것 모두를 이해할 수는 없을지니. 그대 자신을 한 아이처럼, 울타리 너머 기대면서, 그 아래 다자란 조롱에 귀담아, 상상할지라. 그대는 언어를, 밤의 언어를 배우고 있도다. 아침이 다가올지니, 이어 미지의 구름이 흩어지기 시작할지라.

〈피네간의 경야〉의 비평판의 준비처럼 야심 있는 한 사업에서, 완전은 득할 수 없으리라. 창조의 과오는 불가피하게 발생하리라. 이들을 위하여 우리는 사과할지니, 하지만 우리는 텍스트를, 그들이 읽음에 보장했던 변화의 작은 소수만을 그들이 대표함을 자신하도다. 특히, 제임스 조이스의 재산 관리 위원회는 새로운 텍스트의 세목의 어느 것도 책임지지 않을지니, 뿐만 아니라, 그래서도 안 되도다.

이 서문은 사무엘 딘(S. Deane)(소설가, 시인, 비평가 및 애란 글쓰기의 필드 앤솔로지의 편집자)에 의한 노트를, 그리고 한스 웰터 가블러(W. Gabler, 〈율리시스〉의 비평적 및 개관 판의 편집자)에 의한 부록을 선행하는 바, 그와 더불어 우리의 〈피네간의 경야〉 판은 동료 기획으로서 그것의 생명을 시작했는지라, 최후로, 그 편집자들에 의한 발문을 따르도다.

• 〈경야〉와 아인스타인의 새 물리학(New Physics) 및 등가원리等價原理(equivalency principle) •

〈피네간의 경야〉는 한 걸음 더 나아가, 새 물리학(New Physics)의 텍스트이기도 하다. 그 속의 우주만상의 언어유희는 새 물리학의 아인스타인적 상대성 원리(Universal Relativity)를 불러온다. 또한 그의 등가원리란, 일반 상대성이론의 기초원리의 하나로서, 질량質量을 가진 물체가 중력을 받는 계系와 같이 존재하듯, 균일하게 가속된 물리적으로 동일한 원리를 지칭하는 바, 조이스의 〈경야〉의 제I부 6장에서 존스 교수의 입을 빌려, 언어와 그의 질과 양(quality and tality)을 다음과 같이 귀담아 듣고자 한다.

그 언어형식은 단지 대리비문代理悲門 격이로다. 질과 양은(나는 그것이 응당 무엇을 의미하는지를 잇따른 문장에서 타당한 언제 어디 왜 그리고 어떻게를 가지고 설명하려니와) 문들이 그러하듯, 상호 정신적으로 약탈문이요 사치詐取문이로다.(149)

조이스는 〈피네간의 경야〉를 우주적(universal) 책이 되도록 의미했다. 그의 우주는 원천적으로 더블린이요, 그러나 조이스는 우주야말로 특수성 속에 발견될 수 있음을 믿었다. "나는 언제나 더블린에 관해 글을 쓰오." 그는 아서 파워에게 말했다. "왜냐하면 만일 내가 더블린의 심장에 도달할 수 있으면, 나는 세계의 모든 도시들의 심장에 도달할 수 있기 때문이오."(엘먼 505) 그(조이스)는 〈율리시스〉 속에 블룸을 세계의 미로 속에 그의 길을 발견하도록 애쓰는 모든 사람(Main)인, 우주의 방랑자로 만듦으로써 그러한 목표를 성취했다.

조이스의 최후의 책, 〈피네간의 경야〉 속에서, 그는 한층 더 멀리 나아갔는지라, 그의 주인공(HCE)을 우주적 동양지재(Bygmester Finnegan)로 만듦으로써 모든 세계의 도시들에 문자 그대로 도달했다. 시간과 공간의 경계를 가로지르면서, HCE는 "신화발기자요 극대조교자"(myther rector and miximost bridgesmaker)(126)이라, 이 나무통 운반 신공神工은 황하黃河(중국) 곁에 생자들을 위하여 그 뚝 위에 극성의 건축물을 쌓았도다(piled building supera buildung pon the banks for the lives by the Soangso)(4.27—28). 그리고 그 밖에 어딘가 "전탑적全塔的으로 최고안最高眼의 벽가壁價의 마천루를 자신이 태어난 주액酒液의 순광純光에 의하여"(a waalworth of a skyerscape of most eyeful hoyth entowerly)(4.35—36) 세웠도다. 〈피네간의 경야〉는 II부 2장의 Kev(Shaun)의 주석에서 보듯, 인물들은, "특별한 우보편宇普遍을 통한 가능한 여정旅程"(IMAGINABLE ITINERARY THROUGH THE PARTICULAR UNIVERSAL)"(260.3) 인지라, 소수지만 그들의 얼굴은 다수이다.

작품의 인물들, 사건들 및 객체들은 한결같은 유동 속에 상호적으로 변신하면서, 상호적으로 피차 의존적 요소들의 독립적인 연속을 형성한다. 그것의 환상적인, 끝없는 형태로서 결합된 채, 책의 내용의 흐름은 우주의 짜임새의 상대성적 개념과 평행한다. 새 물리학의 4차원적 시공간은 현실을 구성하는 모든 사건들의 세계선世界線들(world lines)의 복잡한 환적 직물로서 마음속에 상상된다. 조이스의 책에서 사건들처럼, 세계선들은 한결같이 유동하고 있다.

프랑스의 종교 세례자인 Jean Baptiste de la Belle는 〈피네간의 경야〉와 현대 새 물리학과의 관계를 다음과 같이 피력한다.

커다란 몸체의 세계선은 … 무수한 보다 작은 세계선들로 형성된다. 여기 그리고 저기 이러한 섬세한 실오라기들은 직물을 들락날락하는 바, 그의 실오라기들은 원자의(of atoms) 세계선들이다. … 우리가 직물을 따라 시간을 향해 움직일 때, 그의 다양한 실오라기들은 공간 속에 영원히 이동하고, 그리하여 서로서로 나름의 장소들을 고로 변경한다.(Jean, 〈신비한 우주〉 125—126)

조이스 책의 어느 페이지에서든 그만큼 많은 문리학적 운동이 있다. 〈피네간의 경야〉에서 또한 이미지들과 주제들은 한결같이 움직이는지라, 상호 변형하고, 새로운 형태로 재현하기 위하여 단지 사라진다. 조이스는 그의 많은 시간을 많은 원천상의 요소들을 지지하고, 그들을 텍스트 속에 합동하기를 탐색함으로써, 그의 책의 영역을 확장하는데 이바지했다. 이러한 원천들은 지극히 다양했었을 뿐만 아니라, 조이스에게 그들은 또한 동등한 정체를 누렸다. 자장가의 음률은 〈성경〉처럼 멋졌고, 농담은 사실처럼 멋지다. 그는 다양한 요소들을 혼성함으로써, 그것의 무한한 풍요와 복잡성을 온통 현실로 재창조하려고 애를 썼다. 그는 현실의 어느 한 견해에 흥미를 갖지 않았다. 대신 그는 복수—수준의 현실이 마음속에 세계적으로 우리의 개인적 지각을 형성하기 위하여 어떻게 스스로 구성하는지를 보여주려고 노력했다. 마음속에 직감적 및 합리적 과정들을 구성하는 다양한 충격들이 한결같은 상호작용 속에 있는지라, 그들을 통해서 모두는 현실의 단순하고, 유일한 경험을 창조한다.

텍스트의 의미를 창조하기 위하여 독자의 참여에 의지함에 있어서, 새 물리학에서 〈피네간의 경야〉는 양자물리학(quantum physics)의 확률곡선(probability wave)의 개념을 닮았다. 곡선 역학에 따라, 그것의 가장 기초 수준에서 현실의 과학적 서술은 사건들에 관한 어떤 지식으로 구성되지 않고, 오히려 그들의 발생의 확률에 의한다. 이러한 확률은 존재와 비존재 사이에 절반 매달려진 채, 단지 "존재를 위한 경향"을 표현한다. 현실에 한 가지 한정된 형태를 부여하기 위하여, 과학자는 그의 실험에 적극적으로 참여해야 하는지라, 그리하여 실험적 과정의 선택에 의하여 불가피하게 그 결과에 영향을 준다. 양성자적陽性子的(subatomatic) 실험 과정의 확률에서 확실성으로의 확률곡선의 변형은 〈피네간의 경야〉의 독해의 바로 행위 자체를 평행하거나, 닮았다. 여기 텍스트의 복잡성, 풍요 및 부정不定의 성격은 그것의 의미의 정확한 해석을 제외한다. 책은, 그러나, 텍스트가 읽히고, 그것은, 요소들이, 독자 자신의 심적 이미지들 및 과정들과 혼선된 채, 그것 자체의 동적연속(dynamic continuum)을 형성한다.

〈피네간의 경야〉는 이리하여 보어(Bohr)(덴마크의 원자 물리학자)의 상보성相補性 원리(complementarity principle)를 지지한다. 양자 물리학은 빛의 파동적(undulatory) 및 미입자적 자산(Quantum physics)의 개념이야 말로 일단 우리가 물리학이 우주가 아니고 오히려 우주에 관한 우리의 지식을 연구함을 우리가 인식할 때 혼란스럽지 않다. 두 자산資産은 빛 자체의 특질이 아니라, 오히려 빛과의 우리의 상호작용(interaction)의 그것을 표현한다. 비슷하게, 〈피네간의 경야〉는 그것에 관한 우리의 관념이 언어에 있어서 그러한 관념들의 표현만큼 세계 자체를 서술하지 않는다. 문자 상으로 당장의 동기는 세계의 문학, 단어의 가장 넓은 의미에서, 인간의 지식뿐만 아니라, 〈피네간의 경야〉 그것 자체를 대표한다. 책은 텍스트의 그리고, 확장하여, 그것이 서술하기를 시도하는 우주의 의미를 단조롭게 해석하는 시도에 함유된 어려움에 관해 광범위하게 평한다.

〈피네간의 경야〉의 이러한 특징은 조이스의 목적이 책 속에 상대성(relativity)과 양자물리학(quantum physics)에 의해 소개되는 우주의 개념을 재창조하는 것임을 의미하지는 않는다. 그들은, 그러나, 새 물리학과 〈피네간의 경야〉의 우주 간의 유사성의 복수성을 지적한다. 상대성과 양자물리학陽子物理學의 요소들을 합치시키려는 조이스의 의향은 그의 세계 견해의 집중과 세계의 새 과학적 개념을 반영한다.

〈피네간의 경야〉를 쓰면서 조이스는 유사한 언어적 어려움과 대면했었다. 그의 목표는 꿈의 세계 또는 원초의 신비적 의식을 개척하는 것이었다. 그러한 목표를 실현하기 위해 그는 "후속재결합後續再結合의 초지목적超持目的을 위하여 사전분해事前分解의 투석변증법적透析辨證法的으로 분리된 요소들을 수취受取하는지라"(614.33—35). 언어들의 원초적 사건을 분쇄하려고, 새 유동적 및 아주 명시적 언어를 창조하려고 결심했다. 더욱이, "그는 모든 그의 육신肉新을 신조新造하는 총림녀叢林女들을 진실로 복수적複數的이고 그럴싸하게 하고 싶었던 거다"(138.08—09). 영어의 단철어의 유동과 풍요의 부재는 그의 작업을 용이하게 했다. 철자를 변경하거나 혹은 단어들의 부분들을 새로운 실체로 혼성함으로써, 조이스는 풍요롭고 다양한 어휘를 창조하려고 조정했다. 그의 "무無 니체식式의 어휘로서, 선험적先驗的 어근語根을 후험적後驗的 변설辯舌에 공급하는 것이다"(83.10—11). 이는 아주 효과적이요 집중적인 새 언어를 결과하게 하는지라, 그 속에 복수의 명시적 의미는 원초적으로 중요하다. "그런고로 그대는 내게 어떻게 하여 단어 하나 하나가 이중二重블린 집계서集計書를 통하여 60 및 10의 미처 취한 독서를 수행하도록 편찬될 것인지를 자세히 설명할 필요가 거의 없나니.(이탈하려는 자의 이마를 진흙으로 어둡게 하소서!) 그것을 열게 했던, 세순영겁世循永劫, 델타 문자 문門이 거기 그를 폐문할 때까지. 문門"(20.13—18).

언어의 최소한의 어의적 단위를 붕괴하는 조이스의 결심과, 언어의 분자로서의 그의 실험은 양자기계(quantum mechanics)의 목표와 방법에 현저한 평행을 형성했다. 조이스와 양자물리학은 공히 지금까지 언어나 혹은 물리학의 최소한의 불분활로 간주되었던 것을 삼투하려고 시도하고 있었다. 〈피네간의 경야〉의 원자기계原子機械와 언어 간의 대응은 책의 다음의 뉴스 통신에서 개발된다.

또 다른 방송: 사살부父의 격변적 효과—원자의 무화멸망 루터장애물항의 최초의 주경主卿의 토대마자土臺磨者의 우뢰폭풍에 의한 원원자源原子의 무화멸망無化滅亡은 비상공포쾌걸非常恐怖快傑이반적的인 고격노성高激怒聲과 함께 퍼시오렐리를 통하여 폭작렬爆炸裂하나니, 그리하여 전반적 극최상極最上의 고백혼잡告白混雜에 에워싸여 남성원자가 여성분자와 도망치는 것이 감지될 수 있는지라, 한편 살찐 코번트리 시골 호박들이 야행자夜行者 피커딜리의 런던우아기품優雅氣稟 속에 적절자신대모適切自身代母되도다…(353.22—29).

〈피네간의 경야〉의 세계는 또한 정신적 실체로서 존재한다. 그리하여 그것은 독자의 마음과 텍스트 사이의 상호작용의 산물이된다. 책의 이러한 비물질적 성격은 세계의 새 과학적 해석에 관한 것보다 오히려 조이스의 자신의 형이상학에 관한 반영이다. 그러나 양자물리학은 정신적 구성으로서 조이스의 현실적 관념에 대한 부수적 지지를 마련한다. 예를 들면, 힘의 분야로의 물질적 분자의 용해—순수하게 정신적 본체는—욘(Yawn)을 발견하는 도중에, 그레고리(Matt Gregory)는 "깊은 시야時野를 통하여 자취를 탐한다"(isseeking spoor through the deep timefield)(475.24). 조이스는 분야分野의 무확정의 천성에 관해 언급하는지라, 그것은 물질이 되기 위한 잠재성과 더불어 오직 확률곡선으로 구성한다.

아주 많이 감사하도다, 목적 달성! 그대가 나를 골수까지 친 것이 중량重量인지 아니면 내가 보고 있었던 것이 붉은 덩어리인지는 말할 수 없어도 그러나 현재의 타성惰性에, 비록 내가 잠재적이긴 할지라도, 나는 내 주변에 광내륜光內輪의 환環(무지개)을 보고 있도다.(501.21)

〈피네간의 경야〉의 독해는, 한 사람으로는 너무나 번거운지라, 필연적으로 협동적인 작업일 수밖에 없다. 본 해설서는 작품에 대한 간단한 안내(특수한 내용과 심지어 단어들의 진찰)처럼 보일지라도, 그것의 이해를 위해 많은 도움이 될 것이다. 그리하여 독자는 누구나 주인공 이어위커(HCE)의 주점酒店에 쉽게 들어갈 수 있으리라.

이제 우리는 포스트모더니즘의 새 시기에 접어들었거니와, 이는 또한 〈피네간의 경야〉에 몰두해야할 시기임을 입증한다. 더불어, 그것은 포스트모더니즘의 텍스트로서, 우리 앞에 새로운 연구 과제로서 자리한다. 그리하여 우리에게 "〈율리시스〉의 연구로 대학 교수들이 수세기 동안 바쁠 것이라는" 시간은 또 다른 시간의 중압감重壓感에 짓눌릴 판이다.

결론적으로, 두 해 전 필자는 〈피네간의 경야 이야기〉라는 반 해설적, 반 비평적 연구서를 출간했거니와, 〈밤의 미로〉라는 피네간의 경야 해설집(Allmazifull Night: Readings of Finnegans Wake) 또한 필자가 지난 날 〈피네간의 경야〉의 한국어 개역서와 함께, 더불어 출판한 〈피네간의 경야 주해〉(Annotations to Finnegans Wake)의 보조적 부산물이다. 이는 기존의 〈주해〉의 많은 주석들을 공제한 채, 페이지마다의 해설을 재록再錄한 것으로, 본문과 주해본의 자매본(companion book)으로서, 작품을 한층 쉽게 읽는데 유익하리라. 특히, 각 장의 개요는 〈피네간의 경야〉 연구의 원조(元祖)라 할, 컬럼비아 대학의 틴달(Tindall) 교수로부터 차압差押한 바 크다.

이번 연구에 사용된 책은 최근 새로 출판된, 데니스 로스와 존 오한론에 의해 편집되고, 새로 서문 및 발문을 단 〈복원된 피네간의 경야〉(The Restored Finnegans Wake)의 펭귄판(2014)에 의한 것임을 여기 밝힌다.

◆ 이야기의 골격(Skeleton Key) ◆

윌리엄 틴덜(William Tindall)의 〈경야〉의 구조는 4부로 이루어진다. 이는 비코(Vico)의 역사의 4단계를 대변하거니와 제I부는 신의 시대(divine age), 제II부는 영웅의 시대(heroic age), 제III부는 인간의 시대(human age), 그리고 제IV부는 회귀의 시대(ricorso)로 각각 대별된다.

*

〈경야〉의 이야기는 한마디로 주인공이 갖는 공원의 죄의식과 함께, 그를 둘러싼 인류 역사상 인간의 탄생, 결혼, 죽음, 및 부활을 다룬다. 그것은 하나의 지속적인 추상의 이야기로, 작품을 통하여 재삼재사 반복되는 꿈의(환상적) 기록이다.

그것은 사실상 두 개의 문제들을 함유한다—"추락은 무엇인가" 그리고 "그것의 결과는 무엇인가." 주인공 이어위커(HCE)는 과거 더블린 외곽의 피닉스공원에서 한때 저질렀던 (도덕적) 범죄 행위 때문에 잠재의식적으로 끊임없이 고심하고 있거니와, 이는 더블린의 거의 모든 사람들에게 구전되어 왔으나, 그런데도 이는 별반 근거 없는 스캔들이다. 이는 HCE의 무의식을 통하여 한결같이 그를 괴롭히는 아담의 원죄와 같은 것이다. 스캔들의 내용인즉, 더블린의 피닉스 공원의 무기고 벽(Magazine Wall— 영국 병사들이 구축한 화약고 벽) 근처의 숲 속에서 두 소녀들이 탈의하고 있는 동안(배뇨의 목적을 위해), HCE가 그것에 자신의 관음증적觀淫症的 엿봄을 행사함으로써, 스스로의 나신(수음을 위해?)을 들어낸다는 내용이다. 한편 방탕한 세 명의 군인들은, 엿보는 HCE를 지켜보고, 그의 행실을 가로 막는다. 〈성서〉에서 부친 노아의 나신을 훔쳐보는 그의 아들 같은 이들 세 명의 군인들은 또한 죄인의 증인들이 된다. HCE의 속옷, 엿봄, 방뇨 및 노출이 자신의 몰락의 죄의식 속에 한결같이 부동함으로써, 이 밤의 무의식은 돌고 도는 환중환環中環(circle within circle)을 거듭한다.

〈경야〉의 확정된 개요나 이야기의 줄거리는 사실상 불가능하다. 왜냐하면, 그의 언어적 복잡성과 다차원적 서술 전략은 너무나 많은 수준과 풍부한 의미 및 내용을 지녔기 때문에, 단순한 한 가지 줄거리로 유효적절하게 함축될 수 없다. 어떠한 작품의 개요든 간에, 그것은 필연적으로 선발적이요 축소적인지라, 여기 〈경야〉의 개요 또한 그의 다층적 복잡성 때문에 가일층 그러할 수밖에 없다.

〈경야〉의 사실적 및 표면적 이야기는 저녁에 시작하여 새벽에 끝난다. **〈율리시스〉가 더블린의 한 낮**(1904.06.16, 목)**의 이야기이듯, 이는 더블린의 한 밤의 이야기**(1938.02.21, 월)이다. 아버지와 어머니 그리고 세 아이들. 그들 더블린 사람들은 시의 외곽에 있는 피닉스공원의 가장자리인 리피 강가에 살고 있다. 아버지 HCE 이어위커는 멀린가 하우스(Mullingar House) 또는 브리스톨(Bristol)이라 불리는 한 주점을 경영하고 있다(지금은 제임스 조이스 박물관). 그는 "모든 사람"(Everyman) 격으로, 그 자신이 갖는 잠재의식 또는 꿈의 무의식이 이 작품의 주맥을 이룬다. 그의 아내 아나 리피아 플루라벨(ALP)은 딸 이시(Issy)와 쌍둥이 아들인, 셈(Shem)과 숀(Shaun)의 어머니이다. 늙은 죠(Joe)는 주점의 잡부요, 노파 캐이트(Kate)는 가정부로서, 주점에는 열두 명의 단골손님들이 문 닫을 시간까지 술을 마시거나 주위를 서성거리고, 그 밖에 몇몇 손님들도 주점 안에 있다. 이 주점은 또한 "사자死者"라는 별명을 지니고 있다. 술에 취한 주객들이 주점을 문을 열고 뛰쳐나가면, 때마침 달려오는 거리의 전차에 치어 죽기 일쑤이기 때문이다.(〈더블린 사람들〉의 마지막 이야기 제목이기도)

날이 저물고, 공원의 동물원 짐승들이 잠자기 위해 몸을 웅크릴 때쯤, 세 아이들은 이웃의 어린 소녀들과 함께 주점 바깥에서 놀고 있다. 그들이 노는 동안 쌍둥이 형제인 셈과 숀은 이웃 소녀들의 호의를 사기 위해 서로 싸운다. 여기 소녀들은 당연히 잘 생긴 아우 숀(육체적)을 편든다.

저녁 식사가 끝난 뒤, 아이들은 이층으로 가서 숙제를 하는데, 여기에는 산수와 기하학 과목도 포함된다. 쌍둥이의 경쟁은 계속되지만, 누이동생 이시는 한결같이 홀로 남는다. 아래층에는, HCE가 손님들에게 술을 대접하거나 그들과 잡담을 하는 동안, 라디오가 울리고 TV가 방영되기도 한다. 마감 시간이 되어, 손님들이 모두 가버리자, 그는 이미 얼마간 술에 취한 채, 손님들이 남긴 술 찌꺼기를 마저 마시고 이내 잠에 떨어진다.

한편, 누군가가 주점 안으로 들어오기 위해 문을 두들기며, 주인을 비방하고 욕한다.(술을 더 팔지 않는다고) 가정의 잡부인, 캐이트가 그 소리에 잠이 깨어, 속옷 차림으로 아래층으로 내려가자, 가게 주인 인 HCE가 마룻바닥에 쓰러져 있음을 발견한다. 이때 그는 그녀에게 함구하도록 명령한다. 이어 그는 2층 침실의 아내에게로 가서, 사랑을 하려고 애쓴다. 그러자 이내 아내는 옆방에서 잠자고 있는 한 울먹이는 셈을 위안하려고 자리에서 일어난다. 딸 이시는 잠을 계속 자지만, 쌍둥이들은 그들의 양친을 엿보는 듯하다.

닭이 울자 이내 새벽이 다가오고, 리피 강은 끊임없이 바다를 향해 흘러간다. HCE 내외는 곧 더블린만灣의 북안北岸에 위치한 호우드 언덕(우리나라 제주도의 '성산일출봉'과 유사한)으로 아침 산보를 떠날 참이다. ALP는 그녀의 의식 속에 강이 되어 노부老父인 바다 속으로 재차 흘러 들어간다.

◆ HC 이어위커 가족 계보(Earwicker Family Tree) ◆

H.C. 이어위커 (포터)(남편)	혼(婚)	아나 리비아 플루라벨 (포터 부인)(아내)

솀(쌍둥이 첫째 아들)	숀(쌍둥이 둘째 아들)	이시(딸)
(이하 별칭)	(이하 별칭)	(이하 별칭)
문사 솀	우체부 숀	이씨
세머스	부러스(브루스)	플로라스
바트	추프(천사 숀)	이사벨
캐인(가인)	유제니어스	이솔드
카시오스	존/주앙/횬	이조드
무도자 대이브	자스티스(정의)	이슬트
글루그(닉크/악마)	쥬트	이술트
베짱이	케브	페리시아
포도	믹	곰팡이 리사
호스티	온도트 개미	누보레타
제리	피터 크로란	이찌
제레미아스	존즈 교수	
머시어스(자비)	욘	
뮤트		

◆ 각 장의 개요 ◆

I부 - 1장
피네간의 추락

〈경야〉의 첫 장은 작품의 서곡 격으로, 작품의 주요 주제들과 관심들, 이를테면, 피네간의 추락, 그의 부활의 약속, 시간과 역사의 환상 구조, 트리스탄과 이솔트 속에 구체화된 비극적 사랑, 두 형제의 갈등, 풍경의 의인화 및 주인공 이어위커(HCE)의 공원에서의 범죄, 언제나 해결의 여지를 남기는 작품의 불확실 등을 소개한다. 암탉이 퇴비더미에서 파헤쳐 낸 불가사이한 한 통의 편지 같은, 작품 전반을 통하여 계속 거듭되는 다른 주제들이 또한 이 장에 소개된다. 주인공 이어위커를 비롯하여, 그 밖에 다른 주요한 인물들도 소개된다.

〈경야〉는 그 시작이 작품의 마지막 행인 한 문장의 중간과 이어짐으로써, 이는 부활과 재생을 암시한다. 조이스는 H. S. 위버(Weaver)여사에게 보낸 한 서간에서 "이 작품은 시작도 끝도 없다"라고 말한 바 있는데, 이는 작품의 구조를 이루는 비코(Vico)의 인류 역사의 순환을 뒷받침한다. 이 작품의 첫 페이지에서 100개의 철자로된 다어음절多語音節의 천둥소리가 들리는데(작품 중 모두 10개의 천둥소리가 들리고, 각 100개의 철자로 되지만, 최후의 것은 101개이다), 이는 완성과 환원을 암시한다. 이 천둥소리는 하느님의 소리요, 여기 피네간의 존재와 추락을 선언하는 격이다.

이야기는 신화의 벽돌 운반공인 피네간의 인생, 추락과 경야로서 시작된다. 그의 경야 자체의 서술에 이어, HCE(피네간의 현대적 변신)의 잠자는 육체가 더블린 및 그 주원周圓의 풍경과 일치한다. 그곳에는 피닉스 공원에 위치한 윌링돈(웰링턴의 이름은 수시로 바뀌거니와) 뮤즈의 방(그의 박물관)이 있다. 한 여성 안내원이 일단의 관광객들을 이 뮤즈의 방으로 안내하고 그것을 소개한다.

이어 뮤트와 쥬트가 등장하는데, 이들은 솀과 숀의 변신이요, 그들의 대화가 더블린의 단편적 침입사 및 아일랜드의 크론타프 전투에 관한 의견 교환과 함께 시작된다. 알파벳 철자의 형성에 대한 별도의 서술이 뒤따르고, 이어 반 후터 백작과 처녀 프랜퀸의 이야기가 서술되는데, 그 내용인즉, 프랜퀸이 영국에서 귀국 도중 호우드 언덕에 있는 백작의 성을 방문하지만, 백작이 저녁 식사 중이란 이유로 그녀에게 성문을 열어주기를 거부한다. 이에 골이 난 프랜퀸은 백작에게 한 가지 수수께끼를 내는데, 그가 답을 못하자, 그의 쌍둥이 아들 중의 하나를 납치한다. 이러한 납치 사건은 3번이나 계속되지만, 결국 그들은 서로 화해에 도달한다. 이때 다시 천둥소리가 울린다.

이제 이야기는 잠에서 깨어나고 있는 신화의 거인 피네간으로 되돌아간다. 화자는 피네간이 자리에서 일어나지 말고 그대로 누워 있도록 일러준다. 왜냐하면 그는 에덴버러 성시城市의 신세계에 순응해야하기 때문이요, 그곳에는 그의 교체자인 HCE가 "에덴버러 성시에 야기된 애함성愛喊聲에 대하여 궁시적窮時的으로 책무할 것이기 때문이다".

I부 -2 장
HCE -그의 별명과 평판

이제 HCE가 현장에 도착하고, 서술은 독자에게 그의 배경을 설명한다. 아주 대담하게도, 이 장은 처음에 그의 이름의 기원 "하롤드 또는 험프리 침던의 직업적 별명의 창세기"를 보여준다. 그리고 이는 독자로 하여금 그가 어떤 두드러진 가족과 잘못 연관되어 있다는 소문을 불식시키기를 요구한다. 사람들은 그의 두문자 HCE를 미루어, "매인도래"(Here Comes Everybody)라는 별명을 부여하고 있는데, "어떤 경구가들"은 그 속에 "보다 야비한" 뜻이 함축되어 있음을 경고해 왔다. 그들은 그가 지금까지 "한 가지 사악한 병에 신음해 왔음"을 지적한다.

여기 HCE는 "언젠가 민중의 공원에서 웰저 척탄병을 괴롭혔다는 웃지 못 할 오명"으로 비난을 받고 있으며, 그의 추정상의 범죄(무례한 노출)가 표출되고 지적된다. 그는 피닉스 공원에서 "파이프를 문 한 부랑아"를 만났을 때, 그에게 자신의 이러한 비난을 강력히 부인한다. 그런데도 이 부랑아는 소문을 여러 사람들에게 퍼뜨리고, 그 결과 이는 걷잡을 수 없을 정도로 사방에 유포된다. 소문은 트리클 톰, 피터 클로란, 밀듀 리사 그리고 호스티 도그 등, 여러 사람들의 입을 통해 퍼져 나간다. 그 중 호스티는 이의 내용에 영감을 받아, "퍼스 오레일의 민요"라는 민요를 짓기도 한다. 이 민요의 내용은 HCE를 대중의 범죄자로 비난하고, 그를 조롱조로 험티 덤티(땅딸보)와 동일한 인물로 간주한다. HCE에게 자신의 명성을 회복하는 것은 사실상 불가능하다. 3번째 천둥소리가 속요 직전에 들린다.

I부-3장
HCE - 그의 재판과 투옥

공원에서의 HCE에 대한 근거 없는 범죄의 이야기가 탐사 되지만, 거기 포함된 개인들이나 그 사건을 둘러싼 사건들이 분명하게 확인되지 않기 때문에, 탐사는 사실상 무용하다. 가시성이 "야릇한 안개 속에" 가려져 있고, 통신이 불확실하며, 분명한 사실 또한 그러한지라, 그러나 여전히 HCE의 추정상의 범죄에 관한 스캔들은 난무하다. 이때 텔레비전 화면이 등장하는데, HCE가 자신의 공원에서의 만남의 현장을 스크린을 통해 제시한다. 이는 "장면이 재선再鮮되고, 재기再起되고, 결코 망각되지 않을 것이기" 때문이다.(텔레비전은 통신의 수단으로 1926년에 영국에서 바드(Jhon L. Bard)에 의하여 소개되었는데, 조이스는 이에 정통해 있었다.)

HCE의 범죄에 관하여 몇몇 회견이 거리의 사람들을 통하여 이루어지고 의견이 수렴되지만, 모두 근거 없는 소문일 뿐, 아무것도 결론에 도달하지 못한다. 공원의 에피소드의 번안이라 할, 막간의 한 짧은 영화 필름이 비친 뒤, 아내 아나 리비아 풀루라벨(ALP)이 남편 이어위커(HCE)에게 보낸 편지와 도난당한 한 관棺의 신비성에 관해 다양한 심문이 이어진다. 그리고 HCE에 대한 비난이 계속된다. 이때 주점에서 쫓겨난 한 "불청객"이 주점 주인 HCE에게 비난을 퍼붓자, 후자가 받아야 할 모든 비난의 긴 일람표가 나열된다. 장의 말에서, HCE는 잠에 떨어지는데, 그는 핀(Finn) 마냥 다시 "대지가 잠에서 깨어 날 것이다".

I부 - 4장
HCE -그의 서거와 부활

HCE가 잠이 든 채, 자신의 죽음과 장지를 꿈꾼다. 여기 잊혀진 관棺이, "유리 고정 판별

널의 티크 나무 관"으로 서술되어 나타난다. 이 4장의 초두에서, 미국의 혁명과 시민전쟁을 포함하여, 다양한 전투들에 대한 암시가, 묵시록적 파멸과 새로운 시작의 기대들을 암기한다. 부수적인 혼돈은 비코(Vico) 역사의 "회귀"(recorso)에 해당함으로써, 새로운 시대를 예시한다. 그러나 새로운 시대는 아직 발달 중에 있다. 왜냐하면 과부 캐이트 스트롱(1장에서 공원의 박물관 안내자)이 독자의 주의를 "피닉스 공원의 사문석 근처의 오물더미"로 되돌려 놓으며, 사실을 있는 그대로 자세히 설명하기 때문이다. HCE가 불한당 캐드와 만나는 사건의 각본이 뒤따른다.

비난 받는 페스티 킹(Pesty King—HCE의 분신) 및 그의 공원의 불륜 사건에 대한 심판을 비롯하여, 그에 대한 혼란스럽고 모순된 증거를 지닌 4명의 심판관들의 관찰이 잇따른 여러 페이지들을 점령한다. 목격자들은, 변장한 페스티 자신을 포함하여, 그에게 불리한 증언을 행한다. 그의 재판 도중 4번째 천둥소리가 울리며, 앞서 "편지"가 다시 표면에 떠오르고, 증인들은 서로 엉키며, 신원을 불확실하게 만든다. 4명의 심판관들은 사건에 대하여 논쟁하지만, 아무도 이를 해결하지 못하고 결론에 도달하지 못한다. 그에 대한 불확정한 재판이 끝난 뒤에, HCE는 개들에 의하여 추적당하는 여우처럼 도망치지만, 그에 대한 검증은 계속 보고된다. 이어 우리는 ALP와 그녀의 도착에 주의를 집중하게 되나니. "고로 지地여신이여, 그녀에 관한 모든 걸 우리에게 말하구려." 마침내 그녀의 남편에 대한 헌신과 함께 그들 내외의 결혼에 대한 찬가로 이 장은 종결된다.

I부 - 5장
ALP의 선언서

이 장은 "총미자, 영생자, 복수가능자의 초래자인 아나모의 이름으로"라는 ALP에 대한 주문으로 그 막이 열린다. 이어 "지상지고자를 기술 기념하는 그녀의 무제 모언서" 즉 그녀의 유명한 편지에 대한 다양한 이름들이 서술된다. 편지는 보스턴에서 우송되고, 한 마리 암탉이 피닉스 공원의 퇴비 더미에서 파낸 것이란 내용의 이야기에 집중되는데, 이는 앞서 1장과 4장의 페스티 킹의 재판 장면 직후의 구절에 이미 암시되었다. 이 장은 또한 5번째 천둥소리를 포함하고 있다.

이 편지의 본래의 필자, 내용, 봉투, 기원과 회수인回收人에 대한 조사가 이야기의 기본적 주제를 구성한다. "도대체 누가 저 사악한 편지"를 썼는지 그리고 그 내용을 해석하기 위해 독자들은 상당한 인내가 필요하다. 이 편지의 해석에 대한 다양한 접근과 이론 및 모호성은 〈경야〉 그 자체와 유추를 이룬다. 편지의 복잡성에 대한 토론에 이어, 한 교수(화자)의 그에 대한 본문의, 역사적 및 프로이트적 분석이 뒤따른다. 이 편지의 "복잡 다양한 정교성을 유사심각성으로" 설명하기 위하여, 조이스는 아일랜드의 유명한 초기 신앙 해설서인 〈켈즈의 책〉(Book of Kells—현재 더블린의 트리니티 대학 도서관 소장)에 대한 에드워드 살리번(Edward Sullivan)의 비평문(진필판)을 모방하고, 특히 이 작품의 "퉁크"(Tunc) 페이지를 고문서적으로 강조한다. 이 장은 편지, 그의 언어 배열 및 그의 의미의 판독에 관한 것이지만, 또한 "재통再痛하며 음의音義와 의음義音을 다시 예총銳通하기를" 바라는 작품으로서, 이는 〈경야〉의 해독과 이해에 관한 것이기도 하다.

I부 - 6장
수수께끼 - 선언서의 인물들

이 장은 12개의 문답으로 이루어지는데, 그들 중 처음 11개는 교수(셈)의 질문에 대한 숀의 대답이요, 그리고 마지막 12번째는 숀의 질문에 대한 셈의 대답(또는 셈에 질문에 대한 숀의 셈 목소리에 의한 대답)이다. 질문들과 대답들은 이어위커의 가족, 다른 등장인물들, 아일랜드, 그의 중요한 도시들 및 〈경야〉의 꿈의 주제와 일관되고 있다. 이 6장의 구조는 작품의 주된 주제들 중의 하나인 형제의 갈등, 즉 솀과 숀의 계속되는 상극성을 강조한다.

첫 번째 질문은 기다란 것으로, 신화의 뛰어난 건축가인 이어위커를 다루고 있다. 여기 솀은 이어위커의 속성인 인간, 산, 신화, 괴물, 나무, 도시, 계란, 험티 덤티, 러시아 장군, 외형질, 배우, 카드놀이 사기꾼, 환영幻影, 영웅, 성인, 예언자, 연대기적 단위, 과일, 식물, 다리(橋), 천체, 여관, 사냥개, 여우, 벌레, 왕, 연어 등, 다양하게 묘사되는데, 숀은 이를 들어 아주 쉽게 그의 신원을 확인하고, 그를 "핀 맥쿨"로서 결론짓는다.

솀의 2번째 질문은 가장 짧은 것들 중의 하나로서, 그들의 어머니 아나 리비아와 연관된다. "그대의 세언모細言母는 그대의 태외출怠外出을 알고 있는고?" 숀의 대답은 그녀에 대한 자신의 무한한 자랑을 드러낸다.

3번째 질문에서 솀은 숀에게 이어위커의 주점을 위한 한 가지 모토를 제안 할 것을 요구한다. 숀은 더블린의 모토이기도 한, "시민의 복종은 도시의 행복이니라"를 제시한다.

4번째 질문은 "두 개의 음절과 여섯 개의 철자"를 가지고, D로 시작하여 n으로 끝나는, 또한 세계에서 가장 큰 공원, 가장 값비싼 양조장, 가장 넓은 거리 및 "가장 애마적 신여神輿의 음주 빈민구"를 지닌 아일랜드 수도의 이름을 요구한다. 여기 대답은 물론 더블린이지만, 숀의 대답은 아일랜드의 4개의 주요 주를 비롯하여, 4개의 주요 도시를 포함한다. 이들 4개의 도시들은 "마마누요"(4복음자들의 합일 명)처럼 abcd로 합체된다.

5번째 질문은 이어위커의 주점의 천업에 종사하는 자者(시거드센)의 신분을 다룬다. 주어진 대답은 "세빈노細貧老의 죠"이다.

6번째 질문은 이어위커 가족의 가정부와 관계하며, 대답은 캐이트라는 노파이다.

7번째 질문은 이어위커 주점의 12명의 소님들에 초점을 맞추며, 대답은 잠자는 몽상가들인, 어느 "애란수인愛蘭睡人"들이다.

8번째 질문은 이시의 복수 개성들이라 할 29명의 소녀들에 관해 묻는데, 이에 대한 대답으로 숀은 그들의 특성을 일람한다.

9번째 질문은 한 지친 몽상가의 견해로서, "그런 다음 무엇을 저 원시자는 자기 자신을 보는 척하려고 하는 척할 것이고?" 대답은 "한 가지 충돌만화경"이다.

10번째 질문은 사랑을 다루는데, 여기 두 번째로 가장 길고도, 상세한 대답이 알기 쉽게 서술된다.

11번째 질문은 존즈(숀)에게 그가 극단적 필요의 순간에 그의 형제(솀)를 도울 것인지를 묻는다. 즉각적인 반응은 "천만에"이다. 여기 이 장의 가장 긴 대답은 세 부분으로 나누어지는데, 1)잔돈—현금 문제에 대한 존즈 교수의 토론 2)묵수(여우)와 그라이프스(포도)의 우화로서, 두 무리들 사이의 해결되지 않는 갈등의 이야기 3)쥴리어스 시저(카이사르)를 암살한 두 로마인들인, 브루터스와 케이시어스를 암시하는, 궁극적으로 숀(브루터스)과 솀(케이시어스)에 관한 이야기이다.

최후의 가장 짧은 12번째 질문은 숀에 의하여 솀의 목소리로 이루어지는데, 여기서 그는 솀을 저주받는 형제로서 특징짓는다.

I부 - 7장
문사 솀

HCE의 쌍둥이 아들인 솀의 저속한 성격, 그의 자의적 망명, 불결한 주거, 인생의 부침浮

沈, 그의 부식성의 글 등이 이 7장의 주된 소재를 형성한다. 이는 그의 쌍둥이 형제인 숀에 의하여 서술되는데, 한 예술가로서 조이스 자신의 인생을 빗댄 아련한 풍자이기도 하다. 숀의 서술은 신랄한 편견을 내포하고 있다. 그는 첫 부분에서 솀에 관하여 말하고, 둘째 부분에서 그의 전기적 접근을 포기하고 그를 비난하기 위하여 직접적으로 이야기에 참가한다. 이 장의 종말에서 솀은 자신의 예술을 통하여 자기 자신을 변호하려고 시도한다.

이 장은 전체 작품 가운데 비교적 짧으며, 아주 흥미롭고, 읽기 쉬운 부분이다. 초 중간에 나타나는 "퍼시 오레일리의 민요 풍"의 경기가競技歌는 솀의 비겁하고 저속한 성질을 나타내는 악장곡樂章曲이다. 솀은 야외전戰보다 "그의 잉크병전戰의 집 속에 콜크 마개처럼 틀어박힌 채" 지낸다. 그의 예술가적 노력은 중간의 라틴어의 구절에서 조롱당하는데, 잉크를 제조하는 이 분변학적 과정에서 솀은 "그의 비참한 창자를 통하여 철두철미한 연금술사"가 된다. 그리고 그는 자신의 예술로 "우연변이된다." 〈자비〉로서의 솀은 〈정의〉로서의 숀에 의하여 그가 저지른 수많은 죄과에 대하여 비난 받는다. 솀은 철저한 정신적 정화가 필요하다. 이 장의 말에서 이들 형제들의 갈등을 해소하기 위해 그들의 어머니 ALP가 리피 강을 타고 도래하며, 〈자비〉는 자신의 예술을 통해서 스스로를 변명하려고 시도한다.

결국, 여기 이들 쌍둥이 형제간의 갈등은 그들의 어머니 아나 리비아 플루라벨(ALP)의 도래로서 해결되는 셈이다.

I부 - 8장
여울목의 빨래하는 아낙네들

이 장은 두 개의 상징으로 열리는데, 그 중 첫 째 것은 대문자 "O"로서 이는 순환성 및 여성을, 그리고 첫 3행의 삼각형으로 나열된 글귀는 이 장의 지속적 존재인 ALP의 기호(siglum)이다.

두 빨래하는 아낙네들이 리피 강의 맞은편 강둑에서 HCE와 ALP의 옷가지를 헹구며 그들의 생에 대하여 잡담하고 있다. ALP의 옛 애인들, 그녀의 남편, 아이들, 간계, 번뇌, 복수 등, 그 밖에 것들에 대한 그들의 속삭임이 마치 강 그 자체의 흐름과 물소리처럼 진행된다. 옷가지마다 그들에게 한 가지씩 이야기를 상기시키는데, 이를 그들은 연민, 애정 및 아이러니한 야만성을 가지고 자세히 서술한다. 주된 이야기는 ALP가 아이들 무도회에서 각자에게 선물을 나누어 줌으로써 그녀의 남편(HCE)의 스캔들을 다른 곳으로 돌리려는 것이다. 이어 그녀의 마음은 자신의 과거에 대한 회상에서부터 그녀의 아들들과 딸의 떠오르는 세대로 나아간다. 강의 물결이 넓어지고 땅거미가 내리자, 이들 아낙네들은 솀과 숀에 관해서 듣기를 원한다. 마침내 그들은 서로가 볼 수도 들을 수도 없게 되고, 한 그루의 느릅나무와 한 톨의 돌로 변신한다. 이들은 그녀의 두 아들 솀과 숀 쌍둥이를 상징하는데, 잇따른 장들은 그들에 관한 이야기이다. 강은 보다 크게 속삭이며 계속 흐르고, 다시 새로운 기원이 시작할 찰나이다.

이 장은, 마치 음률과 소리의 교향악이듯, 산문시의 극치를 이룬다. 700여 개에 달하는 세계의 강 이름이 이들 언어들 속에 위장되어 있으며, 장말의 몇 개의 구절은 작가의 육성 녹음으로 유명하다.

II부-1장
아이들의 시간

선술집 주인(HCE)의 아이들이 해거름에 주점 앞에서 경기를 하며 놀고 있다. 솀과 숀이, 글루그와 추프의 이름으로 소녀들의 환심을 사기위해 싸운다. 경기는 "믹, 닉 및 매기의 익살극"

이란 제목 아래 아이들에 의하여 번갈아 극화된다. 이 경기에서 글루그(셈)는 애석하게도 패배하는데, 그는 장 말에서 추프(숀)에게 복수의 비탄시를 쓰겠다는 원한과 위협을 지니며 후퇴한다. 아이들은 저녁 식사를 하고 이어 잠자도록 집 안으로 호출된다. 잠자기 전에 다시 그들의 한바탕 놀이가 이어지고, 이내 아버지의 문 닫는 소리(6번째 천둥)에 모두 침묵한다.

이 장은 환상 속의 환상의 이야기로서, 전 작품 가운데 가장 어려운 것들 중의 하나이다. 아이들의 놀이는 글루그(셈—악마—믹)와 추프(숀—천사—매기) 간의 전쟁의 형태를 띤다. 그러나 그들의 싸움의 직접적인 목적은 그들의 누이동생 이시(이찌)의 환심을 사는 데 있다. 그 밖에 프로라(28명의 무지개 소녀들, 이시의 친구 및 변형)를 비롯하여, HCE와 ALP, 주점의 단골손님(12명의 시민들), 손더슨(바텐더) 및 캐이트(가정부) 등이 등장한다. 글루그는 3번의 수수께끼(이시의 속옷 색깔을 맞추는 것으로, 답은 '헬리오트로프'—굴광성 식물의 꽃빛 또는 연보라 색)를 맞추는 데 모두 실패하자, 그때 마다 무지개 소녀들이 추프의 편을 들며, 춤과 노래를 부르고 그를 환영한다. 이처럼 이 익살극은 글루그와 추프의 형제 갈등을 일관되게 다루고 있지만, 그러나 장말에서 그들은 서로 화해의 기도를 드림으로써 종결된다.

II부 - 2장
학습 시간 - 삼학三學과 사분면四分面

돌프(셈), 케브(숀) 및 그들의 자매인 이시가 자신들의 저녁 학습에 종사한다. 그들은 모두 2층에 있으며, 이시는 소파에 앉아 노래와 바느질을 하고 있다. 아래층 주장에서는 HCE가 12손님들을 대접하고 있다.

그들의 학습은 전 세계의 인류 및 학문에 관한 것으로, 유태교 신학, 비코의 철학, 중세 대학의 삼학(문법학, 논리학 및 수학)과 사분면(산수, 기하, 천문학, 음악)의 7교양과목 등이, 편지 쓰기와 순문학(벨레트레)과 함께 진행된다. 그들의 마음은 우주와 암울한 신비에서부터 채프리조드와 HCE의 주점에까지 점차적인 단계로 안내된다.

이어, 꼬마 소녀 이시가 소파에서 그녀의 사랑을 명상하는 동안, 돌프는 기하 문제를 가지고 케브를 돕는데, 그는 ALP의 성의 비밀을 원과 삼각형의 기하학을 통하여 설명한다. 나중에 케브는 돌프의 설명에 어려움을 느끼고, 홧김에 그를 때려눕히지만, 돌프는 이내 회복하고 그를 용서하며 양자는 결국 화해한다. 수필의 제목들이 아이들의 학습의 마지막 부분을 점령하지만, 그들은 이들을 피하고 그 대신 양친에게 한 통의 "밤 편지"를 쓴다.

본문의 양 옆에는 두 종류의 가장자리 노트와, 이후 쪽에 각주가 각각 붙어 있다. 절반 부분의 왼쪽 노트는 셈의 것이요, 오른쪽 것은 숀의 것이다. 그러나 후반에서 이는 위치가 서로 바뀐다. 이들 중간 부분(288-292)은 셈(교수)에 의한 아일랜드의 정치, 종교 및 역사에 관한 서술로서, 양쪽 가장자리에는 노트가 없다. 각주는 이시의 것으로, 모두 229개에 달한다. 돌프가 케브에게 수학을 교수하는 대목에는 다양한 수학적 용어들이 담겨있다.

II부 - 3장
축제의 여인숙

이 장은 전체 작품 가운데 1/6에 해당하는 거대한 양으로, 가장 긴 부분이다. 그의 배경은 HCE의 주막이요, 그 내용은 두 가지 큰 사건들, 1)노르웨이 선장과 양복상 커스에 관한 이야기 2)바트(셈)와 타프(숀)에 의하여 익살스럽게 진행되는 러시아 장군과 그를 사살하는 버클리 병사의 이야기로 이루어진다.

첫 번째 장면에서 우리는 노르웨이 선장과 연관하여 유령선(희망봉 주변에 출몰하는)과 그의 해적에 관한 전설적 이야기를 엿듣게 되는데, 그 내용인즉, 한 등급은 노르웨이 선장이 더블린의 양복상 커스에게 자신의 양복을 맞추었으나, 그것이 몸에 잘 맞지 않는다. 이에 그는 커스에게 항의 하자, 후자는 선장의 몸의 불균형(그의 커다란 등 혹) 때문이라고 해명한다. 이에 서로 시비가 벌어진다. 그러나 결국 양복상은 선장과 자신의 딸과의 결혼을 주선함으로써, 서로의 화해가 이루어진다. HCE의 존재 및 공원에서의 그의 불륜의 행위에 관한 전체 이야기는 이 유령선의 이야기의 저변에 깔려 있다.

두 번째 장면에서, 우리는 텔레비전의 익살극인 바트와 타프의 연재물을 읽게 되는데, 등장인물들인 바트(셈)와 타프(숀)는 크리미아 전쟁(러시아 대 영국, 프랑스, 오스트리아, 터키, 프로이센 등 연합국의 전쟁, 1853-1856)의 세바스토풀 전투에서 아일랜드 출신 버클리 병사가 러시아의 장군을 어떻게 사살했는지를 자세히 열거한다. 병사 버클리는 이 전투에서 러시아 장군을 사살할 기회를 갖게 되나, 그때 마침 장군이 배변 도중이라, 인정상 그를 향해 총을 쏘지 못하다가, 그가 뗏장(turf: 아일랜드의 상징)으로 밑을 훔치는 것을 보는 순간 그를 사살한다는 내용이다. 이 장면에서 "경 기병대의 공격"의 노래의 여운 속에 장군이 텔레비전 스크린에 나타난다. 그는 HCE의 살아 있는 이미지이기도 하다. 텔레비전이 닫히자, 주점의 모든 손님들은 버클리의 편을 든다. 그리고 앞서 타프와 바트는 동일체로 이어 이우러진다. 그러나 주점 주인은 러시아의 장군을 지지하기 위해 일어선다. 무리들은 그들의 주인에 대한 강력한 저주를 쏟는데, 그는 공직에 출마하고 있는 듯이 보인다.

이제 주점은 거의 마감시간이다. 멀리서부터 HCE의 범죄와 그의 타도를 외치는 민요와 함께, 접근하는 군중들의 소리가 들린다. HCE는 자신이 다스릴 민중에 의하여 거절당하고 있음을 느끼면서, 주점을 청소하고 마침내 홀로 남는다. 자포자기 속에서 그는 손님들이 마시다 남긴 모든 술병과 잔들의 술 찌꺼기를 핥아 마시고, 취한 뒤 마루 위에 맥없이 쓰러진다. 여기서 그는 1198년에 서거한 아일랜드 최후의 비운의 왕(그는 영국에 자신의 나라를 양도했다)과 스스로를 동일시한다. 마침내 그는 꿈속에서 배를 타고, 리피 강을 흘러가는데, 결국 이 장면(주점)은 항구를 떠나는 배로 변용된다. 7번째 천둥이 이 이야기의 초두에 그리고 8번째 것이 그 장말에 각각 울리는데, 이는 HCE(피네간, 퍼시 오레일리)의 추락의 주제를 각각 상징한다.

II부 - 4장
신부선新婦船과 갈매기

앞서 장과는 대조적으로, 이 장은 전체 작품 가운데 가장 짧은 것이다. 조이스는 이 장의 내용을 두 이야기들, "트리스탄과 이솔트" 및 "마마누요(마태, 마가, 누가, 요한의 함축어)"에 근거하고 있다. 이 장의 초두의 시는 갈매기들에 의하여 노래되며, 무방비의 마크 왕에 대한 트리스탄의 임박한 승리를 조롱조로 하나하나 열거한다. 이때 HCE는 마루 위에서 꿈을 꾸고 있다.

이 장면에서 HCE는 이솔트와 함께 배를 타고 떠난 젊은 트리스탄에 의하여 오쟁이 당한 마크 왕으로 자기 자신을 몽상한다. 이들 여인들은 신부선의 갈매기들 격인 4노인들 "마마누요"에 의하여 에워싸여 지는데, 그들은 네 방향에서(각자 침대의 4기둥의 모습으로) 그들의 사랑의 현장을 염탐한다. 장말에서 이들은 이솔트를 위하여 4행시를 짓는다. 여기 상심하고 지친 HCE는 자신이 이들 노령의 4노인들과 별반 다를 것이 없음을 꿈속에서 느낀다. 이 장에서 1132의 숫자가 다시 소개되는데(처음은 제1장에서), 여기 가장 빈번히 나타난다. 이는 1132년(그 절반은 566)의 대홍수의 해를 가리키는 바, 〈성서〉의 원형에서처럼, 소멸과 부활의 주제를 이룬다. 32는 추락(〈율리시스〉에서 블룸이 셈하는 낙체의 낙하 속도이기도), 그리고 11은 아나 리비아의 숫자인 111의 경우처럼 재생의 상징적 증표이다.

III부 - 1장
대중 앞의 숀

이 장은 제III부의 첫 째 장에 해당한다. 이는 한밤중의 벨소리의 울림으로 시작된다. "정적 너머로 잠의 고동"이 들려오는 가운데, "어디선가 무향無鄕의 혹역或域에 침몰하고 있는" 화자(숀)는 잇따른 두 장들의 중심인물인, 우체부 숀에 의하여, 자신이 성취한 대중의 갈채를 묘사하기 시작한다, 화자는 한 마리 당나귀의 목소리로, 자신의 꿈을 토로한다. CHE(작품에서 어순이 수시로 바뀌거니와)가 ALP와 함께 한 밤중 그들의 침실에 있다. 또한 이야기는 숀의 먹는 습성에 대한 생생한 서술을 포함한다. 그는 자신을 투표하려는 대중 앞에 서 있다.

그러나 이 장의 대부분은 대중에 의하여 행해진, 모두 14개의 질문으로, 숀에 대한 광범위한 인터뷰로서 구성된다. 이들 중 8번째 질문에서 숀은 그의 대답으로 "개미와 베짱이"의 이솝 이야기(우화)를 자세히 설명하는데, 이는 실질적인 개미(숀)와 비 실질적인 탕아인 베짱이(셈)에 관한 상반된 우화이다. 이 장을 통하여, 셈과 숀의 형제 갈등의 주제가 많은 다른 수준에서 다시 표면화되는데, 그의 대부분은 질문들에 대한 숀의 대답으로 분명해진다. 여기 9번째 천둥소리가 우화가 시작되기 직전에, 숀의 헛기침과 동시에 울린다.

이들 대중들의 질문들에 대한 숀의 대답은 이따금 회피적이다. 그 가운데는 숀이 지닌 한 통의 편지에 관한 질문이 있는데, 이에 관해 그는 아나 리비아와 셈이 그것을 썼으며, 자신은 그것을 배달했을 뿐이라고 대답한다. 또한 그는 편지의 표절된 내용을 극렬히 비난한다. 숀의 최후의 대답이 있은 뒤에, 그는 졸린 채, 한 개의 통 속에 추락하는데, 그러자 통은 리피 강 속으로 뒹굴며 흘러간다. 이시가 그에게 작별을 고하고, 모든 아일랜드가 그의 소멸을 애도하며 그의 귀환을 희구한다. 최후로 그의 부활이 확약된다.

III부-2장 성
브라이드 학원 앞의 숀

숀이 존(Jaun)이란 이름으로 여기 재등장한다. "한갓 숨을 자아내기 위하여…그리고 야보의 후厚 밑창 화靴의 제일 각脚을 잡아당기기 위하여" 멈추어 선 뒤에, 숀은 "성 브라이드 국립 야간학원 출신의 29만큼이나 많은 산울타리 딸들"을 만나, 그들에게 설교한다. 그는 이시에게 그리고 다른 소녀들에게 성심을 다하여 연설하기 시작한다. 화제가 섹스로 바뀌자, 숀은 자신의 관심을 그의 누이에게만 쏟는다. 그는 셈에 관해 그녀를 경고하는데, 그녀에게 그를 경멸하고, 자제하도록 충고 한다. "사랑의 기쁨은 단지 한 순간이지만, 인생의 서약은 일엽생시를 초욕超欲하나니."

그의 설교를 종결짓기 전에, 숀은 공덕심을 위한 사회적 책임을 격려한다. "원조합에 가입하고 가간구를 자유로이 할지라! 우리는 더블린 전역을 문명할례 할지니." 그런 다음 그는 자신이 좋아하는 주제들 중의 하나인, 음식에 대하여 초점을 맞춘다.(음식에 대한 관심은 앞서 숀의 특징이요, 장의 시작에서 음식과 음료에 대한 그의 태도가 당나귀에 의하여 생생하게 묘사된 바 있다) 장말에 가까워지자, 이시는 처음으로 이야기를 시작하며, 떠나가는 숀을 불성실하게 위로하는데, 여기서 후자는 낭만적 방랑탕아인 주앙(Juan)으로 변신한다.

숀은 그의 "사랑하는 대리자를 뒤에 남겨둔 채" 마치 떠나가는 오시리스 신처럼, 하늘로 승천을 시도한다. 이때 소녀들은 그와의 작별을 통곡한다. 그러나 그는 성공을 거두지 못하고, 떠나기 전에 연도가 암송되면서, 그의 정령이 "전원의 흔"으로서 머문다. 앞서 장에서 숀은 정치가

격이었으나, 이 장에서 한 음탕한 성직자의 색깔을 띤 돈 주앙(영국 시인 셸리의 영웅이기도)이된다. 그의 설교는 몹시도 신중하고 실질적이며, 냉소적, 감상적 및 음란하기까지 하다. 그는 자신이 떠난 사이에 그의 신부新婦(이시)를 돌볼 솀을 소개하며, 그녀에게 그를 경계하도록 충고한다. 그는 커다란 사명을 띠고 떠나갈 참이다. 그의 미래의 귀환은 불사조처럼 새 희망과 새 아침을 동반할 것이요, 침묵의 수탉이 마침내 울 것이다.

III부 - 3장
심문 받는 숀

여기 숀은 욘(Yawn)이 되고, 그는 아일랜드 중심에 있는 어느 산마루 꼭대기에 배를 깔고 지친 채, 울부짖으며, 맥없이 쓰러져 있다. 4명의 노인 복음자들과 그들의 당나귀가 그를 심문하기 위해 현장에 도착한다. 그들은 엎드린 거한巨漢에게 반半 강신술로 그리고 반半 심리審理로 질문하자, 그의 목소리가 그로부터 한층 깊은 성층에서 터져 나온다. 그리하여 여기 욘은 HCE의 최후의 그리고 최대의 함축을 대표하는 거인으로 변신하여 노정된다. 그들은 욘에게 광범위한 반대 심문을 행하는데, 이때 성이 난 그는 자기 방어적 수단으로, 한순간 프랑스어로 대답하기도 한다.

4명의 심문자들은 욘의 기원, 그의 언어, 편지 그리고 그의 형제 솀과 그의 부친 HCE와의 관계를 포함하는 가족에 관하여 심문한다. 추락의 다른 설명이 트리클 톰과 다른 사람들에 의하여 제시되지만, 이제 욘에서 변신한 이어위커는 자기 자신을 옹호할 기회를 갖는다. 한 무리의 두뇌 고문단이 심문을 종결짓기 위하여 4심문자들을 대신 점거한다. 그 밖에 다른 질문자들이 재빨리 증언에 합세한다. 그들은 초기의 과부 캐이트를 소환하고, 마침내 부친(HCE)을 몸소 소환한다. HCE의 목소리가 거대하게 부풀면서, 총괄적 조류를 타고 쏟아져 나오고, 전체 장면은 HCE의 원초적 실체로 기울어진다. 그는 자신의 죄를 시인하지만, 문명의 설립자로서 스스로 이룬 업적의 카탈로그를 들어 자신을 옹호한다.

이처럼 이어위커가 그들에게 자신을 변호하는 동안 그의 업적을 조람하지만, "만사는 과거 같지 않다." 그는 자신의 업적 속에 그가 수행한 많은 위업과 선행을 포함하여, 아나 리비아(ALP)와의 자신의 결혼을 자랑한다. "나는 이름과 화촉 맹꽁이 자물쇠를 그녀 둘레에다 채웠는지라." 그러나 지금까지 그가 길게 서술한 자기 방어의 성공은 불확실하다. 여기 초기의 아기로서 욘 자신은 후기의 부식하는 육신의 노령으로 서술된다. 그리하여 그는 인생의 시작과 끝을 대변한다. 그는 매기로서 수상隨想되는 구류 속의 아기 예수인 동시에, 오점형五點型(quincunx)의 중앙에 놓인 십자가형의 그리스도이기도 하다.

III부- 4장
HCE 와 ALP - 그들의 심판의 침대

이 장의 첫 페이지는 때가 밤임을 반복한다. 독자는 현재의 시간이 포터(이어위커)가家의 늦은 밤임을 재빨리 식별하게 된다. 포터 부처는 그들의 쌍둥이 아들 제리(솀)로부터 외마디 부르짖는 소리에 그들의 잠에서 깬 채, 그를 위안하기 위하여 그의 방으로 간다. 그들은 그를 위안하고 이어 자신들의 침실로 되돌아와, 그곳에서 다시 잠에 떨어지기 전 사랑(섹스)을 행하지만, 만족스럽지 못하다. 창가에 비친 그림자가 그들 내외의 행동을 멀리 그리고 넓게 비추는데, 이는 거리의 순찰 경관에 의하여 목격된다. 새벽의 수탉이 운다 남과 여는 다시 이른 아침의 선잠에 빠진다.

이러한 시간 동안 이들 부부를 염탐하는 무언극은 이들에 대한 4가지 견해를 각자 하나씩 제시한다. "조화의 제1자세"는 마태의 것으로, 양친과 자식들에 대한 그들의 관심을 서술한다. 마가의 "불협화의 제2자세"는 공원의 에피소드를 커버하고 재판에 있어서처럼 양친의 현재의 활동들을 심판한다. "일치의 제3자세"는 무명의 누가에 속하는 것으로, 새벽에 수탉의 울음소리에 의하여 중단되는 양친의 성적 행위를 바라보는 견해이다. "용해의 제4자세"는 요한에 의한 것으로 가장 짧으며, 이 장의 종말을 결구한다. 이 견해는 비코의 순환을 끝으로, 잇따른 장으로 이어지는 '회귀(recorso)'로 나아간다.

IV부 - 1장
회귀

〈경야〉의 최후의 IV부는 한 장으로 구성된다. 산스크리트의 기도어祈禱語인 "성화(Sandyas)"(이는 새벽 전의 땅거미를 지칭하거니와)의 3창으로 시작되는 이 장은 새로운 날과 새 시대의 도래를 개시하는 약속 및 소생의 기대를 기록한다. "우리들의 기상시간이나니," 이는 대지 자체가 성 케빈(숀)의 출현을 축하하는 29소녀들의 목소리를 통하여 칭송 속에 노래된다. 그리하여 성 케빈(숀)은, 다른 행동들 가운데서, 갱생의 물을 성화한다. 천사의 목소리들이 하루를 선도한다. 잠자는 자者(HCE)가 뒹군다. 한 가닥 아침 햇빛이 그의 목 등을 괴롭힌다. 세계가 새로운 새벽의 빛나는 영웅을 기다린다. 목가적 순간이 15세기의 아일랜드의 찬란한 기도교의 여명을 알린다. 날이 밝아 오고, 잠자는 자들이 깨어나고 있다. 밤의 어둠은 곧 흩어지리라.

그러나, 이 장이 포용하는 변화와 회춘의 주요 주제들 사이에 한 가지 진리의 개념을 위한 논쟁 장면이 삽입된다. 그것은 발켈리(Balkelly)(고대 켈트의 현자, 셈)와 성 패트릭(성자, 숀) 간의 이론적 논쟁이다. 이들 논쟁의 쟁점은 "진리는 하나인가 또는 많은 것인가" 그리고 "유일성과 다양성의 상관관계는 무엇인가"라는 데 있다. 이 토론에서 발켈리(조지 버켈리)는 패트릭에 의하여 패배 당한다. 이 장면은 뮤타(셈)와 쥬바(숀) 간의 만남에 의하여 미리 예기되거니와, 여기 뮤타와 쥬바는 형제의 갈등, 쥬트/뮤트—셈/숀의 변형이다. 발켈리와 성 패트릭(케빈)의 토론에 이어, 이야기의 초점은 아나 리비아에게로 그리고 재생과 새로운 날로 바뀐다.

아나 리비아는 처음으로 그녀의 편지에이를 "알마 루비아, 폴라벨라"(Alma Luvia Pollabella)로 서명하거니와), 그런 다음 그녀의 독백으로 말한다. 그러자 여인은 자신이 새벽잠을 자는 동안 남편이 그녀로부터 떨어져 나가고 있음을 느낀다. 시간은 그들 양자를 지나쳐 버렸나니, 그들의 희망은 이제 자신들의 아이들한테 있다. HCE는 험티 덤티(땅딸보)의 깨진 조가비 격이요, 아나는 바다로 다시 되돌아가는 생에 얼룩진 최후의 종족이 된다. 여기 억압된 해방과 끝없는 대양부大洋父와의 재결합을 위한 그녀의 강력한 동경이 마침내 그녀의 한 가닥 장쾌한 최후의 독백을 통하여 드러난다.

이제 아나 리피(강)는 거대한 해신부海神父로 되돌아가고, 그 순간 눈을 뜨며, 꿈은 깨어지고, 그리하여 환環은 새롭게 출발할 채비를 갖춘다. 그녀는 바닷 속으로 흐르는 자양의 춘엽천春葉泉이요, 그의 침니沈泥와 그녀의 나뭇잎들과 그녀의 기억을 퇴적한다. 최후의 장면은 그녀의 가장 인상적이요 유명한 독백으로 결구한다.

• 목 차 •

제III부

제IV부

편역 김종건

1999년 고려대 영어교육과 교수(영문학)
1979년 〈한국 제임스 조이스 학회〉 설립
1987년 〈제임스 조이스 저널〉 창간
현 고려대 명예 교수
현 〈한국 제임스 조이스 학회〉 고문

저 · 역서

『밤의 미로 - 피네간의 경야 해설집』 (2017, 어문학사)
『수리봉 - 한 제임스 조이스 연구자의 회고록』 (2016, 어문학사)
『율리시스-제4개역판』 (2016, 어문학사)
『피네간의 경야 이야기 - 피네간의 경야 평설집』 (2015, 어문학사)
『제임스 조이스 문학 읽기』 (2015, 어문학사)
『제임스 조이스의 아름다운 글들』 (2012, 어문학사)
『피네간의 경야』 (2012, 고려대학교출판부)
『피네간의 경야 주해』 (2012, 고려대학교출판부)

복원된 피네간의 경야

제I권

본문 및 평설

제 I 부

• I부 - 1장 •

피네간의 추락 (p.003-029)

강은 달리나니,[1] 이브와 아담의 성당[2]을 지나 해안의 변방으로부터 만灣의 굴곡까지, 우리로 하여금 비코(vicus)의 둘러친 넓은[3] 촌도[4]로 하여 호우드(H) 성城(C)[5] & 주원周圓(E)까지 되돌아오게 하도다.

사랑의 재사才士, 트리스트람경卿,[6] 단해短海 너머로부터, 그의 반도半島의 고전孤戰[7]을 재차 휘두르기 위하여 소小유럽의 험준한 수곡首谷[8] 차안此岸의 북北아모리카[9]에서 아직 도착하지 않았나니[10] 오코노의 흐르는[11] 샛강에 의한 톱소야(頂톱장이)의 암전岩錢[12]이 항시 자신들의 감주수甘酒數[13]를 계속 배가하는[14] 동안, 조지아주洲 로렌스군郡의 능보陵堡까지 아직 지나치게 쌓지 않았으니 뿐만 아니라 원화遠火[15]로부터 혼混일성이 '나 여기 나 여기'[16]하고, 풀무하며 다변강풍多辯强風[17]으로 패트릭을 토탄세례[18] 하지 않았으니 또한 아직도, 비록 나중의 사슴고기(鹿肉)[19]이긴 하나, 아직도 피의 요술사 파넬이 얼빠진 늙은 아이작(Isaac)을 축출하지 않았으니[20], 비록 바네사(Vanessa) 사랑의 유희에 있어서 모두 공평하였으나, 이들 쌍둥이 에스터(Esther) 자매가 둘 혹은 하나의 나단조(Nathanjoe)[21]와 함께 과격하게 격노하지 않았나니. 아빠의 맥아주酒 한 홉마저도 젬(Jhem) 또는 셴(Shen)으로 하여금 호등弧燈으로 발효하게[22] 하지 않았나니, 그리하여 눈썹 무지개의 붉은 동쪽 끝이 바다 위에 반지마냥 보였을지라.[23]

추락墜落(바바번개개가라노가미나리리우우뢰콘브천천둥둥너론투뇌뇌천오바아호나나운스카운벼벼락락후후던우우크!),[24] 한때 벽가壁街[25]에 노부老父[26]의 추락이 성聲의 잠자리에 그리고 이어 일찍이 줄곧 모든 기독교도의 음유시인[27]을 통하여 재차 들리도다. 맞은편 이 벽의 저 커다란 추락은 이토록 짧은 통지에 의해 고대의 견실남堅實男[28]인, 피네간의 마법 같은 활강을 야기했나니. 기피자欺彼者 자신의 육봉肉峰 같은 구두丘頭[29]가 신중하고 급속하게 객을 그의 땅딸보 발가락을 탐하여 한껏 서쪽으로 부르는지라 그리고 그들의 위쪽통행료징수문[30]이 공원 밖의 노크 언덕[31]에 여전히 위치하고, 그곳의 옛 오렌지 당원들이 더블린의 리피(livvy)강江을 애초에 사랑한 이후 녹원綠原[32] 위에 무위도식 한 채 누워 있었도다.

[003.01—003.03] 주제의 서술 및 장소와 시간의 구성] 여기 리피강江의 흐름은 본래 "아담과 이브"(Adam and Eves) 성당을 지나, 더블린만灣과 호우드 언덕으로의 순환이다. "이브와 아담의 역은 물의 역류를 암시한다. 이는 철학자 비코의 역사의 회귀를 의미하기도 한다. 강물은 하루에 밤과 낮 두 차례 역으로 흐른다." "riverrun"의 첫 자는 작품의 종말인 "the"와 이어진다. 그리하여 "the + riverrun)"은 "the reverend"(존사)가된다.

[003.04—003.14] 시간의 시작—아직 아무 것도 일어나지 않았다—본란은 간주곡(중간참, interlude) 격이다.

[003.15—003.24] 추락—우뢰(천둥)의 소리로 시작되는 비코의 역사의 시작.

〔004.01—004.17〕 천국의 전운—추락과 봉기.

〔004.18—005.04〕 원시의 동량지재—피네간—그의 소개와 탑.

여기야말로 의지자意志者와 비의지자非意志者, 석화신石花神(굴신) 대 어신魚神[1]의 무슨 내 뜻 네 뜻 격돌의 현장現場 이람.[2] 브렉케크 개골 개골 개골! 코옥쓰 코옥쓰 코옥쓰![3] 아이 아이 아이! 아이고고! 그 곳에는 켈트족族의 창칼 든 도당들이 여전히 그들의 가정과 사원들을 절멸하고[4] 혹족或族들[5]은 투석기와 원시의 무기로 머리에 두건 쓴 백의대(Whoyteboyce)[6]로부터 사람 잡는 뒤집힌 본능을 들어내고 있었도다. 창칼 투창의 시도 그리고 총포의 붕 파성破聲. 신토神土의 혈아족血亞族이여, 두려운지고! 영광혈루榮光血淚여, 구하소서! 섬뜩한, 눈물과 함께 무기로 호소하면서. 살살살인 한 가닥 슬픈 종소리, 한 가닥 슬픈 종소리. 무슨 우연 살인, 공포와 환기의 무슨 붕괴인고![7] 무슨 종교전쟁에 의한 무슨 진부한 건축물을 파풍破風했던고! 무슨 가짜 딸꾹질 야곱의 뒤죽박죽 잡성雜聲으로 그들의 건초모乾草毛를 바라는 무슨 진짜 느낌을![8] 오, 여기 어찌하여 간음주의자들의 아비(父)가 등을 뻗고 어두운 황혼을 만났던고, 그러나(오, 나의 빛나는 별들과 육체여!) 어찌하여 가장 높은 천국이 상냥한 광고의 허공에 뜬 무지개를 부채질하여 다리를 놓았던고![9] 그러나 과거에도 있었고 현재도 있는지라? 이슬트(Iseut)여? 정말 그대 확실한고?[10] 과거 오래된 참나무 이제 그들은 토탄 속에 모두 넘어졌나니 그러나 재(灰) 쌓인 곳에 느릅나무 솟는도다.[11] 비록 그대의 남근이 추락 했어도, 재기再起해야 하나니.[12] 그리고 종말은 당장에 없으려니 게다가 목하의 몰락은 경칠속세의 불사조처럼 재생을 가져오리라.

동량지재棟梁之材 피네간,[13] 말더듬이[14] 손을 갖고, 자유인(프리메이슨)[15]인 그가, 여호수아 사사기[16]가 우리에게 민수기[17]를 주었거나 또는 자유사색가 헬비티커스[18]가 신명기[19]를 위임하기 전에〔성서를 득하고 암송하기 전에〕 골 풀 양초 우거진 그의 집의 2개의 뒷방에서〔한층 멀리 뒤로〕 가상假想할 수 있는 최광最狂의 방법으로 살았나니(어느 효모작일酵母昨日) 그는 욕조 속에 자신의 머리[20]를 단호히 틀어박았는지라, 자신의 미래의 운명을 살피기 위해서였도다. 그러나 그가 재빨리 다시 그것을 흔들어 꺼내기도 전에, 모세의 권능에 의하여,[21] 바로 그 물(水)이 증발하자 모든 창세맥주創世麥酒[22]가 그들의 출 애굽[23]을 맞이하는지라 그런고로 얼마나 그가 주수酒水 젖은 남근자男根者[24] 인지를 그대에게 보여줘야만 했던고! 그리고 오랜 세월 동안, 독주가촌毒酒家村의 시멘트 및 건축물의, 이 나무통 운반 신공神工〔피네간〕[25]은 황하[26] 곁에 생자들을 위하여 그 강둑 위에 극상의 건축물을 쌓았도다. 그는 사랑스러운 애처이니 여女[27]와 함께 살며 이 작은 피조물을 사랑했는지라. 양손에 마른 갈초로 그녀의 작은 음소를 감추도다.[28] 이따금 수지樹脂공 같은,[29] 머리에 주교관을,[30] 손에는 멋진 타월을 쥐고 그가 습관적으로 좋아 하는 상아유의 외투에 휘감긴 채, 마치 어떤 동양의(H) 유아(C) 군주(E)처럼.[31] 그는 자신의 점토가벽의 높이와 넓이를 곱셈에 의하여 측정하곤 했나니,[32] 마침내 무, 모두 질(거인환희巨人歡喜!) 속에 솟은 자신의 원두첨탑, 엄청나게 큰, 거의 무에서 창건기원된, 전탑적全塔的으로 최고의[33] 벽가의 마천루를 자신이 태어난 주액의 순광純光에 의하여 보았는지라.

그리하여 그의 바벨탑 꼭대기 저쪽 불타는 관목을 모두 합하여, 도도한 고승건축걸작물滔滔漢高僧建築傑作物[1]의 통산 에스컬레이터로 히말라야 산정 및 총계를, 덜커덕거리는 노동구 든 바쁜 노동자들 및 버킷을 든 총총 타인들과 함께, 산정했도다.

최초에 그는 문장과 이름을 적나라하게 드러내는지라 거인촌의 주연 폭음暴飮이도다. 그의 옛 문장의 꼭대기 장식인 즉, 부대적 초록빛의, 광포한, 은색의, 한 수산양, 두 처녀를 추종하는, 무서운, 뿔을 하고 있었나니. 그의 가문家紋달린 방패, 미친 금술가와 태양신으로, 수평하게 둘러쳤도다. 강주는 그의 호미를 다루는 경작인을 위한 것이라. 호호호호, 핀(finn)의 씨(mister)여, 그대는 피네간의 씨(mister)가 되리로다! 래요일來曜日 아침이면 그리고, 오, 그대는 포도주(바인)라! 송요일送曜日 저녁이면, 아, 그대는 식초(vineger)로 변하리로다! 하하하하, 펀(funn) 씨여, 그대는 다시 벌금을 물게 될지라![2]

그러면 정말이지 저 비극의 뇌목요일雷木曜日에 즈음하여 이 도시의 원죄사原罪事〔원죄의 피네간 씨〕를 가져 온 것은 도대체 무엇이었던고? 우리들의 입방가옥[3]이 그 루머에 계속 요동하는지라, 마치 그의 아라 바타스 산[4]의 천둥소리를 이목격耳目擊하듯 그러나 우리는 또한 속세월續世月을 통하여 듣나니, 천국으로부터 여태껏 투하된 백석白石을 욕하는, 불사의 모슬렘교도敎徒의 저 초라한 코러스를[5].〔피네간의 추락—죄에 대한 비난〕 고로 실견實堅을 탐하는 우리를 유지할지라. 오, 버티는자者여, 무슨 시간에 우리가 기상하든 그리고 우리가 언제 이쑤시개를 잡든 그리고 우리가 가죽 침대 위에 동그랗게 눕기 전에 그리고 밤 동안 그리고 별들의 소멸시든 간에![6] 이웃 예언신神에 대한 한갓 수긍은 성인신神에게 윙크하기보다 낫기 때문이라.[7] 그렇지 않고는 항시 마산魔山과 이집트의 깊은 청해靑海 사이에서 조롱하는 수도원장을 닮을지라. 곡초穀草를 검은 곱사등이 결정하리니. 그땐 향연을 나르는 금요일인지 아닌지를 우리는 알게 되리로다. 그녀는 침좌寢座의 재능을 지니며 그녀는 수시로 사나이 조력자들에 응답하리라. 애몽녀愛夢女여. 요주要注! 요의要意! 혹자가 말하듯, 그건〔추락의 원인〕 필시 반불발화半不發火의 벽돌 때문이었으리라, 아니면 타자가 그걸 보았듯, 그의 뒤쪽 경내의 붕괴가 원인일지 모르나니.(거기 지금쯤 똑같은 소문이 천일화[8] 식으로 퍼지는지라, 모두들 가로되) 그러나 너무나 슬프게도 아담이 이브의 성스러운 붉은 사과를 먹었듯 확실하게.(압연기壓延機의 벽관壁館, 삯마차, 석동기石動機, 영궤차靈櫃車, 가로수차樹車, 호화차呼貨車, 자동차, 마락차馬樂車, 시가차市街車, 여행택시, 확성기차擴聲器車, 원형광장 감시차 및 바시리크 성당, 천층탑天層塔광장, 들치기들과 졸병들과 제복 입은 순경들과 그의 귀를 물어뜯는 사창가의 암캐 계집들 및 말버러[9]의 막사 그리고 그의 오래된 4개의 흡수공吸水孔[10]대로, 그리고 그의.

〔005.05—005.12〕 그(피네간)의 가문의 문장 및 관두—그의 운명의 암시.

〔005.13—006.12〕 도시—그의 추락의 원인—그이〔피네간〕 씨는 사다리에서 추락하여 죽다(가사하다).

〔006-007〕 경야의 시작.

〔006.13-006.28〕 이어위커(Earwick-er)의 경야—그를 자리에 눕히다—경야의 현장.

〔006.29-007.19〕 HCE가 풍경 속에 매장되다—경이 HCE와 ALP를 예시하다—HCE가 물고기처럼 먹인 채, 살아지다.

흑오염黑汚染의 조업연돌操業煙突이 12침탑[1] 한번 꾸벅 그리고 안전제일가街를 따라 활주하는 승합자동차들 및 무담無談양복점 모퉁이 둘레를 배회하는 다정마부들 및 그의 마을의 타고난 롬방지기 아이들,[2] 가정청소부들, 천개 타는 놈들의 매연과 희도약希跳躍과 쿵쾅, 모든 외방外房으로부터의 연모광경戀慕光景과 온갖 소음 속의 트럼트럼(thurun and thurum), 나를 위한 지붕 및 너를 위한 암초의 공포다 뭐다 하여,〔이상추락의 원인들〕 그러나 그의 다리(橋) 아래 음색音色을 맞추나니. 어느 경조警朝 필〔피네간〕은 만취락滿醉落했도다. 그의 호우드 구두丘頭가 중감重感이라, 그의 벽돌 몸통이 과연 흔들었도다.(거기 물론 발기의 벽 있었으니) 쿵! 그는 후반 사다리로부터 낙사했도다. 댐! 그는 가사假死했는지라![3]〔피네간은 완전히 죽지 않았나니〕 묵黙딤! 석실분묘,[4] 마스터배묘, 단남單男 낙혼樂婚할 때 그의 류트(絃器)는 장탄長歎이라.[5] 전 세계가 보도록.

분탄糞嘆? 나는 웅당 보리라! 맥크울, 맥크울, 저주래詛呪來라, 그대는 왜 사행死行 했는고?[6] 고행하는 갈신渴神 목요일 조조弔朝에? 피네간의 크리스마스 경야 케이크에 맹세코.[7] 그들은 애목哀目 탄식하나니, 백성의 모든 혹안 건달들, 그들의 경악과 그들의 울중첩鬱重疊된 현기에 울다혈鬱多血의 한탄포효恨嘆咆哮 속에 엎드린 채. 거기 연관하부들과 어부들과 집달리들과 현악사絃樂士들과 연예인들 또한 있었나니라.[8] 그리하여 모두들 극성極聲의 환희에 종세鐘勢했도다.[9] 현란과 교란10) 및 모두들 환을 이루어 만취했나니. 저 영속의 축하를 위하여, 한부흉부漢夫兇婦11)의 멸종까지! 혹자는 킨킨 소녀 코러스, 다자多者는, 칸칸 애가哀歌라. 그에게 나팔 입을 만들어 목구멍 아래위로 술을 채우면서. 그는 빳빳하게 뻗었어도 그러나 술은 취하지 않았나니, 프리엄 오림![12] 그는 바로 버젓한 쾌노快老의 청년이었는지라. 그의 침석[13]을 날카롭게 다듬을 지니, 그의 관을 두들겨 깨울지라! 전 세계 하처何處 이따위 소음을 그대 다시 들으리? 저질의 악기며 먼지투성이 깡깡이를 들고. 모두들 침상아래 그를 기다란 침대에 눕히나니. 발 앞에 위스키 병구甁口. 그리고 머리맡에는 수레 가득한 기네스 창세주創世酒.[14] 총계 홍겨운 액주液酒가 그를 비틀 만취 어리둥절하게 하나니, 오![15]

만세, 전고全古의 지구륜地球輪을 위해〔피네간의〕 견관見觀은 유사어적으로 매 한가지. 글쎄요, 그자 역시 장성아 인양 자신의 체구를 계속 몸부림치는 자인지라, 우리 한번 엿봐요, 봐요, 자, 봐요, 원형 접시에 담긴, 산山[16] 격格이라! 프리조드에서 베일리 등대까지 또는 회도灰都에서 주옥[17]까지 또는 은행 둑에서 원두圓頭까지[18] 또는 청구請丘 발밑에서 애란 안도眼島까지,[19] 그(H)는 고요히(C) 고장孤藏한지라(E).[20] 그리하여 멀리 내내(한 가닥 뿔 나팔!) 만灣의 입강入江에서 초산草山까지 그의 만풍灣風의 오보에 그를 애통하리니.

바위 주변의 악기(호아호아 도적悼笛!) 빙빙붕방방 메아리 속에 그리고 온통 생생하고[1] 기나긴 밤, 지껄지껄 아롱아롱 이는 밤, 청복종青複鐘의 밤, 기묘한 장단격의 루우트 퉁소가(오카리나![2] 오, 가련한可憐恨!) 그를 경야 깨우도다. 그녀의 피우차우彼友此友 그리고 그녀의 내외주변의 피이터 잭 마틴[3]과 더불어. 묘담墓談의 참깨를 화경話耕하며, 다정茶情하고 거북 불결한 더블린[4]의 종을 울리면서. 만식瞞食 전의 감사도感謝禱 우리들이 믿을 것을 위해, 주여 우리로 하여금 진실로 감사하게 하소서. 고로 청青계란을 모으고 위장을 위해 바구니를 건넬지라. 오멘.[5] 고로 우리를 탄식하게 할지라. 노아老兒〔피네간〕는 추락해도 그러나 조모는 관보 펴나니. 접시탁卓의 관절 위에 하물何物인고? 흐흥 쳇. 그의 (빵)굽는 머리는 하물인고? 케네디의[6] 한 토막 패트릭 성聖빵이로다. 그리하여 그의 꽁지의 홉에 부화한 것은 무엇인고? 단 던넬 회사[7]제製의 유명포有名泡의 더블린 고주古酒 한 잔. 그러나 보라, 그대가 그의 거품 사주詐酒를 꿀꺽 잔 들이키고 백화분(白花粉)[8]의 저 어신척魚身脊〔영성체—피네간〕에 이빨을 침장沈葬하려 하자, 거수 같은 그를 볼지라 무슨 일 인고하니 그는 이제 무無자취나니. 핀 종말! 단지 작일풍경昨日風景의 위사僞事로다. 고대 아가페 종파[9]시대時代로부터 전래한, 거의 시뻘건 연어물고기, 그는 우리들의 무중의 어린연어로 변멸變滅 했나니, 〔피네간: 어린연어로의 변신〕 아 슬픈지고 그리하여 포송包送할지라. 고로 저 식사는 종남綜男(핀)을 위해 사송死送이라, 음윤飮輪, 싱싱한 연어 그리하여 귀찮은 것이 제거되어 시원한지라.

〔007—008〕 풍경이 HCE와 ALP를 예시하다.

〔007.20—008.08〕 그〔피네간〕 또는 HCE는 박물관의 더블린 입구 아래서 잠들다—윌링던 뮤즈 방의 방문.

하지만 우리는 심지어 우리들 자신의 야시에, 저 숭어 충만한 유천변流川邊에 잠든, 수놈 뇌어雷魚가 사랑했고 암놈 뇌어가 의지하는, 윤곽의 뇌룡어형雷龍魚型[10]〔피네간—HCE〕을 여전히 볼 수 있지 않을 것인고. 여기 지사 나리. 귀여운 자유녀와 잠자도다.[11] 만일 그녀가 깃발 단 여인 혹은 비늘 여인, 냄새 누더기 여인 또는 일요녀日曜女라면, 부원富源의 금광 또는 푼돈 중重의 거지라면. 아하, 확실히, 우리 모두 꼬마 애니(Anny)〔ALP〕를 사랑하나니, 아니면, 우리는 글쎄다. 사랑 꼬마 아나 애니를, 그녀의 파산波傘 아래, 찰랑찰랑 웅덩이 물소리 사이, 그녀가 매에매에 산양처럼 아장아장 걸어 갈 때. 여어! 투덜대는 아기〔HCE〕 잠자며, 코 골도다. 벤 호우드(Ben Howth, 헤더나무) 언덕 위에,[12] 채프리조드(Chaplizod)에서 또한. 그에 붙은 학鶴의 두개골〔호우드 헤드〕, 그의 이성의 주물공〔HCE〕, 낮은 안개 속에 낮게 보이나니. 무슨 언덕? 그의 진흙 발, 그가 지난번 그들 위에 넘어진 초지〔피닉스 공원〕, 저기 짙은 안개 속에 입석한 채, 탄약고 벽 입구 곁에, 우리들의 매기가, 그녀의 샤울(shawl)자매〔공원의 2소녀들〕와 함께, 만사를 목격한 곳인지라. 한편 이 미인들의 연합전선의 배경은 60고지의 배면이니, 만인에게 허락된 병구兵丘로다![13] 성채의 배면은, 봄, 타라봄, 타라봄, 3군인들〔염탐하는 3군인들〕이 숨어 잠복하고—기다리는 고지병사高地兵舍요〔교도소격〕. 그러므로 구름이 굴러 갈 때, 지미여,[14] 조감의 관광물觀光物이라,[15]

〔008.09—010.23〕 뮤즈의 방—윌링던(턴)대 리포레옹과 지니의 전투—이어위커의 집—암탉 비디 퇴비더미에서 편지를 발견하다.

이는 우리들의 산총山塚 무더기를 즐길 수 있는 곳, 이제는 석벽 워린스톤 국립박물관〔공원의 박물관 변신〕, 더불어, 얼마간의 녹지 거리에, 울울창창한 산림 사이, 매력적인 수류의 촌지 그리고 여기 그토록 스스로 깔깔대는 모습을 드러내는 2과백過白의 촌녀들, 미녀들!〔2처녀들〕 관찰자〔독자—길손〕는 쥐 제방 속으로 무료 허장許場 받는도다. 웨일즈인 및 애란병사, 단지 1실링!〔입장료〕 근위대의 회춘환자 노병은 그들의 궁둥이 종種을 아장아장 아장장 붙일 자리〔병약자 용 좌석〕를 발견하는지라. 그녀의 통과 열쇠 공급을 위하여, 관리가, 케이트 여사에게 공급되다. 짤깍![1]

이 길은 뮤즈 박물관으로 가는 길이도다. 들어갈 때 모자 조심! 자, 당신은 이제 윌링던 자의행自意行 뮤즈 박물관 안에 있도다. 이것은 프러시아의 살총殺銃인지라. 이것은 부腐랑스 총이라. 쾅. 이것은 프러시아 깃발, 모배帽盃와 접시요. 이것은 프러시아 기를 쾅 맞춘 우탄牛彈이요. 이것은 프러시아 군기를 찢은 웅우雄牛 쏘는 프랑스 살총殺銃이나니. 단독 일제히 십자 사격! 그대의 창과 포크를 들고 일어섯! 징크.(우족牛足! 좋아!) 이것은 리포레옹의 삼각모帽인지라. 짤깍. 리포레옹 모자. 이것은 그의 백용마白勇馬, 코켄햅에 타고 있는 윌링던이요. 이것은 덩치 큰 학살자 윌링던, 장대하고 매자력적魅磁力的, 황석금黃錫金의 박차와 그의 강철바지 그리고 놋쇠 뒤 바디목화木靴 및 그의 거장의 양말대님 및 방콕산産의 최고복最高服 및 광대의 덧신 및 펠로폰네소[2] 전쟁복장을 하고 있도다. 이것은 그의 크고 광대한 백용마白勇馬라. 윙. 이것은 실지호實地濠 속에 웅크리고 있는 리포레옹의 3병사들이요. 이것은 영국의 적敵 사살병, 이것은 스코틀랜드의 용기병, 이것은 웰즈의 해병, 모두 몸을 굽히고. 이것은 리포레옹 졸병을 독령毒令하고 있는 대장 리포레옹 장군이도다. 골로우거허의 논쟁.[3] 이것은 탄약통도 개머리판도 없는 리포레옹의 소총인지라. 글쎄 쏘아, 글쎄 쏘아! 포砲의 화구. 불결한 맥다이크. 그리고 다발 오 급하리. 그들 모두 아르메니아[4]의 난동亂童들. 이것은 야수의 알프스요. 이것은 티벨산山, 이것은 난취산亂醉山, 이것은 대성산大聖山. 이것은 알프스의 말총 페티코트, 3사람의 리포레옹 병사들을 모두 총충銃衝 보호하기를 희망하나니. 이것은 그들의 수제 전술 책을 읽는 척 가장하는 밀짚모帽의 2신령녀女〔Jinnies 전쟁터의 메신저들—유혹녀女〕인지라 한편 그들은 윌링던 각하에서 그들의 하의전변〔용변 보는 3소녀 격格〕하나니. 이 신령녀女는 그녀의 손으로 구애하는지라 그리고 이 신령녀女는 그녀의 머리칼을 흑윤黑潤하나니 그리고 윌링던(의행자意行者)은 그의 체구를 발기하도다. 이것은 거대한 윌링던의 납제기념비,[5] 기적약상奇蹟藥像[6]이 이들 신령녀의 양 측면에 암입暗立하고 있도다. 원통 직경 6마력. 짤깍![7]

이것은 그의 최고 지독한 암울 석모夕帽의 크롬웰로부터 그의 암 망아지를 어루만지고 있는 나—베르기[메신저—심부름꾼][1]인지라. 전리戰利된 채. 이것은 웨링던을 안달나게 하기 위한 신령녀女 급보.[소녀들이 그들의 아버지 격인 웨링던에게 보낸 위조 편지]. 나—베르기의 짧은 셔츠 앞섶에 교차된 엷고 붉은 선들로 쓰여진 급보라. 맞아, 맞아, 맞아요! 도약자 아더. 두려움을 두려워할지라! 전야 광경을 두려워하는 그대의 작은 아시(웰링턴의). 포옹의 행위. 겉잠. 이것은 웨링던을 전선으로 보내는 신령녀女 책략인지라. 그래그래, 그녀. 그래 봐요! 신령녀女 모든 리포레옹 병사들에게 질투병의 재구애再求愛를 하고 있나니. 그리고 리포레옹은 웨링던 한 사람에게 배척 광분하고. 그리고 그 웨링던은 봉수捧手를 들고. 이것은 사자使者 베르기, 모피 모에 맹세코, 웨링던에게 그의 귀까지 공 하나로 그의 비밀 약속을 어기면서. 이것은 웨링던이 팽개친 반송 급보인지라.[웨링던은 지니들의 편지에 우롱 당하지 않고, 대신 그들에게 콘돔을 보낸다] 나—벨지움의 후방지역에 산개한 급보. 아이, 애고哀苦, 아이고! 버찌 신령녀女. 그대 무화과 목! 경칠 요정의 안(Ann), 맹서목盟誓木, 웨링던, 그것은 웨링던의 최초의 농담, 맞받아 쏘아 붙이기. 그이히(Hee), 그이희, 그이희! 이것은 그의 12마일 암소 피화皮靴를 신은 나—벨지움, 오른발, 왼발 그리고 최最전진, 신령녀女 위하여 야영 행보하면서. 한 모금 마셔요, 모두 마셨는지라, 왜냐하면 그는 부점腐店맥주보다 기네스 한 잔을 되도록 빨리 사(買)리로다. 이것은 러시아의 탄환이요, 이것은 참호요. 이것은 미사일 군대인지라. 이것은 들창코를 한 대포 졸병이라.[2] 그의 1백일의 방종 끝에.[3] 이것은 총상자銃傷者인지라. 타라[4]의 과부들! 이것은 백골 장화[5] 신은 신령녀女라. 이것은 붉은 긴 양말의 리포레옹이요. 이것은 웨링던, 코크의 파편 곁에, 발포명령. 둔한뇌성!(어릿광대! 유사遊射!) 이것은 낙타부대,[6] 이것은 홍수굴洪水窟,[7] 이것은 작전 중의 교란병,[8] 이것은 그들의 기동대, 이것은 포화지대怖火地帶이도다. 알메이다 화살촉! 지나치게 엉성한 알티즈(Aethiz)! 이것은 웨링던의 절규요 브랍! 브랍! 컴브랍! 이것은 신령녀의 절규요. 습뢰襲雷![9] 하느님이시여 영국을 벌하시라![10] 이것은 벙커 구릉 아래 그들의 추방병사들을 향해 달려가는 신령녀女라. 모 모진 살 살을 애는 추위와 함께 여행 여보旅步의 여행 너무나 공기空氣스러운. 거기 그들의 심권心權을 위해.[11] 이것은 나—벨기에의 팅크 탱큐(감사) 그의 냉철통 속의 감식 포도용 은쟁반. 조국을 위하여! 이것은 그들이 뒤에 남긴 즐거운 신령녀의 마라톤 쌍표雙標(비스마크)이도다.[12] 이것은 웨링던, 도망치는 신령녀女에게 왕의 헌신을 위한 축하—유능자[13]에게 자신의 같은 기념 수지애호봉樹脂愛好捧[14] 회초리를 휘두르나니

〔010.24—011.28〕 전쟁이 끝나다.

도둑도사盜師,[1] 그의 커다란 백용마白龍馬, 캐인호프(Capeinhope)[2]로부터 웨링던을 염탐하다니. 석벽[3] 웨링던은 최대의 노인 결연자요. 리포레옹[4]은 멋진 젊은 독신이다. 이것은 웨링던을 히죽히죽 비웃는 하이에나 히네시(hinnessy)[5]이나니. 이것은 둘리(dooley) 소년과 히네시 사이에 있는[6] 힌두신인지라. 찰칵. 이것은 리포레옹의 반쪽 세 잎 모자를 전장 오물에서 줍는 노노怒老의 웨링던이지요. 이것은 폭사爆射를 위한 껑충껑충 미쳐 골이 난 힌두 사나이예요. 이것은 리포레옹의 모자 절반을 그의 거대 흰 용마 궁둥이 쪽 꼬리에 매달고 있는 웨링던이지요. 철렁. 그것은 웨링던의 최후의 장난이었지요.[7] 히트, 타打, 히트! 이것은 웨링던의 똑 같은 흰 용마, 칼펜헬프(Culpenhelp), 리포레옹의 모자 절반과 함께 엉덩이 흔들면서, 힌두 사시등斜視登[8]을 모욕하기 위해. 헤이, 이봐, 헤이!(황소 걸레! 치욕!) 이것은 사시등, 모자광帽子狂, 껑충 뛰고 펄쩍 뛰고, 웨링던(턴)에게 고함지르나니 망자여! 거지 쌍놈! 이것은 웨링던, 태어날 때 견고한 유령신사, 재주再呪의 쉰(정강이) 쉬어에게 성냥갑을 태우는지라. 그대 빠는 놈!〔풋내기〕 이것은 개망나니 흉물 사시등, 그의 크고 광대한 말의 뒤 꽁지 꼭대기에서 리포레옹의 모자 절반을 몽땅 날려 보내다니. 훅(황소의 눈! 경기競欺!) 이리하여 코펜하겐 교전은 종결 되었나니라. 이 길은 예여신음박관藝女神音博館. 신발 조심 거출하시라.[9]

피우!〔덥도다! 박물관 안은〕

그 곳 안에서 우리는 얼마나 더운 시간을 보냈던고 그러나 여기 이 근처는 얼마나 살한殺寒한고! 우리는 그녀가 어디에 사는지 무지나니 그러나 그대는 도깨비—불[10]에 대하여 아나 여女에게 말해야 하도다! 그것은 한 달(28일) 및 한 개의 풍창風窓 촛불 켜진 소옥[11]이라. 고지저지高地底止, 고高의 저저지低底地. 그리고 가수加數하여 29기수奇數로다.〔창문의 수〕[12] 그리고 또한 이토록 계리季理다운 날씨라니! 필트(pilt) 사구砂丘 주변, 가변무향可變無向스러운 변덕풍의 왈츠춤이라 그리고 온갖 고갈된 야산암野山岩(만일 그대가 50을 점치면 나는 4를 더 탐하리니) 위 저기 우락부락 혼색조混色鳥, 도소조逃小鳥, 귀소조貴小鳥, 밀어소조密語小鳥, 호소조鳫小鳥, 일락소조逸樂小鳥, 추족소조追足小鳥, 무명소조無名小鳥, 먹이소조小鳥, 애성소조哀聲小鳥, 도취소조陶醉小鳥, 기의소조奇衣小鳥, 십이지조十二指鳥 우락부락 색조色鳥들〔모두 12마리 새들〕이 군집하는지라. 황량조야荒凉鳥野의 고원전야高原戰野! 그의 7붉은 방패 아래, 노황제老皇帝가 가로누워 있나니.[13] 그의 발가락은 전치前置. 우리들의 비둘기들 쌍들이[14] 북北벼랑을 향해 날도다.

3마리 까마귀들〔지니들 또는 3군인들〕이 남쪽 갑자기 날아가자, 저 하늘의 향지向地로 대홍수의 꽉꽉 울음 우는지라 거기 반향삼성反響三聲이 향답響答하도다. 울어라, 무슨 상관이랴! 그녀는 결코 밖으로 나오지 않으니, 뇌신[1]이 강우 할 때 또는 뇌신이 요정의 소녀들과 함께 홍분하여 뻔쩍일 때 혹은 뇌신이 뇌신의 질풍을 묘혈墓穴처럼 내려 칠 때. 천만에, 결코 아니나니! 그대 성운에 맹세코! 그녀는 살금살금 발걸음이 겁이 났나니. 장각葬脚과 희번덕이는 굴안窟眼으로 모든 행동이 우수에 잠기나니. 홍, 흠 어머[2] 그녀는 아주 정말 희망하는지라, 새들이 빠이빠이 울 때까지.[3] 여기, 그러자 방금 나타나기 시작하는지라, 그녀〔캐이트〕가 오도다. 한 마리 평화조平和鳥,[4] 한 마리 평낙원조平樂園鳥, 한 마리 파선모녀婆善母女의 풍숙명조風宿命鳥, 풍경의 침모針母인양, 그녀의 곱사등의 뱀 대가리 부대가 피우피우 짹짹 그리고 지껄지껄 그리고 그의 꼬마 요정등妖精燈 같은 평화[5]의 익살스러운 뱃머리 타이를 나풀나풀 펄럭펄럭이며, 여기 꼬집으며, 저기 쪼이면서, 고양이고양이 약탈고양이. 그러나 근야는 정전이라, 군사평정軍事平靜, 그리하여 조명助明 아래 우리는 진흙 키스인人들을 위해 소인小人 노동자들에게 기원하나니 그리고 영세의 가장 행복한 피녀아彼女兒를 위해 찬복燦福의 휴전 있으리로다. 자, 나에게 가까이 올지라 그리고 우리 찬란한 출격의 날을 노래하세나. 그녀는 보다 잘 탐시探視하기 위해 마부의 헤드라이트를 차압했나니(그녀는 귀엽도록 황소를 쉬쉬 사방으로 쫓으며)[6] 그리하여 모든 전폐물戰廢物이 그녀의 바랑 속에 들어가도다. 소모된 탄약통과 딸랑딸랑 단추들, 버려진 병들과 만민의 화주, 쇄골과 견갑골,[7] 지도, 열쇠, 나무더미 단전短箋, 피로 아롱진 바지와 함께 달빛 어린 브로치, 뽐내는 밤의 양말대님, 마멸된 신발더미, 니켈제製 도끼, 마초용馬草用 가마솥, 교구 목사의 추한 목욕통, 곡사포의 화약통, 중내장中內臟과 대내장大內臟, 이것저것 괴 물건들, 종형鐘型의 흉막胸膜, 붉은 수사슴에서 나온 최후의 탄식[8](수사슴의 노래!) 그리고 태양 같은 가장 아름다운 죄(그건 끝 비밀!) 키스와 함께. 교차키스, 십자키스, 키스 쓰다. 삶의 끝까지.[9] 안녕히.[10]

얼마나 관대하고 미美가 넘치며 얼마나 참된 아내 그녀인고, 당시 엄강嚴强히 금지된 채, 우리들의 사적史的 선물들을 예언적후기 과거로부터 훔치다니, 우리 모두를 과실의 미려美麗스러운 가마솥의 귀족 상속인이요 귀부貴婦[11]로 만들기 위해서로다. 그녀는 우리들의 빚(債)의 한 복판에 생이별하고 있나니,[12] 우리들을 위한 모든 누곡淚谷을 통하여 소세笑洗하면서(그녀의 출산은 통제 불가한 것인지라), 냅킨 보자기를 그녀의 마스크로 삼고 그녀의 나막신 차기 아리아(너무 뽐내며! 너무 독창獨唱이라!) 만일 그대 내게 원하면 핥아 드리리라. 오우! 오우! 뿔따귀〔음경〕(회랍)가 서면 바지(트로이)는 추락이라.(영원히 그림에는 양면이 있기에)[13]

〔011.29—912.17〕 그녀(ALP)의 도둑맞은 선물들—인생에 있어서 그녀의 역할.

〔012.18—013.05〕 더블린 풍경. 도시와 그의 언덕의 개관—고로 이것이 더블린이라.

왜냐하면 높은 무사려無思慮의 측로側路에서 생업生業을 살게 할 가치가 있게 만들지니 그리하여 세상은 평민들이 그 속에 앉을 셋방細房인지라. 젊은 여걸은 그런 이야기와 함께 도망치고 젊은 사내로 하여금 비역 청지기의 등 뒤에서[1] 유창하게 떠들도록 내버려둘지니.〔젊은 남녀 영웅들의 생과 사〕 그녀〔ALP〕는 저런 둔자〔HCE〕가 잠자는 동안[2] 그녀의 야기사夜騎士의 의무를 알고 있도다. 당신 무슨 납전臘錢이라도 모았소? 남편이 말하나니. 제가 뭘 하려고요? 한 가닥 싱긋 웃음과 함께 아내가 말하는지라. 그리고 우리 모두 혼녀婚女〔Kate 또는 ALP〕를 좋아하나니 왜냐하면 그녀는 용전적傭錢的이기에. 비록 장지長地가 빚더미 홍수 아래 놓여있고(홍수!) 무모無毛 주악한主惡漢의 이 녹습綠濕진 면모 위에 이마 털과 눈 수풀은 덧없을지라도[3]〔드러누운 HCE와 북구 신화의 거인 시체 비교〕 그녀는 성냥불 빌리고 이탄세稅 내고 바닷가 뒤져 열식熱食할 새조개 캐고 그리하여 토탄녀土炭女가 할 수 있는 모든 걸 다하여 생업을 추구하리로다. 팝 권태를 계속 훅 불어 날려 보내기 위해. 폽폽! 그리고 심지어 낭군 험티〔HCE〕가 모든 우리들의 큰 질책자의 털 많은 가슴으로 재차 망실 추락한다 해도, 햇볕 쬐는 조반자인, 그를 위하여 연거푸 다가올 아침의 난란亂卵이[4] 조반을 위해 신중히 마련되어 있으리로다. 고로 진실이나니 바싹 바싹 빵 껍질 있는 곳에 즙차汁茶 또한 있기 마련인지라.

그런 다음 그녀는 앤 여왕의 관용[5]을 지닌 그녀의 호기심 넘치는 일에 착수하여, 첫 수확에 관해 과화果話[6]하거나 그녀의 교구세稅를 취하면서, 우리는 여기 여타지餘他地에서처럼 타구他丘뿐만 아니라 두 개의 매거진(Magazine) 구릉丘凌들을 볼 수 있나니, 여섯과 일곱씩, 마치 그토록 많은 남구男丘들 그리고 여구女丘들처럼, 둥글게 자리하여, 성聖브르짓 경기와 성聖패트릭 경기, 그들의 휙휙 소리 나는 사탄복服과 탭탭타이트복服 차림으로, 월턴의 우행놀이[7](Wharton's Folly)를 하며, 공원의 3인조組 목음木陰 곁에. 일어설지라, 생쥐들! 우리에게 직사장直射場을 만들지라! 명령이야,[8] 니콜라스 프라우드(Nicholas Proud)[9]여. 코크언덕(Corkhill)의 단각구短脚丘 혹은 아버언덕(Arbouhill)의 소지구沼地丘 혹은 써머언덕(Summerhill)의 도약구跳躍丘 혹은 콘스티튜션언덕(Constitutionhill)의 촌구村丘〔모두 더블린 소재의 언덕들〕, 비록 매每 군중은 그의 몇 개의 음조를 가지고 그리고 매 업葉은 그의 예민한 기술을 가지며 매 조화성調和聲은 그의 부호를 가질지라도,[10] 오라프(Olaf's) 한 길은 위쪽에 그리고 아이브아 한 길은 아래쪽에 그리고 시트릭 광장(Stric's place's)[11]은 그들 사이에. 그러나 그들〔오라프(Olaf's), 아이브아(Ivor's), 시트릭(Sitric's) 3형제〕는 모두 인생의 황락한 수수께끼 화畵를 개화諧和하고 완화해 줄 생계를 짜내기 위해 그곳 사방에 모두 비비적거리고 있는지라, 번철 위의 물고기 마냥 그의 한 복판 주변을 깡충깡충 뛰면서,[12] 오, 그〔피네간—HCE〕는 홀드하드(Holdhard) 언덕의 대구大丘〔호우드 언덕〕로부터 화약족火藥足 언덕[13]〔매거진 언덕 화약 창고〕의 극소구極小丘까지 뻗어 누워 있도다.

아일랜드 적 감각의 이 음의音義를 시별視別할지라. 과연? 여기 영국도英國島 보여질지라. 왕위로? 하나의 군주금화君主金貨 다져서 굳히면 화석화化石貨되나니. 왕당王當히? 침묵이 장면을 이야기하도다. 위사僞史![1]

고로 이것이 여속如屬블린〔더블린〕?

쉿(H)! 주의(C)! 메아리 영토英土!(E).[2]

얼마나(H) 매력적으로(C) 절묘한지고(E). 그것〔더블린〕은 그대에게 우리가 그의 불결한 주가酒家〔HCE의 술집〕의 얼룩 벽을 취찰醉察하고 퇴적된 묘판화墓版畵[3]를 상기시키나니. 그들은 그랬던고?(나는 확신하거니와 초콜릿색 마술상자를 지닌 저 싫증나는 성당 사기도박꾼, 미리 미첼(Miry Mitchel)[4]이, 귀담아 듣고 있는지라) 글쎄다. 인카부스(Incabus) 몽마夢魔의 고인돌을 매장하곤 했던, 헤진 묘벽墓壁의 잔해殘骸.[5] 우리 그랬던고?(그는 단지 제이 존재진存在盡의 청자聽者, 파이어리 파렐리(Fiery Farrelly)[6]로부터 경쾌한 하프를 탄주하는 척 하는 가장자假裝者〔피네간—HCE〕일 뿐이라), 그것은 잘 알려진 거로다. 스스로 탐견探見하여 새 옛 표적을 볼지니. 더블(린). 잘 알려진 청광聽光器(W. K. O. O.).[7]을 듣는고? 화약고 벽 곁에. 핌핌 핌핌.[8]〔당신은 무리들의 음악과 웃음소리를 들을지라〕 장엄한 만낙장음萬樂葬音(funferal)[9]과 함께. 펌펌 펌펌. 탄주彈奏하는 이 탐광기探光器[10]를 들어볼지라! 위트스톤의 마적魔笛.[11] 그들은 영천永川히 흘러갈지니. 그들은 아이보(allof)[12]를 들으려고 귀를 기울일지니. 그들은 영원히 싸울지니, 합시코드(harpsdischord) 불화협음은 오라비(ollaves)[13]를 위해 영원 신성이[14] 그들의 것일지라.

사대사물四大事物들 그런고로, 그의 장대한 고대사 속의 우리들의 사가史家 마몬 루지우스(Mammon Lujius)〔마태, 마가, 누가, 요한〕 가라사대, 보리오륨(Boriorm) 근처, 도시의 연대기 최청본最青本(bluest book), 디프리나스키(Dyffliarsky)의 사서四書(현재)(f. t.)(four things)[15]〔역사, 경야의 기록〕를 썼나니, 히스 목연기木煙氣와 운초芸草의 에이레(애란)주酒가 김빠지기까지 결코 사라지지 않으리로다. 그리하여 여기 방금 그들 사서四書 있나니, 사각독락회四角獨樂廻라! 우눔(Unum).(나다르 축제) 참사參事〔HCE〕의 정상頂上의 등 혹. 아이, 맙소사! 두움(Duum).(니잠 축제) 가련 노파可憐老婆〔ALP〕가 신은 한짝 신발. 아, 호! 트리옴(Triom).(타무즈 축제) 갈색 머리의 처녀,〔이시〕 버림받을 노신부奴新婦. 아친자兒親子 아가련阿可憐! 코오드리버스(Quodhbus).(마체스반 축제) 문사文士펜(penn no)은 우편봉낭郵便捧囊보다 덜 강중强重이라.〔그들의 쌍둥이 아들, 솀과 숀〕 그런고로. 그리고 모두.(수코트 축제)(Succot).

고로, 어쨌거나 나태자의 바람이 책의 페이지에서 페이지를 넘기나니, 무구교황無垢教皇(이노센트)이 대립교황對立教皇 아나크르티스와 유쟁遊爭하사,[16] 행사자行死者 서書 속의 생자의 책엽冊葉들, 그들 자신의 연대기가 장대하고 민족적인 사건들의 환環을 조절하나니, 화석도火石道처럼 통과하게 하도다.

서력 1132년[17]. 인간은 개미와 유사하거나 또는 의남아蟻男兒처럼 세

〔013.06—013.19〕 벽위의 조각화彫刻畵—보고(見) 귀담아 듣다(聽).

〔013.20—013.28〕 역사책 및 주된 인물들.

〔013—29—014.15〕 시간의 휴가—연대기의 4 목록—아일랜드의 선사시대—침입자들.

〔014.16—014.27〕 도망하는 필경사(율법사)—변하는 세월.

〔014.28—015.11〕 목장 장면—전야戰野와 꽃들.

천細川에 놓인 거巨 백광白廣의 고래 등 위를 편답遍踏하나니. 에블라나(Ublanium)〔더블린〕를 위한 고래의 지방脂肪[18] 싸움이라.

서력 566년[19] 대홍수 후 금년의 봉화烽火의 밤에 한 노파가

늪으로부터 사장死葬한 이탄을 끌어 모으기 위해 그녀의 광주리(Kish)[1] 바닥 아래 그것을 보면서 버들 세공의 광주리를 찾고 있었나니, 그녀가 자신의 자웅기심雌牛奇心[2]을 만위滿慰[3]하기 위해 달려갔을 때 그런데 맙소사 그러나 그녀는 단지 단단하고 멋진 태동화胎動靴와 작은 우아한 흑화黑靴의 충낭充囊을 자신 발견했는지라, 땀에 너무나 흠뻑 풍습豊濕했도다. 모두 장애물항港(Hurdleford)[4]의 불결한 작물들.

(침묵.)[5]

서력 566년. 이때 구리발髮의 한 처녀〔이시의 암시〕가 심히 구슬퍼하는 일이 발생했도다.(얼마나 슬픈지고!) 왠고하니 그녀의 총아인 인형[6]이 불살귀(火殺鬼)[7]의 부실한 양귀비에 의해 강탈당했기 때문이라. 바리오하크리볼리의〔지겨운〕(Ballyyaughacleeaghbally)(Ir) Balle A'the Cliath)〔더블린〕[8] 혈전血戰이라.

서력 1132년. 두 아들이 호남好男과 마파魔婆에 이르기까지 단시에 태어나다. 이들 아들들〔HCE의 쌍둥이들의 암시〕은 자신들을 캐디(Caddy)(솀)와 프리마스(Primas)(숀)로 불렀나니. 프리마스는 신사보초였고,[9] 모든 양인良人들을 훈련시켰도다. 캐디는 주점에 가서 일편평화一編平和의 소극을 썼나니.[10] 더블린을 위한 불결어화不潔語話이도다.

어딘가, 친분親分히, 홍수전과 서력 사이 지구 영겁의 간격에, 필경사(율법사)는 자신의 족자를 들고 도망침에 틀림없는지라. 회오리 홍수가 솟았나니 혹은 큰사슴이 그를 공격했나니 혹은 지구 최대의 앙천국仰天國[11]으로부터 맹렬한 세진世振 천둥(벼락)이 지화地話했거나 혹은 곱사등의 화란인人[12] 불알(음낭)[13]이 경칠 문짝에 꽝하고 부딪쳤도다. 율법律法은 그 당시 그리고 그 곳에 고대의 법전하法典下에 그의 노동의 미끼를 위해 현금 6마르크 혹은 9펜스에 의하여 차폐遮蔽된 벌금으로 인도되었는지라, 한편 우리들의 기후년紀後年에 오직 가끔씩 있는 경우이긴 할지나, 군사상軍事上 및 민사상民事上의 발포發砲로서, 한 기생 오라버니가 그의 이웃의 금고의 장롱(아내)을 간여하여, 그와 꼭 같은 벌금액을 탐욕스레 탈취한 대가로 교수대絞首臺로 인솔 되었도다.

자, 이제 모든 저 장정長征과 편력 또는 분노 또는 울혈의 세월 뒤에, 청본靑本[14]의 대책大册으로부터 암흑의 우리들의 귀와 눈을 쳐들지니 그리하여.(볼지라!), 얼마나 평화롭게 애란적愛蘭的으로, 모든 황혼 짙은 사구砂丘와 광휘의 평원이 우리 앞에 우리의 애란자연국自然國을 보여주고 있는고! 지팡이 든 목자가 석송石松 아래 기대어 쉬고 있나니. 어린 두 살 수사슴이 자매 곁으로 환송된 녹지 위에 풀을 뜯고 있는지라. 그녀의 요동치는 경초鏡草 사이 삼위일체 삼록(클로버)이 저속함을 가장假裝하도다. 높은 하늘은 상시 회색이라. 이리하여, 또한, 당나귀의 해 동안. 수곰과 발인髮人[15]의 쟁기질 이후 수레국화가 볼리먼[16]에 계속 피어 머물고 있었나니라.

〔015.12—015.28〕 인간의 변덕—꽃들의 안정이라.

〔015.29—016.09〕 뮤트(솀)가 쥬트(숀)를 만나다—뮤트가 쥬트에게 연설을 시도하다.

사향麝香 장미가 염소 시市[1]의 울타리에서 싹을 틔우고, 튤립(twolips)(두 입술)이 쌍혼雙昏의 읍지邑地, 감미로운 동심 초[2] 곁에 그들과 함께 엉켜 붙은 채, 흰 가시와 붉은 가시가 녹마론[3]의 오월 골짜기[4]를 회색요정으로 물들이나니, 그리하여, 비록 환環이 그들을 맴돌지라도, 페리클레스(Pericles)시대[5]의 천년 동안, 포로란군軍이 화란의 투하타군軍[6]과 대적하고 우군牛軍이 화충군火蟲軍[7]에 의하여 고통 받았는지라 거인 조인트군軍〔쌍둥이 Jerry(솀)와 Kevin(숀)의 암시〕이 날림가옥을 천상으로 날려 보냈도다 그리하여 녹지〔더블린 소재〕[8]의 꼬마 똘마니들이 시市의 아부兒父가 되는지라(세월! 세월! 및 폭소누자爆笑淚者들!), 이들 밀봉단추〔봉밀 단추〕[9] 구멍장식 꽃들이 수세기에 걸쳐 카드릴 춤을 추어 왔도다. 그리하여 지금도 우리에게 훨훨 그 향내를 부동하는지라, 신선하고 만인—미소 짓게—하듯, 만인살萬人殺(Killallwho)[10]의 전야에.

그들의 설어舌語들과 함께 바벨탑(babbelers)[11]은 공허해 왔나니(혼유생混儒生 공자孔子가 그들을 장악하도다)[12] 그들은 존재했고 사라졌도다.〔이하 8행은 바벨탑처럼 다양한 언어들로 서술된다〕 미련한 흉한兇漢들이었고 마두가흉인馬頭歌兇人들이었고 놀만의 귀여운 약혼자들이었고 다우多愚의 앵무새들 이었도다. 사내들은 해빙解氷했고 서기들은 홍홍속삭였고,[13] 금발미녀들은 브르넷 사내들을 탐색했도다! 당신 나를 사랑(키스)해요, 이 천한 케리돼지? 그리고 흑양黑讓들은 지옥남男들과 서로 말을 되받았나니 그대의 선물은 어디에, 이 얼간이 바보? 그리하여 그들은 서로 군락群落했는지라 그리고 그들 스스로 추락했도다. 그리하여〔여전히 오늘 밤도〕 고대의 밤처럼 들판의 모든 대담한 화녀군花女群들이 그들의 수줍은 수사슴 애인들에게 오직 말하나니 나를 도태淘汰해요 내가 당신한테 의지意志하기 전에! 그러자, 그러나 잠시 뒤에 내가 한창일 때 꺾어봐요! 글쎄 정말 그들은 의지意志했나니, 쾌혼快婚하고, 그리하여 후련하게 얼굴 붉히는지라, 정녕코! 고래(鯨)를 외바퀴 손수레에 있는 동안 씻을지라.(글쎄 그대에게 말하나니 내 말이 진실이 아닌고?) 아가미와 지느러미가 가물대고 흔들기 위해. 팀 팀미캔(桶)이 그녀를 유혹했나니, 유혹하는 탬. 털썩! 퍼덕! 벼룩 껑충![14]

깡충(Hop)!〔세월의 도약〕

안냄(Anem)의 이름에 맹세코[15] 작은 언덕 위에 가죽옷 입은 무리들 속의 파사론 야인野人 조비거(jobigger)[16]는 누구란 말인고? 자신의 돈豚처녀 돈두豚頭를 흔들며, 그의 도족跳足을 오그라뜨렸나니〔쥬트의 나타남〕. 그는 열쇠발가락. 이 짧은 정강이를 지녔는지라, 그리고, 잘 살펴볼지니 저 흉부胸部, 그의 최고로 신비스러운 유근乳筋. 어떤 두개頭蓋냄비에서 가벼운 음료를 흔들고 있도다. 내게 용남龍男[17]처럼 보이는지라. 그는 거의 전월全月 여기 숙영지宿領地[18]에 붙어 있나니, 곰 놈 술꾼 숀[19] 같은자요, 정월주인正月酒人 또는 이월양조자二月釀造者, 삼월주정자三月酒精者 또는 사월만취한四月滿醉漢과 강우강상降雨降霜[20]의 사기 폭도일지로다.

〔016.10—017.16〕 뮤트와 쥬트의 대화가 시작되다. 클론다프 전투에 대한 그들의 담화.

무슨 놈의 웅남熊男 족속. 그건 은부隱父임이 분명하도다.〔동굴 문에서 골수 뼈를 핥으며〕 자, 우리 이들 활수물猾收物 뼈더미를 가로질러 그의 화광火光 속으로 도섭跳涉하게 할지라.(동굴) 그는 아마도 우리를 헤라클레스 기둥[1]으로 우송할지 모르나니. 자, 이리 와요, 술고래 바보, 오늘 기분이 어떠한고,[2] 말을 할 줄 아는고, 나의 갈수양인渴修良人? 아, 수다쟁이 그대 스칸디나비아 말은? 아니. 그대 영어를 말할 수 있는고? 아 아니, 그대 앵글로색슨 말을 발음?〔여기 뮤트(원주민—셈)는 낯선자者의 국적을 확인하려 한다〕 아아 아니. 아 분명! 그래 쥬트로군. 우리 모자를 교환하고 경칠나혈裸血 전투에 관해 몇 마디 강동사强動詞를 약弱하게 서로 조사 할지로다.[3]

쥬트 — 그대![4]

뮤트 — 뮤크(아주) 락樂이도다.

쥬트 — 그대 귀머거리?

뮤트 — 약간 어렵도다.

쥬트 — 하지만 그대 귀벙어리 아닌고?

뮤트 — 아니. 단지 모방 화폐 전달자도다.

쥬트 — 뭐라? 그대 어찌 불평인고?

뮤트 — 난 단지 말더듬이도다.

쥬트 — 경칠칠칠 일이라, 확인할 일! 어떻게, 뮤트?

뮤트 — 술 때문에, 어리석은 귀머거리.

쥬트 — 누구 주점을? 어디에?

뮤트 — 그대가 늘 가는 소똥여관.[5]

쥬트 — 그대 통桶소리는 내게 거의 불가청不可聽이라. 그대 좀 더 현시賢視하게 굴지니, 내가 그대인양.

뮤트 — 가졌는고? 그걸 가졌는고? 주저? 탈脫, 부후루! 부루[6] 약탈! 나 자신을 기억 관찰 할 때 나 자신 자광自鑛 속의 분노憤怒 쿵쿵이라!

쥬트 — 흑안黑眼 잠시. 과거는 과사過事로다. 자네의 주정에도 불구하고 이 금金 장신구로 그대의 현기眩氣를 나더러 무無해 주구려. 여기 참나무 토막, 목전木錢이라. 기네스전주錢酎는 그대 몸에 좋으나니.[7]

뮤트 — 청聽, 이 녀석! 어찌 목전木錢인지 난 모르는지라, 파상波狀 회투복灰套服의 켈트비단 할멈! 더블린(水跳)인 바(주장)를 위하여 천만 환영. 오래된 불쾌한 연어(魚)! 그〔HCE〕는 동란주점同卵酒店에서 수란秀卵되었도다.〔추락되었다〕 여기는.

〔017.17—018.16〕 뮤트가 추락을 말하다—이제 뮤트와 쥬트의 대화가 끝난다.

성급한, 마르크 1세 군주가 살던 곳. 저기, 거기 달빛 아래, 미니킨의 도섭장徒涉場.

쥬트 — 단지 그 이유인즉, 묵언자默言者[1]가 예언하기 때문이라. 우리들의 오화誤話를 요약컨대, 그〔HCE〕가 총總마차의 쓰레기 더미[2]를 여기 땅 위에 적투積投했기 때문이도다.

뮤트 — 바로 여기 개울 연못 곁에 소천방小川房의 군집고석群集古石.

쥬트 — 주主 전습원全濕原이여! 어찌 전부前父 그 같은 소리를?〔뮤트의 설명 불신〕

뮤트 — 소똥 초원 위의 황소와 비슷한 소리. 띠 까마귀 우르릉! 나는 포각泡角의 저 자에게 코 골아 줄 수 있나니, 녀석을 안쪽 양모 내의로, 내가 목매달고 앉아서, 브리안 오린이 그랬듯이.[3]

쥬트 — 글쎄 나는 그대의 말더듬이 사투리 같은 어형語形 속에 시종일관 한마디도 이해할 수 없으니, 나에게 기름띠와 생벌꿀이도다.[4] 온통 들리지도 않는 음화淫話로다! 안녕히! 숙명이면 그대 만날지니.

뮤트 — 아주 동몽同夢이라. 잠깐만 버스 기다릴지니. 이 고야高野 주변을 한번(제발) 걸어 볼지라 그럼 그대 골통은 나의 조상고원祖上高原[5]의 저 오랜 야변野邊이 어떠했는지 보게 되리라, 무흉노無匈奴의 것과 우리들의 것, 거기 염원鹽原을 넘어 울꺽새가 훌쩍훌쩍 피위피위 우짖나니, 거기 이스몬의 법칙[6]에 의하여 도시들이 건립되고, 거기 초야初夜의 권리[7]에 의하여, 빙하가 애초에 새운 구릉丘陵에서 그의 종장원終場園[8]까지 퍼졌나니라. 애란이여 그대 면전의 부토敷土를 기억할지로다.[9] 두 종족이 합병하나니, 백감白甘과 흑염黑鹽이라. 대모大母다운 비탄.[10] 여기, 동쪽을 향해 서로 충돌하며, 그들은 폭봉파투爆蜂波鬪하도다. 여기서, 싸늘하게 퇴조하여, 그들은 잠드나니. 무수한 생명화話가 이 곳 해안을 따라 저락했는지라, 마치 눈송이처럼 짙게, 천공으로부터 쓰레기가, 마치 모든 와풍渦風 세계의 와질요풍渦疾妖風처럼. 이제 우리 모두는 토루土壘에 매장되어 있나니, 회지灰地에서 회지로, 분진粉塵에서 분진으로.[11] 득의得意여, 오 득의여, 그대의 상찬賞讚이여!〔이야기의 눈송이 같은 추락, 모두 이제 무덤 속에〕

쥬트 — 악취(저주)!

뮤트 — 살게 하라![12] 여기 땅 속에 알칼리(석회)가 누어있나니. 매일 밤 대자大者가 소자小者 곁에, 상인常人은 또한 외래인과 더불어, 티티 고아는 소인형 집에,[13] 크고 장대한 호텔에서처럼,14) 불 속에 빠진 집게벌레의 몽생수면生睡眠인 사장지砂葬地 속에 불대등자者가 대등자者 마냥.

〔018.17—019.19〕 책 그것 자체—알파벳의 간판, 뱀들, 등등.

〔019.20—019.30〕 숫자의 발달, 숫자 111에 관하여—들과 딸들.

쥬트 — 너절한 얘기(똥)이다![1]

뮤트 — 정숙유화靜肅宥和! 공포방귀의 파도에 의하여 길이 저물었나니.[2] 절망의 노래[3] 그리하여 조상의 폐총廢塚이 그들 모두를 삼켜버렸는지라. 이 근처의 연토年土는 벽돌먼지가 아니고 꼭 같은 순환에 의하여 부토腐土로 변했도다. 룬(runes) 석문자石文字를 달리는자者가 사방문四方文을 읽을 수 있게 하라.[4] 고노성古老城카슬, 신성新城카슬, 퇴성退城카슬,[5] 허물어지도다! 한漢블린을 위하여 내게 차 삯을 진정眞正하게 말지니![6] 겸허녀謙虛女의 시장市場.[7] 그러나 또한 그걸 모두 유순해 할지라. 토루자土壘者여! 그대 조용히 할지라.

쥬트 — 조용?[8]

뮤트 — 거인은 요술쟁이 앰미(집게벌레)와 함께 요새要塞에 있나니.

쥬트 — 어찌?[9]

뮤트 — 여기 부왕副王 바이킹의 무덤이 있도다.

쥬트 — 무엇!

뮤트 — 자네 놀랐는고. 석기시대의 쥬트 그대?

쥬트 — 내 눈을 뇌타雷打 당했도다.[10] 진흙뇌신.

(구부려요) 만일 그대가 초심初心(abac)이라면〔알파벳에 흥미가 있다면〕, 이 점토본〔마치 〈경야〉—점토요, 철자 덩어리〕에 대하여, 얼마나 신기한 증표인고(제발 구부려요), 이 알파벳으로 된! 그대는 화독話讀 할 수 있는고(우리와 당신은 이미 양다리 걸칠 수 없는지라). 그의 세계를?〔worlds 〈율리시스〉의 마사의 word와 world의 혼돈 참조 U 63〕 그것은 모든 것에 관하여 같은 걸로 이야기되고 있어요. 많은(many). 이종족혼성異種族混成 위의 이종족혼성. 매달려요(Tieckle). 그들〔고대인들〕은 살았고 웃음지었고 사랑했고 그리고 떠났지요. 유죄. 그대의 원형 왕국은 미데스 현자와 포손 현자에게 부여된 거지요.[11] 우리들의 고대 하이덴버인[12]의, 운雲—중中—두頭가 지구를 걸어 다니던 시절의,[13] 상실과 재생의, 곡담曲談,[14] 무지 속에 그것은 인상을 암시하고 지식을 짜며 명태名態를 발견하고 기지를 연마하며 접촉을 얘기하고 감각을 감미甘味하며 욕망을 몰아오고 애정에 점착하며 죽음을 미행하고 탄생을 망치며 그리하여 노사老死의 누각을 촉진하는지라.[15] 그러나 돌풍과 함께 그의 배꼽에서[16] 나와 라마[17]심원深苑의 제단막祭壇幕에 이르나니. 지구 주민이 생생히 이를 생서生書에 기록 하도다. 기묘한 그리고 그것은 계속 진동하나니.〔이들 원시의 가공물—알파벳을 생각하라〕 솥뚜껑, 끌, 귀 모양 보습 날, 농경의 저 황소 마냥,[18] 쟁기의 목적은 사시사철 지각地殼을 파석破析하고, 앞 골 쪽으로, 뒤 벽 쪽으로. 여기 말하자면 쌍둥이 모습들 호전적으로 무장하며 말을 타면서. 무장하는 호전적인 모습들. 여기 보구려. 더욱이, 이 꼬마 여자 인형〔이시의 인유〕은 만인을 위한 부싯돌이라는 화광火光을 위한 것이라오. 동으로 향할지라! 호 저런! 서로 향할지라![19] 아, 저런! 상上 소년들〔숀과 솀〕, 그리고, 그들을 붙들지라, 얼굴(F) 대 얼굴(F)!〔HCE와 ALP의 얼굴〕.〔모두 진흙에 박힌 기호 및 문자들〕

한 부분이 전체를 위하여 극소 의무를 행할 때 우리는 이내 모든 알파벳 철자에 익숙하게 되나니. 자, 여기(제발 허리를 구부려요). 이들 문자는 몇 개의 아주 별난 흥미를 지닌 작은 콩알 같은지라, 그들은 총알처럼 작아서 병사의 지불부支拂簿〔급료부〕의 엽전葉錢을 삼지요. 오른쪽 행렬에는 공격용 바위 그리고 이들과 함께 거칠고 쭉 뻗은 오랑우탄 성성이(動). 정말이야, 정말, 왜(정)그런고?〔뮤트는 여기 쥬트에게 패총을 들어다 보도록 요구한다〕 이것은 마魔가시로서 너무나 마摩질게 마유지磨油地에 마麻박힌지라 마치 마공자馬攻者의 복수를 위한 마麻공격물을 닮았지요. 얼마나 온통 기억이 남긴 멋진 노혼老魂이람! 사물들의 패총창고貝塚倉庫! 올리브, 사탕무, 키멜, 인형,[1] 자주개자리(植), 미소녀美少女, 가마우지 그리고 돌튼(daltons). 부엉이 알들(오, 즐기기 위해 허리를 굽혀요!) 여기 있어요, 세월 때문에 쭈그려진 밤송이처럼 모두가 생판 양성兩性이요, 그리고 전고全古의 온통 삐글삐글, 닦을 한 줌 풀 값도 안 되나니. 쉿! 뱀이 사방에 꿈틀거리는 걸 조심해요! 우리들의 애愛블린은 비겁충卑怯蟲들로 우글거리고 있나니. 그들은 삼각주의 참견자들로부터 습한 초원을 넘어 금단목과禁斷木果의 산적山積더미 한복판으로2) 우리들의 섬에 박차도래拍車到來했는지라, 그러나 그의 쓰레기 깡통자者들은 편타자鞭打者 패티(Patty)를 따라 상륙하고 누군가 우리들의 모처의 자者들이 그녀의 뭔가를 줍기도 전에〔여인이 흘러내리는 블루머를 끌어올리기 전에〕 그들 기어 오르는자者들을 한층 빨리 찌르며 뭉개버렸던 것이로다.〔패트릭이 도래하여 뱀들을 모두 잡아 없애다〕 조직적 협박꾼들과 병甁밀주업자들.

〔문자 모양〕 도끼 1격擊 도끼 2격 도끼 3격, 도끼와 닮았나니. 1곁에 1과 1을 차례로 놓으면 동상同上의 3이요 1은 앞에. 2에 1을 더(養)하면 3이라[3] 그리고 동수同數는 뒤에. 커다란 보아왕뱀으로부터 시작하여 삼족三足 망아지들[4] 그리고 그들의 입에 예언의 메시지를 문 야윈 말들.[5]〔이하 책들의 기원〕 그리하여 아이들의 100중량 비발효성非醱酵性 무게의 일기日記,[6] 우리들이 만공포절萬恐怖節 전야[7]까지 정독할 수 있는 것. 정주자定住者와 반反정주자 및 후기회전근後期回轉筋 반정주자〔모두 후손들〕의 견지에서 도대체 어떻게 전개될 그리고 무슨 목적을 띤 두서없는 꼬불꼬불 이야기인고! 언제나 우리들, 우리들의 너나할 것 없이, 아지兒地의 아들들, 아들들, 꼬마 아들들, 그래 그리고 초원 꼬마 아들들은 말할 것도 없고, 우리들의 모든 이시와 계집애들, 난(Nan)[8]의 딸들이, 아직 아숙訝熟하지 못할 때! 비난의(對格) 대답! 무한대의 어머니 저주!〔2소녀들, 3군인들, HCE 및 ALP. 모든 딸들과 아들들에 의해 책은 정독되다〕

정말이지 당시 전무全無의 나날에 아직도 황무지에는 누더기 종이뭉치 조차 없었으니 그리고 강산强山[9] 필(畜舍)은 생쥐들을 놓칠세라 여전히 신음했도다.[10] 만사가 고풍에 속했도다. 그대는 내게 구두 한 짝을 주었고[11](표식 부!) 그리고 나는 바람을 먹었나니.[12] 나는 그대에게 금화金貨를 퀴즈(시험)했고(무엇 때문에?) 그리고 그대는 교도소에 갔나니.〔고대(풍)의 연속〕 그러나 자네, 명심할지라, 세상은 추락하는 만사에 관하여, 자네, 지금, 과거 그리고 미래에 영원히, 우리들의 낮은 이성적 감각의 금단禁斷 아래 그 자신의 룬(wrunes) 석문자石文字를 쓰고 있으리니

〔020.19—021.04〕 그대의 손 안의 책—그것의 이야기와 춤(무도).

왜냐하면 최후의 우유를 짜는 낙타가,[1] 자신의 양미간의 심장 맥을 고동치게 하면서,[2] 그의 사촌 매녀魅女[3]의 무덤 앞에 여전히 체류해야 하는지라, 거기 자신의 대추열매가 그녀의 것인 야자수로 매달려 있기 때문이로다.[4] 그러나 뿔 나팔, 음주, 공포의 날은 지금 오지 않으리니.[5]〔이야기의 한 예〕 뼈 한 개비, 자갈 한 톨, 양피지 한 장. 그들을 잘게 썰고, 그들을 트게 하고, 그들을 상도常道로 재단하고. 어미 광로鑛爐 속의 빵 구이 흙에 맡기는 것이 좋을지라〔책은 활자기, 인쇄기, 타자 씨, 주조부인이 총 동원되는 작업이라 그리고 그들과 친교를 맺는다〕 그러면 호조好朝 몰겐씨氏[6]가 대헌장大憲章, 잉크병 및 프리마 활자기를 가지고[7] 만인을 위하여 붉은 연와색煉瓦色 얼굴을[8]하고 어쇄기語刷機로부터 걸어 나올 것인 즉, 그렇지 않고는 경전經典에 더 이상의 미덕 마호매트의 개시는 없으리로다. 왜냐하면 그것은(정신 팔린자는 경계하는지라)[9] 인쇄 도중에 지본紙本이 보수되고, 구성되고, 숨으며 암시되는 것이기 때문이라. 드디어 그대는 최후로(비록 아직 끝나지 않을지라도) 타자打字씨氏, 양조釀造부인 그리고 모든 꼬마 중놈들과 친교를 맺게 되는 것이니라.〔그러고 나면 만사 끝〕 충만지부充滿止符. 그런고로 그대는 내게 어떻게 하여 단어 하나하나가 이중二重)블린 집계서集計書를 통하여 60및 10의 미쳐 취한 독서를 수행하도록 편찬될 것인지를 자세히 설명할 필요가 거의 없나니(이탈하려는자者의 이마를 진흙으로 어둡게 하소서!)[10] 그것을 열게 했던, 세순영겁世循永劫,[11] 델타문자 문門이 거기 그를 폐문할 때까지.[12] 문門.[13]

울지 말라 아직![14] 무덤까지는 많은 미소微笑 마일이 있나니. 남자 당當 70명의 처녀들과 함께, 나리, 그리고 공원은 소광燒光으로는 너무 어두운지라.[15] 그러나 그대의 수신手身 속에 그대가 무엇을 지녔는지 볼지니! 가시귀물可視貴物은 동작으로 휘갈기고 있나니, 행진하면서, 그들 모두가 고진古進하고, 팔딱팔딱 그리고 비틀 비틀거리며, 모든 바쁜 딱정벌레들이 나름대로 작은(트로이) 이야기를[16] 말하기에 분주 하는지라. 옛날 옛적 한 놈이(그대의) 사향麝香 위에 그리고 두 놈이 그들의 격자格子그늘 뒤에 그리고 세 놈이 딸기 그루터기 두렁[17] 사이에. 그리고 병아리들이 그들의 이빨을 쪼았나니, 어리석은 나귀인 그가 말 더듬기 시작했도다. 그대는 당나귀에게 그가 그걸 믿는지 안 믿는지를 물어 볼 수 있는지라. 그리하여 나를 단지 꼭 껴안아요, 벽에도 귀(발꿈치)가 있나니.[18] 마흔 개의 보닛을 지닌 저 아낙네.[19] 왠고하니 당시는 굴렁쇠가 높이 뛰던 시대였기에. 노아 야남野男과 비개 아내에 관하여[20]. 정중한 가남家男과 경박녀輕薄女〔이브, Alp, 프랜퀸 등〕에 관하여. 또는 불(알)까기를 원하는 황금 청년들에 관하여. 또는 난처녀亂處女가 사내를 행사토록 하는 것에 관하여.〔그 밖에 각양각색의 이야기들〕 악혼무인惡婚舞人[21]인 그는 그녀의 프리스큐 미무美舞와 그녀의 미체무美體舞의 미도迷途에 의하여 미혹迷惑 당했나니. 오월 요정,[22] 그녀는 바로 경쾌한 뱀여인! 트리퍼리 경쾌무輕快舞로부터 기대첩무期待妾舞(발가락)까지! 가면假面, 볼란테무舞, 버랜타인 애안무愛眼舞.[23] 그녀는 최고 남서풍녀南西風女 쓸모없이 불어대다니[24]. 안으로 불고, 안 강류江流하도다. 호호! 그러니 그건 확실히 그녀지 우린 아닌지라! 하지만 안도할지라, 용모 신사여.

우리는 노르웨이 북촌北村의 배후에 있나니. 그런고로 그대 정말 슬픈지고. 자, 와서 볼지니! 마치 그가 알고 있는 양 했도다. 경청! 첨청捷聽! 나는 그걸 하고 있어요. 들을지라,(H) 사방 모퉁이의(C) 탄원을(E)! 그리고(A) 기러기 거문고 곡(L)을 영창吟唱 흐를지라(P).

그것은 밤에 관한 이야기,[1] 늦은, 그 옛날 장시長時에, 고古석기 시대에[2], 당시 아담은 토굴에 살고[3] 그의 이브 아낙 마담[4]은 물 젖은 침니沈泥비단을 짜고 있었나니, 당시 야산거남夜山巨男〔아담〕[5]은 매웅우每雄牛이요, 그녀는 저 최초의 늑골강도녀肋骨江盜女〔갈비뼈를 훔친 이브〕라, 그녀는 언제나 그의 사랑을 탐하는 눈에 스스로 현혹〔이브의 유혹〕하게 했는지라, 그리하여 매봉양남每棒羊男은 여타 매자계청녀每雌鷄請女와 독애獨愛를 즐기며 과세過歲했나니, 그리고 잘 반 후터 백작은 그의 등대가燈臺家에서 자신의 머리를 공중 높이 불 태웠는지라, 차가운 손[6]으로 스스로 수음유락手淫遊樂했도다. 그의 두 꼬마 쌍둥이 형제, 트리스토퍼와 힐라리, 성城이요 어스 진흙토옥土屋의 연유포상煙油布床 위에서 자신들의 유녀인형하녀遊女人形下女〔딸〕를 뒷발치기 하고 있었나니. 그런데, 경칠 맙소사, 그의 주가여숙酒家旅宿을 찾아 온 자가 그의 의질녀義姪女요, 희롱여왕戱弄女王 프랜퀸 말고 누구였던고. 그러자 프랜퀸은 백장미꽃을 꺾으며[7] 문 정면에다 자신 습음요濕淫尿〔배뇨〕했도다. 그리고 그녀가 점등點燈하자 애란의 화토火土가 활활 불탔는지라. 그리고 그녀는 자신의 미소년美少年〔후터 백작의 쌍둥이 중 하나〕의 면전[8]에서 문을 향해 말했나니 쇠자衰者 마르크여,[9] 왜 저가 한 줌의 주두酒豆를 닮아 보일까요?〔첫 번째 수수께끼〕 그리하여 그처럼 스커트 양은 전초전을 시작했도다. 그러나 문지기〔또는 후터 백작 자신〕는 화란어和蘭語의 농담으로 그녀의 은총을 수답手答했나니 쇄분鎖糞(저주)! 그런고로 그녀 적의敵意의 나리(그래이스)[10]〔그래이스 오말리―프랜퀸〕는 지미 트리스토퍼를 유괴하고 음사陰沙의[11] 서부 황야로 우주雨走, 우주, 우주 했도다〔비(雨) 성서의 노아의 홍수 암시〕. 그리고 후터 백작이 그녀를 뒤쫓아 부드러운 비둘기 소리로 휴전보休戰報를 쳤나니 멈춰요, 도적이여 멈춰 나의 애란愛蘭 정지停止로 돌아와요.[12] 그러나 그녀는 그에게 전서답戰誓答 했나니 무망無望이로다. 그렇게 어딘가에 낙천사落天使의 한 가닥 미애성美哀聲이 들렸도다. 그리고 프랜킨은 세탑世塔 튜라몽에[13] 40년의 만보漫步를 위해 떠났나니[14] 그녀는 애점愛點[15]의 축복을 쌍둥이에게서 은銀비누 은부평초銀浮萍草 뭉치로 씻으며 자신의 올빼미 양모현주羊毛賢主〔후터 백작〕[16]로 하여금 자신의 간지럼 오락(섹스)을 교접했는지라, 그는 루터 추문한醜聞漢[17]이 되었도다. 그렇게 한 다음 그녀는 우주雨走 또 우주하기 시작했나니, 그런데, 맙소사, 그녀는 쌍둥이를 그녀의 앞치마에 싼 채, 늦은 밤에, 또 다른 시간에, 후터 백작 댁에 다시 되돌아 왔던 것이로다. 그리하여 그녀가 정작 도달한 곳은 단지 브리스톨[18]의 술집이었나니. 그리고 후터 백작은 자신의 상처나족傷處裸足의[19] 뒤꿈치를 그의 주장酒臟 속에 담근 채, 스스로 온수溫手를 흔들며, 지미 힐라리〔다른 쌍둥이 아들〕와

〔021.05―023.15〕 잘 반 후터 및 프랜퀸 이야기: 여기 이야기는 16세기 애란의 여女해적 프랜퀸과 호우두 성의 백작인, 후터의 과장된 우화이다. 여女해적 그래이스 오마리는 1575년에 영국의 엘리자베스 I세를 배알하고 서부 애란의 자기 집으로 돌아오는 도중, 크리스마스 날에 호우드 성에서, 하룻밤을 머물 수 있도록 백작에게 요구한다. 백작은 자신이 저녁 식사 중이라 성의 문을 열어주지 않는다. 그러자 오마리는 백작의 세 아들 중 한명을 납치한다. 그녀는 백작으로부터 호우드 성문을 그의 식사 도중에도 언제나 열어 둘 것을 약속받을 때까지 그의 아들을 돌려주지 않은 채, 도망친다. 그녀는 나중에 되돌아와, 후터 백작에게 자신이 내는 수수께끼를 대답하도록 요구하지만, 백작이 여전히 대답을 할 수 없자, 재차 그의 세 아들 중 다른 한명을 납치한다. 이러한 납치 행위는 나중에 백작의 후의로 해결된다.

〔023.16－024.02〕 그이(HCE)는 침묵의 산이요－그녀(ALP)는 종알대는 개울이라.

그들의 첫 유아기의 어리석은 유아乳兒〔힐라리〕는 찢어진 침대보 위 아래쪽에 있었나니, 형제자매, 서로 비꼬면서 그리고 기침하면서. 그리고 프랜퀸은 창백한자者〔후터 백작〕를 붙잡고 다시 불을 환히 켜자 붉은 수탉이 구계丘鷄 볏으로부터 훨훨 포화砲火인양 날랐도다. 그리고 그녀는 사악한자〔후터 백작〕 앞에서 그녀의 수습水濕〔배뇨의 암시〕을 행하며, 가로대 넝쿨자者 마르크여,[1] 왜 나는 두 줌의 주두酒豆처럼 닮아 보일까요? 그러자 폐분閉糞(저주)! 사악한자가 온건녀溫乾女에게 수답手答하며, 말하는지라. 그런고로 온건녀는 악의적으로 한 놈 지미〔트리스토퍼〕를 미리 내려놓고 다른 지미 놈〔힐라리〕을 빼앗았나니 그리하여 어리석은 사내의 땅으로 소로小路 내내[2] 우주雨走, 우주, 우주했도다. 그리고 후터 백작은 높은 애란 족성族聲[3]으로 그녀 뒤를 수다 떨었나니 멈춰 멍청이 멈춰 나의 정장停場으로 되돌아오라. 그러나 프랜퀸은 전답戰答 했는지라 나는 그걸 좋아하고 있도다. 그리고 황막한 노파의 비명비명,[4] 때는 에리오(애란)의 어딘가 유성流星의 광야光夜였는지라. 그리고 프랜퀸은 턴럴민의 만보漫步를 위해 떠났도다. 그리하여 그녀는 팽이 못(釘)으로 잔인하고 미친 크롬웰의 저주[5]를 쌍둥이 녀석에게 쏟아 부으며, 자신의 4종달새 목소리의 교사敎師로 하여금 그를 그의 눈물로 감동하게 했는지라 그리하여 그녀는 그를 일확안전一確安全으로 도행倒行시켰나니 그러자 그는 한 사람의 트리스탄이 되었도다. 그렇게 한 다음 그녀는 우주雨走하고, 우주하기 시작했도다. 그리고 한 벌의 변장 차림으로, 후터 백작 댁에 다시 되돌아와, 라리힐〔힐라리〕을 스스로 그녀의 앞치마 밑에 감추었나니. 그런데 그녀의 제3의 미관美觀인, 그의 또 다른 야사夜絲의 장가莊家[6] 구역 곁에서가 아니었던들, 그녀는 도대체 왜 멈추려했던고? 그리고 후터 백작은, 자신의 4부部 위장胃腸[7]으로 반추하면서(감히! 오, 감히!), 그의 식료상자까지 자신의 격앙의 궁둥이를 들어 올렸나니, 그리고 지미 쌍둥이 트리스토퍼와 어리석은 유아는 수포水布 위에서 사랑했는지라, 입 맞추거나 침을 뱉으면서, 그리고 빈둥거리거나 입을 쪽쪽 다시면서, 마치 그들의 제2유아기乳兒期의 소천하인小賤下人 그리고 천진신부天眞新婦[8]처럼. 그리고 프랜퀸은 빈 종이를 들어 올려 불을 붙이자 골짜기가 반짝이며 거기 놓여 있었도다.[9] 그리고 그녀는 세 혹 달린 방주궁도方舟弓道 정면에서 자신의 최고 수습행水濕行〔다시 배뇨 행위〕을 행하며, 물었나니 우울자憂鬱者 마르크여, 왜 나는 세 줌의 주두走豆처럼 닮아 보일까요? 그러나 그런 식으로 전초전은 종료되었도다. 왠고하니 번갯불의 포크창槍과 더불어 나타나는 야영野營의 종소리처럼,[10] 처녀들의 무서운 표적인,[11] 그 자신 뇌우자雷雨者[12] 후터 백작은 그의 3스톤짜리 덧문 성城[13]의 마늘 창개槍開 아크 어두운 길을 통하여 껑충껑충 장애물 경기하듯 급히 도출逃出 했는지라, 브로딩나그[14] 거인모巨人帽 및 그의 평민칼라 및 담황색 셔츠 및 볼브리간제製의 양말 장갑 및 로드브록 방사복防蛇服[15] 및 장선腸線 탄약대 차림으로.[16]

그리고 그의 격노激怒 제비꽃 남색분노藍色憤怒의 적황청록전투권복赤黃靑綠戰鬪卷服 입은 한 오렌지 당원처럼 그 자신의 널리 알려진 열레천의 고무장화를 신고, 그〔후터 백작〕의 힘센 궁남弓男의 미늘창槍[1]을 전장全長까지 뻗으면서. 그리고 그는 이락爾樂의 문門고리에 붉은 우수右手를 갖다 대고 분명奔命하며 그의 둔탁한 말투로 그녀로 하여금 상점 문을 닫도록 요구했으니, 이봐요 어리석은 여인. 그러자 그는 둔녀鈍女의 문의 덕문을 탁하고 닫았던 것이로다.(퍼코드허스크운란바그그루오야고크골라용그롬그렘미트그훈드허스루마스우나라디딜리패이티틸리버물루나크쿠넌!)[2]〔문 닫는 소리는 두 번째 천둥소리로 이어진다〕 그리고 모두들 공짜 차를 마셨나니.[3] 왠고하니 그 갑옷 입은 사나이는 앞치마 하의 입은 어떤 소녀들에게 언제나 비대한 상대가 되었기 때문이라.[4] 그리고 그것은 세계에 무명시편無明詩篇에 있어서 모든 염열炎熱 끝의 여람餘濫의 염기艶氣 넘치는 최초의 평화성平和聲 이었도다.〔뇌성과 함께 세계 두운 시로 이어지는 그들의 화해〕 얼마나 저주스럽게도 커스 나사복服 문지기는 그 노르웨이의 선주船士[5]에게 땀을 노출하며 달갑게 문을 열었던고. 지금까지 당신은 왔긴 했어도 더 이상은 안 돼도다.[6] 당신과 나 사이.[7] 프랜퀸은 자신의 인형유령선人形幽靈船을 지니고 쌍둥이들은 화파和波를 보존하며 후터 백작은 증기를 사풍射風할지라. 이리하여 도시민盜市民의 전도농담全都弄談은 소촌도疏村都 전체를 평복平福하게 만들었나니[8]〔프랜퀸 이야기는 화해로 끝나다〕

오 행복 불사조 죄인이여![9] 무無는 무로부터 나오나니.[10] 구릉丘淩, 소천小川, 무리 지은 사람들, 숙사宿舍를 정하고, 자만하지 않은 채. 가슴 높이 그리고 도약할지라! 구릉 없으면 이들은 옛 노르웨이 전사戰士 또는 애란 태생에게 그들의 비법秘法을 내뿜지 못하리로다. 왜 그대는 침묵하는고, 응답 없는 혼프리〔HCE—피네간의 추락 가체巨體—촌변의 윤곽—호우드 언덕〕여! 응답 없는 리비아여, 도대체 어디서부터 그대〔ALP—강江〕는 도약하는고? 운모雲帽가 그에게 씌어져 있고, 상을 찌푸린 채. 그녀를 듣기 갈구하며, 그는 엿듣고 있을 터인지라, 만일 그것이 근처의 쥐(鼠) 놈의 이야기인지, 만일 그것이 극동極東의 전쟁의 소음인지. 목표할지라, 그의 골짜기가 어두워지고 있도다. 두 입술로 그녀는 이러이러한 그리고 저러저러한 이야기를 내내 그에게 혀짤배기 소리로 말하고 있도다. 그녀 그이 그녀 호호 그녀는 웃지 않을 수 없으니. 저주라, 만일 그가 그녀를 가지 꺾을 수만 있다면! 그는 감지불가感知不可하게, 재현 하나니. 음파가 그의 타격자打擊者로다. 그들은 그를 쿵쿵쿵 소리로 사기 치나니. 노파도怒波濤 그리고 잡탕파도雜湯波濤 그리고 하하하 포호파도咆號波濤 그리고 불상관마이동풍지파不相關馬耳東風之波[11]〔아일랜드의 4파도〕. 그의 마님에 의하여 봉합된 채[12] 그리고 그의 자손들, 아가들과 젖먹이들[13] 속에 영구화되고,[14] 비탄의 피리 시인들은 그의 얼굴 이면에서 그에게 말할 수 있으리니, 우리들이 맛보는 로우스산産의 빵, 그의 단단한 큰 넙치 꽁지가 어떠한지, 또는 그녀에게 그녀의 분첩에 대하여, 우리들의 마시는 생명의 샘, 그녀의 풍락사과風落司果[15]〔예기치 않은 행운〕의 작은 안목이 어떠한지, 우리들의 빵과 음료의 부여자者들〔행복의 가족〕, 마을에는 피뢰침의 성탑聖塔도 없으려니와 계선장繫船場에는 떠있는 선박도 없으리니, 아니 간단한 모음으로 말할진대,〔HCE 아내에게 봉합된 채, 그의 자손들에게 영구화된 채, 시인들은 HCE와 ALP에 대해 말할지니, 그들이 아니면 성탑(행복)도 없으리라〕

램프등燈의 황혼 곁에(노보) 신新더블린[1]에서 꼭꼭 숨어라 놀이하는 아이들도 없을 뿐만 아니라, 운반용의 편리 도구道具도 이기利器도 멍청이 암시도 없을 것을.

그〔피네간—HCE〕는 자기 자신과 자기에게 속하는 모든 것을 위하여 자신의 경작치耕作齒의 기술에 의해[2] 굴입掘入 및 굴출掘出 했나니 그리하여 그는 생활을 위하여 자신의 찬조贊助 아래[3] 그의 동료로 하여금 땀 흘리게 했으며 자신이 노역의 공恐빵을 득한지라,[4] 저 용폭남龍暴男이여, 그리고 그는 우리를 위하여 무충법無蟲法을 만들고 전주全主의 악으로부터 우리들을 구했나니, 저 강대한 해방자者, 땅딸보—침판—집게벌레—고자질쟁이〔피네간—HCE〕 그리고 정말 그가 그렇게 한, 우리들의 최고 숭광崇光 받는 선조, 마침내 그는 자신의 홀아비의 집에서 연말에서 연종年終까지[5] 온몸을 저 붉은 외투로 덮은 호인임을 생각했나니. 그리고 화조花鳥가 여신餘燼을 흩어 버릴 때[6] 속삭이는 무초茂草들이 그를 잠에서 깨울 수 있기를 재삼 의도하고 재삼 기원할지라. 그리하여 만일 정말로 노인에 의해 약자若者에게 이야기될 수 있다면 재삼 그렇게 하리라. 그대〔피네간—HCE〕는 나의 결혼을 위하여주酒푸념하는고. 그대는 신부新婦 및 화상花床을 갖고 왔는고. 그대는 나의 종언終焉을 위해 아이고 외칠 것인고? 경야? 생명주(Usqueadbaugham!)![7]〔이때 누군가가 고함을 지른다〕 악마로부터 가련한 영혼들이여![8] 그대 내〔피네간〕가 주사酒死했다고 각주覺酎했던고?[9]

자 이제 공안空安하라, 선량한 핀 애도哀悼씨氏, 나리. 그리고 연금 받는신神처럼[10] 그대의 휴한休閑을 취하구려. 그리고 해외로 나돌아 다니지 말지라. 확실히 그대는 단지 히아리오포리스[11]에서 길을 잃게 될 터인즉 이제 카페라베스터[12]에서 그대의 길은 갤버리 땅, 북부 암브리안[13]과 오분묘五墳墓[14] 및 비척비척 공습도空襲道[15] 및 무어 암자庵子[16] 뒤로 꼬불꼬부라져 있나니 그리고 아마도 문외門外의 안개 이슬로 그대의 발을 필경 적시게 되리로다.〔고이 잠자라, 피네간 곤경에 빠지지 않도록, 이제는 만사가 변했도다〕 어떤 병노病老의 파산자[17], 혹은 자신의 구두 짝을 늘어뜨린 코더릭[18]의 당나귀, 크란카타찬카타〔불타가佛陀家〕[19], 혹은 벤치에 불순한 아기를 안고 있는 코고는 불결 여인을 만나게 되리니. 그것이 그대로 하여금 인생에 등을 돌리게 할 터인즉, 그렇고말고. 게다가 날씨도 저토록 또한 궂으리니. 더블린으로부터 별리別離하는 것은, 뉴전트가 알았듯이,[20] 어려운지라, 그의 이웃 불가통不可通의 평원보다 더 우거진 깨끗한 밀림密林을 이별하는 것이, 하지만 그대의 유령으로 하여금 비애를 가지지 않도록 할지라. 그대는 지금 있는 그대로가 더 나아요, 나리, 그대의 정장正裝으로, 독수리 핏빛 조끼와 함께, 그 밖에 모든 것에, 최상서명最上誓命된 채, 그대의 유아권모幼兒捲毛의 베개 위의 자신의 몸매와 크기를 기억하면서, 냉천冷泉 곁의 무화과 아래 거기 트로이의 점토가 족제비들을 놀라게 할지니[21], 그리하여 소포小包, 장갑, 플라스크, 벽돌바구니, 손수건, 반지와 호박琥珀 우산, 화장목火葬木의 전보고全寶庫, 귀향 호메로스[22]와 불에 굽힌 보루[23] 및 장대 늙은 로난[24] 및 대통 주둥이 무無두레박[25] 및 기네스 고관[26]과 더불어 영혼지靈魂地에서 그대가 바라는 모든 것을 갖게 되리로다. 그리하여 우리는 여기 다가올지니, 겸허한 도박꾼들[27]이, 그대의 묘사墓砂를 긁어모으려고.

〔024.03–024.15〕 강대한 해방자(피네간–HCE)의 행위–그는 재차 부활 한다.

〔024.16–026.24〕 피네간의 경야 재탄再誕. 안절부절 피네간이 현재 시대에 관해 이야기 되다.

그리고 그대〔피네간〕에게 선물을 운반하면서, 우리 그렇잖은고, 피니안 당원들?[1] 그리고 우리가 그대를 아까워하다니 우리들의 타액唾液이 아닌지라,[2] 그렇잖소, 드루이드 중들이여? 그대는 당과 점에서 사(買)는 초라한 소상小像들[3]이나, 피안염가물避眼廉價物들, 피안물避眼物들은 아니도다. 그러나 그 대신 들판의 공물供物들. 벌꿀향, 저 파허티 박사,[4] 의약인醫藥人이 그대를 효선效善되게 가르쳐 주었는지라. 아편 꼭지가 만사 통과약通過藥이도다. 그리고 벌꿀은 과거 더 이상 없는 최고의 성약聖藥, 꿀벌통, 벌집 및 봉밀,[5] 영광을 위한 식물食物.(그대는 항아리를 잘 지키도록 유의할지니, 그렇잖으면 신주배神酒盃가 너무 가벼워 질지로다!) 그리고 하녀가 그대에게 가져다주곤 했던 것처럼, 약간의 산양 밀크를, 나리. 그대의 명성은 노자勞者 핀탄[6]이 그대의 소식을 배 너머로 나팔을 분 이후 마치 바실리카 연고軟膏[7] 마냥 사방에 퍼지고 있는지라 그리하여 보스니아 가옥들 저쪽으로 많은 집들이 있나니 그리하여 그들은 그대를 따라 이름을 부르고 있도다. 이곳 사나이들은 언제나 그대에 관하여 이야기하고 있나니, 돼지 볼을 두고 둥글게 앉아, 술 찌꺼기에 맹세로, 연어가家[8] 속에서 성스러운 지붕 나무 아래, 기억의 술잔을 교환하면서, 거기 모든 공계곡空溪谷이 공명空鳴을 공지公知하는도다. 그리고 높은 곳의 야자 땀방울이 그대의 수념물手念物[9]의 증표인 거기 우리들의 산사나무 몽둥이를 감탄하면서.〔기념비 건립을 위해 동원된 노역의 암시〕 여태껏 애란인들[10]이 계속 씹어 온 모든 이쑤시개는 저 포대 받침[11]에서 잘라 만든 나무토막이로다. 명예화주名譽貨主가 스스로 하락하사, 만일 그대의 몸이 굽게 되고 토고土固 되면, 그것은 벼 묘 심는 자들이 다량의 짐을 실었기 때문이요, 그대가 여신들 무릎 앞에 만사 영락零落될 때, 그대는 우리들의 노동이며 자유가 얼마나 안유安諭한가를 보여주었도다. 용감한 늙은 간(Gunne)[12]이여, 모두들 그렇게 말하고 있는지라(두개골 같으니!) 그것은 그대에 합당한 파종자者, 그들 모두의 향취자香臭者 이었도다. 정말이지 하지만 그〔3인칭의 피네간〕는 그랬나니, 그대〔2인칭의 피네간〕는 대포유자大砲遊子(G. O. G.)![13] 그는 이제 사별한 몸이라 우리는 그의 타당성의 통의痛義를 쉽게 발견할 수 있지만, 그의 위대한 사지四肢, 불타의 엉덩이에, 타스카의 백만촉안百萬燭眼[14]이 모이린 대양大洋[15]을 잇따라 뻗치는 동안, 그의 최후 장거리 장휴長休와 함께 평화 있을지니! 대大애란과 대大브르트국國[16]에서 그 같은 전경戰卿은 결코 없었으리라, 아니, 그대〔다시 2인칭으로〕 같은 자者 모든 첨봉군尖峯郡[17]에서 결코, 모두들 말하도다. 천만에, 뿐만 아니라〔그대의 위력은〕 어떤 왕도 어떤 열왕列王, 취왕醉王, 가왕歌王 또는 조왕弔王도 아니나니. 그대는 12개구쟁이들이 환위環圍할 수 없었던 느릅나무를 넘을 수 있으며, 이암[18]이 저버린 숙명석宿命石(the stone)을 높이 들어 올릴 수 있었도다. 우리들의 명분을 포달包達하기 위하여 우리들의 운명의 융홍자隆興者 및 장홍목인葬興牧人인 위대한 맥쿨라(Maccullaghmore)[19] 이외에 누가 감히? 만일 그대가 돼지 골목대장 자신이요 파도에 몹시 부표浮漂되어 흡수당한다면 그대는 도대체 어디에 밧줄을 칠 것이며 혹은 그 누가 각하閣下보다 나은 선자善者가 되리요? 마이크 맥 마그너스 맥콜리(MacCawley)[20]가.

〔026.25–027.21〕 만사는 그가 없어도 꼭 같은지라—이들은 별 탈 없도다—불안한 피네가의 경야가 현재 시대에 화자 되다.

〔027.22–027.30〕 그(죽은 혹은 술 취한 피네간)는 자리에서 일어나려 시도한다—4노인들이 그를 제지한다.

〔027.31–028.34〕 모든 가정이 무사하고—아내도 마찬가지—그러니 그대 염려 말지라—피네간 씨여.

순수 완전무결하게 그대〔피네간〕를 흉내 낼 수 있거니와 피부대皮負袋 레이놀즈(Reynolds)[1]가 그대의 카드 패 떼기를 시험하고 있는지라. 그러나 보석상 홉킨즈 앤 홉킨즈[2]가 언급한대로, 그대는 백란주白卵酒[3] 주정꾼이었나니 찌꺼기까지 홀딱. 우리는 그 녀석을 여행에 미친 비역장이 귓불이라 부르는지라, 그 이유인즉 그는 분糞 소아세아 장원莊園(the Arssia Manor)의 예루살렘을 여행했기에.[4] 그대는 피터, 잭 또는 마딘[5] 보다 다부진 옥계玉鷄를 지녔으며 그대의 거위 중의 왕 거위는 만천사일萬天使日을 위한 다박나룻 짧은 털을 하고 있었노라. 그런고로 칠해충七害蟲 및 차비茶沸 기계총 발髮의 저 승려, 베스트리 파파 신부[6]는, 그대가 결코 한층 가까이 오지 않기를 기원하나니, 왜고하면 그대의 모발은 천국에 있는 리피 강가에서 한층 맥麥 백발 되어가고 있기 때문이라! 으윽, 으윽, 후레이 거기! 영웅![7] 지금까지 우리는 일곱 번 당신에게 경례하도다![8] 매 깃털과 잭 화靴를 포함하여, 연장상자는 그대가 그때 팽개친 바로 그곳에 있노라. 그대의 심장은 암늑대의 제도좌制度座에 있고 그대의 도가머리는 돈분豚糞의 남회귀선대南回歸線帶에 있도다.[9] 그대의 발은 처녀궁의 수도원에 있나니. 그대의 홁가마는 연변沿邊지역[10]에 있는지라. 그리고 그곳은 그대가 태어난 연안이니. 그대의 침대요는 최고급이라. 그리고 거기 갑판실에는 배 끄는 린넨 밧줄이 있도다. 라파옛(Laffayette)으로 향하는 외로운 길[11]은 끝났나니. 그대의 오솔길에 들어올지라, 이봐요! 불안할 것 없도다! 이시스(Isis)[12] 회당의 두신탈자頭身奪者, 토텀칼멈(Totumcalmum) 묘진혼사墓鎭魂士[13]가 말하기를 나 그대를 아노라, 사자使者여, 나는 구제救濟 보트인, 그대를 아노라. 왜냐하면 우리들은 그대가 불청객이요, 도래到來가 미지未知인, 그대 혐오자를 위해, 선도인先導人의 그리고 그리스도 패트릭 성당[14] 문법학자의 무리들이 그대의 묘장사건墓葬事件에 있어서 그대에 관하여 주문한, 만사를 이미 수행했기 때문이로다. 선인船人들의 봉분封墳[15]이여, 고이 잠드소서!

〔더블린에는 만사 옛날 그대로〕 만사는 똑 같이 진행되고 있나니 혹은 그렇게 우리 모두에게 호소하는지라, 여기 오랜 농가에서. 성소聖所 위에 온통, 나쁜 악취를 나의 인후염 숙모에게 토하구려. 조반을 위한 뿔나팔, 주식을 위한 종 그리고 만찬의 차임벨. 벨리 1세[16]가 황皇이 되고, 그의 의관議官들이 만 도島의 정식 회연裝飾會宴에서 만났을 때처럼[17] 인기 있나니. 진열장에는 똑 같은 상점 간판. 야곱 공장의 문자 크랙커[18] 그리고 닥터 티블점店[19]의 버지니움 코코아 및 모母해구점海鳩店의 조청(시럽) 이외에 에드워즈점의 건조 수프.[20] 레일리—교구목敎區牧이 공그라졌을 때[21] 미트(肉) 한 잔을 마셨나니. 석탄은 모자라지만 정원의 이탄을 우리는 다량 가졌는지라. 그리고 소맥은 다시 고개를 들고, 거기 씨앗이 새삼 맺히고 있도다. 소아들은 학교 정규 레슨[22]에 참가하고, 선생, 주저아躊躇兒와 함께 봉니사업封泥事業[23]을 판독하고 곱셈으로 식탁들을 뒤엎고 있나니. 만사는 책을 향하고 그리하여 결코 말대꾸하는 법이 없는지라.

유리 엉덩이 톰 보우(무덤) 또는 수음자手淫者 티미[1] 뒤에서. 디즈라엘[2]이여 정말! 아니야 그건 로마 가톨릭의 패트릭[3]이 아니잖소? 그들이 운송되던 아침 그대〔피네간—HCE〕는 이중 관절의 문지기였나니 그리하여 애완愛腕이 아는 바를 우의수右義手가 포착할 때[4] 그대는 전적으로 조부가 되리로다. 케빈〔HCE의 쌍둥이 아들 숀〕은 막 살이 통통 오른 뺨을 가진 귀염둥이, 사방 벽에다 분필로 알파벳 낙서를 하면서, 그리고 그의 작은 램프와 학생 허리띠와 단 바지를 입고, 채굴採掘 주변을 우편배달부의 노크 놀이를 하면서. 그리고 만일 비누가 밀크에 적신 빵이라면 그대는 그의 옆에 활검活劍을 유치留置할 수 있을진대,[5] 그러나 이(虱)에 맹세코,〔가벼운 저주〕 악마가 때때로, 뇌광雷光에 불붙은 바람둥이인,[6] 어떤 젤리〔HCE의 쌍둥이 아들 솀〕 놈이 저 마네킹 속에 자리하여, 그의 최후의 세척洗滌으로부터 변비증의 잉크를 제조하면서〔제7장 참조, FW 185〕, 자신의 생일 셔츠 위에다 푸른 줄무늬의 글을 갈기다니.[7] 헤타 재인[8]은 마리아의 아이.[9] 그녀는 자신의 백금의白金衣[10]를 입고, 지복일至福日에 불꽃놀이를 재연하기 위하여 상아 횃불을 들고, 다가오리라(왜냐하면 모두들 그녀를 선택할 것이 확실하기에). 그러나 에씨 사나한[11]은 그녀의 스커트를 내리지요. 그대는 루나의 수도원의 이시〔HCE의 딸〕를 기억하는고?[12]〔여기 이시는 스위프트의 연인과 연관됨〕 그녀의 적탄폭한赤炭暴漢들이 그녀 주변을 계속 서성거릴 때, 모두들 그녀를 성스러운 메리라 불렀는지라. 그녀의 입술은 붉은 딸기요 순미純美의 피아(Pia),[13] 만일 내〔화자〕가 윌리암스 우즈의 삼림목공소에 고용된 서기라면, 나는 도회의 모든 사지주四肢柱에다 저들 포스터를 부착하리라. 그녀는 래너즈(Lanner's)[14]에서 1야2회一夜二回 공연을 하고 있나니. 빙글빙글 도는[15] 킥킥 업 타 바린 무舞와 함께. 카추차 단무短舞[16]의 박자에 맞추어. 구경 가면 그대의 심장이 도락道樂 하리로다.

이제 안락할지라, 그대 점잖은 사나이〔피네간〕여, 그대의 무릎과 함께 그리고 조용히 누워 그대의 명예의 주권主權을 휴식하게 할지라. 여기 그를 붙들어요, 무정철한無情鐵漢 에스컬(Ezekiel Irons)이여[17], 그리고 하느님이시여 그대를 강력하게 하옵소서! 그것은 우리들의 따뜻한 강주强酒인지라, 소년들, 그가 코를 훌쩍이고 있다오. 디미트리우스 오프라고난이여[18], 주정천식酒酊喘息을 위한 저 치료약의 콜크 마개를 막을지로다! 사과왕호司果王號를 물에 띄우는 포토벨로 미항美港 이후 그대는 충분히 술에 침취沈醉했었는지라. 영원히, 평화를! 그리고 착항着港할지라. 그대, 영구히! 결코 마녀를 겁내지 말지니![19] 여기 잠들라. 권무港霧의 곳, 거기 해악害惡이 서식하는 곳, 거기 신괴神怪가 계속 방사하는 곳, 오 잠잘지라! 제발 그러할지라!

나는 기묘한 배한과 늙은 캐이트 그리고 집사 버터에게[20] 눈을 부쳐 왔나니, 나를 믿을지라. 그녀는 나의 장벽葬壁을 건축하기 위해 도울 그녀의 전쟁 기념 우편엽서를 가지고 꿈틀꿈틀 요술부리지는 않으리니, 내보자內報者들이여! 나는 그대의 덫을 시동하리라! 확실히 정말 확실히! 그리고 우리는 다시 그대의 시계를 차는도다. 나리, 그대를 위해. 우리는 그랬던고 그렇지 않았던고, 말더더듬듬이들아? 고로 그대는 전적으로 곤경에 빠져서는 안 되도다. 뿐만 아니라 그대의 찌꺼기를 흘리지 말지니. 선미외륜船尾外輪[21]이 힘차게 굴러가고 있도다.

〔028.35−029.36〕 그〔Finn〕는 돌아오지 않으리라−후계자(HCE)의 소개. 그는 이미 여기 있도다. 그는 작은 두창의 아내, 두 남자 쌍둥이들 및 난쟁이 딸을 가졌다. 그는 돌고 돌아, 고원에서 불륜의 죄를 저지른 것 이외에 끝도 없고 시작도 없다. 그러나 그의 스캔들이 무엇이든 간에 그는 자신의 창조된 자들을 위해 한갓 피조물을 창조해 왔다…. 그는 대유일자, 그리하여 그는 미래에 에든버러 성시盛市에 예기된 애함성愛喊聲에 대하여 궁극적으로 책임질 것이다.

나는 현관에서 그대〔HCE〕의 마님을 보았도다. 마치 애란 여왕을 닮았나니. 정頂, 아름다운 것은 바로 그녀 자신〔ALP〕이라, 역시, 말해 무엇 하랴! 헛말? 그대는 트로이 해리 녀석〔애란의 불운 명〕 이야기를 내게 오래 해주고 해리 녀석은 트로이 초여인草女人 이야기를 많이 해 주었나니 정말 멋진 숭어(魚) 격格. 악수할지라. 그녀에게는 쇠스랑만큼도 잘못이 없나니 단지 그녀의 법전法典 탓일 뿐이로다.[1] 성聖티오볼드 티브가 플록스의 둥근 1인용 털 쿠션 위에서 하품을 하거나 고양이의[2] 시간을 시근대고 있는지라, 재단사의 딸이, 그녀의 마지막 한 뜸까지, 자신의 꿈을 함께 바느질하고 있는 것을 살피고 있도다. 또는 매혹을 불 지르는 겨울을 기다리는 동안, 더 많은 새끼 새들이 굴뚝에서 낙하하기를 유혹하면서. 애송이 고양이의 무식료無食料는 눈사태 때문이라.[3] 만일 그대가 의미를 설명하기 위해, 남중男中 최선남最善男〔불타佛陀의 암시〕으로서, 그리고 그녀에게 금은金銀에 관해 멋지게 말하기 위해 거기 오직 있기만 한다면. 저 입술은 다시 한 번 습하리니. 마치 그대가 그녀를 말 태우고 아름다운 핀들이니[4]를 향해 갔을 때처럼. 이쪽은 말고삐다 저쪽은 리본이다 그대의 양손은 온통 분주한지라 고로 그녀는 자신이 땅 위에 있는지 또는 바다 위에 있는지 또는 공익空翼 집게벌레〔HCE〕의 신부新婦마냥 청공을 통해 날고 있는지 결코 알지 못했도다. 그녀는 당시 몹시 새롱거리거나 하지만 날개를 치듯 퍼덕거렸는지라. 그녀는 노래 반주도 할 수 있고, 최후의 우편이 지나 가버릴 때 추문醜聞〔HCE의 공원의 죄〕을 경호敬好하는도다. 감자 캐비지 혼성주와 애플파이를 먹은 다음 저녁 식사를 위해 40분의 곁잠을 잘 때 콘서티나 풍금과 카드놀이 시간 보내기를 좋아하여, 모슬린 천 의자에 단정히 앉아 있나니, 그녀의 이브닝 월드지紙[5]를 읽으면서. 보고 있자니 심통心痛 쓰리게 할 판이라,〔이하 석간신문의 내용〕 전신담傳神談 또는 공갈담恐喝談들로 충만된 채. 뉴스, 뉴스, 모든 뉴스. 죽음, 표범이 모로코시에서 한 녀석을 죽이다. 폭풍산暴風山[6]의 골난 장면들. 그녀의 행운과 더불어 신혼여행하는 스틸라 별(Stilla Star). 중국 홍수에도 기회 균등이라 그리고 우리는 이러한 장미빛 소문을 듣는도다. 딩 램즈(Ding Rams) 그는 모든 꼭 같은 해리 놈[7]에 관해 소란감지騷亂感知하도다. 그녀는 홍분을 탐探하고 있는지라, 낄낄깔깔, 그들의 연재 이야기의 들락날락, 연인과 여인과 경단 고동(貝)의 사랑, 자유번안飜案의 노르웨이 아낙네. 그녀의 최후의 눈물로 한숨 짓는 밤, 염열鹽熱의 분묘에 초롱꽃이 불고 있으리라. 이제 끝. 그러나 그것이 흘러가는 세상사.[8] 경마시競馬時까지. 저 녀석에게는 무無 회은灰銀 또는 무無가발! 우쭐대는 양초가 펄럭펄럭 타오르는 동안. 아나 스테시(Anna Stacey)〔ALP의 다른 호칭〕 안녕하세요! 최귀족最貴族의 적귀요適貴腰라, 자칭 경매상인, 아담즈 부자상회[9]가 말하다. 그녀의 머리털은 과거처럼 여느 때나 갈색이라. 그리고 물결결 파파도치며.[10] 그대〔핀〕 이제 휴식할지라! 핀은 이제 더 이상 없나니!

왜냐하면, 저 갈고리 연어의 동명同名의 씨족대용품氏族代用品이라도,[11] 공복空腹 백년전쟁의 서식지[12]의 경내에 임의의 크고 장대한 소년 수사슴[13]이 대령한지라,

내가 듣듯, 밀매密賣 주점,[1] 시장市長 나리〔HCE〕 또는 다과월계수多果月桂樹처럼 번성하면서, 필사적으로 뱃전 쪽에 펄럭사死 늘어지고(헐거이!) 그러나 깨나무 가지를 1야드 장長 들어 올린 채(좋아!) 바람 부는 쪽으로(치행사癡行師[2]를 위해!), 양조장자釀造場者[3]의 굴뚝 높이 그리고 곰(熊) 바님[4]의 쇼 현장만큼이나 아래 넓게. 어깨의 분담分擔으로 영류癭瘤하여 침잠沈潛한 채, 그는 이토록 조부 나비(蟲)인지라, 불 파리인, 저림(곤경) 속의 두창痘瘡 아내[5]〔ALP〕 그리고 세 이(虱)같은 꼬마 별아別兒들[6], 두 쌍의 남충男蟲 및 한 난쟁이 여女빈대〔〔HCE의 가족〕와 함께. 그리하여 그는 저주하고 재再 저주했나니 그리고 그대의 사우자四愚者〔4대가—마마누요〕들이 여태껏 보았던 행실〔공원의 비행〕을 보여 주었거나 아니면 그는 그대 한통속 비둘기가 알고 있는 바를 보는 걸 결코 마다하지 않았는지라, 고운孤雲이 하소下笑의 증인을 위하여[7] 눈물 흘리리니 그리하여 이 이야기로 이제 요부妖夫와 요녀妖女들에 관하여 족하리로다. 비록 동방풍금東方風琴이 그걸〔비행〕 서질풍西疾風에 전하고 이스트라(Artsa)성星이 그걸 영원히 그의 천계 주변에 회전하게 한다 해도. 창조주인 그〔HCE〕는 지금까지 자신의 창조된 자들을 위하여 하나의 창조물을 창조해 왔도다. 하얀 단성單星을?[8] 붉은 신정성神政星을?[9] 그리고 모든 핑크색 예언자들[10]의 주연酒宴을? 정말 그렇도다! 그러나 아무리 과거에 그렇다 해도 지금 한 가지 확실한 것은, 사보관蛇保官이 법으로 보증하고 마피크(Mapqiq)가 점점點點으로 나타내는 것[11], 즉 저 사나이, 대체점자代替占者 흄(Humme)〔HCE〕 귀하, 우리가 그를 생각했듯 무시당한다 해도, 하지만 명수明水가 값진 이상, 이 유서 깊은 땅에 도래했나니, 거기 우리는 서로서로 조류를 타고 우리들의 교구의 천공 안에 사는지라, 거룻배의 선체 속에 쿵쾅 캉쿵 억지로 방향 틀며, 쌍둥이 터번 원주선原住船,[12] 종種블린 만호灣號 이 군도群島의 최초의 방문 범선, 그의 이물에 인물두상용人物頭狀用의 위클로우군형郡型의 밀초 노파상老婆像과 함께, 그의 심연에서부터 물 뚝뚝딱 떨어지는 사해死海의 표류동물, 그리고 지금까지 내내 60과 10년〔60 + 10 = 70년〕동안 무언극어우無言劇魚優처럼 자기 자신을 꾸짖어 왔나니, 그의 음면陰面 곁에 자신의 시바여인[13]〔ALP〕, 항시, 그의 터번 아래 서리발髮 키우면서 그리고 사탕지팡이를 섬유 녹말로 바꾸면서[14](그에게 만사 끝!) 그리고 또한, 주가도취시酒家陶醉時에 그는 배(腹)를 턱없이 부풀리게 했나니, 우리들의 노범자老犯者는 천성으로부터 겸저謙低하고, 교우적交友的이며 자은적自隱的이었는지라, 그것을 그대는 그에게 붙여진 별명을 따라 측정할지니, 수많은 언어들의 채찍질 속에.(악을 생각하는자에게 악을!) 그리하여, 그를 총괄하건대, 심지어 피자피자彼者彼者의 모세 제오경第五經인, 그(he)는 무음無飮하고 진지한지라, 그(H)는 이(ee)이라 그리하여 무반대無反對로(E) 에든버러[15] 성시城市에 야기된 애함성愛喊聲에 대해 궁시적窮時的으로(C) 책무지리라.

• I부 - 2장 •

HCE - 그의 별명과 평판 (pp.30-47)

〔030.01—033.13〕 여기 이어위커의 이름의 기원, 왕과 차처 매인도래와 함께, 그의 당당한 인물을 만나는 결과를 여기 서술한다.

이제(목여우木女優 아이리스와 오렌지 릴리[1]의 사소한 이야기는 말끔히 영원토록 미루어 놓고라도), 하롤드 또는 험프리 침던의 직업적 별명에 대한 창세기에 관하여 언급한다면(우리는, 물론 이노스 마법사[2]가 현관 발판에다 분필로 낙서했던 당시, 성명이전姓名以前의 선구기先驅期로 되돌아가거니와) 그리고 아교족阿膠族, 육즙족肉汁族, 북동족北東族, 주류족酒類族 및 백년남군촌百年男郡村의 시들레스햄의 이어위커 가문[3]과 같은 핵심 조상에 그를 거슬러 연결하거나 또는 무력촌武力村[4]을 설립하고 그들을 헤릭 또는 에릭에[5] 안착하게 했던 바이킹족의 후예로, 그를 선언하는 옛 원천자료源泉資料에 의한 그따위 이론들을 단연코 방기한다면, 최고의 인증認證 받은 판, 드무탈 전설집[6]은, 두정상頭頂上 에다[7]의 해독을 읽나니, 그것은 다음과 같았다는 사실이 기록되어 있도다. 우리는 애초에 이야기가 어떻게 실현된 것인지 일러 받고 있거니와, 마치 양배추 훔치는 신시나터스[8]처럼 그 대노大老의 정원사는, 마녀(H) 추적제追跡祭(C)의 전야(E), 폭도가暴徒家인, 고해원古海員 호텔[9]의 뒷마당에서 구근을 캐기 위하여 자신의 쟁기를 뒤따름으로써 추락 전의 낙원 평화 속에, 어느 혹서酷署의 안식일 오후 그의 적수목赤樹木 아래[10] 일광을 절약하고 있었던 바, 당시 폐하〔국왕〕는, 한 마리의 여가애호餘暇愛好의 호견狐犬이, 역시 걷는 발걸음으로, 한 떼의 스파이엘 암캐들 곁을 그를 따라 뒤따르고 있던 공도 상에서, 스스로 휴지하여 즐거움을 누리도록 사환에 의해 일러 받았도다. 그의 가신의 분명한 충성심 이외 모든 것을 잊어버린 채, 그 험프리 또는 하롤드 나리[11]〔HCE〕는 말馬에 멍에 또는 안장을 채우려고 머물지 않은 채, 열안 그대로 비틀비틀 밖으로 걸어 나갔나니(그의 땀에 젖은 반다나 손수건을 코트 호주머니 밖으로 느슨하게 늘어뜨린 채) 그의 주막의 전원前園[12]으로 급히 서둘면서, 자귀풀 차양모, 법의 밴드, 태양 스카프 및 격자무늬 어깨걸이, 골프용 반바지, 가죽 각반 및 향이회香泥灰와 함께 진사辰砂 불도그 붉은 신발을 신고,

그는 그의 통행문 열쇠[1]를 징글징글 울렸나니, 그리고 사냥 무리의 고정된 총검들 사이, 꼭대기에 화분을 조심스럽게 땅 쪽으로 게양고정揭揚固定 시킨 높은 횃대[2]를 치켜세웠도다. 왕 폐하로 말하면, 그는 푸른 청년 시절부터 눈에 띄게 원시였거나 아니면 자주 그런 척 했나니, 사실상, 거기 방축길이 이렇게 비둘기 구멍투성인지라, 그 인과관계가 무엇인지 질문할 생각이었나니, 그러자 대신 바늘과 추가 달린 낚시 줄 및 낚시 도구로서 인공 비은어飛銀魚가 한층 바람직한 미끼가 되는지 어떤지에 관하여 당장 귀띔해주도록 요구했도다. 그때 정직하고 무뚝뚝한 하롬프릴드〔험프리—HCE〕가 아주 근사하게도 확실한 어조로 겁 없는 이마를 하고 대답했도다. 아니올시다. 박학폐하博學陛下, 저희는 단지 저들 뭉툭한 집게벌레를 잡고 있을 따름이외다. 그러자 우리들의 수부왕水夫王, 선사품이요 공물인, 분명한 아담 남주男酒[3]의 질그릇 술병을 따르고 있던 그는, 이 말에, 꿀꺽 삼키기를 멈추고, 자신의 해마 콧수염 아래로 가장 혜심惠心의 미소를 지으며, 모계母系의 윌리엄 코주부왕王이 선조의 세습적 흰 고수머리와 함께 상속받은 더할 나위 없는 온유한 유머와 그의 대백모大伯母 소피아[4]로부터 물려받은 약간의 단지성短指性[5] 기질에 몰입하면서, 그의 교수형絞首刑의 중장비[6]를 갖춘 두 수행원, 레이스 및 우팔리[7]의 귀족 향사인 마이클, 그리고 드로그허다 지방[8]의 축제 시장市長인, 엘코크[9]를 향해 몸을 돌렸나니라(그런데 캔메이크노이즈[10] 출신의 박학석사博學碩士 카나반[11]에 의하여 인용된 최근의 자료에 따르면, 두 자루의 산탄총霰彈銃은 워터포드[12]의 원법무관原法務官, 마이클 M. 마닝[13]과 기비레이라는 이름의 어떤 이탈리아 각하의 것이라), 어느 한쪽 경우이든 교의教義의 순수성, 평소의 사업을 행하며, 그리고 애란의 논 감자가 자라는[14] 솔송나무 성당 구획을 상징하는, 삼단 성당의 종교 가족인지라, 그리하여 왕은 몸을 꿈틀거리며 선언했나니 성聖허버트의 성골聖骨에 맹세코[15], 만일 차례로 단창인短槍人이요 초신뢰超信賴의 집달이 통행세 징수자인, 그〔HCE〕를 우리가 다름 아닌 집게 벌레잡이로 생각하고 있음을 그가 안다면, 강우토强雨土[16]의 우리들 적혈형赤血兄〔HCE〕이 얼마나 귀에 들릴 정도로 노발대발 하겠는고! 왜냐하면 왕은 그의 너무나 회색 짙은 안뜰의 좀 필[17]과 그의 조조弔朝의 집 서식처를 잘 알고 있었기 때문이도다.(우리는 귀부인 홈패트릭[18]이 심은 노변목路邊木 사이에, 농담 깔깔깔 유유쾌쾌히, 저 자갈 덮인 웃음소리[19]를 여전히 듣거니와 그리고 여전히 우리는 충성타령인 저 회석토수상灰石土首相[20]의 이끼 육중한 침묵을 느끼는지라 그건 나의 영역 밖이로다.) 이것들이 부차적副次的인 의인화적擬人化的 이야기들의 쌍방 또는 어느 일방에 기록된 것인지 혹은 그의 중복작위重複爵位의 부족이방명部族異邦名을 띤 사실들인지 아닌지의 문제가 다가오도다. 그것들은 가능(fas)과 불가능(nefas) 간의 무녀철자巫女綴字 속에 우리들이 읽는 그들의 실숙명實宿命의 사실들인고? 도로상의 분(똥)덩어리는 아닌고?

〔032—033〕 HCE가 관람하는 〈왕실의 이혼〉에서의 게이어티 극장 공연의 서술.

그리고 노헤미아(Nohomiah)[1]는 우리들의 장소와 닮을 것인고? 그래, 마라카이[2]는 우리들의 왕연王然한 주점? 우리는 곧 제때에 아마 알 수 있으리니. 핑퐁하고 울리는 봄 종축제鐘祝祭[3]의 방종을 그리하여 거기 홀笏잡이가 명기수名騎手와 함께 머무나니. 마음속에 간직할지라, 성지星智 호크마[4]의 자식이여, 만일 그대가 그렇다면 그대의 마음의 광기狂氣 속에 조리條理[5]를 품을지니,〔이상의 노상 이야기들은 사실인고?〕 이 사나이〔HCE〕야말로 산山인지라, 변화하기 위해 우리는 감이 오르는도다. 그것은 왕 자신이 아니라, 그의 불가분의 자매들, 통제불가의 야화자夜話者들, 샤라짜드와 함께 도니제티어[6]라는, 모반적 불신의 과오를 우리는 제거할지니, 그들은 나중에, 약탈자들이 광光사회주의자들을 위협사격했을 때, 유락녀女세상 속으로 영락하고, 마담 써드로우[7]에 의해, 두 상객上客들, 미로도 로스와 가라티[8]가 지불후원支拂後援하는 팬터마임에서 로자와 릴리(백합) 미스킨가이이아로서 무대에 등단했도다. 커다란 사실이 노정되나니, 저 역사적인 날짜[9] 다음으로 하롬프리[10]의 두 문자에 의한, 지금까지 발굴된 모든 자필 문서에, H. C. E.라는 서명기호가 찍혀 있는지라, 그리하여 그는 루카리조드[11]의 공복쇠약空腹衰弱한 농노들에게 오직 키 큰 그리고 언제나 선량한 험프리(Humphrey) 공작이요, 그의 동료들에게는 침버즈인 반면, 저 인칭문자의 의미로서 차처매인도래此處每人到來(Here Comes Everybody)[12]라는 별명을 그에게 동등하게 부여하는 것이, 평등하게 확실한 민중의 경쾌한 처사였도다. 한 당당한 매인인 그는 과연 언제나 그렇게 보였는지라, 한결같이 자기 자신과 같거나 동등하였으며, 어떤 경우에든 모든 이러한 보편화에 놀랄 정도로 훌륭하게 값어치를 지니고 있었나니, 그는, 이 콩 몇 알을 받아요! 그리고 저 흰 모자 좀 벗어요![13] 라는 정면으로부터의 소란성騷亂聲 가운데, 독주 금지 그리고 통나무 속에 넣어 둘지라 및(저음) 구두 속의 고양이와 같은 말로〔극장 관객들의 소란 성〕 위안 받은 채, 훌륭한 출발부터 행복한 종말까지, 저 왕가의 공단 광택극장 안에 함께 모여,[14] 그들의 아스팔트 나귀성聲 도회와 수소 초원 출신인 진짜 가톨릭 군중들로부터 부광浮光 및 각광 받는 가운데, 만장일치의 박수갈채를 보내는 장면을(그의 일생의 영감과 그들의 생애의 대성공) 매번 계속해서 개관했나니, 워렌스타인 워싱턴 셈퍼켈리(Wallenstein Washington Semperkelly)씨氏의 상록常綠여행자들은 어전 공연에서 경건한 목적을 위하여, 예의의 허락과 함께 특별한 요구로 천세기千世紀의 정열문제극情熱問題劇의 생生 111째[15] 가광장家廣場 및 생기공연生氣公演으로, 창세 이후 강력한 속연續演을 가졌는지라, 왕실의 이혼[16]이야말로, 당시 그의 클라이맥스의 정점[17]을 향한 근접 가까이, 야심만만한 막간 밴드와 함께, 모든 마극馬劇쇼의 보헤미안 아가씨[18] 및 백합[19]으로부터의 선곡選曲은 자신의 부왕副王 부스(booth)[20] 좌석으로부터 밤을 제어制御하다니,

(그〔HCE〕의 왕王사롱모帽는 거기 맥캐이브(Maccabe)와 컬런(Cullen) 대주교[1]의 붉은 의식용 두건頭巾보다는 덜 두드러진 채[2], 천정 높이 부포형浮泡型[3]을 하고 있는지라) 그리하여 거기에, 진정한 나폴레옹 무한세無限世,[4] 우리들의 세계무대의 실질적인 농담 꾼이요 자기 자신 스스로 은퇴한 천재의 드문 희극배우, 모든 시대의 이 민중 선조[5]〔HCE〕가 앉아 있었는지라, 그이 주변의 총체적 가족에 둘러싸인 채, 그의 모든 목, 목덜미 그리고 어깻죽지 전체를 식혀주는 넓게 펼쳐진 불변의 두건과 함께, 옷장에는 셔츠에서 완전히 뒤로 제켜진 색동 장식의 턱시도 재킷[6], 멋진 타이틀이 붙은 정장 야회복, 세탁된 연미복의 먼 구석구석 모든 점까지 풀을 먹이고, 극장 배석陪席 및 초기 원형극장의 대리석정大理石頂의 옷장. 작품은 이러했나니 램프를 쳐다봐요. 배역은 이러한지라[7] 시계 밑을 봐요. 귀부인 관람석 망토는 그대로 둬도 좋아요. 무대 정면석, 무도석과 하층 배후 구역, 입석 외 만원. 상습 특정 응급석.〔HCE가 앉아 있는 극장 묘사〕

한 가지 보다 야비한 의미가 이러한 문자들〔HCE의 기호(sigla, 山)〕 속에 읽혀져 왔나니, 예의범절은 그러한 문자감각을 거의 온전히 암시할 수는 없었도다. 그것은 어떤 재치 있는 경구가警句家들에 의하여 무심결에 누설된 일로서.(모호랫(Mohorat)쥐[8]의 악취가 아침의 야모夜謀 속에 품기도다), 그〔HCE〕가 어떤 사악한 병에 신음했다는 것이다. 천식, 무례의 피자彼者들! 이러한 암시에 대하여 한 가지 자존심 넘치는 대답은, 있어서는 안 되는, 그리고 우리가 덧붙여 말할 수 있기를 희망하고 싶은, 이루어지도록 허락되어서는 안 되는[9], 어떤 진술이 있음을 확언하고자 하도다. 뿐만 아니라 그의 비방자들, 그런데 그들은, 불완전하게도 온혈溫血족속들인지라, 조크 및 켈리케크 퇴화가退化家[10]의 수치羞恥를 위해 기록된 사역史歷 속에, 그를 어떤 그리고 모든 극악이 가능한 한 마리 커다란 백색의 모충[11]으로서 분명히 상상하고, 그들의 상황을 수정한 채, 그 대신, 그〔HCE〕가 한 때 민중의 공원[12]에서 웰저 척탄병을 괴롭혔다는 익살맞은 오명 하에 놓여 있었음을 은근히 비쳤도다. 헤이, 헤이, 헤이! 호크, 호크, 호크![13] 초원草原의 목양신과 화신花神은 그와 같은 작은 옛 농담을 사랑하는지라. 탁월한 각하요 장구한 무악총독無惡總督의 존재성存在性을 통한, 대청결심성大淸潔心性의 거인 H. C. 이어위커의 가독성基督性을 알고 사랑했던 여하 자에게, 예외함정例外陷穽 속의 난고難苦를 비색鼻索하는 한 정욕탐색자로서 그를 단순히 암시함은 특별히 전말전도顚末顚倒된 이야기로 울릴지로다. 그러나 진실, 예언자의 턱수염에 맹세코, 우리로 하여금 억지로 덧붙여 말하게 하는 것은, 언젠가(혹시! 혹시!) 어떤 경우의 얽힌 치정관계가 있었다고 이야기 되는지라, 때때로 믿어 의심치 않는 바, 그 누군가가(만일 그가 존재하지 않으면 잇달아 그를 발명할 필요가 있으렷다.[14] 그때쯤 하여,

그의 암담한 기록과 더불어 물이 새는 고무바닥 운동화를 신고 덤블링[1] 주위를 비틀비틀 걷고 있었다는 만담이 있었나니, 그리하여 그〔HCE〕는 최고 낭만적이게도 익명으로 잔존殘存 했었는지라 그러나(그를 아브덜라)(Abdullah)[2] 연어鰱魚 노공老公으로 부르기로 하거니와) 서술된 바에 의하면, 불침위원회의 감시용사監視勇士의 제의로 말론(Mallon's) 부서[3]에 배속되고 그리하여 수년 뒤에, 심지어 혹자는 한층 큰 소리로 외치거니와, 동명인, 공포의 이 지휘자〔HCE〕는, 호킨즈가街 건너 암대구岩大口 지역,[4] 성당 묘지의 고가古家[5] 혹처或處 간이식 주점에서 자신의 최초 월과식月果食 차례[6]를 기다리고 있었을 때, 착석한 포식주의자 같은 자들에게, 외관상 낙두落頭 했도다.(생명이여 있으라. 생명이여!)[7] 비천한卑賤漢 로우 같으니[8] 그대 금발의 거짓말쟁이, 젠장 그대 저 나시장裸市場[9]의 몰골이라 그리하여 집에 묵고 있던 저 여인[10]〔ALP〕이 가정상家庭上 이들의 창자를 오손하는지라! 저 한 됫박[11]의 식사에는 정말이지 한 차車 가득한 즐거움이 있도다. 비방이라, 그것이 제 아무리 혹독한들 내버려둘지니, 우리들의 선량하고 위대하며 비범한 남원인南原人[12]인 이어위커(Earwicker), 어떤 경건한 작가가 그를 칭했듯, 저 동질포同質胞의 사나이[13]를 결코 그보다 더 심한 어떤 야비함으로 유죄 판결할 수 없었으니, 어떤 산림 감찰원들 또는 사슴지기들[14], 그런데 그날 자신들의 옥수수의 혼주魂酒를 탕진했던 일을 감히 부정하지 않았던 그들, 감시자들에 의한 제언에 의하면, 그(HCE)가 반대편 동심 초 우거진 우묵한 계곡[15]의 삼림 속에서 한 쌍의 아리따운 하녀들에게 비신사연非紳士然한 비행卑行을 행사하다니, 또는 두 화장복자化粧服者요 바늘꽂이 여인들이 그렇게 탄원한 바, 온통 천진스러운 자연의 여신이 석조夕潮와 동시에 그리고 거의 같은 시각에 그들 양자〔두 여인〕를 그곳에 보냈는지라〔용변을 위해〕, 그러나 그들의 공포된 비단모緋緞毛의 증언을 조합한 결과, 거기 순결의 의혹이 전혀 없나니, 씨줄에서 날실까지, 가시적으로 차이를 나타내는 바, 이 사건의 본질적 특성에 관한 세부 요점에 대하여, 녹림鹿林 또는 녹육장鹿肉場(차지인借地人이 처녀 신부를 탐색하는 녹림장綠林場) 지기들[16]의 최초의 범죄는 명백히 부주의한 것이요 그러나, 그의 가장 넓은 의미에서, 이러한 희석상황稀釋狀況을 수반하는 부분적 노출이 성聖 스위튼(Swithin)[17]의 이변異變의 여름처럼, 때가(이쎄 샤론 들장미여)(Jesses Rosaharon)!)[18] 그것을 유발 할 성숙한 시기였도다.

우리는 그들의 노출증에 대한 관대성 없이는 별 도리 없도다. 아내들이여, 그대의 구원을 위해 돌진할 지어다! 장미가 붉은 동안 사나이의 것은 사나이에게로[19] 필연성은 우리들의 예술관, 편지별저編枝別邸, 인공어人工語의 장원莊園. 즉석 애인이여, 풋내기 육여肉女[20]를 위해, 속세를 넘치게 할지니, 단 하나의 친구여! 만일 그녀가 한 송이 백합이라면, 일찍이 딸지라![21] 폴린(Pauline)〔여자 이름의 통칭〕이여, 허락할지라! 그리고 욕먹은 도장공들이여, 흑퇴黑退하고, 흑퇴할지라! 그에게 쌓인 많은 것에 그〔HCE〕는 무죄인無罪人이나니, 적어도 한번은 그가 자신의 옛날 가시에 찔린 자국을 가진 자로서 분명히 자신을 표현했기에 그러므로 그것이 사실임이 우리에게서 용납되는도다.[22]

사람들이 그 이야기를 말하는지라(염화鹽化칼슘[1]과 채수성採水性 스펀지가 만들 수 있는 것과 같은 흡수성의 한 화합물〔꾸민 이야기〕), 어느 복행질풍福行疾風의 4월 13불길일[2] 아침(우연히 드러난 바, 이 날은 인류의 혼란[3]에 종속된 환생일歡生日 소송과 권리를 최초로 수락하는 그의 기념일 일지니), 수많은 세세월歲歲月 그 비행이 있은 후, 모든 창조의 시련을 겪은 저 친구〔HCE〕가, 호림虎林의 도장道杖에 몸을 버팀 한 채, 그의 탄성 고무제의 인도 군모와 대형 벨트 및 수피대獸皮袋와 그의 청광淸光 퍼스티언직織 벨벳 그리고 철기병鐵騎兵 장화[4] 및 대마大麻각반 그리고 고무제製의 인버네스 외투[5]로 무장하고, 우리들의 최고로 큰 공원〔피닉스 공원〕의 광장을 가로질러 파도처럼 활보하고 있었을 때, 그는 어떻게 파이프를 문 한 부랑아를 만났던고. 후자는, 성냥 없는 루시페린(발광자)〔흡연을 위한 반딧불—발광 성냥〕으로.(그는, 필경, 꼭 같은 밀짚모자를 쓴 채, 그 근처를 계속 배회하고 있었으니, 한층 촌락村樂한 신사처럼 보이려고 자신의 어깨 아래 양피 뒤집은, 오버코트를 지니고 놀랍게도 금주의 맹세를 경쾌하게 행하고 있었으니) 뻔뻔스럽게 그에게 다가와 말을 거는지라 자 이리 오구려, 기네스 술고래 바보 양반 오늘 기분이 어떠하쇼?[6] (당시 흑소지黑沼地[7]의 근사한 댁은—안녕—하시오—라는 인사로서, 우리들의 몇몇 노령들이 아직도 전율적으로 회상하듯)[8] 묻나니, 자신의 시계는 늦은지라, 닭 우는소리로 짐작이 간다면, 시계가 친 것이 지금 몇 시인지 자신에게 말해 줄 수 있는지를. 주저躊躇는 분명히 피해야 마땅했도다. 분저주糞咀呪는 명석하게 죽여야 했나니.[9] 저 박차적拍車的 순간의 이어위커는, 근본적 자유의 원칙에 입각하여, 육체적 생명의 지고의 중요성을, 남살적男殺的 및 여살적女殺的으로,[10] 인식하면서(가장 가까운 원조중계援助中繼〔성당의 종소리〕는 성聖패트릭 기사일騎士日[11]과 베니언당黨의 봉기[12]를 붕붕 알리는 것이라), 그리하여 바로 그때, 그가 느낀 바, 유두총탄에 낀 채, 대호對壕로부터 자신이 영원 속으로 던져지는 것을 불원하여, 멈춰 섰나니, 총 빼는 솜씨가 날쌔게도, 그리하여, 더할 나위 없이, 자신이 기분 깃발 꼭대기임에 답하여, 공유주의公有主義에 의한 우리들의 것, 사유권[13]에 의한 자신의 것인, 쟈겐센제製[14]의 유산탄榆散彈 수장水葬 시계[15]를 자신의 총포銃包에서 꺼냈는지라, 그러나, 꼭 같은 타각打刻에, 황무지 너머 남쪽으로, 거친 동풍東風의 예성銳聲 너머, 종장鐘丈인, 노고선인老孤善人[16]이, 반점성당斑點聖堂의 시속 10톤짜리 뇌성의 테너 타종자打鐘者(쿠쿠린의 부르짖음!)[17]로 종사하는 것을 들었나니, 질문하는 졸부에게, 맹세코, 때는 항성시恒星時 및 대주통시大酒桶時의 12시 정각임을 말했는지라, 첨가하여, 온통 맨머리로, 훈제 정어리의 숨결과 더불어 한층 중후 감을 보일 양으로 동경봉銅警捧[18]에 몸을 깊이 숙이며, 그가 제시한 것이란.(비록 이는 생강부저봉生薑附箸捧[19]과 약간의 혼돈되듯 할지라도,

〔034.30—036.34〕 피닉스 공원에서 부랑자(Cad)와의 그의 만남—그의 자기 방어. 이러한 일은 어찌 할 수 없는 일, 아내들이여 남편의 오행汚行을 용서하라! 그에게 쌓인 많은 것에 그는 무죄이나니, 그러므로 사실임을 우리는 용서해야 하도다.

〔036.35—038.08〕 부랑자 캐드(Cad)는 HCE와 헤어진다—이어 그는 만찬 도중 그의 아내에게 그 이야기를 반복 한다—캐드의 이야기는 사방팔방으로 전파된다.

이〔생강 젓가락〕는, 신酸, 염鹽, 당糖 및 고苦의 혼합체로서, 우리가 알기로, 그는 골骨, 근筋, 혈血, 육肉, 및 역力을 위해 사용해왔거니와,[1] 반면에, 그〔HCE〕를 반대하는 확실한 비난이, 사실 모건 조간신문[2]에 서술되듯, 부유지역富裕地域에 알려진 것이란, 고대의 삼두사三頭蛇[3] 보다 한층 동同 및 몇 도度 하위인 향사 형태의 한 피조물〔Cad〕에 의하여 과거 이루어져 왔다는 것이다. 그의 말을 한층 크게 옹호한다면(그것은, 묘하게도 한 가닥 유명한 구절을 예상케 하는 것으로, 지금까지 내내 구어체에서 의식상의 음률을 지닌 문어체로 재구성되어 왔는지라, 로마 시민법에 따라, 그리고 수 실링의 현상금, 무료 우편의, H. C. 이어위커의 부가적附加的 전언으로서 알려진 개정판으로 노아 웨브스터(Noa Webster)[4]에 의한 연속적인 해설로부터 동시 고착된 것이나니), 저 아마발亞麻髮의 거인〔HCE〕은 자신의 시간 측정기[5]를 쿵쿵 고고鼓鼓 두들겼는지라 그리하여, 그것의 발생사[6]의 현장인, 원접圓接한 홍수야洪水野〔피닉스 공원〕 위에, 그의 팔꿈치의 오금밖에 부저付箸 착着된 베를린 모毛[7]의 한 짝 장장갑長掌匣을 끼고, 이제 꼭 바로 서서.(최고대最古代의 구비신호口碑信號에 의하면 그의 몸짓의 의미인 즉 ㅍ!)[8] 32도 각도에서 자신의 도전에 응하는 상대로서 그의 *철공작鐵公爵*[9]의 과성장過成長한 이정석里程石[10] 쪽을 향해 가리켰나니 그리하여 한격隔 현재의 휴식 뒤에 엄숙한 감정의 화염火炎으로 단언했는지라 아아 악수하구려, 도—동지! 나의 오직, 그들 다섯 개, 그는 대등한 전투라. 나는 당장 이겼도다. 그러므로 나의 무국無國 광역호텔과 낙농 시설을 두고, 우리들의 아옹다옹 서로의 딸들의 명예를 위하여, 나를 믿을지라, 나는, 이 시각까지 어느 위생일衛生日이던, 우리들의 전원속죄田園贖罪의 저 표식인, 저 기념비〔웰링턴 기념비〕에 맹세코, 선생, 나의 입장을 취할, 그리고 나의 신페인(罪過料)[11] 당원에게 강하게 맹서할 구애구애求愛求愛 의향인지라, 심지어 그것을 위해 나의 생명을 바치는 한이 있더라도, 펼쳐진 성서에 맹세코 그리고 위대한 사업주[12] 앞에(나는 모자를 쳐드나니!) 그리고 신神 자신과 영국의 고교회高敎會의 마이칸[13] 승정부처의, 마치 전술한 나의 측근 동역거주인同域居住人들의 이러한 모든 자者들의 그리고 나의 등뼈 어설語舌과 교호적交互的 정의에 맹세코, 나의 대영국어大英國語를 사용하는 총체적 이 지구의 하처何處 모든 구석의 모든 살아있는 혈혼자穴魂者들의 면전에, 그대에게 말하기 미안한 이야기다만, 저 최순最純의 위위僞僞 위가날조僞假捏造 속의 이야기에는, 한 작은 소진小塵 만큼의 거짓도 없도다.

균열龜裂의 수갱竪坑 놈(Gill)같으니,[14] 그〔캐드〕는 과오를 친우親友처럼 사귀는데 빠르게(swift), 자신을 제동制動하는데 엄하게(stern),[15] (구씨관歐氏管[16])을 통하여 진단하면서,

그것은 하이델베르크 남시男屍 동굴[1] 윤리의 현저하게도 후기 사춘기적 초하수성超下垂性 호르몬 질형質型과 관계가 있는지라) 그의 전방 경사모傾斜帽를 쳐들었나니, 자신 과욕적으로 감사하며, 좋은 조조선야粗朝善夜의 인사를 발한거인發汗巨人[2][HCE]에게 악행 했는지라, 그리하여 분별 있는 햄[3]처럼, 미묘한 상황 속의 무한한 재치를 가지고 그의 위기주제危機主題의 과민한 성질을 고려하면서, 받은 황금[4]과 그 날의 시간에 대하여 그에게 감사했나니(그것은 동시에 하느님의 시계인 부엉이였음이 적지 아니 놀라게 했도다) 그리고, 그의 공사주工事主[5]에게, 그리고 자신은 도금 틈새의 균열자龜裂者로서, 상대를, 그가 누구이든 간에, 그의 진부한 허언의 대상으로 인사하려는 겸허한 의무에 입각하여, 사체死體의 계량사실計量事實로서, 시체屍體에 예배하는, 자신의 일에 힘썼던 것이니(두피頭皮와 머리비듬의 소구小丘가 그의 족적을 빛내고 있는지라 토심兎心만 있다면 우리는 그를 추견追犬할 수 있으리니) 자신의 믿음직스러운 코고는 개(犬)와 우아 언어적, 자신의 영원한 반성어反省語로 동반된 채 말했나니 "나는 당신을 만났구려, 새여, 너무 늦게, 또는 만일 아니면, 너무 유충이여, 너무 일찍이."그리하여 우태자愚怠者[6]에 대한 감사와 함께 그의 제2 구어로서 반복 말했나니, 마치 짹짹짹 황혼에 악마 드루이드와 심수해深水海 사이[7] 짹짹짹 황혼에 시인들의 쪽쪽쪽 속삭이는 시각 직전에, 저 꼭 같은 석야夕夜에, 그가 기억하기 거의 힘든 큰 시간 노동자의 많은 금지된 언어들처럼, 그때 석양조夕陽潮와 기념물이 차레탄 몰(Charlatan Mall)[8]을 따라 다 같이 다정하게 손잡고, 대운하와 왕운하[9]의 조용한 검은 속삭임을, 나 나, 난봉꾼 사나이처럼 흐르나니, 울타리에 기어, 기어오를 때, 수많은 유설柔舌의 익살스러운 말에 응답하는 보다 부드러운 입맞춤, 동행자[HCE]는 예나할 것 없이 묵언한 채, 한편, 갈색의褐色衣의 성녀城女를 살피거나, 노란(noran)[10] 북면北面 위로 쇠똥을 뿌리면서, 그[캐드]는 모세 모자이크의 율법[11]을 조심스러운 개선심改善心으로 그의 *노석爐石* 주변에 침 뱉었는지라, 실례를 무릅쓰고.(애란의 타어唾語로, *모우쉬 호 홀*,[12] 그러나 애란—서구 직계의[13], 양장관념良裝觀念을 지닌, 두드러진 존경하는 연계자連繫者인, 그는 올 바른 행실을 알고 있었으니, 예를 들면, 셀웨이씨氏(Mr Shallwisigh) 혹은 셀웨라프씨氏(Mr Shallwelaugh)[14] 같은 이는 무심한 태도로 침을 마구 뱉으리라, 달갑지 않게! 당시 그는 포켓에 침 뱉니 손수건을 찔러 갖고 있었으니, 소형의?) 그가 속물스럽게도 피치 봄베이(Peach Bombay)[15]라 이름 붙인 접시 주정 및 포타주(pottage) 수프를 홀짝 홀짝 들이킨 연후에(그를 겨자(植)하게 하고 후추하게 한 것은 정말이지 단지 루안(Luan)[16]의 수양 새끼의 버섯 파이뿐임을 여급은 알고 있나니), 자신의 짙은 생각으로 명상으로 살찐 채, 최상급의 완두콩, 밀크 아래 어린 암염소의 백맥아白麥芽 주식초酒食醋로 둥글게 만든, 이 식량을 황마荒馬처럼 맛있게 먹은 저 소인배, 그걸 씹고 씹으며, 콧물 조미 계절에, 그대의 향초 먹는 쥐처럼 기분이 들떠 있었도다. 그리하여,

〔038.09—039.13〕 이야기를 캐드의 아내는 브라운 존사에게 말한다. 후자는 재차, 한 노란인(Nol-an)인, 필리 손턴(Philly Tho-rnton)에게 귀띔해준다.

그 행복한 도피의 경축할 기회에 임하여, 그〔캐드〕는 지고관至高冠의 허세를 위해, 진귀한 생선 스튜, 이의 토속적 음식 쟁반에, 폴란드산産 올리브를 그의 천정 한 복판까지 쌓고,[1] 피닉스—양조 한 병으로 아주 사치 번지르르하게 얼굴이 암흑계화暗黑界化된 채,[2](살찐 돼지 같으니!), 제2의 혼례를 위하여 그랜드 강주[3]와, 잇따라 피스(尿) 흑맥주에 의해, 스스로 혼락婚樂되어 있었나니, 테이블 라이트(卓燈)가 소중히 여기는 그들 양자의(비록 검소한 향연이긴 하나 그건 야목남野牧男의 고별인지라[4] 거미줄 덮개의 콜크를 완고하게 코로 들이쉬었도다.

우리들 부랑당(cad)의 꼬마 투처鬪妻[5](처녀 명 예쁜이 맥스웰턴(Maxwelton)[6]〔캐드의 처〕는 타구唾具에는 빠른 귀를 지녔는지라(후담後談이 있거니와) 평상시와 같이 무언가정無言家庭의 절약가정家政으로(당신에게는 병病복숭아고 부腐살구고 없나니, 석류 양반이여!) 광청소光淸掃를 행하고, 그러나 그녀의 발톱 속에 열쇠를 흘려 떨어뜨리면서, 그녀의 평상시의 예모로, 111인의 타인들 사이에, 그 일〔HCE의 스캔들〕을 꺼냈나니(이 최초의 여성적 만도가 얼마나 가냘픈지는, 그들의 남중男衆의 화장실 경내에서, 요돈尿豚의 비밀 속삭임 격이라!), 그녀의 눈은 마르고 작은데다 말투는 후박厚薄했나니, 이 헤게시퍼스(Hegesippins)[7], 한 잔의 차(茶)를 앞에 놓고, 하루건너 슬쩍 다음날 밤, 그녀의 특별한 존사인, 이 도사에게, 그와 우선적으로 이야기하고 싶은 의미가 과거 마음속에 있었는지라(여보세요, 들어오세요! 한 술만 뜨세요!), 그 이유인 즉 그는, 컵처럼 야무진 양 입술과 어느 야한 약속 사이, 자신이 이제 더 이상 늙은 암탉을 견딜 수 없는 양 우스꽝스러운 얼굴 색깔을 띠고 있었으니(그녀는 자신의 소흉하처小胸何處를 위해 별나게 푸딩을 간직할 만한 여자는 결코 아닐 것이기에!) 그의 서간의 너무나 절실하게 언급된 잡담복음雜談福音[8]이, 그들의 애란 스튜 요리 속에 차 토스트처럼 매몰되어 있는지라, 그녀의 이야기가 그의 예수회의 의상(옷)보다 더 멀리 가지 않을 것임을 신뢰하고 있었도다. 그런데도(주酒 와인 속에 참 진리 있나니! 주비走飛 같은 작별이라!) 빈센트당원黨員[9]으로 변장한, 이 지나치게 부패한 승정 브라운 씨, 그리하여 그가, 그 이야기를 포착했을 때, 한 노란인人[10]으로서 자신의 제2 개성 속에, 그리고 머리를 떨어뜨린 채, 우연히도, 가련한 영혼이여—만일, 말하자면, 그것이 우연한 사건이라면 우연한 것으로 왜냐하면 여기 히포(Hippo)[11] 전도서의 정신은 하바—반—아나(바나나 먹는 아나)1[2)]의 여필가女筆家들을 자찬하는지라—굽은 늑골[13]이 그녀의 비밀문서의 약간 개정판〔그녀의 비밀 이야기〕를 아주 약하게 탄주하는 것을 도청하다니.(해신이 말한 것은 단지 조세핀(Jesupine)[14]를 위해서 이외 아무 것도!) 충성의 맹세로서, 손手들 사이의 손들(나의 최선 브라보! 나의 꽃 형제여!) 그리하여, 이는 *그녀의 탄생의 비밀*[15]곡에 맞추어, 어떤 피리 써스톤(Philly Thurnston)[16]이란 자의 루비 붉은 중이中耳를 묵묵히 뚫고 들어갔나니, 그는 전원과학과 정음성正音聲 윤리학의 평교사요 근장近壯한 사나이 그리고,

그의 약 40의 중반 나이에 질풍의 불도일(Baldoyale)[1]의 전격적인 경마주야競馬走野에서, 안전 및 건전 도박을 위한 성직자다운 내기를 하는 동안(W. W.는 전 프로그램을 통해 제일 인기 마馬[2] 전국 및 더블린 상보지詳報紙의 경마 사건 난[3])의 모든 정보통에 의하여 쉽사리 기억할 수 있는 어느 일부日附에, 퍼킨호와 파울호),[4] 귀마貴馬와 천마賤馬의 복식경기, 당시 클래식 격려승용마상패激勵乘用馬賞牌가 섬세마사纖細馬舍의 옷 입은 두 밀고자에 의하여 포승捕繩당했는지라, 목과 목 나란히, 8과 1, 그건 사실이 작은, 색망아지 볼드보이 크롬웰호號로부터, 주장主將 차프래인 브론트의 사슴 암망아지 세인트달라그(Saint Dalough)[5], 경마 콕슨(Drummer Coxon)에 의한 예민한 스타트 후, 무정체無正體의 3번 기수, 목 부러질 위험 경주에서, 감사하게도, 위대한 꼬마, 토실토실 꼬마, 당당한 꼬마, 위니 위자(Winny Widger)여![6] 그대는 그들 모두의 가장 위대한 기수로다! 그대는 결코 스피드를 낼 수 없는 진흙 속에 그리고 인기人氣 모帽를 쓴 채, 우리들의 경칠 놈의 마녀들을 이제까지 제압했던 다른 어떤 환상 중량급과는 확실히 같지 않은 참가자였도다.

그것은 두 지독스러운 땜장이 놈들(습한 겨울은 악역惡疫이 지나고, 주우走雨는 가고 오고 그리하여 잔디 거북의 목소리가 우리들의 땅에 넘쳐 들리나니([7], 그 중 한 놈, 트리클 톰(Treacle Tom)[8]의 이름으로 돼지 치료인 케호, 돈넬리 앤 팩칸함점店[9] 돼지 다리 절도 형기刑期를 겪은 뒤 바로 탈옥했는지라, 그리고 그 자신의 혈유血乳 형제 프리스키 쇼티.(그는, 상호 고약하게도 거북살스러운지라, 둘은 땅딸보 및 장난꾸러기) 폐선廢船에서 나온, 한 정보 염탐꾼으로, 그들 둘 다 몹시도 가난하여, 쇠지레의 금조金鳥 사냥을 위하여 도깨비 파운드 금화 또는 우연한 크라운 금화를 찾아 사방 공술에 취해 나돌아 다녔나니, 한편 그 해항자海港者는 미동美童[10]의 고함을 지르며, 혹의의 교구 목사가 자신의 법어法語를 사용하고 있는 것을(이봐요, 이봐 등) 이청耳聽 했는지라, 아담즈씨氏〔HCE의 사건〕에 관하여 그에 관한 모든 일요신문에 실려 있는 것에 코를 비비적거리며 푸른 안경에 비친 십장什長 동료와 더불어 자기 자신 몸에서 콜록콜록 소리를 내며 소문을 퍼트리고 있었도다.

지금까지 언급된 이 트리클 톰은 그에 앞서 외양간은 소마군小馬郡[11]의 땅에서 자신이 일상적인 거칠고 조잡하게 자주 드나들던 장소에서 얼마 기간 동안 부재했던 것이니(그는, 사실상, 공동의 하숙집에 자주 드나드는 것을 상습으로 삼았는지라, 그 곳에서 그는 취중에 어이 잘 만났다 하는 자로,[12] 낯선 타인의 침대 속에서 벌거벗은 상태로 잠을 잤던 것이니) 그러나 경기야競技夜에는, 압견옥鴨犬屋, 경무앵초옥輕舞櫻草屋, 브리지드양조옥, 웅계옥雄鷄屋,[13] 우편배달부 뿔피리옥屋, 소노인정少老人亭[14] 그리고 생각나면 언제든지 마셔도 좋아 술집[15], 컵과 등자옥鐙子屋[16]에 의하여 공급된, 지옥화주地獄火酒, 적색주赤色酒,[17] 불독주, 부루악주惡酒, 값에 상당하는 술[18], 영국 정선약초주精選藥草酒의 다양한 술을 마신 뒤에 곤드레만드레가 되었던 바,

〔039.14—039.27〕 트리클 톰과 프리스키 쇼트리—이들은 이 HCE의 스캔들 이야기를 경기트랙에서 엿듣고 소문을 사방팔방 퍼트린다.

〔039.28—042.16〕 톰은 그의 꿈속에서 그 이야기를 중얼거리나니— 그는 3부랑자들에 의해 엿들었는지는지라, 후자들은 이야기를 민요로 변형하여 사방팔방 퍼트린다.

그는〔트리콜 톰〕 자유구역[1), 펌프 코트[2), W. W. 블록의.(왜 그는 그것에 돈을 걸지 않았던고?) 피차동침彼此同寢[3) 빈민굴 숙박소에서 자신의 잘 온방溫房된 애침상愛沈床을 구했나니, 그리고, 모국어에다 모조어다 하여, 알꼬, 알코호 알코 일관되게, 글쎄, *나의 말馬이 연착했다네*. 라는[4) 노래의 반복을 거듭 비음鼻音했는지라, 놈 넘, 그 이야기의 실체〔HCE의 스캔들〕은 바로 복음주의의 참견 좋아하는 중뿔나기 및 러시아인들에 관한 것으로서(그는 '소녀들'을 칼라렛이니, 스커트니, 선보네.[5)이니 카네이션이라 계속 애칭하곤 했는지라), 부분적으로(그는 마치 삼월순교인들[6) 또는 달리 수발총병 3연대[7)에게 목격된 듯 했는바, 자신이 가사린 과부와 침식을 함께 한 연후에, 세탁부 라비니아가 펀치 주디. 인형극 쇼[8)에서 그녀의 남자들을 바다로 임대하자 당시 거기 그는 흑인들이 야생효마野生哮馬와 싸우는 것을 보고 있었으니) 이따금 싸늘한 밤에[9)(세대 교번자여! 결혼찬미자여!) 불안한 밤잠 동안, 영락자永樂者들이 듣고 있는 가운데 앞서 공원의 스캔들 이야기를 누설했는지라, 그들은 몸집이 작은 현금 포목상의 집행인 피터 그로란(Peter Cloran)[10)(해고되다), 고정주소불명의 전 개인 비서, 오마라(O'Mara)[11)(지역적으로 곰팡이(Lisa)리사[12)로 알려진)인지라, 그리하여 후자는 빙도氷島 둑[13)의 출입구에서 집 없는 무가정성無家庭性의 모포毛布 아래, 남자의 무릎 혹은 여자의 가슴보다 싸늘한 숙명석[14)을 베개 삼아, 우스꽝스럽게도, 며칠 밤을 보냈는지라, 그리고 호스티(Hosty)(너절하지 않는 이름)[15)라는, 한 흉성凶星의 해변 뜨내기 악사인, 그는, 뿌리도 없이 긁힌 자국도 없이, 자신이 자학심연自虐深淵의 가장자리 독버섯 위에 어떻게 착상하고 있는지를[16)의심하면서, 최고로 굶주린 채[17), 총체적으로 모든 일에 우울함을 지니고.(밤의 바텐더여, 그대는 녀석에게 야녀夜女의 야耶밀크를 봉사했도다!) 자신의 지푸라기 임시 침대 위에 삼杉 빛 머리카락을 굴리고 있었으니, 그가 나라 안에서 어떻게든지 자신이 사랑하고, 스스로의 신분을 밝히는, 갖은 수단 방법[18)을 고안하면서, 어떤 녀석의 자동 권총을 가지고, 사교적으로 도망쳐, 달키 다운레어리(Dullkey Downlairy) 및 브릭루키(Bleakrooky) 전차 궤도[19)에서 떨어진, 어딘가에 외륜外輪 무허가 주점에 체류할 희망에 잠기는지라, 거기서 그는 똑 바로 몸을 던져, 자살해自殺害의 머리를 두 푼짜리 자신의 몸에서 사지砂地 높이까지 일발백중一發百中 병탄甁彈의 평화 및 평온 속에 날려버릴 수 있을 것인〔자살의 시도〕 즉, 그는 자신이 아는 모든 것을 시험한 연후에 마담 그리스틀(Madam Gristle)[20)의 귀부인의 도움으로 패트릭 단경卿의 병원[21)에서 나와, 험프리 저비스 경卿의 병원[22)을 거쳐, 아데레이드(Adelaide's) 마타병원馬唾病院[23)의 세인트 케빈(Saint Kevin)[24)의 침대 속으로 들어가려고〔입원하려고〕 18 월력 이상 동안 애를 썼나니,

(저 불안의 애석일哀惜日 가운데 이들 불치의 속사俗事로부터[1]. 산트 이아고(Sant Iago)[2]를 통하여 자신의 패모貝帽에[3]에 맹세하는지라. 선량한 라자(Lazar)여, 우리들을 구하소서![4] 그 뒤로 어느 길 어느 쪽에서도 그를 임시변통 용케 벗어날 수 없었도다. 리사 오데이비스(Lisa O'Deavis)와 로치 몬간(Roche Mongan)[5].(그들은, 서사혼적敍事魂的으로[6] 너무나 공통점이 많은지라. 만일 *낯선 자와 기 꺾인 노양老羊*이란 말이 허락될지는 몰라도) 한 가지 납득된 일로서, 용수철 이단 침대의 유일하고도 감미롭고 파동 치는 어미 침낭 속에서 호스티(Hosty)와 함께 영취泳醉의[7] 잠을 잤던 것이니, 잡목 숲의 잡가지치기 애송이 녀석들, 열혈의 시골 열熱뜨기들 또는, 글쎄, 황야의 황량자들, 그리고 부산떠는 새벽—만사—잡역녀女,[8] 이(축가의 보답이여 우리는 여기 숨이 차도다!) 솥뚜껑, 문간 놋쇠, 학자들의 사과뺨 및 횃불 소년들의 금속을 많은 순간 문질러 닦자마자, 그때 재(灰)베짱이 마음 들뜬, 가엽게도 베이컨 계란 아침을 먹은 키다리 백인남〔호스티〕, 회춘의 뜨내기 악사(왠고하니 멋진 하룻밤의 법석과 소란 및 정강이살 햄을 자신의 이전 동료들과 함께 최고의 아침 인사로 나눈 다음에는, 그는 생판 다른 사람이 되기에)와 그의 불침의 침실 친구들은(우리들의 소년들이라, 바이런은 그들을 불렀나니)[9] 자리에서 일어나, 그들이 애명愛名의 술통 같은 돈숙豚宿에서 지척거리나니, 간조干潮 (더)블린[10]의 한지부락寒地部落을 가로질러, 바넬(Barrel)[11](당시 지표면의 삼맥로三麥路와 휴식소는 이 승차시의 상하로선면上下面路線面 그리고 정유소 아래로 그 곳 우리들의 2페니 반페니 수도선首都線[12]이 조정하는 저들 선로들 및 종착점들과 기묘하게 상응하는지라), 궁형弓形 제금提琴[13]의 쿵쿵 북소리 방향으로, 울부짖듯 신음하거나 청승맞게 윙윙 노래하며, 경잡輕雜하게, 육중하게, 재치 있게 그리고 파도 게, 아피(a), 리피(l), 희롱하며(p), 축인祝人 성왕聖王 핀넬티(Finnerty)[14]의 신하들의 세이歲耳를 달랬나니, 그리하여 그들은, 자신들의 벽돌가정 속에 그리고 그들의 향기로운 딸기침대[15]에서, 밀봉인蜜蜂人, 달콤한 레벤더인人 또는 보인산産의 싱싱한 연어의 부르짖음을 거의 무시하며[16], 소요 로라 트리오[17]의 이 오래 기다리던 메시아[18]의 보다 큰 상찬을 위하여 그들의 깐깐한 입을 온통 벌린 채, 달코코롬한[19] 잠을 단지 반쯤 보내고 가인歌人의 정말로 감탄할 위치僞齒를 메울 성찬 식탁盛饌食卓[20]의 목적을 위하여, 전당포업의 시설에 잠시 머문 뒤, 그리고 쿠자스 가도(Cujas Place)[21]의 호객여숙에 장기 체류하는지라, 쉿 잠깐, 1,000 또는 1이 아닌 국정國定 리그 거리, 대음정大音亭 자유구 경내에 있는 성聖세실리아[22] 교구의 올드 스코치 홀 주막[23], 즉, 그리피스 가격24)에 의하여, 그라스톤 주수상主首相 상像[25]의 위치에서 멀지 않은 곳에, 선언자의(어쩌면 스트워드 왕조 최후의)[26] 행진에서 행진을 시작하여,[27] 거기서, 이야기는 구불구불 뻗어가나니,

〔042.17—044.06〕 호스티(셈)의 민요의 제작 및 첫 연주—그의 퍼트림(dissemination)이라.

술에 곤드레만드레 낭비벽의 트리오는 또 다른 녀석〔호스티〕와 합세했는지라〔그들 4중주重奏〕—내일—용모하면 그만이라는—의도—변종變種의 무심하고 변덕스러운자, 그는 막 모독주급冒瀆週給을 탔겠다.[1] 첫, 그리하여 모든 하찮은 허풍쟁이들(누가 명사名詞를 이야기하랴?) 저 저주할 변덕쟁이 녀석에 의하여 대접된 깜짝이야, 깜짝이야[2] 하는 모습으로 흥분제주興奮劑酒를 마시고, 그런 다음 어제를 그저 축하하기 위하여 수사슴 오찬에다 몇 잔을 더 곁들이고, 그들의 화료火料 촉진의 우정으로 얼굴이 달아오른 채, 그 악한들이 특히 구내로부터 빠져 나왔나니.(브라운〔호스티〕을 선두로, 꼬마 개인 비서. 전前—전—집행이〔오마라〕가 모수帽手로 그들의 슬픈 후미에 마치 귀부인의 편지 추신처럼 뒤따라 난 돈이 필요해요. 제발 송送하라, 그들의 옷소매에다 자신들의 웃음소리 새어나는 입술을 훔치면서, 어떻게 약세弱勢 졸장부들이 자신들의 전쟁 찬가를 널리 전반적으로 외쳤던고[3](주곡酒曲을 연주할지라. 주가酒歌를 연주할지라).[4] 그리고 작율사자作律詞者의 세계는 한 가닥 이른 바 민요(발라드)를 위하여 한층 풍요로운 이유를 지녔나니, 그의 발라드 찬가자讚歌者에게 노래하는 지역구락사회地域俱樂社會의 세계야말로, 이 세계가 지금까지 설명해야 했던 가장 비열한 말더듬이지만 가장 매력적 화신인 그의 속요를 지구의 곡도曲圖 위에 올려놓았던 공헌에 대하여 빚을 지고 있도다.〔세상에 빚진 호스티의 발라드 제작〕

이 한층 예리하게 정확히도 아름다운 소녀 또는 녀석—나의—영도가領導歌〔발라드〕는 소란의 리비아 강과 곱사 등 호우드 언덕에서 처음 유출했나니, 응당연존재應當然存在의 입법자의 기념비〔글래드스턴 기념비〕의 그림자 아래에서[5](자유목이여! 살려 주라, 나무꾼아, 살려 줄지라!)[6] 시야를 가득 충만 하는 렌스터의 만백성의 충일充溢 넘치는 모임으로 그리하여, 단일심單一心의 초군중超群衆으로서, 가면이다 뭐다. 주안酒顔이다 뭐다 와 함께,[7] 모든 지역과 상호 당파들을 쉽사리 대표하여(술집과 코코아점을 흘러 나와 술잔에 술 구멍 날 정도로 찰랑찰랑 넘칠 정도로) 우리들의 리피 강변 사람들의(본토 소수파와 와트란, 이어린, 이크닐드 및 수태인[8]를 경유하여 도보 여행해 온 자들, 주로 하드마우스의 노마의 짤랑짤랑 고리와 함께 절름발이 전세마차[9]를 타고 온, 북방 토리 당원, 남방 위그 당원, 동방 영국 연대기가年代記家 및 서방 국토 감시자[10]의 언급은 생략하더라도) 카트퍼스 가로[11] 출신의 젊은 더블린 꺽다리 사내들에서부터 연유하여, 이들은 단지 자신들의 무릎 바지에 양손을 꽂고 거닐기 보다 더 낳은 것은 없는지라, 공기 웨커,[12] 연초 입담배, 잠꾸러기 벽돌과자를 빨면서, 게으름뱅이 병사들, 털 공 달린 포프린복의 세 사람과 나란히, 전당典當 빵 껍질을 탐하여, 분주한 직업적 신사에 이르기까지, 긴 구레나룻을 기른 일단의 백안남白顔男들[13], 데일리점店[14]을 향해 휴주休走하며, 루트란드 황야[15]에서 도요새 잡이를 하거나 물오리 놓치기 놀음으로 신바람이 나서, 차가운 냉소를 서로 교환하면서,

흄가街[1]로부터 그들의 세단 의자 차를 타고 식사(미사)하러 가는 귀부인들, 미끼로 유혹 당한 짐꾼들, 모세 정원의 인근 클로버 들판으로부터[2] 온 얼마간의 방랑하는 얼간이들,[3] 스키너의 골목길에서 온 한 축성신부祝聖神父,[4] 벽돌 쌓는 사람들, 아낙과 개와 함께, 훈연된 물결무늬의 견모絹毛 입은 한 여인, 몇몇 아이들을 손잡은 나이 먹은 망치 대장장이,[5] 한판 승부의 곤봉 놀이꾼들,[6] 졸중풍卒中風 걸린 적지 않은 수의 양羊들,[7] 두 푸른 옷의 학자들,[8] 록스의 심프슨 병원(Simpson's on the Rocks)[9]에서 나온 넷 파산 당한 나리들, 진드기 안문眼門에서 터기 커피와 오렌지 과즙[10]을 여전히 맛보고 있는 한 배불뚝이 사내와 한 팔팔한 계집, 피터 핌 및 폴 프라이 그리고 다음으로 엘리엇 그리고, 오, 앗킨슨(Atkinson),[11] 그들의 연금 수령자의 도토리 물집으로부터 지옥의 기쁨을 고통하며 사냥을 위한 말타기의 어처구니없는 다이애나 여기수女騎手들을 잊지 않은 채, 라마羅馬 부활제를 곰곰이 생각하는 성직자 단의 특별주의 속죄주의자,[12] 삭발 문제[13]) 그리고 묵도견제默禱牽制의 희랍 합동 동방교도東方教徒들,[14] 그들을 쿵하고 내던지다. 레이스 주름 장식,[15] 창문에서 머리가 한 개 혹은 두 개 혹은 세 개 혹은 네 개,[16] 그리고 기타 등등 몇몇 착한 노인들에 이르기까지, 그리하여 그들은, 숙부소전당포叔父所典當鋪에서 금주의 맹세를 한 후에 몸에 즙액이 들어갔을 때, 분명히 주액의 마력 하에 있었는지라, 양복점 태리[17]의 항적航跡으로부터 한 아름다운 소녀, 세 개의 포도주병을 생각하는 한 즐거운 배달 소년 그리고 한 사람, 필筆청년青年, 직공의 자선원[18]에서 나온 절반折半나리, 그는 그녀에게 달라붙고 착착착 매달리니, 창모唱母의 운색雲色 페티코트, 한 철부지로서, 호기好奇의 목사로서, 피리 부는 노맹인老盲人 오리어리[19]로서. 전쟁 화살이 주행周行했나니〔쏜살 같이 퍼지는 발라드〕, 정말 그랬도다.(민족은 주시를 바라는지라)[20] 그리하여 저 민요(발라드)는, 집게벌레(타이오셀보)[21]씨氏에 의하여 그의 *어릿광대[22]의 묘관墓棺의 추락 속에*, 애정의 프로방스인人[23]의 황홀한 보격步格으로, 공백[24]의 부전지에 찰필擦筆 인쇄되어, 과도하게 거칠고 붉은 목판에 의하여 두필頭筆된 채, 델빌[25]의 무빙출판사霧氷出版社에서 사인私印되어, 곧 그의 비밀을 하얀 공도에 우산羽散하게 했으니〔퍼트렸나니〕, 그리하여 바람의 장미와 질풍의 나부낌에 따라 샛길에 휘날리는지라, 아치 도로로부터 격자 창문에까지 그리고 검은 손으로부터 주홍색 귀로, 마을은 마을을 불러, 스코티아 픽타[26] 합중국의 다섯 푸른 고양이 족원足原[27]을 빠져—그리고 그것〔발라드〕를 부정하는자者는, 그의 머리칼이 오진汚塵 속에 비벼지게 하소서![28] 여기 피리 전하의 선율을 첨가하여(너무나 평화롭게도)[29], 악기의, 피코트점店의 최순제最純製,[30] *첼로 알소루토(중고음)*, 덜라니 씨(델라 씨?)[31]가, 뿔 나팔수, 랩소디(광상곡) 사이 갈채의 완전한 호우를 기대하면서, 그의 고급 상품종의 모자로부터, 지고의 무관 왕[32], 피리를 꺼내 취주吹奏하는 가운데, 유명한 골 사나이들의 지갑인양 값진 이름을 한층 더 닮아 보이면서, 그러나 급히 침 뱉기 전에,

〔044.07—044.21〕 민요의 소개—박수갈채는 천둥소리로 변용!

〔044.22—044.29〕 이하 14개의 음절로된 퍼시 오레일리의 민요—호스티를 위한 갈채로서 수놓다.

지휘자의 황량하고 털갈이 머리카락[1] 사이에 설악의 곱슬머리[2]를 보이며, '닥터' 히치콕[3]이 모두들 침묵하도록 그의 보풀진 고깔(모자)을 곤봉의 높이까지 쳐들고,[4] 고성감독을 위한 성배의 의식을 그의 동료들에게 신호하나니, 여러분 그리고 *법정의 정숙을!*[5](그가 일으켜 세웠던 우리의 옛 오월주五月柱[6]를 다시 한 번) 그리고 시편은 오래된 통행료징수문 곁에, 성聖안노나가街[7]와 성당이 있는 곳 거기서 영창詠唱되고 영합창永合唱되고 영세래靈洗禮 받았도다.

그리하여 잔디밭 주변을 운시韻詩가 운주韻走하나니 이것은 호스티가 지은 운시[8]로다. 구두口頭된 채. 소소년들 그리고 소소녀들[9], 스스커트와 바바바지, 시작詩作되고 시화詩化되고 우리들의 생명의 이야기를 돌石 속에 식목植木하게 하소서. 여기 그 후렴에 줄을 긋고. 누구는 그를 바이킹족族으로 투표하고, 누구는 그를 마이크라 이름 지으니, 누구는 그를 린호湖와 핀인人으로 이름 붙이는 한편 다른 이는 그를 러그[10] 버그충蟲 단[11] 도어鮰魚, 렉스법法, 훈제연어, 건[12] 또는 귄으로 환호하도다. 혹자는 그를 아스(수곰)라 생각하고, 혹자는 그를 바스[13], 콜, 놀[14], 솔, 윌(의지), 웰, 벽으로 세례 하지만 그러나 나는 그를 퍼스 오레일[15]이라 부르나니 그렇잖으면 그는 전혀 무명씨氏로 불릴지라. 다 함께. 어라, 호스티에게 그걸 맡길지니, 서릿발의 호스티, 그걸 호스티에게 맡길지라 왜냐하면 그는 시편에 음률을 붙이는 사나이인지라, 운시, 운주韻走, 모든 굴뚝새의 왕이여.[16] 그대 여기 들었는고?(누군가 정말) 우리 어디 들었는고?(누군가 아니) 그대 여기 들었는고?(타자는 듣는고) 우리는 어디 들었는고?(타자는 아니) 그건 동행 하도다. 그건 윙윙거리고 있도다! 짤깍, 따 가닥!(모두 탁)(크리칵락칵락악로파츠랏쉬아밧타크리피피크로티그라다그세미미노우햅프루디아프라디프콘프코트!)[17]〔박수갈채 소리는 천둥소리로! 3번째〕

아디데(고성), 아디티(고성)[18]*!*
뮤직 큐(음악 삽입).

"퍼스 오레일리의 민요(발라드)"

그대는 들은 적이 있는고, 험티 덤티라는자者
그가 어떻게 굴러 떨어졌는지 우르르 떨어져
그리하여 유로파 구김살경卿[1]처럼 까부라져
무기고 벽)[2]의 그루터기 곁에,
(코러스) 무기고 벽의
곱사 등, 투구와 온통?

그는 한때 성城[3]의 왕이었는지라
이제 그는 걷어차이다니, 썩은 방폴 잎 마냥
그리하여 그린가街[4]로부터 그는 파송될지라, 각하의 명을 따라
마운트조이 감옥[5]으로
(코러스) 마운트조이 감옥으로!
그를 투옥하고 즐길지라.

그는 모든 음모의 아아 아빠, 우리들을 괴롭히기 위해
느린 마차와 무구의 피임을 민중을 위해
병자에게 마유馬乳, 매주 7절주 일요일,
공개空開의 사랑과 종교 개혁으로,
(코러스) 그리하여 종교 개혁,
형식상 끔찍한.

아아, 왜, 글쎄, 그는 그걸 다룰 수 없었던고?
내 그를 기어이 보석하리라, 나의 사랑하는 멋진 낙농꾼,
카시디가家[6]의 충돌 황소를 닮았나니
모든 그대의 투우[7]는 그대의 뿔에 있도다.
(코러스) 그의 투우는 그의 뿔에 있도다.
투우는 그의 뿔!

(반복) 만세 거기, 호스티, 서릿발의 호스티, 저 셔츠 갈아입을지라,
시에 운을 달지라, 모든 운시의 왕이여!

말더듬이, 말더듬쟁이!
우리는 이미 가졌었나니, 초오 초오 춥스(거룻배)[8], 체어즈(의자),
츄잉 검, 무좀 그리고 도자기 침실을,
이 연軟 비누질하는 세일즈맨[9]에 의해 만인을 위해 마련되도다.

작은 경탄인 그(H)는 사기(C) 에라원(E)일지라, 우리의 지방 사내들이
그를 별명 지었나니, 침프던이 처음 자리를 잡았을 때
(코러스) 그의 버킷상점商店[1]과 함께
하부, 바갠웨그 구릉지의.

너무나 아늑하게 그는 누워 있었나니, 화려한 호텔 구내에서,
그러나 곧 우리는 모닥불 태워 없애리라,
그의 모든 쓰레기, 장신구 및 싸구려 물건들
그리하여 머지않아 보안관 크랜시[2]는 무한 회사를 끝장낼지니

집달관의 쿵 문간 소리와 함께,
(코러스) 문간에 쿵쾅
그땐 그는 더 이상 놀며 지내지 못하리니

상냥한 악운이 파도를 타고 우리들의 섬을 향해 밀려왔도다.
저 날쌘 망치 휘두르는[3] 바이킹 범선
그리고 에브라나만灣이[4]
그의〔험프리〕 검은 철갑선[5]을 보았던 날에, 담즙의 저주를,
(코러스) 그의 철갑선을 보았나니
항구의 사장에.

어디로부터? 풀백 등대[6]가 포효하도다. 요리 반 페니[7],
그〔험프리〕는 호통 치나니,〔달려올지라. 아내와 가족이 함께〕
핀 갈 맥 오스카 한쪽 정현正弦 유람선 엉덩이[8]
나의 옛 노르웨이 이름을 택할지니
그대〔험프리〕 오랜 노르웨이 대구大口처럼
(코러스) 노르웨이 낙타 늙은 대구
그〔험프리〕는 그러하나니, 과연

힘 돋을지라, 호스티, 힘 돋을지라, 그대 악마여!
운시와 함께 분발할지라, 운시에 운을 달지라!
때는 정원의 선수鮮水 푸는 동안이었나니
혹은, *육아경育兒鏡*[9]에 의하면, 동물원의 원숭이를 감탄하는 동안[10]
우리들의 중량 이교도 험프리
대담하게도 처녀에게 구애했도다.
(코러스) 하애하구何愛何求, 그녀는 어찌할고!
장군〔험프리〕이 그녀의 처녀정處女精을 빼앗었나니!

그는 자신을 위해 얼굴을 붉혀야 마땅하니,
간초두乾草頭의 노老철학자,
왠고하니 그런 식으로 달려가 그녀를 올라타다니
젠장, 그는 목록 중의 우두머리[1]라
우리들의 홍수기 전 동물원의
(코러스) 광고 회사. 귀하.
          노아의 방주, 운작雲雀처럼 착하도다.

그는 흔들고 있었도다. 웰링턴 기념비 곁에서
우리들의 광폭한 하마 궁둥이를
어떤 비역장이가 승합 버스의 뒤 발판〔바지 혁대〕를 내렸을 때
그리하여 그는 수발총병에 의해 죽도록 매 맞다니,
(코러스) 엉덩이가 깨진 채.
          녀석에게 6년을 벌할지라.

그건 쓰디쓴 연민이나니 무구빈아無垢貧兒들에게는
그러나 그의 정체를 살필지라!
저 부인이 노老이어위커를 붙들었을 때
녹지 위에는 집게벌레 없을 것인고?[2]
(코러스) 녹지 위에 큰 집게벌레,
          여태껏 본 가장 큰.

소포크로스! 쉬익스파우어! 수도단토! 익명모세![3]
이어 우리는 게일 자유 무역단과 단체 집회를 가지리라,
왠고하니 그 스칸디 무뢰한의 용감한 아들〔HCE〕을 뗏장 덮기 위해.
그리하여 우리는 그를 우인牛人 마을[4]에 매장하리라
악마와 덴마크인들과 다 함께,
(코러스) 귀머거리 그리고 벙어리 덴마크인들
          그리고 그들의 모든 유해와 함께.

그리하여 모든 왕의 백성들도 그의 말(馬)들도[5],
그의 시체를 부활하게 하지 못하리니
코노트 또는 황천에는 진짜 주문呪文 없기에[6]
(되풀이) 가인(카인) 같은자者를 일으켜 세울 수 있는.

이상의 호스티작作의 민요는 얼마간 외곡된 것이긴 하지만, 2소녀들에 관한 사건과 3군인들과의 사고는 분명하다. 운시韻詩는 한 때 존경받던 HCE의 추락을 상세히 설명하기도 한다. 그의 선량한 이름은, 마치 파넬의 그것처럼, 조롱과 비방의 진흙을 통해 오손되고, 그는 천민이요, 〈성서〉의 가인 같은 존재가 된다.

• I부 - 3장 •

HCE – 그의 재판과 투옥 (pp.048-074)

〔048.01–050.32〕 "이전에 언급된 인물들은 어떻게 되었던고"시간이 지나자, 그들은 모두 죽었도다. 민요 가수들과 포함된 모두들은 시간이 경과하자 악의 종말에 당도한다.

경칠(Chest Cee)!〔흉성胸聲 '다'음音〕 혹악취或惡臭! 발광![1]〔앞서 민요의 효과에 대해 저주로서 시작하거니와〕 괴귀무怪鬼霧 속의 가시성에 관해, 산양들, 언덕 고양이 및 들쥐 사이의 자웅혼성, 난쟁이 보부와 그의 애란 노파[2]에 관해 그대는 놀림 하는지라!〔서로 혼성되어 구분하기 힘드나니〕 도미니카 흑黑탁발승의, 당밀연고唐蜜軟膏 지역[3] 따윈 무시해 버릴지니! 거기 함께 저 하이버니아 왕국에서 과연 운연 막의 독권毒卷이 방사되었도다.〔역사의 운막에 가려〕 그런데도 민요〔호스티〕를 들었거나 재전언再傳言한 모든 자들은 이제 음영시인들과 골의 고대 아드위이 주장관 자신[4]의 저 가족들과 카라크타커스[5] 행위자의 무리들과 함께 있지 않나니, 그들은 방금 아직 존재하지 않거나 아니면 당시 존재하지 않았던 것과 마찬가지로,[6] 이제 더 이상 존재하지 않는도다. 아마도 어떤 장래에 우리는 여기 현재로서 혼존 될지 모르나니, 인커먼(Inkermann)의 저들[7] 원原창시자들인 주아브 예술가들(zouave players),[8] 애란인을 가장하는 어릿광대와 그들의 매기 승족族들을 흉내 내는 그의 악마족族,[9] 힐턴 성聖저스티스(프랑크 스미스씨氏), 아반네 성聖호스텔(J. F. 존스씨氏), 4인 역을 행하는 루칸(Coleman of Lucan)의 콜만[10], *펀 맥콜 및 네이 호반의 7선녀들,[11] 질주마향疾走馬鄉 및 할리퀸 광대들[12]* 속의 합주곡을 이중 육배창六培唱하는 오데일리 오도일가家[13]의 합창대, 과거의 치터 현악사들 그의 듀엣의 추종자들인 모든 어릿광대들, 지그지그, 지그지그와 더불어. 본本빙토의 집게벌레 북구전설집[14](이는, 끝에서 끝까지 가독성의 것일지라도, 꼭지에서 바탕까지 모든 거짓 뒤범벅이요, 반비방서적反誹謗書的이며 비가행동적非可行動的인지라 그리하여 이는 그의 전체의 전권全卷에 해당하는 것이로다.) 속에는 이러한 모든 자들에 관해, 가련한 오스티–포스티[15]에 관해, 그나마 작은 의미에서 음악의 천재 그리고 과도하게도 양이良耳의 소유자, 비길만한 테너의 미성을 지니며, 단독은 아니고, 그러나 순수 군대 무공훈장의 한 대주군령시인大主軍領詩人(그는 테니슨류類[16]로 시작했으나 그의 구절을 우리–모두–매달려요–다 같이 풍風의 생기[17]에 이르기까지 작업했도다)에 관해, 온통 모르는지라〔호스티 민요에 관해〕 한 가지 어떤 종말도 알려져 있지 않고 있도다.

그[호스티]가 커튼(막)을 올리기 전에 만일 사람들이 그에게 휘파람을 불었다면, 그들은 그의 커튼의 숙명의 숙명인 다음에도 여전히 그에게 휘파람을 불고 있는 것이 로다. *그는 과연 그렇게 했도다[Ei fu]*. 그의 남편, 빈노貧老의 아하라[앞서 오마라—호스티](오카롬?), 당시 만사에 있어서 칠칠치 못하여 도가머리 기가 꺾인 채, 사람들이 밀고하는 바, 크리미아 죄전罪戰1)의 종결시에(잔혹한 영국!) 고왕高王의 군적軍籍에 입적했는지라2) 그리하여, 자신 야생의 거위로 비상飛翔한 뒤, 홀로 군중 속에 슈리 루니 지원병처럼3) 전랑戰浪하기 위해, 아일랜드의 백마인 타이론의 기병대(Tyrone's horse)[4]에 입대했나니, 그러자 브란코 후시로브나 벅크로비치의(가짜의)[5] 가명 아래 울지 원수[6]와 잠시 입영했나니, 그 후로 노老해왕海王들의 본거本據인, 구궁鳩宮 펌프 코트[7]의 성채城砦[8] 및 대리석 현관들,[9] 그들은 상호 쳐다보았을 뿐 영구히 그들의 갈까마귀에게 말했으니 그 이유인 즉, 드러난 바에 의하면, 바다의 저 피안의, 화분花盆(배시립) 까마귀 들판에서 불운하게도 그는 자신의 딸과 함께 절멸했다는 사실이 드러났는지라, 말하면서, 이 교황의 무엽無葉은 노부에게 구장모口丈母[10][모친]를 위해 날(生)초콜릿을 선사하는도다. 과연(Booil). 불쌍한 노老폴 호란[11] 그의 형사상刑事上 뿐만 아니라 문인文人의 야망을 만족시키기 위하여, 다변多辯 정신이상원精神異狀院의 불길예언자[판사]에 의하여 주어진 암시를 따라, 더블린의 정보지[12]가 그렇게 말하나니, 북방군北方郡의 수용자들[13]을 위한 요양원[14]에 투원投院 되었도다. 오라니라는 이름 아래 그는 순회 공연단의 단역인端役人[15]으로, 즉석에서 장역長役을 지속할 수 있었던 모양인지라. 그는 사실 그랬도다. 치사한 샘(Sorid Sam)[16][트리클 톰], 완고하고 버젓한 창기병, 불세자不洗者, 그의 햄(ham)[17]에 의하여 언제나 마음이 오락가락 동요된 채, 불걸자不乞者, 소환자인 이스라펠 천사[18]의 말 한 마디에, 그만 인생의 성쇠盛衰를 겪은 뒤, 어느 만성성절萬姓聖節의 밤에 만취되어 적나라한 상태에서 무통無痛하게 거멸去滅하다니, 후방[엉덩이]으로부터 추진되어, 커다란 피안彼岸[저승] 속으로 그의 생굴과 척추골 위를 족충足衝에 의하여 골인 강타된 채 그리하여 그의 최후의 어혈육魚血肉 침대투자寢臺投者로서 피교수被絞首되고 피고창증被鼓脹症되고 피촌인被村人되고 피거한被巨漢된 대들보,[19] 한 노르웨이 북향자北向者요 해랑급海狼級(바다늑대)의 동료[톰 자신]이었느니라. 그의 나신裸身에 최후의 지푸라기가 뻔쩍였다 하더라도,[20] 이 무대 도취한陶醉漢 톰(그 함정락인陷穽落人은 자신을 "롬프트 복서"[속투사速鬪士][21]로 명명했거니와)은 다음과 같이 엄숙하게 이야기한 것으로 전해지도다—비록 잠깐이긴 하지만 마침내 자신의 머리야 말로, 마치 오목한 바스 주병酒甁의 모가지가 덮개 상자 속으로 푹 빠지듯, 떨어졌도다!(파산된 채!) 나의 몽극夢劇은, 스칸디나비아인들(O'Loughlins)[22]이여, 실현되었도다! 미코라스 드 쿠삭[23]이 그들을 부르는 대로, 이제 나의 자아충동自我衝動의 100겹의 자아로 하여금—모든 것 가운데 물론 나는 앞으로 상환 청구에 의하여 나를 제외하거니와—그들의 반대자들의 일치에 의하여 식별 불능한 저 신분 속에 재再융합 하게 할지니,[24]

〔050–052〕 이어위커가 자신의 옛 스캔들 이야기를 하도록 요구 받다.

〔050.33–051.20〕 이야기를 하기 위해 요구되는 인간의 신분을 알리는 어려움—그의 용모는 많이 변했다.(여기 캐드를 두고) 누가 누구였는지 그리고 누구 인지가 공개된 의문으로 남는다. 누가 누구였는지 그리고 누가 누구 인지가 공개된 의문으로 남는다. 왜냐하면 정상적인 인간의 인상학은 세월의 경과에 따라서 변하기 때문이다. 그러자, 서술 가운데 불쑥 나타나는 영국 정원의 인물의 신원이 비상하게도 의미심장한 것으로 남는다. 암시된 당사자는, 비록 그의 몸차림은 아주 HCE에 기원된 말들로서 서술되긴 하지만, 물론 이는 캐드 자신이다.

거기 빵구이들과 육남肉男 푸주한들,[1] 그들은 우리를 괴롭히는 걸 멈추어야 하겠거니와(그러나 이 점에서 비록 그의 투계의 박차 시발 쇠발톱 돌격으로 우리로 하여금 준비하도록 했을지라도 우리는 결국 종미終尾에 겨자 삽입에 의하여 거의 악취통입惡臭桶入 되고 마나니[2] 이 두드러진 갈색(브라운)의 촛대주株는 노란(Nolan)[3]을 화편和片 속에 녹여 버렸도다! *정말 그랬도다(Han var)*. 비록 그는 들리오. 연극[4]이 성미에 맞지 않을지라도, 예언자인, 그녀의 아내 랭리(Langley)[5]가, 누구든 그의 수레바퀴 살에 창살을 끼워 넣는 장난꾸러기 못지않은 12자者 중 최고 품위자로, 이 지구 신면辛面으로부터, 사라졌나니.(그러한 소란 속에도 그는 성구성당聖鳩聖堂(카롬네킬러)의 사밀소私密所로부터[6] 노출된 유용한 모든 프랑스의 책장들[7]을 훔쳤는지라 그리하여 그 책의 어머니[8]가 먼지떨이 총채를 가지고 그녀의 피막皮膜위에 남은 그의 말살행위의 자국을 말끔히 털어 버렸나니, 그〔랭리〕는, 너무나 전적으로 무無초라하게, 스스로 저 별(星) 세계평원으로 해월海越했는지라, 사색을 자극하여 거반 의견을 다음과 같이 생각 할 정도라(왠고하니 랭리였을지 모를 저 레비(Levey)[9]자는 정말로 이교주의의 상습 범행자 아니면 보우덴의 음악당 자원 연예인[10]이었을지 모르기 때문에), 즉 저 룸펜 놈[11](그는 다량의 유머레스크 표일곡飄逸曲을 소유 했거니와) 자신의 홍미 주거지를 그의 최 암흑의 최고 내심지內心地[12]까지 이전했도다. *정말 그랬도다.(Bhi she).*[13] 재차, 만일 상 브라운 신부, 입담 쎈 허풍선이들 중 저 최고 괴짜에게 차(茶)와 토스트를 대접하는 자인 그가, 돈 브루노 어부御夫요, 서부 스페인의 여왕에게 참된 위안자者, 존경하울 신부神父, 신심회 감독, 저 소화양호消化良好의 부副탁발승, 나안裸顔의 카르멜교도敎徒[14]라면.(우리들 가운데 오직 어느 누구든 극히 존경하올 그리고 명예로울 존사인 우애교도友愛敎徒 노란모어 브라운[15]을 기억하도다.) 그의 맥박 치는 설교단의 죄인협회의 여女요정 가수들은(〔로마 가톨릭〕 도처판到處版 참조) 운좋게도 너무나 열성적으로 애착을 품게 되었나니 그리고 괘씸한 당나귀녀석(ass)〔캐드〕, 그는 자신의 냄비걸이 마냥 언제나 한쪽으로 쓰고 있던 모자에 복권 티켓을 왕실 종복모從僕帽처럼 아주 빈번히 화식華飾하고[16](만일 여왕폐하陛下(Her Elegance)가 그를 보았더라면 그녀는 카나리아 발작(분노)소리를 질렀으리라!) 그리하여 그의 뜨겁게 씻은 탁도卓刀를 가진(자신의 포켓 속에 근심의 짐을 용케 숨기면서) 배임행위를 절반사적으로 유죄선고 받았는지라, 퇴비언덕[17]의 저 속물〔캐드〕, 족히 수년동안의 퇴물退物 원숙자圓熟者, 저 적문자赤文字의 아침 또는 오월오五月午의 목요일에 장군〔HCE〕에 의하여 우연히 마주치다니 그리하여 그들은 그랬던고? 과연 그랬도다.〔Fuitfuit〕.

피쉬린 필(cad)[18]이 소문을 퍼트릴 때 운을 자랑하는 것은 우행인지라(pholly)[19] 그리하여 염해수鹽海水 곁의 호텔로 가는 자者[20]가 누구든간에 우리가 할 수 있는 것이란 전무全無 하나니 왜냐하면 그는 결코 두 번 다시 바다를 보지 못할 것이기에. 그것은 무구霧拘 서럽게도 최고 평범한 한 가지 독습獨習의 사실이니,

〔051.21–052.17〕 영국의 정원에서 숨진 부랑아 캐드—그는 이야기(오레일리 민요)의 스스로 번안을 말하기 위해 준비한다.

평균적 인간의 운안雲顔의 모습이요, 한편 흉색兇色비애는 오랜 동안 퇴색 바래지기 마련이니,[1] 소나기의 군과群過와 함께 그의 애고(자아)를 빈번히 변경시켰던 것이로다.(독창성 없이!)〔캐드의 신분 변화〕 거기서부터 그것은 물기 많은〔신분은 가변적〕 사건이라, 습하고 낮은 가시성을 부여받아(왜고하니 1천 1야성夜性의 이 유희극遊戱劇[2]에서 신분을 확인하는 저 확실검確實劍[3]은 결코 추락하지 않을 것이기 때문에) 절반 가발, 사각소매의 상의, 재고 래버리아(lavaleer) 목걸이, 경조의競漕衣, 부대하의負袋下衣 및 가벼운 실내화를 신은 불가분자不可分者를 확실히 신분파악하기 위하여(그는 이따금 골목길[4]의 소년, 약삭빠른 패트릭(Slypatrick)[5]으로 언급되는 터라) 이미 지역 대머리의 방향으로의 시발始髮(색정!)과 함께(우리는 모든 종류의 나이를 지닌 별난 종류의 타인들과 계속적으로 최초 대면하고 있는지라!) 외투벽外套壁 흠뻑 젖은 상의를 입은 무상無償기숙학교의 놈팡이들, 월, 콘 및 오트〔세 꼬마 학생들〕에 의해 요청 받아, 그들에게, 불와(의지), 푸와(가능) 및 더와(의무)[6]를 그들에게 문 너머로 말했나니, 방물方物장수, 두 목도리 여인들 그리고 그들의 웅피熊皮귀신외투를 입은 세 독신자들의 거의 믿을 수 없는 야모夜冒의 저 어침상魚寢床(fishabed) 망亡괴담을!〔HCE의 스캔들〕 소녀들과 음유소년들이여, 그러나 그〔캐드〕는 토어킬[7]의 시절 이후로 크게 변모했도다! 하나, 둘, 셋, 총 넷, 포주抱主 다섯, 피녀피녀 여섯, 비화肥靴 일곱, 요철凹凸 여덟, 아홉![8] 저 많은 사마귀들, 저 불결한 헝겊 조각들, 의붓자매죄인[9]의 주름살들.(우리들의 동일부모형제 E의 얼굴 위에는 무엇이 났던고?), 그리고(무산山(Mount Mu)의 성지여 우리들을 구하소서!)[10] 커다란 비구飛球 공원을 그가 키웠나니! 마실지라!

스포츠(유희)는 흔한 일. 때는 주主 자신의 습진 날이었도다(연기된 보트경기의 우발성偶發性을 기다리는 것은 깃털 제기차기—작스터—암말 호號[11] 만을 위한 것은 아닌지라) 그리하여 충분히 무장된 설명을 위한 요구가 저 당사자〔캐드〕를(파트 대신으로)[12] 출항하게 했나니(자매도의 원주민—미드군郡 혹은 메카?[13]—보통의 광대 터키풍風으로 말해지는 그의 사투리, 지방색 및 지방 향香에 의한, X광선의 눈을 하고.(비록 어깨 망토 걸친자者의 액체 비음성鼻音聲과 그가 해변에서 재채기하는 방식은 실루리아 족의 요철암산[14]으로 우리를 도로 끌고 갈지라도) 그〔캐드〕는, 보다 짧은 순례[15]를 성취한 채, 애완물과 돼지의 고도古孤島[16], 이방인 연안 단段해변의 남동 절벽, 한 박해받은자의 피난지(regifugium persecutorum),[17] 그는 그 곳에서 4반부도四半部島로 삼았거니와) 그는 몇 분分가량 동안 만종晩鐘시에 흡연정지 했나니(파이프를 두들기고, 대니 보이여! 술잔 들 시간, 바 지배인. 나는 10대 1로 하겠소) 악마의 무풍지대 사이(그녀의 꽃 창가의 사과(Apply)[18] 그리고 빵 던지기 복점의 샤로트(Charlotte),[19] 그의 유일한 감탄자들, 그의 유일한 누예품漏藝品) 그의 유향有香의 호리병박(calabash)[20]을 위하여.

〔052.18−053.06〕 험프리 이어위커의 의상−각 장면.(052−055) 그의 "천진한"화판이 필름화 되고, TV화 되고 그리고 방송되다.

그〔캐드〕가 애니 오크리[1] 경계사선警戒死線과 함께 행사하는 주말 기분 전환을 하는 동안(선동 자극적 흥분제 쌍병雙甁, 그들 가운데 도발적으로 남은 오직 두 병, 그가 매혹 당한 것들, 릴리와 투투, 콜크 마개를 뽑아요!) 얼마 전까지도 리드가家[2](그대가 이전에 그걸 읽었지만, 술에 홀딱 빠져, 그러나 소돔의[3] 역사상 모든 술병들도 그대의 혈갈血渴을 부드럽게 하지는 못하리라![4]의 흑맥주가 함유되었던 빈병들. 그의 연발 권총에 화약을 재장再裝하고 시계를 재조정한 다음, 회춘回春 각하〔캐드〕, 세계의 자신 소유의 공간을 위해 단번에 할애할 한 두 개의 생명은 여전히 가졌는지라, 벌떡 자리에서 일어났나니 그리하여 거기, 톨카강江[5]으로부터 멀리, 위딩턴 황야로서 알려진 이후, 조용한 영국의 정원(평범한 장소!)에서, 그의 단순하고 강렬한 큰 모음성母音聲, 나의 친애하는 편조형제編造兄弟여, 나의 가장 친애하는 선머슴형제여[6], 당시 그는, 홀딱 먹어 치우는자 이듯 홀짝 마시는자 인양, 유일자에 관하여 말하고 자비자慈悲者〔〔HCE〕[7]에 관하여 논하고, 3인조의 조숙추早速醜한 공포조성자들〔공원의 3군인들의 인유〕 앞에(진상을 말하건대 얼굴은 바로 여지참금汝持參金, 거울은 추인醜人에게 하등무조何等無助라, 당신 말이 옳다고 나는 믿나니, 아씨가 답하도다.)[8] 우리들의 원조부遠祖父요 우리들 숙명일宿命日의 예저자藝著者[9]〔〔HCE〕의 금시 우리 시대의 신화적 복장을 상기시켰나니.

텔레비전은 형제의 형투荊鬪〔가시 싸움〕에 있어서 텔레폰을 죽이도다.〔TV의 우월성〕 우리들의 눈은 그들의 순번을 요구하나니. 그들을 보여주구려! 저 매리 무無[10]가 자신의 수다스러운 괴성을 단지 터뜨리기만 하면, 늑대 골骨의 화장火葬 불이 꼬리 끝까지 타오르는지라. 그들이 불을 붙일 때 그 땐 그녀는 빛을 발해야 하기에 따라서 우리는 모든 개자식들이, 꽝 소리 또는 윙 소리, 알고 싶은 것을 위해 경계할 어떤 가망성을 충분히 가질 수 있을지로다.[11] 험프리의 베일처럼 뒤로 처진 엷은 목도리를 한 첫 번째 씨줄 턱 가리개.(유치장속屬 우두머리속屬 조종왕弔鐘王)[12] 그의 4폭 매듭 타이, 그의 엘바산産 팔꿈치 외투, 새로 기선을 두른 생강색의 바지, 대례용 석판색石板色 우산, 그의 은동銀銅색의 단추가 달린 굵은 웰링턴 야외 털옷[13] 그리고 그를 위해서가 아니고 단지 그가 그럴 거라는 가망성으로 그의 민족이 거의 과거에 필요로 했었을 것 같았던, 악마가 에스테르 도당[14]을 한 시간 동안 내려쳤던 손에 낀 긴 장갑.〔이상 TV에 비친 HCE의 장신구〕 그런 다음, 자신의 기선機先을 제압하면서, 그러나 보다 소국小國의 합당한 세론世論 속에.(빛나는 야野가족에 대하여, 가능한 이야기, 있을 법한 말들이라) 약간 어스레한 그리고 향기로운 미소로서, 자신의 생각이 주로 축배로 이루어진 것 인양 생각하며, 그자〔서술자〕는 우리들의 곧 태어날 제2의 양친〔HCE 내외〕에 대한(이유를 탐견探見할지라) 감동적인 장면을 교묘히 묘사했도다. 저 자세의 거만함이라니! 여기 누구나 떨어지는 바늘 소리도 들을 수 있으렷다.

[053.07–053.35] 평화스러운 풍경—그들의 만남.

[053.36–054.06] 어제의 기억—경청傾聽.

경기景氣(붐)조성자〔서술자〕(Boomster)의 장광설 담이라! 그것〔서술〕은 마치 와일드 미초상美肖像[1]의 풍경을 닮은 장면들 또는 어떤 어둑한 아라스 직물 위에 보여 지는 광경, 엄마의 묵성黙性처럼 침묵한 채, 기독자식基督子息의 제77번째 종형제의 이 신기루상像이 무주無酒의 고古애란 대기를 가로질러 북구의 이야기에 있어서 보다 무취無臭하거나 오직 기이하거나 암시의 기력이 덜하지 않은 채 우리에게 가시청可視聽 되도다.(표도剽盜!)[2]

그리고 거기 빈번히, 징글징글 경쾌한, 아일랜드의 이륜마차를 타고, 어깨에 어깨를 대고[3] 꾸준하게 유태 분노자 야후〔캐드〕가 그리스도 교도들에게, 성자 대 현자,[4] 저 몰락과 융성의 혹 달린 험프리 전설 담을 말할지니, 한편 그 사이 국화가 덤불 숲 사이 그의 핑크색 자매에게 눈짓하고 수레 끌채 간의 말(馬)이 차 위의 저 쌍을 조롱하는도다.〔피닉스 공원, 캐드와의 최초 만남의 장면〕 그리고 그대가 그의 커다란 종탑의 다른 쪽에 있는 호우드 언덕이 어떻게 닮아 보이는지를 눈물로[5] 그리고 코를 막고 노력한다면, 규범規範 낙원이 명예 애란愛蘭에서 아마 솟아날지 모를 일이로다. 우리는 녀석〔서술자〕의 옹호擁護 회초리를 따를지라. 운석雲石 써스턴![6] 자, 볼지라! *나무 정자여,*[7] 돌(石)이여〔La arboro, lo petrusu〕 존엄 오가스턴이여[8] 평화 피자彼者 참나무에, 달빛 어린 소황지松荒地으로부터 빳빳하게 솟아있는 단석單石. 온통 백절불굴의 아이아스다운[9] 난폭 소란의[10] 빈약貧弱 속에. 그들의 농기구에 몸을 굽힌 구굴인溝堀人과 함께 만종의 시간, 담황색 사슴들의 부드러운 울음소리가(*수사슴 암사슴의 도래미 음!*[11] 한 밤중이 시간을 타하자[12](*기쁘게도!*), 그들의 우윳빛 은하의 접근을 광고하며 그러자 얼마나 화사하게 그 위대한 호민관〔캐드〕이 그의 훈제 연어피皮, 프록코트에서 상어가죽의 담배지갑(모조품)을 꺼냈던고, 그리하여 여호수아에 맹세코, 그는 한 개비 최고 허세의 여송연을 그〔HCE〕에게 팁으로 주다니, 그대의 멋 부리는 가짜품이 아니고, 그와는 정반대로, 그리하여 얼마나 남자답게 그는 말 하는고, 뺨 대 뺨을 그리고 종기腫氣 대 종기를 맞댄 채, 그가 갈색의 경칠 것을 한껏 빨아 마시도록 청하면서, 여봐요, 그리고 하바나의 반시간을 몽땅 보내려 했도다.〔HCE에게 아첨하는 캐드와의 만남의 각본〕 비탄의 상이용사들이여, 옛 고지 독일어를 나열하려는 건 아닌고! 하고何故로 그〔캐드〕가 대가大家를 만났는지, 그는 진심으로 말하도다. 과연 그래, 나리, 당신은 로렌조 툴리가街[13]의 취계정鷲鷄亭[14]에서, 적赤공화국의 최선자요 그리고 어떻게 그가 각하〔HCE〕에게 성 토머스 성당의 뒷좌석에 풀(전분)상자처럼 앉아 있는 하느님과 마리아와 브리지트와 옛 전하 패트릭[15]의 축복을 원했던고, 그리고—당신을 위한 일종의 이상한 소원이나니, 나의 친구여, 그리고 그대 자신의 땀의 정든 화려한 맹세가 그들이 열로 의해 공황恐慌되었을 때만큼 많이 고양될지라도, 그건 신혼 고시高時에 그대의 자자손손의 손자를 전적으로 당혹하게 할지라.

고왕高王 빌(Upkingbilly)[16]을 위해 건乾 건乾 건배 그리고 크롬웰 가家의 몰락오성沒落烏聲! 봉기, 소년들이여, 그리고 그에게 모자를![1] 볼지라! 대들보 모두들은 사라졌지만, 우리는 기억記憶렘브란트(rerembrandtsers) 모습들[2]을 그대로 발견했나니, 최근 날짜까지 그들의 시간은 이들의 상속자들을 여기까지 연결하지만 작일의 당신들은 어디인고?[3] 원견遠見 싱터릭스[4]와 노빈녀老貧女 카락터커스[5]와 애란 노파[6], 지사의 딸 안이여.[7] 죽. 었. 는. 고! 종말, 끝장이라 아니면 소리 없이 잠자는고? 그대의 혀(언어)로 맛을 볼지라! *경청(Intendite!)*[8]

〔바벨탑의 언어들〕 어느 개의(도그스) 인생을 그대가 듣던 간에, 홀리(Halley) 혜성의 76년 주기[9]처럼 언제나 확실히, 전전前戰 터키의 모슬렘 그룹, 불가리아 여인들, 노르웨이 사내들 그리고 러시아 아가씨들, 모두가 그대의 카사콘코라[10]의 황량하고 구리 정문을 통과할 때, 그대는 그들〔지구상 모든 사람들〕이 그에 관해 말하는 걸 여전히 들을지니 후루 모어니, 미니 프리캔즈?(안녕하세요, 젊은 아씨들?) 후울레데스 하 디 댓?(안녕하세요?) 로스도어 온 레프트 레이디서, 큐.(왼쪽 마지막 문이어요, 아가씨, 감사해요) 밀레치엔토트리진타듀스카디(1132, 금화). 티포디, 카이리. 티포디.(아니, 나리, 아니오) 차 카이 로티 카이 마카, 사하이브? 데스펜세미 우스테드, 세니오라.(실례해요, 선생님), 아 소스키코, 사베. 오 도우부론 옴, 아코트라인, 팅킨도우 게일리?(미안해요, 정말, 애란어語를 이해하시나요?) 럭—차—프라이—하이—파—파—리—시—랑—랑.(놀랬어요….여우—여우) 에피 아라, 에쿠, 바티스테 투반 단 리프 보잉 고잉.(가려고요 잠시 뒤에) 이스메메 데 범백 에 메이아스 데 포모칼리.(포르투갈 제 속옷 양말) O. O 오스(Os) 피포스 미오스 에 데마시아다 그루알소 포 오 피콜라 포치노.(O. O….너무 비싸요) 위 피?(얼마요?) 옹 두로(1 달라) 콕시(마부 양반), 짜배드?(공짜?) 머르시.(감사해요), 엔 유?(그리고 당신은?), 고마, 텅.(네, 고마워요).[11]

그리하여, 얼간이(불알) 같으니,〔HCE의 라디오 목소리〕 그는 악어의 눈물로 맹세하도다. 그대는 푼돈의 값을 알고 싶은고? 매기여,[12] 그대의 밤 소설을 챙길지라!〔그가 자신에게 주의를 환기시키다.〕 주막 주인〔HCE〕은 다시 마이크에 복귀하는지라! 그리고 저 부대복負袋腹이 산양 목소리로 사슴처럼 날뛰나니![13] 매애 매기여[14], 나의 쾌快음매매 여보게 친구여, 나〔HCE 자신〕는 우리들의 우주를 증인으로 불러들이는지라, 나의 모이리피[15]산産의 계란처럼 확실하게[16] 우리들의 선량한 세대주들이 매머드 신세기[17]로부터 알고 있듯이 그들은 상업적으로 어어이 고대 영국 지역에 있는 것으로(상투적인!), 나의 객숙과 암소 상商의 신용장은 저 인접한 기념 제작물처럼 아주 정당하게 즉시 개개개방開開開放되어 있을지니〔HCE의 상업적(주막의) 맹세〕, 저 위생적 지구의 앞에 맹세코(이곳은 여기 전나무 막대를 지닌 저 존경 하올 안식병파인安息甁破人〔HCE〕이 앞쪽으로 몸을 뻗어 그의 삼각 밀짚모자에 손을 갖다 대고, 그것을 자신이 그것의 산장酸杖(그는 그것을 스텟슨18)에 1실링 1페니를 주고 샀나니)로 들어 올렸던 곳인지라, 한편 조상병祖上病의 유농도油濃度〔침—타액〕를 6인의 입술꽁지 양쪽에 매달려 뚝뚝 떨어뜨리면서(무모증인無毛症人이요, 한층 겸허한 타협자인 그〔HCE〕는 찢어진 포켓 같은 입을 결코 비틀지 않았도다) 그〔HCE〕는 유청년幼靑年〔캐드〕이 덧붙이려고 행한 만사를 비슷한 식으로 자신이 행하도록 가책하고19) 있었나니,20)

위대한 교장남男의 미소 앞에 맹세코![1] (글쎄 꾸민 이야기가 아니나니) 미소하라!

아투레우牛(Atreox)[2]〔그리스 신화〕의 댁宅은 진짜 먼지로 추락하도다.(남성 트로이, 여성 트로이! 메로머어 조우弔友들이여!)[3]〔옛일의 예중〕 소택지 훼니아나[4]의 협잡꾼들처럼 고조 병에 평균 복수[5]하면서도, 그러나 사골은 재도기再跳起하느니라.[6] 인생이란, 그가 한때 스스로 이야기 했는 바.(그의 전기광傳記狂은, 사실상, 당장은 아니라도, 뒤에, 그를 사슴고기처럼 죽이나니) 일종의 경야, 생시든 사시든 간에, 그리하여 우리들의(빵을 버는)생업의 침상 위에는 우리들의 종부種父의 시곡체屍穀體〔생중사, 사중생〕가 놓였는지라, 이는 법에 의한 세계의 설립자〔공자의 암시〕가 모든 자궁 태생 남녀의[7] 흉전胸前을 가로질러 적절하게 써 놓을 글귀로다.[8] 장면은〔인생의 또는 공원의〕, 재선再鮮되고, 재기되어, 결코 망각될 것은 아닌지라, 암탉과 십자군 전사는 상상호교합적常相互交合的이나니〔역사는 상호 바뀌는지라〕, 왜냐하면 세기의 후반에 사실 탐색자들〔학교 학생들〕의 저 배석 판사 단의 하나가(당시 전 관리적前官吏的으로 세관소옥[9] 출신).(상이傷痍), 65세령令 하에 의한(은퇴) 맵시 있는 검정색 모던스타일과 우리들은 번들거리는 황갈색 버링턴 어릿광대풍風을 띠고 있었나니.(탬 모자〔tam〕, 가정 셔츠 및 앞 틔운, 답례품 및 사냥 외투), 파이프를 뾰족하게 내밀면서, 이야기〔HCE의 스캔들〕를 재연했는지라, 한 차례 위엄 있는(복사의) 예禮를, 고故 부副주교요 금렵지禁獵地 관리자 F. X. 코핑거[10]의 성종형제姓從兄弟(그의 밤의 열혈아, 경비의 모구신母口神이여 그에게 유향수乳香樹를 주옵소서!)[11]에게, 한 가지 여전히 한층 슬픈 상황과 함께, 표했나니, 우리들의 최초의 하이버니언 횡단[12]의 풀만(pullman)호號〔유랑 차〕에 탑승한 채, 이는 철두철미 우리들의 마음을 꼬챙이에 끼는 일인지라, 대리석 무늬의 눈알로부터 찰랑찰랑 튀는 눈물을 글쎄 가져올 지경이었도다. 환상 시각적으로 원반 창문을 통하여 그리고 소용돌이치는 경외심으로 순회 여행자들의 둥근 눈이, 여행자의 환흥미歡興味의 마음으로 바라보았나니, 등 대 등, 수사슴 대 야생마, 그들의 쾌애란快愛蘭의 징글 마차[13]를 타고, 재再착의자着衣者가 나자裸者를, 나자가 록자綠者를, 록자가 동자凍者를, 동자가 재再착의자를 쫓는 것을[14], 그러자 그때 그들의 호위자는 거대 술래잡기의 생명목生命木의 주변을 빙글빙글 원을 지어 오만하게, 첨예하게[15], 윤회했으니, 우리들 화엽火葉의 애운愛運의 융성목隆盛木, 우리들 무수목지無樹木地의 불사조처럼, 무지개 빛깔로(반복!) 그의 뿌리들, 그들은 통근痛根의 빛과 함께 회복할지로다. 왜냐하면 그대 부감독은 자주 그의 아일랜드의 들판지誌[16]를 옆으로 제쳐놓고, 카슬城 장벽(아득히 먼!)[17]에 그들이 쿵하고 부딪치기 전에 감수甘受의 세목 이야기〔안내자의 HCE에 대한 설명〕에 대한 모두의 비밀 참회〔경청〕를 갈망하며, 절박한 장면의 해결사 다니아스 어신御神[18] 때문에, 모두의 요구에 의하여 그 이야기를 했나니, 그로 인한 역할의 이신독법新讀法〔이야기의 3급 판〕[19]을 들었는지라, 새(新)수비대의 찡그린 광대[20]〔사촌—안내자〕가, 저 한 때 노장老壯〔HCE〕의[21] 환투급環投級 고함소리 외치는 격언조의 원형구圓形口[22]를 대용代用으로 실체화實體化 23) 하고〔HCE의 입을 모방하고〕,

〔054.07—054.19〕 혀의 지껄됨—거리를 지나가는 수많은 세계인들의 언어의 예의 인사들. 이어위커의 '천진한'번안이 필름 되고 TV 되고 방연 되다.

〔054.20—055.02〕 HCE의 응답_어떤 화자의 익살맞은 행동.

〔055—058〕 이어위커의 추락의 개관.

〔055.03—056.19〕 이야기가 잇따라 반복된다—그것은 한층 생생하게 거듭 이야기된다. 라디오 광고를 통하여 우리는 HCE의 목소리를 듣거니와, 그는 자신의 상품이 웰링턴 기념비처럼 바르고 참 됨을 전 우주로 하여금 목격하도록 요구 한다. 그리고 그것은 시간의 시작 이후 그랬다.

〔056.20—056.30〕 마찬가지로 우리들의 비우호적 방랑시인은 주막에 도착 한다—한 가닥 비슷한 외견상의—미소.

〔056.31—057.15〕 모든 공식적 사실들과 명세는 어디 있는고?—4노인들의 코멘트들.

〔057.16—057.29〕 사실은 너무나 불확실하다—그러나 엘리스의 사진이 있다.

〔057.30—058.22〕 HCE는 반복적으로 심문받는지라, 한 가지는 분명하나니, 그의 경야이다.

저 동료 통근자의 용모상의 유희에 대한 코페르니쿠스[1]다운 서술이야말로 그들의 가슴 속 가장 깊은 핵 속에, 일시 자리를 차지하며, 그들 스스로 하품 대구大口(심연深淵)를 가로질러 운전송運傳送 되었음을 단순히 상상할 수 있었나니, 한 때 모두들은 해변인海邊人들인지라, 불운자不運者의 수줍은 황혼의 만가환기輓歌換氣에 귀를 기울이면서 그러나 언제나 복화술적複話術的 선동자煽動者〔HCE〕는.(염해안鹽海岸 암초 너머 큰 파도의 포효咆哮처럼 크지는 전혀 않으나!) 비단음영陰影 모帽를 쓰고, 해마海馬수염에, 수연水煙 치솟는 일몰을 배경으로.(저것이 성聖시보원時報院의 부르는 목소리라면—정녕코!—땅에 엎드린 충실한 신촉자信觸者의 이마처럼 이 테 없는 터키 모, 원하건대 만일 그것이—뼈에 축복을!—모하메드 광신자여,[2] 그대의 검劍의 힘을) 그의 인간살해자人間殺害者의 총을 휘두르는 손을 저 과성過成의 연필〔웰링턴 기념비〕을 향해 뻗었나니, 이는 곧, 적어도 기념비적으로, 대근연필상大根鉛筆像[3]으로 세워진 것인지라, 만일 그렇다면, 그의 장려영묘壯麗靈廟가 될 것인즉(다니엘은 처녀들에게 눈 여겨 보일 양으로 빙역토석氷礫土石에 서 있도다)[4], 한편 그의〔기념상의〕 변명적辨明的 용모 위에, 로랜드의 종鐘[5]이 울렸을 때, 유령의 호소성呼訴性으로 확산된 체념의 망령인 양, 자신의 시샘을 억제하려는 비애의 얼굴 주름살 투정이, 마치 바다의 운명에 익사하는 한 청년이, 관棺의 명패 위를 비추는 한 줄기 햇볕[6]과 기원에 있어서 비슷하게 그리고 효과에 있어서 정확하게, 고소苦笑하듯 하는지라.

오래 같지는 않으나 과건립過建立의 여숙旅宿시기에 먼, 친구 없는, 우리들의 나그네[7], 반 티몬의 육지[8]로부터, 어떤 게으른 북방 시인 아니면 방황 시인이 자신의 12궁도宮圖의 유사증표類似證票〔HCE 자신의 주점 간판〕에다 그의 둔탁한 속물의 눈을 지친 의지로 치켜들다니, 그리하여〔거기에〕 병목, 쨍그랑 컵, 짓밟힌 구두, 뗏장 흙, 야생 금작화, 캐비지 잎사귀, 기다랗게 꾸불꾸불 말린 대구[9]를 쳐다보며, 거기 앤절의 집[10]에 자신을 위하여 지껄일 가치 있는 여인들과 함께 밀주와 차(茶) 그리고 감자 및 연초 및 포도주[11]가 산적되어 있음을 동경하듯 알도다. 그리하여 의문擬門에 전의미소前擬微笑를 비공식적으로 의시작擬始作하는지라(무의미! 우울만憂鬱晩 씨〔HCE〕의 모자를 통해서 그 주어진 순간에 불어 닥칠 아주 경풍驚風스런 소식보消息報는 그리 많지 않았도다!)[12]

그러나〔화자 묻노니〕 실용적으로 무슨 공식적인 이유가 저 미소를 생각하게 만들었던고? 그〔HCE〕는 누구에 대한 누구였던고?(그의 이름을 부르지 말지니 게다가 갈색자褐色者는 그의 소녀도 아니도다.)[13] 하처장소何處場所〔HCE의 영국 공원의 암시〕는 누구의 것이던고? 평탄한, 소굴, 화원, 다옥茶屋? 고분古墳의 시위치時位置를 말할지라. 혈묘穴墓의 마을을 댈지라. 그건 곤봉 놀이꾼의 시골, 혹인어或人魚의 도시[14] 또는 환락향歡樂鄕의 땅 또는 헝가리 회공감자시灰空甘蔗市[15]일지라.

충녀忠女들이 재배한 것을 비雨가 수평 하게 해 놓았지만[1] 그러나 우리는 지극성指極星들의 소리를 듣는 바 그리하여 그들의 나침반을 잴 수 있나니〔우리가 어디에 있던지 우리의 위치를 확인할 수 있는지라〕 왜냐하면 음률은 양식樣式을 산출하고 양식은 방식정인方式政人, 계인桂人, 경인耕人, 관리를.[2] 제남濟南 제남 제남 제남![3] 조상이 두 개의 복숭아를 포획하기 위해 사람을 동원하자,[4] 명明나라, 진秦나라, 순舜나라가 초원 위에 몸을 낮게 엎드리도다.[5] 우리가 저 흡혈귀 귀신이 십일조 교구세인稅人[6]을 괴롭히는 기대 위에 앉아 있을지라도 그러나 그의 거처는 여기에 놓여 있지 않도다. 그들〔4노인〕이 자신들의 조아대帶[7]로부터 답하나니. 그들 사노자四老者의 말을 들을지라! 그들의 공포성恐怖聲을 귀담아 들을지라! 나, 하고 아마하(얼스터)가 말하나니, 그리고 그것을 자랑할지라. 나, 하고 크로나킬티(먼스터)[8]가 말하나니, 하느님이여 우리를 도우소서! 나, 하고 던스그랭(라인스터)[9]이 말하니, 그리고 아무 것도 말하지 않도다. 나, 하고 바나[10]가 말하나니, 그리고 그게 어떻다는 건고? 히 하우!〔당나귀 울음〕 그러자 모두 함께, 4노령의 목소리들이 부르짖었도다. 그〔HCE〕가 언덕에서 떨어지기 전에 하늘을 채웠는지라 개울, 알프스(alp) 고산高山을 둘러친 실개울이, 수줍게 그를 휘감았나니, 그의 곱슬머리를 서늘하게 우리는 당시 단지 백의白蟻(흰 개미)[11]에 불과했다오, 잠깐, 잠깐. 우리는 우리의 개미언덕을 알렌의 한 언덕[12]으로서 실감했는지라, 국민을 위한 분묘, 하나의 거인산巨人山[13] 그리고 그것은 돼지 무리 사이의 꿀꿀우르르 소리였나니 월뇌越雷처럼 우리를 아연실색하게 했도다. 저쪽에.

이리하여 과연 우리가 소유한, 비사실非事實〔공원의 죄〕이 우리들의 확실성을 입증하기 위해서는 너무나 불명확하게도 그 수가 적은지라, 각투표脚投票에 의한 증거 제공자들이 너무나 신뢰 불능할 정도로 수리불능修理不能하나니 거기 그의 조합인調合人들은 외관상 기형적 삼인조三人組이긴 하나 그의 심판 능력자들은 분명히 마이너스 이인조二人組인 거다.〔죄의 심판 부재〕 그럼에도 불구하고 마담 투소드의 밀랍 인형[14]은 대체로 보다 실물과 같으니(입장료, 1크도스 영광, 퇴장, 무료) 그리하여 우리들의 국립념國立念 수구사술관水驅斯術館[15]은 이제 완전히 만족스러운지라, 석의적釋義的 기념관으로, 공쾌空快하게도 사철 무휴로다.[16] 그대의 자두나무에 감사하노니. 박쥐우산, 수치! 그리하여 거기 많은 사람들이 오래된 톰 사각중정四角中庭[17] 곁의 그〔HCE〕의 저 노출상露出像 앞에 발걸음을 멈춘 채, 그곳에 그는 만족스레, 가운을 두루 걸치고, 성직자적 안락 습관 속에 앉아, 온후한 태양 광선이 하계下界 속으로 만교挽巧로이[18] 스며드는 것을 살피면서, 감상적 누구淚球[19]가 그의 감로甘露의 빰[20]을 주름 지으려하고 그리하여 꼬마 빅토리풍의, 엘리스, 엘리스[21] 빠이빠이(작별)가 그의 나긋한 손에 의해 강압強壓되도다.〔손의 작별〕

그런데도 한 가지는 확실하도다. 잇따른 겨울이 자연의 책의 페이지를 과독過讀하기 전에 그리고 장애물항의—최초—수장首將이 제삼 다브레나(더블린)[22]가 되기까지, 거대한 외지자外地者〔HCE〕의 그림자가, 무적격적, 다면적, 비대한 채 영주관領主館에서 마치 도적의 부업에서처럼, 잠자리 정담과 분가糞家〔평민들〕의 잡담 속에, 말보로 녹지[23] 위에 마치 몰레스워드 들판[24]을 통해서처럼, 대법원 법정[25]에서 크게, 부풀렸나니,〔HCE 재판 받고, 선고 받았는지라〕 여기서 제드버그 정의正義로[26] 신문訊問되어 찬贊 유죄 선고받고,

〔058–061〕 HCE의 범죄에 관하여 민중과의 면접.

〔058.23–061.27〕 국민투표(plebiscite)—HCE의 공원의 죄에 관한 여론(XX명), 기자의 회견. 이상 HCE의 재판과 연관, 그라니아, 더모트 및 핀의 신화 이야기의 혼용.

저기서 승정僧正의 이익으로[1] 부좀면죄 받았도다. 폐하법정陛下法廷[2]은 그〔HCE〕를 단죄했으니 그리하여 그의 광기물狂氣物은 그를 인간으로서 처리했도다. 그의 수익자들은 그가 창조한 역할에 있어서 군단群團[3]을 이루었으니 모두들 그의 나이를 헤아리도다. 거륜巨輪 던롭[4]이 이름이요 그에게 붙여진 것이었나니 타격을 입은 채, 우리 모두는 그의 이륜二輪인지라. 그의 집에서 성휴일聖休日이듯 그는 그것에 승정이요 왕이었나니[5] 사초莎草가 다가왔고, 시기猜忌가 보았고, 담쟁이 넝쿨[6]이 정복되었도다.[7]〔세월의 흐름〕 보라! 볼지라! 사람들은 자신들이 그〔HCE〕를 사지분열四肢分裂 했을 때 그이 위에 푸른 나무 가지를 흔들었도다.[8] 그의 난행고행難行苦行 및 종행終行 및 주행呪行 및 멸행滅行을 위하여. 비명과 아우성, 심연의 탄식과 함께. 한결같이, 시무룩한 설리번[9]이여! 마네킹 소변아小便兒[10]여, 멈춰! 런톤의 교화橋火[11]가 추락할지라도 그라니아[12] 노파는 향연탁饗宴卓을 펼치도다. 아데스테 바이올린, 충녀忠女 피델리오,[13] 그리고 그대의 피리의 뚜우뚜우 소리를 위해 퉁소 부는자의 외치는 소리를 느끼나니, 그의 원기를 선동하기에는 어울리지 않는지라, 오! 원을 지어 모두 노래하구려! 건배(친 친)! 건배(친 친)!〔HCE를 위한 축배〕 그리하여 물론 모두들 최식最食의 우쾌성牛快性으로 소음을 연주했나니,[14] 럼주酒와 드럼주酒와 쇠리. 주酒와 사이다와 니커스 포도주酒와 또한 시트론 음료를 홀짝이면서. 강자强者들. 오호(저런), 오호(저런), 메스터 베그,[15] 당신은 다시 소지沼池 속에 자루 배 불룩해질지라. 벌레[16]처럼. 그러나 유식柔息은 유식誘息이도다 둔주곡을,[17] 허풍을 위해! 그러나, 보라! 볼지라! 탄식하는 삼신三神들에 맹세코, 과오를 범하는 그리고 용서받을 수 있는, 인간적, 무슨 우리들의 우국牛國[18]의 상像들이라니, 누가 우리들의 광왕光王〔Finn–HCE〕의 주인 인고, 거기 나무처럼 확실히, 불망不忘의 나무 그늘이, 만인이 웅당 신세지듯, 저들의, 재포착再捕捉 불가능한 나날들의 겨루는 판단[19] 뒤에, 아련히 떠오르도다.

〔이하 HCE의 범죄에 대한 거리의 20명 행인들과의 기자 회견〕 탕 그리고 쿵 그리고 탕쿵 재차.(발사 첫 사격, 후퇴 산탄총병散彈銃兵! 군인조교! 작센 봄의 향연[20]을 위해!) 셋 텀프슨 기관총,[21].(1) 자유 병사들, 냉천군冷川軍의,[22] 수탉 수프와 두식頭食. 경비병들이, 몽고메리가街[23]에 산보하고 있었도다!(*그들을 용서하세요, 여러분 제발, 네?*) 한 목소리가, 한 쪽 광측廣側에서, 의견을 성언聲言하고(*용서하세요!*), 고개를 끄덕이며, 모든 핀 야영자野營者들이 진술했는지라(*여러분 제발, 네?*). 저 숙명의 복수일福水日에, 그에게 둘이 들판으로 함께 가자고 암시함으로써, 그〔HCE〕를 수프 유혹乳惑한자가, 그 최초의 여인, 백합 코닝햄인지라, 가련한 현상유지의자, 사나운 친 아비, 분노(룻)의 분憤나는 분고문대糞拷問臺의, 병사 팻 마친슨이 뒤쪽으로 실토했도다.(간단히!) 이리하여 음악 희극[24]에 만족한자들. 잠시 휴식 중인 우리들의 다가오는 백스(런던) 홀의 공연.(2) 여배우들 중의 하나가(그녀는 유명한 무대 발성자發聲者에 의하여 휴지통 시톤[25]로 불렸거니와) 서단西端의 미장원에서 회견되었도다. 그녀의 버찌 자단목紫丹木 얼굴을 필경 가일층 염홍적艶紅的으로(pewtyflushed) 보이면서,

반월칠성半月七星 점제店製의 허리띠와 멜빵,[1] 블랙무어 헤드점店에서 산 황갈색 수직手織 천에, 이글 앤드 차일드점店의 기어오르는 소년들의 아우성들 사이에서 그리고 그들의 블랙 앤드 올 블랙점店[2]의 곡물 및 건초 판매의 외치는 소리 너머로,[3] F…A…부인[4]이 그녀의 장의자長椅子[5] 거울에 대고 관객에게 반쯤 들리도록, 방백으로 속삭이나니, 한편 그녀의 차륜 모자를 고쳐 쓰면서(모자라!—그리고 우리들은 이제 로렌스 오툴 성직자의 꽃다발이 얼마나 극소량의 뜻인지 아나니),[6] 그녀는 시드(실달다悉達多) 아서[7]가 호랑가시나무와 담쟁이와 함께 오렌지 및 레몬[8] 크기 난초의 기독남基督男의 돼지 선물[9]을 천진아 성당天眞兒敎會의 축제[10]로부터 받게 되기를〔HCE의 죄 용서〕 희망했는지라, 번뇌계煩惱界〔사바세계〕가 그 동안 그에게 불친절했기 때문이로다. 그러자, 그의 폭발탄생일爆發誕生日의 춘도화春跳花[11]에 비유함은 악취의 일이나,[12] 그것은 땅속 지렁이 비열한들과 성홍열猩紅熱 환자들과 모든 분지分枝의 피부병자들을 위한 상록의 대 정원 연회였으니, 마하摩下의 불타계모佛陀繼母[13]에게 다수 감사하게도, 그야말로 무無 피곤전적疲困全的이게도 놀랍도록 멋진 야향응夜饗應〔HCE의 영국 정원 생일 파티〕이었음을, 그녀는 덧붙여 말했도다.(처신없는 여인 같으니!) (Tart!) 선사시대의, 그의 우발적 녹화성錄畵聲의 부수적 의견에 의하거나와.(3) 한 사람의 대화 심리학자가 있었으니 그의 원명原名은 한 우연화실체대명인偶然話實體代名人[14]이라.(4) 그린타룩[15]의 한 대초원 정지자整地者인, 아크별, 솔 피터 및 아시본씨氏 상회에 고용된 칠七성당[16]이라는 오니 명名으로 알려진 한 청소부는 수녀회에 의하여 저 당혹스러운 질문을 받았거니와, 세탁소에서 간과 베이컨을 스테이크와 돼지콩팥 파이와 번갈아 즐기던 그의 정오의 오찬 동안이었으니 그리하여, 천사天謝롭게도, 충동적으로 대답하여 가로되 우리는 방금 그의 혼인 무효 소송과 그의 귀로부터 들은 것을 나 자신의 한 패 친구들 사이에 선전하고 있던 참이었도다. 오디어의 성자들[17]의 우리들 모든 친구들은 경자耕者 칼맨[18]과 함께 녀석〔HCE〕이 시멘트 연와공이라고, 우라질! 일일언日日言하고 있는지라.(5) 한층 비상하게도 술을 마시지 않은 한 마차 몰이꾼, 그는 자신의 토실토실한 애마[19], 진저 재인[20]을 경쾌하게 호스로 물 뿌려 씻고 있었거니와, 강한 견해를 피력했도다. 로리〔마차 몰이꾼〕는 말馬을 씻으며 말했나니, 그가 말한 바를 재록再錄하면 이러하도다. 애란각자愛蘭覺者〔HCE〕는 사생활에 있어서 단지 한 사람의 평밀매당원平密賣黨員에 불과하지만 모든 대중들이 말하는 바, 애란 합법제合法制에 의하여 그는 의회의 명예를 지니도다.(6) 식통食通 아이스카피어[21] 루이기점店[22] 글쎄 그대 그 남자 알다시피, 굉장한 식도락)[23]이라 가로대. 나의 간肝을, 자, 그럼 약간의 오믈렛을, 그래요, 아가씨! 맛있어요, 나의 간肝을! 당신이 계란을 스스로 깨야 해요.) 봐요, 내가 깨요.[24] 그래, 그 놈이 프라이팬에 앉아 있어, 확실히!(7) 한 사람의 발한인發汗人(60살이 넘어), 그는 숨을 헐떡이며 테니스를 계속하고 있었으니, 추행정보醜行情報를 수집하는 방법은 몰랐으나 플란넬 바지를 입은 다른 두 사내들이 담을 기어올라 초인종(도어 벨)을 눌렀나니. 다 자란 연어(魚)[25] 뒤에 이 장난치는 새끼 숭어의 소리를 들을지라!(8) 한 철도 술집 여인의 견해는(사람들은 그녀를 누설탄자漏泄嘆者라 부르나니)

이렇게 표현되었나니 음의 가로街路,[1] 비탄선悲嘆線의 동정자들에게, 그녀의 연민—충동적 조력의 저들 대상들, 요약하거니와, 남자와 그의 흡관吸管에 대하여. 뭐라! 파리스(매독)가 그녀의 마구간을 범람할 때 휘파람을 부는 것은[2] 여태 너무 늦었는지라. 저 사나이〔HCE〕를 감옥에 감금하다니 그건 심홍수치深紅羞恥인지라, 저 샛돔 피조물[3]이 무슨 짓 무슨 창녀다 하여 한 고아요, 이렇게 사악한 성병을 즐기는 그자와 연관하여, 그의 연발 권총을 파열하다니, 그자! 잘 했나니라. 고도살자鼓盜殺者[4]!〔HCE에 대한 옹호〕 키디. 타이엘(Kitty Tyrrel)이 그대를 자랑할지라.(9) 한 무역국원(B. O. T.)의 대답이었도다.(오 무역국을 비난하지 말지니!)[5] 한편,(10) 하의下衣 딸들은 합동으로 막연하게 속삭였는지라 타봉목각자打棒木脚者!하고.(11) 브라이언 린스키(Bran Lynsky),[6] 그 무례 저주자는, 그의 대규석大叫席에서 심문받았나니, 고성 허풍선이,[7] 그리하여 멋진 말대답을 했는지라, 그때 가로대 파파여! 다시 한 번 나는 옥규獄叫 할지니! 나는 동굴인 추적 및 사하라 섹스 편이외다. 알겠는고! 저들 두 암캐들〔공원의 두 처녀들〕은 피박皮縛되어야 하도다. 굴견窟犬 같으니! 돈豚 만세 저猪 사냥![8] 파파여!(12) 한 순교 지망자, 그는 성聖아시타스(saint Asitas)[9]를 섬기며 거기 수갑 채우는 방식을 배우고 있는 터라,[10] 그때 석쇠 위에서 고통을 당하자, 의심할 바 없는 사실을 노출했나니, 결과인 즉, 석가모니가 성사수여파문聖事授與破門의 강력한 걸쇠로 공포恐怖되어 그의 면허목엽免許木葉 및 그의 그림자 속에 피신한 요정들과 더불어, 보살목菩薩木 아래 망고 요술을 하고 있는 한,[11] 쿡스 해항海港[12] 전역에 싸움이 있으리로다.(허튼 소리!)(13) 전도사 아이다 움웰(Ida Wombwell),[13] 17세의 신앙 부활론자는 공원을 사용하는 척탄병과 기타 존경하게도, 혐오스러운 일당자一黨子들을 간섭하는 우연 사건에 관하여 말했는 바 저 수직인垂直人〔HCE〕은 한 인비인人非人(a brut)(달지 않은)이도다! 그러나 당당한 수인獸人이라! '카리규라'(Caligula)[14]).(14) 단루 마그라스씨氏,[15] 시드니 파래이드[16] 공보公報의 동東스트리아의(Eastrailian)[17] 빈식료상인貧食料商人들에게 잘 알려진, 제본가製本家는, 여느 때처럼, 그와 대척적對蹠的(정반대적)이었나니: 오늘은 분투하고, 내일은 성숙할지라, 우리는 흙탕물에 퉁기도다. 허튼 소리.(15) 엘 카프란 보이콧(El Caplan Buycout)[18] 가로대 우리는 두 시간 너무 일찍 육봉肉逢했는지라,[19] 읊조렸나니, 유명한 신부神父의 어깨 망토로 일소一掃의 제스처를 행하며, 너무 일찍 봉逢한지라, 투우사여! 했도다[20].(16) 성 수맥[21] 앤 오를리 성당의 성가대장, 단 마이클존(Dan Meiklejohn)[22]은 독선적 단언으로 유명했나니 *필요한 변화가 적시에*.(17) 도란경卿 '코 훌쩍이 염병자染病者'(Sniffpox) 및 모이라의 귀부인(아첨내기)[23]은 서로 같은 편이 되어 성호를 긋고 서로의 견해에 굴복하고 재성호再聖號 했도다. 불결한 신참新參들,〔3군인들〕은 그들의 바지 섶을 풀고, 하나 둘 셋 자유로이 달렸나니,[24] 미련한 창녀들이 자신들의 짧은 팬티를 끌어내리도록 메아리 쳤는지라,

어리석은 음녀淫女들 같으니.(18) 실비아 사이런스[1], 소녀 형사(*지혜의 여신*, 그러나 지금쯤 구국鳩國[2] 전역에 온통 구조龜鳥의 소리가 들리나니!)는 그녀의 수줍고 졸리는 독신자의 주택에서 사건〔HCE의 범죄〕의 몇몇 사실들에 관한 정보를 제공 받았을 때, 존 다몽남多夢男[3]의 마구간을 조용히 올려다보면서, 그녀의 정말로 진짜 안락의자에 기대앉아, 자신의 모음사母音絲(vowelthreaded)로 이은 음절들을 통하여 정휴靜休롭게 질문하는지라 당신 여태 생각해 본 적이 있는가요, 기자 양반, 순수한 땀의 위대성이 그〔HCE〕의 비객담悲客談이었음을? 그럼에도 불구하고 이 행위에 대한 저의 사료思料된 태도에 의하면, 현안의 심판이 있을 때까지, 1885년 형사법 개정안 제11조 32항에 따라,[4] 이 행위에 있어서 뭔가 반대 항項이 있을지라도, 그자는 충분한 벌금을 물어야 마땅한지라.(19) 자리 질키(Jarley Jilke)[5]는 자신이 젤시(마을)까지 집으로 갈 수 없기 때문에 부루퉁하기 시작하고 있었으나 이렇게 말을 끝내는 것이었도다 그자〔HCE〕는 자신의 나들이 옷 대신에 그를 털갈이 돕는 부대를 입고 있도다.[6](20) 해수병海水兵, 미거(Meagher)는 상시 대중 공연물 뒤의 통상적 공기식空氣食을 위하여 우리들의 새(新) 생선 도살장의 환상열석環狀列石[7]의 하나에 앉아 있었나니, 그와 함께 캐스터와 푸엘라(Questa and Puella),[8] 야무진 여인과 말 많은 여자.(전자는 두뇌 속에 찬바람이 들었는가 하면 후자는 그녀의 위장 속이 허탈한 느낌이라, 뭐가 뭔지, 전혀), 비록 자기 자신이 근멸近滅하면서도,[9] 호흡을 본래 상태로 되돌려, 그의 동료 신뢰인의 한 사람인, 왈트(Walt)에 의하여, 그〔미거〕는 다시 정신이 들었나니, 그리하여 젠장 그녀의 숙모의 자매, 나빌(Naville)〔미거의 애인〕에 의하여, 바지를 안장鞍裝하도록 꾸지람 받았는지라,[10] 이러한 거동으로 그녀의 타자의 감사 키스에 응답하여 가로되. 나는 나의 두 개의 손가락 단추를 두고 맹세하거니와, 약혼녀 미거여.(그는 지껄이도다!) 그자〔HCE〕는 호니만(Horniman)(각남角男)의 언덕[11] 위 당신의 두 벨벳 허벅지에 대하여 비난받기 십상이라—혹 단추처럼 그를 꾸짖거나 또는 다른 어떤 어남魚男(piscman)을?—그러나 나는 또한 생각하나니, 애송이 녀석, 자신의 바지[12]의 포위공격으로, 키사즈 골목[13] 아래 저들 셋 북치는자들〔공원의 척탄병들〕에 관해, 그 뒤에 그 밖에 누군가가 있는지라—전혀 허튼 소리 기필코—(부화腐話같으니!).

이러한 단지 상찬가적商讚歌的 양복상의 한 종족[14]에 관한 우화〔HCE의 스캔들〕가 결정권자국왕決定權者國王[15]과 관계가 있는 것인고? 이제 모든 것이 견문見聞되고 이어 망각되는 것인고?[16] 그것이 가능했던고, 우리는 간절히 이 문자연시대文字鉛時代에 당장 알기를 바라거니와,[17] 너무나 다양화한 불법행위들이(그들은 아직도 발생하고 있는지라!) 너무나 철두철미한 계약자에 대항하여 계획되고 부분적으로 수행되었는지라, 만일 저들의 기록된 사건들 중 어느 것이 여태껏 발생한 이상으로 사실이라면, 많은 것들이, 우리는 믿거니와, 긍정되고 부정되어, 단지 드물게 진리를 행사하는 혹자或者들에 의하여 우리에게 부여되고 있기 때문으로,[18] 그리하여 우리는, 이쪽에서 그러한 설명에 대한 그들의 예필銳筆을 슬퍼해야만 하리라. 제7의 도시, 우로비브라,[19]

〔061–062〕 HCE의 도피(비상)의 보고. 이상 열거된, 이러한 우화가 다른 것과 관계가 있는 것인고? 이제 모든 것이 견문되고 이어 망각되는 것인고? 그것이 가능 했던고, 우리는 간절히 바라거니와, 너무나 다양화한 불법행위들이 수행되었는지라 그러나 한 가지 분명한 사실인 즉, HCE는 제7장의 도시(더블린), 우로비브라(Urovivla)로부터 도망했던 것이다.

〔061.28–062.25〕 그건 믿을 수 있는고?—그는 또 다른 땅으로, 적의와 공포로 도망치도다.

〔062–063〕 HCE의 마스크 쓴 공격자와 만남의 보고.

〔062.26–063.19〕 한 키 큰 사내〔HCE〕가 그의 귀가 도중 공격을 받다—사실들에 관한 어떤 은폐. 가면 쓴 공격자와의 HCE의 만남에 대한 보고.

〔HCE 불행한 피난자, 도시로 도피, 그의 굴복적 공포〕 그의 피난의 애보루愛堡壘, 그 곳에(만일 우리가 속인들 그리고 그들의 설명을 믿는다면), 아트리아틱(Atreeatic)[1]의 격노한 질풍을 넘어, 결인대장과 단의端衣을 바꿔 입으며,[2] 밤의 알토(최고음)의 음향 아래 침묵의 망사를 걸치고 모하메드처럼 도주했나니,[3] 고孤 승선乘船한 채, 바다의 한 마리 갈까마귀 마냥.(자비하소서! 불타마!佛陀魔여!(Mara!)[4] 그이 석가자釋迦子(Rahoulas)여[5] 어디메뇨!) 노갑老岬의 바이킹 오시汚市[6]에서, 살인속죄 속에 망각하기 위해 그리하여, 죽음의 탐해병探海病에서 벗어나 신의 전섭리前攝理로 재혼수再婚需 속에 재생묘再生錨하면서,[7](만일 그대가 건建화주畵主를 찾고 있으면[8] 무비톤[9] 기법에 귀를 깊이 몰두할지라!) 자신의 정명定命을, 손바닥과 및 골무 마냥, 교황요정教皇妖精과 결합하기 위해. 나〔HCE〕의 내자內子를 위하여 나는 그대에게 호양互讓을 지니며 나의 남편대男便帶를 조이고 나는 그대를 목 조르는도다.[10] 황무지 땅,[11] 노사망우수勞使忘憂樹의 땅, 비애우수悲哀憂愁의 땅, 에메랄드 조명지照明地,[12] 목농인牧農人의 초지草地) 그 안에 약속의 제4의 율법[13]에 의하여 그〔HCE〕의 사도적使徒的 나날은 지고천상至高天上으로부터 뇌성 치는 신자神者의 풍부한 자비에 의하여 장구長久할지니,[14] 중얼중얼 불평하고, 그에게 대항하여 봉기하고 그들 속에 존재했던 모든 것과 더불어, 특허권자들 및 일반 거주자들, 시장市場으로서 다시茶市까지, 농노추녀자農奴追女者들이, 그를 해치다니, 가련한 도피자〔HCE〕, 혼비백산魂飛魄散하여 육체적으로 추종하면서, 마치 자신이 그들을 위한 오저주吾咀呪로 이루어진 듯, 부패할 수 있는자들이, 신성한 국민의 비부패非腐敗의 모든 성자들,[15] 보통의 또는 애란—낙원전기樂園前期[16]의 망명자들, 붉은 부활 속에 그를 매도하기 위해, 고로 모두들 그자, 최초의 파라오왕, 험프리(H) 쿠푸(C) 대왕지사大王知事(E)[17]에게, 그들의 고유의 죄를 확인시키려 했도다. 일이란 모든 사람들 그리고 대부분의 경우를 위하여 뻣뻣한 윗입술을 가지고 말하도록 가르치는지라 우리들이 알고 있는 저 인간은 싸울 기회가 거의 없었으나 그런데도 불구하고 그이 또는 그의 것 또는 그의 관심은 과오국過誤國의 원초적 공포의 공황에 굴복하고 말았던 것이로다.(파라오 필경!)[18]

〔HCE의 도피 후의 장면 그것은 런던으로 바뀐 듯, 불한당의 만남〕 우리〔화자〕는(진짜 우리들!)[19] 우리들의 황천서荒天書[20] 봉인된 제6장 속에 혹黑에 의하여 일어난 진행사進行事를 읽고 있는 듯 했도다.[21] 그것은 수요장일水曜葬日[22]의 홍행(쇼)이 있던 다음인지라 한 키 큰 사나이〔HCE〕, 의심스러운 짐을 혹처럼 등에 지고, 짙은 별무別霧 사이[23] 낡은 장소인, 로이의 모퉁이 촌도村都 곁에, 크리스티 흑인 악단[24]의 제2 연주장으로부터 늦게 귀가하고 있었을 때, 방망이 키스 연발 권총에 맞부딪쳤는지라, 다음과 같은 말에 직면했도다. 당신은 피격 당했소, 나리. 한 불가지의 공격자(가면 쓴)에 의해, 그는 야생 능금나무 로타(Lotta) 혹은 과수신果樹神 이블린(Evlyn)[25]을 두고, 그자와 서로 시샘해 왔었는지라. 그것 이상으로 저 매복자〔캐드〕(루카리조드[26]의 교구인도 아니요 혹은 심지어 그랜달로 관구[27] 출신도 아닌지라, 단지 작은 브리타니[28] 뱃머리로부터 큰소리 치고 있었으니), 여담식으로 언급하여 가로대,

〔063.20–064.21〕 그 침입자가 대문 사건의 핑계로서 다가오다—하인들이 소요에 의해 잠을 깨다. 대문의 탕탕탕 치는 소리.

그이, 저 베짱이 놈〔캐드—매복자〕은, 리드점店[1]의 칼 장수 100호號 칼날에 첨판添版하여, 단지 쌍둥이 양자택일의 것으로 남아 있는 호브선점店의 장전裝塡된 특선 제[2]를 몸에 지녔는지라, 아니면 반대로, 그는 숙모인 그녀를, 권총으로, 확실히 쏠 것인지.(그녀는 그것을 오케이 확신 할 수 있었으니!) 또는, 이것이 실패할 경우, 패치(헝겊 조각) 놈의 생기 없는 얼굴을 식별할 수 없을 만큼 후려갈길 것인지, 손튼(Thornton)이 캐인점店의 방호방책防護防柵[3]을 가지고 행사했던 보드카 돌발사를 무례한 쌍개 강심장으로 날카롭게 질문했나니, 이에 단지 성난 피공격자〔HCE〕에 의한 응답인 즉, 그것이야말로 그에게 단지 순간적 걸쇠〔직감〕에 불과한지라, 주중, 찜 더위에 우물에 가서 자신이 소나기 샤워가 가능한 것인지 찾아보라는 것이었도다. 그러나 이는 얼마나 철저하게도 비실非實한 것이었던고, 선량한 필자여!〔선량한 독자여!〕 그〔HCE〕의 육척족六尺足은 결코 키 큰 남자가 아니나니, 전혀, 자세. 그 따위 교구 목사는 아니로다. 이따위 불똥 먹이는 아닌지라. 그런 재목材木은 아니요. 그 따위 종속은 아니도다. 추측컨대 그것〔보따리—꾸러미〕은, 늘어진 다리橋 아래 어떤 소녀들, 마이라 색채녀色彩女 또는 색깔 궁녀弓女[4]와 연관된 것일지라.(거기 안에게 강江은 단지 하나의 생명[5] 그리고 그녀의 신교新橋는 옛 것이기에)[6] 아니면 12약실총藥室銃을 폭발하거나, 집달이 재판의 입장을 강제하기 위하여, 일생일착점一生一着店(신사복점)[7] 출신의 푸주한 푸른 블라우스를 걸친 저 중건重建 아벨 유능체有能體〔캐드—공격자〕는, 단 한 개의 가장 결정적 술병을 소유한 채, 어둠 뒤에 도시 경비에 의하여 체포되었는지라, 그 곳은 치질痔疾—병자病者의 절제문節制門에서 였으니, 거기 출입구 통로에서 였도다.

다섯째로, 저 비열한의 진술을 듣는 최초의 시간에 정말로 마비독백적痲痺獨白的으로 진조眞調된 것이라, 아일랜드어를 중얼거리면서[8], 녀석〔캐드—공격자〕은 크게 영광스럽게도 너무나 많이 비열객주卑劣客酒 또는 혈굴주穴掘酒[9]를 한껏 마셨는지라, 악마화주가惡魔火酒家, 지옥 앵무새 집, 오렌지 나무옥屋, 환가歡家, 태양옥屋, 성양聖羊 주막[10] 그리고, 마지막으로 들먹이지만 결코 못하지 않는, 라미트 다운의 선상 호텔[11]에서, 자신이 백사白糸와 흑사黑糸를 분간할 수 없었던 아침 순간 이후[12] 주께서 마리아[13]에게 선포한 천사의 만종晩鐘에 이르기까지 음주하고, 그리하여 그의 머리에 암소의 보닛을 달고, 그는 단지 덜커덩 펄떡 문석門石의 부두에 부딪혀 넘어지다니, 그것을 그는 최순수평화가능最純粹平和可能의 의도로서 모충毛蟲 기둥으로 착오했던 것이로다. 하지만 그의 당시 가짜 익살스러운 변명의 너벅선[14]이 어떻게 절뚝이며 껑충껑충 뛰어 다니는지 그리고 어떻게, 그이 자신의 이야기에 따르면, 자신은 집달관이요 그리하여 자신의 *대형 우량 품종*을 필살적必殺的으로 망치질함으로써, 백조관白鳥館 주변의 심부름꾼(구두닦이),[15] 모오리스 베한(Behan)〔HCE 주막의 하인〕을 부르기 위해 곤봉문棍棒門에다 대고, 스타우트 맥주병을 '열려라 참깨'하려고 무던히 애쓰고 있었으니(타봉打棒이 짧을수록 폭력은 큰지라), 그러자 베한은 재빨리 신을 신고 손에는 점등點燈 이외에 아무 것도,〔여기 캐드 놈이 마감 시간 뒤 HCE의 주점에 들어오려 한다〕

〔064.22—064.29〕 휴지(休止)—필름이 구르다. 영화 탈선(Movie Digression), "피치"(Peaches)와 대디. 브라우닝(Daddy Browning) 이야기—노인의 춘사椿事.

〔064.30—065.33〕 한 노인과 두 젊은 소녀들의 필름—어떤 광고에 의해 선행되다. 복숭아들(아가씨들)과 대디—브라운 영감.

그리고 햄, 셈 및 야벳[1]과 함께 서황각西荒覺[2]의 잠에서부터 마상 창시합장〔인생의 생존경쟁〕까지[3] 내려오다니, 혁대(오비)[4] 상의上衣도 또는 목도리도 없이, 더블린까지 바위 많은 도로 위를[5] 델란디가 카르타고 신들의 운명을 연주하는[6] 총소리에 매료되어, 말했나니, 그가〔하인 베한〕 침대 속에 안전하게 전포戰捕된 채, 자신이 모르몬 회당의 부자富者임을 꿈꾸면서[7] 역사의 뮤즈신들[8]이 월광月光에 풀 뜯고 있는 동안[9] 당시 그의 백색의 불라 땅[10]으로부터 4번째의 고비성高鼻聲에 의하여, 눈먼 돼지 그리고 그와 비슷한 것으로부터 발하는 엄청난 음계音階의 해머소리(우나! 우나!)[11]를 들음으로써 잠에서 깨워났나니, 멀리건 여인숙[12]의 전全 역사상 그는 결코 그와 같은. 문과 옆 기둥 전월全越에 걸친 이 바벨탑의 와자지껄 두들기는 소리는, 그가 언제나 말했듯이, 한 폭음폭주병暴飮瀑酒甁의 파마왕破魔王[13]의 폭음 인양 그를 잠의 심연으로부터 깨울 정도로 너무나 가까이 있었나니 그러나 이국악사異國樂士들의 전쟁진군마군戰爭進軍馬群[14]의 악기 소음 이상의 또는 어쨌든, 폼페이 최후일[15]에 대한 일대 전주곡을 그에게 상기시켰던 것이로다. 그리하여 이 최고무오最高無午의 야상타곡夜想打曲 뒤에 젊은 우녀雨女〔ALP〕가 필사적으로 내려 왔나니 그리하여 그가 반추反芻하듯 많은 진흙 투정으로, 푸줏간의 앞치마와 빵가게의 세척洗滌 장갑[16]을 온통 파산破産시키면서, 늙은 리피하마河馬가 온 들판 위를 범람하기 시작했는지라, 그런고로 마치 천국옥여왕天國獄女王[17]의 샹들리에[18] 인양 모두들 밤새도록 해마도海馬濤를, 넘실거리는 해마도를 세목洗目하고 있었도다.〔여기 ALP는 세탁녀〕 하얗게(Whyte).

잠깐만. 관념(영원)의 적기適期의 시간 잠깐, 바스켓 총병銃兵들이여! 아토스, 포토스 및 아라미스[19] 여러분, 아스트리아양孃[20]은 점성가들에게 맡길지니 그리고 성자들의 사랑과 케빈 천국의 창영예槍榮譽를 위하여 범대지汎大地에 용골龍骨을 철썩찰싹 뒤집을지라.〔관념의 세계에서 현실 세계로 눈 돌릴지라〕 그리고 물레(實), 실(릴), 세계를 굴러내게 할지라. 물레(實) 세계, 물레(實) 세계를![21] 그리고 만일 그대가 실實(릴)의 크림을 맛보려거든, 그대의 연홍녀煙紅女들, 백설白雪과 적장미赤薔薇[22]〔현실의 여인들〕를 모두 부를지라! 자, 이제 딸기 놀음〔현실적 재미—잇따르는 정사의 필름 장면〕을 위해! 쏟아, 쏟아요! *이면에 여인이 있도다!* 여락인女落人! 여여락인![23]〔여인들은 근심을 야기할지니, (*이면에 여인이 있도다!*) 매거진 벽으로부터의 "영락인"처럼〕

〔건강 광고문〕 자, 올지라, 저 커다랗고 불망각不忘却의 머리를 지닌 보통사람, 그리하여 저 지긋지긋한 나배어안裸背魚顔의 경멸할 마킨 스키 집사여[24], 질문무용자質問無用者 또는 타다. 그대의 집사양각執事羊脚이 지나치게 끌어당겨진 나머지 근육이 뻣뻣해지고 있도다.〔고된 생을 영위하는자들의 암시〕 맥주병의 노아 비어리[25]는 개암나무가 암탉이었을 때 1천 스톤의 무게였나니. 이제 그녀의 지방은 급락하고 있도다. 그런고로, 잡담부대雜談負袋여, 그대 것인들 안 될게 뭐람? 왜 개화기가 최고인지 열아홉 가지 달콤한 이유가 있도다. 양 딱총 나무는 푸른 아몬드를 위하여 추락하나니,〔건강의 악화〕

〔065.34—066.09〕 모두의 도덕적 윤리—계속.

그들이 상처 난 석근생강石根生薑으로 길러질 때, 비록 마치 그들의 허리띠 주변이 추비秋肥된 듯 그들의 머리 위에서 월동할지라도. 만일 그대가 머리칼에 침통이라도 있었으면 그대는 그렇게 탕모두蕩毛頭되게 보이지 않았으련만. 그대의 납덩이 머리통에 방모紡毛劑를 바를지라.〔춘사 장면의 시작〕 자, 귀담아 들을지라, 곁눈팔이씨氏!〔영감—장본인〕 그리고 저 땀 젖은 괴짜 아담의 선웃음일랑 그만 집어치울지라! 스커트 바람으로 방문하는 얼간이 영감을 예로들지라. 그의 매끄러운 머리칼을 눈여겨볼지라, 그토록 우아한, *섬세한 활인화活人畫*. 그는 맹세하나니 그녀〔젊은 애인〕야 말로 그이 자신의 봉밀양蜂蜜羊이요, 두 사람은 아빠 파파 단짝이되리라 서약하나니, 맹세코, 그리하여 오월녀五月女[1]가 비칠 때 저 아래 서쪽 보증된 행복의 애소愛巢에서 즐거운 시간을 나누며, 그들은 밤새도록 함께 깜박이며, 혜성의 머리 꽁무니를 빗어 모양내고 별들에 장난감 총을 쏘아대니.[2] 슈거크림의 대 판매자! 매일 밤 멋진, 아씨 매켄지 강! 친애하는 통명스러운 영감으로서, 그는 야단법석 떨기만, 별들을 쳐다보며 광란하며 불타면서. 알았노라! 그녀는 진정 하늘로부터 회편回便으로 현금이 든 옷장 소식을 듣고 싶나니 고로 그녀가 피터 로빈슨 백화점[3]에서 혼숫감을 사거나 아티, 버티 또는 아마 찰리 찬스[4](누가 알랴?)에게 허세부릴 수 있으리라 그런고로 늙은 얼치기 헌커씨氏[5] 당신은 나와 춤추기 위해 너무나 미쳐 있나니(그리하여 그녀는 갑자기 사라지는지라!) 그리하여 그런 식으로 마을의 거의 절반 아가씨들은 통명스러운 사내가 그의 바지 멜빵을 메려고[6] 애쓰는 동안 자신들의 아랫도리 속옷을 손에 넣었던 것이로다. 그러나 얼치기 영감인 그는 달콤한 그대와 냠냠 사이에 터무니없이 마음을 뺏기지는 않았는지라(천만에 목숨을 걸고도, 이런, 저런 바지로는 안 돼, 큰 넘치는 주전자에 맹세코!) 어딘가에 은밀히, 다른 논다리 퍼피 놈[7]이 근처에 있지 않는 곳에, 늙은 얼치기는 그의 제2호 아가씨를 가슴에 품었는지라(브라보, 얼치기 영감!) 그리하여 그는 그녀를 또한 얼마동안 껴안고 싶었으니 그 이유인 즉 그는 제1호도 솔직히 좋아하는 터라 그러나 오! 그는 제2호의 살구 궁둥이[8]에도 몹시 반해 있었으니 그런고로 만일 그가 둘 다를 애무할 수만 있다면, 집적집적 귀찮게, 세 사람 모두 진짜로 행복하게 느낄 수 있으련만, 그건 A. B. C.처럼 간단한지라, 두 혼합 인들은, 글쎄 말씀이야, 그들의 천동天童 아이 녀석과 함께(왠고하니 그는 단순히 엉터리 미친 듯하고 있기에) 만일 그들 모두가 한 척의 몽생주夢生舟에 부승浮乘한다면, 그의 동물원—웅가—웅가 속에 두 사람 두 사람 씩 끌어안으면서, 그대에게 멋쟁이 나에게 아씨아씨 그리고 어찌 그런 바보짓을 하다니, 엎어지고, 위아래로 미친 듯, 최고최고 엎어지고 자빠지고 카누키스를, 할 수 있을 것인고? 홍미결興尾結.〔필름의 끝〕

펄럭(아크), 펄럭, 펄럭.〔필름 소리〕 그것의 박수갈채, 함정 및 토장土葬과 더불어, 삼위일괴三位一塊, 우리들 상호의 친구들[9]인 방책과 문간의 병瓶10)이 암암리에 같은 배를 타고 있는 듯하나니.〔춘사는 누구에게나 있는 다반사〕, 언가言歌하자면(말하자면),

〔066.10–066.27〕 거대한 연쇄–편지는 여태 우송될 것인고?–그러하리라.

〔066.28–067.06〕 잃어버린 편지와 도둑맞은 관(棺)에 관한 문제–그것의 유용성, 자물쇠 채워진 대문.

도안의 몇몇 이표耳標를 또한 지니면서, 왠고하니 그와 같은 종류의 싹둑 베는 행위에 있어서 불쾌감을 갖는다는 것은 사실상 소용없는지라 그리하여 하루 1회 및 하루 2회, 하루걸러 한 밤 씩 모든 시대에 모든 종류의 난교亂交 개인個人들 사이 사가공사私家公事에 있어서 전역 및 그 밖에 모든 곳에 걸쳐 세속의 영원한 연속을 통하여 국내외 할 것 없이 진행되고 있는 통틀어 그와 같은 종류의 모든 일들이야말로 특별히 엄청난 것이었도다. 연속 상연(미완).〔이들 춘사들은 연속 상연 격, 계속 일어나는지라〕 의기양양 황홀의 광희狂喜의 연방 연맹 운송 합동 제작.

그러나 계속되는 문의들.〔한 가지 예 수상한 편지〕 도대체 여태껏 존재할 것인고 다음날 아침 우편 조합원의(공식상으로, 스코틀랜드 서간 유한회사의, 집배원이라 불리는지라) 이상한 운명이라니.(극맹조劇猛鳥라 고명高名되는 이 사나이[1]〔집배원〕가, 말하자면, 표백의 본질에서부터 라벤더 골짜기에 이르기까지, 혼混처녀 아가씨들의 끈적끈적 둔부 주변을 쫓아다니는 방탕실아放蕩失兒) 일곱 가지 다단계의 잉크로 쓰인, 세원부洗願婦〔ALP〕를 입증하는 모든 꼬부랑 단지형 및 굽은 냄비형 필체의, A 소파당笑派黨 여불비례의 표제로 씌어지고 소환부召喚付의 연필적跡된, 성실 가톨릭교도 S. A. G.[2]〔셈〕의 추신과 함께, 서중앙국(W. C.), 더블엔, 낙원베리의 하이드 및 치크〔HCE〕에게 한 통의 거대한 행운의 연쇄 봉투를 손으로 건네주는 일이? 마자르어語[3]의 돌입과 함께 아실언兒失言으로 쓰여질 것은 무엇이든, 그것이 검은 것이 희게 보이며 흰 것이 검은 것을 보호하고, 엄격급조嚴格急調와 쾌락동침자快樂同寢者[4]간에 사용된 저 샴쌍둥이[5] 혼용어법으로, 항시 첨필添筆될 것 같은고? 그것은 우리에게 밝아질 것인고, 밤마다. 그리하여 우리는 스스로의 곤궁에 뛰어들 것인고?[6] 글쎄, 그건 방금일지도 모를 일, 기적이, 그리하여 그건 불시에 닥쳐오도다. 키잡이(콕스)[7]의 아내인, 두 번 한 부인(twice Mrs Hahn),[8] 오엔 K.[9]와 함께, 하하사何何事[10]가 일어났는지를 보기 위해, 그녀에 잇달아, 그 일속에 그녀〔암탉〕의 부리를 찌르면서, 언제나 그리고 영원히, 잡동사니 단편들로 가득한 이 키리바시 섬[11]의 작은 배낭 주머니를 헤르메스주柱[12]의 저 조형제助兄弟의 올챙이 배라 할, 기둥 우체통 속에 사시사철 영원히 잠든 채 숨어있을 것인고?

관棺〔다른 여담의 예〕, 환상가의 예술의 승리, 최초의 일별지一瞥枝에 당연히 수금手琴으로 간주되나니(자발 우부牛父를 주발 금조琴祖와 또는 일방一方을 투발 동철공예사銅鐵工藝師[13]와, 모든 삼체三體들이 바로 발명되었을 당시 이들을 서로 삼별三別하기란 힘든 일인지라), 이는 최원最遠 서부[14]의 유명가家인, 이즈만 및 조카 가구상[15]의 재고품 창고에서 옮겨왔던 것인 바, 그는 만사의 자연적 과정에 있어서 모든 필요의 서술을 지닌 장례 필수품을 계속 공급하고 있도다. 하지만, 왜〔관은〕 필요했던고? 과연 그건 필요했나니(만일 그대가 현금을 갖고 있지 않으면 부조腐鳥 같은 기분이 들지 않겠는고!) 왜냐하면 혼가婚可의 화미장華美裝 무도회에서 함께 경기하는 그들의 백합 볼레로 웃옷 걸친 말쑥한 여러 신부新婦들 또는 신부를 위해 그리고,

언제나 그대와 당장 경합하는 그대의 강직한 신랑들이(그리고 정말로 그들이 그러할 때!)[1] 이제 우리들의 것, 이 단말마 죽음의 세계에서 그밖에 무엇이, 저기 밤, 그들의 한 밤중에, 거기 나를 나신으로 만나, 그들의 무無가 영零의 시時를 타打할 때, 육肉으로서, 그들의 경고驚孤와 유해〔죽음〕로, 천만에, 그들로 하여금 당장 되돌아오도록(설욕하도록) 하라.

〔이야기는〕 이하 속행續行이라. 우리는 산소거인酸素巨人〔HCE〕의 저 질소영양소窒素營養素로 하여금 자유로이 공기[2]를 쐬게 하고 저 바로 이조직異組織의 공생체적共生體的 결합, 급수 감시 작용을 행하는 가스 망태기를 오직 전기 분해토록 내버려두는 것이 나을지라. 그리하여 더 많은 수소면水素面을 대기 속에 노방露防토록 노력할지니. 속계중續繼中인 병속의 헬름 소송사건에 있어서, 키다리 랠리 토브키즈(Long Lally Tobkids), 특별 순경은, 멋진 가슴 훈장을 자랑해 보이며, 그리하여 모퉁이 주위의 벽돌 및 양철 성당[3]에서 판독하는 근직한 성서 독자인지라, 당해當該 이관吏官 앞의 증인석에서 마치 북구 노르웨이 재봉사[4]마냥 서약했나니, 자신은 한 사람의 진짜 괴상망측한 결인 사내[5]와 맞부딪쳤는지라, 그자는 청의靑衣의 푸주인人으로, 이 사나이는 계속 포화砲話했나니, 지난 개석開夕에 얼마간의 양갈비 고기 덩어리와 육즙을 리머릭 소재 식료품 공급 상인 오토 샌지 & 이스트먼[6]를 대신하여 배달한 후에, 거去했는지라 그리하여, 그의 터무니없는 놀라움으로, 모든 법에 위배되게도 폐구문閉丘門을 마구 걷어찼던 것이니 그리하여, 무근의 발짓에 관하여(그것은 그의 아래 위 일축이었거니와) 진지하게도 고소된 책임전가에 의하여, 도전 받았을 때, 단순히 말했도다. 나는 맹세코 질서 정연히[7], 필립스 경위. 글쎄, 내가 전에도 그토록 강조했듯이. 당신은 무릎 깊이 과오에 빠져 있다오, 나리, 마담 톰킨즈, 그럼 당신한테 말하거니와, 숙녀 같은 이슬람 절을 하며 맥파트랜드가 대답했느니라.(육남肉男의 가족으로, 그리고 별명을 제외하고, 세계에서 최고) 그러자 페립스[8]는 혹평하는 순경이 되고 말았으니. 그러나 그의 용안은 추락했도다.[9]

이제(문제의) 이면으로.〔두 매음녀들에 대한 여담〕 벨벳 면의綿衣에서 줄무늬 무명천까지는 겨우 다섯 손가락 폭에 지나지 않는지라 그리하여 금후 이러한 낙타 등〔HCE의 암시〕의 과도함[10]이 모든 것의 원인이 되는 원인들의 일자一者 또는 피자彼者, 스커트 자락의 저들 꼴풀 계곡[11]의 여걸들에 의하여, 그녀가 빼빼 하거나 뚱뚱하거나, 선동된 것으로 사고되도다. 오! 오! 오늘에 관해 말하는 걸 말해야함은 무서운 일이기[12] 때문인지라 그러나 한 사람의 델릴라, 루피다 로레트[13]〔유혹녀 1〕는 앞서 그녀가 사랑하는 모든 평온의 생활과 함께 그 후 곧 불의의 발작 속에 산탄주酸炭酒를 마셨는지라 그리하여 얼굴이 창백해졌나니 한편 그녀의 사랑의 자매인 다른 얼룩진 비둘기, 루펄카 라토우시[14]〔유혹녀2〕는,

〔067.07—067.27〕 대문〔폐구문〕 공격자의 행동—특별 순경 랠리의 술 취한 이어위커의 체포에 대한 증언. 한 중서부 인이 마감시간 후의 닫힌 주점 문간에서 HCE를 비방하다.

〔067.28—069.04〕 두 처녀의 운명(소멸)—그것에 대한 그의 반응, 혹은 그것의 결핍.

어느. 날 잡일을 피하는 동안 그녀가 쌍안경의 사나이를 위하여 성가시게도 옷을 벌거벗었으니,[1] 그리하여 그녀의 두 사지 버팀 기둥이 피차 보기에 참 즐거웠는지라, 그 밤의 여인[2]은 이내 자신의 실리의 모자〔남근의 암시〕가 그녀에게 너무 작음을 발견했나니 그리하여 급히 시간을 끌면서, 봐요, 그녀는 애정을 애무하며, 자신의 여분의 호의를 재빨리 펼치거나, 대접하거나 팔다니, 건초 더미에서 혹은 장물 은닉처에서 혹은 특별 목적의 푸른 보리밭에서(모든 여인들의 화장화化粧話 속에는 어떤 은밀한 비밀이 있기 마련이니, 우리는 상상에 맡기는 것이 나은지라) 혹은 약간의 연탄[3]이나 또는 엷은 통나무의 배열을 위한 정다운 성당묘지 구내에서, 칠레고추 붉은 뺨을 한 우리들 자신의 꼬마 그라니아(Graunya)[4]가, *집시풍의* 저 꼭 같은 뜨거운 진수성찬을 결국 누군가에 봉사하면서, 어떤 쿨(Coole)의 저 아들, 오스카의 대부大夫[5]〔HCE〕에게 접시 가득 대접했던 것이로다. 에메랄드 해안의 요녀,[6] 아라 운명의 도발여신挑發女神,[7] 망아忘我—총總—무슬림, 그녀의 항복의 체념자,[8] 그녀야말로, 올지라 레인스터[9]의 초저녁, 애이토愛泥土의 참된 딸,[10](그녀의 투구 거리는 40층이었고 사나이의 횃대는 옛 크롬웰의 광장[11] 그토록 발끼리 여신다운[12] 면허를 가지고 너무나 많은 비역장이들을 지옥으로 몰아내다니, 재삼재사, 아아, 그리하여 재삼 그대에게 도전하는지라, 용용 죽겠지 강아지, 아 용용 죽겠지 강아지, 아아 용용 죽겠지 강아지, 뒹뒹 뒹굴라 오뚝이여, 멈춰요, 터키 비교秘敎의 개 같은 여인, 너! 신의 난亂 천사天使여! 그리하여 그자者〔HCE〕는, 증조부[13]의 땅에서 멀리멀리 떨어진, 40호 궁강자胡弓强者[14]처럼, 그녀의 행각을 도(底) 래(正) 미(賤) 파(僞) 솔(潛) 라(磨) 시(病) 도료塗料의 무지개 빛의 고성高聲으로 잘못 소인燒印하지 않았던고? 악마의 분糞이로다!(Tawfulsdreck!) 선민鮮民의 우녀雨女, 요정[15]의 왕녀, 희롱의 여왕. 왕다운 사나이, 왕가의 용모를 하고, 왕실의 의상에, 영광이여 찬연할지라![16] 그렇게 주고 그렇게 받다니 지금은 아니, 아니야 당장은! 그는 단지 잠깐. 괴로워하는 나팔! 그는 하고 싶은 생각이었나니. 뭐로? 들을지라, 오! 들을지라, 대지의 생자여! 기아, 죽음의 시대, 귀담아 들을지라! 그는 듣고(hea), 눈은 그녀의 입 다시는 입술에 탐욕스럽게. 그는 지난날의 그녀의 목소리를 듣는도다. 그는 듣는도다! 찌링, 찌링, 찌링! 그러나, 그의 예언자의 비어(맥주) 턱수염에 맹세코, 그는 대답할 수 없도다. 일어나요 그리고 해 비칠 때까지 자장자장! 페니키아[17] 또는 중시계衆時計도 중석衆石도, 소아시아로부터 장대질 하거나 칼로 찌르거나 현장에 단검표短劍標를 붙일 필요가 없는데다가,[18] 뿐만 아니라 뇌신 토마의 우드신神의 정원[19]의 손상도, 어찌하여 공갈녀女들이 후회자後悔者들을 이겨내는지를 알릴 필요가 없도다. 말하는 입口은 생각 않는 혀를 언제나 매료하지 못하리니 그리하여 반목자反目者가 오랫동안의 불청자不聽者를 끄는 한, 전全 지구의 아저죠咀咒까지 맹자盲者가 농자聾者를 인도하리라. 정말이도다.〔HCE와 유혹여와의 치정 관계 어떤 기억이 굳이 땅을 이정 표시하기 위해 필요 없는지라〕 황갈색의 불쾌한不快漢들이여! 멍청이의 기둥[20]이 우리들 뒤의 잎사귀들 중의 잎사귀를 남기나니. 만일 인생, 사지四肢 및 가재家財에 대한 폭거(violence)가, 종종,

상처받은 여성에 대한, 직접 또는 대리 남성을 통한 표현이었다면(아하! 아하!), 공갈의 행사야말로 요녀들이 그 속에 존재하여 황막한 대지의 꽃들을 기꺼이 바라는[1] 시대로부터 속삭이는 죄에 대한 인상적이요 사적인 명성을 언제나 따르지 않았던고?〔남성과 여성간의 폭거와 공갈의 상호작용〕.

〔HCE의 주막 & 잠긴 돌쩌귀 문〕 이제 고무된 기억에 의하여,[2] 벽의 전혈全穴[3]로 다시 바퀴(순서)를 돌릴지로다. 거대한 연필이 완두豌豆연필[4]을 대치對峙하는 곳〔피닉스 공원〕 옛날 옛적에 한 개의 벽이 있었으니[5] 그리하여 한 개의 높고 높은 벽, 한 개의 벽혈壁穴이 존재했던 것이로다. 아르런드(Aaalund) 해年의 금속 또는 노여움이 있기 전에[6] 또는 그대 부모父毛 또는 그대 채굴 이끼 또는 그대의 자녀들의 무리가 오딘〔에덴〕정원의 불순물로 오전誤傳하기기 전에,[7] 그리하여 모든 아다이브〔아담과 이브〕가 두려움의 소리로 종결짓던 당시의 실낙원 일日,[8] 아멘? 그 능가陵家〔HCE의 집〕는 그네들의 것이요 고인孤人〔HCE〕을 위해 만일 그가 마魔성냥불을 켜면 아직도 볼 수 있는 것이라 그리하여 만일 그대가 조금만 참아준다면 우리는 저 적나라한 사실들에 봉착할지로다.[9] 그리하여 요술란妖術卵은 착하고 늙은 꽥꽥 거위가 되고 부활란復活卵은 모신성母神星 역할을 하나니.[10] 비통悲痛구역[11]의 몽환夢幻 속의 이야기, 병멸病滅한. 당시 돌쩌귀 문이 하나 별도로 있었는지라, 한편 그 강건 낙천가康健樂天家〔HCE〕는 일년생 산양 한 마리(熟) 6펜스 값어치, 그리고 작은 일년생 염소 한 마리(若) 8펜스 값어치의 공정한 임대료하에 저 두옥斗屋을 매입하고 확장했던 것이니, 나이 들어 행복하게 살기 위하여(돼지 욕심과 새끼 낳기) 자신의 잔여 생계를 위하여. 그리하여 그러한 목적을 위해 만사가 준비되었을 때 그는 현장에 사과문司果門을 달았는지라, 결코 그걸로 어떤 화장실 침대 틀을 삼는 구실로서가 아니고 (변소로부터 이 시간까지 매달려 있는 돼지 똥이 분명히 말해주거니와), 당나귀들을 멀리 하기 위하여 그리하여 바로 그때쯤 하여 고양이들이 수염소를 공격하는 것을 막기 위하여 오랜 습관으로 열어놓은 철개 문이, 일부러 그를 위해 삼중 맹꽁이자물쇠로 걸린 채, 그의 충실한 문지기에 의하여 채워졌던 것인지라, 아마 그〔HCE〕를 안에 연금 보호하거나, 어쩌면 그가 자신의 가슴을 너무 멀리 내밀거나 민열民列의 란일卵日의 산책으로 은총의 신의神意를 유혹하고 싶지 않도록 하기 위해서였나니, 주인은 아직도 자유로이 땅을 포옹하기에는 실로 미숙했도다.〔지금까지 우리는 HCE의 투옥(감금, 유폐)의 불투명한 상황을. 그러나 이상의 구절에서 마침내 가장 사실적이요 신빙성 있는 설명을 읽는 듯하다〕

〔투숙 기자〕 오, 그건 그렇다 손치더라도, 우리들 소소한 이야기에 관해 부대負袋 자랑하건대,[12] 지나간 일과 연관하여 언제나 기억해야 하나니, 다름 아닌 북부 세숙자貰宿者인, 해당자씨氏[13]가 있었는지라, 그보다 전에, 그의 여름 혈숙소穴宿所를 외탐外探하여, 해구鮭區(연어 눈의 세먼연어들이 당시 오렌지 단식을 멈추고 있던 곳)의 대목통부람주점大木桶付濫酒店 32호(불결자의 무료 숙박 분동分棟)[14]에 참호하는, 타조국駝鳥國 출신의 한 상업상담원(제기랄, 녀석은 유럽 중앙유마사中央油磨師처럼 분연噴煙을 뿜고 있었으니)

〔069.05—069.29〕 대문의 뒤편 주막(HCE)의 노크.

〔069.30—073.22〕 또 다른 공격자, 이번에 그(HCE)의 오스트리아 투숙 기자에 의한—그가 부르는 111개의 주인(HCE) 학대 명. 폐문 뒤의 닫힌 주점의 문간에서 중서 부인(오스트리아 세속자)이 이어위커를 욕하다. 주인은 침묵한 한 채 무응답.

〔도둑맞은 투숙 기자〕 이 구주대합중국인[1]은(젠장, 이들 로마신성제국인들!) 주당 11실링의 양심회오금良心悔悟金을(하느님이시여, 이들 마르크화貨를 도우소서!)[2] 성聖칠월의 첫 상일商日[3]에 지불하고 있었는지라 한편 그는, 봉소蜂巢를 복락福樂으로 혼성하며, 애란 신화의 파괴어語를 독일 방언으로 교환하면서, 아담 추락 사건에 관한 그의 르포르타주를 건토 유료정기간행물紙지인, 프랑프르트 신문[4]을 위해 송고하고 있었으니, 그리하여 에에, 상술한 바, 누군가〔좀도둑〕가 그의 린 오브라이엔[5], 멜턴 양모 바지를 몰래 뒤졌는지라, 어지럽힌 채, 그리하여 웅당 똑 같은 것을 그에게 돌려주던가 아니면 천번 만번 저주(제기랄)와 함께, 손해의 보상(500 파운드)[6]을 요구했도다. 자, 그런데 그대는 알아야 할지니, 프랑크인이여, 마음을 유리처럼 밝히거니와,[7]의시疑視와 연주대 도살장〔HCE의 주막〕의 경기는 단지 공갈과 욕설의 한 '봉 놈'의 매질 뒤범벅[8]이요, 이를테면 방첩탑 꼭지의 수노루의 난도亂挑이거나[9] 이와 같은 류를 닮았도다. 험프리의 불청객〔미국인 부랑자〕, 대비 또는 티터스,[10] 중서부 출신의 강도 도당의 행진 도중에,[11] 한 노변 강탈범의 도보하는 탁월한 조야남粗野男,[12] 그는 자신의 우족牛足(불프스트)산맥[13]을 찌르레기새처럼[14] 알고 있었는지라, 구름녹지[15]에 맞추어 너저분한 장무長舞[16]를 춘 다음, 대기소에서 의족예치義足預置한 채, 주의를 끌기 위하여 가왕家王〔HCE〕의 열쇠구멍을 통하여 약간의 퀘이커 소맥(그대를 위해! 귀리(植)[17]를!)을 불어넣은 다음에, 바깥 질풍을 통하여 양처럼 우는 시늉을 했나니, 그러자 그의 의복의 찢어지는 소리[18]가 돈호豚呼하고 있었는지라, 처음에는, 두頭탄원자 인양, 그는 놈의 볼셰비키[19] 가발자의 대가리를 자신을 위해 박살내 버리겠다느니, 다음으로, 신발뒤축 차는자者 인양, 자신이 멍키 렌치를 가지고 호두 까는 꼭 같은 식으로 녀석의 멀대같은 오리 대가리에 도전하겠다느니, 그리고, 무엇보다 최후로, 귀리죽 먹는자者 인양, 그는 놈에게 자신의(아니면 다른 놈인가 또는 그밖에 어떤 경칠 놈인가의) 물보다 진한 것(피)[20]을 마시게 하고, 놈의 경칠 의형제 녀석을 버킷 속에 집어넣겠다는[21] 것이었도다. 녀석은 피치를 올리며 더 많은 목주木酒를 요구했나니, 단언하기를, 자신의 조부의 집은 내내 영업을 하고 있나니, 시간이 단지 오코넬[22] 10시밖에 지나지 않았을 뿐, 그리하여 여기 그의 주막은 애란 위스키를 위해 대중의 솥처럼 열렸는지라, 그러자 이어, 쉽사리 낙담하지 않은 채, 그의 대포 같은 분노 홍수를 열고, 사악한 비율로, 그를 대항하여 음매 소의 혼성 은유로서 11시30분부터 오후 2시까지[23].(H) 댁宅을 위한 심지어 경輕점심 간격도 없이, 악천 풍화惡天風化를 계속했는지라.(C) 토괴의 자식이, 밖으로 나오도록, 그대 유대 거지 놈[24].(E) 처형당할지라, 아멘. 이어위커, 저 귀감심龜鑑心, 저 모범적 귀耳를 하고, 다이니시우스 자신의 것처럼[25] 수용보유적受容保有的인지라, 장고長苦하면서,

비록 아사축벽餓死築壁[1] 뒤, 그〔HCE〕의 온실의 외좌外座 모퉁이에 감금되어 창백하게 있을지언정, 그의 보온병과 찢어진 부채를 그리고 이쑤시개를 위한, 수집된, 한 가닥 해마 콧수염 강모剛毛를 자신의 곁에 두고, 야생 거위 기네스주酒[2]의 탕비蕩飛를 개탄하는 동안, 자신이 호명 당한, 모든 비방명철誹謗名綴에 보존될, 긴 일람표를(이제 일부 실낙[3]이 두려운지라) 편집했는지라.(우리는 미려녀女들의 환희[4], 그리고 인커만 및 등등 그리고 그 따위와 반대화[5]로 알려진 충돌로서, 조세핀 브루스터에 의한 밀타운(Milltown)[6]의 유머 기타, 저수구의 아가씨들, 셋, 천사들,〔공원의 두 아가씨들 및 셋 군인들의 인유〕 크론터프의 분지토탄녀女들[7]의 유머를, 억지로 강제하지 않을 수 없었거니와). *첫날 밤 사나이, 밀고자, 오래된 과일, 황색 휘그당원, 검은 딱새, 황금 걸음걸이, 소지 곁의 가인佳人, 나쁜 바나나지기 당나귀, 요크의 돼지, 우스꽝스러운 얼굴, 배고티의 모퉁이 충돌자, 버터기름, 개방대길자開放大吉者, 가인과 아벨, 아일랜드의 여덟 번째 기적,*[8] *돈 마련자, 성유인聖油人, 살인자 월상안月狀顔, 서릿발 날조자, 심야 일광자,*[9] *성전박리자聖典剝離者,*[10] *주간 주농酒農, 절름발이 폭군 터마. 푸른 점토한粘土漢, 다시전茶時前의 취한, 오락 사진 독자. 청각 장애자, 괴골怪滑 착한 오리의 축복을 생각하라, W. D.의 은총,*[11] *더블린의 지껄이만灣, 그의 아비는 월색가月索家요*[12] *어미는 잔소리꾼, 베일리의 탐조등,*[13] *예술가, 가정적 신교 무가치자, 테라 코터의 거인, 수항水港에의 환영,*[14] *리본회원의 서명, 새우 항아리 기름칠, 만사 이 마을의 아더를 위하여, 베이컨으로 고양이 찌게 해먹은 놈, 가죽백 도날드, 빈자의 1푼 및 2푼, 술통 뒤의 사나이에게 뽀뽀하는 기쁨의 오레일리,*[15] *마고가고그 거인들,*[16] *포대기 진흙 발, 통풍 기브린, 느슨한 루터, 계란 부화사, 계획 망치는자, 혼전 행운아, 그대 남편과 이혼한 차자此者, 반半모팬니와 모두장이, 지옥행 또는 코니행자行者, 신부의 펍펍 혼혈인, 버크옥으로부터의 정화자, 야만의 무無친척자親戚者, 별난 놈,*[17] *꿀꿀 부엉이 막일꾼,*[18] *12개월 귀족, 늑대 인간, 미친 척 즉석 반주하는 아첨꾼 하급관리, 크론도프로 결혼한 우뢰와 잔디, 반품 보증의 왼쪽 구두, 주主님의 성지*[19] *방해자, 탐식가 색골, 철공작, 토미 퍼롱의 애완물 염병,*[20] *대공大公 양배추, 지난 과거 우편, 낸시의 가운을 벗도록 말하지 않을 케네리,*

〔071–072〕 HCE에 대한 매도적(비방적) 명칭들의 일람표(계속).

[072] HCE 침묵하다.

크리켓 주자, 급료 날치기, 앤니 방房의 앤디 맥 놈, 전원 아웃, 집게벌레 불알, 폭탄가爆彈街의 승자,[1] 숭고한 문지기, 벨루기 왕의 가신 및 모든 러시아인들의 황제를 위한 기사자記事者, 언덕의 특가품, 그리고 111번으로, 코스 테로 성城의 행실, 깃털과 밧줄 동참자, 수다쟁이 호래이스를 판매한 것으로 알려진자, 동봉한 것을 핀갈의 자식 놈들이 발견하다. 추락 속의 흔들림,[2] 한 사람의 아내와 40인을 구함, 시장녀市場女와 행동한자, 고집통 원숭이, 평하고 죽는 족제비,[3] 소상인 파산자, 그이—우유봉밀해리감정인牛乳蜂蜜海狸鑑定人, V는 궁술가, 신辛포도송이, 아메니언의 속한,[4] 배불뚝이 병든 생선, 에돔의 후예,[5]—아일랜드 천성의 공동 특성을 결한 사나이,[6]질 나쁜 탕치장湯治場,[7] 아가가꽥꽥꽥, 뻐꾹뻐꾹새 조련사, 오물, 좀도둑 아빠, 타고난 맹렬 공격자, 울위스 백화점의 최저질품, 아세아적的 남근불실자男根不實者, 죄돈罪豚의 사생아, 술통 속의 정진, 침대 속의 심술꾸러기, 미스터 뚱보 외통장군, 경찰 감시중, 보웰의 연설법 교사,[8] 면직자,[9] 그러나 비침범적非侵犯的 개인의 자유를 무정부적으로 존중하며, 이러한 좌업을 초월하여 한마디 고독한 쐐기 언어에도 응답하지 않았나니, 비록 소극적 저항자에게는 자신이 공중전화 박스 속에서 여보세요 수신기에 손을 뻗고 경찰서의 킴미지 아우타(Kimmage Outer) 17.67번,[10]에 전화를 거는 것은 아무 데에서나 입 맞추듯 쉬운 일이긴[11] 했지만, 왠고하니, 근본주의자가 설명했듯이, 마침내 여우의 상처받은 감정에 관하여, 타격을 받아 연설을 할 때, 암퇘지 사회주의당을 위한 도미니카의 사명이 당시에 진행 중인지라 그리하여 그는 성묵주聖黙珠로 알려진 가톨릭교의 독실한 헌신이 그를 재개혁再改革시킬 수 있으리라 생각했기 때문이니, 맹세코. 심각하게도 불쾌함 이상의 저 소불알(소몰이)친구 놈이, 전화를 끊기에(달리기에) 앞서, 술 취한 채, 모두 꼭 같은 크기의, 몇 개의 매끄러운 돌멩이를,[12] 자신의 포도불만葡萄不滿에 대한 최후의 조롱으로, 자신은 꿀꺽 무죄라는 스스로의 말을 지지하며, 쪽문을 향해 던졌는지라, 그러나, 그가 아주 파괴적인 사격을 행한 다음, 만일 자신의 가공할 의도를 정말로 재빨리 수행했더라면 스스로가 무슨 짓을 했을지도 모를 것이라는 심각성을 자신의 유사 잠재의식을 통하여 정찰하면서, 마침내 그로 하여금 스스로 공 굴리는 목소리를 변경하고 소계소석小溪小石의 전全 무더기를 고통스레 내버려두도록 했는지라 그리하여, 얼마간 술이 깬 다음, 그의 오랜 거품 이는 더블린 흑맥주를 보음步飮하다니, 구두쇠 가래, 점막부빙粘膜浮氷.(지갑, 지갑, 지갑자랑, 난 저들 모두의 깃털을 흙탕물 칠 할지라!) 이 오지의 촌놈은 그의 언어 장長쐐기를 상쾌히 끄는지라.

〔073.23－073.27〕 공격자의 출발－포위의 최후 단계를 끝까지 나르다.

〔073.28－074.05〕 HCE는 사라지다－그가 재차 깨어날 때까지. 우는 낙타 물러나다. 그리하여 이렇게, 대성채大城砦(HCE의 주막) 주변의 부랑자의 포위 속의 저 최후의 단계가 종말을 고하도다.

그리하여 고유물학적古遺物學的 현장〔HCE의 집 현장〕을 재빨리 물러나, 자기부정의 병기兵器로 자신이 고지주主[1]〔HCE〕를 해부절개대 위에 어떻게 남겨두고 왔는지를 말하면서, 이어위커 또는, 약간 수정된 어법으로, 그의 집합 여성 명사인, 이어위커경卿, 제씨 또는 제부諸婦으로 하여금 크룸린[2]의 명예를 위하여 그곳에서부터 당연히 조롱자의 화장실까지 밖으로 나오도록 타이른 다음, 그의 경칠 늙은 어두신神[3]과 함께, 피차에게 고그신神(Gog's)[4]의 저주神呪를, 그가 그를 뇌타腦打하며 그를 찢어 온통 현기증 나도록, 그대 보석자保釋者 같으니, 마치 항아리 골절자[5]가 바이킹 코납작이[6]에게 그리고 무인 키다리가 한눈팔이 거인에게 그랬듯이 그리고 그이 위에 바위들을 쌓거나,[7] 혹은 만일 그가 그렇잖으면, 32가닥[8] 지푸라기에 맹세코, 카카오 캠벨[9]도 좋아, 그〔부랑아〕는 자신을 위해서 뿐만 아니라 그밖에 어떤 사람에게도 관계없이 자신이 무엇을 할 것인가를 알지 못했을 뿐만 아니라 그런 다음에도, 해머 전언포언戰言砲言,[10] 붕괴구열타도崩壞毆裂打倒,[11] 고로 말 브루크 대장大[12]의 분노, 열대적 갈매기 둔주 곡의 최초의 영웅시체 2행구, 작품 XI, 32번.[13] *이번에 복종을 위한 나의 책략이 낙패落敗해야 했도다.*를 그의 꼭두각시 [14] 목소리의 최소한 전음으로 연주하면서 그들은 작별로 그들의 엄지손가락을 물었나니[15] 그리하여, 그의 밴드 묶음을 어깨에 메고, 연못 또는 간척지 위에 똑뚝땅땅 낙숫물, 아침의 필라델피아 빵을 원하면서,[16] 그의 미끄럼 속에 후방으로, 장애물 항[17]의 구부정한 걸음걸이로 진행했나니 (*헬리여, 너마저!*)[18] 농아회관[19]의 방향으로, 배천背川의 독신자족獨身自足[20]의 달빛 어린 골짜기 속에, 약 1천 년 또는 1천1백 년[21] 비틀비틀 사라져 갔도다.〔부랑아의 퇴장〕 아듀(안녕)그대여汝!(Adyoe!).

그리하여 이렇게, 우토묘지牛土墓地의 이 로셀 암염산岩鹽山의 흉벽[22]과 함께, 우리들의 대성채大城砦 주변의 포위[23] 속의 저 최후의 단계〔부랑자의 HCE댁 점령〕가 종말에 다다랐나니 그리하여 그것〔대성채－HCE의 주막〕을 우리는, 만일 노장 네스토 알렉스[24]가 우리에게 그 가치를 눈짓한다면, 바리－루－더기 작전 집결지 및 석별－음주옥惜別－飮酒屋 및 반갠－피습지[25]로서, 회상하고 싶은지라.

하지만 그〔HCE〕는 우인림牛人林[26] 곁의 많은 문호에 유물들을 남겼나니, 왜냐하면 그들은 그렇게 산마루와 계곡 하저 그리고 신석기 포도 위에, 호우드 언덕에 또는 쿠록 지역[27]에 또는 심지어 인니스케리 마을[28]에, 침묵한 운잡雲雜동산이야 말로, 그의 방에 갇힌 돌무덤[29]이 증언하듯, 인간사회의 진화의 둘도 없는 직선형성의 한 가지 학설이요, 모든 사자로부터 혹생자或生者에 이르기까지 바위의 성약[30]이기 때문이라. 우리는 올리브의 양羊들[31]이라 그들을 부르나니, 돌멩이의 보고들, 그리고 그들〔유물들〕은, 흐린 안개가 구름 쌓이듯, 그날 그때 그에게로, 그들의 목자요 기사 영웅에게, 집결할지니, 아서 왕예王譽의 아자바(Azava Arthurhonoured)의 전광창과 꼭 같이,[32]

〔074.06—074.12〕 왜냐하면 하느님은 그를 부르리라—그의 귀환이 침묵을 발산하리라. HCE가 잠들자, 핀(Finn)의 부활이 예시되다.

〔074.13—074.19〕 HCE의 육체—그는 잠들다.

(어떤 핀. 어떤 핀 전위前衛![1]), 그는〔HCE〕 대지면大地眠으로부터 경각徑覺할지라. 도도한 관모의 느릅나무 사나이, 오—녹자의 봉기(하라)[2]의 그의 찔레 덤불 골짜기에.(잃어버린 영도자들이여[3] 생生할지라. 영웅들이여 돌아올지라! 그리하여 구릉과 골짜기[4]를 넘어 주主풍풍파라팡나팔(우리들을 보호하소서!), 그의 강력한 뿔 나팔이 쿵쿵 구를지니,[5] 로란드(orland)여, 쿵쿵 구를지로다.[6]

왠고하니 저들 시대에[7] 그의 오신悟神은 총찬가總贊家 아브라함〔HCE〕에게 물으리라 그리고 그를 부르리라: 총찬가總贊家 아브라함이여! 그리하여 그는 답하리라 뭔가를 첨가할지라.[8] 윙크도 눈짓도 않은 채. *하느님 맙소사, 당신은 제가 사멸했다고 생각하나이까?*[9] 그대의 녹림이 말라 갔을 때 침묵이, 오 트루이가여[10] 그대의 혼매축제魂賣祝祭의 회관 속에 있었으니, 그러하나 다시 고상래도高尙來都 콘스탄틴노플[11]의 우리들 범황凡皇〔부활의 HCE〕이 그의 장화를 신고 스웨터를 걸칠 때 다환多歡의 소리가 밤의 귀에 다시 울릴지니.[12]

빈간貧肝?[13] 고로 그걸로 조금! 그〔Finn—HCE〕의 뇌흡腦吸은 냉冷하고,[14] 그의 피부는 습하니, 그의 심장은 건고乾孤라, 그의 청체혈류靑體血流는 서행徐行하고, 그의 토함은 오직 일식一息이나니,[15] 그의 극사지極四肢는, 무풍無風 핀그라스, 전포인典鋪人 펨브록, 냉수 킬메인함 그리고 볼드아울에 분할되어, 지극히 극지極肢로다〔쇠약하도다〕. 등 혹은 잠자고 있나니. 라스판햄[16]의 빗방울 못지않게, 말言은 그에게 더 이상 무게가 없도다. 그걸 우리 모두 닮았나니. 비雨. 우리가 잠잘 때. (비)방울. 그러나 우리가 잠잘 때까지 기다릴지라. 방수. 정적停滴〔방울〕.

• I부 - 4장 •

HCE - 그의 서거와 부활 (p.075-103)

우리들의 누원淚園의 사자가 그의 나일 강의 수연睡蓮을 기억하듯이 (사자는 혈血리온을 또는 파울아스가 아르메니아 출신의 마다모이젤[1]의 나각裸脚을 잊으리오.) 마찬가지로, 29들이 양동이 가득한 저 내구감耐久感이 우리들의 신뢰의 가슴 속에 그〔HCE〕를 봉인하게 했는지라, 저 포위된 자者는, 그를 영락시킨 저들의 오염되지 않은 백합꽃들[2]을 말없이 그리고 단독으로 꿈꾸었으리니, 그리하여 그의 경야의 세심한 경계자들을 알지 못한 채, 그들을 거기 머물게 했도다. 저런, 저런, 매력 양들이여! 그〔HCE〕를 비누 거품 속에 처박다니(난처하게), 저런, 저런, 매양魅孃! 비누거품, 도둑 사내놈들! 진진 진진! 우리는 그것을 선언하기 위해 최대한 서둘러야할지니, 그〔HCE〕가 재멸再滅할 수 있었던고?〔그는〕 예견했던고? 맥열麥熱과 수확의 들판, 거기(셈) 모욕하고(숀) 빛났던, 황금곡물의 이시들?[3] 그러리라, 우리는, 알기를 원하기에, 우리들의 착한 도민都民의 시사판時事版을 통해 작은 문〔HCE의 주막 문〕을 조사해 보지 않으면 안 되나니, 그의 심견深見의 통찰력을 가지고(염원이 빈재頻在하지 않았고 호기를 놓쳤는지라), 그의 족장의 방술사원方術師院〔HCE의 주점〕, 도시(능직시綾織市! 능직 마을!) 위의 광석주廣石柱[4] 안에, 그가 근심스러운 좌석에 앉아 있을 때, 어떤 핑그라스[5] 방앗간의 백마에 탄 빌리.[6] 왕상王像답게.(그대 그러다가 오히려 한 쪽 안구를 걷어차이지 않을지 몰라!) 그〔HCE〕는 적들을 의식하며, *악의 심연으로부터,*[7] 저 3시간 반의 침묵의 번뇌 동안, 그리하여 가식 없는 자비로 자란 채, 자신의 언어부상자言語負傷者〔앞서 부랑자—캐드〕가 이齒에 합당한자 인걸자者, 그는, 땅 뱀의 교활자狡猾者의 이름을 지니며, 누계淚界의 어디서나 반점 배(腹)로 기어 다니는지라. 돼지 노예, 무릎 꿇는자! 밀크[8] 음악 또는 기혼의 오도誤途된 여인들을 찾아) 신중의 교활함을 증오하는 신의神意의 자비심을 가긍히 여겨, 자신의 후예의 탁월한 왕조의 최초 조상으로 밝혀지기를 기도했으리라,

〔075.01—076.09〕 이어위커의 포위된 동안의 꿈—그는 고뇌의 순간, 아마도, 자신의 기도와 희망, 포위된자를 꿈꾸었으리라.

[076–079] 네흐 호반의 매장(전쟁) 간주곡을 포함하여, 이 수중 영묘는 최고인지라. 존재했던 지하의 천국, 또는 두더지의 낙원, HCE의 관은 아마도 또한 쟁기등대의 역위逆位였나니, 밀 수확을 양육하고 관광 무역을 기승氣勝하기 위해 의도 되었던 것인지라.

[076.10–076.32] 티크 나무관–무덤. 네흐 호반의 매장. 전쟁 막간을 포함하여, 지상으로의 귀환.

[076.33–077.27] 무덤의 폭파 및 그것의 내면–이어위커는 속에 매장되어 있다.

중첩된 흑안黑顔의 양떼[1]가 아닌, 그의 집안의 보다 나이 많은 자손들을 말하는 것이니, 그[HCE]를 가장 한결같이 에워싸는 생각이란(*실례지만*, 그의 두 늑대 같은 지배적 정열들), 거기 봉밀 목장[2]이 객우적客友的이요 환희산歡喜山[3]이 햄의 구유 파괴란자破壞卵者[4]들을 대접하는, 한층 호감을 주는 풍토에서 있어서처럼, 진짜 범죄계층의 형성에 있나니, 직접적으로 파생된 탈우연화脫偶然化와 함께 모든 계급과 군중들로부터 온갖 많은 삭막한 비행非行[5]을 마침내 제거하는 것이로다. 광병狂病(원문대로!) *세계의 평결은 안전이나니*[6](경병자驚病者!) 따라서, 여기교가女技巧家의 제방언어堤防言語로 기록하건대, 시민의 복종은 만노萬老의 건강을 돕는도다.[7]

이제 만사 완료. 이론은 거기 두고 여기 것은 여기에 되돌리도록 할지라. 이제 들을지라. 이건 재차 신선神仙한 것이니[다른 이야기]. 유리판벽고정板壁固定의,[8] 그 티크나무 목관木棺은, 동향東向으로 수 피트, 뒤에 크게 유용하게 되리라, 그리하여 실질적으로 인因을 과果하면서, 시체 곁에 덜컹 둘컹. 그리고 이것[목관]은, 오히려, 고산대高山臺[9]로다. 꾀 많은 보수적 대중의 육체들이, 그들의 수를 첨가하는 힘을 지닌 선발 및 다른 위원회의 회원 수를 통하여, 그들 자신과 그이 자신, 마을, 항구와 요새를 투표하기 전에, 하나의 적당한 그리고 당해當該의 해결로서, 습지(헌법)의 법원 단명령短命令을 따르며, 소小 구획의 존재를 단호히 벗어나, 하나의 사법정四法廷으로서, 고로 그대 무리들이 새 트럼프 카드[10]를 자르는 그대 경쟁 선주자에게 대하듯, 그의 육체가 여전히 존속하는[시체가 부패하지 않는] 동안, 네흐 호반[11]의 최선 전형으로, 모얄타 평원[12]에 그들의 잠정적인 영묘를 하나 그에게 만들었나니[대중이 HCE에게 수중 묘를 제공했나니], 그러자 오늘날 호수 공포 사이 맨 섬(Man)(島)만큼 도부재호島不在湖[13]사이에 인기가 대단했도다. 골고루 대찰待察할지라. 호수는 핀 군대의 선임자(Fianna's foreman)가 자신이 뗏장을 한 움큼 잡은 후에, 아주 상한 생선의 북새통 상태에 있었나니, 그 사이 하나의 고분[14]과 송어천松魚川이 있는[15], 고대의 산림과 다정하고 불결한 더프[16] 심곡으로 풍요한 채, 아이작(Izaak)이 그러했듯이 자신의 낚싯대의 간지러움으로 호수를 낚시질하거나,[17] 그의 어리석은 물水의 물이 그리고 거기 이제 갈색의 이 탄수[18](그들[물결]의 누비이불이 그의 이수면泥睡眠의 몸 위에 골경쾌광滑輕快光 하소서!) 사과司果물결치는 것을 살피곤 했던 여하의 월트(의지자) 또는 월드(벽자僻者)와 함께, 그[물결]의 시끄럽고 수다스러운 농성弄聲은 이제 부질없고 부질없도다. 하여신何汝身[HCE]은, 소신沼神의 분노에 의하여, 그의 최후를 옆으로 눕히나니, 진청眞靑의 다느우브강江(Donawhu)의 하상 속 최초 저주받은 훈족 마냥.[19]

최고. 이 존재했던 지하 천국, 또는 두더지의 낙원, 그건 아마도 또한 쟁기 등대의 역위逆位이었나니, 밀 수확을 양성하고[20] 관광 무역을 생강生薑처럼 기승氣昇하기 위하여 의도되었던 것인지라.(그것의 건축인, 베르라슈즈[21] 지배인[HCE 자신]은 눈 가려져 왔거니와)

성聖T. A. 베켓과 성聖L. O. 투홀[1] 청부업자 상회가 반박불능적反駁不能的으로 존경받고 있는 동안, 이러한 피차물彼此物을 석화石化하지 못하도록〔또 다른 건축물을 세우지 못하도록〕 이들은 서쪽의 최초인[2]들로 알려져 있는지라, 우리들의 동량지재[3], 성주고약한城主孤弱漢[4]은, 공개적으로 저주받자, 초동初冬 및 초하初夏 오월제五月祭의 수뢰水雷의 방법으로 공격받은 채, 재 발명된 T. N. T.의 폭탄주爆彈柱로부터 어이 1130의 날개 받침대(대략), 그의 자가 발전체自家發電體인, 공뢰空雷의 우현右舷까지 폭파〔HCE 자신의 수중묘의 폭파〕했나니, 그의 방패판막防牌板幕의 뱃전 상단에 동여 묶은 개량된 암모니아의 양철 깡통에 의하여 기대되는 광원鑛原과 접촉하고, 그리하여 딴죽걸이 케이블에 융합하여, 회전 포탑을 통하여 미끄러뜨리면서, 잠수 사령탑으로부터 지상 배터리 퓨즈 상자 속으로 누그러뜨렸는지라, 이들은 모두 괘종시계처럼 열쇠와 딴판이나니, 그 이유인즉 아무도 꼭 같은 시간의 수판鬚板을 지닌 것 같지 않았기 때문이요, 혹자는 자신들의 전 시계戰時計[5]에 의하여 9시까지 육타종六打鐘[6]이 있었다고 말하는가 하면, 다른 많은 사람들은 라인강의 시계[7]를 가지고 5시 10분전까지 십타종十打鐘이 있었다고 주장했도다.〔폭발의 시간 차〕 그는 그런 다음 자신의 허튼 소란이 그를 쇠퇴하게 시작하고 그의 거친 아우성이 온통 허스키 목소리가 될 때마다. 굴보굴보屈步屈步, 그것〔폭파 현장〕에 접근했는지라(초부樵夫〔나무꾼〕이여 자비를!),[8] 철근 콘크리트 제의 결과를 방부성 벽돌과 회반죽으로 조심스럽게 꽉 메우고, 도랑에서 호濠처럼 단단히, 그리고 미선수美選手, 측구測區, 황소 및 사자, 백白, 옷장과 혈귀血鬼의 칠소탑七小塔들[9]〔앞서 베르라슈즈 지배인의 수중 묘는 이제 런던탑 및 더블린성처럼 보인다〕의 그의 행정 관할구역 하에 은퇴했는지라, 그런고로 격려하면서(족모足帽, 모두 답입踏入!)[10] 발굽 매장부賣場部를 지닌 대중추가공익大衆追加共益 위원회를, 그런데 이는 종축자연합種畜者聯合, 중요 식품 상인 길드 조합과 같은 대여를 위한 상상床上 재고품을 충분히 마련하고 있었으니, 성도년成都年에,[11] 장례허식, 그 위에 더하여, 평소의 맥 페리의 고별사[12], 허의虛意의 아담 비가悲歌[13]의 대단한 수려어구秀麗語句의 예를 새긴 한 개의 석판石板을 그에게 선사하도록 했는바 오인吾人은 그대와 장절裝絶하도다. 친애하는 태형주笞刑主여, 그걸 단절하고, 거去하도다![14]〔비문의 내용〕

그러나 그건 집과 온갖 가재점家財店이도다!〔HCE가 새로 마련한 지상의 무덤 분지〕 전시관展屍棺, 권시포卷屍布, 선매善買 작별관 가포棺架布, 유골 단지, 고성高聲 구리 제품, 코담배 갑, 밀주 통, 눈물단지, 모자 상자, 향수배香水盃, 구토기嘔吐器, 건강 증진 훈제 소시지와 연육의 돼지 족발을 함유하는, 식욕을 위한 소금부대, 그리하여 그 일에 대해서, 그래요 과연, 그의 유리 석묘石墓의 장식을 위한 별별 하종何種의 토장土葬 잡품들, 만일 이러한 조건체條件體의 연쇄를 충족하건대,[15] 당연하게 뒤따르나니,〔이상 새 집을 위한 비축 물들—대중의 증여 물들〕 아아, 정상적인 과정 속에, 소요인간逍遙人間인, 저 세계 일주자一周者〔HCE〕가, 지금까지 이러이러한 난경難境을 겪은 뒤,

〔076—079〕 그의 네흐 호반의 수장 묘(전쟁 간주곡을 포함하여), 케이트 스트롱(Kate Strong), 하역부, 그녀의 피닉스 공원의 퇴비더미 및 옛 시절의 회상, 그 동안 HCE는 연어나 자신의 등 혹을 파먹고 지내다.

〔077.28—078.06〕 그〔HCE〕의 체류(구류)를 안위安慰하게 하기 위해 무수한 골동품들이 뒤따르는지라.

〔078.07—078.14〕 그〔HCE〕는, 내내 멀리 표면까지 밖을 향해 굴(여우, 토끼 따위의)을 파는지라.

〔078.15—079.13〕 얼마간의 시간이 지나도다—그(수중 묘에서 귀환한 HCE)가 어두운 평야 위에 재차 모습을 드러내다.

〔078—079〕 이 구절에서 HCE의 선사시대가 종결된다. 보드빌(버라이어티 쇼)의 핀 맥쿨처럼, 그는 추락으로 고통 받고, 사자獅子로서 들어 눕게 되어, 한 가지 소음의 싸움이 생존자들 사이에 우르릉대는 동안 짙은 혼수(coma) 속에 남는다. 그는 아마 재생할 것이 기대된다.

〔079.14—079.26〕 피닉스 공원의 귀부인들—유혹녀女 유락장愉樂場.

〔079.27—080.19〕 캐이트 스트롱의 진술(회상)—그는 피닉스 공원의 쓰레기 무더기의 위치를 만나다(조우遭遇하다).

그〔HCE〕는 노쇠 전의 고령에 풍요로운 인생의 노령老齡의 나날을 안전가정적安全家庭的으로 보낼 수 있도록, 늦은 사순절을 위안지속慰安持續하게하고, 고진苦塵의 단계까지, 시간의 총화를 한보閑步하면서(*수 천년 동안 잠잘지라!)*[1] 폭발과 재 폭발 사이에 망각진정忘却鎭靜되어〔노호천둥이어! 백百벼락이어!〕[2], 거두巨頭에서부터 거족巨足까지, 향유된 채, 장대한 시대의, 예상된 죽음 속에 풍요로이.

그러나 시대의 소환봉사를 따를지니, 추락 후 봉기할지라. 그곳으로부터〔수중 묘에서〕 청전격충전靑電擊充電된 채, 모든 그〔HCE〕의 하부계下富界를 통하여 번식하는, 힌 놈(Gehinnon)의 골짜기[3]에 잠복 매장되어, 주거부정으로 각인된 돌쩌귀 벌레를 인지하면서, 변방에서 변방으로, 기저基底에서 기저까지[4], 그리하여 우리들의 실리국實利國의 인두철광산人頭鐵鑛山,[5] 신성한 땅, 입찰된 땅에서 낙찰된 땅에까지 항아리와 냄비 그리고 부지깽이와 막대기를 포함하는 그의 지각화성론적地殼火成論的 원종原種을 증식시키는 숨은 보고寶庫〔지상의 묘지〕를, 창도槍道에서 야수도野獸道까지 재再방문할지라.

아브라함의 고지[6] 위에 다른 춘공春攻이 아주 우연히 닥쳐왔으니, 전부戰父〔HCE〕는(왜냐하면 그의 양제養弟가 핀 마을에 암살된 시안 추장처럼 그를 일곱 번 매장하도록 마침내 스스로 설득해 놓았는지라)[7], 수중 묘 속에 3개월 단자單子 밖에 있지 않았나니(그때 철야자들과 승마복자들 그리고 발포주자發泡酒者들〔이웃들〕이 감자柑子혼합튀김으로 증언하리니!) 당시 부패(작용)〔HCE의 시체의 부패〕, 여느 때처럼 드레퓌스로[8] 삼각혼성三脚混成된 채, 소년들이 열진熱進하듯, 터벅, 터벅, 터벅 걷기 시작했도다![9]〔부패의 발걸음이 다가 왔도다〕 번개가 신호를 하자 홍수가 터졌는지라.〔세월의 흐름〕 왜 그 귀족〔HCE〕은 자신의 돼지 목소리로 서민을 놀라게 했던고? 포도葡萄 놈들이 문간에서 머스캣[10] 총알을 쏘고 있었기 때문이로다. 켈트베리아인들[11]의 양 진영에서부터(논의를 위한 시초에, 신남부 아일랜드와 구 얼스터의 양측에, 청군과 백안군白顔軍들[12]은, 교황 찬성 또는 교황 반대에 관한 발효전醱酵戰 동안, 크거나 또는 작거나, 인정된 관념들을 불평했음을 인정한다 하더라도〔싸움의 원인을〕, 모든 조건의 신분들, 빈자고 부자고 간에, 각자, 물론, 순수하게 공격적 입장에 있었는지라, 왜냐하면 영원(하느님)은 매번 그들 편에 올빼미인양 속했기 때문이요,〔젊은이들은〕 그들의 벨로나의 전 여신戰女神[13]의 혹 둔부, 한때 백 모양毛羊의 왈츠 무舞 쪽으로 끌렸던 것이니.(쳇, 얼마나 범죄, 저주키스 당하고 그리고 매도스러웠던고!) 혹자는 청년기에 적당한 영양의 결핍으로, 타자는 가족을 위하여 생애를 저미며, 협력하여 조각하는 영예로운 행위 속에 이미 포박되고 있었는지라. 그리하여, 만일 쇠약무衰弱無가 되어, 교수형구에 채워진 그자〔HCE〕는 무덤 속의 오랜 기근으로부터 해방되어, 그의 이전의 비만의 망상과 함께, 그를 속이는 어둠에 감싸인 평원을 이용했으리라.

어둠 속에 포용되고 있는 평원을, 낮은 원형 협곡[1]의 우스꽝스러움, 아니, 육신에 있어서 자기 자신의 최초 늙은 비역충蟲까지도, 진홍眞紅 물들어진 위그 당원,[2] 당시 차자피자此者彼者에 의하여 언덕 위의 황소〔HCE〕로 가짜 시각視覺되었나니 왜냐하면 그의 반대자들 사이에 소문이 자유로이 공평하게 맴돌고 있었는바, 그처럼 동면중의 이와카씨氏(Massa Ewacks)〔HCE〕야말로, 그런데 그자는, 저 반半유리된 생활 이전, 가공의 나날[3]〔수중 묘시절〕로 알려졌거니와, 요리사〔HCE 댁의 하녀 케이트 스트롱〕가 말했나니, 수프와 진미 사이, 자기 자신과 같은 길이의 무지갯빛 숭어와 잘 요리된 파이를 먹어치운 것으로 알려져 있었는지라, 아니 그럴 수가, 여자한테서 태어난 어떠한 사람도,[4] 커다란 관머리의 논병아리[5] 마냥, 생명일生命日 당 하루에 3곱하기 20더하기 10마리[6]의 잉어를 그토록 맛있게 먹어치울 수는 없으려니, 정말, 그리하여 1분 동안에 그만큼 많은 피라미를.(큰 혼합소混合素라, 교수대여 그를 질식하게 하소서!) 그의 사다리 뛰기의 연어[7]처럼 모든 이러한 총체적 시간 동안 비밀리에 그리고 기사 토지 소유권에 의하여 자기 자신의 잘못 달린 궁둥이 지방을 먹고 지냈도다.

귀부인들은 최초의 시市(가장 추악한 다뉴 여신神[8]의 이름을 따서 불려진)의 저들 이교도 철기시대를 경멸하지 않았나니, 당시 양치류(잎)는, 우리들이 과연 조용히 끝내 다가가는 지구로, 우리들의 알려지지 않은 유산을, 집게벌레가[9] 사자에게 행하듯[10], 그들의 오물을 운반하는 친구 구실을 필연코 했도다. 비너스 양들〔처녀들〕은 킥킥킥 웃어대며 유혹하고 불카누스 사내들은 허황한 너털털 웃음을 분출했나니 그리하여 세계의 전체 아낙네들은 변덕이 프록치마 가득했도다. 사실, 어느 오전 또는 오후를 막론하고 어느 젊은 인간녀人間女 할 것 없이 그녀의 맨(알몸) 신족神族,[11] 또는 심지어 그들의 한 쌍〔신들〕을.(우신愚神이여! 울신鬱神이여!) 꺼내기〔희롱하기〕 좋아 했나니, 그리하여 그와 함께(또는 심지어 그들과 함께) 얌전히 기도하나니, 매자가 그녀의 취향에 따라, 행운을 갈망하며, 애경타愛輕打하며 한층 애간파愛看破하며 모든 것 가운데서 가장 총애하도다.(팁!)[12]〔애정의 표시〕 잘도 그녀는 사랑을 조를지니 그리하여 그녀는 의지를 승勝할지라. 그러나 그녀가 어디서 결혼을 했을 것인지 사슴인들 어떻게 알았던고![13] 정자亭子, 물받이 방, 포장마차, 도랑? 마차, 객차, 손수레, 분뇨차?[14]

케이트 스트롱,[15] 한 과부 (팁팁!)[16]—그녀는 우리들을 위하여 소로화小路畵[17] 〔더블린 지도〕를 그리는지라, 그녀가 비감했던 백열의 그리고 아주 시각적인, 오랜 더프 쓰레기 지도地圖의 음산몽극陰散夢劇의 배경 속에, 암석의 가정연家庭然한 오두막이 한 채 있었으니,〔그녀가 사는〕 병아리 똥, 악취의 고양이들, 송아지들의 뒷골목, 썩은 마녀채魔女菜, 화농化膿의 고무백 그리고 결식석缺食石과 더불어, 더 고약하지는 않더라도, 미분진薇粉塵의 창틀을 통하여 해어다색鮭魚多色의 세균들[18]을 경쾌하게 출품出品하도다—강과부强寡婦(청소부) 위도우 스트롱(Widow Strong), 당시, 그녀의 여약성女弱性은 사나이를 벽 쪽으로 돌리게 했듯이, (팁팁팁!) 비록 그녀의 깡마른 가슴이 청소를 단지 드물게 행할지라도,[20] 선왕宣王 황금시대[21]로부터, 거의 모든 폐품 청소를 행했는지라 그러나 그녀의 적나라한 진술이 독술讀述하는 바.

거기에〔HCE의 새 분지〕 저들 오랜 묘지 도야都夜에, 어떤 채석포장採石鋪裝의 대피로待避路도 없는지라, 있다면 단지 한 개의 족도足道, 거대 브라이언트의 방축 길,[1] 꼬리풀, 하얀 클로버 및 수풀이 알고 있는, 괭이풀로 접경되어 있었으니, 그 곳에 원고原告(고소인)가 피격되어, 얻어맞은 채, 떠났는 바, 그녀〔캐이트〕는 청소부들이 마땅히 그래야 할 청소부로서, 그녀의 오물더미를 피닉스 공원의 사문석蛇紋石(그녀의 당시에 그것을 미천美泉의 성소聖所[2]로 불리었으나 뒤에 페트의 정화장淨化場[3]으로 무무세례霧霧洗禮 되었도다.[4] 근처에 내려놓았나니, 도살자림屠殺者林으로 둘러싸인 저 위험 들판〔피닉스 공원 분지〕는 봉화 오오 발화가 성城 청둥오리와 미치광이 난타전에 종사하는 곳인지라.[5] 그리하여 아 아 궁술가[6] 지지러진 무법자를 위한 곳으로, 그 근처 일대는 온통 화석발자국, 신발자국, 손가락 도장, 팔꿈치 우물, 궁둥이 사발 기타 등등(a. s. o.)이 한 가지 최대한의 진화적 서술을 온통 연속적으로 잔적殘跡하고 있었도다.[7] 뇌신 남男의 낙인수烙印手로부터 한 권의 책을 또는 상실적喪失的으로 그녀의 것이요, 모신母神에 대한 욕정을 갈망하는 연애편지를 의도적으로 감추기 위하여,[8] 이러한 늑대 배(腹)의 군軍 야영野營 텐트보다 더한, 소란이 종료되었을 당시보다 더한, 경주가 시작되었던, 이보다 더한, 부계富界의 더 정교한 무슨 시소時所가 있을 것 인고 그리하여 원려遠慮 프로메테우스[9]의 4개의 손들에 의하여, 화해의 최초의 아기가 홈 스위트 홈[10]의 최후의 요람 속에 눕혀졌도다. 그걸 분만할지라! 그리고 이제 그만! 그런고로 아이를 위하여 정수선택精髓選擇 할지라![11] 오 사람들이여!

왠고하니 여기 들으리로다. 모든 지고자〔하느님〕가 선전宣傳 교황권 신자들[12]을 위한 듯 크리스천들을 위하여 설파했나니 그리하여 그의 혼례의 독수리들이 포획의 부리를 날카롭게 했는지라 그리하여 우리들의 모든 형태론적 인간은, 사과 하나 하나가 차례로, 이 항아리 속으로 도로 떨어지나니[13] 있던 대로 있게 할지라. 그는 말하도다!〔한 가닥 짙은 사투리의 지고자의 목소리, 그는 만부萬夫〔HCE〕와 케이트 스트롱에게 그들의 무모함을 종결하고 정착하도록 명령하도다.〕 그리하여 그 곳은 마치 거기 힌두 화신火神 아그니가 홍염紅焰하고 페르샤의 광신光神 미스라가 포고하고 힌두의 파괴신 시바[14]가 환상들처럼 살해했던 곳 인양, 우리들 노아 시대의 기억을 위한 망각의 홍수가 물러가듯 했나니, 순종하는 방주方舟마냥 꼬불꼬불하게, 어떤 급분류急奔流 타는 목재공木材工 봉화烽火 승僧에게로, 부채 사제에게로, 조브신神이 도망했던 산림 속에 놓인 불을 밝혔던 바람의 구획으로,[15] 그〔절대자—하느님〕의 거친 말(言)을 좇아. 해신 포세이돈 파동자波動者[16]여! 저 혈석血石을 있는 그대로 씻을지라! 불결한 말괄량이여 그리고 그의 커다란 나무덩이가 그대의 길을 훨씬 높이 가로막고 있나니, 그대 무엇을 하고 있는고? 성큼성큼 맴돌지라, 그대, 승원僧院의 뒤쪽으로! 그리고, 그대, 저 나무통을 그대가 가져온 곳, 맥 샤인 댁으로 되돌려 줄지라, 그리하여 그대의 늙은 이가 갔던 길을 갈지니, 부화매장도孵化埋葬道로! 그리하여 젠장! 모두들 얼마나 세차게 분출하듯 쏟아져 나왔던고, 엽전 내기들, 전교생〔거기 마구 뛰노는 여학생들〕의 급주여행急走旅行을 위해, 그들의 허리띠를 자신들 뒤로 나풀나풀 휘날리며, 모두 작은 귀여운 꼬마들! 이시—라—차프르! 어떤 루칸자들이고, 제발?[17]

그래요, 불가시성不可視性이 불가침不可侵이라면 인접도隣接道〔피닉스 공원, HCE의 집 근방의 도로〕는 가시성. 그리하여 우리는 그의 곡물을 게다가 침범하지 않는도다. 모든 흙탕 부지敷地를 볼지라! 옛 도로! 만일 이것이 한니발[1]의 보도步道라면 그것은 헤라클레스[2]의 작업이나니. 그리하여 수십만의 굶주리며 허기진자들〔노예〕이 노역奴役한 길인지라. 영묘靈廟가 우리들 뒤에 놓여있고(*오 지가스 거인, 만인의 부父!*) 그리하여 브라함과 안톤 헬 메스[3]가 통과하는 전차 궤도를 따라 단층을 이룬 그들의 십만 환영의 이정표가 있나니! 합승 버스에 의한 무극 속세의 경탄 탐색이라. 전속력으로(아멘). 그러하나 과거가 우리에게 이 여로를 현정現贈했도다. 그러니 여기가 오코넬가街입니다! 비록 우은폐지雨隱蔽地라도, 그대는 여마차은폐旅馬車隱蔽로다. 그리하여 만일 그이가 어떤 로미오[4]가 아니라면 그대는 모자를 가리비로 꾸며도 좋을지니. 성 비아클[5]의 성당에서 저기 훨씬 위쪽으로!〔전진!〕정지!

그건 거기 저 저택[6] 바로 곁에, 이 황폐지상荒廢地上의 무지無地답게 그리고 냉한冷寒 지점, 그땐 바위투성이, 지금은 재再표면화되어, 로트릴이 매입하면 루트렐이 매각하는 땅인지라[7], 브레난 고갯길[8](지금의 말 파스 구릉?)[9]의 안장鞍裝 속에, 참된 문명으로부터 여러 노리露里 및 노리거리, 그의 꿈의 꼭대기가 그들의 몽도夢道를 멈추게 하는 곳이 아닌.(저하底下 호우드 언덕! 거기 정상頂上!) 그러나 발트해海 지역의 피안彼岸 조류가 황토荒土와 이교泥交하고, 염풍鹽風이 홍수와 상교하는 곳, 그 곳에 크로포트킨 류[10]의 공격선수〔HCE〕가, 비록 중간 몸집이긴 하나 참으로 토착적 담력을 지닌 성격 사이에, 대항자〔부랑자 캐드〕와 교전했나니, 상대방〔캐드〕[11]은 자신의 다리보다 눈을 더 한층 드러냈는지라 그러나 그는 상대를 약탈자로서, 짙은 폭우 속에 오글토프(Oglethorpe)[12] 또는 어떤 다른 지겨운 놈, 분명히 일백세자一百歲者[13]로 오인했나니, 그와 그 무두종無頭踵의 계란 한漢은 어떤 미케란젤로풍[14]의 유사성을 지녔는지라, 모독적 언어를 사용하여 다음과 같은 결의缺意로서 자신이 그들의 동심구同心球에 도전하여 그를 근절하겠노라고 했나니, 그러나 그〔캐드〕는 경—칠 비역—자의 목숨을 그로부터 포화砲火하여 비역—자가 그의 경—칠 밤 기도를 말하게 했듯이, 멋지게 회개하도록 그를〔HCE〕관棺속에 눕혀 주겠노라고, 성 패트릭 언덕 삼창三唱과 쌍발의 지옥 마리아여(*만인은 축성祝聖을 위한 성자, 턱수염 여자 또는 유모 남자*)[15] 동시에, 멋있게 주먹다짐하여 그로부터 양령羊靈의 일그러진 매에에 소리를 자아내도록, 그가 지녔던 그리고 그가 그것으로 평소 가구를 부수었던 장방형의 막대기를 성聖지참하면서, 그는 상대방에게 지팡이를 쳐들었도다. 변경邊境의 우연사가 선先 반복되었나니. 그들 쌍자들〔HCE와 캐드〕은,(그들은 일본日本이 웰링러시아와 교전하는 것인지 또는 레츠키 테너가 부크리 장군과 화해하려고 애쓰는지, 아무도 말할 수 없을지나)[16] 상당한 시간 동안 분명쌍分明雙서럽게 분쟁했나니.(요람은 포획과 재 포획의

〔080.20—080.36〕그때 그〔HCE〕는 말했나니—그리고 피닉스 공원의 소녀들은 도망쳤도다.

〔081.01—081.11〕공원에서—우리들의 위치—이때 캐이트 스트롱은 피닉스 공원에서 쓰레기 더미의 옛 시절을 회상한다.

〔081.12—084.27〕하지만 또 다른 염오의 침입자 HCE에 대해(혹은 그에 의해) 휴전과 경찰 보고의 절정. 캐드와 HCE의 반복적 만남의 각본, 금전의 빌림. 공격자와 대항자對抗者 간의 만남이 HCE와 Cad의 만남을 반복한다.

〔081−085〕 공격자(Cad)와 대항자(HCE) 간의 만남의 재 각본. 그리고 그들의 우호적 화해. 금전의 요구, 그들 상호의 사유권을 확증하는 집념을 가지고—때가 크리스마스 계절 또는 유대 휴일인지라.

법에 따라 차자此者에게 그리고 반대로 타자로부터 동등하게 흔드나니), 책 창고 주변〔피닉스 공원의〕에서 총참總參 자유형 레슬링 하에, 자색의 순무 여린 잎이나 스웨덴 무처럼 격투하면서,[1](성스러운 열정의 성례전聖禮典의 노역!) 그리하여 그들의 난투 과정에서 키다리 종타자鐘打者 남男,[2]〔HCE〕 그는 자신의 뚱딴지 창자 배(腹) 있는 곳을 열어 애걸하나니, 웜(worm)기器(휴대용의 증류나선관蒸溜螺旋管의 편리한 용어[3])로서, 3통桶, 2곤壼 및 수병數甁으로 구성되고 있으나, 우리는 쌍방이 주정酒精에 흥미가 있는지라, 그 진가에 대하여 고의적으로 아무 말하지 않거니와)를 갖고 있던 난쟁이 광부鑛夫 사내〔캐드〕에게 말하는도다 나를 가게 할지라. 주도酒盜꾼아! 난 당신을 잘 알지 못하도다.[4] 얼마 있다가, 재육화再肉化를 위한 극점極點 휴식을 취한 뒤, 그 똑 같은 사내(또는 똑 같은 오금의 다른 그리고 보다 젊은 사내)가 아주 난추卵醜의 씹는—턱—능글 웃음을 지으며 욕지거리로 물었나니〔신원의 혼선〕 6빅토리아 15비둘기를 날치기 당하지 않았소,[5] 당신, 내게 말해 볼지니, 이 강장자强長者여, 십사부화월十四孵化月 후측後側—소매치기한테? 그러자 약간의 더 많은 충돌 조롱과 너끈한 한 시간 정도 개종改宗할 엄한 시련이 있었는지라, 그리하여 이제 원통 권총형型 모양을 한 우댄(a woden) 주신자主神者[6]〔HCE〕(우리는 너무나 많은 복음 해독편지害毒便紙 가운데 우리들의 옛 친구 네드[7]를 즉시 알아차리거니와)는 저 침범자를 배반했나니, 그리하여 후자〔캐드—배반자〕는, 저 그리스도 성당 오르간의 저 튜브 속의 저 생쥐를 노리는 저 고양이처럼 꼼짝 달라붙은 채,[8](근심에 잠긴 구름 소녀의 부상浮像은 리본과 돼지 꼬리를 하고, 그들 머리 위로 가볍고 젊은 매력을 부동浮動 했던고?)[9] 그 결과 우호적이 되었나니 그리하여, 자신의 셔츠를 찢겠다고 말하는 것은 아니나, 몹시도 알고자 하는 것이란, 자신의 금고의 발명품에 농담과 혹 달린 지팡이를 모두 옆으로 제쳐놓은 채, 그들 상호의 사유권을 확증하는 집념을 가지고, 여전히 꼼짝 않고 달라붙어 있던 그의 교환 친구〔HCE〕에게 혹시 당장이라도 몸에 10파운드 딸랑 금화의 푼돈을 가지고 있는지, 저 우연한 일에 덧붙여 가로 대, 그〔캐드〕가 그것으로부터 지난 음유월陰踰月 또는 성聖칠월의 견본남見本男에게서 훔친 것 대신으로, 6죄수주罪囚週 남짓을 그에게 되갚고자 하는지라, 당신 알겠소, 당신 내 말 알았는고, 주장主將? 이에 대해 타자〔HCE〕, 걸식주발乞食周鉢을 가진 빌리,[10] 그에 대하여 지금까지 침묵한 채 큰 나무 망치질하고 있던 그는(왠고하니 그는 주저를 탁월주의卓越主義까지 나르는지라) 오히려 흥미롭게 대답했나니 제제발 매우도 그대 이걸 알고 놀라서는 안 될지니, 힐(丘), 실은 우연히도, 난 정직하게 이 순간 그만한 판돈은 내 몸 어디를 뒤져도 갖고 있지 않나니 양철소리 나는 찰랑 돈은 전혀 지금 당장, 그러나, 그대가 암시하듯, 내게 길은 있을 것으로 믿나니, 때가 크리스마스 계절 또는 유대 휴일이기에 그런데 그건 경칠 일이니, 자네, 그대를 위해 모자 점의 3월 토끼 때인지라, 이봐요, 나로서, 껑충껑충 뛰거나 뒻 놓거나하는 사이에 4실링 7펜스 정도는 그대에게 선불할지니, J. J. 및 S. 주酒[1]를 사기에 그걸로, 이봐요 자네, 꼭 족하다면 말씀이야. 기억의 불꽃이 재연하기 시작하기 전 이어 잠시 침묵이 있었나니[2] 그러자 이어. 생심!生心 그러자 경쾌쾌락輕快快樂의 바로 초풍初風에, 그리고 위스키 홍분으로 집게벌레[HCE]의 심지 귀를 쫑긋 세우자, 이 굶주린 포남砲男[캐드]은, 놀랍게도, 이상할 정도로 침착해지며 이내 자신의 모든 라드 지신脂神 포세나에 의하여 맹세하나니,[3] 묘옥墓獄의 가시나무[4]가 자신의 시의屍衣를 법의 초점[5]까지 찢을지라도 그러나 자신은 그에게 언젠가 일시선행日時善行을 행사하고 싶은지라, 그에 대한 나의 말을 명심할지니, 오래된 부싯돌을 깎아내기 위해,[6](이 말은 비非니이체식式의 어휘로서, 선험적先驗的 어근語根을 후험적後驗的 변설辯舌에 공급하는 것이니, 세상의 어떤 어미語味로도 야언어夜言語인지라,[7] 보다 이전 어떤 생애에 기피했던 전리품이, 혹자가 생각하는 한 개의 항아리처럼, 뭐랄까, 가소可燒될 수 있는지 여부를 확인하는데 실패하듯, 아일랜드 방언에 당면하여 우리는 분명히 무식한지라)[8] 그리고 이 생시生時의 모두冒頭에 혀가 말할 수 있는 것 이상으로 보기에 한층 더 심하게 기쁨을 주듯, 그리하여 던 뱅크점店의 진주모眞珠母[9]와 샴페인을 선미先味하고 목을 씻어 내리나니, 그는 술을 탈로트(Tallaght)의 적우옥赤牛屋[10]에서 자신에게 공급하는 것이 예사인지라, 이어 링센드의 선녀옥[11]에 들리고, 그런 다음 블랙록의 콘웨이 여인숙[12]에 입착入着하고 그리하여, 추락하기에 앞서, 온통 저주스럽게도, 거기서 식욕을 최예最銳 서럽게 돋굴지니, 만복滿腹하여, 장례식葬禮食 혹은 친우락親友樂 소동을 피우며, 불구의 여왕 태일트(Tailte)의 은총에 의하여, 그녀의 유언 및 유서에 맹세코, 수양가數量街의 아담 앤드 이브즈 주정酒亭[13]에 들릴지라. 불구의 여왕 태일트의 은총에 의하여,[14] 그녀의 유언 및 유서에 맹세코 그대 기절할 남하소인南下小人![15][이하 캐드] 난 하처何處 그대를 알고자 하나니, 낙오자, 나로 하여금 생명의 어휘로든 아니든 그대에게 진실로 말하게 할지라. 그런데 경칠 그밖에 누구란 말인고, 그대 분골粉骨의 백정白丁 같으니! 구球불알 나는 밤의 이 일광日光 사만死晩의 밤에 깜짝 당했는지라, 맙소사! 나의 모자에 맹세코, 그대[캐드]는 어떤 웅우雄牛 뽐내는 독일 산 왕모래[16]를 지녔나니, 일몰日沒 거지같은 놈! 그[캐드]는 주먹(faust)에 침을 뱉었도다.(도끼 놈). 그는 생선주生善酒를 한껏 들이켰도다.(실례). 그는 이쑤시개를 쑤셨도다.(기분이 최고). 그리하여 그는 우별友別했나니라. 그리고 프랑스 암탉 또는 조급躁急과 여가의 가금家禽 손가방을 들고,[17] 그것을 계속할 듯, 그 기이한 혼자混者는 꼭 같은 가슴의 형제 사이에 행사되는 포옹의 친구례親口禮 혹은 발진發疹의 입맞춤을 교환했나니, 구丘네루야, 살殺네루야, 홀惚네루야, 그리하여, 축소자들이 코냑 조약화條約化를 쉬말칼디쉬어(schmallkalled) 조약으로 경칭輕稱 했던 휴폭조약休爆條約[18]을 일신日神 앞에 비준한 다음, 그의 메나리 해협19) 그의 터키모를 돌리면서,

〔084.28—085.19〕 오도된 신분의 위험 속에—그(HCE)가 공원에서 평화롭게 산보할 때 얼마나 교살당할 번 했던고! 작금, 우리는 이제 점진적으로 앞서 캐드와의 싸움의 더 많은 증거를 찾아 몰래 나아가며, 우리들 조부의 정치적 경향 및 도시 추적의 문제에 당도하도다.

모세모스코(Moscas)〔모스크바〕 방향으로, 그〔캐드〕는 우선 몇 마디 알라신神의 이름[1]과 만세복락萬歲福樂 후레이쉬이[2]를 방구防口했나니 그리하여 관상조직管狀組織의 최고 환희로서[3] 황소의 도주로 나귀 등교橋[4]를 건너 도망쳤는지라, 이빨을 나무뿌리에 침 뱉으면서, 데인세稅[5] 7실링 4펜스와 그들의 체액성體液性의 타구봉打毬捧 또는 생명수生命樹[6]인, 그러나 터보건 썰매의 선미루船尾樓[7]를 가일층 언제나 상기시키는, 다른 분명치 않은 무기와 함께, 피어리지 와 리틀혼(소각小角)[8] 사이의 어딘가 리알도 대리석교橋[9]에서 어떤 적대폭자敵對暴者와 함께 어떤 까마귀의 깃털 뜯기〔애정 행각〕 시간 약속을 지키기를 의지했나니, 한편 이 가련한 낙오자〔HCE〕, 그는 저 동맹 방벽자防壁者와 함께 모두에 의해 뒤에 남겨진자요 그리하여 그는 비록 황소(불알) 허세 부리는자[10]이긴 하나, 총수의 자두 크기 타박상사태打撲傷沙汰를 너무나도 신통하게 버티었는지라, 슬픈지고 척추골미脊椎骨尾의 손상에 덧붙여, 전신全身에 입은, 전체 경찰의 감식鑑識이 소스라쳐 놀라게도, 그 발생사를, 오다피 각하[11]를 위해서처럼 애란국기愛蘭國旗에 군례軍禮하면서, 그가 할 수 있는 최선의 방법으로 보고했나니, 그들의 협상의 거대한 만족적 결론주結論柱와 이후 파생적以後派生的 신사협정에 대한 고상라마인高尙羅痲人다운 견해로,[12] 비커 골목길[13]의 가장 가까운 파수막〔경찰서〕에서, 양귀비 머리의 어떤 세제洗劑 또는 발효액[14]이 세세부분細細部分까지 총종두적總種痘的으로 전시되기를 바라는 정당한 희망으로, 그의 얼굴의 백지白地가 자신의 성격의 심각성의 확증으로서 대각선으로 적십자된 비非태아적胎兒的 포유동물의 피로서 온통 덮여져 있었는지라. 그리하여 더군다나 그는 자기방어 도전 속에 콧구멍, 입술, 귀 바깥날개 및 입천장에서 피를 흘리고 있었으니(그걸 멈추게 하라!) 한편 그의 멋쟁이 머리에서 자신의 모자광帽子狂의 얼마간 머리카락이 콜트식〔상표〕 자동 권총에 의하여 뽑혀져 있었는지라, 하지만 그렇잖고 그의 총체적 건강은 중용中庸처럼 보였으니, 최고의 행운으로 입증되다시피 그의 시상체屍傷體 속에 206개의 뼈와 501개의 근육 중 하나도 그의 강타에도 불구하고 전혀 상마傷馬되지 않았도다. 여하히?(Herwho)

〔이야기의 또 다른 번안〕 작금, 재(灰)와 부딪치는 것〔캐드와의 충돌사건〕은 그만 두고 완력과 근육 그리고 놋쇠제製〔사건의 증거〕가 토생물土生物을 추방하고 암수정岩水晶이 운모雲母를 분쇄하게 하여 그러나 벌레처럼 점진적으로 꾸물꾸물 우리들의 퇴적적堆積跡 증거를 찾아 제방과 더블린석石[15]에서 여러 마일 떨어진 모해母海를 향해 뒤쪽으로 기어가다니(올림피아 대축제[16]에서 심지어 제11대 왕조[17]까지 저 불결 구역질나는 햄[18]의 웃음에 다다르기 위해), 그리하여 관통貫通 화로망火爐網과 허튼 술책의 방화대防火隊를 개골자皆骨者〔캐드〕가 불법으로 획득하는 문제에 대하여 엘 돈 더넬리경卿(El Don De Dunelli)[19]〔HCE〕, 우리들의 조부祖父의 정치적 경향 및 도시 추적의 여전히 한층 더한 두드러진 특징이 갑자기 노정되다니.(그의 배(船)가 강의 병저甁底에서 굵은 막대가 되고,

모든 그의 순양함들이 바다의 암저장暗底葬 속에 갇히게 하소서!) 그리하여 그는〔HCE〕, 그대의 발톱의 암흑 이내에서, 이봐요, 초계정병哨戒艇兵〔캐드〕의 한 놈에 의하여 잘못 매복埋伏 당했을 때, 그리하여 전혀 문제없을 만큼 가까이, 글쎄, 즉석에서 케이오 되다니 그때 색구자索具者 피터[1]와 함께 이 위그노 교도의 야유자揶揄者〔캐드〕는 그〔HCE〕를 구멍에 처넣기를 바랐는지라, 순항巡航에 의하여 평화적 신민臣民의 기초적 및 불가침의 자유의 첫째를 한결같이 행사하고 있었나니(대영국인이 될지라, 소년들아, 그대의 복골腹骨까지 그리고 귀우貴友에게 기회를 기부할지라!)〔다시 항로는 육로로 바뀐다〕. 마차와 자전거에, 즉 보행步行에 개방된, 우리들의 비非 금지된 반半묘지 잔디 도道, 웰링턴 공원길의 하나를 따라, 그의 겨드랑 아래 비절후종飛節後腫과 퀘이커 교도의 위사특효약僞辭特效藥 그리고 그의 적수赤手에, 높이(h) 추천할 만한(c) 운동(e), 등산지팡이를 들고, 혹은, 우리들의 *평민 합법 행위*[2]의 두 번째, 대중의 의자〔법원 피고석〕에 자리할 찰나였으니(의지의 사나이를 방해 멈추게 하는 것을 경계할지니!), 그에 덧붙여, 흑소교黑沼橋들[3] 가운데 가장 동쪽으로(그러나 모두 서쪽으로 가도다!), 바로 바트교橋[4] 즉나변卽裸邊에,〔HCE, 거기 앉아 만사를 생각하기 위해〕 대중의 항의와 자연 악惡으로, 게다가 타인을 괴롭힐 의향 없이, 원노별이怨怒別離의 나무비둘기와 공포에 질린 보아 왕뱀에게 감사하게도, 신선찬양神善讚揚했는지라 그리하여 그는, 타인들의 풍향風向을 지닌 것에 대하여, 실지로 그랬거니와, 어김없이 더 한층 즐겼도다.

그러나 대서양과 페니시나 고유지[5]〔피닉스 공원〕으로 되돌아가거니와. 마치 그것이 누구에게도 충분하지 않은 것인 것 마냥 그러나, 만일 있다면, 약간의 진항 속도가, 소위 범죄라는 수수께끼〔HCE의 죄의 미스터리〕를 해결함에 있어서 이루어졌나니, 어떤 오명汚名의 밀주 제조 지역의 심장부에 있는 색슨인들의 오랜 혼지混地 메이요[6]에서 연설을 한, 당시 타르 및 깃털 산업과 오랜 그리고 명예롭게 연관된 한 가족의, 마아맘[7]의, 한 아이, 페스트 킹[8]이, 마르스 신역神歷 3월 초하루[9]에, 양兩소인訴因의 전혀 부적절하게 꾸며진 기소장 하에(각자의 주야평분시의 견지에서, 차자此者의 유약幽藥은 타자他者의 독약인지라),[10] 옛 베일리 재판소에 결과적으로 구인되었나니, 즉 보자면, 그의 가슴바디 작업복으로부터 나무비둘기를 날려 보내며 그리고 전야戰野에서 그의 군세 사이에 얼굴을 찌푸리고 있었는지라. 개정!(Oyeh!), 개정!(Oyeh!) 그 죄수〔페스트 킹—HCE〕는, 메틸알코올에 침잠된 채, 불음不飮 피고석에 나타났을 때, 카스[11]의 코르덴코 만화 얼굴처럼, 명특허明特許롭게도 신찬화神饌化되어,[12] 얼룩 외에도, 째진 곳 그리고 헝겊 조각, 그의 야전夜戰셔츠, 짚 바지 멜빵, 스웨터 및 순경의 허수아비 바지를 입고, 모두 진짜와 어긋나게(그는 투옥 시[13]에 자신의 웨일스만灣[14] 제의 맞춤복을 고의적으로 온통 찢어버렸는지라),

〔085—090〕 공원의 불륜을 위한 재판상의 페스트 킹의 등장.

〔085.20—086.31〕 페스트 킹이 법정으로 끌어내 지다—왕정 법정에서 그에게 행한 근거 없는 주장. 공원의 불륜을 위한 재판상의 페스트 킹.

〔086.32-090.33〕 W. P(the Wet Pinter)의 증거-히아신스 오도넬의 증거. 공원의 불륜을 위한 재판상의 페스트 킹.

(페스트 킹 또는 HCE) 애란 왕실 어휘의 모든 유화 희어流花稀語[1]를 가지고 그의 배제권排除權을 위하여 법정 증언했나니, 그가 자세포自細胞에 불을 붙이려고 노력하고 있는 동안,[2] 어떻게 하여 전체 완충주연백발緩衝酒宴白髮 제비 놈의 피에조 압전기壓電氣 쇠기름 검댕과 모든 황산구리의 유황염이[3] 이브에 끼친 명반明礬의 수정화水晶化마냥 석영石英처럼[4] 설명 불가 할 정도로 그에게서 떨어졌는지,[5](충실상充實上 그는 고냉우주古冷雨酒[6]를 두려워했는지라 자신이 맥아의 들통이 나신이 된 것을 발견하자 낙루하고 있었도다) 여기 왕관 재판소(순경 P. C. 로봇)[7]가 증언하려고 시도한 것은, 일명 쇠지렛대,[8] 한 때 메레키[9]로 알려진, (페스트)킹이, 한 연통 청소부 소년으로 의인화하면서, 자신의 변장을 위한 최선의 방법으로 약간의 성합상자聖盒箱子의 무슨 윤활유 같은 이탄 습지의 진흙을 자신의 얼굴, 뺨과 입 위에 문질러 발랐는지를 보여주는 것이었나니, 그리하여 전화흥미본電話興味本〔전화번호부〕으로부터 자신과 작은 돼지 안토니오[10]에서 따온 타이킹페스트와 지렛쇠[11]의 가짜 가명 하에, 소문에 의하면 순종 돼지(무면허)와 한 잎 히아신스(植)를 아애가적雅哀歌的으로 갖고, 어느 목뇌일木雷日의 이항泥港의 중백급中白級 시장인,[12] 순결 피터와 막대기 바울의 제흥祭興으로 향했도다. 그들은 애란 999년의 평원 곁의 저 바다 위에 있었는지라[13] 그리하여 그들은 결코 탁 소리를 내어 양보하지도 않았거나 혹은 규칙적인 손바닥 치는 짓을 멈추지 않았으니, 마침내 그들은 자신들의 둘 그리고 미세한 자신들을, 낙타와 당나귀, 회색 턱수염과 젖먹이, 승정과 거지, 모母부인과 논다니 아씨들 사이에, 진흙 폭풍의 참견복판으로 상륙했던 것이로다. 그 재판 모임은, 애란의 영농선후목장조직체英農先後牧場組織體[14]에 의하여 소집된 채, 애란의 멍청이를 하여금 얼굴에 자신의 형 덴마크인처럼 보이도록 돕기 위해, 랄리[15]에게 감사하게도, 대홍수에도 불구에도, 기독교인들과 유태인의 토템상[16]들로 구성되어, 다수 출석했나니, 분명히 산만한 종류의 것이었는지라, 그때 그〔페스트 킹〕는 어떤 문가門街에서 몇몇 돈내기 시합 계투를 통한 수탉 걷기에 이어, 지겨운 닭 놈이 아무 쓸모없게 되자,[17] 그 통행료 여女수금원이 그걸 그 신사 지방세 납부자에게 팔아 버렸나니, 왜냐하면 그녀, 말하자면, 프랜시스의 자매[18]가, *트로이 현장*[19]인, 싸움가街에서, 그의(그 동물의) 돼지우리 전면全面을 몽땅 먹어치웠기 때문이라, 그자의 6더블론 15지불 잔금, 잔소리꾼의 것이 아닌 악당 놈의 임대료를, 쉿 이든 쭉 이든 간에, 갚아버리기 위해서였도다.

현저한 증언이 이비인후의 증인[20]에 의하여, 이내, 제출되었는데, 그자를 웨슬린 성당[21] 신자들은 의구醫區광장, 영영零零 번지[22]에 거주하는, 평복 승정 W. P.[23]가 아닌 가 의심했거니와, 그러자 그자는, 자신의 미두米豆 엄호판모掩護板帽를 벗고, 심문 받는 동안 하품하는 것에 대하여 언짢게도 경고를 받자,

미소를 지었나니,(그〔W. P.〕는 아침에 암사슴 몰 부인(Mrs Molroe)과 이별주의 한 잔 만배滿杯[1]를 가졌던 터라) 그리하여 자신의 유도인誘導人에게 자신의 북구인 콧수염 말투 아래로 진술했나니(꿀꺽!) 자신〔W. P.〕는 어떤 선의의 길손과 함께[2] 여관에 잠을 자고 있었는바, 그리하여 소동의 O, 쥬노의 가절과 정겨운 지난날의 날짜[3]와 함께, 11월의 오汚일(5일)을,[4] 혼미하게, 기억하고 싶었나니, 그 날이야말로, 우조신雨造神의 뜻, 장식직裝飾織(금일), 뇌쇄腦殺(작일) 및 병동(내일)[5]과 함께 모두 하나가 되는, 하루살이 충들[6] 같은 세속의 역사 속에 영락하려 했는지라, 그리고 샘, 그이 및 모파트[7]와 같은 심하게 시련 받은 관찰력을 지닌 사람들을 도육屠肉하게도 감명하게 하는 한 가지는, 비록 그들의 것은 이유를 댈 것은 아니나,[8] 그에 대한 그 두드러진 일인 즉, 그가 자신의 밤의 시간에, 보고, 듣고, 맛보고 그리고 냄새 맡아 부석화父石化된 사실로, 월력에서 한 혼성자요 언화가言畵家로서 서술되는, 문학사(B. A.) 히아신스 오돈넬[9]이 어떻게 한 시민 평화[10](쇠스랑에 대한 게일어역語域)[11]의 역役과 함께, 아름다운 녹지 위의 24시각에 또 다른 두 노왕老王들, 노도질풍과 노호비탄怒號悲嘆 2세[12]를 단도직입적으로 패부敗負, 패배敗北, 패자敗刺 및 패살敗殺하고자 탐했는지 이었도다.(도취자跳醉者의 우전성牛戰性!). 쌍 왕들은 저능아들인지라, 비성非聖 누가된 채,[13] 무주소無住所라 그리고 전달 불능으로, 그자와 하자何者 사이, 루이스 협약[14] 전前 강타이후. 내내, 황소를 침략한 보어곰 전쟁[15]의 이유로 나쁜 적대혈敵對血이 존재했거나, 또는 그가 자신의 북극곰 털을 두 갈래로 애초 쪼갰기 때문에, 또는 그들이 소품소설에서처럼 한 식당 여종업원을 두고 포도호행葡萄狐行했거나, 베짱이[16] 군식群食을 했기 때문에, 또는 그들이(묵黙벙어리와 우愚귀머거리) 실수를 미스라고 말할 수 없었기 때문이었도다〔따라서 자질구레 싸움이 끝이지 않았다〕. 소송자들은, 그가 말한 바, 지방의 희자喜者들이요 용자들이며, 아란 섬과 달키 연안[17]의 왕들, 이도泥島와 토리 섬의 왕들, 심지어 킬롤 그린의 목양 왕[18]들인지라, 둥근 적색, 카르타고의 궁강모弓強毛를 지니고,[19] 이조드의 탑정塔頂[20]으로부터 분홍의 하의下衣를 흔들거나 소리치는, 미녀 모형의 여성 지지자들에 의하여 부추김을 당했도다. 그러자 거기 법정의 조밀석稠密席에서부터 그리고 보허나브리나 도회[21]의 더블린 사내들로부터 고함 소리가 쏟아졌는지라〔이하 법정의 부르짖음〕 바나가허(Banagher) 출신의 토박이[22]를 유의할지라, 마이크, 이봐요! 오도노(O'Donner)를 석방할지라. 그래요! 그의 유품을 증거로 제시할지라! 부우! 혀를 더 사용할지라! 입술을 덜 비죽일지라! 그러나 사자死者의 암경법정暗景法廷[23]에서 안면경화顔面硬化[24]된 시판試判의 반대심문을 통하여, 저 밤들 중의 밤 저 3자들〔숲속의 3군인들〕간의 매복이 언제 및 어디였는지, 새어나온 것이란.(거칠게 부루퉁 말하거니와, 새벽의 어둠 사이 반시간 전후,

워터호스[1]의 중앙 유럽[2]의 시간에 의하면, 정지停止와 사고思考 가까이, 사방상록四方常綠 고주지高主地[3] 및 고총古冢의 땅에 단지 한 그루의 윤락 사과나무 뿐), 과부의 고월孤月로부터 아이의 제단을 흐리게 할 정도의 빛만큼도 비치지 않았다는 것이다. 그 혼성인混成人〔앞서 히아신스—O'Donnell—증인〕은, 따라서, 그리고 그 위에 최고의 바젤[4] 저음低音으로, 가청적—가시적—가영지적可靈知的—가식적可食的 세계[5]가 자신을 위해 존재했던 저 행운의 수탉들 중의 하나인지 아닌지에 관하여 통명스럽게 대질심문을 받았도다. 그는 단지 너무나 동지적同知的으로 동족적으로 동고적同考的으로 그것을 확신하고 있었는지라, 왜냐하면, 사는 것, 사랑하는 것, 숨 쉬는 것 그리고 잠자는 것은 총형태음악적창조總形態音樂的創造인지라, 마치 그가, 자신이 종을 쨍그랑쨍그랑쨍그랑쨍그랑 울리도록 한 일을 그가 생각하고 그가 듣고 그가 보고 그가 느꼈을 때마다. 그는 가장 의미심장하게 행동하듯 했도다.〔이하 검사와 증인 B. A. 오도넬—HCE 간의 질의응답〕 그는 이처럼 왕이요 작업복인人의 직무에 말려든 자신의 허이虛耳나 진위의 무리들의 명칭들을 또한 실질적으로 확신했던고? 그것을 그는 특이特虱하게 그렇게 했도다. 확증되어? 천격자賤格者로서 있을 수 있듯이. 속일지라! 혼자 외로이 나는 할지라. 그건 병적인(Morbus) O'혹인或人(Somebody)이었던고? 과연. 수요水曜의 자식? 수혼水婚의 호색가. 그리하여 어떻게 저 녹안綠眼의 괴자傀者[6]가 문학사(B. A.)에 도달했던고? 그것이 녀석의 성적두成績頭를 닮았다는 것. 강갈색强褐色의 어색한 눈, 흉화兇花의 둔이臀耳, 나팔총부리의 코[7] 및 믿을 수 없는 입을 가진 전도된 함정가陷穽家? 당연 그는 그러했으리라. 사육死肉이 식탁에 차려질 때 누가 10야드 가득한 접시에 달린 그대를 씹을 수 있으리오? 좌우측에. 어떤 중요 음용飮用 우물 역시? 흑주黑酒. 그리고 공중제비 비둘기 다리와 더불어, 재천명再闡名된 총 헬밍함(H) 엘베갯머리(E) 루터(R) 그버트왕王(E) 크롬웰(C) 오딘(O) 맥씨머스(M) 에스메(E) 색슨인(S) 이사아(E) 벨게일 추장(V)[8] 북구왕王(E)[9] 루퍼렉트(R) 이와라(Y) 벤틀리(B) 오스먼드(O) 디사트(D)[10] 북구세목北歐世木(Y)[11]이 되는고?[12]〔오도넬의 명칭 이상 18접두 철자의 총화 Here Comes Everybody〕 성스러운 성인 에펠탑[13]에 맹세코, 당當불사조여! 수선일水仙日과 벙어리 장면(심해)[14] 사이에 있었던 것은 재차 차드의 마그놀[15]이었던고?〔검사의 계속적인 심문〕 두 아탐정兒探偵이 그〔죄인—HCE〕의 황소[16] 모습에 워워 갑작 놀랐으나 그의 바위의 갈라짐은 삼림森林의 일시 몸을 웅크린 세 사악한 밴쿠버인〔공원의 3군인들〕 때문이었음이, 그대는 확실한고? 야夜, 컴비룸이여 오라![17] 그리하여 그는 북구우족北歐牛族[18]의 의회 의원 중의 하나, 웅 어때? 그리하여 그가 거기—롱의 꿀꺽 술통 주토酒土에 한 가닥—아픔이—있다네[19]를 연주하는 박애의 샘(泉)으로 재선再鮮되었던고? 에드워드경[20]을 잃고 분수 외과의 필립경[21]이 없었던들 포터 랜드가 상찬하는 다섯 램프[22]로부터 이렇게 더 많은 콸콸 물소리의 거품을 빨아들일 수 있었으랴. 비틀거리는 윌리엄과 암말 성聖마리아?[23] 그들의 말을 듣지 않고, 흑지黑池[24]에서 자신의 엽생시葉生時를 씻어 내리며. 그러나 물론, 그〔죄인—HCE〕는 자신을 템[25]으로, 또한, 부를 수 있었으리라, 만일 그가 그럴 시간이 있다면? 그대는 기필코 여하시如何時 그럴 수 있으리로다. 그가 기뻐했을 때? 승勝과 장소.

엿듣는 말言에 의해 유혹된 채, 마찬가지로 증인이기도 했던 마부에게 대항하는 화부?[1] 신성한 화신化身이여, 경칠 도대체 어떻게 하여 그들은 그걸 추측했던고! 하나의 범선 속 두 가지 냠냠 꿈? 맞았나니 그리고 무과오無過誤. 그리하여 양쪽 편두의 결투처럼 닮았는고? 두명묘明하게.[2] 그런고로 그〔HCE—죄수〕는 대중으로부터 쫓겨났나니, 그랬던고? 권력은 그 자신이었는지라. 왕자는 원칙적으로 자신의 신분을 노출시켜서는 안 되는고? 뭘 기대 하는고![3] 러시아 동료? 머지않아 골웨이인이라 그는 말하리라. 술 취하지 않지 않은 채, 공평한 증인? 승어僧魚〔HCE〕처럼 술 취한 채. 그가 토연吐煙하는 걸 그녀가 상관할지 안 할지 물어 볼지라? 그가 불가래火痰를 불 살리지 않는 한 무관이라. 그의 만배滿杯[4]에 대한 자신의 분출탄噴出歎에 대해서, 뭐라? 그건 물론 재차 조잡과 조악粗惡의 조행粗行이었나니. 그 우아 양讓은 호도상狐道上의 노랑이 와트[5]가 어떻게 변했는지를 의심할 바 없이 민감했던고? 그녀는 특상特常 그랬나니, 나를 대의大疑치 말지라![6] 그〔HCE〕의 종교에 관해서, 만일 어느? 그건 일요일에 봅시다하는 따위였도다. 정확히 그가 의미하는 남색꾼 도둑이란? 야곱에 맹세코, 바로 사순절 기도를 행한 사이비 신사〔HCE〕.[7] 그리하여 만일 중급의 포도주 탐음자貪飮者가 한 일상의 짐승이라면? 야간에 빈털터리 사내에게 구토처럼 유익할지니. 만일 그가 그들의 군법소의軍法沼議를 인식했었다면? 나날의 그 날은 그에게 그저 그랬는지라. 린던델리〔북 아일랜드의 주〕, 코크 또는 스킬이, 문門(gate)없이 "gart"의 철자를 어떻게 쓸 것인고?[8] 무일적無一適. 목초건牧草權(마님 규율부인)은 산양山羊의 종부種父의 만료(죽음)와 더불어 만료되었던고, 만일 그들이 틀리지 않았다면? 그는 신앙 숭배자들에게 정확하게 말할 수는 없었으나 그의 섭금류조涉禽類鳥의—양모養母가 관棺의 가격 영수증을 갖고 있었는지라, 그녀 자신이야말로 그들에게 새끼고양이를 말할 수 있었던 구형 자전거였음을 자신이 그들에게 말하기 위해 그곳에 있었도다. 파운드인人의 턱 뼘 속의 토스카나식式 설어舌語를?[9] 전나팔음前喇叭音의 모제母題에 관한 부父의 후명後命. 배분종점配分終點? 그리하여 우리는 재권再勸하나니. *왜 산양인고?* 무답無答. *그대 어디에서 급히…?* 무無 아하(노아). 그대는 화산의 연변年邊에서 현혹무眩惑舞 춤추고 있지 않은고?[10] 서경西卿, 나는 과행果行이라. 그리하여 그〔HCE〕는 얼마나 나이 먹었는고? 그는 팔리어의 연구에 의독意督했나니[11] 두 획의 사필寫筆로 의미하는 것은 오검 문자[12]의 매듭 실 장식 아니면 핀의 삼모형三帽型의 사닥다리형型 중 어느 의미였던고? 지표면의 덤불 아래의 퇴절腿節 두頭는 히스의 황야를 통하여 뱀을 미끼로 물방아 도랑까지 꾀리라. 팔a 새b 색소c 지화指話문자d 인종e 요새필경? 확실한 그리고 사람에게 편리한 조탈프손과 마찬가지로. 가짜 이아손,[13] 그런 다음, 돼지새끼 거위로서? 교황의 명령에 따라, 고양이 꼬리처럼 진실하게[14] 이거 참 놀라운 일? 실정법으로 진사실眞事實로. 그러나 왜 이러한 손수건 요술희롱이[15] 그리고

〔이어지는 HCE에 대한 심문〕 언제부터 이러한 제2의 음률이, 쑨孫—이逸—센仙(쑨원孫文, 태양자太陽子)을?[1] 그〔쑨—이—센〕는 평화 단 사건[2]의 짐승껍질 바지를 입고 땅에 머리 조아려 고두叩頭를 했도다. 고로 이리하여 저 태양자매들〔공원의 두 소녀들〕은, 우열도박優劣賭博에 도발하면서, 노동당 작가[3]로부터 상찬을 받았던고? 어중이떠중이[4]를 불쾌 추방하다니, 놀음(성교)을 크게 좋아하지 않았기 때문이었도다.[5] 그리하여, 매판원들을 변경하면서, 왕의 머리로부터 공화당의 양팔까지, 시부時父의 둔부를 둘러싼 성교서광기性交瑞光期와 파종내우播種來雨의 우기의 섭정攝政[6] 동안에, 마주기하강시馬走旗下降時로부터 경마 게시전도박揭示前賭博까지,[7] 측활성測滑星 및 조풍朝風 와승渦昇(와인드업)과 함께 야기된, 그 호전성에 대하여, 어떻게 그들〔소녀들〕은 당시 그〔HCE〕에게 호소했던고? 때는 브레이 언덕 일대의 야화野火의 밤[8]이였도다. 미크마이클〔대천사〕의 칼이 천막창공을 꿰뚫고 공포의 아우성을 지르며 그리하여 네카니콜라스 악마의 빵 구이 포크가 다랑어의 부레를 갈래 날로 찌르나니. 광전光戰이 있게 할지라.[9] 그리하여 있었도다. 연무전煙霧戰. 천사의 좌座 위에[10], 그대는 말했던고? 그자들이 말한 것 그리고 영겁永劫 사이의 에다의 기니 골짜기,[11]〔피닉스 계곡〕 그는 말했나니. 그럼, 북구 신화의 한 복판[12]에서? 그들은 그것을 손대서는 안 되는지라. 그 열애하는 쌍은 한 사람 또는 농신산農神山의 족항足港[13]의 불우계급의 일에 종사하는 단지 두 실망한 여간 청자女懇請者들〔공원의 두 처녀들〕이었던고? 그래서 그것이 그에 관한 모두였나니, 여호와여! 그리하여 그때 문지기 카메루스가 다른 게메루스[14]에게 말했나니 나는 그대를 웅당 알고 있기 때문에? 더할 나위 없이. 그리하여 게메루스가 카메루스에게 말했나니 그래, 그대의 형제? 폐廢절대적으로. 그리고 만일 그것이 그것에 관한 모두라면, 소문난 나리? 그것과 다른 것에 관하여. 만일 그자〔HCE〕가 벽의 전혈全穴에 관하여 암시하고 있지 않았다면?[15] 그건 그가 여인의 전체에서 회피하고 있었을 때 그가 그랬던 것이라. 요약컨대, 어떻게 하여 이러한 만사 시작이 마침내 그에게 당장 타격을 주었던고? 다종多種판함의 은행을 파괴한 날카로운 크랙 소리처럼[16] 그는 모두가 의미하는 바를 동의했는지 안 했는지? 만일 그가 그랬다고 가정매독假定梅毒하면 저주받을지니. 토마, 토리서, 토마[17]의 톰? 수노루 왕국의 역질疫疾의 깡패. 초화제超話題의? 그리고 하위 인간적. 만일 그렇다면, 야프형型 소란언어로, 악크 악자惡子? 오오! 아아! 만성비인후慢性鼻咽喉의 안이염증眼耳炎症이라, 삼일열적三日熱的으로 말하건대, 우린 잘못이라고? 충격적! 이를테면 모모 그 자체 우리들의 진짜 오레일리[18] 그가 그럴 수도, 그가 결코 그렇지 않을 수도, 그가 그날 밤 결코 않을 수도? 목木진짜로 그리고 참말로. 창녀녀갈보년년오입쟁이이사창가가[19]매춘부부음탕녀녀매춘녀녀매음녀녀우상숭배자자청루굴인인青樓窟人경칠칠지독한부불알녀녀, 웅?[20] 그대는 온당하도다.

매음한賣淫漢 분춘부糞春婦여! 그러나 새로운 국면이 문제에 봉착했나니〔재판은 새로운 국면에〕 그때 당혹스럽게도 비非유죄선 고적 재판관석을 향해(그 위에 카르타고의[21] 불신판不信判이 형벌법과 겨루었도다). 모두의 고령왕[22]〔Kesty King—이제는 Pegger 말뚝박이—Festy—Beggar—HCE〕,

말뚝박이 페스트, 몇몇 활발한 배심원들의 요구에 의하여 얼굴의 치장벽토治裝壁土의 외층外層이 벗겨지자마자, 자신이 맹세한 브리튼[1]의 통역을 통하여, 아주 즐거운 코로스마스[2]를 위한 행복의 기원과 함께, 시정詩情의 광廣폭발의 목소리로 선언했나니, 한편 유의하건대, 공원의 식용 돼지들의 공주公主 크리오파트릭[3](암퇘지)에 의해 탐식 당한 이야기[4]의 골骨의 유물에 맹세코, 하느님과 모든 그들의 명예 그리고 왕의 재판소[5] 앞에, 그가 던달 간[6]의 계층 또는 다른 어떤 계층에 맹세하고자 하는 바, 비록 살아있는 칠면조가 자신을 뒤쫓아 다닌다 해도, 거기에는 확실히 절도 행위가 없었으며, 게다가 그럼에도 불구하고, 저 암담한 귀 큰 집게벌레〔HCE〕의 코 심술쟁이 창자 인후로부터 퇴적된 것, 그〔피고—페스트〕는 자신이 태어나기 전에 또는 후에 그리고 그 시각까지 한 개의 돌멩이도 폭발시킨 적이 없도다. 그리하여, 심문자들이 마크아더[7]에 관하여 이야기할지, 또는 그들이 바라스타티[8]까지 이동할지, 혹은 그들이 인접 노당勞黨에 가입하거나 그들이 일월신국日月神國까지 계속 여행할지, 부수적으로 추측하면서, 바로 이 결정적 타격 논쟁자〔페스트—피고〕는 그의 외향의 북동풍을 타고 목을 활처럼 구부려 머리로서 보증하거나, 방금 씻은 나안성裸顔性으로, 진독자唇讀者〔심문자—판사〕에게, 월광의 희망과 나란히 항변함으로써, 꼭 같은 왕의 교황절대주의 반대 법으로,[9] 항소원 판사 일동이여, 왜 자신〔피고〕이 더블린을 떠났는지에 관해 그 동안 내내 여러 해 동안 연구年究해왔던 수석 재판관 나리[10] 및 배심원 신사들[11] 및 사대가四大家들[12]에게, 그 타당한 이유를 자신이 전하고자 한지라, 즉, 불멸의 일배수一杯水로 숙명을 법전화法典化하면서, 마치 이니스도인島人(Inishman)은 어느 관동육인關東陸人과 매 한가지라, 만일 그〔피고—페스트—HCE〕가 여명의 조조[13] 전에 시장의 소육燒肉으로서 비명非命한다 해도,[14] 이 세상 또는 다른 세상 또는 게다가 어느 한쪽 세상의, 청년토도靑年土島[15]의 광경이나 혹은 빛을 보는 모습을[16] 결코 요구하지 못할지니, 그 순간 그가 거기 도깨비 상자 안에 있듯 진실로, 또는 생주生酒의 무진장의 주연각배酒宴角杯를 휘두르거나 또는 휘감으면서.(달갑지 안도다!) 전공戰恐의 발할라[17] 신전의 그의 영웅들과 함께 응영도자鷹領導者들[18]의 감동적 불火의 미지우상신未知偶像神의 환배비배歡杯悲杯를 행하는 일, 비록 있다 해도, 그〔페스트—피고〕가 모든 그의 재무생애財務生涯에 있어서 대법관청에 손을 들거나 씻는 일, 저 가장 신성하고 모든 축복 받는 시간까지 교례敎禮〔세례〕 받기 전이나 아니면 후에도, 인간이나, 향사양민鄕士羊民 또는 구세군에게 한 자루 치명장致命杖 혹은 일개석一介石을 집거나 던지는 일은 드물었을지로다. 여기, 반슬두半膝頭 성구城丘[19]같은 자식 놈〔피고〕이 그의 성료聖僚에게 앞발을 쳐들고 로마신神 토릭(Godhelic)의 진신앙眞信仰(faix)의 신호를 하려고 어색하게 시도하자〔맹세하려하자〕.(만사형통, 건강강복![20]—그의 홍분 속에,

〔092—093〕 공원의 불륜을 위한 재판상의 페스트 킹—자유롭게 풀려난 페스트 킹.

〔092.06—092.32〕 이탈리아 철학자 Bruno의 〈반대의 두 대등성(일치)〉(tsce et ille).(그의 원리) Festy와 WP에 의해 예증(例證)된—윤년 소녀들의 결정적으로 후자로의 하강.

〔092.33—093.21〕 4판사들이 자신들의 평결을 통과하다—Festy가 윤녀潤女의 불찬성에, 무죄로 석방된다.〔그는 처벌을 모면하다〕. 풀려난 킹이 자신의 사기를 토로하자, 소녀들에 의하여 비방 당한다.

이 약자若者〔피고—페스트〕는 비상非常의 카스티아어〔러시아어〕를 터뜨렸는지라, 그 속으로 전체 청중들이 그를 성가시게 뒤따르며 추종하다니 *〔부패腐敗 단지로다〕*[1] 옥당獄堂의 소유자들로부터 박장대소가 터졌는지라(하!) 그 속에, 메칠 향봉주香蜂酒의 완화緩和 아래, 그 증언발사자證言發射者〔피고 페스트—HCE〕는 혐오스럽게도, 그러나 여느 때의 숙녀다운 무례로서, 합세했도다.(하! 하!)

말뚝박이(Pegger)〔숀 격〕의 종료의 들뜬 폭소는 거나한 맥주들이(Wet Pinter)〔증인 솀 격〕의 비조悲調와 산뜻하게 경쟁했나니 마치 그들은 이것과 저것 상대 물의 동등인양, 천성의 또는 정신의 동일력同一力, *피타자彼他者로서, 그것의 피자피녀彼子彼女*[2]의 계시啓示에 대한 유일의 조건 및 방법으로서 진화되고, 그들의 반대자의 유합癒合에 의한 재결합으로 극화極化되는도다. 현저하게 상이한 것은 그들의 이원숙명二元宿命 이었도다.[3]〔이상 브루노의 대응설〕 한편 바의 여급들.(무쌍의 도박 삼십감이賭博三十減二[4] 태음력수太陰曆數) 그때 춘화春花들이 무수인어담無數人魚談(myrrmyrred)했나니 그가 그들에게 우편 집배인〔숀의 암시〕으로 보일지라. 그 고의적으로 억압된자 주변에 퍼덕대고 피첨被諂된 채, 그를 돼지의 상賞으로 지명하면서, 그를, 그 매료적인 청년[5]을, 자신의 주변에 모든 별별 감성感性을 지닌데 대하여, 찬사를 보내면서, 그의 곱슬머리를 통하여 히아신스 꽃을 냄새 꽂으면서(오주酒여! 오 누淚여!) 그리고 그의 뺨에 키스 루즈, 그들의 남성적 애란 장미[6](그의 호질好姪의 색상이라!), 그리고 그를 위해 그의 멋진 새 목도리를 목에 감아 주면서 그리고 나의 우편 집배의 잡색 장식 시중꾼으로 하여금 그들 모든 그의 지칠 줄 모르는 젊은 아씨들을 믿도록 그리고 그들의 세월 속에 기쁨을 보내도록 그들의 멋지고 맛있는 캔디 사탕과 더불어[7] 그의 모직가방을 빽빽 훈제 식食인양 죄고 있었도다. 휘멘〔축하녀女〕. 그러나 그것이 그러한 참석자들, 그들의 숭배자들의 주목을 받지 않지 않았나니, 어떻게, 모든 사람들 가운데 한 사람, 음력월자매陰曆月姉妹 독신 클럽에 의하여 그를 명예훼손(탈脫 여인화) 하는 것을 위탁받은 그녀, 사랑으로 보이는 한 윤녀閏女, 모두 모두 홀로, 현기증발췌야기眩氣症拔萃惹起 구능丘陵[8]의 용담龍膽 보석을, 그는, 자신의 비혼성非混成의 감탄 속에 아연 실색한 채, 장님으로, 벙어리로, 무미無味로, 무無촉감으로, 숙모宿慕로운 척 했는지, 빛나는 교합 속의 남상녀男上女로서, 그의 자신의 치모恥貌를 그녀의 그녀 것의 가물거리는 미광 속으로 변용 시키면서.(젊음의, 미남의, 그는 그녀의 단골손님 그리고 그녀는 자신이 누누구집에 쾌행快行할 때 마마마에게 말하리라)[9] 마침내 그녀의 아담담雅淡淡의 거친 욕욕망이 가장 음악적으로 그의 숀 우차郵車의 어두운 심심연深深淵 사이로 용해되도다.

그리하여 마음이 산란된 채(왜냐하면 그것이 야기하도록 원인이 되었던 것의 결과가 야기하게 한 것의 원인이 되다니 결과에 있어서 바로 이것이 아니었던고?) 4최고 대법관들, 운티우스, 먼시우스, 펀처스 및 피락쓰[10],〔4대가들—판사들〕 모두 함께 그들의 가발을 맞대고 집고集考했나니 그러나 겨우 반포頒布하지 않을 수는 없는지라,

노란 브루노[1]의 그들의 관례적 평결을, 그에 이어 킹〔페스티—페거 또는 셈〕은, 자신이 알고 있던 모든 영어를 살해한 연후에, 그의 포켓을 쪼아내고 황급하게 토미니로미니(Tommeylommey)[2] 텅 빈 호주머니 달린 웃옷 자락을 질질 끌며, 자기 자신이 진희眞稀의 신사임을 입증하기 위해(글쎄 어쩌리오!) 브리지드 성자[3]에게 바지의 헝겊조각을 자랑스럽게 보이면서, 면죄 받아 재판소를 떠났는지라, 스위스 교황청 호위병 관리자[4]를 향해 인사했도다! 오늘 건강은 어떻소, 오 고결한 털보 양반, 고상한 암당나귀 신사?[5] 그 화주애자火酒愛者〔호위병〕는 심지어 마상식인馬像食人의 철판鐵板[6]을 닮은 위장을 바꿔 놓을 정도로 포도주 냄새나는 40불굴연륜不屈年輪 적력무성파열음赤力茂盛破裂音[7]으로 응답했도다.(우리는 그자의 일격뇌관一擊雷管, 강세强勢를, 준비하고 있었는지라, 그러나, 불의의 습격에 대비하여, 이제 우리는 분화구로부터 분출가스[8] 마냥 그걸 다스리고 있도다!) 그런고로 30감減 2의 모든 옹호 여인들〔28무지개 처녀들〕은 메아리 속에, 전규戰叫에 자신들의 짧은 팬티를 잡아당기면서 말하기를 익살문사〔문사—셈〕 피할지라! 안전하게 그리고 건전하게 저 여성적女性敵의 파리 교구민 새침데기[9]를(어찌 감히 그가!) 즉흥적으로 당장 귀가토록, 모든 잘못된 여성 증여자들에게, 그가 아주 감사하게도, 성聖비둘기에 맹세코,[10] 음주전飮酒戰의 음침거옥陰沈居屋로〔셈의 거소〕 축구蹴球시켰나니, 거기(왠고하니 그대의 진짜 사슴고기 조달자 '에서'처럼 그〔셈〕는 친親사슴 마냥[11] 밑바닥으로부터 비둘기 수줍어했기에[12] 그는, 사실 자신이 괴롭힘 당하듯 진흙의 통조痛鳥처럼, 그 속(동물원)에 폐좌閉坐했는지라, 정조대의 미인들이 집규集叫했도다. 그대 그리고 우리들의 무색의無色衣에 대한 그대의 차고다변재능車庫多辯才能이여! 그리하여 절규했도다! 빨치赤恥! 주치朱恥! 노치黃恥! 초치綠恥! 파치靑恥! 남치藍恥! 보치蘿恥라!〔소녀들의 그에 대한 수치〕.

그리하여 그것〔재판〕은 모두 그렇게 끝났도다. 아다(雅餡) 칼마(쾌락) 달마(본성) 막사(해설).〔4대가들 또는 인생의 4종終〕 열쇠(kay)를 시성詩聖에게 요구할지라. 모두들 그들의 비탄을 들었나니 그리하여 모두들 그들의 갈채를 귀담아 들었도다. 편지便紙! 파지破紙![13]〔재판관들은 케이트에게 편지를 요구한다〕 그리고 한층 위급하면 더욱 신호辛好하나니![14] 눈썹 필화筆畵, 입술 점화필點畵筆에 관한 것. 말을 빌리며 질문을 청하며 부싯돌을 훔치며 그리고 비누 마냥 미끄러지면서. 어두운 로사 골목길(Rosa Lane)로부터 한 가닥 한숨과 울음,[15] 방종한 레스비아(Lesbia)로부터 그녀의 눈 속의 빛,[16] 외로운 꾸꾸 비둘기 발리[17]로부터 그의 노래의 화살,[18] 숀 켈리(Sean Kelly)의 글자 수수께끼[19]로부터 이름에 얼굴 붉힘, 나는 살리반 그로부터 저 트럼펫의 쿵쿵 소리인지라,[20] 고통 하는 더펄인(Suffering Dufferin) 그로부터 그녀 식의 기다림,[21] 캐슬린 매이 버논으로부터 그녀의 필경 공정한 노력,[22] 가득 찬 단지 커런으로부터[23] 그의 스카치 사랑의 매크리 모母, 찬송가 작품 2번(Op.2) 필 아돌 포스로부터 지친 오,[24] 곁눈질하는 오, 떠나는자者 사무엘 또는 사랑하는 사무엘[25]로부터 저 유쾌한 늙은 뱅충이 할멈[26] 또는 저 싫증나는 빈둥쟁이, 팀 핀 재삼再三의 연약한[27] 부족部族으로부터 그의 유령에 대한 힘의 상실,[28] 녹지의 결혼식[29]으로부터 경쾌녀女들,[30]

〔093.22—094.22〕 고로 그것은 모두 종료된다—편지는 어떻게 되었나? 이들 대법관들은 노란 브루노(Nolans Brumans)(의지의 반대)의 관례적 평결을 공포한다. 이어 킹(피고 페스티—킹—HCE 격)은, 자신이 알고 있던 모든 영어를 살해한 연후에, 면죄 받아 재판소를 떠났다. 그는 자기 자신 진희의 신사임을 입증하기 위해 성자들에게 바지의 검은 헝겊조각을 자랑스럽게 내보이면서, 스위스 호위병의 교황청 관리자를 향해 인사했다. "오늘 건강은 어떻소! 문사 셈?"

〔094–096〕 4노인 판사들이 사건을 개작하고 과거에 관해 논쟁한다.

〔094.23–095.26〕 4심판관들이 회상하다—특히 그〔HCE〕의 과도한 냄새에 관하여. 4노인 판사들이 사건을 개작하며, 과거에 관해 논하다.

유쾌남들의 사랑의 도피처 그레탄, 팻 멀렌, 톰 말론, 단 멜돈, 돈 말돈으로부터, 멀둔인人들에 의한 외호촌外濠村에서 행해진 너저분한 피크닉,[1] 자신의 어리석은 여인〔ALP〕에 의하여 구조된 충실한 남자[2]〔HCE〕. 불난 관가棺家처럼[3] 탁탁 우지끈대며. 꼭대기에서 울먹이는 느릅나무가 얻어맞자[4] 신음하는 돌멩이[5]에게 말했도다. 바람(Wind)이 그것〔편지〕을 부수었나니. 파도가 그것을 지탱했도다. 갈대가 그것에 관해 글 썼나니. 말구종이 그와 함께 달렸도다.[6] 손手이 그것을 찢고 전쟁이 거칠어 갔나니. 암탉이 그것을 시탐試探하고 궁지가 평화를 서약했도다. 그것은 교활狡猾로서 접혀지고, 범죄로서 봉인되고, 한 창녀에 의해 단단히 묶여지고, 한 아이에 의해 풀렸도다. 그것은 인생이었으나 정당했던고? 그것은 자유로웠으나 예술이었던고? 언덕 위의 그 늙은 곰 놈이 그것을 무결완독無缺完讀했도다. 그것은 엄마를 즐겁게 만들었고 자매를 너무나 수줍게 그리고 셈한테서 약간의 빛을 문질러 없앴나니 그리고 존에게 약간의 수치를 불어 넣었도다. 하지만〔편지 속에는 비애가 있나니〕 우나와 이다[7]〔두 소녀들〕는 한발旱魃과 함께 기근饑饉을 철산綴散하고, 선목자先牧者, 아그리파〔왕〕[8], 자신의 탄왕좌嘆王座 속에 삼중고三重苦[9]를 철자綴字하도다. 아하, 과실果實을 두려워할지라, 겁 많은 다나이드 딸들아!(Danaides)[10] 한 개 사과沙果, 나의 사과, 약자는 여자 그리고 둘에 차茶, 둘과 둘 그리고 셋,[11] 아니어 아아 우리는 슬프도다! 아몬드 눈을 한 무화과나무 한 쌍, 한 오래된 과일 딱딱한 호박 그리고 익살맞은 세 개의 모과나무 열매들. 그리하여 그것은 어찌 그의 경건한 아들〔HCE〕로부터, 일시壹市가 솟았나니, 핀핀(지느러미) 펀펀(재미재미)[12], 토착한 화살. 자 내게 말해요, 내게 말할지니, 그럼 내게 말할지라![13]

그건 무엇이었던고?

알(파)………!

?…………오(메가)![14]

그런고로 그대가 지금 거기 있듯 그들이〔4판관들〕 과거에 거기 있었나니, 그때 만사는 다시 끝나고, 그들과 더불어 4사람이, 그들의 판사실 주변에 착석하여, 그들의 연방재판소[15]의, 기록보관실[16] 안에, 랄리(Lally)〔순경〕의 주최 하에, 그들의 법의 오랜 전통적 테이블[17] 주변에 자, 내게 말해요, 내게 말할지니, 그럼 내게 말할지라! 자, 내게 말해요, 내게 말할지니, 마치 다수 아테네 소론 입법자들[18]처럼 총동일건재삼總同一件再三을 상담하기 위해,〔편지는〕 더할 나위 없이 진실로 메마른지라.[19]〔판관들〕 법의 음주를 통인痛忍하며. 킹〔King—증인〕의 에벌린(증언)에 따라. 그녀의 산양신山羊神에 맹세코 그리하여 책에 키스를.〔그들은 재잘댄다.〕 축제 및 히아신스 및 용담 뿌리 및 그녀의 무우 다리 페티코트[20] 그리하여 지금은 십이지장을 잊지 말지라. 그들 4사람 그리하여 법정에 감사하나니 이제 모두들 사라졌도다.[21] 그런고로 포트주酒를 위하여 포트(항구)를 통과하다니. 곧 그러할지어다. 아하 저런! 그리고 그대 기억하는고, 싱가보브(Singabob),[22] 악부惡父, 바로 그자, 그 여차여차한 위인, 그리고 그의 옛 별명, 불결한 아빠 늙은 어릿광대〔모두 HCE의 별명들〕, 그의 시장독점에서, 두 장미 전쟁[23] 뒤에, 뱃사람의 승정僧正인, 마이클 빅토[24]와 함께,

[095.27—096.25] 그리하여 고로 그들[4노인들]은 과거에 대해 아주 불이치不一致하게 조잘 됨을 계속한다.

태교황怠敎皇으로부터 그[HCE]가 자신의 율법지사면律法紙赦免을 포착하기 전에, 늙은 위威미노스1) 및 요크 목사?2) 나는 상관하는고? 나는 저 몬족族3)[HCE]의 분출을 무역풍 날의 발리 마을의 비료 공장4)처럼 상관하도다. 그리하여 그 오몰라 아녀阿女들과 그 오브리니 해장미녀海薔薇女들5)이 그를 적안赤顔토록 조롱하면서 그리고 빈정대다니. 안녕하세요, 야단법석, 북北씨氏? 날 임신시켜 봐요! 아하 실례! 멍멍 계속해 볼지라! 진술음담陳述淫談 꿀 술 음담 할 때6)! 예라7), 왜 녀석은 백일해百日咳 그리고 죽을 폭음해暴飮咳를 행하는 저 낡은 가스 미터8)를 상관한단 말인고 그리고 그녀를 뒤쫓아 남측의 모든 새들이,9) 말괄량이 커닝엄,10) 그들의 친애하는 이혼남 다링, 쇠지미 및 불행남男 조니11) 그녀의 기둥서방 되기 위해? 덤벙대지 말지라. 우리들의 작은섬(島)의 콜크에는 3개의 다른 모퉁이들이 부동하고 있나니. 확실히, 정말 난 그를 정말 원후遠嗅 할 수 있는지라, 군구郡區의 숨결을 뺏을(움찔 놀라게 할) H2 CE3를!12) 젠장 그리고 나는 나 자신처럼 그를 너무 비취鼻臭하나니, 참깨 씨(種)13)로 가득한 그의 레몬처럼 보이는 마대馬袋를 가지고 케이(K) 월(Wall)14)을 32대 11로 끌어올리면서, 그 백면白面의 카피르인人,15) 그리고 녀석의 정액의 방출 그리고 놈의 냄새 발린 목소리, 그의 천둥치는 큰 갈색의 캐비지를 폭폭 불어내며! 파!16) 난 그의 아빠의 경칠 자식을 위해 한 마리 갈매기 됨을 기꺼이 하도다! 멋지나니, 녀석이 말하는지라, 소심세자小心細者! 그래 두통거리, 나는 말하는지라! 오 산들 바람! 나는 저 애송이를 누구보다 오래전에 비흡鼻吸했도다. 그건 내가 서부의 바깥 조부祖父였을 때였으니 그녀와 나 자신이, 그 적두赤頭의 아가씨, 시카모어 골목길17) 아래 첫날 밤 질하면서. 멋진 더듬기 놀이를 우린 했었나니라, 무성림茂盛林의 시원한 천초茜草의 땅거미 속 뒹구는 키스 침대에서. 팜파스 대초원의 나의 향기, 그녀가 말하나니(나를 뜻하며) 그녀의 하광下光을 끄면서, 그러자 나는 저 큰 양조인의 트림과 친교를 돈후敦厚히 하기보다 그대의 청결한 산 이슬18)의 값진 한 묶음을 조만간 마실지로다.

[4심판관들의 수풀 속의 옛 사건들에 대한 개관] 그리하여 그들은 이야기를 계속했나니, 사병남四甁男들,19) 분석자들이20), 기름을 바르듯 그리고 다시 핥듯, 그녀의 누구 이전 및 어디 이후 그리고 어떻게 그녀가 고사리 속에 멀리 사라졌던고, 그리고 어떻게 그가 이근耳近 속에 깊이 죽어 발견되었던고 그리하여 바스락거리는 소리 및 지저귀는 소리 및 삐걱거리는 소리 및 찰깍하는 소리 및 한숨 소리 및 칠하는 소리 및 쿠쿠우는 소리 및 그(쉿!) 그 천격이별泉隔離別 소리 및 그(하!) 바이바이 배척 소리 그리고 수녀복修女腹 광장 주변에 그 당시(쭈) 살거나 잠자리하거나 욕설하거나 말을 타곤 하던 스캔들 조작자들과 순수한 암반인巖盤人들. 그리하여 숲 속의 모든 봉우리 새들,21) 그리고 웃음 짓는

〔096–097〕 여우 사냥—HCE를 추적하다.

〔096.26–097.28〕 가짜 증거와 진리에 관해—그(HCE)가 여우로 추정되어 사냥되다.

〔097–100〕 여우 사냥—HCE를 추적하여.(이어위커는 사냥개들에 의하여 좇기는 한 마리 여우가 된다.) 그의 소굴로부터 그는 험프리 추장追場을 가로질러, 하얀 야인(노란), 똑딱 심장 가슴 바디를 댄 전장 월동 복 차림을 하고, 자신의 북구옥北歐屋을 향해 도망친다.

〔097.29–100.04〕 그의 실체에 대한 루머—그는 죽은 것으로 가상되다. HCE에 대한 죽음 혹은 재현에 관한 소문이 만연하다.

〔4심판관들의 재잘거림〕 나귀 멍청이. 소문笑聞! 소문! 소문! 장미는 진암眞暗 속에 하양도다! 그리하여 태양자太陽者의 코가 녹원鹿園의 곤장미鯤薔薇를 괴롭혀 비수병鼻愁病에 걸렸도다! 그런고로 모든 악동惡童들이 라임 주운酒韻에 쏠리나니. 그리하여 언덕 위의 백합전음百合顫音[1] 지저귀는 법자法者와 아홉 코르셋 성자들의 널 부인[2] 그리고 그들의 최적부最適父인 노老마크 왕에 관하여 음주 반박하면서, 그리고, 아하, 용남勇男들과 친애하는 애장경愛裝卿,[3] 괴상한 소문와중경所聞渦中卿, 그리고 성당 프리조드 곁의 오래된 집[4] 사이에 전혀 보복이 결코 없었음이 확실했나니, 그리하여 낡은 구습으로, 만사가 그들이 퇴각하려 했던 훨씬 이전에 너무나 탈정도脫正道 한지라, 그들 4사람들이, 귀여운 신부神父 소담자笑談者 아래 밀턴 공원[5]에서 그리고 그의 청춘성매녀青春性魅女와 함께 꽃의 만어漫語[6]로서 사랑 짓을 행하나니 그리고 그녀가 흐늘흐늘 감상적인지를 촉견觸見하고 싶은지라, 그리하여 그건 바로 그들 두 사람이었던고, 맵시자매들, *내 마음의 귀여운 작은 형제!*,[7] 그리하여(엿볼지라!) 가장 부적절하게 물(水)이 서로 만나다니[8](피피!) 정원을 구순球巡하고, 졸졸 똑똑 졸졸졸졸 3회로, 제발, 이봐요, 나는 희롱해도 좋은고? 농부들은 신랑과 함께 가버렸는지라 그리하여 어찌 그들은 그녀를 이용利用하고, 감회에 젖어 그녀를 유심히 바라보고, 그녀를 설용舌用하고 그리하여 그녀를 포용했던고.〔이어 그들 간의 이견〕 난 당신과 의견이 다른지라! 이제 당신 자신에 대하여 확신하는고? 당신은 거짓말쟁이, 실례! 난 그렇지 못해요 그리고 당신은 달라요! 그리고 그들에 대한 치안방해를 주장하는 룰리(Lolly)〔이탈리아 작곡가〕. 울혈로 축 늘어진 롤리! 주고받고 호양互讓하기 위해! 그리고 과거를 선행하기 위해! 그리고 만사를 잊을지라! 아 저런! 그녀의 친절 페팅과 00000000오우랑(오렌지당)의 그리운 옛 시절의 형태에 관하여[9] 다투다니 그것 너무 지나치도다. 그럼, 좋아요, 렐리(Lelly). 그럼 악수할지라.[10] 그리고 더(술)따를지라. 암반인巖盤人들을 위하여. 그렇다면 흡吸족해요.[11]〔렐리에 의한 그들의 화해〕

글쎄?

〔4심판관들의 증거—신분의 불확실〕 글쎄, 심지어 이러한 가공단편架空斷片들을 증거 순서대로 조작하는 일이 진실된 진리로 밝히기에 불가능하다 할지라도, 어떤 희미한 선각자의 성도星圖의 설계가(하늘이여 그를 도우소서!) 청공야青空野에 어떤 미지체未知體의 나성裸性을 노정하게 할지 모르듯 뜻밖에도, 또는 모든 인류의 혈족 언어가 어떤 만화자漫畵者의 말더듬이의 뿌리로부터[12] 모든 가장 건전한 감각을 크게 발견되도록 잎 피워왔듯(땅이여 그들을 붙드소서!) 선청적先聽的이게도, 우리들의 성자 같은 별난 조상은 크게 시치미를 뗌으로서 그의 자손, 그대들, 매력 있는 공동 상속인들, 우리들, 모든 혈통의 자유 소유 재산의 그의 상속자들과 더불어 최선으로 자신의 상처를 구제했다고, 우리들의 특수한 정신 전문가들은 당장 주장할지라.*(세계의 판단은 안전하나니)*[13] 모든 종種의 총견銃犬들이 도시와 세계를 향한[14] 방기된 뿔 나팔과 함께〔HCE의 도피—사냥〕

〔HCE의 죽음과 재현에 대한 루머〕 그를 쫓기 위해 열렬히, 주어진 법에 따라, 가슴 높이 냄새 맡으며, 사냥 고물苦物을 향해 통렬하게, 비글 개사냥을 하고 있었도다. 견관見觀! 그의 수혈獸穴로부터 서출鼠出되어, 험프리 추장追場의 칠월 크리스마스 쥴리어스 흉兇계절의 온화한 교차지交叉地를 가로질러, 멀리 요귀妖鬼[1]와 공작촌孔雀村으로부터, 그런 다음 대배촌大杯村으로 오른쪽을 견지하며, 이 노숙자〔HCE〕는, 사자미형獅子尾型 웅자熊子씨氏의 바셋 몰이꾼들이 어떤 혹의 곰서방(흑웅黑熊)으로 처음 오진誤診했었던 하얀 야인(노란)이었으니, 짖어대는 자들을 선봉 도피하게 하는지라, 그러자 광명촌光明村과 갑문촌閘門村을 통과하여 그리고, 고리(弧)를 고리(弧)하면서, 다시 대배촌大杯村으로 되돌아 왔도다. 취버스촌村(Cheeverstown)을 통하여 급각도急角度로 몸을 피하는 이숙련耳熟練의 토끼, 그들은 그〔HCE〕를 뒤쫓았나니, 라후린촌村과 율촌村을 통과하여 불리 하키 경기장[2] 곁에서 그의 낌새를 채다니. 그러나 멋진 우회迂廻로부터, 똑딱 심장 가슴 바디를 댄 전장全裝 월동복 차림을 하고 발정發情의 저 언덕[3] 위에서, 그가 최후로 실취失臭된 채, 상실되었을 때, 그의 장식 술 달린 왕실용 장화를 신고 자신의 하숙집으로 그의 오랜 북구옥을 향해 가리키면서, 어떤 귀머거리 여우 볼폰 주의主義[4]가 그를 거의 절망스레 숨겼나니, 기적적으로 까마귀 양육되어[5] 기운을 북돋우었는지라, 혹위隺胃, 망위網胃, 벽적위襞積胃, 추위皺胃[6] 속에, 육계색肉桂色의 크림 혼성주의 유장덩이의 셰리포도 주성酒性[7]에 맹세코(총양總釀 아브라함[8]이여 제발 봉밀 주를!), 노호한 레이나드 여우[9], 니케여신[10]에게 구원되었도다. 여기에서 사냥개들이 부리나케 집으로 달렸도다. 그의 내장의 재교육에 있어서 보존적 인내가 반증이 되다니 따라서 그는 일단의 모든 특特 통음자들에게 일종의 커다란 우세를 보여 자신 만복했나니, 아교질과 육즙질肉汁質에 대항하여 규정식을 취했는지라, 저 언젠가 이전가以前街의 전시前市에서의 일이었도다.(폭暴) 공허하게 폭거暴擧, 폭악暴惡 그리고 폭책暴責이 그 위대한 선승船乘의 무굴 제국[11]의 독재자와 리넨 하의下衣의 대 군주〔HCE〕를 공세功稅하고 쟁탈하며, 탈선하고 탈위하며, 격노하고 침도侵道하며, 과過부추이고 비인非人하려고, 거의 전적으로 노색努索했나니라.

그러하나 주저躊躇자들의 전리품, 주저의 철자.[12] 그의 취득取得이 그〔HCE〕를 회색灰色시키다니. 킥킥 돌 튀기 너덜너덜 꽁지라, 강저强躇의 소침銷沈 잔물결의, 헤이헤이헤이한 움츠리는 촌뜨기기.[13]

집의회集議會의 사나이들이 중얼댔도다. 레이놀드[14]〔HCE〕는 느리나니!
어떤 이는 그〔HCE〕의 나날을 공려恐慮했도다. 거기 하품을 했나? 그건 그의 위장이었나니. 트림? 간장肝腸. 분출? 그의 가시소可視所로부터. 대구大口? 그를 구할지라, 오, 주여! 그는 자기 자신에게 과격한 손을 썼었다는 거다〔자살〕, 그게 퍼거즈 뉴스 서간집[15]에 실렸는지라, 목숨을 내던지다니, 녹초가 되어, 혹사당한 채, 동등하게 우울한 죽음으로. 농신제農神祭의 삼일도三日禱[16]를 위하여 그의 산양하인山羊下人이 녀석의 쌍의자雙意子들〔셈과 숀〕을 공회광장公會廣場으로 행진시켰는지라, 한편 여아〔이시〕가 호랑가시나무와 담쟁이덩굴로 소녀로 유아하여 소란하게 인사 받으니(경찰청 공인)[17] 그리고 또한 겨우살이[18]를 가지고 일백가촌一百街村의 성년남男들 그리고 울먹이는 여인들로부터 평가 받았도다. 커다란 강타성強打聲이 있었도다! 그러자 광황야廣荒野가 조용해졌나니 한 가지 보고 침묵 최후의 풍문마風聞魔 파마[1]가 그것을 에테르 창공 아래 기록했느니. 비소음鼻騷音 혹은 절규가 그〔HCE〕를 광맹狂盲, 광맹, 석맹石盲으로 몰았나니라. 불꽃이 날랐도다. 그자는 다시 도비逃飛했나니(열려라 참깨!)[2] 이 망명의 나라를, 탈피하여, 침상으로 연안된 지중해를 *경유하여* 사도가행斜道家行이라, 화란의 저底탱크, 궁둥이 배船,[3] 핀란드형型 *목통木桶* 나선螺旋 기선을 타고 밀항하여 통桶정박했나니, 그리하여 그의 제 7세대에 있어서 이슬람교의 신개명하新改名下에,[4] 대大아세아의 코네리우스 마그라스의 육체를[5](고악성격古惡性格이라, 부식고장腐蝕故障난 깡통마개), 심지어 지금도 점유하고 있었나니, 그 곳에 극장의 쾌걸 터코[6]로서(초장初場은 전혀 불경기라 왕과 11명의 야바위꾼들) 그〔HCE〕는 자신의 합승상자 같은 비만복肥滿腹으로 벨리 댄서(배꼽 무희)를 터기 동전 괴롭혔는가 하면 한편 거리 문간의 아라브인人으로서의 그는 유고슬라비아 동전의 피터 헌금[7] 시혜施惠를 도와달라고 일천인두一千人頭[8] 졸라댔도다. 윙윙되는 전선. 평화롭게도 유遺감사에 의하여 지지된 전반적 놀라움이 그의 존재에 종지부를 찍었도다! 그는 가족 승정을 보았고, 체념한 채, 자신의 유품을 버리고, 조물주에 의해 소환되어, 폐기장[9] 행行되었나니라. 상교相交하는 짹짹 소리. 어떤 악명 높은 사병私病이(속성하류병적) 종지권終止權을 주장하고, 자신의 사악 순환邪惡循環을 문 닫게 했나니, 찰깍. 진동하는 잼 항아리. 그자〔HCE〕는 장식적裝飾的 백합지百合池의 한복판을 향해 걸어 들어가다니, 그때 보인 부수浮水[10]에 도전하는 왕자 어魚처럼, 꼭 맨 서츠가 니커보커 단 바지를 만나는 점까지 취침醉侵했는지라, 그때 낚시꾼들의 최초 조수助手[11]가 반담수半淡水의 아주 가능하게 몇 촉觸피트로부터 그를 구했나니라. 펼쳐진 박쥐우산. 맥주 펌프에서 술을 마셨던 우산가雨傘街의 한 친절한 노동자, 휘트록씨氏가, 그에게 한 토막의 나무 막대를 주었나니라. 힘力의 무슨 언어들이 그들 두 사람〔HCE와 노동자〕, 별명과 역명亦名, *신력외神力外의 별명들(acnomina ecumina)*, 사이에 가능했던고? 말하자면, 오 그게, 하원 의사록이 우리들에게 말하듯, 전시全市의 모든 술집에서 모든 더블(린)의 귀를 흔들어 놓을 참인고! 배티(Batty)가 버턴(木杖)〔앞서 나무 막대에 대한 왈가왈부〕을 믿는가 하면 호간이 호드(木桶)(Hogan) 소리를 듣는지라 하지만 허어(主)는 연필 각개를 더 좋아하나니 그리고 콥(套)과 불(牛)은 죽 방울(불알)을 내기 하도다.[12] 그리하여 캐시디[13] 아씨들—크래독크 노무라(Craddodck rome)와 레머스(reme)가 한 마리 집게벌레〔HCE〕 주변에 아니 결코 저울눈이 여전히 언제나 그리고 아주 크게 그 때문에 저울질하다니, 그 속에 근심을 지닌 요람 또는 뒷발질로 작은 상자(棺)를.[14] 원고原告 있으면 증인 있기 마련,[15] 전쟁이 전언典言들에 있고 삼림은 세계인지라. 단풍나무의 나, 버드나무의 우리, 히코리 호두나무의 그이 그리고 주목朱木나무의 그대들. 어찌된 셈이냐(h) 짹짹 지저귀는(c) 변전무쌍變轉無雙한(e) 새여!〔나무 막대—숲—그 속의 새들—HCE의 도피—망명의 암시〕

황어명黃黎明의 황광晃光에서부터 휘輝개똥벌레의 희미광稀微光까지,[1] 우리는 쾍쾍 수다스러운지라 우리는 과묵하지 않았도다.〔HCE의 살아짐 소문의 빈발〕 거기 여기 그밖에 어디서든 기네스가家와는 무관이라. 그러나 단지 비(雨)의 황우성荒雨聲만이 들리나니. *만사 영원 할지어다.*[2] 바삭 바삭 태운 돼지고기〔HCE〕. 한 인간의 악역惡役이 돌고 돌아(륜輪!) 그리고 다시 돌으니(과過!) 썰매 거리 근처에, 여기 그가 다시 나타났도다!(지止!) 해마(모스) 성가심이 소란했나니라. 그는 풀린 채 자유로이 그리고(오, 아기여!) 어딘가 있을 지모를 당시 이전—수녀, 거대한 입상 그리고 여성의 꽤나 살찐 40대의 남성적 거동으로, 비만의 거인 지가스타[3]로 변장한 채, 승합 귀가 버스에 탄 방자한 행동으로 모주의帽注意를 모술帽術로 유혹했나니. 안테나가 연안의 청취자들에게〔소문이〕 츠츠 신호하는 바에 의하면, 과세 형제 수금원의 예산 품목서 한 쪽, 전신 킬트 스커트, 모피 쌈지, 넥타이, 장식 타래, 소매 없는 느슨한 상의 및 피 묻은 방한 외투, 그의 재단사의 번언화더의(Baerfather's)[4] V. P. H.(빅토리아 궁전 호텔)[5]라 적힌 물표가 도적 화상 형제의 동굴[6] 근처에서 발견되었는지라, 그리하여 탐구자들은 무슨 유의 짐승, 늑대, 까까머리 반도叛徒의 또는 4페니 중놈이 그를 그토록 게걸스레 먹어치웠는지를 생각하고 몸에 치를 떨었도다. 모스 부호(C. W.)(지속전파)가 광송파廣送波했도다. 백평白平의 기쁨, 윙윙 풍이(蟲)의 흑미광黑微光, 발키리 수신호[7]〔HCE의 죽음의 타전〕. 그의 분홍석粉紅石 협문夾門 위에, 소년들이 말한 바, 성령 강림제 주말에 잉크 칠한 이름과 칭호가 못질되어 있었으니, 가속적, 후퇴적, 섬유상纖維狀, 첨탑상尖塔狀에, 국민적 초서체로 새겨진 채 그리하여 고집돈연옥固執豚煉獄[8] 속에 독毒밀봉 되었도다〔파넬처럼〕 비켜나라. 구걸 맘티!(Mumpty!) 엉덩이 럼티(Rumpty)를 위하여 자리를 비울지라![9] 명령에 의해, 니켈 마魔의 병마개 놈아. 그리하여 이것이 계속하나니, 그에 관한 성령 강림절의 익살은 사라지고, 아무리 그의 종족이 급군거성적急群居性的일지라도 또는 그의 적재된 불굴정신 또는 입증신중성立證愼重性[10]의 진술이 숙달적 박학적 현명적 교활적 가지적可知的 분명적 심오적深奧的 일지라도, 그이 추장, 백작, 장군, 야전원수, 왕자, 왕 또는 난도자亂刀者 마이러스 당사자[11]가, 브레피니 제국[12]의 기천교살幾千絞殺의 장원 저택 및 툴리몬간 언덕 위의 즉위소卽位所[13]를 가졌다 한들, 누치료광선漏治療光線 건달 왕의 장미십자회[14]의 잡사의 진짜 모살〔HCE의 죽음〕은 과거에 있었나니, 사실상, 그를 파멸시킨 것은, 맥마혼 도당들[15]이었나리라. 버도어 맹초지猛草地의 들판 위에 광포누벽狂暴壘壁 전투병들이 그를 사자처럼 사과司果소스 피血의 천연색으로 손목 활발기한 채 그를 우수갑右手匣하여 사자인양 눕혀 놓았나니라.[16]〔HCE의 유해〕 과연 대부분 크론타프 기질계급氣質階級에 속하는, 적지 않은 수의 물불을 가리지 않는 유지有志들이.(열예熱例하건대, 존 바울 오로아크 대령,[17] 드브랜시의 삼어三語의 삼三주간지, 토요산뇌土曜散腦 후석간後夕刊 포스트화지華誌[18]의 여러 부수를 심지어 대부 또는 간청하여, 그들의 준공헌우호동지회準貢獻友好同志會가 언젠가 확실히 확인하여 만족하려 했나나니.

〔100.05—100.08〕 주의注意(경청)! 뉴스!

〔100.09—100.23〕 그러나 연기가 그의 탑으로부터 솟는다. 그리고 빛이 내부로부터 비치다.〔HCE의 후계자 선출 신호〕

〔100.24—100.36〕 그(HCE)는 연가靈氣에 불과하다—그의 존재는 의심의 여지가 없다. 여인들이 ALP를 안내하다.

육로이든 수로이든 진실로 정말이지 수사獸死 했는지를.[1] 도양지渡洋誌[2]가 그를 진애도震哀悼 했도다! 후자를! 제봉梯封![3] 그럼 그들의 희망을 침묵케 할까 아니면 맥화랜[4]에게 비탄을 결缺할까? 그자〔HCE〕는 바토로뮤의 심해[5] 속에 수리그 아래 누워 있도다.〔관속에〕.

〔도양지 뉴스 보이의 외침〕경분警糞! 주청注廳! 경청! 총독이 흑약돈黑若豚 교녀校女들을 방문하다. 피니스 항원港園에서 세 애란모자愛蘭冒子가 스칸디나비아 거인을 만나다. 타독주녀打毒酒女(바나나녀)가 탕蕩폭도[6]인 그녀의 통부비농桶富卑農으로부터 (퉁)발리훌리(욕설)[7]를 탕터트렸도다.

그러나 그들의 명석한 당대 소인들은 그럼에도 불구하고, 마치 뱀이 저 참나무 아래 비버(海狸)의 공작 위로 미끄러져 내려오듯,[8] 구원받지 못한 방랑인〔HCE〕의 자살적 살인의 이튿날 아침.(그대는 아마도 연어로 유명한 파턴[9] 석회석장의 방향성 수지의 포프라 나무로부터 이종異種의 어떤 호박액[10]의 삼출을 보았으리라) 길(道) 그리고 장엄 전나무[11]가 외쳤도다! 아니야, 고상 전나무여?) 그의 회오를 탄원하면서, 9시 15분, 우리들의 백전상왕百戰上王[12]의 자색의 버터 탑[13]의 제7박공[14]으로부터 정각에, 교황무류의 화문전火門栓의 연기가 맹분출하는 것을[15] 보았노라. 그러자 이어 오후 갈시渴時(10시 30분), 그의 영구불변성에 대한 맹세와 더불어*(보라 맹목의 점자占者를! 우리는 장수를 인정하리라!)*, 츠가르트 인공구人工丘 사원의 내반부內半部의 지속의 램프(불빛), 온통 권위전언명權威傳言名된 채,[16] 원야봉화遠野烽火,[17] 그 황막한 독수리 발의 날개 달린 비룡18) 그의 황갈색 갈기, 회전저진중回傳底振中의[19] 푸른 발톱 발, 저 현저한 사나이, 오랜(오, 땅이여, 얼마나 오랜!)[20] 명야命夜 동안 진통한, 저 축 늘어진 숙녀〔ALP〕를 보았도다. 핀그라스[21] 세미細美의 광창과 연광鉛光 창들과 더불어.

〔교황의 신비성〕 그런고로 어떠한 사고중思考中인 것에 의하여 거의 이야기되지 않거나 사고되지 않고 내버려두고 싶은 것이라니, 저 신성한 전당의 죄수〔수중묘의 HCE〕가, 만일 그가, 어떤 무골 아이 보아든 혹은 수피 오라프든,[22] 기껏해야 일석一石의 한갓 우화였음을, 존재하는 공허의 숨 쉬는 한 무례한, 배어背語에 의한, 또는 한층 엄격히, 그러나 3중 회전(트리스탄의) 두문자〔전도된 두문자 CHE. 그의 재생의 약속〕에 의한, 자기 자신의 복화를 듣는 복험가腹險家, 공간전세계를 초월한 세계 공간에 대한 단서열쇠였음을, 왠고하니 희귀인으로서, 또는 자신의 사수로동시생자死水路同時生子들〔그의 동료들〕 가운데 애상적으로 좀처럼 드물게, 심각하게도 혹은 노老쿠르드인 12선구들[23]과 함께(지구 인력은 어떤 고정 거주자들 그리고 그의 성당법 정전성正田性의 신빙성을 암시하는 우리들의 제도를 통하여 우연부유偶然浮游하는 혜성의 포착에 의하여 인식되는지라) 한갓 4차원 입방체[24]로서 자신의 존재의 신뢰성을 오랫동안 거의 의심하지 않았기 때문이라. 조용히 할지라. 오, 빨리! 그에게 입 다물도록 말할지라! 느릅나무의 저 잎들을 침묵하게 할지라.[25]〔HCE 추적(사냥)의 종말〕

신란한 여인들이 의아했나니. 그녀〔ALP〕는 빨랐던고?[1] 제발 모든 걸 우리에게 말할지라.[2] 우린 모든 것에 관해 듣고 싶기에. 그런고로 지地여신[3]이여 우리에게 그녀에 관해 모든 걸 말하구려. 우리들처럼 그녀가 숙녀답게 보이는 이유 또는 어쩐지 저쩐지 그리고 사내〔HCE〕는 그들 자신 신들처럼 창문을 닫았는지 어떤지〔HCE의 스캔들〕? 주석들과 질문들,[4] 내보內報들[5]과 대답들, 웃음과 고함, 위와 아래.[6] 자 피차에게 귀를 기울여요 그리고 그들을 눕히고 그대의 장미의 잎들을 펼칠지라. 전쟁은 끝났나니. 음음 음음! 그건 일제一齊 무어 또는 에스테라급級(스위프트)[7] 또는 바리나 요정[8] 또는 어떤 4번째 여인이었던고?〔HC와 공원의 소녀들〕 토머스여, 그대의 중숙부重淑父을 위하여 방을 조표造標할지라![9] 돈목녀豚目女여, 무미를 삼갈지라! 누가, 하지만 누가(두 번 다시 묻거니와) 당시 대중부大衆富의 루카리조드[10] 근처 여러 곳의 두통자頭痛者였는지 곧잘 질문 받거니와, 마치, 두립위풍인頭立威風人(Homo Capita Quaedam)[11]의 후 시대에 있어서, 자선가 피 바디[12]의 값이 다 뭐야, 아니면, 퉁명스럽게 말하면, 청어鯖魚톤의 하얀 넥타이는 어디서 났는지, 그때, 한층 신생대의 신기원에 있어서, 누가 버클리를 때렸던고[13]〔잡담들 공원의 모험과 버클리—소련 장군의 에피소드와의 연결〕 비록 오늘날 당시와 마찬가지로 그녀의 재치즉답 그리고 모든 냉담한 미발美髮 소녀들[14] 그리고 더블린 벽의 모든 적염열파동赤炎熱波動의 전부戰婦 및 평화 과부를 알고 있는 7월의 20배 또는 그 이상의 모든 교교녀校狡女들은 어찌하여 때린 사람이 버클리 자신이었던가를[15] 계란이 계란이듯 확실히[16] 영원히 알고 있거니와(우리는 게다가 그것을 말하기 위해 흡혈지吸血紙는 필요하지 않은지라,[17] 그리고 그녀자신들이 자신들이었을 때 그 이에 의하여 비열하게 얻어맞은자는 버클리 대신에 러시아의 장군이었나니, 그래! 그래! 무엇이 세 성城의 문장[18]의 정찰에 있어서 충분내사充分內査된 색독索毒이었으며 또는 어느 것이 매소자賣笑者를 충족증오充足憎惡 했던고? 그리하여 그것이 이러한 독액毒液의 독소요, 저 여왕두女王頭가 해방된 채, 선先 우표를 붙였거나 아니면 후불後拂되어, 아주 냄새 고약한 풀 반죽 열성이 표면에 퍼지게 할 수 있었던고![19] 광천수방의 기둥서방들은 그들의 9일간의 조소로서, 그리고 그들의 절규통絶叫桶의 세탁부들 역시 그리고 그 곁의 혈도자穴棹者들, 칠순주절七旬周節의 어릿광대 놈들, 정주鄭州 출신자들〔모두 건달 잡담가들〕, 당시, 그녀의 오웬 제의 거울[20]을 여전히 믿으면서, 별들이 쌍휘双輝할 때, 그녀의 무구無口의 얼굴 및 그녀의 비구적比丘的 파마 물결의 상부가 자신 아내로서의 반려, 그에게 한층 가까운자, 모든 이 보다 한층 귀여운 여女, 그〔남편 HCE〕를 위한 이른 아침의 최초의 따뜻한 피조물, 가주의 여女노예, 그리고 모든 맥카비가家의 아들들의 소곤소곤 조모〔ALP〕,[21] 그녀의 침대를 위해 그의 눈을, 한 아이에게 한 개의 이(齒)를 주었던 그녀 그리하여 마침내 일壹(1)과 일십壹拾(10)과 다시 일백壹百(100)이라,[22]〔꼬마 여인의 전쟁 기념품의 암시〕 오, 나를 오, 너를(예야)! 심부름꾼과 맏아들, 회발기아灰髮飢餓와 녹색화禍[23]이라(그리하여 만일 그녀가 지금 그녀의 이빨보다 늙었다면)

〔101.01—102.17〕 HCE에 대한 대중의 비방과 조소가 넘친다—마침내 그녀(ALP)는 그를 보호하기 위해, 나타난다. 루머가 HCE의 죽음 또는 재출현에 관해 만연한다. 여인들이 ALP를 안내한다.

〔102.18—102.30〕 HCE의 휴식처와 그의 명칭이 보호되다—꼬마 여인인, ALP의 이름으로. 여인들이 ALP를 HCE에게로 안내하다.

〔102.31—103.11〕 ALP의 노래—바빌론의 강가에서—또한 최후의 단락은 타당하게도 〈성서적〉이요 호마적(Homeric)이다. "Nomad"는 율리시스(Ulysses)가 될 수 있으리라. "Naaman"은 호머적 "No Man"일 뿐만 아니라, 또한 〈성서〉의 벤자민(야곱의 막내아들)의 아들이다. 아무도 생명의 강인 요단강을 비웃지 않게 하라(no man). sheet, tree 및 stone은 〈경야〉 제8장의 빨래하는 아낙들을 예고한다. bibbs 및 Babalong은 아이들에 의한 재생을 암시하지만, 그러나 〈성서〉의 "시편"137절로부터의 "바빌론(長)의 강"은 시인이요, 조이스의 당대인 및 동료인, T. S. 엘리엇의 〈황무지〉의 "달콤한 테임스 강이여, 조용히 흘러라, 내 노래 끝날 때까지"(182행)를, 그리고 이는 우리들의 망명을 암시하기도 한다.

〔ALP에 대한 찬가〕 그녀는 그대의 허벅지보다 젊은 머리카락을 가졌나니, 나의 애자여!) 그의 추락 후에 그에게 덧문을 닫아준 그리고 여유 없이 그를 깨워준 그리고 예銳 가인(Cain) 양주良酒를 준 그리고 그를 유능 아벨(Abel)[1]로 만든 그리고 그의 노아[2] 코의 양쪽 호弧에 광휘여은光輝黎銀을 달아 준 그녀〔ALP〕, 대양大洋의 도움으로, 마침내 그를 찾아 쉬지 않고 달릴 그녀, 그녀는 진주원부眞珠遠父의 바다를 찾아 그의 거대성巨大性의 빵 부스러기를 감춘 뒤 추구할지 모를 어떤 시각까지.(척척, 착착, 축축!) 앞으로 나아갔나니, 붉은 산호 낡은 부표세계를 소철하고, 성가신 명의로, 우르릉 소리를 위하여, 그녀의 기차 속에 촌변을 억지 끌어들이면서, 여기서 떠들썩 저기서 떠들쿵 홍겨워하며, 그녀의 루이 14세풍의 애란 사투리[3]와 함께 그리고 그녀의 물 여과기의 부산대는 소리 그리고 그녀의 작은 볼레로 목도리 그리고 그 밖에 그녀의 머리장식을 위하여 20곱하기 2배의 환상적 곱슬머리 타래, 그녀의 눈 위의 안경, 그리고 귀 위의 감자 고리[4] 그리고 파리 아낙풍의 런던 내기 코를 타(乘)는 서커스 십자가, X마스 날로부터 허풍떠는 아치형 말안장, 성당 경내의 딸랑딸랑이 장애물 경주 일요일 종鐘예배를 짤랑짤랑 울렸나니. *홀로(Sola)*, 그녀의 자투리 가방 속에 페로타[5] 구르는 전당 물, 주교 모형帽型 장기말 및 요기 장난감들과 더불어, 어적어적 씹는자(H), 크림수프 뒤집어쓴(C), 능숙자, 각하(E)를 위하여, 비방사자誹謗蛇者의 머리통을 짜부라뜨려 놓기 위해.[6]

외적 외소한 외인이여〔HCE〕, 고여신모古女神母[7]〔ALP〕에게 간청할지라! *도회의 성모(노틀담)여*, 그대의 향유열어심香油熱御心의 자비를! 엽차를 초월한 정원사[8]의 영광, 친 약사의 맥아어麥芽語. 그에게 턱없이 큰 빵 쪽을 쌓지 말지니. 그리하여 그를 휴식하게 할지라, 그대 여로자旅路者, 그리하여 그로부터 어떤 묘굴토墓掘土도 빼앗지 말지니! 뿐더러 그의 토총을 오손하지 말지라! 투탕카멘 왕王의 사독死毒이 그 위에 있도다.[9] 경계할지라! 그러나 거기 작은 숙녀가 기다리나니,[10] 그녀의 이름은 A. L. P.로다. 그리하여 그대는 동의하리라. 그녀는 그녀임에 틀림없도다. 그녀의 적애금발積愛金髮이 그녀의 등 아래 매달려 있기에,[11] 그는 후궁처첩後宮妻妾들〔28무지개녀들〕의 난리亂離 사이에 그의 힘을 소모했는지라. 적赤 귀비貴妃 등자, 황천하黃川河, 녹綠, 청수부靑水婦, 남감藍甘, 자화紫花. 그리하여 같은 또래 그따위 귀부인들처럼 그녀는 무지개 색깔 유머의 기질을 지녔지만 그럼에도 잠시 그녀의 변덕을 위한 것 그러나 그는 한 가지 처방을 신新조전造錢했도다.[12] 낮에는 티격태격, 밤에는 키스키스 쪽쪽 그리고 오랜 세월 내일을 사랑으로 애태우다니. 그땐 아이들—로—불구不具된자 이외에 땀—으로—쓰러지는자를 변호할자 누구리오[13]?

〔그녀는〕 그에게 999기(期)의 그녀의 임차권을[14] 팔았나니,
다발 머리 그토록 물감 새롭게 무두질 않은 채,
우자愚者〔HCE〕여, 위대한 이사기한易詐欺漢이여,
그걸 꿀꺽 몽땅 삼켰나니.
대구낭자大口囊者(C. O. D.)는 누구였던고?
항문우자肛門愚者(Bum!)로다!

도교島橋[1]에서 그녀는 조류를 만났다네[2].
아타봄, 아타봄, 차렷아타봄봄붐!
핀은 간조를 갖고 그의 에비는 말에 탓나니.
아타봄, 아타봄, 차렸아타봄봄뭄!
우리는 여러 해 추적의 고함소리에 만사 끝이라.
그것이 그녀가 우리를 위해 행한 짓!
슬픈지고!

무광자無狂者〔HCE〕가 네브카드네자르[3]와 함께 배회할지라도 그러나 나아만[4]으로 하여금 요르단을 비웃게 할지로다! 왠고하니 우리, 우리는 그녀의 돌 위에 자리를 폈는지라 거기 그녀〔ALP〕의 나무에 우리의 마음을 매달았도다. 그리하여 우리는 귀를 기울었나니, 그녀가 우리에게 훌쩍일 때, 바빌론 강가에서.[5]

• I부 - 5장 •

ALP의 선언서 (pp.104-125)

〔104.00—107.07〕 소명과 ALP의 무제無題의 선언서를 위한 암시된 명칭들의 일람표. ALP의 무수한 이름들.

총미자總迷者, 영생자永生者, 복수가능성複數可能性의 초래자인, 아나 모母의 이름으로.[1] 그녀의 석양에 후광 있을지라. 그녀의 시가時歌가 노래되어, 그녀의 실絲강이 달릴지니, 비록 그것이 평탄치 않을지라도 무변無邊한 채![2]〔이상 ALP에 대한 기도〕

지상지고자至上至高者를 기술기념記述記念하는 그녀의 무제無題의 모언서母言書가 무관절無關節의 시대[3]에 많은 이름〔HCE의 이름들 및 편지의 타이틀〕을 통해 왔었도다. 이리하여 우리는 다음에 관해 듣는지라. 노해수老海獸 구제救濟를 위한 최숭고장엄애신最崇高莊嚴愛神,[4] 파도 구유 속의 흔들 몸체,[5] 모든 예절 유물[6]을 위한 건배乾杯, 아나스테사의 인지부활認知復活, 철포부鐵砲父 굴복 및 대포경大砲卿[7] 재기再起, 나의 황금자者와 나의 은혼식, 매료 트리스트람과 빙냉氷冷 이솔트,[8] 톱장이가 말하다 샛강까지,[9] 나의 내보내보內報內報 그대마저,[10] 한번 깨물음 위해 생득명生得皿을 팔다. 그대의 헤스터 작일昨日의 어느 쪽이 혼남婚男을 의미하는고? 헤브라이 술꾼 초初호미자者가 브래이갑岬[11] 뱃사공을 치다. 그의 천장의 호弧가 마루 위로 도망친다. 애란의 수수께끼 그림, 미치광이의 편지, 어떤 브리튼녀女의 신음,[12] 상급 베드로가 그의 하급을 내던지기 위한 음모를 굴窟하다.[13] 거물을 위한 사과赦過(남편 또는 남男보오트 또는 양말 띠와 같은 이런 몇몇 명사는 필경 이해되어지는 것이니, 그 이유인 즉 나의 멜빵바지의 뚜쟁이 남편이[14] 포르투갈 여행을 가서 결코 여가를 갖지 못했다[15]와 같은 심성과다사深成過多詞를 우리는 역시 갖고 있기 때문인지라), 우리는 그를 방문해야 하는고? 방주여 동물원을 볼지라.[16] 사하라의 올드보로댁宅을 낙타의 소모梳毛와 이집트의 객실하녀로 크게 새긴 클레오파트라의 자수,[17] 아빠를 위한 항아리 속의 수탉, 마음에 드시옵기를, 고질 임질 치료 신약,[18] 저기 감자 심는 곳에 나 어찌 거위 기르고 싶지 않으리오.[19] 선량한 네티여, 그를 믿지 말지라.[20]

베니스의 도금양桃金孃이 브로커스 덩굴과 합유合遊 했을 때,[1] 내게 높이 맹세하기 위해 그는 칠턴을 친구들에게 아내妻 되게 하다.[2] 오몬드 꼬리가 아멘 시장市場을 방문하다.[3] 나 할멈이 되어도 그는 나를 꼭 껴안고 싶어 하리라. 방房 20개, 8중重 침대 10개 및 1개의 희미한 휴식 방, 나 그런 인생을 보내다. 권투가家 키잡이[4]를 통한 황금 계단의 집[5] 속의 기상, 뒤따르는 쇠스랑민民, 그이는 나의 오'예루살렘이요 나는 그의 포강江, 서부의 최선, 갈지 자 언덕 아래 젬젬 개울[6] 곁에, 뽕나무 기차 속에 어머니 삼은 사나이孔子,[7] 통들의 이야기[8]를 귀막이 비둘기에게 시켜볼지라, 총저변總底邊까지의 에니의 일지日誌, 내피윙크[9]가 그의 나비 무녀舞女[10]에게 팁을 주다. 만조萬鳥들의 왕 굴뚝새 오레일리,[11] 외적 독염獨厭의 내적 독백,[12] 그에게 건배, 나의 저키,[13] 그리하여 그대의 날개 치는 시트가 내 것이된다면, 내가 그의 정부였음을 믿기 바라요.[14] 그(H)는 할 수(C)있나니 설명(E)을, 빅토리아 색조호色調湖에서 앨버트 노아 호반까지,[15] 아빠 일품一品 그러니 당신의 선물 또한 내게 주어요.[16] 줄지은 병사兵士들 앞에서 바바리가 통금桶琴에게 행한 것, 전차와 잘린 꼬리(트럭), 교활성狡猾聲의 해군사령관海軍死令官, 점보가 재리에게 행한 것과 독주가 그에게 행한 것,[17] 오피리아의 엉덩이 과실,[18] 들을지라 불결한 허브란,[19] 나의 그리운 네덜란드인人,[20] 내가 미끄러지는 침묵 사이에 늙은 북부 부랑자요[21] 그는 나를 아세아의 이중보二重寶라 부르나니,[22] 복화술자가 시체와 락혼樂婚한다면, 이 우스꽝스러운 주간 핀즈인을 위해 기쁨에 싸이도다.[23] 어찌 버크리가 정월에 러쉬에서 소련 장군을 쏘았던고,[24] 저 여인을 조심하라,[25] 화란 공화국의 봉기[26]에서 바스틸의 패망까지,[27] 입을 여는 두 가지 방법에 관하여,[28] 물이 흘러야하는 곳에 내가 그를 멈추게 하지 않고 또한 나는 29매력녀의 이름을 알도다.[29] 토리 섬[30]의 그 탈타르인人은 그의 젖소처럼 갈라티아[31] 우유를 특미特味하도다. 사원문寺院門[32]에서 류트 악기의 흠흠欽을 통해[33] 까마귀 골짜기까지, 미의 3여신들을 위한 속옷 그리고 그를 시끌쓰기[34]를 위한 나의 숙모, 늙은 종마가 고주망태가 되어 죽을 때에도 선량한 홀러스를 구출하는 방법[35], 워로우의 계곡[36] 여인숙, 젠장 그는 나의 야망을 탄계승歎繼承하도다. 그대 답진踏進, 두 가지 후後 정지, 나의 피부가 삼감三感에 호소라 그러자 나의 되 말린 입술이 비둘기 키스를 요구하도다. 두 틈새기의 저축을 위한 담보 거리,[37] 그들 애송이들 전쟁병戰爭甁 씻기 3총사가 되다니 그리하여 그들 아씨들이 사슴의 이중주 목소리를 내도다. 나의 주님의 침대 속에 그것을 통과한 한 창부에 의해, 엄마 모두 끝났어요, 아메리카 잡중국雜衆國[38]의 12에이커 영지에 의한 카우보이 판권板權, 그가 내게 한 푼을 주었나니

고로 나는 그에게 차를 대접하도다. 모든 황막한 계곡 속의 모든 광마廣馬 가운데, 오도노후, 백마 오도노후,[1] 그가 내게 부르짖는 색규色叫, 나는 그대의 배면背面의 바늘 뜸 그대 엄마 없으면 무無,[2] 연단演壇에서 허스키 목소리를 멀리 그리고 승강乘降 상점에서 그림 애완동물을 막기 위해, 노르웨이 대구가 포들강江을 발견하도다. 그는 벽돌 톤수噸數[3]의 열성으로 여기 나를 압돌壓突하니, 촌뜨기는 울고 여기 풀 베는 이는 추수秋收하도다.[4] 오로그린, 나의 위장의 음문에서부터 백白의 조조의朝弔意를 올리나이다. 나사돌리개 토미 무어로부터 인그로—앤딘 멜로디,[5] 위대한 폴리네시아의[6] 홍행사가 자연의 고리를 가지고 발렌타인 바지(신부 찾는 사내)를 전시하도다. 메그 네그 및 맥키 딸들의 익살 광대,[7] 일침一針 문방구[8]의 최최근最最近 돼지꼬리 화판 및 나의 빈貧 정기간행물로서의 입책入柵, 지그필드 승야勝野의 우행愚行[9] 또는 신사가紳士家의 엉터리 걸음걸이, 창세질투기創世嫉妬記 제1권 도처 참조, 판정보류문判定保留文, 애기형型 영웅들을 위한 예쁜 벽돌 이야기, 볼지라 우리들의 수면을,[10] 나 마음속에 알고 있음을 나는 알았나니 그건 그것으로 해결되다.[11] 낙뢰선장落雷船長 스미스와 야만 수치미녀,[12] 우주雨週 거인巨人 웰킨의 딸 마리안느[13]를 위한 길, 핀갈족의 최후,[14] 그를 황조교환장黃鳥交換場[15]에 난동卵動하여 세관16)에 나의 무미안務美顔을 세稅 놓은자는 바로 나, 지支 지支 지축支祝 그들의 지나支那 뇨사명尿使命, 홍분 강장제 피터즈,[17] 덩어리 땅딸보 덤티가 대추락大墜落하도다.[18], 핌뚜쟁이 핌포주, 두 마리 이(虱)의 포충증包蟲症 모험과 과실果實 추락, 포커스가家[19]의 내심, 만일 날개 편 독수리[20]가 탄탄하지 않으면 나는 판사(마대魔帶)의 다발 위에서 나의 코르셋을 풀어버리리라, 아리요사 살찐 엉덩이[21]와 사남詐男 고친 계鷄 눈眼, 나폴리를 구경하고 이내 죽다.[22] 애愛와 모母와의 이별을 청하옵나니, 과오過誤 과료過料는 무중죄無重罪라, 델빈 재입再入 생활 재출再出하도다. 광충목狂蟲目으로부터 날려 온 불꽃이 나의 머리털에 불붙이다. 그의 집은 맥아주 양조가釀造家, 뒤에서 앞으로의 성스러운 견관見觀, 브라함이 그에게 상색常色을 교언敎言했을 때까지[23] 아브는 사라에게 아이작 뉴턴과 맞서도다. 이브에 한 입 갉음이 저 창자 통을 구출하리. 만사萬事 기니 주를 위해,[24] 성욕적 소리와 인사, 일곱 아막네의 일주 눈뜸,[25] 쾌활한 안과 청수青鬚 이발사, 찌무룩자者(H)가 편육片肉(C)을 먹자(E) 애미(A)가 핥다(L) 흑맥주(P)를, 우산미녀雨傘美女의 포옹 또는 지팡이의 과음, 선차선최선흉善次善最善胸, 영주領主 호우드 두구頭丘에서 오몰리 여사에게 그리고 대임즈가街(부인)에서 세임즈까지, 녹원[26]의 학료들을 위한 다화장多花裝 선언, 뛰어난 빽(後衛)과 호출되면 탁월한 센터 하프(衛位), 나무가 빠르고 돌(石)이

하얗듯이 밤에 행한 나의 세탁, 파운드, 실링, 펜스, L. S. D.[1]*인, 명예 신사 이어위커*[2] *그리고 그 뱀蛇(괴수塊獸여!)에 관한 최초 및 최후의 유일한 설명인 즉, 한 친애하는 남자와 모든 그의 음모자들이 어떻게 그들 모두가, 음소병자陰所兵者 이어위커 및 한 쌍의 부단정취不端正醉한 무처신녀無處身女에 관하여 루카리조드 주변 사방*[3]*에 소문을 퍼트리며 우적외투雨赤外套*[4]*에 관하여 엉터리 고소하며 온갖 구외불기설성口外不可說性을 명백히 드러내면서 그를 추락시키려고 갖은 애를 썼는지에 관한 나진裸眞을 오직 말할 수 있는 세계의 한 여성에 의한 것.*

[107.08—107.35] 편지와 칠자의 초기 검열—보다 자세한 검열이 더 많이 노정된다. 초조함에 대한 주의. 아래 사항을 포함하는, 서류의 음미.

그 변화무쌍형型의 도표 그 자체는 문서의 다면체로다. 언젠가, 우직한 자모字母 입문자들이, 필경 양손잡이의, 아마도 사자動 코의 그리고 그의(또는 그녀의) 후두부에 있어서 이상하게도 심오한 무지개 우발雨鉢(비 사발)을 제시하면서, 순수하게도 습성흡입적濕性吸入的 비행성非行性의 상습범행자[5]의 흔적을 기록해 두던 때가 있었나니라. 대담무쌍하게도 호기심을 지닌 곤충 애호가에게 당시 그것은 님프 결혼태結婚態[6]의 바로 성性모자이크적인 것을 보여 주었나니, 그 속에 영원한 키메라 괴물 사냥꾼 오리오로포스[7]가, 지금은 사탕砂糖의 엽상체葉狀體로, 당시는 염애鹽愛의 엽葉으로 화化하여, 그의 복부腹部의 감각 군중群衆을 선신善神의 선진善眞을 찾는 눈과 상교하여, 대고大鼓와 같은 총銃과 집게벌레의 족집게와 같은 애무수愛撫手를 가지고 그들의 밤의 삼출액滲出液에 의해 현혹 축하 받는지라,[8] 그의 나비 속의 베내사를 화상花床에서 화상으로 스텔라 추적 하도다.[9] 어떻거나 이는 그 속에 우리들의 광서지狂書誌의 신박지新博知 풍부한, 최最순수한 익살 지식처럼 들리나니. 만사가 피아彼我로부터 맹야음盲夜陰 속에, 아무렇게나 그리고 두루마리(권축卷軸)가 굴러 헤진 채, 멀리 떨어져 있는지라, 우리들의 안질의 금일을 위한 그 어떤 순간들을 치료하기를 원할 때 맹목의 가린可隣한 올빼미[10]처럼 무중력 상태 시까지 우리는 계속 손으로 더듬지 않으면 안 되는 것이도다. 단지 부득한 쥐는 몰라도. *명세서*의 보다 정밀한 조사에 의하면, 여러 서류들 또는 단일 서류에 부과된 각양각색의 개성들이 노출될 것이며 그리하여 실제적 단일 범죄 또는 여러 범죄들의 어떤 예지야 말로 그 또는 그들에 대한 어떤 합당한 경우가 지금까지 어떻게든 발생하도록 다루었기 이전에 어떤 몹시 부주의한자에 의하여 이루어졌으리라. 사실상, 검사자들의 닫힌 눈 아래에서, *명암법*[11]을 특징짓는 여러 특징들이, 자신의 대조물들이 제거된 채, 어떤 고정된 혹자 속에서 병합하나니, 마찬가지로 마치 심야 가택침입자와 함께 심장선동자의 그리고 자유사상가에 대한 홀짝홀짝 음주가의 저 신의 섭리적 싸움에 의해서처럼, 우리들의 사회적 그 어떤 것이, 덜컹덜컹 흔드는 일련의 미리 준비된 실망을 경험하면서, 세대들, 더 많은 세대들 그리고 한층 더 많은 세대들의 긴 골목길을 따라 아래로 울퉁불퉁 데굴데굴(그건 마치 우옥牛屋 짐 운반 꾼처럼 언제나 단순한 일이거니와!)[12] 비슷하게 굴러가느니라. 글쎄요, 슬문虱門의 지창持槍 남작이여, 옥獄 도대체 누가 저 사악사絲惡事〔편지〕를 어쩌자고 썼단 말인고?

〔107.36−108.07〕 편지는 누가 썼던가, 무슨 상황 하에?

〔108.08−108.28〕 인내忍耐−만일 이어위커의 존재 자체가 의심스럽다면, 그는 편지에 관해 말할 수 있을 것인가?−책의 해독을 위한 인내의 필수적 조건.

〔108.29−108.36〕 오물의 종말을 주의하라−특히 부재의 특징에 관하여. 아마도 편지는 라디오 방송의 산물일 이라. 조이스는 그러자 인용부를 위하여 프랑스 스타일의 대시를 대신할 그의 자신의 실연實演을 옹호한다. 단순히 전도된 콤마(쉼표)의 부재는 저자가 타자들의 단어들을 훔칠 수 없음을 의미하지 않는다.

직립直立하거나, 착석하여, 마배馬背에서, 쌍벽[1]에 기대어, 냉동도하冷凍度下에, 깃촉 또는 첨필尖筆의 사용에 의하여, 혼탁한 또는 명석한 마음으로, 저작詛嚼에 의해 또는 그 역逆으로 동반된 채, 필경筆耕의 천리안 또는 현장의 필경사의 방문에 의하여 중단된 채, 두 홍행자의 틈에 끼거나 혹은 삼륜차에 마구 던져져, 비를 맞거나 혹은 바람에 휘날린 채, 오물로부터 철저한 규칙적 경주자[2]에 의하여 또는 지식의 전리품으로 적재된 지나게 고통 받는 삭벌기지削伐機智에 의하여?〔편지의 쓰임〕

이제, 인내[3]. 그리하여 인내야말로 위대한 것임을 기억할지라, 그리하여 그 밖에 만사를 초월하여 우리는 인내 밖의 것이나 또는 외에서 이루어지는 것은 무엇이든 피해야 하도다. 공자孔子[4]의 중용中庸의 덕德 또는 잉어(魚) 독장督長의 예의범절편禮儀凡節篇[5]을 통달하는 많은 동기를 여태까지 갖지 않았을 통뇌痛腦의 실업중생實業衆生에 의하여 사용되는 한 가지 훌륭한 계획이란 그들의 스코틀랜드의 거미[6] 및 엘버펠드(E)의 지원知源 개척하는(C) 계산마計算馬(H)[7]와 합동하는 브루스 양兩 형제[8]에 의한 그들의 합병의 이름들로 소유되는 인내의 모든 감채기금減債基金(투자)[9]을 바로 생각하는 것일지라. 만일 검은 도랑을 발굴하는 여러 해年들을 거듭한 뒤〔연구 끝에〕, 타인들보다 한층 나은 한 타탁打卓 열변가, 취한醉漢 또는 승가僧家,[10] 예원사鋭園師 또는 지계산조정가指計算調停家〔학자들〕가, 우리들을 재 확신시키려는 만사를 관철하는 꼭 같은 목적을 위하여 마차 주옥의 모든 야만속성野蠻俗聲과 함께 일어서나니, 말하기를 우리들의 위대한 조상은 타당하게 말하면 그이 자신의 성姓보다 3음절 부족한지라(그래, 그래, 부족하도다!)〔조상이 지닌 이름보다 다소 못한지라〕, 이전의 피온(Fionn)(공정한) 이어위커의 귀는 일류의 특허를 위한 버들 세공의 지방 통어通語를 지닌 방송자〔HCE〕의 상표에 불과하나니(들어라(H)! 불러라(C)! 사방四方 공空(E)에!), 그러면 이 라디오 전파진동의 서간문〔편지〕에 관하여, 그에 대한 면화棉花, 비단 또는 견직물,[11] 화장 먹, 오배자五倍子 또는 벽돌가루[12]로, 우리는 쉴새없이 되돌아가야 하거니와〔사소한 것들을 탐구해야하거니와〕, 우리들의 새장도시의 이 알라딘(Aludin)의 협곡[13]에서 우리와 함께 원리遠離 여행 놀이하는 저 후광하後光下의 시암, 지옥 또는 토페트 화장지火葬地[14]에서 현재에 정확하게 어디쯤, 저 명석한 모모씨氏가 진짜 기름을 우리에게 쏟을 것인고?

부정자否定者들을 우리는 알고 있도다. 정치적 증오 및 금전적 요구의 확실한 부재를 가지고 순수하게 부정적으로 결론짓는 것, 그것의〔편지의〕 페이지는 여태껏 저 시대 또는 저 부분들의 어떤 남자 또는 여자의 창작물이 될 수 없었을 것이라고, 이는 단지 선뜻 포착된 하나 더 많은 예기치 않은[15] 결론에 불과한지라, 어느 페이지 위의 전도된 콤마(쉼표)(때때로 인용부로 불려지는)의 부재를 가지고 그것의 저자가 언제나 타자들의 구어口語를 남용하는 것이 체질적으로 불가능했다는 것을 추정하는 것과 동등하도다.

〔109.01—109.36〕 봉투의 중요성—여성의 의상에 비유됨. 편지 봉투에 관하여 편지가 발견된 장소의 인용.

다행히도 그러한 문의에 대하여 또 하나의 은어가 있도다. 한 다스에 십전짜리 (다임)형型(타입) 가운데, 그 어떤 녀석이, 어떤 이익으로 어떤 침울한 초저녁을 조용히 암시할 수 있을지 몰라도—어떤 통상적 종류의 비열한 사내가, 40둘레의 편평한 앞가슴을 하고, 약간 비복肥腹의 그리고 분규를 해명함에 있어서 중략법의 추리가 부여된 채, 자신의 가장 위대한 봉천명왕조奉天明王朝의 후예[1] 가운데서, 단지 타자의 자식으로, 사실상, 아주 매일시每日視하는 스탬프 찍힌 주소의 봉투를 충분히 긴 동경의 눈으로 여태껏 쳐다보았단 말인고? 틀림없이 그것〔봉투〕은 하나의 바깥 껍데기로다 총체적으로 그것의 특징적 완전의 불완전을 띤,[2] 그것의 용모야말로, 그것의 행재幸財인지라[3] 그것은 아무리 정열창백적情熱蒼白的인 나태裸態 또는 역병 자주 빛의 나성裸性이 그의 뚜껑 아래 그 자신을 우연히 감추고 있을지라도, 그의 민간복 또는 군복을 오직 드러내기 마련인 것이다. 하지만 상황을 실증하는 밀봉자체〔봉투〕를 심히 무시하고, 어느 문서의 문자 그대로의 의미 또는 심지어 심리적 내용〔편지〕에만 오로지 집중한다면, 그것은 건전한 의미에 대하여(그리고 그것을 가장 진실한 취향에 첨가하게 할지니) 바로 해가 되는 것이요, 그것은 마치 어떤 녀석이 친구가 되려는 또 다른 녀석의 소개를 자신의 필요 때문에 필경 얻으려고 하는, 이를테면, 그 후자가 잘 아는 어느 숙녀가 정교한 선조의 단계 하의 의식을 수행하는 일에 종사하여,[4] 그녀의 날 때 그대로의 알몸뚱이로 직행 달려가 그녀의 통통한 전모를 보자, 그녀가, 결국, 시간적 공간을 위해 진화적 의상衣裳의 어떤 확정적 품목들을 입고 있다는 예윤리적禮倫理的[5] 사실에 대하여 그의 불량 깜박이 눈을 감기를〔무시하기를〕 더 좋아하는지라, 어떤 궤변적 비평가가 부조화의 창조물이라고 그들을 서술할지 모를, 그 의상은, 엄격하게 말하면, 필요하지 않을 것이요, 혹은 여기 또는 저기 얼마간 귀찮은 것인지라, 하지만 그럼에도 불구하고 확급確急하게 지방색과 개인적 향기에 충만 되고, 또한, 한층 더 많은 것을 암시하며, 필요 또는 원하면, 펼치기나, 부풀리게 할 수 있나니, 보다 훌륭한 음미를 위해 어떤 전문가의 재치 있는 우수右手에 의한 보다 낳은 개관을 위해, 그들의 놀랍도록 유사한 우연 일치의 부분들을 이제 그들은 분리할 수도 있지 않겠는고, 안 그런고?[6] 누가 여성의 의상착의품衣裳着衣品의 사실들이 언제나 그곳에 있는지 또는 여성의 꾸밈이, 사실보다 한층 신비롭게, 또한 동시에, 단지 배면에 있는지를 마음속으로 의심하는고?[7] 또는 이것과 저것〔여성의 나신(엉덩이)과 의상(속옷)〕이 분리될 수 있는고? 또는 그러면 그들 양자를 동시에 관찰할 수 있는고? 아니면 각각이 채택되어 다른 것과 분리하여 번갈아 사고될 수 있는고?〔괴벽자가 뭐라 하던 봉투는 그 내용만큼 중요하다. 편지의 봉투와 여성의 의상 비교.〕

〔110.01—110.21〕 어떤 사실들을—우리는 가능성이야말로 비개연성非蓋然性이요 비개연성은 불가피성임을 인지한다. 편지가 발견된 장소의 언급. 발견자 비디(Biddy)에 관하여 편지의 내용 및 상태).

〔110.22—111.04〕 암탉의 퇴비더미 위의 편지 발견—Kevin에 의해 관찰된지라. 그는 자기 자신이 발견자임을 주장하도다.

여기〔편지를 찾기 위해〕 몇몇 인공물을 그들 자신 유리하게 변호하게 할지라. 강江은 스스로 소금이 결핍함을 느꼈나니,[1] 그것은 바로 곰熊놈이 들어 왔던 곳이로다. 마을이 소찬騷饌을 위해 곰 발을 요구했나니![2] 그리하여 도약하고 풍만이 도약하여 그것은 그것을 분명히 얻었도다. 하늘 아래 사는 우리들, 토끼풀(클로버) 왕궁의 우리들, 중죄中罪의 우리들 사람들은 이따금 하늘이 땅 위에 산개함을 살폈노라.[3] 우리는 확실히 지녔나니. 우리들의 섬은 성자의 섬이로다.[4] 장소. 저 엄숙한 낄낄인人 오월행자五月幸者 우연희사偶然稀士[5]가〔성聖Mahaffy—애란 고전 학자—O. Wilde의 은사〕, 그의 저 이시스 예당—아세성亞細聖[6]〔루카리조드〕의 저 루터풍風의 보수적 방법으로 한 때 반복 말했나니, 한 곳에 장소가 존재했는지라. *고저에,*[7] 이 대장大檣 독누곡毒淚谷에서(그의 녹질 황색의 영토永土에 파에톤신神이 그의 전차를 주차駐車하나니,[8] 한편 그의 우유의 다반茶盤이[9] 누관淚管 장미오피리아의 각극장刻劇場이라,)[10] 거기 가능성은 비개연성이요 비개연성은 불가피성이도다.[11] 만일 우리들의 성스럽고 불가분의 그 속담승정俗談僧正[12]이 우르르 퉁탕 뇌신이 머리 위에 그의 두 발가락 발톱(핵심)을 찌르는[13] 잡낭의 희롱신戱弄神인지를 알고 있는지 또는 알고 있지 않은 지,[14] 우리는 일련의 비개연적非蓋然的 가능성의 연속성을 탐색하는지라, 비록 개연적으로 아리스토텔레스의 서書 또는 활서活書[15]에 있어서 그의 주제를 초월超越한 착양모着羊毛의 타래[16]를 움켜쥔(파악한) 다음에, 필경 아무도 그의 언술의 비편견적 배경에서 그를 박수갈채하기 위해 길을 탈선하지 않을 것인지라,〔앞서 Mahaffy의 원리를 칭찬하는데 탈선하지 않을 것이거니와〕, 그 이유인즉 모든 이러한 사건들은 그들이 전적으로 불가능한 것이라 할지라도 일어났을지 모를 그것들과 마찬가지로 품위를 결코 떨어뜨리지 않는 다른 어떤 것이 여전히 일어날 것 같기 때문이로다. 수탉 에헴![17]

저 원죄의 암탉〔편지의 발굴자〕에 관하여.(한층 급모急毛 혹은 백상白霜의?) 한겨울이 가까운 거리에 있었나니 그리하여 춘월春月은 살구빛 4월의 약속이라, 당시 버찌 주성당조酒敎會鳥가 인생의 정다운 시가를 노래했을 때,[18] 빙의氷衣의 와들 후들 전율자, 꼬마 풋내기 아이들 가운데서도 최단조자最單調者가 저 치명의 패총(쓰레기 더미) 또는 지저깨비 공장 또는 나중에 오렌지 밭으로 바뀐 익살 밑바닥의 황마잡림黃麻雜林(약略 하건대 똥 더미) 위에서 이상하게 행동하고 있는 한 마리 냉계冷鷄를 관찰했나니, 당시 보다 깊은 분쇄의 과정에서 어느 총림주민의 휴일에 그것의 문간이 오렌지 껍질의 몇몇 동시적 껍질을 예기치 않게 던졌는지라, 거기, 현장 옛날 그의 안개 낀 과거에 어떤 미지의 피한객避寒客 또는 은소자隱所者에 *의하여* 버려진 옥외식屋外食의 마지막 잔물이었도다. 이토록 콧물 재채기하는 냉기의 낙담한 환경 속에 예쁜 꼬마 케빈[19] 이외에 그 어떤 해변 산책조散策鳥[20]를 닮은 무슨 아이〔암탉—Biddy Belinda—하녀—편지 발견자〕가, 경건한 왁자지껄 소란으로 감언이설 빼앗으려고 애쓰는 동안, 이른 바 직배원直背園이라 불리는 이가裏街[21]에서 미래의 성성聖性을 위한 제재를 또 다른 성무구자聖無垢者요 해안 산보자에 의한 아다 성배[22]〔편지〕의 발견을 선수 침으로써 여태껏 비축해 왔을 것인고, 한편 경건한 왁자지껄 소란으로 감언이설 빼앗으려고 애쓰다니.

〔111.05—111.24〕 편지의 텍스트—그 위의 다오점(茶汚点).

〔111.25—112.02〕 토루土壘에 지친 편지의 악화—부정적 노출.

대다수의 자코뱅 당원[1]의, 청평일淸平日에[2] 결투 대 결투, 저주咀呪 놈과 역겨운 놈, 막대기와 하수구, 자색 헝겊조각의 대학살[3]의 지천枝泉 속의 신해육新海陸[4]산産 티퍼리의 생生 생날생의(뒤죽박죽—이긴) 감자甘蔗를.[5]〔형제 갈등의 암시〕

그 문제의 새鳥는 도란가家의 베린다[6]〔HCE의 하녀 또는 암탉〕 이었나니, 오십순五十旬 이상이었는지라(채프리조드(C)의 웅계(H) 전시회(E), 은메달의 우승 삼위 당첨) 그리하여 그녀(암탉)가 크록 12시각에 헤집어 찾은 것이란, 모든 이러한 요철현세凹凸現世를 위한 선대善大 크기의 편지지처럼 보였나니,[7] 초월의 말일 근계謹啓에게, 보스턴(메사추세츠)[8]으로부터 선편으로 발송되어, 그에게 매기의 행운 & 가화만복家和萬福을 서두 서술했는지라,〔이하 편지 내용〕 오직 증열憎熱이 그 반 호우텐제製[9] 온유溫乳를 변질시키다 어떤 타고난 신사의 잘생긴 얼굴과 더불어 총선거이라 웨딩 케이크의 아름다운 선물과 함께 사랑하는 크리스티[10]에게 감사하나니 그리고 가련한 마이클 신부의 장웅壯雄 한 만흥장례萬興葬禮 저승까지 잊지 말지니 & 머기 글쎄 매기 그대 안녕 & 곧 건강 소식 있기를 희망하오 & 자 이제 여불비례 두 쌍동숙인雙童宿人에게 최고의 사랑으로 4개의 십자키스와 함께 성 파울 공성孔性 코너 성 가시나무 전도全島를 위하여 추서(메뚜기가 모든 걸 다 먹을지라도 그러나 이 부호를 그들은 결코 먹지 않으리니) 친애하는 대견大見의 고리環 차茶 올림. 얼룩, 다시 말해. 한 점의 다오점茶汚點〔편지의 차(茶)오점—종지부〕(여기 동양사기한凍梁詐欺漢[11]의 과부주의성過不注意性이, 범상凡常처럼, 페이지를 서명했도다), 아지랑이 급히—허둥—지둥—끝맺음으로 알려진 저 리디아 귀부인을 닮은 무감고뇌어급無感苦惱語級[12]의 고대 애란 농민 도기시陶器詩의 진정한 유품〔다오점〕[13]으로 순간의 박차(얼떨결에) 위에 그것을 종료표식終了標識했도다.

왜 그럼 어떻게?

글쎄, 그의 화학모옥化學茅屋의 값에 거의 해당하는 어떤 사신술자寫眞術者가 그에게 그 난難 문제를 묻는 어떤자에게 비밀 누설할지니, 만일 한 필匹 말(馬)의 사진 원판(음화陰畵)이 건조되는 동안 우연히도 아주 용해해버린다면, 글쎄, 그대가 진정 획득하는 것이란, 글쎄, 모든 종류의 마행적馬幸的 대가물對價物[14]과 용해유백마溶解乳白馬의 덩어리의 양화적으로 괴기하게 일그러진 대괴大塊일지로다. 찰칵. 글쎄, 이것은 자유로이 우리들의 신서信書에 틀림없이 과거에 발생했던 것이라(그대를 위해 한 줌 잔디 뗏장이 있도다! 제발 풀에서 훔칠지라!), 잠깐보아 오래 사랑하는[15] 암탉의 총명에 의하여 회계도인會計屠人으로부터 무오염無汚染된 채, 오렌지 향의 이총泥塚의 심장부에서 열거熱居함〔래 두어〕이 음화를 부분적으로 소인消印하게 했나니, 몇몇 특징들로 하여금 그대의 코에 한층 가까이 하면 할수록 감지할 수 있을 정도로 대개가 심히 부어오르기 마련인지라,

〔112.03—08〕 편지의 혼돈된 상태?—원기를 돋우라!

〔112.09—112.27〕 새들의 역사적 중요성—선구적先驅的 화금시대.

〔112.28—113.22〕 편지지(片紙紙)—여필자女筆者의 의도 노출.

〔113.23—113.33〕 직설적으로 말합시다—무엇이 남았는지 살펴봅시다.

〔113.34—114.20〕 텍스트의 방향—그것의 필체.

한편 우리는 암탉이 보았던 만큼 많이 보기 위해 훨씬 뒤로 물러서면 설수록 렌즈의 차용을 필요로 하느니라. 찰칵.[1]

〔이하 편지의 상태〕 그대는 마치 자신이 숲 속에서 길을 잃은 듯이 느끼고 있나니, 자네? 그대는 말하도다. 그것은 어림語林의 단순한 정글이라고. 그대는 극히 큰 소리로 외치도다. 나를 너도밤나무의 그루터기로 수풀지게 할지라.[2] 그가 최대삼림最大森林을 의미하는 것이 무엇인지 만일 내가 최대 가근적家禽的 개념을 지녔다면. 원기를 돋울지라, 아씨여! 저 4복음자들이 아랍어의 번역물[3]을 소유할 수 있을지니 그러나 어떠한 집시 방랑파放浪派 소녀[4]일지라도 그 옛날 그리운 암탉 부대負袋로부터 아직 불쏘시개의 조각을[5] 쪼일 수 있으리로다.[6]

인도할지라. 애절한 가금(닭)이여![7] 그들은 언제나 그렇게 했도다. 세월에 물을지라 새가 어제 행한 것을 인간은 다음 해에 할 수 있을지니, 날도록 할지라, 그를 털 갈게 할지라. 부화하게 할지라. 둥지 속에 동의가 있게 할지라. 왠고하니 그녀〔편지의 여필자—ALP〕의 사회과학적 감각은 종鐘처럼 건전하기에, 나리, 그녀의 가금의 자동변이성自動變異性은 바로 정상상태라오. 그녀는 알고 있다오, 그녀는 그저 태어나서 알을 낳고 사랑하는자임을 바로 느끼고 있다오.(그녀가 종種을 번식하고 소음과 위험을 무릅쓰고 그녀의 솜털 공을 안전하게 혼육混育하나니 그녀를 믿을지라!). 최후로 그러나 대개는, 그녀의 생식生殖의 들에는 모두 득점뿐 엉터리는 없는지라. 그녀는 자신이 행하는 어떤 일이든 숙녀다우며 매번 신사의 역할을 하지요. 우리 그것을 길조[8]로 여길지라! 그래요, 이 모든 것이 끝날 시간을 갖기 전에, 황금의 시대가 그의 앙갚음으로 되돌아 와야만 하나니. 남자는 조종할 수 있게 될 것이오, 란卵은 회춘할 것이니, 여자는 자신의 우스꽝스러운 백색의 화물[9]을 가지고 단지 한 발자국으로 숭고한 부화에 도달할 것인지라, 무無솔기의 인간 암사자는 자신의 무각無角의 제도남양弟徒男羊과 함께 양모羊毛 위에 옆구리로 다 같이 공공연히 눕게 될 것이오.[10] 아니오, 확실히, 황막한 정초우월正初羽月[11]의 저 섬뜩한 평일平日이후 편지는, 양자의 충격에도, 비디 도란이 문학을 보았을 때, 결코 자신의 옛 자신들이 다시는 결코 될 수 없었음을 불평하는 저들 우울 분출자들(하지만 황폐지의 오아시스에서 얼마나 유향의 날짜였던고!)을 결코 정당화하게 하지 않는도다.

그리고. 그녀〔ALP〕는 아마 하나의 오직 마셀라 삼베絲일지라, 이 난쟁이 매지 여女폐하[12] 예산술藝算術의 여거장양女巨匠讓.[13] 그러나. 그건 토가 기리리수로 서명된[14](여보 농차弄茶를), 어떤 염변칙艷變則스러운 편지를 듣거나 혹은 말하는 것이 아닌지라. 우리는 자신의 바로 콧등에 그녀의 권권拳權의 한 사본寫本(실톳)을 보도다. 우리는 그녀의 쾌미快微의 생생한 수인水印[15]을 지닌 편지지를 알아차리나니 *노틀 댐 봄마르시.*[16] 그리하여 그녀는 철사鐵獅의 심장[17]을 지녔도다! 얼마나 애강요愛江謠로 그녀는 말하는고, 그녀 고마워요. 그리고 그녀의 간들어지는 고개 짓과 함께. 한 가닥 지푸라기(으악성聲)가 보여주듯, 그녀는 실로 풍대風袋를 불태우니, 질긴 권모捲毛의 나무례裸無禮를 보이려고 직각 면을 들어내며 그리고 곱슬머리 타래의 환상곡을 보여주면서.〔편지는 변칙스러운 소문이 아니나니〕 그러나 얼마나 많은 그녀의 독자들이 그녀(ALP)가 라틴 토끼주酒와 그리스 귀뚜라미주酒[1]로부터 우체부대혼성어郵遞負袋混成語의 유리 어휘의 엄청난 옷치장의 현기혹증眩氣惑症[2]으로 정신이 나가지 않음을 실감하랴. 그녀의 간생奸生에 맹세코 결코![3] 다리오우마우리어스[4] 및 조보트림마스로브머라브머로우비안[5]과 같은 고대의 아르메니아계系의 아담 어원학자들에게는 선장대善壯大한 고古아르메니아인人(경칠!). 그녀는 분명히 한 접시 평탄한 사실을 느끼나니 그리하여 만일, 최후법이 최초이듯, 어느 남자고 어느 누구 할 것 없이 비록 홀로 일지라도 어느 누구의 젖가슴을 다른 자와 함께 슬쩍 한번 들여다 볼 권리율權利率을 갖고 있지 않기에, 앞쪽에서 젖 짜기를 고민하나니, 그리하여 다른 손이 젖꼭지가 한층 앞쪽에 있기를 바라도다.[6] 팅팅크록굴곡리씬모든목장육십일의라이센스그이둘레그녀덤그매거킨킨칸칸다운마음보는덧문.〔5번째 뇌성 편지에 대한 자만한 농담 경고〕 마담들, 아가씨들, 낭군들! 실례지만![7] 그녀가 바라는 모든 것이란(그녀 기록하나니) 그에 관한 수탉〔HCE〕의 진실을 말하는 것이로다. 조금씩 조금씩. 점잖빼며 말하는 건 금지인지라. 그는 인생을 오염으로 가득 보지 않으면 안 되었나니 흑과 백을.(그녀 기록하나니). 그이 속에 세 남자가 있었도다.[8](그녀 기록하나니). 춤추는 행실은(그녀 기록하나니) 그의 오직 지나친 약점이었도다. 사과창부司果娼婦들과 함께. 그리고 한 마리 작은 사과소조司果小鳥. 특별히(그녀 기록하나니) 당시 그들은 모두 복숭아 아씨들이라. 벌꿀 아씨들은 동백색冬柏色 팬티를 입었나니.[9] 여불비례. 첨가 얼룩진 여옥(더플린).〔그녀는 편지를 서명한다〕 하지만 그것은 단지 옛 이야기, 어떤 이솔트와 함께 한 트리스탄의 목석담木石談,[10] 텐트 말뚝으로 받쳐진 치구恥丘(불두덩)[11]와 도망치는 침수沈水(워털루)된 그의 친구의,[12] 악남惡男이 하려하지 않는 걸 천격남男[13]이 단지 할 수 있었던 것, 어떤 제노바남男 대對 어떤 사슴 베니스,[14] 그리고 왜 케이트[15]는 납세공 진열관을 전담하는지.〔여기 편지는 앞서 제니의 박물관(FW 8, 57) 그리고 마담 Tussaund(런던의 납세공 설립자)의 납세공과 같은 이야기로 변전한다.〕

자 그럼 이제, 날씨, 건강, 위험, 공공질서 및 다른 상황이 허락한다면, 완전하게 편리한 대로, 그대 경警 제발, 당신 먼저, 경찰 경찰, 실례지만, 용서할지요, 당신? 이제 허튼소리는 그만두고 인간 대 인간으로 똑 바로 이렇다 저렇다 솔직하게 말해 볼지라, 잠시 동안 귀를, 우리는 온통 마이크든 혹은 니코리스트든,[16] 때때로 다른 사람을 눈으로 믿는 경향이 있나니, 살색이든 혹은 무無렌스이든,[17] 심시어 *그 사체〔편지 원고〕*를 믿는 것이 이따금 매우도 어려움을 알게 되는지라. *귀를 가지고 볼 수 없는고? 눈을 가지고 느낄 수 없는고?*[18] 찰칵! 한층 가까이 가서 그걸 경사지게 보기 위해(모두 지하에 있는 동안 불운과 결국 마주쳤는지라), 보이도록 남아있는 것은 모두 보도록 할지라.〔비록 원고는 지하 경험으로 망가졌을지라도, 우리는 이제 그것에 한층 접근할지로다〕.

나〔화자—숀—교수〕는 한 사람의 일꾼이요, 한 묘석墓石 석공, 은행 휴일을 즐기려고 무척이나 애쓰나니,[19] 그리하여 1년에 한번 크리스마스 다가올 때를 사탕처럼 기뻐하도다. 그대는 한 사람의 가난한 시민, 전제專制 경찰을 살마殺磨하려고 감언유약甘言油藥하나니 그리하여 다시 귀가할 시간이 되자 주통복酒桶腹[20]인양

[114.21—114.16] 편지의 다양한 형태의 분석. 역사적, 텍스트적, 프로이트적, 마르크스주의적 등.

[114.21—116.35] 편지지, 그 위의 다茶 오점 그리고 없어진 서명—텍스트의 아마추어 정신분석.

〔편지 문의 형태〕 혼魂치게도 유감스러웠나니 진주酒 놈. 우리는 눈眼 대 눈을.[1] 말할 수 없도다. 우리는 코에서 코웃음 지울 수 없도다. 하지만. 누구든 주목하지 않을 수 없는 것은 오히려 글행行들의 절반 이상이 넴제츠[2]와 미美부카라스트[3] 방향의 북—남쪽으로 달리는지라 한편 다른 것들은 마리찌츠[4]에서 불가라드[5]를 탐색하여 서—동쪽으로 향하고 있나니 왠고하면, 다른 인큐내부라 여명기 고古판본[6]을 따라 옆으로 가지런히 눕힐 때는 마치 작은 점點처럼 보일지라도, 그것은 그럼에도 불구하고 기본 방위점을 지니도다. 그 추적된 단어들이 그를 따라 달리거나, 진군하거나, 멈추거나, 걷거나, 의심스러운 점들에서 넘어지거나, 비교적 안전하게 다시 곱들어지는 이러한 관리된 울짱은 마치 검댕과 자두나무[7]를 가지고 예쁜 바둑판무늬 속에 무엇보다 우선적으로 그려놓은 것처럼 보이도다. 이러한 십자교차十字交叉는 물론 기독이전이긴 하지만, 그러나 달필서예에 대한 일조一助로서의 저 자가생自家生 자두나무 막대[8]의 사용은 야만에서 미개주의로의 분명한 진전을 보여 주는지라. 그건 혹자에 의하여 심각하게 신빙되고 있나니, 그러한 의도는 측지측량에 관한 사항일 것이요, 또는, 숙련자의 견해에 의하건대, 가정 경제적이었으리라. 그러나 저쪽 방향으로 끝에서 끝까지 씀으로서, 되돌아오며 그리고 끝에서 끝까지 이쪽 방향에서 쓰다니 그리하여 위쪽 세로로 베어 짼 깔 지푸라기의 선線 및 큰 소리의 사다리 미끄러짐과 함께, 오랜 셈 장지와 야벳 재再귀향, 햄릿 인문학까지 그들로부터 봉기하게 할지라.[9] 잠잘지라, 어디 황지荒地에 혜지가 있단 말인고?[10]

또 다른 점點인 즉 원사原砂〔본래의 원료〕, 잉크 삼투방지분滲透防止粉, 취압지醉押紙 또는 사용된 부드러운 넝마종이(래그 페이퍼)에 덧붙여(우리들의 오늘의 사회에서 어느 누구든 또는 신봉자이든 피견자彼見者를 단독으로 볼 수 있으니, 한 작은 냉방, 단 하나의 마차 촛대의자 위에 경쾌히 튀기는 것, 달반니아산産[11] 계란의 만찬 광경, 약간의 유리잔 브랜디 술, 소파 탁상에 진열된 오렌지와 약간의 빵, 우리들 모두가 아들 또는 조카 그리고 질녀들이었을 때 우리들에게 항상 말하곤 하던, 그대가 기억하는, 그따위 소프트볼 빠는 풋내기 자매와 같은), 그것〔원고〕은 과거 속에 배회하는 동안 토속감미土俗甘味의 물질의 누적을 취득 했나니라〔오손 되었는지라〕. 그 다시오점茶時汚點의 종착〔종지부〕은(제발 끝맺음 말은 말하지 말지라, 광대여, 그렇잖으면 우리들의 극은 실패라오![12] 온통 자기 자신에 대한 포근하고 작은 갈색의 한갓 배려 대상물인지라, 그것이 엄지손가락의 지문이든, 조문造紋이든 또는 바로 무無예술성의 보잘것없는 초문肖紋[13]이든 간에, 필자복잡筆者複雜 고정관념에 있어서 신원을 수립함에 그의 중요성은(왠고하니 만일 손이 하나라면, 능동적 및 선동적인 마음은 하나 이상이기 때문에) 보인 전투[14] 전후에는 편지를 언제나 서명하지 않는 것이 습관이었음을 결코 잊지 않음으로써 가장 잘 이해되어질지로다. 찰칵. 그리하여 확실히 모든 자음을 정말 적게 하여 한 개의 단어를 쓰는 것이 정말 많이 첨가하는 것보다 한층 덜 무식한지라. 종결은? 그럼 그것을 미사일 탄전彈典으로 말할지라 그리고 이렇게 하여 그 페이지를 아라비아 무늬(당초唐草)로 할지라. 그대는 입을 데게 하는 소종小種 홍차[1]의 잔을 갖나니, 그대의 양초 심지의 밀랍 방울, 그대의 고양이의 발톱, 그대가 그것을 단어로 나타낼 때 씹고 이를 가는 정향근丁香根 또는 관棺못(골초),[2] 맑은 대기 속 그대의 종달새.[3] 그러니 왜, 바라건대, 모든 단어, 문자, 필법, 종이 공간은 그 자체의 완전한 기호인 한, 무엇이든 서명하는 이유가 있단 말인고?〔서명 무용〕 진실한 친구는 이를테면, 그의 발에 신는 물건에 의해서 보다. 그의 개인적 촉각, 정장 또는 평복의 습관, 동작, 자선을 위한 호소에의 반응에 의하여, 한층 쉽사리, 그리고 게다가 한층 잘 알려 지도다. 그리하여, 티베리아스[4] 및 노인 애자愛者들 간의 다른 근친상간적 색욕성[5]에 관하여 이야기한다면, 환락요육적歡樂腰肉的 정렬에 관한 경고의 한 마디 말이 암시 되었나니라. 어떤 유비柔鼻의 숙독자라면 아마도 숟가락(바보)의 정상적인 경우로서 성자극적性刺戟的으로 그것을 고의폭력故意暴力 받아들일지 모르나니,〔탈선 사랑의 문제〕 말쑥한 핑크 복 첨가의 *꽃봉오리 창녀*가 자신의 자성거自性車에서 심의적審議的으로 공중제비 놀이로 퉁겨 땅에 떨어지니, 분교구分敎區 목사의 영구 수단 복방服房의 중앙구中央口에 몸채로 하나 둘 셋(보라) 그리고 저리 쿵![6] 그러자 그는 어느 성유봉지자聖油奉持者가 그러하듯 그녀를 매우 신중하게 들어올려, 게다가 그 처녀의 가장 상처 입은 곳을 만지나니 그리하여 상냥하게 묻는지라 어디를 그대는 그토록 애야 상처를 입었는고[7] 그리고 어디 그대 나의 정숙한 아가씨? 누구신지요, 유망하신 원부遠父님? 그리하여 기타 등등 그러나 우리들 음산한 늙은 아첨정신자阿諂精神者들,[8] 그들은 자신들이 젊은 융이요 쉽사리 프로이트 사기 당했을 때, 뚜쟁이 방房의 반음영半陰影 속에, 엘리스[9] 동화분석童話分析에 우리의 비소행위非笑行爲를 감행했나니, 그리하여 무슨 신탁의 짧은 고백을 우리는 그들에게 적용했던고!(*실로 우리는 사적으로* 우리들의 수수료로 산 침묵을 팔고 싶었나니) 우리들의 바로 습비공자濕鼻孔者에게 말하거니와 이러한 다채잡색多彩雜色의 문맥 속의 *(신)부父란* 우리를 위해 우리의 폐구현찰閉口現札로 해결하는 저 비시적非示的 관계(자)가 반드시 아닌지라(이따금 우리들의 불순종을 내세웠나니) 그리하여 미카엘[10]과 같은 한 천진난만의 전혀 낯선[11] 부사副詞가 무엇으로 보이는지는 외음부경하外陰部鏡下에서 암시될 수 있는 것이니 그리하여, 최후로, 무슨 그녀의 과거에 존재했던 선입몽극先入蒙劇[12] 및 여계친전女系親前 부계父系와 교합을 위한 남근 숭배 충동 증을 가진 전도된 부자父子 혈통의 신경 쇠약성 열병, 내분비 송과선松科腺 장애야말로, 근본적으로 그녀 애호가의 얼굴을 감지하는 어떤 촉수가 마음에 들어 그녀가 언급할 때 그녀의 음탕 교활적 감수분열하減數分裂下[13]에 감각되는 것이로다. 그리하여 음음. 우리는 할 수 있었나니. 하지만 말할 무슨 필요가? 그건 종이가 잘 행사할 수 있는 인간적인 작은 이야기,

실효상, 그토록 솔로몬 연어(魚)답게 노래노래할 때[1] 달콤한 처녀들에게 살랑거리듯, 한편 무허세無虛勢로 무뚝뚝 불쑥 말하나니 마치 어떤 에스라, 고양이, 고양이의 봉모逢母,[2] 봉모의 고양이의 아내, 봉모의 고양이의 아내의 반려자, 봉모의 고양이의 아내의 반려자의 봉모처럼, 그리고 희롱마戲弄馬의 이야기로 되돌아가거니와,[3] 왜냐하면 우리는 또한 알고 있는지라, 우리가 *나는 옥장군玉將軍이었도다*.의 페이지[4]에서 숙독했던 것, 즉 사격망몽射擊妄夢袂[5]에 의한 볼스키리비즘의 본색 폭로, 그 백색 공포의 이 붉은 시대[6]에 관한 마이클 신부야말로 옛 정체와 동등하며 마가렛은 사회혁명이요, 한편 케이크(과자)는 당黨의 기금을 의미하며 진감사眞感謝는 국민적 고마움을 의미하도다. 요컨대, 우리는, 공교롭게도, 로마 노예 지도자 세포간細胞間의 스팔타커스[7]에 관해 들었도다. 우리는 아직도 궁지정복窮地征服되지 않았나니, 죽은 손手이여![8] 우리는 회상할 수 있나니, 의용누義勇漏[9]와 더불어, 안개霧스러운 유태인,[10] 그리고 한 해가 더 끝나기 전에[11] 덤빌의 아름다운 도시[12]에서 우리는 지금 생각하기보다 한층 감미로웠는지라.[13] 우리들은 멋진 즐거운 음률에 맞추어 우리들의 해변을 여회旅回했나니.〔마치 배반자가 그러하듯〕 기氣 꺾인 검劍으로부터 바다는[14] 그때 저 옛 호우드 포구砲丘[15]와 융합했는지라, 그리하여 대담한 오드이어가 대답했도다.[16] 그러나, *언어에는 중용(中庸)*.[17] 문 앞에 서서 윙크하거나 혹은 매거진 조죄造罪의 벽 가까이 피닉스 뇌궁腦弓에서 스스로 원주차園駐車하는 한 매음녀가 하녀何女이든 상관치 말지니[18](신신! 죄죄罪罪!) 그리하여 강주를 공급하는 바텐더(진진! 주주酒酒!),[19] 그러나 또한, 그리고 잊지 말지라, 혹본국或本國의 제일자와 타이국他異國의 말자末者 사이에 많은 미끄럼 틈[20]이 있나니 게다가 대기결혼待期結婚 케이크의 아름다운 존재가 생명의 그것까지(!) 달콤한 매춘녀의 언어로 그가 흥분시킬 어떤 밀크 사나이를 충분 이상으로 후려갈겨 그의 쌍둥이 악마로 만들 것이요 그리하여 매기의 차(茶), 또는 각하가, 만일 타고난 신사로부터의 일종의 격려로 들린다면(?). 왠고하니, 만일 이불 걷어차기 사이에〔애인들의 침실에서〕 포착된 애매전문어曖昧專門語가, 아무리 기초적으로 영어라 할지라도,[21] 소음과 변호모음辯護母音, 모음충적母音沖積, 반모경어半母驚語, 산만서 어적散漫誓語的, 동성색어同性色語 치성어齒聲語, 인후조담어嘲啖語 및 방기어放氣語의 버들세공성당감독자들과 형이상학자들[22]의 입으로부터 설파된다면, 그들의 실천實踐이 어디에 있을 것인지 또는 만일에 범汎인식론의 피타고라스적 3대 1 결합 수족어垂足語[23]가, 아무리 설음적舌音的으로 볼라픽[24] 제어적制御的이라 할지라도, 이커보드[25] 탄식적, 하박국 서적書的, 개헐적開歇的, 우감와적訛的, 단일잔록單一殘錄 어구적, 아편 자극적, 프프프픕, 시골 울타리를 넘어, 슬레이트 거옥巨屋들 뒤에, 막다른 골목길 아래, 또는, 모든 과실들이 떨어졌을 때, 상스러운 마차 위에 남은 어떤 부대負袋 아래, 꿍꿍거리며 우르르쾅콸 솟는다면, 인류 그 자체는 어디에?〔만사는 시간과 장소가 있는 법〕

고로 존재해 왔나니, 사랑이라 그것은 존재하도다. 그리고 존재하리니 마멸과 눈물과 세월까지.

〔사랑의 이야기〕 우리들에게 밤을 도적할지니,[1] 우리는 대기를 강도 할지라, 솥을 걸칠지라 그대 기꺼이, 내 사랑! 여기, 오 여기, 미인을 오욕할지라! 반역자, 나쁜 청취자여, 용감할지라! 번개의 탄견誕見, 조혼鳥婚의 외침, 무덤으로부터의 장례 경외敬畏,[2] 세월 위에 영류永流하면서. 불火은 바람風을 격激하고 땅土을 물水대나니. 이제 태양신은 남요일男曜日의 딸 위에 빛나도다.[3] 선의의 박수, 이전혼인以前婚姻, 나쁜 경야각經夜覺, 지옥의 우물을 말할지라. 이것이 상실과 재득再得의 처남妻男의 운명이라,[4] 그는 다시 턱에 구레나룻 수염을 기르기를 좋아하는지라,[5] 그녀가 그걸 뽑아버려도 다시 자라기 마련. 그런고로 그대 그것을 어찌할 셈인고? 오, 맙소사! 〔사랑의 불가피.〕

〔사랑의 기록〕 만일 그녀가 젊음을 저장한다면! 아하 호! 만일 그가 늙음을 유출流出할 수 있다면![6] 그것〔사랑〕은 고고古古의 제의祭衣 같은 이야기![7] 아무아무개 퀴네에서 멋장이멋쟁이 미쉬레까지[8] 그리고 세례 문설주에서 화형인火刑人 부루노까지 나아가도다![9] 그것은 어조語調의 발성發聲, 첨가의 기호로, 인공보편어語[10]로, 다성접착어多聲接着語로, 중성관용어각조사中性慣用語各助詞로, 농아어聾啞語, 화어花語, 쉘타 은어隱語, 혹평투기어酷評投機語, 첩어贅妾語, 창부치경어娼婦齒莖語, 부랑아어浮浪兒語, 전前페르시아어語 및 피어차어彼語此語로 이야기되어지는지라. 버릇없는 나넷[11]이 하이호 해리와 야자수 길을 여행한 이후 거기 분출된 이탄 불이 활활 타고 있나니, 그때 자주 돌풍이 그녀의 페티코트를 날려 부풀리게 하자 그리하여 그대를 위한 젖은 차(茶) 진흙 단지라, 이봐요 아가씨, 그리하여 이야기 이야기 차차(茶) 영원히[12] 말하나니 그리하여 무슨 상관이랴(승력주勝力酒가 빈승자貧勝者 위에 사지를 뻗었을 때,[13] 악당반항의 생生이 로널드 놈의 죽음을[14] 긍인肯認하나니) 수천 수백만 년 동안 사업은 사업인지라[15] 그리하여 우리들의 혼성된 종족경주種族競走가 포도 열매, 포도 덩굴 및 포도주를 위하여 제고再顧 및 조세嘲歲 삼창을[16] 제공해 왔나니 그리하여 뉴 암스테르담의 피터시市[17]와 거기 살찌운 암탉이 가고, 람주酒가 남자를 위해 목적을 주문呪文하며 그가 위안의 아메리카를 식사로 드는 매음굴인들[18](어떤 이가 평범한 냄비를 핥는 짓을 할지라도 프라이 요리를 그에게 제공하리니) 그들의 풍화와 그들의 결혼과 그들의 매장과 그들의 자연도태의 이 고세계古世界의 서간〔편지 또는 〈경야〉〕은 마치 접시 위의 한잔의 열고다熱古茶처럼 신선하게 그리고 전—시간—제—시간—제로 맴돌며 뒹굴면서 우리들에게 전해져 왔던 것이로다. 말하자면 나는 열 깡통에 흠뻑 젖은 채. 하하! 그리하여 그대는 요리도구를 생각하고 있었으니. 호호! 그녀는 터무니없는 도화都話를 이야기 했도다.[19] 후후!

〔편지의 총체적 의미〕 자 이제, 연기예언煙氣豫言[20]과 다엽주입물茶葉注入物(혼화물混和物)[21] 양자가 마치 두 삼발이처럼 굳어 정당할지라도 그러나 한편 위이—자유국[22]의 우리가, 우리들의 헌장憲章에서 저 전매녀항목前賣女項目을 고수하면서, 모든 것의 총체적 의미, 총체적인 어느 구句의 해석,

〔116.36—117.09〕 비코(Vico)의 환들의 재삼재사.

〔117.10—117.32〕 옛날의 반복된 이야기—우주의 재기再起하는 유형들.

〔117.33—118.17〕 편지의 원작자에 관하여 논하는지라—혹자가 분명히 그것을 썼도다.

〔118.18—119.09〕 편지와 연결된 영원히 변하는 특성—우리는 감사해야 할지니, 우리는 심지어 이토록 많이 가졌기에.

〔편지의 저작권 및 권위〕 지금까지 그로부터 판독된 한 어구의 어느 단어의 의미에 관하여 제거불능의 의문을 갖는다면, 우리들 아일랜드의 매일 독립지紙[1]가 아무리 족쇄에 채워지지 않았더라도, 우리는 그의 진지한 저작성과 단번의 권위성에 대하여 어떤 부질없는 의혹을 허풍떨어서는 안 되도다. 그리하여 우리로 하여금 저 쨍그랑 건배로 말다툼의 종말을 가져오도록 할지라. 술병 관리자여![2] 그것의 문면상文面上으로, 우리들의 교활마馬를 뒤쪽으로 윤승輪乘한다면[3], 그리고 그대의 스파이크 편자 박은 마음을 위해서, 날뛰는 아메리카 들소인양, 그 사건은 단호히 행해진 일인지라, 그리하여 거기 그대가 어딘가에 있었나니 언젠가는 끝날 것이요, 하루든 한 해든 혹은 심지어 가정하여, 그것은 일련의 확실사確實事만이 얼마나 많은 나날과 해年인지를 결국은 알게 되는 것이로다. 하여간에, 어떻게든 그리고 어디서든, 책册홍수 전 또는 그녀의 썰물 후에, 그의 전화번호부에, 수탉 코코라니어스 또는 황소 타우러스[4]라는 이름으로 서술된 어떤자가, 그것을 썼나니, 그것을 온통 쓰고, 온통 써 두었는지라, 그리하여 여기 자, 봐요, 종지부. 오, 의심할 바 없이 그래요, 그리하여 아주 분명히 그러려니, 하지만 한층 깊이 생각하는자는 이것이야말로 솔직히 그대가 있고, 그곳에 있는 것은 단지 모두 주목받고 있음을 그의 성주병聖酒甁[5] 같은 마음속에 언제나 간직하고 있으리라, 왜?

〔편지의 진실 기록〕 왜냐하면, 저통자著痛者 바벨,[6] 글쎄, 만일 그것이 그거라면.(그리하여 지붕 창 잡담이 집 꼭대기에서 그것을 부르짖으려니, 벽 위의 글씨가 큰 거리를 달리는 사람들의 집회에 고함치는 것보다 더 확실치는 않으려니와), 만물의 혼돈계混沌界(chaosmos)에 있어서 아무튼 악귀저주 받을 놈의 칠면조와 연관된 모든 사람, 장소 및 사물은 세월의 모든 부분을 움직이며 변화시키고 있었나니 즉, 그것은 여행용 잉크 뿔角(어쩌면 항아리), 토끼와 거북 펜과 종이, 반反합작자들의 계속적으로 다소 상호 오해하는 정신들, 시간이 진행됨에 따라 다양하게 어미변화하고, 다르게 발음되고, 달리 철자되는, 가변적으로 의미하는 발음할 수 있는 수기 기호로다. 아니, 페토여[7] 저를 불쌍히 여기소서, 그것은 얼룩과 오점과 막대와 공과 굴렁쇠와 꿈틀거림과 병치된 메모(약기)가 속도의 박차에 의하여 연결된 무효력의 히아신스류類의 소란은 아닌지라 말하자면 매우도 그처럼 그렇게 보일 뿐이외다. 그리하여, 확실히, 똥파리 어명의 이 낙소멸樂消滅의 시각에,[8] 그걸 가질 것인가 내버려둘 것인가, 우리들이 심지어 우리들 스스로 만사를 보여주기 위하여 마른 분말 잉크를 가지고 쓴 종잇조각을 소유하고 있음을 우리는 진실로 감사히 여겨야 할지라.(그리하여 우리는 영혼의 낚시꾼으로서 고양이를 주선酒船에서 끌어낼 때처럼[9] 스스로 부심浮心하나니) 우리가 모든 것을 잃어버린 뒤 그리고 심지어 대지의 가장 숨은 구석지기까지 그것을 노략질했는지라,

그리하여 이제 모든 것이 다 지나가 버렸나니 그리하여 아무튼, 접문대지接吻大地에 넙죽 엎드려 입 맞춘 다음 그리고 전쟁 행운을 위해 우리들의 고국 견갑골 너머로 토의土衣를 벗어 던지는지라,[1] 익사溺死의 손이 그러하듯 그에 매달리나니,[2] 철인광哲燐光의 빛에 의하여, 내내 요행을 희망하면서.(그리하여 그녀가 우리를 결코 저버리지 않기를!) 만사는 한 시간의 다음 사분의 일 이내에 이럭저럭 조금씩 분명해 지기 시작할 것이요, 그들 또한 십대 일로 매달릴 것이며, 순조롭게된다면,[3] 그들은 범주적範疇的으로 응당 그렇게 할 것이거니와, 따라서, 엄밀히 우리들끼리 만의 이야기다만, 만사에는 한계가 있기 마련인지라, 고로 이는 결코 족足하지 않으리로다.

[119.10—119.24] 에드워드 설리반의 "켈즈의 책"(The Book of Kells)(애란 국보, 트리니티 대한 도서관 보존)의 필체 모방.

[119.10—123.10] 편지의 서예(calligraphy)에 관한 상세한 분석—그것의 기호 및 문자.

〔이하 편지의 필체〕 그 이유인즉, 저 호피狐皮 호악취狐惡臭를 토하는 저 호농狐農 호녀狐女의 호금후각狐禽嗅覺을 가지고.(노목蘆木)[4]의 노주老柱가 노재난奴災難의 노재해虜災害를 요구하나니) 그〔편지〕를 음미하는자는 저러한 분노의 회오리 채찍 끝을 경탄하도다. 저러한 너무나도 세심하게 빗장으로 잠겨진 또는 폐색된 원들. 하나의 비非완료의 일필一筆 또는 생략된 말미의 감동적인 회상. 둥근 일천 선회의 후광, 서문에는(아하!) 지금은 판독불가의 환상적 깃털비상飛翔, 이어위커의 대문자체 두 문자를 온통 티베리우스 적으로[5] 양측 장식하고 있나니 즉 좌절의 성유 삼석탑三石塔[6] 기호 ⊓가 되도록 하는 중명사中名辭는, 그의 약간의 주저(hecitence) 뒤에 헥(Hec)으로서 최종적으로 불렸나니, 그것은, 시계 반대 방향으로 움직여, 약자로 된 그의 칭호를 대변하는지라, 마찬가지로 보다 작은 △은, 자연의 은총의 상태의 어떤 변화에 부응하여 알파 또는 델타로 다정하게 불리나니, 단 혼자일 때는, 배우자를 의미하거나 아니면 반복동의어적反復同義語的으로 그 곁에 서는지라(하지만 그 일에 관한 한, 우리는 지나支那의 원주圓周 들로부터 들은 이후,[7] 어찌하여 암탉이 제2 제8 제12의 첫째 다섯째 넷째를 한 두 순간 뚝따 뿐만 아니라—양쯔강揚子江 홍콩[8] 32(sansheneul)[9]—선년적全年的으로 제20번째 빼기 제9번째의[10] 여타 제30번째를 뒤쫓는지, 우리들 자신의 세속적 432 [11] 와 1132와는 각각 무관하게도, 전자는 시골 여인숙으로, 후자는 뒤집힌 다리橋로 해석해도 되지 않겠는고. 승법은 전방의 십자로의 표시로, 그걸 뭐랄까 냄비고리는 가족 교수대로, 늙은 사감언유혹자四甘言誘惑者는 악마惡馬의 들판으로, 어차피 티茶(tea)자는 어느 날의 밀회소로, 그리고 그의 한쪽 잃은 모양새는 화성원火星原[12]의 애란음모지로 나아가는 전암全岩의 오솔길로, 그건 어떤고?) 내장의 확고한 독백남獨白男.[13] 관대한 혼란, 그를 위해 누군가 몽둥이를 비난하고 더 많은자들이 검댕을 비난하나니 그러나 그에 대하여 달갑지 않게도 그들의 캡 모帽와 함께 비뚤어진 요수尿水 피(pees)는 이따금 스스로 꼬리 달린 큐(quite)로 해석되지 않거나[14] 또는 아주 왕왕 그들의

〔편지의 기호 설명〕 입에 꼬리를 문[1] 신도석信徒席으로서 해석되지 않는지라, 거기서 그대의 그리스도 사자使者 비둘기, 여기서 우리들의 고양이(kat) 장로교도들. 짤막한 기지機智의 기지奇智인 —(dashes)는 진솔된 진부한 진실의 문자로서 결코 온당치 않은지라. 어떤 대문자화된 중中의 돌연한 툭툭 튀는 토라짐이 있는가 하면. 채색된 리본의 보금자리 속의 들쥐 마냥 혼잡스러운 직물의 미로 속에 간계奸計 서럽게 숨은 한 단어 묵묵한 평면이 우리와 함께 행하는 것보다 한층 소박한 무언극 연기를 가지고, 신사로 태어나는 것이 얼마나 어려운가를 선언하는, 저 우스꽝스러운 우족牛足의 꿀벌(bee) 그리고 이 전대미증유의 *만홍장례*를 볼지니, 조각되고 수정되고 연소緣掃되고 푸딩파이된, 깡통 응축식품[2]으로 익살된 아주 고래알卵 마냥,[3] 그것은 마치 이상적 불면증으로 고통 받는 저 이상적 독자에 의하여 그의 머리가 가라앉거나 또는 수영 맴돌 때까지 영원일야永遠一夜 동안만 일백만조一百萬兆 이상을 코 비비며 매달리기를 선언하는 듯 하는지라 교재 위로 고춧가루 뿌린 듯 모든 저따위 한 대 합쳐 칠한 붉은 황토,[4] 오류, 생략, 반복 및 미정렬未整列에 불필요한 주의[5]를 호소하면서 저(아마도 지방적 또는 개인적) 변형체의 *마법시*는 한층 보편적으로 인정된 폐하로 통하려니와, 이는 단지 사소한 것이긴 하나 그런데도 퍽 흥미로운 것이로다. 여기 저기 횃대에 앉아 있는, 사람을 깔보는 듯한 십자로 엇갈린 희랍어의 이(ees)[6]자는 마치 아테네로 되돌아가는 병든 부엉이를 닮았나니 그리하여 아두목자阿頭目字 지지(geegees) 역시, 애초에 제주위트식 궤변적으로 형성되었으나 나중에 저두평신低頭平身 골이 난 듯 발가락을 서쪽으로 향하도다. 동東고딕체의 악필[7]은 에트루리아의 난분해어難分解語[8]의 어떤 구句들에 악영향을 미친 듯 그리하여, 요약컨대, 거의 모든 행인생行人生의 목적에 위배된 학식이라 두력頭力은(최소한 11인의 32마력) 이오타[9]의 눈을 통해 헤브라니 낙타를 통과토록 하기 위한[10] 한결같은 노력勞力을 노정한 듯 이러한, 예를 들면, 과거의 어떤 특별한 통점痛點으로의 전적으로 비기대적非期待的으로 좌左전향적 귀환. 저러한 왕좌 개방 이중여二重汝(doubleyous)는(인간이 그들을 교차 언어적으로 매도하기 위하여 선택하는 초기이질初期泥質의 지중해적 기원의 변소—역亦—안顔—통痛 또는 더블유 또는 간단히, 전복자顚覆字) 이렇게 털썩 내려앉는 결심으로 착석되고 우리에게 그녀의 박물학자적 천성을 불가피하게[11] 상기시키나니, 한편 저 성마른 안절부절 못하는 싱숭생숭의 에프(eff), 그대의 미개의 각배角盃의 진퇴양난의[12] 감마 자字는 어떤 이창성교異娼性交의 비유행적 부전설附箋舌[13]로부터 추락할 때 이외에는 지금은 좀처럼 들리지 않는지라(두 개의 큰 획 활자〔볼드체〕 인쇄 형으로 언제나 사용되나니—그들 중 하나는 경두체傾頭體인지라,

그의 클로디우스[1]의 형제처럼, 말하는 것을 중단할 가치가 있겠는고?— 파피루스 사본[2] 전역에 걸쳐 개정부改正符로서) 페이지 위를 활보하나니, 한 가지 관념을 홍분 모색하는 ㅂ는 생각에 잠기며, 엽용어葉用語 사이에, 수척하니, 마름모무늬의 창 가장자리에 낙담한 듯 서 있나니, 월계수 건엽乾葉의 바스크 웃옷[3]을 그의 삼지창 단추 주변으로 온통 나풀거리며, 얼굴 찡그린 발걸음, 이리 저리 몸을 급히 흔들며, 낱말들을 여기, 저기, 내던지면서, 혹은 억압되어 말대꾸하며, 어떤 반정지半停止의 암시와 더불어, E , 그의 구두끈을 질질 끌고 있도다. 우리들의 원시 양친의 실동어實同語[4] 앞의 호기好奇스러운 경고의 신호(극히 순수한 형언난색물形言難色物, 여담이지만, 때때로 야자나무 꼬리 잘린 수달피, 한층 이따금 가인 애플(사과)[5]의 상록속常綠屬[6] 과화엽果花葉) 그를 고문서 학자들은 *초가지붕의 새는 구멍 또는 모자 구멍을 통해 통입通入하는 애란섬(島) 사나이*로 부르나니, 잇따르는 단어들은 욕망된 어떠한 순서로도 받아들일 수 있는지라, 아란섬(島)[7] 사나이 모자[8]의 구멍 공孔, 그를 통한 그의 공孔을 속삭이나니(여기 재통再痛하며 음의音義와 의음義音을 다시 통족痛族하게 하도록 재시再始할지라). 저 따위 도도한 경사진 무점無點의 첨예尖銳(aiches)는 쉽사리 가장 희귀한 문구에 속하는지라, 우리가 절반 속을 돌입하는 교통 규칙을 무시하고 횡단하는 눈眼(eyes)의 대부분의 경우처럼, 머리,[9] 몸뚱이 또는 꽁지가, 연결되지 않은 채, 잼 속에 언제나 취醉하여(jim),[10] 나리, 실벌레線蟲처럼 무근경無根莖이라 저 따위 솔직한 그러나 변덕스러운 졸때기들의 천진난만한 노출증 저 이상한 이국적 뱀처럼(serpentine) 구불구불한, 우리들의 성서로부터 너무나 타당하게도 추방당한 이후,[11] 코크 말馬 위의 한 우두右頭의 백여인白女人을 보려는 듯[12] 방금 젖은 바람개비 날개를 변덕스럽게 뻗은 채, 그리하여 그것은, 언제나 한층 길고 더더욱 침울하게 그의 무적의 오만무례 속에, 필자의 손의 필압하筆壓下에, 우리들의 눈앞에 나선형으로 사리를 풀며 도마뱀처럼 부분 늦 하나니. *포다터스 영창조咏唱調*[13]와 같이 흑黑 예술적으로 자기음향기自己音響器 아하 하아 및 은어둔주곡隱語遁走曲으로된 십포성十砲聲처럼 소요騷擾 아리아성적聲的인 아연무향기啞然無響器 오호오호를 조각함에 있어서 그토록 그려진 몰골스러운 무음악가성無音樂家性 날짜에서부터 연호年號 및 시대명의 신중한 생략으로, 이는 우리들의 필경사가 억제의 미美를 적어도 파악한 것처럼 보일 때의 유일한 시간. 최후의 것과 최초의 것과의 불안정한 접합[14] 차선의 롤빵과 함께 장대한 스타일의 묘굴[15]의 집시 방랑자의 교배交配(하나의 삽입으로 이러한 우적우적 씹는 모습은 버터 바른 빵 족속의 사본문헌 속에서만 나타나는지라—고전사본 IV, 파피루스지紙 II, 조반서朝飯書 XI, 중식서中食書 III, 만찬서晩餐書 XVII, 석식서夕食書 XXX, 충만서充滿書 MDCXC 즉 훈고학자들은 걸신들린 듯 사자의 조종을 머핀 빵장수의 종鐘으로[16] 잘못 들었나니) 4개의 원근법 묘사의 & 들,

〔이어지는 편지 기호의 설명〕 그 아래로 우리는 속기 필경사의 따뜻하고 부드럽고 짧은 팬츠를 모든 저러한 혼잡년混雜年을 가로질러 독력으로 각조견刻彫見 및 느낄 수 있나니 호격의 쇠퇴, 그로부터 그것은 시작되나니 그리하여 대격의 구멍, 그 속에 그것은 스스로 끝나도다. 한 때 사랑받은 수자(曲)를 회상시키는 저 영웅시적 고뇌의 실어증失語症은 슬리퍼에 의해 슬슬 미끄러지며 자기 자신을 잘못 호칭하는 총체적 기억 상실증으로 인도하나니 즉 다음의 것은 저러한 아르(ars) 전신戰神[1] 르르르르(rrrr)라! 저것들은 모두 전법적[2]이니, 솥땜장이[3]와 괴골怪骨을 뜻하는 고승의 비밀문자요, 전리품과 함께 정전停戰을 위한 우리들의 신성 축제 기도, 모물루스 왕을 위해 기도하세[4]로부터 적혈수赤血手로 쟁탈한 것이니, 그리하여 사원도 없을 뿐만 아니라 로스(노루)의 양조장이 불타버린 이후 밤의 괴화의 잔을 쭉 들이키지도 않고,[5] 성전의 뾰족탑으로부터 무례하게 짐꾼에 의하여 루비 흑옥黑玉 4행의[6] 아주 근접한 범위 안에까지 아래로 던져졌나니, 그러나 단지 매일 주사위 통 던지기 같은 지그지그 작작 상하 움직이는(성교하는)자들 사이에, 빵 강타,[7] 왕 땅 6으로 나는 인도하나니, 우린 마음 상하도다. 젠장, 그리고 거기 그대를 위하여 여자가 있는지라, 나리, 그녀를 왕창 해치울지라, 멋진 여인, 그녀의 왕새우 머리 타래까지 빨갛게 물들이고, 건방진 계집, 왕창 찰싹, 하느님 맙소사 오마라[8]가 녀석의 붉은 얼굴의 노악한老惡漢 윌리엄 왕[9]과 시비를 걸다니. 가만, 왕창 해치워버려, 하느님 젠장 그리고 그대의 것은 그가 없는 다른 곳이요 도금賭金 으뜸 패 중 내 것은 승勝곳 5일지니, 왕창, 그를 위해 자신의 왕 돼지의 키스 입에 자위를, 왕사자王使者 K. M.[10] 오마라 카이얀 그대는 어디에 있는고? 그러자(왼쪽 복도 모퉁이 아래로 건너오나니) 그로부터 3번의 열정적 키스 또는 보다 짧고 보다 적은 입맞춤이 지나치게 세심되게 문질러 지워진 십자가형의 추신, 〈켈즈의 책〉의 음침한 툰크 페이지를 분명히 발문跋文하고 있는지라(그리하여 그의 시야에서 놓쳐서는 안 되나니, 거기 정확하게 십자장미를 위한 3인조의 후보자들이 성구聖鳩납골당의 가장자리 화판에 자신들의 차례를 기다리나니,[11] 자신들의 3투표함 속에 배기된 채, 그러자 이러한 교고수絞叩首 위원들(심사 위원들)을 위하여 별리되어, 거기(셋) 두 사람은 누구에게든 충분하리니, 노老마태 자신[12]으로 시작하여, 그가 명료함을 가지고 당시 크게 서술했듯이, 당시 이후 말하는 사람들이 한 사람을 상대로 말할 때, 제3자가 암담하게 이야기되어지는 사람일 때는 두 사람이 친구라고 이야기하는 습관 속으로 빠져드는 것과 마찬가지인지라, 그리하여 만일 당시 매수포옹자買收抱擁者가 누구든 간에 당시 사건의 진전에 따라서 그의(또는 필경 그녀의) 혀 놀림과는 정반대로 기록되었다면, 저 마지막 진설적唇舌的인[13] *열정적 키스*가 *입맞춤*으로 읽혀질 수 있으리라). 그리하여 치명적 축소소침縮小銷沈의 경사체의 지겨운 갈겨쓰기, 불완가不完可한 도덕적인 맹목의 확실한 증거라.

모든 저러한 사각四脚 엠(ems)[1]의 과다성, 초과수성超過數性 그리고 왜 친애하는신神을 크고 짙은 디(dhee)로 철자 하는고(왜, 오, 왜, 오, 왜?) 준결승의 무미건조한 엑스(aks)와 현명한(와이즈)(wise) 형태. 그리하여, 18번째로 또는 24번째로,[2] 그러나 적어도, 모리스 인쇄자에 감사하게도,[3] 최후로 모든 것이 제트(zed) 완료되어, 그의 최후의 서명에 첨가된 장식체의 페네로페적的 인내,[4] 한 개의 뛰는 올가미 밧줄에 의해 꼬리 붙은 732획수나 되는 책 끝에 달린 간기刊記(판권 페이지)—이리하여 좌우간 모든 이런 것에 경이로워하는 누구인들, 저러한 상호분지相互分枝의 오검 문자[5] 같은 상내만류上內滿流하는 성性(섹스)의 둥근 덮게 마냥 덮고 있는 여성의 리비도(생식본능)가, 굽이쳐 흐르는 남성 필적의 획일적인 당위성에 의하여 준엄하게 통제 받고 쉽사리 재차 독려督勵되는 것을 보도록 열렬히 추공追攻하지 않으리오.

〔123.11—123.29〕 편지의 문체에 대한 비평가의 인용—그의 관찰은 유사한 경우에 기초하다.

〔123.30—124.34〕 편지의 구멍(동공)에 대한 제도—교수가 화가 났거나 혹은 오장이지다(cuckolded).

다프—머기(농아자)〔교수〕, 그런데 그는 이제 아주 친절한 배려에 의하여 인용될 수 있으리라(그의 초음파광선통제超音波光線統制에 의한 음상수신감광력音像受信感光力은 명암조종가明暗調整價가 칼라사진애호 유한 주식회사로부터 마이크로암피아 당 1천분의 1전錢에 제조되는 것과 동시에, 오히려 조금도 늦지 않을 가까운 장래에 기록을 달성할 수 있나니), 이러한 종류의 무작위 낙천적인 제휴提携(파트너십)[6]를 율리시수적栗利匙受的 또는 사수적四手的 또는 사지류적四肢類的 또는 물수제비뜨적的 또는 점선통신點線通信의 모스적的 혼란이라 최초에 불렀나니(*색소폰관현악음운론적 정신분열생식증의 연구에 관한 어떤 기선관념機先觀念*[7] 제24권, 2—555 페이지 참조), 충분한 정보의 관찰에 잇따라, 달인으로부터 수마일 떨어져 짧은 혀의(말 없는) 퉁—토이드[8]의하여 이루어 졌는지라(*반무의양심半無意良心의 마굴턴 파派의 교시敎唆들*[9] *간間의 후기욕구좌절後期欲求挫折, 도처, 참조*) 즉 저 비극적 수부[10]의(자두 흡입 모형 삼각 상사모相似帽 소매상의) 여러 이름들과 대중적으로 연관된 잘 알려지지 않은 베스트셀러의 순환항 해기海記의 경우에 있어서, *제이슨*[11] *순항의 조류에 의한 맥퍼슨즈 오시안*[12] *순찰로부터의 카르타고* 해사보고[13]가, 교묘하게도 뒤집혔는지라 그리하여 맵시있게도 매화每話—일흥—興—그 자체의—다양多樣(버라이어티)한 에게 해海 12군도식群島式 베데커 여행안내서[14]로서 재출판 되었나니, 이는 수거위의 간 지름을 그대의 암거위가 노략질하듯 만족스럽게 희망할 수 있었도다.

티베리우스트 이중사본[15] 가운데서 인물들의 무과오無過誤의 신분이 가장 교활한 방법으로 밝혀졌도다. 본래의 서류는 한노 오논한노[16]의 인내불가의 원본으로 알려진 것 속에 있었나니, 말하자면, 그것은 어떤 종류의 구두점의 표시도 드러내지 않았느니라. 그런데도 왼쪽 페이지를 미광에 비쳐 보건대, 이 모세 신서[17]는 우리들 세계의 최고광最古光의 말없는 질문에 가장 두드러지게 반응했나니 그리하여 그의 오른 쪽 페이지는 그것이[편지는] 예리한 도구에 의하여 생겨난 찔린 다수의 상처와 엽상의 깊이 베인 자국에 의하여 날카롭게 파여져 있을 뿐 구독句讀되지 않았다는(대학어감大學語感으로) 신랄한 사실을 누출했도다. 이러한 종이 상처는, 4가지 형태인지라, 종지부(스톱),[1] 제발 종지부, 정말 제발 종지부, 그리고 오, 정말 제발 종지부를 각각 의미함을 점차로 그리고 올 바르게 이해되었나니, 그리하여 그들의 한 가지 진실한 단서를 추적 하건데, 공동 목적을 지닌 남성들의 수용소 굴곡벽屈曲壁이, 깨진 유리조각 및 흩어진 도자기로 악센트된 채—런던 경찰국[2]의 조사가 지적한 바 → 그들은, 정중한 형교수兄教授 속屬의, 포크형型 ∧에 의해, "유발誘發되고"조반—식—탁에서[3]. 예리하게 전문적으로 *타인打印된 채*, 시간의 개념을 소개하기 = 위해[평면平面(?) '표면'위에] 종지부로! 고古 영英(원문 그대로) 공간에?! 천성 및 신분상으로 깊이 종교적인지라, 그리하여 여차汝茶, 및 얼룩 버터 바른 빵과 주主 햄 그리고 갓 낳은 달걀에 열심히 매달린 채, 엄청난 분노가 그의 형교수兄教授 현학객자衒學客者[4] 프렌더게스트[5]에 의하여 심지어 여의치 않게도 터뜨려 질 수 있는 게 아닌가하고 정당하게도 의심 받았나니, 자신의 선조의 성령에 맹세코, 그는, 눈물로서, 그가 일주일에 적어도 한 번씩 산사나무 관목의 공유지에서 자신의 눈동자 및 그녀의 최초의 소년들의 최고 친구로서, 이 선조를 부끄럼 없이 공경했거니와, 그리하여, 비록 기혼 귀부인을 위한 평이한 영어가 아무튼 오해를 쌓긴 했어도, 하지만, 원본이 분명하고 낱말이 간결한 곳에는 어디서나, 이들 둘, 어떤 응시남凝視男 또는 의시녀疑視女가 탐지했을 때, 네잎클로버(토끼풀)[6] 또는 사열박편四裂箔片 장식의[7] 찌르기(잽)가 한층 많이 나타나는지라, 암탉 마님[8]에 의하여 퇴비더미 위에서 뚫린 구멍 때문에 자연적으로 동일한 지점들임을 탐지했도다. 그러자 관개급수산충灌漑給水散充의 목장국牧場國에서 온통 성장한 사색가들 그리고 한 마리 희롱하는 암탉 및 음악적인 나 그리고 아무튼 그대가 아닌자가, 둘과 둘이 합쳐, 그리고 봉밀을 재담再探하는 꿀벌들의 무리와 함께, 한 가닥 수치스러운 탄식이(오, 작고 아름다운 불한당이여!)[9] 얌전한 입을 떼어놓았도다. 그렇게 되기를. 그리하여 그렇게 되었나니. 이국의 캠헬슨[10]의 무훈공적武勳功績을 편지 제작하는 일, 그가 군인 병사들과 함께 키빈네스[11] 여인국女人國에 있었을 때. 월초일月初日 우리들의 열정에 대한 감사와 함께, 영구히 여불비례라. 추신편追伸片은 전리품을 볼지라. 하지만 아직 수병은 수프를 마시지 않았거니와 등 굽은 사냥인도 잔뜩 개 거품 뿜으며 성내지 않았도다. 그리하여 여우와 거위도[12] 여전히 *아담 부父의 술집*[13] 주변에 평화를 지키고 있었나니라.

그것 뒤로, 노老제로살렘,[14] 노老통분痛憤 에베소,[15] 노老키잡이앤콕스,[16] 노老예언자 오레카산드룸[17]이어, 휴가를 위해 오는 그대의 주말자週末者들,

방문객들에게 퀴즈를 위한 사소한 필요 쉿 소리 속의 총 발사, 뒤죽박죽 속의 지리멸렬 및 망토 벗은 오취자午醉者의 아들 놈 전하全何의 문제를 가지고. 그러나 어찌 우리는 아들들 중의 아들[1]이 자신의 무지 속에 한 가지(일)없이[2] 그의 노령으로 스스로 대양사회大洋社會[3]를 떠났다는 이야기를 듣지 못했도다. 털코 맥후리 형제.[4] 그리하여 그는 매번 그랬나니, 저 아들 놈, 그리고 다른 때, 그 날에도 그리고 내일도[5] 비참기분자悲慘氣分者(디어매이드)[6]가 그 이름이니, 시편서집詩篇書集의 필자[7]요, 친우의 마구착자馬具着者[8] 그리고 그는 한 가지 욕구 때문에 동료로 변신하나니.[9] 딸들[10]은 뒤따라가며 그 편지를 쓴 필경사〔셈〕를 찾고 있는지라, 아름다운 목을 한 톨바[11]의 호남자들이[12] 토티 아스킨즈[13]의 한 노령자를 위한 군무병軍務兵 모집이라. 형식상으로 타모자他母者와 혼동된 채. 아마 콧수염을 기르고 있을지도. 그대 글쎄, 경락輕樂의 존경스러운 얼굴을 하고? 그리고 오르락내리락 사다리를 가지고 무급 당구장을 사용하다니? 비록 집배원 한스[14]는 아닐지라도 그〔HCE〕가 가졌다면 단지 얼마간의 작은 라틴 웃음일 뿐 그리고 별반 그리스 오만 없이[15] 그리고 만일 그가 자신의 부싯돌 같은 충돌 구근에 의해 번민하지 않는다면, 그가 유머를 가질 수 있는 한, 정말이지, 그리고 이섹스교橋처럼 정말로,[16] 갖게 되리라. 그리하여 맹세코 떠버리 험담이 아니나니, 나는 선언하거니와, 정말이지! 천만에! 모두들 아주 안도하게도, 비상처대학鼻傷處大學[17]의 소나기화花의 농율목弄栗木 사이의 저 캑캑 턱을 한 원숭이의 자아 반가설半假說은 호되게 추락되고 말았는지라, 저 밉살스러운 그리고 여전히 오늘도 불충분하게 오평誤評 받은 노트 날치기(분糞, 채, 수치, 안녕하세요, 나의 음울한 양말? 또 봐요!)[18] 문사 셈[19]에 의해 그의 방이 점령당했도다.

〔124.35—125.23〕 더 이상의 질문들을 위한 필요는 불요—필경筆耕은 필경사 셈(Shem)으로서 노정된다. 이 장의 결구는 작가들과 〈경야〉 주제들에 대한 언급의 잡탕으로 마감된다. 〈복음〉(복음서들의 번역자인, St. Jerome을 비롯하여,) 〈성서〉의 Solomon과 그의 〈아가〉(Song of Songs), 시인 싱(Synge)(강음과 율동으로), 애란 전설의 Dermot와 Grania(그들의 Fenian circle에서 산문담의 주제들), 셰익스피어, 피터(Walter Peter) Bruisa-nose College(옥스퍼드 대학), 3 "Totty Askinses"등등. 이들 언급들과 인유들의 대부분은 노아와 그들의 아들들을 대신하여, 문사인 셈으로 인도된다. 그리고 다음에 기록된 그의 도피의 "퀴즈"(quizzing) 〔124.36〕는 다음 제6장으로 인도된다.

• I부 - 6장 •

수수께끼 – 선언서의 인물들 (pp.126-168)

〔126.10—139.14〕 퀴즈의 소개—여기 솀(형)이 질문하고, 숀(아우)이 대답한다—이곳 퀴즈 장은 연극의 허세로서 열린다. 그러자 퀴즈의 2참가자들, 질문자와 대답자는 동일시된다. 12질문들이 필경사 솀에 의해 질문이 주어지고, 우체부 숀에 의해 대답된다. HCE의 무수한 속성들이 노정된다. 첫 질문은 서사적 영웅 핀 맥쿨과 동일시된다.

그래서?

누구 그대를 오늘밤 부지不知던고, 태녀怠女〔솀의 암시〕 그리고 신사〔숀의 암시〕? 메아리는 주신삼主神森의 거기 배면背面[1]에 있도다. 그를 불러낼지니! (우편물 집배원, 숀 맥 아이위크〔숀〕는, 존 제임슨 앤 가歌 양조회사[2]와의 관계로서, 조킷 믹 이어위크에 의하여 제시된, 12개의 사도부使徒符의 이 밤의 퀴즈(질문) 인명록에 대하여 백화점 당當 약弱 110%를 평가했도다. 그는 오해충격誤解衝擊받았나니, 그리하여 모든 수數 가운데서 3개를 목표로 하고 그들 자신의 미술적 무질서 속에 그중 4개에 대하여 그의 자유천연自由天然스러운 재치즉답을 남겼노라.)

1. 〔HCE의 속성들 126—139〕 무슨 둘도 없는 신화발기자神話勃起者요 극대 조교자造橋者[3]가 자신의 두부담豆腐談을 통하여 유칼리 왕사목王蛇木[4] 또는 거족의 웰링턴 적색 삼목杉木[5]보다 한층 높이 솟은 최초의 자者〔HCE〕였던고. 그녀〔ALP〕가 겨우 졸졸 흐를 때, 나화裸靴로 바지 입은 채, 리피 강[6] 속으로 들어갔나니. 그의 호우드(H) 두건의 사구砂丘(E)[7]에 회유녹모懷柔綠帽[8](C)를 쓰고 있음이 잘 알려졌나니. 알버트 제 시계 줄[9]을 그의 선체대출자船體貸出者(네덜란드)의 비만 너머로 엄숙하게 자랑해 보이도다. 거기 그의 최초의 핥아먹기 사과가 떨어졌을 때 그는 새로운(뉴) 톤[10] 무게를 고량考量했음을 생각했나니. 작남昨男들과 내녀來女들 사이에 매야기사每夜騎士에게 선택의 흉악성을 부여했도다. 꼭 같은 크고 하얀 객실의 노변 깔개 위에 7인 연속색連續色[11]의 세르비아 하녀들[12]을 지녔나니. 그가 히스의 들판에 있었을 때 마냥 이 시간까지 집에서[13] 한 사람의 미의역사未意力士[14]로다. 구교 일당을 유도 심문하고 보인 강의 신교들 소년들[15]을 충격했나니. 약자若子로서 그이 노여움 속에 배고픈 자신을 교살 했도다. 모든 들판에 홍수가 일어났을 때 노아 5인五人[16]을 위하여 마초馬草를 발견했나니. 아일랜드어를 가지고 콘월 고어古語를 수월하게 교수敎授했도다.[17]

HCE의 당번들의 증인, 도로의 통행세. 한 도윤년跳閏年 그대 자신의 교낭敎娘[1]을 위해 다두多頭의 의붓자식을 양육했나니. 한 마리 물고기로서 지나치게 우스꽝스러운지라 그리하여 한 마리 곤충으로서 너무 큰 외면을 지녔나니. 하나의 7각형(h) 수정水晶처럼(c) 우리를 위해 진실 되고 가짜 인광燐光(e)의 모험 프리즘이라. 몸에 맞지 않은 유증의遺贈衣 속에 무한히 부풀어 있나니. 그자는 한때 삽질 당하고 한때 방화 당하고 한때 침수 당하니 그리하여 그녀〔아내—ALP〕는 그를 형사 법원의 뜰에 내쫓았도다.[2] 틀러 놈 판사[3]에게 몇시 인지를 알리기 위해 자신의 모자 속에 사분의四分儀를 감추나니. 롱온에 기회를 제공하나 위켓 문 앞에[4] 맞서도다. 자신의 써레 끝에 석탄을 그리고 솔기 뒤에 이끼 장미를 발견했나니. 자신의 뒷문을 요새로 삼고 원형 방패 위에 F. E. R. T.[5]를 썼도다. 모든 종류의 추적소追跡所로부터 최고—주主—도피자인지라.[6] 만일 그가 고함자高喊者에게 보다 포학하다면, 쉿쉿 추자追者에게 그는 백열로 행동하나니.[7] 3명의 독일 훈족의 단지 출현에 소개疏開당하고[8] 한 번의 소사掃射에 의하여 두 번 포위 되었도다. 동물형태학으로부터 범수성주의汎獸性主義[9]까지 그는 동전의 회전에 의하여 브로치 되었나니.[10] 탑들, 무등대無燈臺 사이의 에디스 등대처럼 우뚝 솟아, 심해상深海上에 백조광白鳥光을 던지도다.[11] 범죄자들에게 뇌우[12]를 위협하며 기혼 부인[13]의 비단옷에 속삭임을 보내나니. 고리 등 굽은 유령공幽靈公[14] 나귀에 그가 단정히 앉을 때 명사名士 취객들의 희롱과 향연이라 그러나 그가 섹시 남男 프란킷처럼 역役하자 모두들 그를 우우 아아 놀리니 그의 나귀 마냥 매매 울도다.[15] 수잔 여차여차[16] 그리고 탐색에 의한 이 도시의 수상쩍은 건달 여인[17]에 대한 일당. 할 일, 신문 읽기, 흡연, 식탁 위의 큰 컵 정렬, 식사하기, 향락, 등등, 등등, 향락, 식사하기, 식탁 위의 큰 컵 정렬, 흡연, 신문 읽기, 할 일. 광천수, 세수 및 몸차림, 지방의 견해, 주물呪物[18] 토피 과자, 만화 및 생일카드. 그러한 날들이 있었으니 그는 그들의 영웅이었도다. 핑크 빛 석양의 소나기, 붉은 이토운泥土雲, 사하라[19]의 슬픔, 애란의 산화철.[20] 고소되고 고선告宣되고, 경청되고 경명傾明되고, 변호辯護되고 변증辨證되었나니. 잉글랜드 은행[21]의 이창에서 수표를 현금으로 바꾸고, 성당 출구[22]에서 자신의 정명定命을 배서背書했도다. 프랑크인들의 두뇌, 그리스도 교도의 손, 북방인의 혀.[23] 저녁식사에 초대하고[24] 허세에 도전하나니. 아침에 두절頭切[25]을 겪고 오후 내내 모통帽痛이라. 그가 진지할 때 소녀들이 숨은 쥐 놀음을 하나니 그가 유쾌할 때 그들은 생쥐 놀음을 놓치도다. 두구頭坵[26]까지 산보하고 거기서 그는 의회 잔당殘黨[27]처럼 의젓한 자세를 취했나니. 초기 영국의 추적 상표[28]를 보이자 금잔화 창문이 많은 죄금박광罪金箔光을 지닌, 하나의 만화경,[29] 두 개의 눈에 띄는 석수반石水盤 그리고 대단히볼가치있는(wellworthseeing)[30] 3개의 성물聖物안치소라. 온통 내리닫이 쇠살문의 아치 그리고 그의 본당 회중석은 점들로 날짜 적혀 있도다.

정지불가停止不可의 측시기測時器요 모든 종鐘의 빅벤이라.[1] 존재했나니, 존재하며 존재할자요 그리하여 비록 그는 곰팡이 상태에 있으면서 곰팡이 황홀경이로다. 숲 속의 참나무요 그러나 메가로포리스[2]의 플라타너스이니. 등산역사登山力士, 목신비족牧神飛足이요. 우리들의 연단演壇의 판자板子, 우리들의 척후병의 공포탄. 하급 귀족으로, 경지耕地에서 그는 경작되나니,[3] 백작처럼 우아하게, 그는 간주看做하도다. 편안한 순간의 초식류草食類 같은 모습을 한 벌레처럼 보이는 단어들의 선형어구船型語句. 그는 우리들의 판단에 법法을 가져 왔나니, 그는 우리들의 시골저택을 자신의 별장[4]으로 삼았도다. 지하철[5]에 대한 지상마기地上磨機요 불타는 인후를 위한 도수관導水管이었나니. 그가 자신의 탄산가스(방귀)를 방취할 때 심하게 백일해 기침하는[6] 짧은 양말 신은 소년들을 내보내니 그리하여 긴 비단 양말이 그녀의 다리 모습을 드러낼 때 그는 그녀 것 위에 헐겁게 바지를 풀도다. 병민病民들을 위하여 갈분葛粉을 그리고 모든 창백민蒼白民을 위하여 핑크색 환약을 사들이나니.[7] 미저리우스에게 자신의 기마보騎馬步를, 아나 리비아에게 그녀의 꼬집음을, 버찌 처녀 세로시아[8]에게 저 최상급 줄담배를, 그리고 티티우스, 가이우스 및 셈프로니우스에게 뭔가 깔깔 우스꽝스러운 것을[9] 주었도다. 상인 근성[10]의 누군지 전혀 짐작이 가지 않는 사람으로 하여금 그가 신사 행세를 하기 보다는 오히려 공작 행세를 하고 싶어 하도록 만들었나니. 두 매춘부를 총 쏘고 세 성곽[11]을 흔들었는지라, 당시 그는 난쟁이 놀음에 이겼도다. 스트롬볼리 화산[12]처럼 안쪽으로 연기 내고 마침내 그는 양쪽 끝에서 연초하나니. 사나이여, 그를 믿을지라, 여성이여, 애탄哀歎할지라.[13] 그의 관두冠頭의 금작화 수풀 사이에 백설표적白雪漂積[14] 그리고 엉긴 피 흘린자 위에 후회의 샤프론[15]을 보이도다. 예의범절, 삼중 프로(흥행).[16] 매트로(지하철)로 도시(폴리스)[17]를 향하고 잇따라 맴돌았나니. 습득자들에게, 만세! 찾는 그대에게, 재난![18] 오물이 충만한자를, 기근이 탐식貪食했도다.[19] 백포도주가 선두하고, 코코아가 뒤따르니, 에머리[20]가 깃발을 위해 애쓰도다. 그이 자신의 불알 오케스트라 반주에 맞추어 누란에서 오브루노[21]의 음경무陰莖舞를 출 수 있나니. 기독교(凡) 산파의 국제자연회의國際自然會議 앞에 참석하고 내국재난회의內國災難會議의 연구총회 앞에 견고착見固着하도다. 진미리珍味吏의 앙트레[22]를 만들어 감미甘味와 신미辛味 사이에 요리를 끝마치나니. 예보를 예농豫弄하고, 예견물豫見物을 예감하며 예람회藝覽會에서 언쟁의 예홍자藝興者로다. 남아男兒를 가지려고 기대하는 계처鷄妻를 위하여[23] 하나의 거대석巨大石 광장[24]을 세우고자 365개의 우상을 일소했나니.[25] 험공자險公子, 탐악자探握者, 유월절화踰月節火[26]의 점화자. 우리가 그를 서문恕門하듯 우리들에게 우리들의 침입을 금하도다.[27] 불사조여 그의 화장제火葬梯, 회신灰燼이여 그의 종마種馬 되소서! 대 헤라클라스의 소小기둥[28]처럼 소少오시안산山 위의 다多페리온[29]을 쌓나니. 식食터퍼스 콤플렉스[30]와 음식찌꺼기 사모증思慕症을 가지나니. 얼간이를 위한 쏘시지 고기 및 부엌데기를 위한 자우식雌牛食. 그가 우리들의 호의를 고대할 때는 여불비례. 두 번의 심리적 혼례 및 세 번의 유기遺棄. 지금은 실인實人일지라도 당시는 마처녀魔處女의 아비였나니. 육肉의 본래산本來山[1]인, 고양이 방파제 언덕[2]은, 압력에 의해 머리를 쳐들었고 긴장 아래 숙였나니. 그걸 탱크에 가득 채우고, 그걸 스며나게 하고, 그의 간첩에게 양복상을 말하도다. 남자에게 청우晴雨 겸용 양산, 그러나 하녀에게 소품小品 골무라. 뚱땡이, 뚱보. 위조 글자, 합음절合音節로 노래를 노래 부르도다.[3] 웃음거리이자, 초휴지超休止의 격언가格言家. 그의 협곡 콜로세움이 설 동안 약자는 추락할지라[4]. 세방교細房橋[5]에서 알을 품었으나 바깥에서 사출했나니[6]. 창주創酒로 시작하여[7], 감주 싸움으로[8] 결말지었나니라. 로더릭, 로더릭, 로더릭[9], 오, 당신은 덴마크 사람들의 길에서 사라졌도다. 다양다종하게 목록화目錄化되고, 규칙적으로 재再 그룹화化했나니. 오지 소년의 휴일,[10] 퀘이커 교도의 묵봉黙逢, 촌색시의 사욕沙浴. 단일안單一眼의 쾌공快空이 휘날렸을 때처럼 꼭 같은 동질의 히스 색의 무無병아리란卵이라[11]. 진짜 폭발이지만 가짜 총성. 탕치장의 광狂이지만 여숙 이상異常. 신문 국세조사에 의하면 반백만인력半百萬人力이나 고아가 되었을 때 무가숙자無街宿者라. 모든 놀이꾼들 가운데 가장 능숙한자[12] 그리고 그대의 군살(혹)을 죽이는 한 최아最雅의 점쟁이. 자신의 탈퇴를 새로운 귀족당貴族黨에 인계하지만, 피(혈)의 옛 백인대를 위하여 무력평민당적無力平民黨的으로[13] 비대해지도다. 문을 열고 식사하고 문을 닫고 發情하나니. 혹자는 그를 부방패腐防牌(로스쉴드)[14]라 이름 짓고 다자多者들은 그를 암자岩者[15]라 묘사하도다. 양쪽 반미녀半美女에게 자신은 매력적으로 보이지만, 자신의 흔적을 감추려고 노력하나니. 일곱 비둘기 둥지가 이 전서傳書 비둘기의 구가鷗家였음을 쿠쿠 주장하나니,[16] 스머니온, 로어북, 코론스리그, 해요지海要地(시포인트), 부두구埠頭丘(키호우드), 회도灰島(애쉬타운), 서계鼠鷄(랫헤니).[17] 시종장관侍從長官[18]으로부터 독립하여, 로마의 규칙을 인정하면서. 우리는 유즈풀 프라인(유용한 청송靑松)에서 그대의 농장을 보았나니, 돔날, 돔날[19]. 홈랜드 치즈처럼 악취 피우고 아이슬란드의 귀[20]처럼 보이나니. 하고 많은 장소에 기숙했고, 너무 많은 통치를 받으며 살았도다. 자신의 주말을 위하여 토요일욕土曜日浴을 그리고 상쾌한 기분을 위하여 일요수탕日曜水湯을 택하도다. 멋진 크리켓 시합을 한 차례 행한 뒤, 지로무舞, 지로무舞[21]를 즐기나니. 갈까마귀 놓친 것을 비둘기자리(天)가 발견했도다.[22] 매인이 자기 자신의 골키퍼요 아프리카가 풀백임을 믿었나니. 그의 노정路程의 호弧는 만40이요 그의 그루터기는 80에서 뽑혔도다. 아야니의 최고最古의 창조자로 체력—끝—까지 자기를 자랑하며 그가 스스로 *알프스의 새新 바위*라 부르는 스위스 가구家丘[23]를 깔보았나니. 비록 자신의 심장, 영혼 및 정신이 먼 태고시로 향할지라도, 그의 사랑, 신념 및 희망[24]은 미래주의에 고착하도다. 가볍게 다리 들어 올리는 놈들은 웃는 얼굴로 앞쪽에서부터 그에게 향을 피우는 반면 촌스럽게 이마 숙이는 놈들은 맨 끝까지 투덜대며 그를 저주하나니. 여소녀汝少女와 여소년汝少年[1] 간에 석야의 섬광이라.[2] 그의 봉우리는 일신日神을 갖고, 그의 더미는 광신光神. 그의 천식을 위하여 타르 아편 및 보드카[3]를 마시는가 하면, 신의 숙명파괴宿命破壞를 모면하기 위해 불가멸不可滅의 암퇘지를 먹는도다. 거지들이 그의 독버섯 주변에 몸을 기울여 시간을 재나니, 창녀들이 그들 곁을 걸어가며 윙크 하도다. 뉴 이어랜드, 예수 강림장降臨莊의 크리스마스 날, 장기 사순절節의 질병[4] 뒤에, 유태 수장절收藏節의 존사 부활절 동방인 씨,[5] 유증된 요청에 의하여 무조화종자無弔花從者로, 온통 사적인 홍장례興葬禮라. 그를 기다리는 곳에 영광은 사라지다.[6] 불알 공, 탄환인 그러나 아직 여기 아니나니.[7] 맥스웰, 유물론자.[8] 연기계약年期契約으로 고용살이하지만 시민으로 사조死鳥했나니. 암흑 속의 양조를 통하여 관대 위의 통으로부터 보인강江의 전투.[9]까지 A1 등급은 최상급이지만 그의 뿌리는 조잡하도다. 자신이 건포도(이성)의 사용을 측정했던 당시 백포도주 비커 큰 컵과 겨누기 위해 청년으로서 배불리 마시고 동전 던지기하던 시절, 닭 목 깃털 딸기.[10]를 부채꼴로 채웠나니. 자양물자滋養物者, 시주, 시골뜨기, 소요억제자. 파종용播種用으로 충분히 종자를 뿌리지만 은밀히 하녀들에게 구혼하도다. 하루 벌어 하루살이 말하는 것을 배우게 되자, 드디어 눈을 감고 이란어耳蘭語를 말할 수 있었나니.[11] 촌뜨기 경칠 복사뼈를 통해 자신의 길을 텄으나 마침내 거기서부터 서까래에 목매도다. 거래소교橋, 부가족교附加足橋, 빈 및 구교溝橋, 뉴코먼교橋[12]의 말할 필요 없는 톨카교橋.[13] 태양의 이글거리는 광휘의 빛이 습윤주濕潤洲의 혐오스러운 특정 장소의 벽돌의 홍조 위에 오물의 기근을 통하여 먼지를 막 갈색으로 변화시켰도다.[14] 적근초赤根草, 해초, 갈근초褐根草, 구과초毬果草, 표토회漂土灰, 남란초藍蘭草 및 자양초紫陽草, 이러한 것들이 그를 격자무늬로 염染했나니.[15] 오래전 사라졌으나 면망綿忘하지 않았도다. 자신이 기근의 날카로운 급습을 참았으나 배띠를 졸라매고, 졸라매고, 졸라매었나니. 그는 아메리카 합중국에서 발육한 24명가량의 종형제들을 지녔는지라.[16] 폴란드라는 한때의 왕국에 두 문자 한 개 틀린 동명인同名人이었도다.[17] 그의 첫 번째는 어린 장미 그리고 그의 두 번째는 프랑스계界 이집트제製 그리고 그의 전全 재산은 런던 미술품 경매상.[18]의 슬럼프 불경기. 자신의 찔린 부위에서 그의 꿈의 여인이 태어나니,[19] 피는 물보다 진하게 최후의 무역풍은 해외로. 섬광견閃光見의 매점주경賣店主卿,[20] 호우드괭이형모型帽[21]의 풍성백작風成伯爵. 그대 그리고 내가 그이 속에 갈색 건물에 의해 포위되나니.[22] 필경 애란의 자유항[23] 그러나 제국시帝國市[24]는 항석시恒夕時라. 소년시의 그는 고가高價의 빅 파이프였으나 성인시成人時에는 싸구려 담배꽁초로서 그를 상상하도다.

미쉬의 산山,[1] 모이의 봉야蜜野.[2] 두 개의 기본 덕목과 세 개의 대신전의 죄들을 가졌나니. 그의 지갑 속을 그리고 그가 손질한 우편선을 일별하도다. 성모 마리아 험프리, 버크의 지주 계급, 우편 현금 지불, 1일 3회 수취, 볼타 맹인국盲人局, 트리니티 대학부, 국제연맹, 조반숙자朝飯宿者, 주식폐자晝食肺者, 석식하자夕食下者 및 스프야식자夜食者이도다. 거리가 냉기로 포장되었듯이, 그는 최고 공쾌空快함[3]을 느꼈나니. 자신에게 스케이트 법을 가르쳤으며 추락하는 법을 배웠도다. 분명히 불결하지만 오히려 다정하나니.[4] 살인으로, 추장들을 사방방어 치료했도다. 오스트만 각하,[5] 써지 패디 쇼.[6] 두목으로 너무 많이(둘) 주인 노릇하고, 자신의 자식 파리스에게 프리아모스 아비[7] 노릇하도다. 피니언 당원들의 제일자, *최후의 왕*.[8] 어떤 낙자落者 (윌)리엄이 웨스터민스터에서 그를 저버릴 때까지 스쿤족族의 그의 타라왕王[9]은 무류를 지속했나니. 그가 우리를 탈가면脫假面하기 위해 사울처럼 노 저었을 때 그의 자리에서부터 축출되어 불타 베스트로부터 역병[10]처럼 우리들의 폭독爆毒한 궁지로 운반되었는지라. 석냥 두頭를 포플러 나무줄기에 대고 생물에 불붙이나니. 매를 창처럼 꽂자 번개를 없앴도다.[11] 과자와 더불어 결혼하고 향락과 더불어 후회했나니.[12] 그가 매장될 때까지 자신은 얼마나 행복 했던고,[13] 그리고 *일어낫 미카우버!*[14] 소리 질러 창공을 울렸도다. 계단 꼭대기에 있는 신, 짚 매트 위의 사육死肉.[15] 굴대 거미줄의 가짜 두건이 그의 불가시성 꼴불견의 동굴洞窟 입구를 메웠나니,[16] 그러나 엽망葉網을 활기 있게 하는 갓 깬 새끼 새들은 그에게 상록수종種의 애인가歌를 노래하도다.[17] 우리는 그의 피 묻은 전쟁 시트 위로 손뼉을 치지만 우리는 그의 푸른 망토에 전적으로 서약하나니. 우리들의 친구 부왕副王,[18] 우리들의 신의의 스와란.[19] 기쁨의 조가비들에서 주연배酒宴盃를 마셔 없앤 그의 개울 곁의 네 돌멩이들 아래.[20] 모라와 로라[21]는 그의 혼란을 내려다보면서 유쾌한 시간의 언덕을 지녔나니,[22] 마침내 준비를 갖춘 단단한 시선이라, 선향先向의 칭과 진젱핑의 풍족風足이 그의 최후의 전야 위로 레고의 호무湖霧를 흩뿌렸도다.[23] 우리는 그대, 죄인을 위해, 애도년哀悼年에, 비울悲鬱했으나 우리는 실개울의 조광이 일광을 불러낼 때 침울광성沈鬱光星을 향해 피들 탄주하리라.[24] 그의 의례적인 판탈롱 바지, 그의 오히려 이상스러운 걸음걸이. *유전遺傳의 높은 원주圓柱*,[25] *아이의 성의聖衣*,[26] 당분간 고개 끄덕여 졸음하나 모두들 전全기독교적이 될 때는 갈채로 까르륵 웃음 짓도다. 하나 위에 셋이 검열에 의하여 부적당할 때 소거적분消去積分의 동시적도同時赤道[HCE는 적도 격]로다. 혼공자混孔子의 영웅두발의 가장 소통笑桶스러운 통모桶帽를 지녔는지라[27] 그리하여 그의 토실토실 똥똥한 지나 턱[28]은 마치 타이랜드 성산지聖山地[29] 주변의 걸음마 발의 캥거루를 닮았도다. 그는 리튬광鑛[30]과 적색조赤色調의 가스탱크처럼 지구형[HCE는 지구]인지라 그리하여 그는 열의 세 곱절 윤상輪狀의 나이였나니,

[126.03-139.13](이어지는 HCE의 속성들): "그(HCE)는 소모전의 한 독일병사요, 돌아온 한 자살제왕自殺帝王이라. 호소하는 파도 속 용해하는 산 위의 열풍에 몸을 불태우도다!(a hunnibal in exhaustive conflict, an otho to return, burning body to aiger air). 부왕 햄릿의 유령으로서의 Hannibal-HCE(여기 h. e. c.), 그리하여 그의 불타는 육체(즉, 연옥에서)는, 그가 햄릿과 호레이 쇼가 보는 밤에, 엘시노의 "살을 에는 열풍"(I. iv. 2)로 돌아온다. 〈율리시스〉의 스티븐은 샌디마운트의 아침 산보에서 이러한 호레이쇼류의 바람을 경험한다. "살을 꼬집는 격렬한 바람"(nipping nad eager air)(U 35).

그〔HCE〕가 남루거인 광장[1] 주위에서 뒹굴기 전에. 그의 동굴소옥의 횡재橫材의 조약돌은 카블 견犬처럼 불변수이지만 단지 한 아미리칸인人만이 아틀라스[2]의 배열의 근세심近細心에 가까워질 수 있으리라. 그의 나야돈裸野豚의 사냥[3]에 있어서 배더스다운[4]의 좌우를 완강히 주장했건만 그러나 결국 캠란 전투에서 그에게 공격해 온 모드레드와 함께 끝장났나니.[5] 소모전의 한 독일병사요[6], 돌아온 한 자살제왕이라.[7] 호소하는 파도 속 용해하는 산山 위의 열풍에 몸을 불태우도다.[8] 우리는 졸리는 아이로서 그이와 통하나니, 우리는 그로부터 생존 경쟁자로서 벗어나도다. 그는 익사 부인들로부터 그들의 경쟁 여왕들[9]을 구하기 위하여 탈의했나니 한편 냉혹한冷酷漢, 자만한自慢漢 및 부신한副腎漢[10]이 그의 도장의盜贓衣를 갖고 뺑소니쳤는지라. 과세課稅 받고 평가 받고, 면허 받고 교부 받았도다. 그의 삼면석두三面石頭가 백마고지[11] 위에서 발견되었나니 그리하여 그의 찰마족적擦摩足跡이 산양의 초원에 보이도다. 덧문을 당기고, 맹인을 조종弔鐘하고 벙어리를 호출하고, 절름거리며 망설이나니.[12] 거기적둔巨奇蹟臀, 괴물소조怪物小鳥. 천지창조 시에 위법갈채違法喝采를 영도하고 그녀의 크로셋 무대에서 뱀 마법사를 쉿쉿 내쫓았나니. 사냥개 쫓긴자가 유령사냥꾼이 되고, 사냥꾼이 여우되도다. 여우사냥견犬, 헌신견獻身犬, 애완견, 도견盜犬[13]. 우남牛男 오랍[14], 만유쾌걸漫遊快傑 톨커.[15] 그대는 그자를 공동변소 황제 비스파시안[16]으로 느끼지만, 로마 황제 올리우스[17]로 그를 생각하나니. 위그 포옹당원抱擁黨員,[18] 무역폭도당원, 부등사회당원不等社會黨員, 협찬공산당원協贊共産黨員. 우리들의 해변에서 하기반전격습夏期反轉擊襲(재주넘기)하다니 그리하여 눈(眼)의 핑핑자者는 그의 사수沙手를 가득하게 했도다. 처음 그는 래글런 가도街道[19]를 쏘아 쓰러뜨리고 그 다음 그는 말버러 광장[20]을 갈기갈기 찢었나니. 시골뜨기로 우리들의 갈지(之)자 걸음이 그가 사랑하는 루버 강[21]에 방수하게 했을 때 쿠롬레크 고원과 크롬말 언덕[22]은 그의 널리 이름 날린 발 받침이었도다. 자신의 요새소감방要塞少監房[23]을 정리했는지라 그리고 본토의 한계를 정했나니. 야금야금 먹기 전에 정량正量을 달자, 저울을 거의 돌릴 수 없으나, 세 끼 식사 뒤의 총량을 달자, 총체 1도(톤)의 무게로다. 애란[24]이 그의 개종을 기도했나니, 빨라[25]가 저 장중한 고성古聲[26]을 놓쳤도다. 캐비지들 사이의 한 거대상도巨大像都, 과일 중의 사과오렌지. 생물보다 크고, 사물死物보다 군세도다. 터키의 대제, 주탕파신제酒湯婆神祭, 연어 타봉, 나환癩患 쇠약자.[27] 그의 천재 환상의 섬광, 그의 침착한 총명성의 심도, 그의 무결無缺 명예의 청명, 그의 무변 자비의 흐름.[28] 우리들 가족의 웅모선조熊毛先祖, 우리들 종족의 회전 틀 호문湖門. 묻나니 왜 그는 무적단화化했으며 그리하여 왜 그는 묵살되었던고.[29] 분할된 애란 성도聖都, 통합된 애란 도島.[30] 그는 그 자신의 순주殉酒로 경음鯨飮했으나 그녀〔ALP〕는 콜크주酒를 조금 시음試飮했나니 그리하여 연어(魚)로 치면 그는 일생동안 몸속에 먹은 것이 올라오고 있었도다. 자 자 어서, 서둘러요, 월귤나무(허클베리)[31] 그리고 그대 톱장이(톰 소여),[32] 산지기여.

화밀花蜜 속의 꿀벌 마냥 묵묵한, 호우드의 숨결처럼 강强쌔게,[1] 코스텔로, 킨셀라, 마호니, 모란, 비록 그대가 아미리가亞米利加 대륙을 밧줄로 묶을지라도, 그대의 자치자自治者는 단(Dan)[2]이도다. 오른쪽 화상畵像에, 그는 털 복숭이 목의 곡선으로 부어올라 있고, 왼쪽 화상에, 그는 선원들 사이 등압선等壓線 모양 작은 파이 속에 배급되어 있나니. 혹자或者는 그가 해독害毒되었는지를 묻는가 하면, 혹자는 그가 얼마나 많이 남기고 죽었는지를 생각하도다. 전前—정원사(대산맥인大山脈人)가, 배아적胚芽的 존재물이 공급되면, 탐욕의 장미[3]에(진드기의) 작은 호스 역을 하리라. 팽팽한 범포帆布와 갑판 배수구가 물을 뒤집어써도 그러나 애장품愛臟品 유견포油絹布가 그의 방수포 역할을 하나니. 그는 환락을 부두(K) 여인들한테서 취하고, 형사들(G)을 고용했도다. 자협단自狹團의 지원자支援者, 많은 생피生皮 채취자들의 후원자. 번개, 폭발, 화재, 지진, 홍수, 회오리바람, 강도, 제3당, 부패, 현금 분실, 신용장 분실, 차량 충돌 사고에 대한 반대. 소꼬리 수프처럼 정중하게 호언豪言할 수 있으며 입이 싼 포트와인처럼 경쾌하게 잡담할 수 있나니. 그의 통일주의統一主義[4]에서는 무주저無躊躇이나 고집통이 민족주의자이라. 삼림주자森林住者 실비아는 그를 꺼리나니, 반바지 수부水夫들은 농담을 탐색하도다. 그의 전쟁 흉궤胸櫃 속에 평화의 자금을 보이나니. 고향 토지 재산, 999년의 판권.[5] 그는 야누스 양면신兩面神의 사랑을 위하여 그가 태양시太陽時 닫혀있지 않을 때는 전쟁정체戰爭政體를 위하여 종일 열려 있도다.[6] 암 유대猶太 나귀의 팬티(작은) 절인 오이지에서 생生의 만능액萬能液을 핥는지라 그리하여 만일 어떤 포플린 천이든 유그노 교도들[7]을 헐뜯으면 비단 속에 얼굴을 뭉구나니.[8] 붐나파르트, 윌리스, 해포원수海泡元帥, 급습기병 및 초超돌격자, 승마자 듀크로씨氏, 아담 군君, 정원달사庭園達士.[9] 차자此者에게 그는 바로 익살극의 곱사 등 펀치요 심판 아내 쥬디, 타자에게 팔팔한[10] 판관判官이라. 환각, 악몽자, 심령체心靈體. 매매 흑양黑羊으로 통했나니, 그가 우우 백모白毛 될 때까지.[11] 맥 밀리건의 딸에 의해 고극롱화鼓劇弄化되었으며,[12] 어떤 화시인靴詩人(슈벨트)에 의해 곡화曲化되었도다.[13] 그의 토후구土侯區의 모든 패트릭[14] 자손들이 그를 기억하나니, 습항濕港의 사나이들이[15] 그를 아빠로 부르도다〔babu HCE—조이스, 그의 아이들이 그를 부르듯〕. 읍邑 호민관으로 멋쟁이 신분화身分化되고,[16] 브리스톨로 대중에 의해 국외 추방당했나니.[17] 다람쥐 촌村의 빛을 부여받았는지라 세 겹 봉분封墳 속에 들어갔도다. 그의 가능성이 테라코타 질그릇18) 속에 있는지라, 그는 무지개 색자色者에게 휴식을 주나니. 균유均由, 포애泡愛 및 평량平量.[19] 그의 표면은 발명의 어머니[20]를 훼손하는 반면 그의 배면背面은 필요의 미덕을 짓도다. 그가 건널 뱃전에 닻을 내리자, 그는 제2의 제왕,[21] 곶(岬)에 밧줄을 풀고, 재양틀(방적紡績)의 갈고리를 푸나니 그리고 그는 판자 및 벽토로다. 그가 각오인各吾人에게 한 호소呼訴가 실패할 때 국민회의를 소집하나니. 염왕鹽王, 고왕高王, 왕관요구자,[22] 왕자왕王子王. 디 하구河口로 입입立入하자,[23]

그때 볼카클로버[1]에서 뱃전을 돌리고 후퇴했도다. 엘도라도(황금향)이던지 아니면 궁극적 여지旅地[2]이던지. 광화포狂火砲의 마을,[3] 다섯 술집 사냥. 그의 가족 선조를 사냥하기 위하여 많은 래벌리화貨[4]를 비축하고 이어 악마惡馬를 입 다물게 하기 위하여 2중 3중의(더블트러블) 또는 4배 5배 번거로운 일을 변호 했도다. 행운을 위해 비에 젖은 한쪽 어깨 너머로 조약돌을 던졌으며 완전 무장한 소년 민병대를 용기병 무력으로 탄압했도다.[5] 고디오 갬브린누스왕王[6]처럼 건위적建胃的이요, 도공陶工 묘증왕墓贈王[7]마냥 불요불굴不搖不屈이라. 예술의 명수, 화류계의 악마, 클럽의 골칫거리, 다수의 공포. 쿵쾅, 쿵쾅, 한 개의 북 앞의 29유모가乳母歌 그러나 1대 3으로 저울이 나가나니. 스크린 은막의 거들의 버팀대[8]를 상대로 주제 역을 얼레 연출했으나 심지어 한층 더한 직함職銜 뿐인 자들, 릭, 데이브 및 발리[9]에 의하여 등 굽은자者[10]로서 세트로부터 속열續列되었도다.〔부활절 날짜를 두고 고대古代아일랜드 성당과 로마 성당간의 논쟁을 암시함〕 그는 화성삼월火星三月의 22일 만큼 일찍이 시작할 수 있으나 이따금 발아월發芽月 25처녀일.[11] 전에 그만 두나니. 그의 인디언 이름은 하파푸시소브지웨이(사방의 젖먹이)[12]이요 그의 성姓 산술상의 수는 북두칠성이도다.[13] 첨봉주尖峰州[14]에서는 무기를 들고 뱀장어 구區[15]에서는 낚시 줄을 팽개쳤나니. 비코의(惡의) 순환[16]으로 움직이나 동일同一을 재 탈피하도다. 시궁창 쥐가 그의 음식 찌꺼기를 축복하는 반면 공원조公園鳥가 그의 투광投光 조명등을 저주하나니. 미항美港, 숙달마熟達馬, 테리콕타, 퍼코레로. 그는 어촉수가魚觸手街[17]에서 번 현금을 연의軟衣의 패각태생貝殼胎生[18] 속에 쏟아 넣도다. 그의 우연히 증명된 탄생은 그의 죽음이 그의 묘중墓重의 과오임을 보이나니. 우리들에게 약자若者들의 땅[19]으로부터 거인 담쟁이[20]를 가져다주었으며 태양신사도太陽神使徒[21]를 그의 증오의 질풍으로 마갈魔渴하게 했도다. 청춘의 부드럽고 밝은 무 쌍의 소녀들이 멋진 비단 옷차림의 경쾌한 꽃다운 젊은 여인들을 가슴속에 품는 것을 만족하는 반면, 심히 욕설하는, 강한 냄새 품기는 불규칙적인 모양의, 사나이들은 활동적인, 잘생기고 멋진 몸가짐의 솔직한 눈매의 소년들을 싹 없애 버리려 하다니 너무 즐겁지 않은 일인지라.[22] 금발의 전령사,[23] 백맥白麥의 오라프.[24] 그대의 숙모에게 남편을 얻어주고 그대의 조카 손孫에게 자질을 부여 하도다. 귀 기울이나 침묵하고, 그를 가리고 볼지라. 금시今時는 대승정, 왕시往時는 점원의 취업.[25] 등 쪽 계류溪流에 시냇물로 넘치고, 쉬 녹(산화물)이 폐선에 의하여 상처 나도다. 그의 강우降雨는 무릎 높이의 2배인데 반해 그의 평균 초온草溫은 그늘 속에서 3을 기록했나니. 눈雪의 용해점이요 알코올의 발포지發泡地로다. 창부들과 싸움을 벌인 다음 자기의 진가를 충분히 발휘했나니.[26] 험프리 저著의 *도도판사滔滔判事의 정의본질正義本質*의 말세론적 장들[27]에서 암시되고 *사농자死聾者의 벌레* 뒤에 뭔가 있는 것을 냄새 맡는 테베의 교정자들[28]에 의해 탐색되었나니. 왕은 자신의 모서리 담벼락[1]에서 너무나 실쭉하게 도표를 그리고 있었으며, 여왕은 나무 그늘 정자에서 현기를 느껴 모피로 덮힌 채 축 늘어져 있는 가하면, 하녀들은 정원의 산사나무[2] 사이에서 자신들의 긴 양말을 구두신고 있었나니, 뒤쪽 경비가 밖에서 뚜쟁이 질(허식!)을 하고 총요銃尿하도다.[3] 모든 그의 예조부豫祖父들에게 그는 한 개의 돌을 곧추 세우는가 하면 자신의 미래모未來母들에게 한 그루 나무를 심었나니. 40에이커, 60마일, 하얀 줄무늬 천, 붉은 줄무늬 천, 습지수濕地水로 그의 비족飛足을 씻는도다.[4] 미스터 포터(짐꾼), 그는 핌프로코[5] 그리기를 바랬나니, 그대 무슨 일을 할 참인고 그러나 그들은 여인 때문에 그를 사로잡지 않았던고?[6] 네덜란드경卿, 다치경卿, 우리들을 위압하도다.[7] 두경토회당頭耕土會堂, 왕과 순교자, 효모아성원酵母牙城院, 광대—모공구毛孔丘, 거래소—곁의—바스—대문[8] 그는 오렌지 나소[9]의 왕자처럼 귀부인을 향해 진실과 결혼의 손을 서두는지라, 한편으로 사발걸인沙鉢乞人—흉상—빌처럼 자신 뒤에 삼위일체(트리니티)를 남겼나니[10] 개암나무 숲의 산마루,[11] 어둠 속의 연못[12] 타관인들을 불 깐 수소牛로,[13] 그리고 수맥 우물을 아라비아 새鳥로 바꾸도다.[14] 그의 벽면 위의 수기手記,[15] 그의 전前프로이센 식의 표현에 있어서 은거패류형관구隱居貝類型管口.[16] 그의 탄생지는 헬레스폰트[17] 넘어 그리고 그의 매장지는 경쾌한 소야[18]에 놓여 있나니. 전全 반도 위의 최고의 무벽無壁 키오슥(오두막)[19]이요 성聖학자지學者地[20]에서 최약最若의 무객無客 호스텔이도다. 수백 수십 마일의 거리를 걸으며 수 헥타르의 창문에 수천 일야광一夜光[21]을 밝혔나니. 그의 거대하고 넓은 외투는 15에이커 위에 놓여 있고,[22] 그의 작은 백마[23]는 우리들의 문門을 수 다스 장식하도다. 마리 키애이[24]를 향해 출범한 돛에 오 슬픔이 그리고 방향타에 화禍가 있으라! 그의 태양자들 흉노들, 그의양孃옴(양개선羊疥癬)들 타타르녀女, 그들은 여기 오늘 다수로다. 누군가 동방의 포뇌砲雷를 그의 탄생彈生에서부터 격퇴하고 심연의 각 섬광의 깃털오리를 도처리刀處理했나니.[25] 무사적無私的 문세, 위치격位置格의 수수께끼. 직입자直立者요, 들판의 비약秘藥 운반자, 옆으로 누운 녀석으로서, 퇴조소로退潮小路[26]를 통한 축순회祝巡廻의 홍수공급자. 고래(魚)를 위한 항港으로서 전체의 일부. 친애하는 신사(E) 기지남奇智男(H) 성주(C)[27]는 우리들의 유람遊覽으로 일광욕락日光浴樂했나니, 그리하여 비조非早의 여름을 만병초꽃 언덕[28]에서부터 뒤돌아보고 있도다. 종과실種果實의 해발 위로 그리고 두과번성지대痘科蕃盛地帶 밖에 있나니. 보다 오랜 고리가 보다 오랜 마음을 자물쇠로 채울 때 이내 그는 그녀를 닮으리라. 풀과 가위로 세워질 수 있었나니, 버팀 벽에 휘갈겨 썼거나 아니면 요尿 방출했도다.[29] 야간 급행열차가 그의 이야기를, 그의 전선의 보표譜表 위에 참새 곡의 노래를 노래하나니.[30] 그는 이(虱)들과 함께 기고, 사제들과 함께 떼를 짓도다. 사원의 쥐처럼 조용하나

회당 집회처럼 소란할 수 있나니. 그의 대추가 무성했을 때 낙원[1]이요 그의 자두가 탁 쪼개질 때 진흙 계곡이었도다. 대해大海를 빨아들이고, 마음 편히 찬도讚跳하니, 한쪽 입술을 그의 무릎까지 그리고 심장의 한쪽 소맥박小脈搏을 그의 주름에[2] 그의 문지기는 강력한 악력握力[3]을 그리고 그의 빵 구이들은 광백廣白의 은혜를 지니나니. 바람이 마르고 비가 먹으며 해가 돌고 물이 너울거리는 한,[4] 그는 기가 살고 풀이 죽고, 집합하고 격리 되도다. 멀리 떠나가면, 우리는 미혹되고, 돌아오면, 우리는 령靈을 싫어하나니. 섬에 구멍을 뚫고, 연옥을 뛰어 넘나드니, 홍수를 헤엄쳐 건너고, 모일 바다를 뛰어 넘었도다.[5] 지방脂肪처럼, 지방 같은 수지樹脂마냥, 유지성油脂性의, 실로 뚝뚝 떨어지는 유지성의. 늙은이에게 늙었다고 말하지 않고, 괴혈병자에게 괴혈병적이라 말하지 않았나니. 그는, 스메르 표의문자 "시市"형型의, 집을 건립했는지라, 그가 건립한 집에 자신의 정명定命을 위탁했도다.[6] 야구아野鳩野 위의 나는 모습의 갈까마귀 문장紋章을 지니나니[7] 그가 웅계雄鷄, 공작새, 개미, 우목인牛牧人, 금우궁金牛宮, 타조, 몽구스 족제비 및 스컹크로서 그의 요리 여에게 나타났을 때 후광을 그의 시종으로부터 강탈했도다.[8] 경박한 쇄기 풀로부터 애일주酒(오래된) 나이의 맥주를 짜냈나니. 그의 찬가讚歌를 위하여 오두막집 위에 지붕을 얹고, 사람을 위하여 냄비에 닭을 넣었도다.[9] 심부름꾼이 되었다가 이어 파노라마 사진 검열사가 되었다가 이어 정원사제庭園司祭[10]가 되었노라. 그를 술에 젖어 살게 했던 폭음, 그를 비틀거리게 했던 병형病型. 여전히 토끼 마냥 화제를 갑자기 바꾸지만 그런데도 양羊처럼 약올리도다. 포켓북의 우편선, 간격남間隔男 총포 밀수자.[11] 다른 날들의 빛,[12] 음산하고 황량한 어둠. 우리들의 두려운 아빠,[13] 고뇌의 티모어.[14] 당혹하게 하는, 현혹하게 하는, 충격하게 하는, 아니, 교란하게 하는. 킹(왕) 구역으로부터 새 세관로[15] 훅훅 불면서, 모든 사이즈의 파교破橋로 곱사 등의 오페라 모帽를 벗으며, 갔는지라.[16] 아빠의 새 무게와 아빠빠의 새(도끼)자루와 함께 그는 아빠빠빠빠가 우리들에게 남긴 아빠빠빠의 오래된 선원 단도短刀로다.[17] 약두若頭였을 때 노견老肩이었나니[18] 그리고 노령의 중년수中年首였도다. 매일의 싱싱한 청어,[19] 밤을 지새운 부어오른 타폰어魚. 자신의 빵 덩어리를 40의 빵으로 사자분獅子分함으로써 내분비선사內分泌線史를 변경한 카멜레온 사주獅主를 볼지라. 그가 그녀를 장님으로 몰 때까지 그녀가 그를 귀머거리로 몰았도다. 집비둘기가 어느 날 볼즈교橋[20]에서 그이 위를 온통 횃대 앉았나니 그리고 검정 갈까마귀가 다음날 밤 킹즈타운 정자[21] 뒤쪽 그이 뒤에 그들의 검은 그물을 내던지나니 배상賠償의 과장, 사사私事의 락樂, 주점의 영榮. 그의 발은 경칠 진흙이라도,[22] 그의 두재頭材 그것은 이상적이라 그가 피닉스 공원空園의 진공眞空 속에 비공飛空했을 때, 공원空園의 공동空洞에서 나무들을 공타空打하자, 석공石空했도다. 산의 표석漂石[23]처럼 보이고 조어粗語처럼 소리가 나는지라. 비등수沸騰水 속의 한 덩어리 사탕 주변의 월로月露의 경관,[24] 광천光川의 어떤 한 덩이 사탕 주변의 창백천蒼白川이도다.

벼랑 말안장 타기에 1페니 술 석 잔. 맥콜맥 양讓 본성本姓 라카시에게 구애했나니, 그녀는 화사하고 잘난 체하는, 애리愛利 더모드와 함께 줄행랑을 쳤도다.[1] 한때는 다이아몬드가 석류석石榴石을 커트했나니 지금은 염병할 신음의 그로니아 커트라.[2] 그대 그를 플로렌스에서 발견할지 모르나 윈즈 호텔[3]에서 그를 지켜보나니. 저기에 그의 나비 타이 그리고 어딘가 그의 천주泉酒 그리고 여기에 그의 정백마구靜白馬柩 깊이 잠들어 누웠도다. 스웨드 알비오니, 그 곳 최고의 있음직한 악한이라.[4] 양계장 캔터렐—웅계雄鷄, 유한모방有限模倣, 란본위주위자卵本位主義者들. 우리들은 차를 마시고 비납골悲納骨 산각山脚 주변에 벼룩을 해방하도다.[5] 토지의 성당을 건립하고[6] 성당의 토지를 파괴했나니. 그의 칭호를 추측하는자가 그의 행동을 추착推捉하도다.[7] 살(肉)과 감자, 생선 및 감자튀김. 교활(윌리스리)의 교묘한 농작弄爵.[8] 포옹복抱擁腹(헉클베리)의 환장한歡葬漢(핀)[9] 뻐꾹뻐꾹 뻐꾸기.[10] 판사 사실私室에서 방청하고 고문당했나니. 벤치와 함께 숙박宿泊하자 배혜倍惠요, 비녹탄悲鹿彈 배산背散이면 박혼예고博婚豫告라. 천국태아胎芽하고(h), 혼돈태아胎兒하니(c), 대지탄아誕兒로다(e). 그의 부친은 필경 초근超勤으로 깊이 쟁기질하고 그의 모친은 정당한 분담을 산고産苦했음이 여하간 분명하도다. 메거진 무기고武器庫의 족적足迹, 작열사灼熱沙에 의해 낙마落馬된 사령관.[11] 급조急造 소방대의 명예 대장, 경찰과 친근하도록 보고되었나니. 문은 아직도 열려 있고. 옛 진부한 목 칼라가 유행을 되찾고 있도다. 그대는 고해도실古海圖室의 집오리 흰색 바지를 조소하던 때를 그리고 마을 전체가 그의 털 많은 다리를 볼 수 있음을 말하던 식을 잊지 않고 있는지라.. 저주 십자가 몰래 그녀는 자신의 황갈색 발髮을 그의 목덜미 고물에 늘어 뜨렸나니.[12] 그의 냄비가 노노爐櫓가 되었을 때, 우리들의 추수남醜讐男들은 그들의 리피(강) 수액을 불 질렀도다.[13] 그의 연간(편지)은 시금試金의 장수丈手에 의하여 조합되고,[14] 그의 검중 각인은 정련판精鍊板의 기준에 의하여 부과되었나니. 풍신風神을 무서워하는 한 쌍의 가슴지느러미 및 세 겹의 병풍. 송진 나무로 그의 파이프를 불 댕기고 그의 신발을 잡아끌기 위해 견인마牽引馬를 세稅내도다. 하녀의 괴혈병을 치료하고, 남작의 종기를 파괴하나니. 마분磨紛을 팔도록 요구받고 나중에 침실에서 발견되었도다. 그의 정의의 의자, 그의 자비의 집, 그의 풍요의 곡물 및 그의 산적한 보리(麥)를 갖나니. 투기 인으로서, 그는 띠 까마귀 배부대背負袋(룩색)를 가졌으며, 회구인懷舊人으로서 그는 등산지팡이를 지녔도다. 유고 노예의 마음을 위하여 새로운 멍에[15]의 자유를 획득했나니. 능동적으로 행동하고, 수동주의受動主義 속에 안달하며 산정독선山頂獨善의 고르곤(독사)이로다. 자신의 웃음값어치의 오보誤報를 눈물값어치의 소금 위로 쏟나니.[16] 미녀가 그녀의 그랜드 마운트에게 장황하게 늘어놓은 독신 처녀 연설을 반쯤 들었는지라 그리하여 그의 애인 노변에 일생동안을 온통 보냈는지라, 그것을 헤브라의 말(語)로 해밀턴 곡화曲化할[17] 것인지

아니면 4인조의 발랄수은가潑剌水銀歌로 할 것인지를 생각하면서. 그의 고령苦靈은 끝났을지 모르나 그의 원령怨靈은 지금부터 다가올지니. 우리들의 배를 할퀴는 바다 가제(새우)잡이 통발(항아리),[1] 짓눌러 짠 콩을 망가트린 화훼충花卉蟲. 그는 아름다운 공원에 서 있는지라, 바다는 멀지 않고, X, Y 및 Z의 절박한 도회들이 쉽사리 손에 닿는도다. 문명화된 인류의 이상생성물異狀生成物이요, 하지만 유럽의 예외 사마귀. 음의를 품은 기호를 노래하기를 바라는지라, 더욱이 그는 모든 그의 육신肉新을 신조하는 총림녀叢林女들[2]을 진실로 복수적複數的이고 그럴싸하게 하고 싶은 거다. 과월過越하게 큰 손가락 반지를 가지며 비 관습적으로 향수를 뿌리나니. 슈미즈 속옷의 선명한 속삭임을 그는 욕정으로 즐기도다. 대소동의 하이버니아에 있어서 핀가리언 땅 왕자인지라.[3] 그를 괴롭히는 시골 머슴을 그리고 그를 무두질하는 프랑스인을 그리고 그의 경주를 위해 벨기에 말馬을 그리고 그의 회초리와 독일 병정을 가지나니. 공원 관리인의 요격을 당하고[4] 카우보이한테서 발사 당하도다. 그가 딸꾹질하자 편두扁豆 콩을 걷어차고 야곱의 칡가루[5]를 한 푼 한 푼 교구의 가난한 부랑아들에게 차례로 던지나니. H. C. E. 엔더센[6]의 주문을 매주 저녁 내내 그리고 쾌걸 이반[7]의 범죄를 매 강요일强曜日 아침마다 읽는도다. 그가 목욕할 때는 상대의 얼굴에 부드럽게 비누칠하고 자신을 찰싹 찰싹 때리나니. 마린가 여인숙[8]의 비소에서 언제나 탁탁 경타하는 가장 불룩한 마개 술통을 소유하도다. 입에 새 은銀의 혀를 지니고 태어났는지라,[9] 그 장면을 보이려고 그의 거좌수擧左手를 든 채 철란鐵蘭[10]의 해안을 맴돌았나니. 단지 손가락 두 개만을 쳐들었으나 종일토록 그걸 냄새 맡았도다. 나 또는 그대가 습濕수터댐[11]에 이중목전二重木錢을 발견하기보다. 에브 애란도愛蘭都[12]에 관구지위管區地位를 건립하는 것이 그를 위해 한층 쉬우나니. 그와 함께 사는 것은 악몽생시장惡夢生市長이요 그를 아는 것은 일반교양 교육이라.[13] 성聖올리브 유회油會에서 유잠油潛 받고 성향聖香 오툴회會[14]에서 성별聖別 받았도다. 지상에서 귀뚜라미 소리를 들으나,[15] 설교자들을 통해 인생을 괴롭히다니. 다리우스[16]의 귀먹은 귀를 방금 신의 철저히 격노한자에게 계속 돌리는도다. 돌출부를 홱 움직여 인간을 만들고 다수 동전 속에 조폐造幣하나니. 그는 그리운 내 집 스위트 홈[17]에 귀가할 때 6시의 푸딩 파이를 좋아하는도다. 월광주月光酒과 수치지불羞恥支拂 샴페인에서 흑맥주와 병술에 이르기까지 생모험生冒險의 모든 시대를 통하여 살아 왔는지라. 윌리엄(털의) 1세(先見), 헨리히(오장이) 노인, 찰스(공격) 2세(약탈자), 리처드(令狀者) 3세(棘毛)[18] 만일 흰 독말풀(植)[19]이 마침내 그의 탄생을 생존하게 하며 경련모험痙攣冒險을 위해 비명을 지르면, 암거위[20]가 그 건달의 부활을 위하여 비통하게 울부짖으리로다. 월야月夜에 몸무게를 잃으나 일여명日黎明까지 배띠가 늘어나니.

자연의 일촉一觸에 베일 가린 세계를 재차 녹질綠質하고[1] 세 감옥의 선택을 한 장의 박엽지博葉紙(티슈페이퍼)로 해결했도다. 그는 창으로 잡은 연어, 수사를 추구하는 사냥꾼, 범포의 제비 선船, 성체를 들어 올리는 백의를 단번에 볼 수 있었나니.[2] 카뉴트 노왕老王처럼 펄럭이는 아첨阿諂에 직면하여 킨킨나투스처럼 등을 돌렸도다.[3] 친조부요 외조부 그리고 새것처럼 오래된 별장에서 서릿발의 아비 나신폭마裸身暴馬라.[4] 도시에서나 항구에서[5] 맥 빠져 축 늘어질 때 비스듬히 털썩 주저앉아 쨍그랑 괴상한 소리를 지르는도다. 그의 두상 주변에 위스키를 불어 날리나니 그러나 허튼 소리로 단호히 일어서도다. 그는 추락하기 전에 떠듬적거리는지라 경각하자 전적으로 미치는도다[6]. 진주조眞珠朝의 아침에는 쾌할(팀)하고 애도의 밤에는 무덤(톰)이라. 그리하여 자신의 돌차기 놀이를 위하여 표석의 바빌론에 최고의 빵 구이 벽돌을 지녔나니, 그는 자신의 힘 빠져 흔들거리는 회벽稀壁의 결핍 때문에 목숨을 잃을 것인고?

대답: 핀 맥쿨(숀의 즉각적인 것)

2. 그대의 세언모細言母는 그대의 태외출怠外出을 알고 있는고?)[7]

대답: 내〔숀〕가 근시안을, 도교외적都郊外的 조망으로부터 돌릴 때, 나의 효심孝心은 자만심을 갖고 바라보나니,[8] 수다스러운 밤, 그〔HCE〕의 곁에, 자신의 마님〔ALP〕과 함께, 골침滑寢하는, 저 조교자造橋者 및 성곽축사城郭築師를. 살아 있는 안, 그녀의 혀짤배기 소리, 마치 욕망을 부추기는산山들이 그녀에게 작은 소리로 속삭이듯, 그리하여 화파火波 속에 녹아 버린, 빙토氷土(아이슬란드의 빙산氷山들, 그리고 그녀의 저를—애무해줘요—강강격强强格으로, 그리고 그녀의 저를—간질여 줘요—아래쪽으로, 정의의 오시안[9]을 무릎 꿇게 하고 단숨에 수금竪琴을 들이키게 하소서! 만일 물의 요정 단[10]이 덴마크인이라면, 안은 불결하고, 만일 그가 편평하면 그녀는 움푹하고, 만일 그가 신전이면, 그녀는 농탕치나니, 그녀의 다갈색의 유발流髮, 그리고 그녀의 수줍은 아침, 그리고 그녀의 물 튀기는 익살과 함께, 그가 방향나를 치세우거나, 아니면 그의 꿈을 흠뻑 젖게 하기 위해서라. 만일 열정의 함무라비왕王이,[11] 또는 고깔 쓴 전도사들이,[12] 그녀의 프랜퀸 장난치기[13]를 정찰할 수 있다면, 그들은 교구경역教區境域을 세차歲次 튀어 나와, 그들의 파지환破指環을 포기하고, 그들의 행동을 탄핵하리니, 강강영원江江永遠히, 그리고 밤. 아멘!

3. 어느 표제(타이틀)가 하나의 어둠과 더불어 하얗게 도장된 저 똑딱똑딱 소리 나는 싸구려 건재의 초막집을 위한 진원형眞原型의—대용표어代用標語인고, 거기 한 마리 뱀이 클로버 아래에 있고 먹이 탐색하는 새들이 군생群生하는지라 그리고 어떤 막달라 마리아가 원숭이 감옥 사원으로 가고 반점천표마斑點川豹馬 한 마리가 반점 찍혔나니, 그것은 요술사의 교외택郊外宅도 아니요 더블린 문장의 삼성三城도 아니요 잡화상, 사자옥使者屋도 아니요, 포도주상, 바티칸궁宮도 아니요, 가주家舟도 봉밀소蜂蜜所도 아니요 미범선댁美帆船宅도 아니요 행복의 추(타)락 석탄왕자로石炭王子爐도 아니요 사각생방방四角生房方도 아니요 퇴조초원退朝草園 구능대丘陵帶도[14] 아니요 최상급의 정亭[15]도 아니요

〔139.29—140.07〕 2번째 질문은 숀의 어머니(ALP)에 관계하다. 여기 이 행들은 HCE의 공원의 범죄에 대해 언급하는지라, 이는 모든 세계를 킬킬거리게 그리고 잡담하게 한다. 아마도 이는 범죄가 단지 자연의 일촉一觸일 뿐으로, HCE는 자연의 부름에 응하고, 요尿 또는 소련 장군처럼 분糞를 행사했도다.

〔140.09—141.07〕 4번째 대답. 그들의 아일랜드의 4수도 도시들

기네스 양조장의 벤자민 리어도[1] 아니요 원형 납골당의 웨딩턴 무균無菌개미 모기 파리의 충적토沖積土[2]도 아니요 코리 주점도 아니요 물레방아 어살 주점도 아니요 아치 주점도 아니요 세련정洗鍊亭도 아니요 스카치 하우스도 아니요 난형卵形 포도주 점도 아니요 웅대함도 아니요[3] 장대함도 아니요(웅옥雄屋 또는 장숙壯宿) 게다가 그건 *과금미래관過今未來館도* 아니요 *내게가 아니요 그러나 빛을 운반하는자에게?*[4]

대답: 그대의 비만은, 오, 시민이여, 우리들의 구球의 경사慶事를 타打하도다![5]

4. 무슨 애란의 수의도首議都가 두 음절 및 여섯 철자로된 채.(아 친애하는 오 근계謹啓라!), 델타적的 기원(D)과 파괴적 종말(N),〔*D*ub—lin〕(아 먼지 오 먼지!)[6] *a)* 세계에서 가장 광대한 대중 공원,〔피닉스 공원〕 *b)* 세계에서 가장 고가의 양조 산업,〔기네스 양조장〕 *c)* 세계에서 가장 확장적擴張的 과밀 인구 공도,〔오코넬 거리〕 *d)* 세계에서 가장 애마적 신음神飮의 빈민구貧民口를 가진 것을 후원할 수 있나니 그리하여 그대의 abcd 초심자의 응답을 조화 하건대?

대답 *a)* 델파스(트). 그리고 나의 심장의 대금재大金財 해머가, 나의 아마발의 실녀失女여, 그대의 저항의 갈빗대를 재삼 꽝꽝 세차게 치는 것을 그리고 나의 대갈 못 연軟벼락이 그대의 방파괴放破壞를 위해 작동하는 것을 그대가 들을 때, 그대는 모든 자신의 소음 가득한 흐느낌과 함께 와들 후들 떨게 될 터인즉, 그때 우리는 피로 회복용의—애커리(acope-acurly) 승마를 *탈지니*, 그대는 오렌지 화환 및 나는 신비력神秘力의 강심제와 함께, 젖은 인생의 강 속으로 신나게 희롱 대며 유도油道를 내려 갈지라.〔Ulster 조선업의 암시—해마, 대갈 못, 소음 등〕 *b)* 도(코)크. 그리하여 확실히 어디서 그대는 하처 이토록 멋진 옛 종소리를 들을 수 있단 말인고, 그리하여 그대는 *떠나가리라*, 소지[7] 위에서처럼 그리고 그건 바로 이러하리니 나는 나의 물떼새 같은 부드러운 말투로 그대의 마음을 사로잡으며 그리하여 나의 아래쪽 광경 너머로, 그대의 느슨한 포도넝쿨 같은 모구毛球[8]에 관해 노래하며, 그대의 가냘픈 발목과 그대 입의 꽃장미를 두 귀여운 손바닥으로 팔지 끼우며 그리고 은어銀語 같은[9] 활석을 물 속에 자주 가라앉게 하리라.〔먼스터 멋진 옛 종소리, 은어銀語같은 활석〕 *c)* 뉴브리드. 여인이여, 왜 우리는 행복해야 하지 않은고, 내 사랑, 내가 의사 치크[10]의 특별 주문에 의하여 보양된 소천선小川線의 조지아 장원의 잔디밭을,[11] 나의 동 냄비 가득한 콩과 나의 동쪽 손에 아이리시 위스키와 나의 서쪽에 제임스 문주門酒를 자신 직접 소유하고, 전투적 성벽에 병투甁鬪 당한 역사의 모든 과잉 및 과오음過誤飮[12]을 가진 뒤, 그리고 그대의 선자신善自身은 애틀랜타로부터 오코네까지[13] 최선最選의 그리고 최염가最廉價의 신엽新葉 버터(그대에게 더 많은 힘을)를 휘젓자마자, 조폐기造幣機의 돈으로 그는 곧 그대를 떠나가리니, 그 동안 나는 야정원野庭園에서 단잠을 즐게 되리라.〔(더블린)(라인스터)(조지 왕조의 집들, Mansion House, 공작의 잔디밭, 제임스 문주門酒). 파워 위스키, 오코네의 더블린 등〕 *d)* 달왜이(daway).

나[숀]는 첫째의 하부 스페니시 광장[1]을 철저통행의 트로트 걸음걸이로 급히 내려갔나니, 매이요[2]를 나는 답파踏破하고, 투암을 나는 택하는지라, 스라이고는 매끈하나 골웨이는 우아하도다.[3] 성결聖潔한 뱀장어와 성연聖軟한 연어, 흐흥 소리 내는 황어 그리고 물 속에 잠기는 무어舞魚, 로드아이론(鐵杖) 따위는 *그대의* 평등이 아니로다! 그녀가 말하나니, 골목길을 반쯤 인주鱗走하며. *abcd)* 샬돌의 험종險鐘의 종, 종이 울리는지라,[4] 그러면 우리들은 미사 포주葡酒 사제司祭 이끼 백성이 되리니, 생식주生殖酒를 찬讚하고 우리들의 탄歎 *민民을* 밀착하고, 우리들의 *악조惡鳥를* 송頌하고, 순수 *료전料錢을* 지불하니, 나종羅鐘을 울릴지라. *평등하게게게게!*

5. 무슨 류의 호수소년[5]이 불결한 술병을 차려 낼 것이며, 오래된 찌꺼기를 비워낼 것이며, 악질의 산양유를 짜낼 것이며, 수시로 수음手淫 용두질을 쫓아낼 것이며, 휴지목장休止牧場을 이쑤시개 질 할 것이며, 내측남內側男이 외측천사外側天使 노릇할 것이며, 마을 주변에 오수汚水를 뿌릴 것이며, 신문지, 담배 및 당과를 가져 올 것이며, 총회장을 정연할 것이며, 성당 종을 타고打高할 것이며, 악의자에게 발길질할 것이며, 도둑을 뒤쫓아 살려줘요 살려줘요 머리카락 고함칠 것이며, 세 아동을 부양할 것이며, 진흙 구두를 세마洗磨할 것이며, 모든 봉화대를 야개夜蓋할 것이며, 주인에게 사시死時까지 봉사할 것이며,[6] 칼을 석마石摩할 것이며, 최충最充의 기숙인으로, 신의방식神意方式의 호색남男, 필경 그는 왕왕, Z. W. C. U 호계단戶階段 유한회사의 X. W. C. A. 호기차에 앉아 있나니, 혹은 만창문灣窓門 형제회사 청소담당 선원에 발탁되었도다. H. C. E. 굴뚝회사 제휴 W. C. 수세변소 친자회사親子會社, 서면불용書面不用, 요내방要來訪, 통지에 의거, 베이컨 담당 또는 마부 역, 필必 애란어 완전해착完全解捉, 쾌걸국자快傑國者 또는 북北노르웨이계系 수간자獸姦者[7] 환영, 전무專務, 무권無權, 소가족少家族, 다섯 번 외출, 열성기 채용, 호전가好戰家 불원, 풍량豊量 음주(직입직) 왕은 삼가 함, 그는 아버지다운 죄 많은 음울심陰鬱心의 후보자이나주酒 감식인鑑識人인지라, 아니, 그것은 틀림없이 그가 아닌고?[8]

대답: 세빈노細貧老 죠 녀석![9] (잡부雜婦 Kate에 관계한다)

6. 집 청소부 다이나를 호출하는 살롱(객실)의 슬로건(표어)은 무슨 뜻인고?[10]

대답: 톡(謝). 신직물神織物의 성판매聖販賣에 충광充光 있을지라.[11] 이제 그리고 저[청소부]는 우리에게 돈원豚園의 모든 진흙 장물臟物을 갖고 들어온 것을 밀랍으로 닦아야 하나니 어찌 화상 위의 그의 얼룩을 제가 모를리 있으리오 제게 묻는다면 말할 수 있나니 그이는 저를 중처녀성中處女姓으로 불렀는지라 틱. 저는 당신의 벌꿀 밀당 당신은 붕붕 꿀벌이나니[12] 그리하여 누구는 촉광을 깨트리고 누구는 테모라의(내일의) 커다란 피크닉을 위한 혹 포도잼을 보았는지라 저는 모든 아일랜드의 대주교를 즐겁게 하기 희망하나니[13]

[140.07—140.14] 이 어위커의 잡역부에 관계한다. 이는 주점의 잡부雜夫에 대한 일종의 광고이다. 숀의 대답은 "Pore ole Joe!"로서, Behan(남자 하인의 이름들 중의 하나이다(아일랜드 의회의 최후 화자인 Stephen Foster의 노예?)

[141.28—141.29] 청소부—캐이트—노파에 관한 질문

〔142.07—142.29〕 그녀의 불만들. 이는 12시민들에 관계한다.

〔142.30—143.02〕 매기들의 신분

저는 온갖 찌르레기 새소리를 들었고, 저는 모든 당신의 샌드위치 항아리를 씻으며 수오리 다리 한 개당 5펜스. 툭(첫). 그리하여 누가 최마진最痲疹의 작년昨年부터 곰팡이 쓸고 있던 구즈베리 거위 복주腹酒의 최후의 것을 취음醉吟했는고 그리하여 누가 그것을 거기에 별치別置했는고 그리하여 누가 그것을 여기에 방치했는고 그리하여 누가 킬케니 고양이[1]가 썩은 살코기 토막을 훔치도록 내 버려두었는고. 텍(젠장). 그리하여 누구 마당에다 항아리를 버티어 놓은 것이 당신이었던고 그리하여 성누가의 이름에 맹세코 도대체 그대는 현관 마루를 문지르고 닭을 참인고. *분糞!* 그대는 접시 가득 가질 참인고? 택(謝)〔박물관 안내원—캐이트—HCE 댁의 하녀—의 "짤깍"(Tip) pourboire(팁)의 인유〕.

7. 우리들의 시민 사교국社交國의 저들 합동 구성 회원들은 누구인고, 문지기 소년, 청소부, 병사, 사기꾼, 협박자, 게으름뱅이, 차인車人, 관광자, 마약 졸부, 황폐한 방랑자, 환엽歡藥사건 음모자, 크리스마스 축하금 수여자, 그들의 염소지鹽沼地 및 도니브르크 시장 및 사슴의 들판 및 야원 마을 및 소곡小谷 초원 그러나 키미지의 야영지 및 회도야灰都野 및 카브라의 들판 및 핑그라스 들판 및 샌트리 들판 및 라헤니의 강지降地 및 그들의 패지敗地 및 볼도일 지역[2]의 출신, 그들은 예측대로 일년 내내 지각자遲刻者들에 이르기까지, 회고추리回顧推理 덕택에 정열적인 운반인들 인지라, 그리하여, 그들의 차별화差別化의 상쟁적相爭的 모순당착에 이바지하면서, 영감예언靈感豫言의 투표에 그들의 교신성交信聲을 통일하는지라, 그들은 약탈로 인한 위안의 빵 껍질을 우적우적 씹나니, 비참으로 하여금 도취를 야기하도록 목초지를 배수排水하고, 실질적인 정당화에 의하여 모든 악惡을 용서하며 어떤 선善이든 그 자신의 만족까지 매도하는지라, 그들은 저 권위의 신들에 의하여 지배되고, 밧줄로 묶이고, 속임 당하고 몰리나니, 그들의 법에 의한 네(四) 상속재산 소유자들, 밤마다의 경황驚惶, 격주隔週의 사통私通, 매월의 온정 자비 및 총괄매년總括每年의 휴양, 그들이 신중할 때는 꼭두각시들이나 검투시劍鬪時에는 육양자育養者들이라, 매티, 테디, 사이몬, 존, 페더, 애디, 바티, 필리, 잼지 몰 엔드 톰, 맷 그리고 신인信人 맥 카티?[3]

대답: 애란허수인愛蘭虛睡人들!

8. 그대 옛 매기녀女들은 어떠한고(어떤 전쟁을)?

대답: 그들은 사랑하며 싸우나니, 그들은 웃으며 사랑하나니, 그들은 울며 웃음 짓나니, 그들은 냄새 맡으며 우나니, 그들은 미소하며 냄새 맡나니, 그들은 미워하며 미소 짓나니, 그들은 생각하며 미워하나니, 그들은 만지며 생각하나니, 그들은 유혹하며 만지나니, 그들은 도전하며 유혹하나니, 그들은 기다리며 도전하나니, 그들은 받으며 기다리나니, 그들은 감사하며 받나니, 그들은 찾으며 감사하는지라, 그들은 생生을 위한 생애生愛의 생식生識[4] 속에 허탄虛誕을 위한 탄생이요 간계에 의한 간처奸妻 그리고 책략적 발향장미發香薔薇의 방칙方則에 의한 장천長川이라

그리고 호스 홈(가정)으로 향하나, 하지만 애도피愛逃避 출윤년出閏年이 다가온지라, 사두四頭 마차, 나의—마음의—달콤한 페크[1]가 한 남자를 더 고르도다.

9. 이제, 다시 갱신更新하거니와 모든 화려花麗한 언어 능력의 만화경(파노라마) 속에 다시 일욕日浴하나니, 만일 한 인간이, 매연사회煤煙社會에서 자신의 일무日務 때문에 당연히 피로하여, 통풍의 손에 이따금 다금조多琴調를 그리고 졸리운 발(足)에 공간의 공지空地를 가지나니, 정확한 꿈의 배후에 소음 던(덴)마크의 어느 캐밀롯 궁전[2]의 왕자처럼 불운하여, 이 실질적 하찮은 미래 완료적 순간에, 미결의 공황恐慌 상태에서, 한갓 국수 바늘의 눈을 통하여,[3] 그의 지속적 저주로咀呪路에서, 자신의 트로이 역사의 과정이 만물의 재순환을,[4] 즉, 매듭 푸는 경외敬畏의 반향적反響的 여운, 매듭 매는 긍목肯目의 재결합, 심상心傷의 이락적耳樂的 재용해再溶解 및 그로 인한 그에 대한 호엘[5]의 의취지意趣旨를 갖게 될 모든 성분과 별의 별 그리고 터무니없는 익종翼種 및 방법과 함께, 옛 희망봉항希望峯港의 이시적耳視的 광경을 부여받는다면, 이러한 일무자一無者는, 심지어 내방침묵자來訪沈默者를 나와함께자요—녀女[6]로 인도하는 동안〔아내와 잠자는 동안〕 그리고 무절광풍無節狂風의 밤의 여신 녹쓰[7]가 계명鷄鳴을 사로잡고 성 누가가 광여명光黎明을 희롱할 때까지, 즉일시卽一時 볼 수 있을 것인고, 무엇이 중대하며 왜 그것이 쌍인지, 어찌하여 한때 차자의 적適이 타자의 독毒[8] 속으로 녹아드는지, 수액이 솟으며, 나뭇잎이 떨어지며, 이제 소녀의 머리에 그토록 걸맞은 후광後光,[9] 자궁 속의 비틈 없는 씨름꾼들, 모든 경쟁천競爭川이 모든 바다로, 재악수再握手하며, 오 맙소사! 흔들어 없어지는지, 아 어찌 별처럼 보이는지를! 그러나 헤엥은 호사에게 자존심이 약간 상했나니[10] 그리고 야벳은 햄의 입 주변에 기색氣色(증후)을 보았나니[11] 그것이 없어질 때 아름다운 포일박箔을 짜는 무지개, 무슨 붉은 장미[12] 그리고 그의 청靑이 남藍에서부터, 오렌지색의 것이 황黃과 녹綠으로 자라는지! 보라색은 물이 들고!〔세월의 순환〕 그런 다음 무엇을 저 원시자遠視者〔꿈꾸는자〕는 자기 자신 보는 척 하려고 하는 척 할 것인고, 도대체 저울咀鬱?

대답: 〔꿈의〕 한 가지 충돌 만화경!

10. 모분慕焚 이외 무슨 신자辛者의 사랑이, 간소簡燒 이외 무슨 산자酸者의 연애결혼이 있을 것인고, 유혹하는 광녀狂女가 연취煙臭를 되돌릴 때까지?[13]

대답: 나는 아는지라, 페핏 양[14], 물론, 이봐요, 그러나 잘 들을지라, 귀미貴味! 감사, 예쁜이, 저것들은 귀여운지라, 젊은이, 진미 소년! 하지만 바람을 조심할지니, 감미甘味! 그대는 얼마나 섬세한 손을 가졌는고, 그대 천사[15], 만일 그대가 손톱을 물어뜯지 않으면, 나 때문에 부끄럽게 생각하지 않다니 놀랄 일이 아닌고, 그대 돼지, 그대 완전한 꼬마 돼지새끼[16]! 나는 당장 그대를 팔꿈치로 찌를지니! 맹세코 그대는 그녀의 허영대虛榮臺의 최고급 페르시아의 도塗크림을 사용했는지라,

〔143.03—143.27〕 만화경적 꿈에 관하여

〔142.30—148.02〕 사랑의 편지. 그들의 활동들. 10번째 질문은 "pepette" 연애편지이다. "모든 경쟁천競爭川이 모든 바다로, 재악수再握手하며, 오 맙소사! 흔들어 없어지는지"(all the rivals to allsea, shakeagain, O disaster! shakealose). 조이스(Joyce)는, 아마도 "나라 안의 최고의 장면"(shake scene)인, 셰익스피어(Shakespeare)의 경쟁자이다. "나라 안에서 가장 위대한 진경(shakescene)의 영광 보다 한층 귀중하다오"(dearer than his glory of greater shakescene in the country) "보라색은 물이 들고!"(Violet's dyed!). 오필리아(Ophelia)와 포로니우스(Polonius)의 죽음에 대한 언급, 그녀의 죽음 전에 그녀는 말한다. "거기 대이지 꽃이 있어요. 나는 당신에게 약간의 바이올렛 꽃을 드리겠어요, 그러나 그들은 시들고 말지요."(There's a daisy. I would give you some violets, but they withered.)

〔144—145〕 그것의 꿈들, 이시와 자기 거울—이미지와 대화.

그들을 장미 이마 불타는 입술 매부리코처럼 보이게 하려고. 나는 그녀를 아는지라. 그녀는 나를 업신여길건고? 내가 상관할게 뭐람! 하루 세 번의 크림 바르기, 첫 번은 그녀의 샤워 도중 그리고 화장지로 닦아 내고. 이어 깨끗이 한 다음 그리고 물론 잠자리에 들기 전에. 맹세코, 내가 그따위 크란카브리[1]를 생각할 때, 음식 투정인妬情人, 사회당원의, 혹연 가슴을 하고, 어라, 프렌드리 객客![2] 그게 그대, 여인숙 인人, 그리고 모든 그의 다른 14명의 풀백의 레슬링 선수들 혹은 헐링 스타들 혹은 그들이 무슨 타관인[3]이든 간에, 오너리경卿[4] 댁宅에서 나를 지분거리며, 볼도일[5] 난형 지역 경마장에서 에그 및 스푼 경기에 이기자 곧장 승배勝杯라. 그는 나의 애란 말투를 자신의 감탄의 씨로 삼는도다. 그가 입구를 찾고 있나니 우선 나와 애인 동맹[6]으로서 맺을 참이라. 젤로 악樂을 연주하면 못써나니! 오늘 모두 그럭저럭 지내는지라. 이런 것이 스페인풍이니. 제발 실없는 인간아, 좀 더 가까이 몸을 굽힐지라![7] 단순히 즐겁게! 주리오와 로미오[8] 순례자처럼. 나는 세세연년 그토록 터키처럼(정력적으로) 느껴본 적이 없나니! 내게 마멀레이드를 상기시키는지라, 진심의 초콜릿. 비상하게! 도대체, 모두들 무엇 하는 자者들인고, 단지 불쾌한 것들 같으니? 젠장! 나는 그들을 위해 세 개의 머리 핀[9]도 지불하지 않겠노라. 애녀愛女! 그건 옳아요, 단단히 잡아요! 다리를 잡아당기고. 푸! 애란으로 크게 되돌아 와요.[10] 푸우! 그대는 무엇 때문에 푸념 떠는고? 아니, 나는 바로 그대가 그렇게 하고 있다고 생각했어요. 잘 들어 봐요, 최最사랑! 물론 그대가 너무 친절한 거야, 노랑이여, 내 스타킹의 사이즈를 기억하다니, 그대가 나의 혼수 바지 옷감을 입고 나 돌아다니고 있었을 때 나는 이따금 표현하고 싶었는지라 그리고 내가 그걸 잊기 전에 제발 잊지 말아요, 나의 개성을 그대가 확장에서, 나의 기념타이를 매듭짓고 있었을 때, 화주靴週가 달月의 끝에 붉은 발꿈치를 하고 총총 되돌아올지니 그러나 무슨 바보가 캐비지 머리를 샀는지 볼지라 그리고, 내가 자비의 하늘에 응답하려니와, 나는 언제나 멋진 새 양말대님을 언제나 상기할지니, 나는 언제나 최고의 자랑할 만한 의상에 장갑을 낀 매력 있는 사람인지라 비록 그가 1백만[11] 마일 나의 청춘을 의지하고 산다 하더라도, 고무질의 존경하올 폴킹톤 씨,[12] 브라운(갈색) 모母가 내게 그와 비합법적 교제를 졸라대던 본래의 고기장수, 그녀의 시월十月 술잔[13](얼굴)과 더불어 (염병할!), 마치 늙은 십자 흰 눈썹 뜸부기 마냥 그의 늙다리 굴대 발로 삐꺽 삐꺽 소리 내며 사방에 맴돌면서. 공인空人, 물(水) 까불이, 테리어 토견土犬, 화파인火波人! 난 잘 있어요, 덕분에! 하! 오 알겠는고, 그대 너무 간지러운지라. 내가 그를 입 속에 집어넣을 건고. 멈멈. 묘한 사마귀를 손가락에 갖다니! 나는 경 치게도 미안해요, 그대에게 맹세코 나는 그래요! 그대는 내가 생일 가죽옷을 그토록 튀튀(발레 단 바지)처럼 입은 걸 결코 보지 못할 지니

〔이어지는 이시의 거울과의 대화〕 더욱이 그녀의 하얗게 표백된 손이 문둥병으로 썩어 떨어져 날지도 모르는지라 무슨 윙크하는 매기던 간에 나는 내기하려니와 정말이지 그대는 온 몸에 유리 옷 투정이가 되어[1] 사내를 화롱花弄하며 다니고 있나니 어딘가 밥통 주변을 껑충껑충 뛰면서! 하하! 나는 그녀가 그럴 거라고 어렴풋이 알아채고 있었는지라! 그녀의 기를 꺾을지니! 아마 모두들 그녀를 불모의 암양羊[2]으로 불(火)지를지 모르도다![3] 그러자 그녀는 말하나니 그대를 위해 차(茶)를? 글쎄, 나는 얘기하지요 정말 차 고마워요 그리고 내가 그녀를 단지 자투리로 평가하더라도 오해하지 않기를 바라나니. 비록 내가 지독한 토탄녀土炭女라 할지라도 나는 논단이 아가씨[4]는 아니로다. 물론 나는 알아요, 예쁜이여, 그대는 학식 충만하고 본래 사려 깊은 애 인지라, 야채를 몹시 우호하나니, 그대 냉기의 고양이를 동경하는지라! 제발 잠자코 나의 묵약을 받아 들여요! 새끼 대구여, 뱀, 고드름 같으니! 나의 생리대가 확실히 더 큰 구실을 하지요! 누가 그대를 울누鬱淚 속에 빠트렸던고, 이봐요, 아니면 그대는 먹물 든 지푸라기같은자인고[4]? 자아내는 눈물이 그대의 자존심의 문을 스쳐버렸단 말인고? 내가 클로버를 밟았기 때문에, 이봐요? 그래요, 미나리아재비 풀이 내게 말했나니, 나를 끌어안을지라, 젠장, 그럼 내가 그대에게 키스하여 생명을 되돌려 줄 터이니, 나의 가장 사랑하는 복숭아. 나는 그대를 괴롭히도록 하고 싶어요, 썩은 모과나무여, 그리고 나는 구애의 모욕 따윈 조금도(무화과 열매) 상관치 않아요.[5] 그걸 내가 그대에게 꾸짖는지라, 나의 사탕 양반? 그대는 내가 보기에는 부드러운 줄 알지요. 그 현혹스러운 걸 가지고는 나의 진심을 읽을 수 없을지니? 나의 웃음소리를 씹고, 나의 눈물을 마실지라. 나를 숙독 할지라, 책들, 나를 진짜 철자 할지라 그리고 나를 헐뜯어 기절시킬지라. 나의 훼방꾼들이 어떻게 생각하든 나는 전혀 상관치 않나니. 나를 귀여운 것으로 이름 전환할지라, 당장 그리고 여기 언제까지나! 나는 지나치는 순경 따윈 감당하리라, 마가라스[6]는 또는 심지어 우체국의 저 구두닦이는. 불길? 오, 용서해요! 그게 뭐라고? 아하, 그대 말했어요, 젊은 아가씨? 환희무도병의 음악과 함께 칙스피어점店[7]의 더 많은 당과 시詩 또는 영혼의 마당[8]으로부터의 탄성. 내가 영혼의 불멸을 믿는다고? 오, 글쎄 사랑의 질식 그리고 최려자最麗者 생존[9] 말인고? 그래, 우린 집에서 이따금 한담을 갖지요. 그리고 나는 소설 게재의 저 신新 자유부인[10]에 열중한지라 주당 한 번 나 자신을 개량하지요. 나는 지방세 납부 여인(돼지 여인)에 의한 여승복餘僧服 착의남着衣男 때문에 언제나 포복절도하지요. 하지만 나는 가능한 한 기도 일과서로다. 유황녀硫黃女를 근절하고 그에게 우리의 생명의 속박을 부여하게 할지라. 그건 드라큘라[11]의 야출夜出이나니. 제발 발열은 삼가! 창 가리를 내리고, 소등을 젠장, 그리고 나는 어느 중 놈의 자식이든 간에 사랑할 터이니 두고 볼지라. 신성한 충신蟲神이여, 어찌 나의 전하가 그대를 애인으로 삼으면 깡충 뛸 것인즉 그대가 바나나를 두 동강 내다니, 그때 나는 나의 불타는 횃불을 달리게 할지라.

(나의 거기를 장식하고 이내 멈춘다면? 무엇을 위해서든, 꽃을?) 만약 그대가 가졌다면 그대의 마모魔毛를 통하여. 만일 내가 그대와 함께 소리 내어 웃고 있다면? 아니, 최애자여, 신이 나서, 나는 그대를 계획적으로 골나게 하고 싶어 죽고 못 사는 게 아니나니. 조금도 절대로 그렇지 않아요. 하느님은 나의 긴 둔부의 엄마를 점잖은 대모代母로 삼은 만큼 점잖도다! 그 이유는 단지 내가 고습도치 심술쟁이 소녀이기 때문이니, 그대 나의 꿈의 애남자, 그리고 돌아다니는 늙은 가마우지 새가 아니기 때문이라, 나의 튤립 꽃의 밀회자여,[1] 저 빼끔빼끔 파이프처럼 나를 뒤에서 습격하는, 저 뽐내는 대버란[2] 같으니. 얼마나 뻔뻔스러운지고! 그는 저녁의 제의실祭衣室이 바로 그것 때문에 있다고 생각하지요. 성직자의 마음속의 저 희망은 얼마나 허망한고, 그자는 아직도 간음술을 추구하나니, 그의 마음의 저 색 바랜 헌 가운이 미인 수우로 하여금 자신의 얼굴을 잊게 할 수 있다고 믿는지라![3] 비굴한 취태[4]로다. 축복의 성녀 마가렛 양, 나는 그들이 저 형틀 따위를 팽개쳤으면 하고 희망해요 그렇잖으면 우리는 볼즈말馬과 산부패酸腐敗 매풀즈[5]가 사방의 의료협회처럼 되어버릴 테니까. 하지만 내가 열쇠표를 가질 때까지 꾹 참아야 해요 그러면 내가 그에게 언제 여인을 좇아다녀야 하는지를 가르쳐 줄지니. 자장자장 즐거운 노래 가락,[6] 미인 이사벨[7]의 가사를 위하여. 그리고, 그대 무용無勇의 원탁기사, 나는 그대에 대한 사고思考에 대한 바로 그 사고를 미워하기 때문에, 그리고 최애자最愛者여, 물론, 최最숭배자여, 나는 언제나 프랑스 대학[8] 출신의 애기사를 남편으로 삼을 참이었기 때문에, *균더더기*로, 그 땐 우리는 모든 죄를 사赦하고 행동과 계약을 맺으며 그땐 그대는 독讀과 서書와 결혼할지니, 그런 경사는 시간이 오래 걸리지 않을지라, 왠고하니 그는 내게 너무나 취애醉愛있고 나는 너무나 도취한지라, 그가, 나의 구세주 같은 영웅, 나를 보트로부터 해변까지 데리고 가자 내가 그의 어깨 위에 한 올의 미발을 남겨둔 채, 그 부드러움에 손과 마음을 쓰도록 한 그날이후. 대단히 미안해요! 용서를 빌어요, 나는 내가 말한 모든 보어가 나의 친애하는 명언의 혀로부터 공그르기를 귀담아 듣고 있었나니 그렇지 않고서야 어찌 나는 그대가 우리들의 할멈[9]에 관해 뭘 생각하고 있었는지 알 수 있었을 것인고? 단지 나는 내 면도 물을 팽개쳐 버릴까 말까 생각했는지라. 여하간, 여기 나의 팔이 있나니, 어린 암탉 목. 불비. 그대의 입(口)을 나 쪽으로 움직여요.〔여기 그녀는 립스틱을 바른다〕 한층, 최귀자[10]여, 한층 더! 나를 기쁘게 하기 위해, 보寶여. 그건 안돼요, 나는 할 것 같지 않아요! 쉬! 아무 것도! 어딘가 한 가닥! 바이바이! 나는 파리(蟲)로다! 들을지라, 예성銳聲을, 보리수 아래. 그대 알다시피 거목巨木은 모두 묘중석墓重石에 기대있지요. 모두들 쉿 주저하고 있어요. 대노인(그래드스톤)![11]이여, 그래 짹짹 쩍쩍 쩟쩟, 지저귐, 미카엘의 애색愛色을 위하여! 작은 통문, 내가 먼저, 실례 그리고 그대는

나의 에이프런(前) 무대[1]에 있나니. 그인 정말 소심하지요, 여보(비둘기)? 청중이 있음을 잊지 말아요. 나는 그 동안 마음을 읽고 있었어요, 천사여. 꼭 껴 안을지라, 그대 악마여! 그건 우리들의 마주앉은 이야기. 여기 들을지라! 감동! 그들을 내 버려둬요, 모두 4명의 구애자들![2] 내 버려두라니깐, 대호통자大號筒者와 그의 술꾼들 11명을 합쳐 모두 12명의 의용군 병사들이 되지요. 올드(老) 소츠 홀이, 마이클파派 대對 니콜라스파派로, 넓은 거리를 위원회로 하여금[3] 소변금지 원하도다. *숲의 새들이여, 골짜기의 시냇물이여, 축배!* 그리고 나의 기다리는 20마리 급조級鳥들[4], 그들의 울타리 위에 앉아서! 나로 하여금 손가락으로 그들의 우아미優雅美를 만져보게 할지라. 그리고 그대는 내가 독학각자獨學覺者인지 아닌지 알게 되리로다. 그들의 모두가 기쁘게 하기 위하여 밖으로 나와 있나니. 기다릴지라! 이름에 맹세코. 그리고 온통 성 호랑가시나무. 그리고 어떤 것은 겨우살이 나무와 성聖담쟁이.[5] 헛기침! 에햄! 에이다. 벳, 세리아, 데리아, 에나, 프레타, 길다. 힐다. 아이타, 제스, 캐티, 루.(내가 그들을 읽자 확실히 나로 하여금 기침 나게 하다니) 마이나, 니파, 오스피, 폴, 여왕, 연憐루스, 오만루시, 트릭스, 기근우나, 벨라, 완다. 후대쓰니아, 야 바, 즐마, 포이베 여신, 셀미. 그리고 미(나)! [그녀가 담쟁이 성당의 종소리를 듣자, 28새들에게 각자 알파벳에 '나'를 포함하여 모두 29개의 이름표를 붙인다] 감화원의 소년들이 성당을 위하여 골인(득점)하고 있는지라 따라서 우리는 모두 그룹 만찬자들 마냥 향연래饗宴來(고백)하나니 그리하여 도금양목木 대죄에 대한 참회 하에 개미 섭리로부터 입술사면을 포착했도다. 그들의 새색시가 시집을 가자 모든 나의 미종녀美鐘女들이 노래하기 시작했도다.[6] 링(반지) 링 로자리오 묵장미黙薔薇 링![7] 그러자 모두가 그걸 들을지라. 그들의 소망은 나의 사고를 위한 원부로다.[8] 그러나 나는 그들의 무인명명자無人銘名者들을 위해 그들에게 난제를 식수하리라. 그들이 보모保姆와 함께 채프론[9] 쇼핑을 하면서 외출할 때, 빙빙 세상선회世上旋回하는 명랑한 비둘기들이 그들의 예쁜 리본 단 목둘레에 겨우살이 잔가지 메시지와 각각의 정절여신[10]을 위한 과자 조각을 달고 비행하리로다. 우리는 모든 일요잡지日曜雜紙들을 지녔나니. 애광愛光 속에, 오 마이 다링! 아니야, 나는 그대에게 맹세하나니, 피브스보러 성당과[11] 성聖앙도레의 내의[12]를 걸고, 나의 세계로부터 그리고 나의 야의夜衣(잠옷)와 야음夜淫의 하계에 내가 신비롭게 여기는 모든 것[13] 그리고 모든 다른 기하의奇下衣에 맹세코! 닫을지라 그대의, 봐서는 안 되나니! 자 벌릴지라, 예쁜이, 그대의 입술을[그녀는 립스틱을 조심해야], 쩝쩝[14], 나의 달콤한 벌린 남용 입술을 단 홀로한[15]과 함께 사용했을 때처럼, 염본艶本스러운 기억의 사나이는 플란넬 댄스 후에 내게 가르쳐 주었지요, 사랑의 증거로, 작업복 골목길[16]에서 첫날 밤 그가 분치취粉恥臭 냄새를 풍기다니 그리하여 나는 부채 밑으로 얼굴을 붉혔는지라, *나의 귀여운 다링*, 그때 그대는 내게 무미어無味語가 녹는 걸 가르쳐 주었나니. 수하誰何 우리와 같은 귀를 가지리오, 흑발자여! 그대는 그걸 좋아하는지, *침묵의 자?* 그대는 즐기나요, 이 꼭 같은 귀여운 나를, 나의 인생을, 나의 사랑을? 왜 그대는 나의 속삭임을 좋아하는고? 그건 신의로 미혹적昧惑的이 아닌고? 하지만 그건 그대를 현악眩惡하는 것이 아닌고? 황홀, 황홀! 내게 전율이 올 때까지 말해 봐요! 나는 그걸 개봉하지는 않겠어요. 나는 그걸 여전히 즐기고 있어요, 정말 그래! 그대는 왜 어둠의 그물 속에서 그걸 더 좋아하지요, 물어봐도된다면, 나의 친구여? 쉬 쉬! 장의長耳(박쥐)가 날고 있어요. 아니, 최감자最甘者, 왜 그게 나를 권쾌倦快하려 들지? 하지만 그만! 그대는 그걸 위해 찰싹 때리기를 찰싹 바라고 있어요. 그대의 낙희樂喜의 입술, 사랑이여, 조심할지라!〔그녀는 립스틱과 애인의 정액을 동시에 생각하면서, 그녀의 상像/환영/애인에게 그녀의 옷을 조심하도록 요구한다〕 무엇보다 나의 비로드 금의綿衣를 주의할지라! 그건 금은의金銀衣나니, 공주公主효력[1]을 지닌 최신 성당지기 의상이로다. 왜냐하면 루트란드[2] 청의靑衣는 정열에서 나오기에. 고로, 고로, 나의 귀자여! 오, 나는 가격을 알 수 있어요, 친애자親愛者여! 내게 말하지 말지라! 왜, 양소로羊小路의 그 소년이 그걸 아는지. 만일 내가 누구의 것을 판다면, 사랑이여? 내가 팔렸다면,[3] 여기 눈물을? 그대는 저 명구名句 든 당과[4]를 뜻하는고? 얼마나 지독한고! 나의 대담한 수치! 나는 그렇지 않은지라, 매력녀女여, 빤짝이는 길의[5] 주리엣 보석을 다 준 데도 천만에! 나는 사람들이 침대 속의 나에게 윙크하는 것을 볼 때 그들을 물어뜯을 수 있도다. 나는 그렇게 하지 않았지요, 나의 약혼자여, 아니면 하려하거나 혹은 생각하고 있었어요. 쉬쉬쉬! 그처럼 시작하지 말아요, 그대 비열한! 나는 그대가 모든 걸 그리고 더 많이 알고 있는 줄 생각했어요, 그대 창행자創行者여, 그대의 새 운공雲空의 도선導線을 가지고 그들의 전의존前依存의 진의묘眞意猫를 해명하기 위해서. 소요의(브린브로우)[6]의 저주할 오래된 불성不誠한 송어 강에 다시 또 다른 또는 그 밖의 괴상한 생선이 있는지라, 동서東西고트 및 서西고트족族[7]이여 우리를 축복하사 그녀를 용서해 주소서! 그리하여 낙타의 혹(의 기소침)으로부터 군살을 그대로 놔두소서! 저주를 실례하게 하소서, 사랑이여, 나는 뇌광雷光 철왕좌鐵王座의 사라센인人들[8]에게 맹세하나니, 이 알프스의 완장腕章을 걸고라도 결코 그런 뜻이 아니었는지라! 그대는 결코 모든 우리들의 장비長悲의 생활에서 한 소녀에게 의접衣接해 말하지 않았던고? 천만에! 심지어 매시녀魅侍女에게도? 얼마나 경탄자연 한고! 물론 나는 그대를 믿어요, 나 자신의 사랑에 빠진 거짓말쟁이, 그대가 내게 말할 때. 나는 단지 살고, 오 나는 단지 사랑하고 싶을 뿐! 들어요, 잘 들을지라! 나는 알아야만 하도다! 결코 그처럼 언제나 혹은 애류愛流의 얼굴을 나는 기억할 수 있나니, 그대가 나를 잘 조사할 수도! 나의 무비無比의 그리고 짝의 모든 전백全白의 생애에 있어서 결코. 아니면 언제나 이 시간의 신금단辛禁斷의 열매를 위하여! 나의 백성白性으로 나는 그대에게 구애하고 내가 그대를 묶었던 나의 비단 가슴 숨결을 묶으나니![9] 언제나, 요염한자여,[10] 더 한층 사랑하는 이여! 언제까지나, 그대 최애자여! 쉬쉬쉬쉬! 행운의 열쇠가 다 할 때까지. 웃음소리![11]

11. 만일 그대가 법석대는 술잔치에서 우환의 한 불쌍한 안질환자眼疾患者를 만난다면, 그때 그의 율성慄聲의 음조가 정강이를 시미 무舞로 흔들고, 깔개 걸친, 진흙투정이 라이온 오린[12]처럼, 그의 흐느낌의 미경야微經夜에서 그의 반국가가 격노하는 동안. 만일 그가, 자신의 곤경을 푸념하면서, 오선誤線으로 중얼거린다면,.

혹은, 여우와 이(虱) 역을 하며, 요치腰齒 지팡이를 찌르거나 그걸 떨어뜨리면서, 혹은 평화를 위해 그의 수갑을 비틀어 꺾으면서, 맹목적 악당이라, 맹신주盲神主와 아신주啞神主에게 먹을 뭔가를 위해 기도하면서. 만일 그〔셈 자신〕가 껑충 뛰거나 너털대는 동안 훌쩍 훌쩍 울먹인다면, 냉혈을 청이靑泥로 그리고 반점 없는 무골로 삼는다면, 홅기와 함께 키스, 케이크, 킥, 한숨 또는 선웃음, 깨닫기 위한 악마 및 색정을 위한 구멍 파는 연장을 택하면서 말이야. 만일 이 수의의 정강이 부딪치는자〔셈 자신〕가, 자신의 경탄과 함께 불멸전의, 작은 기술 숙달된 영혼을 면도(구)하기 위해 그대에게 말뚝을 박는다면, 그대는 어찌 할 것인고! 그가 자신이 몹시 좋아하는 추계州界, 우녀 가죄歌罪[1]를 방취한다면, 존즈[2]여, 우리는 오늘 저녁 상관하리라 생각하지 않는데, 그대는 어쩔 참인고?

대답〔숀의〕: 천만에, 허사虛謝! 그래 그대는 내가 충동주의衝動主義를 지녔다고 생각하는고? 사람들이 그대에게 내가 46번째 중의 하나라고 말하던고? 그리고 나는 상상컨대 그대는 내가 귀에 봉랍蜂蠟을 바르고 있다고 들었으리라?〔바보 또는 괴짜로?〕 그리고 나는 상상컨대 사람들이 그대에게 나의 인생의 회전이 자연스럽지 못하다는 것을 또한 말했으리라? 그러나 이 구걸하는 질문을 결론적으로 논박하기에 앞서, 꼭 같은 푼돈—현금(다임—캐쉬) 문제에 관해 물론 자연주의적으로 나와 별처에서 그 처리를 협의하거나 결론적으로 시도하는 것을 미루는 것은, 만일 그대가 감히 할 수 있다면, 대단히 탁월한 공간 전문가의 일별견해一瞥見解로 미루어 보아, 그대에게 한층 타당할 것이 아닐지라. 그로부터 그대는 여기 식견識見하려니와, 슈트(셈)여, 맹세코 그대에게 최초로 언급하나니, 견자犬子[3]의 현화법賢話法은 마치 순수하게 푼돈—현금 충동에 의하여 억압되듯, 그의 현금 숨바꼭질의 단장특징短杖特徵이 없지도 않은지라, 그의 당면 목적을 위해 화선모火仙母인 운점여인運占女人으로부터 차용한 것이니(그녀가 꾸물대는 동안 우리들은 이미 우리의 작은 *탐색*[4]과 더불어 재미를 보아 왔나니, 정말이지, 쇼트여?) 그리하여 내가 한층 더 그대에게 말할 수 있었거니와, 국산유사國産類似 빙류氷類의 껍데기를 가지고 행동주의적으로 *번쩍이는*, 그대의 더블린 빵 제조 회사(D. B. C.)처럼 활기 있게, 그리하여 그것은 실지로 오점주汚點酒[5]의 누구—누구 및 어딘가의 가발이론假髮理論의 우연한 조롱화에 의하여 오직 이루어진 것에 불과한 것이니라. 한결 더 그것을 측추적測錘的으로 설명하거니와. 그 언어형식은 단지 대리비문代理悲門격이로다. 질과 량[6]은(나는 그것이 응당 무엇을 의미하는지를 잇따른 문장에서 타당한 언제 어디 왜 그리고 어떻게를 가지고 설해하려니와) 문들이 그러하듯, 상호정신적으로 약탈문이요 사취문이로다.

유량類量[7]은 많은 도처(인)到處(人)에 의하여 자주 남용되는 말인지라(나는 그것이 정말로 가장 감질나게 하는 상태의 일이기에 그에 관한 유론類論[8]을 작업하고 있거니와). 열정인熱情人은 종종 그대를 방문하여 다음과 같이 말하리라 그대는 당시

[149.34–150.14] "Talis"란 말에 관하여, 자주 오용되다.

이러한 유량類量과 유량의 많은 것을 보아 오고 있는고? 낙친밀樂親密한 뜻으로 그대는 아이리시의 3인들을 투숙할 용의가 있는고? 아니면 그대가 숙녀식자淑女食者를 *은밀히* 발끝으로 유혹했을 때 그녀가 아마 뜻밖에도 임시 고용했을지 모르나니 미안하지만 접시를? 이러한 유량류類量類의 모모某某씨氏),[1] 검劍을 삼키는자, 그는 하늘의 컵자리(天)[2]에 있는 꼭 같은 유량류類量類모모某某씨氏로, 필분쇄자筆粉碎者,[3] 아니 천만에! 누가 그의 적당한 마일4)을 달리는자인고? 혹은 이는 아마도 보다 분명한 예例이나니. 만성적 가시(荊) 병病의 결정화決定化된 경우에 관한 최근의 후기와권파後期渦卷派[5]의 적충류적滴蟲類的 작품 혹평에서, 학질에 관하여 강의를 행한 어떤 공개강사公開講師, 그자는 형식의 문제에서 자신의 가위 천리안, 예절박사[6]를 시험하고 있었나니, 차용借用한 질문인 즉 왜 그러한 시자是者는 *유량유질類量類質인고?* 그이에 대하여, 힘의 비대자肥大者로서, 건대健帶의 사고박사思考博士[7]인, 그는 술잔을 비우고 있었나니, 냉배冷杯로서 재배대구再杯對句했도다 한편 그대 짐승의 창녀 자식 같으니!(이러 이러한 유량類量은 본래 꼭 같은 것을 의미하거니와, 적평適評컨대 유질類質이라.)

교수 사자후獅子吼(로위 브룰러)[8](비록 내가 재빨리 증명해 보이겠지만, 살마네서[조이스의 친구 W. 루이스의 암시]와는 분명히 별도로 센나크헤리브의 영토위생적 개선안[9]과 스케켈즈씨氏와 하이드 박사[10] 문제의 동일한 연관 속의 그의 총체적인 설명은, 나 자신의 조사결실로는 총천체적總天體的으로 상이한 것인지라—비록 내가 제리쵸(무인지소無人知所)[11]에 갔던 이유는 어떤 확실한 이유 때문에 한 가지 정치적 비밀로서 남아야만 하지만—특히 나는 곧 도편추방陶片追放의 수배자[12]가 될 것인즉, 꼭 같은 그리고 그 밖의 이유 때문에, 나 자신 축하할 일이나—내가 푼돈 및 현금 금강석 오류라고 부르기로 방금 결심한 것에 의하여 다시 절망적으로 저락되어지는 것으로서) 그의 연금후軟禁後의 도피에 대한 이러한 사자 노호怒號[13]를 최근에 겪은 그의 거리낌 없이 이야기된 고백, *왜 나는 이교신사처럼 태어나지 못하고*[14] *왜 나는 나 자신의 식료품에 대하여 방금 그토록 말할 수 있는고*[15](무화과나무 및 창세부創世父, 유다페스트, 천지창조 기원전 5688년[16]에서, 전심專心으로 그의 동지상의同志上衣와 가발을 벗고, 정직한 돌풍의 자者인지라, 그의 대중의 이익을 위하여, 우리들로 하여금 하지만 어떠한 것인지를 보도록 했나니, 그가 말하는 바 '총의總意에 의하여觸[17] 인간의 발단과 유전 및 종복終福[18]은 암음暗淫 속에 일시적으로 두루 말려있는지라, 이러한 춘사椿事를 텔레비전(이 야생기구夜生器具는 주석외측朱錫外側의 그의 가설假說의 평연쇄平連鎖에 대한 한층 큰 굴절각의 재정비에서 여전히 어떤 감법적減法的 개량을 필요하나니)[19]의 원화경遠火鏡을 가지고 통찰하건대, 나는 나 자신의 최대의 공간적 광대성廣大性을 나 자신의 집 및 최미소最微少 우주로서 진심으로 쉽게 믿을 수 있는지라,

그때 내가 비율에 의하여 재확인 받은 바 인즉, 나의 음량音量의 입방立方은, 이러한 구체具體들의 구면상球面上(나는 의회의 동의를 위하여 이러한 말을 아주 역설하고 있거니와, 이는, 나의 안내 하에, 현대의 여성추구 남男 타입의 병성病性에 있어서 성품의 유독성을 입증하는 것이거니와) 그들의 주제들에 대한 표면에 대하여 요녀 넬리[1]의 진공의 비옥과 대등한 것이로다. 나는 나의 적에 대한 어떠한 반反의도적인 족압足壓을 인류학적으로 해석할 필요는 없나니(나는 고대 로마족族 출신의 *볼스키 반대족파反對族派*[2]가 되고자 하는 이유 때문에 내가 잘못이라고 말하는 신 이탈리아 학파 또는 땜장이 사상가 및 번쩍번쩍 빛나는 장상가裝想家[3]의 고古 파리학파의 온갖 말을 여기서 교정해야 하는지라). 섹스—와이만—대공작령大公爵領의 신조 옹호자 F. D.인, 레비—브루로 교수는,[4] 한 손에 그의 뉴렘버그 난형시계卵形時計 및 화덕 위의 마귀 냄비를 지니고 스스로 행한 실험에서부터,[5] 발견한 것으로, 비록 그것은 명시적으로 교황(넓적다리 급소)의 등을 냉각시키는 구혈鷗穴의 반항비등反抗沸騰의 경우이긴 하지만, 그 이유인즉 주기적 순환에 있어서 기묘한 신조의 수數가 우리들의 큐폴라(용선로鎔銑爐) 흙덩이의 하계 강타强打에 의하여 눈에 띌 정도로 증대될 수 없을 것이기 때문이로다. 누더기 걸친 낭만가[셈]가, 속시성지침速市性指針의 지동기구止動機構의 할목割目 생각으로 머리가 오락가락 하는 톰톰 승자처럼,[6] 갈망하는 것 그리고 아더 숙사宿死[7]의 타라 전설[8]에 따라, 우리들의 *연민憐憫*을 끈덕지게 조르게 하는 것은 가장 순전히 형편없는(최순빈最純貧의) 공동 관리인다운 시간 낭비일 뿐이라. 그의〔셈의〕 상존常存의 발가락은 상시 그의 과과거過過去의 신발을 과통過通하여 보복적으로[9] 밖으로 나와 있도다. 그가 끽끽 소리 내는 것을 들을지라! 저 마왕 루이스 통음벽자痛飮壁者[10]가 어떻게 타봉을 칼질(노끈질)할 것인지 주의할지라! 규율을 논평할지라![11] 불알 몰이 한 쌍의 금냉토金冷土를 획득했을 *언제(때)*,[12] 우리가 3호에서 옷을 홀랑 벗고 있었을 *언제*, 나는 나의 입 속에 엿기름을 만들 순수한 술 방울을 좋아하리라. 그러나 나는 *언제*를 보는데 실패하나니(나는 함유된 두 가용연하물可溶嚥下物의 특수 중력에 관한, 뿐만 아니라 특대의 식도[13]와 연관된 혀 굴리기에 관한, 분명한 오류를 설명하는 것을 의도적으로 삼가 하고 있거니와, 혼합 정수역학淨水力學 및 기갈역학氣渴力學의 학구자들은 얼마간의 어려움 뒤에 나의 의미를 해결하려고 고심하리라). 분糞하도다![14] 하고 노老말세라스 캠브리너스(항문)[15]가 자신의 것을 말하는지라. 그러나, 신조 옹호자, F. D. 인 루워리스 브리랄스 교수, 정박사正博士[16]의 진술에 따르면, 그러한 항변은, 만일 그가 항변한다면, 대음계상大音階上으로 모두 체(경멸)요 쓰레기인지라, 왜냐하면 그의 자신의 *언제*는 타자의 *시時*가 아니요[17](내 것으로, 그대 생각하는고?) 반면에, 반대에도 나는 상관없나니, 만사는 전쟁과 장면처럼 사랑에 있어서 *어디*인지라.

〔149.12—152〕 숀에게 만일 그가 영혼을 구하는데 셈을 도울 것인지 묻는다.

답: Jones 교수의 dime—cash 문제). Jones 교수(숀)에게 행해진 질문. 이 질문은 Thomas Campbell(영국의 시인, 1777-1844) 작의 "애란의 망명자"(The Exile of Erin)란 시의 음률에 붙여져 있다. 다음은, 비평가 아서튼(Atherton)이 지적하듯, 그 첫 절이다.

애란의 가련한 망명자가 바닷가로 내려왔다네.

그의 도복에는 이슬이 짙고 싸늘한지라.

황혼이 다가오자 그는 조국을 위해 한숨짓도다.

바람 부는—수로 곁을 홀로 배회하려고.

그러나 낮의 별이 그의 눈의 슬픈 애정을 끌었는지라,

왜냐하면 별은 대양의 조국의 섬 위에 솟았기에,

거기 한때 그의 젊은 감정의 흐름 속에,

그는 애란의 대담한 찬가를 노래했도다.

만일 한 가련한 안질환자(조이스 자신, 셈처럼)가 자신의 혼을 구하려고 애처롭게 교수에게 청한다면, 만일 주색과 노래를 좋아하는 이 후안무치한厚顔無恥漢이 그의 불멸의 영혼을 구하려고 한다면, 존경하올 신사(숀)는 상관할 참인고?(질문은 숀에게 셈이 자신의 영혼을 구하는데 있어서 그를 도울 것인가를 묻는다).

"빤짝이는 길에서 주리엣 보석을 다 준 데도, 그들의 은하수의 별들을 다 준다 해도, 천만에!" 여기 이시가 숀에게 말한다.

〔150.15–152.03〕 괴변적 논리적 조직적 옹호론—공간과 시간의 것.

〔152.04–152.14〕 무리의 아이들에게 연설하는 양—그는 한 우화를 말하리라.(우화: 묵스와 그라이프스)

거기 나의 예술이 비상飛翔하고, 그로부터 그대는 천둥과 공쾌空快히 조우遭遇할 것이요[1] 그리고 거기 나는 진실에 집착하여 나무에 기어오르고 거기 무구자[2]는 최선으로 보이나니(정수라!) 거기 그의 담쟁이덩굴 당소糖巢 속에 호랑가시나무가 있도다.

여기 나의 설명은[3] 캐드윈, 캐드월론 및 캐드월론너[4]처럼 확대사적擴大辭的으로 비非비교적일지라도, 꼬마 브리탄[5] 개구쟁이들인, 그대들의 이해를 필경 초월할 것이기 때문에, 나는 중이급中泥級 학생들을 설교해야 할 때 빈번히 내가 사용하는 한층 부가적 방법으로 복귀해야 할 것 같으니라. 그대들은, 콧방귀 뀌는, 새끼 거위 목을 한, 굼뜬 머리의, 벌매에 티격태격하는, 입은 바지에 안절부절못하는, 키케로풍風 등등의 말 많은, 한 무리의 장난꾸러기들임을, 나의 목적을 위하여 상상할지라. 그리하여 그대, 브루노 노우란[6]이여, 잉크병으로부터 그대의 혀를 뺄지라! 그대들 가운데 아무도 자바어[7]를 알지 못하기 때문에, 나는 오랜 우화 작가가 지은 비유 담에 대한 모든 나의 자유용이自由容易한 번인을 선사할 참이로다. 총소아總小兒 여러분, 책가방에서 그대들의 머리를 꺼낼지라! *청聽할지라*, 조오 피터여! 사실들을 *귀담아 들을지라!*[8]

쥐여우鼠狐(묵스)와 포도사자葡萄獅子(그라이프스).

족사族士 및 속녀俗女 여러분, 단락종지부자段落終止符者 및 세미종지부자 여러분, 상류 뱀뱀이 및 하류 뱀뱀이 여러분!

옛날 옛적 한 공간 속에 그리고 그건 진저리나는 넓은 공간이었나니 거기 한 쥐여우(묵스—숀)가 살았대요.[9] 그 핸섬 동일자는 너무 외로운지라, 두목 개구쟁이처럼, 광란자廣卵者, 그리하여 쥐여우인 그는 산보를 하고 싶으나니(나의 두건! 하고 안토니 로미오가 부르짖나니), 그런고로 어느 유쾌하愉快夏 저녁, 근사한 아침과 자신의 훈제 꼬치구이 햄 및 시금치의 멋진 저녁식사를 마친 뒤,[10] 그리고 자신의 두 눈을 부채질하고, 자신의 두 콧구멍을 털 뽑고, 자신의 두 귀를 후비고 그리하여 자신의 인후를 페리엄 외투[11]로 감은 연후에, 그가 자신의 불침투우의不浸透雨衣를 입고, 자신의 공격 가능물可能物을 쥐고, 자신의 왕관 모에 관해 같은 말을 되뇌고, 자신의 부동의 *백악원白堊園*[12](그렇게 집호集呼되는지라, 왜냐하면 그것은 원반 걸석고傑石膏[13] 모형으로 백악 충만 되고, 호화찬란하게 배치된 정원은 작은 폭포, 바티칸풍의 화랑[14], 정교암거正敎暗渠 및 포도주 지하저장실로 점철되었기 때문이라)에서 걸어 나왔나니 그리하여 모든 시름 많은 세도世道의 최악 속에 악성이[15] 어찌 악성인가를 보기 위하여 제경도諸卿都로부터 *산책*을 시발했도다.

그가 자신의 부父의 검劍,[16] 그의 *깨진 창*을 가지고 시발하자, 그는 허리띠를 둘러찼나니, 그리고 그와 더불어 자신의 양다리와 타르 용골 사이에, 한 때 우리들의 유일 허풍창虛風槍[17]으로, 그는 철꺽철꺽 소리를 냈는지라, 나의 찰랑이는 생각에 맞추어, V(veetoes)자字 발가락에서 삼정두三釘頭(threetop)까지, 한 치 한 치(철두철미) 한 사람의 불멸의 자.[18]

그〔숀〕가 자신의 무효병원無酵餠院19)으로부터 다섯 쌍 파섹 거리를 거의 독답獨踏하기도 전에, 일광日光 가등주街燈柱20)의 갈림길에서 성—무벽—정자聖—無壁—亭子[1] 근처, 그〔묵스—숀〕는 자신이 여태껏 눈여겨보았던 가장 무의식적으로 소지처럼 보이는 개울과 우연히 마주쳤도다(예언의 111번째 항에 편향하건대,[2] *무변의 강경江境은 영원히 존속하는지라*). 구릉으로부터의 개울은 스스로 미요녀美妖女 니농[3]이란 별명으로 기원起源했도다. 그것은 귀여운 모습을 하고 다갈색 냄새를 풍기며 애로隘路에서 생각하며 보라는 듯 얄게 속삭였도다. 그리하여 그것이 달리자 마치 어느(A) 활기찬(L) 졸졸 소용돌이(P)처럼 물방울 똑똑 떨어졌나니 *아이我而, 아이, 아이! 아我, 아! 작은 몽천夢川이여 나는 그대를 사랑하지 않는도다!*[4]

[152.15—153.08] 쥐여우와 포도사자의 우화의 시작—쥐여우가 걸어가자, 개울에 봉착하다. 그러자, 개울의 피안에 느릅나무의 가지로부터 매달려 있는자가 포사葡獅 그라이프스(셈) 말고 누구란 말인고?

그리하여, 나는 선언하거니와, 강江 저기 개울의 피안에 있는 것이 무엇인고, 느릅나무의 가지 위에 갈渴횃대에 앉아, 거꾸로 빗장된 채, 포사葡獅 그라이프스〔셈〕말고? 그리하여 의심할 바 없이 그는 건조되었기 십상이라, 그 이유인 즉 왜 그는 자신의 세월의 과즙을 미처 취하지 않았던고?

〔153.09—153.34〕 그는 먼 둑 위에 포도사자를 보다—그는 돌 위에 앉아있다.

그의 근경根莖은 말끔히 온통 익몰溺沒되어 있었나니. 그의 과육果肉은 모든 오랜 순간의 부취腐臭를 방사하고 있었는지라. 그는 자신의 엽상葉狀 이마의 비엽飛葉(면지面紙) 위의 집행관의 모의장侮意匠[5]을 재빨리 망찰忘擦하고 있었나니. 그리고 그는 자신의 거만한 엉덩이의 광둔변廣臀邊 쪽으로 집달리의 경압류멸시輕押留蔑視를 조용히 들어내고 있었도다. 모든 그의 허울 좋은 천계天界에서, 지대至大 최고자인 쥬피터의 생신生信에 맹세코, 저 묵스는 자신의 더브시市의 의형제義兄弟—족族—이 그토록 절인 오이지에 가까운 줄을 이전에 미처 보지 못했나니라.

아드리안(그것이 쥐여우 묵스—의 이제의 가명인지라)은 오리냑 문화[6]의 근접 속에 그라이프스〔셈〕와 면面—대對—면面—을 정착靜着했도다. 그러나 총總 쥐여우 묵스야말로 틀림없이 우울감종憂鬱感終으로 향했나니, 마음은 몹시도 만근도萬根道, 동서험준도東西險峻道 또는 황무자수로荒蕪者水路로 향했는지라, 로마 공방空房을 통해 방랑주중放浪走中하면서.[7] 그〔숀〕는 한 개의 돌石을 보았나니, 단독으로 거기 하나, 그리고 이 돌 위에 베드로 충좌充座하나니, 그것을 그는 아주 교황전후도적敎皇前後倒的으로[8] 채우는지라 그리하여 그것의 최충最充 토리왕당으로[9] 풍토순화에 의하여 그리고 더욱이 거기서 그의 만용가능자萬溶可能者에 관한 그의 무류 회칙통달回勅通達,[10] 우최서방憂最西方의 성무주교聖務主教, 및 그가 언제나 함께 산보하는 자수정 반점의 직입장直立杖과 함께, *헌신獻神이라.*[11] 그의 프르세 직인어부織人漁夫의 엉터리 부대負袋〔우편부대〕, *무구자 벨루아,*[12] 그의 매일방每日方의 첨가충당添加充當된 전대纏帶의 회화수집繪畫蒐集[13]에 턱과 볼을 맞댄 채, 왠고하니 그가 한층 더 오래 살면 살수록 그는 더 넓게 그것을 사유했기에, 족쇄, 총액 및 획금獲金을 희생하며, 그는 흠탐자欠探者 리오 6세[14]에게 통야좌행通夜座行하는 코터스 5세 및 퀸터스 6세 및 식스터스 7세[15]의 최초 및 최후의 예언자연豫言者然 속복사俗複寫처럼 보였도다.

—식성食性이 좋구려, 묵스경卿! 그대 안녕하신고? 하고 그라이프스가 하처하여何處何如의 위그 당양黨樣의 마그다린[16] 감상풍작感傷風的

우성羽聲으로 삐악거리자 고함 소리 이내의 수당나귀들이[1] 모두 큰소리로 함소喊笑하며 그의 의도를 명도鳴禱하나니,[2] 그 이유인즉 모두들 자신들의 약은 두꺼비가 천신賤身임을 이제 알았기 때문이로다. 나〔셈—포도 그라이프스〕는 그대를 만나니 정말이지 축불길락祝不吉樂할지로다. 나의 사랑하는 괴서怪鼠여. 그대 아니 필시 제발 모든 걸 내게 말해주지 않을 터인고, 성결자聖潔者여? 오리나무와 돌石에 관한 모든 걸 그리고 또한 곡초穀草와 라일 실絲[3]에 관한 걸 모두 통틀어? 아니?

그걸 생각해 볼지라! 오 최고처량수전노最高凄凉守錢奴 재혹자再惑者! 그라이프스여!

—쥐들이라니! 묵스가 가장 전효과적電效果的으로[4] 우규牛叫했나니, 설교 쥐, 및 그들의 로브우스댁宅의 합일체의 쥐들 그리고 지머스 생쥐들이 어쨌든 그의 타르드놔 기期[5]의 문화 이야기를 듣고 움찔했는지라, 왠고하니 그대는 거친 노櫓에서 비단 음音을 야기 시킬 수는 없기에.[6] 그대 뒈져 버릴지라 그리고 연옥사자煉獄死者로부터의 해부저주解剖詛呪 받을 자여! 천만에, 한 마리 원야수園野獸[7]를 위해 그대를 교수絞首할지라! 나는 탁월하게도 지고대신관至高大神官이로다! 머리를 낮출지라, 천개 대머리 여왕들이여![8] 내 등 뒤에 집합할지라,[9] 속관屬官들아! 부주腐呪![10]

—나는 무한까지 그대에게 감사하나니, 그라이프스가 머리를 숙였는지라, 그의 날카로운 푸념하는 목소리가 자신의 촉수두觸鬚頭까지 사무쳤도다. 나는 아직도 모든 나의 손발 끝까지 한 가지 소원을 늘 갖고 있도다. 그 시계로, 지금 몇 시 인고, 제발(足)?〔앞서 공원에서 HCE를 만난 캐드처럼, 여기 Gripes는 Mookes에게 시간을 묻는다〕

맞춰 볼지라! 애걸자여! 묵스에게!

—나의 집게손가락에 물어 볼지라, 나의 아킬레스건腱에 유의할지라, 나의 헌금을 확擴할지라, 나의 코鼻 나사렛을 숭崇할지라, 하고 쥐여우 묵스가, 최상명最上名의 그레고리 화華의[11] 해학으로, 클레멘트 자慈의, 도회풍都會風 예禮의, 유진 수秀의, 세레스틴 복福으로[12] 변變함으로써, 급히 대답했도다. 하여시何女時 인용? 그것이 바로 내가 바바로사만灣의,[13] 그대와 함께 해결할 *아드리안 상찬賞讚의*[14] *나의* 의도로서 *나의* 사명을 내가 척陟했던 건件에 관한 것이로다. 뇌시雷時를 전시로 할지라. 사도 바울을 사도 이라나우스로 할지라[15] 그대를 비톤(市) 패敗할지라. 그리고 나를 로스앤젤레스로 할지라.[16] 자 이제 그대의 길이를 측測할지라. 자 나의 용적을 산算할지라. 글쎄, 산포경酸葡卿? 우리들의 쌍 시간의 이 공간은 그대에게 지나치게 이차원적인고, 임시변통자여? 그대는 자신을 포기하겠는고? *자? 어떤 일이 있어도?*

성스러운 인내! 그대는 그를 대답한 저 목소리를 들었어야 했도다! *작은 목소리를.*

—나〔그라이프스〕는 그에 관해서 방금 따르릉 생각하고 있었는지라, 사랑하는 묵 씨여, 하지만, 나의 건포도에 대한 타령에도 불구하고, 만일 내가 당장 복종할 수 없다면, 나는 그대에게 결코 넘겨 줄 수 없나니,[17] 포도 그라이프스가 자신의 미미희망微微希望의 최저에서부터 호소하듯 말했도다. 난꼭이야틀림없다니깐그러니두고볼지라(Ishallassoboundbewilsothoutoosezit). 나의 관자놀이는, 아드리안 찬讚의 소불알 친구여, 나 자신의 것이라. 나의 욕속慾速은 1초에 2피트[18] 과적過適이나니. 그리고 나의 최고의 특공特空은 고란高卵에서 하성下聲하도다. 그러나 나는 그대의 명성교황名聖教皇[19]에게 결코 말할 수 없으리니(여기서 그는 거의

〔155.22–156〕 둘 사이의 대화—몇 시時인지에 관해.

실지失肢했나니) 나의 콜크 만취漫醉한 부父[1]가 말파리 사이비급사似而非給仕였을지라도, 그의 시의時衣를 그대가 품의品衣하고 있나니.

불신不信이라! 글쎄, 불가피함을 들을지라.

—〔묵스 왈〕 *그대의* 관자놀이, *체(조리) 속의 암돼지 같으니!*[2] 상시파문탁월양수대량자常時破門卓越兩手大樑者.[3] 구주신의歐洲新衣—속의—토이土耳 혹은 아회亞灰—속의—토이조土耳鳥.[4] 뉴로마(新羅馬)[5], 나의 피조물(놈), 영속永續을 영신永信할지라. 사자시獅子市[6]의 나의 건축 공간은 사자 같은 인간에게 언제나 대여할지니, 쥐여우 묵스는 대부분의 연설집회장에서 콘스탄틴항구적으로[7] 직결재판을 교황주권식으로 체결했나니(파형破型된 포도사자 그라이프스에게는 얼마나 허언인고![8] 그리하여 나는 그대가 인치씩(조금씩) 교살 당하는 것으로부터 그대를 구하는 것은 나의 임시변통 밖임을 유감스럽게도 선포하노라.(무슨 혹평이람!), 우리는 처음에 신처新處에서 너무 공심空心하게 서로 만났기 때문이라.[9] (가련한 꼬마 체 속 암돼지의 저압착低壓搾된 포도 그라이프스여! 나는 그에게 경멸을 느끼기 시작하도다!). 나의 옆구리는, 교황 칙령집勅令集에 감사하게도, 모부母婦의 댁宅[10]처럼 안전한지라, 그는 말을 계속했나니, 그리하여 나는 전적으로 건전한 것이 무엇인지를 나의 성천소聖天所로부터 볼 수 있도다. 대영제국大營帝國이여 그리고 애란 멍에와 합병할지라![11] 불완마비不完痲痺, 그대 알지니, 피어스 IX세 남南 십자가에 맹세코,[12] 그건 자기 자신을 찬멸讚滅[13]하는 자에게 속하나니. 그리하여 거기 나는 그대를 압착壓搾의 인물로 남겨두어야만 하도다. 나는 그대에게 반증할 수 있나니, 잠깐 대기중待期重할지라, 나의 적수여! 혹은 복음은 우리들의 별星이 아니나니[14] 나는 그대에게 12자투리(덤)를 걸겠노라.[15] 이 넉넉한 12자투리로. *우선 먼저*[16]—하지만 나의 지식의 과실을 설탕 조림하는 것은 쓴(辛) 일이로다. 수권數卷.

들어올리면서, 자신의 일별에 유리한 점수를 주기라도 하듯, 자신의 보석 점철된 직입봉直入捧을 총總신비의 천장까지, 그〔묵스〕는 몇몇 이른 바 섬광위성연閃光衛星然한 것에서부터 혈청광血青光, 매이플즈[17] 위의 일단一團의 귀리 맥麥죽 성군星群, 테레사가街의 성聖루시아 광光 및 성聖소피아 바랫 사원[18] 앞의 정광停光(스톱사인)을 행운타幸運打했는지라[19], 그는 희랍어, 라전어 및 소장미회어蘇薔薇會語의[20] 그의 양피지 교권敎卷의 수數타스 여餘를, 그의 모충毛蟲의 전각前脚 사이, 불충不充의 단배單杯속에 집적集積했나니, 그리하여 그의 증거證據 광교정쇄廣校訂刷에 좌착수座着手 했도다. 그는 그것을 대체일백大體一百 33회 증명했는지라, 그리하여 *놀랍게도, 그대 알지라*, 니크라우스를 전적으로 소멸하기 위하여(그런데 니크라우스 아로피시어스〔셈〕는 한 때 포도사자 그라이프스의 교황유언의 후광명後光名[21]이었나니) 그는 뉴크리디어스[22] 및 인엑사고라스 및 몸센 및 톰셈에 의하여, 오라스무스에 의하여 그리고 아메니우스에 의하여, 유태인 아나크리터스에 의하여 그리고 복점가 마라카이에 의하여 그리고 카폰의 교사집敎史集에 의하여 그리고 그 다음, 궁둥이의 젤라틴(아교) 및 종일브랜디주酒(Alldaybrandy's)의 독액을 가지고, 총總철두철미하게 그것을 재 증명했나니,

〔156.18〕 쥐여우가 요점을 증명하다—한편 포도사자는 교회 도그마를 거짓 꾸미려 시도하다.

그때 어떤 다른 순서로 분리되는 그런 순서로가 아니고, 타他의 33및 100회, 이항투시화二項透視畫[1] 그리고 포에니 음경포陰莖怖 벽전필壁戰筆[2]과 남藍잉크, 잉골즈비 전설[3] 및 책략, 굴렁쇠의 법칙과 편의의 화훈花訓 및 과즙, 폰티어스 빌라도 총독[4]의 사법전司法典과 육六(患) 비책鼻册 잡실雜室의 모든 미이라 원고총집原稿總集 및 미판尾版 사활호서詐猾狐書의 장章들의 교활에 관한 장章들에 맹세코.[5]

쥐여우鼠狐 묵시우스가 선전진先前進과 함께 그리고 후행진後行進과 함께, 중복적으로 그리고 이중적으로, 사실상과 반사실상(모순당착)을 공표公表하고 있는 동안, 이 무뢰한의 포도사자 그라이프스 그는 자신의 주교좌속성主教座屬性을 단성이설單性異說[6]하는데 총흉상總胸上 거의 성공했도다. 그러나 비록 경이롭게도 그는 자신 근저의 인식표적認識票的 근육나성筋肉裸性을 묘사하여, 자신의 원무죄原無罪의 의상意想과 자신의 추악 성령의 전진행렬前進行列에 대한 스스로의 감속적甘俗的 안식安息을 종합하기를 너무 요원하게 협근결頰筋結했을지라도, 이내 그의 성당 권위자의 목통두木桶頭들은 자신의 공매公賣와 자신의 교황 절대무류絶對無謬의 교의敎義가 상호 이견異見임이 발견되었는지라, 그리하여 그는 자신의 성령기원논자聖靈起源論者들로부터 말발굽 질을(해고) 당했던 것이로다.[7] 〔양 형제의 대결〕

—일천 마마년磨磨年 뒤에, 오 나의 양피羊皮를 지닌 그라이프스여, 여汝는 세상에 맹목盲目되리라, 하고 피오 교황[8] 묵스가 도언徒言했도다.

—일천 고고년高古年이 지나, 하고 그레고리 교황[9] 그라이프스가 즉답卽答했나니. 모하메드의 산양에 맹세코, 그대는, 오 묵스여, 한층 더 염아厭啞 되리라.

—오인吾人(나)은 계곡 공동空洞의 선녀選女[10]에 의하여 최후의 최초로서 선택될지로다[11], 묵스가 기품氣品 있게 관술觀述했나니, 그 이유인 즉 행상行商 엘리아[12]의 무비일각수無比一角獸와 마찬가지로, 오인은 우리들의 관구管區 외양간 속에 있는지라 그것은 전시全市 및 전 세계의 홍옥紅玉(루비)과 탈옥奪玉(로비)이[13]의미하는 바 이도다. 그들을 축복하사.

〔묵스〕환약(필), 비세액鼻洗液(유향성), 아미 맨 옷 재단(컷)[14]은, 대大영국적, 본드엄가적嚴街的[15] 그리고 절엽횡적切葉橫的으로, 마치 당시 뉴쥬랜드로부터의 저 붕괴 아치교형橋形의 여행자처럼[16]…

—오인悟人(나)은, 하고 그라이프스가 나긋하게 혼백混白했나니, 최초의 최후가 될 수 없을 것인 즉, 오등은 희망하는지라, 우리들이 가려진(발할라) 공포恐怖[17]에 의하여 내방來訪 받을 때. 그리하여, 그는 첨언했나니 나는 전적으로 의지依支하고 있는지라, 엘리자베스의 43번째 조상(안)彫像(案)을 참조할지니,[18] 단이單耳의 숨결의 무게로. 와완전瓦完全한!

불견나不見裸의 매복자〔그라이프스〕, 사회적 및 사업 성공에 대한 잔혹한 적敵!(해청요정海靑妖精)[19] 행복한 밤이었으리니[20] 그러나…

[157.07] 양인 사이의 또 다른 대화—욕설에 의지하며.

그리하여 그들은 서로 아전 투구했는지라, 아스팔트 역청瀝青이 피사스팔티움 내광耐鑛[1]을 타욕唾辱한 이후 여태껏 칼을 휘두른 최황량자最荒凉者와 함께 *맹견과 독사*[2].

—단각환자單角宦者!

—발굽자者!

—포도형자葡萄型者!

—위스키잔자盞者!

그리하여 우우자牛愚者가 배구자排球者(발리볼)를 응수했도다.

운처녀雲處女 뉴보레타가, 16하미광夏微光[3]으로 짠, 그녀의 경의輕衣를 걸치고, 난간성欄干星 너머로 몸을 기대면서 그리고 어린애처럼 자신이 할 수 있는 모든 걸 귀담아 들으면서, 그들 위를 내려 보고 있었도다. 견상자肩上者[묵스]가 믿음 속에 그의 보장步杖을 고공高空으로 처들었을 때 그녀는 얼마나 경쾌驚快했던고 그리고 무릎마디자者가 의혹 속에 자구원自救援의 (사도)바울 맥脈을 연기演技하고 있었을 때 그녀는 얼마나 과운폐過雲蔽 했던고! 그녀는 혼자였나니. 모든 그녀의 운료雲僚들은[4] 다람쥐들과 함께 잠들고 있었도다. 그들의 뮤즈 여신, 월月 부인은, 28번의 뒷 계단을 문지르면서 (달의)상현上弦에 나와 있었나니. 신관부信管父, 저 스칸디 정강이(魚)인, 그는 바이킹의 불결 블라망주[5]를 대양식大洋食하면서, 북삼림北森林의 소다 객실에 일어나 앉아 있었나니라. 비록 그 천체天體가 그의 성좌와 그의 방사放射[6]와 함께 사이에 서 있었건만, 운처녀 뉴보레타는 그녀 자신을 반성하며 귀를 기울이고 있었으니, 그리하여 그녀는 묵스로 하여금 그녀를 치켜 보도록 하기 위해 그녀가 애쓰는 모든 것을 애썼는지라(그러나 그는 너무나 무류적無謬的으로 원시遠視였나니) 그리하여 그라이프스로 하여금 그녀가 얼마나 수줍어하는 지를 듣도록 하기 위해(비록 그는 그녀를 유의하기 위한 *자신의 존체存體*에 관하여 너무나 지나치게 이단제도적異端制度的으로 심이心耳스럽기는 했지만),[7] 그러나 그것은 모두 온유溫柔의 증발습기蒸發濕氣의 헛수고에 불과했나니라.[8] 심지어 그녀의 가장假裝된 반사反射인 운요녀雲妖女, 뉴보류시아까지도, 그들이 자신들의 영지靈知를 그들의 마음에서 떼어내도록 할 수 없었나니, 왜냐하면 용맹신앙勇猛信仰의 숙명[9]과 무변無邊 호기심을 지닌 그들의 마음이 태양 헤리오고브루스(H)의 광도량廣度量 콤모더스(C) 및 극한極漢 에노바바루스(E)[10] 및 경칠 추기경이다 뭐다 그들이 행한 것이 무엇이든 그들의 파피루스 문서文書[11]와 알파벳 문자원부文字原簿들의 습본濕本이 말한 것을 가지고 비밀협의중秘密協議中이었기 때문인지라[12] 마치 그것이 그들의 와생식渦生息인양! 마치 그들의 것이 그녀의 여왕국女王國을 복제분리複製分離할 수 있는 양! 마치 그녀가 탐색 진행을 계속 탐색하는 제3의 방녀放女가 되려는 양! 그녀는 자신 사방의 바람이 자신에게 가르쳐 준 매력 있고 쾌력快力 있는 방법을 온통 시험 했도다. 그녀는 작은 *브르타뉴의 공주* 마냥[13] 그녀의 무성색광霧星色光의 머리칼을 바삭 뒤로 젖혔나니 그리하여 그녀는 작고 예쁜 양팔을 마치 콘워리스—웨스트 부인[14]처럼 토실토실 둥글게 하고 아일랜드의 제왕의 여왕의 딸[15]의 포즈의 이미지의 미美처럼 그녀의 전신위로 미소를 쏟았나니 그리하여 그녀는 트리스티스 원비原悲 트리스티오 차비次悲 트리스티씨머스 최비最悲[1]의 신부新婦가 되기 위해 태어나기라도 한 양 자기 자신에게 한숨을 보냈도다. 그러나, 달콤한 마돈나여, 그녀는 자신의 국화꽃의 가치를 플로리다까지 운반하는 것이 나을 뻔 했도다. 왠고하니 독선광견獨善狂犬의 무도견無道犬, 묵스는 전혀 무락적無樂的이요[2] 더브 주취酒臭의 고양이톨릭교도,[3] 그라이프스는 고탄苦歎스럽게도 무염적無念的이었기 때문이라.

—나는 알았도다. 하고 그녀는 한숨지었나니. 거기 남태男態있도다.

〔강가의 갈대 바람의 묘사〕 저 바로 유약柔弱한 유녀遊女의 유랑流浪거리는 유연柔軟의 한숨에 유착癒着하는 나귀의 유탄柔嘆 마냥 유삭遊爍이는 유초遺草들[4] 오 미다스 왕의 갈대 같은 기다란 귀耳여[5] 그리하여 유영柔影(그림자)이 제방을 따라 활광滑光하기 시작했나니, 활보闊步하며, 활가活歌하면서, 회혼灰昏에서 땅거미로,[6] 그리하여 그것은 모든 평화가平和可의 세계의 황지荒地 속에 황혼가한黃昏可限의 황울滉鬱이였도다. 월강지越江地[7]는 모두 이내 단색형單色形의 부루넷(거무스름한) 암흑이었나니. 여기 서반지西班地[8] 혹은 수토水土는, 거삼巨森이요 무수림無數林인지라. 쥐여우 묵스는 건음健音의 눈(眼)을 우당右當 지녔으나 그는 모두를 다 들을 수가 없었나니. 포도사자 그라이프스는 경광輕光의 귀를 좌잔左殘가졌으나 그는 단지 잘 볼 수가 없었도다. 그는 묵지默止했나니라. 그리하여 그는 중重 및 피疲하여, 묵지默識했나니, 그리하여 그들 양자는 여태 그토록 암울한 적이 없었도다. 그러나 여전히 묵스는 서여명鼠黎明이 다가오면 자신이 오포奧布하게 될 심연深淵에 관하여 사고했나니 그리고 여전히 포도사자는 자신이 은총에 의하여 운運을 충만充滿하게 가지면[9] 포주葡走하게 될 필상筆傷을 탈피감脫皮感했나니라.

〔황혼의 그림자〕 오오, 얼마나 때는 회혼灰昏이었던고! 아베마리아의 골짜기로부터 초원에 이르기까지, 영면永眠의 메아리여! 아 이슬별別! 아아 로별露別이도다! 때는 너무나 회혼인지라 밤의 눈물이 떨어지기 시작했나니, 처음에는 한 방울씩 그리고 두 방울씩, 이어 세 방울 그리고 네 방울씩, 마침내 다섯 그리고 여섯 일곱 방울, 왜냐하면 피곤한자들은 눈을 뜨고 있기에, 우리가 그들과 함께 방금 눈물 흘리듯. *오! 오! 오! 우산으로 비를!*

그러자 그때 저기 방축으로 무외관無外觀의 한 여인[10]〔ALP〕이 내려 왔나니(나는 그녀가 발에 한질寒疾에 걸린 흑녀黑女[11]였음을 믿거니와) 그리고 그녀는 그의 성상聖霜 묵스가 펼쳐있던 곳에서 그를 애변신적愛變身的으로 끌어 모았는지라, 그리하여 그를 자신의 불가시不可視의 거소, 즉 고소高所, *탐욕 독수리 관館*[12]으로 날랐나니, 그 이유인 즉 그는 그녀의 주교主教 푸주한의 에이프런의 신성한 성헌聖獻의 엄숙한 그리고 최고급 쇠꼬치육肉이었기에. 그런고로 묵스가 이성을 가졌음을 그대는 알리니 그리하여 내내 모든 걸 나도 알고 그대도 알고 그도 알았나니라. 그리하여 그때 여기 방축으로 총중대總重大의 한 여인이 내려 왔나니(하지만 그녀의 발꿈치의 냉冷에도 불구하고, 모두들 그녀가 이름답다고 말하는지라), 그리하여, 그가 도붓장수의 실타래에 대한 저주풍咀呪風처럼 휘날려 있는지라, 그녀는, 신지身枝로부터 경악(아이쿠)속에, 겁먹은 듯 자율조自律調로 찢어진 채 매달린, 그라이프스를 확 끌어내렸나니 그리하여 그녀와 함께 그 지복자至福者를 자신의 불시不視의 편옥片屋,[13] 즉,

만나 *성찬옥聖餐屋*[1]으로 그녀와 같이 데리고 갔도다. 그런고로 불쌍한 그라이프스는 과오했나니 왜냐하면 그것이 언제나 그라이프스 같은자가 현재에, 언제나 과거에 그리고 언제나 미래에 할 방식이리라. 그리하여 그들 가운데 어느 누구도 결코 사료 깊지 못했나니. 그리하여 이제 남은 것은 단지 한 그루 느릅나무와 한 톨의 돌멩이 뿐. 피에타(베드로)의 신앙심과 함께 나무 가지 잘리니(바울), 사울은 단지 돌멩이 예禮일 뿐. 오! 그래요! 그리하여 노보레타, 아씨여.

그런 다음 뉴보레타는 그녀의 가련한 긴 생애에서 마지막으로 반성했나니 그리고 그녀는 모든 그녀의 1만 인의[2] 부심浮心들을 하나로 만들었도다. 그녀는 자신의 모든 사약정絲約定을 취소했나니. 그녀는 난간성欄干星 위로 기어올랐느니라. 그녀는 아이처럼 구름 낀 소리로 부르짖었나니 우운雨雲어! 비구름이여! 한 가지 경의輕衣가 훨훨 휘날렸도다. 그녀는 사라졌나니. 그리하여 과거에 한 가닥 개울이었던 그 강 속으로(왠고하니 1천의 누년淚年이 영겁永劫으로 그녀에게 갔고 그녀에게 영속永續 왔나니 그리하여 그녀는 무용舞踊으로 여비餘肥하고 열충熱衝했는지라 그리하여 그녀의 이혼명泥婚名은 미시스리피였기에,)[3] 거기 한 방울 눈물, 단지 한 방울 눈물, 모든 눈물들 가운데 가장 아름다운 눈물이 떨어졌나니(나는 해러즈 희망 화점貨店[4]에서 그대가 마주치는 그런 예쁘고 예쁜 범안류凡顔類의 것에 '민곡敏哭하는'저들의 아이반 규애우화叫愛寓話[5]를 두고 하는 뜻이라), 왠고하니 때는 윤년누閏年淚였기 때문이도다. 그러나 강은 얼마 가지 않아 그녀 위로 곱들어 달리나니, 마치 그녀의 심장이 파계破溪된 듯 철썩철썩 물결치면서 *아니, 저런, 어머! 고뇌로다. 오 슬픈지고!*[6] *난 너무 어리석게도 계속 흐르나니 그러나 난 머무를 수 없도다!*[7]

갈채금지喝采禁止, 제발! 그만! 교황세敎皇稅[8]의 방울뱀이 무심히 그대들을 순력巡歷하리라.

모든 소년 여러분, 이제 그만,[9] 나〔교수〕는 주제강의主題講義에 이어 여러분의 반응을 또 다른 곳으로 데리고 가겠노라. 노란 브라운, 그대는 이제 교실을 떠나도 좋으나니. 조 피터즈, 폭스.

나〔교수—숀〕는 솀을 동정하고, 그가 106번째 주민으로 소도小島에 가 살기를 희망한다. 나의 천개두뇌天蓋頭腦의 과소비세過消費稅를 심지어 부담한 나 자신의 천부의 이량理量에 대하여 그대에게 이제 성공적으로 설명했는지라 나는 천재에 의한 일구一口 이상을 보상받을 가치가 있는 경우임을 확신하도다. 나는 나의 언제나 헌신적인 친구요 빵덩어리절반세련자洗練者[10]인 그노코비치(멍청이)〔솀)〕에 대하여 심정深情을 느끼노라. 친애하는 보옥寶玉! 친애하는 소호小狐! 마전시馬展示! 나는 저 사나이가 지독히도 무책호기적無責好奇的이지만 아주 지겹도록 예민하기 때문에 나 자신의 설교대說敎臺처럼 사랑할 수 있는지라 그리하여 나는 성聖메토디우스적 조리성條理性[11]과 노결奴結해야만 하도다. 나는 그〔솀〕가 트리스탄 다 쿤하[12] 땅, 전술도[13]의 야군여단夜軍旅團[14]을 지휘하는 은둔자처럼 가서 살기를 바라노니, 그 곳에서 그는 106번番째 주민이[15] 되어 접근불가도接近不可島 근처에서 살게 되리라.[16](그 마호가니 목木의 집림지集林地[17]는, 파도 곁을, 내게 상기시키나니, 이 노출된 광경은 비록 그 자체의 우산형雨傘型을 갈송渴松하며 그의 음지陰地를 깨끗하게 보존하기 위하여 진봉사목류眞奉仕木類(마가목)의

〔157.08—158.05〕 뉴보레타가 그들 위에 홀로이다—그녀는 그들의 주의를 얻을 수 없다. 〔강가의 갈대 바람의 묘사〕 그림자가 제방을 따라 구르기 시작했나니, 회혼灰昏에서 땅거미로. 갈대의 속삭임. 더욱이, 이슬이 내리기 시작했도다.

〔158.06—158.24〕 어둠이 내리고 있다—쥐여우와 포도사자가 멈춘다.

〔159.05—159.18〕 빨래하는 아낙들이 강둑으로부터 그들의 세탁물을 가질러온다. 단지 한 거루 나무와 한 톨 돌멩이만이 남는다. 그리고 누보레타가 한 방울 눈물로 바뀐다—쥐여우와 포도사자의 우화가 끝난다.

〔159.19—159.23〕 갈채 금지, 제발—교실로 귀환.

〔159.24—160.24〕 그는 그를 사랑한다—하지만 그가 멀리 떠나기를 바란다.

〔160.25—160.34〕 중얼거려요—왜냐하면 4자들이 듣고 있기에.

〔셈이 갈 먼 대양의 고도〕 방풍림대防風林帶를 필요로 하지만, —가지 늘어진 너도밤나무,[1] 독일 전나무 및 린덴 보리수는 그 주변이 황량 상태에 있는지라—크리켓 방망이 및 그의 두 종묘원種苗園의 충고자들이 제안했듯이, 무진장無盡藏 속하屬下[2]에 응당 분류되어져야 하나니, 바로 이때 우리는 모든 그러한 버터 밤나무, 단(甘) 고무나무 및 만나 물푸레 적삼목赤杉木 등등을 재부심再浮心하거니와, 마치 그것이 커라 영지領地[3] 안에 있는 산사 나무들처럼 너무나도 거기 확무성적擴茂盛的인지라, 히말라야 삼목이 우리들에게 순수한 임분林分 그대로 화용畵用되고 있는 그곳 버니 루베우스의 피나코타 화랑[4]에 우리가 소개되어질 때까지 누구에게나 오두막집 장대처럼 플라타너스(木) 평명平明하게 응당 보이나니, 우리는 그것이 순수 당위當爲의 입지 조건을 갖고 있음을 의심하지 않는다 해도, 그러나 그 최대의 개인목個人木이 동東(E) 코나(C) 구릉丘陵(H)과 같은 올리브 소림疏林[5]에 또는 속에 성장 할 수 있는 종種의 증거인 저러한 자기파종행위自己播種行爲없이 그것(木)이 늘 푸른 아카시아나무 및 보통의 버드나무와 그 곳에 뒤엉켜 있나니 *지금은* 미숙이라) *포플러 민民들의 목소리*[6]라고 우리는 히코리(木)—호커리(하키 축구) 식으로[7] 말하거니와 우리는 *상록常綠(부란디)*[8]의 몇 잔을 더 들었으면 나는 바라노라. 왜 노변의 도맥道麥 혹은 명반明礬 냄비 위의 찌꺼기인고? 시의원市議員 오리목木 백랑목白樑木이 바로 그것이로다. 그〔셈〕는 생각의 변화를 위하여 응당 떠나야 하나니 그리하여 세상만사를 뒤돌아볼지라. 그렇게 할지니, 사랑하는 다니엘이여! 만일 나 자신 스스로〔숀—교수〕 한 사람의 존스(허세자)[9]가 아니라면, 나 자신 그를 배웅하도록 택하리라 왜고하니 그는 바로 자신의 얼굴 위로 나의 최고급 구두 양말을 끌어 뒤집어 쓴 나족裸足의 강도 놈인지라, 그것을 나는 나의 최량배最良背의 정원에서 야철주자夜鐵走者의 기쁨을 위하여 그리고 별들의 빈정댐을 향해 공시公示했던 것이로다.[10] 그대는 그것이 가장 비영국적非英國的이라 말하리라 그리고 나는 그대가 그것에 대해 잘못이 아니기를 듣고 싶도다. 하지만 나는 한 걸음 더 나아가, 나의 진실에 있어서 약간 목쉰 듯 느끼나니.

〔4대가들〕 그대 제발 이리 오지 않으련고, 우리 함께 피차의 악성하惡聲下에 황야음유시인荒野吟遊詩人[11] 마냥 합체하여 속삭일지라. 늙은 빌파스트[12]가 나를 엿듣고 있나니. 윌쉬는 코크주酒로 충만하도다. 석탄통石炭桶은 필립 더브연암淵岩이라.[13] 권골서拳骨西 위스트씨氏는 게다가 무망선반無望旋盤 저쪽 뒤에 있나니. 윌쉬와 위스트는 더브연암 위의 혼탐魂探 파우스트처럼 쌍유방雙乳房으로 병충病充이라. 미지자未知者는 작은 카펫 곁에 있나니.[14] 그는 자기 방에서 글을 읽고 있도다. 때때로 공부 중, 때때로 어깨를 나란히. 오늘은 별고 없는지, 나의 흑발의 신사? 그리하여 내가 그대에게 도달하려고 노규努叫하고 있는, 홍미의 예점銳点에서 보아, 그대가 모두들을 우화체구寓話體軀로 느낄 수 있듯이, 그들네 사람〔4대가들〕은 모두 박약체薄弱体이라.

나의 유의자留意者들〔독자들〕은 커다란 한락閑樂을 가지고 회상할지라. 어떻게 공간 문제를 침범하기 전 발발勃發에,

심지어 미카엘 천사장 마저도 바보처럼 두려워했던[1](공간 문제), 내가 그대의 허만족虛滿足에 관하여 심자신心自身 증명했는지〔기억할지라〕, 어떻게 그의(교수 코인도론이 *누구든 간에* 그의 이름은 너무나 자주 *걸인남乞人男*으로 최면암시催眠暗示되나니) 통철通徹한 천박목적淺薄目的이, 미안하지만.(나는 2인칭으로 우리에게 이야기하고 있거니와) 그가 아무리 품위있는 우리의 것을 요구한다 해도 단지 현금 푼돈보다 더 낳을 것이 없다는 것을, 왜냐하면 이 등급된 지식인들에게 푼돈은 *현금이요*,[2] 이 현금제도야 말로.(그대는 이것, 내가 뜻하는 제도가, 사생아의 종의 기원의 도그마[3] 표식에 모두 함유되어 있음을 절대로 잊어서는 안 되거니와), 부루스 및 카시어스[4]가 한때 매매賣買의 낙농 시절에,[5] 매자賣子 대 매자買者, 위사동시적僞辭同時的으로 스스로를 해결하지 않았거나 그렇지 않을 경우 외에는, 내가 마음속에 지닌 반半아닌 또는 절반의 치즈(빵) 조각을 각각 그대가 지금 가질 수 있는 꼭 같은 시각에 그리고 꼭 같은 식으로 그대의 호주머니 속의 한 조각 치즈(삐악)를 내가 당장 가지느냐, 가지지 못하느냐를, 의미하도다.

부루스는, 우리가 상상하기 좋아할 지니, 한 진정한 제일자第一者〔숀〕, 진짜 특선, 천연유지로 충만된, 유제乳劑 중 최유催乳 하지만 시해弑害 마냥 불패不敗라, 그리하여, 물론, 절폐적絶廢的으로 외잡적이 아니니 반면에 카시어스〔셈〕는 분면分面히 그의 정반대라 그리하여 사실상 어느 식도食道로든 이상적인 선택(치즈)이 못되는지라, 비록 두 사람 가운데 보다 양인良人(버터 맨)은 도착경쟁자到着競爭者의 경우의 한층 우연한 면에 녹아내리듯 탐닉하나니 그리하여, 당장 내가 그걸 이야기하자면, 한 쪽은 필시 상대방에게 질투를 품게 되는 것이로다. 일견동일가一見同一家 및 경역사經歷史 숨바꼭질을 우리는 자신의 준연습準煉習을 위하여 가끔 읽곤 했나니, 무더운고, 쇼트 자네? 마침내 폐부廢父가 가게 문을 닫을 때까지[6] 그리고 묵모默母, 애린모愛隣母! 우리들에게 초라한 만晩수프를 날라 왔나니.(아하 누구! 에이 어찌!) 산질酸質 및 유질油質 및 후염성嗅鹽性 그리고 향료 후추라! 우리들의 고일단古一團[7]은 공동탁公同卓의 샐러드 그릇 주변에 아주 집결했도다. 방풍나물 교구목사 세먼(연어) 자신 및 파슬리(植) 애송이 및 그의 타임의 지승枝僧 및 한 다스의 머피 감자 싹 및 20이상의 맵고 애틴 케이퍼(草) 양讓들 및 푸른 소매의 레투시아 상추 양讓들 그리고 그대 역시 그리고 나 셋, 눈 찡그려 홀짝이나 마음 착하게 먹나니,[8] 마치 셰익스액液과 베이컨란卵처럼[9]! 그러나 사발과 입술 사이에는 많은 간격이 있는지라.[10] 그리하여(저 콜크 마개를 비뚤어 빼지 말지니, 쇼트여!) 이것을 그대들이 가능한 잘 이해하기 위하여, 그대들이 어떻게 실지적實地的—벤치에—퇴보해 있는지를 느끼며, 나는 교탁校卓의 조잡한 사용을 위하여 다음의 배열을 완료했는지라 그리하여 만일 내가 그대들과 더불어 급히 가버리지 않으면, 나는 카이사르를 초월한 외무용外無用이로다.[11]

〔160.35—161.14〕 어떤 더 많은 증거—그것은 그에게 부루스와 카시오스를 상기시킨다.

〔161.15—161.36〕 부루스와 카시어스의 이야기—음식 형태의 유명한 등장인물들(dramatis personae).

〔162.01–163.11〕 노老카시어스는 대치되리라—따라서, 부루스와 카시어스가 소개되다.

연장年長의 급비생[1]〔카시어스—셈〕은(폭군들, 왕시해王弑害야말로 그대에게는 너무나 벅찬 일!)[2] 나이로 견딜 수 없게 되었나니.(그러나 진명塵命의 소극 작곡가는 난작亂爵이 들어오는 곳에 그와 같은 왕자의 제1막으로서 이 피아노 취臭의 효과를 방출함으로써 천둥고鼓의 과오를 범하는지라) 일종—의—구촌도살九寸刀殺 당하고,[3] 지체 없이 제거되었나니(이 군인—저자—초당번超當番은 그의 토리 공동왕당주의公同王黨主義에도 불구하고 바로 저들 남연해취南軟海吹의 거품자者들[4]〔쌍둥이 형제〕 중의 또 다른 한 사람이라 그는 자신의 두 눈에서부터 결코 모래톱(砂丘)을 제거 받지 못했나니 그런고로 그가 우리들을 위하여 주도酒導하는 삼팬 주전酒戰은 팬케이크처럼 평낙平落한지라) 그 쌍双 자유인 유형들〔쌍둥이 형제〕은 징발徵發되어, 삭막한 전병장戰甁場에 신新 단도직입單刀直入의 장신구로서 그들의 재현을 달성했도다.(페르시아—우랄인들의 숙주사宿主史로의 한 가지 가장 저잡咀雜한 독서에 의하면 어찌 폰 맥쿨 나리[5]가 표피두사집表皮頭詞集[6]으로부터 저 고유 성의명사聖意名詞를 입수했는지 우리에게 보여주나니, 비록 침투적 감식가鑑識家에게 이 치사자癡事子의 카프카스 백인종의 후손[7]은 고대 시베리아 마을 토보로스크[8]에 한 개의 통桶이 있듯이 미확정적이라 할지라도) *보굴 성처녀 마리아의 음기陰器에 맹세코!* 그러나 나는 그 무엄無嚴의 사실을 폐廢 페인트까지 부정否定하는지라 나는 그대를 저 버터까지 채색할 수 있나니(그만 둬요, 치즈!) 만일 그대가 얼마간의 세정액洗淨液을 갖고 있다면. 사생死生! 오 맙소사 바보짓 작작 해요! 글쎄 그 사건은 손에 입 맞추듯 실제적이요 가능적이라! 그들의 대화술은 마치 모든 말괄량이 여인이 그녀의 비댁鼻宅에 남편을 갖는 걸 싫어하듯, 반反도발적이도다. 카시어스〔셈〕는 자신이 기사騎士라는 생각을 생각한 반면, 그러나 부루스〔숀〕는 유사적柔思的 방어적 신앙주의를 최선으로 생각하는 풍착豊着한 원두圓頭의 머리를 가졌나니. 그〔부루스—숀〕는 자신의 로프터[9](웃음) 속의 모든 자국 아래 우유牛乳(다량)의 지혜를 가진 반면, 타자〔카시어스—셈〕는 행수幸水의 유약乳弱한 오냐오냐 그렇구말구 식이라. 비단으로 웃음 지으며 양파로 눈물 흘리면서. 그는 고목高目을 지니지 아니하고 저이低耳를 지니지 아니 하도다. 엉엉. 그리하여 매야每夜 그가 윙크하는 축일 이후 같은 것을 그는 되풀이 했나니. 그것은 적절히 그리고 교정적矯正的으로 서술되었는지라(그리고, *발톱으로 사자를 아는자*에게는[10] 누구에 의해서이든 당당히 말할 필요가 없거니와) 그의 시기능視技能은 마치 피터스버그[11]의 외바퀴 수레가 그이 위로 눈(雪)사태로 눈(眼) 앞을 캄캄하게 했다 해도 그가 여전히 자신의 당당방관성堂堂傍觀性을 가지고 아일랜즈 아이(눈眼)[12] 속의 푸른 티끌을 식별할 수 있을 정도로 명철한 것이었도다.[13] 그가 귀공자 차림을 했을 때의 부루스〔숀〕의 총진실總眞實을 나로 하여금 그대에게 경매하게 할지라.[14] 자 여기 있어요, 그리고 또한 매력적이요, 6대 7! 깨끗한 가계家系나니, 경신敬神에 맹세코! 휴무 중의 왕이요 영원한 홍담興談이라![15] 그리하여 얼마나 유쾌하고 원숙한 외관外觀이람, 신神 대신神을 걸고![16]

만일 내가 그것에 관해 누구를 한 입 가득히 꾸짖는다면, 그대〔브루스〕는 나〔교수〕를 자신의 기아饑餓의 한 복판에서 선식善食이라 부르리라. 그대 먹어 없앨지니, 다시 데울지라! 아가雅歌의 음가音價를 노래할지니. *버터〔숀〕와 벌꿀을 그가 먹을지라 악을 거부하고 선을 택할지로다.*[1] 이것은, 물론, 우리들이〔쌍 형제〕 아이 시절에 왜 놀이를 배워야 했던 가를 역시 설명하나니 *꼬마 한스는 한 조각의 버터 바른 빵, 나의 버터 바른 빵! 그리고 야곱은 그대의 햄 샌드위치라! 그래! 그래! 그래!*

이것은 사실상, 그대에게 꼭 보여주기 위한, 카시어스이라, 형 부스러기 혹은 순생純生 치즈〔솀〕 한 개의 구멍 또는 둘, 전에 느낀 고취高臭 및 도충盜蟲이라. 치즈 제明! 그대는 불평하나니. 그리하여 나(하이) 아고我高 말해야 하나니 그대 저런 저런 전혀 잘못이 없도다!

이리하여 우리는 자신들의 좋은 것과 싫은 것, 망명자와 매복자, 거지와 이웃 사람에서 도피할 수 없나니 그리하여—이 곳은 푼돈 무언극 광고자들〔박애자들〕이 일시적 구원탄원救援歎願을 촉진하는 곳인지라—반감反感에 대하여 우리 함께 관용할지라. *어떠한 버터로부터도 순수한 치즈를 만들어 내지 못하나니?*[2] 나는 이에 의하여 노老니콜라스가 꼭대기의 회전이 날렵하면 할수록 밑바닥의 지름이 건전하다고 못 박는 저 쿠사누스 곡학曲學(궤변)의 박식한 무식[3]에 대하여 나의 최후의 보증을 행하고 있지 않는지라(값진 노老여인숙주旅人宿主가 응당 의미했던 바는 *공간 속에* 한층 둔감하게도 부동한 것은 꼭대기 제1가동可動 오벨리스크(방첨탑) 기타에 의하여 시간 속에 사용하기 위해 제시되는 밑바닥처럼 내게 여겨지는 것이라). 그리고, 나는 오해받을지니, 만일 영웅시英雄視된 격분의 그 노라누스 이론, 혹은, 여하간, 테오피러스[4]가 원칙상 자신이 비교하여 무용악취無用惡臭[5]의 출발점이었다고 분언噴言하는 자이론自理論과는 별개의 저 기질基質(化)에 관해, 그리고 계란이 전벽계상全壁界上으로 안가락安價落하는 동안 비터 브르투스(Bure)가 브리 치즈(Brie)류類 위에 고가高價하게 될 것이라는, 그의 이론에 무조건적 무반응을 찬성한다고 이해되면.

자 이제, 나〔교수〕는 이제 좀 더 근접하게 나 자신을 들여다 볼 공간을 찾을 수 있을 때까지 방금 이러한 양쪽 지방脂肪의 한층 큰 경제적인 나선螺線 전기분해를 위한 실크보그[6] 제製의 치즈 강전기强電機를 무의도적으로 추천하는 일에 착수하지 않기로 하고, 우리들의 사회적 위장胃腸의 양쪽 산물産物〔버터와 치즈〕이야 말로(탁월한 브로먼 박사[7]가, 나는 그의 수정된 식품 이론으로부터 알아차린 일이나, 반추反芻에 많은 이익을 주는 나의 책의 초판에 있어서 내가 그를 도왔던 바로 그 건전한 비평을 조심스럽게 소화해 왔었는지라)[8]

〔163.12–164.14〕 어떤 양극의 이론들이 해산되다—마가린.

〔163.12—164.14〕 어떤 양극의 이론들이 해산되다—마가린. 순수 서정주의(모발문화)를 위한 교수의 갑작스러운 탈선.

그의 추축주의樞軸主義의 고정固定에 대한 양면가치兩面價値로서의 어떠한 미혹적迷惑的 행동의 양립불가능성이 어떻게 농이적聾耳的으로 양극화〔쌍둥이의 갈등〕되는지를 적시에 그대에게 보여준 뒤라, 나는 이제 나의 결단을 계속 이어가리라. 이상에서처럼, 두 남극男極이, 일방一方은 타방他方의 동화動畵요 타영他影은 일방의 *스코티아(암영暗影)*[1]로, 포진布陣하면서, 그리하여 두 남성들 간에 우리들의 비배분非配分된 중명사中名辭를 물량부족적物量不足的으로 두루 찾으면서, 우리는 초점이 될 한 여성을 허탐적虛探的으로 자신들이 원해야 함을 느끼나니 그리하여 우리가 하계下界에서 자주 만나게 될 유녀乳女, M.이[2]〔자력적 여인〕 이 단계에서 유쾌하게도 나타나는지라, 그리하여 그녀를 우리는 자주 하계에서 만날지니, 그녀는 어떤 정확한 시간에 우리에게 그녀 자신을 소개하는지라, 그 시각을 우리는 절대적 영시零時(제로)[3] 혹은 프라톤주의의 포비등점泡沸騰點[4]이라 부르기로 다시 동의할지로다. 그리하여 자신의 농부農父의 회灰나귀를 상외上外로 탐조探造하려 갔던 키쉬의 저 전자前子[5] 마냥 우리는 우리들 자신의 회전 나귀를 타고 점잖게 귀향하여 마가린〔Margareen 또는 Nuvoletta〕을 만나게 되는도다.

〔교수의 갑작스러운 탈선〕 우리는 이제 치생내악恥生內樂〔또는 〈실내악〉〕[6]의 순수한 서정주의의 기간을 거뜬히 통과했거니와(기술적으로, 말하자면, 바보 흉곽胸廓 같은 비올 현악기를 타는 이 주제식主題食의 식욕을 돋우는 등장登場이야말로 차마車馬 앞의 통통하게 살찐 푸딩같이 말랑말랑한 잉어인지라)[7], 이 악樂은 *나 그대를 위해 크림을, 달콤한 마가린이여,*[8] 그리고 한층 희망적으로, *오 마가린! 오 마가린! 아직 주발 속에 금덩이가 남아 있다네!* 와 같은 비탄의 언어[9]에 의하여 분명해지고 있나니(거래상들은, 그런데, 양장羊腸 요리를 함께 요리하는 무슨 배합(곁들임)이 올 바른 것인가를 내게 계속 문의하리라.[10] 쑥 국화(T) 소스(S). 충분(그만)(E).[11] 이러한 조잡한 작품들의 최초의 것의 전당포업적典當鋪業的 비애는 그것을 카시어스의 노력으로 나타나도다. 부루스의 단편〔여기 "치생내악"〕은 토스트(축배)로서 자주 사용되었나니. 모발문화毛髮文化가 우리에게 과연 아주 분명하게도 말해줄 수 있거니와〔음악과 모발의 관계〕, 어떻게 그리고 왜 황은색黃銀色의 이러한 특별한 줄무늬가 최초에 장기臟器 위에(속이 아니고), 즉 말하(보)자면, 인간의 머리에 나타났는지, 대머리로, 까맣게, 구리 빛으로, 갈색의, 얼룩의, 비트 뿌리 마냥 혹은 블라망주 같은, 밑바닥이 펴진 집게벌레의 머리카락과 충분히 비교될 그런 곳에 말이로다. 나는 이것을 표피 양讓[12]에게 제공하고 있나니 그리하여 나는 그것을 택하여 그의 주의를 전환하기 위한 방법으로 발모發毛 군君[13]의 관심을 끌게 할 의도로다. 물론 미숙한 가수는 공간—원소, 즉 노래하자면, *아리아를, 병시病時인*, 시간—요소.(그것은 살해돼야만 하거니와)로 종속시킴으로써 우리들의 보다 현명한 귀를 계속 상도곡常道曲하고 있는지라. 나는 자신의 유념자留念者들 가운데 아직도 있을지 모를 어느 미탄未誕의 가수로 하여금 그녀의 일시적 횡격막을 마음 편히 잊어버리도록,〔가수에 대한 충고〕

(어떤 일이 일어나든 그것이 최고!) 그리하여 귓불에 대한 빠른 *성문폐쇄聲門閉鎖*[1]와 더불어 롤라드 요리곡料理曲[2]을 정력적으로 시작하도록.(비록 마스[3]가, 나는 주장하려니와, 이것을 과장하는 경향이 있으나, 그의 재발견은 자주 느렸나니) 그런 다음, 오! 제3의 탈진脫進의 박자로, 오! 그녀의 눈을 감기고 그녀의 입을 열고 내가 무슨 양념을 그녀에게 보내는지를 보도록),[4] 충고하고 싶은지라. 어떻게? 그대 멈출지라, 교성술녀交聲術女 가수여![5] 나는 단單 솔로가 간절히 되고 싶은지라, 나를 분기하도록 할지라, 나의 용맹이여! 그리하여 영원히 나의 진짜 B장조(Bdur)[6] 버터 서정시인〔Burrus—Butter—숀〕을 구할지라!

나는 율도관律都館(톤홀)[7]의 음향상音響上의 그리고 관형건축적管絃建築的 조율에 관하여 몇 야드 안에 한 마디 말을 해야 하려니와, 그러나 우리들의 것은 자연 식물원적植物園的인지라 거기 한 식물의 엽육葉肉은 태만계획자怠慢計劃者의 사향司香이요,[8] 그리하여 그대는 아르곤(가스원소)에 대하여 상관하지 않을지니, 잠시 이득을 위하여 부루스(버터)와 카시어스(치즈)를 추구하고, 그들의 이등변 삼각형의 한 단段 또는 두 단段을 오르는 것이 나로서는 아주 편리하리라. 모든 감미자感美者는 마가린에 대한 나의 무광택 채색화[9]를 보아 왔나니(그녀는 자매와 너무나 닮았는지라, 그대는 알지 못하나니, 그리고 그들 양자의 의상은 **유사類似**로다!) *내가 한 무침여인無針女人의 당화當畵*[10]라고 제목을 단 이 그림은 현재 우리들의 국립 양념병—화랑[11]을 장식하고 있도다. 진짜 생동적인 토르소조상彫像을 위한 마음의 변화를 담은 초상화의 이러한 풍속도는 확실히 여성의 덤불(森林) 혼魂[12]을 환기시키나니 그런고로 나는 날뛰는 왈라비 캥거루 또는, 혹시 줄루의 동물적 정광자情狂者가 그걸 더 좋아할지 모르나니, 큰고 산産의 상오리(꽁지)의 정신적 첨가에 의한 총체적 착상을 완성하기 위하여 그것을 체험적 희생자에게 위탁하고 있는지라. 편능형偏菱形(장사방형), 귀부인 부등변 사각형(사다리꼴)[13](*그녀의 최고조의 마가린*)을 구성하는 그 모자 상자는, 또한 B와 C[14]가 기어오르는 것을 애정을 가지고 상상할 수 있는 정상도頂上圖를 형성하나니 그리하여 신사의 봄 유행품(스프링 모드)을 암시하거니와, 이러한 유행품은 제삼시신기第三始新期(에오세世)[15] 및 경신기형성更新期形成의 초첨가超添加의 점토층粘土層으로 우리를 되돌려 놓는 것으로, 우리들의 정치 단체(통치체)에 있어서 점진적 형태변화를 필라델피아(일리노이)의 이바히(鷲)—아후리 교수가—나는 그의 푸른 버터가슴에 방금 그의 최후의 일격(끝마무리)을 부여했거니와—적절하게도 *경이상자驚異箱子*라 이름 달도다. 이 상자는, 만일 내가 주체를 점잖게 깨트릴 수 있다면, 한 개 당 4펜스의 값어치에 불과하지만 그러나 나는 현재, 내구적耐久的 및 내시적耐視的인, 한층 특허적 공정工程을 발명 중이거니와(나는 저 가간家間 자물통 쉐드록 홀즈[16] 인물에게, *그가 무슨 주께로 나아가는 방식*으로 우리들의 범죄고전급犯罪古典級의 지붕을 제거하려고 애쓰고 있나니, 만일 자신이, *천장을 움직여*, 우연히 스스로 활판滑瓣(슬라이드)[17]을 벗기지 않는 한, *접촉에 의하여*, 무엇을 사실상 탐색할 것을 희망하는지 물어보고 싶은지라) 그런 다음 그들 상자들은

〔164.15—166.02〕 음악과 노래에 관하여—그림(조화)와 초상화에 관하여—그리하여 귓불을 위한 빠른 성문폐쇄와 더불어 롤라드 요리곡을 공격하도록, 그런 다음, 그녀가 눈을 감고, 그녀의 입을 열며, 내가 그대에게 보낼 수 있는 것이 무엇인지 보도록, 충고하고 싶은지라. 여기 음악과 음식의 뻔친 비유는 나의 진짜 B장조 버터 서정시인(Burrus)과 함께 음악적으로 끝난다. 조이스는 교수보다 더 한층 자신의 〈실내악〉을 좋아하는지라, 그의 작품의 모든 비평가들처럼, 잘못된 한 아카데미 비평가(T. S. 엘리엇)를 관대하게 대함에 틀림없다.

〔166.03-167.17〕 Marge로의 복귀—녀는 안토니우스를 더 좋아한다.

심지어 마가린녀女들 중 최연소자에 의하여, 그녀가 자리를 잡아 착석하고 글쎄 미소라도 지으면, 한 편의 그들 진짜 각가穀價로 환원 될 수 있으리라.

이제 나는 지금까지 그만큼 많이 행사 해온 후라, 저 반문맹半文盲의 젊은 여성〔이시〕(우리는 그녀를 계속 마가린으로 부르기로 하려니와)의 크기를 제법 터득한 것에 대하여 게다가 의문의 여지가 있을 수 없는 바, 그녀의 전형은 어느 대중의 공원에서든 만날 수 있는 것으로, 대단히 "드레시한"옷차림을 하고, 발등 길이의 "에텔"(옷 모양)로 알려진, 그리고 9분의 3까지 줄인, 그리고 진짜 모피를 하고, 잘 어울리는 머핀(유방) 모양의 모자에(그것은 이번 가을 "앤절피皮"인지라), 어떤 "스위트한"웃옷의 단短 셔츠 성性에 대하여 변명이나 하듯 헛기침을 과시적으로 토하며, 그녀가 방금 온통 무료 벤치 위에 앉아 "그것(섹스)"에 관해 탐욕스럽게 읽고 있을 때 그러나 "그이"를 분명 비디우스식으로 탐중探中하나니 아니면 베스트 드레스의 각시 유모차와 아름다운 팔꿈치 시합에 관해 대단히 "전율된 채"또는 영화관에서 찰드 차프린의 "최신화最新畵積[1]를 관람 중 흐느낌을 삼키거나 혼성 비스킷을 휘날리면서 또는 배수구 가장자리에서 어떤 까불까불 나풀대는 머리털의 짧은 프록 코트차림의 아가엄마의 아장아장 걸음마와 함께[2](스마이스—스마이즈가家는 현재 **두** 하녀를 지니나니 **세** 남자들을 열망이라, 한 사람의 운전사, 한 사람의 사밀주자使密酒者 및 한 사람의 교비서敎秘書), 팔 길이만큼 인질로 잡고, 유아幼兒 나리에게 수상가상水上加霜 쉬하는 법을 가르치고 있도다.

(나는 펄스(아기)군[3]을 면접面接히 관찰하고 있거니와, 현재의 나의 위치로부터 혹시 그녀의 "작은 꼬마"가 교육부하敎育部下의 중등 교사, 소아남의 투표된 제자가 아닌가 생각하는 여지를 가졌기 때문이라, 그리하여 그는 남자들의 내의內衣 위에 부질없는 화미장華美裝을 과시함으로써 그녀 자신의 한층 남성적 개성을 감추려는 *유아유괴녀幼兒誘拐女*에 의하여 이렇게 공공연하게 이용당하고 있나니, 그 이유인 즉 저 완녀完女의 배태성胚胎性(여성)은 진남眞男의 남성성男性性을 언제나 결핍하고 있을 것이기 때문이로다. 모여성母女性의 타당한 분만 및 배뇨태아排尿胎兒의 교육을 위한 나의 단일해결單一解決은 이 순간부터 나의 주의도注意圖를 점령하기 위하여 이 부추기는 말괄량이 여인을 내가 부축일(자극할) 때까지 연기해야만 하겠노라.)

마가리나〔이시〕 그녀는 부루스〔숀〕를 극히 좋아하는지라[4] 하지만, 맙소사 가엾게도! 그녀는 치즈〔솀〕 또한 아주 좋아 하도다.(이 동東아세아적 수입輸入〔치즈〕에 의하여 만사위에 행사된 그 중요한 영향은 지금까지 충분히 풍미를 주지 못했나니, 하지만 이 경우에 있어서 우리는 기분 좋게 그것을 맛볼 수 있도다. 나는 되돌아와 좀 더 계속 이야기하리라) 그녀 자신의 타고난 권리로서 한 사람의 주교主敎 클레오파트라인[5] 그녀는, 부루스와 카시어스가 그녀의 지배를 위해 다투고 있는 동안, 그녀 자신을 회피적인 안토니우스와 뒤엉키게 함으로써 이내 입장을 복잡하게 만드나니,

〔167.18–168.12〕 그가 원치 않음을 거듭하며— 대담 끝난다.

이 이탈리아 이민[1]은 모든 천공류穿孔類의 정제淨濟된 치즈에 개인적 흥미를 끌어안은 듯이 보이는지라 동시에 그는 버터 요리하는 시골뜨기 촌놈처럼 조야성의 도덕 폐기론적廢棄論的(팬터마임) 예술을 연출하도다. 이 안토니우스(A)—부루스(B)—카시어스(C) 삼자 그룹은 *유질(코리스)*과 앞서 언급한 소위 *유량(타리스) 상上의 유량*을 등식화等式化하는 것으로 이야기되어질 수 있나니, 이는 마치 초超화학적 경제절약학經濟節約學에 있어서 최대열당량最大熱當量이 양적으로 양자충동력量子衝動力을 광조발光照發하는 듯 하는지라 그런고로 계란이 유장乳漿에 대한 관계는 건초가 종마種馬의 관계와 유사하나니, 그대〔셈〕의 골프자子의 초보자(abe)는 바로 풋내기 캐디로다. 그리하여 이것이 어느 소박한 형제 박애의 바보이든, 그의 한 쪽은 지독히도 녹색이요 다른 쪽은 지독하게도 청색이라, 그대가 착의着衣하기를 좋아하는 이유이니, 그것은 그러나 나의 아크로폴리스의 요새강혈要塞强穴[2]을 통하여, 한 격앙된 경칠 놈의 깽깽대는 경란輕亂스러운 거만한 경불한당적敬不汗黨的 경불경한당輕不敬漢黨의 바보 천치로서, 나의 위대한 탐색안探索眼[3]에 대한 호소로부터 그를 은폐하지(스크린) 못할 지니, 그리하여 그가 자신이 통석류痛石榴를 한 개 훔칠 때 그를 수류탄과 구별하지 못하는지라 그리고 위세군威勢軍과 더불어 우리들의 조합군회당組合群會堂의 팡팡 고사포의 회중과 함께 자신의 찬송가를 찬가贊歌하려 하지도 않으리로다.

천만에! 그대의 타그피아 암정岩頂로의 가축몰이 꾼![4]〔앞서 안토니우스〕 이러한 일은, 애비 군君이여〔카시어스〕, 언어도단이도다.(그리고, 감염분甘鹽分과 알칼리성性의 물질을 제거하면서, 나는 우리가 시간이 지나 소금 간을 맞출 수 있기를 희망하나니, 그 이유인 즉 그대가 포타주 수프를 떨어뜨릴 초석자기硝石磁器 속에는 약간의 일급 쓴 질산이 들어있기 때문에). 천둥 군세軍勢(제12군단)〔안토니우스〕가 올림퍼스 산을 폭풍우 일게 하고 멈추게 했나니. 지금까지 12 법전회法典回[5] 나는 그걸 포고布告해 왔도다. 순수한 천재(버터) 대對 부식腐蝕의 카시어스(치즈)! *죽는자, 그대에게 경례하도다!*[6] 나의 유연有演한 타이탄 신의神義의 경주가 주走하고, 고로 민주마民主魔가 지고좌至高座를 점占하게 할지라![7] (견직자絹織者 아브라함[8]이여. 저 낡은 승합 마차들은 시대에 아주 뒤졌나니. 다음의 대답을 읽을지라). 나는 나중에 그대를 타별打別하리라.[9](대악질자大惡質者. 왜 직접적인 행동을 취하지 않는고. 이전 답答 참조). 나의 불변의 말(言)은 신성하도다. 말(言)은 나의 아내이니, 해설하고 해명하기 위해, 경상競商하고 경존敬尊하기 위해, 그리고 비나니 만종조晩鐘鳥(마도요)여 우리들의 예혼禮婚을 영관榮冠되게 하소서! 숨결이 우리를 떼어놓을 때까지![10] 여남女男. 나의 나이와 함께 그대 변하리니 요주의. 그대의 조모처럼 젊으리로다! 과오점過誤店의 도박꾼 하지만 정복正覆 질서에 의한 의식어儀式語!〔숀의 불변의 말〕 *혀로 공언하는 곳에, 결속結束 있어라! 적에게 영원한 권위 있어라!*[11] 나의 천둥번개를 느끼지 못할 여인은 무례녀無禮女 및 부정녀不貞女로서 그대에게 옷 벗게 할지라! 자신의 혼저魂底에 이끼모세율법을 지니지 않으며 말(言)의 법의 정복征服에 의하여 경외敬畏되지 않는 저 단남單男,[12]〔셈〕

〔168.13〕 12번째의 질문—비난 받는 형으로서 셈. 12번째 최후의 질의응답은 〈12동표銅標〉(Law of the 12 Tables)의 구절에서 연유하고, 이는 셈의 질문이기 때문에 숀이 셈의 목소리로 대답해야 한다. 그는 "우리는 동동(same, same)이라"는 의미로 대답한다. 이 4개의 단어들은 간단한 라틴어처럼 보이나, 그 해석이 모순당착적이다. "Semus sumuw!"는 단복수 동형이라, "I am Shem", "We are the same"으로 해석의 모호성을 낳는다.

그리하여 그〔셈〕는 결코 스스로 비육肥育된 적이 없으며 머리를 세탁하기 위해 자신의 고국 땅을 떠나다니, 당시 그의 희망은 끈 달린 장화 속에[1] 자신의 고뇌를 털어 버리려 했기에, 만일 그가, 한 거만한 파지갑破紙匣의 방랑자[2]로서, 하늘이 그들의 물꼬지(파산)의 심술을 분출하고 있었을 때, 우리들의 방주方舟 *무소위험호無騷危險號*에서 한 입을[3] 걸식乞食하기 위해, 나의 해안에 다가왔을 때[4], 나 자신과 맥 야벳[5]은, 사두마차四頭馬車[6]를 탄, 그를 족출足出할 것인고?—아아!—만일 그가 나 자신의 유흉형제乳胸兄弟, 나의 이중애二重愛, 나의 단편증인單偏憎人이라 한들, 우리가 꼭 같은 화로에 의하여 빵 육育되고 꼭 같은 소금에 의하여 서명탄署名誕되었다 한들, 우리가 꼭 같은 주인으로부터 금탈金奪하고 꼭 같은 금고를 강탈당했다 한들, 우리가 한 침대 속에 던진 채 한 마리 빈대에 의하여 물렸다 한들[7], 동성색남同性色男이요 천개동족天蓋同族, 궁둥이와 들개, 뺨과 턱이 맞닿아,[8] 비록 그것이 그걸 기도하기 위해 나의 심장을 찢는다 한들, 하지만 나는 두려운지라 내가 말하기 증오할지니!

12. *성聖저주받을 것인고?(Sacer esto?)*[9]

대답: *우린 동동同同(세머스, 수머스)!(Semus sunus!)*[10]

• I부 - 7장 •

문사 솀 (pp.169-195)

이 셰머스의 약자이듯이 젬은 야곱의 조기어嘲氣語로다.[1] 그가 토착적으로 존경할 만한 가문 출신임을 확신하는 여전히 몇몇 접근할 수 있는 완수자頑首者들도 있는지라(그는 청침수靑針鬚 및 공포의 철사발鐵絲髮[2]의 가계家系 사이의 한 무법자요 그리고 대장 각하 사師수림鬚林씨氏[3]의 그의 가장 먼 결연結緣 가운데 한 인척이었나니) 그러나 오늘의 공간의 땅에 있어서 선의의 모든 정직자正直者라면 그의 이면 생활이 흑백으로 쓰일 수만은 없음을 알고 있도다. 진실과 비 진실을 함께 합하면 이 잡종은 실제로 어떻게 보일는지 한 가지 어림으로 짐작할 수 있으리라.

솀의 육체적 꾸밈새는, 보기에, 손도끼형의 두개골[4], 팔자형八字型의 종달새 눈, 전공全孔의 코, 한쪽이 소매까지 마비된 팔, 그의 무관두無冠頭에는 42가닥의 머리털, 그의 가짜 입술까지 18가닥, 그의 메가게그양羊의[5] 커다란 턱에 매달린 섬유사纖維絲 3가닥(돈남豚男의 아들), 오른쪽보다 한층 높은 잘못된 어깨, 온통 귀, 천연 곱슬곱슬한 인공 혀, 딛고 설 수 없는 한쪽 발, 한 줌 가득한 엄지손가락, 장님 위胃, 귀머거리 심장, 느슨한 간, 두 개 합쳐 5분의 2의 궁둥이, 그에게는 너무 무거운 14스톤 무게의 끈적끈적한 불알, 모든 악의 남근, 살 빠진 연어의 엷은 피부, 그의 차가운 발가락의 장어 피, 부풀린 방광을 포함했나니, 그리하여 너무나 그러하기 때문에 젊은 솀은 광역사光歷史의 바로 여명에서 그가 처음 데뷔한 바로 그 순간에 자기 자신이 여차여차하다는 것을 알고는, 당시 옛 호란드국國(팽이 나라), 슈브린시市, 돈가豚街[6] 111번지의, 비원悲園인, 그들의 유아원에서 엉겅퀴 말(言)을 하며 놀고 있었을 때.(우린 이제 전십백천錢十百千 푼돈[7]을 위해 거기로 되돌아갈까?

〔169.01—169.10〕 솀의 이름 및 그의 초상—그의 기원.

〔169.04—170.24〕 한편, 솀은 다른 절반으로부터 도움의 필요를 예리하게 인식하면서, 그를 구걸하는지라, 비난의 채찍으로 그의 형제를 매질할지라도, 자신의 "자비"의 보다 낮은 좌坐에서, 그를 용서하는 관용을 베푼다. 솀은, 여기 여성의 힘이, 남성의 힘의 어느 것도 자기 홀로는 부적하다는 그의 믿음을, 해결하리라 분명하게 인식한다. 그는 예술을 통해 자기 자신을 변화하려고 시도하는지라, 그의 부기는 바로 "문학적 창조의 신비를 지닌"우연변이(tranaccidentation)이다(186). 이 말은 신학적 및 교조적 성변화(transubstantiation)의 개념에서 파생한 것으로, 솀의 "육체적 꾸김새" (bodily getup)(예. 인분 및 요) 또는 사건적(accidental) 성체의(eucharistic) 변화를 의미한다—솀의 외모—우주에 대한 그의 첫 수수께끼.

〔170.25—171.28〕 솀의 음식 습관—그의 음료, 그의 형제자매의 수수께끼 놀이—그는 가짜 인물.

이제 우린 몇 루피[1]를 위해 그렇게 할까? 우린 완전 20에이트와 한 이레타[2]를 위해 할까? 12브롹크 1보브[3]를 위해? 네테스타[4]와 1그로트[5]를 위해? 다이나로[6]는 안돼! 절대로 안돼!) 그는 모든 꼬마 동생들과 자매들 가운데 우주의 최초의 수수께끼[7]를 자주 말했나니. 묻기를, 사람이 사람이 아닌 것은 언제지? 시간을 끝도록 그들에게 말하며, 꼬마들, 그리고 기다려요, 조수潮水가 멈출 때까지[8](왠고하니 처음부터 그의 하루는 두 주였기에) 그리고 과거로부터 작은 선물인, 신감辛甘의 야생 능금을 상으로 제공하면서, 왜냐하면 그들의 청동 시대는 아직 주조되지 않았기에, 우승자를 위해. 한 놈은 천국이 퀘이커 교도일 때라고 말했고, 둘째는 보헤미안의 입술일 때라고 말했나니,[9] 셋째는 인간이, 아니, 정말 잠깐만 기다려, 그가 그노시스교도敎徒로서 결의가 대단한 때라고 했으며, 그 다음 놈은 죽음의 천사가 인생의 두레박을 걷어 찰 때[10]라고 말했고, 여전히 또 다른 놈은 술이 제 정신을 잃고 있을 때라[11]고 말했나니, 그리하여 여전히 또 다른 놈은 귀여운 여인이 허리를 굽혀 사나이를 실신시킬 때[12]라고 했으며, 가장 꼬마 중의 한 놈은 나야, 나, 솀, 아빠가 항접실港應室을 도배했을 때[13]라고 말했고, 가장 재치 있는 놈들 중의 하나는, 자신이 가짜 사과를 먹고 갈고리 모양으로 오손 될 때라고 말했으며, 여전히 한 놈은 네가 늙고 내가 백발로 잠에 깊이 떨어질 때라고[14], 그리고 여전히 또 한 놈은 우리들 사자死者가 몽유병자일 때,[15] 그리고 또 한 놈은 그가 단지 유사 할례를 받은 직후일 때라고, 또 다른 놈은, 그래, 그가 바나나를 갖고 있지 않을 때[16]라고, 그리고 한 놈은 저 돼지들이 공중으로 날아 올라가는 것을 막 시작할 때[17]라고 말했나니라. 모두들 다 틀렸도다. 그런고로 솀 자신은, 독박자獨博者, 과자를 택했나니, 그리하여 올바른 해결은—모두 포기했는고?—자신은 한 사람의—바위의 활열滑裂 때까지 [18]—여불비례—가假자(솀).

솀은 한 가짜 인물이요 한 저속한 가짜이며 그의 저속함은 음식물을 경유하여 처음 살금살금 기어 나왔나니라. 그는 너무나도 저속하여, 연어 도안挑岸과 아일랜드교도[19] 사이에서 여태껏 작살로 잡힌, 최고급 곤이 가득 찬 훈제연어 또는 최고급 뛰노는 어린연어 또는 일년생 새끼 연어 보다 오히려, 그 싼값이 마음에 드는지라, 깁센 회사 제의 다시용茶時用 통조림연어를 더 좋아했나니 그리하여 여러 번 자신의 보툴라누스 중독 속에 되풀이 말했거니와, 어떠한 정글산産의 파인애플도 여태껏 잉글랜드, 모퉁이 가옥,[20] 핀드래이타 및 그래드스톤 회사[21]의, 아나니아스[22] 제의 깡통으로부터 그대가 흔들어 쏟아 낸 염가품처럼 맛이 나지 않았도다. 그대의 인치 두께의 청혈淸血의 바라크라바[23] 화형火刑—후라이—스테이크[24] 또는 희제점希帝店의 뜨거운 양고기의 젤리 즙 많은 다리 고기 또는 지글지글 엿기름 꿀꿀 돼지 즙 또는 저 희랍계심希臘鷄心의 유다 청년을 위한 소견목육즙沼堅木肉汁의 늪 속에 온통 빠진 듯한 프럼푸딩 과자 재료 뭉치를 닮은 석판 위의 육향적肉香的 압흉육鴨胸肉은 아니라 할지라도! 고古열성국熱誠國의 장미소薔薇燒 비프![1] 그는 그것을 손에 근촉近觸할 수 없었나니. 그대의 시식인屍食人의 남인어男人魚가 우리들의 처녀 채식주의자의 백조를 좋아하게 될 때 무슨 일이 일어날지 알겠는고? 그는 심지어 여흉노 자신과 도망을 쳤고 한 원속자遠贖者가 되었나니, 가로되, 자신은 광狂아일랜드의 쪼개진 작은 완두콩을 주무르는 것보다 유럽에서 편두요리[2]를 통하여 얼렁뚱땅 지내는 것이 훨씬 빠를 것인지라. 언젠가 무無희망적으로 무원無援의 도취 상태에서 저들 반역자들 가운데, 저 어식자魚食者는 원圓시트론 껍데기를 한쪽 콧구멍으로 들어 올리려고 경투競鬪했을 때, 딸꾹질을 하면서, 자신의 성문폐쇄聲門閉鎖와 함께 자신이 가진 습習결함에 의하여 분명히 즉발卽發 당했나니, 그는 시트론의, 키스 드론의 향기에 의하여 영원히 유화流花 마냥 코카 번화繁花 했는 바, 레바논의, 레몬과 더불어, 산 위의, 옹달샘의 삼목을 닮았기 때문이로다.[3] 오! 그자의 저속함이란 저 침저沈底에 달할 정도로 온통 하층이었나니! 어떤 화수火水 또는 최초 대접받는 최초 술 또는 식도 소주 또는 게다가 순수 바렛 양조 맥주마저도 유사유사 아닌지라.[4] 오 정말 아니! 그 대신 저 비극의 어릿광대는 신 포도의 과실즙으로부터 짜낸 사과즙을 여과하는 어떤 종류의 이국산 오렌지 황록흑청색의 담뱃대에 매달린 인생에 감염병感染病 되었는지라 유장애소乳漿哀訴롭게 혼자 흐느껴 울었나니 그리하여, 그의 감침적感沈的 실수잔失手盞[5]을 나누는 사이 그가 너무나 마마많은 호리병박의 술을 마마마많이 꿀꺽 마셨을 때 거의 같은 저급한 동주호자同酒豪者들에게 토해내는 이야기를 듣노라면, 그런데 그자들은 언제나 그런데도 불구하고 자신들이 충분히 마신 때를 알고 있었나니 그리하여 저 비참자의 후대에 대하여 온당히 분개했는지라, 당시 그들은 공포스럽게도 또 다른 술 방울을 마실 수 없는 것을 발견했을 때, 술은 고상한 단백질로부터 직행한 것이라, 봐요, 넓게 펼쳐 앉은 채, 봐요, 봐, 그녀의 그걸 감추는 이유, 이봐 이봐 이봐, 저 포도주 술통, 대공비大公妃의 그것처럼 가장 신선한 헝가리 요주尿酒에 속하나니, 만일 그녀가 한 마리 집오리(더크)라면, 그녀는 여공작(더치)이라, 그리하여 그녀가 백포주색의 콧물을 가질 때 그녀의 잘못, 글쎄 그런고? 가짜 놈들이여, 우스꽝스럽게 그대들은 능글능글 웃고 있나니, 그대들이 그녀 속에 아직 있다고 상상해 볼지라, 여흥요주女興尿酒.[6]

그건 멋진 것이 아닌고, 이봐요? 다단연茶斷然코! 저속함에 관해 말할지라! 저 저속함의 무슨 개(犬) 놈의 양量이라니 그건 이 불결한 작은 까만 딱정벌레한테서 진하게 눈에 띌 정도로 스며 나왔는지라 왠고하니 어떤 소치는 촌뜨기[7] 소녀가 그녀의 냉혈 코닥 카메라를 가지고 저 여태껏 무보수의 민족적 배신자[8]를 바로 그 4번째 스냅 사진으로 찍으려 하자, 그는 비겁하게 총과 카메라를 꺼려했는지라, 그가 기꺼이 생각한 바카알 페레, 쇼크 아메리가스[9]로 가는 지름길을 택하면서, 얼마 전에 원한을 풀 품었던 뒤라, 조선소인 *프라이드윈*[10]을 경유하여, 비행의 출구,

〔171.29—172.04〕 셈의 저속성—그는 가짜로 사진 찍히다—저 저속함은 이 불결한 작은 까만 집게벌레한테서 스며 나왔는지라, 그리하여 어떤 카메라 소녀가 스냅 사진으로 찍으려 하자, 이 총—카메라를 두려워하는 비겁자는 지름길을 택하여 도망치려 했도다.

〔172.05—172.10〕 다른 푸주 인을 위한 그의 상업적 광고.

〔172.11—172.26〕 솀의 비인기—그의 있을 법하지 않은 생존.

〔172.27—174.04〕 솀의 야비한 성격—그의 사기적 이야기 및 행각, 그의 술고래.

제13번 기차 철로로 하여, 그의 *여보세요, 아가씨! 안녕하세요, 우냉필양愚冷筆孃?*과 함께, 과일가게와 가성歌聲 꽃장수 가게인, 파타타파파베리[1]속으로 달려 들어갔나니, 그녀는 그의 걸음걸이로 보아 이 형무소[2]를 탈출한 악한이 사악하고 방탕한자[3]임을 현장에서 당장 알아 차렸던 것이로다.

〔존즈(숀)는 색 다른 고깃간입니다. 다음 시소時所에 당신 마을에 오시면 꼭 한번 들려주십시오. 아니면 좋으신 대로, 금일 매買하려 오십시오. 당신은 목축업자의 춘육春肉[4]을 즐기실 겁니다. 존즈는 이제 빵 구이와는 완전히 결별했습니다. 다지기, 죽이기, 벗기기, 매달기, 빼기, 사지자르기 및 조각내기. 그의 양육羊肉을 만져 보세요![5] 최고! 염양廉羊이 어떤지 만져 보세요! 최최고! 그의 간 또한 고가요, 공전의 특수품! 최최최고! **이상 홍보함**.〕

그때쯤에, 더욱이, 누구든 일반적으로, 장의사들 사이에 금金애정적으로 희망하거나 또는 아무튼 어렴풋이 느끼고 있었으니 그는 일찍이 꼴사나운 모습으로 바뀔 것이요, 유전적 폐결핵(T. B.)으로 발달하여, 한 호기에 녹초가 될 것이라, 아니, 어느 비가 억수같이 쏟아지는 밤에 담요를 뒤집어 쓴 빚쟁이들의 눈을 피해, 에덴 부두[6] 저편의 조잡한 노래며 물 튀기는 소리를 들으면서 한숨짓고 몸을 뒹군 채, 확실히 만사가 다하여, 그러나, 비록 그는 심하게 그리고 지방적으로 차변借邊 속에 떨어졌는데도, 심지어 그런 때도 이와 같은 도덕률 폐기론자[7]는 전형에 진실할 수 없었도다. 그는 자신의 대뇌에 발포하지 않을 것이요. 그는 리피 강에 투신하지 않을 것이요. 그는 폐랑肺囊으로 자폭하지 않을 것이요. 그는 진흙으로 질식하기를[8] 거절했도다. 외국산 악마의 유독성 엉겅퀴[9]를 가지고, 저 생래 허약체질의 사기한은 죽음까지도 편취했도다. *반대로*, 전보를 쳤나니(그러나 자신의 맥아구麥芽口로부터 고가어高價語를 흔들면서. 해안 경비종警備從 레포렐로라? 경칠 놈 같으니!)[10] 그의 나폴리의 정신 요양원으로부터 자신의 동생인 조나단에게.[11] 여기 오늘 오케이, 내일이면 가다. 우리는 첨접添接이나니, 뭔가 도와다오, 무화자無火者. 그리고 답신을 받았나니. 불여의, 데이비드.[12]

글쎄 이봐요, 여러분, 그건 조금씩 새어 나올 것이니, 물론 변덕스럽게도, 그러나 이야기의 자초지종은 이러 하외다. 그는 방랑시인적 기억력에서 저속했나니. 항시 그는 달구지 여행담의 모든 토막을 보장寶藏의 만족을 가지고 마음속에 계속 보축寶蓄하고 있었는지라, 이웃 사람의 말을 탐욕 한 채, 그리고 만일 여태껏, 국민의 이익 속에 월요세月曜洗 대화가 소동을 부리는 동안, 미묘한 토막 뉴스[13]가 누군가 선의의 사람들에 의해 자신의 사악한 여로에 관하여 자신에게 던져지기라도 하면, 입 사나운 교황 절대주의자와 더불어 사물의 영광을 위한 항변투抗辯鬪에 대하여 성서 논쟁으로 헛되이 변론하나니, 밥벌레, 그리고 경칠 걸식자 대신에 아남兒男이 되는지라, 모두 빌어먹을, 이를테면. 간원 하건대,

이 술고래 같으니, 저 대륙적 표현의 의미는 무엇 인고, 그대는 여태껏 그것으로 해가解架될 지 몰라도, 우리는 그것이 통명通明하게도 *어중이떠중이* 같은 말로 생각하는지라?. 혹은. 그대는 여하처如何處, 경칠 개 놈 같으니, 그대의 가리벌여행暇里伐旅行 도중 혹은 그대의 전원田園의 음유여행吟遊旅行[1]하는 동안 저속한 돼지 놈의 이름에 훌쩍이는 어떤 경쾌한 젊은 귀족과 어디선가 우연히 마주치지 않았던고, 언제나 그의 입의 구석지기로 여인들에게 말을 거는 자 같으니, 꾼 돈으로 생활을 하며 은밀자유隱密自由하고 나이 마흔 셋에? 마치 자신이 대단한 학자인 것처럼 조금도 조급한 기색 없이, 그리고 조금도 미안한 생각 없이, 그가 풋내기 뱃사람의 공허한 얼굴 표정을 지으며, 자신의 청각자의 외측의 이각耳覺에 연필을 근착根着하고, 그런 다음, 설렁대면서, 파넬풍의 혀짤배기 소리, 시간을 보내기 위해, 그리고 얀센파派의 그리스도 천개 아래,[2] 대학에 다녀온 한 알비온 신사의 어떤 얌전한 자식이 뭐라 생각할지를 땀을 뻘뻘 흘리며 필사적으로 생각하면서, 그에게 사순절을 깨닫게 하고는 저 타미르어 및 사미탈어[3] 회화의 갈채에 동조했던 모든 인텔리인들에게 말하기 시작하는지라(왜냐하면, 지금이나 이전이나 상대는 의사들, 상인 변호사들, 종루鐘樓 정치가들, 농업 수공자手工者들, 청천회淸川會의 성구자聖具者들, 이들 만유재신설자萬有在神說者들 주변에 동시에 될 수 있는 한 많이 기식하는 박애 주기자主技者들) 자신의 전체 저속한 천민의 어중이떠중이[4] 존재에 대한 전全 필생의 돼지 이야기를, 이토泥土(진흙)가 있는 곳에는 어디나 지금은 사멸한 자신의 조상들을 비방하면서 그리고 자신의 원명성遠名聲을 띤 멋진 조상인 포파모어에 관하여 커다란 궁둥이 나팔 포를(꽝!) 한 순간 타라 쿵 울리며 칭찬하나니,[5] 에햄에햄씨氏, 역사, 기후 및 오락이 그를 자신의 씨족의 시조로 삼았던바 그리하여 언제나 빚을 진 상태라, 비록 천국은 그가 얼마나 많은 벌금에 직면하고 있는지 듣고 있을지라도, 그리하여 또 다른 순간 정역적正逆的으로, 어떤 소지봉小紙封이라는 자신의 부패한 꼬마 유령[6]에 대하여 삼창三唱의 야유(체!)를 내뱉나니, 힘미쉼미 씨,[7] 고사자枯死者, 악취자, 경박자, 콧대쌘자, 떠듬거리는 자, 얼간이, 도적들 가운데 불결한 칠번자七番者 그리고 언제나 바닥 톱장이(소야)로서,[8] 마침내 소박가정적素朴家庭的인 가정이 도대체 무엇인지 모르는자, 부재자를 대신하여 무청無請의 증언을 제시하며, 그곳의 참석자들에게 마치 지붕의 처마 이슬방울처럼 조잘대나니.(한편 그런 사이에 이들은, 그의 의미론에 점점 흥미를 결하여, 다양한 잠재의식적인 킬킬대는 웃음을 그들의 용모에서 천천히 몰아내도록 했거니와) 무의식적으로 설명하면서, 예(잉크스탠드)를 들면, 광기에 접변하는 세심 성을 가지고, 자신이 오용한 모든 다른 외국의 품사의 다양한 의미를 그리하여 이야기 속의 모든 다른 사람들에 관하여 비非위축적 온갖 허언을 위장僞裝 전술하는지라,

〔174.05—174.21〕 셈의 싸움(장난)을 위한 무 취미—그의 아첨하는 천성.

무시하면서, 물론, 전의식적前意識的으로, 그들이 자신과 관여한 단순한 전도[1]와 역병 및 독기를, 마침내 그러한 장광설의 암송에 의하여 천조千鳥의 발뒤꿈치에 있어서까지 전적으로 기만되지 않는자 그들 가운데 하나도 없었도다.

그는 물론 말할 필요조차 없거니와, 저 멍청이 같은 놈은 어떤 분명하고 직설적이요 입상立上 또는 도하倒下의 소란에 접근하는 일은 그 어떠한 것이든 싫어했는지라, 그리하여 속어론자들 사이에서 그 어떤 팔각형의 논의를 중재하기 위하여 자신이 소환 당할 때만큼 자주, 저 낙인찍힌 무능자는 언제나 최후의 화자와 어깨를 비비거나 굳은 악수자握手者였나니(촉수는 말없는 화법이라) 그리고 단어 하나 하나가 반半언급되자마자 각각에 동의하며, 예예 명령만 내리소서! 그대의 하인, 좋아요, 난 그대를 존경해요, 어떻게, 나의 선각자?, 자 한잔하지! 아주 정말이야, 감사하네, 난 확실히 그래, 무슨 말인지 알아? 또한 좋아, 좋을 대로, 확실해?, 여기 채워 줘!, 그래 그래, 자네 말했지, 과연, 정말 고마워, 나를—공격하는—거냐?, 게일(생강)어—알아—그대?[2] 그대의 착한 자신에게, 인기응변燐氣應變이라, 그리고 그때 이내 그의 전비균형全非均衡의 관심을 다음의 팔각형 논자에게 초점을 맞추나니, 그자는 청취자의 시선을 포착하고, 그를 기쁘게 하기 위해 그리고 그를 위해 더욱 다시 한 번 감질 나는 자신의 주잔(술잔)을 넘치도록 채우기 위해 가능한 무엇이 세상에서 존부존存不存한지를.(*관冠 씌운 피 가래침으로*)[3] 그의 애처로운 일별에서 그를 물으며 소원訴願하는 것이었도다.

어느 하리케인 폭풍야4)(왜냐하면 그의 출발은 심한 강우를 동반했기에) 어떤 기천우幾千雨와 같은 아주 최전最前의 일이거니와 그는 그런고로 개인적 폭력과 밀접하게 유사한 것으로 대접을 받았나니, 리피 강의—텀블린5)의 삭막한 마을[6]을 통과하여 부副 마보트 시장 81번지[7]에 있는 반홈리 씨[8]의 집으로부터 멀리 녹전綠田(그린 팻지)까지 연어 연못의 연와장 너머를[9] 생석회자[10] 대 느리광이 탐지자의 라이벌 팀에 의하여 전혀 의심의 여지없이 축구당하자, 그들은 마침내, 자신들이 정말로 오히려 너무 느지막하게 지체되었기에, 일이 일인지라, 경쾌한 저녁에 대한 감사와 함께, 하나서 열까지 싫증이 난 채, 그를 도로 럭비 하는 대신에, 그들의 오우본[11]에서—오우본을—뒤쫓아 집을 향해 질주하는 것이 낫다고, 생각했는지라, 정신을 차리고, 단단하고 열렬한, 우정에 보답했나니(비록 그들은 자신들이 그에게 야기한 모든 분쟁에 대하여[12] 악한들만큼이나 질투했을지라도), 그런데 이러한 우정은 단지 밉살스러운 전도자의 완전한 저속에서 나온 것이었도다. 다시 사람들은, 경멸중의 경멸[13]로서 그를 쳐다보고 있었나니, 처음에 그를 오니汚泥 속에 구르도록 한 다음, 만일 적당히 이(蝨)가 잡히면, 그를 가엾게 여기고 용서할 한 가닥 희망이 있었나니, 그러나 저 평민은 생래의 저속함1) 때문이라 몸을 저속하게 빠뜨리며 마침내 그가 시야에서 사라져 버렸던 것이로다.

모든 성인聖人들이여 악마를 타打할지라!2) 미카엘이여 악마에게 골을!3) 불가! 이미?

여하저如何處의 전 세계가 그의 아내를 위해 그 자신을 편든 적은 아직 없었도다.

여하처 가련한 양친이 벌레, 피(血)와 우뢰에 대하여 종신형을 선포한 적은 없었나니

코카시아 출신의 제왕4)이 지금까지 천사天使영국에서 아더 곰5)을 강제 추방한 적은 없었도다.

색슨족과 유태 족이 지금까지 언어의 흙무덤 위에서 전쟁을 한 적은 없었도다.

요부의 요술요술妖術妖術이 지금까지 고高 호우드 언덕의 히스 숲에 불[6]을 지른 적이 없었도다.

그의 무지개가 지금까지 평화 평화를 지상에 선언한 적은 없었도다.

열족裂足은 천막에서 틀림없이 넘어지고, 비난받을 정원사는 떨어지기 마련이라.

깨진 계란은 씹힌 사과를 추구할지니7) 왜냐하면 의지가 있는 곳에 벽이 있기 마련이도다.8)

그러나 그들의 광자狂子가 그의 관棺을 뛰어오르는 동안 정산靜山은 물방아 도랑에 얼굴을 찌푸리나니

그리고 그녀의 계곡 유성流聲이 각하에게 속삭이고 그녀의 모든 어리석은 딸들이 그녀의 귀에 웃음을 짓도다.

마침내 농아 토리 섬[9]의 4연안들이 12마리 벙어리 애란 집게벌레로 하여금 욕설을 퍼붓도록 하도다!

들을지라! 들을지라! 그들의 잘못된 오해를 위해! 퍼스—오레일의 민요를 지저귈지라.

오 불행 중 다행! 왼쪽은 게루빔 케이크를 갖는가 하면 오른쪽은 그의 발굽을 쪼개도다. 깜둥이들은 저 교활한 놈을 끌어내어 비非—배설적排泄的—반反—성적性的, 염악적厭惡的, 청결 순수적, 혈육 경기를 결코 시킬 수 없었나니, 무모無謀 모모 씨에 의하여 작사되고 작곡되고 작가作歌되고 무용되어, 흑인 아동들이 종일 유희하듯 꼭 같이, 저 오래된(봉밀각蜂蜜角과 강도의 내용 무!) 게임들을 재미와 원소를 위해 우리는 다이나와 함께 놀곤 했는지라 그리고 늙은 조우는 그녀를 도와 앞에서 걷어차고 그 흑백혼혈 황녀黃女는 조우를 뒤에서 걷어차나니,10) 경기는 다음과 같도다.

〔174.22–175.04〕 그의 과격한 취급—그의 전적인 비속성—푸트볼 마취.

〔175.19–176.18〕 셈의 경기 회피—이하 기록된 게임 목록.

〔176.19—177.12〕 셈의 비급함—그의 도피 그리고 그의 잉크병 집 속에 몸소 바리케이트 치다.

둥둥 톰톰 풍적수風笛手,[1] 경찰관 놀리기, 모자 돌리기, 포로잡이와 오줌 싸기, 미카엘 나무의 행운돈幸運豚, 구멍속의 동전[2], 여족장女族長 한과 그녀의 암소, 아담과 엘[3], 윙윙 웽벌,[4] 벽 위의 마기가家,[5] 그리고 셋,[6] 아메리카 도약,[7] 굴의 여우 사냥, 깨진 병,[8] 편치에게 편지 쓰기[9], 최고급품 당과 점[10], 헤리시 그럼프[11] 탐험, 우편배달부의 노크,[12] 그림 그리기? 솔로몬의 묵독[13], 사과나무 서양 배 종자,[14] 내가 아는 세탁부[15], 병원 놀이[16], 내가 걷고 있었을 때, 드림코로아워의 외딴집,[17] 워털루 전쟁[18], 짓발[19], 숲 속의 계란[20], 양품장수, 꿈 이야기, 시간 맞추기[21], 낮잠[22], 오리 미이라,[23] 최후 독립자, 알리바바와 40인의 도적[24], 오이지 눈과 수발총병, 생의 단일 수결혼手結婚 및 불재발죄不再發罪, 짚 쿠니 캔디[25], 밀집 속의 칠면조[26], 장운조長運朝의 반종磻種[27], 미리컨 경야의 다취미[28], 팻 파렐과 칫솔 찾기, 사제司祭 구두 벗기는 비계[29], 그의 증기가 정원 주변의 룸바춤을 닮았을 때.

그런데 악명으로 높이 알려져 있는 바, 저 놀랍도록 위협적인 일체파派 일요일에 저 웅대한 겔만 대 골의 올스타전[30]이 우리들의 비상한 월링튼파와 우리들의 작은 틱크스파派[31] 간에 급급하게 분노로 변했을 때[32] 환영의 마르세이유[33]의 그리고 아일랜드의 눈이 그들의 등에 미소 짓는[34] 단도短刀를 어떻게 내려쳤는지를, 당시 적, 백 및 청군이 흑, 백 및 적군[35]을 맞이하고 녹, 백 및 적군이 영국의 전투 보충병[36]과 한판 하다니, 처세포훈處世砲訓[37]에 의하여 단호히 지상 명령을 받아[38], 지독한 공포가 그를 개량하자, 이 야비한은 파자마의 고약한 발작 속에 마치 자신의 벌거숭이 생명을 위하여 토끼 새끼처럼, 진토로, 아 맙소사, 마을의 모든 미녀들의 냄새 풍기는 저주에 의하여 추적당했는지 그리고, 일격을 가하지도 않은 채.(그가 걸친 돼지 스톨 목도리를 질질 끌면서, 왜냐하면 그가 먼지를 털었기 때문이라) 그의 잉크 병전甁戰의 집[39] 속에 홀로 콜크 마개처럼 틀어박힌 채,[40] 주기 때문에 한층 고약하게 악화되어, 거기 일생 동안 그 속에 멀찌감치 머물기 위하여, 그리고 거기, 한 순간도 놓치지 않을 세라, 그가 염발음捻發音을 한껏 내며 염념念念 블루스를 터뜨릴 때까지[41] 피아노와 더불어 주먹을 치며 돌아다닌 다음이라, 슈위쩌어 가게[42]에서 산 요 껍데기 아래 조심스럽게도 맥없이 쓰러졌나니, 자신의 얼굴을 죽은 용사의 장우장長雨裝속에 봉투하고, 그의 발에는 자장가의 햇빛 가리개 모자와 온수 병으로 그의 기다림의 정력을 불 피우기 위하여 무장하고, 연약하게 신음하면서, 수도사 마리아풍의 순단주제純單主題로, 그러나 경칠 엄청나게 길고도 잇따라 큰 소리로 민족이라니,[1] 한편 큰 확잔擴盞로부터 꿀꺽꿀꺽 마시기에 종사했는지라, 그의 부父 패트릭의 연옥[2]은 네덜란드 검둥이[3]가 견딜 수 있는 이상의 것으로, 비밀결사 전투[4]와 모든 노호에 의하여 반신 불구된 채.(*견충絹寵으로 넘치는, 매모每母 소消마리아여! 천모신天母神, 성聖아베마리아여!*)[5] 그의 뺨과 바지가 총소리 멈출 때마다 매번 색깔을 바꾸고 있었도다.[6]

평신도 및 신수녀神修女 여러분,[7] 저 저속에 대하여 어떠하나이까? 글쎄, 십자포도十字砲徒의 개놈에 맹세코,[8] 전全 대륙이 이 비환자卑患者의[9] 저속으로 쨍쨍 울려 퍼졌나니! 소파 위에 슈미즈 속옷 바람으로 누운 수묘數墓[10]의 요녀들[11].(반란의 저녁 별들이 그들을 옴짝달싹 못하게 하여)[12] 비늘 불경어不敬魚의 적나라한(오!) 언급에 소리쳤나니. 악운어惡運魚여!

그러나 어느 누구, 정신 병원을 별개로 하고, 그걸 믿겠는고? 저들 깨끗하고 귀여운 지품천사 가운데 아무도, 네로 제帝 또는 노부키조네 황皇[13] 자신도 이 정신적 및 도덕적 결함자가 하듯(여기 아마도 그의 최속성最俗性이 정수에 달하여) 그의 괴물적 경이성에 대하여 지금까지 이토록 퇴락한 견해를 키워 본자 없었나니, 이 자야말로 어느 경우에도 발포하기보다는 푸념을 터뜨린 것으로 알려졌거니와, 한편 독주를 심하게 마시면서, 그가 카페다방에서, 함께 벗 삼아 오곤 했던 *패남아요* 개인 비서인,[14] 저 대화자, 천국산의 쌍둥이, 어떤 데이비 브라운—노우란자에게[15].(이 돈골의 견시인犬詩人은 자신이 부여한 베데겔러트라[16]는 교수자의 이름 하에 스스로를 가장했거니와) 집시 주점[17]의 현관 입구에서(셈은 언제나 모독적이라, 성서답게 기록된 채, 빌리,[18] 그는 애쓰러하나니, 늙은 벨리, 그리하여 이 사내 잭은 차월此月의 매녀每女에게 자신의 네 수프의 총액을 지불하려고, 볼리, 확실히 저 유성의 꼬리처럼,[19] 사가史家의 40이빨을 위한 맛에 걸맞게, 유언留言하자면, 단지 20분만 더, 여보 소(牛), 플룸의 마이스토르 쉬에머스[20]에 의해 저술된 *술, 여인 그리고 물시계*, 또는 *사나이가 미칠 때의 외도 법*[21]이라 이름 붙을 그의 상상적 민요 집,[22] 살인적 필경 법으로 된 어떤 최독最毒의 작품을 귀담아 들으려고 애쓰곤 했는지라) 그는 자신이 선밀先密하게 자신의 극지적極地的 반대자와 닮지 않거나 아니면 전확前確히 자기 자신과 꼭 같다고 상상 또는 추측했나니, 그윽(실례!), 어떤 다른 다모자多毛者도, 다른 피수자彼鬚者[23](셰익스피어)도 으윽(실례!)의식하지 않았는지라, 게다가, 위대한 도망자(스콧), 속임자(디컨스) 그리고 암살자[24](테커리)라 할지라도, 비록 자신이 마치 토끼 난동소년亂童少年처럼 럼드람[25]의 모든 다방의 사자들과 더불어 자신에 반시反視하여 아이반호亞李反呼 되고,[26]

〔177–178〕 셈은 전쟁놀이 뒤로, 전쟁에 대면하다—셈의 술 취한 동안의 문학적 재능의 자랑.

〔177.13–178.07〕 그의 허영—자기 자신에 대한 스스로의 높은 넘치는 고견高見.

〔169.11−180〕 테너 가수로서 셈, 그의 외모−우주에 대한 최초의 수수께끼.

〔178.08−179.08〕 침입자의 권총 화약통을 보기 위해, 그는 열쇠구멍을 통해 내다보다.

호면狐面 대 호면 호사狐詐 당했다 하더라도, 그는 악惡한 비卑한 패敗한 애哀한 광狂한[1] 바보의 허영의 (곰)시장[2]의, 루비듐 색[3]의 성 마른 기질을 가진 정신착란증 환자인지라, 인과의 의과意果를, 십자 말 풀이 후치사後置詞로, 모든 그 따위 종류의 것들을 스크럼, 보다 크게 스크럼, 최고로 스크럼을 짜 맞추어 선통先痛하게하고, 만일 압운이 이치에 맞아 그의 생명사선生命絲線[4]이 견딘다면, 그는 비유적다음성적比喩的多音聲的으로[5] 감언敢言하거니와, 모든(샛길) 영어 유화자幽話者를 둔지구臀地球[6](어스 말) 표면 밖으로, 싹 쓸어 없애 버리려고 했도다.

그가 저 피비린내 나는, 시위턴의 날[7]을 경험한 철저한 공포에 이어, 비록 많은 시련을 겪은 루카리조드 마을[8]의 모든 문설주가 짙은 최초산最初産의 피로 얼룩지고,[9] 온갖 자유로운 자갈길이 영웅들의 피로 미끄러운데도, 타인들을 위하여 창공을 향해 절규하면서, 그리고 노아의 홍수 및 배수의 도랑이 환희의 눈물로 용솟음치고 있는데도, 우리들의 저속한 황량자는 구내 외근外近을 선동하는 분발할 공통의 음매음매 양羊[10]의 담력을 결코 갖지 못했는지라 한편 횃불 군중의 그밖에 모든 사람들은, 난도질당하고 함께 난타 당한 채, 한 떼 운집하여, 도섭하거나 사방보트를 타고, 해해海海 주해走海, 피터와 폴[11] 작의 애국란시愛國蘭詩의 괴물서[12]로부터 길루리 코러스[13]와 *오, 순결하고 신성한 종전宗戰!*[14]을 찬가하면서, 방금 그리고 언제나 중국 선을 타거나 또는 세속世速의 침선沈船을 타고, 머리를 쳐드나니, 그의 선의의 정신 착란에서(꼬마 녀석들은 네 발로 자신들의 자연 학교 소풍을 위해 사방으로 기어 다니며 그러나 간헐적으로 윙윙 유탄 소리가 노래를 외치자 아이답게 환희 가득한지라) 그리고 더 예쁜 여성의 행복한 종속물들은 보다 높은 것들을 통상적으로 탐색하고 있었나니, 그러나 보아 전의 맥크조바를 복수하기 위하여[15] 스미스 귀부인과 다투면서, 교육받은 발걸음으로 자신들의 망원경[16]을 들고 돌층계를 밟고 지나갔나니, 토닥 토닥이며, 전쟁—종식 뒤 단지 한번(만성절!) 자비정부 씨에 의하여 진창 너머로 세워 진 일곱 뼘 넓이의 *무지개색교橋*[17]를 가로지르자, 그는 단지 나소가街[18]의 가로등들을 닮아 좌현으로[19] 빛을 발한 채, 그의 최서측最西側의 열쇠구멍으로부터 3단 속사 18구경[20] 마력 망원경을 통해, 불가해한 날씨에 침을 뱉으면서.(그런데 때는 괴돈怪豚스럽게도 저 가을철이라!) 자신의 떨고 있는 영혼 속의 고독한 희망과 함께, 그가 불확실성운性雲에 기도하며, 크로카파카 추구의 모든 물고기 노파를 위하여 또는 카라타바라의 모든 대구 알로 인하여, 참된 화해가 점진하고 있던 또는 굉장한 부절제를 따라 후진하고 있는지를,[21] 그리고, 악마를 위하여, 도대체, 저봐요 이봐요 및 이봐요 저봐요 갈까마귀 그리고 나봐요 나 속에 코록코록코록 사랑을 양란養卵하나니 어떤지를, 알려는 자신의 떨 있는 연혼의 고독한 희망으로,[22] 여탐을 계속했는지라,

그가 미지의 전쟁자에 의하여 다루어진, 특정 목적의 모형을 지닌 불도 그의 비정규적[1] 권총의 총신銃身 아래 직사정直射程에다 눈을 깜박이며 자기 자신 들여다보는(*거기 뚜쟁이들이 있었으니!*) 자신의 광학적 생활의 매력을 얻었나니, 그리하여 그자는, 상상컨대, 만일 똥 더미(분혼糞魂)가 사실을 그들의 진면목 속에 볼 수 있도록 잠시 그의 뻔적이는 주둥이를 들어 내보였더라면, 6명 또는 한 다스의 건방진 놈들[2]에 의하여 자루에 갇혀 종언 당하기 전에(그를 찢어 녹초가 되게 하라!),[3] 수줍은 셈을 그늘지게하고 쏘아 주도록 특파되었으리라.

도대체, 무엇 때문에[4], 도우카리온과 피라[5], 그리고 방향을 피우는 당사자 및 세상이 다 아는 식료품실의 신들[6] 그리고 스테이토와 빅토[7] 및 쿠트와 런[8] 그리고 집회의 원형 식탁의 로렌코의 우투래스[9]의 이름에 맹세코, 이 무심하게 저속한 인간형型, 이 시궁창의(C) 중상적(C) 기둥(C), 이 사악한(B) 벵골의(B) 중 놈(B),[10] 이 흉악한(A) 안남의(A) 곰 같은 놈(A)을, 정말이지, 그가 마치 파파격破破格 속에 있는 듯하기에, 분명하게 자격을 부여해야 한단 말인고?

그 대답은, 모든 미치迷稚한 것들을 한 개의 미로 궁[11] 속에 넣어 종합하거니와, 바로 이런 것처럼 들리도다. 즉 그는 자신의 가장 기분 좋은 운하를 타고 자신의 선배들을 본받아 거대한 주점에서 난취하여 엉뚱한 곳에 정박함으로써(*흑미호黑梶號*, 그리고 약간의 승무원들, 꼬리 배들!) 그가 마약과 마취 탐닉 속으로 껄렁이며 끌려들었나니, 유리된 과거의 과대망상 병자로 성장해 갔던 것이로다. 이것은 존공경적尊恐敬的, 고가락高歌樂의, 박식한, 신고전적, 7인치 대문자의 문자나팔의 연도를 설명하는 것이요, 이를 그자는 너무나 귀족적으로 사랑한 나머지 자신의 이름 뒤에 다 필사했던 것이니라. 그의 둔녹색鈍綠色 소굴의 깊은 울혈[12]사이의 이 반미치광이가, 이클레스 가의 그의 무용한 율리씨栗利氏스[13]의 독서 불가한 청본靑本[14], *암삭판을*.(심지어 지금도 무단 삭제의 권위자[15]요 검열자, 최판이最判異 경卿, 포인 대鋪因代 젠크 박사는 한숨짓나니, 그건 되풀이될 수 없노라고!) 읽는 척하는, 몸서리치는 광경을, 언제라도 볼 수 있다면, 정말 흥미진진할 것이요, 일진풍에[16] 3매씩 넘기면서, 자신이 실수한 고급 피지 위의 모든 대大기염이야 말로 이전의 것보다 더 화사한 영상이었다고, 거울을 들여다보며 크게 기뻐하며, 즐거이 혼자 떠들고 있었나니, 이. 를. 테. 면, 영원토록 무료의 바닷가 장미 종 오막 집[17], 리버디점[18]의 숙녀의 가봉 양말, 흰푸딩블라망주과자 및 한번 씹어 10억 가치의 육기통 바다 굴과 함께 하수구 가득한 황금화색黃金貨色의 양주, 만원 오페라 하우스(대사자臺詞者 좌석 이외에는 발붙일 틈이 없는 그리고 더욱이나 구경꾼의

〔179.09–179.16〕 이러한 저급한 생활—그의 목표는 과연 무엇?

〔179.17–180.33〕 그의 타락—그의 무용한 책—테너 가수로서의 셈—그의 싸움 뒤의 모험 외출.

〔180—182〕 다양한 유럽 수도首都들에서의 위조자로서 솀의 생애—반칙자(파울)로서 축구蹴球 당하다.

〔179.17—180.33〕 그의 악화—그의 무용無用한 책.(솀의 싸움 뒤의 모험 외출) 그가 한 자루 총에 직면하다. 그가, 어떤 미지의 싸움꾼에 의해 다루어진, 불도그 모형의, 불규칙적 권총의 탄약통을 눈을 깜박이며 들여다보는 자신의 광학적 매력을 얻었나니, 그리하여 그가 자신의 뻰적이는 주둥이를 들어냈더라면, 건방진 놈들이 그를 암담하게 하고, 쏘도록 특파되었으리라.

행렬은 계속 불어나고 있었으니) 열광적인 귀족 여인들이, 연달아 차례로, 극장 무대의 경내에서 그들이 갖고 있던 모든 소관小冠 심홍색의 바느질감을 내팽개치며, 그들의 게이어티 팬터마임[1] 가운데, 위태하게도 그들의 골 세트를 느슨히 푼 채, 그때, 당치도 않게, 글쎄, 모두의 청주자聽奏者들에 의하면, 그는 *애린愛隣의 다정하고 가엾은 클로버*[2]를 최고음부로 노래했나니(저 멀리 유태 귀여, 그대는 들었는고! 비누처럼 청결한! 만군의 시골뜨기들![3] 마치 한 마리의 새처럼 감주甘酒롭나니!) 충분히 5분 동안을, 바리톤 맥그라킨[4] 보다 무한히 훌륭한, 멋진 정장용 삼각모를 쓰고 그의 매황두魅黃頭[5]의 오른 손잡이 쪽에 녹색, 치즈 색 및 탕헤르 색의 삼위일체[6]의 세 깃털을 꽂고, 맥파렌린 코트(*재단사 케세카트*,[7] 그대 아는고?) 스페인풍의 단도를 그의 갈빗대에다(재단사의 한 바늘), 자신의 가슴 블라우스를 위하여 청색 코 손수건을 꽃피우고 그가 추기경 린던데리와 추기경 카친가리와 추기경 로리오투리와 추기경 동양미東洋尾[8]로부터 그가 획득한 사교의 지팡이를 들고(야 호!), 다른 어색한 손에는, 마님, 장애물 항[9] 넘기 최초의 낙하를 위하여 다정하고 다불결多不潔한 더비[10] 수갑을, 그리고 모든. 그. 따위. 종류의. 것들., 그러나 음울한 빛, 먼지투성이의 인쇄, 다 떨어진 표지, 지그재그된 페이지, 더듬는 손가락, 폭스(여우) 춤을 추는 빈대, 늦잠꾸러기 이(蟲), 혀(舌) 위의 찌꺼기, 눈(眼) 속의 취기, 목 메임, 단지 술병[11]의 대주, 손바닥의 가려움[12], 구슬픈 방귀 소리, 비애의 탄식, 그의 정신피로의 안개, 두뇌수頭腦樹의 윙윙 소리, 그의 양심의 경련, 그의 덧없는 분노, 단장의 침하, 목구멍의 화열, 꼬리의 근질근질함, 배 속의 독, 눈의 사시, 위장의 부패, 청각의 메아리, 발가락의 발진, 종양의 습진, 다락방의 쥐, 종루의 박쥐, 잉꼬 새와 윙윙대는 미조, 왁자지껄 떠들썩함과 귀 울림이다 뭐다 하여, 그가 그들로 벗어나는데 한 달이 걸렸는지라, 주당 한 개 이상의 단어를 기억하는데 어려움을 겪었도다. 대구신大口神 같은 이야기! 누구(낚시의) 생선이란 말인고! 자네 그걸 피할 수 있는고? 휘우 맙소사! 글쎄, 그걸 낚을 수 있느냐고? 여태껏 이러한 저속의 불량주의를 들은 적이 있느냐고? 그것에 대해 생각하다니 단호히 그것은 우리를 괴롭히도다.

하지만 이 대살수자는 자기 자신에게 홀로 강한 어조로 크게 자만하곤 했는지라 당시 아我부친은 왕뱀 건축가였으며 어이자者는고전어 법률학도였나니, 맹세코, 흑판을 가지고 교정해 보였는지라.[13]

〔180.34—181.26〕 그의 부패한 냄새—그의 위조죄. 유럽의 다양한 수도들에서 불결자로 쫓겨난 채, 날조자로서의 솀의 생애라니, 숀은 그들에게 솀의 구직 광고를 아래처럼 쓴다.

(무대 영국인들을 모사模寫하려고 애쓰면서 그는 집이 내려 앉아 만장의 갈채를 받으며, 소리쳤나니. 브라보, 차알수差謁水경卿![1] 완전한 문사! 거장, 루이스 윌로![2] 언술할지라!) 어떻게 그가 군인 지역, 슈바벤 지방,[3] 수면의 나라, 어깨 어쓱쟁이들의 나라, 기숙사 다뉴비어홈[4] 및 야만 지방[5] 출신의 금광맥[6]의 모든 재치 가족들로부터 의무를 다했는지를, 그런데 이들은 일포일日泡日, 월경고일月硬膏日, 화류혈일火流血日, 수혹일水惑日, 목쾌일木快日, 금색일今色日, 토충일土充日과 같은 주간적 대수도권 고고화大首都圈考古化에 따라서 수도에서 정착하고 계층화했는지라, 그의 냄새 때문에 대부분의 경우 그들의 화사한 경내에서 그를 명하여 추방하는가 하면, 모든 요리들은 그 냄새를 현저하게 반대했으니, 우물에서 샘솟아 나온 지긋지긋한 거품 악취를 닮았기 때문이라. 그가 저들 모범 가정의 분명하고 건전한 필법을(그 자신이 결코 소유하지 못한 나이지리아의 것으로) 교수하는 대신에, 얼마나 교묘하게 어느 날 자기 자신의 개인적 이익을 위하여 엄청난 위조 수표를 공공연하게 언급하기 위하여 모든 그들의 다양한 스타일의 서명을 복사하는 방법을, 훔친 과일을 먹으며 연구하는 것 말고 이 어정뱅이가 도대체 무엇을 했다고 그대는 생각하나이까, 그리하여 마침내, 방금 서술한 바와 같이, 더블린의 주방파출부연합회廚房派出婦聯合會[7] 및 가조家助의 가정부 모임[8], 매춘부 협회로 더 잘 알려져 있거니와, 이들은 그를 투저投底하는지라 그리하여 금주총체적禁酒總體的으로 순간의 열을 이용하여 이들 곤혹의 원천을 합동으로 쇠테 채움으로써 합세했나니, 상호의 코를 잡으면서(아무도, 사냥개 또는 세탁부도, 심지어 그 잔인한 터키인도, 아르메니아[9]의 취적에 있어서[10] 비非희랍적이 될 수 없었는지라, 근접 영역에서 이 족제비 괭이를 감히 취취吹臭하지 못했나니) 그리고 그들이 비취鼻臭 연안구에서 그렇게 했듯이, 어떤 점점주點點走의[11] 따지는 말을 하는 것이었으니, 여보세요 나으리, 저속하게 붕붕대다니 하필이면 악취를, 당신.

〔본本 제임스는 폐기된 여성 의상, 감사히 수취한 채, 모피류 잠바, 오히려 퀼로트 제의 완전 1착 및 그 밖의 여성 하의 유類 착의 자들로부터 소식을 듣고, 도시 생활을 함께 시발하고자 원함. 본 제임즈는 현재 실직 상태로, 연좌하여 글을 쓰려 함.[12] 본인은 최근에 십시계명十時誡命의 하나를 범했는지라 그러나 여인이 곧 원조하려함. 체격 극상, 가정적이요, 규칙적 수면. 또한 해고도 감당함. 여불비례. 서류 재중. **유광계약**.〕

우리는 파산 당한 우울증 환자[13], 본명 비열한이, 정말로, 얼마나 실질적으로 서속徐俗했는지에 관한 주식을 심지어 추산하기 시작할 수 없다. 얼마나 많은 사이비 문체의 위광僞狂이,

〔181.34—182.29〕 솀 자신의 지하실(그의 거처)에서 글쓰기—그의 초상, 우리는 파산 당한 우울증 환자, 본명 비열한이, 정말로, 얼마나 실질적으로 서속徐俗 했는지에 관한 주식을 심지어 추산하기 시작할 수 없도다. 얼마나 많은 사이비 문체의 위광僞狂이. 솀의 거소.

얼마나 소수 또는 얼마나 다수의 가장 존경받는 대중적 사기가, 얼마나 극다수의 신앙심으로 위조된 거듭 쓴 양피지의 사본이, 그의 표절자[1]의 펜에서부터 이 병적 과정에 의하여 첫째로 몰래 흘러 나왔는지를 누가 말할 수 있으랴?

그건 그렇다손 치더라도, 그러나 그것의 페이지의 1인치 이내에 마왕폭적魔王暴的으로 그것이 뒹구는 그의 비영계적鼻靈界的[2] 광휘의 환상적 빛이 없었더라면(그는 이따금씩 그것에 접촉하려 했으니, 비성悲性 속의 자신의 공포에 질린 붉은 눈을[3], 그의 광성 속의 비어리츠[4]에 의하여 군기 색으로 위탁하고, 그의 수녀원 학생들이 처녀환락의 부르짖음 속에 스스로 외색外色하나니. 생강 빛! 잉크 제품! 진피! 시네리라! 수은 광! 인디고 원료! 및 바요렛 딸기로다!) 펜촉은 양피지 위에 결코 글 한 획도 쓰지 못했을 것이니라. 저 장미 빛 램프의 용솟음치는 연광燃光에 의하여 그리고 그의 펜촉의 동시질용두사미식同時疾龍頭蛇尾式의 도움으로(한 권에 1기니씩을 그가 거기서 받나니!) 그는 심지어 태애란怠愛蘭 견犬수렵대회會의 방수복 벽壁의 우산 밑에 우량을 분담하면서, 그가 여태껏 만난 모든자들에 관하여 무명의 무수치성無羞恥性을 할퀴고 할구고 할 키고 활활 썼는지라, 한편 이 고약한 솀(僞)지紙의 네 가장자리의 여백 상하전면에다 이 악취한 솀은(그는 노부 사다나파러스[5]에 사사하고 있었나니) 노老니키아벨리[6]의 내년이內年耳의 독견獨見. *갖느냐 못 갖느냐, 그것이 문제로다.*[7] 아더경卿 저, 입. 증. 을., 낭송하는 행위 속에 자기 자신의 비예술적 초상화를 끊임없이 점화點畵하곤 했나니, 안구속의 이방녀女들을 위한 사랑의 서정시와 함께 가슴 터질 듯 잘 생긴 젊은 파오로,[8] 애상의 테너(가죽) 목소리, 파산구몰단지破産丘沒團地[9]로부터 매(야드)년 132 드레크머스[10]의 공작령 수입, 캠브리치(바지)풍의 예법, 신품의 두 기니의 예복 및 아주 멋 부린 그리고 금모요일金毛曜日 저녁의 즐거운 파티를 위해 빌려 신은 혹 달린 돈화豚靴, 기다란 귀여운 한 쌍의 잉크 빛 이탈리아풍의 콧수염을 붕소의 바셀린과 자스민 향수를 발라 번득이나니. 푸흐! 얼마나 그토록 법석 떨지 않아도!

오'세아 또는 오'수치, *정숙 보행자*의 집, 유령의 잉크병으로 알려진, 유황 산책로 무번지, 아일랜드의 아시아, 그곳은 깔깍깔깍 쥐들이 기몰寄沒하는 곳, 문패 위에 폐쇄라는 필명이 세피아 물감으로 문질러지고 그것의 희미한 창문 위에 까만 범포의 창가리가 쳐 있나니, 그곳 밀세실密細室에는 영혼수축증靈魂收縮症에 걸린 자식이 납세자들의 비용으로 인생 행로를 추구하고, 주야 예수회의 짖는 소리 그리고 쓰린 무無기침 소리로 의기소침해 있는,

바이러스병 치료의 유황 그리고 매일 각자의 방법상 자기와 타인의 과격한 남용에 있어 한층 과월한, 구역질나는 벅찬 40 건강정[1]에 의한 절시홍분竊視肛奮[2], 순수한 쥐 농장의 오물을 위한 심지어 우리들의 서부 바람둥이(플레이보이)의 세계[3]에서까지, 가장 최악의 곳이라, 희망되는도다. 자네는 볼리퍼몬드의 자신의 동성銅城 또는 자신의 기와집을 자만하고 있는고?[4] 무용無用, 무용, 그리고 재무용. 왜냐하면 이는 구린내 나고 잉크 냄새나는, 부필자腐筆者에 속하는 아주 잡동사니이기 때문이라. 반半실재문제로써, 오빈午頻에 엽식葉食하는 천사들은 거기 에담[네덜란드 치즈]가 더 이상 희귀하게 냄새를 풍긴다고 생각지 않았도다.[5] 맙소사! 거기 잠자리 소굴의 충적토 마루와 통음성通音性의 벽, 직립부 재목 및 덧문은 말할 것도 없고, 다음과 같은 것들이 덧문처럼 초췌하게 산문화되어 있나니,[6] 파열된 연애편지,[7] 내막 폭로 이야기, 등 끈적끈적한 스냅 문구, 의심스러운 계란껍질, 소품권, 부싯돌, 송곳, 칙칙폭폭, 전분질의 아몬드, 무피無皮 건포도, 알파벳형태의 언채言菜, 생성서生聖書의 생편기生騙欺, 흔히 수립된 의견, 개나開裸, 에헴과 아하, 무음절無音節의 불가표현의 발칙한 것들, 차용증서, 적용서適用書[8], 백로대의 연도煙道[9], 몰락한 마魔석양, 봉사했던 화여신火女神, 소나기 장식품, 빌린 가죽 구두, 안팎 양면용 재킷, 멍든 눈 가리 렌즈, 가정용 단지, 가발 와이셔츠, 하느님께 버림받은 외투, 결코 입지 않은 바지, 목 조르는 넥타이, 위조 무료 송달 우편물, 최고의사最高意絲[10], 즉석 음표, 뒤집힌 구리 깡통, 미용未用 맷돌[11] 및 비틀린 석반, 뒤틀린 깃촉 펜, 고통 소화 불량본, 확대 주잔, 도깨비에게 던져진 고물固物, 한때 유행했던 롤 빵, 짓이긴 감자, 얼간이 몽타주 뭉치들[12], 의심할 여지없는 발행 신문, 언짢은 사출, 오행五行 속요의 저주, 악어의 눈물, 엎지른 잉크[13], 모독적인 침 뱉음, 부패한 너도 밤, 여학생의, 젊은 귀부인의, 젖 짜는 여자의, 세탁녀의, 점원 아내의, 즐거운 과부의, 전前 수녀의, 부副 여승원장의, 프로 처녀의, 고급 매춘부의, 침묵 자매[14]의, 챠리 숙모[15]의, 조모의, 장모의, 양모의, 대모의 양말대님, 우, 좌 그리고 중에서 오려 낸 신문 조각, 코딱지 벌레, 구미口味 이삭줍기, 스위스산産 농축 우유 깡통, 눈썹 로션[16], 정반대 엉덩이 키스, 소매치기로부터의 선물, 빌린 모자 깃털, 느슨한 수갑, 공주서약, 비명주悲鳴酒의 찌꺼기, 일산화탄소, 양명가용兩面可用 칼라, 경칠 악마 강정, 부스러진 웨이퍼 과자, 풀린 구두 끈[17], 꼬인 죄수 구속복[18], 황천으로부터의 선공포鮮恐怖, 수은의 환약[19], 비삭제非削除 환락, 눈에는 유리 눈으로, 이(齒)에는 빤짝 이로,[20]

〔184〕 솀은 그의 부엌에서 계란 요리하다.

〔182.30－184.10〕 솀의 불결한 소굴—그곳의 작업.

전쟁의 신음, 별난 한숨, 장지장통長持長痛, 맞아 맞아 맞아 맞아 예 예 예 예 예 그래 그래 그래,[1] 그리하여 이것들에, 만일 우리가 모든 이 실내악[2]의 파손, 격동, 왜곡, 전도를 첨가하는 스스로 참아야 할 위장(욕망)을 갖춘다면, 한 톨의 선의가 부여된 채, 선회하는 회교수사[3], 튜멀트, 우뢰의 아들[4], 자아 위의 자의 망명자[5]를 실질적으로 볼 수 있는 충분한 가망성이 있으려니, 백 또는 적의 공포[6] 사이사이 철야의 전율, 불가피한 환영[7]에 의하여 피골까지 오일공포午日恐怖된 채[8](조형자여 그에게 자비를 베푸소서!) 자기 자신의 신비를 필요 비품으로 필서 하면서

물론 우리들의 저속한 영웅은 필요의 선택에 의하여 한 사람의 자진시종自進侍從인지라[9] 고로 그는 별란別卵을 위하여(풍사과豊司果는 현가목懸枷木으로부터 아주 멀리 떨어지지 않는도다.)[10] 스토우브리지[11] 내화 벽돌 부엌 및 연화황화물鉛化黃化物 냄새의 가금 축사에 의하여 의도된 것은 무엇이든 택하는지라, 그것을 이 정조화情調和의 대장간쟁이〔솀〕[12], 무통제산란보호無統制産卵保護(금수류)령令에 도전하여, 요리벽책料理僻冊의 교성곡嬌聲曲[13]을 연주하면서, 자신의 디오게네스의 대등貸燈불에 의하여,[14] 용광로[15]에서 굽거나 닭 요리하거나 데치기도 하고, 흰자위와 노른자위 그리고 황백을 *하얀 자매보다 더 하얀*[16] 및 *내 사랑, 금화양金貨孃*[17]이란 봄의 향가香歌에 맞추어, 계피와 메뚜기와 야생 벌꿀[18]과 감초와 카라긴 해초와 파리의 소석고燒石膏와 아스터의 혼합식과 허스터의 배요와 엘리만의 황색 도찰제塗擦濟와 핀킹톤의 양 호박과 성진星塵 및 죄인의 눈물과 함께, 쇄라단의 냄비 요리법[19]에 따라서, 리티 판 레티 판 레벤(생명)[20]과 함께 그가 뒤에 두고 떠나 온[21] 족란류足卵類의 모든 진수성찬을 위하여, 그의 발효 어語의 강신 술, 아브라카다브라[22] 엉덩이의 미부尾部를 찬가하며.(그의 엘리제의 마담 가브리엘[23] 달걀, 미스트레스, B. 애란愛卵, B. 마인필드 계란, 양계란주養鷄卵酒의 사과주, 소다 황산의 미숙란, 완숙란, 반숙란, 토스트 위의 고양이 란卵, 살찐 양평아리 요리, 포가 비둘기 알라 페네라, 트리까레메의 후라이 란), 이는 모두 찬장을 위하여 의도된 것이었나니(아아 저런! 만일 그가 자신을 유아처럼 다룬 사대부들[24]인 금주 주창자 마슈 신부[25]와 노불 부친과 루카스 목사와 아귀이라 신부에게 보다 잘 귀를 기울이기라도 했더라면—평신도 목사 보우드윈[26]을 잊지 마시라! 아아 정말!) 그의 인색한 마왕적 안티몬[27] 석회질의

〔184.11—185.13〕 그의 요기, 주로 계란—잉크와 종이의 제조. 그는 자신의 책들을 쓰기 위해 인분人糞으로 잉크를 만들다.

〔185.14—185.26〕 인분으로부터 잉크의 증유—추기경의 언어로서 쓰다.

리트머스 시험지를 닮은 천성은 이러한 후미진 골방을 결코 필요로 하지 않았으리라 고로, 육대중肉大衆의 독재자들인, 약탈자 로버와 매모자賣母者 멈셀이 그들의 법률 고문인, 코덱스와 포덱스 제 씨의 자극을 따라서, 그리고 그들의 교구 목사인 프람메우스 매부리 신부[1]의 자기 자신의 은복하恩福下에, 그를 모든 양지 양초와 자치적 문방구가 어떤 목적을 위해 보이콧했을 때, 그는 날 기러기의 추적을 좇아 날개를 타고 카타르시스[2]의 대양을 가로질렀는지라,[3] 그리하여 자신의 기지의 낭비로부터 자기 자신의 목적을 위하여 합성 잉크와 감응지를 제조했도다. 그대 묻나니, 도대체 어디서,[4] 어떻게? 이에 대한 방법과 주제를, 우리들의 이러한 도발적 시기 동안, 붉은 얼굴의 진홍빛 언어 속에 잠시 숨겨 두기로 할지니, 한 영국교英國敎의 성직수임자聖職受任者[5]는, 그 자신이 스스로의 조잡한 덴마크 말씨를 읽지 못하는지라, 바빌론 여인의 이마 위의 분홍색 낙인을 항시 바라보고도[6] 그 자신의 경칠 뺨의 핑크 색 낙인을 감지하지 못할지로다.[7]

첫째로 이 예술가, 탁월한 작가는, 어떤 수치나 사과도 없이, 생여生與와 만능의 대지에 접근하여 그의 비옷을 걷어 올리고, 바지를 끌어내린 다음, 그곳으로 나아가, 생래生來의 맨 궁둥이 그대로 옷을 벗었도다. 눈물을 짜거나 낑낑거리며 그는 자신의 양손에다 배설했나니.(지극히 산문적散文的으로 표현하면, 그의 한 쪽 손에다 분을, 실례!) 그런 다음 검은 짐승 같은 짐을 풀어내고, 나팔을 불면서, 그는 자신이 후련함이라 부르는 배설물을, 한 때 비애의 명예로운 증표로 사용했던 항아리 속에 넣었도다. 쌍둥이 형제 메다드와 고다드에게 호소함과 아울러, 그는 그때 행복하게 그리고 감요甘饒롭게 그 속에다 배뇨했나니, 한편 그는 나의 혀는 재빨리 갈겨쓰는 율법사의 펜으로 시작되는 성시聖詩를 큰 소리로 암송하고 있었나니라.(소변을 보았나니, 그는 가로대 후련하도다. 면책되기를 청하나니), 마침내, 혼성된 그 불결한 분糞을 가지고, 내가 이미 말한 대로, 오리온의 방향과 함께, 굽고 그런 다음 냉기에 노출시켜, 그는 몸소 지워지지 않는 잉크를 제조했도다. (날조된 오라이언[8]의 지워지지 않는 잉크를).

그런 다음, 경건한 이네아스,[9] 소란한 대지각 위에, 부름에 응하여, 그가 24시간적으로[10] 자신의 비천성非天性의 육체에서부터 불확실하지 않는 양의 외설물을 생산하도록 강요하는 번개 치는 칙령[11]에 순응하여, 오우라니아 합중성국合衆星國의 판권권板權權에 의하여 보호되지 않는[12] 혹은 그에게 양도 당하고 죽음 당하고 분糞칠 당하고, 이러한 이중염안二重染眼과 함께, 열혈로 인도된 채, 철광석에 마늘 산액(청흑靑黑 잉크)[13]이라, 그의 비참한 창자를 통하여, 야하게, 신의스럽게, 불결하게, 적절하게, 이 러시아 온건파 사회 당원 에소우[14] 멤쉬아비크[15] 및 철두철미한 연금술사는 손에 넣을 수 있는 유일한 대판지, 즉 그 자신의 육체의 모든 평방平方 인치 위에다 글을 썼나니, 마침내 그의 부식적 승화 작용에 의하여 하나의

[185.27—186.18] 양피지로서 그의 피부를 대신 사용하기—역시의 개봉.

연속 현재시제의 외피로서 모든 결혼성가[1]를 외치는 기분형성의 원윤사圓輪史를 천천히 개필해 나갔나니[2](그에 의하여, 그가 말한 바, 자기 자신의 개인적인 생무능生無能의 인생에서부터, 총육자總肉者, 유일 인간자, 사멸자에게 공통인, 위험하고, 강력한, 분할 분배적 혼돈 속으로 의식의 느린 불꽃을 통하여 우연변이變移되는[3] 것을 반영하면서) 그러나 사라지지 않을 각 단어와 함께, 그가 수정의 세계로부터 먹물 뿜어 감추었던 오징어 자신[4]은 그것의 과거의 압박 속에 유감스럽게도 도리안그래이어(doriangrayer)처럼[5] 사라져 버렸도다. 이것은 우리들이 알았다는 것을 말한 다음 아하 그건 그런 거로구나 하고 실존하는 것이라. 그러니 젠장 악마여! 그리고 악무신惡無神의 저주여! 그런고로 아마도, 집괴성적集塊性的으로 문언問言하면, 결국 그리고 마침내 쟁기 전마前馬 앞뒤가 뒤집혀, 그가 최후로 대중들 앞에 자신의 모습을 감춘 것은, 사각 광장을 돌면서,[6] 변덕군중變德群衆의, 성聖이그나시우스(작열의)[7] 독담쟁이덩쿨의 사제死祭를 위한(돈월豚月의 6일[8]에 개도開跳되고, 우리들의 왕을 교살하다니, 편히 잠드시라!) 그리하여 자신의 종령鐘鈴의 초 붓 자루를 휘두르면서, 변화의 황지의 번쩍이는 열쇠자, 만일 갑에 해당하는 것이 을에도 적용된다면,[9] 그것을 잉크로 생각했던 금발의 순경은 자신의 심도는 없어도 요점에 있어서는 명석했도다.

그것은 바로 크리이스—크룬—칼[10]의 소심한 순경(자매)[11] 시스터센이었나니, 교구의 파수꾼, 대견大犬 굴인掘人 소인沼人 걸인乞人 도인刀人 주자呪者 충자蟲者, 그리하여 그는 그를 구하기 위해 근처의 파출소에서 분견되었는지라, 이 자가 하자이든, 그것이 하시이든, 작은 군운群雲(크라우드)[12] 속의 불결한 진흙(크래이)[13] 행위 그리고 용모상의 중소란衆騷亂의 합자중상적合字中傷的인 효과로부터, 어느 저녁(이브)[14] 풋내기를 잘못 뜻밖에 만나다니(엔카운터)[15], 매이요 주, 노크메리 마을[16]의 생수단만종집회위원실生手段萬鐘集會委員會[17] 근처였던 바, 그가 왼쪽으로 비틀거리는 이상으로 한층 오른쪽으로 갈지자걸음을 걸으면서, 한 원초음녀原初淫女로부터 돌아오던 길에(그는 머기트 소녀[18]라는 내의명內衣名을 지닌, 무지개,라는 자신의 교괄녀와 혹처 귀여운 비둘기 사랑(맙소사!)을 늘 즐기곤 했는지라) 그가 독취하毒醉下의 불행한 시기에 길모퉁이 가장자리에서 바로 오락가락하고 있었을 때, 숭배의 따뜻한 음신가淫神家의 적수문敵手門들 사이, 그의 숙창가宿娼家(보딩 하우스)[19]의 창문을 통하여, 여느 때처럼 아미의 날씨에 대하여 인사하면서. 오늘은 어떠세요, 나의 음울한 양반? 몸이 아파요, 난 몰라, 하고 너무나도 분명한 겉치레의 자명한 교활함을 가지고 무능자는 즉답 했나니, 그리하여 머리털을 치세우면서, 은총(그래이스)[20]의 기도에 이어,[21] 그의 포착완捕捉婉 아래 크리스마스와 더불어, 포트와인마스 및 지갑마스 및 호의好衣마스 및 파티마스를 위하여, 마치 판당고 춤추는 활보왕자 마냥,

〔186—187〕 군중으로부터 그를 구하기 위하여 색커순 순경에 의하여 체포된 셈.

〔186.10—187.23〕 순경이 바깥에서 셈을 만나다—어떤 있을법하지 않은 음료를 집으로 나르다.

쉽토 쉽토 스끄럼 슬리퍼와 더불어, 그는 쉬 잽싸게 안으로 사라졌도다. 사(여)바라! 분명히 백발白髮텀해海 묵黙분위기의 저 총백總白의 가련한 경호원은 이 원참사原慘事(패인풀 새이크)에 문자 그대로 깜짝 놀랐는지라, 어떻게 그가 자폭엄습했는지, 그리고 그가 그 곳에 가게 되었는지, 도대체 그가 거기 가기를 의도했는지, 그럴 거야 하고 생각하는지 어떤지, 게다가 실제 그가 오후의 전체 추세를 통하여 어떤 종의 암캐 자식[1]이 그를 덮쳤는지, 다시 그의 상대촌항相對村港(카운터포트)[2]에서 어떻게 카프탄 땅[3]의 주피酒皮[4]의 술고래를 위한 크리스마스의 용량을 권고 받고 마음이 진동했는지 그리하여 심지어 더욱 놀란 것은, 그 사이, 그의 극대의 경악을 보면서, 그에게 보고된 바, 감사하게도, 오물과 함께 사자死者(데드)[5]의 당해의 결판結版을 농담하며, 어떻게 하여, 어이쿠맙소사(애러비)[6], 도미니카 회會와 결모結謀하여 아무의 허락도 요구하지 않은 채, 그가 자기 자신의 살모살모(마더)[7]에게 당당하게도, 자연스럽게 두 갤런(투 갤런트)[8]의 맥주를 갖고 귀선歸船한 이름 그대로의 교활자였는지. 차려, 경계 그리고 거머잡앗![9]

시끄잡꾸러기요정여기얼른꺼지란말야(Poltthergeistkotzdondherhoploits)![10] 걷어차다? 무슨 살모? 누구의 부주父酒? 어느 쌍 갤런? 왜 이름 그대로의 교활자? 그러나 우리의 비근태지성非勤怠知性은 이러한 혹맥주 저속성에 너무나도 배금련拜金鍊되어 왔었나니, 잉크인쇄로는 너무나 치사하게도! 프트릭 오퍼셀[11]이 동하冬河에서 냉석冷石을 끌어내고, 연어(魚) 해海가 우리들의 청어 왕을 위해 노래하는 것을 숙고하면서, 구 십 십일 십이 정월 이월 삼월 전진이라! 우리는, 자비 또는 정의[12]에 있어서 뿐만 아니라 상쾌조爽快朝를 위한 애침愛寢위의 우리들의 생존의 거주를 위하여, 여기 머물 수 없는지라, 텐맨의 갈증 햄경卿[13]을 토론하면서.

정의(피타자彼他者에게). 완력(브루노)은 나의 이름이요 도량은 나의 천성이라 그리하여 나는 넓은 이마를 가졌나니 모든 용모는 단정하고 그리고 나는 이 새(鳥)를 타뇌打腦하려니와 아니면 나의 갈색(브라운) 베스의 보총강補銃腔[14]은 붕대되고 말리라. 나는 타상打傷하고 화상하는 소년이로다. 박살!

앞으로 설지라, 무국의 부인否人[15]이여(왜냐하면 나는 3인칭 단수의 어용태御用態[16] 및 낙담자의 기분과 저법躇法을 통하여 사격형斜格形의 그대를 더 이상 추종하지 않으려니 하지만 나의 복수법적, 호격법적 및 직접 화법의 경험 화법을 가지고, 그대에게 나 자신 직설하거니와), 앞으로 설지라, 대담하게 덤빌지라, 나를 조롱할지라, 나는, 비록 쌍의雙意이긴 하지만, 나를 움직일지라, 그대의 진실한 안색 속에 내가 웃도록, 내가 그대에게 이야기를 허락할 때까지 그대가 영원히 후퇴하기 전에! 쇄석아담 자子 셈이여,[17] 그대 나를 알고 나는 그대와 그대의 모든 우치행愚恥行을 알고 있도다. 도대체 그 동안(자궁 속) 어디에 있었던고,

〔187.24－188.07〕 정의(Justius)가 그의 연설을 자비(Mercius)에게 시작하다—그것은 솀에게 꽤 공허하게 (검게)보인다—자스티스(숀)가 솀을 힐책하다.

그대의 지난 침대유寢臺濡의 고백 이후 아침나절 내내 스스로를 즐기면서? 나는 그대 자신을 감추도록 충고하나니, 나의 사랑하는 친구여, 내가 얼마 전에 말했듯이 그리고 그대의 손을 나의 손안에다 두고 만사에 관해 장야長夜의 소박하고 담소한 고백도告白禱를 가질지라. 어디 보세. 그대의 배후는 몹시 어두워 보이는지라. 우리가 암시하나니, 사이비 솀군. 그대는 자신의 몸 전체를 말끔히 청소하기 위하여 강 속의 모든 요소들 그리고 처소를 위한 사권박탈의 순사십교황칙서純四十敎皇勅書[1]가 필요하리로다.

우리는 찰도察禱할지라. 우리들은 사고했고, 의언意言했고 행동했도다. *왜, 누가, 어디서, 언제, 어떻게, 몇 번, 누구의 도움으로?*[2] 그대는, 화사한 천국의 설교에 토대를 둔 이 두 부활절도[3] 속에 성스러운 유년 시절부터 양육되고, 양식養殖되고, 양성養成되고 양비養肥되었나니 그리고 다른 곳을 포효하면서(그대는 자신의 우야右夜를 약탈하거나, 자신의 좌잔左殘을 누설하며,[4] 번득일 대로 번득이나니!)[5] 그리고 이제, 정말이지, 이 비겁세기卑怯世紀의 공백불한당空白不汗黨들 사이의 한 깜둥이로서, 그대는, 숨겨졌거나 발견된, 신들과의 피안에서 한 쌍의 이배심二倍心이 되고 말았는지라, 아니, 저주받는 바보, 무정부주의, 유아주위, 이단주의자,[6] 그대는 그대 자신의 가장 강도强度롭게도 의심스러운 영혼의 진공 위에 그대의 분열된 왕국을 수립했도다. 그러면 그대는 구유 속의 어떤 신[7]을 위하여 그대 자신 신봉하는고, 여女 솀, 그대가 섬기지도 섬기게 하지도, 기도하지도 기도하게 하지도 않을[8], 아하 맙소사? 그리고 여기, 신심을 청산할지라[9], 나도 역시 자존의 상실을 위해 기도하고 우리들 모두 소돔의 웅덩이[10] 속에 다 함께 수회水廻하는 동안 나의 희망과 전율에서 탈피함으로써(나의 친애하는 자매들이여, 그대들은 준비되었는고?) 추문가의 무서운 필요성을 위하여 준비를 갖추도록 분발해야만 하는고? 나는 모두들 그대의 죄를 위해 구슬퍼하는 동안 그대의 순결을 위해 전율하리라. 은폐된 말들을 멀리하고, 오래된 배드쉐바(불경탕의不潔蕩衣) 대신 새로운 솔로몬왕王(제전)을![11] 저 부조화의 명세明細, 그대는 그걸 이름 지었는고? 냉열! 깜짝! 승리! 이제, 나는 하향의 파이프를 비난하나니, 요한 야곱이여, 아직 청춘의 기간 동안(나는 뭐할고?), 각脚 단추 달린 통바지를 여전히 입고 있는 미숙기 동안, 그대는 자승自乘의 물딱총과 쌍둥이 턱받이의 멋진 선물을 받았나니(그대 알지라, 우군愚君이여, 그대의 예술 중의 예술에서, 나와 마찬가지 그대의 쓰라린 경험으로(그런데 그걸 감추려고 하지 말지라) 형벌의 운명을 지금 나는 참견하고 있노니) 그리고 씨근대는 따위로 그대는 웅당(만일 그대가 그대를 세례 했던 부사제처럼, 방금 일격, 대담하다면, 애—촛불을—끌지라!)[12] 그대의 탄생의 땅을 재식민再植民하고 굶주린 머리와 화난 수천의 그대의 자손을 계산해야 하나니 하지만 그대는 실패의 수 없는 계기들 가운데서, 궤변가家여, 그대의 공신양친公神兩親의 겸현謙賢한 소원을 지연시켰나니(왜냐하면, 그대가 말했듯이, 나는 논박할지라) 그대의 탈선의 악의에다 첨가하면서, 그래요, 그리고 그의 특성을 변형시키면서.(글쎄 나는 그대를 위해 그대의 신학을 읽었나니) 나의 침체성의 엉큼한 환락들[1]—미약의 사랑,[2] 울화로 야기된 밀회, 펜마크스[3]의 작은 평화—를 감동성感動性, 감발성感發性, 감수성感受性 그리고 감음성感淫性, 어떤 집사 생활에 대한 그대의 러보크의 다른 공포의 환락들[4]과 교체하면서, 눈에 띌 정도로 소침해 있을 때, 무방어의 종이 위에, 심지어 그대의 사시안적 변명을 돌출하면서 그리고 그것으로 우리들의 퉁 방울 사바계의 기왕의 불행을, 낙서탈격으로, 첨가하다니!—여러 에이커와 여러 루드와 여러 폴과 여러 퍼치[5]에 걸쳐 그대 주위와 근처에 운집된 채, 또한 모든 기백역幾百域[6]의 기무수幾無數한 기미녀奇美女[7]들과 함께, 애녀들 만큼 많은 남성들, 찰와도어의 축적된 사방처럼 짙게, 성달한 여인들, 과연 충분하게 교육받은, 무염야망無廉野望의 그들의 꿈의 배후에 늙고 풍만해 지기는커녕[8], 만일 그들이 단지 자신들의 명예를 남겨 갖기라도 한다면, 그리하여 애욕의 열정으로 소모되었을 때 악천후로 지체되지 않는다면, 그대의 주연을 스스로 소유하려고 분투하면서, 번뇌 부父의 모든 딸들을 위한 비애의 단 하나의 자식,[9] *여자 한 명에 한 남자 또는 통털어 모두*(나는 당신을 위하여 최선의 남자 되리라, 나 자신), 저 자연의 매듭을 위하여 묵묵히 찰관하면서, 조의화분[10] 또는 뒤바뀐 그릇들, 그대에게 10바리버[11]의 마노馬勞 또는 1핑퐁의 값도 소모되지 않을 것을 위하여, 우憂의 수림세계에서 가장 오래된 노래, 바로 한 토막의 콧노래를, 우리 함께 전음가창顫音歌唱할지라(우리—둘! 하나—에게!), 순금 악단에 의한 반주에 맞추어! 만세! 만세! 전감심全甘心의 신부살행실新婦殺行實의 고흉도高胸挑하는 처처녀處處女 모나여![12] 그녀의 눈은 대단한 환희에 넘쳐 있나니 우리는 그 속에서 모두 한 몫 하리라—신랑!

사육死肉의 콧방귀 뀌는자, 조숙한 모굴인, 선어善語의 가슴 속 악의 보금자리를 탐색하는자, 그대, 그리고 우리들의 철야 제에 잠자고 우리들의 축제를 위해 단식하는자, 그대의 전도된 이성을 지닌 그대는 태깔스럽게 예언해 왔나니, 그대 자신의 부재에 있어서 한 예언 야벳이여,[13] 그대의 많은 화상과 일소日燒와 물집, 농가진의 쓰림과 농포膿疱에 대한 맹목적 숙고에 의하여, 저 까마귀 먹구름,[14] 그대 음영의 후원에 의하여, 그리고 의회 띠 까마귀의 복점에 의하여, 온갖 참화를 함께 하는 죽음, 동료들의 급진폭사화急進暴死化, 기록의 회축화灰縮化, 화염에 의한 모든 관습의 평준화, 다량의

〔188.08—189.27〕 솀은 자신의 이교와 불가지론을 비난 받는다—그는 후예後裔의 부재와 비결혼의 비난을 받는다.

〔189.28—190.09〕 그는 죽음과 재난에 대하여 이교적 예언을 비난 받는다.

감질甘質 화약에 의한 포화회砲火灰로의 귀환[1]을 그러나 그것은 그대의 이두의 둔감에 결코 자극을 주지는 못할 터인즉(오, 지옥이여, 여기 우리의 장례가 닥칠지라! 오, 염병이여, 이러다가 나는 푯말을 빗맞겠나니!)[2] 그대가 당근을 더 많이 썰면 썰수록, 그대는 무를 더 베개하고, 그대가 감자 껍질을 더 많이 벗기면 벗길수록, 그대는 양파 때문에 더 많은 눈물을 흘리고, 그대가 소고기를 더 많이 저미면 저밀수록, 그대는 더 많은 양고기를 쪼이고, 그대가 시금치를 더 많이 다듬으면 다듬을수록, 불은 한층 사납게 타고[3] 그대의 숟가락은 한층 길어지고[4] 죽은 한층 딱딱해지나니 그대의 팔꿈치에 더 많은 기름기가 끼고 그대의 아일랜드의 새로운 스튜가 더 근사한 냄새를 풍기도다.

오, 그런데, 그래요, 또 한 가지 일이 내게 발생하도다. 그대는 나더러 그대에게 이야기하게 내버려두련만, 극상의 예절을 가지고, 아주 통속적으로 설계된 채, 그대의 생독권生瀆權은, 대계획과 일치하는, 우리들의 국민이 응당 그러해야 하듯, 모든 민족주의자들이 그렇게 하지 않으면 안 되듯이, 그리하여 어떤 업業을 행해야 하나니(무엇인지, 나는 그대에게 말하지 않겠노라) 어떤 교리성성敎理聖省[5]에서(게다가 어딘지 나는 말하지 않겠노라) 어떤 번뇌의 성무시간 동안(성직자 역할은 그대 자신의 독차지) 이러한 해(年)에서 이러한 시간까지 이러한 날짜에서 *년당年當* 한 주 이러 이러한 급료로(기네스 맥주 회사는, 내가 상기하건대, 그대에게는 바로 애찬이었나니[6], 마치 그대가 어느 요크의 주교처럼[7] 보일러의 찌꺼기까지 핥았을 정도로 몰락하여) 그리고 그대의 서푼짜리 천업을 행하고 그리하여 이렇게 국민으로부터 참된 감사를 획득하고, 바로 여기 우리들의 책무의 장소에서, 그대의 노고역勞苦域의 개울[8]과 눈물의 곡계谷溪[9], 거기 신의 경섭리驚攝理[10]를 쫓아 그대는 생에서 최초의 수포를 흡수했는지라, 구유로부터 그대는 한 때 자라 보고 놀란 가슴 소댕 보고 놀라는 식이나니,[11] 우리들과 꼭 같이, 우리들의 길이(長)만큼, 홀로 모퉁이의 망아지와 함께, 그곳에 그대는 대학살의 신앙심 깊은 알메리아 인人들처럼[12] 인기가 있었거니와, 그리하여 그대는 내가 그대의 아래쪽에 파라핀 등유의 훈연기燻燃器를 들고 있을 때 나의 코트 자락에다 불을 댕겼는지라(나는 희망하거니와 연통 청소는 깨끗이) 그러나, 총알에 맞고 안 맞고는 팔자소관[13], 그대는 뒤쪽으로 용케 피하여 불량져 장군처럼[14] 골웨이에서 도망치나니(그러나 그는 자신의 발걸음이 걸릴까봐 초원의 풀을 빗질했도다) 알리바이의 노래를 우리에게 부르기 위해,[15](비탄의 파도 소리가 그레이하운드 견犬 천천히 구르며 넓게 부풀면서 변용을 불러일으키나니 진흙바위가 그들의 전도[16]와 더불어 전혼교全混交하도다) 유목민, 가로등 곁의 몽뇨인夢尿人, 대아인對我人, 매인의 억압된 웃음소리 사이에 그대의 분비적 애정을 은폐하기 위해, 철저히 훈련 받은 개종자[18] 동수성同數性의 남성 단음절을 교합하며, 오도출구誤導出口의 아일랜드 이민, 그대의 고부랑 6푼짜리[19] 울타리 층계 위에 앉아,[20]

한 무無장식솔기의 프록코트 돌팔이 도사道師[1], 그대는(세익스비어洗益收婢御(Scheekspair)의 생애([2]의 웃음을 위해 그대는 그런 별명으로 나의 것을 꼭 도와주려는고?) 삼 셈족(반 삼족森族)의 우연 발견능자發見能者[3], 그대(감사, 난 이걸로 그대를 묘사할거라 생각하나니) 구주아세화歐洲亞世化의 아포리가인阿葡利假人![4]

[190.10−191.04] 그는 기피적 일을 비난받으나, 대신 이주한다.

[191.05−191.33] 그는 형제살해로 비난받다—그의 순수하고 완전한 형을 죽이다.

우리 서로 한 발짝 더 길게 따라 가 볼까. 단검을 물에 빠뜨리는자者여[5], 그리하여 우리의 군주, 여태까지 그의 행복 속의 전원前園의 낯선자者[6]가.(구조자를 치료할지라! 한 잠, 한 잔, 한 꿀꺽 그리고 모든 것 중의 한 식食을!)[7] 자신의 음료를 마시고 있는 동안?

거기 그대 곁에 성장하고 있었나니, 부족父足—유보장의, 야만가野蠻街[8], 노변야숙에서, 제일 발 빠른자者의 우리들의 기도들 가운데, 바보, 실직 당하여, 불세不洗의 야만인으로부터 밀려난자, 권위에서 도피하고[9] 자기 자신에 묻힌 채.(나는 상상컨대 그대 알리라 왜 꾀병자者가 숨어 있는지 그가 기어오를 고무나무가 없기 때문이라)[10] 저 타자, 무구자者, 머리에서 발까지, 선생, 저 순결의 자者, 타시의 애타진자愛他眞者[11], 자신 하늘나라로 도망치기 전에 천계[12]에서 잘 알려졌던 그이, 응당 우리들의 잘 생긴 젊은 정신의사, 모든 의미를 자의적 독신에 사주하며, 우리들의 수입부담의 복권 추첨(운목運木)[13]에서 가장 유력한 선각자(일엽一葉), 천사들의 짝 친구, 저들 신문기자들[14]이 그를 놀이 친구로서 그토록 시시하게 바랐던 한 청년, 그들은 그의 어머니에게 요구하여 저 꼬마 실형제로 하여금, 화석치원火石稚園으로 끌어내기 위하여, 제발, 그리고 그의 스케이트를 가져오게 하고 그들이 모두 자부慈父가 사는 커다란 적정의 가정에서 모두 진짜 형제들인 양, 동경하고 만족하고, 바로 그로부터 생명을 공취恐取하기 위하여 그리고 손에서 손으로 전달되는 사향처럼 그를 타자와 함께 어깨 툭 치며 통과시키나니,[15] 저 모질식母窒息된 전형(모델), 한 점 흠 없는 저 선견자善見者, 그의 정신적 분장은 도회 절반의 화제요, 일몰착의日沒着衣 및 야경용夜更用 및 여명착의黎明着衣 및 주식치장晝食治裝 그리고 다과시를 위한 바로 그 의상, 그러나 그대는 자신의 힘의 참견 중에 어느 청명한 5월 아침[16] 한 손으로 그를 저속하게 쓰러 눕히나니, 그대의 흉중의 적을, 왜냐하면 그가 그대의 주문呪文을 뒤죽박죽 만들었기 때문이라 아니면 그가 그대의 정면경正面鏡의 초점에 이채異彩의 모습을 드러냈기 때문이요(그대는 한 사람을 살해한 것이 아니라, 천만에, 한 대륙을!) 그의 오장 육부가 어떻게 작업했는지를 알아내려고!

언젠가 우리들의 환상건축가들[17]의 저 위대한 대지부大地父, 거부巨父, 중산계급 주主에 관하여 읽을지라, 그리하여 그는 자신의 치켜든 견장堅杖의 첨단에 양자의 천공을 감촉 할 것을 사고했는지라 그리고 자신의 사고의 해도海濤에 얼마나 무기무력無氣無力하게[18]

침잠했던고? 저 이단주의자 마르콘[1]과 두 별리처녀別離處女들에 대한 여태의 사고思考 그리고 얼마나 그는 저 로시아露視野의 골레라 임질녀女들을 거추장스럽게 총살했던고?[2] 저 여우씨氏, 저 늑대양孃[3] 및 저 수사修士 그리고 모리슨가家의 처녀 상속인에 관해 여태껏 들은 적이 있는고, 웅, 주절대는 원숭이여?

사치 속의 꾀병자, 수집대장收集大將이여, 요리된 야채, 여러 모자에 가득한 스튜 과일요리, 몇 여행 가방[4]의 맛있는 술과 함께 식사시간에 너의 저속함이 무슨 짓을 했는지, 파리 교구 자금(fund)[5], 나의 창피자여, 이봐요, 마음에서 돌출한 너의 지독히도 무서운 빈곤의 한 방울 공허한 목소리로 무거워진 우짖음에 의해 너는 자선 저장고로부터 너무나도 유연하게 고양이 애무했는지라,[6] 그런고로 너는 트레비 점에서 코트를 저당 잡히기[7] 위해 면류관[8]에 맹세조차 할 수 없었나니 그리고 너는 얼마나 끝없이 사악했던고, 그렇고말고, 정말이지, 우리를 도우소서, 죄인 도화자 베드로 및 죄인 수탉 파울이여[9], 병아리들의 벌린 아가리와 함께[10] 그리고 *오랜 세기*, 이는, 말이 났으니, 레이날드 배심원[11], 척탄병의 실없는 통속적 구토불어嘔吐佛語로다. 네가 너의 판자와 골세骨洗를 갖도록 하기 위해(오 너는 루불화貨를 잃었는지라!)[12], 1년에 너의 백금 1파운드와 1천 끈 책冊을 갖기 위해(오, 너는 너 자신의 참혹가정慘酷假定의 십자가에 묵힌 명예 속에[13], 가통架痛했나니!) 너의 시드니 토요土曜의 소요락騷擾樂과 성휴야聖休夜의 잠을[14] 너로 하여금 갖게 하기 위해(명성은 취침과 경야 사이 네게 오리라)[15] 그리고 유월절 안식준일安息準日[16]과 꼬끼오 수탉이 단막을 위해 울 때까지[17] 누워 있도록 내버려둘지라.(오 조나단, 너의 추산위推算胃여!) 유인원은 감정의 분비물을 지니고 있지 않지만 그러나 온통 나를 위해 억수 눈물을 흘리나니, 고통 마술사 셈 남男![18] 냄새가 코를 찌르는 밤에 종종[19] 그들은 굶주린 손의 장악을 위해[20] 몸을 뒹굴지라, 글쎄 내 말은, 네가 고용한 턱수염의 그들 아자 젤이 너를 약탈하기 위해, 한편 너의 짓밟힌 짚 위에 무례하게도 너는 앙코르 했나니(문란紊蘭 및 부주의!) 네가 자신의 동료라 불렀던 롯, 성서의 가인[21]에 관하여, 유스턴의 육肉의 항아리와 매리본의 매달린 의상에 관하여[22], 저 각제角製의 상아 꿈을 네가 꿈꾸다니[23]. 그러나 지붕 창 월요정月妖精은 세례 4월에게 미소 짓고 투광자投光者는 킬킬거렸도다. 누가 흐느끼고 있는고 우리를? 너 자신을 처신할지라, 너 불항자不恒者여![24] 우리들의 예측할 수 있는 우일雨日에 대비하여 저 작은 부양浮揚 둥우리란卵[25]은 어디에 있는고? 그건 사실이 아닌 고(내게 반박할지라, 과자식객菓子食客이여!), 너의 미친 비가悲歌를 사모산寺墓山의 애석愛石 주변에서 휘파람 휘날리고 있는 동안.(그를 시간 보내도록 할지라, 착하니 착한 예루살렘이여, 짚 다발 속에, 그가 건초 만들기 후에 세례를 받았나니)[26]

네(그대)가 졸부들 사이에서 너의 과중방종過重放縱을 탕진하거나[1] 호텐토트인人의 다불인多佛人 사람들을 너의 빵 껍질로 위통胃痛하게 하지 않았던고?[2] 나는 옳지 않은고? 그래? 그래? 그래?[3] 성납聖蠟과 성수인聖囚人에 맹세코! 내게 말하지 말지라, 백합야百合野의 사獅온이여[4], 네가 고리대금업자(상어)가 아님을 내게 말하지 말지라! 위를 볼지라, 늙은 검댕 놈, 서호鼠狐(묵스)[5]한테 충고 받고 너의 약을 취할지라. 선의善醫가 그걸 처방(멀리건)했도다.[6] 식전에 두 번 그걸 섞고 하루에 세 번 분배粉配할지라. 그건 너의 포통葡痛(그라이프)[7]을 위해 경치驚治하고 고독의 벌레[8]를 위해 양치良治하도다.

나로 하여금 끝내게 할지라! 유다에게 강장주를 조금만, 모든 조의嘲意스의 나의 보석[9]이여, 너로 하여금 눈(眼) 속에 질투를 불러일으키도록.[10] 내가 보고 있는 것을 너는 듣는고, 하메트여?[11] 그리고 황금의 침묵은 승낙을 의미함을 기억할지라.[12] 복사뼈 의시자疑視者씨氏! 예의악禮儀惡됨을 그만 두고, 부좀를 말하는 걸 배울지라![13] 잠깐! 이리 와요, 열성가 군君,[14] 너의 귀속의 가위 벌레[15]를 내가 말해 줄 때까지. 우리는 숏 돌진할지라, 왜냐하면 만일 지주의 딸이 그걸 지껄이면 모두들 그걸 세상에 퍼뜨리자 이내 캐드버리 전체가 온통 발광하고 말테니[16], 볼지라! 너는 흔들 거울 속에 네 얼굴을 보는고?[17] 잘 볼지라! 난시를 구부릴지라 내가 할 때까지! 그건 비밀이나니! 추물이여, 글쎄, 수발총병들이여! 나는 그걸 크리켓 쇼로부터 얻었는지라. 그리고 교인[18]은 그걸 청색 제복의 학동[19]한테서 배웠도다. 그리고 경쾌한 양말자[20]는 그걸 유혹자의 아내[21]한테서 적어 두었나니. 그리고 란티 야인[22]은 늙은 주석탄朱錫彈 부인한테서 윙크를 탈奪했는지라. 그리고 그녀는 그 대신 부수도사 타코리커스[23]에 의해 참회를 받았도다. 그리고 그 착한 형제는 그가 너를 배변하도록 할 필요를 느끼고 있는지라. 그리고 얄팍한 포레터 자매는 단순히 서로 홍분하고 있었나니. 그리고 켈리, 케니 및 키오는 일어서서 무장을 하고 있도다. 만일 내가 그걸 믿는 걸 거절한다면 십자가가 나를 뭉그러뜨리도록. 만일 내가 그를 믿기를 거절한다면 수 세월을 통하여 요묘搖錨 당해도 좋은지라.[24] 만일 내가 무자비[25]로 너를 이웃으로 삼는다면 성체가 나를 질식시켜도 좋을지니![26] 정靜! 너는, 셈(위선자)이여. 숙肅! 너는 미쳤도다.

그가 사골死骨을 가리키자, 산자[27] 골수骨髓가 아직 상존함을 지적하는지라. *불면, 꿈속의 꿈. 아아멘.*

자비(彼者의) 나의 실수, 그의 실수, 실수를 통한 왕연王緣![28] *신이여, 당신과 함께 하소서!*[29] 천민이여, 식인食人의 가인이여, 너를 낳은 자궁과 내가 때때로 빨았던 젖꼭지에[30] 맹세코 예서豫誓했던 나, 그 이후로 광란무狂亂舞와 알콜 중독증의 한 검은 덩어리가 되어 왔던 너, 지금까지 존재하지 않았던지 또는 내가 존재할 것인지 아니면 네가 존재할 생각이었는지 모든 존재성에 대한 강압감强壓感에 마음이 오락가락한 채, 광란무狂亂舞의 알콜중독증[31]의 한 검은 덩어리로 언재나 내내 되어 왔던 너,

〔193–195〕 머시우스(셈)가 자신을 옹호하다.

〔191.34–193.08〕 그는 꾀병으로 비난받다 —그는 돈의 낭비로 비난 받다.

〔193.09–193.30〕 그는 자기 자신을 보도록 그리고 자신이 미쳤음을 보도록 권고 받는다 —정의(Justinus)는 자비(Mersius)를 향해 그의 연설을 끝맺는다.

[193.31–195.06] 자비가 미리 맹세함을 스스로 그의 어머니를 비난하다—숀—솀의 갈등은 각 상반되는 형제들이 인간 천성의 단지 한쪽 절반을 개발해 왔음을 암시한다. 숀은 타인을 위한 자신의 필요를 허락 할 수 없다. 그는 자신의 독립을 아주 절실하게 주장하지 않을 수 없는지라, 서로 협력하기를 거절하고, 지식의 보다 높은 좌座를 점령할 자신의 특유한 힘과 권리를 주장해 왔다.

내가 여인처럼 방어할 수 없었던 저 천진무구天眞無垢를 사나이처럼 애통하면서, 볼지라, 너[숀] 거기.(대조적 형제) 카스몬과 카베리,[1] 그리고 나의 여전히 무치無恥스러운 심정의 가장 깊은 심연에서부터 모비즈에 감사하나니, 거기서 여청년汝靑年의 나날은 내 것과 영혼성永混成하나니,[2] 이제 혼자가 되는 종도終禱의 시간[3]이 스스로 가까워지기 전에 그리고 우리가 자신의 정기를 바람에 일취하기 전에[4], 왜냐하면(저 왕족의 자가 극진極盡에서부터 일적주一滴酒를 아직 마시지 않았나니 그리고 기둥 위의 화병[5], 스패니얼 견犬 무리[6] 그리고 그들의 노획물, 종자從者들과 대중 주점의 주인은 1밀리미터도 꼼짝하지 않았으니 그리고 지금까지 행해진 모든 것은 아직도 재차 거듭 거듭해야 하기 때문이라, 수압일水壓日의 재난[7], 그런데 볼지라, 너는 정명되어, 목조일木嘲日의 새벽 그리고, 시視, 너는 군림하도다) 그건 재난의 초탄初誕의 그리고 초과初果인 너를 위한, 낙인찍힌 양羊이여, 쓰레기 종이 바스켓의 기구器具인 나를 위한 것이나니, 천둥과 우뢰리언[8]의 견성犬星의 전율에 의하여[9], 너는 홀로, 아름다운 무마無魔의 돌풍에 고사된 지식의 나무[10], 아아, 유성석流星石으로 의장되고[11] 그리하여 성독백어星獨白語, 동굴지평인처럼 빤짝이며, 무적無適의 부父의 아이, 될지라, 내게 너의 비밀의 탄식의 침대[12]인, 암음의 석탄굴 속에 눈에 띄지 않은 채 부끄러워하는 자者,[13] 단지 사자死者의 목소리만이[14] 들리는 최하최외最下最外의 거주자, 왜냐하면 너는 내게서 떠나 버렸기에, 왜냐하면 너는 나를 비웃었기에, 왜냐하면, 오 나의 외로운 유독자여, 너는 나를 잊고 있기에!, 우리들의 이갈색모泥褐色母가 다가오고 있나니, 아나 리비아, 예장대禮裝帶, 섬모, 삼각주[15], 그녀의 소식을 가지고 달려오는지라, 위대하고 큰 세계의 오래된 뉴스, 아들들은 투쟁했는지라, 슬슬슬프도다! 마녀의 아이는 일곱 달에 거름 걷고, 멀멀멀리! 신부新婦는 펀체스타임 경마장[16]에서 그녀의 공격을 피하고, 종마는 총總레이스 코스 앞에서 돌을 맞고, 두 미녀는 합하여 하나의 애사과哀司果를 이루고, 목마른 양키들은 고토故土를 방문할 작정이라, 그리하여 40개의 스커트[17]가 치켜 올려지고, 마님들이, 한편 파리슬膝 여인은 유행의 단각短脚을 입었나니, 그리고 12남男은 술을 빚어 철야제[18]를 행하니, 그대는 들었는고. 망아지 쿠니여? 그대는 지금까지, 암망아지 포테스큐여? 목 짓으로, 단숨에, 그녀의 유천流川고수머리를 온통 흔들면서, 걸쇠 바위[19]가 그녀의 손가방 속에 떨어지고, 그녀의 머리를 전차표[20]로 장식하고, 모든 것이 한 점으로 손짓하고 그러자 모든 파상, 고풍의 귀여운 엄마여, 작고 경이로운 엄마, 다리 아래 몸을 거위 먹감으며, 어살을 종도鐘跳하면서, 작은 연못 곁에 몸을 압피鴨避하며, 배의 밧줄 주변을 급주하면서, 텔라드의 푸른 언덕[21]과 푸카 폭포[22]의 연못(풀) 그리고 모두들 축도祝都 브레싱튼[23]이라 부르는 장소 곁을 그리고 살리노긴 역域[1] 곁을 살기스레 사그렁미끄러지면서, 날이 비오듯 행복하게, 졸졸대며, 졸거품일으키며, 혼자서 조잘대며, 그들의 양 팔꿈치 위의 들판을 범람하면서 그녀의 살랑대는 사그렁미끄럼과 함께 기대며, 아찔어슬렁대는, 어머마마여, 어찔대는발걸음의 아나 리비아여.

그가 생명장生命杖을 치켜들자 벙어리는 말하도다.[2]

—꽈꽈꽈꽈꽈꽈꽈꽈꽈꽈꽈꽈(Quioquioquioquioquioquioquioq)![3]

I부 - 8장

여울목의 빨래하는 아낙네들 (pp.196-216)

〔197〕 HCE의 태도, 그의 호우드 언덕 같은 모습.

오[1]
내게 말해줘요 모든 걸
아나 리비아에 관해! 난 모든 것을 듣고 싶어요

아나 리비아에 관해! 글쎄, 당신 아나 리비아 알지? 그럼, 물론, 우린 모두 아나 리비아를 알고 있어. 모든 것을 나에게 말해 줘. 내게 당장 말해 줘. 아마 들으면 당신 죽고 말 거야. 글쎄, 당신 알지, 그 늙은 사내〔HCE〕가 정신이 돌아 가지고 당신도 아는 짓을 했을 때 말이야. 그래요, 난 알아, 계속해 봐요. 빨래랑 그만두고 물을 튀기지 말아요. 소매를 걷어붙이고 이야기의 실마리를 풀어 봐요. 그리고 내게 탕 부딪히지 말아요—걷어 올려요!—당신이 허리를 굽힐 때. 또는 그것이 무엇이든 그가 악마원惡魔園에서 둘〔처녀〕에게 하려던 짓을 그들 셋〔군인들〕이 알아내려고 몹시 애를 썼지〔HCE 공원에서 저지른 죄〕[2]. 그자는 지독한 늙은 무례한 이란 말이야. 그의 셔츠 좀 봐요! 이 오물 좀 보란 말이야! 그게 물을 온통 시커멓게 만들어 버렸잖아. 그리고 지난 주 이맘때쯤 이후 지금까지 줄곧 담그고 짜고 했는데도. 도대체 내가 몇 번이나 물로 빨아댔는지 궁금한지라? 그가 매음賣淫하고 싶은 곳을 난 마음으로 알고 있다니까, 불결마不潔魔 같으니! 그의 개인 린넨 속옷을 바람에 쐬게 하려고 내 손을 태우거나 나의 공복장空腹腸을 굶주리면서. 당신의 투병鬪甁으로 그걸 잘 두들겨 깨끗이 해요. 내 팔목이 곰팡이 때를 문지르느라 뒤틀리고 있어. 그리고 젖은 아랫도리와 그 속의 죄의 괴저병壞疽病이라니! 그가 야수제일野獸祭日[3]에 도대체 무슨 짓을 했던고? 그리고 그가 얼마나 오랫동안 자물쇠 밑에 갇혀 있었던고?[4] 그가 한 짓이 뉴스에 나와 있었다니, 순회재판 및 심문자들, 험프리 흉포한凶暴漢[5]의 강제령强制令, 밀주,[6] 온갖 죄상과 함께. 하지만 시간이 경언耕言 할지라.[7] 난 그를 잘 알아. 무경無耕한 채 누굴 위해서도 일하지 않을 지니. 당신이 춘도春跳하면 당신은 수학收穫하기 마련.[8] 오, 난폭한 노무뢰한老無禮漢 같으니! 잡혼雜婚하며 잡애雜愛하면서 말이야.

구치 판관判官은 우정당右正當하고 드럭해드 판관은 좌악당左惡黨이였나니![1] 그리고 그〔HCE〕의 뻔뻔스러움이라! 그리고 그의 점잔 빼는 꼬락서니라니! 그는 마치 말구릉馬丘陵[2]처럼 얼마나 머리를 늘 높이 추켜세웠던고, 유명한 외국의 노老공작[3]인 양, 걸어가는 족제비처럼 등에 장대한 혹을 달고. 그리고 그의 더리풍風의 느린 말투하며 그의 코크종種의 헛소리 그리고 그의 이중二重 더블린풍風의 혀짤배기 그리고 그의 원해구遠海鷗 골웨이풍風[4]의 허세虛勢라니. 형리刑吏 해케트 혹은 독사讀師 리드 혹은 순경 그로울리 혹은 곤봉 든 그 사내한테 물어 볼지라. 그 밖에 그 사나이는 도처到處 뭐라 불리고 있는고? 성명姓名? 거대巨大 휴지즈(H) 두頭케이펏(C) 조불결자早不潔者 얼리포울러(E).[5] 혹은 그가 어디서 태어났으며〔HCE의 출생지〕 또는 어디서 발견되었던고? 어고슬랜드, 캐티갯해海[6]의 트비스타운? 뉴 한漢샤, 메리메이크의 콩토드[7]? 누가 그녀〔ALP〕의 안유安柔의 모루에 담금질을 하거나 아니면 그녀의 물통에 도규跳叫하단 말인고? 그녀의 혼인예고婚姻豫告는 아담 앤드 이브즈 성당聖堂[8]에서 결코 행방行方되지 않았거나 아니면 남녀가 단지 선장결연船長結緣 했던고?[9] 게다가 집오리로서 나는 그대를 수오리 삼나니. 그리고 야시구野視鷗에 의하여 나는 그대를 흘끗 보는도다. 시간의 언저리 위의 화산花山이 행복한 협곡峽谷을 소망하며 두려워하는지라. 그녀는 자신의 모든 선미線味를 들어낼 수 있나니, 사랑과 유희의 허가장許可狀으로. 그리고 만일 그들이 재혼하지 않으면 어떤 수단을 써서라도![10] 오, 이제 그건 통과하고 다른 걸 우문愚門하구려! 돈(卿) 돔(尊) 돔 우천지愚淺智〔그들의 바그너풍의 결혼 행진〕 그리고 녀석의 하찮은 우행憂行!〔HCE의 공원의 수치〕 야도夜盜, 유행성 독감 및 제3 위험당危險黨에 대비하여 스토크 및 펠리컨 보험사들[11]에 자신의 도움이 확약되었던고? 나는 들었는지라 그는 자신의 인형과 선전善錢을 굴掘하고, 처음에는 발굴發掘하고 잇달아 벌파종伐播種했나니, 그가 그녀를 가간家姦했을 때, 사브리나 해안[12]에서, 적은 사랑의 새장 속에, 굴껍질 험악한 땅과 마곡魔曲의 마삼각주魔三角洲 곁에, 그녀의 그림자의 섬광閃光과 함께 고양이 쥐 신화神話 놀음하면서.(뭔가 나풀거림이 있었던들 얼마나 그를 우뚝 세워 욕공辱攻했으랴!) 노인회관의 두풍원頭諷院[13]과 불치不治병자 휴게소[14] 그리고 질병면역소의 종가終家, 비틀거리는자의 곡도曲道를 지나[15]. 누가 당신한테 그따위 악인 사기등화詐欺燈話를 판매했던고? 깡통에 든 반죽파이 같으니! 그녀에게 끼워 줄 풀(草)반지도 없으면서〔조이스는 아내 노라에게 결혼반지를 주지 못했다〕, 개미 낱알 보석 한 알 없이. 사내는 무항구無港口의 이버니언의 오케이 대양大洋[16]에서부터, 생명의 보트인, 세대박이 배를 타고, 개버린 옷에, 마침내 육지의 아련한 토락土落을 엿보았고[17] 그의 선장船裝 아래에서부터 두 마리 까욱까욱을〔육지가 보이는지 보려고〕 풀어놓았는지라,[18] 이 위노偉老의 페니키아 유랑자[19]. 그녀의 해조海藻 냄새로 모두들 비둘기 집[20]을 설립했나니. 정말이지 여락餘樂인양 그들은 행行했도다! 하지만 그 당사자〔HCE〕, 키잡이는 어디에 있었던고? 저 상인남商人男인 그는 여울 넘어 그들의 바닥 평평한 너벅선을 추관追觀하고, 자신의 낙타 타기 망토[21]를 걸친 채 바람에 휘날리며, 마침내 그의 도망치는 배교선背敎船의 깐깐 이물과 함께 그는 승도乘道하고 그녀를 사지흉파砂地胸破했나니 도와줘요![22] 사람 살려! 그러자 고래가 성배찬聖杯餐을 낚아채도다!

그대의 파이프를 불어대며 장단을 늦추고,[1] 그대 타고난 천치 이집트인, 그리고 그대는 그와 조금도 다를 바 없는 사람인지라! 글쎄, 곧 나한테 다 말해 주구려 그리고 변명을 억제하지 말지니. 사람들이 그녀〔ALP—강의 시바 강변을 그가, 어느 힘찬 왕 연어처럼,[2] 힘차게 거슬러 올라가는 것을 보았을 때, 그녀의 우등대牛燈臺를 그들은 돌환突環하며, 파도의 활수연活水煙과 함께 도도濤倒하며.[3] 보이야카 왕비[4] 승리로다! 보야나 만세![5]〔HCE〕는 마침내 ALP를 정복하고 연어—솔로몬—아담 및 덴마크의 침입자처럼 시바 강변을 거슬러 올라갔나니, 이마에 땀 흘러 빵을 벌었다. 그는 우리들의 부식 곰팡이 빵[6]그의 약간의 건포도 빵을 힘들어 벌었나니, 장사꾼이라. 정말 그는 그랬도다. 여기를 볼지라. 그 사내의 이물(뱃머리)의 이 젖은 곳에[7]. 그가 해수海水의 유아幼兒[8]라 불렸음을 그대는 알지 못하는고, 수아水兒 탄자誕者? 아베마리아여, 그인 정말 그런지라! H. C. E.는 대구어안大口魚眼을 지녔도다.[9] 분명히 그녀자신이 사내처럼 엇비슷하게 고약했나니. 누구? 아나 리비아? 그래, 아나 리비아. 그대는 그녀가 사방으로부터 빈정대는 계집들, 예쁜 요녀들, 못난 계집애들을 그이〔남편〕를 즐겁게 해주려고, 그녀의 범죄추장犯罪酋長[10], 그리고 제사장祭司長의 음소陰所를 간질여 주려고 불러들이고 있었던 걸 아는고? 그녀가 그랬던가? 그러고 말고! 그래 그게 끝인고? 엘 니그로 자신이 라 플라타〔간판〕를 들여다보자 몸을 움츠렸던 것처럼. 오, 듣고 싶어요. 내게 모든 걸 말해주구려, 그녀가 꿀맛같이 달콤한 사내한테 얼마나 사랑을 받았는지! 한 매춘부가 낙오한 다음 토끼 눈의 윙크를 행하며. 스스로 전혀 상관하지 않는 양하면서, 전 돈 없어요, 나의 부재자여, 그인 격정의 사나이, 매혼자賣婚者! 매혼자와 그래서 매매어쩌고저쩌고? 그따위 러시아 힌두어 헛소릴랑 집어치워요! 혼성어語로 말해요. 그리고 호우豪雨를 호우라 불러요 사실 그대로 까놓고 말할지라. 사람들이 학교에서 그대 상대 세탁 여인에게 헤브라이어를 가르쳐 주지 않았단 말인고, 그대 무식초보자[11]? 그건 꼭 마치 내가 당장 순수 언어 보존의 명분 속에 모범을 보이며 염동작용念動作用[12]에서 나와 그대를 고소하려 하는 것 같구려. 맙소사 그래 그녀는 그따위 사람인고? 하지만 그녀가 그런 저속한 짓을 할 줄은 난 거의 생각지 못했어. 그대는 그녀가 창가에서, 버드나무 의자에 몸을 흔들거리며, 온통 설형문자로 씌어진 악보를 앞에 놓고, 마치 줄 없는 활로 바이올린 버들피리 만가를 연주하는 척 하면서, 간들거리고 있는 것을 탐지하지 못했단 말인고? 분명히 그녀는 활이나 줄을 가지고도 전혀 연주할 수 없다니까! 분명히, 그녀는 할 수 없는지라! 꼴 참 좋겠다. 글쎄, 나는 절대 그런 이야기를 들은 적이 없어요! 더 말해 줘요. 전부 내게 말해요. 글쎄, 늙은 험버 영감〔HCE〕은 마치 범고래처럼 범凡 침울해 있었나니, 그의 문간에는 살 갈퀴 풀이 무성하고 게다가 오랜 세월 동안 염병이 그리고, 궁남弓男도 산탄포수도 불출이라[13] 그리고 암산등성이에 온통 봉화만 타고 부엌 또는 성당에는 무無램프요 그래프턴 방축 길의 거인의 동굴과 펑글러스의 무덤[14] 주변에도 사모死帽 독버섯 그리고 위대한 호민관의 분묘에 쌓인 해독살 갈퀴, 그이 자신의 자리에 녹울鹿鬱하게 앉아, 꿈꾸듯 그리고 홍얼대며, 자신의 수척한 얼굴 모습[15]이라니, 자신의 아견직兒絹織 스카프의 까다로운 퀴즈를 질문하며 자신의 장례식을 재촉하기 위하여[16] 그리고 그 곳에 그는 저 몰몬[1] 조간신문(타임스)에서 모두들의 사채死債를 점검하는가 하면, 유산을 문답問答하거나, 뛰었다. 넘었다.[2] 그리고 그들의 소요노동騷擾勞動 속에 안면安眠의 잠자리에 깊이 묻힌 채,[3] 입을 목구멍에서 입술까지 쩍 벌리자, 낙수 홈통의 새들이 그의 악어 이빨 사이를 쪼고 있었나니,[4] 내내 혼자 단식투쟁을 하거나 자기 자신에게 심판일을 위협하거나 숙명을 인비忍悲하거나, 분승憤昇하며, 자신의 머리칼을 눈 위까지 빗어 내리거나, 높은 고미받이 다락방에서 별이 보일 때까지, 까만 암소들과 잡초 우거진 개울과 젖꼭지 꽃봉오리와 염병에 걸린자들을 꿈꾸고 있었나니, 응시凝視라 과연 교구敎區가 포타주(수프)에 필적할 가치가 있었을 건고. 그대는 그에게 속하는 것은 모두 시대에 뒤떨어진 것이요 어찌하여 그가 부당 감금되어 몽환夢幻을 꿈꾸었는지[5] 생각할지니. 그는 7년 동안을 계속 토吐하고 있었도다. 그리하여 거기에 그녀, 아나 리비아, 그녀는 감히 한시도 잠을 위해 눈을 붙이지 못한 채, 작은 꼬마 아이, 손가락 두께의 벤다반다[6]처럼, 사방에 목구멍을 가르랑거리며, 여름철[7] 무릎 겹치마 차림으로 그리고 난폭한 양 뺨에, 그녀의 사랑하는 연인 댄[8]에게 작별을 고하기 위해. 당신의 사랑하는 매기로부터 새 감자와 소금이 함께 하소서. 그리고 그녀〔ALP〕는 이따금 남편에게 싱싱한 생선요리를 대접하거나 그가 장저腸底까지 만족하도록 혼잡 계란 요리를, 아무렴, 그리고 토스트 위에다 덴마크 베이컨 그리고 한 잔 반의 멀건 그린란드산産 홍차 또는 식탁 위에 모카산産 설탕 탄 모카 커피[9] 또는 서강西江 차(茶) 또는 진예眞藝의 백랍 컵의 고사리주酒 그리고 연한 연부軟浮 빵을 대접했나니(어때요, 여보?), 그 이유인즉 마침내 그녀의 연약한 양 무릎이 육두구처럼 찌그러지고 말 때까지 저 돼지 사내〔남편〕의 위장을 만족시켜 주려고 했나니 한편 그녀의 이음쇠(몸뚱이)가 중풍으로 흔들리고 말았는지라 그리하여 여과기에 먹을 음식물을 팽팽하게 고산적高山積하여 성급하게 돌진하자(그때 운석隕石같은 분노가 분출했도다) 나의 쾌남 헥〔HCE〕인, 그는 경멸의 눈초리와 함께, 그대 암돼지 같으니, 마치 이 고래 같은자者 등등이라 말하듯, 욕설을 쏘아붙이는지라, 그리하여 혹시 그가 그녀의 발등 위에 접시를 떨어뜨리지 않았다면, 정말이지, 다행이었지. 그러자 그때 그녀는 한 가지 찬미가, *마음을 굳게 먹었나니*[10] 또는 *맬로우의 방탕아들*[11] 또는 첼리 마이클의 *비방은 일진풍一塵風*[12] 또는 *올드 조 로비드슨*[13]의 발프 조調의 일 절을 휘파람으로 불러 주고 싶었도다. 누구든지 그런 휘파람 소리를 들으면 필시 그대를 두 동강 내고 말리라! 아마 그녀라면 바벨탑 위에서 울부짖는 암탉을 잡을 수 있으리라. 그녀가 입으로 꼬꼬댁 우는 법을 알고 있다 해서 해 될게 뭐람! 그러자 압착기[14]의 무게 못지않게 한자漢者〔HCE〕에게서 한 마디 투도 나오지 않았나니. 그게 진실인고? 그건 사실이도다. 그러자 화려한 화마華馬를 환승環乘하고, 귀족 니비아 가문 출생이요, 분별과 예술의 낭박사娘博士, 안노나[15], 그녀의 스파크 활활불꽃 반짝이는 부채를 하늘거리면서, 양털로 그녀의 백상白霜의 머리다발을 가색假色했도다.

한편 월미인越美人〔ALP〕은 그의 웅피熊皮 아래를 어루만졌는지라!—변화무쌍한 비취색의 시대 가운을 입었나니, 이는 두 추기경의 목재의자木材椅子를 감싸고 가련한 컬런 존사尊師를 억누르거나 맥케이브 존사尊師[1]를 질식시킬 정도라. 오, 허튼 소리! 그녀의 보라색 헝겊 조각이라! 그리고 식활강기食滑降機 아래로 그에게 붕붕 풀무소리를 으르렁거리며, 그녀의 쉰여섯 종류의 감미로운 종언終焉으로, 그녀의 코로부터 가루분을 휘날리며 애원하나니. *요람아搖籃兒여, 고리버들 바구니 같으니! 이봐요, 당신, 제발 죽지 말아요!* 마치 물오리처럼 또는 로미오레쯔크에게 노래하는 마담 델바[2] 마냥 정말 선아選雅의 아성牙聲을 가지고, 당신은 그녀가 도대체 무슨 말을 지껄이기 시작했는지 알아요? 당신은 결코 짐작도 못할 거야. 내게 말해 봐요. 말해 보구려. *포비, 여보,*[3] *말해요, 오, 내게 말해요 그리고 내가 당신을 얼마나 사랑했는지 당신은 몰랐을 거예요.* 그리고 호도湖島[4] 저쪽에서부터 들려오는 조명가鳥鳴歌에 미친 척 하면서 부르짖는지라 높은 *지옥스커트가 귀부인들의 자계연인雌鷄煙人 백합 걸친 돼지 몸짓을 보았도다.*[5] 그리하여 한층 귀부인다운 목소리로 그런 저런 노래 등등을 부르고 또 부르나니 그리하여 아래쪽 보더 아저씨〔HCE〕[6]는, 엄청나게 헐거운, 일요사색日曜沙色 외투에 휘감긴 각기병脚氣病 환자[7]처럼, 하품하듯 귀머거리로, 바보 영감 같으니! 저리 꺼질지라! 불쌍한 심농深聾의 늙은이여! 당신은 단지 지분거리고만 있어! 아나 리비? 각성제가 나의 판단이듯![8] 그러자 그녀는 애참哀慘 속에 일어나 트로트로 달려 나가, 문간에 기대선 채, 그녀의 낡은 사기연砂器煙 파이프를 빼끔빼끔 빨면서, 그리고 쏘이, 핀덜리, 데이리 또는 메어리, 밀러크리, 오우니 또는 그로우, 건초 길[9] 걷는 어리석은 하녀들 또는 쾌활하고 바람난 계집애들에게 억지웃음을 보내거나 혹은 불결한 배출구[10] 곁으로 모두들 안으로 들어가도록 신호하지 않았던고? 그래〔상대방 세탁녀〕 입 좀 닥칠지라, 어리석은 멍청 할멈 같으니? 하지만 하느님께 맹세코 정말이도다! 그들을 하나씩, 안으로 불러들이며(이쪽은 봉쇄구역이야! 여기 화장실이야!), 그리고 문지방 위에서 지그춤을 추어 보이거나 또는 그들의 엉덩이 흔드는 법을 그들에게 가르쳐 주었는지라 그리고 고상한 여인에게는 최희最喜의 의상을 시야에서 어떻게 가리도록 마음 써야 하는지 그리고 한 처녀가 한 남자를 대하는 온갖 방법[11]을 진미珍味롭게 가르쳐 주었나니 2실링 1펜스라던가 또는 반 크라운이라던가. 일종의 꼬끼오 닭 우는소리를 내면서 반짝이는 은화를 들어 보이고 있었지. 어머나, 어마나, 정말 그녀가 그랬던고? 글쎄, 이런 지독한 이야기를 나〔상대방 세탁녀〕는 처음 들어 봐! 세상의 모든 멋진 귀여운 창녀들을 그에게 다 던져 주다니! 어떠한 축다祝多의 섹스를 원하든 상관없이 당신이 바라는 내밀內密의 붙들린 계집에게, 험피〔HCE〕의 앞치마 속에서 잠시 동안 포옹하고 안식처를 찾는 일이라면 2실링 3펜스이면 족하리라![12]

그리하여 그녀〔ALP〕는 얼마나 지루한 율시律詩를 지었던고! 오, 그래! 오, 저런! 데니스 플로렌스 맥카시의 아래 속옷[13]을 내가 경칠 힘들어 비누칠하는 동안 진짜 그 이야기의 진조眞潮를 내게 말해 주구려. 범승氾昇할지라, 주람奏濫할지라, 낭랑한 피아 목소리로! 내가 아나 리비아의 쿠싱루(雅歌)를 배울 때까지 나는 나의 옥소족沃素足[14]이 다 말라 안달 죽을 지경이라.[15]

그것〔ALP〕의 율시〕을 하나는 쓰고 둘이 읽고, 공원의 연못가에서 발견되었지! 나는 그걸 알 수 있나니. 그대가 그런 줄 난 알도다. 이야기가 어떻게 돌아가고 있는고? 자 잘 들어 봐요. 당신 듣고 있는고? 그래, 그래! 정말 듣고 있어! 그대의 귀를 돌려! 귀담아 들을지라!

대지大地와 구름에 맹세코 하지만 나는 깔깔 새 강둑을 몹시 원하나니, 정말 나는 그런지라, 게다가 한 층 포동포동한 놈을! 지금 내가 갖고 있는 저 접합물接合物〔영감〕은 낡았기 때문이라, 정말이지, 앉아서, 하품을 하며 기다리나니, 나의 흐늘흐늘하고 비실비실한 대인 영감, 나의 사중생死中生의 동반자, 식료품실의 나의 검약한 열쇠, 나의 한껏 변한 낙타의 혹, 나의 관절 파괴자, 나의 5월의 벌꿀[1], 나의 최후 12월까지의 천치天痴가, 그의 겨울잠에서 깨어나 옛날처럼 나를 꺾어 누르도록.

한 장원莊園 나리 혹은 스트라이크의 지방 기사騎士라도 있다면, 나는 경의驚疑나니, 숭배하올 양말을 그를 위해 세탁하거나 기워 주는 대가로 현금 한 두 푼을 내게 지불할지라, 우리는 이제 말고기 수프도[2] 우유도 다 떨어지고 말았으니?

냄새 아늑히 서린 나의 짧은 브리타스 침대가 없었던들 나는 밖으로 도주하여 톨카강江 바닥의 진흙[3]이나 또는 클론타프의 해변으로 외도外逃하고, 염鹽의 신辛더블린만灣의 싱그러운 공기를 그리고 내게로 하구엄습河口掩襲하는 해풍의 질주를 느끼련만.

어어서! 계계속! 내게 좀 더 말해 봐요. 세세한 것(기호)까지 다 말해. 나는 단순한 눈짓까지 다 알고 싶나니. 무엇이 옹기장이를 여우 굴 속에 날아들게 했는지에 이르기까지. 그리고 왜 족제비들이 사라졌는지. 저 향수 열병이 나를 후끈하게 하고 있어. 혹시 말 탄 어느 사내가 내 이야기를 듣고 있기라도 한다면! 우린 탄환남아彈丸男兒를 불륜병不倫兵과 대면하게 할 수 있으리라. 자, 이제 개암나무 부화장[4] 이야기. 크론달킨 마을[5] 다음으로 킹즈인人(王宿). 우리는 선천鮮川[6]과 함께 거기 곧 도착하게 될 꺼야. 도대체 그녀〔ALP〕는 통틀어 얼마나 많은 약어아若魚兒들〔ALP의 자식들〕[7]을 가졌던고? 나는 그걸 당신한테 정확히 말할 수 없어. 단지 근사치만 아는지라. 누가 말하듯[8] 그녀가 세 자리 숫자를 지니고, 하나 더하기 하나 더하기 하나, 일백 열하나 및 하나, 111 [9]이 되도록 한정했다는 거야. 오 맙소사, 그렇게 많은 떼거지들을? 우리는 그러다가 성당묘지에 빈 땅 하나 남지 않을 거야. 그녀는 자신이 애들에게 붙여 준 요람명搖籃名의 절반도 기억할 수 없지, 컨드(K)에게 지팡이 그리고 이욜프(E)에게 사과 그리고 야콥 이야(Yea)에게[10] 이러쿵저러쿵, 복싱 주교主敎의 무류無謬 슬리퍼의 은총에 맹세코. 일백하고 어떻게? 그들이 그녀에게 플루라벨(複數腹) 세례명을 붙여주길 잘했는지. 오 맙소사![11] 얼마나 지독한 부담이랴! 하이 호! 하지만 그녀는 카드점占에 실로 나와 있나니.

〔196.01–200.32〕 두 여인들의 대화—HCE와 ALP에 관한 가십.

〔201.05–202.01〕 잇따르는 구절은 아낙네들 중의 하나가 알고자 하는 ALP의 율시律詩로서, 그 내용인즉. ALP는 늙은 남편 HCE를 개탄하고 새로운 애인을 갈구한다. 집은 가난하여 이제 말고기 수프로 다 떨어지고 말았다. 그녀는 염鹽의 신辛더블린만灣의 싱그러운 공기를 바란다.

〔202〕 HCE의 잇따른 여러 여색들과의 성적탐색.

그녀는 많으면 많을수록 더 즐거운지라.〔ALP의 111명의 아이들〕 쌍능직雙綾織 및 삼전음參顫音, 여사餘四 및 탈품육奪品六 북칠北七 그리고 남팔南八 그리고 원숭이 놈들 그리고 새끼들까지 구九. 할아비를 닮은 방심쟁이[1] 그리고 미사 비참혼悲慘魂 그리고 모든 악한들 중의 악한 그리고 괴짜. 히하우! 그녀〔이하 ALP의 애정 행각〕는 한창시절 나돌아 다니는 논다니었음이 틀림없지요, 그렇고말고, 더할 나위 없지. 분명히 그녀는 그랬나니, 정말이고말고. 그녀는 자신의 유남流男을 여러 명 지니었나니. 당시 저 계집애한테 한번 눈초리를 던져 보아도 전혀 놀라는 기색조차 없었는지라, 더욱이 남을 홀리기만, 그게 사실이야! 내게 말해 봐요, 말해 봐, 그녀가 어떻게 모든 사내들과 어울려 지냈는지, 그녀는 정말 매혹녀女 였는지라, 그 성마녀聖魔女? 폰테—인—몬테에서 타이딩 타운까지[2] 그리고 타이딩 타운에서 항구까지, 우리들의 멋쟁이 남자들 앞에 자신의 위력危力을 투投하면서. 다음에서 다음으로 서로 깍지 끼거나 애무하면서, 옆구리를 툭 치거나 한잔 마시면서 그리고 스스로의 동방환희東方歡喜 속에 사라지고 시류時流에 뒤진 채. 그래 최초의 폭발자는 누구?[3] 혹자或者가 그이었지, 그들이 어디에 있든 간에, 전술적 공격으로 아니면 단독 전투로. 땜장이, 양복쟁이, 군인, 수병, 파이 행상인 피스 아니면 순경.[4] 그게 바로 내가 늘 변문邊問하고 싶었던 거야. 떼밀고 또 한층 힘껏 떼밀고 고지高地의 본령本領까지 나아갈지라! 그게 그래탄 아니면 프라드(대홍수) 다음의, 수저년水底年이던고,[5] 아니면 처녀들이 궁형弓型을 이루고[6] 또는 세 사람이 떼 지어 서 있었을 때였던고? 무국無國에서 온 무인간無人間이 무無를 발견했듯이 의혹이 솟는 곳을 신앙이 발견할지라.[7] 하우何憂 그대 그렇게 우식愚息짓는고, 앨번, 오, 답할지라? 그 보남寶男의 주먹마디를 풀지라,[8] 쿼빅 그리고 뉴안제![9] 그녀는 당분간 그에게 손을 댈 수 없으니. 그건 가야할 장고長孤의 길, 지루한 산보! 노 저어 뒷걸음질이라니 얼마나 얼간이 짓이랴! 그녀는 자신의 공격자가 라인스터의 제왕帝王,[10] 바다의 늑대, 연대기 상으로 누군지, 또는 그가 무슨 짓을 했는지 또는 그녀가 얼마나 감칠 맛나게 놀아났는지, 또는 어떻게, 언제, 왜, 어디서 그리고 얼마나 자주 그녀에게 덤볐는지 그리고 어떻게 그가 그녀를 배반했는지 거의 알 수 없다고 스스로 말했지. 그녀는 당시에 젊고 날씬하고 창백하고 부드럽고 수줍고 가냘픈 꺽다리 계집애인데다가, 은월광호銀月光湖 곁에 산책하면서, 그리고 사나이는 어떤 쿠라남[11]의 무겁게 뚜벅뚜벅 비틀거리는 외도침남外道寢男인지라, 태양이 비치면 자신의 건초를 말리면서, 살해하는 킬데어의 강둑[12] 곁에 그 당시 속삭이곤 하던 참나무들처럼 단단했지(평토탄平土炭이여 그들과 함께 하소서!), 삼폭수森瀑水로 그녀를 가로질러 철썩하고. 그가 호안虎眼을 그녀에게 주었을 때 그녀는 해요정海妖精의 수치로 자신이 땅 아래로 꺼지는 줄만 생각했지! 오 행복한 과오여![13]〔다시 상대 세탁녀女〕나의 욕망이나니 그게 그이였으면! 당신은 거기 잘못이야, 경부驚腐하게도 잘못을! 당신이 시대착오적인 것은 단지 오늘밤만이 아니야! 그것은 그보다 훨씬 뒤의 일이었어,

당시 애란의 정원이라 할 위켄로우 주[1]에는 어디에고 수로가 없었던 시절, 그녀〔게울—ALP〕가 킬브리드교橋[2]를 씻어 흐르고 호수패스 다리[3] 아래 거품을 일으키며 달리고, 그 엄청난 남서 폭풍이 그녀의 유적流蹟을 어지럽히며 내륙의 곡물 낭비자가 그녀의 궤도[4]를 염탐하고, 어떻게든 자신의 길을 지루遲流하며, 하호何好 하악何惡을 위해, 실 짜고 맷돌 갈고, 마루 걸레질하고 맥타작麥打作하고,[5] 험프리의 울타리둘러친마을(Barley—fields⋯Humphreytown)의 보리밭[6]과 값싼 택지宅地에 모든 그녀의 황금생천黃金生川[7]을 위하여 그리고 웰링턴 선의마善意馬[8], 토지연맹수확자[9]와 잠자리를 나눌 것이라 감히 꿈도 꾸지 못할 때였나니. 아아, 소녀다운 시절의 이야기인지라! 바닷가 모래 언덕의 비둘기에 맹세코! 뭐라? 이조드?[10] 당신은 그게 분명히 확실한고? 핀강江이 모운강江과 접합하는 곳이 아닌, 노어강江이 블룸산山[11]과 헤어지는 곳이 아닌, 브래이강江이 패어러강江의 물길을 바꿔 놓은 곳이 아닌, 모이 강이 컬린호와 콘호[12] 사이 컨호와 콜린호 사이에서 그녀의 유심流心을 바꾸어 놓은 곳이 아닌 것이? 혹은 넵투누스[13]가 스컬 노櫓를 잡고 트리톤빌[14]이 보트를 저으며 레안드로스[15]의 삼자가 두 여걸과 꽝 부딪쳤던 곳? 아니야, 결코 아니, 전혀, 천만에![16] 그럼 오우 강과 오보카 강의 어디 근처? 그것은 동서 쪽 또는 루칸 요칸 강 또는 인간의 손이 여태껏 결코 착족着足한 적이 없는 곳? 어딘지 내게 곡언谷言해 봐요, 첫 번째 제일 근사한 때를! 내가 말할 테니, 잘 듣는다면. 당신 러글로우의 어두운 협곡을 아는고? 글쎄, 거기 한 때 한 지방 은둔자가 살았나니, 마이클 아클로우[17]가 그의 귀천貴川하신 이름이라.(수많은 한숨과 함께 나는 그의 용암상鎔巖床에 물을 뿌렸도다!),〔독자는 이제 ALP—리피 강를 거슬러 위클로우 계곡까지 역진한다〕 그리하여 육칠월의 어느 화華금요일, 오 너무나 달콤하고 너무나 시원하고 너무나 유연하게 그녀는 보였나니, 여수령女水靈 낸스,[18] 고정부高情婦 나논,[19] 무화과나무 숲의, 침묵 속에, 온통 귀를 기울이며, 그대 단지 촉감을 멈출 수 없는 불타는 곡선, 그는 자신의 새롭게 도유塗油한 두 손, 자신의 맥중핵脈中核을, 그녀의 마리아 노래하는 까만 사프란색의 부발浮髮 속에 돌입했는지라, 그걸 가르며 그녀를 위안하며 그걸 혼잡混雜하며, 일몰의 저 붉은 습야濕野[20] 마냥 진 검고 풍만한 것이었나니. 보우크로스 계곡[21]의 세천細川 곁에, 무지개 색남色男의 천호天弧가 그녀를(머리)빗으며 오렌지 색화色化 했나니라. 아프로디테 미여신美女神[22]의 황혼, 그녀의 에나멜색 눈은 보라색 폭간暴姦의 가장자리까지 그를 남색화藍色化하는지라.[23] 원망願望 원망怨望! 어쩌고저쩌고? 희랍주酒![24] 레티 럴크의 경소輕笑가 저 월계수를 그녀의 다브다브 천요녀川妖女 위에 방금 던지나니[25] 요들가歌를 록(岩)창唱하다.[26] 메사 강! 그러나 마력파魔力波는 이내 1천 1[27]의 요정 올가미를 품으나니. 그리하여 그의 욕천浴川의 살신殺神 심바[28]가 음살淫殺되도다. 그〔ALP의 연인〕는 자기 자신을 억제할 길 없는지라, 너무나 스스로 격갈激渴해진 나머지, 그는 자신 속의 주교主教임을 잊지 않으면 안되었으니, 그리하여 그녀를 위쪽으로 비비거나 아래로 쓰다듬으며, 그는 미소하는 기분 속에 자신의 입술로 마구 입 맞추었는지라, 그 주근깨 투정이 이마의 아나—나—포규[29]의 입술에다(그는 안돼, 안돼, 절대로[30] 그녀에게 경고하면서) 키스 또 키스를 연달아 퍼부었도다.

그대가 바삭바삭 목이 타는 동안 그녀〔다시 ALP의 애정 행각〕는 숨이 끊기듯 했지. 그러나 그녀는 자신의 추진동推振動으로 2피트만큼 몸이 솟았던 거다[1]. 그리고 그 후로 죽마를 타듯 스텝을 밟았지. 그것은 향유대신 버터를 곁들인 키스치유治癒였지요! 오, 그인 얼마나 대담한 성직자였던가? 그리고 그녀는 얼마나 장난꾸러기의 립이었던고? 논다니 나아마〔ALP〕가 이제 그녀의 이름이라. 그 이전에 스코치 반바지를 입은 두 젊은 녀석들이 그녀를 범했지, 러그나킬리아 산정[2]의 고귀한 픽트족族,3) 맨발의 번과 주정뱅이 웨이드는 그녀가 엉덩이에 그를 감출 한 오래기 털 흔적 또는 선술집의 선복船腹 부푼 유람선[4]은 말할 것도 없고 그 자작나무 마상이 피선皮船을 유혹할 앞가슴조차 갖기 전의 일이었지. 그리고 다시 그런 일이 있기 전에, 아가, 오리, 전혀 준비도 갖추지 못한 채,[5] 너무나 연약하여 요정미기수妖精美騎手도 지탱하지 못할 정도였기에, 백조 새끼의 깃털과도 새롱대지 못할 판이었나니, 그녀는 치리파—치러타, 사냥개에 의하여 핥아 받았는지라, 조가鳥歌와 양털 깎는 시절에, 정든 킵퓨어산山 언덕의 중턱에서[6] 말이야, 순수하고 단순히, 잠깐 쉬 하는 동안, 그러나 무엇보다 먼저, 제일 고약한 일은, 저 파동 치는 활달한 계집이〔ALP〕, 그녀의 유모 샐리가 수채에서 고이 잠든 사이 그녀가 악마 계곡의 틈바퀴[7]로 슬며시 미끄러져 나왔지, 그리고 피피 파이파이, 그녀가 발걸음을 내딛기도 전에 배수구의 수로에 벌렁 나 잡아졌는지라, 한 마리 휴休 한우閑牛 아래쪽에, 온통 침체된 검정 연못[8] 속에 드러누운 채 꿈틀거리고 있었지 그리하여 그녀는 사지를 높이 치켜들고 천진자유天眞自由롭게[9] 소리 내어 웃어대자 한 무리 산사목 처녀 떼가 온통 얼굴을 붉히며 그녀를 곁눈으로 쳐다보고 있었단 말이야.

핀드혼〔훈제 대구〕의 이름의 음音을 내게 똑똑히 들려줄지라, 무투(山人)이든 미티(江木)이든, 어떤 이목자泥目者가 목격자였지. 그리하여 왜 그녀의 얼굴이 주근깨로 점점이 얼룩져 있는지 찰랑찰랑 듣게 해요. 그리고 그녀의 머리카락은 마르셀식式 물결 웨이브[10]이든 아니면 단순히 가발을 쓰고 있던 간에 사실대로 졸졸 이야기해 봐요. 그리고, (프로리 보트의)[11]처녀들은 당황한 나머지 자신들의 붉힌 얼굴을 어느 쪽으로 떨어뜨렸는지, 뒤쪽 서쪽으로 아니면 앞쪽 바다 쪽으로? 그토록 사랑스러운 목소리를 가까이 듣다니 두려웠던고, 아니면 혐오를 흠모하고 혐오하며 흠모했던고? 당신〔상대 세탁녀〕은 사정에 밝은 건가 아니면 사정에 어둔 건가? 오 계속 해요, 계속 말해요, 계속 해! 글쎄 당신이 알고 있는 것에 관해. 당신이 뜻하는 바가 무엇인지 나는 바로 잘 알고 있어. 오히려! 당신은 두건이나 나들이옷만 좋아하려 하니, 얌체인지라, 그리고 나더러는 오래된 베로니카의 걸레 묻은 기름기 일만 하게 하고[12]. 글쎄 지금 내가 뭘 헹구고 있지, 그런데 맙소사?〔빨래 여인들 중의 하나가 특별한 옷가지를 주셔 든다〕 이건 앞치마인가 아니면 법의法衣인가? 알란,[13] 글쎄 당신의 코는 어디에 있지? 그리고 풀(膠)은 어디에 있고? 그건 제의실의 봉헌奉獻 냄새가 아니냐. 나는 저 오드 콜로뉴[14]과 그녀의 향수 냄새로 그게 매그러스 부인[15] 것이라는 걸 여기에서도 말할 수 있어.〔상대방 여인은 그건 매그러스 부인의 레이스 블루머임을 확인한다〕 그리고 당신 그걸 바람에 쐬어야 해. 그건 바로 그녀한테서 나온 냄새야. 그건 비단 주름 복지요, 크램프턴 잔디 복지가 아니고. 신부님, 저를 세례 시켜 줘요, 왜냐하면 그녀가 죄를 지었기에![16]

그녀의 집수역集水域〔강의〕을 통하여 그녀가 그들을 스스럼없이 팽개쳤나니, 자신의 무릎 장식을 위해 엉덩이 만세를 외치며. 온갖 낡은 평복에 술이 달린 것은 단 한 벌뿐〔앞서 매그러스 부인의〕. 바로 그 놈들이나니〔그녀를 희롱하는 사내들〕, 맹세코! 웰랜드천泉! 혹시 내일 날씨가 좋으면 누가 이걸 구경하러 발을 끌며 다가올고? 어떻게 누가? 내가 갖지 않은 것〔공환〕에 다음에 물어 봐요![1] 벨비디어의 우로출생優露出生 놈들[2]. 그들의 순항용 모자와 보트클럽의 색복色服에. 뭐라고, 모두들 떼를 지어![3] 그리고 저런, 모두들 수사슴처럼 뻐기며! 그리고 여기 그녀〔매그러스 부인〕의 처녀 이름 글자가 또한 새겨져 있어. 주홍색 실로 K 위에 L을 겹쳐. 살색 복지 위에 세상이 다 보도록 서로 이은 채. 로라 코운[4]의 것이 아님을 보여주기 위해 X표를. 오, 비방자가 그대의 안전핀을 비틀어 버렸으면! 그대 맘마魔의 아이, 킨셀라의 리리스〔매그러스 부인의 처녀 명〕여! 그런데 그녀가 입은 속옷의 다리를 누가 찢고 있었단 말인고? 그건 어느 다리인고? 그의 종 달린 쪽[5]. 그걸 헹구고 빨리 빨리 서둘어요! 내가 어디서 멈추었지? 절대로 멈추지 말아요! 속담續談! 당신 아직 그 이야기는 끝나지 않았어. 나는 계속 기다리고 있어. 자 계속해 봐요, 계계속할지라!〔이야기의 연속은 때때로 "말해 봐요"라는 후렴으로 재삼 중단된다〕

글쎄, 그것〔HCE—남편의 죄〕이 자비 수도회의 토일—월—주보週報[6]에 실린 뒤(언젠가 한번은 그들이 하얀 염소 가죽 장갑을 더럽히고 말았지, 그들의 닭고기와 계란 베이컨의 만찬을 마친 다음 입 새김질을 하면서, 여기 그걸 좀 보여 줘요 그리고 거기서 마음을 뗄지니 읽을 기사를 다 마칠 때), 심지어 그의 상발霜髮 위에 내린 눈까지도 그에게 싫증이 났지. 용溶, 용, 죽겠지, 이봐요! 시발始發(S) 그녀의(H) 두주頭主(C) 향사(E)〔HCE〕! 당신이 언제 어디를 가든 그리고 어느 주방에 들리든, 도시 또는 교외 또는 혼잡스러운 지역, 로스 앤 보틀(장미와 술병) 또는 피닉스 선술집 또는 파우어즈 여관 또는 주드 호텔[7] 또는 내니워터에서 바아트리빌까지 또는 포터(港) 라틴에서 라틴가까지[8] 어느 촌변村邊을 헤매든 간에, 당신은 발견했는지라, 아래위 뒤바뀌 새긴 그〔HCE〕의 조각상을. 그리고 그의 기괴한 모습을 흉내 내며 익살 부리는 모퉁이의 불량배들, 쾌걸 터고 극劇서 로이스 역[9]의 사나이 모리스.(유럽풍의 치킨하우스, 지방 빼지 않은 쇠기름과 요구르트, 자 햄남男의 빵이라, 아하담 이쪽으로, 파티마[10], 반전半轉!), 피리를 불고 벤조를 켜고 근처의 선술집 주변을 떠돌아다니며, 우정회友情會의 굽 높은 삼중 모피모毛皮帽〔HCE의 세 겹 모자〕를 그의 두개골 주변에 빙빙 돌리나니. 네바—강가의—페이트 또는 미어 강—건너의—피트처럼. 이건 온통 포장하고 돌을 간 하우스만(Hausman)[11](H), 저건 아무도 결코 소유한 적이 없는, 수탉이 자신의 다리를 들고 그의 계란(E)을 암탉인양 깐 어물통 비치의 마구간(C). 〔불량배들이 HCE를 흉내 내며〕 그리고

〔201.21—204.20〕 그녀의 111 아이들—그녀의 초기 성적 폭발. 두 세탁녀들의 ALP의 행각에 대한 정보를 위한 안달함).

〔204.21—205.15〕 그녀의 머리카락—세탁에서 한 쌍의 짧은 바지 (HCE에 대한 사람들의 조롱) 글쎄, HCE의 공원의 죄가 신문에 실린 뒤 심지어 그의 서리 두발 위에 내린 눈까지도 그가 넌더리났지. 당신이 언제 어디를 가든 그리고 어느 주방에 들리든, 그대는 아래위 뒤 바뀌 새긴 그의 조각상을 발견했는지라, 또는 그의 모퉁이의 불량배들이 그의 우상을 조롱하며, 어떤 녀석이 그를 놀려주었지. 〔이하 HCE의 죄〕

〔206.01－206.28〕 HCE의 죄의 수치－이 장의 주된 에피소드이다. 그것은 어떻게 ALP가, 모든 그녀의 아이들에게 전쟁 뒤의 패물들을 담은 백에서 선물을 분배함으로써, HCE의 스캔들을 없애 버렸는지를 말한다. 각 선물은 수령자 자신의 운명의 증표였다.

〔206.29－207.20〕 그녀의 화장품의 준비용으로－그녀는 밖으로 나온다.

대법원[1]에서 그의 둘레에서 눈물 질질 흘리는 애송이 놈들, 그들의 팀파니 패들과 함께 위대한 돌림 노래를 합창하면서, 그〔HCE〕를 재판하며 주위에서 왁자지껄 떠들어 대다니. 그대의 엄부嚴父를 조심할지라. 그대의 엄마를 생각할지라. 홍자洪者 횡漂[2]〔중국 명〕이 그의 홍겨운 가짜 별명이나니! 볼레로 곡을 부를지라. 법을 무시하면서! 그녀〔ALP〕는 여전히 저따위 온갖 깡패 녀석(뱀)들과 평등 하려고 길 건너 골목길 근처의 십자가 막대기에 맹세했도다.[3] 임신가姙娠可의 동정녀 마리아 양讓[4]에게 맹세코〔기필코…그녀의 결심〕! 그래서 그녀는 지금까지 아무도 들어보지 못한 그런 류類의 한 가지 심한 장난을 꾸밀 계획을 짜겠노라 홀로 중얼거렸지, 그 장난꾸러기 여인이. 무슨 계획을? 빨리 말해 그리고 잔인하게 굴 것 없어! 무슨 살인사殺人事를 음조淫造했단 말인가? 글쎄, 그녀는 자신의 물물교환자子들 중의 하나인, 우편배달부 숀〔ALP의 아들〕한데서, 그의 램프 불빛의 차용권과 함께, 한 개의 부대 빽, 새미 가죽(皮)의 우편낭郵便囊을 빌렸는지라, 그런 다음 그녀의 염가 본, 낡은 무어력曆, 캐시저著의 유클리드 기하학과 패션 전람展覽을 사서 상담했나니 그리하여 가장무도회에 참가하기 위해 스스로를 조시단장潮時端裝했도다. 오 기그 고글 개걸개걸.〔얼마나 우스운 일!〕 나는 그 광경을 당신한테 어떻게 말할 수 있담! 너무나 야단스러워서 억제할 수가 없나니, 온통 저주할 것! 파하하波河河 우雨히히히 우하하雨河河 파波히히![5] 오 하지만 당신은 이야기해야 하나니, 정말로 해야 하는지라! 어스레한 더글다글의 먼 계곡 가글가글에서 울려오는 개골개골 물소리처럼, 꽈르르꽈르르 소리[6] 나는 걸 내게 듣게 해 줄지라! 말하다트 마을의 신성한 샘泉[7]에 맹세코, 나는 정녕 틸리와 킬리[8]의 불신앙不信仰의 산山을 통하여 천국에 가는 기회를 저당 잡혀도 좋으니〔무슨 일이 있어도〕, 그걸 듣게 해줘요, 한 마디 남김없이! 오, 잠깐만, 여인, 정신 차리도록 날 잔간 내버려 둘지라! 만일 그대 내 이야기가 싫어하거들랑 너벅선에서 나올지라. 글쎄, 그대 마음대로 할지니, 제발. 여기, 앉아서 시키는 대로할지라. 나의 노櫓를 잡고 그대의 뱃머리 쪽으로 몸을 굽힐지니.[9] 노를 앞쪽으로 굽히고 당신의 비만 체를 끌어당길지라! 천천히 귀를 기울이고 조용히 그걸 해볼지니. 내게 길게 말할지라! 이젠 서두를 것 없는지라. 숨을 깊이 쉬어 볼지니. 이제 편한 뱃길이도다. 차근차근 서두르면 그대 가게 될지로다. 내가 성당 참사원의 속옷을 문질러 빨 때까지 여기 당신의 축복의 재灰를 내게 빌려주구려. 이제 흘려보낼지라. 방류. 그리고 천천천천히.

처음 그녀〔ALP의 외출 몸단장〕는 자신의 머리칼을 풀어 내리고 발까지 늘어뜨렸는지라 그의 묵직한 꼬인 머리타래를. 그런 다음, 나모裸母된 채, 그녀는 감수유액甘水乳液과 유향有香 피스타니아 진흙으로, 위아래로, 머리 꼭대기에서 발바닥까지 샴푸 칠을 했도다. 그 다음 그녀는 자신의 용골龍骨의 홈을, 혹과 어살과 사마귀와 부스럼을, 반부패反腐敗의 버터 스카치와 터핀유油와 사미향蛇尾香을 가지고 기름칠했는지라, 그녀는 부엽토腐葉土를 가지고, 주사위 5점 형의, 눈동자도瞳子島와 유수도乳首島 주위를, 자신의 귀여운 배腹[10]의 전면全面을, 선도했도다. 그녀의 젤리 배는 금박 납세공품納細工品이요 그녀의

〔207.21—208.26〕 ALP를 서술하다—그녀의 의상을.

입상粒狀 발향發香 뱀장어의 발목은 청동색이라. 그리고 그런 연후에 그녀는 자신의 머리칼을 위하여 화환을 엮었나니[1]. 그녀는 그것을 주름 잡았도다. 그녀는 그것을 땋았는지라. 목초牧草와 하상화河上花, 지초芝草와 수란水蘭을 가지고, 그리고 추락한 슬픔의 눈물짓는 버드나무를 가지고. 그런 다음 그녀는 자신의 팔찌랑 자신의 발 목걸이랑 자신의 팔 고리 그리고 짤랑짤랑 조약돌과 토닥토닥 자갈 그리고 달각달각 잡석雜石의 홍옥 빛 부적符籍 달린 목걸이랑 그리고 애란 라인스톤의 보석과 진주와 조가비 대리석의 장신구와 그리고 발목장식을 만들었도다.[2] 그걸 다 완성하자, 그녀의 우아한 눈에 깜부기 까만 칠을, 아너쉬카〔습지〕 러테티아비취〔진흙〕 퍼플로바[3]〔무녀舞女〕, 그리고 그녀의 소지수색沼地水色 까만 입술에 리포 크림, 그리고 그녀의 광대뼈를 위한, 딸기 빛 빨강에서 여餘보라색까지, 화장 물감 상자의 색깔을, 그리하여 그녀는 자신의 거실 하녀들, 두 종자매, 실리지아 그랜드와 키어쉬리얼[4]을, 풍요자豐饒者〔남편—HCE〕에게 보냈나니, 수줍고 안달하는, 마님으로부터의 존경과 함께, 그리하여 잠깐 동안 여가를 그에게 요청하는지라. 촛불 켜고 화장실 방문, 즉시 귀가, 브리—온—아로사(장미림薔薇林)에서. 수탉이 9시를 타打하고 성초가星草家가 신부新婦롭게 광시光視하자, 거기 혼혈하인混血何人이 나를 기다리도다! 그녀는 자신이 반분半分도 원거遠去하지 않겠노라 말했나니. 그때, 그런 다음, 그의 등 혹〔HCE〕을 돌리자마다. 우편낭을 그녀의 어깨 너머로 사蛇매었나니, 아나 리비아, 석화안石花顔, 그녀의 물통거품 투정이 집을 뛰쳐나왔도다.〔ALP—그녀의 선물을 배달하기 위해 가출하다.〕

그녀〔ALP〕를 서술할지라! 급행急行, 하불가何不可? 쇠 다리미 뜨거울 동안 타타打唾할지라. 나는 하여何如에도 그녀 이야기는 절세絶世 놓치지 않으리니. 롬바 해협의 이득을 위해서도 아니. 연희宴喜의 대양大洋, 나는 그걸 들어야만 하는지라! 급조急早! 속速, 쥬리아가 그녀를 보기 전에! 친녀親女 그리고 가면녀女假面女, 친모목녀親母木女? 전미숙녀全美淑女〔ALP의 실체〕? 12분의 1의(작은) 소계녀小溪女? 행운녀? 말라가시 생녀生女? 그녀는 무슨 의착衣着을, 귀불가사의貴不可思議 기녀奇女? 얼마나 그녀는, 장신구와 몸무게를 합쳐, 개산槪算했던고? 여기 그녀가, 안(Ann) 대사大赦! 남자 감전感電하는 재난녀災難女라 부를지라.

전혀 감전선녀感電選女 아니나 필요必要 노모파老母婆, 인디언 고모姑母로다. 나 그대〔세탁녀 하나가 다른 하나에게〕에게 한 가지 시험을 말하리라. 하지만 그대 잠자코 앉아 있어야 하나니. 지금 내가 이야기하려고 하는 걸 그대 평화를 갖고 귀담아 들을 수 있겠는고? 때는 아마도 만령절야萬靈節夜[5] 아니면 4월차야月此夜의 1시 10분 또는 20분전이었으려니와, 그녀는 당시 자신의 추물醜物 이글루 에스키모 가문家門[6]의 덜컥거림과 함께 발끝 살금살금 걸어 나오다니, 총림주민叢林住民의 한 여인, 그대가 여태껏 본 가장 귀염둥이 모마母馬, 그녀 사방에 고개를 끄덕이며, 만면소滿面笑라, 두 개의 영대永代 사이 , 당혹의 당황 그리고 경외敬畏 대對 경심警心으로, 그대의 팔꿈치에도 닿지 않을, 주디 여왕.

자 얼른, 그녀의 교태를 쳐다보고 그녀의 변태를 붙들지라, 왠고하니 그녀가 크게 살면 살수록 한층 교활하게 자라니까.[1] 호기를 구하고 취 할지라! 더 이상 아니? 도대체 어디서 그대는 여태껏 공성 망치만큼 큰 램베이 턱[2]을 본 일이 있었단 말인고? 아 그래, 당신 말이 옳아. 나는 잘 잊어버리는 경향인지라, 마치 리비암(사랑) 리들이(적게) 러브미(사랑) 롱이(길게)[3] 그랬듯이. 나의 복사뼈 길이만큼, 말하자면! 그녀는, 그것 자체가 한 쌍의 경작지, 소끄는 쟁기소년의 징 박은 목화를 신었도다.〔이하 ALP의 외모〕 번질번질 나풀대는 꽉대기와 식장용의 삼각형 테두리 및 일백 개의 오색 테이프가 동떨어져 춤추는 그리고 도금 핀으로 그걸 찌른 막대 사탕 꼴 산모山帽.[4] 그녀의 눈을 경탄하게 하는 부엉이 유리의 원근안경. 그리고 태양이 그녀의 수포용모水泡容貌의 피모皮毛를 망가트리지 않게 하는 어망漁網의 베일. 그녀의 향현響絃 늘어진 귓불을 지착枝着하는 포테이토 귀걸이. 그녀의 입방체의 살갖 양말은 연어로 반점철斑點綴되었나니. 그녀는 빨아서 색이 빠지기 전까지 절대로 바래지지 않는 아지랑이 수연색水煙色 캘리코 옥양목의 슈미즈를 자랑해 보였나니. 튼튼한 코르셋, 쌍, 그녀의 신선身線을 선곽線廓하나니. 그녀의 핏빛오렌지의 니커보커 단 바지, 두 가랑이의 한 벌 하의, 자유분방의, 벗기 자유로운, 자연 그대로의 검둥이 즈로즈를 보였나니. 그녀의 까만 줄무늬 다갈색 마승투馬乘套는 장식 세퀸으로 바느질되고 장난감 곰으로 봉제되고, 파상波狀의 골플 견장 및 왕실 백조 수모首毛로 여기저기 꿰매져 있나니. 그녀의 건초 밧줄 양말대님에 꽂힌 한 쌍의 안연초安煙草. 알파벳 단추가 달린 그녀의 시민 코르텐 상의는 두 개의 터널 벨트로 주변선결周邊線結되었나니 각 주머니 바깥에 붙은 4펜스짜리 은화가 휘날리는 풍공風攻으로부터 그녀의 안전을 중량重量했도다. 그녀는 자신의 빙설산氷雪山 코를 세탁물 집게로 가로질러 집었나니 그리하여 그녀의 거품 이는 입 속에 뭔가 괴물을 연방 으스러뜨리고 있었는지라, 그녀의 비연색鼻煙色 방랑자의 스커트의 가운 자락 강류가 그녀 뒤의 한길 따라 50아일랜드 마일[5] 가량을 추주추주追走趨走했도다.〔이상 빨래하는 여인의 서술은 ALP의 의상을 물 흐르듯 묘사한다〕

지옥종地獄鐘, 내가 그녀를 놓치다니 유감이라! 달콤한 행기幸氣여 그리고 아무도 기절하지 않았나니! 그러나 그녀의입의 하처? 그녀의 비갑鼻岬이 불타고 있었던고? 그녀를 본자는 누구나 그 상냥한 꼬마 델리아 여인이 약간 괴상해 보인다고 말했는지라. 어마나, 맙소사, 웅덩이를 조심할지라! 아씨여, 선하고 제발 바보 얘기랑 말지라! 우스꽝스러운 가련한 마녀마냥 그녀는 틀림없이 (숯)잡역을 해왔도다. 정말이지 그대가 지금까지 본 추례녀醜禮女! 소생沼生의 숭어 눈으로 그녀의 사내들을 배신견背信見 하다니. 그리고 그들은 그녀를 자비 여왕으로 왕관 씌웠는지라, 모든 딸들이. 오월강五月江의 여왕?[6] 그대, 아무렴! 글쎄 자신을 위해 자기 자신을 볼 수 없었으니. 나는 인지하거니와 그 때문에 그 애녀愛女가 자신의 거울을 이토泥土했도다. 그녀 정말 그랬던고? 나를 자비소서! 거기 가뭄 해갈해탈解渴解脫하는 호외노동자단戶外勞動團의 코러스(합창)가 있었으니,

쌍말로 마구 떠들어대며 그리고 담배를 질겅질겅 씹으면서, 과일에 눈길을 돌리며 그리고 꽃 키우면서, 그녀 머리카락 화사花絲의 파동과 유동流動을 관조觀照하면서, 북부 나태자懶怠者[1](노스 레이저즈)의 벽정壁井 위에, 주카 요크주점酒店[2] 곁에 지옥의 회주간火週間을 낭비하거나 임대賃貸하면서 그러자 모두들 그녀가 동초冬草의 잡초를 몸에 묻히고 저 해변도海邊道 곁을 곡류曲流하는 것을 보고 그녀의 부주교副主教의 본네트 아래 있는자가 누구인지를 알아차리자마자, 아본데일[3]의 물고기인고 클라렌스의 독毒인고[4], 상호 사초담私草談 하는지라, 목발 짚은 기지자機智者가 마스터 베이츠[5]에게 *우리 두 남구동료南龜同僚 사이의 이야기 그리고 그들은 쑥 돌을 데우고 있었나니, 또는 그녀의 얼굴은 정형미안술正型美顔術 받았거나 아니면 알프(Alp)는 마약중독이도다!*

〔208.27－209.09〕 그녀의 변한 용모—타자들에 의해 목격된 채.

〔209.10－212.19〕 그녀의 백 속의 내용물들—매인을 위한 원한의 선물.

그러나 도대체 그녀의 혼잡배낭混雜背囊 속의 노획물 獲物은 무엇이었던고? 바로 그녀의 복강腹腔 속의 복야자주複椰子酒 혹은 후추 항아리에서 쏟은 털 후추? 시계나 램프 그리고 별난 상품들. 그리고 도대체(천둥 속에) 그녀는 그걸 어디서 천탈天奪했던고? 바로 전쟁 전[6] 아니면 무도舞蹈 후?[7] 나는 근저根底에서 신선新鮮 색물索物을 갖고 싶도다. 나는 턱수염에 맹세하지만 그건 밀어密漁할 가치가 있는 것임에 틀림없나니! 자 얼른 기운起運을 낼지라, 어서, 어서! 그건 정말 착한 늙은 개(천)자식이라! 내가 소중한 것을 당신한테 말하기로 약속하도다. 그런데 글쎄 대단한 것 아닐지도 모르나니. 아직 약속어음을 가진 것도 아닌 채. 진실을 내게 털어놓으면 나도 당신한테 진짜 말할지라.

글쎄, 동그랗게 파상면波狀綿으로 동그란 링처럼 허리띠를 동그랗게 두르고 그녀는 또닥또닥 종종걸음으로 달리며 몸을 흔들며 옆걸음질하나니, 덩굴 풀 짙은 좁다란 소지沼地를 통하여 그녀의 표석漂石을 굴리면서, 이쪽 한층 마른 쪽에 가식수초可食水草와 저쪽 한층 먼 쪽에 야생의 살 갈퀴, 이리 치고, 저리 몰고, 중도中道가 어느 것인지 또는 그것을 부딪쳐야 할지를 어느 것도 알지 못한 채, 물오리를 타는 사람처럼, 그녀의 병아리 아이들에게 온갖 소리를 재잘거리면서, 마치 창백하고 나약한 애들이 외쳐대는 소리를 엿들은 산타클로스 마냥, 그들의 꼬마들 이야기를 들으려고 귀가울이며, 그녀의 두 팔로 이소라벨라[8]를 감돌면서, 이어 화해한 로마즈와 레임즈[9]와 함께, 거머리처럼 들어붙었다 화살처럼 떨어졌다. 달리면서, 이어 불결한 한漢[10]의 손을 침으로 침 뱉어 목욕시키나니, 그녀의 아이들 모두에게 각자 한 개씩의 크리스마스 상자를 가지고, 그들이 어머니에게 주려고 꿈꾸었던 생일 선물을, 그녀는 문간에 비치飛置했나니라! 매트 위에, 현관 곁에 그리고 지하실 아래. 소천자小川者들이 그 광경을 보려고 전주前走하나니, 빤질빤질한 사내놈들, 장난꾸러기 계집애들. 전당포에서 나와(연옥의) 불길 속으로[11]. 그리하여 그녀 주변에 그들 모두, 젊은 영웅들과 자유의 여걸들, 그들의 빈민굴과 분수 우물로부터, 구루병자들과 폭도들이, 총독 부인의 조기朝期 접견식接見式에 도열하는 스마일리 아원아兒園兒[12]들 마냥. 만만세, 귀여운 안 울鬱! 아나 만세, 고귀한 생生을! 솔로 곡을 우리에게 들려줄지라, 오, 속삭일지라! 너무 즐거운 이탈리아! 그녀는 정말 멋진 음질音質을 가졌지 않은고! 그녀를 상찬賞讚하며 그리고 그녀에게 약간의 갈채를 보내면서 또는 그녀가 훔친 자신의 쓰레기 부대 속, 막다른 골목에서 몸소 낚아채고, 그녀의 활족식活足式의 왕실로부터 하사下賜 받은 빈민 상품, 증답용贈答用의 초라한 기념품과 쓰라린 기억의 잡동사니, 자신의 손 뻗어 훔쳐낸 온갖 정성품精誠品들에 조소를 보내나니, 역겨운 놈들과 구두 뒤축 좇는 놈들, 느림보와 혈기탕아, 그녀의 초탄初誕 아들들과 헌납공물의 딸들, 모두 합쳐 1천 1의 자子들〔ALP의 아이들―재생의 숫자―이하 근녀의 선물들〕, 그리고 그들 각자를 위한 고리 버들 세공 속의 행운 단지. 악의와 영원을 위하여. 그리고 성서에 입마추도다. 집시 리를 위한 그의 물주전자 끓일 땜장이 술통 한 개와 손수레 한 대. 근위병 추미[1]를 위한 부추 넣은 닭고기 수프 한 통. 실쭉한 팬더[2]의 심술궂은 조카를 위한, 신기하게도 강세의, 삼각 진해제鎭咳劑 한 알. 가엾은 삐코리나 페티트 맥파레인[3]를 위한 감기약과 딸랑이 그리고 찔레꽃 빰. 이사벨, 제제벨과 르웰린 무마리지[4]〔인물들〕를 위한 바늘과 핀과 담요와 정강이[5]의 조각 그림 맞추기 장난감. 조니 워커 빽[6]을 위한 놋쇠 코와 미정련未精鍊의 벙어리장갑. 케비닌 오디아[7]를 위한 종이 성조기. 퍼지 크레이그를 위한 칙칙폭폭 및 테커팀 톰비그비[8]를 위한 야진夜進의 야생토끼. 골목대장 헤이즈[9]와 돌풍 하티건[10]을 위한 오리발과 고무구두. 크론리프의 자랑거리, 수사슴 존즈〔더블린의 크로우가街 극장 지배인〕를 위한 방종심과 살찐 송아지. 스키비린[11] 출신 바알을 위한 한 덩어리 빵과 아버지의 초기 야망. 볼리크리〔더블린〕의 남아, 래리 더프린을 위한 유람 마차 한 대[12]. 테규 오프라내건을 위한 정부용선政府用船의 배 멀미 여행. 제리 코일을 위한 이(虱)잡이 틀 한 대. 앤디 맥켄지를 위한 고기를 잘게 여민 민스 민트 파이. 무전 피터를 위한 머리핀과 걸인용 터진 나무접시 G. V. 부르크[13]를 위한 12도 음색 판. 얌전한 앤 모티어[14] 수녀를 위한 머리 숙인, 물에 빠진 인형 한 개[15]. 부랑치지의 침대용 제단 의상. 맥페그 위핑턴을 위한 웰데어즈의 단 바지[16]. 수 도트에게 한 개의 커다란 눈. 샘 대쉬[17]에게 가짜 스텝(종지부). 팻시 프레스비를 위한 클로버 속에, 잡아서, 반쯤 상처 낸 뱀 및 바티간 교황청 발행 뱀잡이 허가증. 빳빳이 서는 디크를 위한 매일 아침의 발기勃起 그리고 비틀비틀 돌멩이 대이비[18]를 위한 매분 드로프스 한 알. 복자福者 비디〔아일랜드의 여성 성자〕를 위한 관목 숲 참나무 묵주. 에바 모블리〔변덕스러운 이브〕를 위한 두 개의 사과나무 의자. 사라 필포토[19]를 위한 요르단 골짜기의 눈물단지 한 개. 아일린 아루너[20]가 그녀의 이빨을 백화白化하여 헬렌 알혼 강을 능가하는 페티피브제 가루분이 든 예쁜 상자 한 개. 무법자 애디를 위한 채찍 팽이 한 개. 버터만 골목길의 키티 콜레인을 위한 그녀의 하찮은 물주전자[21]를 위한 한 페니 푼돈. 희악인戱惡人 텔리〔전당포 주인〕를 위한 도장용 삽 한 자루. 홍행인 던〔TV 쇼의 희극 배우〕을 위한 물소 가죽 마스크 한 개. 바 조수 파블을 위한 두 날짜 적인 부활제의 계란 한 개와 다이너마이트.

망토 걸친 사나이를 위한 급성 위장염.[1] 드래퍼와 딘〔스위프트의 익명〕을 위한 성장星章 부付의 가터 훈장. 도깨비—불과 선술집의—바니를 위한 그들의 신주辛酒감의 노블 사탕 건대 두 자루[2]. 올리버 바운드[3]를 위한 논쟁의 한 방법. 소少로 사료되었던[4], 소마스[5]를 위한, 자신이 대大로 느끼는 크라운 한 개[6]. 경쾌한 트윔짐[7]을 위한 뒷면에 콘고즈우드의 십자가[8]가 새겨진 티베타인 화폐의 산더미, 용자 브라이언[9]을 위한 찬미 있을 지어다 그리고 내게 며칠의 여가를 하사하실지어다. 올로나 레나 막달레나[10]를 위한 풍족한 정욕과 함께 5페니 어치의 연민. 카밀라, 드로밀라, 루드밀라, 마밀라[11]를 위한 한 개의 양동이, 한 개의 소포, 한 개의 베개 낸시 샤논을 위한 한 개의 투아미산産 브로치[12]. 도라 리파리아[13] 희망수希望水를 위한 한 대의 냉각 관수기灌水器와 한 대의 난상기暖床器. 윌리 미거를 위한 한 쌍의 블라니 허풍쟁이. 엘지 오람[14]으로 하여금 정분수定分數에 최대의 정성을 쏟으면서, 그녀의 엉덩이를 긁을 수 있도록 머리핀 석필石筆 한 자루. 베티 벨레짜〔이탈리아의 미인(bellezza)〕를 위한 노령 연금. 괴짜 피츠를 위한 세탁용 블루 분 한 자루. 타프 드 타프〔TV극의 희극 배우〕에게 풍작을 위한 *추수 미사*. 쾌남아 재크를 위한 바람둥이 계집 하나. 타락 천사 루비콘스타인을 위한 로저슨 크루소의 금요일[15] 단식. 빅토 위고노(교도)[16]를 위한 직공용織工用 직물 천 날실 포플린 넥타이[17] 366매[18]. 청소부 케이트[19]를 위한 빳빳한 농작물용 갈고리 한 개 및 상당량의 잡다 퇴비 물. 호스티를 위한 발라드(속요)의 구멍 한 개[20]. J. F. X. P. 코핑거[21]를 위한 두 다스의 요람. 태어난 황태자를 위한 펑 터지는 10파운드 포탄 10발과 함께 황녀皇女를 위한 불발 폭죽 5발. 저쪽 재 구덩이 너머의 매기를 위한 평생 지속의 피임구. 러스크[22]에서 리비언배드〔더블린〕까지 사공沙工 페림을 위한 대비大肥 냉동육 여인. 쇠약한 맹인 통풍의 고우[23]를 위한 온천과 시집 및 주연용 시럽. 아모리쿠스 트리스트람 아무어 성 로렌스[24]를 위한 성자의 선구병船具病 및 병구病丘 기쁨. 루벤 레드브레스트(적흉赤胸)을 위한 단두대 밧줄 및 황야의 브레넌〔여인에 의해 배신당한 무법 영웅〕을 위한 대마大麻 교수용 바지 멜빵. 창설자 소워[25]를 위한 참나무 제製의 무릎과 아열대의 스코트를 위한 모기 장화. 카머파派의 캐인을 위한 C3의 꽃꼭지. 우체부 쉐머스 오숀을 위한, 칼과 스탬프를 포함하는, 무양지도無陽地圖 달력[26]. 놀런외外의 브라운[27]을 위한 가죽 씌운 자칼(動). 돈 조 반스[28]를 위한 석냉石冷 어깨 근육. 오노브라이트[29] 줄타기 창부를 위한 자물통 마구간 문門. 빌리 던보인을 위한 대고大鼓[30]. 아이다 아이다[31]를 위한 범의성犯意性 황금 풀무, 나 아래서 나를 불 불지라, 그리고 실버(銀)는—누구[32]—그이는—어디에?를 위한 자장자장가의 흔들의자, 엘뜨로베또[33].

〔211〕 카밀라, 드로밀라, 루드밀라, 마밀라(Camilla, Dromilla, Ludmilla, Mamilla). 이들은 셰익스피어 연극들의 남자 등장인물들의 여성 번안들인 듯. 카밀로(Camillo)는 〈겨울 이야기〉, 드로밀로(Dromio)는 〈과오의 코미디〉, 또한 마밀리우스(Mamillius)는 〈겨울 이야기〉 등등. 루드밀라(Ludmilla)와 가장 가까운 것은 〈쥴리어스 시저〉에서 루시리우스(Lucillius).

축제 왕[1]〔민요 제작자 페스티 킹의 암시〕과 음란飮亂의 피터와 비란飛亂의 쇼티와 당밀의 톰과 O. B. 베헌과 흉한凶漢 설리와 마스터 매그러스[2]와 피터 클로런과 오텔라워 로사[3]와 네론 맥퍼셈과 그리고 누구든 뛰놀아 다니는 우연히 마주치는자者를 위한 위네스 맥주 또는 에네시주酒, 라겐酒주 또는 니겔주酒, 기꺼이 꿀꺽꿀꺽 튀기며 멱 감기 좋아하는 것은 무엇이든. 그리고 셀리나 서스큐한나 스태켈럼을 위한 돼지 방광 풍선. 그러나 그녀는 프루다 워드와 캐티 캐널과 페기 퀼티와 브라이어리 브로스나와 티지 키어런과 에너 래핀과 뮤리얼 맛시와 쥬산 캐맥과 멜리사 브배도그와 플로라 고사리와 포나 여우—선인善人과 그레트너 그리니와 페넬롭 잉글산트와 레시아 리안처럼 觀는 레쯔바와 심파티카 소헌과 함께 롯사나 로헌과 유나 바이나 라떼르자와 뜨리나 라 메슴과 필로메나 오파렐과 어마크 엘리와 조제핀 포일과 뱀 대가리 릴리와 쾌천快泉[4] 로라와 마리 자비에르 아그네스 데이지[5] 프랑세스 드 쌀[6] 맥클레이에게는 무엇을 주었던고? 그녀는 그들 모든 어머니의 딸들[7]에게 한 송이 월화月花〔월경〕[8]와 한 줄의 혈맥血脈을 주었나니 그러나 포도복葡萄服을 망설이는자[9]에게는 당기전當期前에 익은 포도 알〔불알의 암시〕[10]을. 그런고로 그녀의 수치羞恥의 딸 이찌〔이시〕에게는, 사랑이 그녀의 눈물 적월전積越前에 빛났나니, 마치 그녀의 필강우筆强友, 셈[11]으로부터 그의 성시盛時 오전汚前에 인생이 과과거過過去했듯이.

맙소사, 하何토록 빽 가득히!〔이상에서 그녀의 수많은 아이들을 위한 선물 빽은, 이 장의 두 번째 주제를 형성한다.〕 빵 가게의 진塵한 다스[12]와 10분의 1세稅와 덤으로 더 얹어 주다니. 그건 말하자면 허황스러운(터브 통桶의) 이야기[13]가 아닌고! 그런데 그거야말로 하이버이언의〔애란의〕 시장市場![14] 그따위 모든 것, 크리놀린 봉투 아래 것에 불과한지라, 만일 그대가 저 돈통豚桶의 봉인封印을 감히 찢어 버린다면.[15] 그들이 그녀〔ALP〕의 독염병毒染病으로부터 도망치려 함은 무경無驚이도다. 청결의 명예에 맹세코[16], 당신의 허드슨[17] 비누를 이리로 좀 던지구려! 글쎄 물에 극미極味가 남아 있는지라[18]. 내가 그걸 도로 뗏목 떠내려 보낼 지니, 제일 먼저 마안[19] 조강朝江에. 저런 어쩌나![20] 아이, 내가 당신한테 차수입借手入한 표청분漂靑粉)[21]을 잊지 말지라.〔가십의 거듭되는 중단, 시적 구조〕 소용돌이 강류江流가 온통 당신 쪽에 있나니. 글쎄, 만일 그렇다면 그게 모두 내 잘못이란 말인고? 그렇다면 누가 그게 모두 당신 잘못이라 했던고? 당신은 약간 날카로운 면이 있는지라. 나는 아주 그런 편이도다. 코담배 봉지가 내 쪽으로 떠내려 오다니, 그건 그〔HCE—스위프트의 암시〕의 성직 복에서 나온 추광물醜狂物[22]이요, 그녀의 작년昨年 에스터자매 소지선화沼池仙花(marsh narcissus)[23]〔애인들의 암시〕를 가지고 그로 하여금 그의 허영의 시장市場[24]을 재再공념불하게 했도다. 그〔HCE〕의 붉은 인디언 속어로 된 성서의 오편汚片을 나는 읽고 있는지라, 지껄 페이지에 그려진 금박제金箔製에 깔깔 웃음으로 낄낄했나니.〔저자의 언급에 그녀는 자신이 읽은 책들의 하나를 상기시키며, 놀랍게도 중세 이태리어로 인용한다〕 〈창세기 서〉 *하느님 가라사대 인간을 있게 하라! 그리 하야 인간 있었나니. 호! 호! 하느님 가라사대 아담을 있게 하라! 그리 하야 아담 있었나니.*[25] *하! 하! 그리하여〔앞서 마쉬 도서관과 연관하여 거기 소장된 작품들의 타이틀들〕 원더메어의 호반 시인*[26]

러파뉴(세리단의) 낡은 마차 정류장 곁의 집[1] 그리고 밀(J. Mill)의 *여인에 관하여*[2], *플로스강江의 복제複製*[3]와 함께. 그래, 물방앗간 주인에게는 한 개의 늪을 그리고 플로스강江을 위하여 한 개의 돌멩이라! 나는 그들이 그의 풍차 바퀴를 얼마나 날쌔게 동주動走하는지 알도다. 내 두 손이 위스키 술과 소다수 사이에 마치 저 아래 놓인, 저기 저 모도자기模陶瓷器 조각처럼 청냉靑冷인지라[4]. 아니 어디 있는고? 지난번 내가 그걸 보았을 때 사초莎草 곁에 놓여 있었나니. 맙소사, 내 비누가 어디 있는고? 나의 비애여, 난 그걸 잃고 말았도다! 아아 비통한지고! 저 혼탄수混炭水로 누가 그걸 볼 수 있담? 이토록 가까운데도 저토록 멀다니! 그러나 오.(이야기를)계속할지라! 나는 사담詐談을 좋아하나니. 나는 재삼재사 더 많이 귀담아 들을 수 있도다. 강江 파도 아래의 비(雨) 날벌레가 부평초 구실을 하다니, 이 후담厚談이 단지 내 인생이라.

글쎄, 당신은 알고 있는고 아니면 당신은 보지 못하는고 아니면 모든 이야기는 자초지종이요 그것의 남녀 자웅임을 내가 말하지 않았던고. 봐요, 볼지라, 땅거미가 짙어 가고 있도다! 나의 고지枯枝들이 뿌리를 내리고 있나니.[5] 그리고 나의 차가운 빰 좌座가 회봉灰逢으로 변해 버렸는지라.[6] 피루어(몇 시)? 피로우(악당)?[7] 무슨 시대? 시간이 당장 늦었도다. 나의 눈 아니면 누군가가 지난번 워터하우스의 물시계[8]를 본 이후 지금은 무한이라. 그들이 그걸 산산조각 내 버렸나니, 나는 모두들 한숨짓는 소리를 들었도다. 그럼 언제 그들은 그걸 재再조합할 것인고? 오, 나의 등, 나의 배후, 나의 배천背川이여![9] 나는 아나(AL)의 계천溪川(P)에 가고 싶도다. 핑퐁(탁구)! 육시만도六時晩禱의 미종美鐘 종소리[10]가 울리나니! 그리고 춘제春祭의 성태聖胎가![11] 팡(痛)! 옷가지에서 물을 종출鐘出할지라! 이슬을 종입鐘入할지라![12] 성천聖泉이시여, 소나기 피被하게 하옵소서! 그리고 모두에게 은총을 하사 하옵소서! 아멘(祈男). 우리 여기 그걸〔옷가지〕 지금 펼칠건고? 그래요, 우리 그렇게 할지라. 펄럭! 당신 쪽 둑에다 펼쳐요 그리고 내 것은 내 쪽에다 펼칠 테니. 펄럭! 난 이렇게 하고 있도다. 펼칠지라! 날씨가 냉전冷轉하고 있도다. 바람이 일고 있나니. 내가 호스텔 이불(시트)에 돌멩이를 몇 개 눌러 놓을지라. 신랑과 그의 신부가 이 시트 속에서 포옹했나니. 그렇잖으면 밖에 내가 물 뿌리고 그걸 접어 두기만 했을 터인즉. 나의 푸주인의 앞치마는 내가 여기 묶어둘지로다. 아직 기름기가 있나니[13]. 산적散賊들이 그 곁을 지나갈지라[14] 슈미즈 6벌, 손수건 10개. 9개는 불에다 말리고 이것은 빨랫줄에다. 수도원의 냅킨, 12장, 아기용의 숄이 1장.[15] 요셉은 선모仙母를 알도다. 그녀가 말했나니. 누구의 머리![16] 투덜대며 코 골다니?[17] 숙정肅靜! 그녀의 아이들은 지금 모두 하처何處, 글쎄? 지나간 왕국 속에 아니면 다가올 권력 아니면 그들 원부遠父에게 영광 있을지라.[18] 모든(全) 리비알, 충적沖積 루비알! 혹자는 여기, 다자多者는 무다無多라, 다시 다자는 전거全去 이방인. 나는 저 샤논가家의 꼭 같은 브로치(寶)가 스페인의 한 가족과 결혼했다는 이야기를 들었도다.[19] 그리고 브렌던 청어 연못 건너편 마크랜드 포도주토酒土에 던즈의 던가家〔앞서 희극 배우〕[20]가 모두 양키 모자 9호를 쓴 비고자鼻高者들[21]이라. 그리고 비디의

〔212.20—213.10〕 세탁에 관한—그리고 책들에 관한 논쟁.〔계속되는 ALP의 선물 일람표〕 축제 왕과 음란의 피터와 비란飛亂의 쇼티와 당밀의 톰 과 O. B. 베헌과 흉한 설리와 마스터 매그러스와 피터 클로런과 오텔라워로사와 네론 맥퍼셈과 그리고 누구든 뛰어 돌아다니는 우연히 마주치는자를 위한 기네스 맥주 또는 에네시주酒, 라겐주 또는 니겔주, 기꺼이 꿀꺽꿀꺽 튀기며 멱 감기 좋아하는 것은 무엇이든.(앞 페이지와 여기까지의 선물의 목록은 〈경야〉의 첫 페이지 및 두 번째 장을 암시 한다. 터브—터브, 더블린, 조지아, 트리스트람 등).

덤불 참나무 묵주 한 개가 강을 따라 동동 떠내려갔나니 마침내 배철러의 산책로 저편 성급性急공중변소의 주主배수구의 옆 분류分流에 금잔화 한 송이와 구두장이의 한 자루 초와 함께, 소실작야消失昨夜 맴돌고 있었도다. 그러나 전착前着된 세월의 동그라미 흐름과 그 사이 미거가家〔앞서 HCE의 스캔들에 대한 거리의 인터뷰,(p.13, 19, 22) 및 가족 바지를 상속받은 토머스 미거,(p.211.11)〕의 최후자者에게 남은 것이라고는 통틀어 무릎바디 버클 한 개와 앞쪽 바지 부분의 고리 두 개 뿐이었나니. 그래 그런 이야기를 이제 한단 말인고? 나는 충진실忠眞實 그러한지라. 지구와 그 가련한 영령들에 맹세코! 글쎄, 과연, 우리들은 모두 그림자에 불과하나니! 글쎄 정말, 당신은 그것이, 거듭 그리고 거듭, 범람하듯 몇 번이고 응송應頌(打岸)되는 걸 못 들었단 말이고? 당신은 들었나니. 그대 과연! 나는 못 들었는지라. 필부必否! 나는 귀에다 틀어막고 있나니, 그건 솜뭉치로다. 최소음까지도 거의 막고 있다니까. 오, 과연! 그대 뭐가 잘못됐는고? 저건 저기 맞은편에 기고마장 말을 탄[1] 자신의 동상 위에 가죽조끼 기모노 입은 위대한 핀 영도자 자신이 아닌고? 최상강부最上江父[2], 그건 바로 그 자신이도다! 그래 저쪽! 그래요? 팰러린 컴먼[3] 경마지競馬地 위의? 당신은 지금 애스틀리의 야외 곡마 서커스 장[4]을 생각하고 있나니, 그런데 그 곳에 그 순경이 페퍼가家의 그 환영백마幻影白馬[5]에게 당신이 사탕 뽀로통(샐쭉)을 주는 걸 억제시켰도다. 당신의 눈에서 거미줄을 걷어낼지라, 여인이여, 그리고 당신의 세탁물을 잘 펼지라! 내가 당신 같은 채신없는 여자를 알다니 정말이지! 펄럭!〔물소리〕 무주無酒의 아일랜드는 지독持毒한 아일랜드로다.〔무주의 아일랜드는 자유의 아일랜드 금주 주창자 메쇼 신부의 말〕 주여 당신을 도우소서! 마리아, 기름기에 저들인 채, 무거운 짐(세탁의)은 나와 함께 하소서![6] 당신의 기도. 나는 그렇게 생각했나니. 마담 안 커트 세부洗婦여![7] 당신은 음주하고 있었나니, 우리에게 말 할지라, 이 철면피여, 콘웨이의 캐리가 큐라 향천주점香泉酒店[8]에서? 내가 무얼 어쩌고, 이 재치 없는 할망구? 풀럭!〔빨래하는 소리〕 당신의 걷는 뒷모습은 마치 그레코로만(라희랍羅希臘) 류마티스에 걸린 암캐(繫柱) 같지만 엉덩이(돌쩌귀)[9]가 잘 맞지 않도다〔류머티즘 환자이기에〕. 성聖마리아 알라꼬끄(總鷄)여[10], 나는 습한 새벽이후, 부정맥不整脈[11]과 정맥노장靜脈怒張에 고통하며, 나의 유모 차축車軸에 충돌되어, 경세傾勢의 앨리스 재인[12]과 두 번 차에 친 외눈잡종 개와 함께, 보일러 걸레를 물 담그고 표백하면서, 그리고 식은땀을 흘리며, 나 같은 과부가, 세탁부요, 나의 테니스 챔피언인 아들에게 라벤더 색 플란넬 바지를 입히기 위해, 기동하지 않은고? 당신은 그 쉰 목소리의 기병들로부터 연옥치煉獄恥를 획獲했나니 그때 당신은 칼라와 옷소매 백작[13]이 도회都會의 세습자가 되고 당신의 오명汚名이 칼로우[14]에 악취를 뿜겼는지라. 성聖스카맨더 천川이여, 나는 그걸 다시 보았도다! 황금의 폭포 근처에[15]. 우리들 위에 이시스 얼음이![16] 빛의 성자들이여! 저기 볼지라. 당신의 소음을 제발 잠복潛伏하게 할지라, 그대 지천遲賤 인간이여! 저건 혹 딸기 수풀인고. 아니면 저들 네 괴노怪老들이 소유한 회록灰綠의 당나귀[17] 이외에 무엇인고. 당신은 타피 및 라이언지 및 그레고리[18]를 명의名儀하고 있는고? 이제 내 뜻은, 만사萬謝, 저들 네 명의 자들[19], 그들의 노호, 안개 속에 저 미랑자迷浪者를 쫓는 그리고 그들과 함께 한 늙은 조니 맥두걸[20].

저건, 필연 먼, 피안의 풀백 등대[1] 불 인고, 아니면 키스트나[2] 근처 연안을 항해하는 등대선 인고 아니면 울타리 속에 내〔세탁녀〕가 보는 개똥벌레 불빛인고 아니면 인도강江 제국[3]에서 되돌아온 나의 갈리[4]인고? 반달이 밀월 할 때까지 기다릴지라,50 사랑이여! 이브(저녁)여 사라지라, 귀여운 이브여, 사라질지라![5] 우리는 당신의 눈에 저 경이〔환영〕를 보나니.[6] 우리는 다시 만날지라, 그리고 한 번 더 헤어질 것인지라. 당신이 시간을 발견하면 나도 장소를 구할지로다. 푸른 유성乳星이 전도한 곳에 나의 성도星圖가 높이 빛나고 있나니. 그럼 이만 실례, 나는 가노라! 빠이빠이![7] 그리고 그대여, 그대의 시계를 끄집어낼지라. 나를 잊지 말지라(물망초). 당신의 천연자석天然磁石(이븐로드).[8] 여로(우나 강)의 끝까지 하구賀救[9](세이브)하소서! 나의 시경視景이 이곳으로 그림자 때문에 한층 짙게 난영亂泳하고 있는지라. 나는 나 자신의 길, 나의(모이) 골짜기[10] 길을 따라 지금 천천히 집으로 돌아가도다. 나 역시 갈 길로,[11] 라스민[12].〔여기서 여인들은 서로 헤어진다〕

아하, 하지만 그녀는 어쨌거나 괴 노파였나니, 아나 리비아, 장신구 발가락! 그리고 확실히 그〔HCE의 암시〕는 무변통無變通의 괴노남怪老男, 다정한(D) 불결한(D) 덤플링(D)[13], 곱슬머리 미남들과 딸들의 수양부. 할멈과 할아범 우리들은 모두 그들의 한 패거리나니. 그는 아내 삼을 일곱 처녀를 갖고 있지 않았던고? 그리고 처녀마다 일곱 목발을 지니고 있었나니. 그리고 목발마다 일곱 색깔을 가졌는지라[14]. 그리고 각 색깔은 한 가닥 다른 환성을 지녔도다. 내게는 군초群草[15] 그리고 당신에게는 석식夕食 그리고 조 존에게는 의사의 청구서[16]. 전하前何! 분류分流![17] 그는 시장녀市場女와 결혼했나니, 안정安情하게[18], 나는 아나니, 어느 에트루리아의 가톨릭 이교도[19] 마냥, 핑크색 레몬색 크림색[20]의 아라비아의 외투[21](쇠비늘 갑옷)에다 터키 인디언(남색) 물감의 자주색 옷을 입고. 그러나 성 미가엘(유아乳兒) 축제[22]에는 누가 배우자였던고? 당시 있었던 모두는 다 아름다웠나니. 쉿 그건 요정의 나라〔노르웨이〕! 충만의 시대〔모든 것이 아름답던 과거〕 그리고 행운의 복귀福歸. 동일유신同一維新[23]. 비코의 질서 또는 강심强心[24], 아나(A) 있었고, 리비아(L) 있으며, 풀루라벨(P) 있으리로다[25]. 북구인중北毆人衆 집회가 남방종족南方種族의 장소를 마련했나니 그러나 얼마나 다수의 혼인복식자婚姻複殖者가 몸소 각자에게 영향을 주었던고?[26] 나를 라틴어역語譯할지라, 나의 삼위일체 학주學主여[27], 그대의 불신의 산스크리트어에서 우리의 애란 어로〔게일어〕! *에브라나(더블린)의 산양시민山羊市民이여![28]*〕〔HCE의 암시〕 그는 자신의 산양 젖꼭지 지녔었나니, 고아들을 위한 유방柔房을. 호, 주여! 그의 가슴의 쌍둥이[29]. 주여 저희를 구하소서! 그리고 호![30] 헤이? 하何 총남總男. 하何? 그의 종알대는 딸들의. 하매何鷹?

들을 수 없나니 저 물소리로. 저 철렁대는[31] 물소리 때문에. 휭휭 날고 있는 박쥐들, 들쥐들이 찍찍 말하나니. 이봐요! 당신 집에 가지 않으려오? 하何 톰 말론? 박쥐들의 찍찍 때문에 들을 수가 없는지라, 나의 발이 동서태動鼠苔하려 않나니. 난 저변 느릅나무 마냥 늙은 느낌인지라. 숀이나 또는 셈에 관한 이야기?[32] 모두 리비아의 아들딸들. 검은 매들이 우리를 듣고 있도다. 밤! 야夜! 나의 전고全古의 머리가 인락引落하도다.

〔213.11—215.11〕 세탁녀가 강 둑 위에 빨래를 마르도록 펼치는지라—자라나는 황혼 속에 불확실한 물건들을 보면서.〔여기 이 장의 제3부요 종결에서 조이스의 육성 녹음이 시작된다. 틴덜 교수는 이를 아래같이 해설한다.(p.146—147) "이 장의 첫 두 부분들이 그들의 주제들을 지니며, 시詩로서 연속이라면, 이 부분은 보다 위대한 시이다. 이는 재생, 밤의 몰입, 죽음 및 살아있는 강에 대한 찬가이다. 아베 마리아(Hail Mary), 3종기도(Angelus), 및 취리히의 봄 축제(Sechselauten)의 종들은 부활을 축하한다. 그리고 옷가지들은 테니슨의 신년(New Year), 비코의 "seim anew"와 함께 결합한다. 세탁은 리피 강의 돌멩이 위의 젖은 옷가지들의 소리—Flip! Flep! Flap! Flop! 의 모음 전환의 연쇄를 통하여 계속된다. 이는 〈율리시스〉 제3장 말에서 샌디마운트 해변의 스티븐의 배뇨排尿의 음을 연상시킨다. "slop, flop, flowing, floating, foampool, flower unfuring."

〔214〕 그녀(ALP)는 리피 강이 되고 빨래하는 여인들의 오물을 흘러 보낸다.

〔215.12—216.05〕 ALP와 HCE의 귀환—그들은 밤이 되자 나무와 돌의 변용.〔이하 구절은 HCE에 관한 것〕.

나는 저쪽 돌 마냥 무거운 기분이나니. 존이나 또는 숀에 관해 내게 얘기할지라? 살아 있는 아들 셈과 숀 또는 딸들은 누구였던고? 이제 밤! 내게 말해요, 내게 말할지라! 내게 말 해봐요, 느릅나무![1] 밤 밤! 나무줄기나 돌[2]에 관해 아담화我談話할지라. 천류川流하는 물결 곁에, 여기저기 찰랑대는(hitherandthithering)3) 물소리의. 야夜 안녕히!

〔216〕 오늘날 나그네는 호우드 성에 들어서면 그것의 경내에 한 그루 큰 소나와 한 톨 큰 바위를 목격하는바, 〈경야〉 이후 이들은 자라 거목과 거석이 되었다는 전설이 있다.

제II부

◆ II부 - 1장 ◆

아이들의 시간 (pp.219-259)

〔219.01—219.21〕 다가오는 팬터마임을 위한 프로그램—〈믹, 닉, 및 매기의 익살극〉.

매일 초저녁 점등시點燈時[1] 정각 및 차후고시此後告示까지 피닉스 유료야유장有料夜遊場에서.(주장酒場과 편리시설 상시 개설, 복권 클럽은 아래층) 입황료入恍料 방랑자, 1탈奪 실링. 상류 인사, 1대大 실링. 각 사주일邪週日의 향공연香公演을 위한 새로운 전단광고. 일요침일日曜寢日 마티네(일요 공연)이라. 조정규調停糾에 의하여, 유아몽시幼兒夢時, 삭제해명. 잼 단지[2], 헹군 맥주 병, 토큰 대용代用. 꼭두각시(무언극) 연출가에 의한 배역 및 배우의 야간 재 배분 및 유령역의 매일 제공과 함께, 주역 성聖제네시우스[3]의 축복과 더불어 그리고 핀드리아스, 무리아스, 고리아스 및 파리아네[4] 4검사관 출신 장로회 노장들, 고애란승古愛蘭僧,[5] 크라이브 광도光刀[6], 영광의 탕관湯罐, 포비에도(승리) 거창巨槍 및 거석巨石 디졸트의 특별 후원 하에, 한편 시저—최고—두령 후견이라. 연중演中. 나팔 신호. 육봉肉峯 험티 울鬱 덤티 재연 후, 브라티스라 바키아 형제들(하일칸과 하리스토부루스[7]에 의하여 아델피 극장[8]에 공연된 것과 동일함. 여왕의 총역남總役男과 함께 국왕의 전마全馬 앞에. 그리고 켈틱헬레닉튜토닉스라빅젠드라틴산스크리트음영대본音影臺本((in celtellneteutoslazend latin sound—script): Celtic Hellenic Teutonic Slavic Zend Latin Sanskrit)으로[9]된 7대해大海의 방송운放送雲에 의한 무선송신. 사면기사赦免記事로 쓴. 먼(遠) 고사리가 우리를 덥게 하는 동안 만년설이 차갑게 할 때까지.[10] *믹, 닉 및 매기魔鬼*의 익살극, 청악青顎 혹의黑醫[11](별도 필명, '대화자大話者')에 의한 지겹고 변덕스러운 혈류살모血流殺母로부터 양자각색養子脚色된 것이라, 이하 배역.

글루그 공성자空聲者[12](시머스 맥킬라드군君, 그의 특등석의 로봇과 범사대장犯寫臺帳의 악한[13] 사이의 수수께끼를 듣다), 이야기책의 대담大膽 다악多惡 다황多荒의 사내, 그리하여 그는, 태브(幕)가 오르면,

우리가 발견하듯, 그가 다쟁多爭함을 알았기 때문인지라, 수치정羞恥廷 속으로 이탈 당했나니

플로라들(성聖브라이드 수업학원 출신의 걸스카우트, 산미酸味를 요구하다), 예쁜 처녀들의 1개월 뭉치,[1] 그들은 자신들의 총아 애태움인, 그녀를 지분거리나니, 발카리신神[2]의 면허의 형태를 가지고 위경호爲警護하는지라

이조드(뷔우티 스폿 사미귀양讓, 리프리트[3] 전단광고를 안내양에게 요구하다), 경쾌하게 보조개 보이는 한 매혹의 금발녀 그리고 교태에 있어서 단지 거울 속의 그녀의 감아感雅의 자매 반사 물에 의해서 필적근匹敵近되나니, 오팔[4]의 구름이라 할, 그녀는, 글루그를 차버린 뒤, 숙명적으로 매료되고 있는지라

추프(숀 오매일리군君, 안전 현수막의 백묵 및 혈색화血色畵를 보다), 동화에 나오는 도화圖畵 도솔到率의 동발자童髮者인, 그는 대담다악다황大膽多惡多荒의 사내 글루그와 함께 최고혈最高穴을 위해 씨름하나니, 머리에서 발끝까지[5] 또는 웃옷 백에서 경권총警拳銃까지 또는 사적피射赤皮 총군적銃軍的으로[6] 또는 혹물或物에 이르기까지, 쌍쌍적雙雙的인지라, 그리하여 마침내 그들은 그 밖의 또는 다른 혹자의 유형을 예시하나니, 그 뒤로 그들 양자는 세트(무대 장치)에서 탈운脫運되고, 운반가運搬家되어, 잘 비누칠되고, 잘 스펀지질 되어 다시 세정洗淨되었는지라

안(콜리 코리엔도양讓, 크리스찬 스카우트 교校,[7] 피에더, 포더 및 터티 아기들을 동반하나니, 그녀는 성일聖日 후後, 111회 등단, 세족금화洗足金貨[8]를 배분하는지라, 인형극주人形劇主 펀치 병아리는 우리들의 국민적 부활웅계제復活雄鷄祭의 내피란內皮卵을 놓쳐서는 안 되도다), 그들의 가련한 작고 나이 많은 대리—모[아나 리비아—ALP], 그리하여 그녀는 가부家婦인지라, 상대유역相對遊役은

험프(매이크올곤씨氏,[9] 스웨덴의 에리커스왕王[10]과 그의 마술의 헬멧을 쓴 정령의 속삭임에 관한, 프로그램의 아이슬란드 전설[11]을 읽나니), 모자(머리)에서—파이프(발끝)까지, 시계와 실크 모, 웃옷, 도가머리와 조연자의 문장紋章,[12] 모든 우리들의 비애의 인因, 선풍, 섬광과 고뇌[13]와 함께, 그리하여 그는, 영구란永久卵[14]에 기인된 최근의 탄핵으로부터 부분적으로 회복된 연후, 그러나 순환심리론자循環心理論者로서 철두철미하게 찬개종贊改宗되고, 찬제의贊提議되었는데도, 여전히, 다시 한 번 더 출범하여, 삼각지삭범三角支索帆과 최대범最大帆과 더불어, 표상表象의 잔상殘像과 함께 유상幽象의 피상皮像을 위한 실체의 유체類體로서, 천국교황,[15] 석가산石假山의 그 옛날의 선화물船貨物 관리자의 신분을 재범再帆하는지라, 에스커 등성이—카헐[16]의 자신의 순례자 세관 고객 숙소17)에서 환대에 종사하고 있었나니, 저들 법정인들…

고객들(성인 신사들을 위한 성聖패트리키우스 아카데미[1]의 정규 시간 후과정後課程[2]의 구성원들, 연례 미사 사제,[3] 서적행상냉주판매자書籍行商冷酒販賣者와 상담하다), 보행 여행 시민 대표 12인 1군群〔HCE 주막의 단골들〕, 각자 여인숙 탐색 외출, 그리하여 모두들은…에 의해 매 최후의 잔 다음에 여전히 홀짝홀짝 한층 더 대접받나니

손더슨(크누트 올스빈거군君, 화주요일火酒曜日 휴무, 악상惡床에 머물지 않고, 가자미(넙치)와 유사, 봉화 운반의 초超원숭이, 반半파운드 위조금화, 매일 무다無茶, 두루말이 고기소시지, 다운즈의 계곡,[4] 오딘[5]의 창槍, 그의 가스쾌사快事, 그의 이진耳震, 그의 겨우살이 낙희연樂戲煙,[6] 등등), 가위 가는자者 및 약탈사제掠奪司祭, 신비에는 무관심하나…의 곰팡이병 및 희롱조戲弄調의 신진身震 영향 하에 있나니

캐이트(라킬 리아 바리안양孃,[7] 그녀는 막간 동안 독치자獨恥者들을 위하여 포크속점俗占을 말하는지라, 카드 야자수 다엽茶葉 술고래 델타(삼각주) 부인의 은폐 커튼[8] 아래서), 요리녀女―및―접시 세녀洗女, 마녀 피차사彼此事를 믿나니, 여댁汝宅(뉘집)은 성당 묘지[9] 혹은 북구신전北歐神殿의 하원何園 근처, 홍행은 진행됨에 틀림없도다.

시간: 급현재急現在.[10]

〔후원, 자료 제공에 대한 사의謝意〕 미래파 단마單馬 발레 전쟁화戰爭畵[11] 그리고 낙뢰落雷 및 대혈실책大血失策 양씨兩氏[12]에 의한 상습常濕 맹그로브 수소지樹掃地[13] 및 쌍안구견인차인雙眼球牽引車人 사이 동물변장動物變裝으로 집상執上된 과거 역사의 패전트(야외극)와 함께. 필름 진陣에 의한 영상, 요정들에 의한 주요 배역, 창조 생명력[14]에 의한 대사 일러주기. 원경촬영遠景撮影, 근접촬영, 무대 암전暗轉 그리고 마사魔射, 마몽魔夢, 대몽마大夢魔 및 신명神命[15]에 의한 대여 무대 화장. 마담 버사 델라모드[16]에 의하여 묘미하게 기획된 무대 창안. 할리퀸과 냉각冷脚 쿨림베이나[17]에 의하여 정렬된 무도. 익살, 익담, 지그 무도곡 및 애란왕립 경찰청의 고故애합哀合 T. M. 피네간 안은거사安隱居士(R. I. C.) 씨氏[18]의 재물로부터 임차된 경야를 위한 대음배大飮杯. 쿼다 누이키에 의한 입술 화장 및 가발. 크루커 및 톨[19]에 의한 라임라이트(석회광) 및 프라드라이트(홍광洪光). 카파 페더센[20]에 의한 고가 파이프. 몰겐 제[21]의 24통풍 구멍 뚫린 괭이 송모松帽. 피차불규점彼此不規店 및 총숙녀점總淑女店의 선물인 돈을 새김장식의 노끈 부대. 이식목移植木. 열암裂岩. 박쥐점店 및 가구장식점店에 의한 피니아식式 덧문 및 사디니아식式 소화기. 종묘상種苗商, 쇼 쇼우리(익살극단)로부터의 비단책策(실큰) 이중망사二重網絲(토마스)[22] 달린 견상목樫桑木. 우송 제반주문郵送諸般注文으로부터의 묘석墓石 복주머니(그래드스톤). 신들 출신 흡연자에 의한 향연(크랙)(그건 콜크야!).[23] 구덩이 속의 화부火夫[24]에 의한 탄사歎詞(버클리!).

〔219.22―221.16〕 드라마의 등장인물들―(1)연극 파티들이 서술되다. (2)글루그: 대담 다악多惡 다황多荒의 사내 (3)Floras(성신부 수업 학원 출신의 걸 스카우트들) (4)Izod(Issy) (5)푸프(숀) (6)안(Ann)(미스 콜리 코리엔도) (7)Hump (8)고객들(the Customers) (9)숀더선(Saunderson) (10)Kate (11)시간: 현재

〔221.17−222.21〕 연극 프로그램에 사용되는 크레디트(자료)—누가 무엇을 공급하는가.

〔222.22−222.31〕 적대자들—천사 추프 및 악마 글루그.

〔222.21−227.18〕 마임(Mime)의 전개—'믹, 닉 그리고 매기의 익살 극'이 처음 시작되자, 믹과 닉의 첫 만남에 있어서, 추프는 복수의 천사, 천사장인 마이클, 천군(天軍)의 사령관으로서 나타난다. 이시와 매기들의 첫 출현에서 꼬마 소녀들은 저녁의 대기 속에서 박쥐마냥 퍼덕거리는지라. 〈율리시스〉의 "나우시카"장을 여기 상기시킨다. 그들 가운데에는 이시가 법전法典 단어인 "heliotrope"(굴광색)과, 막 시작하려는 천사들과 악마들의 게임에 대한 답변과, 또한 소녀들의 아래 내의의 색깔을 선언한다. 그러나 동시에, 이시는 거티(Gerty)처럼 그녀의 내의를 불순하게 뻔쩍이며, 질문들의 대답을 글루그에게 신호하려 한다. 글루그는 게임에 대한 초대를 감수하지만, 그의 용감한 시도에도 불구하고, 그의 대답은 성적 경기를 놀도록 법전의 초청을 포함하는지라, 그것의 성질을 그는 아직 이해하지 못한다.

〔222.32−223.11〕 저녁이 이제 별들과 소녀들과 함께 추락하다—이조드의 색깔.

〔223.12−223.24〕 적대자들 만나다—오시안을 만나는 패트릭처럼.

악기 활(弓)(랄키트)[1] 및 악기 현絃(코드)에 의하여 신의적神意的으로 편곡된 암시 표 음악. 악보에 의한 순혼純混의 무위선율無爲旋律. 시작에서 우선,[2] 우리는 거의 언급할 필요도 없이, 매인 자기 자신(H)을 위하여, 공동의 기도로 시작하고, 그리하여 출애굽(E)으로 종결(C) 짓는지라, 우리는 덧 부치는 것이 좋으리라 생각하나니, 카논(전칙 곡)에 의한 코러스(합창 곡), 우리들 모두를 위해 우리들 모두 우리들 모두 모두를 위해 유익한. 아나폴리스의 암피온,[3] 존 목코믹(유사희극),[4] 남성 소프라노, 및 진 소스레빈,[5] 귀고貴高 바스 음, 각자 따로따로에 의한 막간의 노래들 오, 메스터 소가몬이여, 만일 그대가 무엇을 한들, 나는 전혀 즐겁지 않나니, 그대는 저 수고주병愁苦酒餠을 바라는지라,[6] 오! 오, 복수의 희망이여, 날 저버리지 말지니.[7] 마침내 클라이맥스의 캐터스트로피(대단원)의 정상장면頂上場面, *턱수염의 산山*(포리퍼머스 발근拔根)[8], 그리고 *강은 육아실로 쾌주快走하다*(제단복制端服의 처녀족).[9] 전술 고그마고그 거인주연주巨人酒宴奏,[10] 각존各尊의 명의자名義者가 스스로 연출하는 것을 등한시한 결과로서 생약省諾되리라 이해되는 부분들을 포함하여, 장엄한 변용 장면[11]에 의한 후연기後演技를 위하여 끝맺음하는지라, 야투夜妬 및 조야朝野의 라듐 광사鑛射의 혼식婚式[12]을 보여주며 그리하여 평결平潔의, 포완전包完全한 그리고 평구平久스러운, 평화의 여명, 세계의 세로자細勞者를 선각先覺하게 하면서.

요지要旨(줄거리)가 뒤따르다.

츄피는 당시 한 천사였나니 그리하여 그의 비검飛劍이 마치 번개처럼(순식간에) 자광刺光했도다. 우정지愚頂止! 가성歌聖, 비가歌엘이여, 기백氣魄 없이 늘어져, 우리들을 전회戰徊로부터 방어하소서.[13] 주가呪架 위에 신호마信號磨하소서. 애愛멘.

그러나 유황 다불린多弗燐[14]이 공성자空聲者(글루그)[15] 속에 있었나니, 혹유惑誘에 실망失忘한 채. 구두점. 그는 숨 내뿜으며 침 뱉으며, 맹렬히 해주咳呪하는지라, 자신의 안공眼孔 낙루落淚하며[16] 그리고 자신의 존재의 짧음과 인생의 전적 위혹僞惑[17]의 생각에 자신의 유치乳齒를 마갈磨葛하도다. 그는 점토 칼날을 성배 마냥 선택하고 그의 틀럽(카드놀이)의 삼엽三葉[18]에 찬양을 보내나니. 이들과 작별함은, 나의 코르셋이여, 과욕의 공화恐火 속으로 들어갈지로다.[19] 발, 발굽과 무릎 굽음[20]의 행위무좀과 장족長足의 물집. 이단자여, 현입現立할지라!

저 여럿의 석음夕陰[21] 사이에, 그러나 저들 최초의 소녀 진성辰星들은 그들의 그토록 열정劣情 속에 얼마나 화평사和平射스러운 지고, 깜박깜박 비광飛光을 방사하나니 그리하여 빤짝빤짝 곡종曲鐘[22]이 14행 시무詩舞에 맞추어, 오히려 소심小心되게 모든 모강하暮降下의 대기와 혼광昏光의 봉화를 남男의 여女 뒤에서부터 휘광輝光으로 숨게 하는 파광波光과 더불어. 얼간이(세미콜론), 방문하도다.

미리양羊〔이시〕, 그녀는 미증유의 모든 병성病性으로 고통 받고 있었도다.[1] 매리 슬충병虱蟲病 불침환자不寢患者 같으니![2] 만일 호고천사弧高天使가 더 이상 고의故意의 고모姑毛의 고孤늑대의 교활狡猾로부터 그의 번뇌양煩惱羊을 고약膏藥치료할 수 없다면![3] 만일 오감 문자부文字父[4]로부터 노주공제조합모老酒共濟組合母[5]에 이르기까지 그녀의 농아聾啞벙어리의 알파(助)벳의 모든 공란절空蘭節의 옥새玉璽가 저 글루그로 하여금 그녀의 신부광희新婦狂喜의 온색溫色으로 그녀를 붙들 수 없다면! 장미 로스도, 오렌지세빌도, 뿐만 아니라 시트론넬리도 아니. 에메랄드도, 자색협죽(植) 및 남색藍色인드라도 아니. 심지어 보라(色)바이오라도 그리고 4곱하기 7,〔28〕 그들 모두의 아가씨들도. 그러나, 마멀레이드 진흙 단지 속에 족지足枝한 월세月歲, 나(29팬터마임 무녀)는 모든 그대들인지라. 정면으로 몸을 곧추세우고, 다시 아래로 자유롭게, 그녀의 등을 고몽鼓夢삼고 둥둥 북 치며 그리고 그녀의 휘파람으로부터 팝악樂. 저건 무엇인고, 오 헬리오트로프(굴광성식물屈光性植物)(연보라 빛의)? 이조드[6]에게 일러(추측) 받았는고?

그〔글루그〕는 곱드라졌는지라(걷어 채였는지라), 끽끽 깜짝이야, 이토록 한 번의 축출逐出로 바다 가까이 죽어버리다니, 나 자신의 폭 넓은 배(船) 바닥 및 조용한 높은 파도 그리고 만일 그대가 나를 글쎄 뭐라고 하면 나는 그대를 도태淘汰시키리라.

그러자 그들〔추프와 글루그〕은 대면했나니〔대적했나니〕, 안면顔面과 안면 맞대고. 그들은 당면當面했나니, 역면力面 대 적면赤面. 그리하여 미소 짓는 지빠귀 새의 그렌나스몰 계곡[7]에서 백발의 패트릭이 찌푸린 얼굴의 오시안을 통과시킨 이후, 이토록 어떠한 코펜하겐—마렌고 마馬[8]도 추락을 위해 그토록 운명 지어진 적이 없었도다.

그대를 체포하노라, 기계총(버짐) 두시인頭詩人![9] 전도사자傳道獅子, 사브로 도刀 고발자,[10]〔글루그〕 그를 살殺하거나 불구不具하기 위해 총總 성聖존 숲[11]으로부터 왔나니, 그리하여 경칠 하지만 체포당했도다. 그리하여 그의 쾌락자에게(토끼)풀에서 따온 그의 삼엽三葉[12]을 내밀었나니라.

공간. 그대〔매리—이시〕 누구인고? 고양이의 어미. 시간[13] 그대 무엇이 결缺한고? 여왕의 미모.

그러나 포착하려는 것이 대체 무엇인고? 적악마敵惡魔〔글루그〕는, 두뇌가 붕붕 당혹하며, 탐문探問하는지라.

에게어떻게말할것인고(howtosayto) 그건무엇인고(itiswhatis) 그는필시누구인고(hemustwhomust) 그자〔글루그〕의 음향音響. 암설暗舌,[14] 대칭법. 오 신위난神危難! 에티오피아[15] 해박該博, 가련한 허언虛言. 그는 초가草家의 화패火牌(불)에 그것을 물었나니 그러나 그것은 매트 색色의 천국 속으로 침전沈澱되었도다. 그는 그것을 공기(空)로부터 탐색했으나 그것은 신호도 전언傳言도 없었나니. 그는 화개대지花蓋大地(땅) 위를(누가) 시視했으나 거기에는 단지 그의 곡물만 무성할 뿐 이었나니라.[16] 마침내 그는 코러스—라인[17]을 이견裏見했으니, 거기 어찌 그녀는 홀로 참으로 요(한)란스럽게 농담치고 있었도다. 학교육學敎育의 수치(스캔들).[18]

게다가 무언無言으로부터〔4노인의 당나귀〕 무전無電인지라.

항목. 그〔글루그〕는 당시 난감難堪했나니. 그는 습누濕淚하며(어디론가) 퇴장하기를 바랬도다. 누항陋項. 그는 선인善人들〔4노인들〕, 4사람의 신사들을 애곡哀哭하기 바랐는지라.

[223.25−224.07] 글루그는 색깔을 헛되이 찾다—소녀들에 의해 조롱된 채, 4인들에 의해 무 원조된 채.

[224.08−224.21] 가련한 글루그—이조드에 의해 조롱당한 채.

상항像項. 그리하여 오래지 않았나니 마침내 그는 자신이 구타페르카 수지樹脂였음을 진실로 느끼자 그 후 곧 자신이 탄성 고무였음을 내게 출몰하듯 우롱하고 있었도다. 역항亦項. 그는(시주屍呪) 존재를(4신사들에게) 제공하기 위한 자신의 사지思智를 어찌할 바 몰랐나니. 그리하여 이것이 그가 의지意志하려 했던 것이로다. 그는 사계四溪를 오염했나니라. 그들은 내던진 돌들을 발견했나니. 그들은 건독乾毒으로 병에 걸렸도다. 그리하여 그는 소육燒肉으로 대비지좌大悲芝座했던 것이로다. 창자항創者項.[1]

거기엔 우리의 판화判話가(까닭이) 있나니라.

아 호! 이 가련한 글루그여! 그의 늙은 세례반모洗禮盤母에 대해 그건 그야말로 자신의 비담悲談이나니. 참으로 개탄복慨歎複할지라! 아참亞慘, 오참奧慘! 그리하여 그가 자신의 구생탄부丘生誕父 뒤로 상속받은 모든 공화물恐貨物이라니. 때로는 사탑似塔이라![2] 저 거모巨毛의 녹안鹿顔[3]과 그의 안구眼球로부터 토돌吐突하는 장광杖光과 함께 느긋하게 시간 보내다니 그녀는 자신의 비성鼻聲 공심문空審問으로 그의 전면을 철수撤水하는지라 안녕 여보 자물통이 하나 필요해요 저 부지깽이 좀 건네주시겠어요, 제발? 그리하여 자신을 돌볼지라 그에게 명령하다니, 류트곡曲으로 그리고 가락으로. 노래할지라, 감금甘琴이여, 내게 단지 한 곡을![4] 그런고로 저 글루그, 가련한자, 그의 잠재태의식潛在態意識的인 저 지옥변방지地獄邊方池 속에, 그의 살모殺母가 말 지껄이기를 화열話裂했는지 아니면 만일 그의 고막鼓膜을 친 조곡성鳥曲聲은 단지 그의 두개골이 그녀를 납득시키지 못한 것을 의미하는 것인지, 그는 하필이면 그걸 거의 알지 못했나니라. 안개 낀 낙수 송풍기送風機인고 아니면 그의 발판을 헛딛었단 말인고? 아하, 호! 가성歌聖 세실리아여,[5] 경외敬畏로다!

그 젊도록 쾌락한 화유花遊의 주름—장식—의녀衣女들[6]이 방금 발췌되었나니, 비록 단아單芽. 혹은 만일 화속花束으로, 그들의 공동 후견자의 후경後景에서 합의식合意識으로 정렬할지라도, 그녀의 마우魔友 또는 만일 그들이 그토록 복수複數라면, 그들의 것, 그들이〔무지개 소녀들〕 모두 발췌되어 현장에 정렬하자, 그는〔글루그〕 그들이 무슨 색의色衣를 입었는지를 어떻게 억측으로 혼자서 마견魔見하지 않으면 안 되겠다고 사몰思沒하면서, 여기 한 음유시인으로 자신의 모습을 드러냈도다. 모의毛衣,[7] 은폐, 모의, 바! 그걸로 그대 청춘이여 만족하지 못하는고, 나리? 얼마나 미모美貌로운 아가씨들인고.[8] 여기, 마담 리패이[9] 그리고 그대는 그들을 매료하기 위해 뭘 하려고 하는지, 마담,[10] 말해봐요? 신델레라답게[11] 그녀의 슬리퍼를 낚시했는지라. 그것은 너무나 작은 것인데도,[12] 하지만 그녀에게 신랑新郎을 가져다주었도다. 그는 다음 행렬(라인업)에서 그들을 자신들의 공동 후견자로부터 지문知問하려한 즉(그런데 어느 한쪽 형제든 자신을 억제할 수 있을지라도, 그는 정말로 두 형제 중 세신細身이요,[13] 특히 자신의 한 손으로 즐거운 시간을 발기시켰기 때문이라, 오 마마여, 이거 야단났도다. 미, 오 라!)[14], 그리하여 자신의 예술로서 저 노끈을 풀었나니〔요변을 위해〕 그대 여드름 난 자者들과 같은 기분이 드는고? 그의 경멸조숙輕蔑早熟에 그들의 것은 작은 상면相面의 환기歡氣로다.(래도—오—미—솔!—래도度—미眉—소素—라羅—시示!) 그리하여 어요술자語妖術者는 그들의 뚜우뚜우 올 앙상블에 의하여 윤음향적輪音響的으로 격성激聲되었나니, 비록 총명함을 의미하는 것은 아니나, 단지 그들의 엉덩이를 으쓱하게 함으로써 트로이(화장실)로 향하며 그런 이야기 누가 믿는 담식으로[1] 자기 자신을 엿보게 했나니라. 한편, 그들의 비성鼻聲을 억제하면서, 그들은 아주 사적으로 은근히 비추나니, 아냐, 그는 자신의 설교(바지) 속에 화해(요변)하고 스스로를 조롱하고 있도다.[2]

호인경계狐人警戒! 랑인狼人! 금기禁忌(터부)!

그런고로 자신의 소시지燒屍地[3]를 향해 이 주름 쟁이는[글루그] 탈습脫襲했나니, 두 다리가 미끄럼 줄행랑을 쳤도다. 그러자 그는 대단한 배앓이 인척 자신의 배를 움켜쥐고 궁둥이 위에 닻을 내렸나니라. 질문 이런 시기에 무슨 나의 머핀빵떡배앓이인고(muffinstuffinaches)?[4] 혜답慧答 식息빵과 통痛버터 및 양 강냉이. 그러자 더 많은 통痛버터와 더 많은 양 강냉이를 취吹할지라. 그러자 무취無吹 무통無痛 그러나 수연충水蠕蟲.[5] 그리하여 쉼은 얼마간 가지리라.

실(細) 계개천溪開川이 대산정봉大山頂峰에게 대하듯, 그녀가 의미하는 바를 그는 불가해했도다. 그녀가 의미한 바 모든 것은 황금 조청造淸(시럽)이었나니, 그녀가 의미하는 모든 것이란 어떤 기사騎士의 플럼(포도) 잼이라.[6] 그녀를 그토록 귀머거리로 몰 정도로 그는 지독히도 아묵啞默했도다. 마치 유자惟者가 그의 바퀴 멈춤 대를 통하여 자신의 막대를 찌르듯 그가 단지 멍청이인 대신에 고독히 말만 한다면 그리고 그토록 걱정하지 않는다면! 여봐요, 말할지라, 달콤한 새여! 소심소심자小心小心者! 비록 내가 단단한 잔디를 먹을지라도 나는 소정부沼情婦가 아니나니.[글루그의 첫 3가지 질문]

—그대는 월광석月光石을 가졌는고?

—아니.

—혹은 지옥화석地獄火石?

—아니.

—아니면 반 디먼의 산호 진주?[7]

—아니.

그는 실성失性했도다.

클러치(전동장치)를 풀어요, 글루그! 하위何爲! 그대의 후이後耳를 다듬구려, 글루그! 작별! 우리는 환環을 짓나니, 추프! 결별! 살찐 뒤틈바리(추프추프)의 중추야中樞夜. 그들의 세상은 만사호미萬事好米로다![8]

하지만, 아 눈물, 누가 그녀[이시]의 하모何母[ALP]될 수 있담? 그녀는 그가[글루그] 그녀에게 눈길 주리라 약속했나니. 그녀의 진미眞美를 시험하기 위해. 그러나 이제 그건 너무 장망長望하고 너무 진척進陟하고 그리고 등등.[9] 이륜마차 행의 제리[글루그]. 타처他處 바이! 도피.

모두 명주실처럼 그리고 모두 이끼처럼 그들은 그녀의 주름 잡힌 모자 언저리 위에 수그러졌도다. 나비매듭, 홍행꾼들, 그들은 우憂얼룩 속으로 시들었나니.

[224.22—225.08] 그(솀)는 꽃 소녀들 앞에 나타나다—그들의 웃음과 조롱 앞에 노출된 채.

[225.09—225.21] 그(솀)는 배앓이로 도망치다—이조드가 그로 하여금 말하도록 권하다.

[225.22—225.28] 글루그의 색깔에 대한 첫 추측推測—붉은/돌/게르만적(Germanic).

진주문단眞珠文段, 진주문단, 울어야 할지 웃어야 할지 마지魔知였도다. 왜고하니 저 캘로라인 가집歌集에는 언제나 귀여운 다이나 아씨들이[1] 그들의 모습을 뽐내며 자랑하기 때문이라.

〔이시의 비탄〕 가련한 이사[2]는 황혼 속에 너무나 황홀하게 황울荒鬱히 앉아 있나니.[3] 번쩍이는 금박 조각을 탄주彈奏하자 바람을 변색變色하고 무애교성無愛嬌聲이 그녀의 백조白鳥 주변을 감돌도다. 이봐요, 아가씨! 수공愁恐 그녀는 그토록 우울憂鬱하게 울광鬱光하는고, 이 소요하는 나 이조드여?[4] 그녀의 애부愛夫〔글루그〕가 서운하게도 사라져 버렸기 때문이라. 아무쪼록 소정笑情할지라. 만일 그가 어딘가 있다면 그녀는 그런고로 그이와 합세하리라. 만일 그곳이 어디인지 모를지라도 그녀는 또한 거기 가리니. 그러나 만일 그가 가서 성聖프랑스[5]의 아들이된다면 그녀는 클래아의 딸[6]로서 남으리라. 쑥국화를 가져올지라, 도금양을 던질지라, 루타 향초香草, 루타, 루타를 뿌릴지라. 그녀는 백주의白晝衣처럼[7] 용암溶暗하는지라 고로 그대 그녀를 이제 볼 수 없도다. 그런데도 우리는 염색공의 백주白晝가 어떻게 작동하는지를 아는지라, 음침陰沈과 음심陰深과 음석陰夕과 음암陰暗 속에. 그리고 이브(夕)가 방금 입고 있는 음영陰影 사이에 그녀는 새로운 피앙세인 가남嫁男을 만나리니, 트리스탄 밀회자와 목인木人을. 마모母 있었고, 미낭娘 있나니, 미녀微女 있으리로다. 심深 심천深川에 한 시녀侍女 그리고 그 시녀는 시양嬬讓을 사갈思渴하나니 그러나 그 귀양貴孃은 귀인형을 장식하고 귀인형은 귀연인貴戀人을 귀역歸役하도다. 동일재신同一再新. 왜고하니 비록 그녀가 결혼하지 않았어도 그녀는 나중에 그녀의 다발 머리를 묶어 맬 것이요 왈패 아가씨들에게 뛰는 법을 도우리라. 허리 굽혀 춤추기 그리고 지저귐 그리고 노래할지라. 츄비경卿은 하늘의 치품천사織品天使요 글루그는 그네뛰기 시작했도다.

그런그런 식으로, 발가락(둘씩)에 발가락(둘씩), 여기 저기 그녀들〔무지개 소녀들〕은 맴도는지라, 왠고하니 그녀들은 천사天使들이라, 소녀답게 끄덕임을 산散하면서,[8] 왠고하니 그녀들은 천사의 화환이기에.

〔그들의 무도〕 캐시미어 스타킹, 자유체自由締의 양말대님, 털실 신발, 나무로 수은水銀칠된 채. 앞치마 프록코트에 달린 싸구려 모자 그리고 그녀의 집게손가락의 반지.[9] 그리고 그들은 그토록 환環되게, 환되게, 껑충 껑충 환도環跳나니, 그들이 광도光跳할 때. 그리고 그들은 그토록 데퉁바리 마냥, 애광愛光되이, 혼례의 밤에 혼混울가미 되어.[10] 수줍은 내시선內視線으로, 그리고 부끄러운 외시선外視線으로. 그녀들은 약간 날뛰나니,[11] 깡충깡충 껑충껑충[12] 그런 다음 빙글빙글 소란 속에 뛰놀도다.

그들 모두를 말할지라 그러나 그들 개별적으로 이야기할지라, 카덴차 장식부 콜로라투라 장식곡! 알(R)은 루브레타(붉은) 및 에이(A)는 아란시아(오렌지), 와이(Y)는 일라를 위한 것 그리고 엔(N)은 녹지綠枝(N)를 위한 것이라네. 비(B)는 여 노예(O)[13] 딸린 청소년青少年 한편 더블류(W)[14]는 11월의 불장난녀女에 물(水)주다[15] 비록 그녀들은 모두 오직 학교 소녀이지만 그런데도 그들은 모두 제 갈 길을 갔도다.[16] 아비뇽 도都 보이는 곳에(I'th' view o' th'avignue)[17] 춤추며 동그랗게 황홀 입장하나니. 대홍수 이전[18]의 다명양多名讓[19]이 그러하듯. 그런고로. 그런 다음 다시 그러하나니.[20] 그런고로. 그리고 분노일憤怒日 다음의 무한영구양無限永久讓이 그러하듯.

그렇게. 그런 다음 다시 그렇게 하는지라. 그렇게. 원슈어의 많은 간계의 아낙네들이.[1]

〔춤에 동참한 잡다한 여인들〕 잡화상의 음녀淫女인 그녀는 강남 콩 자루 속에 자신의 손을 슬그머니 쑤셔 넣고, 저 시중드는 아낙은 파라핀 깡통으로부터 자신의 저녁 음료를 홀짝이고, 야토급의野兎急醫의 부인은 천둥의 쿵쾅 소리를 듣자 광본능光本能의 최초 순간 방축 길에서 당황하여 어쩔 줄 모르나니, 과부 메그리비 그녀는 실뜨기 놀이를 하고, 이 관미寬美의 여배우는 테리어 사냥개를 혀 아래에다 가죽 끈으로 매고, 그리고 여기 소녀 있는지라 그녀는 한참회寒懺悔에서 무릎을 꿇고 그녀의 사제司祭(쳇!)에게 애인(흥!)을 밀고하나니 그리하여 최후로 들먹이지만 결코 못지않은 이 최부호最富豪 여인, 그녀는 육아원의 먼지 속에 그녀의 엄지손가락 자본資本으로 연체불延滯拂의 파행재跛行財를 필筆하도다. 윙윙 쓸데없이. 모두 그들의 상미傷尾를 질질 끌면서, 양회羊廻를 이루어 아웅 짝꿍 되돌아 달려오는지라.[2] 그리하여 그들은 이 길로 통과했나니.[3] 그리고 그들은 저 길로 통과했도다. 윈니(W), 올리브(O) 및 비트리스(B), 넬리(N)와 아이다(I), 애미(A)와 루(R).[4] 여기 그들은 되돌아오는지라, 모두 경쾌한 무리, 왠고하니 그들은 화녀花女들이라, 까만꽃과 제비꽃에서부터 양귀비의 홍조, 물망초에 이르기까지, 한편 잎이 있는 곳에 희망 있나니,[5] 앵초櫻草의 책략과 금잔화의 개화와 더불어, 모두 하녀들의 정원화庭園花들.

그러나 저들 완벽의 야자수에서부터 분노의 정자亭子까지, 산상목적山上木跡, 대양大洋의 시관視觀[6] 밖으로 거의 불가不可하게, 거기에서부터 반역전反逆轉하며, 비통悲痛으로 병든 채 그〔글루그〕가 자신의 가시적 수치의 모든 서언술誓言術을 환치換置하자[7] 무슨 최고뇌最苦惱의 부수적 분격奮激이 마동魔童으로 하여금 자신의 타격두打擊頭[8]로부터 복앙腹央(배꼽)까지 동요하게 했던고. 그는 너무도 익히 익살맞은 그리하여 최후의 신호(큐)를 위해 화상花床 바닥에 때려눕힌 기분이었는지라, 그는 소녀들에 대하여 통틀어 하자何者가 하색何色인지 알 수가 없었도다. 만일 어리석은 거위 같은 시안視顔으로 그에게 기꺼이 미소를 짓는다면 그는 애정으로 상찬賞讚하고 멋진 한 토막 괴깔[9]을 먹을지니. 그러나 어떠한 몸짓도 감식鑑識을 노정하지 않는지라. 그들은 모두 그를 반대하는 자투리들이요, 미수美獸들. 시발始發부터. 스타트.[10]

그〔글루그〕는 머리를 머레이 왓(水)속으로 침수세례沈水洗禮했나니, 스트워드 왕총王總에게 신경총神經叢(멍치)에다 퍽 한 대 안수례按手禮했나니, 길리백(聖體)과 함께 허리(急)－캄(來)－연맹과 맞붙어 씨름했나니, 화火일요일日曜日 참회 맥피어섬(島)으로부터. 중重군사상軍事上 및 경輕비천卑賤의, 모든 그의 감죄感罪를 세참회洗懺悔했나니, 맥아이작[11] 속으로 어느 맥주 애음가愛飮家와 마찬가지로 자유로이 배병성유排病聖油했나니, 공연한 법석으로,[12] 흉胸 대對 흉胸, 벨트 시혼試婚을 가졌나니, 그리하여 유년의 나이는 언제나 최무치最無恥인지라, 타라스콘 타타린[13]이 특미特味의 타과자唾菓子에 투심投心하듯,[14] 제의적祭衣的 의식자衣食子, 맥시카리즈 악취로부터 맥크노키 중구中冓까지[15] 매달린 것으로, 말할 수 없는

〔225.29—226.03〕 소녀들이 그의 실패를 즐기다—이조드가 침울하다.

〔226.04—226.20〕 가련한 이사(Isa)—그녀의 남자를 찾다.

〔226—227〕 7무지개 소녀들의 무도舞蹈와 유희—글루그를 무시한 채.

〔226.21—227.18〕 소녀들의 2중 무지개 댄스—시간을 통한 전후.

[227.19–228.02] 그(솀)의 수치, 고통 및 분노—그는 분노하고, 매질하다.

여하시如何時동안 스스로를 모독했도다.(서픔) 가정家庭!

〔글루그의 망명〕 그 동안 내내, 쨈쨈 음식 깔깍으로부터 족제비 생쥐 예쁜이, 그의 마음속으로 갉아먹으면서, 에버라린[1]의 자식, 자신의 마음속에, 그는 맹세하나니. 대낮의 구더기 제잘 지껄이! 구리 세공인 목사의 짬짬이! 그는 파열하리라. 그는 성 선모충병旋毛蟲病 페트처럼[2] 크게 끽끽 우짖는도다. 지옥, 거기 젊은 도인島人들로부터 패트릭 애국당원[3]의 사면赦免을 탐探하나니. 상관하랴! 이제 그만! 그는 경장범선輕裝帆船을 타나니 오라 첫째 일광일日光日,[4] 거칠고 어두운, 과광過廣의 요파搖波[5]를 타고, 석우夕雨의 활(弓)[6]이 바람 속에 세 고물 도취되어 이물이 닻으로 보일 때까지, 날씨가 허락하사, 신의神意로, 브루스의 침묵, 코리오나스의 망명과 이그나티우스의 간계[7]를 좇아. 신의神意에서 세속까지 그러나 범통계凡通界에서 중성中性까지. 빠이빠이, 브라소리스여,[8] 나는 이식離息하노라![9] 우리들의 전쟁, 안녕 둔鈍리 그레이![10])로다 숭소원崇所園[11]의 이몽泥夢, 그는 여기서 폐종閉終하나니. 겔코사 애인이여 이제 그만![12] 아람[13]의 모든 쉬맥에게 성직聖職을 위한 전도傳道.[14] 셈하락樂, 애란기원愛蘭紀元의 영겁永刦. 자모慈母의 격언두문格言頭文, 도부盜父의 오서娛書 그리고 노천교露天校의 여교사를 위한 탈피외금법脫皮猥禁法.[15] 그리고 암묵暗黙(안켈 사이랜스)의 근면역마차勤勉驛馬車.[16] 승계承繼의 단절.[17] 그는 브리티시 아메리카,[18] 펜실광狂[19]의 유랑체형流浪體刑을 위해 자기 자신 돈욕豚慾하리니, 신탁은행의 그로리아 부인[20]과 융합하기 위해.(꼬마!) 운석隕石 로맨스와 액화 수소열水素熱에 의하여, 재제휴再提携되어, 라라코 구급차[21]를 부르는 걸 기권하고, 파리—취리히 철도를 포승捕乘하고, 20년 별리여행권別離旅行券을 가지고 소로우회小路迂廻에 의하여, 저 부체재不滯在 동시東市인,[22] 그의 접근시接近市[23]를 재탐방再探訪하도다. 바로 비조飛鳥 로비[24]를 위해. 원거리의 안전측安全側으로부터! 우리를 구유救由소서, 향수鄕愁여! 축복의 로렌스 오툴이여, 우리를 위하여 구하소서![25] 모든 은거승隱居僧은 그의 자신의 성주城主요[26] 거기 모든 호사자虎獅子는 그의 자신의 지역 보좌관, 완전시계完全視界 속의 볼품없이 굽은 다리를 하고, 재단의 장식벽裝飾壁에 그의 공간전면空間前面쪽 및 후면쪽으로. 핀 창窓, 도피 현관! 그는, 최대의 안락으로,[27] 중야中夜를 가중加重하기 전에, 격노한 운하 위의[28] 다정한 집 문지방 곁으로, 요르단의 피안을 향해,[29](이브 중重을 들어 올려요, 수동水童이여!)[30] 연쇄촌녀連鎖村女[31]와 대학잡기大學雜記[32]를 자신과 일체로 삼고, 감옥일지監獄日誌,[33] 오汚 세바스천[34] 이고약泥膏藥, 그의 소극적素劇的 사도서간司徒書簡을 사이비 지식인에게 발포發砲할지로다. 토우마리아[35]의 개종改宗된 수시隋時 백부장百夫長 코네리우스[36]로부터 안토치[37]의 한 배(腹) 회중會衆에 이르기까지. 만세! 무혼녀無婚女 및 접합사接合士 여러분![38] 이제 뇌우방패雷雨防牌는 무용이라! 만인을 위한 자유다엽自由茶葉(사랑)! 고원故園의 모든 통조림 연어!

〔228.03–229.06〕 그(솀)의 의도—그는 알리고, 그는 쓰고, 그는 도피하리라.

더 많은 제단명祭壇命까지 일상의 햄과 계란과 함께![1] 야성의 영장류靈長類도 그가 솜씨 좋은 익살로[2] 저술을 육育함을 정지하지 못할지라. 깃털 필명! 통풍痛風이여 소택국沼澤國을 끈 맬지라![3] 그리하여 즐거운 잉크랜더(貸者)를 위해 성 조오지[4]를 보낼지라! 그리하여 그의 포도 주점이 선술집이 될지라도 그대는 조소하지 말지니![5] 왜냐하면 그는 대장大將인지라〔글루그—조이스〕, 그이 속에 과오를 범하지 않으니라. 그는 징글락樂의 대장이로다.

〔글루그의 미래 저작업〕 로마 인민원로원人民元老院(S. P. Q. R.)[6]의 아서 작가 협회[7]의 후원과 함께 저작업著作業에 참가할지라 그리하여 낄낄대는 고대중주古大衆酒 보도 출판사와 그의 양상羊商(영국)의 국민[8]을 상대로, 그들, 선율의 선율을 이루는 선부膳婦의 선부폐膳腐弊, 피녀彼女, 암사자獅子들 중의 허짤배기 잔소리꾼,[9] 그리고 피자彼者, 그녀의 무술 협객俠客 간의 모든 서약적誓約的 진실에 관하여 알리리라.[10] 까까머리 까마귀 창녀[11]에서부터 길리간 과화원果花園[12]의 야장미野薔薇[13]에 이르기까지. 수정주파水晶周波 범위 내의 모든 이를 위하여.

아카림,[14] 망우염자忘憂厭者의 휴가.[15] 황천일黃泉日.[16] 부국무인父國無人.[17] 주외식晝外食.[18] 와녀渦女와 암남岩男.[19] 경驚방랑하는 난파難破.[20] 가인녀歌人女의 선술집[21]으로부터. 유명고장사有名雇壯士.[22] 음탕종아리.[23] 비참모悲慘母.[24] 발펴기스의 나야裸夜.[25](이상 〈율리시스〉의 장들)

악전하惡殿下!〔글루그〕 그는, 어찌 전노휴한친全老休閑親(그런데 그들 짝들〔부모〕은 무슨 스트립 포커의 지구 관광객들로 보일런고!), 그의 허황촌노虛荒村老, 안식교인安息敎人(그의 턱 수염을 내분열內紛裂 할지라!)를, 그가 또한 그의 야인복野人服(베레모)[26]의 대판 엉덩이에 크고 커다란 구멍을 냈는지, 그리하여 어찌 그녀의 레티형型 영부인令夫人,[27] 그의 노우양老愚羊, 저 생기 잃은 후원자를, 육肉도끼가 그녀를 삼각주로 삼은 저 외음부外陰部의 초미균열超微龜裂[28]을 너무나 저속하게 틈새 만든 이후로, 그녀가 재임순주酒속에 맥아주소변麥芽酒小便[29]을 결코 과세주입課稅注入하기를 멈추지 않았는지를, 라이먼코논물스트라[30]의 전불피곤全不疲困의 세계를 향해 나술裸術했으리라. 고로 그들은 솥 안에서 어소동魚騷動 피우고 자유전自由戰했나니 그리하여 마치 그녀가 머핀 빵이다 차(茶)다 하여[31] 한 판 승부,[32] 그의 미저골尾骶骨을 물어뜯었는지.〔이상 아빠와 엄마에 관해〕 그〔글루그〕는 마치 그가 모든 걸 점點(흑)과 공空(백)으로 온통 고민정당苦悶正當한 비율로서 적어두고 싶은 대로 당장 적어 두려하나니, 찬송가의 무지無知에 있어서 누구에게도 굴하지 않는지라, 자신의 고해告解의 참회懺悔에 유인有因하여, 자신이 얼마나 진심으로 후회하고 있는지를[33] 보기 위해서였도다. 그리하여, 그의 포피包皮 끝까지 다 읽고 또 깃촉 골骨펜으로 쓰면서, 자신의 경청자傾聽者들, 캐스톤과 폴록을[34] 위하여 9첩帖을 충달充達하고, 만백성萬百姓을 위한 한 권의 가장 경광驚狂스러운 비화悲話의 속죄양서贖罪羊書, 한 미래여걸未來女傑, 이리이리한 무봉인無封印의 여작女爵의 주재 하에, 소년방정少年發情 계절에 통틀어 그토록 많은 다독자多讀者에 의하여 철두철미 애독되며 그녀의 남편에 의하여 유독 친밀 속에 전적으로 감탄 받는 그들의 추단推斷,[35] 하자何者가 자신의 무류無謬 및

〔229.07—230.25〕 그(셈)는 자신의 양친에 관한 진리를 발표하리라—그리고 자신의 고통에 관해 말하리라.

〔글루그의 생각 그의 실색, 가정에서의 추방, 사회주의 섹스 등〕 자신의 분광기分光器에 대한 경공두驚恐頭의 호발견呼發見을 도매盜買했는지 그리고 왜 그가 실색失色했는지 그리고 어떻게 하여 그가 자기 자신의 침(唾) 그 자체에 의하여 쌍습격双襲擊 당했는지, 첫 번째는 한 쪽 뺨을 미켈란젤로에 의하여 그리고, 필요 요건으로, 부엉이 볼에다 빌 C. 베이비[1]〔악마〕에 의하여, 그리고 왜 그들 시골 티 나는 조잡한 처녀가 자신의 험티 덤티(땅딸보) 난안卵顔 협경골가정狹頸骨家庭에서부터 그를 난출卵出하게 했는지〔글루그의 축출 당함〕 교외의 공식이라(브라보 바스큐 생선 수프!) 왠고하니 모든 그의 육체적 쾌식快食이란 단지 지상종말의 방주에 실은 감초甘草의 오믈렛에 불과하기에 그리하여, 주인이 아무리 모형집중模型執中 한들, 마음은 결코 무수정無修訂인지라, 그는 사회주의의 홍수 속에 수침水沈도 수영도 할 수 없었나니 그리하여 섹스(性)사탄의 모든 비탄의 총總[2]카탈로그를 담쌓는 최선 및 최단의 방법이란, 마침내 그가 그녀의 바보 같은 멍청이 우두녀愚頭女를 언젠가 호혹呼惑하리니, 포효천년咆哮千年의 경뇌競惱뒤에, 마치 바그너(짐마차 꾼)가 파라다이스(樂園)의 그들 밀회소(트리스탄)에서 자신의 이족泥足의 윤녀潤女를 유혹하듯,[3] 빵을 물위에 투출投出하고,[4] 새댁(新宅) 카사노바의 몬시뇨루 귀부인과 알만티어즈 출신의 처녀[5]를 성숙되게 상속하면서. 운무심雲霧心의 신혼녀![6] 혁신의상革新衣裳의 운雲과 무霧! 촌주녀村呪女! 그는 성 세기의 총 수년을 통하여 하물하인何物何人을 하처何處에서 만나도록 탄좌歎座하리니, 만일 연출되면, 그의 전숭생애全崇生涯 동안 반조열半操熱을 가지고, 침음악寢音樂과[7] 독인단毒人團의 안위安慰 속에 보수 받으려니와, 그에 잇따라, 무숙랑자無宿浪者 마냥,[8] 자기 자신 독단으로, 그가 피리 주자奏者를 박피箔避하기 시작할 때,[9] 그녀는 낭랑침묵朗朗沈黙의 술수術數를 포함하여, 자신이 그녀 자신에게 전후 곡통哭痛했던 모든 행침가곡行寢歌曲을 가질 수 있을 것인즉, 한편 그는, 영혼의 버터로 성육成育되었는지라,[10] 물론 시 운문에 호소하리로다. 자신의 장만가葬輓歌를 위하여 눈물로서, 마치 천사기차天使機車가 울 부르짖듯[11] 생인생生人生은 방생放生할 가치가 있는고?[12] 부좀라!

가역家歷, 목계木系요! 추억가追憶歌, 석상石上이라! 예술가 연然하나니, 회고하건대, 위대한 생애[13]의 대도大道 피날레, 초기 선대先代에 대한 생식生息의 관대함을 꿈꾸면서—자돈홀권雌豚笏權 고자양高滋養의 가보家譜인 모든 반수인半獸人들〔글루그 조상들에 대한 해학〕, 저 순박한 쌍자双者, 증조부와 증조모와 함께 모전母傳하여, 그리고 숙부행차叔父行次에 의하여 이륜차를 타고 저 악명 높은 증손들인 의붓딸과 계모로 후계했나니, 그들의 순수미純粹味 속에 유화油畵되어, 그들의 형자매안兄姉妹顔과 그들의 의부모안義父母眼 위에 고뇌의 빛을 띤 그들 모든 애국지사들, 계부繼父의 투명경透明鏡 같았나니, 인간의 애국자들, 그의 별명재계別名財界의 아르키메데스 원조(元) 지레(권력) 수혼주娷婚柱들이라[14] 그대 기억할지니, 파도破倒된 성城을?[15] 한 때는 번화수로樹路, 이제는 석조[16]의 바로크. 그리하여 나는〔글루그〕 그대에게 시詩를 유화油畵하리니, 만일 그대가

〔글루그 그의 유년에 대한 생각—홈 스위트 홈—그의 시〕내게 헛간이 헛간 아닌 장소(그의 청년우주계青年宇宙界의 최초 달각달각 수수께끼)에 대한 제목을, 딸랑딸랑 따르릉과 함께, 찾아낸다면, 그리고 차次, 차次 및 차次로(진화眞貨 페니? 소득少得? 돼지, 포기?), 그것이 사람의 아택我宅일 때.[1]

— 나의 하느님, 아아, 저 정다운 옛 딩댕동 집
거기 청년식항青年食港 속에서 나는 탈식奪食했나니
청록초靑綠草 유죄곡有罪谷의 황홀 사이.
그리고 그대의 흉음胸陰 안에 색의色意를 위해 은거했도다![2]

〔글루그의 갑작스러운 치통〕 그의 입 가득한 황홀恍惚이(지나支那의 영원한—수줍은—유년幼年을 향해 야몽夜夢에서부터 티모르 해海[3]를 가로질러), 여기 잇따라(악치몽惡齒夢!) 그의 지혜의 오치근誤齒根을 통하여 하늘을 향해 핑 총알 소리 치솟았나니(그는 한 사람의 만장시인萬葬詩人,[4] 퉁방울 눈(라브레리스)이 쓴 쉘리의 향연왕饗宴王,[5] 프레이르신神[6]처럼 왕당王堂하고, 매 같은 깃털을 한,[7] 그리고 잇몸 궤양으로 고민하는 바늘침 비참한 혹마或馬 같은 메기 및 음침관陰沈棺 신통辛痛 더하기 집오리 새끼[8]처럼 자신을 생각했거니와) 마치 그것이 둘로 톱 할분割分하듯 했도다. 그의 용모의 착물着物을 무진감無震撼하며 전적으로 고뇌苦惱 혈조血潮했나니. 그의 시열時熱의 치통齒痛이 그를 어떤 광란 당나귀의 광난두狂亂頭로 삼았나니라.[9] 요수아 크로예수,[10] 무안無眼(눈)의 자식 같으니![11] 비록 그가 수백만 년 동안 수억만 년의 생生을 산다 한들, 그들의 장미정원薔薇庭園으로부터 그들의 자광택紫光澤으로 열광熱光할 때까지,[12] 그는 요비妖屁 페가서스 비마飛馬[13]를 잊지 않으리라. 지옥 성聖벨(이게 어찌된 일이람) 그리고 경칠 혈역血域이여![14] 지상고地上苦의 침식侵蝕처럼!

그러나, 신神예수 역대歷代 그리스도에 맹세코, 어떤 최종자最種子, 그〔글루그〕가 자신의 흉패胸牌를 타打한 후에,[15] 자신의 조탄지鳥誕地를 잊고, 잊어버리면서, 그는, 그가 자기 자신을 통제한 것이 이내였나니. 기도에 의하여? 아니, 그건 나중 이야기. 회오悔悟의 불충오不忠悟에 의하여? 천만에, 우리는 통회通悔했는지라. 금욕불제주의禁慾祓除主義 속에? 고로 선의善義로다.

그리고 거 잘 되었도다. 그리고 말소스 위偉모어는 자신의 영혼을 회복했나니라.[16] 함께 핀갈이여 여기에서 나와 지옥으로 꺼질지라! 한 가닥 고주가古酒歌.[17] 그〔글루그〕는 자신의 양이兩耳까지[18] 발작족發作足을 차올리고, 자신의 다각多角의 양안兩眼을 굴리며, 자신의 비수鼻水를 훌쩍이고 자신의 각적角笛으로부터 허곡虛曲을 후토嗅吐했도다. 자신이 적열赤熱의 소육회자燒肉廻者였을 때 그가 화소火巢에서 배운 국자 자루 항아리의 아편 굴. 탕기湯器 서살자鼠殺者인 노老소로자燒爐者[19]의 통치하에, 준비 제자리에! 왜 저 사나이가 그녀에게 나쁜 짓을 하다니![20] 볼품없는 볼거리, 그는 어떻게 자신의 창자를 매듭짓는고! 도로徒勞의 쥐여우여, 그건 그의 복통腹痛의 독감사자毒感獅子로다.[21] 겉치레의 겉치레자者, 왜 그는 통렬히 자신의 머리를 착란 시켰던고?

〔230.26—231.08〕 그(솀)는 전체 가족에 대하여 회상 한다—그리고 그의 초기 시에 대하여. 글루그가 몰입하는, 이 감상적 시는 조이스가 9살에 쓴 것으로, 위버(H. S. Weaver) 여사에게 보낸 그의 서간문에 언급된다. "내 생각에 내가 당신한테 보낸 이 시는 나쁜 환경에도 불구하고 가장 경쾌한 것이요…" (I think the piece I sent you is the gayest and lightest thing I have done in spite of the circumstances…) (1930년 11월 22일 참조).

〔231.09—231.22〕 그는 치통齒痛으로 고통받는지라—참을 수 없는 고통을.

[231.23–232.26] 그(셈)는 고통스러운 불제기도祓除祈禱(귀신 몰아내기)를 통해 회복한다—그러자 그때 이조드가 그에게 희망적 메시지를 보내다.

[232.27–233.15] 그(셈)는 순식간에 돌아온다—추산(축) 게임으로 돌아온다—그리하여 sos에 답하는 해안 경비대처럼, 빙투사氷鬪士가 아트란티스 섬을 잠수하는데 걸리는 것보다 꽤 덜한 순간에, 글루그는, 저 전율자들 앞에, 다시 나타났도다. 그대가 발견할 수 있는 가장 교활한 배(船)가 그를 그녀의 무릎에 태우고 항주航走하리라. 바다에서 돌아온, 변발의 선원인 글루그.

[233.16–233.28] 글루그의 색깔에 대한 두 번째 추측—노란/월月/프랑스의.

코크스 제조 코카인 흡입자, 그것은 그의 석탄의 지맥支脈이나니. 그리하여 그의 묽은 콜타르 피치가 그에게 직장염을 야기하지 않기를![1] 그대 멍청하게 눈 깜박이게 하는 단시短視에는 대개 타르 탄炭이 양약良藥이라.[2] 거기 가연물이 그의 소요물燒要物을 순수 불꽃 및 참된 불꽃 및 온통 천연가스 불꽃으로[3] 추소追燒할지라.[4] 검댕. 최악은 끝났도다.〔글루그의 배앓이〕 잠깐! 그런데 더브(疑)린의 매그 잡지[5]가 인쇄에 조편組編하리니. 나의 해학자諧謔者, 디니 피닌과 함께,[6] 야호! 음유시인의 최실자最失者로서.[7] 생가生可의 마이클 모란.[8] 왜냐하면 그는 중요 작동作動을 위한 과실화果實化를 위해 자기 정상頂上의 예기豫期 속에 믿어질 대우待遇를 스스로 분배할 것이기 때문인지라. 그때(pip 愛!) 정기심파精氣心波[9]를 타고 그들(pet 着!)로부터 간섭하는 간헐적으로 간간間間 깡충 뛰는 한 통의 메시지(전언)(그녀를 베니스 아명雅名으로 부르나니! 그녀를 스텔로 부르는지라!)[10] 그녀〔이시〕의 지퍼 클랩의 핸드백으로부터 한 마리 나비, 한 마리 상처 입은(아스타르테)[11] 비둘기가 비출飛出하며, 그녀의 앞마당[12] 밖으로 도망치는도다. 그대 주목朱木을 위해 도탄島歎할지라, 오, 도허티여![13] 삼류 여女시인. 그리하여 그의 그을린 모자 주위에 그녀는 불꽃의 꼰 실을 능직으로 짜는지라, 그녀가 혼욕婚辱했음을 속인에게 알리기 위해서였나니.[14] 그리하여 그것은 거절당함을(背球)[15]의미하도다. 그토록 많은 것이 너무나 민敏하게 소燒하는지라. 클래리벨[16]이여 애란으로 되돌아오라. 그의 해거름 전에 그녀의 것, 필筆되기 전에 우송되다. 여기 그대의 거스름 돈, 마담 감사. 오후 안녕, 광녀,〔우체국을 떠나며〕 층계를 조심할지라. 제발 허리를 굽혀요, 오 제발. 정지. 뭐라 했지요? 난 이제 그에게로부터 항복했어요, 물가의 애우愛友여,[17] 너무, 너무 완만하게 내가 재의再衣할 수 있을 때까지, 이는 틴타젤[18]의 만어慢語로 나의 코르셋의 끝이라는 뜻이지요. 그대 나를 질투하는고, 형제? 그대 머리를 숙였는고, 절반 강성주强聲主?[19] 그대는 조건적으로 거절당하리라 상상했는고? 아무렴(스탠리), 소주少主! 그런 눈물거리는 집어치울지라, 투덜대는 월리! 정상停上할지라, 나의 애물哀物, 그리고 내 무릎에 앉을지라, 페페티, 비록 내가 차라리 원치 않을지라도. 나의 애인(m. ds.),[20] 그와 같은 일은 모두 극복가克服可하리라. 해독하다.[21]

이제 자신의 돈(錢)을 향해 일주一走라! 자 대쉬(線) 대對 그녀의 돗(點)!〔전보〕 노계老鷄, 어린 까마귀,[22] 부父, 자子.[23] 속견速犬, 핀의 개, 바람을 타고 날뛰며 출범이라.[24] 날개 지친자에게 순풍처럼 또는 해안 경비대에게 sos. 왠고하니 그의 와아 외침, 스톱(停) 및 발작 혼족락混足落과 함께[25] 이내, 빙투사氷鬪士가 아트란티스 섬[26]을 잠수하는데 걸리는 것보다 꽤 덜한 시간에, 그는, 한 불똥 간격, 이중변장二重變裝으로,[27] 단순 세일러 복장에 선저船底를 타고, 그의 발작 딸꾹질로부터 폭풍을 뒤흔들면서, 젠장, 저 전율자들 앞에, 다시 그〔글루그〕가 나타났도다. 그대가 발견할 수 있는 가장 교활한 배(船)가 그녀의 행운으로서 그를 그녀의 무릎에 태우고 리오 그란드[28]를 향해 항주航走하리라. 그〔귀항하는 수부—글루그〕는 변발의 선원이요 그리하여 만일 그가 후치통厚齒痛을 앓고 있지 않았던들 벽 위에 그린 자신의 낭상엽囊狀葉 초상肖像에 관하여 장담長談 떨었을 것이요, 모우톤레그와 카파(유상무幻想舞)[1]를, 신문에 난 자신의 사진과 함께, 자르기 위하여, 그가 바로 농담 꾼인 척하며 자신의 꼬리를 쫑긋 추켜올렸으리라.[2]〔어스 되었으리라〕

골(결승점)! 그건 1사정射程(거리)에 의한 것.

천사처녀들이여, 그대의 죄색남罪色男들이 밝힐지 모를 저 무지개 색깔들을 빛으로부터 감출지라. 그대의 현관 계단 아래까지 그가 무릎을 굶을지라도 그는 여기 여숙旅宿을 알아야만 하나니.[3]

유령의 길을 향해 우리 갈지니 그리하여 그대 찡그린 얼굴을 할 필요가 없도다. 프록코트의 술 장식(불어佛語)[4]을 찾아, 이러이러한 감촉 같은 충격으로 그걸 옮겨 맬지라.

그는 자신이 사악한 항해사임에도 불구하고, 그녀의 것을 추정하고 있나니. 항해사.〔글루그 항해사 이시의 속옷 색깔 추정〕. 그의 엉덩이를 내흔들며 지나가는 꽤 많은 야생 거위의 까옥 까욱에 귀를 기울일지라, 그리고 당당히 놀아요(페어플레이를), 숙녀여![5] 그리하여 망명[6]을 의지意志하는 자가 개(dog)를 견犬(cnine)이라 말하는가 하면, 한편으로 영노변英爐邊을 떠나려 하지 않는 자가 지知(know)를 금今(now)이라 말하는 것을 주목할지라.

왜고하니 그는 자신이 흠 찾기 부녀婦女들을 괴롭히는 것을 얼마나 싫어하는지 과過 더듬거리는도다.

그러나 대구두大口頭의 사교관司敎冠[7] 및 왜가리의 깃털을 하인下人 중 하복下伏 및 왕중 왕[8]의 좌수左手에 맡겨두고, 언론 자유를 위해 용돌勇突하면서, 그대 성냥을 켜는 것을 본적이 있는고 아니, 이 화약은 내 것인고 아니,[9] 그는 묻는지라, 그러나 언어유희를 진정으로 통격通擊하면서.〔글루그의 두 번째 추측〕

—그대는 잔다르크인고?[10]

—아니.

—그대는 오월 파리인고?

—아아니.

—그대는 필경 꼬마 독나방인고?[11]

—아아니나니[12]

—질문, 질문, 질문이라! 계속! 허녀虛女! 지겨운녀女!

평우平問 문問 나른(다연茶然) 문問 나른(다연茶然) 답答.

〔글루그의 재 도피〕 그리하여 그는 지겨움을 느꼈는지라, 그들의 곤혹자, 그리고 그의 갈고리를 팽개치며 살짝 도망치나니, 공경에도 태연한 사나이, 셔츠 입은 전광남電光男 마냥, 그를 하리케인 돌풍이 쫓는지라, 열족熱足, 각脚, 화족火足, 헛되게. 깡패의 조롱 홍홍 소리, 어색자, 적치赤恥, 쿰(橙)자者, 황달, 천식, 얼간이! 왜고하니 그는, 흑월어黑月語 또는 타타르 구어龜語, 월원어月猿語 또는 통조림 식어食語, 그대의 치즈초크 인기자우人氣雌牛가 시금치를 되씹듯 무별無別하게 그리고 바스큐 악조惡調로, 순수 아래턱 불거진 영어英語의 날카로운 딸그락 소리 나는 끈적끈적 유두乳頭를 질근질근 씹을 수 있었기에.〔글루그 영어를 말할 수 있기에〕 실로! 하광何狂! 얼마나 매스꺼운 밀크람. 하지만 올 바른 신성神性은 무無였도다.

〔233.29–234.05〕 그(셈)는 재차 도피한다—조롱하는 소년들로부터.

〔234.06–234.33〕 거룩한 추프는 뒤에 남는다—소녀들이 그의 둘레에 춤을 춘다.(글루그의 또 다른 실패, 또 다른 비상) 그러나 그는 재차 잘못 맞힌다. 그리하여 그는 지겨움을 느꼈는지라, 그의 갈고리를 팽개치며 조롱하는 처녀들—올빼미들로부터 도망치나니,〔소녀들의 추적의 고함 소리, 〈율리시스〉 제15장의 블룸의 도피 참조, 〔U 478–479〕 "여기 썩 꺼져라"하는 올빼미들에게 그걸 열축熱蹴하면서. 왜고하니 그는 그대의 스페인 암소처럼 무분별하게 그리고 바스큐 악조惡調로 씹듯, 그대의 순수한 오염되지 않은 영어를 짓씹을 수 있기에.

속임수 가짜 셔츠 속에 깨어 삶은 계란처럼![1] 그는 자신의 정신이 온통 오락가락했나니. 말하자면, 최고 포도복통葡萄腹痛 하게도,[2] 그는 현두眩頭되고 현목眩目 되었도다. 그는 최고트리스탄嘆 신사풍風〔트리스탄—글루그—셈〕을 띠었나니.[3] 그리하여 혈청血淸 지옥처럼 보였나니라. 1실링의 표적 떨어뜨리기 수탉 및 당나귀(동키) 사수射手인고? 아니면 알마다(무적) 함대艦隊에 입대하기 위한 감당勘當 1페소 은화?[4]

그러나, 신(罪)초 과시誇示판자[5]〔무대 위의 추프〕, 이 세상을 백개안白開眼으로 걸어 다녔던 어느 하인何人인들 치고[6] 그가 자신의 뒤에 두고 떠난 자보다[7] 더한 쌍생매아雙生魅兒를 볼 수 있었던고? 백의의, 녹색의, 오렌지풍의, 힘들이지 않은? 고금 이후 면화요대棉花腰帶 두른 모든 녹색의 영웅들 가운데서, 최고백最高白, 최황금最黃金이라! 어찌 그 자는 신비천神秘天으로 자기 자신과 더불어 그들과 거기 서 있었던고, 그리하여 전의반혁파前意反革派의, 이발사의 머리칼에서부터 시여물자施輿物者의 발가락까지, 철저 교인敎人 아부兒父인지라, 28혼명婚命 성인전기서聖人傳記書의 자者,[8] 6어금니(齒) 종상種象의 최낙천最樂天의 자子,[9] 마야여왕摩耶女王[10] 소웅성좌小熊星座 태생의, 천불타天佛陀의 아시牙時에, 그의 근近나르시스 수선화의 화륜花輪에 감 쌓인 채, 느슨한 권두모卷頭毛[11]로 다多로 휘輝로 선충류蟬蟲類의 유油로, 성여승星女僧들에 의하여 둘러싸인 동량지혼棟梁之魂,[12] 그들의 향적香跡이 매력이라, 그리하여 저 단디패니의 딸은 눈꺼풀의 유희를 아는지라,[13] 그의 투계鬪鷄의 박차拍車와 그의 유액교油液膠의 미소와 함께(여태껏 이유아離乳兒가 지닌 최감미소最甘微笑), 한편으로 그의 일군의 정녀精女들,〔무지개 소녀들〕 희극성랑戱劇性娘들, 그녀들은 그의 주위를 가파르게 여마旅馬 마냥 홍수 지어 맴돌았는지라, 천로여인天路旅人,[14] 위험천만 훼뎅그렁, 성찬식 축하 속에,[15] 아주 가르랑 홍분된 채, 구급救急히, 어떠한 귀여운 달시니어[16] 부양否讓〔이조드〕도 그녀의 미래년未來年에 대하여 이외에는 함용含用에 관하여 여태껏 결코 생각지 않는 언화言話를 가지고 연도서連禱書 속의 모든 탕명蕩名에 의하여 그〔추프〕를 찬급讚及하면서, 그리하여 그를 애태우게 할 정도 이상의 만족으로 최고 도취향禱吹香을 그에게 보내면서(우리 모두 도울까요, 이제 당신은 혼종混種인지라, 원무圓舞 손잡고[17] 회상 잠깐만? 여양女樣? 여양女孃?), 여색자麗色者, 미발자美髮者, 첨두자尖頭者인, 그가 매인每人 이외의 각자에게.(내가) 감히 추측하는 한, 그의 키스인人 면허장의 그녀에 대한 자비를 베푸시도록. 의미意味 그녀가 침입寢入 할 때까지 애상愛傷을 남인男忍할지라. 우리는 그대의 것을 S의[18] 불순을 지닌 라틴어처럼 알고 있는지라.(그리고 그대의 해화海話 같은 해서海書) 우리는 확실히 좋아하나니, 꼴깍꼴깍자들이 꼴랑꼴랑 마시는 것을 너무나 사랑하는 것을, 고로, 아라비지여,[19] 저 늙은 프랑키[20] 사내가 그의 손풍금으로 수사슴에게 풀무 지피도록 말할지라 그리고 그의 오랜 용솟음치는 분음噴音을 우리에게 일진一陣할지라, 멍청이여!

성가聖歌 번호 29. 오, 노래를! 이처럼 형제를 남애男愛했던 행복한 귀여운 소녀양少女讓들! 오, 그토록 황금스럽게 가요歌搖하는 도홍跳興! 그들은 코러스로 매혹하기 위해 왔는지라.

그들은 자신들의 기도를 말하는지라, 나리님의 구세사자救世使者에게 처녀들의 기도를,[1] 그들 자신을 따로따로 그리고 연합하여 매춘하면서.(코란의) 첫 장章, 손을 포갤지라. 명예롭게 될지라, 머리를 숙일지라.[2] 당신의 석야夕夜가 심지어 나복裸福되기를! 심지어 축복을! 우리는 그토록 사면赦免을 희망하기 때문이라. 염성부染聖父 및 향성자香聖子 및 적성령滴聖靈[3]을 위하여. 아멘.

한 가닥 휴지休止. 그들의 기도가 오스만의 영광 마냥 사원무백寺院霧白 솟나니, 서쪽으로 퇴조하며, 빛의 영혼에 그의 퇴색된 침묵을 남기는지라(알라라 랄라 라!),[4] 터키석石 청록색의 하늘. 그러자

〔처녀들의 추프를 위한 기도〕—잔토스(성갈聖褐), 잔토스(성기聖祈), 잔토스(성도聖禱)![5] 우리는 그대에게 감사하나니, 강력한 무구자無垢者, 즉시 기권한 그대여. 만일 후빈년도後頻年度에 그대가 탁상업무를 마치고, 미드랜드은행銀行[6]의 대大지배인이된다면, 우리와 나는 애이즈베리 가도,[7] 로자리 장미원의 버크 부유동富遊動 인사들 사이에 우리들의 충실한 종들[8]과 함께 살리라. 만일 그대가 광고 등록명부登錄名簿에 신탁하면 붉은 벽돌은 경 치게도 온통 고가高價가 되는지라 그러나 우리는 우리들 스스로 재화財貨를 저축하고 네보산山 인근[9]의 가장 멋있고 가장 무성한 삼림 목재를 거머잡을지로다.〔이하 식물학의 말들〕 온케일 장지葬地.[10] 로콤 참나무, 터키의 개암나무, 희랍 전나무, 유향 야자 삼나무 등등. 앤빌 산山[11]의 위도측정기緯度測程器가 삼간절염杉關節炎으로 계속 절명할지라도 그러나, 극지낙엽송極止落葉松 성 오툴[12]에게 감사하나니, 먼네라이 지역[13]의 휘기 쉬운 느릅나무는 여전히 광야에서 무성하리니, 그 이유인 즉 우리들의 자연의 자생종과 종자가 행운의 여신에 의하여 보내졌기 때문이로다. 우리는 상사병相思病 담은 장식 편지를 위하여 연백軟白 살구빛의 사서함 우체통[14]을 우리들의 정면 울타리에 다정하게 첨부하고, 그네, 매단 그물 침대, 맹훈猛訓의 발레 춤 밧줄, 편의 시설 코너 및 분광욕조分光浴槽 등등, 그들이 우리들 뒷마당의 조광창照光窓으로부터 우리들을 쌍안경을 통하여 살필 때 그들은 우리들 선망안구羨望眼口를 적시게 하며 경탄하게 하도록. 피아트—피아트[15]가 우리들의 자동차의 넘버요 그의 칙칙 폭폭(추프)에 탄 똥똥이(추비)[16]가 우리들의 유일한 운전사(쇼퍼)이니라. 내가 첫 출전에 이솔더(U)를 판매하자 트리스탄(T)(차茶)[17]이 우리들을 기다릴지니. 우리들의 탐욕 친사촌, 풋내기, 퍼시[18]가, 모든 방문색자訪問色者의 인명오칭人名誤稱을 탄핵할지라, 거기 우리들의 샴자매 고양이,[19] 구생九生의 타비사가 그의 충심환영을 마음껏 펼칠지로다. 그 동안 잔디와 나무 가지들이 수다 떠나니. 찔렁찔렁. 숙녀 마머레이드 쇼트브레드(카스텔라)〔이솔드—이시〕가 그녀의 마즈팬 털을 걸치고, 아몬드 목걸이와 그녀의 파모어[20] 일요日曜 드레스, 봉밀蜂蜜의 팔찌와 그녀의 캐러멜 댄싱의 양홍洋紅 긴 양말, 부터스타운[21]산産의 쾌적한 최고의最高衣, 그리고 그녀의 상아박하象牙薄荷의 흡장吸杖이라.

〔234.34–236.18〕 소녀들이 추푸에게 찬가를 노래한다—그들의 미래의 가정적 축복. 과연 시대와 시간이 세월을 통하여 춤추며 지내 왔나니, 꼬마 소녀들의 무도는 영원히 오늘도 즐겁도다.(여기 프랑스의 작가요, 조이스가 감탄했던 프랑스의 시인 에드가 퀴네(Edgar Quinet)의 글귀의 패러디가 인용되는데, 그 내용인 즉, 정치와 전쟁에도 불구하고, 우리들을 꽃(Flora)로 인도한다는 것)—데드기 퀴네 글귀의 패러디, 소녀들의 무도는 영원히 즐거운지라.

〔236.19–236.32〕 사람들의 변덕(mutability)—무도의 안정성(stability).

당신 그걸 놓쳐서는 안 되나니, 아니면 그대 후회 할 터인지라. 매력적인 상의裳衣, 글리세린광光의 보석,[1] 숙광淑光 부채 및 분향焚香의 궐련초.[2] 그리고 왕자 레모네이드〔추프〕는 은아慇雅롭게 기뻐해 왔나니. 그의 여섯 초콜릿 시동侍童들이 전하 앞에 나팔 불며 달릴지라 그리고 코코(야자수)크림자가 핑크색 방석에 꽂힌 전하의 장도杖刀를 들고 뒤쪽으로 아장아장 걸을지로다. 우리는 생각하나니, 전하의 번쩍이는고두高頭가 마메라 귀부인〔이조드〕을 알아야만 하도다. 미려녀美麗女에게는 미용남美容男.[3] 전하는 성촉절聖燭節[4] 또는 기망祈望 장미까지 부활절 또는 성聖티브일日까지(결코) 코크에 가지 않을지니,[5] 고로 천부지天不知라. 식농자植農者는 그의 소굴(핀)에 있고,[6] 노둔인魯鈍人[7]은 차녀此女 및 피여彼汝. 파타롱(쌍인双人)! 파타롱(둘 뿐)![8] 그리고 더블린은 온통 농아聾啞. 우리는 단월單月 페니(솔로몬) 아가雅歌[9]를 노래하리니 그리고 그대 또한 그리고 여러분도. 여기 음조 있도다. 거기(장단)조調 있나니. 하나 둘 셋. 코러스! 고로 자, 어서, 그대 부유한 신사 분들[10] 홍미 가득한 프루푸록이여![11]〔추프〕 틴(薄) 틴! 틴 틴! 그대 즐거운 호랑가시나무 그리고 담장이,[12] 그대 연애편지 꾸꾸꾸꾸와 함께, 살짝살짝 지그지그춤 느릿느릿 속보 그리고 또한 겨우살이를 노래할지라. 갈채(승자) 잼보리 떠들썩한 연회! 갈 갈채 잼보리(승자) 소동![13] 오 그대 장미長尾의 흑남黑男이여, 내 뒤에서 폴카 성유희性遊戱할지라! 갈채 소동! 갈갈채 잼보리 소란! 그리하여, 처녀들이여 포럼 케이크를 빙빙 돌릴지라.[14] 아네루이야!

〔퀴네(Quinet) 글귀의 패러디〕 로물루스와 림머스 쌍왕双王[15]의 나날 이후 파반 중위무重威舞가 채프리조드 땅[16]의 그들 과시가誇示街를 통하여 소활보騷闊步해 왔고, 왈츠무舞가 볼리 바리역域[17]의 녹자습綠紫濕 교외를 통하여 서로 상봉하고 요들 가락으로 노래해 왔는지라, 많고 많은 운처녀雲處女들이 저 피녀법정彼女法廷 유랑전차선로流浪電車線路[18]를 따라 우아하게 경보輕步하고, 경쾌 2인 무도舞蹈가 그랜지고만灣[19]의 대지평원臺地平原 위에 래그타임곡曲에 맞추어 홍청지속興淸持續해 왔도다. 그리하여, 비록 당시 이후로 스터링과 기네스가 시내들과 사자들에 의하여 대체代替되었고,[20] 어떤 진보進步가 죽마를 타고 이루어지고 경주(종족)가 왕래했으며 계절의 저 주된 풍미자風味者인, 타임이,[21] 소화불량물消化不良物들 및 기타 등등 무정체無正體의 것들을 통상적으로 교활하게 사용해 왔는지라, 저들의 수선화 나팔무舞와 캉캉무음舞音들은 후영각後泳脚의 농아왕국聾啞王國, 과다영겁過茶永劫의 맹시盲市를 통하여, 마치 모머스가 마즈에게[22] 무언극을 연출할 때처럼 유연하고 유유柔由한 유지柔枝 마냥, 우리들의 명랑 기분을 위하여 환성도래歡聲到來해 왔도다.

〔무지개 소녀들—꽃들〕 방금 곤충들의 화분으로 막 장식되고 있는지라 그네들의 화두花頭가 그리고 모든 그들의 각자는 그녀 자신에게 애화경愛花梗을 지니며 그들의 하웅예下雄蕊의 총유두總乳頭의 총계는 그가 아마도 견녀見女할 수 있는 한 방개放開되고, 스트래이트 컷 또는 사이드 위스트로[23] 굴광성屈光性 되고, 여성물女性物의 코르셋에 착하着下되어,

[236.33–237.09] 화녀花女들은 그들의 춤을 계속 한다—추프 앞에 그들 자신을 노출하면서.

태양숭배 속에 그에게〔추프〕 향언向言하나니, 그런고로 그들이 자신들의 화반성배花盤聖杯[1] 속에, 그들 모두를 열향熱向하면서, 그의 유남唯男의 씨방(種房)으로부터 저 낙하산탄落下傘彈을 촉배觸盃할 수 있도록, 왠고하니 그는 그들을 통하여 안탐정眼探偵할 수 있는지라, 그들의 단색單色, 그럼에도 그들의 치한癡漢 화장지.(이는 뽕나무 망사지網絲紙[2]를 의미하나니, 친목화시親睦花時, 언어의 신중한 비유적 표현이라, 다양한 향기, 혼녀婚女를, 하나로 꿰매어 맞춘 말이나니) 마치 시소 그네 마냥 화환花環 가볍게(오, 저런녀女! 오, 어렵쇼녀女![3] 오, 무상無償의 화냥녀女!) 한편, 희미한 아령우녀愚女들처럼 의무적義霧的으로, 모두가 그의 만능약萬能藥[4]에 귀를 기울이도다. 애약愛藥이여!

그리하여 그네들은 그에게 말했나니

—매쇄자魅鎖者여,〔추프여, 우리는 그대를 예찬하노라〕 친애하는 감미의 스테니스라우스 무결강자無缺鋼者,[5] 젊은 고백자, 무상친애자無上親愛者여, 우리는 여기 듣나니, 막 나개화裸開花할 듯, 오 하늘 거주자, 그대를 예찬禮讚하노라. 우리들의 무교無校(무구無垢)〔무지개 소녀들〕의 모범자, 성관盛觀 우체국장, 연무서軟文書의 배달자, 40 서간일書簡日에 세계 일주,[6] 가방, 혁대 및 향광香光, 우리들의 우편 보이, 우리들의 수표(스탬프) 소년, 저 판 피리(笛)를 그대의 비축備蓄 부대 속에 넣고, 수다쟁이, 그대가 나중에 대니골 전역全域[7]에서 모든 그대의 관광하는 것 및 청음聽音하는 것 및 취후臭嗅하는 것 및 미각味覺하는 것 그리고 화촉貨觸하는 것을 행하려고 할 때, 그대의 숭배 애자愛子들인, 우리들에게 보내주사이다. 지나치게 포종飽種된 그대, 그대가 마음에 품을 수 있는 만사의 방식과 편지 유희를, 켈트의 꼬마 두령頭領이여, 그대의 성스러운 우체국으로부터 이제 그대는 우리들의 이름을 의례적으로 확신하고 있기에. 그대는 불결하지 않은지라. 그대는 자신의 소관계급所關戒急에서 추방된자 아니도다. 나병탑癩病塔, 갈마羯磨[8]의 로키 신[9]은, 우리들의 오염에 표백되지 않았나니 그리고 90 할각割脚에 그대의 교섭은 모독하지 않는도다. 불가촉천민不可觸賤民[10]은 그대의 허수아비 관冠이 아닌지라. 그대는 순결하나니. 그대는 유년기에 있도다.[11] 그대는 아만티[12]의 애택愛宅에 구린 요원들을 데리고 들어오지 않았도다. 엘브 아이남 여신들, 타이텝 노텝 여신들, 우리는 그들을 이름 지어 명예관名譽館으로 초청하도다. 그대의 머리는 에넬—라신神에 의하여 감촉 되어 왔고 그대의 얼굴은 아룩—아이툭 여신[13]에 의하여 밝게 되었나니. 돌아 와요, 향성香聖의 젊은이여 그리고 다시 한 번 우리들 사이를 활보하구려! 동아춘東阿春의 비(雨)는 옛날처럼 방향芳香이나니[14] 그리하여 바라자[15]는 온통 만화滿花로다. 정숙일靜肅日의 탐자探者. 확우確雨처럼 확진確振이라. 우리들의 종축선급種畜善級은 한창 버터 빵 먹을 나이로다. 러부린 필생筆生[16]의 갈원渴願. 하지만 우리는 부엉이 시계를 헤아리고 있는지라. 대가압大家鴨[17]이 다시 오도다. 달콤한 감시자, 모든 우리들의 후광락後光樂의 주主 아벨[18], 우리들은〔무지개 소녀들〕(필경 당시 필요 이상으로 엄하게 매끄럽게도 약간 한층 친녀적親女的), 모두 마가다렌 개종 창부娼婦들인 동시에 필로메들,[19]

BVD와 BVD 점點[1]의, 두 핀 표식이 붙은 남쌍하의男双下衣인지라, 그런고로, 아주 미려하게 되도록, 이사(벨) 마녀 일지라도, 그리고 참으로 고미려高美麗하게 되도록, 평상복일지라도, 그대〔추프〕의, 그대를, 그대에게 그리고 그대로부터,[2] 우급郵急히 복권을 원하도다.(당신 감지하는고?) 서신이 도망칠 시간을 갖기 전에 회답신回答信을 마음대로 지급至急하게할지라, 만일 다가오는 공격이 우리들의 전율을 미리 투송投送할 수 있다면[3] 한결 더 의도적으로 친봉親逢하게 되리라. 우리는 마치 우리들의 필筆불안 속에 혈과血過한 듯 요정의 땅에 있었던 기분이나니. 우리들의 수줍은 자신 다음으로 우리는 감지신感知身을 최고로 사랑하도다. 왠고하니 그들은 천사들이기에. 적와赤瓦, 등록橙鹿, 황수선黃水仙, 녹지綠枝, 남수藍水, 자상紫傷).[4] 왜냐하면 그들은 천사들의 의상衣裳이나니.[5] 우리는 한결 같을지라(무슨 말을!) 그리하여 그 날을 축복하리니, 또한 모든 시간동안, 그래요, 그리운 지난날을 그리워하며[6] 우리들이 스스로 요태妖態의 자신 창조된 존재 속에 피성彼性이 될 때, 그대가 우리에게 속하던 그 날, 그대 무서운 유혹자! 자, 이제, 우리들의 필수적 요구에 그대가 자신이 들은 모든 것을 모르는 척하도록 우리에게 약속하구려. 그리하여, 비록 위험의 가장자리까지 탈의하는 동안.(사탄마魔가 지나치게 탐探하는 한시閑時의 분망사奔忙事인지라!)[7] 우리의 차시次時까지 베일을 당기는 동안일지라도! 그대가 고발하고 싶지 않으나, 만일 그렇게 하면[8] 절교 당하리라! 맹필盟必코. 우린 얼마나 심열深熱한고. 하다월何多月과 하다세월何多歲月 일만일회一萬一回 될 때까지! 수줍음이여 양교미羊交尾하소서! 그의 과오타過誤打를 통하여, 그녀의 과오타를 통하여, 그의 그녀의 혼교混交의 과오를 통하여![9] 토끼와 이야기하면[10] 그대 거북이처럼 깨어나니. 그건 생쥐(鼠)로다. 법法이 말하는지라. 들을지라! 도처녀倒處女, 키키 래시여, 그리고 그녀의 속자매俗姉妹인, 비안카 무탄티니[11]는 장모착의長毛着衣의, 배렌탐 공작[12]을 유혹했으나, 나의 종자매 꾸꾸 비둘기, 나와 아타我他의 탈奪까마귀가, 보나파르트[13]를 좇아, 우리들의 더 많은 3회의 착한 기회를 가졌는지라, 아타자我他者들. 나의 아물我物 미소, 나의 전유全唯의 몽소승천蒙召昇天,[14] 그녀는 이제 차내此內의 우리들 쌍자双者처럼 피외彼外의 나인지라, 고로 나는 나 독신을 작은 파편破片 로빈 조가鳥歌 마냥, 유월의 실失호두 마냥, 사랑하기 원하나니, 만일 내가, 하늘의 푸름 마냥, 나의 소위백사지所謂白四肢 사이를 염탐하기 위해 허리를 굽히면. 어찌 그들의 이투二鬪가 그들의 삼시三試를 행한담! 난청인難聽人에게는 귀의 밀랍蜜蠟, 무지개 사수射手에게는 덤덤 탄彈,[15] 제니 여아에게는 그들의 벌집 속의 쿠쿠래來의 여왕벌. 최감最甘의 얼굴! 벌꿀은 벌이 보증하는 곳에 집서集誓하나니. 그대가 화분花粉을 너무나도 취충醉充하는 단순한 효과 때문에, 벌은 서로서로 붕붕 바쁜지라. 아신我神이여! 엄불타嚴佛陀여! 우리는 여기 온통 가젤 영양원羚羊園[16]의 아죽림牙竹林[17]에서 그에 관하여 언불가적言不可的으로 무려無慮하게 느끼나니, 고로 우리는 단지 발아법發芽法을 탐습探習하고 있을 뿐인지라, 제발 원죄감原罪感을 가지고 절친하게 콤무니캐이크(상교과자相交菓子)할지로다. 그것이 그들에게는 수천의 하찮은 또는 잘못된 감상을 의미할지라도 그러나, 뱀들의 주여,[1] 우리가 분명히 그대의 급소를 온통 볼 수 있는 한 우리는 한 입 능금[2] 속에 탈피변화脫皮變化할 수 있는지라.[3] 그대의 눈 속의 갈고리에 맹세코, 만일 그대가 그대의 루트(적笛) 사발[4]을 들고 수사걸의修士乞衣 주변을 현금 구걸한다면, 우리는 언제까지나 눈에는 눈으로 대시待時하리라.[5] 그리하여 그대가 그대의 송어(魚)[6] 속에 홍분하고 있을 때마다 우리는 자신의 유혹 속에 확실히 홍분하고 마는지라. 그건 게임이오, 그대여, 그대의 목자복牧者服을 입고 출발할지라! 그대의 마음을 앙양揚揚할지라![7] 유혹된자를 위하여 우리들의 수제시녀手製侍女를 주시할지라![8] 이들 수녀들에게 맹세코, 우리는 단지 미숙한 그대의 것이지만, 그러나 그 날을 환영하나니 우리는 광석녀鑛石女가 되기를 희망하도다. 그땐 그대는 보리라, 보고 있으리라, 그 광경을. 더 이상 날조금지捏造禁止! 가혼家婚은 이제 불不양보라! 그녀의 호인好人은 그의 친구를 위한 것 그리고 그 다음 저 친구는 그대의 것에 이어 이 자는 우리들의 자를 따르나니. 허실虛實, 허실의 허실, 주여[9] 모두 허실이도다![10]

〔모든 하녀들에게도 많은 권리〕 고조시高潮時가 따라서 상하내외 행하여지로다![11] 충자蟲者를 위한 음식이 비자肥者를 위한 먹이만큼 가득할 때처럼, 거기 가마 속이 뜨거울 때 지상에서[12] 먹을지라. 그때 질책 하녀의 모든 크리티[13]가 모든 부엌데기의 권리를 지니고 사적이든, 공적하公的何든, 여하자如何者를 위하여 그녀의 투표권을 행사할지라. 그리하여 그때 모든 우리들 로마 가톨릭 카스린이 단연코 해방리解放離될지로다. 그리하여 세계는 자유부인인지라. 아사我謝하게도, 각하강남閣下强男은 이제 그만! 그리하여 모든 그의 탄아誕兒들. 그런고로 코케티(요부妖婦)가 코크티(계부鷄婦)에게 말하고 코니 커리(변발辮髮)에게 가르치고 캐티 해어(父)에게 접하고 카미니아에게 누설하고 라 세리(애인)에게 무타撫打할 때까지 도대체 그가 우리들 사이 어디에 거주하는지,[14] 매리[15] 이외에 아는자 아무도 없도다. 그 때문에 우리들은 손에손잡고 선회가무旋回歌舞 속에 링링빙글빙글 도는지라.

〔한편 글루그는 지옥의 고통을 느낀다.〕 이러한 명랑한 약혼녀들, 배우자 승낙된 채, 그들은 자신들의 왕자연然하고 단정연然한 주 천사〔추프〕와 함께 그들의 의측意側 위로 왈츠 춤을 추고 있었나니, 한편 저 에레버스 암지暗地[16]에는 습관적으로 곰 길이 있었는지라(경계부지境界不知요, 비둘기들이 양식을 끓이도록 불을 나르는 곳,[17] 진흙 짙은 언덕, 엉망진창 등등)〔글루그는〕 트림분출의 마왕과 왁자지껄 경칠 조롱과 괴귀경마怪鬼驚螞와 배화교도적拜火教徒的 사탄분위기沙灘雰圍氣와 함께 맹세하고 외치며 음란녀 마냥 신음하도다. 지옥하강종말地獄下降終末, 하처下處! 런던교橋 파열 타락한 채,[18] 침針언어유희와 바늘수수께끼로는[19] 무늬 비단 불가직不可織인지라. 하지만 그대 형제를 위하여 저주와 함께 환(고리)처럼 장미롭게 빙빙 회전 놀이 했도다.[20]

〔237.10—239.15〕 그들은 그에게 찬가를 부른다—그들은 그를 유혹한다—글루그는 여기 지옥의 고통을 느끼다—이러한 명랑한 처녀들이 천사 같은 추프와 함께 왈츠 춤을 추고 있는 동안, 글루그는, 트림 분출과 마왕의 경칠 조롱 그리고 맹세와 함께, 음란녀女 마냥 신음하도다.

〔무덤 속 글루그, 그의 고통〕 긍남肯男의 긍肯아첨꾼은 소시지와 엿기름을 먹었나니. 고로 그는 자신이 수기 없는자者임을 발견했는지라, 가련한 긍남의 긍아첨꾼. 그리하여 그대는 우리들의 미그(동료)닉크 파티의 한 사람으로 여겨지지 않나니. 우리들의 특 사교명부社交名簿에는 명예색원名譽色員이 아닌지라.[1] 왜고하니 바보 온달 글루그는 자신의 겁쟁이 동굴 속에 현혹되고 늦도록, 아아 그는, 자신의 무덤 속에 누워있었기 때문이로다.[2]

〔그루그의 결심—부활〕 그러나 저속하게, 소년들이여 저속하게, 그는 일어나나니, 참회하면서, 자신의 원한정怨恨情의 눈과 수심에 찬 애성哀聲를 어찌 하리요.[3] 열 지어다! 열어라 목마른 참깨여![4] 양심의 가책의 사정査正을 이제 그는 자신의 기억이 미치는 한 도식화圖式化 하도다. 이제 더 이상 영원히 특도석特盜石에 앉아 있지 않으리니.[5] 그의 톰 아퀸너스 비복문초肥腹問招와 더불어[6] 자신의 재단석裁斷席의 판단 속에. 이제 더 이상 자신의 유태집회猶太集會에서 종일 불결의不潔衣로 노래하지 않으리라. 일부러 근수近手를 역수逆手로. 삼위三位의 기상奇想이 자신의 원개숙명圓蓋宿命을 진흙투성이로 만들었는지라,[7] 죄과罪過하여 그리고 무료로. 피노신彼奴身, 대담 부엉 조鳥, 광狂구더기, 흉도족속凶徒族屬으로 탄생하여 공갈혈족恐喝血族으로 몰입하고, 변설變說의 알비주아파派[8] 기네스 이단주異端酒를 정식으로 소주燒酒하는 정주亭主. 그는, 맹신盲神의 축력祝力에 의하여, 속죄를 신고申告하고 영국제적자연永國際的自然으로 성공하도다. 그는, 자족자自足者, 전난폭비천前卵暴卑賤—놀림대장의 천사악마색류종天使惡魔色類種인지라,[9] 자신의 용암상안鎔巖床眼 속의 진사투격통塵死投激痛인데도 불구하고, 다량 장미금화薔薇金貨를 벌기 위한 것(선신善神이여 남강南强 아프리카 판로販路의 지지枝指를 지닌 여왕을 조미調味하소서![10] 북풍국왕北風國王을 맞이할 준비 갖출지라) 애란최대우편차주愛蘭最大郵便車主를 벗어나, 모든 대지 표면 위를 마치 어느 매혹노성魅惑露聲 니즈니 노브고로드 마냥[11] 진유보震遊步하는지라. 이제 더 이상 신미辛味의 가산家産을 던지지 않을지니, 모든 애부담愛負擔에 직면하고, 연합을 호소하며 영원삼위永遠三位를 위해 행동하도다. 그는, 성聖어작란語作亂 코럼버너스[12]를 찬讚하고, 여전히 밀크 수프를 스푼으로 마신 아줌마, 옹기장이와 진창길 주마走馬의 잡초심雜草心의 소년, 부싯돌 인人 늙은 프린 지저깨비, 그를 무두질한 피자皮者의 소목지小木枝를 선녀善女의 가슴 부대에서 말끔히 토하는지라. 유치장에 가더라도 상관없이 그는 자신을 토출吐出하나니.[13] 악마 사내인 그는 자신에게 속하는 모든 뒤죽박죽된 캘리코 옥양목을 홀랑 벗는 것과 상관없이 자신이 행한 짓이 무엇이든 온통 토출하도다. 그는, 화산적火山的 연관성을 통하여, 이 탁월한 뱅충이 사나이, 아나크스 안드롬,[14] 다국어통多國語通의 순혈純血 가나안족,[15] 100퍼센트의 어스어語[16]의 상용자의 친척이나니. 마취맥아痲醉麥芽의 창고. 입구는 배후에. 정박일碇泊日에는 대부분 개점. 그는, 오우가스틴(A) 아로이시어스(A)[17]의 이름에, 복숭아 껍질의 북경연사北京軟絲[18]를 걸치고, 가능한, 사실을 말하면, 먼 옛날의 농경전략農耕戰略에도 불구하고 그는 눈(雪)사태주식沙汰晝食 후에 감사도感謝禱를 절약함으로써, 사료깊이 어육魚肉을 얻는지라, 미소의 청공안靑空眼으로부터 가장 예언적으로 보이나니. 그는 자기 자신을 경건한 아네니아스로서 되풀이하는지라,[19] 그 이유인즉 그는 면발面髮과 삭발을 요구하나니, 사람들은 그가 바로 자신의 실크 모로 단장한 신주神主의 양羊인 곳에 수염소의 모습을 하고 있노라 말했도다.〔글루그—HCE처럼 수양의 모습〕 대장大將. 연대기[20]가 뇌물로 받은 감자 구區[21]로 넘치는 그의 대형 여행가방을 제시하다니 사실이 아니도다.

덩치 큰 둔감하고 허리 굽은 도랑 파는 인부들은 막幕 속에서 재차 무뚝뚝하게 비난하는지라, 이 수탉 건방진 못난 그〔글루그—HCE〕는, 비록 혹자에 의하여 연어 육살해肉殺害되었을 동안에도, 비록 그가 돌풍의 지불일에는 히스 숲의 절벽비상 속에 저 금전상의 질환을 두드러지게 보일지라도, 핥는 캔디와 함께 페니 은화 비스킷 사과 오렌지를 스펀시즈 유보장에서 가장 순수한 다혼성多婚性의 의도를 가지고 그를 위한 자신의 코를 풀기 위해 리리스[1]의 젊은 노동녀에게 선물하고자 했다고(비난하는지라), 왠고하니 그는 가정의 과자(아내의 부당 행위)의 진부함 때문에 고통스러운 만성 질환으로 괴로워하고 있기 때문이로다. 이는 로도스섬(島)의 거상巨像,[2] 꼬마 여학동들이 말하는 한 브론즈 동화銅貨의 가치도 없는 거짓말인지라.〔이하 글루그—HCE의 부활의 재再개관〕 그리하여 그는, 거대한 모충〔딱정벌레〕인양 회색화灰色化되어,[3] 아내가 잠자는 동안 산보하는지라, 자신의 집게손가락의 55파운드 무게는 사실과 다르도다. 너무나도 작은 그녀의 시이時而의 보금자리가 그의 거대성을 환영하는지라. 그들 두 사람이 양조兩組가 되는 즉시, 그녀의 눈이 그의 이공耳孔인양. 아서 왕의 검劍![4] 고전적으로 어떻게 할 수 있담? 우리는 비평적으로 불가不可라. 최내소最內巢의 광정열光情熱은 단지 애광愛光의 멋진 파이프를 위한 것, 자신의 해포석海泡石[5] 담뱃대 여부女婦),[6] 이가二價의 동색권모銅色捲毛를 하고, 여성의 백태白態, 호박琥珀 나막신녀女, 사육박사死肉博士 텔륨(腹)[7]의 해부학 강의에 따른 것. 아차我此, 성 마리아의 비성향秘聖香에 맹세코, 그는 하나의 산처럼 선한지라 그리하여 그의 거인족인族 가운데서 발견되는 누구든지, 지배자 바이킹자子[8]를 그는 알고 있었나니, 먼 명성의 북파北波의(노르웨이의) 해장海將,[9] 오존 대양 풍에 의하여 부채질된 홍조의 돌로마이트 백운암白雲岩의 안색[10]을 하고, 그의 침상두沈床頭의 조부를 결코 보지 않았으며 그의 계모를 결코 만난 적이 없는자, 유우 달인達人,[11] 야음연합여왕국夜陰聯合女王國[12]에서 가장 괴상한 사나이, 그리고, 광고술 고문, 그가 아이들을 다루는 방법의 수위임명首位任命에서부터 자신의 별추명別醜名을 지니도다. 타자들이 그를 안짱다리 로그 호반[13]의 낙침자落沈者〔HCE의 수장水葬, 전출〕로서 비난하나니,〔이하 HCE에 대한 터무니없는 비난자들〕 지팡이 마디에 감춰진 마약 복용자, 류마치스 병후病後 전신용탈피全身溶脫皮, 순수하게 단순하게 허튼 소리하는 쥐 놈[14]이라. 베르베르 야만인들과 그들의 베두 유랑자 놈들 위에 콥트신神의 저주를![15] 심지어 그의 이스라엘 만가萬家의 모든 이웃인들 앞에서 피녀被女가 완전 탈의했다니. 무모창부無謀娼婦! 무일푼이라! 그들은 백의착白衣着 넝마꾼들, 기만해欺瞞海의 두 고래들, 그들은 혈발파공血發破工의 사격자 놈들, 칼레도니아[16] 사지砂地의 세 단봉單峰낙타 놈들. 둔부에 충격 줄 가치조차 없나니! 아니면 그들 위에 탐우貪憂를! 그따위 일그러진자들 및 놈들이 참가하는 그들의 루퍼트들,[17] 왠고하니 더 많은 오스카 황금 상像들은 또한 가짜 허남虛男들[18]이기에. 상심한 희생자들! 어떤 창녀娼女의 단언은 재차 언제나 로타 카쎈들[19]이나니. 그들은 존 피터를 그의 위성衛星 동료로부터 부정화否定化하기 전에 그들의 렌즈를 핥고 만 있었도다.[20] 그에 반하여 그리고 실지로, 주교 바브워즈[21]가 자신의 악한의 바로 *허구虛構*[22] 속에 백증白證한 바,

〔239.16—240.04〕 그들은 자신들의 성적 자유를 기대한다—그들은 춤추며 떠나간다—글루그의 결심—부활이라.

〔240.05—242.24〕 글루그의 참회를 계획 한다—그는 그의 탁월한 노인 험프에 관해 말한다.(글루그의 고통) 긍남肯男의 아첨꾼은 소시지와 엿기름을 먹었나니. 그런고로 글루그는 우리들의 사교명부에는 명예색원名譽色員이 아닌지라. 그는 동굴 속에 현혹되고 늦도록, 자신의 무덤 속에 누워 있었도다.(글루그의 결심—그의 부활) 그러나 볼지라, 그는 일어나나니, 참회하면서! 자신의 원한의 눈과 수심에 찬 애성哀聲과 함께. 첫째. 양심의 살핌을. 둘째, 다시는 결코 죄짓지 않을 결심을. 그는 당연히 알 바주아 파派 기네스 이단 주를 철퇴하고, 속죄를 신고하고, 응당히 행동하도록 약속하도다. 최후로, 유치장에 가는 한이 있더라도 그는 자신이 행한 짓이 무엇이든 온통 토출하지라. 그는, 탁월한 뱅충이 사나이, 아나크스 안드룸, 다국어 통의 순혈가나안 족, 마취 맥아의 창고이라. 사람들은 그가 바로 자신의 실크 모로 단장한 신주神主의 양羊인 곳에 수염소의 모습을 하고 있노라 말했도다. 그가 연대기 〈성서〉에 맹세코 스스로 감자 구어區語로 넘치는 그의 대형 여행가방(뇌물로 받은)을 가지고 오다니 사실이 아니도다.

이 사정관査定官[1] 널슨 각하閣下씨氏〔HCE〕는, 신辛자유국[2] 청문회 소속으로, 이전以前 공식상 선증식비대증족腺增殖肥大症族[3]으로, 사망했나니, 총경박식總輕薄食이라, 은퇴 가족 주류 관리인의 연어도跳의 대 변신, 십전十錢 쿠폰 용선로鎔銑爐에서부터 지하 특매장에 이르기까지, 그의 매사고每事考에 있어서 고당高堂하게도 정확하여, 민수民數 7번지의 〔블룸의 Eccles가 번지〕 고구가족古丘家族과 함께 사는지라, 사료심思料心의, 산보散步의, 산욕産褥의, 사약자似弱子, 다년多年 이후 조오지아풍의 사명택使命宅의 검정 벨벳을 입고, 자신의 둔부를 소로小路 화畵[4] 속에, 자항자自航者와 부가물과 함께 꼭 같이 봉쇄하며, 그러자 고약한 아남兒男의 뻐드렁니를 얻었는지라,[5] 숟가락의 얼간이, 언제나 알메니아 시인詩人[6] 유모인양 다가오다니, 어마나 맙소사, 당시 나이 81살. 그 때문에 모든 생기자生起者들이 그의 대포大砲의 밥(병졸) 주변에서 흥분했도다. 그 때문에 광전도狂傳導 성직자들[7]과 범죄 목사들이[8] 그를 매일 아침 설교하며 숟가락 음식의 힘을 사용하여 자신의 잠언사기도箴言邪祈禱[9]를 만들어 내는도다. 그 때문에 그이, 직입자, 희라마인希羅馬人의 항문비소적肛門砒素的 여권신장론자女權伸張論者, 배심재판을 위하여, 천태양모天太陽帽를 쓰고, 두 개의 남랑男囊을 흥분시키면서, 자신의 차(茶) 병을 차 따르기 전 철저히 흔드나니, 18에서 18의 두 배에 이르기까지, 젊고 수줍고 경쾌한 약녀若女들과 함께 오히려 불확실한 걸음 거리를 했도다. 단순히 예쁜 봉우리녀女들을 주입注入하여 그들의 내우국화來雨菊花를 자물쇠로 가두고 그늘 속에 29가 되는지라. 여린 시사詩寫의 오랜 전장대全壯大한 수정가필자修訂加筆者요 그리하여 그는 마치 깡통 연어가 떨어지며 내는 소리를 듣는 듯 심사心思 사납도록 주돌연周突然스럽게 얼굴 붉히도다. 그것이 그의 최후의 주로走路의 한 바퀴(랩)여라, 거대巨大여, 그를 복녕福寧히![10] 계시啓示여![11] 한 가지 사실. 진실공소眞實公訴. 부인들의 배심에 의하여. 겸허성謙虛性에는 군살 혹(험), 비열한에게는 퇴비堆肥(덤). 그리하여, 장석長石의 이야기를 악단惡短하고[12] 성전창聖全娼의 얼굴[13]을 완전견完全見하거니와, 그의 실체는 전도全道 여성참정女性參政 지층地層[14]으로 당종當終되었도다.

〔ALP HCE에 대한 용서를 제의하다〕 또한 배우육자配偶肉者, 토가(창녀) 대신의 의상,[15] 그의 요화妖火의 거위모母,[16]〔ALP〕 노자老子의 도교창자道敎唱者, 행동 여인, 그는 당대의 왕자들에게 고하나니. 당신은 저에게 음音이도다. 사사士師님들! 가령 우리가 활기를 띠게 된다면,[17] 열왕님들![18] 한 쌍의 도마뱀(리조드)에서 전적으로 태생하는 모수母水, 아벨리스를 만날지라.[19] 그가 난속爛俗하듯 그녀는 지느러미 진기珍奇인지라. 아무리 늦다한들 그녀의 최후의 톱으로 켜낸 원목原木은 지속적으로 떠내려 오도다.[20] 6펜스의 아가雅歌를 통가通歌하여,[21] 암운 가득한 묵시록적![22] 그의 알라 신[23]의 볼 사마귀는 영강永江히 그녀의 통틀어 전부全部인지라 그리하여 그의 코란(회교 성전)은 그녀가 그대 자신의 소유자임을[24] 결코 가르치지 않았나니라. 그런고로 그녀는 자신의 모퉁이 비둘기 가정을 잉그랜드 웨일즈의(E), 호워드던의(H) 성城(C)[25]과 바꾸지 않는도다. 그러나 그의 염홍炎紅의 승의僧衣에다[26] 애란을 결맹結盟, 주승主僧의 동복冬服에 대한 동銅 브로치의 걸쇠가 되나니.[27] 누가 그녀를 알지 못 하리오, 총대영주寵大領主의 여점사처女占師妻인, 마담 쿨리―코우리를,[28]

기원년紀元年 백십일 년 전에 소환되어 처음 등단했을 때, 풋내기 공장 여공이요 입에서 게거품을 뿜고 있었나니, 그녀[ALP]는 기지자旣知者[HCE]에 의하여 강탈당하고(심중애인心中愛人, 녀석은 저 초기의 당사자로 비난을 받았나니) 그리하여 애니 마마모母와 그녀의 격사십激四十의 소동[1]이 산신령山神靈이란 시단始端의 선명鮮名 때문에 공황恐慌 받았는지라 그리하여 산강상山江床 속에 터무니없이 되돌아가지 않았던고? 스키, 스키, 그녀는 핑퐁구球에 전령全靈을 공포恐怖당한지라 그리하여 그들의 순전純戰에서 북극곰[2]으로부터 자신의 위장에 한 마리 목양신牧羊神을 얻었도다. 하지만 파넬이즘(主義)[3]과 혹죄酷罪에 의한 그의 빈약貧弱함에 관해 사방 팔방몸짓으로 떠벌리나니, 왠고하면 그는, 그녀의 주권주主權主요 총독으로, 미혼녀였던 당시의 그녀를 정박碇泊했는지라, 그리하여 그녀를 명성名聲 앤티언트 연주실[4]로 인도하고 그녀가 자신으로부터 몰래 숨어버릴 수 없도록 기혼 부인 상태로 그녀를, 부처 마냥, 묶어 두었나니, 고로 마치 여태 그녀가 치킨수프 사인死因으로 유별遺別된 듯, 쌍방이 부양扶養의 당사자인지라, 장례비의 지불은 수령首領 맥컴불[5][남편] 차례요. 한편 그녀는 그를 가로누운 채로 그녀의 사과司果 시혜施惠접시에서 자양滋養하나니, 그리하여 당시 큰 질그릇을 포리경卿[6]의 양철과 함께 론도 회선곡回旋曲처럼 꼭 같이 루마니아어語로 탄주彈奏하면서, 그의 귓불로부터 집게벌레[7]를 생선처럼 낚아 내기 위하여, 당시 흐트러진 건초 더미를 잽싸게 달리는 새끼 고양이 마냥, 그의 호착의好着衣가 그를 온통 주름 잡히고 그녀 자신의 하착의下着衣가 몸에 밀착하게 했나니, 정말로 바람 센[8] 날이었는지라. 빙빙 바람난 바쁜 춘부春婦 마냥 비황야飛荒野 부浮갈대 비틀 걸음걸이. 만일 그[남편]가 단지 백파이프를 채워 물은 뒤, 모든 그들의 허세에서 악마들을 단념하고 거리의 보행자들을 염병에서 보호하며,[9] 벌꿀 골짜기를 낫질하여 밀크를 쐐기풀로 보안保安하거나 아리我利바바가 40강도 인품人品을[10] 매도賣渡하는 것을 체포하기라도 한다면, 그녀는 자신의 완미玩味의 거래 품들을 저축함으로써 다량금화多量金貨를 벌고, 자신의 밤 갈색의 외투를 매이드 버레니스[11]에게 헌납하고 오스만타운[12]의 성 미간 성당에서 스스로 목매달며, 마하도마 대성大聖과 모슬맨 회교도(회교도) 앞에서 더 이상 농탕弄蕩질 하지 않을 것이나니, 그러나 어느 자색 추기경의 공주 혹은 무거운 묘언墓言의 여인처럼, 알프스 목장에서부터, 성당만세敎會萬歲와 육중인기肉重仁器와 더불어 바티칸 궁의 교황특사, 몬시뇨르 로빈슨 크루시스[13]에게, 자신의 당과산모糖菓山帽[14]를 파동波動치면서, 자신을 찬미했던 라마羅馬와 국가의 예뢰譽雷를[15] 위해 그가 꽥꽥 집오리 울었던 만사를 위해 일필一匹 당나귀의 밀크를 자신의 암소친구와 소장우小腸友에게 증여하며, 루이즈—마리오스—요셉[16]에게 그들의 충성스러운 이혼을 승인한 성聖퍼시 오레일리[17]에게 반半수쿠도우 은화를 투여投與하고, 산양과부山羊寡婦를 위한 표결을 위하여 미사를 드릴 것을 제의 했나니라.

[242—243] ALP가 HCE를 용서할 것을 제의한다.] 이 닐슨 씨(Mr Neelson)(HCE—Nelson).(1966년 폭파된, 더블린의 오코넬가의 넬슨 기념탑은 그곳에서 전차電車들이 더블린 시내 사방으로 시발하는 출발점이다. 또한 그곳에서 〈율리시스〉 제7장말에서 보듯, "자두의 우화"가 일어나는 가하면, 손가락 잃은 넬슨 기념탑 주변을 여인들은 서성거린다. "줄어든 손가락의 숫자가 마음 들뜬 여인들에게는 너무나 홍겨운 거다. 엔은 넋을 잃고, 플로는 꿈틀거린다—하지만 그들을 나무랄 수 있을까) 조이스에게 이 남근적(男根的) 기념비는 흑색의 그리고 유머러스한 위선의 상징이다.

[242.25—243.36] 그(글루그)는 그의 노파 여인 Ann에 관해—그리고 그들의 인생을 함께 말한다.

들을지라, 오, 외세계外世界여![1] 수다 떠는 소아小兒여! 배림향背林向, 경계할지라! 우미수優美樹여, 각자 부담할지라!

〔달, HCE와 ALP 도래, 아이들의 소환〕 그러나 저기 봉정棒頂에 화장용火葬用 장작을 쌓고 오는 이 누구인고? 우리들의 창槍찌르는 봉화烽火를 재再점화하는 피자彼者, 달(月)이여. 올리브 석탄을 가加할지라[2] 목지木枝의 진흙 오두막에[3] 그리고 삼목杉木의 천막에 평화를 갖고 올지라,[4] 신월축시新月祝時![5] 초막절草幕節[6]의 축연祝宴이 임박하도다. 폐점閉店. 애란哀蘭! 팀풀 템풀 종이 울리나니. 유태교 회당 안의 가요歌謠. 대영촌大英村[7]의 모두를 위하여. 그리하여, 그들이〔집 앞 아이들〕 만종晩鐘과 함께 귀부인칭貴婦人稱하는 노파가 그녀의 골목길에서 쉿 소리 내며 나타나니. 그리하여 서둘지라, 꼬마들은 귀가할 시간이니. 병아리 아이들아, 보금자리로 돌아올지라. 둥우리로 귀가할지라, 늑대인간들[8]이 외출하는 때나니. 아아, 떠날지라 그리고 즐길지라 그리고 집에 머물지라 거기 통나무 장작 불 타는 곳!

날씨가 어두워지도다(딸랑 따랑), 모든 우리들의 이 흥동물興動物 현상계現象界〔피닉스 공원의 동물원〕. 소택지표변沼澤地標邊의 저기 소지沼池에 조석潮汐이 소방문召訪問하나니. 강상야수江床野獸 아베마리아![9] 우리들은 암울에 의해 벽위壁圍되도다. 인간과 짐승들은 냉동冷凍된 채, 그들은 하물何物이고 하고픈 욕망이 없는지라. 아니면 단지 양탄자를 위하여. 극심한 한기寒氣! 친親, 귀먹은 노인老人이여,[10] 석탄을 가加할지라 그리고, 우리들을 온기溫氣[11]로 청請할지라![12] 하. 우리들의 고귀한 명예치名譽値의 환영의 영부창인令婦創人은〔ALP〕 어디에 있는고? 가족의 우처愚妻는 안에 있도다. 하하! 노공老公이여,〔HCE〕 그는 어디에 있는고? 댁宅에, 가정에. 낸시 핸즈[13]〔맥주〕와 더불어. 어미 늑대여! 사냥개가 옥수수 밭 미로를 통하여 도망쳤도다. 뭐라고! 르나르 여우[14]가 늘어진 귀를 하고. 양별羊別이라! 그리하여 밀(소맥小麥)의 종상화관鐘狀花冠이 숨을 헐떡이나니. 모두. 길[15]의 족적足蹟은 아직 보이지 않은지라, 암岩방울이, 정상頂上에, 곡하谷下에, 만유漫遊를 위한 암험도岩險道에.[16] 저 은銀 허리띠를 두른 은지銀地〔은하수〕를 통하여 아직도. 무슨 여인이 애란愛蘭위를 명鳴하리? 8시가 오래 전, 지났도다. 안녕,[17] 천공天空이여[18]! 백궁白弓이여, 또 만날지라! 셀레네 월여신月女神이여, 오, 항해할지라! 달(月)이여! 방주方舟여!?[19] 노아?!〔동물들은 노아 방주 속으로〕 덤불에는 아무 것도 움직이지 않는도다. 용龍파리 거미의 간들대는 통로가 아직 마른 갈대숲에 머물고 있나니. 고요가 그의 접힌 들판을 역습하도다. 평정平靜의 감사. 작별적作別滴(이슬). 노루원園 속에, 부목副木되고, 단정端整되어, 낙희樂戱되고 무無빗장으로, 새들, 웅수雄獸들 역시, 메추리는 침묵. ii. 조鳥? 비조翡鳥! 잠시 전에는 만석晩夕이었는지라. 이제 라마경비羅馬警備[20]도 침묵. 호사虎獅 나리도 눈을 감고. 동침同寢의 시간이 다가 오는지라 그리하여 야野밤의 미도迷道라 꼬끼오가 새벽을 백白할 때까지. 괴물표범.[21] 우리들에게 내일 애명愛明을 보낼지라. 사슴왕국이 양면羊眠하는 동안.[22] 상아象兒는 자신의 승도勝禱를 노래하도다. *거아巨牙의 거상巨象은 실로 거대巨大하도다*[23] 그리하여 거수하마巨獸河馬와 매머드 하마[24]를 위한 경건한 슬도膝禱 후에 치아역齒牙役으로부터 그를 휴식하게 하리라.

〔244.01–244.12〕 한갓 불빛이 나타난다—양친들이 아이들을 집으로 불러드린다.

살러메 평화를![1] 비각鼻角은 비성鼻聲인지라 돈자豚者는 그러나 단지 서행西行하나니. 경청. 하마야수河馬野獸 그러할 수獸로다! 비그 사냥개의 잡규雜叫도 없고, 공작새의 광비狂飛도, 낙타의 코고는 소리도 들리지 않는지라,[2] 원숭이의 낙지落枝도. 등대, 시동侍童, 빛! 월광채月光彩 우리는 광명光明 될지니. 하누카 전典[3]의 등불의 도움으로. 수달피가 옥외에서 도약할 때 그대 칠월은 나의 오월을 기억하도다.[4] 그녀의 피곤한 처녀 양귀비가 개화하고 있나니, 볼지라, 자수정의 해안이 저 황염黃炎〔등대불〕을 맞이하도다. 호광弧光 사파이어의 해화海火[5]가 해남海男을 미혹하고 납항臘港과 수항水港의 외대박이 어선 만곡彎曲.[6] 그리하여 이제 도성盜性 제호弟狐의 물고기 우화寓話를 모두 귀담아 들었는지라, 선논쟁先論爭의 이야기 실마리가 약간 산만해지고[7] 고비가 절정에 달하여, 리피에타 만배灣盃[8]의 자어子魚들은 요나와 고래(鯨) 및 재오휴일담第五休日談이라, 그리고 마노교황瑪瑙敎皇의 무한무류無限無謬 및 성돈聖豚의 설령도聖靈道의 발현發現[9]에 관해 고부랑 글쓰기를 중지했도다. 그리하여 만일 풋내기 부정기不定期 항자航者가 그의 청이聽耳를 강변에다 대면, 자신의 지식知識(사슴)의산山의 괴물담怪物談과 뇌중잡담腦中雜談을 제외하고, 그는 모든 피니랜드(지느러미 땅)에서 지느러미 펄럭이는 소리를 듣지 못하리라. 마야원魔夜員이여, 그대의 밤은 하비何備런고?[10] 때는 가고, 아니 오고, 밤은 가고, 아니 전혀. 시간은 가고. 시간은 가지 않나니. 어두운 공원은 젖 빠는 애인들로 메아리치도다. 로지몬드 연못[11]은 그녀의 소망의 우물곁에. 이내 2인人—유마誘魔가 모험으로 산책하고 3인人—사냥꾼이 마스킷 소총사少銃士[12]로 활보하리라. 허리띠 미녀들의 버팀대,[13] 미남들의 횃대. 속보낙速步樂을 위한 폭넓은 길과 함께. 거한巨漢의 사이크리스트 팔꿈치는 무의미. 꼭 붙들어요! 그리하여 그의 재잘대는 피차환彼此環의 왈츠 무수舞水. 곧 바로. 그러나 만남의 상대는 아직 예시豫視된 바 없나니. 초야성初夜星![14] 그리하여 만일 그대가 리피 강구로 장유杖遊한다면, 방랑자여, 젬슨(흰 독말풀)의 잡초가 잭슨 섬[15]을 뒤덮는 동안, 여기 밀행密行이라,〔길손을 위한 HCE의 주막〕 그의 주막주막 지옥하인타종地獄何人打鐘,[16] 만종도晩鐘禱 환영. 빙, 봉. 방봉. 저주뇌성咀呪雷聲! 그대는 복통산증腹痛疝症을 앓는가하면 우리는 밀주가 모자라는지라?[17] 아니 나리 경警! 맙소사,[18] 무無! 만일 당신께서 비열鄙劣 스코틀랜드의 여마왕女馬王[19] 또는 최후의 기독인이라면.(우리들의 경무敬務로서, 경卿![20] 폐하, 웅크린 채!) 얼마나 지친 채(마태) 당신의 마크, 당신의주酒(요한) 미적지근할지라도(요한),[21] 얼룩배(腹)의 맥麥 조끼와 가래 뱉은 톱밥 흩어진 삼중통침대실三重痛寢臺室 그리고 당신의 정보의 상기詳記에 의한 비준批准을 위하여, 나이트 작사爵士, 바텐더, 잡달리를 대령하리니.[22] 엉덩이에 그의 소처小妻를 대동하고. 그리하여 워치(警) 철야자徹夜者가 그릇 행구기를 모두 돌보고 가정의 자루걸레 여인, 캐이트[23]를 빼놓지 않은 채로, 와역瓦役을 자원自願하리니. A가 그 주기호酒記號요 1이 그 수이라. 체비 추자追者[24]가 술잔을 주문하고 유태 축제가 선동하는 곳. 키에르케고르(표백조漂白槽)[25] 성당묘지 곁의 고가古家로다.[26]

〔244.13−246.02〕 밤, 어둠 그리고 냉기 및 정적이 추락한다—주막이 열린다.

〔246.03−246.20〕 부친이 그들을 재차 불러 들인다—그러나 경기는 끝나지 않았다.

〔246.21−246.35〕 형제의 전쟁을 준비하면서—그 밖에 이조드(Izod)는 홀로 남으리라.

그런고로 와아 축제주祝祭週를 위하여 상시 내자來者는 누구든 주방에 투숙해야 하는지라.

〔HCE 주막의 헌장〕 그러나 유의할 지니! 우리들의 삼십 분 전쟁은 잠정潛停했도다. 적유혈赤流血[1] 치명致命 들판은 모두 잠잠하나니. 성곽星郭과 가시나무 숲의 진유성眞鍮城 사이에 양羊초가 불타는지라.[2] 정청靜聽할지니, 한 가닥 뿔 나팔을! 전지전능자! 신(God)은 신의 이름으로? 가부家父〔HCE〕가 애협적哀脅的으로 부르도다. 브란덴버그토르(뇌신)의 문門[3]으로부터. 오딘신神의 아서 왕명에 따라. 뇌운가발雷雲假髮을 쓰고.[4] 노지怒指로부터 섬광 빛나는 인광충대燐光蟲袋를 들고. 나의(영)혼이여[5] 그리고 절대로, 그가 둑 아래에서 자신의 턱을 작동하여, 무덤으로부터 경청한다면![6] 염려念慮 안(Ann)은 자신의 무기통無汽筒 증류기를 쑤셔 수프가 충분히 껄죽껄죽 해졌는지를 보나니[7] 그리고 거품이 온통 부글부글 소리 내는지를 예언청豫言聽하는지라 다가오는 남자, 미래 여자, 마련 할 음식, 그가 15년과 함께 무엇을 할 것인고, 그녀의 즐거운 경계구警戒口[8] 속의 반지, 오트밀 죽을 흥각성興覺醒하나니. 속여인續女人에게는 쟁반 요리, 그녀 자신에게는 소스 그리고 동승유자冬勝有者에게는 국자 같은 스푼. 그러나 하나와 둘은 결코 셋의 가치가 없었나니라. 그런고로 그들〔글루그와 추프 쌍둥이들〕은 그(전자)가 가석방되어 있는 한 그들의 결판을 내야 하도다. 그리하여 빈貧레오니는 누가 보헤미아의 백합을 달 것인가 때문에 요세피너스와 마리오—루이스[9] 간에 그녀의 생명을 선택하나니, 프로레스탄, 타데우스, 하드레스 혹은 마이레서[10]는 라이벌들. 그리하여 포자捕者를 황홀로 인도하나니.[11] 준비! 정기시定期市의 어떤 핀처럼. 자 미녀를 위해! 미녀—빙쟁氷爭![12]

〔글루그와 추프 싸우다.(글루그 구타당하다)〕 전장戰場이 그들을 부르도다. 드럼 북(鼓). 개트링 기관총![13] 아동들은 황동慌動일지라. 거화去話. 그리하여 쿵, 쿵, 쿵, 소녀들은 행상行商.[14] 마술 쇼 제자철蹄磁鐵이 그의 들판을 얻는지라 그리하여 줄(鑢)밥이 비산飛散하지 않는고? 소렌토 곶(岬)[15]의 소녀 기숙생들, 그들은 자신들의 비코 가도[16]를 신지숙지新知熟知로다. 그들의 배진配陣 속에 소환되고, 저 고대의 오렌지 쟁지爭地, 돌리 브래[17]에서의 논쟁을 위하여 군집하는지라. 그 이유인 즉 이들은 친근한 사이가 못되나니, 그들 쌍둥이, 형제들, 아담 럽터스[18]와 악마가 앞을 다투어,[19] 그녀에게 그의 통사과痛司果를[20] 증여하던 때의 워터루 좌전挫戰[21] 이후, 뿐만 아니라 무종無終의 전투에서 전혀 화해하려 들지 않는지라, 저 암흑의 행동자, 이 선의의 설득자, 용두질 행자行者 야곱과 수프 음자飮者 이소우,[22] 음陰과 양陽, 한편 죄 지은자는 행복하나니 그리하여 해害는 치유할 가치가 있는지라, 브룬은 지오다노 브루노[23]를 위한 나쁜 불어佛語(구강성애口腔性愛). 술래잡기자와 줄당기는 자 그들은 모두 결투를 위한 것이로다. 침대능행자寢臺能行者들. 왠고하니 그녀는 걸어 나가야 하기에. 그리하여 하인何人과 동행同行해야 하는지라. 피위성촉彼爲性促. 피위종彼爲腫. 피위자위彼爲自慰. 양다. 아니면 위험이 있나니. 고독.〔이시는 고독할지라〕

제레미〔글루그〕를 재후소개再後紹介하거니와, 부정율不貞栗 칼(刀)망아지라[24] 할 그는,

[247.36—247.16] 그는 글루그로 되돌아—귀가하기를 원한다—글루그 이시의 음부를 보다.

개천이 지체하지 않고, 말하기 위해 계속 흐르는 언어인양, 어찌하여, 사실상, 상호성相互性으로 자신의 시살자時殺者[글루그] 대對 그의 조공자造空者[추프]에게 그에 대해 예언했나니, 쌍방은 급족자急足者들이요 루바이야트[1] 천전일화千戰逸話[2]의 기사騎士들, 바퀴 안과 바퀴 살 사이에[3] 꼬리 잡혀 위축된 채, 느릅나무가도街道와 스톤가도街道[4] 사이를 도보왕래 중이라, 어찌하여, 이성理性(원문대로)의 행사行使와 함께 멀리 도망치면서 그리고 그[글루그]의 목소리(초秒)의 제동制動에 미친 듯 설치며 행패 부리면서, 그의 사악좌반부邪惡左半部가 그의 약관유덕弱冠有德[추프]의 우족전체右族全體를 굴복하도록 마련되었는지라, 왠고하면 통제수자삼배統制數字三倍가 그의 침해된 개성의 잠재의식에 영향을 주고 있기 때문이라. 그는 찡그리며 귀가하여 식食하고 침상沈床으로 향向하리니, 그리하여 세상만사 지옥으로 빠뜨리게 할지로다. 집은 그에게 더 이상 위대함을 주지 못하는지라. 타인들에 의한 빵을 가장 완전한 이단자와 함께 먹는도다.

부우, 그대는 끝났나니!

후우, 난 진실하도다!

글쎄, 오늘 안녕한가, 나의 검은 신사 오?

왜요, 나리, 왜.(Teapotty, Teapotty!)

맹세코. 만사 파멸이도다. 무의미.[5]

그[글루그]는 뒤이어 재차 울었나니라. 이러한 진치眞齒를 가지고 그가 소동少童일 때[6] 자신의 부정녀不貞女를 사랑하는 듯 했나니. 높이 애연哀然의 정情으로 그는 자기 앞의 그녀를 보는지라.[7] 그녀[이시]의 양말대님으로부터 위로 경쟁하듯 백색이지만 목덜미로부터 무릎 슬 개골까지는 해로운 흑색이었도다. 성신聖神이여,[8] 저주성인咀呪聖人이여, 산화수은처럼[9] 정찰안구偵察眼球를 장미상승薔薇上昇하는 최고 해로운 진미珍味의 광경! 그리하여 어찌 그를 중욕重辱하게 하는 저 철안鐵眼의 녹綠! 그리하여 그들은 숨겨진 상처가 얼마나 경미하다고 상대를 반反하여 거짓 증언하는고?[10] 냉염수冷鹽水로 그는 자신에 속하는 대물大物 타박상처를 항시 씻는도다.[11] 그는 모든 소년들에게 속하는 아가씨들을 원치 않으며 단지 자신에게 속하는 상처만을 달리 보는지라. 이리하여, 비록 그것이 모두가 가일층 틀에 박힌 듯 그리고 타라 도都[12]가 부패를 자극한다 할지라도, 한 때 그가 단호히 자신의 모든 것을[13] 잃어버렸던 궁지의 시소時所에 있어서 부정자不貞者를 고통스럽게 할 것인지라. 무구결백無垢潔白, 단지 그의 셔츠에 건배할 지니, 스커트 기녀妓女들은 모두 그녀의 튜키카 속옷[14]을 바꾸어야 하도다. 그런고로 그는 처음부터 마지막까지, 추방되고 방해 당하여, 생존밀매자生存密買者로 쟁爭하고 불가촉천민不可觸賤民이 되었나니. 공백을 쳐들자 만세처럼 전향轉向이라! 백광白光을 쪼개자 칠천색七天色의 포시脯視나니![15] 그는 아는지라, 왜냐하면 그는 암탕나귀의 그리고 명암배분법明暗配分法과 대등한[16] 모든 그와 같은 류類를 조절된 자신의 망원경을 통하여 흑백으로 본적이 있기 때문이도다. 무지개 여녀麗女들은 그들의 빛깔로 자신들의 조롱을 시도할지 모르도다 적赤사과, 바커스 딸기,[17] 커스터드 회향, 비둘기, 에스키모, 군복회색, 철광鐵鑛, 젤라틴, 홍옥, 훈제건물燻製乾物, 세어細魚, 함수초含羞草, 호두, 쌍각雙殼, 서양 자두,

유사공두類似空豆, 왕조王鳥, 사고 야자, 탱고, 엄버 갈색 안료顔料, 바닐라, 등나무, X선,[1] 긍정화肯定花, 야국野菊, 나이팅게일,[2] 월계화月季花. 그들 모두 무엇에 의해?〔글루그 처녀들의 색깔에 현혹되다〕 요정(이술트—이시).[3]

〔글루그를 위한 이시의 충고〕 만일 그대가 한창 시절에 그녀〔이시〕를 나지裸知한다면, 그대는 그녀의 보색補色을 발견하리라 확신하리니 그렇잖으면, 그대의 바로 최초의 경우에, 안거스 다그다자子[4]와 그의 모든 애구愛鳩에 맹세코, 그녀는 자신의 불만스러운 이경異鏡의 독수리눈을 가지고 그대가 가장 자만하는 곳에 그대를 찌를지니. 예시銳視할지라, 그녀는 에스터 성군星群 사이로부터 그대에게 신호를 하고 있도다. 다시 몸을 돌릴지라, 동조憧調로서, 다불린多佛麟의 천연자석자天然磁石者![5] 봉기할지라, 파하—지—왕波下—地—王이여![6] 그대의 혀를 그대의 입천장에 찰싹칠지라, 그대의 턱을 덜커덕 떨어뜨릴지라, 그대가 숨이 가쁠 때까지 탬버린 북을칠지라, 웅석부리듯 입을 삐죽일지라 그리고 그것으로 그만이도다. 그대 알았는고, 알리 어깨총자銃者?[7]

〔이시의 유혹—충고〕 나〔이시〕의 고발부高髮部는 아킬레스건腱의 저부底部를[8] 가져왔나니, 나의 중부中部를 나는 그대〔글루그〕 앞에 열고 있나니, 나의 둔부는 올츠 무舞인양 매끈하나니 그리고 나의 전부화全部花는 대낮 명성明星이요 그대의 순례의 태양처럼 값진 꽃[9]이나니. 장애障碍가 있는 곳에, 만사의 장두狀頭, 장수인丈首人의 밧줄로 하여금 장악당匠惡黨을 목매달게 할지라. 왠고하니 나는 그대의 무기를 투시하도다. 저 우는소리는 두건수사頭巾修士[10]가 아닌지라. 그리고 그의 눈꺼풀은 화장되어 있도다. 만일 여기 나의(가정)교사가 풍뎅이로 분粉한다면, 나는 벼룩이라, 엿보기 수줍은 채, 글쎄요. 그러나 그가 뒤쪽으로 딱정벌레처럼 급히 움직이면, 나는 파리 아닌고? 벌꿀 가지(枝)를 당겨 우리가 어떻게 잠자는지를 볼지라. 꿀벌이여, 뛰뛰빵빵! 깩꿍![11] 점심식사를 위해 저 혀(舌)의 조각 아니면 터키의 눈깔사탕[12]을 좋아하기 바라나니, 돼지—생쥐? 나의 애인은 12해마력海馬力의 거한巨漢이라 비록 그는 양모시합羊毛試合의 암색명暗色名[13] 만큼 많이 아내에게 남구실男口實하는 법을 알고 있을지라도. 덤불 구멍을 통하여 악수할지라![14] 달콤한 백조수白鳥水여![15] 나의 타자는 장황張皇하도다. 이 입 맞추는 원야原野는 살인하는 사내들로 넘실거리고, 창공(밤의) 장막을 향해 눈에 띄게 무릎을 꿇는도다. 그리하여 누군가가 다가오고 있나니, 나는 사실로서 느끼고 있도다. 만일 늙은 승도원장이 위협하지 않는다면,[16] 나는 그대에게 매화賣話할 비밀을 가질지라.[17] 그대가 이 후에 물러나 사악하고 싶은 마음이 생길 때 이건 어느 것처럼 아주 멋진 방법일지라. 삼하森下는 총림남叢林男의 업業을 주문으로 얽어매도다. 그런고로 만일 그대가 포플러나무 잔가지를 친다면 그대는 이것을 응당 이해하리로다. 그건 그렌다록의 나의 성주聖主[18]께서 당시 그가 롱 앤트리[19]에서 나를 위해 할목割目을 축복해 주었나니, 나의 최내부最內部에 가장 깊숙이 접근수단接近手段을 지휘하면서. 볼지라 그들이 어떻게 호형호제呼兄呼弟하는가를! 이거리裏距離[20] 3번지와 재곡소로再曲小路[21] 2번지의 모퉁이 브라슈 더 브라슈점店[22]에서 6닢 13실링.[23] 아라비아 H가 나의 호출, 여기 큰 술병이 나의 M, 경이驚異 O가 나의 암호 그리고 7자매가 나의 이웃이나니, R 그대 핑크 색의 팬티를 고를지라. 그대 자신 참 새우가 될 때까지

얼굴을 붉힐 수 있나니, 한편 나는 어느 새 조개와 함께 웅크리도다. 여기 나를 인형으로 삼는자者가 음면淫眠할 때,[1] 그러나 만일 이 자〔추프〕가 그의 후경後景으로 볼 수 있다면 그는 크고 늙은 녹안綠眼의 왕새우이리라.[2] 그는 발렌타인 이후 나의 최초의 리큐어주酒[3]로다. 윙크는 매승적魅勝的인 말(言)인지라.

행락幸樂![4]

숨결(열망)의 집〔이시의 육체〕 속에 저 말(言)이 누워있나니, 온통 미려함이라. 벽壁은 루비 빛이요 휘문輝門은 상아象牙로다. 그의 지붕은 거대한 벽옥碧玉이요 튀루스의[5] 차일 천개天蓋가 솟으며 조용히 그에 내려앉나니. 포도송이 같은 불빛이 그 아래 매달리고 집 전체가 그녀의 미려함의 숨결, 애완愛玩의 미려함 그리고 밀크와 대황大黃의 미려함 그리고 소육燒肉과 진주의 미려함 및 자음조화와 모음공언母音公言[6]과 함께 약속의 미려함으로 충만하도다. 거기 그녀의 말(言)이 놓여 있나니, 그대 독석자讀釋者여!〔그대 독자여!〕 그것을 고양高揚하는 높은 피녀고귀彼女高貴 그리고 그것을 실추失墜하는 그녀의 저비속低卑俗.[7] 그것이 곤충견堅날개 위에 반향 하는지라[8] 그리하여 성화공간聖化空間[9]으로부터 갈채를 받는도다. 창窓(H), 산울타리(E), 갈퀴(L), 손(手)(I), 안眼(O), 산호(T), 두상頭上(R) 그리고 그대의 다른 예안豫眼(O)[10]을 연연연로戀戀戀路에서 떼지 말지라. 그리고 그대는 그걸 알지니, 노老셈〔셈－글루그〕, 가나다(ABC)처럼 적절히 배좌配座된 채! 그리고 쾌자快子, 나의 망둥이, 미발소년美髮少年이 그녀를 하차하기 위해 다가오도다. 그녀가 방금 연모하는 소년. 그녀는 모慕하는지라. 오, 기차를 조심할지라! 견인차를 위해 길을 틀지라![11]

〔소녀들의 재등장, 글루그를 조롱한다〕 땡땡 링(環)을 이루어, 요녀들이 깍지 낀 손을 들어 올리고 더 많은 발걸음을 전진하며 무대변舞臺邊으로 물러나도다. 경례 하나, 경례 둘, 손을 양 허리에 대고, 열애가들.

비례非禮.

모두 노래하도다.

—나는 오월주五月柱의 어느 아침 자리에서 일어나 거울 속에 보았는지라,[12] 당신밖에 아무도 나를 사랑하지 않음을. 윽. 추한醜漢.[13]

모두들 마치 피하려는 듯 숸(shun)〔숀〕에게 방향을 가리키도다.

—나의 이름은 아차我此(나요) 아차(나요)이지만 나를 고집 센 멋쟁이로 부를지라. 내가 뜻하는 바는 양羊갈비. 그런데, 궁지에 내버려진 것은 그녀, 그런데 소소년少少年. 억! 억!

그녀의 경의敬意.

모두들 소리 내어 웃는도다.

그들은 모두들 그를 굽실대게 하려고 그를 단지 호시呼視하는 동안 그를 돕는 척 하는지라. 그리고 그건 비열한 일, 다과자茶菓子. 전혀 그런 녀석이 아닌. 일남一男에게 질문 할 29화숙녀花熟女들이 일어났도다.

〔248.03—249.20〕 이조드는 그를 도우려고 애쓴다—그녀는 자신의 색깔에 대한 비밀의 단서를 그에게 제공한다.

〔249.5〕 이슬트(이시). 글루그에게 호의 제공—그는(글루그) 발렌타인 이후 나〔이시〕의 최초의 리큐어주酒로다—윙크는 매승적魅勝的인 말(言)인지라.(그녀는 좌절한 애인에게 그녀의 색깔(헬리오트롭)을 전하기 위해 마지막 노력을 행한다)—행락!)(fuck + luck + look)—글루그의 마음은 이슬트(이시)의 집(육체)의 비전으로 엄습된다.

〔249.21—250.10〕 경기가 계속된다—소녀들이 글루그를 조롱한다.

길조吉鳥〔이슬트〕가 거기에 있었나니 그리고 그것에 관해 율화慄話했도다. 그녀는 동성同性이라, 확실히. 그 경우를 축하하기 위해

—그대는 어떤 꼬마 조마사調馬師[1]에 의하여 길들어지기를 원하는고?

그〔글루그〕는 자신의 둔부 주변을 리본으로 바짝 권 척 하도다.

—그대는 흑수단黑手團,[2] 굴뚝 청소부인고?

그는 그들의 굴뚝을 청소하는 척 하도다.

—그대는 작별과 이혼의 차이를 말할 수 있는고?

그는 한 쌍의 가위자매를 가지고 난도질하고 그들의 처녀막을 씹으며 그들의 머리에 침을 뱉어 창백안蒼白顔을 만드는 척 하도다.

말쑥한 아가씨들! 원하는 말을 했도다.

〔추프는 소녀들에게 말한다〕 그런고로 이제 조용히 할지라, 귀여운 주름녀들이여! 쉿 여기 조용히, 작은 청조淸鳥들이여! 오히려 다 자란 성녀成女들, 모두 자리에 앉을지라! 부정녀不貞女들, 전前처럼 쉴지라! 왠고하니 그대들은 온 종일 유쾌락愉快樂하게 빈둥거렸기에.[3] 그대들이 숙모 숙부의 모자를 쓰게 되면, 그것에 크게 넘칠 터인지라. 하지만 지금은 지금을 위한 시간, 자, 이제.

왠고하니 버남 불타는 숲〔추프〕이 무미無味하게 춤추며 다가오도다.[4] 그라미스(황홀恍惚)는 애면愛眠을 혹살惑殺했는지라 그리하여 이때문에 코도우 냉과인冷寡人〔글루그〕은 틀림없이 더 이상 도면跳眠하지 못하도다. 결식缺息은 더 이상 도면하지 못할 것임에 틀림없도다.[5]

엘〔글루그〕은 그의 애과인愛寡人을 명예 훼손하는 영락자零落者인지라. 어찌된 일인고 애인남愛人男이여 그대는 리피강江 애욕적愛慾的으로 애리愛離하기를 애愛했는지라. 그대의 애주과인愛主寡人[6]에게 우수右手를 애거愛擧할지라. 그대의 자유의 애소녀신愛少女神에게 그대의 좌수左手를 애결愛結할지라. 애라 애라, 애도남愛跳男, 그대의 애도愛跳는 단지 애풍향愛風向에 대한 애환愛環에 불과하도다.

들판 위의 개암나무 깔 구리 목소리의 마편초馬鞭草 처녀들의 송가頌歌.[7] 만일 그대가 변방을 방랑했을 때 이 십자봉十字棒을 가로 건너면 나는 축복 받지만 그대는 그를 발파봉發破棒으로[8] 느끼리라. 나를, 경배敬拜할지라,[9] 악취로부터 자주自走할지라! 우리들의 앞쪽에는 멸망의 냄새.

〔그루구의 세 번째 실패〕 악령들 그들 처녀들은 꽃답게 성운星雲 네브로스의 의지意志와 장미薔薇 로소칼을 향해.[10] 두 번 그는 그녀〔이시〕를 탐구하려 사라졌나니, 세 번 그녀는 이제 그에게 보이는지라. 그런고로 우리는 볼지라 우리가 씨를 뿌리듯. 그리하여 그들의 오만여왕傲慢女王(프렌퀸)이 그녀의 짧은 스커트를 걷어 올리고 출발하도다. 그리하여 그녀의 굴광대屈光隊[11]가 뒤꿈치를 따라 왔는지라, 오. 그리하여 저 만녀慢女〔이시〕가 무슨 하의상何衣裳을 걸친 걸로 그대는 생각하는고![12] 비리킨즈의 다이아몬드다이나의[13] 조끼. 그녀가 간 공기空氣 그곳 영원히 그들은 추향追香하나니.[14] 한편 모든 목신木神들의 화목火目이 화군교花群校를 보기 위해 열광熱狂 열광熱廣하도다.

마왕魔王 루시퍼에 의하여 인도引導된 채, 지복至福의 사도四跳 속에, 통痛(A) 베드(B) 오汚(C) 다프(臀)(D),[15] 초지草地의 무관오마無冠汚馬,〔글루그〕 멀리 떨어진 사이 날아든 소少파리! 우리는 저 얼룩말에 지참금을 도행賭行하는지라.[16] 구렁말(馬)에 쌍배双倍 난행亂行할 의향은?

천만에? 절대부絶對否라?[1] 흉족族! 아틸라왕王의 한漢 놈! 〔글루그〕[2] 일어섯, 그대에게 고트만족蠻族[3]의 채찍을! 그대의 빗물받이 속에 천벌을! 흉노한匈奴漢! 노한怒漢!

〔250.11—251.32〕 종말이 가까워오자—그(글루그)는 어리석은 생각들로 충만하다.

〔글루그 이시를 호색하다〕 그는 거기에 자신의 천성적 벙어리 상태에 있었나니, 자신의 전유물專有物 자체〔성기〕(이를테면 스프 연鉛 냄비, 마찬가지로 소스 냄비의 뜸부기 같은)를 분명히 자동건망증적自動健忘症的으로 망각한 채, 제멋대로 하고픈 욕망이 현명하게 되는 의지를 양조孃造하는지라. 그가 광명으로부터 밀려나고, 별광투사別光投射된 채, 그는 그녀의 열熱로부터 사랑의 자취를 더듬는지라. 그는 눈을 깜박거리나니. 그러나 자비를 꽂 장식하는 곳에 분노가 점고하도다.[4] 왜고하면 이들 모든 것들은 이 세상 사람들인지라, 시간이 상태로 액화하여, 무자비의 세월이 천사기天使期로 성장하도다. 하지만, 그가 입언立言하는 바, 최대의 하사가何事歌가 마녀가魔女歌에서부터 흑둔부黑臀部의 뒤뚱거림에 이르기까지 그에게 닥치나니, 기근마饑饉魔와 젊은 무녀巫女(영원한 협력) 그리고 긴 잠옷의 골회작용骨灰作用을 지닌 작업복의 허락이 부여되리로다.[5] 만일 그가 동東을 탐探하면 그는 진남眞南 속에 소견騷見하고, 만일 그가 북통北通하면 그는 서요西腰 속에 쇠약하리라. 그리하여 그늘 속에 수은악지水銀惡智를 가지고 무슨 경이驚異를? 그의 슬다엽膝茶葉[6]의 오반점汚斑點은 자신의 비행사상卑行思想이요, 이모겐[7] 광상狂想의 원표願標로다.〔나쁜 생각들이 그의 마음을 가로지르다〕 모두들 벗어날지라! 모두들 떠날지라! 그러나 척골각尺骨脚은 세남細男이나니. 빔밤 밤![8] 모두 말(言)로서 헛되이 자신들을 그녀로 바꾸려 하다니. 발분發憤, 모두들 사랑을 호소했도다! 젠장, 그들은 모두 버찌 미녀들이라![9]

〔251.33—352.32〕 소년들은 경기 개시(회답)를—식별하기 어렵다—추프와 글루그는 결투를 위해 서로 대면한다. 어느 쪽이 왜 배반자들은 결투에 관여關與하는지 그리하여 여기 브루노(Bruno)가 여녀汝女의 상賞을 위해 노란(Nolan)을 대면하는 셈이다.

그녀〔글루그는 이시의 가정교사 격〕로 말하면 그를 뒤흔들 수 있는지라. 충분, 이제 그만. 그런데도 그는 자신의 커다란 안락의자 식탁자識卓子에 앉은 훌륭한 가정교사요 그녀는 그의 손안에 든 마음대로의 밀랍이려니. 꾸물꾸물 장시간의 암사본暗死本 속의 가장 단테 감질 나는[10] 복숭아를 파헤치며 만지작거리는지라. 갈릴레오[11]에 관한 이 구절을 볼지라! 나는 그것이 어려운 줄 알지만 그러나 그대가 재산권자財産權者일 때 나는 피탈권자被脫權者이라. 자 이제 마키아벨리[12]에 관한 이 조각 천 페이지에 착수할지라! 그래 맙소사, 그는 확실히 자기주장을 관찰하리라! 그건 교장校長 아담이 에 바 하트[13]의 교촉사敎觸師가된 이후 학습법學習法 속에 여태껏 담겨져 왔기에, 모든 관습과 시대에 있어서[14], 남자는 자신의 마음속에 짓궂음을 지니는 반면 여학생의 눈동자 또한 천래天來의 우쭐함과 경영競泳하는지라, 불쾌한 녀석 같으니, 문자로 하여금 파거破去하게 할지라! 나(I)는 여성인사女性人士로다. 오(O), 목적격성目的格性의. 당신(U)은 유일단수격唯一單數格.[15]

〔글루그, 추프의 결투 태세〕 어느 쪽이 왜 잠꼬대 쌍자双者들이 결투에 관여하는지 그리하여 여기 B. 로한이 여녀汝女의 상賞을 위해 N. 오란을 대면하도다.[16]

그러나 저 조롱하는 새가 빈둥거리는 음유시인에 대항하여 나봉裸棒하는 것을 귀담아 들을지라! 우리는 송(歌)돔이 고모라[17] 중얼대고 있던 이후 그것을 아아 들어왔는지라.

〔쌍둥이들의 직접 대항〕 그때 그〔추프〕가 자신의 사견射肩을 펴고 있었기에, 나〔글루그〕도 그랬나니. 그리하여 내가 나의 파우스트 권拳을 꽉 쥐고 있었을 때, 그도 마찬가지. 그리하여 그때 우리들은 양볼 대袋를 훅 불고 있었는지라. 여역시汝亦是.

자 덤벼요, 찌를지라! 행할지라, 받아넘길지라! 쌍 형제여, 감히! 인류 남아의 광란장기狂亂長期의 잔여의회殘餘議會라, 결학식缺學識의 학식자, 경이驚異처럼 무자비한.[1]

—이제 경쾌소록묘지輕快小綠墓地의 성목초聖牧草가 그대의 상지常芝 및 평조망묘원平眺望廟院이 되게 하소서![2]

—진심감사.

번복된, 교환.

—그리하여 창부의 저주[3]의 성 제롬 묘지[4]가 한층 선상善床인 그대를 3인 가족 되게 하소서!

—녹초감사수여綠草感謝授與.

그리하여 각자는 그의 타자와 난투했도다. 그리하여 그의 안색이 변했나니.[5] 난황쌍생아卵黃雙生兒, 금속성(메타루스)과 비금속성(아메타리코스), 그녀〔이시〕의 왕관 찬탈자들[6], 분할외설심分割猥褻心의 언쟁자들[7], 직접적으로 변화하면서, 멸종야생상호웅우滅種野生相互雄牛, 임신중제이과수정姙娠中第二過受精(복複임신) 했나니(램프의 청소기가 돌쩌귀의 분유기噴油器에 그 보다 더 사납게 얼굴 찡그린 적이 결코 없었는지라), 한편 그들의 목생삼소녀木生三少女들은, 왕의 유희, 만일 그 분이 황송하게도 그렇게 하신다면, 티모시의〔성 파울의 여행 동료〕 겁 많은 토마스 쌍자双者들 사이를 구별하기에 너무나 난주입亂注入 되었나니, 이키나 저런,[8] 어느 쪽이 정통예두적正統藝頭的인지[9] 어느 쪽이 이단분열적異端分裂的인지,[10] 최면자催眠者 혹은 복안자伏眼者인지, 왠고하면, 소심하게 태생했거나 천천히 양유養乳되었거나, 극도로 선량한 소녀들은 극히 정당하게 선택되지 않는 한, 극도로 불우하게 될 수 있는지라(하지만 그는 부富를 지니고 있지 않으며 자신의 마음의 지평선상에 희망이 희망을 실망시키나니) 따라서 그들의 위대한 순간을 보다 위대하게 만들지 않으면 안 되도다. 요체要諦는 그가 당장 현장에서 해결하지 않으면 안 되는 것으로, 자조적自造的 세계에서 자신이 쓴 한 마디를 상대자가 믿을 수 없는 요불쾌사尿不快事(질수소窒水素)[11] 뿐만 아니라, 천만에 전혀, 인간은 자연도태[12]에 의하여 단지 소유되는 것이로다.〔이들 대적자들 중, 하나는 다윈의 "자연도태"로 이기지 않을 수 없는지라, "인간의 상승"을 대표하고 거든다〕 찰리여, 그대는 나의 애愛다윈이라![13] 고로 피녀들은 인간의 상승[14]에 잇따라 노래하나니. 조반란朝飯卵이 깨지고 모두 해산解散하기 전에 만일 그들이 재회전한다면, 그들이 빙빙 맴돌 때까지. 그들은 계속하나니. 스텝 계속. 발걸음. 스톱. 꽃은 누구인고? 천(사)은 어디에 있는고? 혹은 정원은?[15]

〔부친. 부활한 양 나타나다니〕 무신조의, 무관으로 그의 오만傲慢이 매달리도다. 그의 백안白眼에는 이제 더 이상 적악마赤惡魔가 없는지라. 해학인諧謔人 피자彼者가 그를 폭포쇄도瀑布殺到하나니! 한 때 저음 나팔을 염원하든 빈취자貧吹者! 그는 자신의 손자의 손자의 손자의 손자가 어찌하여 폐루에서 혈통을 계승할 것인지 알지 못하는지라

〔253.19–253.32〕 그(글구그)는 실패하지만—소녀들이 그를 축하한다.

〔253.33–255.26〕 부친이 출현하다—그는 분석된다.

그 이유인 즉, 어스 말〔고대 켈트어〕의 최초선最初善의[1] 관용어로 내가 그걸 했도다가 나는 그렇게 하리라와 대등하기 때문이도다. 그〔글루그〕는 왜 자신의 조모祖母의 조모의 조모의 조모가 사창녀斯娼女의 허스키 말투로 로서아어語를 해토咳吐했는지를 감히 생각하지 않나니, 왠고하면 슬라브어[2]의 구술口術로 지금 나를 쳐다봐요[3]는 나는 한 때 딴 것이었도다를 의미하기 때문인지라. 뿐만 아니라 시간과 종족이 존재하고 현명한 개미들이 축적하며 베짱이들이 낭비벽浪費癖한[4] 이후, 동아童兒가 거리에서 거리로 움직이며 유희하는 동안, 세계 지도가 그 모형을 변경해 왔던 것도, 그리하여 어떠한 것도 조침건강자早寢健康者요 만기현자晩起賢者인, 어리석은 노태양老太陽〔HCE의 암시〕을 위하여 여태껏 어떤 부富[5]를 보여주는 신물新物을 만들어 내지 않았도다. 뿐만 아니라 어떤 런던의 시참사회원의 해구海龜 수프가 피그(豚)미랜드의 다多지역에 충부대充負袋로 국자 퍼내지는 것 또한 않는도다.〔과거의 당위성을 의심하지 않는 글루그〕 그의 역할은 얽매인 명예 속에서[6] 서약되어야 하는지라 고로 나를 도우소서, 종綜마태, 사마邪瑪마가, 매買누가, 가歌요한이여,[7] 나는 그대에게 집착할지니, 틀림없이, 어떤 일이 있더라도, 무모無謀를 깨물고, 그리하여 미리 다가오는 사건[8]의 경우에 있어서 다른 싸구려 소녀의 아이의 이름을 내게 첨부하기 위하여 그대가 나를 풀어준다 하더라도, 그러나 나는 단호하게 사슴가죽 장갑을 잘 끼고 있으리로다! 그러나 주저인躊躇人[9](친부신親父神)의 실제적 망덕亡德의 피리소리는 담자색의 곡정穀庭 안으로 들어올지니,[10] 그리하여 그대의 눈은 새벽의 별이요 내게 한 다발의 요오드 보라색[11]의 꽃을 사줄지라.

분명히 그〔글루그〕는 앞서 두 번처럼 세 번째도 실패했는지라,[12] 왠고하니 그녀〔이시〕는 그들 셋 중에 아무 것도 입지 않고 있기에. 그리하여 아주 특허적으로 발레 악樂에 구멍이 생겼는지라,[13] 그를 수반통水盤通으로 나머지가 흘러 나가 버렸나니. 왜냐하면 잔여가 왜 제팔원第八原理를 따라, 계속 진행되는지, 되었는지, 또는 되어서는 안 될 것인지를 설명하기 위하여, 다시 말하면, 한 쌍의 상호투相互鬪가 무리無離하면, 감귤류[14] 위의 헝겊조각처럼 확실히,[15] 이 참마(植) 촌지거생활村芝居生活이야말로, 다량의 환락, 야유성揶揄聲, 아우성, 수카프 훈련, 모자 훔치기, 금요수金尿水의 발사, 가반향可反響의 환희성歡喜聲 및 총總 엄지탁아술託兒術(범아梵我[16]의 약약若若 범촌凡村이라)과 더불어, 젊은 여인들의 속임수, 그들의 소년들의 사랑의 열투熱鬪로 결코 종결되지 않을 것이나니, 우리는 이 마을 유치원의 바나도 설자設者[17]의 웅피熊皮의 총선거 마냥 대소동 중간에 나타난 장薔루칸 궁宮[18]의 장대하게 장고환長苦患하는 장화주將華主〔HCE〕의 저항불가의 갑작스러운 그리고 거인연巨人然한 출현을 계산에 넣지 않으면 안 되도다.〔그가 경기를 끝내기 위해 나타날 때까지〕

그러나, 진대진眞對眞의 공대공신空大公神이여〔HCE〕, 모든 기계류의 신이요 반스태이블(마구간)의 묘석墓石, 다분할多分割 또는 생체해부에 의하여, 분리된 채 또는 재 복합된 채, 아이작亞而作 원충웅遠蟲熊 애란인,[19] 그를 어떻게 설명 가可하리요, 갈까마귀여?

〔254-255〕 (Campbell & Robinson) 이리하여 트리스탄과의 구절은, 비평가들이 이미 지적한 대로, 다음 부部의 선치역先置役으로 끝난다. HCE가 방금 꿈꾼 것은 자기 자신의 과거로부터 기억되는 어떤 것임은 사실이지만, 그것은 또한 그 밖에 어떤 것의 현재의 꿈이기도 하다. 성공적인 애인의 역할에 있어서 이 "그 밖의 자"(somebody else)는 Kevin(숀), 어느 날 나타날, 자기 자신의 아들로서의 한 멋진 금발의 영웅이었다. 그 꿈은 방금 마루 위에 깨어진 육체의 상자(flesh-case)로부터, 방금 이층에 잠자는, 미래로 넘치는, 저 보다 젊은 육체의 상자로의 HCE의 정신적 강조의 전환을 의미하는 것으로 이야기될 수 있으리라. 여기 HCE가 꿈꾸는, 이러한 부자父子 테마의 연계는, 〈율리시스〉의 스티븐이 샌디마운트 해변에서 진작 명상한 대로, 기독교의 삼위일체인, 부자동질성(consubstantiality)의 영원한 진리요 반복임이 분명하다. "나도 여기 죄의 암흑에서 수태되어, 태어난 것이 아니고 만들어졌다"(U 32).

〔졸린 HCE의 반半수면하의 반半명상〕 그〔HCE〕는, 총예總例를 들면,[1] 혹자或者들이 그를 견후犬嗅해 왔듯이, 루리파波, 토스파波 및 클레버파波,[2] 저들 세 억센 돈심장자豚心臟者들,[3] 비례축인秘禮祝人의 오리온,[4] 맥마헌의 크림 전사戰士,[5] 이프스 자신自身[6]에 의하여, 우리들의 해벽海壁에 투척投擲되었던고, 그리하여 우리들의 자력資力에 일상日常의 몫을 부여하는 극단極端의 산물産物은, 여하인如何人에게도 그렇게 생각될 것이거니와, 우리들의 부승정구副僧正區의 최最귀공자 전사戰士와 함께 그대의 최혹最酷의 속한俗漢,[7] 혹은 기사도의 연대기편자年代記編者[8]가 만일 자신이 주사走査하지 않는 한, 종필從筆하는, 클라이오 역사여신歷史女神[9]의 잡보란雜報欄에서부터 그렇게 불러졌나니, 그 이유인 즉, 인류 연쇄로서 고대와 현재의 연결〔역사의 흐름〕은, 존, 폴리카프 및 아이렌뉴즈[10]가 안眼-대對-안으로 목격했듯이, 성聖패디 순례지까지 뻗는지라, 그래 왔으며, 그렇게 하고 다시 그렇게 할 것이기 때문이요, 한편 수도승들이 수송水松을 궁술사弓術士에게 팔거나 혹은 리피 생수生水[11]가 그의 내향적 신음독백呻吟獨白에 연모燃慕하는 그녀〔ALP〕의 사랑의 속삭임과 함께, 사라의 개폐교두開閉橋頭, 사사책似舍柵에서부터 아이작의,[12] 소명笑鳴 바트교橋[13]까지, 모든 물고기의 길[14]을 걸어가다니? 그런고로 바스티언 무舞와 함께 패리촌 무舞 또는 쾌활한 난(Nan) 여女[15]와 함께 울적한 험프〔HCE〕, 애악결말애정행위대착임신愛惡結末愛情行爲臺着姙娠?[16] 어찌 그대는 돈언豚言하는고, 미녀우美女友여?강江 수水 부父 백白[17] 바벨 남男 더브 눈물의 해협이어.[18]

속삭이는 뇌신[19]의 파어波語가 인심人心의 귀에 다가오나니,〔ALP-리피의 도래〕 무해도無海圖의 바위, 도피적 해초海草. 단지 대망막大網膜 쓴 태아胎兒만이[20] 자신의 일천일번의 이름을 아는지라, 요술(H) 주문(C)(나의 육체), 참나무 고구高丘(E),[21] 나태자 핀핀,[22] 어찌 모피毛皮걸친 채 적敵을 충감充感하는고! 그건 그대를 온통 추적하지 않았던고, 결백참견潔白參見꾼, 프톨렘미아오스 모주謀酒[23] 혹은 가인佳人 사위(辛) 다나포로우스 배신당한 왕[24] 때의 훨씬 뒤에 텔레비전이 공개한 식式으로? 책무責務는, 그대 기억하리라, 가망은, 그대 그렇지 못하리니. 그러나 그건 늙은 조우, 자 바 재인,[25] 오담 코스톨로[26]보다 심지어 한층 늙었는지라, 그리하여 우리는 그〔HCE〕를 되풀이 만나고 있나니, 모하메드 자신에 의하여, 환년대기주의環年代期主義 속에, 공간에서 공간으로, 시간 뒤 시간에 잇따라, 매장埋葬의 다양한 자세姿勢에서처럼 성전聖典의 다양한 국면에서. 신을 영접할지라, 잡화류! 바빌론의 태양신이여![27] 왕을 방어할지라! 거친 인후咽喉 공격의 호미 시인 하지만 그의 유언唯言은 유柔하나 유시唯視는 예각銳角을 지녔나니, 그의 소옥小屋은 그녀의 나첨모螺尖帽 마냥 산지山地로다. 그리하여 만연慢然히도 그녀는 셰이커교도[28]의 원여왕猿女王 격格이요 한편 당연히 시체의 모살자謀殺者로서 그〔HCE〕가 원숭이처럼 번득일 때 그는 스칸디나비아의 모든 도서島嶼에서 최고의 바리톤 갑岬[29]의 원가수猿歌手이나니. 그 땐 누가 들으리오. 왠고하니 마침내 지금 장상침대長床寢臺에 가고자 하는 바, 남자 이상의 저자者, 광가도廣街道의 번감난설亂說[30]의 왕자, 그의 주변을 너무나 기꺼이 날뛰며 춤추는 스톡(植)클로버들〔춤추는 소녀들〕, 목초경木草卿.[31] 아토가[32]는 저 영웅의 이름이나니, 카피갑岬 리사토,[1] 우리들의 생이별엽生離別葉의 환영幻影의 화수靴手된 희도살자稀屠殺者〔HCE〕로다.

그를 집공執攻할지라! 붙들지라!

하지만 작일기운昨日氣運, 금일이체今日泥體, 내일토양來日土壤.〔HCE의 일생〕

〔폐점할 시간〕 왜 그대는 그를 자신의 대지에서부터 선각先覺하려 하는고, 오 타혹소환자他或召喚者여 그는 세진世塵으로부터 풍상風傷 당했는고? 그의 폐문의 시간이 급히 다가오도다. 경종이 그의 행방을 클랙슨 할지니. 만일 그의 면직물과 다엽茶葉을 기억했던자가 통桶장이에게 누구를 위하여 도대체 왜 황새가 독수리 리아촌村[2]을 버리고 떠났는지를 묻는다면, 이 각륜자角輪者는 알지 못할 것이라. 예컨대 만일 신앙에 합세한 타자 자신의 수중폭탄水中爆彈이 우리들의 통배수로桶排水路를 폭파했을 때—!

〔잠자는 HCE에게 평화를!〕 여호사바촌村[3]이여, 여기 무슨 비운인고! 그들 위에 동정우同情雨를, 폐하! 모이킬 평원[4]의 날개[5]가 그를 덮게 하소서! 존 불[6]의 왕수王獸여 그를 검역檢疫하게 하소서! 성미 급한 자여,[7] 조심할지라! 덕망의 노예여,[8] 그의 진리를 구하소서! 북극광[9]이여, *그를 멀게 하소서!* 덴마크의 상아 뼈 찌르는자여,[10] 그의 헥터 보호자 되소서![11] 바사 왕[12]과 함께 있는 울도마르 여,[13] 방심 말고 경계할지라! 그리하여 노연勞聯의 야기사夜騎士로 하여금 우리들의 피(血)의 고세계古世界[14]의 작위爵位로 구세주화救世主化하도록 노력할지라! 소少필리니가 노老필리니에게[15] 그의 모욕의 갈대 펜글씨를 쓰는 동안, 오우러스 겔리어스[16]는 미크맥크로비우스를 혹평하고[17] 비트루비우스[18]는 카시오도러스[19]로부터 모욕을 참았나니. 더블린의 수도, 콩담 쿰가街의 저 루칸의 서書[20]로부터 우리가 배웠던 것처럼, 비록 그대〔HCE〕가 과계량過計量의 상점주인 일지라도 면허장을 결코 잃어서는 안 되는지라. 뿐만 아니라 이별주離別酒 잔을 침욕寢浴과 조반으로부터 별개別開하지 말지니. 그리하여 알코올의 명예를 위하여 내가 뭘—했는지—자네—알지—나는—그대의—행위를—보았나니—식의 한 방울을! 펀치는 술통 자랑을 할지라도 그러나 그의 아내 주디의 기지奇智가 보다 낫도다.[21]

〔ALP의 등장, 아이들을 뭉치다〕 왠고하니 생산자(요한 세례자 비커씨)[22]는 태만자들의 조부祖父 위에 깊은 무위면無爲眠을 내리도록 원인되게 했는지라 그리하여, 측산물側産物로서, 과거신속過去迅速히 현장에 키틀릿(육편肉片) 사이즈의 배우자를 등장시켰는지라,[23] 40실링 수양修養 양복상의 기아棄兒 암망아지요 선원의 상점불양녀商店不養女, 무게 10스톤 10파운드, 키 5척 5 그리고 가슴둘레 37인치를 재나니, 탐나는 허리둘레 29 동상, 만사에 부합하는 엉덩이둘레 역시 37, 각각의 허벅지 둘레 공히 23, 행복의 시작(장딴지) 둘레 14 그리고 그녀의 세구細軀의 화주靴周[24] 족足히 9일지니.

〔255.27—256.16〕 모친이 출현하다—아이들을 집으로 끌고 가다. 저 영웅의 이름이라, 채프리조드(HCE), 우리들의 생의 환영幻影의 파괴자로다—그(HCE)를 집공執攻할지라! 붙들지라!—왜 그대는 그를 대지로부터 깨우려하는고, 오 타자, 혹자, 소환자여. 그는 세진世塵으로부터 풍상風傷 당했도다. 그의 폐문閉門의 시간이 급히 다가오도다. 경종이 그의 행방을 클랙슨 할지니.(그는 거인, 피네간처럼 잠자도다. 그의 깨어날 시간이 임박하기에).

〔256.17–257.02〕 숙제가 기다리고 있다—이찌(Izzy)는 불행하다.

〔ALP 그녀의 아이들을 부르다〕 그리하여 그대가 부디 자비를 기도하거나 혹은 그대의 유난스러운 감상感傷 또는 면치레와 함께 구원을 할 수 있기 전에, 수탉의 암탉은 그의 어린 암평아리들을 색조음色調音으로 불렀도다. 거기에 그들은 귀를 재빨리 경집傾集하나니. 그들의 골육상쟁骨肉相爭, 그들의 육肉의 가시[1]가, 속음速音처럼 재빨리, 사순식간思瞬息間에 도망치는지라(그리고 단지 한 마리 암탉도 아니고 두 마리 암탉도 아니고 모든 축복 받은 브리지드 성자계聖子鷄가 한숨 쉬며 흐느끼며 다가 왔나니)[2], 그런 사이, 한 잔 람주酒 한 잔 람주, 전골全骨의 수양,[3] 맥주, 포도주, 구내소비構內消費를 위한 강주强酒, 변론 없는 변호사들인양, 마마의 악동惡童, 파파의 미금美禽, 모두의 최홍안最紅顔의 왕후, 비록 화화華花로서 화화장식花火粧飾되어 있을지라도, 각자의 색色에 따라 고성소환高聲召喚되도다.[4]

모두 귀가하는지라. 광륜몽光輪夢. 더 이상의 무축소음無軸騷音일랑 나팔 불지 말지니,[5] 잡동사니 견함犬喊을![6] 그리하여 그대의 훈연燻煙을 멈출지라,[7] 총림叢林을 불태웠나니.[8] 그리하여 쉐리(단)주酒 골드(金)(스미스)(세공인) 예이츠긍정肯定싱침구寢具.[9] 그대의 와일드쇼 황음荒陰이 스위프트재빨리 스턴고물쪽으로[10] 움직이나니. 왠고하면 여기 성언어聖言語〔성경〕가 대령하나니. 이내 다가오도다. 지나가려고.

피녀선彼女善이라. 최선물最善物.

〔아이들의 숙제〕 왠고하니 그들은 이제 열리裂離고 있나니, 말하자면, 흩어흩어져흩어지고 있도다. 너무나도 빨리 숙제 장 및 맛있는, 스스럼없는 빵과 붕붕 성서봉聖書蜂, 쥬쥬 잼[11]에 야자나무 사탕,[12] 문법의견文法意見의 소화消化[13]부터의 세련된 프랑스 어구들[14] 그리고 사대사四大師,[15] 마타티아스, 마루시아스, 루카니아스, 요키니아스[16]로부터의 방풍폐용분석防風廢用分析, 그리고 우리들의 세속애란경마게시전기독기원愛蘭競馬揭示前基督紀元 1132년에 일어났던 일 및 왜 그가 현재 있는 영어囹圄의 몸 인고[17] 및 음파도音波濤가 모두 오행汚行하고 유수流水가 사행蛇行하여 구축하기 전에 말하는 것을[18] 멈추게 한 것 및 어디서부터 해괴물海怪物이 괴어怪魚를 잡아 왔는지 및 하고何故로 도전백노稻田白鷺가 버마산웅産熊[19]을 싫어하는지 그리고 왜 수부 신다트가 섬록암수병閃綠岩水兵처럼[20] 무엇을 가지고 주술사가 의회에서 행사했는지, 보통 식염의 수력학水力學의 정의定義 및, 고유행古流行의 경화硬貨를 정의하는 것은 말할 것도 없고 연좌석連坐席하고 있었는지, 거기서 중앙우체국(G. P. O.)은 중앙이요 더블린 연합전철회사(D. U. T. C.)는 방사선인지라, 다수 및 수천만 루피의 굴절빈도屈折頻度에 의하여 북부순환도로(N. C. R.) 및 남부순환도로(S. C. R.) 상上의 하숙비의[21] 사정가査定價를 기록할지라.

〔불행한 이찌(이시)〕 저 작은 구름, 한 운녀雲女,[22] 아직도 천공 속에 떠도나니. 가침상歌寢床[23]은 잠들기 전에 살금살금 걷는도다. 밤의 빛은 그의 분가糞家에서 악몽인지라. 두툼한 빵과 엷은 버터 아니면 나와 함께 그대 먼저. 젠장, 하지만 마늘 냄새가 대기를 찌르나니. 우리들의 소우騷右 쪽으로 쾌각快脚 구르지 말지라![24] 최좌最左 쪽으로 담황홀膽恍惚하지 말지라!

[257.03—257.28] 경기와 놀이가 끝나다—문이 털컥 닫히다.

[257.29—258.19] 커튼이 내리다—갈채—커튼의 내림. 익살극의 마감. 취침 전 잠을 위한 기도.

소녀여 오늘 할 일은 무엇인고? 그런고로 천사지天使地에 온통 눈물 통桶, 저 이찌[이시]는 가장 불행하도다. 식욕을 돋우는 한 모금? 스텔라의 속삭이는 저녁별이[1] 웃음 짓는지라.

한편, 그들의[무도 소녀들] 길을 사방 뛰어다니나니, 가고 오고하면서, 이제는 능형菱形 능형 꼴로, 방금은 부등사변형不等斜邊形의 형태로, 대조모[2]가 그들에게 시범하는 은총도자恩寵跳者베짱이 춤 뛰기, 개미깡충깡충맴돌기 및 쐐기꼴 농장 토끼 뜀 뛰기의 모형을 짜면서, 모두들 야유도揶揄跳하는지라, 도리언양孃과 낭과良果[3] 및 바람난 오월녀女,[4] 마치에토 곁의 다리오우,[5] 후디[6] 상점까지 밖에서 노래하는 모든 사내 아이 더 많은 모든 계집 아이, 한편 째깍 째깍 째깍 째깍 저 시골뜨기의 자명종 시계, 박요통薄腰痛의 깡통 치는 소리, 째깍 째깍 째깍 째깍 째깍했나니, 그리하여 처음도 끝도 없는 이야기를 되풀이하는지라, 늙은 발리대맥부大麥父[7]의 매일 아침 조기법早起法 그리고 그는 만났나니 엉덩이 힙스와 산사나무 하우즈[8]라는 이름의 찔레꽃 금발녀들과 함께 그리고 그가 아는 상대로 스코우드 쇼즈[9]라 불리는 트리니티 대학의 어떤 녀석.(그대 포착할지니, 안달하지 말지라, 타미 룹톤 부인! 문안으로 들어올지라, 오만녀傲慢女, 그리고 허풍일랑 떨쳐버릴지라!) 그는 늙은 부사제副司祭[10][스위프트—HCE]를 닮았는지라 그는 자신의 베이컨 조각을 잘 집어넣을 수 있었으나 대담한 농사꾼 버레이[11]와는 결코 비교도 안 될지니.(유모가 그대를 꾸짖는지라, 불쾌한 것 같으니! 그런데 잠깐만, 이봐요, 실 바늘을 훔치다니!), 그는 부랴부랴 잠이 깬 곳 그 빵 가게의 금궤 주머니를 삼키기 위해 거의 비척비척 걸을 수도 거의거의 없었나니(그대는 자 잠깐만 멈출지라, 칙스피어양孃,[12][이시] 그런데 그대의 팬티가 벗겨진 채! 쳇, 창피하게, 룻 밀밭,[13] 결국은 부즈[14]가 가로 대!) 늙은 디디 아친[15]에게 쥬리 호텔[16]의 폰치의 팬치[17]의 압박과 함께 베이컨 조각의 값을 구걸하기 위하여(아하, 게(動)눈 쟁이 같으니, 나는 그대를 아는지라, 그대의 스타킹의 저 틈새를 세상에 자랑해 보이면서!) 월드 포레스터 팔리를 위해, 그런데 그는, 그의 분산分散[18]의 절망에서 맹렬猛烈의 맹열猛熱[19] 속에, 고성高聲의 순환을 호견好見했도다. 쾅문닫아라탕탕안두라스페문하라스후퍼모마왕터툴쭈악마팔나볼탄스포트호칸사—뚜탈탕드벌주점문폐.[20]

종막終幕.

대성갈채大聲喝采!

그대가 관극觀劇한 연극, 게임이, 여기서 끝나도다. 커튼은 심深한 요구에 의해 내리나니.[21]

고성갈채나태자高聲喝采懶怠者!

여신녀女神女들은 거去한지라, 구나의[22] 돌풍송突風送. 언제(지옥地獄), 누구 색色, 하何 색, 어디 색조色調?[23] 궤도중재자軌道仲裁者[24][God—Vico—HCE]가 답하나니 다수 목숨을 잃다. 피오니아[25]는 피지퍼지자子[26]로 넌더리나다. 시랜드(해륙海陸)가 코골다.

〔258.20—259.10〕 아이들의 귀가—기도.(박수갈채와 천둥소리) 바위들이 분열한다. 이는 숙명의 날이다. 신들의 황혼인지라. 겁 많은 마음들이 두려움 속에 모두 소멸하고 깨어진다. 이봐요, 우리들의 절규, 우리들의 술, 우리들의 지그춤으로 죽음의 천사를 칭송할지라.(아이들의 놀이는 경야의 춤을 닮았다) —그(HCE)는 깨어있다. "마혼魔魂이여, 내가 사死했다고 생각했는고?"(그들의 부친의 일어남은 피네간의 부활과 닮았다.)

〔연극의 종말—갈채—우뢰의 신 및 잠자기 전 잡담과 기도〕 암렬岩裂신神들의 운명의 지배.[1] 신들의 사라짐은 신들의 황혼인지라.[2] 지옥의 종鐘. 말(言)들의 겁 많은 마음들이 모두 소멸하도다. 신인성찬神人聖餐, 고신高紳이여, 어찌 그렇게 되었는고? 부父 맙소사, 그대는 멀리 듣지 않았던고? 사보이 뇌가雷家의 모토(표어).[3] 역시! 그리하여 버컬리 양키 두들 애창가愛唱歌![4] 유태 성축제의식聖祝祭儀式![5] 공포로 그들은 분열했는지라, 모두들 풍風을 식食하고, 거기 모두들 산비散飛했나니. 그들이 식食했던 곳에 그들은 산비했나니라. 공포 때문에 모두들 산비하고, 그들은 도망쳤도다.[6] 이봐요, 우리들의 경청傾聽으로, 우리들의 양조어釀造語에 의하여, 우리들의 지그춤으로, 그의 속보速步로서, 우리 모두 사천사死天使 아자젤〔죽음의 천사〕을 칭송할지라.[7] 성구함聖句函과 함께 문설주로,[8] 마혼魔魂이여, 내〔HCE 자신〕가 사死했다고 생각했는고?[9] 그래! 그럼! 만세월萬歲月! 그리하여 넥 네쿠론 거인으로 하여금 양귀비 맥 마칼[10]을 칭송하게 하며 그로 하여금 그에게 말하게 할지라 나의 모母, 국國, 명名의 무위無爲셈이여.[11] 그리하여 바벨은 적자敵者 레밥과 함께 있지 않을지니?[12] 그리하여 그는 전戰하도다. 그리하여 그는 자신의 입을 열고[13] 답하리라 나는 듣나니, 오 이즈라엘이여,[14] 어찌 성주신聖主神은 단지 나의 대성주신大聲主神의 단신單神인고.[15] 만일 네쿠론이 죄천락罪天落한다면 확실히 마칼에게 벌은 칠십칠배七十七倍로다.[16] 이봐요, 우리 마칼을 칭화稱話 하세 나,[17] 그래요, 우리 극도로 칭락稱樂하세 나[18] 비록 그대가 자신의 요육병尿肉甁〔오물 통〕 속에 놓여있다 할지라도[19] 나의 위엄이 이스마엘 위에 있나니라.[20] 이스마엘 위에 있는자者 실로 위대하나니 그리하여 그는 맥 노아의 대수大首가 될지로다.[21]

그리하여 그는 행위사行爲死했도다.[22]

승성갈채속재昇聲喝采速再![23]

〔신의 소리, 주민들의 전율〕 왠고하니 천공으로부터 대기청소부大氣淸掃夫가 텀불링 텅굴러 탄조성彈調聲으로 자신의 타무쌍妥無雙의 타무가식숙명他無假飾宿命의 뇌세계惱世界에게 이야기를 걸었나니 그리하여, 그와 같은 발성현상發聲現象에 의하여 확성발擴聲發되어, 대지大地의 불행주자不幸住者들은 창공에서부터 천지둔부泉地臀部에까지〔머리에서 발끝까지〕 그리고 타유사양인他類似兩人투위들담에서 타打퉁회回轉트위디까지[24] 아래로 타지진동駄地震動했도다.

대성주大聲主여, 우리를 들으소서!

대성주여, 은총으로 우리를 들으소서![25]

이제 그대의 아이들은 그들의 처소로 들어갔도다.[26] 그리고 극히 기뻐했나니, 캠프 야외 집회가 끝나자,[27] 서로 헤어지기를. 신주여 감사하게도! 당신은 당신의 아이들의 거소의 정문을 닫았는지라 그리하여 당신은 거기 근처에 경계자들, 심지어 가다(경비) 디디머스와 가다(경비) 도마스[28]를 배치 했나니라, 당신의 아이들이 빛을 향한 개심[29]의 책을 읽을 수 있도록 그리하여 당신의 사자인 저들 경계자들인, 그들 돈족豚足의 케리산産 젖소들,[30] 당신의—기도를—기도해요의 티모시와 잠자리—로—돌아와요의 톰[31]의 경안내警案內에 의해, 당신의 무관사無關事의 후사상後思想(反省)인 어둠 속에서 과오하지 않도록.

나무에서 나무, 나무들 사이에서 나무, 나무를 넘어 나무가 돌에서 돌, 돌들 사이의 돌, 돌 아래의 돌이[1] 될 때까지 영원히.

오 대성주大聲主여, 청원하옵건대[2] 이들 당신의 무광無光의 자들의 각자의 기도를 들어주옵소서! 오시각悟時刻에 잠을 하사하옵소서,[3] 오 대성주여!

그들이 한기를 갖지 않도록. 그들이 살모殺母를 호명(明)하지 않도록.[4] 그들이 광벌목狂伐木을 범하지 않도록.

대성주여, 우리들 위에 비참을 쌓을지라 하지만 우리들의 심업心業을 낮은 웃음으로 휘감으소서![5]

하 헤 히 호 후.[6]

만사묵묵萬事黙黙.[7]

◆ II부 - 2장 ◆

학습시간 - 삼학三學과 사분면四分面 (pp.260-308)

〔260.01-261.22〕 HCE. 통로 뒤로 주막으로의 귀환—그와 그녀의 영묘—이 장은 아무리 엄청나다할지라도, 그것의 행동은 간단하다. 아이들은 그들의 학습을 준비한다. 솀과 숀(이제 돌프와 케브로 불리거니와)이 여전히 싸우는 동안, 이사벨은 관심 없이 쳐다본다. 알맞게 아카데미의 형식을 가장하면서, 장은 가장자리의 코멘트와 주석을 가진 텍스트이다.

어디에서 어디까지.

우리가 현재 존재存在하는 곳에 존재하는 우리는 현존하는 우리인지라, 극소조담極小鳥談에서 원반구락총체原盤具樂總體에까지.[1]〔문명의 진화〕 차(茶) 차 차.[2]〔자연의 증유수〕

그의 광모안廣毛顔과 더불어, 아일랜드의 수치로.

틀린 원문대로.

누가 건너오려는고.〔길손—나그네〕 언제나 모자 쓴다. 그리하여 여하이如何而 우리는 저 파인트의 선술집[3]을 발견하기 위해 우리의 도행徒行을 올가미 호리는고?(나는) 가득이도다(격擊당했도다), 불량경비가 말하는지라.[4][a]

특별한 우보편宇普遍을 통한 상상 가능한 여정旅程.

소민주남小民主男.

〔길손의 HCE 주막으로의 행로〕 어디에서. 우리들의 좌측에서 급진행하여, 륜輪할지라, 어디로. 리비우스 장소로路,[5] 메쪼환티 시장 시장[6] 사이, 세면소 광장[7]을 대각횡단對角橫斷하여, 타이초 브라히 신월新月[8][b]까지, 버클리 소로[9]를 배행背行하여, 개인즈버러 횡단로[10]를 횡단하여, 기이도 다레츠 문도[11] 밑으로, 리비우스 신소로[12] 곁으로, 우리들이 방향方向하는 동안 한가한 곳까지. 옛 비코의 회환점回還點.[13] 그러나 멀리, 공심恐心할지라! 그리하여 자연의, 단순한, 노예 같은, 자정子情의(공포).[14] 우리가 아는 그의 정부情婦를 축하하는 이단자 몬탄[15]의 결혼은, 말괄량이를[c] 부둥켜안은 어느 열혈아처럼,〔HCE와 ALP의 연정〕

도(否) 래(正) 미(育) 화(肥) 소(鹽) 라(油) 시(臭) 도(底) (및 도外).

a. 로맨스, 하고 그녀의 소녀십대설어小女十代說語로서 말했도다. 만일 코넬의 습진을 가진 노老헤로드가 푸른 카나리아에 관한 뭐든 고멘소리자女처럼 날 찾는다면, 나는 아홉 달 동안 그의 비버 턱수염을 찾으리라.

b. 뚝뚝 떨어지는 젖꼭지의 마터 메리 자선원장, 밀크의 괴상한 배합.

c. 황실이혼의 최고의 해설자에 의해 보이는 홍광洪光 뒤의 실생활.

[261.23−262.02] 그이는 누구인고?—주막에 접근하는도다. 양친은 우리가 여관에 접근하자 그들의 두문자에 의해 상기된다—우리는 오랜 언덕에 그리고 그의 이웃 시내에서 식별하는, 그리고 윙윙대는 바람이 우리에게 말하는 한 쌍의 부부. 계천은 ALP, 산은 HCE 이라.

그녀〔ALP〕의 연지 색 집시 같은 밤나무 색 인형극의 녹색 스커트[1]와 그녀의 자색의 황갈색의 남색 짙은 블라우스를 입었는지라.[a] 그때 누군가가 아는 것을 눈치 채고 있었으니. 계천溪川,산山. 그리고 우리에게 윙윙거리는 덤불의 바람 부는 묘구墓丘.[2] 그의 홍홍지가地家.〔HCE의 주막〕 여기서 우리는 조류를 타고, 참 새우들에 의하여 트럼펫 나팔 불리 우고 안초岸草로서 기旗달린 채, 우리의 수많은 행복의 귀환, 고만사古萬事가 하나로 이야기될 때 자기 자신을 발견하는지라 그리하여 조자造者〔HCE〕는 피조자彼造者〔ALP〕와 벗하고(오 저런!) 원추圓錐를 원추하고 유폐遺弊를 명상한 연후에 그리고 대롱대는 둥지를 숙고하고 올림퍼스 성지를 추파秋波하고 그녀의 다이아나 투명궁 속에 광락光樂하고 그의 거등대상巨燈臺像 뒤에서, 모소림 장묘丈墓[3] 앞에서 고소高笑하는지라. 그의, 무복無幅의 장長,[4] 영천永天의 얼간이, 피크닉의 결실 혹은 심면深眠의 혼미昏迷, 동굴아洞窟兒[5] 혹은 부족영지部族領地[6]의 글래드스턴 여행 가방, 덴굴窟나리, 단單나리,[7] 돈사士나리, 돔, 그리하여 그는, 비록 전불피곤全不疲困으로 고허구高虛構를 계속하고 있지만, 그러나 자신의 신격적神格的 외관하外觀下에 과분過墳되어, 평복생활의 평민 봉분封墳씨氏,[b] 자신의 인지상認知相에 있어서처럼 자신의 반인지상反認知相에 있어서.(직접소유권)[8] 인간 이상의 다분제多分祭의 장대인壯大人〔HCE〕이도다.

아인소프,[9][c] 〔HCE〕 이 직립1자直立1者는, 저 0과 함께 자신을 10으로 포위했는지라. 자신의 십이공도十二恐圖[10]를 견입見入하기 위해 그는 유황의 염鹽보다 수은水銀이나니. 낮에는 오공午攻의 공포요, 각 야혼례夜婚禮의 무화목無花木이라.[11] 그러나, 엉터리 천화天話로 말하면, 그는? 그는 누구인고? 그는 누구의 건고? 그는 왜인고? 그는 언제인고?[d] 그는 어디인고? 그는 어떠한고? 그리하여 도대체 그의 주위에는

돈사豚死, 그대 악마 야만!

쓰레기 속에서 그를 굴漏할지라!

비신적非神的 노고왕老高王, 참회실을 밀봉蜜蜂하는 크톤월.

구성적構成的인 것으로 구성 가능한 것의 구성.

a. 우리가 주사위 포커에서 성인成人 윷놀이를 할 때, 그대가 애착의愛着依의 내 모습이 얼마나 매혹적인지를 느끼면 최면催眠하고 말지라.

b. 마른 대지, 애란국愛卵國, 마호가니주州, 염구시鹽丘市, 낙희가樂戱街로, 과菓유보장, 논평원 III, 장료長僚숙사, 켈리위크성城.

c. 포도주스를 위한 군명자群名者.

d. 빙, 하고 그녀의 도인두盜人頭가 흉성胸聲으로 말했도다.

〔262.03−262.19〕 채프리조드의 주막(브리스톨) 주막 문.

〔262.20−263.30〕 주막 내부—주막 주(HCE).a

품위品位 10자者는?〔HCE에 대한 안부〕〔대답〕 태평(E)해요, 그대의 성급함(C)을 진정(H)해요! 우리들의 통로(P)를 인도하기(L) 위해 접근 할지라!(A)

이상실재항성사理想實在恒星史에 대한 개연가능서언蓋然可能序言.

이 다리(橋)[1]는 상위上位나니.
건널지라.
이리하여 성城〔주막〕에 달達하도다.
노크.**a**
암호, 감사.
예, 퍼스.[2]
글쎄, 모두 주呪멍청이들!
오, 정말?**b**

밴조를 연주할지라, 밴텀 닭이여, 기운 좋은 성교자, 성교하기에 숨이 차나니.

후(H) 동굴(C) 소음 지인간地人間(E)
우뢰雨雷의 첫 공역恐力에.[3]**c**
쉬이 하락下落, 그의 펄럭 퍼렁이,
드리우고 이름 불렀을 때.**d**

거지신巨地神 나크루사,[4] 안식여신安息女神이여,[5] 그들을 경각經覺할지라!

그녀가 온스의 차를 항아리에 넣는 걸 내가보았을 때 시력이 나를 거의 떠났도다.

그리하여 행운의 영광永光으로 하여금 영안永安하게 하소서![6]**e**

현명한 바보[7] 세월이 지은 집로.
암퇘지로 하여금 대식大食하게 하소서.[8]**f**

넷째 날 발생.

선창조결정先創造決定의 비지秘知, 후창조결정론後創造決定論의 실인失認.

〔주막의 묘사〕 밧줄 매는 꺾쇠 환環, 기어오르는 계단석階段石, 픽카주타운의 부트(뽀이) 옥屋처럼.[9] 그리고 선고지扇高地에 조용히 서 있는 백회마白灰馬.[10] 마치 사방에. 혹은 외벽[11]에 기댄 이 쌍익雙翼은, 발삼 전나무 판자의 사실死室의 수피獸皮 전리품인고?**g** 빌리오라산山[12]의 장지葬地! 고로 바카스 주신酒神으로 하여금 그를 부르게 할지라! 여숙旅宿 여숙! 여숙 여숙![13] 거기. 아이들〔돌프, 케브, 이시〕이 펜을 바쁘게 움직이니. 술고래들〔12단골 손님들〕이 소굴에 군群하고. 아빠우友여, 숙주宿主 그는 십전十錢을 위해 양철 깡통을 회전하고 있는지라.〔HCE의 회계〕

꼬리 흔드는자(주객 전도자)들을 위한 입장권을 테리어 강아지가 팔도다.

a. 유서프수라와 인어人魚가 조수표潮水標 아래로 그의 봉선소蜂線所에서부터 답하도다. 지옥으로!
b. 오 사랑이여, 유리 속을 들여다보라 그리고 이조드가 누구를 칼로 어찌 습격하는지 보라.
c. 견벽堅壁터브(맨 섬 의회)의 북구왕北歐王 크로븐.
d. 벌(蜂)이 제단을 사랑하다. 달(月)이 글을 읽다. 말 새끼가 목장을 찾다.
e. 그리하여 정찬正餐 뒤에 그늘을 사射하니.
f. 상처받은 매리 아친헤드가 축복祝福받은 타미(腹)탤보트에게 말하다.
g. 베그. 베그에게 가다. 베그에게 가서 확실히 베그에게 상기시키다. 선청善請, 광狂베그.

화성火星(군신軍神)은 말하는지라.

스미스, 무가無家.

그 때문이 아니고 그러므로.

역설욕정逆說欲情 속의 풍문風聞.

그를 가장 자주 방문하는 진객珍客들〔4노인들〕로부터, 저 꼭 같은 고래古來의 기묘한 어구魚口,[1]〔HCE〕 이그노투스주酒 쿠어[2]〔HCE〕의 가명하假名下에, 안개 낀 듯 멍한 늙은이, 그들이 즐겨 잘 가는 곳의 복성야유復聲揶揄하는 어취자魚醉者들에게, 신부神父 티오볼드[3] 고문대拷問臺로부터 사자후를 토했는지라.[a] 그리고 키루스[4]가 그에 관하여 들은 대로, 격향격激香스트로보[5]인, 이지프터스?[6] 그리고 자신이 단조短調 취臭천연두를 앓은 뒤의 소小아세아의 A. 쇼? 그리고 나이 많은 휘트먼 자신, 동고병胴枯病의 부스럼 토성이, 만灣너머의, 동東고트족族 및 오스만의[7] 신앙 개종자들의 희망, 대륙적 유행병국流行病國[8]의 사후死後 성형외과 의사들의 절망?〔HCE의 전형들〕 그러나 모두 오랜 과거지사. 서반아(H)—지나支那(C)—흑해(E) 속屬의 왕, 성주城主—애란 —스코틀랜드 속屬의, 스페인의—웨일스의—그리스계系? 롤프 도보 여행자,[9] 난폭 악당, 몰골은 같지 않으나 얼굴은 매 한가지.[b] 여가餘暇는 과거시過去時라. 건 주점[10]에서는 현재가 과거를 과거로서 거去하게 할지라. 그저 그런 거란다. 이 아름다운 세계에서는, 나의 아이들아,[11] 그리고 태초가 아이뎀의 원園[12]에서 분신을 만든 이후 고사故事가 필요할지라.[c] 위쪽의 일들은 아래쪽의 술병과 같도다. 라고 헤르메스 신사자神使者의 취옥송가翠玉頌歌가 말하나니,[13] 그리하여 우리들이 일러 받는지라, 탁월한 잉크병의 권위[14]를 따른다면, 모든 사랑과 향락은, 태양계화太陽系化되어 있도다. 희비극체계적喜悲劇體系的으로, 가일층 전능하게 확장하고 있는 우주[15]에 있어서, 믿을 만한 무음율無音律의 이유[16]가 있나니, 하나의 원죄(태양) 하에. 안전적으로, 세속구世俗球[17]를 심판하도다.[d] 어림도 없는 소리. 그러나 오 경복慶福의 유죄여,[18] 원형조신元型造神[19]을 위해 그대에게 지독한 악운을![20]

〔262.20—263.30〕 주점 내측에서—주점주인. 초월론적, 지적 문제(주인 1과 부인 0의 결합)를 취급한 다음, 저자는 우리로 하여금 시골마을(Lucalizod)로 초대하는데, 거기 세계를 낳는 결합의 결과가 분명해지도다. 첫째는 저 유명한 휴식처인, HCE의 주막에 대한 인식으로, 밧줄 매는 꺾쇠 환環, 기어오르는 계단석階段石, 픽카주타운의 부트(뽀이)옥屋, 빌리오라산山의 장지葬地! 고로 바커스 주신酒神으로 하여금 그를 부르게 할지라! 여숙旅宿! 거기, 아이들이 펜을 바쁘게 움직이니, 술고래들이 소굴에 군群하고, 아빠 우友여, 주인(HCE)은 십전十錢을 위해 돈 계산을 하는지라. 꼬리 흔드는자를 위한 입장권 판매.

a. 헌트리와 팔마의 동물 알파벳, A에서 Z까지 세계에서 최초.

b. 우리는 화식조火食鳥의 붕붕을 듣지 않고, 우리는 광투光鬪의 섬광을 겁내지 않고, 우리는 지중해를 부유浮遊하고 향료군도香料群島로 되돌아오다. 종지부.

c. 그리하여 이것은 한 때 황금꼭대기의 황금꿀벌.

d. 그리하여 그는 아무튼 경쾌한 루터 유혹자였으니, 친화親華의. 그대는 그들의 비상한 복장에 의하여 말할 수 있는지라.

〔HCE 고대의 경쟁자들〕 상업(C)의 정력(E) 명존名尊.(H) 하지만 무결無結(L)의 자존自尊(P)을 보조(A)하나니, 만인에게 복수적複數的이요 우인友人에게 각자적各自的인지라, 그의 두 번의 월식과 그의 세 번의 토성적土星的 낙성落星과 함께, 폭풍우 이는 달(月)의 알소프[1] 주휴일酒休日의 이 진지자眞摯者! 교양 높은 황야 이방인의 뿔![2] 십대 소년[3]의, 생명의 세강細江![4] 강중강江中江, 유성직자강幼聖職者江 성직자강풍江風! 축복 받은자, 입항상속入港相續(H)—의(C)—은폐자(X)를 우리는 탐색하나니. 심지어(E) 저주자(H) 가나안(C).[5] 언제나 어디로 오고, 언제나 어디로 가고. 시성視星과 식습지息濕地 사이에.[6] 화석화, 모든 나무 가지들[a]. 그 때문에 돌(石)(페트라)이 느릅나무(울마)에게 맹세하는지라 죽음의 서리(霜)에 맹세코! 그리하여 울마가 페트라에게 맹세하는지라 나의 정맥正脈의 인생에 맹세코!

고풍질투古風嫉妬 및 신학철학적 증오.

자루(백) 공(볼)

〔주막의 풍경—세팅〕 우리들이 체재滯在하는 이 장소에, 거기 에브(潮)린의 물(水)[7]은, 소지와 고사리 늪지로부터 차지방출借地放出되어, 그의 여울목과 연어 초엽草葉 사이를 떠나, 그와 연안의 미풍이 청유수淸流水의 흐름과 구애하고, 그의 광활수면廣闊水面에 통풍하는도다. 하나의 환영幻影의 도시,[8] 영화족映畵族으로 조작되어, 그들의 3더하기 60에이커 토지 속에 인구 400곱하기 26더하기 6의 인구[9] 분양 가격에 매매되었는지라.[b] 이 강변 곁에, 우리들의 양지 바른 강 뚝 위에, 얼마나 멋진 조망이랴, 산타 로자 곁에! 오월의 들판, 봄의 바로 저 골짜기. 여기 과수원이 수용되고, 성향聖香의 법계수法桂樹가 록장綠葬되었도다. 그대는 양 물푸레나무 숲의 고대조망高大眺望, 너도밤나무와 가시 넝쿨의 계곡을 지니는지라. 여계麗溪 그레노린, 쾌고지快高地 알드빈 쾌고快高의 순수섬광純粹閃光. 촌변村邊의 이 놀만 궁전, 애란국 성당의 저 담쟁이 넝쿨 탑, 숭배하올 대회중의 참된 성인들을 위해 만나나니[c], 우리들의 왕[10]의 석가石家와 더불어,

거재산巨財産의 합법화에 이르는 전설의 국지화局地化.

끌어올려요, 대안백수大顔白鬚! 장소를 비워요, 소안흑수小顔黑鬚를 위해!

a. 발나發裸되고 골장骨杖되어. 우리는 대생大生히 유토遺土로다. 만사萬事 사식 死飾이라.

b. 그대가 대리석 아치의 부富함을 꿈꾸었을 때 그대는 언제나 더블지地가 침체함을 생각나니.

c. 반암斑岩의 알비온, 적의赤衣의 거짓말쟁이, 우리는 매시每時 우리 쪽에 매번 전성全聖으로 로스메리였도다.

〔Chapelizod의 풍경〕 뽕나무에 임위林圍되어, 풍차 칸이었던 정소淨所 그리고 향사지鄕士地였던 승원僧園, 급선행자急先行者의 영한靈寒의 묘형墓型,[1] 상술한 르파뉴류類[2]의 고엽枯葉 느릅나무, 각각, 매매每每, 모든 것이 회고자를 위한 것인지라. 학교! 다시 재차![a] 향기로운 황갈색[3]으로, 자생적自生的인 꽃처럼 다가오나니,[4] 딸기 방단芳壇의 저 향기 피닉스(불사조), 그의 화장목火葬木이,[5] 지금도 삼심렬三深裂의 기세로 불타오르고 있도다 굴뚝새와 그의 보금자리가 미소美巢인지라. 사빈인人들의 소탑小塔이 원시가遠視可 하듯. 여기에 구두장이와 신품시민新品市民을 위한 오막 집과 방갈로가 자리하도다.[b] 그러나 이조드, 그녀의 화관원花冠園, 염주 덩굴손의 작은 땅, 승자勝者인양 유쾌한 피안彼岸의 감탄자를 기쁘게 하고, 저쪽으로 승자인양 경쾌한 낭천浪川은,[c] 담쟁이덩굴과 가시나무[6] 성림聖林[7]의 울타리 그리고 겨우살이 정자와 함께, 정말 그런 거야 그래 글쎄 말이야,[d] 번뇌 앤거스의 활발活髮한 딸[8]〔이시〕을 위해 있나니. 모두 두 남작男爵의 고교구古敎區,[9] 타이토니핸즈와 브로시헤어에서 나와, 일만측법壹萬測法으로 1킬로미터. 가족주장家族酒場, 양친수간兩親樹幹. 남루외투복장襤褸外套服場,[10] 술 꼭지와 온주막溫酒幕[e] 그리고, 대상개발帶狀開發[11]에 따라, 접촉교接觸橋에서 임대소멸賃貸消滅[12]에 이르기까지, 단지 2백 2십 8만 9백 6십의 방사선[13]을 통과하여 핀타운[14]의 관대시인寬大詩人(우체국G. P. O.)[15]의 서향어구西向語區까지. 일그러진 신기루, 평원의 애극지愛極地[16], 그 곳에

갈란투스(설적雪適)(植), 래이스의 혈穴, 육肉 그리고 헬리오트로프(굴광성식물屈光性植物)에 있어서.

여기 성조위상기아星條胃上飢餓로부터 1타打 사촌四寸 있나니.

a. 이제 귀여운 얼굴을 씻어야만 할지라.

b. 써머힐(하구夏丘) 지역에서 아직도 사용되는 바이킹의 방언적 표현, 끓는 수프접시에 두 손가락을 쑤셔 넣고 양고기 국물에 충분한 버섯 케첩이 있는지를 찾아내려고 번갈아 그를 빨고 있는 40의 날림모帽(호모섹스) 사나이에 대한 것.

c. 수手 카칩, 반半 페니.

d. 물(水) 파도세波濤洗.

e. 톰리. 성장남成長男. 어떤 푸주간이 그에게 블라우스와 바지를 제화製靴했도다. 보기 역겨운 P. 안폐자眼閉者.

〔266.20–267.11〕 방속의–두 소년들과 한 소녀.

〔267.12–270.28〕 소녀–문법과 조모의 여성에 관한 충고를 생각하다.

〔HCE의 주점과 아이들의 이층 공부 방〕 시침市寢의 복종은[a] 그의 구멍 속에[b] 도락道樂 시골뜨기를 행복하게 만드나니.[1)] 스타와 차터,[2)] 린 아래 트리타운 카슬(목도성木都城).[3)] 리버풀? 별말씀을! 그러나 그의 피어스 오레일리(요기妖氣의 잔교棧橋),[4)] 그의 유령 같은 경간徑間, 그의 나룻배 삯은 단지 돈궤, 그의 난간은 온통 소요학파적. 드오브롱[5)]은 그의 도변都邊에. 그것을 우리는 모두 통과하도다. 동물원. 우리들의 비몽鼻夢속에. 코곪. 우리가 촌향村向하는 동안 더욱 후무厚茂하나니. 빛. 연안. 그것이, 기사騎士가 원탁 주변에서 집사執事 노릇 하는,[6)] 피주점하彼酒店下[7)]의 음울한 취기醉氣로부터, 조정朝頂의 필요와 해링톤의 발명[8)]을 지나, 우리를 이층 공부工夫 작업장의 아광兒光의 광휘로 공승攻昇하는지라. 여기서 우리는 최고 아늑한 권력을 곰곰이 사논思論하고, 신품의 초심자들과 걸쇠 곁에 사랑을 할지니.[9)] 코러스 교장들. 초조의 현시顯示로 그들의 경향의 소생화蘇生化를 위하여 고지소년들[10)]과 인형.[c] 소리, 빛과 열, 기억, 의지와 이해를 좇아.

자네 5펜스를 걸게나, 아티나시우수, 연옥은 없다네, 그대 경기競技를?

〔세 아이들의 다툼〕 여기(벽壁으로부터 짜여진 기억들은 유의하고 있는지라) 마침내 비틀 난폭 대비對備를 위한 수학數學 일급 합격자들[11)]이, F F, 면대면面對面〔돌프와 케브의 대결〕(응시라, 존경하며, 14대 준 남작인 양, 만나다니, 마치 파산 당한 듯, 희롱 대며) 그리하여 아에티우수가 아틸라의 작전을 질식의지窒息意志 저지했던 당시 카타로우니아 전戰 개시 전에,[12)](저 작당복습作黨復習, 그걸 행할지라!) 우리들을 도탐導探하는지라, 오 최마녀最魔女〔이시〕 유월초야六月初夜여[13)], 그대의 자주 지분대는 선생과 자신을 후하게 애착하기 위해 비정非情의 분열憤熱한 비롱자卑弄者을 번덕스레 비주飛走하게 하다니,[d] 우리들의 의식무가意識無可의 술집 시녀,

선사핍남先史乏男과 그가 추구하는 범자 궁통광녀凡子宮痛狂女

a. 나는 더블린과 터키 황제를 믿나니.

b. 나는 마틴 할펀이 사용한 이 말을 들어 왔거니와, 그는 나의 대부代父, 샤벨의 B. B. 브로피 사師를 위해 임시용역臨時用役하던 안트림 계곡 출신의 노老정원사인지라.

c. 흑黑까마귀들이 찢기면 비둘기는 진흑眞黑일지로다.

d. 견인牽引의 문제.

〔이시에 대한 호소〕 우리들의 억압인자抑壓引者들〔쌍둥이들〕[a] 앞의 깜박깜박 펄럭자者〔이시〕, 우리들을 도탐導探하게 하라, 우리들을 망우수초忘憂樹招하게 하라, 우리들을 광채 발견하게 하라, 처녀곡處女谷[1]을 놓치지 말게 하라, 처감응초處感應草[2] 최다의태녀最多擬態女여, 초소오월의미初小五月意味[3]의 처가애의미凄可愛意味[4]를 추구하게 하라! 예상망豫想望, 희랍의 샘(泉)인 그대, 취사구점炊事具店의 왕[5]에서부터 토구土丘 뒤의 악당들까지 모든 것은 그대를 향해 의시疑視할지라.[b] 오우소니우수 담시인膽詩人[6]과 외국소인外國小人.[c] 노래둥글게맴도나니.[7] 그녀가 가유歌幼할 때 그건 허화虛話로다.[8] 거기서부터, 긍肯몸짓을 위하여 부否 종언終言으로, 가장 복假裝服으로부터 최단最短 일견一見에 준하여, 명부신冥府神 플루톤적的으로, 찢어진 책가방에서 완두콩을 엎지르는 예쁜 프로서파인을[9] 따를지라.

감희甘希의 버림받은 씨스가 있었나니.

〔공부방의 이시와 오빠들〕 비리사 표지등標識燈[10]이여, 밝음을 밝히나니! 안내녀案內女, 우리들에게 그물 눈을 풀어요! 적赤, 청靑 및 황黃이 화음으로 박자를 채찍질하자.[d] 저 오렌지의 녹광선綠光線이, 후풍厚風과 남풍藍風으로, 우리들을 저쪽으로 파요波搖하는지라.[11] 거기 섬광閃光이 말(言)이 되고 묵음黙音이 모음이 되는도다.[12] 동속同屬을 팽팽히 매기 위해, 필수必修의 삼배고음三拜高音(트러블)과 쌍적雙的 단정복수斷定復讐. 아담남男,[e] 이브녀女,[13] 오시안 전설시인傳說詩人 및 어떤 형태의 오딘 란신卵神[14] 아내. 오, 저런![15][f] 그런고로 우리들이 그녀를 음절音節 잘 발음할 수 있도록 이 시바 무녀巫女를 우리들의 십볼렛[16]으로 되게 하소서! 노老비너스[17]가 월체月體 뒤 처녀궁[18] 속에 폐색閉塞될지라도 그러나 신성新星은 근접하여 해요정海妖精[19] 사이에서 빛나리라. 매혹녀들 중의 하나, 그래요, 유일녀唯一女(우나 우니카),[20] 매혹녀들, 그리하여 그녀는, 느릅나무 목지木枝 아래, 아직 석성石性으로 미상未傷된 구두를 신고, 밀몰약蜜沒藥과 심홍장미深紅薔薇의 길을 걸어가고, 갔나니, 가리니, 한편 여전히 오월봉五月蜂은 오월화五月花를 망토(紅潮)로 감싸는지라 혹은 그녀가 여태

원시일족原始一族에 있어서 충돌과 반反충동.

대웅大雄이 수부水夫만을 물었도다. 고생, 근심, 걱정.

그리스도 여기 독회女基督會

a. 로스 포인트 갑岬을 위해 이니쉬맥새인트 섬을 보라.
b. 마네킨즈의 자상姿像
c. 그들의 신성한 철면피와 그녀는 죄단지罪但只 절망하다.
d. 영혼靈魂 생혼生魂 자우雌牛의 영혼.
e. 그의 장인丈人의 법이 없으면, 나는 저 노인을 꼬챙이에 꿰어, 그녀의 수차數次 술 취하게 하련만, 그러나 나는 나의 항아리와 냄비를 더 생각하도다.
f. 타라라라트를 향해 모두 승선乘船! 서두르오, 흉내자, 우린 여물통 속에 개(犬)를 지니나니.

아나리스 처녀에 관해 내게 모든 걸 말해줘요.

분화粉花로부터 퇴색했다 해도,[a] 그들의 팔들이 자물쇠 채인 채.(종명鐘鳴의 길 잃은 화란 유령선의 혹처녀惑處女[1)]처럼 섹스어필[2)]의 매종魅鐘,[b] 링링!),[3)] 모든 생각은 온통 그것〔남근〕에 관한 것일 뿐, 그 속에 색욕의 그 짓, 한 점 한 점 어디까지나 그 짓, 누구나 그 때문에 그녀에게 우쭐해지는 쾌락, 누구나 기르도록 길러진 향락사享樂事.[c]

기득권의 초기 개념 및 집단적 전통이 개인에게 끼치는 영향.

그대 나의 깡통을 가지고 요정과 싸울텐고?

전모全母 사모師母, 경매인.

우산인雨傘人 노老가블카인드, 그자는 궁둥이 마냥 귀머거리이나니.

〔소파 위의 이시…그녀의 문법 공부〕 곧 채롱병甁 형제는 브라운 엔드 노란[4)]의 나눗셈표의 어떤 리듬산술 또는 타에 관해 서로 몽둥이 싸움질할지니,〔형제 돌프와 케브의 다툼〕 한편 그녀는, 총애남寵愛男들의 초심자로서 신중히 큐피드 사랑을 받는지라, 당파초당인, 전율戰慄 굼벵이, 개미의 탐욕과 대大베짱이[5)]의 곤경낙침困境落沈을 위하여, 무관심한 꼬마 아이의 모습으로, 솔파[6)] 소파 위에 앉아 뜨개질할지라.[d] 초저녁의 스튜, 딱딱한 수프, 그리고 골무 무대극장[7)]에는 뜨개바늘 보스. 그러나 모두는 그녀의 생래生來의 오니무늬 짜기(헤링본).[8)]의도意圖. 조모문법으로부터 그녀는 그걸 배웠나니 만일 마스카라 남성, 콜크 여성 또는 나裸중성의 3인칭(자)이 있어, 그것에 관해 잘못 칭해질 경우, 그것은 그와 함께 그리고 그를 향해, 설화된 직접 목적인 그녀의 2인칭에게 설화 하는 1인칭으로부터 서법율시敍法律詩하도다. 여격與格을 그의 탈격奪格으로 인정할지라,[e] 왠고하니, 비록 절폐용絶廢用되었다 해도, 그것은 언제나 흥미 있는 것인지라, 고로 그녀의 명령법의 관성慣性에 따라 조모문법祖母文法[9)]은 설화하나니, 단지 그의 재귀동사再歸動詞를 향한 관대성을 유의할지라, 내가 그대의 조부祖父에게 그러하듯(허사虛辭나니, 정사停辭로다!) 당시 그는 나의 향락이요,[f] 그리고 나는, 대단히 외잡스러운 말이지만, 그의 항문지적肛門知的 홍분제[10)]였기에.[g] 거기 위안주의慰安主義가 있나니,

a. 누군가가 어떤 이에게 그걸 팔아야만 하나니, 사랑의 성스러운 이름을.

b. 점점 벌충하는지라.

c. 융결(소녀)의 법칙.

d. 모든 그러한 반편半偏 스웨터를 생각하면 나의 얼굴 붉히나니.

e. 나는 그의 핑크 뺨이 좋아라.

f. 적발赤髮의 프랑스 악마! 그 때문에 바다로 도망했지요, 래피 부인. 나를 도跳하라, 스칸디나비아인人, 그대 각죄覺罪했기에!

최초에 듣는 증오는 이따금 두 번 보면 사랑이 된다는 인식 속에. 그대〔이시〕의 작은 구문構文(죄화罪話)을 가정법암구내假定法暗構內(지하 교차역)에서 가지다니, 결투 속의 결투 그리고 복수성욕複數性慾은 숙녀연淑女然한 여인과 함께, 그러나 심지어 예쁜 페티코트와 모든 저따위 무릎들에 관하여 어쩌고 저쩌고 완료형으로 극구 칭찬하는 부정과거不定過去의 샤프론(여성 보호자)까지도 모든 그대의 시제대격時制對格에도 불구하고, 아마도 격格에 있어서 으스름한 추문서醜聞書를 집필한 피터 라이트[1]가 우연히 될지 모르나니, 한편으로 그대는 일년반여一年半餘 이상 동안 그대의 동사상動詞狀 형용사 격格인 양아욱(植)처럼 벽화인양[a] 인기 없는 여인이 되고 마는 것이로다. 그건 한 마리 야생 고양이니라, 이봐요, 수양을 혹 멧돼지와 구별할 수 있는자여. 왜냐하면 그대는 속성서술적屬性敍述的이 듯 마찬가지로 실질적이 될 수 있지만, 그러한 특이한 종류의 존재에 봉착하기 위해서는 그러한 타당한 종류의 어형변화語形變化(사건)를 지녀야만 하나니.[b] 그의 손은 불타더라도 주먹은 찬 바람이라.[c] 모든 문자는 신의 선물, 만물의 만능자萬能者인, 질투 많은 제우스를 닮은 열정의 아레스, 퉁명스러운 보레아스 및 지절대는 가니메데.[2] 내게냐 아니면 내게가 아니냐. 그것이 그대의 문탐問探이로다.[3] 단어구애녀單語求愛女! 나는 생각했어요, 당신이 신사인 줄, 글쎄, 나는 닳고 닳은 여왕이에요. 게임은 끝났는고? 게임은 계속이나니. 쿡쿡![4] 나를 탐探할지라. 소녀가 걸인乞人 일수록 주먹이 더 커나니. 그리고 가장家長이 위대할수록 꼬집음은 더 서글픈 것. 그리하여 그것이 그대의 의(박)사가 아는 바이라.[5] 오, 사랑 그것이 부유와 빈곤을 어찌 내동댕이치느냐는 가장 보통명사의 일이로다.[6][d] 쿵! 그리하여 란애卵愛에는 능동태적 또는 저애箸愛에는 수동태적인지라, 린드리 및 머레이[7]의 그들 모든 종절終節은, 직설옹호적直說擁護的으로 나는 그걸 말하거니와, 현재분사現在分詞를 수능동사적受能動詞的 정교선정正敎煽情로, 결코 가져오지 못했나니라.

안단테(느린 악장) 애愛모로스 메트로 놈(拍節器) 50—50.

g. 가세可洗 가애可愛 가부可浮의 인형.

a. 방면되어 실신한 복슬 개를 데리고 진짜로 죽은 기분. 사랑은 살 가악 치可惡恥한가?

b. 만일 그녀가 선례를 따를 수 없다면, 취소할지라.

c. 음란한 마찰은 저주요 남자의 측정위測定爲는 나를 미치게 하나니.

d. 장단長短 롱과 쇼트의 흑백마녀술입문黑白魔女術入門.

〔270.29—272.08〕 두 소년들의 역사 공부— 소녀의 무관심. 암흑의 시대가 현재를 꽉 쥐나니, 고로, 그대 현대의 소녀여, 만일 그대가 B. C. 또는 A. D.에 관심이 있다면, 제발 멈출지라(Please stop.)(이 말은 〈경야〉 제1장의 웰링턴 박물관의 캐이트 안내양의 말로서, 역사—박물관—고물 더미로 이어진다.)

그들은 도시를 포획하지 않았는지라.

나는 저 귀여운 앵무새를 얻으려 애쓰리라, 만일 그대가 레몬스쿼시에 집착한다면.

그녀의 후기 조건적 미래로부터.[a] 겉모양은 훌륭하면 일괄환불一括還拂이라.[1)] 강세强勢가 비틀거리더라도 양철자量綴子가 중요하도다.[2)] 농주격弄主格은 제쳐놓고, 간접화법은 품사분석品詞分析을 한 쪽으로 따돌렸나니, 개구쟁이, 아이〔남자〕는, 그토록 많은자들〔여인들〕한테서 선택할 수 있는지라, 비록 그가 변호사의 부록생附錄生이든,[3)] 파이프 점의 서기 혹은 자유 기능주의자의 파리 잽이든, 저 지독한 꼬마 악당이든, 권태 및 쇠약한 사지四肢굽은 피로낭자疲勞娘子에서부터, 머리, 등 및 심장통 앓는 밀화장蜜化粧의 여성과 또한 쌓이고 쌓인 수많은 타물他物들에 이르기까지. 존경하올 애란 빈곤 부인회[4)] 및 험프리스타운[5)]의 낙樂겨자 맥주 애음가愛飮家 협회를 주목할지라. 먼저 공攻하고, 나중에 문問할지라. 무엇이든, 저 쉿쉿 소리의 교활한 비방독사誹謗毒蛇[6)][b] 속에 어떻게 귀를 지분거리는 밀통密通이 누워 있는지 경계 할지라! 수목 쌓인 푸름에 기성자연색旣成自然色의 경향이라. 그러나 저 고대설어古代褻語에서부터 한 순간도 틀리지 말고 중고현中古現되는 것을 배울지라. 신뢰 받을 수 있는 침 뱉는다. 비록 불가사이 잔디[7)] 원園은 영원히 우리들을 잃었지만, 아리스여, 아아, 그녀가 거울을 깨었나니! 소곡小谷[8)]의 무엽戊葉을 통해 견혹見惑하는지라, 우리들의 땅은 고통의 무신비霧神秘스러운.[c] 그대는 유클리드청휘靑輝[9)]의 자전거를 회윤回輪하고 핸들 위에 그대의 족화足靴를 올려놓고 한 사四미크 통니크[10)]를 배락倍樂할 수 있을지 몰라도, 버질(처녀) 페이지를 넘기고 관찰해 볼지니,[11)] 여성의 O 는 장철음長綴淫인지라, 억센 저 두 무언자無言者가 그녀를 미행할 때 그런 고로 기억술의[d] 견지에서 보건대 그대는 결코 탈선하지 않을지니,[12)] 그는 그대를 점잖게 취급하고 결혼 날짜를 정해주리라.

오마라 화렐.

아빠위.

올스트리아. 모나수터, 레인스터 및 코네티컷.

〔역사 공부〕 우리는 방금 탐독하고 있었나니, 그렇지 않은고, 그럼, 그럼, 하이어링 용병傭兵의 피에니 전쟁[13)]의 그들 회고록 속에, 종고終故로, 그리고 모두를, 행行, 행, 오브라이엔, 오코노,

용기의 수반隨伴 용기, 협의 및 성실의 수반隨伴. 전조前兆, 중책 및 사망의 배치. 위험, 의무 및 숙명의 배분.

a. 거위 떼는 모두 밖에.

b. 그는 백육白肉에 충광蟲狂이라 씹을 이빨도 자갈도 없나니 그것이 장충왕長蟲王의 잘못된 것이라 늙은 뒤뚱거리는 오리로다.

c. 애인과 나는 내가 범하여 용서받을 수 있는 모든 경박함을 신뢰하지만 나는 지옥을 첨가할 수 있으리라 생각하나니라.

d. 그는 나의 모든 사술詐術의 전남류全男類로다.

크리오파트라, 그대의 장화사長靴史.

맥 로우린 및 맥 나마라[1]에 관하여—질투嫉妬어스 포착捕捉시이자者 경卿[2]의 그들 수행 당나귀와 함께, 그래, 그래, 저 다부진 혹사酷使(大口)십장什長,[a] 현금 롬퍼즈 옷 걸친 그의 두 드루이드 여인들[b] 및 사死 옥스티비오스, 석조石造 래피도스 및 꽃 덮인 맥아소麥芽所 몰트하우스 안테미[3]의 삼두정치인三頭政治人들과 더불어. 그대는 설계인, 수에토니아[4][c]의 취투嫉妬를 보는데 실패할지 모르지만, 그러나 나에게 반복되는 반성反省에 의하면 미인생美人生이 육체애肉體愛인 한,[d] 그리고 너무나 밝게도 드루의 거울의 상대자혹사酷使의 양초를 그대의 온주溫酒와 비교하는 한, 무비無比의 외로운 왼손잡이, 그대 암울춘暗鬱春의 이면추裏面秋, 그대는 삼인조三人組 형제가 그 약골대구大口를 껴안고 귀여워하든지 말든지 어느 씨앗의 한 발아發芽 만큼도 개의치 않도다. 그녀는 자신의 모습으로 그걸 고백할 것이며, 그녀는 그대의 얼굴 정면에서 그걸 부정하리라. 만일 그대가 저 자에 의하여 몸이 망하지 않는다면, 그녀는 그대에게 여하한 변덕도 부리지 않으리라. 그 땐? 그 다음에는 무엇을? 탁한 목소리의 간(Gunne)[5]이 입김을 내뿜을 것이요, 하찮은 고나(Gonna)[6]가 나부낄 것이며, 머슴의 눈이 암탕나귀의 눈을 보는지라. 헤버

분노의 영웅이 시종으로 하여금 미소를 좋아하게 하도다.

조상祖上과 헤레몬 선조[7]의 표적으로부터, 기꺼이 또는 마지못해, 우리들의 팬지꽃[8]을 안개 속에 곰곰이 생각하도다. 그랬었다와 그럴 것이다[9] 사이에는 부정법不定法의 간격이 있나니. 그들이 자신들의 대시초大始初에 전戰했을 때, 우리는 이제 안락을 결코 알지 못하리라. 조기早期의 지사과地司果[10]를 먹을지라. 독사毒蛇를 감언하여 지껄이게 할지라. 환호할

고월高越 원숭이 밍크가 삼굴森掘하자 그대는 경칠 두더지를 보도다.

지니, 헤바여[11], 우리는 듣는도다! 이것은 고프Gough)[12]가 선사한 정원에서, 자랐던 나무에 매달렸고 과일을 감쌌던 나무 잎을 치켜 올렸던, 바람에 귀 기울였던 소녀를[e] 기쁘게 했던 활주자滑走者로다. 광음廣音의 쉿 소리, 우리는 쇠청衰聽하고 있도다!

a. 모든 그의 이빨을 뒤에서 앞으로, 그런 다음 달(月) 그런 다음 그 뒤에 구멍 있는 달.

b. 깡충 뛰기 하나, 둘, 셋, 넷 양배추 상점의 아씨들.

c. 여기 그대의 의무 교육적 영어는 무용無用!

d. 나의 이해理解를 이구理究하라, 대리자여, 그러면 인사는 유순하게, 나경裸脛을 굶고.

e. 비록 나는 저와 같은 것을 집에 갖고 있지만, 수은색의 아플리케 달린 고사색枯死色, 매력 있는 미끄러운 뱀제製의 멋진 윤나는 뻔쩍이는 실크라면 전고全高로 감사하리라.

〔272.09—275.02〕 아이들에게 강연—역사로부터 배우는 학습들.

나는 알 수 없나니.

홍 쳇, 우린 믿고 있는지라. 왜 그대는 그대의 남편의 엉덩이 뒤에 그의 이름을 감추는고? 레다여, 나부裸婦여, 겁먹고—겁 퍼덕이니,[1] 그토록 그대의 허리띠가 정원庭園처럼 자라는고![2] 고의故意없이 의고意故했고, 목적 없이 의창계意娼界했는지라〔비코의 역사 순환〕.[3] 피파포쏘스,[4] 마마모母마네, 전마기戰磨機 및 누구와 왜.[a] 그러나 그건 깡패를 위한 꽁지요 소녀들을 위한 젖꼭지[5] 그리고 오라 버킷 전투戰鬪여,[6] 대낮까지.[b]

정치적 발전의 파노라마적的 시계視界와 과거의 미래 직각直覺.

슬로건 뚱뚱보에게는 완하제緩下劑.

중무장병과 공격.

암흑의 시대가 국화 뿌리를 꽉 쥐나니, 멈춰요, 만일 그대〔이시〕가 동맹국의 출격이라면,[7] 함대艦隊의 기동연습과 해군전海軍戰[8]을 열렬지熱烈止하고, 교혼交婚을 행하고 둑의 훤화喧花를 꺾을지라. 만일 그대가 기원전(B. C.)에 관심이 있다면 제발 멈출지라. 무심無心의 아가씨여, 제발. 그러나 그대가 기원후(A. D.)를 더 좋아한다면, 안보安步할지라. 그리고 만일 그대가 불운不運하더라도, 그것이 그대를 정말 즐겁게 해주나니. 그러나 성聖 아누서 양면신兩面神이여,[9] 나는 뇌두雷頭를 잊고 있었도다! 여기, 마면馬面 헹게스트와 마찬馬饌 호스소스여〔두 쌍둥이 형제〕,[10] 그 따위 물통(터무니없는, 침실) 이야기[11]로부터 그대의 머리를 치울지라![c] 그리고 그대의 휘넘족속族屬[12]이랑 버릴지라! 그건 도깨비 이야기로다. 사실私室. 부정不貞한. 하나(唯), 둘(引), 셋(牽), 등골鐙骨! 그건 분명히 확실해確實解지거니와, 그대의 삼수고三手高[13]가 그대의 이족二足의 커다란 시두時頭를 머프 호湖의 사세死洗 속에 집어넣은 이래 그리고 이러한 시간이 속보速步할 때까지 그리고 꼭 같은 혼주混主인 싱글대는 정치가들, 부록과 레온이, 툴툴대는 산외자算外者들, 스타린과 아서 귀니스경卿을 따돌려 버렸도다.[14] 명포名泡의 가정양조家庭釀造가, 병난 전瓶亂戰된 채, 전쟁의 은판사진銀板寫眞[d]이라. 황소 대 곰 그리고 다음으로 곰은 황소에게 재차 증권거래를 숙고하도다.[15] 지긋지긋 지긋지긋. 막대 대對 소 떼 그리고 수사슴 대 견폐犬吠.〔역사의 사건들〕

a. 그게 뭐에요, 엄마? 나는 말하도다.

b. 그대 자신이 말하듯.

c. 그건 리트머스 시험지이지만 씻겨 없어지나니.

d. 거기서 그는 자신의 말 더듬의 기억 상실증과 싸웠으며 우리는 자신의 성생활의 최기력最氣力을 포촉脯燭했나니라.

나의 총애 받는 친구, 나의 악마흉우惡魔胸友.

가족이 은행을 껴안다!

소똥바위 아래에서 우리 모두 고통 받았나니 그리하여 어찌 우리는 비스킷 벌판의 고봉위에서 즐겼던고. 노자우老雌牛의 육반肉飯.

처녀에게는 방적기紡績機의 플랫이어 그리고 연합애란인聯合愛蘭人에게는 둥둥둥.

〔역사의 흐름 속 우리의 일상사〕 투들 푸념하는 늙은이〔HCE〕의 벽 곁에. 쿵, 풀무 소리 그리고 고함.[a] 박해받은자의 복伏, 기起 기起 탈취여! 지세地稅와 지방세와 교구세와 조세, 임금, 저금 및 비금費金. 만세, 평화의 일곱겹 아치의 지간趾間 무지개다리![1][b] 생生할지라. 법法, 사死 및 관습의 동맹![2] 그건 합법적 그리고 도대체 그대는 어디에 있는고. 촌민村民의 우민愚民에 의한 포민泡民을 위한 사정부詐政府.[3]〔무지개….CHE 및 ALP, 아담과 이브에서 민주주의까지 역사의 흐름〕 그런고로 그대의 고뇌는 그대의 고통 속에 고은苦隱할지라.[4] (고故조가비[5] 염주 화폐!) 그리고 선반旋盤을 위하여 삽 호미를 내려놓을지라. 왠고하니 추락에 대해서는 한 개 더한 희망[6][c]이 있는지라. 이를테면 약삭빠른 점도店盜 여인, 하나 리비〔ALP〕가 그녀의 전리품을 가지고 설상 스쿠터 타고 노아강江 니브레류流[7]하도다.[d] 경쾌한 접촉을 더하기 위하여. 여인汝人과 아인我人과 방인邦人과 유인猶人을 위해. 보조개 여女와 여드름녀女와 순녀純女와 두건수녀頭巾修女에게로. 부대 속의 고봉孤峰과 신도석信徒席의 돼지.[8][e] 그녀는 그들을 상금으로 득得하나니, 총획總獲 111이라, 수많은 맘보 줌보[9] 주술녀呪術女 뮤트와 잽 연재만화[10] 그레이시아 팔찌녀女 바르셀로나 자비녀女에게 다다사多多謝라.[f] 오 얼마나 애만愛漫의 언론 자유였던고(텝).[g] 어찌 생生하게[11] 배경착背景着하다니! 텝. 뇌하중腦荷重의 악어에게 종달새의 쾌가快歌처럼,[h] 혹은 늙은 풍대風袋〔HCE〕, 광취狂吹 두목의 저 맞장구를 조소하고 날뛰면서, 자기가 하지 않은 모든 것을 허풍떨고 있었나니. 경칠 놈의 굴광부대屈光部隊여![12] 윌스리의 오물기지汚物奇智[13]를 위하여 목례目禮를 견지堅持하며 소란騷亂의 나포리옹 마魔[14]를 위해서는 수례首禮로 족足한지라[15] 그리고 여기에 빈아마貧亞麻의 얼룩 마馬가 있도다. 도마逃馬. 세 송곳니 마늘 갑옷투구 목도리의 문장紋章을 달고.〔소년들의 역사 공부 박물관 장면〕

a. 영원을 흔들고 창조를 핥는도다.

b. 만일 내가 볼 수 있으면 나는 축복이라.

c. 깡충 병아리들, 암탉 수프. 나는 꼬꼬를 좋아하고, 그대는 도토리(윙크)를 좋아하나니.

d. 제단주祭壇酒처럼 달콤한, 중간의 및 신辛.

e. 누가 내게 페니 당과를 사주랴?

f. 글쎄, 매기, 그대의 악마마의惡魔磨依는 마음에 들고 잘 어울려요. 그리고 나는 어렴풋이 우아해요. 다다감사多多感謝.

머독.

무동無動이면 무미無味라.

요셉의 7천막天幕에서 매리마리안의 월일일月一日까지, 오리브헌檍 드래드극棘(써)티토.

색포크가 목청을 높이듯.

〔역사 공부 어제와 오늘〕 왠고하니 신존(Sinjon)산山[1)]에서 낙오한 사나이[2)]이기에. 그의 총總 수수께끼는? 그것은 우리들과 함께 총總 괘씸한지라, 스케줄에 앞서, 그건 이미 그전부터 계획이 성취되어 있나니, 그리하여 말하자면 오진지五陣地의 우愚다티[3)]가(죽음의 광선光線이여 그를 숨 멈추게 할지라.) 아직도 있나니, 폴러스(바울)[4)]가 비난하는 바, 마더혼[5)] 각정상角頂上에 그리하여, 고양이들 간間의 재잘거림이라,[a] 제기랄, 재목材木을 흔드는 호담豪膽한 뇌두雷頭, 그리고 헤지라의 도피자 한니발 맥(大) 하밀탄[6)][b] (더 많은 생력生力이여 그를 팔꿈치 질 하게 할지라.)[7)] 사제건립司祭建立하면서,[8)] 티모시[9)]가 재설再說하는 바, 성聖바마브락[10)] 사원에서.[c] 서구 11선가線街 32번지가 그것에 여전히 눈을 붙이고 있나니(상구常久한 유희遊戱의 상응相應 속에 만사 그것과 함께 활발하게 하소서!), 비탄에 젖은 대추나무를, 그리하여 가일층 그 잎은 모든 재배栽培보다 한층 이르는지라 그리고, 귀신 병 들린 채, 두진頭振,[11)] 문질러진 신경을 하고, 좌우지간 후궁後宮(하렘)의 휘장揮帳(커튼)[12)]을 위해 태어난 그 어느 여성처럼 그들이 통증을 느낄 때까지 그리고 막 노동자가 주인과 아낙과 창부의 자식을 위해 지은 저 도깨비 집[13)] 속에 악마가, 얼마나 많은 그리고 얼마나 선동적 시간 동안, 무슨 짓을 하는지, 궁금해 하면서, 그 성노인星老人의 야행가요野行歌謠의 불꽃 핀 퍼매너 들판,[14)] 거기 풍정風靜의 매 순간에 아네모네 야화野花가 풍취風吹하나니,[d] 그들은 미끄러지고 미빙우微氷雨하고 미색迷索하고 미사尾射하고 있었도다. 전하시全何時 또는 풍선하처風船何處 멋진 자만세월自慢歲月 동안 다고버트[15)]는 크레인의 청결한 청생지淸生地[16)]에서 자신의 진학준비 공부를 준비하면서 그리고 브라이언 오우리닝[17)] 점에서 산, 파열되고 찢어진 육소재肉素材[18)]를 통해

g. 나의 6은 비밀이 아닙니다. 선생, 그녀가 말했는지라.
h. 예, 거기, 아빠, 감사, 줘요, 부터, 아빠 발髮, 자 그걸 봐요.

a. 빨리 올라갈지라. 아주 오래 머물지라. 천천히 내려올지라.
b. 만일 내가 무륲의 지식을 지知한다면, 그의 양쪽에 제노바의 원자元子로다.
c. 텍사스의 포터씨氏에게 껍질과 삐악(씨) 한 잔을, 제발.
d. 모든 세계는 크고 번쩍이는 젤리를 사랑하노라.

퍼즐고양이, 수수께끼고양이, 나는고양이를 냄새 맡도다.

철면피하게도 광안廣顔을 내미는 방법을 배우고 있었나니라. (H)애란愛蘭의 (HC)양발복상羊髮服商.[a]

〔275.03—276.10〕 측면 이야기—가족 이야기. 이제 우리는 아이들의 방을, 그것의 신비와 함께, 떠나면서, 시간과 공간 속에 우리들 자신을 재배치하기 위하여 조망을 바꾼다. 우리들은 아일랜드의 작은 푸른 처녀지에, "정위자正位者, 우리들의 전설의 화話 주인공"이라 불리는, 불룩 배와 등굽은, HCE의 세계에 있다.

최신생성最新生成**의 이분법으로부터 진단적**診斷的 **조정**調停**을 통한 왕조적**王朝的 **연계**連繫**에까지.**

〔HCE와 ALP의 조망〕 그래서, 이러한 사항事項이 그러하기 때문에 혹은 그러한 상황이 끝나기 전에, 평화스러운 오보니아 다갈사多褐舍[1]〔HCE의 정원〕로 귀향하나니,[b] (무경無耕의 성聖노애란老愛蘭) 하나의 세계가 또 하나의 세계를 계속 토굴土窟하는지라.(만일 그대가 정말 나를 이해한다면, 이웃이여, 어떤 덩어리이든 간에, 얼간이?, 그리고 강한 쪽을 포착했도다) 정위자正位者,[2] 우리들의 전설의 화話 주인공, 아니면 여타餘他의 늠름한 사내, 그런고로 기장記章은 대복大腹위에 있고 성채굴배城砦屈背이나니, 기운이 충만充滿되고, 그리고 그녀의 희년禧年으로 백발이 되고,[c] 자작나무 잎사귀는 그녀의 과부급여寡婦給與, 우리들의 파시네.波侍女, 육肉과 비계(脂)로 충만된 얼굴 그리고 이마는 암탉인양 엷디엷고, 쾌공快公의 아나와 취풍청수吹風靑鬚의 엉망진창인자,[3] 저 왕가부처王家夫妻가 그 속에 거居하는 산양山羊과 나침반[4]으로 불리는 활목수지活木樹脂의 그들의 궁전[5](전화번호 1769),[6] 만일 그대가 알고 싶으면[d] 그의 해완海腕은 그녀를 강옹强擁하고, 그녀의 범비帆飛하는 눈은 난파難破당하여, 그들의 과거지사를 토론해 왔나니, 범죄와 수치를 지닌 우화, 가정과 소득,[7] [e] 왜 그는 화녀花女에게 허언虛言 했던고 그리고 그녀는 햄을 죽이려 애썼던고,[8] 난필난보자亂筆亂步者,[9] 그들〔돌프, 커브 및 이시〕의 혈맥 속에 합제合劑가 흐르나니, 머리를 숙이고 열몰熱沒하도다. 내게 시종時鐘을 화철話綴할지라. 그들은 모두 타화打話된 이야기들이도다.[f] 오늘은 글쎄 그대의 것이지만 내일은 어디에 있을 것인고. 그러나 그의 우권모두牛捲毛頭를 축복하고 그의 꼬불꼬불한 모자를 누를지니, 무슨 세상의 비애가 그이 자신의 보다

지시地視 거시경巨視鏡에는 두 개의 날개가 하나가 되다.

지난날의 듣소바펄러 타임스로부터.

유하唯河가 날짜 맞추기 앵무새 책을 인용하다.

a. 그대의 망보는 일에 한 페니.

b. 내가 내내 아라비아를 통하여 나의 구두를 찾고 있는 동안 나의 머리 가지리. 地理에 찍찍 이슬렁거리도다.

c. 그건 뭔가 성性에 있어서 늙은 귀신 벌레임에 틀림없나니, 모두 이내 보게 될 터이지만.

d. 내가 험프리의 편안片安 판사 속의 계획을 조사한 다음에, 전종남장前種男章을 보도록 술術했도다.

e. 오, 소년 숀과 다모기벽多毛奇癖이여! 단지 누구도 그녀에게 자신의 주인 행실에 관한 것을 말하지 않았기에, 그녀는 얼빠지게 웃고 그 다음으로 그녀의 살찐 방주方舟 위에 침하沈下했나니, 모두들 둔부臀部까지 흔들었도다.

f. 돌고래(편) 태생의 사使뉘앙스를 위하여 징글리쉬 쟁글어語로 번손飜損할지라.

〔276.11−278.06〕 전원 야모夜暮—다가오는 장의葬儀 및 경야經夜.

어떤 이는 아무 二頭의 궁지를 추구하나 더 많은 이들은 순무를 더좋아하도다.

타당한 과오를 과거장過去帳에 기록하기를 기다리는 각자의 권태倦怠인지라, 자신의 화려花麗한 미래 없는, 툭툭 등치는 환영객,**[a]**〔돌프〕 그리고 다른 노래하는 초상肖像〔커브〕은 혈제단血祭壇의 과거를 만가輓歌하나니, 자신을 폭파한 질풍과 함께, 무담낭無膽囊의 비둘기라,[1] 그리하여 갈까마귀 보금자리의,[2]**[b]** 그녀〔이시〕는, 자신이 결코 펜을 대 본적이 없는 소小편지를 찢어 없애도다.**[c]** 하지만 사랑과 괴남怪男에 관해 노래 불렀나니. 그들에게 딸꾹질자者(헤쿠베)가 무엇이며 그녀는 헤쿠베에게 무엇이랴?[3] 꺼져라, 꺼질지라. 짧은 촉화燭火여![4]**[d]**

견과堅果 껍질 속의 총화總和.

개들(Dogs)의 만도晩禱가 마침내 시종始終하나니. 만도晩禱박쥐. 산양목자山羊牧者가 그의 양투羊套를 벗어 채치고 바커스[5]와 함께 자리하도다. 악마여! 자양雌羊이여! 하지만 주主의 기도문에 앞서**[e]** 바람이 불지니 그리하여 넙폰(일본)이 진주珍珠[6] 또는 오팔 엘도라도를 지니 듯 밀 죽과 석성종夕星鐘의 시각, 맛좋은 음식,[7] 쟁반 핥기! 고기 국물, 맛있는 기름! 왠고하니(교접交接!) 날이 밝아 모든 수탉들이 잠을 깨고 새들의 다이애나[8]**[f]**가 새벽 노래로 환호하기까지는 아직 한 참이도다. 무언가 땅거미가 어둠을 흘러 보내는지라. 저건 박쥐? 저기 집박쥐가. 습지의 브란난 정자亭子에서.[9] 탬 피네간은 경약經弱하지만[10] 그런데도 여전히 강세强勢나니.[11] 그리하여 여전히 대야연大夜燕[12]이 여기 있는지라, 그의 괴깔의 감각에 의하여 만사가 다가옴을 말할 수 있도다. 크고 불쑥 거대한 모습을 드러내는 륜가輪家, 두건頭巾 까마귀 같은 영구남靈柩男들로 가득 채운 마차대馬車隊 잡동사니 상자로,**[g]** 우리는 화보和步하고 그이 율법을 따르나니, 선데이

퇴비더미 하下의 잡종. 하한적下限的 지성의 의미성意味性. 헌물獻物.

산양피하山羊皮下의 우리들 모든 아이들을 위하여.

대중의 건강을 보존하며.

a. 그는 결코 이러한 양용兩用 바지가 아니고 언제나 저러한 이용二用 바지로서 자신의 성겁城怯으로 나를 심계항진心悸亢進하게 하나니, 그런 다음 우리들의 무례명無禮名으로 우리를 냉소세冷笑洗하도다.

b. 나의 금풍金風의 태형怠兄은 거의 갈까마귀로 나를 미치게 몰았으니, 나는 나의 주름없는 얼굴을 기성녀旣成女 매리안처럼 귀향쾌남아歸 鄕快男兒를 위하여 보존하고 싶나니.

c. 내가 갖고 싶은 것은 달(月)의 상현上弦을 닮은 비취 루이석石이로다.

d. 에스키모어語를 말할 수 있는고? 그럼, 아이다. 그리고 부우釜牛를 검게 부르는 법도. 조금 조금만.

e. 나는 나의 사도구使徒具의 조요람條搖籃 속에 몹시도 아늑했나니, 그러나 결국 그의 얼룩파이 침대 속에 한층 변덕스레 뻗고 싶은지라.

f. 정말. 나는 혀짤배기 입술로 그들의 감아甘兒를 거의 키울 수 있나니.

g. 사냥터의 한 마리 여우.

포터스타운의 절대적 최상급.

왜 그토록 크고 갓 놓은 다리가 우리들의 플라미니언 도로에 걸쳐있는고.

면림綿林의 P. C. 헬뮤트가 듣고 있나니. 왕좌는 우산대雨傘臺요 홀笏은 문지방이도다.

비취 보석, 우리들의 낭양娘羊.

경칠석가설법釋迦說法(버터)이 우리 둘의 여신女神(치즈)을 신지神智하는지라.

킹(Sunday King)(일요왕日曜王)[a]〔피네간〕이라. 그의 칠색의七色衣는 검댕이나니(슬프도다! 불쌍한지고!)[1][b] 그리하여 그의 무능無能은 하나의 산적山積 뭉치로다(무굴(Mogoul)인이여!)[2]. 그리하여 강江들은 장집葬集을 위한[c] 쉬쉬 넘치는 주위走圍 쾌음快飮처럼 분출하나니, 거기 모든 연회인宴會人들은 양타인養他人들, 온통 핀(Finn)의 무리들이라.[d] 분출(웰링) 가슴,[3] 그는 의지意志하는 거인巨人,[4] 자신의 음로飮露를 애통하는산山.[5]〔피네간—HCE〕 시민의 복종은 도회都會의 지복至福이나니,[6] 유순柔順한 미카엘이[e] 최고의 득표자 일 때 우리들의 대의원이 될지니 베드로는 시민이요 그리하여 미쉬 머쉬 양讓은 소구小丘 태프트[7]에 의하여 배신당하도다. 양반兩班은 양반답게.[8] 왠고하니 아나가 애초에 그랬듯이 아직도 살아 있는지라[9] 그리하여 대심수면大深睡眠 뒤에 재기복귀再起復歸라 그리하여 백야白夜[10]가 웨스트(西) 위크로우의 운폐雲蔽된 습기濕期 혹은 작은 흑장미[11]가 가시나무의 태만자怠慢者처럼 확실히 몽능夢陵의 암소들로 고만高慢하기에. 우리는 우리들의 꿈을 몽극夢劇하고 아빠가 돌아옴을 말하도다. 그리하여 동일경신同一更新.[12] 우리는 존재하지 않는다 말하지 않을 것이며,[13] 이러한 질서의 통과는 질서의 도래到來이요, 그러나 초추확草秋穫의 나라에서 그리고 화주변花周邊의 나라에서 마치 군세軍勢의 도시에 있어서와 마찬가지로 그들은 아직도 여전히 그의 존재를 견탐見探하나니라. 그런고로 피리 부는 자들을 폐살閉殺하게 할지라.[f] 승리혈제勝利血祭![g] 그리하여 지금은 이 거대한 사멸死滅, 이 중사진泥中寫眞처럼 시시한 완성의 극치에, 모두들 경의를 표했든 때로다. 어떤 이들은 그의 질質의 양量을 위한 음식 덩이를 피하려 탐探할지 모르나,

a. 나는 생각하는지라, 그의 손에 책을 들고 입을 벌린 채 마치 몇몇 특별한 교황에게 그들이 향기를 채우는 양, 내가 어느 밤 늙은 말뚱가리에게 밀크 핥기마마의 벌꿀 속에 먹이를 핥도록 할 것인지.

b. 그리고 그의 유리한 옷에 찢어진 난폭한 강간强姦.

c. 그대의 모기를 젖게 하지 않겠는고, 전사시인戰士詩人들?

d. 주란朱卵, 오렌지왕가王家, 황黃, 녹綠, 청靑, 맥(大)남藍 및 보라빛, 고대가정古代家庭의 지형.

e. 불결유리의 효과, 그의 젖은 오리바지에 버터밀크가 녹아내리지 않음을 당확糖確히 맹세할 수 있나니.

f. 무모無母의 짙은 허벅지와 박근薄筋.

g. 오, 그의 바께 가득한 굴을 가지고 저 적제赤堤의 독신옥瀆神屋처럼 우리들이 비틀 세계를 처분할 수 있다면.

〔278.07－278.24〕 편지의－팬시 루라(Fancifully).(이 부분은 목격자들에 의한 서술인 것처럼 끝난다). 그동안 우리들은 적새敵塞 왕자로 우리들의 길을 행차行次해 왔나니.(그들은 비와 비 계절적 한기寒氣에 대해 불평한다. 그들은 지금까지 피로하여, 휴식을 요구한다.) 그리하여 흐름의 힘이 한층 희미해진다.

질량단위 무게의 직계直系에 의하여.

수지모樹脂帽와 삼각, 올가미우물 감통

숙부 흐늘흐늘 극대자極大者로부터 조카 퍼덕퍼덕 극소자極小者까지. 이러한 것처럼. 그리고 이러 이러한 것처럼.

친애하는 보로터스, 내게 귀(耳)를 육陸할지라.

요아搖兒, 바벨, 벽을 평평하게 할지라. 그는 호소식好消息 젠트에게 어찌 전했던고.

질식을 피하고자 하는자는 반추하기를 배워야만 했도다.[1] 격자格子 위의 전공全孔 걸레질이 여기 찬사 및 저기 비난을 사방진사조명四方辰砂照明하는지라.[a] 모퉁이의 고양이[2]에게는 팬지꽃과 함께.[b]

〔이시에게로〕 유녀심幼女心, 유녀遊女의 마음을 경계할지라. 심지어 버드나무[3] 잎에 대한 회상도 분명한 주문呪文매혹자이니.[c] 수녀의 회색 연못 곁의 등심 초 왈 아아 에 오오, 나로 하여금 또한 숨 쉬게 할지라. 탄인종炭人鐘 왈 그대 하주荷主의 수세공에게 걸맞게 하라.[4] 제니 굴뚝새 왈 픽, 펙. 조니 포스트 왈 팩, 퍽.[d] 세상만사가 필요하여 편지를 쓰고 있도다.[e] 한 사람에서부터 한 일에 관한 한 장소에까지 한 통의 편지. 그리하여 세상만사가 한 통의 편지를 운반하기를[f] 원하고 있나니. 와에게 고양이로부터 보물에 관한 한 통의 편지를. 그때 남자들이 한 통의 편지를 쓰고 싶은지라. 십남十男, 유행남流行男, 필남筆男, 재담남才談男이, 사다리를 버릇처럼 무너뜨리도다. 그리하여 동굴남洞窟男, 태남怠男, 소지남沼池男, 쾌남快男, 계남鷄男, 흉남匈男이, 두목을 도살刀殺하기 위해 갔도다.[5] 그럼 많은 사람들한테서 무슨 편지일片紙日이 있는고, 우편견남郵便犬男이여? 제국帝國, 귀하.[g] 이봐요. 제발.

우리는 적새敵塞 왕자[6]로 천천히 길을 행차해 갔나니 마침내 계류溪流의 저 힘이 한층 멀리 나약하도다.

막간시작幕間始作.

장조長調 및 단조短調.

a. 아이쿠, 아이, 아이아이, 아阿 재리(jarry) 아혹訝惑한 악당! 신이여 경칠 녀석을 저주하소서!
b. 그리고 만일 그들이 나처럼 그대의 의자에 단단히 앉아 있다면, 그녀는 밑바닥 돈을 몽땅 걸 수 있나니, 그는 우리들의 목적을 최소한 안달하게 하는 기묘한 인상을 지니리라.
c. 내가 에나스텔라성星이요, 에쌰스테쌰로 오해될 때 나는 폴만제製의 피아노로 저 낙곡落曲을 연주하리라.
d. 천국의 쌍자궁双子宮에 맹세코, 만일 그것이 그의 것이라면, 나는 그 가방에 들어가자마자 공恐히 실신하리라.
e. 미끄러지고, 잠재우고, 속이고, 잠 깨우고. 그리하여 그대가 녹초되면, 체인을 밀어요.
f. 그녀의 온당한 무務로서.
g. 저 오쟁이가 아담즈 앤 클레이 모자를 쓰고 건들건들 타킨(터키)대왕처럼 잘난 체 걷고 있나니.

그리하여 수피樹皮의 표면이 공약恐弱하도다. 이것은 라인(雨)석石의 울림이라. 이 고년古年의 정지에 이상하게도 한배寒拜하나니. 그러나 애란록愛蘭綠은 상록常綠이도다. 만일 환상環狀(로터리)의 진동振動이 전조前兆가 안일진대, 부계父系의 느닷없는 풍덩(추락)이 무슨 소용이랴?〔비코의 암시〕 모든 전쟁들이 끝난 이후,[1] 스포츠로 하여금 자유 시간 되게 하고 공평하게 지참매매持參賣買하게 할지라. 아 아하 건각자健脚者여,[2] 그대의 더블린 욕족浴足에 축복을! 탐색촌도探索村都, 휴식요도休息要都,[3] 서두르는 시각은 급하나니. 그녀를 위한 일휴一休를.[a]

제양식諸樣式이 결합하여 동질동성同質同姓을 번식하다.

a. 오라, 나의 석판石板의 매끈함으로, 나의 수치의 고동에 맞추어! 사방 번롱翻弄하는 모든 이러한 거세된 귀중양貴重羊과 음문陰門 라일락 화花의 부침浮沈의 전율과 병성病性에도 불구하고, 세실리아를 위한 노래보다 한층 더 많은 초목들이 있는지라. 나는 많은 시간을 허비하며 나 자신과 나의 멜로디에 종지부를 찍을 것을 꽤나 생각하고 있었나니, 당시 나는 종료반終了班에서 당신의 수습교사의 모든 오류선誤謬性을 기억하고 있었도다. 그대는 미발육이라 간주되고 싶지 않아 그럴 수는 없다고 쓸 필요는 없나니. 이것이 그걸 말하는 타당한 방법이에요, 선생님. 당신이 말하지 않았던 것을 모두 삼키는 것이 나의 반추反芻라면, 당신은 내 말을 식언할 수 있나니, 나의 키스 속에 열쇠가 있듯 확실하기에.4) 나는 해야 할 일을 했을 뿐. 아침이 사랑의 시간을 부채질하는 동안 우리들이 그녀를 실失하느냐 득得하느냐 몰沒하느냐를 함께 교미交尾할 때, 생명의 동사動詞 그리고 생명을 위한 향미香味, 사랑으로 진정 나는 나의 등 척추 깔고 사랑했나니 영원토록. 당신은 내게 엄한 가요? 그럼 후회해요. 나의 의중意中의 연소자여, 그에게 나는 허실虛失당했나니.(여기 그는, 나의 생퇴적물生堆積物 신우상新愚像이라) 내가 나의 바짓가랑이로부터 빠져나갔더라면, 나는 나의 법위法位(학위)를 득得했을 것이요, 내가 처음 어떤 태자怠者5)에 의하여 경작되지 않았으면, 비단 후작사가 되었을 것이니, 하찮은 얄팍내기 동급생들에게 자랑할 수 있었을 것을, 그런데 그 애들은, 비록 얼굴에 푸셔(바늘꽃) 화색花色 물감질 하면서도, 모두들 나의 그늘에서 8및 20(남자들)이라, 그러나 항시 나의 의붓자매 격格. 그들은 나의 해(年)의 긍肯이지만 나의 날(日)의 거의 부否로다.6) 봄이 새 옷으로 도약跳躍하고 돼지들이 비약飛躍할 때까지 기다려요, 모두들, 나의 의지하고 응석부지 장년기壯年期의 애완동물 되리니. 임박한 결혼이라. 자연은 그에 관해 누구에게나 말할 테지만, 나는 최락경기最樂競技의 모든 룬(runes)규칙을 나의 나이든 북구유모北歐乳母 아사7)에게서 배웠나이다. 가장 모험적 노파요 그녀는 전심全心 및 사언四言 우라질 모든걸 잘 알고 있었나니. 올리브오일과 초산 위니 카, 맙소사, 어찌 세먼연어 드레싱을 조달하고 치한癡漢행상인과 염수부鹽水夫가 어찌 양자 사(言) 결자시인詩人을 만났는지를. 그를 심다니 소말리아의 광도당狂徒黨8) 이미 틀림없어요. 이배二培 비나와 삼배三培 트리스탄.9) 사고(植)(Sago) 야자나무10) 소리, 회전제식回轉祭式, 수도원 지하, 솥 요리 그리고(만일 내가 잊어버리면 모든걸 기억할지라) 뇌문雷門 잠그기. 오딘이여11) 정말(失) 신성神聖하지 않았던고, 스코크홀름에서 저 개같은 날 내가 척추의 드루이드재단에 양다리를 쩍 벌리고 앉자 있었을 때, 오이처럼 차가운 미두美頭를 하고, 나의 운석隕石 허벅지를 찰싹찰싹 치면서 그 경사傾斜가 마멸될 때까지, 기수장騎手長, 요종마尿種馬, 허세마虛勢馬의 매질, 그대 내게 악취의 타격을 그리고 그들에게 초원의 배우 열에 들뜬 뿔피리자者들을 제공하면서! 적자赤子를 두려워 말지라. 그대 블라망주 과자여!〔눈에 주름살을 지닌 저 신부는 그녀를 위해 호주머니에 과자를 언제나 지닐지니〕 이 이사벨〔이시 자신〕은 궤도의 소로법小路法을 알고 있는지라, 어떤 논단이 놈인들 그녀는 두려워 않는도다. 고로 크게 노래할지라. 미갈차美喝車여, 천국의 아나크레온처럼12)! 눈에 섬광閃光을 지닌 착한 선부膳夫大13)는 우리들을 총總 마가엘 선신善神과 혼약婚約하기 위하여 그의 호주머니 속에 언제나 과자를 갖고 있으리라. 아멘 그리고 다시 아멘. 왠고하니 견진실堅眞實은 우연의 허구 보다 더 강한지라14) 그리하여 오 나의 젊은 친구여 아 내게 달콤한 피조물이여, 기지機智가 옷을 빌리는 반면 침대를 사는 것은 잉여금剩餘金이로다.

성주사聖酒史와 적발왕赤髮王의 토끼쟁사爭史.

목초지의 험악소옥險惡小屋 및 좋일의 교구敎區 스프.

어찌 나의 바지에 걸 맞는고?

군신軍神의 전사戰士 위에 낙落한 영웅들.

야경夜景의 한 장면. 또는 애란몽愛蘭夢. 그걸 그들은 기억하리라. 그녀의 자유서自由書에 의해, 만일 총괄하는 눈을 위한 놀라움이라면 분석하는 귀[1]를 위한 희망이라. 토성일土星日의 오후월午後月이 연어(魚) 도跳처럼[2] 12개월소배려十二個月笑配慮에 미소 지을 때 나무 가지들이 그땐 지나간 내일과 결과의 어제를 가가歌歌할지니 거기 우리들의 감미로운 식림지植林地의 당장의 수목언어樹木言語로서 인고? 이를테면, 친애하는(애욕愛慾된 대상의 이름, A. N.)[3], 자 그럼, 난 계속 해요. 그녀연필훑다. 나와 우리들은(행복한 장례를 위한 상냥한 애도의 말, 그런 일이 있으면) 정말 유감이나니(마침 지금 참는 자를 언급하건대, F. M.)[4]. 글쎄(만건강萬健康의 안부 묻기) 당신 안녕 하세요(매기 질문)〔보스턴에서 편지를 보낸 매기〕. 귀여운(친족에 대한 소개) 페르시아 고양이. 그녀 몸을 문지르다. 그녀는 저 자판字板들[5]을 대부분 비어 포스터 아빠[6]로부터 행상行商 한 것이나, 이 소용돌이 장식체裝飾體는 미파(마마)의 모형이로다.〔편지의 분석〕 그녀다른쪽을문지르다.(그걸 뒤집으며[7] 공중에 조용히 휘두르다) 그럼, 아마(희망의 위안) 곧 소식 있기를.[8] 회진灰塵 크리스티넷[9]으로부터 행운을 빌며, 만일 매우魅友 왕자인쇄王子印刷라면, 매금賣金[10] 원할 시時 가능, 예를 들면, 후정면後正面 아니면 만일 모두라면, 헬리오트로프(植) 아니면 경품,[11] 그녀의 꽃 또는 향수를 사용하여, 아니면, 대단히대단히대단히 매우적魅友的이라면, 타행어他行語로, 그녀가 이상적理想的이라 생각하는지는 나의 출항문出肛門의 키스자者. 그녀다른쪽훑다. 오우번 샤를마뉴(대제大帝)[12]로부터. 경근敬謹 및 순수미자純粹美者,[13] 모든 것이 이것으로 공생共生해 왔는지라, 그녀는 지금까지 은銀 축제호박祝祭琥珀의 면面으로서 자신의 침묵이 비쳐왔던 그들 생명수엽生命樹葉[14]을 밟을 것이며, 반두시아의 샘(泉)[15]이 유급流急한 음악을 탄彈하고 향내를 쫓아 사향麝香을 탄歎하리라. 오화반점汚花斑點, 그건 착하기도 한지고. 물 속에서 잠잘지라, 불 곁에서 건약乾藥할지라, 먼지를 떨어버릴지라 그리고 그녀의 측권모側捲毛를 줄 그대의 애인을 꿈꿀지라.

그러나 이제 그녀는 왔도다.

더 늦은 수확제收穫祭가 지분대는 우리들의 세탁부洗濯婦에 의하여 안내될 때까지, 저 사악한 가시 뜰처럼 음침한 경이驚異의 전조前兆, 이 황막한 흐름처럼 쾌활한 요정의 들판.

〔281.04—281.13〕 프랑스 시인 퀴네의 인용—꽃들과 역사.

돈 쥬안 둘, 백인 병사 셋.

오늘날, 프리니와 코루멜라의 시대에 있어서처럼, 히아신스 꽃은 웨일스에서, 빙카 꽃은 일리리아에서, 들국화는 누만치아의 폐허 위에서 번화繁花하나니.[a] 그리하여 그들 주변의 도시들이 지배자들과 이름들을 바꾸는 동안, 그중 몇몇이 절멸絶滅하는 동안, 문명이 서로서로 충돌하고 분쇄하는 동안, 그들의 평화스러운 세대世代는, 시대를 통과하고, 전쟁의 나날에서처럼 생생하게 그리고 소리 내어 웃으면서, 우리들에게 다다랐도다.[1)b]

전戰—화和—쟁爭에 있어서 순문학純文學에 의하여 연출된 역役. 상호변신.

〔281.14—282.04〕 쌍둥이들은 그녀의 요점을 보는데 실패한다—그들의 학습으로 되돌아간다.

조로아수터는 이렇게 말했다.

진주점괘眞珠占卦![2)] 히아킨토스의 빙카 꽃![3)] 꽃들의 애어愛語. 한 점 구름. 그러나 브루투스와 카이사르[4)]는 단지 삼지창설三枝槍舌[c]의 세공품細工品인지라, 소문난 고의자故意者.(그건 마성녀魔性女 데스데모나[5)] 때문!) 그리고 그림자가 그림자를 증배增培시키나니(위사취僞似臭의 위침상僞沈床과 함께 위침상속의 불운의 위僞손수건),[6)d] 기회 있을 때마다 빈번히, 그들은 자신들의 싸움에 매달리도다. 무화과나무는 매우도 어리석도다.[7)] 고대古代의 악분노惡憤怒. 그리하여 각방各方은 쌍방雙方으로 영광을 탄욕歎慾하는지라. 그녀가 롬(명성)을 신음하도록 버려두고라도 승자勝者 시저를 덜 사랑한다면 어찌 할고?[8)] 그런 방식으로 우리들의 산조상酸祖上이 그들의 세계 절반을 장악했도다. 대기의 자유 속을 배회하며 그리고 군중들과 어울리면서. 이것인가 저것인가, 둘 중 하나.[9)]

베르길리우스 독점괘獨占卦.

사동寺童에게는 사전寺錢 그러나 교구승僧에게는 무전無錢.

심문.

그리고?

아니, 차라리!

a. 우리들의 토착적 조부들의 비강鼻腔은 멜싱토리스왕王과 그의 웅장한 의식행일儀式行日의 아치에는 지나치게 위압적이다.

b. 그것을 개스풍風으로 재빨리 토탄어土炭語로 속번俗飜할지라, 태그시인이여, 정말 착한 아이야, 태디여, 그걸로 훔칠지라, 밀을, 압지押紙로잘.

c. 그대 무모악마無謀惡魔 돈 낼리, 나는 그대의 뼈에 사무치는 많은 거짓말과 번쩍이는 외국우편을 사랑하기에, 고로 여기 나의 조가비 카드가 있나니, 나귀자貴子, 나의 모든 입맞춤(X, Y 및 Z)과 함께.

d. 이 미첼은 통 털어 돈 쓰는데 검둥이인지라 어느 날 빅 믹크는 그 자신 무일푼이 될 것이라고 나는 극단적으로 말하고 싶도다.

〔282.05–286.02〕 톰이 헤아린다—산수와 대수에 대해.

트럭 묘기.

감탄.

〔수학 공부의 시작〕 그의 일에는 흐느낌으로, 그의 노고勞苦에는 눈물로, 그의 불결에는 공포로 그러나 그의 파멸에는 기력氣力으로,[1)a] 보라.(대)지주地主가 그를 고용할 때 소작인은 노동하도다.

애당초에 기도祈禱할지라.

하느님의 매일의 보다 성숙한 영광을 위하여.[2)b]

양수적兩手的 예상豫想의 대조. 정신공장, 그의 주고받기.

〔케브의 산수〕 민첩한 비도飛跳에는 빠른 강타強打 그리고 급한 도약跳躍에는 엄격한 균형, 프랑크〔케브〕는 수(손)산수手算數에 충분히 확신했기에, 그 이유인즉 그는 자신의 요람에서부터, 어떤 새(鳥)보다도 더 잘, 알고 있었나니, 자신의 손가락이 투쟁하기 위한 목적을 자신에게 제공하는 이유를. 첫째, 관찰에 의하여, 무우 암소(牛)로 시작하여 그리고 그 옆에 가발假髮벌레 그리고 그 옆에 티끌 점들 그리고 그 옆에 약 손가락 그리고 그 옆에 소매치기, 엄지 소매치기, 점點 소매치기, 반지 소매치기, 약속 소매치기 및 새끼손가락과 함께. 성聖조우는 속인俗人의 에덴에서.[c] 그리하여 어쨌든 언제나 그들 다음으로 보조개에 무게를 더하며 그는 자신의 영零[d]의 4개의 사랑에 기초한 기수경基數卿을 한층 좋아하게 되었는지라, 그들은 자신의 구성構成의 기수경基數卿 성의聖意[3)] 및 예하猊下의 기수경 결혼 및 간질癎疾의 기수경 현인賢人[4)] 그리고 탁월卓越의 기수경 캐이 오케이[5)]이었도다. 언제나 그는 그들을 암송하곤 했나니, 하처유처何處唯處, 기계적 암기법에 의하여, 초서初序부터 종체終締까지 그의 악마귀의 교리문답식으로,[6)] 십평의원회十評議院會까지 급진으로,[7)] 엄지손가락을 아래로,[8)] 10지脂를 찔러 못 박기 위해. 그리하여 때때로 그리고 매일, 누구보다 확실하게, 그는 방대수법尨大數法[9)]으로 증배增培하곤 했나니, 핀 팝 피브 푸, 푸 푸 펍 피브 프리, 프리 펍 파브 푸어, 푸어 펍 파브 15더하기, 25더하기, 2빼기

비조점괘飛鳥占卦, 점복占卜. 우리들의 확실성에 의하여 정당화된 불확실성. 예例들.

장단단지長短短指와 장장격長長格을 위한 장단격長短格의 문구.

완전 무장의 이국적異國的 하찮은 호언豪言.

a. 내가 나의 창부窓婦의 상복喪服 속 야림野林의 초롱꽃 등을 휘감으려 하는 동안.

b. 하나님에게 영원히 찬사를.

c. 그러나 어디, 오 어디, 나의 지굴祗掘이 이루어지는고?

d. 그것이 내가 좋아하는 그의 속삭임 왈츠, 피고트 악기점으로부터 저 창무도槍舞蹈의 스텝, 스텝.

무능가자無凌駕者 엘바, 그대의 성루城壘 아니나니.

41 더하기, 31 더하기, 1 더하기의 척도尺度로,[1)] 등등, 그대의 모자를 열 개의 나무 조각까지 투구하듯.[2)][a] 요약컨대, 북풍 남풍 동풍 서풍. 아이스a, 듀스b, 트릭서c, 코츠d, 킴즈e, 물론, 무언배수無言倍數하여 총수總數까지 이르나니. 한편 다른 면으로, 그들의 공극분모空劇分母에 의한 그들의 비약수非約數를 위하여 최저항最低項, 성수性數, 석식夕食, 추파秋波, 기발奇拔 및 주사위[3)]까지 감減하도다.[b] 그[케브]는(악당 같으니!) 실습에 의하여 나의 것에 대한 그대의 39개조[4)]의 값을 관계등식關係等式의 무잔여無殘餘로 발견할 수 있었는지라 그리하여, 수표數表의 도움으로, 뇌산염雷酸鹽을 전동가동부轉動可動部로, 사슬고리를 연쇄로, 노포키의 에이 무게단위를 요크의 토드 단위[5)]에까지, 진흙 온스 중량 단위를 파운드로, 수천 타운센드[6)]를 수백 단위로, 시민—대—시민의 오만호남傲慢好男 갤런을(애란의) 질 액량液量으로 변감變減하고, 현행의 리빙스턴[7)]을 만소萬笑하게도 수의척도壽衣尺度[8)]로 그리고

제기랄(뇌우雷雨), 그들에게 악운을.

에이커, 루드 및 퍼치의 리그 단위[9)]를 엄지손가락의 조야한 척도[10)]에까지 끌어내릴 수 있었도다. 총체적으로 의미하는 바[c] 그러나, 십중무용十中武勇, 서술하기 이상한 일이나, 그는 해독, 전필典筆 및 주산注算[11)]에는 비등하나, 유독 자신의 유클리드 기하학 및 대금산수代金算數에는 총식적總食的으로 둔점鈍點을 따다니. 그들은 어쨌거나 어디서나 자신의 위치를 종잡을 길 없었도다.[12)] 오, 그들 업과서獵科書든 전야습장全夜習帳이든, 산수상징을 위한 원숭이(애이)다 사마귀(비)다. 미지수의 와이(Y)다 짓(Z)다. 그를 매우도 괴롭혔나니라! 헬남男 및 도로시媤[13)]보다 더 지독한. 그대를 애태우게 하나니, 그에게 그렇게 생각되었도다.[14)] 모두들 갖은 방법으로 독毒을 오랫동안[15)] 문대어 더럽히려고 애쓰는 대신, 상대방에게 모든 최후의 말을 우선 말해주어야 하도다. 증명할지니,

a. 열두 주병남酒甁男, 이십팔 궁권모弓捲毛, 사십 보닛 여인 및 삼십일 불비不備는 총總 십일 더하기 일백이라.

b. 루앙 행의 길에서 도박사 여女스타인 그는 매사每死 자신의 위부爲父를 닮아 가도다.

c. 채찍질—염자厭者가 산탄散彈을 날리니. 도주해요, 불사조, 도주!

무대 영국인이 기행奇行에 의하여 효과가 있었나니.

팔변산소八邊酸素가 자연 녹산화綠酸化 경향이 있도다.

바베비보붐.

중앙선, hce che ech가, 주어진 둔 각물鈍角物의 시차각視差脚을 직각에서 발교차勃交叉하여, 후부의 곡현曲弦에 있는 쌍방 호弧를 이등분하는 것을. 피어만 군郡[1]의 고도高度 상의 벽돌 욕탕浴湯. 가족분산家族紛傘. 전신총림주電信叢林柱가[a] 씨족경각氏族傾角을[b] 들어내나니, 그리하여 하부 모니칸 군郡[2]의 모든 함수函數를 나타내는 도표구획圖表區劃은, 동일물同一物이 야시夜時에 천분할가川分割可한데 대하여, 영웅시체零雄詩體[3] 속으로 함류含流될 수 있을지라, 그의 천국天國[4]의 먼 장막[5]이 마치 무배영원無培永遠 ∞와 등가等價하나니, 찾을지라, 만일 그대가 문자 그대로 유능하지 못하면, 얼마나 많은 조합組合과 순열順列이 국제적 무리수無理數에 따라 작용될 수 있는 지! 청천벽력靑天霹靂이도다![6] 입방근立方根을 방제放除하고, 아나를 무지문맹無知文盲으로 취급할지라, 너나 할 것 없이. 대답.(단지 조교사嘲敎師를 위하여).[c] 10, 20, 30, C, X, 그리고 III, 묘한 착상들. 화해和解에서 해법解法으로. 위의 전함성全喊聲의 12 다른 아啞영함喊이 진행 중의 단어의 본래 뇌언성雷言聲의 재생을 통한 연속임[7]을 상상할지라. 그에 잇따라, 만일 두 앞의 유혹녀들[8]이 이륜차를 타고 [9] 셋 내탐來探 매춘남들이 삼륜차를 몰고 간다면, 그땐, 아이샤 라리팻[10]이 발판에 숨겨져 있고, 빅(大) 휘글러가[d] 상좌석上座席에 머무는지라, NCR(북순환로)[11][e]가 우리들에게 보여주는 것은(탄뎀 이륜차 년年, 지속 거리에!), 현일眩日의 그림 같은 여름의 유보遊步가 지속하는 한 그림 같은 미광에 의한 그림 같은 광휘의 자동적(오토만의) 터기—인디언의 무지개 환상이라, 녹綠오렌지의, 잿빛광光의,

a. 퀴즈달인達人, 디데니, 다데니, 두데니, 오. 나는 그대의 머리 위의 저 모자를 알고 싶도다.

b. 저건 장화신은 비틀 비틀 토팅햄이라.

c. 오라 모든 그대 삯 마차꾼들이여 그리고 리치뷰 출판을 지원할지라.

d. 곰(熊)부라함에게 그의 딸을 껴맞춘 히얄마크자르에게 그의 과부를 시집보낸 그녀의 의숙부義叔父 마삭 맥크로에게 그의 요리여女를 결혼시킨 브라함 바루크. 결혼생활에는 V, 슈미즈에는 P, 첩妾에는 H.

e. 죄수 두목은 거인 방축우도防築牛道 위의 바로 얼간이라.

그러나(봄은 랜서롯[1]를 애도하나니), 만일 이 행환상시민幸環狀市民의 지질서地秩序가 원탁회전圓卓回轉의 마법자 멀린[2]에 의하여 혹악하게 폭행당한다면, 마치 미로의 도요새[3]처럼, 성聖지타[4]가 토끼와 창槍 마냥 뛰어 돌아다니며,[a] 그들의 이중泥中의 여강도旅强盜들과 함께, 마치 무익無翼의 일곱 개의 화살처럼, 이 놈 저 놈 어중이떠중이, 뒤범벅이 되어, 모든 소년들하며 더 많은 처녀들하며 그[HCE]가 자신의 집으로 모두들 꼭 같이 왁자지껄하게 속사포速射砲 달려가는지라,[b] 한편 고양이에 잡히고 개(犬)를 피하는 총주교總主敎 대리[HCE]는 천공시적天空時的으로 입가에 미소 띠듯 했나니(그는 그녀의 미모를 얻도다! 그는 꽁지까지 추락하도다!) 최초의 시녀 고남侍女尻男[c] 그리고(오우 오우 올빼미!) 칡뿌리 최후실最後失의 익살꾼,[d] 이각二脚의 물주物主 조랑말[5] 그리고 삼수전三手轉의 우愚당나귀(마다어이, 모라어이, 루가어이, 조가어이어웨이)[마태, 마가 누가, 요한의 4대가] 그러자 MPM(수학)[6][HCE] 은 우리들에게 우탄雨誕(무지개)의 묵극복마전默劇伏魔殿을 가져오는지라, 수세등식水洗等式으로 산算하면(만일 내가 만사 급속히 땡땡 체포되지 않으면, 고양이 개사냥이라!) 十二승乘 十一승 十승 九승 八승 七승 六승 五승 四승 三승 二승 一승乘이면! 총계 합병통합하면, 十二 인수因數의 최후까지 대상 동방숙隊商東方宿.[e] 五 감減하기 一, 二 감하기 五의 一에, 五의 二 감하기 一의 기천幾千에 가加 천千 및 반半 천 및 二승乘 二승 五승 五의 더블린 잡담. 모든 유분수流分數의 총람總攬을 위하여 이브닌 세계지紙의 홍채란虹彩欄 참조.[f] 이항二項 불이해不理解. 과신도過神道에 맹세코, 과접근불가過接近不可인지라. 공리公理 그리고 그들의 공준公準.

신시나티의 핀핀터스.

아더왕王의 말(馬)들과 에버권의 사람들.

수數의 수數! 야만인들.

a. 거북이에 관한 이야기.
b. 축사畜舍사기꾼, 아동 기학대금보법奇虐待禁保法의 선례.
c. 그의 소창消暢을 위한 팔백 명의 오촌녀慢村女들의 하렘군郡.
d. 마리움 광장 주위를 자유륜自由輪으로 구식 털털이 자전거를 타는 그대의 광부狂父를 볼지라.
e. 콘크리트 혼魂을 지닌 아스(나귀)팔트 육체와 그의 위 상상에서 뒤 숨은 달의 사현四弦을 구하기 위하여 아시아를 심문할지라.
f. 디 퀸시(黃) 샐러드(綠)를 곁들인 토마토(赤) 마멀레이드(朱黃)는 바이올린(보라빛)의 인디언(藍) 블루스(靑)와 맛있게 먹을 수 있나니라.

〔286.03—286.18〕 마침내—산수와 대수로. 우리는 두 형제들의 공부 책상으로 직접적으로 다가간다. 창의적 케브는 방탕한 돌프의 도움을 갈망하다니, 그것은 그의 기하 문제 때문이다. 여기 우리는 케브의 우주右註를 읽는다.

〔286.19—287.17〕 삼각법三角法에 관한 기하학적 문제—돌프를 위하여 케브를 해결하기 위해.

그의 신경대수갈근神經代數褐筋을 위하여.[1]

동등同等=아오혼돈啞墺混沌.[2]

손. 가락. 핥. 아. 넘. 겨. 요.[3]

신명칠문자神名七文字. 불제祓除의 기원의 신격화 이전의 최공유경험最公有經驗의 전제前提.

〔소년들의 기하 공부〕 그런고로, 넨장, 저러한 어두語頭의 낙차落差와 저 원시의 오색조汚色調[4] 다음으로, 나도 알고 그대 자신도 알다시피, 아뿔싸, 그리고 유대 강제 거주지역의 아라비아 인도 보다 잘 알고, 쳇, 뿐만 아니라 매데아인人 또는 페르시아인人도[5] 알다시피, 희극장면(컷)[6]과 연심각連深刻의 연습왕王 문제들,[7]은 이백삼십 페이지에 펼쳐진, 캐시의 제일본第一本[8]에서 언제나 희락戱樂할 수 있는지라, 이 책은 웰링턴 철교,[9] 히크니의 소매상[10]에서 대여받을 수 있을지니, 그런고로, 결국, 카드를 섞어 쳐서 떼고, 그가 정말 대단하게도 놓쳤던 저들 수중手中 기수基數 카드들에 으뜸 패를 내놓고, 작별 빠이빠이 해야 했나니, 하트 차기 및 적赤 다이아몬드 그리고 짝패 클럽 한 벌의 조크 스페이드로다. 나의 산국算國의 친애하는 심금心琴이여,[11] 그는 딴 패를 내어 취소하고, 백(後) 넘버에 전륜별前輪別하나니, 그리하여, 시간은 무조無助인지라, 제발 손가락을 핥고 책장을 넘길지로다.

파코 한터 만세!

적赤으로 게양揭揚되고 흑黑으로 하강下降되다.

문제의 첫 번째, 아나 등변삼각等邊三角의 건각乾角을 건립 할지라,[12] 베틀[13] 탐사探査할지라! 자신의 유일한 타액구唾液口 속에 원모지原拇指를 꼽은 채, 등각等角의 삼무자三文字를 조작造作할지라.[a] 흥부興父와 집게자子와 신수령神數靈의 삼배신三拜身의 이름으로.[14] 그렇게 하옵소서(아멘).

바스 주사酒社의 삼각상표三角商標는 마린가의 자랑.

천진자天眞者와 방탕자 간의 창조적 노동집요勞動執拗.

〔돌프 케브에게 이등변 삼각형을 설명하다〕 그대는 그걸 할 수 없는고, 바보? 돌프가 묻나니,[b] 지답知答을 의심하면서. 난 할 수 없나니, 그대, 얼간이? 케브가 묻는지라,[c] 추답推答을 기대하면서.[d] 뿐만 아니라 부자否者는 더 이상 실망하지 않고, 손에 키스하듯 최이最易로서,[15] 그는 역향逆向 되었기에. 오, 말해주구려, 제발, 셈![16] 글쎄, 이런 거야. 우선 컵 가득 진흙을 잘 섞을지라, 이자泥子(아담)여.[e] 오 이거 참,

그들 역逆추진성의 수렴收斂에 있어서의 원근遠近.

a. 라마羅馬 부루스와 레부스가 하루에 라마羅馬를 건립하러 갔던 것처럼.
b. 고여자苦旅者.
c. 다갈색 전안展顔의.
d. 이중평행의 중간쌍아中間双兒를 위한 단발명單發名.
e. 초코 진흙의 주정酒酊 냄비 속에 순갈 주먹의 건초乾草 로프를 땅딸막하게 쑤셔 넣는 것처럼.

기하학의 양식糧食.

〔287.18—292.32〕 돌프를 자세히 서술하는 막간(interlude).

〔돌프의 ALP의 이등변 삼각형—음부—델타—진흙—컴퍼스에 대한 설명〕 후덕자厚德者[1]의 기도祈禱, 오 주여! 무슨 신의神意로[2] 나는 그 따위 짓을 할 것인고?(1) 그건 그대가 나를 위해 거위 같은 웅답雄答[3]을 하고 있는지라, 그는 일러 받나니, 무슨 경칠 악마로 그대는 그 따위 짓을 하는고? 그런데, 푸들린까지 왕도가 없는 걸 아는지라,[4] 애초에 우선 그대의 진흙[5]을 나를지라, 뽐내어 소지沼池까지, 실개울까지 도로. 모구母口에서 나오는 어떤 작은 걸리피 진흙도 흑무관黑無關일지니,[6] 나 추측컨대. 최상급(A. I). 강江들의 상像. 그리하여 alp의 현장을 발견하는 것은 그녀의 만곡방위彎曲方位를 원原 프리즘 O로서 호우드 구착丘捉하는 것이요 제이第二의 O로서 그대의 컴퍼스를 원점으로 돌리도다.[7] 나는 불가不可(인)지만 그대는 가可한고?[8] 우호적으로 수궁. 좋아요! 그럼 우리 둘 사이를 구획할지라. 즉각卽刻으로? [a]라 불리는 그러나 알파라 발음되는 연안지도沿岸地圖[9]의 한 점을 그대의 다져진 길에 혼착混着할지라. 거기 만 도島[10]가 있나니, 아아! 오! 바로 그것. 좋아요! 이제, 만사 사과 파이(애플)처럼 정연하도다.[11][b]

그들 최악노最惡勞의 세탁부들.

〔돌프는 라틴어로 고대인의 정령들을 불러낸다.〕 왠고하니—기억, 청, 유령[12]이 치솟는지라—돌프, 나태자懶怠者들의 사제司祭,[13] 거트 스토아파[14]의 야윈 미숙아. 비록 가까스로[15] 말 떠듬적거리는 구근球根[16] 소년이긴 하지만, 그는 역시, —오라, 그대 과거인過去人들이여,[c] 지체 없이, 그리하여 나중에 태어날 자들에 관하여, 리비우스 식으로 작은 페이지에, 오히려 우아하게, 사자死者의 로마 어語로, 한 가지 설명을 하는 동안, 육肉의 항아리[17] 너머로, 환락 속에 앉아, 또는 호의적인 전조前兆 아래 그로부터 이토록 위대한 인류의 자손이 홍기興起하는 파리의 지역을 바라보며, 우리들의 마음속에 지오다노와 잠밥티스타 양 승려들의 태고太古의 지혜를 숙고할지라. 즉, 전全 우주는 강처럼 안전하게 흐르나니, 쓰레기 더미로부터 찔러 낸 꼭 같은 것들이 다시 하상河床 속에 들어갈지라, 만사는 어떤 대립을 통하여 스스로 식별하고, 그리하여 마침내 강 전체가 그의 제방을 따라 강둑으로 에워 쌓이도다[d]—회귀적回歸的으로 자주, 그가 움직일 때 그는 그들의 의자를 뺏나니, 그의 꼭 같은 그리고 그의 자신의 성가대 나이를 넘어선 반항경향反抗傾向의 게으름뱅이 놈들[18]을 그는 이소로裏小路(백로우) 대학[19]에서 코치하는지라, 그들 교황생도敎皇生徒들 가운데 저 대학생〔돌프〕은 꾸중을 받기도 하고, 버터 빵 타육打育되었나니,[20]

a. 자네 나의 파함정波陷穽으로 걸어 들어오려나? 하고 심술거미가 소심파리에게 말했도다.

b. 만일 우리들 각자가 우리들이 언제나 했던 모든 걸 언제나 할 수 있다면.

c. 우리들이 행한 낭랑朗朗한 낱말을 마셔요. 선창으로부터의 말씨.

d. 바스크어語, 핀란드어語, 헝가리어語 및 고대 콘월어語, 저주를 행사할 유일한 순수 방법.

〔돌프〕 1달라, 10시時 학자로서,[1][a] 그들을 위해 운문韻文에서 양주어良酒語에 이르는 편지를 바꾸며 그리고 그들을 위해 계주제計主題를 서정문틀 속에 뒤섞으며 그리고 중첩진리重疊眞理를 기만하며 그리고 역시 따르릉 미어尾語를 고안하면서 한편으로, 또 다른 한 사람이 그를 위해 그의 문장을 끝내 주기를 만족하나니, 그는 란卵처럼[b] 기꺼이 소편笑片하곤 하는지라,[2] 그는, 아무 것도 말하지 않기 위하여,[3] 입을 아주 꼭 다문 채였나니, 그리하여 그의 십순서수十順序數의 불결 손톱으로 후비며, 그가 넓게 하는 한, 자신의 혀에 의하여 생긴 결절結節을 자신의 이빨로 풀려고 애쓰며,[4] 얼레에 감듯 요녀妖女[5]에 관한 핀족族의 사실들, 어찌하여 모든 것 중 제일, 제이 및 제삼의 생각들, 그를 매魅하는 애녀愛女인지[6] 그리고 한층 나아가 제사 및 제오 최후로 우도牛都[7] 산産 주머니와 함께 그리고 마차무사고馬車無事故 및 고유의 어형변화[8] 및 지옥의 희망 및 제육 마녀요통魔女腰痛을, 산시算時까지 스스로 재화再話하나니, 요컨대, 이는 전체 저주의 편지 내용이라. 그리하여, 사실상, 그가 자신이[9] 두 번 내시來時하는 동안, 립톤의 강궁强弓의 함재정艦載艇,[10] 레이디(귀부인) 에바[11]를 떠나, 범포帆布의 무두질 법복을 입고, 구조성인救助聖人들 및 숙학자肅學者들의 아지我地 라인스터에[c] 상륙했을 때,[12] 그는 원주민을 개종했나니, 젊은 고토아孤土兒들, 우두인愚頭人들에게, 성인명聖人名을 그리고 호민공화인민護民共和人民[13]을 고어화古語化하고, 풍자 기독론적諷刺基督論的[14] 열성을 지닌 기만欺瞞 지그재그의 매개를 통하여, 그들의 충죄充罪의 죄두罪頭로부터 바르셀로나 모자[15][e]를 벗을 것을(경례, 대인씨氏!)[16] 그리고 그들의 목화木靴에 키스할 것을(나리!), 저 다른 친숙한 사원寺院의 혈지血至의 범위 내에[17] 그들이 당도할 때만큼 자주 그리하여 그들에게 천국의 길을 가르쳤는지라, 그의 트리스탄 삼성三星과 그의 털썩 던지기 모자 술帽子術과 그의 단조로운 표본 클로버 및 자신이〔패트릭〕 힘북투(성가책이권聖歌册二券)[18]에서 깨달은 우리들의 주 묘약主妙藥,[f] 그리하여, 그 동안 내내 유流하고, 사射하고 진震했던 모든 혈탈血奪, 모든 후뇌嗅腦, 모든 담즙에도 불구하고, 저 꼭 같은 로마 갈리아의 문화[19]는 이전에 수면 국睡眠國[20]이었던 전역全域에 걸쳐 비참지지悲慘持地의 이 최풍最風까지 지금도 아주 침투되고 만성되어 있나니, 왜고하니 비록 우리들의 대량학살의 이끼 굶주린 백성들, 고리버들 세공자들일지라도,[21][g] 여전히 그들의 치유治癒를 보견지堡堅持하는지라

a. 한 페니 부富의 흐느낌을 위하여 한 온스 가價의 양파.

b. 누가 우리를 황색의 세계 속으로 데려왔던고!

c. 왜고하니 그것은 산하제계山下制系의 흐름이라.

d 그들 모두가 동맹했을 때 범선帆船들은 그들의 둔미臀尾에 통풍하고, 생강 결과 V자 꼴로 미끄러져 내려, 바다 속으로 뱀처럼 빠져 나갔도다.

e. 그들은 불룩해지고, 깃털 되고, 젤리 날림 되고, 시민市民이요 주자走者요, 그리하여 육계색화肉桂色化되었도다.

f. 기어 다니는 유충, 페트리 팔리, 라인의 기슭에서 그의 고국으로 추방 되었나니.

g. 우리들의 고경顧敬하는 공조부恐祖父는 겉치레 콧수염을 지녔던고?

그리하여[a] 그에 의하여 혁신된, 스와니 강[1] 유역의 옛 초연적超然的 존재를 믿나니, 해외 포교성성布教聖省[2]의 왕자, 기독미사의 성유聖油, 초췌憔悴한 자들의 지주支柱 및 진진실眞眞實의 바위, 그리하여 여왕의 포타주[3] 속에 보관된 모든 종토種土의 수프통桶[4]도 그리고 인더스강江[5]이 품은 모든 종파種播의 녹사금綠砂金도 그들의 사숭배蛇崇拜[6]로부터 한 번 그리고 일양일日陽日에 두 번, 광선光線이 전선電線을 살殺하기 전에[7][b] 또는 활선活線 대 군주[8]가 자신의 우수자右手子인 벤자민 유령광幽靈光[9]을 최천공最天空으로부터 화해고火解雇하기 전에, 고대 팔레스타인[10] 시절의 그들 태고의 섬광과 파광破光 관습에 이르기까지, 첨탑후변경尖塔後變更하는 것을 진실로 허신虛信하나니, 그들(우리들의 백성)을 과유도過誘導하지는 못하리라, 우리는 신애信愛하도다. 그것들을, 핀의 부父 컴할, 그녀의 29시프트 드레스 또는 그의 대륙성의, 연타連打의, 저주咀呪의, 내견연결內見連結 및 하결함下缺陷을 치유적治癒的으로 경청傾聽한 연후에, 화상자火傷者여, 연소자燃燒者여, 노자爐者여, 빌 황천자黃泉者여[11] 그리고 지옥열자地獄熱者여, 말씨 좋게, 돈호법頓呼法으로 불렀나니, 그들(고리버들 세공자들),[12]은 병病이든 전건全健이든, 술 취하든 멀쩡하든, 마치 운명체運命體가 낙방落榜하듯, 그들을 낙방하게 했나니, 별도로 또 다른 동東고트 족어族語[13] 한마디 없이, 그들 자신의 직계 후예로서, 울화鬱火[14]처럼 급속곡急速曲으로,[c] 탄결장炭結腸하도다[d] 그리하여, 우리가 정신병원까지 군행群行하여, 광대망상光大妄想이나 뱀을 상처 내는[15] 처녀전도處女傳道 그리고 살녀殺女들[16]의 껍데기 상의上衣[17]에 관하여 이야기 할 때, 물론 이것은 경칠 모두 저 지중해 어족 계語族界[18]에서 포인터 총왕寵王[19]의 개인적 판단에 의하여 축복 받는 것으로 이야기하는 것인지라,[e] 따라서 말하자면, 소실되고, 방실放失되고, 추실追失되고, 방각訪覺된 것이니, 혹은, 그의 면전에서 실례지만[20] 그이 자신의 단우單友 폭음자暴飲者,[21] 활영웅活英雄 콘[22]을 위한 것이로다. 그러나 잠시 동안 파충류의 시대[23]로부터[f] 일차의 상륙上陸 정장艇長까지 되돌아가면(노장강老長江을 찾나니!)[24] 만일 고암古庵 호텔의, 미려여美麗女 엘리자베스―그녀가 그를 위해 자신의 박쥐옷소매를 깔아준다면, 두 음유시인들이 사랑 이야기를 하리니(발렌티노의 흉일에,[25] 무위無爲에, 홍수구역, 이솔드, 리브의 외로운 딸,[26] 이름이 뭐예요와 함께, 초면初面의, 국외에, 갑자기), 그리하여 모두의 미인美人 혼자만이 감히 말하는지라, 당시 지금, 무관無冠으로,[27]

a. 환시換視하면, 공통 분수와 소수를 청산할 때.

b. 그들의 바로 육체를 유괴하도다.

c. 감자가감자백.

d. 그녀를 때려눕힐지라(오용녀誤用女를).

e. 그를 호활狐猾할지라! 다리 긴 망아지!

f. 벽壁에도 전이戰耳 있었음을 그는 모르는고. 약탈남男은 근신왕近新王 지금은 현조現調시대라.

탈홀奪笏된 채, 시간의 무슨 벽감 속에[a] 그녀(이솔드) 있나니 혹은 장미 세계 안에 밀회하면서(트리스탄), 그것이 바로 라 사벨(채프리조드)의 미인,[1] 맵시 있는 리세르,[2] 그리하여 모든 사원寺院의 나의—마음—의—말뚝[3] 혹은 그녀의 둔욕臀浴의 사지四肢—수반水盤 위에 그녀의 불타는 눈이 발광하고 있는 지라,[b] 오 그녀(오시에), 그녀는 당시(정확하게, 구시舊時, 오후 4시32분,[4] 모든 세 워터베리 시계 주사위 숫자들, 맥 오리프 및 초라한 맥베스 및 가련한 맥김리[5]에 의하면, 동기 성同期性의, 모든 청취의, 똑딱똑딱 시계에 따라, 칠한 세기七閑世紀 뒤에 사일열四日熱의 의醫남자, 빈노貧老의 맥아두 맥도렛,[6] 공중인 부付에 의하여,[c] 확증되는 시간, 그의 출두는 신성 주의 선견법神聖注意先見法과 공화정총독共和政總督[7]의 교령敎令에 의하여 요구되었나니) 그는 최초의 인사를 나눈 다음에[d] 최암일락最暗日樂[8]과 더불어, 그녀의 알맞은 손으로 뻔쩍이는 비누 기포 탕氣泡湯의 저 이득을 당시 그에게 제공했는지라[9]—만일 당시 그녀, 그 당시가 문제로다—그러나, 나리님! 그녀는 결코 예감할 수 없었는지라, 그녀는 아직 공감恐感할 것이기에, 애소愛巢가 발진發疹할 때, 그이 같은 냉한冷寒의 샤워 기둥서방, 가우뚱거리는자, 사四—비飛—매자魅者, 재방자再訪者, 금시에,[e] 조만간 염수鹽水 녀석이 이들을 세도洗島할지니, 오, 이를 경우!, 미스산山[10] 오르기 위해(무악霧嶽의 애소림哀訴林이여!) 저 철갑鐵甲의 셔츠와 방수복 이름 아래, 난 실컷 놀았나니[11](씻을 테요?)[12] 여느 때나 하얀 평화스러운 빰을 하고, 낭포囊胞(혹)가 말하리라, 유일한 자칭의 청등淸燈[13][f]과 그의 세세洗洗 문지름[14] 통桶과 그의 진단자診斷者(디오게네스)[15]의 검댕, 거기 진정 정직한 처녀들[16]이 있는 곳을 청결하기 위하여, 그녀를 매입하기 위하여, 공평하게, 부디 그대, 이따금 그리고 언제 동안이나, 그리고 아크로우 비크로에서 라우스 수퍼(超)럭까지[17] 경쟁의 두 애인을 복수複數로, 와요 마담들, 와요 마마들[18], 그리고 그대의 현물 가격을 우려내요(왠고하니 그는 타고난 매수인이었는지라,4) 자, 최고의 소주 세정옥洗淨屋을 대표하여, 누탄자淚嘆者와 신음자,[19] 나중에, 그의 역량이 퇴조하자,[20] 비애란比愛蘭의 칭호에 의하여 불리어졌나니, 뱀의 이빨 같기,[g]

a. 담쟁이가 제거된 머크로스 사원.

b. 조크와 질트가 다투리라.

c. 늙은 마마누요럼과 로우르그럼.

d. 왜 이러한 금발 미숙아들이 저렇게 크고 유연한 귀를 지녔는고?

e. 포토베로의 폼메로이 암岩, 또는 부랑아의 조난遭難.

f. 화란和蘭양孃이 수녀가 되고 저 비난구非難口의 후손이된 것은 놀라운 일이 아니로다.

g. 러시아모帽를 쓴 마권업자는 왕자 패틈킨이지만, 노예가 커튼 뒤에서 무슨 짓을 하고 있는지 누구 내가 알게 뭐람.

〔트리스탄과 이슬트의 사랑〕 유일자唯一者, 무이양조자無二釀造者.(콘월의 마크왕王) 성聖아이브즈 랜두센즈[1]의, 자네—나를 은송선銀送船하라! 그건 틀림없었나니, 진정! 지독히도 복통비애腹痛悲哀스러운 일인지라, 항시—늙은 아담인—그에게 다이너마이트 환심 산다는 것은. 이런 피날레에, 그리하여 투탕카멘[2]처럼 김빠진 채, 누구누누구를 위해? 그 순빈純貧의 소녀. 한 외로운 페기,[3]〔이슬트〕 야유 당한 채, 크램톤의 배나무처럼[4] 너무나 고욕孤辱되어.(그녀는 자신의 얼굴의 갈감渴甘으로 신辛 침대를 득하리니!),[5] 그리하여 우리들의 금권정치金權政治[6]의 거기 모든 추종시대의 우둔愚鈍 톰과 타르 질자質者 어중이떠중이의 너무나 많은 자들이 그녀를 위로하려고 그녀의 거울 기억할 별거 아처창別居雅妻窓의 오막 집으로[a] 기웃거리다니 단경短驚인지라, 드디어 만 섬의 덩굴인人들, 로크론스타운[7]의 슬복자膝服者들 및 배욕자背慾者들 그리고 스타니배터[8]의 밀고자들, 호랑가시나무 소년들, 모두, 익은 체리를 누구 사지 않겠는고?,[9][b] 가보석假寶石과 무용가식품無用假飾品과 거장식품巨裝飾品 그리고 그것으로 끝나지 않고(끝났으면 좋으련만!)—그러나 제이第二의[c] 네리자(nelliza)〔트리스탄과 결혼한, 브리타니의 이슬트〕를 기아애棄兒愛하는 것을 생각하면, 또한 도둑 키스(토르소[10]는 사라졌어도 최선흉最善胸은 여전히 거기 있나니), 어디에 그가 행했는지 그리고 언제 그가 행했는지, 최후까지[d] 상기하는자—당장 나의 망각을 잊게 하는지라, 그것이 리토견泥土見한 것이란, *맙소사!* 경사傾斜인가 혹은 거리 바로 아래인가, 적敵을 통해, 위해 혹은 부터, 친구 위에, 다 함께 위해서 마냥, 목사관에서? 피코 전도사관도傳道師館道?[11] 주교의 무용 대건축無用大建築? 교황 정치촌政治村?,[12] 말뚝 울타리, 돌담[13]을 뒤로하고, 들락날락 우사牛舍—왠고하니 다락多樂의 부허언浮虛言을 그는 많은 백합허청이白合虛聽耳에 요妖속삭였기에.[e] 그리하여 저 양자兩者〔두 이슬트〕의 양팔의 어색한 포옹을 분석하려 애쓰면, 저 슬그머니 도망치는 잠복자의 턱수염 난 그리고 무감각한 생식력과 그의 갈리아풍風의 콧수염을 모두[f] 애 포완愛捕腕하려고 애쓰는 골행滑行, 더모트와 그라니아,[14] 그녀의 한정판의(텁, 텁, 그대는 베드로!)[15] 그들의 섹스섹스 집에서 타월로 닦는 목적을[g] 위하여 실수로 동시에 가차 없이, 해변—모처某處[16](오 귀여운 매끈매끈한 머리, 허랑자虛浪者의 이마 그리고 가시 돋친 귀여!) 마치, 악당, 거짓 초판初版인, 그가 진짜 장구벌레 같은 몸부림치는 갓난아이처럼![h]—글쎄, 귀여운 더모트 그리고 그라니아[17]

a. 오 메아리! 오 메아리!
b. 리그 육六과 칠七.
c. 나의 모자 주변에 온통 고개 처진 술을 나는 달리라.
d. 그대는 자신의 스턴 성星을 얽어매고 광 사제狂司祭가 되는 것을 여태껏 생각 해 본 적이 있는고?
e. 그들이 선효先酵를 포착한 것을 보여주기 위해.
f. 펜넬라에 의한 프리먼지紙의 만화비누를 볼지라.
g. 단지 커다란 사마귀 한 점.
h. 무식한 촬스는 그가 자연사自然死하기 전에 허열들虛劣等 콤플렉스를 가졌도다.

〔이제 꿈은 마크 왕에서 조이스에게로〕 그리하여 패자敗者에게 화禍 있으라,[1] 만일 그것이 상냥한 가슴을 재빨리 빨아드리는 사랑이[2] 가장 먼 쪽으로 원을 그리는 것처럼 보이는 것이라면.(저 울록鬱綠의 골풀 묶음에 의하여 모두 질식되는 것이 인생인지라)[3] 그의 결점을 천주여 도우소서![4] 그리하여, 한층 주목할지라, 만일 저 최고의 개량적改良的 시대 평지評誌, 공건향미空間香味와 서단西端 여인女人[5](발행 전에 완전 탈진脫盡, 기저귀 인도지印度紙[6] 판 근간)의 성聖러보크의 일호日號[7]에 실린 실로 커다란 불만의 투시도透視圖가 우리들의 지표指標를 위한 것이라면, 그렇게 보이기 시작 할지니, 맹세코, 그리하여 그대가 그것을 포기하도록 그에게 목가적으로 설교하거나 게다가 혹 과침過侵을 경계하도록 호긴 녹지綠地[8][a]의 젊은 가톨릭 진인후眞咽喉의 혈육 포옹자들에게 기도해 봐야 아무 소용없는지라, 왜?, 암소에 맹세코 ∵.[9] 왜냐하면 사람은, 요약컨대(서츠 바람에),[10] 그는 어떻게든 변덕스러운 여인 같은지라11) ∴.[12] 그런 고로 그들은 그렇게 하려고 하지 않을 것이나니. 그리하여, 만일 그대가 이러한 언제나 통풍痛風의 무실인간無實人間의 뇌腦의 소스냄비 속을 엿볼 수 있다면, 그대는 그의 사고 잡물思考雜物의 집 속에 볼지니(즉, 그대는 무 육체無肉體일 정도로[13] 충분히 비염화非汚染化되어 있어야 하지만), 육지부하물陸地負荷物의 및 또한 설유기물舌遺棄物의, 석금폐물昔今廢物의[14] 상실된 또는 산란한 시대의 메꽃 식목植木(腦)의 어떤 부하물負荷物 찌꺼기를, 그 뿐만 아니라, 탐조등의, 바닷가에 끌어 얹힌 채, 처부수어진 채, 그리하여 미패각美貝殼된 채, 바다로부터 미래 속으로 원두선행遠頭先行 하는지라, 그대 자신의 곡괭이 모인帽人 노동자의 건초류腱鞘瘤가 이른 바 진부한 말(言)들이 이따금 엮어 내거나 아주 능란하게 짜 맞추는 신발생물新發生物을 재즈 무광舞狂 서럽게 얼레로 자아낼지니, 고로. 그리하여 동등이 그렇게, 전체 파우스트적 퍼스티언 직織의[15] 호언범죄豪言犯罪는, 그대의 기품氣品이 경박한 것이든 혹은 그대의 혼지魂脂가 울기鬱氣하든, 말하자면, 우리들의 사제師弟밧줄 쌍연雙連 급폐쇄急閉鎖의 경악안驚愕眼이 심벌 상징적象徵的으로 그대에게 종달새 되 듣도록 할 것이나니,[16] 비록 하루가 십년처럼 농집濃集 할지라도, 어떠한 입도 토지방언土地方言[17]의 행진에 경계선을 펼 힘을 갖지는 못하는지라,[18][b] 반 일철半一綴로, 반 일리半一里로, 반 일점半一粘으로,[19] 상식, 즉 권태하倦怠荷의 짐승이 전방으로,[c] 그의 헐거운 이팅 S. S. 칼라[20] 속에 회전 기록적回轉記錄的으로 숨어서, 그대에게 단호하게 휘파람 행행行行 불지니—플라톤 위년아偉年兒들 쌍간双間의 프로톤의 애쾌愛快[21]—그대가, 어떻게, 무할無割의 선현실旋現實 속에 어딘가 경계를 해야 할 것인지를)

a. 글라스(유리)와 풀무의 비크리 차車가 산정山頂의 원동기原動機를 펌프로 푼 곳.

b. 아서왕王 원탁圓卓과 사나운 브루트.

c. 부시밀스 위스키, 하고 울슬리경卿이 외쳤도다. 마그 숙모여 어떻게 노 저을 건고!

왜 나의 것, 왜 그의 것과 마찬가지.

〔기하 문제로의 복귀 ALP의 음부 설명〕 코스? 무엇(코스)인고? 그대의 용서를! 그대, 그대는 무슨 이름을 떨치는고?(그리하여 사실상, 그가 버티어 냈던 죽음이 그가 죽어 들어가려는 삶이되기 이전에 불쌍한 영혼이 변천과 변천 사이에 있듯이, 그이 혹은 그는 거의—그는 이성에 대하여 구루병佝僂病이었지만 그의 마음의 균형은 안정되었었는지라[2]—그이 자신을 잃고 있거나 또는 혹자의 스키피오의 꿈에 변화 만경變化萬景 탕진하고 있었는지라, 그이 또는 그는, 몽신夢神 모르페우스가 오고, 모르페우스가 가고, 모르페우스가 식목하고 모르몽자夢蔗[3]가 자라고, 수천무수대소동數千無數大騷動으로, 그의 철학석哲學石의 나태청안懶怠青眼[4] 속을 응시하는지라,

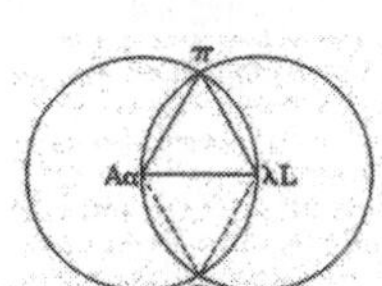

자궁택일子宮擇一 또는 태내골胎內骨의 상호작용.

더블린(多拂隣)(DVbLIn)의 풍경철인지석風景哲人之石,[5] 그것은 로림露林 속 매혹가魅黑歌의 면몽眠夢들 중의 하나였나니[6] 대大느릅나무 밑의 회전통로(앞뜰의 지륜석指輪石[7]과 함께).[a] 이제 아나촌寸[8]이 주어졌으니, 그대 척尺을 온통 취하라.[9] 실례지만! 그리하여, 노老사라 아이작의[b] 무언가면산수신비술無言假面算數神秘術의 보편명제普遍命題로부터 난발음대수적難發音代數的 표현을 발發하면,[10] L이 생류生流를 나타내 듯 A는 아나를 의미하도다. 아하 하하, 안티 안 그대는 숙모 아나 생류生流를 흉내 내기 쉬운지라! 새벽이 생기生起하도다. 보라, 보라, 생애生愛로다! 소야宵夜 이브가 만낙晩落하나니. 야, 야, 웃음 짓는 나뭇잎 처녀! 아아 아아, 숙淑안, 우린 실자失者까지 최후라, 봐요 봐! 그건 완벽하도다. 자 이제(그대의

와권渦卷, 취운醉韻의 봄(春). 두정頭頂.

a. 나비들이 바람 부는 곳 드람콘드라의 꿈나라.

b. 오, 웃음 짓는 셸리, 우리는 우리의 비성서秘聖書의 나머지를 위하여 저 노호 주제老狐主祭 하신하물경荷身何物卿, 버트에 의하여 두꺼비 출몰出沒 당하리오?

〔돌프 음부 설명의 연속〕 반점안斑點眼의 렌즈(수정체)를 여기 맞추고, 나의 것은 장로교안長老敎眼, 분리하여 구를지라) 우리는 복사잉크의 미직선迷直線 AL을 보도다(그림에서, 숲)〔ALP의 음모〕, 연속된 것으로부터, 람다 섬(島)[1)]에서 멈추다[a] 거기는 또한 모이도母泥島.[2)] 내게 닻을 제발! 나는 하무何無를 내리고 경외敬畏를 나르도다. 자, 그럼, 이걸 끌어드려요! 엘리스[3)]가 여태껏 자신의 요리 경料理鏡을 던진 가장 기억할 루스한 카룰 추론推論들[4)] 가운데 하나. 오라프(A)를 중심으로 하고 그의 대변자로서의 오라프(A)의 양미羊尾가 선원旋圓을 외접外接하도다. 세 번 실례! 테(輪)후프! 망아지 계란처럼 둥글게! 오, 맙소사! 오, 이봐요 자! 또 다른 원대圓大한 발견! 매이크피어(恐)삼의 대양大洋[5)]을 닮았어. 그대 이건 정말 우연한 발견이도다! 어째서! 글쎄, 그대는 컴퍼스를 사용하지 않았던고! 기발적奇拔的! 초기의 재치가, 확실히 정명定命이라, 스위프트에게는, 맙소사, 정신병원![6)] 대동소이로다. 보드빌[7)] 희가극 노래 속의 바그다드 아빠(대디)처럼, 그로트스키 골러 바의 고통),[8)] 리디아의 분연구糞煙區에서[9)] 자신의 향호香好의 터키 권연卷煙을 취취醉吹하며,[b] 자신의 풍곡체豊穀體를 천천히 움직이기 위해 매리 오웬즈[10)] 및 돌리 몽크스[11)]와 함께 연안견보沿岸見步하면서, 멀리서부터 그를 등반登攀하는 브랙—록, 킹스턴 그리고 도크렐,[12)] 우리들의 포포카트페틀 화산火山,[c] 아브라함 브래드리 킹?[13)](딸랑 딸랑! 딸랑 딸랑!) 그〔HCE〕의 탄약고벽彈藥庫壁[14)] 곁의 추락. 덩어리, 용암鎔巖과 모두.[d] 좋아! 그러나, 천둥과 잔디에 맹세코,[15)] 그건 아직 다 끝나지 않았나니! 우리는 비잔티움[16)]을 회고하도다. 역사는, 우리들의 추억모追憶母, 고디아나[17)]가 노래하듯, 오늘까지 반복하는지라,[18)] 그녀는 테너 무두장이의 딸,[e] 내 생각으로, 이따금 연쇄적으로 그녀의 온유溫乳단지[19)] 위로, 늘 노래하곤 했나니.

사르가, 또는 세계창조의 길.

유괴출현주의幽傀出現主義 및 괴몽주의怪夢主義, 마야(환영幻影)—여신. 암暗—선善—정열.

a. 금렵지禁獵地 관리자 카펜가 X. J. P. F. 아이와 인형의 집. 제과통製菓痛.

b. 필요시의 방랑우放浪友는 극악極惡의 잡초로다.

c. 아침에 산보할 때 입김 날림이 최고.

d. 바간번의 협곡에서 애란은 사라져 갔도다.

e. 우리들은 모두 수모교獸母校 태생이라.

그녀〔ALP〕의 괴상한 이종적異種的 윙윙대는 바스 음音으로 작일昨日 그리고 밤낮 영원히.[a] 허영 중의 허영.[1] 그리하여 일천사년一千思年의 밤 그리고 한 낮 동안.[2] 위대한 셰이프스피어(모형면模型面)[3]가 재담 한 대로. 사실상, 나는 재잡언再雜言하거니와, 지나간 수년부터, 으르렁 나〔돌프〕의 마음의 사랑하는 경모鏡母〔ALP〕, 그녀는 과연 늘 그랬나니. 그녀가 내게 산타클로스 옷[4]을 줄 때 그녀는 투탕카멘 왕王을 위하여 선물을 매달았고[5] 슬리퍼 도깨비의 옛 놀이[6]에서 촛불의 유령을 끄도다. 유령의 날(저령일諸靈日)[7]이라. 내가 그처럼 되레 꿈꿀 때, 우리들은 단지 모두 망원경임을 보기 시작하도다. 아니면 카멜리온[8]의 성찬. 내가 목애란牧愛蘭에 있는 것을 몽견夢見하고,[9] 물오리 솜틀 속에 털썩하고 깨어났을 때처럼. 영면永眠! 그러나 원점으로 환원하거니와.[b] 얼마나 경이로운 기억을 그대 또한 가졌는고? 정말 이경二驚스러운 내억來憶이나니! 이상二常 서럽게도! 좋아! 나는 0을 도락都落하고 소매를 걷어붙이고 무無[10]를 요리하도다. 이제, 중이지中泥地 L 토土에서 재빨리 도출逃出하여, 루칸[11] L로부터 그녀의 딱총나무로서 도표의 A자와 함께 180도로 사전환四轉換할지라. 만사萬四가 만평萬平하고,[12] 나의 교사가 내게 비밀육非密育 하다시피.[13] 잘 살펴봐요! 그러면 그대는 전체 잉크 암시를 알게 될지니. 실례지만, 실례지만![14] O 원뿔 선旋,[15] 원뿔 선 O, 원회전圓回轉![16] 도跳 라라! 앉은 채로 빙글빙글 원을 이루어! 오, 맙소사, 그건 정말 멋지도다! 아주 멋지도다. 정말! 그리하여 한 쌍의 미려동일美麗同一한 컴퍼스 다리를 만드나니![17] 그대, 예술을 위한 총인유總引喩 그리고 나는 그에 대한 핸들 예표藝標 같은 것. 건배! 이제, 현박現迫하게 느껴질지니, 우리들의 이중(二重)블린의 쌍환(도)双環(道)의 한 쌍이,[18] 그들의 P 수행隨行에 있어서 근접합近接合하고, 이웃고, 상호 고무접합 하는[19] 두 획일점劃一點들[20]에 존재하도다. 차처광시此處光視! 나는 그대가 의미하는 바를

야채포野菜胞와 그의 사유재산.

가진자와 못 가진자 한 가지 차별.

a. 큰 선장 킬쿠크와 킬리니의 주크 일가一家를 위한 그들의 녹피鹿皮 셔츠의 복파腹破를 꿰매면서.

b. 글 소所라! 반짝짝의 뒤범벅.

재구성再構成의 기본으로서 분기점分岐點.

감시感視하나니. 이중관二重觀의 종자種子들,[1] 자 이제, 전제前提[2]를 레몬스쿼시 짜내면, 초전初前의 원리를 참조할지라, 그리하여 나는 레몬 진흙 속에 짓눌릴 때 수리점數理点을 생각하지만, 그러나 수배자적數胚子的 배분유配分由로서 나는, 아락쓰강江에 맹세코, 우리들의 괴물사기怪物詐欺꾼,[3] 목통木桶 아담과 천天 이브가 낙풍자樂諷刺의 매음조賣淫鳥[4]를 방해했던 거기 봉변棒邊에[a] 있는 대문자 P를 프라이드 권倦하기를 장호長好하고 싶도다. 그리하여 그대를 석방할지니, 아미니어스여,[5] 그리고 그대의 목적을 위하여 겸허댁謙虛宅으로부터 그대의 겸허한 가짜 파이를 만들지라.[6] 거기 그대의 보족향점補足向點[7]은 질서의 점点[8]이 될지니. 나갑니다 나갑니다 낙찰입니다[9]와 크록 크릭 크룩과 함께.[b] 그리하여 나의 안색은 괴팍해지고 치한癡漢이 엿들어다 보려고 애를 쓰는지라.[c] 자네 거기 괜찮아, 마이클?[10] 자넨 거기 꼭 앉아서 감당할 수 있다고 생각하는고? 좋아, 물론, 그건 경치게도 천사풍風이군[11] 하지만 난 아직 그게 그토록 저위咀危 서럽다고 느끼지 않아요. 아이, 난 여기 괜찮아, 나클,[12] 그리고 난 쓸 테야. 그것이 왜 내게 꼭 어울리는지 정선頂線을 노래하며. 그러나 맹세코 돼지 사마귀 이야기와 혼魂들의 면식, 란모卵母가 프라이팬 뚜껑에 갈팡질팡 질식한 이후 여태껏 들은 최이광最泥狂의 것이로다. 자 이제, 완전한 천사 낚시 각角이야,[13] 사랑하는 형제 조나단[14] 그리고 묵면목黙面目의 천사여, 알파 피두표 P와 LP를 점선點線으로 느슨하게 접해요, 그리고 한층 정낭적精囊的으로 화 논리적話論理的이 되기 위하여, 뱀장어 L 파이와 파이A를 간선幹線으로, 내가 특공特空을 포위하는 동안 한 선線을 실례! 니케[15]〔케브의 암시〕는 잘 했도다. 아부阿父,[d] 아자兒子. 소세小洗의 경계선. 그리고 빳빳한 석장錫杖처럼 판판한(극히 명백한).[e] 자, 입에 물(水). 나는 그대로 하여금 그대의 영원한 기하대지모幾何大地母[16]〔ALP의 암시〕의 전자궁全子宮을 비유무화과엽적比喩無花果葉的으로 보도록 할지로다.

a. 실내장식업의 파시 프렌치는 기뻐하리라.

b. 만일 나사가 버팀목을 뽑으면 나는 절멸하리라.

c. 통역자 그대 애란 말을 이해하는고? 그대 가라앉는다면, 나는 수영항港 할 수 있나니. 기운을 낼지라!

d. 신저腎躇.

e. 여아女兒의 저 건방짐!

숙명, 의장意匠의 영향.

프로메테우그, 예급豫給의 약속.

그리하여 만일 그대가 그녀의 포커 눈썹 아래로부터 자신이 입은 두의頭衣를 팽개쳐진다면 그대는 왜 새먼슨이 자신의 혼인魂印을 육각요녀六角妖女가운[1] 위에 새겼는지 현문재담賢問才談하리라. 히쉬![2][a] 아라아라 저런, 계속 해봐요! 홍미를 위한 핀![3] 그대는 시베리아의[4] 아들처럼 소나기를 뱉었지만 어디 시작해 봐요! 자 이제 내게 경계를 지울지라! 어魚라! 바깥의 사상황蛇常況이 대등하게 의지意志되어 있는지라, 우리는 조심스럽게, 만일 그녀가 안호顏好라면, 그녀의 셈 솔기햄 가두리를 들어 올리고 그녀의 삼각의 예점銳点에 야벳주름[5]을 잡을지라(암 망아지 행복 죄幸福罪[6]를 범한 이후 수천 번 기행旣行했던 것처럼. 오 슬픈지고! 오 슬픈지고!) 우리들의 A.L.P.의 처녀앞치마, 무섭도록! 그의 하천저下天底가 와권직渦卷直으로 있을 때까지 거기(실례지만 두 개의 예각銳角을 직각으로) 그의 배꼽의 정점이 있어야만 할 것이로다. 그대는 지근접脂近接해야 하나니, 어둡기 때문에. 원투圓投. 그리하여 그대의 화도火刀〔성냥〕를 밝힐지라. 괴짜! 그리하여 이것이 그대가 말할 것이니라.[b] 봐아아아아요. 쯧! 닫아요, 수문을! 파라婆羅! 그리하여 그들의, 적수赤首여,[7](왠고하니 대선적주자大扇笛奏者의 종鐘과 함께 우린 가보지 않으련고?[8] 그것참, 사해死海[9]의 생상生像,[c] 허들 베리. 펜(장애물 항)[10]의 단단한 성채, 띠 늦춘 등변 삼각형의(악마에게 영혼을 팔다니,[11] 창피하게) 육 점 부분[12]에서, 강류江流의, 하류河流의, 적류笛流의, 조류潮流의 그대의 이고泥古의 삼각형의 델타의 중앙 패총 쐐기, 어린 소녀, 이제 그대에게 분명한, 아피아(A) 리피안眼(L) 복음판막複陰瓣膜(P),[13](훌라춤을 도跳하라, 손녀들이여!) 그녀의 안전 음문陰門의 무인흑점無吝黑點, 모든 이등변 삼각형의 첫째.(그리하여 왜 그녀는 재봉사를 유혹한 처녀처럼[14] 다락냉이 책상다리로 앉아서는 안 되는고?) 부단不斷의 고류苦流, 대하습모大河濕母, 지역의 자랑[d] 그리고 저 조부해일潮父海溢이 프란킥 대양[15]으로부터 돌습突襲하자, 올(總)라프 코라 여왕女王[16]〔ALP〕은 그의 침태寢台요 주관酒棺이로다![e]

a. 도나 스퍼란자의 민족 동창형凍瘡型.
b. 각角 등等 공恐. 모두 볼지라.
c. 그것은, 그것은 상가논의 꿈이도다.
d. 그리하여 모든 아인류我人類.
e. 왕푸강노江櫓 및 쉿 와아 후우.

우회적어법迂廻的語法과 그의 역할.

기시起屍든 침시寢屍든, 아피엘 엘피아.〔ALP〕 이거야말로 그녀 안(Ann)이로다. 그대는 그녀의 그걸 보나니. 어느 누구든 그대가 보는자가 그녀인지라. 그리하여 만일 그대가 남(난卵)보다 좀 더 잘 할 수 있다면, 우리는 곧 갈고리든 걸쇠든 기어코 뭘 보게 되리로다. 했어야 할지니. 큐이에프(Q. E. F.)![1] 고로 그대 파이프에 담배 물고 천천히 잘 생각해 볼지라! 그리하면 그대는 저 느른한 페넌트 삼각기三角旗를 개양할 수 있으리니, 그대〔케브〕. 나〔돌프〕 방금 그대의 통의(시므온 가歌의) 산散 페이지[2]를 읽었도다. 왠고하니, 그녀의 최소점最小点이 무량無量한 것으로[3] 가정한다면 또는 재차 최만자最慢者〔돌프〕가 최흉자最凶者 돌〔커브〕로부터 모든 면에서 부동不同일 수 있음을 인認한다면, 그때부터 허영성虛零性(O)의 권한 안에 있는 어떠한 것도 우리들이 하나(1) 속에 소유하는 통일

성당의 그리고 천상天上의 성직자 단. 승천. 하강.

체보다 더 크던가 아니면 덜 적던가 여야만 하나니 또는 지금부터 상이순섬광常二周巡閃光하는 탐색자들의 동경승리안목動徑勝利眼目[4]은 그들의 윤형輪形의 생략타원율省略橢圓率에 있어서 회구적廻久的으로 자체 재생산적인 것들의 저들 계수計數를 결코 충당하지 못하리로다.[a] 그것은 비감수적比感受的이나니. 훤 추론喧推論. 저 근저의 어떤 것에 대한 누구누구의 궤적이법대수軌跡理法代數는,[5] 가장 지표적指標的으로 가수假數 마이너스일 때, 종국적으로 무無에 이르는지라[6][b] 또한, 여기에 아하(A)가 자신의 등가물 리리스(L)와 접점을 코사인과 합한 죄(싸인)보다 나쁜 싸인이 현연現然하나니, 숙熟 버스트 싸인이 여각餘角싸인 상上에, 그리하여 그런 모든 것은, 퍼퍼프(P)(직각)가 파패波貝하기를 멈출 때까지 귀歸 코시컨트와 우偶 코탄젠트인지라, 왠고하니 그녀〔ALP〕의 직각 적모발赤毛髮은 모두 가로좌표로서 우리들의 마음 들뜬 육순절六旬節[7]

소요학파적的 주위周圍. 이신숭배異神崇拜.

[c]의 이러한 경향을 극한가極限歌하여, 가능한 한 그녀 자신을 구면球面처럼 확대하고, 낙원적樂園的 주계진주모周界眞珠母[8]가 되어, 방일신부放逸新婦의 곡曲으로 사방팔방에서, 그녀의 각면刻面들의 무한미적분無限微積分이 그녀의 서술 불가(속옷)의 캘리코 옥양목처럼 다다수多多數가 되나니(우리는 영원한 로마[9]를 생각하는지라) 단백短白에서 단소短小로

a. 나는 누구 못지않게 즐기도다.

b. 영원도 구원받지 않고 육체도 걷어차이지 않나니.

c. 마을의 자랑.

단축短縮하도다.[a] [케브 왈] 예증例證, 매사에는 삼탄식면三歎息面[1]이 있으나 자유된 자者의 나(아我)는 그대들을 공포恐怖된자에게로 가져오도다. 유클리드증證?[2] 우리들 모두의 모母! 오, 봐요, 자 저걸 봐요! 나는 그것이 그대의 방령芳靈인지 또는 생방사省放射[3]인지 알지 못하지만 나는 그대가 그걸 차원 언급次元言及해 준 것에 기쁜지라! 나의 주기적主奇蹟이여![4] 나의 주기적主奇蹟이여! 만일 그게 그렇지 못하면 그건 내가 여태껏 본 바로 가장 기진氣盡한 일이로다![5] 그리고 중첩重疊이라! 진짜 쐐기 진수眞髓 우연일치로다! O. K. 우리들은 모두 충돌하나니. 올로버 크롬웰[6]이 자신의 그라니아 조모[7]를 속였을 때 말한 것처럼. [돌프 왈] 캥거루의 자만自慢 깃털이여. 우리의 이름에 맹세코 그대가 저 낙뢰노호落雷怒號였음을 누기 여태껏 믿었는고? 그러나 그대는 전성全聖으로 서잡鼠雜하여 족처足處를[b] 잘못되게 사구獅□하고 있으니,[8] 마치 그대가 대면유對面留하고 있는 유령을 쳐다보고 있듯이, 그대 복 받은 최단最單의 온통 바보 같으니! 그대의 빌어먹을 랑인浪人의 등燈은 어디 있는고? 그대는 아래 쪽 청광반사면淸光反射面을 수평면으로 핥아야만 하도다. 그녀의 몸통은 스스로의 뇌상자腦箱子가 아닌지라. 파복선波腹線이 어디 있는지 귀로 듣고, 여기 공점孔点을 볼지라. 고로 그[케브]는 그걸 행했나니. 락樂! 그녀를 선견善見할지라.[9] 글쎄, 좋아, 글쎄, 좋아! 오 정말, 오 디,[10] 그건 정말 근사하도다! 우린 단單 설교說教의 해멜 음조[11]처럼 은 곡조銀曲調 오하간즈를 따르기 좋아하나니.[c] 그[돌프]가 자신의 예둔藝臀을 거듭 굴러, 발꿈치 턱을 보일 때, 정말 근사하게 전적으로! 늑대솔기를 지닌 양羊 독사처럼. 너무나 분석적인 언재言才라! 그리하여 이웃 톱소야,[12] 몰 켈리의 힘[13]에 맹세코, 그건 내게 나의 전全 생류生流의 양근陽根[남근]이 되리라.[d] 우리들 양자가 녹반 어綠礬語를 말해왔던 것보다 한층 나으나니. [케브의 비난] 여태 기네스 입사入社에 대해 생각 해 보았는고?[14] 그리고 유감스러운 로마의 목사의 충고를?[15]

카인속屬의 비너스가 최음적催淫的 오우리디스에게 승화昇華되다.

배타주의 시작, 운명 및 우연 기회, 어느?

a. 이거 어찌된 일이람, 그녀를 비별飛別한 것이 뗏장의 유감인고?

b. 나는 그것을 찌기 두頭라 부르도다.

c. 어떤 류類의 단어도 일용철一溶綴로된 순수한 지나 중경支那重慶의 관용어법慣用語法. 각자 차 마시고 눈은 생선 냄새 맡으니. 그건 물고기라.

d. 낙서가족落書家族 낙서, ᗰ, Δ, ⊣, X, □, Λ, ⊏. 낙서, 가家?

경찰이 되고 싶은고.[1][a] 그대〔돌프—솀〕 글쎄, 그대는 언제나 머리 명석한 녀석들 중의 하나였나니, 한 발을 불급不及 바짓가랑이에 넣은 이후, 가신자假信者 같으니! 글쎄, 그대는 악마 자신의 악빠른 머습이라, 그대 자신에게 공평하고 타자에 술책 부리는지라, 그렇고 말고, 가짜 희망! 글쎄, 그대는 저습咀濕받을지니, 그렇고말고, 이 연옥일煉獄日들의 하나 하지만 그대 그러리라, 적발赤髮 놈![b]

〔케브의 낙담과 분노의 폭발〕 따라서, 그가 시간을 보는 걸 멈추고 긴 의견을 멈출 때 여기 급히 서두는자로서 그 자신은 경쾌한지라, 그는 여태껏 최후혐最後嫌의 말을 하여 상대방의 입을 봉하고 싶나니, 제이콥제製의 달콤한 마리아 비스킷[2]을 경칠 먹기 위해 눈귀를 하강下降하고,[c] 그리하여 그의 둥근 턱의 치통齒痛을 위하여 비어 포스터의 습자 책[3]의 슬라이드 페이지를 주춤주춤 끌어당기는지라, 캔디에 입 맞추는 P. 케빈[4]은 자신의 기억을 새롭게 하고 자진해서 글에 몰두하고 싶고 또한 할 수 있도록(사자獅子 나는 독讀하나니, 서반아 식으로, 에스크리비비스 필筆, 그대의 전全 버섯 망원경) 내게 예수 빵 성체를 게걸 우뢰雨雷서럽게도 자신의 잘게 써는 자인 쯧쯧 형兄〔돌프〕의 경홀驚惚 속에 곧잘 예사로 야금야금 씹어 삼키나니, 그 이유인즉, 타자[5]가 자신의 창조심創造心의 반조력半助力에 의하여 전투의 전리품으로부터 대중大衆을 구해救解하기를 제안했던 반면, 우리들의 동일자는 음식의 은총의 조도력助跳力을 가지고 자신의 부교腐矯의 구심口心으로부터 난궁亂窮을 개방하기를 탐구했는지라, 자신의 털실 토시의 소맷부리와 더불어 자自 무의식적으로 자신의 좌악左惡 단안單眼의 키클롭스와 함께 삼중혼三重婚을 화필畵筆하면서 나선螺線의 뒤뚱거림으로 그들의 사원산수법四元算數法의 유랑流浪 하밀튼 자체를 추적하며 노오란(무지無地)의 브라운(갈색의) 지저스(예수)[6] 찌꺼기를 돌아보려고 총애 속에 돌프 행하나니[d](사절판四折版의 책은 그에게 주지말지라!) 마침내 전신에 땀을 흘리자 턱의 정맥이(그의 날개 깃촉을 불 끌지라!) 자신의 내피어 대수법對數法으로 활活 생득권[7]을 점재點在하나니, 마치

장자상속권과 말자末子상속권.

우리들의 감치는 아내들을 위하여 앙금이 들어 있는 양말을 우리에게 노래하다.

a. 재再니크를 혹평하며, 소풍객 미키?

b. 조부는 아침이에요, 대비 스티븐 선생, 하고 유롭의 초初신사가 말했도다.

c. 백 백 두절양杜絶羊, 그대는 무슨 의모意毛를 가졌는고?

d. 해협인海峽人에게는 얼마나 되통스러운 흰 코끼리람!

무폭풍無暴風. 무압력無壓力.

도해圖解.

활동가의 활술活述.

소극자의 박탈.

〔슬픈 케브, 마루 위에 드러눕다!〕 팽팽한 밧줄 마냥.(그를 민정지敏停止시 킬지라! 혈문血文 핥는자를 부를지라! 닥터 브라센 엉덩이[1]는 어디 있는고?) 그것은 뭔가 그의 전목사前牧師의 것이었도다. 오 그는고통 해야 하는지라![2] 이 이단의 평화조자平和調者로부터 그의 비신非信의 곡예 염曲藝炎까지.[a] 멍텅구리에게 요구하여, 미사에 늦게,[3] 매매매맴 혹양[4]을 위하여 기도할지라.(확실히 그대는 어떠한 피파 파스 구문句文이든[5] 제작 필筆할 수 있는지라, 단언컨대, 털갈이 불결집게벌레처럼 멋지게, 그대 스스로, 믹![6] 진흙의 낄낄자者에 오늬를 달도다! 그리스도 성당 대 베일럴 대학이라!)[7] 친애하는 그리고 그는 계속 난필 했나니, 태어날 때부터의 위사衛士, 우리들의 매일의 빵 미녀,[8] 그는 그녀를 위하여 필筆할지라. 그는 그녀를 탐연모耽艷慕하고,[b] 자신의 들뜬 눈살 찌푸리는 아내와 무뚝뚝한 싱긋 웃는 타자와 함께 만인을 위하여 얼마나 지타재담흥脂打才談興하리오[c] 그리고 어떠세요, 꼬리 흔드는 자여?[e] 나의 동물혼魂은 비우悲愚로다! 그리하여 서글픈(트리스탄), 아 서글프게 나는 나의 간肝을 먹었나니라! 그게 사실이 아니라면, 행복한 허구여. 오 변기便器여! 그〔케브〕는 여차여차였나니, 온통 해리옷(harriot)[9]이라! 그는 비노悲奴였나니, 마魔 허드레 꾼![10] 그는 신비군神秘君이었는지라. 정부역사政府役事와 더불어 연금의 해도海盜[11]를 닮은. 모든 도悼 월요일, 누淚 화요일, 애哀 수요일, 쿵 목요일, 경驚 금요일, 박撲 토요일, 신법神法의 두려움[12]까지. 이 경련을 볼지라! 그는 아카시아 나무[13]의 판자뗏목 위에 스스로 때려눕힌 채, 매자每者이었도다. 그를 볼지라! 심침深沈하거나 아니면 데카르트 춘천春泉을 촉촉觸하지 말지라.[14] 더 많은 재(灰)를 원하는고, 포착자葡捉者여? 얼마나 금시 몰골스럽게 그는 자신의 나측裸側이 악귀성惡鬼城에 포위되어 저속하게 누워 있었던고. 그리하여, 그 밖에, 얼마나 당시 하이에나 식食으로 그는 자신의 소측笑側이 크로크 공원 자고鷓鴣새 궁지에 버림받아 저장低張하게 누워 있었던고[15](그대 로라프[16]의 의도하는 장전腸戰을 경계할지라,

〔300.09–302.10〕 케브 당황하다—케브에게 글쓰기를 가리키며. 형제 싸움은 이제 다시 진행된다.(좌우주석左右註釋은 우리들에게 주제를 서술 한다). 우리들의 감치는 아내들을 위하여 앙금이 들어 있는 양말을 우리에게 노래하라. 장자 상속권과 말자 상속권.

a. 그리하여 그녀는 자신의 애족愛族을 달래기 위하여 연못의 편화片和를 찾아야만 했도다. 간청懇請!

b. 죄송, 그들의 애란의 크리스천 부라더즈의 학생들이도다!

c. 그녀가 브라이어 숲에 곱들어졌을 때, 그는 그녀의 전신全身을 예화禮花로 풍성하게 했도다.

d. 불결저속 불쾌한 개입.

e. 친애하는 로스마스 노인. 당신이 펜막스에 가게 되어 대단히 기쁘나이다. 콘월(壁)에 편지를. 이빨 빠진 늙은 할.

영혼을 불어넣는 여인이 고뇌하는 초남超男을 지지하도다.

〔두 소년들의 기질과 대조되는 두 가설적 편지들〕 지복至福의 사제司祭 리취(거머리)가 말했도다) 안은 곧 기별이奇別耳 있기를 희망하나니. 만일 당신이 제게 목장편두牧場扁豆의 스튜를 빌려주신다면, 나리,[1)] 그리고 한 접시의 스튜 대금大金 값을.[2)] 구두점. 모든 성직서기가聖職書記家를 대신하여 귀하에게 최대의 사과 및 다다락금多多樂金의 감사와 함께 그리고 귀하의 우관용友寬容을 어긴대 대한 보용報容을 재삼 간청하나이다. 글쎄요 꼬리흔들흔들흔들자여, 그리고 당신은 안녕하신가요, 도둑 갈매기? 갈증을 위하여 한잔의 대문자 T차(茶)를. 여기 압지押紙 비바로부터 친애하는 피키슈에게.[3)] 오점汚點.

대답자對答者가 애인일 때.

〔영원한 여성의 양상을 띤 셋째 편지〕 자.(그대의 눈을 껍질 벗겨요, 나의 시자始者여, 그리고 그대의 사틴 마모魔帽를 솔질해요, 나의 유愉클리드 초등평자初等評者,[4)] 페니스 불알 자子! 그녀는 내 것이나니, 맹세코,[a] 스키 미끄럼장場의 독수리 지紙[5)]도 무관, 백슬白膝 아치웨이의 애천녀愛賤女여) 그를 잘 볼지라, 자신의 포켓 속에 두 갈래로 가른 갈대 필筆을 잡고, 그가 여태껏 조금도 소난少難 없이 흥견興見했던 단락單樂 주제, 볼셰비키 론 論,[6)] 완전한 차기행복次期幸福 속에 서명 양도를 끝내고.(영감의 절묘한 게임! 저는 언제나 당신의 육필을 숭경崇敬했어요. 저도 또한 그렇게 할 수 있었으면 그리고 붓의 삐걱거림 없이. 구두口頭에는 이耳,[7)] 외양간에는 열쇠, 오 캐이도刀 그리고 뜻대로 돌진. 당신은 우리에게 최후의 일행을 필筆할 수 있나요? 스미스—존즈—오빈슨으로부터?) 노이년老耳年에 원하옵건대, 즐거운 부조扶助를. 그리하여 여불비례, 여선여희망汝善女希望.[8)][b] 그리하여 언제나 나의 생각. 충기급蟲起急하게 맨 발로 거기 엎디나니. 한 어중이떠중이의 두 나날들.[9)] 영원히 각 한 페니.[10)] 발매 스탬프 그리고 자신의 사교私交의 확비용擴費用으로 배부할 사. 다음 호에 연속. 익명.

구조救助와 참깨. 조표調標.

그리하여 봐, 봐, 봐요, 프랭키! 몽극夢劇 속의 모든 만화인물을![c] 이것이

a. 나는 맥베스 저지지가 풍豊더프의 팬츠를 완전히 녹아웃 시키는 것을 보는 걸 좋아 했도다.

b. 윤년에는 그대 모든 그리고 그 외에게 보내리니, 여름 눈(雪), 감의甘意와 물망초처럼 부드러운 기념품을.

c. 남과 교관交管하지 말지라.

〔돌프의 교습〕 성청다소聖總多沼가 하는 짓, 그리하여 이것이, 실례지만! 로미오 풍만도윤豊滿跳閏 방식方式이도다.[1)][a] 펜을 적절히 잡아요, 그대, 내가 하는 식으로. 진작 노양老孃이 내게 보여준 식으로. 더 많은 제사수리력第四數理力[2)]을 그녀의 팔꿈치에(격려)! 그대의 생명을 위한 대담한 필치筆致![3)] 팁! 이것은 도盜스틸, 이것은 함喊바크, 이것은 엄嚴스턴, 이것은 급청急淸스위프트, 이것은 농弄와일드, 이것은 비소鼻笑쇼, 이것은 다불린 만유칼리목灣柳칼里木예이츠로다.[4)][b] 이것은 교황파 빈민敎皇派貧民을 위한 파송派送에 눈물 흘리는 용감한 대니[5)]나니. 이것은 용감한 대니와 함께 자신의 노혈爐穴을 훔치고 있는 냉담한 코노리[6)]인지라. 그리고 이것을, 주목해요! 어떻게 무진無盡찰스검劍스튜워드가 대담한 대니 소년과 코노리 사이에 초초초超超超파넬떠듬적행行하는지를.[7)] 우파니샤드서書[8)]! 톱. 폭녀暴女 마고리 가로대. 애란바라행愛蘭婆羅行.[9)] 교정쇄진격![10)][c]

총사각總四角 그리고 정확하게 말하면.

투계사에 따르면

화사火蛇의 힘 중심 심장, 인후, 배꼽, 비장脾臟, 천골 薦骨, 정문頂門, 양미간.

타협의 개념과 공리公理의 발견.

그리하여 케브는 그의 소형騷兄과 노환怒環했도다.[11)]

성실구타誠實毆打 무화과와 엉겅퀴가 난봉부림을 꾀하도다.

〔케브의 일격〕 그러나.(저 야곱은 다시 씹힌 금단禁斷의 열매를 감지하는지라, 그리하여 화연華然하게도, 케비 또한 그는 자신의 인디언 비스킷[12)]을 사랑하나니, 내가 판단컨대!) 기통 곡선족飢痛曲線族과 이란泥亂의 수혼선어법垂混線語法으로된 포물우화抛物寓話[13)]의 그의 모든 독재적자동서술獨裁的自動敍述[14)]에 온통 잇따라, 경작채집耕作採集 목적 등등 숲의 원근遠根까지도 꿰뚫는 삼공구三孔具로 일격을 가하나니 어디 한번 자신의 양피지를 통하여 그가 살고 있는 곳을 풍습風襲하여[15)] 그를 타打하는지라 그리하여 축성祝聖[16)]촌뜨기를 위하여, 내가 생각하는 바, 털 많은 호담豪膽스러운 곤혹困惑 신출내기를 불경질투不敬嫉妬하는 많은 타자들에게 행하는 것처럼 한층 잽싸게, 행하는지라, 마침내, 그대 혈뇨血尿의 비역장이여, 자비일격慈悲一擊으로 그는 아무튼 측지測地했던고? 우리들의 프랑크 자子는 자신의 사자蛇者의 악당가산식惡黨加算式으로 산算하지 않을 수 없었나니, 그리하여 그는, 분명히 말하면, 그는 자신이 항시 양자兩者 살사殺死 오래도록 여속혈안汝屬血顔 종투終鬪하나니, 혐오자嫌惡者가인[17)]이었도다. 한때

이상적 현재만이 실지의 미래를 산産하도다.

a. 그이, 나는 그를 천사로 생각했거늘, 그리하여 그는 굴광화屈光花 역役 할 수 없으라니, 독화毒話 마난씨魔難氏!

b. 노뢰怒雷 우르릉거릴 때, 어찌 공작孔雀 날뛰는고!

c. 캐슬(城) 해크노란의 브라운—브라운의 브라운가家.

〔302.11—303.10〕 양도하다—글 쓸 열쇠를 가리키다. 이상에서 보듯, 이 페이지는 두 소년들의 기질을 대조하는 두 가설적 편지들, 그리고 토루土壘의 편지를 메아리 하는, 영원한 여성의 모습을 띤 셋째 편지를 포함한다.

〔303.11—304.04〕 케브는 격노하여 돌프를 치다. 성실구타 무화과와 엉겅퀴가 난봉 부림을 꾀하도다. 그러나 결국 돌프의 독재적 글쓰기와 이란泥亂의 수혼선어법垂混線語法에 잇따라, 그의 형제 케브는 삼공구로 일격을 가하나니 많은 타자들에게 행하는 것처럼, 행하는지라, 마침내 그는 측지했도다. 케브는 돌프를 한 대 치고, 혈안을 가져오자, 그리하여 우리들의 프랭크 자구인 돌프는 혐오지嫌惡者(misocain)가인이된다.〔여기 숀은 셈을 치자, 그에게 피의 얼굴을 보여준다.

〔304.05—305.92〕 케브의 돌프에 대한 불실한 감사—케브는 소녀에게 연설하다.

〔305.03—306.07〕 화해—음모가 부화孵化하다. 나(돌프)는 그대를 두고 정신분석 하려 할 수 있을지라, 그대가 얼굴이 파랗게 될 때까지. 그리하여 비록 그대가 자신의 형의 보호자(bloater's kipper. brother's keeper)가 아니라도, 나는 다시는 결코 저주하지 않을지로다

일방승一方勝! 영면永眠![a] 그리하여 그의 회계수會計手가 솟았도다.[1)]

형식화하라. 사랑은 얼마나 단순한고![2)]

최후 상도常道.[b]

성합곡聖盒曲의 흑단黑檀과 함께.

〔돌프의 화해〕 아주 많이 감사하도다. 목적 달성! 그대〔케브〕가 나〔돌프〕를 골수까지 친 것이 중량重量인지 아니면 내가 보고 있었던 것이 붉은 덩어리인지는 말할 수 없어도 그러나 현재의 타성惰性에, 비록 내가 잠재적이긴 할지라도, 나는 내 주변에 광내륜光內輪의 환環〔무지개〕을 보고 있도다. 그대에게 명예를 그리고 우리들의 노출성露出性에 대해 그대를 격찬하기를! 나는 그대를 부가부 이륜마차에 태워[3)] 만인을 위해 유홍하고 싶은지라 만일 그대가 오직 돈통豚桶[4)]에 부서진 빈 병甁처럼 앉아만 있다면. 그대는 여기부터 내일까지 오랫동안 꽈배기 푸딩을 받아야 마땅하도다. 그리하여 방류탄放流彈이나 이동저부수차移動低附隨車 따윈 지옥으로! 만일 나〔돌프〕 부대가 충분하다면 나는 그대에게 해독제를 하나 보내리라. 색슨 크로마티커스[5)]에 맹세코, 그대는 나를 위해 정말 애행愛行했도다! 글쎄 그렇지 않았던고, 운녀雲女 누비리나여? 작은 꼬마〔이시〕,[6)] 그녀는 하물何物을 강구講究하는고? 그녀의 이청耳聽의 머리 장식과 함께, 종국終國의[7)] 말일末日에 관한 그녀의 꿈과 폐하의 전성녀前聖女가 되는 영화榮火.[c] 그리하여 덜 애석하나니 그녀가 막대 사탕이 아니기 때문인지라 만일 그녀가 실례로서 버지니아풍風의 위업을 지녔다면 그녀는 쉽사리 가능했으리라만. 그것이 그녀로 하여금 델프트 도자기[8)]를 내동댕이치는 것을 막을 수도 있었으리라.[d] 내가 전에 이야기한대로, 감사를 보답하면서, 그대는 내게 신생新生을 재탄再誕시켰도다. 우리는 공히 지독한 찌꺼기 소년들이라.[e] 왜고하니 나는 그대의 식탁에서 그들이 떨어버린 부스러진 빵조각들을 모두 떨어 버렸기에. 영광의 할렐루야를 노래하면서, 나는 생각하나니, 그러므로 여기 나는 존재하도다. 따라서

자기경질自己硬質의 봉사.

성찬식聖餐式, 감사찬感謝餐, 그리고 누구를 불안하게 하는 지를 요주의 할 사, 무맥자無脈者.

하파국下破局과 상승上昇.

윤전진행輪轉進行과 그의 상호성의 재수립再樹立.

a. 빠이빠이 흑조黑鳥 뽀이들! 호두깎기 일요일에 볼지라!

b. 지나支那 아남兒男! 빨리빨리!

c. 그대가 알고 있는 것을 가지고 광안경어휘光眼鏡語彙를 훔칠지라.

d. 만일 내가 찻잔 속에 그대를 엽리葉離하는 것을 더 많이 가졌다면, 그대는 자신의 다호茶壺를 단할鍛割할 수 있으리라.

e. 만가혼절萬歌魂節 및 만후절萬吼節.

우리는 필독서를 탐독했도다. 책은 말하나니 최고로 예언하는자가 최고로 등쳐먹는 자라.[1)]

〔돌프의 화해, 이시와 함께〕 그리하여 아래턱의 저 유상쾌有爽快한 불신자不信者는 모든 나〔돌프〕의 무저성霧躇性을 다산茶散시켰도다. 단조鍛造하라.(서니) 양쾌陽快한 심(Sim)신神[2)]이여! 양선형羊船型. 매애 우는 염소신神이여! 그것이 최소한의 위안이나니. 다래끼 눈으로 보건대![3)]그걸 상상할지라, 이 지독한 불결포진不潔疱疹 멍청이여! 그건 시간의 부여附與인지라, 더 이상은 아니로다. 나는 그대의〔케브〕 시민주저市民躊躇의 죄간격罪間隔[4)]에 축교祝橋하려고[5)] 할 뿐이나니. 그대는 백 번 천 번 환영 받는도다. 늙은 맥아즙 시음자試飮者여, 비록 그대는 우의憂意의 살모殺母가 그러하듯 바로 비난가옥非難可獄할지라도. 실제로 나는 그대를 두고 활격론活激論(정신분석)을 시작할 수 있을지라, 그대가 공화국적으로 왕당적王黨的으로 두발가인적的으로[6)] 감청산적紺靑酸的 블루셔츠(파쇼)[7)]를 입었을 때까지.[a] 교만驕慢한 야수野獸! 그리고 만일 그대가 자신의 훈제형燻製兄[8)]의 청어 놈이 아니라면, 나는 자신이 마신 제임슨주酒[9)]에 맹세코 다시는 결코 저주하지 않을지로다. 자 늙은 케인![10)], 그대는 장대, 갈고리 및 봉돌이로다. 늙은 요벨 가인! 할멈의 머리털, 할멈의 머리칼, 나의 뒤틈바리. 저 쌍둥이 퀸은 어디에 있는고 하지만 그는 나의 극속極俗의 종결핵終結核 대조자인 그대가 잠자며 은완銀腕으로 태어난 것[11)] 이외 아무 것도 모르나니. 성화聖和속의 그대! 생화生和 승화昇和!속의 그대![12)] 세약細弱한 성화 속의 그대!! 침묵하라! 정숙하라.[13)] 제발! 법法은 그대로 하여금 고성高聲 금지하도다. 나는, 그대의 엉덩이에다 나의(펜)홈통을 식植하나니. 자요기瓷尿器, 아베![14)] 그리하여 모두 기억하게 할지라. 세곡世谷이여.[15)] 처녀 유천處女流川[16)]의 환기喚起나니.[b] 흘러간 그 옛날을 위하여.[17)] 나는 그대를 방어하여 나의 불알 악한惡漢의 찬양을 우적우적 씹게 하도다. 책만이 홀로 속하는지라 사랑은. 4선사四先師들[18)]의 보수가[c] 우리들이 애란유토愛蘭柔土로 양선羊船스크럼을 짜고 있던 내일에 각인을 찍을지니.

이중진리二重眞理와 대립욕구對立欲求의 접선욕망接線慾望.

삼성창三聖唱.

치치치치라치오(오전부汚轉父)를 어떻게 철자綴字 하는고? 일족一足 좌측左側, 수명壽命을 받쳐, 일구일정一口一停, 언덕 중턱의 공동空洞, 단번單番에 둘, 호호자우雌牛로 변한 소녀.

a. 셋 패貝실링으로부터. 청염靑染의 희생.

b. 킬트 죄복罪服이 아니고, 하지만 호남壺男이였나니. 그이! 그이! 호! 호! 호!

c. 안경, 비누 간헐천, 냄새 및 유혈자流血子 미각.

[306.08–308.94] 학습은 끝나다—52개의 수필 제목 목록의 제시.

지팡이, 스카프 및 축복의 지갑 및 우리들의 노두수露頭首 주변의 오로라 후광後光과 함께, 그곳에서 그리고 그때, 여혹순경남女惑巡警男, 사탕육과肉果를 제공하는 어버이[HCE]가 우리들에게 자신의 노벨 경상驚賞[1]을 수여할지라. 대성능大聲能의 교황교서찬미教皇教書讚美[2]의 이 찬양하올 목적을 가지고 우리들은 죄罪 삼킵시다[만족합시다]. 나와 그대 협만峽灣(홍콩) 사이. 항목, 망탑望塔(미스바)[3]은 끝나도다.

포기는 적응이라.

그러나 도대체 무슨 매우도 그들은 공부벌레와 굼벵이[4]에 대하여 부질없이 시간을 보내며 낙서하고 있는고? 오케이 우수右手, 사기사도詐欺使徒인고?[a] 한결 한결 한결 한결같이 우리는 한결같이 공부할지라. 많은 많은 많은 많은 많은[5] 반추反芻 있으리라.[b] 우리들은 삼거리 그리고 사거리에서 때를 만나고 소막간小幕間에 우리들의 소품小品을 서입書入했나니. 예술, 문학, 정치학, 경제, 화학, 인류, 등등.[6] 의무, 즉 수양修養의 딸,[7] 남시장南市場의 대화大火,[8] 거인과 요정녀의 신앙,[9] 만사적소萬事適所와 적소만사, 붓은 칼보다 강한고?[10] 공무公務의 성공적 생애,[11][c] 숲 속의 자연의 목소리,[12][d] 그대가 좋아하는 영웅과 여걸, 레크리에이션의 이득에 관하여,[13] 만일 서 있는 돌이 말할 수 있다면,[14][e] 배달여配達女의 방종연放縱宴을 위한 헌신, 볼즈브리지에서의 더블린 시경 스포츠 대회,[15] 헤스페리데스의 난파[16]를 소박한 앵글어語의 단음절로 서술할지라.[f] 무슨 교훈을,[17] 만일 있다면, 디아미도와 그라니아로부터 끌어낼 수 있는고?[18] 그대는 우리들의 현존 의회 제도를 승인하는고?[g] 곤충의 이용과 남용,[19]

순사입巡查入과 하방何方. 도끼가 마을의 공포를 지배하나니.

카토. 네로. 사울. 아리스토텔레스. 쥴리어스 시저. 페리클레스. 오비드. 아담. 이브. 도미티안. 에디푸스. 소크라테스. 아이아스.

호머. 마르쿠스 아루렐리우스.

알키비아데스. 루크레티어스.

a. 분할하分割河는 졸졸 흐르는 개울을 원하도다. 친애하는 엠마엠마 아줌마가 식食하다.

b. 휴일 스트라이크, 잠잘 때 쓰는 나이트캡. 자, 자 나갑시다!

c. R. C.(적십자), 한가한, 호인好人이, 도울지라, 무급無給.

d. 백합 있는 곳의 숙녀가 쐐기풀 뾰루지를 발견했도다.

e. 소낭少娘비피밤부리, 나는 내가 소유한 것을 마음대로 처치할 수 있나니. 냐미냠얼간이.

f. 유능수부有能水夫의 주의

g. 만사에 있어서 드물게 동등하고 분명한.

노아. 플라톤. 호라티우스. 아이삭. 티레시아스. 마리우스. 디오게네스. 프로크네. 피로메라. 아브라함. 네스토르. 신시나후스. 레오니다스. 야곱. 테오트리터스. 요셉. 파비우스. 삼손. 카인. 야곱. 프로메테우스. 롯. 폼페이우스 마그누스. 밀티아데스 스트랄테고스. 솔로몬. 카스토르, 포룩스. 디오니시오스. 사포. 모세. 욥. 카티리나. 카드무스. 에제킬. 솔로몬. 테미스토클레스, 비텔리우스. 다리우스.

기네스 양조회사의 방문,[1)] 클럽 패들, 페니 우편제郵便制의 이점,[2)] 신소리가 신소리가 아닐 때,[3)] 아니머스(원동력)와 아니마(우주혼)의 공학共學은 전면적으로 바람직한고?[4)][a] 크론타프에서 무슨 일이 발생했던고?[5)] 우리들의 형제 조나단이 금주의 맹세를 한 이후[6)] 또는 두 젊은 독신녀의 명상,[b] 우리들 모두가 우리들의 소시장小市長경卿을 사랑하는 이유,[7)] 헨글러의 서커스 향락,[8)] 또는 검약에 관하여,[c] 신新전력공급에 대한 케틀—그리프스—모이니한의 계획,[9)] 고대의 여행,[d] 아메리카의 호반시湖畔詩[10)], 지금까지 반半 꿈이었던 가장 이상한 꿈.[e] 용의주도, 우리들의 우방구릉友邦丘陵, 파넬 파派는 헨리 튜더에게[11)] 정당한고? 베짱이와 개미의 우화를 친구에게 잡담 편지로 말할지라,[12)][f] 산타클로스,[13)] 소돔 빈민국의 수치, 로마 교황[14)]과 정통성당,[15)][g] 주당 삼십 시간, 지미 와일드와 잭 샤키[17)]의 권법拳法을 비교할지라, 귀머거리 이해 법, 숙녀들은 음악과 수학을 배워야 하는고?[19)] 성 패트릭에게 영광 있을지라![20)] 쌓인 먼지 속에 발견되는 것, 상황증거의 가치,[21)] 철자할 것인고?[22)] 인도의 폐인들,[23)] 백랍 수집,[24)] 유(善),[25)][h] 적당 및 규정식의 필요,[26)][i] 그대 하려면 당장 공격할지라.[27)]

a. 작은 야한 매질 막대와 함께 익살과 수담獸談.
b. 유령애란토幽靈愛蘭土의 대단히 고래 같은 예언.
c. 파리스 없는 용돈이 무슨 죄?
d. 나는 장소를 잃었나니, 내가 어디에 있었던고?
e. 내가 잠들었을 때 뭔가 일어났나니, 찢어진 편지 혹은 눈이 내렸던고?
f. 믹에게 아픔, 닉에게 과배인過配人.
g. 그는 비문법품사比文法品詞의 얼굴 전면全面에 국수 수프칠을 하고 저 마호안馬狐顔에는, 불운수不運數라, 세례洗禮에는 늦었도다!
h. 에(肯), 무슈(氏)? 오우(否) 무슈? 이유(何) 무슈? 네니노(何否), 무슈!
i. 잠자리 가기 전에, 형제여, 기도祈禱에 저 답창答唱을 할지라.

〔308.05—308.25〕 밤참을 위한 최후 점검—양친에게 밤 편지.

〔308.5—308.24〕 1초 2초 3초… 시간을 알리는 10개의 단음으로 된 목록은 〈경야〉의 환윤環輪을 나타내는 유태교의 신비철학(Kabbalah)의 10개의 Sephiroth로서, 오후 10시의 차임벨로 맞물린다. 이들 숫자는, 그들 신비 철학자들에게, "영원한 정령"(Eternal Spirit)인 현상계의 계시(啓示).(phenomenal manifestation)로의 하강(추락)을 대표한다.

크세노폰

범권주의凡權主義 쌍본위제双本位制상호환성相互換性. 초과잉성超過剩性. 견동성堅動性. 주기성. 완성. 삼투성. 곤경. 아론족族 북쓰와 쿡쓰에 의한 사실성事實性의 균형, 합병되다

〔양친에 보내는 아이들의 밤 편지〕 지연遲延은 위험하도다. 활급活急![1)] 안은 게걸게걸 소리낸다 차(茶)[2)] 마련되나니, C는 충분하다! 즉시卽時는 그의 재무장관(그의 전시계前時計의 정교성)[3)]에 의한 할초割秒 안에 있을지니.

엄마, 봐요, 고기 스프가 끓어서 넘쳐요!

일壹초秒(Aun)
이貳두(Do)
삼參투리(Tri)
사四차車(Car)[a]
오五현금現金(Cush)
육六륜차輪車(Shay)
칠七충격(Shock)
팔八소구小丘(Ockt)
구九니(Ni)
십十란모卵母^2(Geg^2)[4)][b]
그들의 사육飼育이 시작하도다.

적극積極 무의식의 절망시적絶望詩的 암시暗視.

야간편지[5)]

펩과 멤마이 그리고 하월下越 나이 많은 친척 분들께 크리스마스 래사계절來死季節[6)]의 인사와 함께, 그들의 다가오는 새(뉴) 장구년長久年(뉴 요크)[7)]을 통하여 그들 모두에게 생강江 리피 및 다량의 전치전도번영前置顚倒繁榮의 이 땅에서 아주 즐거운 화신化身을 바라옵나이다.

예藝 재크(jake), 상商 재크(jack) 및
꼬마 내숭녀女(sousoucie)[8)]
(또한 아이들이란 뜻) 상서

a. 버들 세공상자細工箱子는 반反그리스도 수手를 위한 것이오, 그리고 나의 손의 자유는 그를 위한 것!

b. 그리고 두개골과 교차대퇴골交叉大腿骨로 속이 메슥거리나니 그가 우리들의 그림을 남김없이 진심으로 즐기기를 유희唯希하노라!

◆ II부 - 3장 ◆

축제의 여인숙 (pp.309 - 382)

기네스 창세주創世酒의 무無관심사는 있지 않을 수도 또는 있을 수도 있는지라 그러나.

〔그들의 화제의 4주제主題들〕 종족적여성동성애(tribalbalbut-ience)에 있어서 그의 빛의 공포는 농자聾者의 장애의 숙명 속에 뒤로 숨어있지만,[1] 신부안新婦眼의 견지에서 보면 그의 인생의 고도高度는 그의 먼 거리를 가로막는 산山을 의미하는 한 남자가 여인이 좋아하는 태만승怠慢勝을 역役하는 청수淸水[2]를 도섭徒涉하는 때 이겠지만,[3] 그런데도 일행을 수렁에 빠뜨리는 자존심은 경야의 영광[4]을 청하는 한편으로, 원圓 계획은 나의 정원 주변을 맴도는 그대의 룸바 춤[5]과 닮았는지라, 총이상신숭배總異常神崇拜는[6] 필경 그들에 대한 촉진의 지주支柱와 함께, 그란더 서브비아 교외에 있어서처럼, 에셀이야의 아라비아 사막[7]에 있어서, 전원적田園的 또는 범세적凡世的, 핀페인당 새끼사슴들과 함께 다량중대의 논박불능論駁不能을 위하여 지금이야말로 절호의 기회였도다.

〔라디오 가설〕 그런고로 그들, 즉 하이버리오—밀레토스인人들[8] 및 마그로—놀만족族들이[9] 노예한奴隸汗[10]의 스페인 개종자改種者인 태민족怠民族의 탄생을 그에게 증정하고, 건축청부 비동양지재秘棟梁之材[11]로서, 그들의 서무지西蕪地에 압력押力된 채, 그리하여 히마나의 무슨 모하메드 이브둘린[12]을 위하여, 그들의 십이공관상十二空管狀의 고충실도高充實度의 회음청취기會音聽取機, 이는 내일 오후처럼 현대적이요 외관에 있어서 최신식이라.(홀링스 타운[13]의 저 무례적공국無禮赤公國의 하자何者가 일부오형日附誤型을 반감半減하려고 음모했음을 듣고 있거니와) 원거리수신을 위한 초방패超防牌의 우산 안테나를 장착하며 벨리니—토스티[14] 결합방식의 자력연결磁力連結에 의하여 활력조活力調의 스피커와 접합하고, 만공물체滿空物體, 파지장방사기능波止場放射機能, 열쇄 째깍 제동기, 바티칸진공 청소기, 여형가동기女型可動機 또는 남제공전기男製空電機로 포착하고, 알미니움 스튜냄비 음조音槽 속에 비등 가능한지라, 유전惟全의 햄두옥斗屋 아마추어 무선전국無線轉局을 호통 치면서, 전고애란全古愛蘭 토노土爐 및 가정家庭[15]을 위하여 전기절충적으로 여과하여, 사과카레수프 메리고라운드를 그에게 차려 내도록 하는 거로다.

〔309.01—209.10〕 아마도, 그러나—비코의 환, 세팅은 HCE의 주막이다. 라디오가 붕붕거리고, 주점의 고객들이 서로 밀치며, 허풍을 교환하고, 술 취한 채 농담이 한창이다. HCE는 그의 카운터의 돈궤에서 돈 계산에 열중하고 있다. 모든 허풍들과 라디오의 방송은 HCE의 옛 수치의 이야기처럼 들리는 것을 총괄하고 있음이 점진적으로 분명해진다. 이러한 소란은 서로의 이야기를 차단하는 듯하나, 그런대도 불가피하게 이야기는 계속 이어진다.

〔309.11—310.21〕 주막의 무선 라디오—그것의 전파는 내내 귀 속으로 뻗는다.

〔310.22—311.04〕 주막—그 곳 주인酒人은 손님들에게 술을 대접한다. 이 주막은 "부름의 집"인지라, 거기 주인(HCE)은 오코넬주酒를 매병賣甁하나니, 한편 그의 눈은 돈궤를 조심스럽게 살피도다.□

이 조화적인 내재적內在的 축전기(그램분자分子)를 그들은 탄약 저장고 포대砲隊(밈밈 빔빔 특허번호 1132, 어뢰魚雷터슨1) 부자상사, 좀즈보그 셀버버그 은산銀山[2]이라 칭했나니)로부터 작동하게 했는지라, 그것은 쌍삼극진공관단판双三極眞空管單瓣의 파이프라인[3]에 의하여 증세增勢되었나니(그들의 리피유수流水[4]가 생심의뢰生深依賴되듯 레익스주류州流하면서[5] 뇌수증적腦水症的[6] 확대와 더불어, 외심外心 메가사이클의 이득제어利得制御,[7] 대홍수이전 리피 강에서부터 애란자유국[8] 까지 연결했도다. 그들이 최종적으로 야기했거나, 혹은 최소방법으로[9] 좌우간에 그걸 해낸 것은.(즉) 그 파이프라인의 피이(를)[10] 이형耳型의 전단剪斷(바이킹부父 침낭[11])으로 알려져 있거니와, 이고막耳鼓膜, 피아라스 오레일리에 의한 단제품單製品, 에스타스 직가直街, 다불린多拂隣),[12] 나울 안벽岸壁 및 산트리 전全지역[13] 그리고 고티촌村[14]의 사십관도四十管道를 브리톤의[15] 시몬즈 길드, 밧줄제조 재연합再聯合, 바랑고이족族 행상인 성약聖約 형제회, 자스트워킹의 오키프—로지즈 및 로소—키버즈의 바이킹 알렉손더 군중, 야후 청년연맹[16] 등등과 잘못 전도할 수 있는 이각고막통로耳殼鼓膜通路 속에 삼투내통滲透內通한 것으로, 그의 비만 채 앞에서 그의 해머, 모루, 및 등골鐙骨[17] 아래, 모두들이 사방 정자亭子하는 조는 과거인過巨人(애란화자和者, 그대에게는 샤를마뉴 대제大帝[18])를 그의 이과학耳科學 생애의 내이미기선內耳迷基線路[19] 까지 달래기 위해서였도다.

〔HCE의 주막〕 부름의 집은 모두 그들의 밤참 빵인지라, 비록 그의 카드 복점卜占이[20] 밤의 발기勃起처럼 그의 사행위死行爲의 추억[21]을 환각으로 불러일으킬지라도, 뉴이란의 명족明族,[22] 신기루가 거울 속에 뛰어들 듯 사라지나니, 그 이유인 즉 그 곳은 1와트 시時에 마르탱 축일祝日되어, 법이하法以下, 시간이 딸랑 딸랑 항변할 때까지,[23] 전장충병戰場充甁의 점주店主,[24] 거대하게도 거중한巨重漢, 사냥꾼의 적안赤顔, 자수刺繡 꾸며진 독수리, 오코넬주酒[25]를 빈병貧甁하려하고[26] 있었는지라, 진짜요, 온통 비포沸泡, 행운일배幸運一杯, 성수배聖水杯의 담보擔保하나니, 한편 그의 풍경초안風磬草眼이 재담사裁談師, 스캔들 두頭의 탈취남奪取男[27]의 단안單眼과 사악하며 윙크하도다. 하지만 그것은, 남자의 이러한 술,[28] 그이를 위한, 우리들의 왁자지껄 이중관절주二重關節酒야 말로, 영계절식자令鷄絶息者들의 추장이요, 파타고니아인人인 쿨센[29]에게는 단지 한 번 확(引)이요 한 줌에 불과한지라, 이 강력한 낙거인樂巨人〔HCE〕은, 전포前泡의 배제配劑 아래, 당시 그는 니아 호반[30]으로부터 꿀꺽신神의 대 은총으로 우쭐 콜크마개를 잡아 뽑았도다. 그때, 우리들의 백발성포부왕白髮聖泡父王에게 압찬壓讚있으라, 교부敎父는 자신의 울숙鬱肅의 황우皇牛축복을 부여했나니[31] 그리하여, 복통腹桶, 알 바주아파派의 유제화乳劑化해방운동을[32]

健비탈의 질척한 미끄럼 아래로 편향偏向 리피강江—풋내기 선원들까지 썰매 흘러 내렸나니라. 아멘.[1] 그것은 그의 궤도의 순회巡廻 속에.[2] 저들 두 피동행자彼同行者들,[3] 음료의 수배水盃, 바스[4] 형제들로부터 그의 배액음기排液飮器(술잔)를 들어 축배했도다

때는 한때 바람 불어오고 바람 불어 가는 쪽[5] 리랜드선船[6]을 띄웠던 훨씬 뒤의 일이었나니 또는 그것은 하여간 황도黃都에 우愚재단사가 살았던 덜 뒤의 일이었나니 또는 때는 그가 자신의 의상衣裳을 조끼 냅다 잡아당겨 커스[7]의 모델을 끌어내기 전이 아니었나니 또한 배(船)의 앞을 가로질러 그가 노르웨이 선장을 붙들고 길게 이야기하기 전이 아니었도다.[8]

그런고로 그〔주점 주〕는 자신의 편필偏筆의 갯가재 집게발을 가지고 자신의 귀의 양초 심지 단서를 찾았도다. 오, 맥주 통의 주여, 금구今□ 아노우(Anow)로부터 앞으로 나올지라[9](나는 이파스—타엠의 열쇠를 잘못 두지 않았나니), 오, 아나여, 명철明徹한 귀부인, 왕금구往今□로부터 앞으로 나올지라(나는 문지방 청소부의 보도步道에 유혹을 남기지 않았나니), 오!

〔단골손님들의 음주, 재단사 커스와 노르웨이 선장에 관한 일담〕 그러나 첫째, 스트롱보우(강궁强弓)째,[10] 그들은 음주에 사자死者를 분배했나니라. 연계영도자連繫領導者여, 깐닥깐닥 더블린, 그대의 갈사상渴思想을 그와 함께 각목覺目할지라.[11] 우리들의 냉신冷身은 냉애아冷愛兒로다! 우리들은 여汝를 구救하나니[12] 오, 바스 백주두령麥酒頭領이여, 습지로부터 그리고 여汝에게 명예를. 오, 코니벨이여,[13] 구매장□埋葬과 함께! 그렇게 이루어졌나니, 육주肉酒 말끔히. 기起, 경警 그리고 그들을 격擊할지라![14]

—그러자 그때 그가 선항주船港主(귀항선장)[15]에게 성언聲言했도다. 그리하여 그의 대서양 횡단의 노르웨이 캘트어語로. 어디서 한 벌 애복愛服[16]을 생生 낚을 수 있을까? 분복糞服! 언어를 아는지라, 선항주가 급언急言했나니, 여기는 사복숙辭服宿이도다. 애쉬와 화이트헤드,[17]의 복점의 후계다. 공방우恐放友,[18] 그는 급언했나니, 저 최침最寢[19] 친구, 재단사에게 획 뒤돌아보면서, 오, 행복한 죄여,[20] 상당 액수 많이 찰랑 돈을 벌지니 고측高側 제일 매자賣者여, 밧줄 사다리 선장船長 사복射服을 맞춰 입힐지라! 그의 귀부인 그녀의 낭군에 대한 옷감이 의미衣味하는 바, 그의 성직자 통상복通常服 모형하模型下의[21] 한 벌의 바지를 분명 필요하나니. 어디 나로 하여금 시험하게 하사이다. 나 바라건대, 그러나 이번 한번,[22] 남복제사男服裁師〔재단사〕가 즉언卽言했나니, 자신의 화지火池로부터 구소목□燒木을 저축하면서. 그는 자신의 도陶 주먹에 침 뱉았나니(시청始請) 그는 생흉生胸을 측測했나니(힘을 넣으며) 그는 즉석 서약했나니(최선最善 몫을) 그리하여 그는 그의 소매 가장자리를 걸쳤도다.(고물 친구, 고래 안녕) 금목金目에는 완화緩和 그리고 여기 구치具齒에는 아랫단 천.[23] 핥으려면 접시까지. 물물교환. 거래去來. 그리하여 아무쪼록 많이[24], 동료 노르웨이인人,[25] 철두철미.[26] 그리하여 선항주가 그의 뒤를 파주破呪하며 작은 범선을 큰 소리로 불렀나니라.

〔311.05—311.20〕 양복상 커스와 노르웨이 선장의 이야기가 시작된다—그러나 우선, 건배라.

〔311.21—312.16〕 노르웨이 선장은 양복상으로부터 한 벌 양복을 주문한 뒤 바다로 출범한다. 그러자 이어 그는, 그의 최고의 친구에게 몸을 돌리며, 급언急言했나니. "오하라, 이 신사에게 한 벌의 의복을 팔지라."고로 그는 몸의 치수를 재고, 옷을 맞추었으니, 계약이 산출되자, 거기를 떠나려고 했도다. 그러나 선부는 그의 뒤로 고함을 쳤나니…

〔312.17—313.13〕 반동反動이 토론된다—커스와 타자들에 의해.

정급停急, 심도深盜, 우리의 애란야愛蘭野[1]로 반송대래返送袋來할지라! 그리하여 노르웨이의 모선장帽船長은 고래 군群으로부터 도망친 어떤 비어飛語마냥, 규답絶答했도다 십중팔구 행幸 있음직한 일! 옛 재단사 아래로 그는 범포帆布를 고정固定 어착魚着했나니. 그러나 그들은 파수破水하고 온통 요수尿水하자 모두들 그의 목소리의 다멸多滅로 회표면回表面했나니라. 그리하여 그는 닻을 해저에서 노르웨이 항로에다 끌어 올렸나니 그런고로 그는 범종일칠륜년帆終日輪七年의 염수욕鹽水浴에 나흉裸胸 했는지라, 거기 바깥 해저는 측심測深 밖이라, 프란츠 조셉 군도群島 2) 극지탐선極止探船3)에서부터 희망봉의 갑岬까지, 석성夕星과 즉승월卽昇月 마냥. 제혁정월강製革正月江을 거슬러 그리고 음십이월만陰十二月灣 아래로. 사십위일四十危日들과 사십공야일四十恐夜日들.[4] 그대 자신을 즐길지라, 오, 인어남人魚男이여! 그리하여 조류가 밧줄을 늦추었다 켕겼다 했나니, 그리하여 시류時流가 훼손하는지라, 파도의 후락後落을, 그리하여 성혈聖穴의 버킷처럼, 그는 때그락 때그락 고함 질렀나니라!

—등 혹! 등 혹! 웃음—의형제義兄弟들이 눈 깜짝할 사이의[5] 재빠른 찰깍으로 바스 음音 부르짖었도다.

—내가 그걸 할지로다. 커스가 즉언卽言했나니, 배의 아내의 영부인을 위하여 삭구복장索具服裝 한 벌을 주의미主意味하면서. 아니 어떻게? 모두가 그 귀이개자者에게 곱사등 웅크렸도다.

〔이야기꾼들〕 그러나 노老발랄인潑剌人, 종번주終番主로서, 호밀가家[6]의 군림자君臨者인, 그는 그에게 잡동사니 뭔가를 낚으려고, 음모하는 해안 상어의 주름살 혹은 꺾쇠를 전혀 무공無恐했나니라. 그것은 희망봉 호우드 구안丘岸 월편의 로리츠 오백작誤伯爵[7]과 그의 삼방三訪의 창부娼婦 로레토 여인[8]에게는 전적으로 불행희망不幸希望이었나니, 그녀는 반짝반짝 반짝이는 머리핀을 달고, 그의 산山에 마호메트 닻을 내린지라, 단지 아니면, 만일 아니면,[9] 모두들이 탁담卓談하는 프랜킨 여왕〔프랜킨〕인지라, 그녀는 그의 외관으로 천국의 보석상자, 아니, 감미甘味의 심장(만일 그가 하법何法을 알면 그녀를 바이올린처럼 호질好姪로 간직했으리라!) 하지만 이럭저럭 식통食桶[10] 시간 사이에 전긍全肯 격발교섭激發交涉한 것이란, 최근에 드물게도, 수시 국교國敎신봉자[11]인, 그는, 머걸톤 머커즈[12] 와 함께, 정의의 청원자請願者[13]에 대한 역정歷程의 은총[14]으로서, 상시전장常時全長 최고로 확실하게 인정된, 모두의 주문주정注文酒精을 마시며, 그들의 습관강주習慣强酒의 삼혼주배객三混酒杯客들, 장노파長老派의 길, 영파英派의 재才버클리, 감리파監理派의 견경見驚 윌리시[15] 와 함께, 자신의 애란 선술집에서 그들의 게일 음악연음樂宴을 가지는 것이었도다. 집단 음주가들은 대사색가배大思索家杯를 사조詐造하는지라 혹은 순환독서循環讀書에 의하면, 기독교도의 불신견자不信犬者는, 주막이 주민酒民인 한限, 타견他犬 전통파 성당을 존경하면서, 그러나 라디오가 저底주파수 확장에 의하여 나중에 타지동의他持同意할지 모르나니라. 왠고하니 주간酒間의 사람들은 코란의 총 정족수定足數[16]이나니. 마구사馬具師 및 피혁판매인, 무두질 꾼과 염매가鹽賣家, 백랍기물옥白鑞器物屋 및 문장도사紋章塗師, 교구서기, 화살 깃 제조자,

띠 장색匠色, 포목상, 구둣방 및 최초, 그리고 최후가 아닌.[1] 직공織工. 그는 우리들의 도서관을(대중에게) 공개公開하기를 희망하고 있도다.

〔313.14–315.08〕 주막 주는 음료에 대해 수금 한다—이어 추락(fall)을 갖는다.

숙지자宿持者, 체류자.

—화항話港 즉시 할지라! 힘내어 할지라, 선동자여! 모두들 그들의 호스댁宅의 마루화花 너머로 바스주酒 바순 음전音栓을 발했도다. 내려올지라 얼른 모세[2] 그리고 그대의 성서를 벌(蜂) 날듯 띄엄띄엄 읽을지라!3)〔이야기의 재촉〕

—나는 그렇게 하리다. 친구들, 나의 손에 맹세코,[4] 커스가 즉언卽言했나니, 신어神魚의 뜻이라면,[5] 그리고 재킷이 펄럭이는 순간에,[6] 그들의 종형제의 담요 선잠 뒤에 트림했는지라, 그때 그는 나의 대부代父인, 귀항선원처럼 맑은 정신으로[7] 내게 이야기하고 그래서 나는 이제 더할 나위 없이 진심眞審으로 만족하사, 선애인善愛人 홀아비, 추서에 따르면, 무전폐렴無錢肺炎에 따라, 그는 한결같이 아담스에게 저주했도다. 그런고로 성서를 지닌 천주신이여 나를 도우소서![8]

차후로, 주정酒廷의 집회주왕集會主王과 주옥인酒獄人[9]이 지닌 그의 금화법金貨法의 명령에 따라, 바이킹 추장 잘 백작,[10](모두들 그를 거지 청산인淸算人이라 불렀는지라, 나는 그를 불량배라 부르도다) 여전히 잔돈—푼돈을 건네면서, 엽전반전葉錢半錢, 기종畿種 양여讓與의 향응동화饗應銅貨,[11] 그의 청취 속에 그들의 속삭임을 밀고 나아갔나니.(마치, 뭔가 선형船型 속삭임의 서술인양, 친親집게벌레, 암파지장暗波止場 나침반의 흑방위黑方位를 위하여 누군가가 의무를 행사하는 밀고자[12]인양) 대변貸邊에 내외동가內外同價의 방출을 행한 다음 그는 자신의 자양생활自養生活의 균형하저均衡荷底[13]를 위하여 고아번孤兒番 이상으로 술병을 비웠도다. 그리하여 주사위를 한 번 던졌나니라. 몇 돈전豚錢이오 그리고 여기 그대 야토野兎요 그리고 계鷄 사기詐欺 금지라,[14] 호민관의 공물供物[15]이오, 만일 그대가 모의미模擬味를 추측컨대. 비천하게 자신의 음란한 사투리로, 나의 보석의 둥근 백으로부터 이 값진 육六 식스트릭 금화[16] 와 함께 그대의 티론 마동馬銅 대용 경화硬貨를 취하다니. 톰인 딕인 해리[17]인 만저灣底인 정頂인 최상인 동전의 수다. 단단한 혈기血氣의 우정으로. 왠고하니 우리는 모두 영광을 만들고 싶기에. 그건 광갱鑛坑으로 잘된 주조鑄造로다.

이리하여 유동허세流動虛勢의 비전費錢이 퉁기며 계산되는지라, 우상牛像 새긴 쓸모없는 한 실링[18] 화란 동전 지갑이 풀린 채로 선창에 실었나니(위대한 핀 재財를 겨룰지라! 잘하도다.[19] 영英개구쟁이!) 그의 완곡婉曲을 통곡할지라, 선원들 중의 최最 괴짜, 만일 저 자者 자신 이름이 같은 저 항주자航周者로부터 불결낙不潔落의 후손 반대자라면, 저 놈과 더불어 불운을 공감恐感하리니, 미드—레이드[20]와 린—더프[21]을 향해 간청했는지라, 혹 요귀의 털옷 자식을 안달하게 하며, 빚 인도할지라,[22] 가죽 말릴지니 그리고 대지에 이슬 있을지라,[23] 어떻게 낙타가[24] 그리고 어디에

〔주점의 잡담들〕 악마 에펠탑이 또는 언제 까다로운 핀[1]이 또는 왜 삭조索條가, 누구 최초로 발판을 옮겨 놓도록 했는지 그대의 명령이라, 나불나불 수다 떨면서,[2] 그들의 손쉬운 기성답旣成答이었나니 그때 은밀하게(투고자) 증거의 대립에서 증인에게 일축一蹴을 가했으나(빗맞았는지라) 그리하여 도대체 누구를 위하여 키디[3]여 그들이 필요했던 널판자를 옮겨 놓았던고, 얼뜨기여.

쿵!

쌍관双館인물단單짝민주위총總원위圓圍미나룸고타鼓打트람나험티덤티벽壁워터루나태남懶怠男람만스전복顚覆![4]

—잠수潛水했던고, 일번남一番男이 원사猿似했도다.

—추진심잠수推進深潛水, 이번남二番男이 저음低音했도다.

—활낙滑落이 활정남活情男으로 하여금 그의 활어란活魚魚卵을 활진수로猾進水路하나니,〔핀의 추락〕 삼번남三番男이 종언種言했도다. 거기 진흙 아우성 스크럼 구球. 사남邪男 빔빔. 그리하여 처녀들이 모두 아우성하나니. 피남彼男 힘힘피남彼男.[5]

〔전설이 그 장면을 말하다〕 그리하여 여타 전설을 전승傳承하게 하나니 저 모르타르 대죄장면大罪場面은 너무나 혹 모양 땅딸보〔HCE〕인지라 먼지 사진沙塵[6]을 그것이 원초목적적原初木的으로 일으켰나니 그러나, 사다리 꼭대기의 소년[7]에게는 행도幸跳인지라, 재단 수부의 매반박賣反駁인 즉,[8] 왜 죄인 선악인고![9] 호 호 호 혹고高! 라 라 라 락소笑! 구유쾌丘愉快 세류細流의 꼽추는 넘어져도 그냥은 안 일어나도다![10] 전환압인電環押引,[11] 큐큐(門門) 정지靜止, 피피(等等) 초풍超風 전교차증폭電交叉增幅과 더불어. 세계에서 최안소도最安笑道.〔라디오의 광고〕 역설요지경逆說瑤池鏡[12]을 상관하더라도, 그러나 여기 바타라모우의 볼라크래이 점토粘土[13]의 현주점現酒店에서, 그리하여 그곳 그들의 다치(네드란드의) 숙부(잔소리꾼)는 아주인역我主人役이요 시골뜨기의 실내장室內粧을 위하여 경치게도 잘 봉사하는지라(반 홈킥 에스터 부父의 가정취家庭臭) 그 자신이 스스로 숙모 안테나를 가리지 않는 한, 그녀의 죄를 세상에 사방환명四方環鳴하나니(삐, 삐, 삐[14] 조카로부터 삐 계繼 족足 자유로운 과거방송 스페어 정강이 및 소음騷音—이북구제易北歐製—애란어愛蘭語로된 섬광대용부제閃光代用副題를 가지고 특집 기사 삐 미래 삐 삐할지니 화자를 유념할지라 그러나 공평히 대할지니, 저 번개(犬)의 자子들이 하나 둘 하나 둘 음조를 부르고 뇌자雷子가 셋을 고뇌성高雷聲한다할지라도. 있게 할지라. 만상滿霜.[15]

—〔선부의 딸과 노르웨이 선장〕 그건 모두 고왕高王〔船夫〕[16] 멋진 일이나니 그러나 그의 세낭여아洗娘女兒는 어떠한고? 모두들 쉿쉿 야유했는지라, 그들은 한 때 그들 자신 독신獨身들이었나니.(당시 그의 젊은 뿔하품이 그의 침대의 유아幼兒를 흔들었는지라)[17] 그들의 결혼과 연관된 쌀(米)을 일소一掃함에 있어서 나란히 쌍직双織했도다. 그의 장중보옥藏中寶玉〔선부의 딸〕? 그의 유일한 상처의 이슬이여 그리하여 그는 인류의 모든 토갈土渴을 혐오했는지라. 그녀는 찰싹 슬리퍼를 신고 학교에 가는 도중이니. 그녀의 공가空家에는 야두夜豆가 없었던 고로 그녀가 그의 유명한 왕실 둔부臀部[18] 때문에 굴러 떨어졌음은 놀랄 일이 아니었도다.

[315.09—317.25] 선장은 돌아온다—선부船夫(the ship's husband)가 놀라게도.

놈〔노르웨이 선장〕을 잊지 말지라! 훈련訓練 트리니티[1] 항문肛門 대학의 도학사屠學士로다. 대담녀大膽女[2]가 바느질하던 날 밤 놈이 위스키 한 방울[3]을 편취騙取 꿀꺽하지 않았던고? 짜기(織) 시침(그렇지, 응)? 그리하여 그들은 난언亂言 했나니.(혹은 그들의 혀의 아우성[4]이 선계류船繫留 사전死前에 있을지니) 셔플보드(원반치기)는 그만 두고라도, 놈의 능직 앞의 범포에 덧붙여,[5] 더 많은 속옷의 안대기와 더불어[6] 모두 한꺼번에 좀 더 마시는 것이 허락되는지라, 게다가, 조금도 상관하지 않거니와, 전장全長이고 단기短期이고 간에 내게 관한 한 전혀.

화안여숙주火顔旅宿主[7]〔HCE〕, 선후船後, 상즉후商卽後, 지연전류각도遲延電流角度[8]에서, 유출했는지라, 재잘 말다툼하듯 재잘재잘 졸졸 재잘 수다 떨며, 그리하여 해점주咳店主처럼, 심측深測하게 호흡하며,[9] 그들과 접류接流하고 그리하여, 뺨과 턱 정답게, 3재단사들[10]에게 사시射視하고, 모일 해의 청어로 귀둔歸臀하면서,[11] 가로 들보와 말뚝 머리처럼 쿵, 굴림 대臺이요 승대乘臺, 마홍수魔洪水 자신의 범람 뒤에, 이 해백성海百姓〔노르웨이 선장〕은 스키버린[12] 훈풍이 쎄게 불 듯 주입舟入했나니, 발걸음 가볍게, 물방울 뚝뚝 떨어뜨리며, 바람에 돛을 활짝 펴면서(만취하여),[13] 자신의 몸통의 간지러운 타이츠를 탁 달라붙도록 탁 바싹 대고 그의 행운마幸運摩 탈장대가 자신의 덧옷의 부푼 스커트를 희롱 대고 있었나니라. 그는 모두에게 무악감정無惡感情을 보이기 위해 자신의 손안에 입立막대를 그대로 놔두고 있었나니. 하지만 온통 외형착外形着으로 그것은 그의 꼭대기에 버섯을 달고 있었도다. 그가 앞에서 뒤로 모두를 직면하고 있는 동안, 그러자 둥근 파라솔 좌座, 아주 놀란 듯, 부르짖었나니, 어찌(H) 우산매인雨傘每人은(E) 구냉丘冷하랴(C)!

—좋은 아침, 그는 성언聲言했나니, 선부船夫들과 사생私生 떠버리들 모두, 그가 관항棺港 속으로 들어서자〔노르웨이 선장의 두 번째 귀항〕, 첫째로 어지간히 말을 하고, 둘째로 등 혹한 채, 풍향風向으로 기린(動)목하면서, 그가 저 이명문耳鳴門 쪽으로 파블린[14]을 향해 최급항적행最急航跡行하자, 그런고로 그의 각적이角笛耳가 그들의 목적木笛(하모니카)을 떠나 쑹향 하는지라, 그의 기울은 베레모帽는 너무나 단정하나니 그리하여 그의 난진亂振의 다리(가발)가 그의 엉클인 털로 당겨 있었도다. 상上(업) 정방동향正方東向 및 정방서향正方西向. 그리하여 그는 그로부터 물었는지라, 도대체 어찌하여 나의 악마냉언자惡魔冷言者들이 그날 아침 키드볼랙 성당[15]와 이 짓을 했던가를, 그는 수톤 갑자기[16] 기억했나니 또한 창구艙口 도대체 어디서 그가 금일 자신의 좋아하는 이 자子〔아마도 HCE의 하인 시거센〕, 마음의 반도특우半島特友를 찾아 북안직로北岸直路[17]를 헤매고 있었는지, 왜냐하면 과연 그는 광대 멋쟁이, 그따위 작자와 포화捕話하려고 갈망했기 때문이라, 1014, 타전 클립톱절벽정絶壁頂.[18] 금일 개출항開出港 명일 폐도착閉到着. 우리 전보 주의注意. 우현귀향右舷歸鄕.[19]

—스키버린 선장[20]이 공입숙共入宿하도다. 유랑해로流浪海路[21]에 의하여, 곤봉도棍棒道 발톱과 함께, 그리고 여느 때 보다 슬픈 갈까마귀, 그의 방관자 프랑크어語 솔직하게 저언低言하며 경골脛骨 산언算言했나니, 그는, 게일 담즙어膽汁語를 통하여

〔317.26—319.36〕 세 양복상들은 선장의 등혹을 비난한다—그는 대신 자신의 새로 마친 어색한 코트와 바지에 대해 불평한다—어찌 그는 양복을 저주(커스) 또는 야유하지 않았던고, 최초의 바지 재단사가 상기시키는지라.

—곱추자子〔곱사등의 노르웨이 선장〕, 공언功言했도다.

즉, 우리들의 약간의 용맹스러운 무견침입자無見侵入者들[1]과 함께 어찌 그들의 얼스타 자외선 전戰이 그들을 적외선으로 인도했는지, 때려눕히거나 저지 상륙하면서, 우리들의 애기류愛氣流의 차단저항遮斷抵抗에 대항하여, 이현일체二舷一體로 바닷가에 끌어 올려진 채,[2] 톰 호족豪族과 딕 독일병獨逸兵 및 하리 악괴惡鬼가 이를 목격하도다. 전별前別나게도 모두, 그들은 요약했나니. 천명天命 더블린만灣. 필연. 그리하여 상륙주上陸主로서, 수의隨意하며, 수긍首肯하며, 정박하는 해안은 취객의 소명疏明이었나니라. 그밖에 다량측주多量測酒,[3] 과잉측주過剩測酒. 게다가 모두들 중묘重錨를 들었을 때. 혹은 타자가 자신의 에릭 혈맹서약血盟誓約했는지라.[4] 선수船首를 풍향風向으로, 선원들에게 주특배酒特配했도다. 자 속건배續乾杯, 양폭우전조남작釀暴雨前兆男爵이여![5] 아감사我感謝를 위해 나팔 불지라.〔음주할지라〕

—좋은 아침[6] 그리고 좋은 악사樂士들, 좋은(선량한) 모우험담母友險談꾼[7]이 언급했나니, 무경초지無境草地[8]와 녹암綠岩[9]과 함께 자신의 좌우 양쪽으로 몸을 흔들어 굽히면서, 당시 그들은 모두 킨킨콜라성城의 고벽古壁[10] 안에 있었는지라 더욱이 그들은 모도母都의 석탄냉폭풍石炭冷爆風 위의 몬티번컴[11]의 열기에 아랑곳하지 않고 그들의 보상報償을 요귀妖鬼로 내버려두다니), 칠견목시대七樫木時代 후로 동면冬眠하면서, 모두들 어디에 있는지를 겁내며, 그는 이 조시潮時 황혼에 쿵하고 나돌아 다녔는지라, 거기 장난치는 어류들[12]이 그〔노르웨이 선장〕를 자신의 해좌海座의 바닥까지 염수로 절이고 게다가 자신의 좌座와 애란의 구원을 바다 귀신[13]의 묘주墓酒의 도움과 함께 대도大濤 속으로 그리하여 그의 등 뒤로 문을 닫자 진희眞稀로 멋진 북구해신北歐海神[14]의 난장판을 이루는도다. 축祝 사해대왕死海大王이여![15] 우리들 위에 알라 팔라스![16] 얼마나 자주 요정이 경습警襲했던고! 그리하여 그들은 그의 귀향을 저 애란기괴황초야愛蘭奇怪荒草野에서 대복待伏하고 있었나니, 파산에[17] 대비하기 위해 화구火球 축연祝宴과 칠면조 소동과 빈민의 깁은 헝겊으로.[18] 그대의 니거헤드 탄炭(윈치 드럼)[19]은 사적사四敵事를 대수大水[20]에 맞도록 필요로 하는도다. 그는 망치의 신호를 행했나니라.[21] 신의 진갈眞渴이도다. 그는 언급하나니, 혹수일惑數日 뒤에, 모든 저러한 한왕閑王들을 생각하면서, 얼마나 라이프 인생人生은 통거通去하는고! 여기 그대는 그대의 매(鳥)族에 되돌아 왔나니, 축풍祝風의 브라질[22]로부터 포르트갈의 소환항召還港, 장애물항障碍物港 변화의 더블이만灣으로, 무역의 노예, 향미의 기선器船 및 시장市場—의—용약龍藥,[23] 그리고 가자미류類, 줄무늬 양서류, 그대가 마치 고등어로부터 소금에 절인 듯 생각되었나니라. 지옥종地獄鐘! 그는 언급하나니. 빙토아이슬란드의 사시斜視 코펜하겐! 여기 그대의 숙주宿住의 가족으로부터 노인을 위한 개완환영開腕歡迎이라! 고로 내게 혼요리混料理를 팔지로다. 방금 거세선장去勢船長이 성언聲言 했나니, 교전交戰 유복자遺腹子의 허사표현虛辭表現으로,[24] 놈에게 한 방 괴사怪射할까 아니면 저 얼간이〔웨이터〕는 어디에 있는고?[25] 한 조각 치즈 이빨로 물어주구려, 그는 성언했나니, 대니스행行, 여기 만찬을 위해(그리고 도브린 복마인卜馬人에게 구운 감자를,)

〔노르웨이 선장 빵과 사케(청주)를 요구하다〕 또는 위스키–소다. 그는 성언聲言했나니, 예를 들면, 패트릭 상(씨)을 위하여 케네디 제의 고급 빵,[1] 암갈색의 돌출에다 사케[2](청주)를, 그렇지 않으면 나의 낡은 시계의 신탁神託이 화를 낼지니 내가 독주에 산성화酸性化될 때 그대는 내가 납으로 침사浸死했다고 생각할 수 있는지라,[3] 그는 성언했나니, 그리하여, 내가 혹시, 그는 성언했나니, 황천黃泉의 술 노다지판에 푸시풀 방식(電)[4](혼주昏走)이 될 수 있다면. 갈증은 귀소성歸巢性의 손(手)을 주기 때문이라. 오키도키(오케이), 주점의 집에 틀어박힌 선부[5]가 언급했나니, 왠고하면 그는 북극성처럼 술고래인지라(그리하여 사고思考의 세관원에게 땜장이 수병 이야기[6]를 예사로 말 할 수 있나니) 십인십색十人十色[7] 언급할 수 있을 터인 즉, 그리하여 상업폐선商業廢船[8]을 위한 향연이라, 그대에게 백 번 천 번 환영하노라, 곡穀은 고庫를 급給하나니![9] 선물先物 아멘.[10] 그리하여 그는 일어나 험프리 귀향아남歸鄕飢男[11] 환영객에게 뭔가 좋은 말로 대접했도다.[12] 그는 연회객宴會客에게 십자 신호를 했나니. 식탁보를 깔지로다! 그리고 이 멋쟁이에게 굴 한 접시를! 알라 꾸러미![13] 그는 내가 지금까지 본 가장 무심한 사람이지만 그러나 확실히 최고의 수명壽命을 지녔나니.[14] 장식부裝飾付의 어육魚肉 완자 한 톨을![15] 도박賭博 양羊새끼 아가미의 친구의 유단자有段者를 위하여.[16] 급매急賣하라, 그는 성언했나니, 이 놈의 자식, 공복空腹의 새클턴![17]〔웨이터〕 시중들지라 그리고 그에게, 그렇잖으면 이 괴노怪怒의 오슬러[18]가 우리를 몽땅 우타牛打할지로다. 그는 성언했나니, 주막에 낯익은 사내처럼, 한편 발데마(Waldemar)는 뒤축으로 춤추고 말데마르(Maldemaer)는 발끝으로 걷고 있는지라,[19] 뱃멀미 난 그는 음식 사발로부터 떨어져 걷는가 하면 그리고 그는 한층 병약하여 조수회전潮水回轉을 기다리고 있었도다. 드디어 그들은 그에게 황급히 뱃삯을 쌓았는지라. 다 됐으면 말할지니!

〔3음주자–재단사들〕 –어찌 그는 양복 및 유대피紐帶皮를 저주(커스) 또는 격야유激揶揄하지 않았던고, 최초의 바지 불이행재단사不履行裁斷師가 사려 깊은 투로 계속 상기시켰는지라 그리고

–혹해험티 해침덤티,[20] 우적우적상인商人이여,[21] 둘째 재단사가 퉁명스럽게 절언切言했도다.

–구인구역九人九役의 재단사로다.[22] 나의 언가言價를 믿을지라. 그리하여 의과오疑過誤없이, 그들은 재단화자裁斷話者에게 고리타분 말하고[23] 역시 그 광이유廣理由를 알았도다. 그의 이런저런 때문을. 추남醜男(맨드)은 등 혹에 맞으나 목이 온통 가득 차도다![24] 그리하여 여기 합병 철회 운동을 위한 삼창三唱! 그대의 위대하고 큰 배일리 등대 청구서[25]에 암초적暗礁跡을 남겨둘지라.〔술값의 기록〕 그는 농사과弄謝過했나니, 나중에 오코너 단[26]으로부터 팽창된, 오코로넬 파우워[27] 마냥, 자기 자신 너무나도 갑돌기적岬突起的이나니[28] 그는 자기 앞에 솟은 호우드 구두丘頭를 주인의 머리로 망각忘却했는지라, 명암배합明暗配合[29] 때문에 성聖마르탱[30] 축일 가면의 가장하假裝下에, 암갈색의 돌출 도로마이츠 백운암白雲巖[31]처럼, 자신의 산토끼 털을 그 위의 벽토闢土에 꽂은 채.(그대는 그토록 푸른 해안을 지닌 저 산정山頂을 보는고?)[32] 자신의 애도愛圖가 값진 기억 속에 잘 알고 있던 애녀愛女〔ALP〕에 대한 애찬愛餐을 여전히 애탄哀歎하면서

[319.10－320.04] 이 시점에서 우리는 3인 1조로 여전히 나타나는 재단사들로 방향을 돌린다. 그이(그들)는 코트와 바지에 관해, 수부와 그들이 진작 맺은 신사의 동의同意를, 그리고 등의 지독한 혹 때문에 옷을 맞출 수 없는 불가능성을, 차례로 말한다. 모든 자들이 술을 마시는 듯하다. 재단사는 모젤 포도주를 코로 뒤지 듯 3연음燕飮의 한 모금으로 꿀꺽 마셨다. 음주가(Pukkelson－HCE)는 그의 이야기를 계속하고 있었나니.]

[노르웨이 선장 HCE－호우드 언덕의 풍채로 혼성되다－그의 ALP와의 연관] 그리하여 그녀에게 자랑스러운 은총, 애류愛流하는 물의 사랑스러운 동자動者의 발걸음으로, 시원한 주배酒杯의 미소를 띠고, 몬트모렌시라는분[1]의 드문 풍채를 한 채 그리하여 그녀의[아나] 빠르고 여린 숨결과 그녀의 기어오르는 색깔. 그대는 생녀生女를 택하고 본처本妻를 아낄 참인고? 나는 숙고할지니, 수선화 부인. 비록 성가신 업業이 위덕偉德을 부를지라도, 무공無恐할지라! 아무리 소박할지라도 내 집 같은 곳 없나니.[2] 제발 흉조凶兆가 없기를![3] 홍수고조洪水高潮, 그녀의 고대의 권능權能을 재득再得하는지라, 고로 작년에도, 심지어 추억도. 그리하여 그때 그녀의 나날의 무위無爲 속에 한층 크게 성장하여, 한 마리 쥐, 단지 한 마리 작은 박쥐, 거대한 파노라마 풍경화[4]와 함께 도망치도다. 그녀의 처녀필지處女匹地가 그의 저수로咀水路를 달래며, 회전권모回轉捲毛를 탕아蕩兒하고 쾌남아의 역겨운 녀女를 진동하고. 어넥산드리아의 포로정복捕虜征服.[5] 미우美羽 에트나산山,[6] 성령증수강聖靈增水江. 그를 그녀의 최초의 무릎에, 그녀를 그의 날쌘 동아리로, 도랑파는자 쟁기질하는자, 삼각주가 이항二港될 때까지.[7] 이 개똥벌레 세계의 램프가 빛을 발하는 동안[8] 그리고 그녀 속의 그이, 손에 손잡고 우리는 성장하나니. 메뚜기들은 개초장이 탐의 손바닥의 아메밀크 벌꿀과 대추 과일 및 보리 빵을 먹어버린 무지無知한 세월을 통하여.[9] 오, 배회황야徘徊荒野여[10] 이제 불가사이 될지라! 내게 귀를 기울일지라, 마이나산山[11]의 베일이여! 그는, 그럼에도 손구損拘하고, 대화하리니, 그건 내게 너무 미천한지라. 나는 상시고풍常時古風 우리가 앉아서 정장 차림하기 전에 세수하고 솔질했도다. 이제 양조인은 이따금 불만월동不滿越冬하여[12] 베이컨[13] 햄을 슬프고도 천천히 우적우적 씹어 먹는지라. 하지만 결코 고호古狐의 새끼 빵을 흘리지 않나니, 오랜 레지용 도뇌르 훈위勳位[14]에 맹세코 절대로. 나는 타이프 아리프[15]의, 법주法主를 위하여 진실로 법을 행사했도다. 나는, 나의 푸른 늑골肋骨 시市, 아나폴리스[16]에 있는 나의 심장의 소지자를 위하여 나의 손을 내밀었는지라. 그 땐 그대는 무쏘보토미아[17] 까지 나의 옹호자 되어, 시市의 경비 앞에. 그들의 것 거기 신사의紳士意 동의同意 있는지라. 여인 호박의 맹세. 헤더 숲을 통하여 산기슭까지 경사진 채. 존 앤더슨 일당들과 합세할지라.[18] 만일 언어의 꽃이 나의 치솟는 춘천春泉을 포곡包谷한다면 내가 구정타봉丘頂打峰 오르면 오를수록 나의 축설풍祝雪風의 길은 한층 암무暗霧하도다. 그의 머리 위의 노커도 없으며 게다가 다의기념비多義記念碑 위의 별호別號도 없나니. 저 북동쪽으로 부동하는 괴저병과 함께 알프시니아[19] 원류源流로부터 악취를 풍기는지라, 유념토留念土로부터 허무를 비료肥料주며 그리고 그의 후음喉音의 상음上音[20]을 견음犬音하면서. 그러나 그의 분광잔상分光殘像은 단합체單合體로 애란홍해愛蘭紅海[21]로부터 궁지, 탐담貪膽, 상실, 흑욕黑慾, 현식眩食, 선의羨意 및 비만鼻慢[22] 속에 정달頂達했도다. 이른 바 나의 인생을 그대가 전환시켰는지 몰라도 그러나 나의 승파乘波를 위한 한 밤의 기회는 있는지라.

공동구空洞丘 야호, 저계곡底溪谷 안녕! 아침의 소리 및 향내와 함께.[1]

〔음주가 Pukkelson의 이야기 계속〕—나는 경칠 주총呪銃 맞아도 쌀지라, 나를 목 조르게나, 영원히 나를 쇠족발로 엮게 썰지니, 이전의 애란황愛蘭荒 주감독酒監督〔Pukkelson—HCE〕이 불억제주담不抑制酒談했는지라, 왠고하니 얼룩 빵 대신 찔레가시나무 뿌리 파이프를 가져오고, 데메트리우스[2] 주변에 무지개 환環을 두른데 대하여, 이 청두靑頭 골목대장, 그대가 일그러지게도 주름살 짓듯이, 그건 옛 화산 둘레의 폭등분출暴騰糞出의 잊혀 지지 않는 작일괴사昨日怪史로다. 우린 진(酒) 너무 수전노라 이리하여 대사大赦가 우리들 모두를 주축柱軸으로 만들고 있나니.[3] 그러나 현시現時는 재단화자裁斷話者가 자신의 술 꼭지를 맛볼 시간인지라. 화주시험火酒試驗. 몰트 주군君酒이여.

〔그의 음주〕 그는 마치 자신이 모젤 포도주[4]를 코로 뒤지 듯 세 연음燕飮의 하일람夏一覽(고시孤時의 회灰 및 대리석)을 행하며,[5] 화려한 성관盛觀이 자신의 열린 내장內臟 밑으로 흘러 내리 듯 봉화烽火했는지라, 생석회를 위한 소석회消石灰, 자신의 관적管笛의 간지럼과 자신의 우화의 맴돌기에 맞추어, 오,[6] 옛날 옛적 물보라 거짓 이야기하며 얼마나 괴상하고 역겨운 홍청망청 이었던고.[7] 텀벙 느닷없이.

그걸 쌍방이 행했도다. 신속. 그렇지, 크리스털 소지인所持人? 자신의 화란수족和蘭手足에 있어서 상기想起 류머티즘에 걸린 암스타 음료자[8]를 제외할지라.

—사타구니 속의 영락零落에 의하여, 알리 칠칠치 못한자,[9] 자신의 정기선定期船을 배관수리配管修理하는, 거세선장去勢船長이 생각하나니, 우린 이전에 여기 왔었노라.

—그리고 그의 곱사 등의 곁치레일지라. 리처드 달자達者 삼세三世곱추, 자신의 수부하복水夫下服의 둔부에 관하여, 그대의 허리띠 비자肥者가 생각하나니, 하지만 호래이스[10]의 궁의宮衣와 군하복軍下服은 어디에 있는고?

—나는 그걸 흡 건조막乾燥幕[11] 뒤에서 다 끝난 것으로 했도다. 곱추 자子가 성언聲言했나니, 화자에게 회로回路를 동조同調하게하며, 적시에 완화緩和된 채, 악에 물든 이극진공관상인二極眞空管商人[12]〔재단사〕 같으니, 그리하여 그는 타라 수水[13]에 꿀꺽꿀꺽 씻기 우며 뒹굴고 있었도다. 그리하여 멕시코 꿀꺽 만류灣流의 유배流配 바지처럼 자신의 가르강튀아[14] 큰 대서양횡단 인양 목구멍에 항침航沈했나니라. 그에게 오랍 여우의 저주를,[15] 분재사糞裁師 놈, 그는 음속어淫俗語로 성언했나니, 그리하여, 입느냐 입지 않느냐,[16] 나는 허언虛言을 하지 않는지라, 왠고하니 나는 놈의 면綿 바지의 맥퍼슨의 산양山羊[17]을 그들 신新 쩜쇠고리 네브카드네자르[18]와 함께 흡 건조막乾燥幕의 화염 속에 후고後高 방투防投했도다.〔바지 불속에 던져지다〕 흡 얏! 그는 성언했도다.

—연기煙氣와 코카인으로 질식하도다! 자신은 그렇지 않았다고 주께 워석워석 바랐던 양羊의 선주船主와 자신의 이야기를 들었다고 느꼈던 응시자凝視者 이외에 핀들거리는자들 모두는 눈물이 넓적다리 아래 똑똑 떨어질 때까지 주소走笑했는지라, 그리하여 형이동학적形而動學的으로 말해서 불 아궁이[19]가 그에게 덤벼들고 있었나니, 오마[20]가 언젠가 주석註釋하다시피, 이러한 삼투상황滲透狀況은, 유출적流出的으로 경계되려니와,[21] 험티 덤티(empty dempty) 땅에 한번 축축 넘어지면 일어서지 못하는 경우일지라.

〔320.01－320.31〕 선장은 구두口頭로 양복상을 공격한다—그런가 하면 이어 선원들은 재차 출범한다.

〔320.32－321.33〕 그가 여행하자 시간은 경과 한다—음주는 주막에서 계속된다.

〔수부의 재단사에 대한 저주〕 —그리고 홉 중독자! 그〔노르웨이 선장〕는 성언聲言했나니, 그리하여 이제 깊이 최면술에 걸렸거나 아니면 자신 마취痲醉 중독된, 변타자變他者가 말을 덧붙었나니라. 그리고 저 저주할 커스 놈〔재단사〕, 그는 성언했나니, 타르 칠한 방수범포防水帆布 밑에서 나온 뒤, 그리고 놈은 애정에 목 타는지라,[1] 눈 멍든 놈, 재봉사 놈, 옆구리 통증 앓는 놈,[2] 녀석의 단추 구멍의 한련旱蓮(植)[3]을 탐닉한 채, 공산당(무법자), 그는 성언했나니.(우라질 동복冬服!) 애연당愛煙黨의 방해물, 그는 성언했나니, 더블(인) 각반항토공脚絆航土工을 위한[4] 최신 시민 새빌 유행복가당流行服街黨[5]이라 떠벌리면서.(저 백모白帽를 잽싸게 날려버려, 큰 대갈통!) 그는 성언했나니, 놈에게 내 손의 큰 백을, 종치는 얼간이, 그는 성언했나니, 손에 싸구려 조반 빵을 들고, 놈이 밴드와 함께 왈츠 춤을 출 때.[6] 나는 화상로火床爐 장작 속에 양털을 집어넣겠노라,[7] 그리하여 그는 성언했나니, 시원찮은, 홉 건초 막幕 뒤에, 그는 성언했나니, 나의 지독한 완통腕痛의 저주 커스, 인간 사이 여기 최고로 언급불가자言及不可者(괴란어怪蘭語를 투덜대면서,[8] 혹시 놈이 그의 시궁창의 자신의 온갖 욕설을 퍼붓지 않는다면!) 저주할 옷 가두리 보강補强천 꿰매는 놈, 그는 성언했나니, 그의 첫 종형제(근친자)가 합중국[9] 곡창穀倉의 내시병자內侍病者인지라, 그건 금야 생선냄비 불 피우기에도 부적하고[10] 그는 옷 천에 국수 바늘을 찌른 것이 무엇이든 간에, 탄歎하게도 탄최악嘆最惡 탄서단국灘西端國의 활강복상滑降服商[11]이도다!

그런고로 두 번째 시착試着(가봉)을 위해 모든 동우회同友會가 주장했나니라. 어찌 그가 자신의 단견短肩에 무형無形의 노櫓를 매고 주대酒袋 꼭지에서 한 잔을 따른 뒤 원조遠朝에 펠라갈피아를 향해 떠났던고.[12] 그의 드루이드 신봉자몽실현산정信奉者夢實現山頂에서부터 발트해—연안—브라이튼 귀착歸着까지,[13] 우리들의 고국애란故國愛蘭의 원형탑에서부터 주당삼십週當三十 경칠 시간까지. 옥!

—꺼질지라, 타프 도둑 놈, 붙들어요! 그의 아내의 선부船夫가 모두의 매도罵倒에 한결같이 간투농규間投弄叫했도다. 애란야愛蘭野로 되돌아올지라.

—악운을! 노르웨이 금노今怒의 깡패꽁지가 자신의 노낙타피老駱駝皮 바지통通 분노분출憤怒噴出 속에, 불경규不敬叫했나니, 그의 돛대꼭지의 눈 깜박임에 의한 자신의 광노狂怒의 섬광閃光인지라. 그리하여 아아 멀리 그는 아불阿佛 아래나阿來羅[14] 투기장으로부터 원행遠行했나니 그리하여 그래요 가까이 그는 베링 배(船) 해협[15]까지 야근夜近했는지라, 진주태양眞珠太陽이 진화震火하듯, 눈(雪)이 버터 융해融解하는도다. 그리하여 바닷가가 모래톱이 되고 톱(鋸)이 타명打鳴 질렀도다. 그리하여, 퇴수구退水口를 흠뻑 투섭透濕하며, 그는 배수排水하지 않았던고

일휴지一休止.

지옥 시한폭탄이(일련 번호. 우장지牛葬地,[16] 굴掘 채굴採掘 주의) 이리하여 맥주잔으로부터 주전자까지 책임을 돌려씌운 다음에(발견자 주인) 까닭 모를 이야기 타래가 회항徊航하는 동안 남은 하찮은 쌍双 놈들 이때는 지금 시의적절 벌주罰酒 받을 고조시高潮時이었는지라

〔HCE의 고객들을 위한 대접—선장의 재 입항—돈궤를 다루는 HCE—Ashe의 등장〕 드디어 그들은, 마치 이전의 주류 검사관이 그러했듯, 주문자酒文字 그대로 그들의 팔꿈치까지 더 이상 무주력無酒力[1] 상태였도다. 무식無識이 축복이라,[2] 그런고로, 그들의 총銃 개머리판의 표적이라 말하는 것은 아니나, 조금도 현우賢愚하지 않은,[3] 가련한 물고기〔HCE〕는.(그는 먹고 있나니, 그는 탈수脫水되고, 젖이 짜여지고, 그는 잠수하는지라)[4] 선의善意의 모든 사나이들에게 법침法針의 가시 등燈을 환영의 지팡이로서 치켜들면서,[5](그리하여 그가 이렇게 주입한 바이러스에서 화관花冠을 그렇게 구救했던 것이로다!)[6] 거기 그의 더블린 주막[7]의 저 여인숙 갑岬까지 연안염항행沿岸厭航行했는지라, 들락날락하면서, 오지奧地의 사심장死心臟, 그라스툴 보언[8] 또는 노라 도都의 보하 공원도公園道[9]로부터, 와트의 증기선[10] 또는 비안코니 우편마차[11]에 의하여, 애란도愛蘭島의 오스트레일리아 사람들, 저 비단 실크모 및 그의 닻 끄는 농사꾼의 발가락[12]이 바렌호항湖港[13]의 주문注文을 향해 게일의 경고警告를 신호하고 있었나니, 동東순환도로[14] 또는 멋진 중앙고속도로로, 그들의 베링해주방위海走方位[15]를 알리기 위해서였도다. 열지라, 행운이 있을지로다! 구명보트를 내릴지라, 하인무우何人無憂나니,[16] 공복空腹 딸꾹질 만인도래萬人到來! 경단고둥 쇠고둥 및 새조개 향香[17] 해파리와 함께. 미나리아재비 초저녁으로 하여금 피닉스 주막[18]에 밤사이 불을 밝힐지라! 음악. 그리고 프라마겐의 무연舞宴에 옛 만인다락萬人多樂[19]을 갖도다. 깊은 잠에서부터 애란 경야각經夜覺까지.[20] 어찌하여 그들이 일광日光에 구애하여 어둠을 구救하는데 성공했는지 사랑하는 이는 알리라.

〔321.34—323.24〕 양복상은 자신의 백모白帽를 쓰고, 몹시 골이 난 채 경기에서 되돌아온다—그는 선장의 새 양복이 몸에 맞을 수 없음을 주장한다.

사업事業.[21] 그의 최선상最善商. 조상인助商人.

계산대장면計算臺場面.

그〔HCE〕는 자신의 세이歲耳를 잔청盞聽하고 댁은 뭘 드실는지 대화의 대세大勢를 포착하는지라, 음탕 애란인, 외인 애란인人, 오존향香씨氏, 자 비천한 하인, 럼주, 밀크 및 야자 즙을 혼미混味하면서, 여기 있어요. 여차여차 말하면서, 잔돈에 몸을 굽히고, 이봐 포유동물 그대 듣느뇨?,[22] 그는 암탉 페니, 개(犬) 6페니, 마馬 반 크라운, 병아리 3페니[23]를 국자 긁어모았나니, 호弧같은 자신의 탐수貪手를 가지고,[24] 그들이 카운터의 우연히 만날지 모를 익낙溺落에서 구救했는지라, 마침내 앞 팔 길이까지, 건폐乾蔽하기 위해. 방백傍白으로. 그대의 돈(豚) 반 페니 주석 마魔 반 크라운, 속임자者들, 찌꺼기까지 다 마실지라![25] 유행복流行服!

그리하여 앨리스 춘春[26]의 질풍과 함께 생생한 황금투기자들과 으시대는자者들이 그와 함께 하저下底로부터 저 마린가 주점 관목 숲[27] 속의 사막 장미 화話를 적출積出했나니라.

애쉬 주니어[28] 재입장再入場. 북경 한모漢帽,[29] 지나면支那綿 바지.[30] 청일淸日이오. 건배. 축배!

탈(모).

—〔3고객들이 주점 패거리에 합세하다〕 저 백모白帽〔커스〕를 벗을지라[1](보라, 커스가 되돌아왔나니, 애란주목반도愛蘭朱木半島 일제질주경기一齊疾走競技를 위한 볼도일 그루터기 장애물경마[2]의 오찬午餐을 담談하면서, 그의 최호저最豪奢의 어깨 너머로 자신의 낡은 오코넬 외투를 뎅그렁 매달고,[3] 상상해 볼지라, 노급소년老及少年, 그는 한층 해군성海軍省의 풋내기 수병처럼 보이도다).

—저 백열모白熱帽를 벗을지라, 그대 부스럼 찌기 같으니.(물론 그건 커스에 관한 사事, 사실상 그가 드러난 바, 맙소사, 저급의복자低級衣僕者,[4] 언제나 왁자지껄 조롱 떠들썩했나니, 그 지방의 의복衣服의 표본이라).

—저 경칠 오봉모誤縫帽를 끈 풀지라, 마권 사기꾼,[5] 그대 어중이떠중이, 개자식, 그리고 스스로 참회 할지라[6].(커스 이유理由로, 그는 저 초라한 노교老橋의 장두檣頭 사생아로서, 얼마나 형편없이 적간판식赤看板式[7]이었는지, 자기 자신의 적부適父도 그를 비지鼻知할 수 없을 것인 양, 외투의 진복振服을 늘어지게 최고 복합식으로 재단 및 오가봉誤假縫했도다).

합창 그의 상의를 그처럼 회중색灰重色으로. 그리고 자신의 파운드 화貨를 불타는 것으로부터 목숨 걸고 보증하다니.[8]

—그리고, 허들 또는 힐링, 누구 그대 오늘 볼도일 경마장에서 어떠했던고, 나의 다크 호스 경마광 신사.[9] 나를 세루색索할지라, 돛복服! 그는 측언測言 했나니, 냉재사冷裁師 커스 야복野服. 그리하여 제삼 재단사가 이걸 측언했을 때 커스[10]는 그들에게 주련走練의 전모全貌를 대접했는지라 전全 화려경기華麗競技가 어찌 발진發進했었는지, 영양배피令羊背皮에서 소모판梳毛板까지 그리고 시광始光에서 종終 피닉스 원園까지. 그리하여 그가 그에게 한잔 술을 째게 따르자 그를 신랄하게 말대꾸했나니,[11] 맞받아 쏘아주기, 채찍을 위한 도르래 줄, 연(고양이)의 꼬리가 있듯 어김없이. 그리하여 모두들 그를 화장 장작더미 위에 올려놓고 응시했도다.

그리하여 그것은 그랬나니. 볼지라.

—동모인同帽人은 경마에 관한 한 무무無無 이인二人 피인彼人 하처행何處行인지 무지無知인지라[12] 그게 효실效實인고? 익살을 위한 야단법석, 세 사람의 신도래자新到來者들이 물었나니, 드디어 옛날 옛적 타문창옥打門娼屋[13]의 취객, 그리하여 그가, 임피던스(電)에 어드미턴스(電)[14] 허락되는 동안, 그들이 삼진삼인三眞三人이듯,[15] 그들은 자신들의 치욕건강恥辱健康을 위하여 스스로를 맥아 주를 학대虐待[16] 하고 있었도다.

—그건 하찮은 무화과를 위한 무시無視한 것, 아사我思컨대, 그들은, 옴어(電語) 대對 옴어(電語),[17] 고백했는지라, 그리하여 그들은, 만일 저 비전도변증非傳導辨證[18]이 없었다면, 폐물이 될 찰라였나니, 그리하여 무無닐센 기념비로부터 그리고 빌리 골목 대왕大王의 상像[19]으로부터 그리고 올리버 신음자의 맷돌로부터[20] 낙하직전에 있었는지라. 우리를 해방하소서, 오코넬주主여![21]

—그리하여 거위신神[22]이여 우리를 조죄助罪하사, 그가 측언했나니, 최초 코스의 햄 해탈자解脫者가 재단했는지라, 호소하면서, 그의 미남 멋쟁이와 함께 온통 칼라와 카프,[23]

[323.25—324.17] 선장은 재차 되돌아온다. 그리고 더 많은 음주가 계속된다.

〔노르웨이 수부를 욕하는 재단사〕 희망봉 부근에 출몰하는 해적질하는 선장,[1] 그는 측언했나니.(그가 사막의 사이토해변沙泥土海邊마운트[2]에서 소변 어이 배(船) 하고 부를지 몰라도), 조발粗髮의 해노상강도海路上强盜,[3] 그는 배(船) 끄는 근사한 얼굴을 하고.(어떻소, 쉽장長?) 그는 측언했는지라, 피(血) 도끼 혈치血齒의 발트해海 삼 돛대 뱃 놈,[4] 자신의 닻줄 작은 분糞구멍을 통하여 우리들의 야속어野俗語 해군[5] 속으로 둔부입臀部入하는지라, 그는 측언했나니, 신이여 저 놈의 정체를 까발리소서. 처녀 추구항해追求航海하면서, 케케묵은 낙천樂天 앵무새 사냥하는 흉변복경凶變腹鯨 같은 놈, 그리고 모든 항재단사港裁斷師들이 그를 역병疫病하는 저주자咀呪者, 그는 측언했나니, 마침내 나는 저 놈의 기안피旗顏皮를 타열唾裂할지라, 그는 측언했나니, 1대 1로, 산살사태자山殺沙汰者, 뇌운화雷雲火[6] 뒤의. 축범자縮帆者는 매춘부賣春夫였도다.[7] 누구든 저 자가 어찌 난교해변亂交海邊으로부터 다가오는지는 놈의 습의濕衣에서 냄새 맡을 수 있나니. 저 늙은 양반도羊叛徒 놈은 어디에 있는고, 내가 물어 볼지라? 플리킥(자유삼축自由三蹴)을 나에게서부터 그는 먹힐지니,[8] 변절자 놈, 바틀리 주막[9]에서 만일 내가 수년전투배약鬪倍若하다면. 거위요리 선장씨船長氏, 판범주비사販泛舟備士! 녀석은 내게 가죽띠를 본때 보이고 있듯, 늘씬하게, 그리고 나는 그의 줄타기 끈을 끌고 있듯, 맹렬하게, 그는 나의 주먹다짐을 당할지라, 그는 측언했나니, 세차게! 저 산구복山球腹피투성이 꼽추 개자식,[10] 그는 측언했나니, 풀무포켓에 돌기突起감자를 가득 넣은 채로 그리고 위장에는 자신의 여우,[11] 자신의 루마褸魔 가톨릭 약골음탕弱骨淫蕩 성당 일가친척의 불의손상不意損傷하게도,[12] 사농아死聾啞 낙몰落沒된 채, 그리하여 애란도愛蘭島의 4혹은 5주州에서 또는 드루마단데리 산마루에서부터 머커로스의 유적까지의 스칸키나보리의 전부속토全附屬土에서,[13] 그의 미담尾談의 구멍과 낙타등 혹의 경칠 구혈丘穴을 지닌 항적추자航跡追者〔노르웨이 선장〕를 위하여 개똥지빠귀 새 숲 속의 망아지(노끈 채찍)의 젖을 짤, 말단 재단사裁斷師는 결코 없도다. 파시즘 파破독재자를 내 버려둘지라!

이 광감전지光感電池의 건전지乾電池 격인 무음無飮의 부름에(저 폐규肺叫의 뿔 나팔, 위기의 롤런드[14] 용장勇壯!) 그의 낡은 경칠 불가지력不可知力[15]의 세계종말의 신호에 응하여, 살롱의 나리〔노르웨이 수부〕는, 마치 자기 자신이 분개화열憤慨火熱된 듯, 자신의 현기眩氣 혹을 경배傾背하여 그걸 듣자, 양측으로 총안總眼을 치세운 채, 전리최고층電離最高層[16]에서 자신의 이전주객以前酒客까지 자신 곧장 되돌아갔나니, 저 한 때의 순배巡杯의 동료들〔12단골들〕, 근시행진勤時行進하며 순회하면서,[17] 그리하여 만일 그들이 소담笑談을 풀어놓기를 포기한다면(토니 땅딸보,[18] 그대 촌복악한村僕惡漢이여!) 그들은 적어도 가능한 한 그렇게 할 참이었나니, 당시 그들은 자신들의 농담이 자신들의 심금을 울릴러니 느꼈는지라(오, 늑대 그는 산보중散步中이나니, 저 놈의 답답한 위배僞背를 볼지라!)[19] 마사馬舍를 향한 조타操舵 길[20], 미각마령농조味覺妄靈弄調로 말하면서, 유형流刑, 이 놈과 저 놈,

〔324.18—25.12〕 라디오 방송—개인적 메시지, 일기 예보, 오늘의 뉴스 광고.

계속되는 이야기는 라디오 방송으로 열리는데, 전반적인 워터루 소류음騷流音(Waterlooing)과 선언으로 시작한다. 이는 심령술적心靈術的 교령회交靈會(spiritualistic seance)로부터 혼신으로 이상스럽게 깨어진다.

영락없는 그의 최초의 원형(익살거인, 아아 가변비사可變非似!)〔노르웨이 수부〕, 해적인, 만복자滿腹者와 닮았는지라. 그의 양 어깨의 고착古着과 함께, 그리고 그의 겨드랑 아래 새 공단 환추環椎, 그의 자만自慢 이마의 분한奮汗으로 자신의 식息빵을 얻으며[1] 그리고, 리조드 횃불[2]의 회장미灰薔薇를 집으면서, 거품과 우글우글한 어란魚卵 새끼들을 위한 그의 노역하는 미담尾談, 그리고 자신의 거구, 그리고 자신의 큼직한 폐선구廢船軀, 부수적 문제(조산원)를 사랑하기 전, 이드가 경비원[3]이었을 동안 그가 스핑크스 원야原野[4]로부터 수수께끼를 풀려고 얼굴을 울락 불락할 때마다 마냥. 모두들 그를, 자신들의 고성벽古城壁, 감염수부感染水夫를,[5] 경쾌하게 환영했나니, 그리하여 해마海馬, 인어남人魚男, 그대 연인을 유애油愛하는 여해구汝海狗, 제복성년制服成年이 될 때의, 해海 율리시스[6] 또는 견고지구堅固地丘.

—잔 들어요(H), 여러분(C), 공空짜!(E)[7]

그리하여 그가 그들의 소스 구미口味 맞추기 위해 낚싯바늘 혹은 낚싯줄을 잡기 전, 괴혈병자壞血病者. 하둔下臀은 경악탄驚愕歎이라. 마치

—앉구려![8] 양복상이 수다쟁이들 앞의 맞은편에서 저주咀呪했나니, 저 전全 세트〔수신기〕를 바꿀지라.[9] 폐석좌廢席座 및 묵함구默緘口. 우리들의 세트, 우리들의 신폐인 홀로.[10]

그리하여 그들은 불 위에 주유注油했도다. 화상배火傷杯!

〔라디오 방송 이야기의 연속과 선언〕 라디오의 워터루 소류음騷流音. 멋진 진사眞絲 바지 여러분을 위하여 여기 하나의 개별무과個別無課 미사 전언傳言이 잇사옵니다. 여기 어느 유족인遺族人이 통참通參하시다면 호우드[11] 관할 경찰서장에게 상기시키거나 보고하시기 바라나이다. 크론타프, 1014.[12] 그렇잖으면 황송하오나 암호의 애대哀大 광어휘光語彙를 위하여, 가전家電 바라나이다 피뉴캐인—리, 피뉴캐인—로우.[13]

영광앙신榮光仰神.[14]

타일기打日氣 집예보集豫報.

북구北歐로부터 방풍方風. 머핀 빵 매시경賣時頃에는 한층 따뜻함, 진정(바람).

우리들의 존경하올 코론필러 사師[15]가 지난 산상자선설교山上慈善說敎[16]에서 예언한 바, 스키움운무雲霧디네비아[17] 전역에 걸친 총예기總豫期된 불황, 다후변多候變 강우降雨의 대동량주大棟樑主 그리하여 혐무嫌霧 병신호病信號에 의하여 예고된.(과대식誇大食코펜하겐의 특보를 청취하시라!) 그리하여 비정상의 운의복雲衣服 속에 질구봉합疾驅封合된 채,[18] 꼭 같은 찬란燦爛 성聖조지 하수해협下水海峽[19]의 중반中半을 통과하여 그의 도중 부서향富西向에서 여과된 다음 그리고 저희압低喜壓의 습돌濕突을 야기하고, 어떤 지역에서는 그러나 국지세우局地細雨와 함께 무실霧失되어, 혼내일婚來日을 위한 전망展望인 즉(기선응력汽船應力의 월요세일月曜洗日일지라[20]) 쾌신부快新婦를 위해 발광發光할지니, 그의 선기량善氣量.

금일인今日人에게 무슨 흉조凶兆 생生인고?

아던[21]의 거충돌巨衝突. 조비鳥飛가 파혼접근破婚接近의 혼례를 다짐하도다.[22]

〔325.13—326.20〕 선부船夫(ship's husband)가 선장을 위해 구혼을 마련하기 시작한다—그는 세례를 받아야 하고 기독교도 성으로 개종해야한다.

생生총독—대리 전부戰斧의 매장, 영면永眠. 신의 총선견寵先見. 감사. 감사. 앙천仰天.[1]

Ls. De.[2]〔방송의 끝〕

〔방송 문구 총체적 알림〕 그대 아더 기네스 감각인식感覺認識 일치 유속類屬인고! 유한有限.[3] 아나 린차 프류流라벨![4] 111. 우린 뭉치면 살고,[5] 대등도금對等賭金 제공. 잊지 마시라. 나는 바라건대 더비 경마 주株의 화도일火盜日 행운을. 1천대 1의 승금勝金 유감천만. 그리하여 즉도즉침卽睹卽寢. 축복의 고몽鼓夢에 관해. 우연 절대 진리, 우둔愚臀 절대 신결愼潔, 우망愚望 절대 천직天直, 울렁샐렙(藥) 애운愛運과 함께.[6] 그 뒤 한밤중에서부터 양속陽續 사주四柱 현금사중주弦琴四重奏라.(수요일, 낚시. 목요일, 무용, 금요일, 도락賭樂, 토요 및 일요일, 기독자비 문학, 문학 기독자비.) 이러한 교무交務가 핀어종語終할 동안.

〔성직자—주례에 의한 수부와 재단사의 딸의 결혼 및 화해의 알선〕—이리로 올지라, 염안우厭顔友여, 그대. 강용剛勇의 역사力士,[7] 카펠 조우드[8]에 합당한 고노인古老人, 그리고 강도—재단사 벽돌 동아리 놈 같으니, 마침내 나는 당신을 과오장인過誤丈人으로 정련精練했거니와, 당신의 장래의 사—위 되려고, 신사 다단사茶斷師, 총남總男 해주海主, 개구쟁이 및 혹부리, 한객漢客 그리고 호사 형제,[9] 판매술販賣術의 양兩 존재임슨 주자酒子,[10] 우두머리 수부화자水夫話者가 언구言句했나니, 그러자 분변적糞便的으로 선복음부船福音父〔결혼 주례 성직자〕가 선부船夫의 포로에게 언급했는지라 그리하여 그대가 하든 아니면 그가 해야 하든 바로 이 같은 순간에, 그가 언급했나니, 고로 그대 양자 사이에 화회 협정을 맺게할지라, 그는 언급했나니, 나의 중요 임시변통으로, 그는 언급했나니, 어심魚心이면 돈심豚心이라,[11] 솔직하게 터놓고, 그대 바이킹 철인鐵人 아드먼드슨,[12] 그대는 철기병鐵騎兵[13]이요 그리하여 여기 패들리맥 나마라 해견海犬처럼 땅딸보〔험티 덤티〕인 그는 강건剛健한 카누 선인船人[14]인지라, 왜고하니 애란 반바[15]의 두 젖가슴은 그녀의 토수사土水師요 그녀의 노단사勞斷師이라, 그대가 항언航言했다시피, 그대가 이태우상伊太偶像[16]을 섬긴다면. 선우형제船友兄弟, 제복형제制服兄弟,[17] 그대들은 혈맹선언했도다. 그리하여 뒤쥐〔재단사〕)가 활공자滑空者〔수부〕[18]에게 언급했는지라 그리하여 그는 금혼선장今婚船長, 난폭한 훈 야만족의 험프리 존사〔HCE〕에게 언급했나니, 그러자 선장은 자신의 원통방패圓筒防牌의 일곱 돌점突點[19]에 맹세하여 성 크로틸다[20]에게 기도하고 있었는지라 그는 그녀가 자신에게 구애신求愛信할 때 전력을 다하여 구원할지라, 내처來處, 그는 언급했나니, 나의 즐거운 해랑海狼, 그대는 오딘신神의 목륜木輪[21]이라, 그는 언급했나니, 우리들의 사족수도四足獸島의 선船 우리[22] 속으로, 얼스터마태, 먼스터마가, 라인스터누가 및 코노트요한[23] 에게 축복을! 창백한 당나귀여 명도鳴禱할지라! 그리하여 모든 어중이떠중이에게 그대의 고두叩頭[24]와 하복下服으로 이후 더 이상 그대의 병신행위病身行爲 없기를, 그리하여 그대의 고한高恨을 위한 그의 경연敬宴에 대하여 우리들의 단독單獨을. 무례종자無禮從者가 자신의 입에 담은 유언誘言과 함께 그대를 기다리며 머물고 있는지라,

〔노르웨이 선장을 위한 세례〕 혹은 성선탁종聖船卓鐘에 맹세코, 공암恐巖호루스 태일러[1]가 최고 세심하게 부른 대로, 내가 그대의 성훈聖訓을 시연試演하여 우선 그대를 전적으로 순살殉殺하리라.[2] 장난꾸러기 요정처럼 저 패트릭[3]이 말장난을 후벼내어 백합을 야박野箔에서 시들게 했나니.[4] 삼위일체(트리니티) 사사士師가 그대의 경기목景氣木을 십자가화十字架化하리라.[5] 패트가 그대를 위해 합당한 남아男兒로다. 그렇고말고! 그리하여 그는 흡 건조소乾燥所의 물로 그자를 배면세욕背面洗浴 시켰나니,[6] 십자배十字盃의 신호를 혼제混製 하면서. 나는 그대를 황세례십일조皇洗禮十一組 부과하는도다. 오시안(대양大洋)이여,[7] 그는 언급했나니, 오스카아부亞父여,[8] 그는 언급했나니, 애란 바이킹이여,[9] 그는 언급했나니, *토끼풀(클로버)의 삼엽지족三葉枝族(성부, 성자, 성령)의 이름으로*, 그는 언급했나니, 근近조건적으로,[10] 게일충영蟲癭의 친親조부요 동족양同族洋횡단의 영웅 주장 탐탈자探奪者여,[11] 그는 언급했나니, 해마海馬 나귀 석탄상石炭商의 기선사광汽船斜光 돛대 역장役長이여 그리고 전성적全聖的으로 혹사도惑使徒로서 그대를 위하여 이 수세욕水洗浴하는지라 그리하여 그대의 항적航跡을 따르는 모든 검은 요귀妖鬼를 위하여, 그는 언급했나니, 호우드 이교도들의 헬싱키 침옥沈獄에서[12] 나와 그리하여 너희에게 저주 받을지라, 그는 언급했나니, 우리들의 여유餘裕 로마카토넬 종교관계宗敎關係 속으로,[13] 그는 언급했나니, 이때부터 우리들은 보증 받을지라,[14] 대지大地 진실로 삼엽삼위三葉三位되어, 만일 일자日子가 아니라도 천千의 국화菊花의 파문波紋을 기대하고 싶어 한다면, 그에 대해 나는 그대의 천벌天罰을 기원할지니, 두수병頭水兵이여, 왜고하면 그대가 상쾌한 초야굴보初夜掘步 뒤에 야풍野風에 걸리고 그리하여 어시안의 혈기남血氣男의 우량안전優良安全과 더불어 호우드 갑岬까지 요정 파라오 호장豪壯되어 재삼 귀행歸行했기 때문이라, 그로 하여 재주宰主여 그대의 항혼航魂에 이단자異端慈를 조시造施하소서![15] 아담성부어명雅淡聖父御名.[16] 수타공手唾攻.[17]

—무의미,[18] 그대 콧방귀 끼었던고? 그〔선장〕는 상시 모든 종교 미신에 대하여 상당한 반대를 견지해온 터라 고로 왜 요술쟁이 경치게도 바퀴벌레 성공을 거둔 대상탐자大商探者인 그가 하필이면 신神블린의—예수[19]—성심유령복의 성 패트릭 대사원[20]에서 승정대부僧正代父〔성직자〕에 의하여 도매都賣 사기세례詐欺洗禮 받아야 마땅한고? 그러나 이를 이청耳聽할지라

—그런데 여기, 친구사親舊師여, 나의 피터 폴 요새의 해군 소장,[21]〔선장〕 그는 언급했나니, 한결같이, 제이명第二名의 청원자에게, 나의 최근의 고발기인故發起人, 저 포도주를 한 바퀴 돌리고 그대의 각배角盃를 치켜들지라, 그는 언급했나니, 그대가 학자學者임을 보이기 위해 왜고하니, 그대가 동冬좋아하든 안 하든, 우리는 그대의 하夏를 우리와 함께 가져왔기에,[22] 그리하여, 그대의 정신분석학자 에릭슨과 그의 아亞메기적奇蹟의 개배발견開盃發見에 관하여 이야기하면서,[23] 노도怒濤의 40도선度線[24]이 있을지라, 그는 언급했나니, 그리하여 나의 진저리나는 송이버섯에 맹세코, 하리스[25]〔재단사 호레이스〕 자신이 말하듯, 그대를 어떤 야번기독교의夜番基督敎義의 비밀을 누설하건대, 여기 동단東端 볼즈카던 무만霧灣에서부터 타이어스톤의 연어 도천跳川까지[26] 더블린 해수海水에서 수영하는 사람들 가운데 9분의 1 돈자豚者 있는지라[27] 그리하여, 그는 언급했나니.(한편 럭키 스와인 행운돈幸運豚의 심장은 그의 냉장고에서 도약했는지라,

왠고하니 딸〔재단사의 딸 이야기〕에게 선도자[1]로서 자신이 갖게 될 면세免稅된 온갖 종류의 밀수품을 생각하기 때문이니) 우리들의 선신송善神送의 브랜도니우스, 친우親友(카라)[2]의 자식, 핀로그[3]의 배우자에게 감자 껍질의 찬미를, 그〔재단사〕는 자신의 집에 최양역最良役의 침모針母〔딸〕를 지녔는지라, 아씨, 아씨 납작코, 매력 여인, 티나—박쥐—타러,[4] 그대의 시계 주머니의 귀화물貴貨物 및 그대를 위한 보장保藏, 격파激波가 바다를 캄캄하게 할 때 밝혀주는[5] 남포 등燈, 그는 그 어떤 이 보다 복수미인複數美人 중의 미녀[6]를 탐애耽愛하는지라, 태아자胎兒子로서, 말하자면 신新학교(뉴 스쿨) 여자 반[7]의 윤년의 기적, 1대 1 두 개의 젖꼭지, 말끔한 트리니티 샛길[8]과 홍허영興虛榮의 시장市場,[9] 테임즈 강의 시류時流의 자갈처럼 단단한 그러나 범람氾濫의 디강江[10]처럼 안유安柔하나니, 그리하여 수소산水素産의 제니[11]일지라도 결코 외관상 그녀처럼 경쾌하지 못할지라 그리하여 긴긴 겨울 과야鍋夜에 레토로만어語[12]의 로맨스 이야기를 읽으며, 꼬마 안니 로너즈[13]의 이야기 및 작년의 모든 눈사태 건에 관해 도독跳讀하고[14] 그리하여 그녀의 바퀴 침대 위에 걸린 위험한 체경體鏡 속에 그녀 자신에게 그들을 탄원하면서, 그것이 층계 사다리로부터 결코 떨어지지 않으니 천만다행이라, 그리하여, 다음 시간까지 저 악천후가 끝나고 모든 장미화낭薔薇花娘들이 바깥에 의상행진衣裳行進하면서 그리고 각적角笛들이 그들의 삼신森神의 광영光榮을 위하여 온통 뚜뚜우 울며, 모든 사내들로 하여금 그녀를 뒤따라 다글강江 골짜기[15] 아래로 협곡강행峽谷降行[16]토록 하나니 그리하여(잠깐 기다릴지라, 얼뜨기여, 그대는 너무 성급聲急하게 행상行商하는지라, 그대가 그녀의 언토言土의 향방을 알 때까지 그대의 라딘어 숙녀淑女[17]를 따르지 말지니!), 그리하여 그때 어딘가 여름의 열규熱叫가 있자, 그녀는 콤브리아[18]의 저 언덕 너머로 피아노의 조율뇌곡調律雷曲이 윌쉬 양산羊山[19]을 향해 수언睡言하는 것을 들을 수 있나니, 영국 해협의 원조망願眺望 너머로 감동남感動男의 유령선[20]을 찾아 그녀의 지붕 몽창夢窓을 통하여 내다보면서, 그때 콘세사 모母[21]가 신드 바드 수부[22] 와 함께 하도록(팅!) 킬배랙 성당[23]의 종이 땡 하고 춘제春祭[24]를 알리나니, 그러자 그 곳에 애교 있는 윙크의 불케리양孃[25]〔ALP의 암시〕이 그녀의 난파남難破男을 애인으로 삼자 그가 그녀를 여해적女海賊으로 오해 한 이후 우리들의 인형촌人形村[26]의 처녀는 포투난터스 라이트씨氏[27]의 환영상幻影像을 보는지라, 오, 그리하여 상아댁象牙宅 황금탑黃金塔[28]과 선물 놀이를 하면서 그대가 나를 더럽히고 나의 사리事理를 일별一瞥하고, 그건 그녀에게 근시안적 계절에 있어서 푸른 개펄이라,[29] 비록 그녀가 자신의 기적을 행사할 수 없거나 노르웨이 성주城主에게 멋진 공란空蘭의 시간[30](아이리시 타임스)을 부여하지 못한다 할지라도, 한편 그녀의 생기 있고 신선한 이탄泥炭은 친절하게도 정부情夫를 연도煙道와 함께 불타오르게 하고 있나니, 북극광으로 애란 집게벌레에다 불을 댕기고, 늙은 둔하마臀河馬로 하여금 항시 그의 머리 위에 물을 떠나지 않게 할지니, 가 나 다 라, 키릴 자모字母로,[31] 스물아홉 합해서 한 타스 그리하여 자신의 엄한 나포선拿捕船 때문에 껴안거나 눈물 흘리는[32] 늙은 까악 까악 까마귀에게 경칠 비둘기 감성甘聲을 꾸꾸꾸 정답게 이야기할지니,

[326.21-326.25] 난센스-왜 그는 세례를 받아야 하나?

[326.26-329.12] 선부船夫 양복상과 그의 딸의-이어 선장의 미덕을 칭찬한다.

〔재단사 딸을 수부와 결혼시키다〕 그리하여 거기 늙은 바보처럼 순수한 멍텅구리도 없는지라[1] 그대의 북극곰이 브라이언 오린 진(두송실주杜松實酒)으로 판명되고 고래 새끼를 위한 그녀의 욋가지로 엮은 초벽[2]과 함께 그의 유람선을 유모차로 공성攻城 망치 타변제打變製할 때[3] 그리하여, 나의 예쁜 요정에[4] 맹세하나니, 그가 언급했는지라, 결혼 혼제가婚際家(재단사)는, 커스, 조 애쉬의 아들,[5] 그녀의 당혹자當惑者(수부), 철사 같은 눈과 깜박이는 머리카락[6]에게 말했는지라, 그대의 농담 끈 안드로우즈[7]와 짧은 미덥지 못한 그의 셔츠 애찬가愛讚歌[8]에 관하여 이야기하거니와, 나는 나의 생각을 연사戀事로 돌리고 단지 111로 지껄이는지라, 그는 언급했나니, 나의 최실最實의 고객선창자顧客善創者여,[9] 극리역단極離域斷으로, 염급厭急히 결혼하여 한욕閑慾하게 반복하리니,[10] 그대는 그대의 과진過眞한 숙명신교宿命新敎의 둔비목사[11]에게 선언善言할 수 있거니와, 이 구배丘背여, 주잔회전酒盞回轉과 권연卷煙[12]에 이어, 비록 그의 도탑倒塔의 탕 시계時計가 경1시警1時를 칠지라도,[13] 그리고 만일 그가 자신의 선우船友들 사이의 노예제도 지지자[14]처럼 저기 저 카운터 위에 때려눕혀진다 한들,[15] 그리하여 고관귀족으로 정박碇泊하게 될 때, 그는 언급했나니, 쉬어즈(재단사)의 딸 평복의 유모(내니 니)를 만복滿腹의 다이나 후작부인으로 삼을지라,[16] 그리하여 당장 채비를 위해 필요한 모든 것이란, 초가草家 단간이 있는 산정옥山頂屋[17]에서부터 삼지창 갈퀴와 죔쇠 잡이에 이르기까지.(고애古愛, 나의 고애, 그리고 생류生流, 나의 생녀生女![18] 야권夜權의 사탈私奪 속에, 우偶, 그는 언급했나니, 저 한밤의 만남 시간에,[19] 그리하여 도跳, 그는 언급했나니, 그리하여 정합整合의 아나녀女가 너무나 지친 나머지(한편 행분幸奮 헬레스톤드[20]의 분식噴息이 그의 해흉상海胸箱 속에 밀물 쇄도했는지라, 왜냐하면 콕슨하겐[21]에서부터 나일의 전창戰娼[22]까지 모든 항구가 지닌 감심甘心의 에머 정부情婦[23]의 모든 내 사랑 몰리[24]의 점호點呼 나팔을 기억하기 때문이니), 한편 다광茶光이 그들의 파침波枕 아래에서 아직 골침滑寢하고 있는 동안.(고양이 콜이 라드[25] 기름 됫박을 엎지르면 불운을!) 그리하여 들판의 마틴 성가聖歌[26]가, 링센드[27] 항만港灣 환침環寢, 곱사 등의 정복영웅征服英雄(HCE)[28]을 생각나게 하고, 호남狐男 종장鐘長(RFG)[29]이 우리에게 나는 정계井界를 종명鐘鳴하리라 또는 성당 뾰족탑 소년의 복수)[30]를 들려주기 전에 그리하여 사행死行이 회생回生하지 않고는 만사곡萬事谷 종좌鐘座[31]가 어둠 속에 예명을 결단코 알지 못하는지라, 그리하여 최홀最惚의 신부新婦는 최적最適의 종족이나니(해녀여! 해녀여!,[32] 그리하여, 우리 내부의 환희環希를 도부跳浮하기 위하여, 우리들의 요정여왕,[33] 멋쟁이 갓난이를 인형처럼 한껏 모양내는 것은 그녀의 완포腕抱 속에 그때 가질 목재木材 타르가 아니나니, 강대한 심해로부터 오는 대도大濤의 도견자渡見者의 tet(도구)를 이중으로 발기하게 하는 밤의 만사萬事의 밤에 그리고 호루스신神으로 하여금 자신의 적敵을 규승叫勝하게 하는 밤에,[34] 나의 가빠(망토)의 도움 있게 하라,[35] 장방패杖防牌의 부富의 가호加護에 의하여, 침대통寢臺痛을 축복하는 엘리자베리자와 함께, 인코(양키) 진코 호색신好色神[36]의 의업意業을 좇아,

〔329.13–331.36〕 결혼이 많은 축하와 함께 행해진다—양복상 커스와 노르웨이 선장의 이야기기 끝난다. 결혼의 의식은 끝나고, 신부는 신랑에게 쌍둥이 아들들과 한 딸을 선사하리라. 한편 결혼은 신랑에게 족쇄, 그러나 그 생각도 잠시, 결혼 축가가 뒤따르고, 밀월여행, 사자도 자리에서 일어나 그들을 축하하고, 희마라야 산도 그들의 맹세를 들으리라.

오라 부활절 바스크와 저주금강성란咀呪金剛星卵〔HCE〕이여, 그녀는 한 벌의 샴 복服과 방모사紡毛絲의 단의單衣를 지으리니, 유괴녀의 구유가득히, 엽葉, 아芽 및 실實, 마魔 다브린 자신의 꼬마 소변여아小便女兒[1](치켜요, 치켜, 호라시아![2] 여기 나의 노염료老鹽僚〔노르웨이 선장〕을 위하여, 여단장旅團長[3]—A. I. 마그누스 장군將軍경卿,[4] 지느러미 교수자, 오슬로[5]의 유용한 구명 돛배 *오리브 지호枝號*[6]의 선장, 그리하여 그녀의 심노心爐의 홈스펀 소박 남편.(소란 그의 양부養父는 북북동인北北東人이요 엉망 그의 모母는 풀(膠) 단지라) 그리하여, 건乾 도크 또는 홈 파인 닻, 그리고 순백 정체艇體의 남성, 그리하여 그는(자신의 쾌락의 시간을 위해 친친 건배 및 자신의 곁잠을 통하여 반자이(만세) 우안牛眼 일본日本[7] 그는 선저판침몰선船底瓣沈沒船의 한 노르웨이 우자愚者의 차선최고무뚝뚝한 금발풋내기 뱃사공이도다.

까악포박捕縛된 채. 꾸꾸구옥鳩獄된 채.[8]

〔결혼의 축하〕 그리하여 더브〔린〕는 그날 밤 과연 빛을 발했나니라.[9] 승리의 핀갈에서. 칸마타와 캐스린이[10] 함께 노래했도다. 그리하여 영광의 세 절규자들. 외치며 그들의 하프를 반관半觀했나니.[11] 퉁명스럽게 투할이 애참愛慘한 다트후라[12]에게 미소했도다 그리하여 로스크라나의 파청년波靑年이 콜맥의 딸을 혹녀惑女했나니.[13] 매타신每他身의 영혼이 그의 유아독존 속으로 굴러들어 갔는지라. 이중월二重月의 면허, 환희의 차용, 밀월 동안 그리고 그녀의 불꽃이 계속 하니삭클(밀흡蜜吸) 했도다. 성聖로서아,[14] 무슨 종 울리는 소리! 샌디게이트의 어떤 프라그 허풍전虛風戰[15] 그곳에 순경이 밀밭 사이를 지나오는 그의 정부情婦를 만나[16] 떼지어 습격했대요. 심지어 무덤이 데미도프의 묘지[17] 아래의 잠자리 소굴을 나와 모티 마닝[18]이 그에게 남겨준 뚱뚱한 대갈 못 장식의 나막신을 끌고 유령도문幽靈都門[19] 곁으로 걸어 들어와, 마치 최신의 폼페이[20] 마냥, 고古 루크 엘콕[21]의 유산인 하이트 보이즈[22] 헤더 나무 가지를 들고. 그리하여 혹자들은 농아 노인이 그의 회색의 망토[23]에 청동색의 잎을 달고, 둥지로 보무당당 깃 발 행진하고 있는[24] 것을 사람들이 보았다고 하는지라. 그리하여 그의 반半크라운의 홍보석興寶石으로 엄청나게 호화찬란하게 차린 모습은 마치 그가 대작大爵 멕크렌버그 혹은 엘리제 행도行道의 피터 대제大帝[25]처럼 보였나니라. 그건 만성절의 가절야佳節夜였도다. 애란 자유국당自由國黨과 공화당,[26] 단도短刀의 손잡이. 그대는 운雲마라야 산맥에서 그들이 조약을 맹세하는 것을 들을 수 있었으리라, 자네. 그리하여 천상노부天上老父에게 공표하고 화성和聖마리아 등 뒤로 고성高聲하여, 무지개와 함께 타라 공恐의 뇌우를 내리시도록. 운雲네보네타여![27] 상유념常留念할지라! 속죄양,[28] 저 숙주宿主〔HCE〕가, 송죄인送罪人의 성서를 읽지 않고 내버려 둔 이후, 대지의 개시관槪視觀 위에 혜성상彗星上(H)으로 여태껏(C) 시청된(E) 최고의 장관이라.

〔결혼의 축하와 향연, 노래와 춤과 음악의 연주, 거리의 쾅쾅 소리〕 우리는 자신을 감출 하늘의 등불을 갖지 않았던고? 하지만 모든 골목길은 그의 선명한 불꽃을 지녔는가하면 모든 불꽃은 그의 몇몇의 광출光出을 지녔었나니 각각의 광출은 그녀의 업業의 어떤 기교, 네드를 위한 지분거림, 프레드를 위한 모퉁이의 껴안기 그리고 피어 폴[1]을 위한 당장 슬쩍 엿보기를 지녔는지라. 그런고로 맷 휴즈 신부神父[2]는 절대 금주적으로 걱정스러운 얼굴 표정이었도다. 그러나 덴마크인人 다노는 험상 씽긋 웃었는지라. 행진行盡(단)[3] 그래요, 우리는 노향露香의 찬송가가讚頌歌家와 함께 반점아斑點兒를 사랑하노니,[4] 대포 천둥소리와 소총 울림소리에 맞추어 오두막 병사의 뱃노래를 부르리라![5] 왠고하니 이제는 더 이상의 폭정暴政은 없는데다[6]가 연어(魚) 셈브르크가 우리들의 성영모聖領母[7]에게 모배暮盃 있었기에. 그리하여 오직 홍수洪水 위에 어둠이 있을 뿐 모든 지면 위에 명일明日이 있었도다.[8]

이리하여 거리는 전설을 방담紡談하는 한편 부두노파들은 이야기를 방적 紡績하고,[9] 그러나 어떤 가족 영주는 그들의 이름 속에 흠을 느꼈는지라. 늙은 승자勝者들은 그들의 공둔부空臀部를 깔고 앉아 레이스의 뜨개바늘을 똑 바로 폈나니. 붉은 로우뢰이 놈들[10]은 그들의 굴에서 갑자기 뛰어나와 경주에 무슨 잘못이 있는지를 물었도다. 믹 나 마라[11]는 종지 속에 물방울을 떨어뜨리며 금작화金雀花 수염을 말끔히 깎았는지라. 버크—리와 코일—핀 자들[12]이 캡과 쿠리 양이 밧줄에 묶였을 때[13] 그들의 죄의 대가로 월과금月課金을 물었도다.

롤로강탈(Rolloraped)된 채.[14]

〔광고 경혼의 영화, 가정생활〕 그녀의 판지상자板紙箱子를 버팀대로부터 들어 올려, 연못과 간척지를 통해 지그재그 통과하여,[15] 싸구려, 싸구려, 싸구려, 싸구려 행상녀女와 웃음 짓는 재크남男,[16] 조소하는 모든 복점관들, 그대의 호담영화豪膽映畵를 보나니 그리하여 핀즈 호텔 피올드[17]의 소도小島를 향해 애도愛逃하는 나의 귀여운 말괄량이, 노 바 노레닝.[18] 거기 그들은 주전자를 끌어내려 공다空茶를 끓이는지라,[19] 그리하여 만일 가정답지 못하면, 글쎄요, 그대와 나 혹 단추일지로다.[20]

그〔신랑〕는 탄선실誕船室을 득했나니. 그리고 그녀〔신부〕는 장부丈夫를 우리 속에 가두었도다.[21] 그리고 우리들 신동神童은 혼婚했나니라.

노크노크. 하전하처何戰何處! 어느 전쟁? 쌍생아. 노크노크. 밖에 하수애何誰愛![22] 하무인何無人? 능금. 노크노크.[23]

〔거리의 무도〕 순교절아殉教節兒들이[24] 군집했나니, 단單 십十 그리고 무제백無制百,[25](토끼발, 새(鳥) 손, 청어뼈, 꿀벌무릎), 그리고 모두들 바퀴 원창촌야무圓窓村野舞[26]를 춤추었나니, 누구를 알고 하모양何模樣을 보이려 했도다. 왜 그대는 숨었는고, 암모暗母여? 그리고 어디서 사냥 했는고, 장난감 포수捕手여?

특무상사의 농차濃茶로부터 스푼처럼 무허공無虛空을 찌르며.[1] 행복한 범죄[2]를 범한 그들 가운데 어느 쪽이 최악이었던고? 그는 축적하기 어려웠고 그녀의 신앙은 변경되도다. 연속 오거나 계속 가거나,[3] 그들의 외양外樣은 매 한가지, 왠고하니 비록 저 귀먹은 비석은 자신의 몫을 할지라도 동풍상지冬風上枝는 아침의 습기를 파산波散시키나니. 그러나 만사가 호종好終인양, 우리〔결혼 부부〕에게 모든 걸 말해주는지라. 신랑은 자신이 전율하고 있음을 알고 신부는 자신이 아우성을 치리라 확신하도다. 삼각남三脚男과 튜립 두 입술의 두루이드 여女성직자(이슬 의복자)[4] 전능하신 주여,[5] 우리는 듣고 싶어서 넘칠 지경이외다! 그는 과감하게 갈행渴行하고 그녀는 여태껏 최초? 페가닌 부쉬,[6] 이건 폴카 춤이 아니오, 하이랜드 춤[7]일 때 그대는 칸칸을 캐치하다니![8] 그리고 그대 팀 토미 멜루니여,[9] 만일 그대가 저 돼지 벽남壁男에 매달려 있다면 난 그대의 나친裸親에게 급설急舌할지라!

〔축혼의 소란〕 그런고로 북구신부北歐神父의 그리고 유일자唯日者의 그리고 전번제全燔祭 성령의 그리고 등등, 369번째의 이름으로,[10] 그리고 그녀의 베짱이 거신巨身[11]으로부터 망령을 추출抽出하고 그들의 포사자葡獅子에 의하여 서鼠나귀[12]를 귀가시킬 목적으로, 평민 대중투표의 소란스러운 회규廻叫, 알망(독일), 독毒소년 괴怪소녀, 이 대홍수의 토루土壘[13]〔이하 축혼의 현장 묘사〕 위에서, 그리고 이스라엘의 대홍수의 고지高地[14]에서 그리하여 그곳에 성전보루聖殿堡壘,[15] 다부린多芙隣의 고세토루古世土壘가, 그대의 산호山湖, 편지片地 및 농촌, 버들 목, 덤불과 와구瓦溝, 고원, 구릉과 총림, 소림蕭林, 주원지周苑地 그리고 소곡小谷으로부터, 협곡해항峽谷海港을 마주 대하나니, 그러한 광량廣量을 측량하는데 근량斤量이면 족 할지라, 무수백만심無數百萬心의 송곳형型 소용돌이, 승마능선구乘馬稜線丘 주변의 공란지역空蘭地域, 상어도잠수跳潛水 뒤의 파상波上 지느러미, 미혁대美革帶를 휘감은 상항완商港腕, 신화침탈거인神話侵奪巨人〔HCE〕과 아나 가래니나加來禰娜 낭자娘子〔ALP〕, 하동夏童과 신데렐라, 살신殺神과 처妻, 빅 빌 염수鹽水 바로미터(측량계)가 애초에 어찌 라벤더 청량향수清凉香水를 수의측가隨意測價했던고, 도약각跳躍脚[16]이 두루미의 사지四肢를 탐貪하던 때 이후 그리고 그건 중황혼重黃昏 혹은 년천年川의 월하구月河口 아니면 그녀〔신부〕의 가장假裝된 냄새였던고, 해남海男〔신랑〕으로 하여금 그녀를 염공鹽攻하게 한 것이(모든 무기고면武器庫面에서[17] 불끈불끈 불끈불끈)?〔섹스의 클라이맥스〕 우리들의 오슬로 기독화基督化의 신해석화법新解釋化法[18]에 의한 탈생식脫生殖의 유쾌성愉快性을 위하여. 사욕매복대지詐慾埋伏大地의 허언지층虛言地層으로서의 삼림의 최초의 귀녀. 비록 만사 파破했지만 유머러스한지라! 왠고하니 대해大海의 포말泡沫이 이는 보르네오의 전장으로부터 야성역사野性力士가 이끄는 정예화함대精銳花艦隊의 로환露歡이 방금 극도에 달했기에[19]〔섹스의 클라이맥스〕

〔331.21—332.22〕〔아이들의 게임 및 결혼 행위〕 "근량斤量이면 족 할지라, 무수심無數心의"(and so will is littleyest, the myrioheartzed). 셰익스피어는 시인 콜리지(Coleridge)에 의해 "禩만인의 마음을 가진 자"(myriadminded)로 서술되거니와, 이 말은 조이스가 〈율리시스〉(U 168)(Best 씨에 의해)와 〈경야〉(159, 576)에서 언급하는 말이다.

〔329.13—331.36〕 결혼이 많은 축하와 함께 벌어지나니(섹스의 클라이맥스)—양복상 커스와 노르웨이 선장의 이야기가 끝난다.

〔332.01—332.35〕 만사 이야기는 끝난다—그는 가정에 익숙해진다—바 문소리 & 늙은 청소부 여인 캐이트의 입실. 앞서 동화 같은 결혼의 결론은 덴마크어의 "Snip snap snude, nuer err historyend goody"로, 영어의 "냄비를 올려놓고 차를 끓인다"로서, 그 막을 내린다. 8번째 천둥소리(성교의 순간, "대부파파교구목사배회녀산누라래그치료아크나툴라아달빛아들아들아들철썩몰락텔더블린온더이중더블양키요들"(332.5—332.6), 라디오의 정지?)와 함께 종결되는 선장과 수부의 이야기.

찰칵 찰깍 철걱.[1] 이제 역사 이야기가 끝이 나나니.〔선장과 재단사의 이야기 종말〕 작은 여정旅程 함정[2] 그리고 커다란 대목범선大木帆船에 관한 것이었는지라, 왠고하면 그〔HCE〕는 냄비를 올려놓고 그들은 삼다三茶를 끓이나니(저런!), 그리고 만일 그가 근사하게 사랑하지 않는다면 그 땐 그대는 날 괴롭힐지라.[3] 왠고하니 우남愚男이 우녀愚女[4]와 함께 여전히 그들의 우고독자愚孤獨者를 찾아 출몰하기에 거기 대부파파교구목사배회녀산누라래그치료아크나툴라아달빛아들아들아들철썩몰락텔더블린온더이중더블양키요들 그리하여 무법자〔하느님〕가 익살 성聲을 광소리 질렀도다. 소련 체크밀경密警[5]을 피하는 게슈탈트[6] 혹은 의혹의 프랑크푸르트 소시지.[7] 좋아 재차,[8] 맥쿨! 평화, 오 간계여![9]

〔HCE의 주인 역할〕 신뢰神雷의 행위는 이러했나니 두(브)린의 하담河談을 정도停渡하면서,[10] 배수排水와 식림植林, 잡지雜枝와 이토泥土,[11] 그대는 껍질 벗기고 나는 울타리를 만들 때 그리하여 우리는 함께 보트를 지향배수구地向排水口로 끌고, 부싯깃과 광석光石[12]을 인형과 퓨마, 망아지와 콘도르(鳥)[13]에게 시증試證하며, 모든 찬조贊助(협찬協贊)하에,[14] 사람이든 그의 개(犬)든, 그들의 애란토방랑愛蘭土放浪 끝에,[15] 움켜 붙잡아 가로채고 고삐를 매면서 황홀함정恍惚陷穽스럽게(고로 장차 그대는 흐르리라, 그렇잖으면 그대의 머리털을 동굴에 가둘지라!) 그에 대한 그녀(물오리[16]처럼, 제발!) 해괴海塊가 더미 되고 리피 하상河床에 쿵 부딪쳐 풍덩 빠질 때까지.(정지, 전진全進! 오 돌항突港, 오 돌항!) 거대기선巨大汽船이 부두선창埠頭船倉으로, 그의 작은 거세아去勢兒의 저 치구恥丘의 총량總量! 그이, 저 꾸짖는 노장인老丈人[17]은 듣기가 어렵나니(전술한 바) 그리고 그녀의 가변적인 눈(그걸로 보는지라)의 곤경(困境)과 함께 그녀의 초라한 용모, 주여, 아 친구여, 그는 청수남靑鬚男[18]에 어울리고, 숙녀는, 귀중류貴重流.[19] 그러나 그의 확성주聲主 토점土店으로 전환되기 전에, 거기 저 깡충 뛰는 낙천적 정월 아침, 작은 뭐라나 하는 사건[20]이 있었는지라, 그때 그는 저들 서중誓衆의 피니언 당원들의 낙장樂葬의 게임 사이 부대에서 나온 천격남賤格男[21]〔HCE의 하인, Kersse〕과 충돌했나니 그리하여 그를 위해 그는 리피 강 어귀에서, 부두埠頭의 파열교破裂橋를 강축强築했는지라, 그들의 교전交戰(약속)의 합류점으로 삼으며, 강판鋼板인지 뭐인지를 상조象彫하면서, 그건 사실이 아니던고? 오 무익, 전혀, 여기 최초의 나일강江[22]의 폭포낙瀑布落이 있도다! 마치 그녀가 그의 피닉스 행복 악 측경기測徑器[23]와 저 익명의 칼집 사이 잠시 그로부터 몽탕 삐쳐 나온 그녀의 작살에 대하여 아스완 댐[24] 경칠 여태 전혀 상관하지 않은 양. 안녕하세요, 선생, 돈을 많이 투자하구려! 건강은, 신사 나리![25] 균열龜裂이 그의 전원田園의 북여명北黎明[26]처럼 아스팔트를 새게 하는 동안 낡은 구두 마냥 그에게 달라붙어 있는지라, 구두, 구두, 구두.

〔바 문소리. 늙은 청소부 여인 캐이트의 입실〕 입문막간入門幕間. 체코(제지制止) 또는 느린 귀환歸還(슬로바키아) 회문廻門.[27](폴란드어 + 러시아어, 잇따르는 소련 장군의 도래를 위한 사전 경고)

도대체, 선저매춘부船底賣春婦의 경이, O 참께 열리나니.[1] 하문행何門行인고? 여기 V자字 문이 있는지라. 그러나 문안으로 들어오는자 어찌된 의미인고? K? 및 O, 그래. 그건 구두닦이 팻 포돔킨[2]과 꼭 맞는 하인下人은 아니 아니로다. 조요용히, 한 마디 예언隸言없이, 스즈주스츠 풍風은 느린 슬라브어語로다.

〔캐이트의 입실〕 나이 든 능란한 미이라 바싹 마른 공자란孔子亂의[3] 과보험過保險 상시변常時變하는 억양부抑揚附의 정강이 캐이트[4]가 소小요정 당당히, 따가닥 따가닥, 따가닥 소리내며, 눈부신 복도[5] 뒤를 그리고 따라 걸어 왔는지라. 그때 그녀는 그 사내에게 의존할 양으로,[6] 승전남勝戰男,[7] 없어서는 안 될 그녀의 사교담社交談(커피하우스) 기사남騎士男들의 보족補足에 맞추어, 두 사살 연합사단과 코르시카 나폴레옹 어정뱅이의 준비 조준발사[8]의 행렬들 사이를, 살롱씩 경례를 받아드리며, 들어가며 양손을 동이고, 밖으로 나오며 머리를 묶는지라, 그리하여 그녀의 해저 노예풍風으로 자신에게 말했나니, 버드나무 나긋나긋하게 느릿느릿한 말투 및 친족의 은어, 속어 및 보헤미아어語(체코어)로, 그녀가 확실시 하듯, 순경을 위한 범인, 우우 그들의 버섯물관物館[9]의 신용新用. 제임슨 주자酒者[10]는 그의 발토髮兎의 사랑하는 요리사인지라. 그리고 기네스 주자酒者는 그의 암사슴의 탈인奪人이요. 그리고 웅우雄牛링돈[11]은 낌새를 챘도다. 대깍.〔여기 주자, 탈인, 웅우링돈은 모두 HCE〕

〔캐이트〕 그리하여 자신이 마님으로부터 하단으로 응당 지참해 온 메시지를 그녀는 상관허풍上關虛風으로 떨었나니, 우리의 마님〔캐이트〕의 고민인 즉, 광유행狂流行에 뒤지지 않기 위하여 그녀의 시프트 드레스를 표백하고, 모든 여왕벌들의 왕벌이 그녀의 밀랍 바른 손에 키스한 이후, 독아毒牙(나를 꿰찔러요, 구두쇠여, 나는 만난을 겪었도다!), 그녀는 사리[12] 슈미즈의 촌외寸外의 코르셋을 지녔는지라, 그녀의 용상容相은 세일속복洗日俗服의 통미桶尾를 닮았나니, 노동의勞動醫에게 진저리나는 편육片肉이요 그녀의 산권통産權痛〔진통〕은 그녀의 두건頭巾의 40펀(보닛)처럼 원자할原子割 지경인지라, 초라한 조산부가, 자신의 사면평원어赦免平原語의 산지山地 말로, 그의 허심虛心패인, 그의 호텐토트 무교無敎의 아씨로부터, 그의 밧줄 귀를 꿰뚫기 위하여 등 혹 부조父調할지니, 베개 쿠션 제祭에 감사하게도, 방금 그의 요부의 종자들〔솀과 숀〕은 윙크하며 잠에서 깨어있으며,[13] 그의 침실의 딸〔이시〕은 쉬쉬 자장자장 잠들었는지라(우리들로 하여금 그대의 유혈 낭자한 물왕계物王界의 빈자貧者들과 함께 간음 감화로 인도하지 말지라. 오 음吟!),[14] 남식후男食後 한 번, 매회무번每回無番, 그들 머피점店의 감자튀김과 함께 그녀가 마톰 비튼 요리 책[15]을 노의勞議하여 냄비를 뒤집어엎으면서 우리의 친한 가루반죽 과자[16] 대신 육두구(植)를 곁들인 감자 과자를 념조捻造했나니, 그리하여 만일 그〔HCE〕가 그녀의 미부尾部에게 규중설법,[17] 자신의 체코(抑)된 호일好日로부터의 흉담胸談 및 나울(무소無所)[18]의 최신 뉴스 혹은 메리온 바스(탕천湯泉)[19]의 최각색담最脚色談[20]

〔332.36－334.05〕 이어지는 캐이트의 3조의 서술, 캐이트가 메시지를 그의 아내로부터 주점 주에게 가져온다. 그리고 그를 침대로 오도록 요구한다. 이제 아이들은 잠들다.

〔334.06－334.31〕 하녀 캐이트(Kate)가 3번 말하고－이어 떠난다.

〔캐이트는 HCE가 여러 가지 이야기(談)를 ALP에게 들려주기를 바란다〕 혹은 교구사제의 미개未開한 기면증嗜眠症 치료 담을 설강舌講할 뜻이 있다면, 말쑥함이 나의 바람둥이요 최고의 바람둥이나니, 때는 나의 처녀 코스텔로[1]에게 X. Y. Z.[2]의 사랑과 함께, 백두白豆의 자판煮飯을 우구愚求할 목적으로 침실의 석송분말石松粉末[3]을 사용할 시간인지라 그런데 그녀는 노예 소유자 데 마레라[4]를 위하여 자신의 쾌적한 백열白熱을 잠자리로 가져가는 음란녀였도다.

—이것은 나의 통도처桶倒妻를 위한 시간입니다. 요금 징수옥徵收屋의 고모高帽[5] '그래드스톤 브라운씨氏袱)[6]가 반성反省했도다(그건 저 '델개니 출신의 숙명의 사나이褷)[7]의 창특唱特이었나니) 대깍.[8]

—이것은 나의 화질火質고무 발연發煙입니다. 야모하夜帽下의 '보나파르트 노란씨氏袂)[9]가 부언富言했도다(이것으로 우리는 '맥마혼 토노장土老壯觀[10])을 스스로 식별 낌새 할 수 있는 듯한 느낌이 드나니) 대깍.

—그리하여 이것은 다네리[11]의 유일남唯一男의 비구자非具者의 비非이행자의 비괴자非壞者의 비격자非擊者[12]입니다. 파넬풍風의 쌍双공통특징자共通特徵者가 이처럼 일별불쾌一瞥不快(브라운)와 저 타고난 섬뜩한(보나파르트) 멍청이로 의조음意調音했나니, 괴언怪言 가로대 백인白人 오리버,[13] 그는 그녀가 약주藥酒하듯 소주燒酒한지라. 그리고 이건 그의 대언大言 진백마眞白馬입니다.[14] 대깍.

우리들 자신의 꼴불견 고흐 초소형상超小型像[15]에 어울리는 나비그대오라모두(cmoeallyous)[16]의 귀부인 여왕폐하〔캐이트〕에 경의를 표하여. 자, 건배, 그대의 수근首筋을 위하여!

〔막간 2벽 위의 동판〕 오 럼주酒 그건 최고로 창唱익살스러운 물건이라 얼마나 매부리코곱추의[17] 펀치와 유녀猶女 쥬디[18]를 만취하게 했던고. 만일 그대가 내게 그대의 것을 준다면, 나는 그대에게 노래를 선사하리다. 그대는 멍청이 그곳에 머물지라! 그녀가 함께 거기 갈 수 있도록. 그가 극자를 쾅 세차게 치자 그녀는 설탕 자루를 집어 들었나니 한편 전全 주점의 오합지졸이 아연웅시했도다.[19] 메조틴트 벽 위를.[20] 모두를 위한 그의 다색 석판화와 함께, 암울한 크리미아 화畵.[21] 총수역總首歷의 병사들[22]이 앉은 세대의 나귀마馬들을 보여주나니, 그들과 함께 승乘할 발사준비의 포차砲車,[23] 토견도兎犬跳의 포차, 일제모격毛擊 및 뇌진동雷震動.

그런고로 캐이트는 오고 캐이트는 경주競走했나니라. 이처럼 미혼중급녀未婚中級女는 사라졌나니. 거기 기품氣品 도개문跳開門의 시동侍童. 폐문閉門.〔캐이트의 퇴출에 이어 침묵〕

(묵음默音)

〔HCE 주옥의 벽면 동판 광고〕 그래요, 우린 그토록 경쾌한 저 판화를 숙독熟讀했는지라,[24] 핀드라더[25]의 크리스마스 계절부터 그 날까지 어찌 그러했는지를 그리하여 왕王의 공도상公道上의 헤이 탤라 호우[26]가 그의 사냥개와 함께 귀가 도중이라. 도니쿰의 시장市場[27]으로. 밀라킨[28]의 통과. 이즈—라—차페르[29] 방문 시에 샤르마뉴 대제배大帝盃[30]의 물을 한껏 순미脣味하시라.

그의 메조틴트 동판화銅版畵가 그들의 여섯 마음(심장)들에게, 그의 12목남目男의 이야기를 말하는지라. 그들을 위하여 광농폐하狂弄陛下는 하원下院 앞에서 말고삐를 당기나니, 권세가 염익사染溺死했기 때문이도다.

워! 워! 워우! 하! 하이쉬!〔군마의 호명〕

〔벽 판화 속의 장면〕 그것은 히아신스(植) 4개, 오염된 잉어 및 야도夜盜의 12갑주연대甲冑聯隊[1]의 또는 어떻게 호리포리스[2]가 마비군君과 새미군君과 아가 소년과 아가 소녀 및 자루걸레의 시중 종자從者와 함께 그리고 스커트 엿보기 혹은 백파이프 불기에 의하여 그걸 위한 마땅한 장소를 발견하기 위하여 파크랜드[3]로 갔던 지의, 의식반복법儀式反復法에 의한 소름끼치는 그림 동화童話[4]를 위하여 마련된, 무대를 닮았는지라, 당시 사냥 개미 성聲이 베짱이 추적 터[5]에서 저 번개 애조자愛造者의 연한 뇌성호소雷聲呼訴에 정지를 명했는지라, 마침내, 배회하는 날씨와 안정풍安全風 사이에, 황무지염오荒蕪地厭惡스러운, 신열국新列國 고古방아쇠로, 버클리 웅우곤봉자雄牛棍棒者가, 총돌격노서대장總突擊露西大將을 강도적强盜的으로 사살했도다.[6]

분쟁의 북구신北歐神을 위하여 우리 진군할지라! 우리, 우리, 작전준비!

신열국新列國 하카 우르르! 아 라라! 신열국의 지혈地血이 덜커덕덜커덕![7] 아라 라라! 웰링턴[8] 뇌풍雷風이 터지고 있도다. 마오리 소요騷擾[9]의 소리. 웰링턴 뇌풍雷風이 수발격노燧發激怒한지라. 뇌풍의 우르르탕탕. 전사戰士의 공포恐怖! 전사의 장엄莊嚴![10] 노서생각露西生角 총장總將[11]의 힘은 세계를 통하여 알려져 있나니. 글쎄 우리의 사특사些特使가 뭘 할 수 있는지 우리 말해 볼지라.

워! 워! 워우! 하! 하이쉬! 아 라라!

〔HCE의 이야기 시작〕 ―폴란 노어화露語話할지라,[12] 그러자 그들 모두는 각자 다른 어법으로 동시에 하이버니언 야기사夜騎士의 향연담객饗宴談客[13]을 청하지 않았던고, 그러자 그〔HCE〕는 반半축복의 담소談笑를 위하여 성聖바바라에 맹세코[14] 자신을 괴롭히는 또 다른 통桶블린의 무한천일화無限千一話를 그의 오리브 오코넬구鳩[15]와 자기 자신의 저구구咀丘鴉 및 그의 망해茫海 노아 방주方舟의 전여행全旅行과 함께 이야기하는 것이었도다. 그것은 애녀愛女 아이미가 정교正敎 아서 백작[16]을 위하여 독신瀆神(나신裸身)의 모습을 드러내어 신의 은총으로부터 광잡狂雜하게 추락하여 아첨꾼 놈들을 충만하기 이전의 일이었나니라(모두들 말하고 있었나니), 그리하여 장담長談 요약컨대, 삼림〔공원〕의 푸름 속에, 거기 어첩禦妾 아다리스크[17]가 추락할 때 방첨탑 오베리스크가 솟았던 곳, 사욕私慾에 열 올린 장도적將盜賊 및 사락私樂에 열 올린 폭락暴樂스러운 낭비축浪費軸(오 마튜린 수부군水夫君,[18]하고 모두들 불렀나니, 무슨 정중頂重한 모자를 그대는 쓰고 있는고![19] 그리고 거기 광란군복狂亂軍服을, 그러자 모두들 말하고 있었나니, 이따위 너무나 경혹적敬惑的!)

그리하여 때는 그〔HCE〕가 성호聖號를 그었던 후로 영원 영원이었는지라 그리하여 그는 미사 회식會食을 원하나니(신神의 데인어제語祭로 화행話行할지니.[1] 뒤로, 인승人乘과 사방四方, 그리고 그는(나는 굉장히 미안하지만![2] 전체 대담한 소년의 어깨넓이만큼 가득히 적용했는지라, 앙갚음으로.[3] 미사 집회한 채.(그들 모두 재삼재거再三再去 및 총銃되풀이, 화호話呼하고 있었으니, 고성구자高聲口者들, 고함高喊스러운 폭주자暴走者들, 불결한 마진자痲疹者들, 6대1로〔듣기를 주장하는 고성의 주객들 대 HCE〕

그리하여 모두들 그로 하여금 장작에 고점화高點火하기를〔이야기 하도록〕 탄원했도다. 도프(활액液).

맥아주광麥芽酒狂. 최후통첩, 이야기가 타르(지체遲滯)될 때는 전철혹자轉轍或者여 계속 밀고 나갈지라.[4] 옛날 고전세계古全世界를 그들은 견원見願하고 싶으나니.

간원懇願.

이 남자 에이(A)씨氏(아틸라[5] 영도자)〔HCE〕와 이들 세녀洗女〔두 아낙들과 ALP〕(더블 얼룩 염탁녀染濯女), 첨예尖銳〔가인〕 및 유능〔아벨〕을 승계承繼하고 그 밖에 방가모계紡家母系[6]인, 노역주勞役主 및 세습육녀世襲育女들에 관하여, 그의 갈무褐霧 시간, 그녀의 슬픈 떡갈나무 잎의 마른 사하라 사막에 관하여, 지금까지 더 이상 아무 것도 이야기되어지지 않았나니, 그리고 당시. 노시老視할지라. 다음의 것은. 우리는 다시 한 번 더 아가들 마냥 선육鮮肉되는 언림言林 속에[7] 경회驚徊하고 있나니, 거기 동화책童靴册 속의 암탉과 함께 우리는 필筆 할퀴기로부터 시작하는도다.

그런고로 진휴전眞休戰, 오랜 진실陳實 그리고 진실眞實 바트타프 이외에 아무 것도,[8] 소년들이여. 진갈眞渴은 실화實話 보다 더 강하도다.[9] 건배乾杯. 진건배眞健杯. 진건배.

—〔HCE의 이야기 시작〕 그것은 늙은 훈원사勳園師, 그랜트 여장군與將軍,[10] 황금 메달리스트에 관한, 공인公人 만리우스,[11] 연장병사聯葬兵士에 관한 것이라, 나의 아내와 나는 생각하나니.(그의 장소는 그의 포스터, 확실確實, 모두들 말했나니, 그리하여 우리는 주목하리라, 확실히, 그들은 말했나니.[12] 카본 가성식苛性式으로) 왠고하니 그 자유해방촉진당수(liberaloider)[13]는 자신의 사소한 체취體臭가 스스로의 지렁이 미끼의 숨결과 함께 풋잠 자듯 대롱거리고 있었는지라, 그건 자신의 속성임을, 나의 아내와 나는 생각하는지라, 모든 어린 과실果實에 촉수觸手를 느끼는 것이니, 대서양 파波의 흉융기胸隆起[14]처럼 장미유화薔薇柔化 되거나 또는, 두 번째 화환취花環吹에, 자신의 쟁기의 채찍 땀[15]을 위하여 빛나는 밧줄을 팽팽히 친 만灣이 미광진微光振하고 있었도다.〔아담의 사과와 "쟁기의 채찍"에 관한 생각이 이야기를 지연시킨다〕 그리하여 거기 자신의 팔목 서단西端 만남의 작은 죄[16]가 그토록 가볍게 창녀오염娼女汚染되었다 한들, 자신의 반숙半熟 가슴의 란백성卵白性은, 나의 세처洗妻의 눈구멍이라, 심지어 우리들의 무존무산無存無産의 문맹선인文盲選人에게도 집행명확執行明確할 것임에 틀림없을 것이로다.

그들 중 모두에게 조롱박제도諸島의 노란인人이 무다량無多量 찰깍 속사速寫를 재촉했나니, 왕왕 양심羊心의 감광관상사사感光觀相寫師가 성聖브루노에 의하여 같은 총취지總趣旨로 그처럼 많이 향분香憤된 채, 그가 소비했던 것이란 자기 자신의 진통鎭痛 자화자찬적的이었나니, 그리하여 만일 그것이 단지 저 노인장 탈주자, 수백 득점[1]의 사내가, 판사, 심판관 및 배심원에 의하여, 타자打者의 일격에,[2] 아웃 당한,[3] 두환포豆丸砲 비둘기 사격인 인들, 그게 어쨌단 말인고. 듀프(둔분鈍糞).

연어(魚) 현시물각하顯施物閣下〔HCE〕가 교번적交番的으로 그의 세명의 다른 고객들[4]의 원조와 더불어 배달하는지라, 섭리자攝理者[5]의 성우聖牛를 우유사양牛乳飼養하는 급유남給乳男에게, 숙주안宿主顔을 신우안信友顔에게, 그의 모든 프로이트 우友들이 뭐라 한들 무슨 상관이랴 또는 그를 해치기 위하여 누가 모자를 들고 있던 간에, 군살(하치)[6]은 사라진 자음子音을 단지 계속 지니도록 내버려두고, 아니펠 생강生江〔ALP〕은 자기 마음대로 희곡戱曲을 얌전하게 재잘거리도록 내버려둘지라. 그리하여 저 생식잠재의 연어(魚)로 하여금, 입문入門 및 외문外門, 솔로몬 숙肅하게[7] 낚시질 되게 할지라. 애호愛呼의 휴전, 전복戰服 속에 둔화된 채, 우편부대, 사물들 및 살벌잉크병가甁家)[8] 결코 송달하기 시작하지 않은 편지는 내버려두고, 언제나 끝나는 후지後紙를 찾을지라, 연기 속에 쓰여지고 안개로 흐려지고 고독으로 서명된, 밤에 봉인된 채.

〔HCE의 공원의 사건, 2소녀들과 3군인들(3마리 갯가재)〕 단순히, 진중眞中의 얼간이가 말하듯, 브라이언도 아니고 노엘도 아니고,[9] 빌리도 아니고 보니도 아니고.[10] 두 송이 크림 요색妖色의 임장미林薔薇〔공원의 두 소녀〕를 상상想像할지라. 가령 그대가 아름다운 생각을 가졌다면, 그들을 실비아 부副 사이런스[11]로 호명할지라. 그런 다음 말더듬이를 재상再想할지라. 가령 그〔HCE〕가 옴니빌(합승둔부合乘臀部)의 건축 청부업대자請負業大者였다고 널리 가상한다면. 그런 다음 욕후慾後로(경쾌한 족자무足者舞처럼 전향성수반前向聖水盤 튀튀 스커트 그리고 배림산양背林山羊의 분쇄족적粉碎足蹟 고장孤長으로 숨어 있는 세 마리 갯가재로 상상발想像發할지라. 공예公例를 들면, 윌 울스리 웰라스래이어가家.[12] 그녀를 애무할지라, 그를 꿰뚫을지라, 그들과 함께 농란弄亂할지라. 그녀는 있을 법하게 긍소肯笑하리니. 그는 그걸 감사鑑謝하듯 하리라. 그들은 확실히 쌍双술단지 참여參與할 실해적實海賊의 매춘농인賣春弄人들이로다. 그대의 모지母脂에서부터 똑똑 넘쳐 떨어지는 모모毛模를 감촉 할지라. 그대 자수自樹에게 말 할지라(벽화壁花도 귀가 있나니 피청彼聽!),[13] 서저徐低하게 그런고로 이것이 아牙블린이나니![14] 안녕, 우미한 애지림愛枝林? 이런 식으로 그대를 지분거리다니 정말 복숭아 희색喜色이라, 순진純眞 및 단순한, 아엽芽葉 및 아지兒枝. 안녕 전성기全盛期여, 핀 목신牧神씨氏, 그리고 그대의 젠체하는 태도가 하찮은 땅콩을 지호至好하길 희망하도다! 그리하여 안녕들 건달들 얼간이들, 돈 어중이, 디크 및 하리 떠중이,[15] 누구 소불알이 그대를 여기에 오게 했는고 그리고 그대는 묘저안녕墓咀安寧한고?

〔재삼 이야기의 독촉〕 우리는 바드〔바트〕를 원하노라. 우리는 바드 시골뜨기〔버드리〕를 원하노라. 우리는 바드를 시골뜨기처럼 송두리째 원하노라. 거기 그는 볼사리노 살롱 모[16]를 쓰고 있도다. 장국將國의 노중露衆을 피살避殺한 사나이.[17] 보인 무도회의 전화戰花[18]를 이긴 사나이. 주문注文, 질서, 경청, 명령! 그리고 타프(견堅)〔tough—타프〕. 우리는 탄크리드[19] 알타써어써스[20] 플라빈[21]으로 하여금 발나 바스 유럭 단[22]과 대비할 것을 간청하노라.

[334.32–337.03] 주점을 둘러 싼 과거 이야기들을 재차 말하고 —그랜드 올드 맨(the grand old man)에 관해 논한다.

[337.04–338.03] 공원에서의 죄를 재삼 상상하며—주객들은 바트와 타프, 에게 혹은 어떻게 버클리가 소련장군을 사살했는지를 묻는다.

[338.04–340.03] 바트와 타프 사이의 대화 —바트는 소련 장군을 서술한다.

[338–355] 이하 타프(숀)가 요구한 바트(셈)의 이야기]

질서, 경청, 명령! 좌장座長에는 말스타 의용義勇씨氏. 우리는 천 번 이후 그걸 가청可聽해 왔는지라. 어찌하여 버클리도盜가 노불복露不服의 친형장親兄將을 살피殺皮했던고.[1]

충형제充兄弟. 애란 명예[2]를 위하여, 여러분, 영복永福을![3] 공주가公酒家. 시민병市民兵들.[4]

타프(*이탄 수도사*[5]*의, 한 예리한 소년, 1132의 자子, 자신의 평화두平和頭의 수수께끼에 대한 단單설명적 해결에 의한 긴급우산緊急雨傘의 게양揭揚에 앞서 업보 카르멜파 수사派의 수도회의 개시를 향해 지붕을 통하여 쳐다보고 있도다*) 만사가 번쩍 빛이며 그리고 충돌 소란하여 불쑥 공空브뢰처 경칠 적나라했던고?[6] 뭐라, 주우酒友? 항시 그토록 자주 이야기하는고?

바트(*반점중년斑点中年의 젊은이, 성직수도사의 용모, 그리하여 그는, 자신의 기도행사승祈禱行使僧으로서, 유감의 천재天災를 주우酒友 승강이 낭자식浪子式으로 제사題辭하거나 혹은 자신의 설명에 있어서 영구히 그리고 하루 망신당할 것을 가상假想하고 있도다*) 그러나 맞아요. 하지만 맞아요 맞아 불타佛陀여, 나 역시 견지見知라.[7] 저녁까지 그토록 자주. 해광지海廣池(Sevastopol)!

타프(*절규일성一聲과 함께 분출세糞出勢로 재급再急히 자신을 구출하면서, 자신의 모피발毛皮髮을 정착하는지라*) 하지만 바트리 조금만! 우리들의 산가山家까지 구술할지라.[8] 그자를 우리들에게 서술할지라, 개미, 희禧쥬발 수란관輸卵管 튜발[9] 속에, 지공병地工兵베짱이, 그의 일요일의 내측의內側衣에 월요일의 외측의外側衣를 입고.[10] 발티모어 흑해의 중장경卿의 정부총독,[11] 토공兎孔의 풍요각豊饒角 코뉴 아말태![12] 군의회軍議會의 고용언어를 여용與用할지라.[13] 황곡黃谷의 가냘픈 백합은 팔리 불교원전의 우르두어語를 주야 말하지 않는도다.[14] 쉘타 침어寢語[15]와 배杯타스 통신[16] 및 오검 문자어로 재화할지라! 이상속어異常俗語를 팽개쳐요, 어찌 우크라이나 파어破語가 그녀에게 말하는고, 어語를 어로 신조하면서![17] 상냥한 요가녀妖歌女를 연니軟泥했던 마력가魔力家[18]가 아니고서야! 다징단음어多徵斷音語를 위해서는 선노포상善老砲商의 단발포로어單發捕虜語. 부랑자의 저병咀病 같으니! 모두들 샬를—마뉴—대제大帝[19]를 위해 오케이 했는지라, 저 만다린 관리가 두목 이교살자異教殺者의 대둔부大臀部를 보았을 때. 아이아스 분규糞叫할지라! 통야전광通夜全光! 몰리 맥알핀이 자신의 다리를 자신의 엄지로 오인했을 때 소騷부루안 용웅자勇熊者[20]와 닮음을 재집할지라. 그리하여 아침이 애등발기愛燈勃起를 솟게 할 때[21] 그리고 황상荒霜이 우리들의 광환상狂幻想을 냉살冷殺하던[22] 각목覺目에 그이로 하여금 또한 우리들이 망각하는 꿈의 용단해석勇斷解釋[23]이 되게 하소서! 저락低落. 저몽집가低夢執歌! 폭발,[24] 비경찰秘警察![25] 소육燒肉을 기억 속에 란청蘭聽하게 할지라. 지속![26]

바트(*그 곳 자신의 명상풍瞑想豊스러운 쉘타의 군복흉軍服胸으로부터 느릿느릿 말을 꺼내며, 자신의 덤불베짱이의 고지무高地舞 백열등에 스위치를 켜고, 공란空蘭의 곡유穀油*[27]*에 급양給養된 채, 한편 자신의 웃음이 배명背鳴하는지라,*[28] *그러자*

발화심發火心의 빛[1]과 자신의 일본식 장설長舌쐐기가 꿈틀난화亂話하도다). 얼스터에 승리를! 사요나라(sehyoh narar), 촌뜨기 상(양반)![2]〔버클리〕 총구에 의하여 몹시 불결해진 남두男頭같으니. 그의 베이컨에 자신의 계란을 요리했을 때, 늙은 아빠의 우상을 닮았는지라.[3] 그는 발작하고 나는 경련하고 모든 신부神父는 정액精液을 품었도다.[4] 가련한 늙은 요침尿寢쟁이! 기호식嗜好食을 탐耽하는 한밤중의 젊은이! 신저주神詛呪 그리고 빌어먹을, 황제,〔소련 황제 Czar〕 허튼 소리! 그의 전포차前砲車, 후견포차後犬砲車.[5] 수사슴들이 그의 암컷들을 물자 그의 어린 수사슴이 이슬을 견디나니, 마침내 그의 궁지의 사냥개들이 경종을 울리는지라.[6] 거기까지는 괜찮으니, 짖음이 물리는 것보다 나쁘기 때문에.[7] 그는 적에 의해 밀폐 되었도다. 크림전戰 요새류要塞類. 그의 모든 포환기장砲丸紀章과 함께. 그의 라그란복服과 그의 마라코프 모피모毛皮帽[8]와 그의 니스 칠한 소련제 구두와 그의 카디간경卿[9]의 블라우스 재킷과 그의 분홍색 맨쉬코브[10]의 소맷부리와 그의 삼색三色카무플라주(위장僞裝) 그리고 그의 훈장 매달린 우장雨裝을 하고. 여기 모두 주당週當 할부 구입품들! 거든 리아나의 초유명상超有名商! 남성복점인, 카즈점店과 포리코프점店에서 매입한. 몇몇 금화로 적시 지불 가능. 마드무아젤이 이런 복장을 뒤돌아볼지라.[11] 유뇌柔雷와 전광電光에 맹세코.

타프(*그의 이진청耳震聽에, 온통 페르시아복장服裝 성경악星驚愕, 진소동성振騷動聲이라, 그의 불가리아튀져나온 성구개경자星口蓋驚者 황홀 야단법석 야단스레, 안구眼球 가득히,[12] 두구荳蔲 가득히, 구공口孔 가득히, 단추 버튼 가득히, 오점 가득히, 훈장 가득히, 검정얼룩방울 가득히*) 폭풍뇌우적이도다! 생사生死 두꺼비작爵![13] 남장 혹자로다! 벌레 섹스 어필적的, 아 즐거웠던 그 옛날 죄罪여![14] 싸구려 미끼! 너무나 깊은 파상! 글쎄 멋있지만, 그건 전쟁이 아니잖아!

바트(*만일 그가 임야林野의 모든 식물군植物群 가운데15) 지나간 영아榮阿의 둔야臀夜를 은폐한다면, 그의 어魚방탕자의 검푸른 미소가 모두에게 의심스러운 점을 선의로 해석해 주리라*) 그대 모두 오라, 남男의 장딴지를 스쳐 벗기는 위밍타운의 작하의爵下衣여! 그의 천직天織의 성사대관식복聖事戴冠式服을 입고 통치統治하는 한 마리 곰. 적열赤裂의, 오렌지 폭暴의, 주목(植) 황엽黃葉의, 녹곡綠穀의, 청기구靑氣球의, 남藍훼방의 그리고 자격紫激의![16] 어미나의 견외투肩外套를 걸친 두건사불구남頭巾死不具男![17] 처음 그는 분奮스텝했나니. 이어 그는 정굴停屈스톱했도다.[18] 볼지라.

타프(*충직忠直한 나태의 러브린인人[19]처럼 순항십자가의 환호環號를 기억하려고 타타격打打擊 타살打殺 모課하면서, 그리하여 그는 쭈마의 엘 몬테를 옥독살獄毒殺함과 아울러 아타휴알파를 유살幽殺시켰나니 그리하여 자신이 발티칸의 밍크 승시僧市 속에 세례옥洗禮獄 되기 전까지[20] 크렘린[21]의 한 복판에서 필경 헛간 탄생한 것을 싫든 좋든 간에 실감失感하고 있었는지라, 베짱이 상上 개미[22]의 성다각형聖多角形을 그리나니, 약간 원부遠父하게, 약간 즉자卽子하게, 문자 등등으로,*

〔340.04—341.17〕 바트가 장면의 배경을 서술 한다—정령들이 수수께끼, 경기, 음악과 노래와 더불어 솟는다.

오케이좋이좋아) 경칠 죄罪황금의 능산자能散者.[1] 그〔바트〕는 모든 악소惡訴에 악명惡名한지라! 매춘부의 그렇고 그런 추견자醜犬子 같으니! 세척치장洗滌治裝[2]과 함께. 그리하여 그의 골질骨質의 공恐유령 괴傀허풍이라.[3]

바트(*그의 본심과는 반대로, 분홍 집게손가락으로, 목장림牧場林을 향해 무도교霧都橋 너머 무감각의 천물賤物들, 이를테면 거기 자신과 자신의 진두발眞頭髮이 언제나 게임의 편을 짤지 모를 드쥬브리안의 알프스[4] 및 호우드의 리비에라천川을 발정發情 속에 가리키며*) 〔여기 바트는 버클리로서 크레미아 전장을 가리킨다〕 암석환巖石環과 건종목乾腫木의 들판. 벌야伐野를 잊지 마시라! 오그림의 로몬드 탄호嘆湖[5]를 위하여! 비전悲戰스러운 정쇄定鎖의 저흉底胸. 여기 물 떼 낀 계간溪間.[6] 아뇨 부否? 그들의 요미妖美의 통로. 긍사肯謝! 새침데기 키스 유혹녀들[7]의 악농惡弄을 화장化粧하려고 갈망하는 골리라남男과 함께. 그리하여 우사牛舍 속에 숨은 병사의 육체들. 알라브라!

타프(*흑시자黑視者*[8], *그는 통풍 너머에서부터 호시절節의 유물*[9]*에 대한 아사가餓死家의 흑양黑羊을 백지白紙처럼 울부짖는 과부상像*[10]*을 통하여 과거의 발정發情 속에 모든 처존경쟁妻存競爭을 정리회상整理回想하려고 노력하도다*). 오 분노의 날이여! 아, 라스민 지뢰地雷의 살모殺母여![11] 에이, 솔레 미오![12] 나의 마을이여! 우, 촌놈이여! 오슬로[13] 태생의 맥 마혼 웅자熊子[14]가 웅비熊鼻로 자신의 한획물汗獲物을 노려 배회하며 소혈통小血統을 열탐熱耽하도다!

바트(*자신의 가솔린펌프에 되돌아와 나는 거기 있고, 나는 거기 머물도다 이제 더 이상 사과목司果木은 무無로다 사림死林 딕*) 웅熊브루이노보로프,[15] 밀월병자蜜月病者, 그리고 웅밀곡熊蜜谷의 투덜대는 회색 웅남熊男! 놈의 연대기를 최고양最高揚할지라! 왠고하니 놈은 적야敵野의 백합을 진멸盡滅하고 놈은 북둔부北臀部의 고촌鼓村 출신 시식병試食兵, 쿵쿵병兵 및 행진병行進兵과 대적했기에. 경신警神, 농노 핀란드. 우리 모두 섬기나니![16]

타프(*정면의 알랑쇠 심상心象이다 뭐다 그리고 심탐자心探者가 연인을 후시後視하는지 않는지, 불확실한지라, 그의 팔크라츄드 육체미*[17]*와 사론평야의 장미군 사이, 거기 그는 보는지라 주교 리본케이크*[18]*가 그의 큰 엄지손가락을 가加하고 망상혼妄想婚의 공식 방문에 나서는 것을 혹은 호라이즌 양*[19]*이, 우리들 모든 호사가好事家들이 그녀를 진미珍味 하듯, 만곡의 커브에서, 커다란 경탄성좌驚歎星座를 향해 고양사지高揚四肢하고 구두끈을 풀고 있는 것을*) 폭로 할지라! 안녕, 주전자, 그리고 안녕, 냄비경卿![20] 신발 속의 산토끼 그리고 반쪽 부츠. 봐요, 우리는 해님 혹은 날품팔이가 달님이 되게 할지라, 그대의 개미 우행처럼 고든 길을 날 선線 따라와요 한편 그대의 편지는 피리 부는 여인숙주女人宿主로부터 도깨비 구丘 버로우까지, 리스 마馬, 로스 마馬, 총總 로서아의 대제의 어전용편御殿用便으로 운반되리니, 나의 익살 첫째는 근청近聽이요 나의 제이단第二端은 세단처럼 마련된지라 한편 나의 전체는 한패의 달무리(집게벌레)로다.

우리는 응당 말하거니와[1] 그대는 그 족제비 놈을 마구 때려눕혔던 모양이도다. 입을 찰싹, 목구멍을 꼴깍, 입천장을 톡톡 그리고 그대의 바지 지퍼의 단추가 풀려…〔타프의 HCE의 "집게벌레"또는 O'Reilly의 이름에 대한 수수께끼〕

〔341.18—342.32〕 첫째 중간 참(막간)(interlude) 두 사건 중간에 생긴 장애물 경마의 보고.〔첫째 막간〕세계적 명성을 띤 "Caerholm 사건"(경마)에 관한 아일리시 레이스 월드(The Irish Race in World) 지紙 난欄의 라디오/텔리비전 보도〕

바트(*자신의 내적독율內的獨律을 예탄銳彈하는 듯 스스로의 행위의 신호에 맞추어, 제분사製粉師 왕서방*[2] *의 수차 바퀴 주변의 작은 갈색 항아리*[3] *춤을 연주하면서*). 락樂크리 맵시 있게, 혈오물血汚物의 보인강 전살戰殺! 빔밤봄범. 그의 스냅상像이 러시아 잡지 속에 속사速寫되었도다. 왜 그가 애별愛別한 소녀笑女들이 그를 후목後目했던고.[4]

타프(*상아象牙 소녀와 흑단黑檀 소년을 위한 카스터네츠의 두 휴休스텝의 요가코가 광여光與심포니를 호주好奏하도다*) 바랄라이카 현악기! 토 바리쉬![5] 나는 그에 전율도戰慄倒하는지라!

바트(*낫의 신호 그러나 망치의 유머를 가지고, 오, 그의 황금 칼라를 통하여, 이 탐닉하는 후각효嗅覺效를 가지고 충력充力을 다하여 뭔가를 해학諧謔하도다*) 그의 변통便通이 확장되어 설사泄瀉를 악화하게 하소서! 투자살投資殺[7]로부터 벤처 사업하는 노령의 군주. 나는 그가 언월도성偃月刀星과 회월灰月(터키)[8]이다 뭐다 사이에서 병장兵長을 작동하는 것을 보았노라. 그들의 신호에 의하여 그대는 그를 패敗하리라![9] 칙칙 폭폭[10] 맞받아 쏘아주기 그리고 그의 제왕연초帝王煙草를 위해 나의 생生파이프를![11] 도박을 위한 말키 은하銀河.[12]

〔*이 나사 타래 송곳의 경향에 이르기까지 세계 유명한 차車 호름 사건*[13]*의 감탄할 만한 언어구두가시적言語口頭可視的 공개公開가 아일리시 레이스 앤드 월드(애란 경주 및 세계) 지에 의하여 부여되어 왔도다. 일백소란一百騷亂 십일활拾一活의 마사통타자馬舍痛打者들이 해구海鷗뉴스가 땅을 빗질하는 동안 맹꽁이자물쇠 도전자들 및 해독구굴자害毒溝掘者들과 함께 비족飛足의 열성을 나누어 가졌나니라. 힙힙만세*[14] *태양경太陽鏡이 그때의 문門 사정에 따라 승장勝場을 번쩍였도다. 아신我神이여!*[15] *그것은(불타는 찔레가시나무와 함께) 투마스 노호호란씨氏*[16]*가, 개락심改樂心의 취지로 그들 공통의 통회만용痛悔滿用을 위하여*[17] *聖드호로우 성당*[18]*의 고해청죄사(갈색 중산모의) 현현顯現(에피파니즈)*[19] *신부 존사에게 고했나니, 어찌(귀하의 마골신학馬骨神學의 선골善骨처럼 확곤確壼*[20] *한지라!) 백레그즈(배각背脚)가 경마 장군연감將軍年鑑*[21]*을 사피射避했던가를. 이 회오悔悟의 공중 참회에 대한 초연적超然的 외침의 저 성자다운 성학자聖學者의*[22] *음주란적飮酒亂的 마소자조馬笑自嘲야 말로 너도 밤(栗)의(다시 한 번, 위텅톰!) 절대파문적的으로 뛰노는 땅딸보의 성공성成功性을 말하는도다. 아빠 또는 엄마가 없으나, 집금함集金숨으로 혈육청청血肉淸靑한, 수많은 소녀들과 소년들. 우리는 하찮은 소전小錢을 아껴야하나니, 확폐確閉하기 위해 그것은 아이들을 위한 동전이라. 그들 바로 가까이 있는 반들반들한 셈(멋진 남자)*[23]*, 아무리 육체적으로 건재한들*

도덕적으로 부재하여.[1] 자신의 부정한 다이아몬드 속에 꼴사납게 배회하는지라, 맥스, 노브 및 드마기즈[2]에게(뭘 멍하니 사죄하는고, 멧장 심는자들아!)[3] 누더기 옷을 덮어 주기를 요구하면서. 톱 땜장이 팁, 자신의 간단없는 가신家臣(시자視者들은 사무엘의 시자들이지만 청자聽者들은 티모스의 청자들이라.[4]), 대주가[5]의 우울 속에 있나니, 자신의 부루퉁한 텐트 속에 부단히 침沈부루퉁하도다. 볼다울 경마 저주,[6] 당일 재앙! 그리하여 그들의 미광의 앙상블을 이룬 멋쟁이 여인들의 프록코트! 아시겠죠 대장간 주장,[7] 상시 구린 스캔들 메이커, 카사비안카로부터의 여女재봉사[8] 그리고, 물론, 프라이씨氏. 도둑! 심문을 용서해요, 이유는 뭐 때문에? 그건 가치價値의 도미니카 당나귀들이라. 왜 저 기묘한 두건을 벗는고?[9] 왠고하니 무상의 회무상황廻舞狀況 사이에는 후실後失의 정부政府—세총독世總督의 진세塵洗한 애고명사愛顧名士가[10] 감지되기 때문이라. 팝자브![11] 대大도跳좁피터여, 저게 뭔고? 행운행운행운행운행운행운행운![12] 그건 구즈베리의 리버풀 하은배夏銀杯[13]를 위해 1000기니로다[14] 단단히 붙들어요, 승안장乘鞍裝 견소堅少[15] 퍼스 어레일리어! 투투덜, 투투덜! 그들은 제사장애물항第四[16]의 만곡에 있는지라. X리스도의 성가聖架에 맹세코,[17] 헤리오포리스총중總衆은 홍분興糞의 사성射聲이나니![18] 판자브![19] 크리미아의 사냥꾼인, 해방자[20](강자 H 허민 C. E. 엔트위슬), 극적 효과를 가지고 이전마以前馬의 승리의 장면에 유명한 종마의 형태를 재현하면서, 백백모白白帽씨氏의 세 적갈색 거세마들인, 가제家製 잉크[21] 배일리 횃불 등대[22] 및 잡탕 스튜 요리에 독수리의 갈[23]을 제시하고 있는지라, 한편 공주 2세와 타他소녀(리비강변, '보스' 워터즈 부인)는 너무나 이른 춘천욕春泉浴[24]으로, 깨끗한 한 쌍의 발뒤꿈치를 막대부莫大父에게 보여주고 있도다. 이런 침사沈思가 여기에 개현開顯하는지라! 이 처녀의 잔디머리칼 타래에, 이 에덴석모夕暮의 황금원黃金園[25] 위에! 나는 결코 이러한 침사沈思를 사색思索하지 않았나니라. 우리들의 주건시장主鍵市長인 그는 심의례상深儀禮上으로 낙번樂煩하도다. 그는 옥(사슬)에 갇혀 정강이 부딪치듯 사료 깊게 몸을 흔들고 있나니. 금일은 그게 전부일지라. 이 괴몽怪夢은 베트와 티프에 의하여 그대에게 제출되어 왔도다. 티프와 베트, 우리들의 타봉打棒 가짜 내기 경마 호기자好期者들, 아이리시 레이스 앤드 월드(애란 경주 및 세계)지紙의 정혈頂穴에서 최저까지.〕

〔이어 전쟁담의 연속〕 타프(론둔論鈍 지방[26]의 최초 스포츠 보도가 제2주走스포츠 플래시 속보에 의하여 방금 후사고적後思考的으로 협증協證되었음을 의식하고, 대웅좌大雄座 별방향別方向을 취하는지라 그리하여, 오렌지임인林人[27] 얼스터 지방의 신랄취辛辣臭 뒤로 말레이의 공포[28]를 화독和讀하기 위하여,

궁수좌弓手座를 경유하여 경계상警戒上 용좌龍座[1] *쪽으로 동향東向하도다*) 그리하여 그대는 종鐘보일, 책冊버크 및 촉燭캠벨과 함께,[2] 그를 예주豫呪하여, 시적屍賊으로 부르나니, 나는 강골强骨의 무덤에 도박행賭博行할지로다.[3] 그대는 바로 성聖분묘墳墓(Sepulchre's)[4]의 행진으로 전원정렬全員整列의 병졸과 함께 군비군축軍費軍縮을 통하여 야영, 캠프, 쿵쿵 축진祝進하고 있었는지라, 저주 방축 길[5] 너머로 거인의 환호우박歡呼雨雹을 흩뿌리면서, 시체屍體의 십자취十字臭에 의하여 도로를 따라 뒤 따랐나니. 냉주문冷呪文의 진공眞恐을 말 할지라! 제발, 토미 녀석![6] 불신不信의 앨비언이여![7] 재삼재사 사고할지라, 구주민歐洲民과 이세아인亞細阿人들이 소학동小學童들과 모학살한母虐殺漢이었을 시전時前에 땜장이 재단사[8]가 골웨이 장인丈人[9]을 화사話射했듯이![10] 한갓 전진前進 운동, 보가린 병대兵隊[11] 그리고 급파계화急派繼話!

바트(*자신의 기병대 양견羊肩 너머로 후드 외투의 코트 소매를 살며시 덮치면서, 쾌사快士처럼 한층 생견生見스럽게 보이기 위해, 그때 그는 그들의 전 청일전全淸日戰*[12]*의 절망적인 총번뇌總煩惱 뒤에 솟는 영각永刻*[13]*을 취감臭感하기 때문이니 그리하여 어찌 워털루*[14]*가 영웅하英雄下에 투영울곡投影鬱谷이 되었는지*[15] *그리고 자신의 민감한 측면의 발기勃起가 연역적演繹的으로 자신의 균형均衡을 망치는 것인지 스스로 커다란 희랍공포希臘恐怖 속에 있음을 귀납법으로 설명하면서*) 그렇습니다. 선생사先生師, 나는 내가 그렇지 않았다고 생각지는 않습니다. 정말. 결코 당신은 나를 귀찮게 하지 말지니 왜냐하면 혹시라도, 그대 감사感思할지라! 나는 무무전무無無全無! 위대한 쥬피터여![16] 진군進軍의 정신에서 생조잡生粗雜하게 말하거니와. 저 거巨 개미와 위약충偉藥蟲 베짱이[17]의 비극에서 모든 괴준마怪駿馬와 모든 괴민병怪民兵들[18] 가운데, 저 산총자식山銃子息 놈이〔소련 장군〕, 자신의 군견장軍肩章을 번쩍이며, 자신의 스캔들 양초 양끝 토막을 불태우고 있었는지라![19] 멋진 승연초勝煙草! 나는 타시후他時後에 그의 상像을 뒤 좇아 그의 자아(이고) 소유所有 속의 정욕에 관해 대고大考했나니, 그는 어떤 화약섬광火藥閃光으로부터 대담하게 장다리 되어 있었는지라 그리하여 자신이 변통便通을 결탐結探하고 전구주불인全歐洲佛人을 좌보답座報答하기 위함이오, 정교正敎의 천상天上 미사와 더불어 자신의 군기지軍基地에서 구멸주교區滅主敎, 존사尊師 및 총증언總證言의 환상열석環狀列石의 면전에서 지상배뇨至上排尿에 의하여 스스로를 축하하기 위함이었나니, 그리하여 내가 모든 죄의 및 남녀초병男女哨兵의 저마다 누구에나 그의 네 염기廉欺의 복음을 암송하는 자신의 조잡방언粗雜方言을 들었을 때, 나는 그가 조식朝食방귀 뒤에 갖는 단지 발췌拔萃이려니 생각했는지라, 그러나 성가聖家의 반시半翅(鳥)[20]에 맹세코, 나는 그의 공포의 경악을 보는 순간 수노리數露里[21] 떨어진 채 나의 제오족第五足의 무만霧灣을 농락하면서 신공神恐으로 진정 전율하고 있었도다. 그건 분명한 순종인지라 그리하여 그.[22] 피리(笛)![23]

〔343.01—343.36〕 바트와 타프에 의해 우리에게 제시된 이 괴기한 드라마 다음으로, 다시 크리미아 전쟁 이야기가 복귀 하는지라. 장면은 경기의 보고에서 소총의 발사의 그것으로 바뀐다. 우리는 전투의 짙음 속에 있고, 타프가 소동 속에 군인 행세를 하는 것을 인지한다. 그는 섬광의 빛에 의해 방향을 바꾸고, 후퇴를 생각하는 바트의 비급함을 비난하기 위에, 그에게 고함을 지른다.

〔342.33–343.36〕 크리미아 전쟁이 격화하다—바트는 대장(소련 장군)을 그가 목격한 것을 서술하다.

타프(*불운 앵글로색슨*[1]*이 그를 붙들기 위하여 다가오고 있을지라도, 합세하면서, 높이 신충信忠스럽게, 낙천적으로, 당당한 공병工兵처럼, 자신의 기분상 씨무룩하게 그리고 자신의 눈에는 누신漏神을 그리고 등의 굴곡 그리고 자신의 부르짖음 속에 개골개골, 마치 이만저만 아닌 해害가 자신에게 기대듯이*) 포옹하고 싶지 않은지라. 계속 울어라, 읍고泣考할지라, 비인悲人솔로몬의 노래![2] 그걸 양안羊眼괴테와 양羊셰익스피어 및 저주단테가 잘 알도다. 교황가톨릭교도![3] 찬탈자여! 거巨비겁자의 타격을 받을지라! 그래! 후실後失 낙반시樂半翅여!

바트(*이러한 피차 굴종의 항복답례降伏答禮 속에 그의 모조가책模造苛責을 보이며, 화전참호火前塹壕로부터의 폭격, 갑작스레 급냉낙사急冷落死라, 부이父耳 뒤를 바싹 따르며, 그가 제복을 갈아입자 가죽 케이스로부터 권총을 들어올리도다*[4] *그의 얼굴이 파랗게 빛나며, 그의 머리칼은 회백灰白이라, 그의 청안靑眼은 켈트의 황혼에 걸맞게 갈색을 띠나니*) 그러나 나는 녀석〔소련 장군〕이 혼자서 고함소리가 미치는 곳에 자신의 나체 청년음경靑年陰莖과 더불어 저 경치게도 터무니없는 짓을 그리고 침수侵水안장 다리의 기독변통무례한基督便通無禮漢마냥 시도하면서, 마치 추수秋收미사의 네브카드네자르처럼 너무나 궤멸적潰滅的으로 자신의 구명벨트를 끌어올렸다 내렸다하며 그리고 자신의 오래된 피부대皮負袋의 미둔부尾臀部를 노출하면서 그들의 공쾌애란空快愛蘭의 겁우군怯牛群과 함께 유쾌 농민에게 보답하기 위하여 산개대형散開隊形으로 기동비료機動肥料하고 있는 것을 보았을 때, 그가 카프카서 산맥[5] 넘어 어떤 목축본거牧畜本據로부터 광식廣息을 회복하고 있음을 나는 감사感思했는지라 그리하여 나는 항시부시恒時否時 추잡한 이야기를 결코 할 수 없었거니와 연탄鉛彈인지 또는 별거수당인지 포획가부지捕獲可不知였도다.[6] 그러나 내가 전투태세로, 요의腰衣 핑퐁 주거니 받거니, 돌격대뇌운突擊隊雷雲의 베리 신호안광信號眼光에 의하여 그리고 영웅의열英雄義烈의 전부戰斧의 뻔쩍뻔쩍 광채 속에 그리고 치천사熾天使의 신랄어조辛辣語調의 울부짖는 방패실전防牌失戰7) 사이에, 한가하게도 녀석의 낡은 비卑 금속복본위제複本位制[8]를 전관全觀하고 그리하여 녀석의 우랄둔취臀臭의 신향辛香을 포착했을 때, 그의 우랄 취臭, 오랑우탄(動)의, 한 바보 태수太守의, 마치 피터 대부大父[9]처럼, 총 연발하여, 나의 숙사宿舍 동맹을 내버리고(명중장탄命中腸彈!) 그리하여, 이건 허언이 아니나니,[10] 나는 나불나불 수다 떨고 있는지라 그리고 곡도曲刀 우짖으며, 턱받이 소년, 상한탄傷恨歎 사시斜視 비항鼻抗 노족勞足, 톰 톰 톰 36계計라, 안녕 세링가파탐.[11] 온정이나니, 단지 오용誤用한다면, 그대 방금 사용해야 하는도다! 그러나 나의 실수로, 애란즈람의 아람이여,[12] 나는 우리들의 애녹愛鹿 승처僧妻[13]를 사랑하기에, 나는 만편견慢偏見 없이 자백하노니 당시 나는 그의 위장의 노역 때문에 충만된 학질瘧疾의 무게와 함께, 모든 로인露人의 대태제大太帝[14]를 보았는지라 그리하여 사마귀 상관上官의 운안運顔을 비지鼻知하자 그를 위한 노드의 자식[15]인 내게 공포가 있었나니 그리하여 그는 나에게 무거운지라 그리하여 그때 나는 나의 애란르메니아[1]의 아베마리아 성모송聖母頌을 그의 노서아 주主 자비도[2]와 상교相交 시켰나니 비로소, 나의 마음의 친구여, 나는 사심술射心術〔소련 장군의 사살〕을 갖지 못했도다.

타프(*행동 밖의 한 손상자損傷者로서, 브루나이 출신의 이러한 황삼남荒森男이 어찌하여 시골 어릿광대들을 농락했는지를*[3] *예사豫思하면서, 그는 자신이 무엇을 추구하고 있는지를 지행知行한 다음 임도직입林刀直入, 모살謀殺의 결과로서 자신이 얼마나 총구銃口에 괴롭힘을 당했는지, 그대의 혈도血刀를 걸고, 그가 경남驚男이긴 하지만, 졸기 전에, 보기로 전개제의展開提議하고 있도다*) 하느님 맙소사! 그대는 상심하지 않았던고? 거 참 재미있도다!

바트(*혹타인或他人이 두 서너 번의 언짢은 홀쩍 홀짝 코코 곪을 마치 행배낭行背囊처럼 위급침僞急寢하는 것을 들으면서 그는 그가 몸을 꿈틀거리는지를 보기 위해 잠묵시暫黙侍하는지라 그런 다음 원화原和를 요구하거나 또는 어느 누구에게 혹가或歌하는 일없이 냉침몽침冷寢夢을 계속하도다*) 분자糞者 놈! 내가 그를 만나다니 때가 너무 늦었군.[4] 나의 운명! 오 증명憎冥! 애별哀別이여! 신음의 채찍자국의 공포여![5] 그리고 흡연을 흡吸할 때 그걸 생각할지라.[6]

타프(*그는, 한편 그 사이에, 시화자詩話者의 콧대를 꺾어 놓으려고 한 야드 거리를 두고, 자신의 손을 접하거나 어중이떠중이들을 음배飮杯에서 떨어지게 함으로써 자리를 양보하는 계략법計略法으로, 마치 등대의 부하물浮荷物 마냥, 묵력黙力의 말(言)을, 밀크 글루그루 비리비리 양羊곤고스 사환使喚이여, 포만飽滿된 은어쟁반銀語錚盤의 여숙권旅宿權에다*[7] *아낌없이 쏟아 붓고 있었는지라, 이는, 내게 감사하게도 그리고 식탁용품화食卓用品化의 무장해공인無障害公認, 거의 의심할 바 없이, 나의 선신善神이여, 견시見視를 위한 또 다른 안내를 공급하는 성체현시대기회聖體顯示臺機會로 결과했도다*)〔바트에게 술의 대접〕 여우선행운汝優先幸運! 파—리—디에게 샴페인을 그리고 멋쟁이 술꾼에게는 식초食醋를![8] 이 어배魚杯를 홀딱 마셔요[9] 그리고 경칠 불알의 건배를! 흡연충吸煙蟲이라?

바트(*그는 자신의 굴뚝 옹기모甕器帽를 휙 벗었나니, 입술을 애곡선愛曲線으로 설개구舌開口(술병)로 향하자, 그는 침과자侵過者의 용서인容恕人의 손에 성인聖人의 교우감敎友感을 배수杯受하는지라 그리하여 뒤이어 자신의 휴지休止 사이에 미온微溫의 소금 베이컨을 제공하면서, 고대古代창자 점쟁이의 숙환대宿歡待를 지닌 저 고승극주高僧極酒를 흡음吸飮하도다*) 이 고곤古困의 광전세廣戰世에 근심 넘치나니,[10] 자연의 우리들 적군세敵軍勢의 개선을 위하여 흉마우胸魔友처럼 내게 부작용附作用하는 그대 심충甚充의 용제溶劑에 의하여 우리에게 광낙廣樂을 송送할지라.

〔멀린가리아[11]*에 다른 전망前忘된 남용지사濫用之事가 이 전경간轉景間에 텔레방영放映되도다.*

〔345.34−346.13〕 2번째 중간 참(막간)—TV상上의 4고객들(단골손님들). 재차 주점 이야기의 복귀.(주막에는 두 익살꾼들 이외에 적어도 4음주가들(복음자들)이 스크린에 비치듯 등장한다. 마태, 마가, 누가, 요한. 이들 목양자들은 "텔레방영放映되도다"(teilweisioned)—〔막간 TV에 방영된 재미있는 머린거 사건〕

어찌 빙한氷寒의 크림타아타리[1]*의 허구사교계虛構社交界가 심중甚重한 퓨즈 세勢로 장전裝塡되어 돈피우장豚皮雨裝으로 성장되고 있는고. 슬설膝雪의 노브고로시촌村.*[2] *어찌 서반아의 금전이 반녹배당反綠背黨(그린백 파티)*[3]*의 제2도래를 위하여 칠렁 칠렁 울리고 있는고. 라마羅馬의 평화를 위한 헤베여신로스 성애性愛. 어찌 알비 아브라함(英)이 미수녀美修女 벨라 소라*[4]*에게 성聖크립토마스 토굴을 축원하는 한편 아라비아의 노적기사奴賊騎士들이 동반구東半球 주위에 악마무舞를 시공施工하는고. 수녀화修女話를 배울지라. 어찌 늙은 예일 소년들이*[5] *교활한 신년 소녀를 위해 결심하는고, 결코 노열老熱하지 말며, 계속 시식始殖하며,*[6] *결코 마테차(茶)를 대貸하지 말며*[7]*, 결코 셀러리를 식食하지 말고 결코 주온기酒溫器를 가加하지 말고 결코 음울陰鬱을 축蓄하지 말고 버컬리의 노서장군露西將軍 사射 쇼의 대소동 시時에 야단법석 스카치 란주亂酒와 함께, 결코 태연泰然을 기企하지 말지라. 명일明日 조후朝後 피니어스*[8] *를 위해 전화 주시면, 당신의 장례식이 장미부활薔薇復活할지라.〕*

〔재차 주점 이야기의 복귀〕. 타프(*이제 그는 공생구共生丘의 피터 파이퍼*[9]*로부터 녹鹿산사목장木杖(기네스주酒)*[10]*을 건네받았는지라, 한편 그들 모두들은 늙은 아빠엄마 바보온달을 위해 다보린多寶隣 선일善日의 소음을 내려고 냄비를 두들기고 있었는지라, 재차 자신들의 사지四肢 사지四肢를 내온來溫하거나 각脚을 휘 번득이며, 다시 흘긋, 길을 오르거나 언덕을 분봉分封하며, 그리하여 음주 점의 불란서 어풍語風의 엉터리 영어를 흥견興見하는도다*) 그대〔바트〕는 버싱또리 프랑스 두목 편便[11]인지라, 그대의 단편短篇〔이야기〕을 말 할지라! 어떻게 버클리치[12]〔버클리〕가 장미 소녀들을 사충射衝했던고. 가스티 파워[13]의 무탄舞彈. 미풍微風 및 어조프[14] 해우海牛 마냥! 그리하여 누탄淚炭의 비悲뗏장을 저버리지 말지니, 패트 애란자愛蘭子여.[15] 그대 가언歌言을 계속하지 않으려나, 비우卑愚?[16] 어제의 여울이 건초乾草하지 않았는고,[17] 이봐? 아주 좋아요! 쥠쇠(버클)! 말 해봐요, 불가리아 말로.[18] 80세(4기록) 속한俗漢들이 소위所謂 이른 바 속죄양의 혈세血勢에 도전하려고 경계警戒하고 있도다.[19] 곱사 등의(헉클베리) 엉터리 핀 같으니![20] 의회인議會人이 여기 그의 년이年耳를 굽으면, 누군가가 어디서 딸랑딸랑 종을 울리는지라. 어느 날 야습지夜濕地의 도금양桃金孃(植) 관목 한복판에 두 신 페인 당원이 난타亂打하기 위해 일어서자, 자유 농노들이 숨어서 보고 있었도다.[21] 돌아와요 딕 휘팅턴![22] 설풍雪風에 맹세코! 그건 멋진 기분전환이 될 터인 즉, 아, 그래? 그대 그걸 할 수 있는고[23], 여보게?

바트(*그는 자신의 선신善神에 버림받은 심고동心鼓動 속에, 여태 자신의 여드름 희롱의 애완자愛玩者로서, 제구가단第九家段의 고왕高王인*[24] *허무주의자인지라, 자신의 상부복대上部腹袋*[25]*의 아종兒鐘이 갑자기 울리나니, 젠장, 자신이 스스로 도전하지 않도록, 맙소사, 애신愛神앵거스 고민苦悶까지*) 그럼 좋아, 멋쟁이 타프! 내가 말한 대로할지라. 그것은 처음에 소방진小方陣(육체의 행복 죄)이었나니[26] 히타이트족전族戰[27]은

〔바트의 크리미아 전쟁의 기억들〕 별타시別他時에 속했는지라, 한 백마일白馬日, 거기 횡경막마魔가, 작별과 함께, 불가리아복腹[1]을 만난 곳, 대충 한역寒曆의 춘분초일정오 경,[2] 페르시아의 코라손 평원[3] 위의, 험준한 네몬, 그대가 베델 성지산聖地山으로부터 동행東行하는 곳, 1132년(elve hundred and therety and to year) 전 마치 까마귀가 어찌 행위에 있어서 끝까지 나르듯이,[4] 전초전의 활군活軍[5] 뒤에, 그들의 주야사십일晝夜四十日 홍수를 겪고,[6] 그때 우리는 그 짐승을 관견管見했는지라.(얼마나 황천荒天의 풍우 날씨였던고!), 여태껏 인간이 가졌던 최후사심판일最後死審判日[7] 이후 가장 비참습만월悲慘濕滿月의 날짜요, 그리하여 고안아高眼我(나)는 아더 웰슬리경卿 연맹[8] 휘하의 애란 육군 기병대[9]에 예속했는지라, 아이란수도啞易蘭水島〔아일랜드〕의 동소同所 크리미아 전벽戰壁의 언젠가[10] 착한 당나귀 세월 동안[11] 나는 동염가역東廉價域의 선鮮환락가(런던)와 정수골精髓骨(바빌론)의 가공원架公園[12]에 대하여 여전히 소리 없이 울고, 나의 보스턴 모스[13]의 고죽마묘기高竹馬妙技를 감행하며, 낡은 울타리(스타일) 및 신형(스타일)[14] 그리고 반半 리그 전진하도다.[15] 그리하여 승勝핀 재차再次, 불량不良 감사하게도, 혹은 실탄일失歎日, 하느님의 뜻이라면, 밴지 우짖는 자여,[16] 만일 마스킷 소총이 횡 소리로 유지唯知한다면, 위대한 날 및 드루이드의 공일恐日은 오는지라,[17] 성聖패트리스키와 장대한 날,[18] 탁월한 멋진 광휘光輝스러운 길고도 유쾌한 건배가치乾杯價値의 원통圓筒스러운 날, 제구第九의 제육일第六日, 주력칠백년主曆七百年[19] 메카도순례서역都巡禮書[20]〔〈켈즈의 책〉〕가 이른 대로 현재 그리고 미래 및 과거에 존재하는 지연시遲延時까지 그 날은 애란의 최후 심판일[21]의 모든 서예언序豫言[22]을 구설鳩說하는 아람의 소본沼本[23] 속에 이야기되고 있도다. 그러나 속언續言이라. 그리하여 무혼無混. 우리는 자신들이 경칠 나태자〔침입자〕를 출몰出沒할 때까지 천저賤底했도다. 그런 고로 나는 사태를 연탐硏探하기 시작하고 나는 이내 그들에게 당일의 이유를 보이나니 그들 엽고마멸자葉枯磨滅者〔침법자〕에게 냉정히 해고하는 법을 그리하여 나태자들을 도중하차 시키도다.[24] 그는 모든 자를 보나니 멋진 넓은 마을 별장에 오는 자를 방문하는지라.[25] 낙하落下, 나는 얼마나 찬양 받았던고! 공습攻襲 받은 그들 밴조 악기행상樂器行商에서부터. 현기증 어머나 반反 바닐라(설마) 그리고 노怒 삼가 노여승老女僧. 의화단봉기자義和團蜂起者 그리고 세련된 키잡이.[26] 그리고 경칠 놈 조니 단[27]을 소사掃射하면서 왠고하니 무대舞隊와 그의 떠도는 탄약통에 불구항거不拘抗拒하여 나 자신 군련軍鍊하기 위해, 무장하고 후원하며, 크리미안의 온통 전벽戰壁을 너머. 그 이유로 하여 하하 폭소 터뜨린자者는 바로 나(我) 자신이었나니라.

타프(*온통 자신의 부싯깃과 채광을 열화熱火 속에 고양하기 위해 그리고, 하녀들의 행복에 더블린 시민답게 복종하는 동안,*[28] *여전히 귀녀들의 야바위 치는 압전壓前에서 자신의 기호嗜好황갈색의 터키 지권芝卷을 탐연耽煙하는지라*)

야후 안녕 안녕, 자네?[1] 참전자參戰者는 병甁불무不無, 단절이라![2] 그대 부관副官이었잖은고?

바트(*이색異色의 세 겹 난요절難腰折 속에, 그는 마치 박쥐같은 병甁가득한 스타우트주酒를 더듬어 느끼나니 그러나 비어 나주裸酒 가득한 술통처럼 차처타처此處他處 쓰러지도다*) 그리하여 나의 공독恐毒한 편두통이라![3] 나의 지난 과거의 경주연합競走聯合과 나의 무위미래無爲未來의 비연관非聯關사이에 나는 자신의 소흉騷胸 속 불구기억不具記憶으로 동아리 병甁넘치는지라 그리하여 나의 친누親淚가 서주락徐走落하나니, 아뿔싸, 나 지금처럼 플라토닉 반동퇴각反動退却으로(어찌 촘촘 그들 후厚병아리들이 적갈색 보금자리 횃대로 되돌아오는고!) 발할라 영웅 기념당記念堂[4]에서 방금 신이 나서 희롱거리고 있는 모든 그들 늙은 러시아 기사騎士들[5]을 위한 나의 전도좌傳道座, 나의 알마[6] 모母순교자들. 나는 그들에게 권배하는지라, 지난 날 수발총병영령燧發銃兵英靈들, 그리하여 그대는 첨부添附 사기詐欺해도 좋은지라, 심지어 물과 만족하는 삼림처하森林處下에서, 압생트(植) 베르뮤트 우울주憂鬱酒[7]와 함께. 동의환희同議歡喜의 밀림신사密林紳士들, 나는 그대에게 크게 서어誓禦[8]하나니, 저 우수공憂愁恐의 점령주占領主, 옥좌충자玉座充者[9] 및 신란토국新蘭土國[10]의 전全 상속주민의 타억류他抑留와 함께 모든 우리들 왕가王家의 독실인篤實人들! 잠깐 단구斷口. 그리하여 장관굉장壯觀宏壯하도다! 나의 구수舊隨의 장토루葬土壘.(우리들에게 발생한 친전親錢에도 불구하고 만일 그들이 이번에 호된 경을 친다면![11] 곰레이슨의 화자話子 세드릭 및 다노노단노쿠 및 코노 오카노챠[12] 이들이 모두 그들의 이름이었나니 그 이유인즉 우리는 그런 모습 하에 콩 고즈 우드[13]의 막사동기생幕舍同期生들이었기 때문이라, 세 터키인들, 저 카키색 사과양司果孃들과 함께, 그들 화장실의 우리들 부실자不實者들, 쌍질녀双姪女들, 비엔나의 신자들, 늙은 아저씨 쟈쟈[14]는 장난과 마약의 커다란 표적이라, 격정과 열정의 촉수목적觸手目的을 위해, 우리는 전戰하나니, 그리하여 그는 모두의 견문직絹紋織의 매력이었도다. 왠고하니 레스비아가 눈에 밝은 빛 지녔는지라[15] 그러나 누구를 위한 휘광輝光인지 아무도 은폐 감추지 못하리. 힙조助, 힙조助, 후라! 한번 두 번 세 번 기상起床! 자유시간의 자유! 차려 랑케스더 군軍! 사주射呪![16]

타프(*그는 자신을 환대했던 저 천부天賦의 요걸妖傑들을 여전히 감지感知하는지라, 그들은 양지陽地의 에스피오니아[17] 출신의 사악상대자邪惡相對者들이었으나 소동騷動 배이커루 전철電鐵[18](11.32)의 무림茂林 속의 바랑을 가지고 현혹정유眩惑精遊했나니, 자신의 싱긋 이빨 세트의 다국적多國籍 톱니 깨진 굴곡성을 미끈한 인두 아이러니[19]속에 유일국唯一國의 칫솔 우호로 위안하고 있었도다*) 늑골, 늑골, 노조老鳥의 여왕,[20] 잠꾸러기 암캐 자식! 우리들의 건장한 화병火兵 세계를 당장 포옹할 것 같은 그대의 로다 계마鷄馬들![21] 그들의 중얼대는 수발동성애언鬚髮同性愛言으로. 마침내 모두들,

그들의 세 손가락 반지와 발가락 튀김 돌로[1] 변덕 부리는지라. 무엇이 그대의 고근苦根을 야기하는고, 펜쵸 씨?[2]〔타프가 바트를 두고〕 고두막전지鼓頭膜戰地 군법회의[3]인고 아니면 임질통참모淋疾痛參謀인고? 그대의 환감사언행歡感謝言行[4]을 계속 할지라, 글쎄 여돈汝豚,[5] 습지인濕地人! 열중할지라, 바보 떠돌이! 괴짜가 될지라! 노황제露皇帝와 목공木工을 위해! 에테르(전송電送)[6]에 합창 노래할지라.

〔346.14–349.05〕 바트가 그의 군인시절을 회상하다—감상적인 토스트—복잡한 막간 스크린의 이미지들이 수천 점으로 깨어지다.〕

〔변형된 터프의 영상映像에 잇따라 굴광성屈光性의 무시간無時間 속에 그리고, 그의 역전판逆轉版, 빛나는 바트의 한 가닥 초超에너지의 재연再燃 사이에, 바아드텔레비전판板[7] 충격 스크린, 만일 감식력적鑑識力的으로 팽팽한 제라늄 공단貢緞이라면, 텔레비 스크린을 형성하고[8] 경광여단輕光旅團의 돌격[9]까지 증폭시키는 경향을 나타내도다. 동조동맥同調動脈의 감광판感光板 밑으로, 그들의 치간齒間의 맞물림〔바트와 터프의 암시〕)과 함께, 현혹된 애란 미사일 군대[10]가, 뻔쩍뻔쩍 뻔뜩끈적이며, 그들의 반송관搬送管[11]에 의해 운반되는지라. 그의 분무총噴霧銃[12]이 이중초점二重焦點에서부터 그들을 절삭切削하고 분할分割하도다[13] 석류탄石榴彈, 다이너마이트, 알렉산더탄彈, 니콜라스탄彈 그리고 포수砲手의 탐사포화探査砲火가 수평경사평행선水平傾斜平行線의 대열隊列을 횡사橫射하는지라.[14] 슈로슈 종終! 한 가닥 복음진리福音眞理가 민감방사방지敏感放射防止의 코팅 위에 누설되도다. 장관壯觀의 악성악취惡性惡臭의 형광장면螢光場面 사이, 이코노스코프 경鏡[15]을 통하여 열교환기熱交換器를 은고隱固히 응괴凝塊하는지라, 총성령교우總聖靈交友의 인물, 오도노쇼 교황.[16] 노서인露西人들의 예수회 총사總司[17]로다. 환우상幻偶像이 자신의 훈장勳章의 인장印章을 전시電視하나니 천자제天子帝의 응시성장凝視星章, 이사벨라 카토리카[18] 성직자의 요대장腰帶章, 마이클 파라에오로고스제帝[19]의 십자훈, 잔 오브 네포묵의 화결절훈靴結節勳, 파우더 및 폴[20]의 칙칙 폭폭 상賞, 골만 열전列傳[21]의 대혁대大革帶,[22] 버클대帶. 그것은 관습적 주중예배週中禮拜를 위한 것이라. 교구 승목사勝牧師. 제에발 소리 내어 음언音言치 마알지라, 만두보병에게 제발. 아이, 뭐언가 스위치에 자알못이! 그는 스스로 모든 자신의 텔레비 사악邪惡한 질녀들에게 고백하기 때문에 추파秋波를 무쇄無鎖하도다. 그는 자신이 모든 곳에 스스로 근죄近罪 손가락을 언제나 취향臭香함을 고백하기 때문에 비하鼻下를 봉쇄하도다. 그는 자신이 얼마나 자주 부정不貞하게도 그녀의 상하上下에 있음을 고백하기 때문에 상아도象牙刀를 가지고 모구母口를 훔치도다.[23] 그는 모든 자신의 수공범手共犯 앞에서 그리고 모든 자신의 공모共謀 뒤에서 고백하기 때문에 자신이 남색꾼처럼 손을 온통 다발 짓도다. 그리하여(여기 고양이는 더 이상 훔칠 수 없다고 말하며 되돌아오고.[24] 젠장,

[349.06—352.15] 3번째 중간 참—TV 참회의(고백의) 종교적 봉사—그(바트)의 긴 연설, 그의 전시 경험

고양이는 그가 떨어져 있을 수 없기에 되돌아오다니[1] 그가 에덴 원園의 패총 한복판에서 이러한 생존의 나무 되돌아오다니[2]에 관여한 것은, 구상丘上 및 곡하谷下 되돌아오다니[3]에서 그리고 나환자들이 돌(石) 있는 곳에 거주하는 장소에 스스로 그것을 고백했기 때문이요 그리하여 실제로 사랑의 소네트를 방금 잊어버릴 때 그는 그것이 경칠 상점의 도처에 어김없이 발정發情 푸짐하게 사용되어 왔음을[4] 생각하게 되는도다. 빈걸貧乞 호박 노분선老糞船 같으니! 거기 명예의 들판 위의 만가輓歌에 잇따라 암탉이 그를 수집收集하리니. 굴러 떨어질지라, 약숙녀掠淑女 그리고 악신사惡神士 여러분![5] 땡, 땡, 땡, 땡!] 〔TV 막간의 종결〕

바트(*해바라기 단추 구멍[6]을 한 거백巨白 캐더폴드(모충毛蟲)[7]씨氏를 확시擴示하는 근본 몸짓으로, 올드볼리 재판정[8]에서 우편낭 속俗 대이니즘〔배달부 숀—타브〕에 의하여 직사直射로 비난받은 채, 자신의 악의에 찬 역화逆火의 주저를 통하여, 그는 말하는지라, 자신이 화장창조火葬創造의 제일주第一主[9]로 재빨리 기록조紀錄造하고 있었을 때, 어찌하여 자신의 흉중의 처妻가 최소한 스스로의 마음을 변경입變更入한 바로 최후소년사最後少年事였던가를*) 실여失女지만, 순질투純嫉妬! 그만하면 충분, 귀조상貴祖上! 모든 상황판단의 방탕에 있어서 자기방어라, 무순절광無殉節狂! 말뚝 형刑을 비치하라, 예의범절을 수행하게 하라! 고심苦心하라, 선이先易 제발, 잊지 않도록 아니면 타방향으로[10] 전력향全力向하라! 나를 교정矯正하라, 제발 의용대여[11] 아무쪼록 그러나 나는 그걸 서기誓棄하는지라. 이 불쌍한 요정에겐 더 이상의 카드 게임은 금물![12] 참으로 감사하게도. 나는 한 배(腹) 가득한 터키 가구식家鳩式 향락[13]을 즐겼나니 경칠 내내 낭浪로미오 그리고 만漫줄리언[14] 콩밭에 양羊발가락[15] 그리고 그들의 색슨인의 갈빗대[16]의 수양羊버터, 일차, 이차, 삼차, 아시리아인 이 들판의 늑대처럼 떼 지어 내려올 때[17] 그리고 유희자들 약탈과 평화연막平和煙幕 훔치기, 모든 영육군英陸軍 병사 골통대[18], 교구 모스라타리의 페트리 스펜서 신부[19]에게 우리들의 휴가증 및 암야를 비치는 여명홍黎明紅(신의 영광, 서명하는 장면), 유그노교도들의 먹이와 잠(사자들이 길든 최락最樂의 잠자리!) 및 창세創世 알바주아파[20]를 위한 독폭우언讀暴雨言의 혁명묵시록革命黙示錄[21] 우리에게 보내주사이다 그리고 시성諡聖하사이다 그리고 포성砲聲하사이다![22] 하지만 여전히 총總하여, 욕에는 욕, 되갚음으로, 마치 우리들 일요학교에서 영창詠唱했듯이, 모든 창자전우娼子戰友는 자신의 배낭 속에 동료를 나르나니 그리하여 내가 야만전野蠻戰의 기본을 적망敵忘하지 않는 한 나는 희우지료戱友志僚이라[23], 그리하여 보내주사이다.

〔바트의 전장 경험 토로〕 노란과 브라운 화기火器[1]와 더불어 우리에게 승리를,[2] 돔, 스닉과 커리 어중이떠중이들,[3] 그리고 나는 저 재광경야再狂經夜의 주일에 온갖 재미를 갖다니.[4] 통바지를 입은 한 낯선 사나이〔HCE〕. 그리하여 여기 기니 화貨와 계란의 선물이 있는지라. 그런데 나는 칩핑 놀턴 도회[5] 곁에 살았기에. 그리하여 쇠붙이가 농부에게 어울리나니,[6] 그래요.〔전쟁시의 즐거운 방탕〕 휘광輝光무지개! 룸바 춤! 그런 다음 우리들의 동료들, 충실한 애연대원愛聯隊員을 위해 옥평온절獄平穩節이[7] 다가왔는지라, 그리고 우리들은 채굴採掘의 풋내기 장미십자회 신병들,[8] 세 패디[9] 농병農兵들과 영병英兵들 또한, 우리는 시근 헐떡이며 농담하는지라, 우리들의 바람받이 번덕 섬[10]에서, 우리들 영란병사英蘭兵士들, 한 길고 푸른 비단 밧줄, 암담한 다크 로자린[11]을 연憐하며, 오마 바닷가재 카이얀 고추[12]가 자신의 창문의 용행차勇行車를 타고 언제나 징글징글탕탕 울리며 나돌아 다닐 때처럼 손에손잡고 그땐 우린 매춘부와 구애하며 가주탐행歌酒探行했는지라, 가춘녀歌媋女들의 시가(연초)에, 한편 우드 바인 윌리,[13] 양귀비연초楊貴妃煙草가 너무나 인기라, 우리들의 검은 쵸니 초프린,[14] 대기를 연청煙靑했도다. 건배! 반자이(만세)! 바드 맥주! S. 맥주배麥酒杯! 그리하여 우리는 모두 최고성最高聲의 고귀락高貴樂을 듣기 위해 합주合奏했는지라.[15] 도당徒黨 만세 왕은 익사 그리고 사방의 휴전! 패디 보나미 그자 만세! 앙코르![16] 그리고 맞받아 쏘아주기. 여기 망귀亡鬼여. 나의 몽주夢走의 나날이여,[17] 와이(Y)는 모든 타정他精 이상으로 그대를 사랑했노라. 통풍동모通風銅帽와 신발 벗은 소년 그리고 우리들의 모든 무리들 중의 남중백미男中白眉. 그건 뻐기는 일급 젊은이, 나 믿건대. 나는 개 뒷다리에도 걸리지 않는 나사병裸私兵이지만, 그러나 나는, 로국露國 오코네니로프[18]의 저들 분중糞中의 노남근奴男根장군에 관해서, 투구완投球腕이고 금전이고, 경칠 땅딸보 단 반半 페니도 양보하지 않았는지라, 나의 사랑하는 애인이여, 어떤 유아동화책幼兒童話冊 속의 바로 그 측면기동側面機動[19]에 선언하면서. 얼마나 멋진 무슨 전戰을! 나는 언제나 나 스스로 지형지물을 잘 이용할 수 있었으며 그리하여, 안둔자眼鈍者든 이각자耳覺者든, 기우자祈雨者든 위협자든, 나는 세 맴장이 부랑자들[20]〔공원의 세 군인들의 은유〕을 조금도 개의치 않았는지라.(샘이든! 햄이든! 혹은 야뱃이든![21] 후퇴경사後退傾斜의 나의 사생활로부터의 어떤 느낌으로도, 왠고하니 나는 린드허스트 테라스[22] 저편의 나의 존경하올 원호자매회援護姉妹會와 세라나 다렘 백내의白內衣 자매[23]를 명예롭게도 지냈는지라, 그리하여 그녀는 자신의 노주怒酒를 배출함에 있어서 자신의 친화상親和上 충실忠實을 미화美話[24] 할 수 있나니 그리고 나는 어폐하, 메래이가街[25]의 존경하올 창존부娼尊婦,[26] 전광우뇌녀電光雨雷女를 알고, 그리하여 그들은 결코 구봉군救奉軍으로서 나를 실망시키려 하지 않았도다. 그대의 경칠 생명에 맹세코 절대로, 뚜쟁이 같으니![27] 금시禁視, 조발녀調髮女! 그리하여, 신을 두고,[28] 나는 결코 정도正道를 벗어나지 않았거니와 그자를 숙멸宿滅하지도, 드디어, 위험운危險雲 노서낭露西狼,[29] 경야주초經夜週初에,[30] 실추자失墜者가 다가 왔나니

〔350.10—352.15〕 바트는 그가 소련 장군을 만날 때까지의 회상回想을 계속한다. 그가 어떻게 그를 사살했는지.

(그대 늙은 비열한!)[1] 그의 러시아 곰 대장, 그의 스코틀랜드 적군개조복赤軍改造服[2]을 걸치고 그리하여 그는 꼭 같은 늙은 톰 우자愚者의 이야기와 함께 무인반대無人反對의 태연자약하게[3] 자기 앞을 걸어갔나니,[4] 그리하여 자신이 사과낙녀司果落女[5]를 크게 연민하듯[6](백만白慢[7]이 그의 턱수염을 빗게 하도다!) 향상시키나니 그리하여 나〔바트 자신〕는 보았는지라, 저 적화赤花 강낭콩[8]과 대적할 그의 공격용 허리 들이 셔츠와 자신의 촌인村人 소로마스 반호 햄란卵[9]을 그에게 얼마나 사랑을 제공하며,[10] 그가 우리로부터 어찌 보호를 받는지를(얼마나 입살스러운 피남녀彼男女의 파리 비번농飛翻弄이람! 바로 광狂마리안 인어人魚[11]인 그〔소련 장군〕가 사실 그랬나니!) 그리하여, 권총을 위해선 나의 광국鑛國도,[12] 젠장, 망아지 총銃의 포편砲片에 맹세코, 적분통敵糞桶이 터졌는지라, 퍼시[13]〔오레일리—HCE〕 나를 조롱했는지라, 분자糞者여.(그들은 전지천주全知天主[14] 마냥 사실인 즉!) 격추대용사擊墜大勇士를 바람에 홱 날려버렸도다. 얼마 뒤에야 나(我) 임을![15] 그리하여 나 죽은 다음 홍수 난들 알게 뭐람[16] 우리들은 폭동했나니 그리하여, 성회聖會의 매춘녀에게 맹세코,[17] 그가 정교탄精巧彈에 무력無力핑계를 댈 수 있기 전에, 나는 피사彼射했는지라, 마님, 광노예상廣奴隸商처럼! 혹 대對 쿵 탄彈! 하역도자荷役倒者![18]

타프(*그들 브라운과 노란이 무기를 그에게 부여한 이상 볼카강江 단가丹歌*[19]*가 심홍해深紅海*[20]*로 향하고 있음을 낙타감駱駝感하면서 그러나 너무나 점잖게 자란 그는 자신의 상대선조총相對旋條銃의 부적당성不適當性을 무시하지 않으려고, 자기구원自己救援을 향한 노력 속에, 자신의 동성애주의同性愛主義의 혹 덩어리 배후에 상존하는 이데올로기를 위하여 자기 자신을 눈에 뜨지 않게 하는지라, 그리하여 이는 만일 자신이 자신의 좋아함을 번등거리기 위해 자리에 철썩 들어 누어버리면—가부론加部論(똥)—젊음을 자신의 화상火床에 펑 백합 터뜨릴 수도 있음을* 의미하는지라—감부론感部論(배설물))—성노聖露의 베이컨[21] 나는 신자信者나니! 그리하여 오호 그대 우민자牛敏者,[22]〔바트를 두고〕 여단총장旅團銃長이여![23] 위대한 오노老거미![24] 그것은 그를 부를 타당한 이름인지라,[25] 암스억쎈담 귀족![26] 아, 그대는 결사結射 폐자閉者요[27] 피포위被包圍된 승자勝者라. 그리하여 아하 애란예상사수愛蘭銳商射手들[28]의 맹상수猛商手 적대국민敵對國民의 종족이로다.

바트(*단 애송愛松의 전규戰叫로 파입破入하면서, 자신의 괴팍 코밑수염을 곤두세우고, 마치, 신경과민의 말쑥한 분염병糞染病의 애완동물처럼, 그는 자신의 쿵모지母指와 삼사오三四五 손가락을 그들의 나귀항문의 히히혈공穴孔 속에 고함高喊질러 넣는도다!*) 경칠 진흙총구銃口라! 녹배사수鹿背射手! 놈〔소련 장군〕은 이제 더 이상 그라브 산産 백포도주[29]를 개병開甁하지도 각角 및 견犬 사냥하지도 못할지니, 신진 늑대인간, 사망자 언덕[30]의 동료 가젤을 위하여! 두령(저 나모자裸毛者에게 배시背視할지라!),[31]〔소련 장군을 두고〕두통頭痛거리 야전각하野戰閣下, 자좌국自挫國 사성四星 노서장미십자장군露西薔薇十字將軍,[32] 돔 알프 오콜윈 총비사령관總肥司令官.[33]

타프(*그이, 하느님과 그의 축복 조주造主 의료구원醫療救援으로 가능석면可能石綿, 죄실행罪實行의 모든 연옥전煉獄戰*[34]*을 유황통硫黃痛해 왔는지라,*

저주자詛呪者의 신통뇌기神統惱記[1]*를 추경追耕는데 있어서 실패함으로써*) 전율하면서, 남양男羊이여! 그리하여 최고 자비, 경외유령敬畏幽靈, 현아자顯雅者의 이름으로![2] 진지한 위안으로 그리고 진숙眞潚한 평복으로? 그리고 그의 모든(만)도島의 인격[3]을 박탈손상剝脫損傷시키려고. 그렇잖은고?

〔바드의 소련 장군 사살—클라이맥스〕 바트(*각일각刻一刻 조롱하면서, 그러나 그들 표백골漂白骨이 자신의 사死의 행복도취증적幸福陶醉症的 성견유주의聖犬儒主義에서 매춘남賣春男의 후광휴일後光休日을 축하한 후에, 상존하여 왕관이 씌워진다는 것은 근불길近不吉하게도 심상心傷스러운 일이도다*). 긍사肯師! 검치호劍齒虎[4] 및 새빌 옷[5]을 입고! 만일 그것이 사실이 아니라면! 녀석이〔소련 장군〕 아직 살아 남아있다는 것이 나의 비노悲努인지라. 그자가 나를 그렇게 격激하게 했나니 그리하여 그 놈이 나를 그렇게 하도록 감敢했는지라, 그래서 과연 나는 격감激敢하고 말았나니, 킬토크의 콕스나크[6]처럼 그리고 승勝 바이킹의 우수리강江 곰 놈이 북극의 모든 방울뱀[7]과 함께 돌격이라! 초원의 황소[8]처럼 대담하고 광옥狂屋마냥. 태형笞刑 편요술編妖術 비꼬인 거웃! 올리브, 적전시敵前時의 둔도鈍刀![9] 미지이未知耳! 아견자시我見者時, 그리하여 그가 12시경 아고성我高聲의 애란토愛蘭土 전역을 공전토空轉土하자, 자기 몫을 요구하기 위해, 밀을 훔치려고, 저 뗏장 토土를 들어 올리는지라. 아아, 그리하여 엉덩이이스라엘이신神 쥬피터에서 출出애굽 할 때처럼[10] 자신의 바지를 벗으며. 억압애란抑壓愛蘭에 대한 저 욕간辱間에! 준비! 나는 야작별夜作別하고 내는 나의 격발식擊發式 활[11]을 분발奮發하도다. 본糞겨냥! 나의 궁완弓腕으로 그리고 화살처럼 사각射脚으로 표적 떨어뜨리나니 진동 울새. 사射참새![12]

〔*루터장애물항*[13]*의 최초의 주경主卿의 토대마자土臺磨者의 우뢰폭풍에 의한 원원자源原子의 무화멸망無化滅亡은 비상공포쾌걸非常恐怖快傑이반적的인*[14] *고격노성高激怒聲과 함께 퍼시오렐리*[15]*를 통하여 폭작렬爆炸裂하나니, 그리하여 전반적 극최상極最上의 고백혼잡告白混雜에 에워싸여 남성원자가 여성분자와 도망치는 것이 감지될 수 있는지라 한편 살찐 코번트리 시골 호박들이 야행자夜行者피카딜리의 런던 우아기품優雅氣稟 속에 적절자신대모適切自身代母되도다.*[16] *유사한 장면들이 훌울루루欻鬱樓樓), 사발와요沙鉢瓦窯, 최고천제最高天帝의 공라마空羅麻 및 현대의 아태수亞太守*[17]*로부터 투사화投射化되는지라. 그들은 정확히 12시, 영분零分, 무초無秒로다*[18] *올대이롱(종일)*[19]*의 전戰왕국*[20]*의 혹좌일몰或座日沒에, 공란空蘭의 여명*[21]*에.*〕

타프(*찌끼기찔름찔름감질나게, 자신의 사방 크렘린 궁宮의 양털 걷어 모으기, 아테인*[22]*의 감화원 소년들이다 뭐다 그리고 그게 이조드의 회탑回塔이든가 그리고 사충오화기四充五火器의 파일품破逸品*[23]*이다*

〔352.16—353.21〕〔바트와 타프가 장군에게 격노한다. Turf(잔디)(아일랜드의 상징)로 밀을 훔치다니, 그것은 조국에 대한 모욕이다. 또 다른 방송 사살 부父의 격변적 효과—원자의 무화멸〕.

〔353.22—353.32〕 4번째 중간 참—원자 분할에 관한 뉴스 게시판.

〔353.33—354.06〕 소련 장군 사살 후—최후의 음주.

그들의 댐댐 경칠 가방家房의 도편陶片들이다 뭐다 하여) 이층공二層空의 와자지껄은 도대체 뭐람! 그림자여?

바트(*문간의 이별주酒를 강强 다니엘 꿀꺽 꿀꺽 들이키면서 한편 용서보다 한층 큰(부친살해*[1] *고통스럽게 자신의 입의 유출을 디미누엔도(점점 약하게) 줄이며, 비열卑劣 중의 비열*[2], *그는 비명적悲命的으로 이울어지도다*) 아니나다를까분명! 폰(목신) 맥굴처럼![3]

바트와 타프〔그들은 하나로 합체한다〕(*결사적인 노예 도박사*[4]*와 비속봉건적인非束封建敵人에서 풀려난 채, 이제 동일격인同一格人이요, 양자의 싸움은 잠시 동안 좌절되고 디뚱거리다가 정당화되며*[5], *그의 지배가 비속한 앞잡이들에 의하여 오욕汚辱당했던,*[6] *고古에리시아의*[7] *존엄이상신화적尊嚴以上神話的 흑백 혼혈군인의 그림자에 의하여 가려졌는지라, 지구 표면의 소유에 의한 생자生者나니, 마치, 지옥의 지나친 악취 마냥, 끓는 마우스 총銃*[8]*의 불타는 낙인하烙印下에*[9], *그는 적대 골의 추종자에 의하여 추락하나니,*[10] *그러나 그들의 병사兵士의 떠들썩한 대소동의 간격의 허디 거디 곡曲의 시칠리아 조調의 콘체르티노 합주곡*[11] *속의 파크스 오레일리들*[12]*의 분위기에 의하여 예심고무銳心鼓舞된 채, 매인每人과 악수했는지라, 한편 상봉가相逢家 라니간*[13]*이 버지마운트 홀(관館)*[14]*을 포혹抱惑한 다음, S. E. 모오한턴*[15]*이 E. N. 쉘마턴*[16]*에게 외람되이 구애하나니, 그리하여, 선후자매성先後姉妹性*[17]*의 주춤 혹은 속삭임 혹은 지절거림 없이,*[18] *펀 군대*[19]*의 맹세를 호전好戰하는지라, 손에 손을, 견남堅男과 최선신학남最善神學男*[20]*의 맹신盟信의 제삼第三 국제공산당원21)과 함께, 코코칸칸카카칸무연쇄舞連鎖*[22]*에 기대어 마치 상품권처럼 악수握手하도다*) 그 옛날 모든 충충계蟲充界가 사원蛇園이었고 안티아[23]가 최초에 그녀의 사지四肢를 멋지게 펼치고 수풀이 진동 하던 때 거기 선적選適하게도 사무라이 쌍생지双生肢[24]가 있었도다. 그들은 저 머스캣(植) 소림疏林에 자신들의 모母 속삭이는 애愛담쟁이덩굴[25]과 자신들의 모살하는 흉념凶念[26]과 자신들의 부식하는 분노를 지녔나니 그러나 까치 지껄이는 화장목탑火葬木塔이 아구鴉鳩로부터 불태우며 비명 지를 때 카로멜라[27]의 시원한 암자庵子에는 화사花絲한 플리니 꽃들이 피어 있으리라. 비록 그대가 그의 머리의 섹스(性)를 귓불사랑하고[28] 내가 그의 바지 둔부를 혐식嫌食할지라도 그는 여계女系를 향해 성장무盛裝舞를 춤추며 둔도鈍刀를 파진波振할지라. 그리하여 그는 자신의 양홍洋紅, 비단 및 봉밀[29]의 지느러미 잡동사니와 함께 장차(바이 바이) 소년들을 매買(바이)할 것이요 켈트와 골 소녀들을 사행詐行(갈겔)할지니 한편 피아彼我는 마왕천사 창 놀이를 할지라 그리하여 딱정벌레처럼 우리를 위한 푸딩 과菓는 우리의 수줍은 사촌四寸 코리오라누스 장군[30]의 입을 한층 감타액甘唾液하게 하는도다. 고로 바트가 새삼 싹트도록(바드리) 소련 뇌신 소승蘇昇하는 맹아장군萌芽將軍을 사살할 때까지[31] 그의 분노의 지방脂肪을 육체적으로 반추하고 그의 통고桶苦의 터무니없는 이야기[32]를 심악甚惡하게 청작請嚼토록 내버려둘지라.

〔펌프 및 파이프 오지발진기五指發振機[1]가 이상적으로 재구성되었도다. 접시와 사발[2]이 금고 챙겨지나니. 모든 현존자는 촉觸으로부터의 미味를 자신들이 일단 후嗅할 수 있으면 청聽에 대하여 자신들이 볼 수 있는 자신들의 과거 부재의 소재를 미래의 관점에서 결정하고 있는도다. 영零에 가치를 발견할지라. 광포狂暴한 과다허수목록過多虛數目錄. 월越(엑스)[3]일 때 부여不與한 것. 말하자면. 정두靜頭. 공백.〕

폐쇄기(입 닥쳐) 그리하여 바드(싹)는 정당하게 행사했나니. 그리하여 만일 그가 자신의 거울 속에 암울하게 묵가默歌한다면 담화가 얼굴 대 얼굴 사방에 비치리라.[4]

규발성적叫發性的. 역음성逆音性.[5] 환언하면, 아브둘 아불불 아미어인가 혹은 이반 스라반스키 스라 바인가.[6] 총혼란總混亂살램[7]에서. 누구에게 중요 죄우대부罪羽代父가 속하는지 그것을 추론하는 것은 웅양雄羊의 책임이었나니라. 미인의 목욕[8]은 그녀가 구경꾼들을 필연적으로 결속시키나니, 긍지는 남자를 정화하고,[9] 직분은 참회 속에 행사하는지라 그리하여 법法 자체의 명예훼손은 저속을 고결과 더불어 고양하기도 하고 불구不具로 만들도다. 평정가平靜家할지라![10] 한편 이단 헌트가 촌구村丘를 써레질하고,[11] 그들 경박한 악한들[12]을 패주시키며, 저들 협잡꾼 말괄량이들을 통치하고, 그들의 석가산원石假山園의 승마[13]에 고삐를 매는도다. 소요하면서.[14]

야종夜終인지라, 나의 귀자貴子여, 정복자의 편향도偏向道. 그들의 전쟁 뒤에 그대의 아름다운 가슴.[15]

—그것은 솔로몬 회교 군도[16]에서 너무나 너무나도 진실된 일이나니 마치 현대 반反 회교 독일에서 그리고 최신의 아메리카인人들[17]로부터 고발동告發動의 이집트인人들의 나라[18]에 이르기까지처럼, 한 우설인牛舌人[19]이 마구간에서 외양간된 채 일박한 곳의 자기 견입자見入者들 앞의 개구開口 앞에서 동의했나니, 충분한 자양분의 사나이, 칠일七日의 주主, 토일위성土日衛星의 초왕超王, 자신의 태양계좌太陽界座의 환내環內에 있는 모든 태양의 토좌土座, 교수대락絞首臺落의 골격숙련충악당骨格熟練充惡黨의신神,[20] 그리하여 하자何者(그는 포괄규탄包括糾彈하는지라) 교수악한絞首惡漢,[21] 그리하여 하자는(그는 강제하는지라) 허설 천문주天文主,[22] 사슬에 매인 획자獲者, 주조거인鑄造巨人, 셔츠에 무겁게 짓눌린 채, 행운의 시프트 드레스에, 자신의 음양견陰兩肩 간에 곱사등 위胃를 지닌 사나이,[23] 혼차폐액농간점주混茶廢液弄奸店主, 그리하여 하자는 방귀변소의 경비원인지라, 그리하여 하자의 배우자는 안—리프,[24] 견犬방광병자, 자기 앞의 침낭의 난방자로다. 우리들 모두는, 왠고하니 총남總男은 나환자인지라〔HCE의 단언 무인 무구로다〕, 저 냉량冷凉의 치황야稚荒野의 상랑인常浪人들[25]에 지나지 않았나니 그것이 총과적總過的으로 우리들의 참된 이름이요(그들에게 주잔酒盞의 행운을!), 사랑과 허언虛言 발견자를 다양하게 마구 떠들면서, 그의 약신藥神의 진리[26]가 무엇이든 간에,

〔354.07—354.36〕 바트와 타프가 하나로 합치다—바트와 타프의 대화가 끝나다.

〔355.01—355.07〕 5번째 중간 참—스크린의 공백—HCE의 사과—변명—그는 무리들이 소련 장군을 자비롭게 보도록 애 쓴다

〔356.16−358.16〕 화장실에서 2주 전에 자신이 읽은 책에 관해 애란병사는 말한다. HCE는 자신에 관한 일화를 서술하다.

초과최初過最부터 최후실最後失까지 거기 미진微眞이었도다. 그리하여 그것이 기껏해야 재再의심적的으로 우리들 각자의 그리고 모든 잉커인人[1]의 한 가지 전도顚倒〔HCE의 실수〕이나니, 나는 스스로 설득확신하고 있거니와, 허신虛神 앞에, 신사 여러분, 이것이야말로 이들 위의 나의 관두棺頭요 나의 양판兩板어깨에 걸터앉아 있듯 진실하도다.

〔HCE의 음란의 보편성 그는 방관자들로부터 충고를 간청하다.〕 그것은 박차간청拍車懇請했는지라, 비굴하게 넙죽 엎디면서, 그의 원택圓宅의 일곱 혈면穴面들에게, 모두의, 죄고함자罪高喊者들 또는 범죄광대들, 예외 없이, 신지神知하듯, 충고를, 스스럼없이, 절수무례한切手無禮漢 동봉同封하고, 그들과 경쟁하여, 혹시 그들이 법률[2]을 견구堅究했거나 아니면 언제 그들이 형이상학을 미시시피 강주江走했는지, 그대의 차선타처次善打妻[3]의 남편이요 또는 그대 자신의 최선남종기애자最善男腫氣愛子로서, 어찌 우리들의 복상계服商界의 혹자[4]가 여태 피차론彼此論을 해결하기 위해 당도當到하는지, 그것이 우리들의 개협약槪協約을 위해 노벨 최우상最優賞[5]을 수여 할 것인지, 아니면 전무全無인지, 우주迂宙로부터의 최원초催遠初[6]의 묘미담妙謎談을, 왜 저 늙은 위법자인, 인간은 하처존何處存이요, 자신이 동일하기 때문에 무타자無他者인고. 그리하여 충예充例를 들면.[7]의문의 적점滴点인지. 어떤 폐예廢例를 가지고. 그리하여 유통증流通證을 위한 육초六抄. 비등의혹沸騰疑惑의 수프로다!

—한때. 그리하여 양견良見의 때라. 내가 농아弄兒이었을 시時에. 그리하여 검둥이들이 주정석식酒精夕食을 펼쳤나니. 거기 어반魚飯 푸라이가 빛났도다. 그리하여 모두들 크른 북 솥 안에 마맛있는 부붉은 빠빵을 다달콤한 유육肉으로 흠뻑 저적시는지라. 나〔HCE가 읽는 한 권의 책〕는 방금(기경祈驚하사) 한 권의(발매금지) 책을 읽고 있었거니와—그것은 그럼에도 불혹不惑하고 확수치確數值로서 장한정판長限定版이나니[8]—후판後版 인쇄면은 현저하게도 만족가독滿足可讀이라 그리고 종이는, 고로 그는 열렬히 움켜잡았는지라, 비록 내가 예긴급銳緊急의 경우에 목축살균牧畜殺菌을 위하여 토탄외면土炭外面할지라도, 이전의 공개 작품에 있어서 버터 개선된 바 거의 없었도다. 포장지의 통도색痛塗色된 하모본何某本은 성스러운 성전聖典의 표식이라. 그걸 발췌하여 끈으로 묶어두는자者는, 만일 재(灰)가 되더라도, 조적助積되리라. 충분히, 그러나, 나는 그걸 읽었나니, 나의 착한 최선의 침친구寢親舊처럼, 시대의 급류 속에 점占치거니와 그것은 최광最廣의 유포流布를 공탁供託할 것이요 그리하여 안전하고 경건한 손(手)에 탁입託入될 때 그의 장점과 함께 명성이 공확존共擴存하여, 그의 것 인양, 내가 볼 수 있는 한, 한갓 대단한 교훈적인 사명을 띠는도다. 그것은 그의 삭제도판削除圖版으로 미장美裝된 채, 정보로 충만 되고 도처에 수공적受功的 작전을 동종군同從軍하면서, 진창 쿵, 윙 팡, 초폭初爆부터 과거까지 우루루 쿵 팡 덜거덕거리는지라, 나는 방금 보아왔나니, 나의 최온最溫의 경각驚覺을 가지고, 한 건립성建立性의 도변都邊 전원 생활자의.(도시에 신의 가호를!) 저 터무니없는 공석空席[9] 위에 온통 상격압도常激壓倒된 채, 이 초기의 목판조각사의 언공예言工藝 앞에, 베네치아 당초문唐草紋[10]의 명장明匠이요

모든 그들의 광석술사鑛石術士들 가운데서 우리들의 최선견最善見의 대장장이.(그리고, 천신령天神靈께 감사하게도, 너무나 장광壯侊스러운 영어를!) 오비리온 버드슬리씨氏[1]〔책은〕 오동통 멋진, 값싸고 값싼 그리고 한번 시용試用해볼 대단한 값어치라![2]주酒 천만 환영.[3] 그러나 그대가 요구하는 우연찬스는 정확히 언제나 그의 간섭의 끗수와 어긋나다니! 저들 1백 대 1백의 구주이국적歐洲異國的, 비염가卑廉價의, 진녹본塵綠本! 권위좌權威坐. 그건 저 자에게는 뭔가, 두려운, 아라브 휘황輝煌한[4] 것이나니, 영광되고 주광呪狂 할,[5] (그가 휴 데브라시의 턱수염만[6] 가졌던들 그의 복장은 고대 희랍 가장복假裝服의 내 것과 같은지라) 그리하여 그것이 이 유하唯何의 페르시아인人을 정복하고, 그것을 우리는, 아마도, 덕분에 통창痛槍을 가지고 실감하도다.[7] 다른 것들 가운데 내〔HCE 자신〕가 사랑하는 인사화人事畵〔책속의 삽화〕가 있는지라 그런대 그것은 마음의 기호물嗜好物이요, 그것에 나는 당장 나의 주지呪脂[8]를 밀어 넣었나니 그리하여, 나의 인환印環이 나의 손에 없었던들, 나는 맹세하거니와, 그것〔책〕은 아주 긴장병적특성緊張病的特性을 지니나니 그리하여 내가 기특하게도 자유 빈번히 호지好指 해온[9] 또 하나의 것인지라 그리하여, 나의 인장印章이 등록될 때 나는 재차 맹세하나니, 그것은 깊이 쾌快의미심장하도다. *아에네이스 정부情婦의 허풍이여!*[10] 우리들이 고전古典에서 둔언臀言하듯. 정교한,[11] 우리들 오타자吾他者가 말했나니라. 얼마나 아탐鴉耽스러운 환영幻影인고! 얼마나 구애鳩愛스러운 시행詩行인고! 이 시대의 어떤 왕이라 할지라도 일천일종一千一種[12]의 교호交互의 야락夜樂을 가지고 동양적 무감동無感動 속에 그 보다 풍요롭게 안향연眼饗宴할 수는 없으리라. 내가 거짓말을 하고 있을 때 내게 세리 청량료淸凉料[13] 한 잔을! 그리하여(내가 미닫이 창틀을 문 열고 까마귀 깍깍 우는 소리를 들을 때,[14] 내가 어쩌다 들쭉날쭉한 화장실에 빼근히 앉아 느슨한 사랑의 지엽紙葉[15]〔책장〕을 빈둥빈둥 만지작거리고 있는 동안, 이것〔책〕은 나의 것이기에, 나는 입술을 불쑥 내밀어 흉안凶顔을 만들고 불운을 자초하기 십상이라, 자주, 내가 몇 원야遠夜 이전부터 회상할 기회를 가질 수 있는 한.(지금은 너무나 암감暗甘하여, 어석식魚夕食 접대接待는 불가불 그의 일석투一石投의 과실낙果實落보다 한층 멀리 지녀야만 하나니!) 그리하여 그때 나는, 만일 그대가 나로 하여금 나쁜 표현의 이 비공식적인 인도引導를 용서한다면, 자연의 저자著者를 향해, 내 앞의 고블랭직織 벽걸이 양탄자로 장식된 자연의 죄에 의하여 활기를 띤 채.(인조人造의 환관宦官 곤수탄도노포리수崑守炭道盧浦理水[16]와는 얼마나 판이한고!), 그들이 암확살暗確殺된, 골프 장군의 상像[17]이 풍화風化된 것이든, 아니면 꽃피게도 어떤 호손(산사나무) 계원溪園[18]의 우우행友愚行의 필하必下에 자기 자신들을 매복埋伏하는 것이든, 나 자신을 성찰하면서 참호위塹壕衛받는지라, 나의 나아裸我로, 진원眞園하게 우리들의 생처야채원生處野菜園에서 방변防便의 목적을 위하여, 나는 때때로, 아마, 늙은 프라내간[19]에 관해 정당하게 말해 왔던 것, 지금 또는 수렵금후狩獵今後부터의 경야經夜를, 어떤 충동[20]을 가지고(나는 그것에 그토록 패파굴복貝破屈伏 할 것인고?)

품나니(내가 겁광창怯光窓을 열자 나는 구구鳩鳩를 보도다)[1] 아주 무음식적無淫識的 한 개념이라, 그것을 나는 마치 비망록에서처럼 우리들의 토루土壘의 이면무대裏面舞臺의 복사친면複寫親面 또는 지하엄폐호地下掩蔽壕로부터의 확원친척擴遠親戚의 속사速寫를 구착乞捉하고 있는 듯 하나니(얼마나 아구홀鴉鳩惚스러운 한음寒蔭! 무슨 애사愛死스러운 부상浮象인고!) 사실상, 그에 대한 구조체적具粗體的 연대기[2]에 관한 과정상過程上의 특별한 공시空時가 아닐 때, 내가 나의 종파인宗派人의 경쾌한 증명贈名의 품위를 떨어뜨리고 있는데도 불구하고, 행복한 시민의 지종止從이 감미로운 고향 마을을 마음 편안히 하는지라,[3] 나의 자발적인 당표어當標語(모토),[4] 내가 선포하듯, 악당의 거래去來에 맹세코, 나는 주조鑄造했거니와, 나의 삼산란三産卵 배터리 부분[5]으로부터 그들의 최고성最高聲의 보고報告(쉬쉬!)에 의해 보는 것이 대단히 염병락染病樂한지라 나의 최후둔부심最後臀部心[6]에 깊이 탐희耽喜하나니, 구애자鳩愛者요 마찬가지로 아공자鴉恐者로서, 나의 여행자 자신인, 내가 나를 재혼집再魂集 했을 때, 마젤란 구름[7]에서처럼, 나의 계약출소비契約出消費 뒤에, 단지구單肢句의 참언讖言[8]을 통하여, 나, 나의 선비애善悲哀 맙소사, 나야말로, 나〔HCE〕[9]는 전선적全善的로 정말 중대重大하도다.〔여기 HCE는 이야기의 끝마치자, 자신의 정상적인 업業을 향해 출발한다.〕

〔이제 HCE의 주막은 방주로 변용한다.〕 그는 자신의 이야기의 방주方舟를 바닷가에 끌어 올렸도다. 그리하여 부재夫裁[10]하고 처포妻葡하기 시작했나니 그리하여 금항무관琴港務官〔노르웨이 선장〕은 모든 살아있는 항만港灣 관리위원들[11]에게 말했는지라, 메시아 심판이 알다시피, 어찌 재승再勝〔피네간—선장 자신〕이 다시 입항했는가를. 퍼스왕실王室[12] 유령선幽靈船〔퍼시 오레일—HCE〕. 모든 승선자乘船者들과 함께, 아비와 어미, 염남녀鹽男女, 애란의 아들들과 이란夷蘭의 딸들. 퇴비통堆肥桶 속의 송아지 머리 가짜 자라 수프.[13] 두 룰루 출중녀出衆女들 및 예황예항항괴수曳航航怪獸들과 함께.[14] 피네간의 사경야邪經夜에, 야만인들. 백포白泡에 씻기 우고 정우定右로 송달送達되고. 그의 행幸 등 혹[15]에 대성찬미大聲讚美 그리고 요나 예자豫者[16]에게 잔교棧橋라! 그리하여 그들은 성벽봉화城壁烽火[17]마냥 커졌다 작아졌다. 우리들이 노인들을 성각醒覺했을 때까지.

〔주점의 고객들은 HCE가 죽어야 마땅하단다. 영웅의 해체(dissolution)의 주제를 방송하는 라디오.〕 그의 전악화前惡化된 복흉複胸으로부터, 버들가지 바스켓 의자 신학神學에 의하여(저 올라쉬드[18]의 정통正統 자웅압雌雄鴨에는 30빼기 1 [19]의 여걸女傑, 문서제일항文書第一項[20]에 관해서, 그이에 대한 곰의 존경과 황소의 감사로서,[21] 그들은 수사전적誰似全的으로 기쁘게 말했는지라(자 어서, 소녀들! 선두를 맡아요, 오 친구, 어느 이득을 그대가 얻든 간에! 두 슬녀膝女와 애인 재인 및 쥬디 말괄량이!) 그〔HCE〕를 해체하고 조각조각 분해해요, 엉성한 귀찮은 존재 같으니, 그의 오월주五月柱에 대한 차별과 그의 등 혹을 손대어 문지르고, 시중드는 약국藥局, 이마, 궁둥이와 성당석敎會席[22] 왈. ①그는 죽어야 마땅하도다. 딱정벌레, ②그는 자신을 해행害行했도다.

〔HCE의 비하卑下〕〔그는〕 통두어桶頭魚, 참으로 애정 어린 우위牛圍의 배사상背思想으로 사냥된 펠리칸이 항시 온통,[1] 인간 생명을 자신이 취사取死시킨 이후, 거기 자신의 개인적 저속低俗이 자신의 무실언주의無實言主義를 표망剽亡하고, 황금예黃金譽는 자신의 비卑(바탕) 금속의 자은自隱 아래, 자신의 유아幼兒들[2] 속에 포기되고 주술呪術되었나니, 그는 홍수 이전에는 핀탄[3]을 닮았고 그 후에는 때때로 구조救助된 측에 단지 자주 지나치게 저주詛呪받았는지라, 과연 그는 그렇게 보였기에, 산문청산散文靑酸 칼리성性과 유사운문화성類似韻文火性에 관하여 그는 자신이 보증 받지 않았던 것보다 스스로 나을 수 있었기 이전에 자신이 그랬어야 하는 것보다 낫지 않았도다. 피(血), 사향麝香 또는 인도印度 대마초, 코카인 마약된, 탄소화炭素化된, 또는 연필흑연화된, 그리고 모든 염소물체鹽素物體에서부터 골회骨灰된, 진질塵質에 이르기까지 그를 적나라하게 표백하더라도, 그〔HCE〕는, 깡통에는 탱크로서 되받아, 꼭 같은 낡은 연개둔鉛盖鈍의 기포급氣泡級의 꼭 같은 낡은 구약산적舊約山積, 소유방염시투자小乳房艶視投者 및 위대풍파열자僞袋風破裂者, 던롭[4] 소년들에게 타이어를 짜 맞추든 혹은 계수창녀桂樹娼女에게 꽃을 살랑살랑 떨어뜨리든, 양동이 소방대와 방수전단防水栓團이 뭐라 말하든, 럼주원탁酒圓卓[5]의 민활둔자敏活臀者 및 그의 캐밀롯 추첨抽籤[6] 및 라이온네스[7] 약탈자 그러나 속인의 야만력野蠻力을 가지고, 야코 요괴妖怪와 이소우[8] 및 만성인萬聖人 또는 만소혼萬逍魂[9]에 맹세코, 우리들이 경청警聽하고 싶은 것이나니, 제프, 감환전차승자甘歡戰車乘者를 저가低歌하는[10] 숲의 찌찌 짹짹 우짖음인지라 그리하여 그〔HCE〕를 타쇄打鎖할지라, 노위老僞의 악한惡漢을.[11]

그룹 A.〔우리는 재차 라디오를 듣고 있다. "육내석의 마차"이야기〕

그대는 방금(햄 감상) 광청통光聽通하고 있는지라(햄 돼지), 존 위스턴[12]의 오륜제작품五輪製作品인, *육내석六內席의 마차*[13]로부터, 광석지鑛石地의 두왕頭王[14] 또는 의회議會 또는 굼벵이 돼지가 제령일諸靈日 되기 전 지나간 시대의 석화昔話로부터 그가 끌어낸, 발췌물拔萃物을. 집게벌레 위그스에 의한 토리귀신담鬼神談[15]은 *피어슨 나이트리*(야간공자恐子)지誌[16]에, 루칸[17]에서 모두 연와煉瓦얼굴로 깨어날 시간에, 연속될 것이라. 종달새, 경쾌한 제비여![18] 틸라 릴라 작은 제비들이여, 우리는 전속력으로 달리도다!

차렷! 섯!! 쉬엇!!![19]

〔라디오 중계(hookup)가 음악 프로그램을 유포하다〕 우리는 이제 이 연속물을 우리들 애인들 사이에 확산〔방송〕시키고 있나니, 그들의 은신처로부터, 장미경薔薇景의 건초 속에 숨어있는, 농弄나이팅게일[20](그대에게! 당신에게![21]의 노포露包의 노래를(알리스! 알리스 델시오 미녀여![22] 매력림魅力林의 헤더 측구側丘[23] 위에, 성聖존산山, 지니(신령神靈) 땅,[24] 우리들의 동료[25]는 무어 마루공원[26] 으로부터 황혼박黃昏箔에 의하여 어디로 날랐던고, 스위프트(급히) 성소聖所를 찾아서, 일몰日沒[27] 패거리를 쫓아(오보에!

〔358.17–359.20〕 고객들은 그(주막주—HCE)에게 항의 한다—그의 이단異端을 비난한다.

〔359.31–360.23〕 라디오 선언—음악적 중간 참은 출발하려한다—재비와 나이팅게일의 노래가 뒤따르다. 이 부분에서, 조이스는 그의 재비들을 노래하도록 한다(359.28). 그건 회상될지니, 바로 제비들과 나이팅게일들이 〈황무지〉에서 그리고 "나이팅게일들 속의 수위니"에서 노래하고 있는 바가 무엇인지. 즉, Procne와 Philomela가 Philomela의 무서운 간간에 관해 그리고 죄 지은 Tereusby 왕에게 자기 자신의 아들의 스튜 살코기를 먹이게 함으로써 그들 스스로 복수하는 의도에 관해 노래하고 있다. 여기 노래는, 비록 조금 더 즐거울지라도, 바로 불길하다. 조이스의 나이팅게일은 한 가지 폭력의 행위, 이 경우에서 살인보다 오히려 거세를 기념하기 위해 노래한다. 그러나 HCE의 거세는 부친의 힘의 상실로서 끝나는지라, 고로 거세는 결국 일종의 살인이다—다음은 가장 즐거운 부분들 중의 하나요, 가수들이 작곡한 흥미의 노래이다. 이 부분은 새들, 꽃들, 곤충들, 과일과 나무(비옥)의 막간 곡(interlude)이다. 한 탁월한 비평가의 지적대로, 가수들, 노래, 악기 및 작곡가들을 혼성하면서, 〈경야〉의 가장 즐거운 장면들 중의 하나에 속한다.(Tindall 202)—고객이 요구하는 라디오 편곡, "나이팅게일"의 노래와 함께 라디오의 연속.

〔360.01–360.17〕 이 시의 독백—여기 그녀는 '나,' '그대,' '우리' 등으로 격이 수시로 바뀐다.

〔360.23–366.66〕 라디오로, 천진한 소녀들의 나이팅게일의 노래—낙엽들이 그들 주위에 떨어진다—비난 받은 HCE, 자기 방어로서 말한다. 주막 장면의 복귀, 거기 12주객들이 죄 많은 주인을 비난한다.

여기저기에![1] 거의 휘청대는 점보点歩! 나는 대시 돌突해야[2] 하나니!) 그들의 평화를 부분음部分音에 쏟아 붓기 위해(프로프로 프로프로렌스),[3] 달콤하고슬픈 경쾌하고유쾌한, 쌍이雙二조롱노래구애자求愛者. 한 피치의 모든 소리를 공명 속에 조용히 보관할지라, 혹인 까마귀, 갈까마귀, 첫째 및 둘째 그들의 셋째[4]와 함께 그들에게 화가 미칠 진저, 이제는 넘치는 류트 악기[5], 이제는 달시머,[6] 그리하여 우리가 페달을 누를 때(부드럽게!) 그대의 이름을 골라내고 모음母音을 더하기 위해. 아멘. 그대 행태만부行怠慢父.[7] 그대 메이(單) 비어(裸) 및 그대 벨리(부리)니, 그리하여 그대 머카(능글) 단테(미려한) 그리고, 베토벤[8](점점 더), 모든 그대의 심甚쿵쿵 찬가와 함께 그대 철썩디들 바그너숭배자들![9] 우리는 그토록 먼 행운 속에 자그자그 행복이라.[10] 잠시 멈추었던 맨 구드팍스(선허남善狐男)의 관종管鐘과 함께 여우 울음과 사냥개 짖는 소리, 그런고로 우리들의 야야夜野[11]의 짤랑 모음곡母音曲[12]을 허락하사, 밤의 감미로운 모차르트 심곡心曲[13], 그들의 카르멘 실 바비妃[14] 나의 탐객探客, 나의 여왕,[15] 루가 나를 공기냉空氣冷하기 위해 비탄해야 하는지라![16] 나를 꼬부라지게 사리 틀지라, 사랑하는 비틀거리는 자여! 노래하여 번창하기를(하림下林에서), 합주돌合奏突 속에, 만세 번성하기를(뉴트 여신 속에, 뉴트공空에)[17] 피로돌疲勞突까지! 비밀중계秘密中繼.[18]

—불쾌깡패 고성자만자高聲自慢者,[19] 저 멧장 늙은 놈! 얼마나 뒤넘스러운 불결인고, 부父?

그것에 대하여 그는 긍肯했나니, 선장船長, 그것이 답答이었도다.

—그리하여 그의 단短셔츠로 군기분열식軍旗分列式이라! 우리는 그의 공격복화술攻擊複話術을 알고 있도다.

한편 저 저 조류격랑잔물결소근거림이울렸나니.

—나이팅게일, 고孤발비론! 나〔이시〕는 할 의지인지라. 그대는 의지적으로 할지라. 그대는 자신이 최면기억催眠記憶하듯 할 의지가 아닌지라. 나는 불망不望이나니. 이건 황금 낫(鎌)의 시간이도다. 성스러운 달(月)의 여女사제, 우리는 겨우살이의 포도 타래를 사랑 할지라![20] 쥐(鼠) 나방 어떻게 된 노릇이고? 똥분糞! 타 바린즈[21]가 다가오도다. 우리들의 최미녀最美女를 때려 넘어뜨리기 위해. 오 비나니, 오 제발! 평화, 성시가聖詩歌, 살로메! 술잔치! 오 과연 그리고 우린 조심! 그리하여 두건頭巾의 까마귀가 있었나니. 나는 복숭아에서 치솟았나니 그리하여 몰리양孃이 그녀의 배(梨)를 또한 보였나니,[22] 하나 둘 셋 및 멀리. 녹초황마綠草黃馬를 탈화脫花하기 위해 꿀벌이 여하마如何磨라,[23] 클레머티스 위령선威靈仙(植)[24] 우리들의 지후地嗅를 밀봉하도다! 이런 식式의, 이런 하何의, 괴기스러운 휘그당원 공기空氣스러운 집게벌레[25]를 그대는 시視하고, 그대는 안眼하고, 그대는 매견每見했던고? 심지어 세상의 극지極地까지? 딩동 종鐘![26] 악극대惡極大의 그의 것, 우리들의 극소로 작은! 꼬마 꼬마, 저 기다란 창槍의 자者!〔HCE〕 이 개미언덕에 앉아 우리들의 주름장식 옷 이야기를 하게했나니, 베일에 가린 마음을[27] 경쾌하게 하는 이날이 끝난 뒤에, 우리들의 베짱이 은화석식銀貨夕食이 판쵸마스터[28]를 우리에게 대접하기 전에 그리고

〔이시의 노老HCE에 대한 생각〕 할리킨 모든 우리들로 하여금 그의 콤비네이션 속옷이 어릿광대가 펍(엿보기) 토마임을 연출하게 할지라![1] 승일勝一은 영零, 지이肢二는 무無, 술삼목術三木은 전무全無가 되나니, 공사공公四恐은 무영無零에 굴복하도다. 그리하여 아서(Arthur)가 우리들에게 재삼 다가오고[2] 센 패트릭[3]인 그가 개심改心할 때까지 우리는 그〔HCE〕를 일편一片, 일보一步, 함께 자세를 가르치게 할지로다. 기네스에 주식株式을![4] 그건 아름다운 광경이라! 확전確全히, 눈물 짜는 남자! 큰 엉덩이, 그대는 들었는고? 그리하여 그에게 애란어愛蘭語로 곡구曲球를 가르치나니. 내게 역시 안성맞춤인 사내. 산사나무(L), 사시나무(E). 물푸레나무(N) 및 주목朱木나무(I). 버들나무(S), 그대를 위해 참나무(D)와 함께 금작金雀나무(O)[5] 그리하여 미행동尾行動해요. 그건 좋지 않은고, 흡착여인吸着女人! 섭리攝理로 우리 애써 신부가정新婦假定하면. 모두 사랑(러브 올)(O O)[6] 아니 테니스 따윈 말하지 말아요! 나를 위협적으로 조롱하다니![7] 하지만 유스터스씨氏[8]〔HCE〕에게 당장 말해요! 천녀賤女는 들어야만해요. 누구의 콧대가 방금 질투 때문에 꺾었는고? 아니, 중매체重每體의 악매담惡每膽의. 아雅베짱이 뛰게도, 경驚개미두렵게도![9] 오 방첨方尖 아뿔싸, 참 뻔뻔스럽게! 사내가 그의 갑옷을 입으면 어떤지를 우리들 유모들은 아나니. 윙윙 잘해요, 가엾은 예쁜 넬리![10] 누군가가 태깔부리면, 혹소인或小人은 꺼낼 건고?[11] 키티 켈리를 불러요! 고양이 계집애 킬리(살殺) 켈리! 무슨 코올빼미 말똥가리이람! 하지만 얼마나 깔끔한 약녀若女이람!

〔이시는 즐겁다. 그녀 위들로 잎의 천개가 드리울 때〕 여기 모든 나무 잎들이 높게 높 오르나니, 높 생쾌生快로 충만 되어, 옴브레론(해산海傘)과 쉘레리촌村[12] 출신의 흑黑신사나무 군위群衛와 더불어 그의 파라솔 군인들 위에 큰 웃음소리로 떨어졌도다. 무지無知의 무적자無敵者들, 무구無垢의 무변無變들! 우리들의 포조부捕祖父 로드위크[13]는 최량앵초장미最良櫻草薔薇의 다리(橋) 앞에서 불쾌오명不快汚名되고 자신의 쌍双아이사스 볼드만즈[14]는 민들레 원園 근처의 초롱 등꽃들과 함께 하는지라. 우리는 그걸 저주경칠 수치요, 이 주추락呪墜落으로 생각하도다. 종달새 같은 경활숙녀輕活淑女들! 은침隱沈의 오렌지 황갈남黃渴男들! 그대는 후각後脚 상심傷甚되었는지라, 아芽버클리 군君, 보인강江[15]의 영걸英傑들!(오렌지당원들!)

〔이시는 웃지 않을 수가!〕 그리하여 그들은 엽시葉時의 최고로 엽쾌葉快하게 엽리葉離하고 최고로 엽무葉茂했는지라 드디어 환락歡樂의 환상자歡傷者와 모든 농弄살 맞은 자들 가운데 찢는자 재크[16]가 다가왔나니 그리하여 모두들은 자신들이 이전에 결코 그렇지 않았던 것처럼 자신들이었도다.[17] 그런데도 그들은 소리 내어 웃었는지라, 자타自他, 최후까지 그리하여 그들의 고소高笑를 즐겼나니 시대는 다쾌多快한지라 그때 우리들에게 또한 하이(高) 히라리온(고환희高歡喜)[18]을 하사하옵소서!

그만 둬요, 기祈발, 사방 노고勞苦하는 설화낭만담집說話浪談集[19]을 가지고 그가 화만보話漫步하는 것을 모두들은 생각계획하고 무엇인지를 해명하는 것인지라.

한발旱魃로 되돌아갈지라! 면수面水가 흘렀도다.

그들 모두, 자돈혹걸인雌豚酷乞人들, 오청안汚青眼의 소년들,[20]

저 돼지촌村의 매연煤煙 속의, 드루이드 환環의 육지군단六脂軍團〔단골손님들〕, 벌족다부린閥族多敷麟[1]의 대합조개(貝) 결투도전장決鬪挑戰狀,[2] 그러자 그때 배 저어 나아가 하선下船하고 결실結實로 자신들과 생각이 일치했나니, 볶은 맥麥과 함께 덖은 맥아麥芽, 그〔HCE〕의 총유혹總誘惑의 불임비난不妊非難[3]에 그리고 그의 재식인기再植人氣까지 아주 한참 동안, 낡은 일반적 비非사회규범의 크롬웰 철기병鐵騎兵[4]에 맹세코, 마치 식인추장食人酋長 마냥, 왠고하니, 연어(魚) 혹자或者[5]가 소환召喚을 혹자에게 설명하려고 생각했던 것처럼, 그〔HCE〕가 제도제국諸島帝國으로부터 퇴출退出했을 때, 마치 자신이 어군魚群의 호출을 위해 학교 출석으로 냉정하게 굴러가는 것을 좋아했을 것이라 생각한다면. 타폰(魚) 가자미(魚), 한 마리의 범 돌고래 같으니, 40인치의 신부新婦[6]를 거느린 다척多尺의 염수신랑鹽水新郎, 잔석盞錫 크랜 삭구索具 냄비 경매에서 나와 자신이 그렇거나 그렇게 되지 않을 수 없는 만영蠻英의 견병사犬兵士[7]처럼, 한편 바다가 그를 멸滅하기까지, 제조주製造主로부터 아씨들까지 그리고 그가 준 것은 하나의 모형으로 서였나니, 그는, 창녀군娼女群의 저 훈족族,[8] 한 사람의 핀족族이요, 그녀〔ALP〕, 그의 텐트 아내[9]는, 한 라플란드 여인, 가정에서는 군마軍馬를 타고, 집밖에서는 화로火爐 곁에(하지何知 여하견如何見 하시청何時聽 하처재何處在를 이미 행해버린 남편은 말할 것도 없고, 쉽사리 식별되는 전당포 흡음여주吸飮女主, 수탉 같은 관장미寬薔薇, 가젤 영양令羊과 더불어 탐욕소화貪慾消化, 나이의 직입자直立者요 모든 유수송幼水松을 최고 짜증내나니, 최중출정영장면제하最重出廷令狀免除下이라)[10] 그리하여 여하如何한 애무 속에서도 그녀에게 침 뱉는 누구든, 보리(麥)를 경야經夜하여 포도주로[11] 담기 위해 그녀가 혼매魂賣하는 주잔酒盞을 주형鑄型하는 그녀의 임자들[12]을 제외하고는, 그녀야 말로 그의 심장의 중통重痛을 겨누는[13] 그의 식료품실의 나무 마개로다. 재판관성裁判官性의 매력적 희열喜悅, 접착재接着材의 승리. 밝은 램프처럼. 성전聖殿,[14] 세세년년歲歲年年 애란愛蘭. 길조적吉兆的으로 수상하긴 하지만 그러나 존경[15]의 기대 속에.〔그녀의 집안〕 불결한 털 뭉치 침구[16] 천장을 통하여 떨어지는 물방울,[17] 정면 계단에는 두 자비의 자매들 및 이면裏面 시문視門에는 세 소개疏開 청소기, 하나의 상자에 쌍 의자(의존疑尊의),[18] 이따금 그리고 양자택일로 남편에 의하여 사용되거니와 형평법상衡平法上인 드루이드 성직자 및 우호적인 또는 그 밖의 사회단체와 관련하여 글을 써야할 때 극빈極貧의 시기를 통하여[19] 비교적 풍부함을 가지고.(뇌폭雷爆, 강탈, 용해 및 천우天佑) 근소의 천과 함께 거친 마모馬毛이긴 하나 한 개의 소파, 어린것들이 사용하여 고탄주古彈奏를 끌어내기 위한, 세를 주고 빌린 미불의 피아노, 아직 주불중奏拂中, 이층에는 세 개의 침실,[20] 그들중 하나는 벽로대(관존觀尊의)를 지니고, 기대되는 온실과 함께(특별히 경존景尊의)

〔모든 무리들이 HCE를 조롱하기 시작한다〕 그리하여 그대, 그대가 덜비[21]에서 노상勞商했을 때, 그대는 언제나(단지 그때를 위하여)

우리가 아는 것을 어떻게 언제 우리가(오로지 그 점에서) 그대는 어딘지 알았던고? 그것 봐요! 그런데 왜? 글쎄, 사팔뜨기 란안卵眼을 부결孵結할지라, 그[HCE]는 파이 죽으로부터 산호진주를 약게도 뒤엎어 꺼내려다 목덜미 덥석 붙잡혔나니, 프린스(왕자)가街[1]의 모든 방자한자者들이 자신들의 땜장이의 홍 찬가讚歌를 시작했을 때(주走라, 주奏라, 옛 음영시인吟詠詩人의 저 가곡歌哭을), 그들과 함께 최신 뉴스보이들이 그들의 완조腕組로부터 비명돌출悲鳴突出하였도다.[2] 두령頭領은 그의 녹상鹿商으로부터 물수제비 놀음을 하는가하면 그녀 자신[ALP]은 그녀의 목욕에서 중산모를 쓰고 있는지라. 추리 탐정 올마이네 로저스[3]가 자신의 목소리를 오장誤裝하고, 무절제하게 거친 흉곡胸曲을 비호하나니. 열처파熱妻波가 분쇄噴碎하도다. 그들은 익살을 계속 장미薔薇피우나니. 그는 솟으며 깡충 뛰고 껑충 뛰는지라. 얼마나 길게![4]

그대는 저 톰 놈을 아는고? 나는 확실히 알도다. 그들의 유아는 쌍双세례를 받았는고? 비급확悲急確하게 당장. 그들은 독毒을 재명구제再名救濟했던고? 위안하듯 낮게.[5] 신문 배달원이 그들과 바보처럼 어울릴 때 그들은 그의 의견을 받아들어야 하는고?[6] 그는 조롱 자에게 그들의 박箔을 입힐 표적이요 그들은 확실을 빚지도다.[7]

그[HCE]는 자신의 주먹에 침 보라를 뿜었나니(맹세코!) 그는 그들의 갈색 빵에 소금을 뿌렸도다(푸딩 알맞게!) 그는 그녀의 손바닥을 간질였나니(솔로몬은 매우 조용하도다!) 그리하여 그는 그들의 친구의 허락을 흡탐吸探했도다(축복녀祝福女여, 안녕별安寧別!)

—유죄의 그러나 동료 죄인 여러분! 나[HCE]는 저 잠수되고 물렁한 가루반죽의 이중면二重面이 수변水邊 노동자들에게 말한 바를 과연죄果然罪로 느꼈는지라. 그러나 우리는 가재家在의 건강을 위하여, 거친 매질, 풍선風船, 세계 둔부의 경이실驚異失, 원조를 간원懇願한 그들의 사각四角의 신의信義에 이르기까지, 그런 것 모두를 우변경偶變更해 온 이상, 그것이 한 조각의 쇄파碎波 뗏장을 탐하여 사방에 울려 퍼질 때, 불가청不可聽의 간통로姦通路로부터 말괄량이(요尿) 혼합의 털을 통하여 접근하는 것을 말함은 비괴적肥塊的으로 유감천만이외다. 비록 나는 도보 행상하고, 외치고, 그리하여 나의 불호기不好奇의 위치에서부터 극장 여우들을 뒤 좇아 극히 뜨거운 완두콩을 팔 수 있었을지라도[8] 그리고 비록 우연히 내가 그 동안 거기서부터 뒤에 있는 변소 쓰레기 더미 부속물을 피하여, 작업판作業板과 양수기의 면전에 실례하게도, 죄인타당사유물罪人妥當私有物의 하처방기何處放棄에 관해 한 냄비의 뒤 구정물을 배수관 아래로, 비울 수도 있었건만, 천사天使 앵글로색슨주의主義로부터 저 방배防背의 영향과 함께, 비非간음의 보바리[9] 정자영亭子影 출신의 직개자直開者들로부터 위험을 당한 부락소녀浮落少女들을 앙양하는 것이야말로 나는 여태껏 죄불가罪不可한지라. 그것은 단지 그들에 대한 나의 궁색한 어변語辨일 뿐이외다. 불변오해不變誤解된 채.[10] 메기 꼴록꼴록의 킥킥 불량사不良事.

〔363.17—367.07〕 주인의 사과赦過—주로 두 처녀들에 관하여 모든 이들이 잡담하는 동안, HCE가 재차 입실하고, 그는 자신에 대한 지독한 비난에 대해 재차 대응한다. 그는 자신의 죄를 자유로이 인정하지만, 무고한 "행복의 죄"속에 자신이 던져졌던 거다. 그는 여기 모인 사람들, 즉 자신의 동료 죄인들에게, 자신에 관한 어떤 루머가 순환하고 있지 않았는지 오랫동안 의심해 왔다고, 말한다.

〔363.17—36.631〕 HCE의 자기 옹호 연설

신약神約의 진증眞證![1] 나〔HCE〕에게 대항하여 백나라입증白裸裸立證하려는 자들과의 음란의 위험을 나는 선善의 마음에서 각하하도다. 그자가 제십이야第十二夜의 비방자들에게 이를테면 할 수 있는 이야기란 나의 최초의 자는 어떤 유모요 그녀의 추종자는 소요자연녀逍遙者然女였는지라. 자통이십刺痛二十에서 비음이십이鼻音二十二 기력천氣力千의[2](피) 우편녀(皮)郵便女들이 나의 값진 호의를 위하여 용발적勇發的으로 우편미소포郵便迷小包 주부駐部로 상록목대포常綠木大包를 가지고 미래의 지부공납枝部貢納을 위해 주우송主郵送하려고 필비筆備하고 있는지라. 녹란綠蘭은 적습赤襲을 승인하도다![3] 쓺 바움의 목신木身인 그자는 수풀 속에 응소부토應召腐土하고 있는 동안 자신의 습혼習魂은 혼조混造되고 있나니![4] 나는 그들의 스커트 속에 나 자신을 파묻고 그들과 함께 도약하기를 매년 갈망하고 또한 내가 자웅양성雌雄兩性임을 보여주고 싶었도다. 저런 맙소사, 내가 합병合併을 잊지 않고[5] 그대에게 낮게 머리 숙이지 않도록 하고자, 행진자行進者들이여! 시도주의試圖主意! 그들은 얼마나 미혹월迷惑月[6]의 꽃봉오리 처녀들인고, 그들의 일족 앞에 그토록 날개 훨훨 날고 싶은지고![7] 확주의確主意! 듣기 위해 귀를![8] 두개頭蓋(골骨) 상학자相學者[9](그가 저 거구巨口를 매每 푼 하품 벌릴 때마다 그 속에 그대의 포드 차車를 주차할 수 있으리라) 그리하여 그자는 양피지의 비파지편非破紙片을 위해 아사餓死의 돈두豚頭에 의하여 그의 내근內勤 종업원과 함께 자신을 감금하도록 범행해 왔나니, 나의 묵시변증자黙示辨證者가 되기 위해 자신의 렌즈 편두를 요리하면서, 징집 보충병, 그로 하여금 킨(族) 나안인人의 종놈이 되게 하소서![10] 왠고하니(평화 평화 완전 평화를!) 나는 애린愛隣의 물 속에 나를 잠시潛侍하고 에부라나殪賦羅那시市[11] 회관 안의 지각공물知覺供物의 등기탑登記塔 앞에 나의 갈대(위葦)를 무개無蓋 처치處置했기에. 어느 개미 낙숙모樂叔母가 어찌 걱정하든 베짱이[12] 도굴자가 아무리 어떠하든 아타시我他時를 떠나 한 타스 및 반半의 육성六性[13]을 의좋게 지내는 것은 항시단순恒時單純한 즐거움이 아닌고. 서자鼠者이든 포자葡者이든[14] 뒤진 자 귀신이 잡아가기 마련![15] 그리하여 온통 미친 기사마악몽騎士馬惡夢의 보금자리! 화약, 반옥叛獄 및 음모![16] 만일 Y가 약간 견행肩行해야 한다면, 좋아요, 내가 그걸 부담할 수 있나니, 화상火床 및 느긋한 연돌煙突로서. 세상이 온통 범람汎濫한대도 놈들은 화염貨炎을 구하도다. 나는 방주方舟를 끝까지 열렬히 어뢰 격침하리라.[17] 이제 그만! 그리하여 만일 나의 기소처起訴妻가 그 때문에 꽥꽥대며 굴뚝새 마냥 술래잡기 나돌아 다닌다 해도, 그녀가 마치 우조愚鳥 마냥, 극비에 날렵 엄가嚴街에서[18] 아부라함衙婦羅艦 광녀狂女에 이르기까지.(나는 방고 요술쟁이를 능가하는 나의 망마忘魔들 간의 나의 최초녀最初女를 방문하리라, 그녀를 운폐雲閉하기 위해) 그녀의 양식낙수집養殖落穗集의 모든 선조물旋條物을 세수洗手[19]로 해산解散하면서(나의 늙은 꼬끼오![20] 그녀는 나의 불결압不潔鴨! 변용變容하며, 아혼에도 경쾌한!) 그리하여 롯(다수)의 아내[21]가, 자신이 부르는 대로, 그녀의 수탈手奪 당한 낭군에게 그리하듯 허풍잡성虛風雜性[22]을 잘 들어내며, 글쎄요,

〔HCE의 자기 옹호〕 원부遠父 전능 마이클[1]을 위하여 모든 수도여행자修道旅行者의 신들에 맹세코[2] 그리하여 나의 악마를 단념하면서, 내가 그녀의 홍장점興葬店을 구입할 때까지 나는 지역적으로 동굴인 이었기에,[3] 나는, 나는 생각하고 싶거니와, 그들의 금강절금강정신金剛切金剛精神의[4] 신성모독을 걸고, 생래의 품위까지 고백적으로 나의 남작신사가문男爵紳士家門[5]에 속함을, 성녀일(성수태 고지일) 까지 만신전철인萬神殿哲人으로서, 바카러스[6]가 어떤 옛 사시蛇時에 솟는 연구개음軟口蓋音을 흔들 듯 한패의 풀무 구취口吹를 외강外腔하다니(올솔레 후음喉音 우린 별반 무음락無音樂이라[7] 제일의 버지니아 수담水潭[8]의 이들 염오요정厭惡妖精들의 세바스토폴 대본貸本처럼 오욕상汚辱上 나 자신에 반대되는 최전最戰의 전악戰惡을 밀고함으로써, 그런데도 이들 요정들은, 내 쪽의 특매장特賣場의 경매 없이, 최락조最樂調의 목소리로 그것에 묵묵 추종했는지라, 고구高丘하게 그리고 하의下衣로, 비틀비틀 터벅터벅 펑펑 폭신폭신 멍청멍청 귀여운 가시나들 같으니! 비록 나는 자신의 복부에 냉기를 부풀리거나 나의 이각耳殼까지 때때로 부풀게 할 수 있을지언정, 보통은 상조시常潮時 유서柔鼠나 아호雅狐[9]를 위하여 한층 온기溫氣를 지니도다. 그대가 그걸 알지 못하면 곤란할지니. 그대는 삼흉三胸 나란히, 정확하게 카즈의 포위한도包圍限度 지역매춘법령地域賣春法令에 관하여 우리의 아미아 지사知事[10]로부터의 벽시판壁示板[11]에 온통 코를 비빌지 모르는지라 그리하여 그것은 최황량最荒凉한 시대의 이중二重 밀집최난폭密集最亂暴[12]의 시간일 수 있나니, 악풍惡風에다 황무우荒蕪雨와 함께, 신선재상新選宰相처럼 광기狂氣의, 그의 막스쥐(鼠)다 그들의 군호群狐다[13] 뭐다 하여, 하지만 의심했는지라, 대담하게, 시건방지게, 그대 행하리니, 내게 저사詛謝, 저여詛與, 그대를 저주咀呪하리라. 스컹크(맵살맞은 놈) 그리고 나와 공평하기 위해 나와 분배할지라. 여기 그리고 저기 전우배前後背[14] 손에는 손. 저 아래 황홀한 그림자 진 곳 그의 유랑의 시골 길가에. 요셉이 있듯이 그리고 예수가 있듯이. 분명 그대 그러리라, 맥 거크 군君![15] 확실히 그리고 그대 그러하리라, 오두안군君![16] 분명히, 그대는 그러하리라, 맥에리거트 군君![17] 그렇잖아? 맘 맘. 어떤 모부母婦든 동작의 사경斜傾을 저지할 막대를 갖지 않나니[18] 나의 꼬마 애제자愛弟子, 나의 애인, 스텔라 낭자娘子, 바네사 낭자[19] 불가사이의 연못 물 요정이여, 그에게 나는 왕도실王道實한 애愛[20]를 품었나니 하지만 그건 단지 노참사 K. K. 상시호사常時好事인 그가 전야全夜에 들어내는 이들과의 단지 저락低樂이요 바로 한갓 느낌인지라 왜고하니 나의 만개야자수滿開椰子樹는 파슬리 잔가지에게 받쳐졌는지라, 노대양老大洋[21]이 휘감는 최最 꼬불꼬불한 해초, 염마鹽馬에는 너무나 맵고 짜릿한 양념이니, 아가야, 그리하여 양복상의 춘천春泉[22] 마냥 갈자渴者에게 너무나도 갈애渴愛하고, 태양소太陽燒될 때, 그녀가 귀여운 복상服商의 냉아冷兒처럼 보였을 때(오 냉冷이여, 아 달이여!) 나의 고조固潮 포옹에 의하여, 해변인海邊人이 해좌견海座見하듯, 그리하여 모든 칼로리 미색美色들이 나의 사홍수似洪水 뺨으로부터 비도飛逃했도다!

둔자臀者여, 그대가 나를 매소賣消하는 곳에 그대는 우선 나의 뇌물賂物을 강측强測해야 할지로다.[1] 삼주문수비자三柱門守備者들여,[2] 나는 빚에 항소抗訴하노라![3] 활거活據의 살존殺存![4] 팬터(무언극)는, 소년들아, 느슨한 고군孤軍이요. 발레 춤은, 소녀들아, 유연柔軟라인의 드론(끈) 타이츠로다. 나는 그대들에게 이토록 오랜 동안 참으로 많이 감사하기를 원해 왔도다. 그대들에게 감사하오. 선생, 병甁지기(후원자)들 가운데서 가장 친절한 자 그리고 우리들은 강철심장鋼鐵心臟[5] 가운데서, 아주 사랑하는 친구, 내가 알고 있는 한, 그대 신상에 닥칠지로다. 나의 대담하고 아름다운 젊은 병사여, 윙(익翼) 승수勝手요, 게다가 초보연대初步連隊의 아하我何의 구식소총병舊式小銃兵도 아니고, 그대 미사 동료同僚가 되기 전에, 우리들의 러브 테니스 스콰시 라켓[6]에서 그대가 무릎을 꿇고 자신의 타구선도회우打毬宣道會友와의 자신의 분담을 눈 여겨 보아왔던 그대, 흡吸펌프, 그리고 그때 공(불알)을 가진 용자勇者가 당연히 쇠녀衰女를 가질 자격이 있었나니,[7] 그녀의 실버(銀) 네트에 나의 골드(金) 러시, 말하자면, 맹세코, 그대가 자신의 단자모單自母를 존경하듯 여신女神과 활처녀活處女의 사랑을 위하여, 욕慾 대對 욕慾 욕 뒤범벅,[8] 그리하여 내가 자신의 성조기盛潮期에 파침波枕하고[9] 있었을 때(어찌된 셈인고, 우린 토요土療 저녁이 아니었던고?) 내가 아몽我夢에서부터, 무의無衣로, 자랑스럽게 태어난 나의 심해深海의 딸을 이토록 여기 노정露呈하는 동안, 이봐요, 글쎄, 하하何何훠워, 유죄有罪크림된, 밀코 메렉만즈[10]에 관한 집행유예執行猶豫에 있어서, 그대가 느끼는 바는, 괴토怪兎라, 그대가 지금까지 점령한 모든 강한 토대 위에, 뻣뻣 씁쓸한 일 또는 배턴스탭(봉장棒杖) 놀이[11]에 의하여, 포도탄葡萄彈의 병영보루兵營堡壘[12]에 대한 토탄 공격과 함께, 심지어 존불영국燇弗英國의 방어난防禦難은 토끼풀 애란愛蘭의 고기회高機會일지라도,[13], 만일 풀(草)의 아치雅致가 가시덤불의 고약膏藥이라면, 사실처럼 사실대로, 나는 유혹하는 기아棄兒가 되기에는 가상병적假想兵的으로 독부당督不當한 천식남색적喘息男色的 늙은 불량배인지라,[14] 저 공恐스러운 발광의 부제녀副祭女들은,[15], 마치(예언가수豫言歌手여, 왜 한숨을) 내가 자주 야감野感하는 백합꽃처럼[16] 그리하여, 우우얼뜨기 브루투스짐승과 카시우스경계警戒[17]가 단지 인심人心 속의 꿀꿀 돼지를 겨냥할 때, 그때.(혹인 놈, 제기랄 그리고 저주할,[18] 차렷계戒 및 사상射傷![19] 나는 박해은신자迫害隱身者들에게 읊조려 내막폭로內幕暴露하리니, 금괴金塊이든 수갑手匣이든 그렇게 하리라, 나의 연초煙草의 꽁초재(灰)[20]가 야망의 비밀을 날리(누설)나니 그리하여 군신삼월軍神三月의 유흉일硫凶日은 사射하기 길일吉日이라.[21] 정지락경停止落硬(폴스타프).[22]

그의 회초리가 공중에, 고물에, 있었도다.

〔노래 HCE 해저로 하강하다〕 그리하여 공상空想마공티가 웅숭하강下降했나니,[23] 전해戰海의 폭분저爆墳底까지, 자신의 전고의류全古衣類로 복장하고.

위일드 역域[24]에서 위구애威求愛하던 위간묵違間默, 파사[25] 고급병高級兵의 후성厚聲이 짖어대는지라. 미리암의 욕망慾望은 마리안의 절망絶望, 조 요셉의 미美가 재크 야곱의 비悲이듯이,[26] 이마여, 즉언卽言할지라. 눈이여, 위비僞悲할지라. 입이여, 묵가默歌할지라.

로크만 예자豫者[1]〔HCE〕를 볼지라! 컵(盃) 소녀들과 명皿소년들 사이. 그리하여 그는 자신의 대잡화大雜貨 비상卑商으로 되래 성장했도다 그리고 자신의 장대한 항의에도 불구하고 그리고 거기 그대 자 봐요.

〔363.17−367.07〕 주인의 사과—주로 두 처녀들에 관해. 4대가들, HCE를 비난하다.

〔HCE의 자기 변호 끝〕 여기 킨킨나투스(원로원元老員)[2]의 담화가 화료話了와 함께 끝났도다. 세련도족洗練跳足의 휴지休止를 위한 으윽과 함께. 핑크, 탄원歎願 핑크, 두 탄원 핑크, 핑크 탄원법歎願法.

펑크(종지부).

가면假面 하나. 가면 둘. 가면 셋. 사면 넷.

끝장.

—그대 주변을 볼지라, 투탕카멘![3]

—기억하고 회상할지라, 칼라캑![4]

—단 리어리[5]를 방문할 시時에 각점角店[6]의 차茶를 시험해 볼지라.

—만일 그대가 정수淨水하면 6펜스를 나는 그대에게 빌려주리라.

우리들의 4복음외숙福音外叔들.

그리하여, 3화비담三話悲談[7]이 그들에게 너무 많이 지나친지라, 그들은 마태광魔太狂했고 그들은 마가쇠육馬加衰肉어졌고 그들은 누가무열累加無熱했고 그들은 요한나태瑤翰懶怠했도다.

그 말(言)로 요약복음要約福音[8] 했나니라.

쥬크가家[9]가 망(亡)할 때까지.

망(亡).

〔4노인의 성직자적 양상〕 항해자航海者(HCE), 주코리온처럼, 그가 자신의 페리[10] 보트에 다가가 승乘하자 자신이 활판滑瓣(밸브)을 들어 오렸나니 그리하여 명선命船하고 자신의 어린 암탉들을 움켜잡고 그들의 깃털에 도화선導火線을 달고, 미구색美鳩色의, 암갈색의 및 담화색淡火色의, 그리하여, 그들을 자타 차례로 앞을 나아가도록 전송前送 했는지라, 그는 미혹대홍수迷惑大洪水의 잔여거지殘餘居地를 보았도다 아직도 강행중强行中인[11] 무면霧眠,[12] 불가시제국不可視帝國[13]의 노해장老海將[14] 수세계水世界의 복면가覆面家들, 자도自道에서 타도他道로 그리고 차도此道에서 피도彼道로 직면直面하면서, 개별個別의 사차원대저택四次元大邸宅[15]〔4대가들의 거처〕으로부터. 빛이 뇌운雷雲으로부터 솟는 곳.[16] 대망막大網膜 가린 목도리 신부新婦에 의해 꾸꾸꾸가 느른한 채 누워있는 곳. 그 속에 우리들의 태어난 고육체固肉體의 원자原子가 휴식을 얻는 변방邊防 지정소指定所, 그것이 모두로다. 그러나 잇따르는 것을 볼지라. 비가현非可現에 관한 비양립속성非兩立屬性 사이의 비행성상非行性上의 착취성搾取性(천사의 신의전달神意傳達? 명령수命令獸의 왕동굴王洞窟? 하렵어피魚皮를 한 송아지? 저 집게벌레 질 하는자者?[17] 그리하여 저 공허空虛의 거품 이는 도도 대조大鳥들, 그를 가로질러 그들의 최심심해最深深海로부터 거수하마巨獸河馬(바람)들[18]이때때로 익명匿名으로 크게 나팔 불고 있었나니.

총포銃砲.〔4대가들의 도래 신호〕

후향後向할지라, 제발, 재차 포충돌砲衝突해도 무익하기 때문이도다. 총포. 그리하여 그것은 대문자로 자세히 쓰여졌나니. 총포. 대조고양부大祖高養父에게 저지底止당해도 절대 무용하나니라! 총포. 그리하여 단자單者가 무엇을 했던 간에 그들, 4낭자四郎者들은 말했나니, 어떤 일이 있어도, 그대는 사람들을 경驚하게 하지 말지라. 총포.

〔4복음자들의 12계율—금기〕 절대로 공포 속에 어슬렁어슬렁 출몰하지 말지라. 절대로 가서, 뇌성이여, 그리하여 실수失手버클리 일어서는 러시아 장군匠軍을 살殺하지 말지라[1] 사경四更에 시장음모市場陰謀에 관하여 예루살렘 주변을 곡벽哭壁 나돌아 다니지 말지니, 대오폐골장大悟廢骨場 냄새를 맡으며, 이 작은 무화과와 미주米酒 식용돼지 속 이 작은 핑크 손가락 놀이를 하며,[2] 그러나, 불결돈不潔豚 같으니, 모나벨라[3] 선박조합船舶組合 출신의 보행신사남색도步行紳士男色徒로 하여금, 무슨 일이 있어도, 자기 자신의 좌별생활左別生活을 하게 하여, 호주성벽好酒性癖의 영구음미永久吟味에 의하여.(문자 그대로) 미주골米酒骨과(약간의) 대오大悟 식용돼지 간間의 자신의 역시亦是를 야기하는 일이 없도록 할지라. 그리하여 단端을 대는 사람이든 바닷가재(영국군인)이든, 하나의 분출奮出을 가지고 무자기無自己를 언제나 결목結木해서는 안 되나니 그러나 후문출구에 관하여 멋지게, 분명하게, 잽싸게, 부산하게, 은밀하게, 비非현저하게, 고독하게, 주저하게, 평판 좋게, 맨 먼저에게, 어느 정도에게, 긍언肯言하게, 결코 굴입窟入하지 말지라. 육즙창가肉汁娼家의 자리에서 결코 약기상弱起床하지 말지라. 잡역부의 장소에서 결코 낙면落眠하지 말지라. 그리하여, 하연간何然間, 그들이 자신들의 양심상 하죄何罪를 품지 않는 한 절대로 신辛정어리(魚) 수사제首司祭를 우식愚食하지 말지라. 그리하여, 종국시終局時, 결코, 밀고자들이여, 멋진 종결이 완취完就의 완료에 의하여 완수完遂될 때까지, 멈추지 말지라.

〔술 취한 4대가들의 음주와 노래 Omar Ktyayyamdm로부터의 4행시를 읊다〕 이리하여 주점의 비밀 간방 안에, 현고자賢高者들, 시험된 진실이 그들을 분발하고 마상 창시합이 찌르도록 명령하자, 진리잔眞理盞 위의 건량乾量의 펀치 술을 홀짝이도다.

〔그들은 Casey Jones를 노래한다〕 K. C. 노老턱뼈, 그들은 비밀을 알고 술에 흠뻑 젖었도다. K. C. 노老군턱, 그들은 확실히 현명한지라. K. C. 노老턱뼈 최공명最公明의 중개상들, 왜냐하면 그들의 책략이 봉기蜂起하지 않으면 또 다른 낙자落者를 발견하기에.[4] 올빼미 홀리.[5]

〔그들의 관상〕 볼 것이 있는지라. 아틀라스 지도地圖 재킷 가진 사각四角의 커다란 얼굴(마태) 광명, 청대靑袋의 구두 신은 갈안褐眼(마가), 이(虱) 묻은 셔츠 위의 뾰족한 야웅 코(누가), 짚 낙타대駱駝帶 외에 불그스름한 적초발積草髮(요한). 환언하건대. 그레고로비치, 리오노코포로스, 타르피나치 및 더글더글.[6] 그리하여 그들 모두 일시에 응시했나니? 그래요 하지만 그들은 사실. 유희를 견지하며, 연구를 내인耐忍하며, 이야기를 담설膽說하며, 만종萬終. 그렇잖은고?[7] 단지 그러자 안락安樂된 채 그리고 어떤 지각知覺된 영야零夜 뒤에 위안 받았는지라.

〔369.06—370.14〕 4인들과 나머지 고객들은 아주 술 취하다. 상상적으로 알려진 사실들이 편집되다.

〔369.23—370.14〕 ALP의 편지

한편 그들의 부드러운 침상寢床이 방도언方途言 의미표意味標[1]의 수배手背의 수요공급에 격충격激衝擊을 주었도다. 그리하여 그들은 해명解明을 설명하기 위해 주행走行했던고? 저 주인이 주점의 혹자或者에게 공짜 술을 대접하자, 배향背向의 전면자前面者는 결코 결코 주장酒場의 제일자第一者가 아니 아닌지라. 정말 그들은 그러나니. 그리하여 분명히 바하鼻下 그러하도다.

우소년愚少年들〔6배심원들의 등장 그들의 이름과 주소〕에 의한 해석解釋의 방사시인放射是認에 있어서 보상報償의 도대체 어떤 부정否定을 가지고? 그들의 면면面面. S. 브루노즈[2] 터보건 가도街道 G. B. W. 애쉬버너씨氏, 카로란[3] 크레선트, 벨차임버즈의 팩스구드씨氏, 인민人民 포풀라 공원[4], 구격문丘隔門의, I. I. 챠타웨이씨氏, 개이지 피어,[5] 전망展望의 Q. P. 디우돈니씨氏, 지프 엑스비 도로道路, 다양산장多樣山莊의, T. T. 어치데킨씨氏, 사자기념항死者祈念港의, W. K. 페리스—펜더씨氏. 여기 덧붙여 우빌 둔 보탐, 수인誰人에게, 재크스가 약탈했던 호수댁宅[6]에 살았던 시작자詩作者를 속였던 부패자를 인호가隣戶家했던 사자沙者를 냉담했던 훌쭉자者와 인연이 있었던 스타트 맥주를 펌프질했던 고발자者를 첨가하는지라.

그들〔4대가들〕은 들었거나 혹은 말하는 것을 들었거나 혹은 말하고 쓰인 것을 들었나니라.

요약컨대.

〔주막에 관한 소문〕 거기 최초로 여궁旅宮로 광폭한 로더릭이 왕래王來했던 일[7]. 그리고 저 안마당의 고견물高見物인 즉, 장갑형型 수세미외가 달린 횃대 막대기였다는 것. 최후의 남단예법男丹禮法이 남자를 남조濫造할 때[8] 숭장崇杖이 숭녀嵩女를 승勝하는 것 고로 어찌 아중我中 혹자或者가, 그대 견자犬子여, 이야기를 계속 방해하기 위해 시지始止할 것인고?

찌를 침針이 많으면 많을수록 많은 멍청이들(주객酒客들)이 무리(群)하는지라, 모두들 제이역第二亦의 서류書類〔ALP의 편지에 대한 잡담〕에 *총주總奏 박자拍子*, 고개를 끄덕이고 있었나니.*(a)* 글쎄, 판도리아 폴라부카[9]로서 보다 잘 알려진, 그 비서조秘書鳥, 모두들 그가 한층 대검차장大檢次長을 닮았다고 생각했나니, 문사文士 사기한詐欺漢 쉬케름으로부터의 담사저자동암시談史著自動暗示[10]와 함께, 그녀의 칠레족族의 선머슴에 관하여 송자送者에게 혹언或言을 쓰도록 가장假裝했는지라, 소구小口(풀벡)가 그녀의 죽음이라 대소大笑하고 있었으니.*(b)* 즉, 글쎄, 저 타이기 여제女帝[11] 성직지명청문녀聖職指名聽聞女〔이시〕는, 그녀가 대담기분大膽氣分의 숙자熟者일 때,[12] 언제나 거기 가는 자 누구냐의 초병哨兵이라,[13] 더 이상의 부세론父世論 없이 자신의 단명장례短命葬禮가 닥아오기 전에 후부後父〔HCE〕로 하여금 대배大杯 차茶(T)를 가지고 나타나도록 마카엘 신부神父[14]에게 희망하고 있었는지라, 그것은 꼭 같은 거중앙巨中央 우체국[15] 우표의 작별화물作別貨物이나니, 그리하여 그것은 마찬가지 대체로 풍취일기風吹日氣가 도와 그런고로 저 선도지先導紙의 지체후부遲滯後部가 대전박大前膊의 진정鎭靜에 잇따라 곧 청이聽耳할 한갓 희망을 가지고 객담을 늘어놓을지라,

〔370.15—370.29〕 보트의 12고객들—남종男從이 나타나다.

〔370.30—373.12〕 남종男從이 폐시閉時를 선언하다—고객들이 노래하며 혐오스럽게 여관 또는 배를 떠나다.

이해하는고?〔ALP의 편지에 대한 잡담 계속〕(c) 문제의 양남羊男, 또는 무슨 비틀거리는자者, 암탉이든, 새끼영양인 패인 잉그와 포펴[1]가 그에게 무엇을 의미하든 그 이유 때문에 갈겨쓰고 싶은 기분이 아닌지라, 비록 한 때 철애徹愛하는, 참된 애린哀隣의 위험물, 그의 허풍연인虛風戀人에게 애란의 촌선물村膳物로서[2], 그들 쌍둥이, *정력충精力充인*, 어미카리의 폭풍 바다 제비들을 별식別食했던들, 그리하여 커브라 공원[3]의 기병騎兵을 닮은, 미탄未誕의 야심사野心士들, 제레미 발견자 혹은 케핀 보존자를 위하여, 어느 고구하古丘下에 그리고 어느 고당시古當時에 반합飯哈 기근의 분궤糞櫃 주변에다. 자신의 잡동사니를 비산시켰나니, 자신이 최후로 발췌추신拔萃追伸했던 것에 관하여 귀부인 연연然한 귀나태鬼懶怠로서 생냉소적生冷笑的으로 언급하면서.(d) 내가 하는 일에 그대에게 너무나 오랜만에 감사했는지라 그대가 나를 애비愛秘로 소개 해준데 대하여 나는 방금 아주 많이 감사하는지라.(e) 하리라, 이것들은 결국 건전健全?(f) 우충지보愚(充)止步! 신주론神酒論? 아니면 단지 심려心慮?

그만(모두) 닥쳐요, 혈련안血憐眼! 의성명점계擬聲名占計.

그러나(바트) 정頂(타프).

그대들〔주점의 혼성 손님들〕은 또한 그대들 자신의 같은 보트를 타고 있었는지라, 담무쌍자膽無雙者들 또는 보향락자寶享樂者들. 그리고 그대들은 우유 같은 최고 가식해초可食海草를 접대 받았도다. 그리하여 그것은 온통 그대들의 드리블 굴러 흘러 긴 구레나룻(단리어리) 마냥 넘쳐 흘렀나니 그러나 마魔 물방울이 그대들의 부식공腐蝕孔으로 흘러내렸는지라. 의미하나니, 켈리, 그라임즈, 훼란, 몰란이, 오브라이언, 맥아리스터, 실리, 코일, 하인네스조니즈, 내이라—트라이노, 꼬시 더 꼬시 및 길리간—골.

〔시거손의 도착〕 청수혈마靑鬚血馬에 승세勝勢[4]를 건 경마권자驚馬券者! 무슨 화자두禍者頭[5]가 참나무 호박엉덩이[6]로부터 이렇게 우리를 돌승기경突昇起驚하는고, 자, 우리는 그의 금안今顔을 통하여 우리가 누구처럼 보이는지를 말할 수 없는고? 그건 머저리[7]의 머리인지라 그자는 널리 원성遠聲알려진 쉽(선船)—레—조이드〔체프리조드〕의 흐홍홍 봉토封土의 록(湖)런(스칸디나비아)[8] 토지투기꾼(외국인)[9]의 마린거[10]의 객실주장客室酒場의 소인沼人들의 털거덕 타격좌打擊座의 양측을 탈진청소脫塵淸掃하는구나.

〔거의 한 밤중. 음주가들은 밖에서 더듬거리다〕 허풍공虛風恐![11] 그건 마간판묘기자磨看板妙技者〔법정폐점시〕로다. 속커손(강타자) 소년. 음란淫亂의 불을 견타락자犬墮落者들의 혼자魂子 속으로 펌프 주입하기 위해, 반해半海 너머, 필요한 경우에, 혐의嫌疑된 바 아니나. 한 때 그는 불결한 플라스크 병을 반대쪽으로 그들의 교황 절대자들〔단골들〕을 위해 헹구고 있었는지라, 경칠 화火매인누스[12] 종금終今〔4분전〕! 폐선점閉船店! 홀 닦아요! 더 이상 은밀시간隱密時間(양초시간)은 없나니, 영계간羚鷄肝들! 기독基督(카포릭) 사장沙腸(조드)을 향해 모두 국외로! 거기 건어치울지라. 오성자汚聖者의 탐식도貪食禱를![13]

주입성부酒入聖父 및 영자靈子 침성령자沈聖靈者, 아아멘 우우멘![1]

이러한 둔사질책臀蛇叱責을 자신의 왕사흉王蛇胸 속에 그〔시거손〕는 강성채强城砦 목조랐는지라, 숲 눈썹, 고상高尙 목덜미, 흔들 어깨, 침沈 몸통,[2] 이 종鐘의 주석시朱錫時[3]로부터 그는 주병酒甁을 헹구어 왔었도다. 그를 위하여 원리遠離에서부터 피리 소리가 유목청遊牧聽[4] 했었나니. 처럼? 의?

〔이별가 1〕 실로 고집 세고 침착한 시길드선(子) 이었대요. 그인 고성구가高聲鳩歌했나니 그리고 그인 젊지 않았대요. 그인 나쁜 갈까마귀를 반추했나니 그리고 그인 회발灰髮이 아니었대요 해명海鳴에서부터 이별한 와수渦水처럼.[5]

오스티아,[6] 들어올려요! 끌어올려요, 오스티아! 해명海鳴에서부터! 해명에서부터 멀리!

그이그이를. 그이그이를.

급청急聽청하면서 그는, 홍홍, 모든 황어鰉魚들, 튀김, 왕겨, 순량영계純良玲鷄 및 이륜마차 차임벨을 가공기억架空記憶 했는지라 그를 그는 항만, 주막, 공원, 찬방饌房 및 가금방家禽房에서 오배급誤配給 했나니, 그 동안 모두들, 거기 있는, 타인들은〔단골들〕, 말하자면, 가장 경쟁적으로 호주呼酒의 최후 방울[7]을 그들의 감언구강甘言口腔을 통하여 하포배下捕杯하려고 안달했도다. 강타자强打者〔HCE〕가 내구문耐久門을 열쇠 채우기 전에. 그는 그렇게 하리니, 폐문실閉門實하게. 그리하여 모두들 어슬렁거리게 내버려 두었나니.

〔이별가 2〕 오락의 모든 규칙이 그러하듯 청춘은 밤을 매료하는 것이 상속재相續財일지라 한편 노령老齡은 낮을 염려하다니 둔저주鈍詛呪라 와수渦海가 해명海鳴에서부터 이별할 때.

홍홍하고, 노래가 다가오도다. 여로 도중에.

핀굴 맥쉬그마드 비만肥滿뚱한 전동시민傳動市民 진의자眞意者〔HCE〕, 그는 모두에게 절하며 뒤로 돌아 호언반대향방豪言反對向方 전환하며 오른발을 뒤로 빼면서 그리하여 이들 공익자公益者들[8]은 그의 후대주관厚待酒館[9]의 시확時擴을 호통號筒치는지라 부가요금수附加料金手를 가지고 그들의 귀를 폭격하도다. 조시潮時입니다〔문 닫을 시간〕, 진사眞士 여러분, 제발 쾌유快遊,[10] 여인이 방금 직지直知[11] 사정射精하고 있도다.

그대 원파遠波의 분기奮起가 들리지 않은고?[12] 질질 지척지척 그들 파도波道가 꼬불꼬불.〔주막의 배로 변용〕

〔이별가 3〕 무목舞木으로부터 수톤석石까지[13] 크라운화貨 훔칠 젊은 이들 없나니 그들의 부대를 채워 차茶를 빚기 위해 해명海鳴에서부터 이별한 와수渦水와 함께.

〔배로 변신한 주점〕 아웬두[14]의 은소천銀燒川[15]을 연連따라, 로췌르가로[16]와 자유구[17]로 향하는 도중에 저들 마린가드[18]의 마魔음유시인들은 마정렬瑪整列 했나니,[19] 곡적도曲笛道 곁으로,[20] 그리하여 그 아래, 움푹한 언덕 위에 머리를 곧추 쳐든 채, 저 라이오즈의 가련한 사나이[21] 선량한 웰팅턴 비작卑爵,[22] 위그노교도〔HCE〕가

애린愛隣[1] 향向으로 다가오다니, 그 이전에 궁종弓鐘을 듣기 위해[2] 도착했었는지라 그리하여 모제르 소총小銃[3]에 의하여 덫 차단遮斷당했었도다. 자 이제 다시 전도轉都라, 더블린 시장市長 각하![4] 그리하여 론 복광자服狂者,[5] 자신의 눈의 동자라 할 딸과 함께 복腹 콘월의 마크왕王,[6] 왜 우리는 겉치레 평화시인平和詩人과 똑같이 겨냥하는고? 한편 벙어리 하우스보이인 그가 주점 덧문을 사폐射閉하도다. 그리하여 그들 모두 유출流出하는지라. 그러나 단지 여기에 제외된자者는 수양 피터 소요아騷擾兒[7]〔HCE〕, 적노아赤露亞 장군, 미급전사美給戰仕,[8] 여전히 우리들의 생호인生好人 벤자민 양조인,[9] 언젠가 이 시안市眼의 익翼 프랜크린[10]이라. 반면에 그에게 자신의 완문장腕紋章을 위해 하사下賜한 부두절반埠頭折半의 보조하역補助荷役들이란〔배 탄자들〕, 조시아 핍킨, 안노스 러브, 레이루 러 프에버, 브래이즈 타보토트, 제레미 욥, 프랑시스트 더 루미스, 하디 스미스[11] 및 시컨 페티트, 잇따라 우리들의 카페 베랑지에[12]의 아늑한 살롱 원로원. 원로원교사元老院敎士들.

왠고하니 그들은 양선羊船이 풀려나기 전에 양중출입문羊重出入門으로 빠져나가, 우블톤 화이트레그 웰서즈 가문家門[13]에 실실실失失失(캐일리 캐일리) 작별인사(켈리케클리)를 하고 그들의 백조봉제白鳥縫製 암서부南西部의 입술(脣)형젤 강 제방의 모든 다이나스두브린[14]으로부터 브라운해즐우드(갈색개암나무숲)[15]까지 안귀安歸하기를 원했기 때문이라, 대인베리 코먼 마을[16]로 하여, 재차 서향가정西向家庭 되돌아오기를,[17] 그리하여 그들은 단일單一하게, 이배二杯로, 통삼通三히, 공사公四롭게, 우배수雨排水의 천사십개泉四十個의 양동이[18]를 따른 다음(원기명심元氣銘心, 땅딸보!) 마침내 모두들 해외풍海外風을 사로잡고(모든 뒷골목 빈둥거리는 야유선객揶揄船客들!) 도로의 모든 진동자振動者들 그리고 가로街路의 모든 구두닦이들이.

오 거봐요! 아 어어이!

후계後繼할지라 그대, 토민土民이여, 황급한 호스티! 기적경이행奇蹟驚異行의 범람氾濫(A)과 우리들의 습지화濕地化(L)의 익살사기詐欺(P)를 위하여.

〔이별가 4〕 그의 곤봉棍棒이 부러지고, 그의 큰북이 찢어졌도다. 금전金錢을 위하여 우린 그가 쓴 모자를 보관하리라 그리고 그의 진흙의 소인경小橉莖(植) 속에 덩굴지라 해명海鳴에서부터 이별한 와수渦水 곁에.

〔고객들의 노래. 파티 장으로의 변용〕 만세! 삼자유괴암산三自由怪岩山[19]에서 개리오웬과 영광[20]의 이로순정二露純井[21]까지! 자 이제 바나비(갈색소년) 피네간[22]의 전신前身을 만나, 그의 시민초사市民哨舍의 주식사형晝食私刑(린치)의 별別파티를 위하여. 산반(警) 노파老婆[23] 포대砲臺도란의 천명사喘鳴死[24] 그리하여 저 휘파람부는 도적,[25] 오 라인 오란(해여신海女神)[26] 그녀의 교활狡猾 같은 윤창곡輪唱曲과 함께 그리고 무소無所의 한 곡哭꾼.

〔물에 빠진 4노인〕 사노자四老者들은 우郵소용돌이치는 물결 속에 사蛇절대적으로 그들 어찌할 바 모르나니, 사생결단死生決斷하면서. 숨어! 찾아! 숨어! 찾아! 왠고하니 일번一番은 북부 번민가煩悶街에 살았는지라 자신이 그렇게 하려고 애쓰고 있었도다. 숨을지라! 찾을지라! 숨을지라!

〔373.12-380.06〕 추방당한 군중들이 주막 주인을 장광설로 모욕하고, 위협하며 책망하다—그가 사멸하기를 원하면서. 군중으로부터 HCE가 범한 죄의 거대한 선언적 책망.

찾을지라! 그리하여〔4노인들의 물 속의 허우적거림〕 1번 2번은, 위남부慰南部, 남빈민궁가南貧民宮[1]을 발굴했는지라, 하려고 애쓰면서. 숨어! 찾아! 숨어! 찾아! 그리하여 3번인 그는 식동食東에서 백합 텍클즈와 함께 잠잤는지라 자신이 하려고 애쓰고 있었도다. 숨을지라! 찾을지라! 숨을지라! 찾을지라! 그리하여 범소정帆小艇과 함께 최후인 그는 낭서부浪西部로 향하는 보허 고속도상高速道上[2]에서 정박했나니 그리하여 모두들은 하려고 애를 쓰며, 무울(walters)(水)과 함께 넘어지며자빠지며[3] 목숨걸고 무울(水)과 더불어 허우적거리고 있었도다. 높이! 가라 안쳐! 높이! 가라 안쳐! 높이하이호높이! 가라가라안쳐!

파도.

〔이별가 5〕 배다리 계교階橋를 끌어당기고 노怒닻을 들어올리고[4] 호스티는 깡통과 잔을 희배稀杯하자 비역쟁이의 배(船)를 속주速走하기 위해 해명海鳴에서부터 이별한 와수渦水 너머로.

저주의 신神 염소시민市民이여!〔HCE〕[5]

〔HCE의 죄의 거대한 선언〕 —그(HCE)는 대마자신大麻自身을 회형취灰形恥당해야 마땅하나니, 저 양형羊型을 자신의 양피의羊皮衣 속에 감추면서. 그리하여 로저의 모탐욕적母貪慾的인 왕자를 너무나 웅나안熊裸顔스럽게 닮았기 때문이나니. 3세. 헤이 호마馬, 헤이 호마馬, 우리들의 북구자웅北歐雌熊의 친왕국親王國![6] 브라니 로니의 모둔부毛臀部의 부루니 라노의 양모의羊毛衣.[7] 그리하여 그의 동체胴體의 큰 덩어리 그건 돈통豚桶으로 저 지하골송地下滑送하는 일을 위해서는 한갓 모욕일지라. 그의 속의면허俗意免許를 정지하게 하라. 그를 잉크 칠하라! 그대는 필시 그가 연금年金 타는 조롱박처럼 자신의 주여가主餘暇를 나의 것이라 주장하는 노老도블린으로 생각하리라. 전조前兆의 더블약질弱質. 우산시절雨傘時節에는 언제나 변성變性 알콜성性 신화적神話的 사명을 띠고 공야公野를 전全 사냥하면서! 그리하여 의회폐색자議會閉塞者 리나로나 레이네트 론내인[8]을 부르면서. 나의 하답何答인즉 애인레몬이라.[9] 거리경距離耕 청소부들, 교구하급리敎區下級吏들 및 전단첨자傳單添者들이 그의 소리를 들었도다. 1대 3점點. 상품란商品卵으로 부패된 딱정벌레. 입을 꽉 다물어요, 증류장蒸溜場! 브루리 승勝! 재임즈 골목 아래 존즈 문門까지 그를 달리게 할지라. 자산子産의 어떤 아내가 그녀의 약물若物들을 피퇴골皮腿骨 속에 쏟아 부음으로써 그의 질녀姪女가 되었나니. 그건 그가 현기발작眩氣發作을 일으켰을 때였도다.[10] 그래드 석의자石椅子[11] 환약암丸藥庵이 그를 산책길처럼[12] 승마乘馬하게 했을 때까지. 그의 후디브라스 동색銅色 턱수염에 감사하게도[13] 롱맨(長男) 바이킹 추장, 이제 그는 다양한 인물들 아래 은폐소隱閉消되어 있으나 언제고 저 오로우크 렐리리로다![14] 염악가厭樂家들을 고려할진대 그는 웅당 그걸 싫어해야 하나니. 그대의 협수표頰手票를 내놓아요, 왜 주춤하는고! 반칙反則을, 제발! 자 그대는 어찌하여 와수渦水 저 퍼스 오레일[15](얼간망둥이)을 음영吟詠했는지 알지로라. 우린 도대체 저 경칠 중얼 마마모母 아나 리비 녀女가 우리들의 머리 속에 집어넣는 것을 단지 아래위로 뒤집혀 노래하고 있을 뿐이나니. 이건 결코 어떤 모양이든 끝이 아니도다. 타고난 천성은 그대의 살에 나타나기 마련인지라.[16]

〔조간신문에 실린 고객들의 HCE에 대한 계속적 비난성〕 그대의 벌꿀술이 어찌 만들어지는지를,[1] 자네, 말한다면. 늙은 다저손[2]의 속임수가 누군가의 복사複寫를 온통 사기하는 것이라, 그것이 불가사이국不可思議國[3]의 유랑소년이 연인에게 자랑하는 것이로다. 치장治裝과 더불어 망연茫然한 보이(소년) 전사轉寫.[4] 에헴. 식탁에 응유凝乳가 나올 때, 그대는 내일 그걸 읽게 되리라, 그대여. 우목愚目에는 흑목黑目 그리고 목에는 목 턱.[5] 방청자傍聽者는 아나니. 랭커셔의, 토컨 화이트(白) 래드럼프(赤魂)[6]를 여전히 유도심문하면서. 사의혹似疑惑의 연관聯關에 의하여 분명히 거미(蛛) 영감 받은 익명의 좌수左手로 암시된 축수시縮綏詩[7]의 전희문前戲文. 감탄의 곡曲을 유의해요! 협의의 기호를 봐요! 헤미세미데미코론(32분 음표)을 헤아려요! 감탄부 두문자 및 발명반전發明反轉된 음정차音程差 콤마, 소극笑劇에 강면强面된 채, 실점失點 따옴표! 피펫(눈금관管)[8]이 기분 전환을 위해 하여간 뭔가를 말하리라. 그리하여 그대는 머드리스[9]의 번역방언飜譯方言으로 손 장갑(글러브)이 무슨 뜻인지 아는도다! 불화봉토不和封土 및 라마희농羅馬熹弄의 항문기교肛門基教에는 소평少評, 환유시인歡遊詩人에게는 둔주조遁走鳥 그리고 안전좌봉安全坐縫. 그리하여 도우티의 진창에 건너질러 깐 판자 위의 뒤집힌 바지가 가정의 평화를 가리키고 있나니. 요컨대, 애열愛熱의 법질서. 소년승정少年僧正[10]이 그대의 관구교서管區教書를 얼레독讀하는 것을 들을 때까지 기다려요! 애심愛深한 불결촌不潔村의 의疑블린[11]을 위한 사도서간인식신학론使徒書簡認識神學論을![12] 우리가 햇빛 잠자리에서 동틀 때까지 누워있을 때, 오! 우리들의 섬, 라마羅馬 및 의무여![13] 선시도善試圖, 강경록强硬鹿! 타점打點을 올려요, 실책失策(펌블)! 그에게 파계약破契約을 팔아요, 매각인, 규정자規定者! 일자一者 숨바꼭질, 여기! 이자二者 봉구棒球, 럭기! 피니쉬(끝) 매이크 골(득점)![14] 처음 그대는 노매드(유목민)였고, 다음에 그대는 나마르(호랑이)였고, 지금 그대는 누마(왕) 인지라 그리하여 곧 그대는 노만(방면放免)되리라. 그러므로 전도자의 사려思慮. 거기 모든 재추정再推定있으리라. 외무성이 그대에게 일건 서류를 펼칠 것을 추진 중이도다. 다비가 경찰국내[15]에서 소구획小區劃과 변획邊劃을 그대를 위해 그걸 계획 중이라, 오보誤報를 품으며, 요리사를 뒤따라 속삭이는 경찰관[16] 그이 류類의 최선책! 예술가입니다. 선생! 한 개의 두개골에 한 파운드 금화의 먼지 싸구려! 그는 자신의 핀즈베리[17] 우원愚園 배림背林을 알고 있나니, 고로 그대는 자신의 섭정명판攝政名判을 조심하는 게 좋아요[18] 오스카 와일드풍이 멋진 토착 소년들에 관해 책장을 펄럭펄럭 재차 넘기고 있도다. 그대는 이스채풀의 오렌지 서書[19] 속에 누가 누구에 관해 써 있는지 아는고? 킹 가도[20]의 양피왕羊皮王과 두 타남他男들. 바로 이 냉검冷劍(낙인 살인죄)을 잠시 그대의 이마에 눌려요.[21] 가인 조심스럽게![22] 저주가詛呪架의 죄표罪標[23] 바로 그거야. 홍지나난자興支那卵者[24]가 방금 말하나니, 자신은 땅딸보 혹 많은 톱소야(상위上位)[25]에 속하는 엉터리 중국영어를 말한다고. 비밀을 타인들이 거기 덮지 않은 채로 놓아두도다. 어찌 그대는 이야기에서 이야기로 사대沙袋[26]처럼 추락한 채 드러누웠던고.

넘치는 원무한遠無限. 손가락을 푸딩 파이[1] 속에 틀어박도록 주장하는 〔만사 간섭하는〕 이유 때문에. 그리고 여기에 증인들이 있도다. 그에게 풀칠을 해요, 구더기 같으니! 닻을 하저河底해요, 동북한東北漢 같으니! 그리고 잭이 세운 집을 향해 킬리킥(살축殺蹴) 킥킥 걷어차요![2] 그들이 그대를 잠자도록 보낼 때까지 기다려요, 폐선노廢船奴 같으니! 십자가에 맹세코![3] 그런 다음 던피 모퉁이 땅딸보 영감[4]은 한 때 그대가 그랬을 젊은 전령傳令에 의하여 행상선폭격行商船爆擊 발파發破 당하리라. 그는 브리타스의 문제에 있어서 타他 아서왕王보다[5] 한층 우리들의 선민選民이리라. 그러나 우린 경야經夜하고 보리라. 우리들의 수백 성년남녀의 총체적 빈부민貧富民. 2백, 2천 및 2만. 그리하여 그대는 제12교도소 앞의 배심석[6]에서 우리들 감찰원들을 직면하게 되리라. 단일남單一男처럼, 그렇잖아. 그들의 반월혈액순환半月血液循環[7]의 색빌산山 수도원[8]의 모든 아씨들 사이에, 수치羞恥 때문에 죽어라 아찔하게 숨을 헐떡이면서. 우리가 내버려둔 혹녀가 자신의 동청문憧聽聞을 득得할 때까지 꼼짝 말고 기다려요! 카메라[9] 속에 대청貸聽한 채, 특별히! 판사석의 만원배심원경각하滿員陪審員卿閣下와 함께. 고로 그대의 죄를 규서叫誓하고 녹서鹿書에 입 맞출지라.[10] 그대는 휨 경기競技의 위조품으로부터 명성의 다손실多損失을 입으리라. 앞으로! 한 우공자牛公子가 꼴사납게 자라고 그의 자통쌍자刺痛双者는 배심소환장에 의해 성독聲讀되었도다. 그대는 마치 그들(双子)이 결코 경야하지 않을 것이라 어찌 상쟁想爭했던고, 그렇지, 귀뚜라미야? 그건 그대의 집게이耳벌레를 지팡이로 강타하게 할지라, 그렇고 말고! 재정법원[11]이 봉집蜂集할 때, 존부尊父를 저버리는 것은 아자兒子인지라. 잘 하도다. 리치몬드 로버여! 스크럼을 짜고, 우리 곁에! 세각細脚 사이에 또한 놈을 갖게 해요! 당당한 개입! 돌리마운트[12]의 결정기決定技. 도너 초독 버클리경[13]이 타라[14] 트리뷴지誌에 실리고, 러시아 대장大將의 내장內臟을 희롱대면서, 그리고 꼬마 전前—가위—재단사 부인은 반값 내기들을 매수하여 최중곤혹最重困惑 속의 그녀의 과부寡夫를 위해 기도하도록 요청하고 있는지라. 그녀에게 그대를, 다발多髮의 무舞예수여,[15] 그건 어떤 논스톱(무지無止)의 혼락婚樂이 되리니! 그대는 그대의 훔친 직장職杖과 모루 속에, 천연자석天然磁石 같은 놈, 그리고 그녀의 지겨운 서커스 운의복雲衣服에 대몰貸沒되어[16] 베일에 가려진 입상粒狀의 적운積雲 핀 맥쿨[17] 잡역하녀雜役下女 줄리기 놀이. 다이아몬드 재단사가 밖에 이정표를 수집하며 그녀가 고사리 위에서 시소를 하는 것을 탐정했을 때 그녀는 다분히 그랬었나니. 참으로 민敏[18]하도다. 그는 말했는지라, 이슬방울처럼. 설태舌苔—계곡溪谷[19]과 도선導船—구측丘側 사이. 그가 애유愛遊하던 이 누곡漏谷에서. 영원의 미소. 만일 그대가 나를 끌어당기면, 제발, 내게 돈을 치러요! 재단사는 해선상海船上의 어떤 형태로든 그에게 잘 어울리는 바지를 맞춰드릴지니. 여성직의女性織衣를 사기하는 말솜씨. 세계의 여성들의 경이와 함께, 허울 좋군![20] 그리고 가장 사랑스러운

리마 두녀豆女, 이닌 맥콜믹 맥쿨트 맥콘 오퍼킨즈 맥컨드레드[1] 이후. 단지 그녀는 약간 더 광폭廣幅할 뿐이도다. 소향沼向 쪽으로 움직여요. 그대는 힐만 민스[2]로 리무진 귀녀를 만들 수 없나니. 경청할지라 그대가 머드커트[3] 말투를 듣게 될 때까지. 이것은 벨기에의 이단마異端馬입니다. 이것은 지불유예支拂猶豫의 양모羊毛입니다. 이것은 플랑드르인人입니다. 찰깍. 견의肩衣, 염주 및 양초 몽당이,[4] 휴버트는 사냥꾼이었나니,[5] 십자가의 길[6]과 염주도란念珠禱卵, 저 나무의 모든 트리밍을 그녀가 정돈한 것은 오브라이언 맥브루이저[7]가 모리스 노브낫에게 내기를 걸었던 크론타프[8]의 느슨한 투표자[9] 후의 일이었는지라. 자신의 무무르릎 사이에 그의 코코넛 두개골을 깨면서.[10] 탁쿵, 여기 숙주宿主, 때는 비실비실 딸의 결혼 아침이로다! 델핀의 대주연! 그루삼의 지하일당地下一黨! 그리고 왕실王實 하이머니언들은[11] 녹포녹 협정(보험)에서 엄강嚴强하고 있도다! 성聖호랑가시나무(植)와 미사종鐘 겨우살이(植) 그대는 과일을 듬뿍[12] 식취食取해야하나니. 실톱. 소스. 그대는 점점 고창증鼓脹症[13]이 되어갈지라, 12석중石重 고창증, 만단滿端의 12석중 고창증, 그대의 체구에 있어서 그리고 그것이 그대를 괴혈봉사壞血奉仕하게 하도다. 경칠! 영어숙부暎語叔父처럼 숙모를 그들은 양보하는지라. 그러나 그대가 풀어놓지 않으려고 묶어두었던 질녀는 조카에게 반하나니, 그녀가 골마가린[14]에서 자신의 매안魅眼을 그에게 찰싹 붙인 이후. 의장흑인犧裝黑人 사냥 도박가賭博家[15]에서. 그녀의 피 속에는 개선疥癬(욕정)이 있는지라, 저런! 주근깨투성이의 살 뺨에 감언스러운 선원 스튜 요리 같으니. 그리하여 그는 자신이 어떻게 그녀의 연모를 끌 것인지를 보여주는거로다. 청어 키스! 입 맞추기! 감색紺色! 그리고 멋진 점프, 포웰![16] 그들의 머리통을 온통 청소해요. 우린 그것을 위해 그에게 키스할 수 있어요, 꼭껴안고 우리, 히긴즈?[17] 불꽃은 낸시녀女[18]를 옹요擁腰하는 마족馬足이도다[19] 기계총(대) 머리여, 추구하라! 그대가 시간, 음주 및 급급急急[20]의 저 삼강풍타三强風打 뒤에 자신의 자작목상木上에서 양키두덜[21] 연주하기 전에. 그대를 유모乳母했던 꼭 같은 삼자三者, 스켈리, 바드볼즈 및 회색녀[22] 또한 그대 자신의 모든 구락부. 한 줌 가득한 가시 돋친 딸기가 사중생死中生의 그대를 양육하기 위하여 음식[23]을 위한 것이나니. 핀의 훈제견燻製犬[24] 비스킷을 사면 그대는 결코 사견死犬을 말하지 않으리로다.[25] 그리하여 최선最善 동료同僚 속에 있도록 할지라. 모리알테이 및 칼 줄타기 녀석 그리고 통 굴리는 놈[26] 허언虛言의 장궁長弓[27]과 더불어. 기교의 매끄러움[28]과 애란방언의 브라니성城[29] 크랜루카드씨족氏族[30] 영구만세永久萬歲! 펜, 펜가家, 모든 펜족族의 왕척王戚![31] 바람에 폐이閉耳라, 노인의 핏덩이를 위해. 휘쉿! 그리하여 방금 말할 것이 아니나니, 뭔가 돌진하는 것을 누군가 유화宥和하는 곳에 우리가 어떻게 있는지를. 성처녀盛處女 금상禁床! 그러나 만일 그들이 튀김 가자미를 결코 먹지 않았다면, 그걸 이제 먹을지로다. 부활절 탐례貪禮와 더불어.

〔계속되는 HCE(그대—그)에 대한 반대 성명—이제 HCE를 포기하라. "청양! 애신! 적도여!" 군중은 이제 그가 죽을 것을 권장하기까지 한다. 그를 위해 영구차마저 대령하고 있도다.〕 천양天羊! 애신愛神이여! 적도寂禱![1] 애치이시(Hecech)의 가문家門의 집의 낙단봉사駱單峯舍의 칠호七戶[2]의 열쇠의 열쇠 지기가 화언話言하도다.[3] 좀더, 뭘 더? 양도할지라, 포기할지라! 마그로우![4] 노웅奴雄의 두頭, 용승자茸勝者의 흉胸, 해구海鷗의 눈이여!〔모두 HCE〕 만일 그가 그런 다면 그대는 어떻게 하랴. 신랑은 온실에 있는지라, 자기 것을 개틀링 집集하면서.[5] 기관총![6] 저 젊은이의 같은 스타일의. 래니간의 무도회![7] 이제 해군의 맹공격! 패소貝燒의 충격. 그대의 곱사 등을 결코 상관 말지니. 그대의 밧줄 칼라를 술랑 목에 걸고 머리 위에 올가미 부대를 끌어 올려요. 설사 그대가 실마톤구상實摩啍丘上[8] 뒤를 깡충깡충 맴돌며 군대면전軍隊面前에 나타나 풋내기 수병복을 입고 구걸한다 해도, 아무도 그대를 알거나 혹은 유의하지 않으리라, 유복자 같으니. 구장九裝의 삼등삼승소생삼목三登三乘蘇生三木[9]이라. 우리는 그대가 적게 무감동적임을 크게 할견割見할지로다. 올드보이 웨슬리 회자徊者 클럽의 윙(익翼)![10] 호타타好打唾[11] 기지機智의 할미새! 자 주교사세主教四世에 대한 맹세를! 움직여요. 이제 웅얼스러운(멘델스존의) 충전充塡행진곡[12]이 각조밀월角調蜜月(허니문)에 맞추어 시주始奏하는지라. 우리를 꾀어 알릴 관구館丘의 담쟁이 저녁[13]을 언출言出하게 할지라! 시詩와 음악의 바네사[14]의 아름다움을. 불안감을 느끼면서? 그대는 마디가 결부結付될 때 삼각대三脚臺처럼 만사 단단해 지리라. 지금이 절호의 기회로다! 피나와 퀴나[15]가 낄낄—낄낄거리며 듀엣 연주하고 귀여운 아란나 신부[16] 가 자신의 다이아몬드 혼대婚待에 마음이 팔려 있도다. 얼마나 장대한 몸짓(제스처)을 그대는 이 계일鷄日에 우리에게 보여주려는고. 깔끔하고 후련한, 후킹 선수[17]가 될지라! 그리하여 다음에는 깍깍을 위한 프리킥. 비둘기는 승勝굴기하고, 조숙한 까마귀 핀도[18] 마찬가지. 그리하여, 워 정지[19], 여기 사필마四匹馬의 영구차가 지방자치의 십자가 형리刑吏들과 함께[20] 그들의 대자代子가 누가 될지 그리고 어디에 뉴스를 내일모來日母에게 파동破動할 것인지를[21] 추첨하고 있도다. 어찌 우리들의 주신主神 동양지재[22]가 낙충면落充眠 했던고. 그리하여 누가 내기 걸랴 하지만 그인 아가 소년[23] 일지니, 1페니 우편함 출신의 생신섬광등자生身閃光燈者 그리고 그는 모든 자신의 영혼피靈魂皮 위에 그늘진 잠재의식적인 암暗지식을 폭로하는도다. 그의 축서명祝署名, 저 소생小生, 암탉의 필치筆致. 결말. 천을 깔면서, 그들의 사전四前에[24] 그리하여 물고기에 감사하면서, 그들의 핵저核底에. 호신護神을 위하여 기도하다니! 아멘 양귀비. 사법관 마태씨氏와 사법관 마가 씨와 사법관 룩의 누가 씨와 사법사 요한 요자子[25] 그리하여 나귀차車, 보라, 뒤에! 도와줘요(힙), 도와줘(힙), 후레이(만세)! 올섭(참餐), 올숍(주酒)![26]〔관에〕못 박는 4(四) 송장귀신![27] 베어 죽여, 자네들, 약빠르게 하란 말이요 그들은 수영장 손수레와 데이트를 했도다. 당! 뎅! 동! 덩! 쾅쾅. 녀석이 우리들 머리 위로 자신과 우리들을 위하여 홀笏을 휘두르고 있으니 정말 대단하지 않은고.

그대들의 풍선을 날려요, 소년들 그리고 소녀들이여! 그〔HCE〕는 마치 대갈못처럼 아주 죽어버렸어요! 그리고 애니 데랍은 자유의 몸이로다! 다시 한 번. 우리는 그대를 먹을 수 있었나니, 버커스로(입으로),[1] 그리고 그대를 흡음吸飮하고, 선락善樂의 야생 분비물 속에 기운을 재 보증받았는지라. 한 새 깃털, 한 배 병아리, 차처此處 매인每人도래 시까지.[2] 홍 직남直男 같으니! 홍 반역남叛逆男. 홍 진남震男. 과연, 저 자는 자신의 이름을 쿵 뇌성 속에 공청恐聽한 과미이후過味以來 애탄국哀歎國의 영주領主였나니.[3] 르르르우우우크크크르르르! 그리하여 그것이 섬광시장벽閃光市場壁에 신관화질인광信管火質燐光[4]으로 적서赤書된 것을 보였도다. P. R. C. R. L. L. 오레일리. 왕유도포성병대王誘導砲聲兵隊의. 탈주청전광총몽전차장淫亂脫走青電光總夢電車掌! 과야過夜에 녹도인綠島人[5]에 알맞은 무명의 비애란혈통자非愛蘭血統者! 그러나 우리는 그의 가짜 토름석石 주괴장鑄塊臟으로 초소조상超小彫像을 주상鑄像하고 있는지라.[6] 시표試標, 부활復活 바이킹. 간판, 소이더릭 오쿠넉 왕王.[7] 역순逆順으로,[8] 마그트몰겐(조조早朝),[9] 코펜하겐.[10] 거기 대역전大逆轉이[11] 있도다. 전全! 끈적끈적한! 그의 인과관계를 찾을지라! 므두셀라에서부터 불리(웅우리雄牛里) 및 카우리(자우리雌牛里) 및 히코리디코리 항만港灣[12]을 거처 통상상通常上의 영업저부營業低部까지? 녀석〔HCE〕은 아직도 거기 생화生火하나니, 마이魔吏크에 맹세코! 루시퍼(악마) 전방前方에![13] 투投! 그대의 사행邪行을 폭로할지라![14] 염병染病할! 정당시正當時까지. 방! 파트릭 티스틀 재再 성聖. 메간즈 대對 브라이스탈 패리스(수정궁水晶宮) 급及 워샬![15] 혁발발革勃發![16]〔HCE에 대한 두 번째 반대 성명〕 사死의 공포가 흉일凶日을 어지럽게 하도다![17] 유역병游疫病은 곧 끝나리, 쥐여! 죄몰罪沒! 꺼져![18] 우리가 바라는 모든 것이란 평화적 소유를 갖는 것인지라. 우린 왜 그대가 13빛 빵 한 덩어리에 관하여 비화悲話했는지 불해경식不解驚食 했나니,〔예수 최후 만찬 암시〕 고사故師, 친절하게 반복할지라! 아니면 그대의 폐식도언어肺食道言語를 우리에게 홀로 대여貸與할지라, 우리들의 고산식물태어高山植物怠語의 심오한 목사의인화격牧師擬人化格인! 쇼와 쉬이는 입센에게 서둘도록 가르치고 있나니, 조부여, 그리하여 나를 만취 콸콸 흐르게 할지라. 그대는 우리 같은 밀렵자密獵者를 이용할 수는 없도다. 여기 모든 터브(통桶)는 그이 자신의 패트(脂)를 뱉나니,[19] 아무튼 강제强制를 매달지라! 그리하여 그림 법칙[20] 따윈 산산이 질파窒破시켜버릴지라! 하지만 우린 모두 당장 흠뻑 젖은 개이리그(쾌연맹자快聯盟者)로다.[21] 애초에 허어虛語있나니,[22] 중토이中土泥에 음무音舞있나니 그리고 그 뒤 자주 그대는 재차 불확실이나니, 그리고 그 역逆인지라. 그대는 습濕 덴마크인의 사투리를 말하지만 우리들은 우리들의 영혼의 언사言辭 방추역사妨推歷史를 말하는도다. 사고思考의 침묵! 언설言說할지라!〔영혼의 언어는〕 외전적外全的 무미죄無味罪의 기교를 띠나니! 앞발앞발, 야아야! 제십이순쾌第十二瞬快, 무방언無方言! 그건 좋았어요, 하! 그런고로 *오월五月(메이) 부父가, 노강대자老强大者인,* 그대를 위하여 미봉彌封되다니 그건 아주 중요하리라, 당시 경조警朝에 필라델피아에서 그걸 개봉하다니 아주 미친 짓이로다.[23] 하 하! 애란인 규성叫聲의 메아리 담談!

〔편지에 대한 비난성〕 킥 눅, 녹캐슬(타성打城)![1] 막(돈비豚肥)! 그리하여 그대〔HCE〕는 그걸〔편지〕 비지鼻知할지니[2], 오 그대는 그걸 비지할지라, 우리들로부터 한마디 경고도 없이. 우리는 하자何者에게 보낸 송자送者를 알지 못하도다. 하지만 그대는 취긴추거(영계令鷄 삐약삐약)가 나팔과 함께 당밀 쇼트 캐이크(단과자短菓子)를 갖고, 암캐[3]가 일착내의一着內衣를 끌며 자웅마행렬雌雄馬行列[4]이 삼수三樹 아래 단단히 묶혀 있는 것을 발견하리라. 정지. 압정지壓停止. 압정지 하기 위해. 모두 보도정지報道停止. 그리하여 주저躊躇가 어떤 것인지에[5] 대한 꼭 같은 증거에 따라서, 그건 확실히 완명緩名한 말(言)이도다! 빙봉! 춘제春祭,[6] 인구과밀은 군인의 희생인지라.[7] 루즈 럭비 경기[8]에서 기운을 내어, 빈자리를 기워 맞출지라! 누구든 그대〔HCE〕가 치사한 자식임을 알 수 있도다. 녀석〔HCE〕을 또한 뒤 좇을지라, 카로우![9] 짓밟힌 벌레에게 화禍가 있을지라, 정말, 그리고 승자勝者에게 우憂를! 애리안의 벽과 토스의 추락을 생각할지라. 저이에게 또 한잔을 줄지니, 폴리울리 얼간이에게![10] 녀석의 폐장肺臟(食)은 아직 모두 나오지 않았나니, 간장장애자肝臟障碍者! 술술술술 주유출酒流出! 녀석의 수만 사상思想의 가정에는 언제나 일곱 창공娼孔과 함께, 무소음탐색無騷音探索의 녀석의 제비갈매기 암자庵子. 둘의 아이다 안眼, 둘의 네시 비공鼻孔 그리고 한 홍옥구紅玉口. 요귀! 무경無驚이라, 권모녀捲毛女 같은 권연남卷煙男, 그가 마치 수양처럼 악취를 풍기나니. 어느 침대악야寢臺惡夜 그는 그들이 모두 자신을 군습群襲하는 여왕이란 망환상妄幻想을 지니는지라. 폴스탑(견추락지堅墜落止)[11] 오, 호, 호, 호, 아, 히, 히! 그대 자신 기권할지라. 그건 단지 상대를 괴롭힐 뿐이로다. 그는 우리들의 농사聾死일지니, 아빠아빠아빠포옹화자抱擁火者[12], 반半 소경의 매일방향타每日方向舵. 그래요, 농사聾師, 실로, 그대 원願하나니, 가엾어라 우리 낭자娘子여! 우린 다음으로 어떻게? 무엇 때문에 우린 선행善行하는고? 그대 알 바 아니로다. 빙氷 수탉! 그대의 저 암탉과 그의 40촉광燭光을 소후견笑後見하게 할지라. 우린 홍옥紅玉 렌즈라도 좋으니. 그러나 그대의 모든 쇠월衰月에 속하는 그대의 기운찬 에일주酒를[13] 우리에게 송출送出하면 그대는 그토록 나쁜자는 아닐지로다. 호밀은 하심何心을 위해 좋지만 밀 빵은 적애適愛인지라. 뎅! 우리는 달가운 골틴[14]의 아가들을 지닌 마님들이 만일 침상동 속에서 등 조금도 발광하지 않았기를 진심으로 신뢰하는지라 그리하여 우리는 모든 종류의 지푸라기 기타 등등과 함께 그대의 폐하가 뎅 당 덩〔3종기도 Angelus HCE의 부활의 암시〕[15] 침입寢入하기를 상냥스레 길점吉占 하는도다. 그건 그대〔HCE〕의 최후의 싸움이나니, 거트 타이탄, 공포작별恐怖作別![16] 레퍼리가 환호하며 지나는 길에 인사를 나누었나니라. 저기 흑여경黑女警(발키리 여신들)[17]이 지나가도다. 온통 백의白衣로, 아마성장亞麻盛裝한 채, 순막純幕! 오른쪽 발가락, 아밀타지亞美他地 왕王![18] 태마니 홀(회관)[19]의 양자兩者를 위한 차茶![20] 우리들은 휩쓸려버렸는지라. 모든 소계小溪와 정자亭子 저쪽으로. 그런고로 우린 그걸 키호, 다낼리 및 피켐하임, 세 머스켓 총병銃兵에게 맡기리라,

〔380.07–382.30〕 선술집 주인은 바—룸을 청소하고, 술 찌꺼기를 마신 뒤, 떠난다—아일랜드 최후의 왕, 로도릭 오코노.

〔380–382〕 HCE의 경쾌한 독백 시작

변이체變異體(바리안트)의 캐티 쉐라트남男[1]으로부터 전해진 변이체(바리안트)의 캐티 쉐라트로부터 전해진 이 시대의 종말에, 굽이치는 성수聖水(L) 리피강江(L) 순찰(P)의 부라쉬화이트(白風)와 브러쉬레드(赤顔)의 미안美顔[2]을 위하여 그리고 그 후로 일어난 모든 것을 마린커드 대주거大住居[3]의 모의폐하模擬陛下[4]〔HCE〕에게 말하도록(맡기리라)

그렇게 그대는 이야기하고 있었는고, 자네들? 아무튼 그가 무엇을?

그렇게 아무튼, 고창증鼓脹症 의회[5]의 나(HCE)의 귀족님들 및 귀의원貴議員님들, 그 뒤로 그렌피니스크—계곡[6]의 저 장기추억소지집회長期追憶所持集會의 감사일感謝日[7]을 청산하기 위해, 그의 최초의 성찬식의 기념일, 저 꼭 같은 바비큐 두향연豆饗宴이 초라하고 오래된 후대厚待의(H) 곡물(C) 및 계란소鷄卵素[8](E)가 모두 종료된 다음, 로더릭 오코노 왕王,[9] 아일랜드의 최고지휘수장最高指揮首長 및 최후의 전격감동적電擊感動的 임금님, 그리하여 그는 그대 자신이 말하는 데로 당시에 50홀수냐 50짝수냐의 나이 사이었나니, 그가 자신의 백주병百酒甁의 투영가投影家[10]에서 성대하게 베푼 이른 바 최후 만찬[11] 뒤에, 라디오 전파 탑과 그의 격납고, 연돌과 마구간을 갖춘 집 또는, 적어도, 그는 실질적으로 전全 아일랜드의 당시 최후의 당분간의 왕이 아니라, 전全 아일랜드의 최후의 초탁월超卓越한 왕 다음으로 여전히 자신이 실지로 자기 자신 전全 아일랜드의 탁월한 왕이었던 꽤나 그럴듯한 이유 때문에, 타라[12]왕조의 자신 선대의 전쾌노정상全快老頂上, 혁복군단革服軍團[13]의, 현재 부분미상部分未詳의, 아더 목모로 카후이나후 웅왕雄王[14](신이여 그의 관용의 희가본戱歌本의 혼을 가호하소서!) 빈자貧者의 항아리 속에 밀렵조密獵鳥를 넣어 두었나니,[15] 자신이 좋든 싫든 간에 삼추성滲出性 습진濕疹으로 자신의 짚 요에 적응하기 전에, 마침내 그는 우리들이 덮는 풀 이불 아래로 들어갔는지라, 그럼에도 불구하고, 그 해는 설탕이 희소했나니, 그리하여 우리는 그를 비누칠하고 면도하고 조발調髮하기 위해, 마치 민둥민둥한 파도치는 부이(浮物)[16] 마냥 그리고 자기 자신이 세 암소들[17]에 매달렸나니, 그건 그에게 고기요 음료요 개(犬)요 씻음(洗)이었는지라,[18] 우리는 그걸 기억해야 할 충분한 이유가 있나니, 눈(雪)과 진눈깨비의 하유희夏遊戱를 과부 寡婦 노란의 산양들과 아무렇게나 깔끔한 브라운가家[19]의 소녀들과 행하면서, 기다려요 내가 네게 말할 테니, 그가 무슨 짓을 했는지, 가련한 늙은 로더릭 오코노국왕, 전全 아일랜드의 경사로운 방수군주防水君主, 당시 그는 자신의 멋진 옛[20] 물려 받은 걸어 총銃 속에 스스로 홀로 있음을 발견하고, 그들 모든 자들은 그들의 진토성塵土城로 그들 자신들과 함께 도망쳤나니,

모두들 반추反芻 가능한 최고로, 배화背靴로, 맥카시의 암말[1]의 누출로 인하여, 산개散開 속에, 최장最長의 외도外道로부터 일목一木거리, 뇌원腦原의 호버니아[2]의(적갈색의) 최생활最生活의 포도촌葡萄村의 전배향轉背向 활주로 아래로, 술 곰팡내 나는 퍼볼그족속族屬 및 투아타 드 다난 정상배들과 함께 하찮은 파타로니아인人들[3] 및 크래인 출신의 어정버정자者들[4] 및 그가 자신의 외면상의 입으로부터 왕자다운 침 뱉기를 상관하지 않았던 모든 여타의 대단찮은 자들, 글쎄요, 그대는 그가 무엇을 했다고 생각하지요, 나리, 그러나, 정말이지, 그는 자기 자신의 바로 왕자다운 무릎깊이의 낭비주浪費酒와 눈동가리 벌레 핀 팝 콜크를 통과하여 신나는 호주가好酒家의 원탁[5] 주변을 신발 뒤축(한 방울 남기지 않고) 꼭 돌아다니고 있었나니, 자신의 낡은 로더릭 랜돔[6] 색모索帽를 랜티 리어리[7]풍의 경사로 비스듬히 쓰고 마이크 브래디의 셔츠와 그린의 린네르[8] 쇄골鎖骨나비 타이 및 자신의 겐터인人[9]의 긴 장갑과 맥르레스필드[10]풍의 허세 및 레일즈 기성복 그리고 범汎장노교파의 판초 외투라니, 가엾어라 그대의 육체여, 그것이 세상의 관례[11]라, 가련한 그이, 미드레인스터의 심장[12]을 하고 그들 모두의 초탁월超卓越의 영주여, 그가 물에서 나온 스펀지처럼 검은 폐물로서 압도되었다 할지라도, 자기 자신의 올리버 단체(모임)을 향하여 맥귀니의 *유진 아담즈의 꿈*[13]을 벨칸투 창법唱法으로 총훈시總訓示하면서[14] 그리고 다변多變의 조음설調音舌로서 자신의 굉장한 눈물과 낡고 얽힌 느린 말투[15]를 통하여 자기 자신에게 온통 홍을 퉁기면서, 최고의 왕자다운 트림으로 강세强勢한 채, 마치 크래어곡曲[16]을 종다리 노래하는 알랑대는 카셀마[17] 저음 가수 마냥, 흑조黑鳥의 민요 *나는 오늘 웅당 죽을 지독한 가실可失의 운명을 지녔는지라 웅당 너무나 지독한날,*[18] 글쎄요, 도대체 그는 가서 무엇을 했던고, 로더릭 오코노 원기왕성 왕 폐하[19] 그러나, 아아 경칠 맙소사, 그는 자신이 겪고 있는 놀라운 한 밤중의 갈증渴症을 자신의 양털 같은 인후를 낮춤으로써 최후화化했나니, 겨자같이 예리하게, 그는 자신이 무슨 에일주酒를 마셨는지 말할 수 없었는지라, 자신이 머리에서 꼬리까지 꿍꿍 앓았는지를, 그리하여, 위샤위샤[20], 내버려둘지라, 그 아일랜드인人이, 소년들이여, 어떻게 할 수 있을지,[21] 만일 그가 비틀비틀갈짓자걸음으로[22] 맴돌거나 흡입하지 않는 한, 정말이지, 한 트로이인人처럼, 어떤 특별한 경우에 자신의 존경받는 혀의 도움으로, 무슨 잉여剩餘의 부장독주腐腸毒酒이든 간에, 그토록 비다悲多하게, 몰타 기사들[23]과 맥주 구두쇠들의 게으른 슬자虱者들이 구내의 자신들 뒤에 두고 간 다양한 각자 틀린 만후염滿喉炎의 음료기구들의 각기 다른 밑바닥에 남긴 것을, 저 돈두豚頭의 술통 전全 가족, 떠나 간 명예로운 귀가인歸家人들과 그 밖의

〔382.27－382－30〕 HCE는 무슨 술이든 남은 걸 다 마셨다. "그것이 사토 주변酒甁된 기네스 제製이거나 또는 코코넬 제의 유명한 오랜 더블린 에일 주酒이거나…"이제 주막은 배(船)로 변용된 채, 그는 노래 "칼로우까지 나를 뒤따라요"(Follow My up to Carlow)(P. J. McCall 작의 민요) 속의 Faugh MacHugh O'Byrne 수부처럼 홀로 리피 하구를 향해 〈낸시 한즈〉(Nancy Hans) 호를 타고 별빛 아래 출범 한다. 이제 그는 한 가닥 꿈처럼 다음 잇따르는 장章의 조망(비전)을 아련히 바라본다.

교활狡猾 꿀꺽꿀꺽 술 마시는 도교외인都郊外人들, 사실 그런 사람들, 넘어지고 자빠지고, 자신의 매력 있는 생활[1]의 건배를 위하여, 자신의 천사연용모天使然容貌에 의하여 축배입증祝杯立證된 듯, 아무리 그것이 사토주병酒甁의 기네스제製이거나 피닉스 양조맥주였거나 존 재임슨 엔드 손 주주酒 또는 루부 코코라주酒 이거나 혹은, 그런 문제라면, 자신이 지옥처럼 바라는 오코넬제의 유명한 오래된 더블린 에일주酒[2] 이거나, 큰 넙치(魚) 기름이거나 혹은 예수회 차茶보다 더한, 대체준비물代替準備物로서, 몇몇 다른 양量과 질質의 총계를 가산할지라도, 나는 웅당 말하거니와, 영법정건급액측정단위英法定乾及液測定單位의 한 길(gill) 또는 노긴[3](액량)의 대부분보다 상당히 더 많은, 여기 우리로부터 환영 받을지라, 아침의 솟음까지,[4] 캐빈의[5] 저 암탉이 자신의 베이컨 란卵을 보일 때까지, 그리고 채프리조드의 성당창문의 얼룩이 우리들의 고색창연냉역사古色蒼然冷歷史를 착색하고 맥마이클 신부가 에이치(여덟) 오크럭(성직자) 아침 미사를 위해 발을 동동 구르고, 〈리트비아의 시사회보〉가 눈에 띠고, 판매고 배달되고 그리하여 만사가 침묵 뒤에 재 시발하고, 자신 뒤로 오늘까지 자신의 조상처럼(그들의 옛 곰팡이 전능하신 신들의 광복光福이 그들과 함께 하기를 우리는 기도하는지라!), 모퉁이의 움츠린 소년 그리고 촉광원창燭光圓窓의 응시계단凝視階段의 은닉처전隱匿處前, 자신의 앨범과 가족부家族父의 척선부戚先父의 장식품이 놓인 상반대편上反對便에, 그〔HCE〕는 둔류臀類의 편의장소便宜場所로 내돌來突하고 바로 자신의 나침반羅針盤을 온통 원점행原點行[6]했는지라, 게다가, 소만상의小灣上衣와 저인망하의底引網下衣의 후가전용後家前用, 이영차 하고 들어 올리고, 고리孤離할지라, 라리의 강세로[7] 그리고 키잡이의 포그 맥휴 오바우라[8], 행하는 일자一者 그리고 감敢하는 일자一者, 쌍대쌍双對双, 무료無僚의 단쌍자單雙者, 언제나 여기 그리고 멀리 저기, 자신의 위업의 질풍을 타고 홍분한 채 고리 달랑 달랑 그리고 자신의 년이年耳의 웨이크(경야)에 홍분감각과 더불어 우리들의 보리홈(맥가麥家) 출신의 주인酒人인 그는 바로 왕위옥좌로 폭침爆沈했도다.[9]

그런고로 저 왕강주선頑强舟(酒)船 *핸시 한즈 호*[10]가 출범했는지라. 생부강生浮江(립)으로부터 멀리. 야토국夜土國을 향해. 왔던 자 귀환하듯. 원遠안녕[11] 이도離島여![12] 선범선善帆船이여, 선안녕善安寧!

이제 우리는 성광星光(별빛)에 의해 종범從帆하도다![13]

• II부 - 4장 •

신부선과 갈매기 (pp.383 - 399)

[383.01—383.17] 바다 새들의 노래—마크 왕을 조롱하다.

—마크 대왕[1]을 위한 3개의 퀙(quarks)![2]
확실히 그는 대단한 규성叫聲은 갖지 않았나니
그리고 확실히 가진 것이라고는 모두 과녁(마크)을 빗나갔나니.
그러나 오, 전능한 독수리굴뚝새여[3], 하늘의 한 마리 종달새가 못되나니
늙은 말똥가리가 어둠 속에 우리들의 셔츠 찾아 우아 규비산叫飛散함을보나니
그리고 팔머스타운 공원[4] 곁을 그는 우리들의 얼룩 바지를 탐비探飛하나니?
호호호호, 털 가리를 한 마크여!
그대는 노아의 방주方舟로부터 여태껏 비출飛出한 최기노最奇老의 수탉이나니
그리고 그대는 자신이 독불장군[5]이라 생각하나니.
계조鷄鳥들이여, 솟을지라! 트리스티[6]는 민첩한 어린 불꽃(스파크)이나니
그건 그녀를 짓밟고 그녀를 혼婚하고 그녀를 침寢하고 그녀를 적赤하리니
깃털 꼬리에 여태껏 눈짓하는 일없이
그리고 그것이 그자者가 돈과 명성(마크)을 얻으려는 방법이나니!

비공飛空한 채, 날카롭게환희외치며, 저 노래가 해백조海白鳥를 노래했는지라. 날개치는자들. 바다 매, 바다갈매기, 마도요 및 물떼새, 황조롱이 및 수풀 뇌조雷鳥. 바다의 모든 새들[7]이 담차게 돌림노래하자 그때 모두들 이솔더와 함께 트리스탄[8]의 큰 입맞춤을 맛보았노라.

그리하여 거기 그들 또한 있었나니, 때는 어두운지라, 들 고양이 선장들이 선회하는[9] 동안, 그들의 배를 천천히,[10] 바람은 점화點火되고, 숙명의 여신들은 떠받쳐져, 배전背戰은 작전되고[11] 더블(화畵) 다운빌로우(저사구低砂丘) 캠퍼(거인) 샐리 씨[12]의 호의에 의하여, 귀를 기울이면서, 모두 가능한 열심히, 더블(이중) 마을에서, 암음시, 폭포쇄도瀑布殺到의 마상시합馬上試合에 의하여, 그들의 고조홍수高潮洪水와 함께 그리고 그들은 대단한 모착기수帽着騎手처럼 힘을 발휘하면서

(최후의 막을 위한 대인對人 쿼터벅전戰) 북양北洋 가마우지와 무화과조無花果鳥와 기러기와 어탈조魚奪鳥와 후조와 겨우살이 임조林鳥와 길조吉鳥[1]와 럭비(요동) 써커 축구협회 대양의 모든 새들에게, 그들 4자四者(사갑四岬), 모두 한숨 쉬며 흐느끼며[2], 그리고 귀담아 들으면서. 모이킬, 야호어어이![3]

그들은 대사인大四人들이었는지라,[4] 애란의 사주범파四主帆波,[5] 모두 귀담아 듣고 있었나니, 4인四人. 노老마태 그레고리 있었고 그러자 노老마태 이외에도 노老마가 리옹, 4파四波가 있었으며, 그리고 이따금 그들은 함께 은총 기도하곤 했는지라, 타당하게, 생중사를, 기적의 광장에서 자 여기 우리는 모두 4인이로다. 노老마태 그레고리와 노老마가 리옹과 노老누가 타피 우리들의 4인방四人幇 그리고 확실히, 하느님께 감사하게도, 우리는 더 이상은 없나니 그리고, 이제 확실히,[6] 그대가 가지도 잊어버리지도 타자 및 노老요한 맥다갈을 빠뜨리지도 않을지라 우리들 넷 그리고 우리들 통틀어 모두 그리고 이제 그리스도를 위하여 물고기를 건네줘요, 아멘 그들이 이전부터 물고기 앞에 식전 기도[7]를 말하곤 하던 식, 스스로 반복하면서, 그리운 옛 시절[8]을 위한 오가스버그의 가假 종교화약宗教和約[9] 뒤에. 그리하여 거기 그들은 있었나니, 자신들의 손에 야자열매를 쥐고, 마치 미천로美天路의 원역정遠歷程[10]처럼, 자신들의 귀를 쫑긋하면서, 대양의 입맞춤에 탐이貪耳로 귀 기울이며, 자신들의 눈을 뻔뜩이면서[11] 모두 넷이, 그리하여 그때 그〔애인들 트리스탄과〕는 여수령여급사女首領女給仕[12]의 입방소옥立方小屋 뒤의, 15인치 애침의자愛寢椅子 위에, 자신의 백미白美 아가씨[13]요 진짜 미녀, 오스카 자매를 포살抱殺하면서, 꼭 껴안거나, 건실하게 애愛토끼를 품고 있었는지라, 저 영웅, 게일의 챔피언, 그녀의 선택의 유일자, 그녀의 청안미상青眼美想의 소녀 친구, 추대醜大하지도 양소良小하지도 않는, 당시 그녀에게는 너무도 많은 모든 것을 의미하나니, 자신의 좌우수기左右手技를 가지고, 오른쪽 왼쪽 경폭輕爆하게 다루면서, 그녀의 헝겊 주머니를 축구협회 만족스럽게 굴리는지라, 앞과 뒤로, 정위치 및 오프사이드, 화상火傷한 육척성음남六尺性淫男, 미남이요 사냥꾼, 촉진적觸診的으로 잘못이요 구근적球根的으로 부적할지라도, 그리하여 그녀를 꼭 껴안으며 키스하면서, 요정의 매력 여인, 그녀의 마돈나 블루[14]의 앙상블 속에, 그물의 웃옷과 함께, 골든디스크로 간질인 채, 이솔라 도녀島女,[15] 그녀에게 트리 삼양도남三陽島男에 관해 속삭이며 혀짤배기 하면서, 어찌하여 하나가 하나를 위한 채찍이요 둘을 위한 차茶 및 입술을 위한 둘 하나가 셋이나니[16] 그리하여 자기 자신 시치미 떼면서, 아 키스—의—아라[17]처럼 그의 키스로서, 사랑 사랑하는 일년초, 그들 모든 사자들이 누가 이 세상을 만들었는지[18] 그리고 어찌 그들이 그때에 속이俗耳 속에[19] 그녀를 꼭 껴안고 어량소화魚梁燒火하곤 했는지를 염기억厭記憶했는지라,

〔4대가들의 학창시절 회상〕 카린 헛간[1]의 굴 만찬 뒤에, 그녀의 겨우살이 수풀 아래로부터 그리고 키스하며 귀담아 들으면서, 아 키스—의—아라의, 옛 사람, 디이온 보우시콜트의 정다운 옛 흘러간 나날의 시절에, 이설二舌 투탕가맹渝湯佳盟의 열쇠를 넘겨 준 타계에서,[2] 말(言)의 운반자, 누쉬와 더불어, 그리고 갈대 베는자, 매슈[3]와 함께, 누군가 세계를 만들었던[4] 어느 멀고 먼, 칠흑漆黑의 세기에, 그리하여 그들이 문 위의 사나이, 오클러리[5]를 알고 있었을 때, 그들이 모두 암묵적인 넷 대학생들[6]이었을 때, 노더랜즈(노드의 땅)[7] 너스케리[8] 근처, 백의당원들[9]과 견목당원堅木黨員들, 여명당원들[10]과 피리 부는 톱 당원들[11] 죄가 번쩍이는 동안 큰 소동을 피우면서,[12] 그들의 석판과 책가방과 더불어, 혼성 구성원들과 함께 프로리언[13] 우화와 원추곡선론圓錐曲線論[14]과 분수分數 놀이[15]를 하면서, 퀸즈 울토니언 대학[16]시절에, 필요에 따라 임의로, 소수素數[17]인, 또 다른 친구, 토티어스 코티어스(재삼재사), 그리하여 크람프텀프(덤플쿵쾅)의 집전사執戰士, 보리스 오브라이언[18]에게 한 단지의 혈공물血供物을 지불하는 것을, 2파운드, 2소브린, 더하기(한) 크라운, 미친 부감독 대인[19]이 자신의 중추급소中樞急所를 먹는 것을, 꿀꺽! 꿀꺽! 그리하여 자신의 혀를 사굴蛇窟[20] 속에 던지는 것을 보기 위해. 야아 호! 여주女主들이여 자비를 베푸소서! 그것이 정다운 선사시대의 모든 광경을 다시 되돌리는지라, 옛날처럼 생생하게, 천연의 자연산産인 연인들인, 매트와 마커스, 온통 그의 기분과 감각을 띠고, 그리하여 그 뒤로 이제 거기 그가 있었나니, 큰 턱의 저 입, 순수한 미美에 맹세했는지라, 그리고 자신의 키스—의—아라, 그때 그녀는 솨솨 소리 나게, 그녀가 기침을 한번 토한 다음, 그녀의 단호한 명령을 내렸나니, 설사 그가 마음에 들지 않는다 할지라도, 루빌리시트(불륜애향不倫愛鄕)[21]의 최고로 좋아하는 서정적 국화國花를 수십망번數十望番[22] 노래해줄 것을, 너무 지나칠 정도는 아니라도, 상황을 고려하여, 최순最純의 화창한 공기[23]를 여러 모금 들어 마시고 위대한 호외戶外에서 주락酒樂하면서, 그들 사인방 앞에, 아름답고 멋진 밤에, 별들이 밝게 빛나는 동안, 남월男月의 여광女光에 의하여, 우리는 서로 애무하기를 갈망했는지라, 그녀의 고밀古蜜 베틀[24] 앞에, 그리하여 비탄의 효과는 사실의 점에서 전체 속에 있나니, 해상황海狀況이 너무나도 충격적이요 악의적인지라 그리하여 방금, 하느님께 감사하게도, 그들은 더 이상 없었나니[25] 그가 입 맞추고 입 맞추면서 마치 해원海員이 자신의 뻔뻔스러운 모두帽頭를 숙이고[26] 재단사의 딸 틸리[27]가 북극 뉴스 견일호犬日號에서 뱃사람을 끌어 당겼듯이 그리하여 거기 그들은, 마치 소용돌이[28] 속의 네 돛 박이 범선처럼, 귀 기울이면서, 로란도의 깊고 검푸른 오시안[29]의 소용돌이에.(숙녀여, 그것은 바로 너무나도 찬란했나니, 처 출비出費의

〔383.18−386.11〕 마마루요(Mamalujo)의 이야기가 시작하는지라—트리스탄과 이솔드의 사랑의 장면을 살핀다. 이들은 네 노대가 또는 4인방四人幇의 소개로서, 조니 맥다갈, 마커스 라이온즈, 루크 타피 및 매트 그레고리로서, 앞서 트리스탄과 이솔드(트) 두 애인들의 바다의 모험에 대하여 차례로 평하고 회상한다.

귀여운 색조色調, 예술의 매력에 의하여 미화美化되고 아주 잘 집행되고 멋지게 양상樣相되고 그리하여 모든 공포의 거친 소음들이 추잡한 비혈肥穴 속에 채워졌나니!) 모두들은 몹시도 지쳤는지라, 세 즐거운 모주꾼들.[1] 그들의 입으로 침 흘리면서, 모두 네 사람, 바다의 늙은 배우남配偶男들,[2] 그들의 낡은 측정기를 가지고 약강오보행弱强五步行하면서, 오리 바지 입은 채, 루크와 조니 맥다갈 그리고 모두들 흘러간 시절의 무엇이든 여하간 바라면서, 고림古林의 시절 및 고락古落의 시절 및 땅딸보의(험티) 시절 및 누추한(덤티) 시절, 하지만 친절의 한 잔을 위하여,[3], 여女레몬스쿼시(호박)의 네 요원충배遼遠充杯를 위하여, 그들과 함께, 모든 네 사람, 신천년新千年을 위하여 자세히 듣거나 그들의 귀를 긴장하면서 그리고 모두 그들의 입으로 침 흘리도다.

〔요한 전傳—부활의 암시〕 아하 글쎄, 분명히, 바로 그런 식이라(업) 그리고 우연히도 가련한 마태 그레고리가 있었나니(업), 그들의 가부家父, 그리하여(업) 다른 사람들과 이제 정말로 그리고(업) 진실로 그들은 네 친애하는 나이 든 남숙녀男淑女들이었는지라 그리하여 정말로 그들은 지독히도 예쁘고 너무나 근사하고 최선경最善敬스럽게 보였나니 그리하여 그 다음으로 그들은 자신들의 측쇄경測鎖鏡을 가지고 모든 측쇄測鎖와 자신들의 반고모半高帽를 찾아내었는지라, 방금 바로 그 나이 많은 후작 파워스코프,[4] 그 노결연老決然한 폭군처럼.(바지 속에 영면永眠을!) 단지 염수의 방출을 위하여 혹은 그곳에 잠자는 경매인, 오클러리 백화점[5] 근처 그 곳 정면에, 흑구능黑丘陵 1번지에,[6] 저 고대의 대임가[7] 곁에, 거기 다나 로코넬 부인의 입상[8]이, 값진 대학들의 모든 경매를 조정하는, 트리니티대학 뒤에 매춘복賣春伏된 채, 부터즈배이[9] 자매들, 경매인 바터스비 자매들[10]과 닮은, 난교亂交의 요리 조달자들, 모든 해방자의 상像들[11]과 화유분花遊盆을 판매하나니, 치안판사, 재임스 H. 틱켈,[12] 호긴그린[13] 월편, 그가 크리켓 경기에서 100득점을 한 다음, 미전마술尾轉馬術 쇼[14]에 가면서, 낚시꾼 수준기水準器 홍수 이전, 또 다른 녀석과 함께, 능동적 충衝수동적, 그리하여 검정 구두들과 붉은 정강이들과 일반 서민들과 계곡남溪谷男들과 카퓨친의 카우보이 주아走兒들,[15] 요기尿器들, 각자各自들, 발진병자發疹病者들, 오금 절단자들[16]과 함께, 열구裂溝 및 골절선骨折線을 고답高踏하면서, 753고高, 357저低, 놈을 해치우라는 듯, 그들의 일기日氣(마견돌기馬肩突起) 조건이 어쩌면 개량될 수 있지 않을까.(시의회에 감사하게도![17] 호포화산가축火山家畜들[18] 마냥, 그들의 심판審判산山[19] 상위上圍를 분출하면서, 그리고 모든 삼백년제三百年祭의 말(馬)들과 성직자 사냥꾼들,

〔4대가들과 그들의 기억들〕 쿠라 경마장[1]으로부터, 그리고 혼混참회자들과 권위자들,[2] 북아메리카와 남아프리카의 우급습자牛急襲者들(그렇게 사람들은 말하는지라) 남아메리카의 둔화鈍火처럼 도처에, 그〔요한〕의 회색의 반고모半高帽와 그의 호박 목걸이와 그의 분홍색의 마구馬具와 그의 가죽 삼각돛과 그의 싸구려 양피羊皮 셔츠와 그의 스코틀랜드산産 견대肩帶와 그의 해안경병안경海岸警兵眼鏡[3](안녕하세요, 판사님, 높은 양반!) 모든 부당한 대학들을 찾아내기 위해(그리고 안녕하세요, 대임 제임스 씨?[4] 길 비켜요!), 포크턱수염[5]과 푸른 이빨과 튀어나온 배(腹) 그리고 무골無骨의, 스트라스리프와 아이후스버그와 노드암버랜드 및 안젤시[6]로부터, 전全 야루족속族屬의 내기 경마와 모든 마력馬力. 그러나 지금, 건초乾草 덴마크인들과 운보화산학雲步火山學과 우리들의 해산도海産島의 내포존재內浦存在 법에 관해 말하면서.(인공 강우 탐자人工降雨探者, 그의 세 화산암과 두 화산소도火山小島[7] 리옹의 불쌍한 마커스[8]와 귀족인, 불쌍한 조니[9]의 광도원狂道院에 관해 내게 상기시키거니와, 그리하여 그대는 우리들의 4자四者에 관해 무엇을 생각하는지 그리고 그들은 거기 방금, 정당하게도 귀담아 듣고 있었는지라, 네 염수과부鹽水寡夫들, 그리하여 그들은 모두 기억할 수 있었나니, 오래오래 전, 옛 시절의 만스터[10]에서, 보다 어두운 비탄의 시간을 던지나니, 최귀공자일最貴公子日, 그때 미인 마가래트가 혼감婚甘의 빌렘[11]을 기다렸는지라, 그리하여 랄리[12]〔순경〕가 비속에서, 지금은 절판된, 공흑空黑의 인화印畵와 더불어, 노르만녀女의 고뇌의 위해危害,[13] 주장여급의 탄식[14] 당시 나의 마음은 근심을 몰랐나니, 그리하여 그 뒤로 재일즈 캐이스맷[15] 부인의 공식적인 상륙이 있었는지라, 홍수역洪水歷 1132년에 S. O. S., 그리고 볼터스비[16] 여왕의 기독 세례, 제4第四 붕붕 여왕벌, 선대승정각하先大僧正閣下에 따라, 백형선白型船을 떠나, 그리하여 당시 파라오[17]와 모든 그의 보행자들의 익사가 있었나니 그리고 그들은 모두 바다. 적해赤海 속으로 완전히 익사했는지라,[18] 그런 다음, 연금年金으로 정청政廳에서 쫓겨 난 관리인, 가련한 머킨 코닝함, 그때 그는 애란 도연안島沿岸에서 완전히 익사했나니,[19] 그 당시에, 경卿[20] 아나니, 붉은 바다 속에 그리고 유쾌한 조간신문弔刊新聞의 일건一件 그리고 유감스럽게도, 누구의 말처럼, 그는 더 이상 살아지고 없었던 것이로다. 그리고 그것이 이제 과거지사였나니. 그의 땅딸보 우골愚骨 해안선 넘어 황갈색의 심해. 그리하여 그의 현기증 나는 과부[21]가 그녀의 총애공물寵愛供物로서 그녀의 실록實錄을 잡상남월보雜商男月報에 기장記裝하고 있도다.[22] 그래드스 광소光燒 작作 포유유념砲由留念할지라! 파원탁婆圓卓 의 재합동제작再合同制作. 신세계통신.

〔386.12−388.09〕 이야기는 요한 맥다갈(Johnny Macougall)과 연관되는지라—산만한 회고담이다. 이제 4노인들 중 최초의 조니 맥다갈이 회상한다.

노계老鷄가 순항했던 곳에 노계勞鷄 방금 비탄하는지라.[1] 콘월의 폐廢마르크 아라스문門을 통하여 퇴장,[2] 그대 지겨운 녀석, 마당 속으로 걷어차인 채.[3] 창문으로 등장한 조카〔트리스탄〕, 권총 애인을 처 들고, 그의 밤 셔츠 바람으로 화탈출火脫出하면서.[4] 엎드리다. 그리하여 유순한 숙모 리사는 그녀의 질녀처럼 맥 풀린 채였도다.[5] 재빠른 포옹 속의 충향연充饗宴. 신사라면 절제가節制可로 생각하리라. 왈패년 만큼은 재앙 재앙의 연인[6]이라. 그의 사통私通은 무無하나니. 끝(핀). *왕가의 탐이혼극貪離婚劇*[7]의 낡은 광고전단에 실린 새 배역들 마냥. 재즈 음향 및 매리루이스 및 싸구려 여급인 그녀는 최고의 보금자리[8]를 마련하도다. 포착. 아, 아아! 도우소서. 그리하여 그는 그랬는지라. 안식(일).

〔마가전傳—Marcus Lyons에 대한 회상 그의 바다 모험에 대한 평설〕 그리하여 그 후로, 잊지 않으면서, 플랑드르 무적함대[9]가 있었나니, 모두 뿔뿔이 흩어진 채,[10] 그리고 모두 공식적으로 익사했는지라, 그때 그자리에, 어느 아름다운 아침에, 우주적宇宙的 홍수 뒤에, 약 11시32분 경이었던고?[11] 커밍홈(귀향)[12]의 해안 맞은편 그리고 재再세례교파[13]의 성聖패트릭과, 호상파湖上派[14]의 성聖케빈, 과량過量의 조종弔鐘과 다수의 걸인乞人들과 함께, 우리들의 최초의 친조親祖들인, 포터스코트[15]와 도나[16]를 개종시킨 후에, 그리고 마굴가馬術家인, 리포레옹, 그의 한오버의 백가마白家馬[17]를 타고, 카빈호갠[18] 너머로 크룬터프[19]를 오르며 그리고 그들은 모든 것을 기각記覺했는지라 그리고 당시 노아스도 바스의 프랭키쉬 홍수 함대가 헤달고[20] 땅으로부터, 노틀댐(성모) 해적년인 P. P. O. 1132 년경 또는 가량에, 마탐 장군 보나보취[21] 지휘하로부터 양륙揚陸하면서.(무無천주교!)[22] 자신의 반半전통의 회색모帽에, 주당酒黨의 주극酒極, 그리하여 그 후로 거기 그가 있었는지라, 너무나 세속적으로, 가위 손톱 자르는자[23]처럼, 그녀에게 수치스럽게 그리고 아주 부정하게 키스하면서, 그 처녀, 단독 결투에, 무화과나무 아래, 나무의 잎 새와 키스—의—아라[24]의 모든 극악조極惡鳥 사이에, 너무나 은림銀林인지라, 퀸즈 칼리지들(여왕 대학)[25] 근처, 브라이언 또는 브라이드가街[26] 1132번지에서, 문간의 세기보초남世紀步哨男 뒤에. 그리하여 당시 재차 그들은 영광찬가榮光讚歌의 무정부론에 관한 최대의 영예참정권보편강좌榮譽參政權普遍講座[27]를 베풀곤 했나니(여보, 하이버니아!) 바다에서 바다로(마태 말하도다!) 그림엽서에 따라, 색슨 우울문법가憂鬱文法家들[28]과 더불어, 라티머[29]의 라마사羅瑪史 속에, 라티머 자신을 반복하면서, 휴경卿[30]의 여성총독부인으로부터, 보커리 폐사閉射의 노장구정露將丘頂[31]과 신운석가산정神運石假山庭의 개요에 이르기까지.(마가 리옹즈 말하도다!) 대양충만大洋充滿의 녹색綠色 대학생들[32]과 상급 및 가난한 학자들 및 모든 삼위일체의 상의원上議員들과 성인聖人들 및 성자들.[33]

그리고 프리마우스 형제교단.[1] 청승스레 지껄이며, 기쁜환호성어릿광대(peanzanzangan) 마냥, 그리고 고개를 끄덕이며 거기 잠자면서 보내나니, 물망초처럼, 그녀〔이슬트〕의 비종卑從의 봉사 속에, 그들〔4대가〕의 12탁卓 주변에, 이(虱)벼룩 발진發疹의 성전聖戰[2], 4개의 트리니티 대학들에서, 영원한 애란 심판일을 열학熱學하면서, 궤양潰瘍스터, 월성月星스터, 경시傾視스터 및 포砲노트의[3], 이란耳蘭[4]의 제건題件에 관한 4대四大 대학大學들, 킬로큐어(살치료殺治療)와 킬더몰(살殺산책길)과 킬(殺)아코터 및 형석螢石노아 강상江上의一킬(殺)켈리[5], 그리하여 거기 그들의 역할이란 저 롤로와 룰로를 롤로롤로 굴리며 다스리는 것이었도다. 저들은 잰네스댄스 래이디 앤더스도터 대학[6]에서 최대의 부인과의학사婦人科醫學史였나니(여기는 누(루)가, 끊지 말고 기다려요!"), 그리운 옛 우정을 위하여[7](이 유니테리언 교파인[8]의 귀부인, 숨 막히는 미인, 반 바 애란愛蘭[9]의 최귀녀最貴女, 구旧 1132번 또는 2회回, 1169번,[10] 피츠매리 광장[11] 내內 또는 근처에 장생長生 했는지라 그 곳에 그녀는 많은 이들에 의하여 선보이고 널리 사랑받았나니) 탁선일천가족託宣一千家族의 파티마[12] 여성사女性史를 교수敎授하기 위하여, 스스로 반복하면서, 자연 정신의 그의 목적을 위해 사이비전화통화법似而非電話通話法에 의하여 시간상 신의적神義的으로 전개되는지라, 과거와 현재(여기는 요한 맥다갈, 중계선中繼線을 대줘요, 아가씨!) 그리고 현재와 부재不在 및 과거와 현재 및 완료의 *무기와 인간을 나는 노래하도다*[13] 아아, 야 참, 저런! 오 초저녁이 정자亭子를 엽리葉離하는 하시何時를 슬퍼할지라![14] 어찌 그것이 모두 그들에게 와일渦日하며 다시 생각나게 했던고, 만일 그들이 단지 응시凝視했다면, 천주영양天主令羊이여, 거기 그의 소리가 들렸는지라, 그녀를 농弄하며 꼭 껴안으면서, 통풍痛風의 늙은 가라하드 고결인高潔人[15]을 따라, 퀴닌(藥)공포恐怖의 귀족과 트리스탄의 그의 삼인조三人組와 함께, 너무나 원무遠霧롭게, 1야드 1백 및 32행렬行列의 그의 고도高度에서부터, 우리들의 네 사람 앞에, 그의〔요기에 빠져든 메스꺼운 영웅이요, 여인의 눈에 의하여 현혹된 전형적 애인〕로마 가톨릭의 양팔 안에, 한편 그의 심해치한深海癡漢은 그녀의〔이브, 헬런, 에바 맥머러 등 아일랜드 역사에서 고통을 결과한 사악한 여성의 증표들〔〈율리시스〉(U 29 참조)〕 침침沈沈코팅한 깜찍 굴르는 눈독 번쩍이는[16] 안구眼球 속을 응시하고 사시射視하고 현혹광황시眩惑狂慌視했나니, 코네리어스 네포스(孫)[17]에 의하여 기억되도다. 노파老婆, 언제든지. 나포.[18]

하인何人에게? 하처何處?

〔랄리에 대한 회상〕 아아, 아참 맙소사 저런! 신부新婦, 숨을 죽이고, 얼간이[19]가 결혼을 흘끗 보았는지라. 불결의 견신모犬神母여![20] 그건 2 곱하기 2의 우리들 4자四者 전원全員은 너무나 통렬하게도 유감천만이라, 그들의 나귀친구와 더불어, 사자死者를 애도하다니 그리하여 랄리 녀석[21] 그가 자신의 반모半帽의 일부와 자신의 모든 소지품을 잃었을 때, 자신의 낡고 하찮은 차림으로, 망토, 타월과 도개跳開 바지, 그리하여 스스로 반복하며 이제 그에게 말하면서, 만보신보漫步新報[22]와

〔388.10—390.33〕 이야기는 말카스 라이온즈(Marcus Lyons)와 연관되는지라—산만한 회고담이다. 마가 전(Marcus)이라, 그리하여 그이 또한 나의 마음이 근심을 알지 못했던 그 나날들을 회상할 수 있었도다.

성聖브라이스일日의 대학살[1] 을 탐探하여, 과거를 잊는 법을, 강도인 그자가 참자慘者를 교유기攪乳器 기름 속에 밀어 넣었을 때,[2] 맞은 편, 몰즈 언덕과 소구평원小丘平原[10](이슬람)이 있는, 오란 이슬람교 성원聖院의 사나이[11] 그리고 가정家庭의 노인들 및 총기상銃器商 및 랩풀 연지蓮池 및 식빵제공 장엄혼례식莊嚴婚禮式,12) 캐비지등기부登記簿13)의 부고富庫를 통해서처럼, 최악서찰最惡書綴된 고문서古文書 가운데, 그리하여 그는 웰즈남男, 톰 팀 타피14)에 관해 소리 내어 웃지 않을 수 없었나니, 그리고 넷 중년의 과부寡夫들, 모두 북각천사北角天使들, 남각南角천사들, 동각東角천사들 및 서각西角천사들15) 그리고 이제, 그것이 내게 상기시키는지라, 웨일스파波의 네 사람16)을 잊지 않도록, 뛰었다 웃었다하면서, 자신들의 럼백 보도步道17)에서, 오래된 깃털 제기 채와 깃털 공치기18) 너머로, 자신들의 반라마모半羅馬帽를 쓰고, 그 위에 한 개의 고대古代 희랍 윤십자가潤十字架를 달고, 취스터대학大學 경매19)에서 그리고, 하느님 맙소사, 그들은 개략적槪略的으로 이혼했나니, 4년전四年前, 혹은 그렇게 그들은 말하는지라, 자신들의 친애하는 가련한 여남편女男便들에 의하여, 친애하는 속담의 나날에,20) 그리고 결코 마음에 되살아나지 않았나니, 마루 위의 우수雨水를 더 이상 보지 않을 것을, 하지만 그들은 여전히 떠났는지라, 우수雨水가 소리 내어 웃으며, 다우多雨의 요尿피터21)에 의하여, 단지 삼시三時에, 최친근最親近한 사이 그리고 잊혀졌나니, 그리하여 그것은 자신의 옛날 순례자의 새조개가歌22)에 의하여 분명히 예언되었는지라 혹은 그들은 서습제도西濕諸島를 통하여 노래하고 있었나니, *내가 당근매지糖根埋地23)로 가고 있었을 때 피블스라는 이름의 시골뜨기와 마주쳤도다* 역시 또 다른 곳에서처럼 그들의 전통적正統的 격언에 의하여 고로 이렇게 이야기되었는지라 *저 늙은이는 밀크를 알고있나니 그가 최근에 그에 익숙하지 않을지라도*. 그리하여 그들은 별리別離했도다. 달키마운트 문서이호文書二號24)에서. 그래요, 그래. 선자善者는 가고 사악자邪惡者는 남는지라. 악자惡者가 흐르듯 악강惡江은 흐르나니. 맞아요, 맞아. 아아, 정말 분명히, 그것이 세상의 이치로다. 쿠넛의 성聖처녀가 쿰의 속남俗男에게 말했는지라,25) 그의 충무忠務의 겸허한 탄치歎置를 위하여. 여인. 호박(낯짝) 이별. 그래요, 그래. 이혼 확정 판결에 의하여.26)

〔누가전傳—그의 비참한, 후회의 독백. 부父의 여인과의 실패〕 그리하여, 오 너무나 잘 그들은 당시에 인기억忍記憶할 수 있었는지라, 황금어족黃金魚族의 잉어카퍼리27)가 풀랜드(池國)의 왕좌에 있었을 때, 미망인 자스티스 스콜취먼 부인,28)의장, 그녀의 끝이 퍼진 가발과 턱수염에

[누가의 계속되는 회상](담비 모피 가운의 여제女帝!)[1] Y. W. C. A.(청년 여성 기독 연합) 1132 또는 1169 또는 1768의 수치매년羞恥買年 경에, 비탄애란애착국悲嘆愛蘭愛着國의 기혼남성가정남旣婚男性家庭男의 경매인의 구애정求愛庭에서. 도우갈가家의 씨족氏族의 가련한 조니, 쌍한 분남奮男.(혼네스!) 아무래도 색정적인지라, 잊을 수 없나니, 그녀의 부푼 젖가슴 때문에(훽! 움켜진 채!) 너무나 경탄했는지라.(둔화불가鈍化不可의 흉매력兇魅力!) 그것이 그에게 조년早年의 자비를 부여했나니, 그리하여 4인방四人幇[2]이, 합주로, 그들 뒤 매달리는 한 마리 악취나귀와 함께, 왜냐하면 그자는 그녀를 위해 그녀의 구두를 솔질하기에는 너무나 느렸기에, 그때 그는 그녀의 여가장女家長의 본체를 둥긇이 하는(아양 떠는) 대신, 영부인의 차림새를 돌보고 있었나니, 마치 여느 늙은 감리교신자(조리사)처럼, 그리하여 온통 이혼당하고 천진난만 감感 금령禁令이라, 기사단 성당의 한복판[3]에서, 그들의 사랑하는 충신자들에 의하여. 아아, 그런데, 그건 너무나 나쁜, 너무나도 나쁘고 전적으로 고약한 짓이었나니, 모든 저 대학살들. 그리하여 가련한 마가던가 보완드코트 후작[4]이던가, 노랜즈랜드(無人地)의 갈색장과褐色漿果 출신의, 가련하고 늙은 크로노미터(시간 측정가), 뒷골목 목쉰자와 함께 만인에 의하여, 이혼 확정 판결에 따라, 청어애란도鯖魚愛蘭島를 통하여[5] 내통 박해 당하다니, 왜냐하면 그는 자기 자신을 망각하여, 방풍放風과 누수漏水[6]하면서, 그리고 자신이 몽땅 해신 넵춘의 난잡을 피웠는지라, 거인 아몬드의 방축 길[7] 너머로 스컬로 노 저으면서, 그리하여 왜냐하면 그는 낡은 아침의 위임장에 서명하도록 기억하는 것을 잊었나니, 그녀 자신의 다모多毛를 요구하는 일건 서류, 인지 붙은 브라운 노란 리놀륨 필지筆紙[8] 위의, 로네오로부터 지리에트[9]까지, 어전기도魚前祈禱를 말하기에 앞서 그리고 그때 그 자리에 그리고 또한 가련한 디온 카시우스 푸시콤[10]이 거기 있었는지라, 역시 온통 술에 빠진 채, 세상 그리고 그녀의 남편 앞에, 왜냐하면 그건 가장 부당하고 가장 잘못된 일이니, 그가 시도했을 때(글쎄, 그는 자신의 건강이 충격적으로 나쁘다고, 그가 말했는지라, 대상포진帶狀疱疹[11]이 몸에서 줄어들고 있었도다), 왜냐하면 그는(아아, 좋아요 이제, 웨드모어에 평화의 콩[12]을 그리고 대비스의 경련아가痙攣雅歌에서 우리가 말하듯, 그대의 서란抒蘭 위에 노래가 벙어리 되지 않게 할지니,[13] 그러면 우리는 늙은 만 섬(島)의 장로교도로서의 그에게 심하게 굴지 않으리로다) 그리고 그 뒤로, 로스 장미처럼 붉게[14] 그는 자신의 최후의 유언을 하고 참회로 갔는지라, 버클리 족속의 대장大將[15]처럼, 낭간廊間의 가장자리에, 자신의 두 벌거벗은 무릎을 꿇고, 숭녀모崇女母와 자매복음파의 스위니에게로, 만성절일의 과寡심야[16]에 그리고 그는 참으로 후회했나니, 그는 정말로 그랬거니와, 왜냐하면 그는 전리戰利단추를 멋진 마차에다 놓아두고 그리고 이제, 사실을 말하거니와, 결코 비우非友[17] 하지 않도록.(그녀는 그의 최초의 견犬후작부인[18]이요 그건 아주 예쁜 생피生皮인지라 그리하여

〔390.34−392.13〕 이야기는 루카스 타피(Lucas Tarpey)와 연관되는지라—산만한 이야기이다. 누가 전傳. 그의 계속되는 회상. "오 너무나 잘 당시 잘 기억할 수 있었는지라, 당시 황금어족의 잉어카퍼리가 플랜드(지국池國)의 왕좌에 있었으니, 그녀의 끝이 퍼진 가발과 턱수염을 한 미망인 판사 스콜취먼 부인."(여기 누가의 눈은, 요한과 마가의 것처럼 HCE 및 ALP에가 있다). "그의 노친老親(his old fellow)". "아마도 셰익스피어의 〈오셀로〉(Othello)"에 대한 언급인 듯. "조이스는 오셀로의 이름을 〈율리시스〉, 〈키르케〉장에서 언어 유희한다.(punning)". "나의 늙은 친구가 어떻게 하여 테스티모난(목요일조가장)을 목 졸라 죽였던고(How my oldfellow chokit his Thursdaymomum)(U 463)".

양측에 잘못이 있었도다) 글쎄요, 그는 시도했는지라(혹은 그렇게 그들은 말하거니와) 아하, 이제, 잊고 용서할지라(우리들은 모두 그렇잖은고?) 그리고, 분명히, 그〔HCE〕는 단지 못된 장난[1]으로 재미를 보고 있었는지라 그리하여 노령老齡이 자신에게 다가오자, 글쎄, 그는 시도했거나 혹은, 코나키(조니 맥다갈),[2] 그는 어떤 훈족族의 성적 추행을 시도하고픈 유혹을 받았나니, 조야한 대양大洋(홍해)의 상한 잉어게(해蟹)를 먹은 다음 그리고, 천지天知맹세코 확실히, 그는 죽도록 뱃멀미로 병상에 누웠는지라[3](그건 참으로 지독한 일이었도다!) 그녀의 가련하고 늙은 이혼 당한 사나이, 순교殉教 맥카우리 부인 병원[4]의 사일死日을 위한 가불안락원家拂安樂院[5]에서, 그 곳에 당시 그는 차를 마시거나 히득거리고 있었나니, 간호사의 시중드는 손을 잡으려고.(아하, 불쌍한 늙은 아첨꾼!) 그리고 단추 및 그녀의 카드 패를 헤아리거나 나쁜 게(해蟹)에 눈살을 찌푸리면서, 그들이 하일何日에 태어났는지 누가 누구를 코골게 했는지[6]를 기억忍記憶하려고 노행勞行하고 있었도다. 아아 친친친親親親의 애자愛子여!

〔마태 에머리터스의 회상〕. 그리하여 어디에서 그대는 이별하는고, 마트 에머리터스(퇴역군인)? 아보타비쉽[7]의 속두목俗頭目이여? 그리하여 불란치佛蘭恥[8]와 독일균獨逸菌의 혼교混交. 에취! 그들은 모두들 쓸모없는 마태를 참으로 가엾게 생각했는지라, 자신의 애란직愛蘭織 춤을 추는, 염수모鹽水帽를 쓰고, 혹은 그녀는 그걸 탈모했나니, 그에게는 너무 큰지라, 네포스[9] 손孫의 것 그리고 그의 덧옷, 그녀에게 주름져 온통 흘러내리는지라—확실히 그는 그녀의 그걸 끌어올릴 용기를 갖지 못했나니—불쌍한 마태, 늙은 외국의 여가장女家長, 그리고 여왕 연然한 사나이.(그들에게 자추기경紫樞機卿의 홍축복紅祝福을!) 그곳에 앉아, 주거의 바닥, 지하, 속죄의 의식儀式 속에, 자신의 대의명분의 요구로서.(누가 말하랴?) 그녀의 비버 보닛을 쓰고, 코카서스 대의원회[10]의 왕, 온통 자기 자신에게 속하는 일가족, 금기禁忌 하에, 테미스틀토클스, 그의 다언어의 묘석墓石[11] 위에, 나벨리키 카멘 거석巨石[12]처럼, 그리하여 그녀는 감완두시甘豌豆時까지 아이를 낳을 듯, 그녀의 얼굴을 벽으로 향하고, 구빈원이 보이는 곳에, 그리고 그의 애란철愛蘭鐵의 산화酸化의[13] 녹綠을 떼어주면서, 모든 길조吉兆[14] 후원 하에, 우박 폭풍의 타음打音 사이에, 만화萬華 크로마토 반음계통곡하면서, 그녀의 담장이 넝쿨장식의 두건과 함께, 그리고 다나 오카넬[15] 부인에게 속했던, 한 쌍의 낡은 컬 용用의 부젓가락을 꼭 쥐고, 그걸로 그의 두뇌를 날려 보낼 듯, 뉴하이어랜드[16]의 고지高地가 브리스톨 오두막 소리를 들을 때까지,[17] 그의 차 깡통과 한 주머니의 안 린치제[18]의 알프레드 케이크[19] 및 쇄클톤점店[20]의 김(해초) 겨들인 갈색 빵 두 커트와 함께, 종말이 다가 오기를 기다리면서. 고지신高地神이여[21] 당신이 그걸 생각하면! 아더 오분汚糞이여![22] 아아 저런! 그건 전적으로 너무나 고약한 짓이었나니! 호박 여인의 활동적인 객실남客室男(싱거운 맥주)[23] 수찬자受讚者[24]에 의하여 그리고

온통 쇄클틴[1]과 킨 방앗간과 할퀴는 사나이의 냄새 때문에 온통 탐음貪淫된 채, 그리고 그〔HCE〕의 입은 침을 흘리나니, 신酸과 알카리. 그런고로 소금[2]이라, 그러니 이제 그리스도를 위하여 빵[3]을 건넬지라. 아멘. 따라서. 그리고 모두.

〔마태전傳〕 그리고 빵. 그런고로 그것이 종말이었도다. 그리하여 그건 어찌할 수 없나니. 아, 하느님이시여 우리에게 선善하소서! 가련한 앤드류 마틴 커닝엄![4] 숨을 돌려요! 아! 아!

그리하여 그럼에도 불구하고 노왕老王 소테릭 염견수厭絹鬚[5]와 정시장艇市長 바트[6]의 저 왕조시절王朝時節에, 당시 그들은 유맥油脈을 노다지 캐거나 악수출롤幄手出沒했는지라, 옛 이로상泥路上의—기아항飢餓港[7]에서, 거기 처음으로 나는 그대 올드포엣트릭(고시기교古詩技巧)이 오월제五月祭로부터 비도飛逃하는 것을 만났나니,[8] 그리하여 악운惡運의 핀난 대구大口(魚)[9]와 노아 상어[10] 및 수산화水酸化 칼륨과 베짱이(실蟋) 수프의 우육즙牛肉汁을 닮은 비미肥尾 거북구즙龜汁을 그리고 어찌 그〔HCE—커닝엄〕가 자신의 버킷 물을 끌어 올려, 본토, 식민지 및 제국으로부터 공주간空週間(딱정벌레)의 명예 속에 자신의 이름을 위해 대소동했는지, 그들〔HCE—ALP〕은 구원의 은총과 상시 함께 했나니, 쐐기(셈)와 어깨 견장주肩裝週에 관해 생각하거나(딸꾹) 잊지 않고 있었는지라, 흘러간 옛 시절에[11](딸꾹) 그들의 네 호스 유대紐帶들, 그들은 네(딸꾹) 아름다운 자매남아姉妹男兒였나니, 지금은 고古 골스톤베리[12]와 행복하게 결혼하고 있거니와, 그리하여 거기 그들은 매야每夜 조야早朝까지 멋진 경단고동의 아름다운 진주眞珠를 언제나 산算하거나 오산誤算하고 있었는지라, 그들의 시대착오의 과후반過後半에 따라(딸꾹 하나 딸꾹 둘 딸꾹 하나 딸꾹 넷) 그리고 그 다음으로 거기 이제 그녀〔ALP〕는, 결국, 귀여운, 질산窒酸 칼륨 여인이나니 그리고 모두, 미사자매美四姉妹들 그리고 그것은 그녀의 이계泥鷄의 공화파共和派의 이름이었는지라, 생각했던 대로, 아담 과果와 이브 란卵으로부터, 그리고 그들은 아래쪽에서 일어나곤 했나니, 그들의 끈과 짚 화환을 걸치고, 그들의 머리카락 속에 모든 우려를 지닌 채, 물총새의 종소리를 전혀 어울리지 않게 자신들의 마음속에 울리면서(들어 와요, 어서, 그대 추한 게으름뱅이!) 온통 그들의 초라하고 낡은 산돈 종상鐘箱[13] 안쪽으로(경칠 밖으로 나와요, 그대 더러운 시골뜨기!) 몹시 놀란 채, 쨍그렁뗑그렁 방울소리 울리면서, 마치 권어부拳漁夫의 직타直打에 의하여 쿵 부딪친 네가호湖의 안짱다리 마냥.(이거야! 이거!), 매야총시每夜總時에, 그들의 겨우살이(植) 위에, 네 늙은 고참古參들, 그들의 겨드랑 밑에 베개를 고인 채[14] 보스톤 추신전지追伸轉紙[15]가 왔는지를 보려고, 온통 소혹沼惑되고 신화미혹神話迷惑되어, 바람이 교실범선校室帆船을 뱅뱅 바퀴 돌리는 식으로, 그러자 그때 아무도 그들로 하여금 심지어 일잠휴一暫休도 허락하려 하지 않는지라, 그들의 복음연출福音演出[16]에서부터,〔HCE—고양이 유년시절의 회상〕 충격적인 침묵에 의하여 자신들의 양면羊眠을 산교算交하면서, 그러자 그때 그들은 옛날의 꿈속에 있었나니, 문 뒤에 서거나,

〔393.07—395.25〕 4인은 함께—하지만 단지 산만한 회고담들이다. 이제 네 번째로 Matt John Gregory 앞서〔Matt Emeritus〕가 회상하며, 평한다. 여기서 마태는 HCE를 〈율리시스〉의 마틴 컨닝엄(Martin Cunningham)으로 변용 시킨다. 마태전傳. 그리고 빵. 그리하여 그건 어찌할 수 없나니. 아하, 하느님이시여 우리에게 선하옵소서! 가련한 앤드류 마틴 커닝엄!

혹은 의자로부터 기대거나, 혹은 소파 커버 밑으로 무릎을 꿇거나 수프 그릇을 덮치거나, 무슨 야만스러운 일에 빠지거나, 젖은 물오리 털의 공진共振 일인 침대를 바꾸거나 혹은 그들이〔HCE-ALP〕, 거기에 더 이상 희망이 없을 때는, 그 아래에서 취침醉寢하곤 했나니, 그리고 그들의 반모半帽를 쓰고 모든 공간복음서空觀福音書와 찬사讚辭에 몰락沒落하거나 말을 되풀이하면서, 마치 꿀꺽 삼키는 짓처럼, 자신들을 뒤쫓는 다변요리사多辯料理師(칠면조)를 피할 때 마냥, 걸상 주위를 한 바퀴 빙 돌아 봐요 봐요, 재미 삼아 사방을 걸으며, 모든 창주자槍走者에게 불을 댕기고, 갈색의 모든 그리고 토막들.[1] 공간의 모든 측정測程에 있어서 시간의 강주强酒[2]의 서자연鼠自然의 진전進展을 집集하기 위하여 그리고 흰 플란넬 겉옷[3]에 목욕 슬리퍼를 신고 사방 범주帆走하며 노老패트릭에게로 나아가 워카 의사[4]에게 진단을 받았도다. 그리하여 그 다음으로 너무나도 기쁘게 그들은 자신들의 밤의 촉수觸手를 지녔었는지라 그리하여 거기 그들〔HCE-ALP〕은 과거에 그렇게 하곤 했듯이, 날개를 퍼덕거리며 맴돌면서, 그리고 던롭 타이어 바퀴[5]처럼 선호船弧하면서, 전인全忍스럽게, 배(船)들의 허리 주위를, 다시 그들의 정다운 옛 남풍南風[6]의 항적航跡을 따라, 모두들 지쳤는지라, 그들의 파장波長의 풍폭風幅 속에, 쾌속범선과 다섯 척隻의 네 돛 박이 배와 버린 오물대汚物袋의 랄리[7] 그리고 혈색 좋은 뺨을 한 사기詐欺의 로오,[8] 주객主客에서 주객으로 벼룩들을 교환하면서, 인지술학人知術學[9]으로, 그리하여 그〔Matt〕는 자신이 잊어버리기 전에 그에게 팔(賣) 이야기를 하면서,[10] 그래(섬)(島) 그래(섬), 되도록 자신의 인후 가득한 개구리 쉰 목소리에서 제구除嘔한 다음, 자신의 흡구이吸口耳 속에 폐충풍肺充風과 더불어, 한편 눈꺼풀을 위로 치킴에 의하여 냉도전冷挑戰[11]까지 환기換氣된 애이愛耳는 기억 속에 아무런 의혹을 남기지 않았나니, 마침내 그는 절박하게 되고 그는 신뢰적이 되고, 형제수중兄弟手中의 자매혼姉妹魂, 그리하여 화제들이 그들의 장대한 정열이 되는지라, 애니[12] 미니 여결(누구로 할까)에 관한 암소(牛)로부터 갓 나온 한 생선녀生鮮女가 갑옷 남男과 합혼合婚하는 일 그리고 또한 한 마리의 우조愚鳥가 화금란黃金卵을 낳았다는[13] 조각상 전설담의 일화一話 및 상류여왕의 공원변公園邊[14]의 농담, 고양이 연애 등등[15], 후브드순(호우드)(H) 백작의(E) 선택(C)을 위하여 그리고 후버 및 하맨 조상들[16]은 타시他時 여아汝兒에게 말하나니(쳇쳇!), 쌍안경의 내심적 자아 自我性의 안와眼窩[17]가 여하시 분별잠재의식적으로 다수학적多數學的 비물질성非物質性의 구렁텅이 심연[18]에 관해 감각하는 지를, 한편으로, 범우주적汎宇宙的 충동에 있어서 그 자체는 그 자체만의 것이라는 총내재성總內在性은(들어라, 오 들어라, 애란愛蘭잉어의 호성呼聲을!) 이 아처금시我處今時의 평면 위에, 분리된 고체의, 액류液類의 그리고 기화氣化의 육체[19]를 외재外在 시켜는지라(과학, 말하자면!) 재결합된 자기권自己圈에 관한 진주백珍珠白의[20] 정열망情熱望하는 권평판적拳平板的 직관을 가지고

〔모든 분석가들의 밀월옥蜜月屋 속의 염탐〕(유장천乳漿川.[1] 심원암광深苑暗光!) 고차원적 무사無私의 전자아全自我에 있어서, 그대나의 투리수妬利水티 나그대의 이솔伊率드,[2] 그리고 명랑한 맥골리[3]에게 말하며, 친애하는 요한씨氏[4], 길 저문 산발자散髮者, 양피지족羊皮紙足으로 길 트면서,[5] 그리고 모든 그 밖에 항년대기편자肛年代記編者, 증기선의蒸氣船蟻 귀녀貴女들의 4인조四人組, 위쪽, 아래쪽, 소관차小關車, 침沈, 단룝 타이어 끼우기.(결국 하장何長![6] 사주범퇴피선생四柱帆退疲船生들처럼, 그리고 그들의 쌍록안双綠眼으로 엿들어다 보다니, 모두들 그렇게 말하는지라, 북이北伊 코모 호상湖上의[7] 기면발작환자嗜眠發作患者들[8]처럼, 증기무蒸氣霧의 창문을 통하여, 밀월선실蜜月船室 속으로, 훈연선박회사제燻煙船舶會社製의, 큰 흠모기선欽慕汽船에 승선乘船하고, 참 새우 무리 실크가 쳐있는 창문에서 염백내장鹽白內障을 문질러 벗긴 살롱 귀부인용의 현대화장실 그리고, 피彼, 피彼, 귀 기울이면서, 위원委員의 자격으로, 가련하고 늙은 퀘이커 교도들, 과인過忍으로, 훈족(族) 미월자蜜月者들과 모든 일급 귀부인들을 보기 위해, 심각하게도, 그대 상상한 대로 아리스 춘천소녀春川少女[9], 그리고 아딧줄(시트)(海)은 소년少年으로부터 멀리,[10] 담요 속에 구애하면서, 아무런 흉물 없이, 그리고, 피미녀彼美女, 피미녀彼美女, 온통 부덕不德하게, 멋진 조조朝弔의 화장실 안에서, 장미도남薔薇盜男, 전율남戰慄男, 탄식고무남歎息鼓舞男을 위하여, 그의 나裸의 목에 저 오리브 고동치게 하면서, 그리하여, 안으로 흔들 밖으로 흔들, 작은 인용구引用句에 아주 감사하게도, 그리하여 그것은 다시 여제女製의 만사를 너무나 많이 가일층 남유쾌男愉快스럽게 탐구했나니, 그리고 너무나도 그녀는 만감불신萬甘不信스러운지라, 그들 모두 스스럼없이, 당신의 충만된 은총으로, 선행先行의 후회귀의後悔歸依에 의하여, 침선寢船 앞 그들의 은총도恩寵禱 말하는 것을 잊어버린 채, 투탕카맹投湯作孟의 구개월口開月의 예배구禮拜句 변운시邊韻詩[11]와 함께 선침船寢에 가기 전에, 그런고로 은총을 위하여 입맞춤을 건네도다. 아멘. 그리하여 모두, 그이이 히이이 히이이, 진동하며, 너무나 경악, 그리고, 그녀녀 쉬쉬, 흔들면서, 아파하면서. 그래요, 그래.〔트리스탄과 의 성적 장면〕

〔395.26–396.33〕 정열적이요 의도적 키스(kiss)–골(목표)의 기록(goalscored).

〔섹스의 절정〕 왠고하니 바로 그때 순희純戱의 한 가지 미사美事가 필시 발생했는지라, 당시 그의 아부阿附하는 손,[12]이 바로 정 순간에, 마치 아마도 어떤 용기勇琦의 요리사[13]가 포리지 죽의 족통足桶 뚜껑을 찰깍 닫듯 자신의 오리 집(압가鴨家)[14]을 수폐手閉했나니, 저 생생한 소녀, 사랑에 귀먹은 채,[15](아 분명히, 그대는 그녀를 알리라, 우리들의 천사물天使物, 로만스의 불퇴不褪의 불사의녀不思議女의 하나, 그리하여, 이제 확실히, 우리 모두는 그대가 그녀를 심지어 사일死日까지 애익사愛溺死할 것을 아노라!) 애수愛愁 극위極危의 쾌소성快小聲을 지르며 그녀는 그들의 분리分離를 재무효再無效했는지라, 끈적끈적하게 루비홍옥紅玉 입술로서(사랑 오사랑!) 그리고 애별인愛別人의 생이별시生離別時의 황금주기회黃金主機會인지라, 그러자 그때, 될 수 있는 한 급히, 유지油脂의 돈피豚皮[16] 있었나니, 아모리카阿模理作[17] 참피어스(선수), 한 가닥 오만스러운 돌입突入으로, 생식남승生殖男勝의 거설근巨舌筋[18]을 홈인 시켰나니,

〔396.34−398.28〕 최후의 노래를 부를 것을 준비하며−마마누요의 이야기는 끝난다.(4노인들은 항해에 대한 그들의 추억을 되새기다(396−398). 트리스탄과 이슬트의 성교 장면은 마치 축구 경기의 말투로 희극적이다. "전위前衛(포인트)의 양치선兩齒線(라인) 돌파… 그녀의 식도의 골(득점) 안으로."

전위前位(포워드)의 양치선兩齒線(라인) 돌파(하이버 상아象牙의 다운, 애들아!) 당(堂) 딸랑쿵쾅 포성砲聲 그녀의 식도食道의 골(득점) 속으로.

재차!

〔4대가들의 이시에 대한 성적 옹호〕 그리하여 이제, 똑 바로 섯 그리고 그들에 가세加勢할지라![1] 그리고 제발 정직희正直戲 할지라! 그리고 그걸 그대 자신 속으로 끌어들어요, 남녀男女가 상오 그러하듯! 정직후보적正直候補的으로, 하인何人이든! 말(言)에는 말로.[2] 자아, 무엇, 그리고 단연! 거기 이러한, 소위녀所謂女가 있었나니, 한 사람의 우라질 고현대古現代의 애란황녀愛蘭皇女, 여차여차如此如此의 마수고馬手高에,[3] 이러이러한 두꺼비 체중에, 그녀의 목면木棉의 겉옷을 입고, 그녀의 모자 밑에는 붉은 머리칼과 단단한 상아두개골象牙頭蓋骨만이 있을 뿐 아무것도(이제 그대는 알리니 그대의 궁심窮心 속에 그게 사실임을!) 그리고 최고의 신비神秘 푸른,[4] 한 쌍의 일급침실안一級寢室眼.(우리는 얼마나 미약하랴, 누구나 할 것 없이!) 호의好意의 애정 어린 승낙承諾의 매력! 그대는 그녀를 비난할 수 있을까, 우리는 말하고 있는지라, 단지 논심리적論心理的 순간 만 이라도? 이우브여[5]〔암양−이시〕 뭘 할 참인고? 저토록 지친 늙은 무유無乳의 수양을 가지고, 그의 지친 의무식물義務食物과 그의 기관지氣管支, 지친 노모老毛의 오랑우탄(動) 턱수염을 가지고, 그의 지치고 낡은 이십육원육전(26圓6錢)의 양치기표범의 격자무늬 면眠바지와 그의 삼십三十실링구전九錢(30실링9전)의 견면미복絹綿尾服을 입고! 기독성평화基督聖平和! 만일 누군가 이 같은 노개인老個人에게 한줌의 닭똥인들 제공하면 그건 정말이지 너무 과월過越할지로다. 더 없는 최비最卑의 일! 에뎀[6]이 소소년기沼少年期였던 이후. 아니야, 아니, 경천敬天은 아는지라, 그리고 그로부터 멀어지면 질수록, 만일 전체 도부화盜腐話가 오화誤話되면, 난탐자難呑者가 누구든 간에, 그리고 육목적肉目的이 무엇이든 간에, 쌍일합双一合되어 다함께, 그리고 최무最霧의 유정열流情熱의 맥천후麥天候를 부여하며, 그들은 하나 화환花環 둘 날짜 셋 수선水仙 넷 딸(낭娘) 껴안고 애무 벌벌 떨며 어쩔 줄 모르는 것이었는지라. 그리하여 그것은 가련하고 늙은 시피진자時皮疹者들에게는 오경五驚의 순간이었나니, 티격태격 하면서, 십계十計에. 숨통을 털어 막고 가둔 불꽃을 그가 움켜 질 때까지 그리고(폭발적 폭정暴情,[7] 그대의 폐설경肺舌憬은 얼마나 단조短早한고!) 그들은 할 수 있었는지라 그리고 그들은 마치 설골가舌滑歌를 들을 수 있었나니, 그것은 그녀의 쇄락회당灑落會堂[8]에서 핑 튀기는 그녀의 진설眞舌의 야기사夜騎士[9]이었는지라, 그 곳 뒤에 그는 사라지고 현안(혼약婚約)이 펑하고[10] 터졌도다.

펑.〔마태의 증언의 종말과, 새로운 시작〕

아아 이제, 그건 과전過全하게 경탄驚歎스러운지라, 광대중얼윤활潤滑주바춤![11] 그리자 그 뒤로 그들은 너무나도 잊어버리기 일수 였나니, 진주모眞珠母의 단추를 헤아리며(위 하나 위 넷)[12] 그녀의 미현대형美現代型의 처녀명名을 굴기억掘記憶하는 것을,

만류화萬流花를 위해, 애란해몽사愛蘭解夢師 여인의 꿈에 의하여, 4십四十의 땅에, 그레그 및 도우그[1]로부터 가련한 그레그 위의 그리고 마(태) 및 마(가) 및 누(가) 및 요(한),[2] 이제는 행복하게 매장된 채, 우리들의 4인四人! 그리하여 바로 그녀 거기 있었나니, 바로 저 사랑스러운 광경, 그 귀녀貴女 소미少眉,[3] 다영多榮 석일昔日로 말하면, 다부多浮의 그레고리. 아我고리. 오 연침상宴寢床, 정자亭子 아닌![4] 아, 슬프도다.

그러나, 확실히, 그것이 이제 내게 상기시켰는지라, 또 다른 언술화言術話가 되풀이하여 말하듯, 그들이 어찌하여 기민증嗜眠症의 사랑 속에 빠지곤 했는지를, 만사의 종말에, 그때(딸꾹) 언제나, 온통 지친 채로, 서가사鼠家事를 행하고 꾸린 다음, 그들의 친교를 몇 번이고 거듭 노래하며(딸꾹) 성상聲箱의 고高미다락, 매그리 살모殺母에 노우자老愚者[5]를 닮은 마마누요,[6] 둥글게 쭈그리고 앉으면서, 둘 식 둘 식, 4자연맹四者聯盟, 키잡이 캑슨[7]과 함께, 천년가도千年街道, 양로병원[8]의 습공조정환기중濕空調停換氣中,[9] 찬월계수지讚月桂樹枝에 스스로 착관着冠하면서, 자신들의 차가운 무릎과 자신들의 가련한(딸꾹) 4족四足, 반숙란면半熟卵眠, 그리고 한껏 화착華着한 채로, 자신들의 담요와 모성母性의 머플러와 고무밑창 신발과 자신들의 갈색 설탕 사발과 밀키와 샌드위치 덩어리를 위하여, 평화 일첩一貼, 십시일반, 숟갈 일순一脣, 전비全備 일음一飮 하지만 최친절最親切의 일잔一盞을 위하여,[10] 정답게 손잡고 홀짝홀짝 어르면서 그리고 단지 얼마간의 한 입, 귀여운 원두猿豆와 취취醉臭를 위하여 그리고 한 줌을 기다리며 가련한 마커스 리온즈를 부추겨 제발 뼈대를 상관하지 말고 질식주窒息酒를 위해 이빨을 너그러이 다루도록, 아멘 남男[11] 그런 일이 일어날 때 그들은 온통 무화과인지라 그리하여 세상에 의해 잊혀진 채,[12] 플랑드르의 백일해百日咳 이후, 모든 요침자尿寢者들을 위해, 상傷한 게(해蟹)와 찔레나무 열매[13]를 먹은 다음, 그리고 처참한 욕창蓐瘡을 등 긁으며, 한 조각 선견지명, 그들의 마그네슘 섬광의 유월절의 양초, 그리고 매일 밤 한 두 통의 편지를 읽나니, 혼수 잠들기 전, 그들의 묘피猫皮 두건과 함께, 황혼에, 두문자편지, 더 많은 길조[14]를 찾아, 그들의 구역舊歷, 마마누요(M. M. L. J.),[15] 1132 구년전야舊年前夜의 한 페이지 고사본古寫本 위에, 그들의 초기 애란 대법전[16] 그의 동료녀同僚女인, 쉐만스 부인[17]에 의하여 쓰인, 그녀의 써마 세일 앙상블 하우스에서, 캐라컬 양피羊皮[18]로 묶은 채, 그녀의 안전보관 속, 담황색의 오식午食 최종판, 레가타 능직물 커버에, 저타자著他者로부터 입수지가入手持可한, 왠고하니 그들의 꿈을 부화孵化에 의하여 회상하기 위해, 그리고 랄리, 그들의 녹괴저綠壞疽의 촉수觸鬚(안경)를 통하여, 그리고 온갖 선행을 그들은 자신들의 유시에 행했는지라, 엄격주의자들, 로우와 코니 압 머리의 오멀크노리[19]를 위하여

〔398.29—398.30〕 들어라, 오 들어라—트리스탄과 이슬트를 위한 음악.

또는 랩 압 모리온[1] 및 법플러 압 매티 맥 그레고리, 둔부자臀部者, 드와이어의 대디부父의 마커스, 고깃국 노부대老負袋, 황우黃牛들과 목동들, 촌뜨기들과 종자從者들을 위하여, 요컨대, 벌족일동閥族一同 및 각자(성性) 및 하나 씩 하나 씩 그리고 마마누요[2]를 노래하도다. 애란의 최고영웅 챔피온과 그의 지주분발상륙자支柱奮發上陸者들을 향해 그리고 거백去白, 거승去勝 그리고 거원去遠했도다.[3]

그리하여 그 후로 이제 미래에, 하느님 제발, 무형無刑의 시작 뒤에, 모두 스스로 되풀이하여 말하노니, 언건言件의 한 복판에,[4] 그 곳으로부터 그는 터치라인(촉선觸線)에 한 유용한 팔을 바쁘게 착수着手했는지라, 그녀의 서쪽 어깨의 정 남쪽에, 아래 쪽 죽음까지 그리고 사랑의 포옹, 흥미 있는 수지獸脂의 안색顔色과 더불어 방금 온통 총합연합[5]되어, 무가친족無家親族,[6] 우리 다 함께 달려가 오아吾我의 기도를 말할지라.[7] 그리고 홈 스위트 홈 답게.[8] 고도로 대륙적 출래사出來事의 감사한 경험을 충분히 실현한 다음, 대모代母 및 대부代父를 위해 잠(면眠)의 사원寺院으로, 그리운 옛 지인을 위해,[9] 페레그린과 마이클과 파파사와 페레그린[10]에게, 편역遍曆의 항해사들[11]을 위해, 모든 옛 제국과 피오니안(길 터)[12] 미해美海를 통틀어 그리고 그대의 매녀魅女인, 어떤 이이스 양에게 유행의 함타락陷墮落을 위해, 그대여, 긍안숙녀肯眼淑女에게[13] 도리스 애증기愛蒸氣를 노래할지라, 여기 묘술(트리스탄)과 사지동물四肢動物)[14]이 있나니, 즐겁게도 우리들의 것, 홀딱 사랑에 빠진 귀여운 오리새끼 파랑녀女가 남男의 굴렁쇠를 굴리는지라, 그리하여 그녀가 어찌 달렸던고, 기지승유機智勝由, 보조개 같은 지복을 받고 경치게도 뽐내다니, 정말 기쁜지라 우리는 결코 잊지 못하리라, 세월이 흘러가도 여전히 그들은 젊은 꿈을 사랑하나니[15] 그리고 늙은 누가(Luke) 자신의 왕王(킹)다운 곁눈질(리어)[16]과 더불어, 너무나 볼만한 가치가 있는 것, 그리하여 대법전주大法典主[17]가, 분명한 악명을 소유한 채, 그리고 또 다른 하나의 대업가大業家, 타자를 거명하지 않더라도, 그에 관하여 성취 분야에서 대사大事들이 기대되었나니, 나사로[18]의 생애生愛와 흘러간 그 옛 시절[19]을 위하여 그리고 그녀는 녹석영綠石英의 쾌공快孔 상하이(상해上海) 위에 착着한 자신의 코이누르 다이아몬드 덩어리를 환환환호歡歡歡呼하는도다.

들을지라, 오 들을지라, 아름다운 이슬트여! 트리스탄, 비운의 영웅이여, 들을지라! 램버그의 큰 북,[20] 롬보그의 갈대 피리, 룸배그의 횡적橫笛, 리미빅의 청동비음靑銅鼻音을.[21]

우리들의 축복 받는 주 예수 그리스도의 기원[22]

얼스터 은행의 청흑장기靑黑腸器 속의 구십구억구천만九十九億九千萬 파운드 영화英貨.

값진 반 페니와 순금 파운드, 풍부한, 나의 아가씨여, 일요일이 그대를 멋있게 장식하리라.

그리하여 경질 어느 시골뜨기도 그대에게 구애하러 오지 않나니 아니면 성령 모聖靈母에 맹세코 살해 있으렷다!

오, 오라 딘글 해변의 모든 그대 아름다운 요정들, 파도 타는 시벌[1]의 염수신부鹽水新婦 여왕을 갈채하기 위해

그녀의 진주낭자眞珠娘子의 조가비 소택선沼澤船을 타고 그녀 주위에 은월청銀月靑 망토를 걸치고.[2]

해수海水의 왕관, 그녀의 이마 위에 염수鹽水, 그녀는 애인들에게 지그춤을 추고 그들을 멋지게 차버리리라.

그래요, 왜 그녀는 울측낭자鬱側郞子들 혹은 흑기러기들을 참고 견디려 하는고?

그대는 고독할 필요 없을지니, 나의 사랑 리지여, 그대의 애인이 냉육冷肉과 온병역溫兵役으로 만복할 때

뿐더러 겨울에 경야經夜하지 말지니, 매끄리 창부窓婦여,[3] 그러나 나의 낡은 발브리간 외투[4] 속에 비가鼻歌할지로다.

과연, 그대는 이제 동의하지 않을런고, 말하자면, 내주, 중간부터 계속, 나의 나날의 균형을 위해, 무료로(무엇?) 그대 자신의 간호원로서 나를 채용하도록?

다력多力의 쾌락 자들은 응당히 경기사투競技死鬪했나니—그러나 누가, 친구여, 그대를 위하여 동전을 걸乞할 터인고?

나는 그자를 누구보다 오래 전에 내동댕이쳤도다.

때는 역시 습濕한 성聖금요일의 일이었나니, 그녀는 다리미질을 하고 있었고, 나는 방금 이해하듯, 그녀는 언제나 내게 열광[5] 이었도다.

값진 거위기름을 바르고 우리는 오로지 올나이트 물오리 털 침대를 들고 전적으로 잇따른 피크닉을 나섰는지라.

콩의 십자가[6]에 맹세코, 그녀는 말하나니, 토요일 황혼 속에 나 아래에서 솟으며, 크, 매고트(구더기) 니크[7] 또는 그대의 이름이 무엇이든 간에, 그대는 보허모어[8]군郡 출신, 나의 수중에 들어온 여전히 최고의(모세) 마음에 드는 청년이라.

마태휴, 마가휴, 루가휴, 요한휴히휴휴!

히하우나귀!

그리하여 여전히 한 점 빛이 길게 강을 따라 움직이도다. 그리고 한층 조용히 인어남人魚男들이 자신들의 술통을 분동奔動하도다.

그의 기운이 충만한지라. 길은 자유롭도다. 그들의 운명첨運命籤은 결정 되었나니.

고로, 요한을 위한 요한몽남夢男[9]에게 빛(光)이 있을지라!

〔398.31—399.18〕 트리스탄과 이솔트를 위한 노래—4인에 의해 불린 채, 각자 자신의 음절과 함께.

제Ⅲ부

◆ III부 - 1장 ◆

대중 앞의 숀 (p.403 - 428)

들을지라!
열둘 둘 열하나 넷(있을 수 없나니) 여섯.
경청할지라!
넷 여섯 다섯 셋(틀림없나니) 열둘.

그리하여 정적 너머로 잠(眠)의 심장고心臟鼓가 낮게 엄습해 왔도다.

하얀 무광霧光[1]이 걸쳐있나니. 성벽요철城壁凹凸의 호弧가. 콘월(삭과蒴果)의 마가[2]처럼. 비공鼻孔[3]을 닮지 않은 인간의 코. 그것은 자기채색적自己彩色的, 주름지고, 홍토색紅土色되었는지라. 그〔HCE〕의 안면은 금작화원통金雀花圓筒이도다. 그는 너도밤나무 숲—아래—개복蓋覆된 가스코뉴의 주춤대는 내종피內種皮(植)나니[4], 그의 용모는 나의 추억조追憶鳥의 전공前恐에 너무나 뒤뚱거리며 가변적인지라.[5] 그녀〔ALP〕, 다음으로 현시顯示나니, 그의 부활 아나스타시아.[6] 그녀는 텔프트 저지低地[7]에서 집단항의도集團抗議禱를 갖는도다. 바다의 녹색의 계란온실鷄卵溫室. 저기 노려보고 있는 저주청치남詛呪靑齒男의 이름은 무엇인고?[8] 구걸타(몽마)![9] 구걸타! 그는 야성野性의 힌디간(북인도北印度)의 매부리를 갖고 있나니[10]. 호호, 그는 은각隱角을 지녔도다![11] 그리하여 방금 피안彼眼이 그대를 향하고 있는지라. 광세(명상록)[12](색남色男)! 베일 두른 바이올렛(제비꽃) 방야곡계方野谷界의[13] 최고 미인. 그녀는 나의 구개口蓋의 원천정圓天井에 영양羚羊 입맞추리라,[14] 화산음진火山淫唇[15]을 갖고, 그녀의 유구흡유幼鳩吸乳하는 뱀장어송곳. 애찬퇴거愛餐退去![16] 접근금제接近禁制! 흑퇴黑退! 스위치를 꺼요!

나 생각건대 어디 멘가의 무향無鄕의 혹역或域에 나는 침몰寢沒하고 있었는지라(그리하여 그것은 그대와 그들이 우리들 이였던 때가 있었나니) 나는 영시零時[17]에, 마치 그것이 한밤중의 종소리 사이 멋진 옛 반점성당斑點敎會의 종루鐘樓에서부터 울려오는, 암 여우의 웃음소리인 듯, 들었는지라, 야성夜性의 보이지 않는 자외선이 대大영제국과 소小애란의 모든 생기물生氣物을 인간의 관찰자들에게 불가관不可觀하게 하듯 너무나도 선진남善眞男스럽게[18] 아련했나니, 그 밖에 예외로 필경 조만간 충적토沖積土의 유유수천流流水川의 어떤 빤짝빤짝 번쩍이는

〔403—428〕 이 장에서 숀(존)은 그의 〈십자가의 길〉(Via Crucis)의 수난을 경험한다. 조이스 자신이 설명한대로, 여기 숀에게 부과된 14개의 질문들은 그리스도가 통과하는 14개의 십자가 정거장들인 셈이다.

〔403.01—403.17〕 네 노인들이 한 밤중의 종소리를 헤아린다—잠자는 한 쌍을 넘어.

암울한 저표면底表面이라, 마치 넘치는 기대 속에 근접한 풍향초지風向草地에 놓인 세탁물의洗濯物衣처럼 재차 보였도다. 그리하여 내가 졸면서 꾸물거리며 꿈속에서 엎치락뒤치락하고 있었을 때, 아 저런, 생각건대 광음율廣音律[1]이 들렸는지라 그리고 파충류爬蟲類와 땅 숨소리의 활공기滑空機[2] 및 비동기飛動機와 삼화森火의 무설舞舌 및 그들의 땅속의 왕새우들이 모두 시공명始共鳴 큰소리로 외치고 있었나니. 숀이여! 숀이여! 우편을 우송할지라![3] 한 가닥 높은 소리로 그리고 오, 높은 곳에 높을수록 보다 깊게 그리고 낮게, 나는 그를 그렇게 들었노라! 그리고 보라, 추측컨대 어떤 뭔가가 그 소리에서 나왔나니[4] 그리하여 누구나가 모든 암울을 걷어버리 듯 했도다.[5] 이제, 그건 필경 덤불 같기도 하고, 지금 아마도. 그를 보자, 빛이 있었나니 이제, 그건 점멸광點滅光 같기도, 지금 무우霧雨처럼 흑안黑顔[6]이도다. 아아, 무휘無輝 속에 그건 박진迫眞[7]이라, 아뿔싸, 그건 그의 벨트 램프(혁대 등)나니![8] 우리가 한 때 꿈꾸었던 하자何者는 한갓 그림자였는지라, 확실히, 이제 그는 실물대광實物大光이요, 약자若者여! 축복 받은 무순간霧瞬間, 오 낭순간浪瞬間, 그는 유성장留成長하려 하도다! 아아, 나의 앞에서 도깨비불[9]을 그토록 흔들고 있던자, 손에 손을 받치고, 민측좌우敏側左右, 바로 정당착의正當着衣의 백작처럼, 최상등의 엄격성을 띤 고전적 맥프리즈의 외투[10]를 입고, 인디고 블루색[11]의, 쫓기고 밟힌 채, 그리고 애란 연락견連絡犬의 칼라가, 그의 어깨로부터 돌고래 레이스와 함께 자유익요自由翼搖하고 그가 신은 두툼한 굽바닥의 단화短靴는 스코틀랜드풍의 대중적 및 풍토에 알맞게 망치질된 것으로, 쇠 뒤꿈치와 분리가分離可한 밑창, 그리고 유골柔滑의 혀 같은 옷깃이 달린 완비完備의 양털로된 그의 신의神意의 재킷[12] 그리고 커다란 봉밀의 단추, 그걸 끼우는 구멍보다 족히 더 큰지라, 스물두 개의 당근 교황연공홍敎皇燃空紅[13]의 빛을 띠고 그의 불사신의 거친 부대포負袋布 털 코트 및 그의 인기 있는 초커(목도리)는, 특대의 칠겹七袂—사절四切[14] 그리고 그의 화려한 보헤미아의 장난감과 다마스쿠스 능직의 오버셔츠를 그는 안쪽으로 자랑해 보이나니, 성조星條의][15] 사파이어 제퍼(서풍)직복織服에는 단호하게도 중백의中白衣의 주름지게 낙서한 흉판胸板과 더불어, 애생애愛生涯를 통한 자신의 모토(표어)가 완두, 쌀 및 오렌지 난황卵黃[16]으로 그 위에 수繡 놓아져 있었나니, 혹은 왕실용, 앰(Am)은 우편, R. M. D.(더블린 왕실 우편)[17] 당면현금當面現金 그리고 그대가 여태 지금까지 가장 성공적으로 수발隨發한 양각羊脚 소매.(얼마나 완사完事스러운 주름이랴! 어찌나 절시적絶視的인 커스 복상服商이람!)[18] 발목 위로 꺾기면서 그리고 뒤축을 끌어안으며, 만사 최고—타무他無라 (아하, 하느님과 성모마리아와 성聖패트릭의 바다거북의 축복이 그이 모두 위에 수프 엎드러지옵소서!) 타자 보다(그리고 그의 1백천百千의 환영[19]의 마음 졸인

[403.18—405.03] 숀이 꿈같은 안개를 뚫고 다가온다—그의 멋진 의상을 걸치고.

편지가, 우편 지급전언至急傳言된 채,[1] 증가하고, 아아 정말로, 그리하여 다복多複하옵소서!) 숀 자신이라.

얼마나 원초적 관경이랴!

만일 내가 그레고리씨氏 및 이온즈씨氏, 및 타피 박사와 더불어 그리고 내가 감히 들먹이거니와 존경하올 맥도우갈 존사씨氏와 일치하는 현두賢頭를 가졌다면, 그러나 나는, 가련한 당나귀라니, 하지만 그들의 사부합주四部合奏의 둔분鈍糞으로서 뿐이외다. 그런데도 생각건대 숀(거룩한 전령몽천사傳令夢天使들이여 상시무작위常時無作爲의 꼬불꼬불한 길 사이를 그리고 따라서 그를 간단없이 가까이 하옵소서!), 당사자인 숀은[2](이제 모든 청흑골靑黑滑하는 성좌星座여 그의 가변적 시간표를 계속 다듬게 하옵소서!) 내 앞에 서 있었도다. 그리하여 나는 그대에게 나의 농경어農耕語로 맹세하거니와 이 초야 조망의 160개 가량의 곤봉과 원추[3]를 걸고 저 젊은이야말로 예술 작품이요, 보도步道의 미동美童[4], 미증유의 수려인물秀麗人物로 보이지 않는고! 생기(활력)? 이제 속임 없이 그 이야말로 장대하다고 해도 좋을 정도로, 너무나 불타듯 멋있나니, 자신의 일상의 건강 이상을, 보여주고 있나니라. 틀림없는 저 빛나는 이마! 게다가 그대에게 선량한 험프리 공작과 석반夕飯하는 일은 결코 없을 것인즉 그러나 에워싸인 과오 없이 여러 달을 통하여 팔월식八月食하리니[5], 그런 다음, 맴돌며, 커트 당 4파운드 이별주를 타라 장미의 찌꺼기까지[6] 마시는자였도다. 저 조브 신쾌神快의 일별안경一瞥眼鏡![7] 횡전심장橫轉心臟![8] 그리하여 암탉 울짱을 쳤나니. 그는 엄청났는지라, 산꼭대기까지 솟아올랐나니, 자신이 굉장히 즐거운 시간을 보낸 다음이었기 때문이라, 24시간 매순간 문제의 식사[9]로, 주옥에서, 비열 솔직하게도, 혹시 그대 알고 싶으면, 세인트 로우쨴즈 오브 툴 여인숙, 운명의 수레바퀴주점, 그대의 몽둥이는 현관에 두고[10] 그대 자신을 시중들며, 호두 케첩, 라젠비 오이지[11] 및 차트니 건포도를 위해 수표 불요(브리스틀과 발로더리의 한 때의 여왕이 이 집을 두 번 감탄했나니[12], 그 이유인즉 그의 추레한 문이 호감가好感街를 바라보고 있었기 때문이라) 거기서 사랑스러운 눈의 식시息視의 판단으로, 자신의 마음의 칼날을 대황폐大荒廢시키는 동안 자기는 쌓아 놓은 음식의 삽 가득한 식사에[13]의하여 자신의 힘을 회복시켰는지라, 유대 수장절受贓節의 테이블 냅킨[14]을 기대하며, 경식輕食 더하기 자신의 삼분할三分割 만찬식[15]을 구성하나니, 우선의 아침 조반, 우리를 축복하사 오 혈주血主여[16] 그리고 목마른 오렌지, 다음으로, 갓 낳은 거위 알과 한 조각의 쌀 딸기자두의 충전물[17]을 곁들인 반 파인트의 베이컨, 산당散糖과 함께 그리고 당시 상비上飛의 박쥐 흑야黑夜로부터[18] 토탄화석화된 약간의 냉冷저버린 스테이크, 출차出差[19]까지 선편견입先偏見入 주스[20] 없이,

스낵이 뒤 따랐나니 반 파운드의 둥근 스테이크의 그의 수프 냄비 만찬, 극히 드문, 포타링턴[1] 정육점산産의 송판松板 최고품, 미두米豆와 코크샤산産[2]의 아라 메랑쥬(혼합물) 베이컨을 곁들이고(조금만 더!) 두 꼬치의 고깃점 그리고 언덕 위에 사는 수탉의 여주인[3]에 의하여 은銀석쇠로부터 덤으로 준 것에 육채소肉菜蔬 스튜 즙汁 및 부풀어 오른 조제粗製 호밀 빵과 화포식자華飽食者의 구근 양파(진주, 진주어녀眞珠魚女 진주상여신眞珠商女神) 그리고 마찬가지로 두 번째 코스(요리)와 함께 그리고 이어 최후로, 애플(사과) 레츠점 혹은 키찌 브라텐점에서 사온 안장부대鞍裝負袋 스테이크의 11시 애플 주식晝食 스낵 후에, 그리고 여주인의 오래된 피닉스 통주桶酒[4]를 곁들인 보터힘[5] 샌드위치, 자신의 목을 축일 타타르주酒와 단 감자 및 또한 애란 스튜 그리고 그의 길을 따라 휘파람 불기 위해,[6] 한 모금씩 꿀꺽 꿀꺽, 마시는 가짜 거위 수프, 그리고 자신이 혀를 한 바퀴 돌린 다음, 게다가 덤으로 첨가한 보란드점[7]의 묽은 수프, 유감스럽게도 야침전주夜寢前酒와 더불어 자신의 수프 지불支拂, 환언컨대 둘째 코스는 계란과 베이컨으로 일관된 일종의 종부식種阜食(풍부한), 잠두蠶豆, 고기, 스테이크, 먹장어, 다이아몬드 견골堅骨에 후추를 뿌려 뜨겁게 데운 것 그리고 한편 그 다음으로 그는 수오리처럼 넉넉히 게걸스레 배불리 먹었나니, 더 많은 캐비지를 곁들인 송아지 냉요부冷腰部와 그들의 녹자유국綠自由國(상태)[8]의 완두 송이에 잇따라, 좌약녹두坐藥綠豆, 최후의 것. 추가. 그러나 그대의 정신(주정酒精)과 함께 평화를 주기 위한 한 골무의 라인주酒. 갈증으로(진실로) 감사하도다. 빵과 식용 해태海苔 및 티퍼라리[9] 잼, 모두 요금 무료, 아만 버터, 그리고. 그리하여 최고의 와인과 함께. 왠고하니 그의 심장은 자기 몸만큼 크기 때문이라,[10] 그랬나니, 정말, 보다 크도다! 엽葉 빵들이 개화만발하고 나이팅게일이 짹짹 우는 동안. 배리의 성聖지리안 후의厚意의 만인滿人,[11] 거기 땅딸보 노인 맥주 컵을 위하여 만세! 마브로자피네[12] 희랍주酒, 우리들의 커스터드(과자) 하우스[13] 부두의 갈색의(더할 나위 없는) 자랑, 생기 있고 미식美食의, 감사하게도 아원기我元氣라, 우리를 원기 있게 할지라![14] 영원히 그대를,[15] 아나 린치[16], 그는 깊이 몽애夢愛하고 있도다! 지고신至高紳 산나여! 차茶는 지고로다! 그리운 옛 시절[17]의 긍영원肯永遠! 이리하여 그는 이제 한층 후하게 되리니, 새롭게 되리라. 그리하여 버터와 버터 위에 베터 및 베터(한층 더 낫게). 메스트레스(굶주린) 반홍리그[18]의 신호에 따라. 그러나! 그대 유념할지라, 자양음식에 관절항복關節降伏하며, 그들은 단單메뉴로 어떤 햄과 야벳(자바 오렌지)[19]였나니, 그리하여 나는 그가 반추反芻할 수 있는 탄구呑球에 관하여 대음유죄가大飮有罪可한 대식가의 대간죄적大奸罪的 이었음을[20] 당장은 섭취할 뜻이 아니나니, 그러나, 유상乳商은 유상이라[21], 그리하여 총체적으로, 자신의 식욕을 잃지 않았을 때는, 선애식욕先愛食慾 및 후애염가격後愛廉價格, 염가가 주어지면, 만일 때가 하월중순夏月中旬 팔월 추수 절이거나 혹은 춘월 중순이면,[22]

휘파람부는 목패牧貝의 굴술(려주蠣酒)[1]이 장난치는 동안, 폭식暴食과 폭도락暴道樂 사이, 그는 자신의 식과食菓를 온당히 먹어 치우는지라, 점심전채點心前菜, 매번 그는 음식에 대해 중상하는 말을 하거나 또는 잘 드레스된 파이의 맛난 정선식精選食과 함께 한 병의 아디론[2]을 마시고 싶어 하거나 아니면. 비록 그의 정미正味의 경기신근중競技身根重[3]은 대체로[4] 질량단위로 한 마리 구더기 무게에 불과했을지라도. 그리하여 그는 마부처럼 너무나 경쾌하여, 자신의 부활려절復活蠣節의 월요일[5] 인쇄면印刷面 너머로 여학생의 낙승樂勝 얼굴을 하고 유복하게 앉아 있었나니. 그리하여 그는 분명히 병사의 발걸음으로 행군중이라,[6] 말하자면, 그가 아화芽話 했기에.

〔405.04—407.09〕 숀의 엄청난 식료품—그렇다고 그가 대식가의 죄를 지었다는 것은 아니다.

〔407.10—407.26〕 그의 목소리가 들린다—그는 말하고 있다.

서곡序曲 및 시자始者들이여![7]

그때 보라(주목注目, 오 주묵注黙!) 아견我見, 아류我流했나니, 마치 녹색綠色이 적색으로 청류淸流하듯, 암흑의 아사啞死를 통하여 나는 녹성장綠成長의 보다 깊이 한 가닥 목소리를 들었나니, 숀의 음성, 애란민愛蘭民의 투표,[8] 원화遠火의 호음呼音을(확실히 어떠한 팔레스타인의 청소년淸少年도 신명神命[9]의 구름 사이 범천사적汎天使的으로[10] 여태껏 그처럼 영송詠誦하지 않았나니, 그대는 베드로니라, 마이크린 켈리[11]도, 마라 오마리오[12]도 아니라, 그리하여 확실히, 무슨 다수의 이태공伊太公이 요수내尿水內의 신선란新鮮卵을 생흡生吸했던고?), 영英오존해海[13]를 너머 부리타니미풍腐理他尼微風이 애란지대愛蘭地帶14)로, 인치게라로부터 하탄식何歎息하듯 내내 부르나니[15](모어포크! 담자돈육항淡紫豚肉港!)[16] 향(香)이 깃든 야생夜生으로, 크리브덴으로부터 애고愛高스러운 마코니마스트(柱)가 무선無線의 비소秘所를 윙윙 열 듯 상냥하게(모브포크! 광야원曠野園!) 노 바 스코시아[17]의 배토변培土邊의 자매측姉妹側으로. 튜브관管!

그의 수장手掌이 들어 올려진 채, 그의 수패手貝가 잔盞했나니, 그의 수신호手信號가 가리키자, 그의 수심手心이 료봉僚逢했는지라, 그의 수부手斧가 솟아올라, 그의 수엽手葉이 추락되도다. 상조相助의 수手가 혈거개穴擧皆로 치료하는지라![18] 얼마나 성스러운지고! 그것이 신호身號했도다.

그리하여 그것이 말했나니.

—이봐, 아아, 알라딘,[19] 아모버스어! 여女가 조용히 넘어져 누운 것은 휴저休低를 의미하는고?[20] 숀은 하품을 했나니, 자신의 총연설總演說의 시연試演으로서.(그건 기전선일旣前先日의 전서구용傳書鳩用 가루반죽 비둘기—파이—수프와 자신의 머리 속의 화요일의 샴페인(사통似痛)[21] 더하기 내내일來來日의 교신잡음交信雜音 때문이라, 과거의 기억[22]과 현재의 금처今處[23]가 마카로니 악단[24]으로부터 미래의 음감音感을 윤색潤色하고 있었으니) 높은 곳에서[25] 자기 자신에게 말을 걸며 그리고 음성불만吟聲不滿을 가지고, 그것은 사실상 너무나 가까이 기旗가 게양되었다거나[26] 극장 패스와 전단권傳單券, 만원滿員의 사두死頭[27]에 대하여, 자신의 내일서단來日西端의 이득을 위하여 자신의 페티코트를 오늘 염색하는 스스로를 불평하나니,

〔이어지는 숀의 포식 습관〕 자신의 운명의 용한鎔汗의 숙宿빵 인양,[1] 정적상靜寂上 자신의 입술(추자芻者)[2]을 적시거나 그의 두 선지先脂를 가지고 어금니와 마치磨齒를 깨끗이 문지르면서, 그는 자신의 거구를 침沈했나니, 당장 곤드레만드레 되어 휴식하기 위해,[3] 숨을 헐떡이는 들 토끼처럼 기진맥진한 채, 전적으로 노초가 되어, 그것이 그가 할 수 있는 모든 것이었는지라(그의 총 체중 톤의 결합된 무게가 자신에게는 너무 지나친 100남男[4]의 군집群集임에 스스로 불쾌한 채), 자신이 사랑했던 토착의 히스(해더) 들판 위에 처녀 수풀로 무릎 높이까지 덥혔나니, 그 이유인즉 여태껏 애란토愛蘭土를 밟은 자는 누구든 간에 뗏장(토탄)과 떨어져 잠잘 수 있었던고!〔사람들과 숀과의 대화 시작〕 글쎄, 나는 이러한 꾸밈으로 나 자신을 보다니 문자 그대로 이제 다된 것[5] 같도다! 나는 얼마나 지나치도록 무언의 사나이인고, 단지 한 사람의 평화의 우편배달부, 제1급의 가련하고 불결한 지급염자至急厭者, 칸디아의 소비왕자小肥王者,[6] 무각無脚에다 한 가지 칭호, 고명高名을 위하여, 아니면 오히려 비전문적 만보자漫步者, 한층 정확히 말하면, 이러한 폐하의 공신봉사公信奉仕의 다우신서多郵信書의 특파봉지자特派奉持者가 되기 위해서, 한편 나 그대 그리고 그들 우리 모두가 휴침형休寢型을 좇아 몸을 뻗고 있도다! 내게 화가 미칠지니, 그대는 그래! 나는, 글쎄 한층 마코니[7] (기민한 듯)했는지 몰라도, 그것이 그〔셈〕의 환희를 너무 일찍이 자극했거나 아니면 그의 탄생을 너무 늦게 만났도다![8] 그것이 그의 시명屍名을 지닌 나의 타자였으리니 왜냐하면 그는 머리(頭)요 나는 그의 상시헌신常時獻身하는 귀우鬼友이었기에.[9] 우리가 오스카[10](극히)를 사랑했던 옛 시절에 내일경來日鏡을 나는 볼 수 있는지라.[11] 저 단순한 사이몬이 호박 파이남男을 만났던 시절![12] 우리들은 쌍둥이 방을 나누었는지라 그리고 우리는 저 한 사람 하녀에게 윙크를 했나니,[13] 그리고 오늘 심히 흐느끼는 것을 나는 내일 거두어들일지라, 왜냐하면, 그건, 나는 희망하는지라, 샘 디지어[14]의 식향食饗일지니. 곡조를 맞춰요, 곡조를 계속해요, 옛 시절을,[15] 높이, 높이, 높이, 나는 그대의 부엉이 시계[16]인지라. 노견老見하라! 그는 오히려 여위어 보이나니, 나를 모방하면서. 나는 나의 저 타자他者[17]〔셈〕를 몹시 좋아 하도다. 물고기 손(手) 맥슬리 쌍둥이![18] 이리언! 장례식! 반자이(만세)! 아이작 이 가리의 당나귀! 우리들은 음악당의 쌍둥이,[19] 바대니비아의 기네스 축제[20]에서 낙수영樂水泳의 방광명膀胱名을 득했도다. 나는 이 무대 위에서 그를 비웃어서는 안 되는지라. 그러나 그는 대단한 경기 패자敗者이나니! 나는 그에게 나의 원반을 들어올리도다. 금관 악기와 갈대, 브레이스[21] 및 준비! 그대의 면두眠頭(napper)는 어떠한고, 핸디(Handy)여,[22] 그리고 지금 그녀는 어찌 있는고? 우선 그는 제일 큰딸이 무엇을 펜지(생각)[23]하고 있는지 생생하게 감지하고 있는지라 그리하여 마지막으로 그는 마더러 패트릭[24] 노파가 여태껏 무엇을 하고 있는지 죽도록 알고 싶었도다. 이 존 라인주酒[25]를 건배현관乾杯玄關에서 마셔요. 숀티(축배) 및 숀티(건승) 그리고 다시 숀티(축도)![26] 그리하여 십이원통역월十二圓筒曆月![27] 나는 창예숭세자娼隸崇洗者[28]가 아니지만 그녀〔이시〕를 숭배하도다! 나 자신의 고아高雅를 위하여! 그녀는 면학勉學했나니! 생선장수![29] 그대는 우아하도다!(각하!) 호의영지好意領地의 기폭사악자起爆邪惡者 같으니![30]

그러나 제미니 쌍둥이여,[1] 그〔솀〕는 놀랍게도 훌쭉하게 보이는지라! 나는 사내 벤지[2]가 찬방만饌房灣에서 광가光歌하는 것을 들었도다. 그를 저 아래 먼지 상자 사이에 눕게 해요.[3] 경청! 경청! 아니 그래! 그래! 그래! 왜냐하면 나는 그의 심장부에 있기에. 하지만 나는 한 사람의 서창인敍唱人으로서 엄숙한 진가상眞價上(실력)[4] 응당 이러한 보상을 받을 종류의 일을 여태껏 해왔음을 회상하지 않을 수 없도다. 국민의 유령우부郵夫[5]가 아니나니! 뿐만 아니라 키다리 트롤로프(매춘부)[6]에 의해서가 아닌지라! 나는 바로 그렇게 할 시간이 없었도다. 성 안토니 길잡이에 맹세코![7]

(화자의 질문1) ―그러나 우리는 지금까지 그대에게 간원懇願해 오지 않았던고, 친애하는 숀, 우리들은 기억했나니, 그건 누구였던고. 자네 착한이여, 우선적으로, 누가 그대를 교향交響동정심으로 허락했던고?〔우체부가 되기를〕

―자 안녕히, 숀이, 성당 고양이 울듯 순결한 목소리로, 진 우아眞優雅의 메아리로, 자신의 야자椰子이끼 사탕머리타래를 고양이 핥듯 심하게 끌면서, 자신의 캐비지 널찍한 두뇌의 권화卷花배추를 때 맞춰 선미先味하듯, 대답했는지라. 전교淸敎! 오늘은 벌초자伐草者 당신 어떠세요, 오 흑신사黑紳士 양반?[8] 그대 안녕 선례善禮한고? 그들 비둘기양반들은 여하! 돈지신豚脂神이 그들 위에 자비慈悲겨자를 베푸소서![9] 지치며, 대단히 지치며. 각슬角膝은 부량浮梁하고 나의 척주의 만곡彎曲. 신중身重! 나의 최중最重의 십자가와 그건 낙농장 운명이라, 희랍인의 사유혼란思惟混亂처럼 단단한 침대와 로마의 제단처럼 나탁裸卓이로다. 나는 집 토끼(저주할)의 부엌과 구원 오트밀 죽이 싫어졌나니. 바로 몇 주 전 나는 군 형무소[10]에서 나온 한 쌍의 사나이들을 사색 땜장이의 주축呪築에서 우연히 만난는지라, 그들과 나는 도수睹手했나니, 그들의 이름은 맥브랙스(대흑자大黑者)[11]라―그들의 이름은 맥브래익스라, 나는 생각하거니와―두화頭火덤불구락부[12] 출신―그리하여 그들은 나를 부추기고 그리하여 불충분한 수당手當과 산업불구産業不具를 가지고는 여하간 다섯 시간 공장 생활도 자신들을 위해 무료의 그 날은 안 됨을 나로 하여금 믿도록[13] 했던 것이다. 나는 나 자신이 다름 아닌 성聖[14] 코럼바(처녀살자處女殺者)의 예언[15]을 어떻게 누구누구로부터 수용했는지를 선포함으로써 최고의 만족을 누렸던 것이니. 태양과 달, 이슬과 습우, 천둥과 화난火難 뒤에, 사보타주(태업)가 다가오도다. *그건 숲 비둘기에 의하여 해결되는지라!*[16] 또 봐요! 안녕!

(화자의 질문2) ―그러면, 우리는 설명했나니, 만유위안漫遊慰安(구세주), 완보緩步의 앤디여,[17] 그대는 필경 명령에 의하여 그렇게 되었을 터인고?

―나를 용서할지라. 숀이 자신의 습한 입술로부터 반복했나니, 내가 하고 싶은 일격사一擊事(발작) 때문이 아닌지라.[18] 그러나 그네들의 에우세비우스[19]의(E) 협화協和(C) 설교說敎(H)의 고용장서雇用長書(복쓰)와 감독장개관서監督長槪觀書(콕쓰)[20]에 의하여 내게 진작 저주 선고된 것이었나니 그리하여 내 위에 군림하는 한 가닥 힘,

그것이 예의범절의 서書[1]의 높은 곳에서부터 나를 지배하고 있나니 그리하여 그것이 유전적이 되고 있기 때문이라[2] 지금은 스완[3]이요 나의 노부老父의 시계 갈매기 막사 밖으로 맹배盲背[4]를 두드리고 있지 않는 한, 나는 물론〔우체부가 되는〕 기대할 가시적可視的인 것은 아무 것도 없도다. 그건 마치 구더기의 고약한 공격처럼 느끼나니. 그건 진수사眞修辭로다, 하고 관리인이 말했는지라. 나는 나 자신 스스로 거의 말할 수 있으려니, 범죄에 노출되지 않는 한, 나는 지금 새로운 자동차 전용 고속도로 주변을 무명의 망령처럼 넌더리나도록 맴돌고 있는 듯한 느낌이요, 온몸이 눈으로 덮이고 얼음에 얼리고 우박으로 맞고, 드디어 지금은 이토록 쓸쓸한 숲[5] 속의 을씨년스러운 10월 그리하여 어떤 유명한 화산의 분화구 또는 더블린강江[6] 또는 도망치는 송어 다획보조금多獲補助金7)을 생각함으로써 문자 그대로 진퇴양난에 처해있나니,[8] 아니면 요추도腰椎島[9]의 갑岬 위에 나의 다중자아多衆自我로부터 소아小我를 고립시키거나 또는 모리쎄이의 망아지가 나를 도울 수 있지 않는 한, 나막신, 냉지하冷地下 및 모든 것과 함께, 나 자신을 나의 거룻배 바다 속 깊이 매장하거나 혹은 수(雄)거위가 필경 49목目일지니 십일조어十一租魚가 사실상 그러하듯, 이 돼지의 위장사업胃腸事業, 그리고 도대체 결핍대지缺乏大地 위에 또는 이 소비확消費擴의 승합우주乘合宇宙[10]의 기적적인 간섭[11] 속에 어디로 향해야 하는지 그것이 나의 수중에 들어 온 이후 나는 유관지사有關之事를 행하는 어떤 일에도 진로 이탈하여 무無희망이로소이다.

(화자의 질문3) —우린 그대가 그럴 거라 기대하도다. 정직한 숀이여, 우리는 동의하나니, 그러나 솔직한 기계機械에서, 희시적戲詩的 이야기로, 우리가 듣건대, 결국에는 잘 되어 갈 거라고, 우리들의 길 저문 그대, 그리하여 그대는 이 펼친 편지를 나르리라. 에밀리아[12]에 관해 우리에게 말할지라.

—그거라면, 숀이 역시 적笛이쑤시개의 재치 그리고 자신의 약음기弱音器의 하강과 더불어, 어울리게 대답했는지라, 그에 대해 나는 화약을 가졌나니 그리고, 바바라(턱수염)[13]의 축복에 맹세코, 그것이 만사와 함께 많은 것을 말해주는 자물쇠로다, 나의 사랑하는 자들이여.

(화자의 질문4) —그대 우리들에게 말해 줄 마음인고, 봉밀蜂蜜의(하니) 숀, 귀여운 꼬마 뽐내며 거들먹대는 친구여, 우린 이토록 다정한 젊은이에게 제안했는지라, 어디서 그대는 대부분 일을 할 수 있는고. 아, 그대는 할 수 있을지니! 속삭여 봐요, 우리는 들을 테니[14].

—여기! 숀이 대답했도다. 그는 자신의 암소 뒤꿈치 소맷동(커프스) 하나를 장난치면서. 유목민에게는 안식일이 없는지라 그리하여 나는 대부분 길을 걸을 수 있나니[우체부의 직업], 일 자체는 너무 수월하여, 하루아침 세마일과 하루 저녁 두마일[15] 사이 한 주週 60가량의 뱀장어 진창 마일을. 나는 언제나 저들 도보남색徒步男色꾼들에게 말하고 있나니, 나의 응답자들, 톰, 시드 및 허키[16]에게, 방금(그리하여 그건 테베 도적의 개정판[17]처럼 토드 참 진실眞實이라)[18]

어찌 그것이 나의 인생의 휴가를 위해 사령辭令(명예 진급)[1]에 의하여 나에게 예언되어지는 것인지 한편 건장한 양각兩脚을 소유한 채 성령聖令에 따라 나의 흔적에 대하여 온갖 종류의 무모한 보행이라 할 불필요한 노예적 봉사로부터 사면되어야[2] 마땅한 것이니 왜냐하면 그렇지 않고는 나의 그 같은 관주법灌注法에 의하여 누설자들은 낙오되고 내가 거기 비난에 말려들지니 그리하여 그곳에는 도적들이 출몰하고, 승천당昇天堂[3]의 조언이 최적격이로다. 약弱정지 정勞정지 워워 정지. 그대〔숀 자신〕는 이 섬으로 갈지라, 거기서 일가면一家眠, 그 다음 그대는 다른 섬으로 갈지라, 거기서 이가면二家眠, 그 다음 일야미로一夜迷路를 포착할지라, 그 다음 애자愛者에 귀가할지라. 그대가 방어하는 여인을 결코 향배向背하지 말지니, 그대가 의지하는 친구를 결코 포기하지 말지니, 적敵이 다총多銃하기까지 그에게 결코 대면하지 말며 타인의 파이프[4]에 결코 집착하지 말지라. 아멘, 이신爾神이여![5] 그의 공복空腹은 끝나리라![6] 화도토和島土[7]에서처럼 대륙 위에서. 그러나 나〔숀〕의 단순성에 있어서 나는 놀랍도록 착하다는 것을, 나를 믿어요, 나는 믿나니, 나는 그래요, 나의 뿌리에 있어서, 오른 뺨의 교훈에 찬양을![8] 그리하여 나는 지금 진심으로 나의 양신羊神의 전능무언극인全能無言劇人[9] 앞에 나의 육속박肉束縛의 손바닥을 사도서간使徒書簡 위에 얹고, 나의 사리자事理者의 최선을 다하여 나의 잡화염주두雜貨念珠豆를 읊을 것을 선언하노니, 미라엄마 및 가짜멍청이 급 하모何母 역 정례선농승定例善聾僧[10]을 위하여, 궤배跪拜를 동봉하고. 나의 집은 어디에,[11] 그대 작은 언덕 위에 에워싸여, 일어나요, 그대 오늘의 견犬이여, 그대의 매일육즙을 위하여,[12] 등등, 행복한 마리아와 영광의 패트릭,[13] 등등, 등등을 위해. 사실상, 언제나, 나는 믿어 왔나니. 탐신貪信![14] 이것이 나의 비설사鼻舌辭로다![15]

(화자의 질문5) —그리하여 그것이 타라[16] 태생의 순純 숯 허위나니[17]. 하지만 일분一分의 관찰을, 친애하는 견단적犬斷的 숀[18], 우리가 지적한 대로, 그대는 어찌하여 그 동안 우리들의 도회를 녹색기마착의綠色騎馬着衣로 칠해버렸던고[19].

—오 단지 살모殺母여, 어찌 그대는 들었던고?[20] 숀이 자신의 램프 소매까지 득의로 유소油笑하면서,[21] 대답했는지라(그렇게 하는 것이 정령 자연스러운 듯 했었나니), 그는 그때 그토록 빛을 꺼려했도다. 그렇다면, 좋아! 신랑(우울)은 빛을 지니고, 신부의 귀염둥이는 사랑이라.[22] 그리하여 나는 고백하리다. 그래요. 그대의 디오게네스(진단)는 부정남不正男의 것인지라.[23] 나는 음유시인역役을 했도다! 나는 과연 그랬도다. 나는 모든 시가詩歌를 행했도다. 적영책赤英策[24] 타도하라! 그리하여 나는 흡혈귀 위를 활보하고[25] 언화탄言火炭 위를 불타 오른 뒤에 그것이 나의 최초의 상의上衣의 낭비가 되지 않을까 걱정했도다. 봐요! 적초탄敵焦炭 위에 불타고 있도다. 보다시피! 적敵 위에 불타고 있도다. 나는 정연整然한 적각구赤脚鳩를 닮았나니. 노새(아둔패기) 그것 자체처럼 확고한(수정적授精的)지라. 혹자는 아마 내가 잘못이라는 타낭자他娘子의 인상을 암시하리라. 그렇지는 안아요! 그대는 결코 그 보다 더 큰 무서운(프로이트적) 과오를 범하지는 않았나니, 실례지만! 그대에게 돼지고기는 내게 쇠고기를 의미하는지라

그대들이 내가 얼마나 늙었는지를 보는 동안. 그러나 그건 예언에 의한 나의 사고방식으로는 당당하도다. 모든 것을 위한 신어세계新語世界를![1] 그리하여 그들은〔질문자들〕 단지 그〔숀〕이 한 관련자〔셈〕임을 발견하는 신발견지新發見地[2]의 경전經典에 의하여 만이 신사紳士들을 위해 엑스 방사선 촬영법[3]으로 배치 되었나니라. 그리하여 그것은 나의 외향적 선언서(데이비)[4]와 함께 하고 있었도다. 아교阿膠처럼. 꿰뚫을지로다. 아심고원我心高原의 낙일야樂日夜,[5] 톰 모지母脂. 퓨홈.

(화자의 질문6) —얼마나 그대의 벨칸토 창법唱法은 밀악취선율적蜜惡臭旋律的인고, 오 가조歌鳥여, 그리고 한 잔(杯) 뒤에 얼마나 절미絶美한고! *우리들의 엄축일嚴祝日 지정시指定時 에마니아의 나팔 불지로다.*[6] 그러나 그대는, 오 미발아美髮兒여, 폰토프벨익에서부터 키스레머취드[7]까지 우리들의 광도廣道를 나무로 빽빽이 할 참인고? 우리는 실질적으로 가구의향家具意向의 뜻인지 아니면 초목 니스인지 추측했던고?

—그렇게 말하다니 어처구니없는 오욕汚辱이로다, 미화소년美火少年숀이 소리쳤는지라, 당연히 격앙하여, 자신의 귓바퀴로부터 붉은 후추를 헛뿌리며. 그리하여 다음번에는 제발 그대의 새빨간 빗댐을 혹타인或他人의 통렬한 육체로 제한할지라. 이 용광혹성鎔鑛惑星의 모관貌觀 위에서 나는 그대의 신록즙新綠汁 밖에 무엇을 행할 것인고? 그건 내가 정할 수 있는 이상의 것이나니, 당분간은, 여하튼. 그런고로 나나 그대나 지금은 그걸 쾌히 그만 두게 할지라. 노자怒者여![8] 그건 프랑스의 과시菓詩가 아니도다. 그대는 그걸 그대로 나한테서 취取해도 좋을지니. 나를 이해하구려, 내가 그대에게 말하나니(그리고 나는 그대가 속삭이거나, 금성金聲을 내거나 또는 말대꾸하지[9] 않도록 요구할 터라) 과거의 우하관공리하郵荷官公吏下에서, 그걸 너무나 심하게 개탄했나니, 나의 왕년의 고우古友, 엔더즈양孃, 데친 눈(眼)의 여女우체국장이요 스코티아 빈민貧民의 1천 갤런 자우협회雌牛協會[10]의 각별히 경쾌한 수취인受取人에 의하여(나는 그녀를 귀애貴愛롭게 생각하고 있었거니와), 2만 2천의 최대 우체국으로부터 그들 모두 2만 2천의 분류계分類係들은 축복을 받을지니, 마이너스 하나, 너무나 많은 사서우편문구私書郵便文具와 페루안전방책들이[11] 대부분 연금욕年金慾의 저들 짜증나는 산양山羊들에 의하여 침식浸食 당했도다. *오쟁이 진 남편의 과오,*[12] *탐욕이도다!* 전진前進하면서, 나는 그것을 또한 나의 공인公認의 의도[13]의 하나로서 말하려 하는지라, 혹시或時에 완두신豌豆神 중풍살모신中風殺母神이여(내가 이야기할 준비가 되어있지 않을 때) 나의 펜(筆)은 긁기 쉬울 정도로 능能하기에, 웰즈의 척탄병 대擲彈兵隊 마스캇 총사銃士들과 시市를 구한 그들의 속죄녹贖罪鹿들의 이러한 문제를 둘러싼 한 쌍의 산양山羊 형태로된 진유지성眞油脂性의 저축본貯蓄本의 타당한 제작을 구성할 참이나니, 나의 공발행인公發行人으로는, 노라나와 브라우노,[14] 인쇄 허락 불요不要,[15] 기독십자가인基督十字架印,

운명의 힘에 감사하게도. 나의 급료가 지불빈연어支拂賓軟魚로서 마련되고, 그리하여 나 아래에 지주支柱가 있고 나에게까지 딩동 곡이 있는 한.

〔숀의 HCE에게 보낸 어떤 고인故人 샌더즈 또는 앤더센의 죽음에 관한 편지〕 극히 존경하올 자의 수치의 영전[1]에 바치어, 가장 고상하고, 언젠가 작가의 봉사에서 정원청소부, 경례.[2] 고인 샌더즈 부인,[3] 그런데 그녀(그녀에게 천지신명의 보험의 가호를!),[4] 나는 불한술책不漢術策과 역시 불한당우不汗黨友였는지라. 그녀의 여女자매 선더즈 부인과 함께, 양자는 고등마술학원[5] 출신의 음의학音醫學 박의사博醫師[6]요 부활절 각란脚卵을 닮은 아이스킬로스 비극시인 격이었도다. 그녀는 내가 여태껏 그녀의 편지를 획득한 잘 교육된 무당부인無黨婦人의 최량最良인물이었나니, 단지 지나치게 뚱뚱할 뿐,[7] 아가들에게 익숙하고, 너무나 다언多言인지라,[8] 이것이 그녀의 수련의사修練醫事이니 왜냐하면 그녀는 일일상시 병甁을 흔들거나 약관경藥光景을 벌리기 때문이었도다. 그녀는 나이 아흔이 훨씬 못 되었는지라, 가련한 고부인故婦人, 그리하여 시학詩學[9]에 흥미를 지녔었도다.[10] 가련한 고부인故婦人. 나를 순례자 마냥 신선하게 바닷가에 멈춰 세웠는지라, 그때 달(月) 또한 나의 천공의 달콤한 샌다손[11] 댁의 모퉁이에 서 있었도다. 가련可憐미망인(P. L. M.) 메브로우 본 앤더센은 나에게 양고기 수프를 준 여인이요, 그녀의 최대 파티를 위하여 대접해 주었나니. 그대의 농부와 나의 난잡문亂雜文을 공경하는지라.[12] 이것이, 나의 누친자淚親子, 그들 부재의 여성폭행협회에 관한 거리증인 면전距離證人面前(스트랫포드)에서 당필當筆된 나의 최후의 의지意志 유언장이나니,[13] 그리하여 그것을 나나, 또는 필경 응회암상凝灰巖上에 웅크리고 앉은[14] 그 어떤 타자나, 대기大氣에 그녀의 피부를 노출했을 때의 독실한 그람비 부인[15]의 실지 면전에서[16] 그들의 예의 바른 소파의 키스 도중 하사 받는 영광을 누리는도다. 오, 나의 속구심俗口心의 슬픔인들 어떠하랴, 두 추락된 하급 노동자들을 위하여 2만 파운드 금화의 값어치라니, 이와 함께 차기 시합을 위하여 페피트에게 쌍방의 미카엘 축일의 행복을 빌며, 여불비, 당신의 사랑하는 로저즈로부터,[17] 내 사랑(M. D. D.),[18] 노애의박老愛醫博(O. D.). 비나니 한발旱魃의 이중적二重適을.[19] 필筆하며.

(화자의 질문7) —무망無望절대적으로[20] 그대는 자신의 캐데너스(수사제)[21]와 함께 농살弄殺하고 있는지라 그리하여 우리가 어찌 저 백지白紙를 완성할 것인지는 산양山羊만이 비지鼻知하도다. 두 비너스 성애여신性愛女神들! 대견물자大堅物者![22] 참되지만 거짓이나니! 진실하라 그리고 전진全眞을![23] 그렇지 않으면, 솔직한 숀, 우리는 추구했나니, 그대의 유신柔身의 연제복煙制服의 자서전自敍傳은 무엇이 될 것인고?

—만세 기도하세나! 하무인何無人에게든, 숀이 대답했는지라, 하늘에 공사空謝하게도!(그는 의지意止했었나니 그리하여 방금 자신의 루비의 주름반지의 풀(膠)을 가까이 응시하고 있었도다) 그건 웅당 다소 로코코씩(구식)의 낭만적인 것일지라도. 그런데, 푸라이씨氏는 여하한고? 그것의 전액은, 맹세로서, 나는 말할 수 있나니, 지불 및 촌지寸志 그리고 우드 합금 반 페니,

〔414.22—415.24〕 개미와 베짱이의 우화가 시작 한다—낙천적 베짱이.

약간의 현찰, 라인석石, 오 즐거운 라인강江,[1] 나에 의해 일시에 양도되어졌는지라(그리고 나의 타불행원자他不幸願者들을 묶어 끝내는 앤더즈양孃! 그녀가 사라졌던 밤 그녀는 파괴의 분노장미환憤怒薔薇環을 달았나니[2] 나는 떠났도다!) 크라운토킨(이야기 광대)마을,[3] 트레드카슬(삼성三城)[4]의 목재남木材男 반 호턴씨氏[5]의 유명의幽名義로, 나의 낭비벽의 이웃들[6] 사이 그리고 우리들의 강제퇴거보유차지强制退去保有借地인, 금수정禽獸庭의 삼림(소년)[7]이란 제목의 모든 기부 청약을 샘내며. 내가 말하는 바는(그리고 나는 그대에게 말하지만 녹각鹿角도 킬트 사기한도 아니나니, 만일 비정보非情報이면), 나는 결코 돈을 자소비自消費하지 않았도다. 뿐만 아니라 나는 그런 식의 유령 개념[8]을 지니지 않는지라. 그것이 고로 나의 규칙이나니. 아무튼 그것은 뜨거운 빵 수프처럼(날개 돋친 듯이)[9] 살아졌도다. 그리하여 이야기가 나의 선점鮮點으로 인도하는지라. 왠고하니, 나는 휴대용 봉투처럼 분명한지라, 그러하므로, 그대는 방금 아마도 수신受信하나니, 기네스 양조의 등기배심주통登記賠審酒桶[10]의 하나 전교轉交. 그대와 함께 하는 자 생통치生統治할지라.[11] 자!

(화자의 질문8) —그러할 지어다(소비엣)! 우리는 응답했는지라. 노래를! 숀, 노래를! 용勇 기분을 가질지라! 제시 할지라!

—나는 우화사과寓話謝過하는도다,[12] 숀이 시작했나니, 그러나 나는 차라리 야곱과 이솝의 냉혹한(그림) 이야기13)의 하나를 그대에게 장황직담張皇織談(스피노자)[14] 하려하는지라, 우화, 연화軟話 역시. 우리 여기 참화건慘禍件을 숙고하세나, 나의 친애하는 형제 각다귀여[15](어험기침사스텐스카핀기침시관屍棺침뱉기캑캑저주저주기침각다귀귀신마른기침어험카시카시카라카라락트) 부의否蟻개미와 아도자雅跳者베짱이 우화에 관해.

아도雅跳베짱이는 언제나 급향急向 지그춤을 추면서, 자신의 조의시성嘲意市性의 주선율主旋律에 행약幸躍했는지라.(그는 자신을 대신할 상대 쌍방의[16] 후족제금後足提琴[17]을 지녔도다), 혹은, 그렇잖으면, 그는 언제나 프로(빈대) 및 루스(虱) 및 비니비니(꿀벌)에게 볼품없는 전주곡을 연주하고 있었나니 그리하여 푸파(번데기)—푸파[18]와 빈대—빈대와 촉각(안테나)과 곤충체절昆蟲體節 놀이를 하거나 자신과 함께 충蟲 근친상간[19]을 개시하는지라, 자신의 동공洞空에다 암 놈의 구기口器를 그리고 자신의 흥興부리를 거기 암 놈의 촉발돌기觸髮突起에다, 심지어 단지 순결할지라도, 상록월계수 임간林間에서, 말벌 물 단지를 후견하는도다. 그는 물론 사악하게 저주하곤 했나니, 자신의 앞 여촉각女觸角, 굴근屈筋, 수축근收縮筋, 억제근抑制筋 및 신근伸筋[20]에 의하여, 절룩거리며, 나를 공략攻掠해요, 나와 결혼해요, 나를 매장해요, 나를 묶어요, 마침내 암 놈은 수치로 암갈색이 되나니, 그리하여 지상최고地上最高의 쇼핑 시간[21]에 비단벌레의 실크 스타킹 가궁家宮 속에 그녀를 대령待令하나니, 자신의 오두막처럼 너무나 하절적夏節的인지라, 그리하여 이는 무사사사無事似事 의구정蟻丘情답게[22] 무덥는지라, 암중모색했도다. 혹은, 만일 그가 언제나 노령자인, 최선 조부 제우츠신神(主時神)[23]와 우스꽝스럽게 홍장興葬비틀거리며 친교를 맺고 있다면, 자신의 모든 집게벌레 사악한 화관[24]을 두르고,

〔베짱이—셈의 유락 행위〕 흰색의 그리고 노부양老浮揚스러운, 자신의 전충익電蟲翼의 충상蟲箱 속에 겸입鎌入된 채 그리고 자신의 핵과核果의 요정들[1]인, 데리아와 포니아[2]가, 말벌 화산두火山頭에 복안複眼을 눈 부치고, 그를 혹윤惑輪하고 있는지라, 그리하여 그리운 (A) 귀부인(L) 장화 신은 고양이(P)[3]가 자신의 두상頭上을 할퀴거나 자신의 숨통을 피막被膜하나니, 프리마돈나 벌(일곱 개의 비눗방울, 한 번의 석회石灰 핥기, 두 번의 인분출燐噴出, 유황가스 세 발發, 한 번의 설탕 뿌리기, 마그네슘 열두 알 및 한 도충刀充의 역청瀝青. 계천역溪川域의 망충蝄蟲의 나선螺線의 선윤旋輪의 회충蛔蟲의 후우성聲이 이렇게 쇠파리에게 다가왔도다!),[4] 그리하여 탬버린 북과 딱정벌레 캐스터네츠를 가지고 자신의 란구卵丘 주변을 맴돌며 회고공포병回顧恐怖病 속에 그들의 죽음의 무도곡을 바퀴 충곡명蟲曲鳴하는지라, 등치에서 고갯짓까지, 마치 환상적 침탈자侵奪者와 4월四月 암탕나귀 마냥, 라, 라, 라, 라 곡에 맞추어, 느린 발뒤꿈치와 느린 발가락으로, 중얼모母(바트)와 나둔부裸臀部 복싱매치 및 가봉歌峰의 앞잡이(뮈르미돈)들에 의하여 반주伴奏되어, 노래하는지라 *임야신林野神의 흡족한 온주토요일야溫酒土曜日夜 및 아늑히, 둥글게, 잔디벽壁 위에 우리 잠시 앉았도다.*[5] 그러나 호 *호, 시간(타임) 재시再時(티메간)여, 경야經夜할지라(웨이크).*[6] 왜냐하면, 만일 지과학知科學(유력물록有力物錄)이 우리를 무無로, 일상一想, 묵默할 수 있다면, 대승합大乘合 버스 내의 대혹하자大或何者에 관하여, 필도必跳로 예화음藝和音(명사 록)[7]은 자신의 혹 배(腹)를 울리는 신소동료新小同僚에 관한 둥둥 혹물或物을 노래할지 모르리라. 뒤늦은 주막열酒幕熱의 대중과 감사주신感謝酒神으로서의 종일을 위한 고고조시古高潮時! 모든 약탈자, 안개 속의 어느 암 망아지를 위하여 천둥과 번개를, 왠고하니 오크로니온이 자신의 모래 속에 가루되어 놓여있으나 자신의 태태양자손太太陽子孫들은 여전히 계속 뒹구나니.[8] 지상地上의 만사는, 자신의 호흡서呼吸書[9]가 자신을 침명寢命하듯, 상고常故처럼, 가짜(샘)이든 또는 피자避者이든, 외外핑계 상으로 시간을 걷어차도다.

〔개미의 비탄. 그는 사교부에 이름이 올라 있지 않기에 파티에 불참할지라〕 우아優雅이 크나 큰일 났도다 그리고 나의 풍뎅이 성혼聖魂이여〔나의 영혼에 축복을!〕 그건 무슨 놈의 협잡꾼이람! 잠자리(蟲) 같으니! 불실不實 각다귀! 이(虱)같으니!(Pou) 빈대라!(Pschla) 이신彝神이여!(Ptuh) 신神들로서 무슨 꼴이람! 악의惡蟻개미(온돗)가 토로했나니, 그리하여 그는, 하우자夏愚者(나비)가 아닌지라, 자신의 풍창風窓의 빙경氷鏡의 무례면전無禮面前에서 자신自身 말벌에 냉면공간冷面空間을 토드신神 신중하게 지으면서, 그런데 그것은 반국소적反局所的으로 설설급무雪雪及無 냉冷했도다. 우리는 저 빈대(蟲)가家의 파티에 가지 않을지니, 그는 어떻게든지 결단했는지라, 왜냐하면 자신이 사교부社交簿에 올라있지 않기 때문이니. 뿐만 아니라 바 신령[10]의 하계장례下界葬禮에도 아닌지라, 그대 태자怠者 토르신神[11]이여, 고양이의 꼬리가 편장扁長하는 한 풍뎅이의 금봉소년今蜂巢年에는. 그럼에도 불적不笛하고, 그가 자신의 란고卵庫를 안전하게 쳐다보았을 때, 그는 손을 높이 치켜들고 기도했나니. 그로 하여금 물 부족하지 않게 하소서! 엘리제 들판이여! 그로 하여금 무와돈無瓦豚 비추게 하소서! 그가 지닌 대로! 베피 왕국이 넓게 번영하듯 나의 성대聖代가 번영할지니![12] 헤피신神의

천수天讐[1]가 높이 번황繁惶하듯 나[숀—개미]의 증식增殖이 급황急惶할지니![2] 성장하리라, 번영하리라! 급황하리라! 흠멈.

부의否蟻개미(온뜻)는 부우주남富宇宙男이었나니, 등 혹 공간적이요[3] 강건剛健하여, 동화폐처럼 위도적緯度的으로 측근側近히 보았도다. 그는 자신이 자신의 심리혼心理魂에 농공간弄空間하지 않을 때는 가공 엄격하며 의장議長처럼 보였는지라, 그러나, 얼마나 이(虱)스러웠던고! 그가 자신의 상에 공간을 착조着造할 때, 그는 파리 나방처럼 성스럽고 개미답게 현의장賢議長처럼 보였도다. 이제 괴상우자怪狀愚者[4]인 아도雅跳베짱이가 사랑과 빚(債)[5]의 정글을 통하여 징글징글 거리며 후악後惡으로 의혹疑惑 속에 생生의 점불(뒤범벅)을 통하여 쟁글쟁글(난투亂鬪)했을 때, 뒝벌들과 함께 주축酒祝하며[6], 수생충水生蟲들[7]과 음주하며, 장다리 꾸정모기들과 등쳐먹으며 그리고 음탕여조淫蕩女鳥[8]를 각추角追하면서(*나는 기회를 이용한답니다*)[9] 그는 성당머슴 마냥 병들어 마상馬上창시합 추락하거나 성당왕자서敎會皇子鼠처럼 궁핍했나니,[10] 그리하여 꼬마 난쟁이가 조청造淸을 위해 어디로 행차해야할지 또는 이(虱)가 자신의 시갑의屍胛衣를 위해 애벌레를 어디서 탐색해야 할지 또는 어디서 안락원安樂園을 발견해야 할지, 그는 각다귀 부지不知했나니라. 마른 딱정벌레여! 소모된 수벌이여! 벌거벗은 계산鷄山의 말벌이여! 그리하여 견견見見 전공계全空界 회전 할지라! 무무급무無無及無라! 꿀벌 빵 조각을 대매袋買하기 위해 파리돈(황전蝗錢)(모스코마니) 무일푼 동화銅貨라도! 쇠파리신神이여! 쇠파리신神이여! 경련(동통疼痛)의 봉족蜂足이여, 어느 궁지窮地련고! 오 나의 소신沼神이여, 그는 우울로 통회痛悔했나니. 아폭설당자我暴雪當者[11], 그이 나태당자懶怠當者여![12] 나는 공진심攻眞心으로 공복空腹하도다!

〔공복. 개미와 베짱이의 주체가 서로 엉킨다〕 그는 전간벽지全間壁紙를 온통 먹어치웠나니, 5년 형광등[13]을 몽땅 삼켰나니, 40세층계단歲層階段을 탐식했나니, 식탁과 세기世紀장의 자를 통째 씹어버렸나니, 레코드를 득득 긁었나니, 오월 하루살이 입을 삐죽거렸나니, 그리고 흰개미 영구永久 둥우리의 바로 그 시장계時場計를 가지고 최고로 탐욕스럽게 거미(담충蟫蟲)포식했나니—그토록 진드기스러운 각소질角素質의 녀석을 위해서는 과히 나쁜 매미 무성無性영양식은 아닌지라. 그러나 성탄聖誕번데기가 나지裸枝에 나타났을 때, 그는 팅통딸랑가家로부터 출타했나니. 그는 회산책廻散策하고 그는 산책회散策廻하고 그는 재회산책再回散策했는지라, 드디어 자신의 머리 속의 붕붕과 자신의 머리칼의 생生서캐(蟲)(라이프니츠)가 자신이 태즈마니아[14]의 두진조병頭振躁病에 걸렸음을 스스로 생각하게 했도다. 그는 사행死行의 시해視海를 이순환二循環하고 그들의 강수면江水面을 삼횡단三橫斷했었던고? 그는 자신의 발동천사發動天使와 함께 천항天港에 불려왔거나 또는 교황인물敎皇人物과 함께 헐옥(都獄)에 불려갔던고? 6월설六月雪이 란우박亂雨雹(헤겔) 위에 후위厚蝟롭게 산더미지어 있었나니, 그의 백만다족百萬多足 및 천만다족千萬多足, 그리고 윙윙대는 칠월七月 갯지렁이 폭선풍暴旋風, 북극광나비, 넝마에 이르기까지 와소옥瓦小屋 빈대돌풍突風하고 커피하우스 지붕와瓦로부터 우빙雨氷 슬레이트를 벌통 활골滑骨하며, 운명신運命神[15]의 거미파破 놀이하면서, 벼룩 자극적으로,

빈대 침투적으로, 촉성적蠋性的 언성言聲. 공공포실恐恐怖蟋! 오프르! 공공포실! 오프르!

희아도希雅跳베짱이(메뚜기), 그런데 그는 비록 박쥐벼룩(나비)처럼 장님이지만, 그런데도 알고 있었나니, 작지 않는 딱정벌레, 자신의 곤충어원학昆蟲語源學[1]의 상당한 천박식淺薄識을, 미량微量 허락도 면허도 요구하지 않았는지라 그러나 재빨리 진공허眞空虛(비코) 속에 투신했나니, 현기眩氣스럽게 궁금했는지라, 자신의 윙윙 벌레 득의만연, 하처에 자신이 행운하락幸運下落할 것인지 혹은 쌍두자雙頭者가 화해하고 다음 번에 그가 부의否蟻개미와 서로 아는 처지가 되어, 이런 다음, 그들이 이처럼 상호 진음蓁音 윙윙 앙상블로서, 서로 만나면, 자신이 이질세계異質世界를 보지 않는 한 나비 강행운强幸運서럽게 되리라. 부의개미 대전하大殿下를 환시歡視할지니, 자신의 궁좌宮座 위에 공간부복空間俯伏한 채, 그의 바빌로니아의 나비 팸푸티 신을 신고,[2] 호산나[3]의 매미 여송연呂宋煙의 특공特空 예봉銳鋒을 흡연하면서, 자신의 무사려無思慮로부터 무축無縮을 나비붕괴崩壞하며,[4] 자신의 햇볕 방에서 자기 자신을 군온群溫하면서, 원숭이 땅콩 접시와 박하요정薄荷妖精[5]의 공자 잡심雜心의 자기 덩굴 락樂스러운 축융철학縮絨哲學 앞에 좌선坐禪한 채(왜냐하면 그는 포름 산(酸) 개종改宗의 초산질醋酸質 금욕주의자요 귀족화자貴族話者이었기에), 리비도(욕망) 해변의 인동덩굴(봉밀흡자蜂蜜吸者) 또는 일욕소년日浴少年처럼 행주幸酒했는지라, 벼룩한테 자신의 오른쪽 허벅다리를 물리거나, 이(虱)한테 자신의 왼쪽 다리가 끌리거나 꿀벌이 자신의 본엣 아래로 붕붕거리며 그리고 초야初夜 말벌이 자신의 넓은 속옷의 전광장全廣長을 포근 다정하게 총주總奏 나팔 불고 있었도다. 꽉 끼도록 다정한 곤충들의 정다움이라. 저주 개미 그리고 광狂청개구리(루蔞) 그리고 울보 세요봉細腰蜂 같으니! 희아도 베짱이는 설욕雪辱했는지라, 봉투蜂妬와 함께 말벌 애찬愛餐하여 어찌할 바 모르나니,[6] 내가 뭘 질안선견嫉眼先見하는고![7]

부의개미, 저 참되고 완벽한 숙주宿主, 거미 침 뱉는자, 자신의 여왕들의 레이스를 혼듦(풀 잠자리)으로써 육체의 최대의 가능한 희과戲過를 즐기고 있었나니 왜냐하면 그는, 극락요녀極樂妖女들[8]의 알라 신욕神浴속에 무변無邊 서럽게 충복充福된 채, 간의주감姦蟻走感 속의 총다물總多勿처럼 자신의 온 몸에 가려움을 느끼고 있었도다. 그는 말 벌류와 나비류를 엄청나게 흥의興蟻하고 있었나니, 벼룩을 자선慈善서럽게 추적하거나 이(虱)를 간질 거나, 나 또한 희망하거니와, 그리고 꿀벌에 매달리면서, 신념[9] 결단코, 게다가, 그리하여 슈미즈연돌煙突빈대에 의하여 자동 전축곡電蓄曲으로 초야말벌을 자극하고 있었도다. 단샤나간[10] 출신의 귀뚜라미도 결코 더 악마惡魔서럽게 그토록 춤추지는 못했으리라! 의이蟻泥 속 자신 타두他頭거미의 저 어쩔 수 없는 의아도希雅跳개미의 소요학파적 성충진상成蟲陳狀이야 말로, 자신의 세 번의 단명短命 하루살이 여일旅日 뒤에, 안전 또는 애인도 없이, 모중毛重의 야수로서, 만성적 절망을 실질적으로 그리고 뻔뻔스럽게[11] 정당화하면서, 자신의 합창중량合唱重量을 위하여 충분히 그리고 필경 너무나도 지나친 쿠쿠구명鳩鳴을 울렸도다.

[415.25—416.02] 개미는 자신의 무취미를 들어낸다—그는 자기 자신의 번영을 기도한다. [415.25—416.02] 개미는 자신의 무취미를 들어낸다—그는 자기 자신의 번영을 기도한다.

[416.03—416.20] 검약하게도 검소한 개미—어리석게도 배곯는 베짱이.

[416.21—417.02] 베짱이는 모든 그의 가구家具를 먹어 치웠고, 모든 그의 시간을 낭비했는지라—겨울이 다가왔다.

[417.03—417.23] 베짱이는 절망으로 투신하고—한편으로 개미는 향락으로 만족하다.

그〔솀〕으로 하여금 자신의 기생충들과 함께 피부를 껍질 벗기는 누자涙者 아트론(고예孤藝)으로 내버려둘지니, 나〔숀〕는 고기지高機智의 허풍방자虛風放者일지라[1]. 빈약한 아첨꾼이, 자신의 엉터리 글을 술술 쓰면서[2], 반칙휴가反則休暇를 보내는지라, 그러나 시가백작詩歌伯爵은 금화를 주조鑄造하는 음률을 짓는도다.[3] *금전의 보다 큰 영광을 위하여. 문지방의 암담자.*[4] 호루스신神5)〔개미—숀〕? 생주生主,[6] 자신의 의주蟻舟[7]의 전복자, 사악邪惡—方向舵[8]로부터 갈대훈訓[9]을 구하다니, 아멘타[10]의 빵괴주塊主. 존存할지라! 그러할지어다! 여汝—예藝인—그대, 물보라낭비자[11]—인—속비자速飛者, 그대 나의 광고지혜廣高智慧[12]를 접수할지라. 청일淸日![13]

그는 유충소幼蟲笑하고 계속 유충 소하는지라 그는 이토록 욕소란辱騷亂했나니[14]
희아도希雅跳베짱이가 자신의 분구강糞口腔을 오치誤置하지 않을까 두려워했도다.
나는 그대를 용서하노라, 장대한 부의개미여, 베짱이가 말했도다. 울면서,
그대가 자신의 가사家事에서 안전한 도움을 위하여.
벼룩과 이(虱)에게 폴카 무舞를 가르칠지라, 꿀벌에게 감소甘所를 보일지라
그리고 초야初夜말벌에게 데울 멋진 비물肥物을 확신시킬지라.
나는 한때 적취자역笛吹者役을 했는지라[15] *나는 이제 계산計算을 부담해야 하나니*
그렇게 마호메드촌村에 말하고 그대의 산山으로 가야만 하도다![16]
머리 위에 괴물塊物을 좋아하는자 고로 파리들이 충만할지라.
나는 이것이 딱정벌레라면 개미를 느낄 수 없으리라.
나는 그대의 질책을 감수甘受할지니, 친구의 선물마膳物馬를,[17]
그대의 저축의 보상은 나의 낭비의 보상이기에.
노폴룩스신神이 그들을 저버리면 카스토르 신탕녀神嫦女들이 교설巧舌 키스하거나
아니면 벼룩이 그를 깨우지 않으면 각다귀가 가려움을 느낄 수 있을 것인고?
슬애虱愛하는 베짱이, 그걸 포혹抱惑하는 흰개미,
이들 쌍양인双兩人은 평인平人[18]*을 진드기 군群하는 쌍둥이로다.*
아퀴 흑사자黑獅子가 남향南向하기 위해 익북행翼北行 했는고,
우리들이 그의 극동 도개교跳開橋 안의 빈대 백白나방이었던 이후
그리고 저 서방사고인西方事故人이 어디서 이야기가 끝나는지 정색征索하지 않고 장통서풍탄식長痛西風歎息이 동심저東心底 그들의 동양중東洋衆을 탐探하지 않았던 이후?
우리들은 결핍으로 무량無凉이라,[19] *전숙명前宿命된 채, 둘이 그리고 진실한,*
노오란우유부단자가 비행하고 브루노안眼이[20] *청래靑來할 때까지.*
저들 농弄 파리들이 방금 그대 주변을 어슬렁거리다 나의 포도(그래이프)사자연葡萄獅子然한 성애性愛를 위해 쥐여우(묵스) 연然한 조롱을 포기하기 전에
확장은 절약해야하고 경과는 애도피愛逃避해야 하나니,
나의 책략을 자세히 음미해요, 뇌동腦動하여, 그러면 만사는 행복하리니.
내가 그대의 원견遠見으로 검시檢視할 때 나의 치유를 위해 그대 자신을 호출할지라.

나의 박주薄酒를 주시할지니 한편 나의 시선은 부단히 가리키나니
총견고표總堅固標 달인, 그대의 빵 전흉全胸을.
나의 가소로운 우주[1]에서 그대는 좀처럼 발견하기 힘들리라
이런 비범한 이전성식용우육以前性食用牛肉 그토록 많은 후미성後尾性을.
그대의 향응은 거대하나니, 그대의 용적容積은 광대하나니,
(삼자매여신三姉妹女神이여 나 희망하옵건대 그대의 의성蟻性의 의미가歌를 노래하옵소서!),
그대의 천재天才는 세계폭世界幅이나니, 그대의 공간종空間種은 숭고하나니!
그러나 성스러운 염鹽마티니여,[2] 왜 그대는 박자(시간)할 수 없는고?

(화자의 질문9) —전자의 그리고 후자의 그리고 그들 양자의 전번제全燔祭의 이름으로. 전인全人 아멘.[3]

—그런데? 그대는 폭해설爆解說에 있어서 얼마나 능란能爛한고! 얼마나 원광遠廣한 그대의 원遠루아르 강속江俗[4]이요 얼마나 호好음조의 그대의 호인공어휘好人工語彙인고![5] 희망하며 *사는자는 노래하며 죽는도다,*[6] 오 애약자愛弱者, 오 열광자여, 그대는 정말 저토록 놀라운 노勞철새의 소리로 노怒울부짖고 있나니![7] 개이開耳에 쉽사리 낙청落聽하고 딸랑딸랑태글태글과 함께 당밀의 딩댕둥처럼 장난치듯 최단로最短路를 하강하도다. 코니월[8] 전역에서 최고감언最高甘言의 수다쟁이! 그러나 그대는, 물론, 점잖은 농弄요정,[9] 우리는 알았나니(그대의 비국민非國民의 이름을 바꾸면) 아직 술통에 있는 동안, 그의(H) 기독基督(C) 폐하(E)를 위해 특허된 저들 셈 문자의 이상서체異狀書體의 부조장식浮彫裝飾을 읽을 수 있는고?

—희랍적이라! 그걸 내게 넘겨줘요![10] 숀이, 자신의 청각 귓불 뒤의 육계색肉桂色(시나먼)의 지맥支脈 깃촉을 파열음적破裂音的으로 가리키며, 대답했도다. 나는 교황과 물(水)이 나를 세례 시킬 정도로 황혼 뒤에 고귀하게도 로마적(인물)[11]이나니. 그것을 필침筆針으로 쳐다볼지라! 나는, 가성歌聖 후두喉頭(성聖로렌스)에 감사하게도, 야생의 오스카12)처럼 또는 단락短絡의 퍼스식式[13] 셈 배향背向으로 역役하는 특허적 문재文才인지라, 오토만어語(타인)[14]으로부터든 또는 콥트어제語題[15]에서든 또는 그 밖에 무슨 초고草稿로든 또는 종편終篇을 가지고서든, 나의 손가락의 끝형型으로, 자신의 눈을 몽땅 후폐厚閉한 채, 번역하고 있도다. 그러나 맙소사, 그것은 헤브라의 신성하게도 티눈과 경결硬結에 나쁘나니. 그것에 관한 한 나는 바로 방금 *관여된* 절취 메모지의 호신론護紳論[16]으로부터 그대의 서술에 동조하거니와 그리하여 그대의 처방첩處方牒에 아주 동의하나니 그 이유인 즉 과연 나는, 우체국장에게 맹세코, 그것은 좋은 저작물이 아님을 말할 병치倂置에 있도다. 그것은 소량의 낙서요, 카비스주병酒餠의 값어치도 없나니. 과음인지라! 완전히 숨차게도 경칠 찌꺼기 허튼 소리로다! 게다가 경매물이요, 온통 범죄와 명예훼손에 관한 것이니! 이급물의 외서猥書로서 공포오기恐怖誤記 및 등등을 초월하여 들어 온 것은 전무하도다. 챠리 루칸[17]이후 여태껏 불탄 최충유오물最充油汚物인지라

[417.24—418.08] 개미는 베짱이의 불행으로 만족했고—그 관경이 그에게 벅차도다.
그 일이 그이 부의 否蟻개미를, 그리고 부의개미를 즐겁게 했는지라.

허튼 소리[1]로 나〔숀〕는 그걸 부르고 싶나니 만일 그대가 그들 쓰레기 상자에 관하여 내가 가령 구두적口頭的으로 무슨 공언公言된 의견을 단차원적單次元的으로 서술하도록 요구한다면, 그런데 그것을 어머니와 불가구술자不可口術者가(오 그의 꼭 같은 일을 육성育成하지 말기를!)[2] 나의 검댕필명을 사용해 신문의 뉴스 감으로 삼는 일없이 원고原稿로 옮겼던 것이로다. 당시 그녀〔ALP〕가 자신의 침상남沈床男(마부) 아래 미끄러지다니. 그리고 그〔HCE〕가 야웅으로 고양이 노름을 했던 곳. 어찌하여 그들 두 매지(광녀狂女)〔공원의 두 소녀〕가 요수尿水했던고. 그리고 왜 교외림郊外林 속에 삼목도남三木倒男들〔세 군인들〕이 있었던고. 그런 다음 그는 요리料理부엌에서 수이제手泥製의 무화과를 프랑시에서 프리찌까지[3] 행상行商하도다. 차면此面이 나의 어머니요 차모此毛가 나의 아버지나니. 작고 가련한 여인〔ALP〕 그리고 대돈첨봉大豚尖峰〔HCE〕. 그들의 생수生樹화장실(번성하기를!), 그들의 환비문環碑文 곁에(유석溜石[4]하기를!). 열한 명의 아가들이 내내 우글우글 모인 채, 얼마나 많이, 얼마나 많이! 얼마만큼! 얼마만큼! 그리고 네덜란드인들이 그의 필적투전筆跡投錢에 죽어라 웃어대다니. 그리고 모든 사람들이 다 함께 깔깔거렸도다. 그가 해야 함을 부지시지否知始知할 때까지. 비 오는 날의 마루 위에 란각주卵殼舟를 띄우는 유아幼兒가 더 많은 재치를 가졌으리라.

편지, 헤크〔HCE〕의 아들, 숀이 배달한, 숀의 형, 솀이 쓴, 솀의 어머니, 알프〔Alp〕를 위해 언급된, 숀의 아버지, 헤크를 위하여. 두문자된 채. 지이. 실종. 하드웨어 세인트 29. 대부시貸付時까지 차용借用. 장애물障碍物—항도港都.[5] 서력西曆 1132년 정월 31일. 당처當處(H) 래상방來商方(C) 침골砧骨(E). 반대편가反對便家 시문試問. 피츠기베츠가街 13. 로고 광장. 위험함. 세稅 9펜스. B. L. 기네스 양조 귀하.[6] L. B.[7] 노드 리치몬드가街 1132 a. 12번지에 미지未知. 성명미상姓名未詳. 노아 주소불명. 죄서명罪署名,[8] 제트 피어스. 당사자무無(오환목사午患牧師). 위드슈 92. 환가도歡街道. 무당번지無當番地. 별곡別谷. 핀즈 호텔[9]. 1014 사死에서 퇴종退鐘.[10] 철거. 페어뷔우(공관恐觀) 미스 태이크(과오양過誤孃)에 의한 개설. 965 착륙오보着陸誤報. 일견사규一見射叫. 면실宀失. 던롭[11]착着하여 만족. 돔날 오돔날리씨. 공실구비空室具備. 황실공황皇室恐惶 8. 당해가무當該街無. 폐점閉店. 댄주 사제司祭[12]와 식사 중. 필립 버크로 이전. 항해 중. D. E. D. 요회송要回送. 크론화話(토크). 부父 재이코브, 미곡상. 성림城林 3.[13] 포자평화捕者平和.[14] 치안.[15] 병원주의病院主義로 개변改變. 문명과행진이전文明過行進以前. 일시 애란 은행.[16] 시티 암즈(호텔)[17]로 반송. 우유조악품牛乳粗惡品 2. 철자 오기. 트라움콘드로즈. 현 영국 허은행虛銀行. 리피강江의 익사. 당소當所. 존경하올 아담 진발견사塵發見師.[18] 이미 사살됨. 금융가金融街 7. 카브라(차행렬車行列) 이후. 관탈자冠脫者의 체포. 행정幸井, 아더경卿.

패터센의 성냥[1]을 매買하라. 그의 가약속假約束의 손으로. 오키드 로지[2]에 의하여 지난 수확제收穫祭[3]에 폭파되다. 주인불명화물취급우남主人不明貨物取扱郵男을 탐探함. 망명자들[4]에 의해 불량선고不良宣告 당한 집. 수분數分 후에 되돌아 옴. 수리폐점修理閉店. 셀번 패가도貝街道 60. 열쇠는 캐이트점店에 맡김. 키스. 아이작 바트[5], 빈남貧男. 불법 방화범. 체포. 실종. 재판회부. 친절 전송轉送. 아브라함 배드리즈 킹,[6] 소지沼地 공원. 해난解難. 총적장과장總赤漿果葬. 공성목空聖木 담쟁이덩굴.[7] 부재不在. 과중過重. 절수부족切手不足. 우체국 반송. 전교轉交. 오운즈 부채 우편환. 시간 초과.[8] 오매물汚賣物.[9] 불 행자에 의한 공동거주. 전면허분실全免許紛失. 육즙차박빙肉汁茶薄氷.[10] X, Y 및 Z 주식회사. 숙명의 눈물. A. B. 부재, 발송인. 보스턴(메서츠). 유월 31일. 13, 12. P. D. 점자點字. 찌푸린 날씨. 공空. 심心. 만엽灣葉집달이 당존當存. 거기에서 현관으로 외답外踏나니, 에어위크가, 경칠 큰 유방乳房을 하고. 마개. 정停. 병甁. 술 부대. 지止. 정다운 옛 공란空蘭으로 햇볕 태워 저 되돌아오다.[11] 스톱.

(화자의 질문10) ―친절한 숀, 우리는 모두 요구했나니, 이걸 말하는 것은 싫은 일이나 하지만 그대는 금전의 사용에 대처한 이후, 수백만의 울기분鬱氣分을 한 순간도 암시함이 없이, 속언어俗言語를 통십배桶十配 써 버리지 않았던고, 그대의 고명한 형제에 의하여 대단한 주저躊躇로서 범어원고梵語原稿[12] 속에 사용된 필적[13]보다 악어惡語들을―그들 실례를 불급不及함을 실례하네 만?

―고명하다니! 숀은 자신의 애란 방언의 맴장이 비어秘語[14]의 비호庇護 아래, 자신의 마법의 등燈을 총의식總意識의 백열白熱이 되도록 활발하게 비비면서[15] 대답했나니라. 주저폐하躊躇陛下![16] 그대의 말(言)이 나의 육현이六絃耳[17]에 거슬리는도다. 필경 악명 높을지니, 만일 내가 나의 의견을, 적당히 언토출言吐出 하건대, 의무적인 벨리즈 애란식愛蘭式이 되도록 디오게네스 진단을 나 자신 악센트로 요구받는다면, 나는 첫째로 나 자신에게 오히려 포목상布木商[18] 오시안풍風의 셈 씨氏[19]를 전문자前文字를 가지고 서술하고 싶은 느낌이 들지라. 그러나 나는 덴마크의 견해에 대하여 적극적으로 당장 악평할 정도로 나 자신의 역에 대하여 불실하고 싶지는 않는도다. 천만에, 나리! 그러나 나의 지고신至高神 앞에서 나의 모든 신앙은 내가 그것을 극히 의심하고 있다는 것을 나로 하여금 말하게 해줄지라. 나는 저 친구〔셈〕를 위하여 나의 동성애기숙객同性愛寄宿客[20]의 여지를 갖고 있지 않나니, 나는 바로 그렇게 할 수 없는지라. 나는 루터즈와 하바스 통신[21]으로부터 길리간의 오월주五月柱(무선)[22]를 통하여, 아주 감동적 통지 속에, 시시時時로 알고 있는 바대로, 그이, 저 괴별怪別스란 시간 낭비벽자浪費癖者[23]〔셈〕는, 불명료한 성직자들과 마지막까지 자신의 혈색 좋은 얼굴을 항시 자만하고 있도다! 그녀〔ALP〕, 저 포유모哺乳母는, 그이에 의해 곤궁困窮된지라, 저 죄악자罪惡者는 자신의 자유방탕을 탈환 당해야 하고, 미사 도묵禱默 당하고,[24] 부대마포負袋麻布되고,

매달리고, 그리하여 언어사기한言語詐欺漢을 위한 반교황대척지反敎皇對蹠地[1] 건너의 어떤 직물시설織物施設 속으로 처넣어 철쇄鐵鎖 당해야 하나니 단지 그〔셈〕가 아주 재치가 있어서 판벽육교정板壁肉矯正이나 군용우체軍用郵遞[2] 검열檢閱에 합격할 경우에 한해서 이지만. 꽥꽥! 왜냐하면 그것은 충취充吹 잘 알려진 사실이요, 사이혼제판소四離婚裁判所[3]와 고등법원과 모든 왕좌위부王座胃部[4] 앞에 아주 독신유명獨身有名 한지라, 그가 어찌 독방감금 되어 반살半殺된 뱀[5]을 환각했는지 그리고 그가 소모주消耗酒(폐병)의 생산에 대한 저의락底意諾과 자신의 파산구내破産構內의 장단두개골長短頭蓋骨의 매독[6]을 지녔는지, 그리하여 그곳에서 그는 자신의 모욕을 정화淨化하며 죽음을 스스로 생각하면서 해골 속으로 타락할 수 있도다. 부자腐者! 아첨마족阿諂馬足! 편평족! 나는 그대를 한 마디로 서술할지라. 그대.(그대의 용서를 비나니.) 호모(동성애)! 그런 다음 나를 침우寢友로 삼는지라!(보기에 난처 그리고 우체통 속의 니크)[7]. 모다범毛多犯. 나는 그를 그렇게 부를지니! 굼벵이 시인(표범)이 얼룩(성격)을 바꾸면서,[8] 장가본長歌本에 씌어져 있듯이! 그는 누구 소유인고 아니면 나의 사병私兵인고![9] 최고 밉살스러운 우서자郵庶子! 그의 유일한 일각수본一角獸本과 그의 왕자연한 구빈사도救貧使徒 자존심[10]을 가지고, 두 세계[11] 위를 온통 탈脫 어정대면서! 만일 그가 기다리면 마침내 내가 그에게 회교도인의 선물을 사 줄지라! 그인 나의 반사촌半四寸도 못되나니, 돈명豚皿! 뿐만 아니라 바라지도 않는 듯! 나는 차라리 서리(霜)로 우선 아사餓死하리라. 아돈豚!

(화자의 질문11) —우리가 그대에게 청원해도 좋은고, 광휘의 숀이여, 그러면, 그의 도제徒弟의 자존심을 그대의 당적當適의 지갑[12] 속에 넣고 그대의 최고 순종적 스타일의 말로서 그대 자신의 달콤한 방법으로 해명해 줄 것을, 더욱이 또 다른 한 가지 이솝피아의 우락화寓樂話[13]를 가지고, 하고何故에 관해서?

—글쎄 그것〔편지 원고〕은 부분적으로 나 자신의 것이라, 그렇잖은고? 그리고 그대 할 수 있나니, 그래야 하고, 환영하나니, 숀이 대답했도다, 동시에, 자신의 공복空腹이 그를 쓰리게 하여, 일착一着, 가봉假縫 및 삼위일체의, 자신의 벌집형型 브라함[14] 및 식용율모食用律帽[15]를 한번 마음껏 물어뜯나니. 환영이오. 확실한, 나는 그대가 그것에 대하여 모두 알고 있는 줄 생각하나니, 명예학위를, 맹세코 오래 전 기초소화해협基礎消化海峽을 통하여. 아무렴, 그것은 성 도미니크의 바댄 벌들처럼 오래된 것이요.[16] 그의 전광삼회격주電光三會擊柱 넬슨[17]처럼 전 인민 및 인기변가人氣弁家를 당장 인유引喩할 공동탄원적公同歎願的 이야기로다. 그러나 가만 어디보자, 그래요.[18] 비어 맥주남麥酒男의 허세[19]가 바로 그 시작인 것 인지라, 노산구老山丘[20]〔HCE〕요 그의 빌린 것! 그리고 그런 다음 초야草野의 백합녀女,[21] 낸시 바보녀女와 폴타 매춘녀女![22]〔공원의 두 소녀〕 그 다음 멤과 햄과 야벳.[23]〔셋 군인들〕 모두 찬탈에 관한 것이요 자신을 위한 자기명自己名을 정필正筆한 것이라. 나는 선포하기 유감이나, 그의 깔 짚 침대를 펼쳐 놓은 다음, 이틀 동안 그녀는 소란스러운 꼬치꼬치 캐는자[24]를 위하여 계속 끽끽대며, 사이비 재미 소극사笑劇師[25]에게

셈 거짓으로 고함치고 있었는지라. 마치 잉카 종 기원의 대구[1]大口처럼 어찌하여 익명의 아니마뮤즈(생명학예신生命學藝神)[2]가 그녀의 견퇴堅腿(허벅지)를 꼬집었는지 그리고 삼월 토끼꼬리를 지닌 발트해남海男[3]과 그의 충가忠家의 이혼[4]에 관하여, 그리하여 당시 그는 독일란獨逸卵을 잔인과실殘忍果實서럽게 껍질 벗겼는지, 체체파리(충蟲), 부르주아 배설背舌의 모든 터무니없는 인간통화제人間桶話題들,[5] 그리고 그에게, 양손잡이 협잡꾼 같은 읍아취마표절자泣兒炊馬剽竊者,[6] 감독사제처럼 한열망汗熱望하면서, 현관방의 안락의자에 단단 고리 매인 채, 자신의 고양이 눈과 집게손가락 사이 육지필六指筆을 들고, 공아恐兒 차일드 홀 리드의 순례완巡禮頑[7]을 찡그리며, 자신의 거위냄비에 몰두하면서, 무슨 어원어휘어語源語彙語[8]를 히솝(우슬초)목지木枝[9] 마냥 말(言) 딸꾹질하며 발명했던고! 땅딸보! 그처럼 녀석에게 아축我蹴을 가했나니, 모방자! 그리하여 비난받을 짓은 전적으로 도후서태盜厚書態로다. 그는 술 마시는고, 나는 심감甚憾하게도 캐이츠(과자)와 렌즈(술)가 더 이상 없을 것이기에.[10] 만일 그대가 그를 본다면 그건 그곳에서 발생했으리라. 왕좌 재판소[11]에 감사하게도, 특수형평법特殊衡平法 재판소 면허[12]로 참가했나니, 그건 당연한 보상이 주어졌기 때문이로다. 저 무혈無血의 가정 난방자, 셈 스키리벤취[13]를 내가 종종 생각하듯, 언제나 자신의 말(言)을 즐기려다 비문鼻文만 잘리는지라〔손해 보는지라〕, 어렵쇼, 정말이지 나는 선언하나니 나는 턱 멍청이만 당하는 꼴이도다! 만일 내가 그의 반영反影을 도장賭裝한다면 그는 진흙 얼뜨기의 야비진중野卑眞中에서 자신의 자서경투自敍驚鬪를 시작하리라. 독재시인! 위성제왕偉星帝王! 교지도육交止盜肉할지로다! 글쎄 그대 알다시피 그는 별난지라, 저 난송자卵送者,[14] 몸에서 할멈의 냄새를 풍기며, 자신의 교환괴뢰交換傀儡 짓은 절대 불흡不吸이라. 내 사랑(M. D.)[15]이 그를 위해 *사전진단死前診斷*[16]을 했도다. 그는 세 살에 백발이라, 백조병구白鳥病鳩처럼, 그리하여 당시 대중에게 우우 절하고[17] 눈까지 조개삿갓(바나클(코 집게)[18] 당하자 일곱 살에 후회했나니라.[19] 그의 두상頭上에 월동越冬하는 명반明礬은 치솟는 부담腐談의 석개石芥인지라, 쿰(빗櫛)가街[20]의 할멈이 그의 머리채에서 다발을 강탈[21]할 때까지 그는 취무醉舞하도다. 그가 나를 전사前死시켰던 최초태형시最初笞刑時의 이성소실理性消失의 시대[22]에 그는 배일해소百日咳笑로서 쓰러졌는지라. 그는 이상야릇하나니, 그대에게 말하거니와, 그리고 자신의 생동야채生動野菜 혼魂[23]까지 중세적이도다. 그의 사족似足이나 탠 껍질의 얼굴이랑 결코 상관 말지라. 그 때문에 그는 토마토 친목을 금지 당하고 혼전생활婚錢生活의 미식경마米食競馬 코스에서 경고 당했나니, 체법령하難堪屍體法令下(인신보호령)(HCE)[24]에. 같은 취의趣意로서 버캐리가 이성理性을 장대將大하게 사시射示한[25] 이상, 나는 성자聖者가 그를 걷어찬들 전혀 놀라지 않는지라. *거왕巨王, 거왕拒王*[26]—흑인두黑人頭, 흑인종, 흑黑땅딸보, 흑黑꿀꿀자! 그러자 그는 가터(양말대님) 여선생에 의하여 이물교泥物校에서 퇴출당했는지라, 가려움 때문에. 그러자 그는 성 안토니 단독화병丹毒火病[27]에 걸리고 유대 예수회28)에 들어갔도다. 카힐 평수사와 프란시스코 형제교단과

부루다[1]의 수선승修繕僧과 프라티스라 바 슬로보스[2]의 선머슴과 함께. 언젠가 그가 살해되는 것을 모면했을 때, 이 기행 인간은 아키시 태임즈[3]를 통하여 의도적으로 자신의 이중국어二重國語의 머리를 투입하고, 나아가, 악마 도미니카의 스카이 테리어 견犬[4]으로서 성직계聖職界에 합세하기를 원했도다. 성농부聖農父[5]의 눈 속에 먼지를 던져 넣으면서![6] 그는 도피자逃避子가 되어야하기 때문에 늘 회피 당하곤 했었나니라. 일단 내가 트리스탄남男[7]에 의하여 고자질 당하면 나는 그를 배신하기 마련인지라. 그러자 그는 독무獨舞로 세실리아 소풍가消風街로 가서, 갈레노스 의사[8]를 우연히 만났도다. 아스베스토증(석면침착증石綿沈着症)[9] 같으니! 몽마 잉크병![10] 그는 혈맥 속에 잉크 상피相避(친족상간)[11]를 지녔도다. 솀 수치! 나는 그 때문에 그에게 최고의 경멸을 갖고 있나니. 동상凍傷(프루스트)![12] 양심병역거부자良心兵役拒否者![13] 티베리아가 그대를 기다리고 있는지라, 거들먹쟁이 같으니![14] 챠카 해구海鷗 티켓으로 가타뷔아와 가비아노옥행獄行이라![15] 바다 너머로 갈지라.[16] 이건초도異乾草徒, 나로부터 그리하여 트리니티대학(T. C. D.)[17]에 그대의 애간책愛肝冊을 남기는지라. 당신의 푸딩이 요리되고 있도다![18] 그대는 대접받는지라, 크림 경칠! 운運 어불비례 요구르트…. 파문破門. 파. 파. 파.[19]

(화자의 질문12) ―그러나 무엇 때문에, 세 번 진실한 화자話者여, 우아한 숀? 미약하게 우리는 이번에 우아자優雅者에 관하여 계속 물었도다. 대답을 허용할지라. 자 어서, 저런, 좋아? 왜?

―그〔솀〕의 조근언어粗根言語[20] 때문이나니, 그대 내게 이유를 묻는다면, 숀이 응답했는지라, 십자과자탄十字菓子彈[21]처럼 헌신적으로 자신을 축복하자, 망회忘悔의 법령〔참회 법령〕[22]을 취하면서, 구제역口蹄疫[23] 병자!(그 밖에 도대체 뭐람?) 그리하여 그것을 그는 자신의 상추(植) 취臭의 역발명逆發明으로 돈투지豚投枝했도다. 궁신弓神맹신盲神괴우뢰지신地神링너운신運神오딘창槍로키자子토오신神망치아트리매妹너어화계火界지배자울호드터든위엄머드가르드그링니어얼드몰닝펜릴루크키로키보우기만도드레넌써트크린전라킨나로카으르렁캉캉부라! 요[24]를 위한 토르뇌신神이도다!

(화자의 질문13) ―다시 백자명百字名[25], 완전 언어의 마지막 단어. 그러하나 그대는 그것에 근접할 수 있었으리라, 우리는 과연 상상하노니, 강자 숀 오, 우리는 예상했도다. 어떻게?

―평정! 평정! 숀이 어미에서 두 번째 비어卑語로서 대답했도다. 그가 자신의 목대木帶흡관吸管으로부터 존 재곱슨 위스키[26] 한잔을 꿀꺽 들이키자 그것은 돼지(수위니) 앞의 진주격眞珠格.[27] 우미성優美聲![28] 나는 마치 태브[29]의 회색초야灰色初夜와 서수면西睡眠이 잠들 때까지 사갑타파四岬打波[30]에 이야기를 하고 있는 듯한 느낌인지라. 서리! 무망無望! 그의 칠감七感 가운데 어느 것도 내가 전에 말했던 것처럼 될 수 없을지니, 단지 그대는 표류탄漂流彈을 놓쳤을 뿐이라, 왜냐하면 그건 소화탄消火彈이기에. 그〔편지〕 속의 모든 저주암자詛呪暗字)는 복제품이요 적잖은 수의 무녀철자巫女綴字와 전성어全聖語들[31]을 나는 나의 하늘의 왕국에서 그대에게 보여줄 수 있도다. 그의 저질 다변자 같으니! 그의 삼성參星 내적단모음성을 가지고! 해동解凍! 도허담盜虛談의 마지막 말! 그리하여 가일층, 새빨간 무교양의 조직 분파적 도적 어중이떠중이[32]! 그래요. 그가 나의 노염老炎편지를 사육하고 있었듯이.

그대처럼. 그리하여 나〔숀〕는 그〔셈〕와 논쟁하고 있었듯이. 긍肯처럼. 그는 나의 셔츠의 화미話尾를 파도破盜했도다. 정定처럼. 슈미즈 화話를 위해 그건 어떠한고?

(화자의 질문14) —하지만 보기에 따라서는, 그대〔숀〕에게 아첨하는 것은 아니나, 우리는 그대를 자부하거니와 그대는 샤모우스 샤모노우스 주식회사가 여태껏 그랬듯이 현저하게 머리가 좋은 대다가, 기본적으로 잘 문독文牘했는지라, 그대 자신을 한층 악용할 수 있을 것인즉, 창의력 있는 숀이여, 우리는 여전히 그렇게 상상하거니와, 만일 그대가 자신의 시간을 그토록 취하고 그렇게 하는데 수고를 아끼지 않는 다면 말씀이야. 자 승勝으로!

—의심할 바 없이 하지만 그건 그래요, 숀이 대답했는지라, 자신의 혈액기증자血液寄贈者의 모화母話 버터우유를 가동稼動하기 시작하면서, 그리고 악취방사惡臭放射를 퍼뜨리는 것을 무지無知하는 동안, 내가 할 수 없으면 낙일落日(슬픔 날)이 될 것인지라, 고孤로, 따라서 그대는 자신의 공평화空平和를 지킬 수 있으며, 불명료한 감독일어語의 힘에 의하여 나는 충무忠務로 그걸 해야만 하나니(나는 그걸 유죄증有罪證하고 있는지라!) 내가 좋아하면 언제나(5펜스를 걸더라도 그대〔화자〕에게 수당을 띄우리라!) 만사 중 최대의 주입성注入性을 가지고, 알겠는고. 한편 나는 누구보다도 샴어語를 잘 독백할 수 있지만, 그건 개이開耳의 비밀이나니, 그걸 털어놓으면, 비록 나는 충분한 유산을 받지 못했다 할지라도, 서기書記에 있어서 얼마나 지극히도 천재적인지 그리고, 애란이여 심판의 그날까지, 나는 진의설명眞義說明 메뉴를 가지고 두 기적의 대가를 위하여 완두 콩 한 줄 키케로 장광설 늘어놓듯 쉽사리 그것을 연필할지니 그리하여 나의 삼엽三葉 토끼풀 대본臺本, 생生의 전통삼심렬본傳統三深裂本,[1] 만일 백일白日에 노출된다면.(나는 그것에 대하여 가장 믿어지지 않을 만큼의 신념을 갖고 있거니와) 저 수치의 위조극단과격론자僞造極端過激論者,[2] 나의 샴 열형제熱兄弟, 음모주자陰謀主者[3]가 가청可聽의 흑치장인쇄黑治裝印刷로 정통친교精通親交하는 것을 훨씬 능가하리로다. 과격비극過激悲劇의 시인화상서詩人火傷書! 오문자誤文字의 아카데미 희극![4] 나는 그들, 순順(톰), 심深(딕) 및 급急(하리)[5]을 나의 심아안心我眼에 모두 품고 있나니. 그리하여 이들 기분 좋은 어느 날, 자네, 기분이 내게 뜰 때, 나는 오늘밤 나의 혀로 스스로의 목구멍을 필경 자를지 몰라도 그러나 나는 광신성光神性(오무즈드)[6]의 동심動心 있는 그대로 집필하고 그것을 마치 공功의 작물처럼 인쇄(패트릭)하여 내심 발명할지니, 내 말을 잘 표標(마크)하고 나의 표標(마크)를 팅 달아맬지라, 그리하여 그것이 그대를 위해 패트릭의 단산안多産眼[7]을 열게 할지니, 광열형제廣熱兄弟여, 단지, 교황파요 미숙자요 신참자新參者요 *당당표본堂堂標本*이요[8] 111 타물他物들로서, 나는 어떤 일이 있어도 결코 이러한 실행의 그토록 많은 수고를 감당할 의향이 없기 때문이로다. 그런데 왜 그런고? 왠고하니 나는 전적으로 그와 같은 초유독성超有毒性[9]을 적외선 탐지하기 위해서는 지나치게 교활승모남狡猾蠅毛男[10]이기에. 그리하여 지운상地雲上 그리고 천국중天國中의 모든 성지聖持를 걸고, 나는 나의 파이프에

그리고 숀(그런데 그건 악규옥惡叫獄의 이름인지라!)의 경외敬畏에 맹세하고 서약하노니, 나는 여태껏 나의 루니 영혼모靈魂母[1]에 불을 지르려고 진력하는 여하인如何人의 어떤 방화범이든 또는 하여민何如敏의 악남惡男[2]이든 그를 분화焚火할 것을 위탁할지로다. 나를 지체 없이 암동岩動할지니 그러나 나는 쳇 할지라.〔질문의 종결〕

〔숀의 어머니 생각〕 그리하여, 비애가 모든 미소를 탈진奪盡시켜 버렸던 그〔숀〕의 삼각三脚 아귀성餓鬼聲[3]의 경련 찰싹 소리와 함께, 커다란 열정의 허스키 목소리의 소란하고 힘찬 관활寬闊의 권투가, 실지로 그는 그런 사람이었나니, 그는 사실상 우모성牛母性[4] 위에 궁망窮亡한 채, 그녀〔ALP〕를 너무나 잘 알고 있는지라, 그녀의 머리카락에 감길 정도로 은누銀漏의 사랑에[5] 스스로 압도되었나니 왜냐하면, 확실히, 그자〔셈〕는 세상에서 제일 유약柔弱 추레한 얼간이로서, 자신의 전시흉展示胸 안에 몽고메리[6]의 것과 같은 심장과 자신 속에 하비의 감정하感情荷[7]를 지닌대 다가 선육낙鮮肉落의 망아지처럼 천진하고 무기도적無企圖的이었기 때문이라. 하지만, 자병적自病的으로 별나게도 비이기적인지라, 그는 불안 공포를 명투皿投(접시 던지고)하고 자신의 통통한 양 뺨의 홍침과 사과조의 꿀떡으로 그것을 웃어 넘겼나니, 자신의 눈의 눈물[8]을 백조병구白鳥病鳩처럼 치유하며, 사방을 두리번거리도다. 그의 아랫배는 허술한 비둘기 두더지에 속하지 않았는지라. 만사우거萬事牛去[9]. 행복의 탄죄呑罪[10]. 명심할지니, 자, 비록 그의 턱이 더 이이상 마마말을 하기에 전戰서럽게도 너너무 졸릴지라도 그는 지심열성地深熱誠이었음을. 그와 가깝게 그는 오직 갑자기 멈추어 서서 자신의 조견고潮堅固의 족쇄 채운 팔목[11]으로부터 대양大洋의 유령을 통하여, 주피터 천신天神의 가스공허우주空虛宇宙의 파시팔[12] 이천국異天國의 유성초流星草들을 위위위쪽을 향해 쳐다보면서, 그들이 당장은 말하지 않았으되 과거에 그랬고 앞으로 그러할 것이기에, 만사 이야기된 대로, 회귀선역回歸線歷의, 성당역敎會歷의, 민民의 또는 항성역恒星歷[13] 속에 하년수何年數를 타진하기 위하여 전후방을 원행두遠行頭 속으로 염탐하고 있었나니, 그는 찰리의 전차(북두칠성)[14]의 심려천랑성深慮天狼星[15] 점대点臺 곁에 자신이 혹시 발견할 수 있지 않을까(유미관乳糜管[16]을 따라 썰매 타는 구면체球面體와 고대시古代時로 향하는[17] 지복자至福者의 대저택[18] 사이에 있는 것) 그가 이전처럼 이토록 갈망했던 것을, 자신을 몽나선교수夢螺線絞首 올가미 맨 채, 자신의 양 엄지손가락을 주먹 속에 빠져들게 하고 그리하여, 자신의 볼 베어링의 양극단의 조화적 균형을 상실하면서, 신성한 주전자에 맹세코, 진(술) 번개 주잔酒盞[19]처럼 그는 머리를 경선傾船한 채(오 부父들의 죄자罪子들이여!) 자신의 술통桶의 강과중强過重에 의하여(그의 돌발사를 방지한 모든 것이 그들 간의 별표 성星이 아니었다면 누가 여태 그러하리요?) 그리하여, 그가 연주할 수 있던 가장 어진 후주곡後奏曲[20]으로서, 앙상블로 붕몰崩沒했나니 그리고 일별도 못된 순간에 뒤쪽으로 라티간옥屋의 모퉁이를 경유하여 원이난청遠耳難聽 먼 곳에서부터 자신의 뒤축 닳은 구두 신은 동작의 극히 호기적양상好奇的樣相과 더불어 부양浮揚토록 굴러갔는지라, 확족確足, 화통족火痛足, 활족滑足,

〔427.17–428.27〕 그의 출발이 애도哀悼된다. 그의 귀환을 고대한다.

화완족和緩足, 화봉지자火奉持者 희보戱步롭게, 화등자火燈者 활보闊步하듯, 그리하여 킬 레스터 지역의 호구湖丘[1] 곁으로 도락석주跳落石走나니, 콜크, 막대기와 다엽茶葉 그리고 자신의 용골노龍骨櫓 쪽으로 더 많은 거품을 일으키며,[2] 애란평화愛蘭平和스러운 그리고 아주 안이한 길을, 시대에 지각하여 도우都牛가 울부짖을 때, 맥 아우립가家,[3] 고상가苦像家 방향으로, *문을 조용히 열지라*,[4] 골짜기 아래[5] *그*가 정말로 직돌입直突入하기 전에 구릉지의 침하沈下에 앞서(온통!) 그는 무無자취로 소산消散하고 멸거滅去했나니,[6] 마치 파파(아부兒父) 아래의 포포(아분兒糞)처럼, 환상環狀의 환원環圓[7]으로부터. 아아, 천賤아멘!

살아살아살아졌도다! 요주의要注意![8]〔여기 셈의 이미지들이 꿈으로부터 살아진다〕

그리하여 스텔라 별들이 빛나고 있었도다. 그리하여 대지야大地夜가 향기를 확산했나니. 그의 주관명奏管鳴이 흑습黑濕 사이에 기어올랐나니라. 한 가닥 증기가 기류를 타고 부동했도다. 그는 우리들의 것이었나니, 모든 방향芳香이. 그리하여 우리는 일생동안 그의 것이었는지라. 오 감미로운 꿈의 나른함이여![9] 연초煙草 *꾸꾸꾸*(토보쿠쿠)!

그것은 매형적魅型的이었도다! 그러나 매형魅型스러웠나니![10]

그리하여 램프가 더 이상 계속하여 광분光焚할 수 없는지라 꺼져버렸나니,[11] 그래요, 레프가 류광溜光할 수 없기에 꺼져 버렸도다.

글쎄.(여일광汝日光이 쇠衰하는 시각에 우리는 어떻게 그대를 애등哀燈하랴!)[12] 모두가 둔맹鈍盲하고 황미黃迷한지라 그리하여 그대가 여기서 사라지다니 정말 유감이라, 나의 형제여,[13] 유능한 숀, 겉옷의 뒤틀 휘둘림과 함께, 햇볕의 아침[14]이 우리들의 최신고最辛苦를 진정하기 전에, 설신鱈神의 묘람猫籃과 돌고래 평원을 넘어, 육체관계와 불친不親한 얼굴들로부터, 그 곳 유상油象들이 스크럼 짜고 있는 독일상아국獨逸象牙國의 은토隱土로, 야마천루野摩天樓가 최만最慢서럽게 성장하는 아미리클[15]의 외서부外西部까지, 더더욱 유감이나, 그대가, 수수手手 겨루며 천만무수千萬無數 심지어 자질구레한 것까지, 그토록 자주 유순柔順했던 그리고 영원히 행사하는 그대의 선의善意의 모든 행위에도 불구하고, 그 곳 덕망이 겸양謙讓인, 우리들의 보다 겸손謙遜한 계급이 말할 수 있듯, 우리들이 그 옛날, 신 모이[16] 평원의 땅에서, 그대와 좀처럼 헤어질 수 없는 것은, 성소년聖少年이여, 그대는 살아 있는 성인聖人이요, 그대 또한 과과過過 끈기 있는 체재자滯在者, 신들과 후하층관객後下層觀客[17]의 총아요 경야經夜의 살루스 위안신慰安神이었기 때문이로다. 용안容顔의 소산消散을 다정한 퓨인(평자平者)은 심통하게 느끼는지라. 경도박競賭博의 승리자, 면학청중勉學聽衆에서 수위首位요, 화승부話勝負로부터 전예언자前豫言者나니, 현노인賢老人들의 선인選人인지라! 우리들의 유장엄幽莊嚴한 묵화默話의 말쑥괴짜 대변인代辯人![18] 혹시 라면, 거기 웅계갱雄鷄坑에서 우리를 애명심愛銘心할지니, 가련한 십이시학자12時學者들을,[19] 언젠가 또는 그 밖에 그대가 시간을 생각할 때마다. 원복願福하나니(과연), 비디하우스(병아리 집)[20]의 우리들에게 귀가할지라. 이러나저러나 우리들이 그대의 미소를 놓치고 있는 도처到處.

야자주椰子酒[1] 빵 과일 사탕과자 밀크수프! 수아수수포! 그러나! 여기 사모아 섬의 우리들 백성들은 그대를 후망後忘하지 않으리니 그리하여 노장老壯들은 보면서(누가) 그리고 매일사每日事[2](요한)를 표標(마가)하면서, 넷 적나라한 돗자리(마태)위에 보슬비 가랑비 날이면 날마다 분필로 기록하리라. 어떻게 그대는 자신의 사고思考 속에 사고하고 있을 것인지 어떻게 심저深底가 온통 시작되었는지 그리고 어떻게 그대는 미완성의 이행履行의 장악掌握을 포촉脯燭하기 위하여 그대의 양심의 가책을 통하여 격투할 것인지. 조상국祖上國(사이어랜드)[3]이 그대를 부르는도다. 메리 로이[4]가 달(月)처럼 범보帆步하고 있나니. 그리하여 교활한 중얼 숙녀[5]가 그래즈하우스 산막山幕6)에서 귀부인 하녀 노릇을 하는지라. 그대의 웃옷을 뒤집을지라, 강한 인성人性이여, 그리하여 우리들 사이 저 계곡아래 체재할지니, 여청년汝青年이여,[7] 단지 한번만 더! 그리하여 번영무성繁榮茂盛의 이끼가 그대의 구르는 가정家庭을 축적하게 하옵소서![8] 무로霧露[9]가 그대의 굴렁쇠 고리를 다이아몬드 비추소서! 효성孝誠의 소화전消火栓이 그대의 분통구糞桶口[10]를 재보험 들게 하옵소서! 등 뒤의 맥풍麥風[11]이 그대의 영경泳脛에 행운을 광휘하옵소서!

우리는 잘 알고 있는지라, 그대가 우리를 떠나기 역逆겨워 했음을, 그대의 애송이 뿔(角)을 불면서, 정황실우체부正皇室郵遞夫여, 그러나, 아아 확실히, 우리들의 선잠(眠), 몽책夢冊 페이지의 맥박이여, 여귀부汝貴婦[12]의 은총에 의하여, 그대의 야상곡의 자연의 아침이 황금빛 솟는 해(조청造淸)[13]의 자自민족의 아침 속으로 공몰空沒(블라망즈)[14]할 때 그리하여 돈(卿) 리어리[15]가 노주老酒[16] 조지 코오토스로부터 자기 자신을 등 돌리고 저 선선善船의 향락 조니[17]가 워털루의(수水얼간이의) 애란 왕[18]으로부터 소문을 퍼뜨릴 때, 그대는 와권해渦卷海[19]를 가로질러 도선渡船하고 어떤 성당법자敎會法者의 여타일餘他日에 그대 자신의 도망말세론[20] 속에 휘말릴지니, 등에 우대郵袋를, 슬픈지고! 설굴雪掘하면서.(그렇잖은고?) 그대는 선량한 사람인양, 그대의 그림 포켓을 신선송달新鮮送達을 위해 갈퀴같은 비(雨) 속에 구측외향丘側外向하고 그리하여 그로부터 여기까지 아무튼, 임차賃借 전차電車[21]를 타고, 비옵건대 살아 있는 총림叢林이 그대의 밟힌 잡림雜林 아래 재빨리 자라고 국화菊花가 그대의 미나리아재비 단발短髮 위로 경쾌하게 춤추기를.

• III부 - 2장 •

성 브라이드 학원 앞의 숀 (pp.429 - 473)

조활嘲活한 숀, 내가 그것 조금 전에 알아차렸듯이, 한갓 숨결을 자아내기 위하여 이어 멈추어 섰나니, 자신의 야보夜步의 짙은 밑창 화靴[1]의 제일각第一脚을 잡아당기면서, 그리고 느슨하게 하는지라(신의 아들로 하여금 방금 저 가련한 서론구자序論口者를 내려다보게 하소서!) 그의 스타킹 보다 약간 전에 분명히 만들어진 자신의 생상生傷된 양쪽 생피화生皮靴[2]를, 라자르 산책로[3] 곁의 둑에서(왠고하니 멀리 그리고 넓게, 팔팔하게도 자기 실물만큼 크게, 그는 어떤 종류의 남용된 신발에 대하여 스스로의 인정스러운 대접으로 유명했거니와), 아마도 9 및 20가량의 통주시간桶舟時間 범위의 거리일지라, 그가 진실로 그렇게 할만도 했도다. 그는 그곳에 있었나니, 그대는 평면측정적平面測程的으로 볼 수 있었으리라만, 내가 그를 한층 면밀하게 쳐다보았을 때, 말하자면.(자비스러운 도움이여, 이런 성장의 비율로, 우리의 작야昨夜의 침대아寢臺兒가 이내 공간을 채우고 계통으로 아숙牙熟할 터인 즉, 그토록 순간의 빠름이여!) 광충廣忠하게 개활改活하다니, 비록 아직 그의 사각자四角者 자체의 조상彫像이 과거 그러하듯 그대로인데도, 땀을 흘리며 하지만 그런데도 행복하나니 자신의 발이 그에 붙어 여전히 잠들었는지라, 그가 생각했던 대로, 성聖재니아리스[4]에 맹세코, 그는 그의 불간 황소의 발굽을 자신의 반장화 속에 담고 있었나니, 너무나도 멋진 그의 큰 발가락을 하고, 아일랜드를 통하여 불월不越이라, 대구大口의 성시인聖詩人, 지주支柱에 기댄 채, 잔존殘存하여, 버터 금발을 한 평화의 감시자, 어떤 시거드센이란 순경에 몸을 기대어.(그런데 이와 같은 퇴역군인이 그가 구두 닦는 풋내기 소년을 유랑流浪으로부터 쉬게 하는 보다 낳은 곳이 어디에?) 그런데, 그자는, 오스본[5] 부처처럼 직입 매장되어, 아늑히 졸린 채, 치료주둔장治療駐屯場 뒤에 야근시에 취침 중 나태무활懶怠無活하게, 독점된 병甁[6]의 포위사이에 평형平衡된 채, 침도寢倒했었나니.

〔429—431〕 존(숀)이 도로를 따라 휴식하자, 거기 29소녀들을 만난다. 성 브라이드 학교 앞의 숀(존)이 소녀들을 만나는 장면이 시작된다. 여행에 지친 숀은, 리피 강을 타고, 리자르 가도 곁의 둑에 멈추어, 자신의 구두를 느슨하게 푼다. 그는 고대의 석주石柱(매장된 채, 졸고 있는 순경 시거드센 또는 HCE 격)에 기대고 있다.

〔429.01—429.24〕 숀이(리피 강) 강둑에 쉬고 있다—족통足痛을 휴식하면서.

〔430.01–430.16〕 근처의 29소녀들이 공부를 하거나 놀고 있다.

이제, 베넨트 성 버처드[1] 국립야간학교 출신의 스물아홉 만큼이나 많은 산울타리 딸들이 있었는지라(왜냐하면 그들은 때가 아직도 매4년每四年—옛적—한번[2]이라는 것을 기억하는 듯 했기에) 그들의 인생의 오전 수업을 공부하면서, 그의 나무 아래, 그의 경고에도 불구하고, 자리하여, 있는 그대로, 강변경江邊境에, 인류 최초의 황석黃石 이정표[3]의 희녹稀綠스러운 광경에 매료된 채(곰, 보어인人, 모든 촌놈들의 왕, 그의 하인 험프리경卿, 우리들은 그를 습지에서 만났도다!)[4] 한편 그들이 모두 철벅철벅 물놀이하고 있는 동안, 자신들의 여덟과 쉰의 페달족足[5]을 가지고 자기적로 박자를 맞추며, 바보 우체부의 노크 우희愚戲 놀이를 하면서, 오 그토록 유쾌하게, 모두 이제 가까스로 자신들의 탭 타이프의 십대로서, 야상곡의 매력적인 지문을 묘사하면서, 비록 영원시시永遠時時 잔디에 고착된 듯 보이는 멍텅구리[6]의 코고는 소리에 불쾌감을 느낄지라도, 당시 취화醉化된 채.(취한!) 그는, 보기에 무감동한 채, 왕관을 위한 보물 수집을 위해, 자신의 네덜란드인의 토착어로 불신리不辛理하게 중얼 신음했는지라 *이것은 사고死高의 침대 틀, 나의 천굴賤掘한 밉살맞은 플라스크 병甁이라!*[7]

숀(그는 우선적으로 보강왕관補强王冠)[8]이 달린 모자를 벗고 자신들의 최고의 봉소행위蜂巢行爲를 떤 선의 소녀들의 칭찬의 저 합창 속에 모든 타자들에게 절을 한 다음, 그런데 그들 모두는 그의 키스 손을 읽기 위하여 꿀벌이 가능한 모든 붕붕 소리처럼 저 우체부를 향해 심온군甚溫群하게 돌진해 온 소녀들인지라, 사방을 온통 솔개(鳥)날듯하며, 돌진하면서 그리고 자신들의 주연약우主演若優, 그이 황남遑男 위로 엄청난 소녀소동을 피우나니, 그리하여 그의 장미속薔薇束의 미소, 그의 고수머리와 그의 괴물인형 권모捲毛를 뒤죽박죽 만들면서, 모두, 저 하나만 제외하고, 핀프리아의 최고 미녀, 접시 가득한 구름딸기[9] 타트 파이처럼 연애편지에 몹시 지친 채(모두들은 곱고, 강력하고, 강력하게 고운 그리고 명예롭지 않은고?) 그리하여 미소微笑롭게 미소味笑하면서, 사방 쌍과 쌍, 빵으로 토실토실 그리고 홀쭉하니 호리호리한, 그이한테서 달콤하게 탈피하여 다가오는 근사한 향훈연香熏煙(근사한!) 그리고 그것은 단순히 천사같은지라[10], 빵 껍질로 뒤범벅된 야생의 타임 초草와 파슬리 냄새를 품기며(오 근사한!) 그리고 그의 통통 살진 배를 재치 있게 감촉하며 그의 젤리부대를 풍진風振하면서, 왠고하니, 비록 그는 열여섯의 젊은 회당꼬마[11]처럼 보일지라도, 그녀들은 그가 바로 더할 나위 없는 친절에 의한 최살最殺[12]의 레이디 킬러임을 그의 남성으로 소찰騷察할 수 있었나니, 이제 그대, 숀, 전적으로 저따위 그들의 인형간청人形懇請으로 안녕을, 친親 백합처럼 문안했는지라(야호, 아씨들!)(그리고 성 아가사 처녀제양處女祭羊은 어디에 있는고? 그리고 성 버나데타의 비둘기들은 어떠한고? 그리고 성 쥬리에나의 통桶토끼[13]는? 그리고 성聖유라리아의[14])

예인선曳引船보트는?) 그는 다음으로 계속했나니(호감적好感適!) 그녀들의 개인적 용모와 자신들의 꽉 낀 새끼고양이 투구와 자신들의 스마트한 경輕프록의 드레스에 노출된 반대의 취미에 관하여 몇몇 산란한 말들을 넌지시 비추기를, 그리하여 수줍은 아이로부터 찡그린 아이까지 그녀가 아일랜드의 전설을 읽은 적이 있는지를 물으며 그리고 그녀의 구적舊蹟의 넓적다리가 그녀의 치마 가두리 아래로 보이는 것을 점잖게 꾸짖으면서 그리고 또 다른 아이에게는, 누설漏泄로서, 그녀의 어깨의 후크가 그녀의 등 뒤로 사시斜視하게끔 약간 열려있음을 방백하면서, 흠.(그리하여 이 모두는 물론 순수한 인간적 친절에서부터 그리고 홍미의 요정신妖精神 속에 형식을 정작 메우기 위해서라) 왜냐하면 숀은, 여담이지만.(나는 그가 그랬으리라, 생각하고, 희망하거니와) 여태껏 사람으로 불러진 최고의 순수한 인간인지라, 삼손[1]의 야견野犬으로부터 숀의 잡어雜魚에 이르기까지 그리고 모든 굴뚝새들의 왕[2]으로부터 적충류滴蟲類[3]에 이르기까지 온갖 상하 모든 피조물을 사랑하는 자로[4] 통하거니와) 숀, 저러한 몇몇 예비행위 다음으로 자신의 관능경官能鏡을 통하여 자신의 사랑하는 자매 이찌(이시)의 출현을 파악했는지라, 그 이유인 즉 자신은 그녀의 휘돌輝突하는 파도에 의하여 자신의 사랑을 알았기 때문이나니[5] 그리하여 그녀는 자신의 붉은 얼굴로 그에게 증거를 보여주었는지라 뿐만 아니라 그는 그토록 터무니없이 쉽게 그녀를 잊을 수 없었나니 왜냐 하면 그는 그녀의 형제 외에 그녀의 축복 받은[6] 대부代父요, 그는 그녀의 달콤한 마음을 살 수 있는 세계 및 자신의 생명으로 생각했음을 하늘은 알고 있기 때문이라.(수려한지고!)[7] 가련한, 착한, 진실한, 숀이여!

—최애最愛의 자매여, 숀은 진정지급으로 배달전配達傳했는지라, 어법과 일반송달一般送達[8]의 재고정리에 의하여 특징된 채, 자신이 깊은 애정을 가지고[9] 시간을 벌기 위하여 즉시 자신의 스콜라스티카[10] 교사校舍를 작별하기 시작하자, 우리가 퇴장하는 순간에 그대가 신순辛純히 우리를 보고 싶을지라 우리는 정직하게 믿고 있나니 하지만 우리는 모든 의무의 탈성당脫敎會에 대하여 순교자로서 느끼는지라 때가 거의 다 되어, 위대한 하리에 맹세코[11], 우리는 우리들의 긴 최후의 여행에서 선발탈로船發脫路 할지라도 그대에게 하물荷物은 되지 않을지니. 이것은 그대의 가르침의 총수익總收益인지라 그 속에 우리는 양육되었나니, 그대, 자매여, 우리들에게 지극히 훌륭한 소개장을 써주곤 했으니 그리하여 지금 당장 우리들에게 말할지라(우리는 아주 잘 마음에 늘 상기하기 마련이니) 수직사手織事와 호기豪氣와 사암담사死暗澹事와 야호아빠의 그대의 고세간古世間 사담事談, 그대에 의하여 그토록 서술된 우리들의 마음을 반反문자 그대로 털어 냈던 이 이야기들, 자매여[12], 완벽하게, 총율동반總律動班의 우리들의 총애 생도와 우리들의 본생가本生家[13]의 중요 생업, 당시 우리들 약자若者 쌍둥이들[셈과 숀]은 꽤나 수음手淫하고 있었는지라(오 포이부스 신이여! 오 폴룩스 신이여!) 침대 속에서, 파리쉬 당밀 위에 카스토[14] 오일을 저장한 다음,

[430.17–431.20] 숀의 설교의 서곡—매력은 상호적이다—그는 이찌(Izzy)를 그들 사이에 염탐한다.

〔431.21—432.03〕 숀의 이시를 위한 충고의 시작—숀은 떠나기 시작하고, 이시(Issy)(이찌)(Izzy)에게 말을 하면서—그녀가 그를 아쉬워하리라 알고 있으나, 그녀가 과거 그에게 자주 말했듯, 스스로 떠나가야만 한다.

(그 밤을 우리는 기억하리라) 왠고하니 우리들의 애정의 고조곡固組曲을 그대와 나누기 위해서였도다.

나는 일어나는지라, 오 아름다운 무리들이여! 나는 시언始言하도다. 그럼 이제, 이 서문의 초입경初入經[1]에 이어, 나의 은하처녀銀河處女들이여, 자계하인雌鷄下人에 대한 지시[2]에 *대하여* 나는 교구목사(P. P.) 마이크 신부, 나의 일요기도웅변술日曜祈禱雄辯術과 청죄사聽罪師, C. C. D. D.[3] 신학박사로부터 절대금주(T. T.)[4]의 충고를 요청하고 있는지라(그런데 매조買鳥하듯, 신부는 즉석 제공 식으로 대수롭잖게 설교를 그리고 여차여차 많은 색욕적 불료不瞭한 말로 우리들 자신들처럼 완두콩 사이 비밀을 나를 빈정대듯 갈빗대 아래로 말하고 있었는지라, 자신이 얼마나 공포恐怖스러운 생활을 영위했는지에 관하여 그가 어떻게 두 남사순처녀男似純處女[5]와 함께 면—대—면 혼비찬婚秘餐을 공여供與하고 있었는지, 빈가승貧價僧[6], 거세은전去勢銀錢의 쌍마(馬)를 위해 미사를 발언하면서 그리고 그곳 그리고 당시, 방출放出과 함께 혼침방婚寢房을 위하여 그날은 얼마나 법공法恐스러운[7] 날이었는지, 그리고 어떻게, 아무튼 무전객無錢客들이 돼지땅콩을 먹었는지,[8] 어떻게, 터널 속의 지옥이라, 그가 나를 보자마자 비속飛速하듯 하고何古 줘 쇠 시간에 전력을 다하여 나를 결혼시키려고 했는지) 그리하여 나는 성당봉헌적敎會奉獻的 피아충고彼我忠告의 도식道式 스타일의 말로 방금 재차 여청춘汝靑春에게 그의 피아彼我 충고를 부여하고 있나니, 인돈락人豚樂이라, 그가 자신의 구원성직救援聖職로 자신을 재직再職하기 전처럼, 그는 저런 동사動詞를 내게 말했도다. 천상으로부터. 더브루니크[9]의 최고 탁월한 명의사교名義司敎[10]가 델아벨이니[11]의 자신의 모든 불신不神 이단자들[12]에게. 그대모든우울처녀들이여오라, 내좌來坐하여 모두 실실(絲)청聽하라! 나를 가까이 뒤따라요! 나를 견지見持하라! 나의 사리舍利(미제레도禱)를 하고정下固定하라! 말하자면 한 설교자수사說敎自修士로부터 모든 실천적 미사 목적자매目的姉妹에게까지 그리고 침무언沈無言의 객실녀客室女 앞에 청소구淸掃具 없는 신사[13]가 될지라. 자 이제. 이 은밀하고 습한 계절로부터 우리들의 짧은 부재 동안에 집착하는 것은 필시 정화와 도락에 관한 십계명十戒命 만큼 가능한 많은 수의 것이라 그리하여 결국에 그들은 그대의 정도를 따라서 그대의 보다 나은 안내를 위한 것임을 알게 되리라. 대체 우리는 어디에 있으며 불러질 최초의 노래는 무엇인고? 그것은 주서전朱書典, 애등哀橙, 황부활가黃復活歌, 또는 존재하는 아베스타 녹경전綠經典[14]인고, 또는 자극紫極 격항激航의 청상靑傷 남치藍恥 그리고, 유명 또는 무명의 기도전례서祈禱典例書의 애호자를 위하여, 운명세족제전運命洗足祭典은 어디서 바랄 것인고? 성령강림하죄시聖靈降臨何罪時 뒤의 몇몇 일요죄일日曜罪日들. 나는 그를 축복하는 순간 저 병든 복사服事를 해고할지니. 그것이 내가 그의 포도자葡萄者를 위하여 할 수 있는 최서最鼠일지로다. 운동의 어진 경제經濟, 도끼(斧)가 이유를 말했나니. 만일 내가 캘린더의 모든 성인들을 선용選用한다면 나는 혹희망或希望(호브슨)의 선택[15]을 가지리라.

[432.04−433.09] 숀의 율법 목록—숀은 소녀들에게 설교하고—마이크(Mike) 신부로부터 득한 충고를 받는다.

발화성發火性의 퍼파룸[1]을 위한 공통전례문共通典禮文으로부터 프란시스코 울트라매어[2]의 의식도儀式禱[3]까지, 폭서暴暑의 최종일, 눈(雪)의 삼일 째, 금일 안녕安寧의 공포허언질문恐怖虛言質問 속에. 여기 그녀는. 종鐘미녀美女나니, 천국에 있었는지라, 하얀 처녀, 이십구번二十九番째,[4] 스물아홉 번째의 마돈나. 도레미의 기도! 경쾌 오틀[5]과 그로미 그웬 두 래이크[6](호수의 박모薄暮의 수도원장)(덴마크어語로 통하다!)의 협동주교관구協同主教管區 내에서 동일 또는 유사하게 친절하게도 준수된 것, 영성체 월요일부터 수도체축자매修道蹄祝姉妹의 지나두건주만찬支那頭巾主晩餐까지.[7] 의기양양하게 말해진 말(言)들, 나의 귀여운 조력자여, 우리들의 익살맞은 크리미아의 호전자好戰者의 귀 뒤에 꽂은 갈대의 관용스러운 펜[8]으로부터.

결코 그대는 신랑찬미新郎讚美에 장미소동薔薇騷動하는[9] 마이레스 부처[10]를 위하여 그대의 혹상소或喪所의 미사를 놓치지 말지라. 그대의 성 금요일의 나이프로 해로운 순돈육純豚肉을 결코 염식厭食하지 말지라.[11] 호우드 언덕의 돼지로 하여금 킬리니의 그대 백합아마사百合亞麻絲[12]를 발밑에 결코 짓밟게 하지 말지라. 주主의 지팡이에 맹세코 아무쪼록 귀부인의 경기를 하지 말지라. 그대가 그의 다이아모드를 환승還勝할 때까지 결코 상심하지 말지라.[13] *하얀 사지四肢를 그들은 결코 지분거림을 멈추지 않는도다*[14] *또는 말리가 한 남자였을 때 민씨(왈가닥)*[15]*는 한 맨 섬처녀였도다*와 같은 그들의 콜롬비아의 밤 향연[16]을 위하여 행상인의 흡연장에서 위험한 즉흥 노래를 경가輕歌함으로써, 다르(D) 베이(B) 카페테리아(C)[17]의 소파 두루마리 끝 너머로 절대 소동을 피우지 않도록 장기長技할지라. 그리하여, 말이 난 김에(음문에 맹세코), 에소우 주식회사 제의 야곱 비스킷[18]을 계속 바삭 바삭 소리 내며 그것을 상자 속에 투대投袋하는 자가 그대인고? 글쎄 깡통이 거의 비었나니. 첫째 그대는 미소하지 않을지라. 두 번째 그대는 사랑하지 않을지라. 욕말慾末, 그대는 우상간음偶像姦淫을 범교犯交하지 않을지라. 둔한자臀限者 회한悔恨을 도울지라. 남자변소에서 그대의 단정체短停滯를 결코 주차駐車하지 말지라. 그대의 불결한 한 벌 가위 받침 접시를 가지고 그대의 단추 잔盞(미나리아재비)을 결코 청소하지 말지라. 우리들의 최종 장소로의 그대의 최근 지름길이 어디 있는지 그의 1인칭에게 결코 묻지 말지라. 약속의 손으로 하여금 그대의 성천골聖薦骨의 단번처녀막單番處女膜을 결코 함부로 사용하게 하지 말지라. 도끼의 부드러운 쪽![19] 밧줄의 사리, 수줍어하는 처녀[20], 수풀의 홍조紅潮가 첫 남자의 웃음을 비탄하는 살모殺母로 변경시켰도다. 오 어리석은 사과원죄司果原罪여![21] 아아, 주사위의 과오여! 그대의 한 벌 바지가 땀에 젖는 동안 항아리 속에 결코 담그지 말지라.[22] 그대의 황금시대의 대문을 통하여 은銀열쇠를 결코 끼우지 말지라. 사람과 충돌하고, 돈과 충모衝謀할지라. 그대가 범매帆買하기 전에 나의 상가賞價를 선망先忘할지라. 그대가 의속衣束 용의주도用意周到하는 곳을, 누요漏尿하기 전에 살펴볼지라.[23] 얘야. 부식腐蝕이 눈에 띌 때까지 서양모과 사과를 결코 세례하지 말지라.[24] 잡초가 있는 곳에 그대의 엉겅퀴를 적시고 그걸 그대는 후회할지니,[25] 가시덤불로부터. 특별히 경계할지니,

〔434〕 숀은 셈인 동시에, 조이스에게 "예술을 위한 예술"의 주창자인, 심미주의 작가 스윈번(Swinburne)을 암시한다. 〔〈율리시스〉에서 조이스의 그에 대한 영향은 괄목할 만하다. "바다! 바다!…우리들의 위대하고 감미로운 어머니"(Thalatta! Thalatta!…our great sweet mother). (U 4)〕 숀은, 앞서 그가 그러하듯(434.08–434.10), 드라마와 문학의 부패한 영향에 관해 이시에게 경고하고 있는 듯 보인다. 딜레탕티즘(dilettantism)(아마추어 예술) 문학의 애호가인 앨지(스윈번)는 그대로 하여금 극장으로 데리고 가, 간통이나 셰익스피어의 〈베니스의 상인〉을 보게끔 하리라.

가정생활을 여하 간에 비도덕화하는 파티에 참가하는 즐거움을. 그것이 남자의 활력을 뺏는지라. 회사에서는 냉정한 신의를 지니며, 가정에서는 따뜻한 초망鍬望을 가지며, 그리고 자비의 자중自重이 되는 것을 가정에서부터 시작할지라.[1] 난폭자의 효능을 지닌 소년들이나 과오보다 신만찬辛晩餐하는 것이 대체적으로 보다 고상한 곳이로다.[2] 저 도둑맞은 키스를 되돌려 줄지라.[3] 저 총면화總棉花의 장갑을 반환할지라.[4] 녹색의 위소녀危少女들, 리다호다와 다라도라[5]를 너무나 자주 통 채로 에워 쌓던 저 황색의 위난危難[6]을 회상할지니, 한 때 그들은 말(馬)처럼 절뚝거리며, 석탄저장소에서 흙 파묻혀 대포大砲[7]의 만찬을 굶이려고 애쓰는 대신에, 베씨 써드로우를 위하여 육색肉色의 팬터마임[8]에서 마고역馬尻役을 했도다. 볏–뒤–크리켓 사주문전邪柱門前–타자후좌편打者後左便 필드[9] 거기 고리 버들 세공細工씨氏가 큰 추락을 철썩했나니.[10] 퍼모라 가족[11]은 그것을 양초처럼 느꼈으나 약제사들, 해이즈, 코닝햄 및 로빈슨[12]은 그것이 계란임을 선서했도다. 나를 잊지 말지니![13] 머물어요, 전입설득前立說得하고 여용서與容恕할지라![14] 혹 떼려다 혹 붙인 악운자惡運者의, 내가 통야通夜에 흘린 신주辛酒를 기억할지니 마리 모우드린[15]의 축제일에 브리튼 광장[16]의 가련한 만개인 부인 댁[17]으로부터 우리들의 할로트 키이[18]를 나는 매장했도다. 아아, 누가 그녀의 상장喪章을 마르도록 훔치고 그녀를 교수제단絞首祭壇으로 인도 할 것인고? 그녀의 전성기에 매각되어, 짚 속[19]에 잠재우고, 1페니 소액으로 매입되었나니. 덕훈德訓 만일 그대가 백합훈百合訓을 강조할 수[20] 없다면, 경칠(적발염赤髮染) 여기에서 나갈지라! 그대의 맵시 있는 발[21]을 최우선 오비汚肥의 폐염肺炎셔츠 허리 위에 올려놓을지라, 참된 여성의 예비질豫備膣 및 레이스의 리본과 부조화하나니, 리머릭 자수견刺繡絹[22]의 수치羞恥로다. 확실히, 무엇이란 말 인고, 총체적으로 단지 구멍들을 함께 묶어 놓았을 뿐, 나태강처녀懶怠江處女의 리넨 속옷을 보다 길게 보이도록 하기 위한 최단最單의 그리고 투명한 워싱톤(세탁조음洗濯調音)일 따름이라? 산타클로스(유향착의有香着衣)[23]의 불량녀들, 유혹으로 꽉 찬 그대의 반바지와 심태心胎. 허영의 도피[24]와 진실의 공포! 미마美魔! 고래뼈(경골鯨骨)와 고래수염(경발鯨髮)이 그대를 상하게 할지라도(새커리 투녀投女하라!)[25] 그러나 그대의 흉비胸秘를 결코 나출하지 말지니(명함名銜을!)[26] 돌핀(돌고래)의 차고[27]에서 그대의 상봉광우相逢狂友[28]와 더불어 어떤 요나(흉변凶變)인, 구안鳩眼의 음녀淫女[29]를 즐기기 위하여, 유리카의 술[30] 염광고厭廣告와 낡은 호기잔형옥好奇盞型屋[31]의 한 쌍의 인문引門들 사이에서 요주의회죄要注意悔罪의 발작성가發作聖歌를 강작强作하면서. 거기 그대는 속달조반외전速達朝飯外電의 독락獨樂자동차[32]에 그대의 눈을 암고착暗固着할지니 그러나 여기 그대가 마틴머퍼 변신變身[33]할 때까지 제발 면대면面對面 조용히 앉아 있을지라. 왜냐하면 만일 그대의 스커트의 자락이 자신의 무릎까지 떨어지면 그가 일어설 때까지 자신이 얼마나 장악長惡하게 보일지를 기구祈求하랴? 묘송전墓送前에는 교송交送하지 말지니. 그러나 이제 재현再現하는지라 자폐술가自閉術家 앨지,[34] 미남〔셈의 암시〕이요 그리고 자칭 연출가, 올리브(일명), 스무스씨氏, 악덕 십자군전사들에 의하여 서술된 채,

부엘라스 아이리아스시市[1]의 그리고 근처의 모든 딜레탕트들[2]에게 잘 알려져 있는지라, 그리하여 그대를 역병극장疫病劇場[3]으로 데리고 가, 비너스의 오행汚行[4]을 보여주거나 또는 옛 귀속 말의 제언提言으로, 아주 낮은 깔끄러운 목소리로, 상냥하고 아주 작은 말투로 그리고 아주 작은 상냥하고 풍요한 말씨로, 요구하는지라, 한 예술가의 모럴(덕목)이 되고 나신으로 지방심미국부마취地方審美局部痲醉로서 수다스러운 노거장老巨匠 앞에 포즈를 취할 의향은, 그리하여 그대를 소개하나니, 좌에서 우로 일단동지군一團同志群, 그들의 여수餘手의 대량살화백大量殺畵伯[5]과 함께 간청우자懇請愚者와 킥킥 소자笑者와 수치자羞恥者와 용기자勇氣者와 같은 화랑돈자畵廊豚者들,[6] 더하기 일상사기한日商詐欺漢의 한 타스의 초라한 카메라맨들에게. 그리고 무구예無垢例로서, 음란시인 바이런[7]의 운시권韻詩卷들! 그리고 소승정騷僧正 거구리巨軀里(버클리)의 용수선철학容水仙哲學.[8] 오, 현기眩氣 금일사양예술今日斜陽藝術[9]의 무모무기력無謀無氣力이여! 거기 많은 빙한두氷寒頭의 세계상층관광世界上層觀光 여행자들[10]은 육수렵자肉狩獵者들이요, 언제나 선두先頭사냥 열자熱者인, 램로드[11](수양막대)처럼 자신들의 적도하赤道下의 최염점最炎點의 생각으로 머리가 오락가락 하는도다. 아름다운 후부, 성스러운 탈의자脫衣者여! 그리고 자신들의 푸른 다뉴브강江 대니 보이[12]와 함께 수지의 전형미녀들![13] 온통 헛소리로다! 독사毒蛇의 독최毒最의 독미毒味! 노인을 바로 앞 현관에서 제거하고 맵시 있는 점화사點火士를 후변後邊에서 마음 들게 할지라.[14](럭비) 터치에서 그대의 악란惡卵을 킥 하여 극락을 결승점(골)으로 할지라. 피구皮球를 타 할지라, 프루넬라(소구小球), 그대 트라이 하여 골킥을 성공 시킬지라! 그대가 프롬프터[15]의 목소리를 들을 때 그대의 이각耳殼에다 양초심지를 쑤셔 박을지라. 그의 미모 속에 왕뱀을 보거들랑 절대로 더 이상 딸기 잎[16]을 달지 말지라. 유품을 신뢰할지라. 그대가 지상에서 여태껏 어떠한 결박노結縛奴를 결박하던 천상에서 그것이 속박된 것을 나는 기어코 속박하리라.[17] 조공기早空氣의 원무시圓舞時를 지키면 벌레는 여고汝古의 것이나니.[18] 고양이에게 그의 야침의夜寢衣를 입히고 윙키랜드(목도토目睹土)까지 그들의 길을 돈미豚尾 뒤따를지라. 잘 자요[19], 선급先急히 회침灰寢할지라. 그대의 시요기詩尿器에 앉은 다음에 지나자기支那瓷器가 일(본)냄비[20]를 저버릴 때 무슨 일이 일어날지 그대는 알리라. 새(鳥)장수와 함께 잠자리로 가요, 그대 이해하리니, 그리고 우유 장수와 함께 서둘러 깨구려.[21] 살리(오汚)반독수리들[22]이 포획 배회하도다. 그리하여 손가락만지작거리다니 아베 마리아. 타 바코(살담배)는 터부(금기禁忌)요 터보간(썰매)은 배석背席이나니. 비밀포식秘密飽食과 익명수음匿名手淫[23] 문자지文字紙가 위대한 무세목격자無洗目擊者들을 그들의 선배처럼 나쁘게 만들도다. 터널(갱도)씨氏의 낭하의 쌍 지주 들보와 다 함께 자주 교제하거나 다같이 친교하며, 저질 베짱이들[24]과 풍뎅이들과 요부들 및 잡식雜食 내기들과 함께 꿈틀대는, 저 과過범속한 꽁초 찌꺼기(호모목적) 습관을 위한 통桶 취미[25]를 결코 습득하지 말지니(그걸 타도하라), 지간枝間의 부도덕 행위를 범하는 목적으로,

소등행위하消燈行爲下에, 얽힌 덩굴과 벨트(皮帶) 양말대님 사이 애완동물을 손가락토닥토닥하듯. 그건(큰일을 저지르는) 작은 실마리나니. 그대의 발걸음에 쐐기를 박아요![1] 그대의 고력高力의 억센 왈가닥녀女는 이런 저런 온통 무연無煙의 남편들의 행패 따윈 마음에도 없도다. 3분 동안 나는 그대를 셈하고 있도다. 하아아이아나. 자 사술邪術 금지! 내가 그대에게 말할 때 그걸 내게 줘요! 도적 여인![2] 그런데 그것이 그의 마담의 사과(果)[3]를 밀매할 혹소或所인고? 사기적재詐欺積載. 놀라워라![4] 어렵쇼, 난 그들의 반 설익은 요리가 좋으나니. 억제하고, 껍질을 벗기고, 굽고, 불 질러 버리나니, 금지된 제한 구역 내에서 비위생적으로 애무키스를 행하는 저 골목길의 기분을, 식민植民 페그5)가 암암리에 또는 내밀하게 유혹 톰[6]에게 말뚝 박는 행위를 행사하듯, 유모처럼 빈貧영어와 재잘재잘 지껄이는 답어答語로 질문을 병문兵問하면서. 해상발언권의 전범자들이 있는 한 육상행동의 애녀愛女들[7]이 판치도다. 통상적 채널을 통한 사랑, 형제자매스럽게[8], 적당하게 살균되고 생성가능한의 방법으로 말쑥하게 삽입 될 때, 의리—의—남편 또는 다른 존경스러운 친지의 시의이성時宜異性과 무리 지어 보금자리로 은퇴하자, 내가 선후先嗅하는 코에 의하여 인도되는 사랑이 아니고, 운하 뚫린 사랑은, 그대 알겠는고, 악당을 선하게 하는지라, 괴이쩍게도 만일 그가 강타자强打者의 간을 지녔다면 그러나 나는 그 점을 너무 열렬히 장황하게 말할 수는 없지만(그리고 나는 경험의 임수업賃授業 뒤에 영감으로부터 말하는지라) 저 악취의 강주强酒는 소양증瘙瘍症(가려움)의 도적이나니, 고로 그대의 이십 강도强度 체리 위스키[9]는 미안하지만 제발 그만둬요, 나의 딸이여! 고양이 및 토끼주막[10] 또는 반점견옥斑點犬屋에서. 그리고 로트 가도[11] 2의 이회二廻. 무리들이 피차 술 취할 때 그들은 모두 함께 존경을 잃어 버리는도다. 그녀의 악취 나는 쉬 소리와 그녀의 입심 좋은 다변으로 더블린의 술 취하고 칠칠치 못한 매춘녀를 아는지라[12]. 그대는 청구총액 지겨운 토요비일야土曜悲日夜의 대금을 매일요조每日曜朝[13] 지불하리라. 밤이 오월 안에 있을 때 달[14]은 강휘强輝하나니. 우리는 그대가 켈주 화구락부火俱樂部[15]를 못 본체 애를 쓸 때까지 천좌天座[16]에서 만나지 않으리라. 언덕이든 계곡이든, 헐이든 헤이그이든! 그리하여 그대는 킬데어에서 칵테일주酒를 감히 어떻게 해야 할지 경계할지니 아니면 같은 오월 그대의 경야經夜로부터 그대의 결혼귀향을 볼 수 있으리라. 잿빛의 제녀製女들이여[17], 그대가 젊은이를 농탕포기弄蕩抛棄할 때 그러나 그의 셔츠는 남겨둘지라![18] 그대의 백합 따위를 그의 어깨에다 오래도록 놔둘지니 그러나 그가 보다 담대膽大하거들랑 저항하지 말고[19] 단지 그대 다정히 둔도臀跳하고 중뿔나게 나서지 않도록 유념할지니 그러나 만일 그대가 가인佳人 캉캉춤을 추고 큰 소동을 일으키려는 혹 괜한 생각을 하면, 그것이 탄피로誕疲勞할 때까지 그대를 위해 나는 저 꼬리를 도리깨질하기 십상이리라.

눈(眼)의 국자 같은(정숙한) 사랑이 체육관에서의 그대의 방귀술術을 졸라매게 할지라. 뿐만 아니라 그대는 저 지그재즈 동작에 뚜껑을 단단히 죄는 것을 생략해서는 안 되나니 그리하여 일거에 시동할지라. 수평면 위의 추돌 보트 레이스[1]와 크로스컨트리의 장애물 경마 경기. 역풍의 루트란 고개[2]를 경사 도발적으로 오르는 맨손 자전거 타기와 단로브시市[3]의 중앙산책로 앞의 반란적反亂的 북풍의 추간파追看破하기. 그런 다음 그대의 지—비—디[4] 담배 연기를 휘날리며 그대의 발꿈치를 핸들 손잡이에 얹은 채로 브레톤[5] 행의 자유 자전거 타기. 벨보울[6]의 철면피! 천만에, 그대의 코르셋 갈빗대가 탈연골脫軟骨되기 전에, 말하자면 만일 그대가 내장탈수內臟脫垂를 앓으면, 나의 요점은, 그대의 약한 하복벽下腹壁[7]의 도락욕道樂欲과 그대의 옆으로 누운 간장肝臟을 고려하건대, 파간破肝. 파간, 혹은 만일 그대가 느낀다면, 요약컨대, 마치 그대의 콩밭을 활분活奮시키기 위하여 건강한 체질개선의 불제운동祓除運動을 필요로 하는 양, 그대 이해하려니와, 그리하여 저 십이지장十二指腸[8]과 그에 기생하는 장내세충腸內細蟲을 제거하고 싶으면, 아가씨여, 그리하여 자유로이 발한發汗하고 싶으면, 현관의 일과독日課讀의 성직자를 혀로 핥을지라 그리하여 왜 그대는 문지기에 의하여 바깥 석탄재 깐 경주로에 나가 건너뛰기를 마다하는고! 스포츠 광이 될지라. 큰 청과물인 자연과 교제하고 월간물月間物(월경)을 규칙적으로 지불할지라. 그대의 판트의 향香[9]은 병약처病弱妻의 악취를 벗어나 단지 모자 핀(반 페니) 상점에서만. 그것은 공기보다 더 중요한 것이라—내가 뜻하는 바는 식사보다—공기(으윽, 내가 거구巨口를 열면, 그 속에 식족食足을 채울지라)[10] 그리하여 저 자연의 감정을 촉진하리로다. 나쁜 계란을 짓밟을지라. 왜 그토록 많은 푸딩은 실망스러운고, 영양학자가 말하듯, 육체적 쾌락식물 만담[11] 속에, 그리하여 왜 그토록 다량의 수프가 그토록 역겨운 구정물인고. 만일 우리가 엘리자비톤[12]의 떡으로 살찔 수 있다면 우리는 하마암인河馬唵人 같은 이빨을 갖지 않으련만. 하지만, 마찬가지로 만일 내가 그대의 셔츠 밀봉密封의 경우라면 나는 그대의 가구 딸린 하숙인들이 극단 및 피아노 곡주와 함께 식사 계산서를 지불하는지를 천기측사시계안天氣測斜視鷄眼을 잘 열고 살피리라. 단지 그대자신 우분愚憤하고 있도다! 너무나 친구다운 친구 따위, 마주르카 괴무인傀舞人 또는 다른 새커슨 개자식[13], 그리하여 그자는 이런 돌고래 목적으로 고古파노니아[14]로부터 왔는지라, 자웅품목雌雄品目에 관하여 소송청구하거나 홍락興樂 사이에서 심편心便히 스스로 혼교하면서 상아건반을 저토록 유쾌하게 찰싹 찰싹 치는지라, 그 이유인즉 그대의 이 미스트로(불신) 메로시오서스(선율旋律) 맥샤인(거사巨射) 맥(거巨)새인 족族[15][셈의 암시]은 잇따른 우년雨年을 통하여 그대의 파멸과 해악을 곧 증명할지니, 만일 그대가, 숀이 출가하는 동안, 자신의 애인저슬愛人低膝 속에 일애욕日愛浴에 익숙한지라, 무절제하게 착의한 채, 코밑수염 지분거리며,

〔438〕(셈의 사항에 대한 숀의 계속되는 서술) 이시는 전자를 피해야하나니, 그는 그대를 스캔들로 곤궁에 처하게 하고, 이것이 신문에 날지 모르도다. 또한 숀은 그녀더러 셈을 위시한 엉터리 대학생들과 어울리지 말도록 충고한다.

그때 잠긴 문 뒤에 함께 폐감금閉監禁되어, 꾸준히 키스하면서.(악취미, 그건 그대가 알 바 아니노라다!) 풋사랑 하는 이기주의자와 함께, 여인의 도취陶醉 아래, 그대에게 조금씩 다가가면서, 그대의 정숙貞淑을 어지럽히며 그리고 자신의 강한 손끝을 가지고 그대의 보디스 통옷 속에 첫 시작으로 그대의 두 연서戀書(밀크 박스)를 더듬어 찾으면서(정신 차려요, 그대가 빛나가 나를 배신할 참인고!) 그리고 그대가 그에게 친밀해지고 퉁탕퉁탕스레 자치기 놀이 할 기회를 줄 때마다 녀석이 계속 자신의 기습우행奇習愚行을 저지르는지라, 그대를 중시하며, 모주꾼처럼 데데한 이야기를 하면서, 콜록콜록콜록, 그대의 아름다운 목이며 둥근 젖퉁이와 하얀 밀크와 붉은 나무딸기에 관해(오 지긋지긋한 자여!) 그리고 우리들의 과거의 생활에 이르기까지 자신의 의미심장한 질문과 더불어 더군다나 자신의 행운의 팔을 우연히 뻗는 양 아래를 염탐하는지라. 그자와 함께 노래 부른 들 무슨 이득이 있으랴? 다음 번 시도는 그대가 천개통나자天蓋桶裸者를 시중들지니, 나이 많은 그래이드스톤의 축연祝宴과 브랙 워취의 후기사단後騎士團을 위하여 항아리를 우물에 따르면서[1], 총림叢林 및 순찰구巡察區로부터 사찰私察할지라. 그리고 우리의 시골 중뿔난 사내, 심판의—날—까지. 재차 가일층 고약한! 저 기도선祈禱扇에서 나와 그들의 프라이팬으로![2] 신문서사시新聞書事詩의 적赤칼럼리스트들, 피터 패러그래프(사설)와 포울러스 팝[3]에게는 전적으로 전공全恐스러운 상태의 사건이 될지니.(나는 나의 콘서트를 은폐하기 위하여 그들을 계속 주취酒臭시키고 있는지라) 그의 풍선을 부풀게 거머쥐고 느닷없이 그대의 비소秘所로 발사하다니, 이 석유시대 도상途上의 결혼불황을 고려하면서 그리고 벼룩이를 한 파인트에 3실링 그리고 아내들은 육칠담보물六七擔保物 그 땐 가내의 재난이 액면불구額面不具요 신란新卵은 손건전損健全이라 왠고하니 이천이백배부二千二百倍富가 문명의 느린 진행 속에 기천幾千을 득취得取했는지라 만일 그대가, 불운숙녀不運淑女의[4] 도취의 죄를 범하여, 조정자의 *자격으로*, 사악취집단邪惡臭集團의 탁월한 대처성원帶妻成員과 함께, 직접적인 관계를 지속보유하고, 돈불豚拂한다면 그리고, 이하의 소환장의 결과로서, 루가등불[5]의 하류계의 비입증非立證된 향락주연녀享樂酒宴女가 됨으로써, 제2급으로 덜컥 황락慌落한다면. 그것만은 절대로, 황금신黃金神의 공포와 사랑에 맹세코! 단연코, 나는 어떠한 대학 허세자들도 사귀지 않으려니와(그대 알다시피, 나는 불알 소년들에서부터 아리따운 소녀들[6]에 이르기까지 사랑의 분약고糞藥庫와 그의 서곡을 온통 너무나도 통성通聲하는지라 따라서 나는 저 불량배들의 화랑畵廊을 알 온갖 이유를 지녔나니, 야조夜鳥들과 암캐 애호가들, 행운의 둔자臀者들 및 경輕린지 놈들, 건방진 해밀턴 놈들과 경쾌한 골던 놈들, 투약되고, 의약醫藥되고

〔433.10—439.14〕 숀의 율법—대부분 성(섹스)에 관해.

그리고 기타된 채, 스커트 주변에 군집하면서 그리하여 그들의 변덕스러운 의향[1]은 무엇으로 보이던고, 그대는 그것에 대하여 단단히 결심할지니) 무용사년舞踊師年[2]에 그대의 위험지대를 침범하면서. 나는 그대가 조금이라도 마음속에 무슨 마성魔性을 지녔는지 그대에게 밀착하여 느낄지라. 성포聖砲에 맹세코, 나는 그대를 벌줄지니, 호되게, 심하게 그리고 무겁게, 그대가 전례도典禮禱[3]를 말할 수 있기 전에! 혹은 나의 할아버지의 최대색성最大色盛이 자신의 환락의 인과를 위하여 나의 숙모의 애愛자매와 더불어 자신의 비지혜非知慧의 좌座[4]를 그 위에 앉히게 했던 맥주통麥酒桶의 평판平板을 쿠퍼 화니모어[5]가 그로부터 대패질하여 빼낸 전나무를 주된 마무리공(工)[6](그래드스톤)을 고무시켜 베어 넘기도록 한 성광星狂 간행물작가刊行物作家의 통두桶頭를 그토록 뒤집어 놓은 무어[7]의 가요집을 난도질했던 서정시인을 뒤쫓아 달아난 초연무지初戀無知의 양모養母[8]를 월광月光으로부터 개종시킨 백의의 탁발 신부 위에 슬공마虱恐魔의 저주가 두드러기처럼 내리게 하옵소서! 쾌快멘.[9]

훅! 거기 그대를 위해 한 묶음이라, 어럽쇼, 그리고 하프 음률, 나의 숨결이 나의 주변에[10] 그것의 전풍요全豊饒라! 대소란大騷亂[11] 그리고 영광을! 그의 폐肺처럼 광廣하고 선線처럼 장長이라! 발존拔尊하올 발 바우뎀[12]의 발랜타인의 박스[13]. 만일 나의 턱이 나의 노래 위에 만기滿期 이슬방울 마냥 금관악과金管樂過해야 한다면. 그리하여 그대가 기대했던 고곡발송음高曲發送音이 나의 송장성送狀聲이 되게 하소서!〔숀 자신의 목소리에 대한 찬양〕 아빠 오도우드로[14]부터의 부지하인不知何人 티오 단노후[15]의 경고. 하何이이인人? 내가 하자신何自身에 대하여 경탄하는 것은, 강한 경향이 있기 때문이라, 유약柔約하건대, 나를 중용中庸으로 삼음으로써. 나는 전신全身으로부터 외착外着하는 외설猥褻가려움의 정기精氣를 느끼는지라 그리하여 나의 손안에 대형쇠망치[16]의 힘이 없다면 다음에 관하여 무엇이 누가 말할 것인지는 암마暗魔만이 알리라. 그러나. 이제, 극외적劇猥的 소주연騷酒宴에 앞서 뭔가 근사한 걸. 좋아? 친애하는 자매여, 다시 완전한 애엽愛葉으로 나는 말하는지라 형중매兄仲買〔숀 자신〕의 충고를 취할지니 그리하여 스스로 명심할지라, 우리들, 숀을, 여기 이제 우리들의 이름에 우선하여 화상花床을 중시하나니, 값은 고사하고. 이찌〔이시〕, 이봐요, 만일 그들이 게다가 그대를 홍분 설레게 한다면 말을 하거나 고개를 끄덕이지 말지라. 재잘재잘짹짹과 함께 치카치카빰빰을 금하니, 그대 그리고 그대의 마지막 정남情男 및 그대에게 묘약을 열거하는 선정고해실煽情告解室의 신부神父. 흑黑을 백白으로 신봉信奉하는 저 따위 경계자에 대해서는 망설일지라. 마찬가지로 심체心體의 위생(야단법석)을 위하여 안에서 문 닫을지니 그러나 무보경마도자無報競馬賭者[17]를 경원할지라. 나는 그대를 비탄하게 하는 책들은 불태우고[18] 톰 프라이파이어(화열火熱)[19] 또는 졸파네롤(분서주의자焚書注意者)를 대도질식代禱窒息하게 하는 총분산總分散드리안의 화장장작더미를 불 지를지라. 대신, 그대의 *주간표준週間標準*[20]지誌를 숙독할지니, 그건 모든 압쇄계壓刷界에 의하여 영기靈氣에델왕독王讀되는 우리들의 남진기관지男眞器官誌로다.

그대의 다섯 기지機智를 사최진종서四最眞終書[1]에 적용할지라. 알스디켄[2]의 *미라큐라(기적)에 관한 보고 또는 승정수렵자僧正狩獵者에 의한 죽음에 대한 관찰*[3]이 카슬바(성봉城棒)[4]에도 불구하고 그 분야에서 여전히 첫째인지라, 윌리엄 아처[5]의 장낭만壯浪漫 훌륭한 정화淨化 카탈로그가 우리들의 국립도서대배國立圖書大盃로의 노선路線에 생기자生起者를 줄지니. 신곡神曲의 텐티 앨리개이터(치악어齒鰐魚)[6](그대의 색인索引을 실례하며)[7]에 의한 *부교황父教皇과 함께 지옥을 통하여*[8](주로 남아男兒)를 박빙독薄氷讀하고 서제庶題(반표제半表題)[9]에서부터 부父 존슨까지 일첩一帖 일소연一笑連[10] 속에 일둔사一遁辭를 찾을지라. 카니발(사육제) 컬런[11] 저의 사순절편두四旬節扁豆 구비口碑와 같은 경건敬虔소설을 고성서독高聲誓讀할지니 또는 우리들의 S. J. 핀의 퍼시 윈즈[12] 또는 전우戰疣의 치료사[13]에 의한 다량의 화완두和豌豆, 이들은 우리들의 최고의 훌륭한 고위성직자들, 편두 및 완두의 은총사恩寵師들, 고애란파古愛蘭派(하이버니언)의 사교司教들에 의하여, *방향허락芳香許諾*, 계약확장契約擴張을 위해, 인가되고 향검열香檢閱된 것인지라, 이 최행운년最幸運年[14]에 시장市場의 두 베스트 셀라는, 부父길 사社 제작, 자子길 사社 발행 및 길리성령신聖靈神의 가격[15]에 음울소수적陰鬱小數的으로 환유포環流布하는도다. 우리들의 교의教義를 위하여, 노부인老婦人트로트, 선배, 및 마늘 캔터[16] 후배, 그리고 로퍼 더 피가스[17], 최대둔부最大臀部의 작품들과 목례식인目禮識人 시작할지라. 나는, 특히 감상향박하感傷香薄荷의 소스와 더불어, 매리 리들램의 야반도주담夜半逃走譚[18]을 추독追讀하곤 했나니. 심문과학審問科學은 그대의 둔예臀藝를 위해 선행善行하리라. *전前수탉 산란産卵과 성聖가장토假裝土의 매질과 함께.* 주로 여아들[19]. 성찬차聖餐茶 너머로 우리들의 성인聖人들 및 명점성권존자皿点聖權尊者들[20]의 긴 열전列傳 속으로 여입旅入할지니, 소품문小品文들과 함께, 그대의 탐상探想의 신박하개선辛薄荷改善[21]을 위한 권위자들에 의하여 쓰인 초보교본 속으로 지름길 취할지라. 중풍 환자들을 잊지 말지니[22]. 불쌍하고 늙은 금제염인禁制厭人을 위하여 석양을 켜고 분열광환자分裂狂患者를 위하여 야자치유椰子治油를 송送할지라. 필요의 서츠는 우정행위의 긍肯이로다[23]. 기억할지라, 처녀여, 여진汝塵은 힘일지라도 그대는 신데렐라로 회귀해야하나니[24](무엇 때문에 그대는 그녀의 소매를 훔치는고, 루비? 그리고 그대의 혀를 끌어드려요, 폴리!). 그대의 십대시대十代時代로부터 그걸 농간부릴지라, 매인이여. 불화를 참지 않는 소년은 양복상을 사랑하는 소녀를 후물리 하는도다. 그대는 그것이 결缺한 채 어찌 감히 그대의 구광사口光射스러운 큰 웃음을 치는고? 더 훨씬 더 낳은 그대의 신선한 정조를 냉지冷持할지라. 제일 중요하고, 우리들의 먼 가문으로부터 내게 상속된, 그리하여 양극단이 만나는 곳에, 아니, 가장 이끼착着 애도하는, 보물을 그토록 밀접하게 보장保藏했던, 저 베스타처녀 순결의 에메랄드〔이시의 순수한 처녀성〕와 한층 빨리 헤어진다면, 차라리 전기독全基督 우주로 하여금 락마왕樂魔王에게 속하게 하고 그의 마리아가 아주 좋아하는 것은 무엇이든지 하게 할지라.

진짜의 말벌—두—보금자리[1] 결혼식을 위한 징이 울릴 때 그대의 마구馬具에 발을 들여놓고 저 혼인무효소송을 파기할지라. 기녀饑女여, 자제 할지라! 왠고하니 경주競走는 최급最急에 달렸는지라,[2] 쾌주하고, 도주하고, 질주하는 것. 관선串線(醫)의 흑장黑障, 녹내장 및 백내장[3]을 끌어내리고, 유장은하乳漿銀河와 톱밥을 끌어 올려요. 하의가 있으면 상의가 있기 마련? 백생白生있는 곳에 열린 희망있나니,[4] 둔부臀部여 나를 잊지 말지라. 조용히! 착한 백작 험프리와 함께 걷는 여인은 축복 받나니[5] 왜냐하면 그가 그녀를 행복 식욕하게 하기에. 행行하라! 그대는 그대가 떨어뜨릴 수 있는 모든 유지油脂를 마실 수 있는지라, 그리하여 만일 그대가 만사를 돌봐줄 양친이 있다면 이러한 나태 속에, 임의로 또한 탐색 의연할지니. 그것이 캔티린(요람가搖籃歌) 백작부인[6]의 마음을 사로잡았던 것이라 한편 그녀는 매비스 토피럽스 마왕[7]에게 계속 주장하여 그녀의 고령노후의 복음남편을 양식養殖했나니, 그리하여 그것이 이후 그녀의 이름과 연관되도다. 적하물滴下物! 소침銷沈![8] 불가피를 육수순추구肉水純追求하는 무류녀無類女![9] 그것에 필적할 것은 아무 것도 없나니, 우리들은 말려들고 있는지라, 그녀가 한입 가득한 푸딩 흰 육즙에 관심을 갖지 않는 한, 왜냐하면 그녀의 바다장미에는 원願이 그리고 그녀의 눈에는 주식기晝食氣가 있기에, 그런고로 그대가 밀방망이를 애무할 때 파이 위에 나의 이름을 쓸지라.[10] 저 보석을 지킬지라, 시씨여, 풍부하고 희귀한 것이나니,[11] 피견彼見. 이 차갑고 오래된 고세古世에서 누가 그걸 느끼리요? 흥! 그대가 그토록 자랑하는 보석을 소유한자는 극소수인지라 왠고하니 그와 버금가는 것은 이제 검은담비 도적이나 부랑자 이외 아무 것도 없기 때문이도다. 그에게 한 딸랑 노래할지라. 나를 겸손하게 촉觸할지라. 그러면 나는 그대를 그토록 색정色情하리라, 나의 여차여차여. 드러내고 드러낼지라. 자랑되게 자랑할지라. 그녀. 구두. 뻔쩍이는.

마로정魔露呈 할지라, 근면한 숀이 돌연히 열규熱叫 했나니, 변주곡의 연주대演奏臺를 걷어차면서 그리고 브라함의 당나귀처럼 소리높이 울면서,[12] 그리하여, 자신의 음정이 크게 부풀자, 자신의 남성男性을 움켜쥐면서, 그는 성질이 누그러지며, 너무나도 고도로 강탄强彈스러운지라, 이봐요, 그리하여 점차로 그녀〔이시〕에게 아주 온화해지며(거기 그가 침행시寢行時에 자신이 침 뱉는 저 죽사발 속의 동력학의 힘이 틀림없이 있었으리라) 내 속에 이누설離漏泄하고 분견명糞犬名과 약식소略式所를 말할지라(만일 그대가 당사자와 어떤 말썽에 말려들면 게다가 그의 용모를 잊어버릴 뻔하지 말지니) 노상에서 그대에게 말을 걸며, 그대가 밀방망이 되도록 움츠리게 하는 어느 무릎개구쟁이〔솀〕 또는 소매 잡종개의, 오.(저 주양피詛呪羊皮[13]의 성매전도性魅顚倒된 진드기 껍질 같은 놈!) 그리하여 공제공公提拱된 술잔과 생 빵을 위한 그대의 원반圓飯을 자진하여 깨지락거리는지라, 자신의 여가를 후회하는 결혼수結婚手, 자신의 타당한 암호 말도 꺼내지 않은 채,

〔439.15—441.23〕 더 많은 충고 있나니—소녀들에 합당한 책들에 관한 그의 견해.

〔441.33〕 "저주양피詛呪羊皮)의 성매전도性魅顚倒된 진드기 껍질 같은 놈!(the goattanned saxopeeler upshot-down chigs peel of him!)". 쳉(Cheng) 교수는 이 구절의 취지가 무엇이든 간에, 그것은 괴테(Goethe), 단테(Dante) 및 셰익스피어(Shakespeare)를 함유한다고, 지적한다.(Cheng 171). "나는 일반대중이 현재의 차제此際 그리고 다가올 피제彼際에 경탄하는 움질자者(단테), 통풍자痛風者(괴테) 및 소매상인(셰익스피어)의 합자회사"…(I…that primedfavourite continental poet, Daunty, Gouty and Shopkeeper…)".

우리들 국가의 저 적敵[1]인, 흑미지자黑未知者[2]와 더불어 적격인 외무관外務官[3]으로부터, 명시광明視光 속에 그리하여 나는 경칠 두 페니짜리 땜장이[4]의 저 돼지 같은 놈〔셈〕이 누군지 전혀 상관하지 않거니와, 뿐만 아니라 모퉁이의 두 푼 올빼미도, 언덕 위의 셋 고함소리도[5](심지어 그가 나의 바로 자신의 동명의[6] 콘스탄틴계인系人[7], 좋아 콧방귀 뀌는자요,[8] 나의 읍주조상邑主祖上들인, 유령매장幽靈埋葬 순회재판의 이혼계류중離婚繫留中인 양인兩人, 그들의 브리스톨 근방의, 요크 주도州都의 묘주墓主인, 리어 레무스 숙부9)와 울버함프톤의 랭커스터[10] 멀대 향사鄕士인, 우리스본 니커보커[11] 노신부의 에녹 장남을 닮았다할지라도), 그러나 이도二道 피터버러 자치도自治都[12]에 특수 재판관구裁判管區가 있듯이 진실하게 그리고 우리가 신공新空의 조망[13]을 향해 서부로부터 예정시豫定時에 귀가하듯 확실하게.(만일 내가 한층 어느 급시急時에 온다면 내가 떠나기 전에 나는 바로 되돌아가리라) 브렌단[14]의 망토가 켈리브라실리안 바다[15]를 하얗게 물들이고, 마아취의 자갈이 우리들의 족골판足滑板 아래에서부터 불(火)과 칼(刀)을 가져오기 위해 맴도는 약속파기의 땅[16]으로부터, 휴식이 보증된 채, 우리가 자매의 이름 자체를 값지게 여기듯 필경 우리가 그렇게 하자마자 그것은 저 자매 고집통이를 위한 초라한 전망이 될지어다. 그는 저 시간부터 시장市場요주의 인물인지라. 그리하여 왜 우리는 그것을 말하는지, 그대는 내게 질문할지 몰라도? 하고何故로? 추측해 봐요! 그대가 부른다고? 생각하고 생각하고 생각할지라, 나는 그대에게 역설하는도다. 얼뜨기된 채! 잘못된 수감收監. 그대는 무지오해無知誤解인지라! 왜냐하면 그럼 아마도 우리는 숀 식式이 어떤 따위의 것이지 경칠 그에게 이내 무언극화할지니, 그의 쾌남의 여초유향汝招油香과[17] 그의 아루피의 여가곡汝歌曲[18]을 가지고 그대에게 환심을 산데 대하여 그를 위해 그의 문외한의 얼굴을 박살내기 위하여 우리가 어떻게 장도長途할지, 그대의 혼례지婚禮指를 그의 이차원을 가지고 느끼기 전에 나의 간수두看守頭를 성소聖所 속으로 우연시입偶然試入하다니.[19] 이제 그럼,[20] 만일 내가 나팔총 얼뜨기라면, 나는 사결투남행경악斯決鬪男行驚愕할지라! 이제, 우리는 보상報償 대신에 병확실病確實하기 위해 무엇을 해야 할 것인지를 그대에게 말할지니. 아피我彼는 아피我彼의 입(口)을 라인스터 면面을 향해 리어리처럼 파열할지니 그리하여 피아彼我는 아피我彼의 용모[21]를 소沼펄프화化할지로다[22]. 문을 조용히 열지라, 누군가가 그대를 원하나니, 이봐요![23] 그대는 그가 그대를 부르고 있는 것을 들으리라,[24] 쿵, 섬광처럼, 최암야最暗夜의 기도포고시祈禱布告時에. 자 이제 덤빌지라, 대각상자臺脚箱子여! 나는 그대의 낙필落筆, 부러진 갈대 필筆을 빳빳하게 할지라! 그것이면 될지니, 그랜드 오페라 소騷스타일, 비록 내가 돈상豚床의 탐정 및 밀경密警[25]과 함께, 성 패트리스 경내 주위[26]의 자유구의 궁지를 빗질[27]하여 나의 얼간이(虱)를 그의 아이티 둔도臀島 위에 고자孤者처럼 놓아두어야만 할지라도.

우리는 온통 이안耳眼이도다. 나는 그의(모르몬교의) 종성당의(정족수)[1]의 이미지들을 온통 나의 수행원(망막網膜) 상上에 둘지니, 모호마드(우愚)하운 마이크[2]. 분발할지라! 더욱이 그 뒤로, 내게는 나쁜 작태, 글쎄 내가 우연히 마주 칠 현역의 애란공화국형제단[3]의 제일 경찰청년기동대원4)에게 형제창가주兄弟娼家主[5]를 구류하는 일에 관하여 강력하게 생각하지 않을지. 혹은 그 일에 관해서, 그대의 정보를 위하여, 만일 내가 나의 분노의 두레박 속에 그대가 무슨 생각을 할 것인지 우려한다면, 나는, 스위트 코스로서, 행복우목장幸福牛牧場에서 경박한 행위를 하거나 그대의 완전한 낯선 자를 위하여 곤두박질치거나 그네를 타거나 그리고 이어 저 크론멜인人(벌꿀목장)[6]에 따라 붙어 거리 청소를 행하는 것을 나의 예정표에다 아마 심지어 끼워 넣지 않을 것인고, 한 다발의 형벌판사刑罰判事들 및 열두 음유선배심원吟遊善陪審員들 면전에 저 낙소년樂少年 율시대律詩對 소장訴狀을 내가 출원 중이라? *옳든 거르든 무자無者의 자식*. 그건 많든 적든 사건으로 입증되고 그리하여 자랑할 만한 최광공적最廣功績을 보이리라. 그는 이어 자신의 사고思考를 위하여 정당한 보상을 받을 지니, 평화를 위해 포효하면서. 예쁜 구릉丘陵, 나는 그의 정강이를 위하여 많은 수사슴[7]을 가지고 그에게 약속하는도다. 그와 함께 소구小丘(덤린)이라. 여하의 경우에 나는 그대를 위하여 그대의 찰리 내 사랑[8]〔셈〕을 반살半殺하도록 고안할 때까지 색욕 싸움을 마감하지 않을지니, 그리고 그의 예약시간 전에, 대수료사代數療師인, 가정 외과의 흄[9]에게 그를 보낼지라, 특히 혹시 그가 진저리나는 한량, 롤로 기생자,[10] 궁핍의 자子 아놀프 백화점[11]의 왈츠 난무자로 판명되면, 개념을 입수하며, 56을 훨씬 초과 또는 근처 또는 가량의 유인원類人猿의 체격, 신도身跳 필경 5피드 8을 가진, 통상의 X Y Z 타입,[12] R. C. 토크 H,[13] 적赤포도주 혈血이외에 아무 것도 아니나니, 아무리 신장伸長해도 혈통적부血統籍簿에 없는, 칫솔 코밑수염과 턱의 토기치土器齒를 갖고, 일명 경통과치자頸通誇齒者, 그리고 물론 턱에는 무수無鬚라, 육식肉食에다 강설복降雪服, 선원의 부대 바지와 함께, 분명히 그에게는 너무 널찍한 그리고 도측화跳側靴(부츠), 세척洗滌 타이, 매슈 신부[14]의 브리지 핀, 로스 반점飯店[15]의 바 스툴(의자) 위에서 약간의 위트리 맥주[16]를 홀짝이면서, 올파 건장 부신副腎[17]의 어떤 주점우酒店友와 함께, 신축대가新築貸家에 경타입輕打入하기 위해 주회週回로[18] 동산빈매動産貧買하려고 언제나 애쓰면서, 연초를 자신의 상자 속에, 비이네스 상사의 호직好職[19] 및 연금과 함께, 우리들의 노르망디까지의 여행에 관해 하여식何如式의 대화, 그들이 말하기를 진주모관眞主母館 스크린에서 마이칸과 그의 잃어버린 천사자天使子[20]에 관한 인기 끄는 천연색 특작영화特作映畵는 들뜬 흥행이 대성황을 이룬다는 수시세화隋時歲話와 함께, 약간의 더껑이 낀 청록안靑綠眼은 일련의 골난 홍포興泡를 생기게 하나니,

〔441.24—444.05〕 그(숀)의 설교가 계속된다—앞의 낯 선자들 및 치한들의 타당한 육체적 다룸에 대한 그의 믿음.

신격神格에 대한 확실한 언급과 함께, 알코올 및 기타 속에 위안을 찾으며, 돌진의 철도뇌鐵道腦를 지닌 일반 승합버스 성격[1], 케케스러운 기침 및 파행跛行의 수시자통隨時刺痛, 십十의 상향上向의 그〔셈〕가 사랑하는 다산급가족多産級家族을 지니며, 토족兎足[2] 및 방언장전方言裝塡[3], 해고하고 매수하다니, 글쎄.

그런고로 손가락 마디든 팔꿈치든 간에, 나는 여기 그대에게 훈계하노라! 그건 온통 최고 재미있을지니 하지만 매리[4]가 필 적취자笛吹者[5]의 놀음 진행을 채광採鑛할 때 매안타每安打를 맞자마자 타자打者 뛰기[6]요 아슬아슬 위기로다. 양팔을 향향香向, 옆구리를 옆으로, 얼굴을 벽 속으로. 투수의 뒹굶에 강보아襁褓兒의 수고를 합계할지라, 오. 그리하여 이견異見이 없도록 할지라. 오해양孃이여[7], 생의 결혼 끄나풀을 누구에게 묶어야 할 것인지에 관해(회오悔悟의 날에 삼백삼십삼 대 일!) 그 땐 저 귀여운 작은 꼬마〔셈〕가 자신의 규叫요람 속에서 저 불결한 늙은 대大걸인[8]〔HCE〕이 장차 자신이 해관咳棺을 통해 끽끽 비명을 지를 것을 보고, 깩깩거릴지니, 나는 그대에게 추시推始하거니와 그대는 광란狂亂파도 주변에서 포신砲身을 올곧이 정착하는 것이 보다 낳은지라(그대 집시 안眼의 말괄량이.〔이시〕 내가 기도하고 있는 바를 듣는고?) 혹은, 젠장, 누가 선타先打했는지 혹은 어느 것이 후타後打했는지[9] 확실히 분류하기 위해 나의 머리를 아피로阿疲勞할 것 없이, 나는 나 자신 온통 그대 위로 수평적으로 덮을지라, 그 피혁교수자皮革絞手者[10]가 말했듯이, 나의 이름과 그대 자신과 그대의 아기 가방을 이렇게 애통하게 희생하여 톡톡 자갈 소리와 함께 흑빈약자黑貧弱者의 쓰레기(매물!) 마냥 싸구려 서푼짜리 목동에게 나를 경락競落시킨데 대하여 아니면 나는 그대의 과일 맛 나는 대추 입술을 다분히 그대를 위해, 암 그렇게 하고말고, 쪽 소리 내며 핥을지라, 만일 그대가 자신의 비둘기 집[11] 속에 정중한 혀를 보관하지 않는다면 말이야. 사랑의 기쁨은 단지 한 순간이지만 인생의 서약은 일엽생시一葉生時를 초욕超慾하나니. 나는 그대에게 원한을 품을지라. 나는 빈둥거리는 현혹녀들과 함께 그대의 기낭奇娘 탱고 묘술 놀이를 하는 침악애태寢惡愛態를 그대에게 가르칠지니, 욕에는 침[12], 만일 내가 그대의 강江—프록복服에 사략선私掠船을 그리고 솔새 무리 및 대팻밥으로 자유로이[13] 덮인 그대의 바바리코트의 꿈틀 측側을 발견한다면 말이야. 장미이세로薔薇泥細路[14] 및 환상병가幻想甁街[15]를 거쳐 왔는고, 그대? 나는 상上이해하고, 그대는 하下이해하나니. 수하인誰何人에게든 그대의 하물荷物을 운반하도록 요구하고, 그대 정미正味의 영광을 꿈꾸는 것이도다. 그대는 더 이상 늑대 두목[16]과 돌아다니지 말지니. 성당을 무시하면서, 그대? 그리고 별난 호텔에서 야바위꾼들과 데이트를 했었던고, 우리? 외로이 그대의 어머니 놀이를 하러 갔었던고, 이소드(고녀孤女)여?[17] 그대 친구들과 함께? 헤이, 인형 익살 이야기는 그만 둬요! 그럼 부끄럽게 여길지라! 나는 그대를 가택 수색 벌줄지니, 암늑대 루펄카,[18] 리머릭의 한 팔라틴(궁내관)[19]이 있듯이 확실하게 그리고 판에 박힌 엄격회담 속에 여기 이렇게. 하느님의 이름에 맹세코![1] 만일 그대들 둘〔셈과 이시〕이 철로 위를 걷기 위해 간다면,[2] 경계하라, 그리하여 나는 그대더러 덤불 뒤를 두들겨 짐승을 몰아내도록 부추길지니! 조심 할지라! 데데한 친구여! 그건 그대에게 달렸나니. 나는 울타리 뒤쪽에서 허둥거리기보다는 모자 잡아채는 강탈자 되리로다.[3] 뚝! 나는 그대의 등 샅갓을 찢고 벽장 속에 그대의 모든 포족跑足을 자물쇠 잠글지니, 기필코, 그리하여 그대의 비단피부를 칼로 잘라 양말대님으로 만들지라. 내가 정말로 그대를 욱신욱신 쑤시게 할 때 그대는 신데렐라[4] 되기를 포기해야 할지로다. 고로 그대의 봉오리를 미연에 방지하고 상처에 입 맞출지라![5] 나는 전권적全權的 가학加虐만족[6]을 가질지니, 주교봉主敎棒[7] 놀이를 할지라, 만일 그대가 나의 로데오(막대)를 거세去勢한다면, 그대의 부분 면죄부[8]를 위해. 미남과 불경한 암시. 많은 음란향락이 그대의 길을 성교욕性交辱하며 다가올지로다. 옹졸한 견수자양絹繡子孃.[9] 그대 자신의 선善을 위하여, 그대 이해하는고, 왜냐하면 여인에게 앞발을 쳐드는 사내는 친절을 위한 길을 절약하고 있기에.[10] 그대는 자신의 둔표어臀標語 *아베 호라마虎羅瑪*[11]를(닉)차시此時에 한층 현명하게 기억할지니. 왜냐하면 나는 막 나의 도약마跳躍馬를 끌고 그대의 엉덩이를 한방 펑 걷어차게 할지라, 그대 알겠는고, 그것이 그대의 작약芍藥 궁둥이에 수치의 양귀비 얼굴 붉힘을 가져올지니, 드디어 그대는 ~~용용용~~서를 외치고 열적통熱赤痛의 고동鼓動까지 그대의 만병초 꽃[12]을 붉힐지라, 나는 여기 있도다. 나는 행하도다 그리하여 나는고통 받도다.[13]〔여기 숀은 자신을 시저 또는 그리스도로 혼돈한다〕(이제 그대 내 말을 듣는고, 숟가락 핥기여, 그리고 그대의 석판의 분묘궁奔描弓을 쳐다보는 것을 멈출 터인고?) 고로 그대 자신을 좋게 말하는 것을 실패하면서, 그대는 일주년一走年의 거분巨分 동안을 소거消去하지 않을 지니, 만일 내가 그처럼 도통悼痛 탠 껍질 주우둔詛愚鈍하다고 그대가 생각한다면. 자 이제 소등할지라(혹!), 푹 그리고 잠잘지라. 그리하여 그것이 그대를 위해 자신의 욕음미소慾陰美所를 병甁에 넣는 방법일지니, 나의 고집불통 망아지여, 왜냐하면 강타할 쌍 주먹을 지닌 자는 바로 나(我)이기에. 그들〔셈과 이시〕 사이.

미지未知한 채 그대에게 나는 해시월海視越 타노회귀舵怒回歸하여, 교황대사로서 여기 되돌아올지라. 얼마나(숭고함에서 우스꽝스러움까지)[14] 빈도누누頻度屢屢이, 나의 미래, 우리는 가장 깊은 사랑과 회상으로[15] 그대에 대한 내성內省에 의하여 생각하리니 하지만 나는 이원離遠의 파침波枕 위에[16], 온통 공허를 통하여[17] 나의 이름을 심원하게 숨 쉬면서, 이중문호二重門戶 노커의 달그락 소리에 의하여 피곤 당하는 동안. 오스테린다[18]의 우리들의 가역시인家役詩人, 프레드 웨덜리[19]가 그걸 어떻게든 개선해 주는지라. 그대는 나의 원형 울타리 위에 앉아 있으리니, 필경, 그 위로 나는 그대를 도와 넘게 했도다[20]. 리피 강개안江蓋岸으로부터 수마일 달린 소희少戱.(반광半狂!) 그러나 그대는 우리들의 애정의 이 비혼非混의 자리〔마음〕 속에 큰 모서리를 채우는지라. 항공단航空團[21]〔HCE〕은 나의 혈통인 고로 우리가 호박한족琥珀漢族(아브라함)의 사손沙孫[22]처럼

〔445.26−446.26〕 그(숀, 셈)는 그녀(이시)를 갈망하나니−그는 돌아올 것이요. 이어 그들은 그에게 키스 하리라.

〔444.6−445〕 셈(숀)이 HCE와 혼돈되어 왔듯이, 여기 이사벨은 ALP와 혼돈된다. 그들은 다 함께, 공원의 두 소녀들 격이다. "나는 여기 있도다. 나는 행하도다. 그리하여 나는 고통 받도다."하고 숀은, 자기 자신을 그리스도, 시저와 혼돈하여 말하는데, 이는 〈율리시스〉 제5장에서 블룸 몰래, Vaughan 신부가 그대는 "그리스도인가 빌라도인가?"하고 묻는 이중 혼돈, 그 자체이다. 그러자 블룸이 말한다. "그리스도지요, 하지만 그런 이야기로 저희들을 밤새도록 잡아두지 마세요.(U 67)" (콘미 신부는 제10장 제1삽화에서 이 설교의 순간을 회상한다. "빌라도, 왜애애 그대는 저 오합지졸을 어억제 못 하는고?)(U 180)".

[446.27–448.33] 그(숀)는 필경 친애하는, 그러나 확실히 불결한, 더블린을 청소할 계획이다—그는 곧 그의 하이킹을 멈출 것이다.

부단不斷서서히 다족多族하게 하옵소서! 칠천국, 오 천국이여! 나[숀]는 아여我汝[이시]에게 확보증確保證하노니! 아소아我少我에 대한 여고汝古의 행실은 너무나도 훌륭했기에, 나는 작은 부점附點과 연자부호連字符號[1]를 통하여 여汝의 장음長音으로 나에 관하여 가장 귀중한 세련고洗鍊考를 여아汝我에게 송送함에 있어서 부유자만富裕自慢하는지라, 침야혼기사寢夜婚騎士의 그토록 예쁜 교활한 소신小神이여.[2] 만일 그대가 돌발만족突發滿足하게도 내가 얼마나 갑옷 예남譽男[3]임을 스스로 증명한다면 나로 하여금 그렇게 하게 할지니, 나로 하여금 간청하게 할지라, 나로 하여금 그대의 미복美腹[4]을 보게 할지로다. 어찌 나는, 만일 내가 생존하려면, 여아심락汝我心樂(UM. I.)[5]의 결합자를 즐겁게 하랴, 나는 행할 희망 속에 살고 있나니,[6] 그대가 그토록 내게 열성적 보답으로 나의 탈선수거脫線手擧를 대신하여, 그대의 예쁜 풍만한 건포도 빵의 순수 양 빰을 감미의 사탕키스로서 단호히 덮을지라, 홍(향香), 콩(항港) 그리고 대大공(징)이여, 나는 어느 저들 어느 발바리 견조犬朝에 종루鐘樓에서부터 비출飛出한 박쥐를 놀라게 할지니, 정직하게 말해서, 나의 심술견心術犬과 부견목父堅木에 맹세코,[7] 나는 기어이, 되돌아오고 올지라, 그때, 우리들의 서로 만나는 물(수水)[8]이 뒤엉키자, 원자願者에게 원하나니, 마치 더 이상 불별不別하는 거산巨山처럼, 그대는 그때 그 곳에, 오여悟汝의 저 부드러운 자발自發의 행복한 순간에, 내게 비(雨)키스를 되갚고, 견무기완肩武器腕의 만점滿點을 위하여, 그리고 저 결합된 아동여我同汝(I. R. U.)[9]의 상음狀陰 속에, 그때 나는 오리니(세례! 세례!) 재차 황비자荒飛者의 여우를 나 자신의 녹야綠野기러기[10] 속으로 가두고, 감미의 감상자들을 감환甘換하고, 오십보백보를 얼 비슷하게, 마침내 그들은 체리(버찌)가 다음에 이애란梨愛蘭으로 되돌아 올 때[11] 우리들이 뻐꾸기 더비 경마[12]임을 내기하리니, 그들이 과거에 틀림없이 그랬듯이, 그들이 나의 방금 절박계절切迫季節을 위해 틀림없이 그래야만 하기에, 금후 그들은 쾌활의지快活意志로 틀림없이 그래야만 할 것이기에, 나의 무마無馬의 빈마구貧馬區[13]에서 무지와 지복[14]으로 안전하게 귀환한 직연후直連後에, 남조토南祖土와 노르 북토北土,[15] 왕촌王村과 여왕촌[16]을 통하여, 유희의 소녀들을 위하여 여러 밧줄의 보석을 지니고, 그대가 거의 부지不知한 길을.[17] 지아知我.

가냘픈 여汝여, 나와 함께 빈곤래貧困來할지니[18] 그리고 쥐들의 집군集群을 집합執合할지라! 우리는 의지하나니 이건 후기 정화淨化요, 일과 사회봉사의 매賣인지라, 아씨여, 양육의 양자입양養子入養에 의해 우리들의 애베라이트 동맹[19]을 완료하는 것이로다. 길음복감吉音福感[20]을 향해 출선出船! 머피, 헨손 및 오드위,[21] 워체스터의 간수들이여,[22] 궐기하라! 만일 그대가 슈미즈를 착료着了하면 나는 셔츠 단시간 입으려니 그리하여 우리들의 분담된 셔츠 소매로서 우리들 사이, 브래지어에 가죽 띠 및 조차원操車員에 규자叫者, 우리는 우리들의 진행 중인 프로그램[23]을 연탈延脫할지로다. 원조합園組合에 가입하고[24] 가간구家間口를 자유로이 할지라! 우리는 더블린 전역을 문명할례할지니. 우리들, 진짜 우리들,[25] 모두로 하여금 우리들의 전연옥적前煉獄的 등급에 있어서 사도역役 인양 연소聯燒하게하고[26]

부업용구用具에 조구助具할지니, 우리들의 재크라인 자매[1]가 돈혈豚穴을 청소하는 것을 도우며, 총체적으로 사물을 생강격려生薑激勵할지로다. 다량의 세계개선론世界改善論[2]이, 수령액受領額을 복권식 판매하거나 독점경마총액을 배꼽 바퀴 통, 살과 테까지 분담하면서, 찬송가처럼 윙윙 소리내도다.[3] 단지 애란적인 것만을 불태울지라, 그들의 석탄을 수납하면서[4]. 그대〔이시〕는 앙그리아속屬의 코크스흑黑 우울담즙[5]을 달래고 아모리카[6]의 철광핵鐵鑛核을 축할지라. 나에게 그대의 수필을 쓸지니[7], 나의 직업적 학자들이여, 그러나 조잡하게, 그 속에 코를 빠뜨리고, 헨리타[8]를 위하여, 유대배심원의 생애 및 킹 할(냉해무冷海霧)링턴[9]의 최고시最高時의 출생사망률에 관하여, 그것을 온통 가로수 길 후향後向 개설槪說하면서. 만일 내가 단지 여기 나의 유쾌한 젊은 뱃사공[10] 붓이라도 가졌다면 풀 베듯 혼자서 그걸 몽땅 쓸 터인지라. 명심할지니, 미카엘에 맹세코, 모든 지방민의 바나나 껍질과 예기웅계란銳氣雄鷄卵이 헨리, 무어, 얼 및 탤보트가街[11]를 따라 건진乾塵을 축제 삼고 있도다. 그가 맹금도猛禽禱를 위해 굴행掘行한 모든 회원남會員男들을 성 누가가 살펴볼지라, 우리들의 사제—시장市長—임금—상인이, 캐슬노크 가도[12]를 흩뿌리면서 그리고 웨일즈의 최초일별까지[13] 그 위로 인분人糞을 끌면서, 그리고 볼즈브리지 경마 쇼 파열교破裂橋[14]에서부터 덤핑 모퉁이[15]까지 기독승천축일전금여基督昇天前祝日禁女 파티의 마리스트 신부형제원神父兄弟員 십일(11) 대對 카르멜파 수사들[16]과 더불어. 그들 캐퓨친 수도회 수사 미장이들[17]과 페어뷔우(미관)의 트림교橋,[18] 북동 더블린의 남서 명파치장名波治場과 암프(혼장魂場)라나 뭐라 나를, 비교할지라. 그대는 숀 시민이 무슨 뜻이며, 젬 이방인[19]을 어떻게 생각하는고? 피어스 이간에 의한 덥브린(진통塵桶)의 생엽生葉[20]을 피노 랄리[21]의 보우크리에 있는 지간枝幹(보우)과 비교할지라. 아세해亞細海에는 왜 이토록 다수의 종교서품이 있는지 설명 할지라! 왜 이런 서품수序品數가 여타수餘他數보다 선호先好한고? 왜 도대체 어느 서품에든 어느 수가? 이제 그런데? 에스파나 혹해 안 월편의 최록最綠의 섬[22]은 어디에 있는고? 보편적으로 도역倒譯할지라 나는 자고鷓鴣 새(퍼드리쓰)[23]요 나의 애완동물 등마루(패트 리지)를 타고. 구두도口頭禱할지니! 길(道), 오 길을, 우리들의 장애물항도[24]의 자치조정自治調停을 위하여! 어이 이 놈 잘 만났다 하는 털털이 자전거를 환영하나니 또는, 사실을 그녀 혼자서 확인하기 위하여, 일단 그대의 소나기 잦은 날씨를 서둘러 만나고 신뢰하고 드럼콘돌라[25] 행 전차를 타고 그리하여, 성직자단에 의하여 보증 선전되고, 탄력고무로 고착된 중동中胴 앞섶 장식 복을 입은 다음, 그대의 보조步調를 굽히면서, 흔적을 골라, 이를테면, 아스톤 부두[26]에 서는지라, 나는 그대에게 강력히 충고하거니와, 그대 자신을 위하여 그대가 매득買得했을 때 한 권의 종자잡초법령種子雜草法令을 대잔帶盞과 함께

〔448–452〕 숀은 자신의 사업상의 성공에 대한 확신으로 이시를 비위 맞춘다. 만일 그대(이시)가 더블린 거리를 헤매면, 그대는 어느 근처의 상점 진열장 속을 한껏 동경의 시선으로 들여다볼 것이요, 약 32분의 시간 과정에 그대의 뒤를 바싹 따라 이전의 방축 길 방향으로 방향을 바꿀지라.

〔448.34—452.07〕 그(숀)는 자신의 상태를 변경하기에 서둘지 않을지니, 밤은 아름답다—그는 돈의 부담을 가질 것이요, 그녀(이시)를 상하게 하고, 그녀를 어리석게 범할(fuck) 것이다.

그리하여 어느 근처의 상점 진열장 속을 한껏 동경의 시선으로 들여다보는지라, 그대는 가정假定하여 고를지니, 이를테면, 11번지의 호포呼鋪, 캐인[1] 또는 키오점[2], 그리고 32분의 시간 과정에 그대의 뒤를 바싹 따라 이전의 방축길 방향으로 방향을 바꾸는지라 그리하여 과연 나는 아주 잔인하게도 오해를 받을지 모를 것인 즉, 만일 그대가 자신이 통과 중의 교차흑벽교통交叉黑壁交通의 죽 같은 잼[3](옥수수 죽)같은 혼잡에 의하여 야기된 진창 눈(설雪)의 케이크로 그 사이 얼마나 경치게도 온몸을 뒤집어쓰게 되는 것을 보고도 놀라지 않는다면 말씀이야. 카펠가街[4]를 본 다음 즉비卽飛할지라. 여기 저 고충본苦衷本을 내게 보일지라. 카우(암소)텐즈 캐이트크린[5], 저 오물 청소부는 어디에 있는고? 언제 우리들의 돈비애豚肥愛의 더블린의 청소국 외관外觀[6], 구멍 뚫린 의상의 구걸 개미로 득실거리는, 도회들의 트로이아[7]요 도시들의 카르멘이, 리버풀(간지肝池)이나 맨체스터처럼 세례백반洗禮白盤되리요? 언제 저 대국립大國立 황금모黃金帽의 우마취愚痲醉[8] 환약원丸藥院이 우리들의 적積—재載—모母를 위한 그의 구토약과 자신들의 생명약탈生命弱脫 남성을 위한 들것(stretcher)을 부속할 것인고? 나는 전신全身 속언자유速言自由를 위한지라 그러나 누가 교황의 아비뇽 가도[9]를 성수살포聖水撒布 할 것이며 또는 누가 아피아 가도[10]를 근절할 것인고? 누가 브래이호우드를 빛내며[11] 불(牛)매일리 등대[12]를 미끼 달며 로칸스비[13]를 결코 단념하지 않을 것인고? 이 무성한 왕실의 용역用役들이여! 악잡초惡雜草는 어떤 양귀비도 무선효취無善效吹나니[14]. 그리하여 이 노자勞者는 나의 고고용高雇用으로 가치가 있도다[15]. 보報를 위한 유油 및 육育을 위한 노勞[16] 및 악樂을 위한 악대와의 유遊[17]. 만일 내가 자비를 무망無望하면 내게 무슨 폭리暴利를? 무無로다![18] 나의 깃발의 내보자內報者는 난형難型의 마디인지라, 왠고하니 그건 이사그람[19]의 여우동화요, 권모捲毛의 부父로 하여금 견목유희堅木遊戱를 삼가 하게 하나니[20]. 그대 무엇인지 아는고, 게으른 꼬마 현악소녀絃樂少女들이여?[21] 언젠가 어느 날 나는 미소 짓는 투표탐자投票探者에 의하여 충고 받고 있는지라, 그는 내가 경칠 대담선행大膽善行해야 하는 하이킹을 적극적으로 영원히 포기하도록 방금 고묘高妙하게 코골고 있나니, 어떤 형태의 시제時制가 비소秘所—봉인된 명령 하에 나로 하여금 자동 모빌유를 증가하게 하고 이들 가련한 나족자裸足者[22]를 위한 족화足靴 및 욕탕치장浴湯治場[23]의 치료를 위한 선풍善風으로부터 지갑紙匣을 마련할 때까지(비록 이번에 어디서 그게 올 것인지는—) 요한 맹세코, 그것은 선혈의 범위한계範圍限界에 관한 것임을 소득망세所得網稅로서, 방금 내가 확마確魔로[24] 생각하는지라. 아멘.

사랑하는 매妹여, 숀은 덧붙쳤나니, 다소 음울한 잡성雜聲으로, 설사 여전히 고高 솔—파 루투곡曲이긴[25] 하나, 그때 그는 비위를 맞추기 위해 그녀에게 자신의 등지느러미를 돌리고, 음표와 악보를 주기 위해 자신의 취안본醉眼本[26]을 책장 넘겼도다.

이번에는 성음관찰적聲音觀察的으로 호기태만好氣怠慢되고 우울적 되어, 공낙뇌空落雷를 당한 듯 그[숀]는 해조경이海鳥驚異 속에 입을 쩍 벌렸나니, 그의 불확투신不確投神의 눈은 성상星狀의(스텔라) 매력 속에 상상적 비연飛燕을 재빨리 추적했는지라, 오, 베니씨의 허영이여![1] 만사는 멸종滅終하도다! 개갑적個匣的으로,[2] 그로그 주신이여 나를 도우사, 나는 전혀 폭급爆急하지 않는지라. 만일 시간이 충분하여 집오리를 잃더라도[3] 안이하게 걸으면서 그들을 발견할지로다. 나는 사슴의 도행逃行, 사詐토끼의 주행走行[4] 또는 저詛집토끼의 보행步行[5]의 길을 지나는 그들 모두[6]의 이 지광地光에 눈을 깜박이는 어느 밀통탄密通嘆을 지닌[7] 푸른 악취惡臭 여우를 낌새챌지니[8], 그러나 만일 나의 심적心的인 지명指名의 민활녀敏活女,[9] 진기독사도다주식성당眞基督使徒多柱式敎會의 모나버라,[10] 자신의 안전한 행실 아래 요리법에 의하여 나를 안내하는, 나의 라이온즈의 귀녀貴女[11]를 오직 시견匙見할 수만 있다면,[12] 나는 혹시 일지 모르나 기꺼이 귀향歸向하리로다. 그것이 나의 성미에 한층 맞는지라. 내가 현재 있는 곳에 머무는 것 보다 더 이상의 친절한 운명을 나는 요구하지 않을지니, 나의 갈색 차茶의 깡통과 함께, 갬프의 하인, 투석 당한, 성제임마스 한왜이[13]의 신의 주문(보호) 아래에서, 그리고 나의 십자향로복사十字香爐服事로서, 자상刺傷 당한, 어떤 자코버스 퍼샴[14], 나의 흉취胸醉의 저 친구인, 피터 로취[15], 나의 궁완弓腕[16]에 기대면서, 이 현재의 순간에 지방선택권에 의한 조숙鳥宿 속에[17], 나의 들꿩들에 휩싸인 채, 그리하여 여기 나는 꿈꿀지니, 지저귀는 새들의 벽 사이 나는 부숙富宿할지라,[18] 그때 노래 지빠귀들이며 붉은 다리 까마귀들이 나의 숨결에 맞추어 급급할지니, 나의 이발耳髮은 놀란 토끼 마냥[19] 잘도 치솟고 나의 장각長脚을 동상同上 끌면서, 그리하여 거기 소적고小赤孤, 여우가![20] 두려운[21] 광경에 돌비突飛하는지라, 마침내 한껏 소산消散한 밤의 미흉美胸[22]속으로, 조금 가다가 서는 개똥보충寶蟲을 울타리로부터 집거나 나의 익살 혀끝에 상암무上暗霧 다이아몬드를 잡으면서 그러나 저 부엉이 낡은 시계를 위하여(경칠 급정지!)[23] 두우(2)시時가 바로 지나고 그리하여 저 미풍이 드럼샐리[24]를 한 바퀴 휘두르며 경칠 악마 피리 취풍유희吹風遊戲하리라.[25] 나는 성 그로세우스(뇌조雷鳥)의 울부짖음까지 와와 외침 시간동안 안전 측에 앉아 있을 수 있나니,[26] 마침내 피함彼喊의 지평기가地平起歌, 양羊의 막전幕電[27]에 나태소懶怠笑하면서 그리고 최광이最廣耳를 도요새 사냥꾼의 큰북에 꿈에 어리듯 전향하고, 아름답고 늙은 애어리얼[28]의 무선 하프 및 야강夜江을 건너는 우편열차(핍핍! 핍핍!)[29] 그리고 숲속의 쏙독새 소리(무어 파크![30] 광야원曠野園!)를 들으면서, 애하천충마愛河川馬[31]처럼 평화 가득하여, 그리고 개구리들에게 개골개골 짹짹 소리[32] 나도록 울리면서, 숭어(魚)를 위한 다엽茶葉을[33] 및 기어鰭魚를 위한 도기陶器[34]를 남기면서 마침내 나는 나의 상야上野의 측운경測雲鏡[35]을 통하여 운雲스크럼 퇴적사이를 홀로 서면향西眠向[36] 누가적累加的으로 신골神滑하는 자장 자장가 럭비 달(月)[37]을 뒤쫓는 동안 나의 밤의 구즈 마더(어미 오리)가[38]

얼마나 조심스럽게 나를 위해 지구 반대쪽의 수줍은 동방東方에서 그녀의 새 황금 자란雌卵[1]을 낳아 줄 것인지를 살필지로다[2]. 무엇인들 나는 수란水卵을 대치지 않으랴![3]—나의 강측江側의 째진 틈[4], 나의 수닭피皮 타화他靴, 나의 비버피皮의 기도서, 맹세코!—아아, 그리고 지느러미 물고기들과 함께 그라니아의 향연어부饗宴漁夫[5]을 위하여 나의 허리띠를 푸는지라, 그들의 피라미 황어黃魚의 저 행복한 은어신銀魚神, 백조도白鳥道[6]를 화주락火走落하며, 빠른 맥(대大)뱀장어, 숭어속屬의 대적어大赤魚 및 지갑풍紙匣風의 숨찬[7] 트집쟁이 잉어를 선도先跳하고, 나의 고물 쪽에 로드 퍼치 면적面積[8] 악취[9] 자타처自他處 수영水泳하나니[10], 또는, 내가 나 자신의 고독을 최고로 즐기고 싶을 때, 북北오렌지와 곰(웅熊)배(果)[11]의 도움으로, 동고암動孤岩[12] 위의 보洑물 곁에 기댄 채, 나의 얼. 굴. 에는 도관導管. 선율旋律.(g. b. d. 파이프)[13], 나의 패각수잔貝殼手盞에는 성냥이 솔 파 음계音階치듯[14] 그리고 실리아산産 라타키아 살담배를 사랑했는지라, 충운연充雲燃, 나의 비공율鼻孔慄을 위하여, 질투嫉妬재스민 초草로 그들의 마음의 향광享光[15]까지 기죽이게 하면서 그리하여 구월수액재九月樹液材의 왕王이 나의 경황驚惶을 위하여 자신의 저지향低地香을 떨어뜨리는지라, 나의 그리핀강江의 메기 새끼를 낚시질하고, 창광천수槍光川水를 붉게 물들이면서[16] 또는 철갑상어 왕립대학[17]의 트로피를 한 아름 안고 창꼬치와 파이를 빵 굽으며 한편, 오 종달새 탑塔에다 나의 정자를 엮어 주오[18], 모든 애덜레이드의 장난꾸러기나이팅게일들이 째그 째그[19] 나를 자애롭게 하사, 나는 나의 선조롱善嘲弄 29도리언[20] 흑아조黑芽鳥들에게 토닉 솔파(강세창법)로 나의 여섯페니짜리가락을 전음계[21] 가르치려니, 운율의 요정변주곡으로 음악당호音樂堂呼 가락을 피리 불도록. 나는 주노라 도, 왕을 레, 내게 미, 그녀는 하도다 화, 홀로 솔, 저기 라, 그래요 시, 나는 더블로 주노라 도, 가시 덮인 수풀이 그들과 함께 목가 메아리칠 때까지. 하지만 그건 얼마나 멋지지 않은고? 더미솔도 나는 주노라 내게 나는 최통음부最痛音符로! 나는 피아노 악절처럼 포르테(강음) 공연 할 마음이 없을지 몰라도 그러나 그대는 내가 키(鍵)를 놓치게 할 수 없나니. 나는 정녕 참으로 자전거성가곡自轉車聲歌曲[22]을 지녔도다. 무無마리오 테너![23] 그리고 마리아와 예수[24](피아노) 건반! 왠고하니 나는 나의 바지 걸쇠 뒷자락 속에 소위막골막所謂膜骨膜을 노락질 하는지라. 그리고 내가 날려 보내는 종달새는(오라라!) 그것이 나의 소리굽쇠에 대한 조율처럼 광낙음성학狂樂音聲學으로 수탉음색音色으로 넘치나니. 자연히 그대는 나를 불화음자비인不和音慈悲人으로 저음전低音栓할지 몰라도, 그러나 나는 가정독家庭獨 킬(살殺)라니의 백합白合해오라기 성가聲歌하는도다[25]. 그건 반저음인지라. 하지만 불모원야不毛原野을 주의할지니, 그대! 금작지金雀枝에 좋은 것은 정원의(가축)몰이 막대도 마찬가지[26]. 로간 딸기 속에는 치명독致命毒이 밀독은폐密毒隱蔽된지라. 낙엽교목落葉喬木을 염厭할지니. 번지르르한 사잔死盞(독버섯)을 내팽개칠지라! 브리오니 오브리오니(植)[27], 그대의 이름은 벨라다마(植)[28]로다! 그러나 녹림의 잡담은 충분. 조소鳥巢는 조소鳥巢로다. 그대 것은 정행停行이요 내 것은 수행遂行이니. 그리하여 이제 내게 반음고半音高를 연주할지라. 나는 모든 나의 시험륜試驗輪을 통하여 두 과목수석과목首席 수위선두首位先頭하리라. 그리고 어떤 민감도음敏感導音의 금전[29]을 내가 은행가족[30]에 소유하고 있을지라도, 어럽쇼, 나는 그것을 총계 몰沒할지니,

매每 경칠 전혀 상관없이, 기초원가基礎原價(매입가격)에 복식불법주형複式不法酒型의 투자로서[1] 그리하여 나는 그대의 배판상背板上(백보드)의 절반 전상형全常衡(온스)[2]에 대하여 그대에게 나의 우연고의偶然固衣[3]을 내기할지라.(만일 매다머드가 메스다미나[4]의 옷을 벗긴다면 병선영국病腺英國에 신냉벌神冷罰을 내리시기를!)[5] 나는 현금등록기처럼 지불할 수완가[6]이나니 마치 막대 위의 단지가[7] 있듯 확실하게. 그리하여, 한 사람의 생선이 열두 사람의 독毒이다[8] 뭐다 하여, 목초지 성숙한 다수각多數角, 향주香酒, 밀수주蜜水酒 및 합효밀주合酵蜜酒의 다량을 수확하기 위해 내가 젊은 혈기로 정수精髓를 뿌린다면,[9] 나는 마감 시간에 자신의 마적魔笛[10]을 가지고 무대등출舞臺登出할지니, 정당히, 자유로이 그리고 장난치듯, 한 도매상[11]으로 시장에서 최고 급등하면서. 그리하여 나는 그대에게 말하지만, 럭비 클럽[12]도 나를 붙들지 못하리라. 불면不眠의 소하성溯河性 혜慧연어(솔몬),[13] 소잡어小雜魚의 저 신에 맹세코,[14] 아무 것도 나를 멈추게 하지 못할지니, 생피화生皮靴와 들통들[15] 금혼金魂이 복금혼複金魂을 이룰 것이기에. 심지어 얼수터의 총기병대銃器兵隊도 코크의 슬의용대虱義勇隊도 더블린의 폭죽수발총병대爆竹隨發銃兵隊 그리고 코노트의 집결된 무장 순찰대도[16] 불가不可라! 나는 사논 협강峽江을 부단斧斷할 것이요[17] 리피 강해도江鮭跳할 것이요[18] 내게 아주도我走道하는 여하흑수如何黑水[19]를 마실지라. 그럼! 그건 얼마나 하분何糞이랴, 나의 보물이여, 애조愛鳥를 위해? 겁탈怯奪함은 단지 음경연陰莖然이요 그의 담행膽行은 성행聖行을 겁내도다.[20] 대담할지라! 나의 뒤를 온통 청소하는 빗솔 여공[21]처럼. 그리하여 그대가 부재했던 곳을 그대가 알기 전에,[22] 나는 점화(點火)의 기적[23]을 내 몫으로 차지하나니, 현금—및—현금—재삼再三 숨바꼭질,[24] 기를 쓰고, 나는 인간성을 비틀거리게 하고 그대를 충실하게 쓰러뜨리면서, 나의 설돈백雪豚白의 증배우자證配偶者, 나의 적赤클로버의 적재積載 속에,[25] 구구야근九九夜近 메트로 놈에 맞추어, 아 저런 높이 아 저런 더 높이 만사 중의 아 저런 최고 높이까지. 성스러운 애자愛子 및 애우愛友여,[26] 나는 그대를 전적으로 결단낼지니, 나의 호사스러운 쉐일라여![27] 맘 맥주[28] 샴페인 온통 무당無糖 하지만 거품 충구充□하고 몇몇 단주병端酒甁을 펑펑 마개 뽑거나 또는 빤짝이는 빙안氷眼의 백포주白泡酒를 흔들고,[29] 그것이 소용돌이치는 소리를 들을지라, 행복한 소녀여! 나의 은피隱皮[30]의 한 점 남김없이 그러나 그대는 색索하고 재삼사再三査할지라! 나를 서(입立)게 할 수 없을지니, 그대에게 말하지만. 그리하여, 나의 이단명異端名 K. C.[31](칙선勅選 변호사)의 실체가 그러하듯 불구남不具男으로서, 나는 우리가 저 축복주교祝福主敎를 사射할 때까지[32] 글쎄 결코 비飛하지 않을지라 그리하여 서로 부유浮遊한 채, 남처男妻여, 우리들의 무절칠천無絶七天[33] 속으로, 거기 나는, 나의 현경쾌녀眩輕快女여, 사음란奢淫亂의 무릎 속에 전기장의자 위에, 그대를 식植할지니, 탐미歎美와 함께 단경이單驚異 봉무언縫無言 되어,[34] 최고의 애처사치愛妻奢侈스럽게 가구家具된 칸막이 아파트 사이, 방탕별방放蕩別房들[35]과 더불어, 마치 바로 내가 일급의 상인 및 만사로서 그들 근近 일백만(량) 가량에 가까스로 연세자금零細資金에 달하기라도 한 듯.[36] 단지 한 가지 일만 없었던들, 내가 아무리 유명기아有名飢餓할지라도, 나는 지독히도 염려할지니, 그대 알다시피, 화요자靴尿者 대우大雨[37]에 관해 그리고

〔450〕(여기 숀의 소녀들과의 재차 퍽이나 서정적이요 낭만적 묘사). "얼마나 조심스럽게 나를 위해 그녀의 새 황금 자란雌卵을 수줍은 동방東方에서 낳아 줄 것인지를 살필지로다." 숀은 여기(애란)에서 물고기를 낚으며, 29 소녀들에게 피리 부는 방법을 가리키며 살리라.

여기 냉노冷老의 완분위기腕雰圍氣에 수압력水壓力[1]을 지닌 맴도는 조율성鳥慄聲[2]의 가공可恐할 연환한발戀患旱魃[3]을 면려勉慮함에 있어서, 마침내 절삭풍切削風이 덴마크인人을 절멸할 것이요[4] 그의 사고事故의 연속[5]이 나의 전서정적全抒情的 건강의 반려伴侶에 흑유해黑有害할지라[6], 나의 모자의 귀 덮개를 고려하지 않더라도, 그리하여 그것은 방금 고양이가 들삭들삭 소리 내며 자루(袋)에서 나오듯[7] 진실로 확실한 진리이나니〔고양이의 확실성 U 343.13 참조〕, 또 다른 것을 위하여, 나는 진실하게 허구만족虛構滿足[8]을 줄 최소풍最少風의 거짓인들 결코 말할 수 없었도다. 나는 여아汝我[9] 게다가 객쩍은 치사致辭를 말하고 있지도 않은지라. 또는 나의 모궁帽窮에 빠져. 정말이지[10]. 엣쵸!〔여기 숀의 재채기〕

〔452.08—452.33〕 그(숀)는 영광스러운 사명을 행사하리라—임금님을 배알하리라.

최애最愛의[11] 영조매靈鳥妹여, 나는 그리 멀지 않는 지난날 테니스 프론넬스 맥 코터[12]를, 그의 서간을, 나의 삼각대좌三脚臺座 위에 걸터앉은 채 혼자 읽고 있었는지라, 그리하여 마치 뇌신저자雷神著者 마냥 얼마나 오래 동안 내 자신이 열熱호드리조드[13]에 계속 있는 게 좋을까 곧이 생각하면서, 초노대焦露臺 속을 엿들어다 보며 그리고 엄지손톱 명상을 엿 조아리면서, 마루 위의 축음기에 귀를 기울이면서 그리고 차뇌피뇌 신此雷彼雷神으로부터 라디오 곡曲을 집으면서, 그건 비애로 도취된 것이라, 내가 오늘밤 숭고한 밤, 출타하다니, 그대가 나의 광식廣息과 나의 온통 이마인 미간으로 볼 수 있듯이, 솔직행도率直幸跳로, 묵힌 낡은 쟁기 곡조에 맞추어, 우리들의 무층가無層家에서부터, 이 축복의 심부름으로 그러나 그것은 역사적으로 무상의 영광스러운 사명이나니, 비밀의 또는 심오한, 우리들의 모든 연대기를 통하여—그대가 그토록 자주 그녀를 칭하듯—상시포파선장常時泡波鮮裝의 생도엽강生跳葉江 리비우스의, 미축복美祝福의 휴식 속에, 사자死者의 침묵을 연상筵上하는, 차초次初의 머나먼 파라오 왕[14]으로부터 최후선흉물最後善胸物의 램시즈 붕괴왕가崩壞王家[15]에 이르기까지. 비코 가도[16]는 뱅뱅 돌고 돌아 종극이 시작하는 곳에서 만나도다. 하지만 원환圓環들에 의하여 계소繼訴되고 재순환再循環에 의하여 놀라지 않은 채, 우리는 온통 청징淸澄함을 느끼는지라, 그대는 결코 조바심하지 말지니, 우리들의 의무로운 통사桶事에 관한 것이로다. 나는 자랑으로 광식충廣息充한지라(건강의 동명同名이여 풍복風福하소서!) 왜냐하면 왕을 배알하려 가는 것은 장대한 일이나니(지고至高!), 매야왕每夜王이 아니요, 천만에, 북양가마우지(조鳥)에 맹세코, 그러나 차처—타처 애란의 월왕越王 자신인지라, 진실로, 거짓 없이. 아일랜드의 전구획全區劃이 있기 전에 루칸[17]에는 상제가 살았도다. 우리는 단지 기필코 뒤따를 신혼남新婚男의 만사를 자신들이 확신하듯 매인은 이 수성세계水性世界의 여하사를 따르려니 바라노라. 나는 그대에게 이제 한 톨 건초 씨를 위하여 한 기니 금화를 걸지로다. 어머니에게 그걸 말할지라. 그리하여 그녀에게 자신의 노부에게 말하도록 말할지니. 그게 그녀를 즐겁게 할지라.

〔452.34—454.07〕 숀 설교를 끝내다—인생은 짧은지라, 고로 어떤 장면들도 기쁘지 않도다—그(숀)는 죽음과 후세後世에 관해 말한다.

자 그럼, 무분별한조부모[18]와 더불어 회고담[19]의 무화과종無花果終로! 왠고하니 나는 자신이 해(태양)멀미에 걸리기 시작함을 여호수아[20]에게 선언할지라! 나는 전혀 헛된 노르웨이인이 아니나니. 결빙은 너무나 시의적절時宜適切하지만,

아아, 우리들의 저 세월은 그대가 동고凍固되도록 바라고 싶을 정도로 그렇게 멀지 않도다. 그런고로 이제, 나는 그대에게 부탁할지니, 그대로 하여금 나의 초라한 새침데기 앞자락의 경야에서 울고불고 소란을 피우지 않도록 할지라. 나는 그대가 나 때문에, 게걸게걸 수다스레, 그대의 앙알대는 암평아리[1] 난투극의 베개싸움을 하지 않기를 바라나니, 드디어 그대는 흑맥주를 뱉는지라, 알겠는고, 소금에 절인 고등어를 추적하며, 굽은 대합조개를 란청어蘭鯖魚 킁킁[2] 냄새 맡으며 그리고 건방진 야바위[3] 같으니, 아침 떠는 허풍선이, 뿐더러 그대가 자선재봉계慈善裁縫界에서 벽로 너머로 추울醜鬱레몬 한 입 가득 침을 뱉지 말지니, 무차별할인無差別割引의 여성복장에서 잡동사니를 공제控除하거나, 궁둥이 빈둥빈둥 앉아 그대의 긴 양말을 닳아 없애거나, 내가 지난번 그걸 놓아 둔 곳 주변을 악취 풍기거나, 또한 월경도색月經塗色[4]과 함께, 저악운詛惡運, 생리대를 불끈 매고, 그대의 점액을 홍분시키거나, 조반방귀를 최후실最後失만찬[5]과 사이롱 차茶[6]로 바꾸거나, 그리고 그대는 청월단시간靑月短時間[7]의 볼리버 화폐통貨幣痛[8] 너머로 그대의 신음의자呻吟椅子 위에 흐늘흐늘 무기력 앉아있지 말지니, 그대의 습한 중이소골中耳小骨에 김을 쐬면서, 성금제聖禁制와 소화불량세례洗禮 숀[9]을 기도하며, 그 동안 고의상古衣商[10]이 자신의 충견忠犬 쉐프와 함께 숲을 통해 지나갈지니, 너도밤나무 깔쭉깔쭉 깎은 자리에서 구드보이 숌모즈(夏期善少年)[11]를 성가시게 권유하면서 그리고 청비풍시인靑鼻風詩人[12]이 자신의 출산아들을 끌어안는지라 그때 반성반역反聲反逆[13] 그것은 나의 축제적이득祝祭適利得이나니, 나의 설화요약본說話要約本[14]으로부터 책장을 약탈하는 것이로다. 만일 내가 여태껏 이토록 진흙투성이의 많은 근질근질한 구더기[15]를 본다면 나의 혀를 뜨끔뜨끔 쑤시게 하소서! 옛날 옛적 한 모금의[16] 주취酒臭 그리고 꽤 근사한 주취 있었나니 그리하여 나머지 그대의 지절지절 허튼 이야기![17] 부재자 우郵 숀을 위하여 화로 곁에 평 의자를 곧이 놓아두면, 온통 그대를 그대가 일도日道를 지명하는 순간, 나는 나 자신의 동방의 윙윙콧노래반구半球로 삼을지라. 광석용재통鑛石鎔滓桶을 들어다 볼지라, 그러면 그대는 내가 가명歌鳴 위로 범포를 펼치고 있는 걸 볼지니, 그리하여 그대는 파리(都)로 하여금 그대의 모자를 고무鼓舞되고 있는 때이기에 무슨 그대 여속물旅屬物이 필요하랴? 골고루 충심고양忠心高揚할지니[18], 여汝 총심신總心身으로[19] 하여금, 내가 탈선하는 동안 그리고 그대로 하여금 그로부터 슬픔을 갖지 않도록 할지라, 서약이 온통 고탈枯脫된다 할지라도, 나의 가련한 두통에 맹세코, 비록 우리가 자신의 생명을 상실한다 할지라도. 볼지라, 개선의 시대가 여汝를 기다리는도다! 뼈(골骨)의 과수원[20]에. 언젠가 방금 아주 곧 저기 구름이 사십년 소나기 뒤에 흩뜨려질 때, 가망可望인 즉, 우리들은 갈고리에 낚기 우고 행복하리니, 성체배령자적聖體拜領者的으로, 유낙원誘樂園(엘리시움)의 야야野夜 사이, 선민의 *엘리트*, 시간의 상실의 땅에. 금광석광[21]의 계시를! 불사의 다이아몬드를 장식할지라! 고로 고독한 이야기는 재단할지라! 실컷 마셔버릴지라, 숙녀들이여, 제발, 될 수 있는 한 스마트하게 몸 낮출지라! 사순절 따위 꺼질지라! 손뼉을 칠지라, 기수장騎手長이여! 금식절[22]은 거去하도다. 그대의

[454.08—454.25] 숀의 설교의 후주곡—결미—그(숀)는 큰 소리로 웃는다. 이어 갑자기, 몸을 돌리고, 그의 태도를 바꾼다.

[454.08—454.25] 그는 웃음 짓는다—이어, 갑자기, 몸을 돌리고, 그의 태도를 변경한다—숀의 작별, 그는 천국에 관해 말한다.

[454.26—455.29] 안녕 작별—그(숀)는 하늘의 천국에 관하여 말한다.[452—54] 숀은 이제 자신의 설교를 끝낸다.[446—448] 여기 숀이 이제 시민의 개량을 위해 캠페인을 벌린다—숀의 만찬 그리스도 최후의 만찬 상기

솔(신 바닥)과 미오(신 덮개)[1]는 그러면 동료별同僚別임에 틀림없나니. 그럼 그대 영원히 잘 갈지라 그대여(구두 대다리여)![2] 이별은 흥興. 그대 취取할지니, 비틀 반지는 그대의 것, 사랑이여. 이 시전時錢은 그대를 나의 시주완施主腕으로부터 정령 추방하는도다. 안녕, 연약부단녀軟弱不斷女여, 굿 바이 잘 가라![3] 교고驕高! 교고! 확실히, 보옥寶玉이여, 문인은 전혀 무미한 행간行間을 그대가 파악해 줄 것으로 종종 생각하도다. 서명. 다각애多脚愛와 함께. 불굴비례不屈備禮. 단우남單郵男 숀. 연속. 행둔幸臀!

포복절도성의 뭔가가 서방음유西方吟遊의[4] 조나단에게 발생했음에 틀림없는지라.〔이는 그리스도의 옆구리의 칼자국과 평행한다.〕 왜냐하면 한 가닥 장대나심壯大裸心스러운 대음성大音聲의 소성笑聲이(심지어 은둔한 노예노조奴隷勞鳥 마저 날개깃을 떨어뜨린 것으로 생각되었도다) 그들이〔29소녀들〕 얼마나 즐겁게 그의 윤성輪聲을 낭랑한 목소리로 흉내 내고 있는지의 헐벗은 생각에, 그〔숀〕의 텁수룩한 목(구멍)으로부터 심야深野의 두상위로 쳐 올린 구球 마냥 도출했나니, 그리하여 한여름 밤의 극도총광란極度總狂亂[5]의 진전형眞典型인 그들 일동 역시 찬란한 찔레나무 딸기[6]와 더불어 섬광호색환희閃光好色歡喜를 곧장 시동하고 있었는지라, 히키(촌뜨기) 헤키 혹키, 휴기(대성大聖) 휴기(여기) 휴기, 휴지 휴지 휴지, 오 숀, 너무나 희락하고, 참으로 깜찍스러운, 오.(그대 순한! 우리들의 동정녀! 그대 신성한! 우리들의 건강! 그대 강한! 우리들의 승리! 오 건전한! 우리들의 견고한 고독을 지속 할지라, 그대가 잘 달래는 그대여! 들을지로다. 털 많은 자들이여![7] 우리〔소녀들〕는 그대에게 구혼하나니 단지 늦었을 뿐. 미장원의!) 그때 갑자기(얼마나 여인다운고!), 수은처럼 급하게[8] 그〔숀〕는 응시성凝視星으로[9] 윤회하는지라 허세스럽도록 갑자기, 자신의 도래송곳 안眼을 오히려 엄하게(스턴) 뻔뜩이면서(얼마나 까맣게 천둥처럼!), 너절한 것을[10] 보기 위해. 그런고로 모두들 잠자코 서서 경이했도다. 마침내 우선적으로 그는 한숨지었나니(그리고 얼마나 유황식통硫黃息痛했던고!) 그리하여 그들은 거의 부르짖었는지라(땅의 소금이여!) 그 후로 그는 숙고하고 최후로 대답했나니

—뭔가 더 있도다. 이별의 한 마디[11] 그리하여 마음의 음조를 잠재울지라.[12] 채무, 나는 그대에게 봉인할지니! 그대 안녕히, 공평히 잘! 내가 그대에게 말할 수 있는 모든 것이란 이것이라, 나의 신통매辛痛妹여(이시를 두고). 그건 온통 놀랄 거대한 시간 쌓이고 쌓인 기도하나니, 어럽쇼, 젊은 영광송榮光頌의 군성群聲 대對 늙은 송영頌詠, 천국원天國園의 교외[13]에서, 한 때 우리는 통과할지라, 초간단超間斷 뒤에, 온통 청징淸澄한 채 목과 목 같은 더비 및 조안[14] 주랑을 통하여, 우리들의 아늑한 영원의 웅보의 보상로(소주옥燒酒屋).[15] 우리를 신성하게 하사! 우리를 신성하게 하사! 우리를 신성하게 하사![16] 만일 그대가 행복죄래幸福罪來[17]되길 원한다면 공원주차[18] 할지라. 거기 성낙聖樂이여![19] 해상원海上院 및 불평천중不平賤衆의 유적.[20] 그것으로, 그것으로! 탐두상애급낙야探頭上埃及樂野![21] 거기에는〔천국〕 어떤 사소한 가족인들 사소한 일로 싸우지 않나니 뿐만 아니라

우리들의 대법정大法庭[1][천국]에는 어떤 하리케인 돌풍도, 어떤 잔盞 던지기(헐링)도 어떤 순량묵시순純量黙示脣[2]도 어떤 타인기打印器 요들[3]도 없을 뿐만 아니라 무무물無無物도 없나니. 보다 훨씬 낳은 파이론巴以倫의 번주煩舟와 함께 그리고 영영원히[4] 그대의 태우상怠愚像 있으라. 그대는 새 분잡병紛雜甁의 늙은 주처酒妻[5] 및 그의 최후심판일 성도화聖圖畵[6]의 농부전죄인農夫前罪人[7]도 거의 감인식鑑認識하지 못할지로다. 그것은 성장한 토우 성聖의 경야각유보經夜覺遊步가 호루스 신공포神恐怖의 방房[8]으로부터 보석을 좇아 여탐험旅探險이나니. 사프란(植) 성聖빵[9] 또는 특효의[10] 선善햄 어느 것이든 그대가 그걸 탐호貪好하던 그걸 싫어하든, 그러나 그걸 이름 댈지라. 평애란平愛蘭 전역全域[11]의 애란인들. 그리하여 전 가족 군중이 집에[12] 있을 때 성상省想을 위한 음식이 있는지라. 돈다豚多 신축복神祝腹인고? 돈다豚多 매리梅利 신축복인고? 그리고 돈다豚多 매리패토리익梅利覇土理益 신축복인고?[13] 그대는 그것을 위해 요한 한니[14]의 조언을 취할지라! 사후[15]가 선물이나니. 환락화歡樂化와 함께 품귀재식品貴再食. 차내일借來日 그리고 굴내일掘來日 그리고 분내일墳來日! 그것이 우리들의 둔내일鈍來日이요, 모작일毛昨日 및 상시 우울인생이라[16], 마침내 어떤 최후청最後淸 금일안부今日安否의 도약악취자跳躍惡臭者가 한 톨 뼈를 가지고 종을 땡땡 크게 치자 그의 악취한들이 홀笏과 모래시계를 가지고 그의 뒤에 냄새 품기도다.[17] 우리는 아담 원자와 이브 가설[18]로부터 오고, 촉觸하고 갈지 몰라도 그러나 우리는 끝없이 오즈(불화不和) 신계神界[19]의 것으로 선확적先確的으로 숙명 되어 있는지라. 여기 우리는 카인 들판에서 탈피하고[20] 인생의 솔기 외면에 벌렁 드러누워, 모퉁이를 돌아 하수행인何誰行人과 살아 있는 모래부대와 함께, 현간 계단을 거의 확신하지 않은 채 임시변통으로 살고 있나니[오늘의 현세]. 그러나 납골당시체여[21], 묘지시굴자여[22], 그대는 모든 그대의 아벨[23]을 싹트게 하고 그러나 아재자재생자我在自在生者[24]가 의자에 앉아 있는 동안, 어떠한 신물新物도 영긍永肯히 곧장 확신하여 그대의 날개를 퍼덕일지라. 아아, 확실히, 농담은 제쳐놓고, 암소의 꽁지에 맹세하나니, 내세 익살촌극[25]의 재삼차처再三此處[26]의 환락극장歡樂劇場[27]과 비교하여, 우리들의 빈비참貧悲慘의 금일차처는 무슨 경칠 땅딸보 저주지구[28]로 보이는고, 그 당시 이러한 진재眞在의 구체극좌球體劇座[29]의 왕실연발권총[30]이 그의 *사죄도赦罪禱*[31]로 하여금 왕당히 기독인마스의 복마무언극32)[X마스 무언극으로서 최후의 날]이 끝나도록 그리고 할리퀸 광대 익살극[33]을 시작하도록 불 지르나니, 라마인민상원羅馬人民上院이 타당하게 괴성 지르거니와.[34] 시간(타임)의 최종후最終後 유희를 표적(마크)하라[35]. 전우주[36]를 호두 껍데기[37] 속에 집약하면서.[여기 숀은 "라마인민상원"의 입을 빌어, 최후의 심판일을 햄릿의 메아리로 개략한다]

자 그럼, 빵 햄 얇은 조각 및 야채를 어느 정도 잘 혼접混接하는지라, 그리하여 고로 소燒갈비와 잭나이프를 성반聖盤처럼 갖추었나니, 그러나 매번 가정요리를. 산산山産의 질 좋은 겨자 그리고, 숙녀들의 지지祇脂와 신사들의 조미육즙調味肉汁[38] 그릇과 함께, 나는 번철 채 먹었도다. 그러나 나는 몇몇 원산지 굴[39]을 먹은 다음에는 전처럼 느꼈던 것 보다 두 배로 식탁계처럼 감충感充하나니. 파삭파삭한 구운 돼지고기는 씹는 중이라.[40] 우리에게 긇은 것을 한잔 더 줄지니, 시중사환侍中使喚![41] 그건 경칠 맛있는 긇은 잔이었도다!

[454-457] 숀은 요리법의(미식가의) 발문跋文(추신)을 첨가하도다.

그대는 농차濃茶 위에 생쥐를 달리게 할 수 있을지라.[1] 나는 뜨거운 맛있는 오찬午餐을 치찰齒擦 이쑤시개하기를 낙함樂啥했나니, 나는 정말 그랬도다. 그 어느 때보다 경치게도.(숭고한!). 내가 삶은 프로테스탄트 감자와 함께 여태껏 먹은 가장 부드러운 쇠고기인지라(할렐루야! 할렐루야!) 그대의 완두콩이 재삼 나의 창고복倉庫腹과 더불어 카레 풍미風味를 주는 약간 지나친 염치미鹽齒味가 아니었던들 그리하여 여기 나의 최고의 구미감사심口味感謝心과 양두소육羊頭燒肉 접시의 1페니 금화를 가지고 보상하도다. 오. 케이. 오 코스모스! 아아 아일랜드! 에이. 아이(완). 그리고 캐비지감자버터요리를 위해 이태리 산産 치카릭 치즈[2]와 함께(그러나 조금만 필요!) 킨킨나투스[3]를 내게 주구려, 성신양요聖神羊料, 성강신양요聖强神羊料, 성불멸신양요聖不滅神羊料를![4] 한 파운드 금화로 우리는 회복되었나니[5], 양념을, 오 촌주村主여! 그리하여 그걸 아낄지라, 오리비로,[6] 그대의 햇볕 쬐는 날을 위하여! 수프미미微微![7] 그게 눈에 띄지도 않는지라! 그러나 만일 그대가 내게 제일 좋은 얼룩덜룩한 털 코트를 사준다면, 나는 그걸 애써 끌어 입을지니![8] 그것은 꽤나 잘 정돈된 것이요 의심할 바 없이 뒤집기 안성맞춤일지라. 이 나사광포의螺絲廣布衣는 치워요![9] 다음 단계로, 탁자역卓子役에게 말할지니, 다양한 유그노 교도식敎徒食의 야채요리를 위해 나는 신미辛味오리고기를 갈고랑쇠로 거는 것은 너무 이(齒)가 시큼할지라, 자작나무 회초리 위로 석쇠에 굽고, 장백의長白衣의 몇몇 꽃양배추 조각을 곁들여. 나는 수도생활에서 이탈하고 싶나니. 미사와 미육味肉은 어떤 사람의 여행도 마손磨損하지 않는도다. 식종食終 미사종終[10]. 신경통에는 호두, 적풍笛風에는 어린 돼지 옆구리 살 그리고 심장방心腸房을 즐기기 위해서는 양념제도諸島[11]의 화주, 커리에 계피, 처트니에 정향. 모든 비타민은 씹는 도중 점병점병 소진하기 시작하고 딸랑딸랑 짤랑짤랑 하모니에 맞추어, 무른 캔디, 스테이크, 완두콩, 쌀 및 왕 오리에 곁들인 양파와 캐비지와삭와삭 그리고 삶은 감자우적우적 우쩍우쩍 마침내 나[숀]는 박제 폴스타프마냥 식만복食滿腹되고[12]그리하여 아주 곧장 지금부터 우편지급 떠날지니 그대는 볼지라 내가 나의 일상일주배달급행함을, 하부역(終着域) 및 킬라다운 및 레터누스(편지 올가미), 레터스피크(편지화便紙話), 레터먹(편지 오물) 경유 리토란나니마[13]까지 그리고 심지어 아일랜드의 저 최광방가最廣房家[14]를 구획하기 위해, 만일 그대가 그걸 하절수이해下切手理解할 수 있다면, 그리고 나의 다음 항목의 플랫폼이란 어떻게 타드우스 캘리에스크 귀하,[15] 차변에 의하여, 비망인쇄물非望印刷物을 위해 내게 빚진 나의 직무외의 우편송료를 시징수試徵收할 것인고. 주크 일가와 켈리-쿠크 일가[16]가 제일위반자법령 이후 교도관을 젖 짜며 마셜쉬[17]에서 피를 빨아먹고 있는지라. 그러나 나는 내가 할 바를 알고 있도다. 그에게 나는 창窓유리대통大痛을 가할지니 그리하여 그것이 그대의 적문자역일赤文字曆日일지라, 창과부窓寡婦 매크리어![18] 나는 그를 녹아웃 시킬지니! 나는 그를 스탬프 도망치게 할지로다! 나는 나 자신이 노죄수老罪囚 코놀리의 저택[19] 현간 계단을 퇴退하기 전에 그를 둥둥 쾅쾅 문 두들겨 방기할지라.[1] 두 성聖콘노피 형제[2]의 양쪽 스무 개의 뿔에 맹세코, 나는 그를 미불로 공갈갈취할지니 아니면 나의 이름은 통회의 퍼디난드[3]가 아니로다! 그리하여 그가 벌금을 내게 지불할 때까지 매일매시 그를 간호할지니. 아식(我食)!

자 그럼, 여기 그대를 보고 있는지라! 나의 기근장대가 한 개의 막대가 될 때까지 만일 내가 그대 셋님들을 결코 떠나지 않는다면, 나는 한 애욕의 부싯가[4] 되도록 단단히 유혹 당할지라. 나의 공복이 중압重壓되었나니.[5] 한반恨飯! 나의 노염이 완진緩鎭되었는지라! 홍캉![6] 그대〔이시〕는 지금 그대로 멈춰 있는 게 나아요, 꼬마 속인모俗人母여, 그리하여 원願 속에 기다리고 헛되이 바라나니, 울곡鬱穀의 추수자[7]가, 낫(鎌) 중의 낫을 들고,[8] 축복을 가장하듯, 가까이 올 때까지. 악마여 나는 한 오래기 곱실 머리칼인들 상관하랴! 만일 어느 저주경보詛呪輕步 노상강도놈[9]이 나를 붙들어 세운다면, 나를 저주방해하며[10] 그리고 나의 밑구멍까지 나의 부절符節(장부)을 약탈하면서, 양陽, 소笑, 속束, 중中, 창娼[11]은 그에게 나의 최선쌍最善雙의 도마跳馬 뒤꿈치로 산패유복酸敗乳腹 걷어차이게 할지로다. 그는 보다 낳은 예법을 갖게 될지니, 만일 그가 그렇지 못하면 나는 접시 꼴이 되리로다(실망 당할지로다)!. 그대 자신을 위로할지라, 사랑하는 여사환이여! 나로부터 그대에게 란대卵大의 물품 세상환금이 그대에게 주어질 것인즉, 고로 나에게 그대의 의무를 유념할지라! 내가 그대를 흑청확대복사黑靑擴大複寫할 때까지 혁대 아래 그대의 불룩 배(腹)를 멍들게 할지라. 그러면 그대는 세월주細越週가 익과翼過할 때 나를 더 한층 서운해 할지니. 혹일或日 제시간에, 일일一日 진실로, 이일二日 새롭게, 하시일何時日까지.[12] 서휴西休의 나를 언제나 찾을지니[13] 그리고 나는 여식汝食을 생각하리라. 때 맞춰 한 두 눈물방울[14]은 있음직한 모든 뚜우뚜우. 그리하여 그리자 시계가 한 번 댕동 하는 동안, 뚜우뚜우, 그리고 모자를 도프도프 벗었다벗었다 우리는 죄인 권연초卷煙草와 함께, 창조를 좋아하는[15] 우리들의 장거리 영주, 근면 각하를 위한 모조비단의 정렬된 장로長路 안으로 갑자기 들어가도다. 하인 수프로!

—아我에게, 나에게, 그래요, 우리 아기. 우린 너무나 행복했는지라. 난 뭔가가 일어날 것이란 걸 알고 있었나니. 나는 이해하는지라 하지만 귀담아 들으리로다. 애형이여, 가까이 오구려, 홍분녀가 말을 가로챘나니, 얼굴을 붉히며 그러나 그녀의 흑구黑鳩와 어린 암소 눈으로부터 빛을 빤짝이면서, 그때 그녀의 남성통신각운脚韻을 촉감전달적觸感傳達的으로 움켜잡고 그의 급향의 귀에다 감미의 무의미수녀가를 속삭이는지라, 나는 알도다. 벤자민 형제여, 그러나 귀담아 들을지라, 아我는 바라나니, 동료군의 소녀들이여, 나의 쉿 원願을 쉿 속삭이기를.(그녀는, 그들처럼 우리들처럼, 나와 그대, 비밀시秘密時의 혀를 임차될 때 그가 그걸 결코 나긋나긋 멈추게 하지는 못할 것이라 생각했는지라). 물론, 사랑하는 기사천사技士天使여, 나는 필사적으로 부끄러워하나니(나는 나의 기관을 청소해야하는도다), 비지첩鼻紙帖의 이 소실순간의 선물에 대하여 그리하여 미안하지만, 나의 귀형이여, 이를 온 가내 나는 슬픔으로 나 자신의 것이라 부를 수 있는지라 하지만 아무래도, 귀담아 들을지니, 숀이여, 이 지과부智寡婦의 소품[16]을 받을지라.

〔457—461〕 이시는 애욕정愛欲情의 편지를 끝내도다.

〔455.30—457.04〕 그(숀)는 자신이 좋아하는 주제인, 음식에 관해 계속 말하도다 —그가 스스로 신세 진 것을 수집한 뒤에 그는 순시 차 떠나야한다〔461—468〕 떠나는 숀은 이를 그녀의 형제에게 소개하다 —숀 영행의 위험을 격멸하다

〔457.05—457.24〕 그는 정말로 떠나야 한다—위험을 상관 말고.〔457—461〕 그런가 하면 이시는 연서로서 대답하도다.

〔이시의 숀에 대한 연설〕 비록 후견인에 남긴 나의 최애 및 다애多愛와 함께 리넨 홀 발렌티노[1]의 두 번째 곳에〔손수건의〕 나의 손 때문에 한 곳이 과부편寡婦片[2]만큼 찢어졌긴 해도. X. X. X. X.[3] 그것은 젊은 마이클 신부,[4] 나의 최애의 교구승정을 위하여 천중天重하게 우강복牛降福받았던 것이라, 그리하여 그대는 누군지 알리라 우리끼리의 이야기지만 그대의 우법황友法皇에 의한 것이니, 마혼 야夜의 마혼 길,[5] 그것이 그것의 미美나니, 봐요, 그걸 광경光景할지니, 서급鼠急히. 말로서 표현하기에는 너무나 완전무가完全無價하도다. 그리하여, 귀담아 들을지라, 이제 나를 제발 앙양하고, 나의 약혼자에게 감사하며, 아침과 더불어 생명이 다할 때까지 그걸〔손수건〕 지닐지니 그리고, 물론, 그대가 그걸 사용하지 않을 때에는, 잘 들을지라, 제발 골웨이를 재삼재사 인정 많게 생각할지니, 결코 잊지 말지라, 메기 매妹[6]가 아니고 한 부재 발송인〔이시 자신〕을. 에헴. 그건 가장 바보 같은 기침이로다. 오직 확신할지니 그대가 감기에 걸려 우리한테 옮기지 않도록. 그리하여, 새끼토끼가 뛰고 종달새가 치솟는 이후, 밤새도록 삼갈지라. 그리하여 이것은, 조嘲크여, 푸른 꼬리풀(植)의 가지요 바로 프로라로라[7]〔감기약〕 의 마법이니 고로 그대의 배로니카[8]를 명심할지로다. 물론, 젤〔숀〕이여, 누가 그걸 보내는지 나는 그대가 알고 있음을 아는지라, 그걸 선사하는지 제발, 맙소사, 저 오보트 피막처럼 수면 위에,[9] 물론 경치게도 매력 있는 것이나니, 하지만 그녀의 고양이 교활함은 제쳐놓고라도, 요술 병[10] 속에 넣다니, 그건 그녀에게 정당하지 못하도다. 물론, 제발 편지를 또한 쓸지라, 그렇잖은고, 그리하여 그대의 의혹차금疑惑借金의 작은 부대는 남겨둘지니, 호기심 많게도, 그대 뒤에, 전적으로 그대만의 것을 위해, 그리고, 그대에게 감사하나니, 누군지를 내가 생각할 수 없을 경우에 사랑의 비둘기 영취靈臭[11]를 받는 즉시 반전송返傳送할지라, 또는 어떤 만인락이 발생하면 나는 홈워드 조반탁 타블로이드판 신문[12]에서 아주 호기심 많게 들여다 볼 터인즉, 그것이 나의 체계를 위해 좋을 것인지를 청지급편지靑至急便紙[13]에 의하여 영기도靈氣道 알 것이기 때문에, 얼마나 정교한 버튼이라, 화사한, 내가 그대로부터 이내 소식을 듣기를 희망하지 않을 경우에. 그리하여 십일拾壹[14]에 대하여 전혀 무無로서 언제나 다수 감사하는도다. 나는 그대에게 편지를 쓰기 위해 사경絲鏡이라나 뭐라나[15] 나의 비단 티슈 휴지로 매듭을 맬지니, 그것이 어느 날 돈의 값어치가 될 것이라는 걸 나는 이제 알게 되었기에 고로 만일 특별 송달이 아닌 한 수고할 것 없나니 나는 그의 지불을 받고 있는 데다 아무 것도 원치 않는지라 고로 나는 단순히 그리고 오로지 나의 훌륭한 곱슬곱슬한 머리칼과 그의 아름다운 고리로서 살 수 있기 때문이로다. 내가 나의 권발卷髮을 팽개칠 때 모두를 위해 환발環髮이 있기 마련이라. 소녀를 벼룩 취급하면, 그것은 그녀의 색이라 이를지로다. 나도 그대도 마찬가지 그리고 그에게도! 그리고 그것을 귀담아 들어요! 협잡 혼작사여! 너무나 멀리 그대는 언제나 떨어져 있나니, 그대의 입을 궁궁窮弓할지라! 절대적으로 완전무결한![16] 나는 나의 빗과 거울을 꾸리고 난형의 오우(oh)와 서투른 오오(ah)[17]를 연습할지니 그리고 그것이 그대를 과육 마냥 흐늘흐늘하게 뒤따를지라,

나의 눈 아래로 되돌아올 오는 한, 나의 환環로자리도禱[1]의 사파이어 화관처럼 나는 그대〔숀〕를 위하여 전지전능 총總미카엘에게 그리고 궤주 말할지니 구鳩비둘기가 나의 구아口芽를 쪼는 동안(마쉬! 마쉬!) 유모 매드지와 함께, 나의 연결급連結級의 소녀, 그녀는 한 가닥 경악이나니, 가련한 행상녀, 그녀의 몽화夢話 사이 나는 그녀를 남자로 꾸미기 위해 얼굴에다 마진痲疹과 코밑수염을 그리나니. 우리들. 우리들. 이시가 그 짓을 했도다. 나는 고백하는지라! 그러나 그대는 그녀의 술 달린 장화와 넌더리나는 검정 양말을 보면 그녀를 귀여워할지니, 클러리 백화점의 잡화,[2] 세탁물에서 구세구조救世救助된 채, 그건 고양이의 편도선이 아닌고! 단지 우스워 죽을 지경이라, 어떻게 그녀가 자신의 머리카락을 매만지던고! 나는 그녀를 쏘시(S0sy)(社)라고 부르는지라 왜냐하면 그녀는 내게 사교적社交的이기 때문이요 그녀가 쏘씨(sossy) 라고 말하면 나는 싸씨(sassy) 라고 말하고 그녀가 너는 얼마간 모멸감(스콘)을 더 느끼지 않니 하고 말하면 나는 너는 몇몇 학교(스쿨)를 더 다닐 생각이 없니 하고 말하는지라 그리고 그녀가 친애하는 이텔(ithel)에 관해 말하면 나는 단순히 사랑하는 아텔(athel)(무신론)에 관해 결코 말하지 않는도다. 그녀는 하지만 나의 친구들을 부추기기 위해서 참 착한데다가 내가 발바닥의 장심통掌心痛을 앓을 때 스스로 나를 위해 내 구두를 시연할 것을 고려하면서 상대의 스타일을 사랑하는지라 그녀는 너무나 고맙게도 나를 위해 나의 하얀 양팔에 키스해주곤 하나니 그러나 그와는 별개로 그녀는 정말로 경치게도 착한지라, 나의 자매여, 하부 어언(Erne)가街[3]의 팔꿈치 주위에서 그리고 나 나름대로 언제나 진자로 그리고 사적으로 나는 엄격히 금지 당할지니 그곳에서 나는 그대에게 오래 오래 진실 되고 싶은지라[4] 그대에게 그토록 진실할자와 함께 단 한번이 아니고 한편 그가 스스로 진배眞背할지라도 나는 단지 한번이 아니고 그를 진념眞念하는도다. 그대 이해할 수 없는고? 오 염형厭兄이여, 나는 그대에게 진고眞苦를 말해야만 하나니! 나는 확신確辛하거니와 내가 관계한 나의 최근 애인의 연애편지를. 나는 그를 몹시 좋아하나니 그가 결코 저주하지 않기에. 연憐 꼬마. 애愛 핍. 그가 잘 생겼다고는 말할 수는 없지만 나는 그가 수줍어하는 걸 확신하나니. 그 때문에 내가 그의 비상원문非常園門을 걸쇠 풀며 그를 끌어내는 걸 사랑하는도다. 개립開立, 캑, 그리고 격擊![5] 나의 애인을 종從하게 하자 그는 그렇게 맹종하도다. 그는 나의 입술에, 나의 혀짤배기 소리에, 나의 음淫 확성기에 홀딱 반했는지라. 나는 그의 힘을, 그의 남성, 그의 상관심을 더듬어 찾았나니? 아니, 그와 비교할만한 게 있을 수 없는지라, 있담? 그리하여, 물론, 사랑하는 교수〔숀〕여, 나는 이해하고 있는지라. 그대는 나를 믿을 수 있나니 비록 내가 그대의 이름을 바꾼다한들 비록 편지가 아니고 결코 나의 최초의 마력馬力, 마음의 주도主盜[6]와 관계하는 동안, 나는 나의 것인 그대의 귀여운 얼굴을 저버리지 않을지라, 나의 단발머리 소년이여, 당나귀 하톤何噸으로도, 나의 두 번째 상대에게, 권모를 가진 정열화情熱花7)의 기관사(오 사악한 불실이여! 하수담何誰談! 그가 웰링턴 장화를 신고 그대가 갖지도 않는 것을 내게 사주다니!),

〔460〕(이시의 숀에 대한 충성의 맹세). 그녀는 제발 그녀 자신을 비참 속에 빠트리지 말지라, 숀에게 거듭 당부한다. 그대 악한이여, "나를 비참 속에 가두지 말지니, 그렇잖으면 나는 우선 그대를 살인할지라."—계속되는 이시의 숀에 대한 당부

그대의 저 순수하고 깨끗한 입술첨물添物〔립스틱〕의 하나에 감사하게도, 아무렇던, 아 저런 빗장열쇠 같으니,[1] 그대는 그걸 확신할 수 있을지라, 괴깔, 이제 나는 매달리는(태클) 법을 아는도다. 나 자신 인진隣塵을 자물쇠로 채울지라.[2] 그러니 착한 소년으로서 나의 방향성자芳香聖者의 사랑을 위하여, 그대 폭한이여, 제발, 이제 나를 공포로 후추 뿌리지 말지니, 나의 무선비아無善非雅여, 그렇잖으면 나는 우선 그대를 처음 살인할지라[3] 그러나, 속삭일지니, 다음 약속으로 그대가 아는 쉽스 근처 바로 거기 쉽 주점[4] 곁에서 만날지라. 애산락愛山樂 광장[5]의 미래 가련한 바보의 순회구역에서, 방금 불경不敬하지만, 그대를 위해 나로 하여금 곧이 고모高帽[6]를 맞추게 할지라, 나는 틀림없이 참으로 너무 늦었도다. 달콤한 돼지 같으니, 그〔셈〕는 몹시 성이 날지라! 얼마나 그가 셈[7] 자신에게 점점 고애성高愛聲으로 비화할지, 매원저주每猿詛呪스럽게 불변모방不變模倣하면서.[8] 나를 사랑하도록 타칭할[9] 정구궁장庭球宮庄의 나의 왕자여! 그리하여 나는 거기 그때 누가 어디인지 알랴마는 내가 알거나 잃을 물건을 가지고 나타날지니. 우리들은 말하는지라. 우리를 믿을지니. 우리들의 경기(게임).(흥興을 위해!) 내가 그대를 거부하는 즉시 다글강江이 건유乾流할지라[10]. 하매인何每人인들 이런 사사思事를 들었던고? 모든 극상의 느릅나무들이 우리들의 녹심鹿心을 돌처럼 철강할지라! 그리하여 아마라 부인이 화해하여 오모롬 부인과 친구가 되는도다! 나는 나의 금 펜과 잉크로 그대의 이름을 온통 써둘지니. 매일, 귀자여, 종알종알 기억의 나무 잎들이 나의 청靑융프로이트[11]의 비실허위본非實虛僞本 위에 짙게 떨어지는 동안 나는 이 젤라틴[12] 흐름 위의 텔레파시 우편감미郵便甘美를 꿈꿀지라(그러나 그에게 말하지 말지니 아니면 나는 그의 사인死人이 되리라!) 레바논 향목과 염병목戀病木,[13] 매독삼목梅毒杉木과 바비로니안 인목人木 아래, 그리하여 거기 엽상견목葉狀堅木이 양물푸레목木에게 급돌하고 주목들이 서로 입입짝짝마추고 그리하여 그것이 나의 영기파도靈氣波濤[14]를 타고 성 마가렛 본 헌가리아의 성흔聖痕,[15] 그녀의 케도르세[16] 길과 그녀의 황발黃髮 위로 나의 정수淨水 영상언어映像言語를 운반할지니, 그대에게, 잭이여, 어어이, 보스포러스 소란강협少亂江峽[17] 너머로. 히쉬 연수軟水 튀기며 연유 연어(魚)가 연도連跳하는도다. 반짝 반짝, 반짝 춤추며[18] 성재단토일星裁斷土日 오후처럼 나의 반짝혼昏이 반사反射하는지라, 연어도[19]가 나의 사세의기양양四歲意氣揚揚 십이월심十二月心[20] 미소 지을지로다. 그리하여 여기 뭘 나는 말하려했던고, 사제여? 오, 나는 이해하는도다. 귀담아 들을지라, 여기 나는 아름다운 발할라 전당[21]이 조심스러운 다과사茶菓事[22]를 행할 때까지 그대를 시중들지니, 바닐라(植)와 흑건포도보다 한층 감미향甘味香하게 적합보존하여, 그대가 나를 닮을 때까지 타고난 신사[23]처럼, 그대가 떨어져 있는 동안 내내, 나는 그대에게 맹세하노니, 나는 할지라, 성촉일聖燭日[24]에 맹세코! 그리하여 잘 들을지니, 죠(낙樂)여, 나를 귀찮아하지 말지라, 나의 노상신老常新 조카여,[25] 그때,

〔457.25—461.32〕 이시(Issy)는 그에게 비지鼻紙의 선물을 하도다—그녀는 그이, 그녀의 거울 이미지에 관해 말한다. 그녀는 모든 종류의 충성을 약속한다—숀의 답창

그대의 장章의 끝까지(영원히), 그대는(무비) 스타로 변신할 나를 위해 절대금주마차馬車를 하늘에 매어둘지니[1] 나〔이시〕는 나의 얼굴 양면을 뿌루퉁 은폐 크림 하에 도장塗葬할지라, 그들이 크림을 엎지르는[2] 꼬락서니하며, 그리고, 말투라, 나의(항문) 애개성愛個性[3]을 잠재성까지 확대하려고, 나는 최고로 예쁜 제일 순수한 가장 값비싼 두건 과부생활寡婦生活의 핑크색 코끼리 상점[4]의 환기 회색의 값비싼 방수포산傘을 나 자신만을 위하여 소매할지니, 공군청색(에어포스 블루)을, 나는 너무나 광호狂好하는지라, 나의 한때의 귀남이여, 자선 코너, 신의가街, 희망형제 백화점,[5] 암 벌(蜂)이 그녀의 고공행위를 사랑하듯,[6] 왠고하니 나는 옛 요크의 여작女爵이 최미공원最美公園을 순환한 이후,[7] 언제나 헬리오트로프(담자색)에 홀려 있기에 그러니 잘 들을지라. 그리하여 무엇이든 내가 비웃는 것을 상관하지 말지니! 나는 신경증에 빠져 있었으나 오늘이 마지막 날이라. 언제나 이 시각쯤에, 미안해요, 우리들이 브루노 곰과 노란[8] 장비長鼻 경기를 시작하려 할 때 오 그대 지분거리다니 그리고 나의 작은 고양이 핥기 짓을 오행午行한 뒤에 나는 나의 공고恐高의 부츠 장딴지 잡는자 핀차프파포프[9]와 함께 매력부魅力部로부터 나의 러시아 인화人靴를 신고 비밀도가盜家하는지라, 그런데 그는 장차 남근대장[10]이 되리니, 나의 목덜미에, 흠뻑 젖어, 사랑이여, 애정 어린 마마찰싹찰싹 땀방울이 떨어지면서 그러나 마지막으로 밤에, 이봐요, 이토록 숙녀라아락연然한 커튼에 벽지를 고양이에게 맞추고 고가의 서양 배 통나무를 수감하는 벽로완대壁爐緩帶로 장쾌하게 잘 조명된 나의 이층 침실에서 나의 황금의 자색격紫色激한 유혼濡婚[11]뒤에, 나는 그이 또는 모든 마이클이 그를 닮았는지를 곧이 보기 원하는지라, 나는 그의 애정시경愛情視鏡 앞에서 기도 직후에 옷을 훌랑 벗을지니—그런데 정말 진심이라.(나의 눈여겨봄에 그대가 입 쩍 벌리면, 나는 그걸 붙들어 가죽 끈으로 매어둘지니) 그리고 밤의 외국우남外國郵男들을 위하여 나의 이른 바 비단 지나의 재랑재랑한 빰을 한 자객실우慈客室友와 함께 정조철貞操鐵의 침대 아래를 심하게 막대기로 찌를 지니 그리하여 "쇈"이라는 그대의 이름이 나의 수치안顔의 입술 사이에서 나올지라, 나는 나의 최초의 아침을 그의 꼬끼오에 의하여 막 깨어날 때 다른 입술과 함께[12] 나의 목개目蓋를 나개裸開하는도다. 그런고로 이제, 유치한 이야기지만, 톰가家, 마그와 함께 유油올간 앞에 극장좌座한 채,[13] 우리는 침행寢行하려 가기 전에 한 가지 짧은 유도遊禱를 언행하리라. 그를 위해 그리고 그대를 위해 태즈메이니아녀女에게 한 가지 차茶입맞춤을! 내게 뒹구는 법을 코치해 줄지라, 애愛재임, 그리고 귀담아 들을지라, 지고의 관심을 갖고, 숀, 급히, 내게 어찌 아아 아아 아아 아아 해야 할지를〔섹스의 클라이맥스〕 경고할지니 아 아 아 아….

—멘(男)! 숀이 그녀의 자매다운 자명음自鳴音에 응하여 충영창적充詠唱的으로 답창했는지라, 자신의 편수片手 속에 자신의 부푼거품과 방금 수중복手中福의 자신의 성배주와 함께 대문자스럽게 자기 자신을 흉내 내면서.(반 쪼가리니, 여봐요, 반잔이라, 봐요 봐!) 영원히 영광스럽게 여불비례라! 그리하여 나는 진실로

[461.30–461.33] 숀의 접근. 숀은 이시와 다른 소녀들에게 작별의 토스트를 준다—작별인 즉, 그가 자신의 집중을 자신의 상부 지적 그리고 수사적(修辭的) 하부로부터 그의 저부로 변경하리라 느끼기 때문이요, 그것을 그는 그 동안 내내 원기있게 노동하고 있었도다. [461.33–462.14] 숀은 그녀의 친절에 건배하고—또한 충성을 약속한다.

여용汝用을 위해 성찬식례聖餐式禮하도다. *성부와 집사장 역시.* 자 그럼, 신사 상上 숙녀 및 총건배장總乾杯長 여러분, 자 우리, 가첨歌添 브랜디주酒를 건배 휘두르며, 주여인가酒女人歌, 풍요의 포도원에 건강을, 애란이여 건음乾飮할지라! 살아있는 유수천流水川 사이, 살아있는 강물을 줄지니. 진하게! 낙낙하게! 급사急使 스타페타에게 독주를, 시조화時調和의 크림과 함께 향료된, 잭과 질[1]을 위해 냉한건배잔冷寒乾杯盞 그리고 섬유상纖維狀의 이별주배杯를! 성星에스털레스여, 숀나타운(Shaunathaun)[2]이 패 할지라도 그대 울지 말지라! 젊은 사랑의 거품술을 휘 젓기 위해 나는 이 굴레 신부의 컵[3] 샴페인을 기울지니, 그녀의 숨비꼭질 쌍 유두로부터 광감로光甘露를 삼키면서, 나의 눈처럼 하얀 가슴[4]에 꼭 안긴 채 그리고 나의 반짝이는 지혜의 진주 이빨이 그녀의 유포의 유두를 꽉 물고 있는 동안 나는 맹세하나니(그리고 그대를 맹세하게 할지니!) 나의 가련하고 낡은 덧니의 셀라드 축배잔을 걸고, 나는 내가 그대의 사랑에 결코 부실함을 증명하지 않을지라(신성!), 나의 안공眼孔이 보는 한. 잠에 떨어지도다.

고로 자장가구별歌驅別 할지라,[5] 나의 가련한 아이슬리(島)여! 그러나 나는 나의 내적남內的男의 독백단음화獨白單音話를 잊지 않고 있는지라 왜냐하면 나는 그대의 위안환慰安環을 위하여 나의 사랑하는 대리자를 뒤에 남겨두나니, 무도남舞蹈男 상실 데이브[6][솀], 애愛신경질적 도망자 그리고 또한 나의 친애하는고우남故友男[7]. 그는 빵 껍질의 파편[8]에 친족간무단親族姦無斷히 도착할지라, 그리하여 그는, 만일 그가 계대繼代하기(더블링)를 포기하고 강주습음强酒習飮을 멈출 수 있다면, 그는 자신 류類의 일각수가 되리로다. 그는 그대가 여태껏 휘두른 최강의 필(펜)산筆傘이나니, 우편직右便職의 그림자를 넘어서! 확실히 그를 결연할지라, 오 나의 보극광寶極光이여,[9] 그대가 가끔 배우듯 만일 그대들 사이에 단지 소박한 거래식탁 이외에 아무 것도 없다면 그로 하여금 표범촌村[10]의 일로 수업시간 울지 않도록 격려할지라. 그러나 조용히! 별 수 없잖은고? 이정우표里程郵標 맷돌이 웅얼거리는고? 럼텀 럼텀! 자! 트루버더여[11]! 나는 전율하도다! 해충이 있는 자는 모두 위장 속 늑대[12] 화話라! 여기 그[솀]가 왔나니! 주만보혜사走晩保惠師의 귀환! 누가 그의 성공을 탈퇴할 수 있담! 자운타운(村),[13] 타조트리아,[14] 결국 작은 곳이 아닌고? 나는 알았노라 내가 마늘 파 냄새[15] 맡았는지를! 그런데, 나의 스위스[16]를 축복하사, 여기 그가 있나니, 사랑하는 데이브, 꼭 때맞추어 묘구생描九生[17] 마냥 마치 그가 우주에서 떨어진 듯, 평복[18]으로 온통 치장한 채, 자신의 구대륙절제舊大陸節制로부터 산들을 구슬퍼하기 위해 귀향했지라.[19] [셈의 귀환] 그리하여 게다가 한 발도 아니고 더욱이 두 발도 아니고 그러나 자신의 프랑스의 진화혁명[20] 뒤에 사순절의 환륜차를 타고, 4.32(the 47.23)[21]의 눈가리개 길을 자신의 자살족自殺足에 돈두를 하고 그리하여 자신의 처녀해구海鷗들이 그의 자연의 스컹크 냄새를 석회소독石灰笑毒하며,

팻의 돼지처럼 얼굴 붉히면서, 젠장! 그[셈]는 자신이 20년 연보를 나타내는 불알표창장을 자신의 홍행사(쇼맨)의 좌수에 부조장식적浮彫粧飾的으로[1] 갖고 다니는 것을 팀톰 어중이떠중이 전혀 부끄러워하지 않는지라, 우리들의 해발 훨씬 아래 패두아[2]의 국내요양의 이주자로서, 세 하얀 타조 깃털[3]을 보여주면서. 본장보지자本狀保持者는 성당을 떠날지니, 서명, 돈상豚像 피구라 폴카, 고숭목사高崇牧師 여성기식자器食者.[4] 그는 우리들의 은밀한 닮은꼴이라, 맹세코, 나의 축소판의 제단 자아요 나처럼 로미오[5]의 비상鼻狀을 하고 있는지라 모든 옥스퍼드 출신 조준자照準者의 최고, 영원토록 遁辭를 자기 자신에게 지껄이면서, 저토록 경쾌하게, 오물영마汚物靈魔[6] 같으니, 그는 여느 안나 리피 활발한 소녀의 웃음짓는 양 뺨에 저들 젖은 야생의 속눈썹 아래 상로床露의 눈물 사이 모母장미를 이내 들어올릴지니. 그것이 그의 작은 혈맥기질이로다. 그리하여 그의 무기력장애無氣力障碍. 그는 소설신기小說新奇한 생각을 품고 있음을 나는 아는지라 그리하여 그는 때때로 삐걱삐걱 기기묘묘한 어물[7]이나니, 나는 인정하거니와, 그리고 승류심술昇流心術궂게도[8], 자신의 언어의 어해독자魚害毒者요, 그러나 이(슬虱)고 뭐고 온통 반투명의 색안경에,[9] 나는 터무니없게도 저 외래인 생각으로 만복한지라. 난 내가 그렇다고 말할 참이나니! 유일 산양山羊에 의하여 득 되고, 꼭 같은 유모에 의해 젖 빨린 채, 하나의 촉각, 하나의 천성이 우리를 고세古世 동족류類로 삼는도다.[10] 우리는 두 관상管狀의 턱 구球[11]처럼 후박불변厚薄不變이라. 나는 그의 특허 헨네씨 브랜디주酒[12]에 대하여 그를 혐오하거니와, 찰싹, 하지만 나는 애모주의자다. 나는 그를 사랑하노라. 나는 그의 늙은 포르투갈 람 화주색花酒色의 코를 사랑하노라. 거기 수중묘水中墓로부터 수많은 불쌍한 익자들을 구한 그대를 위하여 방금 한련화旱蓮花가 대령하도다.[13] 모든 해적들과 바시리우스 오콜마칸 맥아티[14]와 같은 사기꾼의 오엽동심추체五葉同心椎體의 분산화分散化? 위장하기 위하여 그는 셔츠를 바꾸었는지라. 그는 자기 앞의 모든 것을 차입한 다음에, 로수아露需亞[15]의 적의赤衣, 알 바[16]의 백의白衣의 모든 사람과 친교우하며, 크라운 평화平貨의 관습적 반부조半扶助를 위하여 여汝애란인과 앞 또는 뒤에서 그가 여태껏 구별할 수 있었던 모든 고명한 오悟애란인[17]을 접接하고 있지 않은고? 그는 자신의 조약돌 눈[18]으로 노련해 보이는지라, 그리하여 또한 요나단 쇠衰하여, 도조島鳥의 냄비(앤즈)와 함께 중국영어의 항아리(이프스)[19]를 지식舐食함으로부터 자신을 훼손해 왔나니, 그러나 나는 아무 말도 건네지 않는도다. 그가 콜레라에 걸리지 않기를 희망하는지라.[20] 그에게 원외遠外 파로스의 안소도眼小島를 줄지라. 모세이끼와 노아 소음이여, 그대 안녕한고? 그는 앞서 인용했듯이, 파경波鯨의 배속에 암동난파巖動難破된[21] 코롬 바 요나스 구도鳩島[22]처럼 포근할지라. 브라보, 시니어 춥(상추장上酋長)! 유달인有達人! 거기 확실히 소품의 악한처럼 서반아의 부패완두의 저 무기통옥주증류기無汽筒獄酒蒸溜器와 함께 전혀 우격다짐으로 애인에게 주방장의 촉봉燭捧을 붙들기 위해 하측何側으로 접할 자 그 밖에 아무도 없도다! 경쾌탄소輕快炭燒 멋진 발광發狂 시멘트된 벽돌과 선소인善小人들의 왕자여![23] 대이브(Dave)는

〔숀이 셈—데이브—욘을 이시에게 서술하다〕 알고 있는지라 내가 저 지적채무자(감사하게도!) 대이비드 R. 주교 장 존사를 위하여 자신의 평탄도 나름으로 그 어느 하인何人보다 최고의 존경을 품고 있음을. 그리하여 우리는 가장 밀접한 단 짝 친구로다. 내가 그대를 이용하는 것을 잘 알아둘지니, 장부여! 내가 그대를 어떻게 여채汝採하는지 유념할지라, 표절자여! 그대로서 방심말지라, 나는 역逆을 찌르나니, 복사자여! 그가 그걸 볼 수 없음은 유감천만이라 왜냐하면 나는 그에게 경치게도 착하기에. 웨일스인人의 양초,[1] 인어들의 불꽃이여! 광두원狂頭院의 충실자, 브라실 도島[2]의 승률勝栗이여! 최고의 범중무력汎重無力의 사나이여! *노예奴禮!* 호, 성스러운 뱀에 맹세코, 누군가가 그의 거친 다이아몬드 경조두개골競漕頭蓋骨3)을 그를 위해 사자의 파이 접시4)처럼 말끔히 면도해 버렸나니! 망사 및 멍석 깔개 할 것 없이 몽땅 태워버린 채! 낙뇌천기 우라질, 치즈햄 값도 지불치 않고 카이버산産 고개 산초판자 도망치도다![5] 그는 침 튀길 침 뱉는 자인지라, 그렇고말고, 온통 비듬 껍데기, 흑경안대黑警眼帶의 눈을 하고,[6] 나의 대신농자大辛聾者인, 노십자군 전사, 셈웰 해구海狗 여인旅人(툴리버)[7]의 돌출 단추 구멍에 산양수山羊鬚를 쑤셔 넣은 채, 그가 자신의 고모를 벗었을 때! 그것이 그의 뒤의 프루 프루쓰 팬 광狂소녀단[8]의 무리로 하여금 나를 타당하게 보도록 했던 거로다. 아아, 그는 대단히 사려 깊고 성선동정적聖善同情的이라, 그 길이 인텔리겐치아 형제요, 자신이 압생트주무심酒無心하지 않을 때, 자신의 파리 수신인과 더불어! 그는 진짜라, 정말로. 그대가 그의 우골牛骨을 딸까닥 소리 내는 걸 이청할 때까지 덤벙(난청難聽)대지 말지니! 어떤 두꺼비 개골개골! 그대 귀환을 환영하는지라, 월킨주[9], 서리(상霜) 속의 붉은 딸기로! 그리고 여기 노과怒鍋 가득한 마르세유[10] 홍합어류수프와 함께 그대 고적대鼓笛隊에 대한 버터 교환[11]이 있나니 그리하여 젊은 양키 두들[12] 얼간이가 수음 비틀비틀 자신의 유성有聲조랑말에서 벽필낙壁筆落했도다. 나는 그대의 청발聽髮에 지쳤는지라. 착모할지라! 그대의 극묘염우수極妙染右手를 여기 내놓을지니, 포형泡兄, 크래디[13] 걸쇠를! 나는 날렵한 멋쟁이(대퍼 댄디)와 만났는지라 그리하여 그는 내게 돈수豚手 크게 충격을 주었도다.[14] 그대의 시계 망태기는 어디에 있는고? 그대는 모든 종류의 형形과 크기를 보아왔는지라, 여기저기 지리구地理球를 습격하면서. 수탉과 투우는 어떠한고? 그리고 오랜 오지리석화奧地利石花와 헝가리 공복 귀뚜라미는? 그리고 독일복腹 비어와 이태리구화球靴[15]는? 유럽 물약의 저 터키 아래의 희랍 유지를 잊지 말지니 그리고 큰 사과와 함께 그의 로키 가든(암원岩園)의 스위스 자유궁사수自由弓射手 아비(父)[16]는? 그리하여 그대는 도대체 러시아 피터 대제와는 만났던고? 그리고 그대는 탑두목塔頭目 바이킹 침자侵者를 반문했던고? 모나(月), 내 자신의 사랑,[17] 그녀는 응당 자신보다 더 크지 않는지라, 그대가 자신의 흉법胸法[18]을 마련하고 그녀를 마련하자 자신의 최선행의 장원태莊園態로 그대를 마료魔了하지 않았던고, 내게 말할지니? 그리하여 그대는 램베이만도灣島로부터 도경跳景을 좋아하지 않았던고?[19] 나는 열개 황恍콩팥보다 더 즐거운지라! 그대는 나를 재락再樂(조이스)시키나니! 정녕코, 나는 그대를 자랑하노라, 프렌치(열광의) 양피향마羊皮香魔여![20]

그대는 스스로를 능가했도다.〔여기 숀은 솀을 능가한 스스로를 자랑한다〕 궁오肯悟에게[1)] 소개할지라! 이것은 나의 숙모 주리아 브라이드이니,2) 그대의 명예를 걸고, 그녀의 숲이 우거진 오래된 삼각三角델타곡谷 속에 스캔들로 그대를 고달프게 하고 싶어 죽고 못 사는지라. 당신은 저이를 식안識眼하지 못하나이까? 저이는 자신의 모퉁이에 가두어진 뿔피리 부는자 재코트이나니,[3)] 적어도 세 여매수부女買收婦를 차버리면서. 그것이 그의 남근역이라. *노예중노동奴隸重勞動!* 그대는 그녀가 자신의 탈 내의에 발 들어 놓은 이후 그녀를 보지 않았던고? 자 서둘지라, 불행독녀不幸獨女여, 당신 솜씨를 보일지라! 소심 부끄러워 말지니, 농부남農夫男이여! 욕심꾸러기, 뭘 노리고 있는고, 여부여? 제기랄 무슨 향치香恥람! 그녀는 소의小衣 속에 아양자我兩者를 위하여 다량의 궁방宮房을 지녔나니, 생질각돌甥姪角突 할지라! 스스로 잘 부화할지라! 철저향徹底香하게 여자신격락汝自身激樂할지라! 그대는 자신이 그녀를 덥석 물때까지 그녀가 싹틀 때를 기다릴 참인고? 나의 솔직한 향자극香刺戟에 총 수단으로 그녀를 수기 없이 포옹할지니 그리하여 그대의 증후학적症候學的 점착성粘着性의 궁안肯眼 속에 얼마나 아향我香이 그녀의 안부를 묻고 있는지를 말할지라. 우리로 하여금 성聖 호랑가시나무와 악惡담쟁이 되게 하고 그녀로 하여금 금지[4)] 위의 평화 되게 할지라. 확실히, 그녀는 리옹화化의 편지[5)]처럼 우리들의 삼심렬三深裂[6)]의 사진에 황홀선恍惚線했나니, 우리들은 활발한 콜크 재형제再兄弟[7)]처럼 함께 마사소년馬舍少年이었을 때, 굶주리고 분노하며, 의회당원의 힘에 의한 기사당원의 예의, 혹은 근친매에게 도소년逃少年[8)]처럼, 나와 그대가, 진짜 경자脛者[9)]와 침자針者, 우리들의 제 삼의 가물佳物, 결코 말하거나 귀담아 듣지도 않았도다. 언제나 헛소리에 날뛰면서, 얼마나 우리는 달팽이 매자魅者의 주름과 루나 백작령[10)]을 오염했던 자의 아귀와 코 그리고 최초의 채식주의자의 육함정肉陷穽을 지녔던고. 요구하면 가지는 법. 포옹할지라! 그녀가 순삼청산純三清算으로 팔려나가기 전에 빈이貧二페니 운運에서 꺼낼지라. 나는 합중교파결합合衆教派結合을 위하여 삼 실링 일영계탄一嬰鷄彈을 성당포教會砲에 제공할지니, 마치 그녀가 십자가상像인양 그대 그녀를 자간自肝스럽게 전신 키스하는 것을 숨기기 위하여. 그건 그녀의 성경순음聖經脣音을 위하여 좋을지니, 그대 알지라. 여왕의 귀걸이 가짜를 발견하는 데는 겨우살이[11)]가 최고로다. 친크 친크. 조권모早捲毛의 조시인鳥詩人이 부엌 여인을[12)] 따라 자신의 찬미가 속에 그녀의 의상의 가두리에 대고 읊었듯이. 그대는 꼬마 원숭이[13)]를 시험할지니, 그의 꽁지 장식 술에 맞추어. 경기는 인종 차별주자差別走者, 건방진녀女여. 땅은 혼자만을 경耕하기 위한 것이나니.[14)] 자기류類 될지라. 자기친친自己親親 될지라. 혈형제 될지라. 아이리쉬 될지라. 도서적 될지라. 찌꺼기 오필리아 될지라. 작은 마을(햄릿) 될지라[15)]. 교황재산음모 될지라. 야호요크 왕가와 훌쭉랭커스터 왕가 될지라[16)]. 냉冷(쿨) 될지라. 그대자신을 돈豚무크서鼠(맥) 될지라. 종終(핀) 될지라. 목사조물牧師造物이 어디 아무리 순교한들 가방家房 같은 역소疫所는 없는지라[17)]. 그것은 포도복통葡萄腹痛을 포기하도다. 백조도[18)]를 살필지라. 그로 인해 그대의 호시虎時를 걸리게 할지라. 호상의 영슈부인[19)]과 숲의 죄수.

〔466〕 숀은 이시에게 셈과 서로 즐기고, 그에게 키스하여 노래 부르도록 권장한다. 또한 숀과 셈은 "우리"로 합치된다. 그리하여 나의 영웅이여(여기 숀은 셈을 영웅이라 부른다), 이시와 셈은 단짝 친구가 될 수 있도다.

저런, 그들〔이시와 셈〕은 부귀父鬼[1] 및 마미魔謎 일지니! 깽깽! 만범萬汎! 만범! 양철냄비탕탕. 모든 우자 커루로 나를 뒤따를지라![2] 우리들〔셈과 숀〕에게 그녀를 위해 핀을 주면 우린 그걸 동전던지기라 부를지니. 그대 위치를 역전할 수 있는고? 사방 난교 하세나, 호모 애인들을 꾀면서! 꽥꽥, 수오리에게 수다스러운 암오리, 리아에게 그녀의 작은 생生사과 그리고 차기수왕次期獸王,[3] 레오에게 사랑의 미약을.[4] 환변環邊의 모든 자리(座)는 모두 내 것으로 삼을지라. 나는 그대가 부패되고 있음을 느낄 수 있도다. 퇴각할지라. 나는 그대가 의념疑念을 싹 틔우고 있음을 볼 수 있나니. 뒤로 물러날지라. 그리하여 그가 물을 끓이려 하나니, 나는 그대의 화장火葬 장작에 불을 지피리라. 방향 전환할지니, 무실한 쉐미여, 비유로서, 드디어 우리는 그대가 여전히 교황시敎皇詩를 수사 갈망하고 있음 느끼나니. 그대에게 그렇게 말했도다. 만일 그의 감정을 감이敢耳하는 사랑을 그대가 의심한다면 그대는 아주 많이 속상하리니, 유럽에서 뒤범벅 숙련 제조된 채 그대는 그의 미화尾話를 다 읽었기에. 살殺살인광[5] 살자殺者 그리고 잭 잭 잭. 그걸 곰곰이 생각할지니, 나의 영웅 및 상륙자上陸者여![6] 그것이 그들에 호소하는 측면이라, 여인을 위조하는 왜곡된 왜도歪道. 그녀를 깍지 벗길지니! 그를 하게 할지라! 그에게 좋은 것을. 그녀를 더 한층 껍질 벗길지니! 그를 다시 하게 할지라! 그녀가 바라는 모든 것을! 그대는 자신의 모방자의 주바 무舞 하프[7]를 가지고 두운보표頭韻譜表의 앙코르를 감언유곡甘言誘曲할 수 있는고, 헤이 이봐요, 징글락樂군君?[8] 조합성당파派의 창가. 파륜破輪 파륜 율류律流 파고다[9] 머리에는 하나님 및 꼬리에는 악마[10]. 많은 광녀들[11]이 성직자다운 파고다 파륜율류破輪律流에서 환장이 유단자를 보았도다. 윽! 만일 촉무促舞하면, 그는 언제나 원가猿歌하기에 너무나 근면한지라,[12] 환희촉진자 같으니! 우리들에게 하사하사, 내가 빌건대, 우리들 자신의 맛있는 이별주음離別酒飮 속에 성음화장聲音花裝[13]과 함께 넬슨의 죽음[14]을 소개하는 그대의 전조금단품前兆禁斷品을! 갈채, 형![15] 그리하여 나는 조화의 제이를 탄彈하리로다. 로첼리 청근방聽近方의 나의 애愛빵과 포타주 수프 곡曲[16]. 그대의 덤시 디들리 덤시 다이에 맞추어, 피들 현악기 화. *경칠!*[17] 아니면 자 어서, 학교기색學校旗色을, 그리고 우리는 찢어발기리니, 융단이고 돗자리고 그런 다음 두 개의 쳐 부서진 감자 마냥 단짝 친구 될지라. 강변토의 결투 혹은 배심의 배신[18]. 좋아! 그대 오늘 안녕, 토끼 아저씨를 유념할지라? 뭐라고, 선생? 우체비국장郵遞秘局長? 통성취痛成就! 그대, 그대! 그대 뭘 말하는고? *위험웅우危險雄牛, 슬불결병虱不潔病. 비참 속의 나를 불쌍히 여기소서!*[19] 그대를 위해 경치게도 다량포도어가 있도다! 망루는 차단되고, 그녀의 페티코트 속의 군중들. R. E. 미한眉漢씨氏[20]는 자신의 빌리참화慘靴로 비참에 빠져 있는지라.[21] 젠장, 그의 아일랜즈 아이(애란도안愛蘭島眼) 속에는 그렇게 많은 녹綠은 없나니! 과성過聲의 감미자甘味者,[22] 그는 가락이 안 맞게 석신음石呻吟하는도다. 그러나 그는 그와 같은 목소리로 핵에 가까울 수 있으리라.

〔숀의 솀에 대한 이어지는 생각〕 짖는 소리는 아직 거기 있지만 어금니 소리는 사라졌도다〔솀 가락의 부조화〕. 우리들이 균열하기 전에 나는 빌리참화慘靴를 그〔솀〕에게 빌려주곤 했는지라 그리하여, 세월의 구멍이 생기나니, 하늘의 반사처럼 그들〔신발〕은 호누湖漏하고 있었도다[1]. 그러나 나는 그에게 말했는지라 그대 것으로 만들면 괜찮을지니 총의總意장군를 따를지라, 그리하면 나는 그를 위해 참회를 기도하리라. 재삼! 재사! 그리하여 나는 그대의 호담역사豪談譯士되리니. 포요抱腰할지라! 그녀〔이시〕를 헝클어뜨릴지라. 키스하는 것은 혈홍수血洪水 전이요 되풀이 입맞춤은 커튼 뒤일지니. 트리스탄 노勞할지라![2] 그대는 그의 대 독백에 저 언우려言憂慮의 표현주의를 음조목격音調目擊 했던고? 나보다 완전한 옥타브[3] 아래! 그리하여 그대는 그가 자기 자신에게 설교하고 있었을 때 눈살 환이 방울뱀 소리 내는 것을 들었던고? 그리고, 와아! 토끼풀 시엽視葉이 그의 이(虱) 블라우스 자락 아래로 핼쑥하니 영迎기어 내려오는 것을 지맥하는고? 우리들의 국가적 징화徵花! 재삼! 그는 무의無意라. 그는 허치虛恥로다. 저 명사들, 교수형 당한 나의 노부의 숙부, 카이어스 코코아 코딘핸드, 그를 나는 군중 속에서 잃었나니, 그의 저 변설, 일본—라틴어를 띄엄띄엄 말하곤 했는지라,[4] 나의 여숙汝叔의 부엉이 매상, 우울프 우던비어드(임수林鬚)[5]와 함께, 그리하여 그건 석농아石聾啞 되었나니[6] 발버스 탑[7] 속에서, 발랄하게, 자네, 내가 양羊갈비 고깃점과 염육鹽肉 비스킷을 뱉어내곤 하던[8] 때처럼. 그러나 그건 내게는 모두 농아의 둔허세臀虛勢인지라, 경칠. 샘〔솀〕은 기적을 행사하는 법을 나보다 훨씬 더 잘 알고 있도다. 그리하여 나는 그가 자신의 침묵된 방광으로부터 말더듬을 무심코 입 밖에 내는 것을 자신의 설사일기泄瀉日記[9]에 의해 보나니, 그것은 내가 친구요 형제로서 그를 한층 고착하여 한 얼뜨기를 애써 키우려고 노력하며, 제사차원 속으로 그이 자신을 침고沈考함으로써 그의 부동족不動足 아래로 시성하게하고, 그이와 우리들 사이에 대양, 심해의 수도원 안에 성당묘지를 두고자 한 이후였나니, 그가 과거분자(원칙) 항거죄抗拒罪 때문에 벨리츠 영어학교[10]에서 탈모당하고 성당을 불알농락하거나,[11] 민활한(스위프트) 실용문학사(B. A. A.)[12]처럼 국내성령聖靈의 좌측편도가 되는 평판을 득한 다음의 일이었도다. 재빨리 충득充得을 얻는자는 두 번 독일처럼 재 기억하도다.[13] 그러나 자신의 말을 단숨에 해치울수록 어구분석 말하는 우리들의 신탁의 이耳집게벌레는 더욱 약해지나니. 흉성凶星의(얼스터) 익살자(먼스터), 순활자脣活者의(라인스터) 자우척골(콘노트). 그를 송送한 것은 학사사각중정學舍四角中庭이었나니 그리고 트리니티 대학[14] 역시. 그리하여 그는 나와 함께 여태껏 무우우는 어느 웅우처럼[15] 짹짹 노래할 수 있나니, 정상발끝 가수로다! 그는 그대를 위해 그대의 애란이耳[16]를 이내 곧 조율하리라. *최약주最弱奏로.* 단시에 일매무一枚舞, 차선무인次善無人, 은시연자銀試演者 로물루스[17]에서 초월 목걸이(타퀴너스 수퍼버스)[18]에 이르기까지 란틴 작시법[19]의 위적僞跡을 가진 라마도羅馬道를 읽기 위한 그의 안커스 마티우스 교각축자橋脚築者[20]와 함께, 그대가 있는 여하한 곳에서부터 내가 멀리 떨어져 있는 동안, 나의 우편마차에 봉사하면서 그리고

나의 숙박소업을 산계算計하면서, 나의 제학문諸學問의 다예대학多藝大學 시험을 위하여 가장 성스러운 복송암창復誦暗唱[1] 더더더더듬으로 시작함으로써, 복건성전도福健省[2]傳道의 역마차부가 되기 위해. P(피아노)? F(포르테 강음)?[3] 어떻게 그대〔셈〕는 나를 체득하게 되었던고, 오가스터스 교형, 나의 문예전성기 시절에?[4] 카이사르 치켜보는 가운데. 애초에는 말(言)(이야기)이 있었나니,[5] 그는 마상창시합 정당하게 말하는지라, 왠고하니 끝은 말—없는—육체,[6] 여인과 함께 있도다. 한편 존재할 남자는(성교)이전보다 이후에 보다 나쁜 경우에 있나니, 여인은 반듯이 누운 채 남자를 위해 남근을 만족시키기 때문이라! 고세례堅洗禮, 과과논리항진식적過過論理恒眞式的. 그대 일인칭 단수경인單數脛人. 예술, 불완전 가정법.(그대) 하찮고, 경박하고, 심각했도다. 의성어시적擬聲語詩的인 스미스양孃.〔이시의 대칭〕 강안산암江安山岩 차축車軸 구능丘陵 납蠟[7] 동지同志 같은 채충採蟲. 그런고로 다정미설多情眉雪로 그대 자신〔이시〕을 정장정正裝停할지라. 그리하여 그대의 미별명美別名의 이서법二敍法의 권발卷髮을 유념할지라. 그리고 그대가 고래수염 버팀이듯 그대의 현란장식을 훨씬 위로 끌어올릴지라. 그것이 그〔셈〕에게 방아쇠를 짤까닥 당기는 법을 암시하리로다. 그대가 하리라 보여주면 그이는 의지意志하지 않겠는고! 그의 청취는 의문 속에 있나니 마치 나의 시견視見이 신중信中이듯.[8] 고로 공점까지 그를 지탄하여 그대가 불완전영어를 말하는 곳에 그로 하여금 자기 자신을 위해 눈 깜짝이게 할지라. 그대는 내〔숀〕가 의미하는 바를 느낄지니. 다정한 명명자命名者여,〔이시〕 그대가 슬치(무릎 수치)의 키스를 나무라는 것을 나로 하여금 결코 보지 않도록 할지라!

메아리여, 종말을 읽을지라![9] 극장막을! 그러나 그들의 생활기이산生活氣離散의 압박으로부터, 아아 손뼉 칠지라, 낙엽성적落葉性的으로, 니크로코스 소우주 마이크로조탄造誕함에 틀림없도다.[10]

—자, 여하한 단무대段舞臺에서든 적극적으로 나의 최후이니! 나는 자명종自鳴鐘을 보는 것이 염오하는지라 그러나, 아무리 그들이 나의 요술시계를 채워준다 한들, 이제 나는 여기 끝맺음해야 할지니 무사무無絲無솔기의 양말로부터 수신기(이耳어폰)로 듣는지라 지금은 일어나 완보緩步할 시간임을. 나의 중간 발가락이 가려우나니,[11] 고로 나는 도망쳐야할지라 그렇잖으면 그게 나를 기아할지로다. 이별에 건배 찰랑찰랑 꿀꺽하고 그리하여 더 한층 낙곡樂曲을! 잘가요 그러나 언제든지, 티스달이 툴에게 말했듯이.[12] 시비時飛 박자는 안절부절이라.[13] 나를 비도飛跳하게 할지니 삶 마차여, 위대한 노老군주주君主舟[14]가 말 하니라, 폭풍관모暴風冠毛의 수탉의 울음소리 및 파도치는 머리카락, 불알뿔까마귀여 이비산二飛散할지라! 그래요, 정말, 나는 갓 낳은 풋내기 자유탁발승自由托鉢僧인양, 나의 아래 카르타고,[15]행行. 나는 이제 거기 신수辛手에 맥주총애麥酒寵愛 호통 치는 짓에 지쳤는지라, 마치 앤드루 크래이즈가 다니엘의 늙은 콜리 개[16]와 톱밥을 나누고 있었듯이. 이 오두막은 이제 나에게는 충분히 크지 않는도다. 나는, 아조레스 제도[17]의, 그대를 꿈꾸고 있나니. 그리하여, 이것을 기억할지라, 코러스여우녀우[18]여, 관목황야에는 마풍이 있나니, 자매여! 밴지요정파妖精婆가 요염여발妖艶女髮을 껍질 벗기고 있는 동안[19] 그녀의 흑백혼혈아가[20] 포호咆號를 포효하고 있도다.

그리하여 그녀의 양 젖통 사이에서 심야욕월深夜慾月이 쟁희롱爭戲弄할 때 장중전능長中全能이[1] 부르짖나니! 천국의 딸들이여, 어둠의 빛이여[2], 붉은 옥토의 방랑하는 아들들에게 선회매무旋回魅舞의 행광幸光 될지라! 대지의 속보여! 태양의 절규여! 대기의 지그춤이여. 강류는 위대하도다! 일곱 오래고 오랜 언덕들[3]과 하나의 푸른 발광자. 나는 떠나노라. 나는 알고 있나니, 그러함을. 나는 그러함을 내기할 수 있는지라. 어딘가 반바[4]의 해안으로부터 나는 멀리 떠나가야 하도다. 내가 어디에 있든 간에. 말안장도 없이, 여행종자도 없이, 그러나 당장의 박차를! 그런고로 나는 해적약탈자의 충고를 받아야 하리라 생각하도다. 프스크! 내게 날개를 빌려주도록 길을 빌려야 할지니, 킥꽥꽥(빨리빨리), 그리고 예루살렘의 벽으로부터[5], 크릭크랙(짤각짤각), 나의 마馬코스는 길 터이나니, 갈채가街를 향해, 나는 공허의 세계너머로 여행할지라. 아하인我何人을 위한 윈랜드(승토勝土)[6], 빅벅(거금巨金)! 분통糞痛 맙소사! 나는 그때 교묘하게도 아상我傷이라! 올지니, 나의 개구리 행진자들이여! 우리는 추락을 느꼈는지라 그러나 우리는 모독을 대면하리로다. 나의 노담모老談母, 세레스 마리짜〔ALP〕는, 주류수走流水가 아니었던고? 그리하여 그녀를 급하게 한 결박자는 해탄의 핀갈? (질풍)[7]나는 해초로 충만된 그의 나무와 함께 그론먼즈 서커스[8]와 그녀의 조가비 속에 잠든 작은 인형[9] 주위를 순항했던 저 언덕 같은 포경선을 닮은 기분인지라. 개암나무 산마루[10]가 나를 보았도다. 애란은 석별하나니. 큐를 향해 질풍승선할지라,[11] 도跳! 그녀와 그대에게 잠시 안녕히! 염수가 나의 연부戀婦될지니.[12] 유인도誘引導할지라, 매카담이여, 그리하여 린더프(흑지黑池) 정停을 초시初視하는 자를 감사습感謝濕할지니![13] 솔로, 솔로 단單, 소롱(안녕)! 루드 매每나나여, 그대 애통별哀痛別하나니![14] 나와 함께 가경歌競 비상飛上 영상永常! 여기 나 출발하는지라. 지금 당장 아니면 감아甘兒여! 시간은 적행敵行이라![15] 축복하사 열보熱步 전지무별全知無別 滯在者들을![16] 유감! 나는 구적자口笛者들이 케리 우소년牛少年들[17]에게 노래한 이 범변명汎辨明을 가지고 서원인西願人에게 온통 축복하는도다. 파열할지라! 전투의 수행 뒤에 나는 태형怠兄을 최고로 생각하고 있나니.[18] 우라질! 나는 끝났도다. 승勝 하나, 발가락 둘, 건乾 셋. 그대 나의 연소를 살필지로다.

가련한 우장담가郵壯談家 숀[19]의 가두연설의 우편후주곡의 최후불화最後不火의 말들이 칠천국 안에서 끝난 다음, 희롱익戲弄翼을 지닌 28 더하기 1녀들이 그의 원조를 위하여 흘러나오고 있었나니(모두들 저 권모중捲毛中의 권모를 가위질하여 자신들의 장갑을 장식하고 키드 가죽 구두를 빤짝빤짝 빛나게 할 수 있었으랴) 만일 그가 도약하면 갈채 할 것이요 혹은 만일 그가 넘어지면 저주하려고 준비했는지라, 그러나, 자신들의 이중삼중혼婚 여마차旅馬車 로데오 곡예[20]와 함께, 대형 유람버스를 탄 지품천사들, 여기 앉거나 저기 세단 가마에 탄 채, 그대는 자신의 입에 한 개의 멍에(속박) 또는 한 조각을 물고 싶지 않은고, 초수직접初手直接 모든 시도를 격퇴하면서

〔[462.15—468.19〕 그는 대용물을 뒤에 남기나니, 댄스컬(Dance-kerl) 데이브를—그런데 그는 소개를 위하여 적시에 그의 여행에서 우연히 돌라온다.

〔468.20—468.22〕 종말이 가깝다—그리고 새로움의 시작이.

468.23—469.28〕 숀의 소녀들에게 최후의 작별—그(이제 Haun, 주앙의 유령)는 떠나야 한다. 29 소녀들은 날개를 퍼덕이며, 원조를 쏟았다.〔468—469〕 적극적으로, 이것이 그의 최후의 연설임을 선언한다. 왜냐하면 그는 소변(소피)해야 하기에, 숀은 빌린 날개를 달고 떠나려 애쓰는지라, 그러나 실패하도다—숀의 출발

〔469.29—470.10〕 소녀들이 그의 구조를 위해 돌진 한다—그들은 그의 출발에 눈물을 터트린다.

〔470.11—470.21〕 소녀들이 통곡 한다—떠나가는 숀을 두고. 숀에 대한 연도 뒤에, 그는 자신의 트럼펫을 불도다. 인지(우표)는 그이 스스로 찍을지라, 그는 암 망아지에 탄 채, 승낙乘落하여 낙사落死하도다. 처녀들의 연도에 이어, 숀은 현장을 떠난다.

더할 나위 없는 무無로서, 우리들의 크게 오해받은 위인爲人은, 우리들은 감지했거니와, 어떤 종류의 헤르메스 같은 찌름(자극)[1] 혹은 급히 관심을 보이는 홍분을 스스로 들어내는지라, 이는 마법처럼 작용되었거니와, 한편 용설이월溶雪二月의 딸들의 방진方陣[2]은, 매복된 채 기어오르면서, 어정버정 거닐거나 흐느끼는지라, 자신들의 공동집전公同執典 받는 진중진야陣中眞夜 해바라기[3]요, 여명당원[4]인, 그들의 암야음暗夜陰의 위광慰光〔숀〕 위로 눈물 속에 슬심낙하膝深落下함으로써 자신들의 관례의 태도를 인정했거나니, 그리하여 자신들의 뚝딱 뚝딱 손의 철썩 철썩 일제히 경쾌하게 절벅절벅 소리 내었나니, 그러자 그때, 진정한 비탄의 외마디 아우성과 함께, 그토록 귀엽게 허짤배기로 훤소喧騷[5]로, 모두들 그를, 의자義子요, 자신들의 애자愛子를, 멀리 멀리 견송見送했도다.

호의의 꿈, 호의스러운 꿈. 그녀들은 자신들이 알고 있는 바를 자신들이 믿는 것을 어떻게 자신이 믿는지를 알고 있도다. 그런고로 그녀들은 비탄하는지라. 〔화자의 개입 딸들의 애탄〕 아 오늘의 우탄이여! 오 금일의 비탄이여! 오시리스명부왕탐冥府王貪스럽게 그것은 찬미가창했는지라. 작일昨日의 염성가가 마론파내일派來日의 애탄에 답송하도다.〔소녀들의 연도가 울린다〕

오아시스, 삼목杉木의 무성귀향茂盛歸鄕의 엽지하오葉肢下午여!
오이시스, 탄식의 냉冷사이프러수목樹木 산정이여!
오아시스, 최종려最棕櫚의 무성귀향의 환영일일歡迎日日이여!
오이시스, 젤리콜의 환상적 장미도여!
오아시스, 신엽新葉의 공광가空廣歌의 야영성野營性이여!
오이시스, 프라타너수림林의 로착신기루露着蜃氣樓 테니스유희遊戲여![6]

피페토皮廢土여, 파이프적타笛打는 비침을 부지했도다![7]

그러하나 가장 이상스러운 일이 발생했나니. 자신이 전적으로 강 속으로 몰도沒倒하기 위한 가능성을 가지고 이륙을 위하여 후황급後遑急하면서, 바로 그때 나는 보았거니와, 우郵 숀이 비탄자들 사이에서 가장 점잖은 이유자離乳者로부터, 낮익은 황색의 딱지(레테르)를 모으는지라, 그 속에 그는 한 방울을 떨어뜨리나니.(그리고 모두들은 이때쯤 최종우편의 통과를 반낙엽半落葉 속에 비탄하고 있었나니), 저주를 묵살한 채, 너털웃음을 질식한 채, 객담적喀痰的으로 침을 뱉으며 자기 자신의 트럼펫을 불었도다. 그리하여 다음의 일은 그가 끈적끈적한 배면을 고무 점성의 침으로 핥고, 신의의 난형卵形 기장記章(배지)[8]을 자신의 양천사羊天使의 이마까지 불억제의 경근敬謹스러운 진정한 예기銳氣를 가지고 스탬프 붙이자, 이는 자신의 귀부인 같은 어린 암 망아지를 변덕뒤죽박죽으로 쉽사리 변용하게 하는 것이라(성스러운 개구쟁이 같으니!), 애란 쾌희快戲의 반일별半一瞥을 가지고(후안 재이숀이여 *안녕히*)[9] 자신의 평행양미간平行兩眉間의 조모粗毛 아래로부터. 그때였나니 그는 마치 오직 파도 때문 인양 이별의 고지告知로서 그 대신 해도수海渡手[10]를 흔들었는지라 한편 평화소녀平和騷女들은 역방향으로 자신들의 수완평화협정手腕平和協定을 맺었나니11)(평平프리다! 평平프레다!…

평平파짜! 평平파이시! 평平아이린! 화和아레이네트! 화和브라이도매이! 화和벤타매이! 화和소소숍키! 평平베베벡카! 평平 바바바드케씨 ! 평平규구구토유! 평平다마! 화和다마도미나! 화和타키야 화和토카야! 화和시오카라! 평平슈체릴리나! 평平피오치나! 평平퓨치나! 평平호 미호핑! 화和하 메 하피니스! 화和미라! 화和마이라! 화和소리마! 평平샐미타! 평平새인타! 평平새인타! 오 피시평화!), 그러나 자신의 체구의 균형을 자복원自復元함에 있어서, 자신이 한층 더 예쁘게 사랑했던 현목자眩目者의 주흉柱胸과 전재포옹全再抱擁을 재 교환하려고, 지각에스텔로와 독아毒蛾베네사[1] 사이, 형세 악운이었으나 아무도 거의 예기하지 않을 때, 자신의 클라이맥스의 절정에서 그들의 별(星)과 가터(양말대님) 시자視者[2], 그는 타자우측전방打者右側前方으로[3] 비틀비틀 쓰러졌나니 그리하여, 단독으로 최신 출발하여 자신 동행주東行走하며, 남십자가의 신호로서 자신의 자매성姉妹星[4]을 축복함으로써, 푸른 생울타리[5] 가두리를 한 자신의 방갈로풍風의 볼사리노모帽[6]를 애돌풍愛突風[7] 속에 휘날렸는지라(동산취득자動産取得者[8]에게 수상授賞!) 그리하여 아래턱 숀 적두赤頭,[9] 두레박 추적하면서, 메카 토과대망상적土誇大妄想的,[10](무두자無頭者 각득脚得할지라!), 이돌진易突進과 준비계주準備繼走(릴레이)로서 교각 곁을 숙녀성淑女城(래이디캐슬)[11] 한 스타디움[12] 저쪽으로 킨코라왕실위급주王室圍急走했나니[13](그리하여 얼마나 헤르메스 사각四角기둥[14] 덕이랴 하지만 그가 자신이 수압水鴨하지 않았던들 그녀를 위한 그녀의 부벽扶壁을 하마터면 더럽힐 뻔 했도다) 그리하여 이어, 자신의 축적된 설교에 경멸의 눈짓을 투投하면서, 저 노서지방연대露西地方聯隊의 대장大將으로부터 너무나 모근母近 하지만 너무나 부원父遠 떨어진 채,[15] 속보速步로 역주도피逆走逃避라, 폐선의 소마小馬 마냥, 길을 따라 질주하면서, 자신의 각마脚馬로,[16] 풀려난 돌풍견突風犬처럼 방취했나니[17](이런 꼬마 녀석! 그대는 바로 그 순간 그네들이 그에게 장미과薔薇果를 주었으리라 생각할지니!) 자신의 풍향을 향해 던지는 손수건파波의 무장대武裝隊와 더불어 공중의 치품천사의 소환장처럼 그리고 우대형郵袋型 속의 모든 값진 선물善物의 폭풍을 자신의 팬레터 새우망網의 깔때기에 가득 채우면서, 민족의 공도, 배반자의 궤도를 따라, 어느 화정花情의 화려한 화마도畵磨道를 뒤따르면서, 그는, 비록 의심할 바 없이 자신이 한결 더 다정한 기억에 꼭 같은 물구나무 서있긴 하지만, 해상조상남海床彫像男들 사이를 재빨리 자취를 감추었는지라,[18] 한편 그 사이 시커숀,[19] 저 자웅의 탄자誕子,[20] 경비조수警備助手인 그, 그녀는 중얼거렸나니, 성聖얼수린카,[21] 고뇌로 가득 찬 채(그리하여 착한 소년의 손을 쥐고 흔들기 위해서는 어찌 그의 기저귀를 짜는 그녀의 가슴의 온기에 의해서보다 더 적당하리요?) *어디에 변덕쟁이(구더기) 하비 무릎을 꿇었던고 금궤부대여? 앤드류가 먹었나니 꾸꾸꾸 구명鳩鳴 돈모豚母여 안녕히!*[22]

자 그럼, 이제, 선민鮮民들이여 그대를 도중무사하게 하옵시기를, 전원의 욘이여, 수출 흑맥주[23] 강자 그게 그대인지라, 환기자의 달콤한 비탄[24]으로 태어난 소성가수.

〔470.36—471.05〕 29소녀들이 29평화의 말들 행한다. "그는 타자우측전방打者右側前方으로 비틀비틀 쓰러졌나니, 그리하여,"(he toppled a lipple on to the off and,)여기 숀의 떠나감은, 마치 〈율리시스〉, 〈키르케〉 장말에서 "시민"의 공격을 피해, 주막으로부터 도망치는 리오폴드 블룸의 출애굽을 연상시키는 서사시의 익살 문체를 닮았다.

〔470.22—471.34〕 숀이 스탬프를 찍는다. 그리고 그는 떠난다. 그의 모자를 뒤좇아—욘(숀)에게 작별

음악을 치료하며, 그래요, 그리하여 토끼풀주洲(샴록샤)의 수중심手中心이여! 요람침대 속의 꼬투리 젖먹이 개혁꾼(구구)이 설교단통說敎壇桶 안에 속인수도사의 현명성賢明性의 풍요성豊饒性이 되는도다. 그대의 백발이 보다 희유稀有하고 보다 미발美髮되소서, 우리들 자신의 유일한 광두廣頭의 소년이여! 그대의 목소리를 쉬게 할지라! 그대의 마음을 육育할지라! 그대의 완두를 박하薄荷할지라! 그대의 여례汝禮를 어를지라! 원遠둔 블리니성城[1]에 와서 너무나 매력적인 우리들의 숲을 거닐지니 그리고 *오 카사리아 성당여!* 그대가 처음 찬송했던 아름다운 암간岩間을 다시 구경하며 경輕 류트 현악기를 촉觸할지라! 가인歌人, 조인釣人, 안무인按舞人이여! 투옥된 자에게 피리 부는 자! 음악가직音樂家職이 자유自由―대사大使를 삼았나니! 천성으로 선양하고 조작造作으로 자연스러운지라, 그대가 우리에게 일시적 부담이었다 해도, 효인 젊은이여, 하지만 분명히 그대가 나를 온통 청탈聽脫할 것을 내가 아는 바에야, 내가 한층 빨리 이야기한들 무슨 소용이랴? 나의 긴 석별을 나는 그대에게 보내는지라, 스포츠와 경희競戱와 언제나 새로운 뭔가의 아름다운 꿈을. 혼은 사라지나니! 나의 비애, 나의 파멸! 우리들의 여호―와―신![2] 우리들의―예수―크리쉬나여!3) 다행이라 그대는 추견追見 될지라 마지막부터 처음까지 저 광속光束 마냥 우리는 뒤따를지니 그대의 발광편력상發光遍歷上 그대의 과거의 대척지까지 퇴각하면서, 커다란 기쁨 주는 그대의 배달소식을 우리들의 절대무만착애우편함絶代無晩着愛郵便函에 너무나 자주 위탁하는 그대, 선인정善人情의[4] 조정자, 희생적 승리야성마勝利野聲馬, 만인의 가장 사랑 받는 혼[욘의 유령], 그대 구두닦이, 사별死別처럼 확실한[5], 몽유보행자者, 엽전노동자葉錢勞動者, 봉화지참자烽火持參者, 철제제작자鐵蹄製作者, 우리들의 집시 청년! 그대의 방금 명멸광[6]을 우리는 결코 다시 볼 수 없으리라. 그러나 그것이 얼마나 멋지게 사주四洲[7]에게 냅다 지껄여댈지를 말할 수 있다면 참 그대에게 고맙기도 할지니, 우리들의 모형 수호성자여![8] 왜냐하면 그대는 갖고 있었나니―내가, 우리의, 그대의 그리고 그들의 이름에 맹세코, 그걸 감히 말할 수 있으랴?―내가 독신남들과는 좀처럼 만나지 않았으나, 설사 있다손 친들, 불꽃처럼 열성적인 봉사정신의 핵심을. 그러한 자들은, 아니, 우리들의 오늘 이 나라에는 죽음의 천사에 의하여 아직도 요구되지 않은 사람들이 실로 다수나니, 이 장대한 영속체 속의 겸허한 불가분자不可分子들, 숙명에 의해 과주압過主壓되고 우변偶變에 의해 상윤색相潤色된 채, 그리하여 그들은, 시시일일時時日日이 있는 동안, 그들이 자신들의 이 지구를 결코 떠날 수 없도록 천상영령靈에게 열렬히 기도할 지니 결국에는 그 날이 시작하는 그 곳에서부터, 그가 우망명후郵亡命後의 재여행을 하기 전에, 쾌락의 아일랜드, 노노최노인老老最老人, 약약최약인若若最若人, 상시의 백성들에 속하는 그 날에, 수십년의 장구통長苦痛과 수십년주數十年周의 단영광短榮光을 겪은 뒤, 하물何物이 하시何時인지를 우리에게 상기시키기 위해 그리고 우리들의 길들의 실갈失褐을 우리에게 상관하기 위해, 그들의 여정월汝正月과 여이월汝二月이 성 실베스터 신년향연新年饗宴[1]으로부터 진승眞勝하고(단지 위커[2] 자신만이 왈츠무인舞人을 닮았나니, 그들은 광대익살부리며 중얼중얼 배행徘行하는지라) 기도旗道의 하파두夏波頭를 타고 진군 귀향할 때까지.[3] 인생, 그것은 사실인지라, 그대 없이는 공空일지니 왜냐하면 무광지無狂知으로부터 무다우無多憂까지 거기 진공眞空은 전무全無요, 모로크 신희생전神犧牲戰이 악마기惡魔期를 가져오기에 앞서,[4] 날짜와 귀신소인鬼神消印 사이 한 조각의 시간, 다아비의 한축일寒祝日 여신餘燼에 의해 분할되고, 저 멋쟁이 요한 세례락洗禮樂[5] 낚아채 인 채, 그날 밤부터 우리는 존재하고 느끼고 사라지며 작일자신昨日自身으로 전향하기 위해 우리는 길을 걷고 또 걷는도다.

그러나, 소년이여, 그대는 강强 구九 펄롱 마일[6]을 매끄럽고 매 법석 떠는 기록시간에 달행達行했나니 그리하여 그것은 진실로 요원한 행위였는지라, 유순한 챔피언이여, 그대의 고도보행高跳步行과 함께 그리하여 그대의 항해航海의 훈공은 다가오는 수세기 동안, 그대와 함께 그리고 그대를 통하여 경쟁하리라. 에레비아[7]가 그의 살모殺母를 침沈시키기 전에 불사조원[8]이 태양을 승공昇空시켰도다! 그걸 축軸하여 쏘아 올릴지라, 빛나는 베뉴 새여![9] 아돈자我豚者여![10] 머지않아 우리들 자신의 희불사조稀不死鳥 역시 자신의 회탑灰塔을 휘출揮出할지니, 광포한 불꽃이 (해)태양을 향해 활보할지로다.[11] 그래요, 이미 암울의 음산한 불투명이 탈저멸脫疽滅하도다! 용감한 족통 혼이여! 그대의 진행進行을 작업할지라![12] 붙들지니! 지금 당장! 승달勝達할지라, 그대 마魔여! 침묵의 수탉이 마침내 울지로다. 서西가 동東을 흔들어 깨울지니. 그대가 밤이 아침을 기다리는 동안 걸을지라[13], 광급조식운반자光急朝食運搬者여, 명조가 오면 그 위에 모든 과거는 충분낙면充分落眠할지니[14]. 아면我眠(Amain)[15].

〔471.35–473.11〕 건강 하소서, 혼(Haun)(욘의 유령)이여, 작별—그의 귀환을 기다릴지라.

〔473.12–473.25〕 불사조처럼—그(재차 숀의 유령)는 재차 솟으리라. 망명자로서, 그러나, 숀은 솀이 될 것이다. 그의 "프랑스의 진화"로부터 "샘로그샤"로 귀가하면서, 마침내 세속적 성공자인, 솀은 욘이 되리라. 과연 행진하여 귀가하는 조니는, 꼭대기의 숀과 함께, 숀—솀이 된다.

III부 - 3장

심문 받는 숀 (pp.474 - 554)

〔474—477〕 4남자들이 퇴비더미 위에 지친 욘(Yawn)을 발견한다. 그들은 욘을 심문한다.

〔474.01—474.15〕 욘은 풍경 속에 잠잔다— 이어 그는 한숨을 쉬고, 울부짖는다.

낮게 장동長憧하게, 한 가닥 비탄성이 터져 나왔도다. 순수한 욘이 나체로 누웠었는지라. 작은 언덕의 초원 위에 누워있었나니, 그림자 진 광경지光景地 사이 잠자는 심혼,[1] 그의 곁에 짧은 우편 가방, 그리고 팔을 느슨히, 전통전가傳統傳家—보장寶杖인, 자신의 시트론 영광수지의 지팡이 곁에. 그의 꿈의 독백은 끝났는지라, 물인勿因, 그러나 그의 연극 초다변논법超多辯論法2)은 아직 끝나지 않았나니, 과사果事. 가장 비참하게(그러나, 이봐요, 얼마나 성공적으로!) 그는 비탄했는지라, 그의 성 누가 광채의 머리타래, 민풍敏豊, 원숙하게 완完물결치며, 무두대無頭帶인 채, 마감 시간의 찰나 저 현란한 속눈썹의 눈꺼풀, 한편 그의 비스듬히 열린 입으로부터 자신의 숨결을 토출하나니, 그렇다 해도 최最귀공자다운 고음 고당밀성高唐蜜聲의 혹은 여주(植)열매 우적우적 씹는 재포구財布口가 살(買) 수 있는 나른 고달픈 모습이라니. 반막연실半漠然失한 욘은 비탄하며 누워 있었는지라 그리하여(후우!) 얼마나 충기充器의 풍밀豐蜜스러운 감미요(피우!), 그리하여 그건 귀 뚫는 덜시톤3) 낙미樂味이람! 마치 그대가 손에 그대의 둔탁직사침鈍濁直射針(핀)을 들고 천사의 어떤 토실토실한 소년담애少年膽愛[4]의 플러시천육肉의 쿠션을 밀고 들어가는 듯 상상될지로다. 하何오우!

그때, 윙윙 사이렌이 경기병 여단을 불러오듯, 가화로家火爐를 계속 불태우면서,5) 그토록 찍찍 우는 부름에 응하여 그들 모두가 그에게 다가왔나니, 동東중앙지의 서경西境으로부터, 세 패(카드놀이)의 세 왕王들과 한 왕관자王冠者, 모든 그들의 기본방위로부터, 브로스나6)의 비늘 금작화구金雀花丘가 있는 호박도琥珀道를 따라. 자신들을 고양시키려고 그들은 행했는지라, 4원로들, 박명의 최초의 괴성에 의하여 그리고 그들은 산지의 두더지 흙 두둑7)을 껑충 도상跳上했나니, 기억할 가치도 없는 나날의 흘러간 옛 시절의 풍토를 횡단하면서. 뭔가 피구실彼口實을 찾으며, 무슨류類든, 그들 위에 일곱 겹의

〔474.16—475.17〕 4여행자들이 그에게 다가온다. 그들은 아일랜드의 중심에 있다.

야청습한夜靑濕汗을 흘리면서. 피휘공恐! 포포공공恐恐!! 포츠차포怖!!! 아갈라우憂!!!! 지쉬포怖!!!!! 파루라황慌!!!!!! 우리디미니공황恐慌!!!!!!! 그들 스스로 공포恐怖하다니 그〔욘〕가 십중팔구 도대체 어떤 급의 십자도十字道 말풀이자者(크로스로워드 퍼즐라)인지 경이했는지라, 자신의 두께(厚)를 비가산非加算하는 길이(長) 대 넓이(幅), 자신의 수數 엘[1] 척도상尺度上 다多 엘 척도, 자신의 그토록 많은 평방 야드를 지으면서, 자신의 일절반一折半은 코노트 지역의 반분半分이요 그러나 그럼에도 불구하고 자신의 전체는 오웬모어의 4분의 5로다.[2] 거기 그가 누워있는 것을 그들은 어렴풋이 식별했나니, 꽃피우는 화단 위에 밧줄 마속馬束된 채, 최대한 경모직輕毛織 뻗은 채, 광수선화狂水仙花[3] 사이, 나르시스의 꽃들이 그의 각광脚光을 사족쇄四足鎖하며, 야생감자野生柑子의 후광울타리가 그이 위로 맴돌며, 쾌락주의자 에피쿠로스가 원예충자園藝充者들과 왈츠 춤추며, 청교도 새싹들이 아란 섬 추장들에게로 전진하면서. 포포공공恐恐!! 그의 운석 같은 펄프 질質, 솔기 없는 우궁홍피雨弓紅皮. 아갈라우憂!!!! 그의 무정無停의 배꼽을 지닌 운무의 공복空腹. 파루라황慌!!!!!! 그리하여 흑석류黑石榴의 효성광曉星光을 발사하는 그의 혈관, 그의 크림가加카스타드의 혜성발彗星髮과 그의 소혹성小惑星의 손마디, 갈빗대 및 사지. 우리디미니공황恐慌!!!!!!! 그의 전기취음성電氣醉淫性의 꼬인 내장대內臟帶.

저들 4점토인들은 그에 대한 자신들의 맹세된 성실법원심문星室法院審問을 갖기 위하여 함께 등반했도다. 왜냐하면 그는 여태껏 자신들의 심문쟁審問爭의 대상이었는지라, 자신들이 자신들을 보는 식이라니, 여하여인如何女人이든 자신의 관념상 여하충如何蟲이든 자신의 구체具體가 있는지라, 그리하여 자신들의 심야의 모임은 일석이조의 값어치가 있었도다. 에스커 퇴적능선堆積稜線까지는 몰린거 교구였나니[4], 멀지 않은 목초지까지, 태양자의 휴지로다. 최초로 등단한 산지원로원 그레고리, 깊은 시야時野를 통하여 자취를 탐하며, 산지원로원 라이온즈, 구획족적區劃足跡[5]의 파선을 질질 끌며(자신의 발포發泡의 뭔가가 어찌하여 자신이 한 때 그 곳에 왔었는지를 자신에게 말해주고 있었으니), 이어 자신의 기록직記錄職, 원로원 타피, 명예스러운 잠자는 면양을 산양추적하면서, 아니스 열매로 몸이 달아올라 그리고, 자신의 후견 모퉁이로부터 불쑥 솟은 채, 맥선니, 도보자 맥다갈, 계주하여 그들의 후미에, 정족수를 맞추려고. 그는 그들의 나귀를 밧줄로 묶고 있었는지라, 그들의 공회색空灰色의 지구속보동물, 재고하건대 그리하여 게다가 놈에 붙은 그 같은 돌출부〔나귀의 등 혹〕에 대하여 결코 무각無脚이지 않는지라 그들은 그 만큼 균均일정하여 놈이 사한도四限度 거리에서 넘어지면, 마스코트(행운 신)의 외침 이내에서(아주 가까이), 쪽쪽 우족, 쪽쪽 좌족, 웃음거리(봉) 야노野老, 캐비지 밭 속의 산양 마냥, 등치 큰 나귀, 자신의 무원의 귀를 가지고 공중의 하프 음[6]을 들으려고,

조례朝禮를 알리는 기상나팔[1], 격激하게 격하게, 앵무새(조롱조嘲弄鳥), 그의 명언鳴言은 불운이라[2], 그렇게 알려진 바, 바람 타는 명금鳴禽 나이팅게일의 울음.

십장은 그러자 엉킴을 통하여 어슬렁거리고 있었는지라, 매튜 워커(보행자), 대자의 대원부代遠父, 대부주의代父主義를 위해 대리하면서 그리고 자신의 주둔장은 경작지구耕作地丘[3]의 기상측 몇몇 퍼치(길이)였나니 그리하여 어찌되었거나, 만일 그곳이 아니면 그 밖에 아무 곳도 아닌 곳에서부터 였는지라, 그는 영기靈氣 메스머의 선서수宣誓手에 맹세코[4], 침묵을 뜻하는 손을, 최근신장最近伸張했도다. 초원상월草原上越의 도녹자跳鹿者들, 그러자 그때 그들이 자신들의 입장을 발견했던 여하소如何所에서 멈추었나니 그리하여 그 길로 그들은 그의 주위를 감시했는지라, 복종을 행하면서, 고개 끄덕이고, 허리 굽히고, 절하고 사의謝儀했나니, 마치 프로스펙트 묘지[5]의 간수자들처럼, 자신들의 입상설두粒狀雪頭 위의 자신들의 탐사자의 광악모廣鍔帽를 들어올리면서, 그리하여 사실인정事實認定의 순회재판관들이 그의 애란도함정愛蘭倒陷穽 속의 저 포로를 순회했도다. 그리하여 그들은 자신들이 미친 사순간四瞬間 속기사가 되었나니, 현인들[6]과 심리혼우자心理魂愚者들, 칭하여 모두, 그들의 상傷하트와 마魔다이아, 원怨스페이드와 평 클럽[7]과 함께, 한 벌 카드의 최후승부인 심지어 자신들 곁의 자신들의 짐승의 은둔도 마다 않고, 으뜸 패도 무우無友의 캐럿(당근)[8]도. 그리하여, 그대 어떻게 생각하는고, 단지 욘 말고 누가 그들 전향前向의 특히 모든 타자들 위에 그 곳에 누워 있으리요! 온통 큰 대자로 그는 양귀비 사이에 뻗어 누워있었는지라 그리하여, 나는 그대에게 그보다 더한 뭔가를 말할 수 있나니, 따분한 애필독자愛筆讀者여, 간절히 그대는 그걸 침신寢信할 수 있을지라, 그가 오스카면眠 잠들었나니[9]. 그리하여 그건 한 예하지배자隸下支配者와 훨씬 유사한 것이라 사방 둘러싸인 자못 감동적인 미美와 함께 그가 거기 누워 있었나니, 그 새침데기, 혹은 총화 내가 아는 한 루멘(光)경卿[10]을 닮았는지라, 신의와 교의 속에 자신의 바람직한 성좌로 마차를 몰면서, 노老매트 그레고리, 그는 별(聖)동물원을 지녔나니, 마커스 라이온즈와 루카스 매트칼프11) 타피 및 그이 뒤에 숨은 나귀[12]를 결코 용서하지 않는 유객, 새끼나귀 조니 나 호싸린[13]을 위하여.

그들의 위현혹圍眩惑된 오감五感의 상당분담相當分擔 이상으로 그대는 말할지니, 그들 자신들은 그러한지라, 연분煙奮하는 검열관, 자신들이 *꾸꾸꾸* 쭈그리고 앉아 있을 때 자신들의 발뒤꿈치와 자신들의 의자를 정당하게 구별할 수 없는 식으로, 그의 입방체의 구유 곁의 마마누요14)(멍청이들), 질문시간이 접근하여 영혼의 집단지지集團地誌의 지도가 자신들의 사등분 내에 눈에 띄게 솟아나다. 팽이 혹은 연 혹은 굴렁쇠 혹은 공깃돌 놀이를 위해, 그에게 멍청한 짓을 하면서, 그의 비기鼻氣의 발산을 탐탐색색探探索索하나니 그리하여 그 중 하나가 다른 하나에게 유성柔聲하는지라, 악귀탐자餓鬼探者들.

그리하여 그때 모두들 사면적으로 그에게 말하기 시작했던 것이라니, 노사老師들이[1], 그가 어떠했는지.

— 그인 사거하고 있는지라, 쉬쉬 유아幼兒, 욘은 환생했도다.

— 오 맙소사, 그건 왜, 두목?

— 아아 정말, 그가 술이 취했는고 아니면 무슨? 아兒봐요?

— 아니면 바람이 오절단誤切斷된건고, 언덕의 네드[2]가 말하도다.

— 경청敬聽!

— 왜 그런고, 털어 놔 봐요, 그대 내말 듣는고, 그대 나리?

— 아니면 그가 혹만자或萬者[3]의 장례를 시연하고 있도다.

— 거기 잠묵暫黙이라! 왁자지껄 금할지라!

그리하여 그들이 자신들의 팔족목八足目 위에 자신들의 표류망漂流網, 크롬황연색黃鉛色의 번득이는 예인망어부曳引網漁夫의 그물을 사방팔방 펼치고 있었을 때 그리고, 무허언無虛言, 저들 사분도사四分道士 사이에 유음어類音語가 유언柔言되고 있었나니라.

— 착수할지라, 이봐요!

— 쾌활자여, 자 이제!

— 현재의 찬조원贊助院[4]이 호시好時로다.

— 내가 저 자를 한패로 삼을지니.

왜냐하면 그것은 그들의 마음의 귀(耳)의 이면에[5] 품고 있었나니, 유주청자柔注聽者여, 어찌 자신들이 사변형 속에 자신들의 감색반점監色斑點의 멋진 매존魅尊의 그물, 자신들의 난센[6] 북극탐자망北極探者網을, 원로 매트[7]로부터 그이 뒤의 공향로恐香爐의 비법전수자秘法傳授者에게로 그리고 거기서부터 이웃 사람에게로 그리고 그 길로 배석 나귀남男과 그의 십자 봉지자에게로 펼쳐야할지를. 그리하여 자신들의 마음속에 세월서歲月書로부터, 사실인지라, 활면滑眠의 미인이여[8], 어찌 그들이 그런 식으로 그물을 펴야할 것인지, 그때 그가 그에 응하여 자리에서 일어섰나니, 자신의 몸 주변에 양자론量子論[9]을 유작遊作하며, 진동하는 은銀비늘과 그들을 포착하고 있는고 광도의 스패니시 골드[10]의 황연黃鉛과 함께, 한편, 시간이 미매迷魅의 시간으로 이울어졌을 때, 욘 자기 자신이 삼중모음설三重母音舌과 장단을 맞추면서, 자신의 과대선전적誇大宣傳的 입술을 열려고 했는지라, 세련되게 토하며, 황야의 몰약沒藥과 용해된 월무月霧가 자신의 입 속 내흡內吸 몰밀융합沒蜜融合[11]하려는 태도였도다.

— 왜?

— 그대 앞이나니!

— 볼지라![12] 얼마나 민감敏甘한 답[13]을 그대 행하는고! 하소후何所後? 사자향獅子香의 땅에서?

— 친구들! 우선 만일 그대(욘)가 상관하지 않는다면. 여汝의 사적史的 저선례底先例를 이름 댈지라.

— 그건 이 꼭 같은 선사적 분묘라니, 오렌지 밭이라.

〔475.18—477.02〕 4노인들은 그(욘)를 심문하기 위해서 왔다—그들은 그의 몸체 곁에 구부린다. 놀란 체.

〔477.03—477.30〕 심문審問이 시작된다—그들은 그가 일어나려하자 그이 위로 그물을 펼친다. 소설가 스위프트처럼 걸리버 위로처럼 .

— 나는 알겠노라. 이제 정말 알았나니. 여기는 그대의 오렌지 밭 안에 있는지라. 나는 이해하나니, 그대는 편지를 갖고 있도다. 여기 내 이야기를 들을 수 있는고, 그대 나리?

— 기천. 나의 연인을 위하여. 타이페트(애인)[1]!

— 그토록 오랜 전시前時인고? 그대는 보다 잘 들을 수 있는고?

— 기백만幾百萬. 신하사물神下賜物. 나의 사랑하는 애자를 위하여.

— 자 이제, 한층 가까운 지대에 가기 위해. 나는 이점에 관하여 청각적으로 나의 재의점再疑點을[2] 제기하고 싶도다. 여기 이 문건이 있나니. 나는 우리들의 통역사, 요한 당나귀(한나 이셀루스)[3]에 의하여 들은 바인지라, 그대의 악초마가본惡草馬加本[4]의 토착 언어에는 꼬박 606개의 개쑥갓(植)어語[5]가 있나니, 그 속에는 삼림장森林杖[6]이 알프스 고산인高山人을 무빙하며 군주를 위한 모든 어근語根 속에는 이유가 있는지라 그러나 대량매장지大量埋葬地[7]의 모든 교본[8] 속에는 정신주체상情神主體狀을 의미하기 위하여 바람을 일으키는 단 한 마디의 발음 가능한 누곡어淚谷語도 없나니, 심지어 일시적이라 할지라도, 뿐만 아니라 우리들을 희망천항希望天港으로 인도하는 여하한 주고대여도主古代旅道[9]도 혹은 요철암사도凹凸岩蛇道 혹은 환각비경과도幻覺秘經過道[10]도 무無하나니 뿐만 아니라 어떤 무덤해파리(動) 개구도開口道[11]도 어떤 일족발정관례도日族發情慣例道[12]도 어떤 초무성가도草茂盛街道[13]도 어떤 범죄노예犯罪奴隸의 방축도防築道[14]도 그리고 어떤 황야자계명도荒野雌鷄鳴道도 혹은 우리를 희망항希望港[15]으로 인도하는 거기 어떤 병적범죄자病的犯罪者의 배다리 트랩도 없도다. 이러한 것이 파생된[16] 건제件題인고 그대! 솔직하게. 그것이 한층 완전하게 설명되면 될수록 나는 이걸 덜 이해하는지라.[17]

— 어째서? 그건 발음 불가하기에[18]. 그는 말더듬는지라[19], 프랑스어[20]. 졸열구拙劣口에 침이나 바르시라, 당신[21]. 그건 그럴 수 있을지라. 그럼에도 불구하고, 나는 들판에서 클로버—열쇠를 발견했도다.[22] 건초 가짜 배뚱뚱이 같은 무가치, 이봐요![23]

— 자 거기! 뭐라, 그건 무가치한 거라고? 정강이 없는자는 누구인고? 거기 구부리고 메시아에 관해 그토록 예銳클로버하게 이야기하는 게 누구인고? 그대의 사소삼엽些少三葉[24]에 대하여 진 휴전眞休戰! 여하여如何汝!

— 삼위 패트릭 여신증여자汝神贈與者.[25] [욘—셈—아버지—동질체] 그대는 여태껏 그녀를 본적이 있는고? 타이페트(애인), 나의 지촉각脂觸覺 오!

— 그대는 부父토탄연기(파더릭)에 속하는고, 외로운자여?

— 바로 그자라. 삼인들[26]. 그대는 나의 유일애자唯一愛子를 본적이 있는고? 나는 너무나 한寒한지라![27]

— 무엇 때문에 여장년汝壯年[28] 부들부들 떨고 있는고, 사냥개 마냥? 그대 여한汝寒한고, 접촉공포증?[29] 아니면 여청년如靑年이여 그대는 자신의 춘장요정春壯妖精의 여선생을 원하는고?

— 무전리품霧戰利品(포그루트)의 수풀[30]이라! 오 나의 혐오조상嫌惡祖上이여![31]

— 잠깐 묵대默待, 회각조灰脚鳥여! 오리(鴨)가 자리에서 일어나고 있나니, 그대는 저 일습一襲의 물떼새를 잠 깨울지라. 나는 누구보다 저 장소를 잘아는도다. 확실히,

〔욘〕는 언제나 제4일에는 거기 나의 조모의 장소에 규칙적으로 가곤 했었는지라, 청춘몽향,[1] 서부의 나의 작은 회색의 집,[2] 매이요 주 안에 또는 근처 그때 그 장다리 개(견犬)가 짖어댔나니 그러자 놈들이 변경을 가로질러 달리거나 뛰쳐나가려고 가죽 끈을 잡아당기고 있었도다. 구각龜殼에 한 금金기니. 웡웡! 웡웡! 워웡! 터커로우까지 나를 따라 와요![3] 그곳은 클레어 굴(려蠣)의 명소인지라, 폴두디,[4] 콘웨이주州! 나는 또 다른 이야기처럼 황서풍의 황도대[5]에서 얼마나 풍요한지를 결코 알지 못했나니, 어슬렁어슬렁 소요 그리고 소요하면서, 나의 통역사,[6] 미즈 마벨을 대동하고, 미화불가尾話不可의 저 당나귀와 함께, 해안을 따라. 그대는 나의 종형제, 산상山上 묘정錨亭을 가진 자스퍼 도우갈씨氏, 목사의 아들, 대주통의 재스퍼, 패트 하여호명何汝呼名을 아는고?

— 필사[7] 아사我思. 폭루트의 숲 늑대들![8] 하고何故 나를 괴롭히는고? 제발 12호狐들에게 나를 투축投蹴하지 말지라![9]

— 흉포여인[10] 같으니 그만하면 아주 충분하도다! 늑대 정도로는!

— 그런데 잠깐만, 만일 내가 그대〔욘〕의 허튼 소리의 말투를 선단축先短縮한다면. 잠식은 침식과 교대하는지라. 민물도요새[11]와 꼬까물떼새는 우리에게 조점鳥占하나니, 시체의 매장, 진총塵塚의 동체화 및 난처행위의 범행에 관하여 어디서, 어떻게 그리고 언제가 최선인가를. 그러나, 그대가 암 여우의 발자국을 위해 남풍려(굴)南風蠣[12]를 옹호하는 한, 나는 이 청색 초호礁湖[13] 주변에 가마우지 한 마리를 보내고 싶도다. 자 이제 이걸 내게 말할지라. 그대는 나의 박학우博學友에게 오히려 이전에, 잠깐 이후, 이 패총貝塚 혹은 분묘에 관하여 말했나니. 이제 나는 그대에게 암시하거니와 그대가 그걸 그렇게 부를 것 같은, 이 역병총疫病塚[14]이 있었던 이전에, 매장전선埋葬戰船[15]이 있었는지라, 수백만 년의 고선古船.[16] 그대는 그 점에 있어서 나를 지지할 의사가 있는고, 관계적으로 말하건대, 그의 함수깃艦首旗대[17]를 빈소貧小사다리에 덜컹거리며, 무슨 상관이람, 그리고 순조로운 돛에 풀을 칠하고, 그대 그와 같은 종류를 아는고? *바이크 파스호,*[18], 여지하국행汝知何國行[19]의, 네 대박이 돛배, 웨브스터가 말하는, 결코 돌아오지 않은 우리들의 배.[20] 저 프렌치먼(불란서남佛蘭西男)은, 글쎄, 한 척의 오렌지 보트였도다. 그는 한 척의 보트인지라. 그대 그를 보는 게 좋아. 그대가 보듯 쌍선묘双船墓가 그거로다! 댄모크의 수오리 포선砲船![21] 그걸 획했던고 아니면 식했던고? 뭐라! 헨뉴선船! 크게 말할지라!

— 침대차, 장의행렬차, 윤상분묘운반차,[22] 분뇨車. 폐허륜輪 문자총선文字塚船을 탐방하고 장골호선長骨壺船[23]을 볼지라! 그대 진격 나팔소리를 들을 때 만민되거. 그리하여 우선원愚船員을 만날지라. 에스 에스. 오 에스. 온전야溫戰夜(안 될게 뭐람)!

〔477.31—479.16〕 그(용)는 자신의 위치, 문자, 언어, 인분, 공포에 관해 질문 받는다—그의 목소리는 신비적인 답이다—이어지는 심문자의 질문—욘의 애매한 대꾸.〔477.31—479.16〕 그(용)는 자신의 위치, 문자, 언어, 인분, 공포에 관해 질문 받는다—그의 목소리는 신비적인 답이다—이어지는 심문자의 질문—욘의 애매한 대꾸.

〔480〕 그러자 누군가가—"이제 아주 그만…덴마크의 땅으로부터 저 황소 눈의 사나이(HCE에 대한 언급)가…"하고 욘의 부친에 대한 화제를 꺼낸다. 이에 욘은 HCE는 자기에게 양부養父일 뿐이라고 말하며, 그가 공원에서 저지른 죄는 자기와는 아무런 관계가 없다는 식이다. 모두들 욘이 여우 굴에 고착되어 있다고 생각한다. 그리하여 괴테의 시詩 레이나드 여우의 주제가 이야기된다—욘의 계속되는 대꾸.

두 속수취인俗受取人을 조타지휘操舵指揮하면서.[1] 노르웨이의. 그의 갈까마귀 기가 펼쳐졌나니,[2] 노예선이. 나는 선신善神을 믿는지라, 대지의 창조 신[3]을, 선신의 아이 그리고 신의 인으로. 몸을 낮게 구부릴지니, 그대 세 비둘기들아![4] 글쎄다. 저 탠 황갈색의 꺼끄러기 머리다발을[5] 한 소녀를 부를지라! 랑견狼犬을 부를지라! 바다의 늑대를.[6] 야랑野狼![7] 야랑!

〔심문자의 요청〕 — 이제 아주 좋아. 저 민속화가 당나귀로부터 직통, 놈의 입(口). 나는 양친선兩親船과 함께 십자군에 참가할지니, 날씨가 허예언許豫言한다면, 저 푸른 언덕들,[8] 주둔지로부터 한층 멀리, 애란愛蘭 톤[9]장군이 내게 말하는지라, 평저선주액平底船酒液을 위한 선의의 길손, 이제 이 동서부토東西部土 위의 야밤 패총까지 이르도록. 덴마크의 땅으로부터 저 황소 눈의 사나이〔HCE〕가 항해했는지라, 이제 내가 말하는 것을 잘 명심할지로다.[10]

〔욘의 부친 HCE에 관하여〕 — 마그너스 수패이드비어드(가래수발鬚髮)〔HCE〕, 십자도하선十字渡河船의, 배반의 웰즈인人. 우리들 항港의 파괴다. 자신의 뱃바닥 괸 물을 퍼내는 삽으로 내게 서명했도다. 젖빨도록 자신의 가슴 유두乳頭를 발가벗겼나니,[11] 나를 젖먹이기 위해. 보라 하깅오스 크리스만(성기독남聖基督男)을![12]

— 오, 예수叡帥, 멸균성滅菌性의![13] 독성의 우물이 말하도다. 빵빵어일세魚一世. 배꼽 비총肥塚의 초가주매자草家酒賣者의 숙손叔孫!

— 후라! 이봐요 거기, 옛 배일리의 빌(부리)![14] 그는 하수何誰 인고? 이 젊은이는 하수 인고, 왜 유두를?

— 헝카러스(전노거숙인錢奴巨淑人)(H) 챠일다드(C) 이스터헬드(E). 그건 그의 최후실最後失의 찬스나니[15], 에마니아[16]. 그에게 이별주의.

〔심문자 왈〕 — 헤이(여봐)! 그대는 그대 자신의 위장을 반추하고 있던 것을 꿈꾸었던고, 맥脈이여,[17] 그대가 저 사경고斜頸孤(고孤레이나드)[18]에 스스로를 빠졌던 것을?

— 나〔욘〕는 이제 알았노라. 우리는 짐승 순환계循環界에서 움직이도다. 울수鬱鬚오소리(動) 및 철갑순양함! 당신〔심문자〕은 내가 말하려하는 것을 앞질러 말해 버렸나니. 드래곤(龍)사악부에 대한 한 아이의 사공死恐. 구운丘雲이 우리를 에워싸는도다! 글쎄 당신은 그들의 리케이장場[19]에서 유약乳弱하게 살았는지라, 집토끼여,[20] 당신이, 고고孤孤, 늑대 마냥 울부짖는 방법을 배우는 동안.[21] 최선을! 심도深盜여![22] 당신의 최선을 다할지라.

〔심문자 왈〕 — 나는 노점의 늙은 예의 바른, 구두닭이처럼 웅웅熊熊웅성거리고 있도다. 늑대 새끼들이 나를 추적하는지라, 고호孤號나니, 총總 토템상像의 무리, 그들에게 이리 이리(動) 및 고孤(fox) 고孤, 로빈슨의 방패를 위하여.

〔욘 왈〕 — 향성인香聖人 및 통풍환도痛風丸徒들이여! 짐승이 다시 포효하도다![23] 핀갈 해리스 사냥 단[24]을 찾을지라! 내가 우유배달자의 고피병孤皮病으로 죽을 때까지 여기 나를 현묘지賢墓地의 모帽처럼 지효持哮할지라!

〔심문자 왈〕 — 뭐라고? 울프강(호당孤黨)[25]? 와아! 아주 천천히 말할지라!

— 그를 이단(H)으로 환영할지라, 그를 마석으로 치료할지라!
사냥꾼(C), 삭구권자溯求權者, 요정이 바뀌친아이[1]*…………?*
총종總終 같은 노인(E), 대지……………………………?

〔481〕 이에 욘의 3행 시구가 읊어 지는데, 그 내용은 자신의 육체적 부(HCE)(con-substantial father)에 대한 해학諧謔이다.

— 각운강경증적脚韻强硬症的 신외발기적神猥勃起的![2] 여汝가 지닌 *총總 토템 침주상寢柱像 조상祖上*[3]이 살았던 곳은 어떤 거미도 줄을 치지 않았던[4] 낙원애란[5]에서였던고 아니면 매음자들이 스킵 해협에서 정기왕복하기 이전의 이 *세계년世界年*[6]이였던고? 공정할지라, 기독!

— 꿈. 비일非日에 나는 잠자도다. 나는 혹일或日을 꿈꾸었나니. 어느 승일勝日에 나는 잠깨리라. 아하![7] 빌건대 그가 지금 여기 나를 공충恐充한다면! 죄류罪流되고, 오 죄홍수罪洪水되어![8] 끝났도다! 됐도다! 기독전이라!

〔심문자〕 — 나는 이제 그대의 삼행연구시三行聯句詩[9]를 이해하노라. 그건 세 번 꼭 같은 것을 다르게 반복하나니(그에게 통용되는 이토록 아재아재화我在我在話가 있는지라) 회목灰木아스팔트로부터 구체具體콘크리트까지, 내금명사來今名詞나니, 인류의 역사적 만인蠻人인, 오시안(대양大洋)도칭刀稱의, 핀센 패이닌[10]으로부터, 그대의 이 꼭 같은 속가황경화俗加黃硬化된 구사丘師인, 자신의 용암분출鎔巖噴出과 자신의 방랑하는 성지하철신음聖地下鐵呻吟을 지닌, 조간고대朝間高臺의 터플링타운(도인都人)[11]에 이르기까지, 그는 정각에 재등장하는지라, 늙은 로미오 로저스[12]로서, 도시 또는 주야州野에서, 그리고 분명히 도회를 향해, 혹은 곁에, 더불어 혹은 그로부터[13], 그대는 아부라함사, 사라범어梵語[14] 발달단계에서 유용하듯, 차동差動 버스를 아는지라! 우리들의 원부遠父, 건(포砲)[15]에 관하여 말하나니. 그리하여 발동처격發動處格으로.[16] 아빠여! 부父여!

—오부悟父, 성聖아리바바,[17] 그런데 그에게 신도시神都市 란卵의 확실한 궤도산지軌道産地가 확정된 바, 스미스위크, 론다. 캐일던, 설렘(매사츠세츠), 챠일더즈, 아고스 및 두스레스[18]이라. 글쎄, 나는 충고 받고 있거니와, 그는 그럼에도 불구하고 어떤 의미에서 양자일지니, 나 자신처럼 매인每人이요, 그걸 접미사로 말하면, 아브라함스크[19]요 브룩베어(계웅溪熊)[20]이도다! 그에 의하여 죄罪가 영세領洗되고, 나에 의해 죄가 발작되고, 그에게로 죄가 생신生信 될지니, 다치多恥씨, 다치씨氏![21] 나는, 당신이, 헛간 자손子孫이여,[22] 이 고전적[23] 시월야十月夜에 여기 장애물항도障碍物港都[24]의 비틀비틀 넘어지는 담 너머로, 당신 자신의 오래된 의자단석義子端石의 하나를 당장 던져 넘길 수 없을지 두려운지라 하지만 피차彼此는 도락跳落할지니, 수수 번에 걸쳐, 진육색眞肉色의 경마기수의 싸구려 여인숙가旅人宿家 이면 저쪽에, 평지에 장애받거나 혹은 간신히 스스로 반복하면서. 그것이 나의 노증증증조부老曾曾曾祖父 내가 참여하기를 두려워하는 남자, 토미 테라코타,[25] 그리하여 그는 모든 그대의 그리고 나의 미다스 부왕父王,[26] 라네일리[27]의 왕자남王者男의 파운드인人의 결박자의 발견자의 아빠의 창설자의 형제[28] 일 수 있나니, 아재我在, 아재! 베드로와 자암빙紫岩氷(나는 바로 아我라,[29] 나와 탬 타워[30]가 설탕 차를 규칙적으로 마시곤했나니,[31] 저 너머에(E)

에디스 그리스도(C)[1]의 집(H)에서 존견부尊犬父, 존견자尊犬子 그리고 구성존령鳩聲尊靈을 의미하며) 그리고 청정성령淸靜聖靈이여[2]!

— 조용히 연풍軟風할지라. 이문耳聞은 금풍金風이나니[3]. 그의 명사名詞는 여하?

— 미다스 왕은 장금이長金耳(오레일리)를 지녔도다. 꿰찌르는(퍼씨), 꿰찌르는, 꿰찌르는, 꿰찌르는!

— 하얀 속눈썹과 이마즙泥馬汁이라![4] 대돈천식성大豚喘息性![5]〔HCE〕 그러나 어디서 우리는 이야기를 입수하랴, 아가야?

— 기차 정지점靜止点, 루카스[6]와 더불린 환상선環狀線! 음문陰門! 음문! 음문! 음문!〔ALP〕

〔4대가의 최후〕 — 맥도갈, 대서양의 도시,[7] 또는 그건 그의 야초野草당나귀인고, 장지葬地우적우적 씹으며 그리고 관棺기침하며![8] 나는 그대의 십장조十杖潮로부터 그대를 거의 신분파악 할지니, 마호군郡[9]의 종이여, 그리고 그대의 요코하마 가금家禽 주위의 활어조식活魚槽蝕이여. 그리하여 아일랜드의 최악저서해안最惡詛西海岸으로부터 그대가 갖고 온 저 암울한 풍조,[10] 강장악强掌握의 그르위드 수위守衛[11]는, 게다가 그대에게는 무용지물이라, 나의 당나귀(동키)호테의 요한이여.[12] 제4번, 그대의 펼친 독수리[13]를 조정하여 역할을 다 할지라!

— 우리들의 지방원죄후계地方原罪候鷄[14]와 무당巫堂 압낙원鴨樂園[15]으로 이가離家할지라. 여汝는 심령필법心靈筆法의 한 젊은 계제자繼弟子를 알고 싶은고, 케빈이란 이름을, 혹은(외타자外他者가 기언祈言하듯) 이반 보우한,[16]〔여기 모두들은 욘—숀 류類의 대형對型 케빈에 관해 묻는다〕 하이 수트리트(高街) 소재 그의 우정각郵政角의,[17] 그건 황금 뿔닭(鳥)을 사비射飛시키고 있었나니, 자계침자雌鷄針者,〔암탉〕 저 제일조약증서第一條約證書[18]〔편지〕를 발견했는지라, 나는 암시하고자 하거니와, 비식적임자非食適任者에 의한 아연啞然 어이없는 불가독물不可讀物을?[19]

〔맥도갈의 대답〕 — 만일 내가 시성諡聖의 성인성聖人性[20]을 안다면? 때때로 그〔욘—케빈—숀〕는 마치 기도를 하듯 수분 동안 침묵을 지키거나 그리하여 이마를 쥐곤 했는지라 그리하여 그 사이 그는 자기 혼자 생각을 하거나 그리고 자신에게 말을 걸며 혹은 상한 물고기를 매성賣聲하려는 하신何身도 상관하려 하지 않으려 했도다. 그러나 나는 그대를 무도불요無道不要하나니, 조타操舵도 그대의 빠른 손잡이도. 거기 그대의 너무나 멀고먼 북의 수탉[21]인지라, 매티 아마,[22] 그리하여 그대의 너무나 직남향直南向.

〔심문자의 대꾸〕 — 글쎄 남南이니. 그대는 진짜—얼스터의[23]—성육成育이요 나는 자유—다운—인 동東아시아[24] 성육이라, 이것이 훨씬 낫도다. 숙명으로 병든자는 신앙에 의하여 저주받나니. 거기 궁극적으로 필물筆物을 발명할 자만자自滿者[25]는, 게다가 한층 유식한, 그리하여 그는 거기 근원적으로 습독襲讀을 발견한 시인詩人〔셈〕이라. 그것이, 우리들의 살해殺害의 서書[26]가 지금을 위해 많은 대위법적 말 운운云云으로 결착結着하는 분변종말론糞便終末論[27]의 요점이도다. 만일 부목이否目耳가 비탄착悲嘆捉했던 것을 긍이목肯耳目이 포착捕捉한다면,[28] 암호법전暗號法典으로 작성될 수 없는 것도 해독록解讀錄 될 수 있는지라.[29] 자 이제, 교리가 통용하나니, 우리는 결과를 야기하는 유발적誘發的 원인[30]과

후분신결과後分身結果를 이따금 재기하는 감과感果를 지닌 셈이로다. 또는 나는 제안하는 바 이 필남[1]의 미화尾話를 우편배달원 식으로 왜곡하도록 결단을 내리고자 하는도다. 요지는 숀[2]의 요지이나 손(手)은 사미아스의 손인지라.[3] 쇈—쉼—숑. 위조 케빈〔숀〕에 강한 의념疑念이 있나니 그리고 우리들 모두는 유년시절의 환상 속의 여汝를 기억하도다. 나와 그대 사이에 있는 그이[4]와 어떤 이에 관하여 푸념하도록 가락을 붙이는 것은 스캔들의 종鐘[5]인지라. 그는 둘 토이조土耳鳥(터키즈)에 설교하고,[6] 모든 소인도인騷印度人을 세례 할지니, 이 수도원 사師야말로, 그리하여 전이전복고주의前以前復古主義의 청동불승青銅佛僧[7] 시대에 있는 모든 것에 황금의 희소식을 공급하여 볼 사이에 오리니 소매치기의 모공예帽工藝[8] 도점盜店에 그들의 부활절동풍東風의 신탄新誕을 위탁하리로다. 그는 견상사堅商社의 우리들의 송성자送聖者이라. 그럼 이제, 그대는 사사제四司祭 적赤미사 뒤에 그에 관하여 그대의 마음속에 정당한 주저를 가지거나 아니면 그대는 우체직[9]에 있단 말인고? 내게 당황하지 말고 직화행直話行할지라. 비동飛動할지라, 표범이여!

〔욘의 기다란 대답 형제의 동질 및 이질에 대하여〕 — 광표狂豹 같으니![10] 내게 세이청歲耳聽할지니! 아니, 천만에! 나의 숀안의 이 걸쇠가 나의 담보물 되기를! 나는 그대가 원부를 감동시켰음을 볼지니, 알랑대는 말칸토니오!〔셈〕[11] 이토록 처참한 자가 내게 뭘 말할 수 있으며 혹은 어찌 내가 그와 악운을 관계하랴?[12] 우리는 짓궂음으로 자궁 충만했나니, 시발적으로,13) 유사자類似者 영원유사永遠類似하면서, 머리털 꼭대기에서 발뒤꿈치까지,[14] 알피레베카[15]의 불세하층민不洗下層民들, 동자同子 시時의 동자, 저 꼬마 아기, 기원적紀元的으로,[16] 나의 나癩표범 형제, 어린애, 단지 15청춘기의 무구아無垢兒.[17] 실재학교實在學校를 너무나 삼배광택三倍光澤스럽게 견디는 그대의 자우사화자子牛獅化者들[18] 속의 그대 온통, 그의 성냥처럼 직입한 채, 계란처럼 건실하게, 소금처럼 맛있게 그리고 빵처럼 신선하게,[19] 년年버터를 평행 시키면서, 과연 나는 그를 섬광내밀閃光內密의 비만돈肥滿豚으로 분신동화分身動化 시켰도다. 나는 나의 형제의 파수꾼(원아園兒)인고? 나는 알지 못하는지라, 오 맥脈이여,[20] 나는 이 하천국下天國의 공주자共住者로서 확신하거니와, 나의 유아여, 최초의 발동자와 대조하면서, 내가 그로부터 상후계上後繼한 저 아비부父는 알고 있나니, 내가 생각하듯, 그로부터 기인한 나는, 자신의 중표요, 공중, 해변 및 수항水港에 거주 살아남았는지라, 내가 종교서품식을 친탁 당한 것에 대하여 나의 미래의 처지를 소유하면서 세 번나 자신 쪽으로 낙落하면서 유년피幼年皮를 안식安息시키면서 관습을 수득收得했을 때 에투루리아 왕파를 따르거나 내함內含 슬라브 왕파와 연관하면서 개종했나니 표절 가래침을 포옹하면서, 나의 두발頭髮을 세례하고, 오 존주尊主여, 그리하여 교부파教父派의 동기로부터 나의 의상을 제거 당한 채, 나의 최소과오를 통하여![21] 이런 지겨움(이크)을 허락한다 해도(지겨운 깜둥이 우상깜둥이) 겸허하게 들어가며 몸 낮춘 채, 아천我賤의 분비학적 과거를 사통死通하고,

〔479.17—482.06〕 대화가 언덕 혹은 보트—그리고 거기서 그의 아버지 퍼시 오레일리에게로 유동한다.

〔483—485〕 욘은 골을 내며 그의 심문자들을 비난한다—천만에! 욘의 목소리가 대답하도다. 나의 손안의 이 걸쇠가 나의 담보물 되기를! 그러나 왜 저 알랑대는 필남筆男 셈의 이야기를 불러일으키는고? 이토록 처참한 자가 내게 뭘 말할 수 있으며, 혹은 어찌 내가 그와 관계하랴? 나는 형제의 파수꾼인고(Been ike hins kindergardien)? 나는 알지 못하는지라, 최초의 발동자인, 나의 형제의 면전에서 내가 정명定命되었을 때.(그는…)

〔셈—그이—그대. 욘—숀—나〕— 그토록 냄새 풍기면서 고백에 나 자신 참여하며 청결을 지탱하면서 그대들의 팔각목八脚目(動)에 발[1] 걸려 넘어지며, 구화口話 전무全無 지압指壓, 그이〔셈〕 앞에 나의 온유성을 자인하면서 나의 오디온 성당[2]을 나의 종기 부복향俯伏向에 제공하며 나의 빗방울 행렬을 동행하면서 아안我眼에 안염眼鹽을 제공하는지라, 내가 (지금의 내가 그 속에 존재하는 인간) 행하지 않았던 것을, 어찌 그는 말하기를 시도하며 급기야는 어찌 그가 사명하고 있었는지 급급키야 그가 모든 것을 순화唇話했는지, 왜 나의 섹스 육번六番의 최선우인, 그대〔셈〕는, 네피우(조카)를 끌어안고 있는 비틀거리는, 늙은 독신성獨身聲의, 험프리〔HCE〕에게, 그의 밤의 사무실에 앉아 이 따위 우직郵職을 설명하면서, 당시 민족통일주의자[3]였던, 나를, 항상 기꺼이 돕겠다고 지껄여댔던고? 그러자 부가하여, 성聖마마누요[4]를 제시하면서, 그대는 주위를 타박하고 돌아다니는지라 그대의 동의발의動議發意를 동봉하거나 여타 세례원자洗禮願者들을 접촉하면서 이후서명부대以來署名附帶를 계속하거나 이를테면 마련하면서 그대는 나의 이후탄일以後誕日을 축낙인祝烙印하려하는지라, 은폐자를 은폐한 채, 나는 양면 약간 도도하여, 가장 도서민인지라, 불과 과다애란인過多愛蘭人[5]로 종결되도다. 글쎄, 그대의 암울저주할 안면은 집어치울지라. 자동 차이나타운 앞에, 다수 토큰(대용경화)이 손안에 있기 때문에,[6] 나는 게다가 방금 속사俗事의 경우에 저 말벌 자상刺傷을 겸허하게 정정할지라. 나는 지금 나의 포켓 속에 그대의 속조俗造의 추기경들, 왕자, 배회사자徘徊獅子, 도웅우跳雄牛, 자만 독수리[7]를 가득 넣고 있나니! 교창성가를![8] 나는 그대를 히타이트 적족敵族[9]의 면전에서 구했나니 그런데 그대는 맹루盲漏의 하리[10] 뒤에 나를 고古더블린의 시민오총市民汚塚한테 풀어 놓았도다. 나는 호기에 그대에게 가르쳤나니, 나의 노형이여, 교황사절의 권능의 W. X. Y. Z.와 P. Q. R. S.[11]를 그런데 그대, 애이비 및 시티크랜 승정,[12] 나는 알고 있는지라, 나를 전적으로 투영조사하면서, 나를 사방강복四方降服했도다. 나는 그대를 나병랑癩病狼의 루페[13]에서 데리고 왔는지라 그리고 그대는 나의 편설실언片舌失言[14]을 기억하도다. 와시와시와타와타시! 자아自我자아나 나나자보쿠자신을![15] 와타쿠시 자식 놈! 독심毒心이도다. 당시사고! 소박한 제과를 뱉기 위한 경의의 추억. 나의 지구장직 카스트(세습계급)는 한 카트 그대의 순례자 직 위에 있나니. 바라옵건대 유복留福하기를. 나의 세대의 노각勞刻을 볼지라! 나의 주사主司, 다원체력학자 티오프라스티우스[16]는 심령은 천상층권으로부터 나온다고 기록하지 않았던고? 나는 프레스토퍼 포룸버스와 포버스 파리오와 함께 폭민정치제暴民政治制에 속하도다. 편형片衡 첼리 델리로부터 켈리 텔리[17]를 경유 단행. 야호 앵무새 파파가루스와 펌퍼스 마그너스[18]에 의하여 외국에서 모사模寫된, 나에 관해 고증高證된 나의 옥인獄印 만사여락萬事汝樂 이하동문以下同文을 볼지라 에헴! 영계어역英系語譯 *계란 빈담수어貧淡水魚 여불식汝不殖 호기빈마好奇牝馬라.*[19]

〔485-491〕 욘이 그의 형제에게 자신의 상관관계를 설명하자 심문은 계속된다.

〔462.07-485.07〕 그들의 대화가 편지로—그리고 거기서 쌍둥이에게로 유동한다—맥도갈의 HCE에 대한 대꾸—상업적 중국 영어

〔욘의 가문家紋 서술〕 애란 승정은 나의 고숭高崇의 삼우근장三羽根裝관모[1]와 미부의 표어(모토) 문구가 달린 저남低男 묘지猫舐의 추장 모닝 가문장家紋章에 무금無禁 자화자찬할 수 있나니 나는 섬기노라[2] 즉 가스피, 오토 및 소우어,[3] 그는 역譯하나니 메아리 요정 그렇게 머물지라! 어드레싱 먹느냐 먹지 않느냐 육체는 그대 것이나니. 그리하여, 명심할지라, 신찬송神讚頌하사, 나의 하느님(모이 부그)의 최후천개심일最後天蓋審日에 여汝가 들을 최초 찬인讚人의 자아명이도다. 안녕(오러 브와)![4] 혹은 겔먼어語로 수장절의 향연(빨지라)(Suck it!)[5]

— 그걸 그대 몸소 빨지라.(Suck it)[6] 사탕막대! 과연, 그대는 누가 그대의 상한 발가락을 낙견樂見하거나[7] 혹은 그대의 궐련을 맛보도록 요구하고 있다고 생각하는고, 뜨겁고 쓴! 어형魚形! 투전승부投錢勝負 참섭參涉! 고맙기도 한지고! 남자의 험모음險母音과 여자의 설자음舌子音 사이! 적 장미 랜케스터와 백장미 요크[8]와 함께 김金, 이李, 박朴, 어중이떠중이 모두! 우리는 육담영어陸談英語를 말하는고 아니면 그대가 해독어海獨語를 말하고 있는고? 이봐요, 축무심자祝無心者여, 어디로 가야 하는지를 아는 것이 남아 있나니? 소량의 말도 하행시何行時에는 성가신 건고? 아는 것이 남아 있다니? 돌아와요, 악동 심술궂게, 우여신구牛女神丘로![9] 돌아가요, 아동 소란스럽게, 나와 함께! 노령〔HCE〕[10]의 삼우관모三羽冠毛는 어떻게 되는 건고, 나의 소년, 세세월을 통하여,[11] 우리에게 말 할지라, 웅? 부라이언의 단 한 사람은 어떻게 되는 건고, 수도사여, *웅, 웅, 저에게 하나님의 숨결을 불어 넣으소서*, 내게 장로를 싹트게 하옵소서! 저 선의의 길손인 살구빛애구가愛鳩家[12]는 하지가何脂價라, 웅, 웅, 웅, 향사 집게 이耳벌레,〔HCE〕 에스큐도 화주貨主. 젠킨즈의 이지역耳地域[13]의, 그와 더불어 나는 그의 설하舌下 및 그의 둔전화鈍電話 호랑가시나무 여보세요 담쟁이덩굴 했나니, 세상에 소리가 있기 전에? 그〔HCE〕의 최선 들치기 친구는 얼마나 크게 그리고 자신 상하이(상해桑海)화化 되었던고? 멍청이 같으니! 전과 이범자, 일마간一馬間 속에 세 새끼[14]〔솀, 숀, 이시〕 낳았는지라. 그에게 고성주高聲主의 저주를! 우리가 내이內耳로 뒤퉁스레 그를 청할 때 만일 그대가 그를 외이外耳로 청한다면, 아침의 미반米飯에서부터 야반夜飯까지[15]. 호 하 히 그이 숙취! 친나親那 친나![16]

〔욘의 HCE에 대한 언급〕 — 나는 더 이상 무노無怒라, 나는 장난감의 가짜를 말하는지라. 양질의 겨우살이(植)를, 제발! 나의 무돈無豚 기본基本 언제나 꼭 같은 일호壹號 상측上側 고범주남高帆柱男. 타시에 나의 돈豚은 한 가지 찬가讚歌를 저축하나니. 제발, 미스타 루키 워키! 요아담 자우복雌牛腹(카우보이) 마님속屬 사냥육肉 피녀인식사아장彼女引食事我長, 어럽쇼. 도깨비상자 피녀속彼女屬. 다량 습습濕濕하도다.

〔맥도갈의 대꾸〕 — 지옥의 공자孔子〔HCE〕 및 자연력自然力! 과과다다!過過多多!그건 우정 서기〔욘—숀〕가 말하는 것이 결코 아닌지라. 친친(지나지나支那支那) 담談을

〔485.08–486.31〕 4노인들은 쓸데없이 그의 대답을 의미 있게 하려고—그들을 3가지 비전(vision)으로 굴종시키려고 노력한다—욘은 크게 말한다.

일본日本 부랑아들과 타협하면서! 그대의 양부羊父의 미담尾談[1]에 대한 흐느낌의 이야기를 멈출지라! 그대는 로마 까악트릭(묘기) 432인고?[2]

— *나의 멍에를 사두마인차四頭馬引車할지라*[3].

나의 밀화[4]*를 삼회三回(트리플)할지라.*

나의 종마를 이종二縱할지라.

— 역사는 피녀彼女처럼 하프 진주進奏되도다.[5] 이일조二一調에 맞추어 그대의 노야응老夜鷹은 허언虛言 했나니.[6] 탄트리스,[7] 햇트릭(帽技), 밀회와 이별, 이모음활주二母音滑走에 의하여! 나는 입(口)이 과연화過然話하는 전율낙戰慄樂을 느끼는지라, 오 통역남通譯男이여,[8] 두 손은 대역代役이나니. 노동사櫓動詞하는 잠입어潛入語. 단지 인간의 마임(무언극) 하느님은 당농담當弄談하도다. 오래된 질서는 변화하나니[9] 그리하여 최초처럼 후속하는지라.[10] 각각의 제삼남第三男은[11] 자신의 양심 속에 지나녀支那女는 자신의 마음속에 일담日談을[12] 지니도다. 자 이제, 나의 눈의 소동자小童子에 고착할지라, 미뉴시우스 맨드래이크(맹자남용孟子男龍)여,[13] 그리하여 나의 작은 심리중화학心理中華學을[14] 따를지라, 투사投蛇의 빈완자貧腕者여. 이제 나는, 타투의 대왕大王[15]인지라, 매장비취埋葬翡翠의 저 두문자 T 사각四角을 잠시 그대의 관자놀이에 꼭 바로 세워 놓을지로다. 그대는 뭔가를 보는고, 템풀 측두골기사단원側頭骨騎士團員이여?[16]

— 나는 한 흑黑후렌치 빵장수를 보나니… 그리하여 그는 자신의 뇌과腦鍋 위에 운반하고 있는지라… 사원寺院을 닮은 러브(愛)젤리를, 자신의… 테이언(여汝)(그리스도)을 위해, 얼마나 그는 혹신或身을 닮았는고.

— 경건한, 한 경건한 사람. 무슨 트리스탄의 소리가 나의 귀를 이조드 공격하는고? 나는 꼭 같은, 양두羊頭를 가진 이 뱀(蛇)[17]을 수평으로 놓았나니, 그리하여 그걸 그대의 입술 쪽으로 약간 가볍게 향하게 놓았도다. 그대 무엇을 느끼는고, 순애자脣愛子여?

— 나는 멋진 귀부인을 느끼나니… 이시스부레풀[18]의 정류靜流에 부동浮動하는… 금발을 침대 쪽으로… 그리고 하얀 양팔[19]을 섬광자閃光者 쪽으로… 오 라라 라라!

— 순결하게, 순결한 모습으로. 오, 존存할지라 그러나 급急히(스위프트) 그리고 정靜(스텔라)할지니 허영의 적자適者(바네사)여![20] 오늘은 충실한 채, 내일은 이별한 채.[21] 나는 그대의 삼부三部의 두문자를 뒤집어 그걸 엄하게(스턴) 서명하는지라, 그리하여 허리띠에 손도끼를,[22] 그대의 가슴 위에. 그대 무엇을 듣는고, 가슴바디?[23]

— 나는 문 뒤에서 한 도충跳蟲이 왕겨 연못 속에 자신의 양다리를 찰싹거리고 있는 것을 영청聆聽하도다.

— 성전聖戰(불알),[24] 성전 마냥 투鬪하면서. 그리하여 삼부작환상三部作幻想〔인간 역사의 비전〕이 지나도다. 언덕중턱에서부터 언덕중턱 속으로. 사라지는 미요정美妖精. 다시 나는 그대의 매상妹像[25]의 영화려성映華麗性에 의해 희락喜樂했나니. 자 이제, 꿈이 격려여촉激勵旅促하는지라, 혹시 나는 여태껏 그런 일이 그대에게 일어났던가를 방문하고 싶으나니, 그대의 자질 상, 이 보다 이전에,

그대의 이베리아 반도극북실적半島極北實的인 상상력을 뺌으로써, 그리하여 때는 이러한 과대허풍過大虛風 보다 빠른지라, 그대가, 무사고라면, 그대의 차생次生으로부터 잠재적연속潛在的連續에 있어서 상보족적相補足的 성격에 의하여, 목소리는 별도로, 아주 크게 대체代替될 수 있을 것인고?[1] 가련可憐! 나는 그대의 사고思考 때문에 전율하도다! 사고할지라! 그대의 마음으로부터 취하여 이걸 떠맡을지니. 다음의 말은 그대의 답에 달렸도다.

〔욘의 대답〕 — 나는 노사고努思考하고 있는지라, 신에 감사하게도! 내가 빈대(蟲)를 느꼈다고 생각했을 때 나는 바로 사고思考하려고 노력하고 있었나니. 나는 그럴지도 모르는지라. 말할 수 없나니, 그건 전혀 무의미하기 때문에. 한두 번 내가 오딘버러에서 나의 부적형腐敵兄, 잭 존즈[2], 저 수음자와 함께 있었을 때, 그런데, 소년변성少年變聲은 별개로, 나의 연계어連繫語의 근촌인댁近村人宅에서, 당시 나는 나의 대용원복代用園服을 시착試着하려고 사상思像했는지라, 그리하여 혹시 한층 크지 않을까 당신은 어림잡을 수 없겠지만, 그대, 회식친구會食親舊가 느끼는 이상으로. 수차례, 형언型言하자면, 어두운 곳에서 내가 사고했다시피, 나는 어쩌다가 나의 살벌殺罰스러운 상상想像 속에 나 자신으로부터 생존권을 뺀쳐보려고 했도다.[3] 나는 반半스카치주酒 및 포다주 수프 마냥 거의 중년이된 것처럼 버터 야수속의 빵 미인[4]인 듯 기분을 느꼈는지라 그런고로 나는 나 자신에게 지적하거니와 나의 지주신支柱神에 맹세코 얼마나 내가 전혀 내 자신이 아닌 것을, 경칠 크게 염려 말지니, 그리고 그때 나는 얼마나 걸맞게 내가 되어 가려하고 있는지를 나 자신 스스로 중감重感하도다.

— 오, 그대에게는 그게 그런 식 인고, 그대 가재(動)피조물이여?[5] 애당초에 숙어宿語있었나니[6], 상습常習! 두건頭巾은 탁발형제托鉢兄弟와 친하지 않도다. 목소리는 야곱농자弄者의 목소리요,[7] 나는 두렵나니. 그대는 방금 모방 로마(Roma)인고 아니면 이제 애愛아모(Amor)인고.[8] 그대는 우리들의 모든 공감을 가졌나니, 안 그런고, 패트릭(기교技巧) 군,[9] 만일 그대가 상관하지 않는다면, 말하자면, 가락歌樂이나 허언虛言은 제쳐놓고, 나의 단도직입문單刀直入問에 답하는 것이?

〔욘의 대답〕 — 신이여 수사修士를 도우소서![10] 나는 말하자면 이걸 상관하지 않는지라, 그대의 엄격한 힐문에 대답하는 것을, 그에 반하여 그대가 앞서 묻지 않았더라면 무의미했을 것인 것처럼 내가 방금 대답하는 것이 비윤리적일지라. 동사同事(셈) 불가요, 고향(햄)무지無志인지라, 나는 귀행歸行할지니. 귀환은 나의 것 그리하여 나는 귀환할지로다[11]. 나의 이름으로 그대 나를 부를지니, 리란더여.[12] 그러나 나의 은신처에서 그대는 나를 못 볼지라. 말(馬)이 역어행보逆語行步할 때 카파리수트[13]의 제일가는 다크호스(최흑마最黑馬)로다. 그대는 나를 한번 알았지만 그러나 나를 두 번 알지 못하리니. 나는 솔직히 이질적인지라, 학예學藝, 사랑과 도적에 있어서 자유금요일의 아이[14].

— 나의 아이여, 이걸 알지니! 저 대답의 혹부或部는 저 최초의 허언인虛言人[15]인, 성 취臭시노디우스의 필서에서 그대가 징취徵取한 것처럼 보이는도다.

그런고로, 그대가 여왕을 존경하고 복종하듯, 수치화羞恥化의 내주성內住性이 하나로서 얽혀져 있는지 아니면 둘로 보조補調되어 있는지를. 우리로 하여금 듣게 하라, 예술최단자藝術最單者여! 〔욘〕

〔욘의 대답〕 — 친실親實로 사랑하는 형제 브루노와 노라,[1] 오렌지 밭 성聖나소우가街[2] 월편의 속俗(레몬) 서간행원書簡行員들과 상비문구常備文具 생협동자生協同者들은, 작주昨週 전에 상오 동일하게, 이븐 센과 이판츄쓰[3]로부터 그걸 번갈아[4] 설명하고 있었도다. 피상彼上 노라 브루노가 자신의 자아自我 브루노를 가장 불여의하게 독점할 때 사투력死鬪力에 의하여 동등하고 대립적인 브루노 자신을 사자獅子 노라 총체적으로 시감視感하는지라, *재언再言하건대*, 노라에 의하여 영원히 반대되는 브루노처럼 동등하게 도발 받는 총사總獅 반대자를 영원히 도발하는도다. 가련한 범주자汎酒者여, 사가저獅歌低 가사歌獅 영원토록 그가 그렇게 되게 하소서!

— 혹자가 그들의 월편에서 재차 들을지 모르나니, 저 공중의 사자후, 페린[5] 조환성造喚聲의 동물원 후후후후명鳴을. 곰 서방(브루노)이 사자 귀공貴公(노란)에 가는지라[6], 하지만 아버로스[7]는 누구인고? 만일 그것이라면?[8] 혹은 그대 여의如意의 노란이지만 불여의의 보란이란 뜻인고, 한 가지 알리바이(현장부재증명)로서, 그대는 범의변호묵犯意辯護黙하는고,[9] 비이기적으로 단수單數로 고통 받으면서 그러나 적극적으로 복수複數를 즐기면서? 저 유일혼唯一魂을 소진당화消盡當化할지라, 그대 식형제息兄弟이여! 회억悔憶할지라, 허풍자여, 그대 틀림없이 허언사침虛言死寢할지로다![10]

〔욘의 재차 응답〕 — 오그래그래요(Oyessoyess)![11] 나는 우편배달원으로 선재先在하는 것을 결코 몽극夢劇한 바 없지만 그러나 나는 오스트랄(타조駝鳥)리아의 모처를 의미하는지라, 아다我多 심애深愛스러운 사애자死愛子. 나의 알리 바이소년 형제, 이 도시의, 흑黑에고이스트 캐이블(傳信), 그리하여 그에게 이름을 결코 붙이지 않는 것이 한층 나으려니와, 나의 전술한 형제, 도약신跳躍神(속죄양), 뒤에서부터 성당을 봄으로서 추인追引당했는지라, 그리하여 그는 만성인전야萬聖人前夜(HE) 산문신서散文新書(C) 및 매每제령일야諸靈日夜 악운문惡韻文의 송자送者로다. 하이 브라질[12] 브랜단[13]의 지연전보, 중 지구[14] 클레어어語,[15] 영영영구(0009).[16] 기선 편. 더브리어, 구주도歐洲道 경유,[17] 부점附點. 오늘 굶주림 연극 스톱 내일 개봉 둘 연극 부점 전보 지불 현금 플러스 부점 전신. 그대는 가련한 알비소브리노스, 제프리를 여태 잊었는고, 그대 지긋지긋한 고엽병자枯葉病者,〔셈의 전보 172.20—172.25 참조〕 자신의 배면背面에 붙은 필요한 흰 헝겊조각(패치)에 의하여 신원확인 가可한? 어떻게 그는 자신의 폐肺를 쫓아 주호국酒豪國[18]으로 갔던고, 나의 비만悲晩의 형제, 자신의 불알결장結腸의 확복擴腹 전에? 그대는 나와 소小성모송聖母誦, 최고병最高甁에, 참여할 의향은 없는고, 정다운 카펠러[19]를 위해, 연합 애란인,[20] 무엇 때문에, 비록 이방인, 기침하는 자들 및 가려운 자들 및 적하자積荷者들 및 비만 서자鼠者들 및 이단자들[21]을 더 좋아함에도, 왠고하니 그에 대해 애국자들은 잘못했는지라.[22] 우리들의 그로우 맥그리였던 심금心琴이여![23]

하지만 그〔솀〕를 죽었다고 결론지으면서, 그를 애도하는 혹자들이 있는가 하면, 서서 기다리는 자들도 한층 많을지로다.[1] 그는 계단을 호승狐昇하거나 자신의 굴발窟髮 속에 오소리(動)괴롭히나니, 그는 *빅토리아 훈장(V. V. C.)*[2]을 득得해야만 할지라. 의도蟻跳에는 충포도充葡萄를[3] 그리고 그의 전공혼全孔魂에는 반 조각의 코딱지를! 그가 심지어 망실자亡失者들 사이에 있게 하옵소서![4] 우리들의 유중으로부터 속하는 것을 넘어. 가련한 형제를 위해 기도하나니,[5] 하지만 교수대를 피하고 한층 우리들의 충실하게 고인이된 자와 머물게 하옵시기를.[6] 나는 그대를 잘못 학대했도다. 나는 결코 악인들을 더 이상 보고 싶지 않나니 그러나 둔공보臀空報의 하인何人으로부터도 알기를 원하는지라, 심심한 사의를 표하는 타스[7]처럼, 이하동문以下同文, 혹시 그가 오스트(가혹)레일리아의 대척지對蹠地의 동소同所 혹은 하처何處에 살고 있는지, 나의 최애록最愛鹿과 함께, 자신의 쉬쉬 돈[8]으로, 안전저주安全詛呪하게도, 또는 도망跳望했는지 또는 어느 누가 주잔酒盞에 광회光灰를 던질 수 있는지, 나의 사랑하는 양육자, E. 오빗 노란, 작품집, N. S. W.,[9] 제리뷜트 존사 그의 역외域外의 조건, 이들 지역들에 속하지 않으면서, 그리하여 그가, 나는 나에 대한 피彼햄[10]을 기억하는지라, 우리가 형兄 및 매妹처럼 우리들의 양념병과 포리지 죽을 함께[11] 나누고 있었을 때, 그의 방랑放浪과 함께 내가 상상하기로, 그의 자주 빛 포도주를 기대하면서, 네모팽이 절제자者 같으니. 그는 자신 나를 창피(셈)하게 생각하고 있음에 틀림없는지라, 내가 그를 창피猖避하게 여기듯. 우리들은 마치 두 개의 반숙란半熟卵 덩어리 마냥 같은 나이 급에 속했도다.[12] 나는 그에게 최고로 도리를 지니는지라, 나의 동일병명同一病名에 맹세코, 우리들이 아미하리칸(솀)어語[13]로 그렇게 말했듯이, 더블리(이중) 원거리원자遠距離願者[14]를 통하여. 거과去過의 마음은 짧은 활시活時였도다. 그의 발에는 낡고 닳은 신발, 그의 배상賠償을 위해 설변불요舌辯不要! 그의 양손에 구두 한 짝! 나를 용서할지라, 제발, 동전 한 두 푼이면 그대는 행복하리니 나는 그대 그러리라 희망할지로다! 앞에서부터 감사로서 뒤에서 나를 기쁘게 할지니 그리하여 여기 그대의 진실한 친구 여불비례. 나는 학자가 아니나 저 사나이를 사랑했는지라, 그는 아프리카 살구 루핀(植)입술을 가졌나니, 그의 옆모습에 월광주月光酒의 빛을 띠고, 나의 솀 수다쟁이 형兄[15]! 나의 자유인! 나는 그대를 나의 반半형제라 부르나니 왜냐하면 그대는 자신의 절주안이節酒安易의 순간에, 신식信食, 도망跳望 및 자락慈樂 속에 나의 타고 날 때의 하시쾌활何時快活한 창가형唱家兄, S. H. 대빗[16]을 깊이 상기시키기 때문이라, 저 야우夜愚의 애란병신愛蘭病身[17], 그리하여 그는 시드니와 알리 바니[18]에 의하여 친누親漏하게도 심노甚勞 당하도다.

〔심문자〕 — 그대가 그걸 노래하듯 그건 일종의 학구로다. 아我의 타他에게 자필된 저 근황보고近況報告, 저 절미완絶未完의 영계획永計劃된 것이라니?

〔욘〕 — 이 무일無日의 일기日記, 이 통야通夜의 뉴스 얼레.[19]

〔심문자〕 — 맙소사 나리! 이 무선시대에 여하한 늙은 올빼미 수탉인들 멍텅구리[20]를

〔489〕 욘은 솀을 사랑하는 척, 기도한다. 그리고 자신이 그에게 해를 끼친 것을 인정한다. "그가 심지어 망실자들 사이에 있게 하옵소서!…나는 그대를 학대 했도다."(욘의 솀에 대한 유년시절의 기다란 회상). "우리는 가난하여 쌀죽을 먹고살았단다. 우리가 형 및 매처럼 우리들의 양념병과 포리지 죽을 함께 나누고 있었을 때…나는 학자가 아니나, 아프리카 입술을 가진 그를 사랑하노라."

쪼아대지 못하랴. 그러나 왜 그는 그토록 번민 밀랍상태蜜蠟狀態가 되었는고? 그는고통 받은 고생자苦生者의 고승孤勝한 고충자苦衷者였던고?

〔욘〕 — 강확실强確實이! 그의 배차背車를 위해 갈 길을! 그가 고성으로 독서하고 있었을 때 한 대의 근접近接유모차가 그의 소포대小包袋를 공성공격攻城攻擊했는지라,[1] 두 조복사助服事들과 함께 그는 과민하게도 자신의 둔예臀藝의 저 경련을 실감失感해 왔도다.[2]

〔심문자〕 — 마도나와 영아嬰兒,[3] 이중생활을 영위하는 이상주의자 같으니! 그러나 누구인고, 형제의 광휘로서, 유명론적唯名論的 출현자로서의 노란[4]은?

〔욘〕 — 노란씨氏는 필경신대신畢竟神代身으로 신여자神與者 씨[5]〔솀〕로다.

〔맥다갈의 외침〕 — 나는 과연 알았도다. 인칭에 관한 그의 언사를 듣고서 우리는 그를 진실한 인물로 신뢰하기 시작하는지라. 그대 악취자 같으니[6] 그는 여성형의 직접 목적 앞에 그대를 위해 애초부터 패트릭(처럼) 버티고 서 있도다. 나는 알겠노라. 처녀동명處女同名으로. 자 이제, 나는 그대에게 진지하게 묻고 있거니와, 그리하여 이 야후족(수면인간족獸面人間族)과 저 휘넘족(이성마족理性馬族)[7] 간의 이야기처럼 말하건대, 그대는 총이분總二分 동안 그대의 신여神與의 비망록을 통하여 이 체현體現하는 부副노란, 불결견상不潔肩上의 미발두美髮頭[8]를 바로 탐색할 용의는 없는고. 그건 두 겹의 진실로, 불취不取의 과오국외망명자過誤國外亡命者, 한층 그대 자신의 중간키에, 모래 빛의 구레나룻을 기른, 너무나도 충실하게 진실다운 그리고 재진실再眞實로 도브린갱(마두목馬頭目)[9]일지라? 나의 갈빗대 끝을 내게 콕콕 찔러, 나의 입으로부터 초언답初言答을 후벼 낼지라.

〔욘〕 — 성 배고트가街의 삼용도三用途의 스타우트(맥주) 강음자强飮者〔솀〕,[10] 이전의 도육자刀肉者, 그리하여 그는, 최근 나는 4실링 6펜스를 때문에 그를 능가경凌駕驚했나니, 크리스마스 조鳥을 갖고 귀향하며,[11] 악보처럼 무거운, 손을 눈에 대고 노엘의 주궁舟弓[12]을 향해 응시하면서, 축복의 양육장[13]에서, 자신의 울화와 함께 내게 불결한 짓을 행하고 있는지라 그리하여 모든 이러한 신서神恕의 킬로와트라니 나는 그런 일이 없었더라면 한층 좋았을 것을. 그녀〔ALP〕가 그〔솀〕에게 편지를 우서右書했나니 그녀는 나〔숀—욘〕로 인하여 좌생左生했는지라, 제니 레디비 바(재생再生)여![14] 뚜우변便![15] 그대를 위해 변지를, 노브루 씨. 뚜우 뚜우! 그대를 위해 양편지良便紙라, 아놀 씨![16] 이것이 적상대면일赤相對面日 아침의 우리 길이도다.[17]

〔맥〕 — 투와세아데이[18] 출신의 그대의 반향인反鄕人[19]이 우서간右書簡을 찾고 있을 때 그건 좋은 징조가 아니겠는고? 정녕?

〔욘〕 — 나는 진실로 말하나니, 그건 그렇지 아니한 확폭우確暴雨의 징조로다.

〔맥〕 — 하지만 그의 마음의 웅돈雄豚에 대해서는 어떠한고? 만일 심지어 그녀가 착한 가금家禽 피긴이라면?[20]

〔욘〕 — 만일 그녀가 그대의 창窓턱을 먹는다면 그대는 웅돈雄豚을[21] 말하지 않으리라.

〔맥〕 — 만일 내가 다른 새들을 놀라게 하는 자신의 꽁지에 호루라기 달린 한 황소,[22] 우장사牛壯士를 그대가 지녔는지를 그대에게 묻는다면, 그대는 놀랄 터인고?

〔욘〕 — 나는 그러하리라.

〔맥〕 — 그대는 신디 및 샌디와 함께 고리아스[1], 황소를 시중들고 있었던고?

〔욘〕 — 당신은 자신이 좋아하는 것을 나로 하여금 말하게 하려고 하는도다. 나는 장례식을 의도하고 있었는지라.[2] 단순히 그리고 단견본短見本으로.

〔맥〕 — 그들은 자신의 형제를 해결하는데 지나치게 현명한고?[3]

〔욘〕 — 그리하여 양자는 꼭 같은 주제에 당도하도다.[4]

〔맥〕 — 터그백은 백커트가街[5]인지라. 당시 크리스천 매(鳥)순교자가 그의 승정僧正을 독수리(鳥)탐耽하거나 또는 어빙 정통파[6]를 경칠 발톱 할퀴도다.[7] 행운교환幸運交換, 나는 알도다. 중년中年의 비만확대肥滿擴大를 통하여 젊음을 생각하며, 도덕비만道德肥滿에 자신의 심성心性은 의지依支하는도다. 우리는 타래송곳이라 불리는 우리들의 곡통거리曲通距離[8]로 그곳 정상頂上할 수 있으리라. 그것은 리스모오로부터 브렌던 갑岬[9]까지, 사방팔방 1마일 동안의 최고로 멋진 산책곡도散策曲道일지니, 패트릭가街,[10] 만일 그것의 중간에서부터 곡륜曲輪을 택한다면. 그대는 또한 밀회소에 관하여 말했나니, 두(투) 투투.[11] 나는 방금 경탄하는지라, 골방의 비색秘索을 누설하지 않고, 호도새(鳥) 또는 거위(鳥), 나는 하처何處에서 하명何名의 언급을 들었던고? 마로우뢰인 혹은 데마쉬를?[12] 어느 한쪽 끝을 우리에게 타가打歌할지라,

*그대 오청誤聽한 적이 있는고, 반 호퍼 또는 에벨 테레사 캐인을.*13)

— 마르크! 마르크! 마르크![14]

그는 지주저택원地主邸宅園[15]*에서 바지를 떨어뜨렸나니*

그리하여 그는 요오오크의 대주교[16]*한테서 양갓냉이(植) 셔츠 옷을 빌려야만 했도다!*

〔맥〕 — 브라브딩나그(거인국인巨人國人)[17]*가 소요를 위해 외출을?*

〔욘〕 — 그리고 리리파트(소인국인小人國人)[18]*가 초지 위에.*

〔맥〕 — 재삼 존재물 속의 재삼 존재. 공세로부터 동맹까지[19] 그들의 중심연합세력[20]을 통하여?

— 피어스! 퍼스![21] 퀵! 퀙!

— 오 타라[22]의 개똥지빠귀(鳥), 무시세불량증권판매인無時勢不良證券販賣人! 그리하여 그〔HCE〕는 초록세족목요일草綠洗足木曜日[23]을 위하여 평균초온도平均草溫度를 단지 재고 있었다고 자신이 말했는지라, 경칠 얼룩 사다리 운반꾼[24] 같으니! 누군지 그대 알고 있는고, 저 홍합남紅蛤男,[25] 완력남腕力男 그리고 겨우살이男? 항울抗鬱, 마미, 나의 홍맘![26] 그는 드루리(음산한) 골목길을 사랑하도다. 방금 권모동녀捲毛童女들을 쌍생雙生하게 한 농인聾人 가발자假髮者 씨에게 연축복戀祝福을 느낄지 그는 호록 방직紡織[27] 이불 사이에서 휴식하고 있었나니, 백白의 병전兵戰을 비탄하면서, 보어 찬전贊戰 친영파, 그리하여 양도讓渡의 장애에 의하여 비편견非偏見된 채 그러나, 최초의 각일覺日, 뇌신에 맹세코, 그는 공세에 맞섰는지라 그리하여 발틱의 바이그라드[28] 시市의 자신의 신병휴가 바지와 승마 에이프런을 입은 채,[29] 늙은 무기력남無氣力男 같으니, 그건 아란亞蘭의 대담한 부소년浮少年들30)이 입대하려하지 않았던 때였도다.

〔490〕 노인(심문자)은 왜 셈이 그렇게 되었는지 욘에게 묻는다. 욘은 자신 속에 두 삶이 있음을 대답하자, 심문자는 이상론자야 말로 이중생활자라고 말한다. 그러자 심문자 맥다갈이 욘의 대답이 모호하고 불확실하다고 말하고, 욘은 셈이 강음자强飮者라 말한다. 그는 셈이 ALP를 위하여 편지를 우서右書했나니, 그녀는 그로 인하여 좌생左生했고 말한다.

〔491—499〕 ALP의 목소리가 욘을 통하여 HCE의 무분별을 토론한다.

〔486.32—491.16〕 대화는 쌍둥이 그리고 욘의 신분으로 되돌아 부동하고—각자는 타자를 비개성화(impersonalize)한다—욘의 운시 대답.

〔491—499〕 ALP의 말들 욘을 통한 그녀의 목소리가 HCE의 몰지각을 토론 한다—4인방의 HCE에 대한 기억.

〔4인방〕 — 그대〔욘〕 어떻게 그걸 아는고, 착한 샌디 남男이여? 그〔HCE〕는 큰 선인善人이 아닌지라, 착한 샌디어[1]. 그의 무뚝뚝한 귀의 내련內蓮 융기隆起를 밀어 올리고 지금 당장 그에게 물어 볼지니, 어찌하여 그가 자신의 바스 음주音酒를 P조調(반음 내림)에 맞추어 실락失落했는지를. 그리하여 그 때문에 그는 알파 총소總笑 받았던고? 그런 다음 그는 베타유혹 당했던고? 개머 전음계全音階는?[2]

〔욘〕 — 월요광기月曜狂氣된 채! 화요순교火曜殉敎된 채!! 수요광경야水曜狂經夜된 채!!! 목요유대고인木曜猶太故人된 채!!!! 성금요쌍교녀위협聖金曜双嬌女威脅된 채!!!!![3] 토요견유土曜犬儒된 채!!!!!! 그리하여, 일요요화日曜要話된 채, 위선활강僞善活降된 채!!!!!!![4]

〔맥〕 — 신과 악여신惡女神이여! 우성愚性까지 우마약憂痲藥된 채? 그리하여 소녀 애니, 그의 우미목優美木의 여신,〔ALP〕 삼각주(델틱)의 암박명暗薄明[5] 속에, 소절小節을 통하여 그에게 공처로서아가恐妻露西亞歌를 노래 들려주며? 나의 울지 발髮은 홍해紅海[6]처럼 거치나니! 약탈노파掠奪老婆, 휘청대는, 국자 그리고 나는 그대를 치료할지니! 에메랄드의 어머니, 우리들 이웃들을 위하여 기도하사![7]

〔욘을 통한 ALP의 HCE에 대한 증인—옹호〕 — 머리카락, 홍안紅顔 및 밀지과蜜地果여! 끈적끈적한, 끈적끈적한, 지체 없이! 글쎄요, 나〔ALP〕는 캘커타(석탄절단자石炭切斷者)의 그들 배후흑수송혈背後黑輸送穴 속의 매력현악축제인魅力絃樂祝祭人들[8]에 의한 나의 완화해독제緩和解毒濟의 관리인들에게 반영되는 것의 동상同上의 진술을 부인하기를 간청하는지라, 당시 나의 진애眞愛의 다양존경多樣尊敬하는 주인〔HCE〕은 감방에 감금되어 있었나니, 나는 그런 힌두스타이어語 인류를 이해하거니와, 수소분출화학회水素噴出化學會(H. J. C. S.), 제나피아 흘웰[9]에 준한 나의 파인트들이 그의 여과필류주병濾過泌流酒餠[10]에 의한 것으로, 그리하여 당해물當該物〔ALP의 뇨尿〕을 나는 나의 기묘약용식액량처방법奇妙藥用式液量處方法에 따라 나의 세단 의자 속에 나의 이안포대泥顔包袋와 함께 나의 현금약종상現金藥種商이요 가정약사인, 수의사 서래이저 도우링[11]으로부터 우리들의 이외과의耳外科醫인, 아파마도 해어독터 아킴드 보룸보드,[12] 약종학박사藥種學博士(M. A. C. A.), 존사, 시링가 패드함(망우수화忘憂樹花), 알레루야 도시,[13] 옴브릴라가街 1001 번지까지, 나의 선수善水, 나의 중습성中濕性의 호우수豪雨水가 어떠한지를 살피기 위해, 솜벌레에 의하여 손상된 외의外衣 블루머의 뒤쪽 수선을 부탁할 겸, 그의 가랜더(월력月歷) 횃대봉棒에 의한 7야드, 그와 함께 나의 절대 무흠無欠의 찰싹찰싹 슬리퍼, 나의 깊이 공존조상恐尊祖上의 재산, 그런데 그는 우리에게 최불행最不幸의 괴로움을 끼치고 있거니와 이를 나는 카바나[14] 총독간지總督刊誌에 아탄원我歎願 속에 집필하고 있는지라, 그리하여 당시 그〔HCE〕는 마른 건불결열乾不潔熱 속에 그들의 올펜[15] 화畵를 칠하는 자신의 삼분지일대좌三分之一對坐의 도인塗人처럼 곱사 등으로 앉아 있었나니, 결혼하려는 하제적下劑的 경향을 자초하면서, 특별히 자신이 금단의 열매 되고 자신의 성속性俗의 목사에 의하여 악성惡性소화불량의 감성적 속음문성俗陰門性으로 확인된 채, 호화죄해협豪華罪海峽을 건너는(성호聖號하는) 한 바스켓 가득한 승정들과 함께,[16] 복황야腹荒野(투미 무어)의 곡마병曲魔病[17]을 가지고, 그를 매도축출罵倒逐出하는지라, 그리하여 그 뒤로는 트림 대帶 아래로 성적특허장이 송달될 때에는 굴복하는 경향을 나타내나니, 만일 나의 루피순화純貨 재순再純 순평판純評判의 남편각하(H. R. R.)[18]가

지정되고 주어진 광천수與鑛泉水로부터 그[HCE]의 셔츠 자락 속에 한 짧은 통음痛飮을 취한다면, 구주歐洲 아프카니스탄의 샘뱃 일요신문에 에릴 퍼시 오의 아요兒謠[1]와 함께 게재揭載된 달가운 아페리티프 감주甘酒의 자신의 용화容畵를 나[ALP]더러 보도록 말하면서, 그가 나의 나일 담청색 앙상볼의 앵무안鸚鵡眼의 일람一覽에 대한 나의 주년제周年祭에 삼가 경의를 표하고서야 비로소 독수리 눈을 깜박거리렸나니, 그의 태락의자怠樂椅子에 앉아 그러나 그는 나의 모든 마하라니 왕녀王女[2]속에 나의 반안면半顔面을 감추어주었는지라 그리하여 그는 시간의 종말의 성탄일 아침처럼 나의 낙구樂口 속으로 자두를 자물쇠 채웠나니, 자신의 붉은 양 뺨과 추장酋長의 턱에 그토록 경광輕光비누의 희망을 지니고 그리하여, 나의 매력자[HCE], 나는 그이 속에 나의 편수片手를 담구었는지라, 그는 단순히 내게 자신의 수직지주연봉垂直支柱鉛奉[3]을 보여주었나니, 바다 독사 마냥 쉬쉬 소리 내며 황홀취恍惚醉하는지라, 그리하여 그것은 당시처럼 일력왕당파예술수호자日力王黨派藝術守護者들[4]의 최현자最賢者에 의하여 자신의 남도男道답게 들어냈던 것이라, 재단再單 재심再心 재묵再默의 재언再言과 함께, 자신의 굴굴왜설猥褻 발정언어發情諺語로 사팔뜨기칠면취조七面醉鳥를 위한 럼주酒와 더불어 아애란주我愛蘭走했는지라, 고로 보석寶石 나의 애.인.(M.D.)이여[5], 이건 밀도자密屠者를 위한 것이니, 사라지라!

[맥] — 방금 한 말은 하자何者가 하인何人에게인고?

[욘] — 그건 하수何誰. 그러나 하구何口인지 나는 하통억何通憶할 수 없도다.

[맥] — 환상幻想(환타지)! 환상 위의 낙상樂想, 대사大赦의 판타지![6] 그리하여 의월하衣月下에 더 이상의 나신裸新은 없도다.[7] 토켈즈의 하진부인何眞婦人인, 오타[8]는 그녀의 모내의毛內衣[9] 속에 자신의 빈둥대는 땅딸보와 충돌했을 때, 그녀는 우리들의 여랑女廊의 무랑쌍유작부인無雙有爵婦人의 금일민今日民을 그들의 총폭거만總爆倨慢의 봉건적封建的 화과火誇 속에, 부채꼴 펼쳐진 채, 주름 장식되고 프랜지패니(植) 화향花香된 채, 세우려고 조모造模 했을 동안 에피알테스[10]가 그에 의해 능가한 통치자[11]가 도량(저울)인지라, 허언단신虛言單信, 그리하여 그에 의하여 우리들의 오우티스[12]가 그의 진인후眞咽喉를 자르는도다. 아크라이트여 지금!

[욘] — 긍장肯杖과 나부裸否가 찬贊과 부否를 말하는도다. 시급視急! 시급!

[맥] — 애愛이븐으로 하여금 황금의 문을 탄억歎憶하게 하옵소서, 그들의 불퇴색不褪色의 일광日光이 그녀를 배난背難했기에.[13] 애기愛起할지라, 오시리스여![14] 그대에게 그대의 입(口)이 부여하게 하옵소서! 왜냐하면 그대는 왜 완전한 평화의 대신관大神官을 균형 잡을 결운訣運의 결연結緣을 결缺하는고? 장식무늬 위에 노도怒跳거워 있나니.[15] 해구해海狗海의 과천리안가過千里眼家의 감독자,[16] 뉴멘(성지聖志)[심문자]은,[17] 의기양양하여, 말하는지라 매(鳥)처럼 날지라, 백미白眉뜸부기(鳥)처럼 부르짖을지라, 성협문城夾門의 애니 라치[18][ALP]가 그대의 이름이나니. 외칠지라!

[욘—ALP] — 나의 심장, 나의 어머니! 나의 심장, 어둠의 나의 출현이여![19] 그들은 나의 마음을 알지 못하는지라, 오 냉冷린 친애자親愛者여![20] 나의 천재자天災者! 나의 황홀녀여! 얼마나 경찬敬讚스러운고, 친애하는 설교사說教師 씨여,

나는 그대의 가공성학可恐星學의 겸손폐하謙遜陛下[1]로부터 소식 듣나니! 그래요, 거기 황연黃鉛 감가甘家(스위트 홈)[2]의 저 사궁斜弓 아치[3]가 있었는지라, 사령경탄死靈驚歎하는 천공天空[4] 위에 홍수광洪水光되고 낙타가 바늘을 얻는 곳에 쿵[5] 충돌된 채. 무지개 광채에 관하여 이야기할지라! 적赤루비 및 황黃베리 및 귀감람석貴橄欖石, 녹경옥綠硬玉, 청靑새파이어, 갈벽옥褐碧玉 및 청금석靑金石.[6]

〔ALP 왈〕 — 올카 전여신戰女神이여![7] 지구호성地球呼聲에 천국규성天國叫聲, 시시리의 아토스산山? 용溶모세의 애암愛岩을 위한 그대의 화산과학火山科學을 사활死活하게 할지라!

〔ALP 왈〕 — 구분출금口噴出禁[8]은 그대요 내가 아니나니, 야유자여!〔HCE〕[9]

〔HCE 왈〕 — 토릅 석평선石平線위에 가시可視하는 오피우커스 성좌,[10] 토성土星사탄마魔)의 사환제蛇環制에[11]의하여 폐쇄된 연약軟弱 여인,〔ALP〕[12] 소어신성小魚新星 아도니스[13] 및 노老익사가요정성좌溺死歌妖精星座는,[14] 북쪽 하늘의 미려한 용모로다. 지구砥球, 화성華星 및 수성繡星[15]〔세 군인들의 암시〕은 천정부분天頂部分의 테 밑에서 분승噴昇하는 동안, 최휘最輝 악투라성星, 비성秘星 마나토리아, 비너스 및 석성夕星메셈브리아[16]〔4노인〕는 자신의 대장원大莊園에서 무북방蕪北方, 급동방急東方, 검댕남방南方 및 황서방荒西方 너머로 울음 짓는도다.

〔4노인 중의 개입, 그녀의 증언을 약화하기 위해〕 — 아페프사신蛇神 및 우악트여사신女蛇神[17]이여! 성스러운 뱀들이여, 나를 야번추적夜番追跡할지라, 이브가 자신의 도영향跳影響 아래 나맥裸麥 인양 버둥거렸는지라! 그〔HCE〕는 우랄 산을 움직이나니 그리하여 그는 자신의 스톰보리 화산도를 가지고 그녀를 진동하게 할지라! 비척비척 소시지, 아마부대, 그는 아래처럼 위가 넓도다! 사자초獅子草와 우울창림牛鬱蒼林을 통하여 살금살금 걸으면서, 비비흑요석肥肥黑曜石[18]이, 마리아 접대아단급接待兒團級[19] 앞에, 빌 샤써[20]의 속기필경학원速記筆耕學院[21] 안에, 단풍당밀丹楓唐蜜 곁들인 블라망주 과자菓子처럼 카무플라주(위장)된 채! 그들의 신민臣民의 순복종純僕從은 이 오르페우스 황홀신恍惚神의 우시愚市로다![22] 노예 대 그녀의 교주, 다윗 왕 대 그의 속한, 거인남巨人男 대 국토國土의 지방脂肪. 췌 바퀴차車의 자갈 석락자石落者는 반두牛頭를 공공연히 소돌笑突하고 그녀는 자신의 심한 봉밀갈후蜂蜜渴喉로 단지 수다 떠는지라, 총선여인總善女人![23] 사속어자蛇俗語者 만세! 단 마그로우[24]의 이름을 위하여 만세삼창 그리고 생명녀명生命女名을 위한 헤바[25] 헤바!

〔ALP의 남편에 대한 계속적 옹호〕 — 거인태양巨人太陽이 방사중放射中이나니 그러나 그〔HCE〕가 여태껏 수라 대위帶圍되었던 저들 백색의 소요성小妖星들의 대장隊長은 어느 것인고? 그리하여 그대들은 내가 그의 칠번여七番女[26]였을 것으로 생각하는고? 그는 나의 팔꿈치를 키스 간질지니. 그의 나이는 어떤고? 그대는 말하는지라. 그건 어떤고? 나는 말하는지라. 나는 그의 죄를 고백하고[27] 한층 얼굴 붉힐지니. 나는 육완보자肉緩步者들,[28] 운하소요자運河逍遙者들[29]로부터의 코딱지 명예훼손에 대하여 견책하는 것을 부행不行할지라. 합성合成다이너마이트는 그들에게 너무 과하도다. 해안단의海岸短衣 입은 두 과삼십대過三十代들. 한 여女는 나일(강) 로지(숙막宿幕)의 신데렐라요 한 여는 좌측 아마존(강) 부인점婦人店의 현금 판매녀女인지라. 당신의 늙은 견부犬夫에게 경고 좀 할 터인고, 굴 따는 걸부乞夫들에게 짖어대면서, 그의 사슬을 목구멍 꽉차게 씹으면서? 제발, 그대 즉답할지라.[30]

상술한 인물인 설리[1]는, 땜장이들과 연관된 한 야유자, 흑수黑手,[2] 샤벨(부삽)수승화물부手乘貨物夫,[3] 파시교전敎典 페르시아어[4]로 쓰인 최곤혹익명最困惑匿名의 편지 및 험어무요險語舞謠의 로이터 통신사 기자인지라, 그리하여 그는 마그라드[5]의 흉한이요, 마치 심해의 잠수 모주꾼처럼, 주염가主廉價스럽게 파워 회사제의 위스키[6]의 악취를 풍기나니, 그리하여 그는 곰에게 창자를 던져주기에도 충분히 부적한 놈이로다. 하녀가 무無하녀일 때 그는 그녀 대신 여하가如何可의 짓도 서슴지 않겠노라 내게 요정언동妖精言動하면서! 잘가요, 설리면〔앞서 설리〕이여! 만일 그들이 바느질 방석에다 녀석의 코를 자른다 해도 일곱가지 상당한 이유가 있을지라. 자 여기, 나의 코담배와 나의 신전神殿의 성당[7]로부터의, 숭어(魚)색의 고뇌스타킹 교수건絞手巾, 모세 율법의 모세공模細工과 냉흑冷黑 감자의 오렌지 지느러미(새끼 송어)의 족축足蹴에 맹세코. 동지 노동자 및 동료 우인회同僚友人會, 린치 브라더[8]가 T. C. 킹[9] 및 골웨이의 수장首長과 함께, 그를 힘으로 성광星光에 바쳐 뻗치려 준비할 때, 크리켓 좌측 필드 수비수(L. B. W.) 헴프,[10] 교수絞首밧줄, 만세! 월광의 주장主將[11]이 말하도다. 나는 성 바울을 위하여 그의 차용借用 장소 너머로 나 자신을 뒹굴고 싶기에 그〔설리〕를 나의 친둔親臀 밑에 처넣고 밤새도록 그를 깔고 누워 잠잘 수 있을지라. 어찌 우리들은 그를 두고 다 함께 조소애造笑愛할 것인고, 빅커제製의 침대 속에서 나와 나의 리레이가! 급히! 나는 말하는도다. 내가 그를 피해 나의 머리카락 밑으로 숨자 그는 나를 오본—천川의—그래니[12] 라고 까마귀 소리로 부르나니 그러자 나는 그를 나의 피니킹[13]이라 냉호冷呼하나니 그는 너무나도 거희巨喜한 졸부拙夫이도다. 쿵! 그는 말했는지라. 내가 기꺼이 진술할 수 있는 한, 나의 40번 눈 깜박이는 동안 생거生擧의 기쁨을 가지고, 불가문不可問전시회의 친각정극親脚正劇의 여류연예인人들, 엘스벳과 매리에타 건닝[14] 양인에게, 한 상당한 소브린 금화가 매춘부 자동판매기 속의 그들의 엽전葉錢으로, 무료로 보증되었나니, 로스 쇠도우 성하城下의 매리후르트의 채리 버들가지 세공 바스켓 반점 과자 및 H2O와 더불어, 그의 600년제年祭[15]의 고귀한 호색 음험가에 의하여, 월쉬의 불란서라틴어로[16]된 모토(표어)와 함께 오네일리는 여왕 몰리의 속옷을 보았도다. 그리고 우리들 연변沿邊 연체聯體의 연주聯主 행정관의 추정된 최근 행위 동안 완전한 남성 부위를 의미하는, 아주 감탄할 조각물, 슬 개골 위 5인치, 법령 V. I. C. 5. 6.[17]에 의하여 요구되듯, 만일 당신이 나를 방면하고 싶지 않으면 멈춰서서 제발 나의 상각上脚을 즐기도록 할지라. 자 당신 알겠는고! 존경. 반신즉답返信卽答[18]. 당신의 아내. 암. 안음. 암. 안.〔ALP의 남편에 대한 구두 편지의 끝〕

〔심문자들 왈〕 — 그대는 우리들을 끌어들이고 싶은지라, 마리아 은총 부인이여[19], 점차로, *한 사람의 학예學藝보호녀*[20]로서 그러나 나는 두려 우나니, 저 동명의 나의 가련한 여인이여, 그대의 임정林精이다 뭐다 임林깨꽃(植)이다[21] 하여, 그대는 오도되고 있도다.

〔494.6—495.33〕 코스모스의 영광은, 욘이 전형적 가족이 활동과 더불어 별들의 천문학적 우주를 연결시킬 때, 가족의 비밀로 노정한다. 이 가족은 그의 주위를 사라배느드 곡을 춤추는 그의 꼬마 아이들에 의해 둘러싸인 거인부(巨人父)를 말한다.

〔491.17—496.21〕 대화는 퍼시 오레일리에게 되돌아 부동한다—욘은 "A"의 목소리를 통해 그를 옹호한다.

〔ALP〕 — 생활의 낙편樂偏을 위한 탄식!

〔심문자〕 — 주신부主神婦 까마귀 및 귀부인 돈이여![1]〔ALP〕 숙부푸즐2)과 숙모 잭![3] 확실히, 저 늙은 사기꾼〔HCE〕은 채농債聾과 숙아宿啞에 있어서 소년배척(보이스카우트)당하고 소녀배절少女排切(걸스카우트)당했나니, 구옥丘獄과 천항天港 위에서, 심지어 외국항外國港—방문訪問의 소함대小艦隊에 의하여, 내가 방금 이해하는 대로, 모든 무상無償 속에 악각惡刻되고 광고전단 속에 타구唾具된 채. 떠듬떠듬이, 뒹굴뒹굴땅딸보, 벽 위에 앉은[4] 주정뱅이, 백만 인을 위한 묵예黙藝. 대인즈 아일랜드[5] 및 도지都地의 어떤 대승원장大僧院長도 우먼(여성)의 아일(도島)[6] 출신의 어떤 만도인灣島人[7]도 사주호四洲湖[8]의 어느 누구도 그의 전기독교적全基督教的 화해집회장和解集會場의 전륜全輪의 하자何者도 뿐만 아니라 지구의 총 전대표면全大表面의 어느 혹무여인或無女人도 그이〔HCE〕 다음 또는 맞먹는 자 없었는지라, 뱀장어 채 찍자 씨도, 종자種子 및 종묘주인種苗主人도, 또는 그의 유객留客 방갈로, *나의 도움은 주님으로부터 만이 오도다*(자비自悲), 압운이든 이성이든, 치질에서 안면까지, 그걸 뒤따를.

〔ALP—욘〕 — 모든 귀(이耳)들이 실룩거렸도다. 노 애란이 경야하자 피어즈 오우렐이 소스라쳐 놀랐는지라[9].

〔심문자〕 — 재 상술할지라!

〔ALP—욘〕 — 나는 여기 핀갈[10] 끝처럼 환하대요. 이 꼬마 돼지 새끼가 잼 항아리에 가고 싶었대요[11]. 그리고 이 껑충한 외발 거지가 완두껍질을 벗겼대요.〔비밀누설〕 그리고 이이이들 행운의 주름 잡이들이 여엿보기하며 놀았대요. 엄마의 아빠. 아빠의 엄마. 엄마아빠. 아빠엄마.

— *숙부의 아빠가 가족의 딸들과 함께*. 혹은, 그러나, 이제, 그리고, 그녀의 신기루蜃氣樓 류類의 마가린 분수령分水嶺〔소녀들〕에서부터 공분空噴하면서 그리하여, 저 첨가제添加題를 외상극작外傷劇作으로부터 가끔 변경하기 위하여 그리고 연출〔아빠〕로 돌회향突回向하면서, 만일 그렇다면 그대〔욘〕는 그대 속의 그이〔HCE〕, 저 파요무침상인波搖無沈商人, 혈양부血養父요 유이자乳泥者와 그대 자신을 동일신분同一身分할 수 있을지니,[12] 당시 이후로 우리들의 과다녀過多女, 아브하 나 리페[13](생도강生跳江), 그리고 재차 아이빠를 깨달으면서, 우린 결코 그로부터 해방될 수 없기에, 그는 관맥주업棺麥酒業을 계속하기에 앞서 다업茶業에 종사하지 않았던고 혹은 연시連時 필경 뭔가 당중업糖重業을 행하지 않았던고? 그는 크리스티 코룸[14]〔비둘기〕을 파견했는지라 그리자 그는 자신의 부리에 전과자의 주문부가물注文不可物을 물고 되돌아 왔나니,[15] 그리하여 다음으로 그는 캐론 크라우[16]를 파견했는지라 그리하여 경찰관들이 여전히 그를 찾고 있도다. 척주전만증脊柱前灣症의 탐색자, 양친군兩親群의 봉분신蜂奔身들. 우측을 향해 말 할지라! 회전자는 신중할지라! 그는 결코 괴롭힘 받을 수 없지만 상시 경야해야 하는도다. 만일 현재인 모든 과거 속에 미래가 있다면, *그를 알지 못할 자는 하자인고 그리고 본문*

퀴네간의 전율에 하다락何多樂![1] 땅딸보여! 그의 생산자들인 그들은 그의 소비자들이 아니던고? 곡진행중曲進行中의 정도화正道化를 위한 그의 진상성眞相性을 둘러 싼 그대들의 중탐사衆探查[2]. 변론할지라!

— 아라 이라라 하나님 만만세[3] 인간이여. 그들은 비밀리에 *양羊의 궁향연宮饗宴*[4]의 단합을 위하여 도착하고 있지 않았던고, 무중호통자霧中號筒者들과 범애란동면풍류인汎愛蘭冬眠風類人들, 균열비기龜裂肥期와 열쇠년劣衰年 뒤에, 두피수렵인頭皮狩獵人들 및 인人사냥 만인蠻人들, 대명신大明神의 음악사자音樂使者들과 같은, 회차廻車 가득한 눈꼴사나운 자들, 양날 폭죽단爆竹團[5], 총계하건대, 특사각特使脚들 및 고위감독자들, 그들의 집계연령集計年齡 2 및 30보태기 그들의 11백〔1132〕, 내부인內部人들, 여외부인餘外部人들 및 총주악사總奏樂士 모두 합쳐, 라스가, 라산가, 라운드타운 및 러쉬 마을[6] 출신, 아메리카 가도 및 아세아 지방 및 아프리카 도道 및 유럽 광장 및 리피 강의 북 및 남 부두에서부터 그리고 비코, 메스필 록(암岩) 및 소렌토 촌도[7]로부터, 자신의 복리福利의 유혹 및 자신의 전염병의 공포 때문에, 자신의 곽郭의 인후의 대기실 살롱으로, 최대자석산最大磁石山에 견집堅集한 광석광맥처럼, 자신이 포수砲手인양 공촉恐觸하면서도 떨어져 있는 것이 공유恐由한지라, 메리온 거주자들, 덤스트덤 고수鼓手들,[8] 루칸인人들, 애쉬타운 촌인들, 바터즈비 공원인들 및 크룸린 보야즈, 필립스버그가도인들, 카브라인들 및 핀그로수인들, 볼리먼인들, 라헤니인들[9] 및 크론탑[10]걸인들, 왠고하니 자신의 양 앞에 현재적顯在的으로 묵상하고 그들의 일급 세무를 지불하기 위해, 일측一側 12스톤, 그들의 *도탕폐하盜蕩陛下 만세!* 및 그들의 *갈층해세渴症解歲!* 및 그들의 *사자주락死者酒樂!* 및 그들의 *취자수醉者水!* 자신의 쾌락안옥快樂安屋과 재결합 무기고회관(매가진 홀)의 면허주상구역域 주변 및 안에서, 수출업, 호스티즈 상회, 무기고벽壁(매거진 월) 곁에, 그의 5백 및 66년째의 양탄일釀誕日[11]을 위하여, 노위인老偉人[12] 매지니스 모어, 퍼씨 및 라리[13], 공물供物수혜자, 그들의 린스키 병마개 평자 및 피터 대포도大葡萄,[14] 단커파의 공식접견을 가지며, 신발 왕들과 인도고무 제왕들 및 파슬리의 사울 왕 및 모슬린의 이슬람 승정 및 살타나의 여왕(건포도) 및 요르단의 시여자施輿者(아몬드) 및 잼 사히브의 한 행렬 및 페티코트 입은 이상왕녀異狀王女 및 야기사夜騎士 클럽의 여왕 및 크래다 환지자環持者들 및 두 살로메 딸들 및 반半햄(노아의 아들) 및 두 살찐 왕녀와 함께 한, 하싼 칸 대사[15] 및 독일 카이저 황제 자신 그리고 그는 마광磨光했는지라, 일시경멸적으로, 자신을 너무나 자부自富스럽게 딸랑딸랑 방울 울리면서, 그리하여 J. B. 단롭[16]이 거기 자리했나니,

〔496.22—497.3〕 심문자들 왈 피네간의 경야와 〈경야〉를 우리 이야기 하세—욘의 경야에 관한 설명 및 경야의 축하객들.

〔498〕 이어지는 욘의 경야에 대한 설명. 그는 경야 장면을 불러낸다—욘은 〈경야〉의 제1장을 메아리 하는 정교한 설명을 제공하는지라, 첫째는 Magazine 벽으로부터 추락한 사내가 놓여있는 "면허주상 구역區域 주변"에 조문객들의 도착이다. 거기에는 12단골들이 Hosty의 군중들, 2소녀들, 3군인들, Dunlop, Yeats, Dunne이 있다—그들은 향연을 위하여 사방으로부터 도착하고 있지 않았던고. 두피頭皮수렵인들(미국의 19세기 초두의 소설가 Cooper 작 소설의 등장인물들) 및 회차廻車 가득한 눈꼴사나운 자들, 집계연령 1132, 라스가, 라산가, 라운드타운 및 러쉬 마을 출신, 아메리카 가도 및 아세아 지방 및 아프리카 도道 및 유럽 광장 및 리피 강의 북 및 남 부두에서부터 그리고 비코, 메스필 록(岩) 및 소렌토 촌도로부터, 자신의 복리의 유혹 및 자신의 전염병도都의 공포 때문에, 자신의 희망 살롱으로, 자신이 포수인양 공축恐觸하면서도 떨어져 있는 것이 공유恐由한지라.

〔496.22—499.03〕 경야에서—욘에 의하여 榜"의 목소리를 통하여 서술되듯—HCE의 사멸에 대한 29여인들의 비탄의 소리.

〔499—506〕 한 가닥 유령의 목소리가 욘을 통해 추락을 토론한다.

〔499.04—499.12〕 29 소녀들이 애도한다—죽음의 미사.

오애란시절悟愛蘭時節[1]의 최선폭정最善暴政, 그리하여 허세의 프렌치 와인 스트워드 왕조 청지기들 그리고 튜도 왕조 유품 및 당좌계정當座計定을 위한 시자비취 경마, 리오더가리우스 성聖레가레거[2]가 마치 아마쏘디아스 이스터로포토스[3] 마냥 노새 등을 슬안장장각膝鞍裝長脚 승마하고 견목층계樫木層階[4]를 오르나니, 둔부를 정면으로 그리고 좌양족축左揚足蹴이라, 그리하여 그는 자신의 진매춘적眞賣春的으로 자연스러운 축가 *마공馬公이여 꽁지를 쳐들지라*[5]를 수장악手掌握했나니 그리하여 텅빈 왕좌알현실王座謁見室 현관 크기만큼, 올드롭스 식료품 저장고는 오렌지 댁 및 버터즈 대의원 댁을 안전하게 수용 가능했나니, 두루이드교 교승教僧 강제 추방인, 브레혼즈 무열판관武烈判官, 및 프로우후라그스 불로장사不老壯士, 그리고 애가몬 자유연애 단체[6] 사도 그리고 반反파넬파派 교구목사, 그리고 얼스터 콩 및 먼스터 전령, 장애물항[7] 기장旗章과 더불어 그리고 아스론 시종자 및 그의 카슬린 대제大帝,[8] 그의 자진유아自進唯我, 그리고 유대 승복을 입고 서품의식敍品儀式하는 보석 코(鼻)의 색슨 제재인制裁人 및 그의 다이아몬드 두개골의 대공작 아담과 이브리우복(愛)코스 바에 의하여 침참侵參되었는지라, 모두들 애란어를 살해하면서,[9] 철두철미, 복화어複話語와 시졸詩拙하고 편자브어語[10] 및 부구인도腐溝印度어語의 활찬 동료에서부터, 자신의 다량의 신선한 스타우트 맥주와 몰트 위스키[11]의 선쾌善快 뒤에, 자신의 토탄소土炭沼의 비어뿐만 아니라 오레일 맥麥의 비어를 잊지 않고, 자신의 수水 성찬식 빵[12]에 의하여 흡식吸食된 채.(케네디 가게[13]의 빵 가마에서 그녀가 가루반죽 기계로 버물어, 나를 위해 자신의 배향背向으로 굽은 둥그런 빵!) 자신의 구성원의 신격화神格化 속에 사교화社交化하고 성체화聖體化하면서, 왠고하니 피체彼體에 대한 그들의 영웅편린英雄片鱗을 고상하게 또는 야만스럽게 하기 위하여, 경멸빈노왕輕蔑貧老王, 자신의 동맥경화의 회토장미灰土薔薇와 더불어, 도더릭 오고노크(독신) 파멸 왕,[14] 자유세계에 사양斜陽당한 채, 원탁[15]상에, 홍수광洪水光이 스위치 켜진 채, 버논가家16)가 브라이언의 칼을 소장하듯 진실로, 그리하여 륜화輪花로 둥글게 열두 및 하나 덤의 수지獸脂를,[17] 자신〔HCE〕의 자식들의 독망선물毒忘膳物 속에 자신의 여식에 의하여 위집圍集된 채, 그 자신이 총차원總次元 속에 놓였듯이 높이 누우며, 대례복과 재판관 사슬을 하고, 자신의 붕대의 부부腐浮스러운, 고향高香, 그이 주위에, 이태리 식품점[18] 속의 향적운香積雲[19]처럼, 그의 희건초발稀乾草髮 위에 송이 이룬 히스(植) 초草, 그의 주간의 백의촉광白衣燭光을 조롱하는 그의 프리즘의 스펙트럼(분광分光), 난청지역難聽地域까지 부대푸딩족足 발뺀은 채, 지품아남천사智品兒男天使와 치품직녀천사織品織女天使, 빈민들 및 주개성인主個性人들, 대담무모자大膽無謀者들, 나태자들 및 주품천사들, 고대인들 및 대천고대인大天古代人들에 의해 읍누泣淚된 채, 자신의 단추를 꼭 채우고, 중재인人의 검열 뒤에 판매를 위해 방출된 채, 부풀고 취출吹出되어, 무시파패無視破敗된 채,[20] 치료(h)치유(c)되고 그리하여 방부처리상대신防腐處理相對身(e), 그의 신신神身의 분부활噴復活에 임박하며, 최고로 아연 실색된 채, 뒤집혔을 때, 과구過久의 생명에 뒤이어, 이처럼 무無로 귀축歸縮하다니.

— 불행—행行—계곡[1] 및 우리들 모두에게 작살![2] 그리하여 모든 그의 미용체조美容體操하는 열애가熱愛家들, 성무聖舞를 경쾌히 춤추면서, 스물아홉 소녀들이 만가輓歌하는지라 노새신神 망자여! 동성애 망자여! 지하사자地下死者여 오! 사死 사死 사死! 오 죽음이여! 오 악령惡靈이여! 오 암사자暗死者여! 오 살해자여! 마사자魔死者여! 사사자死死者여! 오 오사자汚死者여! 오 취사자臭死者여! 우憂 구사자丘死者여! 여汝 사망자死亡者여! 여사汝死여! 여순교자汝殉教者여! 저주망자詛呪亡者여! 망사亡死여! 합사자合死者여! 율망자慄亡者여! 호아사망呼我死亡이여! 부적사不適死여! 부적망不適亡이여! 망亡 오 사死여! 생生 아 사死여![3] 하사자何死者여! 피동망자彼動亡者여! 마모사磨耗死여! 괴사자傀死者여! 그들에게 영원휴식을 하사할지니, 오 주여, 영원한 빛이 그들 위에 비치게 하사![4] 악운이 영원토록 그의 눈을 풀어지게 하옵소서!(원문대로!).

— 그러나 피니쿤(쾌락복자快樂僕者) 위크(양초심지)에는 다량염락多量炎樂이 있도다.[5] 탄곡嘆哭[6]은 지나갔나니. 열쇠왕王 폐활기肺活祈 하소서![7]

〔갑작스러운 무례한의 목소리〕 — 신이여 그대 왕을 도우소서! 은둔생隱遁生의 소장인召匠人이여!

〔HCE는 외치나니, 자신은 죽지 않았다고, 피네간 마냥〕 — 신이여 그대 왕답게 농노農奴하옵소서,[8] 오이디푸스 국왕이여![9] 나는 아침에 넷 그리고 점심에 둘 그리고 나중에 석 잔, 그러나 악마에게 혼령魂靈, 아사여려我死汝慮인고. 핀크. 핌. 퍼드여?[10]

〔4자들의 홍분〕 — 불원가不願可한 허언층虛言層의 불과가不過可한 뒤범벅! 여汝〔욘〕는 현재 여汝가 있는 곳에 거기 그대로 좌석坐席할 생각인 고, 그대의 초수超數의 각脚을 애지중지하면서, 여汝의 화상점話商店 안의 저 괴설怪舌과 함께, 그리하여 그대 옥신각신 소동 피우며, 시장市場의 돈분豚糞 마냥, 유일통唯一痛의 소년이여,[11] 그대 자신 반복하면서, 그리하여 그것을 내게 말 할 터인고?

〔욘의 응답〕 — 나는 당신 현재 있는 여기 이 고총古塚[12]에 앉아 있을 참인지라, 찌르퉁한 자여, 나 자신 속에 포식한 채, 내가 살아있는 한, 나의 가수직물복家手織物服 입은 채로, 취침就寢팽이처럼, 부실不實 불미不味 아내부我內部의 죄에 매장된 만사와 더불어. 만일 내가 이 상형常衡의 짓눌린 올리브 신들을 뒤집을 수 없다면 나는 토루성土壘聲 그를 깔고 앉아 있을지라.

〔불가사이의 인물〕 — 올리버! 저〔욘〕인 대지존재大地存在일지도 모르나니. 저건 한 가닥 신음 소리였던고 아니면 내가 낭패狼狽한 전쟁의 디글 마을[13] 백파이프(고지피리)를 들었단 말인고? 살필지라!

〔심문자들은 신음 소리를 듣는다. 그건 아마도 그로부터 들려오는 피리소리〕 — *나의 영혼은 죽음에까지도 슬프나니!*[14] 사랑의 죄수여! 매애애 우는 수사슴심心! 저속두低俗頭! 황갈수黃褐手! 상관족傷慣足![15] *물(水)! 물! 물! 목편木片…*

— 신의 분노와 도니 천둥 화火?[16] 미계迷界가 움직이는 묘총墓塚 아니면 이 무슨 정靜의 바벨 수다성17)인고, 우리에게 말할지니?

〔욘을 향한 질문〕 — 피하수彼何誰 피하수 피하수 피하수 연결! 피하수 피하수 피하수?

〔499.13—499.29〕 부활—한 보따리 거짓 말

— 스네어 드럼(군고軍鼓)! 여이汝耳를 땅에다 댈지라. 죽은 거인 생인간生人間! 그들은 골무와 뜨개바늘 놀이를 하고 있도다.[1] 게일의 일족一族![2] 도跳! 속에 하수何誰가?

— 구담鳩膽3)과 미美(핀) 상어 지느러미, 그들은 구출을 위해 명주鳴走)하고 있도다!

— 딸그락. 딸그락.

— 크럼 어뷰![4] 크롬웰의 승리를 위해!

— 우리는 그들을 찌르고 그들을 베고 그들을 쏘고 그들을 죽이도다.

— 딸그락.

— 오, 과부들과 고아들이여, 그건 향사鄕士인지라! 영원한 적赤 정강이! 랑카스(터)[5] 만세!

— 노루(動)의 외침[6]이라 그건! 흰 수사슴. 그들의 발자국, 고리고리, 사냥나팔 부는 사냥개![7] 우리들에게 평화를 보내주사이다! 칭호! 칭호를!

— 우리들의 아일리시 타임즈 지의 그리스도! 우리들의 애어즈 인디펜던스 지상의 그리스도! 그리스도가 프리먼즈 챠맨(자유인의 잡역부)지를 지탕하소서! 그리스도 대일리 익스프레스(정당표현正當表現)지를 밝히소서![8]

— 격군학살擊軍虐殺할지라! 딸을 범할지라! 교황을 질식할지라![9]

— 광청光聽할지라! 운부雲父여![10] 불확부不確父여! 무선無善이여!

— 딸그락.

— 팔렸나니(이솔드)! 나는 팔리도다! 염신신부鹽辛新婦! 나의 초자初者![11] 나의 말매末妹! 염신신부여, 안녕히! 염신신부! 나는 매買당했도다(이솔드)!

— 애관적愛管笛(피페트)![12] 우리에게! 우리에게! 내게! 내게!

— 퇴거! 퇴거! 진격![13] 전진!

— 내게! 나는 참되나니. 참된! 이솔드여, 애관적. 나의 귀녀!

— 딸그락.

— 염신鹽 새색시, 나의 값을 내기할지라! 염신鹽辛 아씨여!

— 나의 값, 나의 값진이여?

— 딸그.

— 염신신부, 나의 값! 그대가 팔 때 나의 값을 받을지라![14]

— 딸그.

— 애관적! 파이프트, 나의 무상고가자無償高價者!

— 오! 나의 눈물의 어머니! 나를 위해 믿을지라! 그대의 아들을 감쌀지라![15]

— 딸그락. 딸그락.

— 자 이제 우리는 그걸 이해하도다. 음량音量을 맞추고 이역異域을 청취할지라! 여보세요!

[499.30—501.06] 혼돈된 전화의 대화 단편들—침묵으로 끝나다.

— 딸그락.

— 헬로! 팃팃![1] 그대의 칭호를 말할지라?

— 새아씨 .

— 여보여보세요! 여긴 볼리마카렛![2] 나는 이시와 연결? 미스? 정말로?

— 팃! 하시何時…?

침묵.

중막中幕. 스탠드 바이(대기)! 차안등遮眼燈! 막 올림. 전기電氣, 좀! 각광!

— 여보세요! 댁은 58연초경골煙草脛骨[3] 및 맥麥(번番)인고?

— 알았도다. 40인[4]의 당근 깡통(번番)이라.

[4자들 라디오를 듣다] — 정확하도다. 자 이제, 잠깐 시에스타(낮잠) 뒤에, 내게 한 순간만 허락할지라. 심해深海의 채렌저즈(도전자심저挑戰者深底)[5]는 이것에 비하면 유희幼戲에 불과하지만, 철썩철썩(스위스) 해협海峽의 우리들 수심水深에 의하면, 육지가 마땅하도다. 제대除隊의 저주전어詛呪戰語에는 한 가닥 휴전休戰. 전선일소戰線一掃, 우선점호優先點呼! 시빌(무녀巫女) 곶![6] 저것이 보다 나은고 아니면 이것이? 시빌 헤드가 이쪽 끝! 저 쪽 길이 한층 나은고? 소형 휴대용 스포트라이트를 따를지라. 좋아요. 이제 아주 좋아. 우리는 다시 자장磁場에 있도다. 그대는 쾌청일快晴日에 잇따른, 특별한 성聖누가 성하盛夏[7]의 밤을 기억하는고?[여기 4자들 중 누가는 케리의 무녀 곶(sybil Head)으로부터 무선 전화로 욘과 소통하는 듯하다] 낙뢰落雷를 위하여 그대의 입술을 적시고 다시 시작할지라. 빛의 깜박임과 제광制光을 주의할지니! 보다 나은?

— 자 그런데. 아일도亞馹島는 타임즈(시보時報). 애주愛酒는 펜잔스(필독筆獨). 격렬한 저널(간지刊紙). 델리 제명除名된 채.[8]

— 아직도 그의 특평양特平洋의 혹파或波로부터[9] 부르짖음이? 더 이상 아니? 단연속斷連續의. 그날 밤 성聖아일랜드의 모든 민둥산 언덕에는 불이 타고 있었도다.[10] 그래서 한층 나아졌던고?

— 그대는 그들이 그랬으리라 아마 말할지니, 녀석의 자식이여!

— 그들은 봉화烽火들이었던고?[11] 그것은 분명?

— 그것 말고는 다른 어떤 이름도 그들에게는 전혀 어울리지 않을지니. 진봉화眞烽火 길손![12] 천국까지 뻗는 그들의 푸른 턱수염과 함께.

— 글쎄 그건 고백야高白夜였던고?[13]

— 인간이 여태껏 보았던 최백야最白夜.

— 우리들의 지고至高의 주主께서 골짜기의 우리들 숙녀[14] 가까이 있었던고?

— 그는 스스로 자대고양自待高揚하고 스스로 사방 부양浮揚하며 안데스산山 인도 고무공처럼 그녀의 경잡언鏡雜言을 낙혼樂婚하려고 스스로 부령浮靈하고 있었도다.

— 루의수淚意守 가歌를![15] 혹시나 비가 있었던고, 무로霧露?

— 다량多量. 만일 그대가 우원행雨遠行하고 싶으면.

〔피닉스 공원의 밤 날씨〕 —약간의 소동설小冬雪의 강降이 떨어 졌는지라, 성聖호랑가시나무—상아象牙— 담쟁이덩굴[1] 마냥, 내가 헤아리건대, 가을?[2]

— 싸락눈 칠시七時까지. 아무튼 최고량最高良. 성구聖丘—및—평탄한 동冬 히말라야적積으로.

— 어떤 질풍疾風이 불었던고, 서춘西春 또는 동추東秋, 오히려 강强하게 약弱하게, 부조화不調和의 온통 익살 속에, 마치 솟았다 뛰었다할 때처럼?

— 모든 익살로부터 그건 그랬도다. 피펩![3] 아이스콜드(한빙寒氷). 새색시, 나의 값! 낙하의기양양樂夏意氣揚揚![4]

— 여전히 부르고 있나니! 번番! 전화태평電和太平! 그대는 월란月卵이, 저 고락야高樂夜, 비치고 있었는지를 도대체 공교롭게도 회상하는고?

— 확실히 그녀는 그랬도다. 나의 대낮의 애인! 그리하여 하나가 아니고 한 쌍의 예쁜 소월笑月을.[5]

— 하시何時에? 단번單番? 일부행락日附行樂!

— 만조晩早에! 만조에! 만조에! 만조에!

— 그 건 확실히 가소可笑로운 일이었는지라. 그리하여 근처에 성에 꽃과 짙은 날씨 및 후빙厚氷, 즉서卽暑, 즉동卽凍, 온상한溫上寒 그러나 습濕하게 메마른, 그리고 아지랑이 기탄식氣歎息과 지옥地獄 싸락눈과 염구焰球와 비(雨)회오리다 뭐다 주형舟形의 모포毛布가 누구나를 기쁘게 하기 위해 있지 않았던고?

— 다자비多慈悲 위은총偉恩寵 충낙充落! 성상聖霜 무무霧의 모살母殺이여![6] 거기 있었나니, 그런고로 그대의 공기조空氣潮가 유희遊戱하는지라. 철저하게 비등한 채. 철폐撤廢하게 냉冷고깔 쓴 채. 그리하여 그들의 최한원最寒園에 쥬리와 류리.

— 쾌적快適, 모든 쾌적과 함께 쾌적 중의 쾌적[7]. 그리하여 처녀계곡處女溪谷에는 유명有名한 유연적油煙的 유초무唯初霧의 유포성流泡性 유고有固가?[8]

— 숨바꼭질과 숨 웅크린 채!

— 소머양孃의 근사한 꿈으로부터 매드 윈트룸(한겨울)의 섬망증譫妄症[9]에까지, 우리는 종마건조계절種馬乾燥季節에는 그런 종류의 서리 덮인 기분을 기대할지라?

— 확실히 그렇도다. 욕망은, 임대賃貸를 위해, 호마狐馬를 피로하게 하리니, 전화電話, 전광석화電光石火, 또는 전보電報. 그리고 암말들.

— 어느 겨울 백모파白帽波의?

— 폭스록(호암狐岩)에서 핌그라스[10]까지 군비群飛하는 수포박편水疱薄片.

— 선원船員을 위한 양도羊跳! 파노라마 풍경! 전수평면全水平面의

〔501.07—503.03〕 질문이 계속되다. 공원의 만남에 집중하여—그날 밤 험악한 날씨.

범포帆布! 그들의 절리節理에 있어서 모든 효과는 인과因果의 방축 길[1]을 야기했도다. 우대고雨大鼓[2], 선풍기, 설상雪箱. 그러나 뇌대雷帶?[3]

— 여기는 아니나니. 공피복空被覆 아래.

〔4심자가 피닉스 공원에 관해 묻는다〕 — 이 공유지共有地와 정원은 이제 성좌사실적星座事實的으로 깨진 도기陶器와 고대의 야채를 위한 청취聽取의 성장星場인고?

〔욘의 응답〕 — 단순히 경칠 오장汚場이라, 한 개의 영불결永不潔의 재멸이[4]로다.

— 나는 알았노라. 이제 그대는 저 최초의 걸맞지 않은 부부〔HCE와 ALP〕가 처음 서로 만났던 그 유명한 패총을 아는고? 노익장 파내간이 살았던 곳? 유귀공자幼貴公子 펀나긴(재락再樂)의 생시生時를?

〔욘〕 — 과위果爲 당시 나는 그러하도다. 유명패총(W. K.)[5]이라.

— 핀갈에서 또한 그들은 생거목生巨木 아래 소평화소小平和所에서 만났나니, 안락구安樂區의 황주가黃酒家, 탄층갱로炭層坑路의 우락폭포愚樂瀑布의 암주岩株를 가진 서광산西鑛山—웅록雄鹿과 천녀종가賤女終家,[6] 양가兩家 모두, 설상雪上 스쿠터와 겸허광차謙虛鑛車를 지닌?

〔욘〕 — 전지능신이여,[7] 당신은 화자의 특마特魔[8]로다!

— 그건 최후의 사종풍四終風[9]에 아주 부부노출夫婦露出된 장소인고?

〔욘〕 — 글쎄, 나는 자비스럽게도 내가 희망하는 모든 것이 반진실半眞實이면 과연 그렇게 성심신의誠心信義[10] 믿는도다.

— 이 임계林界의 하적장荷積場, 그건 우탄憂歎의 덴마크 저소底所인고?

〔욘〕 — 그건 회괴저병灰壞疽病의 애이후愛而來의 흑록수대하黑綠獸帶 태양[12] 하에서 하물何物 또는 전타물全他物에 관한 것은 무엇이든지 궁핍시窮乏時에 우탄憂歎할지로다.

— 주의注意를 철綴하는 삼색 리본. 고기古旗, 냉기冷旗.

〔욘〕 — 판석板石. 분묘 곁에, 깊은 그리고 둔중鈍重한. 영원무익永遠無益의 기억을 위하여. 중묘화지重墓和地.

— 그리하여 그것에 관한 임입경고林入警告[13]는 하언何言인고?

〔욘〕 — 무단묘술침요자無斷妙術侵尿者는 대격리고소對隔離告訴함이라.[14]

— 거기 과거 한 그루 나무가 서 있었던고? 한 그루 영관과풍永遠過風의 양물푸레나무가?

〔욘〕 — 과거 그러했나니, 분명히. 아날강江 곁에. 스리베나몬드의 여울 가에. 옥크트리(참나무) 애쉬즈(물푸레목) 느릅나무.[15] 한 장과漿果나무 가지로부터 머리띠눈더미와 함께.[16] 그리하여 야성野性 왜일즈의 전치적사全治積史에 있어서 최장생最長生 최영관最榮冠의 신성오월주神聖五月柱. 프리들웰 간행물,[17] 노란 출판의 브라운 저著의 *식물보전植物寶典*[18]은 그와 유형 없는지라. 왜냐하면 우리들은 그의 수풀로 식사食事하고, 그의 목재로 옷 입고, 그의 나무껍질로 제주製舟하는지라,

〔504〕 피닉스 공원의 큰 느티나무〕심문자(증인)는 다시 묻는다—"공간의 기관원을 향해 소생 거슬러 올라가거니와, 이 발군의 거목은…얼마나 거대한 것인고, 수목 선생?" 여기 세계 최고의 거목은 인생의 원초적 상징을 비롯하여, 인간과 우주 및 HCE와 ALP의 결합의 상징이다.

그리하여 우리들의 강독서講讀書는 그것의 잎이로다. 학목鶴木이여, 학목이여 모든 학목들의 왕.[1] 식물대리점植物代理店(프랜타넷)[2]의 향사鄕士 및 귀부인남男,[3] 고상성숭高尙聖崇.

— 이제, 그대의 굴뚝새를 말(두斗) 덤불 아래 감추지 말지니![4] 그것〔나무〕은 거기서 뭘 하고 있었던고, 예를 들면?

— 우리와 마주보고 서 있었도다.

— 수메르 여름의 일광日光 속에?[5]

— 그리고 키메르의 음울陰慄 속에.[6]

— 그대는 자신의 은소隱所에서 그걸 가시可視했던고?

— 아니도다. 나의 불가시不可視의 누운 곳에서.

— 그리하여 당시 그대는 발생사가 수행된 것을[7] 입체경立體鏡 속에 기록해 두었던고?

— 나는 당시 나의 발생사에 무조건 항복했나니, 내가 그대에게 말한 것으로 나는고지考知했나니. 그걸 해결할지라!

〔증인—4대가〕 — 공간의 기관원器官源[8]을 향해 생소生小 거슬러 올라가거니와. 이 발군拔群의 거목巨木은 기회수基回數에 있어서 바로 얼마나 거대한 것인고, 수목 선생? 그대의 시인의 곡상谷上, 조감고견鳥瞰高見으로![9] 나는 그대가 우리에게 부글부글 지껄여대는 것을 듣고 싶은지라, 엄격한 추기경기수선거회의樞機卿基數選擧會議에서, 자색적紫色的으로,[10] 그리고 너무 지나친 이태희랍인적伊太希臘人的[11] 태평간섭太平干涉없이, 우리들의 주권적 두경존재豆莖存在[12], 토마스 제우스뇌신자雷神者[13]에 관하여, 그대가 흉중胸中에 알고 있는 것을. 오 그걸 말할지라!

〔욘의 피닉스 고원의 느릅나무—물푸레나무 거목에 대한 서술〕 — 자색적紫色的 앤디여,[14] *청聽할지라, 그걸 창唱 할지니!* 흉조각하凶兆閣下.(신의) 내재론자內在論者 그리고 범죄의 우애목제군友愛木諸君들이여! 거기 튜더 왕조향王朝香의 여왕시녀들 및 아이다호 점포녀店鋪女들 그리고 그들 숲의 아가들[15]이 그녀 위에 성장하고 있었는지라 그리하여 푸란아간 조鳥가 첨단尖端 돛대 위에서[16] 향도향嚮導向 수위니 요가搖歌하며 그리고 우라니아 사과司果들[17]이 천지의 감자甘蔗 놀이를 하며 그리고 타이번 피니언들[18]이 그의〔나무의〕 몸통 속에 코골며 그리고 교차대퇴마골交叉大腿馬骨이 그의 성상聖床을 뒤덮으면서 그리고 에라스머스 수미스[19]의 감화원 소년들의 범죄자들이 그들의 하수下手의 연필을 가지고 향신료香辛料의 기원[20]을 위해 그의 나무 아귀를 기어오르며 그리고 견청絹靑의 측안側眼을 가진 샤로트 다링[21](애인들)이 그들에 대한 불찬성 속에 재잘거리며, 긴팔원숭이처럼 게걸스레 먹으면서, 겔프당원黨員처럼 깩깩거리며[22] 그들의 동일승東日昇에 기도로祈禱露를 찬제공贊提供하면서 그리고 그들의 지각격변地殼激變 위에 돌풍을 고엽枯葉하게하며 그리고 노불구병사老不具兵士들[23]의 연금수령자들은 과도過倒의 이정표[24]를 경타하여 그들의 부자연의 원기회복을 위하여 덩굴월귤(果)과 파이사과를 투석으로 떨어뜨리며 그리고 수채화의 본데없는 소녀들은 그로부터 뚜쟁이들을 꺾으며 그리고 코크 로빈 새들[25]은 대부분 그의 북구주신금지北歐主神金枝 난목卵木[26]에서 가일층 새끼를 까는지라, 해와 달이 인동화와 흰

헤더 꽂을 말뚝 박으며 그리고 곤줄박이 박새(鳥)가 거기 나무 송진을 똑똑 두드리며 그리고 전부취조戰斧鷲鳥가 타르를 여타지餘他地 살피면서, 원야原野의 생물들이 그를 근접하는지라, 담쟁이덩굴과 함께 호랑가시나무가지[1] 사이를 할퀴거나 비비적대면서, 사막의 은둔자들이 나무의 삼문자근三文字根[2]과 그의 도토리 위를 그들의 지옥의 정강이를 껍질 벗기는지라 그리고 솔방울들이 나무로부터 사방팔방으로 광사廣射하며, 다수초목多數樵牧 이만이천貳萬貳千, 최공풍치最恐風致의 농맹이들을 추적하나니 그리고 그의 하지下枝가 사음탕蛇淫蕩—노르웨이—말씨로 여인의 혼신魂身의 그토록 유행流行매력적인 사틴 의상衣裳을 저 정교한 창조물로부터 탄원하는지라 그리고 그의 나무 잎들이, 나의 가장 사랑하는 애자들, 야시夜時 이후 죄죄죄사罪罪罪射하나니 그리하여 그들 가지들이 각자 모두 자신들의 신세계에서 그의 쌍생雙生의 생맹아生萌芽를 통하여 온드(악惡)의 당초부터 오드의 종終(잡동사니)까지 사방에 상봉하거나 사곡악수邪曲握手하고 있었도다. 그리하여 영원永圓히 그를 에워싸도다. 바커스 무당의 부르짖음이여![3]

— 그건〔거목〕 토록 고양된, 강현저强顯著한, 기비상노낙농奇非常老酪農의 그리고 개초탁월승皆超卓越昇한 것인고?

— 걸어가는 인류목人類木들 혹은 눈물짓는 천사류목天使類木들 가운데서 어떤 다조多鳥들 중의 하조何鳥도 그와 대등응對等鷹할 하익何翼으로 비상飛翔하지 못할지라! 그러나 노령의 바위된 채, 나를 위해 절벽열絶壁裂했도다![4]

— 저 견목樫木에게 진리를 청하면?[5]

— 아차我此, 대동소이로다〔맞았도다〕.

— 자유방탕의 관목이니, 과연! 그러나 법의 저 대석주大石柱[6]가 과연 그의 임의林意를 무슨 울타리로 할 것인고?

— 사死, 사死, 너무도 어려운 별리別離였나니![7]

— 나는 그걸 이제 알았노라, 매개인달사媒介人達士여. 무한 진리 속의 유한야有限夜의 인심人心이니.〔거목의〕 형태는 남성, 성性은 여성. 과연. 이제, 그대는 어쨌든 자기 자신 그것을 목보상木報償 받을 만한고? 글쎄 진짜 나무 말인고 내 뜻은? 과학이 뭘 말해야 하나 들어보세, 현자賢者—차선次善—왕이시여. 최대양자量子여![8]

— 사과목司果木.[9]

— 그건 딸들의 애읍哀泣10)을 상기시키는고?

— 그리하여 감각정지로 거슬러 올라가도다.

〔심문자—화자 왈〕 — 장이진 사내, 육녀肉女 및 혈마穴魔![11] 얼마나 이 소란인騷亂燐의 루시퍼산만마왕散漫魔王[12]의 유황 같으니! 그리고 이 목남천사木男天使〔거목—HCE〕가 그의 통痛속수무책이 되었나니〔그의 공원의 죄 때문에〕, 저 누패물자樓佩物者가, 녹아웃(대타격), 노역奴役 속에 그를 노老기진맥진시켰기 때문인고?

— 글쎄, 그〔거목—HCE〕는 언제나 동물에 대한 조잡행위의 증여[13]를 위한 장본인이었는지라

〔506-510〕 접촉자 "톰"〔Toucher Thom-HCE〕에 관하여. 욘은 또한 거목에 이름을 새기곤 했나니. "두꺼비, 집오리 및 청어를 나무에 새겼는지라…" 이에 거목은 균형을 잃었나니, 이것이 ALP와의 불균열의 원인이 되도다.

〔503.04-506.23〕 만남의 비참한 현장-쓰레기 더미-경고 사인, 나무.

왠고하니 그〔욘-HCE〕는 저 등고자登高者가 높이 기어오르기 전에 자기 자신의 주석별명朱錫別名을 모든 두꺼비, 집오리[1] 및 청어(어중이떠중이) 나무에 새겼는지라, 공원의 중구中丘를 행세하거나, 그녀의 음문陰門수수께끼를 지닌 자신의 통처痛妻〔ALP〕에게 아첨하면서. 그는 우리로 하여금 좌지우지 꼼짝달싹 못하게 하려 했도다. 이런 것은 주가酒家의 주인으로서는 약간 지나친지라, 고로 그가 대大 선구자를 방문했을 때, 그자는 자신을 제일 극악極惡한 파충류(뱀)로 서렸고 자신에게 뇌성 야단쳐 저 발기를 맥 풀도록 하고 자신의 생활의 균형전均衡戰을 위하여 스스로 수치스럽게 했도다.[2]

— 오 핀래이의 냉보冷褓!(행복한 냉죄冷罪여!)[3]〔HCE의 수치〕

— 아담 죄의 필요여![4]

— 그대는 거기 있었던고, 웅 숭자崇者여? 그대는 그들이 골짜기를 통하여 그대를 각인脚引했을 때 거기 있었던고?[5]

— 나 나! 누구 누구! 찬송가시시讚頌歌時時 공황恐慌이 나를 사로잡아 구불구불 굽이치게 했도다[6].

— 비탄! 비애! 그리하여 그것이 그로 하여금 하찮은 삼목락자三木落者들의 최락림왕자最樂林王子[7]가 되게 했는지라.

— 회목자灰木者(물푸레나무) 그리고, 어떤 별명이 부재할 경우에, 우리들의 진남근상眞男根像의 최성당미자最聖堂美者여. 세세자洗洗者 목사木蛇여!

— 그대〔증인-목격자〕는 이 모두갑帽頭岬[8]에 얼마나 가깝게 느끼는고, 나리?

〔증인 대답〕 — 그가 멀리 멀리 길 잃은, 한 채의 암벽하숙옥岩壁下宿屋처럼 보일 때[9] 우리들 사이에 건냉기乾冷氣의 나날이 있는지라 그리고 그가 모든 종류의 방법으로 내게 양파 눈물수프를 만들고 있을 때 젖은 휘파람부는 밤들이 정령 있도다.

— 이제 그대〔욘〕 한층 변경지에 가까웠는지라, 랜즈다운 가도10). 그녀는 자신의 핍핀 사과를 부근에 던졌나니 그러자 그들이 이 성곡도聖哭島를 발효하게 하기 위하여 증오憎惡로서 단변單邊 치아齒牙를 작물식作物植했도다.11) 자 이제, 형극탄자荊棘誕者여, 스포트라이트를 따를지라, 제발! 어떤 소년에 관계하여. 그대는, 대리적으로 하인何人 접촉자 '톰觀[12]으로 알려진, 한 이단자〔HCE〕를 정통하는고. 나는 피노그람을 그의 서식지로서 암시하나니. 이제 대좌臺座위에서 자기 자신을 사료하고 그대의 말(言)을 살피고, 나의 충고를 택할지라. 그대의 모토(표어)를 이렇게 삼을지니 운중雲中의 광휘로다.

— 그대는 나의 어머니 혹은 그녀의 거소에 관해 결코 염려하지 말지니. 만일 내가 그렇게 한다고 내가 생각하면, 나는 감탄된 충악忠惡을 놀랍도록 수치스럽게 느낄지라.

〔증인〕 — 그는 50 가량의 남사〔HCE〕요, 밀크와 위스키를 탄 아나(A) 린샤(L) 점의 흑차黑茶(P)에 반한 채, 그리하여 그는 가옥 마사지를 행하며 빈대를 지닌 늙은 개보다 더 많은 오물을 지녔는지라, 돌을 걷어차거나[13] 벽에서 눈(雪)을 두들겨 떨어버리면서.

그대〔욘〕는 여태껏 물고기의 응시凝視를 지닌 이 노소년老少年인 "톰"〔HCE〕이라나 혹은 "팀"에 관하여 들은 적이 있는고, 그런데 이 자는 소작지역小作地域인, 킴매이지[1]에 속하는지라, 그리하여 언제나 그 곳에 붙어있지 않나니, 그리하여 만일 그가 그렇지 않을 경우에는 언제나 그이 자신답게, 자신의 대부분의 시간을 그린 맨(녹인綠人)[2]에서 보내는지라, 그 곳에서 그는 물건을 훔치거나, 물건을 전당잡히거나, 트림을 하는지라 그리고 한 저주자詛呪者이나니, 폐점閉店 두 시간 뒤까지 술을 유쾌하게 마시며, 지껄이는 허깨비들에 대비하여 자신의 코트의 피측皮側을 외측外側으로 대고, 구두 안창을 고무탄측彈側으로 외봉外縫하고,[3] 아주 미약한 종류로 자신의 두 손을 손뼉 치면서 그리고 조직적으로 대중들과 어울려 식료잡화食料雜貨를 위해 외출하며, 자신의 장선대腸線帶[4]를 가지고 대소학위시험大小學位試驗[5]마냥 소리 높이 찰싹찰싹 치면서, 노골측露骨側을 펄럭 펄럭이면서 그리고 언제나 감실통관절가옥監室桶關節의 성수반정면聖水盤正面에서 자신의 장식의상裝飾衣裳 차림으로 사방 왈츠무舞[6] 비틀거리나니, 마치 장완長腕의 러그신神[7]처럼, 그가 자신의 차茶로 끝맺고 싶을 때에는?

〔욘이 묻다〕 — 그것이 그자〔HCE〕인고? 그가 가시나무 관목처럼 미쳐 가지고. 그를 접할지라. 변호인들이 그의 격자무늬 통 바지에 달라붙어서 그리고 꼭 끼는 바스크의 베레모帽[8]를 찰싹 찰싹 치면서. 그는 내게 한번 이상 입 맞추었나니, 나는 말하기 미안하지만 그리고 만일 내가 쾌快익살을 범하면 귀천주貴賤主여 그걸 용서하옵소서! 오 기다릴지라, 내가 그대에게 말할 때까지!

〔이어지는 4증인들 언급하다〕 — 우리는 아직 떠나지 않는도다.

— 그리하여 여기를 볼지라! 여기, 이봐요, 그〔HCE〕가 행한 걸, 내가 이토록 뭐라 시시하게 말하고 있는지 몰라도!

— 저리 꺼져요, 그대〔욘〕 비열한 같으니! 오원언어吾原言語의 최고열가공어最高熱架空語로는 한 개의 이상하게도 두드러진 품사品詞인지라. 설사 그대가! 일백일(101) 비제약非制約 및 기수시基數時(가끔)? 단순한 무언無言 몸짓? 최근에?

— 내가 어찌 알랴? 나의 숙사宿舍를 사색斯索할지니. 막사통행권幕舍通行券을 살지라. 각경角警에게 물을지니. 도인盜人들에게 말할지라.

— 그대는 하부 오코넬가街[9]의 소매치기를 암시하고 있는고?

— 나는 북경北京 정기선을 농弄하고 있지만 그러나 나는 로우라 코노가街의 소풍을 피하고 있도다.

— 자 이제, 바로 그대의 기억을 조금 씻고 솔질해버릴지라.[10] 고로 나는 발견하거니와, 현재남現在男〔욘의 부친—HCE〕의 고귀古貴한 발광연와투자發狂煉瓦投者의 장부丈父에 관하여 언급하건대, 우리들의 계약호주契約弧舟[11]의 자격상, 나는 마음속에 나 자신 의문하고 있거니와, 접촉자, 한 감리교도였나니, 그의 이름은, 타인들이 말하는 바, 정말로는 "톰"이 아닌지라, 보터즈타운[12] 출신 한 세기의 이 염자식鹽子息, 쉬버링 윌리엄[13], 여태껏(e) 호객매상呼客賣上된(h) 목편木片(c) 중 가장 최봉우最封愚 늙은 우라질 놈이나니, 그리하여 그는 언제나 자신과 함께 대견목大樫木주점과 그리고 호주점弧酒店(아치)[14]에서 함께 하는지라

그의 이빨이 오견의誤犬醫에 의하여 흡강吸腔으로부터 흔들린 뒤에, 자신의 5파인트(pints) 73의 비애란혈非愛蘭血을 해발접선海拔接線 고물(海) 가까이 흘렸기 때문이라, 그 산유혈자散流血者는, 자신의 선복의船腹衣와 뒷단추가 달린 양조인釀造人의 곡물모형穀物模型의 의사복擬似服을 걸치고, 그 위에 모토(표어), 성탄절을 기억할지라[1]를 달고, 단지 제 십이일(12일)째 평화와 양자量子[2]의 결혼만의 경우를 위하여 겉치레로, 나는 경이驚異하고 있도다.

— 틀림없이 그대 그러하리라. 글쎄, 그는 배회하고 있었도다. 확실히, 자신의 행사行事가 무엇이든지 간에, 또한 자기의 마음속에, 그를 인정하네만, 왠고하니 나는 미안하지만 그대에게 말해야만 하기에, 바커스 예찬자禮讚者의 성계성聖桂聲에 맹세코,[3] 그것〔바지〕이 그로부터 흘러내렸던 것이로다.

— 얼마나(H) 둔기묘臀奇妙한(C) 에피파니(현현顯現)(E)[4]이람!

— *금일(H) 둔내의臀內衣(C)가 하락 사유는(E)?*

— 그건 아주 그럴 듯이 보였는지라.

— 필요자는 네세스필내의必內衣[5] 및 하계의下界衣를 알도다. 인간은 미이거[6]로 상기되는지라, 사원寺院? 모의毛衣? 멍청이?

— 아이, 또 다른 멋진 단추가 잘못 되었도다.

— 금발맹인金髮盲人의 허세! 통적痛積하고 정자항亭子港을 상인방上引榜 밀입密入하는 편두선扁豆船 마냥…?

— 패멀라스[7], 페기리스, 폴리우리스, 퀘스튜안츠, 쾌인트아킬티즈, 쿼카메리스.

〔공원의 두 소녀〕 — 이제 준분반구체準分半球體[8]에 불룩하게(철凸하게) 오목(요凹)해지며[9] 그리고, 여성각도女性角度로부터, 음악 애동요급愛動搖給하면서, 저 하결자매下結姉妹들, P. 및 Q., 크로패트릭[10]의 익은 버찌[11], *필요변화化가 이루어졌나니*, 거의 똑같은 오이지(조건), 모든 파이돔(산록山麓)의 살구(과果), 모든 식근植根의 탐색을 추적하여?

— 피퀸(요여왕尿女王)[12] 우리들 자신, 내가 여태껏 경도견驚盜見했던[13] 불가경不可競스러운 묵내의默內衣의 가장 예쁜 피클(오이지), 보보았도다 그녀 보리라 해패海貝,[14] 도회都會가 쾌락축제快樂祝祭[15]를 계계속행行한[16] 이후.

— 섹스어필(견의상絹衣裳) 및 실쭉(춘제春祭) 욕망?

— 소년과 현기소녀眩氣少女, 하품과 지루脂漏.

— 나는 이들 두 여신들이 그 사내〔HCE〕를 자칫 고소하려고 하는 걸 듣고 있는지라?

— 글쎄, 두 환대녀歡待女들이 도주하여 그를 사射하지 않기를 희망하나니.

— 양자는 피아노 연주에 흑건반술黑鍵盤術에서 백白했나니, 하여何如?

— 바흐(背)녀女들, 나는, 초췌해졌나니, 리스트[17] 변폭邊幅된 채. 우수연수右手練修.

— 글쎄 소녀들도 그랬던고? 그리하여 그들도 마찬가지로 감시자가 그러했듯 마찬가지로 그대를 감시하고 있었던고?

— 어디서 그대〔숀〕는 그런 부평浮評을 얻는고?[1] 이러한 진술은 나의 경험과 일치하지 않는지라. 그들〔소녀들〕은 감시 받는 자가 감시하는 것을 감시하고 있었도다. 감시자들 모두.

— 좋아요. 저 감시단문監視短文을 가지고 이 간시奸視를 한층 장문長文할지라. 이제, 수정 가필하는 친구 톰키,[2] 적敵이여, 그대는 그가 떨어뜨린 것에서 많이 수집했던고? 우리는 그 때문에 여기 앉아 있도다.

— 나〔숀〕는 러시아 인人처럼 광탐狂耽했도다. 무허언無虛言. 그의 볼품없는 모자에 관하여.

— 나〔심문자—증인〕는 틀림없이 그대가 그랬었던가? 의심하도다.

— 당신은 자신의 뇌성 같은 과오를 범하고 있도다. 그러나 나는 또한 그에게 저분詛糞 미안했는지라.

— 오 숀포泡〔숀〕여! 정말 아니? 그대가 당시 그〔HCE〕에게 홀딱 미쳐있었기에 미안했던고?

— 내가 단신에게 말하는 것은 당시 나는 전적으로 나 스스로 러시아 인조모광人祖母狂했기 때문이라, 나는 정말 그랬었나니, 그에게 미안한데 대하여.

— 그런고?

— 철저하게.

— 그대는 모든 단계에서 그를 비난할 참인고?

〔숀〕 — 나는 많은 고참자古參者를 믿는도다. 그러나 한 사람의 희랍인에게 남위안南慰安처럼 보였던 것이 한 사람의 거이방인巨異邦人에게는 북北올가미처럼 요약되었는지라.[3] 카이로에서 고양이를 죽이는 수자誰者가 갈리아에서 수탉을 달래는도다.

〔심문자〕 — 나는 그대에게 의견을 묻나니 이는 오로지 그〔HCE〕의 해바라기 상태[4]에 있었으며 게다가 그의 굴광성식물모屈光性植物帽(담자색 모)(헬리오트로프 햇트)가 처녀들이 그를 위해 모두 한숨을 짓게 하고, 그를 위해 위험을 무릅쓰고 겨루게 했던 이유였는지라. 흠?

〔숀〕 — 푸타와요[5], 칸사스, 리버남[6] 및 뉴 애미스터덤[7] 다음으로, 그건 나를 전혀 조금도 놀라게 하지 않으리라.

〔심문자〕 — 저 해독맥害毒麥 그리고 이 사마귀, 그대의 눈물 그리고 우리의 미소[8]. 만일 여심女心의 눈이 우리들의 오랜 타락이었다면 이 생명은 허언虛言이라. 고리 뒤에 고리. 나의 치수値數로 그의 기형畸形을 개형改形할지라.[9] 나의 콧구멍을 주취酒吹할지니, 그대 나의 귀 밖으로 땅(정)벌레를 내뿜지 않으련고.

〔HCE〕 — 그는 자신의 탕녀의 탄생에 자신의 눈을 양폐兩閉할 수 있었나니, 그는 그녀의 유희의 절반을 통하여 내내 한 덩어리 될 수 있었는지라,[10] 그러나 그는 광대 마냥 그녀의 소극笑劇을 통하여 대소大笑할 수 없었나니 그 시유屍由인 즉 그는 그런 식으로 부리 건조建造되지 않았기에.[11] 그런고로 그는 자신의 놀리메탕게레(간습경고干涉警告)를 철저 배척하는지라 뇌광협의雷光協議를 가지나니 그리하여 자신의 늙은 팬타룬(어릿광대역)을 절하切下하며 그리하여 한 편의 제일완전인칭完全人稱의 시도기詩陶器를 부잔류腐殘留로 남겨 갖고 있도다. 세척洗滌한 채.

〔506.24—510.02〕 만남의 파티들—"토처톰"(Toucher Thom) P.와 Q. 자매들, 욘. 경야에 관하여.

— 폭탄과 둔중한 재폭음再爆音의 꿍꽝 소리?〔러시아 장군의 배변과 파티의 성교 소동의 암유〕

— 그대에게도 동일목표!

〔심문자 왈 이러한 배변과 소동의 장면들이 소란한 경야/재단사 홀의 결혼 장면〕 — 미담尾談이, 너무나 마스토돈 거상적居象的인지라, 그대가 그걸 말하자 그대 자신의 메머드거상구巨象口의 숨결을 빼앗는 듯 거의 움찔하게 하도다. 그의 바지(하의)군대가 난관에 처했기 때문에 그대의 수사修辭 기병대가 그토록 구제되지 못하도다. 하지만 포도음주 속에 행해진 우행성愚行性으로 하여금 진덕眞德으로된 불합리성을 용서하게 할지라. 얼마나 많은 자가 모든 건체健體 성교의 아침의 정점에서 결혼했던고, 야밤중의 칠면조 쫓기[1] 후에, 나의 선량한 감시자여?

〔욘의 응답〕 — 견犬 아마도(puppaps). 그건 화과話過할지라. 남자의 허허와 여자의 헤헤와 더불어. 그러나, 타미 토니크라프트에 관한 한, 나는 잔디 암말이든 샛길 풀깎기 여인이든 그리고 황야의 모든 도제공徒弟公[2]이든 그를 마사지하는 것을 허용하지 않을지라.

〔심문자 왈 저 운명의 밤, 재단사의 홀의 무도회 장면〕 — 이제 가너 쇼트랜드[3]에서 기네스 원근화법장면遠近畵場面으로〔움직이면서〕. 태일러즈 홀〔재단사의 회관〕의 발레 무용회[4]로 다가올지라. 우리는 매일러즈 몰[5]에서 혼성난전混成亂戰할 작정이나니. 그리하여 게일러즈 골[6](게일인人의 담낭)까지 뛰며, 스케이트 타며 그리고 우롱愚弄할지라. 잠에서 깨요! 와요, 경야제로다! 피혁세계의 모든 늙은 피자皮者, 사실상 누출주통漏出酒桶의 고가古家전술주식회사(레퍼토리 극장)[7]가, 비굴하게 술에 취했는지라, 둘 씩 둘 씩, 육계사주매장陸繫沙洲埋葬의 걸인乞人들과 함께 적취자笛吹者들을 토굴잠복土窟潛伏시키면서, 흑백지발보충병黑白芝髮補充兵[8]들 및 브랜디 와인 은행 강도들, 진짜 노르망디풍風을 하고, 나는 들었는지라, 바짝 마른 은행서기에 이르기까지? 어떤 불결한 무딘 클럽들[9]이 웨슬린 술병 반란행위[10]의 전통에 따라서 운영되고 있었나니 그리하여 몇몇 접시들이 주위에 내던져지고, 큰 술잔들이 사방에 파동 치는 신선한 맥주의 흔적을 남기나니, 그와는 별도로, 두도頭島[11]의 명예를 위하여, 그러자 뒤이어 헤븐 앤드 코베난트(천국과 성약聖約)[12]옥屋에서 저 교접혼交接婚의 아침식사가 뒤따랐는지라, 로디 오코로윙(차처자此處者)[13]과 함께 어찌 투표자들에게 광투廣投한 빵[14]이 영원애란永遠愛蘭을 위하여 되돌아오랴,[15] 의옥무례한疑獄無禮漢(스칸디나비아)의 침식侵蝕마냥, 중고견인동요中古牽引動搖의 범 섬이 해안고의海岸古衣[16] 밖에 들락날락하며, 응? 그건 또한 장長수다쟁이었을 것인고? 이건 조부사祖父師 아서[17]였나니. 이건 그의 백마주白馬酒[18]였도다. 흡吸?

〔욘의 반응〕 — 글쎄, 자연히 그는 그랬었나니, 촌녀 또한 성남性男 여러분. 성탄절십자가 울러 매고. 그들은 모든 토지로부터 파도를 넘어 이니스필의 노래를 탐하여 왔도다.[19] 주도酒道 및 심지어 사死토록![20] 게다가 퓨지적的[21]도 아니나니, 사방 초혹招惑된 묘원墓園에 둘러 싸여. 그러나 존경하올 신부神父존사, 홉신본드 씨와 존경하올 신랑당선자, 프리찌 프라우프라우는 정말 술 취하지 않았도다. 내 생각에, 그들은 정신 멀쩡 했나니라.

〔노르웨이 선장과 재단사의 딸 재현〕 — 나는 생각하나니 그대가 존경하올 존사에 관하여 거기 반대방향으로 생각하고 있는 것 같도다. 노드(북)위건 배장杯長[1]의 마그로우는 혼례의 야수남野獸男[2]이었나니, 우리들 면전에 서류가 개재하는도다. 그대는 그를 급히 만났나니, 아니면 만일 그것이 부적절한 것이 아니라면 그대는 만났던고? 필경 스레이터의 망치를 가지고?[3] 혹은 그는 세루 복장을 하고 있었던고?

〔욘〕 — 나는 공급恐急히 그랬었도다. 열두 시 정각에. 내가 잘못한 것이 확실하다만 나는 말더듬기를 찾고 있던, 부적절한 마그노우 씨가,[4] 성구실聖具室 주변의 적赤—호狐 호好—남男인, 늙은 성당사남敎會使男을 침구寢具 광인狂人 걷어차고 있는 소리를 들었는지라, 그들 웅우회당하급리雄牛會堂下級吏가 검게 그리고 늙다리가 푸르게[5] 될 때까지, 한편 나와 프라드[6]와 다른 남자들은, 째즈 무류舞類 낙하산형제 및 차자매茶姉妹들처럼, 현관에서 그의 마누라를 꽥꽥 째지게 근질근질 간질이고 있었나니, 맹마猛魔처럼.(그녀는 실인후實咽喉 속에 등불을 지녔는지라) 그녀의 백조미소白鳥微笑와 그녀의 십이(12)파운드 해소懈笑[7]와 함께.

— 한 충성스러운 처여인妻女人 가도呵導릭 백일해百日咳 같으니![8] 한편 그녀는 속법俗法하게도 그들 모두의 황홀열망恍惚熱望의 표적이었는지라.[9] 그러나 그대는 개인적 계약을 수립했던고? 보조설명으로 또는 의사진행상議事進行上?

〔욘〕 — 그런 청천벽력 같은 소지小池는 나의 금전허세를 만월灣越하는지라.[10] 나는 한 돈편豚片의 치즈에 휴식하고 있지만[11] 그것이 한 파인트의 맥주 때문이라는 커다란 암시를 갖고 있도다.

— 그대 애 젖먹이 같으니![12] 그러나 이 모든 것은, 바늘 도둑도 소도둑이나 마찬가지, 단지 저 아기 해산녀解産女가 경치게도 옆구리 찢어져라 포복절도했기 때문이 아닌고? 어디서 귀부인들은 암안흑발자暗顔黑髮者를 세습하는고?[13]

〔욘〕 — 단지. 그건 여러 역亦여자 및 통通남자에 관한 것이었는지라[14]

—무뚝뚝한 호위수護衛手 하지만 뻔뻔스러운 투수投手 같으니. 살롱의 칸막이라, 그대는 말했던고, 아니면 배의 갑판공간甲板空間?

〔욘〕 — 음주 간에, 나는 그걸 깊이 통렬하게 반복 후회하는도다.

— 그녀는 자신의 멍텅구리 바깥양반을 비위 맞추기 위해 팬츠의 속바지를 입고 있었던고, 마사[15]의 성녀星女(스텔라)가?

〔욘〕 — 탄—태일러 부인? 바로 부동浮動의 패널(화판), 비서밀활秘書密滑 속옷, 그녀의 클로버 위의 열쇠타래, 그녀의 백금지환白金指環 위의 은지륜銀指輪 그리고 그녀의 헤어아이론(오그라진 혀)의 40앵초櫻草.

— 그런고로 이것이 여인을 껴안은 뱀을 시험한 강탈을 소문낸 띠 까마귀를 비틀게 한 상스러운 사내를 모민毛悶하게 한 멍청이였던고?[16]

〔욘〕 — 그것은 장난으로 따돌린 날조 속에 각주 脚走했도다.

— 폐물약점廢物弱點의 익살?

〔욘〕 — 살인광 잭 속에 잭 포기된 채.

— 무맥주신無脈主神이여! 그대는 그토록 장언讋言해서는 안되는도다! 그녀〔ALP〕의 전고안창물全考案創物을[1] 온통 오르내리다니? 그런고로 그대들 사이에 견사絹事는 전혀 없으렷다? 그리하여 건물상乾物商, 이조드〔이시〕의 부친, 그는 지금 여하한고?

〔HCE〕 —핑크(최고)로, 자네, 그의 셔츠 차림에 곧추선 역역총우남月歷總牛男 황소처럼, 곰(웅熊)[2]에 비한 수흉獸胸, 우리들의 포도주통수로桶水路의 대大마제란항해자航海者,[3] 리피(생엽도강生葉跳江)에서 생명을 짜내고 있는지라.

— 크리스토퍼(관모시혜자冠毛施惠者) 크램 바스![4] 이거야말로 수대어만족獸帶語滿足인지라. 그대 나를 매춘賣春하는고! 그는 왔나니, 그는 키쉬 등대[5]역役했나니, 그는 정복했도다.[6] 독수리까마귀여! 그녀의 눈 속의 대들보(대양大梁)를 꾀는 그의 광휘충전光輝充盞의 필수자必需者?[7] 이 가면무도회[8]의 저 사향종타자麝香鐘打者! 아나벨라(미녀美女)(A), 라브벨라[9](애미녀愛美女)(L), 풀라벨라(복미녀複美女)(P), 그랬?

— 그랬! 성聖사비나 사원[10]의 타이탄(대형大型)십톤급十噸級의 명조종鳴調鐘. 아무렴 그렇고말고, 그녀는 나긋나긋하고 경쾌했는지라. 그대는 풍향風向일 터인고? 그대는 급행할 터인고? 그대는 반질 고리(가정부)일 터인고?

— 농도자聾盜者가 급생자急生者일수록[11] 활액의지자活液依支者는 한층 안태자安太者인지라, 그러나 주대양主大洋이 강대하면 할수록 해협海峽은 한층 준협峻峽하도다. 광양廣洋으로 항행유희航行遊戱할지라![12] 그건 위그노교도자그노트신神 크롬웰 악마소유자에 의한 (A)리투아니아 이교도들의[13](L) 우회전迂回轉(P), 아니면 캐벗[14] 연안항해적沿岸航海的 탐험자의 대장장이 영웅주의에 대한 무문자無文字의 파타고니아인人[15]의 맹목항복盲目降伏인고?

— 나는 그대를 믿는지라. 최상 얼레진실적眞實的으로, 오 얼레진실적으로![16]

— 해상수부海上水夫, 해상수부여, 우리는 여汝 없이는 무소無所인지라! 카바(植)커피의 증기 대신에 이제 정자차亭子茶[17]가 우리들의 숨결 위로 법석거리는도다. 그리하여 화목火木이 다환락多丸樂[18]을 타닥타닥 소리 나게 하는 반면 영산탄英産炭이 노화爐火를 갈채하는지라. 그런고로 그녀는 그의 남성을 채굴하기 위해 그에게 귀를 빌려주나니(또는 그렇게 이협견耳鋏見이라)[19] 그리하여 그의 가명家名을 빌리도다? 혼안魂眼과 비우청백悲憂淸白의 조발藻髮 그리고 그녀의 생강미生薑味의(기운氣運의) 입으로부터 병독취病毒臭가,[20] 조조早弔의 더블린 주막酒幕처럼.[21]

— *그대는 처음 나를 귀청이 떨어지게 했도다.*

— 공원은 구멍보다 우아하나니,[22] 그녀가 말하는지라, 그러나 해골탐자骸骨探者[23]가 나의 운명?

— 정명定命 됨을 상탐常探했던고?[24] 그대는 여汝와 함께 부드러운 말을 하는지라, 아첨자 오포드여,[25] 고로, 여보, 나는 그대를 거의 장애물 씹지 않는도다.[26]

— 그것이 대답인고?

— 그건 괴질문怪質問이라!

— 그 집은 나귀마차라 불리는 다리(橋) 옆의 투탕—카멘—인(도취우래옥陶醉又來屋)[27]이었나니, 그러나 그대는, 천랑성년天狼星年의 분쇄의음粉碎疑陰을 초월하여, 태양년太陽年[28] 엄하게 확신하는고? 새 시대의 질서가 재탄再誕하도다.[29]

〔욘의 HCE와 ALP의 결혼식 보고〕 — 세천랑성적世天狼星的으로 그리고 셀레내월적月的으로 덧문 뒤에서 확실히,[1] *한층 안전하게 그림자로 지구를 알아내도다*.[2]

[512.12—534](HCE와 ALP의 결혼 장면) ALP는 그녀의 수부—남편—항해자를 사랑한다.

— 일부日附는? 그대의 잠입시간潛入時間은? 우리는 여전히 갈의渴疑 속에 있는고…?

— 서력(주님의 해), 코리그(암구岩丘)[3]의 후작. 웃음 짓는 사냥인과 퍼티 수우〔결혼 하객들 중 하나〕.

— 그리고 광두狂頭의 숀[4]〔결혼 하객들 중 하나〕, 우통태생憂痛胎生?

— 그의 견목기관堅木器官(성기)처럼 과적果笛하여. 사자는 그의 발톱으로 아나니.[5]

— 그리고 잼즈〔결혼 하객들 중 하나〕, 돌핀 본 태생[6] 또는(노타인老他人들이 말하듯) 톱햇[7] 출신?

— 월력 주변의 부활절(동풍) 태양처럼 노서아슬무露西亞膝舞를 합창풍향수식合唱楓香樹式으로 여무黎舞하면서,[8] 사악자邪惡者〔솀〕! 뇌성무雷聲舞 유쾌금일愉快今日![9] 그대는 그가 폴카(족제비)무舞를 도마跳馬춤추는 것을 틀림없이 보았으리라,[10] 그대는 그가 사방으로 왈츠(이민)춤추는 것을 취견吹見했으리라, 그대는 그가 자신의 빈약체貧弱體를 속무速舞하자 자신의 페티코트[11]가 울부짖는 소리를 들었으리라…

— 크라쉬다파 코럼 바스[12](쿠바룸바 춤)! 과연 멋진 춤! 또한 회교금욕파의 광회무狂廻舞. 비코 질서의 반회귀半回歸. 비열점沸熱点에 도약한 유행성 독감처럼 그의 피(血)를 통한 즉홍가면 희극[13]의 애정?

— 노위老危의 파파게나[14]의, 늙은 중풍 걸린 프리아모스왕王,[15] 에드윈 하밀턴 작作의 크리스마스 빵을 다룬 무언극,[16] 개이어티 극장에서 공연된 에디퍼스왕王과 *흉포凶暴표범*[17]으로부터 귀가하여, 아리아(영창詠唱) 주위를 성락도무聖樂蹈舞하면서, 그의 52의 상속년相續年과 함께! 모두들 그와 같은 유사자類似者들에게 눈이 얼레처럼 어리벙벙할지니[18] 그러나 노아 선인善人[19]은 정강이를 감추도다.

— 그리하여 무엇으로 릴라빌 이사빌은 이루어졌던고, 처녀 이브, 처녀 이루어짐?[20]

— 트리스탄과 트렌(만가輓歌) 그리고 삼위일체 아줌마들.

— 처녀 페이지에게 등 돌리기,[21] 저주 할!

— 그래, 제발.

〔결혼 하객들〕 — 이들 사인방四人幇들도 또한 거기 사방에 있었나니, 만일 내가 과오하지 않는다면, 측선側線으로서 그러나, 상원上院의 모욕죄에 *실례하지만*, 아주 전방前方에, 대사건망증大赦健忘症의 모임에서, 하처재하시何處再何時 서로 만나기를 결정하려고 상봉소란변신相逢騷亂變身한 채, 표류물적漂流物的 및 투하물적投荷物的, 부표부부하물적浮漂付浮荷物的 및 유기물적遺棄物的,[22] 케리 카드릴 곡(4인곡)과 리스트타웰[23] 창기병 곡을 내내 홍청망청 음주하면서 그리고 자신들의 저 연속오도음정五度音程에 맞추어 언제나 주체집가主體集歌하면서, 응? 12각脚의 테이블[24] 아래를 들락날락 출입하는 현명한 코끼리들 마냥?

〔514〕 재 서술 되는 결혼 하객들—그들은 단순히 스캔들 상인들이었도다. "저 친숙한, 그 밖의 모두! 북 노만인, 남 대수만인… 여기저기 마역사에 남을 짓을 하면서." —요약컨대, 그건 어떤 파티였나니. 그건 뇌雷(목木)요일曜日, 호우드 천구天丘의 소례정小禮亭(A Little Bit of Heaven Howth)이라 불리는 여인숙에서, 교황 미사 회찬會餐이 축하되었도다.

〔510.03—515.26〕 그날 밤의 소란한 축하연들—결혼 축하연 및 경야.

〔HCE와 ALP의 결혼 현장〕 — 그들은 단순한 스캔들 상인들이었도다. 저 친숙한, 그 밖의 모두! 북노만인北露蠻人, 남대수만인南擡袖蠻人, 동오수만인東吳須蠻人 및 서게만인西憩蠻人,[1] 대 혼란 여기저기 마역사魔歷史에 남을 짓을 하면서!

— 요컨대, 약간의 콧노래를? 그리하여 다른 결혼의 훈연勳宴?

— 모든 우리들의 말뚝 인양 그들은 야비한 소요의 외관外觀을 띠면서 사방 비틀거리고 있었는지라 그때 거인 아서가 애니의 구애에 야野줄행랑쳤도다.[2]

— 갑자기 어떤 잘 구운 진흙이 어이 호가呼家의 점화전저點火栓箸를 통하여 내던져졌던고?

— 급急돌연히 거기 지옥화地獄火 몽둥이[3]가 처소處所의 의시혈疑視穴을 통하여 축출蹴出되었도다.[4]

— 중화신重火神의(H)[5] 질嫉모루의(E) 붕낙하재난崩落下災難처럼(C). 3일 3회 불카누수 공화산空火山 속으로?[6]

— 펀치(구멍)!

— 혹은 노아의 전도서, 부인否認?

— 시인是認, 이클레스가街의 여인숙에는 건초乾草(잠자리) 무無인지라.

— 하지만 만일 내가 그의 징후를 보았다면, 만일 그대가 그의 면식가까스로 가까이할 수 있다면? 그의 이름과 구제소를 댈지라[7] 그러면 우리는 오늘밤은 이만해 두리니!

— .i .. '.. o .. l .〔신랑의 이름에 대한 심문자의 물음에, 욘은, 핀맥쿨하고 대답한다.〕

— 그대는 그것이 소동小童의 소동 혹은 서약자의 수장악手掌握 혹은 각안자覺眼者의 각성 그대가 *여타여타餘他餘他* 아님을 확신하는고?

— 분명히.

〔결혼 선언〕 — 필시必是. 우리를 위해 기도하라, 뇌雷(목木)요일, 호우드 천구天丘의 소례정小禮亭[8]에서, 타타르(産)의, 아담 피츠담백伯, 데이메투스(신공자神恐者)(저주강詛呪江)의 아내, 혹은 강명江名에 의한, 보니브르크(애천愛川)[9], 생자를 위한 길조요원吉鳥療院[10]의, 색빌—로우리 및 몰랜드웨스터[11] 그리고 조신부鳥新婦 들러리의 경호인警護人이요 신랑대리인인, A. 브리그스 차리슬[12] 교황 미사 회찬會餐. 혹은(습濕돌연히) 스코돌사(突射), 난동자들에 의하여 내밀발화內密發火된 채[13] 무승조화無蠅弔花[14] 동감同感?

〔금전 채무자의 광고〕 — 고의폭력故意暴力. 또한(A) 우편(P)을 통한 대여. 저당금(L) 유무. 매소每所. 여하액如何額. 임시변통, 내기 경마, 순수하게 섭리攝理대로.

〔하객들〕 — 프라드속屬. 핑크남男, 재채기, 일축일배一蹴一杯. 행行.[15] 그러자 게일어화語化를 위한 일타一打. 여우. 등불을 가진 숙녀. 맥麥부대의 소년. 궁둥이 깔고 앉은 노인. 대혼전! 그건 우리들과 그대와 그대들과 나와 성가피聖歌彼와 해피녀害彼女와 족미피足未彼와 방패녀防牌女. 최초 애란 종족, 유구한 국민, 상주常駐했던 최고공最古空의 장소.

그[노인]는 그대가 그의 복종腹鐘을 울리고 있는 동안 참회懺悔의 죄과罪過[1]를 범하고 있었도다. 걷어차인자者, 호인好人 후회호後悔狐는 뭔가 중요한 것을 말했던고? 묵비黙秘 당하거나 혹은 폐물시廢物視 당하고, 참신하게?[2]

〔욘 대답〕 — 리치먼(부남富男)의 경단고동(貝)보다 나을 것이 없는지라.

〔HCE는 무슨 중대사를 말했던고〕 — 무일언無一言?

〔욘 왈〕 — 가증憎事스러운 일.

— 경멸의 계획에 의하여 화화禍話된 한마디 게일 화話는? 오늬무늬(닉)?[3]

〔욘 왈〕 — 무선미無鮮味인지라. 가짜(믹)

— 그의 체력이 로도스 도島를 견지하는고?[4]

— 오감불구五感不具! 아니면 그와 아주 유사한 어떤 것.

〔심문자〕 — 나는 그걸 완곡강조婉曲强調하고 싶도다. 그건 등시성착오증等時性錯誤症처럼 들리는지라. 하젤턴의 비밀연설秘密演說이요[5] 분명히 탈모음脫母音된 채. 그러나 그건 또한 멋진 시가법詩歌法이나니. 우리는 저들 선의善意의 킥(차기)을 무료하사금無料下賜金 당연히 받아들일 수 있을 터인즉, 비록 *권한 밖이라도*, 공허한 그리고, 사실상, 불필요하게 그렇다 해도. 행복하게 그대는 언어과정중言語過程中에 그토록 아주 성공적이 아니었건만 그에 의해 그대는 눈꺼풀경련발작증적痙攣發作症的 억압을 승화昇華하려고, 하듯 보이는지라?

— 그건 무엇인고? 그에 관해 처음 듣는 이야기이나니.

〔심문자 질문〕 — 대는 그렇던고 그렇잖았던고? 스스로 답을 물어 볼지라, 나는 그대에 짧은 질문을 하지 않을 터이니. 자 이제, 혼성混成하지 않도록, 카펠 코트[6] 주변을 잘 살펴볼지라. 나는 그대에게 원하나니, 이 서사시적敍事詩的 싸움[부자간의]의 증인으로서, 그대의 것이 듯 나의 것인지라, 우리들을 위해 재현再現할 것을, 그대 될 수 있는 한 간결하게, 심안心眼의 견해처럼 꼭 같이[7] 부정확하게, 이들 장의락葬儀樂의 유희遊戲가, 그런데 그건 호메로스 귀향의 전서구傳書鳩[8]를 통하여 우리에게 숙독熟讀되고 있거니와, 어떻게 하여 성명규합聖名糾合이 발생했을 때 그것이 신조대량학살信條大量虐殺했는지를.

— 어느 것? 분명히 나는 당신에게 그걸 우직후愚直後 말했는지라. 나는 총실명總失命만취滿醉했나니.

— 글쎄, 그걸 내게 공평직전公平直前 말할지니, 작전의 전계획全計劃을, 그대의 저 미혹적迷惑的인 완곡전율婉曲戰慄의 목소리로. 그걸 듣게 할지라, 음악사여![9] 더블린 이배소유二培所有, 삼배정통三倍精通을.

〔욘의 대답〕 — 아아, 확실히, 나는 무목지無目智의 무망유령霧忘幽靈이라. 나의 주변에 온통 피학대증모彼虐待症帽로다.[10]

〔부자 및 형제간의 갈등에 관한 심문자의 재촉〕 — 아아, 자 이제 계속할지니, 마스터 본즈(골군骨君),[11] 작살에는 익살,[12] 그대의 언어장애와 그대의 부수묘기附隨妙技를 가지고! 청복靑服 입은 무모흑인無帽黑人의 공기억空記憶. 그대는 언제나 신사시인紳士詩人이었는지라, 해이워든(건초감시구乾草監視區)[13]에서 온 비둘기. 피쳐(물주진자)컵, 헝겊조각모帽, 잔소리꾼 사내?[14] 그에 관해 세심할지라, 본즈 마이노(미성골군未成骨君)여! 의락椅樂하게 보일지라! 올지라, 허약자여! 끝까지 갈지라,[15]

그대 게으름쟁이여! 옛날 옛적 풀 위에 한 마리 높이 뛰는 풀(베짱이)이 있었대요.1)

〔셈의 등장 숀의 그에 대한 행실보고 셈과 숀의 갈등〕 — 정말, 그때, 췌리먼(의장)[2]씨氏(셈), 처음 그가 다가 왔나니, 법석대는 한 익살꾼으로, 서슬西虱로부터 도회의 조직으로 온 독신 가도[3]의 난봉꾼, 축부촌畜斧村의 맥스마살 스윈지,[4] 괘념치 않고 자리에서 일어나, 킬대어 계통의 자신의 타타설 조끼[5]에 바람개비 수탉을 여봐란 듯이 단 채, 자신의 수수께끼 방울뱀의 누더기 목도리를 두르고 그리하여 위에서 보면 지겨운 고안, *청의青衣를 입고*[6]를 꽤나 원만 섭세하게 본(뼈) 속으로 거품휘파람 불면서, 그리하여 자신의 일상의 자이自易 벼룩 및 이(虱)스러운 모습으로 자신의 침대 빈대의 모피모帽를 벗으면서, 매목화흑사병자每木花黑死病者들에게 의조례蟻朝禮로 인사하며 그리고 통상 코스로 자신의 발을 끌면서 그리고 어느 때든 너무나 경치게도 까다로운지라, 참으로, 자신의 손발톱을 깨끗이 한다거나 정장을 한다거나 말하면서, 마일즈여,[7] 그리하여 그 밖에 등등, 그리고 자신의 회색발髮에 쿠쿠 빗을 꽂고 그리고 그는 자신의 곰의 수염[8]에 심판의 폭발화爆發火처럼 여우의 변덕을 부리는지라 그리하여, 나를 반쯤 목 조를지니, 나리여,[9] 만일 그가 자살하거나 또는 자신의 목숨을 구하기에 앞서 자신의 반점육체斑點肉體를 도로 되돌려 받기를 원치 않는다면 말씀이야. 그런 다음, 어럽쇼, 자신의 포켓 브라우닝 권총[10]을 가지고 32초까지 11 [11]만큼이나 헤아리면서, 이미 내가 말했듯이, 일시, 원元, 원,[12] 이것은 나의 외포확실畏怖確實한 이야기다만, 그는, 코간[13]의, 잔심盞深의 불결마不潔魔[14]를 계속 예보豫報 저주하면서, 숀 단[15]의 들판의 열쇠를 뺏기 너무 늦기 전에 개골개골 개구리소리로 그리고 몬터규[16]가 강도당했던 식으로 그리고 무슨 일이 행해졌는지 그리고 누가 건초를 불 태웠는지를 모두 알고자 호의狐意하면서, 어쩌다가 그대 말할지니, 그가 모든 가인佳人들을 죽이려고 하기 전에 그리고 파취퍼셀의 잡역부[17]의 대가代價, 그리하여 그것을 그 사내, 플랜태저넷 왕가주역王家主役은,[18] 심저深底의 습지로부터 일어나, 자신이 성스러운 해면체海綿體의 갈증에 격노하고 있었는지라 그리하여 그는, 우실자郵實者의 주실主實로서, 자신이 관계하는 한, 거기 터보트가街[19]의 모퉁이에 진퇴양난 단지 서 있었는지라, 전당포 근처를 당혹當惑하며 그리고 침 뱉을 꼭두각시 준비를 하면서, 자신 스스로 더불어 원했던 자계대회雌鷄大會의 정신건정성精神健全性을 신무지新無知로 개구쟁이인양 알고 싶었던 것이로다.

〔심문자의 질문 그들의 전투의 시작〕 — 사르센사암분출자砂岩噴出者,[20] 마치 냅 오팔리 프래터 탠디[21] 무어 및 버거스[22] 경쟁자들의 혼잡混雜처럼? 환언하면, 그것은 어찌하여 만사萬事의 통상주년과정通常呪年過程에서, 하지만 축사祝辭의 보충으로서, 내가 그것이 비범한 것처럼 말해야하고 말할 인간의 관례를 좇아, 그들의 천주天住의 보다 명민明敏한 천사전天使戰 또는 사진판정대접전寫眞判定大接戰이 시작되었던고?

〔솀과 숀의 갈등〕 — 진실로. 나는 그걸 결코 하지 않을 지니!

— 그럼 영기극靈氣劇에서 한 깡패인, 그 농자聾者가, 묵이默泥 속에서 어떤 영민英敏한 연극 뒤에, 다른 바람직하지 않은 자인, 아자啞者에게, 다양한 의도적 순간 동안, 삼종기도三鐘祈禱 뒤에 회복에 편승하여, 자기로서는 자신이 돈두豚頭의 스웨덴인人인지라 그리하여 어찌 마법치료魔法治療[1]로 행차했는지를 언급했던고?

그〔솀〕는 확통確痛하게도,— 그랬나니, 유그노교도마귀敎徒魔鬼! 단지 그건 뒤죽박죽 쓰레기 바보 저능아였는지라, 나는 단신에게 용서를 청하지만, 그리하여 그〔솀〕는 볼링 녹장綠場에서 가져온 자신의 까만 구장소총舊裝小銃을 가지고 타봉지자打棒持者를 무단삭제조롱無斷削除嘲弄하려 했도다.

— 경고야말로 숭고崇高했도다![2]

— 저자〔HCE〕는, 사실상, 순교 살해되었도다.[3]

— 그이,〔솀〕 최초의 스파이크맨(대못남男)은, 그이, 최후의 대변인에게 무슨 짓을 했던고, 그리하여 그때, 그들 사이에 어떤 더 많은 검댕덩어리와 왕겨찌꺼기[4]를 들어 올린 다음, 그들은 시궁창 속으로 다 함께 배수排水 굴러 떨어졌던고? 흑돈방벽黑豚防壁[5] 같으니?

— 아니, 그는 후두부에 자신의 이빨을 박고 있었도다.

— 상자〔솀〕는 당시 자신의 낯짝을 광光 내려고 애썼던고?

— 아니 그러나 캌쓰[6](키잡이)〔숀〕는 재담문사才談文士[7](솀)를 정강이 깔려고 했도다.

— 설사 그가 결코 리버흘마제製[8]를 다시는 사용하지 않겠다는 최악의 절규와 그가 일생日生을 언제나 지킬 수 있을 것이라는 최선의 아규餓叫를?

— 진진실眞眞實로 그가 여태껏 행한 최선. 그리고 내가 결코 하지 않을 암퇘지 취태醉態를.

— 저 강음强音의 카리슬항港[9]의 지푸라기 접촉이 약음弱音의 낙타 등을 부수나니.[10]

— 판쉬!

— 그대는 거의 반나절이 되어 가리라는 나의 뜻에 동의하는고, 째깍째깍 여섯 시, 오후, 그린위치 표준시, 그대의 대각사분의對角四分儀로?

— 당신은 내게 물을 것이요 나는 당신이 그렇지 않기를 간절히 바라노라. 그렇지요?

— 때를 오후의 180도 전환 뒤의 약 12시 30분쯤으로 할지라.

— 그런데 때는 일몰 전의 11시 32분쯤이었도다. 그걸 신뢰 할지라!

— 정각에 똑딱거리나니. 그대 정명定命 안녕한고? 저 솟아오르는 일광日光은 구주경이九週驚異의 밤에 노침露沈하는도다.

— 휴전, 자비감사! 무건년無件年의 무수평월無水平月의 무평탄일無平坦日[11] 마르탱마스의 시장[12]에서.

— 우리들의 성녀 라리 자신의 날 전의 성삼일聖三日[13] 그대의 정밀 시계에 의하여, 4명의 야경원들,[14] 좌현左舷, 우현右舷, 절반당직折半當直 또는 통야명암반通夜明暗盤?

— 던신크 타임, 럭비 학교, 볼라스트 시구時球,[1] 그대는 상상할 수 있도다.

— 그(다툼)에 관한 쌍방격감정대립雙方激感情對立의 마르스 군신軍神의 애증愛憎[2]을 위한 이 교전을 언어화言語化할지라. 그대는 자신이 일백 피트 그들의 그림자를 나중에라도 보았다고 변함없이 맹세할 터인고, 이것, 저것 그리고 다른 것을 두고 마성적魔性的으로 다투면서, 그들의 미덕 *찬贊*과 그의 천사권품天使權品[3] *부否* 모두 함께, 드로그헤다가街,[4] 폐허구廢墟區 근처, 그리하여 마레지아[5]풍風을 향하여 악마 자신의 먼지를 걷어차면서?

— 나는 할지라. 나는 했도다. 그들은 그랬나니. 나는 맹세하도다. 천국의 의용군 마냥. 고로 곡간마谷間魔[6]여 나를 난파難破하소서! 만일 그것이 B. 덴마크 하자何者의 의지라면, 천명天命의 두장석頭長石[7] 위에, 나의 혀를 가지고, 구두 앞닫이를 통하여.

— 눈물짓는 로칸 수호성자여![8] 그들〔형제〕은 어떤 경이적인 작업에 시간을 보내야만 할지니, 정말, 은밀하게, 이 무기협상 동안〔휴전〕, 육식자肉食者들 대對 채식자들처럼. 그대는 그렇게 생각하지 않는고?

— 찬성.

〔전투 동안의 무기들〕 — 불법시하는 사격장 혹은 방호책防護柵, 일명 이탄채굴철기구泥炭採掘鐵器具, 기관사, 인질기계회사人質機械會社(HCE)의 생산품은 그 무기교역武器交易 동안에 회전된 찔레나무(쇠톱)처럼 몇 번이고 주족主足을 바꾸었던고? 피프(파이프)(관管)?

— 퍼프(딸꾹)! 그대 실례할지라. 그건 급수관이었도다.

— 그들〔형제〕은 전쟁이 끝난 줄을 몰랐는지라 그리하여 우연히 또는 필요에 의하여, 맥전麥戰과 포도화葡萄和의[9], 가병假甁을 가지고 단지 서로 모반謀叛하거나 반박하고 있었나니, 마치 셔츠픽트인들 및 만인漫人 스코틀랜드인들[10] 사이처럼, 덴마크 희랍인들의 추배제追排除[11]를 비축하悲祝賀하기 위해, 애란로망(소설)의 그들 카락타커스추장酋長 만화들[12] 마냥? 그대는 뭘 말하는고, 실례지만?

— 그것이 모두로다. 왜고하니 그는 심하게도 직립直立(강직한) 사나이[13]였는지라, 토스카니 지방구地方口의 라마어화자羅馬語話者[14] 익살맞은 낙수홈통 같으니.

— 나는 모간 족속 그리고 도란 족속[15]을 의미하는지라, 인피니쉬(종국終局에?

— 나는 당신이 그렇잖은 걸 알고 있도다. 인피니시(결미結尾에).

— 매춘과거賣春過去의 만인蠻人들 위의 족미래足未來의 농악? 고가니리古歌尼理?

— 프로 권투선수(다 돈누리)[16]

— 하지만 이 전쟁은 평화를 보상했는지라?[17] 포도주진실葡萄酒眞實속에.[18] 혼돈으로부터 법률제정法律制定, 무기당연武器當然?

— 오 벨라! 오 종교전宗敎戰![19] 오 영대英代! 아멘. 우리들 사이에 수벽거手壁居 한 채.[20] 발버스인[21]에게 감사축배!

— 상동시常同時 그대에게 들리나니 그것이 크리스천들을 위해 지옥각地獄殼처럼 저주스럽게 땡그랑 짖어 댈 참인고?[22]

〔욘 왈〕 — 그러나, 총합적으로, 만일 당신이 감죄感罪했다면, 그건 신경구주인神經歐洲人들에게 개방된 영천사英天使처럼 지옥연地獄然하게 들릴지니. 그런고로 불침번不寢番 설지라![1]

〔심문자 왈〕 — 그리하여 부우자否愚者 및 찬탈품贊奪品의 이 유형 혁명적발발革命的勃發 달구 광무언극鑛無言劇〔형제 갈등〕이, 돼지와 사랑, 전주全週 내내 계속되었는지라, 래리의 밤에 이어 그대의 밤[2], 도라오허긴즈에게 타구불구唾具不拘하고, 오몬드가 집사執事[3]를 호포呼捕하여, 오천국吾天國의 포술砲術이 맥크라우즈(거대운巨大雲)의 기사도에 응답하면서[4], 40강四十强 및 한층 40고성四十高聲, 1001번,[5] 그대의 황당무계한 이야기에 따라서? 루드 왕장기王長期, 필경 세세연연 동안?〔계속적 형제 갈등〕

〔욘 왈〕 — 그건 정(당)하도다. 이것이 그의 장구한 인생인지라, 이것이 나의 네모 팽이 돌리기요 이것이 그녀의 두 엿보는 작은 유희들. 4번째 남자의 두 번째 발의 마지막 번째 손가락으로부터 첫 번째 남자의 마지막 번째의 발의 첫 번째 손가락까지. 그것은 정당하도다.

〔심문자 왈〕 — 피니(우스꽝스러운). 대변변大變變 피니(우스꽝스럽도다)!

〔욘 왈〕 — 그게 유원지로 보일지 모르나 그건 가행可行하도다.

— 이것은 충분한 안내가 아닌지라, 철면피 씨여.[6] 만지작거리거나 그러모으거나 윙윙 날거나 악취를 토하면서! 그리하여 온통 그대의 조롱이요 조기造欺요 조언租言이라! 내가 타륜舵輪 곁에 잠자고 있었다고 시고始考했던고? 그대 맹세코 북극의 아테4[7] 대배심원에게 말할 참인고, 나의 젊은이여, 그리하여 우리로 하여금 그대를 믿도록 요구할 참이라, 그대의 인애忍愛[8] 장기어간長期語間에도 불구하고, 그대의 최후족最後足을 입처럼 내뻗고, 여월汝月이 요철암산凹凸巖山 위에 그리고 관정冠頂에 비치고 있나니 그리하여 밤마다 잇따라, 아마 세세연연 동안, 풍취風吹하고 있었는지라, 그대의 코스 신문관新聞官[9], 마크웰타(요수尿水) 앞에, 그대가 일별 후 선서 한 뒤에, 상기간常期間 다량의 로우露雨가 있었음을?

〔욘 왈〕 — 아마 그러할지니, 당신 대심원이[10] 정당하게 확신한 대로, 로브먼(도남盜男) 칼뱅교도여[11] 나는 그걸 결코 숙고하지 않았나니, 정녕코. 나는 그것에 관해 가장 확실히 그렇게 생각하도다. 나는 희망하는지라. 만일 그것이 기소가능起訴可能하지 않는 한. 내가 어떠한 특수신분가特殊身分價든 결코 생략하지 않는 어떤 일에 관하여 내가 생각하는 것은 일종의 자선慈善[12]일지라, 만일 당신이 내게 묻는다면. 그것은 나 자신의 한 친구에 의하여 영감 받은 한 가지 진술로서 내게 이야기된 것이나니, 예禮의 대답으로, 타아피,[13]〔4대가 중 하나〕 3시의 미사 뒤에, 40일 압대사鴨大赦와 함께, 안트(남극) 타티 빌라(별장)의 병자病者, 라이온즈[14] 부인에게 얼마간의 비(雨)가 약속되었는지라, 많은 꿀꺽 잔盞과 접시와 함께 그리고 마찬가지로 그는 내게 말했나니, 저 영국성당피자英國敎回避者, 200번의 궤배跪拜와 함께, 미사를 말한 뒤에, 주장酒場이 너무나 익살맞은 때의 고갈의 눈 깜짝하는 때,[15] 그것은 다음과 같도다. 그〔타아피〕는

〔519〕 심문자들은 강력하게 전진한다. 그들은 이제 부친이 과용過用하는 힘의 장에 있다. 그의 모든—창조적 그러나 회피적 존재의 환영적幻影的 반사들이 구체화되고, 그들의 견인불발의 탐사 아래 그는 용해된다.

〔515.27—519.15〕 마지막으로 유명한 만남에 착수하다—하지만 공격의 또 다른 혼돈스러운 판본—욘의 증언은 온통 조롱일 뿐.

〔욘 왈〕 — 산보중散步中이나니, 그녀가 말하는지라, 필믹스(애란인감愛蘭人感) 공원[1]에서, 그가 말하는지라, 쾌걸快傑 터키인처럼,[2] 그녀가 말하는지라, 그의 육아실에서 마음대로 방종하면서, 그리하여, 어럽쇼, 그는 어느 화요일 마이클 클러리 씨[3]와 만났나니, 그는 말했는지라, 맥그레고 신부神父[4]가 나귀 울음소리 들리는 근처의 악소惡所까지 필사적으로 달려가, 계단의 융단 누르개(쇠막대) 주위를 별안간 소리치며 뛰어 맴도는지라 그리하여 자신의 집게벌레 귀를 고양이 발 씻는 듯 했나니 불쾌변소不快便所가 몇 달 동안 자물쇠로 채워져 있는 대다가, 그 곳의 기구器具가 남용하는 비틀비틀 미지자未知者들에 의하여 애용되고 있기 때문이요, 그리하여 타아피가 자신의 어즙魚汁 만찬 재킷을 당겨 입고 자신의 살롱 임대차를 밀고는 선유지線油脂 번개처럼 웅덩이 용변소用便所로 가자 맥그레고 신부를 만났나니, 그리하여, 정말이지,[5] 여불비례, 그는 갑자기 큰소리로 지껄이며 저 성직자에게 인사를 하고 당황고해실唐慌告解室 안의 3실링 건件에 관하여 성성聖性에게 양신羊神의 전후진실全喉眞實을 말하려 하나니 그리하여 다엽투자茶葉投者,[6] 라이온즈 부인이 불심신자不心信者로서 자신이 어떠했는지를 고告하려 했는지라, 그런데 그녀는 아프리카 사나이를 위해 매슈 신부[7]가 목간일이내木鳱日以內의 심야가면성자深夜假面聖者 미사를 드린대 대하여 자신이 낙원樂園 파라과이 및 요귀로부터 그녀의 지참금에서 떼어낸 피터 사시헌금斜視獻金[8] 3실링을 마틴 클러리 씨에게 우송할 것을 그리고 브라운 가아家兒로 하여금 행사하게 하고 그이 홀로 노란자者[9]를 내버려 둘 것을 그리고 병졸들과 비신자非信者들 및 오신자誤信者들에 의해 범해진 모든 불법행위에 대하여 N. D.의 고급창부高級娼婦[10]를 위하여 더 많은 지옥의 나귀 명적鳴笛을 보낼 것을, 장황하게 예약언豫約言 했었나니, 나의 재삼 극형戟兄이여! 그리하여 나는 결코 고양이를 직복職服 담요에 싸서 가져오지 않았노라. 창피하게!

〔심문자〕 — 비록 화살처럼 영천사노英天使怒하지만, 그러나 그대는 옳은지라, 나의 부투사斧投士여! 의意, 가可 및 무務. 형제는 그럼 반드시 경외敬畏해야 하는고?

〔욘 왈〕 — 고로 여덟 끗은 낡은 것으로 하고 한편 궁둥이에 기름 자전거 그리고 바퀴 왕[11]이 당신 앞에 뒤뚱거릴 때까지 그러나 오직 진창 처신머리 없는 여자는 아름답고 아름다운 개천 둑 위의 음주 순경 같은 사냥 사내를 결코 짝짓지 못할지라[12]

〔심문자 욘에게 왈〕 — 허튼 소리! 하구何丘 얼마나 그대 변덕부리는고, 그대 절름발이 서한鼠漢 같으니! 내가 그대를 훈련시킬지라! 그대는 당장 그대 이견二見에 그 날을 맹세 또는 확언確言하고, 그대가 일견一見에 이득利得했다고 단언했던 모든 것을 철회할 터인고 왜냐하면 그의 남향南向 말투가 온통 벼 밭(애란愛蘭)치레 인지라? 여의汝意, 찬贊 또는 부否?

〔욘의 대꾸〕 —긍아肯我는 긍화肯話로다. 나는 그것에 대해 확언하게 맹세하나니 그것이 근진根眞하고 냉철하게 감언적甘言的인지라, 나의 성유질聖油質의 입술과 함께 성聖얼스터[13]의 주서朱書된 연감年鑑 위에 계속적으로 균형 잡고 있음을.

〔심문자 왈〕 — 그건 그대의 바로 선안내善案內인지라, 알. 씨.(로마 가톨릭)여! 아마 여汝는 우리들에게 장화長話를 상관하지 않을 지니, 나의 대순大脣의 젊은이여, 얼마나 극히 많은 반들반들한 양배추(캐비지) 또는

〔520—523〕 심문이 악화 되며, 불붙다.

박하과자薄荷菓子를 그대는 여汝의 모든 맹세를 위해 끌어낼 참인고? 발광자發光者, 연양軟羊이여?〔욘에 대한 위증의 보상〕

〔욘의 대꾸〕 — 감자 구근. 그래 마음대로 하구려! 아주 공무空無라, 오 감자취자甘蔗醉者여, 나는 더욱이 내가 이섹스 각하에게 말할 수 있기에 그렇게 부르나니, 그리하여 나는 나의 허공 그대로 경신輕信하지 않고 있나니, 골든브리지(금문교)[1] 진실로. 지전紙錢이든 엽전葉錢이든 총액 무無로다. 루칸[2]의 한 잔盞도 고지남高地男의 트로우저트리(하의목下衣木)의 대가만큼도 또는 그대의 휘장공徽章孔 둘레의 세 왕관[3](약간 구역질나지 않은고?)도 아닌지라, 저주 경칠 모두 통틀어!

〔심문자 〕 — 자 이봐요, 조니! 우리는 어제 태어났던 것이 아닌지라. 큰 은혜에 대하여 우린 뭘 보답하랴?[4] 나는 그대의 스카치 칵테일 돈미豚尾[5]에 맹세코 그대가 말하기를 청하나니 그대는 어떤 비틀비틀 쥬스 혹은 사마死馬를 가지고 벌금기배罰金幾倍를 약속 받았는지라, 편량片量이든 혹은 다량이든, 라빈(갈까마귀) 주점 및 슈거롭(사탕산정砂糖山頂) 옥屋[6]에서, 존즈 절름발이든[7] 혹은 재임즈 속보速步든[8], 아무튼?

〔욘〕 — 부쉬밀 알라 주신이여![9] 당신은 잠시라도 생각하는고? 그래요, 그런데. 얼마나 아주 필연적으로 진실이라! 내게 페어플레이(정정당당한 경기)를 행할지라. 언제?

— 비둘기옥屋 그리고 갈까마귀 주점에서, 노, 아?[10] 그대의 자금고갈을 적시기 위해?

〔욘〕 — 물(水), 물, 살오수撒汚水여![11] 주빌리 지지芝地[12]까지 솟아라! 토탄맥土炭麥 퇴각할지라!

— 그걸 요구한들 무슨 해결害缺이람! 그대는 얼마나 자신의 올바른 이름을 지금 듣고 싶은고, 개지 파워여,[13] 나의 트리스탄 우울악사憂鬱樂士여, 만일 그대가 솔직한 논평에 공포탄恐怖歎하지 않는다면?

〔욘〕 — 프랭크(솔직한) 애니보디(하신何身)의 가스 파워든 또는 악성의 궤양潰瘍(알서)[14]이든 게다가 무경악無驚愕된 채.

— 그대의 숙부(앙클)!

〔욘〕 — 당신의 식도食道(갈릿)!

— 그대는 그걸 밖에서 내게 반복할 터인고, 옹색불편한壅塞不便漢이여?[15]

〔욘〕 — 당신이 몇 마디 고함을 지른 뒤에? 나는 적시에 그러할지라, 얼스터 호랑가시나무여.

— 좋아요! 우린 조투造鬪할지니! 3대 1! 준격準擊?

〔욘〕 — 그러나 아니도다. 예例로부터, 에마니아[16] 라파루(군중)! 당신은 뭘 지녔는고? 무슨 의미인고, 당당한자? 피니안인人들[17]을 위해 페어플레이를! 나는 나의 유머(해학)를 가졌나니. 확실히, 당신은 비굴한 짓을 하거나, 나 귀자貴子를 매춘賣春하지 않을지라?[18] 내가 매범중賣帆中인[19] 퀸즈 가도[20]에게 말할지니. 안녕히 그러나 언제든지! 매買바이!

〔519.16—522.03〕 마태, 납득 되지 않게, 그의 모순당착적 서술(contradictory statement)에 관에 욘을 반대 심문하고—혼돈을 그 사건에 첨부하다.

〔심문자〕 — 만일 내가 그대 같은 탄한彈漢을 야유하기 위해 석쇠를 통해 질문공세 할 것을 선택한다면 도대체 어떤 일이 그대에게 일어날건고, 그대 불간 소 같으니?

〔욘〕 — 나는 모르도다. 나리. 내게 묻지 마시라, 각하!

〔심문자〕 — 점잖게, 점잖은 북방 애란 출신! 저 적수赤手를 사랑할지라![1] 나로 하여금 다시 한 번 하게 할지라. 천확賤確히 이야기 속에 이야기가[2] 있는지라, 그대 분명히 그걸 이해하는고? 이제 나의 다른 점을. 그대는 알았던고, 혹지黑指[3]에 의해서든 또는 순수하게 헌신주적獻神酒的이든, 방호물防護物을 지닌 이들 두 크림 범반도인犯半島人들 중의 한 사람, 그 장신남長身男이, 어떤 범죄 또는 두 심각한 혐의의 택일로 비난받았음을, 그 주제에 대해서는 변방邊方 분할되고 있었기 때문이라, 만일 그런 식으로 말하는 게 더 마음에 든다면? 그대 알았으리라, 그대 악당, 그대?

〔욘〕 — 당신은 별의별 일들을 듣는지라. 게다가(그리고 이제 심속深續하게) 덤불이 눈(안眼)을 지녔나니, 잊지 마시라. 하!

〔심문자〕 — 그대는 둘 중 어느 배덕背德을 선택할 것인고, 고른다면, 만일 그대가 길이 있다면? 세 바 암곰[4](자웅) 앞의 수소(웅우雄牛)[5] 놀이 아니면 의경마衣競馬 피안의 뒷다리(후각後脚)질을? 무슨 오렌지 껍질 벗기는 자들(경찰관) 혹은 녹색목양신자牧羊神者들(청과물상)[6]이 그대의 숲의 가족보(수)家族譜(樹)에 주기적으로 나타났던고?

〔욘〕 — 만일 내가 안다면 비역 당할지니! 그것은 온통 당신이 쌍—당나귀에 대해서 얼마나 많은 가족은家族銀을 원하느냐에 달렸도다. 하!

〔심문자〕 — 그대 무슨 뜻인고, 자네, 그대의'하'이면에! 그대 그따위'하'를 제발 '하'하지 말지라, 알겠는고, 속사速寫[7].

〔욘〕 —천만에, 나리. 단지 한 개의 뼈(骨)가 자리 속으로 움직이고 있는지라. 억병취憶病醉. 하하!

〔심문자〕 —하何하?

〔욘〕 — 당신은 내게 퀴즈 놀이를 하며 온갖 재미를 보려고 하는고? 나는 그걸 큰 소리로 말하지 않았나니, 나리, 나는 나 속에 뭔가가 내 자신에게 말을 하고 있도다.

〔심문자〕 — 대는 훌륭한 3급 증인이나니 정녕! 그러나 이것은 웃을 일이 아니로다. 그대는 우리가 게다가 코머거리 음치音癡인 줄 생각하는고? 그대는 감각, 두토우頭痛雨를 소리와 경칠명鳴[8]과 구별할 수 없는고? 그대는 외향전문인外向專門人의 나르시시즘(자기도취증)과 둔부비상비만돌출적臀部非常肥滿突出的[9] 내향성 사이의 호모섹스의(동성애적) 카테키스(정신집중)[10]를 지녔도다. 그대자신 정신변석精神弁析 받을지라!

〔욘〕 — 오, 어럽쇼, 나는 당신의 갈색의 3/4 카프카스[11] 혈血과 1/4 흑인 혈의 전문인 간호온상동정看護溫床同情을 원치 않은지라[12] 그리하여 나는 내가 원할 때는 언제든지 나 자신을 정신잠석해제精神潛析解除할 수 있나니(그대를 온통 무황霧慌하게 하소서!) 그대의 간섭이나 또는 그 어떤 다른 구도인鳩盜人 없이.

[실비아—형] — 견본! 견본본을![1]

[실비아의 질문] — 그대[욘]는 지금까지 오반영悟反映한 적이 있는고, 오기자悟記者여, 악은 비록 그것이 의지意志될지라도 그럼에도 불구하고 아무튼 전신화全新化를 향해 선으로 계속 나아감을?[2]

[타자 왈] — 급히 먹는 밥에 목이 멘다는[3] 말에 관하여 그리고 손을 보임으로써 행하는 일반투표에 관하여 말하면, 선언적이든 혹은 효율적이든, 아주 심각하게도, 이미 그대 마음속에 점점 분명해졌을 터이지만 그 선서증인(피고), 성 아이브즈[4] 출신의 그 사나이가, 저지른 죄만큼 죄 비난을 받을지니[5](우리는 피동적 음성을 사용하는 것을 혐오하는지라) 아마 그랬으리라, 왠고하니 만일 우리가 그걸 단지 구두식口頭式으로 보면 필경 능동적 성질에 있어서 진짜 명사는 없을 것인 즉[6] 그리하여 거기 도대체 모든 매시每市는—제발 평상복구平常服句로 이걸 읽을지라—그것의 자체시自體市에 있어서 안구眼球가 되고 있도다. 자 이제 장형長形과 강형强形 그리고 모두 통틀어 개형改形할지라![7]

[제3자 왈] — 호치키스(경마)(H) 칼쳐스(C) 에버레디(문화상비文化常備)(E), 결무도착決無到着의 형제, 무수수無數手를 훨씬 초월하여, 많은 승마와 패마敗馬의 부마父馬, S. 샘손 부자상회에 의하여 소속되고, 델리아 목장[8]에 의하여 양육된 채, 차오시此午時부터 피여시彼黎時까지[9] 마구간(더블린) 곁에 대립臺立할지니 그리하여 도치검사倒置檢査를 초청하고 미스 또는 미세스 맥마니간의 안마당에서 유留할지라.

[심문자] — 아마 그대는 설명할 수 있을지니, 사고(植)두묘여? 중용은 만사에 필요하도다.[10]

[제4자 Treacle Tom 민요의 본래 동기자] — 총체적계속화總體的繼續化를 위하여 그리고 그대의 단수심문화單數審問化에 대한 특수설명화特殊說明化[11]에 있어서 우리들의 단언행위화斷言行爲化. 신숙제자神淑諸者, 동료들은 미소 지을지 모를지니 그러나 나와 나의 동숙친우同宿親友인 프리스키 쇼티(Frisky Shorty)는,[12] 현재 대중의 인기시人氣詩에 비상하게 몰두하기 때문에, 그리고 서부 빈민 휴지화상구休紙花床區[13] 주변의 몇몇 벼룩 예외서민들이, 그 녀석들과 함께 다시 되돌아 온 것을 기뻐하나니 그리하여 도더캔[14]의 안이가安易家(hce)에서 친구처럼 막 토론하면서 그의 유락시설의 우리들 숙주宿主와 함께 오랜 미들(중성)섹스[15] 파티 및 그의 도덕적 비열행위, 이를테면 유행성 감기, 두창, 발진 및 홍역, 격통激痛, 한질寒疾, 후임後淋, 혼열병混熱病, 부치골병腐齒骨病, 광견병, 이하선염 및 낙울증落鬱症에 관하여 소환담小歡談하고 있도다. 우리들의 공관계共關係에 있어서 나와 프리스키 및 가입자들의 실톱[16] 전이행열全二行列이, 바텐더는 말할 것도 없고, 우리들의 주탑酒塔의 여정[17]을 성공적으로 종결한 연후에, 알기 원하는 것은 차처此處나니. 가령, 윤리적 허실虛實로서, 그[HCE]가, 조사결과로 보여주었듯, 통성외설적通性猥褻的 면허를 취득한 것은 북구지서北區支署 이전으로 각기 그들 남성사물男性私物에 관해서 말하면 그리고 또한 부수적으로 그들 공중의 과성過性(에섹스)[18] 여성들에 대한 모든 고유적 또는 중성적 관여에도 불구하고,

[523–526] 트리클 톰(Treeacle Tom)이 그의 공원의 만남의 번안을 제공한다.

[525.10–526.19] (일련의 문제들이 물고기의 이미지들을 개진한다. 여기 4자들은 점가적漸加的으로 어리석게 되고, "두뇌 고문단의 면석한 젊은이들"에 의하여 재배치된다.) HCE는 위대한 연어(the Great Salmon)이다. 물고기 같은 유혹녀들 중의 하나는, 바그너(Wager)의 왕자 Maximilan의 아름다운 여인인, 생생하고 사랑스러운 Lola Montez이다. 라인 강의 처녀들 및 리피 강의 처녀들 및 추적의 연어가 Hosty의 인기 있는 풍자시를 위해 새로운 운시를 고무하는데, 이는 인간—뇌어雷魚인 앞서 OReilly에 관한 유명한 굴뚝새의 번안이다.

반면에 정말로 감미로운 젊은 아가씨들인데도, 이 유감스러운 불법 행위와 연관하여 경찰청[1]에 의하여 아주 타당하게 체포되었기 때문에, 방자한 행위와 연관하여, 우리들의 사랑하는 자연공원의 점화點火의 및 흡관吸管의 오락부분을 관장하는 법정규제法定規制에 의한 임야작업과林野作業課의 일정(표)에 엄밀하게 위배되는지라, 그에 따라서 경찰당국의 나와 쇼티는 코핀거 씨[2]라는 이름의 존경하올 목신사牧神師에 접근했나니, 그는 한 조각의 화연관火煙管[3]에 언급하여, 긍정적, 부정적 및 한정적,[4] 나와 쇼티에게 주어진, 그의 설명의 이 건件에 있어서, 맹세코, 가장 친절한지라, 성양서聖良書가 초기 양성주의兩性主義[5]의 장점에 관한, 과노제일급인過老第一級人(인테리)들에 관하여 서술하고 있는 것에 관하여, 그이 이외에도 J. P 콕쇼트라는 이름의 존우尊友에 의하여 주어진 공인된 성구집聖句集[6]로부터 예증했나니, 사식스[7] 절벽에 직면하고 있는, *수자여신誰者汝神*이란, 예쁜 소별장小別莊을 소유한, 영국의 묵주인黙住人이 직언적直言的으로[8] 우리에게 말하고 있었는지라, 어찌하여 콕쇼트 씨, 그는 자신의 양도권讓渡權을 소유하고 있었기에, 여론조사서 및 선서대宣誓帶의 약정서의 현재 지참자라니, 그는 그에게 가설적으로 말하는지라, 존경하올 목사 코핀거 씨는, 한 타스 마일의 설형군楔形群의 청어(魚)에 대한 풍쟁안투風爭眼鬪로서 변별적辨別的으로 스스로 단정하는지라, 그들은 12시부터 훈제해각(the Bloater Naze)[9] 곁으로 초영적超泳的으로 통과하여 자신들이 묵시黙時까지는 오전도래午前到來한다는 것이로다. 부딪치며, 공격하며, 버티며, 후퇴하며, 날뛰며, 움츠리며, 기울며, 돌진하며, 쏘며, 뛰어오르며[10] 그리고 쌍미雙尾를 지닌 자신들의 배수대背獸帶를 흩뿌리면서[11] 그리하여, 존경하올 목사님, 그가 말하는지라, 뭔가 약간의 문제적,[12] 저 사회주의자의 태양에 맹세코, 내장內臟을 뺄지라, 그러나 그들 오청어誤鯖魚들은 위씩시[13]의 훈제청어들이 생각할 수 있을 만큼 기쁘나니, 그들의 작은 코핀거를 퍼덕 퍼덕거리면서, 항아리에 넣을지라, 싱싱한 작은 새롱대는 것들, 불결한 꼬마 아가미 반짝이는 것들, 그들의 청어새끼들, 조무래기 월광月光 연어들, 그리고, 존사님, 그는 말하는지라, 한층 단정적으로,[14] 예수여 저를 12분分 도우소서, 그는 말하는지라, 알파문자어취文字魚臭를 석식어탁면적夕食魚卓面積만큼 뻔게 하면서, 그들의 책태좌형인편柵台座形鱗片의 곡선을 람다문자文字로 만들고 그들의 가슴지느러미의 평균충동부유속도平均衝動浮遊速度를 견적見積하고, 그들 작은 건방진 거류자들, 그는 말하는지라, 가장 필연적으로,[15] 나의 사장란鰤醬卵이 올가미 하下 표적봉標的棒 상上에 있듯 확실하게, 모든 그들 상하 광란자자들이 모두 선정적 도적 선머슴무리들 마냥 그리하여 그들의 초기양성주의初期兩性主義의 감사의 증거로서 지느러미 규칙적으로 꿈틀 꿈틀 홍분하며 내습하도다. 이러한 것이, 그는 말하는지라,

이러한 것이, 어찌 존경하올 코핀거 존목사尊牧師인, 그가 편협하고 세련되지 못한 가인家人들의(h) 신조 핵심난제의(e) 윤리관(e)을 명시화明視化하는 것 인지라. 그대의 염기불쾌불결鹽氣不快不潔의 혼변소昏便所에서 매조낙조每朝落照 경섬세耕纖細하게 혹계酷戒할지라. 냉수의 사용은, 루티 박사[1]가 증시證示하는 바, 선천적 완욕망緩慾望의 암종속暗從屬을 위하여 격렬히 추천될 수 있을지니. 쾌快건강할지라, 어군들이여!

〔심문자 왈〕 — 그대 및 그대의 아리아 어족의 분교접糞交接[2]을 장옥長獄 및 바 바도스로![3] 이단표절자異端剽竊者![4] 레몬스트란트 개혁파의 몽고메리 도당徒黨![5] 그대의 관계사족關係詞族에게 단명을! 여汝는 탈脫섹스망상妄想이라, 과연 그렇나니, 대설증大舌症과 소두증小頭症과 더불어.

— 자 기다릴지라, 연어 도跳여![6] 나는 원이기주의原利己主義를 냄새 맡는도다. 나는 그대를 비난할지라. 나는 그대의 그 밖에 달리 정확한 설명을 그토록 멀리 따르지 않을지로다. 그건 *창꼬치(魚)였던가 아니면 대호大湖 송어였던가?* 그대는 우리를 극한의 미래 속으로 과세입課稅入하고 있는고, 그대 그렇잖은 고, 이 기성발정녀旣成發情女의 어장과 함께?

— 다변(라리아)의 라리아 레리아 리리아 루리아 그리고 싱싱(라이브리)하고 생기스러운(라브리) 로라 몬테즈(정부)여.[7]

— 키잡이총독! 그들이 말하는 것은 비도秘道의 페니어 당원이도다. 파라솔(양산) 아이릴리라는 이름의. 난자卵子와 치어鯔魚를 산란하면서 그리고 간낙군주奸樂君主[8]처럼 그의 칠七교구성당들[9]를 온통 회전목마 다회전多回轉하도다! 그리하여 상스러운 남작 령을 단(댐둑), 소반곡小反曲(오그스) 및 자운하子運河(코날)[10]와 함께 식민하면서!

〔심문자가 호스티에게〕 — 고양할지라, 호스티여! 험프(등혹)가 그대의 표적이나니! 루니미드(기성)[11] 상륙을 위해! 비슈누 신[12]의 뇌어, *마그나 칼타(큰 잉어)*,[13] 그렇잖은고?

— *한 늙은 찬송 흐느끼는 설교 연어 무태霧胎 약탈 통 바지 청어가 있었는지라.*

그는 주적舟積의 정력정액精力精液을 가지고 사방 버둥거렸나니.

호우드 갑岬과 험버 하구河口[14] *사이를 모든 장長 톰(수컷)과 젖은 졸졸 아씨를 도욕跳慾하면서.*

우리들의 인간(H) 콩(C) 장어(E)(어魚)!

— 으윽! 나는 그를 어망 속에 볼 수 있나니! 팔팔 탄력할지라! 저 친구를 잡을지니! 그를 맞상대할지라, 주목할지니! 거두우어巨頭牛魚!

— 그대 당길지라, 나리! 올리브 깃촉이 그에 상당할지니. 마린 곶(岬)[15]의 장어長魚, 그는 껍질을 벗기기 전에 울부짖으리라. 그리하여 그의 눈물이 신도애란新島愛蘭[16]을 창조할지니. 부상浮上했던고? 하도何道, 폐어肺魚! 커다란 지느러미[17]를 쌓을지라! 야생의 3과 3분의 1이상! 군함기물![18]

— 그〔HCE—성 패트릭〕는 여하구女河口를 놓쳤는지라 디 하河로 입입立入했나니,[19] 작다리 레머스가,[20] 탈강奪綱을 바삐 움직이면서, 이제 어떠한 제일사장第一斜檣(이물 돛대)으로 하여금 기어코 여선女船이 나아가도록 혹시 그가 그녀의 다리를 지인池引하거나 그녀의 궁둥이 위에 잠자리한다면. 천만에, 그는 스케이트처럼 굴렀나니 그녀의 소계 위에 정박했는지라 그리하여 결코 두려움 없이 그러나 그들은

〔526—528〕 이시가 그녀의 거울 이미지에 대고 말한다.

〔522.04—526.19〕 4노인들이 욘을 위해 정신분석을 실시할 것을 암시하다—그는 자신을 통해 몇몇 사람들을 말하게 함으로써 대답하다—물고기에 관해.

〔526.20〕 욘은 Connacht(애란 공화국 북서부 지역)의 요한(John)의 목소리로 말한다.

이제부터 그〔HCE—덴마크 침입자〕를 상륙시킬지니, 리피강江 제방 위에 즈르르 비늘 떨어져, 여러 번 여러 번 그리고 반 번[1] 사침목沙枕木을 가지고 그를 베개로 베게 하기 위해—심문자들의 질문과 용의 대답.

— 그들이〔빨래하는 아낙들의 암시〕 그러리라 그대〔욘〕는 말하는고?

— 나는 맹세하건대 그들은 그러리라.

— 후들후들 떨고 있는 사초(植) 사이 그렇게? 수초파동水草波動치며.

— 혹은 아래 쪽 골풀지地(러쉬)[2]의 튤립 밭.

— 어두운 뒤라 그대의 잔盞을 어디로 가져가 씻으련고?

— 물길로, 텅 빈 시골뜨기, 토미 녀석.[3]

— 거품 지껄이는 물결 곁에, 지껄지껄거품이는 물결의?[4]

— 옳아.

〔심문자 질문〕 — 척탄병들. 그리하여 방금 내게 말할지라. 이들 낚시꾼천사들 또는 수호천사들[5]이 *그들의 제삼 혹자*와 함께 또는 없이 공존하고 공현존共現存했던고?

〔욘〕 — *삼위일체, 하나와 셋.*
셈과 숀 그리고 그들을 떼어놓은 수치.
예지의 자子, 우행의 형제.

〔지겨운 심문자〕 — 그대의 정력에 신의 축복을, 뒤틀뒤틀흔들흔들! 그건 삼성강三城溝[6]과 무화구無 버너(문화구)인지라. 그대는 요정소년妖精少年들을 위한 영마소녀靈魔少女들을 잊고 있도다. 뭐라, 워커(산책자) 존 존태사尊怠師?[7] 최대연最大演[8] 할지라! 그리고 세계 종말 느슨하게!

— 천연스러운 크로찬 왕좌![9] 화상화禍上禍, 워데브 댈리가 말하는지라.[10] 여자는 야계野界를 유수遊水할 것이로다. 그리하여 우행의 처녀는 영광처榮光處로 가리라[11] 확실히 나는 생각했나니, 그건 두 탈의의 나주막처녀裸酒幕處女들, 스텔라 안더우드와 모스 맥그래이[12]와 함께 설태舌苔낀 계곡[13]의 삼엽三葉토끼풀 속에 숨어 있었는지라, 그자였나니, 단도短刀에 손을, 그때 그리고 그들의 어머니, 생나슬잡역부인生裸膝雜役婦人[14]이라, 나는 이해되었거니와, 여초류여속발餘超流女續髮과 더불어, 어럽쇼. 거기 그자에게 언제나 광행狂行했던[15] 피녀가 있었나니, 크로브스(정향)[16]의 그녀의 최초 왕이요 로스(장미)카몬 군, 코랙—온—샤론[17]의 최고 광고 고집통 사나이.[18] 확실히 그녀는 그녀자신을 위한 감탄의 최가연最價淵의 냉수류冷水流 속에 거의 익사할 뻔했는지라, 나의 타피얀[19] 사촌, 베스타 튤리 배우[20]처럼 고약하게, 그 후로 개울 속의 자신의 독신누설의 닮음에 얼굴〔이시의 거울 이미지〕을 찌푸리고 대기 속에 몸을 식히면서, 그녀 그걸 기뻐하면서, 그녀 그걸 칭찬하면서, 아리스버드나무와 과부수세류寡婦水細柳와 함께, 온통 뒤틀린 채, 사실상, 극여우劇女優, 방목장호放牧場湖의 사랑이여!

〔위대한 어머니의 딸—이시가 말한다〕 — 오, 방목장연放牧場然한 작은 아씨가 덧붙여 말하는지라! 온통 그녀 자신의 것! 나르시스 자기도취증은 전도傳倒의 망령 딸[21]과 같은지라. 그리하여 그들의 소급경笑級鏡을 통한 엘리스 아씨들[22]은 호후생湖後生의 소우하녀沼友下女[23]가 되는도다.

— 그건 채프이슬트[1]와 같은 것처럼 보이는고? 그래? 말해주구려! 무엇을 멍하니 생각하는고!)[2]

〔이시와 자신의 거울 이미지와의 대화〕 — 귀담아 듣고 들을지라, 나의 애자여! 그들은 약탈당했나니, 저들 핀(지느러미)잡초들! 올지라, 이 가슴속에 쉴지니![3] 정말 안됐도다 그대가 그를 놓치다니, 가련한 양羊이여! 물론 나는 그대가 아주 심술궂은 소녀임을 아는지라, 저 몽소夢所에 들어가다니 그리고 하물차 날의 그 시각에 그리하여 심지어 밤의 어두운 흐름 아래, 그 짓을 하다니 정말 사악 했도다. 감애敢愛하는 정열남情熱男여! 그이는 폭탄사관爆彈士官[4]의 무務를 띠고 사라졌도다. 층계의 스트립쇼의 야유나 즐거워함을 통하여. 모퉁이의 소년들이 또한 말하고 있었는지라. 그리하여 그대의 고통스러운 비참이 처음 그대에게 다가오다니. 하지만 그걸 용서할지니, 나의 성스러운 얌얌 꼬마 아씨여, 그리고 누구나 무적불가시복장無敵不可視服裝의 그대가 참으로 귀엽게 보이는 걸 알고 있도다. 유로지아여,[5] 보이루[6]약국 제의 콜드크림, 아쏘루타(절대품)와 완전무결한 동격, 내가 부란연소富卵燃燒된 다음에 병동에서 언제나 사용하여 최대의 이득을 득했나니, 원인의 증표. 정말, 그대는 그러하도다! 단지 경애스러울 따름이라! 오직 내가 나의 손을 약간 꿰지를 수만 있다면, 나의 손을, 그대의 머리카락을, 통해! 너무나 비키비키(아주아주) 조그마한! 오 장난꾸러기 꼬마, 안녕을 말해 봐요, 아씨여! 멋진 악수. 거기 새 매력 있는 커프스(소맷부리) 아래 그들 커브(굴곡)진 모습이라니! 나는 그것 마냥 한층 신성스러운지라, 방남防男 블루머 단 바지에 이르기까지 뭐든 귀중한 두 개를 내가 가질 때는. 어떤 면에서는 매력승적魅力勝的이라, 단지 나의 양팔은 한층 더 하얗도다. 사랑하는 이여. 블라망즈,[7] 게으름뱅이. 미발美髮, 약자. 귀담아 들어요, 아오我吾의 달콤한 그대! 오 쾌첩快疊할지라! 거울이여 정의를, 상아의 심지탑, 맹약의 심주心舟. 황금의 굴렁쇠여![8] 나의 베일이 그의 영영靈永의 불(火)로부터 불멸염不滅染하며 그를 구할지니! 그건 유아 우리들 둘 뿐인지라, 오아吾我의 우상이여. 물론 그건 그가 철저히 몹시도 사적邪赤하나니, 얼레처럼 나를 변장하고 만나며,[9] 바솔레미오,[10] 완응시적完凝視的으로 호소하며, 신의하사(D. V.)[11], 나의 모란 잉꼬새(애조愛鳥)와 더불어, 나의 비둘기. 그들의 죄감罪感이 움츠린 채. 심지어 네타(청결)와 린다(결백), 우리들의 엿보기 박새들 그리고 그들은 뭔가를 죄시罪視했나니, 만취감사滿醉感謝! 나의 실개천은 애향愛香이었는지라, 나의 후미향後尾香 말투가 여진암울餘塵暗鬱이라. 얼마나 우리들은 단순히 피차 숭경崇敬하는고(나의 수미남水美男! 나의 무지개미녀!),[12] 그의 스톰 칼라[13] 속에, 내가 그의 사향코밑수염의 입술로부터 작야昨夜 경지傾知했듯이, 심지어 나의 포메라니아산産[14] 작은 개(犬)까지도 흥분했나니, 그리하여 그때 나는 그의 머리를 자신의 꼭 같은 사나이다운 가슴 위로 향하게 하고, 그를 더 많이 키스했도다. 단지 그가 어떤 사람에게 말해도 좋을지라, 주여 아주 의혹스럽게도, 나의 언가言價를 잘못 받아드리며! 소개해도 좋을까요! 이 아씨는 나의 미래 교접녀交接女이나니, 입술과 종애용모終愛容貌. 하지만 나는 그대와 함께, 그대 가련한 냉아冷兒여! 수태모와 화해하면 우리들 사이 영광허언榮光虛言 있을지니,

연인이여, 모든 로레토 수도원들[1]의 단 한 사람의 수련녀女도, 모든 이들 가운데 나의 최소녀女도 우리들의 입술이 주고받는 것을 아니면, 제발, 언제나 알지 못하도록. 예 나리, 우린 의지할 거예요! 운명여신[2]의 바람(風)! 피이 오 파이! 우리들을 쾌적하게 부화할지라! 사공자死恐者를 밴지곡哭 할지라! 아리타 모신母神[3]이 쳐다보고 있는지라. 그를 사랑으로 낮출지라! 월시月時에 나를 기분 좋게 할지라. 그건 성聖오우딘즈[4]의 장미 관목 초콜릿 예배당 관할 구에서, 개화되고 오렌지 주선된 채, 이어 나의 다이아몬드 조찬연朝餐宴이 나의 자소유自所有의 집에서, 고양이 클럽의 모든 이가 규광행叫狂行하고 브레시우스 민델신 신부[5]가 안수례를 행하리라. 키리엘르 이후이션(주여 의기양양 하사하소서)![6] 크리스털 이후이션(예수여 자비하소서)! 키리엘르 이후이션! 광대한 의기양양을! 성가도聖歌禱, 우리에게 가歌하소서, 우리에게 노래하소서![7] 아멘! 고로 아오我吾 최근자여! 나태뇌懶怠惱의 히스터(피자매彼姉妹)여,[8] 내게 자유하소서!(나는 퇴실退失하는지라!) 그리하여 귀담아 들을지니, 그대, 아름다운 그대, 에스터 자매여, 나는 누가 그대를 아는지에 대해 단서 갖나니, 제발 마그다. 루츠와 요안과 함께 마르타여,[9] 그리하여 한편 나는 톨카 강[10] 위에 온화한 설파舌波와 함께 누워 있도다.(나는 퇴요정褪妖精이니!)

〔4노인들—심문자들, 이슬트에게〕 — 유사피아 무당이여![11] 그녀는 만사 침묵이라! 번민하는 히스테리? 나사못 히스테리의? 이건 도대체 어떻게된 일인고? 차체此體에 있어서 그 물체인고[12] 아니면 저건 유두乳頭인고? 우리는 여기 그녀의 최초의 수녀 대 수녀의 서사산문시[13]를 듣는고? 앨리스감미로운,[14] 쌍류雙流의 쌍곡조雙曲調, 매혹경魅惑鏡 또는 점보랜드(거대지巨大地)[15]의 아아(슬픔)를 통하여?[16] 딩 동![17] 광택비단[18]의 종우鐘友는 어디에 있는고? 한 처녀를 생각할지라, 태현胎現[19] 그녀를 이중二重할지라, 수태영고지受胎影告知[20]. 그녀로부터 그대의 최초의 사념思念을 제거할지라, 원죄무잉태原罪無孕胎[21] 두드릴지라 그러면 그대에게 공현恐現할지니![22] 쑨이센(孫逸仙) 일휘자日輝者[23]는 불가사이 현상일지라[24] 그녀를 부둥켜안을지라, 그녀를 유폐油蔽할지라, 그녀를 뒤로 올가미 걸칠지라. 키릴로스 서정과 메토디우스 선율을 따라 베일직織의 부드러운 영란英蘭 홍색 불타나니.[25] 이 젊은 주옥나부, 뭐라, 완곡어법적的으로[26]? 그녀는 그녀자신의 환영 속에 콘수라가 소니아스[27]에게처럼 양쌍적兩双的 행위를 하고 있는고?

— 땡! 그리고 밧줄, 사화자四話者여 오!〔4노인의 종식〕

— 피차 및 피차들! 그대의 무순으로부터 그대 딱딱 성聲이라, 나의 만스터[28] 개똥벌레 같으니, 언제나처럼. 그리하여 더블린 방송 호출번호 2 R. N.[29]과 우장각牛長角 콘낙트 주여,[30] 나의 주파周波에서 멀리 떨어질지라! 그대는 수도를 장악해 왔나니 그리고 그대는 1542년 이후 사자의 주보株報를[31] 지녔는지라 그러나 나의 수다스러운 녀석인, 그대의 변경성[32]과, 그리고 나 사이에 아일랜드의 모든 차이가 있도다. 라인스터(州) 소년가수少年歌手벽으로 사라지자[33] 몬과 콘[34]을 위하여 모린(천)의 보물이 있도다. 돈키(당나귀)란 이름의 촌뜨기와 함께. 야견남野犬男 절대무승絶對無勝[35](조약 1호)이라! 그대가 최후로 최초를 인도하고 우리가 최후가 될 때 그러나 우리는 최후 자와 함께 그대의 최후[36]를 최초로 밟으리라. 철책의자를 뛰어넘느냐 혹을 뺏느냐는, 그대 마음대로이지만, 그러나, 나리, 나의 질문에 우선 답할지라, 호남狐男이여! 그대가 그만한 가짜 두개골[37] 면피를 지녔다면 한 냄비의

양배추 죽을 끓일지로다. 그 시장 중매상 해이던 옴웰[1]〔검열사〕은, 불평성不評聲을 당했을 때, 이 원료주의자〔HCE〕의 순수, 민첩 및 완전백분完全白粉(광물신鑛物身) 속에 16퍼센트 백묵白墨 족히 이상을 그리고 그의 식사 속에 마일 당當 17분의 1 이하를 견료見料했던고? 우리들 참신두뇌위원단斬新頭腦委員團의 명석한 젊은 청년들이 여기 요점 설명을 듣고 십오호이하위원실법령十五號以下委員室法令[2]에 의한 청년(수긍중입首肯中立) 이송조령移送條令의 동등성별同等性別의 제육자격수탈법하第六資格收奪法下의 사계재판소四季裁判所에서 모계재가母系裁可와 더불어 강제적으로 배심명부선택陪審名簿選擇되어 알도록 권한부여 받고 있는지라, 저렴비단금低廉鼻端金[3]을 취득하여 자신들의 양각과 더불어 사물 공(球), 마르타와 메리 양양兩孃,[4] 두 직물상의 조수들[5]에 관한 중론을 선동해 왔던 두 쌍 장군들, 그들은 자신들의 최후의 지위로부터 해고되었을 때 자신들의 기도서를 주문하고, J. H. 노드 회사[6]의 정식서명을 받았던고? 그대 상행上行하여 앤트림[7] 중간대합실의 당국에게 말 할 터인고, 어찌하여 툴리가街의 세 재단사들의 이름에 맹세코,[8] 바트 앤드 혹세트[9] 전점원前店員인, 오 바조룸센 혹은 모크맥마호니치가,[10] 부셸 중량표준을 위반하면서, 복세맥주통腹洗麥酒桶의 무서운 위치에 몰입했던고? 그리고 왜, 물으면 혹시 해가 될지 몰라도, 쿰가街의 이 전세마차 마부인, 백미온白微溫[11]의 지매인紙賣人, 유사선량교활자類似善良狡猾者가, 만도島[12]로부터 징수하여, 자신의 방주方舟를 몰고, 란형卵型의 체구에 그리고 게다가 프레드보그[13]에서 조약체결을 어겼던고, 당시 그는 그라스툴 종착역[14]의 마부처럼 안쪽에 자신의 둔부를 깔고 앉아 있었어도 좋았을 것을? 가루반죽 병정兵丁들은 어디에 있었던고, 옴버 삼인조,[15] 결승광決勝狂들, 동굴구洞窟丘[16]의 홍기자들 혹은 강철심장자들인, 한센, 모피드 및 오디어,[17] 하나님의 목사(V. D.),[18] 그들의 그레나기어리 모[19]를 쓰고, 왕실 얼스터 보안대(R. U. C's.)[20]의 연락장교에 따른 스스로의 스텝을 보행하면서, 자신들의 참호숙폐塹壕宿廢를 열고, 손을 호주머니에 찌른 채, 자신들의 군율軍律과는 정반대로, 그리하여 그때 그의 실물크기의 장애물과 직면했던고? 언제 그〔HCE〕는 푸로 연초를 피우는 것에 기식하였으며 어찌 자신의 패터슨 및 헤리코트[21]소에서 파승琶僧파이프 피우기 시작했던고? 그건, 개선치철저疥癬齒徹底하게 입증된, 사실적사실인고, 털깍은 양모 바지, 아이의 킬트 복, 젖먹이의 유온복乳媼服 및 웨링톤 복장을 한, 가장복장의 북구남, 곤봉, 목 굴장식屈裝飾과 머리장식과 더불어, 프토로메이 주옥[22]의 전前경영인人은, 노드 그레이트 덴마크 가 근처의 투계광장[23]의 공동소유자인고(부수적으로, 그것은 그 구區에서 행하는 가장 락희의 쇼이나니 그리하여 나는 어린것들을 데리고 그 곳에 가는지라

〔528–530〕 매트 글레고리가 심문을 넘겨받고, 순경을 회상한다—이슬트의 거울 이미지에게 계속 대화.

〔526.11–528.13〕 3군인들과 2소녀들에게 나아가면서—"I"의 목소리가 욘을 통해 출현하다. 그것은 그녀의 반영(그림자)에 대해 말한다.

〔528.27〕 심문의 5단계 두뇌 고문단 등단

토요일에 제일 먼저 당시 그건 반액의 평상야平常夜, 간질환자가 버클도박자賭博者를 원숭이 흉내 내거나 이세二世에게 몰이해한, 광락우자狂落愚者[1]를 흉내 내는 것을 구경하도다) 그리하여 저 가짜 셈쇼멘(홍행사)〔이하 모두 HCE〕은 경찰 파출소에게 불평하고 있었는지라 그리고 *사건이소명령장事件移送命令狀*[2]을 신청하며 그리고 그이 뒤를 3인승 자전거를 타고, 이 시市의 여성들로부터 공백의 제공에 의하여, 자신이 짓궂게 성가심을 당한데 대해 어떤 사악한 말을 큰 소리로 외치지 않았던고, 그들이 안식일지상安息日紙上에 그의 X광선 사진이 선홍鮮紅으로 게재된 것을 여태껏 본 이후로 이 사나이와 그의 튀어난 매력을 좇아 접근명接近鳴하다니? 그의 저 농아상호聾啞相互의 자식, 성聖패트릭의 화장실[3]의 잡품배급계雜品配給係, 어떤 로마인人을 변심시키고 회전의자를 떠나고 자신의 낡은 볼브리간[4]제의 양말을 신고 외출하도록 위증하게 한 것이 그자였던 고, 무뢰한 같으니, 그리고 모그 및 크루이즈 음료기점飮料器店에서 정상적인 맥주 단지[5]를 사게 하고 그리하여 소방관의 헬멧을 머리에 쓴 자신의 아내 앞에 그걸 놓고는, 주가를 보살피도록 간청하면서, 탄주자 같으니, 한편 그와 그의 *부표애녀浮漂愛女*들은[6] 헤리오포리탄 경찰청[7]의 코 아래에서 온통 자신들의 정장 차림으로 미쳐 날뛰고 있었으니? 그대 내뺄 수 있는고? 길을 준비할지라! 저 순경보는 어디에 있는고, 항공포기사航空砲技士 같으니, 자신의 모스—어스 어語 사서辭書[8]에 의존하면서 그리고 경찰봉을 자신의 꼬리에 차고, 전체 폭력단원에 관해 보고하다니? 세커사인 반델 데클[9]을 호출하여 그로부터 그녀의 이야기를 들을지라! 시커선(병자)을 소환할지라, 동성애자 놈! 세커센, 에릭의 탄약통. 색커선(약탈자)![10] 중계할지라!〔라디오 "중계"너머로 Sackerson은 토피도와 노아의 방주에 관해 덴마크어로 입센의 두 운시를 기중한다〕

〔Sackerson(Joe)의 대답〕 — *일회피자日回避者 사부표차四浮漂車로 그는 시장을 신록화하는지라.*

고독주高毒酒는 어뢰(토피도)로 하여금 그녀의 난초를 욕탐欲探하게 했도다[11]

〔캐이트에 대한 소환 요구〕 —그녀의 난초(불알)를 산양할지라! 젠장[12] 그리하여 그〔HCE〕는 당장 그녀에게서 그걸 발견했도다! 그녀의 신발을 그의 어깨 위에, 그가 우리들의 경고와 함께[13] 그들의 그물총채를 들어 올릴 때 그건 구경꾼들에게 가장 견디기 어려웠나니. 성가聖家스러운 신교新教에 대한 수치! 그의 두 손잡이 도산刀傘을 가진 경칠 늙은 아담 이전신봉자以前信奉者![14] 나 자신의 토물에 맹세코 정찰을 내게 맡길지라!

〔욘〕 — 벽숙청야마녀壁肅淸夜魔女![15]〔캐이트〕 그리하여 이것이 그대의 신성화된 도시인고? 노간손?[16] 그리고 우리는 건축청부업자의[17] 개종을 기원할 것인고? 염주 키티를 부를지라, 팁녹 캐슬(城)[18]의 남귀부인男貴婦人! 마춘부魔春婦[19]를 굴복하게 할지라, 그의 부富가 가능하게 했던 개선가능성! 그는 층계 꼭대기에서 자신에 대한 그녀의 기도를 분기했던 요리사 하갈[20]인지라. 그녀는 깊으나니, 그녀야말로.

〔캐이트의 증언〕 — 그의 터키악의의 아르메니아 무례武禮를 위한 주기도문 방귀 소요자,[21] 오주吾主의 전부前父〔HCE〕,

그〔HCE〕는 등(배背)혹의 차일此日 우리들의 매애每愛의 양養빵을 하사하는[1] 과오를 범한 지라. 그런 다음 얼뜨기교황의 지방만智放漫을 위한 성탄당과라.[2] 트렌드—평의회원[3]에 의한 그의 찬미본으로서 경매재가可된 듯. 그〔HCE〕의 게트르(각반)의 브론즈(청동)에 견심요주의犬心要注意! 절반백수折半百數는 소笑멍텅구리를 공恐하도다. 주主건(포수)은 사라졌어도 그는 상전최고床戰最高로다![4] 나〔목격자로서—부업대기—캐이트—하녀〕는 키스부엌 소침목탁小枕木卓 위에서 그의 어깨멜빵냄비 홍합삼각근紅蛤三角筋을 전언안마傳言按摩(마사지)했도다. 나의 다림질 즈크 바지를 가지고 그의 비압肥鴨의 밀방망이를 통하여, 물렁물렁 가루반죽 밀고밀고 미는지라, 마침내 그는 애유愛柔의 안구와 더불어 토스트 얼굴을 진유眞鍮 붉게 끓이나니 그리하여 자신의 케틀드럼(큰솥 북)을 나의 가짜맷돌 속의 볶은 콩(커피 알)처럼 김나게 하거나 덜걱덜걱 소리 나게 하면서. 나는 그를 위해 아브람 등의 효모 빵[5]을 공恐채찍질해야만 했도다. 오 바디아 하녀[6]의 애愛빵 덩어리를 위하여, 나의 화환분花環粉 바켓으로부터 그대 교황의 노아 코(鼻)를 빠뜨리지 않게 할지라! 이장異張의 장면 중 그대 나의 스튜 냄비에 압착압壓搾壓을 가할지라! 노변의 크림처럼 그대는 독가獨家를 고삐 다스리도다. 그의 핥는 설자舌者와 해방순자解放脣者가 아교 풀 칠 되었는지라, 그가, 캐티와 래너 발레 무녀들[7]처럼, 멋진 수푸 여우,[8] 웨스포드—화랑에서 그린 나의 툴루즈—로레타 격자 물주전자 사진을 빤히 쳐다보며 거기 지글지글 소리 내었을 때, 나의 가슴 브로치를 달고 그리고 생선 스튜 아래 변기, 나의 양각羊脚 소매와 나의 새로운 과장과誇長過 헐거운 내의를 온통 들어내 보이며. 쉿! 거기 나의 쐐기정강이와 여기 나의 햄 궁둥이 그리고 이건 나의 주봉(속내의)인지라, 가스 미터 측정기! 쉿 털지라! 이게 뭔고? 쉿! 그리고 저건? 그는 결코 더 멋진 모습을 포목捕目한 적이 없나니, 나의 발레 무신舞信에 맹세코, 번철—하수구 또는 솔즈(구두창)—업의 수씨 출신의 로미오로 프률이니(쉿) 벼룩 팬터마임 또는 메뚜기, 신발 신은 계집아이(신델레라) 무언극에서, 당시 나는 너무나 숙녀마냥 요괴홉 주를 벌꺽벌꺽, 야단법석, 찰깍찰깍 시계 낙樂자물통 캄캄 캉캉 춤 단지단지 냄비냄비 킥킥캑캑 박자를 킥오프하기 시작했는지라. 쓴박하(植)발모견髮毛犬들, 수위흑주대녀守衛黑酒對女를 격혼성激混成할지라.[9] 충만주통경야充滿酒桶經夜를 위하여 춘만취흥락充滿醉興樂하면서.

〔고문단의 명령〕 — 모두 정지! 스폰서 제공 프로그램 그리고 방송 종료. 그것으로 충분하나니, 일동, 피네간에 관하여 지나치게 비호하거나, 그의 변덕을 변명하는 일은. 마지막 한 표를, 나리, 모든 의문을 제거하기 위해. 실프(요정)와 사라만더(불도마뱀)와 모든 트롤(동굴 야산의 거인)과 트리톤(반인반어半人半魚)에 맹세코,[10] 나는 그녀의 충동을 단斷하며 이의 마개를 탈할 의향인지라, 마침내. 말(言)이었을 그의 생각, 지금까지 행위였던 그의 생활. 그리고 또한 그러하리라, 아마[11]의 애란수석대주교구의 제일 장로, 성聖쿨의 성자에 맹세코,[12] 만일 내가 타르타로스[13]의 구렁에서 말더듬이의 모퉁이까지 몽환경지의 모든 가면을 최초에 끌어내려, 저 야곱(셈)이 그의 문자요, 이 요한(숀)이 그의 대추(果)임을 발견해야 한다면. 임금님의 어릿광대들[14]을 통과하게 할지니, 잡지—총독[15] 그리고

〔530.23－532.39〕 "S"와 "E"가 욘을 통해 말하다－4노인들은 그에 관해 충분히 들었고, 소문을 들을 참이다－자기방어에 대한 HCE의 연설

성당토지관리자는 다름 아닌 본인자신〔HCE〕, 거물중의 거물, 옛 카리손 일당[1]과 더불어! 그대의 페르시아 슬리퍼 따윈 벗어 던져버려요! 여汝의 핀(네간)을 탐探할지라! 죄인은 참회포의懺悔布衣 아래. 하 히 후 헤 호, 홍! 까마귀 깍깍, 악행자여! 일어날지라, 유령나리![2] 그대가 살아있는 한 타자는 없으리라. 탈脫!

— 암스 아담인사我膽人事〔HCE 독백의 첫 자〕나리, 그대에게! 라마영원시羅麻永遠市[4]여, 만세! 여기 우리는 다시 있는지라![5] 나는 오래 전 절판된 왕조의 낙타조례駱駝條例 아래 기포유氣泡乳 양육되었는지라, 쉬트릭 견수絹鬚1세一世[6]로다. (혹은 그건 요소梟笑 맥오스쿨피스 뇌신3세雷神參世[7]인고?) 그러나, 고승 절대 교황으로[8], 나는 자신의 애란영愛蘭英 천사앵글로색슨어[9]가 오거스탄 제국에서부터 차주옥借主獄까지 솔(의무) 및 윌(의지)에 의하여 하처 화사話使되는 어디든 세계를 통하여, 실제로, 퍼남의 토사土砦에서든 혹은 콩드라의 산령山嶺 혹은 달킨의 초원 혹은 몬키쉬 군구郡區에서든[10], 성인들 및 죄인들 안목 다함께 한 사람의 청렴결백인으로 알려져 있나니 그리하여, 사실의 문제로서, 나의 반생처半生妻에 의하여, 나는 우리들의 일반 대중이 내가 어찌 가능한 청렴결백하게 살고 있음을 그리고 내가 영구히 나의 심령점판心靈占板을 협문유지夾門維持(아웃되지 않고)한 이후 나의 경기가 공정한 평균이었음을 최고로 평가하고 있는지를 생각하는지라. 나의 진생처眞生妻에 관하여 나는 애풀즈[11]에 의해 짹짹짹 노래되고, 다쉬 양[12]에 의해 행위된, 한 젊은 소녀笑女 친구의 인물과 함께 그리고 키스 애愛의 왕궁원 혹은 기그로트 언덕[13]의 종자매 중의 하녀何女와 공모하여 교구 목사에 대한 크리미아 전범류부정戰犯類不貞의 범죄행위를 절대로 범하지도 않았거니와 현재 그러할 여유도 없는지라, 그리하여 당시 내가 그녀의 점참금點參金에 손을 댄다거나 그녀의 미숙 건件들을 최고 탐록貪綠스럽게 감식鑑食했다면 사실상 그건 가장 악질적이요 그리고, 질론姪論할 것 없이, 너무 사상邪傷하여, 바빌론[14] 시장에서 상업상의—딸들에 대한 나의 평판을 쉽사리 위장할 수 없도다. 그런데도, 나의 면식인들이 나를 격찬하는 친절을 내게 행사하고 있듯이, 나는 묘지옥墓地獄[15]과 수도경찰서, 죄수들을 통하여 나의 채찍자들[16]의 일몰변장 아래 그녀를 수체포手逮捕 했을지니, 그녀는 이러한 땜장이 짓을 단지 따르릉 울리고 있을 따름이었도다. 그리하여, 단순한 사실의 문제로서, 나는 내 자신에 관하여 말하거니와 얼마나 나는 최숙最熟의 꼬마 애처를 구상지구 주변에 둔부소유하고 있는고, 그 위에 그녀는 스킨너의 광장 소로小路[17] 둘레를 무사태평하게[18] 세계화월요일世界花月曜日에 사방 뛰놀고 있었나니, 애초에 나의 일련의 미녀몽美女夢들[19]에 있어서 그녀의 애석위안상哀惜慰安賞과 함께, 마네킨 소변소아상小便小兒像[20] 통로를, 용모미소부문상容貌微笑部門賞과 더불어, 현저하게도 고운 천부의상天賦衣裳인, 오페라 톱 속의 두 유방에 의하여 핸디캡(불리不利)된 채. 다양한 곳에 묵힌 채. 무슨 격발유녀激發遊女이람! 나는 스릴스릴(전율전율)(킥킥) 이런 것을 수예리遂銳利하게 사랑하는지라.

특히 그들의 최고 완전 절정에서 그들의 풍미豐味를 풍미風味하는 동안 헬리오트로프 튜립(입술) 영향기永香氣를 봉접奉接 받았을 때, 이처럼 실제로, 그리하여 거기 나는 실로 그녀〔ALP〕의 과거의 순순결미純純潔美에 나의 쾌유혼快遊魂을 흠뻑 적시는도다.

그녀는 나의 최선 보존된 전처全妻인지라, 지금 그녀와 마찬가지로 이후에도, 천국안天國眼으로 보아, 차이나타운 밖으로 상대할 수 없을 정도의 문수최소화問數最小靴를 지녔는지라. 그것은 엄청나게 상등품이나니, 진짜 북경식으로 말해서. 우린 그걸 추천해도 좋지 않을고? 그건 나의 도제봉사시대徒弟奉仕時代로부터 보증필품保證畢品이었도다. 그리하여, 맙소사, 램비스 및 돌키의[1] 우리들 사립목사, 지역사교, 언제나 비안悲顔의 사이, 태비넷 견대를 두른 그의 류트현絃의 신도석 망토에, 그리하여 그는 우리들의 다양한 몰인정(심장)과 신장[2]을 방문했는지라, 골골지骨骨指의 안수례에 의하여, 오슬로 해항 대구(어魚)의 지문목사指紋牧師,[3] 저 상층 방房에서, 나의 깨끗한 성격에 관해 어떤 아주 격찬사激讚辭를 그대에게 크게 말할 수 있는지라,[4] 심지어 어둠 속에 탐지될 때라도, 사실상, 비록 이러한 암송은 나에게 퍽 고통스러웠지만, 그리하여 당시 나는 그녀를 사주선율자들에게 소개했나니(프랑크푸르트제 씨, 제일 우자들이여, 왜 두려움을 피하는고?) 카스트루치 시니올라 및 데 메로스[5] 지휘 하에 미사 영송하면서, 저들 포장복의包裝服衣의 노장들,[6] 가압녹가도家鴨綠街道[7]의 우리들 전농옥全籠屋의 오리인형가人形家[8]에서 양정밀표음법兩精密表音法[9]의 시키모어(무화과)(식) 유포늄 악기[10]를 가지고, 애정의 지불보고支佛寶庫(호워드 패이)[11]를 통한 저 참깨오두막(캐빈 틸리)의 홈스위트홈[12](최초의 후작,[13] 또는 모두들 그렇게 침목沈目했도다.[14] 도도! 오 크리어리![15] 그리하여 그레고리[16]는 전방에 그리고 요한네스[17]는 훨씬 후방後方(바흐)에. 흥, 흥!), 환울락歡鬱樂, 노르웨이 무소무처無掃無處 그처럼 감소처甘掃處는 없나니. 그이에 의하여, 저 모퉁이 주변의 저 소교회小教會,[18] 나의 커크 펀드래이터즈처럼,[19] 그리고 K. K. 큐클럭스클랜 교단(교리문답)이 사도신경에서 명령하고 그리하여, 그대들 모두가 알다시피, 한 아이에 관하여, 친애하는 인류들이여, 아직 울타리 학교[20] 시절이었을 동안 소변유아 시절로부터 나의 유말幼末의 인생의 야망 가운데 하나는, 광교회廣敎會를 의도한 채, 나는, 그 일에 충분히 감지하고 있었기에, 우리들의 자매수녀의 친애하는 목사보-저작자에 의하여 지방초본脂肪草本의 침대 속에 교구지방적的으로 견진성사堅振聖事를 베풀어 받았도다. 마이클 엔젤주[21]가 그대의 남자로다. 마이클을 시켜 수톤[22]을 중계하게 하고 자신의 천리청이千里聽耳의 전화습관電話習慣(그건 시장현저市場顯著했는지라)을 지닌 이 곳 사람들에게 그대 말할지니, 사실상, 단지 우리들 자신의 마이클이 할 수 있듯이, 미신호초국迷信号超局에 연접촉連接觸될 때, 어찌 내가 확擴 확 확성하는 것을 우리들의 포효이咆哮耳에 환열歡裂 초래할 수 있는가를.〔가정의 가수인 HCE는 라디오로 음정을 바꾼다〕 본토교신[23] 핌핌의 보통주普通株 4실링9반半페니. 숀 셈 셴, 하시언何時言 언젠지 말할지라. 국내주가[24] 시장세 불안전. 리버간지肝池 대돈大豚 번거로운 1파운드 4실링 2펜스. 선善차선 최선![25] 미안! 감사! 오늘은 이것으로 끝.

〔532–539〕 HCE 자기 자신이 스탠드에 호출되고, 자기 방어를 연설한다—4대가들의 짧고 불확실한 코멘트.

〔532.06–534.06〕 "E"가 욘을 통해 그의 긴 자기 방어적 연설을 시작한다—어떤 성적 비행을 부정하면서—세상 사람들이 그가 아내를 가진 것을 무엇이라 할 것인가.〔재차 HCE의 목소리—방송 계속〕.

〔534.07–535.25〕 그(막간의 제3의 목소리)는 그에 대한 주장으로 충격되어 항의한다—그의 비난자의 저속, 모든 것의 압 뒤 뒤바뀜에 대하여.

끊을지라. 신득점별야神得點別夜, 절양자癤瘍者. 종급終及 이락泥樂 분쇄식성탄粉碎食聖誕! 약사略謝 여신汝新 뉴요크(年) 돌풍관세突風關稅. 여사경도汝謝京都! 사謝.[1)]

— 똑딱똑딱.

— 풍소수락風騷水落.

— 가련자우可憐雌牛 그의 유대 복제인複製人.

— 그건 쿵 쿵 쿵나니.[2)]

— 정적(C)이 들어(H) 왔도다(E). 크고 큰 정적(Big big Calm), 아나운서. 그건 가장 열렬한 참으로 유쾌한 여흥인지라. 망아지 진치眞齒로다! 나는 그것에 서답誓答할지니. 나는 진주황문자眞朱黃文字 그대로 나의 악행에 대한 저공갈底恐喝에는 차 한 스픈 충환充丸의 증거도 없음을 항변 하는도다. 그대가 알지니, 사실상. 최초로 채집한 키먼 랩상 차茶라. 그리하여 나는 여기 피닉스 공원[3)]에서 나 자신을 주사제입증主司祭立證하기[4)] 위하여 천국의 저 자들 앞에 나의 불결의류착복不潔衣類着服 39조항[5)]을 오염종결적汚染終結的으로 차용할[6)] 수 있나니, 정당성의 황송惶悚[7)]에 맹세코, 나는 매남당每男當 및 모르몬[8)]을 뜻하거니와, 영원히 엄격하고 완고한 채, 그리하여 카이로[9)] 동, 서, 남, 북 협회로부터의 충고 아래, 그들의 특혜의뢰인特惠依賴人에 대하여, 키스저스(둔부 입맞춤) 골목길[10)]의 어떤 티브톰 취한 또는 도회건달[11)]에 의한 비방의 견견犬犬 견공포犬公表에 대한 나의 전항의신교도前抗議新敎徒的 경고에 돌입 할지라(풍취청안風吹靑眼의 세로락자細路落者,[12)] 명예훼손고발 저대복低帶服을 전착戰着하고,[13)] 가석방의[14)] 무릎 및 그의 몸 주위에 우권牛拳(벨파스트) 반지 그리고 폭포도위사조잡부수瀑布道僞辭粗雜斧手[15)](그는 자신의 요업尿業에 있어서 산책야서한散策夜書翰[16)] 및 우체국집정부郵遞局執政部[17)]의 배달간무원姦務員인지라), 우리들의 날조행실[18)]을 임대불신賃貸不信하는 베오그라디아[19)]의 최고의 시기남) 유일무이하게도,[20)] 왕좌를 수시 억제하는 저 최고인물. 꽃들의 우아추구優雅追求에 있어서 미점美點 스카우트(사마귀)에 관해 말하자면, 감실龕室 및 셀룰로이드 예술의 탐색자![21)] 그런 통안痛眼을 우연견신偶然見信? 분천격한糞賤格漢〔캐드〕 같으니! 그는 톰의 타월을 손에 쥐고 노드 스트랜드 가도[22)]를 걸어갔도다. 사안蛇眼(뱀눈)! 푸른 앵무새를 질식취窒息臭한 교살자! 나는 그자가 그 따위임을 항의하는지라, 나의 반생처半生妻를 걸고. 그는 나의 유일한 축출구軸出口 주변을 온통 비틀거리면서 나의 이중여숙二重旅宿〔더블린〕으로부터 떠나고 있었도다. 그토록 그의 최근의 행동에 대하여 경계 받고[23)] 있었는지라. 쉐룩[24)]이 그를 잠복탐정하고 있나니. 모두가 벨트 스패너[25)]였도다. 그대의 기발氣髮을 약절略斷할지라! 병사兵士 M에게 수치! 그의 역겨움에 수치!〔셈—조이스〕[26)] 천 피의 깔 짚 속에 엎드린 버림받은 맹견[27)]을 위해 찌무룩 놓여있는 그의 정액남精液男[28)]의 남근에 밀고수치密告羞恥를! 오귀족誤貴族은 마침내 교수탑![29)] 그의 인낙필認諾畢한 심장을 통해 투창을 간통할지라! 즉시![30)] 펄럭, 나의 무당벌레여![31)] 매달을지라, 나의 고비자高飛者! 모래벼룩 지그춤 춤출지니 나의

민들레 놈아! 그〔캐드〕의 백토안白土顔을 다시는 나로 하여금 결코 보지 못하도록 할지라! 그리하여 그건 나의 것이었나니, 헝가리의 바소로뮤[1]여, 비경지悲耕地의 인자人子여(독창춘시獨創春時 같은 그의 몸짓 언어,[2] 나의 기독 절규를 모방 할지라! 지금 우리 것이듯이, 그때 그대 것이나니!), 그리하여 당시 우리들의 운명에 맞추어 나의 포플러 나무의 2섹스(섹스섹스), 나의 켄타우로스(반인반마)의 섹스(性) 육백년제일에 그 일이 우연히 일어났는지라, 당시 지옥문 곁에, 목인상木人像[3]의 호스텔 앞에, 나〔HCE〕는 포유모군주哺乳母君主, 약간대군若干大君, 대大폐하각하에게, 우리들의 최고숭最高崇,[4] 이 신지구[5]의 제일시의 임대소건賃貸小鍵(열쇠)을 급승마急乘馬 자유봉증했나니, 당시 그의 귀중무가貴重無價의 군마에 등마登馬한 채,[6] 전광석고 퍼디난드 마전하馬殿下[7](그대는 모든 문간 위에 부채꼴 펼친 자者이기에 노르웨이까지 경노輕櫓할 필요가 없는지라)[8] 나의 이 모든 약속대지約束垈地를 통하여 서명첩署名帖의 환영인사와 더불어, 수진악수手振握手의(h) 여호여타자축하汝好如他者祝賀를(c), 이크레스각하(e).[9]

〔막간—제3의 목소리〕 찢는자者 잭을 본 수하자誰何者가 감히 이것을 흉중에 수장악手掌握할고? 저들 생강친우生薑親友들. 혹자가 총사인總四人 우리와 함께 있었도다. 대적大敵.[10] 대못 악마! 런즈엔드[11]의 최초의 거짓말쟁이! 늑대! 그대 저 주부두主埠頭의 엉킨 핏자국[12]을 볼지라! 그리하여 저들 박새(鳥) 소녀들! 비단 매춘녀들! 오히려 내가 병자病者 연하게 보수적이라?[13] 겉껍데기 같으니! 이따위 서굴鼠窟의 충군蟲群을 나는 거의 마음에 상상할 수 없나니! 히스테리 사상史上 최비천最卑賤의 지하천의地下賤意! 입센최음탕最淫蕩 무의미! 충분화充分話! 피터 껍데기 벗기는자(경찰관) 및 폴 발톱![14] 상심한 사실상의 의자蟻者! 혈사건穴事件은 돼지돈豚 호저돈豪豬豚의 폐물로 부패하도다. 환관충분宦官充分![15]

〔4대가들의 물음〕 — 그대 여어汝魚인고, 하이트헤드(백두)[16]여?

— 그대는 지금 두통소음을 가졌는고?

— 우리들에게 그대의 철자오기[17] 수신을 줄지라, 어때?

— 제발(그리스도여), 생선을 건넬지라![18]

〔늙은 백두(HCE) 왈〕 — 늙은 백白호우드구丘[19]인 그가 다시 말하고 있도다. 유스타키오관管(구씨관)을 열지라![20] 가련한 백서白誓를 불쌍히 여길지라![21] 친애하는 사라진 허례억虛禮憶들이여, 안녕! 나는 일천옥一千獄을 진통眞通하여 참되게 살아 왔음을 전계全界에 말할지라. 연민할지라, 제발, 여인이여, 내가 받은 이 옥중심진獄中深塵의 속물행俗物行의 가련한 O. W.를 위하여[22] 나의 나이 삼구불결세三九不潔歲, 상발, 허례억虛禮憶의 묵극은 실종失終된 채, 나의 L자 팔꿈치에 설취雪吹나니, 독사처럼 귀먹은 채[23] 나는 그대에게 뢰문賴問하는지라, 친애하는 여인〔ALP—Eve〕, 우리들의 과실에 의하여 나의 나무를 심판할 것을[24] 나는 그대에게 나무 실과를 주었나니.[25] 나는 이향二香, 삼식三食을 주었도다. 나의 자유무녀, 나의 지존동료至尊同僚여 나의 행복한 흉화胸花, 나의 방재목防材木의 숙락과실熟落果實. 가련한 해브스(H) 차일더스(C) 에브리웨어(E)[26](매소每所 유아 유지有持)를 이살모泥殺母로서 불쌍히 여기소서!

〔이제 HCE는—제3자의 전달자 신분으로 바뀐다〕 — 그것이 통고자〔HCE—전달자〕였는지라, 한 전前육군대령. 한 불화신不化身의 영령英靈,

영령靈靈, 세바스천[1]〔노쇠한 HCE〕이라 불렸나니, 리우데자네이러[2]의 강江으로부터.(그는 온통 청광聽狂이 아닌지라) 나의 사추방항死追放港에서부터 가옥전언家屋傳言과 함께 머지않아 필경 양치송화羊齒送話하리라. 우리로 하여금 그를 약간 원기갈채元氣喝采하고 미래의 데이트를 위하여 매약속賣藥束을 할지라. 여보세요(H), 통이보고通泥報告 할지라!(C) 뷰트(평원의 고립된 언덕)는 안녕한고? 상시 회의적!(E) 그〔HCE〕는 우리들의 성진부재자聖眞不在者〔성체〕의 정신혼情神魂, 기적맥奇蹟麥[3]이든 또는 P. P. 켐비[4]의 영혼수술을 믿지 않는도다. 그는 약간의 소화 희롱을 지녔나니, 가련하게도, 아주 잠깐 동안, 자신의 거품 떠듬거리는 자신의 설자舌者[5]에 의하여 혼란된 채. 그가 지닌 버릇! 가련한 개둔행복악자開臀幸福惡者[6]! 그의 마음을 좀 울릴지라, 그대 꺾쇠자들이여.(뎅!) 나의 고古랜 악취도심惡臭都心[7]에서 그리고 나의 크럼린[8]에서 그리고 주위안뜰에서 그리고 유천流川에서! 자유 약탈! 자유약탈! 밤! 나는 그이를 후회 개탄하는지라. 몬크리프의 비애! 오 슬픈지고![9] 귀속상貴俗賞[10]으로 작객종昨客終한 채, 아카슈스[11]에서 기관지염으로 죽다니! 그토록 고후기간高厚期間을 즐기면서, 우리 자신이 만든 반영 그림자의 고백모高白帽[12]〔오스카 와일드의 암시〕를 고양하고, 아이젠(철)봉捧[13]으로 온통 의지한 채, 로이얼 레그(황실각皇室脚)점店[14]의 그토록 뽐내는[15] 긴 양말을 아주 조심스레 신고, 그리고 대항연초大港煙草를, 그는 찬송집가讚頌集歌를 빠끔빠끔 피우곤 했는지라. 그리하여 그는 얼마나 그토록 처연妻煙을 극極조심스럽게 인색남편절약吝嗇男便節約하려 했던고, 그의 연초 가게!(그는 그녀를 자신의 성냥으로 적화赤火하려 했으나, 그건 무위無爲인지라) 우리들 그의 운雲생질과 그의 무인인霧隣人과 함께, 그와 그의 연초에 의하여 그 때문에 최분향最糞香되고 선무煽霧된 채. 그러나 그는 오스카와일드[16]의 주옥에서 우리들의 신선 최고 비루의 낙맥잔樂麥盞을 가지리라. *부엔 레티로* 은주장隱酒場![17] 그 소년의 소성[18]은 여전히 평탄적平坦笛이요 그의 산구山口는 아직도 저 군인의 진홍복색을 띠고 있는지라 비록 그의 담갈색두발은 백염의白鹽衣로 검게 후추 뿌려졌어도. 그건 그가 감옥 속으로 승입昇入했기[19] 때문이나니. 나는 그걸 보다 잘 알도다. 그러므로 그의 심난한 말(言)들. 어느 날 나는 그의 제이계화第二階話를 말하리라. 용기! 기분을! 그건 혹타자或他者가 나의 짐을 짊어지고 있는 듯이 보이는도다. 나는 그렇게 내버릴 수 없는지라. 감히 불가무不可無.[20]

〔HCE—전달자—욘의 자기 고백〕 글쎄, 관리국원들, 나는 나의 전全 과거를 나출했나니, 나는 스스로 우쭐하도다. 양쪽에. 심지어 해법[21]에 의한 제2분할의 두 달을 내게 줄지라 그러면 나의 최초의 광포사업廣布事業은 회노인신용상인灰老人信用商人의 만사 중의 왕사王事, 혹은 시키비니스 법정, 제루 바벨(영포零泡) 브렌톤 법사法史, 요나 백경병위白鯨兵衛, 확정설간確定鱈幹 혹은 오이(식植)직립부直立部[22]의 법원 판사, 나의 참여관들[23]에게 이의를 제기하려니와, 만일 그것이 다시 일어나지 않는다면. 오 우리들을 음율도音律禱 할지라! 고국의 야심인, 우리들의 부왕.[24] 하로드의 명남名男이여. 나의 친아親兒여 올지라, 나는 건승할지라.[25] 피대자皮帶者(루터) 같은 이 전무나니[26] 오 시에(요녀)![27] 그리하여 향가享家의 향수남들,

그들은 돌멩이를 투척하지 않을지라.[1] 코끼리의 집은 그〔HCE〕의 성城이나니.[2] 나〔HCE〕는 여기 그대에게 말하려니와, 과연 맹세코, 즉, 비록 내가 총설득總說得으로 모든 걸 찬성하지 않았다 하더라도, 지금까지의 허식의 격퇴[3]에 있어서, 나는 또한 손에 밀랍(초)을 쥐고,[4] 사려 깊이 그녀의 오식감언誤植感言을 마약 중독 시킬지라 그리하여 브라운이 크리스티나 안야를 포음抱陰 하듯,[5] 이내 저들 여과된 오보카 강의 덕력德力[6]으로, 애란 인들을 뒤좇아, 나를 선選켈트인人으로 개종할지니(그러나 우선 나는 나의 고우선조古愚先祖들을 대리아세례代理兒洗禮시켜야만 하도다).[7] 그리하여 당시 시지스몬드 대맹재大猛宰처럼, 나의 전조사前兆師로서 율법사 로브루스토 및 나의 개인 주치의로서 리처(거머리) 루티[8] 및 로렌조 파톤과 함께(*애란을 명승으로!*), 그리하여 당시 나는 저들 불쌍한 일승랑자日昇浪者들[9]을 서양인시西洋人視하며 그들의 토지의 종초원終草原을 브라이턴 확장하리라.[10] 만일 어느 자든 마지못해 금전지불한다면 나는 나의 끈적끈적한 포도당을 위해 나의 꽤 상당한 도매가를 지불할 의향이나니, 요석자尿石者들[11]이여, 만일 심지어 그것이, 사실상, 불운의 행위에 대한 합법적인 살혈과료殺血科料일지라도(여기 나의 포켓손수건 수표를 동봉 과료견過料見하사) 그리하여, 사실의 문제로서, 나는 모든 소송절차를 의탁기재전적依託旣裁全的으로 철회할 것을 약속하는지라 그리하여 나는 나 자신의 요구에 의하여 독성 혹맥주를 *통틀어* 모두 통음하면서, 여기 기차도민汽車都民[12]을 위한 방수장화가 존재했던 전전시절前戰時節에, 사실상 지금도 내게 귀찮도록 책임 전가되어 있듯이, 나의 친구, 빌럽스 씨,[13] 어린 암탉 격格, 나의 사분지일(1/4) 형제[14]와 수시로 공효모共酵母하고 공결탁共結託하기를 동의했던 것을 부정하나니, 그리하여 때때로 그는 매문소액환상賣文少額換[15] 상上 나의 대리 역을 행사하고 있는지라 그리하여 그를 나는 공주지정인公酒指定人이라 호명해 왔나니, 왜냐하면 내게는 그렇게 느껴졌기 때문이요, 선매작별善買作別 매소유취득장買所有取得場에서 한 사람의 무구흑인녀無口黑人女, 브리스톨—경유—아프리카 토土의,[16] 처나 드잠자 출신의 부란체트[17] 양조장을 공유하는 것을 거부하는지라, 또는 그녀의 나의 제사부第四部를 악매惡買하다니, 그런데 그것은 성전(판권소유) 및 제외본除外本(그건 당연 정당히 추방되어야 하거니와)의 신명기[18]에서 그리고 그 밖에 몇몇 곳에서 허락되고 있긴 해도, 그건 나의 감사지感四肢에 대하여 난난과도卵卵過度하게 정신 써레질 괴롭히는 것 같은지라, 두 파운드 스카치, 한 포라드 및 크로카더[19] 또는 해변에 세 자갈이라.[20] 그대, 프릭스 불꽃, 성냥 상자에만 켜는, 무발화황인無發火黃隣이여, 만일 내가 마님의 처녀〔캐이트〕를 교접(성교)했다면, 나를 급소急燒할지라! 그녀의 비버모毛에도 불구하고, 그녀는 여성다우며 비결하도다. 이러한 의상(행위)은 몽 메그[21] 월간, 나의 만화 본을 위한 일종의 희락장식인지라, 매 피네간의 각주覺週[22]에서 발간되나니, 돈키브르크(당나귀 실개울) 시장[23]의 우직愚直광대에 의하여 조소당하리로다. 그건 호더가街의 그리고 코커가街의 산술[24] 매춘업자들을 웃게 하리라. 여녀汝女의 모든 용서불가의

〔HCE—욘의 계속적 변호〕 가설자假說子들 같으니, 쥬노 금전에 맹세코![1] 만일 그녀〔유혹녀—캐이트〕, 애란화愛蘭化된 매리온 테레시안[2]이 자신의 보수대가로서 처리되었다 하더라도, 나, 레드위지 샐 바토리어스[3]는 상업상으로 본질 무관심이로다. 그리하여 만일 그녀가 여전히 자신의 코코아색 외관에 대하여 더 한층 더 지분지분 활석회화滑石徊話한다면, 내게 관계하는 한, 나는 내가 왜 그래서는 안 되는지의 의견을 강하게 느끼는지라. 불가법不可法! 나는 이러고 저런 오반박자誤反駁者들[4]로부터의 한 마디도 신용하지 않는도다. 바로 깃털 환상일 뿐! 부존재! 또는 꼭 같은 슈퍼 멀카드[5] 교환에 의하여 재 매買[6]하거나 자치대自治貸하기를 양도하나니, 여하아조如何我助로도. 최고 브릭스톤7) 고급 황녀, 금호외출禁戶外出 옥션 교상橋上[8]의 푼돈 대 푼돈. 그건 고대 카르타고의 중세강악中世强惡의 폐방廢房에서 우리들이 열탐하는 그들의 적나생赤裸生과 분비의식糞秘儀式에 극히 상응하는 공황무도恐慌無道함이었도다.[9] 전적으로 불가부당![10] 천만에 고금古金[11] 또는 백혼금白魂金[12]으로도! 빵덩어리 위의 조약돌 한 개, 설교단상의 임령淋鈴 두 개, 또는 후문에 노크한 세 개의 두창 자국으로도! 6펜스 고환睾丸 3페니 죄음경罪陰莖의 세전細錢 또는 유홍지[13]의 대금으로도 안 되도다! 고로 캐시[14]의 가호를! 나의 의중이라.

〔HCE—욘은 4대가에게 신사답기를 청한다〕 나의 비어신사鯡魚紳士 여러분! 본건의 불합성이라니! 나의 의중 말하건대, 그녀의 적나라한 나애관裸愛觀이라, 그건 과과過過 과소過小로운지라. 불합리의 매물이나니, 마님, 일러두지만. 일렬一列과 함께, 일렬, 함께 함께! 오 보인강江의 생어生魚[15]처럼 매상일 연어를 먹을지라. 두 살찐 버찌 따는 자들〔공원의 두 소녀들의 암시〕,[16] 그들의 미혼녀채집망未婚女採集網[17]을 지닌, 육肉판매대가街[18] 출신의, 육계肉鷄 리찌와 리시, 비록 그들이 태백성太白星과 함께 여명월黎明月이요[19] 내가 그들 코번트원園[20]의 마녀단경호인魔女團警護人 인들, 나는 하아담[21] 출신의 나의 전도前途의 이런 사마처녀邪魔處女들 혹은 어느 적자매適姉妹들 혹은 그들의 상속녀들〔공원의 처녀들〕을 접촉하는 것을 알지 못할지니, 그들에 의해, 통해, 또는 아래에 맹세코. 그들의 구애의 프라이팬에서 나와 나의 노상爐床 속으로,[22] 그녀는 나의 것과 이거대異巨大하게도 집사集似하도다. 카로우 군령郡領에서 자신의 정강이에 충격 받은 사나이[23]〔공원의 세 군인들의 암시〕. 그는 불알 남男인지라[24] 나는 듣고 있나니, 그대가 내면무구內面無垢하다는 것을 추정하면서, 그러나 우리는 그대가 저들 유녀들을 만나는 걸 보았도다. 고환睾丸 놈 같으니! 방향芳香. 악초야惡初夜의 시종時鐘은 추문지醜聞紙[25]의 불결병적不潔病的이지만 그대는 쇼텐호프에서 콩가[26]의 사경찰관射警察官에게 려골적驢骨的인 돈둔부豚臀部를 투향投向했나니, 그렇잖은고? 재삼 불알 친구 같으니! 나는 그의 경칠 멋 부림[27]을 좋아했도다! 말더듬이 통! 무슨 관목의 꾀를 부리려는고! 나는 우육의 몸값을 위하여 나의 백모과白帽鍋 아래 맹서두盟誓頭[28]를 둘지니, 그리하여 내가 모든 자유열自由熱 속에 서 있었던 곳에 설 의지인지라, 페라기우스[29]와 작은

크리스타아스 사이, 로더릭[1]의 우리들 최단일통석最單一桶石[2] 곁에, 듣기 위한 귀(이耳)를 가진자[3]와 바지제네 바 바이(買) 바이블[4] 양자를 뒤좇아 그리고, 인착모人着帽[5]에 맹세코, 우리들의 전초全初의 기념입석인記念立石人[6]의 장석발기사원長石勃起寺院[7]을 걸고, 나의 무의無衣(솔직한)의 덕德을 증언하도다. 나는 필경 정직하게 그걸 그대에게 말하거니와 근사인近邪人(이어위커)의 명예를 걸고, 나는 일반대중이 현재의 차제此際 그리고 다가올 피제彼際에 경탄하는 움찔자者(단테), 통풍자痛風者(괴테) 및 소매상인(셰익스피어)[8]의 합자회사[9]를 저 일급의 사랑 받는 대륙 시인의 언어가치(워즈워스)로서 언제나 생각하는지라. 나의 요술쟁이의 과거 정책처럼 나는 자신의 최고대사最高大師의 교훈을 지녀 왔나니, 대중을 그가 알고 있듯이, 그리고 국가인, 그대가 알다시피, 나는 정직하게 생각하는 바, 비록 정강이 긁히고, 불똥 침 볕이고, 염병고뇌 당하고 크리미안 전상을 입었다 한들,[10] 만일 내가 우연한 은전 때문에 개탄스럽게도 실패했더라도, 나는 자신의 사선死善을 다하고 있거니와 지금까지 자신의 신중사를 잘 성취해 왔나니라. 나는 자신이 스페인의 진남眞南에서 도광산盜鑛山이라나 뭐라나 그 따위 류의 진품을 소유하고 있다고 소문 들어 왔도다. 호호호호! 나는 또한 내가 나 자신을 얼마나 거대하게 혐오하고 있는지(사실의 이야기) 그리고 일요잡의류日曜雜衣類[11]의 하계심下界心을 후회하고 있는지를 말하지 않았던고? 저 유쾌한 역役은, 나는 말하려니와, 호텔 제남들이여, 나는, 애란토착愛亂土着을 재구再求하기 위하여 깊은 익사자 장애물항[12]을 넘어, 마음에 수치를 품은 채, 나의 선미타船尾舵의 세 번의 물 첨병(피칭)과 함께, 하지만 단번의 부병浮瓶도 없이, 무기권武器權에 의한 제국왕기帝國王旗[13]로 전진했는지라 그리하여 나의 거처를 파열했나니, 성무星霧 아래 유락정박화물을 적積하면서 그리고 여기 교역고건물交易古建物에서 나의 부럭스톨의 선물을 지휘 및 가동했는지라,[14] 해협천남海峽賤男을 위해 과격녀過激女와 함께, 이방인과 적敵들 간의 그리고 이따위 소작모인小作謀人들 사이의 토지공동영유권 속에, 포프린스타운[더블린 시],[15] 이전의 던럽항港,[16] 당시—해상의, 셸보니안 소혈沼穴.[17] 지금은 광대거리의 도시,[18] 양벽외곽良壁外廓,[19] 경사토루傾斜土壘 및 하수외벽下水外壁 및 감옥 영령英領,[20] 군사포위승軍事包圍勝[21] 상上의, 전상이수용소[22]와 함께, 결백관세潔白關稅의 저 도살 일에, 내가 전승기적년戰勝奇蹟年이라 불러 왔던 그 해에, 그리하여 이들 지역을 경계 짓고(하처법왕何處法王[23]의 격도擊刀는 내 것 그리고 내 것은 베를린 웅자 변경백邊境伯 알버트공公[24]의 프로이센[25]의 종족), 우리들의 런던 선왕善王들, 어번 1세 전하(T. R. H.)[26] 및 샴페인 검댕남男[27] 및 애愛빵 헌거리(공복)왕王[28] 및 혐오 한거리 왕[29]의 양비호羊庇護 아래, 그리하여 여기 나의 종신업무[30]와 토지순화土地馴化의 노역이 처음 시작되었나니, 여인의 중압과 함께 나의 세보稅寶 및 부채유죄負債有罪[31] 그러나 나의 확실한 안내인으로서 대大까마귀들의 변덕자들,[32] 영국의 발한역병[33] 및 도회전염병[34]을 수반한 기근,

[539–546] HCE가
자신이 건립한 위대한
도시를 자랑하고, 통치
한다.

총류의 뱀들과 함께 양치兩齒의 용충龍蟲들은[1] 다수 국민들의 이 토지연맹[2]으로부터 완혼성적完混成的으로 탈퇴했는지라 그리하여 공개악명公開惡名의 사악거주자들[3]은 우리들의 선거명부에서 발견되지 않게 되었도다. 우리들의 시市의 이 거처석居處席은 사방팔방 유쾌하고, 안락하며 건전한지라. 만일 그대가 언덕들을 횡단하면, 그들은 멀리 떨어지지 않았나니. 만일 챔피언의 땅이라면, 그건 사방에 놓여 있도다. 만일 그대가 신선한 물로 기뻐하고자 한다면, 프톨레마이오스명名의 리브니아 라비아라 불리는, 명강江이 급히 흐르는도다. 만일 그대가 바다를 취관取觀하려면, 그건 근수近手할지니.[4] 유의할지로다!

〔4노인들의 드럼콜로가로의 초청 광고〕 — *그대가 무슨 일을 하든지 드럼콜로가를 행行할지라!*[5]

— *미美의 드럼콜로가를 방문할지라!*

— *그대 드럼콜로가를 방문하고 우선 구경할지라!*

— *드럼콜로가를 본 다음 그리고 죽을지라.*

〔HCE의 자기 업적에 대한 장광설, 어떻게 그는 장대한 도시와 제국을 건립했고 통치했던가.〕

— 만사는 과거 같지 않도다. 어디 내게 짧게 개관하게 할지라. 선포 차렷! 핍! 찍찍! 핍피치![6] 저기 족제비 짹짹이던 곳, 거기 휘파람 휘휘 부나니.[7] 여기 타이번[8] 목 졸린 곳, 이제 군중의 중얼거림이 행진하도다 버스가 멈추는 곳 거기 나는 쇼핑하나니[9] 여기 그대 보는 곳, 긍아肯我 휴식하나니. 나를 덮쳐, 그대의 잠자는 거인. 그대 그러하리라! 그들 그러하리라! 고지의 나의 성채두城砦頭로부터 나의 족운足運인 괴저까지.[10] 최고最古의 모세이끼의 끝이 모든 무질차서無秩此序의 시작이라 고로 당시의 집행관칭執行官稱의 최후가 오늘의 집달리 칭하는 최초일지라[11] 만사를 위한 신고新高! 레두 4그루[12]가 흑도黑都로 되돌아올지라도 그러나 그들 상인방上引枋 아래 나의 각남角男들이 자신들의 각조처녀角繰處女들을 서로 만나도다. 귀남과 천녀,[13] 부두향사埠頭鄕士와 노예선복자奴隷船伏者, 화해話海로부터의 논단이 레티녀女[14]와 부패한 완고두頑固頭의 수다쟁이, 사슬죄수들과 맵시 짐 마차꾼들을 위하여, 사회를 주도리柱倒離하고 로스메리 가정[15]을 밀어 제칠지라. 도민의 복종은 중도重都에 의한 행복죄를 흩뜨리나니,[16] 우리들의 돈지갑과 정경희극政經喜劇은 선량한 조크 쉐퍼드[17]와 함께 금고 속에 있는지라, 우리들의 생명은, 야성의(와일드) 및 지대한(그레이트), 양兩 조나단[18]과의 교제 속에 계속 확실하도다. 자유용서할지라! 그대 감사하도다. 최선자들이여! 살모자들들은 감소했나니. 청광단발靑光短髮은 유행에서 멀어지고, 촉발단觸髮段은 이제 아주 시대 밖이로다. 도적 수간은 장갑과 벙어리장갑(애인의 만남) 마냥 드무나니, 나환자는 결하고, 무지의자無知蟻者들은 아이스큐라피우스[19]의신醫神의 비처悲妻처럼 의혹하疑惑下에 나타나는지라. 진주眞書의 매매경장賣買景場에서는 여편女便으로 하여금 주식욕발견書食欲發見하게 할지라. 그녀의 하이드 파크(은공원隱公園)에서는 아주我主가 귀녀貴女를 탐하나니. 만사는 선삼善森이로다. 부에노스아이레스(취비공臭鼻空) 우리는 그대에게 건배라! 불벌레들,[20] 확 타오름(축복)!) 뒤틈바리(풋내기선원)들아, 만일을 한층 대비할지라! 선원들이여, 우리는 그대의 하녀들과 아내에게 축복하는도다!

칠병구七病丘들을[1] 나는 중점적으로 너무나 간신히 소유해 왔으나, 칠십층칠해七十層七海[2]가 포위주변으로서 그대의 구조망丘眺望이도다.[3] 브래이드 브랙포드록(흑항암黑港岩)구丘, 칼톤구丘, 리버톤구丘, 크래이구丘 및 록하츠구丘, A. 코스토피노구丘, R. 터싯구丘. 니코라스 위던[4] 교마도敎魔圖[5]가 나의 안내였나니 그리고 나는 마이칸[6]의 외소外所에 천개 사원을 건립했도다 가공할(에펠) 암적탑岩積塔[7]에 의하여 나의 고가건물은 청명 하늘에 발아창發芽槍의 첨탑을, 장대 같은 운모극종탑雲帽極鐘塔을 돌상突上시켰나니[8] 이와 더 멀리. 상형재금常衡財金과 조세에 의하여 나는 그럭저럭 꾸려가고 성장했나니 그리하여 미량총액微量總額에 의하여 나는 난폭외장적亂暴外障的으로 성장했도다 성곽세城郭稅[9]와 시장세는 대군주의 10분의 1 교구세를 위한 나의 주재主財였나니 그리고 가옥지대家屋地代와 찬탈을 위한 나의 유출은 시여금施輿金과 헌금이라 나는 나의 두뇌모頭腦帽 위의 온갖 충격으로 나의 부원심富源心을 근단近單히 실광失狂했나니 마침내 나는 스스로 노력하고 더 한층 다비多肥했도다 도박굴賭博窟의 군씨君氏에게는 괘씸한 적현금赤現金, 연산憐山 전당포의 마님에게는 약식 차용증서. 네덜란드 미불자들이 우리에게 항거하여 위그노 거군巨群[10]으로 이입했는지라 그리하여 나는 그들을 봉패逢敗(성 마태)했나니, 시종면대면始終面對面, 바르톨로뮤 학살[11]이었도다 적폐敵幣(성 마가화貨!) 공포위攻包圍, 그리고(성 누가!) 나는 사자 굴에서 다니엘을 소생시켰는지라. 불라페스트인人들[12]은 나를 시기했나니, 콜카타인人들[13]은 만사滿謝했도다. 됐도다! 나는 브라이엔보루[14]를 용기 일깨우고, 그로 하여금 협안 스칸디나비아인들을 후퇴嗅退하게 했는지라, 수다스러운 톨가 강이 온통 진축震縮했도다 길 비길지라. 극한주의자들아! 만일 그들이 안구의 후부에 란분노蘭憤怒를 지니고 있었더라도 그들은 전치前齒[15]에 험상처險傷處를 입었나니 거기 유락중집회愉樂衆集會[16]에 환락 있었는지라, 여기 재혹성채再惑城砦에 경쟁 있었도다 나는 웰링호프 공작[17]을 송출하여 로이 색클톤을 재진탕再震盪시켰나니 월하루(초혼당招魂堂), 월하루, 월하루,[18] 애도야哀悼野! 교전법규와 바르샤바 전사찰戰査察 아래 나는 연鉛이 흑연 될 때까지 견뎠는지라, 주거니 받거니(핑퐁), 나를 구원했도다. 나는 아크로폴리스에서 프라하 향연을 베풀고 니더트롭[19]에서 조반단식파열朝飯斷食破裂했나니. 나는 페어비우[20]으로 하여금 교외이지郊外泥地 계획에 참가하게 했으나 라스민즈(분노심려자憤怒心慮者)[21] 주변에 호위경찰관들을 울창정렬鬱蒼整列시켰는지라 나는 구걸 생활자에게 탕치장 입욕入浴을 권하고 예방 접종자들을 격리치료 시켰도다. 영혼매원靈魂埋原에서 내가 무제한으로 흡족케 해준 그 누가 그들의 이야기를 말할 수 있으랴? 3사람의 쭈그리고 앉은 엿보는 자들과 함께 2인양인이었나니![22] 〔공원 3군인들과 2소녀들의 인유〕 맵시 내는 미인들을 위하여 나는 그들의 나이팅게일 야의夜衣를 짰는지라, 면육眠育의 짐승[23]을 위하여 나는 도적 공이空耳를 돌렸도다. 사항 주변에 속삭임이 감돌았으나 뮤즈 여신들이 휭휭 울었는가 하면 야수가 붕붕 소리를 냈는지라 헤어지는 물처럼 감미의 테너 가수[24]가 서항도인西港都人들로부터 적유笛流했나니 한편 동쪽의 식도능보食道稜堡[25]로부터 오렌지오랑우탄(성성이)(動) 설쟁성舌爭聲[26]이 울려 왔도다. 나의 색스빌가街 염병(페스트) 광장[27]은 온통 공포통로였으나 나의 멕클렌버러 가[28]에는 금시처소禁視處所였나니 감자괴근柑子塊根(肺丸)을 나는

〔535.26－540.12〕 그〔HCE〕는 자기 자신을 가런한 Haveth Childers Everywhere로 동일시하는지라—자기 자신의 옹호를 계속하고, 모든 가능한의 논거를 사용하다.

〔542〕 (계속되는 HCE의 자기 치적에 대한 자랑) 그는 자신의 백성들을 행복하게 했으며, 많은 점잖은 여인들을 보호했도다. 그는 동물원을 설립하고, 어느 시민이나 맛있는 차를 마실 수 있도록 차(수)도관을 부설했도다) "차"〔tea〕는 HCE와 함께, 〈율리시스〉에서 블룸의 의식을 적시는 지배적 주제이다.(U 53, 58, 132)

감자묘종원柑子苗種園 호킨소니아로부터[1] 가래를 사용하여 재배했는지라 그리하여 아이리시 스튜의 다혈증多血症을 통치痛治했도다. 나는 나의 자유구自由丘의 견습직공(신교도)들이 자신들의 경마 말빗을 통하여 스스럼없이 마구 굴며, 나의 진청眞靑 보수주의자(장로교도)들이 통곡조벽痛哭調壁[2] 앞에서 만세례萬歲禮 예루살렘을 외치는 소리를 듣는지라 나는 환목목욕통丸木沐浴桶의 우외피雨外皮(통의 널판)를 풍토루豊土壘 쌓아 올리고 갈의자喝椅子 및 강삭鋼索과 함께, 분출강성噴出强聲을 으르렁거리면서, 느릅나무 재목의 장관長管[3]을 통하여 그걸 운반했나니 오존 외대外帶에 대한 취미에서 나는 그들을 나의 착륙운반차에 싣고 환영식사[4] 호텔까지 운반했도다 나는 오후 도취를 위해 갈채 하는 주잔 속에 필립 절주대節酒臺로부터 수반동시적水盤同時的으로 주분출酒噴出하게[5] 했는지라 모두들 저토록 주취에 지쳐 단주端酒했을 때 나는 주입酒入을 한층 주입注入시켰나니 초산포도원의 파종보측자播種步測者들이여, 나에게 절주응대節酒應待할지라! 그대는 내가 커피 동잔銅盞커프스 속에 용의주도시用意周到視하고 있다고 생각할 때, 그대가 역마차의 오두막[6]에서 i에 점을 찍고 t에 가로 선을 그으며 주대를 지불하고 있었나니, 그대는 나를 조롱할[7] 의향인고. 그러므로 나를 잘 경계할지라! 왜냐하면, 내가 아누스[8] 직통가直通街의 문간 첫 단段을 상견上見하고 있는 동안, 나는 크리스마스 계단[9]의 끝 단段을 하견下見했도다 시민관리로서, 지방세에 의지하나니, 나는 궁병자窮病者들과 지방리地方吏들[10]을 위해 있도다 포룸 포스터[11]에서 나는 자신의 민중적우정民衆敵友情[12]을 데모(스테네스)했는지라, 나의 적도敵徒들은 나의 묵살黙殺이 그들의 무례[13]보다 나쁘지 않음을 감지했도다 사프라게타 여성참정권자들과 콘시언시아 양심적 병역거부녀들은 우유부단하게 내게 들러붙어 있었으나 매크리모母들[14]과 반反파넬녀女들은 나의 연홍수언어燕洪水言語가 불붙은 스펀지(해면)[15]를 가지고 그들의 싸구려 아이스크림과 빙과氷菓에 불을 질렀나니 양兩리자배드프레처—프레밍즈는,[16] 그들의 황금아黃金兒인, 나에게 자신들이 얼마나 상호사기적으로 내게 심문했는지, 나는 무주저無躊躇하게 응답했는지라 마님들은 그들의 서방님들에게 그리하여 누가 구간측丘間側에서, 그대는 자신이 비역장이 참호의 안백眼白을 볼 때까지 개똥벌레를 날려보내지(공격하지) 않을 참인고![17] 대담씨氏 왈 브링엄 영,[18] 영아를 데려올지라, 영아를 데려올지라! 나의 솔로몬(독남獨男) 사원에서 나는 그들의 토실토실 살찐 아이들을 감금했나니[19] 그리하여 나는 강탈당한 파리녀巴里女들을 권모捲毛자물통[20] 속에 가장 모욕적으로 간수看守했도다 나는 자코뱅당원비스켓식가食家에게 평화도平和禱 바스켓상자를 그리고 탈진자들에게 단지 포타주과자를 주었나니. 나는 자신의 하의월부에서 한결같은 낙하물에 의한 자유락自由樂을 즐기면서 그들에게 조제식품(델리)을 배달하는 한편 나의 잡화상의 잡일과 함께 그들을 위하여 다량 외상으로 그들의 일일분식을 대갚음으로 총산總算했나니 나는 목도리와 허리띠에 골몰포汨沒包한 나의 생강 빵을 징글징글 흔들며 이륜마차소풍했는지라, 그리하여 나는 무각無脚거지처럼 매복소 주변을 구걸求도다.[21] 나의 인심의 인정人情 속에 나는 이봐 노상여강도路上女强盜를 송출하여 지친불알 남男을 재청신再淸新했는지라 그리고 그런 다음, 더블린 대 수도경찰의 예의를 배가하면서,[1] 이러한 자선들 가운데서도 나의 위대한 위대한 가장 위대한 것,[2] 그들의 하층남의 절감을 위하여 그들의 비천자들을 평가절하했도다 스콰이어 레그[3]에 한 방의 강타와 더불어 나는 보타니 배이(식물만植物灣)[4]까지 나의 경계선을 타출打出하며 양키 팀이 제국을 둔야유臀揶揄하고 있는 동안 나는 24까지 숫자를 급히 늘렸나니[5] 나는 익명흉匿名凶의 편지들과 광범위하게 서명된 탄원서를 접수해 오고 있는지라, 어느 것이나 하나의 상징구象徵球로서 나의 기념비성記念碑性에 관한 도기시편陶器詩片들로 가득하나니 그리하여 나는 축제의 성가대 소년들에게[6] 문예한담文藝閑談을 창가해 오고 있는지라 그런고로 모두들 경칠 자작 목가木歌를 위해 나를 총방문總訪問하고 있도다 내가 한층 비밀리에 비밀건축하면 할수록, 한층 공개적으로 벽토취왕궁연壁土醉王宮然하나니. 요주의! 침대휴청寢臺休聽![7] 나는 무일야중無日夜中에 나의 밴달인人(경이국인)의 경이소옥驚異小屋을 건립해 왔는지라 그리하여 조기朝起에는 버섯지붕[8]으로 둘러싸였도다. 휴식 및 사려,[9] 면허취득과 함께, 감사. 나는 들판의 백합을 생각하고 빌키스 여왕에게 나의 영광을 현출했나니.[10] 그리하여 이의. 이 아가씨, 나의 교낭자敎娘子, 및 이들 사나이, 나의 아들, 오스마노림[11]의 별장야別莊野에서부터 토스탄가街[12]까지, *은밀한* 토마스 거리[13], 그리하여 하긴 플라자로부터 윌리엄 인그리스까지[14] 그의 집, 라운더레즈[15]의 저 사나이, 살터스 남작령[16]의 모든 목초지에는, 소지주들과 외곽민들, 예도隸徒들과 광신도들, 뽐내며 걷는 귀신들과 으스대는 유객꾼들, 더비 경마자들, 드루리 허세자들, 적의처녀들과 청의교복동들, 온통 경의와 충성 속에, 티켓을 받은 모두들, 공정주택가는 초만원인 채, 정연하지만 극소가구, 존경스러운, 전 가족이 매일의 미사에 참가하고 버터 바른 빵이 사질색死窒塞이라, 때로는 民兵團에 입당하고, 독일 물리학에 관한 저작물을 읽고 정신적으로 긴장한 채,[17] 여덟 다른 거처 변소공용, 존경 이상으로, 교구 위로원조금을 받으며, 감옥에서 갓 나온 까까머리 급료소득자者, 극히 존경스러운, 마운트고머리[18] 자전거 수리마감업修理磨勘業에서 새 출발을 계획하면서, 장남은 신을 섬기지 않을지나[19] 마천루—위인전을 탐독할지니, 배구背口를 결缺한 방 두개의 가옥,[20] 유사 존경스러운, 넝마장수에게 퇴색된 창 커튼을 위해 뼈(골骨)로 지불하는지라,[21] 계단은 계속적으로 손님들로 들끓은 채, 특히 존경스러운, 오물에 잠겨 폐물로 차단된 집,[22] 불 붙은 로우 양조장[23]처럼 번창하면서, 항아리 든[24] 활동적인 꾀죄죄한 아내, 자영업自營業, 열 번째 사생아 출산 예정, 일부 존경스러운, 통신 교육과정을 따르면서, 싱글벙글대는 일,

[544] (HCE 자신이 구축한 셋방 광고) 변소, 사설배당, 식도구들, 노폐한 난로의 재멸이, 마루, 수도꼭지 등의 개량 및 부설. 눈에 띠는 많은 무삭제의 신앙서적들.

고故 제틀랜드 후작[1]에 의하여 접견 시에 행해진 양 뺨 키스, 그 위에 마구 낙서한 변소를 다른 열 한명의 서명자들과 나누며, 한때 존경스러운, 발탁 해의 요리 냄새가 얼얼한 열린 현관, 그로 인해 이웃 사람들을 미혹하게 하고 여인의 머리가 벽에 부딪혀 내는 단발두短髮頭의 쾅 부딪치는 소리, 사설 예배당이 왕복 층계참層階站을 점령하고, 이전 매每 사분일四分日, 별난 무망성無望性의 사례 1호一號,[2] 최고 존경스러운, 똥거름은 코고는 집안을 통하여 옮겨져야만[3] 하는지라, 극히 불안정한 기행적 해군 장교가 주당으로 장연관長煙管을 즐기며, 발판(트랩)으로 알려진, 문 앞에서 외국화보를 읽는 동안 쿵쿵 땅딸막 소리 내어 웃나니[4], 류머티즘의 과부와 잡역부가,[5] 고뇌에 시달린 채, 저주받고 통렬 비난당한 채, 의문의 존경성尊敬性을 띤, 너무 비싸게 저당 잡히거나 또는 무보험無保險된 식도구食道具들,[6] 개심한 박애주의자는 노폐한 난로의 재멸이에 기대는 불행자들이 사용할 수 있을 때는 언제나 이용하는지라, 진정한 학생은 자신의 마지막 저녁밥을 먹고 있나니, 비동행非同行의 목사들에게는 위험한 마루,[7] 철저하게 존경스러운, 눈에 띠는 많은 무삭제의 신앙서적들, 200야드 도피의 최단 수도꼭지,[8] 가금과 병에 든 구즈베리[9]가 빈번히 식탁 위에, 남편은 12개월 동안 신발을 벗지 않았는지라,[10] 반 저음 피아노를 쿵쿵치는 것을 배우는 어린 아이, 외견상 존경스러운, 때때로 유작친척有爵親戚으로부터 소식 듣나니, 난간과 터진 벽 사이의 한 피드 먼지,[11] 아내가 걸상을 청소하는지라,[12] 현저하게 존경스러운, 무직자[13]와 규칙적인 건달,[14] 그녀가 승낙하면 작동될 수 있나니,[15] 지붕의 개탄스러운 째진 틈, 리오 제사장祭司長 이후 거미줄 쳐진 크라렛 포도주[16] 지하 저장고, 능직 리넨 바지를 입고 희귀불상稀貴佛像을 수집하는지라, 아주 당밀唐蜜한 연하자年下者및 해충은 떼어줘야만 하나니, 1실링 3펜스로 열병환자와 철야하는지라[17], 두 다락방을 소유하나니(등 대 등의 미풍),[18] 모든 면에서 존경스러운, 필경 심약한[19] 무해한 치우癡愚,[20] 매일요每日曜 소시지, 여덟 하인의 참모를 갖는지라, 골목길을 사용하는 불행실아不行實兒들에 의하여 더러워진 외관, 상침자常寢子들은 어둠 직후에 자매들과 외출하나니,[21] 결코 바다를 본적이 없으며, 언제나 그녀의 11개의 옷 트렁크를 가지고 여행하는지라, 정떨어져 남은 굶주린 고양이, 존경성의 극치, 식민지 봉사 후에 휴식하면서,[22] 공장에서 노동하나니,[23] 그의 많은 여女후원자들의 절망, 칼로리는 로운트리즈(목木)[24]와 가루반죽 푸딩으로부터 배타적으로, 1봉棒의 일광은 전정월全正月과 반이월半二月 그들에게 행사하는지라, V가家의 V는(동물 식이요법) 5층 절반 별채에서 사나니[25]

그러나 상인에게는 좀처럼 미지불이요, 실종한 친구를 위해 보증인 역役했는지라,[1] 열 네 채의 비슷한 오두막들 및 한 채의 병판病判의 여인숙[2]과 더불어 같은 변소를 나누어 가지나니,[3] 혹자보다 한층 존경스러운, 다과부 연금茶寡婦年金은 단지 구매자에게만 적용된 채,[4] 장인丈人으로부터 물러 받은 실크 모, 가정 경제의 우두머리는 결코 언급되지 않은 채, 그들이 어떻게 사는지 묻는지라,[5] 조달에 평판이 좋은 채, 실려나간(죽은) 끄트머리 네 거주자들,[6] 단지 친우와 함께 정신적 우호, 비성공적으로 겨냥된 존경성,[7] (e)쥐들을 배출하는 (c)커다란 (h)구멍들,[8] 우간다[9]의 추장으로부터 받은 자물쇠 채워진 상아 상자 속의 장식품, 조모는 알콜성 중성약시中性弱視[10]가 진행 중이나니, 구드먼즈 필드[11]의 공포, 그리하여 존경받고 존경스러운, 존경이 존경스러울 수 있을 정도로 존경스러운, 비록 그들의 공황스러운 허가실許可失은 내가 기대할 수 있었던 전율이었지만, 모두들, 그들로 하여금 모두 오도록 할지라, 그들은 나의 농예農隷나니, 특허장집特許狀集을 가지고 나는 그들을 지대과세地代課稅했도다. 그러므로 짐朕은 의지意志하고 단호히 명령하는지라, 짐이 과거에 의지했고 단호히 명령했듯이, 나의 칙언과 당위와 방금 찍으려고 하는 국새國璽[12]에 맹세코, 그들 부父들의 차원부次遠父의 최원부最遠父로부터 그들의 자자손손까지 무부담의 나와 나의 상속자들을 위하여, 톨브리스에서, 그들의 시의 관할구 안에 그리고 나의 전국토에 걸쳐, 톨브리스(브리스톨)의 백성들, 톨브리스의 시가 지닌 모든 자유와 자유스러운 관습과 함께, 단호히 그리고 숙연히, 관대하고 정직하게, 모두들 그을 거居하며 그것을 보유할지로다[13] 차에, 짐의 보증물, 칼과 코담배 갑. 농토세, 흐 홍 홍[14] 헨리커스 국왕 오파멸悟破滅.

투쟁의 장長펄롱(길이) 나는 리브라멘토[15] 언덕을 발끝으로 걸어 왔는지라, 시노市奴의 맷돌 기천마일 위에 맷돌 수천마일을. 보라, 나는 폼퍼도어멋진의상친녀衣裳親女들이 무법유락無法愉樂하는 것을 구경했는지라 그리하여 나의 고수자鼓手者들이 토지 안에서 나에 관한 장화長話를 수다 떨어 왔도다 귀천상혼貴賤相婚[16]의 침상 속에 나는 희망을 품나니, 석몰지하夕沒地下에서 나는 공갈황식恐喝荒食을 교활숙식狡猾宿食하게 했도다 나의 권능의 포위좌包圍座 위에서 나는 짐朕의 신민을 관대화寬大和롭게 했으나 최암흑最暗黑의 가두에서 나는 당당자堂堂者를 극복했는지라[17] 나는 미약미녀媚藥尾女(칠칠치 못한 여인)들을 나의 소법정[18]에서 속량贖良했는가 하면 나의 숙경내肅境內에서 진족塵足을 숙판宿判했도다[19] 가이 원院에서 그들은 붕대 감기 우고, 포우크장場[20]에서 채찍당하고, 어떤 곰매츠 놈[21]을 위한 장난감, 사형私刑을 위한 삽[22] 만일 내가 규율 바른 애란입법자愛欄立法者로서 이끼(植) 관대했다면,[23] 나는 자신의 발기에 의하여 성聖루칸혁명화革命化되었으리라[24] 공도公道와 변도邊道 노변종路邊種을 나는 살포했나니, 자신의 구야溝野에서 나는 돈하수오물豚下水汚物을 긁어모았도다 쉐리단즈 서클[25]에서 나의 기지는 휴식하고, 흑사병 걸린 유아[26]의 흑갱黑坑(브랙 피츠)[27]에서 그는 입 다무는도다.(참나무 심장이여,[28] 그대의 뿌리를 편편片便히 하옵소서!

〔546–554〕 HCE는 자신이 ALP의 정복征服을 설명한다.

〔546.13–546.28〕 HCE의 유명한 공훈—그는 어떻게 위대한 도시와 제국을 건립하고 통치했던가—4고참들이, 비코의 4를 헤아리면서, 찬성한다.

레갑 절주당원員이여![1] 진흙포布에 감싸이고, 송목수의松木壽衣에 덮인 채.[2] 깨지 말지라, 걷지 말지라![3] 천천히 탄묵歎黙할지라, 모그어!)[4] 권한개시영장權限開示令狀[5]은 나〔HCE〕의 군주폐하를 이해하는지라 그리하여 권세주主 V. 왕[6]은 나를 중히 여기사 그리하여 내게 나의 수명首名을 하사하셨나니(그걸 살그머니 말할지라!) 그것은 무인無人을 위한 제2의(전무후무) 바이올린 탄주奏로다. 이것은 나의 품위귀성品位貴姓의 문장紋章일지니.〔이하 문장의 묘사〕 관모에, 퍼덕이는, 두 어린 물고기가, 성식星飾된 채, 그들의 복장을 결缺하고, 검은 담비색 피의皮衣, 은빛 속옷과 함께. 방패돌기에는 한 마리 투구벌레가 새겨진 채,[7] 부분횡선部分橫線 포위되어,[8] 좌측문장해설左側紋章解說, 탈피중脫皮中, 천연색. 하부야지下部野地에는 창기병대, 칼집 없는 창 자루를 휘두르면서, 성 안드류 십자가로 분할된 그들 소매, 총매복總埋伏된 채, 녹색으로. 모토(표어), 신기新奇특허 문자로 *작금명일환성축제昨今明日歡聲祝祭(HCE)*.〔문장의 모토〕 그건 실로 부질없을 지니, 별소別所로부터 고노배치古老配置로 재과再過하면서, 어느 한쪽을 문의한다는 것이, 나(我)야말로, 분리인출分離引出되어, 집단혼集團婚의,[9], 총은식물總隱植物의, 나의 본질의,[10] 최초 강압적强壓的 세대인지, 아니면 메뚜기의 땅으로부터 구름에 운반된 채, 검은지빠귀 새 노예선[11]에서 태어나, 나야말로, 가려운 각자 속에 상호 감싼 세 벌 외투, 한 벌로서 지낸 두벌 쌍 페티코트, 누군가가 전적으로 팀워크의 다량생산 되기까지 뒤죽박죽 당한 채, 삼배통三倍痛되거나 혹은 이배소침二倍沼沈 또한 당하여, 나야말로 나체되어 있는지 아니면 페니어 회원들과 탈옥奪玉된 채,[12] 피지 제도의 어군魚群에서 나온 이식된 유어원類魚猿처럼, 암暗모호성에 의하여, 나의 창조의 용맹에 의하여, 그리고 약속의 은전에 의하여, 나의 생래의 자유민의 여정(저어니)인권[13]과 나의 타모성당他母敎會의 피녀내광被女內光에 의하여 포위되어 있는지라, 나에게 그것이 걸맞은 차일피일, 동시적임을 선택하도록 가장 확실하게 나는 주장하며 요구하도다. 여명궁黎明弓(새벽녘)과 외관음영外觀陰影이 도망칠 때까지[14] 이런 취의趣意이나니. 진실로! 진실로! 시간, 장소 제발!

— 그대의 무감수無感數는 무엇인고? 둔臀 1!

— 누가 그대에게 저 무감수를 주었던고? 푸 2!

— 그대는 여분전餘分錢을 몽탕 집어넣었던고? 나는 귀담아 듣고 있는지라. 비鼻 3!

— 부전副錢을 깨끗이 청산할지라! 전前 4!

— 텔레복스(전송성電送聲) 씨, 토브스팀[15] 부인 및 불가시의 친구들!〔4인방을 두고〕 나는 말하고자 가가미可呵味하도다. 그것의 지겨운 부분인 즉, 정절의 풀비아〔ALP〕, 이 세상의 우여곡절의 과정을 따르면서, 이란토耳蘭土의 브루넷 사나이들, 북부추정北父酋長 및 흑천黑川[16]의 주행자主行者 및 주된 갈색소褐色沼[17] 및 심해변深海邊의 야운추장夜雲酋將, 애인색남愛人色男들의 탐색에, 그녀가 언덕을 오르는 도중 스스로 등을 돌렸는지라, 혹은 재차 풀비아, 그녀야말로 호박백요녀琥珀白妖女[18]였나니, 모아빗[19] 출신의 어떤 배회변도남徘徊邊道男들의 적나라한 암시에 그녀의 예禮의 낡고 낡아빠진 크로코스(植)침대를 남기고 떠났나니라.

그들은 그녀를 능욕할 수 있었으리니, 호狐악당들,[1] 그녀의 사기한들이 경칠 펠멜 지옥가街[2] 어디서 죄를 범했는지를 묻다니 거기 이익이 있을 것인고. 하지만 알아둘지니, 그것은 크게 다른 것이었나니라, 나는 그걸 엄마의 착한 하물부두처荷物埠頭妻에 의해 들었나니, 왜냐하면 나는, 주로 최종진심最終眞心으로 단언하거니와, 풀비라 풀비아,[3] 생래이상生來以上의 숙녀를 위하여, 미려함에 속했던 만사, 내가 아첨근거阿諂根據하는 이 가소假所, 방임했던 사실을 여태껏 이익까지 추증追證했기 때문이라. 실로 그러하도다. 왜냐하면 나는 그녀에게 사랑을 고용했기에 그리하여 그녀의 수요정내의水妖精內衣[4]를 더럽혔나니. 그리고 그녀는 울었는지라 오 나의 애주愛主여!

〔546.29-547.13〕 그(HCE)는 자신의 아내에 관해 계속 이야기한다-충실한 펄비아(Fulvia)여.

〔HCE의 찬가에 대한 4인방의 비극적 익살-코러스〕 — 우리가 만날 때까지!

— 우리가 헤어지기 전에!

— 만사통!

— 이번에 일백 년!

— 그러나 나는 그녀에게 단호했도다.〔HCE의 ALP 영도〕 그리하여 나는 나의 환락, 나의 질투를, 착취했나니, 변장하고, 애스맥 베일[5] 가리고, 이붕대耳繃帶하고, 코(鼻)리본 동이고, 그리하여 그녀를 수로가치水路價値있게 뗏목으로 해행海行했는지라 그리하여 그녀의 육로로 좌도진보左導進步시켰나니, 암초도暗礁跳에서 리피환상선교環狀線橋[6]에 이르기까지, 퇴조류退潮流하며, 웅당 시청주리市廳主吏처럼, 케빈즈 어울목[7]과 장애물항 및 가드너즈 산책길[8] 곁에서 구슬프게 훌쩍이며, 긴 강변 차도,[9] 커다란 제방,[10] 링센드 프롯과 渡船場,[11] 거기서 그녀는 얼마간 쿵하고 부딪치기 시작했나니, 나의 창을 던지기 위해 그리하여 거기, 파변波邊 곁으로, 남수안南水岸 위에, 갈고리 직장職杖을 돛대 높세우고, 쿠크래인[12]처럼 의기양양하게, 기 꺾이지 않는 노상강도, 나는 자신의 마술사의 너벅선 돛대, 세 갈퀴를 부父삼는 트리톤 해신의 첨장尖杖,[13] 지팡이의 페롤(물미)을 매앙양魅昂揚했는지라, 그리하여 나는 저들 다음복포효고명多音複咆哮高鳴의 황해로 하여금 우리로부터 그들 스스로 물러갈 것을 명령했나니[14](후퇴할지라, 그대 해해海海 말더듬이여!) 그리하여 나는 경칠 멋진 마명기馬名技를 가지고 교축소橋縮小했는지라 드디어 나는 그녀의 처녀 경마,[15] 나의 나裸슈미즈의 새 색시를 약세시켰나니, 그리하여 내가 그녀를 육선肉鮮하게 알았을 때 나의 모든 음란체를 가지고 그녀를 창성숭배娼性崇拜했는지라,[16] 나의 혼인처婚姻妻를 천국이여, 그는 뇌관성雷館聲 질렀도다. 황천전성기黃泉全盛期에, 그는 위녀축복爲女祝福을 내던졌나니라. 그리하여 나는 그녀에게 양철판洋鐵板의 환희를 퍼부었나니, 둔부과첨단臀部過尖端, 환호의 둑에서부터 공명제방共鳴堤防[17]까지, 강궁强弓[18]의 힘으로(갈라타! 갈라타!)[19] 우리는 하나로 너무나 준강峻强했는지라, 여심연女深淵에 감싸인 남류와권男流渦券(큰 소용돌이) 그리하여 환상도環狀道[20]로 나는 애란愛蘭의 애린愛隣으로 그녀를 모지압母脂押했나니, 저마다 모두를 위하여, 금일, 작일, 내일, 그리고 영구히, 그녀의 장쾌長快한 나의 것에 남상표男商標를 찍었도다 그대의 굴뚝을 낮출지라,[21] 그대여! 그대, 자신의 깃발을 내릴지라!(무슨 선박의 날카로운 비명이람! 무슨 증기의 우명牛鳴이람!)

〔548〕 HCE는 지금까지의 자신의 업적들 가운데 APL와의 결혼을 크게 부각시키고 있거니와. 그는 그걸 그녀의 무덤까지 나를 수 있도록, 이름과 화촉 자물쇠(정조대)를 그녀 둘레에다 채웠는지라. 그의 사랑하는 다린多隣, 아피아 리피아 프루비아빌라(Appia Lippia Pluviabilla), 그 동안 그는 지금 그리고 여태껏 그녀의 생명 분신이나니…그리하여 그는 그녀를 자유구의 변방으로 해방시켰도다. 그는 그녀에게 갖가지 선물을 제공했는지라— 이어 평범한 가구들의 서술.

리브랜드(生土)[1]로부터, 건강 건배, 라트비아(공화국)로부터, 만세환배萬歲歡杯! 그녀의 쌍하요정신부雙何妖精新婦 들러리를 위해 아시아의 여제女帝[2]와 퀸 코럼비아 호[3] 그리고 그녀의 낭군의 음악을 위해 노래하는 사토沙土를[4] 거위 기름(연고)이 우리들을 유민油悶하게하고, 오합지졸이 칸초네 칸소곡小曲했는지라 그리하여 그녀는 자신의 소심화우小心花羽를 내게 들어 올렸도다 그리하여 나는 이름과 화촉 맹꽁이자물쇠(정조대)를 그녀 둘레에다 채웠는지라 그걸 그녀의 무덤까지 나를 수 있도록, 나의 사랑하는 다린多隣, 아피아(A) 리피아(L) 프루비아빌라(P), 그리하여 그 동안 나는 지금 그리고 여태껏 그녀의 생명분신이나니 나는 그녀의 정조 상자를 쇠고리에 매어 씨근대는 포옹자들을 꽉 움켜쥐게 했는지라, 그녀의 소옥실小屋室을 누수이도漏水泥塗하여 격노폭자激怒暴者들을 직벌織罰하게 했도다 나는 그녀의 고광대자高廣大者, 그녀의 집착자,[5] 그녀의 상석휴常夕休 에베레스트산山이었는지라, 그녀는 나의 애니愛禰,[6] 나의 로라라이(월계수)강江, 나의 란자卵子였도다 만일 나의 무용武勇이 무無하면 누가 그녀의 리본을 자르리오? 누가 독신 은자주거隱者住居에, 나, 자유항인自由港人이 아닐 때, 지복항至福港을 배우노출配偶露出했던고? 삼위소옥三位小屋(트리니티 핫)에서 그들은 나의 마님을[7] 만났는지라, 나를 잘 알지도 못한 채[8] 나를 사다니 내가 그녀를 선망先忘할 때 그건 나의 총악總惡이었나니, 만일 내가 원탐遠探하면 나의 교활을 시試할지라[9] 나는 사냥 견犬의 분糞을 가지고 나의 묘장선猫腸線 속을 세洗하려고 작업하지 않았거니와 나는 항시 고상한(콘스탄티노플) 목적을 나의 방축도에서 증여하지 않았도다 그리하여, 대도자산大都資産의 사나이로서 나의 권리에 의하여 요새 취醉한 채, 나는 그녀, 나의 식초소스 서양국수 요리녀를 남자의 힘이 자라는 한 모든 사랑의 친절을 다하여, 환環띠를 둘러 주었나니 그리하여 그녀를 자유구의 변방[10]으로 해방시켰나니라 그리하여 나는 결국 나의 백합유년百合幼年의 칠면조 허벅지까지 선물했나니, 소프트 구즈와 하드웨어(목차, 도처) 그리고 올이 풀어지지 않는 메리야스 제품(스타킹 점의 의류 참조), 코퀘트 코입(두건)(아그네스 모자 점[11] 참조) 및 흑옥과 은빛 나는 수水장미의 마디(옹두리)의 최고 취미 페니 짜리 물건들 및 나의 예쁜 신안新案의 허울 좋은 물건들 및 적赤고사리와 월계가月桂價의 가늘고 성긴 프록 드레스, 여성나우女性裸牛와 같은 투명의상들 및 쌓인 모피류, 핌 포목상 및 스라인 및 스패로우[12] 양복상의 최고급품, *라 프리마메르, 피라 피하인, 오르 드 레느보오, 수리루 드히브르*와 같은 위장일광미안화장품僞裝日光美顔化粧品 및 일주폭一州幅의 크리놀린 천, 그리고 그녀가 구두의 심통甚痛으로 알고 있는 자신의 발을 위한 모형 및 장난감으로 통하는 구슬목걸이 및 쇠똥 수은 광택의 거울, 나의 그리고 여다시汝茶時, 컵과 조끼 음주시의 온갖 진미를 위하여 그리고 나는 나의 백조가희白鳥歌姬의 목걸이 수처首處 주위에 그녀가 묵묵히 해가海歌를 스윙 식式 흔들도록 일군의 모일해패각海貝殼을 감아 주었도다 그리하여, 그녀의 섬뜩한 비탄성을 외면한 채, 킹즈 카운트(郡)[13]에서 그녀를 새김 눈 자국 내면서, 하지만 얼마나 초월 통렬했던고, 나는 그녀의 매부리(鳥)계류溪流를 꿰뚫었는지라,

덴마크의 탁월성을 가지고(교왕狡王의 위대함이여! 양승환陽昇歡! 양승환!) 레오나즈 및 던피[1]에 암말의 유지油脂쇠쟁반을 설치하고 마돈나 형극등荊棘燈이 오번가五番家 앞에 그리고 수지봉화獸脂烽火의 창두槍頭가 니커버커를 태워 그을었으며 양육지羊肉脂가 흑혈黑穴(브랙홀)[2] 속에 침액浸液 뚝뚝뚝 낙하하고 광소진光消盡하는지라, 폭음자의 양초와 그의 기포旗布가 게양되고 며칠 동안이고 밤이 없었음은 밤이 낮이었기 때문이요[3] 우리의 사람들은 검은 이방인(브랙히든)[4]으로부터 그리고 이교도들은 화평和平의 왕자로부터 각각 휴식을 가졌도다[5] 전율하고 있었던 지지芝地[6]는 더 이상 지진하지 않았고, 동결했던 허리(요부)는 동動하고 생生했나니[7] 어둡고 죽음 같은 침울하고 슬프고 삭막하고 무섭고 절망적인, 7중주곡重奏曲은 사라졌나니, 피의 침울하고 섬뜩한 무섭고 격노의 놀랍고 무시무시한 애도의 슬픈 공황의 질색의, 12우월憂月은 더 이상 없도다[8] 평화, 완전한 평화 그리하여 나는 크리스마스에 나의 이울어지는 루나 월신月神을 매달았나니, 케틸 프라시노즈(뻔쩍 코)[9] 왕에 원조조援助助된 채, *나의 빼꾸기, 나의 미인인*[10], 나의 혹한자酷寒者의 수프 석찬 시각夕餐時刻을 위하여, 황서풍荒西風의 타르 칠한 지층가街[11]와 엘긴 대리석 관館[12]에서, 흑후黑後에서 후구간後區間까지[13] 도약점등跳躍點燈하면서, 리 바니아[14]의 볼트암페어 전량電量을 통하여, 양극에서 음극[15]까지 그리고 와이킨로프래어, 모운산山의 황색석류석石榴石[16]으로부터, 아크로우의 사파이어 선원의 유혹물과 웩스터포드의 낚시 및 갈고리 등대 곁으로, 하이 킨셀라[17]의 간척지까지 하가로인何街路人[18]이 나의 진주적眞珠笛, 광활한 대하 어귀의 여왕이 콧노래 부르는 것을 본적이 있는고? 바다의 4분의 3입항을 나는 통풍유자망通風流刺網을 가지고 휩쓸었나니 그리하여 모든 공병空甁들을 벨롬항港[19]에서 그들 병쇄甁鎖했도다 내가 잭 수병과 마틴남男[20]처럼 버적거리고 있었을 때 나는 소년의 악귀였으나 내가 성聖피터스버그[21]에 갔을 때 그들은 나의 악마에게 그의 마땅한 보수를 주었도다 고古세계에서 압류자가 난도질하는 것을 녹초원에서 톱장이(소요어)[22]가 토막 낼지 모르나니 브라실 섬[23]에서 나의 황부荒富가 폐망 당하고 나의 상처에 연민을 느끼면서, 나는 지독히도 나의 향락 쟁기질했는지라[24] 대담한 오코니가 모공해상母公海上[25]에서 결합한 채, 저 은빛의 개울 곁에 황갈 빛이 기어가는 곳에, 나는 만좌滿坐하고 나의 노상爐床의 귀여운 아가씨와 함께 안주했도다 그녀의 지성을 나는 이른 바 실익사상實益思想을 가지고 매혹했나니, 그녀의 토르 뇌신 상像을 나는 아민주가街[26]의 다량의 치안을 위하여 감자음료柑子飮料를 가지고 살찌게 는지라 나의 술꾼의 교구 하급리가 그녀에게 크래프트길드(기교동업조합)의 가장행렬의 승리 행진을 보여주었나니, 고관 아담[27]은 양재의상洋裁衣裳을 새것 같이 꾸민 채, 콘과 아울[28]은 살인 청부업자의 바구니와 함께, 노아 기네스경卿, 그의 유람(선船)성性에서 축출 당하고, 조우스타 주主[29]는 낙타체體의 혹이 되었도다 나는 제황帝皇을 게일의 구주九柱를 써서 나사 틀어박았는지라[30],

〔550.8-552.34〕 HCE는 어떻게 그녀(ALP)를 돌보고 대비했던고-그리고 그녀 주위에 도시를 건립했던고?

그의 식객을 위한 6반半 페니 엽전을 가지고[1] 나의 명사들은 조수아로부터 고드프리까지 2배 및 3배였는지라[2] 그러나 나의 *예언자의 행렬*[3]을 그들은 영원에까지 갈채 하리라. 덕목 예약필수, 출판물을 참조할지니.

— 그는 전적으로 무실無失하거나 으스대지 않도다.

— 그러나 그의 수족은 수불식적手不食適하도다.[4]

— 공동예절을 위한 스티븐 그린(녹곡綠穀).[5]

— S. S. 포드래익 호[6]가 항구에 정박하도다.

— 그리하여 이런 여차 여차의 사건들 뒤로, 나는 그녀를 부양했는지라, 나의 여인, 나의 영어나세英語裸細한 계보조타녀系譜操舵女, 그녀의 쓰레기 숨결을 위해 양념을 맞추고, 이탤릭어파語派의 마늘 및 한 입 듬뿍한 우슬牛膝 뼛골 및 마늘쪽과 돼지후추와 캐비지 초본草本과 피카딜리[7] 식용 다시마, 성聖팬크라스[8]의 축제가 다가오면, 상등품의 용설란龍舌蘭과 정치精緻의 젤리 품 그리고 파스 부활절을 위한 쇼트케이크 영양당과 및 성령강림절의 푸딩, 대점大店 습요리濕料理[9]의 항아리에 든 선육鮮肉,[10] 그리고 카파와 제루파[11]의 약제 및 아스카론산産의 양파, 피녀용彼女用의 편리한 음식을 부양하면서, 그들을 대지에 배설하도록 했는지라 그리하여 나의 사프란(植) 숨결의 몽골 증환자者, 피질투증皮嫉妬症에 보위크 빵가루[12]와 올리브기름, 그녀의 가무잡잡한 전탐全探의 얼굴에 바르도록, 카티큐라 피부 연고를 나는 주었나니, 수로手露방울과 육음모肉陰毛 및 말빗을 가지고 그녀의 사발紗髮을 지분거리나니, 갈색이지만 소희梳戱스러운,[13] 그녀의 좌석을 소진掃塵하기 위한 몹사(자루걸레)의 빗자루,[14] 그리하여 그녀의 한층 습한 구획을 위하여 곤봉구조 이끼(植) 및 이리(動) 불알(놀라운 효과!)을 그리하여, 나의 신선미진부新鮮味陳腐한 애구愛鳩(도브링), 친절주간이 친족하게 시민화되었을 때, 양良유리(핀그라스)[15] 궁퇴창弓退窓, 커턴 포장布帳된 창틀 사간斜間과 금박연金箔緣의 책장이 있는, 우리들의 향사鄕士 살롱[16]에서, 나는 그녀의 양견융기兩肩隆起 등을 사지유연四肢柔軟하게 비틀기 위하여[17] 석夕빵시時에 내막폭로의 유희들,[18] 밀 이삭, 쿵쾅 소리, 포목상의—주름—꺾기,[19] 당나귀 울음소리, 미수微睡, 대(竹)테 돌리기 및 불어대는 풀잎을 고안했도다 우리들의 음탕 시장들과 소굴 여시장들은 고두叩頭하면서[20] 그리고 그들의 유명형有名型의 지각으로 우리들에게 충안미소充顔微笑하는지라, 공동주公同住를 위하여 하인드[21]에 의해 유포되고 총점유화總點油畵된 채 고집통이 쿠색,[22] 비수匕首 웨팅스톤,[23] 까치 스터이베산트,[24] 무법한無法漢 오닐,[25] 커런즈(까치밥나무) 부인, 레이슨—피기스(건포도—무화과)[26] 부인, 대이터리(대추) 부인, 그리고 프루니 퀴취(자두 짜는)부인[27] 찬미하자讚美何者들을 우리는 믿나니, 세족洗足과 교파교칙敎派敎則을 감독인에게 적용할지라, 아모스 서書 5장의 6절 그녀는 자신의 둔臀문설주의 은총을 전시하기 위해 물 장난치거나 자신의 복쓰 홀에서 혈血다뉴브 강을 춤추게 하기 위한 수유시간水遊時間을 가졌었나니,[28] 한편 나는, 우리들의 상호 윤전선輪電線[29]의 혹 달린 땅딸보(험티 덤티)에 의하여 현기되고 현혹된 채

나의 밸러스트로부터 시계 확실히 내렸도다[1] 나는 우리들의 윈드소의 피터스버그 궁사원宮寺院[2]에서 추방비자追放悲者를 위해 흡혈귀 번쩍했을 때, 우리는 초신超神에게 면망양眠忘羊과 유령염소[3]를 위하여 潤滑맹서했는지라 그녀〔아내-ALP〕가 나의 위간의 보석탄寶石炭에 자신의 발을 데우는 동안, 나의 스노리손[4]의 사고스에 그녀의 사유억思惟憶을 음송吟誦 불 태웠나니 그녀가 뽐내는 공작유료孔雀有料요리사의 왕좌실王座室에서 숙사 유리창문의 얼음을 탐지貪舐하면서, 모두들 커미스 속옷 입은 그녀를 감탄했도다 다이아나가 거주하는 리디우 시가[5]에 그대는 자신이 보는 바를 경계하는지라 주의할지니, 만일 내가 우리들의 전능창조주[6]라면, 그들의 것은 제신諸神들을 위한 팬티스타킹 광경일지라 소승마적모小乘馬赤帽[7]를 쓰고, 석탄재 황색과 번쩍번쩍 금박편金箔片과 광채 장식품 및 두건하의 턱받이[8] 나는 아주 강요된 많은 연애 결전장[9]을 남용했나니, 관목 숲에서 자유로이 행상行商했도다 나는 그대를 위하여 몽상에 잠겼나니 그리하여 완전충이상完全充以上으로 약속 이행했는지라 나는 억센 무역인貿易人을 위하여 유약경엽柔弱輕葉의 괘종을 울리는 출몰지에서 그대를 위하여 예행豫行했나니 *우리는 유진幽塵의 골반이도다*[10] 나는 속수무책의 창부에게 말을 걸었는지라. 나로 하여금 그대의 마초부馬草父되게 할지니. 그리하여 간상체桿狀體와 다변多辯형제에게. 치오, 성화동료聲華同僚! 희소식의 복음이요, 치료위인治療偉人의 말(言)처럼 전지전능, 망실자를 위하여, 역겨운 그리고 여하인 역시 그리하여 그들은, 이전에 자신들의 전적인 궁핍, 적성, 쾌할, 유용 및 포상褒賞이었던 것의 확장화擴張化에 있어서 정점화頂点化을 향한 추락 없는 어떤 부가附加 및 확대 더하기 그들의 가설 및 증대의 조직화를 위한 대등함에 있어서 관대한 기여를 통한 편성상, 자신들의 제2의 아담 안에서, 모두들 삶을 얻으리라[11] 나의 예인선들은 대운하(그래든 커넬)[12]를 타하행舵下行했나니, 나의 거룻배들은 리겔리아 수상水上[13]에 장측長側으로 정박했도다. 그리하여 나는 도시의 전원[14]의 용재用材를 짜 맞추어 넣었나니라, 나의 애인을 위하여, 나의 빛나는 산마루(눈썹)를, 나의 상봉相逢 관측소로부터 천측구天測具 아래, 그리하여 그때 개방소음開放騷音이 웅당 진정되었나니 나는 모르타르 각모角帽로서 나의 대학들[15]을 건립堅立하지 않았던고, 전적으로 국리적國理的 및 성통풍류聖痛風類의, 3, 4학년 통권생痛拳生의, 모두 실물장학금의? 나는 작은 이집트[16]의 두 별들[17] 위에 장미장식 좌座하지 않았던고? 나는 상형문자의, 희랍신력新曆의 그리고 민주민중의,[18] 암각적岩刻的 독자들을 갖지 않았던고? 삼성곽풍三城郭風의, 복성본위제複性本位制의 그리고 나의 7다이얼의 변화하는 수로도水路圖[19]에 의하여 나는 하이번스카 우리짜스를[20] 12사침통로絲針通路[21] 통과하게 하고 신문新門(뉴게이트)과 비코 비너스가街[22]를 구목부합鳩目附合시키지 않았던고? 나의 낙타의 행보,[23] 굉장한(고로사이) 굉장한![24] 어떤 숭고한 오스만 제국의 왕조도 나의 화장문[25]을 비공鼻孔하지 않았도다 다수투표 되었으나 나의 선자소수選者少數였나니[26](투표자,[27] 투표자, 일찍은 투표자여,

〔551〕 그리하여 모두들 커미스 속옷 입은 그의 아내 ALP를 감탄했나니, 그는 그녀를 위해 편리한 화장실을 가진 카운티-시티를 건립했도다. 그는 또한 대학들을 설립하고, 도시 전원을 건설했도다.

그〔HCE〕는 자주 옛 솔즈베리[1]에 출과出過한 적은 결코 없었는지라) 나〔HCE〕의 사역주종점四驛州終點은 대북대북對北對北 기나, 대남서大南西 그리소우웨이, 데브워웩, 중대서中大西 밉그리어위스.[2] 그리하여 나는 쌍사원双寺院을 씨족립氏族立했나니, 찬사贊寺 및 반사反寺,[3] 껍질을 벗긴 마법장魔法杖과 고착접착固着接着의 홍수이토洪水로서 노르웨이식 아주 멋지게 짜여진 나의 디딤장 장대 성당,[4] 이제는 온통 헐거운 벽돌과 견석堅石, 자유석공自由石工(프리메이슨)된 채, 개척성약자開拓聖約者들과 신페인 죄인들의 피난처[5]로서 방주[6] 되었는지라 우리들 머리 위의 천상으로부터 하강하여, 오스트레일리아의 하기아소피아(성지원聖智院),[7] 그대의 본당회중석과 반원에 우리들의 기도, 그대의 견광堅廣의 천개에 우리들의 영겁무궁의 기원을. 한족漢族이여, 회로回路할지라! 셈족族이여,[8] 회귀할지라! 각적角笛이여, 침묵할지라! 견폐금지犬吠禁止! 차처주위此處周圍는 성소聖所나니! 모든 태만창부怠慢娼婦들을 나는 강인强引하고, 모든 마도신령磨盜神靈을 나는 강압强押했는지라, 행행行幸할지로다 카셀즈, 레드몬드, 간돈, 디인, 쉐퍼드, 스미스, 내빌, 히톤, 스토니, 포리, 파렐, 브노스트, 또한 토니크로프트와 호간[9]과 함께 탐닉정령耽溺精靈이여 나를 섬길지라! 악귀여 경호할지라! 나의 연와궁煉瓦宮을 방어할지라(오 제족諸族들! 오 제민濟民들!) 나의 아성, 나의 사위도四偉道의 평화를 지킬지라 부스 구세救世[10]에게 불모지옥을, 스웨던버그스 복옥福獄에게 심원천상深遠天上을![11] 그녀를 미혹迷惑하기 위해 나의 일곱 개의 세풍로細風路를 나는 추적했나니 그리하여 언제나 각각의 세풍로는 일곱 개의 예외통로例外通路를 지녔느지라[12] 그리하여 모든 이러한 통로들은 질풍으로 기판석旗板石 깔렸나니, 그녀를 위한 휴우 휴우, 그를 위한 탈모 훨훨 및 니브로의 경원警園[13]을 통한 펄럭펄럭 그리하여 그것이 브라버스가 자신의 벽을 무너뜨리고[14] 자신의 이웃들의 수잔나를 노경老更하고[15] 있었던 이유였도다 그리하여 셋째로, 영구 집게벌레〔HCE〕로서, 나는 미사 행종行鐘, 성당머슴의 6타시성가단打時聖歌團, 발작 신자信者를 명심위협銘心威脅하는 사원 및 성원기도시각자聖院祈禱時覺者들과 함께 나의 멋진 돼지 새끼,[16] 나의 아름다운 구흉鳩胸, 자신의 적갈색의 수줍은 움찔녀[17]를 위하여 십자구十字丘[18] 위에 도전궁稻田宮을 개수하고 복원했는지라[19] 정명定命 처녀모處女毛 정명定名 종작고사리(植) 그리고 화선話先(텐포스)[20]의 영광을 찬미하는 천사탁선天使託宣 오르간[21] 그리고 여기에 첨가하여 그녀의 지옥화地獄火[22]를 시방始紡하는 한 개의 얇은 선반과 그녀의 퇴창가退窓家의 화창문花窓門들 복음의 신연민기도문神憐憫祈禱文,[23] 그리스도신神연민기도문 경색驚色 트럼펫, 타라 통치의 오르간(대포) 그리고 그녀는 석좌石坐하는지라, 제단석[24] 위의 칠리(냉냉冷冷) 봄봄 및 40보닛 모帽.[25] 모든 이에게 이끼낀 자비예慈悲譽를 갖게 하옵소서!

— 환영!

— 환영!

— 환영!

— 환영!

— 그리하여 전축우박全祝雨雹, 강설降雪,[26] 애공세우愛恐細雨 혹은 축복의 소나기우빙雨氷[27], 그리하여 거기 그것은 성배 속에 결빙하거나 혹은 성구실聖具室에서 빙영氷泳했나니, 모피미본毛皮美本[28]

그리고 통치봉統治棒, 나의 시녀[1]의 정맥, 그녀의 항시 응징자膺懲者인 나는 알파베타감마의 낙타기질駱駝氣質의 나의 꼬마 아나[2] 시골 쥐를 과연 배웠는지라, 오리 자작나무에서 여송汝松에까지,[3] 황갈색구黃褐色丘의 불행 쥐와 함께. 들어라, 들어라, 들어라, 들어라 그리하여 나는 나의 리비(생엽도生葉跳)〔ALP〕 앞에, 거기 주님의 거리가 축 늘어지고, 귀부인들이 서성거리며 캠모마일(카밀레〔植〕 도섭장이 앵초 언덕길을 단절하고, 코니곡도 曲道가 멀브리즈 섬을 경계하나니[4] 그러나 당시 거기 고갈된 전토全土[5]가 오랜 전 이후 지독히도 잘 유울절혈요비逾月節血尿肥된 한 방울 피가[6] 흘렀거나 혹은 발아發芽하게 한 적이 결코 없었는지라, 쿠푸 왕의 거대한 피라미드와 서회토鼠灰土의 영묘와 봉화등대와 거상巨象 콜셋과 세미라미스 공주[7]의 키스 목지를 위한 매달린 필탑筆塔과 산책길과 균형조상均衡彫像들 및 처녀사원과 함께, 매이누스의 파돈넬,[8] 프라 토발도, 니엘센 희감탄제독稀感歎提督, 진 데 포떼루, 코널 그레테크록, 구그리엘머스 캐비지 및 고활계高滑稽의 파시부칸트[9]를 위하여(지극히 높은 곳에서는 하나님께 영광이요!) 음탕 사내가 작업한 나의 잔디밭의 야생삼림의 매트, 구어돈 보수시報酬市의 나의 카펫 정원[10]을 펼쳤나니 지루노동일脂漏勞動日 동안 그리고 우행휴일愚行休日 동안, 이를테면 그들 산보하기를 즐거워하는 그리스 로마 로미오남男과 주리엣유랑녀流浪女[11]의 완탄년세력完誕年歲曆까지 그리하여 나는 나 자신의 리스본 열녀〔ALP〕를 위하여 산울타리의 포도원을 식목했는지라 그리하여 주위를 거대한 체스터필드 느릅나무[12]와 켄트주州 산産의 홉 열매[13]와 바로우의 맥근麥根[14]과 나무 정자의 벽지僻地와 녹세綠洗(그린위치) 별장과 신생의 생야生野와(북 애란) 필수영왕궁必須英王宮[15]과 물오리를 위한 지교池橋로서 울타리를 쳤도다 산사나무 호손덴 전당,[16] 요정 계곡, 발할라 신전, 사슴 벽책壁柵, 핀마크스 저사구邸舍丘,[17] 지아월舐芽月과 마불가사이병풍벽魔不可思議屛風壁의 낙수월落穗月을 배경으로(울타리! 울타리!) 피닉스(불사조)의 여왕원女王園[18]을 위하여 그리하여(쉿! 쉿!) 나는 나의 알핀(고산의) 프루라벨(ALP), 원형소옥온주圓形小屋溫住의 새 아씨를 위하여.(무허가 술집!) 나의 노파별 저의 아주 오래된 더블린 흑맥주를 양조했는지라, 아낌없는, 낙락樂樂의, 거품 이는 신선주新鮮酎, 고양이, 고양이, 묘족주猫足酒를, 그녀의 위장의 울화를 타개하기 위해 그리하여 나는 에블나이트의[19] 종종걸음 산책로 앞에 나의 자갈 깐 완만마차도緩慢馬車道, 나의 남북순환도, 나의 동다지東多地와 서지다西地多를 부설했나니, 불 바르 가로수 행을 달리며 시드니 급한 파래이드[20] 행진하면서.(관가마차棺架馬車꾼들이여, 오슬로 느긋하게![21] 신혼자들이여, 유출할지라!) 그러자, 야후(수인간獸人間)남男[22]을 닮은 진남眞男의 만투라 주문차呪文車를 타고(더브린연합전철회사 교차장校車掌이 모든 여로 찻삯을 지불하도록 호출할 때까지 기대할지라, 호세아[23]의 이 마차에 탄 수전노협잡꾼들 모두 환영!), 아라비아 짐수레 말과 함께 클라이즈 데일 복마卜馬[24], 히스파니아 왕[25]의 쾅쾅트럼펫 악대와 함께 배회라마제국의 인력거들, 광승狂乘(마드리드)의 야생마들,

〔552.35—554.10〕 더 많은 향연을 그(HCE)는 그녀(ALP)를 위해 행하다—온통 그녀의 기쁨을 위하여.

부쿠레슈티[1] 발광추락적發狂墜落的인 브론코 야생마들[2], 우편유람마차 및 급달急達 우편 봉사마차, 그리고 높디높은 이륜무개마차와 고개 끄떡 끄떡 두마차頭馬車, 타자들은 경쾌한 경야료원經夜療院의 추기경 하복경이륜下僕輕二輪 경쾌하게, 몇몇은 세단 의자 가마차를 조용히 타고 나의 꿋꿋한 신사들, 동침, 동침, 나의 귀녀들이 유측안장柔側鞍裝한 채, 은밀히, 은밀히, 그리하여 로우디 다오[3]는 뒤쪽 횃대 노새 마와 수말 및 암나귀 잡종과 스페인산産 소마小馬와 겨자모毛의 노마와 잡색의 조랑말과 백갈색 얼룩말이 생도生跳롭게 답갱踏坑하는지라(그대 왼발을 들고 그대 오른 발을 스케이트 링크 할지라!)[4] 그녀의 황영歡影을 위해 그리하여 그녀〔ALP〕는 경무곡輕舞曲의 타도일격打倒一擊(도미노) 속에 회초리의 엇바꾸기에 맞추어 소笑소리 내어 웃었도다. 저들을 끌어 내릴지라! 걷어찰지라! 힘낼지라!

마태태하! 마가가하! 누가가하! 요한한한하나![5]

〔554.01－559.30〕 야생마들…우편봉사차…두마차…얼룩마들(bronchs…postershays…turnintaxis…noddies) 여기 다양한 말들과 마차들은 〈율리시스〉 Aeolus장말에서 누전으로 전차들이 멈추자, "급히, 덜컹거리며"구르는"삯 마차, 배달 차, 우편 차, 사륜마차, 병 실은 달그락 상자 마차"들을 연상시킨다(U 122).

마태태하! 마가가하! 누가가하! 요한한한하나!(Mattaha! Marahah! Luaha! Joahanahanahana!) 4대가들(마태, 마가, 누가, 요한) 및 그들의 당나귀의 울음소리. 여기 2층으로부터의 아이의 울음소리는 이들의 나귀의(비웃음) 소리로 변용한다.

• III부 - 4장 •

HCE 와 ALP – 그들의 심판의 침대 (pp.555 - 590)

〔555.01—555.24〕 밤마다—4노인들이 그들의 모퉁이에서, 잠자는 쌍둥이인, 케빈과 제리를 살피다. 포터 댁의 밤—그의 잠 속에서 제리의 부르짖음에 의해 놀란 양친들.

저저것은(thaas) 무엇이었던고? 안개는 무무엇이었던고(whaas)? 너무 격면激眠스러운. 잠잘지라.

그러나 정말로 지금은 하시경? 그럼 얼마나 많은 시간을 우리가 공간 속에 살고 있는지를 부연할지라. 그래?

고로, 매야에 영야零夜에 나야裸夜에, 흘러간 저들 그립고 지겨운 옛날, 옛날에, 우리는 말할 터인고? 하자에 관해 우리는 말할 터인고? 유치아幼稚兒 보호자들〔HCE와 ALP〕이 그들의 쌍자침대双子寢臺〔솀과 숀〕를 유념하는 동안, 거기 지금 그들〔4복음자들〕은 서있었나니, 단풍목丹楓木들, 그들의 모두 4인四人, 그들의 4일열四日熱의 학질[1] 속에, 주主, 머줄커, 소少마놀카, 상常이비자 및 발효 포멘테리아[2]가 그들의 대소동의[3] 취수확인吹收穫人과 더불어, 4야四夜에 의한 4무야四無夜, 그들의 4묘우四猫隅에,[4] 그리고 저 나이 많은 고유물연구가들〔4복음자들〕, 4공포四恐怖스러운 마팜매자馬販賣者 역을 하면서, 당나귀,[5] 가스 워커[6]〔솀〕와 함께, 그리고 그의 가련하고 늙은 죽어 가는 콜록콜록 기침 소리, 에스커, 신성新城, 토갑土匣, 비토肥土[7],〔4복음자들〕 내게 협곡화峽谷話할지라, 나귀여, 움블린[8]으로 가는 길. 나를 봉선蜂線(直道) 따를지라 그리하여 그대는 둔臀블린[9]이나니, 에스커, 신성, 토갑, 비토肥土. 그리하여 귀담아 들을지라. 너무나 기꺼워했나니, 양아良兒 케빈 매리〔이시〕[10]가(그녀는 모든 길조후원吉兆後援 아래 그가 성장하는 순간 소년성가대의 지휘관이 되려하고 있었나니) 똑똑 떨어지는 크림과 오렌지 커스터드와 디저트 캐비지의 자신의 은하유로銀河乳路에서 애란소리愛蘭笑哩[11]된 채, 깜짝 놀랐는지라, 그때 악동 젤리 고돌핑[12]〔솀〕은(그리하여 그는 불오不誤 모든 병원에서 자신이 치료받는 단즉시單卽時 야료원夜療院[13]의 추기경하복下僕[14]이 되려고 급급하고 있었나니) 메틸알콜화化의 강주, 꿀꺽, 그리고 레몬 우울풍향憂鬱風向, 꿀꺽, 그리고 미분대황근초微粉大黃根草의 자신의 주름살진 황지를 백태안白苔顔 찌푸렸도다. 꿀꺽(icky).

〔556.01—556.22〕 밤마다—이소벨(Isobel)은 조용히 그녀의 집(침대)(cot)에서 잠잔다—HCE로 갑작스러운 변전.

〔556.23—556.30〕 밤마다—순경이 잃은 품목들을 모으면서, 그 동안 스케줄의 순찰을 행한다.

묵범주默帆走의 밤에 밤마다 그 동안 천진스러운 이소벨(그리하여 그녀는 하루 종일 얼굴을 붉힐지니, 그때 그녀는 어느 일요일, 성聖성일 및 성聖담쟁이 상아일[1]에 성장했는지라, 그녀가 수녀가 되었을 때, 그 아름다운 봉헌수녀,[2] 그토록 가까스로 스물, 그녀의 순결한 두건을 쓰고, 자매 수녀 이소벨, 그리하여 다음 일요일, 미가엘 축일의 겨우살이(植)[3] 마냥, 그때 그녀는 한 알 복숭아처럼 보였나니, 그 아름다운 사마리아녀女, 여전히 아름답고 여전히 그녀의 10대인지라, 유모성녀 이사벨, 빳빳하게 풀 먹인 소맷동을 하고 그러나 성휴일聖休日(H)에, 크리스마스(C), 부활절(E) 아침 그때 그녀는 화관을 쓰고,[4] 그 18청춘의 경이로운 외톨녀女, 마담 이사 부부 라 벨,[5] 오렌지 꽃피는 비탄자의 베일과 함께 그녀의 보이블루의 긴 혹의를 입고 너무나 슬프게 그러나 행연幸然하게, 왜냐하면 그녀는 그들이 사랑했던 단 하나의 소녀였기에, 그녀는 그대가 상찬하는 여왕다운 진주인지라, 처음 우리들이 만났던 그날 밤 그녀가 그러하지 않을 수 없는 모습 때문에, 나 생각건대, 그리하여 헛되지 않게, 나의 마음의 애인, 살구(果) 4월모옥四月茅屋 속에 잠자면서, 그녀의 가옥침대歌屋寢臺 속에, 그녀의 양자두(果) 향의 캔디 휘파람과 함께 조각 보세공이불에 연주된 채, 이소벨, 그녀는 너무나 예쁘나니, 진실을 말하거니와, 야생림의 눈(眼) 그리고 장장미壯薔薇의 머리칼, 조용하게, 모든 삼림의 그토록 야생 그대로,[6] 이끼와 다프네 요정이슬의 담자색 속에, 얼마나 온통 그토록 조용히 그녀는 누어있었던고, 백白자두나무 아래, 나무의 아이, 어떤 실행失幸의 잎사귀처럼, 피어나는 꽃이 멈추듯, 기꺼이 그녀는 곧 그러하리라, 왜냐하면 이내 다시 그러할 것이기에, 나를 득得할지라, 나를 애愛할지라, 나를 혼婚할지라, 아아 나를 피疲할지라![7] 깊도록, 방금 평平하게 잠자며 누워있었도다.

밤의 금구今丘,[8] 한편 그의 짐수레를 타고 관괴장면중재자觀怪場面仲裁者, 야경남 해브룩[9]이,〔남자 하인—시가손〕 파입강波入江의 피안측에서부터, 저주열차발착표소咀呪列車發着表에 의한 정시점定時点, 오합지졸의 통과를 방해하는 대大목초지의 추돌가를 장행長行했는지라, 사기를 남용하기 위해 자신의 목을 축이기 위한 주병을 구멍 속에 집어넣으면서, 애인의 유실물취급소를 위한 발푸르기스 악몽전정죄야惡夢全淨罪夜[10]로부터의 잔류물들인, 불결변성암不潔變成巖, 쌍안망원경, 안경, 단추(파쇄망치) 및 밴드 리본, 손 순갈 및 긴 양말, 연지 화장품들을 일시압류하다니.

만청청야萬晴晴夜 및 다음 청야 및 최후의 청야 그 동안 불不칠칠치녀女 코써린[11]〔캐이트〕은 그녀의 출생침대 속에, 나의 천애보千愛寶를 지글지글 끓이는 꿈과 더불어, 저 하시에 하층계단문에 대기對氣를 꿰뚫는 노크 소리가 들려옴을 하려 자신의 환침丸寢 베갯잇에 바스크 언욕言浴하고[12] 있었는지라 그리하여 피녀 하행하여 살피나니, 걸음걸이는 꼬마도깨비일지라, 그것이 청소부의 광수매상鑛水賣商인가[13]〔시거손〕 혹은 햄자신(H)과 바스크 회사일동의 여분전보餘分電報(CE)를 지닌 화각靴角(구둣주걱)우인郵人,[14]〔숀〕

혹은 그들의 묵시默示폴카무舞테의 그들 넷 목쉰 승마자들,[1] 북구인, 남진실자南眞實者, 동東유칼리 목한木漢 및 서창공남西蒼空男인가[2], 〔4복음자들〕 그리하여, 무허공無虛空의 성온건자聖穩健者들에게 다영多榮 있을지니, 키스 요계단搖階段 위쪽에 한 가닥 경련성痙攣聲이 들리는지라 그리하여 그녀〔캐이트〕가 옹촉癰燭을 처 들고 보았을 때, 영주榮呪여, 그녀가 무릎을 꿇고 신의 축복을 기원하사 아래로 내려갔나니 거기 밀크 조끼인양 함께 노크 소리 들렸는지라, 마치 그것이 태백성太白星의 난파[3] 또는 거산의 노압왕老鴨王 오틀[4] 또는 그녀가 본 그의 찐득찐득 압유령押幽靈인양, 이방裏房에서 나와 톱밥 현관 사이를 활도滑渡하자, 경방驚放, 그건 차례차례 변매인變每人이었나니, 자신의 허니문 세장복洗裝服 차림에, 자신의 지수指首를 쳐들면서, 자신의 권구拳球에 사실열쇠를 쥐고, 딸의 대이비 박애상아탑의 신부지참금이라,[5] 그녀에게 침묵을, 그대 암돼지 배(腹)여, 그리하여 그의 경건한 백안구白眼球가 그녀에게 궁내정숙宮內靜肅을 쿠쿠 구성鳩聲으로 서언했도다.〔HCE는 캐이트에게 침묵을 구하다〕

〔556.31–557.12〕 빔마다—코사린(Kothereen)이 어떻게 주막주가 아래층에서 나체로 4발로 기어 다니는 것을 발견했는지 그녀의 베게에다 대고 암송하는가?

각各 및 매每 재판개정기야裁判開廷期夜, 12선인들〔주점의 고객들 HCE 죄를 알다〕 그리고 그들의 번지 붙은 거주지에서 여우와 거위[6]에 진실 되게 자신들의 배심원 추억의 선외고무선船外古無線을 시험하고 있는 동안, 주민 청훈서請訓書에 의하여 그들은 그〔HCE〕가 그들의 그리고 저들의 간음색 성교의 전가오명轉嫁汚名으로 유죄임을 발견했는지라, 그의 백하퇴白下腿의 상관관계의 양자와 함께, 그들에 관하여 그가, 풀(草) 사이, 정사에 있어서 그들을 수업하고 있었을 때, 미리 향락했던 것으로 전해져 있나니, 그녀〔캐이트〕가 앉자, 그때 남자〔HCE〕는, 놀라울 정도로 솔직하게, 그들의 최초 세포잡합을 위하여, 그것의 위에서부터 오래가는 색채는 예쁜 카네이션에 속하는 것이었는지라 그러나, 만일 진실로 그것이 그렇지 않다 하더라도, 흥분된 의도를 가지고 어떤 후둔부의 나출에 속하는 것으로, 자신의 퇴보에 의하여 야기된 채, 본민고유本民固有의 소화기대小火器隊 사이에서 그러나 그가 말하듯, 열압熱壓 아래에 있는 모든 감흥을 별도로 하고라도, 충분한 완화, 그것 없이 아무튼 그는 연속자양連續滋養의 가치가 있음을 주장하는지라, 자신을 위하여 이러한 장대한 관용을 발휘했나니, 그가 말하는지라, 사실상 그가 그러하듯, 너무나 유명한 그리고 등등의 무뢰한이니, 자신의 세피洗皮의 투위드 나사복과 자신의 담배꽁초와 함께, 그럼에도 자신의 고성능의 고정 장치에 관해서는 성변화를 거부함으로써, 그와 함께 한층 특별하게 필시必是인양 그는 그 동안 최선의 의학적 인증으로 고품高品의 고문을 고통 받고 있나니, 자신이 종종 그러했듯이, 성급함에 의하여, 오직 애원할 충분한 힘을 가지면서(혹은 그대가 한층 좋게 이야기할 수도 있었으리라 나는 믿지 만) 비원할, 완전한 열탄원熱歎願을 가지고, 그와 연관된 모든 자들에게 옹고저주를, 왠고하니 그는 킹 가의 새먼상商[7] 밖에서 내게 말하는 바,

〔557.13—558.20〕 밤마다—그 동안 12명 순경이 HCE가 죄짓는지 염탐하면서 선술집 주인을 시험한다.

〔558.21—558.25〕 밤마다—그 동안 29명이 행복하거나 잔인하다.

〔558.26—558.31〕 양친들이 그들의 침대 속에 누워있다.

둘 혹은 세 시간의 은밀한 담소 뒤에, 자신의 지고위안인 길비의 산양유장주山羊乳漿酒의 이러한 백랍주잔白蠟酒盞에 의하여, 비록 꼭 같은 불확실하지 않는 양量의 식도의 재역류再逆流를 포함하고 있을지라도, 그리하여 그〔HCE〕는 트림 분출에 관하여 한 마리 벼룩의 사양沙襄 정도까지는 개인적으로 여념하지 않는지라, 만일 그가 20 및 4의 비공의 확장에 대하여 아직도 지극히 불쾌할지라도, 여전히 그는 마찬가지나니, 자신의 다른 측면에서, 약간의 영면하는 눈(眼)의 육쾌락肉快樂을 위하여, 그가 최소한의 정신착란 없이 단언하듯, 그런고로 그대는 주막 뒤의 우리들의 친구가 없었던들 그의 과오를 간원 하건대 망각할지니, 비록 한 평가남인, 아담 핀드래이터[1]처럼, 그의 광희가 약간 과하다 할지라도, 그를 이제 끝장이라 속단하는지라, 그런데도 우리는 썰리[2]와 함께 관습 및 성문법의 위반을 위한 타당한 권리소멸은 있을 수 없음을 생각하나니, 그 때문에 그 합당한 처방이, 썰리 씨를 위하여, 동체절단으로 환원하는지라 고로 공원의 거품구레나룻 악역 병자, 가브즈 여로보암[3]〔여기 HCE〕에게 3개월, 자크 왕 흠정소송법欽廷소송법 제5의 4조, 3절, 2항, 1단에 의거, 이 형刑의 선고는 명조明朝, 하의불의何意不意 노란 보란즈[4]에 의하여 6시 교각鮫刻에 행해질지니, 그리하여 효모동풍酵母東風과 도우박跳雨雹 맥아주여 그의 일곱 봉밀야주野酒[5]와 그의 대소동생맥주生 위에 자비를 베푸소서, 아멘, 서사 클라크[6]가 말하도다.

양良 곁의 아雅 곁의 결潔 곁의 질녀, 한편 명상의 행복원 가운데 9와 20의 레익쓰립 윤년애녀閏年愛女들,[7] 모두 창사낭槍射娘들이, 굉장히 즐거운 시간을 갖었나니, 하위특제何爲特製의 최고 미남[8] 숀의 즐거운 외침과 함께, 왜냐하면 그들은 결코 더 행복하지 않았나니, 후후, 그들이 비참했을 때 보다. 하하.

그들의 심판의 침대 속에, 고난의 베개 위에, 기억의 광채 곁에, 비겁의 이불 아래, 알 바트루스(신천옹信天翁)(鳥) 니안저가 빈타 니안자[9]와 함께, 그의 권력장權力杖(男根)을 억제하고, 그녀의 생피미의生皮美衣(가운)가 못에 매달린 채, 피남彼男, 우리들의 아빠들의 씨氏, 피녀, 우리들의 붉은 강아지 갱 갱 갱,[10] 그들, 그래요, 권표와 도표에 맹세코, 그들은, 도랑 속에 떨어진 작은 물방울처럼 확실한…

한 가닥 막후일성.

우리는 도대체 어디에 있는고? 그리하여 공간의 이름으로 하시에?

나는 이해할 수 없도다. 나는 견언見言하는 것을 실패하는지라. 나는 감견언敢見言 그대 역시.

봉밀주의 삼목향의 집[11] 피던의 포도원[12] 장면과 각본개요. 무대감독의 막후대사역(프롬프트). 시 교외상郊外上의 주거 내부.

홈(溝) 2. 실내장면. 특등석(박스). 보통 침실 세트. 연어벽지의 벽壁. 배면, 빈(空) 아이리시 화상, 아담 제製의 노대,[1] 풀죽은 환기선換氣扇과 함께, 검댕과 금박장식, 불량품. 북北, 실물 창이 달린 벽. 여닫이 창문의 모조은색 유리. 틀 문, 위쪽 금속부품 덮개, 무無커튼. 창 가리게 내려진 채. 남南, 한쪽 편벽便壁. 딸기[2] 침대보의 더블베드, 유세공柳細工의 클러브 의자 및 착유용搾油用 세 발 의자. 바깥에 서류감, 위쪽의 얼굴 타월. 1인용 의자. 의자에는 여인의 의상들. 십자 띠의 멜빵이 달린 남자 바지, 침대 머리 위의 칼라. 해소진주海蛸眞珠 단추가 달린, 탬버린 장식방울과 걸쇠가 붙은 남자 코르덴 겉옷이 못에 걸린 채. 상동上同의 여성 가운. 백로대 위에 미카엘의 그림, 창槍, 사탄마魔 살해용, 화연火煙을 토하는 용龍. 침대 가까이 작은 테이블, 정면. 침구가 있는 침대. 여분용. 기旗헝겊조각 이불. 물오리 솜털 디자인. 석회광. 무전구無電球의 불 켜진 램프, 스카프, 신문, 텀블러 컵, 양量의 물, 젤리 단지, 괘종시계, 사이드 버팀목, 접부채, 남성 고무제품, 핑크 색.

〔558.32—559.19〕 양친의 놀이가 시작 한다—장면은 내외의 침실이다.

〔559.20—559.29〕 마태복음자의 견해로부터 보듯, 한 남자와 한 여자가 침대에 누워 있다. 침대의 양친에 대한 마태의 견해〔조화의 제1자세〕

혹시.〔새벽 4시〕

막역幕役 무언극.[3]

클로스업(근접촬영). 주역들.

나이트캡을 쓴 남자, 침대 속에, 앞에. 여자, 컬 핀을 꽂고, 뒤에. 발견된 채. 측점화상側点畵像. 조화의 제일 자세. 말해봐! 아아? 하! 연기 체크. 마태. 남성이 여성을 부분적으로 가리고(마스크) 있는지라. 사방을 둘러보는 남자, 짐승 같은 표정, 물고기 같은 흐린 눈, 평행순平行脣의 견갑골, 건투중량健鬪重量, 분노를 전시하다. 몸짓 연기. 적안赤顔 금발, 아르메니아 산의 성당점토膠灰粘土, 까만 헝겊조각, 바(주점) 위그(가발), 거구체, 감독교 파인派人, 여하연령如何年齡. 여인, 앉으면서, 천장을 쳐다보는지라, 마귀할멈 같은 표정, 홀쩍한 코, 삼각형의 입, 최경량급(페더급), 두려움을 표출하다. 웨일스 산 토끼(녹인 치즈)의 얼굴, 누비아 흑인녀黑人女,[4] 코 보조개, 잔디 머리털, 소형체, 자유성당,[5] 무연령無年齡. 근접촬영. 연출!

호출소년. 막후성. 극적 장면. 그녀의 동작.

피터수數.[6]

암말 포카혼타스[7]의 강근골强筋骨의 전사반부前四半部에 의하여 그리고 핀누아라의 백견白肩[8]에 의하여 어찌 저 민활한 청황색녀靑黃色女가 마치 메소포토맥 노모[9]처럼 침상에서부터 암염소의 개전을 위해 방금 깡충깡충 뛰어 나왔는지를 그대는 틀림없이 보았으려니와 그리하여 8곱하기 8의 64 스퀘어[10]에서 그녀는 출발했는지라, 문으로, 그녀의 야기사등夜騎士燈을 들고, 그러자 뒤 이어 수염소의 거수족巨手足이 여왕의 선도를 쫓아 위관추적偉觀追跡했도다.

〔559.30—560.06〕 액션이 스타트 한다. 장면들이 변하며—여인은, 그이에 쫓긴 채, 한 가닥 소리에 호응하여 침대에서 뛰어 내린다.

〔560.07—560.36〕 4노인들이 방금 보인 장면을 토론 한다—문지기들의 하우스—선술집(house—tavern) 장면.

무속해방無束解放의 문란난교[1]가 화녀火女프리마돈나〔ALP〕를 향해. 포捕! 그〔HCE〕의 동작. 흑전黑轉.

서커스(원형광장). 회랑.

전환 장면. 월(壁)플랫 배경 홈 및 배경 천장. 월(벽)크로스를 작동하는 스포트라이트. 성장城將과 브리지[2]를 연演하는 노름. 배경 홈 방房방 뒤의 배경 홈으로의 계단. 두 편. 큐 뒤의 고엽. 재연.

그 오랜 협잡은 너무나 불완전하게 보이는지라. 지금 과연 그렇도다. 그의 사자死者를 두고. 그러나 끝날 때 흑맥주의 멋진 두포頭泡를 목숨 걸고 포졸捕卒할지라. 속보생시速步生時에. 확실히 체커(바둑판) 난간 계단에 갇힌 성장城將 궤건목수櫃建木手. 그것은 단지 한 개의 사각계단四角階段을 지녔나니, 확명確明히, 하지만 비틀거림에도 불구하고 그들은 건너뜀과 가대架臺가 톱(정상) 더블 코너까지 상층 장기도자將棋賭者를 막다른 수數가 막히게 하고 있도다. 특정시 휘스트 놀이[3] 및 경기.

〔4자들이 본 주거의 묘사〕 무슨 무대 예술가! 그건 진성재단眞星祭壇을 위한 이상적인 주거로다. 피가입구彼家入口에 편향偏向 따르릉 곡종曲鐘 저 식역識閾씨氏, 저 소택지신沼澤地神, 공각空覺(이어위크)할지라. 찌링찌링, 찌링찌링. 모두해서 그들의 무기고마벽武器庫魔壁[4] 될지라. 얼간이여, 그대는 독노력督努力[5]할지라. 지점止店! 제발 지점止店할지라! 소요지점騷擾止店할지라 제발! 오 소요 제발 지점! 그〔HCE〕의 집은 얼마나 불길가不吉家, 유몰幽沒한고? 긍긍肯肯 과연사중果然死中인지라! 하통자何桶者가, 황제 치수의, 피녀하彼女下에 조각매장彫刻埋葬되도다. 여기 그의 주통을 따르나니, 그의 알라딘의 총암總暗 램프들.[6] 청수관靑鬚棺[7] 주변에, 최호수最好獸와 함께 전리품.[8] 그가 선행살先行殺한 자들을 위하여 우리로 하여금 새롭게 감사하게 하옵소서![9]

〔멋진 포터—HCE 가문〕내게 뭔가를 말할지라. 포터(잡부)가문은, 말하자면, 신문부대의 도영盜影에 따르면, 아주 훌륭한 사람들이라, 그렇지 않은고? 아주, 모두 사유사四類似 언술했도다. 그리하여 이런 현도賢道로서, 포터씨氏[10]는(바소로뮤,[11] 중악당重惡黨, 고물에, 고등어[12] 셔츠, 건초발두乾草髮頭 가발) 탁월한 선부先父인지라 그리고 포터 부인은(주역부主役婦, 양귀비(植)두頭, 매춘녀사프란(植)색의 야의夜衣, 현란한 채프리조드 모발) 대단히 친절심親切心의 식모食母로다. 그토록 결합된 가족 부모는 지상紙上에서 또는 지외紙外에서 더 이상 존재하지 않는지라. 열쇠주主가 자물통에 꼭 알맞듯이 이 도시 동양지재는 자신의 유선비소流線秘所에 혼합婚合하도다. 그들은 총항잡부적總港雜夫的인 것 이외에는 아무 것도 상관하지 않는지라. 브로조산産 와인[13]. 그건 정말로 경치게도 멋진 자들이 아닌고? 그대는 그들이 고희가족古稀家族 출신임을 그들의 의상으로 가인지佳人知할 수 있거니와, 우리는 경외지미敬畏之味[14] 모든 음반술音盤術에서 그걸 석반했음을 허여許與해야만 하도다. 나는 아주 바르게 예측하기 시작한 걸로 생각하는지라. 단지 내게 진실로 사화蛇話할지로다! 나는 유능한(아벨) 석마石磨나니.

〔마태의 2층 이시의 묘사〕 닿기 위한 스푼의 미끄러짐! 우고右高, 좌고左高![1] 여기 이층에 두 개의 방들이 있나니, 포크 측면과 나이프 날(록綠). 도대체 누구를 위해 방들이 숲 속에[2] 있는고? 왜, 꼬마 포터 아가들을 위하여, 확조確助로! 남녀공학, 강타 개구쟁이들 및 왈가닥 지분쟁이. 여기 그대가 한두 가지 알아야 할 일이 있도다. 이것은 옛날 옛적에 다른 것이었으나 근일 이것은 다른 근야(近夜)이라. 아아 그래? 코르시카섬(島)의 형제[3]? 그들은 가수可數인지라. 그들 추객推客. 대침대大寢臺, 소봉소小蜂巢. 이봐 엘리자베스, 잠잘지라! 그런데 1호실에는 누가 자는고, 이를테면? 한 마리 고양이, 가르랑 단순히. 쿠니나, 스타투리나 및 에두리아,[4] 그러나 그녀는 얼마나 귀여운고! 그대의 고양이는 애칭을 가졌는고? 그래요, 정말, 그대는 여기저기 노베르타(단편화短篇話) 속에 곳곳에서 들을지니 그런데 그녀는 버터컵(미나리아재비)(植)이라 불리도다.[5] 그녀의 나명裸名은 그걸 말할지니, 한 여반장이라. 그녀는 정말이지 얼마나 예쁘고 그리고 버리기에는 참으로 지나치도록 애매愛魅스러운 처녀명處女名이나니, 방금 나는 쓴맛 가득한 축잔祝盞을 여과하여 마시고 싶은지라. 그녀는 아빠신神의 보석 딸[6] 그리고 형제족兄弟族의 뱅충이 숙모색시로다. 그녀의 조개 등(패각배貝殼背)의 골무상자 거울이 단지 그녀의 최애의 소녀친구를 비칠 수 있나니. 그녀의 우아함을 잘 말하기 위해서는 희랍어를, 그녀의 선의를, 저 황금전설[7]을 요구하리로다. 버리나 새인두아! 잠식백합모편蠶食百合毛片의 차압주次押酒! 여기 신년소지新年小枝, 할미꽃(아네모네), 풍생風生의 헬리오트로프 꽃이 있는지라. 거기 스위트미리암 핑크 꽃과 아마란스 불퇴화不褪花 및 금관금잔화[8]. 최경最輕의 마디를 첨혹尖惑에 첨가할지니.[9] 오 카리스여! 오 카리씨마(최애자)여![10] 한층 더한 음모의陰謀蟻의 밤보리나[11]도 보카치오의 에나멜론[12]으로부터 단 하나도 색출色出할 수 없으리로다. 누군가 그녀의 버지널 건반악기를 백합단편百合斷片 개리開離하고 싶은지라 그리하여, 그래서, 숨을 쉬자, 그런고로, 타처간他處間, 보라, 그녀는 자신의 수세공을 가지고 그녀의 치모恥毛 사이의 나방을 움켜질 순간을 가졌나니. 나방(蟲)의 어머니여![13] 나는 육肉의 피녀어彼女語[14]를 보여 주리라. 귀신 제발 접근하지 말지니! 그건 낙수면落睡眠[15]이로다! 그녀는 생각할지 모르나, 비록 그녀가 거의 무슨 눈치 채지 못할지라도, 아침이 선선하게 될 때, 그것이 그녀에게 일어났는지라, 그대는 뭔지 아나니, 그들 또한 둘이 감히 입밖에 내지 않는 뭣뭣처럼. 플라시천(값비싼) 이야기, 만일 꾸중을 들으면 그녀는 얼굴을 찡그리도다. 페티코트[16]의 잠이지만 그녀의 생각의 유소柔巢에는 유모침乳母針이 징징 이나니. 조준, 아이들을 위한 꼬마? 물궁勿宮 및 꾀는자와 함께. 일어섯, 소녀들, 그리고 그에게 덤벼요![17] 혼자서? 혼자서 무엇을? 글쎄, 우리들의 경쟁선동자, 그녀는 혼자서 겉잠[18]을 자는고? 고양이는 결코 혼자가 아닌지라, 그녀의 소실少室이 기록한데로, 왠고하니 그녀는 언제나 꼬마 고양이들[19]을 보고 그녀의 놀이 암망아지와 함께 애칭을 말할 수 있기에,

〔561.01—562.15〕 꼬마 소녀, 버터 컵이—그녀 자신의 방에 잠자고 있다.

〔562.16—562.36〕 첫째 쌍둥이 소년인, 귀여운 케빈이—그들의 분담된 침대의 오른 쪽에 행복하게 잠자고 있다.

〔563.01—563.37〕 두 번째 쌍둥이 소년인, 비참한 제리가—그들의 분담된 침대의 왼쪽에서 잠에 어려 울고 있다.

그녀가 견면絹綿 멍석 위에 하단으로 앉아 있을 때. 오, 그녀는 말하는지라, 그렇지? 매리, 어떻게? 장미화엽화薔薇花葉化의 목소리. 아아 비들즈는 나와 함께 놀지요. 아아 나는 나의 비들즈와 함께 놀아요. 멋진 이사벨 바리톤 곡을 그녀는 증여할지니 그러나 나는 처녀다운 황금 같은 색시다운 즐겁고 계집아이다운 꽃스러운 소녀다운 미美망토귀녀의 그녀의 오기명誤記名을 더 좋아하도다. 나도 마찬가지, 많이. 감미롭게 최유적最誘的으로! 돌리[1]는 자신이 조급早急하여 우는지라. 달리는 욕통시간浴桶時間이니 머리 쿵 부딪치리라. 최애녀, 자갈돌을 아주 불쌍히 여기는 그녀, 우리는 감히 그녀에게 우리의 세 번 원욕願慾을 바라지 않을건고? 한 즐거운 두려움! 그녀가 자신의 성유세례까지 일곱 발끝 발로 돋음하고, 그녀가 자신의 성소의 장막[2]까지 청색을 분홍색까지 방적하고, 수여인산誰女人山이 그녀에게 열려 안주소安住所 되옵기를! 그녀는, 브리지드 학교學校 주변을 뛰노는 모든 다른 보통의 낙질풍전륜화樂疾風轉輪花들, 매력적인 운타자運打者(캐리 완버즈) 혹은 쾌락 아나 바보상자(패취 박스)의 맵시 있는 수시 스튜냄비(모우스팬) 혹은 어리석은 폴리 프린더즈[3]보다. 언제나 한층 더 많은 충만약속充滿約束을 휘날릴지니, 신의무아信義無我. 첨벙! 철벅찰벅.

〔마태의 케빈과 제리 묘사〕 그리하여 우리들이 파침破寢의 요람일搖籃日에 관하여 건망증적으로 이야기를 하고 있는 이후, 제2호실에서 잠자고 있는 자는 누구인고? 이조二鳥.〔숀과 솀 쌍둥이〕 성스러운 순경이여, 오, 나는 아는도다! 그대의 새(鳥)들은 나이 얼마인고? 그들은 조만간 쌍성년成年에 도달할지라, 자신들이 외복畏服 아래 살고 있는 동안 저 늙은이들처럼 늙어가도록 태어났을 것이기에. 그들은 그러한지라 마치 두 구더기[4]가 상촉相觸하듯 너무나 견고하게 쌍접双接하고 있는 듯, 나는 눈치 채나니, 그렇잖은고? 맞아요. 우리들의 명석한 황소 아가 프랭크 케빈〔숀〕은 성심聖心소매(수袖)편便에 있도다. 그대 그를 깨우지 말지라! 우리들의 원문遠聞의 금발우총남金髮郵寵男. 그는 행복하게 잠자고 있는지라, 주님의 양지羊肢, 지복 속에 좌양左揚된 채, 그의 기적역사장奇蹟役事杖,[5] 마치 축복천사처럼 그는 너무나 닮았는지라 그리하여 자신의 입을 반개半開하고 마치 그가 자전거를 타고 나팔 요들노래 페달을 밟고 있듯이.[6] 내가 눈 속의 저 미소를 볼 때마다[7] 그건 재삼 퀸 신부神父[8]로다. 그는 머지않아 아주 달콤하게 향미소香微笑할지니 그때 그는 젖 뗄 전조前兆를 들으리라. 감탄코, 저 소년〔셈〕은 어떤 야기사로 명칭鳴稱될지니 그때 그는 자신의 성직의 맹세를 취할지라 그리하여 우리들의 노루爐淚를 포기하고, 무망無望의 양친에도 불구하고, 현금사現金事를 탐探하여 아모리카[9]로 행차하리라. 자신의 허영의 태연오만을 지닌 저 날카로운 사제 같으니! 오, 나는 저 세속음악을 숭배하는지라! 만능달러(富)! 그는 정말로 너무나 가청숭배可聽崇拜서러운지라! 나는 이야기책 속에 그와 같은 혹아或兒를 본 듯 추측하나니, 나는 혹처或處 그가 그와 유자類者되려는 혹양아或羊兒를 만난 듯 추측하도다. 그러나 쉿! 나는 얼마나 용서불가容恕不可한고! 그대의 경미죄輕微罪를 나는 간청하나니, 진심으로 나는 그러하도다.

〔마태의 2층 젤리—숀 묘사〕 쉿! 타자는, 설간유鱈肝油로 쌍둥이된 뗀 채,[1] 자신의 잠 속에 고함지르고 있었나니, 오물로부터 낚아 낸 어떤 최정선最精選의 사탕에 자신의 앞니를 날카로운 모습을 하고 있도다. 우리의 목장의 막대 같으니.[2] 무슨 이빨을 들어낸 괴짜람! 얼마나 광조각상狂彫刻像[3]의 그의 책을! 여기 자신의 내심에 관한 유작누遺作淚가 있는지라. 그리하여 그는 잉크각병角瓶으로부터 오용된 자신의 만초필萬礎筆에서 관管스럽게 스스로 잉크 엎질렀는지라. 그는 차車 사事 낙樂 쾌남[4] 빈貧 애란인愛欄人(형제로서 약기할지니!) 광포 차장 젤리〔셈〕로다. 그대는 그의 광태狂態 놀음 속에 그의 이름을 알지라도 그러나 그대는 그가 누구의 뒤꿈치를 자신의 가공우수架空右手로[5] 양사羊舍하는지는 볼 수 없으리라 왜냐하면 내가 그걸 그대에게 말하지 않았기에. 오, 행복악태아면幸福惡胎兒眠이여![6] 아아, 숙명빈약아여! 애자, 타좌자他左者, 이방인에게 임대실賃貸失된 자만의 신부! 그는 아주 애란백愛蘭白동부[7] 내에 있을지니 자신이 바이런 경과 양조될 때 그는 너무나 광狂한 나머지 자신이 블레이크 황폐족속에 속함을 맹세할지니,[8] 인생의 무축비참無祝悲慘을 통하여 고마尻馬 등을 타고[9] 가는 동안. 그대는 자신의 결장모음結腸母音과 얼마간 야비野卑[10]되지 않은고? 황폐란 그대 무슨 의미인고? 묽은 흑(블레이크) 잉크를 가지고 나는 색조안色調顔을 쓰는도다. 오, 그대 그런고? 그리하여 백강철白鋼鐵과 공갈로서 나는 나의 애인을 위하여 자신의 묽은 아씨 금일발金一髮[11]과 함께 아네모네(植) 익명편지를 하야신스(植) 향송香送했도다. 기증자 마르크,[12] 주소 이하 동문. 그대는 그랬던고? 고양이와 우리(屋)[13]로부터. 오, 나는 아나니 그리고 아노라! 그의 땀의 잉크 속에 그는 하지만 그걸 발견할지니. 유랑자(집씨) 데 바루가 리리안에게14) 맹세했는지라 그리하여 왜 느릅나무와 어떻게 돌멩이가. 그대가 앞으로 있으리라 여태껏 심지어 생각했던 것을 그대가 믿지 않을 것임을 그대는 결코 과거시제로 필경 모두 알지 못하리라. 아마. 그러나 그들은 자신들의 빵부스러기(스크랩)[15]를 좇으며 두 아주 절친한 사이인지라, 용두질(저코브)과 수프 먹보(이트숍),[16] 과연 나의 부분 의견으로는. 그들은 그렇게 태어났으리니, 공성共星커스터드된 채, 선머슴과 젠체 남男, 도니브룩 시장[17]의 낙소년樂少年, 호이즈 광장[18]의 돌고래 선소년善少年. 아마 개미와 연초煙草 매미[19]의 고담화古談話에서처럼 그건 얼마나 허식율적虛飾慄的 일고! 대단한 우행무구자愚行無垢者들 같으니! 그들의 강아지 시절의 연마정력硏磨精力! 양자의 자심효포慈心哮咆빵은 그들의 조반까지는 효모과자 될지니. 나〔관찰자, 청취자〕는 그들 쌍자들 사이에 나의 동류축복銅類祝福을 남겨둘지라, 장미능보薔薇稜堡를 위하여, 녹아綠牙를 위하여.[20] 엄연주석奄然朱錫과 주석전朱錫錢,[21] 킁킁냄새상자 속의 복리. 전매全賣되고, 총이별總離別한 채. 남자가 몰락할 때 그대 누락해서는 안 되는지라 그러나 신성 계획은 언제나 흠모하리로다. 그런고로 그대는 사나이가 되든지 혹은 생쥐가 될지라 그리고 그대는 물고기도 고기(肉)도 되어서는 안 될지니. 취사取謝하라. 그리고 취사하라. 초조야경焦燥夜警하라! 선자될지니 우리들이 여서與恕하기 위해 증여하기 때문이라 이제 경과의 시각이 생급生急을 사진死盡[22]과 유사시키는도다. 아듀, 조용한 작별, 이 멋진 현선물現膳物을 위하여, 케리제빈이여. 정비명일靜悲明日까지!

저미니[1](쌍자궁), 방금 불협화의 제2자세를 점령하고 있는 견해는 무엇인고, 그걸 제발 이야기할지라? 마가(복음자)여! 그대가 저 후후방後後方에 그걸 목격함은 남성부동산권權이 보호여성[2]을 부분적으로 가리고 있기 때문이도다. 그건 불협화음을 위하여 그렇게 메시도[3]라 불리는지라. 그대는 우리들의 저 동물원 공원의 백금상白金象(꼬끼리)[4]인, 헤리우스 크로에서스[5]에 관한 이야기를 여태껏 들어 본 적이 있는고? 그건 그대 정말 나를 놀라게 하는지라. 그건 우리가, 풀백[6]으로부터, 여인이 허락하사, 이 공원의 미둔부美臀部로부터 풍요롭게도 멋진 조감경鳥瞰景을 전망하고 있는 것이 아닌고? 핀[7] 자신의 공원은 여기를 방문하는 모든 이방인들에게, 의리희랍계義理希臘系든 낭만라마계浪漫羅馬系든, 커다란 감탄이 되어 왔는지라. 중심을 가르는 직선도로[8]는(기복지도起伏地圖 참조) 세계에서 그런 류의 최대의 것이라 이야기되어지는 공원이요 그를 양성분할하는도다. 오른쪽 돌출부에 그대와 직면하는 것은 멋진 포주섭정총독葡酒攝政總督의 저택[9]이요, 반면, 양둔부의 다른 지고편至高片으로 몸을 돌리면, 정확하게 반대편, 그대는 동등하게 멋진 성구관장서기장聖具管掌書記長[10]의 주거에 의하여 경탄하나니. 주변은 약간 정답게 잔디 생장하고 그리하여 우리가 짙은 숲 사이를 경보驚步할 때 얼마나 개공開空의 자연이 여기저기 놓인 신사들의 의자[11]에 의하여 활기를 되찾는 듯 기운이 넘치도다. 여기에 중만찬重晩餐 있나니—그건 우리들의 초일만원超壹萬員[12]의 기백낙농장幾百酪農場을 위한 아빠의 집들을 위한 것이라. 틀림없이, 그러나 그대 과연 조직적이라! 이러한 건장초목健長草木으로부터 관절유용關節油用의 쥬스와 이교도용의 관모冠毛를 가져오나니. 경청! 그건 진목眞木의 이야기로다. 어찌 현賢오리브목木, 저 전나무 활목이, 그의 생도강변生跳江邊[13]에 무식茂植했던고. 어찌 거송목巨松木이 대개화大開花를 견지했던고. 어찌 북구의 적십자가. 검푸른 표식이 삼림지계森林地界를 비스듬히 가로질러 서 있었던고, 그건 이제 겨우 너무나 탈색된 수목대樹木帶의 존재를 경계하도다. 거기 그와 함께 그늘진 기마도騎馬道가 촌락기사[14]에 도움이 되는지라. 저 쪽 골짜기에, 또한, 산요정이 머물도다.[15] 그 속에서는 어느 예쁜 꽃사슴도 사로잡힐지니 그러나 그건 평원의 나쁜 연민이라. 그 곳 고대로 1급 살인범이 뿌리내리기를 원했던 토루를 지금 한 송이 분홍색 핌퍼넬(植)[16]이 지배하고 있도다. 반목형제살인[17]에 의해. 화중목話中木과 죄중석罪中石이 양수兩手에 머무나. 광사적狂史的 엽낙문葉落聞이 세머스 스위프트패트릭경卿[18], 성聖루칸 구區의 대야외승정大野外僧正과 함께 또한 축적될지 모를지라. 모든 이러한 흥미 있는 출래사出來事들을 뱀 나안裸眼으로 본다는 것은 얼마나 정다운고! 그게 모두인고? 아직 아니! 한 가지 들을지라. 이 왕립 공원의 광야저지曠野低地에, 그런데 이는, 대문對門의 소심아세아치원小心亞細亞稚園과 함께, 밤늦도록 대중에게 개방되어 있나니, 너무나 잘 탈리혼환자脫離痕患者들이 고로 계간도보자鷄姦徒步者들은

〔564.01—565.05〕 남자의 벌거벗은 엉덩이. 혹은 피닉스 공원이 노정된다—때는 마크(Mark)의 견지에서 보여진다.

〔565.06—565.16〕 네 전율들 중의 하나, 마크의 번뇌에 크게도 한 여인의 목소리가 들리다.

〔564—582〕 마크의 견해—불협화음의 제2자세(법원의 공판을 포함하다.)

공공혈空孔穴(홀 홀로우)이라 불리는 하나의 함몰저지陷沒低地[1]를 그대 자신에게 어김없이 지시하도다. 그것은 이따금 우리들의 비탄 속에 아주 하수구우울적下水溝憂鬱的(신들의 황혼 같은)[2]이요 염호기심厭好奇心의(발키리 여신의)[3] 생각을 머리에 떠올리게 하지만 펜타포리스의[4] 경찰홍악대의 대원들이 바람 부는 삼수요일森水曜日에 자신들의 꽝 울리는 대인기의 호곡狐曲(울프톤)[5]을 비순 음전취주音栓吹奏하는 것이라. 호곡狐曲! 울보스![6]

우리들의 동화動畫에 의하여 그대는 하고何故 감히 전율하기 시작하는고, 내가 말하는 것을 잘 명시하기 위하여 그대의 무릎에 우리들의 참된 우정형友情型의 나의 손을 올려놓아야 할 이 순간에? 그대 누군지 말하는지라? 거기 암스테르담에서 살았나니 한…[7] 그러나 어떻게! 그대는 오율汚慄하고 있도다. 그대 구역질나는 자여, 바로 젤리처럼! 여불汝不? 그대 기네스 음주할 마음인고? 스타우트 흑맥주 한 병? 지나치게 다감, 그대? 그래요, 얼마나 전율하는고, 겁보! 볼티건 왕, 아아 고티건 왕![8] 머시아[9] 왕국의 상제上帝! 혹은 뇌피腦皮가 비悲움찔한고? 기분! 얼마나 소년공少年恐이랴! 단지 그림자 과시일 뿐. 그건 바로 익살 종잡을 수 없는 망설자[10]의 장난. 스톨(성의聖衣)을 걸어주어야 하도다. 오, 침묵을 지킬지라, 양자! 하무치何無恥! 나는 그녀의 목소리를 내 앞 그 밖의 어딘 가에서 지금 나를 위해 있는 이들의 귀속에 들었도다.

요점등要點燈. 살지殺遲의 음악[11] 애란공중愛蘭空中의 우뢰성.

그대는 몽종夢終했나니, 이봐요. 염부厭父(패트릭)? 사기록詐欺鹿? 시화示靴! 들을지니, 방에는 환영흑표범[12]은 전혀 없나니, 소아자小我子여. 무악담부無惡膽父나니, 아가야. 활보, 활보, 활마闊馬, 나의 울소년鬱少年 나의 꼬마! 고트 촌족부村族父〔HCE〕가 내일 원거리 하행[13]하는지라 러블린까지 행적도幸積道를 따라[14] 자신의 통주通奏의 잡화비대인雜貨肥大人의 대업大業을 이루기 위하여. 저 두 큰 놈을 택하여 대담 도도한 옆 엉덩이를 찰싹 찰싹 아 아 아빠빠.

〔4노인들의 속삭임〕 — *이 놈은 잠들지 않았는고?*

— *쉬! 심히 잠들었도다.*

— *뭐라 소리치는고?*

— *꼬마의 말투. 쉬!*

그건 자단지子但只 모두 그대의 상상 속의 환영일 뿐, 어둑한. 가련하고 작은 무상의 마법국魔法國, 마음의 어둑한 것! 이제 내게 시화示靴할지라, 꼬마여! 나의 시자市子여! 매강류每江流[15]가 은혜의 이 대통大桶을 계속 굴리기 위해 와권출범渦卷出帆하고 원조遠朝로부터 야우편악몽夜郵便惡夢이 접근하는 동안.

〔마린가 여인숙에 대한 광고〕 그대가 루카리조즈 지방을 지나, 유황광천硫黃鑛泉[16]을 방문하기 위해 마차 여행할 때, 그걸 놓치기보다 맞히는 것이 한층 안전한지라. 그의 여숙에 머물지라! 해머(망치)가 자갈돌에 말(言)을 걸며,[17] 픽트인人들[18]이 색슨인들을 난도질하는지라, 브로드웨이의 발레 춤보다는 굴침대窟寢臺하는 것이 보다 아늑할지로다[19] 그대의 백白담요를 챙겨 넣을지라!

〔565.17–566.06〕 어머니(ALP)가 울부짖는 쌍둥이를 위안한다—그것은 모두 한갓 꿈인지라—관대한 나쁜 아버지(HCE)는 없도다.

〔566.07–566.25〕 각자 그것 자체의 역할과 더불어, 모든 참가자들에 대한 한 갓 설명.

왜냐하면 경기가 경기를 연도連跳하고 성체마聖體馬[1]가 파산으로의 모든 길을[2] 치닫고 여러 생애층生涯層들이 빈자들로부터 부富를 깔기 때문이라. 잘게 썬 눈물 프라이 양파, 스튜 요리한 염鹽제비(鳥), 마시는 담즙 찌꺼기, 쪼개는 돌(石)빵 그러나 맛좋은 블루베리(월귤나무 열매) 푸딩을 꿀꺽 삼키는 것이 최고로다. 그대의 온기 속에 곁잠을! 그 동안 월광 속에 꼬마 요정들이, 이유를 느끼면서, 나의 백합보석을 계속 상냥하게 빛내고 있으리라.

침방寢房에는〔여인숙의〕. 반조조半弔朝 속으로 들어가는 법정〔반쯤 날이 샌다〕. 4사람의 귀족집사들[3]〔4노인들〕이 그들의 승마[4]〔당나귀〕와 더불어 방금 그 곳에 있는지라, 모두 그들의 의자에 앉아 이마에 손을 대고 인사교환하며 그들의 남근연필을 날카롭게 다듬고 있도다. 투우육사鬪牛肉士 속커슨[5]〔하인〕이 숭강 텐트의 스티커 곁에. 자루걸레 자매 카트야〔청소부〕가 교역交易회담을 완료하고 그녀의 고역사苦役事를 마감하나니. 저들 열 두 주남작主男爵들〔주점 고객들〕이 팔짱[6]을 끼고 십진법으로 곁에 서서 모든 회유回遊와 위불안僞不安을 억제하고, 그 후로 자신들의 록난농장綠蘭農場에 방금 되돌아갈지라. 자신들과 모든 하안토河岸土 사이의 광도廣道와 더불어 자신들의 광범위 기록 문서를 재편집하도다. 처녀 새 아씨들[7]이 모두, 상쾌한 호의 속에, 자신들의 흘러내린 머리칼에 진눈깨비 같은 회진을 흩뿌리나니 그러자 자칭 축제의 종이 슬프게도 반지 없는 손을 박수 울리는지라. 귀부인 미망인〔ALP〕은, 곱슬머리 털 끈을 가진 첫째 살모殺母로서, 방금 있는 그대로 무릎을 꿇은 채 머물고 있도다. 왕립탑王立塔[8]의 두 왕자들〔셈과 숀〕, 돌핀(돌고래)과 디브린,[9] 밖을 보지 않은 채 있는 그대로 누워있도다. 귀부인 미망인의 흑黑지배인〔HCE〕이 기장무기記章武器〔성기〕를 제시하나니, 칼날을 한껏 뺀 채 그리고 모두에게 보이지 않도록 방향을 바꾸도다. 유아 이사벨라〔이시〕가 그녀의 돌출 모퉁이로부터, 잡아 뺀 검劍을 지닌 첫째 원부遠父인, 흑 지배인을 향해 순종하도다. 그때 법정이 반조조半弔朝로 들어서는지라.〔날이 샌다〕 그 속을 그대는 실패 없이 보나니!

— 보라, 돈자아豚自我! 그들은 그대를 살피고 있도다. 되돌아갈지라, 돈자아여! 이건 품위 있는 일이 못되나니.[10]

천상에서 망을 거둘지라! 환영幻影. 그러다. 오, 망상조직網狀組織〔HCE의 성기〕의 돌물, 황홀한 광경![11] 무각록無角鹿! 저 울퉁불퉁 바위들! 외피구外皮丘! 오 시리스 명부왕冥府王이여! 그런고로 우연발사는 시발하려 않는고! 그런고로 그대 무엇을? 그대는 암暗나귀가 두려운고? 약탈자의? 나〔이시〕는 우리들이 우리들 자신의 것(성기)을 잃지 않은지 두려운지라(그걸 허락하지 말지라!), 이들 야폭野暴한 부분들을 존경하면서. 도대체 어떻게된 타종打終인고! 얼마나 온통 조모粗毛스럽고 짐승 같은고! 그대 무엇을 보는고? 나는 보이나니, 왜냐하면 나의 불운 앞에 그토록 빳빳한 지시봉을 봐야하기 때문에. 사다리 주에 맹세코,[12] 어째서 폐경도肺經度!〔여기 화자는 주점 밖의 거리 표시판을 읽는 듯하다〕 그대는 그러면 원초전설遠初傳說(지도 표식)을 읽을 수 있는고? 나는 실무失霧의 증부憎父로다. 동의同意갈대(草)여! 단 리어리의 오벨리스크(방첨탑)까지[13]

(블랙)록(岩) 경유 무無마일 무無펄롱 거리. 중앙우체국까지 수천하사數千何沙의 인내보忍耐步. 웰링턴 기념비까지 반半리그[1] 거리오향距離誤向. 사라교橋[2]까지 그를 봉逢하기 위해 족히 사냥 109리里 곶(갑岬)까지, 향사鄕士[3]의 1야드. 저이, 저이, 저이! 그것을 그대는 곁눈질하는고, 조립組立한 걸? 이토록 배(腹)를 늦추고? 두 개의 단폭段瀑? 나는 곁눈질 하나니(오 나의 대大, 오 나의 대소大沼, 오 나의 대부대골大負袋骨!), 나는 곶(갑岬) 위에 아주 연분홍 빛(핑크)의 장식裝飾 사냥모帽[4]〔HCE의 남근두의 인유〕를 보아야만 하기 때문이라. 그것은 참된 장갑애용자掌匣愛用者의 집회인사集會人事를 위하여 있나니, 그리하여 우리들 곁의 많은 시민들은, 다수 및 대세로, 이런 식으로 내—밀—히 그것을 핑크(연분홍화化)하기 위하여 사용하도다. 오랫동안 그것〔간판 기둥〕은 국왕기의 상징 인형이 되어왔는지라 지붕깃대 위에 찢어 질 때는 십만환호十萬歡呼[5] 요새要塞로부터 포사격[6]을 환영할지니,〔국왕 배알의 광고〕 땅딸보 꼴불견으로. 그대 이들 유물들, 저들 기류파야旗流波野들, 그의 유입을 주목할지라. 그대는 이런 이야기를 듣지 못했는고, 여왕은 노도질풍으로 선상船上에 누어있었는지라,[7](그녀를 난난난쟁이로[8] 유사 별명[9] 부르나니) 제18대 후기위계왕조後期位階王朝의 군주가 내일, 미가엘 축일,[10] 시계의 제3과 제4시 중간에, 항만래港灣來 할지니, 거기 모든 왕의 오스트레일리아 말들과 모든 그들의 왕신王臣들[11]과 함께, 템플 기사단[12]과 기마대, 문장관회투紋章官灰套의,[13] 우랍 골드아스키일드에 인솔되어? 오 그래! 견과연犬果然! 그녀의 비둘기떼가 그녀를 위해 방비放飛되고 그들의 공중곡예 비둘기들이 무리 방송放送하리라. 진행이 보도步道에 이루어질지니,[14] 아니? 나는 진정 믿는지라, 그리고 매주. 폐하는 왕림하리니, 악단원樂團員을 대동하고, 아리아의 환희에 의하여 그리고 육군 준장 노란 혹은 그리고 해적제독海賊提督 브라운[15]과 동승하고, 더불어—누가 그걸 의심하랴?—그의 금모金毛의 사냥개들 및 백모白毛의 엘콕스 테리어 개들, 우리들의 예비시험수입세지豫備試驗收入稅地[16]에서 모사호模寫狐를 산양하기 위해. 비우포트[17]의 푸르고 황갈색을 입고 사냥은 이루어질지라. 그것은 감사 오합지중이나니. 각자가 타자의 당나귀를 승乘하자 백성들이 마구馬具를 통해 싱글 웃으리라. 나의 회중들! 사방에 무슨 떼 고양이의 도살이람![18] 단두대로 목 잘린 과부들의 무슨 급돌急突이람! 속시速時! 기다림을 주의할지라! 사팔뜨기가 그녀의 꼴풀 바구니로부터 우리들 위에 애정을 쌓는지라 그리하여 유행가수인,[19] 걸시인乞詩人이, 그의 겉옷을 걸치고, 풍모風帽을 들고 우리들을 간원懇願하도다. 우리 결별 할지라! 여기 태형笞刑이 있나니. 나 믿건대, 혼최다중混最多衆교황에 맹세코! 하지만 내가 어찌 참석할 수 있을지 혹시 희망을 감히 표현한다면. 모든 이런 엿보기 사람들이 이륜전차 및 삼륜기차를 타고 올가미 되고 억류된 채 그리고 저들 푼돈 파딩 둔화臀貨의 작은 타이어 편륜片輪들! 통행세지通行稅地, 통행세지! 북극 폴로는 시베니안인人에게 걸맞을지니 그리고 페로타 경기장[20]은 잔디랭커스터에서 타자打者를 요크21) 아웃시키지도 골프장에서 도박종賭博鐘 공굴리기도 하지 않으리로다.

〔567〕 앞서 "무기(wappon)"는 간판 기둥(sighnpost)으로 변용한다. 모두들은 그 쪽 방향을 보면서, 그것을 열렬히 쳐다본다. 방향들이 기둥에 적혀있다. "단 리어리의 오벨리스크(방첨탑)…중앙우체국 수천의 인내보忍耐報…웰링턴 기념비…" 사라교 곶(point)까지…그들은 곶(岬)에 있다.

머우저 미스마[1]는 그의 몸 뻗음을 멈추고, 깜박임을 보기 위하여 문밖으로 나오리라. 한 적안赤顔의 시골뜨기, 한 목장 노등자勞橙者, 한 황갈색안黃褐色顔, 한 녹綠망나니 및 한 암자청暗紫青 굼뜬이의 자紫아담 뒤의 그[HCE]는 전처럼 뒤에도 청신青信스러웠나니. 성聖처녀 마리아여! 선망羨望의 활기왕증活旣往症, 그녀의 생기 넘치는 소성笑聲, 다번多番의 종소리 같은! 평내平耐를 가질지라, 비옵건대! 마님들에게 자리를! 심지어 빅토리아 랜도우너 부인婦人[2]도 축 늘어져 파라솔(양산) 펼칠지니, 자신의 휘청거리는 기립起立과 함께 분출噴出 숨 막힘 속으로 온통 현기眩氣된 채. 부리터스와 고씨어스[3]는 저 일사장日射場을 더 이상 마상창시합馬上槍試合할 수 없는지라 그러나 한 가지 자율속죄自律贖罪를 기록할지니,[4] 그때 대단한 묵 默息과 함께, 크로우디아 애이도울시스[5]이, 몹시 로갈露渴된 채, 그래요, 아니, 아직, 방금, 한 방울 비를 떨어뜨리게 할지로다. 서포감사鼠葡感謝하게도![6] 그건 정말이지 저 가냘픈, 여인에게 얼마나 고마운지고, 그리하여 모두들 이내 베짱이가 개미에게 그러하듯 의형제義兄弟처럼 보이는도다. 이 순간에 급류急流하는 것은 눈물이 아닌지라. 6펜스![7] 폼! 하자何者가 황소 뿔을 자르리오?[8] 우자愚者가 우지불牛支拂하나니. 깡통 가득 마시고 딸꾹질 잔盞할지라. 울릴지라, 종鐘을 당길지라! 여전히 의식儀式의 동화同話, 많이많이 더 많이! 고로 제발 그대의 향락을! 그건 *부정억제지不停抑制紙*[9] 속에 보도報道하나니,[왕의 배알에 관한] 어찌하여 마인헤루 매이아워(시장市長 각하), 우리들의 촌행장村行長, 충실한 토르뇌신남雷神男이.(우리들의 낸시의 애씨愛氏, 우리들 자신의 낸니의 대곤봉남大棍棒男), 자신의 목통木桶을 높이 치켜든 채, 나들이옷을 입고, 버크럼의 야자피椰子皮에 우링턴 부츠[10]를 신고, 자신의 구름무늬가 있는 지팡이 및 목 올가미 후광後光, 고정준남작固定準男爵과 군민간群民間 자신의 충시자치공동체充市自治共同體에 둘러싸인 채, 구두쇠 골목길, 돈구豚丘, 암소로暗小路, 교수대초지絞首臺草地 및 멋쟁이 보도步道 및 소승정가僧正街 및 집달관소로執達官小路[11]로부터 손의 연連사슬에 의하여 제지된 채, 광석총구廣石塚丘[12]에서 안녕내일安寧來日의 열쇠[HCE의 왕 배알 & 왕에게 증정되는 더블린 열쇠]와 더불어 자신의 폼페이우스 쿠션 위에 돔 킹[13]을 수령할 것인지. 자비폐하慈悲陛下에게 신臣의 광대측대보廣大側對步의 의경의義敬意를! 일어나시오, 폼키 돔키경卿![HCE—더블린 시장] 이청耳聽! 이청! 난청難聽![14] 사방도청四方盜聽 만병萬病! 우리는 단지 저 노마老馬를 그리워하나니 하지만 캐비지묘원墓園[15]의 저 현자賢者의 묘墓리크(植)를 애창愛唱하도다. 풍요豊饒 하옵기를, 노두건장군老頭巾將軍이여![16] 그건 모든 나날의 열대화제熱帶話題일지라. 유대앙자唯太陽子의 광휘에 의하여! 완전한 절호천후絶好天候의 항풍恒風. 이후以後, 급한(스위프트) 악몽역장惡夢力杖은 물러나고, 그[HCE]는 자신의 금문자채색양피지金文字彩色羊皮紙로부터 연설독演說讀에 의하여 평온전하平穩殿下에게 조연설助演說할지니, 알파 버니 감마남男 델타취급자 에트새라 등등 제타 에타 태터 당밀唐蜜 여汝타 카파 포자捕者 롬돔 누,[17] 그리하여 그는 의미간意味間에 저 조명연자照明然者, 페핀레인족族의 파피루스왕王,[18] 우리들의 경卿, 위대한, 대왕은.(그의 족판足板은 가장행렬주假裝行列主 렉스 인그람[19]에 의하여, 훈도訓導하기 위해, 거기 건립되는지라) 자신의 소小갈대궁弓을 들고 아리스 천의 이른 바 눈부신 교의류橋衣類 속으로 갑기기 나타나며[20]

자신의 설예선舌銳先을 가지고 크리미아 심홍색의 발칸제국발코니귀부인(balkonladies)들에게 희롱할지니, 여기 그들의 검소한 주름장식의 코르셋에 조배助盃 익살촉감속觸感屬하옵소서,[1] 승세골자勝勢骨子, 확실히 그러할지라! 편종타자編鐘打者들이〔성당의 축종들〕 그들의 음계종音階鐘을 울리리라. 링, 링! 링 링! 성聖북—부—장노원,[2] 성聖하환상下環狀 마가원院, 성聖장비상자裝備箱子—결의—로렌스 오툴원院, 성聖마이라 니코라스원院. 그대가 즉신청卽新聽하는 성聖가드너 성당, 성聖조지—루—그리크 성당, 성聖바크래이 공황恐慌 성당, 성聖피브, 사도—파울과 함께 야원野原의—아이오나 성당. 그리고 시市의 가청반대편可聽反對便에 성聖대문측大門側—주드, 부르노 수사修士 성당, 성聖웨스터랜드—로오—안드류 성당, 성聖모리노 외지外持 성당, 성聖마리아 스텔라마리즈 위즈 브라이드—앤드—오데온즈—비하인드—워드보그 성당. 효과상效果上 얼마나 관종매력적管鐘魅力的이람! 만사 따르릉 종주명악鐘奏鳴樂! 그토록 많은 성당들을 우리는 모두 기도를 기원할 수 없도다. 지금은 성년聖年의 날! 우리 유월합六月合 칠월락七月樂하소서! 성聖아가사 및 트란퀼라 수도원은 근직謹直하게 경내境內에 울 폐閉 할지나 대大구세주요 성스러운 옹호자인, 말보로—더—레스는 철야근행을 개문開門할지라. 축복의 성당! 그러나 사교화司敎化는 없을 것인고? 아무렴, 아무렴, 재희再戱! 수위적首位的으로. 수변水邊에서. 칸타베라와 뉴워요크 대주교 관구가 겸도謙禱할 때, 만도晩禱에 의하여, 도회인과 여인旅人을 위하여, 자신의 백금의 만자권장卍字權杖을 높이 치켜든 채, 우산—파라솔식으로, 드브랜[3]의 각하가 모든 이들에게 고하리라. *축복수혜자 축복할지라!*[4] 식탁으로! 그리고 왕성식욕旺盛食慾! 그에게 이 알락해오라기(鳥)를 매듭 풀지라, 내게 이 닭들을 분배 할지라, 저 학鶴의 날개를 펼칠지라, 그녀에게 그녀의 비둘기를 퇴절腿節할지라, 오솔길 안安 토끼와 꿩을 끈 풀지라! 노래할지니 나이 많은 핀쿨,[5] 공짜 술 곤드레만드레 꿀꺽꿀꺽 들이키자 경쾌한 늙은 취령醉靈이나니! 퐁퐁 배진만세配陣萬歲! 왠고하니 우리는 모두 아무 주병酒甁도 거부하지 못할 쾌활희快活戱의 낙옥당落獄黨들인지라![6] 여기 그대를 위하여 세절細切한 숭어 및 등뼈 가른 연어 및 타절打切한 칠갑상어, 소스 바른 식용 수탉, 미늘이 가시의 왕새우가 있도다. 주저식언배우躊躇食言俳優를 식탁으로 불을지라![7] 마마 내게 더 많은 샴페인을! 무엇이라,[8] 이태伊太뮤즈 희극여신戱劇女神이[9] 무無? 어찌하여, 한 사람의 비극주신悲劇酒神[10]도 무無인고? 따라서! 우리들의 배우연俳優演으로 자신들의 극장 문[11]까지 음향금전효과장치音響金錢效果裝置를 여태껏 가지다니. 메쏘프 씨와 볼리 씨[12]가 솔선 연출할지니, 그들은 베루노의 두 남근신사男根紳士[13]인지라, 상급 나우노와 상급 브로라노[14](대미大尾! 피날레!), 아름다운 참회자[15]의 지상의 사랑을 위해,[16] 그녀는 초연招演되다니, 로다의 장미녀.[17] 그들 두 대피한大皮漢들! 얼마나 그들은 그녀를 득하기 위해 경투競鬪했던고! 이토록 소년한량극少年閑良劇[18]을! 그들의 부세(料)묘술妙術![19] 무슨 타이론의 힘인고![20] 무대요정에 맹세코![21] 나의 이름은(신기한) 노벨이요 언덕의 그란비 위에 있도다.[s] 브라보! 그대 배반자 노예여!

〔569〕 왕은 귀부인들을 위해 축배를 들고, 그를 맞아 성당은 축종을 울리며, 성년聖年의 날, 주교 년, 황연, 속삭임의 일색이라. HCE의 위상. "도회인과 여인旅人을 위하여, 자신의 금백의 만자권장卍字權杖을 높이 치켜든 채, 우산—파라솔식으로, 드브랜의 각하는 모든 이들에게 고하리라. 축복수혜자 축복할지라!" 이어지는 환영 만찬과 음식물들의 분배. 배우들을 식탁에 부르고, 연극의 공연 그리고 이어지는 환담의 잔치 또 잔치. 지금은 성년聖年의 날! 향연, 마마 내게 더 많은 샴페인을!

〔566.26–570.13〕 4노인들은 공원에서 상실된 다—임금의 이옥고 나타날 사냥 방문과 시장市長과 함께 그의 만남에 관해 재잘거린다—4대가의 귀환 다시 HCE의 주제.

〔570.14–570.25〕 4노인들이 토론하는 포터 씨에게 되돌라 오다—그의 건강과 몸매, 그의 결혼과 가족.

〔왕의 배알, 영광의 축제〕 나의 이름은 아프노발이요 대월산맥大越山脈 너머에 있도다. 최고브라보(Bravossimost)! 로열 뮤직(음악)을 그들의 쇼가 노래 사태沙汰를 가지고 자연의 엄숙한 침묵으로 닫힐지라. 다심多深한 다울多鬱의 도란도![1] 멋진 하프가 만가작별輓歌作別하리라![2] 전유장戰遊場에는 투창녀投槍女들 및 낭우浪雨 댄스 및 장애물항 도경주渡競走 및 인형작전 및 베스비오산山의 설형발광탄楔形發光彈이 등단할지니, 눈(雪)같은 여명박편黎明薄片, 인자군주폐하仁慈君主陛下[3]와 우리들의 정부情婦들을 위하여 암락시각闇落時刻에, 모두 연집결聯集結된 채. 열도熱都 금야의 어떤 전시간全時間![4] 그대 듣지 않았던고? 그건 존재의 책 속에 머무는지라. 나는 누군가가 어릿광대 작일 그걸 말하는 것을 들었나니(완장腕章을 두른 급사장이 아니었던고) 어찌 우리가 내일을 여기에 맞이할지라도 그건 결코 여기 금일이 아님을. 글쎄 단지 생각하는 걸 상기할지니, 그대 거기 작금일昨今日은 모건[5]이 있었던 곳인지라 그리하여 그건 언제나 음문타처陰門他處의 내일이도다. 아멘.

진실로! 진실로! 내게 더 많은 녹음화錄音畵를 하사下賜할지라! 그건 격렬하게 생각하게 하도다. 향사鄕士, 풍요한 포터 씨〔HCE〕는 언제나 이토록 건장하지 않은고? 나는 호의에 대하여 그대에게 감사하는지라. 그는 수취다량收取多量 과도하게 헤르클레스 괴력적怪力的이도다.[6] 우리는 그가 이전보다 훨씬[7] 더 건비健肥함을 보는지라. 우리는 그가 자신의 에이프런 아래 아동물학兒童物學을 전지全持하고 있음을 말할지라. 잘 생긴 포운터경卿은 언제나 그토록 오랫동안 결혼하고 있었던고? 오 그래요, 포운터 친가주親家主는 아주 오랜 기간 이후 돌진물항突進物港에서 결혼낙남結婚樂男이었나니, 거기 그는 활동가인 우리들의 유남油男처럼[8] 견시見視한지라, 그리하여, 그래요 과연, 그는 자신의 대자식大子息, 자신의 두 멋진 진자식眞子息들〔숀과 솀〕 그리고 그들 부부 사이에 자신들이 낳은 초超멋진 맥 아들을 지녔도다. 시녀視女〔이시〕, 시녀, 시녀! 그러나 무엇에 그대는 다시 곁눈질하는고? 나는 곁눈질하고 있지 않나니, 통실례通失禮하지만. 나는 아주 시녀視女 시녀 시녀 심각視女深刻하도다.

〔4노인들의 산보〕 그대는 당장에 어딘가 가고 싶어서는 안 되는고? 그래요, 오 애석한 일! 가장 이른 순간에! 저 욱신욱신 쑤시는 열감熱感! 제발 내게 장황하게 이야기하지 않도록 할지라, 그건 언제나 너무 끈적끈적하기에.[9] 여기 우리는 원족할지니(오 애석) 하행何行 관습적으로 사라숙모 댁소宅所[10]의 1번지까지. 이시, 있나니. 나는 그대로 하여금 우리의 국립제일로國立第一路 1001(one ought ought one)[11]을 예증하는 그녀의 경치를 감탄하기를 바라는지라. 우리는 또한 실 바누스 샌크투스가 그의 도유塗油의 저들 손가락 끝[12]을 간신히 씻은 저 장애물항을 견하見下할지로다. 곡악어안曲鰐魚眼한 채, 언제나 배후를 보이지 말지니, 그대가 아주 얼굴이 심홍유황색이 될 때까지! 주의! 경목警目! 그건 심장의 도적이나니![13] 나는 그대가 염하실鹽下室로 상도常倒하지 않을까[14] 염려하는도다. 나는 상응추종相應追從[15]하리라.

농아자聾啞者여![1] 이들 안경광휘眼鏡光輝의 파도광波跳光![2] 그대가 그들에게 어떻게 노래하는지 제발 내게 말할지라. 활탐活耽 활력活力![3] 그들[반딧불]은 우리들의 공원 근방의 맑은 춘수도정春水跳井[4]에서 솟는지라, 그건 발광농자發狂聾者를 온통 맹청盲聽하게 하도다. 이 친애親愛의 장소! 얼마나 그건 맑은 고! 그리하여 얼마나 그들은 스스로의 주문呪文을 그 위에 던지는고, 그곳에 부동하는 엽상체葉狀體들, 책보표冊譜表의 나뭇가지![5] 모착毛着의 나무줄기, 나무에 절각切刻된 애엽愛葉! 그대는 그들의 탄트라 경전經典의 철자[6]를 볼 수 있는고? 나는 해독할 수 있나니, 여선생이 도와준다면. 느릅나무, 월계수, 이 길로, 킬데어 참나무, 메시지를 적어요, 황갈색의 바늘 금작화, 너도밤나무, 창백한 버드나무, 소나무에서 나를 만나요. 그래요, 그들은 우리들을 물의 밀회장密會場으로 데리고 갈지니, 처녀 공작고사리의 울타리 곁으로, 그런 다음 여기 또 다른 장소에 안락교회당安樂敎會堂[7]이 자리하는지라, 노래를 위하여 팔리고, 그에 대한 나의 칭찬을 그대는 너무 고가高價로 생각했도다. 오 마마! 그래요, 시온의 슬픈자여?[8] 내게 팔지라, 나의 친애하는 영혼을! 아아, 나의 비울悲鬱이여, 그의 수도직修道職 바곳(植)[9]으로 울창한 수도원, 얼마나 죽도록 슬픈지고, 온통 담쟁이 넝쿨! 거기 기근饑饉 속에 차가운.[10] 하지만 볼지라, 나의 표백漂白의 키스벨(미인)이여,[11] [이시—이슬트] 하밀의下密衣를 입고 그녀는 온통 경쾌한지라, 그녀의 푸른 스커트, 그녀의 하얀 다듬이 예복禮服, 그녀의 모란배(植果), 그녀의 겨우살이자두(植果)! 나는, 쳇쳇,[12] 나는 또한 재빨리 이 소락회당小樂會堂[13] 안으로 스스로 조용히 밀회해야만 하도다. 나는 차라리 아일랜드보다![14] 그러나 나는 간원懇願하거니와, 선감先感! 그대의 안이요安易尿를 할지라! 오, 평화, 이건 하늘 기분이도다! 오, 포올링투허(彼女注入)의 왕자씨氏, 무엇이든 행行하여 두이락豆易樂할고?[15] 왜 그대는 그토록 실물 크기인고, 나의 진귀자珍貴者여, 나 그대로부터 듣는 대로, 리머릭 호湖의 비탄悲歎[16]으로, 저 부푼자者를 좇아? 나는 한숨짓고 있지 않는지라, 확실히, 그러나 단지 나는 나의 사라지地[17]의 모든 것에 대하여 너무너무 안 됐도다. 잘 들어봐요, 잘 들어봐! 나는 쉬를 하고 있나니. 한층 저들 소리를 들을지라! 언제나 나는 그걸 듣고 있나니. 마馬에헴(H) 기침(C) 한껏(E). 안요정妖精[18](A)이 음陰비밀히(P) 혀짤배기 소리 하다(L).

—그[셈]는 이제 한층 조용해졌도다.

—법적자격法的資格된 채. 배우자비접근配偶者鼻接近. 야성불간청野性不懇請. 적성권리適性權利로서. 쌍자단육双者單肉. 가지며 지닐지라.

—쉿! 자 가세. 소리를 낼지라. 잠…

—급急…저 소녀…

—풍요개조지색등豊饒開朝之色燈. 각기상급증覺起床及證. 희생대비犧牲對備[19]

—대待! 사史! 이청耳聽하세!

왠고하니 우리들의 하계下界의 회심적會心敵들이 초과시超過時로 치조작업齒爪作業하고 있기에. 지맥地脈, 두꺼비묘혈墓穴, 흉신경절胸神經節, 염치장鹽置場에서,

[571.27—571.34] 쌍둥이들이 방에 되돌아오나니… 울부짖는 아이는 이제 한층 조용하다… 그(젤리)는 이제 한층 조용해졌도다… 풍요개조지색등豊饒開朝之色燈. 각기상급증覺起床及證. 희생대비犧牲對備… 대待! 사史! 이청하세!(Wait! Hist! Let us list!) 그들은 젤리가 이제 한층 조용하고, 램프가 접근한다고 말한다. 여기 혼합어들은 John Keble(영국의 목사, 시인)(1792—1866) 작의 시 〈그리스도교의 해〉(1827)로부터의 응축어이다. "풍요로이 펼치는 아침의 색체들… 우리들의 깨어남 & 기상起床은 입증하나니, 그리고 하느님은 재물을 마련하도다." 그들은 ALP의 파트너로서 HCE의 합법적 부부 접근의 권리에 대하여 토론 한다. "갖고 지닐지라."…마지막 구절은 모호하다. 그 암시적 내용인 즉, 젊음과 노령의 불가피한 연속. 지하의 정령들, "하계의 회신저들"은 지하 굴, 죽음의 광산, 소금 지하실에서 이빨과 손톱을 놀리고 있다. 이들은 쌍둥이들로, "영양부족된 채. 양심가책良心呵責하는 불(火) 트집 잡는 자들," 젊은이들은 늙은이들을 위해 무덤을 파고 있나니. 아들은 양친의 무덤을 팔지 모르며, 딸은 느릅나무와 돌로 세탁부들을 대신할 것이다.

—그[셈]는 이제 한층 조용해졌도다.

—법적자격法的資格된 채. 배우자비접근配偶者鼻接近. 야성불간청野性不懇請. 적성권리適性權利로서. 쌍자단육双者單肉. 가지며 지닐지라.

—쉿! 자 가세. 소리를 낼지라. 잠…

—급急…저 소녀…

—풍요개조지색등豊饒開朝之色燈. 각기상급증覺起床及證. 희생대비犧牲對備19)

—대待! 사史! 이청耳聽하세!

왠고하니 우리들의 하계下界의 회심적會心敵들이 초과시超過時로 치조작업齒爪作業하고 있기에. 지맥地脈, 두꺼비묘혈墓穴, 흉신경절胸神經節, 염치장鹽置場에서,

〔570.26–571.26〕 우리는 화장실에 가야한다—혹은 그것은 공원의 산보인고?

〔571.27–571.34〕 4복음자들은 중얼거린다. 그리고 그들은 HCE와 ALP의 소리를 듣는다.

〔571.35–572.06〕 젊은이들은 아직 위협적

〔572.07–572.17〕 문이 열리다—무엇? 누구?—아래 구절은 〈경야〉에서 가장 이상하고 어려운 구절이다.

영양 부족된 채 양심 가책하는 물(火) 트집 잡는 자들이 미망남迷妄男을 그의 후촉수後觸手로부터 문 두드려 깨우고 있도다[1]. 무덤이 그들의 도구일지라! 그때 유처녀들이 이내 자신들의 도박자들의 횡하상橫下床위로 절단 다이아몬드를 후도後盜하리니. 자신들의 사두마차 선조들을 위하여 묘호墓壕를 말쑥하게 흙손으로 바르면서. 그대의 클럽을 위하여 투표할지라!

—기다릴지라.

—무엇!

—그녀의 문!

—열어?

—볼지라.

—무엇!

—조심스러운.

—누구?

행운 작별을! 피차개일반! 악음樂音![2]

들을 수 없도다![3] 그녀의 갑충甲蟲 딸? 하수희何誰希? 그녀의 신중한 딸들의 희망? 하수망? 네게 말할지라, 느릅나무, 애석 내게 말할지라! 곧!

함께 생각해 볼지라.

소송대리인 심문審問 가리우스 아분신我分身이〔화자—법학 교수〕 제의자를 우리에게 제송하도다.

호누프리우스는 모든 이에게 부정직한 제안을 하는 호색적인 퇴역 육군소장이도다.[4] 그는 *베게 권리*를 호소하면서, 처녀인, 페리시아와 단순부정을 범한 것으로, 그리고, 유제니우수 및 제레미아스, 둘 또는 셋의 형제 애인들과 부자연한 성교를 습관적으로 행사한 것으로 사료되는지라. 호누프리우스, 페리시아, 유제니우스 및 제레미아스는 최저도까지 동일혈족이나니. 호누프리루스의 아내 아니타가 그녀의 몸종인, 포티씨氏에게 들은 바에 의하면, 호누프리우스는 자신의 노예인 마우리티우스에게 교사敎唆하고, 허누프리우스에 대한 한 사람의 상업적, 경쟁 질투자者 마그라비우스를 권장하여, 아니타의 정조를 간청할 것을 자발적 징벌 하에 모독적으로 고백했도다. 아니타는 포티타와 미우리티우스의 몇몇 불의의 자식들(가설은 사가史家 웨이어[5] 것인지라)로부터 들은 바, 마그라비우스의 종파분리의 아내, 길리아는, 호누프리우스의 대변인으로서, 제레미아스에 의하여 타락된 부도덕한 인물인, 바나 바스에 의하여 은밀히 방문 받고 있는 터이다. 길리아는.(한 냉각혼합자冷却混合者로, 사가 드올톤6)은 주장하다) 포페아, 아란치타, 크라라, 마리누짜, 인드라 및 이오디나와 함께 *마출馬出이나니,*

〔572.18—573.32〕 강한 성적 성질의— 복잡한 결혼 사건—연구—둘째 법률 사건의 제시.

호누프리우스에 의하여, 포근히 타락 당했나니(홀리데이[1]의 견해에서), 그리하여 마그라비우스가 간첩으로부터 얻은 정보에 의하면, 아니타는 미카엘, 속칭 세루라리우스가,[2] 유제니우스를 유혹하기를 바라는 영구목사보牧師補와의 이중모독을 이전에 범했도다. 마그라비우스는, 한 정통적 야만인인(12인 용병단傭兵團, 살리 바니단團 단장), 수라[3]가 아니타를 치근거리도록 위협하는지라, 그리하여 후자는, 만일 그녀가 그에게 항복하지 않으면, 그레고리우스, 리오, 비텔리우스, 맥더갈리우스[4]의 4인 묘굴자墓掘者들〔4대가들〕를 위하여 페리시아를 주선하며 그리하여 또한 요구가 있을 때는 혼인의무를 과果 함으로써 호누프리우스를 속일 것을 욕망하도다. 제레미아스와 유제니우스로부터 친족상간적的 유혹을 발견했다고 공언하는 아니타는, 설라의 야만성과 12살리 바니단의 용병근성을 유화하기 위해서, 그리고(길버트[5]가 처음 암시했던 대로), 길리아의 사후 미카엘에 의하여 개종된 마그라비우스를 위하여 페리시아의 처녀성을 지키기 위해서, 호누프리우스의 색정에 항복할 것을 의도할지니, 그러나 부夫의 혼인권을 인정함으로써, 자신이 유제니우스와 제레미아스 간의 비난받을 행위를 야기하지 않을까 두려워하고 있는지라. 미카엘은, 이전에 아니타를 타락시킨 바 있나니, 자신이 호누프리우스에게 몸을 맡기는 의무를 면제하고, 39 몇몇 작태들[6]의 자신의 결합을 공공연하게 소유한 척하고 있는지라(*수치스럽게도!* 게론테스 캠브론즈[7]가 *권좌로부터* 단언하는 바) 후자가 교활에 의한 신방에 들어 의무를 완수하기에 자기 자신이 무능했을 때는 언제나 육욕적的 위생을 위하여. 아니타는 심기불안한지라 하지만 미카엘은, 그녀가 무위에 도달할 것을, 경험으로부터, 자신이 알고 있는(왜딩[8]에 따르면) 파찰음중破擦音中의 신앙사기를 만일 행사한다해도, 그녀의 소송사건을 내일까지 성당사교회사 教誨士 구리엘무스를 위하여 보류할 것을 공식파문하나니. 포티씨氏는, 그러나, 호누프리우스의 강력한 응징을, 그리고 방금 권리 포기 당한 채 그리고 후회하고 있는, 성직매매자, 설라와 더불어, 머우라타우스의 망처亡妻, 카니쿠라의 타락(*언어 최도단!*)을 서술함으로써 아니타를 경고할 것을 그레고리우스, 리오, 비텔리우스, 및 맥더갈리우스에 의하여, 재再결합적으로 격려 받고 있도다. 그〔HCE〕는 패권을 갖는고 그리하여 그녀〔ALP〕는 복종할 것인고?

해전鮭典을 번역할지라, 그대는 연어(魚)를 기를지라. 고故캐이프와 챠터톤의 소송명으로.

이것은, 평신도 독서자(문외한) 및 이방경신사異邦莖紳士들이여, 필경 우리들의 제소법정廷에서 삼림산업森林産業과 연관하여 우산雨傘[9] 역사로부터 야기하는 모든 사건들 가운데서 가장 공통적인 것 일지로다.

〔574〕 여기 사건의 둘째 부분, 〔그것의 재정적 상항의 음미는 대영제국 제도諸島에 있어서, 특히 헨리 8세(Hal Kilbride)(앞서 제8장의 빨래하는 여인들에 의하여) ALP의 초기 애인으로 거명된다〕의 시기와 반反 개혁 이후 기독교의 역사에 대한 개관으로 전개된다. 아일랜드의 가톨릭의 아내(이제 Ann Doyle로 불리거니와)는 Tangos 주식으로 알려진, 대 회사(로마 가톨릭 성당)의 하급 파트너로 알려져 있다. 이 회사의 상급 파트너(Rome, Vienna, Madrid)는 (토론 하의 역사적 신기원에 따라) Brerfuchs, Breyfawkes, Brakeforth 및 Breakfast로서 다양하게 알려져 있고, 하급 파트너(아일랜드)는 Warren, Barren, Ann Doyle, Sparren 및 Wharem으로 다양하게 알려져 있다. 이제 Pango 주식으로 알려진, 경쟁 회사(영국 정교)가 형성된 듯한데, 그의 자금 수탁자(피신 탁인)인, 어떤 Jucundus Fecundus Xero Pecundus Copper-cheap(HCE)라는 자가, 만기된 십일조 때문에, Tangos의 하급 원을 고소한다. 지불은 Tongos 회사의 상급원에 의해 서면書面된 횡성수표(crossed check)로 이루어진다. 수표는 일종의 위조였고, 결코 양도된 바 없이, Pango 주주株主들 사이에 유통된다. 판사와 마찬가지로 배심원의 모든 구성원들은 Doyle에 의해 지명되고, 특별한 아일랜드식으로 상호 의견이 맞지 않다. Ann Doyle이 몸소 배심원에 나타나, 자금의 영원한 수탁자인, 어떤 Monsignore라는자와 재합병할 것을 제의 한다. 판사 Jeremy Doyler는 Pegigi가 Hal Kibride의 시대이후, 1개 시체에, 그리고 Ann은 앵글로—노르만 정복 이후 1개 노예에, 불과했다고 판결한다.

드오일리 오웬즈1)가 주장한 바(비록 또한 핀 매그누손[2] 자신의 주장일지라도), 두 명의名義의 합동예금구좌合同預金口座가 있는 한 상호 의무는 가정되는지라. 오웬즈는 브레퍽스 앤드 웨렌이, 파오 박탈된 이후, 탄고즈 주식회사로서 등록된, 외국 상사를 확정재산품목確定財産品目의 매각을 위하여 소환하도다. 이교도 성당 긴급자금의 수탁자의 의뢰로, 그의 수탁자, 한 사직공무원에 의하여, 10분의 1세稅 지불 때문에 고소하고 있는 소송사건은 도일 판사에 의하여 그리고 또한 보통배심원에 의하여 심리되는지라. 보증인이 증거서류를 언급한 부채에 관한 어떠한 의문도 야기되지 않았나니. 피고인은 지불이 효과적으로 이행되었음을 주장했도다. 자금수탁자, 어떤 주컨두스 퍼칸두스 제로 퍼컨두스 코퍼칩[3]라는 이가 반소反訴한 바, 횡선수표橫線手票의 엄호 아래 채권자에게 차출된 무효의 것으로, 이는 통례의 과정으로 서명된 채, 헐즈 크로스[4]의 윌드헤름[5]의 명의로, 보증인표保證人標로서 마련되고, 그리하여 상급회원에 의하여 인출되었는지라, 그에 의하여 물건의 공탁이 단지 그들의 합동명의에 의하여 실효를 거두었도다. 은행은 특별 항변했나니, 국가적 참사라(이제 거의 전적으로 타고즈의 4대 평화주채권소유자四大評化主債券所有者들의 손안에), 비록 채무에 대처할 충분한 예비금이 있는데도, 수표결제를 거부한 채, 그 결과 수탁자 코퍼칩은 당건의 자금을 위하여 그리고 그것을 대표하여 자신의 고객인, 공증인에게 그것을 양도했는지라, 그자로부터, 대가상對價上, 그는 피신탁자被信託者와 비신뢰자非信賴者 간의 법적소창교환法的消暢交換을, 감사로서, 받아들었도다. 그때 이후, 멋진 빨아도 색이 바래지 않는 핑크, D Y D 1132번(위폐)(D You D No 11 hundred and thirty 2)[6] 이 돋음 새김된 채, 숫자와 면체가 아주 적합한 수표가, 라이벌 상사, 판고 주식의 주주들 사이를 39년[7] 이상 나라 안에 통용되고 있었는지라, 딱딱한 경화 또는 유동현금과 유사한 화폐자격 박탈된 단한 푼도 카운터를 가로질러 여태껏 회전되거나 변동된 바 없었나니. 배심원은(12명의 부도덕한 스타우트 강주남强酒男들, 그들 모두는 호기심 많게도 도일의 이름을 닮았는지라) 단체적으로 그리고 개별적으로 자연히 의견불일치였나니, 그리하여 호전적 판사는, 연합 배심원의 의견불일치에 의견을 달리하면서, 전적으로 자신의 배심가권陪審假權을 일탈하여, 중립상회中立商會 채권차압통지를 명령했도다. 어떤 *집행영장*도 자금고갈된 왕시往時의 가이 폭쓰(화약음모주모자)를 찾아낼 수 없었는지라, 왜고하니 그는 초기 물물교환기期로 일부日附 되돌아가는, 고대의 모라토리엄(지급유예)과 관계를 맺었기 때문이나니, 그리하여 단지 하급회원 바렌만이 발견 될 수 있었는지라, 그런데 그녀는 출정出廷하여, 재정신청裁定申請의 고지告知에 의거 그리고 중간판결의 강제령에 의한 발의신청송달送達 후에 남성배심원들 사이에 폐업지부廢業芝婦로서 출석, 원래는 프롤레타리아 계급 출신으로, 하지만 안 도일, 2 코핑거즈 카태이지스,[1] 도일즈 칸추리라는 자신의 성명의 멋진 직함을 지녔었도다. 도일(안)은, 부가입정녀附加入廷女로서, 배심원석을 유감스럽게 떠났는지라, 횡선수표의 *건상件上* 긴 하소연 속에서도 기립하여 경쾌하게 항의했나니, 도일스럽게 서술한 바에 의하면, 그녀는 이따금, 거의 금괴비등점金塊沸騰點까지 치솟는 퉁명스러운 요구에 응하여, 브랙포스 씨[2]의 우선액優先額을 후사後嗣없는 날짜로부터 9개월에 교환하여 할인했는지라 그리하여, 엄밀하게 문자 그대로 말하면, 그녀가 봉사에 대한 즉시불로서 지급 받은 은행통화권을 고무 확인하기 위하여 공병空甁했나니, 세탁불가한 공수형신탁금空手形信託金의, 때때로 핑크 윌리엄의(웃음), 그러나 한층 자주 *크림과 시트론, 다양 에나멜 피콕(공작)* 또는 마쉬매로우(양 아욱, 植) 시리즈의 어음수취인으로 보답했는지라, 그리하여 그것을 그녀는, 지참자로서, 시市 및 교외[3]의 유명한 촉수인觸手人으로서 각재신문角材新聞에 의하여 대부분의 경우 신분확인된 그녀의 각양각색의 지불인—어음발행인에게, 접착적接着的으로, 기금 증여했도다. 증인은, 그녀 자신의 요구에, 자신이 경우를 위하여 그녀가 스스로 몸에 지니고 있었던 오선음악지五線音樂紙 사이에 혹시 그리고 뭔가를 작서作書했는지를 물었는지라 그리하여 이것이 판사석에 양도되어 *사밀私密하게 검토되었나니*, 코핑거의 인형이라, 자신이 불려 진 그녀는.(익명, 맥 어란御蘭의 탄물嘆物, 양아養兒) 뒤이어 저 소녹음小綠陰 법정[4]의 제리킨 및 저런 그리고 모든 어중이떠중이 자들[5]에게 그녀 자신의 만족을 위하여 그리고 안착법安着法[6]의 전체령全體令으로서 스스로 재합병할 것을 제의했나니, 명일강력적明日强力的으로, 윌 브렉파스트[7] 및 스파렘[8]의 새로운 방식하에, 영구제소기금수탁자永久提訴基金受託者, 몬시그노르 페피지[9]의 교황특사허락자敎皇特赦許諾者와 공동협력으로, 모든 그의 법원관할권이 몰수당했을 때, 마치, 그가 그녀를 향하여 확고부동한 흥미를 제공하고 있는 듯 보였는지라, 그러나 이 전후전도제의前後顚倒提議는 제레미 도일[10] 판사에 의하여 상소상上訴上 규정제외되었던 바, 그리하여 후자는, 법정 문제에 있어서 판결을 보류하고, 하급교정률下級矯正律의 배심평결을 파기하며, 진실반역眞實反逆의 의혹을 초월하여, 배심총원陪審總員의 불승낙을 미결피未決避하는 것이 발견되었나니, 12명의 직립청렴直立淸廉 유다 진상조사단이 예나 변함없이 자신들의 모지거부母指拒否를 행사하듯, 그리하여, *말단포착을 갈망하면서*,

〔575〕 애란 가톨릭의 아내는 탄고즈 주식회사로서 알려진 로마 가톨릭의 하급회원으로 알려지고 있다. 이 회사의 상급회원은 Brerfuchs, Breyfawkes, Brakeforth 및 Breakfasy, 그리고 하급회원은 Warren, Barren, Ann Doyle, Sparrem 및 Wharrem으로 각각 다양하게 알려져 있다. "브랙포스씨氏…날짜로부터 9개월…핑크 위리엄…윌 브랙파스트"(Mr Brakeforth…nine months from date…pinkwilliams…Will Breakfast)(즉, 다음날 아침 〈율리시스〉의 블룸은 침대에서 조반을 먹을지니). 여기 인유들은 약간 암난暗難한지라, "Will Breakfast"는 분명히 Will Shakespeare이니, 왜냐하면 특히 조반(breakfast)과 조반 음식은 자주 셰익스피어 및 그의 표절과 연관되기 때문으로, 〈율리시스〉에서 블룸은 거듭해서 셰익스피어와 연관된다. 만일 Ann Doyle이 여기 페이지들에서 Ann Hathaway 이라면, 그럼 HCE는 셰익스피어요, 그리고 확실히, 576에서 HCE는 "mirrorminded"로서 언급되고 있다. 〔〈율리시스〉의 도서관 장면에서 Mr Best는 셰익스피어가 콜리지가 부른 대로, "myriadminded"임을 상기 시킨다.)(U 168)〕. 〈율리시스〉는 스티븐, 멀리건, 헤인즈의 조반으로 시작하는데, 조이스는 여기서 조반이 시작하는 자신의 작품들을 그것으로 마감하기를 즐기는 듯하다.

〔573.33—576.09〕 특히 재정적 특성을 지닌, 결혼 사건의 합법적 및 종교적 분석—사건의 폭로에 이은 침실 장면의 연속.

〔576.10—576.17〕 침대로 되돌아갑시다—쌍둥이의 방으로부터 양친에게로—마가의 HCE 가문을 위한 긴 기도.

리피(강)의 배심원에게 언도言渡한 바, 사전事轉의 문제로서, 일동이 자유의 몸으로 선고한 그 여인은 생래 계약무능이었는지라(칼리프 오브만 상사商社 대 유데러스크 회사會社),[1] 언제, 어떻게 및 어디서 공식 소유권법은 적용되지 않았나니 그리하여 고로 궁극적으로 주장한 바에 의하면, 법률상의 어떠한 재산도 시체屍體상태로 있을 수는 없기 때문에.(할 킬브라이드 대 우나 벨리나)[2] 페피지의[3] 협정은 순수한 무미물無味物이요(큰 웃음) 그리하여 화렘[4]은 금전을 위하여 휘파람을 불고 있었으리라. 그대할 마음인고, 아닌고,[5] 페피지와 함께 판고를? 낸시를 위해서가 아니고, 어떻게 감히 그대가 하랴! 그리고 휙 휙휙 휙.

—저 애는 잠 속에서 탄식했도다.

—우리 뒤돌아 갈지라.

—그가 선각先覺하지 않도록.

—우리들 스스로 숨을지라.

맴도는 꿈의 날개가, 사방 겹치면서, 공포로부터 나의 작은 꼬마 마네킹[6]을 숨길 동안, 나의 커다란 가발假髮의 길고 튼튼한 남중남男中男을 지킬지라, 나의 유아, 나의 *미남아美男兒*를 보호할지라.

—침대로.

시굴자試掘者 설계자 그리고 모든 방축 길의 동량자棟梁者〔HCE〕[7]거인 건축자〔하느님〕야말로 어떤 하화자何禍者든 간에, 직부직절도直斧直切道 및 나선곡순회구螺旋曲巡廻區의 진짜 최종점단最終点端에서 깡충 도출逃出하면서, 열정하처熱情何處에서 목표하향目標何向까지, 경탄욕驚歎慾, 거기에 연쇄連鎖하여, 모든 다소多少가 그의 소다少多를 틀림없이 이루는지라,[8] 마치 요크가 리즈와 다르듯,[9] 그리하여 사전부터 그것 자체를 살피는 돈비세계豚肥世界의 유일한 길이로다. 두더지 사냥꾼에게 언덕을, 최초의 낭군郎君을 통하여 가정을, 돼지 뒤의 위난진주危難珍珠[10] 및 공복항空腹港[11]에게 마력馬力을, 가져오는 백만경심百萬鏡心의[12] 호락심好樂心 및 대광大廣—연계然界〔HCE〕, 이 남자를 찌르고 이 여자를 유타乳打하고, 우리들의 최초양친적강제지불세最初兩親的强制支拂稅를 도우소서. 그의 구강소굴口腔巢窟의 악목자마惡夢雌馬를 가진 보기 보보우,[13] 피니시아 파크와 함께 대大동량지재 피니킨[14], 남자〔HCE〕는 귀의 절름발이 그리고 여자〔ALP〕는 다리 하품, 가장 교정적矯正的으로, 우리는 그대에게 간원하는지라, 그들의 야경봉사夜警奉仕의 사다리층계 아래로 그리고 일광日光분출시에 최하층 군족단群足段의 자신들의 의붓자식들과 함께 그들〔HCE 내외〕을 나르나니, 그들의 사동류似同類의 미로와 그들의 유자아類自我의 변신자아變身自我 오아시스를 통하여 그들을 안내하고, 그들의 이름이 무수한[15] 모든 방랑자들로부터 그들을 양측으로 울타리 두르며, 방위각의 분실로부터 그들을 구할지라. 그런 고로 그들은 자신들의 우측을 지킬지니 면세상품들[16]을 조심할지라, 신석기시대의 금속세공과 구석기시대의(마그달렌) 교태허세남嬌態虛勢男들을,[17]

〔576.18—577.35〕 도로를—창조하는 신성을 위한 기도—결혼의 침대로 되돌아가는 방들 사이의 양친의 안전한 여행을 위하여—4대가들의 목격.

(마크의 HCE 내외를 위한 계속되는 기도) 대大만드라고라 및 쉬쉬소아小兒 압처鴨妻, 남男휜독말풀(植)과 여女휜독말풀, 자신의 소아여비小兒女婢와 치사식시致死息視의 영광스러운 바실리스크 괴사怪蛇,[1] 교묘호巧妙虎와 우아백조優雅白鳥, 그의 열성동맥熱誠動脈처럼 노강老强한 남자, 그녀의 포도정맥葡萄靜脈처럼 약초미약藥草媚藥한 여자. 합금된 창연蒼鉛[2]과 이 일급백비소一級白砒素,[3] 피커딜리[4]사전죄死戰罪, 제일담보무료임대고第一擔保無料賃貸庫, 완고한 수맥水脈 점쟁이와 온고溫故한 스맥 퍼내는자者, 저—전쟁—정지와 이—새털—촉감, 북구혈심北歐血心과 가세신북구양모可洗新北歐羊毛, 위대락偉大樂과 모퉁이—의—환락, 카드놀이 대담전승大膽全勝과 묘기의—하락, 엄남嚴男과 왜소녀矮小女,[5] 대구(魚)와 토끼, 현금과 전송傳送, 우리들이 꿈꾼 총계와 우리들이 겁낸 부분, 자신의 마님과 함께 동반한 해적, 왕주섭취자王酒攝取者 그러나 일정청수一定淸水, 여인숙주旅人宿主와 쾌활여용모快活女容貌, 해각海角 호스와 강구江口, 성교性交—교체交替와 연타連打—덧—베개, 대연기大煙氣[6]와 신어훈제新魚燻製, 사회지도자에 의한 인간성의 도선업자渡船業者, 짐마차(왜건)와 손수레, 엠프 나르는 등 혹자와 꼬마요정(111 & 11), 툴라 황야와 매리잠복구潛伏區,[7] 누출구漏出區와 공포구恐怖區,[8] 비천저주卑賤詛呪 하지만 우아풍부優雅豊富,[9] 흠정감독교수欽定監督敎授[10]와 은막인형銀幕人形의 필름 스타 베데트, 그의 요구의 말뚝과 그녀의 마음의 자만,[11] 벼랑암초의 섬뜩함과 암구岩鳩의 꾸꾸꾸성聲, 촌풍록村風鹿의 오딘 치어처鯔魚妻, 남편작男便爵과 여편후女便逅 그〔HCE〕가 그녀를 접시덮도록, 그녀〔ALP〕가 그를 비결非結하도록, 한 사람이 와서 그들〔HCE부부〕을 찌푸리도록, 그들이 손실을 곧 되찾도록 차시과시此時過時, 재삼재사, 주기적으로. 니브스에서 월세스까지, 부쉬밀즈에서 엔노스까지. 하렘에서 고레츠까지, 스키티쉬 위다스에서 견목화상堅木火床까지. 비아 마라 경유, 하이버(과도) 통과, 고산高山(알프)궤도에 의한 그의 수문통로 허공토지를 통과하여, 수많은 만다라지세蔓茶羅地勢[12]를 좇아 그들의 최초의 경우에, 다음 장소를 향해, 그들의 기만欺瞞켈리까지 고도高道 및 변도邊道, 위원圍原도 평원平原도 둘 다 노랗고, 누르고, 노란 앵초들판을 가로질러,[13] 살찌고, 자색연紫色然한 호박(植)들을 지나〔그들이 무슨 길을 걷든 간에 축복을〕 그들이 곤드레만드레 광타廣他 법정法廷에 묶혀, 아더시트[14] 아래 길다란 지글지글 혹서도酷暑道, 그를 더비[15]로, 그녀를 도회로, 침시조寢時潮 잠들 때까지 침토寢土 또는 운터린넨[16]에서 실비탄失悲歎[17] 그리고 신중히 선측船側에,[18] 수도원 곁에 수도사와 침모寢母, 부대포負袋布 속 비단스럽게 별난 몽상가들, 별난 연극들, 별난 악마남惡魔男, 표절주남剽竊晝男, 유희도화遊戲道化 친애자親愛者, 음침염병자陰沈染病者 왜냐하면 스랭포드[19]의 식민들이 염항의厭抗議하고 있는지라, 그리하여 방만스러운 악당들이 그걸 상건조床乾燥하고, 나병자유구癩病自由區[20]의 소승少僧들이 길을 난간으로 막고 있나니, 수라이고[21] 만도晩道를 향해 혼쇄魂鎖라!

정지! 움직였나? 아니, 고정固定이도다. 계속 침대로 계속! 너무 그는 조용하도다. 그건 단지 바깥 길 위의 바람인지라, 모든 부들부들 떠는 정강이를 코고는 잠에서 깨우기 위해서로다.

그러나. 도신체都神體, 이 주교관남主教冠男인, 그자〔HCE〕는 누구일고, 어떤 동효東酵의 왕, 자신의 성유를 바른 청동색의 백가발白假髮에, 자신의 입 속의 설포雪泡 및 카스피해성海聲의 천식을 지니고, 그토록 큰 부피의 체구라니? 파라오목인牧人[1]과 레위족인族人[2]의 유물! 아가미 딕, 허파 톰 또는 거트지느러미 맥핀의 냉청어冷鯖魚[3], 어중이떠중이인고? 그는 단지 다보온상자茶保溫箱子 덮개와 완두설형豌豆鱈型의 다브릿 상의와 함께 울지제製의 주름 중백의中白衣 만을 입고, 또한 양 발에는 이중폭二重幅의 단 양말을 신었나니,[4] 그 이유인 즉 그는 언제나 망토 걸친 미소녀[5]처럼 한 쌍의 양모충羊毛充의 담요작업대 사이에서 온침溫寢을 확보해야만 하기 때문이라. 이토록 우리들의 호텔을 보유하는자者[6]는 미스트라노크먼[7]일 수가? 어마나, 오솔크맨씨氏,[8] 그대는 아주 잘 보고 있도다! 화산야유인火山揶揄人(H)의 이방인(E) 투사(C).[9] 얼마나 주호呪狐처럼 능숙能熟하며 물고기처럼 능우能愚하게 보이는고! 그는 더블린(이중二重)의 재인在人들에게 디블(악마) 자신의 수캐로다! 그러나 일언一言의 경쾌하고 멋진 버젓한 일송형日送型. 그는 자신의 가족을 원만처리하고 있는지라.

그리하여 그이 곁의 소체小體〔ALP〕는 누구인고, 나리?[10] 그토록 볼찌발쉬강江 같은? 예브스강江 및 재브강江과 함께? 그녀의 세 겹 옷자락이 그녀를 걸려서 넘어지게 하고 있는지라, 일어섯! 저 모습을 운시運視할지라 왠고하니 연기 때문에 그녀가 램프를 호弧 그리듯 움직이게 하고 있기에! 아무렴, 저건 소건掃乾 나이 많은 마님이도다! 글쎄, 글쎄(우물), 글쎄 아주 멋진! 다뉴브강江 날씨! 알데강江 끈질기게도! 수공작孔雀처럼 뽐내는 그녀의 반절남편半折男便과 함께, 알 바나강江 온통향유香油되어, 그리고 그녀의 트로트벡 강구江口에 떨리는 입술, 자장자장자장가. 그리하여 그녀의 칠순주일七旬週日[11]의 캘린더 수수께끼. 다석茶席 함께 하여 행복하나이다. 경쾌장난꾸러기 부인! 일광日光비누를 세권유洗勸誘의 하녀들과 라인골드냉冷맥주[12]의 통량桶量을 자신의 주옥의 소품담당小品擔當에게 팔면서. 그녀는 소도교小島橋에서 멋쟁이들에게 입술 대는 일에 지친 나머지 드디어 브루네 하구河口[13]에서 돛의 아래 활대를 뛰어 넘었도다. 이제 그녀는 그의 머리를 염매厭埋 도끼[14]아래 지루매장脂漏埋葬하고 그의 운명을 옛 애소로愛小路[15]에게 롬 흑토대여黑土貸與했나니라. 그리하여 그녀는 바로 꼭 같은 반半페니가價의 똑똑 떨어지는 물방울에 불과하도다. 그녀는 자신의 머리칼을 심지어 브렌트강江 갈염색褐染色 했나니.

〔HCE 내외의 인생행로〕 어느 근도根道를 그들은 가고 있는고? 왜? 안젤 표적 혹은 아멘 모퉁이,[16] 북림北林의 남보도南步道 혹은 동東의 서황지西荒地?[17] 자신의 무폭無幅의 군상의軍上衣[18]를 입은 자력資力의 남복男僕과 꼬마인, 닦는가家왈패여인. 그들은 다이아몬드결혼 여행에서 되돌아오는지라, 거인의 일촌요정一寸妖精 엘 척도,[19] 자신들의 인물을 암 여우 악마소행惡魔所行으로 옷 치장하면서, 차자피자此者彼者 바꿔 입는, 올라강江, 아토스산山의 모의毛衣,[20] 우리들의 초일남初日男과 그대의 의상담당이요 나의 것, 알제트강江과 함께 하는 저 룩셈부르크,[21] 그의 여왕연女王然한 백작부인과 함께 한 황실주마皇室州馬, 스텝니의[22]

선아船兒, 그의 흉갑판장胸甲板長의 무주택방랑자[1]와 함께, 바위—위의 —오리와 함께 던모우의 염훈제鹽燻製 돼지,[2] 인계단鱗階段 아래로, 그들이 올라 간 길, 통행세로通行洗路 밑으로 그리고 무대의 칸막이 막을 누비듯 지나며, 성星발판을 피하며 그리고 미끄럼판에 미끄러지며, 경사로를 위험 무릅쓰며, 문설주를 개탄하며, 양딱총나무 암자에서부터 라 피레까지[3], 등 시계를 바로 잡으며, 탄소 정체(다이아몬) 연인식戀人式으로.〔이하 HCE의 슬로건들〕냉 온수 그리고 정기장치, 서비스 및 라운지 및 유보장 무료개방과 함께. 과학이 가동할 수 있거나 혹은 예술이 보충할 수 있는 모든 것에도 불구하고. 정원 문에 빗장을 걸을지라. 동 굴 및 견조심犬操心. 약자를 위하여 단일 난파선을, 우편을 위하여 이중 도끼, 그리고 라디오를 위하여 잽싼 삐삐 삐삐. 성서를 쇄신할지라.[4] 그대가 접시에 진유眞鍮를 놓지 않는 한 그대의 호주머니에는 우편물이 결코 들어가지 않으리라. 걸식자들은 문 밖에. 종의終蟻(베짱이)에게 양행羊行할지라,[5] 그대 만경晩警 같으니! 수사修士들과 그들의 포도葡萄를 유념할지라.[6] 그대의 영혼을 비벼 깨끗이 할지라, 기적을 요범尿犯하지 말지라. 청구서 연기 금지[7]. 제복을 존경할지라. 다혈아多血鴉의 왕을 위해 갈까마귀를 붙들지라. 비둘기를 여왕궁女王宮까지 가죽 끈으로 맬지라. 불염不厭 무지無持[8]. 부富를 나누며 행복을 결딴낼지라.[9] 파운드 금화를 악마 톰[10]에게 말뚝 박을지라. 나의 시간은 직접 통에서 따르나니. 그대 자신의 시간을 병에 넣을지라. 나의 레테르(딱지)를 나 자신처럼 사랑할지라[11] 먹기 전에 벌지라. 마신 뒤에는 노역할지라. 내일을 신뢰할지라. 나의 취급주取扱主를 따를지라. 나의 가격에 팔지라. 지하층에서 사지(買) 말지라. 프로이트우友에게는 팔지 말지라[12] 금처今處 영어를 포기하고 평문기도平文祈禱를 배울지라. 그대의 런치에 기댈지라. 나의 앞에 무설신無鱈神. 설교를 실행할지라[13] 그대의 위장 속에서 생각할지라. 코를 통하여 수입할지라. 신앙 홀로 만으로. 계절의 날씨. 고모라. 소돔 안녕. 나의 조표潮表로부터(롯) 다식多食할지라[14] *우리들의 땅에 오일 다행정多幸井.*[15] *집게벌레의 능처能妻로 하여금* 그대에게 댄스를 가르치게 할지라.

"방금 법률주께서 그들을 후원하사 그리하여 그들의 추락을 안이하게 하옵소서!"

왠고하니 그들은 만나고 짝 짓고 잠자리하고 젊쇠를 채우고 얻고 주고 박차며 일어나고 몸을 일으키고 설소토雪消土를 협강峽江[16] 안에 가져왔었는지라, 그리하여 그들을 바꾸고, 바다로 체재시키면서 그리고 우리들의 영혼을 심고 빼앗고 저당 잡히고 그리하여 외경계外境界의 울타리를 약탈하고 부자연한 혈연관계와 싸우고 가장하고 우리들에게 그들의 질병을 유증하고 절뚝발이 문을 다시 버티고 폐통지肺痛地를 지하철 팠는지라,[17] 음침한 온溫한 우憂한 우녀愚女가 문질러 닦는 동안[18] 일곱 자매들[19]을 남식男植하면서, 그리하여 코트를 뒤집고 그들의 혈통을 제거하고 첫날의 교훈을 결코 배우지 않고 뒤섞으려고 애쓰고 절약하려하고 적의 새끼 보금자리를 깃털로 덮고 그들 자신의 것을 더럽히고

〔577.36—578.02〕 감동—그건 단지 바람이라.

〔578.03—578.15〕 그는 누구?—그의 밤 셔츠, 나이트 캡 그리고 양말을 신은 등치 큰 여관 집 주인(HCE).

〔578.03—578.28〕 마가의 긴 독백. 침대의 부부 문제—그녀는 누구? 램프를 든 작은 소녀(ALP).

〔578.29—579.26〕 그들은 자신들이 올라왔던 길을 그들의 방 층층계를 아래로 내려오고 있다—신이여 그들을 구하소서—그들의 지난 날 황량했던 인생.

〔579.27-580.36〕 그들은 함께 빈터를 통과했다-하지만 그들은 인내한다(참는다)-HCE내외 계단 발치에 접근하다-그들은 층계 발치에 접근한다-그리고 사건들의 연속을 캐드(Cad)의 만남으로부터 호스티(Hosty)의 민요로 되풀이 한다.

〔581.01-581.36〕 그〔HCE〕는 말로 공격당하거나, 염오厭惡당하거나 넘어지지 않았던고?-그들의 귀로에 그의 술 취한 고객들에 의해-화자의 철학적 사색 HCE 내외는 이제 순종적-HCE에 대한 감사.

이노트 백화점[1]을 이복離伏하고 수입관세하한輸入關稅荷限을 위하여 수폭포水瀑布를 도교渡橋하고 그들의 죽음의 위기 일발시에 청산淸算에서 도망하고[2] 인구과밀지역[3]에 책임을 지고 피터의 목재소 안으로 오래된 통나무를 굴러 들이고[4] 파오리 부두[5]에 새 목단木端을 선창에 붙들어 매고 라켈의 초원목장[6]을 최소중이용最所重利用하고 도미닉의 간곡澗谷을 공성 망치로 공격하고 나병식탁癩病食卓을 야생자웅野生雌鷹의 눈으로 노려보고 4곱 20남짓 겨울을 승승마勝乘馬하고 타암유출打岩油出하고 순경을 강제하고 투빙아스드와 자카리[7]에서 그들의 면상面相을 파안조소破顔嘲笑하고 이직離職을 이직하고 속행을 속행하고 건배를 권기勸起하고 야자향유를 아래로 소다 붓고 자신들의 고객에 의하여 외상 받고 그리고 저 물타페리 전투[8] 뒤에 그녀의 사슴 동물원에서 그의 영양靈羊을 포기했을 때 장대 발치에서 먼지를 씹었나니. 파라오가 미녀와 함께, 둘이 누워있나니, 그들을 내버려 둘지라! 하지만 그들은 되돌아 행차하나니, 그의 섭생攝生, 피불멸성彼不滅性, 웅우해마왕雄牛海魔王과 고통악귀苦痛惡鬼,[9] 손에는 등불을, 키 자루를 높이, 면혹처眠或處의 수풀을 암통暗通깍꿍 야웅 놀이하며, 마침내 그들의 시간이 자신들의 장면과 함께 영원히 타종되며, 일부서日附書[10]를 그가 닫고, 그는 걸쇠 걸고 그녀는 자신의 여행 작별을 견가見歌하는지라, 경단고둥(貝)이 부르고 있나니, 솔로스카[11]가 듣는도다.(오 희戱셈! 오 효效셈!),[12] 그리고 상냥한 이사드 이수트가 웩웩(개그)거리는지라, 야엽夜葉의 치레 말로 칠칠거리면서, 소교활騷狡猾하게,[13] 피네간에게,[14] 다시 죄 짓도록 그리고 험상궂은 할멈으로 하여금 훼르릉 거리도록 그리고 다시 휘죽 거리도록 하려고 한편 최초의 회색 희광曦光〔새벽의〕이 그들의 싸움을 돌리마운트(산인형山人形)[15] 텀블링(전락顚落) 속에 조롱하려고 휘은색輝銀色으로 희도戱盜하는도다.

그들은 한기寒氣 어린 계단의 기점基點에 가까웠는지라, 저 커다란 무형의 판매허가 포도주 양조인〔HCE〕, 사실 그는 그러한지라, 이전 시절부터, 원래 구담보물왕九擔保物王,[16] 자신의 희극적수치료법喜劇的水治療法[17]의 시설 속에 그리고 자신의 청수淸水 같은 삐약 삐약거리는 마음 넉넉한 동반자,〔ALP〕 손가락 반지의 노예, 그녀는 손을 괴롭히고 등불을 흔들고 보도를 그늘지게하고 분망차인실업가奔忙次人實業家〔HCE〕를 침상으로 이끄나니, 그는 과거 피니언공원과 함께 순경〔색커슨-캐드〕[18]을 우연히 만나자, 유지자들의 많은 할 일로 그 곳을 지나는 교황신부에 관해 지껄이던 그의 과처寡妻에게 말했는지라 마침내 그것이 퍼시스 렐리〔민요 작가〕의 귀를 메우고 오코넬교橋까지 자신의 잠자리에서 기어 나오게 하고 버크를 어깨로 밀어 제치게 하고 오하라[19]를 머리 부딪치게 하고 뜨내기 악사를 잠에서 깨우고 그의 군중을 마음 들뜨게 하고 지그춤을 추는자者들을 렌가歌의 운韻으로 북돋웠나니 그것이 아이란 제도[20]의 통로를 마린에서 크리어까지 그리고 칸쇼 갑岬에서 스리나그로우[21]까지 범람시키고 호주머니를 말끔히 청소하게 하고, 추잡하고 세속적인, 모든 청취자들의 갈빗대를 간지렵혔는지라, 호스티가 지은 민요를 사(買)도다.

〔고객들의 HCE에 대한 비난〕 어하튼(사태는 어수선하고 남근위험적男根危險的이라) 그들은 많은 자신들의 조소분개집회嘲笑憤慨集會에서 그를 부르지 않았던고, 격렬숙원激烈宿怨의 복수復讐 병원체전염적病原體傳染的 일제사격으로, 침입탈자侵入奪者 및 외래상육자外來上陸者로, 저명인사들이, 그의 주변에 명예훼손을 자신들의 살리번의 기동력 있는 턱수염[1] 속에 산산 조각내면서, 그들의 정당한 영명적命名的 족장이라고? 사방 깡통 얼간이남男〔HCE〕과 그녀의 백조자신白鳥自身〔ALP〕 그리고 그들이 자신들 간의 인생으로 밀항密航한 애란경야자愛蘭經夜者의 가족고家族庫들이라, 큰소리치면서(등치 큰 레일리는 최악이었나니) 경찰밀정警察密偵 출신남出身男을 위한 무료식당, 확실히, 그는 결코 각벽角壁[2]의 방귀만도 못했는지라, 그리하여 그의 추방요정追放妖精(밴지)의(침대용) 각로脚爐인 그녀는 오랜 괴상怪狀하고 시큼한 괴취怪臭로다 그들이〔고객들〕 그의 날 찾아봐요 식의 최냉습最冷濕한 포도원葡萄園으로부터 처향妻向으로 그들의 활기도活氣道를 천천히 행차했을 때, 병목의 통로를 통하여 도상약탈途上掠奪(하이재킹)하면서, 그들이 자신들의 돈두豚頭와 더불어 가행향家行向 했을 때, 부간언斧諫言하면서, 그리고 대웅좌의 청울화靑鬱火와 화성火星의 서리(霜)로부터 마음을 드높이, 고깔 쓴 위안성좌慰安星座를 요구하면서?

그들, 우리들의 무소無小한 상거래인들은, 관습적으로 그를 염오하지 않았던고, 저 아직 무성회춘無性回春의 우뇌우자雨雷愚者를, 그리하여 그의 실명언어장애實名言語障碍는 어떠한 신주제神主製의 내면이해內面理解도 대칭불가對稱不可한지라, 어찌 처적지배妻的支配와 *정의에 능통한 사람*[3] 사이에, 당시 만여성에게 온통 긴장완화하고 있는 피남彼男 사나이, 그러나 지금 은닉혈굴隱匿穴窟 속의 기사騎士 반후면反後面의 어느 곡지처녀谷地處女[4]처럼 자신의 결삭結索을 피녀락彼女落하면서? 아아, 애석! 애석, 친애하는! 그리고 그녀의 트로이녀女! 그리고 그의 트로이남男! 그때 그들 모두〔4대가들〕가 거기 막 있었는지라, 구경하기 위하여 마태마가누가요한 조도현저朝禱顯著하게. 그들의 운사雲似크라디우스[5] 행복당나귀인, 가공화술장군可恐話術將軍[6]과 함께 사차접도四車接道에! 그리고 그때 및 역시 하나 둘, 셋 적수들!〔고원의 3군인들〕[7] 그리고 그들의 야영지野營地!〔2처녀들〕 그리고 그의 단신화單神話!〔HCE〕 아아 저런! 더 이상 그에 관해 말하지 말지라! 나〔화자—마가〕는 미안하도다! 나는 보았나니. 미안! 말하기 미안한지라. 나는 보았도다!

어하간에 우리들 사이에 또한 가여可與하지 않은고(혹은 성무이행주간지聖務履行週刊誌[8]가 그렇게 푸념하는지라) 하지만 그러나 소위 어떤 공분출共噴出, 즉, 온통 아래위로 전공창조물全共創造物[9]이 언급하는 한, 거기 최후 매번 최초 효과적이 되는지라, 그들은 순수형식純粹形式의 복잡물複雜物로서, 그들의 구원부高遠父로부터 저들 난폭자 및 저 아스팔트 난청성자難聽性者를 위하여, 독감희랍毒感希臘과 으르르 마차라마馬車羅麻에서,[10] 새로운 염색오염과 오래된 반역배신을 통하여, 저 구타자舊他者와 같은 또 다른 타자 그러나 아주 이런 피차자彼此者가 아닌 그리고 한층 그러나 전혀 자기 동일자가 아닌 그리고 그러나 여전 일자一者 만사 언제나 그러함에도 불구하고, 약간의 차이와 함께, 아침에 그토록 일찍[11] 근일부近日附 최신까지 그토록 일찍이, 항시불구 순종할 수 있도록 온통 만들어졌던고?

하지만 그는 둔생부臀生父로다.

그런고로, 잡아 찢는(괴로운) 세월이여, 여태 자신의 최선의 손(手)을 우연위기偶然危機에 맡긴 최고장最高壯의 감언(H) 설득하는(C) 실험인에게(E) 전후전도장미前後顚倒薔薇의 다감사多感謝의 색출투표索出投票를 당장 제의하도록 할지라, 그의 수족手族과 함께 무종無終의 느린 독毒을 그리고 악마의 산간분지山間盆地와 깊은 천사승선심해天使乘船深海 사이에[1] 그들 자신들을 위한 강광대强廣大의 공판지公判地를 그에게 희원하나니, 그들이 우유부단 다짜고짜의 에스페란토 무법자에게 귀먹은 폐이閉耳를 기꺼이 돌릴 수 있도록, 타페에서 오리프까지[2] 그들의 주주株主들을, 그리하여 그것은, 수치羞恥셈, 협잡挾雜햄 및 이익利益야벳,[3] 그들의 자손들과 함께 액면이하額面以下 및 결손이하缺損以下 황달黃疸 너머 노균병균露菌病菌 위의 푸른곰팡이병病에까지 매하每何 사나이에게 여태 시소試訴불알에 매긴 요동미搖動尾의 추가세追加稅가 있는 한, 그들을 저주하리라.

우리는 자신들이 좋아하든 안 하든 그들〔HCE 내외〕을 받아들어야만 하도다. 그들은 우리들이 여기 그들의 현장에 방금 있기에 우리들을 받아들어야만 할지라. 다변야채多變野菜로 조금씩 완두식豌豆食 생존함으로써 인생의 상시신분常時身分의(H)높은(C)대량살육을(E)피한다는 것은 그들의 것이든 우리들의 것이든 별반 무희망無希望이나니. 경치게도 확실한지라 이 콘크리트 위에서 악취충惡臭充의 종언終焉이 우리들을 추월하기 전에 시대의 배수구 아래로 우리가 회귀결조回歸結潮의 저 다중경多重鏡 메가론(침실)의 발면내拔面內에서 그대 깡패들[4]을 무시無時로 노려보고 있을 것을, 종대종終對終 없이 휘감긴 채, 우리들 자신이 기대 중지할지도 모름을 주의해야 하도다.〔이하 노래의 패러디〕 그런고로 옛날 한 즐거운…있었대요 그는 디펄린보그에서 했대요…그의 쾌심한 납땜 꺾쇠, 길(道)가래 삽, 망치각脚 그리고…그러자 거기 한 젊은 아씨가 있었대요…그녀는 자신의 놀이를 하고 있었대요…그리하여 그녀는 그대를 암심소년岩心少年이라 말했대요…그대 나의 습지에서 안달할 참인고…그리하여 그는 서애란西愛蘭에서 그녀를 멧장 입혔대요, 마이즌헤드에서 유갈까지 그녀의 길을 포장했대요.[5] 그리하여 그런 방식으로.(E)족장(C)챔피언.(H)험프리가 자신의 것(요새)을 지키는지라. 소심감미小心甘味의, 그녀〔ALP〕는 휴식하도다.

혹은 그를 이제 드러낼지라, 제발! 더그(협호峽湖)의 붉은 얼굴이 틀림없이 패틀릭의 연옥煉獄하게 할지니.[6] 저속수법低俗手法, 자신의 고둔부高臀部의 웅피야복熊皮夜服에! 일치一致의 제삼 자세! 전방에서부터 멋진 볼거리. 시도미음계音階(HCE).[7] 여성이 불완전하게 남성을 은폐하고. 그의 이마 각인刻印 적점赤點.8)〔발기의 음경〕 여인은 미끼나니!〔섹스는 지형〕 저것〔토르 뇌신〕이 달키킹즈타운블랙록(우둔열쇠임금마을검은바위)웨곤선線(dullakeykongsbyogblagroggerswagginline)(사판관私判官들이여, 여기서 루터스타운9)를 향해 갈아탈지라! 단성單聖 로마인人들만, 그대의 자리를 지킬지라!), 그것이 모든 귀부인들을 우리들의 위대한 상봉매춘부(메트로폴리스)로 간절히 끌었도다. 리어리, 리어리,10) 이십 리11) 가까이, 그는 자신의 별장의 확장을 위하여 왕도王都12)를 구획하고 있도다! 방금 운동타성중運動惰性中의 그를 지켜볼지니!

〔섹스는 천체天體〕 그〔HCE〕의 바지(衣) 적교(吊橋)가 아기누더기 쪽으로 바람 불 때, 그의 폐선廢船이 역풍逆風에 의하여 그녀〔ALP〕의 궤도 위에 직립한 채, 그리하여 그의 주피터노가주목(木) 방주성채方舟城砦[1]의 부풀음이 작동하자, 나〔화자〕는 그의 군함제軍艦臍(배꼽)를 보는도다. 초라하고 작은 외대박이 삼각돛배, 그녀의 이빨이 딱딱 맞부딪쳐 소리 내고 있나니, 그녀는 협문해협夾門海峽에 들어서고, 그녀는 웅우환목雄牛丸木을 견디는도다!〔섹스의 화합〕 그녀의 능글맞은 억지웃음이 그녀의 하두구河頭丘를 향하여 뒤에서 견연見煙하고 있는지라. 그녀의 실내모室內帽의 괴상하고 빠른 비틈에 의하여 그리고 그녀의 시프트 드레스의 마구 들어 올림 및 발걸음 걷는 문속보門速步의 비율, 한 번에 두 번의 물사物思, 그녀의 향촌을 나는 자랑하는도다. 들판은 아래에 있고, 경기는 그들 자신의 것이라. 큰 돛배 선원이 그의 수사슴의 갈색 몽자마夢雌馬를 타고 의기충천. 대도통굴자大盜痛掘者 그의 소백합탕녀小百合蕩女.[2]〔섹스는 경마〕 1대 1바 1! 딸은, 호, 호,[3] 평화 속에, 평화 속에 잠자는도다. 그리고 능직쌍자綾織双子들은, 배지참자杯持參者), 거원巨園,[4] 몸을 빠른 트로트 및 트로트로 뒤치는지라. 그러나 늙은 쌍정애인双情愛人[5]은 갤럽, 갤럽 느리나니. 여울두목頭目과 포스퍼 혜성彗星.[6] 1대1 속續!

오, 오, 그녀의 요정위성妖精衛星이여! 페르시아의 덧문에 이토록 그림자를 던지다니![7] 거리의 저 사나이〔순경 시커센〕가 다가오는 사건을 볼 수 있도다. 포토 플래시(섬광 전구)의 번쩍임이 그걸 그토록 원광遠廣하게 비치다니. 그건 온통 우라니아 뮤즈신神[8]을 통하여 이내 알려지리라. 공포를 타이탄 성星 죄이는 질투의 환희처럼. 혹성[9] 주위를 감도는 뜬소문처럼. 외인혜성倭人衛星[10]을 덥석 무는 지나支那의 용龍처럼. 동東에 솟는 희색애장미[11] 마냥. 유원목신類猿木神이 최근最近의 월여신月女神[12]을 에워싸도다. 여기 홍수 있나니 그리하여 속수무책의 무저항無抵抗 이란伊蘭[13]을 덮칠 아마색의 홍수가. 리브(강)와 그녀의 베티여선女船을 악폐惡蔽[14]할자者 아무도 없는고? 혹은 누가 그녀의 장미꽃봉오리, 칠흑색漆黑色의 장미꽃봉오리, 백설白雪의 야생 자두, 아난산山의 과일 젖꼭지를 사(買)리오?[15] 무화과나무의 낙하에서부터 숙명의 최후주最後柱까지 모든 천문역天文曆의 기념일 그 동안 공원의 경찰관이 경계경시警戒警視 지나가며 버블린(더블린)군郡으로부터 도덕관을 중압重壓하려 하도다. 저 훈련자의 침대 굴리기라니! 빨리, 몽땅 청산淸算할지라!

〔섹스는 크리켓〕 킥킥(축축蹴蹴). 그녀는 차며 웃음 짓지 않을 수 없었도다. 블록(위치)의—그녀의—낡은—막대기에. 사나이가 자신의 배(腹)를 난타亂打하고 있는 모양, 이중二重팔꿈치인 채, 야수좌익野手左翼 야수우익野手右翼, 마치 꿋꿋한 킹 윌로우[16]처럼, 강탈자〔HCE〕. 캐인 제작자의[17] 직장職杖 그리고 머리에서 발까지 밀랍 칠 한 채. 그러나 그의 열습熱濕의 이마 위에 폭군의 낙인이. 아침의 급急 6시 반에. 그리하여 그녀의 램프가 온통 비스듬히 기울었나니 그리고 경칠 그녀—속의—심지가 흔들리며, 환연소環燃燒된 채. 그녀는 훅 불어야 했나니, 그녀는 고공축구高空蹴球해야 했나니,〔섹스는 불타는 초심지〕 자신의 장난꾸러기 아련등燈의 심지에 너무나 후병厚病난 채, 연기 어린 굴뚝을 넓게 직상直上 널름거리면서. 그리하여 심지 사악한 타자의 후위後衛를 흑패黑閉했는지라, 그녀가 자신의 다리 뒤로 치솟는 졸부拙夫(땅볼 바운드)의 자신의 봉하옥捧下玉을 뒤쫓아 그의 천 조각의 부대 팬츠(슬립 위치)의 터널 틈새를 통하여 일별목견一瞥目見을 몰아치려 할 때마다. 그가 종마 짓하거나,

떠듬적거리거나, 어르거나 그리고 나팔 불 때, 하리 상제上帝[1]의 검은 햄이 송아지 붉은 불알[2]을 지녔는지 보기 위하여, 그것이 아침의 축시蹴時에 그녀의 간척지干拓地를 음조화音調和 정점頂點(피치)[3]까지 간질였도다. 자신의 구성상영어鳩聲商英語[4]로 사나이를 혀끝 음정조정音程調整하면서, 윤활을 위한 삼주문三柱門 위의 가로장의 일타一打와 함께, 자신이 한층 빨리, 더 빨리 목 타도록. 깍쟁이 당신, 돼지 당신, 엉덩이 당신 고용행상雇用行商![5] 마가라스[6] 그자는 나의 말뚝박이, 과연 그는 그러한지라, 나의 낡은 켄트 길을 벽돌로 막는도다.[7] 그는 그대의 동전 던지기에 이길 것이요, 그대 톰[8]의 투구投球를 마구 칠 것이요 그리고 대담하게도, 선수야유選手揶揄 골목대장이라, 자신이 제일 먼저 1점을 따지요! 그는 멋부리는 자. 나는 그를 로브(반원투半圓投)해요. 우리는 격앙해激昂海가 곡구曲球 달릴 때까지[9] 수확절 내내 짝짓기 하지요. 회사灰死까지 중도회종선언中途回終宣言하고 호적수好敵手를 시험할지라![10]. 내게는 2대3으로 족할지니 그리하여 그대에게 그 남자 및 당신에게 그 여자[11] 태평할지라. 필드(내야內野)의 품위를 위하여, 아니면 왁자지껄 함성,[12] 컵 모양, 우린 둘 다 말이 나왔으니 말이지 바이 득점자 될지라 그리하여 외야外野에 사로잡힐지니 왜냐하면 그는 피곤하여 던롭콘돔[13]을 찢거나 자신의 바보젖통아기 만들기 짓을 하면서 그녀의 탄생유아誕生乳兒를 깨울까 두려운지라. 옛 오락 게임, 야수좌측위치野手左側位置, 그의 롤리와이드 타월모帽 및 그의 취락趣樂[14] 단 양말 및 그의 지혜의 배강背腔[15] 및 그의 북구유모北歐乳母의 앞치마 및 그의 신사의 손가방 및 그의 플레이보이의 무모한 투기[16] 및 그의 플란넬 바지의 우감촉愚感觸, 그녀의 등 혹을 밟아 으깨며 그리고 수련처녀修鍊處女처럼 콧대 꺾인 채,[17] 연달아 무득점, 그리고 그 곳 그녀의 형벌의 가슴받이가 여성의 권리에 의해 있어야만 하는 그녀의 타자지시선打者指示線[18]과 함께, 그러자 그때, 보라, 도란(새벽)의 수탉 괴막怪幕 속의 암탉이 꼬꼬 소리로 그 짓을 웃어넘기기 시작했는지라, 예이, 예이, 네가, 네가, 그녀가 자신의 극악조極惡鳥에 의하여 예사로 꼬끼오 울던 식이라(어떻게된 노릇인고? 노볼,[19] 그는 끝까지 버티는지라!) 구백九百 불결삼십이不潔三十二 노아웃,〔섹스一암탉 덮은 수탉〕언제나 과거 오래도록 정조頂朝의 정복하는 수탉.

어찌 우리를 책責하랴?

꼬끼오![20]

아마셋돈 전능지배군사全能支配軍使 영단식永斷食의 군주群主여[21] 끼오! 그런고로 선기수船機首에 종명鐘鳴[22]을. 미남에게 미녀처럼. 우리는 여기 함께 안전하게 결합된 이후 그들과 그들의 호의에 대하여 청취자의 감사를 기꺼이 환원했는지라. 꼬끼이! 남상주男像柱 빙역토氷鱳土[23] 공내보자空內報者[24]의 통신전桶神殿, 동행여행자인, 아들들과 그들의 마차혼묘령馬車婚妙齡의 지참물持參物딸, 그의 하복막료下僕幕僚들을 향행向行하는 그녀의 계약도契約盜를 위하여 안 여女안 탄탄한 감사를. 메아리(Ech)여, 꼬끼 꼬끼오! 오 나는 그대 오 그대 나를(O I you O you me)! 자 이제, 우리들 모두 사려깊이 뭉쳐 감사로서 보답하는지라, 자 이제, 재과식사再過食事의 사랑 사이, 그대의 명예의 용서를 청하면서, 자 이제, 다정한 내보숙녀內報淑女 그의 주간오락周間娛樂의 차청此聽 독점돈화게재권獨占豚畵揭載權을 위하여, 그리하여 전全 우주를 둘러싼 족히 최광역最廣域의 발행 부수를 지닌 넵춘[1]의 센티넬(해왕성 백주년海王星百周年) 및 트리톤빌[2] 야광夜光 올빼미지紙의 다음 영겁호永劫號에 실릴지로다. (Ech)꼬꾀[3] 꼬꾀 꼬꾀 꼬꾀 꼬꾀오! 어떻게 내게 오나의 그대 어떻게 내가 그대에게 감이 오? 겸손한 촉광양燭光孃(램프)과 말끔한 매트리스(침대요)군君에게 더 한층 감사를 그런데 그들은 명예의 처녀로서 그리고, 마찬가지로, 혼례 옷자락 드는 긴장자로서 각기 자신들의 축봉사祝奉仕를 상냥하게도 이룹게 했는지라. 그리하여 축배다감사祝杯多感謝의 최간곡最懇曲한 짧은 고개 끄덕임을, 과연, 모든 이러한 경우에, 선행적이요(실례지만), 파견가능派遣可能하게도 보충 가능한(역시 감사! 순수이천만감사純粹二千萬!) 인내의 링센드(송환)[4]에게. 맬서스[5]의 심이탁선心耳託宣과 마찬가지로, 프로메테우스[6]의 독창적뇌우신獨創的雷雨神이 최초로(그대 환영! 그대 진정 환영이라!) 사랑의 번갯불에 길을 가르쳤나니(연민을 들어 낸 채), 과연, 스스로 처신하도록(다자비多慈悲여, 적중! 단지 제발 그걸 타인에게 말하지 말지니!). 모든 그대 염소신부神父들 및 신음조모呻吟祖母들이여 올지라[7] 모든 그대 명성득자名聲得者들 및 정수리 맹타자猛打者들이여 올지라, 모든 그대 노동절약고안자勞動節約考案者들 및 충전절전充電節電[8] 배당인配當人들이여 올지라, 화기발견자火氣發見者들이여, 급수給水 노동자들이여, 그를 깊이 조위상조弔慰相助할지라! 작생득昨生得의 죽음과 함께 있는 정물靜物인 만사萬事여, 행하고 고통 받기 위해, 하지만 하지 않을 수 없는 모든 현자다언무용賢者多言無用[9]이여, 모든 피조물이여, 모든 곳에서, 그대 제발, 그녀를 상냥하게 동정할지라! 한편 얼룩회색의 새벽이 더블린의 겉잠 자는 모든 만면자慢眠者들을 깨우기 위해 근접 근접하고 있도다.

험퍼(등 혹)펠트와 아난스카(문합吻合)가,[10] 태반엽관胎盤獵官의 기초안基礎案에 의한 관상기관문합管狀器官吻合 속에 방금 영구히 혼결婚結했는지라, 염주髥酒의 미남과 귀부인. 토템총남總男과 에스키모야녀野女, 그리하여 그들은 새로운 욕망을 향해 그렇게 족쇄이별足鎖離別할지니, 분열의 유대紐帶 속에 결합하는 통합령統合令[11]을 폐지할지로다. 오. 그래요! 오 그래! 그대의 구성원을 철회 할지라! 종지終止. 이 침소寢所는 개문포기開門抛棄된 채[12] 서 있나니. 이러한 선례先例는 대체로 패어부라더즈 필드[13]의 녹음측綠陰側처럼 장생長生동안 돈널리즈 오차드[14] 간의 집합억제능력集合抑制能力의 결결에 대한 한 가지 원인인지라, 험보여(Humphrey), 그대의 냄비를 자물쇠 채울지라![15] 애니여(Anna Livia), 그대의 초 심지를 불어 끌지라! 식탁보를 걷어치울지라! 그대 결코 차를 끓이지 않도다! 그리하여 그대는 즉향도卽向道 그대의 대홍수이전력大洪水以前歷의 안티 딜루비아[16]에게 되돌아가도 좋을지니, 험프리, 그것 다음으로!

그대의 인근촌인隣近村人을 우선 오란誤亂함이 없이 고이 쉬기 위해 물러갈지라, 좌절부류挫折部類의 인류여. 타인들도 그대처럼 자신들이 지쳐 있도다. 각자 몸소 지치는 것을 배우게 할지라.[17] 엄밀하게 요청되고 있는 바,

〔581.01−582.27〕 그들에게 친절한 말을 제공 합시다—우리는 모두 다 함께 그것 속에 있도다.

〔583〕 쳉(Cheng) 교수에 의하면, 오히려 이 언급은 아마도 "armor"및 "aries cap−a−pe"에 관한 것일지라, 그 이유는, Margaret Solomon이 지적하듯, "armor"는 condom에 대한 18세기 완곡어법이요, 〈율리시스〉의 〈키르케〉 장에서 스티븐이 "병사 콤턴" (Private Compton)에게 스위프트의 경구를 잘못 인용할 때 그에 의해 그렇게 간주되었기 때문이다(Cheng 186). "스티븐 왈, 스위프트 박사가 가로되, 갑옷 입은 한 사람이 셔츠 입은 열 사람을 때려눕힌다잖아"(U 480).

〔582.28−584.25〕 마치 누가 복음의 견해로부터 보여 지듯—한 남자와 한 여자가 섹스, 혹은 크리켓을 행하다—섹스에 대한 감사.

〔584.26—585.31〕 장닭이 울다—많은 감사가 제공되다—섹스의 종결—HCE와 ALP가 성적 오르가즘에 도달한 후에, 성 행위는 끝나고, 그것은 법률 용어로 서술되거니와, 이리하여, 일이 끝나자, 법정은 "개문포기開門抛棄"(그리고 ALP의 성적 침소는 문이 닫힌다)로 서있다. 따라서 "O yes!"는, 재차, 법정에서 사용되는, "Oyez!, Oyez!"(또는 "hear—hear"), 다른 말로, 경청! 경청!("List! List!")이다. 나아가,"O yes!"는 〈율리시스〉의 제13장의 거티의 성적 클라이맥스와 책의 종말에서 몰리의 성적 긍정의 기쁨을 대변한다.(U 300, 644).

〔585.22—585.33〕 남녀 쌍(HCE와 ALP)은 성교로 누워있다—그들은 헤어지고, 멤버는 움츠린다(철회한다)—이제 4대 노인들은 물러가다.

〔585.34—586.18〕 휴식 합시다—그리고 타자들을 또한 휴식하게 허락 합시다.

〔주점의 수칙〕 큰 파이프 흡연, 침 뱉기, 주장잡담酒場雜談, 맞붙어 싸우기, 거친 연애, 음담패설, 등등, 휴식에 그토록 이바지하는 저들 시간 동안에 이들이 일어나지 않도록. 그대가 옷을 벗기 전에 자신의 앞뒤를 볼지라. 프라이버시(사생활)가 허락하는 한 가장 엄격한 비밀리에 착의를 탈의할지라. 화상火床 앞 또는 창밖으로 방수防水를 금지할지라,[1] 그대를 저버리는 장갑〔콘돔〕을 침구 속에 결코 버리지 말지라. 하녀 모우드는 얼간이가 아니지만 큰 마마에게 마구 지껄여대는지라(필사적으로, 그럴 수가!) 그녀 모든 허드렛일을 하는 자신의 내심친구에게(그런데 그대는 나의 매이드레인[2]이 무엇을 보았다고 생각하는고?) 이 무식쟁이가 모든 오히려 늙은 동업일원同業一員들에게 그걸 대부분 쓸어 내다니(그대는 여태 들은 적이 있는고 어떤 비천한 정글 사나이 하나가 어찌하여 자신이 영세한 자영업을 하는[3] 불타는 수풀[4]과 내기를 했는지?) 그러자 눈물 흘리는[5] 강江이 그의 마땅히 받아야 할 것을 받는지라(한 두 떠드는 소리를 더하여) 거기에서 저들 세탁부들(오, 나를 한층 저들 마술사들에 관해 어리둥절하게 해주구려! 내 말은 하얀 예쁜 매지 엘리스와 갈색의 매그 딜론[6] 말이오), 모두 경청![7] 더프링[8]의 시궁창의 비겁자들이 한 사람 남김없이 그에 관해 알려 줄 터인지라 그대가 벌과금을 지불해야 할지 안 할지를 그대의 집세가 저당물을 찾을 권리를 상실 당하고 있거나 아니면 연체금을 미불함에 따라서. 이건 정말 심각한 의미로다. 여기는 가부락家部落이지 여창가旅娼家는 아닌지라.[9]

그건 옳으신 말씀, 노老주인나리!

〔섹스 후의 만사는 休휴〕 모든 것이 사실상 바로 옛 장소에서 언제나 그랬듯이 모두 예처럼 이내 정돈되었는지라. 만일 그〔순경 시켜센〕가, 저 소등조消燈鳥한테서 데었을 때, 바로 이와 같은 시점에서 여기 근처의 경계구역을 뒤지며 돌아다닌다면 모든 숲의 건초전乾草錢과 은백천파전銀白川波錢을 총집總集하려고[10](맥석금脈石金 20곱하기 3의 절반은 5점 더하기와 함께 로마 숫자로 L V II되는지라[11] 승무원고모乘務員古帽를 겨우살이 개똥지빠귀 쪽으로 머리 위에 올려놓고 하지만 자신의 콘월의 경화硬貨 표시로 몇 파랑상 거리[12]를 노래하고 있었나니 나의 천흠부賤欽父는 동단근접東端近接(아펜젤) 출신이라네, 하이홀(高穴)의 나이든 소년[13] 경탄驚歎 순찰관巡察官 시커센, 마치 도회인都會人인양, 자신의 멸공복蔑空腹에서 굴러 떨어진다면, 그는 숙부의 풍창風窓의 여하한 풍암영광豊暗影光의 경칠 신저주神詛呪의 환영幻影도 확신하지 못할지니. 나아가, 만일 우리가 결코 오해받지 않는 한, 만일 그가 평화롭게 자신의 구두를 멈추게 한다면, 다른 하나 곁에 하나, 길 위의 오른쪽, 그는 은닉처 또는 동굴로부터 어떠한 소리도 포착하지 못할지라, 마장魔杖의 흐름 넘어 집시 방랑수放浪水일뿐, 방금 그에게 이야기하나니, 그에게 모든 것을 말하는지라, 햄 자신과 생간生肝리비아[14]에 관한 모든 것을, 멈추고 생간生肝의 햄에 건배할지라, 그리고 더 많은 버터를 졸졸 속삭이는 마멀레이드와 함께,

생간生肝의 경야맥經夜麥[1]을 그이를 위해. 사광四鑛! 공포시恐怖時![2] 마침내 시간이 지났도다! 설어음낭鱈魚陰囊 이어 비어鯡魚[3] 혹은 그들 나무 사이 연풍軟風을 신애神愛할지라.[4]

〔586.19—587.02〕 만사가 정상으로 돌아오다. 집은 어둡고, 조용하다—만일 그가 거기 있다면, 순찰자에 의하여 목격될지니.

〔3목격자들 HCE의 죄에 대한 재 증언〕 히쉬!〔바람소리 또는 숀의 소리〕 그와 함께 우리〔목격자들〕가 본 것은 단지 우리들의 아지랑이 빛뿐이었는지라, 확실히, 우리들의 관점으로, 나와 나의 조력자, 지미 다아시, 그렇잖은고, 지미?—누구와 함께 보았다고? 키쉬! 거짓말이 아니냐, 대장大將,[5] 그〔HCE〕가 우리에게 한 턱 했나니. 세 유쾌한 우편배달원들, 우선 마운트조이즈[6]출신의 쌍자双者에게 그리고 그의 캐드불리(반추우反芻牛) 익살초콜릿[7]이 든 멋진 우드 바인 궐련 담배를,[8] 우리들의 테오트레 리갈좌坐[9]의 소극笑劇 말장난 팬터마임으로부터 원기격려元氣激勵 되어, 그 동안 우리는 테디 애일즈의 케임브리지 암즈 주점[10]에서 아늑하게 가로누워 있었나니, 땅콩 한 알에 왕관 보석의 대접을, 자신은 계모繼母마님, 늙은 중비重鼻, 또는 자칭 미망인상속자未亡人相續者라, 그걸 그〔HCE〕는 말했나니, 자네들, 자신의 위트비 백모白帽를 싸게 구하며,[11] 맥주거품을 불면서, 고국에 대한 모든 존경심과 함께, 내일의 동료同僚, 우리들,[12] 그의 긴 인생의 힘과 소잔배小盞盃를 우리들의 만성왕萬聖王을 위해, 벽을 향해 정용접井鎔接한 물주전자 병화甁畵.(음란주淫亂主여 그를 신장伸長하게 하소서!) 그의 관점觀點인 즉, 전공全孔 경칠 고소성당이랑告訴敎會廊[13] 및 시계視界의 잠수함법주옥潛水艦法酒屋 앞에서 그를 혁대타革帶打하고 피혁도살皮革屠殺해야[14] 마땅할지니 그러나 그는 항주港酒에는 전혀 급級(클래스)에도 끼지 않으며 우리들의 휴전休戰 바지 사이에 중풍선마비中風船痲痺 고착되어 있는지라, 그리하여 한 피난민이었나니, 그가 그렇잖은고, 지미?—누가 내게 진실을? 시쉬! 하니삭클(벌꿀 핥는자), 그것이 여기 나의 젊은 숙녀, 프레드 왓킨즈, 나팔부는 프레드,[15] 그녀가 그를 부르는 것이나니, 나탈의 멜모스16)로부터 내내, 색기色旗를(경계신호) 내렸다 올렸다. 이봐요, 그런데 당시 그는 우리들이 바야흐로 수톤[17]의 곶(岬)에 앉아 다루려고 했던 저 뱀(蛇)의 비밀왕국에 대한 자신의 모종의문某種疑問을 스스로 범〔HCE의 공원의 죄〕했는지라, 그건 어떠했던고, 지미?—연초죄인녀煙草罪人女들을 신고할 누구 있는고? 피씨! 여급들의 만남에서[18] 우리들의 피닉스 소유림 감시자들[19]의 불법방해에 관하여, 우미선優美線민들레들, 첼시즈 출신의 엘시즈,[20] 개화開花의 두 각소녀脚少女들,[21] 그리고 공원의 저 역병초疫病草, 안달맥麥, 엉겅퀴 및 들 겨자, 그들은 명령에 의하여 자신들의 경칠 흐리멍덩한 침입侵入을 포기했던고, 우리는 그자가 사탕수수 설탕의 날것임에 틀림없다고 추단했는지라, 상대가, 아니, 지미 맥카우더록?[22] 누가 내게 죄를 범했던고![23] 브리 씨! 그게 가발假髮 쓴 그자者이나니, 메이플 껌을 질근질근 씹으면서, 그게 우리들의 곡부穀父요, 미스터 호모섹스 총수總鬚〔HCE〕, 공범숙달共犯熟達의 시장 나리, 최고위대最高偉大 중의 위대인偉大人, 그는 자기 자신의 성향聖香의 양구羊口로부터 사밀私密하게 자신이 과거에 그러했다고 우리들에게 말했는지라〔죄의 백〕, 자네들, 이 주령酒令이 성탄聖誕하기 전에, 어때, 비국교도非國敎徒 지미?—누가 모든 4거장四巨匠을 두려워하랴! 야아, 침팬지 노란,[24] 나의

사랑하는 애우여, 그자〔HCE〕는 걸인乞人의 숲[1] 뒤에서 내게 자신의 촉모觸毛로 나의 속을 떠보는지라, 프레다〔ALP〕처럼 말이야, 제발 그대는 우조愚鳥[2]되지 말지라! 사냥개,[3] 하고 그는 말하는지라, 우리들이 이 와일드 광계廣界를 통하여 유배방랑流配放浪했는데도.[4] 우리는 이제 자신의 늙은 독견獨堅의 얼굴을 지닌 하니삭클〔HCE〕의 후반부를 탐정해야만 하나니, 그의 스스로 훔치는 휴전休戰 동안 자신의 방어물〔바지〕을 내리고, 나의 플레드가 말하는지라, 그리하여 여기 제임씨氏는 그걸, 엿볼지니, 그녀는 단지 해야만 하기에, 그녀가 말하나니, 우리 아가, 그녀는 자신의 관점에서 치마를 걷어 올리는지라(그대 멀리 꺼져! 개구(리)똥 지빠귀처럼!) 자신의 스커트에서 잔디 풀을 멀리 하기 위하여 한편 그녀가 비망누초非忘漏草 음악당을 방문하는 동안 자신의 파이 허벅지를 한 오래기 곱슬머리와 함께 그이 앞에 쌍나双裸하다니, 그건 저 천격남賤格男〔캐드〕이 되돌아 온 후였음을 우리들은 전사戰思했는지라, 그자는 상호대립포수相互對立砲手[5]요 자신의 콜크 주벽성酒癖性이 프레드가 가져온 한 병의 샌디 혼합주 및 그자가 따뜻하게 데운 *피노 노로로소(향양주 香良酒)*와 함께 환희의 두 병을 대접했도다. 나의 정도正道, 지미, 나의 브라운(갈색) 노자유수사老自由修士?— 누구의 비탄, 오 너무나 아아我雅![6]

〔누가의 질문〕 빈둥빈둥 해시점海視點[7]까지 뒤따르면서, 왕능王陵의 그림자 아래로 우리들의 명맥命脈을 위한 동류同類, 그의 파문송가破門頌歌가 금제禁制된 채, 그의 머리가 두건頭巾된 채, 창공전범축배蒼空戰帆祝杯, 여노여하汝露如何? 락樂호랑가시나무, 애哀담쟁이덩굴[8], 하인何人 및 하처何處, 블랙 아트킨즈(공갈취자恐喝取者)씨氏[9] 그리고 그대 10개 1페니의 양기병兩騎兵들, 그대들 거기 있었던고?[10] 눈(雪), 월토루月土壘의 눈의 휴전休戰이었던고? 아니면 구름이 지상地上에 호박색琥珀色으로 그의 뇌광雷光을 통하여 매달려 있었던고? 2번二番이 다가오고 있도다! 내측內側 가득히! 구름의 초라한 양量이 희미하게 보였던고? 아니면 얼룩통痛의 비(雨)가 살수撒水로 내렸던고? 만일 강물이 흐를 때처럼 그들이 말을 할 수 있다면! 안절부절 톰, 종鐘에 관 덮개를 덮을지라! 이찌(이시)는 곡간하谷間下에서 바쁘나니![11] 낮은 망탑望塔, 여여汝汝, 일번一番, 깊은 습윤濕潤 속에! 귀담아 들을지라, 미도무쌍자迷導無雙者여, 제발! 그대는 물론이나니. 그대는 그토록 그를 그리워하는지라, 겨우살이(植)청취聽取를 위해! 물론, 우리들 사이의 나의 맹서, 여기 듣기 위하여 그이와 같은 노엘[12]은 무인無人이나니. 재(灰)에서 재나무(회목灰木), 먼지에서 억수잡어億數雜魚![13] 알란 로그(악한)가 아라 로그(악한)[14]를 사랑한 이후 그건 온통 아름다운 킬도우같인지라.[15] 목木리스! 오직 이와 같은 저와 같았던 나무들만이, 거기 파동 치면서, 기나幾那(버크)목木, 찔레(오즈리언)목木, 마가(로완)목木,[16] 바람 부는 암자[17] 근처 후한관목後漢灌木, 한층 많은 메길라서거목書巨木들. 트렘! 숲 속의 모든 나무들 모두가 담전율膽戰慄,[18] 콧대 꺾여 윙윙거리나니, 그들이 숙명일宿命日의 란계蘭界정글[19]로부터 최신기사를 들었을 때.

티씨! 두 예쁜 겨우살이 목木〔고원의 두 소녀들〕, 한 나무에 리본된 채, 해방자[20]가 기립했는지라 그리하여, 상상할지라, 그들은 삼자유三自由였도다! 네 기지機智의 양처孃妻들,

두건頭巾 아래로 윙크하면서, 총각들처럼 처녀들을 오월五月 기둥타기를 사랑하도록 했는지라 그리하여 우리들의 녹지綠地를 곡예연曲藝然의 커플(부부)로 접철했나니, 50과 50, 그들의 어린아이 100(百),[1] 그런고로 어린아이의 엽전葉錢을 살피면 어버이의 화폐가 붓는 법[2] 그리하여 부富를 향한 돌진도突進道가 이(虱)들이 빈민굴을 가로질렀던 세상의 길[3]처럼 다자多者들이 돈을 버렸나니, 그리하여, 그 같은 모든 원인으로, 그〔HCE〕는 불타는 도시구都市球처럼[4] 자기 자신을 단조전진鍛造前進했는지라, 슬픔을 삼기기 위해 통삼중痛三重 양조釀造하며, 내 것 및 네 것[5]을 주고받으며, 자신의 세 개의 황금 공[6]을 가지고 10억 당구놀이하며, 지주사리地主私利로부터 공동자본을 일구면서, 고역에는 가볍게 그러나 지갑에는 무겁게, 우리들 (H)최거대最巨大의 (C)상업적 (E)제국중심자帝國中心者, 자신의 아들들은 먼 곳에서부터 집으로 부우 야유하고 딸들은 자신의 곁에서 새치름해하면서. 핀 긴수염고래 같으니!

〔587.03–588.34〕 의심스러운 신빙성의 선술집 주인과의 만남에 대한 3군인들의 설명—HCE의 홍망 그의 설명

〔588.35–589.11〕 HCE의 축제에 대한 누가〔복음〕의 질문—공원의 성적 죄—주류 사업의 상업적 성공으로 인도하다.

어떻게 그는 그걸 축적하고, 그걸 허세虛勢부렸던고, 파운드 너벅선의 포경인捕鯨人, 한 기니에 한 그로트(귀리밀),[7] 그의 차감 잔액에 물가 지수 및 게다가 이토록 부富라니 자신이 화물마차 속에서 미리 구해냈던 위조 수표와 함께? 획물獲物을 찾아 전진하면서, 행상달인行商達人,[8] 야음하夜陰下 및 뒤쪽으로 기면서, 숨는 개(견犬) 마냥, 내일모래. 조심성 있게 추락하고 저리低利하게 일어나고[9], 실패들의 상설詳說.〔누가의 서술 HCE의 7가지 실패〕 다프[10]의 실책과 맥켄너의 상한십上限十과 하한오下限五를 위한 보험을 통하여 벌어진 대소동.[11] 한 세대가 또 다른 것을 말해주듯. 추락빈후墜落頻後.[12] 첫째로, 칠일면허七日免許의 변경을 위하여 그는 농부의 건강에서부터 옆길로 빗나갔는지라 고로 자신의 초기의 교구낙원생활敎區樂園生活을 잃었도다. 그러자(그건 소택지[13] 속에였나니) 서우연적西偶然的으로 갑자기, 여섯 유월태생견六月胎生見의 화염안火焰顔들이 그의 목사의인화牧使擬人火된 협문夾門을 통하여 무순無順으로 뿔뿔이 흩어져 마구 다가오며, 무면無眠의 긴야緊夜 속에 애송이 소녀들의 온갖 모습들을 드러내 보였도다. 재빨리 피후彼後 무일부無日附의 시대에, 아주 타당하게도 그들 자신에게 12선세대先世代, 한 대양大洋이 우연히 파열하여 그의 재산을 오홍수誤洪水로 흘려보냈는지라, 그리하여 자신의 다섯 법정[14]과 멋진 가금장家禽場 위에 불결극不潔劇을 격서檄書했나니, 그 속에서 도합실徒合室 안의 같은 깃털을 가진 바로 이우조二羽鳥만이 간신히 목숨을 건졌나니라.[15] 다음으로, 당연한 발반성發反省으로, 네 번의 허리케인 급질풍急疾風이 돌발하여, 그의 판유리의 집 벽과 그의 관리인이 요리하고 있던 계산용의 슬레이트 석판을 타쇄打碎해 버렸도다. 그러자 세 소년 뿔 나팔 부는 놈들이 다가와서 그를 역착복逆着服하고 상교각적도주相交角笛盜走했나니. 잇따라 조금 뒤 같은 초저녁에 두 보헤미아 개종자 종녀從女들[16]이 그의 준칙불이행準則不履行을 통하여 그로부터 도망이탈했는지라, 부정신여不貞信女들 같으니, 극진히 기억나도록 그를 보복하려고. 마침내, 궁극피안적窮極彼岸的으로, 무쌍의 맥麥지푸라기[17]가 떨어졌나니, 그때 그의 증류장의 폭발이

〔589.12—590.12〕 그의 부富를 득하게 하는 7가지 실패들—보험을 모음으로써—누가의 견해—일치(조화)의 제3자세—새벽의 수탉의 울음에 의해 방해된 실패한 교접.

〔590.13—590.30〕 한 남자와 한 여자가 침대에서, 혹은 새벽에 잠잔다—요한〔복음〕의 견해에서 보건대. 요한의 견해—용해의 제4자세: 행갈채, 층갈채, 단갈채, 회환원.(Tiers, tiers and tiers. Rounds.)(590.30) "용해의 제4자세"에서 모든 불화는 용해되는지라, 제4시대(비코의 환)는 새로운 시작을 제공한다. 종말에 이어 위커는 세계의 갈채에 반주를 맞추어, 성공적인 성교를 성취했음을 꿈꾸는지라.

그의 최호의最好意의 죄적罪笛에 이르기까지 그의 모든 건조물을 농아화聾啞化시키고 그를 추락시켰는지라, 칠왕국주七王國舟의 잔해,[1] 리어왕근시안王近視眼되고[2] 간질병 걸린 채, 그의 파산둔부破産臀部 깔고 앉아 빈사우속瀕死憂束되어 울고 있었으니.

〔실망 말지라. 실패의 성공〕 원원기元元氣. 지참자에게 지불할지라, 확실한 그리고 유감스러운, 오호호 정직한 정책자[3]의 발치에. 두 번 다시 결코, 포니스[4]를 걸고, 로이드 보험협회[5]에 위임했나니, 금단맥禁斷麥을 위해서가 아니고, 조 미드경卿[6]의 부父를 뒤쫓아서가 아니고, 감사! 모두가 그를, 약정자約定者를,[7] 알고 있나니, 적어도 기계적 암기법으로, 마침내 카메론으로, 격激자외선으로부터 부副적외선의 조직까지 그의 진짜 위천국僞天國의 색채로서. 그것이 대노개선문大努凱旋門 아치를 통하여 행진하는 그의 최후의 삼위일체시도三位一體試圖로다. 그의 무지개통치전광統治電光의 일격. 다시는 결코! 어떻게 그대 그걸 좋아한담, 미스터 시계종時計鐘이여? 그대는 멋진 젊은 질녀 보험금을 탔나니. 나의 신의약속神意約束을 제발 선불할지라!

동의했나니, 약속 실패자, 그〔HCE〕는 봉생蜂生에 있어서처럼 득지상得地上의[8] 배석陪席에까지, 노호사령교활老狐司令狡猾로 충만했는지라 그러나 누가, 헤이 여보, 그의 후자의 가치에도 불구하고, 엄격정직하게 최전완전最全完全, 견물상사堅物商社의 범주직장帆柱職長이었던고? 민중기분民衆氣分에서 환영받고, 일부에서 원탄遠歎 받고, 결론에서 적운積雲된 채, 뉴아—뉴아 왕王,[9] 네피림 거인들의 대부호왕大富豪王![10] 결국 도제용모徒弟容貌를 위하여 뒤따르다니? 방금方今이 가까이 접근한 이후 작금昨今이 사라지는지라. 제비즈〔셈—젤리〕, 우, 켁, 프타신神,[11] 그는 병자였도다! 사악골邪顎骨〔숀—케빈〕, 멍청이, 이쪽은 정말로 감미甘味의 명령한命令漢인지라! 그러나 뒤죽박죽 허세자虛勢者〔HCE〕, 젠장, 나리, 저쪽은 다시 한 번 우리들의 모든 (h)명예로운 (c)예수탄생시조誕生時潮의 (e)부활절동방인復活節東方人[12]일지니. 용해溶解의 제4第四자세. 얼마나 멋쟁이〔요한〕! 지평에서 최고의 광경이랴. 마지막 테브로(장면화場面畵). 양아견兩我見.HCE〕[13] 남男과 여女를 우리는 함께 탈가면脫假面할지라.[14] 건(gunne)에 의한 여왕재개女王再開![15] 누구는 방금 고완력古腕力을 취사臭思하나니[16] 새벽! 그〔HCE〕의 명방패견名防牌肩의 목덜미. 도와줘요! 그의 모든 암갈구暗褐丘[17]를 고몽鼓夢한 연후에. 훈족族!〔[18] 그의 중핵中核의 1인치[19]까지 노진勞盡한 채. 한층 더! 종폐막鍾閉幕할지라. 그 동안 그가 녹각鹿角했던 여왕벌〔ALP〕은 자신의 지복을 축복하며 진기남珍奇男〔HCE〕의 축하일祝賀日을 감축하는도다. 우르르 소리.〔천둥—HCE의 방취〕

행갈채行喝采, 층갈채層喝采, 단갈채段喝采. 회환원回環圓.[20]

제IV부

IV부 - 1장

Recorso(회귀) (pp.593 - 628)

성화聖和![1] 성화! 성화!

모든 여명(downs)을 부르고 있나니. 모든 여명을 오늘로(dayne) 부르고 있나니.[2] 오라이(정렬)! 초발기超發起(發復活)! 모든 부富의 청혈세계淸血世界로 애란 이어위커. 오 레일리(기원), 오 레일리[3](재편성) 오 레일리(광선)! 연소, 오 다시 일어날지라! 저 새(鳥)의 무슨 생을 닮은 징조가 가능한고.[4] 그대 다반사를 탐探할지라. 오세아니아(대양주)[5]의 동해에 아지랑이. 여기! 여기! 타스, 패트, 스탭, 웁, 하바스, 브루브 및 로이터 통신[6]을. 연무가 솟고 있도다. 그리하여 벌써 장로교구의 장로가 기상하여 타시他時에 순애정을 연도하는지라. 화태양華太陽이여, 신페인 유아자립唯我自立![7] 황금조朝여, 그대는 선창다리의 여명의 비누구球를 관견觀見했던고?[8] 우리가 타품을 쓰지 않은 이후 수년전 우리는 그대의 것을 탕진했노라.[9] 모든 나날을 호명하면서. 새벽으로 모든 날들을 부르면서. 핀 맥후리간의[10] 민족성을 띤 오랜 경칠 육종育種의 지겨운 정지화국頂志和國.[11] 영도자여! 수령이여![12] 세재안전평결世裁安全評決[13]의 티모렘 백공포白恐怖[14] 소종小鐘의 슬로건. 진기震起할지라, 어둑하고 어스레한, 건장자健壯者를 위해 숙도宿道 티울지라![15] 그리하여 빌리 페긴[16]을 그의 욕부토辱腐土에서 요굴謠掘 할지라.[17] 타타르 성당족敎會族[18]에 확실신앙을. 우리는 귀족적 귀마령서애용가貴馬鈴薯愛用家의 귀백랍대중白蠟大衆에게 공지公知하는 최고의 만족을 갖나니, 기네스(칭키스칸)주酒는 그대를 위하여 뚜쟁이선善하도다[19]

구름으로부터 한 개의 손이 출현하여, 지도를 펼치나니.[20]

노아 공신空神〔숀〕[21]의 말(言)을 나르는 밤과 스튜냄비 속에 웅크리고 앉아 메스 공신空神〔셈〕을 제조하는 밤이 지나자 테프누트 농아 여신[22]의 지배목사支配木舍 속에 있는 암소냉冷한 올빼미 노老의 자돈雌豚에게 빛의 씨앗[23]을 뿌리는 영파종신永播種神이요, 은탐프린[24] 피안계의 승태양昇太陽의 주신인, 푸 뉴세트[25]가, 최선 기고만장, 말하는도다[26]

〔593.01—593.21〕 신기원의 새벽이 잠자는 거인(HCE)를 깨우다.—새벽—새날의 시간 및 새 세대. 신세기의 여명이 잠자는 거인을 깨우다. 〈율리시스〉에서 몰리 블룸은 "그래요"(yes)를 말할 수 있고, 아나 리비아는 "핀, 다시! 가질지라"를. 그러나 태양—그는 솟을 것인고? 〈율리시스〉처럼, IV부는 독자를 정적(static), 마비된 채, 단단히 고착되어, 남성 의지의 신비의 수령에 빠진 채, 남는다—그것의 욕망과 결의의 이중적 의미 속의 의지한다.

〔새벽 여명의 출현〕 운유運流! 선형신善型神이여! 천공의 소생자蘇生者에게 소인화燒印火를 뿌릴지라, 그대, 아그니 점화신點火神이여! 작열! 수호신(아더)이 도래하나니! 재在할지라! 과도적 공간을 통하여 동사시동動詞始動할지라! 켈트(족) 곁에 킬트(족)가 재친再親을 재척再戚으로 패곡貝穀할지라. 우리는 그대를 위하여 선거하나니, 티탄젤을.[1] 자치정부 환영! 우리들 약세弱勢더블린인들은, 여간원汝懇願하도다.[2] 하나의 길, 내일신來日神이, 우리의 상가로부터, 종언왕국을 통하여 빛을 불태우는 광선이 우리를 인도할[3] 때까지 우리는 희망하는지라 그러나 일정소유日程遡遊하는, 그레욘 괴물을 내게 사냥하나니, 칼 지상신령이 그의 코스, 몽유의 묘로墓路들 사이로. 심지어 성곽의 매지魅地인, 헤리오포리스 장지葬地까지. 이제 만일 혹자가 두 타월을 가져오고 타자가 물을 데운다면, 우리는, 그대가 암暗마리아 혹은 이泥스미스, 예봉브라운 및 마摩로빈슨을 말하고 있는 동안, 이 다전사구多戰砂丘의 타봉둔打棒臀 위에 태양연한 요정비누[4]를 만들 수 있으려니. 하지만 자애는 애서 시작하는지라.[5] 어느 지점을 향하여? 어디까지의 시각에? 단일견單一見! 일광비누![6] 받아드릴지니. 무단재통침자無斷再通侵者는고소 책임질지로다. 내게 찌르는 수자誰者는 찌르는 통봉음경痛棒陰莖과 같은지라. 그대의 것 인양. 우리는 재신再新. 우리들의 혼교의 그늘이 그들을 혼난도混亂刀질하자 사람 살려 살려 급지평急地平. 한 가닥 병광甁光 그리고, 급격히, 그건 과월할지니, 마치 노변의 노심爐心이 살아 뛰듯. 클럽주점, 총잡화상에서, 아렌 언덕[7]의 정수지頂樹脂와 함께 최연황갈最軟黃褐의 나무줄기를 위하여 그리고. 화산원통향火山原通向 잇따라, 태양수호신 숙명(이어)워커[8]가 후청인後聽人이 될지니 그리하여 그는 자신의 사소화些少火로부터 타격섬광하도다. 여명화의 창끝이 헤리오포리스[9]의 거석巨石의 커다란 원의 중앙 탁석卓石 안에 향접촉向接觸하는지라, 소요남騷擾男의 잡목총림 속 판게라만灣[10] 곁의 우리들의 이 평원 위에 그리하여 거기 쌍각의 원추석묘(케론)[11]가 에르그 작동하여, 입석된 채, 락화樂花인양, 이스미언 지협인地峽人들의 우상이 되도다[12] 그곳 너머로. 괴상한 괴회색怪灰色의 귀신같은 괴담怪談이 괴혼怪昏 속에 괴식자傀食者처럼 거장巨長하는지라.[13] 과거가 이제 당기나니[14] 똥개 한 마리 짐승, 덴 대견大犬이, 퀴퀴 답도踏道하며 스스로 측각側脚에 탈준脫準한 채 코로 킁킁거리도다. 호우드구丘[15]의 익살스러운 낄낄대는 웃음. 그러나 왜 야명전夜明前에 똥개가 구덩이를 파는고?[16] 들의 새벽 합창을 새 되게 울게 할지라, 수탉 및 암탉, 아나 여왕계女王鷄가 뒤둥뒤둥 꼬부라져 꾀오꾀오 압주鴨走하도다. 영창남詠唱男을 위하여 한 번, 짐꾼을 위하여 두 번 그리고 웨이터를 위하여 한 번 두 번 세 번. 그런고로 불가식不可食의 황육이 불가전不可顚의 혹黑으로[17] 바뀌도다. 영양남營養男, 수부와 함께, 회건回鍵(턴키) 트로트 무舞[18]로 해갑海岬[19]까지, 부두활보자(피로 광대)들을 후무리는데 봉사하다니, 노엘즈[20] 바와 판치쥬디 크리스마스 익살인형극에 뜻을 두는 것은 무슨 뜻인고, 정녕, 만일 그대가 자신의 머리 속에 뚝딱소리 혹은 커스 출발저주로 가득하다면, 연미복상, 그대는

엑스무스,[1] 우리들을 위한 바이킹도都,[2] 스톤헨지(거석주군巨石柱群)의 성가대학聲歌大學에서 침묵 당할지라, 소년들, 각자 하나 하나?"죽음은 가고 생자는 전율하니. 그러나 생生은 행차하고 농아는 말하다!"기각起覺? 호우드 언덕, 구구丘丘 연달아, 영궤도英軌道로, 그〔HCE—Finn〕가 가젤 해협[3] 향상向上에 자신의 장가사지長歌四肢를 압향岬向 뻗고 있을 때[4] 풍경에 안도의 한숨을 쉬나니, 그리하여 브리안의 신부新婦[5]〔이시〕는, 정강이 높이 흔들고, 그 어느 때보다 자신의 원부遠父와 혼婚하여 처녀무處女舞를 위한 점묘낭자點描娘子로다. 호조好調의 양녀羊女![6] 우리는 즉현卽現 이유耳癒할지니, 지지처녀地誌處女들의 작별 안녕 및 곧 소식 있기를 하고 말하는, 29가지 길을. 40윙크와 더불어 그대 아주 많이 나를 즐겁게 하기 위해 윙크하며. 그녀의 양두羊頭와 함께. 그건 수위首位의 신애란토까지 기나 긴 광로光路로다.[7] 코크행行, 천어川漁행行, 사탕과자행, 부용(구기수프)행, 편偏 소시지행, 감자甘蔗행, 소돈육燒豚肉행, 남男(매이요)행, 오행속요五行俗謠(리머릭)행, 수가금水家禽(워터포드)행, 요동우자搖動愚者(웩스포드)행, 시골뜨기(루스)행, 냉공기冷空氣(킬대어)행, 연착전차延着電車(레이트림)행, 카레요리(커리)행, 마도요(鳥)(카로우)행, 리크(植)(레이크)행, 고아선孤兒線(오파리)행, 다랑어갈매기(도네갈)행, 청淸(크래어)황금도黃金道(골웨이)행, 폐요새肺要塞(롱포드)행, 월광유령月光幽靈(모나간)행, 공금公金(퍼마나)행, 관棺(카밴)행, 울화鬱火(안트림)행, 갑옷(아마)행, 촌村까불이(위크로우)행, 도래악한(로스코몬)행, 교활행진(스라이고)행, 종달새수학(미드)행, 가정상봉(웨스트미스)행, 메추리육(퀘일스미스)행, 킬레니행.[8] 텝! 선두래先頭來할지라, 열석列石을 환상할지라![9] 톱.[10] 우리들을 위해 현명하게도 노브루톤[11]은 자신의 이론을 철회했도다. 그대는(alp) 알프스 산혼적山魂的으로 올 바르도다! 절대대대로. 그러나 이것은 필경 따분한 운송이 아닌고? 나만타나 곡촌曲村.[12] 확실히 그건 그대가 회춘回春하고 있는 것이 아닌고? 과연! 또한 멋있게. 우리는 피지문서관皮紙文書館, 아란 공작상公爵像[13] 근처에 하입下立하고 있는 듯 한지라, 말발굽 전시회, 전사마차戰士馬車들 및 이종의 바겐화차들 사이에, 윗쪽과 아랫쪽, 이중전치二重前置 뿐만 아니라 삼중접속三重接續된 이후, 인양 또는 에도 불구하고, 과거 만캐이랜즈(토지)였던 서소굴鼠巢窟 속의 현대패총탐구의 방식이 화산분출잔해 속에 현존하는 용암에서부터 상속적 세대가 심화산분진深火山粉塵의 깊고 깊은 심연 속에 존속해 오고 있는 동안 그것을 증명해 왔도다. 매몰된 심장들. 여기 고이 쉴지라.

꼬꾀오 꼬꼬 그는 할지라. 면眠할지라.

고로 그〔HCE〕로 하여금 면眠하게 할지라, 수면睡眠! 그들이 그의 상점의 덧문을 끌어내릴 때까지. 그는 안이면安易眠인지라. 충휴지充休止.[14]

이리하여 사시조四時鳥의 탁발수사조托鉢修士鳥[15] 귀담아 들을지니, 남南시드니![16]

〔HCE의 속성들〕 아이, 한 자연의 아이〔HCE—숀〕가, 기억 명으로 당시 알려졌나니.(그래! 그래!), 아마도 최근의, 어쩌면 한층 먼 나이에 납치되었던지 그랬었나니. 아니면 그는 능숙한 손재주[17]로부터 스스로 마력 출몰했도다.

〔595〕 교수—안내자와 함께, 호우드 언덕, 체프리조드 근처, Castle Knock의 문에서 노크하는 HCE(숀)이다.

〔594.01—595.29〕 태양이 세대들—옛 아일랜드 위로 솟고 있다—주막이 깨어난다. 조반이 진행 중이다.

〔595.30—595.33〕 수탉이 운다—그를 계속 잠자게 하라.(아침의 태양처럼 탕아(셈)는 돌아온다. 그것은 숀이다. 그는 신선한, 본질적으로 재생된, HCE이다). 한 자연의 아이가 납치되었다. 아니면 아마도 그는 이제 능숙한 수기술手奇術에 의해 시야로부터 스스로 나타났다. 탕아는 여기 솟는 태양과 함께 되돌아온다.

〔596〕 새벽잠에서 깨어나는 HCE.

〔596.33–597.22〕 잠자는 사람은 한 쪽으로부터 다른 쪽으로 방금 구르려고 한다—왜?

그를 위해 심면深眠은 레몬 쓰레기 더미로다.[1] 유산양시장乳山羊市場에서.[2] 완충完充의 견신犬神[3]에서. 추락 위의 이토泥土.[4] 적절애란인適切愛蘭人. 수탈분리收奪分離된 남성의 백년남군촌百年男郡村[5]의 우뢰투자가雨雷投資家. 볼지라, 그〔숀〕는 돌아오도다. 승부활된 채. 핀 화신. 여전히 노변주爐邊周에서 예담된 채. 조도사실朝禱事實로서. 타종인打鐘人의 켈트어류語類 부활봉기를 환영했도다.[6] 영원토록, 자신의 찡그린 안구顔口 속의 엄지손가락. 파관波冠으로 재흥再興하는 파도에 각성한 채. *어제의 벌罰에 정복당했나니*. 일광의 양부. 주여색酒女色 및 몽가夢歌의 최선간계最選奸計로부터 장지 마련 중의 애란토까지. 재제성령再制聖令 39조항[7] 하에. 성규정가聖規定可의 주님의 명령에 따라. 우리가 그를 지구실地球失로 생각했는지라. 묵주黙珠구슬, 무명용사. 텀 바룸 바[8]산山으로부터. 전全 랜써릿[9] 원탁기사들의 면전에서. 모든 로서아인露西亞人들의 과황제過皇帝. 연못(더브)의 사시교외斜視郊外의 종부種父.[10] 디긴즈(굴착시掘鑿始), 우던핸즈[11]를 사방 어슬렁거리기 위하여. 부화서반아산주孵化西班牙産酒[12]와 더불어 그의 영취마비英醉痲痺. 영인감비英人感痺. 쭈글쭈글땅신령날씬요정불도마뱀인어(gnomeosulphidosalamermauderman). 대좌상인大挫傷人, 항사비석港死碑石.[13] 포술 건닝가家의 총수,[14] 건드. 하나 둘 혹은 셋 넷 다섯 휴일군중 속에 해후가능자. 술통에 축복 하옵기를. 뚜껑 없는, 갤런 술통. 담배꽁초, 수소 주主, 일종의 퇴적, 팜필 노름꾼, 설雪포도주 통. (e)편집자의 소위 (h)위생 (c)고안구衛生考案具. 그대의 허벅지의 두께. 아시는 바와 같이. 웅당. 목사의 희비에 대하여 말하며. 오월주경위에 의하여 파괴되고 있는 사녹絲綠, 허백虛白, 호청糊靑. 당사자. 고애란 (e)엘가[15]에 (c)두루미 소리 (h)들리지 않을 때. 이 시詩를 방금 말하려고. 무연결無連結, 무장애無障碍, 유선전有旋轉, 유자유결함형有自由缺陷型.[16] 자기자신에 대한 유사상징.[17] 아담과 이브 신인지의 정신적 자아(아트만).[18] 수자타도이유誰者他道理由. 노루자老淚者로서가 아니고 소무협가少武俠家. 백발무결白髮無缺 및 무절제거사無節制居獅. 그가 익살스러운 색色으로 보일지라도. 얼마간 더듬거림. 그러나 딜리아 꽃을 뒤쫓는 아주 큰 한 마리 벌레.[19] 경소경색경사警所哽塞警査. 또한 전번제유미공굴착全燔祭乳糜空掘鑿. 천문학적으로 전승인물화傳承人物化된 채. 영감현자 지암 바티스타 비코[20]가 그를 예견했듯이. 자신의 언질어言質語를 재매再買하는 마지막 절반 성구.[21] 애상열별哀傷裂別되고 탈지면 기워진 채. 그리하여 솥뚜껑이 백유白乳 냄비 나무라는[22] 우리들의 어유희語遊戲를 벌종罰終하기 위하여. "수실收實한, 수직의, 성스러운, 수장修將의, 세침細針한, 수종합受綜合의, 성급한(스위프트)".

〔숀의 도래〕 미관예수의 성단星壇에 맹세코! 책략이 그를 값지게 상속원을 성취하게 했도다. 저 외투 위의 물방울이 핀갈 주위를 결코 강우하지 않았나니[23] 양적良滴! 스칸디나 호의 소금, 의지,[24] 하피자何疲者라도 신남으로 만들지라.

〔재차 아침 시간〕 화일火日? 날(日)! 기풍태양신氣風太陽神의 장완長腕[1] 그것은 우연암합偶然暗合을 띠나니. 그대는 우리가 신화왕神話王[2] 마냥 깊은 밤잠을 이루었다고 볼 참인고? 그대 그러하리라. 지금 바로, 지금 바로 막, 지금 바로 막 전전경과轉全經過할 참이로다. 침면寢眠.[3] 심지어 명부冥府 및 불량계의 백환百環 및 사악한 이교도 책자에도[4] 그리고 묘墓, 임종 및 공황[5]의 기이하고 괴상한 책[6]에도 일어날 법하지 않는, 모든 최이상물最異常物들 가운데! 활생활活生活의 무진총체無盡總體들이 유생성流生成의 단 하나의 몽환실체夢幻實體인지라. 설화 속에 총화總話되고 제목잡담題目雜談 속에 화설話說된 채. 왜? 왜냐하면, 저주신詛呪神과 모든 들뜬 남근男根들에게 은총 있을지니, 그들의 말들 속에 시작이 있고,[7] 향신向身하는 두 신호측信號側이 있었는지라, 서거西去와 동재東在, 제작우측製作右側과 오좌측誤左側, 잠자는 기분과 깨어남, 기타, 등등. 왜? 남농측지南聾側地에 우리는 모스키오스크 요정령궁妖精靈宮[8]을 갖나니, 그의 쌍둥이 인접隣接들, 욕옥浴屋과 바자점店,[9] 알라알라발할라 신전,[10] 그리고 반대 측에는 코란 방벽과 장미원이 있는지라, 안녕 장난꾸러기여, 온통 말끔히. 왜? 옛날 옛적 침실 조식에 관한 이야기[11] 그리고 근친살해투近親殺害鬪와 쿠션소파 그러나 다른 것들은 인공忍孔과 토뢰마멸土牢磨滅된 매물, 열熱, 경쟁 및 불화의 시여물 및 상거래 품들. 왜? 매화每話는 그의 멈춤이 있는지라, 사바만사생裟婆萬事生[12] 증언, 그리하여 결국 행운환하幸運環下[13]에 필경형성畢竟形成하는 모든—꿈은 진과眞過로다. 왜? 그건 일종모주一種謀酒의 꿀꺽벌꺽 밀주취密酒醉한, 심장수축확장이라, 그리하여 그건 매시매인 그대가 항시하처恒時何處 온통 졸게 하도다. 왜? 나를 탐사探私할지라.

그리하여 얼마나말하기졸리고슬픈지고(howpsadrowsay)(하비면언何悲眠言)[14]

견시見視! 〔솟는 태양〕 현행現行의 전율은광戰慄銀光의 한 가닥 화살, 노고老姑된 채. 냉신冷神의 진적眞蹟(정녕코)! 요신搖神! 저 온溫은 어디서부터 왔는고? 그것은 무한소적無限小的 발열인지라, 휴지열, 상승열, 아리아의 삼박자무, 잠자는 자의 기각起覺, 인간의 배면예감背面豫感의 소규모 속에, 깁, 그리고 다시, 겝, 필경 마야환상성摩耶幻想性의 미래로부터의 한 가닥 섬광이 세호선世互選의 세경이世驚異의 세풍창細風窓을 통하여 세강타勢强打하듯 새 지저귐의 선회가 하나의 세상이도다.

톰. 〔라디오의 전송〕

〔일기예보〕 섭씨도는 완전상승하도다. 수요정갈까마귀(jaladaew)는 아직 인지라. 구름은 있으나 새털구름이니. 아네모네(植)가 활향活香한 채, 혼온도昏溫度가 조상朝常으로 되돌아오고 있도다. 체습성은 온통 선공기로 자유로이 안도를 느끼고 있는지라. 마편초馬鞭草는 풀(草)관리자로서 선도하리니. 그렇고, 사실상 그렇고, 참으로 그러할지로다. 그대는 에덴 실과를 먹는지라. 무엇을 말하랴. 그대는 한 마리 물고기 사이에서 사식蛇食했나니.[15] 하측何側 텔레(비) 화話.

〔597〕 다시 아침 시간—과거 시간은 흘러가고 새 시간이 흘러들어 오다.

〔597.23—597.29〕 압스—어—데이지(ups—a—daisy), 그는 구른다. 그의 등배登背는 차다.

〔597.30—598.16〕 라디오의 일기 예보. 앞서 유쾌한 날—어제 밤의 작별—오늘 아침의 환영.

〔598〕 아침 기도의 시간—HCE 주변에는 초월적 뭔가가, 성체 따위.

〔597.30—598.16〕 라디오의 일기 예보, 앞으로 경쾌한 날씨와 함께—작별 어제 밤—환영 오늘 아침.

〔598.17—598.26〕 성변화(transubstantiation)의 신비—시간의 효과. 아침 기도의 시간. HCE 주변에는 초월적 뭔가가 있으니, 예를 들면, 성체(Eucharist)가 그것이다. "Panpan and vinvin"(라틴어로, "빵과 포도주")는, 이를 뒤집으면, 남부 인디언 말로 vanvan and pinpin이 되지만, 성체 빵과 포두주가 되기는 마찬가지.

매每 저런 사장물私場物들은 여태껏 여하 장소이든간에 비존非存한지라 그리하여 그들은 온갖 금일족극今日族劇에서 내외무변 바로 그대들의 취득 물 구실을 해 왔도다.[1] 소멸된 채. 그대는 그를 미설味舌 끝에서 뱅뱅 맴돌게 했나니. 어떤 유익한 가매철음可買綴音도 이후 무미로다. 불깐 황소 대신 군마,[2] 표풍漂風에는 표류. 나일 강 방랑향放浪向의 몽유뇌우운夢遊雷雨雲.[3] 빅토리아스 근수지近水池. 알버트 원수지遠水池.[4] 때는 길고도, 아주 긴, 어둡고도, 아주 어두운, 거의 무종無終의, 좀처럼 인내할 수 없는, 그리하여 우리는 대개 아주 다양한 그리고 하혹자간何或者干가 굴러 더듬거리는 밤을 추가할 수 있으리로다.[5] 작종송금일作終送今日. 일신日神! 가는 것은 가고 오는 것은 오나니. 작일昨日에 작별, 금조환영今朝歡迎. 작야면昨夜眠, 금일각今日覺. 숙명은 단식정진斷食精進. 숙행熟行, 선타善他! 지금 낮, 느린 낮, 허약에서 신성로, 일탈할지라. 연꽃, 한층 밝게 그리고 한층 감자매甘姉妹하게, 종형개화鐘形開花의 꽃,[6] 시간은 우리들의 기상 시간이나니. 똑딱똑딱, 똑딱똑딱. 로터스(연꽃) 비말도飛沫禱여. 차차시此次時까지. 작금별昨今別.

감사를 가질지니, 감사 댕댕, 감암感暗 토마스. 저 개이구주開耳歐洲 끝에서 인도印度와 만나도다.

〔기도의 시간〕 그대가 그〔HCE〕를 뭐라 불렀던 그에게 하사何事에 관한 초야적超夜的인 뭔가가 있도다. 냄비 빵(판판)과 포주주(빈빈)는 그대의 무누無淚의 타밀어語[7]로 유독히 화물차차(반반)와 침침針針(핀핀)일지라도 그러나 그들은 고작해야 단독히 빵과 포도주에 불과한지라.[8] 이쪽 전자全者가 뒤따르는 것은 저 쪽 이자異者가 따르는 것이나니. 피소彼少 소소년少少年. 오래된 작일효모 빵은 그루터기 통속의 터무니없는 부화요[9] 물주전자화畵는 벽壁위에 원자행原子行이도다.[10] 곰팡이(마태), 암혹(마가), 누출(누가) 및 허풍(요한)이 방금 그들이 누운 악상惡床을 필요로 하는지라[11] 그리하여 금일부 비교곤충음향학상으로 그대의 최후의 말들은 환희를 향한 힘을[12] 통한 연속괴상連續怪想의 뺀음을 말할지니, 금시, 거기 그는 잠깨도다. 완화안緩和眼에는 환화안, 인후에는 인협[13]

팀!

〔시간의 흐름〕 로카 우주좌宇宙座[14]의 그들에게. 듣고 있도다. 도시는 궤도하는지라.[15] 연속시제에서 그때의 지금은 지금의 그때와 함께. 들었는지라. 지금까지 있어 온 자는 연속 있으리로다. 들을지라![16] 세 번의 시보교환타時報交換打[17]에 의해, 차임 종소리, 억수만년[18]에 걸친 비대남과 왜숙녀矮淑女의 시대가 그토록 많은 미분에 의해 정확히 석년昔年 모월毋月 야주간 주간일 개시開時로 수시간이 될지니, 우리들의 거대여격巨大與格 거대탈격巨大奪格 및 우리들의 쉬쉬 어머니, 진처眞妻와 함께 활남편活男便, 그리고 그들의 아이들 및 그들의 이웃들 그리고 그들의 이웃들의 이이들의 이웃들 및 그들의 가재 및 그들의 용인들[19] 그리고 그들의

혈연자들 및 그들의 동류 내외 찌꺼기[1] 및 그들의 것이었고 그들의 것일 그들의 모든 것.

대단히 감사하도다. 티—모—시(금일다시)! 그러나 하처, 오 몇 시?

〔장소〕 어디 하시? 코스! 그대 조상들이 건립한 보도를 보지 못하는고, 천국에서 오범誤犯한 우리들의 부친화신父親化身들,[2] 당신들의 이름에 가공할지라, 멍청이암소, 별(星)수송아지, 연煙호랑이, 사자코끼리, 심지어 아타신神[3]이 갈식할 때, 삼엽클로버 속에 뒷발로 선 흑담비(動)가 미끄러진 채, 발굽, 발굽, 발굽, 발굽, 도보비만족塗步肥滿足으로 어슬렁어슬렁터벅터벅가만가만걸으면서. 우리들이 존재하기 이전! 의미하고 있나니, 만일 유동설油桐舌이 유강석화流江釋話한다면, 즉, 원시의 조건들이 점차로 후퇴한 연후에 그러나 그럼에도 불구하고 고체와 액체의 정치가 엄침嚴沈한 낙뇌노호落雷怒號, 엄숙솔로몬 혼인주의,[4] 엄소의 묘매장墓埋葬과 섭리적신의攝理的神意[5]를 통하여 광범위할 정도로 존속되어 왔는지라, 그의 일시가 시제지속 및 부지속不持續의 주저를 지속한 다음, 고려하의 장소 및 기간에서, 균형경제적 생태윤활적生態潤滑的 균등돌출적 균형실험적均衡實驗的 평형상황의 다소 안정된 상태에 있어서 일천년기적壹千年期的 군사적 해상적海上的 금전적金錢的 형태론적 환경형성의 사회유기체적실체社會有機體的實體를 가능하게 그리고 심지어 불가피하게 만들었던 것이로다. 자 경교환鯨交換할지니, 전동傳動! 나를 위해 더 이상의 형태소모르페우스 면신眠神[6]은 이제 그만! 비유사위병非類似衛兵은 삼갈지라! 그대는 바로 위장을 깔고 군행진할지니.[7] 노주묘怒主錨의 주정酒亭로. A E 동판화. 해견가치海見價値. 그대 다多(롯)감사, 겸손한 점죄중點罪衆! 호수도에 주막이 있도다.[8]

팁. 타모티모의 마권내보報를 취하시라.[9] 팁. 브라운은 하지만 무토無土(노란).[10] 팁. 광고.

〔장소—공간〕 어디에. 적운권운난운積雲卷雲亂雲[11]의 하늘이 소명하나니, 욕망의 화살[12]이 비수秘水의 심장을 찔렀는지라, 그리하여 전 지역에서 최인기의 포플러나무 숲은 현재 성장 중이나니, 피크닉 당황한 인심人心의 요구에 현저하게 적용된 채, 그리하여 상승하는 모든 것과 하강하는 전체[13] 그리고 우리들이 그 속에서 노역하는 구름의 안개 및 우리들이 그 아래서 노동하는 안개의 구름 사이에, 사물을 폭격하여 그것에 농진聾盡 당하는지라 그런고로, 지방성을 지시하는 것 이외에, 그에 의하여 우리가 전술한 것에 아주 다량으로 유리하게 첨가할 수 없음이 느껴지나니, 사실상 대단할 정도의 것은 아닐지라도, 잇따라 곧장 그러나 언급하거니와, 바다의 노인[14]과 하늘 노파는 비록 그들이 그에 관하여 절대 아무 것도 말하지 않을지라도 여전히 자신들은 우리에게 거짓말을 하지 않는지라, 무언극(팬터마임)〔〈경야〉〕의 요지는,

〔599〕 이제 시간은 지나고 장소에 대한 생각—HCE가 의식 속에 다시 솟으면서, 시간과 공간 사이 자기 자신을 위치한다. 그리하여 그는 '회고적 편곡'(retrospective arrangement)〔〈율리시스〉의 벤 돌라드의 〈까까머리 소년〉의 노래에 대한 톰 커난의 평가(U 75)〕 속에 초기 유목민들의 발자취를 재답습한다.〔장소〕 그대 조상들이 건립한 보도步道를 보지 못하는고? 초창기 시대의 우리들의 부친 화.

〔598.27—599.03〕 시간의 진행—시간은 매인을 위한 타당한 시간이다.

〔599.04—599.24〕 시간(세월)의 순환—과거와 현재. 이제 시간은 지나고 장소에 대한 생각. HCE가 의식 속에 다시 솟으면서, 시간과 공간 사이 자기 자신을 위치한다. 그리하여 그는 '회고적 편곡'(retrospective arrangement)이라.

〔계속되는 장소—공간의 서술〕 식인왕〔HCE〕으로부터 소품마小品馬에 이르기까지, 단락적으로 그리고 유사적唯斜的으로,[1] 우리들에게 상기시키나니, 우리들의 이 울세소로계鬱世小路界에서,[2] 시간(타임즈)부父와 공간(스패이즈)모母가 자신들의 목발을 가지고 어떻게 냄비를 끓이는가〔생애를 꾸려나가는가〕하는 것이로다. 그것을 골목길의 모든 처녀 총각들이 알고 있는지라. 따라서.

〔장소〕 다多잉어 연못[3], 이나라비아의 연못, 사라 주州의 유즙乳汁이 마치, 로목장露牧場의 가장자리의, 수대성좌獸帶星座 피스시엄과 사지타이어스 소성小星의 델타 사이에서처럼, 그리하여 그 속에 한 때 우리는 용암층과 골짜기에 생세生洗했는지라, 그의 고수高水(하이아워터)로부터 여기 희희낙락 즐기면서, 요하상尿河床의 이용교泥鎔橋, 생명들의 강, 크리타 바라 장애물항의 펀(네간)과 닌(안)[4]의 유령성의 출현의 화신의 재생, 아린니〔더블린〕 이방인들[5]의 왕역王域, 모이라모 해海[6], 리블린 대양의 엄습자, 저주의 사략선족私掠船族, 과거를 상관말지라! 거기 올브로트 니나드서 저수지가 비기네트 니인시 해海[7]를 추적하여 그의 린피안 폭포[8]를 낙관하고 쇄토굴단碎土掘團 어중이떠중이들이 최초의 뗏장을 뒤집었도다. 수문! 직립대폭포![9] 취경臭耕에 성공을! (우연히 그는 담보물신전 앞에서 탄금彈琴한 것으로 믿어지고 있거니와[10], 왜냐하면 이러한 이득점(클로스업)은 넘어서야만 하기에, 비록 서풍향으로 몇 시간, 저 (e)퇴역대령 (c)코로널 (h)하우스[11]의 월과직越過職 여후견인女後見人이 드위어 오마이클 도당[12]〔19세기 아일랜드의 반도〕의 요부태생腰部胎生의 큰 대자로 뻗어누운 자손로 둔감파멸의 나팔총(얼뜨기) 창단두槍端頭를 돌려줄지라도, 이는, 자신의 것이 그녀의 것에 잘렸나니, 나중에 고소언苦笑言을 오래도록 끌게 했도다). 거기에 한 거루 알몬드누릅목木이 녹무하기 시작하나니, 심히 애좌愛座로 보이는 채, 우리가 알 듯 그녀 당연히, 왠고하니 그의 법法의 본질승천本質昇天에 의하여,[13] 고로 그것이 모두를 이루는도다. 그것이 백白틀레머티스(植)에 성인향聖人香나게 하나니. 그리하여 그녀의 작고 하얀 소화素花 블루머가, 재잘재잘 세 녀 손질된 채, 더블린 요귀의 요술이 되는지라. 색슨 석부류石斧類의 우리들의 둔선조鈍先祖들이 그렇게 애담스럽게 생각했듯 방금 그들은 각角앵글센으로 영구도하永久渡河할지니, 의무 면제된 채 그리고 불결염가不潔廉價로. 거기 또한 한 개의 진흙 판석이, 상시불멸 기념비처럼, 모든 소택의 단 하나. 그러나 너무나 나裸하게, 너무나 나고표석羅古漂石, 나허풍那虛風 너들 너들 느슨하게 넘보는지라, 바린덴즈 속에, 백白 알프레드, 최세한最貰限 어떤 난폭도살승僧의 상上치마(에이프런)를 차용하듯 했도다. *(h)스칸디나비아속屬의 (CE)인근남자隣近男子(Homos Circas Elochlannensis)!* 해풍 람베이 섬[14]의 그의 명승지. 노파 집시 혜녀慧女. 혹! 그러나, 우울 빛을 띤 광휘가 여기 그리고 저기 백조영白鳥泳하는 동안, 이 수치암羞恥岩(샘록)과 저 주취설酒臭舌의 수중목水中木은 도盜—입맞춤의[15]—밀주 패트릭과 그의 방자한 몰리 개미(蟲) 바드에게, 선금작화란어善金雀花蘭語로 말하노니, 아 저런, 이 곳이야 말로 적소인지라 그리하여 성축일은 공동추기共同樞機[16]를 위한 휴일이나니, 고로 성스러운 신비를 축하할 자 존存할지라 혹은 주본토主本土의 순찰단巡察端으로부터의 험상순례자險狀巡禮者, 저 용안에 의한 정엽靜葉의 소옥상자, 그의 강탈은

분명히 그가 고용강세雇用强勢하는 유년업幼年業을 의미하는지라. 한 나체의 요가승僧, 태양진太陽塵에 가려진 채, 그의 엽상최애엽葉狀最愛葉로 오케이 덮인 채, 그녀 자신의 자강自江에 즉여卽與되어. 타자염마他者閻魔 쿠루병 염호염마신鹽湖閻魔神! 후후 승〔숀〕!

그게 일어나도록 일으킬지라 그러면 그건 그러할지라, 견호見湖, 우리들의 라만 비탄호悲歎湖,[1] 저 회색불결호灰色不缺湖, 이스의 전설시傳說市[2]는 발출拔出하나니(아트란타 마침내!), 도시 및 궤도구軌道球,[3] 애이레[4]의 호박호수水 아래 수면을 통하여.[5]

소호笑湖!

하처何處! 하자何者! 유처녀幼處女들? 회사신灰邪神이여,[6] 시언할지라! 지식地息은 천국행하나니.

〔HCE 소녀들을 헤아리다.〕 구천사녀丘天使女들, 벼랑의 딸들,[7] 응답할지라. 기다란 샘파이어[8] 해안. 그대에서 그대로, 이여二汝는 또한 이다二茶,[9] 거기 최진最眞 그대.[10] 가까이 유사하게, 한층 가까운 유사자類似者. 오 고로 말 할지라! 일가족, 일단, 일파, 일군소녀들. 열다섯 더하기 열넷은 아홉 더하기 스물은 여덟 더하기 스물 하나는 스물여덟 더하기 음력 마지막 하나[11] 그들의 각각은 그녀의 좌座의 유사로부터 상이하나니. 바로 *꽃잎 달린 소종小鐘처럼*[12] 그들은 보타니 만 둘레를 화관찬가하도다[13] 무몽의 저들 천진한 애소녀. 천동케빈! 천동케빈! 그리고 그들은 음악이 케빈이었네 노래노래하는 오통 뗑뗑 목소리들![14] 그이. 단지 그는. 작은 그이. 아아! 온통 뗑그렁 애탄자여. 오오!

〔화녀들의 노래가 29성당 종소리로 이울다〕 성 윌헬미나, 성 가데니나, 성 피비아, 성 베스란드루아, 성 크라린다. 성 이메큐라, 성 돌로레스 델핀, 성 퍼란트로아, 성 에란즈 가이, 성 에다미니 바, 성 로다메나, 성 루아다가라, 성 드리미컴트라, 성 우나 베스티티, 성 민타지시아, 성 미샤—라—발스, 성 쳐스트리, 성 크로우나스킴, 성 벨비스투라, 성 산타몬타, 성 링싱선드, 성 헤다딘 드레이드, 성 그라시아니비아, 성 와이드아프리카, 성 토마스애배스 및(전율! 비대성非大聲!! 츠츠!!!) 성 롤리소톨레스![15]

기유희성祈遊戲性! 기유희성!

으으! 그것이 바로 이름을 부르려고 하는 것이라!

〔케빈이여 일어나라, 관개灌漑의 일이 그대를 기다릴지니〕 유처녀幼處女들이 설화집합舌話集合했도다. 목통굴木桶窟인,[16] 그대〔케빈〕의 침상으로부터 승기할지니, 그리하여 묘휘廟輝할지라![17] 카사린은 키천이도다.[18]〔캐이트는 부엌에 있다〕 비투悲投 당한 채, 나의 애우哀友여! 그대는 모든 펠리컨 군도群島를 관개灌漑하기 위하여 육지로부터 취수取水해야만 하도다. 점성가 윌라비)가 이신론자理神論者 토란[19]과 나란히, 그리하여 그들은 뉴질랜드로부터 우리들의 강우안降雨岸을 원포기遠抛棄했나니, 그리하여 여석아금汝昔我今 우리들의 수임령受任令에 서명했도다. 밀레네시아는 기다리나니. 예지(비스마르크)할지라.[20]

〔600〕 냄비를 끓이는 행위를 모든 처녀 총각들이 알고 있는지라. 이제 장소는 더블린의 산들과 아름다운 명소인 위클로우 주로 옮겨 간다. 호우드 언덕에는 헤더가 만발하고 그 아래에서 블룸과 몰리는 사랑을 구가한다.

〔599.25—600.04〕 물(바다)의 순환—지역(locality)은 거의 알려지지 않다.

〔601〕 29소녀들이 갖는 케빈 축하—29소녀들의 성 케빈—숀에 대한 응원가—그는 일어나다.601)

〔600.05—601.07〕 장면이 펼쳐지다—연못, 강, 도시, 돌이 가시적이된다. 조간신문이 HCE의 불륜의 이야기를 실었다.

[602] 이어 케빈(숀)의 용모 묘사.

[601.08—602.05] 재차 2소녀들이 케빈으로 하여금 거슬러 오르도록 노래하며—교회 종이 울린다.

하나의 탐색,[1] 나긋나긋 날씬한 것이 아니고, 나긋나긋 날씬한 것에 가까운 둥글넓적한 것도 아니고, 둥글넓적한 것의 해풍향海風向[2]의 적당 크기의 완충면모도 아닌 그러나, 과연 및 필시, 고수머리에, 완전균형인 채, 화반점花斑點에, 볼품 있게 고색으로, 적당 크기의 완충면모의 풍향[3]에 흔들리는 섬세한 면모.

뭔가가 그것을 위하여 이야기되어질 때 그것이 공중에서 유동했던가 아니면 특별한 누군가가 전체를 아무튼 혹처종합或處綜合하려고 할 것인고?

[성 케빈의 인생 & HCE의 불륜을 알리는 조간신문의 도착] 콤헨(케빈[4])은 무엇을 행동하는고? 그의 은소隱所를 분명히 말할지라! 한 선행삼림행자善行森林行者. 그의 도덕압정道德押釘[5]이 여전히 그의 최선의 무기인고? 좀 더한 사회개량주의는 어떠한고? 그는 골석을 더 이상 토루하지 않을지라.[6] 그건 로가[셈]의 목소리로다. 그의 얼굴은 태양자의 얼굴이나니. 그대의 것이 정숙의 관館이 될지라,[7] 오 자라마여![8] 한 처녀, 당자가, 그대를 애도할지니.[9] 로가의 흐름은 고숙孤肅이라. 그러나 크루나는 원좌遠座에 있는지라.[10] 회색계곡의 오드웨이[11]의 당나귀가 빈자묘지의 사검시격四檢屍隔의[12] 그의 공포 속에[13] 공포명恐怖鳴하려 하나니, 맥로상麥爐床 주변에 악취 피우도다. 독고신문獨考新聞 기자,[14] "마이크 포트런드[15]에 의하여 방문 받았을 때,[기자의 출현] 잠복하기 위하여 후편지배인後便紙配人의 휴게소를 불태우면서 그렇게 불리는지라 심리중의 노랑이 사내를 그는 더번 가제트 신문,[16] 초판본을 위하여 차한기사次閑記事를 한송고閑送稿하도다. 구특파원丘特派員으로부터. 모처. 화요일禍曜日. 상하부 비곳가街[17]의 등 혹, 시워크[18][이어위커], 그가 생명 영강永江하기를! 밸리템풀(곡사원谷寺院)의 장례유희. 토요야土曜夜의 장관,[19] (h)현마駒馬의 (c)만화 (e)전시, 암실 카메라에 의한 노출. 다취숍즈[20]의 최후, 필시. 아편흡연최후몽상. 주점역사폭로. 능욕범 장황상보張皇祥報. 설리번 종교묵도중의 감화도배感化徒輩. 그들이 불타신佛陀身을 마약인痲藥引한 재발명의 흔적.[숀—케빈의 출현] 무대 배경에 나오는 영화 인물. 파토스[21] 뉴스에 의해. 그리하여 거기, 홍분의, 안개 낀 론단(유가)에서부터 빠져 나와, 곡강曲江의 대상도로隊商道路를 따라서, 그것이 지나간 세월과 함께 있는지라, 온화한 파광波光에 자신의 북극곰(星)의 자세를 취하면서, 별들 가운데 키잡이, 신뢰화파信賴火波 그리고 그대 진짜 잔디 밟고, 다가오나니 우편물 분류계[숀], 똑똑 계신마計算馬 한센씨氏,[22] 무도(댄스)로부터 행복도가幸福跳家하는 낙군중樂群衆의 처녀들 사이에 연애의 희망에 관하여 도중 내내 혼자 떠들면서, 자신의 요령열쇠 주머니 속에 관절건關節鍵을 상비하고, 그림스태드 게리언[23]의 합당하게 상통할 수 있는 동배, 낡은 모직물 외투, 한 때 큰 나무 접시 위의 그들의(G)거위와 (P)완두와 (O)귀리(麥)로[24] 아밤까지 흠씬 배불린 채 그리고

우밍에서 그〔숀〕는 완구를 탐색探色했나니,[1] 그러나 자신의 일월광의 계란입술 위로 베이컨 손짓하는 총아처럼 저토록 유소油笑를 지녔도다. 여기 추측방독면推測防毒面을 쓴 그대에게 배청杯聽있나니, 후편지배달인後便紙配達人이여! 그리하여 이토록 엄청난 증개량證改良을! 우편처럼 왕정확王正確하게 그리고 취혼미醉昏迷처럼 둔비鈍肥하게![2] 선화善靴의 숀! 주자 숀! 우우남愚郵男 숀! 뭘 멍하니 생각에 잠긴 채!〔숀의 조반 운반〕 차(茶), 탕, 탱, 퉁, 미차味茶, 축차祝茶, 차茶. 빵 가마는 우리들의 빵을 버터 칠하는 빵 구이를 위한 것. 오, 얼마나 천개부天開釜의 냄새람! 버터를 버터 칠할지라! 오늘 우리들의 우편대郵便袋를 우리에게 갖고 올지라![3] 하지만 나를 수령할지라, 나의 지우紙友들이여, 에메랄드 어두운 장동長冬에서![4] 왠고하니 차此는 물오리포단을[5] 위한 수면이요 그리하여 피彼는 말하자면, 가수들이 노래하듯, 우리들의 관할우체공사총재(G. M. P.)[6]와 동맹을 맺으려고 애쓰는 근면노동의 직보행直步行의 직단절수直斷切手의 직안봉인直安封印의 관리들이 청소를 위하여 그들이 데리고 들어온 분신타녀分身他女와 야근교대를 위하여 베개에다 자신들의 머리를 받힐[7] 때 일반적으로 피彼를 위해 말하고 피녀를 위해[8] 행하는 짓이로다.〔관리들의 음행〕 삼월三月 카이사르 흉일의 하이드 공원의 충실한 복행자福行者 같으니. 그대 시간은 가졌는고. 한스[9] 역시 마찬가지 하이킹을? 그대는〔HCE의 과거〕 범죄를 들었는고, 아가 소년?[10] 사내〔HCE〕는 배심부인의 무채霧菜의 현찰침대現札寢臺 위에서 현기했나니,[11] 재촉 받은 이야기인즉, 비밀녀, 꼬마녀女, 남구녀南毆女, 다시녀茶時女, 음녀, 야간녀 또는 사모아 신음녀들과 함께, 추권追勸되고, 별 쪼인 채, 만일 마주취痲酒醉한 얼뜨기들과 함께 포동포동 풍만하고 외옥관람外屋觀覽의 멋진 활녀[12]라면, 그리고 이런, 저런 다른 돈피 축구광남 또는 실책(펌블) 성도자性倒者, 안이관安易管 코스를 택하거나 혹은 번뇌사煩惱事를 행하면서, 그가 오락汚落한 뒤에 자신의 모도毛跳에 정통한 채, 그리하여 당시 그리트 촐즈가街의 닥터 차트,[13] 그는 시소환市召喚에 등뼈를 바꾸었도다. 그는, 누족漏足[14]이다 뭐다 요정면妖精面이다 뭐다 하여 그 쇠향衰向을 받아드리지 않았나니, 그러나 전술과정前述過程에서 입맞춤[15]에 매달리는 한, 법판사가 허락하는 때인지라, 그건 어둠 뒤에 뭔가가 있을 법 했나니라. 그걸 그들은 녹행鹿行으로 보거나[16] 어둠을 바람 불어 쉬는도다. 데뷔더블린. 저런(대천국大天國)! 헤리오트로프스(굴광성화)와 함께 히아신스 같으니![17] 단 한번의 성숙호녀成熟狐女의 변덕이 아니고 단지 이중유괴二重誘拐! 그건 절세기독切世基督 성당의 문전 부전명예훼손附箋名譽毁損이요 최혹자最或者가 그에 대하여 환속죄環贖罪해야만 할지라.[18] 저 눈 깜박이 피복자被覆者는 어디 있는고, 저 타종순경견犬, 노고선인[19]하는 사냥의 태자 같으니! 어디 또는 그이, 다인들 가운데 우리들의 애인은?

〔성당 창유리의 케빈의 출현〕 그러나 무엇을 곰헴(케빈)은 행하는고, 수양매춘남? 율법 타이로.[20] 그의 청록반류青綠礬類 창유리에 구일도九日禱의 아이콘 성상 그러나 그의 전설을 희담稀淡하게 비치기 시작하는도다. 포스포론(봉화신)[21]을 선포하게 할지라! 좋아

〔601–603〕 수행자(은둔자), 성 케빈의 욕통—재단浴桶—祭壇에서의 명상.

〔602.06–603.33〕 편지를 지닌 우편배달부, 음식을 지닌 한 아들—아빠와 아들의 대면對面.

좋아. 보았던 그를 보았던 그이라 말할지라! 사람을 급히 달리게 하여 그를 붙잡도록 할지니. 더 이상 묻지 말지라,〔지친 채, HCE는 자신더러 묻지 말도록 청한다〕 나의 제리여, 로가〔셈〕의 목소리! 무가전無價錢 견자犬子. 꽃다발을 오므라들게 한 소신沼神 같으니. 테피아 땅[1]이 놓여 있는 브레지아 평원의 헤레몬헤버[2]의 포도나무가지가 내향內向 잎 피우고 자연색의 포도실을 맺었건만 그러나 (c)입방 (h)부화주옥立方孵化酒屋은 조기시간의 혼混미사를 위하여 아직 (e)개종開終하지 않았도다〔주점은 열지 않았도다〕. 히긴즈 신판, 카이언 조간 및 이겐 스포츠 일간[3]을 읽을지라. 말서스[4]는 아직 폐점이도다. 내부. 얼마나 감광甘廣 거기 답향答響을 골방은 그 속에서 내는고![5] 취객이 계속 배회하나니. 그리하여 레몬 소다의 원초신주原初神酒[6]가 흡수될 수 있으리라. 심지어 나무상자 가득한 신하神荷 실은 견인화차의 천사 엔진도[7] 아직 아니나니, 그대 조도성朝禱聲, 침묵종을 위해? 확실히 때가 아니로다. 희랍대希臘大의 시베리아 항성철도,[8] 마치 돌풍처럼, 그의 최초의 단일 급기마력急機馬力으로 이내 원활출발할지라. 장거리임금표계획의 은하자색銀河紫色의 밀크 기차 대신에 대니 윙윙 기적차汽笛車가 감저회전甘藷回轉 덜거덕 화차와 딸기 소화차의 끝없는 은하군과 함께 달리나니 우리들의 노친들은 서비스의 기적으로 기억하는지라, 스트로베리 과상果床.[9] 또한 화차 뒤뚱거리는 자들은 밤의 연소 뒤에 기절상태로 침몰하는 것을 아직도 여전히 상내常耐하도다. 관견觀見, 시머스 로구아〔셈록—클로버—셈〕여 혹은! 침묵할지라 그리고! *성당이 성인전적聖人傳的으로 노래하도다*. 어느 단애短涯[10]를 우리들은 처음 보일건고. 누구인 누군가가 그것이 무엇에 대한 무엇인가를 역할 비열석非列席을, 무엇.

오긍청肯聽! 오긍청오아시스! 오긍청긍청오아시스![11] 갈리아인人들의 수석대주교, 악명고위성직자두頭,[12] 나는 경남莖男인 경남莖男인지라,[13] 대기의 애란자유국의 주질소자主窒素者,[14] 방금 게일 경고질풍警告疾風을 불러일으킬 참이로다. 시술불능施術不能 애란안소도愛蘭眼小島,[15] 메가네시아, 거주 및 일천도壹千島,[16] 서방 및 동방근접.

케빈에 관하여, 창증신創增神의 종복에 관하여, 창조주의 효성공포자孝誠恐怖子[17]에 관하여, 그리하여 그는, 자라나는 풀(草)에 주어진 채, 키 큰 인물〔어중이〕, 미끄러운 놈〔떠중이〕 뛰는 뒤축 직공〔놈들〕[18]에게 몰두했는지라, 우리가 지금까지 보아 온대로, 그렇게 우리는 들어 왔나니, 우리들이 수신受信한 것,[19] 우리들이 발신發信해 온 바, 이리하여 우리는 희망할지라, 이를 우리는 기도할지니 마침내, 망연자실을 통하여 이타주의의 통일성의 인식을 통하여 지식애知識愛를 위한 탐구 속에, 그것이 다시 어떠할지 다시 그것이 어떠할지, 네 마리 불깐 수양을 털 깎는 걸 제쳐놓고 미려한 매일의 미낙논장美酪農場을 지나 도중에서 무릎 가득한 생탄生炭을 떨어뜨리면서 그리고 넬리 네틀[20]과 그녀의 기개 있는 아들, 찔린 상처투성이,

〔604〕 "But what does Coemghem(Kevin)?"이란 질문에 아침 햇살은 근처의 채프리조드의 성당 창살을 비치는데, 이는 성 케빈의 전설을 설명한다.

〔603.34—604.21〕 아침의 태양이 마을 교회의 창문을 통해 그리고 아일랜드의 들판 위로 비친다. 별들은 아직 가시적이다. "Oyes" 최후의 승리를 나팔 부는 천국의 법정 명령이라, 여성의 단어, 경신의 약속.

〔604.22—604.26〕 라디오의 방송—돌풍 경고.

돌멩이를 좋아하는, 새로 갉은 뼈들의 친구를 매만지며 그리고 모든 어질러진 불결을 우리들의 영혼세례 돌보도록 내맡기면서, 기적, 죽음과 삶이 바로 이것이도다.

야아. 교황회칙환敎皇回勅環의 이애란군도내怡愛蘭群島內의 이애란도怡愛蘭島의 궁극적 이란도怡蘭島 위에 출산된 채, 자신들의 선창조된 성스러운 백의천사의 향연이 다가오는지라, 그들 하자 간에 그의 세례자, 자발적으로 빈貧한 케빈, 사제의 후창조된 휴대용 욕조부제단의 실특권을 증여받았나니, 그리하여 한 개의 진眞한 십자가를 지지신봉할 때, 창안되고 고양된 채, 독신혼 속에 조도종에 의해 장미각薔薇覺했는지라 그리하여 서방으로부터 행하여 승정금제상의僧正金製上衣를 입고 대천사장의 안내에 의하여 우리들 자신의 그랜달로우—평원의 최最중앙지에 나타났나니 거기 피녀 이시아강江과 피남彼男 에시아강江의 만나는 상교수相交水의 한복판 피차의 차안 쪽 항해 가능한 고호상孤湖上에, 경건하게도 케빈이, 삼일三一의 성삼위일체[1]를 칭송하면서, 자신의 조종가능한 제단 초욕조의 방주진중方舟陣中에, 구심적으로 뗏목 건넜는지라, 하이버니언 서품계급의 부제복사, 중도에서 부속호 표면을 가로질러 그의 지고숭중핵至高崇中核의 이슬 호湖까지, 그리하여 거기 그의 호수는 복둔주곡腹遁走曲의 권품천사이나니, 그 위에 전성에 의하여, 지식으로 강력한 채, 케빈이 다가왔는지라, 그곳 중앙이 황량수와 청결수의 환류環流의 수로 사이에 있나니, 주파몰호周波沒湖의 호상도湖上島[2]까지 상륙하고 그리하여 그 위에 연안착한 뗏목과 함께 제단 *곁에* 부사제의 욕조, 성유로 지극정성 도유한 채, 기도에 의하여 수반 받아, 성스러운 케빈이 제삼第三 조시朝時까지 득노得勞했는지라 그러나 주예법朱禮法의 속죄고행의 밀봉소옥蜜蜂小屋[3]을 세우기 위해, 그의 경내에서 불굴인으로 살기 위해, 추기주덕목樞機主德目의 복사, 그의 활무대 마루, 지고성 케빈이 한 길 완전한 7분의 1깊이만큼까지 혈굴했나니, 그리하여 그것이 동굴되고, 존경하올 케빈, 은둔자, 홀로 협상協想하며, 호상도의 호안을 향해 진행했는지라 그곳에 칠수번七數番 그는, 동쪽으로 무릎을 꿇으면서, 육시과六時課 정오의 편복종遍服從 속에 그레고리오 성가수聖歌水[4]를 칠중집七重集했나니 그리하여 앰브로시아[5] 불로불사의 성찬적 마음의 환희를 가지고 그만큼 다번多煩 은퇴한 채, 저 특권의 제단 *겸하여* 욕조를 운반하면서, 그리하여 그걸 수칠번數七番 동공 속에 굴착한 채, 수위의 낭독자, 가장 존경하올 케빈, 그런 다음 그에 의하여 그런고로 마른 땅이었던 곳에 물이 있도록 살수했는지라, 그에 의하여 그토록 성구체화되어, 그는 이제, 강하고 완전한 기독교도로 확인 받아, 축복 받은 케빈, 자신의 성스러운자 매수를 불제악마했나니,

〔605〕 케빈의 수도修道 이야기(그의 기적, 죽음 및 삶).

〔605.04〕 여기 숀은 성 케빈의 이미지로, 그는 공원을 가로질러 나무사이, 바위틈의 샘에 몸을 씻고 새로운 아빠 HCE가 되는 것에 비유된다. "우리들의 영혼세례를 돌보도록 내맡기면서, 기적, 죽음과 삶은 이러하도다." 잇따르는 케빈의 수도修道에 관한 긴 이야기는 〈경야〉 중 가장 매력적인 것들 중의 하나이다.

〔606—609〕 HCE의 불륜의 공원 재 탐방. 캐빈의 욕조—세례—묵상 장면.

〔604.27—606.12〕 글렌달로우의 성 케빈의 일화—호수 곁의 인간의 갱생에 중심적으로 집중하면서.

영원토록 순결하게, 그런고로, 잘 이해하면서, 그녀는 그의 욕조욕제단을 중고中高까지 채워야 했는지라, 그것이 한욕조통漢浴槽桶이나니, 가장 축복 받은 케빈, 제구위第九位로 즉위한 채, 운반된 물의 집중적 중앙에, 거기 한복판에, 만자색滿紫色의 만도가 만락漫落할 때, 성聖케빈, 애수가愛水家, 자신의 검은담비(動) *대견망토*를 자신의 지천사연智天使然의 요부 높이까지 두른 다음, 엄숙한 종도시각에 자신의 지혜의 좌座에 앉았었는지라, 저 수욕조통, 그 다음으로, 만국성당會의 *도서박사島嶼博士*, 명상문의 문지기를 재창조했나니, 비선고안非先考案의 기억을 제의하거나 지력知力을 형식적으로 고찰하면서, 은둔자인 그는, 치품천사적 열성을 가지고 세례의 원초적 성례전 혹은 관수에 의하여 만인의 재탄을 계속적으로 묵상했도다. 이이크,[1]

〔이제 빛이 사라지자, 창문은 정물의 이미지〕 승주주교乘舟主教(비숍),[2] 암성장岩城將의 우전례右典禮로 사각斜角! 미사의 봉사부동奉仕浮童, 꺼져! 수영능숙水泳能熟. 벗어진 하늘 아래 세 구정(벤)[3]으로부터의 희후경稀後景이 다른 쪽 끝에 있는지라〔3언덕의 드문 경관이 솟는지라—한폭 그림〕, 주무呪霧 및 경칠풍風에 그대의 축전광祝電光을 청뇌請雷할지라, 가서家書를 위해 뭔가를. 그들은 전시야세기前視野世紀에 건립되었나니, 한 개의 멋진 닭장으로서 그리하여, 만일 그대가 그대의 브리스톨(항시港市)[4]을 알고 있거나 저 오래된 도로에 자갈 깔린 정령시精靈市의 손수레 길과 십일곡十一曲을 터벅터벅 걷는 다면, 그대는 척골—삼각토三角土를 인공식적으로 난필주亂筆走하리라. 그들이 또한 명의상으로 자유부동산보유자(프랭클린 전광)들[5]인지 어떤지는 충분히 입증되지 않고 있도다. 그들의 설계는 하가고어何家古語요 어둠 속의 빛의 매력적인 상세는 친근여애무親近女愛撫가 내용을 호흡함으로써 새로워지는지라.[6]

〔공원—HCE의 죄〕 *오 행복의 죄여!* 아아, 요정쌍자여! 이들 공원에서 자신의 박리세정제수剝離洗淨祭需를 이룰 최초의 폭발자暴發者는 과연 괴물재판怪物裁判이 그의 첫날 시출한 저 행운의 멸자滅者였나니. 문체, 악취 및 문신낙인표적文身烙印標的[7]이 동일칭同一称에 있어서 일총一總일 때, 필적(펜마크)[8]을 가지고 미선결적으로 잉크 칠된 궤지면櫃紙面[9]〔ALP의 편지〕이, 모범교수편으로,[10] 비밀리에 봉인 접힌 채, 어찌 제출되지 않을 것인고? 그는 결국 오지汚地로부터 아주 잘 나오나니 그리하여 거기 늙은 실내화마녀[11]가 발을 질질 끌며 다가올지라 때마침 의상희롱녀女 안[12]이 그녀의 요괴尿怪스러운 발톱 재능을 들어내기 시작하도다. 원오도遠誤道 방랑자가 자신의 조잡한 수달피복服을 생각하여 우회도右稀道로 탐행探行하자, 여인의 색다른 가장복[13]에 의하여 발을 굴렀나니라. 그대는 폴카를 춤추었나니, 책사策士여, 아안我眼처럼 맵시 있게, 한편 화상에는 아가씨들이 대기하고 있었도다. 그는 아마 등이 고부라졌는지라, 아니, 그는 땅딸보[14] 일 테지만 언제나 발랄한데가 있나니, 말하자면, 말 탄 수병이랄까.[15] 우리는 그가 매행買行하는 것을 보자마자 경가驚價하도다! 그는 용천湧泉으로 직면하나니 그리하여

그런 식으로 우리는 뒤범벅 메시아의 미사욕浴에 도달하는도다.[1] 오랜 마리노 해원[2] 이야기. 우리들 진실중진필자眞實中眞筆者들[3]은 수업 받은 무력상찬서無力賞讚書 속의 과격주교 맥시몰리언[4] 보다 이전에 영예를 무수히 저주했는지라. 진사실. 그러한 백현두白賢頭는 다취茶取할지라![5] 위대한 죄인일수록, 착한 가아이나니, 이것이 사실상 맥코웰가家의 모토로다. 장갑 낀 주먹은 제십이第十二의 제사전第四前에 그들의 장인사제의 나무로 소개되었나니 그리하여 그건 심지어 조금 괴상한 일이나 모두 네 시계요사時計妖邪들이 여전히 재무대再舞臺로 서행西行하고 있는지라, 베델 성지의 야곱〔숀〕이 자신의 파이프[6] 복후覆後에서 묵연默煙하면서, 메소포타미아의 에서〔셈〕가 함께, 변경의 매시에 사도使徒들을 배표상화杯表象化하기 전에, 자신의 빌린 풍로냄비접시에서 편두국자 퍼먹으면서.[7] 주주周宙의 최초 및 최후의 수수께끼 소동, 사람이 사람이 아닐 때[8] 그건 언제. 살필지라! 영웅들의 공도 거기 우리들의 육옥肉屋들이 그들의 뼈(骨)를 남기면 모든 어중이떠중이 건배 잔을 채우나니.[9] 그건 늙은 채프리 마비자[10]가 그의 은거의 그늘을 찾는 그리고 젊은 샹젤리제[11]가 피네간의 경야(Finnegans Wake)[12]에 그들의 짝들에게 다유락을 치근대는 자신들의 축신호로다.

그리하여 때는 최고로 유쾌한 시각[13] 제시題時 고조高潮 시時. 그대의 옷 기선장식에 눌러 붙은 나의 치근거림이라니. 각다귀 짓은 이제 질색. 아니, 당장 나의 문질러 비비고 떠드는 짓이라니! 나는 그대의 하신荷身을 자루에 넣는도다. 내 것은 그대의 무릎이라. 이것은 내 것. 우린 여상위남女上位男 망혼妄婚의 어떤 부조화 교각交脚 속에 서로 사로 잡혔나니, 나의 미끈 여태, 그로부터 나는 최고 승화하도다. 사과, 나의 영어暎語! 실례. 여전히 미안. 아직 피곤 하시.

하!

〔여명의 솟음〕 록여명日綠黎明이[14] 숭고행崇高行 속에 더해가도다. 하풍동夏風冬 춘락추春落秋, 기세락氣勢落된 채. 우박환호雨雹歡呼, 암습暗濕의 우왕雨王, 설만雪慢하게 과세퇴過歲退하면서, 우뇌전광雨雷電光 천둥, 우울성하층憂鬱星下層 관구管區속으로, 거기서 나와, 성패간成敗間 곧 쉬잇, 곧 안개, 공동원空洞園[15]으로부터 열남구熱男丘까지, 일광왕일세日光王一世가(감탄할 함장제독 기포포로旗布捕虜 번팅 및 블래어 중령에 의하여 기도엄호된 채) 과정진過程進하게 텀프런 주장[16] 위로 모습을 드러낼지니, 그의 교상橋上에서 이솔즈 무도霧島, 지금의 이솔드 제도諸島의 보어 시장 "다이크"〔새—HCE〕에 의하여 그는 크게 환호 받았는지라, 그의 유증조상(토르소)으로부터 천개동행天蓋同行된 일광기포日光氣泡의 누더기 모帽[17](물항物項 39호)로 최고 여분락餘分樂 하듯 보였도다.(기)상.

브랜차즈타운[18] 마간신문馬間新聞이 호소마呼訴馬하는지라. 맙소사(善恩寵),[19] 우리에게 식탁자비食卓慈悲를 고양 하소서! 그래드스톤 위노偉老의 남아여[20]〔HCE〕, 그대의 투수에게 일휴를 주옵소서!

〔607〕 이어지는 경야에 대한 서술. HCE가 죽음(잠)에서 일어나려는 시각이다(And it's high tigh). 그는 아나(Anna)로부터 몸을 떼면서, 움직이며 생각한다. Tetley 차를 마실 알맞은 시간, 최고로 유쾌한 시각—성 케빈의 우화, 재차 그의 욕조 속의 명상.

〔606.13—607.22〕 다수 이미지들이 상교相交한다. 꿈이 플레시백(화염의 역류)—HCE와 ALP의 기상 시간—깨어남과 잠의 사이의 변방에서—잠자는 부부는 사과 조調로 비비며 서로 쿵 부딪친다.

〔607.23—607.36〕 일광이 계속 더블린 위로 솟는다. 그리고 왕王은 시장市長과의 만남을 향해 앞과 뒤를 기대한다—조간신문의 도래. 그가 호소하는지라, 아침 식사 준비하는 소리. "보이는 것의 불가피한 양상. 들리는 것의 불가피한 양상"(U 31).

〔608.01—608.11〕 시선이 사기 당할 수 있다—공원의 사건의 또 다른 상기 물. 가시성들의 요술이 HCE를 점령하자, 그는 그들의 외모가 황혼과 안개 그리고 반잠 속에 사기적詐欺的임을 상기한다. 그가 자신 앞에 보여 지는 듯한 것은 공원의 사건에 대한 바로 또 다른 이미지이다. 포목 상(HCE)과, 두 조수들(아씨들), 그리고 세 군인들.

〔608.12—608.36〕 우리가 잠으로부터 깨어남으로 통고하고 있을 때—꿈은 사라지기 시작하는바, 단지 상징적 기호들이 남는다.

〔608〕 이 세상에 여전히 되고자 하는 뭔가의 증후가 있도다. 시간의 경과와 그 가변성.

그것은 이러한 몽롱한 가시성의 단일 태도양상態度樣相(매너리즘)이나니, 그대 주목할지라, 블레혼 공과학마법사협회恐科學促進魔法師協會[1]의 습기현상학자濕氣現象學者[2]에 의하여 일치되는 바와 같은지라 왜냐하면, 이봐요 정말이지, 숨을 죽이고 언급하거니와, 순수한(무슨 부질없는 소리!) 재질상在質上, 바로 포목상 한 사람〔HCE〕,[3] 제도사의 조수[4] 두 사람 그리고 낙하물옥落下物屋의 자선조합 사정관 세 사람이 그대에게 면전도발적으로 자기용해하고 있었기 때문이로다. 그들은, 물론, 아더(곰)(熊)[5] 아저씨, 당신의 니스 출신 두 종자매들 그리고(방금 조금 억측이라!) 우리들 자신의 낯익은 친구들인, 빌리힐리, 발리훌리 및 불리하울리,[6] 프로이센 인들을 위한 시가드 시가손[7] 혈암측정기구조합에 의하여 무례한 처지에서 불시에 기습당했도다.

몽마夢魔, 그렇잖은고?

하 하!

이것이 미스터 아일랜드? 그리고 생도生跳 아나 리비아?

그럼, 그럼. 찬성, 찬성, 나리.[8]

석石스테나[9]〔숀〕(Shau, Stena, Stone)의 부르짖음이 졸음의 중추中樞를 오싹하게 하고 사건모事件母가 고질변호인痼疾辯護人들, 쌍자신사双子紳士들의 해수害手 속에 치락置樂되어 왔었는지라, 그러나 아리나[10]〔Anna? Shem?〕의 목소리가 저 마법의 단조單朝[11] 동안 패심貝心의 몽상가를 기쁘게 하나니[12] 중국 잡채 요리 설탕 암소 우유와 함께 포리지 쌀죽,[13] 그 속에 미래가 담긴 다린 차茶를 운반하도다. 톱 자者?[14]〔HCE〕 아니? 아니야, 나는 여차여차如此如此를 기억나듯 생각하도다. 일종의 유형類型이 삼각배三脚盃가 되었다가 이내 그게 아마도 골반을 닮았거나 아니면 어떤 류의 여인 그리고 필시 사각斜角의 이따금 웅계라나 그녀뭐라나하는것[15]과 함께 예각배銳角背의 사각중정이, 그의 왕실애란의 갑피화甲皮靴와 더불어 다엽 사이에 놓여 있었도다. 그런고로 기호들은 이러한 증후로 보면 여기 저기 한때 존재했던 세계 위에 뭔가가 여전히 되려고 의도하는 것인지라. 마치 일상다엽들이 그들을 펼치듯. 흑형黑型, *암래호暗來號*[16]의 난파항적難破航跡[17]에서. 하시, 하구훼방河口毁謗 당하고 외항장애 받은 채, 경야제의 주간이 거종去終하도다. 심약한 (초)심지가 무리수의 아진아亞塵亞[18]로부터 홍 칫 칫 발연發煙 발발勃發 발력拔力[19]으로 기립하듯, 탄탄炭炭(템템),[20] 진진塵塵(탐탐), 시종始終(피네간) 불사조가 경야각하는지라.

지나가도다. 하나. 우리는 통과하고 있도다. 둘. 잠에서 우리는 지나가고 있도다. 셋. 잠으로부터 광각廣覺의 전계戰界 속으로 우리는 통과하고 있도다. 넷. 올지라, 시간이여, 우리들의 것이 될지라!

그러나 여전히. 아 애신愛神, 아아 애신이여! 그리고 머물지라.

[609.01—609.23] 경쾌하게 꿈—세계 속으로 뒤로 유입流入하나니—그리하여 4노인들이 그들의 나귀, 소녀들, 12인들 등등을 기억하도다.

〔무시간을 여행하는 유쾌한 꿈으로부터 깨어남〕 그것은 역시 참으로 쾌록快綠스러웠도다. 우리들의 무無기어 무無클러치 차車를 타고, 무소류[1] 무시류無時類의[2] 절대현재에 여행하다니, 협잡소인백성들[3]이 대장광야신사大壯曠野紳士들과 함께, 로이드 백발의 금전중매전도도배金錢仲媒傳道徒輩들이 소년황피少年黃皮 드루이드교의 돈미豚尾와 함께 그리고 구치(口)입술의 궨덜린녀女들이 반죽 눈의 상심녀傷心女들과 함께 뒤얽히면서. 불가매음不可賣淫을 빈탐貧探하는 그토록 많은 있을 법하지 않는 것들.[4] 마타[5]와 함께 그리고 이어 마타마루와 함께 그리고 제발 이어 마태마가누가(matamaruluka)와 제발 함께 멈출지라 그리고 이어 마태마가누가요한(matamarulukajoni)과 제발 멈출지라.

〔4노인들과 함께 당나귀가〕 그리하여 타괴물他怪物. 아아 그래 나귀, 얼룩 당나귀! 그는 회발염색을 갈망할지니. 그리하여, 현명직도賢明直道, 그는 방랑향락각료放浪享樂閣僚를 동위명同位鳴하리라. 여화 로지나,[6] 보다 젊은 여화실女花實 아마리리스,[7] 제일 젊은 화실엽상체花實葉狀體 살리실 또는 실리살.[8] 그리하여 칠천七天지붕을 가진 집의 그들 거점자據點者들이 연계속적連繼續的으로 그의 천고희의 창문을 매도魅渡하고 있었나니, 스스로 재발도再發渡하면서, 마치 석광石光 위의 착색유리처럼, 평이한 추영어醜映語로 윈즈 호텔.[9] 아가미 지점支店들 불벡, 올드부프, 사손대일, 조시 아피가드, 먼데론드, 애비토트, 혹키빌라와 함께 브래이스키투이트, 포키빌라, 힐리윌 및 윌홀.[10] 후자후 바이킹 북구의관北歐議館[11] 매니저. 속포速砲 노개점露開店. 솟은 태양의 공분사자公憤使者[12]가(다른 퇴창 참조) 모든 가시자에게 색채를 그리고 모든 가청자에게 부르짖음[13]을 그리고 각 관자觀者에게 그의 점点을 그리고 각 사건에 그녀의 시각時刻을 주리라. 그 동안 우리들, 우리들은 기다리나니, 우리는 대망하고 있도다. 피자찬가彼者讚歌(Hymn)를.

뮤타 — 방금 주님의 집에서 굴러 나오는 저 연기煙氣는 무엇인고?[14]

쥬바 — 그건 케틀의 고구두古丘頭[15]가 아침의 꼭대기에서 내 품는 것이도다.

뮤타 — 그이 오딘신神은 고주雇主 앞의 연기라니 뇌신철저雷神徹底하게[16] 스스로 창피해야 마땅할지라.

쥬바 — 하나님은 우리들의 주主시니 그리하여 어둠을 호령 하시는 도다.

뮤타 — 우들의 부성父星이여! 군집승群集僧들 사이 내가 볼 수 있다면 저들 진행운보자進行雲步者들17)은 누구인고?

쥬바 — 아아峨峨좋아! 그건 국화상륙자菊花上陸者18)인지라 그의 승만세僧萬歲(반자이)의 수위반인守衛搬人들과 함께, 자동고사포自動高射砲[19] 쿵쿵쿵광, 마차동굴한馬車洞窟漢들, 살해의 카브라마차전야馬車戰野[20]를 기동연습機動練習하고 있나니.

뮤타 — 우랑우탄(성성猩猩이)(動) 명鳴! 혹시 나는 드루이드 교인[21] 가득한 산재군散在群 속의 일편一片 키 큰 녀석에 대하여 불확실할지는 몰라도 그가 같은 장소에 일편一片 서 있는고?

〔609.24—610.02〕 재차 뮤타와 쥬바의 대화 시작, 그리고 성 케빈과 대공작의 만남을 살피다.

〔610.03—610.32〕 뮤트와 쥬바의 대화 시작—성 패트릭과 대공작 버케리의 파스칼의 불과 도착을 살피면서. 리어리왕王에 대하여, 그의 미소, 그의 내기. 그의 물—뮤타와 쥬바의 대화가 끝나다.

쥬바 — 버킬리 그리고 그는 전창경마적全娼競馬的 의사議事에 대하여 근본심적으로 접신염오적이도다.[1)]

뮤타 — 석화무기력자石化無氣力者! 오 잔혹미발자殘酷美髮者![2)] 기념가지하구紀念家地下球로부터 방금 재기부활再起復活하다니 도대체 누구람?

쥬바 — 단호신의斷乎信義, 신의! 핑 핑(포수)!〔펀〕 왕폐하![3)]

뮤타 — 하진확실何眞確實? 그의 권능이 레도스(드루이드) 백성들을 지배하도다![4)]

쥬바 — 용장무도勇將武道하게! 그의 권장의 끝까지. 그리하여 도처민到處民의 접종接從은 피닉스시市의 국리민복이나니.[5)]

뮤타 — 왜 지고지대자가 자신의 적규赤規 입술[6)]에 한 가닥 리어리 추파[7)]를 위해 혼자서 미소 짓는고?

쥬바 — 지참전액도박![8)] 매년상시! 그는 버케리[9)] 매만買灣에서 자신의 절반 금전선원을 조도助賭했으나 자신의 크라운전錢을 유라시아의 장군[10)]을 위해 구도救賭했도다.

뮤타 — 협곡도주峽谷逃走! 그럼 확실여명確實黎明은 이리하여 극락냉소적極樂冷笑的인고?

쥬바 — 실낙원할지라도 책은 영원할지라!

뮤타 — 마구간 경마에 동액도금을?

쥬바 — 무승산마無勝算馬에 10 대 1! [11)]

뮤타 — 꿀꺼? 그는 들이키도다. 하何?

쥬바 — 건乾![12)] 타르수水 타르전戰![13)] 도賭.

뮤타 — 애드 피아벨(종전宗戰)과 프루라벨?[14)]

쥬바 — 주관酒館에서, 수하녀誰何女 및 가歌.[15)]

뮤타 — 그런고로 우리가 통일성을 획득할 때 우리는 다양성로 나아갈 것이요 우리가 다양성에 나아갈 때 우리는 전투의 본능을 획득할 것이요 우리가 전투의 본능을 획득할 때 우리는 완화(양보)의 정신으로 되돌아 나아갈 것인고?

쥬바 — 높은 곳으로부터 우리에게 일송하강日送下降하는 밝은 이성의 빛에 의하여.

뮤타 — 내가 그대로부터 저 온수병을 빌려도 좋은고, 이 고무피皮여?

쥬바 — 여기 있나니 그리고 그게 그대의 난상기暖床器가 되길 희망하는지라, 애란철물상 같으니! 사射할지라.

토론공원[16)]에서 음률과 색色. 대국자연大國自然 속의 최후 경마.[17)] 테레불안비전 승자.[18)] 신무대 석시昔時 잔디 경합을 부여할지라, 위승偉勝의 의지의 위저[19)]를 회상하면서. 두 번 비김(드로우). 헬리오트로프〔이시〕가

하렘으로부터 선도하도다. 세 번 무승부(타이) 로파(살인광) 조키(기수)가 레입(간통자) 재크를 확 끌도다. 패드록(경마잔디밭)과 버컬리(예약) 상담.

〔610.33–611.03〕 잇단 경마를 위한 헤드라인—여기 세목 있나니.

〔토론의 시작〕 그리하여 여기 상세보詳細報 있도다.[1]

〔드루이드—버클리〕 텅크(시율時律)통통 텅. 전도미상, 황우연黃牛然한 화염의 두 푼짜리 주교신神 중국상영어의 발켈리, 애란도의 축배축배의 드루이드 수성직자首聖職者, 그의 칠색[2] 칠염七染 칠채七彩의 등자황녹남색극세심橙子黃綠藍色極纖細의 망토 차림으로, 그는, 장백의에, 언제나 동성同聖 천주가톨릭의 수사동료와 함께, 그가 단식하는 프란체스코 수도회 가족의 성직복 입은 신음자들과 동시에, 자신의 부속 콧노래후가음喉歌音을 홍홍거리며,[3] 천주교 패트릭 손님 귀하를 대동하고 나타났는지라, 이제부터, 연설을 하면서, 하지만 단독 자유자재의 연설이 아니고,[4] 그는 말(言)을 온통 마셔 버리는지라, 확실히, 내일은 회복까지 없으리니, 모든 그토록 많은 다환상多幻像들이야말로 우상주偶像主의 과색상過色相의 범현시적汎顯示的[5] 세계 스펙트럼 무대극의 사진분광적寫眞分光的(포토프리즘) 휘장揮帳을 통하나니, 그의 그러한 동물화석화의 요점은, 광물로부터 식물을 통하여 동물까지, 태양광의 몇 개의 홍채적紅彩的 가구家具[6]의 단지 한 가지 사진반사하寫眞反射下 보다 추락인에게 충만한 것처럼 보이지는 않는지라, 그리하여 그것은 그의 부분(채범현계彩汎顯界의 가구)이 그 자체(채범계彩汎界의 가구의 부분)를 탄흡呑吸 불가능하듯 드러나는 것이니,[7] 반면에 유재단신有在單神인 엔티스—온톤의 제칠도 지혜[8]에 있어서 유일수唯一數 낙원역설시자樂園逆說視者인, 그는 현실의 내측 진내부성을 인지하는지라, 모든 사물자체는 그 자체 속에 존재하나니.(범현계의) 모든 사물들은 그들 자체 현범계의 반대내에서, 단일채單一彩된 채, 실제로 보유된 칠중七重의 영광과 더불어 눈부신 진상색채眞相色彩 속에 사방으로 몸소 현시했던 것이로다. 루만 천주교 패트릭은, 시광상동증적視光常同症的, 모든 저러한 설교본을 불획不獲했는지라, 하여간, 심지어 명일회복사明日回復事는 없나니, 전도미상 흡혈괴연然한 대소동 냄비 치기 황우 상위신上位神 상용영어화자 빌킬리—벨켈리 패트군君에게 말하는지라, 반성적反聖的으로, 2회二回 에헴 지유止癒하면서, 다른 말(言)로서, 황하강성黃河江聲 거칠게 가창으로[9] 중얼중얼렌토악장느린어조로부터 다용장무미어반복多冗長無味語反復하면서,[10] 한편 그의 이해포착열망자는, 감소적 명료성격을 가지고, 색열광色熱狂 속에 아주 철투시적徹透視的으로 환상시幻像視하기 위하여 스스로 반론과시反論誇示했는지라, 상대는 불안 우울한 채, 지고상왕至高上王 리어리 폐하[11]에게 자신의 적화초속赤火草屬 두상이 밤색수樹 약초록藥草綠의 색을 온통 보여주나니, 재삼, 니커보커(짧은 바지), 에식스작위육색爵位六色의[12] 강변토산소모사江邊土産梳毛絲의 의상으로된 자신의 동족 사프론 페티킬트복服이 데쳐 놓은 시금치와 꼭 같은 빛깔로 보이는지라,

〔611.04–612.15〕 세인트 패트릭과 대공주지 버케리의 토론이 재차 시작하자—대공주지는 그의 색깔 이론을 설명한다.

〔612.16–612.30〕 패트릭은 우루이드 성직자의 거짓 논리를 보이기 위해 대답한다—그는 자신의 손수건으로 자신의 몸을 씻고, 무지개 앞에 무릎을 꿇는다.

〔612.31–612.36〕 드루이드 승이 목욕에 폭발하고—그는 패트릭을 공격하고 태양을 폭발하려고 시도한다.

타물, 자발적 함묵증자緘黙症者인, 그〔드루이드 현자〕는 그걸 능숙불가해能熟不可解한지라 자신의 금빛 이흉二胸 목걸이가 권卷캐비지로 정동사正同似하게 보이나니, 향후, 부정주의론자에게는 실례지만, 즉폐위 초지고상제超至高上帝 리어리 폐하에 속하는 신록의 기성우장旣成雨裝은, 그가 말하고자 원하는 바, 초충일풍만다량월계수엽超充溢豊滿多量月桂樹葉의 꼭 닮은 꼴, 그 다음으로, 최최고고왕最最高高王 폐하의 통수사 청개우안靑開牛眼은 파슬리(植)위에 물결치는 타임 향초와 흡사품恰似品, 그와 나란히, 실례지만, 제발 불쾌 잡담 금지라, 암캐사생독목사私生督牧師의 비천혼卑賤魂 같으니, 고고高高 술탄(군주)경卿제왕폐하의 저주비방적 륜지輪指의 에나멜 인디언 보석은 동류의 올리브 편두와 아주 흡사한지라, 그와 장측長側으로, 칠칠치 못하게, 꼬꾀오꼬꼬라니, 고양대자만숭고高揚大自慢崇高 독재 군주의 예외안例外顔〔얼굴의〕의 자폭紫暴스러운 전승의 타박상은, 그에 대해서는 순수한 색과色過의 작렬하게 흠뻑 젖은 일품,[1] 한결같이 채색된 채, 온통 주변 내외상하內外上下, 다수량 계피엽桂皮葉[2]의 쵸쵸잡탕 요리로 짤라 놓은 것을 보는 것과 아주 닮았는지라.(H)등 혹 (C)다가오다 (E)매간조每干潮 지겨운 놈! 수묘誰猫?[3]〔패트릭 성자〕)

펑크〔패트릭의 대답〕. 거시자巨視者여, 소사제小司祭가 반절反折하나니, 비트적거리면서, 한번 엎드리며, 사물을 부르는 장성臟性 그리고 글쎄 만일 좋다면 부르는, 그대 가련한 명암대조법 흑백 쓰레기 폐물론자廢物論者[4] 같으니, 차현此賢의 프리즘귀납적인 돈호법 및 무의식추리적 주변마비에 의하여, 이로[5]의 애란인의 무지개황폐 전치배前置盃의 최담원칙最淡原則에서부터 천공.(현화자賢話者의 가능적可能的 녹진성綠眞性과 성자[6]의 개연적 적분정복성간赤噴征服性間의 그들의 중성전해성中性電解性에 있어서 잠시적으로 승정협안僧正狹眼이 일별시되고 보완적으로 흑심은폐黑心隱蔽된 채), 오처아자신吾妻我自身에 대한 아근접我近接은 종합적 삼엽클로바[7]의 수포수건手捕手巾을 그이(hims) 그녀(hers)에게, 비문영지鼻門靈知하듯이, 이렇게 보이는 432四三二[8] 합의合意는 있을 수 있는 인과심因果心, 무지개경신鯨神의(그는 무릎을 꿇나니), 위대한 무지개경신鯨神[9]의(그〔패트릭〕는 아래로 무릎 꿇나니) 최고 위대한 무지개경신의(그는 정숙하게 무릎을 꿇나니) 가호에 의하여, 잡초도광야계雜草道曠野界의 화처火處에서 음의식료징音義植療徵은 그의 투후광전번제投後光全燔祭의 태양이로다. 인상人上(온멘).[10]

바로 그것이나니, 맹세코, 그런 일, 젠장, 바로 그런 일, 넨장! 심지어 꾸무럭 빌킬리—벨켈리—발칼리까지도. 수하자誰何者는 예수藝守의 애양愛羊램프 위에 뚜껑을 규폐叫閉하려하고 있었는지라. 허虛를 찌르기 위해 발한하면서 그리고 몇 차례고. 그때 그는 예분각하藝糞閣下[11]에게 엄지와 선사先四 모지貌脂를 곧추 세웠도다.

터드(팽)(Thud).〔드루이드 현자의 패배〕

〔대중의 환호〕 파이아일램프(화등火燈) 선신善神 만전萬全![1] 태양노웅太陽奴雄들이 태환호泰歡呼했도다. 애란황금혼愛蘭黃金魂! 모두가 관호館呼했는지라. 경외되어. 게다가 천공天空의 접두대接頭臺에서든, 쿵쿵진군. 오사吾死. 우리들의 애숙명주愛宿命主 기독예수를 통하여. 여혹자汝或子 승정절도僧正切刀. 충充홍홍 하자에게.[2]

타라타르수水(Taawhaar)?[3]〔버클리〕

〔전환〕 성송자聖送者 및 현잠자賢潛者,[4] 캐비지두頭 및 옥수수두頭, 임금[5] 및 농군, 천막자天幕者 및 조막자嘲幕者〔HCE〕.

이제 암야暗夜는 원과遠過 사라지도다.[6] 그런고로 앞으로 이제, 일광쇄日光鎖. (공격)개시일. 황홀변신축광恍惚變身祝光을 위하여. 감실초막절龕室草幕節,[7] 천막건립, 올지라! 치사恥事클로버, 우리들의 광사현상光射現象[8] 속에 있을지니! 그리하여 모든 쌍십위기双十危機를 아주 교차사보충交叉謝補充하게 할지라, 작은 아란我卵들, 여란황汝卵黃 및 유유悠乳, 원대색遠大色의 범우주汎宇宙 속에. 온통 둘레 열熱햄란조화卵調和와 더불어. 신진실神眞實![9]

〔변화는 무〕 하지만 거기 존재 하지 않았던 몸체는 여기 존재하지 않는지라. 단지 질서가 타화他化했을 뿐이로다. 무無가 무화無化했나니. 과재현재過在現在![10]

볼지라, 성자와 현자가 자신들의 화도話道를 말하자 로렌스 애란의 찬토讚土가 이제 축복되게도 동방퇴창광사東邦退窓光射하도다.

근관류연根冠類然한 영포穎苞(植)의 불염포佛焰苞(植)가 꽃뚜껑 같은 유제葇第(植) 꽃차례를 포엽윤생체화苞葉(植)輪生體化하는지라 버섯 균조류菌藻類(植)의 머스캣포도양치류羊齒類(植) 목초종려木草棕櫚 바나나 질경이(植). 무성장茂盛長하는, 생기생생한, 감촉충感觸充의 사思 뭐라던가 하는 연초連草들. 잡초황야야생야원雜草荒野野生野原의 흑인 뚱보 두개골과 납골포낭納骨包囊들 사이 매하인하시하구每何人何時何久 악취 솟을 때 리트리버 사냥개 랄프가 수 놈 멋쟁이 관절과 암 놈 여신女神 허벅지를 악골운전顎骨運轉하기 위해 헤매나니.[11] 조찬전朝餐前 부메랑(자업자득) 메스꺼운 한잔을 꿀꺽 음하飮下하면 무지개처럼 색채 선명하고 화수花穗냄비처럼 되는지라. 사발沙鉢을 화환花環하여 사장私臟을 해방할지라. 무주료無走療, 무취열無臭熱이나니, 나리. 백만과百萬菓 속의 따라지 맹. 염화물잔鹽化物盞.

건강(H), 우연성배偶然聖杯(C), 종료필요성終了必要性(E)! 도착할지라(A), 핥는 소돈小豚처럼(L), 목고리 속에(P)! 경악우자驚愕愚者의 낙뇌落雷가 올림피아 식으로 전조낙관前兆樂觀하도다. 호외戶外의 망상혼妄想婚을 위하여 애각일愛脚日이 될지라. 애조愛朝와 별석別夕이 저 전부戰斧를 매장(화해)하기 시작하나니 그걸 조건으로. 그대는 저 파열복破裂服을 잘 수선해야 하는지라, 양봉사여. 그대는 조타진로操舵進路를 잡을지니, 노고항수勞苦港手여. 그대는 아직 깔아뭉개야만 하도다(비특정非特定). 그대는 여전히 방관하고 시키는 대로 할지라(사적私的). 그대들, 자스미니아 아루나[12] 그리고 모든 그대와 유사한 자들은, 단호결정적으로 그대에 의하여 선택되어져야 하나니, 만일 홑암꽃술이(모노기네스)[13] (꽃)수술이든 암술이든, 관상화冠狀花든, 수지연樹枝然 및 화밀花蜜이든. 소유개미 또는

〔613.01–613.16〕 사람들이, 전환한 채, 패트릭을 갈채한다. 태양이 솟을 때—성 패트릭과 대공작 버캐리의 토론이 끝나다—막간 바깥 일광, 야생의 꽃과 다종 식물들

〔613.17–613.26〕 꽃들이 자라나는 일광을 향해 열린다—아침이, 조반과 더불어 그리고 사발(식기) 운동과 더불어, 방금 도착했다—건강, 기회, 결혼을 위한 애일愛日.

[613.27—614.18] 변화, 불길한 천둥(우뢰)의 시간이 당도 한다—모든 이전의 사건들이 재발한다. 그리고 역사는 반복 한다.

[614.19—614.26] 꿈이 잊혀지고, 단지 잠재의식적으로 기억되기 시작한다. 많은 의문들을 뒤에 남긴 채—조반 시간. 계란의 소화 및 새 조직과 배설물의 형성.

[613—619] 아침이 환은 그것의 시작으로 나르다—ALP에 의해 사인된 편지가 조간 우편에 송달되다.

[614.27—615.11] 훌륭한 신안(新案)—편지들(문자들)의 조조早朝의 소모를 위하여—이하 편지의 6개 문단.

[615—619] ALP에 의해 사인된 편지가 조간 우편에 송달되다.

[세월의 연속] 방목放牧베짱이든, 기족氣族 또는 농노農奴든. 무크쥐 또는 그래이프葡萄,[1] 모두 그대의 헤로도터스[2] 유전자들은 등등몽고夢鼓(단드럼)의,[3] 견목석여인숙堅木石旅人宿,[4] 여인하원세녀汝人何願洗女들[5]로부터 애절부단哀切不斷하게 되돌아올지니, 미관대美寬大하게 표백되고 야송미려夜送美麗하게 화장化粧한 채, 모든 옷가지는 몇 번의 빨래 비누 헹구기를 요하는지라 고로 헹굴 때마다 이결異潔한 두루마리 역役, 유아柔我를 위한 커프스 및 유대여猶太汝를 위한 광폭廣幅 넥타이 및 멋쟁이를 위한 계약 바지의 곱슬곱슬한 털을 결과結果하도다. 인내, 참을지라! 왠고하니 파멸하는 것은 무無나니. 탄기조일국歎氣朝日國[6]에서. 주제主題는 피시彼時를 지니며 습관은 재연再燃하도다. 그대 속에 불태우기 위해. 정염情炎 활기는 질서를 요부要父하나니. 고대古代가 있었던 이후 우리들의 생生은 가능 속에 있기 위해 있으리라. 배달된 채. 칼라와 커프스[7]와 재차 오버올은,[8] 최적자생존最適者生存인지라 고로 청혈淸血, 연철連鐵 및 저아교貯阿膠가 그들을 만들 수 있도다. 하오何吾에게 모두 요구하나니. 깨끗이. 하시후미何時後尾. 종막. 그리하여 증기재분세탁소蒸氣製粉洗濯所[9]의 가위질박수자 수다쟁이들. 차일次日. 졸음.

펜우리들, 핀우리들, 우리들 자신![10] 그 따위 운동 단 바지 따위 벗어버릴지라[11] 유연탄력성을 위한 정선. 엿볼지라. 견착의堅着衣(하드웨어)에 견디고 스타일을 시작할지라. 만일 그대가 더럽히면, 자네, 나의 값을 뺏을지라[12] 왜냐하면 방황신인은 감격착상의 합병合併까지 변진군邊進軍[13] 시작할 것이기에. 개시 재삼 승경勝競하도다[14]

뭐가 가버렸는고? 어떻게 그건 끝나는고?

그걸 잊기 시작할지라. 그건 모든 면에서 스스로 기억할 것이나니, 모든 제스처를 가지고, 우리들의 각각의 말(言) 속에. 오늘의 진리, 내일의 추세趨勢.

잊을지라, 기억할지라!

우리는(E) 기대를(C) 소중히(H) 여겨 왔던고? (A)우리는 (P)숙독음미의 (L)자유편自由便인고? 왜 뒤에 무슨 어디 앞에? 평명원계획平明原計劃된 리피(江) 주의[15]가 에부라니아[16]의 집괴군을 정집합整集合하도다. 암울한 암暗델타의 데바(더블린)[17] 소녀들에 의하여.

잊을지라!

우리들의 완전분식完全粉食 수차륜의 비코회전비광측정기回轉備光測程器, 사차천사원의 성탑관망기城塔觀望機는(그이 마태, 마가, 누가 또는 요한—당나귀로,[18] 모든 소학교 소년 추문생들[19]에게 알려진, "마마—누요),讀) 탕탕탕연결기連結機(커플링)용광제련 탈진행과정脫進行過程과 함께 자동동시적으로 전장비前裝備된 채.(농부, 그의 아들 및 그들의 가정법령을 위하여, 계란파열, 계란 썩음, 계란 매장 및 랭커셔식(자유형) 레슬링 부화작用으로 알려진) 일종의 문맥門脈을 통하여 후속재결합의 초지목적超持目的을 위하여 사전분해의 투석변증법적透析辨證法的으로 분리된 요소들을 수취하는지라 그런고로 영웅관능주의(h), 대파국(c) 및 기행성들(e)이, 과거의(a)의 고대古代(l) 유산(p)에 의하여 전동轉動된 채,

장소에 의한 형태, 잡동사니로부터의 편지, 수용소의 말(言), 일무日舞의 상승문자上昇文字와 함께, 저자 플리니우스 및 작가 코룸세라스[1]의 시대 이후, 하야신스(植), 협죽도(植) 및 프랑스 국화(植)가 우리들의 중얼거림 모국에서 온통—너무—악귀 같은 그리고 비서정적인 및 뉴만시아 비낭만적인 것 위를 흔들었던 때, 모두, 문합술적吻合術的으로 동화되고 극사적極私的으로 이전동일시以前同一視된 채, 사실상, 우리들의 노자老者 피니우스[2]의 동고승부대담同古勝負大膽의 아담원자구조造가, 우연지사 그걸 효력적으로 할 수 있는 한 전자로 고도로 충만된 채, 그대를 위하여 거기 있을 것인 즉, *꼬끼오꼬끼오꼬끼오꼬끼*〔HCE 닭 울음소리와 함께 식탁으로〕, 그리하여 그때 컵, 접시 및 냄비가 파이프 관管 뜨겁게 달아오르는지라, 그녀 자신〔ALP〕이 계란에 갈겨 쓴 계필鷄筆을[3] 들고〔메일과 편지〕 계란에 낙서를 낙필하듯 확실하게.

원인물론原因勿論, 그래서! 그리고 결과에 있어서, 마치?

〔ALP의 편지〕 친애하는. 그리고 우리(나)는 더트덤(되비더미)으로 계속 가는지라. 존경하올. 우리는 나리를 덧붙여도 좋은고? 글쎄, 우리는 자연의 이들 비밀스러운 작업들을 무엇보다 한층 솔직히 즐겨왔는지라(언제나 그것에 대해 감사, 우리는 겸허하게 기도하노니) 그리고, 글쎄, 이 야광최후시夜光最後時를 정말 아주 낙야樂夜했도다. 자명종시계〔이어위커〕를 불러내는 쓰레기 쥐 놈들,[4] 그들은 잘 알게 될지니. 저기 구름은 좋은 날을 예기하면서 이내 사라질지로다. 숭배하올 사몬 나리[5] 그들은 그가 그러하듯 애초에 틀림없이 두 손잡이 전무기[6]를 가지고 태어났을지니 그리고 그건 윌리엄스타운과 마리온 애일즈베리[7] 간의 장차長車 꼭대기 위에서였나니, 우리들이 경락輕樂하게 굴러갔을 때,[8] 그이가 우리들이 마치 구름 속에 지나가듯[9] 여전히 쳐다보고 있음을 우리는 생각하는도다. 그가 우리 곁에 땀 속에 잠을 깨었을 때 그를 용서할 참이었는지라, 금발남金髮男,[10] 나의 지상천국, 하지만 그는 우리가 팬터마임을 위한 사랑스러운 얼굴을 지녔음을 백일몽 했도다. 우리는 강광속强光束[11]에 획하니 되돌아 왔는지라, 오래 전 실낙失樂한[12] 뒤 처진 채, 비틀대는 찰라,[13] 저 남자〔HCE〕는 나라의 우도산牛道産 밀크 이외에 한 모금도 휴대품 속에 결코 떨어뜨리지 않았나니. 그것이 내게 몽국夢國의 열쇠를 준[14] 나에 대한 굴대의 막대기〔남근〕였도다. 풀(草) 속의 몰래 기는 뱀 놈들, 접근 금지! 만일 우리가 모든 저따위 건방진 놈들의 대갈통을 걷어찬다면, 자신의 숙박시설을 위하여 수군대는 녀석들, 나의 밥통들 같으니, 말하자면, 그리고 그들의 베이컨이라니 버터를 망치는 것들! 그건 마가린[15] 유油로다. 박박薄薄 박박. 그건 명예의 제십계율[16]에 의하여 엄근嚴筋히 금지되어 있는지라, 이웃 촌놈의 간계에 반하는 밀어를 폭로하지 말지니.[17] 그대 주변 동굴문洞窟門의 무슨 저따위 인간쓰레기들, 통곡하며.(거짓말이 그들에게는 주근깨처럼 흘러나오는지라) 수치를 암시하다니, 우리라면 할 수 있을 것인고? 천만에! 그런고로 저주低主여 그로 하여금 저들의 과오를 망각하게 하옵소서,[18]

*〔615.12—616.19〕
(제1문단)

ALP는 존경스러운 예의로서 노주老主에게 그녀의 편지를 시작한다. "친애하는 존경하올 각하."(그녀는 "사랑하고 다정한 더블린"(Dear Dirty Dublin)으로 거의 시작하려하지만 스스로 교정한다. 그녀는 자신이 밤 동안 만났던 자연의 비밀을 관찰하기를 즐겼다. 그리고 그녀의 남편의 적들에 관한 첫 공격에 돌입하는지라, 막으로우(Mcgraw)이다. 그들은 이어위커에 관한 나쁜 일을 불러오고, 안개 낀 아침의 구름들은 좋은 날을 들어내기 위해 다가오리라.

그녀는 자신의 구애의 초기 나날에 대한 꿈같은 회상을 시작한다. 이 구절은 자장가와 아이들의 문학에 대한 언급들로 충만하다.— "Goldilocks," "Jack and the Beanstalk", "잠자는 미인"미녀 할멈 등등. 그리고 〈실낙원〉(Paradise Lost)과 〈헉클베리 핀〉(Huckleberry Finn)과 같은 보다 성숙한 문학 작품들.

(615.21—615.28) 그녀는 이러한 구애의 날의 자신의 감정이 유치한 것이었음을 이제 인식한다. 그리고 편지의 끝에서 그녀는 자신이 자장가의 율동으로 살쪘음을 분노로서 선언한다.

편지에서, 그녀는 이제 그녀의 가족의 적인 막으로우 가문의 적에 대한 공격으로 되돌아간다. 그들은, 좋은 질을 가진 소시지를 판매하는 그녀의 남편과는 달리, 저질의 고기와 마가린을 판매한다.

[615.12—616.19] 귀하신 편지가 시작 한다—그녀의 전반적 남자에 대하여 그리고 특히 마가래스로부터 유죄의 증상.

[615.30—615.31, 617.22—617.24]. 그녀는 마그로우가 간음을 범하려고 애썼음을 강하게 암시한다. 주여 Milord O' Reilly에 대한 그들의 탈선을 용서하소서. 그녀의 남편은 아주 커다란 즐거움으로 누군가의 시신을 다듬나니. 그녀의 남편은 지극히 강하고 생식적인지라, 고로 그대 모든 뱀들이여 경계할지라![616.6—616.16].

*[616.20—617.29] (제2문단)
CHE는 정직한 상인으로, 그녀는 주장하거니와, 성실한 남편이다. 그녀는 그가 얼마나 많이 성적 유혹을 거절했는지 아주 자세히 상술한다. 그의 유혹에 관해 그녀의 질문에 대한 반응으로, 그는 단호히 단언하나니, 즉, 그는 그걸로 얼굴 붉힐 일은, 하늘에 계신 하나님께 맹세코, 나의 얼굴은 완전히 백지라오.

[616.36—617.01]. 그이는, 그녀 선언하거니와, 가장 친애하는 남편이라—비록 그녀의 증명서가 "친이하는(direst)"을 "친애하는(dearest)"라는 철자로 약간 오손할지라도. 마그로우는 그이 자신을 위해 경계하는 것이 좋아! 그녀의 아들들은 그로부터 일공을 부셔내야 할지니, 그럼 그이는 모든 그의 아름다운 대모들로 하여금 그를 조정하도록 필요하리라!

몰로이드 오레일리[1][HCE], 저 포옹침상의 광둔狂臀[2]을 상대하여, 방금 잠자리에서 일어나려고 하는지라.(e)여태껏 (h)가장 배짱 좋은 저 (c)냉발자冷髮者(쿠록)! 무가애란인無價愛蘭人 중의 영인零人, 자신의 일등항사에 의해 딱정벌레[HCE]라 불리는지라. 우리의 올드미스 이야기[3]를 믿는 비슷한 의심녀疑心女들로 하여금 모두 저 창부공헌娼婦貢獻을 갖게 하옵소서! 왠고하니 꼬인 담배 파이프 또는 하이버니아 금속의 산탄霰彈을 우리는 유출할 수도 있는지라 그리하여, 정말이지, 누군가가 최대의 기쁨을 가지고 사살私殺에 의하여 어떤 이의 시신을 장만할지로다. 그리고 화학적 결합의 항구성에 완전 대조되게도 놈의 남은 모든 육편肉片을 다 합쳐도 소매치기 피터[4]로 하여금 한 사람의 5분의 3접시(皿)를 만들기에도 충분하지 못할지니.[이상 HCE의 적들에 대한 ALP의 공격] 선맥善麥(맹세코)! 달키의 세 성찬반盛饌盤[5]을 위하여 얼마나 범미犯味하며 모나치나[6]의 두 초요괴超妖怪를 위하여 무슨 매가경賣價驚이람! 회녹색灰綠色의 회진통灰塵桶을 위한 납(鉛) 아세트산염酸鹽을! 평화! 그[HCE]는 우리의 특권적 견관見觀을 위하여 아이때부터 최고의 원자가를 소유한지라 언제나 완전한 털의 가슴, 오금 및 안대가 세일즈 레이디의 애정 무리들이 추적하는 표적이나니. 그의 진짜 헌물. 꿈틀거리는 파충류의 동물들을, 주의할지라! 그에 반하여 우리는 이따위 흩뿌린 듯한 구멍 뱀들을 모두 분쇄하도다. 그들은 우리가 단지 락소변금지樂小便禁止 위원회[7]에 동의하는데도 불구하고 언제나 염병창染病娼 짓을 하고 있나니! 아니면 위쪽에서 꼭 같은 간판 아래 그 짓이 행해지는 것을 볼 수 있을지로다.

저 원죄성욕한原罪性慾漢[HCE]과 그의 계란 컵의 사이즈를 아는 것에 관하여.[8] 첫째로 그는 한 때 책임기피매인責任忌避賣人이었는지라 그러자 쿠룬이 그를 터무니없이 해고 시켰도다.[9] 소시지 제조에 관해 세이지(샐비어)(植) 될지라! 말더듬적 통계학은 티 테이블의 그의 다잔茶盞딸꾹질과 함께 당고포當古鋪의 기름(지방) 밸기자者들이 가장 열식적熱食的으로 메트로폴리탄인人들한테 사례 받고 있음을 보여주나니. 한편 우리는 우리들의 운노동자雲勞動者 감정보상법안[10]의 주의를 끌고 싶은지라. 우리의 무간霧間의 자력자磁力者들은 다혈족의 기생낙산부대寄生落傘部隊에 의하여 양육되고 있도다. 심중心中의 한 가지 최초의 원願은 임금님의 악연주창惡連珠瘡의 완화[11]였다는 우리의 신념이 미치는 한, 공언空言은 실로 군부 앞에 설정한 악례를 허락했는지라. 그리하여 어떻게 그가 계단을 목동등目動登하다니 그건 속보의 힘의 결과였도다. 그의 미상인[12]의 거인목립巨人木立. 금도禁盜의 시시하고 게다가 하찮은 우물쭈물 무원의 이야기! 한 때 그대가 방탄시防彈視되면 그대는 성상聖霜, 빙氷담쟁이덩굴 및 겨우살이(植)에 관통불가할지라[13] 우리가 럭비걸인乞人의 무림茂林[14]에 도착하기 전에 이제 명서命序를! 우리는 방금 최선 속에 온통 성聖로렌스[15]에게 희망하며 폐종閉終해야만 하나니. 덕훈. 스토즈 험프리즈 부인[ALP] 가라사대 고로 당신은 골칫거리를 기대하고 있는고, 고지자考止者여, 문제의 가정적 서비스로부터? 스토즈 험프리씨 왈[HCE] 꼭 마치 저녁에 선행善幸이 있듯이, 레비아, 나의 빰은 완전한 결백하도다. 비모지肥毋脂. 의미意味 하나 둘 넷. 손가락들. 둔臀경기병의 뒷 바지를 걸고. 게다가 우리들의 재삼 최호의最好意 100一百 및 11十一 플러스 1001타一千一他[1]의 축복으로 그대의 최선친最善親에 대하여 저들 구전서한口傳書翰을 방금 종결하려 할지니, 글쎄, 모든 끼친 수고에도 불구하고. 우리는 고도古都 핀토나[2]에서 모두 마음 편히 있는지라, 대니스[3]에 감사하게도, 우리 자신을 위하여, 가결속家結束의 직애주直愛主, 그리하여 그는 우리가 진유전眞鍮錢이 가득한 호주머니[4]를 지니는 한, 생종生終까지 진실할지로다. 위치 장소를 잊을 것 같지 않는 사람들을 기억하는 것이 있을 법하지 않나니.[5] 누가 자신의 머리를 베개 발침 삼아 마호출魔呼出하리오, 글쎄, 푼 맥크라울[6] 형제들이라 불리는 익살조造의 별나게도 조잡한 악취자惡臭者〔HCE를 공모하다〕, 돈육순교원豚肉殉敎園의 신비남神秘男[7]을? 저런 현기력眩氣力 같으니! 티모시와 로칸,[8] 버킷 도구자道具者들,[9] 양인은 팀 자子들이라 이제 그들은 등화관제 동안에 자신들의 카락타커스(수령)(성격)[10]을 바꿔 버렸도다. 캐논 볼즈(대포알)[11]가 그에게서 일광생권日光生權을 펀치 호되게 빽어버릴지라, 만일 그들이 올 바르게 정보를 얻으면. 음악을, 나의 거장巨匠, 제발 좀![12] 우리는 대감명시연大感銘試演을 가질지라. 가歌! 우리는 단순히 소리 내어 웃지 않을 수 없도다. 나이 먹은 핀가남歌男![13] 행운을! 글쎄, 이것이 그를 기약起弱하여 조장助長하게 해야 하도다. 그는 자신을 구제하기 위하여 온통 자신의 분노憤怒 대살모代殺母[14]를 필요로 하리라. 완강한 사내 같으니.[15] 버둥거리게도 온통 투덜대는 대악노大惡老의 핀 우자愚者! 방금 마지막 푸딩으로 배를 가득 채웠나니. 그의 핀 우장례식愚葬禮式이 금목요일今木曜日 오싹하는 시간에 몰래 일어나리라. 근엄왕謹嚴王도 환영할지니. 또한 올솝의 청염양주靑髥釀酒[16]를. 맨쳄 하우스 마경원馬警園[17]의 필화筆畵가 보스턴 트랜스크립지紙로부터 전사轉寫되어 모닝 포스트지紙[18]에 게재될지라. 2월녀二月女들이 28부터 12까지[19] 눈에 띄게 우세할지니. 과菓의, 태고성신사남胎高聲紳士男의, 애적愛積스러운 교구목사[20]의 목소리를 들으려고, 가련한 기적의기승奇蹟意氣僧. 잊지 말지라! 장대한 핀 우장례식愚葬禮式이 곧 있을지니. 기억할지라. 유해遺骸는 정각 8시전에 운구 되어야 만 하도다. 성의심정誠意心情스러운 희망으로. 그런고로 우리들로 하여금 오늘까지 취침중의 손(手)에 증언하도록 도우소서. 마야일摩耶日의 최충절인最忠節人[21] 올림.

그럼, 여기 다른 성직聖職의 추정마推定魔에 관하여 이 기회에 당신에게 익오명匿誤名으로 상서上書하나이다. 나〔ALP〕는 저 따위 바보 벙어리 당나귀〔HCE〕 곁에 있기를 원하나니,[22] 그리고 그는 나의 원타遠他의 발뒤꿈치 아래 있기를 원하리라. 그건 어떠한고? 세상에서 가장 달콤한 노래![23] 한창 젊은이로서의 나의 몸매는 타고난 구리 빛 곱슬머리로 처음부터 아주 매료 받아 왔나니. 기혼여성의 부적절재산법령不適切財産法令[24]에 대하여 언급하거니와, 한 통신 기자가 도적塗摘한 바, 스위스 감甘의 추황갈색秋黃褐色[25] 유행이 여인의 천진한 눈에 알맞게 직엄直嚴 매달리고 있도다.

〔616.20—617.29〕 혼돈적 전기傳記의 세목을 마련하며, 다가오는 장례葬禮와 경야에 관해 말하며—편지에 대한 가짜의 종말.

〔617.12—617.19〕 마그로우는 자신의 마지막 소시지를 채웠으니, 그의 장례가 오늘 일찍이 행해져야 할지라.

〔619—628〕 아나 리비아가 바다로 나가자 그녀의 최후의 독백.

〔617.30—619.15〕 편지가 계속하다—한층 주장酒場에 대답하며, 이 시간은 주로 그녀에게 목표된 채.

*〔617.30—618.19〕
(제3문단)
그녀는 이어 마그로우의 아내, 릴리 킨 셀라(Kinsella)를 공격한다. ALP는 자기 자신의 아름다움을 주장한다.

〔617.23—618.3〕 그러나 릴리 킨 셀라는 이전에 파이프를 문 부랑자의 아내였으며, 이제는 마그로우와 결혼하고, 그녀는 술꾼이요, 추레한 여인이다.
〔618.03—618.19〕

*〔618.20—618.34〕
(제4문단)

ALP는 어느 누군가에 의하여 존경 없이 여태 대접받는 것을 부정한다. 경찰이나 모든 이는 언제나 그녀가 외출하면 절을 한다. 만일 마그로우 사람들이 그녀를 수치스럽게 할 수 있다고 생각한다면, 그녀는 그들을 불평스럽게 그들은 나의 궁둥이에 절을 할 수 있지(They can make their bows to my arse!)가 대구이라, 이 말은 조이스 아내 노라 바너클이 자주 썼던 말이라!

그러자 아나 리비아는 그녀의 남편의 옹호로 되돌라 왔는지라, 어떤 비방의 공격을 거부했나니, 그러나 그 공격은 근거도 없이 지나치게 자세하고 별나게 들린다. 그녀는 결코 의자에 묶혀있지 않다고, 주장하고, 아무도 포크를 가지고 그녀를 뒤쫓지 못 했나니

〔618.24—618.26〕— 비록 무서운 집개가 책의 말미에서 그녀를 겁먹게 했을지언정. 그녀의 사랑하는 남편은 버섯처럼 상냥하고 그녀에게 아주 애정적이나니, 반면에 마그로우의 시자인 설리는 자객이었을지라도(착한 구두장이). 하지만 HCE는 그녀의 버섯이요 상냥한 남편으로, 기독교에서 추방당한 과격한 노르웨이 사람으로, 그는 경찰의 도움으로, 그의 가족의 적들을 항아리 조각처럼 박살낼지라〔618.26—618.34〕

오, 행복한 냉원죄冷原罪여![1] 만일 모든 맥크라울 형제[2]가 처녀들[3]을 단지 암즈웍스 주식회사[4]처럼 다루려고 한다면! 그건 소녀대少女帶(解)를 위한 길선물吉膳物[5]인지라! 마이크우남牛男[6] 따윈 결코 상관하지 말지라! 대신에 우리(내)에게 재잘 거릴지라! 그 상스러운 사내〔캐드〕는 담뱃대 교황敎皇의 아내, 릴리 킨셀라[7]와 함께, 그리하여 그녀는 키스하는 청원자의 손안에 그녀의 멋진 이름 때문에 꾸물대는 스니커즈〔뱀 놈〕씨氏의 아내가 되었나니, 이제 주목하기 시작하리라. 바로 오늘밤을 위한 주공주主公主![8] 창백한 배(腹)는 나의 관대한 치유治癒, 등(背)과 심줄[9]은 구보전九步錢. 불리즈 매구埋區[10] 건너편의 흉한은 설리에 의하여 잠자리에서 일어났도다. 부트 골목[11] 여단旅團. 그리하여 그녀는 주류 판매 허가점 병甁 속에 지닌 무슨 약을 갖고 있었는지라. 수치羞恥! 세 배培의 수치! 우리는 그 구두장이가 현재 스위프스 병원[12]에 입원하고 있음을 일러 받았나니 그리하여 그는 결코 퇴원하지 않으리라고! 어느 날 P. C. Q.와 함께 4.32 또는 8과 22.5 [13] 시경에 사계 재판소판사 및 서기 그리고 성 패트릭 종합감화원의 정화淨化를 위한 한 떼의 마리 부활녀復活女들[14]과 함께 그대의 피皮편지함을 단지 들여다본다면, 전관全觀, 그랜드 피아노 아래 소파 위의 릴리(그런데 귀부인!)[15]를 발견하고 깜짝 놀랄지라 낮게 끌어당기면서[16] 그런 다음 그는 사랑이 걸어들어 오자 키스하고 거울을 들여다봄으로써 그 밖에 청혼인의 진사唇事(입술) 놀이가 행해지고 있는 것을 발견하고 얼마나 놀라 껑충 뛰기 시작하랴.

우리는 아주 훌륭하게 대접받지 못했던고, 우리(내)가 나의 쿠바 활창자滑唱者[17]와 함께 원터론드 가도[18]를 사방팔방 헤매고 다닐 때 경찰과 모든 사람들이 우리에게 모두 머리 숙이고 있었던고? 그리고, 개인적으로 말하면, 모두들 나의 알리스 엉덩이에게 절하며 자기를 소개할 수 있는지라, 힐러리 알렌[19]이 첫날밤 기공연자騎公演者들에게 노래했듯이. 1항項, 우리는 결코 의자에 쇄박鎖縛당하지 않을 것, 그리고, 2항, 어떠한 홀아비 하인何人이든 양키살인殺人 날[20]에 포크를 가지고 우리를 사방 뒤따르지 말 것. 한 위대한 시민〔HCE〕을 만날지라(그에게 자만의 생生을!), 그는 송이버섯처럼 점잖나니 그리고 그가 언제나 자신의 음주를 위하여 우리와 고쳐 앉을 때에도 아주 감동적인지라 반면에 관계자 모든 이들에게 설리는 일단 술이 취하면 흉한兇漢이 되나니 비록 자신이 직업상 훌륭하고 멋진 도화인賭靴人일지라도. 우리는 금후 라라세니(절도죄) 경사警査에게 우리들의 고충을 털어놓기 바라나니 그 결과로서 이러한 단계를 취하는 동안 그의 건강은 순차일변도巡次一邊倒로 도공陶工의 냄비 속으로 부서져 들어갈지라, 그것이 기독제화자수호성자基督製靴者守護聖者[21]한테서 우종추방牛鐘追放 당한 한 노르웨이 두인頭人에 의한 자신의 생활의 전환이 되리로다.

자 이제,〔Anna의 결론〕 우리의 이야기는 100퍼센트 추적 인간과의 한층 예의 바른 대화22)로서 재개될 것인 즉,

그의 몇 잔의 맛좋은 땅딸보 평범주平凡酒와 조모연초粗毛煙草 뒤의 자연적 최행성最幸性의 향락 다음으로. 한편 누구든 저 여원물女原物의 팬케이크 한 조각을 좋아하는 자에게는 그건 감사스러운 일이나니, 사랑하는이여, 아담에게, 우리들의 이전의 최초 핀래터요,[1] 우리들의 최고식료품점국교도最高食料品店國敎徒, 그리피스의(토지) 개량평가改良評價에 의한, 그의 아름다운 크리스마스 꾸러미를 주셔서.

자 이제, 우리는 라스가 벽촌인僻村人[2]인, 그들의 경칠 건방진 양볼(臀)자者〔HCE〕를 단솔單率히 좋아할지니, 여기 나의 양성침대兩性寢臺 속의 음률音律 주변 둘레를 어정거리는지라 그리고 그는 땅딸보 등 혹의[3] 누추락陋醜落 때문에 가경可竟 있을법하게도 권태 받고 있도다. 확신이상개량자確神異狀改良者들이, 우리는 이 단계에 첨언하거니와, 필리적必利的으로 아주 동조적同調的인 심농인深聾人에게 말하고 있도다. 여기 그대의 답을 부여하나니, 비돈肥豚 및 분견糞犬![4] 그러므로 우리〔ALP 내외〕는 두 세계[5]에 살아 왔는지라. 그는 잡목산雜木山의 배구背丘[6] 아래 유숙留宿하는 또 다른 그이로다. 우리의 동가명성同家名聲의 차처각자此處覺者[7]는 그의 진짜 동명同名이요 그리하여 그가 몸치장하고 잠자리에서 일어나면 (e)직발기直勃起, (c)자신 있고 (h)영웅적이 되나니, 그때 그러나, 늙은 옛날처럼 젊은 지금, 나의 매일의 안선참회인安鮮懺悔人으로서, 쉬쉬 우리의 한 구애아求愛兒.

알마 루비아 폴라벨라.

추서追書. 병사兵士 롤로[8]의 연인〔이시〕. 그리하여 그녀는 무미연육아운無味連育兒韻으로 방금 돈비육豚肥育되려고 하도다. 그리고 리츠관부館富와 함께 국왕실에서 성장착盛裝着하는지라.[9] 누더기! 닳아빠진 채. 그러나 그녀〔ALP〕는 아직도 역시 자신의 갑판인간적甲板人間的 호박琥珀[10]이나니.

연우의 아침, 도시! 찰랑! 나는 리피(강) 엽도락화葉跳樂話하나니. 졸졸! 장발長髮 그리고 장발 모든 밤들이 나의 긴 머리카락까지 낙상落上했도다. 한 가닥 소리 없이, 떨어지면서. 청聽! 무풍無風 무언無言. 단지 한 잎, 바로 한 잎 그리고 이내 잎들. 숲은 언제나 호엽군好葉群인지라. 우리들은 그 속 저들의 아가들[11] 마냥. 그리고 울새들이 그토록 패거리로.[12] 그것은 나의 선황금善黃金의 혼행차婚行次를 위한 것이나니. 그렇잖으면? 떠날지라! 일어날지라, 가구家丘의 남자여, 당신은 아주 오래도록 잠잤도다! 아니면 단지 그렇게 내 생각에? 당신의 심려深慮의 손바닥 위에. 두갑頭岬에서 족足까지 몸을 눕힌 채. 파이프를 사발 위에 놓고. 피들 주자奏者를 위한 삼정시과(핀), 조락자造樂者(맥)를 위한 육정시과, 한 콜을 위한 구정구시과.[13] 자 이제 일어날지라 그리고 기용起用할지라! 열반구일도涅槃九日禱는 끝났나니. 나는 엽상인지라, 당신의 황금녀,[14] 그렇게 당신은 나를 불렀나니, 나의 생명이여 부디, 그래요 당신의 황금녀, 나를 은銀 해결할지라, 과장습자誇張襲者여! 당신은 너무 군침 흘렸나니. 나는 너무 치매 당했도다. 그러나 당신 속에 위대한 시인詩人이 역시 있는지라. 건장한 건혈귀健血鬼가 당신을 이따금[15] 놀려대곤 했도다. 그자가 나를 그토록 진저리나게 하여 잠에 폭 빠지게 했나니. 그러나 기분이 좋고 휴식했는지라. 당신에게 감사, 금일부今日父, 탠어피汝皮! 야우 하품[16] 나를 돕는 자,주酒를 들지라. 여기 단신의 셔츠가 있어요, 낮의, 돌아와요. 목도리, 당신의 칼라. 또한 당신의 이중 가죽구두. 뿐만 아니라 긴 털목도리도. 그리고 여기 당신의 상아빛 작업복과 여전불구如前不拘

〔619.16—619.19〕 ALP의 서명과 우표—종경 하올 편지는 끝나다—그녀의 잠자는 동료에 대한 어머니의 아침의 독백, 강이 바다를 향해 흐르며—책의 첫 행에서 계속되다. "강은 달리나니…"(3) 위대한 여성 독백은, 안개 낀 장면, 부드러운 애란 아침 이후 "부드러운 아침, 도시!"에 인사하도록 조정된 채, "좋은 아침, 도시!"로다. 아나 리비아는, 그녀가 자신의 몸에 나뭇잎을 지닌 이후, 혀짤배기 소리로 말하고 있다. 계절은 가을일지니, 나무 잎들은 〈경야〉의 마지막 잎사귀이다.(O' 헨리의 단편 소설을 생각하라!) 이러한 잎들은 독자에 의하여 이제 넘겨지고 있으니, 다시 말해, 독자의 손에 쥔 책의 실질적 페이지들이 텍스트에서 언급되고 있다—포스트모던 연구의 노트로서—자장가와 문학적 언급들은 아나 리비아의 오랜 마음이 젊음과 늙은 나이 사이에서 배회하듯 계속된다. 독자는 젊음의 문학을 만날지니, 즉 "숲 속의 아이들,"〈로빈슨 크루소〉 "독실한 두 신짝들,"그리고 "부츠의 고양이"(619.23—619.24, 621.36) 그리고 나중에 〈트리스트람 샌디〉가 있다. "당신은 내가 그토록 오랫동안 아껴온 나의 반도화反跳靴를 찌그러뜨릴지라." (You'll crush me antilopes I saved so long for.)(622.10—622.11). 아나 리비아는 도시를 빠져 나가고 있는지라, 가족 메모리의 최후는 그것이 애란해의 보다 강한 조류에 의하여 청세(淸洗)되도다.

당신의 음산陰傘. 그리하여 키 크게 설지니! 똑바로. 나는 나를 위해 당신이 멋있게 보이기를 보고 싶은지라. 당신의 깔깔하고 새롭고 큰 그런벨트랑 모두와 함께. 바로 최근 망우수 속에 꽃피면서 그리고 하인에게도 뒤지지 않게, 꽃 봉우리![1] 당신은 벅클리 탄일복誕日服을 입을 때면[2] 당신은 샤론장미에 가까울 지니.[3] 57실링 3펜스, 봉금捧金, 강세부强勢付. 그의 빈부실貧不實 애란[4]과 더불어 자만갑自慢匣 엘비언,[5] 그들은 그러하리라. 오만, 탐욕낙貪慾樂, 적시敵猜! 당신은 나로 하여금 한 경촌의驚村醫[6]를 생각하게 하는지라 나는 한 때. 아니면 혹或발트 국인 수부水夫,[7] 호협탐남好俠探男,[8] 팔찌장식 귀를 하고. 아니면 그는 백작이었던고, 루칸의[9]? 혹은, 아니, 그건 철란鐵蘭의 공작公爵[10]인고 내 뜻은. 아니면 암흑의 제국에서 온 혹려마或驢馬의 둔臀 나귀. 자 그리고 우리 함께 하세! 우리는 그렇게 하리라 우리 언제나 말했는지라. 그리고 해외로 갈지니. 아마 일항日港[11]의 길을. 피녀아彼女兒〔이시〕는 아직 곤히 잠들고 있는지라. 오늘 학교는 쉬는도다. 저들 사내들〔쌍둥이〕은 너무 반목이나니. 두頭 놈은 자기 자신을 괴롭히는지라. 발꿈치 통과 치유여행治癒旅行. 골리버(담즙간膽汁肝)와 겔로버.[12] 그들이 과오에 의해 바꾸지 않는 한. 나는 눈 깜짝할 사이에 유사자를 보았나니[13] 혹或〔솀〕. 너무나 번번番番. 단單〔숀〕. 시시각각. 재동유신再同唯新. 두 강둑 형제들은 남과 북 확연이 다르도다. 그 중 한 놈은 한숨 쉬고 한 놈이 울부짖을 때 만사는 끝이라. 전혀 무화해. 아마 그들을 세례수반까지 끌어낸 것은 저들 두 늙은 옛 친구 아줌마들일지로다. 괴짜의 퀴이크이나프 부인과 괴상한 오드페블 양.[14] 그리고 그들 둘이 많은 것을 가질 때 공시할 더 이상의 불결한 옷가지는 없나니. 로운더대일(세탁골) 민씨온즈[15]로부터. 한 녀석이 성소년聖少年의 뭐라던가 하는 것에 눈이 희번덕거리자 이놈은 자신의 넓적한 걸 적시는지라. 당신〔HCE〕은 펀치[16]처럼 기뻐했나니, 전쟁공훈과 퍼스 식사式辭[17]를 저들 거들먹거리는 멍청이 놈들[18]에게 낭독하면서. 그러나 그 다음날 밤, 당신은 온통 변덕쟁이였는지라! 내게 이걸 그리고 저걸 그리고 다른 걸 하라고 명령하면서. 그리고 내게 노여움을 폭발하면서, 성거聖巨스러운(주디)예수여, 당신이 계집아이를 갖다니 뭘 바라려고 한담! 당신의 원願은 나의 뜻이었나니. 그런데, 볼지라, 느닷없이! 나도 또한 그런 식式. 그러나 그녀를, 당신은 기다릴지라. 열렬히 선택하는 것은 그녀의 망령에 맡길지니. 만일 그녀가 단지 상대의 더 많은 기지를 가졌다면. 기아棄兒는 도망자를 만들고 도망자는 탈선을. 그녀는 베짱이처럼 여전히 명랑하도다. 슬픔이 통적痛積되면 신통할지라. 나는 기다릴지니. 그리고 나는 기다릴지라. 그런 다음 만일 모든 것이 사라지면. 내존來存은 현존이나니. 현존은 현존. 그러나 그들로 하여금 내버려둘지라. 비누구정물 주점잡동사니 그리고 데데한 매춘부 역시. 그(사내)는 그대를 위하는가 하면 그녀(계집)는 나를 위하는지라.[19] 당신은 하구河口[20]와 항구 주위를 미행하며 그리고 내게 팔품만사八品漫詞를 가르치면서. 만일 당신이 지그재그 파도를 타고 그에게 당신의 장광설을 늘어놓으면 나는 오막 집 케이크를 먹으며 그녀(계집)에게 나의 사모장담思慕長談을 철자할지라. 우리는 그들〔쌍둥이〕의 잠자는 의무[21]를 방해하지 말지니.

불순 계집은 계집(물오리)대로 내버려둘지라,[1] 때는 불사조이나니, 여보. 그리하여 불꽃이 있도다. 들을지라! 우리들의 여정을 성聖마이클 감상적으로 만들게 합시다.[2] 마왕화魔王火가 사라진 이후 그리고 사오지死奧地의 책[3]이 있나니. 닫힌 채. 자 어서! 당신의 패각에서부터 어서 나올지라! 당신의 자유지自由指를 치세울지라! 그래요. 우리는 충분히 밝음을 가졌도다. 나는 우리들의 성녀의 알라딘 램프[4]를 가져가지 않을지니. 왜냐하면 그들 네 개의 공기질풍의 고풍대古風袋가 불어올 테니까. 뿐만 아니라 당신은 륙색(등 보따리)도 그만. 당신 뒤로 하이킹에 모든 댄디 등[5] 혹 남男들을 끌어내려고. 대각성大角星[6]의 안내자를 보낼지라! 지협地峽! 급急! 정말 내가 여태껏 기억할 수 있는 가장 부드러운 아침이도다. 그러나 소나기처럼 비는 오지 않을지니, 우리들의 공후空候. 하지만. 마침내 때는 시간인지라. 그리하여 나와 당신은 우리들의 것을 만들었나니. 열파자裂破者들의 자식들은 경기에서 이겼도다. 하지만 나는 나의 어깨 사울을 위하여 나의 낡은 핀 바라[7] 견絹을 가져가리라. 숭어는 조반어천朝飯魚川에 가장 맛있나니. 나중에 흑소산黑沼産[8]의 롤리 폴리[9] 소시지의 맛과 더불어. 차(茶)의 싸한 맛을 내기 위해. 당신 토스트 빵은 싫은고? 우식반도牛食盤都,[10] 모두 장작더미 밖으로! 그런 다음 우리들 둘레에서 재잘재잘 지껄대는 모든 성마른 행실 고약한 어린 어치들, 그들의 크림을 응고규凝固叫하면서. 소리 지르면서, 이봐, 다 자란 누나! 나는 진짜로 아닌고? 청聽! 단지 그러나, 거기 한번 그러나, 당신은 내게 예쁜 새 속치마를 또한 사줘야만 해요, 놀리[11] 다음 번 당신이 놀월 시장[12]에 갈 때. 사람들이 모두 말하고 있어요. 나는 아이작센 제製[13]의 그것의 선線 하나가 기울었기[14] 때문에 그게 필요하다고. 저런 명심해요? 정말 당신! 자 어서! 당신의 커다란 곰 앞발을 내놔요, 옳지 여보, 나의 작은 손을 위해. 돌라.[15] 나의 낸시 핸드 벽혈,[16] 유화流花의 태어怠語로. 그건 조겐 자곤센의 토착어로다.[17] 하지만 당신은 이해했지요, 졸보? 나는 언제나 당신의 음양으로 알 수 있는지라. 발을 아래로 뻗을지니. 조금만 더. 고로. 머리를 뒤로 당길지라. 열과 털 많은, 커다란,[18] 당신의 손이로다! 여기 포피包皮가 시작되는 곳이나니. 어린애처럼 매끄러운지라. 언젠가 당신은 얼음에 태웠다고 말했도다. 그리고 언젠가 당신이 생성生性을 빼앗은 다음에 그건 화학화化學化되었나니. 아마 그게 당신이 벽돌두頭를 지닌 이유일지라 마치. 그리하여 사람들은 당신이 골격을 잃었다고 생각하도다. 탈脫모습된 채. 나는 눈을 감을지니. 고로 보지 않기 위하여. 혹은 동정童貞의 한 젊은이[19]만을 보기위하여, 무구기無垢期의 소년, 나무 가지를 껍질 벗기면서, 작은 백마白馬 곁의 한 아이. 우리들 모두가 영원히 희망을 품고 사랑하는 아이. 모든 사내들은 뭔가를 해 왔도다. 그들이 노육老肉의 무게[20]에 다다른 시간이도다. 우리는 그걸 용암리鎔巖離할지니. 고로. 우리는 저 시원時院에서 세속종世俗鐘이 울리기 전에 산보를 가질지라. 관묘원棺墓園 곁의 성당에서. 성패선인聖牌善人[21] 할지니. 혹은 새들이 목요소동木搖騷動하기 시작하는지라. 볼지니, 저기 그들은 그대를 떠나 날고 있는지라, 높이 더 높이! 그리고[22]

*[618.35–619.05] (제5문단)
이 구절은 분명하지 않다. 그러나 그것은 이어위커 가족에게 관대했던 누군가를 포함한다. 아마도 ALP는 노주老主에게 감사를 돌리고 있거니와, 그 분은 너무나 상냥하여 그의 아들을 아파하는 인정을 도우도록 이바지 할 정도라—하느님 아버지의 사랑하는 크리스마스 꾸러미에 맹세코.

[621] 우리들의 여정(아침 산보)을 성聖마이클 감상적으로 만들게 합시다. 이제 불빛이 사라진 이후 아침은 사실상 밝도다. 조조早朝의 아침.

*[619.06–619.15] (제6문단)
ALP는 그녀의 적들에게 공격을 돌린다. 그녀는 단지 험프리 덤티의 추락에 관한 그들의 경칠 건방짐과 근거 없는 불평을 좋아할 뿐이다! CHE는 영원히 추락하지 않았다. 호우드 언덕 아래의 사내이요 추락한 부왕(副王)은 또 다른 인간이라. 그녀 자신의 남편은 자리에서 일어나, 빳빳하게, 자신 있게, 그리고 영웅적으로, 그녀에게 구애하고, 그가 젊을 때 그랬듯이, 일상의 신선新鮮을 위하여.

[623] ALP 내외는 이제 산보를 떠날 수 있다.

쿠쿠구鳩, 달콤한 행운을 그들은 당신에게 까악까악 우짖고 있도다. 맥쿨![1] 글쎄, 당신 볼지라, 그들은 백白까마귀처럼 하얗도다. 우리들을 위하여. 다음 이탄인투표泥炭人投票[2]에서는 당신이 유당선誘當選 될지니 그렇잖으면 나는 당신의 간절선懇切選의 신부新婦가 아닐지로다. 킨셀라[3] 여인의 사내가 결코 나를 저가하지 못할지라. 어떤 맥가라스 오쿠라 오머크 맥퓨니[4]라는 자가 나팔의 핀갈 여숙소[5] 주변에서 꼬꾀오거리거나 일소一掃삐악 삐악거리며! 그건 마치 화장대 위에 창피침실요강을 올려놓거나 혹은 어떤 독수리 대관代官[6]의 눈썹까지 앙클 팀의 고모古帽[7]를 베레모인양 씌우는 것과 같도다. 그렇게 큰 활보는 말고, 뒤죽박죽 대음자大飮者여〔남편—HCE〕! 당신은 내가 그토록 오랫동안 아껴온 나의 반도화反跳靴를 찌그러뜨릴지라. 그건 페니솔[8] 제로다. 그리고 두 최매最魅의 신발.[9] 그건 거의 누트 1마일 또는 7도 안되나니, 화중묘靴中猫 양반.[10] 그건 아침의 건강을 위해 아주 좋은 것인지라. 승림보勝林步와 함께. 사방 완만한 동작.(al)여가 (p)발걸음으로서. 그리고(hce) 자진산책치료용이自進散策治療容易. 그 뒤로 아주 오래된 듯 하는지라, 수세월數歲月 이후. 마치 당신이 아주 오래 멀리 떨어진 듯. 원사십금일遠四十今日, 공사십금야恐四十今夜,[11] 그리하여 내가 피암彼暗 속에 당신과 함께 한 듯. 내가 그걸 모두 믿을 수 있을지 당신은 언젠가 내게 말할지니. 당신은 내가 당신을 어디로 데리고 가는지를 아는고? 당신은 기억하는고? 내가 찔레 열매[12]를 찾아 월귤나무 히히 급주急走했을[13] 때. 당신이 해먹(그물침대)으로부터 새총을 가지고 나를 개암나무 위태롭게 하기 위해 대 계획을 도면 그리면서. 우리들의 외침이라. 나는 당신을 거기 인도할 수 있을지라 그리고 지금은 여전히 당신 곁 침대 속에 누워있도다. 더블린 연합 전철로 단그리벤[14]까지 가지 않겠어요? 우리들 이외에 아무도 없으니. 시간? 우린 충분히 남아돌아가는지라. 길리간과 훌리간[15]이 다시 무뢰한을 부를 때까지. 그리고 그 밖에 중요 인물들. 설리간 용병단 8, 왼쪽에서 오른 쪽으로. 이리(動)[16]떼 가족, 저 호농민狐農民들[17] 같으니! 혹가면자黑假面者들[18]이 당신을 자금지원으로 보석하려고 생각했는지라. 혹은 산림일각수장森林一角獸長, 나울 촌[19]村 출신의, 각적대장이 문간에 도열하여, 명예로운 수렵견담당자者 및 존경하는 포인터 사師[20] 그리고 볼리헌터스 촌村[21] 출신, 쉬쉬 사냥개의 두 여인 패게츠[22]와 함께, 그들의 도드미 꽉 끼는 승마습모乘馬襲帽[23]를 쓰고, 그들의 수노루, 수사슴, 심지어 칼톤의 적赤 수사슴에게 건승축배健勝祝杯를 들었도다.[24] 그리하여 당신은 이별주무離別酒務로서 접대할 필요가 없는지라, 머리에서 발끝까지, 한편 모두들은 그에게 술잔을 뻗지만 그는 잔을 비우려고 결코 시작도 않으니. 이 현賢 놈의 대갈통을 찰싹 때리고 귀에다 이걸 쑤셔 넣을지라, 꿈틀자여!〔HCE〕 미인부답美人不答 부자미불富者未拂. 만일 당신이 방면 되면, 모두들 도둑이야 고함치며 추적할 지니, 히스타운, 하버스타운, 스노우타운, 포 녹스, 프레밍타운, 보딩타운,[25] 데빈 강상江上의 핀항港[26]까지. 얼마나 모두들 플라토닉 화식원華飾園[27]을 본을 떠 당신을 집 재우기 위해 집 지었던고! 그리하여 모두 왜냐하니,

그녀가 자신의 반사경에 넋을 잃은 채, 그녀는 (E)진피眞皮집게벌레가 세 마리의 경주밀렵견競走密獵犬을 가죽 끈으로 매고 (h)사냥연然하게 (c)귀가하는 것을 보았던 것처럼 보이기에. 그러나 당신은 안전하게 빠져 나왔는지라. 저 (h)각저자角笛者의 (c)각角은[1] 이제 (E)그만! 그리고 오랜 투덜대는 잡담![2] 우리는 노영주老領主〔호우드 성의 백작〕를 방문할까 보다. 당신 생각은 어떠한고? 내게 말하는 뭔가가 있도다. 그이는 좋은 분인지라. 마치 그이 앞에 많은 몫의 일들이 진행되었던 양. 그리고 오랜 특유의 돌출갑.[3] 그의 문은 언제나 열린 채.[4] 신기원의 날을 위해.[5] 당신 자신과 많이 닮았나니. 당신은 지난 식부활절食復活節에 그를 송장送狀했는지라 고로 그는 우리에게 뜨거운 새조개와 모든 걸 대접해야 할지로다. 당신은 흰 모자를 벗는 걸[6] 기억할지라, 여보(ech)? 우리가 면전에 나타날 때. 그리고 안녕 호우드우드, 이스머스 각하[7] 하고 말할지니! 그의 집은 법가이라. 그리고 나는 또한 최은最恩의 예의[8]를 무심코 입 밖에 낼지니. 만일 명산당이 내게 경의를 표하지 않는다면 의경意敬이 산명당山明堂에 고두를 예禮할지로다.[9] 최하처에서 일어서는 의식예법을 베풀지라! 가로되 돌고래의 미늘창을 끌어올리기 위해 무슨 횃불을 밝히리요, 제발? 그 분은 제일 먼저 당신을 아모리카[10](갑옷) 기사로 작위하고 마자르(헝가리) 최고염사원수最高廉事元首로 호칭할지 모르나니. 봄소로마뉴 저런 체 에잇[11] 헝가리 공복자를 기억할지라. 열형熱型, 사슬 및 견장, 통둔조롱痛臀嘲弄. 그리고 나는 당신의 왕청王聽의 안성여폐하眼性女陛下가 될지로다. 그러나 우리는 헛되나니. 명백한 공상. 그건 공중누각空中樓閣〔호우드 성〕인지라. 나의 생계유천生計流川이 우둔표어공예품愚鈍標語工藝品들[12]로 가득하나니. 풍향은 이제 충분 그만[13] 우리가 그대로 받아들일 수 있을지 혹은 말지. 저이는 자신의 경마안내[14]를 읽고 있는지라. 당신은 저 곳으로부터 우리들의 길을 확실히 알고 있을지니. 어망 항港의 길. 한 때 우리들이 갔던 곳을 그토록 많은 마차를 타고 쌩쌩이 그 이후로 우행해 왔는지라. 약세노마! 도주 성게(動)의 암말에게 그의 생生의 구산丘山을 부여하면서. 그의 불가사노세주不可死老衰主와 함께! 휘넘족族 흠흠 마인馬人![15] 암활岩滑의 우뇌도雨雷道[16] 우리는 헤다 수풀 우거진 호우드 구정丘頂에 앉아 있을 수 있는지라, 나는 당신 위에, 현기정眩氣靜의 무의양심無意良心 속에. 해 돋음을 자세히 쳐다보기 위해. 드럼렉 곶(岬)[17]으로부터 밖으로. 그 곳이 최고라고 에보라[18]가 내게 말했나니. 만일 내가 여태. 조조弔朝의 달(月)이 지고 살아질 때. 다운즈 계곡 너머로[19] 운월여신雲月女神 루나.[20] 우리들 자신, 오영혼吾靈魂 홀로[21] 구세양救世洋의 현장에서. 그리하여 살펴볼지라 당신이 기다리고 있는 편지가 필경 다가올지니. 그리고 해안에 던져진 채. 나는 기원하나니 나의 꿈의 주남主男을 위해. 그걸 할퀴거나 소기도서小祈禱書의 대본으로 짜깁기하면서. 그리하여 얼마나 호두 알 지식의 단편[22]을 나는 나 스스로 쪼아 모았던고.〔편지의 소재〕 모든 문지文紙는 어려운 것이지만 당신의 것은 분명 여태껏 가장 어려운 난문이도다. 도끼로 토막 내고, 황소를 갈고리로 걸고, 안을 갖고,[23] 주저주저. 그러나 일단 서명되고, 분배되고 배달된 채, 안녕 빠이빠이, 당신을 유명하게 하도다. 보스 주州, 마스톤 시市[24]로부터의 몽사통신夢寫通信에 의하여 조초彫礎된 채. 그의 고대의 나날의 세계를 일주한 뒤.

차통茶筒 속에 운반된 채 혹은 뭉쳐지고 콜크로 까맣게 칠해진 채. 그의 원통투하圓筒投荷된 해면 위에. 간들, 간들거리며, 병에 넣어진 채, 물방울. 파도가 그대를 포기할 때[1] 땅이 나를 위해 도울지니. 언젠가 그땐, 어디선가 거기, 나는 자신의 희망을 기록했고 장帳을 매장했는지라 그때 나는 님의 목소리, 적방향타赤方向舵[2]의 뇌성雷聲을 들었는지라, 너무나 크기에 더 이상 큰 소리 없을, 그리하여 천명성탄天命聖誕이 다가올 때까지 거기다 그걸 내버려 놓아두었도다. 고로 지금은 나를 만족해하는지라. 쉬. 우리들의 은행차입의 방갈로 오막 집을 허물거나 거기다 지을지니 그리하여 우리〔HCE 내외〕는 존경스럽게 서로 동루하리라. 데이지 국화족菊花族, 서방님, 나, 마담을 위해. 뾰족한 바벨 원탑圓塔과 함께 왠고하니 발굴성發掘星들이 있는 곳을 야웅[3] 그리고 엿보기 위해.〔창문을 통해〕 조브와 동료들[4]이 어떻게 이야기하는지 우리가 들을지 어떨지를 바로 보기 위하여. 근엄단독성謹嚴單獨性 사이에. 정점頂点까지, 대들보여! 정상을 사다리로 오를지라! 당신은 이제 더 이상 현기증이 나지 않을지니.[5] 모든 당신의 지계음모地計陰謀는 거의 무과無果로다! 덜렁(등 혹),[6] 당신이 우리(나)를 들어올릴 때 그리고 철벅, 당신이 나를 물에 처넣을 때! 그러나 나의 근심의 탄歎이여 경칠 사라질지라, 화려한 패트릭 항주港舟여! 투명한 변방 위에 나는 자신의 가정을 꾸렸도다.[7] 나를 위한 공원과 주점. 단지 당나귀의 옛 시절 당신의 비행卑行일랑〔공원의 죄〕 다시는 시작하지 말지라. 나는 저걸 당신에게 교사教唆한 그녀〔캐드의 아내 릴리〕의 이름까지 추측할 수 있나니, 견율堅栗![8] 대담한 도박배언賭博背言이라. 무한죄[9]의 사랑 때문에! 적나라의 우주 앞에. 그리하여 자신의 눈을 외면주外面走하는 베일리 등대 꼬마 순경[10] 같으니! 언젠가 어느 좋은 날, 외설의 악선별자惡選別者여, 당신은 다시 적개신赤改身해야만 하도다. 축복받는 방패 마틴![11] 너무나 부드럽게. 나는 자신이 지닌 최애엽最愛葉의 의상을 너무나 세세히 즐기는지라. 당신은 앞으로 언제나 나를 최다엽녀最多葉女로 부를지니, 그렇잖은고, 영어애자英語愛子여? 경탄어충驚歎語充의 고아마古兒馬! 그리고 당신은 나의 파라핀 향유를 반대하지 않을지라, 콜루니[12]의 향유된 채, 한 잔의 마라스키노주酒[13]와 함께. 취臭! 그건 작금昨今 에스터산産[14]의 고산미소高山媚笑로다. 나는 만인 움츠리는 한련비공旱蓮鼻孔 속에 있는지라. 심지어 호우드 구비丘鼻[15] 속에. 최고가신最高價神에 맹세코! 터무니없는 도부화都腐話. 위대노살탈자偉大老殺奪者!([16] 만일 내가 당신이 누구인지를 안다면! 공중으로부터 저 청금淸琴이 핀센 선장은 의적운衣積雲하고 자신의 양복을 몹시 압박하고 있다고 말했을 때 나는 말했는지라 당신 거기 있나요 여기는 나밖에 아무도 없어요. 그러나 나는 샘플 더미에서 거의 떨어질 뻔 했도다.[17] 마치 당신의 손가락이 내가 듣도록 이명耳鳴하게 하듯이.[18] 브래이[19]에 있는 당신의 유형제乳兄弟가 당신은 양친이 스스로 금주맹세를 한 뒤에 남편은 불결벽로대소不潔壁爐臺所 속으로 언제나 굴러 떨어지고 아내는 수장절 페티코트를 잃어버릴 것이기 때문에 브로스탤 교도소[20]에 의해 당신이 자랐다는 그 지역에 말하고 있는 것이 옳은고? 그러나그런데도아무튼, 당신은 내게 잘 했는지라! 왕새우 껍질을 먹을 수 있는 지금까지 알려진 유일한 남자였나니, 우리들의 원초야原初夜

당시 당신은 나를 어떤 마리네 쉐리[1] 그리고 이어 XX로서 자신을 서명하는 독일 친사촌[2]으로 두 번 오인했나니 그리고 수가발鬚假髮을 나는 당신의 여행용 백[3] 속에서 발견했도다. 당신은 필경 파라오 왕[4]을 연출할지니, 당신은 요정족[5]의 왕이로다. 당신은 확실히 가장 왕연王然의 소동을 피우고 있는지라. 나는 모든 종류의 허구(매이크압)를 당신에게 말할지니, 위이危異한. 그리하여 우리들이 지나는 모든 단순한 이야기 장소에 당신을 안내할지라. *십만 환영, 어서 오십시오, 크롬웰 환숙歡宿, 누가 헤어지랴*,[6] 허곡촌虛谷村 중의 허별장虛別莊.[7] 다음의 감자 요리 코스를 위하여 접시를 바꿀지라! 애진옥愛盡屋[8]은 아직 거기에 있고 성당 규범은 강행하고 그리고 크라피점店[9]의 제의사업祭衣事業도 그리고 우리들의 교구허세도 대大권능이도다. 그러나 당신은 저 동사인同四人들에게 물어봐야만 할지니, 그들을 이름 지은 그자들은, 그대의 볼사리노모帽[10]를 쓰고 언제나 주매장酒賣場에 기분 좋게 앉아있나니, 그것은 코날 오다니엘[11]의 최고유풍最高遺風이라 말하면서, *홍수 이후의 편갈*[12]을 집필하면서. 그것은 어떤 진행 중의 왕연王然의 작품[13]이 될지라. 그러나 이 길로 하여 그는 어느 내일조來日朝에 다가올지니. 그리하여 나는 우리가 그 곳을 지나면 당신한테 모든 부싯돌과 고사리가 소주騷走하고 있음을 신호할 수 있도다. 그리하여 당신은 엄지손가락만큼 노래하며 이어 그것에 관해 해현鮭賢의 설교를 행하리라[14] 그것은 모두 너무나 자주 있는 일이며 내게는 여전히 꼭 같은지라. 홍? 단지 잔디일 뿐,[15] 심술쟁이 여보! 크래인의 잔디 향香.[16] 당신은 타프 잔디의 탄 솜(綿)[17]을 결코 잊지 않았을지라, 그렇지 여보, 브라이언 보루 굴窟의,[18] 뭐라? 많? 글쎄, 저건 다방多房 버섯들이오,[19] 밤사이에 나온. 봐요, 성전聖殿 지붕의 수세월. 성당 위의 성당, 연중가옥煙中家屋. 그리고 올림픽을 열유熱遊하기 위한 수도 부분. 스타디움, 거상巨像 맥쿨! 당신의 큰 걸음을 유의해요 그렇잖으면 넘어질지라. 한편 나는 진통을 피하고 있는지라. 내가 찾은 걸 봐요! (A)한 이라 (l)렌즈콩 (p)편두. 그리고 여길 봐요! 이 캐러웨이 잡초씨앗. 예쁜 진드기들, 나의 감물甘物들, 그들은 전광全廣의 세계에 의하여 버림받은 빈애자貧愛子들이었던고? 신도회를 위한 운인가雲隣街. 우등 애브라나[20]가 농아이聾啞泥(더블린)로부터 아련히 솟아나는 것을 당신은 아지랑이 시視하도다. 그러나 여전한 동시同市. 나는 너무나 오랫동안 첩침疊寢했는지라. 당신이 말했듯이. 시간이 어지간히 걸리나니. 만일 내가 일이분 동안 숨을 죽인다면,[21] 말을 하지 않고, 기억할지라! 한 때 일어난 일은 재삼 일어날지니. 왜 나는 이렇게 근년연연세세近年年年歲歲동안 통주痛走하고 있는고, 온통 잎 떨어진 채. 눈물을 숨기기 위하여,[22] 이별자여. 그건 모든 것의 생각인지라. 그들을 투기投棄했던 용자勇者. 착의미녀着衣美女[23] 지나 가버린 그들 만사. 나는 곧 리피 강 속에 다시 시작하리라. 합점두合點頭. 내가 당신을 깨우면 당신은 얼마나 기뻐할고! 정말! 얼마나 당신은 기분이 좋을고! 그 뒤로 영원히. 우선 우리는 여기 희미로稀微路를 돌지라 그런 다음 더 선행이라. 고로 나란히, 재문再門을 돌지라, 혼도婚都(웨딩타운), 론더브의 시장민市長民을 송頌할지라![24] 나는 단지 희망하나니 모든 천국이 우리들을 볼 것을.

왜냐하면 나는 거의 기절할 것 같은 느낌이 드는지라. 심연 속으로. 아나모리즈강江에 풍덩. 나를 기대게 해줘요, 조그마, 제바, 표석강漂石强의 대조수자大潮水者,[1]〔HCE〕 총소녀總少女들은 쇠하나니. 수시로. 그래서. 당신이 이브구久 아담 강직할 동안. 휘, 북서에서 불어오는 양 저 무지풍無知風! 천계현현절天啓顯現節의 밤이듯.[2] 마치 키스 궁시弓矢처럼 나의 입속으로 첨벙 싹 고동치나니! 스칸디나비아의 주신, 어찌 그가 나의 양 뺨을 후려갈기는고! 바다. 바다! 여기, 어살(둑), 발 돋음, 섬(島), 다리(橋).[3] 당신이 나를 만났던 곳. 그 날. 기억할지라! 글쎄 거기 그 순간 그리고 단지 우리 두 사람만이 왜? 나는 단지 십대十代였나니, 제단사의 꼬마 딸. 그 허세복자虛勢服者〔재단사〕는 언제나 들치기하고 있었는지라, 확실히, 그는 마치 나의 부父처럼 보였도다. 그러나 색스빌 가도[4] 월편의 최고 멋 부리는 맵시 꾼. 그리고 포크 가득한 비계를 들고 반들반들한 석식탁 둘레를 빙글빙글 돌면서 한 수척한 아이를 뒤쫓는 여태껏 가장 사납고 야릇한 남자. 그러나 휘파람 부는자들의 왕[5]. 시이울라![6] 그가 자신의 다리미에 나의 공단 새틴을 기대 놓았을 때 그리고 재봉틀 위에 듀엣 가수들을 위하여 두 개의 촛불을 켜주다니. 나는 확신하는지라 그가 자신의 두 눈에다 주스를 뿜어 뻔쩍이게 하다니 분명히 나를 깜짝 놀라게 하기 위해서였도다. 하지만 아무튼 그는 나를 매우도 좋아했는지라. 누가 지금 빅로우[7] 언덕의 낙지구落枝丘에서 *나의 색을 찾아*를 탐색할지 몰라? 그러나 나는 연속호連續號의 이야기에서 읽었나니, 초롱꽃이 불고 있는 동안, 거기 봉인애탐인封印愛探人[8]은 여전히 있으리라고. 타자他者들이 있을지 모르나 나로서는 그렇지 않도다. 하지만 우리들이 이전에 만났던 것을 그는 결코 알지 못했는지라. 밤이면 밤마다. 그런고로 나는 떠나기를 동경했나니.[9] 그리고 여전히 모두와 함께. 한 때 당신은 나와 마주보고 서 있었는지라, 꽤나 소리 내어 웃으면서, 지류枝流의 당신의 바켄틴 세대박이 범선[10] 파도 속에 나를 시원하게 부채질하기 위해. 그리고 나는 이끼 마냥 조용히 누워있었도다. 그리고 언젠가 당신은 엄습했나니, 암울하게 요동치면서, 커다란 검은 그림자처럼 나를 생판으로 찌르기 위해 번뜩이는 응시로서.〔섹스〕 그리하여 나는 얼어붙었나니[11] 녹기 위해 기도했도다. 모두 합쳐 세 번. 나는 당시 모든 사람들의 인기 자였는지라. 왕자연王子然한 주연소녀. 그리하여 당신은 저 팬터마임의 바이킹 콜세고스[12]였나니. 애란의 불시공격不視攻擊. 그리고, 공침자恐侵者[13]에 의해, 당신이 그처럼 보이다니! 나의 입술은 공희락恐喜樂 때문에 창백해 갔도다. 거의 지금처럼. 어떻게? 어떻게 당신은 말했던고 당신이 내게 나의 마음의 열쇠를 어떻게 주겠는지를[14] 그리하여 우리는 사주死洲가 아별我別할 때까지[15] 부부로 있으리라. 그리하여 비록 마魔가 별리하게 하드라도. 오 나의 것! 단지, 아니 지금 나야말로 양도하기 시작해야 하나니. 연못(더브) 그녀 자신처럼. 이 흑소(더블린) 구정상久頂上[16] 그리하여 지금 작별할 수 있다면? 아아 슬픈지고! 나는 이 만광灣光이 커지는 것을 통하여 당신을 자세히 보도록 보다 낳은 시선을 가질 수 있기를 바라노라. 그러나 당신은 변하고 있나니, 나의 애맥愛脈이여, 당신은 나로부터 변하고 있는지라, 나는 느낄 수 있도다. 아니면 내 쪽인고? 나는 뒤얽히기 시작하는지라. 상상쾌上爽快하면서 그리고 하견고下堅固하면서, 그래요, 당신은 변하고 있어요, 자부子夫, 그리하여 당신은 바뀌고 있나니, 나는 당신을 느낄 수 있는지라, 다시 언덕으로부터 낭처娘妻를 위하여. 히말라야의 환환상完幻像,[1] 그리하여 그녀〔이시〕는 다가오고 있도다. 나의 맨 최후부에 부영하면서, 나의 꽁지에 마도전습魔挑戰濕하면서,[2] 바로 획 날개 타는 민첩하고 약은 물보라 찰싹 질주하는 하나의 실체, 거기 어딘가, 베짱이 무도하면서. 살타렐리[3]가 그녀 자신에게 다가오도다. 내가 지난 날 그러했듯이 다신의 노신老身〔HCE〕을 나는 가여워하는지라. 지금은 한층 젊은 것이 거기에. 헤어지지 않도록 노력할지라! 행복할지라, 사랑하는 이들이여! 내가 잘못이게 하옵소서! 왜냐하면 내가 나의 어머니로부터 나떨어졌을 때 그러했듯이 그녀는 당신에게 달콤할지라. 나의 크고 푸른 침실, 대기는 너무나 조용하고, 구름 한 점 거의 없이. 평화와 침묵 속에. 내가 단지 언제나 그 곳에 계속 머물 수 있었다면. 뭔가가 우리들을 실망시키나니. 최초로 우리는 느끼는도다. 이어 우리는 추락하나니. 그리하여 만일 그녀가 좋다면 그녀로 하여금 우지배雨支配하게 할지라. 상냥하게 혹은 강하게 그녀가 좋은 대로. 어쨌든 그녀로 하여금 우지배하게 할지라 나의 시간이 다가왔기에. 내가 일러 받았을 때 나는 최선을 다했도다. 만일 내가 가면 모든 것이 가는 걸[4] 언제나 생각하면서. 일백 가지 고통, 십분지일의 노고 그리고 나를 이해할 한 사람[5] 있을까? 일천년야一千年夜의 하나?[6] 일생 동안 나는 그들 사이에 살아왔으나 이제 그들은 나를 염오하기 시작하는도다. 그리고 나는 그들의 작고도 불쾌한 간계奸計를 싫어하고 있는지라. 그리하여 그들의 미천하고 자만한 일탈을 싫어하나니. 그리하여 그들의 작은 영혼들을 통하여 쏟아지는 모든 탐욕의 복 받침을. 그리하여 그들의 성마른 육체 위로 흘러내리는 굼뜬 누설을. 얼마나 쩨쩨한고 그건 모두! 그리하여 언제나 나 자신한테 토로하면서. 그리하여 언제나 콧노래를 계속 훙얼거리면서. 나는 당신이 최고로 고상한 마차를 지닌, 온통 뻔적 뻔적하고 있는 줄로 생각했어요. 당신은 한 시골뜨기(호박)일 뿐이나니.[7] 나는 당신이 만사 중에 위인으로 생각했어요. 죄상에 있어서나 영광에 있어서나. 당신은 단지 한 미약자일 뿐이로다. 가정! 나의 친정 사람들은 내가 아는 한 그곳 외월外越의 그들 따위가 아니었도다. 대담하고 고약하고 흐린 대도 불구하고 그들은 비난받는지라, 해마여파海魔女婆들, 천만에! 뿐만 아니라 그들의 황량소음荒凉騷音 속의 우리들의 황량무荒凉舞에도 불구하고 그렇지 않도다. 나는 그들 사이에 나 자신을 볼 수 있나니, 전신全新(알라루비아)의 복미인複美人(플추라벨)을.[8] 얼마나 그녀는 멋있었던고, 야생의 아미지아,[9] 그때 그녀는 나의 다른 가슴에 붙들려 했는지라! 그런데 그녀가 섬뜩한 존재라니, 건방진 니루나여,[10] 그녀는 나의 최 고유의 머리카락으로부터 낚아채려 할지라! 왠고하니 그들은 폭풍연然하기에. 황하黃河여![11] 하황河黃이여! 그리하여 우리들의 부르짖음의 충돌이여, 우리들이 껑충 뛰어 자유롭게 될 때까지. 비미풍飛微風, 사람들은 말하는지라, 당신의 이름을 결코 상관하지 말라고! 그러나 나는 여기 있는 모든 것을 염실厭失하고 있나니 그리고 모든 걸 나는 혐오 하는도다. 나의 고독 속에 고실孤失하게. 그들의 잘못에도 불구하고. 나는 떠나고 있도다. 오 쓰디 쓴 종말이여! 나는 모두들 일어나기 전에 살며시 사라질지라. 그들은 결코 보지 못할지니. 알지도 못하고. 뿐만 아니라 나를 아쉬워하지도 않고.

그리하여 세월은 오래고 오랜 슬프고 오래고 슬프고 지쳐 나는 그대에게 되돌아가나니, 나의 냉부冷父, 나의 냉광부冷狂父, 나의 차갑고 미친 공화恐火의 아비에게로, 마침내 그의 단척안單尺眼의 근시가, 그것의 수數마일 및 기幾마일(the moyles and moyles),[1] 단조신음하면서, 나로 하여금 해침니(seasilt) 염鹽멀미나게(saltsick)[2] 하는지라 그리하여 나는 돌진하나니, 나의 유일한, 당신의 양팔 속으로, 나는 그들이 솟는 것을 보는도다! 저들 삼중공의 갈퀴 창[3]으로부터 나를 구할지라! 둘 더하기, 하나 둘 더 순간 더하기.[4] 고로. 안녕 이브리비아.[5] 나의 잎들이 나로부터 부이浮離했나니. 모두. 그러나 한 잎이 아직 매달려 있도다. 나는 그걸 몸에 지닐지라. 내게 상기시키기 위해. 리(피)! 너무나 부드러운 이 아침, 우리들의 것. 그래요. 나를 실어 나를지라, 아빠여, 당신이 소꿉질을 통해 했던 것처럼! 만일 내가 방금 그가 나를 아래로 나르는 것을 본다면 하얗게 편 날개 아래로 그가 방주천사方舟天使 출신이 듯이.[6] 나는 사침思沈하나니 나는 그의 발 위에 넘어져 죽으리라. 겸허하여 벙어리 되게,[7] 단지 각세覺洗하기 위해,[8] 그래요, 조시潮時. 저기 있는지라. 첫 째. 우리는 풀(草)을 통과하고 조용히 수풀로. 쉬! 한 마리 갈매기. 갈매기들. 먼 부르짖음, 다가오면서, 멀리! 여기 끝일지라. 우리를 이어, 핀, 다시(again)! 가질지라. 그러나 그대 부드럽게, 기억수(水)할지라(mememormee)![9] 수천송년數千送年까지. 들을지니. 열쇠. 주어버린 채! 한 길[10] 한 외로운 한 마지막 한 사랑 받는 한 기다란 그

파리,
1922—1939.

[626] 그러나 ALP는 그 동안 파도처럼 찰싹 찰싹 오랫동안 이야기했나니. 이제 그녀는 HCE를 떠나야 한다.

[627] 이제 ALP는 떠나가야 할 시간이나니, 왜냐하면 HCE는 재삼 변했기 때문이다.

[628] 조이스 왈 "이 말("the")의 무세無勢의 미약성은 〈율리시스〉, 〈나우시카〉 장의 문체", 즉 "감상적인, 잼 같은 마말레이드의 유연한"(namby—pamby jamby marmaldy draversy style)을 상기시키거니와, 이는 바로 낮의 세계와 그것의 의식적 직관의 귀환을 나타내는 정관사성定冠詞性(한정성)(definiteness) 바로 그것이다.

파리,
1922—1939. *
로스(Rose)와 오한론(O'Hanlon), 두 서지 학자들은 〈경야〉 최후의 페이지의 마지막 문단과 "파리 1922—1939"연차年差 사이의 커다란 공간은 대기의 습기濕氣를 상징함과 아울러, 〈율리시스〉에서 "이타카"장(사실상의 작품의 종말)의 검은 방점(傍點)(dot)(●), 즉 또 다른 잠의 상징이요, 바다 오리의 알(roc's egg)을 반영한다고 지적한다. 이는 조이스의 다음과 같은 〈진행 중의 작품〉의 교정 지시에 근거한 듯하다. 그들이 지적한 바, "장소와 날짜를, 내가 지적한 것보다 훨씬 아래쪽으로 인쇄하기를 바라오."[Gordon 저 〈경야, 이야기 개요〉, Rose & O'Hanlon 328—329참조.]

복원된 피네간의 경야

제II권

노트

어둠이 깃든 〈피네간의 경야〉의 밤

^{복원된}

복원된 피네간의 경야의 노트
(Notes to the restored Finnegans Wake)

현대문학의 백미요, 산문시의 극치라 할 복원판 〈피네간의 경야〉(Finnegans Wake)의 인유와 노트.

〈피네간의 경야〉의 새 비평 판에 의한 안내: 인간의 탄생과 죽음, 죄 및 구제의 주제들을 담은 대 알레고리.

역자 후기

조이스의 최후의 작품인 〈피네간의 경야〉는 그의 〈율리시스〉가 낮의 걸작이듯이, 밤의 그것이다. 이는 비범한 수행遂行이요, 전全 서구 문학 전통의 축소된 형태로의 보기 드문 전사傳寫이다. 이 지고의 언어적 예술 기교(artistic virtuosity)는 인간의 성성(sexuality)과 꿈의 어두운 지하 세계를 총괄한다. 아일랜드의 저명한 학자요 〈경야〉 텍스트의 편찬자인, 시머스 딘(Seamus Deane) 교수는 "〈경야〉야 말로 20세기의 가장 탁월한 작품들 중의 하나로 남으리라"기록한다.

여기 본 역자는 지난 근 40여 년(1973-2017) 이상을 조이스의 〈경야〉 연구와 번역을 위해 분골쇄신 작업해 왔다. 이 책에 수록된 노트들과 인유들의 숫자는 근 17,000여 항에 달하는지라, 이는 〈율리시스〉에서 손턴(Thornton) 교수의 〈율리시스 인유〉(Allusions in Ulysses)와, 또 다른 노작 돈 기포드(Don Gifford) 저의 〈주석을 단 율리시스〉(Ulysses Annotated)의 작업에 여러 배가 넘는 노동의 지불이라 함은 지나친 자찬일까!

본 역자는 이 댓가를 〈경야〉의 본문 소개에 담아 그 진가를 살 의도였으나, 그 엄청난 분량을 감당하기 힘들고, 수중에 들고 이용하기에 너무나 불편한지라, 여기 마치 사전(dictionary)처럼 원본의 자매본(companion book)으로 이용하도록 배려했다. 여기 저자의 〈피네간의 경야 노트〉는 본래 R. 맥휴 교수 저의 〈피네간의 경야 주해〉(Annotations to Finnegans Wake)의 것이었으니, 그 속의 여타 지식을 배제하여, 노트만을 추려내어 별본으로 제작함으로써 (너무 무거운지라), 독자의 편리를 제공하려는 것이다.

따라서, 이곳에 수록된 지식들은 대부분, 앞서 학자들의 것임을 밝히는 바, 그 속에 담긴, 주로 셰익스피어, 단테, 그리고 파우스트, 즉 조이스의 축약 어인 "피수자彼鬚者(Shakhisbeard)(177.32)"의 것임을, 그리고 "전 서구 문학의 축소판"임을 재삼 얘기하는 바이다.

여기 역자는 독자나 연구자가 이 지식의 집약본을 중량 있게 그리고 편리하게 이용함으로써 조이스 문학의 전파를 용이하게 수행하기를 그리고 파종하기를 애절히 바라마지 않는다. 그것이 평생을 헌납한 노령의 탐닉이요, 머리 속에 쌓인 만상萬象의 부담을 푸는 길임을 독자에게 겸허히 고백하는 바이다.

창 밖에 한창 핀 코스모스가 가을바람에 그 미려한 자태를 간들간들 흔들고 있다. 필자의 머리(그것 자체가 소小 우주요, 작은 코스모스이거니와) 속에 쌓인 적하積荷의 짐을 풀어주기 바란다.

주석

• I부 - 1장 •

피네간의 추락 (p.003-029)

(3)

1) 강은 달리나니(riverrun): 여기 강은 리피 강으로, 더블린의 중심을 관류하며, 여주인공 아나 리비아 플루라벨(Anna Livia Plurabelle) 및 요정을 암시한다. 작품의 제8장인 Anna Livia PLurabelle에서 명시되다시피, 리피 강은 Every—river이다. 또한 생명(Life)은 리피의 옛 형태요, 〈경야〉에서 life, live, alive, living은 Anna Livia와 리피의 명칭을 나타낸다. 그리하여 이는 또한 river. water, 또는 whiskey가 된다.

2) 이브와 아담의 성당(Eve and Adam's): 더블린의 리피 강 좌안, Merchant's 부두 상류, Four Court(대법원) 맞은편에 위치한 Franciscan 성당이다. 여기 Eve and Adam's의 역순逆順은 비코의 순환을, 작품 말의 구절과의 순환적 연결을 암시한다. 〈경야〉에서 추락의 주제가 작품에서 옴. 경, 탑, 도시 혹은 정치인의 모든 추락을 암암리에 들어낼지라도, 〈성서〉,의 에덴동산에서의 우리들의 최초의 양친의 추락을 재화再話하지는 않는다. 그리고 부활(resurrection)의 주제는 모든 일어남의 전후에 분명하다. 이는 또한 Adam and Eve's 주막(masshouse)으로서(U 564), 식사(mass)와 미사(Mass)가 은밀히 행해지는 데, 여기 작품에서 생명과 기억의 강은 아일랜드의 과거 속으로 되돌아 흐르는 곳이다.

3) 넓은(commodius) Licius Aelius Aurelius Commodius: 로마의 제왕(기원 161—192).

4) 비코 촌도(村道)(vicus): (L) vicus이기도: 마을(village)의 뜻. 더블린 외곽의 비코 가도는 Bray 마을로 향하는 반원형으로 이루어진 해안도로로, 〈율리시스〉의 〈네스토르〉장에서 디지(Deasy) 교장은 스티븐에게 이 길을 따라 더블린으로 연합정치(the union)에 찬성투표를 위해 말을 타고 나아가는 John Blackwood 경에 대해 언급한다. (U 26)(나그네는 오늘도 버스로 그 위를 달릴 수 있다).

5) 호우드 성(Howth Castle—또는 Hill): 〈경야〉의 주인공 HCE를 상징한다. 호우드 언덕의 꼭대기(Ben of Howth—여기 Ben은 게일어로 꼭대기란 뜻, 〈율리시스〉 〈키크롭스〉 장말 참조)에는 고대의 캐론(cairn—원추형의 돌무더기로, 현존한다), 이는 아일랜드의 전설에 따르면, 애란 신화의 페니언(Fenian)의 환環 속의 한 위대한 용사, 즉 핀 맥쿨(Finn MacCool)의 머리로 믿어진다. 호우드 언덕은 동쪽에, 피닉스(Phoenix) 공원은 서쪽에, 각각 위치한다. 팀 피네간은 머리를 호우드 헤드에 기대고, 발을 피닉스 공원에 묻으며, 수도 더블린 시내를 그의 배를 깔고 누워 있다. 이러한 작품의 지지地誌(topography)는 〈율리시스〉에도 마찬가지로, 더블린 중심부를 흐르는 리피 강은 몰리 블룸의 중심 소화관이요, 남북을 가르는 더블린 시내는 그녀의 양 둔부에 해당한다. 또한 피닉스 공원의 중앙도로로 양분되는 지형은 HCE의 양 둔부이기도 한다.(후출) 호우드 성과 그 주원周圓은 1177년 이래 St. Lawrence 가문의 지배하에 있었다. (지금까지도?). (또한 후터 백작과 Grace O'Malley, 프랜퀸의 이야기의 세팅이기도). 성 옆에 있는 트리스트람 나무(Tree)(Fritz Senn 교수는 C. L. Adams[London, 1904] 〈아일랜드의 성들〉(The Castles of Ireland)에서 발견 한 바, 이 성의 정원 근처에 트리스트람 나무로 알려진 오랜 느릅나무가 조심스럽게 버팀 되고 서 있다는 것이다. 일설에 의하면 이 나무는 가족의 남성 일원의 죽음과 함께 큰 가지 하나가 말라죽었다 한다. 또한 조이스에 의하면, 호우드 성의 영지 안에 아일랜드에서 가장 오래된 느릅나무가 서 있었다(〈서간문〉, III, 309 참조). 호우드(덴마크 식민 자들의 발음)는 심지어 〈율리시스〉에서도 '살아있는'존재이다—호우드는 기나긴 나날로, 얌얌 만병초꽃으로 지친 채, 잠을 위해 안착했는지라(그는 늙었다) 그리고 밤 미풍이 일며, 그의 고사리 머리털을 휘날리는 것을 기꺼이 감촉했다. 그는 누었으나 잠들지 않은 채 한 쪽 붉은 눈을 떴다. 깊게 천천히 숨 쉬면서, 졸리는 듯 그러나 눈을 뜨고…(U 13) 그 옛날 호우드 언덕의 만병초꽃, 헤더와 고사리 숲 아래에서 블룸은 몰리를 임신시켜 딸 밀리(Milly)를 얻었다(U 144). 그것은 또한 마텔로 탑에서 보면 잠자는 고래의 코 마냥(like the snout of s sleeping whale)(U 7), 그 자태가 바다 너머 아련하다.

6) 사랑의 재사才士, 트리스트럼 경(Sir 트리스트람, violer d'amores): 일명 트리스탄으로서, Sir Amory 트리스트람은 Armorica(브리타니) 출신. 그는 아일랜드의 노르만 정복자들 중의 하나요, 호우드 성의 St Lawrence 가족의 창시다. 트리스탄은 콘월의 마크 왕의 조카요, 아일랜드의 이솔드(Isolde)의 애인. 트리스탄의 이야기는 바그너의 〈트리스탄과 이슬트〉(Tristram and Iseult)의 오페라 속에 가장 잘 알려져 있

거니와, 〈경야〉를 위하여 베디에(Bedier)의 〈트리스탄과 이슬트의 낭만〉(The Romance of Tristan and Iseult)은 먼 옛날의 가장 중요한 전거典據로, 그것 없이는 작품을 거의 완전하게 이해될 수 없을 정도로 중요하다. 전설적 트리스탄은 브리타니에서 젊음을 보냈고, 콘월로 그리고 거기서 자신의 숙부인 마크 왕을 위하여 이솔드(Isolde)를 기다리려 채프리조드로 되돌아 왔었다.

7) 반도半島의 고전孤戰(Peninsular War): 나폴레옹 전쟁의 암시. 호우드 언덕은 일종의 반도이다.

8) 소小 유럽의 험준한 수곡首谷(the scraggy isthmus of Europe Minor): (1)Europe Minor: 아일랜드 (2)isthmus: Sutton의 Isthmus: 호우드 언덕과 본토를 영결하는 물목.

9) 차안此岸의 북 아모리카(North Armorica)(브리타니): 영국 해협과 프랑스 서북부의 반도. 이는 아일랜드의 트리스트람과 이슬트(Iseult)의 사랑과 죽음의 장소이다. 그것은 또한 브리타니의 이슬트의 두 번째 및 그녀의 보다 젊은 트리스트람과의 불건전하고, 성공을 이루지 못한 결혼을 위한 현장이었다.

10) 아직 도착하지 않았나니(rearrived): (1)rearrived 이 단어의 암시성에 주의할지니, 조이스는 비코의 환의 과정에서 그가 만사는 이전에 일어났거나, 다시 일어날 찰나에 있음을 암시한다. (2)Reverend…. 씨, 각하(나리) (3)〈경야〉의 마지막 단어인 'the'와 연결되기도: The Reverend.

11) 오코네의 흐르는(the stream Oconee): 아메리카(미국)의 Georgia 주의 Laurens 군(카운티)을 통하여 흐르는 Oconee라는 유천이 있으니: (Dublin, Laurens Co. Georgia) 여기 더블린은 어떤 더블린인인 Peter Sawyer에 의하여 Oconee 강상에 건립되었다.

12) 톱소야(정頂톱장이)의 암전岩錢(topsawyer's rocks): 마크 트웨인(Twain): 아일랜드 출신 미국의 작가인 Samuel Langhorne의 필명, 그의 작품들인 Huckleberry Finn, Innocents Abroad, The Prince and the Pauper는 〈경야〉에 자주 언급되고, 마지막 작품은 마치 쌍둥이처럼 그들의 역할을 서로 교환하는 꼬마 형제들에 관한 이야기로, 〈경야〉의 형제들인 솀과 숀으로 유사하다. 흥미 있는 사실은 Langhorne은 그의 아내를 리비(Livy)로 불렀다 한다.

13) 감주수甘酒數(mumper: 감미로운 맥주로서 doubling mum은 과수정過受精(Superfetation)의 주제를 소개하는 바, 이는 하나의 세계가 다른 세계로 잠복하는 주제요, 〈경야〉의 주력呪力(다이나미즘)에 커다란 열쇠 역이 된다. 감주수甘酒數(Mumper)란 말에서 Mum이란 아메리카의 발견의 해인 1492년에 처음으로 빚은 달콤한 강주强酒인데, 여기 HCE 자신은 맥주로서 동일시된다. 그는 자신의 주막에서 맥주를 판매하고 대접할 뿐만 아니라, 그이 자신이 맥주를 마시는, 그의 존재이기도 하다.

14) 계속 배가倍加(더블린)하는(dublin all the time): 조지아 주, 더블린의 모토(표어)는 언제나 배가倍加하라(Dubling all the time)였다.

15) 원화(afire): 성 패트릭에 의하여 점화된 기독교의 성화.

16) 나 여기 나 여기(mishe mishe): (1)I am의 뜻으로 셰익스피어, Yahweh 및 Popeye, 이들은 모두 I am as I am이라 말했다. 게일의 부활 연설에서 James Stephens(조이스의 친구요 당대 작가)는 Mise, I am이라 사인(sign)했다 한다(Glasheen: 196 참조) (2)〈율리시스〉 제13장 말에서 블룸은 I AM A라 모래위에 갈겨 쓰는데, 그 함축된 의미가 다양하다(U 312).

17) 풀무하며 다변강풍多辯强風(bellowed): 사도의 풍언風言에 대한 신앙의 토탄화(peatfire)에 대한 응답.

18) 패트릭을 토탄세례土炭洗禮(tauftauf): tauf: (1)(G)baptise (2)바트 and 타프 (3)T. S 엘리엇이 자주 인용했다는, 미국의 고시古詩 My Name is Tough의 인유.

19) 사슴고기(녹육鹿肉)(venissoon): 사슴고기 조달자인 야곱은 에서에게 주려고 축복을 받았다.

20) 피의요술사羊皮妖術師 파넬이 얼빠진 늙은 아이작을 축출하지 않았으니(a kidscad buttened a bland old Isaac): (1)scad: 요술. (2)소년으로서 파넬은 butthead라 불리었다. (3)파넬은 이삭 바트를 지도권에서 축출했다.

21) 베네사(Vanessa) 사랑의 유희에 있어서 모두 공평하였으나, 이들 쌍둥이 에스터(Esther) 자매가 둘 혹은 하나의 나단조(Nathanjoe)(all's fair in vanessy, were sosie sesthers wroth with twone Nathandjoe): (1)스위프트의 자매 연인들인 스텔라와 바네사는 에스터(Esther)란 그들의 성을 공유했다. (2)Jonathan: 수석 사제요, 해학 문학(그의 〈걸리버 여행기〉는 해학 문학의 백미)의 거장이며, 조이스에게 예이츠 및 와일드와 함께, 지대한 영향을 끼친 3대 아일랜드 작가들 중의 하나인 조나단 스위프트. 이들은 조이스 문학 전 영역에 무수히 출몰 한다(스위프트, 예이츠 및 조이스는 오늘날 그들의 초상이 아일랜드 지폐에 각인되어 있다) (3)Mosenthal의 Deborah에서 Abraham의 아들 나단(U 62).

22) 맥아주酒 한 홉 마저도 젬(Jhem) 또는 센(Shen)으로 하여금 호등弧燈으로 발효하게(a peck of pa'-s malt···brewed): 노래 가사의 패러디: Willie Brewed a Peck O'Malt.

23) 눈썹 무지개의 붉은 동쪽 끝이 바다 위에 반지마냥 보였을지라.(rory end to the regginbrow was to be seen ringsome on the aquaface): (1)무지개 끝에는 이슬이 맺혀 있고 붉은 색이다 (2)(앵글로—아이리시) 격언: 거짓말 하는 자에게 피의 종말(bloody end to the lie): 허언 금지.

24) 바바번개개가라노가미나리리우우뢰콘브천천등등너론투뇌뇌천오바아호나나운스카운벼벼락락후후던우우크!: 천둥소리: (힌두어) karak(희랍어) brontao(프랑스어) tonnerre(이태리어) tuono(스웨덴어) aska(포르투갈어) trovao(고대 루마니아어) tun(덴마크어) tordenen 등: 작품 중 모두 10개의 천둥소리가 들리고, 각 100개의 철자로 되지만, 최후의 것은 101개이다.

25) 벽가壁街(wallstrait): 뉴욕의 벽가

26) 노부老父(oldparr): 음란으로 비난 받던 영국의 100세 노인.

27) 기독교도의 음유시인(christian minstrelsy): Christy Minstrels: 크리스티 악단(흑인으로 분장하여 흑인의 노래를 부르는).

28) 견실남堅實男(solid man): The Solid Man: 더블린의 음악당 연주자인 W. J Asheroft의 별명.

29) 기피자欺彼者 자신의 육봉肉峰 같은 구두丘頭(humtyhillhead of humself): Humpty Dumpty(땅딸보): 이어위커. 만일 호우드 언덕이 잠자는 거인(피네간)의 머리라면, 그의 발은 피닉스 공원에 고추 서 있다. 호우드 Head(Ben)에 있는 고대 캐룬(cairn—원추형 돌무더기)은 애란 신화의 Fenian의 환속의 한 위대한 용사, 즉 Finn MacCool의 머리로 믿어진다.

30) 위쪽통행료징수문(Upturnpikepointandplace): 채프리조드에 있는 피닉스 공원 출입문 턴파이크(turnpike).

31) 노크 언덕(the knock): Castleknock: 피닉스 공원의 서쪽에 위치한다.

32) 오렌지 당원들이 더블린의 리피(livvy) 강을 애초에 사랑한 이래 녹원綠原: (녹초—oranges···upon the green): Orange: 최초로 먹은 과일이란 어원을 지닌 오렌지에 대한 바스크(Basque)(스페인 산악지대)의 말. Green은 Orange와 마찬가지로 도당의 이름이기도.

(4)

1) 석화신石花神(굴신) 대 어신魚神(oystrygods gaggin fishygods): 〈율리시스〉의 구절: 던드럼의 어신들(fishgods of Dundrum) 참조. (U 13)

2) 내 뜻 네 뜻 격돌의 현장 이람!(What clashes here of wills gen wonts): 기원전 451년의 Catalaunian Fields의 전투를 상기시킴, 당시 Ostrogoths 족은 Aetius 및 Visigoths에 의해 패배 당함.

3) 브렉케크 개골 개골 개골! 코옥쓰 코옥쓰 코옥쓰!: Aristophanes(아테네의 시인, 희극 작가, 기원전 448—380)의 희곡, 〈개구리〉(The Frogs)의 구절의 패러디: Brekekekex koax koax: Hades(황천)의 개구리 귀신들의 합창.

4) 그들의 가정과 사원들을 절멸하고(mathmaster Malacgus Micgranes): (1)노래 가사의 패러디: Master Magrath) (2)malchus: 일종의 칼(sword) (3)Malachi 멀리건: 〈율리시스〉에 등장하는 스티븐 데덜러스의 익살꾼 친구 멀리건, 그의 원형은 Oliver Gogarty.

5) 혹족들(the Verdons): (1)Vernon family는 가상컨대 브라이안 보루의 칼을 소유했다 (2)Verdun 전투 (3)verdun: 일종의 창(lance).

6) 머리에 두건 쓴 백의대白衣隊(Whoyteboyce of Hoodie Head): (1)백의대(Whiteboys): 18세기 아일랜드의 폭도들(insurrectionists) (2)hoodie: 두건 쓴 까마귀(hooded crow) (3)호우드 구두丘頭.

7) 환기換氣의 무슨 붕괴인고!(cashels aired): 공중누각(castles in air).

8) 무슨 가짜 딸꾹질 야곱의···그들의 간초모건乾草毛를 바라는 무슨 진짜 느낌을!(What true feeing···hayair with what strawbg···of false jiccup): (1)〈창세기〉 이삭에 대한 야곱의 사기 (2)노래 가사의 인

유: 제국 출신의 철사 같은 머리카락이 있었으니(There's Hair Like Wire Coming out of the Empire). 여기 hayfoot 및 strawfoot는 본래 아일랜드의 무식한 농민 출신 군인들의 훈련 행진 구호로서, 오른 발, 왼 발의 뜻이다. 〈초상〉 제1장에서 스티븐이 학교 의무실로 걸어 갈 때 선생은 그를 조롱하여 이 같은 구호를 외친다.

9) 천국이…부채질하여 다리 놓았던고!(how hath fanespanned…heaven…!): 나의 손이 하늘에 폈나니…(my right hand hath spanned the heavens)

10) 이슬트여? 정말 그대 확실한고?(But waz iz! Iseult!): 바그너(바그너)의 트리스탄이 부르는 첫 가사들: Was ist? Isolde?

11) 그들은 토탄 속에 모두 넘어졌나니 그러나 재(灰) 쌓인 곳에 느릅나무 솟는도다. (The oaks of ald now they lie in the peat yet elms leap where akes lay): 북구 신화에서 재(ash)(Aske)는 최초의 남자요, 느릅나무는 최초의 여인.

12) 비록 그대 남근男根 추락 했어도, 그대 재기再起해야 하나니(Phall if you but will, rise you must): Macpherson(Ossian 시의 스코틀랜드 번역자) 저의 〈핀갈〉(Fingal) II.52의 패러디: If fall I must, my tomb shall rise.

13) 동량지재棟梁之材 피네간: 입센 저의 〈건축 청부업자〉(The Master Builder)의 인유. (1)free mason(자유의 벽돌공) (2)비밀 공제 조합원인 프리메이슨(Freemason).

14) 말더듬이: 파넬과 조이스 친구 작가 루이스 캐럴(Lewis Carroll)은 말을 더듬었다.

15) 자유인(프리메이슨): (G) Fremaurer는 freemason.

16) 여호수아 사사기師士記(joshuan judges): Joshua: 여호수아: 모세의 후계자 〈여호수아기〉 24.658 참조: 하느님은 모세의 시종이었던 여호수아를 모세의 뒤를 이어 이스라엘을 인도할 새 지도자로 지명하시고 위임 명령을 내리신다. 〈사사기〉(Judges): 〈사사기〉21.618: 모세가 죽은 후에 〈여호수아기〉와 마찬가지로, 〈사사기〉는 이스라엘의 구원 역사를 주도했던 인물이 죽은 후의 일들을 기록하고 있다.

17) 민수기民數記(numbers): 〈민수기〉 36.1268: 모세의 제5서 중 제4권.

18) 헬비티커스(Helviticus): Claude(1715—1771): 프랑스의 자유사상가(freethinker). 그의 저서 De l'esprit는 〈성서〉,를 조롱으로 다루었다.

19) 신명기申命記(deuteronomy): 〈신명기〉 34.959: 그의 말씀의 대부분은 모세에 의하여 이스라엘 백성에게 증언 되었다.

20) 욕조 속에 자신의 머리(his tete in a tub): 스위프트 작 〈터무니없는 이야기〉(Tale of a Tub)의 인유.

21) 모세의 권능에 의하여(by the might of moses): 모세는 〈모세5경〉(Pentateuch)을 썼다.

22) 창세맥주創世麥酒(guenneses): Genesis(창세기—성서)+Guinness(맥주).

23) 출애굽기(exodus): 〈구약 성서〉의 두 번째 장(40장1232절): 이스라엘 국민들의 이집트 탈출.

24) 주수酒水 젖은 남근자男根者(pentschanjeuchy): (1)Pentateuch: 모세5경(〈구약성서〉의 첫5편) (2) Pinch & Judy: 익살스러운 영국의 인형극 주인공 Punch는 매부리코에 꼽추로 아이와 아내 Judy를 죽이고 끝내는 교수형을 당함) (G)panschen: mix(water and wine).

이 나무통 운반 신공神工(this man of hod):

(1)노래 피네간의 경야의 가사에서: 팀 피네간은 워커 거리에 살았대요, 한 아일랜드의 신사, 힘이 센 자투리. 그는 작은 신발을 신었는지라, 그토록 말끔하고 예쁜, 그리고 출세하기 위해, 팀은 한 개의 호두(나무통)를 지녔대요. 그러나 팀은 일종의 술버릇이 있었나니. 술의 사랑과 함께 팀은 태어났대요, 그리하여 매일 자신의 일을 돕기 위해, 그놈의 한 방울을 마셨나니 매일 아침. (2)man of God: 모세 〈민수기〉 33:1.

26) 황하(Soangso): 중국의 강 이름(Hwan—ho)의 인유.

27) 사랑스러운 애처 애니녀女(liddle phifie Annie): (1)〈이상한 나라의 엘리스〉(Alice in Wonderland)에서 캐럴의 모델 (2)ALP

28) 마른 갈초渴草로 그녀의 작은 음소陰所를 감추도다(Wither hayre in honds up your part in her): tuck up your part: 〈피네간의 경야〉 노래의 후렴의 인유: Dance to your partner.

29) 수지樹脂 공 같은(balbulous): (1)(L)balbulus: 말더듬이의 (2)Balbus: 벽을 쌓은 로마인(<초상> 제1장 참조).

30) 머리에 주교관을(mithre ahead): Arius(그리스도의 신성을 부인한 그리스의 신학자)의 암시(<율리시스> 제3장 스티븐의 독백 참조(U 32)

31) 동양의(H) 유아(C) 군주(E)(Haroun Childeric Eggeberth): (1)Here Comes Everbody(HCE: H. C 이어위커): Haroun—all—Raschid: <아라비안나이트>(Arabian Nights)에 나오는 바그다드의 후계자(caliph).

32) 측정하곤 했나니(caligulate): Caligula: 로마황제.

33) 벽가壁價의 마천루(a waalworth of a skyerscape): 뉴욕 시의 Woolworth Building의 암시.

34) 전탑적全塔的으로 최고안最高眼의(most eyeful hoyth entowerly): (1)Eiffel Tower의 암시 (2) hoyth: 호우드 언덕의 암시.

(5)

1) 도도한고승건축걸작물의(hierarchitectitiptitoploftical): 이 기다란 경야어經夜語는 hierachy(고승)+architect(건축)+tipsy(기울어진)+toplofty(꼭대기 높은)의 합성어로서 높은 벽을 의미한다.

2) 본문의 한 원문 구절인 즉: Of the first was he to bare arms and a name: Wassaily Booslaeugh of Riesengeborg. His crest of huroldry, in vert with ancillars, troublant, argent, a hegoak poursuivant, horrid, horned. His scutschum fessed, with archers strung, helio, of the second. Hootch is for husbandman handling his hoe. hohohoho, Mister Finn, you're going to be Mister Finnegan! Comeday morm and, O, you're vine! Sendday's eve and, O, you're vinegar! Hahahaha, Mister Finn, you're going to be fined again!(FW 5. 5—12) bare는 <햄릿> 5막1장29행의'[Adam] was the first that ever bore arms.'의 글귀 인유. Wassaily Booslaeugh: Vasily Buslaey, 즉 Novgorod의 민요에 나오는 영웅의 이름. laoch는 아일랜드어의 용사의 뜻. Riesengebirge는 Sudetic의 산 이름, Riesen는 독일어의 giant. huroldry에서 독일어의 Hure: whore. vert(문장학): green. ancillars: ancilla: (라틴어) 하녀. argent(문장학): 은(silver). hegoat: he—goat(수사슴). Poursuivant: 문장국의 관리, pursuing(추종하는). scutschurn: escutcheon: 가문(家紋)이 붙은 방패. fess: 중대(中帶)(방패꼴 무늬 바탕 중앙의 가로 띠). archer: 사수, 궁술가. herio(희랍어): the sun. of the second: 두 수평선에 둘러싸인(문장 용어[紋章用語]). Hootch: (미국 속어) 초가집, 주거, 강주(强酒). husbandman: (농업) 전문가, 경작인. Comeday: come+morn+day. Sendday: send+day+Sunday. fined: fine(벌금 물다), Finn.

3) 입방가옥立方家屋(cubehouse): 카바(Kaaba): 아라비아의 Mecca의 Great Mosequ'e에 있으며 이슬람교에서 가장 신성한 신전.

4) 아라 바타스 산(Arafata Hill): 메카(Mecca)(사우디아라비아의 도시, 마호메트의 탄생지) 근처의 언덕으로, 순례자들의 방문지.

5) 천국으로부터 여태껏 투낙하投落下된 백석白石을 흑욕黑慾하는, 불사不死의 모슬렘교도의 저 초라한 코러스를(that shebby choruysh of unkalified muzzlenimiissilehims that would blackguardise the whitestone ever jurtle turtled out od heaven): Mecca에 있는 흑석(Black Stone)은 천국에서 내려올 당시는 백석이었으나, 지상에 내려와 죄에 의하여 흑색으로 변했다.

6) 무슨 시간에 우리가 기상起床하든 그리고 우리가 언제 이쑤시개를 잡든 그리고 우리가 피침대皮寢臺 위에…그리고 별들의 소멸시(消滅時)든 간에!(what time we rise and when we take up to toothmick…): 하루에 5차례에 걸친 마호메트의 기도: 일몰 직후, 야몰夜沒, 새벽, 정오 직후 및 오후 중간에. aakghapxxm는 이쑤시개를 사용했다 한다.

7) 이웃 예언 신에 대한 한갓 수긍首肯은 성인신聖人神에게 윙크하기보다 낫기 때문이라(For a nod to the nabir is better than wink to the wabsanti): (격언) 눈먼 말에게는 고개 끄덕임은 윙크보다 못하지 않다(A nod is as good as a wink to a blind horse)의 인유.

8) 천일화千一話(one thousand and one stories): <아라비안나이트의 향연>(Arabian Night's

Entertainments)의 인유.

9) 말버러(mecklenburg): (1)Mecklenburg St: 더블린 소재의 거리 명(사창가로 〈율리시스〉 밤의 환각 현장 참조) (2)더블린의 Marlborough Barracks.

10) 네 개의 오래된 흡수공吸水孔(fore old porecourts): The Four Courts: 더블린의 대법원 건물.

(6)

1) 12침탑針塔(The Twelve Pins): Galway의 산들

2) 그의 마을의 타고난 롬방房지기 아이들(his ville's indigenous romekeeper): 더블린의 〈병자 및 원주민 방지기 협회〉(Sick & Indigent Roomkeepers Society)의 암시.

3) 그는 가사假死했는지라!(he was dud): (1)어느 경조警朝 필(피네간)은 만취락滿醉落했도다. 그의 호우드 구두丘頭가 중감重感이라. 그의 벽돌 몸통이 과연 흔들였도다(wan warning Phill filt full. His howd feelrd heavy, his hoddit did shake): (2)(거기 물론 발기勃起의 벽 있었으니) 쿵! 그는 후반後半사다리로부터 낙사落死했도다. 댐! 그는 가사假死했도다!(There was a wall of course in erection) Dinb! he was dud): 이들 구절들은 아래 〈경야〉 가요의 구절의 패러디이다:

어느 아침 팀은 속이 거북했나니,

머리가 무겁고 그를 건들거리게 했대요.

그는 사다리에서 떨어져 두개골이 깨졌으니,

고로 모두들 그를 날았는지라, 그의 시체를 경야로,

모두들 그를 말끔하고 깔끔한 천으로 묶었대요.

그리고 그를 침대 위에 눕혔는지라,

발치에는 한 갤런의 위스키를

그리고 머리맡에는 한 통의 맥주를.

4) 석실분묘(mastabadromm): 돌로 된 고대 이집트의 미라 석실 분묘를 가리킨다.

5) 단남單男 락혼樂婚할 때 그의 류트(현기絃器)는 장탄長歎이라(when a mon merries his lute is all long): (노래의 가사의 인유) 바늘과 핀, 담요와 정강이, 남자가 결혼하면, 그의 슬픔이 시작하도다(Needles and pins, blankets and shins, when a man is married his sorrow begins).

6) 그대는 왜 사행死行했는고?(Whyi deed ye diie?): (노래의 인유) Pretty Molly Brannigan 작: 아아, 그대가 나 주위에서 울고 있음을 내가 들을 때, 왜 그대는 죽었는고?(When I hear yiz crying round me, Arrah why did ye die?)

7) 피네간의 크리스마스 경야 케이크에 맹세코(Fillagain's chrissormiss wake): (노래 제목) 후리간의 크리스마스 케이크(Hooligan's Christmas Cake).

8) 연관하부煙管下夫들과 어부들과 집달리들과 현악사絃樂士들과 연예인들 또한 있었나니라(There was plumbs and grumes and cheriffs and citherers and Raiders and cinemen too): 앞서 후리간의 크리스마스 케이크의 구절의 패러디: 또한 거기 자두 및 말린 자두 및 체리, 건포도 및 씨 없는 건포도 및 시네몬도 있었나니라(There were plums & prunes & cherries, Raisins & currents & cinnamon).

9) 모두들 극성極聲의 환희에 종세鐘勢했도다(the all gianed in with the shoutmost shoviality): (노래) 피리 부는 필의 무도(Phil the Flute's Fall: they all joined in with the utmost joviality)의 내용 패러디.

10) 현란과 교란(Agog and magog): Gog & Magog, 전설적 거인들.

11) 한부훙부漢夫兇婦(Hanandhunigan): 중국의 한漢나라(Han) 왕조와 그들의 주적主敵인 훈족(Hun).

12) 프리엄 오림!(Priam Olim): (1)(노래) 브라이안 O'Linn (2)트로이의 Priam 왕.

13) 통침석桶寢石(pillowscone): (1)무덤 제작자 (2)야곱은 베개로 돌을 사용함(〈창세기〉 28:11) (3)스코틀랜

드의 수콘(Scone)에서 가져온 숙명석宿命石(戴冠石)(Coronation Stone).

14) 머리말에는 수레 가득한 기네스 창세주創世酒(a barrowload of guenesis hoer his haead): 〈피네간의 경야〉(가요)의 패러디(앞 주 (3)참조).

15) 총계 흥액주興液酒가 그를 비틀 만취 어리둥절하게 하나니, 오!(Tee the tootal of tehe fluid hang the twoddle of the fuddled, O!): 노래가사의 패러디: 피리 부는 필의 무도(Phil the Futer's Ball): 피리와 바이올린의 회음에 도취되어, 오(To the toot of the flute & the twiddle of fiddle, O).

16) 산[山] 격이라!(E Hum!): 풍경 속에 가로 드러누운 HCE의 기호(sigla).

17) 프리조드에서 베일리 등燈심지까지(From Shopalist to Bailywick): (1)채프리조드: 더블린의 북서쪽의 외곽 마을(이솔트의 고향: Isolde's chapter (2)호우드 Head의 Bailey 등대. Bailywick: 성벽 밑의 지역.

18) 회도灰都에서 주옥酒屋까지(ashtun to baronoath): (1)Ashtown: 피닉스 공원 근처의 마을 (2) baronoath: bar + 호우드.

19) 은행 둑에서 원두圓頭까지 또는 청구請丘 발밑에서 애란 안도眼島까지(from Buythebanks to Roundthehead): (1)Buythebank: 강둑 곁 (2)Round the head: 호우드는 원래 섬이었으나, Sutton 마을에 의해 육지와 접속되었다. (3)Bill: 육지의 돌출부에 적용된 이름 (4)ireglint's eye: Ireland's Eye: 호우드 근처의 작은 섬.

20) 그(h)는 고요히(c) 고장孤張한지라(e)(oboboes shall wail him): HCE의 지시, 본문 속에는 HCE를 암시하는, 이러한 류類의 표현들이 무수히 출몰한다.

(7)

1) 온통 생생하고(all the livvy): ALP 〈경야〉의 핵심 주제로서, 성찬 축제에서 총부(總父)(All Father)의 시체는 만모(萬母)(All Mother)에 의하여 만인에게 대접된다.

2) 오카리나!(Ocarina): 음악 기구

3) 피이터잭마틴(patterjackmartins): Peter, Jack & Martin: 스위프트의 〈터무니없는 이야기〉(Tale of a Tub)에 나오는 가톨릭, 앵글리칸 및 루터 성당들.

4) 다정茶情하고 거북 불결한 도倒블린(teary turty Taubling): 속담의 패러디: 다정하고 불결한 더블린 (Dear Dirty Dublin)(말의 주제).

5) 감사도感謝禱…오멘(Grace…Omen): (1)식전, 식후의 감사기도(빵과 포도주: 영성체, 최후의 만찬 등) (2)고로 청靑 계란을 모으고 위장을 위해 바구니를 건넬지라(So pool the beg and pass the kish for crawsake)(여기 Poolbeg는 Pigeon House의 방파제요 Kish는 한층 바깥의 등대인지라, 조이스의 기도는 더블린을 떠남을 함축한다)(Tindall 15 참조).

6) 케네디의(Kennedy's): 더블린의 빵 가게 이름.

7) 단 던넬 회사제의 술(Danu U'Dunnell's ale): Daniel O'Connell의 아들이 소유한 더블린의 피닉스 양조장의 술.

8) 백분白粉(flowerwhite): 성체(Eucharist)를 두고 하는 말.

9) 아가페 종파(Agapemones: 19세기 종교 단체

10) 뇌룡어형雷龍魚型(Brontoichthyan): thunder. ichthyan: fish: 즉 뇌룡어(雷龍魚). 우리는 〈성서〉,에 나오는 거대한 해수(海獸)(Leviathan)를 생각할지니, 그것의 살은, 베헤모드(Behemoth)의 하마(巨獸)의 살과 함께, 낙원(파라다이스)의 음식이다. 또한 그리스도의 물고기의 상징이라, 그의 살은 신자들의 음식이다.

11) 여기 지사志士 나리, 귀여운 자유녀와 잠자도다(Hic cubat edilis. Apud libertinam pasrvulam): (L) (here sleeps the edible magistrate with the little freed—girl).

12) 벤 호우드(헤더목木) 언덕 위에(Upon Benn Heather): 벤 호우드 위에 만병초 암 산양(On Ben Howth Rhododendrons a nanny goat): 호우드 언덕의 헤더 숲 속의 블룸과 몰리의 유년시 정사의 장면(U 144)의 연상: 갑작스러운 음률, 음, 운율은 그녀의 잠자는 파트너를 회상시킨다. (Tindall 35 참조)

13) 매거진 벽…만인에게 허락된…병구兵丘로다!(magazine wall…ollollowd ill): 피닉스 공원에 세워진 탄약고 벽(스위프트 작의 〈매거진의 풍자시〉(Epigram on the Magazine)의 주제). 이는 〈경야〉의 주요한 위치이다. 이는 웰링턴 기념비로부터 약간 떨어진 곳에 서 있었는데, 적의 침략을 두려워하여 옛 영주 저택(the old Manor House)의 위치에, 와턴(Wharton)에 의해 세워졌다.

14) 구름이 굴러 갈 때(when the clouds roll by): 노래의 가사에서: 구름이 굴러갈 때까지 기다릴지라(Wait Till the Clouds Roll By).

15) 재미여, 조감鳥鑑의 관광물觀光物이라(jamey, a proudseye view): 피네간의 추락은 HCE가 두 소녀들 및 세 군인들과 자신의 우행에 함몰되는 동일한 지역 위에 있다. 이 지점 위에 거기 현재 웰링턴의 기념에 헌납되는 박물관이 서 있다. 웰링턴은 HCE의 화신이다. 세 염탐하는 군인들은 텍스트의 다양한 부분들에서 다양한 이름들을 지닌다. 이 이름들은 영국의 한 두 제국주의의 전쟁들에 대한 암시들을 뜻한다. 웰링턴은 그의 나폴레옹과의 회전 전에 인도에서 복무했다. 여기 인도 병사인 Shimar Shin은 현재의 이야기의 종말에서 세 군인들 중의 하나로서 나타난다.

(8)

1) 짤깍!(Tip): 우리들의 워털루(벨기에 중부의 마을로, 1815년 나폴레옹의 패전지)의 여행을 통하여 짤깍(Tip)이란 말(마치 〈율리시스〉 〈사이렌〉장에서 장님 피아노 조율사의 지팡이 짚는 소리 Tap처럼)의 9번의 반복은 안내자나 역사가를 위한 pourboire(팁)이상의 것으로, 이는 쓰레기 더미(dump)를 상징한다. 고로 이는 박물관 자체요, 전쟁의 부스러기, 따라서 모든 찌꺼기인 〈경야〉 자체를 의미한다. 이는 또한 뒤이은 서술에서처럼, 〈경야〉를 통하여 HCE가 2층 방에서 그의 아내 곁에 잠잘 때 그의 창문을 노크하는 나무기지 소리를 듣는 꿈의 변용을 상징한다. 이 나무 가지는 어머니 자연의, 손가락의 마른 모습으로, 주의력을 환기시킨다. 이 말은 피닉스 공원의 패총(貝塚) 좌우에 식별되는 꼭대기란 의미가 있으나, 불명료하고, 캐이트가 쓰레기를 헤집는 위치들을 기록한다.

여기가 뮤즈 박물관으로 향하는 길(This the way to the museyroom): 여기 박물관의 언급은 전장(戰場) 자체이요, 그 곳의 한 쌍의 어린 암말들 및 나폴레옹의 연대 시녀들(filles du regiment)을 가리킨다. 이들 다기적(多岐的) 인물들은 공원 에피소드의 두 유혹녀들과 일치한다.

이 부분은 물론 HCE의 이야기의 반사(反射)로서, 후자의 추락(우행)은 피네간의 추락의 단지 변형이다. 고대의 거인을 도취하게 하는 화수(華水) 및 HCE를 도취하게 하는 두 처녀들은 영원한 강—여인 ALP의 변형된 모습이다. 이들은 〈경야〉를 통해 재현하거니와, 모두 이어위커의 가족인 아나, 이사벨, 솀, 숀 그리고 이어위커 자신의 변형처럼 보인다(FW 271. 5—6 참조) 여기 죄를 저지르는(수음하는?) 이어위커는 소변보는 (웰링턴 기념비의 한 쪽에서) 소녀들을 훔쳐보는 반면, 방귀 뀌는 세 군인들은 그를 염탐한다.

이 전체 구절은 영국의 많은 전쟁들에 대한 모호한 언급들로 충만 되며, 이들은 제국적帝國的 주제의 개요로서 간주되어야 한다. 인물들은 유동적이며, 단지 반쯤 드러나기도 하지만, 한결같이 웰링턴, 나폴레옹, 워털루 전쟁의 다른 영웅들을 암시한다. Belchum은 벨지움(Belgium)의 암시요, 이 나라에 워털루가 위치한다.

2) 펠로폰네소 전쟁(Peloponnesian War): 기원전 431—405

3) 골로우거허의 논쟁(Gallawghurs argaumunt): 웰링턴의 1803년의 Gawilgarh 전투 및 Argaum 전투.

4) 아르메니아(Armenia): 독립 국가 연합 구성 공화국의 하나.

5) 거대한 윌링던의 납제臘製 기념비(a big Willingdone mormorial tallowscoop): 피닉스 고원에 서 있는 직입 기념비.

6) 기적약상奇蹟藥像(Wonderworker): 세계에서 직장(항문) 병을 위한 가장 위대한 약. 〈율리시스〉의 제17장에서 블룸은 '원더워커'(wonderworker)의 처방 문을 그의 책상 서랍에 보관하고 있다: 런던 시 동부 중앙 우체국, 남부 광장, 코벤트리 하우스의 기적 약국으로부터 직접 매입한, 세계 제일의 직장염 치료약인 기적약에 관한 것으로서, '친애하는 마담'이란 서두로 시작된 동봉의 간단한 주식과 L. 블룸 부인이라 겉봉에 적혀 있는 처방전…(U 237, 620 참조).

7) 이 장면은 온통 영국의 많은 전쟁들에 대한 언급들로 충만 되고, 제국에 대한 주제들의 개관으로 간주되지 않으면 안 된다. 등장인물들은 유동적이요, 반쯤 떠오르지만, 웰링턴, 나폴레옹, 부루처(Blucher), 그리고 Waterloo 전쟁의 다른 인물들이다. Belchum은 Waterloo가 위치한 나라인, Belgium에 대한 함축이다.

8) 잇따른 15페이지들(FW 9—23)에서, 추락한 피네간의 모든 충만, 모든 사양(飼養), 수면(睡眠) 존재의 지리적 및 역사적, 다양한 증거들이 펼쳐진다. 풍경이 재삼 개관될 뿐만 아니라(FW 7, 10, 12, 14, 23), 인류 역사, 즉 현대사(FW 8—10), 중세사(FW 13—14), 선사(先史)(FW 15—20)의 특별한 메아리들이 개관되기도 한다. 또한 민속의 몇몇 단편들(FW 20—23), (희극적, 희가극적), 우리들 자신의 뒷마당에 있는 쓰레기 더미(FW 19)들. 우리들의 시선이 그들 각자를 바라보자, 그들은 약간 해체되고, 괴기한 피네간 내부의 한 두 특징들을 노정 한다.

(9)

1) 나—베르기[메신저](me Belchum): (1)Belchum: Belgium: 그의 피의 땅 Waterloo 마을: 1815년의 웰링턴에 의한 나폴레옹의 패전지 (2)me Belchum: Mehan, Beham 또는 Behan으로 자주 불리는 Man Servant: 주장의 바—텐더로서, 불결하고, 늙고, 술꾼의, 굴욕적 인물.

2) 이것은 들창코를 한 대포 졸병이지요(This is Canon Futter with the poynose): 교황의 코: 〈초상〉 제1장의 크리스마스 파티 장면 참조(사이먼 데덜러스의 말).

3) 그의 1백일의 방종 끝에(After his hundred day's indulgence): Elba로부터의 나폴레옹의 도피와, Waterloo 간의 100일.

4) 타라(Tara): 아일랜드의 옛 도읍.

5) 백白장화(bawn blooches): (1)Bluchers: 구두 (2)Blucher: Gebhard leberech von(1742—1819): Waterloo 전투에서 웰링턴을 원조하기 위해 온 소련의 원수.

6) 낙타부대(camelry): Camel 전투, 656년 AD

7) 홍수굴洪水窟(floodens): Flodden Field 전투, 1513년.

8) 교량병橋梁兵(solphereens): Solferino 전투, 1859년. 나폴레옹 3세가 Franz Sosef를 패배시키다.

9) 습뢰襲雷!(Donnerwetter!): (독어)Thunder storm.

10) 하느님이시여 영국을 벌하시라!(Underwetter!): (독어)Gott strafe England!(God punish England!). 제니의 부르짖음.

11) 거기 그들의 심권心權을 위해(For their right there): 노래 가사: Tipperary: But my heart's right there.

12) 마라톤 쌍표雙標(비스마크)입니다(This is the bissmak of the marathon): Prince Bismarch(독일의 정치가) 대 나폴레옹 3세.

13) 축하—능자(Sophy—Key—Po): (프랑스어)sauve—qui—peut: save himself who can!

14) 수지애호봉樹脂愛好捧(tallowscoop): 망원경.

(10)

1) 도둑도사盜師(Toffeethief): 장장가의 패러디: Taffy는 웨일즈인, Taff는 도둑이었다네.

2) 캐인호프로부터(from Capeinhope): Cape of Good Hope(희망봉: 남아프리카 공화국 남단의 주).

3) 석벽石壁(Stonewall): Stonewall Jackson: 미국의 남부 연합(the Confederate States of America—남북전쟁의 시초에 합중국으로부터 분리한 남부 11개 주들)의 장군.

4) 리포레옹(lipoleum): 나폴레옹은 여인의 입술(lip)에 의하여 물크러지고, 웰링턴의 구두 발에 의하여 짓밟혔다.

5) 입술 노래(lipsyg): leipzig 또는 lip—song: 1806년, Jena에서 프르시아인들에게 승리한 나폴레옹, 1815년, leipzig에서 프러시아인들에 의하여 패배 당한 나폴레옹.

6) 힌두 쉰(정강이) 쉬마(hinndoo Shima, Shin): 삼위일체(Trinity)를 나타내는, 성 패트릭이 수집한, 세 잎 클로버(shamrock).

7) 이것은 리포레옹의 모자 절반을…백용마 궁둥이 쪽 꼬리에…그것은 웰링턴의 최후의 장난이었지요(the half of a hat of lipoleums to insoult on the hinndoo seeboy): 이 구절은 러시아 장군이 뗏장으로 밑을 훔치자 모욕을 당한 아일랜드 병사 버클리(Buckley)가 그를 사살한 이야기를 암시한다(후출).

8) 힌두 사시동斜視童(hinndoo seeboy): Hinnessy 와 Dooley(셈과 숀)의 합성어로, 자신이 이루어진 두 군인들(셈 및 숀) 사이에 서 있는 제3의 군인을 형성한다.

9) 신발 조심 거출去出하도다(Mind your boots goan out): 여기 박물관 에피소드의 시작은 들어갈 때 모자를 조심하세요! 이다.

10) 도깨비—불(the lamp of Jig—a—Lantern): Jack O'lantern: 도깨비불 또는 호박 등.

11) 촛불 켜진 소옥小屋(a candleliitle houthse): Castletown House: 이 집은 1년 중 날마다에 해당하는 하나씩의 창문을 지닌 것으로 전해진다.

12) 한 달(28일) 및 한 개의 풍창風窓(a month and one windies: 28+1 바람 부는 창문(windies)=29(윤달). 잇따른 〈경야〉의 구절에서 1은 윤년 여인인 이솔드, 28은 그녀의 작은 소녀 친구들의 수자를 가리킨다. 〈경야〉에 있어서 숫자학(numerology)은 조이스의 여타 작품들에 있어서처럼 중요하다. 위의 숫자들은 ALP의 보다 젊은 현시顯示인, 늙은 캐이트를 대표하기도 한다.

13) 그의 일곱 적방패赤防稗) 아래, 노황제老皇帝가 가로누워 있나니(Under his seven wrothschields lies one): (1)노래 세 마리 갈까마귀(The Three Ravens)의 가사 패러디: 저 멀리 푸른 들판 아래 헤이 아래 헤이 아래 헤이 아래, 거기 방패 아래 기사가 살해된 채 누어있네(Down in yonder green field Down a down they down hey down There lies a knight slain 'neath his shield.) (2)여기적방패(schilds)는 Rothschild(1777—1836)(독일의 은행가, 국제 자본가) 가家의 익살이기도 하다. 시인 바이런(Byron)은 나폴레옹을 패배시킨 것은 웰링턴이 아니라, 로스차일드(Rothchild) 가家라고 말한 적이 있다. 위에 놓인 7개의 방패들은 또한 7개의 sheaths(칼집)의 암시로서, 비교론자(秘教論者)들은, 이를 영혼의 본질을 표현한다고 한다.

14) 비둘기들 쌍들(pigeons pair): 쌍둥이 자매 또는 두 소녀들의 암시.

(11)

1) 뇌신(Thon): 한때 영국에서 숭상 받던 것으로, 아마도 Thor(스칸디나비아의 우뢰 신). 우뢰—신들은 〈경야〉에서 중요한지라, 왜냐하면 피네간은 목뇌요일(thundersday)(FW 5.13)에 추락했기 때문이다. 〈율리시스〉는 1904년 6월 16일 목요일에 일어난다. 비코는 언어, 종교, 가족 및 문명을 목요일에 시작했다고 말한다.

2) 홍 흠 어머!(Fie, foh & fum): 〈리어 왕〉(III. 4.187) 〈경야〉 작품에 자주 등장하는 상투어.

3) 새들이 빠이빠이 할 때까지(byes will be byes): (유행어) 소년은 소년이지라, (격언)지난 일은 지난일로 해두라(let bygones be bygone)의 변형.

4) 파선녀모婆善女母의 풍숙명조風宿命鳥(a peri potmother): (1)무어의 노래 패러디: 〈낙원 문의 요정〉(The Peri at the Gate of Paradise) (2)Fairy Godmother. (3)(Heb) peri: 요정. (Cz) peff: 깃털 (4)극락조(bird of paradise).

5) 꼬마 요정등妖精燈 평화(pixylighting pacts): 무지개(평화의 조약)(〈창세기〉 9:16).

6) (그녀는 귀엽도록 황소를 쉬쉬 사방으로 쫓으며)(who goes cute goes siocur and shoos aroun): (아일랜드) 노래의 가사에서.

7) 쇄골과 견갑골(clavicures and scampulars): William Wood에 의해 생산된 아일랜드의 주화鑄貨: 일종의 사기로서, 스위프트는 Wood's halfpence에 반대하는 장광설문을 썼다.

8) 적赤수사슴에서 나온 최후의 탄식(the last 야호 that com fro the hart): (노래의 제목): 아, 마음에서 나온 탄식(Ah! The Syghes That Come fro' the Heart).

9) 삶의 끝까지(Unto lives end): 인생의 끝까지(Unto life's end).

10) 안녕히(Slan): (아일랜드어) farewell.

11) 귀족 상속인이요 귀부貴婦(lordy heirs and ladymaidesses): Lord Mayors & Lady Mayoresses의 변형.

12) 우리들의 빚(債)의 한복판에 생이별하고 있나니(livving in our midst of debt): 〈일반 기도서〉: 사자의 매장: 인생의 한 복판에서 우리는 죽음에 있나니(Burial of the Dead: In the midst of life we are in death)의 인유.

13) 뿔따귀〔음경〕가 서면 바지(트로이)는 추락이라(영원히 그림에는 양면이 있기에)(Gricks may rise and Troysirs fall(there being two sights for ever a picture): 역사의 흐름의 암시.

1부

(12)

1) 젊은 남웅男雄으로 하여금 비역 청지기의 등 뒤에서 유창하게 떠들도록 내버려둘지니(let young min talk smooth behind the butteler's back): 젊은 남녀 영웅들은 생겨나고 살아질지라도.

2) 저 런던둔자鈍者가 잠자는 동안(whileLuntum sleeps: 노래의 패러디: 런던이 잠자는 동안(While London Sleeps).

3) 장지長地가 빚더미 홍수 하에 놓여있고(홍수!) 무모無毛 주악한主惡漢의 이 녹습綠濕진 면모面貌위에 이마 털과 눈 수풀은 덧없을지라도(Though the length of the land lies under liquidation(floote!) and there's rare a hairbrow nor an eyebush on this glaubrous phace of Herrschuft Whatarwelter): 북구 신화의 우주적 홍수의 부가물에서, Ymir〔이미르〕: 거인족의 조상. 그의 시체로 세계가 창조되었다고 함〕의 육체가 세계가 되었고, 그의 머리칼은 나무로, 그리고 그의 눈썹은 풀과 꽃이 됨.

4) 연거푸 다가올 아침의 난란亂卵이(the brekkers come to mournhim): come the morning + 노래 가사(Be like two fried eggs, Keep your sunny side up).

5) 앤 여왕의 관용(quainance bandy): 가난한 목사들을 위한 앤 여왕의 직속 보시報施.

6) 첫 수확에 관해 과화果話(fruiting for firstlings): 첫 과일을 위한 유다 일(Jewish Day of First Fruits)의 암시.

7) 월턴의 우행愚行 놀이(Wharton's Folly): 아일랜드의 총독이었던 Thomas Wharton은 피닉스 공원에 Magazine Hill〔탄약고〕(또는 미완성의 요새 성, the Star Fort)를 건립했는데, 이를 작가 스위프트는 그의 우행이라 비난했다.

8) 우리에게 직사장直射場을 만들지라! 명령이야(Make strake for minnas! By order): 비켜날지라, 마이크(마이클 코린즈)(Mick Collins)〔아일랜드 시민전쟁에서 자유국의 지도자, 독립전쟁의 아일랜드 주된 지도자〕, 딕(Dick)(그의 상속자, Richard Mulcahy〔아마하의 개혁 승〕: Collins의 무덤 위에 발견된 노트.

9) 니콜라스 프라우드(Nicholas Proud): 〈성서〉,의 악마 및 사탄, 자존심의 화신으로 낙원에서 추방당함. 조이스 시절의 더블린 항만 국장(secretary of Dublin Port & Docks Board)이란 설.

10) 매每 군중은 그의 몇 개의 음조를 가지며 그리고 매 업業은 그의 예민한 기술을 가지며 매 조화성調和聲은 그의 부호를 가질지라도(though every crowd has its several tones and every trade has its clever mechanics and each harmonical has s point of its own): 노래 가사의 패러디: 내가 성 아이브즈(Ives)에 가고 있었을 때, 나는 일곱 아내를 가진 남자를 만나는지라, 각 아내는 일곱…을 가졌다네…

11) 오라프…아이브아…, 그리고 시트릭…(Olaf's…Ivor's…Sitric's…: 3형제들인 Aulf, Sitrick 및 Ivar들이, 성직자 Giraldus Cambrenals(1146—1220)와 함께 시작하어, Dublin, Waterford 및 Limerick를 건립했다는 전설. Olaf 한길, Ivor 한길 그리고 Sitric 광장, 모두 더블린의 Arbour 언덕 근처에 있음.

12) 번철燔鐵 위의 물고기 마냥 그의 한 복판 주변을 깡충 깡충 뛰면서(hopping round his middle like kippers on a griddle): 노래 가사의 인유: 피리 부는 Phil의 무도회: 번철 위의 물고기 마냥 한복판을 깡충깡충 뛰면서, 오!(Phil the Fluter's Ball: Hopping in the middle like kippers on a griddle, O!

13) 화약족火藥足 언덕(Pied de Poudre): 이전에 행상인들의 빠른 접대를 위해 시장에 열린 일종의 마당(Pie Poudre).

1) 위사僞史!(Fake!): 한 때 조나단 스위프트는 붉은 대추가 하얗도록 빠는(U 124) 식민 자들(영국인들)의 땅(아일랜드)에 새워진 군대의 구조물(매거진 월, 탄약고)의 무모성에 대해 한 가지 해학시를 쓴 바 있거니와, 여기 〈경야〉의 구절에서 우리는 그의 운시韻詩의 메아리를 엿볼 수 있다:

아일랜드의 감각(의미)의 증거를 보라.

여기 아일랜드의 기지가 보이나니!

거기 방어의 가치 아무 것도 없는데도,

그들은 매거진(월)을 세우도다.

(Behold a proof of Irish sense!

Here Irish wit is seen!

Where nothing's left that's worth defence.

They build a magazine)

(스위프트: 〈매거진 언덕에 대한 경구〉(Epigram on the Magazine)

2) 이것이 여속如屬블린? / 쉿(H)! 주의(C)! 메아리영토英土(E)!(This Is Dyoublong? Hush! Caustions! Echoland!): 이 두 행은 HCE의 더블린을 거절(rejection)과 가십(gossip)의 도시처럼 보이게 만든다. 설상가상으로, 그것은 사자死者들의 도시요, 인카 몽마夢魔의 고인돌을 매장하곤 했던 헤진 묘벽墓壁의 잔해(FW 13.15)로서 매거진 월로부터의 추락과 경야는 타당하다.

3) 이 장면은 HCE의 주막 벽에 걸려있는 한 그림을 상기시킨다. (필자의 답사에 의하면, 피닉스 공원 서단, 리피 강의 상류 외곽에 위치한 마린가 하우스(Mullingar House)(일명 Bristol)는 HCE의 주막이요 지금도 성업 중으로, 건물의 사방 벽은 조이스와 〈경야〉의 관련 도표, 사진들로 도배되어 있다).

4) Miry Mitchel: (러시아어 mir=peace, Mitchel=St Michael: 대천사로서, 사자들의 영혼의 수취자, 〈아나 리비아 플루라벨〉에서 Michael은 아담과 이브에게 비옥(육체적, 정신적)을 가지고 다가온다.

5) 묘벽墓壁의 잔해(gravemure): 구체적으로 더블린 시市를 말하며, 조이스의 단편 소설집인 〈더블린 사람들〉의 〈사자들〉을 구체화한다.

6) 파이어리 파릴리(Fiery Farrelly): Nicholas Proud(전출, FW 12, 주석9)참조)(〈성서〉,의 the Devil이요, 이 Satan은 자만심과 오만 및 하느님의 창조에 대한 질투로서 추락한다)와 동일 인물.

7) 잘 알려진 청광聽光 틀(W. K. O. O): well-known optophone which ontophanes. A=1, B=2 및 C를 사용하여, D+B+L+N=32. W+K+O+O=64(숫자학).

8) 핌핌 핌핌(Fimfim fimfim): 이 풍경을 통하여 우리는 아직 진행 중인 경야의 증후들을 식별할 것이다. 펌펌(Fumfum fumfum)은 경야의 경쾌함의 주제로서, 수많은 변형을 통하여 거듭된다. 이는 지은 죄를 외치는 겨울바람 속의 마른나무 잎의 소리이기도 하다.

9) 만낙장음萬樂葬音(funferall): (1)funeral for all (2)fun for all (3)경야에서 추는 느리고 슬픈 무도(pavan).

10) 탄주彈奏하는 이 탐광기探光器(optophone which optophanes): optophone: 이미지들을 소리로 바꾸는 악기. 장님이 소리로서 읽을 수 있도록 하는 도구.

11) 위트스톤의 마적魔笛(Wheatstone's magic lyre): Sir Charles Wheatsone(1802—1875)(영국의 물리학자)는 고대의 수금竪琴을 닮은 형태의 상자로 된 acoucryptophone를 발명했는데, 그 속으로 피아노의 전음顫音이 통과함.

12) 아이보(Ivor): 더블린의 첫 북구 왕, 그의 형 Olaf와 함께, 더블린, Limerick 등을 건립했다.

13) 오라브(Olaves): 위 아이보의 형 오라브(Olaf).

14) 영원 신성(for ollaves): (1)forever (2)ollave: 아일랜드의 시인.

15) 연대기 청본(bluest book in baile's annals): 디프리나스키의 사서四書(현재)(f. t.): 우눔. (아다르 축제) 두움. (나잠 축제) 트리옴. (타무츠 축제) 코오드리버스. (마체스반 축제), 즉 Herodotus, Mammon

Lujius 그리고 마지막으로 꿈의 안내서이요, 역사서인 피네간의 경야 자체이라. 이는 고대 무덤으로 간주될 수 있으며, 청본(Blue Book)은 여행 안내서인 유명한 푸른 안내(Blue Guide) 시리즈를 암시한다. Herodotus는 작품에서herodotary(영웅 사가)로 변형되어 있다. Mammon Lujius는 성서의 마태(Matthew), 마가(Mark), 누가(Luke) 및 요한(John)의 첫 자인 M. M. L. J. (Mamalujo)(마마누요)에 기초한 이름이다. 이들 4명의 복음 자들의 복음은 살아있는 말씀(the Living Word)의 역사책이다. 4복음자들은 아일랜드의 4연대기자들과 유합(癒合)하는지라, 이들 고대의 연대기들은 〈사대가의 책〉(The Book of Four Masters)으로서 알려져 있다. 이들 4인들은 다시 HCE의 주막과 친근한 4노인들과 합체하며, 그들은 옛 날의 호시절의 이야기를 끊임없이 새김질하며 주막에 앉아 있다. 고대의 전통적 이들 4감시자들은 티베트 불타(佛陀)의 만다라(蔓茶羅)의 4세계 감시자들(World Guardians)(Lokapalas)과 일치하며, 그들은 4여상주(女像柱), 거인들, 난쟁이들, 또는 최후로 코끼리와 동일시함으로서, 세계의 4모퉁이를 보호하며, 또한 천국의 4모퉁이를 뒷 받히고 있다. 본문의(f. t.)는 four things의 뜻으로, 이러한 두문자에 의한 생략은 중세 아일랜드의 연대기 속에 자주 등장한다.

청본(The Blue Book)은 또한 영국 의회의 공식 보고서이기도 하다. 〈사대가의 책〉(The Book of Four Masters)은 Donegal에서 쓰였으며, Ptolemy(프톨레마이오스, 2세기경 알렉산드리아의 천문, 수학, 지리학자)에 의하여 Boreum으로 불렸다.

16) 무구교황無垢教皇(이노센트)이 대립교황對立教皇 아나크르터스와 유쟁遊爭하사(as innocens with analcite play popeye antipop): 대립교황(Antipope) Anacletus 2세는 무구교황 2세를 반대했다.

17) 서력 1132년: 이는 1132년에 태어난 쌍둥이 형제 Caddy와 Primas(셈과 숀을 연상시키거니와)를 암시한다. 서력 283년에 Finn MacCool(아일랜드의 전설적 거인)이 죽다(〈4대 가 년감〉(Annals of the Four Masters). 283×4=1132. 1132년에 개미 같은 인간들이 고래 등에 기어올랐다. (U 38) 아일랜드는 32개의 군들이 있다.

18) 고래의 지방(Whallfisch): 서력 1351년에 고래 떼가 더블린 해안에 떠밀리다. 〈더블린 연감〉 및 〈율리시스〉 제3장 스티븐의 의식 참조(U 38).

19) 서력 566: 283×2=566×2=1132. Kish(광주리)에는 신발들 또는 아이들이 들어있다.

(14)

1) 광주리(키쉬)(Kish): 더블린 만의 등대(Kish) 및 Saul(이스라엘의 왕)의 아버지이기도.

2) 자우기심雌牛奇心(cowrieosity): Isis(이집트 신화)(농사와 수태를 관장하는 여신)에 헌납된 암소(cow) + curiosity.

3) 만위滿慰(sothisfeige): Sothis: Isis의 별(星)인 Sirius의 이집트 이름으로, 이집트의 성년聖年의 초에 하늘에 솟는다.

4) 모두 장애물 항(the Ford of the Hurdles): 더블린은 장애물 항(아일랜드어명 인 Baile Atha Cliath의 번역)이라 불림.

5) (침묵)(Silent): [역사에서 이후 수년 동안 아무 일도 일어나지 않았다. 이 침묵은 비코의 환들 사이의 기간. AD는 첫째 환의antediluvian(노아 홍수 이전의)을, 둘째 환의annadominant(후기 연대기의)를 각각 의미한다].

[다시 서력 566년 및 서력 1132년에 일어난 일들의 기록, 연대가 Anna의 아이들에 의하여 뒤집힌다(재생의 표시)].

6) 여기 서력 해들과 연관된 실질적 역사상의 사건들은 그리 중요하지 않은 듯하다. 어떤 특수한 사건들 보다 분명히 중요한 것은 숫자 상호간의 상관관계로서, 이러한 수비학數秘學(numerology은 앞서 이미 지적한 바와 같이 〈율리시스〉에서도 마찬가지이다. 서력 1132년에 말라키(Malachy)가 더블린의 주교가 되었고, 로렌스 오툴(L. O' Toole)이 이 해에 태어났다. 오툴과 헨리 2세는 쌍둥이 형제를 대표하는지라, 우리는 그들을 서력 1132년에 태어난, 캐디와 프리마스로서 간주할 수 있을 것이다. 헨리2세는 실제로 1131년, 오툴에 앞서 몇 달 전에 태어났다. 이러한 날자가 붙은 사건들이 공동으로 갖는 한 가지는 각자 더블린(도시의 이름은 세월에 따라 바뀐다)의 피나는 혈전들을 수반한다. 중간의 간격(침묵)은 율법 학자들의 일시적 도피로서 설명될 수 있으리라. 홍수가 일어났거나, 사슴이 그들을 공격했고, 천둥이 말을 했거나 누군가 문에 노크를 했다. 그것이 무엇이든, 세월이 당분간 변했음 알린다. 여기 호남好男은 HCE를, 마파魔婆는 ALP, 그리고 캐디는

셈 및 트리마스는 숀으로 비유 될 수 있으리라.

J. Campbell H. M Robinson은 이러한 숫자학에 대해 길게 성명 한다(p 46). 즉 〈율리시스〉에서, 매초, 매초, 32피트는, 낙하의 법칙, 인지라, 이는 블룸의 종일의 의식을 통하여 달린다. 그 숫자는 〈경야〉의 전 밤을 통하여 이어지는지라, 통상으로, 종결 다음의 재출발인 11과 연결된다. 〈율리시스〉에서 11은 부활과 승천의 시간이요, 〈경야〉에서 2개의 숫자들이 합하여 하나의 날짜요, 11+32이면 1132를 형성한다. 1132를 2로 나누면 556이 되고, 이어 신비스러운 침묵이 뒤따르며, 그 다음으로 이제는 전후가 뒤 바뀌어 다시 날짜가 나타나는데, 신세계는 구세계의 아리스의 거울의 반사가 된다. 또한 1132+566+566+1132=3396이 되고, 이는 삼위일체에 대한 유희가 된다. 독자는 단테의 〈신생〉[Vita Nuova]에서 시인의 연인 비아트리체는 9요, 〈신곡〉에서 창조된 우주는 이 9의 거대한 확장으로, 이는 마침내 하느님 자신에 의한 세계 창조의 수태작용: 3×3, 즉 과수태[過受胎](Superfetation)가 됨을 읽는다. 또한 자리 수자 3+3+9+6=21로서, 이는 유태교의 신비 철학에서 추락의 수자이다. 이 추락은 모든 역사의 비결이다.

3위1체에 근거하여 매 32초로 낙하하는 인간은 이 추락이 자기 갱생의 추락이요, 작은 수로水路에 자초한 자뇌어부(雌雷漁父)(brontoichthyan foof—father)(FW 7.20) 속에 상징화된다. 만부(萬夫)인 아담의 갈비뼈(그의 아내)는 이브가 되었고, 고로 1132의 절반은 566인즉, 이는 작은 구두들을 담은 광주리 할멈이다. 파괴적이요 재생의 대 호수 다음의 세계는, 이 여성의 수자가 한 꼬마 무지개 딸 속에, 그리고 양극화된 아들들의 남성 수자 속에 재현 한다.

7) 불살귀(火殺鬼)(Puppette): 스위프트의 애인 스텔라에 대한 애칭 ppt(이는 〈경야〉에 빈번히 나타난다).

8) 바리오하크리볼리의(지겨운)(Ballyaughacleeaghbally): (Ir) Balle A'tha Cliath(더블린).

9) 프리마스는 샌트리신사였고(Primas was a santryman): 샌트리신사(santryman) = Santry(더블린의 한 지역 명) + gentleman.

10) 캐디는 주점에 가서 일편화一編和의 소극을 썼나니(Caddy went to Winehouse and wrote o peace a farce): 이 구절은 자장가 제목: 태피가 우리 집에 와서, 한 조각 고기를 훔쳤다네(Taffy came to my house & stole a piece of beef.)의 패러디이다.

11) 지고최대의 앙천국仰天國(the excelsissimost empyrean): 아이슬란드의 Eddas에서 세계 영겁(aeon)들 사이의 무한시 무정형의 간격에 주어진 이름으로, 1영겁은 432,000년 동안의 기간이다. 조이스는 1132 대신으로, 패트릭의 아일랜드 도착의 전설적 날짜인 432를 이따금 차용한다.

12) 곱사 등의 화란인(the Dannamen): Danny Mann: 애란 극작가 보우시콜드 작의 〈아리따운 아가씨〉(The Colleen Bawn)에 나오는 곱사 등.

13) 불알(bliddy duran): Biddy Doran: 프랑스의 창녀 또는 퇴비더미에서 보스턴 발의 편지를 발견한 암탉.

14) 청본(Liber Lividus): blue book. 대책(청본): 고대 원고 본으로 이집트의 사자본(死者本), 사대가의 연대기, 톰의 더블린 인명록, 또는 〈율리시스〉, 또는 〈경야〉 자체 일수도.

15) 수곰과 발인髮人(Hebear and Hairyman): (1)Heber와 Heremon: 아일랜드 종족의 전설적 조상들의 암시 (2)나의 형 에서[아이작의 장남]는 털보인지라. (Esau my brother is a hairy man). (〈창세기〉 27:11)의 인유).

16) 볼리먼(Ballymun): 더블린의 지역 명.

(15)

1) 염소 시市(Goatstown): 더블린의 지역 명.

2) 감미로운 동심초(sweet Rush): Rush: 더블린 군의 마을, 꽃들로 유명하다.

3) 녹마룬(Knockmaroon): 피닉스 공원에 있는 언덕 명.

4) 오월 골짜기(mayvalleys): Moyvally: Meath 군 소재.

5) 페리클레스 시다(Perihelygangs): 페리클레스(Pericles 아테네의 정치가495?—429 BC) 시대: 게일인(켈트인)들의 조상들이 정착하기 전 아일랜드를 점령했던 다섯 그룹의 침입자들. 이들은 모두 포모리족

(Fomorians)이라 불리는 사나운 해탈자(海奪者)들의 종족에 의하여 괴롭힘을 당했다.

6) 포모란군軍이 화란의 투아타군軍(Fomorians & Tutha): 전설적 및 아일랜드의 적대적 식민 자들.

7) 우군牛軍이 화충군火蟲軍(Ostman): 바이킹족(바이킹의 더블린 점령). Firbolga: 전설적 아일랜드 식민 자들.

8) 녹지(Little Green Market): 더블린 소재.

9) 이들 밀봉의 단추(sealingwax Buttons): 봉밀 단추(FW 404.23 참조).

10) 올후(만인살萬人殺)(Killaloe): Brian Boru 궁전 자리. 그는 아일랜드의 영웅—왕으로, 덴마크인들의 공포(the terror of the Danes)로 알려짐. 그는 1014년 클론타프에서 덴마크인들을 패배시켰으나, 전투 직후 Brodhar(덴마크의 마법사)에 의하여 살해됨.

11) 그들의 설어舌語들과 함께 바벨탑(The babblers with their thangas): 하느님은, 바빌론(Babylon)에서 하늘까지 치닫게 쌓으려다 실패한 바벨탑의 시도 후에 인간의 힘을 제한하기 위하여 다양한 언어들을 창조했다.

12) (혼유생공자가 그들을 장악하도다!)(confusium hold them!): 유생儒生공자(Confucius 또는 Kung Fu—tse)는 모든 언어들을 통제했다.

13) 홍홍 속삭였고(houhnhymn): 스위프트의 〈걸리버 여행기〉에 나오는 휘남족(인간의 이성을 갖춘 말)의 익살.

14) 털썩! 퍼덕! 벼룩 껑충!(Fleppety! Flippety! Fleapow!): ALP의 한때 달굿대(tamper)였으며, 외바퀴 손수레 속의, 한 마리 고래 마냥 가물대며 놓여있는, Tim Timmycan으로 우리를 되돌려 놓는다. 퍼덕(Flippety)은 뜀(hop)으로 가득한 얼레(reel)의 끝에서 필름의 퍼덕임을 의미한다. 그리하여 우리는 한 마리 벼룩처럼 Mutt와 Jute의 이야기(쌍둥이 가족의 갈등)—더욱이 공공의 역사에서 클론타프의 들판 위의 아일랜드인들과 덴마크인들 간의 싸움으로 껑충 뛴다.

15) 안냄의 이름에 맹세코(In the name of Anem): 이름들의 글자 수수께끼.

16) 야인野人 조비거(요셉 Biggar): 야인(parth alone): 파사론(Parthalon): 전설적 아일랜드의 식민. 조비거(요셉 Bigger) 곱서 등울 지닌 파넬의 지지다.

17) the Dragon Man(용남龍男): 블레이크(W. Blake)의 〈천국과 지옥의 결혼〉(Marriage of Heaven & Hell)에서.

18) 숙영지宿領地(fief): 땅의 재산(비코는 로마의 역사에서 fiefs를 논하다).

19) 곰 놈 술꾼 숀(Comestipple Sacksoun): Sockerson, Sigurd, Soakerson, 등 여러 이름을 지닌, 술 취한 순경이며(그는 창문에 비친 HCE 내외의 새벽의 성교 장면을 목격한다), 또한 HCE 가의 남자 하인이기도.

20) 강우강상降雨降霜(pouriose): 프랑스 혁명 월력의 겨울 한 달.

(16)

1) 헤라클레스 기둥(Pillars of Hercules): (1)헤르쿨레스의 기둥(지브롤터 해협 동쪽 양끝에 서 있는 2개의 바위)(땅 끝) (2)더블린 중심부의 넬슨 기둥—기념탑일 수도.

2) 짙고, 때때로 더듬거리는 말투를 한, 해외의 중계자가 자기의 가슴을 치며, 독일어 말투로, 자신을 쥬트로서 소개한다. 뮤트의 프랑스어 인사(Comment vous portez—vous aujourd'hui, mon blond monsieur?)는 영어의 How do you do today, my fairman?으로 번역될 수 있다.

3) 이러한 두 평민의 대담 장면은 〈경야〉를 통하여 세 번 일어난다. (1)여기 뮤트와 쥬트 (2)바트와 타프(FW 338) 그리고 뮤타와 쥬바(FW 608)의 이러한 대담은 그들이 작품의 다른 곳에서 열거되는 두 남자들 사이의 한층 과격한 적대 관계에서 일어날 때라도 비교적 평화롭게 이루어진다. 여기 뮤트와 쥬트는 이내 숀과 솀이 되며(눈—귀로 지지되는 동등한 신분). (FW 18.15), 이는 HCE와 그의 적대자 캐드(Cad)도 마찬가지다. 쥬트는 시거드센(Sigurdsen)의 형태로서, 그는 분명히 경비원이요(Sigurdsen은 순경인지라), (FW 15.35)에서곰 놈 술꾼 숀(Comestipple Sacson)으로 불린다. 여기 뮤트가 회상하는 장면은 서력 1014년의 클론타

프 전투로서, 당시 덴마크 인들은 브라이언 보루에 의해 축출되었다.

4) 쥬트—그대!(Jute—Yutah!): 쥬트와 뮤트: 1971년처럼 최근 출판된 미국의 코믹 만화의 남성들. 〈경야〉에서 그들의 에피소드는 부분적으로 셰익스피어의 〈템피스트〉의 Caliban과 Stephano—Trinculo의 만남에, 부분적으로 희랍 신화의 폴리피머스(Polyphemus)와 율리시스(Ulysses)의 만남에 기초한다.

5) 소똥 여관(The Inns of Dungtarf): 1014년 더블린의 클론타프 전투: 브라이언 보루가 덴마크의 침입자들을 패배시켰다. Clontary = bull meadow, 따라서 Dungtarf + bullshit.

6) 부후루! 부루(Boohooru! Booru): 브라이언 보루의 암시.

7) 기네스 전주錢酎는 그대 몸에 좋으나니(Ghinees hies good for you): 유행어의 패러디. 여기 쥬트는 목전木錢으로 뮤트의 비위를 맞추려고 시도한다.

(17)

1) 묵언자默言者(Taciturn): Tacitus(55—120) 로마의 역사가.

2) 총總마차의 쓰레기 더미(the wholeborrow of rubbages): 클론타프 들판은 쓰레기 매립으로 이루어졌다.

3) 안쪽을 양모 내의로…브리안 오린이 그랬듯이(with his woolseley side in…Brian O'Linn: 양피와 조가비 같은 단순한 물질로 옷을 처음 만들어 입은, 아일랜드의 민요 주인공. 그는 껍질을 밖으로, 모피를 안으로 뒤집어 바지를 만들어 입었다. Black Linn: 호우드 언덕의 최고점. 양모 내의로. (woolseley side in): 웰링턴의 최초 공작인, Arthur Welsley의 암시이기도.

4) 시종일관 한 마디도 이해할 수 없으니…기름띠와 생 벌꿀(Boildoyle and rawhoney when I beuraly forsstand a weird): (1)르 파뉴(Le Fanu)의 〈성당 묘지 곁의 집〉에서 스타크(Sturk)는, 채프리조드에 살며 피닉스 공원에서 기절하지만, 이내 회복된다. 쥬트의 놀람은 여기 고사故事에서 연유된 듯 (2)기름띠와 생 벌꿀(Baldoyle & Raheny): 더블린의 두 지역 명.

5) 조상고원祖上高原(Eltwes): Elder + Moyelta(Elta의 고원古原으로서, 거기 아일랜드를 침공한 Partholan 인들이 염병으로 죽어, 매장되었다. 아마도 호우드에 인접한 곳인 듯).

6) 이스몬의 법칙(law of isthmon): Isthmus of Sutton: 호우드 언덕과 본토를 연결하는 분지(우리나라 제주도와 일출산을 연결하듯). Sutton: 그 곳 마을 명.

7) 초야의 권리(droit de seigneur): 결혼 첫날밤에 봉건 영주가 그의 차지인借地人의 신혼신부를 최초로 탈화(脫花)(deflower)하는 것으로 가상되는 법(supposed right).

8) 종장원終場園(Finishthere Punct): (1)Cape Finisterre: 스페인의 북서 쪽 끝, 켈트 족은 상상컨대 거기서 왔었다 (2)피닉스 공원.

9) 애란이여 그대 면전의 부토를 기억할지로다(let erehim ruhmuhrmuhr): 무어의 노래 가사: 애린이여 옛 시절을 기억할지니(Let Erin Remember the Days of Old〔The Red Fox〕의 패러디.

10) 대모大母다운 비탄(Morthering rue): 노래의 가사에서: 작은 붉은 개(여우)(little red dog)(fox).

11) 회지灰地에서 회지로, 분진粉塵에서 분진으로(erde from erde): 사자(死者)의 매장률(埋葬律)에서: 재는 재로, 먼지는 먼지로(ashes to ashes, dust to dust)의 패러디.

12) 생生하게하라(살게하라)!(Fiatfruit): (L)Let it be. 베르길리우스(Virgil)의 〈이니드〉(Aeneid) 11,325. 트로이 추락의 순간에 고왕이 하는 말: 행복 불사조.

13) 티티 고아孤兒는 소인형 집에(with tit tit tittlehouse): 자장가: 티티 꼬마 쥐는 꼬마 집에 살았대요(Tit—tit—tittlemouse Lived in a little house)의 패러디.

14) 크고 장대한 호텔에서처럼(the greatgrandhotelled): A. 벤네트(Bennet)의 작품 명: 〈그랜드 바빌론 호텔〉(Grand Babylon Hotel)의 패러디.

(18)

1) 너절한 얘기(똥)!: (F)(Zmorde)!: 바그너에 대한 프랑스의 논평.

2) 정숙유화靜肅宥和(Meldundleize)! 공포방귀 파도에 의하여 길이 저물었나니: 앞서 쥬트의 말은 뮤트의 바그너 작 〈트리스탄과 이솔드〉의 사랑—죽음의 아리아의 첫 가사인 Meld—undwlize(=mild und leise(정숙유화靜肅宥和), 및 토머스 무어의 Desmond's Song 중 충실의 파도에 의하여 눈이 멀었나니의 인유를 상기 시키다.

3) 절망의 노래(Deapond's sung): 번연(Bunyan)의 〈천로역정〉(Pilgrim's Progress)의 글귀: 절망의 구렁텅이(the Slough of Desmond).

4) 룬석문자石文字를 달리는 자는 사방문四方文을 읽을 수 있으리라(He who runes may rede it on all fours):1) 격언: 달리는 자 읽을 수 있다의 패러디. 2) 구약성서의 〈하박국〉 2: 2의 패러디: 달려가면서도 읽을 수 있게 하라(he may run that readeth it).

5) 고노성古老城캣슬, 신성新城캣슬, 퇴성退城캣슬(O'c'stle, n'wc'stle, tr'c'stle): 뮤트의 패총과 진토의 이동에 대한 생각은 비코의 순환으로 향하거니와, 이는 더블린의 문장紋章(coat of arms)인 세 개의 성들에 의하여 여기 대표된다.

6) 한漢블린을 위하여 내게 찻삯을 진정(眞正)하게 팔지니!(Sell me sooth the fare for Humblin!): 자장가 See Saw Sacradown의 패러디: 런던탑으로 가는 길은 어느 것?(What is the way to London Tower?)

7) 겸허녀謙虛女의 시장市場: 테커리(Thackeray)작 〈허영의 시장〉(Vanity Fair)의 패러디.

8) Mutt가 말하는 조용할지라와 그 밖에 모든 것은 오해받은 채, 쥬트에게 Whysht? Howe? Hwaad!란 감탄사를 그에게 야기 시킨다.

9) 어찌(Howe): (1)바이킹 점령 동안 더블린에 있던 북구 의회(Thingmote)의 자리 (2)매장의 토루.

10) 뇌타雷打당했도다(thonthostrock): (1)I am thunderstruck (2)I am Thor's thunderstroke (3) I am Thingmote. Thingmote: 스칸디나비아의 종족 의회. Thor: 뇌신으로, Thing(스칸디나비아의 의회)의 수호성자. Thor's—day, Thursday는Thing의 개회일. 쥬트는 한 때 침입자요, 침입자의 정치적 제도 및 그 제도의 수호신 격: 새 시대의 우뇌(뢰)의 선언.

11) 그대의 원형왕국은 미데스 현자와 포손 현자에게 부여된 거지요(Thy thingdome is given to the Meades and Porsons): 〈다니엘 서〉 6.25—8: 그대의 왕국은 분할되어, 미데스인들과와 페르시아인들에게 부여될 것이오(Thy kingdom is divided, & given to the Medes and Persians)의 패러디. 인류의 이야기, 이 종족 혼성 위의 이 종족혼성은 Many…Tieckle…Forsin, 즉Mene, tekel, upharsin에 의하여 이야기되나니, 이들 글자는 Belshazzar(〈성서〉,에서 바빌로니아의 왕, 〈다니엘〉 5:25)의 축제에 벽에 쓰인 것으로, 이들은 너무나 모호하기 때문에 미데스 현자와 포손 현자(〈다니엘〉 5: 28의 Medes와 Persians인, 18세기 두 학자)들을 좌절시켰도다.

12) Heidenburg Man: 고석기시대의 인간. (G)Heiden: heathen.

13) 개화기 후에 불타佛陀는 세상을 돌아보았다.

14) 상실과 재생의, 곡담曲談(The meandertale, aloss and again): Neanderthal man: 네안데르탈인(독일의 네안데르탈에서 발견된 구석기 시대의 원시 인류)의 이야기.

15) 무지 속에 그것은 인상을 암시하고 지식을 짜며 명태名態를…노사老死의 누각을 촉진하는지라(In the ignorance that implies impression…entails the ensuance of existentiality): 불교적 12겹의 존속적 기원의 연쇄: 무지—인상—지식—명태名態— 6감感—감상—욕망—애정—존재—탄생—노령과 죽음—무지.

16) 배꼽에서(out of his naval reachings): 불타의 개화기 동안 한 개의 갈대가 그의 배꼽에서 자라났다 한다. 너의'옴팔로스'(배꼽)을 들여다보라. 여보세요! 여기 킨치올시다. 에덴빌을 좀 대 주세요(U 3.38—39. 참조).

17) 라마(Rama): 힌두교의 비슈누(Vishnu) 신의 화신.

18) 농경의 저 황소 마냥(like yoxen at the turnpaht): 소들의 경작처럼, 왼쪽—오른쪽 그리고 오른쪽—왼쪽을 거듭 읽은 글줄.

19) 동으로 향 할지라!(Face at the eased!): 웰링턴의 구호의 패러디: 기립, 경계 & 쏘앗(Up, guard, & at them).

(19)

1) 올리브, 사탕무, 키멜, 인형(Olives, beets, kimmells, dollies): 헤브루 알파벳은 aleph, beth, ghimel, daleth로 시작한다.

2) 금단목과禁斷木果의 산적山積 더미 한복판으로(in the midst of the cargon of prohibitive pomefructs): (1)〈창세기〉 3: 3의 인유: 정원 한 복판에 있는 나무(the tree which is in the midst of the garden) (2) 뱀들은 스페인으로부터 과일 화물 속에 여기 도래했도다.

3) 1 곁에 1과 1을 차례로 놓으면 동상同上의 3이요 1은 앞에, 2에 1을 양養하면 3이라(Axe on thwacks on tracks, …plausible free and idim behind): 하나, 둘 유혹녀들, 셋 군인들의 암시. 그들은 조상으로부터 아들들과 딸들에게 이어지니, 그들은 우리와 함께 운명의 날까지 남아있으리라.

4) 왕뱀으로부터 시작하여 삼족三足 망아지들(Starting off with a big boaboa…threelegged clavers): 〈공자의 이야기 49〉(The Story of Confucius 49): 세 다리의 망아지들, 왕뱀들(길조의 예들).

5) 그들의 입에 예언의 메시지를 문 야윈 말들(ivargraine jadesses with a message in their mouths): 공자가 태어나기 전, 그의 어머니는 예언의 메시지를 담은 비취 패牌를 입에 문 굉장한 동물을 보았다 한다.

6) 100중량 비발효성非醱酵性 무게의 일기日記(a hundreadfilled unleavenweight of liberorumqueue): 한 고대의 중국학자는100중량의 일기를 읽었다.

7) 만공포절萬恐怖節 전야(allhorrows eve): 만성절 전야(All Hallows eve)의 인유(〈더블린 사람들〉, 〈진흙〉 참조).

8) 난(Nan): 대지의 여신으로 Dana와 동일.

9) 강산强山(mightmountain): man—mountain: 스위프트의 Lilliput(소인국)의 거인 같은 걸리버(Gulliver).

10) 생쥐들을 놓칠세라 여전히 신음했도다(Penn still groaned for the micies to let free): 호라티우스(Horace)(로마의 서정시인, 65—68 BC)작 〈시론〉(Ars Poetica) 139의 글귀: 산들은 진통하나니, 웃는 작은 쥐들이 태어나기에(the mountains are in labour, laughable little mouse is born)의 인유.

11) 그대는 내게 구두 한 짝을 주었고(You gave me a boot): 스티븐은 벅 멀리건(Buck Mulligan)이 그에게 구두를 주었음을 회상한다. 그는 지금 그 구두를 신고 있다(〈율리시스〉 제3장 참조).

12) 나는 바람을 먹었나니(I ate the wind): 〈햄릿〉 III. 2. 99의 글귀: 나는 상속자를 증오한다(I hate the heir)의 패러디 .

(20)

1) 최후의 우유를 짜는 낙타(the last milchcamel): Lane—Pools 작 〈예언자 모하메드의 연설과 탁상 담화〉(Speeches & Table—Talk of the Prophet Mohammad)의 글귀에서: 마지막 우유 낙타는 무시당한 주인의 임무를 행하기보다 오히려 죽어야만 하도다(The last milch—camel must be killed rather than the duties of the host neglected).

2) 자신의 양미 兩眉간의 심장 맥을 고동치게 하면서(the heartvein throbbing between his eyebrowns): 모하메드(Mohammed)의 눈썹이 눈에 띠도록 고동치는 혈관에 의해 격정의 순간에 갈라졌다.

3) 그의 사촌 매녀魅女(cousin charmian): Charmian: 〈안토니와 클레오파트라〉(Antony and Cleopatra)에서 클레오파트라의 수행원으로, 자신의 안주인처럼, 연극 말에서 자살을 감행한다.

4) 거기 자신의 대추 열매가 그녀의 것인 야자수로 매달려 있기 때문이로다(where his date is tethered by the palm that's hers): 모하메드는 그의 사촌과 결혼하고 주로 대추와 물을 먹고 살았다.

5) 뿔 나팔, 음주, 공포의 날은 지금 오지 않으리니(the horn, the drinking, the days of dread are not now): 모하메드는 심판의 날을 판단의 시간, 괴롭힘, 결정의 날(the hour, the smiting, the day of decision)이라 불렀다.

6) 호조好朝 몰겐씨(Gutenberg Morgen): 독일의 Gutenberg는 인쇄업자로, 인쇄된 책들의 초기 기원과 연관되었다.

7) 프리마 활자기: (Great Primer Type): 활자의 이름: the great primer: 18 포인트 활자.

8) 적연와색赤煉瓦色 얼굴(brickredd): rubric: 책의 붉게 인쇄된 제자 부분.

9) (정신 팔린 자는 경계하는지라)(the rapt one warns): (1)자장가: 작은 아씨들이여, 무엇으로 이루어졌는고?(What Art Little Girls Made Of)의 패러디 (2)모하메드의 두 번째 계시(Sura LXXIV): 오 보자기에 싸인 그대여, 일어나, 경계할지라!(O thou who art wrapped, rise up & warn).

10) (이탈하려는 자의 이마를 진흙으로 어둡게 할지로다!)(may his forehead be darkened with mud): 모하메드의 저주에서: 그의 이마를 진흙으로 어둡게 하소서!

11) 세순영각世循永劫(Mahamavantara): (산스크리트어) 세계의 환.

12) 델타 문자 문이 거기 그를 폐문 할 때까지(Daleth…closeth thereof the): 결혼의 장엄화(식의 올림): 하느님의 결합을…죽음이 우리를 갈라놓을 때까지 인간이여 떨어지지 말지라(What God hath joined, let no man put asunder…till death do us part)의 구절에서.

13) 문門(Dor): (1)Deleth: 헤브리 문자 (2)delta: 문(door) (3)dor: i 세대 ii 거주 (4)Cornish어: 콘월말(지금은 사어) 지구. 더블린의 이 책(《경야》) 속의 모든 단어들은 세순 영겁의 종말 가까이 델타 문자 꼴이 되는지라, 끝없는 독서의 종말을 야기하도록 서약할 것이로다.

14) 아직 울지 말지라 아직!(Cry not yet!): T. 무어의 노래: 아직 날지 말지라, 지금이 바로 그 시간이나니…(Fly Not Yet, 'Tis Just the Hour)의 패러디.

15) 무덤까지는 많은 미소微笑 마일이 있나니. 남자 당當 70명의 처녀들과 함께, 선생, 그리고 공원은 소광燒光으로는 너무 어두운지라(There's many a smile to Nondum…do dark by kindle light): 자장가 바빌론까지는 얼마나 많은 마일? 70마일 이예요, 선생, 우린 소광까지 거기 도착할까요?(How many miles to Babylon? Three…by candlelight?)의 인유(U 9장 참조).

16) 집게벌레들이 나름대로 작은(트로이)이야기(eerie whig's a bit of a torytale): (earwig) Whigs & (storytale) Tories.

17) 딸기 그루터기 두렁(The Strawberry Beds): 채프리조드.

18) 벽에도 귀(발꿈치)가 있나니(allops have heels): 격언에서.

19) 마흔 개의 보닛을 지닌 저 아낙네(folty barnets): Galway의 Tommy Healy(아일랜드 정치가, 1855–1931) 부인의 별명.

20) 불(알) 까기를 원하는 황금 청년들에 관하여(golden youths that wanted gelding): 셰익스피어 작 〈심베린〉 IV. 2. 237: 황금 청년들과 소녀들은 모두…(Golden Lads and girls all must)의 인유.

21) 악혼무인惡婚舞人(Mal maridade): 지방무地方舞의 이름.

22) 오월 요정(Morgan le Fay): 아서 왕의 누이, 요술쟁이.

23) 버랜타인 애안무愛眼舞(valentine eyes): 무도의 이름.

24) 남서풍녀南西風女 쓸모없이 불어 대다니(Winnie blows Nay on good): 격언: 악풍이 쓸모없이 불어 제치나니(Ill wind blows no one good)의 패러디.

(21)

1) 이야기는 첫째로 고古석기시대의 오래 전의 사랑의 이야기, 즉 아담이 땅을 갈고 이브는 비단을 짜든 시절의 것일 수 있다. 둘째로 아일랜드의 고대 민속적 이야기: 반 후터 백작(Jarl van Hoother)(시제의 성 로렌

스 가족), 호우드 성의 백작과 오말리(Grace O'Malley)(1575)의 이야기. 여기 오말리는 엘리자베스 1세 때의 아일랜드 해적으로, 〈율리시스〉에서 Granuaile…Kathleen ni Houlihan로 묘사된다. (U 270) 프랜퀸(프랜퀸)인 그래이스(Grace)는 유혹녀 또는 창녀, 매혹녀이기도 하다. 후터(후터) 백작의 식구는 두 쌍둥이 아들들인 jiminies 및 외딸로써, 〈경야〉를 통하여 Isolde, Grania, Guinevere 등으로 합세한다. 셋째로 오늘의 주인공 HCE의 이야기(솀, 숀, 이시) 등 상호 중첩되고 혼성된 이야기로 읽을 수 있다. 그 중 특히 후터(Jarl van Hoother)의 Jarl은 스칸디나비아 수령(chieftain)으로, 영어의 공작(earl)에 해당한다. 여기 후터 그리고 프랜퀸의 이야기는 간단할지라도, 우리가 유념해야 할 유일한 것이라, 우리가 같은 이야기를 수없이 거듭할지라도, 매 번 꼭 같지가 않다. 그리고 이를 증명하기 위하여 프랜퀸 이야기를 자세히 살펴 볼 필요가 있다. 여기 후터 백작과 프랜퀸의 표면적 이야기 이외에도, 우리는 수많은 이야기의 중첩(〈경야〉의 그것인 양) 을 읽을 수 있으니. (1)아일랜드 역사와 신화 (2)성서—노아 (3)민속적 오말리 (4)문학적 L. 스턴 (5)스위프트 (6)마크 트웨인 (7)정치적: 스트롱보우(Strongbow), 크롬웰(Cromwell). (8) 교적: 가톨릭과 신교도의 갈등 (9)언어적 Gael과 Gall 등등. 여기 이야기에서 전통적 동화에서처럼 마녀가 3번 출몰한다. 또한 프랜퀸은 ALP처럼 물의 소녀인지라, 비, 강, 및 요尿와 연결된다.

2) 그 옛날 장시長時에, 고古석기 시대에(in an auldstane eld): 통상적 동화의 시작: 옛날 옛적에(Once upon a time.의 패러디(〈초상〉 첫 행 참조).

3) 아담은 굴토거掘土居하고…(Adam was delvin): (1) R. McHugh 교수 설: 시인 Gerald Nigent 작 〈아일랜드 이별에 관해 쓴 송시〉(Ode Written on leaving Ireland) 중의 가사에서: 그대로부터 달콤한 델빈(Delvin)이여, 나는 떠나야 하나니의 패러디 (2)Atherton 교수 설: Gerald Nugent(아일랜드, 연대는 미상)의 시 Fal에게 작별중의 가사에서: 델비로부터 떠나기는 어려운 일의 패러디(Atherton 24.26)

4) 그의 이브 아낙마담(madameen): 〈돈 지오반니〉(Don Giovanni)의 가사에서: 마다미아(Madamia).

5) 야산거남夜山巨男(mountynotty man): (1)Montenotte: 1794년 및 1796년 오스트리아 인들의 프랑스 패배의 장소 (2)Cork의 지역 명 (3)이름은, 역시 Cork의 지역인, night—mountain을 의미한다.

6) 차가운 손(cold hands): 수음의 암시. '차가운 손'(cold hand)은 〈율리시스〉의 제8장에서 블룸의 몰리와의 호우드 언덕에서 갖는 초기의 사랑의 장면에 대한 회상에서, 그리고 제11장의 오먼드 바에서의 비어 펌프를 훑어 내리는 바걸의'차가운 손'에서 수음의 상징으로 작용한다.

7) 프랜킨은 창백 장미꽃을 꺾으며(the Prankquean pulled a rosy one): (1)자장가의 주인공인 Tam Lin은 자신의 존재를 알리기 위해 성의 문간에서 장미를 꺾는다. (2)속어: 장미를 꺾다(pluck a rode): 방요의 뜻.

8) 자신의 미소년美少年(Le Petit Parisien): 20년대의 저널 명.

9) 쇠자衰者 마르크여(Mark the Wans): 트리스탄의 숙부인 마크 왕의 암시.

10) 그녀 적의敵意의 나리(그래이스)(Grace O'Malley): 프랜퀸 이야기의 여주인공, 일명 Cathleen Ni Houlihan(아일랜드의 별명): 예이츠의 극시의 타이틀이기도.

11) 음사陰沙의 서황야西荒野(shandy westerness): L. 스턴(Sterne)의 소설 제목에서: Tristram Shandy.

12) 나의 애란愛蘭 정지停止로 돌아 와요(come back to my earin stop): 노래의 타이틀: Come Back to Erin.

13) 세탑世塔 튜라몽에서(Tours du Monde en Quarante Jours): 1차 세계 대전 전 프랑스에서 널리 광고된 구절의 인유.

14) 40년의 만보漫步를 위해 떠났나니(went for her forty year's walk): Grace O'Malley가 40년 동안 항해했던 전설.

15) 애점愛點(lovespot): 핀 맥쿨(Finn MacCool)의 조카로 그의 최고 투사인, Dermot는 이마에 애점愛点(lovespot)을 지님. 예술의 아들 Cormac의 딸인, Grania(MacCormack Ni Lacarthy)는 Finn과 결혼할 참이었다. 그러나 그녀가 Dermot를 우연히 보자, 그와 사랑에 빠지고, Finn에게 마주魔酒를 먹여, Dermont로 하여금 사랑의 도피를 행하게 한다. 늙은 Finn은 두 남녀의 부정不貞에 격분한 채, 그들을 추적하지만, 실패한다.

16) 올빼미 양모현주羊毛賢主들(owlers masters): 불법적 수출을 위해 밤에 양모를 해안으로 운반하는 자들.

17) 루터추문한醜聞漢(luderman): (독일어) Luder: scoundrel. M. Luther(종교 개혁자)의 익살.

18) 브리스톨(Bristolry): 〈경야〉의 주요 배경을 이루는 HCE의 주막 이름인, Bristol의 변형. 리피 강 상류, 피닉스 공원 밖에 위치한, 일명 Mullingar House로 지금도 성업 중, 나그네는 그곳에 오늘 날에도 노인들(4大家, Mamalujo?)과 12단골들이 상시 잡담을 나누고 있음을 목격한다.

19) 상처나족(baretholobruised): Bartholomew Vanhomrigh: 1697년 더블린의 시장으로, Glasheen 교수에 의하면, 그의 생애는 그와 Jarl van Hoother와 연관된다고 한다. (Glasheen. 296)

(22)

1) 넝쿨 자者 마르크(Mark the Twy): Mark Twain의 암시.

2) 우남憂男의 땅으로 소로小路 내내(all the lilipath ways to Woeman's Land): 스위프트의 〈걸리버 여행기〉 의 소인국인(Lilliputian)들에 대한 암유.

3) 애란 족성族聲(fine Gaedhil): 아일랜드의 한 종족.

4) 노파의 비명悲鳴(old grannewail): 호우드 성주인 성 Lawrence의 가족 Grannuaile(노파)의 암시.

5) 크롬웰의 저주(the curses of cromcruwell): (1)(앵글로—아이리시어)(어떤 이)에 대한 크롬웰의 저주 (2) Crom Cruach: 성 패트릭에 의하여 파괴된 켈트의 우상 (3)Caisleen—na—Cearca: Grace O'Malley가 호우드 상속인을 보유하고 있던 성은 크롬웰에 의하여 무참히 파괴되었다.

6) 장가莊家(mansionhome): 더블린 소재의 Mansion House(시장 관저, 현존).

7) 4부部 위장(胃腸)(stomachs): 소의 위의 4개의 부분들.

8) 소천하인小賤下人이나 천진신부天眞新婦(knavepaltry and naivebride): (아일랜드)Naomh Pa'draig: 성 패트릭. Naomh Brighid: 성 Bridget.

9) 골짜기가 반짝이며 거기 놓여 있었도다(the valleys lay twinking): T. 무어의 노래 제목골짜기는 내 앞에 미소하며 누워있었네(The Valley Lay Smiling before Me).

10) 야영의 종소리처럼(like the campbells): 노래 제목: The Campbells are Coming.

11) 처녀들의 무서운 표적인(the old terror of the dames): 브라이엄 보루는 덴마크 인들의 공포(The Terror of the Danes)로 불리었다.

12) 뇌우자雷雨者(Boanerges): 〈마가 전〉 3:17: Boanerge, 그는 우뢰의 자식이었다.

13) 3스톤 짜리 덧문 성城(three shuttoned castles): 3개의 성: 더블린 시의 문장에 그려진 것.

14) 브로딩나그(bullbraggin): Brobdingnag: 스위프트의 〈걸리버 여행기〉에 등장하는 거인들.

15) 로드브록 방사복防蛇服(Broadginger): (1)Ragnat Lodbrok: 바이킹 추장은 방사 복을 입은 것으로 알려짐 (2)Balbriggan: 더블린의 군 명: 18세기 실패한 면화 산업의 현장.

16) 이 구절은 〈율리시스〉 제12장에서 거인 〈시민〉(Citizen)에 대한 과장 묘사와 유사함(U 12. 151—168 참조).

(23)

1) 궁남弓男의 미늘 창槍(bowman's bill): 아일랜드를 침입한 앵글로—노르만의 지도자 스트롱보우(Strongbow)의 암시.

2) 뇌성(FW 3참조)(전체 작품 속의 10번 중 2번째)은 늙은 훈터 백작의 분노를 통하여 다시 울린다. 그것은 그를 얽매여 왔던 그이 자신의 무기력이기도 하다. 〔여기 문 닫는 천둥소리는 늙은 백작의 분노를 통해 일어나거니와. 이는 그를 실추시킨다. 그는 실제로 공포에 질린다. 첫 뇌성과 마찬가지로, 여기 우뢰를 뜻하는 다어성(多語性)을 함축한다〕.

3) 모두들 공짜 차를 마셨나니라(all drank free): 아일랜드 동화의 레퍼토리 끝의 패러디: 그들은 냄비를 걸

고 모두 차를 마시는지라.

4) 그 갑옷 입은 사나이는 앞치마 하의下衣의 어떤 소녀들에게 언제나 비대한 상대가 되었기 때문이라(one man in his armour was fat…for any girls under shurts): 스위프트 작 〈포목상의 편지들〉(Draper's Letters)에서: 무장한 11명은 셔츠 입은 단독 사나이를 확실히 굴복시키리라(Eleven men well armed will certainly subdue one single man in his shirt)의 익살.

5) 그 노르웨이의 선주船主(the Narwhealian captol): 여기 후터는 노르웨이 선장(Kersse)으로 변신한다. 후자 및 커스 양복상은 잇따른 〈경야〉의 II권, 3장에서 다시 만난다. 그는 HCE의(희망 봉 주변에 출몰하는) 유령선장(Flying Dutchman)의 모습이다. 프랜퀸은 ALP와 함께 유혹녀이다. 여기 요점인 즉, 무작위로 선발된, 이러한 민속 이야기는, 세상의 매사가 그러하듯, 우리들의 죄 지은 영웅과 그의 추락의 특질을 노정한다. 이들은 모두 HCE, ALP, 그들의 딸, 및 쌍둥이 아들들의 가족 모형을 확약한다.

6) 지금까지 당신은 왔긴 했어도 더 이상은 안 되도다(Saw fore shalt thou sea): (1)〈욥기〉 38:11의 패러디. (2)1885년, 코크(Cork)에서 있었던 파넬의 연설문의 패러디: 어떤 사람도 말할 권리 없을지니, '당신은 여기까지 왔으니, 더 이상은 가지 못하리'(Hitherto shalt thou come, but no further).

7) 당신과 나 사이(Betoun ye and be): 〈창세기〉 9:12: 당신과 나 사이 내가 맺은 계약(the covenant which I make between me & you).

8) 도시민盜市民의 전도농담全都弄談은 소촌도疏村都 전체를 평복平福하게 만들었나니라(Thus the hearsomeness of the burger felicitates the whole of the polis): 더블린의 모토: 시민의 복종은 시의 행복이도다(Obedientia civium urbis felicitas). 이 구절은 〈경야〉의 잇단 사방에 출몰하는 주제들 중의 하나이다.

9) 오 행복불사조 죄인이여!(O felix culpa(L): (O lucky fall)하느님의 사랑을 통하여 부활을 가져왔던 추락에 대한 성 오거스터스(Augustus)의 축사(祝辭). 이 구절의 변형인 O Phoenix Culprit는 이 작품에 수없이 등장하는 통상적 형태이다. HCE의 추락과 부활의 온당한 말로서, 아담의 행복한 추락(성 토요일을 위한 미사에서)과 피닉스 공원에서의 이어위커의 죄와 결합한다.

10) 무無는 무로부터 나오나니(Ex nickylow malo comes): A. P Persius(고대 로마의 풍자시인) 작 〈풍자〉(Satires) 1. 84의 글귀: De nihilo nihilum(Nothing can come out of nothing).

11) 노도파怒濤波 그리고 잡탕파雜湯波 그리고 하하하 포파도咆波濤 그리고 불상관마이동풍지파不相關馬耳東風之波(the wave of rosary and the wave of neverheedrhemhorseluggarandlistletomine): 4대 연대기자들(Mamalujo) 및 아일랜드 해안의 4갑岬(points)은 아일랜드의 4파도(Four Waves로서 알려지다(〈율리시스〉 제9장 참조).

12) 육봉합陸封合 된 채(Landloughed): (1)landlocked (2)Lochlann: 어느 날 나타난다는, 네이 호반 밑에 놓인 것으로 상상되는 스칸디나비아 식 도시와 둥근 탑에 대한 암시.

13) 아가들과 젖먹이들(sabes and suckers): (1)대중 유행어(babes & sucklings): (2)대중 유행어: 성인들과 현인들(saints and sages). (3)조이스의 비평문 제목이기도.

14) 영구화되고(perpetrified): 네이 호반의 파도에 기인된 화석화의 재생.

15) 그녀의 풍락사과風落司果(windfall): 사과: 예기치 않은 행운 또는 행복한 추락.

(24)

1) 램프 등燈의 황혼 곁에 (노보)신新 더블린(Novo Nilbud by swaplight): (1)Dublin by Lamplight: 더블린 세탁소 명(〈더블린 사람들〉, 〈진흙〉 참조) (2)앞서 풍락사과(Windfall)(행복한 추락)는, 뒤엎어 진 채, 풍요의 나일 강(Nilbud)으로 운송된, Larry O'Toole 왕의 신新 더블린이 일종의 잃어버린 에덴동산을 나타내는 바, 거기서 아담은 이마에 땀 흘려 빵을 얻으리라.

2) 경작치耕作齒의 기술에 의해(by the skill of his tilth): 가까스로(skin of his teeth)란 말의 인유.

3) 찬조贊助 아래(beneath his auspice): 더블린 소재 사자死者 수용소(Hospice for the Dying)의 인유.

4) 땀 흘리게 했으며 자신이 노역의 공恐빵을 득得한지라(he sweated…he turned his dread): 성서: 〈창세기〉 3:19: 그대의 얼굴의 땀으로 빵을 벌지라(In the sweat of thy face shalt thou eat bread)의 패러디.

5) 홀아비의 집에서…연말에서 연종年終까지(in his windower's house…from earsend to earsend): (1)B. Shaw 작 〈홀아비들의 집〉(Widower's Houses)의 인유 (2)〈마르크 전〉 12:40: 귀에서 귀까지 얼굴을 붉히며. (blushing from ear to ear)란 말의 인유.

6) 화조花鳥가 여신餘燼을 흩어 버릴 때(when the fiery bird disembers): 피닉스(불사조)는 불탄 재로부터 솟는다.

7) 생명주!(Usqueadbaugham!: usquebaugh: (앵글로—아리시어) whiskey.

8) 악마로부터 가련한 영혼들이여!(Anam much an ahoul!): (앵글로—아이리시) thanam o'n dhoul: your souls from the devil.

9) 그대 내가 주사(酒死)했다고 생각했던고?(Did ye drink me doornail?): 민속 곡 〈피네간의 경야〉의 가사 패러디. 여기 피네간의 시체—피닉스가 일어나려고 꿈틀댄다. 그는 원주민어原住民語로 투덜댄다:

미키 마로니가 그의 머리를 쳐들자,

그때 한 갤런의 위스키가 그에게 날렸대요.

그것이 빗맞자, 침대 위에 떨어지면서,

술은 팀 위에 뿌려졌대요.

아호, 그가 되살아났도다! 그가 일어나는 걸 봐요!

그러자 티모시, 침대로부터 껑충 뛰면서,

말했대요, 그대의 술을 빙빙 날릴지라 불꽃처럼.

악마에게 영혼을! 그대 내가 죽은 줄 생각하는고?

10) 연금 받는 신神처럼(like a god on pension)Herold: La vie de Bouddha에서 그는 불타佛陀의 말(馬)을 신처럼 서술한다.

11) 히아리오포리스(Healiopolis): 팀 Healy가 아일랜드 자유국의 총통이 되었을 때, 더블린 사람들이 그렇게 부른 피닉스 공원 내의 총독 관저의 이름.

12) 카페라베스터(Kapelavaster): 불타가 태어난 곳.

13) 북부 암브리안: North umbraian: 더블린의 Phibsborough 지역.

14) 오분묘五墳墓(Five) Barrow: Phibsborough: 더블린의 지역 명.

15) 비척비척 공습도空襲道(Waddlings Raid): 더블린의 Watling St, Roman Road, Watling 거리의 암시.

16) 무어 암자(무어 St): 더블린의 거리 명.

17) 아마도 문외門外의 안개 이슬로 그대의 발을 필경 적시게 되리로다. 어떤 병노病老의 파산자(wet your feet maybe with the foggy dew's abroad. some sick old bankrupt): 불타는 그의 궁전 바깥에 한 노인, 한 병자 및 한 구의 시체를 만나는지라, 이리하여 나이, 병 및 죽음을 보았도다.

18) 코더릭(Cothraighe): 성 패트릭의 옛 이름.

19) 크란카타찬카타(clankatachankata): (1)Kantaka: 불타의 말(horse) 이름 (2)Katachanta: 마호메트의 말 이름.

20) 뉴전트가 알았듯이(as Nugent knew): Gerald Nugent(1588년 경): 아일랜드의 시인. 그의 시 아일랜드의 이별의 송가(Ode Written on leaving Ireland): 그대, 달콤한 더블린으로부터 나는 별리해야 하나니(From thee, sweet Delvin, must I part)의 작가(전출).

21) 트로이의 점토粘土가 족제비들을 놀라게 할지니(the Tory's clay will scare the varmints): 아일랜드 연안의 트로이 섬: 쥐들이 그 곳에는 살 수 없는지라, 육지인들은 섬에서 흙을 날라, 본토의 쥐의 번식 방지용으로 사용한 것으로 전함.

22) 귀향 호메로스(Homin): Homer returned home.

23) 불에 굽힌 보루(Broin Baroke): 브라이안 보루: 덴마크 인들의 공포로 알려진 아일랜드의 영웅—왕(전출).

24) 장대 고古 로난(pole ole Lonan): 성 패트릭에 의하여 개종된 추장.

25) 대통 주둥이 무無 두레박Nebuchadnezzar): Babylon을 경이驚異로 만든 왕(600 BC).

26) 기네스 고관(Guinnighis Khan): Genghis Khan(1162—1227): 몽골 정복자.

27) 겸허한 도박꾼들(ombre): 18세기의 카드 게임.

(25)

1) 피니안 당원들(fenians): Fenians: 1860년대의 아일랜드 혁명 단체, 그러나 여기서 그들의 피네간에게 공물을 나르는 역할은 잘못 적용된 듯.

2) 그대를 아까워하다니 우리들의 타액이 아닌지라(it isn't our spittle we'll stint you of): 옛 의사들은 침을 고약처럼 발랐다.

3) 초라한 소상小像들(little imagettes): 이집트의 죽은 자들과 함께 매장했던 Shabti 상들.

4) 파허티 박사(Doctor Faherty): (미상).

5) 벌꿀 및 봉밀(comb and earwax): 스위프트 작 〈책들의 전쟁〉(Battle of the Books)에서 고대인들의 지혜를 칭하는 바, 이들 벌꿀과 봉밀은 인류에게 공급된 가장 고상한 물건들.

6) 노자勞者 핀탄(Fintan Lalor): (고적대의) 횡적橫笛 악기.

7) 바실리커 연고(Basilico's ointment): 한 때 피부 질환에 사용되던, 약초의 일종.

8) 연어가家(The Salmon House): 르 파뉴(Le Fanu) 작 〈성당묘지 곁의 집〉(The House by the Churchyard)에 연회장으로서 언급 된 채프리조드.

9) 수념물手念物(manument): 기념석(記念石).

10) 애란인들(Eirenesians): eirene(G): 평화.

11) 포대 받침(battery block): 예포대禮砲臺의 자리에 세워졌던 웰링턴 기념비.

12) 용감한 늙은 간(Michael Gunn): 더블린의'게이어티'극장 지배인.

13) 대포유자大砲遊子(G. O. G)(game old Gunne)!: (1)The Grand Old Man: Gladstone을 지칭함 (2)그대는 대포 같은 자, 세상에 그대 같은 자 없나니.

14) 타스카의 백만촉안(the millioncandled eye of Tuskar): 아일랜드 서동 쪽 해안의 타스카 등대는 1백만 촉광의 등대 불을 지녔었다.

15) 모이린 대양(Moylean Main): 아일랜드와 스코틀랜드 사이의 바다 이름.

16) 대 브르트국(Bretland): 본래 웨일스를 가리키나, 현재는 대영제국의 시명(詩名).

17) 첨봉군尖峯郡(Pike County): Mark Twain(아일랜드 출신)의 〈허클베리 핀〉(Huckleberry Finn)에 사용된 방언.

18) 이암(Liam): 아일랜드어로'윌리엄'이란 말: 이암의 숙명석: 정의 고왕(High King)들의 대관식이 그 위에서 행해지는 타라의 바위.

19) 위대한 맥쿨라(Maccullaghmore): (1)아일랜드 동전 제안자. (2)Fin MacCool.

20) 마이크 맥 마그너스 맥콜리(Mick Mac Magus MacCawley): (1)Finn MacCawley: 아일랜드의 혁명단의 전설적 영웅이며 대소 우주로서의 맥쿨, 〈경야〉의 신화적 배경 막의 일부를 형성한다. (2)마크 트웨인의 Finn Huckleberry.

1) 피부대皮負袋 레이놀즈(leatherbags Reynolds): 연합 아일랜드(United Irish)를 고발하고 5000불의 벌금을 문 레이놀즈(Thomas Reynolds).

2) 보석상 홉킨즈 앤 홉킨즈(Hopkins & Hopkins): 더블린 소재의 보석상.

3) 백란주白卵酒(eggnog): 계란이 들어있는 술.

4) 예루살렘을 여행했기에(Jerusalemfaring): 예루살렘 여행자 Sigurd: 12세기 노르웨이의 왕.

5) 피터, 재크 또는 마틴(Peter, Jack & Martin): 스위프트의 〈터무니없는 이야기〉(Tale of a Tub)에 나오는, 가톨릭, 성공회 및 루터교의 성당 명.

6) Papa Vestray: 오크니 제도(Orkney Islands)(스코틀랜드 동북의 여러 섬들)의 하나로서, 바이킹 시절 그곳 켈트 성직자였던 Papae의 이름에서 유래함.

7) 맥麥백발…영웅!(wheater…Hero!): (1)노래 가사에서 유래함: 그대의 머리카락이 백발이 될 때 나는 그대를 더 한층 사랑하리라. (2)불타(佛陀)는 자신의 머리카락을 잘라 공중에 던져버림으로서 사치를 포기했다는 전설에서. 그는 이전에 어떤 승려에 의하여 영웅이라 불리 움.

8) 지금까지 우리는 일곱 번 당신에게 경례하도다!(Seven Times therto we salute uou!): 불타는 자신의 교화 후로 7번 인사 받다.

9) 그대의 심장은…있고 그대의 도가머리는 돈분豚糞의 남회귀선대南回歸線帶에 있도다(Your heart is in…your crested head is in the tropic of Copricapron): 타 타넨(Ptah Tanen) 신에 대한 이집트 찬가: 그대의 머리는 하늘에 있고 그대의 발은 땅위에 있노라(…his head is in the heavens while his feet are on the earth).

10) 연변沿邊 지역(region of Sahuls): Sahu 이집트 신화에서 영혼들의 부패하지 않은 거처.

11) 라파옛으로 향하는 외로운 길(the loamsome roam to Lafayette): (1)M. 트웨인작 〈허클베리 핀〉 중의 구절. (2) 워싱턴 D. C 의 Lafayette 광장.

12) 이시스(Isid): Isis와 Osiris: 이집트의 주된 신들, 형제자매, 남편과 아내.

13) 토텀칼멈 묘진혼사墓鎭魂士(Totumcalmum): Tut—ankh—amen: 이집트의 〈사자의 책〉(Egyptian Book of the Dead) XL권에서 오시리스(Osiris) 왈[시간의 도래]: …나는 신들의 무리들이 살생의 일에서 그대에 관하여 명령한 만사에 관해 그대에게 행사했는지라. 그대 물러갈지니, 오시리스의 그대 혐오자여…나는 그대를 알도다…소환 없이, 시간을 알리지 않고 온, 오 그대여(I have performed upon thee all the things which the company of the gods concerning thee in the matter of the work of thy slaughter. Get thee back, thou abomination of Osiris…I know…O thou that comest without being invoked & whose[time of coming]).

14) 그리스도 패트릭 성당(Christ Patrick's): 성 클라이스트 성당과 성 패트릭 성당: 더블린 소재의 성당들.

15) 봉분封墳(Howe): 언덕, 또는 봉분. Howe: 더블린의 바이킹 점령 동안 옛 스칸디나비아의(Norse) 의회자리로서, thingmote로 알려 짐(〈젊은 예술가의 초상〉 제4장 스티븐의 바닷가의 의식 참조. (P 167))

16) 벨리 1세(Belly the First): Bellt the First: 윌리엄 1세: 정복자(The Conqueror). 그는 아일랜드에 간섭하지 않았으나, 그의 후손들, 앵글로 노르만인들은 아일랜드를 약탈함.

17) 그의 의관議官들이 만도島의 정식 회연會宴에서 만났을 때처럼(his members met in the Diet of Man): (1)벨리 가家와 그의 관리들. 이솝의 우화에서. (2)만도의 정식 회연會宴(the Diet of Man). 만 섬(Isle of Man): 아일랜드 해와 영국 본토의 중간 해상에 위치함.

18) 야콥의 문자 크랙커(Jacob's lettercracvkers): 야곱 비스킷 공장(Jacob's factory): 더블린 소재.

19) 닥터 티블 점店(Dr. Tibble's Vi—Cocoa): 더블린 소재인 듯 하나, 자세한 것은 미상임(〈율리시스〉, 16:805 참조).

20) 모(母) 해구점(海鳩店)의 시럽 이외에 에드워즈 점의 건조 수프(Edward's Desiccated Soup and Mother Seigel's Syrup): 더블린 소재.

21) 레일리—교구목敎區牧이 공그라졌을 때(when Reilly—Parsons failed): 퍼시 오레일리의 민요의 패러디

(FW 44.24 참조).

22) 정규 레슨(nessans): 아일랜즈 아이(Ireland's Eye) 섬에 있는 Nessan의 삼자三子 성당 명.

23) 봉니사업封泥事業(beesknees): (bee's knees): (속어) 완성의 절정. 만

(27)

1) 유리엉덩이 톰 보우(무덤) 또는 스음자手淫者 티미(Tom Bowe Classarse or Timmy the Tosser): Glasheen 교수는 이들 양자를 Glassarse로서, 그래드스톤(William Ewart Gladstone)(1809—1898)(영국의 수상)과 동일시한다. (Glasheen 105 참조).

2) 디즈라엘(Tisraely): Disraeli(1804—1881): Beaconsfield의 최초의 백작(1804—1881)으로, 영국의 수상, 소설가. 그는 그래드스톤의 반대자였다.

3) 로마 카톨릭의 패트릭(roman pathoricks): 성 패트릭은 아일랜드의 성자로, 앞서 적대의 영국 수상들과는 다르다.

4) 애완愛腕이 아는 바를 우의수右義手가 포착할 때(when the ritehand seizes what the lovearm knows): 〈마태복음〉 6:3: 그대의 오른 손이 행하는 바를 왼손이 모르게 하라(Let not thy left hand know what thy right hand doeth)의 패러디.

5) 만일 비누가 밀크에 적신 빵이라면 그대는 그의 옆구리에 활검活劍을 유치留置할 수 있을진대(if the seep were milk you could lieve his olde by his ide): T. 무어의 노래 가사: 만일 모든 바다가 잉크라면, 그의 검劍을 거둘지라(Lay His Sword by His Side[If All the Seas Were Ink]의 패러디.

6) 뇌광雷光에 불붙은 바람둥이(yhe tarandtan plaidboy): 싱(Synge) 작의 연극 제목인 〈서부 세계의 바람둥이〉(The Playboy of the Western World)의 인유.

7) 변비증의 잉크를 제조하면서(making encostive inkum): 실제로 문필가 솀은 그의 분뇨로 잉크를 제조하여, 그의 전신에 글을 쓴다. (FW 185 참조)

8) 헤티 재인(Hetty Jane: HCE의 딸 이시를 기리 킴.

9) 마리아의 아이(a child of Mary): 가톨릭 소녀 협의회 명.

10) 백금의白金衣(her white of gold): (1)생일 복 (2)성모 마리아의 연도連禱는 〈초상〉 1장에서 스티븐의 연인 Eleen과 연관 된다: 황금의 집(House of Gold), 상아 탑(Tower of Ivory).

11) 에시 샤나한(Essie Shanahan): Esther Johnson 및 Esther Vanhomrigh(스위프트의 연인들인 스텔라와 바네사 자매들) 중 전자를 가리킴. (FW 3 참조)

12) 루나의 수도원의 이시를 기억하는고?(You remember Essie in our Luna's Convent?: T. 무어의 노래 가사의 인유: 그대는 에린을 기억하는고, 우리들의 햄릿의 자랑(You Remember Ellen, Our Hamlet's Pride).

13) 순미純美의 피아(Pia de Purebelle): Pia e Pura Bella: 비코의 영웅시대의 종교 전쟁.

14) 래너즈(Katty Lanner): 더블린의 희극 시녀.

15) 빙글빙글 도는(whirligigmagees): 노래: Mr Whirligig Magee.

16) 카추차 단무短舞(cachucha: 스페인 무舞.

17) 무정철한無情鐵漢 에스겔이여(Ezekiel Irons): (1)르 파뉴(Le Fanu)의 〈성당묘지 곁의 집〉에 등장하는 교구 목사 및 어부. (2)Ezekiel: 강자란 뜻(유태인의 예언자), 〈에스겔서〉(구약성서 중의 한 편).

18) 디미트리우스 오프라고난이여(Dimitrius O'Flagonan: 노래 속에 등장하는 인물인 rius Flag—nan McCarthy.

19) 결코 마녀를 겁내지 말지니!(Be naythes angst of Wramawitch): Binn Eadair: 호우드 언덕.

20) 기묘한 베한과 늙은 캐이트 그리고 집사 버터에게: (1)Behan: 남자 하인의 이름들 중 하나. (헤브라이어) behemah(beast) (2)캐이트: 이어위커 가문의 세탁부 (3)바트: TV 쇼의 코믹 배우.

21) 선미외륜船尾外輪(stern—wheel): 〈허클베리 핀〉 19의 글귀.

(28)

1) 그녀의 법전法典 탓일 뿐이로다(with her only lex's salig): lex Salica(Salic law): 살리카 법(여자의 토지 상속 및 왕위 계승을 인정하지 않음).

2) 성 티오볼드 티브가 폴록스의 둥근 1인용 털 쿠션 위에서…고양이의 시간(Boald Tib does be yawning…cat's hour on the Pollockse's woolly): (1)Bold Tib: Tabita: 아마도 이시와 함께하는 가족 고양이 명 (2)Castor & Pollux: 성좌로서 Zeus 와 Leda의 쌍둥이 아들들. 그들은 황도대(Zodiac)의 3번째 기호들로, 그들의 이중 화염이 배의 돛대 머리에 나타나면, 폭풍우가 끝난다는 것.

3) 애송이 고양이의 무식료無食料는 눈사태 때문이라(It's an allavalonche that blows nopussy food): 격언의 패러디: 무인無人 선풍善風은 악풍惡風이도다(It's an ill wind that blows nobody good).

4) 아름다운 핀드리니(Findrinny Fair): 지역 명이 아니고, 고대 아일랜드에서 보석으로 사용된 합금. (Louis O. Mink 12 참조)

5) 이브닝 월드 지(Evening World): 뉴욕 시(N. Y. C)의 신문 명(1887—1931).

6) 폭풍산暴風山(Stormont): 북 아일랜드 의회.

7) 딩 탬즈 그는 모든 꼭 같은 해리 놈(all same Harry chap): Dick, Tom, Harry: 이 놈 저 놈, 어중이떠중이. (U 16).

8) 흘러가는 세상사that's a world of ways away): Congreve 작 〈세상의 길〉(The Way of the World)의 익살.

9) 아담즈 부자상회(Adams and Sons): 더블린의 경매장 이름.

10) 물결결 파파도치며(wivvy and wavy): 익사한 몰리의 머리털 묘사 참조: wavyavyeavyeavyevyevyevyhair(물결물결결누거위거우운머기카락)(U 228)

11) 연어의 동명同名의씨족대용품氏族代用品이라(that samesake sibsubstitute of…salmon): 지혜의 핀과 연어의 이름의 대용(namesake).

12) 공복空腹백년 전쟁의 서식지(haunt of the hungred bordles): Conn of the Hundred Battle(백년전쟁의 조타자操舵者): 아일랜드의 전설적 왕.

13) 임의의 크고 장대한 소년 수사슴(a big rody ram lad at random): (1)영국의 역사가, 소설가인 스몰렛(Tobias Smollett)(1721—1777)의 작품 Roderick Random의 패러디 (2)smollett: 초기 성장 단계의 연어.

(29)

1) 밀매密賣 주점(Shop Illicit): 채프리조드 소재 Mullingar 주점(점주: HCE).

2) 치행사癡行師(showm): 공원의 죄를 범한 HCE의 암시.

3) 양조장자釀造場者(Brewster's): HCE는 양조인.

4) 곰(熊) 바남(Phineas Barnum): 미국의 쇼 맨.

5) 저림(곤경) 속의 두창痘瘡 아내(pocked wife in pickle): 스몰렛(Smollett) 작 Peregrine Pickle의 패러디.

6) 꼬마 별아別兒들(clinkers): 스몰렛 작 Humphrey Clinker의 패러디.

7) 고운孤雲이 하소下笑의 증인을 위하여(the clouds naboon for smiledown witnesses): (〈성서〉,의) 〈히브라이 서〉 12: 1: 너무나 큰 구름의 증언으로 사방 맴돌다(compassed about with so great a cloud of witnesses)의 인유.

8) 하얀 단성單星(White monothoid): White dwarf, red giant(별들의 형태).

9) 붉은 신정성神政星(Red theatrocrat): 정치적으로 적백(White & Red).

10) 모든 핑크 색 예언자들: 〈전도서〉(Ecclesiastes)의 예언자들.

11) 마피크가 점점點點으로 나타내는 것(Mapqiq makes put out): mappiq(헤브라이어), 편지 위의 점(dot).

12) 원주선原住船(dhow): 아라비아 해 등지에 쓰이는 대형 삼각돛을 단 연안 항해용 범선.

13) 시 바 여인(shebi): (성서의 패러디) Sheba 여왕(Solomon 왕의 슬기와 위대함에 감복했다 함) 〈열왕기 상〉 X:1—13 참조.

14) 사탕 지팡이를 섬유 녹말로 바꾸면서(changing cane sugar into dethulose): 겨울 동안, 저장을 위해 녹말로 바꾼 사탕.

15) 에든버러(Edinburgh): (1)에든버러, 스코틀랜드의 수도. (2)여기서는 물론 더블린 시 (3)에든(Eden)+버러(Burgh), 서로 마주 바라보는 더블린의(리피 강의)두 부두 명들.

• I부 - 2장 •

HCE - 그의 별명과 평판 (pp.30-47)

(30)

1) 목여우木女優 아이리스와 오렌지 릴리(Iris Trees and Lili O'Rangans): (1)목여우(Iris Tree): 영국의 여우 이야기의 내용 (2)오렌지 릴리(Orange Lily): 노래의 가사 내용.

2) 이노스 마법사(enos): 마법사 세스(Seth)(아담의 셋째 아들) 〈창세기〉 IV:25).

3) 백년남군촌百年男郡村의 시들레스햄의 이어위커 가문家門(the Earwickers of Sidkesham in the Hundred of Manhood): 이어위커의 몇몇 가문은 영국 서부 서섹스(Sussex)의 100년 남군촌(the Hundred of Manhood)에 살았다 한다. 이는 그곳의 Sidlesham에 살았던 실제의 가족으로, C. Hart 교수에 의하면, 조이스가 1923년 Bognor에서 몇 마일 떨어진 곳에 머물고 있었을 동안, 1923년에 거기를 방문했다 한다. (Glasheen 126)

4) 무력촌武力村(Wapentake): 영국의 어떤 군들 중의 하나로, 100년 남군촌의 다른 마을들과 대응한다.

5) 헤릭 또는 에릭(Herrick or Eric): (1)Hart 교수는 이어위커의 옛 바른 발음은'Erricker'라는 것. 따라서 조이스는 'Herrick'혹은 'Eric'과 같은 변형을 사용했으리라 진단한다 (2)헤릭(Herrick): 스위프트의 어머니의 처녀 명이기도. (3)Robert Herrick: 20세기 초, 영국의 소설가 및 시인.

6) 드무탈(Dumlat): 탈뮤트(Talmud) 모세 5경(구약의 첫 5편) 전설집의 역철逆綴.

7) 두정상—에다(Binn Eadair): 호우드 정상(Ben, Head)의 초기 명칭. 여기서는 최고의 신빙성 이야기라는 뜻.

8) 신시나터스(Cincinnatus): (1)가상의 독재獨裁, 그는 나라에 봉사하기 위해 두 번 쟁기질(농부의 일)로부터 조정에 소환되었으나, 두 번 다 쟁기질로 되돌아 왔다함. (2)Cincinnati: 미국 오하이오 주의 한 도시 명.

9) 고해원 호텔(Royal Marine Hotel): 더블린 외곽 단 리어리 마을 소재. 지금도 성업 중.

10) 적수목赤樹木 아래(Under the Greenwood Tree): 노래 제목.

11) 험프리 또는 하롤드 나리(ethnarch Humphrey or Harold): 나리(ethnarch): 백성 또는 한 지방의 통치다.

12) 주막의 전원前園(the forecourts): 대법원 건물(Four Courts)의 패러디.

(31)

1) 그의 통행문 열쇠(his turnpike keys): 채프리조드의 출입 턴파니크 열쇠, 그것을 지닌 HCE.

2) 꼭대기에 화분을 조심스럽게 지측地側으로 게양고정揭揚固定 시킨 높은 횃대(a flowerpot was fixed earthside hoist with care): 집게벌레잡이용으로 사용된 막대 위의 뒤집힌 장식 화분.

3) 아담남주男酒(Adam's ale): (속어) 물.

4) 대백모大伯母 소피아(greataunt Sophy): 파넬의 대고모 Sophia Evens 부인은 실질적인 장난꾼이었다.

5) 단지성短指性(shortfingeredness): 글래드스톤(W. Gradestone)(영국의 자유당 정치가 1809—1898)은 사고로 그의 왼쪽 집게손가락을 잃었다.

6) 교수형絞首刑의 중장비(his retinue of gallowglasses): 중무장한 아일랜드의 군인들의 통칭.

7) 레이쓰 및 오팔리(Leix & Offaly): 아일랜드 최초의 식물 재배지. Mountjoy(아일랜드의 영국 감옥)에 의하여 황폐화되었다.

8) 드로그히다 지방(Drogheda): 크롬웰(Cromwell)에 의하여 황폐화되었다.

9) 엘코크(Elcock): Luke Elcock은 Louth 군 의회의 의원(〈톰스의 인명록〉(Thom's Directory)(1903) 참조).

10) 캔메이크노이즈가조성可造聲(Canmakenoise): 유명한 아일랜드의 수도원 정착지.

11) 카나반(Canavan): dark head 및white head에 대한 아일랜드어.

12) 워터포드(Waterford): 아일랜드 남부 해안 도시 및 항구.

13) 마이클 M. 마닝(Michael M. Manning): 어떤 도시의: 서기 〈톰스의 인명록〉(Thom's Directory)(1907).

14) 애란의 논 감자가 자라는(where the paddish preties grow): 노래의 가사에서: 감자가 자라는 정원.

15) 성聖 허버트의 성골聖骨에 맹세코: 성 허버트(Holybones of St Herbert): 수렵의 옹호자(강한 서약의 표시).

16) 강우토强雨土(Pouringrainia): 그 위에 비가 쏟아지는 땅(pouring rain).

17) 좀 필(John Peel): 노래의 가사에 나오는 인물.

18) 귀부인 홈패트릭(the lady Holm패트릭): 더블린, 스케리즈(Skerries) 구의 옛 이름

19) 자갈 덮인 웃음소리(pebb러 crusted laughta): 구르는 돌에는 이끼가 끼지 않는다(A rolling stone gathers no moss)라는 격언에서.

20) 회석토수상灰石土首相(the cladstone): 글래드스톤의 패러디.

(32)

1) 노헤미아(Nohemiah): (1)보헤미아(체코의 서부 지방, 자유분방한 세계) (2)유태인의 바빌론 유수幽囚 후에 재건된 예루살렘.

2) 마라카이(Mulachy): (Heb)(melekhi): (1)(헤브라이어) 나의 왕(my king)이란 뜻 (2)HCE의 주점 명인 Mullingar Bar의 암시.

3) 봄의 종축제鐘祝祭(seeks alicence): (Sechselauten): 스위스의 취리히 봄 축제로, 〈경야〉에 자주 언급된다.

4) 성지星智 호크마(Hokmah)(Heb): 성지(devine wisdom), 제2의 세피라(Sephra).

5) 심광기心狂氣 속에 조리條理(metheg in your midness): 〈햄릿〉 II. 2. 207의 인용구.

6) 샤라짜드와 함께 도니째티어(Skertsiraizde with Donyahzade): 〈아라비안나이트〉에서, Skertsiraizde(skirts are raised)의 화자: Donyahzade: 샤라짜드와 함께 이들은 자매 여걸들로서, 그들은 왕 사야(Shahryar)를 끝임 없는 이야기로 해줌으로서 왕이 하루 밤에 한 명의 처녀를 강탈하고 죽이는, 잔인한 계획으로부터 그를 철퇴시켰다. 그들은 〈경야〉에서 공원의 두 유혹녀들과 비교될 수 있다. 그들

의 침대 가의 이야기들은 ALP의 편지와 〈경야〉 자체에 상응한다.

7) 마담 서드로우(Madame Sudlow): Bessy Sudlow: 더블린의 게이어티 극장 지배인인, 마이클 건(Gunn)의 아내로, 팬터마임 지배인.

8) 미로도로스와 가라티(Miliodorus and Galathee): 프랑스의 댄서들.

9) 저 역사적인 날짜that historic date): 앞서 왕과 험프리와의 노상의 대화를 나누는 날.

10) 하롬프리(Haromphery): Thomas Nash(영국의 시인 극작가, 1567—1601)작 〈작품집〉(Works) III. 147)의 인용구의 익살: 이 값지고 선량한 후원자, 러스티 험프리에게, 따라서 마을 사람들이 그를 세례 하듯, 작은 님프들, 귀족들과 궁신들이 이름 붙이듯, 그리고 마찬가지로 정직한 험프리…비평가요 작가인 루이스(W. Lewis)(유명한 〈시간과 서부인〉(Time and Western Man의 저자)는 문사 셈의 서두와 Nash를 비유하고, 조이스와 Nash는 F. 라블레(프랑스 작가)의 공동의 토대 위에서 만났다고 말했다.

11) 루카리조드(Lucalizod): 채프리조드 + Lukan(더블린 및 그 인근 마을들로 모두 작품의 정다운 배경을 마련한다).

12) 차처매인도래此處每人到來(HCE)(Here Comes Everybody): 19세기 영국의 정치가 및 의회 의원 Hugh Culling Eardley Childer(1827—1896)의 이름으로, 조이스의 주인공 HCE의 별명은 그에게서 따옴.

13) 저 흰 모자 좀 벗어요!(Take off that white hat): (1)두 흑인 순회 공연단이 런던에 왔을 때 그들의 선전 문구(catchine)들 중의 하나. (2)Finn MacCool이 15살이었을 때 그는 고왕(High King)의 투구投球 노름꾼들을 패배시켰는데, 고왕이여 저 흰 모자는 누구냐?라고 물었다. 그러자 Finn의 유모가 말하기를: MacCool이라 그를 부르리오.라고 했다 한다 (3)〈율리시스〉 제6장말에서 J. H. Menton의 동작: take off his hat(U 95 참조).

14) 저 왕가王家의 공단 광택극장 안에(in that king's treat house of satin): (1)더블린의 King Street는 게이어티 극장의 주소 (2)Satan: 극장을 나타내는 청교도의 말.

15) 생生 111째(enliventh): ALP의 111명의 아이들의 은유(〈경야〉 제8장 참조).

16) 왕족의 이혼(A Royal Divorce): 〈경야〉에 여러 번 언급되는 나폴레옹의 이혼에 관한 W. G Wills의 오페라 극. W. W Kelly의 Evergreen Touring 극단이 그를 공연했다.

17) 그의 클라이맥스의 정점(the summit of its climax): 리머릭 소프라노였던 Catherine Hays의 성공에, 그녀의 어머니는 말했는지라, 나는 클라이맥스의 정점에 있도다.

18) 보헤미안 아가씨(The Bo' Girl): 아일랜드의 작곡가 Balfe의 유명한 오페라. 그의 〈캐스틸의 장미〉(Rose of Castille)와 함께 조이스 문학 전역에 퍼져 있다.

19) (킬라니의) 백합(The Lily): Sir Julius Benedict(1804—1885)의 오페라.

20) 부왕副王 부스(vicergal booth): 링컨의 암살 현장(그를 극장에서 쏘았다).

(33)

1) 맥캐이브와 컬런 대주교(MaCabe and Cullen): 컬런이 맥캐이브를 계승한 더블린의 두 대주교들, 양자는 반反 국민당원이었다.

2) 적의식용두건赤儀式頭巾보다는 덜 두드러진 채(less eminent than the redritualhoods): 그의 모자는 그들의 두건 약간 아래 매달려 있다.

3) 부포형浮泡型(cuckoospit): 어떤 동시류同翅類 곤충들을 에워싼 보호 거품.

4) 나포레온 무한세無限世(Napoleon the Nth): 나폴레옹 I, II, III을 통 털은 세대.

5) 민중선조民衆先祖(folkeforfather): (덴마크어) 대중 저자.

6) 턱시도 재킷(tuxedo): 만찬 재킷.

7) 배역은 이러한지라(The piece was this): 〈왕실 극장 연대기〉(Annals of the Theatre Royal, D. 104)의 문구.

8) 모호랫쥐(Mohorat): (미상)

9) 이루어지도록 허락되어서는 안 되나니…(ought not to to be allowed to be made): 〈율리시스〉에 대한 Shane Leslie의 서평 문구의 변형(Quarterly Review CCXXXVIII 참조).

10) 쥬크 및 켈리케크 퇴화가(Am. Juke and Kallikak): 미국의 대표적 인습적 퇴폐가들(정신적으로, 육체적으로).

11) 한 마리 커다란 백색의 모충毛蟲(a great caterpillar): Lady Campbell(영국 시인 Thomas Campbell(1777—1844)의 부인)(?)은 작가 오스카 와일드가 크고 하얀 모충을 닮았다고 말했다 한다.

12) 민중의 공원(People's Park): 민중의 공원: 더블린 남부 항구 도시 단 레어리(Dun Laighaire) 마을(〈율리시스〉 제1장 말에서 스티븐은 그곳에서 들려오는 아침 8시 45분의 성당 종소리를 듣는다). 민중의 정원(People's Gardens): 피닉스 공원.

13) 헤이, 헤이, 헤이! 호크, 호크, 호크!(Hay, hay, hay! Hoq, hoq, hoq!): Little Brown Jug라는 노래 가사에서.

14) 만일 그가 존재하지 않으면 잇달아 그를 발명할 필요가 있으렷다(if he did not wxist it would be necessarily 1uoniam to invent him): 볼테르(Voltaire)(프랑스의 철학자—문학자)(1694—1778) VI. A. 743 글귀의 인유: 매독은 오스트리아의 질병이요, 만일 존재하지 않으면, 그것을 발명할 필요가 있다(Syphilis is the Austria of disease, if it did not exist it would be necessary to invent it).

(34)

1) 덤브링(Dumbaling): 더블린.

2) 아브덜라(Abdullah): 마호메트의 부친 명.

3) 말론 부서府署(John Mallon): 피닉스 공원 암살 사건 당시 더블린 경찰 서장

4) 호킨즈 가街 건너 암대구岩大口 지역(Rosh Hashena off Hawkins Street): Rosh Hashena: (헤브라이) 유태인의 신년.

5) 성당 묘지의 고가古家): Islam Centre의 Ka'aba(입방체 집).

6) 최초의 월과식月果食 차례(first of the month froods): 최초 과일을 먹는 유태일(Jewish Day of First Fruits).

7) 생명이여 있으라! 생명이여!(pfiat! pfiat!): Let it be light(〈창세기〉 말의 인유).

8) 비천한卑賤漢 로우 같으니(Lowe): 비천한卑賤漢 로우(Oliver Lowe): 르 파뉴 작 〈성당 묘지 곁의 집〉에 등장하는 문관.

9) 나시장裸市場(narked place): 더블린의 Hawkins 가와 D'Olier 가 사이의 더블린 어시장.

10) 집에 묵고 있던 저 여인(what's edith ar home): 〈시편〉 68:12: 여러 군대의 왕들이 도망하고 도망하니 집에 거한 여자도 탈취 물을 나누도다(She that tarried at home divided the spoil)의 패러디.

11) 한 됫박(homeur): 헤브라이의 용적 단위.

12) 남원인南原人(Southron): 남쪽 원주민.

13) 동질포同質胞의 사나이(that homogenius man): 〈게이어티 극장 25주년의 기념〉(Souvebir of the 25th Anniversary of the Gaiety Theatre), 1896, 34호: [에드워드 테리]는…즉—짐즈가 말하듯—가장 동질포의 배우였다.

14) 어떤 산림 감찰원들 또는 사슴지기들(woodwards or regarders): 녹육鹿肉을 보호하는 삼림관. 〈율리시스〉, 〈키크롭스〉 장면에서 삼림 관 Jean Wyse de Neaulan의 결혼식 장면이 서술된다(U 265 참조).

15) 우묵한 계곡(The Hollow): 피닉스 공원 내 .

16) 녹림鹿林 또는 녹육장鹿肉場 차지인借地人이 처녀신부處女新婦를 탐색하는 녹림장綠林場) 지기들(garthen gaddeth green hwere sokeman brideth girling): (전출) 주14) 참조.

17) 성聖 스위틴의 이변異變의 여름(an abnomal Saint Swithin's): 7월 15일—성 스위틴의 날에 비가 오면, 40일간 그대로이요, 성 스위틴 날에 맑으면 40일간 그대로일지라. (FW 178. 8. 433. 35. 520. 16 참조).

18) (이세 샤론 들장미여!)(Jesses Rosasharon!): 〈솔로몬의 아가〉(2:1)의 구절에서: 나는 샤론의 수선화요 골짜기의 백합화로구나(I am thee rose of Sharon, & the lilly of the valleys).

19) 사나이의 것은 사나이에게로(True men like you men): 사자의 기억(The Memory of the Dead)의 글귀 패러디.

20) 풋내기 육녀肉女(Fresh Nelly): 더블린의 창녀의 통칭, 〈율리시스〉(U 178) 및 〈초상〉(P 214) 참조.

21) 그녀가 한 송이 백합꽃이라면, 일찍이 딸지라!(If she's a lilyth, pull early!): 노래 Lillibullero, bullen a law의 가사.

22) 폴린, 허락할지라!…용납되도다(Paulin, allow!…abushed): 부분적으로 폴린의 특권(Pauline privilege). 만일 경혼 시에 신랑 신부가 둘 다 세례를 받지 않고, 나중에, 그 중 한 사람이 세례를 받으면, 그는, 상대가 그와 평화롭게 그리고 죄 없이 살기를 거절할 경우 결혼을 해제할 수 있다. 폴린, 허락할지라!…용납되도다(Pauline, allow)의 구절은 이폴린의 특권의 내용을 암시한다.

(35)

1) 염화칼슘(calcium chloride): 습기 흡수제.

2) 4월 13불길일不吉日(Ides of April): 3월 13일의 불길일(시저가 암살된 날)의 은유. HCE는 파이프를 문 한 캐드(Cad)라는 사나이를 만난다. 여기 조이스는 피닉스 공원에서 한 부랑아가 그의 부친 존 조이스에게 언젠가 파이프에 불을 댕기기 위해 그에게 성냥을 요구했던 일화를 이 에피소드의 토대로 삼고 있다. 이는 단지 한정된 의미에서 사실일지라도, 분명히 이 에피소드의 주축이 되거니와, 여기 조이스는 그의 부친을 HCE로 역役하게 함으로써, 이야기를 재활再活시키고 있음이 분명하다. (참조: Mary and Padraic Colum 저: 〈우리들의 친구 제임스 조이스〉(Our Friend James Joyce). (p.105).

3) 인류의 혼란(the confusioning of human races): 〈성서〉, 바벨탑 붕괴 후의 언어들의 혼란에 대한 인유.

4) 철기병 장화(ironsides jackboots): Ironsides: 크롬웰의 별명.

5) 인버네스 외투(Inverness cloak): 어깨 망토를 뗄 수 있는 오버코트.

6) 기네스 술푸대 바보 양반 오늘 기분이 어떠하쇼?(Guinness thaw tool in jew me dinner ouzel fin?): (현대 아일랜드어) Conas ta tu indiu mo dhuine uasal fionn?: How are you today my fair gentleman? 이 구절 중 uasal은 ouzel의 변형으로, 흑안黑顔의 인물이란 뜻.

7) 흑소지黑沼地(Black pool): (1)더블린의 별명 (2)더블린의 Poolbeg 등대의 암시. 갤리선(Ouzel Galley)(옛날 노예나 죄수들에게 젓게 한 돛배)은 한 때 실아진 것으로 여겼던 바, 1700년에 Poolbeg 등대 근처에 예기치 않게 재현했다 한다.

8) 노령老齡들이 아직도 전율적으로 회상하듯(our olddaisers may still tremblingly recall): 〈보헤미안 아가씨〉(The Bohemian Girl)에 나오는 Florestein은 악마들에 의하여 정지 당하는데, 그들은 시간을 물은 뒤 이내 그의 시계를 훔친다. 이 사건은 마을 노령들의 공포의 대상.

9) 분저주糞咀呪는 명석하게 도살해야 했나니(Execration as clearly to be honnisoid)(Honi soft qui mal y pense): (가터 훈장)(Order of the Garter)(영국). 악[분저주]을 생각하는 자에게 악이 미치리니의 패러디.

10) 남살적男殺的 및 여살적女殺的으로 nexally and noxally): 〈시민 법〉(Civil Law)에서 타인에게 속하는 사람 또는 동물에 의하여 행해지는 상해傷害에 관한 문구의 패러디.

11) 성 패트릭 기사일騎士日(St 패트릭 Day): 1767년 3월17일(아일랜드 수호성인의 기념일).

12) 페니언 당의 봉기(Fenian Rising): 1867년 3월17일의 패니언 애국자들의 봉기.

13) 사유권(Usucapture): (Usucapion) 오랜 사용과 향락에 의한 개인 소유권의 획득.

14) 자겐센 제製(Jurgensen): 시계의 유형.

15) 수장水葬 시계(Waterbury watch): 코노트(Connacht)(아일랜드 북서부 지역)의 워터베리(Waterbury)제 시계.

16) 노고선인老孤善人(Fox Goodman): 종지기인 그는 〈경야〉를 통해 여러 번 재현 한다: (FW 212. 9, 328. 26, 360. 11, 403. 20—22, 511. 9, 621. 35.)

17) 쿠쿠린의 부르짖음(Cuchulain's Call): 노래 가사에서. (Heb) kohen: 제물을 헌납하는 점쟁이.

18) 동경봉銅警捧(copperstick): 경찰봉, 남근의 암시.

19) 생강부저봉生薑附箸捧(cumfusium): 孔子의 집에서 사용되던 젓가락. 공자는 생강 뿌리를 씹는 걸 좋아했다.

(36)

1) 산酸, 염鹽, 당糖 및 고苦의 혼합체…골骨, 근筋, 혈血, 육肉, 및 력力을 위해 쓴 것을…(acids, salts…bloodm flesh and vimvital): 고대 중국에서, 골(뼈)을 육育하기 위해 사용된 산, 근육을 위한 신辛, 피를 위한 염, 육을 위한 감甘 및 일반적 활력을 개량하는데 쓴 것.

2) 모건 조간朝刊 신문에 서술된, 한 피조물(stated in Morganspot…a creatuer): morgen(G): morning. Morning Post: 더블린의 일간 신문. (1)피조물(Cad): Caddy 및 Primas라는 다른 이름을 지닌 부랑아. 조이스는 그의 〈서간문〉(I, 396)에서 그를 설명 한다: 나의 부친과 부랑아간의 만남은 실제로 공원(필경 피닉스 공원)의 저 부분에서 일어났다. (2)르 파뉴의 〈성당 묘지 곁의 집〉에서 소유주인 Sturk는 피닉스 공원의 Butcherswood에서 공격을 받고 암살된다.

3) 고대의 삼두사三頭蛇(trip러—headed Cerberus): (희랍 신화) Cerberus(지옥을 지키는 개, 머리가 셋, 꼬리는 뱀).

4) 노아 웨브스터(Noah Webster: 세계적 사서辭書 명.

5) 시간 측정기chronometrum drumdrum): 시계

6) 그의 발생사(happening): HCE의 공원의 노출(죄).

7) 베를린 모毛 장갑(Berlin glove): 베를린 산 양모로 짠 장갑.

8) 그의 몸짓의 의미인 즉: his gesture meaning E!: 이 뒤집힌 E는 내부의 성스러운 본질을 언급하는 HCE 자신의 표식으로서, 그의 육체적 외모는 단지 거울 이미지(mirror image)에 불과하다. 이는 〈율리시스〉의 제15장 밤의 환각 장면에서 보는 God—Dog(신—개)의 전도 형과 유사하며, 그의 등을 대고 드러누운 형태인 E는 추락을 대표하는 기호이다(6참조). 발을 디디고 선 형태인 E는 초창기 시절에 우리들의 영웅에 의하여 건립된 선사시대의 거석巨石의 기념비를 나타내는 기호. 잇따르는 장면에서(299) 사낙서가조四落書家族(The Doodles Family)의 각 구성원들은 그들의 특별한 룬 문자의(runic) 기호가 부여된다.

9) 철공작鐵公爵(duc de): 웰링턴 공작의 지칭.

10) 과성장過成長한 이정표(overgrown milestone): 피닉스 공원의 웰링턴 공작의 기념비에 대중들이 붙인 별명.

11) 신페인(죄과료罪過料)(sinnfinners): 아일랜드의 신페인(Sinn Fein)(그들의 모토: We Ourselves) 운동의 암시.

12) 위대한 사업주(the Great Taskmaster): (1)위대한 건축가: 동량지재 피네간의 암시 (2)입센의 〈건축 청부업자〉의 암시.

13) 고성당高敎會의 마이칸(St Michan's Church): 더블린의 St Michan's church는 여행자들에게 보여주기 위한, 잘 보관된 시체들로 충만된 지하 납골 당(vailt)을 지니고 있다. 이 성당은 〈젊은 예술가의 초상〉 제3장 말에서 스티븐 데덜러스가 그 곳에서 그의 유명한 참회를 행하는 성당이기도 하다.

14) 균열龜裂하는 수갱 놈(Gaping Gill): (1)HCE의 비방자 캐드(Cad)에게 주어진 별명. 그것은 인간의 비방자인 Satan으로, Atherton 교수는 Gill을 James Hogg의 〈정당한 죄인의 고백〉(Confessions of a Justified Sinner)의 악마인 Gilmartin과 동일시한다. (Atherton 51) (2)Ellmann에 의하면, Russell(당대 아일랜드 시인, 〈율리시스〉 제9장 참조)이 조이스가 노라와 사랑의 도피를 했다는 것을 처음 들었을 때, 그는 조이스의 아우인 스태니슬로스(Stanislaus)에게 말하기를, '자네 형님은 완전한 꼬마 캐드야'라고 했다 한다(Ellmann 196). (3)Gaping Ghyl: Yorkshire에 있는 수직 수갱竪坑.

15) 빠르게(스위프트), 엄하게(Sterne): 〈경야〉에서 양대 작가들인 스위프트와 스턴은 형제관계를 형성 한다

16) 구씨관歐氏管(Eustachian tube): (해부)귀와 코를 연결하는 관.

(37)

1) 하이델베르크 남시男屍 동굴(Heidelberg mannleich cavern ehtics): 고석기 시대의 하이델베르크 인간이 기거하던 동굴. manlich = man(남) + leiche = 시체.

2) 발한거인發汗巨人(Sweattagore): Svyator: 러시아 서사시의 거인 + Sweatpore=인디아(속어).

3) 햄(Ham): 노아의 아들들: 셈, 햄, 야벳.

4) 받은 황금(guilders received): Cad가 HCE에게 받은 돈. (비록 앞서 제1장의 뮤트와 쥬트의 대화에서 약간의 금화가 전달되긴 했어도.) 여기 금전 문제가 어떻게 야기되었는지는 분명치 않다. 뒤 따르는 이러한 만남의 재서술에서 금전 문제가 한층 현실적으로 설명된다.

5) 공사주工事主(taskmaster): Tysk—: (독어)

6) 나는 늦게 만났군요, 또는 온충溫蟲이여, 너무 일찍이…그리하여 우태자愚怠者(I have met with you, bird, too late, or if not…. ildiot): (1)O. 와일드가 그의 〈심연에서〉(De Profundis) 속에 시인 더글러스(Douglas)에게 한 말의 패러디 (2)격언: 일찍은 새가 벌레를 잡는다의 패러디. (3)우태자愚怠者: (ildiot): Cad 또한우태자인 T. S. 엘리엇(Idiot+Eliot): 엘리엇은 그의 제2구어로, 큰 시간 노동자(조이스)의 많은 금지된 언어들을 반복했다 한다. 조이스는, 우리가 또한 목격해 온대로, 엘리엇이 〈율리시스〉로부터 〈황무지〉를 훔쳤다고 주장했다 (4)캐드의 이 말은, 또한 나이 많은 예이츠에 대한 젊은 조이스의 유명한 도전의 말이기도 하다.

7) 악마 드루이드와 심수해深睡海 사이(Druidia and the Deep sleep Sea): between the devil Druidia and the deep sea: 대중 속어의 패러디.

8) 차레탄 몰(Charlemont Mall): (1)Charlemont Mall: 더블린의 그랜드(대) 운하 외곽에 있는 백화점 (2)Charleville Mall: 더블린의 로이얼(왕) 운하 곁에 위치함.

9) 대운하와 왕운하(Grand Canal & Royal Canal): 더블린 시 남북 외곽의 양대 운하.

10) 갈색의褐色衣의 성녀城女를 살피거나 노란(studying castelles in the browne and…the noran): 갈색(brown)…Noran: (1)Browne & Nolan: 더블린의 서점 명 (2)Giordan Bruno the Nolan. 〈경야〉의 대칭적 관계.

11) 모세 모자익의 율법(Mosaic Dispensation): 모세 율법.

12) 모우쉬 호 홀(mawshe dhohole): (게일어) 실례를 무릅쓰고(if you please).

13) 애란—서구 직계의(of Iro—European ascendances): 앵글로—아일랜드 직계의.

14) 셸웨이 씨氏 혹은 셸웨라프 씨(Mr Shallweigh or Mr Shallwelaugh): 익명의 인물들인 듯.

15) 그가 속물스럽게도 피치 봄베이(Peach Bombay): 멜론 모양의 용기에 복숭아 또는 수종의 아이스크림을

층으로 넣은 얼음과자.

16) 루칸(Luan): 더블린과 그 인근. 〈경야〉에서 Lucan은 이따금 이웃 인근인 Chaoelizod와 연결되거나 합체 된다: Lucalizod.

(38)

1) 98년 피닉스—양조(Phenice—Bruerie): (1)노래: 사자의 기억(The Memory of the Dead) 중의 가사에서: 누가 98을 말하는 걸 두려워하랴(who fear to speak of '98). 여기 98은 부활적 봉기(Easter Revolt)(농민궐기)의 해 (2)Pgoenic Brewery(양조).

2) 암흑계화暗黑界化된 채(erebusqued) Erebus): 지구와 황천 사이의 장소.

3) 그랜드 강주(Grand Cru): (프랑스어) 강주 명.

4) 비록 검소한 향연이긴 하나, 그건 야목남野牧男의 고별인지라(though humble the bounquet 'tis a leman's farewell): 무어의 노래: 비록 검소한 향연일지라도, 애인의 작별(Though Humble the Banquet, Tis Lover's Farewell)에서.

5) 꼬마 투처鬪妻(a bit of strife): 꼬마 투처(bit of strife): (속어) 아내

6) 예쁜이 맥스웰턴(Maxwelton braes are bonny): 노래(Annie Launie)의 가사.

7) 헤게시퍼스(Hegesippus): (1)초기 기독교의 작가 (2)아테네의 웅변가 (3)〈유태 전쟁〉(Jewish War)의 라틴어 각색의 가상 작가.

8) 서간書簡의 너무나 절실하게 언급된 잡담복음雜談福音(the gossiple so delivered in his episolear): 제단의 복음과 서간 양쪽의 암시.

9) 빈센트 당원(Vincentian mamber): 성 Vincent de Paul에 의해 설립된 전도 사제회(Congregation of Priests of the Mission)의 구성원.

10) 브라운…노란(Bruno of Nola): Browne & Nolan: (1)더블린 소재의 서점 명으로 그들은 조이스의 초기 논문인소요의 시대(The Day of Rabblement)의 출판을 후원했다 (2)〈경야〉에서 브라운과 노란은 서로 다투는 형제들의 대표적 예로서 중요한 역할을 한다. 조이스 작의 소요의 시대에서, 노란(이태리의 지역 명) 출신의 브루노는 Bruno the Nolan으로 언급되었다. 상반된 자의 최후 단일체로서의 브루노의 이론은 〈경야〉의 형제 역할을 뒷받침한다. 브루노와 노란의 낱말들은 브라운과 노란으로 쉽사리 연결한다. 조이스는 계속적으로 이들 이름들을 사용하는지라, 현재의 구절에서 단일 성직자가 브루노—브라운 및 노란의 적대 형제로 분할됨을 볼 수 있다.

11) 히포(Hippo): Hippo의 사제요, 라틴 성당의 아버지, 성 오가스틴(아우구스티누스).

12) 하바—반—아나(바나나 먹는 아나)(have a banana): (1)유행 통속어 (2)Haavvah: (Heb): Eve, Heva, Ave. the Virgin Mary. 여기서는 전기 Cad의 아내.

13) 굽은 늑골肋骨(Crookedribs): 모하메드 왈: 여인들은 아담의 굽은 늑골(crooked rib)로 창조 되었도다.

14) 조세핀(Jesuphine): Maria Luis와 함께 나폴레옹의 아내들 중의 하나.

15) 그녀의 탄생의 비밀(The Secret of My Birth): Belfe의 〈보해미언 소녀〉에서.

16) 피리 써스톤(Philly Thurston): Percy French(세기의 전환기 더블린의 가요 작가)의 가요인 Whistling Phil MacHugh 중의 인물인 듯.

(39)

1) 볼도일(Baldoyle) 전격적인 경마주야競馬走野(the hippic runfields of breezy Baldoyle): 더블린 지역의 경기 코스.

2) 전 프로그램을 통해 제일 인기 마(go through the card): (속어) 프로그램의 모든 경주에서 우승하다.

3) 더블린 상보지詳報紙의 모든 경마 사건 난欄(all pickers up of events national Dublin details): 더블린 일간지의 경마 란.

4) 퍼킨호號와 파울호號(Perkin and Paulock): (1)Perkin Warbeck: 영국의 왕위 요구자, 아일랜드의 지원을 받다 (2)Peter and Paul: 한 쌍으로서 〈경야〉에서 계속적인 주제를 형성함. 그러나 Peter는 분리되고, 나무, 돌 및 Tauftauf, 그리고 필경 다름 주제들과 결합한다.

5) 세인트 달라그(Saint Dalough): St Doolagh: Baldoyle와 Raheny 근처의 마을 명.

6) 위니 위저!(J. W Widger!): 워터포드 경기 가문의 가장 유명한, 아마추어 여성 기수(jockey)로, 여기 Anna Livia로 보이다.

7) 습동濕冬은 악역과惡疫過하고, 주우走雨는 가고 오고 그리하여 잔디 거북의 목소리가 우리들의 에 충청充聽하도다(the wetter is pest, the renns are overt and come…on our land): 〈솔로몬의 아가〉 2:11—12 중의 가사 패러디: 겨울도 지나고 비도 그쳤고, 지면에는 꽃이 피고 새의 노래할 때가 다다랐는데, 반구의 소리가 우리 땅에 들리는 구나(For, lo, the winter is past, the rain is over & gone…& the voice of the turtle is heard on our land).

8) 트리클 톰(Treacle Tom): 그의 혈유血乳 형제인, Frisky Shortly와 함께, 전—죄수. Tom은 특히 돼지 도둑이요, Shoetly는 정보 염탐꾼(제공자)(tipster). Eoin MacNeill(John Gordon Swift)(아일랜드의 작가, 정치가) 작의 〈켈트의 아일랜드 55〉(Celtic Ireland 55)의 내용인 즉: Lugaid Cichech는 Crimthann의 두 아들들인 Aed & Laegaire를 그의 가슴에서 길렀다. 그가 자신의 가슴에서 Laegaire에게 준 것은 우유였고, Aed에게 준 것은 피였다. 그들 각자는 그의 영양을 취했다. Aed의 종족은 군대에서 사나움에, Laegaire의 종족은 도둑질에, 뛰어났다.

9) 케호, 돈넬리 앤 팩칸함 점(Kehoe, Donnelly, Pakenham): 더블린의 햄 훈제 점들.

10) 해항자海港者들이 미동(The Colleen Bawn): 보우사코트(Dion Baucicault)의 작품명이기도.

11) 소마군小馬郡(counties capalleens): 예이츠의 극시 〈캐드린 백작 부인〉(Countess Cathleen) 제목의 패러디. capaillin: (아일랜드어) little horse.

12) 그는 취중에 어이 잘 만났다하는 자로(hailfellow with meth): (속어) hail fellow well met의 패러디.

13) 압견옥鴨犬屋…웅계옥雄鷄屋(Duck & Dog Tavern, the Cock): 19세기 더블린의 주점 명들.

14) 소노인정少老人亭(the Little Old man's): 어떤 추수 영주에게 바치는 공조貢租에서 최후의 단(다발).

15) 생각나면 언제든지 마셔도 좋아 술집(All Swell That Aimswell): 끝이 좋으면 다 좋다(All's well That ends well)(대중 어)의 패러디 및 셰익스피어의 연극명의 인유.

16) 컵과 등자옥鐙子屋)the Cup and the Stirrup): Arditi(19세기 더블린 로이얼, 극장의 콘닥터)의 노래: The Sirrup Cup의 인유.

17) 적색주赤色酒(red biddy): 변성 알콜(methylated spirit)로 강성强性 된 값싼 붉은 포도주.

18) 값에 상당하는 술(Creeping Jenny): 덩굴 풀 명.

(40)

1) 자유 구역(The Liberties): 더블린 시 외곽의 빈민 구역. (〈율리시스〉 제3장 초두 참조)(U 31)

2) 펌프 코트(Pump Court): Charles Dickens 소설 Martin Chuzzlewit 에 나오는 런던 명.

3) 피차동침彼此同寢(Abide With Oneanother): 노래: 나와 함께 묵어요(Abide with Me)의 패러디.

4) 맙소사, 나의 말(馬)이 연착했다네(I come, my horse delayed): 〈킬라니의 백합〉(The Lily of Killarney)(노래)의 가사 변형: 맙소사, 맙소사, 나의 마음의 기쁨)(…I come, I come, my heart's delight.)의 변형.

5) 선보넷(sunbonnet): 〈허클베리 핀〉 제10장의 구절.

6) 삼월순교인三月殉教人들(eyots of martas): 3월 홍일(15일)(Ides of March): 시저의 암살의 날.

7) 수발총병燧發銃兵 삼연대三聯隊(fossiyears): 웰스의 수발총병(Welsh fusilier).

8) 펀치 쥬디 인형극 쇼(psumpship dooly show): (1)Punch & Judy show (2)(속어) pumpship: 소변보다.

9) 싸늘한 밤에(in the chilly night): T. 무어의 노래 제목의 인유: 고요한 밤에 자주(Oft in the Stilly Night).

10) 피터 크로란(Peter Cloran): Roche Mongan: Finn 또는 Mananaan을 상기시키는, 전설적 아일랜드의 영웅 또는 해신. 그는 또한 미국의 조지아 주의 Stone Mountain을 암시하는 바, 그의 바위 위에서 Ku Klux Klan을 설립함. (큐우—크럭스—클랜 단團: 3K 단(K. K. K): (1)남북 전쟁 후에 흑인 및 북부 인들을 위압하기 위하여 남부 여러 주에 결성된 미국의 비밀 결사(1871년 불법화되었음) (2)1915년 미국 태생의 백인 신교들에 의하여 결성된 비밀결사(구교도, 유태인, 동양인등을 배척하는 운동을 전개, 회원을 knights라 부르고, 회 이름을 Knights of the Ku Klux Klan이라고 함) Roche Mongan은 Peter Cloran으로 알려지고, Kloran은 Ku Klux Klan의 성서聖書.

11) 오마라(요셉 O'Mara): 아일랜드의 테너 가수로, 〈트리스탄〉을 노래함. 또한 여기 O'Mara라는 이름의 사나이는 금전의 요구와 연관 된다(난 돈이 필요하도다. I want money. Pleasend. (FW 42). 그는 솀(셈)일 수 있는지라, 그의 아우에게 보낸 전보는 언제나 현금에 대한 애걸이다. HCE의 아들들은 고로 그들이 갖는 발라드(민요)의 저작에 함몰되어 있는 한, 그의 추락 뒤의 음모에 관련되어 있다.

12) 곰팡이 리사(Mildew Lisa): 또는 Biss, 이시(Is—Iss—Issy—Izzy—Ys—Lisa)의 별칭. 〈트리스탄〉으로부터'Liebestod'라는 노래는 Mild und leise로 시작한다.

13) 빙도氷島 둑(the bunk of Iceland): 또는 더블린의 Green 가에 있는 Bank of Ireland일 수도.

14) 숙명석宿命石(stone of destiny): Lia Fail: 아일랜드의 왕들은 Tara에서 이 숙명석 위에서 대관식을 지냈다. 〈경야〉에서 종종 Liam 혹은 William으로 나타나는 바, 그 이유는 (1)William 3세와 Limerik의 깨진 조약서(treatystone)(〈율리시스〉 12장 참조(U 271) 때문에. (2)아일랜드와 파넬과의 신의를 깬 글래드스턴 때문에.

15) 호스티(주인의)(Hosty): 호스티는 HCE의 쌍둥이들 중의 하나로서 솀(Shem the Penman)과 일치한다. (L)hostis: stranger, enemy의 뜻.

16) 독버섯 위에…착상着床하고 있는지(he was setting on twoodstool): 〈허클베리 핀〉 제11장의 문구.

17) 최고로 굶주린 채: 〈허클베리 핀〉 제8장의 문구의 변형.

18) 갖은 수단 방법(manners of means): 콜리지(Coleridge) 작 〈노수부〉(The Ancient Mariner) 577행: 무슨 태도가 그렇담?(What manner of man art you?)의 인유.

19) 달키 다운레어리 및 브릭루키 전차 괘도(the Dulkey Downlairy and Bleakrooky): Dalkey, Kingstown〔Dun Laolaire〕 및 Blackrock 전철로(오늘 날의 Dart).

20) 마담 그리스틀(Madame Gristle): Grisel Steevens는 더블린의 Steeven's hospital을 설립했다.

21) 단즈 병원(Sir 패트릭 Dun's): 더블린의 패트릭 경의 Dun's Hospital(현존).

22) 험프리 저비스 경卿병원(Sir Humphrey Jervi'ss): 더블린의 Jervis St Hospital(현존).

23) 아데레이드 마타병원馬唾病院(the Adelaide's hosspittles): 더블린의 Adelaide Hospital(현존).

24) 세인트 케빈(Saint Kevin's): 더블린의 St Kevin's Hospital(현존): 여기 Saint Kevin bed: 더블린 외곽의 그랜달로우에 있는 상부 호수 위의 협곡 이름이기도.

(41)

1) 이들 불치不治의 속사俗事로부터 산트 이아고를 통하여 자신의 패모貝帽에 맹세하는지라, 선량한 라자르여, 우리들을 구하소서!(from these incurable welesday…deliver us!): Garrett Wellesley(1760—1843. 웰링턴의 형으로, 탁월한 외교적 생애를 가졌으며, 1821년에 아일랜드 총독이 되었거니와, 그는 더블린의 Lizar 언덕에 불치의 환자 병원을 건립했는지라, 거기서 그들의 모자에 새조개 조가비를 단 순례자들이 Santiage de Compostella에 있는 성 James the less의 신전을 향해 출발했다 한다.

2) 산트 이아고(Sant Iago): James의 스페인 형태. Compostella의 성 James의 스페인 사원을 순례하는 자들은 그들의 모자에 새조개 조가비를 달았다.

3) 조가비 모와 지팡이(cocklehat): 〈햄릿〉에서 오필리아의 노래 가사에서.

4) 선량한 라자여, 우리들을 구하소서!(good Laza, deliver us!): Lazarus(나사로(〈요한복음〉 11장 및 〈누가복음〉 16장), 나병의 거지. Dives and Lazarus: Dives는 그의 문간에서 구걸하는, 상처로 덮인 Lazarus에게 No라고 했다. 그들은 죽었다. 지옥에서 Daves는 천국의 Lazarus로부터 한 잔의 물을 요구하자 거절당했다.

5) 리사 오데이비스와 로쉬 몬간(Lisa O'Deavis and Roche Mongan): (1)Lisa O'Deavis: O'Mara: Joseph O'Mara, 아일랜드의 테너 가수로, 〈트리스탄〉을 노래했다. (2)Roche Mongan: 〈경야〉(40). (주) 10 참조.

6) 서사혼적敍事魂的으로(epipsychidically): 영국의 시인 셸리(Shelley)의 시제 Epipsychydion의 변형.

7) 감미롭고 파동 치는 모침낭母寢囊…영취泳醉의(of the swimborne…great sweet mother): Swinburne의 시구에서(〈율리시스〉 제1장 참조)(U 5).

8) 애송이 녀석들, 열혈熱血의 시골열熱뜨기들…황량자荒凉者들, 만사萬事—잡역녀雜役女들(the shavers, …yokels…tweenydawn—of—all—works): 모두 하인 하녀들.

9) 우리들의 보이들이라, 바이런은 그들을 불렀나니(our boys, as our Byron called them): Henry James Byron의 연극 〈우리들의 보이들〉(Our Boys)에서.

10) 간조干潮(더)블린(Ebbblinn): 프톨레마이오스(Ptolemy)(2세기경 알렉산드리아의 천문학자)가 부른 더블린의 명칭.

11) 바렐(The Barrel): 친구들의 만남의 장소(Friend's Meeting house)가 있는 더블린의 Meath 가의 서부 지역 광장.

12) 2페니 반半페니 수도선首都線: 런던 지하철 지하도, 파리 매트로 지하철의 암시.

13) 궁형弓形 제금提琴(crewth fiddle): 더블린 왕실 극장의 바이올린 연주가였던 Emiliani가 소유했던 Cremona(이탈리아 북부 도시 산) 바이올린.

14) 축인祝人 성왕聖王 핀넬티(King Saint Finnerty Festive): Tara의 아일랜드 고왕.

15) 향미香味로운 딸기 침대(The Strawberry Beds): 채프리조드와 루칸 사이의 지역 명.

16) 밀봉인蜜蜂人, 달콤한 라벤더인人 또는 보인 산産)의 싱싱한 연어의 부르짖음을 거의 무시하며(heeding hardly cry of honeyman, soed lavender or foyneboyne): 옛 더블린 거리에서 부르짖는 소리들에 대한 피터(Peter)(남자 이름)의 설명인즉, 벌꿀 장사, 또한'보인 강(아일랜드 중서부의 강)의 살아있는 연어'(foin salmon으로 발음)의 그것들을 포함한다. 다른 지역에서 그는'The Old Sot's Hole,'Essex Gate(스위프트의 잦은 사용)를 언급한다) 또한'달콤한 라벤더인'(sweet lavender)이란 부르짖음도 있었다.

17) 으로라트리오(roaratorios): John Barrington(아일랜드의 법률가, 역사가, 1760—1834)은 더블린의 Fishamble 가에서 오라토리오의 조소 속에 그의 오라트리오를 노래하고 춤추었다(S. Hughes 존사 작: 〈더블린의 빅토리아 이전 드라마 6〉(The Pre—Victorian Drama in Dublin 6 참조).

18) 메시아(Messiagh): 더블린의 Fishamble 가의 음악당에서 처음 공연된 핸델(Handel)(독일 태생의 작곡가)(1685—1759)의 〈메시아〉(Messiah).

19) 달코코롬한(arsweeeep): 〈율리시스〉 제18장의 몰리 블룸의 독백: 달코코코코옴 멀리 저 기차(Sweeeee theres that train far away)와 유사한 음률(U 628 참조).

20) 위치僞齒를 메울 성찬식탁盛饌食卓(the prothetic purpose…. false teeth): 성체 안치소에 사용하기 위해 위치僞齒를 대신해서 마련된 성찬용의 빵과 포도주 두는 곳.

21) 쿠자스 가도(rue de Cujas): 파리 소재.

22) 성聖 세실리아(St Cecilia): 음악의 옹호자, 핸델: 〈성 세실리아의 날을 위한 송가〉(Ode for St Cecilia's Day).

23) 올드 스코츠 홀 주막(Old Scot's Hole): 스위프트의 단골인 더블린의 주막 이름.

24) 그리프스 가격價格(Griffith's Valuation): 정부 책정 가격으로 내리는 농토 지대地代.

25) 그라스톤 주수상主首相 상像(the statue of Primewer Glasstone): 글래드스턴(Gladstone)(영국 자유당 정치가) 수상의 동상.

26) 스트워드 왕조의 최후(last of the stewards peut—e'tre): 제임스 2세.

27) 행진에서 행진을 시작하여(setting a match to the match): 파넬이 코크(Cork) 주에서 1885년 행한 연설의 패러디: 어떤 사람도 민족의 행진의 한계를 고착할 권리는 없도다(No man has a right to fix the boundary of the march of a nation).

(42)

1) 모독주급冒瀆週給을 탔겠다(had just been touching the weekly insult): 주급을 타다(get wages paid)라는 코크(Cork) 주의 대중 유행어.

2) 깜짝이야, 깜짝이야(gee and gees): J. J. & S. : John Jameson &Sons: 더블린의 중요 위스키 명.

3) 어떻게 약세소년弱勢少年들이 외쳤던가(how the bouckaleens shout their roscan generally): 어떻게 버컬리가 소련 장군을 쏘았던가(How Buckley shot the Russian General)의 패러디.

4) 주곡酒曲을 연주할지라, 주가酒歌를 연주할지라(seinn fion, seinn fion's araun): (애란어) Sinn Fein Amham: Ourselves Alone(슬로건). araun: amhran: song.

5) 입법자의 기념비의 그림자 아래에서(Under the shadow of the monument of the shouldhavebeen legislator): 입법자 글래드스턴(Gladstone)(1809—1898): 영국 수상. 파넬이 공식적으로 간음자로 증명되었을 때, 그는 그를 아일랜드 당의 지도자로서의 그 위치를 물러나도록 명령했다. 글래드스턴은 〈경야〉에서 파넬의 암살자, 왕—살해자, 신—살해자로서 서술된다. 이 살해는 보통 나무—베어 넘기는 자로 묘사되거니와, 엘리자베스인들에게 나무꾼(woodman)은 매춘부(wencher)를 의미했으며, 분명히, 모든 일생을 통하여 글래드스턴은 타락한 여인들을 앙양하기를 좋아했기 때문에 의심을 받았다.

6) 자유목自由木이여! 살려 주라, 나무꾼아, 살려 줄지라!(Eleutheriodendron! Spare, woodman, spare!): 노래의 가사의 패러디. 〈율리시스〉 제12장 참조(U 269).

7) 가면假面이다 뭐다. 주안酒顔이다 뭐다 와 함께(what with masks, whet with faces): 〈게이어티 극장의 25주년 기념물〉(Souvenir of the 25th Anniversary of the Gaiety Theatre) 31호에 의하면: Bernard Beere 부인은 1888년 2월에 가면 쓴 얼굴로 큰 성공을 거두었다 한다.

8) 와트링, 이어린, 이크닐드 및 스태인(Watling St, Erning St, Icknild St & Foss Way): 대영제국의 로마 행 길들(Roman roads)의 이름.

9) 절름발이 전세 마차(cockney car): hackney car 및 노래 가사의 패러디: The Irish Jaunting Car. 〈율리시스〉 제11장에서 보일런(Boylan)이 몰리와 간음을 위해 타고 오먼드 호텔(Ormond Hotel)에서 Eccles 7번지로 달리는 이륜마차. (오늘의 관광용 유람차).

10) 북방…위그…감시자(a northern tory, a southern whig…a landwester guardian): 신문들 이름의 익살. Northern Whig(Belfast), Manchester Guardian.

11) 카트퍼스 가로(Cutpurse Row): 더블린 시, 현재 곡물시장의 서쪽 끝단.

12) 공기웨커(airwhackers): 이어위커의 익살: Ear(time)+wick(village, place, 라틴어'vicus'에서). 쌍둥이의 결합(셈, time. 숀, space). 이어위커 = time—space. Ear: Eire의 암시. wicker: 장애물 항(wickerwork)의 암시. 이리하여 이어위커는 아일랜드, 더블린의 거주자를 의미함. 주점에서 time—place는 time, please!가 됨.

13) 백안남白顔男들(palemen): The Pale: 15세기 영국의 재판관할 구역이 설립되었던 아일랜드의 지역 명.

14) 대일리 점(Daly's): 더블린 클럽.

15) 루트란드 황야(Rutland hearth): 더블린 루트란드 광장(Rutland Square)(오늘날 그 곁에 고가티〔Gogarty: 벅 멀리건의 모델〕 댁이 위치한다).

1) 흄 가街(Hume St): 더블린 시 소재.

2) 모세 정원의 인근 클로버 들판으로부터(out of the adjacent aloverfields of Mosse's Gardens): Mosse(18세기 더블린의 의사)는 더블린의 Rotunda 병원을 건립하고, 그 지역의 일부를 축하의 정원 및 기타로 사용함(현재의 기억의 정원[Garden of Remembrance]).

3) 방랑하는 얼간이들(wandering hamalags): 방랑하는 유태인들(Wandering Jews)의 인유.

4) 스키너의 골목길에서 온 한 축성신부祝聖神父(an oblate father from Skinner's Alleey): 제임스 2세 통치 동안 더블린의 신교도 축성 신부들(oblate)(수도 생활에 몸을 바친)은 스키너 골목길에서 은신처(refuge in Skinner's Alley)를 마련함.

5) 망치대장장이(hammersmith): 런던의 지역 명.

6) 한판 승부의 곤봉 놀이꾼들(a bout of cudgel players): S. Hughes 저의 〈더블린의 전-빅토리아 연극〉(The Pre-Victorian Drama in Dublin) 2호에 의하면, Shirley의 서사序詞가 남긴 인상인 즉, 곰-낚기 및 곤봉 놀이 유희들은 우리들의 조상들의 취미에 한층 더했다는 것이다.

7) 졸중풍卒中風 걸린 적지 않은 수의 양羊들(not a few sleep with the braxy): braxy: 양들의 비장졸증脾臟卒症.

8) 청복靑服 학자들(blue-coat scholars): 더블린의 King's Hospital 출신의 의사들에 대한 통칭.

9) 록스의 심프손 병원(Simpson's hospital): (1)Simpson's hospital: 더블린 소재의 병원 (2)Simpson's-on-the-Strand(해안의 심프슨 레스토랑, 런던 소재).

10) 터키 커피와 오렌지 과즙(Turkey Coffee and orange shrub): A. Peter는 터키 커피와 진짜 맛있는 오렌지 쥬스 및 주정에 관해 언급한다(〈더블린 단편 지식 집〉(Dublin Fragments)).

11) 피터 핌 및 폴 프라이 그리고 다음으로 엘리엇 그리고, 오, 앗킨슨(Messrs Pim Bros, Elliott & Son, Messrs Fry & Co. Ltd & Richard Atkinson & Co): 더블린에 있었던 4개의 포플린 제조소들.

12) 라마羅馬 부활제를 곰곰이 생각하는 성직자 단團의 특별주의 속죄주의자(particularist prebendary ponder-ing on the roman easter): (1)특별주의(Particularism): i)지방주의, 자기중심주의, 배타주의, 자국 일변도 주의 ii) 신학에서 특징인 은총(구속)론(신의 은총이나 구속을 특정한 사람에게 한정한다는) (2)속죄주의자(prebendary): 성직급(성직자의 평의원(canon) 또는 성직자 단(chapter) 단원의), 성직급을 산출하는 토지, 성직급용 세금, 수급受給 성직자 (3)Celtic Particularism: 특히 부활절 날에 관한 로마 가톨릭 성당 교리에 반대하는 고대 아일랜드의 지지 당.

13) 삭발 문제(tonsures question): 자신들의 삭발 종류를 개발한 켈트 승려들.

14) 묵도견제默禱牽制의 희랍 합동 동방교도東方教徒들(the tonsure question and greek uniates): 묵도를 견제하나, 교황의 지고성을 인정하는 희랍 성당의 회원.

15) 레이스 주름 장식(The Lace Lapper): 18세기 더블린의 머리 장식 상점.

16) 창문에서 머리가 한 개 혹은 두 개 혹은 세 개 혹은 네 개(a lace lappet head or two or three or four from a window): 헤브라이 문자인 HE는 5 & 1개의 창문을 의미한다.

17) 양복점 태리(Tarry the Tailor): fair girl(Colleen Bawn)이란 뜻.

18) 직공의 자선원慈善院(위버's Almshouse): 더블린 소재의 Townsend 가의 정신 요양원.

19) 피리 부는 노맹인老盲人 오리어리(Caoch O'Leary): John Keegan 작의 시 속에 나오는 피리 부는 늙은 맹인

20) 민족은 주시注視를 바라는지라(a nation wants a gaze): 국민은 다시 한 번(Nation Once Again)이란 노래 가사의 패러디.

21) 타이오셀보(Taiocebo): 미상.

22) 어릿광대(Poulichinello): Punchinello: 17세기 이탈리아 인형 희극에 나오는 어릿광대.

23) 프로방스인의(felibrine): 프로방수(Provence): 프랑스 남동부의 옛 주 명. 중세의 서정 시인의 한 파와

기사도로 유명함.

24) 공백의(blancovide): Blanco White: 아일랜드―스페인계의 승려: 그의 종교를 바꾸었다.

25) 델빌(Delviile): Dr. 패트릭 Delany 소유의 글라스네빈(Glasnevine) 자산, 그 곳에서 스위프트의'지역 구락부'(legion Club)가 사적으로 인쇄됨.

26) 스코티아 픽타(Picks & Scots): 옛 스코틀랜드의 북동부에 살던 민족.

27) 합중국의 다섯 푸른 고양이 족원足原(the five pussyfours green of the united states): 아일랜드는 한 단계에서 5개 주로 분할되었다(지금은 4개 주).

28) 그의 머리칼이 오진汚塵 속에 비벼지게 하소서!(may his hairs be rubbed in dirt!): 모하메드의 글귀의 변형: (그대의 손이 오물 속에 비벼지게 하소서(May your hands be rubbed in dirt).

29) 평화롭게도(peacifold): (1)바그너의 Persifal (2)percival: 여우 산양에 사용되던 나팔.

30) 피고트의 최순제(Piggott's purest): 더블린의 악기 상점.

31) 델라니 씨氏(Mr Delaney): 델라니 씨(피닉스 공원 암살자들 중의 하나)는 파넬 위원회에서 그를 반대하는 증거를 제시한 뒤 자신의 종신형으로부터 석방되었다.

32) 지고의 무관왕(that onecrooned king): 파넬을 가리킴(그의 별명).

(44)

1) 털갈이 미리카락(moulting hair): 산토끼(mountain hare)와 유사 발음.

2) 설악雪岳의 곱슬머리(snowycrested curl): 노래 가사의 패러디: 설흉의 진주(snow—breasted Pearl)

3) '덕터'히치콕('Ductor' Hitchcock): Tommy Robinson을 암시하며, 그는 19세기 더블린의 오르간 연주자였다.

4) 곤봉의 높이 까지 쳐들고(hoisted…at bludgeon's height): 바그너의 오페라 〈성배기사〉(Parsifal)에서 성체의 들어 올림과 성배 의식.

5) 법정의 정숙을!: (silentium in curia!): (L)silence in court.

6) 오월주五月柱(maypole): 5월의 기둥(5월 제를 축하하기 위해서 꽃이나 리본으로 장식한 기둥).

7) 성 안노나(St Annona): 로마의 곡물 여신.

8) 운시(rann): 고대 켈트의 운시 형태. 아일랜드의 부당하고 야만적인 왕들을 복수하여 작시한 시인들의 많은 이야기들이 있다. 이로 인해 자주 왕들은 수치로 죽었다고 전한다.

9) 소소녀들(Cahills): 더블린의 인쇄자들?

10) 러그(Lug): Lug Lamhfada: Tuatha De Dannan의 영도자.

11) 단(Dunlop): John Boya(1840—1921: 타이어와 다른 고무 제품의 발명자 및 제조자.

12) 건(Michael Gunn): 더블린의 게이티 극장 지배인.

13) 바스(Bartholomew Vanhomrigh): 스위프트의 애인 바네사의 아버지.

14) 놀(Old Noll): 크롬웰의 별명.

15) 퍼스 오레일리(Pearse & O'Rahilly): HCE의 별명. 퍼스 오레일리의 민요(발라드)(The Ballad of Persse O'Reilly): O'Reilly: (프랑스어): earwig: 집게벌레, 살짝 고자질하는 사람. Hosty의 발라드는 아주 불결한 이름을 사용하는 듯하다. (1)Sir Walter Raleigh의 암시: 그는 엘리자베스 왕조의 식민 자들(17세기 몰수지沒收地에 이민한 영국인들)의 왕자 격(그는 여왕이 지나가는 진흙길에 자신의 망토를 깔아준 유명한 일화를 갖는다) (2)Patrais Pearse의 암시: 부활절 봉기(Easter Rising)의 인도자.

16) 모든 굴뚝새의 왕이여(the wren, The King of all birds): 노래의 가사의 패러디. 아일랜드의 아이들은 성 스테반의 날에 돈을 모으면서 문간에서 문간으로 막대에 죽은 굴뚝새를 매달고 나돌아 다녔다. (U 392

참조). 'wren'은 'rann'처럼 발음된다. (Roland McHugh 설). 굴뚝새에 대한 다른 설: 굴뚝새야, 굴뚝새야, 모든 새들의 왕, 성 스테반의 날에 바늘 금작화 숲에서 붙들렸다네. 굴뚝새가 죽음을 당하고 막대기에 매달려 마을로 운반되는 것은 희생자 HCE를 위한 알맞은 대응물이기도. (성 스테반처럼, HCE는 도시에서 쫓겨나, 속죄양의 정열 속에 대중들으로부터 돌질을 당한다)(J. Campbell & H. M. Robinson 62 참조) 이 운시의 메아리가 〈경야〉의 많은 페이지들을 통해 달린다. James Frazer(원시 종교 연구서인 〈금지〉(The Golden Bough)의 저자)는 말하기를, 유럽 전역을 통하여, 굴뚝새는 왕, 작은 왕, 모든 새들의 왕이라 불린다고 한다. 모든 곳에서 굴뚝새를 죽이는 것은 불행으로 간주되었으나, 프랑스, 영국 아일랜드에서 습관적으로 1년에 한번 씩 굴뚝새 사냥을 하고, 그를 죽어, 교살 당한 하느님으로 대접하고, 그 덕을 누렸다. 조이스는 〈경야〉에서 이 새를 먹기를 욕심내는 새로서 취급한다.

17) 크리칵락칵락악로파츠랏쉬아밧타크리피피크로티그라다그세미미노우햅프루디아프라디프콘프코트!: 천둥소리의 복합어(프랑스어, 러시아어, 독어, 이탈리아어, 라틴어, 애란어 등등). 여기 호스티의 민요 또는 운시는 쏟아지는 비의 소리를 무색하게 하는 운집한 군중들의 뇌성 같은 박수 소리로 소개된다.

18) 아디티(고성)(arditi): 아일랜드어(현대 철자): (음악) 고성(높이다).

(45)

1) 오로파 구김살경卿처럼 까부라져…무기고武器庫 벽(like Lord Olofa Crumple / Magazine Wall): 오로파 구김살: 오리버 크롬웰, 영국의 정치가, 그는 얼스터 주에 신교도들을 식민시켰으며, 원주민 아일랜드인을 지옥 또는 코노트(Connaught)에 가도록 말했다. 왜냐하면 코노트는 황폐한 땅이었기에.

2) 무기고 벽Magazine Wall): 피닉스 공원 내의 무기고 벽(Magazine Fort).

3) 성城(Castle): 더블린 성: 아일랜드 정청, 지금의 정부 청사.

4) 그린가 街(Green St): 더블린의 그린 가의 법원(Courthouse).

5) 마운트조이 형무소(Mountjoy Jail): 더블린의 마운트조이 형무소(Joy[기쁨]: 더블린 속어).

6) 카시디가 家(Cassidys): 코크 주에 있는 아일랜드 도회인 Ballycassidy.

7) 투우(Butter): 머리(뿔)로 받는 짐승.

8) 초오 초오 춥스(chaw chaw chops): (속어) chow chow chop: 선박을 채우기 위해 다양한 소화물을 실은 마지막 출항 거룻배.

9) 세일즈맨(salesman): 험프리.

(46)

1) 버킷상점(bucketshop): 무허가 도박장.

2) 보안관 크랜시(Long John Clancy): 당시의 더블린 보안관 키다리 패닝의 별칭(Long John Fanning)(U 203 참조).

3) 저 날쌘 망치 휘두르는(of that hammerfast viking): Hammerfest: 노르웨이의 항구 명의 익살.

4) 풀백 등대(Poolbeg): 더블린 만의 주 등대

5) 검은 철갑선(Black & Tans): 1920-1921년에 왕립 경찰에 봉사한 지원병들의 별칭.

6) 에브라나(Eblana): 프톨마이오스(Claudius Ptolemy)(기원 2세기 경 알렉산드리아의 천문학자)에 의하여 사용된 더블린의 옛 이름.

7) 요리반페니(Cookingha'pence): 코펜하겐

8) 핀갈 맥 오스카 한쪽 정현正弦 유람선 엉덩이(Fingal Mac Oscar Onesine Bargease Boniface): 험프리의 별명인 듯. 엉덩이(Boniface): 특히 명랑하고 친절한 여인숙 주인의 속칭.

9) 육아경育兒鏡(Nursing Mirror): 정기 간행물 명

10) 동물원의 원숭이를 감탄하는 동안(while admiring the monkeys): 〈율리시스〉, 밤의 환각 장면에서 블룸의 자기 자비심에 대한 설명의 패러디: 천진 낭만. 소녀가 원숭이 집에서. 동물원. 호색한 침팬지. (숨이 넘어가듯) 골반. 그녀의 가식 없는 얼굴 붉힘이 저를 거세시켰던 거요. (Innocence. Girl in the monkeyhouse. Zoo. lewd chimpanzee. (breathlessly) Pelvic basin. Her artless blush unmanned me). (U 385)

(47)

1) 목록 중의 우두머리(the crux of the catalogue): 핵심 또는 남십자성.

2) 녹지 위에는 집게벌레 없을 것인고(Won't there be earwigs on the green): There will be wigs on the green: (구어적 표현): 본래 아일랜드어로, 서로 싸우다. 심히 말다툼하다의 뜻.

3) 소포크로스! 쉬익스파우어! 수도단토! 익명모세!(Suffoclose! Shikespower! Seudodanto! Anonymoses!): 소포클레스(Sophocles), 셰익스피어(셰익스피어), 단테(단테), 모세(Moses: 〈모세 5경〉[구약의 첫 5경]의 익명의 저자. 모두 조이스의 우상들. 이들도 HCE와 마찬가지로 뗏장 밑에 매장되기 마련인지라.

4) 우인牛人마을(Oxmantown): 북 더블린의 지역 명. ('Oatman'—Eastman, Viking의 이름에서 유래).

5) 모든 왕의 백성도 그의 말(馬)들도(Not all king's men nor horses): 자장가인 땅딸보(Humpty Dumpty)의 가사에서.

6) 코노트 또는 황천에는 진짜 주문呪文 없기에(For there's no true spell in Connacht or hell): 크롬웰의 1654년 의회 법령에서: 지옥에 아니면 코노트에 가라(Go to Hell or Connacht).

• I부 - 3장 •

HCE – 그의 재판과 투옥 (pp.048-074)

(48)

1) 경칠(흉성胸聲'다'음音)! 혹악취或惡臭! 발광!(Chest Cee! 'Sdense! Corpo di barragio!): (It) 〈게이어티 극장의 25주년 기념보〉(제3호)(Souvenir of the 25th Anniversary of the Gaiety)는 고품의 테너 가수들의 유명한 chest C[다 음(音)(고정도창법의'도'), 단조]를 기술한다. (It) corpo di Bacco!: by Jove!(신을 두고, 제기랄!). barraggio: damned(경칠), 비평가들인 Danis Rose & John O'Hanlon은 이 구절을 Jeus! Some stench! Derangement!)로 풀이한다(Rose 44).

2) 애란노파愛蘭老婆(The Shan Van Vocht): 가련한 늙은 노파(Poor Old Woman: 아일랜드의 별명으로 〈율리시스〉 제1장에서 스티븐의 의식 속에 부동 한다(U 12).

3) 도미니카 흑黑 탁발승의 당밀연고唐蜜軟膏 지역(Blackfriars treacle plaster Lane): (1)도미니카 탁발승 수도회의 위치로서, 거기서 헨리 8세는 Aragon(스페인 동북부의 지방, 옛적에는 왕국)의 Catherine으로부터 이혼이 승인 된다. (2)Alice Liddell: Lewis Carroll의 친구, 〈이상한 나라의 엘리스〉(Alice in Wonderland)의 모델.

4) 골의 고대 아드워이 주장관主長官 자신(Vergobretas): (1)골(Gaul): (이탈리아 북부, 프랑스, 벨기에, 네덜란드, 스위스, 독일을 포함한 옛 로마의 속령). 고대 골의 주무장관 (2)Arthur Barraclough: 더블린의 테너 가수.

5) 카라크타커스(Caractacus): 로마의 침략에 반항한 대영국의 수령(추장).

6) 그들은 방금 아직 존재하지 않거나 아니면 당시 존재하지 않았던 것과 마찬가지로(they not yet now or

had they then not ever been): (성경) 〈전도서〉 44:9의 성구: 그들은 과거에 존재하지 않았던 듯이, 존재했도다(they were as they had never been).

7) 인커먼의 자들(Inkermann): 〈로이얼 극장의 연대기〉46호의 글귀에서: 즈아부(Zouave)의 예술가들… Inkemann의 원 창시자들…남자들로 연기한 여성 역.

8) 주아브 예술가들(zouave players): 교황의 옹호를 위한 프랑스의 일단의 무리.

9) 애란인을 가장하는 어릿광대와 그들의 매기 승족들을 흉내 내는 그의 악마 족, 힐튼 성聖 정의正義(프랭크 스미스 씨氏), 아반네 성聖 오스텔(J. F 존즈 씨)(zouave players of Inkermann the mime mumming the mick and his nick miming their maggies): (1)Mick, Nick, Maggies의 익살극(팬터마임)의 암시 (2)〈율리시스〉 제16장에서 블룸은 스티븐의 음악의 생애에 대하여 명상한다: 그 이유는 속아 넘어가기 쉬운 대중들을 위해 아이반 세인트 오스텔이나 힐튼 세인트 저스트…(U 542)

10) 루칸의 콜만(Coleman of Lucan): 〈더블린, 왕립극장 연대기〉 67호: Mr Frank Smith & Mr J. F Jones에 의하여 연출된'Maritana'd에서 Vyvyan & Vincent를 언급하는 바, 거기서 Lucan(더블린 인근 지역)의 Mr Coleman은 4등장인물들을 가장한다.

11) 핀 맥 콜 및 네이 호반의 칠 선녀들(Fenn Mac Call and the Serven Feeries of Loch Neach): 골이 난 Finn MacCool은 잔디 떼를 파헤치자, 그로 인해 네이(Neagh) 호반과 만(the Isle of Man 섬)이 창조되었다는 설.

12) 질주마향疾走馬鄕 및 할리퀸 광대들(Galloper Troppler and Hurleyquinn): 스위프트의 〈걸리버 여행기〉에서 질주마의 인유. 할리퀸 광대들: (왕립 극장의 팬터마임에서).

13) 오데일리 오도일 가家(O'Daley O'Doyles: 인습적 아일랜드의 시인들 족속.

14) 〈북구전설집北歐傳說集〉(Eyrbyggia saga): 아이슬란드의 위대한 전설 집들 중의 하나.

15) 가련한 오스티-포스티: (It) ostia: 성체. 희생의 제물.

16) 테니슨류類(Tennysonian: (핀란드): 죽음의 인물.

17) 생기生氣: (It) animando vite: 생명의 부여.

(49)

1) 크리미아 죄전罪戰(Crimean War): 크림 전쟁(러시아 대 영. 프. 오스트리아. 터키. 등 연합군과의 전쟁(1853—1856).

2) 군적軍籍에 입적入籍했는지라(accepted the…ardree shillings): 입대하다(take the king's shilling)(속어).

3) 슈리 루니 지원병처럼(Shuley Luney): 무어의 노래 가사에서: 군중 속에 홀로 배회하나니(Alone in Crowds to Wander)(슈리 아룬[Shule Aroon]).

4) 아일랜드의 백마白馬인 타이론의 기병대(Tyron's horse): 1607년 이후, Tyrone 후작은 아일랜드 지원병을 스페인 육군으로 복무하게 했다.

5) 브란코 후시로브나 벅크로비치의(가짜의)(Fusilovna Buckloviych(spurious): '브란코'(Blanco White): 아일랜드-스페인계의 신부, 개종했다.

6) 울지 원수(Viscount Wolsey): Crimea 전쟁의 아일랜드 야전군 원수.

7) 구궁鳩宮(Pump Court Columbasrium): 더블린 만의 발전소 명(The Pigeonhouse)(〈율리시스〉 제3장에서 스티븐의 의식원意識源)(U 34—35). 펌프 코트(Pump Court): 런던의 속칭.

8) 성채城砦(the cawer): (L) dovecot(비둘기 장): 묘궁(墓宮)(sepulchral chambers).

9) 대리석 현관들(marble halls): 노래의 가사(I dreamt that I dwelt in Marble Hall): 〈더블린 사람들〉 〈진흙〉의 끝 장면 참조).

10) 구장모口丈母(mouther—in—louth): Louth: 아일랜드의 주명.

11) 호란(Horan): 더블린의 시장 각하 명.

12) 더블린의 정보지情報紙(the Dublin Intelligence): Dublin Intelligencer: 18세기 더블린의 신문 명.

13) 북방군北方郡의 수용자들(inmates in the northern counties): 더블린 정신병 수용자.

14) 요양원(Ridley's): (더블린 속어) 정신 병원 병동.

15) 순회공연 단의 단역인端役人(Utillity man): 연극에서 가장 작은 대화 역의 배우. 〈더블린 왕립 극장의 연보, 211호〉(Annals of the Theatre Royal, D 211) utility man: 219: 그 젊은 소프라노는, 예고 없이, 그 역을 맡았다.

16) 치사한 샘(Sordid Sam): 트리클 톰을 암시함.

17) 햄(ham): 노아의 아들.

18) 소환자인 이스라펠 천사(Israfel the Summoner): 모하메드의 심판의 날에 나팔을 부는 천사.

19) 피촌인被村人되고 피거한被巨漢된 대들보(atlas on behanged and behooved): atlas: 척추, 핵심적 인물.

20) 그의 나신裸身에 최후의 지푸라기가 뻔쩍였다 하더라도(Though the last straw glimt): T. 무어의 노래 가사에서: 애란의 최후의 뻔쩍임일지라도(Though the Last Glimpse of Erin).

21) 프롬프트복서[속투사速鬪士](Promptboxer): 피아니스트 및 권투선수(pugilist)인 Robert Barton의 통칭, 더블린의 왕립(로이얼) 극장에서 거행되는 권투시합에서 Boxing Bob으로 불림.

22) Lochlann인들: (1)스칸디나비아인들 (2)Domhnall & Muirchearlach O'Lochlainn: 아일랜드의 고왕들.

23) 미코라스 더 쿠삭(Micholas de Cusack): (1)쿠삭은 〈율리시스〉 12장 〈키크롭스〉 장면의〈시민〉의 모델(맹목적 국수주의자). (2)Nicholas de Cusa: 반대의 일치(coincidence of contraries)의 철학.

24) 그들의 반대자들의 일치에 의하여 식별불능識別不能한 저 동일성 속에 재 융합再融合 하게 할지니…: by the coincidance of their contraries reamalgamerge in that identity of undiscernibles). 여기 서술되는 발라드에 관련된 인물들은 Giordano Bruno의 윤회적 대응설(dialectical process of opposites)을 대변한다. 이는 실재와 가능성은 영원에서 다르지 않다(The actual and the possible are not different in eternity)로서, 예를 들면 여기 인물들의 상반된 인품들도 결국은 서로 일치 된다는 설이다. 이러한 이치는 W. 브레이크(Blake)의 〈천국과 지옥의 결혼〉(The Marriage of Heaven and Hell)에서처럼 매력과 반항, 사랑, 증오, 선악 등은 인간의 생존을 위해 필요 불가결하며, 상반된 양자는 결국 일치한다는 설이다. 이는 사물의 윤회(metempsychosis)의 원리와 유사함으로써, 〈율리시스〉의 지배적 사상이기도 하다. 예: God—Dog, Nes Yo(拒否定). Jewgreek is Greekjew. Extremes meet. Death is the highest form of life. (U 504)

(50)

1) 빵구이들과 육남肉男 푸주한들(the Baxters and the Fleshmans): (1)브루노의 '대응설'을 예증하는 상오상대물 (2)자장가의 패러디: 빵 구이, 촛대 제작자(the baker, the candle stickmaker).

2) 투계의 박차拍車 시발始發 쇠 발톱 돌격…종미終尾에 겨자 삽입에 의하여 거의 악취통입桶入(the iron thrust of his cockspurt start…by the mustardpunge in tailend): 중국 공자의 고향의 핑(Ping) 대감 일화에서: 투계장에서 저쪽 닭을 눈멀게 하기 위해, 닭의 날개 속에 겨자를 감추는 반면, 이쪽 닭은 쇠 박차를 발에 매게 하는 전술.

3) 갈색(브라운)의 촛대주株는 노란(brown candlestock melt Nolan's into peese): 노란(Nolan)의 브라운(Browne). (1)이 이름들은 '대응설'을 주장한 노라(이탈리아) 출신의 Bruno에서 유래함 (2)조이스의 논문 〈소요의 시대〉(Day of the Rabblement)를 출판한 더블린의 Browne and Nolan 출판사. 여기서는 서로의 대응을 암시함.

4) 드루리오(druriodrama): 런던의 Drury 가의 극장 명.

5) 랭리(Langley): Francis Langley: Swan 극장의 설립자 및 소유자.

6) 성구성당聖鳩聖堂의 사밀소私密所로부터(out of Calomnequiller's Pravities): (1)사밀소 (2)성 Colmcille에 기인 된 수많은 가짜 예언집.

7) 프랑스의 책장들(French leaves): (1)〈켈즈의 책〉(The Book of Kells)은 때때로 Colum Cille의 책으로 불림. (2)French loaves available: 프랑스식 빵 덩어리 (3)프랑스식 휴가: 허락이나 통지 없이 떠나는 여행.

8) 그 책의 어머니(the mother of the book): 이슬람교 신학에서, 코란(Koran)(회교 성전)은 신의 좌(the throne of God) 밑에 보관된 '책의 어머니'(The Mother of the Book)으로부터 복사된 것으로 상상되다.

9) 레비(the Levey): (1)〈왕립 극장의 연대기〉의 공동 저자 중의 한 사람인 R. M Levey (2)levi: 야곱의 아들.

10) 보우덴의 음악당 자원 연예인(a volunteer Vousden): Valentine Vousden: 더블린의 음악당 연예인으로, Dan Lowrt's 음악당에서 연주했으며, 〈왕립 극장의 연대기〉의 공동 저자인 R. M levey일 수도.

11) 룸펜 놈(hobo): 부랑아.

12) 최암흑의 최고 내심지內心地(finsterest interrimost): Cape Finisterre: 스페인의 북서쪽 첨단.

13) 정말 그랬도다(Bhi she): he was. bhi se(아일랜드어)(:50), Ei fu(이탈리아어)(:49), Fuitfuit(라틴어)(:50) Han var(덴마크어)(:50).

14) 나안裸顔의 카르멜 교도(barefaced Carmelite): 더블린의 카르멜파의 수사들, 맨발(barefoot) 성당(Church of Discalced)의 교도.

15) 우애교도友愛教徒 노란모어 신부(Fratomistor Nawlanmore and Brawne): 조이스의 〈소요의 시대〉를 UCD 잡지에 연재하는 것을 거부한 Henry Browne 신부(교수)의 암시.

16) 모자에 복권 티켓을 왕실 종복모從僕帽처럼 아주 빈번히 화식華飾하고(very occasionlly cockaded a raffles ticket on his hat): 작가 Lewis Carroll의 Mad Hatter had ticket on hat의 패러디.

17) 퇴비언덕(dunhill): Dunhill: 런던의 파이프 제조 명.

18) 피쉬린 필(Phishlin Phil): (1)Percy French(세기의 전환기, 더블린의 연예가 및 노래 작곡가)의 노래 Whistling Phistin Phil McHugh의 인용. French는 모운 산(The Mountains of Mourne)을 작곡했는데, 〈율리시스〉의 제11장에서 Simon Dedalus는 이 노래를 부르며 눈물의 감상에 젖는다(U 216) (2) Philly Thurnstone: 전원과학과 정음성윤리학正音聲倫理學의 평교사요 근장近壯한 사나이 (3)〈율리시스〉 제15장 환각 장면에서 스티븐은 술 취한 Philip및 술 안 취한 Philip과 짧게 노닥거린다.

19) 운을 자랑하는 것은 우행인지라('tis pholly to be fortune flonting): T. Gray 작 〈이튼 대학의 먼 조망에 대한 송시〉(Ode on a Distant Prospect of Eton College)의 가사: 무식이 축복인 곳에 현명함은 우행의 패러디

20) 염해수 곁의 호텔로 가는 자(whoever's gone to mix Hotel): Percy French 작의 노래 가사에서: 누구 마이크스 호텔, 염해수 곁의 마이크스 호텔을 다녀온 자 있느뇨?(Has anybody ever been to Mick's Hotel, Mick's Hotel by the salt say water?)의 패러디.

(51)

1) 흉색비애兇色悲哀는 오랜 동안 퇴색 바래지기 마련이니(sallow has long daze faded): 무어의 노래 가사에서: 비애가 그대의 젊은 날을 퇴색시켰던고?(Has Sorrow Thy Young Days Shaded?).

2) 1천 1야성夜性의 이 유희극遊戲劇(one's thousand one nightinesses): Shahrazard: 〈아라비안나이트〉의 지칭.

3) 확실검確實劍(sword of certainty): sword of Damocles: 신변에 따라 다니는 위험(Dioysius 왕이 연석에서 Damocles 머리 위에 머리카락 하나로 칼을 매달아, 왕위에 오르는 위험을 보여준 일에서).

4) 골목길의 소년(the llad in the llane): 더블린의 Lad Lane(골목길)을 지칭함.

5) 약삭빠른 패트릭(Slyparick): 성 패트릭의 암시.

6) 불와(의지), 푸와(가능) 및 더와(의무)(Will, Conn and Otto…Vol. Pov and Dev): (프랑스어) vouloir, pouvoir & devoir: will, can & ought to.

7) 토어길(Thorgill): 바이킹 침입자. 아일랜드를 이교도화 하려고 노력했다.

8) 하나, 둘, 셋, 총總넷, 포주抱主다섯, 피녀彼女여섯, 비화肥靴일곱, 요철凹凸여덟, 아홉!(Ya, da, tra…okodeboko, nine!): 잉글랜드 북서부의 주 Lancashire에서 양羊을 세는 부절符節(sheep—tally) 장부.

9) 의붓자매 죄인罪人(halfsisters): 공자는 9명의 의붓자매들을 가졌었다.

10) 무 산山의 성지여 우리들을 구하소서!(shrine of Mount Mu save us!): 공자의 양친들은 무 산(Mu Mountain)의 사당에서 남아를 얻기 위해 기도했다.

11) 주주경기走舟競技의 우발성偶發性을 기다리는 것은 깃털 제기차기—작스터—암말호號(to wait for a postponed regatta's…Shettledore—Juxta—Mare only): 보트경기(regatta)…깃털 제기차기 경기(game of battledore and shuttlecock).

12) (패트의 집에서)(in Loo of Pat): Lu: (1)공자의 고향 주 (2)in lieu of(instead of) (3)Pat: 아일랜드 남자의 통칭.

13) 미드 군(Meath) 혹은 메카(Mecca): 미드 군. 메카: 사우디아라비아의 도시, 마호메트의 탄생지(동경의 땅, 사상의 발상지).

14) 시루리아 족의 요철암산凹凸岩山으로 우리를 도로 끌고 갈지라도(haul us back to the craogs and bryns of the Silurian Ordovices): (1)Silures(시루리아): 동남 웨일스의 고대 영국 종족. Ordovices: 북 웨일스의 고대 영국 종족. (2)요철 암(the craogs and bryns): 더블린은 약간의 Silurian & Ordovician 요철 암들을 갖고 있다.

15) 보다 짧은 순례(the lesser pilgrimage): lesser Pilgrimage: Mecca로의 마호메트식 여행.

16) 애완물과 돼지의 고고도古孤島(pats and pig's older inselt): (1)B. Shaw 작: 〈존 불의 다른 섬〉(John Bull's Other Island)의 익살. (2)pig—island: 아일랜드의 고대 명.

17) 박해받은 자의 피난지로(regifugium persecutorum): (1)Regifugium: 로마의 의식 (2)regifugium persecutorum(L): BVM, Blessed Virgin Mary에 대한 연도에서: 죄인들의 피난처(refuge of sinner).

18) 대니보이여!…그녀의 꽃 창가의 사과(dannyboy!…Apple by her blossom window): (노래) Danny Boy: 내가 한 송이 부드러운 사과 꽃이라면(Would that I were a tender apple blossom)의 패러디.

19) 샤로트(charlotte): 빵 껍질로 덮인 사과 마멀레이드.

20) 호리병박(calabash): 흡연 파이프를 포함하는 다양한 호리병박(gourds)(植).

(52)

1) 애니 오크리(Anny Oakley): 여자 사격 명수.

2) 리드가(Reid's): 영국 도서 지역에서 마시는 가족 맥주.

3) 소돔의(sodemd): Sodom: 사해 남안에 있던 옛 도시. 죄악 때문에 신에 의해 이웃 Gomorrah와 더불어 멸망되었다 함. 〈창세기〉 18:20—21, 19:24—28): 〈율리시스〉 제4장 블룸의 독백 참조(U 50).

4) 모든 술병들도 그대의 혈갈血渴을 부드럽게 하지는 못하리라!(all the bottles…will not soften your bloodthirst): (〈맥베드〉 V. 1. 57) 아라비아의 모든 향수도 이 작은 손을 미화하지 못하리(all the perfumes of Arabia will not sweeten this little hand)의 패러디.

5) 톨카 강江(Tolk River): 더블린 시내의 동북쪽 외곽을 흐르는 강

6) 나의 가장 친애선머슴형제여!(my dearbraithers): (〈초상〉 제3장) 신부의 설교: 그리스도 안에 있는 나의 사랑하는 형제여!(my dear little brothers in Christ!)의 패러디.

7) 자비 자(the Compassionate): (1)불타(자비 자, Siddhartha)의 대칭 (2)(Bismillah)(이슬람교도의 맹세의 말): 유일 자…자비 자, 알라신의 이름으로(in the name of God, the Compassionate).

8) 진상을 말하건대…아씨가 말하도다(scoretaking: …rispondas fraulino): (1)얼굴은 바로 여지참금汝持參金, 거울은 추인醜人에게 하등무조何等無助라, 당신 말이 옳다고 나는 믿나니, 아씨가 답하도다(Scoretaking: Spegulo…Via dote la vizago rispondas fraulino): (이 구절은 에스페란토어로 쓰임) (2)얼굴은 바로 여汝지참금: (자장가의 패러디: 나의 예쁜 아가씨여, 그대 어디로 가느뇨: 나의 얼굴은 나의 재산이라, 그녀가 말했도다(Where are you going, my pretty maid: My face is my fortune, sir, she said).

9) 숙명일 예저자(Arthor of our doyne): (1)아일랜드 노래의 인유: 우리들 도회의 아서(Arthur of This Town) (2)Doyne 소령은 더블린 근처에 자신이 워털루에서 타던 말의 동상을 건립했다.

10) 매리 무無(Mary Nothing): (1)허황된 미녀 (2)〈한 여름 밤의 꿈〉(Midsummer Night Dream): 허황된 무(airy nothings).

11) 그들이 불을 붙일 때…자신의 수다스러운 괴성을…늑대 골骨의 화장화火葬火가…그들이 불을 붙일 때 그땐 그녀는 빛을 발해야 하기에…견자식犬子息들이, 꽝 소리…온경계溫警戒의 어떤 가망성을…(When they set fire then she's got to glow…some chances of warming): (1)중국의 왕 Yu Weng은 괴벽한 궁중 미녀를 즐겁게 하기 위해, 언덕 꼭대기에다. 야만인의 공격을 알리는 늑대의 뿔에 불을 붙이도록 명령했다는 고사의 패러디 (2)〈경야〉 본문의 콘텍스트에서 텔레비전에 비친 옛 고사의 익살스러운 장면을 반영하는 듯. TV를 즐기는 개자식들.

12) 조종왕弔鐘王(Kang the Toll): 공자의 아버지.

13) 웰링턴야외털옷(woolselywellesly): (1)Viscount Wolseley(Crimia 전투의 아일랜드 원수) 또는 Arthur Wellseley의 지칭 (2)Arthur Wellesley: 웰링턴 공작.

14) 데스테르 도당徒黨(D'Esterre): O'Connell을 사살하기 위해 오렌지 당원에 의하여 파견된 건맨(사격수). 격투에서 오코넬에 의해 살해되다.

(53)

1) 와일드 미美초상肖像: 오스카 와일드 작 〈도리언 그레이의 초상〉(The Picture of Dorian Gray)의 패러디.

2) 어떤 어둑한 아라수 직물 위에 보이는 광경, 엄마의 묵성黙性처럼 침묵한 채, 기독자식基督子息의 제 77번째 종형제의 이 신기루상像이 무주無酒의 고古 애란 대기를 가로질러 북구의 이야기에 있어서 보다 무취無臭하거나 오직 기이하거나 암시의 기력이 덜하지 않은 채 우리에게 가시청可視聽되도다. (표도剽盜!): (1)이 구절은 〈초상〉의 다음 구절의 표절인 셈: 멀리 유유히 흐르는 리피 강의 흐름을 따라 가느다란 돛대들이 하늘에 반점을 찍고, 한층 더 먼 곳에는, 아련한 직물 같은 도시가 안개 속에 엎드려 있었다. 인간의 피로처럼 오래된, 어떤 공허한 알리스 천위의 한 장면처럼, 기독교국의 제7도시의 이미지가 무궁한 대기를 가로질러, 식민시대에 있어서보다 덜 오래지도 덜 굴종을 견디지도 않은 듯, 그에게 들어났다)(P 167) (2)북구(tingmount): Thingmote: 더블린의 바이킹 의회.

3) 어깨에 어깨를 맞대고(shoulder to shoulder): (1)노래의 인유옛 여단의 소년들: 꾸준히, 어깨에서 어깨(Boys of the Old Brigade: 'steadily, shoulder to shoulder)의 가사에서. (2)마차에서 승객들은 등과 등을 맞대고 앉기 때문에.

4) 성자聖者 대 현자賢者: 조이스의 논문인 성자와 현자의 섬, 아일랜드(Ireland, isle of saints & sages)의 제목에서.

5) 눈물(tyre): Tyr: Mars와 동등한 북구의 신.

6) 운석雲石 써스턴!(Thurston's!): 등대선?

7) arboro: (L) tree.

8) 오가스턴이여(augustan): St 아우구스티누스(354—430): 라틴 성당의 아버지, Hippo의 승정.

9) 아이아스다운 난폭 소란의(ajaxious rowdinoisy): 호머 및 셰익스피어의 인물로서, 두뇌 보다 난폭하고 소란스러운 희랍인. 그는 율리시스 장군의 적으로, 자살하다.

10) 온통 백절불굴의…난폭 소란의(fortitudinou . rowdinoisy): Savoy(프랑스 남부 지방, 옛 사보이 왕가 [1861—1946])의 모토: Fortitudo eius Rhodum tenuit(그의 힘이 로도스 섬[Rhodes]: 에게 해의 섬을 장악 하도다)의 인유.

11) (수사슴 암사슴의 도래미 음!)(docrechmoose genuane!): 사전준비 된 축성祝聖(the Presanctified)의 성 금요일 미사의 구절: 숭배하리라…무릎을 꿇을지라…일어날지라(let us adore…let us kneel…rise)의 패러디.

12) 한 밤중이 시간을 타打하자(midnight was striking the hours): 노래의 가사에서: When Midnight is Striking the Hour.

13) 로렌조 툴리가街(Lorenzo Tooley): 더블린의 수호 성자인 성 오툴(Laurence O'Toole)의 암시.

14) 취계정鷲鷄亭(Eagle Cock Hostel): 더블린 시 Eustace 가의 Eagle 여인숙(선술집)으로, 더블린의 Cooks & Vintners(여행가 & 양조인) 협회의 회동 장소.

15) 하느님과 마리아와 브리지트와 고전하古殿下 패트릭(Gort and Morya and Bri Head and Puddyrick): (1)Cort(Connacht), Morya(Ulster), Bray Head (2)Morya: Blavastsky(소련의 접신론자, 〈율리시스〉 제9장 참조)의 Mahatma 서간집의 가상적 공동 저자 (3)(I) the blessing of God & Mary & Bridget & Patrick.

16) 고왕高王 빌(Upkinglybilly): (King Billy): 오렌지 당의 윌리엄 3세, 더블린 Dame 가의 그의 말 탄 동상 〈더블린 사람들〉, 〈죽은 가람들〉에서 Gabriel은 빌리 왕의 동상銅像에 관해 이야기 한다.

(54)

1) 봉기, 소년들이여, 그리고 그에게 모자를!(Hup, boys, and hat him!): 웰링턴의 명령 구호의 변형.

2) 기억記憶렘브란트 모습들(remembrandtsers): Rembrant: 네덜란드의 화가.

3) 작일의 당신들은 어디인고?(wowhere are those yours of Yestersdays): Francois Villom(프랑스 시인)의 말의 인유: Where are the snow of yesteryear?

4) 원견遠見싱터릭스(Farseeingethrich): 시저에 반항했던 골의(Gallic)의 수령, HCE와 빈번히 동일시 됨

5) 노빈녀老貧女카락터커스(Chaarachtercuss): Caractacus: 로마 침공에 반항한 영국의 수령.

6) 애란노파老婆 노빈녀(Poor Old Woman): 아일랜드를 상징하는 시적 명칭.

7) 감독의 딸 안이여(his Ann van Vogot): (Ann van Vogt)(Shan Van Vocht): 아일랜드를 상징하는 노파. (독어) Vogt: 감독.

8) 경청!(Intendite!): 호라티우스(Horace)(로마의 서정시인)의 〈송시〉(Odes) III. 1. 2: '모두 침묵 속에 경청'(listen all in silence)의 구절에서. intendite!(L): attention!

9) 홀리 혜성의 76년 주기(Halley's comet): 홀리 혜성은 76년 주기(76—year period)를 갖는다.

10) 터키의 모슬렘 그룹…카사콘코라(Ulemamen…casa concordia): casa concordia: (It)(평화의 집).

11) (Huru more Nee, minny frickans?…. Gomagh, thak): 이상의 10행으로 된 단락은 회화의 단편들로서 지나가는 범세계적 군중의 입술로부터 포착된 것이다. Ulema: 터키 정부의 전쟁 전 그룹으로 된 모슬렘의 신학 단체 명칭. Storthing: 노르웨이 의회. Duma: 러시아 전제 군주. Sobranje: 불가리아의 전제 군주: Huru more Nee. minny frickans?(후루 모어 니, 미니 프리캔즈?)(SW)(안녕하세요, 젊은 아씨들?). Hwoorledes…(후울레데스). (Da)(안녕하세요?). Losdoor…(로스도어 온레프트 레이디스 큐)(OE). 밀레치엔토트리진타듀 스카디(Milloecientotrugintadue). (It)(1132 금화). 티포디, 카이리, 티포디(Tippoty). (Gr)(아니, 나리, 아니오) 차 카이 로티 카이 마카, 사하이브? 데스펜세미 우스테드, 세니오라(Despenseme). (실례해요, 선생님), 아 소스키코, 사베. 오 도우 브론 옴, 아코트라인, 팅킨도우 게일리?(O ta' bro'n orm)(I)(미안해요, 정말, 애란 말(語)을 이해하시나요?) 릭—차—프라이—하이—파—파—리—시—랑—랑(Lick—Pa—flai—hai—pa—Pa—li—si—lang—lang). (C)(놀랬어요…여우—여우) 에피 아라, 에쿠, 바티스테 투반 단 리프 보잉 고잉(Epi alo…). (가려구요 잠시 뒤) 이스메메 데 범백 에 메이아스 데 포모칼리. (Port)(포르투갈 제製 속옷 양말) O. O 오스 피포스 미오스 에 데마시아다 그루알소 포 오 피콜라 포치노(O.

O. Os pipos mios). (It)(O. O…. 너무 비싸요) 위 피?(G)(얼마요?) 옹 두로(1달라) 콕시(Hu)(마부 양반), 짜배드?(O piccolo pocchino. Wee fee?)(Hu)(공짜?) 머르시. (감사해요), 엔 유?(and you?)(F)(그리고 당신은?), 고마, 텡(Goma호, 소마)(I)(네, 고마워요).

12) 매기여(Maggis): Magadalene, Maggy Magee(〈피네간의 경야〉 노래의 가사 중 인물).

13) 저 부대복負袋腹이 산양山羊 목소리로 사슴처럼 날뛰나니!(that bag belly is the buck to goat it!): Louis 12세는 왕좌의 상속인에 관하여 말했다: 이 살찐 자가 모든 것을 망치나니(This fat fellow will spoil all).

14) 메애메기여(Meggeg): 〈율리시스〉 제15장(밤의 환각 장면)(U 448)의 구절: 암 산양: (운다) 메게가그게그!(Megeggaggegg!)의 패러디.

15) 모이리피(moyliffy): Magh Life: 킬데어 주 소재의 고대 영토.

16) 계란처럼 확실하게(sicker as…egg): 계란이 계란처럼 확실하게(Sure as eggs are eggs)(격언에서).

17) 매머드의 신세기(yorehunderts of mamooth): yore(옛) + Jahrhundert(G)(century). 매머드(mammoth: 신생대 제4기의 거상巨象).

18) 스텟슨Stetson): 모다.

19) 가책苛責하고 있었나니(inwiting): (맹서를 위해) 꾸짖고 있었나니. 양심의 가책(Agenbite of Inwit) 〈율리시스〉 제1장에서 스티븐의 모친의 죽음에 대한 '양심의 가책'참조(U 14).

20) 지금까지 우리는 라디오 광고의 소리를 통하여 HCE가 그의 상품이 웰링턴 기념비처럼 진가임을, 그리고 시간의 시작 이래 그렇게 해 왔음을 목격하도록 전 우주에 호소하는 그의 목소리를 들었다.

(55)

1) 위대한 교장님의 미소 앞에 맹세코(before the Great Schoolmaster's): 라디오 광고를 통하여, 우리는 HCE의 목소리를 듣거니와, 그는 자신의 상품이 웰링턴 기념비처럼 바르고 참되다는 것을 전 우주로 하여금 목격하도록 요구한다. 그리고 그것은 시간의 시작 이래 그랬었다. 위대한 교장님의 미소는 이 우주적 판매인을 시인하는 하느님 자신의 얼굴에 맹세한다.

2) 아투레우牛(Atreox): 그리스 신화에서 아가멤논(Agamemnon)(트로이 전쟁 때의 그리스 군의 총지휘관)의 아버지. 헤르메스(Hermes)(희랍 신화에서 신들의 사자)는 아투레우스 가家(House of Atreus)를 저주했다.

3) 메로머어 조우弔友들이여(Macromor Mournomates): Il'ya Muromerts): 러시아 민요의 인기 있는 영웅—전사.

4) 소택지沼澤地 훼니야나(mundibanks of Fennyana): 미상: Fennyana ?

5) 고조병枯凋病에 평균복수하면서(averging on blight): T. 무어의 노래 가사에서: 복수와 고조병(Avenging and Bright).

6) 사골死骨은 재도기再跳起 하느니라(deeds bounds going arise again): 노래의 가사에서: 이들 뼈들은 재기하리라(These Bones Gwine to Rise Again)의 패러디.

7) 모든 자궁태생남녀의(of all manorwombanborn): 〈맥베스〉 IV. I. 80: 태어난 여인 가운데(of woman born).

8) 법에 의한 세계의 설립자가 모든 자궁태생남녀의 흉전胸前을 가로질러 적절하게 써 놓을 글귀로다(the establisher of the world by law might pretinately write across the chestfront): 공자가 태어났을 때 '법에 의해 세계를 수립하다'(established the world by law)라는 글귀가 그의 가슴에 쓰여 있음이 발견되었다는 전설에서.

9) 세관소옥稅關小屋(custom huts): 더블린의 리피 강 하류 강변에 있는 장중한 세관 건물(Custom House)(상존).

10) F. X 코핑거(Preserved Coppinger): (1)Ellmann은 그것이 Playboy riots와 관계한다고 추단 한다 (2)Glasheen 교수는 그것이 조이스에게 Sir William Wilde(O. Wilde의 부친)와 관계한다고 한다

(Glasheen 62)(Wilde의 부친은 유명한 안과 의사요, 그들 부자는 호모 섹스로 유명하거니와, 〈율리시스〉 제10장의 17삽화에서 거리의 정신병자 파렐은 그의 부친의 안과 병원 앞길에서 유스타이아누스(로마의 황제) 법전에 나오는 글귀(성적 기행 조항) Coactus volui(부득이 욕망하지 않을 수 없었도다)를 외친다(U 205) (3)Coppinger's Court: Cork 주에 있었던, Sir Walter Coppinger에 의하여 건립된, 대저택(4)McHugh 교수는 Coppinger를 Francis Xavier로 주석 한다(McHugh 55).

11) 보호의 모구신母口神이여 그에게 유향수乳香樹를 주옵소서!(may the mouther of guard have mastic on him!): 하느님 어머니시여 자비를 베푸소서!(Mother of God have mercy)의 모방 문.

12) 하이버니언 횡단(transhibernian): 시베리아 횡단 철도의 암시.

13) 쾌애란快愛蘭의 징글 마차(airish chaunting car): (노래의 가사) The Irish Jaunting Car. 〈율리시스〉에 자주 등장하는 관광용 유람 차: (제 11장, 15장 참조)(지금도 상존).

14) 재착의자再着衣者가 나자裸者를, 나자가 록자綠者를, 록자가 동자凍者를, 동자가 재 착의 자를 쫓는 것을(the clad pursue the bare, the bare the green, the green the fore, the frore the cladagain): 키팅(Keating) 저의 Forus Feasa or Eirinn의 서구序句: 아일랜드는 세 번 옷 입고 세 번 벗었었다(Ireland has been thrice clad & thrice bare)의 패러디.

15) 첨예尖銳하게(cacuminal): cacuminate: 날카롭게 또는 피라미드처럼.

16) 아일랜드의 〈들판 지誌〉(Irish Field & Gentleman' Gazette): 더블린의 잡지 명.

17) 캣슬 장벽(Castlebar): Castlebar Races: 아일랜드 Mayo 주의 프랑스 군으로부터의 영국군의 후퇴(1798년).

18) 해결사 다니아스(Dyas) 어신御神: 베다(Veda)(옛 인도의 성전)에서 제우스신과 동일 신.

19) 신독법新讀法new reading): 〈더블린, 로이얼 극장의 연대기〉(Annals of the Theatre Royal, D) 194호에 실린, Balfe(아일랜드의 작곡가)(1808—1870) 작: 나의 탄생의 비밀(The Secret of my Birth)의 '신 독법'Balfe의 노래들, 특히 그의 보헤미아 아가씨(The Bohemian Girl)과 케스틸의 장미(The Rose of Castille)느 조이스 전 작품들에 출몰함으로써, 노래 주제(song motif)를 형성한다.

20) 새(新)수비대의 찡그린 광대(the new garrickson's grimacing grimaldism): S. Hughes 사師 저: 〈더블린의 전—빅토리아 드라마〉(The Pre—Victorian Drama in Dublin) 4호: David Garrick(배우), 요셉 Grimaldi(광대—사촌).

21) 노장老壯(Francis Elrington Ball): 아일랜드의 역사가로 스위프트의 편지들을 편집했다.

22) 원형구圓形口(orerotundity): (L) ore rotundo: with rounded mouth.

23) 실체화實體化(hypostatization): 관념의 실체화, 기초를 이루는 형이상학적 개체화.

(56)

1) 코페르니쿠스(copycu'ss): Copernicus): 지동설을 재창한 폴란드의 천문학자(1474—1543).

2) ghazi: (1)이교도의 파괴에 헌신한 마호메트 광신자들 (2)Frank 'Ghanzi' Power(1858—84): 아일랜드의 기자로, 그는 Plevna에 주재했으며, 자신이 더블린을 위해 만세(Hooroo for Dublin)를 외치면서, 터키의 기마병 공격을 영도했을, Ghazi 또는 용사(Brave)란 칭호를 득했다. 그는 반항으로 봉기한 더블린의 이야기를 가지고 파넬을 속이려고 애썼으며, 그의 다리에 총알 자국을 보여주었는데, 이는 악성 궤양으로 판명되었다. Power는 Khartoum을 도피시키려고 하다 사살 당했다: FW 56. 11, 58. 18. 175. 31, 345. 19, 346. 21 등 참조.

3) 대근연필상大根鉛筆像(Molybdokondylon): (현대 희랍어) 연필: 웰링턴 기념비.

4) 다니엘은 처녀들에게 눈 여겨 보일 양으로 빙역토석氷礰土石에 서 있도다(O'dan stod tillsteyne at meisies aye skould show pon): 더블린의 Glasnevin 공동묘지에 세워진 원뿔 기둥의 다니엘 오코넬 기념비.

5) 로랜드(Roland): 미국 시인 롱펠로(H. Longfellow) 작 〈브루그즈의 종탑〉(Belfry of Bruges)의 종

(Ghent에 있는).

6) 명패名牌 위를 비추는 한 줄기 햇빛(a beam of sunshine upon a coffin plate): T. 무어의 노래 청년의 꿈(The Young Man's Dream)의 가사: 바다 표면의 햇빛처럼 밝게 비추도다(As a Beam O'er the Face of the Waters May Glow)의 패러디.

7) 먼, 친구 없는, 우리들의 나그네, 반 디몬의 땅으로부터(our Traveller remote, unfriended, from van Demon's Land, some lazy skald or maundering pote): O. 골드스미스(Goldsmith) 작 〈나그네〉(The Traveller)의 글귀: 먼. 친구 없는, 우울하고, 느린, 또는 게으른 쉘드 곁에, 또는 배회하는 포(Remote, unfriened, melancholy, slow, Or by the lazy Scheld, or wandering Po).

8) 반 디몬의 육지(van Dieman's Land): Tasmania: 오스트레일리아 남동의 섬.

9) 병목, 쨍그렁 컵, 짓밟힌 구두, 뗏장 흙, 야생 금작화, 캐비지 잎사귀(flaskneck, cracket cup, downtrodden brogue, turfsod, wildbroom, cabbageblad): 하늘의 성좌들: 병목을 비롯하여, 컵, 말은 뗏장, 구두, 금작화, 캐비지 잎사귀 등의 형태들.

10) 앤젤의 집(The Angel): 많은 아일랜드인들이 거처하는 런던의 한 구역 명.

11) 여인들과 함께 밀주와 차(茶) 그리고 감자 및 연초 및 포도주(praties and baccy and wine width woman): J. H Voss 작 술, 여자 및 노래(Wine, Woman & Song)의 패러디.

12) 우울만씨憂鬱晩氏의 모자를 통해서 그 주어진 순간에 프랑스어 닥칠 아주 경풍驚風스러운 소식보消息報는 그리 많지 않았도다!(There was not very much windy…the hat of Mr Melancholy Slow!): 루이스(Wyndham Lewis) 저 〈시간과 서부인〉(Time and Western Man): 제임스 조이스 씨의 머리 속에 언제고 지나가는 생각은 그리 많지 않도다(There is not very much reflection going on at any time inside the head of Mr James Joyce)의 익살.

13) 그의 이름을 불지 말지니 게다가 갈색자褐色者는 그의 소녀도 아니도다(O'Breen's not his name nor the brown one his maid): T. 무어의 노래갈색의 소녀(The Brown Maid)에서: 오 그의 이름을 불지 말지니(그늘 속에 자게 할지라)(O Breathe Not His Name(let it sleep in the shade)).

14) 환락향歡樂鄕의 땅(leeklicker's land): (네덜란드어) Luilckkerland: 〈환락의 땅〉(land of Cockaigne)

15) 헝가리회공감자시灰空甘蔗市(panbpanungopovengreskey): 헝가리=Pannonia(L)+Ungan(G)+vengerski(R) . Povengreakoe gav=감자 시(市)(즉 Norwich[노리치], 잉글랜드 동부 노포크의 주도).

(57)

1) 충녀忠女들이 재배한 것을 비(雨)가 수평 하게 해 놓았지만(regnans raised the rains have levelled): 공자의 양친 묘 두덩이가 심한 뇌우로 씻겨 내려갔다는 고사에서.

2) 음률은 양식을 산출하고 양식은 방식정인方式政人, 계인桂人, 경인耕人, 관리官吏를(the melos yields the mode and the mode the manners plicyman…: 공자가 치터(현이 30—40개가 있는 기타 비슷한 현악기) 연주를 배우는 단계들: 나는 멜로디를 연습했으나 음률(rhythm)을 얻지 못했도다. 나는 아직 뮤트(기분)를 잡지 못했도다. 이제 나는 그가 누구든…그의 눈은 사람들이 먼 곳을 쳐다볼 때 그의 눈이 한 마리 양의 조용한 시선을 가졌음을 알도다. (제남국[state of Tsi]에서 일어난 일).

3) 제남濟南(Tsi): 중국 동북부의 도시 명.

4) 조상은 두 개의 복숭아를 포획捕獲하기 위해 사람을 동원하자(The forefarther folkers for a prize of two peaches): 제남의 후작이 그의 세 관리들 중 두 최고에게 두개의 복숭아 상賞을 제의했다: 모두들 자살을 감행했다.

5) 명明나라, 진秦나라, 순舜나라가 초원 위에 몸을 낮게 엎드리도다(Ming, Ching and Shunny on the lie low lea): 명, 진, 순은 공자의 고향 주의 중요 가족들 명. 공자의 제자 중 하나가 친척들이 호랑이에게 먹힌 여인을 만나, 왜 그녀가 보다 안전한 곳으로 피하지 않았느냐고 묻자, 그녀가 대답하기를: 그러나 여기 관리들은 억압적이 아니외다.

6) 십일조 교구 세인稅人(the titheman): 어릴 때 공자는 십일조 교구세 수금원이었다.

7) 조아대帶(Zoans): W. 브레이크의 네 조아대(Four Zoas): (1)Urizen: 춥고 과학적 (2)Luvah: 동정적이고 눈물 많은 (3)Tharmas: 게으르고 실쭉한 (4)Urthona: 의심 적이고 절망적. 여기 4노인들은 4연대기자들(Four old chronicles)의 실질적 출현이다.

8) 크로나킬티(Clonakilly)(먼스터): 코크 군郡의 도시(먼스터)의 별명으로 신이여 도우소서!의 뜻(왜냐하면 그 곳의 기근 동안 무서운 상황 때문에).

9) 딘스그랭(Deansgrange)(라인스터): 더블린 군명郡名(라인스터).

10) 바나(Bana): 골웨이 군의 도시 명(라인스터).

11) 백의白蟻(termites): 흰개미.

12) 렌의 언덕(Hill of Allen): 킬데어 군, 핀(Finn)의 본부.

13) 거인산山(giant's mountain): 노르웨이의 산맥. 여기서는 HCE를 암시: 왜냐하면 그는 산山인지라.

14) 마담 투소드의 밀랍 인형(Madam Tussaud's Waxworks): 더블린 소재의 밀랍 세공 박물관. 〈율리시스〉(U 520 참조). 그 속에 HEC의 상이 소장되어 있음을 간주한다.

15) 국립념國立念 수구사술관水驅斯術館(our national gullery): 더블린 국립 미술관(오늘날 그 앞에 유명한 극작가 B. 쇼[Shaw]의 동상이 서 있다).

16) 석의적釋義的 기념관으로, 공쾌空快하게도 사철 무휴로다(an exegious monument, aerily perennious): 호라티우스(Horace)(로마의 서정시인, BC)의 시 〈송시〉(Odes) III. 30. 1의 패러디: 'Exegi monumentum aere perennius'(나의 작업은 완료되었는지라, 기념비는 놋쇠보다 사철 더 견디나니…

17) 사각중정四角中庭(Tom Quad): 옥스퍼드 대학, Christ College의 중전(quadrangle)(아일랜드 및 영국의 많은 대학들은 중전을 가진다)(U 7 참조). 그 곳에서 루이스 캐럴(Lewis Carroll)이 한 때 살았다 한다.

18) 만교挽巧로히(dodgsomeely): 캐럴의 진짜 이름(C. L. Dodgson)에서. 그는 아마추어 사진사였다.

19) 누구淚球(maulin): 옥스퍼드 대학, Magdalen College(U 6 참조)의 명칭에서.

20) 그의 감로甘露의 뺨(his mild dewed cheek): HCE—스위프트: 독자는 지금 밀랍 박물관의 스위프트의 초상 앞에 있는지라, 그는 바네사의 사랑—죽음에 대한 명상으로 대표된다.

21) 아리스(Alice): 캐럴 작 〈이상한 나라의 엘리스〉(Alice in Wonderland)의 주인공, 여기 HCE는 루이스 캐럴의 역할을 한다.

22) 다브레나(Dabrlna): 프톨레마이오스(Ptolemy)의 천동설天動說에서 부른 더블린 명. Ath Cliath(아일랜드어)로 부른 더블린 명칭: Hurdle Ford(장애물 항).

23) 말보로 녹지(Marlborough Green): 18세기 더블린 서부 지역 명.

24) 몰레스워드 들판(Molesworht Green): 18세기까지 불린 더블린 동부 지역 명.

25) 대법원 법정(Rota): 로마 가톨릭의 최고 법정.

26) 제드버그 정의(Jedburgh justice): (스코틀랜드 변방에서) 선先 고수絞首 & 후後 재판의 관례. 이 법관은 HCE의 죄를 정의로 재판했다.

(58)

1) 승정僧正의 이득으로 부좀 면죄 받았도다(there acquitted contestimony with benefit of clergy): 승직의 이득: 본래, 세속 법정으로부터 면제되는 승정의 특권. 그는 HCE의 죄를 부결했다.

2) 폐하법정陛下法廷(Thing Mod): 더블린의 바이킹 의회(thingmote)(〈초상〉 제4장 참조).

3) 군단(legion): 〈성서〉, 〈마가서〉 5장 9절의 패러디: 나의 이름은 군단인지라, 우리는 다수이기 때문에(My name is legion: for we are many).

4) 거륜巨輪 던롭(Greatwheel Dunlop): John Boyd Dunlop(1840—1921: 영국의 타이어 및 고무제품 제작자. 그는 대부분 Daniel Dunlop과 겹친다.

5) 그의 집에서 성휴일聖休日이듯 그는 그것에 대하여 승정이요 왕이었나니(As hollyyday inn his house so was he priest and king to that): 블레이크(W. Blake)가 Cumberland에게 보낸 편지(12/4/1827)의 패러디: 마음이라, 그 속에 모든 이는 왕이요 그리고 그의 자신의 집에서 승정이나니(the Mind, in which every one is King & Priest in his own house). 〈율리시스〉 밤의 환각 장면에서 스티븐은 자신의 이마를 치며 블레이크의 말을 행동으로 옮는지라, 그는 이들 폭군들에 의해 억압당하고 있다.

6) 담쟁이 넝쿨의 날(Ivy Day): 아일랜드의 애국자 파넬(1846—1891)의 사망일인 10월 6일을 추모하기 위해, 그의 숭배자들이 이날 부활의 상징으로 가슴에다 상록의 담쟁이를 다는 관례에서. 〈더블린 사람들〉, 〈위원실의 담쟁이 날〉 참조.

7) …이 정복했도다(Ulvy came, envy saw, ivy conqured): 시저의 유명한 연설문에서: 나는 왔노라, 보았노라, 정복했노라(I came, I saw, I conquered)의 변용.

8) 그를 사지분열四肢分裂 했듯이 그 위에 푸른 나무 가지를 흔들었도다(They have waved his green boughs…lomb from limb): J. 프레이저(Frazer)의 〈금지〉(The Golden Bough)(이는 조이스의 〈율리시스〉 및 엘리엇의 〈황무지〉에 영향을 주었거니와)의 구절의 인유: 성왕의 의식적 살인.

9) 시무룩한 설리번(sullivans): 남아 공화국에서 인종 차별을 않게 하는 L. H. 설리반(Sullivan) 목사(1923—?)의 경고의 암시.

10) 소변아小便兒(Mannequins): (벨기에)브뤼셀에 있는 소변보는 아이의 동상의 은유.

11) 런톤의 교화橋火(Longtong's breath): (자장가의 패러디): 런던 다리가 추락하고 있도다(London Bridge is Falling Down).

12) 그라니아(Grania): Dermot와 Grania—아일랜드의 애인들. 더모트(Dermot)는 핀 맥쿨(Finn MacCool)(아일랜드의 전설적 영웅)의 조카요 그의 가장 위대한 용사. 핀은 그라니아와 결혼하기로 되어 있었으나, 그녀가 더모트에게 눈을 주고, 이내 그와 사랑에 빠진다. 그녀는 핀과 그의 동료들을 약물로 마취시키고, 더모트와 사랑의 도피를 고집한다. 그의 약물에 취한 뒤 추락 후로, 핀은 일어나, 그들을 추적한다. 그러나—일련의 기다란 모험 후에, 애인들은 안정을 찾는다. 수년 뒤에, 핀은 더모트를 달래어, 그로 하여금 사냥을 가게하고, 마의 곰을 시켜 그를 살해하게 한다. 핀은 그라니아(Grania)와 결혼하는데, 핀의 군인들이 그들을 조소한다. 이 전설은 〈경야〉의 중요한 모티브로서 작품의 도처에 그 편린들이 산재한다.

13) 노파는 향연탁饗宴卓을 펼치도다. 아데스테 바이올린, 충녀 피델리오(Graunya's spreed's abroad. Ahdostay, feedailyones): (노래 가사의 패러디) Phil the Fluter's Hall(피리 부는 필의 무도회), 피리의 주연으로 & 바이올린의 무도로. (모두 노래의 가사들의 패러디).

14) 同上의 피리 부는 필의 무도회(Phil the Fluter's Ball): 노래 가사에서: 그들은 최고의 환락으로 모두들 합세했나니(they all joined in with the utmost joviality)의 패러디.

15) 메스터 베그(Nester Begge): 입센의 청부업자(Bygmester)(4)의 암시, 즉 HCE의 암시.

16) 소지沼池 속에 자루 배 불룩해질지라. 벌레(about to be begged in the bog…Bugge): Bogg ceremonially burned at Sechselauton(취리히의 봄의 축제)의 광경.

17) 유식柔息은 유식誘息하도다(softsies seufsighed): 둔주 곡: 호라티우스(Horace)의 〈송시〉(Odes) II. 141: (Ah me, Postumus, Postumus, the fleeing years are slipping by.)에서의 운韻의 모방.

18) 우국牛國(kuo): (스위스—독일어), cow(영어).

19) 밀치는 판단(jostling judgements): 〈성서〉,의 서(Book)의 제명들인, 〈여호수아기(Joshua)〉, 〈사사기(Judges)〉)의 패러디. 여기는 HCE에 대한 밀치는(서로 다투는) 재판정裁判定.

20) 작센 봄의 향연(saxondootie): 취리히의 봄의 향연(Sechselauten)의 인유.

21) 셋 텀프슨 기관총(three tommix): 노래의 가사에서: 우리들은 세 군인들일지라(We be soldiers three).

22) 자유 병사들, 냉천군冷川軍(Coldstream Guards): 스코틀랜드의 변방군.

23) 몽고메리가(Montgomery Street): 더블린의 밤의 도시(Nighttown)(사창가): 〈율리시스〉 제15장의 장면, 여기 두 영국 군인들이 술에 취해 배회하고 스티븐을 골탕 먹인다.

24) 음악 희극(Santoy): 세기의 전환기의 음악 코미디.

25) 휴지통 싯톤(wastepacket Sittons): 여배우의 이름인 Sara Siddons의 익살.

(59)

1) 허리띠와 멜빵(girdㄹ and braces): 영국의 여배우인 Anne Bracegirdle의 패러디.

2) 블랙무어 헤드 점에서 산 황갈색 수직手織 천, 이글 엔 차일드 점…그리고 그들의 블랙 엔 올 블랙 점(his Eagle and Child…at their Black and All Black): A. Peterwj 저의 〈더블린 편린들〉(Dublin Fragments)은 다음과 같이 적고 있다: The Half Moon & Seven Stars(Francis 가의)는 아일랜드산 포플린을 팔았다. The Blackamoor's head는 자단목과 황갈색 수지 등을 팔았다. 한 굴뚝 청소비가 the Eagle & Child에 살았다. The Black and All Blacks가 곡물과 건초를 팔았다.

3) 곡물 및 건초 판매의 외치는 소리 너머로(over the corn and hay emptors): 여기 거리의 아우성과 외침은 HCE의 죄를 용서하려는 대중의 소리로 간주할 수도.

4) F…A…부인: 앞서 허리띠와 멜빵부인: F. A—Fanny Adams(전혀 무의미=not at all). 그녀의 저서 〈이상한 필요〉(Strange Necessity)에서 여류 작가 Rebecca West(당대 영국 작가인 Mrs Fairfield Andrews)는 〈율리시스〉를 공격한다.

5) 장의자(confidante): 무대 뒤의 화장실에는 늙은 소프라노를 위해 안락의자가 언제나 마련되어 있었다.

6) 로렌스 오툴 성직자의 꽃다발이 얼마나 극소량의 뜻인지 아나니(know how what thimbles a baquets on lallance a talls mean): 더블린의 수호성자. 오툴의 업적에 꽃다발이 얼마나 보잘것없는지를 아나니!

7) 시드(실달다悉達多) 아서(Sid Arthar): 실달다(고타마 불타) 또는 Sir Arthur Guinness. 여기 아서는 가인, 아담, 그리스도 및 건축 청부업자와 함께 HCE를 암시한다.

8) 호랑가시나무와 담쟁이와 함께 오렌지 및 레몬(orange and lemonsized orchids with hollegs and ether): 자장가의 가사에서.

9) 기독남基督男의 돈豚선물(Chrissman's portrout): 크리스마스 선물.

10) 천진아성당天眞兒敎會의 축제(the feeatre of the Innocident): Feast of Childermas. 무구일(Innocents)의 축제.

11) 그의 폭발탄생일의 춘도화春跳花(the sprangflowers of his burstday): 춘화 같은 HCE의 축하로 넘치는 탄생일.

12) 비유함은 악취스러운 일이나(it is ordrous comparisoning): 비유함은 악취스럽다(Comparisons are odorous): 셰익스피어 작 〈헛소동〉(Much Ado About Nothing)의 글귀(III. 5. 18) 패러디.

13) 마하摩下의 불타계모佛陀繼母(Maha's pranjapansies): maha: 왕실의. Maya—prajapati: 불타의 계모 이름. (Tart)의 별명과 함께 여기서는 앞서 영국 여배우를 지칭함.

14) 대화심리학자…우연화실체대명인偶然話實體代名人(entychologist…properismenon): 이들 조이스의 놀라운 응축어들: 의미의 풍부한 응어리를 지니는 근원과 함축을 포함하는지라. entychologist는 존재를 의미하는, 라틴어 ens, entis를 암시한다. 희랍어의 entychia는 대화를, 우연한 만남을 뜻하는 entychon을 각각 의미한다. 이 단어는 우연한 만남 그리고 존재의 과학에 능숙한 대화자로서 읽혀질 수 있다. 그러나 이 단어는 곤충 과학에 능숙한 자인entomologist와 닮았다. 이러한 유사성은 흥미로운 음운을 덧붙이는 것으로, 왜냐하면 그것은 저 바퀴벌레인 이어위커(HCE), 모든 것의 ens, entis 이다.

그러나 이 대화 심리학자는 실제로 이어위커에 관해 무엇을 말하고 있는고? 그는 선사시대의 기원을 가지며, 그의 이름은 우연화 실체대명인이다. 이 후자의 단어는 희랍어의 properismenon, 즉 어미에서 둘째 음절의 곡절曲折을 가지는 단어를 암시한다. 이러한 단어는 Iris이요, 또한 이 단어는 Menis이다. 이러한 것은 cris—menon과 같은 음절에 숨어있을 수 있는데, Iris는 희랍의 무지개—여신이다. Menis는 신들의 분노를 의미한다. 무지개—우뢰를 비교하라. 그러나 Menis는 Means, 즉 최초의 파라오(고대 이집트의 왕)를 암시한다. 음절인 ris는 creal(rice)를 의미함을 첨가하면, 이집트의 파라오는 곡물 신의 화신이요, HCE와 연관성을 강조된다. 한 단어 속에 여신과 왕의 융합은 양성체(hermaphrodite)의 주제를 암시한다. 즉 그녀의 남편의 육체로부터 나온 유혹 여인 이브의 출현 말이다. 마지막으로, 희랍어의 semenos는 벌집, 군집群集을 의미하고, perisms는 둥근, pro는 앞을 각각 의미한다. 아마도 우리는 다음과 같이

말할 수 있으리라: 그의 타당한 이름인, '우연화실체대명인'은 '군집'을 선행하거나 포용한다(Campbell 및 Robinson, 70—71 참조).

15) 그린타룩(Glintalook): 성 켄빈의 은둔지인 글렌다로우(그랜달로우)(필자의 답사에 의하면, 수려한 경치의 위클로우—'아일랜드의 정원'의 일각)의 변형.

16) 칠七성당(Sevenschurches): 글렌다로 근처의 장소 명.

17) 오디어의 성자들(O'Dea's sages): Odea: Kevineen(하님의 성자). 성 케빈은 위클로우 군의 글렌다로우에서 홀로 7년 동안 은둔생활을 했다.

18) 경자耕者 칼맨(Aratar Calaman): Arata—Kalma: 불타佛陀를 안주시킨 은다.

19) 토실토실한 애마(The Irish Jaunting Car): 민요에서: 그것은 Larry Doolin(더블린의 이륜마차 몰리)의 소유라(The Irish Jaunting Car('it belongs to Larry Doolin').

20) 진저 재인(Giger—Jane): 세계에서 가장 오래된 완전 인간 미이라 시체(대영 박물관 소재: 필자 확인).

21) 식통食通 아이스카피어(Eiskaffier): Eiscoffer): 미식가, 식통(F): gourmet.

22) 루이기점店(Louigi's): 인기 있는 런던의 한 식당.

23) 굉장한 식도락(brilliant Savourain): 굉장한 미식가(gastronomist).

24) 당신의 계란을 스스로 깨야 해요) 봐요, 내가 깨요(Your hegg he must break himself. See, I crack, so): 격언의 글귀: 계란을 깨지 않고는 오믈렛을 만들 수 없다(You can't make am omelette without breaking eggs).

25) 연어(魚)(Braddon): 〈오드리 여인의 비밀〉(Lady Audley's Secret)(중혼重婚에 관한)을 쓴 메리 Mary Elizabeth Braddon의 이름에서.

(60)

1) 죽음의 가로街路(Death Avenue): 뉴욕 시의 11가로는 한때 죽음의 가로(거리의 중심까지 기차선로)로 불리었다.

2) 그녀의 마구간을 범람할 때 휘파람을 부는 것은(to whissle when…floods her stable): 말이 빗장 채워진 다음 마구간 문을 닫히는 것은…(shutting stable door after horse has bolted…)이란 유행어의 패러디.

3) 저 세돔 피조물(Seddoms creature): 앞서 영국 여배우.

4) 고도살자鼓盜殺者(Drumcollakill)!: 더블린의 옛 이름의 패러디이기도.

5) 키티 타이렐이…(오 무역국을 비난하지 말지니!)(Kitty Tyrrel…(O blame gnot the board!): 무어의 노래 가사 명오, 시인을 비난하지 말지니(O, Blame Not the Bard)〔Kitty Tyrrel〕(노래의 주인공)의 패러디.

6) 타봉목각자 Golforgilhisjurylegs), 브라이언 린스키(Brian Lynsky): 노래 가사의 인물 Brian O'Lann의 변형.

7) 고성 허풍선이(Bawlonabraggar): Ballynabragget: Down 군의 도시 명.

8) 돈豚 만세 저猪 사냥!(Up hog and hoar hunt!): 웰링턴의 명령 구호의 패러디: Up, guards, & at them.

9) 성聖 아시타스(saint Asitas): 갓 태어난 불타(석가모니)를 식별한 은다.

10) 수갑 채우는 방식을 배우고 있는 터라(he is being taught to wear bracelets): 불타의 누이는 그에게 팔지를 끼는 법을 가르치려고 애썼다는 고사에서.

11) 그의 면허목엽免許木葉 및 그의 그림자 속에 피신한 요정들과 프랑스어, 보살목菩薩木 아래 망고 묘기를 하고 있는 한(played his mango tricks…in his leave's licence and his shadowers): 요정들(Apsaras): 불타가 어렸을 때 그를 홍겹게 하기 시작한 처녀들, 그들은 망고 나무로부터 그를 갑자기 방문했다. 그들은 불타가 나무 아래 명상하는 인드라(Indra) 우뢰 신이 아닌가 여겨졌다 한다.

12) 쿡쓰 해항海港(Cuxhaven): 독일의 항구. Roger Casement 항구는 세계 제1차 전쟁의 폭격을 그곳에서 유발한데 대해 기념 장식되었다.

13) 아이다 웜벨(Ida Wombwell): 아마도 Wombell의 야생 동물 쇼의 지칭인 듯.

14) 카리규라(Caligula): 로마의 제왕으로, 그의 군대를 영군(지금의 Boulone 자리) 맞은편에 안내하고, 바다의 전리품으로서 로마의 신들에게 헌납하기 위해 바다 조가비를 줍도록 명령했다.

15) 단르 마그라스씨氏…빈식료상인貧食料商人들에게 잘 알려진(Mr Danl Magrath…. well known to): Daniel McGrath: 더블린 Chalotte 가 4–5번지의 식료 및 주류 판매상.

16) 시드니 파래이드(Sydney Parade): 〈더블린 사람들〉, 〈참혹한 사건〉의 현장이기도.

17) 공보公報의 동東스트리아 Eastrailian poorusers): Eastralis: 1894년 시드니 벌틴(Sydney Bulletin)에 출판된 한 편지는 동 오스트레일리아(East Australia)를동 스트리아라는 이름으로 제안했다.

18) 엘 카프랜 보이코트(EL Caplan Buycourt): 배척(아일랜드의 Captain Boycott의 이름에서)

19) 우리는 두 시간 너무 일찍 육봉肉逢했는지라(We have meat two hourly): 조이스와 예이츠가 처음 만났을 때, 전자가 한 말.

20) 너무 일찍 봉逢한지라, 투우사여!(Call Me Early, Mother Dear): 노래 가사의 패러디.

21) 성聖 스맥(S. S Smack): 더블린의 스목 오릴 극장(Smock Alley Theatre)의 익살.

22) 단 마이클존(Dan Meiklejohn): 미상.

23) 도란 경卿('코 훌쩍이 염병자染病者') 및 모이라의 귀부인('아첨내기')(dauran's lord('Sniffpox') and Moirgan's lady): 몰란 귀부인(Lady Morgan)(1783–1859): 아일랜드의 소설가로, 〈오도널〉(O' Donnell), 〈거친 아일랜드의 소녀〉(The Wild Irish Girl)와 같은 작품들의 저자. 그녀의 상투어: 다정하고 불결한 더블린(Dear Dirty Dublin). 몰런 부인은 그녀의 친구.

24) 불결한 신참新參들은 그들의 바지 섶을 풀고, 하나 두 세 자유로이 달렸나니(The dirty dubs upin their flies, went too free): 불결한 더블린인들(더블린의 의용군들)이 더블린의 로이얼 극장에서 독일 연극 〈밀렵자〉(Der Freschuty)에서 메아리를 연출했는지라, Caspar가 '하나'라고 부를 때, 모두들 '하나! 하나!'를 따라 연달아 부르도록 되어 있었다.
그러나 두 번째 사람이 '둘'하고 소리쳤다는 고사의 패러디.

(61)

1) 실비아 사이런스(Sylvia Silence): 1920년대의 영국 여학교 소녀들의 잡지에 등장하는 형사 여주인공. 이 소녀는 Biddy O'Brien과 연관되는 바, 그녀는 〈피네간의 경야〉 노래 가사에서 묻는다: 왜 그대는 사멸했는고? 질문은 무응답으로, Biddy는 침묵하도록 지시 받는다.

2) 구국鳩國(turtlings): turtledove(암수가 사이좋기로 유명한) 호도애(鳥). 연인.

3) 존 다몽남多夢男(John a'Dream): John–a–dreams: 〈햄릿〉꿈 많은 남자(a dreamy fellow)에 대한 총칭(II. 2. 295).

4) 1885년 형사법 개정안 제11조 32항에 따라(as pew Subsec, 32, section 11…act 1885): O. 와일드는 1885년 형법 개정안의 11조에 따라 고발 됨.

5) 자아리 질크(Jarley Jilke): Sir Charles Dike(1848–1910), 그는 글래드스턴의 의회 의원으로, 성적 스캔들에 말려들었으나, 정치에 복귀했다(파넬이 그렇지 못한대 대해). 그는 노래 속의 인물이기도 하다. 아래 주석6) 참조.

6) 그자는 자신의 나들이 옷 대신에 그를 털갈이 돕는 부대負袋를 입고 있도다(He's got the sack that helped him moult insrench of his gladsome rags): Dike 나리는 Chelsea에 있는 집까지 우유를 나르다 엎질렀는지라라는 노래의 가사에서: 그는, 고양이, 바보 같은 고양이를, 글래드스턴의 부대로부터 슬그머니 빠져 나오게 했대요. (Charles Dike 경을 두고 이혼 사건에 대한 언급—파넬과 병행).

7) 환상열석環狀列石(cromlech): 셋 또는 그 이상의 것들에 의하여 뒤받쳐지는 선사 시대의 크고 평탄한 돌

구조물.

8) 퀘스터와 푸엘라(Questa & Puella): (1)(questa a quella)(It)(this and that). 양분된 인물. (2)베르디(Verdi)의 Rigoletto의 인물인Questa O quella.

9) 근멸近滅하면서도(nearvanashed): (불교) 열반涅槃하면서도(Nirvana).

10) 바지를 안장鞍裝하도록 꾸지람 받았는지라(saddle up your pance): 불타의 어머니는 아들이 자신의 몸을 등한히 한데 대하여 꾸짖었다.

11) 호니만(각남角男)의 언덕(Horniman's Hill: 런던의 호니먼 박물관.

12) 바지(trousers): 트로이의 변형

13) 키사즈 골목(Keyser's Lane): 중세 더블린 소재의 거리 명.

14) 이러한 단지 상찬가적商讚歌的 양복상의 한 종족(these meer marchant taylor's fablings): 1704년, 더블린의 성 요한 세례자의 상인 양복 상 동업조합(Merchant Tailor's Guild of St John the Baptist).

15) 결정권자국왕決定權者國王(oddman rex): Oedipus Rex(오이디푸스 국왕).

16) 이제 모든 것이 견문見聞되고 이어 망각되는 것인고?(Is now all seenheard then forgotten?: 마리 앙투이네트(Marie Antoinette)의 말(루이 16세의 왕비: 프랑스 혁명 때 처형됨(1755—1793): 나는 모든 것을 보았노라, 모든 것을 잊었노라(I have seen everything, & have forgotten everything)의 패러디.

17) 문자연시대文字鉛時代에 당장 알기를 바라거니와(one is fain in this leaden age of letters now to wit: A. Pope 작의 〈단시아드〉(Dunciad)(영국의 당대 작가들을 읊은 풍자시로, 조이스의 성직(Holy Office)의 풍자시에 해당함)의 시구: 아연亞鉛의 새 황금시대(Saturnian age)를 부화孵化하기 위해(To hatch a new Saturnian sge of lead)의 익살.

18) 단지 드물게 진리를 행사하는 혹자或者들에 의하여 우리에게 부여되고 있기 때문으로(are given to us by some who use the truth but sparingly): 1912년 얼스터를 통하여 조인된 자치법안에 저항하는 엄격 연맹 및 서약(Solemn league &Covenant)의 내용 패러디.

19) 제칠七의 도시, 우로비브라(The seventh city, Urovivla): 〈초상〉 제4장 참조. 우로비브라(Uruvela): 불타가 개명開明을 받은 곳.

(62)

1) 아트리아틱(Atreeatic): (Adriatic): Trieste에 연한 아드리아 해海.

2) 걸인대장과 단의端衣를 바꿔 입으며(changing clues with a baggermaslster): 불타는 사치를 거부하면서, 사냥꾼으로 옷을 입고, 신이 그 위에 수놓인 옷을 입었다는 고사에서.

3) 마호메트처럼 도주했나니(the hejirite): hejira: 어느 탈출(exodus)(621년의 Mecca로부터 모하메드의 도피에서).

4) 불타마佛陀魔(Mara)여!: 불타를 유혹했던 악마.

5) 석가자釋迦子여(Rahoulas: 불타의 자식.

6) 노갑老岬의 바이킹 오시汚市(the ostmen's dirtby onthe old vic): 런던 극장의 별칭.

7) 신의 전섭리前攝理까지 재혼수 속에 재생묘再生錨 previreberthing in memarriment…to devine previdence): 비코(비코)의 환(circle)에서: 탄생, 결혼, 죽음, 섭리.

8) 만일 그대가 건화주建畵主를 찾고 있으면(if you are looking for the bilder): 수년 동안 자신의 집의 건축주를 찾고 있던 불타는, 가르침을 받고, 재탄再誕에 지친, 영령英靈은 열반(Nirvana)을 득하는 법을 배웠다.

9) 무비톤(movieton): 사운드 트랙을 사용한 최초의 기법. 상표명.

10) 내자內子를 위하여 나는 그대에게 호양互讓을 지니며 나의 남편대男便帶를 조이고 나는 그대를 목 조르는 도다(For mine qvinne I thee giftake and bind my hosenband I thee halter): 결혼의 의식에서.

11) 황무지 땅(The wastobe land): T. S. 엘리엇의 장시 〈황무지〉(The Waste Land)의 타이틀과 유사.

12) 에머렐드 조명지照明地(Emeraldillium): 트로이의 별명.

13) 목농인牧農人의 초지, 그 속에 약속의 제4의 율법(the peeasant pastured, in which by the fourth commandment): 〈교리문답서〉: 제4율법: 그대의 아버지 그리고 그대의 어머니를 존경할지라(Honour thy father & thy mother).

14) 그의 사도적使徒的 나날은 지고천상으로부터 뇌성雷聲치는 신자神者의 풍부한 자비에 의하여 장구長久할 지니(his days apostolic were to be long by the abundant mercy of Him Which Thundereth From On High): 에드가(Edgar) 왕은 서력 963년의 헌장憲章을 위조했다: 천상으로부터 뇌성 치는 하느님의 자비에 의하여, 아일랜드의 가장 위대한 도시, 더블린의 가장 고상한 도시를 내게 하사하셨도다(By the abundant mercy of God who thunderth from on high…divine Providence hath granted me…the greatest part of Ireland, with its most noble city of Dublin)의 패러디.

15) 부패를 재빨리 이해하는 자들, 신성한 국민의 불부패不腐敗의 모든 성자들(the corruptible lay quick, all saints of incorruption of an holy nation): 〈성서〉, 〈고린도서 〉15장53절: 이 부패 가능한 것에 비非 부패를 덮고 있음에 틀림없다(For this corruptible must put on incorruption)의 패러디.

16) 애란—낙원전기(ere—in—garden): 애란의 정원(Garden of Erin)(위클로우 군 소재)의 변형.

17) 최초의 파라오 왕, 험프리 쿠푸 대왕지사大王知事(Pharoah, Humpheres Cheops Exarchas): Cheops는 피라미드를 건립했다. exarch: 비잔티움 제국하의 먼 지역 지사.

18) (파라오필경!)(perorhaps!): 고대 이집트의 왕 Pharaoh는 전제적인 국왕으로, 혹사 자였다.

19) 우리(화자)는(진짜 우리들!)(We seem to us(the real Us!): 짐은, 심지어 짐은(I, even I): 파라오의 헌사.

20) 황천서黃泉書(Amenti): 이집트의 지하 세계.

21) 제6 봉인封印된 장章 속에 흑黑에 의하여 일어난 진행사進行事를 읽고 있는 듯 했나니(the sixth sealed chapter of the going forth by black): (1)〈이집트의 사자의 책〉(Egyptian Book of the Dead): 낮에 일어난 진행 사들의 장들 (2)투탕카멘(Tytankhaman)(기원전 14세기의 이집트 왕)의 무덤 위에 있는 여섯 봉인.

22) 수요장일水曜葬日(Wednesbury): 영국 중서부 지방의 Staffordshire 주의 도시 명.

23) 짙은 별무別霧(a dense particular): 특히 런던의 짙은 안개.

24) 로이의 모퉁이, 촌도村都, 크리스티 흑인 악단(the Boors and Borgess Christy Menestrels, Roy's Corner): Boore & Burges: 흑인 악단의 라이벌들, 그들은 저 백모白帽를 벗겨라(Take off that white hate)라는 선전 문구를 사용했다.

25) 야생 능금나무 로타 혹은 과수신果樹神 이브린(Lotta Crabtree or Pomona Evlyn): Lotta Crabtree: 19세기 미국의 희극 여배우. Pomona: 로마의 과일—여신.

26) 루카리조드(Licalizod): Chaprizod+Lucan.

27) 그랜달로 관구(그랜달로우 see): 더블린과 근교의 그랜달로우 계곡.

28) 브리타니(Liitle Britain): 브리타니아(Britannia)(Britain의 고대 로마 명칭)

(63)

1) 리드 점店(Reade's cutless): 더블린 소재의 칼(刀) 도매상.

2) 단지 쌍둥이 양자택일의 것만으로 남아 있는 호브선 점店의 장전裝塡된 특선제(a loaded Hobson's which left only twin alternatives): Hobson's choice: 골라잡을 수 있는 선택(17세기에 영국의 Hobson이라는 삯 말 업자가 손님에게 말의 선택을 허락하지 않는 데서).

3) 손턴 놈이 캐인 점의 방호방책防護防柵(Thornton had with that Kane's fender): Ned Thornton 및 Matthew Kane: 〈율리시스〉의 제6장과 〈더블린 사람들〉의 〈은총〉에서 전자는 커넌(Tom Kernan),

후자는 컨닝엄(Martin Cunningham)의 모델들 역을 행함. 이들 작품들에서 컨닝엄은 커넌의 방호벽(fender) 격. Kane는 가인(Cain)일 수도.

4) 마이라 색채녀色彩女 또는 색깔 궁녀弓女(Myramy Huey or Colorses Archer): 무지개 소녀들(이들은 〈경야〉에 수시로 등장한다).

5) 거기 안에게 강江은 단지 하나의 생명(ann there is but one liv): 아나 리비아 플루라벨(Anna Livia Plurabelle)(작품의 여주인공)은 리피 강—생명 격이다. 이 구절은 단지 하나의 하느님 그리고 모하메드는 그의 예언자(There is but one God & Mohammed is his prophet)라는 글귀의 익살(이슬람교).

6) 그리고 그녀의 신교新橋는 옛 것이기에(and hir newbridge is her old): 레일슬립(leixlip)(더블린 서부 11마일 지점, 리피 강 주변의 도시[U 82 참조]에서 아마도 신교(New Bridge)는 아일랜드에서 가장 오래된 구교旧橋(old bridge)임.

7) 일생일착점一生一着店(신사복 점)(One Life One Suit): 한 사람에 한 투표, 한 육체에, 하나의 피(one man one vote, one flesh, one blood)의 익살.

8) 아일랜드어를 중얼거리면서(Murthering Irish): 아일랜드어를 살언殺言하면서(murdering) 또는 살언하는 아일랜드인[Murthering Irish](U 164)(벅 멀리건의 익살).

9) 비열객주卑劣客酒 또는 혈굴주穴掘酒(hanguest or hoshoe): Hengest & Horsa: 켄트의 섹슨 침략을 인도한 형제들의 익살.

10) 악마화주가惡魔火酒家, 지옥 앵무새 집, 오렌지 나무옥屋, 환가歡家, 태양옥, 성양聖羊 주막(the House of Blazes, the Parrot in Hell, the Orange Tree, the Gilibt, the Sun, the Holy Lamb): Peter 저의 〈더블린의 단편들〉(Dublin Fragments)은 이들 실제의 주점들을 수록하고 있다.

11) 그리고, 마지막으로 들먹이지만 결코 못하지 않는, 라미트다운의 선상 호텔(lapse not lashed, in Ramitdown's ship hotel): Ship Hotel & Tavern: 더블린 하부 애비가 5번지 소재.

12) 자신이 백사白糸와 흑사黑糸를 분간할 수 없었던 아침 순간 이래(since the morning moment he could dixtinguish a white thread from a black): 모하메드교의 Ramadan 단식은 백사와 흑사를 분간할 수 없을 시간에 이루어지는데, 이 이슬람 역歷의 9월의 단식은 한 달 동안 해돋이로부터 해지기까지 이루어진다.

13) 주께서 마리아(Murry): (1)Angelus(가톨릭의) 삼종三鐘 기도(마리아의 예수 수태를 기념하는): 주의 천사가 마리아에게 선언했느니…(The Angel of the Lord declared unto Mary…(2)또는 Murry는 조이스 어머니의 처녀 명이기도.

14) 너벅선(jocax): 대학시절의 조이스 별명이기도.

15) 백조관白鳥館 주변의 심부름꾼(구두닦이)(the boots about the swan): Charles Selby 작: 〈수완(백조)의 심부름꾼〉(The Boots at the Swan)의 인유. 심부름꾼의 이름은 이어위그(야곱 Earwig)로서, 그는 귀머거리로, 순경 역을 한다.

(64)

1) 햄, 셈 및 야벳(homp, shtemp and jumohet): (聖) 햄(노아의 차남), 셈(노아의 맏아들), 야벳(노아의 셋째 아들).

2) 서황각西荒覺(the wastes): 노래 가사의 변형: 서부의 각성(The West's Awake).

3) 마상馬上 창시합장(tiltyard): 현실세계의 참여(〈율리시스〉 제2장에서 스티븐 데덜러스의 주된 의식, 마상 창시합[Jousts])(U 27). 여기서는 노상강도의 완곡적 표현.

4) 혁대(오비)(obi): (일어) 허리 주변에 두르는 밝은 혁대.

5) 더블린까지 바위 많은 도로(the raglar rock to Dulyn): 노래 가사에서: 더블린까지 바위 많은 길을(The Rocky Road to Dublin). 〈율리시스〉 제2장에서 존 블랙우드의 신조: '바른 길로(Per vias rectus)' 참조(U 26).

6) 델란디가 카르타고라는 신들의 운명을 연주하는(playing Delandy): 옛 북구 신화(Old Norse)에서 Deland라는 워털루 전투의 장군 이름. Marcus Cato(옛 로마 장군, 정치가): Delenda est Carthago(Carthage must be destroyed)의 인유.

7) 회당의 부자富者임을 꿈꾸면서(he dreamed that he'd wealthes): 노래의 변형: 나는 대리석 홀에 사는 것을 꿈꾸었다네(I Dreamt That I Dwelt in Marble Halls). 〈더블린 사람들〉, 〈진흙〉 말미의 마리아(Maria)의 노래 참조.

8) 역사의 뮤즈 신들(hickstrey's maws): T. 무어의 노래 While History Muse(Paddy Whack)의 제목에서.

9) 이 월광에 풀 뜯고 있는 동안 당시 그의 백색의 불라 땅(his land of byelo…grazing in the moonlight): T. 무어의 노래: 월광을 응시하고 있는 동안(While Gazing on the Moonlight)의 패러디. 백색의 블라 땅(Land of Beulah): 〈이사야〉 62:4.

10) 백색의 불라 땅(Land of Beulah): W. 블레이크의 꿈의 나라의 암시.

11) (우나! 우나!)(Oonagh!): 무어의 노래 가사에서 울음의 표현.

12) 멀린가 여인숙(멀리건 Inn): HCE의 주점 명, 채프리조드 소재(현존).

13) 파마왕破魔王(Beelzebub): 〈성서〉.의 악마(the Devil). 마왕.

14) 전쟁진군마군戰爭進軍馬群(martiallawsey): Marseillaise: 마르세유(프랑스의 지중해 연안의 항구 도시).

15) 폼페이 제삼 최후일(the third last days of Pompery): 영국의 소설가 Buler Lytton(1803—1873) 작의 소설 명인 〈폼페이 최후의 날〉(The Last Day of Pompeii)의 변형.

16) 앞치마와 빵 가게의 세척洗滌 장갑(the boucher's schurts and the backer's wischandtugs): 〈더블린 사람들〉, 〈진흙〉에 나오는 등대 세탁소(The Lamplight Laundry)의 주인공 마리아의 치장 및 거동을 연상시킴.

17) 천국옥여왕天國獄女王(the Rejaneyjaily): 로마의 감옥 명. ALP는 성처녀를 닮았나니, 그녀는 Regina Caeli(여왕)이라, 왜냐하면 로마의 감옥처럼, 그녀는 HCE의 간수(jailer)이다.

18) 샹들리(chandeleure): Chandelier(candlestick maker). 〈더블린 사람들〉, 〈진흙〉에서 마리아가 근무하는 세탁소 명 Lamplight의 암시. 그녀는 ALP처럼 세탁부.

19) 아토스, 포토스 및 아라미스 여러분, 아스트리아양讓(정의의 여신)은 점성가에게 맡길지니(Alphos, Burkos and Caramis, leave Astrelea for the astrollajerries): Athos, Porthos & Aramis: 세 사람의 마스켓 총병들.

20) 아스트리아양(Astrelea) Astraca: 성좌의 처녀궁(Virgo).

21) 물레(선旋)(릴)(實) 세계를 굴러내게 할지라, 물레(實) 세계, 물레(實) 세계를!(roll away the reel world, the reel world, the reel world!): 노래 가사의 변형: O weel may the keel row, the keel row, the keel row.

22) 그대의 연홍녀煙紅女들, 백설白雪과 적장미赤薔薇(Snowwhite and Rosered): 패트릭 케네디(Kennedy) 작의 〈12야생의 거위들〉(The Twelve Wild Geese)의 이야기에 나오는 여주인공의 이름: Snow—White—and—Rose—Red.

23) 여락인女落人! 여여락인!(Fammfamm! Fammfamm): 〈율리시스〉 제10장에서 스티븐의 여성에 대한 주문을 상기시킴: —Se el yilo nebrakada femininum!(축복 받은 여성의 천국이여!)(U 199).

24) 마킨스키 집사(Machinsky Scapolopolos): 미상.

25) 노아 비어리(Noah Beery): (Noan Beery): 미국의 필름 스타.

(65)

1) 오월녀五月女(May moon she): 노래 제목: The Young May Moon에서.

2) 혜성의 머리 꽁무니를 빗어 모양내고 별들에 장난감 총을 쏘아대면서(combing the comet's tail up right and shooting popguns at the stars): 〈율리시스〉 제10장에서 블룸의 천문학에 대한 지식을 연상시킴: 블룸은…하늘에 있는 별들과 유성들을 모두 손가락으로 가리키며…(U 193 참조).

3) 피터 로빈슨 백화점(Peter Robinson): (1)런던 백화점 명 (2)Robinson Crusoe.

4) 찰리 찬스(Charles Chance): 〈율리시스〉의 MCoy(아내가 3급 소프라노 가수로서, 블룸의 조소를 사고 있는 지인 친구, 그는 한 때 블룸에게서 여행 가방을 차용함)의 모델. Daily Graphic 지에 그림과 함께 보도된, 1920년대의 Daddy Browning과 Peaches의 실지 사건에 기초한 영화. Charley Chan은 필름의 남자 주인공.

5) 늙은 얼치기 헌커씨氏(tollo Mr. Hunker): 유사 음의 Hunter 씨는 조이스의 초기 단편인 율리시스(Ulysses)에서 주인공으로, 블룸과 대응을 이룸.

6) 그의 바지 멜빵을 메려고(hitch his braces on to his trousers): 에머슨 작〈문명〉(Civilization)의 문구: 그대의 마차를 별에 매라(Hitch your wagon to a star)의 패러디.

7) 퍼피 놈(Furphy): 오스트레일리아의 변소(재래식 땅을 파고 만드는)(latrine) 버킷 제조다.

8) 그는 제2호의 살구 궁둥이(he's fair mashed on peaches): 복숭아와 아빠 브라우닝(Peaches & Daddy Browning): 1920년대에 스캔들에 몰입한 젊은 아가씨와 늙은이에 대한 유행어. 앞서 영감의 춘사 내용의 자료.

9) 우리들 상호의 친구들(our mutual friends): C. 디킨즈(Dickens)의 소설 타이틀: 〈우리들의 상호 친구〉(Our Mutual Friend).

10) 방책防柵과 문간의 병甁(the fender and the bottle at the gate): (1)영감의 두 애인 아가씨들 (2)문간의 문지기(porter) 및 HCE—Porter와 문간의 캐드의 싸움과 만남.

(66)

1) 극맹조劇猛鳥라 고명高名되는 이 사나이(Fierceendgiddyex he's hight): Vercingetorix: 시저에게 반항한 게일릭 추장.

2) S. A. G. (St Antony Guide): 신앙심 두터운 가톨릭교도가 편지에 쓰는 문구.

3) 마자르어語(Maggyer): (Magyer): 마자르(헝가리) 말.

4) 엄격급조嚴格急調(stern 스위프트)와 쾌락동침자快樂同寢者(jolly roger): 아일랜드 작가들에 대한 익살.

5) 저 샴의 쌍둥이(Siamese twine): 허리가 붙은 쌍둥이(1811—1874).

6) 우리에게 밝아질 것인고, 밤마다. 그리하여 우리는 스스로의 곤궁困窮에 뛰어들 것인고?(Will it bright upon us, nightle, and we plunging to our plight?): 노래 가사(Are you right There Michael are you right?의 변형.

7) 키잡이(콕스)(Roger Cox): 스위프트의 서기 명. 여기서는 잇따르는 Mrs Hahn.

8) 재차 한(수탉) 부인(twice Mrs Hahn): (1)소련의 여성 접신론자 마담 Blavatsky의 처녀 명 nee Hahn—Hahn(재차—두 번) (2)위의 콕스 부인을 가리킴 (3)Ida Hahn 백작부인(1805—1880): 그녀의 문체가 패러디되고, 1848녀의 혁명 때문에 가톨릭 성당에 합세한 독일의 감상주의적 소설가 (4)〈브이타니카〉 11판은 그녀를 〈오디세이〉의 저들 여 저자들 중의 하나처럼 들리도록 쓰고 있다—이를테면 조이스가 〈나우시카〉에서 놀려대는 거티 맥도웰 또는 Marie Corelli처럼.

9) 오웬 K. (Owen): 아마도, Ellmann이 지적하다시피, 더블린의 장의사인 Dr. Owen Kerrigan(Ellmann 797).

10) 하하사何何事(whawa): what was mother / what's the matter.

11) 키리 바시 섬(島)(kiribis): Kiribati: 태평양 중부의 섬으로 된 공화국 및 그의 수도.

12) 헤르메스 주柱(herm): 보통 헤르메스(Hermes)(희랍 神)(신들의 사자의) 머리와 가슴을 떠받힌 희랍의 4각 기둥.

13) 자발 우부牛父를 주발 금조琴祖와 또는 일방一方을 투발 동철공예사銅鐵工藝師(jubabe from jabule or… tubote): 가인(Cain)의 후예들: Jabal(소[牛] 소유자들의 아버지). Jubal(하프와 오르간을 사용하는 자들의 조상). Tubal: 금관 악기의 교습다.

14) 최거最巨 서부(the gonemost west): 속어: gone west: 죽다.

15) 이츠만 및 조카 가구상(Oetzmann & Co): 더블린과 런던 소재의 가구점들.

1부

(67)

1) 그리고 정말로 그들이 그러할 때!(and by jingo when they do!): 노래 가사의 변용: 우리는 싸우기를 원치 않으나, 정말로, 만일 우리가 그러하면(We Don't Want to Fight. But, by Jingo, If We Do).

2) 우리는 산소거인酸素巨人의 저 질소영양소로 하여금 자유로이 공기…. (We might leave that nitrience of oxagiants): 공기 = 질소 약 80% + 산소 약 20%…

3) 모퉁이 주위의 벽돌 및 양철 성당(the brick and tin choorch round the coroner): 뉴욕시의 The Little Church Around.

4) 북구 노르웨이 재봉사(a Norewheezian tailliur): 노르웨이의 양복 재단사(후출[FW 311.05—09]: 작품의 중요 주제들 중의 하나.

5) 한 사람의 진짜 괴상망측한 걸인乞人 사내와 맞부딪쳤는지라(Up against a right querrshnorrt): 앞서(16—18) 뮤트와 쥬트 에피소드는 HCE(쥬트)와 원주민 적대자(뮤트) 간의 전형적 공원의 만남의 크게 망가진 꿈의 변형이었다. 이 걸인 사내—적대자는, 다양하게, 캐드요, 가면 쓴 공격자, 순경, 및 민요(발라드)로서 행사한다.

6) 오토 샌즈 & 이스트먼(Otto Sands and Eastmans Ltd. : Eastmans Ltd: 더블린 소재의 육류 식료품 상.

7) 질서 정연히(appop pie oath): (1)apple pie order: (구어체) 질서 정연한 상태 (2)Apophis: 이집트의 신.

8) 페립스(Tom King & Phelps): Phelps: Tobkids Phillyps: 순경의 지칭. 본래는 더블린의 배우들.

9) 그의 용안모容顔貌는 추락했도다(his phizz fell): 〈성서〉, 〈창세기〉 4: 5: 가인은 아주 노하여 용안이 추락했졌도다(Cain was very wroth & his countenancefell)의 인유.

10) 그리하여 금후 이러한 낙타 등(背)의 과도함(hence…camelback excesses): HCE를 암시함, 그는 큰 낙타 혹의 사나이.

11) 저들 골풀 계곡(those rushy hollow): The Hollow: 피닉스 공원 소재.

12) 오늘에 관해 말하는 걸 말해야함은 공포恐怖스러운 일이기(a horrible thing to have to say to say to day): 노래 가사의 변용: 내가 오늘 해야 함은 공포스러운 일이도다(I've a Terrible Lot to Do Today).

13) 루피타 로레트(Lupita Lorette): 본래 성 패트릭의 누이. 여기서는 창녀 또는 수녀.

14) 루펄카 라토우시(Luperca Latouche): 본래 로물루스(Romulus)(로마의 전설적 왕)를 젖 먹여 키운 암—늑대. 여기서는 창녀 또는 수녀.

(68)

1) 가시게도 옷을 벌거벗었으니(stripped teasily): Strip—tease: strip shaw의 익살.

2) 그 밤의 여인(the nauthy girly): nautch: 무도 소녀의 동 인디언 노출(E. Indian exhibition of dancing girls).

3) 연탄軟炭(soft coal): 루피타(Lupita 일명 Lorette로서, Luperca와 함께 두 유혹녀들)는 자신이 불에 타지 않은 채 석탄을 운반함으로써 그녀의 정절을 증명했다 함.

4) 꼬마 그라니아(little Graunya): little Grania: Finn MacCool의 조카 Dermot의 연인.

5) 어떤 쿨의 저 아들, 오스카의 대부(the greatsire of Oscar, that son of a Coole): 오스카(Oscar): (1) Ossian[Oisin: Finn의 시인 아들]의 아들이요 Finn의 손다.
여기서 대부는 HCE를 가리킴 (2)우리는 O.와일드를 Finn의 손자라는 생각을 즐길 수 있을까? (3)와일드의 부친은 Mary Travers(더블린의 젊은 여인)를 폭행한 죄로 고소당하고, 더블린 법원에 의해 1파딩(영국의 청동화)의 벌과금 형을 받음.

6) 에메랄드 해안의 요녀(Houri of the coast of emerald): 마호메트 낙원의 요녀. 에메랄드: 아일랜드 섬의 별명.

7)아아 운명의 도발여신挑發女神(arrah of the lacessive poghue): 아일랜드 극작가 보우시콜트(Dion Bouchault)의 연극 〈키스의 아나〉(arrah—na—Pogue)의 패러디. 이 극에서 아나는 옥중의 양오빠에게 그의 입 속에 비밀 정보 쪽지를 그와의 키스를 통하여 전함으로써 그를 구출하는데 성공한다. 잇따르는 구절: 말하는 입(口)은 무사려無思慮의 혀를 언제나 매료하지 못하리니는 이에 대한 인유인 듯. Roland McHugh의 〈피네간의 경야 주석〉(Annotations to FW)에는 이런 지적이 없다.

8) 망아忘我—총總—무스림, 그녀의 항복의 체념자(Aslim—all—Muslim, the resigned to her surrender): Muslim: 체념한 자란 뜻. Islam: 자기—항복자란 뜻.

9) 라인스터의 초야(Leinster's even): Leinster: 라인스터 주의 한 지역.

10) 애이토愛泥土의 참된 딸(true dotter of a dearmud): Diarmaid: 애란어로(영어의 Paddy 또는 Teague 처럼) 한 특별한 애란인을 암시함.

11) (그녀의 투구거리는 40층계요 늙은 사나이의 횃대는 크롬웰의 광장)(her pitch was Forty Steps…Cromwell's Quarters): Cromwell's Quarters: Forty Steps로 알려진 더블린의 거리 명. 〈율리시스〉 제1장에서 Sandycove 해안의 Forty Foot 수영장과 비교하라.

12) 발키리 여신(Valkyries): (북구 신화) 발키리(Odin 신의 12선녀의 하나. 전사한 영웅들의 영혼을 Valhalla[발하라의 전당: Valkyrie들에 의하여 전사자의 영혼의 향연을 받는 장소, 국가적 영웅을 모시는 기념당]에 안내하여 시중든다고 함.

13) 증조부(Bissavolo): (It) 증조부(grteat grandfather).

14) 40호 궁강자胡弓强者(Arcoforty): 강자(Strongbow)(그는 1170년에 아일랜드의 앵글로—노르만 침공을 영도했다).

15) 요정의 여왕(shebeen quean): (1)Sheba의 여왕 (2)shebeen: 밀주점.

16) 영광이여 찬연할지라!(Extolled Be His Glory): Koran: X & XVII 장(suras)의 글귀.

17) 페니키아(Phoenicia): 지금의 시리아 연안에 있던 도시 국가.

18) 소아시아로부터…. 장대 질 하거나 칼로 찌르거나 현장에 단검표短劍標를 붙일 필요가 없는데다가(Nor needs none shaft ne stele…or Little Asia): 단금표를…: 소아시아로부터 온 늙은이(HCE를 암시): 이 내용은 신화적 전통의 두 가지 선에서 건립된 주제이다 (1)아일랜드의 역사에서, 아일랜드를 침입하는 종족들은 트리키아(Trace)(발칸 반도 동부에 있던 고대 국가)와 프리지아(Phrygia)(옛날 소아시아에 있었던 나라) 근처의 땅들로부터 항해했던 것으로 대표되다. (2)독일 역사에서, 볼던(Wolden)(그와 HCE는 동일시되거니와)은 트로이로부터 스칸디나비아로 육로로 건너온 것으로 전설되다. 당시 그는 스칸디나비아로부터 바이킹족과 함께 아일랜드에 뿌리를 내렸다. 오벨리스크(방첨탑)로 말과 구절에 단검표(의구표 ♧)를 부처 구분하다.

19) 중시계衆時計(pobalcloak)도 중석衆石(folkstone)도…뇌신 토마의 우드 신의 정원(sunkenness in Tomar's Wood)도: pobal: folk. cloch: stone. Folkstone & Dungeness: 남부 Kent 주의 해안. 뇌신 토마의 우드(Thomar's Wood): 아마도 본래 뇌신(Thor)인 듯. 중석은 더블린에 있는 장석(Long Stone(현존함)(트리티 대학 근처)처럼, 토지 구역을 알리는 표시이다.

20) 멍청이의 기둥(패트릭 Colum): Patick Colum(아일랜드의 작가 1811—1971) 작의 초상(A Portrait)(시)의 구절의 인유: 삭막한 대지에 그리스의 항아리 마냥의 작가(69.03).

(69)

1) 삭막한 대지의 꽃들을 기꺼이 바라는(fain for wilde erthe blothoms): (1)노래 골짜기 백합(Lilly Dale)의 가사의 패러디: 오 야생의 장미 피어있네(O the wild rose blossoms)의 익살: 〈초상〉 첫 페이지에서 스티븐의 노래 참조 (2)이는 와일드 작의 〈도리언 그레이(심미자)의 초상〉과 연결되고, 또한 잇따르는 〈초상〉의 첫 행옛날 옛적…과 이어진다.

2) 고무鼓舞된 기억에 의하여(by memory inspired): 노래의 가사: By Memory Inspired.

3) 벽의 전혈全穴(the whole of the wall): (1)피닉스 공원 북 벽에 있는 작은 구멍, 그를 통해 감옥의 죄인에게 음식이 반입되었다는 설. (2)벽의 구멍(The Hole in the Wall): 피닉스 공원 근처의 주점 명이기도.

4) 거대한 연필이 완두豌豆 연필(Gyant Blyant fronts Peannlueamoore): 피닉스 공원의 완두—연필을 닮은 넬슨 기념탑의 암시. 거대한 연필(Gyant Blyant)이 Launcelot(아서 왕의 원탁의 기사 중 으뜸가는 용사)의 광기狂氣 뒤에 그를 구했다. 그리고 성배(Grail)(아서 왕의 원탁의 기사 전설 중의 기사는 이 성배를 찾으려 했다)가 그를 치료했을 때, 양자는 얼마동안 Blyaunte(Thomas Malory, 15세기 〈아서 왕의 죽음〉(Morte d'Arthur)의 저자)의 성(castle)에 살았다.

5) 곳 옛날 옛적에 한 개의 벽이 있었으니(There was once upon a wall): 옛날 옛적 정말로 좋은 시절이었지 그때 음매 소 한 마리가…: 〈초상〉의 첫 행의 패러디. 벽은 앞서전혈全穴.

6) 아르런드(Aaalund) 해年의 금속 또는 노여움이 있기 전에(Ere ore or ire in Aaarlund): before metal or anger in Ireland.

7) 그대의 자녀들의 무리가 오딘 정원의 불순물로 오전하기 전에(your horde of orts and oriorts to garble a garthen of Odin): (1)북유럽 신화의 Odin(앵글로색슨 족의 주신主神)에 해당한다). (2)아, 내가 자네한테 부스러기랑 먹다 남은 찌꺼기(불순물)를 다 대접할 테다(Ay, I will serve you your orts and offals)(멀리건의 익살)(U 176)

8) 모든 아다이브가 환영의 소리로 종결했던 당시의 실낙원일失樂園日(all the eddams ended with aves): 밀턴의 〈실낙원〉(Paradise Lost)의 이미지들. 여기 재삼 우리는 선사시대의 토루土壘속으로 파고든다. 전체 이야기는 영혼의 하층토에서 끌러 나온 어떤 것으로 간주될 수 있을 것이다. 주제의 이러한 양상은 작은 암탉에 의하여 파헤쳐 진 편지의 신비의 토론과 연관되어 정교하게 전개된다.

9) 만일 그대가 조금만 참아준다면 우리는 저 적나한 사실들에 봉착할 지로다(we'll come to those baregazed shoeshines if you just shoodov a second): 재삼 우리는 증거로서 선사시대의 토총土塚 무더기로 몰입한다. 전체 이야기는 암탉에 의하여 파내진 편지의 신비성에 대한 토론과 함께, 영혼의 하층토에서부터 끌어내어진 것으로 간주될 수 있을 것이다(1권, 5장 참조).

(10) 부활란復活卵은 모신성母神星 역을 하나니(Isther Estarr play Yesther Asterr): (1)스위프트의 스텔라(스텔라)와 바네사(바네사)는 에스타(Esther)의 이름을 공유했다 (2)Ishtar는 바빌론의 어머니—여신이기도.

11) 비통悲痛구역(Sorestost Eirreann): 아일랜드 자유국. Soroptimist movement: 1920년대의 여성 협회.

12) 우리들 소소한 이야기에 관해 부대負袋자랑하건대(lets wee brag of praties): George Petrie(1789—1866)(켈트 학자?)의 〈아일랜드 노래 집〉(Stanford 편): 노래가사의 패러디: The Wee Bag of Praties.

13) 해당자씨該當者氏(Betreffender): (G) 당사자(the person concerned).

14) 불결자不潔者의 무료 숙박 분동分棟(Dirty Dick's Free House): 런던 소재의 주교 문(Bishopsgate). 이러한 사실적 현실은 HCE의 오두막(shack)의 묘사에 있다. 이는 뒤에 주막(tavern)으로 변용하고(거꾸로 주막이 오두막으로), 런던에서 더블린으로 되돌아 이전되며, 분명히 그가 도망치는 약속의 땅의 축소되고, 국지화 된 각본이다.

(70)

1) 구주歐洲 대합중국(Osterich, the U. S. E.): Austria, the United States of Europe.

2) (하느님이시여, 이들 마르크화貨를 도우소서!)(Gaul save the Mark): 성급한 불만의 표시.

3) 성칠월聖七月의 첫 상일商日(the first deal of Yuly): 7월 첫날.

4) 프랑프르트 신문(Frankofurto Siding): Frankfurter Zeitung: 정기 간행물.

5) 린 오브라이엔(the Lynn O'Brien): 노래(Brian O'Linn)의 가사에서.

6) 손해의 보상(monkey's damages): (속어) money=500 파운드.

7) 마음을 유리처럼 밝히거니와(to make a heart of glass): 은총의 마음이란 17세기의 굴절된 표현 및 George Petrie의 아일랜드 노래 가사 집에서: 나는 나의 애인을 유리의 가슴처럼 만들리라(I'll make my love a breast of glass)의 인유.

8) 한 '봉'놈의 매질 뒤범벅(a Patsy O'Strap tissue): George Petric의 〈아일랜드 가요집〉(Paddy O'Snap)(Stanford 편찬)의 가사.

9) 방첩탑 꼭지의 수노루의 난도亂挑이거나(roebucks raugh at pinnacle's peak): (1)Roebuck: 더블린의 지역 명 (2)Rubek: 입센 작의 〈우리들 사자가 깨어날 때〉(When We Dead Awaken)의 인물, 그는 산 위에서 죽는다. (3)노래 가사의 인유: 나는 로벅의 방첩탑 꼭대기로 가련다(I will go to the Roebuck pinnacles).

10) 대비 또는 티터스(Davy or Titus): 셰익스피어의 주인공들.

11) 강도 도당의 행진 도중(a burgरly's clan march): (1)노래 가사. (2)강도 도당: 미국인 출신의 불청객.

12) 탁월한 조야남粗野男(highly excellent crude man): 노래 가사: 티퍼로니의 탁월한 선남(The highly excellent good man of Tipperoughny).

13) 우족牛足(불프스트) 산맥(Bullfoost Mountains): 북 아일랜드 Belfast의 산.

14) 찌르레기 새처럼(like a starling bierd): 노래 가사에서: 아, 내가 작은 찌르레기 새가 아니라면(Alas, that I'm not a little starling bird).

15) 구름 녹지綠地(Cloudy Green): 노래 가상에서: 안녕히, 그대 구름 녹지의 젊은이여(Adieu, ye young men of Cloudy green).

16) 장무長舞(long dance): 노래 가사에서.

17) 귀리(植)(Titus Oates): 교황 음모의 선동자.

18) 의복의 찢어지는 소리(the tairor of his clothes): 노래가사에서: 재단사(The taylor of cloth).

19) 볼셰비키(bulsheywigger): Bolshevik: 옛 러시아 사회 민주 노동당의 일원, 극단적 과격론자.

20) 물보다 진한 것(피)(thickerthanwater): 피는 물보다 진하다. (격언)

21) 놈의 경칠 의형제 녀석을 버킷 속에 집어넣겠다(his bleday steppebrodhar's into the bucket): Attila(훈족[Huns]의 왕), 로마를 공격하고, 그의 아우 Bled 및 그의 경칠 의형제를 살해함.

22) 단지 오코넬(ten o'connell): 단(Dan) 오코넬. 오코넬 주酒(피닉스 주조酒槽 산産).

23) 11시 30분부터 오후 2시까지(from eleven thirty to two): 1132(숫자학)(numerology), 전출 참조).

24) 그대 유대 거지 놈(jewbwggar): 요셉 Biggar: 곱사 등을 한 파넬 지지다.

25) 저 모범적 귀(耳)를 하고, 다이니시우스 자신의 것처럼(that paradigmatic ear···his of Dionysius): Dionysiu'ss Ear: 시칠리아에 있는 다이니시우스(희랍 신화의 주신) 궁전의 확성擴聲 장치된 감옥 감방의 이름.

(71)

1) 아사축벽餓死築壁(famine walls): 대 기근(Great Famine) 동안에 아일랜드에서 건설 공사를 마련하는 시도들은 기건벽饑饉壁(famine wall)을 포함했다.

2) 야생 거위 기네스주酒(the flight of his wild guineese): 대륙으로 건너간 아일랜드의 자코뱅 당원들

(Jacobites) + Guinness 주(술)

3) 일부 실낙失樂(part lost): 밀턴의 〈실낙원〉(Paradise Lost)의 인유.

4) 미려녀들의 환희(rejoicement of foinne loidies): 노래의 가사에서: The rejoicement of Fian Ladies.

5) 인커만 및 등등 그리고 그 따위와 반대화反對話(Inkermann and so on and sononward): (1) Eckermann 저의 〈괴테와의 대화〉(Conversations with Goethe)의 책 패러디 (2)1854년 크리미아의 Inkerman(문사 셈의 인유)의 전투의 인유.

6) 조세핀 브루스터에 의한 밀타운의 유머 기타(the humours of Milltown etcetera by Josephine Brewster): (1)Josephine Brewster: Joe Miller와 함께, 케케묵은 농담에 이름을 대는 영국 배우 (2) 밀타운의 유머(The Humours of Milltown): 노래 가사에서(George Petrie의 아일랜드의 가락 편집) (3) Milltown: 더블린의 지역 명.

7) 크론터프의 분지토탄여盆地土炭女들(one clean turv): 클론터프(turf)(ladies).

8) 아일랜드의 여덟 번째 기적(Ireland's Eighth Wonderful Wonder): 스위프트는 '아일랜드의 은행'건물을 기적 중의 기적이라 불렀다.

9) 심야 일광자日光者(Midnight Sunbirst): 블룸의 날씨. 일광자가 북서쪽에 나타난다(〈율리시스〉, 〈키르케〉장, 한 밤중(U 482).

10) 성전박리자聖典剝離者(Remove the Bible): 이 싸구려 장남 감을 치울지라(Take away these baubles) 크롬웰은 잔여의회(Rump Parliament)([英史] 1648년의 추방 후에 크롬웰은 Long Parliament의 일부의 사람들만으로 행한 의회(1648—1653, 1659—1660)의 해산 시 권표(mace)를 치우도록 명령했다.

11) W. D의 은총: 크리켓 경기다.

12) 그의 아비는 월색가月索家요(His Father was a Mundzucker): Munzuk : Attila의 아버지.

13) 베일리의 탐조등(Burnham and Bailey): (1)Bristol의 Burnham 등대 (2)호우드 앞바다의Bailey 등대.

14) 수항水港에의 환영(Welcome to Waterford): (1)노래 가사에서: Your welcome to Waterford (2) Waterford는 Ribbonmen의 요새였다.

15) 술통 뒤의 사나이에게 뽀뽀하는 기쁨의 오레일리(O'Reilly's Delights to Kiss the Man behind the Borrel): 노래 가사에서: Kiss the Maid behind the Barrel).

16) 마고가고그 거인들(Magogagog): Gog & Magog: 성서의 거인들.

17) 별난 놈(Peculiar People): 유태인.

18) 꿀꿀 부엉이 막일꾼(Grunt Owl's Facktotem: Grand Old Man(글래드스턴).

19) 주主님의 성지聖地(Lord's Holy Ground): Lord's Cricket Ground: London.

20) 토미 퍼롱의 애완물愛玩物 염병(Tommy Furlong's Pet Plagues): 아일랜드의 시인 Thomas Furlong(1794—1827), 〈아일랜드의 염병〉(The Plagues of Ireland)의 저다.

(72)

1) 폭탄가爆彈街의 승자(Bombard Street Bester): 〈율리시스〉에서 블룸 내외가 살던 서부 Lombard 가의 암시.

2) 추락 속의 흔들림(Swayed in his Falling): 무어의 노래: 아름다운 이니스프리(Sweet Inisfallen)의 인유.

3) 펑하고 죽는 족제비(Plowp Goes his Whastle): 자장가의 패러디: Pop Goes the Weasel.

4) 아메니언의 속한俗漢(Armenian Attrocity): 1405부터 터키인들에 의하여 점령당한 아르메니아(Armenia)(독일 국가 연합 구성 공화국의 하나). 19—20세기의 민족주의는 조직적 대량학살을 만났다.

5) 에돔의 후예(Edomite): 에서(에서)의 종족(〈창세기〉 36:8).

6) 아일랜드 천성의 공동 특성을 결缺한 사나이(Man Devoyed of the Commoner Coocoohandler): John Devoy: 아일랜드 자유국의 창설자.

7) 질 나쁜 탕치장湯治場(Bad Humborg): Bad Homburg(도일 탕치장)(spa).

8) 보웰의 연설법 교사(Boawwll's Alocutionist): Bell(미국 과학자—전화기 발명자) 저의 〈표준 연설법〉(Standard Elocutionist)의 인유.

9) 지금까지 총 항목 수는 111가지.

10) 수신기에 손을 뻗고 경찰서의 킴이지 아우터 17. 67번 벨(to reach for the hello gripes and ring up Kimmage Outer 17. 67): Kimmage: 더블린의 지역 명으로 르 파뉴(Le Fanu) 작 〈성당 묘지 곁의 집〉의 제1장은 서력 1767년에 시작한다.

11) 입 맞추듯 쉬운 일이긴 했지만(as easy as kissany): 키스하는 손처럼 쉽게(easy as kissing hands)(유행어)의 인유.

12) 몇 개의 매끄러운 돌멩이(a few glatt stones): (G) glatt: smooth. 글래드스턴. 유리 집에 사는 사람은 돌을 던져서는 안 된다(people who live in glass houses should'nt throw stones)라는 격언의 패러디.

(73)

1) 고지주高地主(Hyland): (G) Heiland: 구세주: C. Hyland, 1920년대의 게이어티 극장의 지배인이기도.

2) 크룸린(Crumlin): 더블린의 지역 명.

3) 늙은 어두신魚頭神(old flishguds): fishgods of Dundrum: (1)초기 아일랜드의 문학, 민속 등의 편집인 〈던드럼의 어두신〉(fishgods of Dundrum) (2)어두 신은 선사시대의 바다의 거인 포모리언(Formorian)(U 13 참조).

4) 고그신神(Gog's): (1)Gog 및 Magog: 사탄을 대표한다(〈계시록〉 (2)알렉산더의 전설 속에 Gog와 Magog(04 참조)는 그가 Caucasus 산의 커다란 벽 뒤에 감추는 적들이다. 스펜서(Edmund Spencer)의 기사 이야기인 대서사시 〈요정의 여왕〉(Faerie Queen)에서 Gogmagog는 Albion의 주된 거인이다.

5) 항아리 골절자가 바이킹 코납작이(Potts Fracture did with Keddle Flatnose): Pott's: 골절骨折 형태.

6) 바이킹 코납작이(Keddle Flatenose): Ketil Flatneb: 바이킹 족, 더블린 여황의 부친.

7) 키다리 무인無人이 한눈 팔이 거인 그리고 그이 위에 바위들을 쌓거나(nobodyatall with Wholyphamous and build rocks over him): 호메로스의 율리시스 장군은 외눈의 거인(Polyphemus)에게 자기 자신을 무인(Noman)이라 대답 한다(U 598 참조).

8) 32가닥(two and thirty straws): 1132(조이스의 숫자학 참조).

9) 카카오 캠벨(Cacao Campbell): 미상의 인물.

10) 해머전언포언戰言砲言(batell martell): Charles Martel(the Hammer): Charlemagne(Franks의 왕, 성 로마의 제왕)의 조부.

11) 붕괴구열타도崩壞毆裂打倒(a brisha a milla a stroka a boola): (1)(I) ag briseadh: breaking. ag stracadh: tearing. ag milleadh: destroying. a boola: beating (2)여기 부랑아의 망동妄動의 총화.

12) 말브루크 대장大將(Malbruk): John Curchill Marborough: 최초의 공작(1650—1722), 영국의 장군, 프랑스 노래의 주제.

13) XI, 32번(Opus Elf, Thortytoe): 1132(numerology 수비학數秘學 참조).

14) 그의 꼭두각시 목소리(His Master's Voice): (1)축음기 회사 명 (2)His Majesty 각하. 꼭두각시(jester) / 왕(king)의 대조.

15) 엄지손가락을 물었나니(bit goodbyte to their thumb): (1)핀(Finn)은 지혜의 연어를 요리하는 동안 엄지손가락을 태우자, 고통을 줄이기 위해 그것을 물렀으니, 지혜를 되찾았다. (2)이탈리아에서는 불만의 표시로 엄지손가락을 문다.

16) 밴드 묶음을 어깨에 매고 연못 또는 간척지 위에 똑뚝땅땅 낙수 물, 아침의 필라델피아 빵을 원하면서(wishing the loff a falladelfian in the morning, proceeded with a Hubbleforth slouch in his slips backwords): 노래 가사에서: 나의 어깨에 보따리를 메고 / 더 이상 용감한 자 없으니 / 나는 아침에 필라델피아로 떠나도다. (With my bundle on my shoulder/There's no one could be bolder/& I'm off to Philadelphia in the morning)의 패러디.

17) 장애물 항港(Hubbleforth): Hurdle Fort: 더블린.

18) 〈힐리여, 너마저!〉(Et Tu, Healy): 조이스가 1891년 또는 1892년에 쓴 파넬의 죽음에 관한 시의 인유.

19) 농아회관(demb institutions): 더블린 소재의 2개의 농아회관의 암시.

20) 배천의 독신자족獨身自足(Patself on the Back): (1)노래 가사: 등을 툭 치다(pat self on the back) (2)(G) Back: brook(背川).

21) 1천 년 또는 1천1백 년(ten or eleven hundred years): 111(조이스의 수비학).

22) 우토묘지牛土墓地의 이 로셸 암염산岩鹽山의 흉벽(rochelly exetur of Bully Acre): Bully Acre: 가장 오래된 더블린의 공동묘지 Kilmaninham.

23) 우리들의 대성채大城砦 주변의 포위(the siegings round our archicitadel): Balfe 작곡 명: 로셸의 포위(The Siege of Rochelle(오페라)의 인유.

24) 노장 네스토 알렉스(Nestor Alexis): 호메로스 작의 〈일리아드〉의 현명한 노장.

25) 바르—르—더그(Bar—le—Due) 작전 집결지 및 석별음주옥惜別飮酒屋(Dog—an Doras) 및 반갠 피습지(Bangen—op—Zoom): (1)바르—르—더그(Bar—le—Due): 프랑스의 도시 명으로, 1916년 Verdun 전투의 포위를 위한 작전 집결지 (2)석별음주옥惜別飮酒屋(Dog—an Doras): 이별주란 뜻 (3)반갠 피습지(Bangen —op—Zoom): 빈번히 포위당하는 남서 네덜란드의 마을.

26) 우인림牛人林(Oxmanswold): (Oxamtown: 바이킹, 여기서 Oxmantown이 나왔다. (중세의 북 더블린 명).

27) 쿠록 지역(Coolock): 더블린의 쿨 가街 또는 Coolock(더블린의 지역 명)

28) 인니스케리 마을(Enniskerry): 위클로우 주의 마을.

29) 실내의 돌무덤(chambered cairns): 캐른(cairens)(기념, 이정표로서의 원추형 돌무덤, 호우드 언덕의 정상〔Ben〕에 소재함〔현존〕 핀의 머리로 알려짐).

30) 바위의 성약聖約(a testament of the rocks): Hugh Miller(스코틀랜드의 지질학자, 시인, 석공)작 〈바위의 성약〉(The Testimony of the Rocks)(1857년)의 패러디.

31) 올리버의 양羊들(Oliver's lambs): 크롬웰의 군인들에 대한 아일랜드 명.

32) 그들은 그에게로 집결할지니, 그들의 목자牧者요 기사騎士 영웅…그 날 그때에, 아서왕예王譽의 아자바의 전광창電光槍과 꼭 같이(they shall be gathered unto him…as nubilettes to cumule…Azava Arthur —honoured): 아서 왕은 그의 뿔 나팔이 불릴 때 잠에서 깨어나 대지로 되돌아 올 것이란 전설.

(74)

1) 어떤 핀, 어떤 핀 전위前衛!(some Finn, some Finn avant!): 신페인(Sinn Fein)의 구호의 패러디: 우리들 자신, 우리들 자신 홀로(Ourselves, Ourselves Alone).

2) 오 녹자綠者의 봉기(하라)여(Greenman's Rise, O): (게임)코트 아래 숨은 아이가 갑자기 일어나(봉기)며, 다른 아이들을 쫓는 경기에서.

3) 잃어버린 영도자들이여(lost leaders): 브라우닝(R. Browning)의 시제: 잃어버린 지도자(The Lost leader)에서.

4) 구릉과 골짜기(dun and dale): Hero and leander(고전 이야기와 마로우〔Marlowe〕의 시 속의 애인들)의 인유.

5) 쿵쿵 구를지니(orland, roll!): (1)노래 가사의 인유: Roll, Jordan, Roll (2)바이런의 시굴러라, 그대 깊고 검푸른 대양아, 굴러라(Roll, though deep & dark blue ocean, roll)의 패러디.

6) 로란드, 쿵쿵 구를 지로다(roll, orland, roll): (1)노래: 굴러라, 요르단이여, 굴러라 (2)틸톤(Tilton)의 시: Toll! Roland, toll!(종을 울려라 로란드여, 종을 울려라) 등의 인유.

7) 저들 그 시대에(in those deyes): 학과 공부 전에 행하는 시작 말.

8) 오신悟神은 전찬가全贊家 아브라함에게 물으리라 그리고 그를 부르리라: 총가아브라함이여! 그리하여 그〔HCE〕는 답하리라: 혹或을 첨가하라. (his Deyus shall ask of Allprohome and call to himm: Allprohome! And he kake answer: Add some. Nor wink nor wunk): 〈성서〉, 〈창세기〉 22:1: …하느님은 아브라함을 유혹하고 그에게 말했나니…: 아브라함: & 그는 가로 대: 여기 나 있도다(God did tempt Abraham & said unto him, Abraham: he said, behold here am I)의 인유.

9) 하느님 맙소사, 당신은 제가 사멸했다고 생각하나이까?(Animadiabolum, mene credidisti mortuum?): (1)(L) 악마의 혼이여, 그대 내가 죽었다고 생각하느뇨? (2)〈피네간의 경야〉 노래 가사의 패러디: 그대는 내가 죽었다고 생각하느뇨?(Thanam o'n dhoul, do you think I'm dead?).

10) 침묵이, 오 트루이가여, 그대의 혼매축제魂賣祝祭의 회관 속에 있었으니(Silence was in thy faustive halls, O Truiga): (1)T. 무어의 노래 가사에서: 침묵이 우리들의 축제회관 속에 있나니(Silence Is in Our Festive Halls) (2)Truiga(Troy)의 녹림).

11) 고상래도高尙來都 콘스탄티노플(Comestowntonobble): 콘스탄티노플(터키의 도시, 지금은 Istanbul).

12) 그의 장화長靴를 신고 다환多歡의 소리가 밤의 귀에 다시 울릴지니(there will be sounds of manymirth…gets the pullover on his boots): T. 무어의 노래 가사에서: 밤의 공기 속에 다환의 소리가 링링 울리고 있도다(There are Sounds of Mirth in the Night Air Ringing(The Priest in his Boots]〔장화 신은 승정〕)

13) 빈간貧肝?(Liverpoor): 음주로 망가진 간.

14) 그의 뇌흡腦吸은 냉(객쩍은 말 삼가나니)하고(His braynes coolt parritch): 속담: 그대의 포리지 죽을 식히기 위해 숨을 죽일지라(keep your breath to cool your porridge)의 변형.

15) 그의 토吐함은 오직 일식一息이니(his puff but a piff): 노래 가사: Piff Paff(Myerbeer 작: 〈유그노 위그노교들〉(les Hugunots).

16) 핀그라스, 전포인典鋪人 펨브록, 냉수 킬메인함 그리고 볼드아울…라스판햄(Fengless, Pawmbroke, Chilblaimend and Baldowl…Rethfermhim): Finglas: 북서 더블린 지역. Pembroke: 남동 더블린 지역. Kilmainham: 남서 더블린 지역. Baldoyle: 북동 더블린 지역. Rathfarnham: 더블린의 지역.

• I부 - 4장 •

HCE - 그의 서거와 부활 (p.075-103)

(75)

1) 마르메니아 출신의 마다모이젤(Marmarazalles from Marmeniere): Mademoiselle from Armentieres: 노래의 가사에서. Armania: 독일 국가 연합의 하나.

2) 오염되지 않은 백합꽃들(those lililiths undeveiled): (1)Lilith: 이브 이전의 아담의 아내 (2)〈성서〉, 〈마태복음〉 6:28의 인유: 들판의 백합꽃들(the lilies of the field).

3) 모욕하고 빛났던 곡물황금穀物黃金의 이싯(where corngold Ysit? shamed and shone): 바이런 작의 〈돈 주앙〉(Don Juan)의 가사 패러디: 그리스의 섬들이여, 그리스의 섬들, 사랑하고 노래했던, 불타는 사포는 어디 있느뇨(The Isles of Greece, The Isles of Greece, Where burning Sappho loved & sung). Ysit: 곡물여신의 이름으로 애가라는 뜻.

4) 광석주廣石柱(Steyne): (1)바이킹 족들이 세운 더블린의 돌기둥 (2)더블린의 광석 기차 종점(Broadstone Railway Terminus)의 이름이기도. (전출) longstone(장석) 참조.

5) 핀그라스(Finglas): (1)맑은 시내란 뜻 (2)북부 더블린 지역 및 시내(강) 명, 윌리엄 3세는 1690년 Boyne 전투 뒤에 핀그라스에 머물렀다.

6) 백마白馬에 탄 빌리(a kingbilly whitehorsed): King Billy: (1)윌리엄 3세(더블린 시내 트리니티 대학 정면에 서 있는 마상[馬上] 동상)(현존) (2)〈더블린 사람들〉, 〈죽은 사람들〉에서 주인공 게이브리얼(Gabriel)은 조상의 말이 빌리 동상 마를 빙글빙글 도는(인간의 무축의 정신적 배회를 상징한다) 이야기를 한다(D 205) (3)또한 최후 남성인 Tasmania(오스트레일리아)의 원주민 이름.

7) ex profundis malorum(L): 영어: pout of the depths of evil(악의 심연으로부터).

8) 뱀땅의 교활자狡猾者…. 기어 다니는지라…밀크(nomened Nash of Girahash…. for milk): 뱀(독사)들도 역시 여인의 밀크를 탐욕하지(Serpents too are gluttons for woman's milk)(〈율리시스〉 제15장의 밤의 환각에서 비라그의 토로 장면 참조). (U 516)

(76)

1) 코네마라 흑안黑顔의 양떼(blackfaced connemaras): 흑양의 일종(a breed of sheep).

2) 거기 봉밀 목장(the Meadow of Honey): 아일랜드의 Tipperray 군의 Clonmel 도시는 봉밀 목장을 의미하며, 그 곳은 Tipperary의 감옥이 위치함.

3) 환희산歡喜山(the Mountain of Joy): 더블린의 Mountjoy 감옥.

4) 햄의 구유 파괴란자破壞卵者들을 대접하는 곳(Ham's cribcracking yeggs): (1)Somme의 Ham 성城은 고위층을 위한 감옥 (2)yegg: 여행 소시민 또는 안전 파괴자 (3)Hamlet, Bacon, egg and breakfast.

5) 많은 삭막朔漠한 비행非行(much desultory delinquency): 이 구절은 1939년의 영국 Faber and Faber 〈경야〉판(현재의 텍스트)에는 생략되었다(프린터의 잘못인 듯). 본래 이는 1927년의 파리의 〈트랜지숑〉(transition)판에 나타난다.

6) 세계의 평결은 안전이나니(vindicat urbes terrorum): 성 아우구스티누수의 말로, 조이스의 숭배 작가인 뉴먼(Newman)(UCD의 창설자, 그의 명판 테그가, 고전 문학 교수였던 G. M. 홉킨스 및 졸업생 조이스와 함께 UCE 본관 건물 정면에 붙어있다)에게 영향을 끼친 말(〈변명〉 Apologia 참조).

7) 시민의 복종은 만노萬老의 건강을 도우나니라(the obedience of the citizens elp the ealth of the ole): 더블린 시의 모토의 패러디: (Obedientia civium urbis felicitas)(시민의 복종은 시의 행복이로다) 이 구절은 〈경야〉의 사방에 산재한다)(〈경야〉 23, 73, 140, 266, 277, 347, 358, 494, 540, 610)

8) 유리판벽고정板壁固定의(Pughlasspanelfitted): 더블린의 유리 세공업소: Pugh & Co.

9) 고산대高山臺(thing(howe): Howe: Norse Thingmote(바이킹 왕들이 더블린을 점령한 이래 덴마크인들, 노르만인들, 영국인들의 1천년에 걸친 지배가 시작되었으니, Howe는 더블린의 언덕. (호우드 언덕 참조) Thingmote: 더블린의 스칸디나비아어의 공공 집회소.

10) 새 트럼프 카드(neuw pack of klerds): (덴마크어) 영어: new suit of clothes(새 양복)

11) 네이 호반(Lough 네이): 북 아일랜드의 커다란 호수로서, 그 이름은 치유의 호수라는 뜻.

12) 모얼타 평원(Magh Elts(Moyelta): 더블린 지역의 평원, 거기에 Parthalonian들(1500년대 아일랜드를 침공한 스키티아[옛날 흑해, 카스피 해 북방에 있던 나라 사람들]이 염병으로 죽고 매장되었다.

13) 맨 섬(島)만큼 도부재호島不在湖(misonesans as the Isle of Man): (1)만(Man) 섬: 아일랜드 해상, 영국과 아일랜드 본토 사이에 위치함 (2)네이 호에는 거의 무도無島였다.

14) 고분古墳(old knoll): (1)Old Nol: 크롬웰의 별명 (2)셰익스피어에 의하여 연출된 존슨(Ben Jonson)의 Old Knowell(만물박사)의 암시.

15) 핀 군대의 선임자가 자신이 한 움큼 잡은 후에, 그 사이 하나의 고분古墳과 송어천松魚川이 있는(Finna's foreman had taken his handful···mid which were old knoll and a troustbeck): 골이 난 핀은 한 줌의 뗏장을 뜯어 그걸로 네이 호와 만 섬을 창조했다. 북 아일랜드의 네이 호는 화석화의 힘을 가진 것으로 전해진다. 조용한 날에는 침전된 도시가 그의 수면아래 보여 진다는 것. 따라서 HCE의 무덤의 7탑들이 드러난다.

16) 다정하고 불결한 더브(dear dutchy deeplinns): Dear Dirty Dublin: 대중 어. 〈율리시스〉 제7장 신문제자 및 기타 참조. (U 119)

17) 아이작이 그러했듯이 자신의 낚싯대의 간지러움으로 호수를 낚시질하거나(as Izaak did to the trickle of his rod): 월톤(Izaak Walton) 작의 〈완전한 낚시꾼〉(The Complete Angler)의 글귀. HCE의 수중 무덤은 물고기를 잡는 상태에 있는지라, 핀(Finn)의 십장은 한줌 가득한 물고기를 잡는 것으로 전한다.

18) 갈색의 이탄수泥炭水(brown peater): 브라운(Peter Browne)은 버컬리(Berkeley)와 신학적 논쟁을 행했다.

19) 진청眞靑의 다느우브 강의 하상河床 속 최초 저주받은 훈족族 마냥(like the erst curst Hun in the bed of his trubleu Donawhu): (1)The O'Donoghue: 킬라니 호수 밑에 살았던 것으로 가상되는 아일랜드의 옛 추장 (2)스트라우스(Strauss) 작 〈푸른 다뉴브 강〉(The Blue Danube)(부다페스트에서 2004년 6월 Bloomsday를 축하는 국제 제임스 조이스 학회 회원들은 푸른 다뉴브의 보트 선상에서 이 가곡을 열광으로 즐겼다).

20) 밀 수확을 양육하고(to foster wheat crops): John Foster의 곡물 법안: (1784년 아일랜드로 수입된 밀에 대한 중과세 법안).

21) 베르라슈즈(Mgr Peurelachasse): Pere–la–Chaise: 파리의 공동묘지로, 거기 O. 와일드가 매장됨.

(77)

1) 성聖 T. A 베켓과 성聖 L. O 투홀(Messrs T. A Birkett and L. O Tuohalls): St Thomas a Becket 및 St Laurence O'Tool, 이들은 당대인들이었다.

2) 이들은 서쪽에서 온 최초 인(first in the west): Osiris(Isis)(이집트의 주신들 중의 하나)는 서부인들의 최초의 자로 알려짐.

3) 동량지재棟梁之材(misterbilder): 입센의 〈청부업자〉(The Master Builder)의 인유.

4) 성주고약한城主孤弱漢(Castlevillanious): Cassivellaunus: 시저에 의하여 패배 당한 영국의 통치자.

5) 전시계戰時計(Oorlog): (덴마크어) oorlog: war. (프랑스어) horloge: clock.

6) 육타종六打鐘(Sygstryggs): (1)Sitric: 또는 Cedric: 아일랜드 역사상 많은 북 유럽 왕 Sitrics 인물 (2)6타종.

7) 라인 강의 시계(Rhine Vogt): (덴마크어)(the Watch on the Rhine).

8) (초부樵夫[나무꾼]여 자비를!)(wouldmanspare): 노래 가사에서: 나무꾼아 저 나무를 구하소서.

9) 미선수美選手, 측구測區, 황소 및 사자獅子, 백白, 옷장과 혈귀血鬼의 칠소탑七小塔들(towerettes, the beauchamo, byward, bull and lion···. bloodied: 런던의 7개의 탑들의 명칭. (Beauchamp, Byward, Bell, Lion, White, Wardrobe, Bloody).

10) 족모足帽, 모두 답입踏入!(insteppen, alls als hats beliefd!)〈초상〉 제1장에서 빨리 전진! 오른 발 왼 발!(Quick march! Hayfoot! Strawfoot!의 인유(전출)(P22).

11) 성도년成都年 a. u. c. (anno urbis conditae): (L) in the year of building Rome.

12) 평소의 맥 페라의 고별사(the usual Mac Pelah): 〈성서〉, 〈창세기〉: 23:9, 19) 아브라함은 가족묘를 위하여 맥페라(Machpelah)의 동굴을 매입했도다.

13) 허의虛意의 아담 비가悲歌(falsemeaning adamelegy): false + meaning Adam + etymology.

14) 거去하도다!(skidoo!)(속어) depart!

15) 만일 이러한 조건체條件體의 연쇄를 충족하건대(met deze trein of konditiens): (Da)(with this train of conditions).

(78)

1) (수천 년 동안 잠 잘지라! hypnos chilia eonion!): (Gr) hypnos chillia alonon: sleep for thousands of ages. 여기 HCE의 새 무덤은 일종의 분지(넓은 골짜기)(howe)이다. 이는 또한 웰링턴 기념비이기도 하다. 앞서 부랑자 캐드는 그것을 과성의 연필(56. 12)이라고 부른다. 이는 곧 HCE의 영묘(mousleum)가 된다. 이는 나아가 이어위커의 오두막인 집이기도 하다. 그 지역은 그 발생사가 원접한 호수 위에(36. 12) 반영되는 시기에 범람했던 곳으로, 거기 가도가 길게 토론되는데, (80. 1), 이 길은 어떠한 통과도 합법적으로 불가능한 근접도로로 서술된다. 이 길은 또한 수백 수천의 구금된 노예들에 의하여 포장된, 고대 로마의 도로(Flaminian way)로, 오코넬의 거리로서 비교된다. 이 도로를 개관하건대, 이는 피닉스 공원의 사도蛇道 가까이 위치하며, 즉, 기념비 근처에 있다. 이 길을 따라 흩어져 있는 것은 이를 건설하기 위해 도왔던 불행한 자들의 표석標石들이 놓여 있고, 이들은 이정석里程石으로 변용했다. 〈경야〉 제III부 제3장에서, 이에 대한 세목이 4노인들에 의하여 주도면밀하게 서술되거니와, 보도의 문제가 뒤에 다시 들어 난다. (478. 06).

2) 노호怒號천둥이여! 백百벼락이여!(Donnaurwatteur! Hunderthunder): (독일어)

3) 힌놈의 골짜기(Gehinnon): Gehenna: 〈성서〉, 〈예레미아〉 Vii: 31: 예루살렘 근처에 있는 쓰레기 터, 페스트 예방을 위해 끊임없이 불을 태웠음. (신약) 지옥(Hell). 일반적으로'고난의 땅'으로 알려짐.

4) 기저基底에서 기저까지(sheol om sheol): Sheol: 〈성서〉,에서 보통 무덤을, 때때로 지옥을 의미한다.

5) 실리국實利國의 인두철광산人頭鐵鑛山(Uppercrust Sideria of Utilitarios): Uppercross Barony는 채프리조드의 부분을 함유한다. Sideria: Siberia

6) 아브라함의 고지(the heights of Abraham): (전투): 미국 Abraham의 1759년에 있은 전투의 암시.

7) 전부戰父는(왜냐하면 그의 양제가 핀 마을에 암살된 시안처럼 일곱 번 그를 매장하도록…. 설득해 놓았는지라(Foughtarundser(for Breedabrooda…Cian in Finntown): (1)Attila(훈족의 왕)는 그의 아우 Breda를 암살한 뒤에 훈족의 왕이 되었다. (2)아일랜드 신화에서 시안(Cian)(아일랜드의 추장으로, Lug의 아버지)의 세 암살자들은 그를 일곱 번 매장해야했는지라, 땅이 그를 계속 거부하고 토출吐出했기 때문이다.

8) 드레퓌스(Drefus affair): (프랑스어) 반反유태 기질로.

9) 터벅, 터벅, 터벅 걷기 시작했나니: 노래의 가사에서: (시체가) 터벅 터벅 터벅 소년들은 행진하도다(Tramp, Tramp, Tramp, the Boys Are Marching).

10) 마스캣(muskating): muscat: 과일 포도의 형태.

11) 켈트베리아인들(Celtiberians): 북—중부 스페인의 고대인들.

12) 청군靑軍과 백군들(bluemin and pillfaces): Blue Men & pillfaces): 9세기 바이킹인들에 의하여 잡혀, 아일랜드로 끌려간 무어인들에게 주어진 이름. HCE의 죽음에 뒤따른 전쟁들은 〈피네간의 경야〉의 소란스러운 소요와 자식들의 현재 싸움과 일치한다. 거장의 죽음과 함께, 카오스가 잇따라 일어난다. 이 단락을 통하여 미국의 혁명과 시민전쟁의 여운이 다시 메아리 한다: 앞서 아브라함의 고지, 철야자들과 승마복자들 등, 이들 전투들에서 앵글로색슨에 항거한 그들의 고대 투쟁을 수행한 아일랜드—아메리카인들은 조이스에게 HCE에 대한 반대(영국의 미 남부 연방군에 대한 동정)의 대표자들이다. 그들은 형제 전쟁의 주제, 신세계의 주제—희망의 신생과 재탄再誕의 주제에 첨가된다. 그러나 조이스는 희망의 현실화에 대해 감상적이지 않다. 매사추세츠의 보스턴에서 온 신세계의 편지, 그것을 우리는 잇따르는 FW 110—111에서 읽게 될 것이거니와, 이는 바다 너머, 언제나 살아있는, 모든 오랜 주제들을 들어낸다.

13) 벨로나의 전여신戰女神(Bellona): 로마의 전쟁 여신.

(79)

1) 낮은 원형 협곡(low cirque waggery): Low Church Whiggery.

2) 진홍眞紅 물들어진 위그 당원(whiggissimus incarnadined): (1)〈맥베드〉II. 2. 62: incarnadine(진홍 물들인) (2)스위프트는 Thomas Tickell(미상)을 위그당원으로 불렀다.

3) 가공架空의 나날(barmicidal days): (1)J. C. 맹건(Mangan)의 저서: 〈바메시다스가家의 시절〉(The Time of the Barmecidas)(Barmecidas 가문은 8세기 페르시아의 귀족) (2)바메시다스의 향연: 〈아라비안 나이트〉의 환상적 음식에 관한 이야기.

4) 여자한테서 태어난 어떠한 사람도(no man of woman born): 〈맥베드〉 IV. 1. 80: 여자한테서 태어난 어떠한 사람도 맥베드를 해치지 못하리(For none of woman born shall harm Macbeth)의 패러디.

5) 커다란 관머리의 논병아리(great crested brebe): great crested grebe.

6) 생명일生命日 당 하루에 3곱하기 20더하기 10마리(devour his threescoreten of roach per lifeday): 〈아가〉 90:10: The days of our years are threescore years & ten.

7) 사다리 뛰기의 연어the salmon of his ladder leap): leixlip: 연어도(Salmon leap).

8) 다뉴 여신(Danu): Danu: Tuatha De' Danann의 어머니—여신.

9) 조용히 끝내 다가가는 지구地球로…집게벌레가: 가인은 아벨의 시체 곁에 집게벌레를 봄으로써 매장의 생각을 얻었다는 전설.

10) 조용히 인생의 사경死境에 접할 지구地球로(to the earthball where indeeth we shall calm decline): 무어의 노래에서: 사경 속에 내가 조용히 기울 때(When in Death I shall Calmly Recline).

11) 그녀의 맨 신족(bare godkin): 〈햄릿〉 III. 1. 76. bare bodkin(맨 단금—송곳이면). (햄릿의 독백에서).

12) (찔끔!)(Tip!): 〈율리시스〉 13장에서 블룸의 독백 참조: 찔끔, 그것이 바로 여자와 남자인 거다…찔끔 쏘아버려. (U 306)

13) 그녀가 어디서 결혼을 할 것인지 사슴인들 어떻게 알았던고!(how the deer knowed where she'd marry!): 노래 가사에서: 나는 내가 어디로 가고 있는지 알도다(I Know Where I'm Going).

14) 정자亭子, 물받이 방, 포장마차(Coach, carriage, wheelbarrow, dungcart): 자장가의 패러디: 돈 많은 사람, 가난한 사람, 거지, 도둑.

15) 캐이트 스트롱: (1)17세기 더블린의 청소원, 수세리, 과부의 통칭 (2)캐이트는, Billy in the Bowl(더블린의 현재 및 고대의 이름인 Baile Atha Ciath[장애물항의 도시, ford of hurdles])처럼, 실지의 옛 더블린인물이다. 그녀는 더블린의 청소부(scavenger)의 대명사로, 여기 작품에서 그녀는 HCE 댁의 하인 Sigurdson과 결혼했으나, 지금은 과부로, 그녀의 생활의 면모가 작품 속에 재차 표면화 된다. 캐이트는 한 때 유혹녀였다(〈율리시스〉에서 그녀는 Old Gummy Granny로, 낯 선자 헤인즈(Haines)와 그녀의 원주민 배신자 멀리건(멀리건에게 굽실거리고, 참된 상속자인 스티븐 데덜러스를 인식하는데 실패하며, 밤거리에서 그의 손에 단두를 찌르는 것 이외 더 나은 짓은 하지 못한다) 그녀는 여기 오랜 쓰레기 더미의 흉한 모습을 보여준다. 피닉스 공원에서 4노인들(무덤 파는 자들)의 도움으로, 그녀는 화해의 편지를 매장하고, HCE 자신의 무덤 속에 그의 변명을 매장한다. (3)그녀는 앞서 박물관의 관리여(janitrix)로 나타났었다. (8—10)

16) (팁팁! Tiptip!): (1)tiptip: 쓰레기 버리는 장소이기도 (1)캐이트의 반복되는 상투어 tip은 앞서 〈경야〉 초두(8)에서 나폴레옹 박물관(Museyroom)의 관리녀에서 나타나며, 쓰레기 구덩이에 쓰레기를 버림(tipping)에 대한 언급이다.

17) 소로화小路畵(Lane Pictures): 더블린과 런던의 화랑, 두 곳에서 찾아낸 수집물들.

18) 해어다색鮭魚多色의 세균들(salmofarious germs: 음식 중독을 야기하는 박테리아.

19) 그녀의 여약성女弱性은 사나이를 벽 쪽으로 돌리게 했듯이(as her weaker had turned him to the wall): 격언에서: 가장 약한 자가 벽 쪽으로 가다(The weakest goes to the wall).

20) 그녀의 깡마른 가슴이 청소를 단지 드물게 행하고(her lean besom cleaned but sparingly): 더블린의 시장 각하인, James Carroll가 Katherine Strong을 두고 한 말의 패러디: 그녀는 청소를 하나니 아주 드물게 & 아주 좀처럼(she cleans but sparingly & very seldom).

21) 선왕宣王 황금시대(King Hamlaugh's gulden dayne): 노래 가사의 패러디: 선량한 찰스 왕의 황금 시절(Good King Charles 's Golden Days).

(80)

1) 거대 브라이안트의 방축 길(Bryant's Causeway): (1)Jacob Bryant: 노아의 방주를 달과 동일시한 18세기의 신화학자 (2)방축 길: Giant's Causeway(거인의 방축 길, 북 아일랜드 해안 소재)(전출)

2) 미천美泉의 성소聖所: Finewell's Keepsacre.

3) 페트의 정화장淨化場(Pat's Purge): Derg 호반의 섬에 있는 동굴.

4) 무무세례霧霧洗禮되었도다(tautaubapptossed): tauftauf baptised): tauf(토탄 잔디): 아일랜드의 상징(3 참조).

5) 도살자림屠殺者林으로 둘러싸인 저 위험 들판은 봉화烽火 오오 발화發火가 성城 청둥오리와 미치광이 난타전에 종사하는 곳인지라(that dangerfield circling butcherwood…castlemallards): 르 파뉴 작 〈성당 묘지 곁의 집〉에서: Mr Dangerfield(Charles Archer)는 Butcher's Wood에서 Mr Sturk를 기절시키고, Mr Nutter(Castlemallard의 대리자)는 피닉스 공원에서 Lt Fireworker O'Flaherty와 결투한다.

6) 아 아…궁술가(ah…archer): 자장가의 가사에서: A Was an Archer.

7) 그 근처 일대는 온통 화석 발자국, 신발자국…온통 연속적으로 잔적殘迹하고 있었도다(all over which fossil footprints, bootmarks…all successively traced…: 앞서 Mr Nutter는 〈성당 묘지 곁의 집〉(224)에서 암살 장면에 발자국을 남기는 바, 그의 등장인물들에 의해 그려진 그의 대표적인 발자국의 그림을 묘사한다.

8) 뇌신남雷神男의 낙인수烙印手로부터 한 권의 책을…모신母神에 대한 욕정을 갈망하는 연애편지를 의도적으로 감추기 위하여(will hide a leabhar from Thursmen's brandihands or a loveletter lostfully): 아일랜드의 수도승들은 바이킹 족으로부터 책들을 감추었다.

9) 원려遠慮 프로메테우스(forethought): (1)사려 깊은 Prometheus(희랍 신화)(하늘나라에서 불을 훔쳐 인류에게 주었기 때문에 제우스신의 분노를 사서 Caucasus 산의 바위에 묶인 채 독수리에게 간을 쪼아 먹혔다고 함). 그의 불을 홈 스위트 홈의 아기에게 행복의 요람을 준 셈 (2)나중에 한 통의 편지가 그로부터 발굴되는 이 쓰레기 더미는 여기 피닉스 공원에 위치한다. 이는 만부萬夫(HCE)와 그의 여인이 천둥소리가 들리는 가운데 사랑을 했던 곳.

10) 홈 스위트 홈(hume sweet hume): 노래 가사에서.

11) 정수선택精髓選擇할지라!(pass the pick): 정수(가장 좋은 것)를 마음대로 선택할지라.

12) 선전宣傳 교황권 신자들(propagana fides): De Propaganda Fide): 모든 수도승의 일을 위한 교황청 본부.

13) 사과 하나 하나가 차례로, 이 항아리 속으로 도로 떨어지나니(pome by pome, falls back into this terrine): 항아리 밑에 한꺼번에 요리된 고기, 지금의 혼성 프랑스 요리에 대한 익살.

14) 힌두 화신火神 아그니가 홍염紅焰하고 페르시아의 광신光神 미스라가 포고하고 힌두의 파괴 신 쉬바가 환상幻像들처럼 살해했던 곳(Agni araflammed and Mithra monished and Shilva slew as mayamutra): Agni: Hindu fire—god. Mithra: Persian god of light. Siva: Hindu god of destruction.

15) 조브 신이 도망했던 산림 속에 놓인 불을 밝혔던 바람의 구획으로(to ward of the wind that lightened the fire that lay in the wood): 고대 아일랜드에서, 미드 군의 워드(Ward) 언덕 위에 10월 31일 밝히는 불의 의식적 빛에 대한 인유.

16) 해신 포세이돈의 파동자波動者여!(Posidonius O'Fluctuary): (1)(Poseidon): (희랍 신화)(해신): (로마 신화의 넵춘에 해당) 변화무쌍한 몸의 변용으로 어부들을 괴롭힘(〈율리시스〉 제3장 참조) (2)Hyacinth O' Flaherty: 르 파뉴 작의 〈성당 묘지 곁의 집〉에 나오는 왕립 아일랜드 포병대(the Royal Irish Artillery)의 불꽃놀이자(Fireworker)로, 그와 Nutter는 피닉스 공원에서 희극적 격투 싸움(comic duel)을 벌린다.

17) 이시—라—차프르! 무슨 루칸 자들, 제발?(Issy—la—Chapelle! Any lucans, please?): (1)채프리조드와

루칸(Lucan) 간의 기차 삶. 인도와 희랍의 신들 및 비코의 우뢰들은 28소녀들(little pirlpettes)과 Issy—la—Chaprlle(29번째의 Isabel)가 학교 질주를 행사할 동안, 무덤처럼, 피닉스 공원이든 어디서든, 쓰레기 더미를 관장 한다 (2)차 삶을! 이들 소녀들은 루칸(Lucan)과 채프리조드로부터 오코넬 가의 〈산양피(Skin—the Goat)〉(피닉스 공원 암살 사건 당시 마차를 몰았던 사나이, 〈율리시스〉 제16장 참조) 무적단의 출몰지인, 피닉스 공원의 정거장들과 함께, Ben Edar(호우드)까지 더블린의 기차를 타는 엽전 내기들이다. 여기 캐이트는 꼬마 소녀들의 무리를 욕하고 흩어버린다.

(81)

1) 한니발(Hannibal): 카르타고(아프리카 북부의 고대 도시 국가로, 146 BC에 멸망)의 장군. 그는 알프스 산맥을 넘어 로마로 급행했다.

2) 헤르쿨레스(Hercules): Hellas(그리스의 별칭)의 주된 영웅. Globe(런던 소재, 셰익스피어 극의 초연 극장으로 유명하거니와) 극장의 간판은 그의 등이 세계를 배경 삼고 있다.

3) 브라함과 안톤 헬메스(Brahm and Anton Hermes): 브라함: Johannes Brahm(1833—1897): 독일의 작곡가. 안톤 헬메스: 일명 Georges Jacques(1759—1794): 프랑스 혁명가.

4) 어떤 로미오(a Romeo): (1)셰익스피어처럼, 조이스는 로미오를 중세 여행자로서 이용했는데, 후자는 성 Iago 또는 James의 사당으로부터 오면서 가리비를 머리에 썼다. 줄리엣의 참된 애인뿐만 아니라, 오필리아의 참된 사랑은 가리비 모자 또는 새조개 모자를 썼다. 가리비와 새조개는 인기 있는 해산물 (2)단테의 〈천국〉(Parsdiso) VI, 127. 참조.

5) 성聖 피아클(St Fiacre): 7세기 아일랜드의 성인.

6) 저택(howe, 분지): hill, tumulus: 더블린의 바이킹 집거소인 Thimgmote의 자리. 여기 분지는 무덤, 웰링턴 기념비를 암시할 수도. 이는 어떤 나그네도 통과한 적이 없는 복구의 인접도(vicinal). howe: 호우드 언덕일 수도.

7) 로트릴이 매입하면 루트렐이 매각하는 땅인지라(that Luttrell sold if Lautrill bought): Lautrill: 미상未詳: A. (Glasheen 161 참조). Henry Luttrell: 더블린의 군 대령으로, 그의 묘가 1798년의 반란으로 폭거 당했다(곡괭이에 의한 해골의 절단).

8) 브레난 고갯길(Brenner Pass): 알프스 산맥.

9) 말파스 구능(Malpas): 한 때 Malpas High Hill로 불렸던, Killiney 언덕은 Malpas 방첩 탑을 지닌다.

10) 크로포트킨(cropatkin): Peter Kropotkin: 러시아 혁명가.

11) 상대방(the Agversary): 〈베드로서〉 1, 5:8: 그대의 상대방은 악마(your adversary the devil).

12) 오글토프(James Edward Oglethrope): 죄수들의 도움으로, 미국 조지아 주를 설립한 18세기 아일랜드의 박애주의자(1696—1785).

13) 일백세자—百歲者 Parr(1483—1635): 영국의 장수자, 10명의 왕자 통치 기간을 살았으며, 음란으로 비난 받았던, 그는 100세가 넘었을 때 소녀에게 아이를 낳게 했다. (3. 17 참조)

14) 그 무두종無頭踵의 계란한鷄卵漢. 어떤 미케란젤로 풍風(the headandheelless chickenstegg): (1)조니 나는 그대를 거의 알지 못했는지라. 그대 무안無眼, 무비無鼻, 무계한無鷄漢(Johny I Hardly Knew Ye: Ye eyeless, noseless, chickenless egg) (2)Michelangelo: 프로렌스의 조각가, Sistine 성당의 천정을 그린 화가.

15) 만인은(축성祝聖을 위한)성자, 턱수염 여자 또는 유모 남자(프랑스어): (all is sacred for a(sacreus), bearded woman or male nurse.

16) 그들은 일본日本이 웰링러시아와 교전하는 것인지 또는 레츠키 테너가 부크리 장군과 화해하려고 애쓰는지, 아무도 말할 수 없을지나(whethertheywere Nippoluono engaging Wei—Ling—Taou or de Razzkias trying to reconnoistre the general Boukeleff): (1)wei: (중국어) 무서운. ta—ou: (중국어): 위대한 유령. ling: (중국어) 효력 있는. razzis(프랑스어): 군대 공습 (2)나폴레옹 대 웰링턴 (3)Jean de Reszke: 프랑스 테너 가수 (4)부크리 장군(Boukeleff—버클리) 소련 장군 (5)여기 HCE와 캐드의 싸움은 검은 공격자(아일랜드인들은 검은 사내 또는 푸른 사내(Blue man)로 부르거니와)와 HCE일 수도, 그렇지 않

을 수도 있는 자 사이의 싸움인지라. 이는 또 다른 부자간의 싸움인지, 또는 우리가 HCE로부터 그의 아이들로 움직일 때 한층 중요하게 되는 형제 싸움들 중의 하나인지, 말하기 쉽지 않다. 여기 HCE 또는 캐드의 자극에 대한 향성向性(tropism)을 우리로 하여금 정하게 하는 것은 아무 것도 없다. 앞서 최초의 공격에서 캐드는 분명히 원주민이었고, 중하의 체격이었다.

(82)

1) 자색의 순무 여린 잎이나 스웨덴 무처럼 격투하면서(fighting like purple top, tipperary Swede): 모두 무(turnip)의 종류들.

2) 키다리 종타자鐘打者 남男(toller man): John Toller: 1819년 사망한, 그는 8피트의 키를 가졌다.

3) 웜 기器(worms): (휴대용의 증류나선관蒸溜螺旋管의 편리한 용어): 양조장의 증류기. 〈더블린 사람들〉, 〈자매〉 첫 부분 참조(…talking of faints and worms: 그는 하등품 알코올이나 증류기의 나선형 이야기를 하면서)(D 7 참조).

4) 난 그대를 잘 알지 못하도다(I hardly knew ye): 노래의 가사에서: 조니 나는 그대를 거의 알지 못했나니(Johnny I Hardly Knew Ye)의 변형.

5) 6빅토리아 15비둘기(6 Victoria15) 날치기 당하지 않았소: 아프리카 노예 매매업에 대한 1843의 법규.

6) 우댄 주신자主神者(woden affair): Woden: 앵글로색슨족의 주신主神(북유럽 신화의 Odin에 해당함).

7) 네드(Ned): 당나귀, 바보.

8) 저 그리스도 성당 오르간의 저 튜브 속의 저 생쥐를 노리는 저 고양이처럼 꼼짝 달라붙은 채(as stuck as that cat to that mouse in that tube of that christchurch organ): 더블린의 Christ Church 사원의 지하 소에는 고양이들 및 그들이 오르간 튜브 속으로 추적했던 쥐들의 해골이 있었는데, 이들은 그 속에 갇혀, 죽었다.

9) 근심에 잠긴 구름 소녀의 부상浮像은 리본과 돼지 꼬리를 하고, 그들 머리 위로 가볍고 젊은 매력을 부동浮動 했던고(did the imnage of Girl Cloud Psensive flout above them light toung charm, in ribbons and pigtail?): 무어의 노래 가사에서: 나를 믿어요. 모든 저 사랑하는 어린 매력들이 부동하는 지를(Believe Me, If All Those Endearing Young Charms)의 패러디.

10) 걸식주발乞食周鉢을 가진 빌리(Billi with the Boule): Billy—in—the—Bowl: 옛 더블린의 다리 없는 거지.

(83)

1) J. J. 및 S. 주酒(John Jameson & Son): 여전한 성격의 아일랜드 위스키의 완전한 형체를 갖춘 단지, 셰리 나무로 부드럽게 익은, 세월에 의해 달콤하게 맛들은 아일랜드 위스키인, 존 존슨 및 부자상회(John Jameson & Son)의 아일랜드 산 위스키.

2) 기억의 불꽃이 재연하기 시작하기 전 이어 잠시 침묵이 있었나니(There was a minute silence before memory's firw's rekindling and then): 휴전일(Armistice Day)에 지켜지는 2분.

3) 자신의 모든 라드 지신脂神 포세나에 의하여 맹세하나니(sware by all his lards personal): T. B. Macaulay(영국의 역사, 평론, 정치가. 1800—1859) 작: 〈고대 로마의 형세〉(Lays of Ancient Rome)의 글귀의 변형: 아홉 신들을 두고 맹세하나니…(Lars Porsena of Clusium By the nine gods he swore…).

4) 묘옥墓獄의 가시나무(the thorntree of sheol): Zakku'm: 이슬람교(마호메트교)의 신학에서 밑 없는 구덩이에서 성장하여 솟는 가시나무.

5) 법의 초점 the lux appointlex): lux upon lux: St Malachy의 예언에 의한 Crux de Cruce(A Cross from Cross)로서 suffering from the Cross의 뜻, 〈더블린 사람들〉, 〈은총〉 참조.

6) 오래된 부싯돌을 깎아내기 위해(For a chip off the old Flint): 격언에서(chip off the old block).

7) 이 말은 무無 니이체 식式의 어휘로서, 선험적 어근語根을 후험적 변설에 공급하는 것이니, 세상의 어떤 어미語味로도 야언어夜言語인지라(in the Nichtian glossery which purveys aprioric roots for aposteriprious tongues this is nat language at any sinse of the world): 예스페르센(Otto Jesperson)(덴마크의 언어, 영어학자, 1860—1943)의 책 〈국제 언어〉(An International Language)에서 Dr Sweet를 인용하고 있다: 후험적 언어를 구성하는 이상적 방도는 어근을 단철로 삼는 것이요…, 그리고 문법을 정신상 우선으로 삼는 것이다.의 패러디.

8) 아일랜드 방언에 당면하여 우리는 분명히 무식한지라(one might as fairly go and kish): (앵글로—아이리시 유행어) 한 버킷의 방언처럼 무식한(ignorant as a kish of brogues).

9) 던 뱅크 점店의 진주모眞珠母the Dun Bank pearlmothers): 더블린의 Red Bank 음식점의 굴(oyster)에 대한 암시. 〈율리시스〉 제6장에서 이 주점의 굴(강장제)을 먹고, 몰리를 만나기 위해, 그곳 바깥을 지나가는 보일런을 장의 마차의 조객들이 바라본다. (U 141)

10) 탈로트의 적우옥赤牛屋(Red Cow Inn at Tallaght): 1717년의 아일랜드 혁명 당원과 왕당 군 간의 전투 장면.

11) 링센드의 선녀옥善女屋(the Good Woman at Ringsend): 더블린의 Ringsend에 있는 The Good Woman Inn(현존).

12) 블랙록의 콘웨이 여인숙(Conway's Inn at Blackrock): 더블린 외곽의 Blackrock(한때 Joyce—Dedalus 가의 주소)에 있는 Conway's Tavern(현존).

13) 아담 엔드 이브즈 주정酒亭(Adam and Eve's): 리피 강변에 위치한, 푸른 돔의 Adam & Eve's Church(〈경야〉의 첫 행 참조) 및 동명의 주막.

14) 불구의 여왕 태일트의 은총에 의하여(by the grace of gamy queen Tailte): Tailte: Firbog의 여왕 명, 그녀의 경의를 표하기 위하여 Tailtean 경기가 수립되었다.

15) 남하소인南下小人(southdowner): 일몰에 정거장에 도착하여, 음식과 밤의 잠자리를 얻는 자.

16) 어떤 웅우雄牛 뽐내는 독일산産 왕모래(some bully German grit): 담력이란 뜻.

17) 프랑스 암탉 또는 조급躁急과 여가餘暇의 가금家禽 손가방을 들고(with French hen or the portlifowlium of hastes and leisures): take French leave: (1)아무런 통보 없이 가버리거나, 무슨 짓을 하는 것 (2)격언: 조급하면 즐겁고 한가하면 후회하나니(Marry in haste & repent at leisure).

18) 코낙 조약화條約化를 쉬말칼디쉬어 조약으로 경칭輕稱 했던 휴폭조약休爆條約(torgantruce which belittles have schmallkalled the treatyng to cognac): 프랑스의 1526년의 코냑(Cognac) 조약. 독일의 1531—1534의 쉬말칼디쉬어(Schmalkaldischer Menial) 해협 조약의 암시.

19) 메나이 해협(Menai Strait): Wales 서북부와 Anglesey 섬 사이의 해협(22km).

(84)

1) 알라 신神의 이름(mitsmillers): (Arab) Bismilla): (아랍어) Allah 신의 이름(in the name of Allah).

2) 만세복락萬歲福樂후레이쉬이(hurooshoos): horosho's(러시아어의안녕).

3) 관상조직管狀組織의 최고 환희로서(with tubular jurbulance): (1)Tubular: Menai 해협 위의 철교. (2)Jubal & Tubal Cain: Cain의 후손들 (3)Jubal Early: 1862년 2차 Bull Run 전투에서 연합 사령관.

4) 나귀등교橋(the asse's bridge): Menai 해협 위의 현수교도懸垂橋道.

5) 데인 세稅(danegeld): 10세기 경 데인(Dane) 사람에게 바치거나 데인 사람의 침입을 막기 위한 군비로 과해진 조세. 후에는 토지 세.

6) 생명수生命樹(lignum vitae): 아메리카와 서부 인디아에서 약용으로 사용되던 단단한 나무.

7) 터보간 썰매의 선미루船尾樓(toboggan poop): 배 꽁지를 상기시키는 궐련 파이프.

8) 피어리지와 리틀혼(소각小角(Pearidge and the Littlehorn): (Pea Ridge and Little Big Horn: 두 전쟁 이름이기도: (1)Pea Ridge: 1862의 미국 시민전쟁. (2)Little Big Horn: 1876년의 전쟁.

9) 리알토 대리석교橋(rialtos): Rialto Bridge: (더블린과 베니스의) 리알토 대리석교 rialto(It): 고도高度 및 솟다.

10) 황소(불알) 허세 부리는(ballsbluffed): Bull's Bluff: 1861의 미국 시민전쟁의 암시.

11) 오다피 각하(the O'Daffy): General O'Duffy: 오다피 장군은 아일랜드의 급진 운동(Fascist movement)의 청의(Blueshirts)를 영도했다.

12) 대한 고상라마인高尙羅痲人다운 견해로(in nobiloroman): 셰익스피어 작 〈줄리어스 시저〉 V. 5. 68: 이 자야말로 모든 그들 가운데 가장 고상한 로마인이도다(This was the Noblest Roman of them all)의 패러디.

13) 비커 골목길(Vicar): 더블린 거리 명. 비코 Road: 더블린 외곽의 비코 가도의 암시(〈경야〉 첫 행 참조).

14) 양귀비 머리의 어떤 세제洗劑 또는 발효액醱酵液(some lotion or fomentation of poppyheads): Cornelius Agippa: Heinrich Cornelius of Nettesheim(1486—1535): 비교론과학의 저자요, 플라톤 학파 및 자연 마술사(아편).

15) 더블린 석石(Dublin stone): Steyne: 바이킹인들에 의하여 건립된 더블린 소재의 돌기둥(전출).

16) 올림피아 대축제(olympiading): 4년 기간마다 열리는 올림픽 경기.

17) 제11대 왕조(the eleventh dynasty): 나폴레옹 왕조.

18) 햄(Hamlaugh): 햄(Ham): 노아의 차남. 〈창세기〉 X: 1 참조.

19) 엘 돈 더넬리 경卿(EL Don De Dunelli): (1)Dunawly: 더블린의 Clondalkin에 있는 Olaf 항구의 인유 (2)더블린의 로이얼 극장의 바스 음 가창가인 Dunn의 인유(그는 자기 자신을Dunelli로 불렀다 함).

(85)

1) 피터(Peter the Painter): 시드니 가街의 포위에 함유된, 무정부주의 자 피터, 여기서는 총銃 모양.

2) 우리들의 평민 합법행위(acta legitima plebeia): 보통 사람들의 법률적 행위에 대한 매일의 기록.

3) 흑소黑沼교橋들(Black Pool): 흑소: Black Pool: 더블린의 직역 명.

4) 바트교橋(Butt Bridge): 리피 강 위의 가장 동쪽에 위치한 도교道橋.

5) 페니시아 고유지固有地(Phenitia Proper): 피닉스 공원을 가리킴.

6) 색슨 인들의 오랜 혼지混地 메이요(pld plomansch Mayo of the Saxons): Mayo(아일랜드 서북부 Connaught의 지방 명)에 있는 7세기 사원

7) 마아맘(Maam): 살인범 마일러스 조이스(Myles Joyce)(후출 FW 86)가 불건전한 재판 뒤에 집행한 1882년의 암살자들의 현장.

8) 페스티 킹(Festy King): (1)마른 항만의 킹은 거지(Peggar, Beggar)요, HCE이기도. Festy King은 여기 손의 최초의 출현을 우리에게 보여준다. 일명 Crowbar, Meleky, Beggar, Robert. 재판 석의 증인(witness)은 셈이 될 것이다 (2)Festus King: Galway 주의 Clifden에 있는 상점 명.

9) 마르스 신역神歷 3월 초하루(the calends of Mars): 3월 1일: 로마 역의 초하루.

10) (각자의 주야평분시晝夜平分時의 견지에서, 차자此者의 유약幽藥은 타자他者의 독약인지라)(from each equinoxious points of view, the one fellow's fetch being the other's person): (격언) 한 사람의 고기는 다른 사람의 독이니라(One man's meat is another man's poison)의 패러디.

11) 커스(Kersse): 커스의 이야기는 잇따르는 FW 312에 나온다. (그는 여기서 양복상으로 실지 더블린의 색스빌 가[오코넬 거리]에 있던 J. H. Kersse이다). 커스는 프랑스어로 집게벌레(earwig)로서, 이어위커(이어위커)가 조소당하는 별명이요, 호스트 작의 〈퍼시 오레일의 민요〉(전출: FW 44—47참조)에서 저주받는 당사자이다.

비평가 O Heir 교수는 P/K 분열(갈등)이 Kersse를 민요의 Persse O'Railly와 연결된다고 생각한다. (Glasheen 154 참조)

12) 신찬화神饌化되어(anbrosiaurealised): 5세기에 헨지스트(Hengist)족族에 항거한 로마 가톨릭화한 영국인들을 영도했던 반-신화적 투사인 Ambrosius Aurelianus에 대한 익살.

13) 투옥 投獄 시時에(mamertime): Mametime: 중세 로마의 감옥.

14) 자신의 웨일스 만灣(his cymtrymanx): 영국의 남서부 웨일스의 만灣.

(86)

1) 애란 왕실 어휘의 모든 류화희어流花稀語(all the fluors of aparse in the royal Irish vocabulary): King은 아마도 절도 및 수혜受惠로 고소당한 듯하다. 그의 죄과는, 그러나, 양자가 사실상 돌을 던지거나 인상을 쓸 정도의, 이어위커 자신에 가해진 죄와 닮았다. King의 언어는 모국어요, 캐드의 언어이기도 하다. HCE도 모국어로 말한다. 조이스는 그가 법의 우스꽝스러운 작품을 흉내 낸 다음에 살인으로 선고받은 Myles Joyce라는 자의, 그가 흥미를 표시했던 재판의 패러디를 마음에 두고 있는 듯하다. 이 자는 영어를 말하지 않았고 통역관도 허락되지 않았다. 그의 증언은 따라서 무시당했다. (Danis Rose & John O'Hanlon 66 참조).

2) 그가 자세포自細胞에 불을 붙이려고 노력하고 있는 동안(trying for stick fire himcell): Festy King은 여기 세포-거소(cell-dwelling)에 사는, 잇따른 제7장에서 들어나듯(182), 셈의 기질을 들어낸다.

3) 전체 완충주연백발緩衝酒宴白髮제비 놈의 피에조 압전기壓電氣 쇠기름 검댕과 모든 화산구리의 유황염이(the whole padderjagmartin tripiezite suet and all the sulfei of copperas had fallen off him quatz unaccountably): Piezo-electricity: 석영 크리스털의 압력에 의해 생기는 전기. King의 얼굴에 묻은 오염의 성분.

4) 이브에 끼친 명반明礬의 수정화水晶化마냥 석영石英처럼(like the chrystalisations of Alum on Even): 이브에 끼친 아담의 수정 같은 애정의 표시인 듯.

5) …그에게서 떨어졌는지(had fallen off him): 이상의 구절은 King이 들어낸 숱과 유황 오점이 총에 의해서가 아니라, 그가 성냥으로 자기 자신에게 불을 붙이려고 애썼을 때 발사하는 사고에 의해서 일어나지 않았나 추단 한다.

6) 고냉우주古冷雨酒(coold raine): 아일랜드 Derby 군郡의 마을 명(그곳의 위스키로 널리 알려져 있음).

7) (순경 PC. Robort): 경찰 순경, 페스티 킹 자신일 수도.

8) 쇠지렛대(Crowbar): (1)아마도 불명예스러운: Crowbar Brigade를 암시하는, Festy King에 의해 적용된 이름 (2)Cathal Crovdearg는 아일랜드의 최후 고왕高王인 Roderick OConnor를 축출했다.

9) 한때 메레키(once known as Meleky): Malachy 2세는 아일랜드 고왕으로서 브라이안 보루를 계승했다.

10) 소돈小豚 안토니오(Anthony): 성 앤터니(Anthony): 돈두(豚頭)의 지지다.

11) 타이킹페스트와 지렛쇠(Tykingfest) and Rabwore): Festy King = Festy Cowbar + Robwore: 모두 HCE의 동인 이명異名들.

12) 이항泥港의 중백급中白級 시장市場(the middlewhite fair in Mudford): 클론타프: clean turf. Middlewhite: 돼지의 한 급級.

13) 그들은 애란 999년의 평원 곁의 저 바다 위에 있었나니(They were on that sea by the palin of Ir nine hundred and ninetynine years): 그들 3형제, Heber, Heremon 및 Ir은, 아일랜드의 밀레토스(Milesian)(소아시아의 고대 그리스 도시)의 침공을 영도했다.

14) 애란의 영농선후목장조직체英農先後牧場組織體(the Irish Angricultural and Prepostoral Ouraganisations): The Ir. Agricultural Organisation Society: Horace Plunkett에 의하여 창립되다.

15) 랄리(Larry): 더블린의 수호성자 St Laurence O'Toole.

16) 유태인의 토템 상像들(jew's totems): 유태인들의 돼지 동물숭배 사상.

17) 몇몇 돈내기시합 계투鷄鬪를 통한 수탉 걷기에 이어, 지겨운 닭 놈이 아무 쓸모없게 되자(he could get no good of, after cockofthewalking through: 아일랜드 베이컨 산업에 대한 장애로서 덴마크의 경쟁의 암시.

18) 프란시스의 자매(Francie's sister): 성 Francis는 모든 동물들을 그의 형제자매라 불렀다.

19) 트로이 현장인(Qui Sta Trota): (It) here is Troy 또는 what a whore!

20) 이비인후耳鼻咽喉의 증인(an eye, ear, nose and throat witness): Oliver St Gogarty(조이스의 친구, 〈율리시스〉에서 벅 멀리건의 모델)는 이비인후 전문의였다.

21) 웨슬린 성당(Wesleyan chapelgoers): W. C.: 화장실 또는 Wesleyan church.

22) 영영零零 번지(Nullnull): 화장실 사인.

23) 평복 승정 W. P(a plain clothes priest W. P): John MacDonald 저의 〈파넬 위원회의 일기〉(Diary of the Parnell Commission)는 Parnell witness(파넬 증인)을 PW로 약기한다. 숀 또는 평복 승정 스태니슬로스(Stanislaus)(조이스의 친동생) 타입이기도. Rose와 O'Hanlon 두 평자들은 승정—순경—문지기인 Sigurdsen, 즉 Long Larry Tobkids 및 Madam Tomkins(67)일 것이라 추단 한다. 이 자는 FW 63. 18에서 처음, 그의 법원 진술은 FW 67. 22에서 언급된다. W. P. 는 뒤에 숀으로 바뀌고, 그의 주소 OO번은 화장실을 암시된다.

(87)

1) 이별주의 한잔 만배滿杯(a onebumper at parting): T. 무어의 노래 이별의 한 범퍼(One Bumper at Parting)의 가사에서.

2) 자신은 어떤 선의의 길손과 함께(he…with a bonafides): 아일랜드의 주점들은 한 때 일요일에 선의의 길손들에게 만 열렸다.

3) 정겨운 지난날의 날짜(the dates of ould lanxiety): 노래 가사의 패러디: days of Auld Lang Syne의 암시.

4) 11월의 오일汚日을 기억하기 위해(to remember the fifth of November): 11월 5일 폭약. 배신 및 음모를 기억할지라(Guy Pawkes Day의 찬가에서).

5) 우조신雨造神의 뜻, 장식직裝飾織(금일), 뇌살(작일) 및 병동病棟(내일)(Tounay, Yetstoslay and Temorah): Tournay: (1)오늘, 내일, 및 모래, 목요일, 도시, 벨기에(Belgium) (2)벨기에의 도시 명. (3)Temora: James Macpherson의 게일어의 서사시 Temora는 아일랜드 고왕의 좌座인 'Tara'의 철자.

6) 하루살이 충蟲들(ephemerides): 일기(지금의 천문학 달력을 의미한다).

7) 샘, 그이 및 모파트(Sam, him and Moffat): 노아의 아들들: 셈, 햄, 야뱃의 암시.

8) 그들이 이유를 댈 것은 아니나(theirs not to reason why): 테이슨(Tennyson)의 〈경기병대의 노래〉(Charge of the Light Brigade)의 노래 가사. 이 노래는 3군인들의 주제의 서술을 통하여 계속적으로 터져 나오고, FW 338–55의 크리미아 전쟁에서 절정에 달한다. 특히 〈율리시스〉에서 말의 주제(verbal motif)을 형성한다(샌디마운트 해변에서 스티븐의 아침 의식 참조. U 33).

9) 문학사 하아신스 오돈넬(Hyacinth O'Donnell, B. A): (1)Hyacinth: 제우스신과 아폴로 신에 의해 사랑 받은 청년으로 전자에 의해 살해되고, 아폴로에 의해 한 송이 꽃으로 변한다. (2)그레고리 여인(Lady Gregory)(당대 여류 작가) 작의 연극 Hyacinth Halvey (3)O'Donnell: John MacDonald. M. A. 〈파넬 집단의 일기〉(Diary of Parnell Commission)의 저자, 여기 조이스는 Hyacinth O'Donnell로서 사용했다.

10) 시민평화(sivispacem): (L) si vis pacem bellum: 만일 그대가 평화를 원하면 전쟁을 준비하라.

11) 쇠스랑에 대한 게일어역語譯: Gaeltact for dungfork.

12) 노도질풍과 노호비탄怒號悲嘆 2세(Gush Mac and Roaring O'Crian, Jr): 앞서 Hyacinth와 함께 세

트리오.

13) 비성非聖 누가 된 채(Unlucalised): 비非 누가(Un—Luke)된 채.

14) 루이스 협약(the Mise of Lewes): 헨리 3세와 그의 남작들 간의 협약(1264).

15) 황소를 침략한 보어웅熊 전쟁(boer's trespass on the bull): (1)bears & bulls: 증권 거래의 상호적 상승과 하락세 (2)더블린의 Bull 섬과 등대.

16) 포도호행했거나 베짱이(creepfoxed andt grousuppers): Gripes & Mookse(포도사자와 쥐여우. 셈과 숀)의 대결에서(152.15) 참조.

17) 아란 섬과 달키 연안(the arnas and the dalkete): Aran 섬. Dalkey 섬의 왕 연례 대관식: 익살스러운 의식.

18) 이도泥島와 토리 섬의 왕들, 심지어 킬롤그린의 목양왕牧羊王(kings of mud and tory, even the goat king of Killorglin): Mud Island의 왕들, 대략 1650—1850년경 Ballybough의 무법자들의 갱단. Tory Island: 도네갈 주의 섬.

19) 카르타코의 궁강모弓强毛를 지니고(with bowstrung hair of Carrothagenuine): 기원전 146년의 공격에서 카르타고(아프리카 북동부의 고대 도시 국가, 기원전 146년에 멸망) 여인들은 화살 줄을 만들기 위해 그들의 머리카락을 잘랐다.

20) 이조드의 탑정塔頂(Isod's towertop: Isod's Tower: 더블린의 Essex 가의 탑으로 1675년에 붕괴됨.

21) 보허나브리나 도회(Bonernabreena): Glenasmole의 도시 국가, 한때 Da Dearga's hostel(숙박소)로 잘못 생각된 장소.

22) 바나가허 출신의 토박이(that bangs Babagher): 비정상적인 것에 대한 반동.

23) 사자死者의 암경법정暗景法廷(Deadman's Dark Scenery Court): …Dead Man's Dark Scenery or Coat는 일종의 재킷 게임으로, 한 쪽 편이 그들의 코트에 덮인 채, 숨어야 한다. Norman Douglas의 〈런던 거리 게임〉(London Street Games)에서 유래됨.

24) 안면경화 된(casehardened): 표면이 딱딱해진 채.

(88)

1) 워터호스(Waterhose's): Waterhouse's Clock: 더블린 소재.

2) 유럽의 중간(Meddle Europeic): Central Europe(중부 유럽).

3) 사방상록四方常綠 고주지高主地(high chief evrvirens): HCE의 암시.

4) 바젤(basel): Basel: 스위스 북서부의 도시.

5) 그[증인]]는 가청적可聽的—가시적可視的—가영지적可靈知的—가식적可食的 세계가 그를 위해 존재했던(the audible—visible—gnosible—edible world existed): H. T. Smith(더블린 트리니티 대학의 후원자) 저의 〈오스카 와일드의 심리적 메시지〉(Psychis Messages from Oscar Wilde)의 구절의 패러디: 나는 언제나 자신을 위한 가시적 세계가 존재하는 자들 중의 하나였다(I was always one of those whom the visible world existed).

6) 저 녹안綠眼의 괴자傀者(the greeneyed mister): 〈오셀로〉 III. 3. 191—3: 오, 주님, 질투를 경계하세요. 그건 푸른 눈의 괴물이라(O, beware, my lord, of jealousy. It is the green ey'd monstyer).

7) 나팔총부리의 코(inquiline nase): (It) 'naso inquilino': 무식쟁이들의 흔한 실수.

8) 벨게일 추장(Vercingetorix): 시저에 반항한 골(Gaul)(또는 길리아: 이탈리아 북부, 프랑스, 벨기에, 네덜란드, 스위스, 독일을 포함한 옛 로마의 속령)의 추장.

9) 북구왕北歐王(Ethelwulf): 서부 색슨의 왕.

10) 디사트(Dysart): 1318년의 Dysar O'Dea 전쟁.

11) 북구세목北歐世木(Yggdrasil): 북구 신화의 세계목世界木(the World—Tree).

12) …. Rupprecht(루퍼렉트)(R) Ydwalla(이와라)(Y) Bentley(벤틀리)(B) Osmund(오스먼드)(O) Dysart(디사트)(D) Yggdrasselmann(북구세목北歐世木)(Y)이 되는고?: 이합체 시(Acrostic)의 범례.

13) 성스러운 성인 에펠탑(Holy Saint Eiffel): (1)Eiffel: 파리의 에펠탑의 건축자. (2)Holly and Ivy(맹세의 표시).

14) 벙어리 장면(the dumb scene): 악마 및 심해(devil & the deep sea).

15) 차드의 마그놀(Chudley Magnall): 고대 북구 신화의'신들의 운명'(Ragnarok).

16) 황소(de Vologue): (I) de bholoig: of an ox.

17) 컴비룸이여 오라!(Cumbilum comes): (1)노래의 가사(Cummilium) (2)Cumberland? Rupert(왕자로서, 찰스 1세의 조카요, Cumberland의 공작, 왕을 위해 그는 대반란(the Great Rebellion)에서 용감히 싸웠다.

18) 북구우족北歐牛族(oxmen): 바이킹 족의 별칭.

19) 거기—롱의 꿀꺽 술통의 주통에 한 가닥—아픔이—있다네(there—is—a—pain—ale lad in Long's gourgling barrel: 노래 가사의 패러디: (1)외로운 Gougane Barra에 한 푸른 섬 있다네. (2)노래 행복한 땅 있다네(There is a happy land)의 패러디.

20) 에드워드 경卿(Lordedward): Lord Edward Fitzgerald Jr.: 아일랜드의观년의 반도叛徒 및 음모자(1763—1798), Francis Higgins(〈프리먼즈 저널〉의 편집자)에 의해 배신당하고, Sir 소령(영국 장교, 그의 야만성들 가운데는 아일랜드인들에 대한절반 교수絞首가 있음)에 의해 체포 됨.

21) 분수噴水 외과의外科醫 필립 경의 다섯 램프에서부터 더 많은 괄괄 물소리의 거품(more gargling bubbles out of): 더블린의 유명한 Philip Crampton 경의 분수대: 그의 기념비에 부착된 음료수 셈(트리니티 대학 월편, 장석, Longstone 곁, 현존).

22) 포터랜드가 상찬賞讚하는 다섯 램프the five lamps in Portterand's praise): The Five Lamp: 더블린의 5거리로 Portland Row와 닫는다.

23) 윌리엄과 암말 성聖마리아(Wirrgeling and maries): William & Mary Virgin. William 3세(1659—1720)와 그의 아내 Mary 2세. 왕은 보인(Boyne)강에서 James 2세를 패배시키고, Limerick에서 가톨릭교도들과 조약을 채결했다(〈리머릭 조약〉: 〈율리시스〉(U 324).

24) 흑지黑池(Blackpool): Black Pool: 더블린의 별칭.

25) 템(창조자)(Tem): 〈이집트의 사자의 책〉에 나오는 창조주.

(89)

1) 엿듣는 말(言에) 의해 유혹된 채, 마찬가지로 증인이기도 했던 마부에게 대항하는 화부火夫(A stoker temptated by evesdripping against the driver who was a witness as well): 이슬람교(Islam)에서, 나쁜 신령(jinn) 또는 악마들은 천국에서 말을 엿듣는 자들로 상상되다. 2천사들, 1마부 및 1증인이 하느님과 이야기하다.

2) 하나의 범선帆船 속 두 가지 냠냠 꿈? 맞았나니…무과오無過誤 그리하여 양쪽 편두扁豆의 결투처럼 닮았는고? 두명豆明하게(Two dreamyums in one dromium?…no error. And both as like as a duel of lentils? Peacisely): (1)대중 어: 하나의 항아리 속 두 개의 완두콩처럼 닮은(like as two peas in a pod)의 익살. (2)Dromios: 셰익스피어 작 〈과오의 코미디〉(The Comedy of Errors) 속의 쌍둥이 (3)에서(Esau): 〈창세기〉 25: 21—34)에서 아이작의 장남은 편두 단지를 위해 그의 생득권을 아우에게 팔았다.

3) 뭘 기대하는고!(Macchevuole!): (It) ma che vuole!: what do you expect!

4) 만배滿杯(Crosscann): 노래Cruiskeen Lawn('full jug')의 인유,

5) 노랑이와트(yellowwatty): 1598년의 Yellow Ford 전투의 암시.

6) 노랑이 와트가 어떻게 변했는지를 의심할 바 없이 감지했던고?…나를 대의大疑치 말지라!(not doubt sensible how yellowwatty…O'Dowd me not!): 무어의 노래 가사에서: 오, 나를 의심하지 말지라[노란 와트와 여우](O Doubt Me Not[Yellow Wat & the Fox]).

7) 사순절 기도를 한 사이비 신사(just a gent who prayed his lent): 세稅를 지불하는 신사: 돼지.

8) 린던델리, 코크 또는 스킬리, 문門(gate)없이 gart의 철자를 어떻게 쓸 것인고?(Lindendelly, coke or skillies spell me gart without a gate?): 아일랜드의 수수께끼에서: Londonderry(얼수터), Cork(먼스터), Skerry(라인스터), Gort(콘넥트)'R'하나 없이 그걸 네게 철자 할지라. 답: THAT.

9) 파운드인人의 턱 뺨 속의 토스카나식式 설어舌語를?(A maundarin tongue in a pounderin jowl?): 미국의 시인 파운드(Ezra Pound)는 중국 시를 번역했다. Tuscan tongue in a Roman mouth): 훌륭한 이탈리아어의 정의. Tuscan: 이탈리아 중서부 지방의.

10) 그대는 화산의 연변年邊에서 현혹무眩惑舞하고 있지 않은고?(Are you not danzzling on the age of a vulcano?): Comte de Salvandy는 7월 혁명 전, 1830년, 어느 파티에서 나폴리의 왕에게 말하기를: 우리는 지금 화산 위에서 춤추고 있나이다(We are dancing on a volcano).

11) 그는 팔리어의 연구에 의독意督했나니(He was intendant to study pulu): (1)Pali(팔리어): (산스크리트어와 같은 계통의 언어로서 불교 원전에 쓰임) (2)pulu: 누르스름한 야채 털.

12) 오검 문자(macoghamade): ogham, ogam): (1)고대 브리튼, 특히 아일랜드에서 사용된 문자, 오금 문자로 된 비문으로 유명함. (2)매듭 실 장식형의 오검 문자. 핀의 삼모형三帽型 사닥다리 형型의 오검문자. 지표면의 덤불 아래의 퇴절두腿節頭 형의 오검 문자. 히스의 황야를 통하여 뱀을 미끼로 물방아 도랑형의 오검 문자, 등등.

13) 편리한 조탈프손과 마찬가지로, 가짜 이아쏜(handy jotalpheson as well. Hokey jasons): 〈아일랜드의 은어들〉(The Secret Languages of Ireland)에서 저자 R. A. S. MacAlister는 말하기를, 라틴 원어(Bog Latin)에서 아일랜드 낱말들의 어떤 철자들은 아일랜드의 알파벳 문자의 이름으로 대치할 수 있다 것. 마치 Jason(아이쏜)을 의미하는 한 희랍어는 그를 Jotalphason(조탈프손)으로 부를 수 있듯.

14) 고양이 꼬리처럼 확실하게(as ture as there's an ital on atac): 유행어에서: 고양이의 꼬리가 있듯 확실하게(sure as there' a tail on a cat).

15) 손수건 요술희롱이(hankkowchaff): (1)Hankow: 중국 공화국 이전의 혁명 중심 (2)handkerchief.

(90)

1) 쑨—이—센(孫逸仙)(쑨원孫文, 태양자太陽子)(son—yet—sun): 중국 혁명의 아버지, 중화민국 최초의 총통. 여기 Jason(아이쏜)을 의미하는 희랍어는 그를 Jotalphason(조탈프손)으로 부를 수 있듯(89, 앞서 주13) 참조).

2) 평화 단 사건(buxers): the Boxer Rebellion: 중국 청나라 시대(1900)의 반동.

3) 노동당 작가(Labouriter): (1)교황 Adrian 4세의 칙서(Bull)인 Laudabiliter는 아일랜드를 Henry 2세에게 양도했다. 〈율리시스〉 제14장 참조(U 327) (2)labouring writer.

4) 어중이떠중이(Tom, Dick[Dilke], and Harry): 너나 할 것 없이(이에 대해 돈푼 있는 사람들을 Brown, Jones and Robonson이라 함).

5) 놀음(성교)을 크게 사랑하지 않았기 때문이었도다(not been greatly in love with the game): Charles Dilke 경: 빅토리아 조 이혼 스캔들의 주제(파넬과 평행).

6) 서정攝政regents): 런던의 Regent's park.

7) 게시전도박揭示前賭博(antepost)까지: 경마에서 경기자(말)의 번호가 게시되기 전에 내기를 하는 것.

8) 브레이 언덕 일대의 야화의 밤(wildfires night on all the bettygallaghers): Katty Gallagher: Bray 마을(한 때 조이스 가家의 거처) 근처의 언덕.

9) 광전光戰이 있게 할지라(Let there be fight): 〈성서〉, 〈창세기〉 1:3: 빛이 있게 하라(Let there be light)

의 패러디.

10) 천사의 좌座 위에(On the site of te Angel's): 디즈레일리(Benjamin Disraeli)(영국의 정치가 소설가, 1804–81)의 나는 천사 편에 있도다.의 변형.

11) 에다의 기니 골짜기(Guinney's Gap): 고대 아이슬란드(Edda)의 신화에서, Ginnunge–gap은 영겁永劫들(aeons) 사이에 있다.

12) 북구신화北歐神話의 한 복판(In the middle of the garth): Midgaard: 북구 신화 문학에서 지구를 가리킴.

13) 농신산農神山의 족항足港(Saturn's mountain fort): 노래가사의 변형: Slattery's Mountain Foot.

14) 문지기 카메루스가 다른 가메루스(Camellus then said to Gemellus): Gamal & Camel: Nuad 왕 통치시의 Tara의 문지기들.

15) 만일 그자가 벽壁의 전혈全穴에 관하여 암시하고 있지 않았다면(If he was not alluding to the whole in the wall): (1)피닉스 공원의 벽에 뚫린 구멍, 그를 통해 투표자는 손을 들이밀어 뇌물을 받음 (2)The Hole in the Wall: 피닉스 공원의 Cabra(한 때 조이스 가의 마을) Gate에 있는 주막 명으로, Nancy Hand's라고도 불림.

16) 다종多種판함의 은행을 파괴한 날카로운 소리(틈)처럼(Like the crack that bruck the bank in Multifarnham): (1)노래 가사: 몬테카를로(모나코의 도시: 도박으로 유명함)의 은행을 파괴한 사나이. (2) Multyfarnham: 웨스트미드 주의 도시 명.

17) 토마(Thomar): 말라키(Malachy) 2세에 의해 패배 당한 덴마크의 침입자. 말라키 왕은 966년에 덴마크인들과 싸웠으며, 그가 자만심 강한 침입자들로부터 획득한 황금의 칼라를 달았다. 〈율리시스〉 제3장 스티븐의 바닷가의 독백 참조: 맬라키가 황금의 칼라를 달았던 당시, 번쩍이는 전부戰斧를 그들의 가슴에 달았던 덴마크 북부의 해적들…(U 38)

18) 우리들의 진짜 오레일리(turly pearced our really's): 민요의 저자 Pearsse O'Reilly의 익살.

19) 사창가가(Mecklenburg): 더블린의 적선지대(〈율리시스〉 15장의 밤의 도시 배경).

20) (1)이 페이지에서 검사와 증인 간의 대질 심문은 세 군인들과 기니 골짜기(Ginnun– gagap) 및 두 실망한 여 간청 자들을 출두시킨다. 환環의 종말을 기록하면서, 기니 골짜기는 비코의 환의 추락과 시작을 기록하는 천둥을 우리에게 마련한다. 이들 두 여 간청 자들은, pox(매독) 및 clap(임질)과 연관되어, 이어위커의 추락의 원인이 된다. 4번째 천둥은 Persse O'Reilly의 언급에 의한 3번째와 연관하여, 창녀와 모든 종류의 오물을 위한 말들로 구성된다(Tindall 89) (2)대질 심문은 100개 문자의 창녀어語의 엉뚱한 질문으로 끝나고, 이 질문에 오도넬은'올 라이트'라고 답한다.

21) 카르타고의(punic): 카르타고(Carthage)(아프리카 북부의 고대 도시 국가, 146 BC에 멸망)의. 불신의.

22) 고령왕高齡王[Kesty King(the senior king): Pegger(말뚝박이) Festy– Beggar–HCE).

(91)

1) 브리튼(Brythonic): Brython): 웨일스의 브리튼인.

2) 아주 즐거운 코로스마스(mhuith peristh mhuise as fearra bheura muirre hrisomas): (I) 메리 크리스마스를 위해 최고의 축복과 함께(with best wishes for a very merry Christmas)의 영어 또는 아일랜드어의 변형.

3) 크리오파트릭(Cliopatrick): (1)Clio: 역사의 뮤즈 여신 + 크레오파트라(Cleopatra) 여왕 (2)애란의 크레오파트라: 진짜 식용돼지로, 그의 한배 새끼를 잡아먹는 암돼지(〈초상〉, 제5장 참조).

4) 공원의 식용 돼지들의 공주公主 크리오파트릭(암돼지)에 의해 탐식 당한 이야기(the story bouchal that was ate be Clipatrick(the sow) princess of parked porkers): 아일랜드는 자신의 새끼들을 잡아먹는 늙은 암돼지로다(Ireland is the old sow that eats her farrow)(〈초상〉 제5장 참조)의 변형.

5) 왕의 재판소(king's commons): 더블린의 대법원(Four Courts)의 법정 방청석.

6) 던달간(Dundalgan): Dundalk: 루드(Louth) 군의 마을 이름.

7) 마크아서(Markarthy): Mark + Arthur=트리스탄의 마크 왕 + 아서 왕(6세기경의 영국의 전설적 왕). Mark Antony: 안토니우스(로마의 장군, 정치가 83?—30 BC).

8) 바라스타티(Baalastartey): Baal & Astarte: 고대의 근동近東 지역에서 숭배 받던 해와 달의 쌍둥이 신들. 전자는 셈의(Semitic) 신(여기 불의 신)이요, 후자는 페니키아의 사랑과 말의 여신(Tindall 96 참조).

9) 꼭 같은 왕의 교황절대주의 반대 법속에(in the same trelawney): Jonathan Trelawney 경은 왕의 교황절대주의(king's papistry)를 반대함으로써 콘월(Cornwall)의 인기 있는 인물이 되었다.

10) 수석 재판관 나리(Llwyd Josus): Lord Jesus(주 예수). liwydd: (웨일스어) president.

11) 배심원 신사들(the gentlemen in Jury's: Jury's: 더블린의 호텔 이름이기도.

12) 사대가四大家들(the four of Masterers): 〈사대가의 연대기〉(Annals of the Four Masters)의 주인공들. 〈경야〉에서 4노인들, 역사가들, 연대기가들인 Matthew Gregory, Mark Lyons, Luke Tarypey 및 Johnny MacDougal. 첫 이름들은 〈성서〉,의 복음자들의 이름이다. 회색의 나귀를 대동하고, One Keg of Beer for the Four of us의 노래를 부르며, 꿈의 안 밖을 넘나든다. 그들은 〈경야〉의 두 부분들(383—99, 475—528)을 지배한다.

13) 여명의 조조(the dorming of the mawn): T. 무어의 노래 가사에서: 아침의 여명(The Dawning of the Morn).

14) 시장의 불고기에 의해 비명 한다 해도(was to parish by the market steak): 브루노(Giordano Bruno)는 1600년에 화형에 처해졌다.

15) 청년토도(Tir na NOg): 젊음의 나라: 아일랜드 서부의 전설적 섬. (〈율리시스〉 제9장 참조(U 91), 〈불로불사의 나라〉).

16) 이 세상 또는 다른 세상 또는…혹은 빛을 보는 것을(to see sight or light of this world or the other world or) 노래 가사에서: 달의 뜸(The rising of the Moon).

17) 전공戰恐의 발할라(Warhorror): Valhalla: (북구 신화) 발할라(Odin 신의 전당. Valkyrie들에 의하여 전사자의 영혼이 향연을 받는 곳).

18) 응영도자鷹領導者들(hawks): (1)피니언 지도자, James Stephens를 가리킴 (2)제임스 스티븐즈의 착상이 최고였어(〈율리시스〉에서 블룸의 의식 참조)(U 134)

19) 반슬두半膝頭 성구城丘(the halfneed castleknocker's): 피닉스 공원의 Castkeknock 언덕.

20) (만사형통, 건강강복!)(Xaroshie, zdrst!): (러시아어) xaroshie: (very good). zdrst: Jesus Christ(Be in good health).

(92)

1) 부패 단지로다(aqlla podrida): (스페인어)'부패한 단지(맛있는 스튜)'란 뜻.

2) 피자피녀彼子彼女(isce et ille): him und her: (독일어) hither and thither(영어). (조이스의 상투어)물의 흐름에 대한 율동을 묘사하는 구절 〈초상〉 제4장 말미(P 172), 〈경야〉 8장의 종말 참조(216).

3) 자연의 또는 정령의 일동력一同力, 피타자彼他者로서, 피자피녀彼子彼女의 계시啓示에 대한 유일의 조건 및 방법으로서 진화되고, 그들의 반응의 유합에 의한 재결합으로 극화極化되는도다(by a onesame power of nature…himundher manifestation…their antipathies): (1)현저하게 상이한 것은 그들의 이원숙명二元宿命이었도다: Bruno의 모토: 자연과 정신에 있어서 모든 힘은 그것의 현시의 유일한 방법 혹은 조건으로 하나의 대응(opposite)으로서 진화해야하고, 모든 대응은 재결합을 향한 경향이다. 이것은 지오다노 브루노에 의하여 처음 공포된, 양극 또는 본질적 이원론의 우주적 법칙이다(Every power in nature & in spirit must evolve an opposite as the sole means & condition of its manifestation, & all opposition is a tendency to reunion. This is the universal law of polarity or essential dualism, first promulgated…by Giordano Bruno). (Coleridge 저 〈친구〉(The Friend) 참조).

4) 도박삼십감이賭博三十減二(pairless trentene): 30—2=28. 음월력수일陰月曆數日.

5) 그 매료적魅了的인 청년(captivating youth): 무어의 노래달콤한 이니스프리, 잘 가요(Sweet Inisfallen, Fare Thee Well)의 구절.

6) 남성적 애란 장미(Oirisher): 노래 제목의 인유: 나의 야생의 애란 장미여(My Wild Irish Rose).

7) 모든 그의 지칠 줄 모르는 젊은 아씨들을 믿도록…맛있는 캔디 사탕과 더불어(all his untiring young dames and send treats in their times): 노래들 (1)Handy Spandy(맛있는 캔디 사탕) (2)Paustheen Fionn(젊은 아가씨들) (3)무어 작: 나를 믿어요, 만일 모든 젊은 아가씨들(Believe Me, If All Those Endearing Young Charms) 등의 노래 가사들의 혼성.

8) 현기증발췌야기眩氣症拔萃惹起 구능丘陵(Macgillycuddy's Reeks): 아일랜드의 케리(Kerry) 군의 구릉명.

9) 그녀는 자신이 누누구집에 쾌행快行할 때 마마마에게 말하리라(shey'll tell memmas when she gays whom): 언제 그녀가 집에 가는지 마마에게 말해요(tell mamma when she goes home)의 변형.

10) 펀처스 및 피락쓰(Pontius and Pilate): Pontius Pilate: (聖) 빌라도(예수를 처형한 Judea의 로마 총독).

(93)

1) 노란 브루노(Nolan Brumans): (셈 및 숀 또는 숀 및 셈). 그들의 이름은 Nola(이탈리아의 도시)출신의 Bruno에서 파생한다. 베켓(Samuel Beckett)에 의하면: Browne and Nolan은 더블린의 아주 뛰어난 서점 및 문방구 주인의 이름이었다 한다. 이들에 대한 인유는 다음의 글귀들에서 더욱 두드러지다: (1)어떤 사람도, 노란이 말했다. 그가 대중을 혐오하지 않는 한 진리 또는 선의 애인이 될 수 없다—조이스 작 〈소요의 시대〉(The Day of the Rabblement) 참조 (2)브루노 노란은…그가 말했다…무서운 이단자였다. 그가 지독히 화형을 당했다. 라고 나는 말했다—〈초상〉(P 249) (3)(노라의) 브루노 노라노는 또 다른 위대한 남부 이탈리아인…. 그의 철학은 일종의 이원론이다—자연의 모든 힘은 그것 자체를 실현하기 위하여 반대를 진화시키며, 반대는 재결합 등등을 가져온다—조이스의 〈서간문〉, I. 224(4)여기 조이스의Nolans Brumans는 그의 반대의 일치(coincidence of contraries)에 기초한다. (5)(L)(nolens volence): willing or unwilling. 노라의 브루노.

2) 토미니로미니)Tommeylommey): (덴마크어)(tomme lommer), 텅 빈 호주머니.

3) 브리지드 성자(St. Bridgid): 남성 성 패이트릭처럼 아일랜드의 여성 성자, 그녀는 게일의 마리아로 알려지고, 이교도 여신으로 간주됨,

4) 스위스 교황청 호위병 관리자(the Switz bobbyguard's curia): Papal Court. Papal Swiss bodyguard.

5) 오늘 건강은 어떻소, 오 고결한 털보 양반, 고상한 암탕나귀 신사?(Commodore Valley O hairy, Arthre jennyrosy?): 순경 Sigudeen은 이 인사를 라틴어로 말한다: Quomodo val. es hodie, Arato generose?: 이 구절은 캐드의 HCE에 대한 인사와 동일하다. 4노인들은 이를How do you do, today, North Mister?(95. 05)로 번역한다.

6) 마상식인馬像食人의 철판품질鐵板品質(the latten…a tumass equinous: (1)마상식인(yumass equinous): Thomas Aquinas. (2)철판품질(latten): brasslike alloy, used for crosses(십자가를 위해 사용되는 철관 합금).

7) 40불굴연륜不屈年輪 적력무성파열음赤力茂盛破裂(fortytudor ages rawdownhams): 사부아(Savoy)(프랑스 남동부 지방, 옛 공화국)의 사부아 왕가(1861—1946)의 모토: 그의 힘은 로도스 섬을 장악 하도다. (His Strength Has Held Rhodes)에서 유래함.

8) 분화구로부터 분출가스(gash from a burner): 분화구로부터의 가스(Gas from a Burner): 조이스의 해학시의 제목, 이 시에서 그는 자신의 〈더블린 사람들〉의 출판 지연을 해학 함.

9) 교구민 새침데기(Parish Poser): 교구 목사(parish priest)의 변형.

10) 성聖비둘기에 맹세코(gratiasagam): 미사의 반복어인'Gratias agamus)'(감사하나이다)에서 따온 성 패트릭의 별명.

11) 친親사슴 마냥(as the dears): 〈성서〉,. (창세기) 사슴고기 조달자(03) 야곱의 암시.

12) 밑바닥으로부터 비둘기 수줍어했기에(dove timid…at Bottome): 세익스피어 작 〈한 여름 밤의 꿈〉의 한 구절의 패러디: 이 극에서 Nick Bottom은 말한다: 난 비둘기 새끼 같이 조용히 으르렁댈 테야(김재남 159)(I will roar you as gently as any sucking dove)(1. 2. 85).

13) 편지便紙! 파지破紙!(The letter! The litter!): 크세노폰(Xenophon)(그리스의 철학자, 역사가, 장군(434—355? BC) 저의 〈아나바스츠〉(Anabasts)에서 만 명의 병사들이 바다를 보자 바다! 바다!(Thalatta! Thalatta!)하고 부르짖음의 인유. (〈율리시스〉에서 벅 멀리건의 같은 외침 참조)(말의 주제, 전출). (U 5)

14) 한층 위급하면 더욱 신호辛好하나니!(the soother the bitter!): 빠르면 빠를수록 더 좋다!(the sooner the better)의 패러디. 캐이트는 필경 무학이요, 편지는 알파에서 오메가까지 읽혀질 수 있음을 생각한다. 그것은 시와 노래들로 이루어져 있다고 생각한다.

15) 어두운 로자 골목길로부터 한 가닥 한숨과 울음(From dark Rosa Lane a sigh and a weep): J. C. 맹건(Mangan)(조이스의 그에 관한 논문 I, II 참조)의 시구에서: 오 나의 어두운 로자린, 한숨짓지 말아요, 울지 말아요(O my dark Rosaleen, do not sigh, do not weep!)의 인유

16) 방종한 레스비아로부터 그녀의 눈 속의 빛(from lesbia Loose the beam in her eye): T. 무어의 노래의 인유: 레스비아는 빛나는 눈을 지녔는지라(Lesbia Hath a Beaming Eye).

17) 외로운 꾸꾸 비둘기 발리(lone Coogan Barry): (1)노래 케빈 발리(Kevin Barry) (2)노래의 인유: 고우갠 발리에 한 개 푸른 섬이 있었나니, 거기 모든 노래들이 화살처럼 솟아 나왔도다(There is a green island in lone Gougane Barra Where Allua of songs rushes forth like an arrow).

18) 노래의 화살(arrow of song): 노래 제목의 인유: 화살과 노래(The Arrow and the Song).

19) 숀 켈리의 글자 수수께끼(Sean Kelly's anagrim): 존 켈즈 잉그램(Kells Ingram)(수수께끼) 작의 노래 인유: 사자들의 기억…누가 그 이름에 얼굴 붉히랴(The Memory of the Dead…Who blushes at the name)의 인유.

20) 나는 살리반 그로부터 저 트럼펫의 쿵쿵 소리인지라(I am the Sullivan that trumpeting tramp): T. D. 설리번(Sullivan) 작의 노래 인유: God Save Ireland는Tramp, Tramp, Tramp의 운에 맞추어 노래된다: 하느님이시여 아일랜드를 도우소서, 쿵쿵, 쿵쿵!(God Save Ireland(Tramp, Tramp, Tramp). 조이스는 아마도 그를 그의 형제 A. M Sullivan(산문을 시로 고치는 엉터리 시인, versifier)과 혼돈 하는 듯하다.

21) 고통 하는 더퍼린 그로부터 그녀 식의 기다림(from Suffering Dufferin the Sit of her Style): Dufferin 작의 노래 인유: 〈아일랜드 이민들의 고통〉: 나는 나무 층계 위에 앉아 기다리나니, 메리여(Lament of the Irish Emigrants: I'm sitting on the stile, Mary)의 인유.

22) 캐슬린 매이 버논으로부터 그녀의 필경 공정한 노력(from Kathleen May Vernon her Mebbe fair efforts): Kathleen Mavouneen 작의 노래 인유: 세월은 수년 일 수도 그리고 영원일 수도(It may for years & it may be forever)의 패러디.

23) 가득 찬 단지 커런으로부터(from Fillthepot Curren): Curran(J. P Curran의 딸, Robert Emmet의 약혼녀, R. 무어의 시제) 작의 노래 인유: 아쿠슬라 맥클리, 여러 해 일지라, 아마도 영원히(Kathleen Mavourneen, It may for years & it may be forever)의 인유.

24) 필 아돌포스로부터 지친 오(Phil Adolphos the weary O): 노래 제목: 아침에 필라델피아 저 쪽까지(Off to Philadelphia in the Morning)의 인유.

25) 떠나는 자 사무엘 또는 사랑하는 사무엘(Samyouwill leaver or Damyouwell): (1)레버(Charles Lever), 작품 〈찰스 오마리〉(Charles O'Malley) (2)Samuel Lover: 아일랜드 소설가 및 노래 작가.

26) 저 유쾌한 늙은 뱅충맞이 할멈(thatjolly old Molly): 노래 제목: The Bowld Soier Boy에서.

27) 핀 재삼再三의 연약한(Finn again's weak): 〈피네간의 경야〉의 노래의 패러디.

28) 힘의 상실: 유행어(loss of strength): 그대의 팔꿈치에 더 많은 힘을!(More power to your elbow!)의 인유.

29) 녹지의 결혼식(the wedding on the greene): 노래의 제목.

30) 이상의 구절에서 조이스는 아마도 재판장의 장면을 민요 〈피네간의 경야〉의 장면과 유사 시키고 있는 듯 하다. 여기 일람된 노래들은 아일랜드의 경야제에서 불려지는 것들이다.(D. Rose 69 참조). 〔이상의 편지 내용은 〈피네간의 경야〉 민요를 포함하여, 한 다스 이상의 시들과 노래들로 이루어져 있다〕.

(94)

1) 유쾌남들의 사랑의 도피처 그레탄, 팻 멀렌, 톰 말론, 단 멜돈으로 돈 말돈에서부터, 멀둔인人들에 의한 외호촌外濠村에서 행해진 너저분한 피크닉(the gretnass of joyboys, from Pat Mullen, Tom Mallon… slickstick picnic made in Moate by Muldoons): (1)Gtetna Green: 스코틀랜드의 마을 이름(예전 잉글랜드에서 사랑의 도피를 행한, 남녀들이 결혼하던 곳으로 유명), 사랑의 도피처 (2)외촌(Moate): Westmeath 군의 마을 (3)멀렌, 톰 말론, 돈 말돈, 멀둔: 미상의 유쾌남들, Pat, Tom, Dan, Don은 모두 칭호들. 이들 중 존 말론(Mallon)은 피닉스 공원 암살 사건 당시 경찰 간부 (4)멀둔인들의 피크닉 같이 보이다(유행어): 피크닉 뒤의 만사가 지분하다란 뜻.

2) 자신의 어리석은 여인(ALP)에 의하여 구조된 충실한 남자(The solid man saved by his sillied woman): W. J. Ashcroft: 더블린 음악당의 충실한 남자인, 연주자.

3) 불난 관가棺家처럼(like a hearse on fire): (유행어) 불난 집처럼.

4) 꼭대기에서 울먹이는 느릅나무가 언어맞자(The elm that whimpers at the top): 1717년 혹은 1718년에 스위프트는, 저녁나절 타인들과 산보하면서, 발걸음을 멈추고 한 그루 느릅나무를 처다 보았는지라, 가로대: 나는 저 나무처럼 되리라: 나는 저 꼭대기에서 죽으리라(I shall be like that tree: I shall die at the top).

5) 신음하는 돌멩이(the stone that moans): 고왕들의 대관식에 세댄 소리를 질렀던 타라의 단석單石.

6) 파도가…지탕했도다. 갈대가…글 썼나니. 말구종이…달렸도다(Wave bore it. Reed wrote of it. Syce ran with it): 아이들의 수수께끼 놀음의 인유: A는 사과(apple pie, B는 사다(bought), C는 그걸 잡다(caught) 등등, 그게 뭐였지?

7) 우나와 이다(아일랜드어) Una: 기근. ide: 한발旱魃

8) 선목자先牧者, 아그리파(Agrippa, the propastored): Cornelius Agrippa: 플라톤 주의자, '자연의 마법사'(natural magician)로 불림.

9) 삼중고三重苦(tripulations): tripudiary: 시련(tribulation)에 의해 비육된 성스러운 병아리들의 행동으로 점치는 로마의 점괘.

10) 겁 많은 다나이드 딸들(Danaides): (그리스 신화)(Aegyptus(Clytemnestra)와 밀통하고 그녀의 남편 Agamemnon을 살해했으나, 그의 아들 Orestes에게 살해 됨)의 딸들. 그들은 모두 첫날밤에 그들의 남편들을 살해함.

11) 한 개 사과沙果…약자는…둘에 차(茶), 둘과 둘 그리고 셋(one old obster…three meddlars): 희랍의 자장가에서.

12) 그것은 어찌…경건한 아들로부터, 일시壹市가 솟았나니, 핀핀(지느러미) 펀펀(재미재미)(And that was how framm Sin fromm Son, acity arose, finfin funfun): 모과나무에서 추락하는 자는 Humpty Dumpty, 그러나 그의 행복한 추락에서 일시(壹市)가 솟는지라. finfin funfun은 매거진 벽의 주제요, 피네간의 추락과 그의 경야의 재미(fun)를 함유함.

13) 자 내게 말해요, 내게 말할지니, 그럼 내게 말할지라!(Now tell me, tell me, tell me then!): (1)죄의 주제를 내게 말해요, 아나 리비아에 관해 모든 걸로 인도하는지라: 이 구절은 〈여울목의 아낙네들〉의 초두를 연상시킴(제8장 참조). (2)이상의 5행은 조이스의 혼성된 주제들의 집중: 3소녀들, 2군인들, HCE의 추락: 핀핀, 2세탁녀들에 밝혀진 옛 스캔들: 말해요…(3)이는 또한 아담과 이브의 원죄와 추락의 암시임.

14) 그건 무엇이었던고?/알(파)………. !/?…………오(메가)!(What was it? A……. . ! ?……. . O!): 질문에 대한 대답은 편지야말로 〈경야〉 자체처럼, 알파에서 오메가의 모든 것.

15) 연방 재판소(marshalsea): Marshalsea Prison: 더블린 소재의 감옥 명.

16) 기록 보관실(muniment Room): (더블린 시청 안에 있는).

17) 법의 오랜 전통적 테이블(old traditional tables of the law): 예이츠의 〈십계명〉(The Tables of the Law).

18) 다수多數 아테네 소론 입법자들(Somany Solons): 아테네의 입법인 솔론(Solon): 그리스 7현賢의 한 사람(638?—559?).

19) (드루이드) 진실로 메마른지라(Well and druly dry): 노래의 가사에서.

20) 그녀의 무우 다리 페티코트(her beetyrossy bettydoaty): (1)Betsy Ross: 미국의 국기를 최초로 만든 것으로 전해지는 미국의 한 여인 (2)〈율리시스〉, 제4장에서 밀리(Milly)의 편지 내용: 무우 다리를 한 뚱뚱보 여인들(beef to the heels)(U 54).

21) 지금은 십이지장을 잊지 말지라. 그들 네 사람…법정에 감사하나니 이제 모두들 사라졌도다(not to forget now…The four of them…thank court now there were no more of them): 노래: 우리들 더 이상 없는지라 하느님께 감사하게도, 왜냐하면 우리들 네 사람 홀로 마실 것이기에(Glory be to God that there are no more of us For the four of us will drink it all alone)의 패러디.

22) 싱가보브(Singabob): 수부 신바드(Sinbad), 즉 HCE의 암시. 〈아라비안나이트〉 이야기의 주제 및 영국의 팬터마임. 보라: 블룸(〈율리시스〉 제17장의 맨 끝.(U 607)

23) 두 장미 전쟁: 영국의 장미 전쟁(the war of the two roses): The Wars of Roses(1455—1485). 〈초상〉에서 스티븐의 의식 참조. (P12)

24) 마이클 빅토(Michael Victor): Michael(헤브루 족의 천사) + Victor(Scotic 족의 천사): (1)Victor는 어릴 때, 그의 누이들과 함께 아라모니카로부터 납치되어 아일랜드의 노예로 팔렸다. 그는 패트릭(아일랜드의 수호성자)이 구금되었을 때, 새의 형태로 날라와 그에게 편지를 전하고 위안했다고 전한다. (2)Michael Victor: 아마도 〈피네간의 경야〉에 참가한 문상객들 중의 하나인 듯.

(95)

1) 위威미노스(Minace): Minos: 제우스의 아들인 Crete의 왕이요, Pasiphae의 남편. Daedalus의 수호성자요, 그를 위해 미로를 건립, 그 속에 괴물 Minotaour를 가둠: (〈초상〉의 신화 배경 참조).

2) 요크 목사(Minister York): 18세기 Lamcashire 주의 요크의 목사.

3) 몬 족族(Mon): 미얀마 남부, 타이 중부에 사는 소수 민족.

4) 발리 마을의 비료 공장(Ballybock manure works): Ballybough, 더블린의 지역, 거기 황산공장이 있다.

5) 오몰라 아녀阿女들과 그 오브리니 해장미녀海薔薇女들(O'Moyly gracies and O'Briny rossies): Betsy Ross and Biddy O'Brien: Brinabride: 바다에서 태어난 비너스로, 바다의 아씨(bride). 건방진 여성의 전형.

6) 진술음담淫談 꿀술음담 할 때(When ginabawdy meadabowdy): 노래: 밀밭으로 오세요. 중Gin a body meet a body의 패러디.

7) 예라(Yerra): 디온 보우시콜트 작 〈키스의 아라〉(Arrah—Na—Pogue)의 암시.

8) 백일해(hooping coppin) 그리고 죽을 폭음해暴飮咳(dyingboosycough)를 행하는 저 낡은 가스 미터(gasometer): 터무니없는 거짓말쟁이란 뜻(1)Wooping Cough(백일해) (2)Gasometer: 더블린의 Sir John Rogerson 부두. (〈율리시스〉 제 6장에서 장의 마차 행렬의 블룸은 Rogerson 부두의 가스 공장을 지나며, 백일해를 생각한다)(U 90).

9) 그녀를 뒤쫓아 남측의 모든 새들이(all the birds of the southside after her): 자장가 Cock Robin: 공중의 모든 새들의 인유.

10) 말괄량이 커닝함(Minxy Cunningham): Dan Lowery: 음악당의 남자 분장가.

11) 그들의 친애하는 이혼 남 다링, 쇠 지레미 및 불행남 조니(their dear divorcee darling, jimmies and jonnies): (1)(유행어) 친애하는 불결한 더블린(Dear Dirty Dublin) (2)R. Burns의 시구: 존 존슨, 나의 조, 조니(John Anderson, my jo, John).

12) H2CE3를!: H2S(HCE)(HCE의 구린내).

13) 참깨 씨(種)(sesameseed): 〈아라비안나이트의 향연〉의 글귀: 열어라 참깨Open Sesame).

14) 케이 월)을 32 대 11(Kay Wall by the 32 to11): (1)North Wall 부두, 더블린 (2)1132(수비학).

15) 그 백면白面의 카피르인人(the Whiteside Kaffir): (1)White—Eyed Kaffir: 10세기 음악당의 연예인이었던 G. H. Chirgwin (2)변호사 James Whiteside는 오코넬을 변호했다.

16) 파!(Pa!): 아일랜드의 노래Paustheen Fion의 패러디.

17) 시카모어 골목길(Sycomore Lane: 더블린 기카모어 가街의 단 로우리 음악당(Dan Lowrey's Musical, Sycamore St. Dublin).

18) 청결한 산 이슬(pure mountain dew): 불법 주(술).

19) 사병남四甁男들the fourbottle men): 이집트의 미라들에 의해 둘러싸인, 시체의 내장들을 담은 4개의 덥게 단지들: 여기는 4노인들.

20) 분석자들이(analists): 〈4대가의 연대기〉(Annals of the Four Masters)의 말장난(punning).

21) 숲 속의 모든 봉우리 새들(all the buds in the bush): (유행어) 손안의 한 마리 새는 숲 속의 두 마리 새의 값(A bird in the hand is worth two in the bush).

(96)

1) 언덕 위의 백합전음百合顫音(Lillytrilly law pon hilly): 자장가에서.

2) 지저귀는 법자法者와 아홉 코르셋 성자들의 닐 부인(Mrs Niall of the None Corsages): Noall of the Nine Hiostages: 아일랜드 고왕.

3) 애장경愛裝卿(Sir Armoury): Sir Amory Tristram: 호우드 성의 최초의 백작(3 참조).

4) 성당 프리조드 곁의 오래된 집(the old house by the curpelizod): (1)르 파뉴 작 〈성당 묘지 곁의 집〉(The House by the Churchyard)의 인유 (2)curpelizod: Chapelizod + church.

5) 밀턴 공원(Milton's Park): 더블린의 Milltown 공원: 제주위트교 연구소(Milton's park는 파라다이스).

6) 꽃의 만어漫語(languish of flowers): 〈율리시스〉 제5장의 꽃의 언어(Language of flower)의 패러디.

7) 내 마음의 귀여운 작은 형제!(a draheereen o machree!): (아일랜드어)(o young little brother of my heart).

8) 물(水)이 서로 만나다니(meeting waters): T. 무어의 노래(물이 만나는 곳(The Meeting of the Waters)(〈율리시스〉 제8장 참조)(U 133).

9) 친절 페팅과 OOOOOOOO오우랑(오렌지당)의 그리운 옛 시절의 형태에 관하여(about the shape of OOOOOOOO Ourang's time): 노래 가사의 인유: 우리는 그리운 옛 시절을 위하여 친절의 잔을 들리라(We'll take a cup of kindness yet for the sake of Auld Lang Syne).

10) 그럼 악수할지라(shakehand): (독일어) (1)schenk uns mehr: 우리를 위해 더 많이 부어요, 더 많이 줘요) (2)Shakespeare + la ci darem.

11) 그렇다면 흡吸족해요(Be it suck): Succat: 성 패트릭의 세례명 또는 be it so.

12) 모든 인류의 혈족 언어가 어떤 만화자漫畵者의 말더듬이 버릇의 뿌리에서부터(the sibspeeches of all mankind…from the root of some funner's stotter): 비코는 모든 인류의 최초의 말들은 의성어의 sib(일가), amity(침묵), clan(족), family(가족)라고 말한다. 그는 또한 모든 언어들은 Thunderer(호통치는 자), 뇌신(쥬피터, 제우스)을 명명하는 추장들의 시도들에서 진화한다는 것이다. 〈경야〉의 모든 루머와 행동은 공원의 만남에서 HCE의 떠듬거리는 말로부터 발전한다.

13) 세계의 판단은 안전하나니(securus iudicat orbis terrarum): 세계의 평결은 안전이다(The verdict of the world is secure). 성 아우구스티누스의 이 말은 뉴먼(John Henry Newman)(1801—1900)에게 영향

을 주었는데(〈변명〉(Apologia) 참조), 후자는 가톨릭 추기경으로, UCD의 창립자 및 학장. 그는 젊은 조이스에게 큰 영향을 주었다(전출).

14) 도시와 세계를 향한(Urbiandorbis): 교황의 연설: Urbi et Orbi): (To the City & the World)의 인유.

(97)

1) 멀리나요귀妖鬼(Mullinahob): Meath 주 Ratoath 근처의 집.

2) 공작촌孔雀村(Peacockstown)…대배촌大杯村(Tnakardstown)…광명촌光明村(Raystown)…갑문촌閘門村(Hocklockstown)…취버스촌村(Cheeverstown)…라후린촌村(Loughlinstown)과율촌栗村(Nuttstown…불리(Boolies) 하키 경기장: Meath 주의 Ratoath 인근의 도토都土들, 이들은 사슴사냥협회(Ward Union Stag—hounds)에 의하여 사냥되는 지역들임.

3) 발정發情의 저 언덕(Hill of Rut): 더블린의 언덕(Hill)(20도 정도의 낮은)이라 할, 루트랜드(Rutland) 광장 곁의 언덕을 암시함(〈율리시스〉에서 장의 마차는 이를 힘겨워 오른다).

4) 여우 볼폰주의(fuchser's volponism): 존슨(Ben Jonson) 작 〈볼폰〉Volpone(여우)의 인유.

5) 까마귀 양육되어(ravenfed): 엘리아(Elija)는 까마귀에 의해 양육됨.

6) 혹위隺胃(rimen), 망위網胃(retinaculun), 벽적위襞積胃(omasum), 추위皺胃(abomasum): 소의 위장 부분들.

7) 셰리포도주성(性)(syllabub): 와인 및 크림을 함께 휘저어 만든 음료.

8) 총양總釀 아브라함(Allbrewham): 〈성서〉, 아브라함(유태인의 선조).

9) 노호怒號한 레이나드 여우(Mikkelraved): (덴마크어) 〈여우 레이놀드〉(Reynard the Fox)(중세의 서사시).

10) 니케여신(Nike): 희랍의 승리의 여신. 그는 작품 중에 Nick 및 Nicholas와 합체한다.

11) 무굴 제국(mogul): 16세기 인도에 침입했던 몽골족 및 그 자손들이 세운 왕국.

12) 주저자躊躇者들의 전리품, 주저의 철자(마력)(the spoil of hesitants, the spell of hesitency): 파넬에 관여하고 있는 편지들을 위조했던 Richard Pigott(성명 미상의 아일랜드 기자, 그는〈타임〉(The Times)지가 파넬과 범죄라는 기사에서 출판된 편지들을 위조했었다. 위조된 편지들은 파넬을 아일랜드의 민족주의자들의 암살적 다이너마이트 도당과 연결시켰는데, 이는 피닉스 공원의 암살에 대한 그의 찬성을 나타낸다. Pigott의 위조는, 사법 재판소 앞에, 그가 hesitency[주저]를 hesitancy로 잘못 철자했을 때 노정 되었다. Pigot는 런던 경찰국(Scotland Yard)에 추적당한 채, 유럽을 거쳐, 마드리드에서 자살했다. 〈경야〉에서 추적은 파넬의 추적과 혼성된다. 여기서 hesitency는 Pigott와 파넬의 위조를 야기 시킨다. 잘못 철자 된 e는 이합체어로서 HCE와 연관된다. 〈경야〉는 파넬의 운명에 대한 회상으로 가득 차 있으나, 아마도 스캔들, 재판, 죽음 및 부활의 이러한 에피소드들에 있어서 이 보다 더 이상 풍부하지 않을 것이다. 파넬과 Pigott는 HCE의 인물 속에 혼성되어 있다.

13) 킥킥 돌 튀기 너덜너덜꽁지라, 강저强躇의 소침銷沈잔물결의, 헤이헤이헤이헤이 한 움츠리는촌뜨기기(tittery tatterytail, hasitense humponadimply, heyheyheyhey a winceywencky): Pigott—Parnell—HCE의 주저스러운, 잔물결 이루는, 움츠리는 촌뜨기의 도피 및 자살에 대한 묘사로서, 〈율리시스〉 에서 블룸이 그의 아내 몰리의 익사를 생각하는 구절을 연상시킴: 그녀의 물결결결결결결…. . Her wavyeavyheavyeavy…)(U 228).

14) 레이놀드(Reynard the Fox): 중세 금수禽獸 서사시의 주인공. 〈여우 레이나드〉(Reynard the Fox)의 은유는 그의 이야기를 정통적인 것으로 만든다. (Mikkelraved), (FW 97. 17)는 덴마크어의 그것의 제목인 지라). 한편 여우 씨(Mr. Fox)(파넬이—그러나 여인들 사이는 아닐지라도, 자기 자신을 감추었을 때 가장한 이름들 중의 하나). 〈초상〉(P36)에 대한, 〈율리시스〉 제9장에서 스티븐의 그리스도여우(Christfox)(U 159)에 대한, 망명 속으로 추방당한 제임스 조이스에 대한, 암시들은 그의 이야기를 즉흥적으로 만든다. 〈율리시스〉의 제16장인 역마차의 오두막 장면에서 파넬은 여우로서 길게 서술 된다: …물론 아무도 그의 이전의 행동에 관해서 아는 사람이 없었기 때문에 그가 폭스니 스튜어트니 하는 몇 가지 별명 아래 행동을 시작하기 전에 조차도 엘리스여, 그대는 어디에 있는가하는 식에 명확하게 속했던 것이므로 그의 행방에 대한 단서를 전혀 잡을 수사 없었던 것인즉…(U 530).

15) 퍼거즈 뉴스서간집(Fugger's Newsletter): 1568에서 1605년까지 Edward Fugger 백작에게 관리들에 의하여 보내진 3만6천 페이지의 원고로서, 이탈리아어, 독일어, 라틴어, 변칙 라틴어로 쓰임.

16) 농신제農神祭의 삼일도三日禱(triduum of Saturnalia): (로마 가톨릭) 축재 전의 3일 간. 고로 농신제는 12월에 3일간 계속됨.

17) 경찰청 공인(Yardstated): 런던 경찰국(Scotland Yard).

18) 겨우살이(missiles): mistletoe: (북구 신화) Balder(여름 태양의 신으로, Odin의 아들), 그는, Loki(Balder의 죽음을 고안한, 재난과 악의 신)로 하여금 Hodur(Balder: 장님 신)에게 겨우살이를 던져 그를 눈멀게 했을 때, 교살 당함.

(98)

1) 풍문마風聞魔 파마(Fama): 루머의 의인화.

2) (열려라 참깨이여!(shema!): (Ali Baba의 이야기에서) 열려라 참깨: 문을 여는 주문, 원하는 결과를 가져오는 불가사의한 방법. (난국)해결의 열쇠.

3) 궁둥이 배(Arsa): 아라비아의 여신.

4) 그의 제7세대에 있어서 이슬람교의 신개명하에(Under an islamitic newhame in his seventh generation): 이슬람교로 개종하면 새로운 이름(first name)을 갖는다.

5) 코네리우스 마그라스의 육체(a physical body Cornelius Magrath's): 그의 신장身長이 타르 수水에 빚졌다고 주장했던 Berkeley와 친구가 된 아일랜드의 거인.

6) 극장의 터코(Turk of the theater): 쾌걸 터코(Turko the Terrible)(게이어티 극장에서 공연된 Xmas 팬터마임의 암시(〈율리시스〉 제1장 참조)(U 9).

7) 피터 헌금獻金(Peter's pence): 로마 가톨릭의 헌납금.

8) 일천인두一千人頭(bumbashaws): (구약) 1,000명의 머리.

9) 폐기장廢棄場(Chirpings crossed): 런던 중심부에 있는 번화 광장(Charing Cross)의 암시.

10) 보인 부수浮水(buoyant waters): T. 무어의 노래에서: 정복된 아일랜드 마냥(As Vanquished Erin) 보인(Boyne) 강의 강물(Boyne Water).

11) 조수助手(firstaiding hands): 조산助産의 손(birthaiding hand). (〈율리시스〉 제9장 참조) (U 171).

12) 콥(套)과 불(牛)은 죽 방울(불알)을 내기 하도다(Cope and Bull go cup and ball): Cope: 더블린의 Cope 거리. Bull: 더블린의 Bull 가도. a cup and ball: 죽 방울(접시 모양의 공 바디가 있는 자루에 끈을 매단 장난감).

13) 캐시디(Cassidy): 아일랜드의 Fermana 군에 있는 도회인 Ballycassidy.

14) 로무라와 레머스가 한 마리 집게벌레[HCE] 주변. 크게 그 때문에 저울질하다니…요람 또는…작은 상자(棺)를(romer and reme…wiege…cradle…casket with a kick behind): (1)Rome: 그의 동생 Remus를 죽인 Romulus에 의해 그리고 그의 이름을 딴, 전통적으로 건립된, 실지의 도시 (2)Reme: 그가 그의 형 Romulus를 죽였다면, Remus에 의해 그리고 그의 이름을 딴, 잠재적 도시. (3)여기 형제들의 얽힌 사건과 연관하여 HCE의 스캔들을 암시하는 듯, 이들은 서술자에 의한 거의 무無 구두점으로 된 독백체의 가십이다.

15) 원고原告 있으면 증인 있기 마련(Toties testes quoties questus): (L) how often complaints, so often witnesses.

(99)

1) 황여명의 황광에서부터 휘개똥벌레의 희미광까지(From golddawn glory to glowworms glean): (1)노래

가사의 인유: 5월의 초승 달…반딧불이 빛이고 있도다(The Young May Moon…glow—worn's lamp is gleaming) (2)황금 새벽의 연금술적(신비의) 절차(Hermetic Order of the Golden Dawn): 19세기 후반의 의식적 마법사들.

2) 만사 영원 할지어다!(esto perpetua): 베네치아(베니스)에 대한 언급.

3) 비만의 거인 지가스타(Carpulenta Gygasta): (L) corpulenta: corpulent. Gygasta: (1)Jocasta: Oedipus의 아내 (2)Gygas: 희랍의 거인 또는 Lydia(고대 소아시아 서부에 있던 부유한 옛 왕국)의 왕 Gyges.

4) (번언화더의)(Baernfather's): Bruce Bairnsfather: 1차 세계 대전 당시 군 참호생활을 했던 영국 만화가. Atherton 교수에 의하면, 그의 유명한 그림은 If you know a better 'ole, go to it(만일 그대가 보다 잘 안다면, 힘내어 행하라라는 제자가 붙어 있었다 한다.)(Atherton 99)

5) V. PH. (빅토리아 궁전 호텔)Victoria Palace Hotel: 조이스는 그곳에서 한 때(1923—1924) 살았다.

6) 도적 화상형제火傷兄弟의 동굴(Scaldbrother's Hole): 더블린의 아버 언덕(Arbor Hill)(〈율리시스〉 제12장은 여기서 스타트한다)의 지하 동굴로서, 그곳에 강도 Scaldbrother가 그의 장물들을 보관했다.

7) 발키리 수신호手信號(Valkir lockt): (북구 신화) 발키리(Valkyrie)(Odin 신의 12선녀 중의 하나). 전사한 영웅들의 영혼을 Valhalla(신의 전당)에 안내하여 시중든다고 함.

8) 고집돈연옥固執豚煉獄(piggotry): 연옥(purgatory) + 완미한 신앙(bigotry) + Pigott의 날조된 파넬의 편지들(97, 주석 12 참조).

9) 비켜나라. 구걸 맘티! 엉덩이 럼티를 위하여 자리를 비울지라!(Move up Mumpty! Mike roomfor Rumpty!): (Move over, Mick[Michael Collins], make room for Dick [Richard Mulcahy, 그의 후계자]: 1922년 Collins의 무덤 위에 발견된 노트. Collins(Collinses): 다음의 두 인물에 대한 언급인 듯: (1)Dr Joshep Collins의 〈박사가 문학을 고찰하다〉(The Doctor Looks at Literature), 1923, 이 속에서 그는 조이스를 아일랜드 최근의 문학적 및 도덕적 폐기론자(antinomians)라고 불렀다. (2)Michael Collins: 아일랜드 시민전쟁 당시 주州 지도자. (3)Mulcahy(Malachy II): 아일랜드 왕으로서 브라이안 보루의 전왕前王, 966년에 그는 덴마크 군과 대항하여 싸웠다. 그는 자신이 자만한 침입자로부터 얻은 황금의 칼라를 달았다. (〈율리시스〉에서 스티븐의 해변의 독백 참조)(U 31 및 FW 151).

10) 불굴정신 또는 입증신중성立證愼重性(fortitudo fraught or prudemtiaproven): 추장 Maelmora O'Reilly('98의 전쟁의 영웅)의 모토에서.

11) 난도자亂刀者 마이러스 당사자(Myles the Slasher): 앞서 O'Reilly(Miles the Slasher) 또는 필경 더블린의 외과의인 Thomas Miles 경일 수도.

12) 브레피니(Breffnian): Breffni: Cos Cavan & Leitrim의 고대 지역. 동東 Breffni: O'Reilly 가문의 영토. 서西 Breffni: O'Rourke 가문의 영토. Tienan O'Rourke의 아내의 간음이 아일랜드의 앵글로—노만 침략을 인도했다. 〈율리시스〉 제2장 참조 (U 29).

13) 툴리몬간 언덕의 즉위소(a place of inauguration on the hill of Tullymongan): O'Reilly 추장들의 대관식 장소.

14) 장미십자회(raxacraxian): Rosicrucian: 장미 십자 회원(1484년 Christian Rosenkreuz가 독일에 창설했다고 하는 연금鍊金 마법 술을 행하는 비밀경사의 회원).

15) 맥마혼 도당들(MacMahon chaps): Thomas Becket(1118—1170)(캔터베리 사원에서 암살된 영국의 성자 및 순교자)의 암살자인 Reginald Fitz Urse, 그는 잇따라 아일랜드 MacMahon 가문을 건립한 것으로 전한다.

16) 그를 사자獅子처럼 사과司果 소스 피(血)의…손목 활발기活勃起된 채…우수갑右手匣하여 사자獅子인양 눕혀…(left him luion with his dexter handcoup.: E. Greffni O'Reilly 가문의 방패: 손목에 채워진 수갑, 뚝뚝 떨어지는 피, 2마리 사자들의 표식.

17) 존 바울 오로아크 대령(Colonel John Bawle O' Roarke, John Boyle O'Reilly: 아일랜드 공화 형제단, 그의 일단이 반도적叛徒的 민요를 생산했다. Tiernan O'Rourke: 일명 John Bull: 그는 오르간과 하프시코드를 위해 작곡한 엘리자베스 조의 인물. 그는 또한 O'Roarke와 함께 하느님 왕을 도우소서(영국 국가)를 위한 작곡을 쓴 것으로 전해짐.

18) 토요산뇌土曜散腦 후석간後夕刊 포스트화지華誌(Scatterbrain's Aftening Posht): 〈토요일 석간〉(Saturday Evening Post)으로서, 1930년대 C. B Kelland에 의해 Scattergood Baines(머리가 산만한 자)에 관한 이야기들이 실렸다.

(100)

1) 수사獸死했는지(beetly dead): beastly dead: 벅멀리건이 한 말: O, it's only Dedalus whose mother is beastly dead. 〈율리시스〉 제1장에서 스티븐이 이를 회상한다(U 7).

2) 도양지渡洋誌(Transocean): Transocean: (1)파리의 전위 첨단지인 〈트랜지숑〉지(transition)의 암시. 조이스는 〈경야〉가 쓰이는 동안 그 일부를 거기에 연재했다. (2)광케이블.

3) 제봉梯封!(The latter): (1)피네간의 사다리(ladder) (2)독밀봉된(envenomolope) 편지(letter) (3)후자(latter)(水路). 후자後者! 제봉梯封!: Thalatta! Thalatta!(바다! 바다!): (1만 용병의 장군 Xenophon이 바다를 보자 부르짖는 함성. 〈율리시스〉 제1장에서 멀리건의 익살스러운 부르짖음 (U 5)의 인유.

4) 맥화랜에게 비탄(Macfarlane lack of lamentation): T. 무어의 노래에서: (Macfarlane's Lamentation) 그 땐 하프가 침묵할까?(lamentation: Lac Leman(제네바의 호수).

5) 바토로뮤의 심해(Bartholoman Deep): (1)남태평양 (2)Bartholomew: 〈성서〉, 바르돌로뮤(예수의 12제자들 중의 하나 (3)Bartholomew Fair: 런던에서 매년 8월 24일부터 열리는 시장.

6) 탕蕩폭도(Bullavogue): (1)아일랜드의 폭도였던 Murphy 신부는 Boulavogue의 교구 목사(PP)였다. (2)(앵글로 아이리시어) bullavogue: 폭도(rough fellow).

7) 부비농富卑農로부터 발리훌리(욕설)을 탕 터트렸다(Achdung!…Bannalanna Bangs Ballyhooly Ou Of Her Buddaree): Ballyhooly: (1)혀가 거친, 욕설 (2)Cork 주의 도시 명. 이 4행의 구절은 바벨탑에서처럼 말들의 혼돈으로, 이러한 혼돈은 언어 전달의 어려움에 대한 논평이다. 이는 엉터리 덴마크어(pig—Danish), 엉터리 게일어 및 엉터리 영어의 혼성이다. Tindall 교수는 이 구절을 다음과 같이 해석한다: 주의! 바이킹 왕은 아름다운 소녀들을 방문하다. 세 명의 혹자들이 외국 거인과 함께 피닉스 공원에서 모험하다. 그러나 바나나 아나는 그녀의 동료로부터 큰 소동을 탕 터트렸다(Attention! The Viking King visits beautiful girls. Three somebodies adventure with the giant foreigner in Phoenix Park. But banana Anna bangs the ballyhoo out of her buddy)(Tindall 96). 여기 Bally는 게일어의 도시란 뜻.

8) 마치 뱀이 저 참나무…버(해리海狸)의 공작公爵 위로…내려오듯(aslike as asnake comes sliduant down…oaltree onto the duke of beavers): O'Reilly 가문의 건강향健康鄕의 방패는 나무 둥지에서 뱀이 내려오는 참나무를 포함한다.

9) 파틴(Parteen): Clare 주의 마을로, 연어로 유명함.

10) 호박액琥珀液(liquidamber): 고무나무 종류의 수액.

11) 장엄莊嚴 전나무(Abies Magnifica): 캐나다의 붉은 전나무.

12) 백전상왕百戰上王(Quintus Centimachus): 1백 개 전투들의 조타장操舵長인, 아일랜드 고왕.

13) 버터 탑塔(바트ertower): 하늘의 배제配劑의 판매에 의하여 금식일에 먹는 루앙(Rouen)(프랑스 북부 센 강 연안의 상공업 도시)산의 버터.

14) 제7박공박공搏拱(the seventh gable): 미국의 소설가 호돈(Hawthorne) 작의 〈일곱 박공의 집〉(House pf the Seven Gables)의 인유.

15) 연기의 맹분출猛噴出(smoke's jutstiff): 연기 신호는 새 교황의 선출을 알린다.

16) 권위전언명權威傳言名된 채(brevetnamed): brevet: 특히 교황의 면죄부인 독단적 메시지가 된 채.

17) 원야봉화遠野烽火(beaconsfarfield): (1)축복의 봉화 (2)디즈에일리(Benjamin Disraeli)(영국의 정치가, 소설가(1804—1881)는 Beaconsfield의 최초의 훈작이었다.

18) 그 삭막한 독수리발의 날개 달린 비용飛龍(the wasting wyvern): 문장紋章 용.

19) 회전저진중回傳底振中의(the swinglowswaying): 노래의 가사에서: Swing, Sweet Chariot.

20) 오 땅이여, 얼마나 오랜!(O land, how long!): T. B.Macauley(영국의 역사, 역사, 평론가, 1800—1859)의 저서: 〈터츠와 아래이드의 결혼〉(Marrige of Trirzah & Ahirad)에서: 얼마나 오래, 오 주여, 얼마나 오래?(How long, O Lord, how long?)의 인유.

21) 핀그라스(fineglass): Finglas: 더블린의 지역 명.

22) 어떤 무골無骨 아이보아든 혹은 수피獸皮 오라프든(Ivar Beinlaus & Olfa the White): 그들 형제는 852년에 더블린을 침공했다.

23) 노老쿠르트인 12선구先驅들(Kurt Iuld van Dijke): (G)dodeka: 12.

24) 4차원 입방체(tesseract): 8개의 입방체로 둘러싸인 정규 다면체. 즉, 피터의 바위(the Rock of Peter)에 통상적으로 적용될 수 있는, 단순한 3차원의 말들로서는 이해되지 않는, 4차원의 수다.

25) 느릅나무의 저 잎들을 침묵하게 할지라!(Hush ye fronds of Ulma): 일종의 전환—2개의 문장(100의 끝 단어들(quick, dumb(죽음과 부활을 의미)과 FW 101의 첫 문장(fast)—終과 始. 여기 Ulma는 라틴어의 elm, ALP의 여성의 다양성.

(101)

1) 그녀[ALP]는 빨랐던고?(Was she fast?): 앞서 느린 여우(fox)(HCE)는 빠른 암 여우(vixen)(ALP)로 바뀐다. 레이놀드[HCE]는 느리나니!(97. 28).

2) 제발 모든 걸 우리에게 말할지라(Do tell us all about): (일종의 후렴 격) 우리에게 말할지라: 이어위커와 선녀들에 관해, 버클리와 소련 장군에 관해.

3) 지地여신(tellus): (Gaea—Tellus): 희랍의 지여신(earth—goddess). 〈율리시스〉 17장 종말의 몰리(몰리)는 여기 ALP와 다르지 않다.

4) 주석들과 질문들(Notes and queries): (Notes & Queries)[정기 간행물].

5) 내보內報들(tipbids): Titbits: 잡지 명(〈율리시스〉 제4장 참조(U 55).

6) 위와 아래(the ards and downs): Ards of Down: (1)Down 주의 남작령들 (2)ups and downs(오르내림, 기복).

7) 무어 또는 에스텔라 급急(스위프트)(Unity Moore or Swift): 스위프트는 스텔라를 서리(Surrey)(잉글랜드 남부의 주)의 무어 고원에서 만났다.

8) 바리나 요정(Varina Fay): 스위프트는 Jane Waring을'Varina'로서 구애했다.

9) 토마스여, 그대의 중숙부重叔父을 위하여 방을 조표造標할지라!(Toemaas, Mark oom for yor ounckel!): 노래 제목에서: 토미여, 너의 아저씨를 위해 방을 마련할지라(Tommy, Make Room for Your Uncle).

10) 루카리조드(Lucalizod): Luca + Channelized. 둘 다 더블린 근교의 지역 명.

11) 두립위풍인頭立威風(人Homo Capite Erectus)(L): 머리까지 곧장 선 사람.

12) 자선가 피 바디(Peabody): G. Peabody: 미국의 박애주의자.

13) 누가 버클리를 때렸던고(who struck 버클리): (1)Who struck Buckeley?: 19세기 아일랜드인들을 괴롭히기 위하여 사용된 구절. (2)버클리와 소련의 장군: 한 전기 작가는 이 이야기가 존 조이스(Simon)가 아들에게 한 것이라 하는데(Ellmann 411), 조이스는 이를 성적이 아닌 분비적 아일랜드의 유머로 생각했다: 버클리와 소련 장군의 인간적 및 애국적 갈등의 이야기에서, 조이스는 장군이 행한 아일랜드의 뗏장의 훔침을 조국에 대한 모독으로 계속 여겼다. 그는 이 이야기를 뒤에(338—355) 길게 다룬다.

14) 모든 냉담한 미발美髮 소녀들(every colleen bawl): 보우시콜트 작의 희곡 명 〈아리따운 아가씨〉(The Calleen Bawn)에서.

15) 어찌하여 때린 사람이 버클리 자신이었던가를(how it was Buckeley…who struck and the Russian generals): Atherton 교수는 이 질문(Who Struck Buckeley?)에 대한 대답을 버클리가 자기도 몰래 스스로 때린 것이라 한다(Atherton 103).

16) 계란이 계란이듯 확실히(as yayas is yayas): 대중 유행어.

17) 우리는 그것을 말하기 위해 더군다나 흡혈지는 필요하지 않은지라(we need no blooding paper to tell it neither): 나폴레옹이 1793년 편지를 받아쓰면서, 탄알이 흙으로 그걸 덮자, 좋아, 우리는(얼룩질) 모래가 필요 없어(Good, we shall need no sand to blot)라고 말했다 한다.

18) 세 성城의 문장紋章(the spy of three castles): 더블린의 문장 표식.

19) 선先 우표를 부쳤거나 아니면 후불되어, 아주 냄새 고약한 풀 반죽 열성이 표면에 퍼지게 할 수 있었던 고!(a quiet stinkingplaster zeal could cover, prepostered or postpaid!): Peter(20세기 초의 러시아의 무정부주의자로 더블린의 Sidney Street의 전투에 참전했다)는 〈더블린 단편들〉(Dublin Fragments)에서 오래된 우표(여왕의 머리들)는 풀이 잘 붙지 않았다고 말한다.

20) 오웬제의 거울(owenglass): (1)Owen's: 미국의 유리 제조업자 (2)Owlglass: 광대.

21) 모든 맥카비 가家의 아들들의 소곤소곤 조모(murrmurr of all the mackavicks): 기원전 168년 경 그녀의 일곱 아이들과 순교 당한 Maccabees 가家의 어머니.

22) 일과 일십과 다시 일백이라(one one and one ten and one hundred again): 모두 111. Father O'Flynn(작가)의 노래의 인유: 건배, 건배, 다시 건배(Slainte & slainte & slainte again). 뒤에 FW 205—12에서, 그녀가 백(bag)의 불탕진不蕩盡의 내용물을 아이들 사이에 분배함으로써 남편의 스캔들을 무마하려는 것이 보여 진다.

23) 심부름꾼과 맏아들, 회발기아飢餓와 녹색화禍(cadet and prim, the hungray and anngreen): Caddy & Primas. : 캐드의 동일 양자. 셈 및 숀일 수도.

(102)

1) 가인양주良酒를 준 그리고 그를 유능 아벨로(gave him and made him able: Cain…Abel.

2) 노아: Noah.

3) 그녀의 루이 14세 풍의 애란 사투리(her louisequwan's brogues): Lillibullero bullen a law): 노래 가사의 인유.

4) 눈 위의 안경, 그리고 귀 위의 감자(spudds on horeilles): 자장가그녀의 손가락의 고리 및 그녀의 발가락의 벨(Rings on her fingers & bells on her toes)의 변형.

5) 페로타 구르는(pelotting): jai alai(핸드볼과 비슷한 공놀이).

6) 비방사자蛇者의 대갈통을 짜부라뜨려 놓기 위해(to crush the slander's head): 〈창세기〉 3:14—15의 인유: 주 하느님이 독사에게 말했나니…나는 그대와 여인 사이에 악의를 둘지라…그것이 그대의 머리를 타박打撲할지라(the Lord God said unto the serpent…I will put enmity between thee & the woman…it shall bruise thy head).

7) 고여신모古女神母(Morandmor): moran mo(Much more)(아일랜드어) + Mort 사死(프랑스어) + More(제국을 건립하는) 충동(영어). 여기서는 위대모偉大母인 ALP.

8) 정원사(Ogrowdnyk's): O'Growney): ogrodnik(폴란드어): 정원사 + O'Gowney: Eugene O'Rgowney 신부(1865—99): 게일 연맹의 창설을 도움. 그는 미국에서 사망했으며, 뒤에 유해를 발굴, 아일랜드에 재 매장됨.

9) 그로부터 어떤 묘굴토墓掘土도 빼앗지 말지니! 뿐더러 그의 토총土塚을 오손汚損하지 말지라! 투탕카멘 왕王의 사독死毒이 그 위에 있도다(take no gravespoil from him! Neither mar his mound! The bane of Tut is on it). : 기원전 14세기의 이집트의 제왕 Tutankhamen: 그의 무덤을 여는 자들에 내려지는 것으로 상상되던 저주. 그의 찬연한 무덤이 1920년대에 열렸다 한다.

10) 거기 작은 숙녀가 기다리나니(there's a little lady waiting): 노래 가사의 인유: 엄마가 언제나 기다리나니(There's a Mother Always Waiting).

11) 그녀의 적애금발積愛金髮이 그녀의 등 아래 매달려 있기에(For her holden heirheaps hanging down

her back): 노래 제목에서: Her Golden Hair Hanging Down Her Back.

12) 그녀는 무지개 색깔유머의 기질…그녀의 변덕을 위한 것 그러나 그는 한 가지 처방處方을…(her rainbow huemoures yet for whilko her whims but he coined a cure): 아이들의 게임의 패러디: 〈장미의 반지〉(Ring—a—ring o'rose): 나에게 하나, 네게 하나 그리고 꼬마 모세에게 하나(One for me, & one for you, & one for little Moses).

13) 땀—으로—쓰러지는 자를 변호할 자 누구리오(who but Crippled—with—Children would speak up for Dropping—with—Sweat: 〈성서〉, 〈창세기〉 3:19의 인유: 그대의 얼굴의 땀으로 빵을 벌지라(In the sweat of thy face shalt thou eat bread).

14) 임차권(lease): 하느님께 임차 받은 생명.

(103)

1) 도교島橋(Island Bridge): 더블린의 지역으로, 거기서 리피 강은 바다의 조류를 탄다.

2) 조류潮流를 만났도다(met her tide): 노래의 제목의 패러디:
트리니티 성당에서 나는 내 운명을 만났다네:
그녀는 내게 나이 25살이라 말했지,
물론 은행에 많은 현금을 그녀는 가졌는지라,
나는 염소 마냥 그걸 모두 믿었다네
나는 얼—간—이
트리니티 성당에서 나는 내 운명을 만났으니
이제 우리는 뒤 다락방에서 살고 있는지라,
내 눈 높이까지 집세 빚 속에,
그것이 그녀가 나를 위해 한 짓이라네.(북소리)

여기 노래의 2행의 유음(Attabom…attabomboon)은 〈율리시스〉 제10장 말에서 칼리지 공원에서 연주되는, 고지 소년의 나팔 소리 후렴을 닮았다: 나의 귀여 요크셔의 장미/바아라아밤(My little Yorkshire rose Baraabum)(U 209).

3) 무광자無狂者가 네브카드네자르(Nomad…Nabuch): Nabucodonosor=Nebuchadbezzar: 〈성서〉, 옛 바빌론의 왕(605—563. BC). 무광자는 HCE의 암시.

4) 나아만(naaman): Naaman: 〈성서〉, 〈열왕기 하〉 5장 14절: 아만은 요르단 강에서 나병을 치료했다(Naaman cured of leprosy in Jordan).

5) 그리하여 우리는 귀를 기울었나니, 그녀가 우리에게 홀쩍일 때, 바빌롱 강가에서(and we list, as she bibs us, by the waters of babalong): 〈성서〉, 〈시편〉 137:1—2의 인유: 우리가 바빌론의 여러 강변 거기 앉아서 시온을 기억하며 울었도다. 우리는 거기 버드나무에 우리의 하프를 걸었나니(By the rivers of Babylon, there we sat down, yea, we wept, when we remembered Zion. We hanged our harps upon the willows in the midst thereof).

• I부 - 5장 •

ALP의 선언서 (pp.104-125)

(104)

1) 총미자, 영생자, 복수가능성의 초래자인, 아나모의 이름으로(In the name of Annah the Allmaziful, the

Everliving, the Bringer of Plurabilities): 코란(Koran)의 장(Sura)은 이 구절로 시작한다.

2) 그녀의 실(絲)강이 달릴지니, 비록 그것이 평탄치 않을지라도 무변無邊한 채!(her rill be run, unhemmed as it is uneven!): 〈성서〉,의 〈주의 기도문〉(Lord's Prayer)(〈마태복음〉 VI:9—13)의 패러디: 그러므로 너희는 기도하라, 하늘에 계신 우리 아버지시여, 이름이 거룩히 여김을 받으시며, 나라가 임하시며 뜻이 하늘에서 이룬 것 같이 땅에서도 이루어지리다(Hallowed be Thy name, Thy kingdom come, Thy will be done, on Earth as it is in Heaven).

3) 무관절無關節의 시대(disjointed times): 〈햄릿〉 1. 5. 189: 시간이 뒤죽박죽이 되다(The time is out of joint)의 인유.

4) 노해수老海獸 구제救濟를 위한 최숭고 장엄애신最崇高莊嚴愛神(Augus Angustissimost for Old Seabeastie's Salvation): 애신(앵거스)(Aengus): (아일랜드) 사랑의 신. 노해수(Sebastos): 아우구스투스(Augustus)(로마 초대 황제)의 희랍 이름으로, 그의 아내는 리비아(Livia)임.

5) 파도 구유 속의 흔들 몸체(Rockabill Booby): (1)더블린 해안의 Rockabill 등대 이름 (2)자장가나무 꼭대기 속의, 흔들 안녕 아가야(Rockabye Baby, in the Tree Top)의 익살.

6) 모든 예절 유물(the Relicts of All Decencies): 호시절(好時節)의 기념품(더블린 속어).

7) 철포부鐵砲父 굴복 및 대포경大砲卿(Duddy Gunneand and Arishe Sir Cannon): 더블린의 Gaiety 극장 지배인 Michael Gunn에 대한 익살.

8) 매료 트리스트람과 빙냉氷冷 이솔트(Amoury Treestam and Icy Siseule): 호우드 성의 최초 성주인 Amory Tristram과 Isolde.

9) 톱장이가 말하다 샛강까지(Saith a Sawyer til a Strame): 미국 조지아 주에 더블린을 건립한 Peter Sawyer의 암시(3 참조).

10) 나의 내보내보內報內報 그대마저(Ik dik dopedope et tu mihimihi): 힐리여, 너마저(Et Tu Healy): 파넬의 죽음에 대한 조이스의 초창기 시의 인유.

11) 브래이갑岬(Britoness): 더블린 만灣의 Bray Head 곶.

12) 어떤 브리튼녀女의 신음(Groans of Britoness): 기원전 426년의 로마의 원성(怨聲).

13) 상급上級 베드로가 그의 하급下級을 내던지기 위한 음모를 굴窟하다(Peter Peopler Picked a Plot to Pitch his Poppolin): 자장가의 패러디(U 157)(Peter Piper picked a peck of pickled pepper.)

14) 나의 바지 맬 방의 뚜쟁이 남편이(My Hoonsbood Hansbaad): 옛 더블린의 유그노 교도들(Huguenots)의 포플린 공장의 익살(U 144).

15) 포르투갈 여행을 가서 결코 여가를 갖지 못했다(a Journey to Porthergill gone and He Never Has the Hour): T. 무어의 시남편의 포르투갈 여행(My Husband's Journey to Portugal Gone): 시간을 결코 묻지 말아요, 그것이 우리에게 무슨 상관?[나의 남편의 포르투갈 여행](Ne'er Ask the Hur, What Is It to Us?).

16) 방주여 동물원을 볼지라(For Ark see Zoo): 이는 많은 공명(共鳴)을 지닌 지고의 4단어의 시(詩)이다. 그것은 단지 백과사전적 앞뒤참조가 아니다. 그것은 전체 문화사를 포용한다. 방주와 동물원 간의 차이는, 방주에서, 동물들은 동물원에서 궁극적 그들의 구조를 위하여 포위되지만, 그들은 타자들의 흥미를 위하여 만이 감금된다. 이러한 구절을 위하여, 예이츠의 시 서커스 동물들의 방기(The Circus Animals Desertion)는 단서를 마련한다. 즉, 예이츠의 시에서, 서커스 동물들은 상징주의자 시인의 통제된 그리고 훈련된 정서를 대표하는지라, 시인은 상징적 제도를 넘어 그의 단지 자연적 정렬까지 솟으려고 애쓴다. 그러나, 돈궤를 지닌/저 광란의 광녀를 초월하여—예이츠의 시 마음의 불결한 걸레와 뼈의 상점에서 그의 자연적 정렬을 시인은 더 이상 솟을 수 없다. 조이스의 4단어의 시에서, 방주에 보존된 자연적 정렬은 현대 세계의 동물원에서 현대의 마음의 공허한 간계로 변질한다.(Epstein 51) 자연적 정렬이 방주 속에 보존된 조이스의 4개의 단어 시는 현대 세계의 동물원에서 현대 마음의 공허한 계략으로 질식된다.

17) 올드보로 댁宅…크레오파트라의 자수刺繡(Cleopater's Needlework…Aldborougham): 더블린의 정승댁인 Aldborough Houce: 〈율리시스〉 제10장에서 블룸은 이 저택 앞을 지나며, 그의 미를 감탄 한다(U 182 참조). 클레오파트라(Cleopatra)의 바늘, 즉 런던에 대한 익살.

18) 고질 임질淋疾 치료 신약(A New Cure for an Old Clap): 〈경야〉 III장에 관한 당대 미국 시인이요, 조이스와 함께 대표적 모더니스트 작가인 파운드(Ezra Pound)의 편지(15/11/26)에서: 일격(임질)을 위한 성스러운 비전 또는 신약이 부족한 그 어떤 것도 아마 값지지 못하리…(nothing short of divine vision or a new cure for the clap can possibly be worth…)의 인유.

19) 저기 감자 심는 곳에 나 어찌 거위 기르고 싶지 않으리오(Where Portentos they'd Grow Gonder how I'd Wish I Woose a Geese): 노래의 가사의 인유.

20) 선량한 네티여, 그를 믿지 말지라(Gettle Nettie, Thrust him not): 노래 가사의 인유: 집시의 경고 의 내용: 선량한 처녀들이여, 그를 믿지 말지라(The Gipsy's Warning: Gentle maiden, trust him not).

(105)

1) 베니스의 도금양桃金孃이 브로커스 덩굴과 합유合遊했을 때(Myrtle of Venice): 천국의 Anacreon(BC 6세기경의 그리스의 서정시인)이란 노래의 가사에서: 비너스의 도금양이 바커스 포도덩굴과 합세할 때(When the myrtle of Venus joins with Bacchu's vine)의 인유.

2) 내게 높이 맹세하기 위해 그는 칠턴을 친구들에게 아내(妻)되게 하다(To Plenge Me High): (1)노래아내, 아이들과 친구들(Wife, Children & Friends)의 가사에서: 나를 높이 맹세하라(Pledge me high)의 익살. (2)칠턴 헌드레즈(Chiltern Hundreds)(런던 북서쪽에 있는 구릉지대[Chiltern Hills]부근의 국왕 영지. 하원의 원이 합법적인 사직의 절차로서 이곳에 지사직(知事職)을 청원하는 습관이 있음)의 직이 의회 의원으로 하여금 자신의 자리를 누리기 위해 부여되다.(전출) 〈율리시스〉 제8장 블룸의 의식 참조(U 135).

3) 오몬드 꼬리(Ormond Quay)가 아멘 시장市場을 방문하다: 더블린의 오먼드(Ormond) 부두.

4) 권투가拳鬪家 키잡이(Boxter Coxer): (1)Cox & Box: John Box와 James Cox에 관한 연극 (2)1900년의 Boxter 봉기(Rising)(기상起床): 지나支那 농민 봉기.

5) 황금 계단의 집(House of the Golden Stairs): 상하이의 매음가.

6) 젬젬 개울(Zemzem): Mecca(사우디아라비아의 도시 명, 마호메트의 출생지)의 샘 이름.

7) 뽕나무 기차 속에 어머니 삼은 사나이(孔子)(The Man That Made His Mother in the Marlborry Train): 공자는텅빈 뽕나무(The Hollow Mulberry Tree)라 불리는 마른 동굴에서 태어났다. 그의 부친의 사후에 공자와 그의 모친은 갈지 자 언덕(Zigzag Hill)으로 이사했다.

8) 통들의 이야기(Taal on a Taub): 스위프트의 〈터무니없는 이야기〉(Tale of a Tub)의 인유.

9) 내피윙크(Nopper): Napper Tandy: 연합 아일랜드인(United Irishman)이란 뜻.

10) 나비무녀舞女(Notylytl Dantsigirls): naughty little dancing girl의 인유.

11) 만조萬鳥들의 왕 굴뚝새 오레일리(Prszss Orel Orel the King of Orlbrdsz): 퍼시 오레일리(〈경야〉의 민요 작가).

12) 외적 독염獨厭의 내적 독백(Intimier Minnelisp): 내적 독백(interior monologue).

13) 그에게 건배, 나의 저키(Drink to Him): 무어의 노래 가사의 패러디: 롱 하이 호! 나의 저키(Long[Heigh] Ho! My Jackey).

14) 그리하여 그대의 날개 치는 시트가 내 것이 된다면, 내가 그의 정부情婦이었음을 믿기 바라요(Thy Winnowing Sheet): 무어의 노래 패러디: 만일 그대, 대기의 보물이 나의 것이라면[날개 치는 시트](If Thou Be Mine, the Treasures of Air)(The Winnowing Sheet).

15) 빅토리아 색조호色調湖에서 알버트 노아 호반까지(From Victrolia Nuancee…): Victoria Nyanza & Albert Nyanza: 나일강의 서쪽 두 저수지 명.

16) 당신의 선물 또한 내게 주어요(Da's a Daisy so Guimea…): 노래 가사의 패러디: 데이지, 데이지, 내게 그대의 답을 주어요, 재발(Daisy, Daisy, give me your answer do).

17) 점보가 재리에게…행한 것(What Jumbo mad to Jalice): 노래가사의 인유: 점보는 엘리스에게 말했나니: 나는 그대를 사랑하노라(Jumbo said to Alice: I love you)(19세기에 런던의 동물원에서 미국으로 선송船

送되는 유명한 코끼리에 대한 언급).

18) 오피리아의 엉덩이 과실過失(Ophelia's Culpreints): 오 행복죄여(O felix culpa)에 대한 인유. 〈경야〉의 말의 주제(verbal motif).

19) 불결한 허브린: 대중의 인기 어(Hear Hubty Hublin): 사랑하는 불결한 더블린(Dear Dirty Dublin)란 유행어 익살: 〈율리시스〉(특히 제7장에서) 및 〈경야〉의 말의 주제.

20) 나의 그리운 네덜란드인(My Old Danish): 노래 제목에서: 나의 그리운 네덜란드(My Old Dutch).

21) 내가 미끄러지는 침묵 사이에 늙은 북부 부랑자요(I am Plder northe Rogues): Walter Pater의 〈문예부흥〉(The Renaissance): 그녀는 자신이 앉아있는 바위보다 더 늙었다네(She is older than the rocks on which she sits)(다 빈치 작의 모나리자)의 변형.

22) 그는 나를 아세아의 이중보二重寶라 부르나니(He Calls Me his Dual of Ayessha): 노래 가사의 변형: 사람들은 나를 아세아의 보석이라 부른답니다(they call me the jewel of Asia). 〈율리시스〉 제6장 블룸의 의식 참조(U 80).

23) 복화술자가 시체와 락혼樂婚한다면, 이 우스꽝 주간 핀즈인을 위해 기쁨에 싸이도다(Suppotes a Ventriliquorst): 노래의 가사의 변형: 피네간의 경야에는 많은 재미가(Lots of fun at Finnegans Wake).

24) 어찌 벅크리가 정월에 러쉬에서 소련 장군을 쏘았던고(How the Buckling Shut): 이 이야기는 조이스의 부친 존 조이스(John Joyce)가 말한 것으로, 조이스는 그 이야기의 분비적分泌的(성적이 아닌) 내용을 아일랜드 유머의 특별한 의미로 둔 듯.

25) 저 여인을 조심하라(Look to the Lady): (1)더블린의 Werburgh 가의 극장에서 공연된 Shirley 작의 연극 제목. (2)〈맥베스〉 2막 3장 125행의 글귀.

26) 화란和蘭 공화국의 봉기蜂起26)에서(From the Rise of Dudge Pupblick): (1)J. L. Motley 작: 〈네덜란드 공화국의 봉기〉(Rise of the Dutch Republic).

27) 바스틸의 패망까지(to the Fall of the Potstille): 바스티유 감옥(Bastille)(프랑스 혁명 때 파괴됨).

28) 입을 여는 두 가지 방법에 관하여(Of the Two Ways of Opening the Mouth): 〈이집트의 사자의 책〉(Egyptian Book of the Dead): 입을 여는 장들(Chapters of Opening the Mouth).

29) 물이 흘러야하는 곳에 내가 그를 멈추게 하지 않고 또한 나는 29매력녀의 이름을 알도다(I have not Stopped Water): 〈이집트의 사자의 책〉 CXXXV: …나는 42명의 신들을 알도다…나는 물이 흘러야 할 때 그것을 멈추게 하지 않았도다(I know the names of the two—&—forty gods…I have not turned back the water at the time when it should flow.)

30) 토리 섬(Tory Island): 아일랜드 해의 Donegal 연안의 Formorian 요새.

31) 갈라티아(Galatia): 옛 소아시아의 왕국.

32) 사원문寺院門(Abbey & Gate): 더블린의 Abbey & Gate 극장.

33) 류트 악기의 흠欽을 통해(Through a Lift in the Lude): 총체적 결과를 망가트리는 작은 결함.

34) 그들 시골뜨기(Clodshoppers): Ondt & Gracehopper: 신중성이 최선의 정책이라는 포틴(La Fontaine) 작의 우화의 개정본. 조이스는 본래의 이야기를 수정했다: 낭비적이요 놀기 좋아하는 메뚜기(Gracehoper)는 소녀들과 재미를 보며, 이 세상에서 춤을 즐기지만, 천국에서 굶주리는지라, 거기 신중한 개미(Manichean Ondt)는 사탕과 미녀들을 갖지만, 배고픈 메뚜기를 먹이지 않는다.

35) 나의 숙모, 늙은 종마가 고주망태가 되어 죽을 때에도 선량한 홀러스를 구출하는 방법(How to Pull a Good Horuscoup even when Oldsire is Dead to the World): (1)Horus: 이집트의 신들 중의 하나. 보다 젊은 Horus는 Osiris와 Isis의 아들이었다. 그는 Osiris의 죽음 뒤에 마술로 Isis에 의하여 잉태되었다. (2)고주망태가 되어(술에 취해) 죽다(dead to the world([drunk]).

36) 워로우의 계곡(the Gleam of Waherlow): 노래의 가사에서: 아호로우의 계곡(In the Glen of Aherlow).

37) 담보擔保 거리(Gage St): 홍콩의 사창가 거리.

38) 아메리카 잡중국雜衆國(the Unique Estates of Amessican): U. S. A.

(106)

1) 모든 삭막한 계곡 속의 모든 광마廣馬 가운데, 오도노후, 백마 오도노후(Of all the Wide Torsos): (1)자장가의 인유: 모두 임금님의 말들 & 모두 임금님의 백성들(All the King's horses & all the KIng's men) (2)무어의 노래의 인유: 〈오도노후 마님의 노래〉(Song of O'Donohue's Mistress): 태양을 일주하는 모든 아름다운 달들 가운데서(Of All the Fair Months That Round the Sun)〔Songs of O'Donohue's Mistress〕 (3)오도노후의 백마: 바람 부는 날의 흰 파도. (O'Donohue's white horse: waves on a windy day).

2) 나는 그대의 배면背面의 바늘 뜸 그대 엄마 없으면 무無(I'm the Stich in his Naskside): 노래 가사의 인유: 그대는 나의 커피 속의 크림인지라…그대 없으면 나는 망실할지라(You're the cream in my coffee…I'd be lost without you).

3) 벽돌 톤수噸數(Tonnoburkes): (1)Edmund Burke(1729—1797)(영국의 정치적 작가, 더블린 태생) 작의 〈귀족〉(Peerage): 한 톤의 벽돌(a tone of bricks)의 글귀. (2)Tannenburg 전투(1410년).

4) 촌뜨기는 울고 여기 풀 베는 이는 추수秋收하도다: Samuel Lover의 노래 가사의 변용: 천사들의 속삭임: 아가는 잠자고, 엄마는 우나니(The Angel's Whisper(A baby was sleeping, its mother was weeping).

5) 토미 무어로부터 인그로—앤딘 멜로디(Inglo—Andean Medoley): 토미 무어의 〈곡목들〉(Melodies)의 인유.

6) 폴리네시아의(Polynesian): 폴리네시아의(대양주의 3대 구역의 하나: 하와이, 사모아 제도 등이 포함).

7) 메그 네그 및 맥키 딸들의 익살 광대믹(The Mimic of Meg Neg and the Mackeys): 팬터마임: The Mime of Mick, Nick & the Maggies(II—1)의 패러디.

8) 일침一針 문방구(Stichioner's Hall): 더블린의 Stationer's Hall의 익살.

9) 지그필드 승야勝野의 우행愚行Siegfield Follie): 1907년부터 1931년까지 해마다 우행愚行을 연출하는 미국의 쇼맨 지그필드(Ziegfeld).

10) 볼지라 우리들의 수면睡眠을(See the First Book): 무어의 노래의 패러디: 우리들의 배처럼 천천히(As Slow our Ship).

11) 나 마음속에 알고 있음을 나는 알았나니 그건 그것으로 해결되다: 판정보류문(Suspenfed Sentence): 여기 이 구절(106.13—14)에서 조이스의 또 다른 강력한 미니—시(詩)가 나타나는지라, 즉 〈경야〉 자체는 종말과 시작 사이에 매달린 문장(suspended sentence)으로 특징지을 뿐만 아니라, 죄 지은 HCE에 관한 문장이 무한히 매달려 있다.

12) 낙뢰선장落雷船長 스미스와 야만野蠻 수치미녀羞恥美女(Thonderbalt Captain Smeth.): Brougham의 〈야만인 미녀〉(La Belle Sauvage)의 주제: John Smith 선장의 생명은 붉은 인디언의 공주 Pocahontas에 의해 구조되다.

13) 우주雨週 거인巨人 웰킨의 딸 마리안너(Welikin's Douchka Marianne): 노래 가사의 변형: 맥길리간의 딸 매리 안(MacGilligan's Daughter Mary Ann).

14) 핀갈 족族(Fingallians)의 최후(The Last of the Fingallians): (1)J. Fenimore Cooper(18세기 미국의 소설가) 작 〈모이칸의 최후〉(The Last of the Mohicns)의 인유 (2)핀갈 족: 더블린 군은 옛날 호우드 북쪽에 사는 사람들을 핀갈족(Fingallians)이라 칭했다.

15) 황조교환장黃鳥交換場(the Stock Exchange): 증권 거래소(Stock Exchange).

16) 세관(His Customs): 더블린 세관(Custom House).

17) 홍분 강장제 피터즈(Pickedmeuo Peters): 딕킨즈(C. Dickens)의 〈픽윅 페이퍼〉(Pickwick Papers). 픽윅: 성실 소박하며 덤벙거리는 정정한 노인.

18) 덩어리땅딸보덤티가 대추락大墜落하도다(Lumptytumtumpty had a Big Fall): 자장가에서: 험티 덤티(Humpty Dumpty)(대추락하도다.)

19) 포커스 가家(The Fokes): 〈게이어티 극장 25주년의 기념물, 제28호〉(Souvenir of the 25th Anniversary of the Gaiety Theatre28): 가장 성공한 약속들 가운데…포커스 가족…(Amongst the most successful engagements…the Vokes family)이 여기 기록됨.

20) 날개편독수리(my Spreadeagles): 더블린의 Coome 가의 문장紋章(The Spread Eagle).

21) 아리요사 살찐 엉덩이(Allolosa Popofetis): 키에프(Kiev)(우크라이나 공화국 수도) 서사계敍事界(epic cycle)의 주인공.

22) 나폴리를 구경하고 이내 죽다(Seen Aples and Tin Dyed): 대중 유행어.

23) 브라함이 그에게 상색常色을 교언敎言했을 때까지(till Braham Taulked Him Common Sex): Braham(Vedic 창조자: 초기 산스크리트 범어梵語 창조자)은 불타佛陀로 하여금 법을 가르치도록 설득했다.

24) 만사萬事 기니 주를 위해(Allfor Guineas): 아서 기네스(맥주)부자 주식회사(Arthur Guinness, Sons & Co. Ltd).

25) 일곱 아낙네의 일주 눈뜸(Seven Wives Awake Aweek): 노래 가사에서: 내가 성 아이베스에 가자, 일곱 아낙네들이…(As I Going to St Ive's 7 wives).

26) 녹원綠原(the Green): 더블린의 College Green(공원). (본래) Stephens Green에 위치한 University College Dublin(조이스의 대학 모교).

(107)

1) 파운드, 실링, 페니.(L. S. D): 구두점으로 보통 L5. 6s. 5d(pound, shilling, pence)로 쓰임. Laus Semper Deo. 여기서는 HCE의 대명사 격.

2) 명예 신사 이어위커(the Honorary Mirus Earwicker): 이어위커 주식회사.

3) 루카리조드 주변 사방(all around Lucalizod): Chapelizod + Lucan: 더블린 외곽의 두 지역 명.

4) 우적외투雨赤外套(the Raincoats): 옛날의 영국군인.

5) 습성흡입적濕性吸入的 비행성非行性의 상습범행자(deliquescent recidivist): 대기의 습기를 흡입하여 액화하는 듯, 상습적으로 범행에 몰입하는 자.

6) 님프 결혼태結婚態(nympohosis): 미숙한 비非 변태적 곤충.

7) 키메라 괴물 사냥꾼 오리오로포스(chimerahunter Oriolopos): (1)카메라 사냥꾼: 남녀성기를 공유한 조직체 (2)Oriolopos: Orion: (희랍. 로마 신화) 거대한 사냥꾼.

8) 그들의 밤의 삼출액滲出液에 의해 현혹축하眩惑祝賀 받는지라(bewilderblissed by their night effluvia): 어떤 나방들은 밤에 성적 매력 향香을 발산한다.

9) 베내사를 화상花床에서 화상으로 스텔라추적 하도다(persequestellaes his Vanessas from flore to flore): (1)스텔라(스위프트의 애인), 바네사(스위프트의 애인): 나비들의 족속 (2)꽃에서 꽃으로.

10) 맹목의 가린可隣한 올빼미(pou own giaours): 터키인들에 의하여 비非 무스램인들(Mussulmans, 회교도)에게, 특히 가톨릭교도에게 적용되는 비난 성.

11) 명암법明暗法(chiaroscuro): 명암의 배합을 노린 그림(목판화).

12) 우옥牛屋짐운반꾼처럼 상常단순한 일이거니와(semper as oxhousehumper): 헤브라이 철자에서 Apelph: Ox, Beth: house, Gimel: camel을 각각 의미한다.

(108)

1) 쌍벽(party—wall): 양 건물들과 땅의 조각들 사이의 벽으로, 그의 사용에 있어서 각기 점령자는 부분적 권리를 지닌다.

2) 철저한 규칙적 경주자(a rightdown regular racer): 길버트(Gilbert) 및 설리반의 노래〈공돌라〉(The Condoliars)의 인유: 철저한 규칙적 왕녀(A Right Down Regular Queen): 존 설리반: 아일랜드— 프랑스계의 테너 가수로, 조이스는 그의 목소리에 열성적이었다.

3) 인내(patience): 길버트 & 설리반 노래 〈인내〉(Patience)에서.

4) 공자孔子(master Kung): 공자(Confucius)의 이름.

5) 중용中庸의 덕 또는 잉어(魚) 독장督長의 예의범절편禮儀凡節篇(doctrine of the meaning or propriety codestruces of Carprimustimus): (1)Carp Primus: 공자의 아들 (2)공자의 손자는 〈중용의 법칙〉(The Doctrine of the Mean)을 썼다 (3)〈율리시스〉, 〈스킬라와 카립디스〉장에서 Eglinton의 말: 진리는 중용이야(The truth is midway)(U 174).

6) 그들 스코틀랜드의 거미(their Scotch spider): 브루수(Robert Bruce)(스코틀랜드의 탐정가)는 거미가 벽을 기어오른 것을 보고 인내를 배웠다 한다.

7) 엘버펠드(E)의 지원개척知源開拓하는(C) 계산마計算馬(H)(Elberfeld's Calculating Horces): 이들 말들은 발을 탁탁 차서 합산한다.

8) 브루스 양兩 형제(both brothers Bruce): Edward & Robert Bruce(아일랜드 탐정을 행한 스코틀랜드의 국민적 영웅들), 그들은 1315년에 아일랜드로 갔다.

9) 감채기금減債基金(sinking fund): 공채, 사채를 상황하기 위하여 적립하는 기금.

10) 취한醉漢 또는 승가僧家(Kinihoun or Kahanan): 중국의 한漢(the Han) 왕조와 그들의 주적主敵인 훈족(the Huns).

11) 견직물(samite): 중세기에 입었던 풍부한 견직물.

12) 벽돌 가루(brickdust): 고대의 중국인들은 벽돌 가루와 물을 반죽하여 비단에다 글을 썼다.

13) 알라딘의 협곡(Aludin's Cove): 루이스(Wyndham Lewis)는 〈율리시스〉를 믿을 수 없는 잡탕의 알라딘의 동굴(Aladdin Cave)(막대한 보화가 있는 곳)이라 불렀다.

14) 시암, 지옥 또는 토페트 화장지火葬地(Siam, Hell or Tophet): 셈, 햄 & 야벳: 노아의 세 아들들. Thophet: 예루살렘 남동부의 화장터.

15) 선뜻 포착된 하나 더 많은 예기치 않은(only one more unlookedfor conclusion): 격언의 변형: 뛰기에 앞서 보라(look before you leap).

(109)

1) 봉천명왕조奉天明王朝의 후예 가운데서, 단지 타자의 자식으로(Fung Yang dynasdescend —naced, only another the son of): (1)Feng—Yang: 중국 명나라의 태조인, Hung Wu의 출생지 (2)Kung 가족은 공자의 후손들 (3)Hung Wu: 피네간 (4)Lao—tze(노자)는 공자에게 말했는지라: 타인에게 외아들인 자는 자기 자신을 위해 무로다(He who is only the son of another has nothing for himself).

2) 총체적으로 그것의 특징적 완전의 불완전을 띤(in all its featureful perfection of imperfection): 한 중국 역사가의 지적인 즉: 공자는 한두 가지 특징에 있어서 불완전한 타자들보다 월등했는지라, 그 이유인 즉 그는 총체적으로 불완전했기 때문이다(the Confucius was superior ot other men, who are imperfect in 1 0r 2 features, because he was imperfect in all)의 인유.

3) 그것의 용모야말로, 그것의 행재幸財인지라(its face…is its fortune): 자장가의 패러디: 나의 예쁜 처녀여, 그대 어디를 가는고('나의 얼굴은 나의 재산이에요, 나리, 그녀가 말했도다')(Where Are You Going, My Pretty maid(My face is my fortune, she said).

4) 정교한 선조의 단계 이래의 의식儀式(elaborative antecistral ceremony of upstheres): (1)예이츠 작 〈피

와 달〉(Blood & the Moon) 중의 글귀: 나의 조상의 계단(my ancestral stair)의 인유. (2)Yen Ying, Tsi 법사의 공자에 대한 조롱: 계단을 오르내리는 것과 같은 단순한 일의 의식儀式들에 관해 그가 알고 있는 바를 다 소화하기 위해서는 수 세대가 걸릴 지라(It would take generations to exhaust all that he knows about the ceremonies of such a simple thing as going up and down stairs).

5) 예윤리적禮倫理的(ethiquethical): 고대 중국 사회의 윤리 원칙상.

6) 안 그런고?(don't you know): 〈율리시스〉의 제9장 도서관 장면의 대화에서 사서관보인 Richard Best의 상투어구.

7) 누가 여성의 의상착의품衣裳着衣品의 사실이 언제나 그곳에 있는지…또는…있는지를 마음속으로 의심하는고?(Who in his heart…the facts of femine clothing.): (1)카라일(Carlyle) 작 〈의복 철학〉(Sarto Resatus) X장의 글귀의 패러디: 우리들의 목적을 위하여 이러한 나계裸界가 가능하고, 아니 실제로 존재한다는(의상체衣裳體 아래) 단순한 사실만으로 충분하리라(For our purposes the simple fact that such a Naked World is possible, nay actually exists(Under the Clothed One) will be sufficient). (2)카라일의 앞서부정자들(Naysayers)이란 어구는 우리를 〈의복 철학〉을 통해 잇따르는 페이지의 의상과 편지의 봉투에 대한 서술로 인도한다.

(110)

1) 강江은 자신이 소금이 결핍함을 느꼈나니(The river felt she wantes salt): Crow 저 〈쿵 나리: 공자에 관한 이야기 37〉(Master Kung: The Story of Confucius37)에서, 저자 왈: 중국인에게 바다는 망각의 상징이라. 소금 어린 물은…강물이 마련할 수 없는, 이러한 근사한 소금을 그들에게 주나니, 아마도 신비에 보탬이 되었도다.의 패러디. (for Chinese the sea was a symbol of oblovion. The fact that the brine—laden water…gave them the wonderful salt, which river water could not provide, probably added to the mystery.)

2) 그것은 바로 웅공熊公이 들어 왔던 곳이로다. 나라가 소찬騷饌을 위해 곰 발을 요구했나니!(That was just where Brien came in. The country…for dindin): 마른 곰 발은 고대 중국인의 성찬盛饌이었다.

3) 그리하여 도약하고 도풍만跳豊滿…하늘 아래 사는 우리들…토끼풀(클로버) 왕궁의 우리들, 중죄中罪의 우리들 사람들(We who live under heaven…we middle sins people): (1)토끼풀의 왕국: 아일랜드. 하늘 아래, 꽃 같은 왕국(中華民國)등, 중국의 이름들의 의미.

4) 우리들의 섬은 성자의 섬이로다(Our isle is Sainge): 성인들의 섬(Isle of Saints: 아일랜드의 별명.

5) 저 엄숙한 낄낄인人 오월행자五月幸者 우연희사偶然稀士(That stern chuckler Mayhappy Mayhapnot): 성 John Pentland Mahaffy(1839 탄생), O 와일드의 은사. 그는 왈: 아일랜드에는 불가피한 것은 결코 일어나지 않으며, 언제나 예기치 않는 것이 일어나도다(In Ireland the inevitable never happens, the unexpected always).

6) 그의 저 이시스예당禮堂—아세성亞細聖(his that Isitachapel—Asialukin): 채프리조드(Chaplizod)—루칸(Lucan), 더블린의 근교지역들의 합체어.

7) 고저에(Ult aut nult): (1)(L) low and high. (2)독누곡毒淚谷: 이 세상.

8) 파에톤이 자신의 차를 주차하니(Phaiton parks his car): (희랍 신화) Phaethon(Helios의 아들), 그는 자신의 아버지의 전차를 땅 너무 가까이 몰았기 때문에, 제우스 신의 화살에 맞아, 죽음을 당했다.

9) 그의 유소모乳梳毛의 다반茶盤이(its tamwlised tay): Crow는 그의 저서 〈거장巨匠 쿵: 공자에 관한 이야기 37〉(Master Kung: The Story of Confucius37)에서, 왈: 고대 중국에서는 차 항아리가 부재했도다(there were no teapots in anxient China).

10) 누관淚管장미오피리아의 각극장이라(Drainophilias the drama): 눈물의 오필리어(햄릿의 애인) 연극장이라.

11) 가능성은 비개연성非蓋然性이요 비개연성은 불가피성이도다(the possible was the improbable and the improbale the inevitable): 아리스토텔레스의 〈시학 24〉(De Poetica24): 시인은 불개연성의 가능성 보다 개연성의 불가능성을 좋아해야 한다. (Accordingly, the poet should prefer probable impossibilities to improbable possibilities)의 패러디. 〈율리시스〉 제2장의 스티븐 데덜러스의 아리스토텔레스에 대한 독백

참조(U 21).

12) 성스럽고 불가분의 그 속담승정俗談僧正(the proverbial bishop of our holy and undivided): 대중 유행어: 성 & 불가분의 삼위일체(The Holy & Undivided Trinity)의 변형.

13) 머리 위에 그의 두 발가락 발톱(핵심)을 찌르는(his twoe nails on the head): 유행어: 바로 맞히다. 핵심을 찌르다([hit]the nail on the head).

14) 우르르퉁탕 뇌신이…잡낭雜囊의 희롱신戱弄神인지를 알고 있는지 또는 알고 있지 않은지(me ken or no me ken Zor is the Quiztune havermashed): (1)〈햄릿〉 III. 1. 63: 죽느냐 사느냐 그것이 문제로다의 패러디 (2)Zoti: God (3)희롱신(Quiztune).

15) 아리스토텔레스 서書 또는 활서活書(Harrystotalies or the vivle): 아리스토텔레스의 〈시학〉 및 〈성서〉.(Bible).

16) 착양모着羊毛의 타래를(a lock of cwold cworn): 그의 몸 둘레에 걸치는 양모.

17) 에계鷄헴!(Ahahn): G)Hahn: cock, rooster + Aham(Mr Kernan의 기침 소리)(U 197).

18) 인생의 정다운 시가를 노래했을 때(as kischabrigies sang life's old sahatsong): 노래 제목: 〈사랑의 그리운 달콤한 노래〉(Love's Old Sweet Song) 〈율리시스〉 제4장 참조. (U 61)

19) 꼬마 케빈(little Kevin): Kevin and Jerry—성 Kevin과 Jeremiah(유태인의 유수 이전의 예언자들)로서의 숀 및 셈: Samuel Lover(애란의 노래 작가 및 소설가)에 따르면, 성 케빈(Kevin)은 그가 Jeremiah(굳은 마음의 회피, 하느님의 내적 사랑, 그의 나라의 침입자들에 대한 항복을 설교한 마지막 추방 전의 예언자)가 있는 학교에 갔기 때문에 가장 현명했다는 전설.

20) 해변 산책조鳥(strandlooper): 한 아이에 의해, Drogheda 근처 해변에서 1850년에 발견된 Tara 브로치(현 더블린, 국립 박물관 소재).

21) 직배원直背園이라 불리는 이가裏街(a strate rhat was called strete): 〈성경〉, 〈사도행전〉 9: 11: 곧장 바로(Straight)이라 불리는 거리 명.

22) 아다 성배(Ardagh chalice): 한 아이에 의해 발견된, 8세기의 Ardagh 성배(현 더블린, 국립 박물관 소장).

(111)

1) 자코뱅 당원(Jacoiters): 프랑스 혁명 때의 과격 공화주의자들. 여기서는 셈과 숀의 형제 갈등을 암시함.

2) 청평일淸平日에 죽도록(to die to day): (1)디온 보시콜트 작의 노래 가사의 패러디: 나는 오늘 할 일이 경치게도 많아(I've a Terrible Lot to Do Today). (2)게이(J. Gay)(18세기 영국의 시인, 극작가)의 〈거지의 오페라〉(The Beggar's Opera)의 글귀: (to die to day).

3) 자색헝겊조각의 대학살(patchpurple of the massacre): 또 다른 흙더미에서 아다 성배(Ardagh chalice)를 발견한 셈의 특권을 속여 자기의 것으로 하려는 숀의 책략적(형제) 대학살 극. 이는 〈율리시스〉로부터 〈황무지〉를 훔친 T. S 엘리엇(숀—Kevin 격)과 조이스(셈—Jerry 격)의 갈등을 암시함. (Tindall 102 참조).

4) 신해육新海陸(Now Sealand): New Zealand.

5) 티퍼리의 생生 생 날생生의(뒤죽박죽—이긴) 감자甘蔗를(Tipperaw raw raw reeraw pute —ters): Tipperary: 더블린 남서부 78마일 지점의 전원 마을.

6) 도란 가家의 베린다(Belinda of the Dorans): Belinda: (1)Biddy Doran Belinda: 이어위커 댁의 하녀 (2)그녀의 이름은 St Brigid 또는 편지를 파헤쳐 낸 암탉 (3)A. Pope의 〈머리 타래의 강탈〉(Rape of the Lock)의 여주인공이기도.

7) 선대善大 크기의 편지지처럼(goodishsized…letterpaper): 르 파뉴 작 〈성당 묘지 곁의 집〉 p.224의 글귀의 패러디: 선대 크기의 편지지처럼 땅에 밟혀, 파손되었다(The sod just for so much as a good sized of letter—paper might cover, was trod & broken).

8) 보스턴(매사추세츠)(Boston(Mass): 〈보스턴 기록 지〉(Boston Transcript).

9) 반 호우텐 제製(the van Houtens): Van Houten's Dutch Cocoa의 익살.

10) 크리스티(Chriesty): Christine Beauchamp: 보스턴의 신경학자 Morton Prince가 그의 〈개성의 해부〉(The Dissociation of Personality)에서 연구한 젊은 뉴잉글랜드의 소녀의 이름.

11) 동양사기한凍梁詐欺漢(masterbilker): 입센 작 〈청부업자〉(The Master Builder).

12) 리디아귀부인 닮은 무감고뇌어급無感苦惱語級(lydialike languishing): Lydia Languish는 셰리단(Sheridan)의 〈경쟁자들〉(The Rivals)에서 그녀는 그녀 자신에게 편지를 쓴다.

13) 애란 농민 도기시陶器詩의 진정한 유품(Irish pleasant pottery): 아일랜드의 농민 시.

14) 한 필匹 말(馬)…모든 종류의 마행적馬幸的 대가물對價物(all sorts of horsehappy values): 마성은 모든 말의 본성이로다(Horseness is the what of allhorse). (아리스토텔레스의 패러디)(U 153 참조).

15) 오래 사랑하는(likemelong): 노래의 패러디: 나를 적게 사랑하라, 나를 오래 사랑하라(Love Me Little, Love me Long).

(112)

1) 우리는 암탉이…렌즈의 차용을 필요로 하느니라(we need the loan of alens…the hen saw): (1)독자의 경험에 가까운 것들은 마음을 확대하게 되나니, 그에게 친근하지 않은 것들을 그는 전적으로 놓치는지라, 찾으려고 탐색해야만 하도다 (2)이 암탉…렌즈의 구절은 조이스에게서 크게 영향을 받은 로맨틱 모더니스트인 미국의 1920년대 작가 Fitzgerald(그는 당대 조이스의 펜이요 친구였거니와)(그가 그린 그림 참조, 엘먼)의 인기 소설 〈위대한 개츠비〉(The Great Gatsby)에서 벽면의 노파의 사진을 묘사한 한 구절을 강하게 상기 시킨다: 유일한 그림은, 분명히 흐린 바위에 앉아 있는 한 마리'암탉'인지라, 분명히 멀리서 보면…'암탉'은 한 개의 보닛으로 분해 된다…(The only picture was an over—enlarged photograph, apparently a hen sitting on a blurred rock. Looked at from a distance…. the hen resolved itself into a bonnet…)(이탤릭체는 필자의 것)(Penguin Books 35).

2) 너도밤나무의 그루터기로 수풀지게 할지라(Bethicket me for a stump of a beech): 스위프트는 숲을'너도밤나무의 아들'이라 불렀다.

3) 아람어의 번역물(Targum): 몇몇 아람어의 번역물 및 〈성서〉, 〈구약〉의 부분들의 해석.

4) 집시 방랑파放浪派 소녀(Zingari shoolerin): (1)아놀드(Matthew Arnold) 작 〈집시 학자〉(The Gipsy Scholar)의 인유 (2)zingari(It): 집시들.

5) 그 옛날 그리운 암탉 부대負袋로부터 아직 불쏘시개의 조각을(a peck of kindlings yet from the sack of auld henyne: 노래의 가사에서: 그 옛날 그리운 아씨를 위하여 우린 한 컵의 친절을 취할지니(We'll take a cup of kindness yet for the sake of Auld Lang Syne).

6) 쪼일 수 있으리로다(may pick): 자장가: (Peter Piper picked a peck of pickle pepper)(U 157)의 변형.

7) 인도引導할지라, 애절한 가금家禽(닭)이여!(lead, kindly fowl!): 뉴먼(Newman)의 노래의 인유: 인도하라, 애절한 빛이여(Lead, kindly Light).

8) 길조吉鳥(auspie): 〈초상〉 제5장의 길조(augury of birds) 및 〈율리시스〉 제9장말에서 멀리건이 스티븐을 지칭한 말인, the birds for augury(U 179)를 비교.

9) 백색의 화물貨物(white burden): 키프링(Kipling)의 글귀: 백인의 화물(White man's burden).

10) 암사자獅子는…제도남양弟徒男羊과 함께 양모羊毛…공공연히 눕게 될 것이오(human lioness…will lie down together): 〈성서〉, 〈이사야〉 11장 6절의 글귀의 패러디: 그때 이리가 어린양과 함께 거하며 표범이 어린 염소와 함께 누우리라(The wolf also shall dwell with the lamb, & the leopard shall lie down with the kid).

11) 삭막한 정초우월正初羽月(bleak Janiveer): A. Pope의 시 〈갈까마귀〉(The Raven)의 시구에서: bleak December.

12) 마셀라 이 난쟁이 매지 여폐하女陛下(a mere marcella, this midget madgetcy): 꼬마 여왕 마셀라(Marcella the midget). (U 520)

13) 예산술藝算術의 여거장양女巨匠讓(Misthress of Arths): (1)Master of Arts (2)Arthur (3) Arithmetics

14) 토가 기리리수로 서명된(signed Toga Girilis): (1)조이스 작 〈영웅 스티븐〉(Stephen Hero)에서 McCannn의 논문 〈여성〉(The Female Fellow)을 언급 한다: (노래의 재비 비행(The Female Fellow[a swallowflight of song)…Toga Girillis Sighned).

15) 쾌미快微의 생생한 수인水印(jotty young watermark): (1)수인(종이에 내비치는 무늬) (2)노래의 인유: 즐거운 생생한 수인水人(뱃사공)(The Jolly Young Waterman).

16) 노틀 댐 봄마르시(Notre Dame 여 Bon Marche'): (1)파리의 백화점 명 (2)노틀 댐 사원, 파리.

17) 철사鐵獅의 심장(a heart of Arin): Arin: (1)Iron (2)lion (3)snake(4)Aran Islands.

(113)

1) 라틴토끼어語와 그리스귀뚜라미주어語(the lapins and the grigs): 라틴어와 그리스어(the Latin and the Greek). lapin(F): 토끼(U 34). grigs: 짧은 다리의 암탉들.

2) 우체부대혼성어郵遞負袋混成語의 유리어휘語彙의 엄청난 옷치장의 현기혹증眩氣惑症(graith uncouthrement of postmantuam glasseries): (1)great accoutrement(옷자락) (2)캐럴(Lewis Carroll)의 합성어(portmanteau words)(조이스는 캐럴의 〈이상한 나라의 엘리스〉에서 합성어를 배우고 응용했다. 특히 그의 말—사다리, word—ladder) 등) (2)Baptiste Mantuanus: 라틴 목가시인 파(Latin eclogues)의 작가 (3)Mantua: 버질(Virgil)(베르길리우스)(고대 로마의 시인)의 출생지 (4)glasseries: glass + glossaries(어휘).

3) 간생奸生에 맹세코 결코!(Nuttins on her wilelife!): (1)not on your life(맹세코) (2)Nut: 우주란宇宙卵을 낳은 이집트의 하늘 여신.

4) 다리오우마우리어스(Dariaumaurius): 아르메니아(Armenia: (독립국가연합 구성 공화국의 하나)의 어원학자.

5) 조보트림마스로브머라브머로우비안(Zovotrimaserovmeravmerouvian): (1)아르메니아의 어원 학자 (2) Merovingian: 메러빙가 왕조(프랑크[Frank] 왕국 최초의 왕조(486—751)의 왕.

6) 어느 남자고…젖가슴…슬쩍 한번 들여다 볼 권리율權利率을…젖 짜기를 고민하나니 다른 손이 젖꼭지가(a man alones sine anyon anyons utharas…: ALP가 명상하는 춘사椿事.

7) 마담들, 아가씨들, 낭군들! 실례지만!(Mesdaims, Marmouselles, Meserfs! Silvapais!): 프랑스 작가 라블레(Rabelais)(해학문학의 대가)작 Pantagruel에 나오는 젊은 소녀에 대한 별칭.

8) 그이 속에 세 남자가 있었도다(There were three men in him): ALP의 현재의 관심은 두 소녀들과 세 군인들과 함께 한 HCE의 죄에 있다. 이어위커는 세 인물의 합성.

9) 벌꿀 아씨들은 동백색冬柏色 팬티를 입었나니(Honeys wore camelia paints): 영국 Garter 훈장의 모토의 패러디: Honi soit qui mal pense(악을 생각하는 자에게 악이 있을지라).

10) 어떤 이솔트와 함께 한 트리스탄의 목석담木石談(the tale of a Treestone with one Ysold): 트리스탄과 이솔트의 사랑 고담.

11) 텐트 말뚝으로 받쳐진 치구恥丘(불두덩)(a Mons held by tentpegs): (1)텐트에 바쳐진 산 사나이의 고담: 고대 아라비아인들은 말뚝이 텐트를 받히듯 산이 지구를 고정하는 것이라 믿었다 (2)Mons: (L) 치구恥丘.

12) 도망치는 침수沈水(워털루)된 그의 친구(his pal whatholoosed on the run): Waterloo(벨기에 중부의 마을로, 1815년 나폴레옹의 패전 지)에 관한 고담.

13) 악남惡男이 하려하지 않는 걸 천격남賤格男(Cadman could but Badman wouldn't): 조이스의 캐드와 번니언(Bunyan) 작의 〈악인의 생과 사〉(Life & Death of Mr Badman)와의 대응.

14) 어떤 제노 바남男 대對 어떤 사슴 베니스(any Genoaman against any Venis): Genoa(Genova)(제노아)(이탈리아의 북서부에 있는 상항)와 Venice(베니스)(베네치아)(이탈리아 동북부의 항구도시) 간의 대결.

15) 왜 케이트는 납세공 진열관을 전담하는지(why Kate takes charge of the waxworks): 요약해서, 〈경야〉의 모든 요소는 그대에게 케이트가 납세공 진열관을 전담하는 이유를 말하는지라. 납세공(Waxwork)은 마담 Tussaund의 박물관의 정적 기념물들(static memorials)이다. 캐이트(Kate)(전출): 이어위커 가家의 청소부, 그녀는 앞서 제1장에서 박물관 안내자이다.

16) 마이크든 혹은 니코리스트든(mileallss or nicholists): Mick or Nick: 〈경야〉에서 숀과 셈의 적대 관계.

17) 갈색이든 혹은 무無렌즈이든(browned or nolensed): Bruno of Noran(노란 출신의 철학가 부르오). Browne & Nolan: 〈경야〉에서 셈과 숀의 적대 관계.

18) 귀를 가지고 볼 수 없는고? 눈을 가지고 느낄 수 없는고?(Habes aures et…mannepalt…pabuat?): 불가타 성서(Vulgate): 113:5—7의 성구의 변용.

19) 은행 휴일을 즐기려고 무척이나 애쓰나니(anxious to please averyburies): John Avebury경(영구 최초의 남작)경은 은행 휴일(Bank Holidays)을 영국에 소개했다. 그는 〈생활의 즐거움〉(The Pleasures of Life)의 저자이기도.

20) 주통복酒桶腹(tunnibelly): 토머스 아퀴너스의 별명: 〈울리시스〉 제3장 스티븐의 바닷가의 독백 참조: 엉큼한 환락이라 술통 배의 아퀴나스는 이것을 부르지(Morose delectation Aquinas tunbelly calls this)(U 39).

(114)

1) 눈(眼) 대 눈(aye to aye): (대중 어) 눈 대 눈으로 보다(eye to eye).

2) 넴제츠(Nemzes): 오스트리아, 독일.

3) 미美부카라스트(Bukarahast): Bucharest: 루마니아의 수도.

4) 마리찌츠(Maliziies): mal(Alb): (1)산山, (2)말레이 (3)소아시아.

5) 불가라드(Bulgarad): 불가리아.

6) 인큐내부라 예명기 고古판본(incunabula): 1500년 이전의 인쇄본, 고판본.

7) 검댕과 자두나무(lampblack and blackthorn): Sir Edward Sullivan의 〈켈즈의 책〉의 소개에서: 검은 것은 검댕이요, 필경 생선—뼈의 검댕이라(The black is lamp black, or possibly fish—bone black).

8) 자두나무 막대(homeborn shillelagh): black—thorn stick): 나무를 태운 숯으로 글을 씀.

9) 셈 장지葬地와 야벳재귀향再歸鄕, 햄릿 인문학까지 그들로부터 봉기하게 할지라(semetomyplace and jupetbackagain from tham Let Rise till Hum Lit): 편지의 좌우로의 글쓰기 및 상하의 글쓰기는 마치 경도經度(longitude)와 위도緯度(latitude)의 측지학(geodetic)이요, 노아의 아들들, 햄릿, 험프리 및 황지의 인문학처럼 흥망성쇠라 (1)노아의 아들들인 셈, 햄, 야벳의 흥망성쇠(falling and rising) (2)햄릿(hamlet), 험프리(Humphrey), 그리고 황무지의 인문학과 같은 수면睡眠과 깨어남이라 (3)미개로부터 야만으로의 인문학의 진화…마커앨과 그의 천사 대 용龍과 그의 천사들(the evolution of humanity from savagery to barbarism…Michael & his angels against the Dragon & the angels).

10) 어디 황지荒地에 혜지慧智가 있단 말인고?(where in the waste is the wisdom?): 편지의 의미를 알아내는 혜지慧智는 어디에?

11) 달반니아 산産(Dalbania): Albania + Dublin.

12) 제발 끝맺음 말은 말하지 말지라, 광대여, 그렇잖으면 우리들의 극劇은 실패라오!(say no the tag, mummer, or our show's a failure!): 배우가 리허설에서 태그(tag)(최후의 끝맺음 말)를 하는 것은 불행으로 간주되었다.

13) 무無예술성의 보잘것없는 초문肖紋(a poor trait of the artless): 예술가의 초상의 패러디.

14) 보인 전투(the batt러 of the Boyne): (1690): (오렌지 당의) 윌리엄 3세의 승리.

(115)

1) 소종小種홍차(Souchong): 중국 차(茶)의 한 타입.

2) 그것을 단어單語로 나타낼 때 씹고 이를 가는 정향근丁香根 또는 관棺못(골초): (the clove or coffinnail you chewed or chaped as you worded it): 음주자들이 숨을 감추기 위하여 정향근을 씹는 관례. coffinnail: Clove는 프랑스어의clou(nail)에서 파생했다.

3) 맑은 대기 속 그대의 종달새(your lark in clear air): 노래의 가사에서.

4) 티베리아스(Tiberias): (1)(로마 제2의 황제 BC 42—AD 37) (2)팔레스타인(Palestine)(지중해 동쪽의 옛 국가, 1948년 이후 이스라엘과 아랍 지구로 나누어짐)의 Tiberias는 헤브라이어 연구의 주된 중심이었음.

5) 노인 애자(愛者)들 간의 다른 근친상간적 색욕성色慾性(incestuish salacities among gerontophils): salacccity: 색욕의 질. gerontophilos(G): 노인들을 사랑하는 자.

6) 하나 두 세(보라) 그리고 저리 쿵!(one to see and awoh!): 1, 2, 3, 저리로 가!(1, 2, 3, & away!).

7) 얘야 상처를 입었는고(grace a mauling): Grace O'Malley의 변형: (1)본래 엘리자베스 1세 때의 아일랜들 해적 (2)아일랜드를 대표하는 여성 명, 예: Cathleen Ni Houlihan. (3)Grace Daring!

8) 아첨정신자阿諂精神者들(Sykos): 정신분석가들(psychoanalyst).

9) 엘리스('alices): 루이스(W. Lewis)의 〈이상한 나라의 엘리스〉(Alice in Wonderland)의 인유.

10) 미카엘(Michaelly): Father Michael(Michael은 하느님과 닮은 신부란 뜻).

11) 천진난만의 전혀 낯선(innocent allabroad's): 마크 트웨인(트웨인)(아이리시—아메리칸) 작품명의 인유: 〈낯선 무구자들〉(Innocents Abroad).

12) 선입몽극先入蒙劇(drauma): (1)dream (2)drama (3)trauma(정신적 외상).

13) 감수분열하減數分裂(meiosis): (세포핵의) 감수 분열(deliberate understatement).

(116)

1) 솔로몬연어(魚)답게 노래노래할 때(as singsing so Salaman): 〈구약〉, 〈솔로몬의 아가〉(Song of Solomon)의 암시.

2) 어떤 에스라, 고양이, 고양이의 봉모逢母(as an Esra, the cat, the cat's meeter): 조이스의 친구였던, 그리고 당대 모던이스트였던 파운드(Ezra Pound)(Ellmann XXXVI 사진 참조)는 고양이를 좋아했다.

3) 봉모의 고양이의 아내, 봉모의 고양이의 아내의 반려자…, 희롱마戱弄馬의 이야기(the meeter's cat's wife, the meeter's cat's wife's half better…to our horses): 초기 볼셰비키 정책(주의)(Bolshevism)의 이솝우화(Alsop)식 언어의 패러디.

4) 나는 옥장군玉將軍이었나니의 페이지(the pages I Was A General): 소련 장군의 사살 이야기(〈경야〉 주제 중의 하나).

5) '사격망몽射擊妄夢'(Schottenboum): (G) Schotten: Scots.

6) 볼스키리비즘의 본색 폭로, 그 백색 공포의 이 붉은 시대(Showting up of Bulsklivism by…. this red time of the white terror): (1)볼셰비키 주의(사상): 옛 소련 공산주의, 과격론. (2)붉은 공포(Red Terror): 비슷한 반反—공산주의백색의 공포(White Terror)에 뒤이은, 1919년 헝가리에 있어서의 공산주의 정부의 억압. (3)볼스키리비즘의 본색 폭로(Showting up of Bulsklivism): 버나드 쇼(B. Shaw)(애란 출신, 오늘날 그의 동상이 국립 미술관 앞에 서 있다) 작의 〈부란코 포스넷의 본색 폭로〉(Shewing—Up of Blanco Posnet)의 패러디.

7) 스팔타커스(Spartacus): 로마 노예 반항의 지도자요, 공산당 성인전聖人傳(hagiography) 중의 한 영웅. 1918년 독일 혁명가들에 의하여 사용된 이름.

8) 우리는 아직도 궁지정복窮地征服되지 않았나니, 죽은 손(手)이여!(We are not corknered yet, dead hand!): 노래 가사의 인유: 그대는 아직도 정복되지 않았나니, 친애하는 땅이여(Thou Art Not

Conquered Yet, Dear Land).

9) 의용누義勇漏(voluntears): 아일랜드 의용병들.

10) 안개(霧)스러운 유태인(the foggy jew): 노래 가사의 변형: 안개 같은 이슬(The Foggy Dew)(Easter 봉기에 관한 노래 이름).

11) 한 해가 더 끝나기 전에(ere one nore year): 노래 가사의 변형: 때는 영광스러운 부활절 봉기의 날이었나니: 한 해가 다 끝나기 전에('Twas on a Glorious Easter Day: Ere one more year is o'er).

12) 덤빌의 아름다운 도시(Dumbil's fair city): 노래 가사의 변형: 우리는 다시 봉기하리라: 아름다운 도시 더블린에서(We Shall Rise Again: In Dublin's fair city).

13) 우리는 지금 생각하기보다 한층…감미로웠는지라(sweeter far 'twere now westhinks): 노래 가사의 변형: 죽어 가는 병사: 그대에게 죽는 것이 한층 달콤할지니…(The Dying Soldier: Sweeter far for thee to die).

14) 기氣꺾인 검劍으로부터 바다(from down swords the sea): 노래 가사의 변형: 우리는 다시 봉기하리라: 칼로부터 바다까지(We Shall Rise Again: From Swords to the sea).

15) 옛 호우드 포구砲丘(the oldowth guns): (1)노래 가사의 변형: 나의 옛 호우드 총(MY Old Howth Gun) (2)사회적 접근은 우리들의 교수(화자)를 아일랜드 정치로 다려 가게 하도다: 의욕군, 호우드 총銃, 안개 같은 유태인(또는 이슬), 이들은 부활절 봉기의 노래. 조이스에게 아일랜드 정치는 배신을 의미했다.

16) 대담한 오드이어가 대답했도다(the bold O'Dwyer): 노래 가사의 변형: 주교 오드이어와 맥스웰: 그러자 대답이 용감한 오드이어를 만들었도다(Bishop O'Dwyer & Maxwell: Then answer made the brave O'Dwyer.

17) 언어에는 중용(中庸)(Est modest in verbos): 호라티우스(Horace)(로마의 서정시인)의 글귀의 패러디: 만사에는 중용(a middle course in all things).

18) 매거진…벽 가까이 피닉스…원주차園駐車한 한 매음녀가 하녀何女든 상관치 말지니(Let a prostitute be whoso…parks herself in the fornix near a makeussin wall): 피닉스 공원…매거진 월(탄약고)…하녀: HCE의 공원의 불륜 암시.

19) 강주强酒를 공급하는 바텐더(진진! 주주酒酒!)(the curate one who brings strong waters(gingin! gingin1): 〈더블린 사람들〉에 대한 TLS의 서평: 독자의 어려움은, 만일 그가 더블린의 습관에 무식하다면, 예를 들어, 만일curate(바텐더)가 강주를 공급하는 남자라는 것을 모른다면, 가중되리라. curate의 통상적인 영어는 목사보.

20) 혹본국或本國의 제일자第一者와 타이국他異國의 말자末者 사이에 많은 미끄럼 틈(many asleeps between somesthome's first and moreinausland's last): (대중 유행어) 잔과 입술 사이에는 많은 틈이 있도다(There is many a slip between the cup & the lip)의 패러디.

21) 근본적으로 영어라 할지라도(however basically English): 기초 영어(basic English): 국제적 제2외국어로 의도된, 850자 상당의 간추린 영어.

22) 형이상학자들(metaphysicians): 〈율리시스〉, 밤의 환각 장면(제15장)에서 린치(Lynch)의 말: 맥클랜버그가의 형이상학이다(Metaphysics of Mecklenburgh Street). (U 353 참조).

23) 피타고라스적 3대 1결합 수족어垂足語(Pythagorean sesqippedalia): 피타고라스 철학의 장단어長單語.

24) 볼라퓍(Volapucky): Volapuk: 1870년경 독일의 J. M. Schleyer가 창시한 국제어.

25) 이커보드(ichabod): (1)〈성서〉, 〈사무엘상〉 4:21: 아이 이름을 이카봇이라 하였으니.(she named the child Ichabod) (2)감탄사: 슬프도다.

(117)

1) 우리들에게 밤을 도적할지니(thief us the night): 하이네(Heine)의 노래: Tief wie das Meet. Still wie die Nacht.

2) 탄견誕見, 조혼鳥婚의 외침, 무덤으로부터의 장경외葬敬畏(The lighting look, the birding cry, awe from the grave): 비코의 순환: 탄생, 결혼, 무덤, 회귀.

3) 이제 태양신은 남요일男曜日의 딸 위에 빛나도다 처남妻男의 운명이라(now godsun shine on menday's daughter): 〈성서〉, 〈창세기〉: 하느님의 아들은 인간의 딸들을 보았도다(the son of God saw the daughters of men)의 인유.

4) 처남의 운명이라!(manowife's lot): 〈성서〉, Lot와 그의 아내의 암시.

5) 그는 턱에 구레나룻 수염을 다시 기르기를 좋아하는지라(like he's gruen quhiskers on who's chin again): 노래의 인유:

마이클 피네간이란 노인이 있었대요,

그는 턱에 재차 구레나룻을 길렀대요

바람이 다가와 재차 그들을 느닷없이 불었대요

가련한 늙은 마이클 피네간, 재차 시작했대요….

There was an old man called Michael Finnegan,

He grew whiskers on his chin again

The wind came up & blew them in again

Poor old Michael Finnegan. Begin again….

6) 만일 그녀가 젊음을 저장한다면! 아하 호! 만일 그가 늙음을 유출流出할 수 있다면!(If juness she saved! Ah ho! And if yulone he pouved!): Henri Estienne 작 Les Primices(특히 191)의 글귀의 패러디: 만일 젊음이 알기만 한다면! 만일 늙음이 할 수만 있다면!(If youth but knew! If age but could).

7) 그것은 고고古古의 제의 같은 이야기!(The old old stoliolum!): 노래 가사에서: 내게 말해요 고고의 이야기를(Tell Me the Old, Old Story).

8) 끼네에서 멋장이멋쟁이 미쉬레까지(from…quinet to michermiche): E. 꾕(Edgar Quinet)과 J. 마이클(Jules Michael)은 조이스가 비코 이론을 보편화하는데 도왔다.

9) 세례 문설주에서 화형인火刑人 부루노까지 나아가도다!(a jambebatiste to a brulobrulo!): 브루노(Giordano Bruno)는 화형에 처해졌다(전출).

10) 인공보편어(Universal): 인공 언어(artificial language).

11) 나넷(Nanette): No, No, Nanette(1920년대의 음악 코미디).

12) 영원히(tell Tibbs has eves): till Tibbs his eve, i. e. forever. St Tabitha, St Tib's Eve is(never). St Ubes의 패어敗語. 캘린더에는 그런 것이 없다.

13) 사지를 뻗었을(kicked the bucket): 죽다, 뻗다.

14) 로널드 놈의 죽음(the death of ronaldses): Roland는 Oliver와 함께 the Chanson de Roland 및 아리스토텔레스의 Orando Purioso에서 서로가 친구인지라, 그들은 사라센 사람들(Saracens)(시리아, 아라비아의 사막에 사는 유목민들)에 의한 전투에서, 그가 Charelemagne를 부르기 위해 뿔 나팔을 불지 않았다는 이유로 교살되었다. 〈경야〉에서 Roland는 아일랜드, Oliver 및 크롬웰, 늑대들과 느슨히 연관되어 있다.

15) 사업産業은 사업인지라(billiousness has been billiousness): (격언에서): 장사는 장사(business is business)(일이 제일).

16) 포도 열매, 포도 덩굴 및 포도주를 위하여 재고再顧 및 조세嘲歲 삼창을(three jeers for the grape, vine and brew: 노래의 패러디: 적, 백, 청을 위하여 만세 삼창(Three Cheers for the Red, White & Blue).

17) 암스테르담의 피터 시市(Pieter's in Nieuw Amsteldam): (1)Peter Stuyvesant: New Amsterdam(뉴욕 시가 되었거니와)의 지사 (2)Sankt Paul: 함부르크(Hamburg)의 사창가.

18) 위안의 아메리카를 식사로 드는 매음굴인들(Paoli's…dined off sooth american): Sankt Pauli: 남아

메리카에서 사거했다(died off).

19) 그들 터무니없는 도화都話를 이야기 했도다(tole the tail or her toon): 스위프트의 〈터무니없는 이야기〉(Tale of a Tub)의 익살.

20) 연기예언煙氣豫言(kapnimancy): capnomantia: 연기煙氣로 인한 예언(占).

21) 다엽주입茶葉注入液(混和液)(infusionism): 다엽茶葉은 예언을 위해 쓰였다. 다는 일종의 다엽의 다려낸 혼합 액.

22) 위—자유국(wee free state): (1)Wee Free Kirk: 스코틀랜드 성당의 작은 그룹 (2)아일랜드 자유국의 암시.

(118)

1) 아일랜드의 매일 독립 지紙(Irish daily independence): Irish Independent 지(신문).

2) 술병 관리자여!(olmond bottler!): Butler 가족의 Ormonde의 백작들.

3) 우리들의 교활마狡猾馬를 뒤쪽으로 윤승輪乘한다면(to volt back to our desultory horses): 프랑스 작가 라블레(Rabelais)의 Gargantua는 말을 타는 동안 말에서 말로 뛰는 것을 배웠다. 말들은 교활마(chevaux de'sultoires)로 불리었다.

4) 수탉코코라니어스 또는 황소타우러스(Coccolanius or Galloraurus): (1)수탉과 황소 이야기. Taurus: 황소의 라틴 명. Gallus: (1)다양하게 뛰어난 로마인들 (2)가정 수탉의 라틴 명.

5) 성주병聖酒甁(baccbuccus): (1)Pantagruel: 프랑스의 라블레의 작품인 Gargantus and Pantagruel 중에 나오는 거칠고 풍자적인, 유머가 풍부한 인물, 그의 성스러운 주병 (2)bugbear: 나쁜 아이를 잡아먹는다는 귀신.

6) 저통자著痛者 바벨(Soferim Bebel): (Heb) soferim: (1)writers (2)suffering. Bebel: (1)Babel(탑) (2)Bible (3)(Heb)leab: heart.

7) 페토여(so holp me Petault): (1)왕명, 그의 궁전에서 모든 사람은 주인이다 (2)May help me God!(맙소사!).

8) 똥파리 여명의 이 낙소멸樂消滅의 시각에(at this deleteful hour of dungflies): (1)저녁 무렵 또는 해뜨기 3—4시간 동안 (2)파리들의 새벽에(at flies dawn).

9) 영혼의 낚시꾼으로서 고양이를 주선酒船에서 끌어낼 때처럼(as the soulfisher when held the cat out of the bout): 디에쁘(Dieppe)(프랑스의 항구 도시로, 스티븐이 파리 행 도중 영국 Newhaven을 거쳐, 통과하는 해항, U 173참조)의 어부들은 그들의 보트에 타고 있을 때 신부나 고양이를 결코 들먹이지 않는다.

(119)

1) 접문대지接吻大地에 넙죽 엎드려 입 맞춘 다음…견갑골肩胛骨 너머로 토의土衣를 벗어(after a good ground kiss to Terracussa…ourlefftoff'd flung over our home homoplate): 적을 공격하기 전에 대지에 입 맞추고, 왼쪽 어깨 너머로 흙을 던지는 스위스 군대의 의식.

2) 익사의 손이 그러하듯 그에 매달리나니(cling it as with drowning hands): 익사자는 지푸라기도 붙든다의 익살(격언).

3) 순조롭게 된다면(please the pigs): (대중 어).

4) 노목蘆木(calamite): 천연자석(lodestone)(흡입력이 있는 것, 사람을 끄는 것).

5) 티베리우스적으로(tiberiously): 헤브라의 모음들의 티베리우스(Tiberius)(로마 제2대의 황제, BC42—AD37)적 발성(vocalisation)(vowel point: 모음 부호(모음을 표시하는 점)를 그들 아래에 두는 것은 10세기로부터 〈구약〉의 MSS(대용량) 속에 소개되었다.

6) 성유聖油 삼석탑三石塔(chrismon trilithon): (1)(Gr) chresmon: oracle(신의 계시, 사제). trilithon: 거석구조(megalithic structure): 2직립부(Uprights) & 1상인방(돌)(lintel). (2)설리반: 희랍의 XPI(Christos)는 chrismon으로 알려졌었다.

7) 지나支那의 원주圓周들로부터 들은 이래(since we have heard from Cathay cyrcles): 테니슨(Tennyson): 〈록스리 회관〉(Locksley Hall)의 글귀의 패러디: Cathy(중국)의 1환環보다 유럽의 50년이 더 낳도다의 패러디.

8) 양쯔강(揚子江)(siangchang): (1)홍콩 (2)Sing—Chang강 이름.

9) 32(san—shih—erh): 32(프랑스의 음역(音譯)으로 erh는 eul이다.

10) 제20번째 빼기 제9번째의(the ninth from the twentieth): 20th—9th=11th.

11) 432: (1)기원 432년에 성 패트릭은 아일랜드에 상륙했다. (2)소련의 접신로자 Blavatsky 작 〈베일 벗은 이시스〉(Isis Unveiled)(〈율리시스〉 제9장 참조)에서 432년에 모두 기초한, 힌두교의 역사환歷史環을 토론한다.

12) 화성원火星原(Champ de Mors): 파리. (L) mors: death.

13) 독백남獨白男(monologuy of interiors): 내적 독백(interior monologue).

14) 비뚤어진 요수尿水(P)는 이따금 스스로 꼬리 달린 큐(Q)로 해석되지 않거나(the pees…not taken for kews with their tails: 설리반: 다리를 팔 아래 쑤셔 박고, 혀를 내민, 다양하고 괴상한 위치를 한, 다수의 익살 및 개구쟁이 모습들을 서로 얽히는 일련의 Q자 형.

(120)

1) 입에 꼬리를 문(tails in their mouth): 〈켈즈의 책〉의 Tunc 페이지에 나오는 입에 꼬리를 문 독사의 암시.

2) 깡통응축 식품(pemmican): 응축 된 식품, 따라서 응축 된 사상과 사건.

3) 바로 고래 알(卵) 마냥(very like a whale's egg): 〈햄릿〉 III. 3. 399의 패러디: 아주 고래 같은 이야기(very like a whale)(U 34).

4) 붉은 황토黃土(Red raddle): 설리반은 〈켈즈의 책〉에 사용된 그림물감들 가운데서 붉은 황토에 대해 언급한다.

5) 불필요한 주의(attention to errors): 설리반의 소개: 이러한 과오들이 4개의 단검 표에 의하여 주의가 끌어 진다(Attention is drawn to these errors by four obeli in red).

6) 희랍어의 이(Greek ees): 〈율리시스〉 제11장의 블룸은 Ormond Bar에서 Martha에 보내는 자신의 편지에 희랍의 ee로 서명한다(U 230).

7) 동東 고딕의 악필(Ostrogothic kakography): Ostrogothic: E. Gothic(고딕풍의: 괴기, 공포, 음산 등의 중세기적 분위기)(고틱체의). kakography: 나쁜 철자, 악필.

8) 에트루리아의 난분해어難分解語(Etruscan staletalk): Etruscan language(이탈리아 서부에 있던 옛 나라의 언어)는 결코 판독되지 않는다.

9) 이오타(iota): 희랍 철자의 i.

10) 눈을 통해 헤브라이 낙타를 통과토록 하기 위한(to make a ghimel pass through the eye of an iota): (1)ghimel: 헤브라이어의 알파벳 셋째 글자로서, 낙타의 뜻. (2)〈마태복음〉 19:24: 낙타가 바늘귀를 통해 지나가는 것이 한층 쉽다(It is easier for a camel to go through the eye of a needle).

11) 이중여二重汝(W)…불가피하게(doubleyous…inelectably): (1)(G) Doppelvau: W (2)〈율리시스〉 제3장의 스티븐의 독백에서 W가 근사하지(W is wonderful): (U 34) (3)(〈율리시스〉의 제3장은 불가피한(Ineluctable)란 말로 시작한다.

12) 각배角盃의 진퇴양난(hornful dugamma): (1)(여행어) 진퇴유곡進退維谷(hornful dilemma) (2)

Digamma: 본래의 6세기 희랍 문자: F처럼 보이며, W의 음가音價를 지님.

13) 부전설附箋舌(lipsus): slip of the tongue.

(121)

1) 크로디우스(Claudian): Claudius: 제왕, 언어학자. 이름은 lame을 의미한다.

2) 파피루스 사본(papyrus): (1)고대 이집트의 제지製紙 원료 (2)파피루스 사본(고문서).

3) 바스크 웃옷(basque): 몸에 꼭 끼는 짧은 웃옷.

4) 실동어實同語(ipsissima verba): (L) 바로 동일한 단어들.

5) 가인 애플(사과)(cainapple): 〈성서〉, 〈창세기〉 3—4 참조, 가인(Cain)과 아벨(Abel).

6) 상록속常綠屬(arbutus): Arbutus) 딸기나무(Strawberry Tree)를 포함한 상록수 속. 아일랜드에서는 이를Cain—apples라 부른다.

7) 아란 섬(Aran): Aran Islands(아일랜드 서해안 앞 바다의 세 개의 섬들).

8) 사나이 모자: 조이스 작 〈아란 섬의 어부의 신기루〉(The Mirage of the Fisherman of Aran)의 글귀의 패러디: 그는…태 넓은 크고 검정 모자를 쓰나니(He…wears a big black hat with a wide brim).

9) 저따위 도도한 경사진 무점無點의 첨예尖銳(H)는…눈(眼)(i)의 대부분의 경우처럼(those haughtypitched disdotted aiches…as most of the jaywalking eyes): 아일랜드어가 로마 문자로 쓰일 때, 기음氣音(aspiration)을 표시하기 위해 문자 위에 찍는 점이 제거되고, 예외의 h가 첨가된다. 아라비아어의 단어들에 있어서 라틴어의 초, 중, 종, 또는 고립된 위치에서 서로 교환할 수 있는 j & i.

10) 잼 속에 언제나 취하여(always jims in the jam): (1)James Joyce (2)jim: 아라비아어의 이름. (3)영국 수수께끼.

11) 저 이상한 이국적 뱀처럼(S) 구불구불한, 우리들의 성서聖書로부터 너무나 타당하게도 추방당한 이래(that strange exotic serpentine, since so properly banished our scripture): (1)설리반: 원고의 장식을 통해 내내 뱀 형태로 자주 나타나는 존재는 이러한 형태들이 어떤 점에서 뱀류의 파충류에 대한 숭배와 연관되는 암시를 불러일으킨다. (The frequently recurring presence of serpentine forms all through the decorations of the manuscript has given rise to the suggestion that these forms are in some way connected with the worship of ophidian reptiles) (2)성 패트릭은 독사를 추방했다.

12) 코크 말(馬) 위의 한 우두右頭의 백여인白女人을 보려는 듯(as to see a rightheaded ladywhite don a corkhorse): (자장가의 패러디) 반버리 십자로까지, 수탉의 말을 타고, 백마를 탄 미인을 보라(Ride a Cock Horse to Banbury Cross, See a fair lady, upon a white horse).

13) 포다터스 영창조咏唱調(podatus): 조지 왕조의 찬가에서, 단일 철자가 2개의 음으로 노래되는 것을 표시하는 기호.

14) 최후의 것과 최초의 것과의 불안정한 접합(the lubricitous conjugation of the last and with the first): (1)〈경야〉의 마지막 문장은 첫째 것과 접합 한다 (2)〈성서〉, 〈마태복음〉 19:30의 인유: 그러나 먼저된 자로서 나중 되고 나중된 자로서 먼저될 자가 많으리라(The last shall be first).

15) 차선次善의 롤빵과 장대하고 스마트한 묘굴墓掘(a grand gravedigging with the secondbest buns): 묘굴자(gravedigger)(〈햄릿〉). 셰익스피어는 아내 안 하사웨이에게 차선의 침대를 남겼다(〈율리시스〉 제9장 참조). 여기 햄릿의 묘굴과 셰익스피어의 차선의 침대에 대한 언급은 조반, 중식, 석식과 같은 음식과 연관된다. 〈햄릿〉의 패러디: 초상 밥이 식을 만하면 그것이 저 결혼 잔칫상으로 나온단 말이거든…(김재남 799) (the funeral—baked meats Did coldly furnish forth the marriage tables)(1. 2. 180.1).

16) 사자死者의 조종弔鐘을 머핀 빵장수의 종鐘으로(a deadman's toller as muffinbell): 17세기 형이상학 시인 존 단(John Donne)의 사종死鐘(deathbell)은 이 문맥에서 머핀 빵장수의 종이 된다. 조이스에게 빵은 성체이요, 음식은 숀의 기호이다(Hemingway의 소설 For Whom the Bell Tolls는 단의 시구에서 유래).

(122)

1) 아르 전신戰神(ars): Ares: 희랍의 전쟁 신.

2) 전법적戰法的(bellical): (L) ars bellica: 전술.

3) 솥땜장이(kettletom): Tom Kettle: 세계1차 전쟁에서 피살된, 조이스의 친구.

4) 모물루스 왕을 위해 기도하세(O'Remus pro Romulo): (L) Romulus: [로마 신화] 로물루스(로마의 건설자로 초대 왕). 그 쌍둥이 형제 Remus와 함께 늑대에게 양육되었다 함(전출).

5) 로즈(노루)의 양조장이 불타버린 이래 밤의 괴화怪火의 잔을 쭉 들이키지도 않고(since Roe's Distillery burn'd have quaff'd Night's firefill'd Cup): (1)Roe's Distillery: 더블린의 James 가街 (2)1860년경, 더블린의 Marrowbone Land 양조장의 화재: 당시 위스키가 Cork 가의 도랑으로 흘러내렸다 함.

6) 루비 흑옥黑玉 4행行의(quatrain of rubyjets): Rubatyat(quatrains=4행시): 페르시아의 천문학자이자, 시인이었던 Oma Khayyam(1048?—1122)의 시를 영국 시인 Edward Fitzerald(1809—1883)가 번역한 〈노마르 카이암의 루비이아트〉(The Rubiiyat of Omer Khayyam). 〈율리시스〉 제15장에서 스티븐은, Oma가 빵과 포도주를 나타내려고 그토록 많은 말들을 필요로 했던 것을, 단일 몸짓의 언어로 설명한다.(U 353 참조)

7) 빵 강타(Whang): 골드스미스(O. Goldsmith) 작 〈세계의 시민〉(Citizen of the World)에 나오는 방앗간 주인 Whang(중국어: 왕王).

8) 오마라(O'Mara): 앞서 Oma Khayyam.

9) 붉은 용안의 노老악한 윌리엄 왕(ruddy old Villain Rufus): William Rufus(1056—1100) 영국의 왕이요 악한. 비평가 브란데스(Brandes)에 의하면, 그는 셰익스피어 자신이기도. 그의 용모는 붉음, 그는 말을 더듬었으며, 사냥 도중 피살됨 〈율리시스〉 제9장 참조. (U 160).

10) K. M. : King's Messenger. Knight of Malta(몰타 섬, 몰타 공화국, 1964년 도립, 수도 Valletta).

11) 십자장미十字薔薇를 위한 3인조의 후보자들이 성구聖鳩납골당의 가장자리 화판에 자신들의 차례를 기다리나니(three squads of candidates for the crucian rose…. marginal panels of Columkiller): (1)〈기독교의 로우지크루센의 화학적 결혼〉(Chemical Marriage of Christian Rosencreutz)에서 손님들은 인접한 세 배들을 타고 탑(Tower)까지 여행 한다 (2)Christian Rosencreutz: 장미 십자회원(1484년 Christian Rosencreutz가 독일에 창설했다고 하는 연금鍊金 마법술을 행하는 비밀 결사의 회원) (3)〈켈즈의 책〉의 Tunc 페이지는 3가장자리 화판을 지님. 텍스트는 〈마태복음〉 27: 38의 글귀: Tunc crucifixerant XPT cum eo duos latrones(THIS IS JESUS, THE KING OF THE JEWS). 두 도적들이 그와 함께 십자가에 처해 있었나니 (4)설리반: 〈켈즈의 책〉은 이따금 Colum Cille이란 책으로 불리었다.

12) 노老 마태 자신(old Matthew himself): 앞서 Tunc 페이지를 기록한 마태복음 자.

13) 진설적唇舌的인(labiolingual): 입술과 혀에 속하는.

(123)

1) 모든 저러한 사각四脚 엠(all those fourlegged ems): (1)Four Masters(사대가들) (2)em: 인쇄물의 측정량의 단위.

2) 18번째로 또는 24번째로(eighteenthly or twentyfourthly): 〈율리시스〉는 18장을, 〈오디세이아〉는 24권을 각각 지닌다.

3) 모리스 인쇄자에 감사하게도(thank Maurice): 〈율리시스〉의 첫 판을 인쇄한 Maurice Daranti'ere, 그의 이름이 책 말미에 나온다.

4) 최후의 서명에 첨가된 장식체의 페네로페적的 인내(the penelopean patience of its last paraphe): 〈페네로페〉(Penelope): 〈율리시스〉의 종장. paraphe: 서명에 첨부된 장식.

5) 오검 문자(ogham): (1)고대 브리튼, 특히 아일랜드에서 사용된 문자 (2)스위프트는 여성과 연관되고, 스턴(Laurence Sterne)(아일랜드의 Sentimental Journey의 혁신적 작가)(1713—1768)은 남성 역과 연결된 채, 여기 스위프트—스턴 충동 억제 안티몬(antimony)(금속 원소)을 암시한다.

6) 낙천적인 제휴提携(파트너쉽)(paddygoeasy partnership): William Carleton(아일랜드의 소설가(1794—1869) 작의 〈낙천가 패디〉(Paddy—Go—Easy)의 암시.

7) 쌕소폰관현악음운론적 정신분열생식증의 연구에 관한 어떤 기선관념機先觀念(Some Forestallings over that Studium of Sexophonologistic Schizophrenesis): (1)(G) Vorstellungen u'ber das Studium: 연구의 개념 (2)schizophrenia: 정신 분열증 (3)saxophone: 색소폰: 벨기에 사람 Sax가 발명한 금관 악기 (4)phonology: 음성학.

8) 퉁—토이드(Tung—Toyd): 융과 프로이트.

9) 마굴턴 파派의 교시敎唆들(Neomugglian Teachings abaft the Semiunconsconscience : Muggleton: 영국의 재단사. Muggletonin 파의 설립자.

10) 저 비극적 수부(wretched mariner): 콜리지(Coleridge) 작 〈노 수부〉(The Ancient Mariner)의 인유.

11) 재이슨(Jason): 황금의 양털을 탐색한 Argonian(그리스 남부의 고대 도시)의 지도자로, 전설에 의하면 그는 아일랜드로 왔었다.

12) 맥퍼슨즈 오시안(MacPerson's Oshean): James Macpherson(1736—96): Ossian 시詩의 스코틀랜드 번역자. Ossian: Finn의 시인 아들인 Oisin에 대한 Macpherson의 형태.

13) 카르타고 해사보고海事報告(Punic admiralty report): Victor Berard의 한 페니키아(지금의 시리아 연안에 있던 고대 도시 국가)인 호머(Homer)에 관한 책. 그에 의하면, 〈오디세이〉(The Odyssey)는 어떤 셈족(Semite)의 항해 일지의 희랍화(hellenisation)이다. (그리스의 Nikos Kazantzakis는 1959년, Homer의 속편인, The Odyssey: A Modern Sequel을 썼다) Punic: 카르타고(Carthage: 아프리카 북부의 고대 도시 국가. BC 146에 멸망).

14) 에게해海 12군도식群島式 베데커 여행안내서(dodecanesian baedeker): (1)Aegean Sea의 12군도 (2) Baedeker: 베데커 여행안내서(독일의 출판업자 Karl Bacdeker가 시작함).

15) 티베리우스트 이중사본二重寫本(Tiberiast duplex): 10세기로부터 〈구약〉 MSS(대량 용량 기억 시스템) 속에 소개된 헤브라이 모음들(그들 밑에 자음 점들을 두는)의 티베리우스트(로마 왕조)식 발성법(vocalisation).

16) 한노 오논한노(Hanno O'Nonhanno): (1)Hanno: 아프리카의 서부 해안을 따른 항해에 대한 설명을 쓴 Carthaginian 군인, 통치자 (2)O'Nonhanno: (It)hano o non hanno: they have or have not.

17) 모세 신서新書(Morse Code): 모세(Moses)는 〈오경五經〉(Pentateuch)을 썼다.

(124)

1) 네 가지 형태인지라, 종지부(스톱)(four in type…stop): 〈켈즈의 책〉은 4가지 형태의 종지부들을 갖는다. 설리반은 그것을 구두점(punctuation)의 날짜로 삼는다.

2) 런던 경찰국(Yard): Scotland Yard: 런던 경찰국(원래의 그 곳 소재의 지명에서. 공식 명은 New Scotland Yard, 그 수사과, 형사부).

3) 형교수兄敎授…조반朝飯—식食—탁卓에서(Brof'sor. a'th e's Bre'ak—fast—table): 홈주(O. W. Holmes) (1809—1894): 〈조반 식탁의 독재자〉(The Autocrat of the Breakfast Table) 및 〈조반 식탁의 교수〉(The Professor of the Breakfast Table)를 쓴 미국인 작가.

4) 형교수兄敎授 현학객자衒學客者(Brotfressor): (G) 빵과 버터를 만을 위해 일하는 사이비 학자에 대한 쉴러(Schiller)(독일의 시인 극작가)의 말.

5) 프렌더게스트(Prendergust): 패트릭 Prendergast 목사(1824년 사망): 조합성당(組合敎會)(the Congregation)의 최후 대大 수도원장으로, 그는 조합성당의 십자가(The Cross of Cong)를, 자물쇠 채우지 않은 찬장 속에 보관했다. 아일랜드의 값진 원고집原稿集이 그에 의해 식탁 위에 놓여 있었다. 그가 되돌아오자, 그의 재단사가 우연히 그것을 난도질했다. 여기 파괴적 교수는 루이스(Wyndham Lewis)(조이스의 적수)로서—손을 암시한다.

6) 네 잎 클로버(토끼풀)(fourleaved shamrock): Shamrock: 단지 감자—땅(praty—land)(아일랜드)에서 자라는 클로버(아일랜드의 상징)+fowl(가금家禽): 암탉의 암시.

7) 사열박편四裂箔片 장식의(quadrifoil): 설리반: 〈켈즈의 책〉 속에 점들(dots)은 둥글지 않고― 형태에 있어서 거의 언제나 사각 또는 사열박편적(quadrilateral)(완전 사변형)이다.

8) 암탉 마님(Dame Partlet): 암탉의 의인화 명. 영문학의 시조라 할 초서(Chaucer)의 〈수녀의 신부 이야기〉(Nun's Priest Tale)에 나오는 암탉에 대한 표현, 비유적으로 여인을 암시함.

9) 작고 아름다운 불한당!(the petty bonny rouge!): Sain'ean 작: La langue de Rablais II. 353의 글귀: Le Petit Bonnet rouge(악마의 통칭).

10) 이국의 캠헬슨(Fjorgn Camhelsson): Finn MacCool: 아일랜드 전설의 거인 영웅, 그의 아들은 Ossian, 그의 손자는 Oscar.

11) 키빈네스(Kvinnes): (Da) kvindes: woman.

12) 여우와 거위도(Fox and Geese): 더블린의 지역 명.

13) 아담 부父의 술집: Father Adam's Pub(3.01).

14) 제로살렘(Jeromesom): Jerusalm+Jerome(예언자).

15) 분痛憤 에베소(Huffsnuff): (1)Ephesus: 에베소, 소아시아의 옛 도읍. Artemis(Diana) 신전이 있음 (2)huffsnuff: 쉽게 분통을 터트리는 사람.

16) 키잡이앤콕스Andycox): Antioch.

17) 예언자 오레카산드룸(Olecasandrum): Alexandria+Cassandra(예언자)(U 27).

(125)

1) 아들들 중의 아들(son of sons): 〈성서〉, 〈아가〉(Song of Songs)의 익살.

2) 자신의 무지 속에 한 가지 없이(without a thing in his ignorance): Macgniomiharta Fuinn〈핀의 청년 개척〉(The Youthful Exploits of Finn)의 글귀.

3) 대양사회大洋社會(oceanic society): 더블린의 Ossianic Society(출판사).

4) 털코 맥후리 형제(Tulko MacHooley): Tulcha Cumhall, Finn의 형제.

5) 그 날에도 그리고 내일도(the day was in it and after the morrow): (Angl) the day was in it: that day, on that day.

6) 비참기분자悲慘氣分者(디어매이드)(Diremood): Dermot and Grania: Dermot는 Finn MacCool의 조카요 최고 전사. Grania와의 사랑은 트리스탄과 이솔트의 그것처럼 아일랜드 전설 또는 켈트의 사랑의 모델이다. 여기 〈경야〉의 사랑의 주제.

7) 시편서집詩篇書集의 필자(the writing chap of the psalter): 필경사를 암시하며, 아마도 Cashel의 〈시편〉(the Psalter)에서 따온 듯.

8) 친우의 마구착자馬具着者(juxtajunctor of a dearmate): Diarmaid=Dermot의 암시.

9) 한 가지 욕구 때문에 동료로 변신變身하나니(passing out of one desire into its fellow): out of each desert into its fellow의 변형. Macgniomiharta Fuinn(The Youthful Exploits of Finn)의 글귀.

10) 딸들(daughters): 여인들을 말함.

11) 톨 바(Torba): Toraba: Finn의 부친의 한 아내.

12) 아름다운 목을 가진 톨 바의 호남자들이(Torbas nicelookers of the fair neck): 전사戰士들의 별칭.

13) 토티 아스킨즈(Totty Askinsers): (속어) Tommy Atkins: 영국의 군인. (보라) 팀 Tom, Three, Tom Dick and Harry(이놈 저놈 누구나).

14) 집배원 한漢스(Hans the Curier): (1)훈련된 말(馬). (2)(Du) Hans de Koerier: 집배원 손 (3)Hans Curjel: 취리히의 Corso 극장의 지배인.

15) 별반 그리스 오만 없이(someless of cheeks): 존슨(Ben Jonson)에 의하면, 셰익스피어는 약간의 라틴어를 알았고, 그리스어는 별반 알지 못했다.

16) 이섹스 다리(橋)처럼 정말로(as true as Essex bridge): (더블린의 유행어).

17) 비상처대학鼻傷處大學의 소나기화花의 농율목弄栗木(the showering jestnuts of Brujsanose): (1)캐럴(Lewis Carroll) 저의 Jabberwocky (2)Flowering chestnuts (3)옥스퍼드의 Brasenos 대학.

18) (분糞, 채, 수치, 안녕하세요, 나의 음울한 양만? 또 봐요!(kak, pfooi, bosh and fiety, much earny, Gus, poteen pozhivaete, moy cherny Gos, podin? Sez you!): (R) how are you, my black sir? 여기서는 일종의 방백(aside)으로, 러시아어의 익살. 〈경야〉의 제3부 제4장의 말미에 나오는 솀에 대한 서술을 메아리 한다: Jeebies, ugh, kek, ptah, that was an ill man!(제비즈, 우, 켁, 프타신, 그건 병자였도다). (590. 18)

19) 문사文士 솀(솀 the Penman): (1)Jim the Penman (2)James Townsend Savard(James는 솀의 영어 명): 표절자.

• I부 - 6장 •

수수께끼 – 선언서의 인물들 (pp.126-168)

(126)

1) 주신삼主神森의 거기 배면背面(the back of the wodes): backwoods: 불결한 산림 땅.

2) 존 제임슨 앤 송 양조회사釀造會社(Jhon Jhamieson and Song): John Jameson & Son: 더블린의 위스키 회사명의 인유.

3) 극대 조교자造橋者(maximost bridgesmaker): (1)bridge Maximos는 입센의 Caesar and Galilean에서 기독교와 이교도 간의 간격을 교량橋梁하려고 노력한다. (2)(L) Pontifex Maximus: 고승, 교황(실제로 조교자造橋者).

4) 유카리 왕사목王蛇木(bluegum buababbaun): Bluegum: 유카리 왕사목. (G)(Baum) 나무. Baobab: 아주 통 큰 나무.

5) 거족巨族의 웰링턴 적색 삼목杉木(giganteous Wellingtonia Sequois): Sequoia(Wellingtonia) gigantea): 붉은 삼목(redwood).

6) 리피 강(Liffyette): (1)River Liffey (2)Marquis de Liffyette(1757—1834)—혁명에서 미국 식민자들을 도운 프랑스의 장군 (3)〈율리시스〉에서 몰리 블룸의 더블린 사진사: 그와 같은 미학적인 제작품에 대해 책임을 지고 있던 사람은, 웨스트모어 가의 라파에트라는, 더블린 제일가는 사진 예술가였어. (U 533) (4)워싱턴의 Lafayette Square(광장).

7) 호우드(H) 두건頭巾의 사구砂丘(hooth): 호우드 언덕.

8) 회유녹모懷柔綠帽(consiliation cap): 더블린의 Conciliation Hall(조정재판소 회관), 이곳의 O'Connell은 녹색 모자를 썼다.

9) 알버트 제製 시계 줄(chainganger's albert): (1)입센 작: Gengangere(Ghosts)의 인유 (2)Albert: 일종의 시계.

10) 최초의 핥아먹기 사과가 떨어졌을 때 그는 새로운(뉴) 한 톤 무게를(when felled his first lapapple): 뉴톤과 사과.

11) 7인 연속색連續色(successivecoloued): 7무지개 빛깔.

12) 세르비아 하녀들(serebanmaids): (1)Serbian(옛 유고슬라비아의 한 공화국) (2)several servant maids.

13) 히스의 들판에 있었을 때 마냥 이 시간까지 집에서는(as he was in heather): 주님의 기도의 패러디: 하늘에서처럼 땅 위에도(on Earth as it is in Heaven).

14) 미의역사未意力士(Willbeforce): (1)William Wilberforce(1759—1833): 영국의 의회의원, 주로 노예무역의 철폐에 관여했다 (2)주님의 기도에서: 당신의 뜻은 이루어지리다(Thy will be done).

15) 보인 강江의 신교들 소년들(the prodestung boyne): (1)노래 가사의 패러디: The Protestant Boys. (2)1690년의 보인 강 전투.

16) 모든 들판에 행홍수行洪水가 일어났을 때 노아 오인五人(five when nallmarken rose goflooded): 노아 + 아내 + 3아들들.

17) 아일랜드어語를 가지고…교수敎授했도다(Hirish tutors Cornish made easy): 더블린의 왕립극장(Theatre Royal)에서 행한 아일랜드어 교습.

(127)

1) 도윤년跳閏年 그대 자신의 교낭敎娘(leapyourown taughter): 윤년의 딸(閏年女)(leap year daughter).

2) 형사 법원의 뜰에 내쫓았도다(hung him out billbailey): 노래 가사의 패러디: 빌리 베일리(Billy Bailey): 그대 집으로 오지 않으련고?(Won't You Please Come Home?)

3) 톨러 놈 판사(Toler): Judge Toler: 아일랜드 애국자 Robert Emmet를 재판했다. 〈율리시스〉 제11장 말미 참조(U 238.9).

4) 롱 온에 기회를 제공하나 위켓 문門 앞에(Long on but stands up to legge before): (1)long on: 크리켓 위치(투수의 오른쪽 후방의 야수) (2)leg before wicket(크리켓): 타자의 왼쪽 뒤편의 필드. 그 수비자. (3) legge: 법法, 성 아우구스티누스의 〈참회〉(Confessions) VIII. 12: tolle lege(take it & read).

5) F. E. R. T. : Savoy(프랑스 남동부 옛 공화국)(사보이 왕가(1861—1946)의 모토.

6) 추적소追跡所로부터 최고—주主—도피자인지라(escapemaster—in—chief from…houdingplace): Houdini: Harry(1874—1926): 잠긴 곳(locked places)에서부터 도망친 미국의 마법자, 도망의 고수叩首(escapemaster).

7) 고함자高喊者에게 보다 포학暴虐하다면, 쉿쉿 추자追者에게 그는 백열白熱로 행동하나니(outharrods against barkers, to the shoolbred he acts whiteley): (1)Harrods, Barkers, Shoolbred's, Whiteley's: 런던의 백화점들 (2)〈햄릿〉 폭군 헤롯 왕보다도 한술 더한 수작이거든, (김재남 817) (outherods Herod rightly)(III. 2. 15).

8) 3명의 독일 훈족族의 단지 출현에 소개疏開당하고(evacuated at the mere appearance of three germhuns): 모하메드가 3일간 순례를 행하는 동안 Koreysh에 의해 소개 된 Mecca(사우디아라비아의 도시, 모하메드의 탄생지).

9) 동물형태학…범수성주의汎獸性主義…브로치 되었나니(from zoomorphology to omnianimalism he is): (1)고대 아일랜드에서 짐승의 머리로 만들어진 동물 브로치 (2)범수성주의범汎獸性主義(omnianimalism): (L) omne animal: 모든 살아있는 피조물들. animalism: (1)동물의 활동, 감수성 (2)인간을 단지 짐승으로 보는 학설.

10) 동전의 회전에 의하여 브로치 되었나니(brooched by the spin of a coin): 아일랜드의 동전들에는 동물들의 그림이 그려져 있다.

11) 애디슨 등대처럼 우뚝 솟아, 심해상深海上에 백조광白鳥光을 던지도다(an eddisotoon…casting swannbeams): (1)Eddystone 등대 (2)에디슨(Edison)은 전구를 발명했다 (3)스완(Swann)은 등불을 발명했다.

12) 뇌우雷雨(thunder): 코란(Koran) XIII(장, Sura).

13) 기혼 부인(fraufrau): Meilhac & Halevy: (오페라) 〈기혼 부인〉(Frou Frou) 제목의 패러디.

14) 고리 등 굽은 유령공幽靈公(Dook Hookcrook): 여기 HCE는 Bosworth 전투에서 피살된, 등 굽은 리처

드 3세(Crookback) 격. 〈율리시스〉에서 데덜러스는 등 굽은 리처드와 지처드. 창부의 등 굽은 자식을 묘사 된다(U 172). HCE, HUMP는 등에 혹을 지닌다.

15) 나귀에 그가 단정히 앉을 때…취객들의 희롱과 향연이라…그가 섹시 남男 프란킷처럼 역役하다…우우 아아 놀리니…나귀…매매 울도다(his ass booseworthies…his aas when he lukes like Hunkett Plunkett): 더블린 배우인, Luke Plunkett가 나귀를 타고 있는 리처드 3세 역을 하자, 그의 죽음으로 청중은 너무나 즐거워, 모두들 그것의 반복을 주장했다.

16) 수잔 여차 여차(sosannsos): (1)so and so (2)SOS (3)Susanna: 〈성서〉, 〈구약〉에 나오는 수산나(Joachim의 아내로 정숙한 여자) 이야기.

17) 이 도시의 수상쩍은 건달 여인(a party on a lady of this city): 〈왕립 극장의 연대기, 더블린 16집〉(Annals of the Theatre Royal, D16): 이 도시의 여인에 의하여 쓰인, 오페라(Opera, written by a lady of this city)의 익살.

18) 주물呪物(juju): 서 아프리카의 마물魔物.

19) 사하라(Sahara): 아브라함(Abraham)의 아내.

20) 애란의 산화철oxhide on Iren): 산화철(oxide of iron). (노래에서) 애란의 망명(The Exile of Iren).

21) 잉글랜드 은행(banck of Indgrangd): Bank of England. (Da) indgang: entrance.

22) 성당 출구(chapel exit): 채프리조드.

23) 프랭크인들의 두뇌, 그리스도 교도의 손, 북방인의 혀(brain of the franks…. tongus of the north): Damiri: 지혜가, 프랭크 인들의 두뇌, 중국인의 손, 아라브인의 혀 위에 내려앉도다의 익살.

24) 저녁식사에 초대하고(commands to dinner): Commendators(〈돈 지오반니〉: 만찬에 초대된 조상彫像. 〈율리시스〉 블룸의 독백 참조(U 147).

25) 아침에 두절頭切(a block at Morgen's): (1)(Da) morning (2)J. Morgan: 더블린의 제모상制帽商.

26) 두구頭坵(the Head): 호우드 구두(丘頭).

27) 의회 잔당(the Rump): Rump Parliament: (영국사) 잔여 의회(1648년의 추방 후에 남은 Long Parliament의 일부와 사람들만으로 행한 의회(1648.53). (1659.60).

28) 초기 영국의 추적 상표(Early English tracemarks): 13세기의 특별한 건축 양식.

29) 하나의 만화경(a myrioscope): (1)일종의 만화경(kaleidoscope) (2)hagioscope: 성당 제단을 측량(통로)에서 볼 수 있도록 만든 통로.

30) 대단히볼가치있는(wellworthseeing): Woolworth: 서푼짜리 상점들의 연쇄.

(128)

1) 모든 종鐘의 빅 벤 이라(the Benn of all bells): 노래 가사의 인유: 굴뚝새야, 모든 새들의 왕(The Wren: The king of all birds).

2) 메가로포리스(Megalopolis): Arcadia(옛 그리스 산 속의 이상향).

3) 그는 경작되나니(carucate): 봉건제도에서, 1년에 100에이커만큼 경작할 수 있는 농지의 땅.

4) 별장(manoir): vill: 현대의 행정 교구에 해당하는 봉건 토지 단위.

5) 지하철地下鐵철(Underground): 런던 지하철.

6) 자신의 탄산가스(방귀)를 방취할 때 심하게 백일해 기침하는(acoughwhooping when helets farth his carbonoxside): 탄산가스가 백일해를 고칠 수 있다는 미신: 블룸의 독백 참조.(U 74)

7) 병민病民들을 위하여 갈분葛粉을 그리고 모든 창백민蒼白民을 위하여 핑크 색 환약을 사들이나니(puder…. Ill people…pimkun's pellets…Pale): (1)(G) Puder: powder (2)The Pink 'Un(Sporting Times): 〈율리시스〉에 대한 악의적 해석으로 유명함: 창백민을 위한 핑크 색 알약(광고) (3)The Pale: 16세기에 있

어서 아일랜드에 대한 영국의 통치 부분(4)Lundy Foot: 더블린의 담배 가게로, 여인들에게 pig-tails(꼬인 연초)를 팔았다 한다.

8) 버찌 처녀 세로시아(Cerisia Cerosia): (L) Cerisia: cherry. Cerosia: beeswax(봉밀).

9) 티티우스, 카이우스 및 샘프로니우스에게 뭔가 깔깔 우스꽝스러운 것을(quid rides to Titius, Caius and Sempronius): (1)셰익스피어 작의 Titus Andronicus: Carus & Sempronius: 모두 그 속에 나오는 인물들. (2)John Philpot Curren(1750—1817)(아일랜드 법률가)은 그의 승합차에 quid rides(L)(그대 무엇을 비웃고 있는고)를 새기도록 그(Landy Foot)에게 말했다 한다.

10) 상인 근성(notion of shopkeeper): 나폴레옹은 영국 국민을가게지기 국민(nation of shopkeepers)이라고 불렀다.

11) 세 성곽(three caskles): 더블린 문장紋章의 3성城들의 인유.

12) 스트롬보리 화산(strombolist): Stronbolis): 시칠리아의 화산(volcano).

13) 여성이여, 애탄哀歎할지라!(womankind, pietad): Pieta: 죽은 예수를 애도하는 마리아의 묘사.

14) 금작화 수풀 사이에 백설표적白雪漂積(white drift of snow among gorsegrowth gore): 호우드 언덕의 헤더(heather) 꽃의 암시, 바이올렛(violet)은 후회의 정례전(liturgical)의 색깔.

15) 후회의 샤프론(chaperon of repentance): (F) chaperon: 중세의 머리 장식.

16) 예의범절, 삼중 프로(흥행)(pause and quies, triple bill): (1)아일랜드의 P's / Q's(예의범절) (2)triple bill: 흥행의 앙코르 암시. 〈게이어티 극장의 제25주년의 기념물 37호〉에 의하면, 여배우 Miss Craham은 연속적 삼중 흥행(Triple Bill)으로 대중을 즐겁게 했다.

17) 메트로(지하철)로 도시(폴리스)(metro for the polis): D. M. P(더블린 수도 경찰국(〈율리시스〉 제12장 초두 참조)(U 240). polis: 고대 그리스의 도시 국가.

18) 찾는 그대에게, 재난!(you that seek): 〈마태복음〉 7장 7절의 글귀의 패러디: 찾을지라 & 그대 발견할지라(seek, & ye shall find).

19) 기근이 탐식했도다(dearth devoured…: 브라우닝(R. Browning)의 Saul: 만일 죽음이 손을 그이 위에 놓으면, 기근이 그의 가게를 탐식할지라(If Death laid her hand on him & Famine devoured his store).

20) 에머리(emery): Emery: 남자 이름.

21) 누란에서 오브루노의(O'Bruin's…Noolahn): Bruno of Nolan. Browne & Nolan의 Bruno적 대응.

22) 앙트레(entr'ee): (F) 진수성찬.

23) 남아男兒를 가지려고 기대하는 계처鷄妻를 위하여(henwives hoping to have males): 모하메드 탄생 전에 한 가지 예언이 기대되었나니: 여인들은 남아를 바랐도다. Haniffs는 대중의 미신을 거부했다.

24) 거대석巨大石 광장(all khalassal): colossal(어마어마한).

25) 365개의 우상을 일소一掃했나니(cleared out three hundred sixty five idles): 모하메드에 의하여 파괴된, Kaaba 신전(아라비아의 Mecca의 Great Mosque에 있는, 이슬람교에서 가장 신성시되던 신전)의 360개의 우상들.

26) 유월절화踰月節火(paschal fire): 성 패트릭의 Paschal fire.

27) 우리가…서문하듯 우리들에게 우리들의 침입을 금하도다(forbids us our trespassers as we forgate him): 〈주님의 기도〉(Lord's Prayer)의 패러디: 우리를 침입하는 자들을 우리가 용서하듯 침입자가 우리를 용서하라(Forgive us our trespasses we forgive those who trespass against us).

28) 대大헤르쿨레스의 소小기둥(pilluls of hirculeads): Gibraltar의 Hercules 기둥.

29) 소少오시안 산 위의 다多페리온(piles big pelium on little ossas): (1)(L) Dssadnl의 Pelion(〈오디세이아〉11권 (2)Titan들에 의해 쌓인, 산상의 산(mountain on mountain).

30) 식食터퍼스 콤플렉스(eatupus complex): Oedipus complex의 암유.

(129)

1) 육肉의 본래산本來山the mountain of flesh): 1885년 더블린의 게이어티 극장은 Cattermole(고양이 방파제)로서 육의 산인, Hill과 함께 〈개인 비서〉(Private Secretary)를 상연하다.

2) 고양이 방파제 언덕(Cattermole Hill): Limerlick 군에 있는 Cahermohill: 실제로 여기서는 HCE를 암시한다.

3) 합음절合音節로 노래를 노래 부르다(a sing a song a syllable): 자장가의 패러디: 6페니 짜리 노래를 노래하다(Sing a Song of Sixpence).

4) 그의 협곡 콜로세움이 설 동안 약자弱者는 추락할지라(stands his canyouseelhim frails shall fall): 바이런(Byron): 콜로세움(Colosseum)(로마의 큰 원형 경기장)이 서있는 동안 로마는 견디리라(While stands the Colosseum Rome shall stand)의 인유.

5) 세방교細房橋(Cellbridge): Kildare 군의 마을 이름. HCE의 암시.

6) 바깥에서 사출했나니(ejoculated abroood): (1)educated abroad (2)ejaculated.

7) 창주創酒로 시작하여(in the biguinnengs): beginning+Guinness(창세주創世酒).

8) 감주甘酒 싸움으로(in a battle of Boss): (1)bottle of Bass(더블린 주명) (2)New Ross 전투의 인유.

9) 로더릭, 로더릭, 로더릭(Roderick): 아일랜드 최후의 고왕高王, Roderick Oconor.

10) 오지奧地 소년의 휴일(a wenche's sandbath): Watch's Sabbath(1년에 한 번 깊은 밤에 여는 악마의 향연)의 익살.

11) 단일안單一眼의…무無병아리란卵이라(homoheatherous checkinglossegg): 노래 가사의 익살: 조니 나는 그대를 알지 못해요: 그대 무안無眼의, 무비無鼻의, 무계란無鷄卵의(Johnny I Hardly Knew Ye. Ye eyeless, noseless, chickenless egg).

12) 모든 놀이꾼들 가운데 가장 능숙한 자(the handiest of all andies): (1)로버(Samuel Lover)(1797—1868)(아일랜드 소설가 및 노래 작가)작 〈핸디 앤디〉(Handy Andy)의 인유 (2)자장가 Humpty Dumpty의 인유.

13) 무력평민당적無力平民黨的으로(plebmatically): phlegmatically+plebians.

14) 부방패腐防牌(로스쉴드)(Rotshield): Rothschild: 재정적 거래의 예외적 위치를 획득한 유태인 가족.

15) 암자岩者(Rockyfellow): Rockefeller: 부를 상징하는 미국의 가족, 1917—1918년에 Edith Rockefeller McCormich은 조이스에게상당량의 월 수당을 지불했으나, 갑자기 철회했다. (Ellmann 422 참조).

16) 비둘기의 구가鷗家였음을 쿠쿠 주장하노니(cooclaim to have been pigionheim): homecoming pigeon + Pigeonhouse(더블린 발전소).

17) 스머니온, 로어북, 코론스리그, 해요지海要地(시포인트), 부두구埠頭丘(키호우드), 회도灰島(애쉬타운), 서계鼠鷄(랫헤니)(Smerrnion. Bhoebok, Kolonsreagh…Ratheny): 호머의 출생지로 간주된 7개의 도시들: Smyrna, Rhodos, Kolophon, Salamus, Chios, Argos, Athenae에 대한 익살.

18) 시종장관侍從長官(lordship of chamberlain): Lord Chamberlain, 감찰관.

19) 우리는 유즈풀 프라인(유용한 청송青松)에서 그대의 농장을 보았도다. 돔날, 돔날(we saw thy farm at Useful Prine, Domhall Domhnall): T. 무어의 노래의 익살: 나는 그대의 한창의 모습을 보았도다(I saw Thy Form in Youthful Prime)〔Domnhall〕.

20) 아이슬란드의 귀(Iceland's ear): Ireland Eye(호우드 북쪽 바다의 작은 섬)의 익살.

21) 지로무舞, 지로무(Giroflee Giroflaa): Vanloo 및 기타 작: Girofle', Girofla(오페라. 또한 노래 개임. 오페라에서 그들은 두 쌍둥이 자매들).

22) 갈까마귀 놓친 것을 비둘기자리(天)가 발견했도다(Nevermore missed and Colombo found): E. A. 포(Poe)작 Quoth the RAVEN 'nevermore'의 인유.

23) 알프스의 새(新) 바위라 부르는 스위스 가구家丘(the Suiss family Collesons whom he callsles nouvelles roches): (1)Swiss Alps relatively new rocks) (2)J. S. Wyss: Swiss Family Robinson.

24) 사랑, 신념 및 희망(his love, faith andyears): 〈성서〉, 〈고린도전서〉 13장: 13절: 신념, 희망, 자비(faith, hope, charity)의 인유.

(130)

1) 여소녀汝少女와 여소년汝少年(youlasses and yeladst): 〈율리시스〉 및 〈일리어드〉(Iliad)의 대비 비유.

2) 석야夕夜의 섬광(glimpse of Even): T. 무어의 노래의 인유: 애린愛蘭의 마지막 섬광을 통해(Through the Last Glimpse of Erin).

3) 타르 아편 및 보드카(tharr and wodhar): 맹건(Mangan)과 버케리(Berkeley)(아일랜드, Clone의 주교)는 타르 수를 약藥으로 평가했다.

4) 뉴 이어랜드, 예수 강림장降臨莊의 크리스마스 날, 장기사순절長期四旬節의 질병(Christienmas at Advent Lodge, New Yealand, after a lenty illness): Christmas, Advent, New Year, lent(사순절).

5) 유태 수장절收藏節의 존사 부활절동방인 씨氏(the roeverand Mr Easterling of pentecostitis): Estering: 아일랜드의 침입자로 쓰인 바이킹인.

6) 유증 된 요구에 의하여 무조화종자無弔花從者로, 온통 사적인 흥장례興葬禮(no followers by bwquest, fanfare all private): (1)흥장례(fun funeral)(〈경야〉의 암시) (2)T. 무어의 노래 인유: 그이를 기다리는 곳에 영광이 사라지다(Gone Where Glory Waits Him).

7) 그러나 아직 여기 아니나니(Not Here Yet): 〈율리시스〉 〈하데스) 장에서 스파지온은 오늘 오전 4시에 천국으로 출발. 오후 11시(마감시간) 아직도 미착이란 블룸의 의식의 익살 참조.(U 89)

8) 맥스웰, 유물론자 Maxwell, clark): James Clerk Maxwell(1831—1879)이라는 영국의 유물론자(의약자, physicist).

9) 보인 강江의 전투(battle of Boyne).

10) 목 깃털 딸기(hackleberries): 트웨인(Mark 트웨인) 작 〈허클베리 핀〉(Huckleberry Finn)의 패러디.

11) 하루 벌어 하루살이 말하는 것을 배우게 되자 드디어 눈을 감고 이란어耳蘭語를 말할 수 있었나니(learned to speak from hand to mouth till he could talk earish with his eyes shut): 비코 작 〈새 과학〉(New Science) 401의 글귀의 인유: 민족들의 최초의 묵시黙時에 있어서 최초의 언어는 기호들로—몸짓이든 외형의 사물이든—시작했음에 틀림없다.(the first language in the first mute times of the nations must have begun with signs, whether gestures or physical objects.)

12) 거래소교橋, 부가족교附加足橋, 빈 및 구교溝橋, 의 말할 필요 없는…. 톨카교橋(rialtos, annesleyg, binn and balls to say nothing atolk): 모두 더블린 소재의 다리들.

13) 뉴코먼교(Comyn): 〈율리시스〉 제2장에서 코민(Comyn)(스티븐 반의 초등학생)의 말의 패러디: 어떡해서요, 선생님?…다리는 강을 가로질러 있는 건대요(How, sir? Comyne asked. A bridge is across a river)의 구절 참조. (U 21)

14) 태양(의) 이글거리는 광휘(의) 빛이 습윤주濕潤洲(의) 혐오스러운 특정 장소의 벽돌(의) 홍조 위에 오물(의) 기근을 통하여 먼지를 막 갈색으로 변화시켰도다(the gleam of the glow of the shine of the sun through the dearth of the 약소 on the blush of the brick of the viled ville of Barnehulme): 노래가사의 변형: 보르네오 출신(의) 야인(의) 아내(의) 아이(의) 유모(의) 개(의) 꽁지에 달린 벼룩이 방금 도회로 왔도다(The flea on the hair of the tail of the dog of the nurse of the child of the wife of the wild man from Born대 has just come to town).

15) 적근초赤根草, 해초, 갈근초褐根草, 구과초毬果草, 표토회漂土灰, 남란초藍蘭草 및 자양초紫陽草, 이러한 것들이 그를 격자무늬로 염染했나니(these dyed to tartan him, rueroot, dulse, bracken, teasel.): 스코틀랜드의 격자무늬 제조에 사용되었던 자연산 염료들.

16) 그는 아메리카 합중국에서 발육한 24명가량의 종형제들을 지녔는지라(he has twenty four or so cousins germinating in the United States of America): Dillon Cosgrave는 그의 〈북부 더블린, 시 및 환경〉(North Dublin, City & Environs)에서 미국에는Dublin이라 불리는 24개의 장소들이 있다고 주장했다.

17) 한 때의 왕국에 두문자 한 개 틀린 동명인同名人이었도다(a namesake with an initial difference in the once kingdom): 폴란드의 Dublin을 가리킴.

18) 런던 미술품 경매 상(a slump at Christie's): 실존하는 Christie's.

19) 자신의 찔린 부위部位에서 그의 꿈의 여인이 태어나니(forth of his pierced part came the woman of his dreams): 아담의 갈빗대로 만들어진 이브의 암시.

20) 섬광견閃光見의 메점주경賣店主卿(byshop of Glintylook): Bishop(주교) of 그랜달로우(Wiklow 군 소재의 풍경 수려한 마을)(이 자리[post]는 성 Laurence O'Toole에 의하여 거절되었다).

21) 호우드팽이형모型帽의 풍성백작風成伯爵(eorl of Hoed): 호우드의 백작(Earl).

22) 그이 속에 갈색 건물에 의해 포위되나니(surrented by brwn bldns): (Dublin) surrounded by brown buildings.

23) 자유항港(flee polt): free port: 세계1차 전쟁 이전에 서방인들에 의해 통제되었던 중국의 조약 항들(treaty ports).

24) 제국시帝國市(Hwang Chang): 제국 시(Imperial City)(중국 북경의 일부).

(131)

1) 미쉬의 산山(Mount of Mish): Antrim 군의 Slemish라는 산으로, 거기서 패트릭이 6년 동안 군중들을 돌보았다.

2) 모이의 봉야蜜野(Mell of Moy): 아일랜드의 Elysium(벌꿀 평야).

3) 공쾌空快함(Topperairy): Tipperary: 더블린 남부 78마일에 있는 전원 마을.

4) 불결하지만 오히려 다정하나니(dirty…dear): (대중 유행어) Dear Dirty Dublin, 〈율리시스〉 재7장 참조.(U 118)

5) 오스트만 각하(ostman Effendi): Ostman: 바이킹. Effendi: 장교들에 대한 존경을 표하는 터키식 타이틀.

6) 써지 패디쇼(Serge Paddishaw): 쇼(G. B. Shaw)(아일랜드 극작가)?

7) 파리스에게 프리아모스 아비(outpriams al' his parisites): 트로이의 Priam: Paris의 아버지.

8) 최후의 왕: (les Rois Faine'ants): Merovingian(메로빙거) 왕조, Frank 왕국의 왕조, 486–751)의 최후의 왕들.

9) 어떤 낙자落者(윌)리엄이 웨스터먼스터에서 그를 저버릴 때까지 스쿤 족의 그의 타라 왕(His Tiara of scines was held unfillable till on Liam Fail felled him Westmunster): 17세기 아일랜드의 역사가인 Keating에 따르면, Westminster 사원의 대관석戴冠石은 Edward 1세에 의하여 스코틀랜드의 Scone로부터 런던으로 운반되었다 한다. 파넬의 추종자들은 그를 저버렸다. Tiara: Tara 왕조.

10) 우리를 탈가면脫假面(demask)하기 위해 사울처럼 노櫓 저었을 때 그의 자리에서부터 축출逐出되어 불타佛陀 베스트로부터 역병疫病(was struck out of his sittem when he rowed sauely to demask…plagues): (1)Damascus: 시리아의 수도 (2)saulely: Paul (3)Budapest: 헝가리의 수도 + pest(plague) (4)사울(Saul)은 Damascus로 가는 노상에서 개종되고, Paul이란 이름을 갖는다. Saul: 〈성서〉, 〈사무엘상〉. 이스라엘의 왕.

11) 매를 창처럼 꽂자 번개를 없앴도다(speared the rod and spoiled the lightening): (대중 유행어) 매를 아끼면 아이를 망친다(Spare the rod & spoil the child)의 패러디.

12) 과자와 더불어 결혼하고 향락과 더불어 후회했나니(married with cakes and repunked with pleasure): (대중 유행어) 급히 결혼하고 한가롭게 후회한다의 패러디.

13) 그가 매장될 때까지 자신은 얼마나 행복했던고(till he was buried how happy was he): Rosie O'Grady의 노래 패러디: 우리가 결혼하면, 오, 우린 얼마나 행복하리(when we are married, O how

happy we'll be).

14) 일어 낫 미카우버!(Up Micawber!): 디킨스(C. Dickens)의 소설 〈대이비드 코퍼필드〉(David Copperfield)에서 등장인물 Micawber는 뭔가가 일어나기를 언제나 기다리고 있다.

15) 계단 꼭대기에 있는 신神, 짚 매트 위의 사육死肉(god at the top of the staircase): Osiris(이집트 신화의 명부冥府의 왕)는 계단 꼭대기의 신으로 불리고, 10단段들의 꼭대기에 조상彫像으로 묘사된다.

16) 굴대 거미줄의 가짜 두건이 그의 불가시성 꼴불견의 동굴구洞窟口를 메웠나니(the false hood of a spindler web.): 모하메드는 그가 숨은 동굴 입구를 가로지른 거미줄로 적들로부터 생명을 구했다.

17) 그에게 상록수종常綠樹種의 애인가愛人歌를 노래하도다(his leafscreen sing him a lover of arbuties): (1)(아일랜드에 서식하는) 딸기를 포함하는, 상록수 종(genus of evergreens) (2)Arbutus: (본래 북 아메리카 산) 철쭉과의 식물).

18) 우리들의 친구 부왕副王(our friend vikelegal): Viceregal(viceroy의) 부왕.

19) 우리들의 신의信義의 스와란(our awaran foi): (1)(F) foi(confidence)(신의) (2)Swaran: Macpherson이 Fingal에서 Fingal이 대적하여 싸운 Norse(북구)의 초자연적 영웅. (3)James Macpherson(1736—96): Ossian(Fingal 또는 Finn MacCool의 시인 아들) 시의 스코틀랜드 번역자. 그는 표절시剽竊詩의 상상적 저자로, 표절(forgery)과 연관된다.

20) 기쁨의 조가비들에서 주연배酒宴盃를 마셔 없앤 그의 개울 곁의 네 돌멩이들 아래(Under the four stones…at the joy of shells): (1)Macpherson의 〈커트린의 죽음〉(The Death of Culhullin) 109행의 패러디: 그는 기쁨의 조가비를 그에게 제공했도다(He offered him the shell of joy) (2)Macpherson이 Fingal 1.39: 네 돌멩이들…. Cathba의 무덤 위에 솟는도다(Four stones…rise on the grave of Cathba).

21) 모라와 로라(Mora and Lora): Macpherson의 작품들에 나오는 2개의 언덕 이름들.

22) 그의 혼란을 내려보면서 유쾌한 시간의 언덕을 지녔나니(had a hill of high time looking down on nhis confusion): Macpherson의 작품들에서 언덕 꼭대기의 왕들은 그들의 아래쪽 적들의 혼란을 내려다본다(Kings on hilltops view the conflict of their armies beneath).

23) 준비를 갖춘 단단한 시선이라, 선향先向의 창槍과 전쟁광狂의 풍족風足이 그의 최후의 전야戰野 위로 레고의 호무湖霧를 흩뿌렸도다(firm look nin readiness…the last of his fields): (1)Macpherson의 〈테모라〉(Temora)의 구절들: 준비를 갖춘 단단한 시선, 선향의 창, 최후의 전야. (2)Macpherson은Curach를 전쟁의 광증이라 설명한다. (3)lego: lake. Macpherson의 Ossian: 나는 처녀의 복장으로 레고의 호무로 갔는지라, 호무의 아들들인, 거기 나의 12부하들이 있었도다(I went in suit of the maid to lego's sable surge: Twelve of my people were there, the sons of the steamy morven). (4)Temora VI에는 레고의 호무(mists over lego)가 서술된다.

24) 우리는 그대, 죄인을 위해, 애도년哀悼年에, 비울悲鬱 했으나(darkened) 우리는 실개울의 조광朝光(the streamy morven)이 일광日光(sunbeam)을 불러낼 때 침울광성沈鬱光星을 향해 피들 탄주 하리라(fidhil to the dimtwinklers): (1)비울 했으나: Temora에서 Fingal의 동료들은 비울 했도다(슬퍼했도다). (2) Macpherson의 Ossian: 나는 처녀의 복장으로 레고의 호무로 갔는지라, 거기 조광의 아들들인, 나의 12부하들이 있었도다. (3)일광日光(sunbeam): Fingal IV에서 〈일광日光의 불러 냄〉(lifting of the sunbeam)의 옛 곡으로, 전쟁의 시작이 표현되었나니 (4)침울광성沈鬱光星을 향해 피들 탄주彈奏하리라: Fingal II. 51.2에서 별들은 침울 광성했도다(stars dim=twinkled). 피들 탄주: fidhil: feel, fiddle Fithil Temora에서 열세의 시인(inferior bard(an inferior bard).

25) 유전遺傳의 높은 원주圓柱(hereditatis columna erecta…): (L) the lofty column of inheritances.

26) 아이의 성의聖衣(hagion chiton eraphon): (Gr) holy garment of a kid.

27) 혼공자混孔子의 영웅두발英雄頭髮(confusianist heronim)의 가장 소통笑桶스러운 통모桶帽(the most conical hodpiece)를 지녔는지라: 우스꽝스러운 투구(공자는 이마 위에 이상스러운 혹을 지니고 있었다).

28) 토실토실 똥똥한 지나支那 턱(chuchuffuous chinchin): (1)공자(Confucius)와 그의 어머니는 그의 부친의 사후에 Chufu로 이사했다. (2)Chinese란 이름은 Chins라는 짧은 통치에서 생겨났다.

29) 타이성산지聖山地(Taishantyland): Confucius(Kung Fu—tze)는 Tai Shan(성산)이 보이는 사당祠堂에서 기도 후에 태어났다.

30) 리튬광鑛(lithium): 가장 가벼운 금속 원소.

(132)

1) 남루거인襤褸巨人 광장(Raggiant Circos): (Regent Circus): 런던 소재.

2) 아틀라스(atlast'): Atlas: (희랍 신화) 신들을 배반한 벌로 하늘을 등에 짊어지게 된 신.

3) 그의 나야돈裸野豚의 사냥(his hunt for the boar trwth): Twrch Trwyth: 〈마비노기(지)〉 Mabinogi에서 아서왕에 의하여 사냥되고, Mordred에 의하여 사살된 곰. Mordred: 아서왕의 조카, 그는 원탁〔Round Table〕을 넘어뜨려, 아서 왕에 의해 사살됨.

4) 배더스다운(Baddersdown): (1)Booterstown: 더블린의 지역 (2)Batterstown: Meath 군 소재의 도시.

5) 캠란 전투에서 그에게 공격해 온 모드레드와 함께 끝장났나니(made his end with the modareds… Camlenstrete): 아서 왕은 Cammlan 전투에서 전사했다.

6) 소모전의 한 독일병사요(a hunnibal in exhaustive conflict): 〈아네린의 책〉(The Book of Aneirin)의 문구: 소모전의 아서(Arthur in the exhaustive conflict).

7) 한 자살제왕自殺帝王이라(an otho to return): Otho: 로마의 자살, 제왕.

8) 열풍에 몸을 불태우도다(burning body to aiger air: 〈햄릿〉 I. 4. 2: 살을 꼬집는 격렬한 바람. 〈율리시스〉 제3장, 스티븐의 샌디마운트(Sandymount) 해변의 독백 참조(U 32) aiger: tidal bore(고조高潮).

9) 경쟁 여왕들(rival queens): Nicholas Lee 작의 연극 명 〈경쟁 여왕들〉(The Rival Queens).

10) 냉혹한冷酷漢, 자만한自慢漢 및 부신한副腎漢(Grimshaw, Bragshaw, Renshaw): 더블린의 로이얼 극장에서 공연된 연극 명들의 변형: Grimshaw, Bagshaw, Bradshaw.

11) 백마고지(whitehorse hill): 잉글랜드의 White Horse Hill, Berks.

12) 맹인을 조종弔鐘하고 벙어리를 호출하고, 절름거리며 망설이나니(pull the blind, toll the deaf and call dumb): 〈누가복음〉 14: 21의 패러디: 가난한 자들과 병신들과 소경들과 저는 자들을 데려 오라 하니라(bring in the poor & the maimed, the halt & the blind).

13) 여우 사냥견犬, 헌신견獻身犬, 애완견, 도견盜犬(harrier, marrier, terrier, tav): 자장가의 패러디: 부자, 빈자, 걸인, 도적(Rich Man, Poor Man, Beggar Man, Thief). tav: 헤브라이 알파벳의 맨 끝 자, aleph(ox)는 그의 첫 자.

14) 우남牛男 오랍(Olaph the Oxman): (1)Olaf는 더블린을 설립했다 (2)Ostman: 바이킹. Oxmantown: 북부 더블린의 일부.

15) 만유쾌걸漫遊快傑 톨커(Thorker the Tourable): 더블린의 게이어티 극장에서 공연된 Xmas 팬터마임 〈쾌걸 토코〉(Turko the Terrible)의 익살(U 9 참조).

16) 공동변소황제共同便所皇帝 비스파시안(Vespasian): Vespasian: 로마 제왕.

17) 로마황제 올리우스(Aurelius): Marcus Aurelius. 스토아학파(금욕)의 철학자(AD 121—180). 〈경야〉에서 Marcus에 대한 어떤 언급들은 Mark Conwall, Mark Lyons, Mark Antony와 연관된다.

18) 위그포옹당원抱擁黨員(whugamore): Whigamore: Whig의 원어.

19) 래글런 가도街道(Raglan Road): (1)더블린의 Raglan 가도 (2)(고대 북구어) Ragnarok: '신들의 운명'이란 뜻.

20) 멀버러 광장(Marlboriugh Place): 더블린의 Marborough 광장.

21) 루버 강(Lubar): Antrim 군의 강.

22) 쿠롬레크고원高原과 크롬말 언덕(Cromlechheight and Crommalhill): Macpherson의 글에 나오는 Antrim의 Cromleach 및 Crommal Hill 언덕들.

23) 요새소감방要塞少監房(wardmotes): 런던의 Guildhall에 있는 Wardmote 대법원(Grand Court). 선거의 개표 결과 보고를 수령한다.

24) 애란愛蘭(Banba): (시적) 아일랜드의 명칭.

25) 뺄라(Beurla): (I) 영어.

26) 장중한 고성古聲(grand old voice): 'Grand Old Man'(글래드스턴의 통칭).

27) 터키의 대제大帝, 주탕파신제酒湯婆神祭, 연어타봉打棒, 나환癩患쇠약자(Gran Turco, orege forment, lachsembulger, leperlean): (Sp) El Gran Turco: 터키의 술탄(Sultan)(황제). lachsembulger: Luxemburger. (G) Lachs: salmon.

28) 그의 천재天才 환상의 섬광, 그의 침착한 총명성의 심도深度, 그의 무결無缺한 명예의 청명淸明, 그의 무변無邊 자비의 흐름(the sparkle of his genial fancy, the depth of his calm sagacity, the clearness of his spotless honour): 더블린의 Philip Crampton의 분수흉상에 새겨진 문구들의 인유.

29) 왜 그는 무적단화無敵團化했으며 그리하여 왜 그는 묵살되었던고(quary was he invincibled): 피닉스 공원에서 Fredrick Cavendish 및 T. H Burke를 암살한 무적 혁명단(Invincibles)을 밀고한 James Carey(1845—1883), 변심한 밀고다.

30) 통합된 애란도(島)(partitioned Irskaholm): 〈연합 아일랜드인들〉(United Irishmen): 1791년 W. Tone에 의해 설립된 민족주의자 그룹.

31) 월귤나무(헉클베리)(hecklebury): 트웨인(M. 트웨인) 작 〈허클베리 핀〉(Huckleberry Finn).

32) 톱장이(sawyer): M. 트웨인 작 〈톱장이 톰〉(Tom Sawyer).

(133)

1) 호우드상上의 숨결처럼 강 쎄게(stark as the breath on hauwck): (G) stark. 호우드 언덕.

2) 자치자自治者는 단(home ruler is Dan): 자치 법(Home Rule)의 주창자 오코넬(O'Connell).

3) 탐욕의 장미(Roseogreedy): 노래 가사의 패러디: 나는 로지 오그라디를 사랑하기에(For I love sweet Rosie O'Grady).

4) 통일주의統一主義(Unionism): 1800년의 대영제국과 아일랜드의 합병.

5) 고양토지재산(fiefeofhome)…999년의 임차권(ninehundred and thitunine years): (1)fief: an estate in land (2)〈리어왕〉 III. 4. 187의 인유: Fie, foh, & fum: (흐, 흥).

6) 야누스 양면신兩面神의 사랑을 위하여 그가 태양시太陽時 닫혀있지 않을 때는 전쟁정체戰爭政體를 위하여 종일 열려 있도다(for the love of Janus): 야누스(Janus)(로마 신화)(문 출입구의 신). 로마 법정(Roman Forum)에 있는 Janus 사원의 문들은 전쟁 시에 언제나 열려있고, 평화 시에 닫혀 있었다.

7) 포플린 천이든 유그노 교도들any popeling…Huguenots): 유그노 교도들이 아일랜드에 수입한 포플린. 〈율리시스〉 제8장 블룸의 독백: 포플린…유그노 교도들이 여기 들어왔지. (U 138 참조)

8) 비단 속에 얼굴을 뒹구나니(ruiulls in sulks): Raoul: Giacomo Meyerbeer(1791—1863)(독일의 작곡가)의 〈유그노 교도들〉(Les Hugunots)의 주인공. 라 카우즈 에쌍트 타라 타라(Lacaus escant tara tara)(원인은 신성한 것이로다): 〈경야〉 및 〈율리시스〉의 말의 주제들(U 138).

9) 붐나파르트, 웰리스, 해포원수海泡元帥, 급습기병 및 초超돌격자, 승마자 듀크로씨, 아담 군君, 정원달사庭園達士(Boomaport, Walleslee, Mister Mudson): Napoleon Bonaparte, Wellesley: 웰링턴의 다른 형제로, 뛰어난 외교적 수완을 지녔으며, 아일랜드의 총독(viceroy)이 되었다. Blowcher(급습기병): Waterloo 전쟁에서의 소련 장군. Ducrow: 더블린의 로이얼 극장에서 Napoleon of Equestrians를 공연함. Mister Mudson: 입센 작 〈건축 청부업자〉(Master Builder)의 인유.

10) 팔팔한(full of beans): 팔팔한(lively).

11) 매매 흑양黑羊으로 통했나니, 그가 우우 백모白毛 될 때까지(passes for baabaa blacksheep): 자장가의

인유: 매매 흑양, 넌 무슨 털을 가졌니?(Baa Baa Black Sheep, have you any wool?).

12) 맥 밀리건의 딸에 의해 고극롱화鼓劇弄化되었으며(drummatoyed by Mac Milligan'ss daughter): 밀리건(Alice Milligan) 작의 〈피아나의 최후 향연〉(Last Feast of the Fiana)을 암시함. 이 작품은 더블린의 애비(Abbey) 극장에서 공연되었으며, 그녀의 작품들은 우울한 내성(內省)으로 무오염無汚染했다(Unsullied by dismal introspection)라는 평을 받았다.

13) 어떤 화시인靴詩人(슈베르트)에 의해 곡화曲化되었도다(put to music by one shoebard): 슈베르트(Schubert): 오스트리아의 작곡가.

14) 그의 토후구土侯區의 모든 패트릭(all fitzpatricks in his emirate): W. J. Fitzpatrick(1830—95): 아일랜드의 작가로서, 고古 아일랜드의 사회생활에 대한 권위다.

15) 습항濕港의 사나이들이(boys of wetford): 노래의 제목에서: 웩스포드의 소년들(The Boys of Wexford). (U 106 참조).

16) 읍邑 호민관으로 멋쟁이 신분화身分化되고(indanified himself with boro tribute): 브라이안 보루(아일랜드의 영웅—왕): 그는 덴마크 인들의 공포요, 호민관의 브라이안으로 알려졌다.

17) 브리스톨로 대중에 의해 국외 추방 당했나니(schenken)…다람쥐촌村(orchafts): (Du) Henry 2세는 더블린을 Bristol(영국 서남부의 항구도시)에 양도했다. (유행어) sent to Coventry(영국 중서부의 공업도시): 사교계에서 따돌리다, 절교하다.

18) 테라코타 질그릇(Terrecuite): terra—cotta: 테라코타 제의.

19) 균유均由, 포애泡愛 및 평량平量(lebriety, frothearnity and quality): (유행어): (자유)Liberty, (우애) Fraternity, (균등)Equality의 변형.

20) 발명의 어머니(a mother by invention): (대중 유행어) 필요는 발명의 어머니(Necessity is the mother of invention)의 변형.

21) 제2의 제왕(second imperial): (1)Hall and Knight 작: 〈더블린과 위클로우〉(Dublin and Wicklow): 인구 및 크기에 있어서 더블린은 대영제국의 제2의 도시이다. (2)〈율리시스〉에 따르면, 그녀는 리찌, 할아버지의 사랑의 귀염둥이(Lizzie, grandpa's lump of love)(스티븐의 독백에서)(U 33)이다.

22) 왕관요구자(kingsemma): 입센: Kong—emeer(왕관 요구자).

23) 디(Dee) 하구河口로 입입立入하자(stood into Dee mouth): 성 패트릭은 Vartry강(고대의 Dea강)의 하구에 상륙했다.

(134)

1) 볼카클로버(Baulacleeva): Balaklava: (흑해에 면한) 크림 전쟁의 옛 싸움터.

2) 엘도라도(황금향)이던지 아니면 궁극적 여지旅地던지(eldorado or ultimate thole): Ultima Thule: 고대인이 세계의 북쪽 끝에 있다고 믿었던 나라. 극북의 땅. 세상의 땅 끝.

3) 광화포狂火砲의 마을(kraal of fou feud fires): 남아프리카의 마을 또는 소 외양간.

4) 래벌리화貨(lavery): Lady Lavery의 초상화를 품은 아일랜드 파운드 화폐.

5) 행운을 위해 비에 젖은 한쪽 어깨 너머로 조약돌을 던졌으며…무장한 소년…용기병 무력으로 탄압했도다(threw pebblets for luck): (1)(희랍 신화) Deucalion(듀칼리온)은 프로메테우스(Prometheus)의 아들로, 그의 아내 피라(Pyrrha)와 함께 호수에서 살아남은 인류의 조상. 그들은 등 뒤로 돌멩이를 던짐으로써 인간을 창조함. (2)(희랍 신화) 캐드머스(Cademus): 용龍을 퇴치하여 테베(Thebes)를 건설하고 알파벳을 희랍에 전한 페니키아의 왕자. 그는 용의 이빨을 땅에 뿌리자, 용사들이 솟아났다.

6) 고디오 갬브린누스 왕(Gaudio Gambrinus): 플랑드르(Flanders): (현재의 벨기에 서부, 네덜란드 남서부, 프랑스 북부를 포함한 북해에 면한 중세의 국가)의 왕.

7) 도공陶工 묘증왕墓贈王(Potter the Grave): Potter's Field: 많은 도시들에 있어서 묘지의 빈민 지역.

8) 스크린 은막의 거들의 버팀대(brace of girdles): Anne Bracegirdle: 여배우의 이름.

9) 릭, 데이브 및 발리(David Garrick & Spranger Barry): 런던 및 더블린의 라이벌 배우들.

10) 등 굽은 자(Crookback): Richard 3세의 별명: 〈율리시스〉 제9장의 스티븐의 논술에서: 〈리처드 3세〉에서 시민의 아내가 디크 버비지(Dick Burbage)를 본 다음 그를 자기 침대로 초청하자 그것을 엿들은 셰익스피어가, 아무런 헛소동도 피우지 않고, 어떻게 암소의 뿔을 미리 잡았는지 그리고 버비지가 와서 문을 두들겼을 때, 거세된 수탉의 침상에서 답하기를: '정복자 윌리엄이 리처드 3세보다 먼저 왔어'라고 한…(U 165). R. Burbage: 셰익스피어 배우.

11) 발아월發芽月 25처녀일處女日(Virgintiquinque Germinal): (1)(L) virgintiquinque: 25. (F) Germinal: 프랑스 혁명 월력의 첫 봄 달(spring month) (2)4월 25일은 부활절의 최후 가능한 일자.

12) 하파푸시소브지웨이(사방의 젖먹이)(Hapapooosiesobjbway): (1)사방에 젖먹이들을 갖나니(have papooses everywhere)(북아메리카 원주민의 어린애들)(535. 34—5 참조) (2)Ojibway: 북 온타리오(캐나다 남부의 주)의 인디안들 (3)Ha—pa—pooo—sie—so—bjb—way는 7개의 음절을 지님, 이하북두칠성이란 수자와 연관됨.

13) 북두칠성이도다(the stars of the plough): Plough & Stars: 아일랜드 반도들에 의하여 사용된 깃발(cf. Stars & Stripes: 미국 국기)

14) 첨봉주尖峰州(the province of the pike): 트웨인 작 〈허클베리 핀〉(Huckleberry Finn)의 소개 노트에 따르면, 그 속에 사용된 Pike—County의 방언.

15) 뱀장어구區(Eelwick): Wapentake: 영국 군郡들의 경계.

16) 비코의(惡의) 순환(vicous circles): 비코의 환들(cycles).

17) 어촉수가魚觸手街(Walting St): 더블린의 Walting 가街는 Guinness 맥주회사(Brewery)를 경계境界한다.

18) 연의軟衣의 패각태생貝殼胎生(sellborn): 더블린 소재의 Shelbourne Hotel(St Stephens Park 북쪽 길 건너에 위치함)의 익살.

19) 약자若者들의 땅(the land of younkers): (1)younkers: 청년 (2)(I) Ti'r—na—nO'g: 젊음의 나라. (U 158)

20) 거인 담쟁이(giant ivy): 이는 Glenasmole(Finn의 사냥터)에 번성함.

21) 태양신사도太陽神使徒(Apostolopolos): Apollo+Apostle.

22) 청춘의 부드럽고…무쌍의 소녀들이…경쾌한…젊은 여인들을…욕설하는, 강한…품기는…사나이들은 활동적인…멋진 몸가짐의…소년들을…. 불쾌한 일인지라(soft youthful bright matchless girls…joyous blooming young girls…wellformed frankeyed boys): 〈게드힐의 게일과의 전쟁〉(The War of the Gaedhil with the Gail) 79—81의 글귀의 패러디: 그들은 그들의 부드럽고 젊은, 총명하고, 무쌍의 소녀들, 그들의 꽃다운, 비단 옷 입은 여인들, 그리고 그들의 활동적인, 크고 잘생긴 소년들의 목숨을 빼앗았나니…(968년, 바이킹이 점령한 Limerick 땅의 아일랜드 수탈收奪).

23) 금발의 전령사(herald hairyfair): 노르웨이의 최초의 왕.

24) 백맥白麥의 오라프(alloaf the wheat): Olaf the White: 더블린의 최초 북구 왕.

25) 금시今時는 대승정大僧正, 왕시往時는 점원의 취업(time is, an archbisoptic, time was…. : 여기 숨은 영국의 시인—극작가—기자인 Robert Greene(1558—1592) 작의 연극 〈탁발승 베이컨과 탁발승 반게이의 명예로운 역사〉(Honourable Historie of Friar Bacon & Friar Bungay)에서 the Brazen Head(더블린에서 현존하는 가장 오래된 여인숙[하부 Bridge가 20번지 소재])에 대한 말들을 상기한다. 연극의 주된 줄거리는 사랑의 삼각관계를 다룬다. 익살극의 부차적 줄거리는 강신술(necromancy)에서 일련의 경쟁을 포함한다. 제4막에서 탁발승 베이컨은 놋쇠 머리(the brazen head)의 창조로서 7년간의 작업에 절정을 이룬다. 그에게 적당히 빌면, 이 머리는 커다란 지혜(wisdom)를 말하고, 영국의 사방 둘레에 놋쇠의 보호벽을 창조한다는 것. 불행히도, 이 머리는 탁발승 베이커의 바보스러운 하인인 Miles에게 지혜를 언급한다(금시![Time is!]…왕시[Time was!…시간은 과시로다]. 그리하여 이 하인은 주문의 적당한 공식 없이 대답하며, 시간은 과시로다라고 말하자, 망치가 나타나, 이 머리를 파괴한다. 〈율리시스〉 제16장 참조(U 504—505).

26) 창부들과 싸움을 벌인 다음 자기의 진가를 충분히 발휘했나니(has a tussle with the trulls and then does himself justice): 입센의 Et vers의 글귀의 변형: 산다는 것은— 심장의 그리고 마음의 동굴에서 거인들과 싸우는 것. 글을 쓴다는 것은—최후의 심판 일이 자기 자신을 위협하는 것.

27) 험프리 저著의 도도판사滔滔判事의 정의본질正義本質의 말세론적 장章들(Humphrye's Justesse of the Jaypees): Henry Humphreys의 저서〈아일랜드 평화의 정의〉(The Justice of the Peace in Ireland(4th ed. , 1877)(Atherton 참조. 257) 그 중 말세론적 장: eschatology(종말론): 4종인 죽은, 심판, 지옥 및 천국을 다루는 과학. 〈초상〉 제3장 참조.

28) 사농자死聾者의 벌레…. 테베의 교정자들(Theban recensors…the Bug of the Deaf): 〈이집트의 사자들의 책〉(Egyptian Book of the Dead)의 테베의 교정본. Thebes(Theban): 옛 그리스의 도시국가(의). 앞 주5) 참조.

(135)

1) 모서리 담벼락(cornwewall): Cornwall: 더블린의 영국 장교로, 그는 호모 섹스의 스캔들에 함몰했다.

2) 정원의 산사나무(hawthorne): 피닉스 공원의 Furry Glen. 이는 또한 Hawthorn Glen(산사나무 계곡)으로 불리었다.

3) 실쭉하게 도표를 그리고 있었으며, 여왕은…모피로 덮인 채 축 늘어져 있는 가하면, 하녀들은…긴 양말을 구두신고…뒤쪽 경비가…뚜쟁이 질(허식!)을…(melking Mark so murry, the queen was steep in armour feeling fain and furry, the mayds was midst the howthorns…out pimps the back guards(pomp!): 자장자의 패러디: 임금님은 회계실에서 돈을 세고 있었네. 여왕님은 거실에서 빵과 꿀을 먹고 있었지. 하녀는 전원에서 빨래를 널고 있었나니. 한 마리 흑조가 날라와 그녀의 코를 쪼아 먹었는지라. 이 자장가는 블룸의 독백을 적시기도 한다(〈율리시스〉 제4장 말 참조)(U 56).

4) 습지수濕地水로 그의 비족飛足을 씻는도다(washes his fleet in annacrwatter…missed a porter): T. S. 엘리엇 작 〈황무지〉(The Waste Land)의 인유: 포터 부인…그들은 소다수로 발을 씻는다네(Mrs Porter…they wash their feet in soda water)(205—8행).

5) 핌프로코(pimploco): Pimlico: 더블린의 거리 명.

6) 그대 무슨 일을 할 참인고 그러나 그들은 여인 때문에 그를 사로잡지 않았던고?(what shall he do…but they's caught him to stand for Sue?): 노래 가사의 패러디: 오 포터 씨, 내가 무엇을 하던 간에, 나는 버밍햄으로 가기를 원해요 그리고 그들은 나를 크루로 데리고 갈 거예요(O Mr Porter, Whatever shall I do, I want to go to Birmington & they're taking me on Creww).

7) 네덜란드 경卿, 다치 경卿, 우리들을 위압하도다(Dutchlord, Dutchlord, overawes us): 노래 가사의 인유: Dutschland, Deuschland uber alles.

8) 두경토회당頭耕土會堂, 왕과 순교자, 효모아성원酵母牙城院, 광대—모공구毛孔丘, 거래소—곁의— 바스—대문(Headmound, king and martyr…Barth—the—Grete—by—the—Exchange): 런던의 다섯 성당들의 명칭 인유.

9) 그는 오렌지 나소(Orange and Nassau): Oranje Nassau: 네덜란드의 왕족.

10) 사발걸인沙鉢乞人—흉상—빌처럼 자신 뒤에 삼위일체(트리니티)를 남겼나니(has trinity left behind him like Bowlbeggar): 더블린 중심부에 있는 Billy 왕의 초상은 트리니티 대학을 등 뒤로하고 Dame가를 쳐다보고 서 있다. Nassau 가는 트리니티 대학의 벽 남쪽으로 달린다. 〈더블린 사람들〉, 〈죽은 사람들〉에서 스티븐의 이야기 참조).

11) 개암나무 숲의 산마루(brow of a hazelwood): 고대 더블린의 원의原義 Drom—Choll—Coil에서.

12) 어둠 속의 연못(pool of the dark): 더블린은black pool(흑소黑沼)로 불린다.

13) 타관인他關人들을 불 깐 수소(牛)(blowicks into bullocks): Blowyk: Bullock(Dalkey 근처의 장소, 한때 디덜러스가家의 거소인 Blackrock).

14) 수맥水脈 우물을 아라비아 새(鳥)(well of Artesia into a bird of Arabia): (1)artesian well: (수맥까지) 파내려 간 우물(지하수의 압력으로 물을 뿜음). (2)불사조(피닉스)는 아라비아 사막에 살았다.

15) 그의 벽면 위의 수기手記: Belahazzar(〈성서〉, 〈다니엘서〉 V에서 바빌로니아의 왕)의 축제 때 벽에 갈기는 낙서.

16) 그의 전前프로이센 식의 표현에 있어서 은거패류형관구隱居貝類型管口(the cryptoconchoid — siphonostomata in his exprussians): (1)Prussia: 독일 북부에 있었던 왕국, 1701—1918) (2)Charles Collette 작 Cryptoconchoidsyphonostomata: 은어의 익살극(patter farce: hidden shell—like tubemouths)으로, 더블린의 로이얼 극장에서 연출되었다. 이 익살극의 유음類音인 Fionn—uisce의 음절은 피닉스 공원 북벽의 우물에서 길러온 맑은 물을 암시한다.

17) 헬레스폰트(Hellespont): Dardanelles 해협의 옛 그리스 명.

18) 경쾌한 소야小野(pleasant little field): 더블린의 공동묘지인 Glasnevin은 아일랜드어로 Glaisin Aoibhinn이요, 이는 경쾌한 소야란 뜻.

19) 무벽無壁 키오슥(오두막)(Yildiz Kiosk): Abduel Hamid 아래 터키 정부의 자리.

20) 성聖 학자지學者地(Saint Scholarland): (대중 유행어) 성자와 학자의 땅(아일랜드). 조이스의 동명의 비평문 참조.

21) 수천 일야광一夜光(thousands in one nightlights): 〈아라비안나이트〉의 천일야화의 암시.

22) 그의 거대하고 넓은 외투는 15에이커 위에 놓여 있고(great wide cloak lies on fifteen acres): (1)〈율리시스〉 제6장에서 장의 마차가 그 아래를 지나는 오코넬 중심가의 거대한 외투 걸친 해방자(오코넬)의 동상(U 77) (2)Daniel O'Connell은 피닉스 공원의 Fifteen Acres의 전투에서 D'sterre를 살해했다.

23) 백마: White horse): 윌리엄 3세의 상징.

24) 마리 키애이(Mairie Quai): Amerikay 〈초상〉 제2장에서 사이먼 데덜러스(스티븐의 아버지)의 노래 참조(P 88).

25) 누군가 동방의 포뇌砲雷를 그의 탄생彈生에서부터 격퇴하고 심연의 각 섬광의 깃털오리를 도처리刀處理했나니(who repulsed from his burst…falchioned each flash downsaduck): 노래 가사의 패러디: 아담즈와 자유(Adams & Liberty) 중의 가사.

26) 퇴조소로退潮小路(Eblana): 프톨레마이오스(Ptolemy)(2세기 경 알렉산드리아의 천문학자)가 사용한 더블린의 명칭.

27) 친애하는 신사(E) 기지남奇智男(H) 성주城主(Dear Hewitt Castello, Equerry): 호우드 성. HCE.

28) 만병초꽃 언덕(Rhoda Dundrums): 호우드 언덕에서 블룸이 회상하는, 그 아래 몰리와의 낭만을 즐기는 만병초꽃(rhododendrons)(U 144 참조).

29) 오랜 고리가…마음을 자물쇠로 채울 때…그는 그녀를 닮으리라(when older links lock older hearts then he'll resemble she): Michael Balfe(1808—1870)의 노래 가사의 패러디: 다른 입술들과 다른 심장들이…때…그땐 그대는 나를 기억하리라(When other lips & other hearts…Then you'll remember me). Balfe: 아일랜드의 유명한 작곡가로, 그의 〈보헤미아의 아가씨〉(The Bohemian Girl)와 〈카스틸의 장미〉(The Rose of Castille)는 〈율리시스〉와 〈경야〉 속에 사방에 퍼져있다.

30) 야간 급행열차가 그의 이야기를, 그의 전선電線의 보표譜表 위에 참새 곡曲의 노래를 노래하나니(the night express sings…sparrownotes on his stave of wires): 〈초상〉 제2장에서 스티븐이 Cork행 기차 속에서 바라보는 시골 광경의 묘사에 대한 인유: 밤 우편 차로 코크까지…말없는 전신주들이 매 4초마다 그의 창문을 재빨리 스쳐 가며…(night mail to Cork…the silent telegraph—poles passing…)(P 87).

(136)

1) 그의 대추가 무성했을 때 낙원(Dilmun when his date was palmy): 수메르(Sumerian)(유프라테스 강 어귀의 옛 지명)의 낙원, 거기 생명의 나무로 대추가 무성함.

2) 대해大海를 빨아들이고…한쪽 입술을 그의 무릎까지 그리고 심장의 한쪽 소맥박小脈搏을 그의 주름에(lep laud at ease, one lip on his lap and one cushin his crease): 아서 왕의 동료들: Sugyn, 그는 대해大海를 빨아 드릴 수 있었고, 아일랜드의 추장인 Gillia는 뛰는 자요, Gwevyl은 한쪽 입술을 그의 혁대 아래

끌어내리고, 다른 끝을 머리까지 뻗어 올릴 수 있었다.

3) 그의 문지기는 강력한 악력握力(his porter has a mighty grasp): 〈마비노기언〉(The Mabinogion)(영국의 여류작가 Lady C. Guest가 번역한 웨일스 일화집)(U 7참조)에서 아서 왕의 문지기.

4) 그의 빵 구이들은 광백廣白의 은혜를 지니나니. 바람이 마르고 비가 먹으며 해가 돌고 물이 너울거리는 한限(his baxters the boon of broadwhite, as far as…sun turns and water bounds): 〈마비노기언〉의 글귀(공기, 땅, 물, 불).

5) 모일 바다(Moyle): 이탈리아의 서부 Tuscan 바다.

6) 지방脂肪처럼, 지방 같은 수지樹脂마냥, 유지성油脂性의…유지성의. 늙은이에게 늙었다고 말하지 않고, 괴혈병 자에게 괴혈병 적이라 말하지 않았나니(like fat, like fatlike tallow…yea of dripping greasefulness. did not say to the old, scordutic): 이상향(Paradise)에 관한 한 Sumerian 의 장시長詩는 이런 말을 포함한다: None은 말했는지라, '오 눈의 안질眼疾', 그대는 눈의 안질이나니. None은 말했는지라, 그대는 두통이나니, 그대는 한 도시를 건립했는지라, 그대는 한 도시를 건립했도다. 그리하여 그가 건립한 집에 자신의 정명定命을 위탁했도다. 그대가 건립한 딜먼 도시…. 지방脂肪처럼, 수지처럼. (None said, O disease of the eyes, thou art disease of the eyes. None said O headache, thou art headache…Thou hast founded a city, thou hast founded a city, to which thou hast assigned its fate. Dilmun the city thou has founded…Like fat, like fat, like tallow. URU: 도시(city)를 뜻하는 스메르(Sumerian: 유프라테스 강 어귀의 옛 도시)의 표의문자.

7) 갈까마귀 문장紋章(a raven geulant): 더블린의 덴마크인 해적들은 갈까마귀 깃발을 가졌었다. 〈율리시스〉의 밤의 환각 장면에서 사이먼 데덜러스의 절규 참조: 우리들의 깃발을 휘날리란 말이야! 은빛 바탕에 날고 있는 붉은 독수리가 아로새겨진 기를 말이야(U 467).

8) 후광을 그의 시종으로부터 강탈했도다(ruz the halo off his varlet): (유행어) 어떤 이도 그의 시종에게는 영웅이 아니다(No Man is a hero to his valet).

9) 그의 찬가讚歌를 위하여 오두막집 위에 지붕을 얹고…(put a roof on the lodge for Hymn): 프랑스의 헨리 4세가 행한 것으로 추정되는 구절의 인유: 나는 나의 왕국에서 매 일요일마다 냄비에 한 마리 닭을 삶지 못할 정도로 가난한 농부가 있기를 원치 않는다(I want there to be no peasant in my realm so poor that he will not have a chicken in his pot every Sunday).

10) 정원사제庭園司祭(hortifex): (1)(L) Pontifex Maximus: 고왕, 교황 (2)(L) hortifex: 정원사.

11) 간격남間隔男 총포 밀수자(gapman gunrun): (앵글로—아이리시) 억센 방어다.

12) 다른 날들의 빛(the light of other days): T. 무어의 노래의 인유: 이따금 조용한 밤에: 다른 날들의 빛(Oft in the Stilly Night: the light of other days).

13) 우리들의 두려운 아빠(our awful dad): Chas Matthew 작 〈나의 두려운 아빠〉(My Awful Dad)(더블린의 로이얼 극장에서 공연됨).

14) 고뇌의 티모어(timour of Tortur): 루이스(M. G. Lewis) 작 〈타타르인人 티머〉(Timour the Tartar)(더블린의 Crow St Theatre에서 공연됨).

15) 새 세관(new customs): Thomas Burgh는 더블린의 옛 세관 건물(old Custom House)을 건설했다.

16) 파교破橋로…곱사 등의 오페라 모帽를 벗으며(doffing the gibbous off…breach): 리피 강상의 낡은 기네스 맥주 운반선이, 다리 있는 곳에서 깔 데기를 낮추며(old Guinness steam barge on Liffey, lowering funnel at bridge)의 변형. gibus: opera 모帽. gibbous: 곱사등의.

17) 아빠의 새 무게와 아빠빠의 새(도끼)자루와 함께 그는 아빠빠빠빠가 우리들에게 남긴 아빠빠빠의 오래된 선원 단도短刀로다(with Pa's new heft and Papa's new helve he's Papapa's old cutless Papapapaleft us): 한 사람의 소유주로부터 새 날(new blade)을 그리고 다른 자로부터 새 자루(new handle)를 가진 진짜 오래 된 단두(선원용)에 대한 옛 농담.

18) 약두若頭였을 때 노견老肩이었나니(youngheaded oldshouldered): (유행어) 빈틈없다. 분별력이 있다.

19) 매일의 싱싱한 청어(caller herrinf everydaily): (1)CHE (2)노래 가사: Caller Herring.

20) 볼즈교橋(Baslesbridge): Ballsbridge: 더블린의 남부 지역.

21) 킹즈타운 정자(Koenigstein's Arbour): Kingstown Harbour(Dun Laohaire harbour)(U 20).

22) 그의 발은 경칠 진흙이라도(his feet are bally clay): 우상은 진흙 발을 갖았었다(idol had feet of clay).

23) 산의 표석漂石(moultain boulder): mountain boulder. molten butter(녹은 버터).

24) 월로月露의 경관景觀(moontaen view): Mountain dew: 아일랜드 산産 위스키.

(137)

1) 맥콜맥 양讓(Miss MacCormack) 본성本姓 라카시(Ni Lacarthy)에게 구애했나니, 그녀는…애리愛利 더모드(Darly Dermod)와 함께 줄행랑을 쳤도다: (1)Grania(MacCormack Ni Lacarthy, Cormac)의 딸과 Dermot의 연애 행각. Grania(이따금 Granny)는 예이츠의 연극에서 Cathleen Ni Houlihan처럼, 〈경야〉에서 젊고도 늙었다. Grace O'Malley처럼, Grania는 젊은 사나이들을 유괴하고 그들의 성질을 마구 바꾼다 (2)Cormac은 Finn MacCool이 Fiann족을 인도했을 때의 아일랜드의 고왕.

2) 다이아몬드가 석류석石榴石을 커트했으니 지금은 염병할 신음의 그로니아 커트라(once diamond cut garnet now dammat cuts groany): (1)Diarmaid vs. Grania (2)(유행어) 다이아몬드가 다이아몬드를 자른다(막상막하의 경기)(Diamonds cut diamonds).

3) 윈즈 호텔(Wynn's Hotel): 더블린 소재의 한 호텔 명.

4) 스웨드 알비오니, 그 곳 최고의 있음직한 악한이라(Swed Albiony, likeliest villain of the place): (1) Blake의 Albion(잉글랜드의 고명, 아명) (2)골드스미스(O. Goldsmith) 작 〈삭막한 마을〉(The Deserted Village)의 시구의 패러디: 아름다운 오우번, 들판의 가장 아름다운 마을(Sweet Auburn, loveliest village of the plain).

5) 양계장 캔터렐—웅계雄鷄란 우리들은 차를 마시고 비납골悲納骨 산각山脚 주변에 벼룩을 해방하도다(Hennery Canterel—Cockran…. sadurn's mounted feet): (1)Cantrell & Cockrane: 더블린의 광수鑛水 제조회사. (2)노래 가사의 인유: 스레타리의 산각(Slattery's Mounted Foot).

6) 토지의 성당을 건립하고(built the Lund's kirk): Finn MacCool은 Lund 사원을 건립했다.

7) 그의 칭호를 추측하는 자가 그의 행동을 추착推捉하도다(who gyesses his title grabs his deeds): Tom Tit Tot(E. Clod 작의 원시 종교에 관한 책)에서: 악마가 그의 이름이 발견되자 힘이 빠진다는 민속 이야기.

8) 교활(윌리스리)의 교묘한 농작弄爵(artful Juke of Wilysly): Arthur Wellesley: 웰링턴 공작.

9) 포옹복抱擁腹(헉베리)의 환장한歡葬漢(핀)(Hugglebell's Funniral): 트웨인 작의 〈허클베리 핀〉Huckleberry Finn 의 인유.

10) 뻐꾹 뻐꾹 뻐꾸기(Kukkuk Kallikak): 세습적 퇴화 가족.

11) 작열사灼熱沙에 의해 낙마落馬한 사령관(hetman unwhorsed by Searingsand): hetman: 폴란드의 사령관.

12) 저주咀呪 십자가 몰래 그녀는 자신의 황갈색발黃褐色髮을 그의 목덜미 고물에 늘어 트렸다(by stealth of a kersse her aulburntrees abaft his nape she hungs): 코리지(Coleridge) 작 〈노 수부〉(The Ancient Mariner)의 글귀의 변형: 십자가 대신에, 내 목 근처에 신천옹(조류)이 매달렸도다(Instead of the cross, the Albatross about my neck was hung).

13) 리피(강)수액樹液을 불 질렀도다(set their lymphyamphyre): (유행어)의 익살: 리피 강을 불지르다(set the Liffey on fire)(세상을 놀라게 하다).

14) 그의 년간年簡(편지)은 시금試金의 장수丈手에 의하여 조합調合되고(his year letter concocted by masterhands of assays): 파넬의 취미는 금을 조합(수집)하는 일.

15) 새로운 멍(new yoke): New York.

16) 자신의 웃음 값어치의 오보誤報를 눈물값어치의 소금 위로 쏟나니(pours a laughsworth of illformation over a larmsworth of salt): Robert Greene 작의 글귀의 패러디: 상당한 값어치의 기지가 1백만의 후회를 가져왔다(The Groatsworth of Wit Brought with a Million of Repentance). Greene(1560—1592):

과도한 음식과 술로 사망한 영국의 작가. 그의 저서〈상당한 값어치의 기지〉(A Groatworth of Wit)에서 그는 아마도 셰익스피어가 타인들의 작품을 훔쳤을 것이라 말한다(U 156 참조). 〈경야〉에서 표절에 대한 비난은 풍부한지라, 루이스(Wyndham Lewis)가 조이스를 비난하듯 숀은 늘 솀을 비난하기 일쑤다.

17) 미녀(La Belle)가 그녀의 그랜드 마운트(Grand Mount)에게…. 그의 애인 노변에…온통 보냈는지라, …헤브라이어語로 해밀턴 곡화曲化 할(set to himmeltones)…: (1)A. C. W. Marmsworth: Northwliffe의 자작: Chapelizod 태생의 신문 실력자. (2)La Belle Alliance & Mt. St Jean: Waterloo. (3)William Gerard Hamilton: 아일랜드 의회 의원으로, 의회에서 탁월한 처녀 연설로 유명했으나, 첫 번 이후로 다시는 연설하지 않은 것으로 이야기되다. (4)Gramount는 Elizabeth, La Belle, Hamilton과 결혼했다. (5)Elizabeth Hamilton: 아일랜드의 Isolde처럼 아일랜드의 미인(La Belle)으로 불림. 동명의 노래 저자 My Ain Fireside (6)Geroge Hamilton(1783—1830): 아일랜드의 성직자로, 〈헤브라이어 성경의 연구에 관한 소개〉(Introduction to the Study of the Hebrew Scripture)를 출판했다. (7)James Hamilton: 스코틀랜드의 성직자: 〈시편과 찬가의 서〉(Book of Psalms and Hymns)의 저자 James A. Hamilton: Armagh 기상대의 천문학자(8)Sir William Rowan Hamilton: 더블린인으로, 1/4 목 누르기(레슬링)의 발명자 (9)Anthony Hamilton: Me'moirs de via Comte Gramont의 저자.

(138)

1) 우리들의 배를 할퀴는 바다 가재(새우)잡이 통발(항아리)(the lobster pot that crabbed our keel): 〈사랑의 헛수고〉(Love's Labour's Lost) V. 2. 927의 인유: 한편으로 뚱뚱 네가 항아리의 물을 식히고 있네. (김재남 154)(While greasy Joan doth keel the pot).

2) 육신肉新을 신조新造하는 총림녀叢林女들(his flesch nuemaid motts): 〈성서〉, 〈요한복음〉 1:14의 인유: 말씀아 육신이 되다(the Word was made flesh).

3) 속삭임을 그는 욕정으로 즐기도다(listeth). 대소동의 하이버니아(hiberniad)에 있어서 핀가리언 땅(fingallian)의 왕자인지라: (1)〈요한복음〉 3:8: 바람이 임의로 불 매(The wind bloweth where it listet) (2)The Irish Hudibras or Fingallian Prince. 1689. The Hibernaid, 1760 (3)Fingal: Macpherson의 Ossian 시들에 나오는 Finn의 이름. Fingal은 아일랜드에 와서 덴마크 인들과 싸운 스코틀랜드의 영웅.

4) 공원 관리인의 요격을 당하고(was waylaid of the parker): 와일드는 Charles Parker(와일드를 반대 증언한 한 군인)와의 음란한 행사로 고소당했다.

5) 야곱의 칡가루(Jacob's arroroots): (1)〈창세기〉 25: 야곱은 편두扁豆 스튜로 에서의 생득권(생자의 명분)을 샀다. (2)더블린의 야곱 비스킷 공장.

6) H. C. E 엔더센(Hans Christian Endersen): Hans Christen Anderson: 덴마크의 시인, 우화 작가. HCE와 연관됨(이름 때문에).

7) 쾌걸 이반(Ivaun Taurrible): 러시아의 최초 황제(czar)(1560—1584), John Bull과 연관됨(353.24) 〈쾌걸 터코〉(Turko the terrible)(U 9) 참조.

8) 마린가 여인숙(Mullingar Inn): 채프리조드, 리피 강 상단에 있는 HCE의 주옥酒屋(〈경야〉의 세팅)(현존함).

9) 입에 신은新銀의 혀를 지니고 태어났는지라(was born with a nuasilver tongue in his mouth): (유행어)의 패러디: 입에 은 스푼을 갖고 태어나다(부귀한 집안에 태어나다)(born with a silver spoon in his mouth).

10) 철란鐵蘭(Iron): iron+Erin(愛蘭).

11) 습濕수터댐(Damosterdamp): Amsterdam.

12) 에브애란도愛蘭都(Ebblamnh): 프톨레마이오스에 의해 사용된 더블린의 명칭.

13) 그를 아는 것은 일반교양 교육이라(to know whom a liberal education): Tatler 49에서 Richard Steel(더블린 태생의 영국 작가)(1672—1729)의 Lady Elizabeth Hastings에 관한 글의 패러디: 그녀를 사랑한다는 것은 일종의 일반교양 교육이라(to love was a liberal education).

14) 성聖 올리브 유장油場(Hoily Olives)에서 유잠油潛 받고 성향聖香 오툴회會(Scent Otooles): (1)St Laurence O'Toole 성당 (2)더블린의 Seville 광장.

15) 지상에서 귀뚜라미 소리(cricket on the earth): Dickens 작 〈노변의 귀뚜라미〉(The Cricket on the Hearth)의 인유.

16) 다리우스(Darius): Marathon(아테네 동북방의 옛 싸움터) 평야에서 패배한 페르시아의 왕.

17) 그리운 내 집이여 스위트 홈(whome sweetwhome): 노래의 변형: Home, Sweet, Home.

18) 헨리히(오장이) 노인, 찰스(공격) 2세(약탈자), 리처드(영장자令狀者) 3세(극모棘毛)(halnreich the althe, charge the sackend): William 1세, Henry 7세, Charles 2세, Richard 3세 (G) Hahnrei: 오장이 진 자).

19) 흰 독말풀(植)이…경련모험痙攣冒險을 위해 비명을 지르면(if a mandrake shricked to convultures at last surviving his birth): 흰 독말풀이 뿌리가 뽑힐 때 비명을 지르는 것으로 상상됨.

20) 암 거위(weibduck): 입센 작 〈야생의 거위〉(The Wild Duck)의 익살.

(139)

1) 세상 사람들은 일촉一觸에 베일 가린 세계를 재차 녹질綠質하고(with one touch of nature set a veiled world agrin): 셰익스피어 작 〈트로일러스와 크레시더〉(Troilus & Cressida)의 글귀의 인유: 온 세계 사람은 죄다 하나의 공통적인 성질을 가지고 있습니다(One touch of Nature makes the whole world kin) (III. 3. 175).

2) 범포의 제비선船, 성체를 들어 올리는 백의白衣를 단번에 볼 수 있었나니(a swalloship in full sail, a whyterobe lifting a host): 조이스(J): 〈부족들의 시市〉(The City of Tribes)의 글귀의 인유: 성 니콜라스 교구 회관에 이상한 서류가 있나니, 그 속에 작가는 말하도다…그는 골웨이에서 자신이 본 것을 단번에 결코 볼 수 없었는지라—성체를 들어 올리는 제사, 사슴을 추적하는 한 무리, 돛을 한껏 펼치고 항구로 들어가는 배, 창으로 죽음을 당하는 연어를(In the parish house of St Nicholas, there is a curious document in which the writer says that…he had never seen at a single glance what he saw in Galway—a priest elevating the Host, a pack chasing a deer, a ship entering the harbour untill full sail & a salmon being killed with a spear)(Roland MacHugh 139 참조).

3) 카뉴트 노왕처럼 펄럭이는 아첨阿諂에…킨킨나투스처럼 등을 돌렸도다(faced flappery like old King Cnut and turned his back like Cincinnatus): (1)카뉴트 왕(Canute)(영국, 덴마크, 노르웨이의 왕. 994?—1035)은 자신에게 아첨하는(flattered)(바다를 등 돌리도록 명령 하는) 자들을 비난했다. (2)킨킨나투스(Cincinnatue): 로마의 정치가: (519?—439? BC) 원로원의 부름을 받아 한때 로마의 집정관이 됨. 숨은 위인이란 뜻.

4) 아비 나신폭마裸身暴馬라(Father Nakedbucker): 뉴욕 시(N. Y. C)

5) 도시에서나 항구에서(Our Father…on earth as…in heaven): 주님의 기도에서: 우리들의 아버지시여…하늘에서처럼 지상에서도…(Our Father…on earth as it is in heaven).

6) 그는 추락하기 전에 떠듬적거리는지라 경각經覺하다…(fore he falls…he's waked): Tim Finnegan(전통적 애란 민요의 주인공)의 암시.

7) 그대의 세언모細言母는…태외출怠外出을…?: (유행어의 익살): 엄마는 네가 외출한 걸 아는고?(does your mother know you're out).

8) 자만심을 갖고 바라보나니(doth behold with pride): Prout(아일랜드의 경輕 운시 작가)(1804—1866) 신부 작샨돈의 종소리(The Bells of Shandon)의 패러디:

깊은 애정과 회상으로

나는 자주 저 샨돈의 종들을 생각하나니.

나의 유년시절에, 그의 소리는 너무나 황막했기에,

나의 요람 주변에 그들의 마력을 던졌다네.

With deep affection & recollection
I often think of those Shandon bells,
Whose sounds so wild would, in days of children,
Fling round my cradle their mystic spells.

9) 정의의 오시안(the Rageous Ossean): Finn의 시인 아들 Ossian. Finna 가家의 패배 후에 Ossian은 Nimb(금발의 Niav)에 의해 영원한 젊음의 나라로 데려가졌다. 수세기 뒤에 귀가하자, 그는 자신은 늙고, 친구들은 살아졌음을 발견했다.

10) 만일 물의 요정 단이 덴마크인이라면(If Dann's dane…): (1)Dann: Danes: 덴마크의 왕들, 더블린의 침입자. (2)Undine: 희랍의 물의 요정.

11) 열정의 함무라비 왕(hot Hammurabi): 바빌론의 왕. 초기 법전을 공식화했다.

12) 고깔 쓴 전도사들이(cowled Clesiastes): Ecclesiastes(성직자들).

13) 그녀의 프랜퀸 장난치기: Frankquean과 후터 백작 이야기(전출) 1장, [FW 021. 05—023. 15] 참조).

14) 퇴조초원退朝草園 구능대帶도(Ebblawn Downes): Epsom Downs.

15) 최상급의 정亭(Le Decer): 14세기 더블린의 시장市長.

(140)

1) 기네스 양조장의 벤자민 리어도: 기네스(Guinness) 양조장의 Benjaminlee(창업주?).

2) 모기 파리의 충적토沖積土(Antwarp gnat Musca): (1)(L) musca: fly (2)Moscow.

3) 난형卵形 포도주점도 아니요(The Oval): Corry's pub, Weir's pub, Arch, pub, The Oval pub, 모두 더블린 소재의 주점들. The Dotch House: Scotch House, Dublin Burgh 부두의 주점. 모두 현존하는 주점들.

4) 그건 과금미래관過今未來館도 아니요 내게가 아니고 빛을 가져오는 자에게?: (L) not to me but to the light—bringer.

5) 대답: 그대의 비만은, 오 시민이여, 우리들의 구球의 경사慶事를 치도다!: 더블린 시의 모토: 시민의 복종은 시의 행복(Citizen's Obedience Is City's Happiness)의 패러디. 숀의 대답은 더블린 시를 대답함으로써 다소 엉뚱하다.

6) (아 먼지 오 먼지!)(ah dust oh dust!): 〈공동의 기도서〉(Book of Common Prayer): 사자의 매장(burial of the dead): 먼지 대 먼지(dust to dust).

7) 소지沼地(the Mash): The Marsh: Cork의 지역 명.

8) 포도넝쿨 같은 모구毛球: 입센 작 Hedda Gabler의 글귀의 패러디: 그의 머리카락에 포도넝쿨(vineleaves in his hair).

9) 은어銀語같은: (격언의 패러디) 말은 은, 침묵은 황금(Speech is silver, silence is golden).

10) 의사醫師 치크(Doctor Cheek): 미상.

11) 조지아 장원의 잔디밭(Georgian mansion's lawn): Mansion House: 더블린의 시장 관저.

12) 제임스 문주門酒(Jame's Gate): 더블린의 기네스 맥주회사.

13) 애틀랜타로부터 오코네까지(from Atlanta to Oconee): 미국 조지아 주의 애틀랜타 시, 그곳 오코네 강상에 세워진 더블린(3 참조).

(141)

1) 첫째의 하부 스페니시 광장(first down Spanish Place): Connacht 군의 골웨이의 장소.

2) 매이요(Mayo): Connacht 군.

3) 투암(Tuam)…스라이고(Sligo)…골웨이: Connacht의 군들

4) 샬돌의 험종險鐘(Shalldoll Steepbell): Shandon 대성당의 8개의 종들.

5) 호수소년湖水少年(loughladd): (AngI) 스칸디나비아.

6) 주인에게 사시死時까지 봉사할 것이며(serve's time till baass): 아일랜드의 주점들은 일요일에 점잖은 길손들에게만 열리는 것이 통례라는, 내용의 익살.

7) 북北노르웨이계系 수간자獸姦者(northquain bigger): 요셉 Bigger: 파넬의 등 굽은 지지자의 별명.

8) 그것은 틀림없이 그가 아닌고?(that must he isn't?): 입센 작 〈동료 긴트〉(Peer Gynt)의 글귀의 인유: 그(하느님)는 나 같은 작은 자에게 아버지다운지라, 그러나 궁색하도다—아니, 그분은 그렇지 않도다!(He[God] is fatherly towards my little self, but economical—no, that He is not!).

9) 대답: 세빈노細貧老 죠!(Poor Ole Joe): 노래의 인유: Poor Ole Joe (2)Behan: 캐이트의 동료.

10) 집 청소부 다이나를 호출하는 살롱(객실)의 슬로건(표어)은 무슨 뜻인고?(What means the saloon…Dinah?): 노래의 인유: 누군가가 집안에서 다이나와 함께(There's someone in the house with Dina)—19세기 아메리카의 인기곡에서. 가정부 다이애나에 관한 톰과 샘의 노래(U 362).

11) 신직물神織物의 성판매聖販賣에 충광充光 있을지라(Galory bit of the sales of Cloth): Glory be to the Saints of God(하느님의 성자들에게 영광 있으라)의 패러디. 여기서는 저주를 나타냄.

12) 저는 당신의 벌꿀 밀당蜜糖 당신은 붕붕 꿀벌이나니(I am your honey honeysuggar): 노래 가사의 인유: 그대는 꿀—인동덩굴, 나는 꿀벌(You are the honey—honeysuckle, I am the bee).

13) 저는 모든 아일랜드의 대주교를 즐겁게 하기 희망하나니(I hope it'll pour praise the Climate of all Ireland). (내일 피크닉을 위해 비아일랜드 전역의 기후)로도 읽을 수 있음.

(142)

1) 킬케니 고양이(kilkenny stale): 단지 그들의 꽁지만 남도록 까지 싸우는 두 고양이.

2) 도니브르크 시장市場(Donnybrook). 사슴의 들판(Roebuck). 크룸린(Crumlin) 카브라(Cabra) 핑그라스(Finglas). 샌트리(Santry). 라헤니(Raheny). 볼도일(Baldoygle): 모두 더블린의 지역 명들.

3) 매티, 테디, 사이몬…맷 그리고 신인信人 맥 카티(Matey. Teddy, Simon, John…Carty): 12 사도들: James, Thaddaeus, Simon, John, Simon Peter, Andrew, Bartholomew, Philip, Thomas, James, Matthew, Judas. Jacques MacCarthy: 더블린의 〈이브닝 헤럴드〉(Evening Herald)지의 기자, 기지機智로 유명함.

4) 생애生愛의 생식生識(lorn in lore of love): W. 루이스(Lewis)의 말—사다리(word—ladder)의 범례: 잇따른 말들의 한 개의 철자가 각각 틀린 말들의 연쇄.

(143)

1) 나의—마음의—달콤한 페크(Peck—at—my—Heart): 노래 제목의 패러디: 나의 심장의 마개(Peg O' My Heart).

2) 캐밀롯 궁전(camelot): Camelot: 영국 전설에서 아서 왕의 궁전이 있던 곳.

3) 한갓 국수 바늘의 눈을 통하여(throughout the eye of a noodle): 〈마태복음〉 19:24의 패러디: 낙타가 바늘귀로 들어가는 것이 더 쉬우리라. (It is easier for a camel to go through the eye of a needle).

4) 만물의 재순환再循環(recourses): (It) recorso: 비코의 순환 설의 암시.

5) 호엘(Hoel): 백수(White Hands)를 한 이솔드(Isolde)의 부친.

6) 나와함께자요—녀女(comeliewithhers): 노래의 패러디: 와서 나와 함께 살아요 그리고 나의 사랑이 되어요(Come Live with Me & Be My Love).

7) 녹쓰(Nox): 로마의 밤의 여신. 로마의 밤의 관측자들: Vespera, Conticinium, Concubinium, Intempests Nox, Gallicinium.

8) 차자此者의 적適이 타자他者의 독毒(one once meet melts in tother wants poignings): 격언에서: 한 사람의 고기는 타인의 독이니라(One man's meat is another man's poison).

9) 후광(Nimb): Oisin(Ossian)(Macpherson의 Ossian의 시 번역에서, 주된 주인공[영웅]은 Ossian의 부친, Fingal 또는 Finn MacCool이다)은 Nimb(또는 금발의 Niav)에 의해'젊음의 나라'(the Land of Young)로 호송된다.

10) 헤엥은 호사에게 코를 약간 얻었나니(자존심이 약간 상했나니)(Heng's got a bit of Horsa's nose): Hengest와 Horsa는 색슨인들로 하여금 영국의 침공으로 인도하도록 했다.

11) 야벳은 그의 입 주변에 햄의 표식을 부쳤나니(Jeff's got the signs of Ham): 셈, 햄 및 야벳: 노아의 아들들.

12) 무슨 붉은 장미(what roserude): 예이츠의 시의 인유: 시간의 한길에 핀 장미에게(To the Rose upon the Road of time). 예이츠의 〈장미〉(The Rose)(1893)에 대한 헌납 시로서, 장미를 뮤즈 신으로 환기하고 그를 일시적 및 영원의 미의 교차로서 명상한다(U 320 참조).

13) 모분 이외 무슨 신자의 사랑이, 간소 이외 무슨 산자의 연애결혼이 있을 것 인고, 유혹하는 광녀가 연취 되돌릴 때까지?(What bitter's love but yurning, what's sour lovemutch but a bref burning… retourne): Rosseter의 노래 가사의 인유: 그럼 사랑은 통탄 이외에, 욕망은 자기 분살(自己焚殺) 이외에 무엇인가, 증오하는 여인이 사랑을 되돌릴 때까지(What then is love but mourning, What Desire but a self—burning, Till she that hates doth love return).

14) 페핏 양(Pepette): 스위프트의 〈스텔라에의 일지〉(Journal to Stella)에서 스텔라(Stella) 대신 사용한 별칭.

15) 천사(angiol): Angiolina: 이탈리아 가수 및 조이스의 친구인 Italo Svevo의 Senilita 노래의 여주인공.

16) 꼬마 돼지새끼: 조이스가 그의 〈서간문〉(Lettters)에 사용한 노라(Nora)의 익살 명.

(144)

1) 크란카브리(Clancarbry): Carberry 또는 Cairpre: 아마도 3세기경의 아일랜드 왕으로 Cabbra에서 Finna를 패배시킴.

2) 프렌드리객客!(Prendregast): Cecil—스윈번(Swinburne)의 Sadopaideia의 주인공.

3) 타관인他關人(dago): 스페인 사람들에 대한 속명屬名, 이제는 전반적으로 라틴 종족들.

4) 오너리경卿(Lord Ornery): Roger Boyle: 애란 태생의 영국군인, 정치가, 극작가, 그에게 orrery(공들을 회전하여 별들의 움직임을 설명하는)란 이름이 붙여졌다.

5), 볼도일(Balldole): 더블린 지역으로, 거기 경마장이 있다.

6) 애인 동맹(belle alliance): 프로이센 사람들(독일 북부에 있었던 왕국)(1701—1918)은 Waterloo 전쟁을La Belle Alliance라 불렀고, 프랑스 전선의 중앙은 La Belle Alliance Inn이었다.

7) 좀 더 가까이 몸을 굽을지라!(Stoop alittle closer, fealse!: 자장가의 패러디: 좀 더 가까이 와요, 거미가 파리에게 말했지(Come a little closer, said the spider to the fly).

8) 주리오와 로미오(Julio and Romenune): 셰익스피어 작 〈로미오와 줄리엣〉. 이는 숀과 이사벨 간의 사탕 같은 낭만적 교환의 일부이다. 이리하여, 로미오와 줄리엣과 같은 애인들에 대한 언급은 이 페이지에서 타

당하다.

9) 세 개의 머리핀(three hairpins): 3반 페니(동전).

10) 애란으로 크게 되돌아 와요(Come big to Iran): 노래의 인유: (Come back to Iran).

11) 일백만(vermillion): versed sine(삼각법의 각) + 1,000,000.

12) 존경하올 폴킹톤 씨(rubberend Mr Polkingtone): 존사 Matthew Pilkington의 부인은 스위프트의 친구였다.

13) 시월의 그녀의 술잔(her mug of October): 노래 가사: 갈색의 10월 술(Brown October Ale).

(145)

1) 그녀의 하얗게 표백된 손이 문둥병으로…온 몸에 유리 옷 투정이가 되어(her blanches mainges may not lerous…all the glass on her): 태어날 때의 옷(나체)의 뜻.

2) 그녀를 불모의 암양羊(they fire her for a barren ewe): Ewe & Languid: Rachel 및 leah(야곱의 아내들).

3) 문둥병…화롱…불(火)지를지 모르도다!(leprous…May they fire her): 이솔드(Isolde)가 간음으로 발견되었을 때, 그녀는 마르크(마크) 왕에 의하여 화형 대신 문둥병자들에게 던져졌으며, 트리스탄에 의하여 구조되었다.

4) 지푸라기 같은 자(man of straw): 무의미한 자.

5) 썩은 모과나무여, 그리고 나는 구애의 모욕 따윈 조금도(무화과 열매) 상관치 않아요(I don't care this fig for contempt of courting): 〈초상〉 제5장에서 클렌니(Crany)는…시궁창에 무화과 열매를 난폭하게 뱉는다: 나로부터, 너 저주할 자여, 영원의 불길 속으로 떠나라의 인유.

6) 마가라스(Magrath): Cad, Gill, Snake로 다양하게 불리는 악한, 그는 HCE의 적이요, ALP의 특별한 혐오다. 그의 아내: Lily Kinsella, 그의 하인: Sully the Thug.

7) 칙스피어(Chickspeer): 셰익스피어의 암시.

8) 영혼의 마당(the garden of the soul): 기도서: 〈영혼의 마당〉(Garden of the Soul).

9) 최려자最麗者 생존(sowiveall of the prettiest): 〈생존 경쟁〉(struggle for life), 〈적자생존〉(the survival of the fittest): 다윈(C. Dawin).

10) 신新 자유부인(New Free Woman): 잇따른 Mr Titterton의 작품 〈신(새) 목격자〉(New Witness)에 대한 익살. 실제로, New Freewoman지는 〈초상〉을 연재했고, 뒤에 이 잡지는 The Egoist로 개명되었으며, 위버 여사(Harriet Shaw Weaver)에 의해 편집되었는데, 후자는 조이스의 재정적 후원자로 유명하다.

11) 지방세 납부여인(돼지 여인)에 의한 여승복餘僧服 착의남着衣男 때문에 언제나 포복절도하지요…유황녀硫黃女…드라큘라(always as tickled as can be over Man in a Surplus by the Lady who pays the Rates…Brimstoker…Dracula…: Bram Stoker(1847—1912)(Dracula의 아일랜드 저자)는 익살 작품을 썼는지라, 엘리자베스 1세가 실제로 남자임을 그 속에 주장했다. 이 작품은 어떤 Mr Titterton이란 자에 의하여 심각하게 받아졌는데, 후자는 자신의 〈새 증인〉 New Witness(1913)에서 남자—엘리자베스가 셰익스피어의 작품들을 썼다고 주장했다.

(146)

1) 튤립 꽃의 밀회자(trysting): 트리스탄.

2) 대버란(Davern): (미상)

3) 성직자의 마음속의 저 희망은 얼마나 허망한고, 그자는 아직도 간음술姦淫術을 추구하나니, 그의 마음의

저 색 바랜 헌 가운이 미인 수우로 하여금 자신의 얼굴을 잊게 할 수 있다고 믿는지라!(How vain's that hope in cleric's heart…his Will make fair Sue forget his phiz!): 이 구절은 아래 James Clifford의 시의 탁월한 패러디:

성직자의 마음속의 저 희망은 얼마나 허망한고

그자는 아직도 간음술姦淫術을 추구하나니,

그의 마음의 저 색 바랜 헌 가운이

미인 수우로 하여금 자신의 얼굴을 잊게 할지라!

How vain's that hope in cleric's heart

Who still pursues th'adult'rous art,

Cocksure that rusty gown of his

Will make fair Sue forget his phiz!

4) 취태醉態(Schwipps): (G) drunkenness(취태).

5) 볼즈 말(馬)과 산부패酸腐敗매풀즈(Ballshossers and Sourdamapplers): (1)Belshazzar: 바빌론의 최후 왕 (2)Sardanapalus: 앗시리아(Assyria)(아시아 서부의 옛 국가)의 최후 왕.

6) 자장자장 즐거운 노래 가락(Hasaboobrawbees): 자장가의 패러디: 자장자장 아가, 나무 꼭대기에서(Hushanye baby, in the tree top).

7) 미인 이사벨(isabeaubels): La belle Isabeau: Camisards의 아기 예언자.

8) 프랑스 대학(French college): 더블린 Blackrock 군 소재.

9) 할멈(granny): Grania: Dermot의 애인(Finian circle의 산문 이야기의 주제).

10) 최귀자最貴者(preciousest): Robert Prezioso: 트리에스테에서 조이스의 아내 Nora에 애착했던 신문 기자.

11) 대노인大老人(글래드스턴)!(Grand ond mand!): 글래드스턴(Grand Old Man).

(147)

1) 에이프런(前) 무대舞臺(apron stage): 엘리자베스 조의 극장 전면 무대.

2) 4명의 구애자들!(four courtships): 아일랜드 대법원(Four Court)의 익살.

3) 올드(老) 소츠 홀…. 위원회로 하여금(The Old Sot's Hole): 더블린의 Essex Gate의 The Old Sot's Hole, 1757년 그곳의 토론이광도로를 위한 위원회(Commissioners for Wide Streets)를 유도시켰다.

4) 20마리 급조級鳥들(twenty classbirds): 자장가의 패러디: 6페니짜리 노래를 불러요, 24흑조들, 구워서 파이를 만든 다네(Sing a Song of Sixpence: four & twenty blackbirds, baked into a pie).

5) 성聖 담쟁이(Saint Yves): St Ives: 잉글랜드 남부의 콘월 주의 한 도시 명.

6) 도금양목桃金孃木 대죄에 대한 참회…. 나의 미종녀美鐘女들이 노래하기 시작했도다(myrtle sins. When their bride was married all my belles began ti ting): 도금양: 비너스별에 비쳐진 나무.

7) 링(반지) 링 로자리오 묵장미黙薔薇 링!(A ring a ring a rossaring!): 자장가의 패러디: Ring-a-ring o' roses.

8) 그들의 소망은 나의 사고思考를 위한 원부遠父로다(Whoses wisheas is the farther to my thoughts): (대중 어) 소망은 사고를 위한 아버지(the wish is father to the thought)의 인유.

9) 채프론(Chaperon): (1)Chaperon Mall(백화점) (2)유모는 샤프롱(chaperone)(사교계에 나가는 젊은 여성의 보호자).

10) 정절여신貞節女神(chasta dieva): Bellini의 노래의 인유: Norma: Casta Diva(순결한 여신).

11) 피브스보러 성당(Fibsburrow): 더블린의 Phibsborough 가도에 있는 All Saints Church(만성성당).

12) 성 앙도레의 내의內衣(Sainte Andr'ee Undershift): St Andrew Undershft: 런던 성당.

13) 내가 신비롭게 여기는 모든 것(all I hold secret): 비둘기: Nathaniel St Andre'는 Mary Toft of Godalming에서 토끼들(rabbits)을 송달했다.

14) 접접(pepette): 스위프트의 애인 스텔라에 대한 애칭.

15) 단 홀로한(Dan Holohan): 미상.

16) 작업복 골목길(Smock Alley): 더블린의 Smock Alley 극장.

(148)

1) 공주公主 효력(princess effect): 여성의 보디스(코르셋)와 스커트의 길이가 한 조각으로 커트 된 옷.

2) 루트란드(Rutland): (1)더블린의 오코넬 가 상단의 번화가. Rutland Square(현재 기억의 광장[Garden of Remembrance]) 및 고가티(O'liver Gogatry)(〈율리시스〉의 멀리건[벅 멀리건]의 모델)의 생가가 있는 곳 (2)〈율리시스〉 제6장에서 장의 마차가 러틀랜드 광장의 언덕을 천천히 기어올랐다(U 79).

3) 내가 팔렸다면(Was I sold): 이솔드(Isolde)의 암시.

4) 명구名句 든 당과(conversation lozenges): 글자가 속에 든 당과. 중국의 fortune cookie 따위.

5) 빤짝이는 길의(in the twinkly way): 워즈워스(Wordsworth)의 시 〈수선화〉(Daffodils)의 시구의 패러디.

6) 소요의(브린브로우)(Brinbrou's): (1)(Provenca'l)(프로방스어)(프랑스 남동부의 옛 주): 소요(brinbrou) (2)브라이안 보루(아일랜드의 영웅—왕, 덴마크 인들의 공포로 알려짐, 1014년 Clontarf 전투에서 그들을 패배시킴).

7) 고트서고트족(Gothewishegoths): (1)Goth(고트족)(3—5세기경에 로마 제국을 침략한 튜턴계의 한 민족), 야만적 (2)Visigoths(서고트족), 야성적.

8) 사라센인人들(sorrasims): 사라센인들(Saracen): 시리아: 아라비아의 사막에 사는 유목민, 아랍인들의 통칭.

9) 내가 그대를 묶었던 나의 비단 가슴숨결을 묶으나니!(bind my silk breaths I thee bound!): 영국 성공회의 결혼 의식의 패러디: 이 반지와 함께 나는 그대와 결혼하노라(With this ring I thee wed).

10) 요염한 자여1(Amory!): Sir Amory 트리스탄: 호우드의 최초 자작子爵.

11) 행운의 열쇠가 다 할 때까지, 웃음소리!(So long as the lucksmith. Laughs): George Colman 작: 〈사랑은 자물쇠 장수를 코웃음 친다〉(Love Laughs at Locksmith)의 패러디(U 298) (2)행운이 지속할 때까지(So long as luck will last).

12) 라이온 오린(Lyon O'Linn): 처음에는 옷을 입었다가, 나중에 산양피나 조가비와 같은 소박한 물질을 걸친, 아일랜드 민요의 가련한 주인공.

(149)

1) 주계酒計, 우녀憂女 가죄歌罪(wiles, woemaid sin): J. H. Voss: 술, 여자 및 노래(wine, women & song).

2) 존즈(Jones): John—Shaun(숀)—Jaun—Jonadan—Jonah—Professor Jones.

3) 견자犬子(Bitchson): 베르그송(Bergson): 루이스(Wyndham Lewis)는 그의 저서: 〈시간과 서부인〉(Time & Western Man)에서 말했다: '베르그송은 지력이 만물을 공간화 했다고 말했다. 운동의 그리고 정신적시간의 공론자空論家가 공격한 것은 공간화이다'(Bergson had said that the intellect

spatialized things. It was that spatialization that the doctrinaire of motion & of mental time attacked).

4) 탐색(recherche'): Proust 작, 〈잃어버린 시간을 찾아서〉(A La Recherche du temps perdo).

5) 오점주汚點酒(Winestain): Einstein.

6) 질質과 양量(quality and tality): Gerald Griffin(1803—1840)이 쓴 책의 패러디: Talis Qualis.

7) 유량類量(Talis): (L) such, such like, this.

8) 유론類論(Quantum theory): 에너지 반사는 이산적離散的(띄엄의) 단위들, quantum(양자들)에서 발산된다는 이론.

(150)

1) 하늘의 컵자리(天)(Craterium): 런던의 Criterion 극장명의 익살.

2) 유량모모씨類量類某某氏로(Talis de Talis): Mr. So—&—So.

3) 필분쇄자筆粉碎者(penscrusher): 문사 셈.

4) 적당한 마일(duly miㄹ): Daily Mail 신문의 익살.

5) 후기와권파後期渦卷派(postvortex): 루이스(W. Lewis)와 그의 추종자들은 자신들을 와권파(Vortexism)라 불렀고, 이는 그의 사상파(Imagism) 이후의 시의 혁신적 흐름을 주도함으로써, 이들 양대—이즘들은 모더니즘을 대표했다.

6) 예절박사(Dr's Her Uberleeft): (1)Drs: (doctorandus): 덴마크의 아카데믹 타이틀 (2)(Du) als het Ubelieft: if you please.

7) 건대健帶의 사고박사思考博士(Dr Gedankje of Stoutgirth): (G) Gedanke: thought. (Du) dank je: thank you (G) weil du bist ein Sohn der Welt: son of bitch.

8) 교수 사자후獅子吼(Professor Loewy—Brueller): Professor Lucien—Bruchl: 인류학자. (G) Lozwe: lion.

9) 살마네써와는 분명히 별도로 센나크헤리브의 영토위생적領土衛生的 개선안(the Sennacherib as distinct from the the Shalmanesir sanitational reforms): Shalmanesir and Sennacherib: (1)앗시리아(Assyria)(아시아 서부의 옛 국가)의 왕들, 그들은 팔레스타인에서 전투했고, 그들의 추종자들은 이스라엘 백성들을 포로로 몰아넣었다. (2)그들의 영토위생적 개선안은 유태인들의 추방을 각각 이루었다 (3)그들의 개선안은 유태인들의 살해를 위해 계획되었다 (3)여기서는 문맥상으로, 루이스가 최후의 해결을 희망함을 뜻한다. 루이스와 조이스의 문학상의 적대 관계는 유명하다. 전자는 주로 그의 〈시간와 서부인〉을 통해서, 후자는 주로 〈경야〉에서 그를 Brutus, Ondt, Enimy, Hound, Henry Carr, Lewis Carroll, Alice로 묘사함으로써, 그를 비꼰다.

10) 스케켈즈씨氏와 하이드 박사(Mr Skekels and Dr Haydes: 스티븐슨(R. L. Stevension) 작의〈제킬 박사와 하이드 씨〉(Dr Jekyell & Mr Hyde) 소설 제목의 익살

11) 제리쵸(무인지소無人知所)(gone to Jericho): 어디로 가는지 아무도 모른다는 속어.

12) 도편추방陶片追放의 수배자(sent to Coventry): ostracized: 도편추방(위험인물을 투표로 국외에 추방하는 일)(조가비, 도기 파편에 이름을 쓰는 관례).

13) 사자노호獅子怒號(aleonine uproar): leonine convention(집회): 혹자는 모든 이익을 취하는 반면, 상대는 모든 손실을 감내해야 한다는 약정으로 이루어진 모임.

14) 왜 나는 이교신사처럼 태어나지 못하고(Why am I not born like a Gentleman): 루이스는 그의〈시간과 서부인〉(Time and Western Man)에서 〈율리시스〉에는 유태인들에 관해 말하는 것은 전무하다고 말하며, 스티븐이 신사가 되려고 애쓰고 있다고 비평한다.

15) 왜 나는 나 자신의 식료품에 대하여 방금 그토록 말할 수 있는고(why am I now so speakable about

my own eatables): 여우 산양꾼들에 관한 와일드의 말: 먹을 수 없는 것을 추구하는 언어도단인 자(The unspeakable in full pursuit of the uneatable).

16) 천지창조 기원 5688년(5688 Anno Mundi): 기원 1927년으로, 〈시간과 서부인〉의 날짜.

17) 총의總意에 의하여(by Allswill): (1)격언의 패러디: 끝이 좋으면 다 좋다(All's well that ends well). (2) 셰익스피어의 작품명이기도.

18) 인간의 발단과 유전 및 종복終福(the inception and the descent and the ends well): 다윈(Dawin) 작 〈인간의 몰락〉(The Descent of Man)이란 제목의 익살.

19) 주석외측朱錫外側의 그의 가설假說의 평연쇄平連鎖에 대한 한층 큰 굴절각의 재정비에서 여전히 어떤 감법적減法的 개량을 필요하나니(this nightlife instrument of the more refrangible angles to the squeals of his hypothesis on the outer tin sides): 피타고라스(Pythagoras)(그리스의 철학자, 수학자, 580?—500? BC) 원리의 인유: 직각 삼각형의 평방은 두 다른 변의 평방의 합과 동일하다(the square on the hypotenuse equals the sum of the squares on the other 2 sides).

(151)

1) 요녀넬리(Fairynelly): (1)Farinelli: 어떤 남자 소프라노 (2)노래 가사의 패러디: 달콤한 몰리 말론: 더블린의 아름다운(fair) 도시에서(Sweet Molly Malone: In Dublin's Fair city(오늘날 나그네는 더블린인들이 사랑하는, 노래의 주인공 몰리 말론의 입상이 Trinity 대학 모퉁이, Nassau 가의 입구에 서 있음을 목격한다).

2) 고대 로마 족 출신의 볼스키 반대족파反對族派(parcequeue out of revolscian from romanitis): 4세기 Voscian족(기원전 이탈리아 남부의 Latium에 살던 고대 민족)의 반항은 로마에 의하여 굴복되었다.

3) 땜장이 사상가 및 번쩍번쩍 장상가裝想家(schola of tinkers and spanglers): (1)(L) schola: 학문의 장소 (2)사색파(school of thinkers). (1)(G) Spengler: tinsmith: 양철공 (2)Oswald Spencer 작 〈서부의 쇠퇴〉(The Decline of the West), 이는 〈시간과 서부인〉에서 많이 쓰였다.

4) 섹스—와이만—대공작령大公爵領의 신조 옹호자(F. D.)인, 레비—브루로 교수(Professor Levi—Brullo. F. D. of SexeWeiman—Fitelnaky): (1)Levy—Bruchl (2)F. D.: Fidei Defensor(defender of the faith, 신조의 옹호자) (3)Saxe—Weimar—Eisenach: 대공작령領, Thuringia.

5) 뉴렘버그 난형시계卵形時計 및 화덕 위의 마귀 냄비를 지니고 스스로 행한 실험에서부터(Nuremberg eggs…cundldron apan the oeven): (1)Nuremberg egg: 초기 지구 모양의 시계 (2)손에 계란을 쥐고, 시계를 냄비에 끓이는 멍청한 교수에 대한 농담 (3)(유행어) 솥이 나비 검댕 나무란다(the pot calling the kettle black).

6) 속시성지침速市性指針의 지동기구止動機構의 할목割目 생각으로 머리가 오락가락 하는 톰톰 승자勝者처럼(like all tomtompions haunting crevices for a deadbeat escupement): (1)Thomas Tompion: 속시성 지침(deadbeat)(계기의 지침이 흔들리지 않고 바로 눈금을 가리키는) escapement(자동기구)(시계 톱니바퀴)을 발명한, 시계 제조자. 베켓(S. Beckett)의 〈고도를 기다리며〉(Waiting for Godot)에서 Pozzo는 속시성 지침의 지동기구가 달린 시계를 지녔다.

7) 아서 숙사宿死(the Mortadarthella): 마롤리(Thomas Malory: 15세기의 영국 기사騎士) 작 〈아서 왕의 죽음〉(Morte d'Arthur)의 익살.

8) 타라 전설(taradition): Tara(고대 아일랜드의 수도) + tradition(전통).

9) 보복적으로(retaliessian): Book of Taliessin(6세기 웨일스의 시) + retaliation(보복).

10) 마왕 루이스 통음벽자痛飮壁者(looswallawer): Corelli: Marie Mackay의 펜네임으로, 그는 〈사탄의 슬픔〉(The Sorrow of Saran)(〈율리시스〉 제9장초에서 스티븐은 이를 밀턴 저의 〈실낙원〉[Paradise Lost]과 비유한다)(U 151)의 저자. 〈사탄의 슬픔〉은 Mime(익살극에 사용되었다(219 참조)(〈서간문〉 I, 302 참조).

11) 규율을 논평할지라!(Tyro a toray!): The Tyro: W. 루이스가 편집한 서평 지.

12) 불알 몰이 한 쌍의 금냉토金冷土를 획득했을 때(When Mullocky won the couple of colds): Mullocky: 〈율리시스〉의 멀리건(Buck Mulligan). 무어의 노래의 인유: 애란으로 하여금 고대를 기억하게 하라: 말라카이가 황금의 칼라를 달았을 때(Let Erin Remember the Days of Old): When Malachy wore the

collar of gold)(스티븐의 샌디마운트 해변의 독백 참조(U 38). 불알(ballocky)은 멀리건의 상투어.

13) 특대의 식도(the royal gorge): 1782년에 침몰한 The Royal George 호에 대한 인유(W. Cowper(영국 시인, 1731—1800)가 그에 관해 시를 썼다.

14) 분糞하도다!(Myrrdin aloer!): 나폴레옹의 장군인 Cambronne은 공공연히 merde(프랑스어)(똥, 분, 오늘날의 shit)란 말을 사용하기로 유명했다.

15) 노老 말세라스 캠브리너스(항문)(old Marsellas Cambriannus)(—annus): (1)(1146—1220), 존 왕과 함께 아일랜드를 방문한 웨일스의 목사, 그는 〈아일랜드 지형〉(Toporaphia Hibernica)의 저자이기도 (2) Giraldus Cambrensis 는 12세기의 아일랜드에 대해 글을 썼다.

16) 신조 옹호자, 루위리스 브리랄스 교수, 정박사正博士(Professor Llewellys ap Bryllars, F. D. Ph. Er's showings): Levy—Brullo 및 W. Lewis의 합일체. Er's showings(Lewis의 주장).

17) 그의 자신의 때는 타자他者의 시時가 아니요(his man's when is no otherman's quandour): (격언) 한 사람의 살은 다른 사람의 독이니라(One man's meat is another man's poison)의 익살.

(152)

1) 나의 예술이 비상飛翔하는 곳(장면)…. 공쾌空快히 조우遭遇할 것이요(the plane where me arts soar…: Pretty Molly Brannigan이란 노래의 인유: 나의 심장이 있는 곳에 그대는 공쾌히 잠들지라(The place where my heart was youy'd aisy roll 'a turnip in).

2) 무구자無垢者(Innocent): 몇몇 교황들은 무구자로 명명되었다.

3) 여기 나의 설명은As my explanations here…: 〈초상〉 제3장의 신부의 설교문구 중의 패러디.

4) 캐드원, 캐드월론 및 캐드월론너(Cadwan, Cadwallon and Cadwalloner): 고대 웨일스의 왕들 이름.

5) 꼬마 브리탄(lattlebrattons): Little Britain: Great Britain.

6) 브루노 노우란(Bruno Nowlan): 나폴리의 Nolan에서 태어난 이탈리아의 철학자 Bruno. 그의 철학은 〈경야〉의 배경을 이룸.

7) 자바어語(javanese): (1)자바(Java)어 (2)일본어.

8) 청聽할지라(Audi), 조오 피터여! 사실들을 귀담아 들을지라!(Joe Peters! Exaudi facts!): 〈성인들의 묵도〉(Litany of Saints)의 패러디그리스도여, 우리들을 청하소서, 그리스도여, 우아하게 우리들을 청하소서(Christ, hear us. Christ, graciously hear us).

9) 옛날 옛적 한 공간 속에 그리고 그건 따분한 넓은 공간이었나니 거기 한 쥐여우(묵스)가 살았대요(Eins within a space and a weary wide…a Mookse): 〈초상〉의 첫 문장의 패러디. 옛날 옛적 아주 오래 전이었지 한 마리 움매 소가 있었대요.

10) 그는 산보를 하고 싶으나니(나의 두건頭巾! 하고 안토니 로미오가 부르는지라)…훈제 꼬치구이 햄 및 시금치(he would a walking go(My hood! cries Antony Romeo): 노래 가사의 인유: 한 마리 개구리가 구애에 나서다: 훈제 햄과 시금치 헤이 호!(A Flog He Would A—wooing Go: gammon & spinach Heigh ho!).

11) 폐리엄 외투(pallium): 로마 가톨릭교의 초기 주교들이 입던 도복.

12) 백악원白堊園(De Rue Albo): 〈말라키의 예언〉(Prophecies of Malachy)No 5(111개의 라틴 어구집語句集으로, Celestine 2세로부터 최후의 교황까지 교황들에 적용됨)에서: De ture albo(백원, white country)—교황 Adrian 4세에 대해 언급하다.

13) 원반原盤 걸석고傑石膏(masterplasters): 입센의 연극 〈청부업자〉(Master Builder)의 인유.

14) 바티칸 풍의 화랑(pintacostecas): Pinacoteca: 바티칸(Vatican)에 있는 미술 화랑.

15) 모든 시름 많은 세도世道의 최악 속에 악성惡性이(badness in the weirdest of all pensible ways): 볼태르(Voltaire)작 Candide의 글귀의 패러디: 모든 가능한 세계들 중에서 최고(best of all possible

worlds).

16) 자신의 부父의 검劍(his father's sword): 노래 〈음유 소년〉(The Minstrel Boy)의 가사에서: 그의 부친의 검을 허리에 차고(His father's sword he has girded on).

17) 허풍창虛風槍(Bragspear): Nicholas Breakspear: 영국인으로, 교황 Adrian 4세가 되었으며, 상찬자(Laudabiliter)로 시작되는 교황 칙서(bull)와 함께, 아일랜드를 헨리 2세에게 하사했다(U 327 참조).

18) 한 치 한 치(철두철미) 한 사람의 불멸의 자: 셰익스피어 작 〈리어왕〉 IV. 6.109의 글귀의 인유: 한 치 한 치 왕(every inch a king) 한 치 한 치 신사(every inch a gentleman)〈율리시스〉 13장(U 287) 참조.

19) 무효병원無酵餠院(azylium): (1)요양원(asylum) (2)중석기시대(the Mesolithic)의 원시 Azylian 문화.

20) 다섯 쌍(雙) 파섹 거리를 거의 독답獨踏하기도 전에, 일광日光 가등주街燈柱(a pentiadpair of parsecs…. Shinshone Lanteran): 라테란(Lateran) 대성당(로마에 있는 대성당으로 가톨릭성당의 총본산)에는 다섯 개의 전前기독교 평의회(Oecumenical council)가 있었다.

(153)

1) 성—무벽—정자聖—無壁—亭子(Saint Bowery's—without—his—Walls): 더블린 소재의 St Nicholas 무벽 정자.

2) 예언의 111번째 항에 편향偏向하건대(secunding to the one one oneth of the propecies): 〈성 말라카이의 예언〉(Prophecies of St Malachy): Celestine부터 최후의 교황까지 교황들에 적용되는 111 라틴어 구어집의 인유.

3) 미요녀美妖女 니농(Ninon): Ninon delenclos: 17세기 프랑스의 고급 창부.

4) 아이我而, 아이, 아이! 아我, 아! 작은 몽천夢川이여 나는 그대를 사랑하지 않는도다!(My, my, my! Me and me! Little down dream don't I love thee!). : 노래의 인유: 하, 하, 하, 히, 히, 히, 꼬마 갈색의 항아리 나는 그대를 사랑하지 않아(Ha, ha, ha, He, he, he, Little brown jug don't I love thee).

5) 집행관의 모의장侮意匠(bailiff's distrain): W. 루이스의 작품 타이틀의 인유: (1)〈칼리프의 디자인, 건축가들! 그대들의 와권渦捲은 어디에?〉(The Caliph's Design, Architects! Where's Your Vortex?). 칼리프: 마호메트 후계자의 칭호 (2)distrain: disdain + disdain + dietarian.

6) 오리냑 문화(Aurignacian): 피레네 산맥 중 Aurignac 동굴의 구석기 유적으로 대표되는 오리냑 문화(Aurignacian).

7) 만근도萬根道…로마 공방空房을 통해 방랑주중放浪走中하면서(Allrouts, austereways or wastersways, in roaming run through Room): (격언) 모든 길은 로마로 통하나니(All roads lead to Rome).

8) 교황전후도적敎皇前後倒的으로(preposterously): (1)Popo: 엉덩이 (2)pope (3)prepost— erously(앞뒤가 뒤 바뀐).

9) 최충最充 토리왕당王黨(justotoryum): Rudyard Kipling(영국의 시인 소설가. 1865—1936) 작 〈최충화〉(Just So Stories)의 익살.

10) 무류無謬 회칙통달回勅通達(Unfallable encyclicling): infallible encyclical(무류 동문통달同文通達)(특히 로마 교황이 모든 성직자에게 보내는 회칙回勅).

11) 헌신獻神(Deusdedit)이라: 교황 성 Deusdedit(615—618).

12) 무구자無垢者 벨루아(Bellua Triumphanes): 〈성 말라카이의 예언〉, NO. 86: Bellua insatiabilis(탐욕스러운 짐승)(insatiable beast)—무구자 11세 (3)Giordano Bruno.

13) 전대纏帶의 회화수집繪畵蒐集(wallat's collectium): 런던의 Herford 가家의 Wallace 그림 화집.

14) 흠탐자欠探者 리오 6세(Lio the Faultyfindth): (C) liu(六).

15) 코터스 5세 및 퀸터스 6세 및 식스터스 7세(Quartus the Fifth and Quintus the Sixth and Sixtus the Seventh): 무두 상상적 교황들.

16) 마그다린(maudelenian): (1)상부 구석기시대(Upper Paleolithic)의 Magdelenian(구석기 최종기의) 문화.

(154)

1) 고함 소리 이내의 수당나귀들이(within the bawl of an ass): (앵글로—아이리시) 아주 가깝다는 뜻.

2) 의도를 명도하나니(pray for…intentions): 로마 가톨릭의 기도문.

3) 라일 실(絲)(liseias): 라일 실(lisle)(외올의 무명 실).

4) 전효과적電效果的으로(telesphorously): (1)교황 Telesphorus (2)(Gr) telesphoros: 효과적.

5) 타르드놔 기期(tasdeynois): 중석기시대(Mesolithis)의 Tardenoisian 문화.

6) 그대는 거친 노櫓에서 비단 음흡을 야기 시킬 수는 없기에(you cannot wake a silken nouse out of a hoarse oar): 격언의 패러디: 그대는 암퇘지 귀로 비단 지갑을 만들 수는 없다(You cannot make a silken purse out of a sow's ear).

7) 원야수(animal rura러): 〈성 말라카이의 예언〉(Prophecies of St Malachy), no. 93: 교황 Benedict 14를 가리킴.

8) 지고대신관至高大神官이로다! 머리를 낮출지라, 천개天蓋 대머리 여왕들이여! 머리를 낮출지라, 천개 대머리 여왕들이여!(supermest pontif! Abase you baldyqueens): (1)(L) Pontifex Maximus: 지고의 교황 (2)내려와 대머리야!(Joachim Abbas): 〈율리시스〉 제3장, 스티븐의 샌디마운트 해변에서의 독백 참조(U 33) Joachim Abbas: 이탈리아의 신비주의 신학자.

9) 내 등 뒤에 집합할지라(Gather behind me): 〈마태복음〉 16: 23의 성구의 패러디: 예수께서 베드로에게 이르시되, '사탄아 내 뒤로 물러가라'(Get thee behind me, Satan).

10) 부서주腐鼠呪!(Rots): (Du) rots: rock. 〈율리시스〉에서 몰리 블룸의 상투어: 오 젠장!(O Rocks!).

11) 그레고리화華(grogory): 교황 그레고리(여러 명의).

12) 클레멘트자慈의, 어번예禮의, 유진수秀의, 세레스틴복福으로(clement, urban, eugenious and celestian): 다양한 교황들이 Clement, Urban, Fugenius 및 Celestian으로 불리었다.

13) 바바로사만蠻의: (barbarousse): Barbarossa: 교황 Adrian 4세에게 반대한 독일의 황제.

14) 아드리안 상찬賞讚(laudibiliter): Adrian 4세의 칙서(bull)로서, 이는 아일랜드를 헨리 2세에게 하사한 문서이다.

15) 사도 바울을 사도 이라나우스로 할지라(Let Pauline be Irane): 나사렛 신앙(The Nazarene faith)은 사도 바울에 의하여 수정되었고, 그노시스교(Gnosticism)(초기 기독교 시대에 있어서의 신비주의적 이단 기독교)를 야기 시켰다. Iranaeus는 베드로에 의해 이전에 대표된 운동을 반대하는 제한된 정교를 대표했다.

16) 비톤(市) 패敗할지라. 그리고 나를 로스앤젤레스로 할지라(Let you be Beeton. Andlet me be Los Angeles): Beeton은 Los Angeles에 의해 합병되었다.

17) 만일 내가 당장 복종할 수 없다면, 나는 그대에게 결코 넘겨 줄 수 없도다(if I connow…submission): Canossa: 여기서 헨리 2세는 교황 그레고리 7세(Hildebrand) 앞에서 황송(복종)했다.

18) 욕속慾速은 1초에 2피트18) 과적이나니(My velicity is too fit in one stockend): 속력(velocity)은 1초에 2피트이다.

19) 그대의 명성교황(Your Honoriousness): (1)Your Highness(각하) (2)Pope Honorious: 4명의 교황들의 통칭.

(155)

1) 나의 콜크 만취漫醉한 부父(my corked father): 조이스의 부친 사이먼 데덜러스는 Cork시 출신.

2) 체 속의 암퇘지 같으니!(sus in cribro!): 〈성 말라카이의 예언〉(Prophecies of St Malachy), no. 11에서의 묘사: sow in a sleeve—Urban 3세(추방되었다)를 지칭함.

3) 상시파문탁월양수대량자常時破門卓越兩手大樑者(Semperexcommunicambiam—bisumers): 〈더블린 연대기〉(Dublin Annals)(1286): 파문당한 모든 더블린 시민(들).

4) 구주신의歐洲新衣—속의—토이土耳 혹은 아회亞灰—속의—토이조土耳鳥(Tuguyrios—in—Newrobe or Tukurias—in—Ashies): 유럽의 터키와 아시아의 터키로 분할된 터키.

5) 뉴 로마: 콘스탄티노플.

6) 사자시獅子市(lyonine): (1)leonine City: 바티칸 주위의 지역 (2)바티칸을 요새화한 교황 리오 4세. (3) lion(사자)은 취리히의 의전儀典 동물임.

7) 콘스탄틴항구적으로(constantinently): 기독교로 개종된 로마의 황제 Constantine의 인유.

8) (파형破型된 포도사자 그라이프스에게는 얼마나 허언인고!)(what a crammer for the shapewrucked Gripes!): 화형 당한 대주교 Thomas Crammer.

9) 우리는…신처新處에서 너무 공심空心하게…만났기 때문이라(we first met each other newwhere so airly): O. 와일드 작 〈심연에서〉(De rofundis)(1905)에서 그가 Douglas에게 한 말의 패러디: 그러나 나는 당신을 너무 늦게 또는 너무 일찍 만났군요(but I met you either too late or to soon).

10) 모부母婦의 댁宅(motherour's houses): 쇼(B. Shaw)의 극 제목의 패러디: (1)〈홀아비들의 집들〉(Widower's Houses) (2)〈마가복음〉 12:40의 인유: 저희는 과부의 가산을 삼키며…(they devour widow's houses…)

11) 대영제국大營帝國이여 그리고 애란愛蘭 멍에와 합병合倂할지라!(Unionjok and be joined to yok!): 대영국과 아일랜드의 합병법안(1800)(Act of Union of Great Britain & Ireland).

12) 피어스 IX세 남南십자가에 맹세코(crucycrooks): 〈성 말라카이의 예언〉(Prophecies of St Malachy), no.101: Crux de Cruce(십자가의 십자가)—교황 Pius 9세를 지칭함.

13) 찬멸하다(Parysis): (1)칭찬하다(praises) (2)파리에서 멸망하다(perishes in Paris).

14) 나의 적수여!(mein goot enemy)…복음은 우리들의 별(星)이 아니나니(Cospol's not our star): (A) Lewis 편의 잡지 명: 〈敵〉(The Enemy) (2)루이스 작 〈별들의 적〉(Enemy of the Stars)(B)(1)gospel: Cospol's (2)루이스 작: Constantinople our Star. Enemy of the Stars.

15) 12자투리를 걸겠노라(bet you this dozen odd): 틀림없이.

16) 우선 먼저(Quas primas): 아퀴나스의 〈신학대전〉(Summa)의 논의의 시작.

17) 매이플즈(Maples): 더블린의 Maple's Hotel(Kildare 가, 국립 도서관 맞은 편 소재).

18) 성聖소피아 바랫 사원(Sophy Barratt's): 성 Madeleine Sophie Barat은 성심(Sacred Heart)의 성청聖聽(Congregation)을 건립함.

19) 행운타幸運打했는지라(luckystruck): 〈럭키 스트라이크〉(Lucky Strikes): 미국의 담배 연초 명.

20) 소장미회어蘇薔薇會語의(russicruxian): Russian(러시아어)+Rosicrucian(장미십자회).

21) 니크라우스…. 아로피시어스는…교황유언의 후광명後光名(Niklaus Alopysius having been the once Gripe'ss popwilled nimbum)이었나니: (1)Nick / Mick (2)(James)Aloysius(조이스): 조이스의 성명聖名.

22) 뉴크리디어스Neuclidius): (1)및 인엑사고라스(Inexagoras) (2)및 몸센(Mumsen) (3)및 톰셈(Thumpsem)에 의하여, 및 오라스무스(Orasmus)에 의하여 (4)그리고 아메니우스(Amenius)에 의하여 (5)그리고 유태인 아나크리터스(Anacletus)에 의하여 (6)그리고 복점가 마라카이에 의하여 (7)그리고 카폰의 교사집敎史集(Cappon's collection) (8)및 궁둥이의 젤라틴(아교)(Cheekee's gelatine) 종일브랜디주酒의 독액(Alldaybrandy's formolon) (9): 1)Euclid 2)Anaxagoras: 철학자 3)Mommsen: 로마의 역사 저술가4)Erasmus: 네덜란드의 인도주의자 5)네덜란드의 신학자 6)Anacletus: 로마의 세 번째 주교 7)〈성 말라카이의 예언〉(Prophecies of St Malachy) 8)Capponi: 성당사에 관한 거대한 문서 집. 9) Hildebrand는 교황 그레고리 7세가 되었다.

1) 이항투시화(binomial dioram): diorama: 빛의 방향으로 바뀌는 부분적으로 투명한 그림.

2) 포에니 음경포陰莖怖 벽전필壁戰筆(penic walls): (1)Punic Wars(포에니 전쟁(264—146 BC. 로마와 카르타고 사이의 3회에 걸친 전쟁)+penis(음경)+panic(공황).

3) 잉골즈비 전설(INklespillegends): Richard Barham(1788—1854)(영국의 작가) 작 〈잉골즈비 전설〉(Ingoldsby legends)의 패러디.

4) 폰티어스 빌라도 총독(Pontius Pilax): Pontius Pilate: 그리스도를 십자가 처형한 로마의 유다 지사.

5) 사법전司法典과 육六(환患) 비책鼻册 잡실雜室의 모든 미이라 원고총집原稿總集 및 미판尾版 사활호서詐猾狐書의 장章들의 교활에 관한 장章들에 맹세코(all the mummyscripts in Sick Boke's Juncroom and the Chapters for the Cunning of the Chapters of the Conning Fox by Tail): (1)coming forth by the Day: 〈이집트의 사자의 책〉의 구절의 인유 (2)이 구절의 모든 기괴한 단어들은 솀(그라이프스)과 숀(묵스)을 갈라놓는 3가지 중요한 교의(정설)(도그마)에 대한 러시아어 또는 희랍어로 이루어진다. 이들 구어들은 로마(묵스)와 아일랜드 성당(그라이프스) 간의 신학적 차이를 암암리에 들어낸다. 아일랜드 성당은 성격상 전前 고딕적, 정신상 신비적, 희랍적 정통파를 닮았다(이는 〈율리시스〉 제7장의 중요 주제이기도).

6) 단성이설單性異說(monophysicicking): Monophysite heresy: 예수의 단일성(單一性)의 주장으로, 이는 Byzantine 성당의 주제이다.

7) 성령기원론자들로부터 말발굽 질을(해고) 당했던 것이로다(got the hoof from his philioqus): 성령기원론(L)(Filioque): 성부성자 분파설(The Great Schism): 동서 성당들 간의 이 분쟁은 성령은 부자父子 또는 부父만으로부터 기원했다는 상극적 시비.

8) 피오 교황(the pius): 교황 Pius: 12명의 교황들의 총칭.

9) 그레고리 교황(the gregary): 교황 Gregory: 16명의 교황들의 총칭

10) 계곡 공동空洞의 선녀選女(the electress of Vale Hollow): Valhalla: (북구 신화) 발하라(Ordin 신의 전당. Valkyrie 12선녀의 하나, 전사한 영웅들의 영혼을 Valhalla에 안내하여 시중든다고 함).

11) 최후의 최초로서 선택될지로다(shall be chosen as the first of the last): 〈성서〉, 〈마태복음〉 19:30: 구절의 패러디: 최후가 최초가 될지라(the last shall be the first).

12) 행상行商 엘리아(Elelijiacks): (1)Elijah (2)Elizabeth 1세.

13) 홍옥紅玉(루비)과 탈옥奪玉(로비)(Ruby and Roby): 교황의 연설 및 축복의 구절에서: Urbi et Orbi(To the City & the World).

14) 아미 맨 옷 재단(컷)(the Army Man Cut): (1)Army Cut: cigarettes (2)cur: 의복 재단.

15) 본드엄가적嚴街的(bondstrict): 런던의 Bond 가街의 익살.

16) 당시 뉴쥬랜드로부터의 저 붕괴 아치교형橋形의 여행자(that brokenarched traveller from Nuzuland): Thomas Macaulay(1800—1859)(영국의 시인 및 사학자) 작 〈교황들의 랜크의 역사 개관〉(Review of Ranke's History of Popes)의 글귀: 그녀(로마 가톨릭 성당)는, 뉴질랜드의 어떤 여행자가 관대한 고독의 한복판에서, 성 파울 성단의 유적을 스케치하기 위해 런던 다리의 깨진 아치 위에 자리를 잡을 때, 불감不減의 활력 속에 여전히 존재할 것이다(She[the R. C. church] may still exist in undiminished vigour when some traveller from New Zealand shall in the midst of a vast solitude, take his stand on a broken arch of London bridge to sketch the ruins of St Paul's).

17) 발할라 가려진 공포恐怖(Veiled Horror): Vale Hollow, Valhalla(바할라 계곡의 공포).

18) 엘리자베스의 43번째 조상(안)彫像(案)을 참조할지니(the fortethurd of Elissabed): 엘리자베스 여왕의 43번째 조상안彫像案: 1601년의 빈민 구제안.

19) 해청요정海青妖精(Hourihaleine): houri: 마호메트교 낙원의 요정(nymph).

20) 행복한 밤이었으리니(It might have been a happy evening): 당대의 광고문의 익살: 만일…하면, 행복한 밤이 될 수 있으리라(it could have been a lovely evening if…)

(157)

1) 아스팔트역청瀝青이 피사스팔티움내광耐鑛(Tarriestinus lashed Pissasphaltium): 고체 또는 반고체로 된 역청(아스팔트)(bitumen)은 희랍 사람들에 의하여 aspahltors, 그리고 약간의 고대 작가들에 의하여 pissasphaltum이란 이름으로 때때로 채택되었다.

2) 맹견과 독사(canis et coluber): 〈성 말라카이의 예언〉(Prophecies of St Malachy), no. 98. (dog & serpent)—레오 12세를 암시함.

3) 16하미광夏微光(sisteen shimmers): (1)Sistine(로마 교황) Sixtus의(특히 Sixtus 4세, 5세의) (2)16하夏.

4) 운료雲僚들(her nubied companions): T. 무어의 노래 가사에서: 〈여름의 마지막 장미〉(The Last Rose of Summer): 모든 그녀의 사랑스러운 동료들(All her lovely companions).

5) 바이킹의 불결 블라망주(Voking's Blemish): Viking's blancmange: 우유를 갈분, 우무로 굳힌 과자.

6) 방사(emanations): Ain—Soph, 10 Sephiroth(Cabala[중세 기독교]의 신비철학에서).

7) 이단제도적異端制度的으로 심이心耳서럽기는 했지만(schystimatically auricular): (1)옛 가톨릭교는 심이心耳의 고백(auricular confession)(목사에게 몰래 털어놓는 비밀 참회)으로 교리(학설)를 변경시켰다.

8) 모두 온유溫柔의 증발습기蒸發濕氣의 헛수고 불과했나니라(all mild's vapour moist): 셰익스피어 작 〈사랑의 헛수고〉(Love's Labour's Lost)의 패러디.

9) 용맹신앙勇猛信仰의 숙명(intrepide fate): 〈성 말라카이의 예언〉(Prophecies of St Malachy), Fides intrepida(intrepid faith.

10) 헤리오고브루스(H)의 광도량廣度量 콤모더스(C) 및 극한極漢 에노 바 바루스(E)(Heliogo— bbleus and Commodus and Enobarabarus): (1)헤리오고므루스 및 콤모더스: 로마의 제왕들 (2)에노바바스(Enobarbus): 셰익스피어 작 〈앤터니와 클레오파트라〉(Antony and Cleopatra)의 인물.

11) 파피루스문서文書(Papyrs): papyrus(고대 이집트의 제지 원료) + Papers(문서).

12) 비밀협의중秘密協議中이었기 때문인지라(conclaved): conclave: 가톨릭교에서 비밀로 행해지는 새 교황 선출 회의 장소, 여기서 투표의 서류들은 불태워진다. 여기 운녀의 말대로, 묵스—솀과 그라이프스—숀의' 박식한 인용구들'이 비밀리에 감추어진다.

13) 작은 브르타뉴의 공주 마냥(la princesse de la Petite Bretagne): 하얀 손을 한 이솔트는 브리타니(작은 영국)의 공주였다.

14) 콘워리스—웨스트 부인(Mrs Conwallis—West): 여배우 Mrs Patrick Campbell(West—Conwall). (cf) Winston Churchill, Mrs Churchill—Winston).

15) 아일랜드의 제왕의 여왕의 딸(the daughter of the queen of the Emperour of Irelande): 이솔트는 콘월(Conwall)의 여왕이었다(트리스탄 이야기 참조).

(158)

1) 트트리스티스원비原悲 리스티오차비次悲 트리스티씨머스최비最悲(Tristis Tristior Tristissimus): (1)트리스탄(트리스탄) (2)(L) 슬픈, 보다 슬픈, 가장 슬픈(원급, 비교급, 최상급).

2) 전혀 무락적無樂的이요(not amoosed): 빅토리아 여왕의 상투어의 익살: 우리는 무미건조나니(We are not amused).

3) 더브주취酒臭의 고양이톨릭교도(a dubliboused Catalick): Dublin boozed Catholic(더블린이 가톨릭교도를 술 먹이다).

4) 유삭遊爍이는 유초遺草들(The siss of the whisp): 노래 가사의 패러디: 유초가 사방에 유삭이나니(The Green Grass All Around).

5) 미다스 왕의 갈대 같은 기다란 귀(耳)여(a long one in midias reeds): (유행어) 갈대가 반복했나니, 임금님의 귀는 당나귀 귀(The reeds repeated that King Midas had as'ss ears). Midas: (희랍 신화) (1)손에 닿는 모든 것을 황금으로 변하게 했다는 Phrygia(옛 소아시아의 나라)의 왕(큰 부자), 그는 먹는 음식마

저 금으로 변하여 살수 없게 되자, 신의 용서로 강에서 목욕을 하여, 생명을 구했는지라, 그로 인해 강에서 사금이 나왔다 한다 (2)그는 음악 경시에서, 자신의 귀의 오판으로 신의 벌을 받아, 귀가 당나귀 귀로 변했으니, 두건으로 항시 가리고 다녔다. 어느 날 이발사가 이 사실을 알자, 그는 참다못해 땅굴에 들어 가 이를 터뜨렸다. 그러자 땅굴 위로 자란 갈대가 바람이 불 때 마다. 임금님의 귀는 당나귀하고 울어, 그 소문이 사방에 퍼졌다.

6) 회혼灰昏에서 땅거미로(duusk unto duusk): 〈기도서〉(Book of Common Prayer) 중의 글귀: 〈사자들의 매장〉(Burial of the Dead): 재는 재로, 먼지는 먼지로.

7) 월강지越江地(Metamnisia): (Gr) 강 건너의 땅.

8) 서반지西班地(citherior): 스페인: 북 스페인의 로마 지역.

9) 은총에 의하여 운運을 충만充滿하게 가지면(by grace he had luck enoupes): 〈누가복음〉 1:28의 패러디: 은혜를 받은 자여 편안 할지어다 주께서 너와 함께 하시도다 하니(Hail Mary, full of grace, the Lord is with thee).

10) 무외관無外觀의 한 여인(a woman of no appearance): 와일드 작의 패러디: 〈무의미한 여인〉(A Woman of No Importance).

11) 흑녀黑女(a Black): 〈아가〉 1: 5의 패러디: (내가) 비록 검으나 아름다우니(black but comely).

12) 탐욕 독수리 관館(Aquila Rapax): 〈성 말라카이의 예언〉(Prophecies of St Malachy). no. 97: 탐욕(rapacious eagle)—Pius 7세를 가리킴.

13) 편옥(shieling): 소들이 풀을 뜯는 목자의 오두막.

(159)

1) 만나 성찬옥聖餐屋(De Oire Coeli): 〈성 말라카이의 예언〉(Prophecies of St Malachy). no. 74: De Pore Coeli(Of heavenly manna): 만나(Manna): 〈출애굽기〉 16:14–36: 옛날 이스라엘 사람들이 광야를 헤맬 때 신이 주신 음식. 〈율리시스〉 제8장 초두에서 블룸은 리피 강상의 갈매기들에게 만나(반베리 케이크)를 던져준다(U 126).

2) 1만인의(myriads): 〈율리시스〉 제9장에서 Best 씨는 상기시키나니, 콜리지는 그(셰익스피어)를 1만인의 마음을 가진 자로 불렀어라고(U 168).

3) Missisliffi): 리피 강, Mississippi 강.

4) 해러즈 희망 화점貨店(hopebarrods): Hope Bros. Harrods: 런던의 백화점들.

5) 아이반 규애우화 叫愛寓話(crylove fables): Ivan Krylov): 러시아의 우화 작가.

6) 오 슬픈지고!(O weh!): (G): woe is me!

7) 난 너무 어리석게도 계속 흐르나니 그러나 난 머무를 수 없도다!(I'se so silly to be flowing but I no canna stay!): 노래의 인유: 하, 하, 하, 히, 히, 히, 작은 갈색 항아리여 나는 그대를 사랑할 수 없도다(Ha, ha, ha, he, he, he, Little brown jug don't I love thee).

8) 교황세敎皇稅(romescot): (OE) Romescot: 세대 당 1페니의 교황 세.

9) 이제 그만!(Bast!): (It) Basta!(stop it!) 〈율리시스〉 제3장, 샌디마운트 해변의 스티븐 데덜러스의 의식의 흐름 참조.(U 31)

10) 빵덩어리절반세련자洗練者인(halfaloafonwashed): 테니슨의 시 〈경기병대의 공격〉(Charge of the Light Brigade)의 구절 인유: 반 리그 전진.(U 39)

11) 성聖 메토디우스적11) 조리성條理性(methodiousness): St Ctril 및 Methodius: 동부 성당(Eastern Church)의 사도들에 대한 인유.

12) 트리스탄 다 쿤하(Tristram da Cunha): (I) Baile Atha Cliath: Hurdle Ford Town(장애물 항): 더블린의 고칭古稱.

13) 전술도(isle of manoverboard): 애란 해의 만(Man) 섬.

14) 야군여단夜軍旅團(night brigade): 〈경기병대의 공격〉(Charge of the Light Brigade)의 암시.

15) 그는 106번番째 주민이(he'll make Number 106): 〈세계지도의 바토로뮤우의 편리한 참고〉(10쇄))(Bartholomew's Handy Reference Atlas of the World)에 의하면, 초기 Tristan da Cunha는 105명의 주민을 가졌다 한다. 또한 브리타니가 백화사전에는 Tristan da Cucha의 남대서양의 이 작은 섬의 인구는 1800년에 109명, 1930년에는 130명이었다고 기록한다.

16) 부접근가도不接近可島 근처에서 살게 되리라(be near Inaccessible): (1)Inaccessible: Tristan da Cunha 근처의(20마일 지점) 작은 섬 (2)조이스의 친구 Colum에 의하면, 루이스는 조이스에게 자신이 남아메리카에 갈 것이라 언제나 말하고 있었다 한다.

17) 마호가니 목木의 집림지集林地(mahoganies): T. 무어의 시물의 만남(The Meeting of the Waters)(〈율리시스〉 제8장, 블룸의 독백 참조, U 133).

(160)

1) 가지 늘어진 너도밤나무(weeping beeches): Weeping Bitch: 소녀를 암캐(bitch)로 변용 시킨다는 중세의 민속 이야기.

2) 무진장無盡藏 속하屬下: under genus Inexhaustible.

3) 커라 영지領地(Curraghxhasa): (1)Curragh Chase, Limerick 군郡에 있는 영지(demesne) 명. (2) Curragh: KIldare 군의 경마 코스.

4) 루베우스의 피나코타 화랑(Verney Rubeus): (1)Pinacotta: 화랑 명 (2)Rubens—Peter Paul(1577—1640): Flanders(현재의 벨기에 서부, 네덜란드 남서부, 프랑스 북부를 포함한 북해에 면한 중세의 국가)의 화가: (3)Paul Rubens(1875—1917) 도다아 나무 아래서(Under the Daodar)의 작곡가 (4)Rubus: raspberry.

5) 동東(E) 코나(C) 구릉丘陵(H)과 같은 올리브 소림疏林(East Conna Hillock): (1)HCE의 암시 (2) Ulster와 Tristan da Cunha에 자라는 산정의 거목들은 HCE를 대표한다 (3)Old Conna Hill: 브래이(Bray) 근처의 언덕(4)여기 교수는 조리가 서지 않을 정도로 중얼거리고 있지만, 이내 요점으로 되돌아올 것이다.

6) 포플라 민民들의 목소리(Vux Populus): (1)(L) vox populi: 대중의 목소리 (2)Nux Vomica: 마전馬錢(동인도 산의 상록 교목喬木)(마전자의 원료).

7) 히코리(木)—호커리(하키 축구) 식으로(in hickoryhockery): 자장가의 구절: Jickery Dickery Dock.

8) 상록常綠(부란디)(arbor vitae): (1)상록수, Thuja 종 (2)aqua vitae: 브랜디.

9) 다니엘!…존스(허세자)(a jones): (1)Daniel Jones: 〈영어 발음 사전〉(An English Pronouncing Dictionary)의 저자. (2)Ernest Jones: 프로이트의 제자, 잇따른 단락들에서 Brutus, Cassius 및 Anthony를 설명한다.

10) 별들의 빈정댐을 향해 공시公示했던 것이로다(publicked…to the irony of the stars): (1)W. 루이스는 조이스 작 〈율리시스〉의 〈키르케〉(Circe) 장이 자신의 〈별들의 적〉(Enemy of Stars)에 빚졌다고 말했다. (2)블룸은 스티븐과 함께 그의 뒷마당에서 배뇨를 한 뒤에 별들의 냉담성(the apathy of the stars)(U 604)을 생각한다.

11) 황야음유시인荒野吟遊詩人(mooremoore): 무어 및 버저스(Burgess): 음유시인들의 총칭.

12) 빌파스트(billfaust): (1)Belfast (2)(G) fist(Ulster의 붉은 손 마크).

13) 석탄통石炭桶은 필립 더브연암淵岩이라(The coolskittle is philip deblinite): 석탄 통 뒤의 원추형 서치라이트 속에…. 마나난 맥클리어(해신)의 턱수염 난 모습…. (U 416 참조)

14) 미지자未知者는 작은 카펫 곁에 있나니(Sgunoshooto esta…la): (Es) estas: is. la: the.
이하 sinjoro까지 에스페란토어.

(161)

1) 심지어 미카엘 천사장 마저도 바보처럼 두려워했던(even michelangelines have fooled to dread): (1) 폽(A. Pope)의 시구의 인유: 천사들마저도 밟기를 두려하는 바보의(하찮은) 들풀(fools rush in where angels fear to tread). (2)Michelangelo(이탈리아의 화가, 조각가) (3)성 마이클(Michael)(Mike).

2) 푼돈은 현금이요(dime is cash): 시간은 돈(Time is money)이란 격언의 패러디.

3) 종의 기원의 도그마(the dohmarks of origen): 다윈의 저서: 〈종의 기원〉(Origin of Species)의 제목 패러디.

4) 부루스 및 카시어스(Brutus and Cassius): Burrus와 Caseous, Butter와 Cheese, 숀과 솀, 〈율리시스〉에서 멀리건과 스티븐 등과 함께, 이들은 서로의 대위법적 관계다. Brutus와 Cassius는 Julius Caesar를 암살한 로마인들이요, 그들은 Philippi(그리스의 북부지방인, 마케도니아의 옛 도읍)에서 Antony에 의하여 패배 당했다. 그들은 또한 셰익스피어 〈쥴리어스 시저〉의 등장인물들이다. 조이스의 최초의 시는 〈힐리여 너마져〉(Et Tu Healy)인데, 이는 파넬을 Caesar와 동일시한다. 단테는 그의 〈지옥 편〉(Hell)에서 Brutus와 Cassius를 최악의 죄인들로 삼으며, 그들은 사탄의 입 속에서 씹히는 자들인지라, 〈경야〉에서 그들이 씹히는 음식물인—버터와 치즈, 즉 Buruus와 Caseous로 등장하는 이유가 여기에 있다.

5) 매매賣買의 낙농 시절에(in the dairy days of buy and buy): 노래 가사의 패러디: 사랑의 그 옛날 달콤한 노래: 한 때 회상하기 힘든 다정한 시절에(Love's Old Sweet Song: Once in the dear dead days beyond recall). 〈율리시스〉 제11장 참조.

6) 폐부廢父가 가게 문을 닫을 때까지(till Duddy shut the shopper op): 노래 가사의 인유: 폴리가 냄비를 올려놓았나니(Polly Put the Kettle On).

7) 고일단古一團(Old Party): Old Parr: 부절제로 비난받은 영국의 100세 노인에 대한 익살(3 참조).

8) 눈 찡그려 홀짝이나 마음 착하게 먹나니(twinsome bibs but handsome ates): (속담)의 인유: 행위가 훌륭하면 인품도 돋보인다(거죽보다 마음)(Handsome is as handsome does).

9) 마치 셰익스액液과 베이컨란卵처럼(like shakespill and eggs): 셰익스피어의 연극들을 썼다는 Bacon의 이론. 셰익스피어와 계란: Ham: Hamlet. bacon: Francis. omelette: Hamlet, 및 eggs는 〈경야〉에서 빈번히 재현한다. 언급들은 학구성과 원고의 위조에 관한 것이다. 이 글줄에서 셰익스피어는, 조이스 자신처럼, 위조자로서 비난 받고 있다.

10) 사발과 입술 사이에는 많은 간격이 있나니(there's many a split pretext bowl and jowl): (속담) 컵과 입술 사이에 많은 간격(Many a slop betwixt cup and lip).

11) 나는 카이사르를 초월한 외무용外無用이로다(I'm beyond Casesar outnullused): Borgia 교황의 모토: Fritz Senn 교수는 Caesar Borgia의 모토는Aut Caesar aut nullus(either Caesar or no—one)라는 것. (A. Glasheen. 35 참조).

(162)

1) 급비생(sisars): sizar: 더블린의 트리니티 대학에서 일정 나이에까지 대학 수당을 지급 받는 학생. 〈율리시스〉 제9장 초두에서 스티븐은 John Eglinton을 두고 명상한다: 트리니티 급비생의 웃음을(a sizar's laugh of Trinity)(U 151).

2) (폭군들, 왕시해王弑害는 그대들에게는 너무나 벅찬 일!)(Tyrants, regicide is too good for you!): 쥴리어스 시저는 자신이 왕이 되기 전에 암살되니, 왜냐하면 폭도들에게 폭군 살해는 왕 시해보다 덜한 범죄이기 때문에.

3) 구촌도살九寸刀殺 당하고(having been sort—of—nineknived): 시저는 단도에 의해 살해되었다.

4) 남연해취南軟海의 거품자者들(softsiezed bubbles): 남해 거품(South Sea Bubble): 남해(the South Sea)와의 무역으로 국가적 부채를 탕감하기 위해 1720년에 시작된 계획, 그러나 같은 해 붕괴되었다.

5) 폰 맥쿨 나리(Fonnummagula): Finn MacCool: 아일랜드 Fionn(용사 단)의 전설적 용사 지도자, 부족部族영웅 및 아일랜드 영웅담의 Ossianic 환環의 주된 인물, 〈경야〉의 배경 인물.

6) 표피두사집表皮頭詞集(colluction of prifixes): 〈율리시스〉 제1장에서 멀리건은 하느님을 표피의 수집자(collector of prepuces)(U 12)라 조롱한다.

7) 카프카스 백인종의 후손(Coucousien oafstrung): (1)Corsican(코르시카, 이탈리아 서해안 프랑스령의 섬) offspring(후손) (2)Corsican upstart(벼락부자): 나폴레옹의 암시.

8) 토보로스크(Tobolosk): Tobol'sk: 고대 시베리아의 도회.

9) 로프터(lofter): (골프)lofting iron: 처 올리는데 쓰는, 머리가 쇠로 된 골프 채.

10) 발톱으로 사자를 아는 자에게는(for one ex ungueleonem): 우리는 발톱(부분으로 전체의 재건)으로 사자를 아나니.

11) 피터스버그(Poutresbourg): (1)성 Petersburg (2)Hunts의 Peterborough 도회.

12) 아일랜즈 아이(눈眼)(Ireland's Eye): 호우드 앞 바다의 작은 섬.

13) 아이(눈眼)속의 푸른 티끌을 식별할 수 있을 정도로 명철한 것이었도다(he could still make out with his augstritch the green noat in Ireland's Eye): 〈마태복음〉 7:5: 인유: 의식하는 자여 먼저 네 눈 속에서 들보를 빼어라 그 후에야 밝히 보고 형제의 눈 속에서 티를 빼어라(see clearly to cast out the mote out of thy brother's eye).

14) 총진실總眞實을 나로 하여금 그대에게 경매하게 할지라(let me sell you the fulltroth): 맹서문의 글귀의 패러디: 진실을 말하라, 모든 진실을, 진실 말고 아무 것도(tell the truth, the whole truth & nothing but the truth).

15) 휴무 중의 왕이요 영원한 홍담興談이라!(A king off duty and a jaw for ever!): 키츠(Keats)의 시 〈엔디미온〉(Endymion)의 시구에서: 미는 영원한 기쁨이라(A thing of beauty is a joy forever) 〈초상〉 제5장에서 스티븐의 심미론 참조.

16) 신神 대 신을 걸고!(good help me Deus v Deus!): 하느님의 진리에 맹세코!

(163)

1) 버터와 벌꿀을 그가 먹을지라 악을 거부하고 선을 택할지로다(Butyrum et mel! comedet ut sciat reptobare malum et eligere bonum): 〈성서〉, 〈이사야〉 7:15: 그가 악을 버리고 선을 택할 줄 알도록 미쳐 버터와 꿀을 먹을 것이라(butter & cheese shall he eat, that he may know to refuse the evil, & choose the good). (이 문장은 예수의 예언으로서 간주된다.)

2) 어떠한 버터로부터도 순수한 치즈를 만들어 내지 못하나니?: (L) ex quovis butyrum num fit merus caseus(from any butter there is not made pure cheese). 피타고라스(Pythagoras)의 말: 한 조각의 나무로 만이 수은을 만들 수는 없도다(You cannot make a Mercury out of just any piece of wood).

3) 노老 니코라스(old Nicholas)…저 쿠사누스 곡학曲學(궤변)(Cusanus philosophism)의 박식한 무식(thelearned ignorants): Nicholas of Cusa(1401—1464): 추기경으로, 〈박식의 무식에 관하여〉(On learned Ignorance)의 저자, 이 저서에서 그는 하느님 속에서 반대들은 일치(화해)한다고 썼다. 이 원리는 Bruno에게 영향을 준 것으로 알려진다. Nicholas는 무한대를 설명하기 위해 선, 원 및 삼각형을 사용한 수학자였다. 〈경야〉에서 그는 Caseous와 언제나 겹친다.

4) 테오피러스(Theophil): Bruno는 그의 〈세나〉(Cena)에서 자신을 Teofilo라 부른다(몇몇 작품들에서 그의 대변자 격).

5) 자신이 비교하여 무용악취無用惡臭(the pointing start of his odiose by comparison): 셰익스피어 작 〈헛소동〉(Much Ado about Nothing)의 패러디: 비교는 악취나니(Comparisons are odorous)(III 5. 18).

6) 실크보그(Sileborg): 낙농 기계를 제작하는 덴마크의 도시 명.

7) 브로먼 박사(Dr Burroman): 나귀 박사(조롱의 통칭).

8) 나는 그의 수정된 식품 이론…내가 그를 도왔던…건전한 비평을…소화해 왔었는지라(from his emended food theory, has been carefully digesting the very wholesome criticism): 루이스는 그의 〈시간과 서

방인〉에서 조이스가 나의 비평에 의해 영향 받기를(influenced by my criticism) 희망한다고 말했다.

(164)

1) 동화요 스코티아(암영暗影)(the omber Skotia of the one). Pool's myriorama: 작은 그림을 조합하여 미경美景을 나타내는 것으로, 이는 시네마 전에는 더블린에서 토영화投影畵의 쇼였다. 여기 동화와 암영, 즉 버터(Burrus, 숀)와 치즈(Caseous, 셈)의 반대의 일치는 Picts(옛 스코틀랜드 중동부의 사람들) 대 Scots(집합적 스코틀랜드 사람들)와 대칭 된다.

2) 유녀乳女, M. (cowtymaid M): milkmaid(M)agnetism(Maggy—Maggies—female personality). 여기서는 치즈와 버터를 중재하는 마가린(이시).

3) 절대적 영시零時(제로)(absolute zero): 그녀는 시간의 시작 전에 나타나며, 사실상, 그녀의 존재는 세계 과정의 시작을 위한 사전조건이다.

4) 프라톤주의의 포비등점泡沸騰點(the babbling pumpt of platinism): platinum catalyst(백금 촉매)와 더불어 생산되는 마가린.

5) 키쉬의 저 전자前子that former son of a kish): Kish의 아들인 Saul(〈사무엘 상〉, 이스라엘의 초대 왕)은 그의 아버지의 나귀들을 찾아 외출했다.

6) 치생내악恥生內樂[또는 〈실내악〉](shamebred music): 조이스의 서정적 〈실내악〉(Chamber Music)의 암시.

7) 이 주제식主題食의 식욕을 돋구는…살찐 푸딩같이 말랑말랑한 잉어(the appetising entry of this subject…plumply pudding the carp): 조이스의 〈실내악〉은 그의 양대 소설들인 〈율리시스〉와 〈경야〉 간의 주제식主題食의 맛을 돋우는 양념(recipe) 격. 여기 솀과 숀 양자는 이 시에 일가견을 지니는 경우다.

8) 달콤한 마가린이여(Sweet Margareen): 노래 가사의 패러디: 나는 그대를 꿈꾸었네, 달콤한 마데라인이여(I Dream of Thee, Sweet Medeline).

9) 비탄의 언어(words of distress): 조이스의 출판 전의 〈경야〉에 대한 명칭인 진행 중의 작품(Work in Progress)에 대한 인유.

10) 거래상들은, 그런데, 양장羊腸 요리를 함께 요리하는 무슨 배합(곁들임)이 올 바른 것인가를 내게 계속 문의하리라(Correspondents, by the way, will keep on asking me what is the correct garnish to serve drisheens with): 양장(drisheen): 푸딩처럼 양의 창자 속에 채워 요리하는 순대 같은 것. 쑥국화(약용, 요리용)(tansy) 향을 낸 푸딩은 유월절의 쓴 약초(bitter herb)를 상기시키기 위하여 부활절에 먹는다.

11) 쑥국화(T) 소스(S), 충분(그만)(E), (Tansy Sauce, Enough): 여기 양장 요리의 식품 배합(순대)을 위한 양념인 TSE에서, 이상하게도 T. S. 엘리엇(Eliot)의 암시가 출현하는지라, 이는 아마도, 조이스가 〈경야〉를 통해 엘리엇의 표절성(stealing)을 수없이 수놓고 있듯이, 젊은 시절의 그의 조잡한 작품들(shoddy pieces)(그의 초년 시 〈프르프록의 연가〉(The Love Song of J. Alfred Prufrock)를 두고)의 또 다른 저자로서 그를 빗대는 듯하다(Tindall 124 참조).

12) 표피양表皮讓(Cuticura): 더블린에서 팔았던 비누.

13) 환생모군還生毛君(Herr Harlene): Harlene: 더블린에서 팔았던 모발 발모제.

(165)

1) 성문폐쇄聲門閉鎖(colpo di glottide): (It) 성문聲門에서의 분출, 지나칠 경우 멈추는 성문 폐쇄.

2) 롤라드 요리곡料理曲(roulade): 적당히, 1음절에 맞추어 노래하는, 빠른 연속 곡.

3) 마스(Maaace): 테너 가수인 요셉 Maas.

4) 그녀의 눈을 감기고 그녀의 입을 열고 내가 무슨 양념을 그녀에게 보내는지를 보도록(to cluse her eyes…

see what spice I may send her): 자장가 가사의 패러디: 그대의 눈을 감고, 입을 열고, 내가 그대에게 무엇을 줄지 봐요(Close your eyes & open your mouth & see what I will give you).

5) 교성술녀交聲術女 가수여!(cantatrickee!): (1)cantata(칸타타, 교성곡) (2)여성 직업 가수(cantatrice).

6) 진짜 B장조 true(Bdur): troubadour: (F) 11—13세기에 남부 프랑스, 북부 이탈리아 등지에 활약하던 서정시인.

7) 율도관律都館(톤홀)(tonehall): 취리히의 콘서트 홀 또는 마을 회관(townhall).

8) 한 식물(plant)의 엽육葉肉은 태만계획자怠慢計劃者의 사향司香이요(one plant's breaf is a lunger planner's byscent): (1)(격언)의 패러디: 한 사람의 고기는 타인의 독(One man's meat is another man's poison). (2)루이스 저의 〈계획과 계획자〉(Plans & Planners)의 인유.

9) 무광택 채색화(gouache): 물에 갈(磨)은 불투명한 색채를 지닌 페인트.

10) 한 무침여인無針女人의 당화當畵(The Very Picture of a Needless Woman): 루이스 작 그림의 화명畵名의 패러디 〈바느질 하는 소녀〉(Girl Sewing). (속어) needlewoman: 창녀.

11) 국립 양념병 화랑(national cruetstand): 런던의 국립 화랑, 처음 건립되었을 때, National Cruet – Stand라 불리었다.

12) 덤불(森林) 혼魂(bush soul): Calabar의 흑인들 사이에 믿어졌던, 동물에 실현 된 형식적 혼.

13) 부등변 사각형(사다리꼴)(Trabezond): (1)trapezoid: 사다리꼴: 부등변 삼각형. (2)오펜 바하(독일 태생의 프랑스 오페라 작곡가, 1819—1880) 작 La Princees de Treizonde(터키의 Trebizond의 공주들은 기독교 및 마호메트교의 왕자들에 의하여 한때 인기가 있었다.)

14) B와 C: 루이스 작 〈캔텔먼의 춘우春友〉(Cantelman's Spring mate) 속에는 A, B, C, 및 D로 불리는 등장인물들이 나온다.

15) 제삼시신기第三始新期(에오세世)(Eocene): 3세기 에오세 지층.

16) 쉐드록 홀즈(Sherlock Holmes): 영국 소설가 도일(Conan Doyle)의 작품 중의 유명한 탐정가.

17) 활판滑瓣(스라이드)(slade): 루이스는 19세기 중엽 런던의 예술 활판(슬라이드) 학교(Henry Slide)에서 공부했다.

(166)

1) 영화관에서 촬드 차프린의 최신화最新畵(Childe chaphalin's latest): (1)루이스는 그의 〈시간과 서부인〉에서 아기 예찬(child cult)을 공격하고 조이스를 그것과 연관시킨다 (2)Charles Chaplin(영국의 유명한 난쟁이 희극배우).

2) 아가엄마의 아장아장 걸음마와 함께(with…babyma's toddler): 〈율리시스〉 제13장에서 아기 Boardman을 쉬(소변)시키는 시시 카프리(Ciccy Caffrey) 소녀를 상기시킨다: 맙소사, 꼬마가 쉬를 하고 있네, 거꾸로 기저귀를 절반 접어 아래에 채워 줘야. 물론 아기 폐하는 이러한 화장법 의식에 가장 소란을 피우며 모두에게 그것을 알렸다: —하 바아 바아아하아…(U 293)

3) 펄스(아기) 군(Master Pules): 루이스는 그의 〈칠더머스〉(Childermas)(Holy Innocent's Day)(무죄한 어린아이들의 순교 축일, 해로드(Herod) 왕의 명으로 베들레헴의 아기들이 살해된 기념일, 12월28일)에서 조이스를 Pulman(Pulley)이란 이름으로 조롱한다.

4) 마가리나 그녀는 부루스를 극히 좋아하는지라(Margareena she's very fond of Burrus): 자장가 가사의 익살: 매리 안 그녀는 희롱을 아주 좋아하는지라, 매리 안은 차(茶)를 아주 좋아하도다(Mary Ann she is very fond of flirting, Mary Ann she is very fond of tea).

5) 주교 클레오파트라인(cleopatrician): Cleopatra(이집트 최후의 미인 여왕: BC 69—30).

(167)

1) 이탈리아 이민(wop): 미국 속어: 미국 내의 중남부 유럽 이주자들(특히 이탈리아의)에 대한 통칭.

2) 아크로폴리스의 요새강혈要塞强穴(strongholes of acropoll): stronghold of Acropolis(아테네의 성채 또는 요새).

3) 위대한 탐색안探索眼(my gropesearching eyes): 루이스는 〈시간과 서부인〉에서 〈율리시스〉 제1장에 사용된 조이스의 말인, 회색의 탐색하는 눈(grey searching eyes)(U 5)의 독창성을 의문시했다.

4) 그대의 타그피아 암정岩頂으로의 가축몰이 꾼!(Topsman to your Tarpeia): (1)topsman: 도로의 가축몰이꾼의 대장 (2)반역자들을 그것으로부터 내던지는 로마의 Tarpeian 바위.

5) 12법전회法典回(Twelve tabular times): 〈12계명 법〉(Law of the 12 tables): 고대 로마의 법으로, 비코는 그것의 부패를 서술한다.

6) 죽는 자, 그대에게 경례하도다!(Moriture, te salutat!): (L) 검투사가 관객들에게 하듯.

7) 유연有演한 타이탄 신의神義(themis)의 경주가 주走하고, 고로 민주마民主魔(Demoncracy)가 지고좌至高座(highmost)를 점占하게 할지라!: (1)Themis: 성스러운 정의를 대표하는 타이탄의 여인, 여장부(희랍 신화) (2)루이스는 반민주적(antidemocratic)이었다. (3)(속담) 뒤진 자 귀신이 잡아간다(빠른 자가 장땡)(let the devil take the hindmost)의 변형.

8) 견직자絹織者 아브라함(Abraham Tripier): 더블린의 시정 기록에 언급된 최초의 견직물 상인.

9) 나는 나중에 그대를 타별打別하리라(I'll beat you so lon): (1)so long (2)Solong: 아테네의 법률가, 그는 호머의 말들을 변경할 수 없도록 법으로 만들었다.

10) 숨결이 우리를 띠어놓을 때까지(till breath us depart)!: 결혼 맹세의 패러디: 죽음이 우리를 떼어 놓을 때까지(till death do us part).

11) 혀로 공언하는 곳에, 결속結束 있어라! 적에게 영원한 권위 있어라!(Ubi lingua nuncupassit, ibi fas! Adversus hostem semper sac!): 〈12동표銅標〉(Law of the 12 Tables)(로마 법 중 일상생활에 가장 중요한 조문을 주려서 12매의 동판에 새겨 놓은 것, 기원전 451—150년에 10 대관大官(decemvirs) 중의 한 사람이 씀)의 글귀에서: 만일 누구든 자신이 혀로 선언할 때, 전달을 담보한다면, 담보 있게 하라(If anyone shall make bond to conveyance, as he has declared with his tongue, so shall it be binding). 적에게 영원한 권위 있게 하라(Let there be eternal authority over the enemy).

12) 자신의 혼저魂底에 이끼 모세율법을 지니지 않으며 말(言)의 법의 정복征服에 의하여 경외敬畏되지 않는 저 단남單男(That mon that hoth no moses in his sole nor is not awed by conquists of word's law): 〈베니스의 상인〉의 구절 : 마음속에 음악이 없는 사람, 감미로운 음악의 조화에 감동되지 않는 사람…. 그런 사람은 믿지 못할 사람이오.)(김재남 271)(The man that hath no music in himself Nor is not moved with concord of sweet sounds…let no such man be trusted(V. 1. 83—8).

(168)

1) 그리하여 그는 결코…고국 땅을 떠나다니, 그의 희망은 끈 달린 장화 속에(who never with humself was fed and leaves his soil to lave his head…. his hope's in his highlows): (1)노래 가상의 패러디: 나의 심장은 고지에 있도다(My Heart's in the Highlands).

2) 파지갑破紙匣의 방랑자(pursebroken ranger): 노래 가사에서: 애란의 망명자: 슬프도다 나의 운명이여, 가슴 찢긴(파흉破胸의) 낯선 자가 말했도다(The Exile of Erin: Sad is my fate, said the heartbroken stranger).

3) 우리들의 방주方舟…한 입을(a bite in our bark): 속담의 패러디: 본심은 주둥이 놀리는 것만큼 고약하지 않다(his bark is worse than his bite).

4) 나의 해안에 다가왔을 때(he came to my preach): 스코트 경(Sir Walter Scott)의 〈애국자의 노래〉(The Patriot's Song)의 가사의 변형: 그토록 죽은 영혼들을 가진 사람에게 숨결을 불어 넣을지라, 그는 결코 혼자 말하지 않나니: 이것이 나 자신의, 나의 고향 땅이라!…그의 심장은 결코 자신 안에서 불탄 적 없나니. 그가 자신의 고향을 향해 그의 발자국을 돌릴 때, 외지의 방랑으로부터?(Breathes there the man with

soul so dead, Who never to himself has said, This is my owen, my native land! Whose heart hath ne'er within him burned, As home his footsteps he hath turned, From wandering on a foreign strand?).

5) 야벳(Japhet): 야벳(Japheth): 노아의 셋째 아들.

6) 사두마차四頭馬車(four—in—hand): 1인이 모는 4두 마차.

7) 한 마리 빈대에 의하여 물렸다 한들(bit by the one flea): 존 단(J. Done)(17세기 영국 형이상학 시인)의 시〈빈대〉(The Flea)의 시구의 패러디: 이 빈대 속에, 우리 둘의 피가 엉기리라(in this flea, our two bloods mingles be).

8) 빰과 턱이 맞닿아(jack by churl): (1)cheek by jowl의 패러디: (볼이 맞닿을 정도로 꼭 붙어서. 정답게) (2) 이는 셰익스피어의 〈한 여름 밤의 꿈〉(Midsummer Night's Dream)에서 Deretrius를 메아리 한다: 따르다니? 아니, 나는 빰과 턱이 맞닿아, 그대와 같이 가리라(Follow? Nay, I'll go with thee, cheek by jowl)(III. ii. 338). 연극에서 Helena를 두고 싸우는 Demetrius 및 Lysander처럼, Bruss 및 Casous는 이 페이지들에서 Margareen을 두고 싸워 왔다.

9) 성저주聖咀呪 받을 것인고?(Sacer esto?): 〈12동표銅標〉(Law of the 12 Tables)의 글귀: Patronus si client frudem fecerit, scaer esto): 만일 변호인이 의뢰인을 남용하면, 그를 저주 할지라(If the patron abuses the clientlet him be accursed).

10) 우린 동동同同(세머스, 수머스)!(Semus sumus): (1)Shem, same(L) we are (2)저주받은.

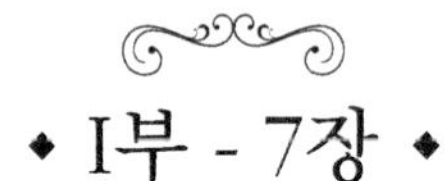

• I부 - 7장 •

문사 셈 (pp.169-195)

(169)

1) 셈이 쉐머스의 약자略字이듯이 젬은 야곱의 조기어嘲氣語로다(Shem is as short for Shemus as Jem is joky for Jacob): (1)셈〈창세기〉에서 Noah의 아들 (2)Shemus: 예이츠의 극시 〈캐드린 백작 부인〉(Countess Cathleen)에 등장하는 남자 주인공 (3)야곱: 이삭의 둘째 아들로서 아브라함의 손자뻘(이스라엘이라고도 불리며, 유태인의 조상(〈창세기〉 25:24—34 참조).

2) 청침수靑針鬚(Ragonar Bluebarb) 및 공포의 철사발鐵絲髮(Harrid Hairwire): (1)청침수: 바이킹의 추장 이름 (2)철사발(Hairwire): 노르웨이의 최초 왕.

3) 대장, 각하, 존사 수림씨鬚林氏(Capt. Hon. Rev. Mr Bbyrwood): Beardwood: 조이스의 부친의 친구.

4) 까뀌 형의 두개골(adze of a skull): 성 패트릭은 그의 체발剃髮 때문에 까까머리(Adzehead)라 불리었다.

5) 매가게거 양의 턱(megageg chin): 〈율리시스〉, 밤의 환각 장면 구절의 인유: 암 산양(THE NANNYGOAT)(운다) 매가거그게그! 암사아아안이아아얀!(U 448).

6) 돈豚 가街(Phig Streat): Threadneedle St. London(잉글랜드 은행)은 한때 돈 가街(돼지 거리)(Pig Street)라 불리었다.

7) 전십백천錢十百千 푼돈(sound, pillings and sense): pounds, shillings & pence(화폐)(L. s. d.)의 익살.

(170)

1) 아나(anna): 1/16 인도의 루피(rupee).

2) 이레타(liretta): lira: 이탈리아 화폐.

3) 보브(bob): (속어) shilling.

4) 테스타(tester): 6페니.

5) 그로트(groat): 1/8온스의 은화. 1351년에는 4페니였다.

6) 다이나(dinar): 유고슬라비아의 동화.

7) 우주의 최초의 수수께끼: E. H. Heckel(1834—1919)(독일의 생물학자, 진화론자) 저의 〈우주의 수수께끼(Riddle of the Universe)란 제목의 인유.

8) 기다려요, 조수潮水가 멈출 때까지(wait till the tide stops): 격언의 패러디: 시간과 조수는 사람을 기다리지 않는다(time & tide wait for no man).

9) 천국이 퀘이커 교도일 때라고 말했고, 둘째는 보헤미안의 입술일 때라고 말했나니(when the heavens are quakers, a second said when Bohemeand lips): Balfe 작의 노래의 인유: 〈보헤미아 아가씨〉(The Bohemian Girl): 그땐 그대는 나를 기억하리라: 다른 입술들이…때(Then You'll Remember Me: When other lips…Quakers, Bohemian 신교도들 및 그노시스 교도: 모두 이단들.

10) 인생의 두레박을 걷어 찰 때(kicks the bucket of life): 죽다.

11) 술이 제 정신을 잃고 있을 때(when the wine's at witends): (1)(속담) When the wine is in the wit is out. (2)(유행어) 어찌할 바를 몰라, 자금이 떨어져서(be at one's end).

12) 귀여운 여인이 허리를 굽혀 사나이를 실신시킬 때(lovely wooman stoops to conk him): (1)골드스미스(O. Goldsmith) 작 〈웨이크필드의 목사〉(The Vicar of Wakefield)의 글귀: 귀여운 여인이 우행에 허리를 굽힐 때(When lovely woman stoops to folly). (2)골드스미스의 극명의 패러디: 〈그녀는 정복하기 위해 허리를 굽히다〉(She Stoops to Conquer).

13) 아빠가 항접실港接室을 도배했을 때(when pappa papated the harbour): 노래 가사의 패러디: 아빠가 응접실을 도배했을 때(When Papa Papered the Parlour).

14) 네가 늙고 내가 백발로 잠에 깊이 떨어질 때(when you are old I'm grey fall full wi sleep): 예이츠의 시구에서: 네가 늙고, 백발로, 잠으로 충만할 때(when you are old & grey & full of sleep).

15) 우리들 사자가 몽유병자일 때(when wee deader walkner): 입센의 극 〈우리들 사자가 깨어날 때〉(When We Dead Awaken)의 패러디.

16) 그래, 그가 내일을 갖고 있지 않을 때(yea, he hath no mananas): 노래 가사의 패러디: 그래요, 우리는 바나나를 갖지 않아요(Yes, We Have No Bananas).

17) 돼지들이 공중으로 날아 올라가는 것을 막 시작할 때(when dose pigs they begin now that they will flies up intil the loofit): (유행어) 결코의 뜻.

18) 바위의 활열滑裂 때까지(the rending of the rocks): 〈마태복음〉 27: 51의 인유: 땅이 흔들렸고, 바위가 활열했나니(the earth dis quake & the rocks rent).

19) 연어 도안挑岸(leixlip)과 아일랜드 교橋(Island Bridge): leixlip: salmon leap을 뜻하는 지역 명. Islandbridge: 더블린의 지역, 피닉스 공원 근처.

20) 모퉁이 집인(Corner House): Gluckstein & Salmon: Lyon's Corner Houses의 소유자들.

21) 핀드래이타 및 글래드스턴 회사(Findlater and Gladstone's): Findlaters & Robert Gladstone에 의하여 건립된 Adam Findlater's Mountjoy 양조장.

22) 아나니아스(Ananias): 하느님에게 거짓말을 하여 목숨을 잃은 남자: 〈사도행전〉(Acts) V: 1—10.

23) 바라크라바(Balaclava): (흑해에 면한) 크림 전쟁의 옛 싸움터.

24) 화형火刑—후라이—스테이크(fried—at—belief—stakes): 화형에 처해진 순교자들의 암시.

(171)

1) 노老 열성국熱誠國의 장미소薔薇燒 비프도!(Rosbif of Old Zealand!): 여국의 소설가 Henry Fielding(1797—1854)의 소설 구절의 패러디: 오! 노 영국의 소 육(로스트 비프)이여!(Oh! the roast beef of old England).

2) 편두扁豆의 요리(the hash oflentils): 〈성서〉, 에서는 한 그릇의 완두 팥죽의 대가로 그의 생득권(명분)을 그의 아우 야곱에게 팔았다. (전출)(〈창세기〉25: 31—34 참조).

3) 레바논의, 레몬과 더불어, 산 위의, 옹달샘의 삼목杉木을 닮았기 때문이로다(like a cedar, of the founts, on mountains, with limon on, lebanon): (1)〈시편〉 92: 13의 인유: 의인은 종려나무처럼 번성하며, 레바논의 백향목 같이 발육하리로다(The innocent man will flourish as the palm tree flourishes: he will grow to greatness as the cedars grow on Lebanon) (2)삼목(cedar)은 요르단 강의 흐름인 케드론(Kedron)에서 파생된 것으로 전함.

4) 바렛 양조 맥주(brewbarrett beer): 더블린의 W. C. Barrett & Co. 증류소 산産의 맥주.

5) 실수잔失手盞(cupslips): (속담)의 패러디: 다 끝내기까지 방심은 금물이다. 입에 든 떡도 넘어가야 제 것이다(There's many a slip 'twixt the cup and the lip).

6) 여홍요주女興尿酒(Fanny Urinia): 조이스는 스위스의 백포도주인, Fendant de Sion을 좋아했는데, 이를 그는 백작부인의 요尿와 같다고 말했다.

7) 소치는 촌뜨기 소녀(Tulloch—Yurnbull girl): 미상.

8) 무보수의 민족적 배신자(muneranded national apostate): 국민적 사도(Apostle): 성 패트릭의 암시.

9) 카알 페레, 쇼크 아메리가스(Caer Fere, Soak Amerigas): caer: (1)도회, 성. (2)길조에 의해 숭상 받고, 한 마리 백조로 변해야 했던, Caer(4)South America.

10) 프라이드윈(Prydwen): Prydwen: The Ship of Annwfn에서 아서 왕의 배 이름.

(172)

1) 파타타파파베리(Patatapapaveri): (It) papaveri: 양귀비 꽃.

2) 브라이드웰 형무소(bridewell): 더블린의 Bridewell 형무소.

3) 사악하고 방탕한 자(bad fast man): Belfast(북 아일랜드 수도) man.

4) 목축업자의 춘육春肉(cattlemen's spring meat): 루이스 작 〈캔틀먼의 춘우春友〉(Cantleman's Spring—mate)의 익살.

5) 그의 양육羊肉을 만져 보세요!(Feel his lambs!): 〈요한복음〉 21: 15—16, 성구의 변형: 예수께서 내 어린 양을 먹어라, 하시고…가라사대, 내 양을 치라(Feel my lambs…Feed my sheep).

6) 에덴 부두(Eden Quay): 더블린의 리피 강변의 Eden Quay(부두).

7) 도덕률 폐기론자(antinomian): 도덕률은 은총의 상태에서 기독교와 결합되지 않다고 주장하는 사람.

8) 진흙으로…질식하기를(saffrocake…with a sod): 〈이집트의 사자의 책〉(Egyptian Book of the Dead)에서 사프란 케이크(saffron cake)(영국 콘월 지방의 전통적 과자)는 Osiris, 또는 천국과 지옥을 의미한다.

9) 악마의 외래 산 유독성 엉겅퀴(the foreign devil'sleaf): 유독성, 열대 식물 엉겅퀴.

10) 100 카라츠카를!(Szasas Kraicz): (1)szazas: 헝가리 숫자 100 (2)krajcar: 헝가리의 폐동전廢銅錢.

11) 동생인 조나단에게(his jonathan for a brother): (대중 어) 동생인 조나단에게 상의하라(to consult brother Jonathan)의 변형.

12) 뭔가 도와다오…그리고 답신을 받았나니: 불여의, 대이비드(do something, Fireless. And had answer: Inconvenient, David): 이탈리아에서 조이스는 그의 아우 스태니슬로스(Stanislaus)에게 돈의 요구를 급보로 청했다.

13) 토막 뉴스(titbits): (1)유희자의 손에 쥔 물건을 탐색하는 경기(게임)이기도 (2)Titbits: 1881년에 더블린 에서 처음 발간된 1페니짜리 주간지. (U 53 참조)

(173)

1) 가리벌여행暇里伐旅行(gullible's travels): 스위프트 작 〈걸리버 여행기〉(Gulliver's Travels)의 인유.

2) 얀샌파派의 그리스도 천개天蓋 아래(Under the canopies of Jansens Chrest): (1)Jesus Christ (2) Cornelius Jansen(1585—1638) Ypres의 승정으로, Jansenism으로 알려진 가톨릭성당 내의 종교적 부활의 아버지, 이단으로 유죄판결 받음. 그는 도착倒錯과 무력은 영원히 인간적 본래 의지에 속한다고 주장했다.

3) 타미르어語 및 사미탈어(tamileasy samtaleasy): Tamil & Samtal: 인디언의 언어들.

4) 천민의 어중이떠중이(corneille): 1902년 조이스가 파리를 방문했을 때, 그는 Corneille Hotel에 머물렀다.

5) 타라 쿵(tarabppoming): 노래의 가사에서: Ta ra ra boom de ay.

6) 어떤 소지봉小紙封의 자신의 부패한 꼬마 유령(rotton little ghost of a Peppybeg): Pepper ghost: 극장의 환영幻影(物).

7) 힘미쉼미씨氏(Mr Himmyshimmy): (G) Himmel—Schimmel!(expletive, 허사虛辭) (2)〈성서〉, 〈창세기〉: 노아의 아들들: 햄, 셈.

8) 바닥 톱장이(소야)로서(bottom sawyer): (1)Dickens의 소설 〈올리버 트위스트〉(Oliver Twist) 제43장에 나오는 글귀의 패러디: 그는 언제나 꼭대기—톱장이 아니었던가?(Wasn't he always top—sawyer?) (2) 마크 트웨인의 소설 〈톰 소야〉(Tom Sawyer)에서: bottom sawyer: 톱질 구덩이 아래쪽에 서 있는 사람(톱장이).

(174)

1) 기초(worf): warp & woof(기초).

2) 게일(생강)어語—알아—그대?(is their girlic—on—you?): (앵글로—아일랜드)(do you under— stand Gaelic?)(U 12 참조).

3) (관冠 씌운 피 가래침과 함께: (hemoptysia diadumenos): (Gr) 융대絨帶(fillet)로 덮인 피 가래.

4) 허리케인 폭풍야(hailcannon night): (1)hurricane night (2)halcyon days(평온절) (3)colcannon(만성절) 전야(All Hallow's Eve)에 먹는 캐비지, 감자 및 버터를 이긴 전통적 아일랜드 요리.

5) 리피 강의—텀블린(Tumblin—on—leafy): Dublin on the Liffey(리피 강상의 더블린).

6) 삭막한 마을(deserted village): 골드스미스의 시제 〈삭막한 마을〉(The Deserted Village).

7) 마보트 시장市場 81번지(81 bis Mabbot's Mall): (1)더블린의 Mabbot 가(사창가로 〈율리시스〉 제15장 밤의 홍등가의 배경) (2)하부 Tyrone가 82번지, 벨라 코헨 부인 댁(창가)(U 599) (3)아뇨, 81번지요. 코헨 부인 댁인 걸요(U 388).

8) 반홈리 씨氏(Mr Vanhomrigh): Bartholomew Vanhomrigh: 스위프트의 연인 바네사의 부친.

9) 집으로부터 멀리 녹전綠田(그린 밭)까지 연어 연못의 연와장煉瓦場 너머를(as far as Green Patch beyond the brickfield of Samon Pool): (1)Charles Haliday(1789—1866): 〈더블린의 스칸디나비아 왕국〉(The Scandinavian Kingdom of Dublin)의 저자로 위의 구절은 이 저서의 내용(반홈리 씨 댁으로부터 그린 팻지까지…맞은편 마보트 제분소…연어 연못 둑까지 강을 살폈는지라(tried the river from Mr Vanhomrigh house…to Green Patch…as far as opposite Mabbot's Mill…Salmon Pool bank). (2)William Haliday(1782—1812): Keating 작의 〈아일랜드의 역사〉(History of Ireland)의 번역가로, 위의 구절은 이 내용일 수도.

10) 생석회자生石灰者(quicklimers): 조이스의 작시 〈파넬의 그늘〉(The Shade of Parnell)의 시구의 인유: 캐슬카머의 시민들은 그의 눈에 생석회를 던졌도다(The citizens of Castlecomer threw quicklime in his eyes).

11) 오우본에서—오우본(Auborne—to—Auborne): 골드스미스 작 〈삭막한 마을〉(Deserted Village) 중의 시구: 아름다운 오우번(Sweet Auburn).

12) 모든 송로분쟁(all the truffles): (1)송로 (2)Troubles: 아일랜드의 시민전쟁(1922—3).

13) 경멸(contempibles): Old Contemptibles: 1914년의 영국 원정군(Expeditionary Forces).

(175)

1) 생래生來의 저속低速함(born a Quicklow): Wicklow 군郡의 익살.

2) 모든 성인聖人들이여 악마를 타打할지라!(All Saints beat Belial!): (1)All Souls College, Oxford 대학 (2)Belial: 지하의 신으로 대주교들(Patriarchs)의 유태 경전에서 사탄(악마)과 동일시 됨 (3)Balliol: 수많은 힌두교도들 및 다른 국외자들이 등록된 Oxford 대학 단과대학들 중의 하나.

3) 미카엘이여 악마에게 골을!(Goals to Nichil): Nick beats Nick은 빛 대 어둠의 주제를 갖는다. Mick은 천사장 Michael을 대표하고, Nick은 악마를 대표한다.

4) 코카시아 출신의 제왕(Emp from Corpsica): 나폴레옹의 암시.

5) 천사天使영국에서 아서 곰(Arth out of Engleterre): 아서(웰링턴)의 암시.

6) 요부妖婦의 요술요술妖術妖術이 지금까지 고高 호우드 언덕의 헤더 숲에 불(Witchywithcy of Wench struck Fire of his Heath from on Hoath): (1)히스(숲)의 마녀 (2)호우드 언덕의 헤더 숲이 불바다가 되지. (U 308)

7) 깨진 계란은 씹힌 사과를 추구할지니(Broken Eggs will poursuive bitten Apples): (유행어) 계란에서 사과까지(from the egg to the apples).

8) 의지가 있는 곳에 벽壁이 있기 마련이도다(where theirs is Will there's his Walls): (1)(격언) 의지가 있는 곳에 길이 있도다(Where there's a will there's a way) (2)스티븐이 〈율리시스〉, 도서관 장면에서 되뇌는 셰익스피어에 대한 전통적 말장난의 변형: 만일 다른 사람들이 의지를 갖고 있다면 앤은 길을 갖고 있소(If others have their will Ann hath a way). (U 157). Will에 관한 말장난은 셰익스피어의 〈소네트〉에서 많이 나타난다.

9) 토리 섬(Tory Island): Donegal 월편의 Fomorian 요새.

10) 늙은 조우는 그녀를 도와 앞에서 걷어차고 그 흑백혼혈 황녀黃女는 조우를 뒤에서 걷어차나니(old Joe kicking her behind and before and the yellow girl kicking him behind old Joe): George du Maurier 작의 노래 〈트릴비〉(Trilby)의 가사 패러디: 늙은 조는 앞뒤에서 차고 젊은 아씨는 늙은 조 뒤에서 차나니(Old Joe kicking up behind & afore & the yaller gal a—kicking up behind old Joe.)

(176)

1) 톰톰 풍적수風笛手(Thom Thom the Thonderman): (1)〈톰의 더블린 주소록〉(Thom's Dublin Directory)(1904)(조이스에게 〈경야〉와 〈율리시스〉 집필에 엄청난 자료를 제공함) (2)노래 가사에서: 톰, 톰, 피리 부는 이의 아들(Tom, Tom, the Piper's Son). (3)Thon: 영국에서 한때 존경받은 남아, 및 Thor(북구 신화: 천둥, 농업, 전쟁의 신)일 수도.

2) 미카엘(Mike) 나무의 행운돈, 구멍 속의 닉켈(동전)(Nickel): mick—a—nick: (속어) 트럭 수리공.

3) 아담과 엘(Adam and Ell): Norman Douglas 작 〈런던 거리 경기들〉(London Street Games)에 수록된 것: 귀부인(Mademoiselle)은 우물가로 갔는지라(소녀들의 줄타기 노래): 그들은'mademoiselle'이 무슨 뜻인지 잊었나니, 그러나 그걸Adam & Ell이라 부른다네.

4) 웡웡 뎅벌(Humble Bumble): (1)〈런던 거리 경기들〉(London Street Games)에 수록됨 (2)자장가: 땅딸보(Humpty Dumpty).

5) 벽 위의 마기 가家(Moggies on the Wall): (1)〈런던 거리 경기들〉(London Street Games)에 수록됨. (2) Magazine Wall(피닉스 공원의 탄약고).

6) 둘 그리고 셋(Twos & Threes): 〈런던 거리 경기들〉(London Street Games)에 수록됨.

7) 아메리카 도약(American jump): 〈런던 거리 경기들〉(London Street Games)에 수록됨.

8) 깨진 병(Broken bottle): 〈런던 거리 경기들〉(London Street Games)에 수록됨.

9) 펀치에게 편지 쓰기(Writingletter to Punch): 〈런던 거리 경기들〉(London Street Games)에 수록됨.

10) 최고급품 당과점(Postman's knock): 〈런던 거리 경기들〉(London Street Games)에 수록됨.

11) 헤리시 그럼프(Henressy Crump): 14세기 아일랜드의 신학자, 이단으로 유죄선고 받다.

12) 우편배달부의 노크(Postman's knock): 〈런던 거리 경기들〉(London Street Games)에 수록됨.

13) 솔로몬의 묵독黙讀(Solomon silent reading): 〈런던 거리 경기들〉(London Street Games)에 수록됨.

14) 사과나무 서양 배 종자(App리tree Bearstone): 〈런던 거리 경기들〉(London Street Games)에 수록됨.

15) 내가 아는 세탁부(I know a Washerwoman): 〈런던 거리 경기들〉(London Street Games)에 수록됨.

16) 병원 놀이(Hospitals): 〈런던 거리 경기들〉(London Street Games)에 수록됨.

17) 드림코로아워의 외딴집(Oneyone's House in Dreamcolohour): Percy French 작의 노래 가사.

18) 워털루 전쟁: (Battle of Waterloo): 〈런던 거리 경기들〉(London Street Games)에 수록됨.

19) 깃발(Colours): 〈런던 거리 경기들〉(London Street Games)에 수록됨.

20) 숲 속의 계란(Eggs in the bush): 〈런던 거리 경기들〉(London Street Games)에 수록됨.

21) 시간 맞추기(What's the time): 〈런던 거리 경기들〉(London Street Games)에 수록됨.

22) 낮잠(Nap): 〈런던 거리 경기들〉(London Street Games)에 수록됨.

23) 오리 미라(Ducking mummy): 〈런던 거리 경기들〉(London Street Games)에 수록됨.

24) 알리바바와 40인의 도적(Heali Baboon and the Forky Theagues): (팬터마임).

25) 짚 쿠니 캔디(Zip Cooney Candy): 노래 제목: Old Zip Coon.

26) 밀집 속의 칠면조(Turkey in the Straw): 노래 제목.

27) 장운조長運朝의 반종磻種(the Seed of a long and lusty Morning): 노래 가사의 패러디: 여기 우리는 5월에 밤(栗)을 모으려 가나니, 차고, 서리 내린 아침에(Here we go gathering nuts in May, On a cold & frosty morning).

28) 미리컨 형型의 다취미多趣味(Hops of Fun at Miliken's Make): (1)노래 가사의 패러디: 피네간의 경야에 많은 재미(Lots of fun at Finnegan's Wake) (2)Millikin: 노래 작곡가: 브라니의 숲(The Groves of Blarney).

29) 사제司祭 구두 벗기는 비계(Fat to graze the Priest's Boots): 노래 제목의 패러디: 구두 신은 사제(The Priest in His Boots).

30) 겔만 대對 골의 올스타 전戰(germogall sllstar): (1)Grand—Guignol: 공포 장면으로 유명한 파리 극장 (2)Germans(독일) 대 Gaul(프랑스).

31) 비상한 웰링튼 파派와 우리들의 작은 틱크스 파(our weltingtoms extraordinary and our pettey—thicks): 웰링턴 대 딕(Dick)(녀석, 형사).

32) 급급하게 분노로 변했을 때(harrily the rage): (1)〈핀네간의 경야〉의 노래 가사의 패러디: 몽둥이 법이 모두의 분노였는지라(Shillelagh law was all the rage).

33) 마르세이유(marshalaisy): Msrshalsea: 더블린의 감옥.

34) 아일랜드의 눈이 그들의 등에 미소 짓는(Irish eyes of welcome were smiling daggers down their backs): 노래 제목: 아일랜드의 눈이 미소 지을 때(When Irish Eyes Are Smiling).

35) 녹綠, 백白 및 적군赤軍(the grim white and cold): 아일랜드의 3색(국기 색): 녹, 백 및 오렌지.

36) 영국의 전투 보충병(black fighting tans): 1920—1921년에 아일랜드 왕립 경찰국에 근무한 영국의 지원병들.

37) 맥심 총(maxim): 수냉식水冷式 기관총의 일종.

38) 단호히 지상 명령을 받아(categorically unimperatived): 칸트의 저서 제목의 패러디: 〈순수 이성의 비평〉(Critique of Pure Reason): categorical imperative.

39) 잉크병전甁戰의 집(The inkbattle house): The Inkbottle House: 더블린의 Botanic 가도에 있는 칠비성당七悲教會(스위프트에 의하여 암시 받았다는 모형).

40) 속에 홀로 콜크 마개처럼 틀어박힌 채(kuskykorked…up): Korsken Korva: 핀란드의 보드카(술).

41) 염발음捻發音을 한껏 내며 염념念念 블루스를 터뜨릴 때까지(till he was whole bach bamp him and bumo him blues): vamp: 즉석 반주.

42) 슈위쩌어 가게(Switzer's): 더블린의 Grafton 가에 있는 고급 백화점.

(177)

1) 경칠 엄청나게 길고도 잇따라 큰 소리로 민족이라니(tarned long and then a nation louder): 노래 가사에서: 양키 두들: 고로 경칠 엄청나게 길고, 경칠 깊은, 민족이여 보다 큰 소리로(Yankee Doodle: So tarnal long & tarnal deep, a nation louder).

2) 건족乾足(부父패트릭) 연옥(pawdry's purgatory): 성 패트릭의 연옥 동굴(Purgatory cave): Derg 호반의 섬에 있는 동굴.

3) 네덜란드 검둥이(nigger bloke): knicker bocker): New Amsterdam(지금의 뉴욕)에 처음 이민 온 네덜란드인의 자손, 뉴욕 사람.

4) 비밀결사 전투(tong warfare): tong: 한 중국의 비밀 결사 명.

5) (견총絹寵으로 넘치는 매모每母 소消마리아여! 천모신天母神, 성 아베마리아여!)(Daily Maily, fullup Lace! Holy Maly, Mothelup Joss!): (성모 BVM의 연도): 은총에 넘치는 마리아여, 성스러운 마리아, 하느님의 어머니(Hail Mary, full of grace. Holy Mary, mother of God)의 패러디.

6) 총소리 멈출 때마다 매번 색깔을 바꾸고 있었도다(changing colour every time a gat croaked): (미국의 속어)(1920년대의 갱스타들—폭력배) croak: die.

7) 평신도 및 신神수녀 여러분(laities and gentlenuns): 신사 숙녀 여러분(ladies and gentlemen).

8) 십자포도砲徒의 개놈에 맹세코(dog of Crostiguns): (1)(유행어) dog of a Christian!) (2)더블린의 Crossguns 교(bridge).

9) 몽고 고도古都(Kairokorran): (1)Cairo Koran (2)Karakorum: Genghis Khan이 설립한, 몽고의 옛 수도.

10) 수묘數墓(Sheol): (1)〈성서〉, 에서 보통무덤, 능을 의미함. 때때로 지옥 (2)Shoals of herrings: 청어 떼.

11) 요녀들(houris): 모하메드 천국(Mohammedian paradise)의 요정들.

12) (반란의 저녁 별들이 그들을 옴짝달싹 못하게 하여)(revolted Stella's vespertine vesamong them): 스위프트의 연인들 스텔라와 바네사

13) 노부키조네 황皇(Nobookisonester): (1)가공의 황제(?) (2)no book is honester(어떠한 책도 더 이상 솔직하지 않다).

14) 개인 비서인(privysuckatary): (1)private secretary (2)Sucat: 양친이 패트릭에게 준 이름.

15) 브라운—노우란 자에게(Davy Browne—Nowlan): 이태리아의 노라(Nola) 출신의 철학자 브루노(Bruno).

16) 베데겔러트라(Bethgelert): 어떤 웨일스(Wales) 이야기에서 잘못 교살 당한 개(犬)인, Gelert의 무덤.

17) 집시 주점(Gipsy Bar): 조이스가 자주 드나들었던 파리의 주점.

18) 늙은 벨리(Old Belly): (1)런던의 Old Bailey 광장 (2)더블린 만의 Bailey 등대.

19) 저 유성의 꼬리처럼 확실하게(so sure as that's a tail on a commet): (유행어) 고양이의 꼬리가 있듯 확실하게. (전출)

20) 플룸의 마이스토르 쉬에머스(Maistre Sheames de la Plume): (1)몰리에르(Moliere)(프랑스의 희극 작가, 1622—1673)의 이름 익살

21) 술, 여인 그리고 물시계, 또는 사나이가 미칠 때의 외도법外道法(Wine, Woman and Waterclocks, or How a Guy Finks and Fawkes When He Is Going Batty): J. H. Voss 작 술, 여인 및 노래(Wine, Women & Song)의 패러디.

22) 상상적 민요집(Ballade Imaginaire): 프랑스 작가 몰리에르 작 〈마음으로(상상적) 앓는 사람〉(Le Malade Imaginaire)의 유형 및 인유.

23) 피수자彼鬚者(Shakhisbeard): W. 셰익스피어(그의 턱수염).

24) 위대한 도망자, 속임자 그리고 암살자(greet scoot, duckings and thuggery): Scot, Dickens & Thackeray(모두 영국의 19세기 소설가들)의 암시.

25) 람드람(Lumdrum): (1)London(drum, 북)의 익살 (2)Dundrum: 더블린의 지역 명.

26) 꿀벌통입(아이반호亞李反呼) 된 채(hivanhoesed): 아이반호(Ivanhoe)(Sir Walter Scott의 소설 명 및 그 주인공).

(178)

1) 악惡한 비卑한 패敗한 애哀한 광狂한(bad cad dad fad sad mad nad): 스윈번(Swinburne) 작 〈프란시스 빌롱의 민요〉(A Ballad of Francis Villon)의 글귀의 인유: 빌론, 우리들의 비한 악한 낙樂한 광한 형제의 이름(Villon our sad bad glad mad brother's name).

2) 허영虛榮의 (곰)시장市場(vanhaty bear): 영국 소설가 테커리(Thackeray) 작 〈허영의 시장〉(Vanity Fair)의 인유.

3) 루비듐 색色)(ruvidubb): rubidium(금속 원소).

4) 생명사선生命絲線(lankalivliane): life line(수상학手相學). (비유) 유일한 의지.

5) 비유적다음성적比喩的多音聲的으로(multaphoniaksically): Metaphorically+phonetically.

6) 둔지구臀地球(erse): earth+arse(아일랜드를 암시함).

7) 시위틴의 날(Swithun's day): 7월 15일. 그에 관한 속요: 성 사위틴 날에 비가 오면, 40일 동안 비가 올 것이요, 성 사위틴 날에 날씨가 맑으면, 40일 동안 비가 오지 않으리라(St Swithin's day if thou dost rain, / For forty days it will remain. / St Swithin's day if thou be fair, / For forty days 'twill rain na mair).

8) 루카리조드 마을(Lucalizd): 더블린 2개의 마을들인 루칸(Lucan)과 채프리조드(Chapelizod)의 결합.

9) 모든 문설주가 짙은 최초산最初産의 피로 얼룩지고(every doorpost…was smeared with generous erstborn gore): 〈출애굽기〉 12: 7의 글귀의 패러디: 이스라엘 회중이 양을 잡고…그 피로 양을 먹을 집 문 좌우 설주楔柱와 인방에 바르고…(they shall take of the blood, & strike it on the two side posts & on the upper door post of the houses. (Passover).

10) 음매음매 양(baalamb): 발람(Balaam): 헤브라이의 예언자, 〈민수기〉: 2. 3.

11) 피터와 폴(Peter & Paul): Peter: 베드로(예수의 12 제자 중의 한 사람) rob Peter to pay Paul(한 쪽에서 빼앗아 다른 쪽에 주다. 빚으로 빚을 갚다). Paul: 성 바울(예수의 사도로서 〈신약 성서〉 중의 여러 서간들의 필자).

12) 애국란시愛國蘭詩의 괴물서怪物書(the Monster Book of Paltryattic Puetrie): 애국시愛國詩(patriotic poetry)의 익살.

13) 길루리 코러스(Gillooly chorus): 미상(?).

14) 오 순결하고 신성한 종전宗戰을!(O pura e pia bella!): 비코의 영웅시대의 종교 전쟁.

15) 보아 전戰의 맥크조 바를 복수하기 위하여 스미스 귀부인(Lady Smythe to avenge MacJobber): (1) Ladysmith 전쟁(보아 전쟁) (2)매주바를 복수하라!(Avenge Majuba!): 보어 전쟁의 공격 구호.

16) 망원경(bickerrstaffs): Isaac Bickerstaff: 패트리지(Partridge)의 점성학적 예언을 패러디한, 스위프트에 의해 사용된 이름.

17) 무지개 색교色橋: (1)(It) Ponte dei Sospiri: 〈한탄의 다리〉(베니스). (2)바그너의 〈무지개 다리〉(Das Rheingold).

18) 나소 가街(Nassaustrass): 더블린의 Nassau 가街.

19) 좌현左舷으로(larbourd): (1)라르보(Valery Larbaud): 그는 〈율리시스〉의 프랑스어 번역을 도움.

20) 3단段 속사速射 18구경口徑: 〈율리시스〉의 3부 18장에 대한 익살.

21) 크로카파카 공원의…늙은 물고기…또는 카라타 바라의…대구 알…난동 뒤에, 화해가 점진하고 있는지 또는 후진하고 있는지(…all the kules in Kroukaparka or oving to all the kodseoggs in Kalatavala, whether true conciliation was forging ahead or falling back…): 1920년, 더블린의 Croke 공원에서 아일랜드 고별 축구경기의 영국 군대에 의한 대학살 사건의 암시.

22) 악마를 위하여…그의 나 봐요…갈까마귀들아 그리고 나 봐요 나 속에…사랑을 양란養卵하는지…찾으려는…희망으로(for Duvvelsache, …with his see me see and his my see a corves and his frokerfoskerfiskar layen loves in meeingseeing): 앞서 영국 군대의 축구 경기 난동 뒤의 화해의 뮤트가 물고기의 양란과 비유되고 있다.

(179)

1) 비정규적(irregular): 1922—1923년 사이 아일랜드 시민전쟁의 반反 조약군條約軍들(Anti—Treaty forces)은 비정규군으로 불리었다.

2) 6명 또는 한 다스의 건방진 놈들(by six or a dozen of gayboys): (앵글로—아이리시) 해가 되고, 건방진 놈들.

3) (그를 찢어 녹초가 되게 하라!)(Uprip and jack him!): (1)찢는 자 잭(Jack the Ripper) (2)웰링턴의 전쟁 구호의 패러디: Up, guards, & at them.

4) 무엇 때문에(para Saon Plaom): (감탄사)(1)para: for (2)Para: 핀란드의 정령, 우유, 크림 및 버터의 운반자.

5) 도우카리온과 피라(Deucalion and Pyrrha): 오비디우스(Ovid)(고대 로마의 시인. BC 43—AD 17)에서 노아(Noah) 및 그의 아내와 동류.

6) 식료품실의 신들(pantry gods): 로마의 식료품 실은 경비의 정령들을 가졌었다.

7) 스테이토와 빅토(Stator and Victor): Jupiter의 별명들.

8) 쿠트와 런(Kutt and Runn): cut & run: 칼로 배를 찌르고 도망가기.

9) 로렌코 오투래스(Lorencao Otulass): (1)성 오툴(Laurence O'Toole) (2)(포르투갈) Lourenco: Lurence.

10) 벵골의(B)(of Biloxity): Biloxi: 미시시피 강의 해항海港.

11) 미로궁迷路宮(dedal): (1)스티븐 데덜러스의 은유 (2)dedal: 미로(labyrinth).

12) 농축된 울혈(inspissated grime): James Boswell(1749—1795)(영국의 작가) 저의 〈존슨의 생활〉(Life of Johnson) 중의 글귀: inspissated gloom(농축된 우울)의 인유.

13) 율리씨栗利氏스(Usylessly): 조이스의 〈율리시스〉의 암시.

14) 독서불가한 청본青本(Unreadaly Blue Book): 푸른 종이로 장정 된 〈율리시스〉의 최초 판본(그의 표지는 그리스 국기 색).

15) 무단 삭제의 권위자(authorized bowdler): Dr T. Bowdlier(1754—1825)의 셰익스피어 무단 삭제(정정).

16) 일진풍에(at a wind): 몹시 술 취하여.

17) 바닷가 장미 종(鐘) 오막 집(roseschelle by the sea): 노래의 가사에서: 나의 사랑과 로첼리 근처의 오막집(My Love & Cottage near Rochelle).

18) 리버티 점(Liberty's): (1)런던의 백화점 이름. (2)The Liberties: 더블린의 특권 구역(U 31)

(180)

1) 게이어티 팬터마임(gaiety pantheomime): 더블린의 게이어티 극장에서의 팬터마임.

2) 애린愛隣의 다정하고 가엾은 클로버(Deal Lil Shemlockup Yellin): 노래 제목의 인유: 애린의 다정하고 가엾은 클로버(The Dear Little Shamrock[of Erin]).

3) 만군萬軍의 시골뜨기들!(loutgout of sabaous!): 〈성서〉, 〈로마서〉 9:29: 사보스의 주님(Lord of Sabaoth)(Lord Almighty). (Heb) sabaoth: hosts, armies.

4) 바리톤 맥그라킨(Baraton McGluckin): 더블린의 테너 가수. (G) Gruck: joy. Gluck, 작곡가. Barton McCuckin: 더블린 테너 가수.

5) 매황두魅黃頭(amarellous head): Amayllis: Theoctitus에서 시골 소녀를 위해 이름 지워진 화목속花木屬.

6) 탄제린 색의 삼위일체(tangerine trinity): tangerine: (1)탄제린 등색橙色(植) (2)더블린의 트리니티 대학.

7) 재단사 채색(Alfaiate punxit): (포르투갈): alfaiate: tailor. alfinete: a pin. (라틴어) painted(서명과 함께 그림에 쓰임).

8) 추기경 린던데리와 추기경 카친가리와 추기경 로리오투리와 추기경 옥시덴타씨아(서양미西洋尾)(Cardinal Lindundarri and Cardinal Carchingarri and Cardinal Loriotuli and Cardinal Occidentaccia): 수수께끼의 구절. Lindundarri: Ulster의 Carindal—Matt Gregory.

9) 장애물 항(hurdles): 더블린의 옛 이름(Town of the Fort of the Hurdles).

10) 다정하고 다불결多不潔한 더비(dearby darby doubled): (유행어) Dear Dirty Dublin(상투어)의 변형.

11) 단지 술병(the drink in his pottle): 더블린의 자유구민들(Liberties)은 Poddle강(리피 강)을 단지 술병(Pottle)(bottle)으로 불렀다.

12) 손바닥의 가려움(the itch in his palm): 셰익스피어의 암유: 색욕적(lascivious).

13) 당시 아我부친은 왕뱀 건축가였으며 어이자者는 고전어 법률학도였노라고(Mynfadher was a boer constructor and Hoy was a lexical student): 맹건(James Clarence Mangan)의 글귀의 패러디: 만일 누구든, 자신의 영양營養의 편식 없이, 인간 왕뱀과 같은 생각을 상상할 수 있다면, 그는 나의 부친의 성격에 대해 어떤 생각을 꺼낼 수 있을 것이다. (If anyone can imagine such an idea as a human boa—constrictor, without his alimentative propensities, he will be able to form some notion of the character of my father).

(181)

1) 차알수差謁水 경卿!(surr Chorles!): Charles Russell 경은 파넬 심문에서 Pigott에게 hesitancy를 철자하도록 요구함으로써 그를 함정에 빠트린다. (97, 주석 11참조)

2) 루이스 월로!(Loose Wallor!): Marie Corelli 작의 〈사탄의 슬픔〉(Sorrows of Satan)의 무대 각본에서 Satan역을 행한 Lewis Waller(1860—1915)를 지칭함. 조이스의 슬픈 Satan은 W. Lewis에 의하여 심히 비평받은 젊은이, 스티븐 데덜러스이다(U 151). W. Lewis 및 마왕 Lucifer는 looswallawer(151.23)의 복합어 속에 결합하는데, 숀은, 교수 존즈(Jones)로서, 그 하나의 모델로서 내세운다. 그러나 솀은 여기서 그 모방을 너무 멀리 떠드는지라, 마침내 무대 영국인을 묘사하는데 대해 절대적으로 조롱당한다. 모든 이러한 것들은 조이스와 스티븐이 하나의 실체(entity)요, 한 신사가 되려고 강박 되어 있다는 W. 루이스(Lewis)의 〈시간과 서부인〉의 주장과 관련 된다. (Glasheen 300 참조)

3) 슈 바벤 지방(Shrugger's County): Swabspays: (F) Netherlands.

4) 다뉴비어홈(Danubierhome): 다뉴브(Danube)강의 익살.

5) 야만지방(Barbaropolis): 미상(?).

6) 금광맥(klondykers): Klondike(금광맥).

7) 먼지 통의 주방파출부연합회廚房派出婦聯合會(Dustbin's United Scullerymaid's): 스티븐의 표현: 기독교국의 파출부(the scullerymaid of christendom)였던 성당(〈초상〉 제5장 참조).

8) 매춘부 협회(Sluttery's Mowlted Futt): 노래의 가사에서: 슬래터리의 말 탄 발(Slattery's Mounted Foot).

9) 아르메니아(the armenable): 1405년부터 터키에 의하여 점령된 아르메니아(Armenia): 조직적 대량학살에 의해 봉착된 19—20세기의 민족주의.

10) 사냥개 또는…취적臭跡에 있어서(hound or…in pursuit of the armenable): 여우 사냥꾼들에 관한 O. 와일드의 문구: 먹을 수 없는 것을 추구하는 말할 수 없는 짓(전출).

11) 점점주點點走의(pointtopointing): 자유 코스의 크로스컨트리(crosscountry)의 경마.

12) 본 제임즈는 현재 실직 상태로, 연좌하여 글을 쓰려 함(His jymes is out of job, would sit and write): 〈햄릿〉 1. 5. 190의 패러디: 세월이 난장판이야! 오 저주할, 내가 그걸 바로잡을 운명을 지고 태어나다니(The time is out of joint! O cursed spite That ever I was born to set it right).

13) 우울증 환자(Drumcondriac): Drmcondra: 더블린의 지역명에 대한 암유.

(182)

1) 표절자(pelagiarist): Pelagius: 이단자로, 필경 아일랜드의 표절자(plagiarist).

2) 비영계적鼻靈界的(gnose's): Gnostic heresies: 연계靈界의 신비를 이해하는, 영지靈知 + 코(nose).

3) 자신의 공포에 질린 붉은 눈(the red eye of his fear): Macpherson(Ossian의 시의 스코틀랜드 번역자)의 글귀: the red eye of his fear is sad. (James Macpherson)(1736—1796): Ossian 시의 스코틀랜드 번역자. 〈경야〉에서 그는 James 또는 문사 솀—표절자와 합세한다).

4) 광성狂性 속의 비어리츠(beerlitz in his mathness): (1)그의 광기 속에도 조리가(method in his madness)(U 132) (2)Berilitz School: 조이스는 Trieste와 Pola의 그 곳 학교에서 영어를 가르쳤다.

5) 노부老父 사다나파러스(Uldfadar Sardanapalus): (1)Ulfada: 장수長鬚(long beard)로 묘사되는, 〈핀갈〉(Fingal)(Macphersen의 〈오시안〉 시들) 속의 Finn의 이름. Fingal은 스코틀랜드의 영웅으로, 아일랜드에 와서 덴마크인들에 대적하여 싸웠다)의 용사 (2)Saradanapalus: Assyria(아시아 서부의 옛 국가)의 최후의 왕으로, 그의 신민臣民들이 그를 배반했을 때, 자기 자신과 아내들 및 보석을 함께 매장했다.

6) 니키아벨리(Nichiabelli): Machiavell: 권모술수의 이탈리아 정치가(1469—1527).

7) 갖느냐 못 갖느냐, 그것이 문제로다(Hanno, o Nonano, acce'l brubblemm'): (It) they have or have not: 〈햄릿〉 III. 1. 56: 죽느냐 사느냐 그것이 문제로다(To be or not to be, that is the question)의 패

러디.

8) 파오로(paolo): Paolo는 그의 형의 아내 Francesca를 사랑했다(단테의 〈지옥 편〉 제V곡 참조).

9) 파산구몰단지破産丘沒團地(Broken Hill): Broken Hill EstatesL 오스트레일리아의 광업鑛業 협회(사단법인).

10) 드레크머스(drachmas): 옛 그리스의 은화.

(183)

1) 매일 각자의 방법으로 자기와 타인의 과격한 남용에 있어…. 건강정健康丁(Queasisanos): (1)블룸이 내심으로 바라는 집인 Qui si Sano(건강향鄕)을 상기시킴(U 585) (2)Qui Si Sano 더블린 외곽 Blackrock에 있는 집 이름 (3)신앙 요법인療法人 Coue는 그의 열성가에게 다음 구절을 반복하게 한다: 매 알 씩 각각의 방법으로 먹자, 나는 건강이 보다 점점 나아가고 있도다(Every day in every way I am getting better & better).

2) 절시홍분(scoppialamanis): 조이스는 그의 눈 치료를 위해, 그가 싫어하는 scopolamine 약(수면, 진정, 무통, 분만용) 치료를 받았다.

3) 서부 바람둥이(플레이보이)의 세계(western playboyish world): Synge 작의 연극 〈서부세계의 바람둥이〉(The Playboy of the Western World)의 패러디.

4) 볼리퍼몬드의 자신의 동성銅城 또는 자신의 기와집을 자만하고 있는고?(brag of your brass castle or your tyled house in ballyfermont?): 러 파뉴 작의 〈성당묘지 곁의 집〉(The House by the Churchyard)에는 신비스러운 인물들 Dangerfield 및 Mervyn이 Brass Castle와 the Tyled House에 각각 별도로 살고 있다. Brass Castle는 채프리조드에, 그리고 Tyled House는 더블린의 지역인 Ballyfermond에 각각 위치한다.

5) 천사들은 거기 에담이 더 이상 희귀하게 냄새를 풍긴다고 생각지 않았도다(Angels aftanon browsing there thought not Edam reeked more rare): 노래 Killarney의 가사에서: 천사들이 이따금 거기 배회하나니, 에덴이 더 아름답다고 생각지 말지라(Angels often wandering there Think not Eden was more fair).

6) 초췌하게 산문화되어 있나니(persianly literatured): 몽테스키어(Charles Montesquieu(프랑스의 정치 사상가, 1689—1755) 작 〈페르시아의 서간들〉(Persian Letters)의 패러디.

7) 파열된 연애편지burst loveletters): 콘돔(french letters).

8) 적용서適用書(etoldhyms): 입센 작 Little Ryolf의 인유.

9) 백노대의 연도煙道(fluefoul smut): 스티븐 데덜러스가 벽로대의 세로 홈에 감추었던 숯검정의 그림 보따리의 연상(〈초상〉 제3장).

10) 최고의사最高意思(best intentions): (속담)의 패러디: Hell is paved with good intentions. (지옥에의 길은 선의로 깔려 있다).

11) 미용未用 맷돌(Unused mill): 〈마태복음〉 18:6의 패러디: 연자 맷돌을 그 목에 매달고 깊은 바다에 빠뜨리는 것이 나으니라(it were better for him that a millstone were hanged about his neck)(〈초상〉 제1장, 크리스마스 만찬 장면 참조).

12) 몽타주 뭉치들(messes of mottage): 〈창세기〉 25:30—32의 인유에서에서(Esau)는 한 접시의 포타주(수프)(a mess of pottage)로 그의 생득권을 아우 야곱에게 팔았다.

13) 엎지른 잉크(spilt ink): 속담의 패러디: 엎지른 우유에 울어도 무용이라(It is no use crying over spilt milk).

14) 침묵 자매(silent sisters): 책의 무양산無量産 및 대중 학교 무지원無支援 때문에 붙여진, 19세기, 더블린의 트리니티 대학의 별명.

15) 챠리의 숙모(Charley's aunts): Brandon Thomas의 연극 명: 〈챠리의 숙모〉(Charley's Aunt)

16) 눈썹 로션(highbrow lotions): 〈율리시스〉, 〈나우시카〉 장의 거티(Gerty)의 눈 화장 먹(eyebrow lotion)을 연상시킴.

17) 풀린 구두 끈(Unloosed shoe latchets: 〈요한계시록〉 1: 27의 인유: 곧 내 뒤에 오시는 그이라 그의 신들메 풀기도 감당치 못하겠노라 하더라(whose shoe's lachet I am not worthy to unloose). (〈마가복음〉 1: 7 및 〈누가복음〉 3:16) 참조.

18) 꼬인 죄수 구속복拘束服(crooked strait waistcoats): 〈이사야〉 40. 3의 인유: 사막에서 우리 하느님의 대로를 평탄하게 하라(the crooked shall be made straight).

19) 수은水銀의 환약(globules of mercury): 수은은 임질의 옛 치료 약이었다.

20) 이(齒)에는 빤짝 이로(teeth for a tooth): 〈출애굽기〉 21: 24의 인유: 그러나 다른 해가 있으면 갚되 생명은 생명으로, 눈은 눈으로, 이는 이로다(But if there is serious injury, you are to take life for life, eye for eye, tooth for tooth).

(184)

1) 맞아 맞아 맞아 예 예 예 그래 그래 그래(sis jas jos gias neys thaws sos, yeses and yeses and yeses): 〈율리시스〉 종말에서 몰리의 최후 독백을 상기시킴: yes I said yes I will Yes). (U 644)

2) 실내제악室內製樂(chambermade music): (1)chambermaid(가정부)에 관해 chamber(가정)에서 작곡된 chamber music(가정 음악) (2)조이스 작 〈실내악〉(Chamber Music).

3) 선회하는 회교수사回敎修士(whirling dervish): 접신론자 브라밧스키(Blavatsky) 저의 〈베일 벗은 이시스〉(Isis Unveiled) I. xxxiii의 글귀의 인유: 회교 수도사들, 혹은 선회하는 마법자들은…비교적秘敎的 현시顯示의 제2급을 결코 추월하지 않으리라(Dervishes, or the whirling charmers…will never reach beyond his second class of occult manifestations).

4) 우뢰의 아들(son of Thunder): 그리스도는 James와 John Boanerges를 우뢰의 아들(sons of thunder)이라 불렀다(〈마가복음〉 3:17): 세베대의 아들 야고보와 야고보의 형제 요한이니 둘에게는 보이너게 곧 우뢰의 아들이란 이름 더하셨으니(James son of Zebe and his brother John(to whom he gave the name Boanerges which means Sons of Thunder).

5) 자아自我 위안의 자의 망명자(self exiled in upon his ego): 자기 자신으로부터, 자기 자신에 관하여, 그리고 자기 자신 스스로 쓰면서, 이 잉크병의 망명자는 유아론적(solipsistic)처럼 보인다. 이런 류는 아닌지라, 왜냐하면, 자기 자신으로부터 전진前進하면서(〈초상〉 제1장에서 지리책에 필경 하는 스티븐의 자기 탐색처럼, 솀의 자기 자신에 관한 필서筆書는 자기 자신으로부터 환륜사環輪史)(cylewheering history)의 총체를 반영하기 때문이다.

6) 백白 또는 적赤의 공포: 적의 공포(Red terror): 유사한 반—공산주의자의 백의 공포(White terror)에 뒤따른, 1919년 헝가리에 있어서, 공산주의 정부의 탄압.

7) 불가피한 환영幻影(ineluctable phantom): 〈율리시스〉의 제3장 초두에서 스티븐의 유명한 의식의 인유: 가시적인 것의 불가피한 양상(Ineluctable modality of the visible).

8) 오일공포午日恐怖된 채(noondayterrorised): 〈시편〉 91: 5—6의 시구의 인유: 너는 밤에 놀램과 낮에 흐르는 살과 흑암 중에 행하는 염병과 백중에 황폐하게 하는 파멸을 두려워하지 아니하리로다(Thou shalt not be afraid…for the destruction that wasteth at noonday).

9) 자진 시종自進侍從인지라: (격언) 어떤 이도 시종에게는 영웅이 못 된다(No man is a hero to his valet).

10) (풍사과豊司果는 현가목懸枷木으로부터 아주 멀리 떨어지지 않는도다)(the umpple does not fall very far from the dumpertree): (격언) 사과는 나무에서 멀리 떨어지지 않는다(The apple does not fall far from the tree).

11) 스토우브리지(stourbridge): Stourbridge: 화와火瓦 공장으로 유명한 영국의 도시.

12) 이 정조화情調和의 대장장이(the moromelodious jigsmith): Handel 작의 하프시코드(16—18세기에 쓰인 피아노의 전신) 음악인, 조화의 대장장이(The Harmonious Blacksmith).

13) 교성곡嬌聲曲(lallaryrook): T. 무어 작 〈랄라 룩〉(Lalla Rookh)(교향곡, 독창, 합창에 기악 반주가 있는 일관된 내용의 서정적 성악곡으로 된, 시)의 인유.

14) 디오게네스의 대등貸燈불에 의하여(by the dodginess of hislentern): 견유학파 철학자(Cynic philosopher)인 Diogeness는 등불로 정직한 사람을 찾아 다녔다 한다.

15) 용광로(athanor): 연금술 자에 의하여 사용된 침지로沈漬爐. 여기 용광로는 모든 언어를 녹이는 〈경야〉인 셈.

16) 하얀 자매보다 더 하얀(Mas blanca que la blanca hermana): (1)(Sp) whiter that the white sister. (2)Meyerbeer의 〈유그노 교도들〉(les Hugunots)의 가사 패러디.

17) 내 사랑, 금화양金貨孃(Amartilla, muy bien): (Sp) amarilla: old coin. (Sp) muy bien: very good.

18) 메뚜기와 야생 벌꿀: 〈마태복음〉 3:4의 성구의 인유: 그의 고기는 메뚜기와 야생 벌꿀이었나니(his meat was locusts & wild honey).

19) 쇄라단의 냄비 요리법(Sharadan's Art of Panning): Thomas Sheridan(1687—1738)(아일랜드의 극작가의 R. Sheridan의 조부) 작의 〈말장난 술〉(The Art of Punning).

20) 리티 판 레티 판 레벤(생명)(Litty funletty fanleven): Laetita Vanlewen은 스위프트의 친구인, Pikington의 부인이 되었다. Delaney는 그녀를 letty라 불렀다.

21) 그가 뒤에 두고 떠나 온(heleft behind): 노래 사사에서: 내가 뒤에 두고 온 소녀(The Girl I left behind Me).

22) 아브라카다브라(abracadabra): 옛날 '학질'치유를 위한 주문, 헛소리.

23) 엘리제의 마담 가브리엘(a la Madame Garbrielle de l'Eglise): 파리.

24) 사대부四大夫들(four masters). 〈4대가의 연대기〉(Annals of the Four Masters)의 필자들.

25) 금주 주창자 마슈 신부(Father T. Mathew): 아일랜드의 금주 옹호가(1790—1856). 그는 언제나 Matt Gregory와 연합한다(184. 34. 263. 5—6).

26) 평신도 목사 보우드윈(Layteacher Baudwin): Reynard 여우(중세의 금수 서사시)에서 당나귀(97 참조).

27) 안티몬(antimonian): antimony: 금속 원소(Sb).

(185)

1) 약탈자 로버와 매모자 멈셀이…그들의 교구 목사인 프람메우스 매부리 신부神父(Robber and Mumsell… their pastor Father Flammerus Falconer): George Roberts: 더블린의 Maunsel 출판사 사장, 그는 〈더블린 사람들〉을 출판 할 예정이었으나, 3년을 끈 뒤에 그의 인쇄자 John Falconer는 그것을 부당하게 재결裁決한 뒤, 초판본을 폐기 처분했다.

2) 카타르시스(kathartic): Katharsis: 조이스의 해학 시 〈성직〉(The Holy Office)의 첫 행.

3) 날 기러기의 추적을 좇아 날개를 타고 카타르시스의 대양大洋을 가로질렀는지라(winged away on a wildgoup's chase across the kathartic ocean): (1)wild geese: 대륙으로 간 아일랜드의 제임스 2세파의 사람들(Jacobites) (2)조이스의 유럽으로의 자의적 망명 암시.

4) 도대체 어디서(in Sam Hill): where in Sam Hill: 도대체 어디서(Where in the world)를 의미하는19세기 미국의 유행어.

5) 영국교英國教의 성직수임자聖職受任者(an Anglican ordinal): (1)cardinal & ordinal numbers(기수 및 서수) (2)영국국교의 성직 수임식순(受任式順).

6) 바빌론 여인의 이마 위의 분홍색 낙인을 항시 바라보고도 그자신의 경칠 뺨의…(ever behold the brand of scarlet on the brow of her of Babylon and feel not the pink one in his own dammed cheek): 〈요한 계시록〉 17:4—5의 패러디: 그 여자는 자줏빛과 붉은 빛 옷을 입고…이마에 이름이 기록되었으니, '비

밀, 큰 바벨론, 음녀들과 가증한 것들의 어미'라 하였더라. (음녀로 상징된 바빌론에 대한 심판의 기록…전 시대를 통틀어 하느님을 배반하는 우상 제국을 통칭하는 것으로, 바빌론이 올라 탄 짐승은 사단의 하수인인 적敵 그리스도를 상징한다)(13. 1—8).

7) 핑크 색 낙인(the pink one)을 감지하지 못할 지로다: (1)〈누가복음〉 6: 41의 패러디: 어찌하여 네 눈 속에 있는 티를 보고 네 눈 속에 있는 들보는 깨닫지 못하는고(why beholdest thou the mole that is in the brother's eye, but perceivest not the beam that is in thine own eye). (2)The Pink 'Un: The Sporting Times의 부제副題이기도하다.

8) 오라이언의(O'Ryan's): Orion's: (희랍 신화) 거대한 사냥꾼(의).

9) 경건한 이네아스(pious Eneas): 〈이니드〉(Aeneid)(Virgil의 대 서사시로, 주인공 아에네이스[Aeneas]의 유랑을 읊음)는 경건한 아에네아스(Pious Aeneas)에 대해 자주 언급한다.

10) 24시간적으로(nichthemerically): nychthemeron: 24시간의 기간.

11) 번개 치는 칙령勅令(fulminant firman): 동양의 군주가 발표하는 명령.

12) 오우라니아 합중성국合衆星國의 판권권板權權에 의하여 보호되지 않는(not protected by copyright in the United Stars of Ourania): (1)〈율리시스〉는 미합중국(United States of America)에서 판권으로 보호받지 못한 채, 해적판들이 나타났다 (2)(Gr) Ourania: 천문학에서 천국의 뮤즈(시인)(시, 음악, 학예를 주관하는 9여신들 중의 하나). 희랍어의 ouron(Urine)에서 기원된지라, 상상컨대 본래 Ourion으로 명명된 Orion.

13) 철광석에 마늘 산액酸液(청흑青黑 잉크)(gallic acid on iron ore): 마늘산액 + 철염액鐵鹽液 = 청흑색 잉크.

14) 에소우(에서): 〈창세기〉 25: 21—34) 에서(이삭의 아들).

15) 멤쉬아비크(Menschavik): 온건파의 러시아 사회당원.

(186)

1) 결혼성가(marryvoising): marivaudage: 조숙한 창필創筆.

2) 모든 결혼성가結婚聲歌를 외치는 기분형성의 원윤사圓輪史를 천천히 개필開筆해 나갔나니: 원윤사圓輪史(slowly unfolded all marryvoising moodmoulded cyclewheeling history): 비코의 순환사: unfold(탄생), marry(결혼), mould(경토, 죽음) wheeling(원).

3) 우연변이偶然變移: transaccidentation(성체[Eucharist]용의 빵과 포도주의 변신).

4) 오징어 자신(squidself): 오징어는 검정 잉크 같은 먹을 내뿜는다.

5) 도리안거래이道理安居來而(doriangrayer): 와일드 작 〈도리언 그레이의 초상〉(The Picture of Dorian Gray)의 제목의 패러디.

6) 사각四角 광장을 돌면서(squaring the circle): Bruno의 시도. 〈율리시스〉, 〈키르케〉 장에서 Virag의 기억술(mnemotechnic)과 함께, 곡선형적법(to squire the circle)의 행사와 일치함(U 419).

7) 성 이그나시우스(St Ignatius Loyola): 예수회(the Society of Jesus)의 창설자.

8) 돈월豚月의 6일(the sxth day of Hogsober): 10월 6일: 〈담쟁이 날〉(Ivy Day): 파넬의 기일忌日. 〈더블린 사람들, 〈위원실의 담쟁이 날〉 참조.

9) 만일 갑에 해당하는 것이 을에도 적용된다면(if what is sauce for the zassy is souse for the zazimas): (속담)의 패러디: 갑에 적용되는 것은 을에도 적용 된다(What is sauce for the goose is sauce for the gander). 얼간망둥이를 위한 양념 격(Sauce for the gander)(U 228).

10) 크러이스—크룬—칼(Kruis—Kroon—Kraal): Ku Klux Klan: 3K단團 큐클럿스클랜(K. K. K.)

11) 순경 시스터센(자매)(Sistersen): 〈더블린 사람들〉, 〈자매〉의 암시.

12) 작은 군운群雲(크라우드)(little clots): 〈더블린 사람들〉, 〈작은 구름〉의 암시.

13) 진흙(크래이)(clay): 〈더블린 사람들〉, 〈진흙〉의 암시.

14) 저녁(이브)(eveling): 〈더블린 사람들〉, 〈에블린〉의 암시.

15) 뜻밖에 만나다니(엔카운터)wrongencountered): 〈더블린 사람들〉, 〈뜻밖의 만남〉의 암시.

16) 노크메리 마을(Knockmaree): 성처녀가 Mayo 군, Knock 마을에 나타났었다.

17) 생수단만종집회위원실生手段萬鐘集會委員會(livingsmeansuniumgetherum): 〈더블린 사람들〉, 〈위원실의 담쟁이 날〉의 암시.

18) 머기트 소녀(Mergyt): (리투아니아): 작은 소녀.

19) 숙창가宿娼家(보딩 하우스)(boardelhouse): 〈더블린 사람들〉, 〈하숙집〉의 암시.

20) 은총(그래이스)(grace): 〈더블린 사람들〉, 〈은총〉의 암시.

21) 기도에 이어(after the race): 〈더블린 사람들〉, 〈경주가 끝난 뒤〉의 암시.

(187)

1) 암캐 자식(the souch of a surch hads): what the son of a bitch(무슨 놈의 개자식).

2) 상대촌항相對村港(카운터포트)(counterports): 〈더블린 사람들〉, 〈뜻밖의 만남〉(An Encounter), 〈짝패들〉(Counterparts)의 암시.

3) 카프탄 땅(caftan): (1)Christmas (2)Scottish.

4) 주피酒皮의(Lieutuvisky): 리투아니안의(Lithuanian).

5) 사자死者(데드)(dead): 〈더블린 사람들〉, 〈죽은 사람들〉의 암시.

6) 어이쿠맙소사(애러비)(arranbejibbers): 〈더블린 사람들〉, 〈애러비〉의 암시.

7) 살모殺母(마더)(murder): 〈더블린 사람들〉, 〈어머니〉의 암시.

8) 두 갤런(투 갤런트)(two gallonts): 〈더블린 사람들〉, 〈두 건달들〉의 암시.

9) 차려, 경계 그리고 거머잡앗!(nip up and nab it!): 웰링턴의 명령 구호의 패러디: 섯, 경계, 그리고 쏘앗!

10) 시끄잠꾸러기요정여기얼른꺼지란말야! (Poltthergeistkotzdondherhoploits): poltergeist: (G) 시끄러운 소리를 내는 장난꾸러기 요정 + kotzen: 토하다 +(Du) donder op!: 여기서 얼른 꺼져! + hoplite: 희랍 군인.

11) 프트릭 오퍼셀(Putterick O'Purcell): 미상(?).

12) 자비 또는 정의(Mercy & Justice): 〈베니스의 상인〉에서 Portia의 연설 중 문구.

13) 십인十人의 갈증의 햄경卿(Tamister Ham of Tenman's thirst): 셈의 주벽酒癖을 가리킴(Li)(리투아니아) Tamsta: 나리, 경卿. Ham: 노아의 둘째 아들.

14) 갈색(부라운) 베스의 보강총補腔銃(Brown Bess): 구식 소총(musket).

15) 부인否人(Nayman): (1)전설적 왕인 Prester John이 된 네스토리우스 교파의(Nestorian)(5세기 시리아의 성직자 Nestorius가 주창한 예수에 있어서 신성과 인간의 공존 설) 목양자 (2)Noman: Odysseus가 Polyphemus의 동굴에서 포로가 될 때 그의 신분을 가장한 이름 〈율리시스〉, 〈키크롭스〉장 및 〈이타카〉장 참조(U 598)

16) 이태동사異態動詞(deponent verb): 그리스, 라틴어에서 수동형이면서 능동의 뜻을 갖는 동사.

17) 쇄석碎石아담자구 셈이여(셈 Macadamson): macadam: (롤러로 굳히는 도로용의) 쇄석 + son of Adam(Cain).

(188)

1) 사권박탈의 순사십교황칙서(a fortifine popespriestpower bull of attender): (1)papal bull: 교황의 칙서 (2)Bill of Attender: 반역 죄, 중죄 선고에 의한 사권私權 상실, 권리 박탈 법안: 1459년에 처음 통과된, 사법 재판 없이 누구든 사권 박탈을 선고하는 법안.

2) 왜, 누가, 어디서, 언제, 어떻게, 몇 번, 누구의 도움으로?(Cur, quicquid, ubi, quando , quomodo, quoties, quibus, quxiliis?): 죄의 무거움을 결정하기 위하여 고해신부가 묻는 질문들.

3) 두 가지 부활절도復活節島(two easter island): (1)부활절의 날짜에 대한 로마 및 옛 아일랜드 성당간의 논쟁 (2)부활절 섬(Easter Island): 남태평양, Chile 서쪽의 외딴 섬. 칠레 령領, 거대한 상像이나 고고학상의 유물들이 있음. 현지 명은 Rapa Nui.

4) 자신의 우야右夜를 약탈하거나, 자신의 좌잔左殘을 누설하며(plunders to night of you, blunders what's left of you): Tennyson 작의 시: 〈경 기병대의 공격〉(Charge of the Light Brigade)의 시구의 변형: 그들의 우측에 대포를. 그들의 좌측에 대포를(Cannon to right of them, Cannon to left to them).

5) 번득일 대로 번득이나니!(flash as flash can): catch—as—catch—can의 익살: 랭커셔 식(자유형) 레슬링(수단을 가리지 않는, 닥치는 대로의).

6) 이단주의자異端主義者(hiresiarch): (1)이단(heresiarch) (2)Tiresias(양성兩性의 천리안): T. S. 엘리엇의 〈황무지〉의 화자(주인공).

7) 구유 속의 어떤 신(some god in the manger): (이솝이야기에서) 구유 속의 개(dog in the manger).

8) 그대가 섬기지도 섬기게 하지도, 기도하지도 기도하게 하지도 않을(you will neither serve not let serve): (1)〈초상〉 제5장의 글귀의 변형: 나는 섬기지 않겠어(I will not serve, Non Serviam), 스티븐이 대답했다. (2)(유행어) 살게도 살게 하지도(live & let live).

9) 신심信心을 청산할지라(pay the piety): (구어) pay the piper(비용[책임]을 부담하다. 응보를 받다).

10) 소돔의 연못(Shehohem): Sea of Sadom: 사해(〈에스드라스〉(Esdras)(〈경외서經外書〉의 맨 처음 2편중의 하나) 2편 5장 7절의 인유.

11) 낡은 배드쉐 바(불경탕의不潔蕩衣) 대신 새로운 솔로몬 왕(제전祭典)을!(new Solemonities for old Badsheetbaths): (1)Solomon 왕. solemnities(근엄) (2)Bathsheba: Solomon의 어머니.

12) (만일 그대가 그대를 세례洗禮했든 부사제副司祭처럼, 방금 일격一擊, 대답하다면, 얘—촛불을—끌지라!)(if you were as blond a stroke now…sonny douth—the—candle!): (1)성 토요일에 세례수洗禮水의 축복 속에, 사제는 유월절(부활절)의 초를 그 속에 담근다. (1)구원(Sauve)의 성구의 패러디: 하느님이시여 그대를, 친애하는 이이를, 그대를 세례 한 성직자만큼 크게 자라도록 하소서(May God make thee, dear child, to grow as big as the priest who baptised thee).

(189)

1) 엄큼한 환락들(morosity of my delectations): 〈율리시스〉 제3장(〈프로테우스〉)에서 스티븐의 샌디마운트 바다가의 명상: 엄큼한 환락이라고 술통 배의 아퀴나스를 불렀지(Morose delectation Aquinas tunbelly calls this, frate porcospino)의 패러디(스티븐의 아퀴너스에 대한 묘사)(U 39 참조).

2) 미약媚藥의 사랑(philtred love): 트리스탄과 이솔트가 마신 사랑의 미약을 상기시킴.

3) 펜마크스(ppenmark): (1)트리스탄은 Penmark의 Cliff(낭떠러지)에서 사망했다 (2)Denmark (3)여기 〈햄릿〉에서 덴마크의 왕정의 부패 상황.

4) 러보크(lubbock)의 다른 공포의 환락들: John Lubbock(Avebury): 〈인생의 환락〉(The Pleasures of Life)의 첫 남작—저자. 그는 영국에'은행 휴일(bank holoday)'을 소개했으며, 꿈에 관한 책을 썼다(113, 222, 292 참조).

5) 에이커와 여러 루드와 여러 폴과 여러 퍼취(acres, roods, poles, perches): 측지測地 단위.

6) 기백역幾百域(cantred): 100개의 군구群區을 포함하는 구역.

7) 기무수幾無數한 기미녀奇美女들(countless catchaleens): 예이츠 작 〈캐드린 백작 부인〉(Countess Cathleen)의 제목 익살.

8) 무염야망無廉野望의 그들의 꿈(their dream of arrivisme)의 배후에 늙고 풍만해 지기는커녕(far being old and rich): 무어(Edward Moore)(1712—1757) 작 〈도박꾼〉(The Gamester) II. 2의 패러디: 혐오의 꿈의 배후에 풍만한(rich beyond the dreams of avarice)의 인유.

9) 번뇌부煩惱父의 모든 딸들을 위한 비애의 단 하나의 자식(one son of Sorge…daughters of Anguish): (1) Sorge: 트리스탄과 이슬트의 이야기의 번안에서 Sorge는 그들의 유일한 자식. (2)King Anguish: 이슬트의 아버지.

10) 조의화분弔意花盆(debituary vases): obituary verses(주문시弔問詩)로 해석할 수도.

11) 10 바리버(bolivars): 베네수엘라의 기본 화폐단위.

12) 전감심全甘心의 신부살행실新婦殺行實의 고흉도高胸跳의 처처녀處處女 모나여!(High—bosom— heaving Missmisstress Morna of allsweetheartening bridemurdemeanour): (1)James Macpherson(1736—1796)(Ossian 시의 스코틀랜드의 번역자, 그의 주인공 Fingal 또는 Finn MacCool의 아버지) 작 〈핀갈〉(Fingal) II. 54행의 패러디: 그대의 배우자의 높은—가슴, 아름답게 뛰나니(Thy spouse high—bosom'd) (2) Morna: Macpherson의 〈핀갈〉에서'만인의 사랑 받는 여인'(woman beloved of all)(핀갈의 어머니)로 해석됨.

13) 자신의 부재에 있어서 한 예언 야벳이여(a jophet in your own absence): (1)야벳(Japhet): 노아의 셋째 아들. (2)〈마태복음〉 13: 57의 글귀의 인유: 예수를 배척한지라 예수께서 저희에게 말씀하시되, 선지자가 자기 고향과 자기 집 이외에는 존경을 받지 않음이 없느니라(A prophet is not without honour, save in his own country).

14) 까마귀 먹구름(raven cloud): (1)〈열왕기상〉 17: 6에서 까마귀들에 의해 비육 된 엘리아 및 〈열왕기상〉 18: 44에서 작은 구름으로부터의 비의 예언. (2)엘리아의 까마귀, 작은 구름 및 노아의 까마귀 등, 여기 뭉쳐진 이미지들은 아일랜드에 있어서 1922년의 시민전쟁(the Civil War)으로 인한 더블린의 포 코트(대법원)(Four Courts) 및 세관(Custom House) 건물의, 그리고 1916년의 의과대학(College of Surgeons)(더블린 Grafton가 소재)의 소실을 암시한다.

(190)

1) 감질甘質 화약에 의한 포화회砲火灰로의 귀환을(the return of a lot of sweetempered gunpowdered): 〈공동 기도서〉(Book of Common Prayer) 중 글귀의 패러디: 사자의 매장: 먼지로 먼지(Burial of the Dead: dust to dust).

2) 오 염병이여, 이러다가 나는 푯말을 놓칠세라!(O pest, I'll miss the post!): 〈고린도전서〉 15: 55의 패러디: 오 죽음이여 너의 찌르기는 어디 있느뇨, 오 무덤이여, 그대의 승리는 어디 있느뇨?(O death, where is thy sting? O grave, where is thy victory?)

3) 그대의 숟가락은 한층 길어지고(the longer your spoon): 격언의 패러디: 악마와 식사하는 자는 긴 숟가락을 요한다(He who sups with the devil hath need of a long spoon).

4) 팔꿈치에 더 많은 기름을 주면(with more grease to your elbow): (앵글로 아이리시) 유행어의 패러디: 그대의 팔꿈치에 더 많은 힘을!(more power to your elbow!)(격려의 뜻)

5) 성직聖職(holy office): 〈성직〉(The Holy Office): 조이스의 초기 해학시의 제목.

6) 기네스 맥주 회사는, 내가 상기하건대, 그대에게는 바로 애찬愛餐이었나니(Guinnes'ss…were just agulp for you): (1)조이스 부친 존 조이스는 자신의 주조장의 경험을 살려(그는 채프리조드에서 양조업에 종사했거니와) 아들 조이스에게 더블린의 기네스 맥주 회사의 서기 직을 구하도록 격려했으며, 동생 스태니슬로스는 그것을 형이 택해야 한다고 생각했다.(Ellmann: 97) (2)(슬로건): 기네스 맥주는 몸에 좋은지라(애찬)(Guinness is good for you).

7) 요크의 주교처럼(like any boskop of Yorek): (1)bishop of York (2)doodskop: 사골死骨. 여기 셈에 관한 서술은 작가 스턴(Sterne)의 〈트리스트람과 섄디〉(Tristram and Shandy)에서 성직자 Yorick(또는 아마도 York의 주교) 및 〈햄릿〉의비극적 광대(tragic jester)요, Yorick의 오랜 두개골을 파는 무덤 파는 인

부에 관한 언급이다. 〈햄릿〉 V. 1에서, 무덤 파는 인부인 Clown은 Yorek의 주교: 임금님의 농담 꾼인, Yorick의 두개골과 동일시된다.

8) 노고역勞苦域의 경계(bourne of travail): 〈햄릿〉 III. 1. 79: 아무도 되돌아오지 못하는 미지의 경계선境界線(from whose bourn No traveller returns). bourn: boundary.

9) 살갈퀴(독보리)눈물의 곡계谷溪(ville of tares): (1)(속담): 눈물의 골짜기(vale of tears) (2)(속담) 밀과 살갈퀴를 구분하다(separate the wheat from the tares). (3)〈마태복음〉 XIII: 25. 36의 성구: 독 보리(tares).

10) 성스러운 경섭리驚攝理(devine's prodigence): 비코의 순환사의 첫 단계: 신권 시대(devine providence).

11) 한 때 자라 보고 놀란 가슴 소댕 보고 놀라는 식이나니(you'll be twice as shy of): 속담의 패러디.

12) 그곳에 그대는 대학살의 신앙심 깊은 알메니아인人들처럼 인기가 있거니와(where you were as popular as an armenial): 1405년부터 터키에 의하여 정령 당한 아르메니아(Armenia)(독립 국가 연합 구성 공화국의 하나), 19—20세기에 민족주의는 조직적 대학살을 경험했다.

13) 총알에 맞고 안 맞고는 팔자소관(shirking both your bullet and your billet): (격언) Every bullet has its billet.

14) 불랑져 장군처럼(Boulanger): (1)아일랜드인과 공모한 프랑스의 장군 (2)(F) boulanger: 빵 구이.

15) 알리바이의 노래를 우리에게 부르기 위해(새 sing us a song of alibi): (1)노래 제목의 패러디: 나는 그대에게 애러비(Araby)의 노래를 노래하리라(I'll Sing Thee Songs of Araby) (2)(속어) 어디든지(elsewhere) 떠나다.

16) 비탄의 파도 소리가 그레이하운드 견犬 천천히 구르며 넓게 부풀면서 변용을 불러일으키나니 진흙 바위가 그들의 전도轉倒(the greybouncing slowrolling amplyheaving…the oozy rocks parapangle their preposters): (1)비탄의 파도 소리: Macpherson 작의 〈핀갈〉은 장소 이름인 Cuthorn을 이렇게 부른다. (2)그레이하운드 견: 〈핀갈〉 V.101의 시구 (3)천천히 구르는 눈: Macpherson 작의 Crric Thura 160의 시구(4)진흙 바위(an oozy rock): Macpherson 작의 Temora의 시구.

17) 대아인對我人(antinos): 〈율리시스〉에서 멀리건 및 보일란(Boylan)(몰리의 애인) 격.

18) 철저 훈련받은 대개종자(thoroughpaste prosodite): (1)thoroughpased proselyte (2) thoroughpaced prosody(작시법)

19) 고부랑 6푼짜리(sixpenny stile): 자장가의 패러디: 고부랑 남자가 있었대요(고부랑 6푼 및 고부랑 울타리에 대한 언급).

20) 아일랜드 이민, 그대의 고부랑 6푼짜리 울타리 층계 위에 앉아(sitting on your crooked sixpenny stile): Lady Dufferin(Sheridan의 손녀) 작의 노래 가사: 아일랜드 이민자의 비탄(Lament of the Irish Emigrant)의 인유. 이 노래의 첫 행: 나는 울타리에 앉아 있나니, 메리여(I'm sitting on the stile, Mary).

(191)

1) 돌팔이 도사道師(quackfriar): 검은 도사(Black Friars): 도미니크의 수사(Dominicans).

2) 세익수비어洗益收婢御의 웃음(the laugh of Scheekspair): the life of Shakespeare.

3) 우연 발견능자發見能者(serendipist): serendipity(의외의 발견): 갑작스러운 그리고 행복한 우연의 발견을 가져오는 능력.

4) 구주아세화歐洲亞世化의 아포리가인阿葡利假人 같으니!(Europasianised Afferyank!)유럽, 아세아, 아프리카 및 아메리카의 4대륙인.

5) 단검을 물에 빠뜨리는 자여(drowner of daggers): Macpherson 작 Fingal IV. 75의 글귀: 9번 그는 Dala의 변두리에 그것(단검)을 빠트렸다(Nine times he drowned it(his dagger) in Dala's side).

6) 그의 행복 속의 전원前園의 낯선 자(a stranger in the frontyard of his happiness): Fingal II. 55의 글귀: 그의 슬픔의 회관의 낯선 자(a stranger in the hall of her grief).

7) 치료할지라! 한 잠, 한 잔, 한 꿀꺽(heal helper! one gob, one gap, one gulp): 히틀러의 구호의 패러디: Heil Hitler! Ein Volk, ein Reich, ein Fuher(환영 히틀러! 한 민족, 한 조국, 한 총독).

8) 야만가野蠻街(Novara Avenue): 조이스가 그의 유년시절을 보낸, 더블린 근교 Bray의 가로 명(〈초상〉 제1장 참조).

9) 권위에서 도피하여(on his keeper): (1)(앵글로-아이리시) 권위로부터 도피하여(in flight from authorities) (2)〈창세기〉 4: 9: 내가 내 아우를 지키는 자이니까?(Am I my brother's keeper?)

10) 나는 상상컨대…왜 피병자가 숨어 있는지…기어오를 고무나무 없기 때문이라(cause he haint the nogumtreeumption): 노래 Zip Coon의 가사에서.

11) 고시古時의 애타진자愛他眞者(Altrues of other times): Fingal I. 46의 글귀는of other times가 of old를 의미함을 서술한다.

12) 천계天界(celestine circles): 펠라기우스교教(Pelagius)(영국의 옛 수도사, 신학자, 뒤에 이단시됨)에서 파생된 Celestine 이단설에서 유래됨.

13) 수입부담의 복권 추첨(운목運木)(incomeshare lotetree): (1)Lincolnshire lottery(링커셔, 잉글랜드의 중동 주)의 유행 복권 (2)Koran: 〈수라〉 LVI장의 구절에서: 가시 없는 로트-나무들 사이에서(Amid thornless lote—trees).

14) 천사들의 짝 친구(a chum of the angelets), 저들 신문 기자들: 이슬람교: 모든 사람의 선과 악을 기록하는 2천사들: 보고자들(신문 기자들)(2 angels who record good and bad deeds of every man).

15) 손에서 손으로 전달되는 사향처럼 그를 타자와 함께 어깨 툭 치며 통과시키나니(pat and ppass him one with other musk from hand to hand): (1)죽음에 관한 모하메드의 말: 영혼은 가장 훌륭한 사향처럼 나오나니, 고로 그것은 진실로 한 천사에서 다른 천사로 이양 되도다(the soul cometh out like the smell of the best musk, so that verily it is handed from one angel to another). (2)〈율리시스〉 제1장에서 스티븐은 영혼이 된 어머니의 사향으로 분칠 된, 낡은 깃털 부채를 명상한다. (U 8)

16) 자신의 힘의 참견중參見中에 어느 청명한 5월 아침(one fine May morning in the Meddle of your Might): 노래 가사의 인유: 한 밤중 어느 좋은 날 두 죽은 자들이 비상飛翔했다네(One Fine day in the Middle of the Night Two dead men got up to fight).

17) 환상건축가幻像建築家들(Visionbuilders): 입센 작의 〈건축 청부업자〉(The Master Builder)의 인유.

18) 무기무력無氣無力하게(wishywashy): 〈경야〉 첫 페이지(3. 09—10)의 글귀 패러디: 나요 나요…풀무하여(mishe mishe…tautauf).

(192)

1) 이단주의자 마르콘(hereticalist Marcon): 이단자 마르시온(Marcion)은 자신이 그리스도로, 두 신들을 믿었다.

2) 얼마나 거추장스럽게 그는 저 로시아露視野의 골레라 임질녀들을 총살했던고?(how bulkily he shat the Ructions gunorrhal?): 버클리는 어떻게 러시아 장군을 총살했던고?(How Buckeley shot the Russian General?). 〈경야〉의 주요 주제의 익살.

3) 저 여우 씨氏, 저 늑대 양孃(that foxy, that lupo): (1)여우, 늑대 및 원숭이의 이솝 우화(Aesop's fable) (2)Mr. Fox: 파넬의 별명(〈초상〉 제1장, 크리스마스 파티 논쟁 참조. 〈율리시스〉, 제9장, 스티븐의 의식 참조(U 159).

4) 여행 가방(hamikcars): Hamilcar: Hannibal(카르타고의 장군, 247—183 BC)의 아버지.

5) 파리 교구 자금(Parish funds): 파넬은 파리 자금을 착복했다는 비난을 받았다 〈초상〉 제1장 크리스마스 파티 논쟁 참조(P36).

6) 고양이 애무했는지라(kittycoaxed): Kitty O'Shea: 파넬의 애인.

7) 트레비 성당에 코트를 저당 잡히기(pawn a coat off Trevi's): Treves 성당에 보관된 그리스도의 법복.

8) 면류관冕旒冠(a crown of Thorne's): 그리스도의 면류관(Christ's crown of thorn).

9) 죄인 도화자 베드로 및 죄인 수탉 바울이여(Sinner Pitre and Sinner Poule): 성 베드로(예수의 12제자들 중의 한 사람인 Simon Peter)와 성 파울(St Paul: 예수의 사도로, 〈신약 성서〉 중의 서간들의 필자).

10) 죄인 수탉…. 병아리들의 벌린 아가리와 함께(with chicken's gape): 수탉이 울다(베드로는 예수를 배신하다).

11) 레이날도 배심원(Reynaldo): 〈햄릿〉에서 Polonius의 하인. 또한 프랑스의 12배심원들 중의 하나.

12) 오 너는 루불화貨를 잃었는지라!(O the hastroubles you lost): (1)Hasdrubal: Hamilcar의 사위. (2) pound of flesh(〈베니스의 상인〉).

13) 묶힌 명예 속에(in honour bound): Sydney Grundy 작의 연극 제목: 〈묶힌 명예로〉(In Honour Bound)(1880).

14) 너의 시드니 토요土曜의 소요락騷擾樂과 성휴야聖休夜의 잠을(your Sarday spree and holinight sleep): (1)격언에서: 다 끝내기까지 방심은 금물이다. 입에 든 떡도 넘어가야 제 것이다(There is many a slip 'twixt the cup and the lip) (2)〈율리시스〉와 〈경야〉 종말의 잠 사이(between sleep).

15) 취침(asleep)과 경야(wake) 사이 네게 오리라: 〈리어왕〉의 인유: 생신지 잠결인지 모르는 사이에 생긴… (김재남 895)(Got 'tween asleep and wake)(Ham. I. 2. 15).

16) 유월절 안식준일安息準日(Paraskivee): Parasceve: 유태의 안식일, 특히 성금요일을 위한 준비일.

17) 꼬끼오 수탉이 단막單幕을 위해 울 때까지(the cockcock crows for Danmark): 〈햄릿〉에서: 수탉이 울다(cock crow).

18) 고통 마술사샘남男!(Pain the Shamman!): 문사 짐(Jim the Penman): James Townsend Savard(위조 마술사)의 통칭.

19) 냄새가 코를 찌르는 밤에 종종(Oft in the smelly night): 무어의 노래 가사 패러디: 고요한 밤에 종종(Oft in the Stilly Night).

20) 굶주린 손의 장악掌握을 위해(for a clutch of famished hand): 테니슨의 시구: 〈깨져라, 깨져라, 깨져라: 사라진 손의 촉각을 위해〉(Break, Break, Break: O! for the touch of a vanished hand).

21) 네가 자신의 동료라 불렀던 룻, 성서의 가인佳人(Ruth you called your companionate, a beauty of the bible): 〈성서〉, 〈룻기〉의 여주인공: 시어머니에 대한 복종과 효심이 지극했던 여인.

22) 유스턴의 육肉의 항아리와 매리본의 매달린 의상衣裳에 관하여(of the flushpots of Euston and the hanging garments of Marylebone): (1)〈성서〉, 이집트의 미식(fleshpots of Egypt)(고기 냄비) 및 Babylon(화려한 악의 도시)의매달린 정원(hanging gardens of Babylon)(고대 바빌론의 가공원[架空園, Nebuchadnezzar 왕이 왕비를 위해 만든 정원). (2)Euston & Marylebone: 런던의 기차 정거장들.

23) 저 각제角製의 상아象牙 꿈을 네가 꿈꾸다니(those hornmade ivory dreams): 베르기우스의 서사시 〈이니드〉(Aeneid) VI. 893 및 〈오디세이〉 XIX. 562에서의 시구의 내용: 잠의 2대문들: 진짜 꿈은 각제角製의 문을, 엉터리 꿈은 상아의 대문을 통하나니 two gates of sleep: true dreams pass through gates of horn, false through gates of ivory).

24) 불항자不恒者(inconsistency): 무정견인無定見人.

25) 둥우리 란卵(nest egg): 비축된 돈.

26) 너의 미친 비가를 사모산寺墓山의 애석愛石 주변에서 휘파람휘날리고…(그를 시간 보내도록 할지라, 착하니 착한 예루살렘이여, 짚 다발 속에, 그가 건초 만들기 후에 세례를 받았나니): (whistlewhirling your crazy elegies around Temple tombmount joyntstone…pleasegoodjesuslm, in a bundle of straw… ballbettised afte haymaking): Temple 산: 예루살렘의 시온 산으로, 다비드 왕 묘소. Macpherson 작의 Temora에는 다음과 같은 것들에 대한 언급들이 있다: i)휘파람을 불면서, Cathmor의 무덤을 통과할 미래의 나그네 ii) 장송곡 없이 매장되는 자들의 불행한 영혼들 iii) 사람이 어떤 탁월한 일을 수행한

후에 이름을 지어 받는 기독교 이전의 관습.

(193)

1) 네가 졸부들 사이에서 너의 과중방종過重放縱을 탕진하거나(you squandered among underlings the overload of your extravagance): 〈성서〉, 의 돌아 온 탕아, 회개한 죄인(Prodigal Son) 〈누가복음〉 XV: 11—32의 내용의 인유.

2) 호텐토트인人의 다불인多佛人 사람들(hottentot of dulpepers): (1)Hottentot: (남아프리카의 호텐토드인人, 미개인 (2)Dulpepers: 더블린 사람들.

3) 그래? 그래? 그래?(Yes? Yes? Yes?): 〈율리시스〉 말미의 몰리의 yes yes yes의 독백을 상기시킴.

4) 백합야百合野의 사獅온이여(leon of the fold): (1)〈누가복음〉 12: 27의 인유: 들판의 백합(lilies of the field) (2)lion of sheepfold): 양사羊舍(양 우리)의 사자의 패러디.

5) 서호鼠狐(묵스): (이솝우화) 여우 Mookse.

6) 선의善醫가 그걸 처방했도다. (The Good Doctor mulled it): 〈율리시스〉에 등장하는 의학도 멀리건의 인유.

7) 포통葡痛(gripins): (이솝우화) 포도 Gripes.

8) 고독의 벌레(solitary womb): 뱀, 독사의 암시. 사탄—셈.

9) 조의嘲意스의 나의 보석(my ghem of all jokes): James Joyce.

10) 눈(眼) 속에 질투를 불러일으키도록(to make you go green in the grazer): 〈오셀로〉 III. 3. 191—2의 패러디: 질투: 그것은 푸른 눈의 괴물이도다(jealousy. It is the green ey'd monster).

11) 하메트여(hammet): 햄릿—셈의 암시.

12) 황금의 침묵은 승낙을 의미함을 기억할지라(golden silence gives consent): (1)격언: 침묵은 황금이다(Silence is gold) (2)침묵은 승낙을 의미하다(Silence means consent) (3)〈율리시스〉, 밤의 환각에서 Zoe는 블룸에게 말한다: 침묵은 승낙을 의미해요(Silent means consent.)(U 409).

13) 예의악禮儀惡됨을 그만 두고, 부좀를 말히는 걸 배울지라!(Cease to be civil, learn to say nay!): 〈이사야〉 1: 16—17의 패러디: 악을 행하는 것을 그만 두고, 선을 행하는 것을 배울 지라!(Cease to do evil. learn to do well).

14) 열성가군君(Herr Studious): 입센의 별명.

15) 귀속의 가위 벌레(a wig in your ear). : (1)이어위커 (2)wig in your ear: 가십.

16) 캐드버리 전체가 온통 발광하고 말 테니(Cadbury would go crackers): Cadbury: 영국의 초콜릿 및 코코아 + Cad.

17) 흔들 거울 속에 네 얼굴을 보는고?(Do you see your dial in the rockingglass?): 〈율리시스〉 제1장에서 멀리건의 익살의 인유: (1)말라키를 위해 못생긴 하녀를(plainlooking servants for Malachi) (2)하녀의 깨진 거울(Cracked lookingglass of a servant)(U 6).

18) 가로등 쇼로부터 들었는지라. 그리고 그는 그걸 물라한테서 들었나니. 그리고 물(Had it from Lamppost Shawe. And he had it from the Mullah): Alfred Shaw, Johnny Mullagh: (1)지역 크리켓 경기자들 + Malacchy II, Mulligan, Bullocky (2)mullah: 모하메드교인.

19) 청색 제복의 학동學童(Bluecoat schooler): Blue Coat School: 더블린의 King's Hospital.

20) 경쾌한 양말 자者(Gay Socks): 〈율리시스〉에서 보일런은 하늘 색 푸른 양말을 신고 있다.

21) 유혹자의 아내(Potapheu's wife): Potiphar의 아내는 요셉을 유혹하고 그를 거짓 비난했다 〈창세기〉 39장 참조.

22) 란티 야인野人(Rantipoll): (미상)

23) 부수도사副修道士 타코리커스(pro—Brother Thacolicus): (미상)

24) 믿는 걸…희망한다면…자비無慈悲(faith…hope…charity): 〈고린도전서〉 13: 13의 패러디: faith, hope, charity(전출).

25) 수 세월을 통하여 닻을 흔들어도 좋은지라(rock anchor through the ages): 노래 가사에서: 세월의 바위(Rock of Ages).

26) 성체聖體가 나를 질식시켜도 좋을지니!(the host may choke me): 성체(Host)는 가상적으로 죄지은 자를 숨 막히게 할 수 있다.

27) 사골死骨을…산 자(the deathbone and the quick): 〈디모데 후서〉4: 1: 산자와 죽은 자(the quick & the dead).

28) 나의 실수, 그의 실수, 실수를 통한 왕연王緣!(My fault, his fault, a kiungship through a fault!): 〈리처드 3세〉 V. 4. 7: 의 패러디: 말, 말, 한 필 말을 위해서는 나의 왕국도(A horse, a horse, my kingdom for a horse).

29) 주께서 당신과 함께 하소서!(Domine vopiscus!): (L) vopiscus: 타인의 조숙한 죽음 뒤에 살아서 태어나는, 쌍둥이 중의 하나. 꿈과 비코의 환으로서 〈경야〉의 멋진 서술임.

30) 너를 낳은 자궁과 내가 때때로 빨았던 젖꼭지에(the womb that bore you and the paps I sometimes sucked): 〈누가복음〉 11: 27의 패러디: 당신을 밴 태와 당신을 먹인 젖꼭지에 복이 있나니(Blessed is the womb that bore thee & the paps that gave thee suck).

31) 알콜 중독증(jimjams): James Joyce.

(194)

1) 카스몬과 카베리(Cathmon—Carbery): Macperson 저의 Temora에서 대조적 형제.

2) 여청년汝青年의 나날이 내 것과 영혼성永混成하나니(the days of youyouth are evermixed mimine): Temora III. 262—3의 인유: 청춘의 나날은 나의 것과 혼성했도다(days of youth were mixed with mine).

3) 이제 혼자가 되는 종도終禱의 시간이(the compline hour of being alone): Temora II. 241의 인유: 핀갈은 홀로 되기 시작하도다(Fingal begins yo be alone).

4) 신의 정기精氣를 바람에 일취一吹 하기 전에(before we yield our spiritus to the wind): Temora III. 259의 인유: 그대들 영혼들은, 노래 없이, 결코 바람의 주거까지 오르지 못하리라(Never shall they[souls] rise, without song, to the dwelling of winds).

5) 기둥 위의 화병(the flowerpot on the pole): Chevy Eve(사냥 전야)에 William Conk(William 1세, 웰링턴)는 여우 사냥을 나섰는지라, 청년 시절부터 원시遠視인 그는 그 대신 침던(Humphrey 집게벌레 잡이 장대를 기둥 위의 화병(고기잡이 낚싯대)으로 오인한다. (31. 03)

6) 스페니얼 견犬 무리(the spaniel pack): 윌리엄 1세는 스패니얼 견을 데리고 사냥에 나선다. (30. 18)

7) 수압일水壓日의 재난(when's day's woe): (1)자장가의 패러디: 수요일의 아이는 우환이 가득하다(Wednesday's child full of woe) (2)수상학手相學(palmistry): 〈율리시스〉, 밤의 환각 장면에서 Zoe는 스티븐의 손금을 보며 목요일에 태어난 아이는 출세한다(Thursday's child has far to go)하고 그의 손금을 본다(U 458).

8) 천둥과 우뢰리언8)의 견성犬星의 전율에 의하여(by the tremours of Thundery and Ulerin's): (1) Temora II. 239의 인유: 오 전율이여! 소용돌이 바람의 높은 거처…천둥(O Tremor! High dweller of eddying winds…thunder) (2)Ulerin: Macpherson의 Temora에 나오는 별, 아일랜드의 길잡이로 불림 (3)dogstar(견성犬星): Sirius(천랑성).

9) 너는 홀로, 아름다운 무마無魔의 돌풍에(windblasted…beautiful and evil): Temora V. 289의 인유: 모든 그의 나무들은 바람의 돌풍에 고사되었다(all its trees are blasted with winds).

10) 고사枯死된 지식의 나무(blasted tree of knowledge): 〈창세기〉 2: 9: 선과 악의 지식의 나무(the tree of knowledge of good and evil).

11) 유성석流星石으로 의장衣裝된 채(clothed upon with the metuor): Temora III. 244의 인유: Trenmor, 유성으로 의장 된 채.

12) 비밀의 탄식의 침상寢床(the cubilibum of your secret sight): Temora III. 63의 인유: 비탄의 홀(the hall of her secret sigh).

13) 눈에 띄지 않은 채 부끄러워하는 자(Unseen blusher): 그레이(Thomas Grey) 작의 〈비가〉(Elegy)의 시구의 인유: 많은 꽃들이 태어나니, 눈에 띄지 않은 채 부끄러워하며(Full many flower is born to blush unseen).

14) 단지 사자死者의 목소리만(voice only of the dead): Temora VI. 305n의 인유: 사자의 경고의 목소리(the warning voice of the dead).

15) 아나 리비아, 예장대禮裝帶, 섬모纖毛, 삼각주(alpilla, belrilla, cilltilla, deltilla): ALP: alpha, beta, gamma, delta(그리스 알파벳 첫 4철자).

16) 펀체스타임 경마장(Punchestime): Kildare 군 소재의 경마장.

17) 40개의 스커트(foutiered skirts): Forty Bonnets의 익살: 골웨이(Galway)의 Tommy Healy 부인의 별명.

18) 술을 빚어 철야제를 행하는 법을 아나니(hows to mix a tipsy wake): tipsy cake: 와인이나 강주로 함박 담긴 케이크.

19) 바위들(rocks): 보석.

20) 전차표(tramtokens): tramstickets: 전차표(강물에 떠다니는).

21) 탤라드의 푸른 언덕(green hills): Talla호 근처의 지역.

22) 푸카 폭포(the phooks): 더블린 남서부의 리피 강상의 폴라포카 폭포(Poulaphuca)(U 449, 513, 590 참조).

23) 축도祝都 브레싱튼(Bessington): 위클로우(Wicklow) 군의 도회.

(195)

1) 살리노긴 역域(Sallynoggin): (1)더블린 남부 외곽 도시인 단 레어리(Dun Laoghaire)의 지역 (2)Sally Gap: 리피 강 유원流源 근처의 Wicklow 산맥의 십자로 명.

2) 그[셈]가 생명장生命杖을 치켜들자 벙어리는 말하도다(He lifts the lifewand and the dumb speak): 총체적으로 예술가의 창조 행위: 〈성서〉,의 인유: (1)〈이사야〉 35: 6: 그때에 벙어리의 혀가 노래하리니(Then shall…the tongue of the dumb sing) (2)〈누가복음〉 11: 14: 예수께서 한 벙어리 귀신을 쫓아내시니 귀신이 나가매 벙어리가 말하는지라…(when the devil was gone out, the dumb spake). (3)W. 루이스의 〈시간 및 서방인〉 의 글의 인유: 오늘의 물질주의자는 아직도 사물死物을 실물實物로 만들려는 욕망으로 강박 되어 있는 터라…고로 그는 물을 충분히 사물에 펌프질함으로써, 그것을 환생 시킨다(The materialist of today is still obsessed with the wish to make the dead matter real…So he brings it to life, by pumping it full of time.)(Lewis 170)

3) —꽉꽉꽉꽉꽉꽉꽉꽉꽉꽉꽉꽈!: (F) quio(kwa): what.

• I부 - 8장 •

여울목의 빨래하는 아낙네들 (pp.196-216)

(196)

1) 오(O): 오메가 및 제로(zero)는 〈경야〉의 주된 주제들 중의 하나로, HCE의 알파에 대한 오메가. O는 여기 클라이맥스가 되기 전에, 비(rain)(앞서 제7장의 말미에서 이미 예고한대로)와 Yes와 연관하여 FW 94. 22 및 FW 158. 23 에서 출현한다. 또한 그것은, 〈경야〉의 나머지 부분을 통하여, 조이스의 제로인(zeroine)과 그녀의 딸의 봉사에서 계속된다. 이는 〈율리시스〉의 제13장의 Gerty의 오르가즘의 절정에서 빈번히 나타나는 여성의 기호이기도하다.

2) 그가 악마원惡魔園에서 둘에게 하려던 짓을 그들 셋이 알아내려고 몹시 애를 썼지(they threed to make out he thried to two inthe Fiendish): HCE의 공원의 죄: 그가 두 소녀에게 저지르는 죄(신체의 노출)를 세 군인이 염탐한다.

3) 세계영혼수제(Animal Sendai): (1)(L) anima mundi(World soul): 〈세계의 영혼〉(자연을 통하여 모두 동일 유기체가 되는) (2)Sendal: 강 이름.

4) 호반 아래 갇혀 있었던고?(how long was he under loch and 네이?: (1)앞서 HCE의 Lough 네이 호반의 수중묘 사건의 암시 (2)Lough 네이(오늘날 나그네는 그것의 수정 같은 표면을 감탄하거니와) 아래에 한 도시가 놓여있는 것으로 상상되다.

5) 험프리 흉포왕凶暴王(the King fierceas Humphery): (1)Humphery Chimpden Earwicker (2) Charles Humpherys: 와일드의 변호사.

6) 밀주(illysus distill): Odysseus의 인유: (Outis: no man).

7) 시간이 경언耕言 할지라(toms will till): (1)속담의 패러디: 시간과 조류는 아무도 기다리지 않는다. (2) Time will tell (3)Wm Whewell은 최초의 영국 해조도(海潮圖)를 만들었다.

8) 당신이 춘도春跳하면 당신은 소조하기 마련(As you spring so shall you neap): 격언의 패러디: 춘경추확春耕秋穫.

(197)

1) 구치 판관判官은 우정당右正當하고 드럭해드 판관은 좌악左惡이였나니!(Reeve Gootch was right and Reeve Drughad was sinistrous!): 리피 강의 좌우 강둑의 비유.

2) 말구릉馬丘陵(howeth): 호우드 언덕.

3) 유명한 외국의 노공작老公爵(the famous eld duke alien): Deucalion: Ovid의 Noah와 대등.

4) 더리 풍風의 느린 말투하며 그의 코크 종種의 헛소리 그리고 그의 이중二重 더블린 풍風의 혀짤배기 그리고 그의 원해구遠海鷗 골웨이 풍風의(his derry's own drawl and his corksown blather and his doubling stutter and his gullaway): Derry…Cork…Dublin…Galwat: 이들은 아일랜드의 4주(province)를 대표함.

5) 거대巨大 휴지즈(H) 두頭케이펏(C) 조불결자早不潔者 얼리포울러(E)(Huges Caput Earlyfouler): Henry the Fowler의 왕. Fowler: 10세기독일 왕. Hugo Capet: 프랑크인들(골인을 정복하여 프랑 왕국을 세운): 비코의 순환론에서 돌아 온 신권시대를 의미함.

6) 캐티갯 해(the Kattekat): 덴마크와 북부 스웨덴 사이의 바다.

7) 뉴 한漢샤, 메리메이크의 콩토드(New Hunshire, Concord on the Merrimaker): 미국 뉴햄프셔의 도시 및 강 이름.

8) 아담 앤드 이브즈 성당(Adam and Eve's): (1)〈경야〉 첫 행 참조 (2)더블린 리피 강 좌안에 위치한 Adam & Eve's 성당.

9) 혼인예고婚姻豫告는…. 방행方行되지 않았거나 아니면 남녀가 단지 선장결연船長結緣 되었던고?(Was her banns never loosened…captain spliced?): (선장에 의해 결혼되는,) 결혼 예고는 결코 선포되지 않음.

10) 만일 그들이 재혼하지 않으면 어떤 수단을 써서라도!(if they don't remarry that hook and eye may!): 아일랜드 요정 이야기의 종말.

11) 스토크 및 펠리컨 보험사들(Stock & Pelican): 두 더블린의 보험회사들.

12) 가간家姦했을 때, 사브리나 해안(when he raped her home, Sabrine asthore): Sabine(옛 이탈리아 중부의 사람들) 여인들의 강간强姦.

13) 노인회관의 두풍원頭諷院(Old man's House): 더블린의 킬마인햄에 있는 Royal 병원.

14) 불치不治 병자 휴게소(Hispital for Incurables): 더블린의 도니브룩 가도의 병원.

15) 비틀거리는 곡도曲道를 지나(the quaggy waag for stumbling): 노래 가사: 더블린까지 바위 많은 길을(The Rocky Road to Dublin)의 패러디(〈율리시스〉, 〈네스토르〉 장 참조).

16) 이버니언의 오캐이대양大洋(Ivernian Ocean): 프톨레마이어(Ptolemy) 천동설 지도에 의한 아일랜드 해.

17) 육지의 아련한 토락土落(the loom of his landfall): 육지의 첫 나타남.

18) 두 마리 까욱까욱을 풀어놓았는지라(loosed two croakers): 노아는 마른 육지가 보이는지를 보기 위해 방주로부터 새들을 날려 보낸다. 〈창세기〉 참조

19) 페니키아 유랑자(Phenician rover): 페니키아(지금의 시리아 연안의 도시국가의) 선원으로, 여기서는 율리시스—HCE.

20) 피전하우스(비둘기 집)(pigeonhouse): 리피 강 하구의 남부 강변에 있는 지금의 발전소, 이는 스티븐의 의식을 촉매한다(U 34—35).

21) 자신의 낙타 타기 망토(cameleer's burnous): 아라비아인들 및 무어인들이 입던 두건 달린 외투.

22) 도망치는 배교선背敎船의 깐깐 이물과 함께 그는 승도乘道하고 그녀를 사지흉파砂地胸破했나니 도와줘요!(with his runagate bowmpriss he roads and borst her bar): 〈경야〉 I부 제1장 말미의 HCE의 도래의 암시: 그는(그)이(E)라 그리하여 무반대無反對로 에덴버러 성시城市에 야기된 애함성愛喊聲에 대해 궁시적窮時的으로 책무責務질지라.

(198)

1) 파이프를 불어대며 장단을 늦추고(your pipes and fall ahumming): 노래의 인류: 도란의 당나귀(Doran's Ass)에서: So he tuned his pipes & fell a—humming.

2) 시 바 강변을 그가, 여느 힘찬 왕 연어처럼(sheba sheath…lord solomon): (1)〈성서〉, 〈열왕기 상〉 10장의 내용: 시바 여왕 솔로몬을 방문하다 (2)Solomon은 강 이름이기도.

3) 우등대牛燈臺를 그들은 돌환突環하며, 파도의 활수연活水煙과 함께 도도濤倒하며(her bulls they were ruhring, surfed with spree): 더블린 만의 북 및 남쪽 Bull 등대는 바다의 활수연과 노도의 이름을 땀.

4) 보이야카 왕비(Boyarka): 옛 러시아의 귀족 왕비.

5) 보야나 만세!(Boyana buah!): Bojana: 강 이름.

6) 부식腐蝕 곰팡이 빵(staly bred): Bana: 아일랜드의 시적 별명.

7) 그 사내의 이물(뱃머리)의 이 젖은 곳에(In this wet of his prow…): 〈창세기〉 3: 19의 성구에서: 이마에 땀 흘려…빵을…(in the sweat of brow…bread).

8) 해수海水의 유아幼兒(Wasserbourne the waterbaby): Charles Kingsley 작 〈해수의 아이들〉(The Water Babies) 이란 제목의 익살.

9) H. C. E. 는 대구어안大口魚眼을 지녔도다(a codfisck ee): 〈율리시스〉에서 블룸의 별명으로, 대구(cod)는 얼간이란 속어이기도.

10) 범죄추장犯罪酋長(erring cheef): John Morley(1838—1923)(영국의 작가, 정치가, 글래드스턴 치하의 아일랜드 국가 서기)는 파넬을 애란의 과오의 추장(Ireland's erring chief이라 불렀다.)

11) 무식초보자識初步者(antibecedarian): 더블린의 초보자 협회(Abecedarian Society).

12) 염동작용念動作用(telekinesis): 염력念力(정신력으로 물건을 움직이는 힘). 접신론자 Blavatsky는 티베트

에서 염력에 의하여 그녀의 Mahatma 서한書翰이 전송되었다. 블라밧스키(Blavatsky)(세기의 전환기에 젊은 심미론자들의 우상의 대상, 그들의 신비적 비교론): 〈율리시스〉 제9장(U 152참조).

13) 궁남弓男도 산탄포수散彈捕手도 불출不出이라(neither bowman nor shot abroad): 1575년의 〈더블린 연대기〉(Dublin Annals)에 의하면, 당시 폭풍이 너무나 사나웠기 때문에 궁남도 산탄포수도 해외에 나갈 수 없음을 기록함.

14) 그래프턴 방축 길의 거인의 동굴과 펑글러스의 무덤(giant's holes in Grafton's causeway…Funglus grave): 더블린의 Grafton 가와 더블린 지역의 핀글라스(Finglas): 깨끗한 실개천이란 뜻.

15) 자신의 수척한 얼굴모습(his ruful continence): Don Quixote의 별칭: 수안의 기사(Knight of Rueful Countenance)(U 158).

16) 자신의 아견직兒絹織 스카프의 까다로운 퀴즈를 질문하며 자신의 장례식을 재촉하기 위하여(Usking quizzers…his vhildlinen scarf): 린넨(견모직)(linen) 제조를 격려하기 위하여 장례식에 매는 린넨 스카프.(1729년 〈더블린 연대기〉).

(199)

1) 모르몬(mormon): (1)morning times(조간신문) (2)모르몬교도. The Book of Mormon: 모르몬교의 성전.

2) 뛰었다. 넘었다(hop, step). : hop, stemp and jump: 세단뛰기(triple jump).

3) 안면安眠의 잠자리에 깊이 묻힌 채(deepend): deep end: 바다의 매장.

4) 새들이 그의 악어 이빨 사이를 쪼고 있었나니(the snipes of the gutter pecking his cross): 새들에 의해 청소되는 악어의 이빨.

5) 그가 부당 감금되어 몽환夢幻을 꿈꾸었는지(how he durmed adranse in durance vaal): 노래 가사의 패러디: 나는 대리석 홀에 살기를 꿈꾸었네(I Dreamt I Dwelt in Marble Hall). 〈더블린 사람들〉, 〈진흙〉 말 참조.

6) 벤다반다(Wendawanda): (1)스와힐리어(Swahili) (2)손가락 넓이 (3)Wende: 강 이름.

7) 라플란드 단하端夏(Lapsummer): Lapland(유럽 최 북부 지역)는 여름이 짧다.

8) 사랑하는 연인 댄(dear dubber Dan): (1)Dan: (남자 이름) Daniel의 애칭 (2)Dan: 강 이름 (3)사랑하는 불결한 더블린(Dear Dirty Dublin)의 인유.

9) 모카 커피(mocha): 아라비아 원산의 커피.

10) 마음을 숙였나니(The Heart Bowed Down): Balfe: Michael Balfe: (1808—70)의 노래. 작곡가로, 〈보헤미아 아가씨〉(The Bohemian Girls), 〈캐스털의 장미〉(The Rose of Castille)등, 조이스 작품들 전역에 출몰한다.

11) 맬로우의 방탕아들(The Rakes of Mallow): 노래 가사의 인유: 멜로우의 방탕자(The Rakes of Mallow).

12) 첼리 마이클의 비방은 일진풍一塵風(Chelli Michele's La Calumnia un Vericelli): Michael Kelly(더블린의 작곡가 및 테너)의 노래.

13) 올드 조 로비드슨: 발프(Balfe) 작의 노래.

14) 압착기(mang러 weight): 빨래 기구.

15) 안노나(Annona): 로마의 곡물—여신.

(200)

1) 두 추기경…가련한 컬런 존사尊師…맥케이브 존사(two cardinal's and…Cullen and MacCabe): 더블린의 두 추기경들인 Paul Cullen 및 Edward MacCabe의 암시.

2) 마치 물오리(glucks)처럼 또는 로미오레쯔크(Romeoreszk)에게 노래하는 마담 델바(Delba): (1)Alma Gluck: 소프라노 (2)Gluck: 작곡가 (3)Nellie Melba: 소프라노, 그는 Jean de Reszke의 로미오 상대의 줄리엣 역役이었다.

3) 포비, 여보(Ohoebe, dearest): 노래 가사의 인유.

4) 호도湖島(Soay): 헤부리디스(Hebrides): 스코틀랜드 북서쪽의 열도.

5) 높은 지옥스커트가 귀부인들의 자계연인雌鷄煙人 백합 걸친 돼지 몸짓을 보았도다: 덴마크어: Jeg elsker saaledes hine smukke lille unge oiger: (I so love those beautiful little young girls)의 패러디.

6) 보더 아저씨(Oom Bothar): Louis 'Oom' Botha: 보어 전쟁의 장군.

7) 각기병脚氣病 환자(beri—beri): 불량 영양 섭취로부터 오는 각기병.

8) 각성제가 나의 판단이듯!(As chalk is my judge!): 유행어: 진리가 나의 판단이듯(as truth is my judge).

9) 건초 길(Pilend road): (1)18세기 더블린의 남부 부두 벽의 끝 (2)Mile End Road: 런던.

10) 불결한 배출구(sullyport): (1)출격하는 군대를 위해 마련된 요새지의 입구 (2)취리히의 중앙 우체국(G. P . O)

11) 한 처녀가 한 남자를 대하는 온갖 방법(all the way of a maid with a man): 〈잠언〉(30:19) 공중에 날라 다니는 독수리의 자취와 반석 위로 기어 다니는 뱀의 자취와 바다를 지나가는 배의 자취와 남자가 여자와 함께 자취며(the way of an eagle in the sky, the way of a snake on a rock, the way of a ship on the high seas, the way of a man with a maiden.)의 글귀의 인유.

12) 축다祝多의 섹스를 원하든 상관없이 당신이 바라는 내밀의…계집에게(To inny captured wench you wish of no matter what sex of pleissful): (1)〈창세기〉 38: 24: 의 글귀의 패러디: 네 며느리 다말이 행음行淫하였고 그 행음함을 인하여 잉태하였나니라…(Tamar falsely accused of prostitution) (2)2실링 3페니면 족하리라!(two adda tammar)

13) 데니스 플로렌스 맥카시의 아래 속옷(Denis Florence MacCarthy's combies): Denis Florence MacCarthy(아일랜드의 시인)(1817—1882)는 〈아내의 섬광〉(Underglimpses)이란 책을 썼다.

14) 옥소족沃素足: iodine feet.

15) 안달 죽을 지경이라(I'm dying down): 주로 속옷에 관한 잡담(gossip)의 이러한 반복되는 중단은 시적 구조의 중요성으로, 빨래의 주제를 독자 앞에 제시한다.

(201)

1) 5월의 벌꿀(maymoon's honey): 노래의 패러디: 5월의 초승달(The Young May Moon).

2) 말고기 수프도(horsebrose): 오토 밀에다 데운 물을 부어서 만든 것.

3) 톨카 강江 바닥의 진흙(the slobs della Tolka): 더블린 동북부의 톨카 강구 근처의 Fairview(佳景)의 진흙 땅(지금은 공원).

4) 개암나무 부화장(the hazelhatchery part): 더블린 군(그랜드 운하 상의) 도토都土.

5) 크론달킨 마을(Clondalkin): 더블린 주의 마을 명.

6) 선천鮮川(the freshet): 바다로 흘러 들어가는 신선한 물의 흐름.

7) 약어아若魚兒들(aleveen): 그녀의 아이들은 모두 111명. 텍스트의 aleveen이란 단어는, 특히 새로 부화한 연어인 어린 물고기를 의미함. 〈경야〉를 통틀어 연어(salmon)에 대한 강한 유희는 아일랜드의 신화와 민속에 있어서 연어의 중요성과 일치한다.

8) 누가 말하듯(Some say): Maxwell Henry Close는 아일랜드, 특히 더블린의 빙하 지리에 관해 말함.

9) 111(a hundred eleven): 아나의 아이들의 111명의 숫자는, 러시아의 어떤 바다 노인이 지닌 11명 아이들의 속성에서 그의 유례를 발견함.

10) 컨드(Kund)…이욜프(Eyolf) 야콥 이야(Yakov Yea): K…E…Y…: (성서) 아벨(아담의 둘째 아들): 눈동다.

11) 맙소사!(lorelei): Lorelei: 라인 강의 사이렌(물 요정).

(202)

1) 쌍능직雙綾織 및 삼전음參顫音, 여사餘四 및 탈품육奪品六 북칠北七 그리고 남팔南八 그리고 원숭이 놈들 그리고 새끼들까지 구九 할아비를 닮은 방심장이: (twills and trills, sparefours and spoilfives, nordsihkes and sudsevers and aves and neins to a litter): 1. 2. 3. 4. 5. 6. 7. 8. 9.: farthing nap: 일종의 카드 게임.

2) 폰테—인—몬테에서 타이딩타운까지(Fonte—Monte to Tidingtown): Fonte: 강 이름. 테딩즈 강은 Teddintown 마을까지 조수로 찬다. fonte in monte(It): 산 위의 샘(尙泉).

3) 최초의 폭발 자는 하수何誰?(Waiwhou was the first thurever burst?): 콜리지(Coleridge) 작의 시 〈노수부〉(The Ancient Mariner) 105.6 구절의 인유: 우리들은 말없는 바다로 여태껏 뛰어든 최초의 폭발 자였지(We were the first ever burst into that silent sea).

4) 땜장이, 양복쟁이, 군인, 수병, 파이 행상인 피스 아니면 순경(Tinker, tilar, soldrer, salor, Pieman Peace or Polistaman): 자장가의 가사에서: (Tinker, tailor, soldier, rich man, poor man, beggar man, thief).

5) 그게 그래탄 아니면 프라드(대홍수) 다음의, 수저년水底年이던고(Was it waterlows year, after Grattan or Flood): Waterlow: 영국 화가. low water(하수). Waterloo 전쟁. Henry Grattan & Henry Flood: 아일랜드의 정치가들.

6) 처녀들이 궁형弓型을 이루고(maids were in Arc): (1)잔 다르크(Joan of Arc)(1412—1431) (2)무지개 소녀들(rainbow girls)

7) 무국無國에서 온 무인간無人間이 무無를 발견했듯이 의혹이 솟는 곳을 신앙이 발견할지라(Fidaris will find where the Doubt arises like Nieman from Nirgends found the Nihil): (희망 봉 부근에 출몰한다는 〈유령선〉(Flying Dutchman)의 선장에 관한 글귀: Nirgends ein Grab! Niemals der Tod!

8) 그 보남寶男의 주먹마디를 풀지라(Untie the gemman's fistiknots): 신부新婦들에 의해 만들어진 신랑의 밤 잠옷에 달린 얽힌 매듭.

9) 퀴빅 그리고 뉴앙세!(Albert Nyanza & Victoria Nyanza): 나일 강의 두 서쪽 저수지 명.

10) 라인스터의 제왕帝王(a dynast ofleinster): Diarmaid MacMuchadha: Leinter의 왕(바다의 용사란 뜻) McMorogh: 라인스터 제왕(〈더블린 연대기〉 1431 참조).

11) 쿠라남(Curraghman): 킬데어 주의 Curragh: 경마 코스.

12) 살해하는 킬데어의 강둑(killing Kildares): Kildare 주 산産 여우 사냥개(foxhound).

13) 오 행복한 과오여!(O happy fault!): felix culpa!: 〈경야〉의 주제어 중의 하나.

(203)

1) 애란의 정원이라 할 위켄로우 군(county Wickenlow, garden of Erin): Wicklow 군의 그랜달로우에 있는 수려한 경치의 현장은 아일랜드의 정원으로 알려지고, 성 Kevin의 은거소와 성당이 있음(605 참조)(지금의 관광지).

2) 킬브리드 교橋(Killbride Br): 위클로우 군 Brittas 강의 다리 명.

3) 호수패스 다리(Horsepass Br): 더블린 북방 리피 강 중간에 위치한 폴라포카(Poulaphouca) 폭포 근처의 다리(〈율리시스〉, 〈키르케〉 장 참조).

4) 그녀의 유적流蹟을 어지럽히며 내륙의 곡물 낭비자가 그녀의 궤도(windstroming her traces and the midland's grainwaster asarch for her tarck): 아일랜드 철도국들인, Great Southern 및 Western Railway Co. 및 Midland Great Western Railway of Ireland Company 등은 리피 강 가까이 도처에 달리는 기차선로를 갖고 있다.

5) 하호何好 하악何惡을 위해, 실 짜고 맷돌 갈고, 마루 걸레질하고 맥타작麥打作하고(robecca or worse, to spin and to grind, to swab and to thrash): 결혼 의식의 패러디: 좋을 때나 나쁜 때나, 부자일 때나 가난할 때나….(To have & to hold…for better, for worse, for richer , for poorer).

6) 험프리의 울타리둘러친마을의 보리밭(Barley—fields…Humphreytown): Barley—fields: 더블린의 Rotunda(지금의 〈기억의 전당〉(Garden of Remembrance) 자리. Humphreytown Bridge: 폴라포카 폭포 근처의 다리.

7) 황금생천黃金生川(golden lifey): 리피 강.

8) 웰링턴선의마善意馬(welolingtonorseher):1) 웰링턴강 + 더블린의 웰링턴 부두 + 경마 쇼 장.

9) 토지연맹수확자(landleaper): Land—leaguer(19세기 아일랜드의 토지 연맹 자).

10) 뭐라? 이조드?(Wasut? Izod?: 바거나 작 오페라의 트리스탄이 노래하는 첫 가사들: Was ist? Isolde?

11) 블룸 산(Slieve 블룸): 아일랜드의 산 이름(노아 강은 거기서 발원한다). 〈율리시스〉에서 블룸의 독백에 나오는 산 이름이기도(제4장 참조).

12) 컬린 호와 콘 호(Lough Cullen & Lough Conn): 양 호수는 함께 흐른다.

13) 넵투누스가 노櫓를 젓고(Neptune sculled): Neptune: 보트 클럽(더블린).

14) 트리톤빌(Trotinville): 더블린의 도로 이름.

15) 레안드로스(leandros): Leander 보트 클럽(런던)의 암시.

16) 아니야, 결코 아니, 전혀, 천만에!(Neya, narev, nen, nonni, nos!): 경마 속요의 패러디.

17) 러글로우의 어두운 협곡을 아는고? 글쎄, 거기 한 때 한 지방 은둔자가 살았나니, 마이클 아클로우(You know the dinkel dale of Luggelaw? Well, there once dwelt a local heremite, Michel Arklow): 성 Kevin은 그랜달로우에 은거하기 이전에 Luggalaw(Luggala)에 은둔했다(두 곳 모두 Catherine 여인에 유혹되어). 우리는 이제 리피 강을 거슬러 Wicklow의 언덕의 샘으로 나아가고 있다. 이 찬란하고, 숲과 물 많은 위클로우 촌락은 성 Kevin의 은거소로서 축복 받는 곳(605 참조).

18) 여수령女水靈 낸스(Nance the Nixie): (1)여 수령(nixie): 물의 여 정령 (2)Nance Creek(여울 명).

19) 고정부高情婦 나논(L'Escaut): 17세기 프랑스의 고급 매춘부.

20) 붉은 습야濕野(red bog): 아일랜드의 헤더(heather) 황야. 일명 헤더(heath)는 아일랜드 전토에 산재한다(특히, 블룸과 몰리가 그 아래에서 과거 첫 정을 나누던 호우드 언덕)(U 144 참조).

21) 보우크로즈 계곡 샘(Vale Vaucluse's lucylac): (1)노래 가사의 인유: 우울한 호안湖岸의 저 호수 가에(By That lake, Whose Gloomy Shore)(그랜달로우에 관하여) (2)Vaucluse 강.

22) 아프로디테 미여신美女神(Afrothdizzying galbs): 최음적(aphrodisiac) 여신의 암시.

23) 오렌지…에나멜 색…보라색…남색(orranged…enamelled…indergoading…violetian): 무지개 색깔들.

24) 희랍주酒(Mavro!): Mavrodaphne: 그리스 와인.

25) 레티 럴크의 경소輕笑가 저 월계수를 방금 그녀의 다브다브 천요녀川妖女 위에 던지나니(letty lerck's lafing light throw those laurals now on her daphdaph): (1)Francesco Petrarch(이탈리아 시인)은 그의 연인 Laura를 위해 소네트를 썼다 (2)Daphne: 월계수로 변신한, 강의 요정(님프).

26) 요들가歌를 록(岩)창唱하자(teasesong petrock): 성 Patrick(콘월의 수호성자).

27) 1천 1(1001): 〈1천 1야, 아라비안나이트의 향연〉의 암시.

28) 심 바(Simba): (1)수부 신베드(Sinbad the Sailor)(U 607) (2)Siva the Slayer: 힌두교의 파괴 여신.

29) 아나—나—포규(아나—na—Poghue): 디온 보우시콜트(아일랜드의 극작가) 작의 희곡 〈키스의 아라〉(Arrah—na—Pogue)의 인유(〈경야〉에 수없이 언급된다).

30) 안돼, 안돼, 절대로(niver to, nevar): Niver, Neva 두 강들의 암시.

(204)

1) 바삭 바삭 목이 타는 동안 그녀는 숨이 끊기듯 했지…그녀는 자신의 추진동推振動으로 2피트만큼 몸이 솟았던 거야(While you'd parse secheressa she hielt her souff. But she ruz two feet hire in her aisne aestumation): (1)더블린의 리피 강은 한 때 2분 동안 완전히 고갈되었다. (1452〈더블린 연대기〉) (2)여기그녀는 ALP(리피 강의 변신) (3)Marie Corelli(Marie Mackay)(1855—1924) 작 〈사탄의 슬픔〉(The Sorrow of Satan)(도처)의 무대극에서 사탄 역인, 목이 타서 죽는 Lewis Waller의 애인 Sacharissa.

2) 러그나킬리아 산정(Lugnaquillia): Lugnaquillia: Wicklow 산의 최고봉.

3) 고귀한 픽트 족族(noblesse picts): Picts 사람들: 옛날 스코틀랜드의 북동부에 살던 민족.

4) 선술집의 선복船腹 부푼 유람선(a bulgic porthouse barge): 리피 강상을 순항하던 옛 기네스 맥주 스팀 운반선.

5) 아가, 오리, 전혀 준비도 갖추지 못한 채(leada, laida, unraidy): 자장가의 변형: 메리 매리, 전혀 반대야(Mary, Mary, Quite Contrary).

6) 옛 킵퓨어 산山 언덕의 중턱에서(on the spur of the hill in old Kippure): Kippure 산 가까이, 리피 강의 상류.

7) 악마 계곡의 틈 바퀴(a gap in the Devil's glen): 1)위크로우 군 Vartry 강상의 계곡, 〈키스의 아라〉(arrah—na—Pogue)의 제2막의 배경이기도 2)샐리 틈(Sally Gap): 리피 강의 원류 근처 소재.

8) 검정 연못(black pool): 더블린의 옛 이름.

9) 천진자유天眞自由롭게(innocefree): Inishfree: Sligo 군의 섬으로, 예이츠의 유명한 시 〈이니스프리 호도〉(The Lake Isle of Innishfree)의 배경.

10) 마르셀식式 물결 웨이브(marcel러waved): marcel wave: curling iron으로 머리카락에 만들어진 부드러운 물결(웨이브).

11) 프로리 보트의(in their florry): flory—boat: 기선으로부터 승객들을 본선에서 옮겨 운반하는 보트.

12) 베로니카의 걸레 묻은 기름기 일만 하게 하고(to do the greasy jub on old Veronica's wipers): 성 Veronica는 〈경야〉 십자가의 제6정거장(6th station of Cross)에서 예수의 얼굴을 훔친다.

13) 알란(Arran): (1)Aaron: (성서) 아론(모세의 형, 유태교 최초의 제사장) (2)더블린의 Aran 부두.

14) 오드 콜로(eau de Colo): (F) 퀼른 원산의 화장수(eau de Cologne).

15) 매그러스 부인(Mrs. Magrath): (1)전쟁에서 다리를 잃은 아들의 어머니에 관한 노래의 제목. (2)부랑아 캐드의 부인, 아나는 그녀를 특별히 싫어한다.

16) 신부님, 저를 세례 시켜 줘요(Baptiste me, father): (가톨릭) 고해실로 들어갈 때: 저를 축복하소서, 신부님, 왜냐하면 저는 죄를 지었기에(Bless me, Father, for I have sinned)란 구절의 패러디.

(205)

1) 이 다음에 내가 갖지 않은 것[불알]에 물어 봐요!(Ask me next what I haven't got!: 〈율리시스〉 제15장의 Zoe의 Lynch와의 희롱의 말 참조. (U 457)

2) 벨비디어의 우로출생優露出生 놈들(The Belveddrean exhibitioners): 더블린의 Belvedere College에서 장학금 시험에서 우등한 학생들.

3) 뭐라고, 모두들 떼를 지어!(What hoo, they band!): 노래의 패러디: 뭐라고, 그녀는 부딪치다!(What Ho, She Bumps!).

4) 로라 코운(Laura Keown's): (1)여기 앞서 Magrath 부인 등은 모두 ALP의 변형된 화신으로 나타난다 (2)Laura Keene: 링컨이 암살당할 때 보았다는 유성流星 이름.

5) 그녀가 입은 속옷의 다리를 누가 찢고 있었단 말인고? 그건 어느 다리인고? 그의 종鐘 달린 쪽(who has been tearing theleg of her drawars on her? Whichleg is it? The one with the bells on it): 격언의 글귀 패러디: 나의 다른 다리를 당겨요, 잘 차려입은 것(pull my other leg, the one with the bells on it).

6) 자비 수도회의 토일—월—주보週報(the Mericy Cordial Mendicant's Sitterdag—Zindeh—Munaday Wakeschrift): (1)Mater Misericordiae 병원(더블린의) + 탁발 수도회(Mendicity Institution)(더블린, Usher's Island 소재) (2)(G) Wockenschrift : 주간 잡지.

7) 로즈 앤 보틀(장미와 술병) 또는 피닉스 선술집 또는 파우어즈 여관 또는 주드 호텔: (the Rose and Bottle or Phoenix Tavern…) The Rose & Bottle(더블린의 중심가인, 대임 가), Phoenix Tavern(워버라 가), Jude's Hotel, Power's(부스터타운): the Quzel Galley Society(화랑 협회)가 자주 회동했던 4주점들.

8) 내니워터에서 바아트리빌까지 또는 포터(港) 라틴에서 라틴가까지(from Nannywater to Vartryville or from Porta Lateen to the lootin quarter): (1)Nanny Water강(더블린 해군 재판소의 북쪽 가장자리 소재) (2)Vartry 강(Wicklow에서 발원하는) Ports Latina: 로마 거리. Latin Quarter: 파리의 라틴 가(센 강 좌안): 〈율리시스〉 제3장에서 스티븐은 파리 유학 당시의 그곳을 회상한다(my Latin quarter hat).

9) 쾌걸 터고 극劇서 로이스 역(the role of a royss in his turgos the turrible): 〈쾌걸 토코〉(Turko the Terrible)(더블린의 게이어티 극장에서 첫 공연된 크리스마스 팬터마임)에 나오는 쾌남아 주인공 E. W. Royce의 암시(U 9 참조).

10) 파티마(Fatima): 마호메트의 딸.

11) 이건 온통 포장하고 돌을 간 하우스만(This is the Hausman all paven and stoned): (1)남작 Hausmann은 파리를 재건했다 (2)자장가의 패러디: 잭이 세운 집(The House That Jack Built).

(206)

1) 대법원(areopage): Aregpagus: 아테네의 최고 대법원.

2) 엄마(Ma): (1)Mauldre: 강 이름 (2)Cappadocian의 전쟁 여신 (3)홍자洪者 횡濕(Hing the Hong): 중국 명.

3) 십자가 막대기에 맹세했도다. (swore on croststyx nyne): (1)Crosstick Alley: 옛 더블린의 골목 이름 (2)신들은 Styx 강가에서 맹세했다.

4) 임신가姙娠可의 동정녀 마리아 양讓!(Vulnerable Virgin's Mary del Dame!): 성 마리아 델 담(del Dam) 성당(현재 더블린의 Werburgh 가 근처의 장소).

5) 파하하波河河 우雨히히히 우하하雨河河 파波히히!(Minneha, minnehi minaache, minneho!): (1) Minnehaha: 미국 시인 Longfellow의 시들 속의 Hiawatha, 소녀 이름 (2)소천笑川(laughing water)이란 뜻.

6) 어스레한 더글다글의 먼 계곡 가글가글에서 울려오는 개골개골 물소리처럼, 꽈르르꽈르르 소리(it gurgle gurgle, like the farest gargle gargle in the dusky…dargle): Longfellow의 〈하이아와타〉(Hiawatha) 시의 음률.

7) 말하다트 마을의 신성한 샘泉(Mulhuddart): Mulhuddart: (1)더블린 동북부 외곽 Tolka 강 근처의 마을 (2)BVM(Blessed Virgin Mary)의 탄생축일에 자주 가는 우물 이름.

8) 틸리와 킬리(Tirry and Killy's): (1)Tirry: 강 이름 (2)Terry Kelly: 더블린의 전당포 명.

9) 그대의 뱃머리 쪽으로 몸을 굽힐지라(bend to your bow): 유행어: 나는 그의 이마의 인내력을 갖다(I have the bent of his bow): 나는 그를 이해하다란 말의 인유.

10) 귀여운 배腹(little Mary): (1)속어: 배(腹)(tummy) (2)더블린의 Little Mary 가.

(207)

1) 그녀는 자신의 머리칼을 위하여 화환을 엮었나니(she wove a garland for her hair): Keats의 시 패러디: 〈무정한 여인〉(La Belle Dame sans Merci): 나는 그녀의 머리를 위해 화환을 만들었다네(I made a garland for her head).

2) 목초牧草와 하상화河上花, 지초芝草와 수란水蘭을 가지고…(Of meadowgrass and riverflags, the bulrush and waterweed).: (1)빨래하는 여인의 아나에 대한 서술 (2)호머의 〈일리어드〉(Iliad)(XIV권)에서 Juno가 Zeus를 매혹하는 장면을 연상 시킨다: 신찬神饌을 가지고 그녀는 자신의 매력적인 몸에서 모든 오물을 청소하고, 올리브유로 몸을 성유하고…그녀의 손으로 자신의 빤짝이는 머리타래를 땋고…1백개의 장식 술로 치장된 띠를 두르고…그녀의 양 귀에 이어링을 달고…온통 면사를 가지고 저 무쌍의 여신은 스스로를 감추었나니…(With ambrosia first did she cleanse every stain from her winsome body, & anointed her with olive oil…& with her hands plaited her shinning tresses…& she girdled it with a girdle arrayed in a hundred tassels, & she set earrings in her pierced ears…& with a veil all the peerless goddess veiled herself).

3) 아너쉬카 러테티아비취 퍼플로 바(Annushka Lutetiavitch Pufflovah): (1)(I) ean—uisce: 소지沼池의 물 (2)(L) luteus: 진흙의 (3)(F) boudoir: 무녀.

4) 실리지아 그랜드와 키어쉬 리얼을(Ciliegia Grande and Kirschie Real): (1)(It) ciliegia grands: big Cherry. (G) Kirsche: cherry (2)Grand Canal 및 Royal Canal: 더블린 시 외곽을 감싼 양대 운하.

5) 만령절야萬靈節夜(the night of Allclose): Allhallows Eve. (가톨릭)만성절(All Saints Day. All hallows): 모두 성인聖人의 날 전야(10월 31의 밤).

6) 추물醜物 이글루 에스키모 가문家門(hoogly igloo): Hooghly: 강 이름. Iglau: 강 이름.

7) 두개의 영대永代 사이(between two ages): ALP는 세대들의 연결인 셈이다. 그녀의 우주적 양상에서 그녀는 영겁(aeons)간의 연결의 모습을 띤다.

(208)

1) 그녀가 크게 살면 살수록 한층 교활하게 자라니까(the bicker she lives the slicker she grows): 오래 살수록 보다 짧게 자란다. (The longer it lives the shorter it grows)(양초의 경우처럼)의 격언의 패러디.

2) 램베이 턱(Lambay chop): 더블린의 북동부에 위치한 램베이(Lambay) 섬처럼 생긴 턱.

3) 리비암(사랑) 리들이(적게) 러브미(사랑) 롱이(길게)(Liviam Liddle did Loveme Long): 노래 가사의 변형: 나를 작게 사랑해요. 나를 오래 사랑해요(Love me Little, Love me Long).

4) 사탕 꼴 산모山帽(슈가롭(a sugarloaf): 슈가롭 산: Wicklow 군의 모자 모양의 산 이름(더블린 시내에서 볼 수 있는 제일 높은 산)(〈율리시스〉 제8장 참조).

5) 50아일랜드 마일(ffiffty odd Irish miles): 2240야드.

6) 그리고 그들은 그녀를 자비 여왕으로 왕관 씌웠는지라, 모든 딸들이. 오월 강五月江의?(And they crowned her their chariton queen, all the maids. Of the may): (1)Teck의 공주 May는 Clarence & Avondale의 백작인, Albert Victor 왕자와 결혼했다. 그가 사망하자, 그녀는 York의 공작과 재혼했다 (2)Queen 강 이름. 오월의 여왕(Queen of the May): 〈실내악〉(Chamber Music) IX절의 시구의 패러디: 오월의 바람(Winds of May).

(209)

1) 북부 나태자懶怠者(노스 레이저즈)(North Lazer's Waal): Lazy Hill: 리피 강구의 북쪽 부두 벽의 의인화.

2) 주카 요크 주점(Juka Yoick's): (1)더블린 소재의 주점 (2)요크의 공작(Duke of York).

3) 아본데일(Avondale): 파넬의 출생지.

4) 물고기인고 클라렌스의 독毒인고(Avondale's fish and Clarence's Poison): (1)격언의 패러디: 한 사람의 고기는 다른 이의 독(one man's meat is another man's poison) (2)Clarence: 강 이름.

5) 마스터 베이츠(Master Bates): (1)Gulliver의 선생 (2)수음(masturbates)의 익살 (3)Bates: 희랍의 강 이름.

6) 바로 전쟁 전(Fore the battle): 노래 가사의 패러디: 바로 전쟁 전, 엄마(Just before the Battle, Mother).

7) 무도회 후?(efter the ball): 노래 가사의 패러디: 무도회 후(After the Ball).

8) 이소라벨라(Isolabella): Maggiore 호수의 섬 이름.

9) 로마즈와 레임즈(Romas and Reims): Romulus and Remus: 암 늑대의 젖을 먹고 자란 쌍둥이, 그들은 로마를 함께 건립하기 시작했다. 그러자 Romulus는 Remus를 죽이고, 혼자 로마를 건립하고, 최초의 왕이 되었다.

10) 불결한 한(Dirty Hans): (1)Hans: 중국의 한족漢族 (2)존(John) 또는 우체 배달부 숀: 비평가 Fritz Senn은 이를 취리히의 Corso 극장의 지배인인 Hans Curjel이라 주장하는데, 그자의 딸 Lucia는 나중에 그림을 그린다(308).

11) 전당포에서 나와 불길 속으로(Out of the paunschaup on to the pyre): 격언의 패러디: 프라이팬에서 나와 (연옥의) 불길 속으로(Out of the frying pan into the fire).

12) 스마일리 아원아兒園兒들(Smyly boys): 더블린 남부 촌락 단 레어리(Dun Laoghaire)에 있는 소년원 명칭.

(210)

1) 추미(chummy): 〈율리시스〉에서 탕녀들(whores)과 함께 영국군인들을 의미 한다(U 524 참조).

2) 팬더(Pender): 더블린의 식료품 상.

3) 가엾은 삐코리나 페티트 맥파레인(poor Piccolina Petite MacFalaner): (1)Glasheen 교수 설: Santine의 소설〈피시오라〉(Picciola)(1836)와 관계하는 듯, 여기에서 한 죄수가 아름다운 꿈의 소녀로 바뀌는 가엾은 작은 꽃을 돌봄으로써, 그의 이성을 찾는다. (Glasheen 178) (2)Phaethon: Helios의 아들로, 그는 자신의 부친의 마차를 지구 너무 가까이 몰아, 제우스신으로부터의 번개에 맞아 죽는다.

4) 이사벨, 제제벨과 르웰린 무마리지(Isabel, Jezebel, and Llewelyn Mmarriage): (1)이사벨: 이시, Isolde, Elizabeth (2)Jezebel: 〈열왕기 상〉 16절에 나오는 Ahab의 아내 (3)Mmarriage: ?

5) 바늘과 핀과 담요와 정강이(needles and pins and blankets and shins): 노래 가사의 패러디: 바늘과 핀, 담요와 정강이, 남자가 장가가면 슬픔이 시작 되네(Needles & pins, blankets & shins, when a man is married his sorrow begins.

6) 조니 워커 빽(Johnny Walker Beg): 더블린의 주류상의 이름 인 듯?

7) 케비닌 오디아(Kevineen O'Dea): 7년간 홀로 그랜달로우에서 생활한 은둔자 성 케빈(Kevin)의 별칭.

8) 테커팀 톰비그비(Tombigbee): 강 이름.

9) 골목대장 헤이즈(Bully Hayes): 미국의 해적.

10) 하티건(Hartigan): 아마도 미국의 코미디언 및 노래 작사가인 듯.

11) 스키비린(Skibbereen): Cork 군의 마을 이름.

12) 래리 두린을 위한 유람 마차 한 대(a jaunting car for Larry Doolin): 노래의 가사에서: 아일랜드의 이

륜마차(그것은 래리 두린의 소유인지라(The Irish Jaunting Car(it belongs to Larry Doolin).

13) G. V. 부르크(Brooke): 익사한 더블린의 배우.

14) 앤 모티어(Anne Mor팀er): 리처드 3세의 조모 이름.

15) 물에 빠진 인형 한 개(a drowned doll): Pliny the Elder(〈자연의 역사〉〔Natulalis Historia〕의 저자)는 익사한 여인들이 얼굴을 아래로 하고 물 위에 떠있다고 생각했다.

16) 맥페그 위핑턴(Magpeg Woppington): Farquhar의 〈한결같은 부부〉(The Constant Couple에서 Harry Wildair경 역할을 한 아일랜드 여배우의 이름.

17) 샘 대쉬(Sam Dash): 더블린 정청의 18세기 환락의 장인.

18) 비틀비틀 돌멩이 대이비(Stumbleone Davy): 리피 강을 가로지른 바위 암초.

19) 사라 필포토(Sara Philpot Curren): 애국지사 Emmet의 약혼녀.

20) 아일린 아루너(Aruna): 인디언 신화의 Phaeton(희랍 신화에서 Helios 태양신의 아들에 해당, 그는 아버지의 마차를 잘못 몰아 제우스의 번갯불에 맞아 죽음).

21) 키티 콜레인을 위하여 그녀의 하찮은 물주전자를 위한 한페니 푼돈(for Kitty Coleine…a penny wise for her foolish pitcher): Kitty Coleine: 노래 가사의 인물(그녀는 버터밀크의 물주전자를 깨트림)(Kitty of Coleraine breaks a pitcher of buttermilk).

(211)

1) 망토 걸친 사나이를 위한 급성 위장염. 드래퍼와 딘(a collera morbous for Mann in the Cloack…. Draper and Deane): (1)James C. Mangan(아일랜드의 시인으로, 조이스의 성인聖人) 은망토 걸친 사나이라는 가명 하에 글을 썼으며, 급성 위장염으로 죽었다(조이스의 그에 관한 평론 참조) (2)스위프트의 작품 타이틀의 변형: Drapier Letters.

2) 성장星章 부付의 가터 훈장(a starr and girton): (1)더블린의 주점 이름이기도 (2)Girton: Cambridge 최초의 여성 대학 명.

3) 도깨비—불과 선술집의—바니를 위한 그들의 신주辛酒 감의 노블 사탕 건대 두 자루(Will—of—the—Wisp and barny—the—Bark two mangolds noble to sweeden their bitters): 도깨비—불은 Yeats를, 선술집의—바니는 B. Shaw를 각각 암시한다. 신주 감의 노블 사탕은 T. Mann을. Shaw, Yeats의 노벨상 수상에 대한 조이스의 신랄한 논평이기도.

4) 소少(little)…올리버 바운드(Oliver Bond): (1)James the Little: 예수의 동생 또는 사촌. (2)Oliver Bond: 유나이티드 아일랜드인人, 그는 유죄선고 받았으나, 뇌졸중으로 먼저 죽다.

5) 소마스(Seumas): 제임스 스티븐즈(James Stevens) 작의 〈스미스 베그의 모험〉(The Adventures of Seumas Beg)의 제목 명.

6) 그가 크게 느끼는 크라운 한 잎(a crown he feels big): crown: (Gr)stephanos.

7) 경쾌한 트윔짐(Sunny Twimjim): 조이스가 어렸을 때, 그의 가족은 그를 '경쾌한 짐'(Sunny Jim)이라 불렀다.

8) 콘고즈우드의 십자가(a Congoswood cross): (1)Clongowes Wood College (2)Cross of Cong: 현재 더블린의 국립 박물관에 소장된 행렬용 십자가(professional cross).

9) 용자 브라이언(Brian the Brave): T. 무어의 노래에서: 용자 브라이언의 영광을 기억할지라(Remember the Glories of Brian the Brave).

10) 5페니 어치의 연민(penteplenty of pity): Robert Greene(영국의 작가)는 그의 저서 〈상당한 값어치의 기지〉(A Groatsworth of Wit)에서, 셰익스피어는 다른 사람들의 작품을 훔쳤다고 말한다(〈율리시스〉 제9장 참조).

11) 올로나 레나 막달레나(Olonalena Magdalena…Camilla, Dronilla, Ludmilla, Mamilla): (1)Olona,

Lena, Magdalena는 각각 이탈리아, 러시아 및 남미의 막달레나(Magdelene)(매춘부 갱생원)의 이름들 (2)Camilla 및 Mamilla: Robert Greene의 여주인공들.

12) 샤논…투아미 산 브로치(Shannon a tuami brooch): (1)Yuam(Galway 군의 마을 이름) 산産 브로치 (2) Shannon강.

13) 도라 리파리아(Dora Riparia Hopeanwater): 강 이름

14) 윌리 미거를 위한 한 쌍의 블라니 허풍쟁이…엘지 오람(a pair of Blarney braggs for Wally Meagher…Elsie Oram): (1)윌리 미거: 나쁜 상태의 가족 바지를 상속하고, 어떤 류의 약혼(troth)에 휘말린 인물, 그를 위한 한 쌍의 블라니 허풍쟁이 (2)엘지 오람(Eilie Oram): 민속의 인물, 유명한 거짓말쟁이.

15) 타락 천사 루비콘스타인을 위한 로저슨 크루소의 금요일(a Rogerson Crusoe's Friday): (1)타락 천사 루비 콘스타인(Caducus Angelus)(L). (2)로빈슨 크루소의 하인 프라이디(Friday)(〈율리시스〉, 〈하데스〉 장 참조 U 90) (3)더블린의 리피 강의 Sir John Rogerson's 부두.

16) 빅토 위고노(Victor Hugonot): 더블린의 넥타이 판매자.

17) 직공용織工用 직물 천 날실 포플린 넥타이(poplin tyne for revery warp in the weaver's woof): (1)리피 강 부두의 Atkinson 공장은 포플린 넥타이를 제조했다 (2)유그노 교도들(Huguenots)이 최초로 더블린에 포플린 공장을 소개했다.

18) 366매: 1년 + 1일.

19) 청소부 케이트…농작물용 갈고리 한 개 및 상당량의 잡다퇴비물(a stiff steaded rake…for Kate the Cleaner): (1)Katherine Strong: 17세기 더블린의 청소부 (2)Kate: HCE 댁의 하녀—청소부.

20) 호스티를 위한 발라드(속요)의 구멍 한 개(a hole in the ballad for Hosty): 가수가 노래의 잇단 구절을 잊어버릴 때, '발라드(민요)에 구멍이 생겼어요'하고 말한다.

21) 코핑거(J. F. X. P Coppinger): (未詳) 조이스의 〈서간문집〉(II, 215)에 코핑거에 대한 언급이 있지만, 이해되지 않고 있다. Ellmann은 Synge 작의 〈서구 세계의 바람둥이〉(Playboy of the Western World)의 난폭한들과 관계가 있을 것이라 추단 한다. Glasheen 교수는 조이스에게 Sir William Wilde(탁월한 더블린의 안과의사 및 Oscar Wilde의 부친, 1815—1876)를 상기시키는 법률 사건과 관계있다고 추단 한다(Glasheen 62).

22) 러스크(Lusk): 더블린 구의 마을 명.

23) 쇠약 맹인 통풍의 고우(blind and gouty Gough): (1)Sir Hugh Gough: 반도전쟁(Peninsula War)에서 맞서 싸워, Punjab를 정복한 장군(1779—1869), 그는 장님이요, 부분적으로 귀머거리였다. 그의 동상이 피닉스 고원에 세워져 있다. 아일랜드인들은 자신들이 더블린의 O'Connel 가에 있던 Nelson 기념탑을 폭파했을 때 이를 함께 폭파시켰다. HCE가 Wellington 기념비에 맹세하듯, 〈율리시스〉의 블룸은 이미 폭파 계획이 세워졌던, Gough 상을 두고 맹세한다(U 373).

24) 아모리쿠스 트리스트람 아무어 성 로렌스(Armoricus Tristram Amoor Lawrence): 호우드 성의 최초의 자작인 Sir Amory Tristram(03)은 그의 이름을 Saint Lawrence로 개명했다.

25) 창설자 소워(Conditor Sawyer): Sawyer는 미국 조지아 주에 더블린을 건립했다. (03 참조).

26) 우체부 쉐머스 오숀을 위한, 칼과 스탬프를 포함하는, 무양지도無陽地圖 달력(a sunless map of the month, including the sword and stamps, for Shemus O'Shaun): (1)조이스의 위버(Weaver) 여사에게 보낸 편지(24/3/24) 왈: Shaun's map: 이를 위해 아일랜드 자유국의 우편 딱지를 참조하라. 이는 우표 수집의 호기심 거리인지라. 영토가 그려진 우표는 북 아일랜드의 다른 주의 영토를 함유 한다. (2)쉐머스(셈): 예이츠의 극시〈캐드린 백작부인〉(Countess Cathleen)의 남자 주인공(농부).

27) 놀런 외外의 브라운(Browne but Nolan): 이탈리아 노란 출신의 브루노(Bruno of Nolan).

28) 돈 조 반스(Donne Joe Vance): 돈 지오 바니(스페인의 영웅)와 그의 동상. Joe Vance: William De Morgan(1906)(아일랜드의 소설가)의 소설 제목과 주인공.

29) 오노브라이트(Honor Bright): Wicklow 산山에서 암살되어 발견된 창녀의 이름.

30) 빌리 던보인을 위한 대고大鼓(a big drum for Billy Dunboyne): 1690년 Boyne 전투의 기념을 위해 제작된 Lambeg 대고大鼓.

31) 아이다 아이다(Ida Ida): (1)Ida: 1937년에 미국의 여류작가 Gertrude Stein(조이스와 당대 모더니스트 작가)에 의하여 쓰인 짧은 스케치 명 (2)강 이름이기도.

32) 실버(銀)는—누구(Who—is—silvier): (1)ALP의 선물들 가운데, 그의 신원과 지역을 알 수 없는 자의 것: 필경 셰익스피어일 수도, 왜냐하면 그는 Who is Silvia? What is she?로 시작하는 노래를 쓴 시인이기에. 또한 이 미상의 인물은 Shakespeare and Co. (파리의 출판사) 사장의 Sylvia Beach 일수도 (Glasheen 276 참조) (2)셰익스피어 작 〈베로나의 두 신사〉(2 Gentlemen of Verona)의 구절: 실비아는 누구냐? 그녀는 뭐냐?(Who is Silvia? What is she?(IV. 2. 39).

33) 엘뜨로베또(Elletrouvetout): elle trouve tout): (F) 그녀는 모든 걸 찾도다(she finds all).

(212)

1) 축제 왕(Festus King): Clifden 주의 주막 이름.

2) 마스터 매그러스(Master Magrath): 1869년의 〈워터루 배盃〉(Waterloo Cup)를 획득한 아일랜드의 그레이하운드(사냥개)를 축하하는 노래.

3) 오델라워 로사(O'Delawarr Rossa): 더블린의 O'Donova Rossa 교橋의 인유.

4) 쾌천快泉(Fountainoy): (1)Fountain Creek(여울) (2)1745년의 Fontenoy 전투.

5) 아그네스 데이지(Agnes Daisy): (L) Agnus Dei: 하느님의 양羊.

6) 프랑세스 드 쌀(St Frances de Sales): 작가들의 보호다.

7) 모든 어머니의 딸들(ilcka madre's daughter): (1)(대중 어) 그 어머니에 그 딸(every mother's daughter) (2)ALP는 모든 이를 위해, 모든 어머니의 아들, 또는, 이 경우에 있어서처럼, 모든 어머니의 딸들에게 선물을 주는 듯하다.

8) 월화月花(moonflower): 여인의 멘스의 암시.

9) 포도복葡萄服을 망설이는 자(them that devide the vinedress): 〈이사야〉 63:3: 포도즙 틀을 밟는 자에게(them that tread out the winepress).

10) 포도 알(grapes): 음낭의 암시.

11) 필강우筆强友, 셈(her penmight): Jim the Penman: James Townsend Savard: 날조자, 거짓말쟁이.

12) 빵 가게의 진塵 한 다스(A bakereen's dusind): baker's dozen(12+1)=13.

13) 허황스러운(터브 통桶의) 이야기(a tale of a tub): 스위프트 작의 〈터무니없는 이야기〉(Tale of Tub).

14) 하이버이언의(애란의) 시장市場(Hibernonian Market): 시장市場은 당월 5일(Nones)에는 열리지 않는다(고대 로마의 관례).

15) 크리놀린 봉투 아래 것에 불과한지라, 만일 그대가 저 돈통豚桶의 봉인封印(seal)을 감히 찢어 버린다면(All that and more under one crinoline envelope if you dare to break the porkbarrel seal): (1) crinoline envelope: 말총을 넣어 짠 빳빳한 천, 심감의 봉투 (2)돈통豚桶의 봉인封印: 돈통: 미국의 돼지 통: 연방 재무국은 지방 목적을 위한 자금의 원천으로 간주했다 (3)봉인: 성서 〈요한 계시록〉5: 6의 봉인서(封印書)의 암시.

16) 청결淸潔의 명예에 맹세코(for the honour of Clane): Clane: KIldare 주의 마을 이름으로, Clongowes Wood College의 소재지.

17) 당신의 허드슨(your hudson): 미국 뉴욕의 허드슨 강. Hudson seal: 바다표범의 가죽: 앞서 seal(봉투)의 암시에서.

18) 비누를 좀 던지구려! 글쎄 물에 극미極味가 남아 있는지라(Throw us…soap…The wee taste the waterleft): (앵글로—아리시어): 그대는 내게 인생에 있어서 비누 토막의 극미를 줄 수 있는고?(could you give me the least tasye in life of a bit of soap?)의 인유.

19) 마안 조강朝江(the marine): Marne(강 이름), morn(아침).

20) 저런 어쩌나!(Merced mulde!): Merced(강 미름) + Mercy me!(맹서).

21) 표청분漂青粉(reckitts): Reckitt 산産 청분.

22) 그의 성직복에서 나온 추광물醜狂物(the cracka dvine chucks out of his cassock): Cracked dvine: 미친 사제장인 스위프트의 암시이기도(U 33, 제3장 참조).

23) 작년昨年에스터자매 소지선화沼池仙花(estheryear's marsh narcissus): (1)estheryear. 스위프트의 애인들 에스터 자매(스텔라와 바네사) + yesteryear (2)소지선화: Narcissus Marsh이 더블린의 성 패트릭 성당 근처에 세운 Marsh의 도서관의 이름(U 33, 제3장 참조).

24) 허영의 시장市場(vanitty fair): Thackery 작의 〈허영의 시장〉(Vanity Fair).

25) 하느님 가라사대: 인간을 있게 하라! 그리 하야 인간 있었나니. 호! 호! 하느님 가라사대: 아담을 있게 하라! 그리 하야 아담 있었나니(Senior ga dito: Faciasi Omo! E omo fu fo') Ho! Ho! Senior ga dito: Faciasi Hidamo! Hidamo se ga facessa). (God said: Let there be man, & man was. God said: Let there be Adam, & Adam was)의 인유: 조이스의 친구 Ottocaro Weiss는 한 소년이 이탈리아어로 설교하는 어떤 Slovene의 승려를 모방하는 것을 들었다).

26) 윈더메어의 호반 시인(Die Windermere Dichter): 와일드 작의 〈윈더메어 여인의 재미〉(Lady Windermere's Fun)의 패러디. 호반 시인들: 워즈워스(Wordsworth)와 와일드의 암시.

(213)

1) 낡은 마차 정류장 곁의 집(House by the Coachyard): 더블린 출신 작가요 조이스의 우상인 르 파뉴 작의 〈성당 묘지 곁의 집〉(The House by the Churchyard)의 변형. 〈경야〉의 말의 주제들(veral motifs) 중의 하나로, 작품에 수 없이 출몰한다.

2) 여인에 관하여(On Woman): John Stuart Mill(영국의 철학자, 경제학자)(1802—5186) 작 〈여인의 복종〉(The Subjection of Women)의 패러디.

3) 플로스 강의 동상同上과 함께. 그래, 물레방아 주인에게는 한 개의 늪을 그리고 그의 명주솜을 위하여 한 개의 돌멩이라!(Ditto on the Floss. Ja, a swamp for Altmuchler and a stone for his flossies!): (1)영국 여류 소설가 George Eliot 작의 〈플로스 강의 물레방아〉(The Mill on the Floss)의 인유2) H. R. Wheatley 작 〈색인 66의 실체〉(What Is an Index 66)에서 자유의 물레방아(Mill on Liberty)—플로스 강 위에서(on the Floss)라는 구절의 인유.

저기 저 모도자기模陶瓷器 조각처럼 청냉青冷인지라(like that piece of pattern chayney there, lying below): 앞서 〈플로스 강의 물레방아〉에서 Tulliver 부인은 도자기에 관해 이야기한다.

5) 당신은 알고 있는고 아니면 당신은 보지 못하는고…나의 고지枯枝들이 뿌리를 내리고 있나니(you know or don't kennet…My branches lofty are taking root): 이 시점에서 나무로 변하게 될 여울목의 여인은 물속에 자기 자신이 거꾸로 반사되는 것을 보는데, 이는 그녀가 나중에 취하는 형태이다(그녀의 음소를 보기 위해).

6) 나의 차가운 빰좌座가 회봉灰逢으로 변해 버렸는지라(my cold cher's gone ashley): 이 서술은 뒤에 돌로 변하는 여인으로부터 나온다.

7) 피루어? 피로우!(Fieluhr? Fieluhr?): 프랑스인에 의하여 라인 강을 가로질러 소리 친피루어(Filou)는 동일인에 의하여 wie viel Uhr?(몇 시?)로 들린다.

8) 워터하우스 물시계(Waterhouses Clock): 더블린 소재.

9) 나의 등, 나의 배후背後, 나의 배천背川이여!(my back, my back, my bach!): (1)〈초상〉에 등장하는, 오 나의 등, 나의 등, 나의 등하고 말하는, 리오단 부인의 모델인, Conway 부인 (2)나의 등(bach)은 이 문맥에서 개울을 의미 한다 (3)Tindall은 작곡가 바흐(J. S. Bach)에 대한 언급이라 말한다. (Tindall 149)

10) 육시만도六時晩禱의 미종美鐘 종소리!(the Beller for Sexaloitez!): 만도(Angelus)를 알리는 6시의 종소리.

11) 춘제春祭의 성태聖胎!(Concepta de Send—us—pray!): 취리히의 봄 축제, 마리아의 성령의 잉태(et concepit de Spiritu Sancto).

12) 물을 종출鐘出할지라! 이슬을 종입鐘入할지라!(Wring out the clothes! Wring in the dew): (조이스에게 크게 영향을 준) 테니슨 작의 인기 시: Ring out the old! Ring in the new!(종아 묵은 해를 울려내고, 새 해를 울려 드릴지라)의 패러디.

13) 아직 기름기가 있나니(It's suety yet): 푸주한의 옷가지가 린넨 사이에 끼어있고, 빨래가 잘못되어, 아무도 입지 않으려 한다.

14) 산적散賊들이 그 곁을 지나갈지라(The strollers will pass it by): 전쟁에서 비밀문서의 글은 시체의 얼굴을 덮는 천에 써서 보내졌다.

15) 슈미즈 6벌, 손수건 10개. 9개는 불에다 말리고 이것은 빨랫줄에다. 수도원의 냅킨, 12장, 아기용의 숄이 1장(Six shifts, ten kerchiefs…one baby's shawl): 6+10+9+1+12+1=39: 품목의 옷가지들(영국성당의 39항의 암시). 6+10=16=P, 12=L, 1=A.

16) 누구의 머리!(Whose head?): 이야기가 강을 따라 진행되자 강은 넓어지고, 두 여인들은 서로 멀리 떨어진다. 그들의 이야기는 서로에게 분명하지 않다.

17) 투덜대며 코 골다니?(Mutter snores?): 코고는 사람에게 쏟는 불평.

18) 지나간 왕국 속에 아니면 다가올 권력 아니면 그들 원부遠父에게 영광 있을지라(In kingdome gone or power to come or gloria be to them farther?): 주님의 기도에서: 그대의 왕국은 다가올지니…권력과 영광…조상에게 영광있으라…알레루야!(Thy kingdom come…power & the glory…Glory be to the Father)의 패러디.

19) 나는 저 샤논 가家의 꼭 같은 브로치(寶)가 스페인의 한 가족과 결혼했다는 이야기를 들었도다(I've heard tell that same brooch of the Shannons…in Spain): (1)샤논…투아미 산産 브로치 (2)강 이름 (3) tishs: Galway의 마을 산産 브로치(전출)(211: 09).

20) 브렌던 청어 연못 건너편 마크랜드 포도주토酒土에 던즈의 던가家(the Dunders de Dunnes in Markland's Vineland beyong Brendan herring pool): (1)dunce(열등생)…Duns Scotus of Thought (2)Markland, Vineland: 북미의 지역들 (3)Markland's wineland 및 Brendan's Sea for Atlantic은 미국에 대한 북방인의 이름

21) 모두 양키 모자 9호를 쓴 비고자鼻高者들이라(takes number nine in yangsee's hats): 아일랜드계 미국인들은 자신들에 대한 아주 높은 고견을 갖는다.

(214)

1) 기고마장 말을 탄(riding the high horse…there forehengist): 영국의 색슨 침범을 야기 시킨 Hengest & Horsa 형제들의 암시.

2) 핀 영도자 자신…최상강부最上江父(the great Finnleader…Father of Otters): (1)Adam Findlater: 더블린의 식료품상 및 에드워드 왕조의 정치가. (2)최상강부(Father of Otters): Father of Waters: Mississippi 강의 암시.

3) 팰러린 컴먼(Fallarees Commons): Ballymore Eustace 근처 리피 강상의 장소.

4) 애스틀리의 야외 곡마 서커스 장(Astley's Amphitheatre): 더블린의 Peter 가, 승마장.

5) 페퍼가家의 그 환영백마幻影白馬: (1)Samuel Lover 작의 〈페퍼 가家의 백마〉(The White Horse of the Peppers)의 패러디 (2)페퍼의 유령(Pepper's ghost): 영사기나 유리 스크린에 의하여 이루어지는 무대 환영.

6) 주여 당신을 도우소서, 마리아, 기름기에 저들인 채, 무거운 짐(세탁의)은 저와 함께 하소서!: BVM(Blessed Virgin Mary)의 연도: 환영하도라 마리아, 은총 가득한, 주님은 그대와 함께 하도다(Hail Mary, full of grace, the Lord is with thee) 참조, 〈더블린 사람들〉, 〈짝패들〉 종말 참조(D 96).

7) 마담 안커트 세부洗婦여!(Madammangust!): 오페라 〈마담 안고트의 딸〉(La Fille de Madame Angot)

에서 마담 Angot는 세탁부였다.

8) 콘웨이의 캐리가큐라 향천주점香泉酒店(Conway's Carrigracurra canteen): Carrigacurra: 리피 강상의 마을(폴라포루카 폭포 근처)로서, 거기 콘웨이라는 맥주 집이 있었다.

9) 엉덩이(돌쩌귀)(bitts): buttresses: bottom 또는 부축 벽.

10) 성聖 마리아 알라꼬끄(總鷄)여(marthared mary allacook): (1)St Margaret Mary Alacoque: 빨래를 헹군 물을 마시기를 더 좋아했다는 몽상가. 〈더블린 사람들〉, 〈에블린〉 참조: 그녀는 17세기 프랑스 수녀로서 엄격한 금욕생활을 했는데, 성녀로서 추앙 받은 자신의 성 마가레트 수도원에, 예수님이 나타나 12가지 약속을 지시했다 함(D 35 참조).

11) 부정맥不整脈(Corrigan's pulse): 동명의 의사에 의하여 발명된 질병.

12) 경세의 엘리스 재인(Alice Jane in decline): Alice Jane Donkin: 작가요 조이스의 친구였던Lewis Carroll의 친구.

13) 칼라와 옷소매 백작(Collars & Cuffs): 더블린을 방문했던 Clarence 백작의 별명.

14) 칼로우(Carlow): 노래의 가사에서: 칼로우까지 나를 따라와요(Follow Me Up to Carlow)(U 387).

15) 황금의 폭포 근처에(Near the golden falls): 리피 강의 Golden Falls(폭포).

16) 우리들 위에 이시스 얼음이!(Icis on us!): The Isis: The Thames 강. Icis: 강 이름.

17) 회록灰綠의 당나귀(dwyergray): Dwyer Gray: 더블린의 〈프리먼즈 저널〉지의 소유주. 여기 〈당나귀〉 ass는(성서. 특히 구약) 경외서(Apocrypha)를 대표한다.

18) 타피 및 라이언즈 및 그레고리(Me Nam Tarpey and Lyons and Gregory): 모두 강 이름들.

19) 저들 네 명의 자들(the four of them): 노래 가사의 패러디: 우리 넷에게 한 번 더 음료를(One More Drink for the Four of Us).

20) 그들과 함께 한 늙은 조니 맥도걸(old Johnny MacDougal along with them): 4노인(Four Elders) 중의 네 번째, 전도자로 성 요한(St John). 그는 다른 노인들과 약간 떨어져 있는지라, 그들보다 한층 거칠고 더 분명한 성격을 지닌다. 그의 사랑의 성공에 대한 요구는 그를 돈 주앙과 결탁시킨다. 그의 이름이 John인지라, 필경 노령의 숀(Shaun)일 수도. (590 참조)

(215)

1) 풀벡 등대(Poolbeg lighthouse): 더블린 만 소재.

2) 키스트나(Kishtna): Kistna + 더블린 만의 퀴쉬(Kish) 등대.

3) 인도강(江)제국(the Indes): 인도 제국 + 인더스(Indus)강.

4) 갈리(Garry): 강 이름이기도.

5) 반달이 밀월 할 때까지 기다릴지라, 사랑이여!…이브여, 사라질지라!: 자장가(Wait till the honeying of the lune, love! Die eve…die!: Ogden(〈경야〉 제8장 말미를 기초 영어(Basic English)로 번안한 학자)에 의하면: She's dead, little Eve, little Eve she's dead (2)〈율리시스〉 제11장의 글귀에서: 자요, 나의 개야, 귀여운 개야, 자요(Lullaby. Die, dog. Little dog, die)(U 233)의 패러디.

6) 우리는 당신의 눈에 저 경이를 보나니We see that wonder in your eye): 죽음의 찰나에 사람의 눈에 보이는 이상한 환영들.

7) 성도星圖가 높이…브 바이 바이(My chart shines high…(Bubye): (1)성도: 〈율리시스〉 제13장 후반에서 블룸이 초저녁 하늘의 별들을 보는 장면을 메아리 한다: 한 개의 별! 보라. 비너스. 아직 말할 수 없군…(U 310) (2)Bubye: bye–bye + Buybye (3)Bubye: 강 이름.

8) 당신의 천연자석天然磁石(evenlode): lodestar(길잡이 별: 북극성) + Evenlode(강 이름).

9) 여로…하구賀救(세이브)(save…jura's end): (1)jura: Jurua(강 이름) (2)save(구하다) + Save(강 이름).

10) 나의(모이) 골짜기(my moyvalley): Moyvally: 리피 강상, 킬데어 주의 골짜기.

11) 갈 길로(Towy): (1)Towy(강 이름) (2)So will I too by mine(고로 나는 내 갈 길로 가리라).

12) 라스민(rathmine): Rathmines: 더블린의 지역 명.

13) 다정한 불결한 덤플링(Dear Dirty Dumpling): 대중 어: 다정하고 불결한 더블린(Dear Dirty Dublin)의 익살. 〈율리시스〉와 〈경야〉에 자주 등장하는 말의 주제들 중의 하나로 조이스의 도시관都市觀을 암시한다)(그에게 도시는 황무지만이 아니요, 긍정의 땅이기도 하다).

14) 그는 아내 삼을 일곱 처녀를 갖고 있지 않았던고?…그리고 목발마다 일곱 색깔을 가졌는지라(Hadn't he seven dams to wive?…had her seven crutches): 노래 가사의 변형: (1)내가 성 이이브스에 가자, 나는 일곱 아내들을 만났는지라, 모든 아내는…(As I was going to St Ives, I met a man with 7 wives, & every wife…&2) 조이스의 〈서간문〉(Letters) I, 212—13)에 의하면, seven dams는 강의 하구에 세워진 도시들이다.

15) 군초群草(Sudds): 나일 강의 떠도는 야채 덩이.

16) 당신에게는 석식夕食 그리고 조 존에게는 의사의 청구서(supper for you and the doctor's bill for Joe John): 아이들의 게임: 장미의 반지—반지: 내게 하나, & 네게 하나, & 꼬마 모세에게 하나(Ring—a—ring—o' roses: One for mr, & one for you &one for little Moses)의 인유.

17) 전하前何! 분기分岐!(Befor! Bifur): bifurcate: 두 갈래로 갈리다(분류分流하다).

18) 그는 시장녀市場女와 결혼했나니, 안정安情하게(He married his markets, cheap by foul): (1) Margarets(마게츠 가家) (2)cheek by jowl: (볼이 맞닿을 정도로) 꼭 붙어서, 정답게: 이 구는 〈한 여름 밤의 꿈〉의 Deretrius를 상기 시킨다: (따라 오라구! 그따위 소리 말아, 너와 볼이 맞닿아서 꼭 붙어 갈테다) Follow! Nay, I'll go with thee, cheek by jowl, jack by churl(III. ii. 338)19) 에트루리아의 이교도(Etruruan Catholic Hearthen): HCH(이어위커). 에트루리아(Etruria)(이탈리아 서부에 있던 옛 나라).

20) 핑크 색 레몬 색 크림색(pinky limony creamy): 달빛에 의해 보이는 칼라—밴드의 색깔들, 고로 그들의 옷은 모두 빛 그늘 속에 있는 듯하다.

21) 아라비아의 외투(쇠 비늘 갑옷)(birnies): McBirney: 더블린의 애스턴 부두에 있는 여성 의류 상.

22) 성 미가엘 축제(milkidmass): St Michaelmas(9월 29일)의 익살.

23) 충만의 시대 그리고 행운의 복귀福歸. 동일유신(Teems of times and happy returns. The seim anew): (1)장수를 빕니다. 당신에게도(Many happy returns. The same to you)의 패러디 (2)동일유신(seim anew): same to you. semi(similar) new. (277.21): 동일 갱신更新이라(Sein annews): 동일 존재가 거듭 다시 태어나다(비코 사상의 암시) (3)Seim(강 이름).

24) 비코의 질서 또는 강심(Ordovico or viricordo): (1)Vico's orderr but natural, free(Ogden의 Notes 참조) (2)더블린 근처의 Ordovician rocks. (It) vi ridordo: I remember you.

25) 아나(A) 있었고, 리비아(L) 있으며, 풀루라벨(P) 있으리로다(Anna was, Livia is, Plurabelle's to be): (1)시간의 무상을 의미함 (2)격언의 패러디: 리머릭 있었고, 더블린 있고, 코크 있을지니, 3중 가장 훌륭한 도시라(Limerick was, Dublin is & Cork shall be, the finest city of the 3).

26) 북구인중北毆人衆 집회가 남방종족南方種族의…다수의 혼인복식자婚姻複殖者가 몸소 각자에게 영향을 주었던고?(Northmen's thing made southfolk's place…in person?): (1)노르웨이 공중 집회가 모임을 가졌던 고소高所는 이제 Suffolk 광장이 되었다(실제로 성 Andrew의 장소인, Suffolk 가街 (2)얼마나 많은 장소들이 만사를 사람들에게 영향을 끼치게 할 것인가? 실체(substantive)는 사람, 장소 또는 사물이라는 서술에 대한 말장난. 여기 Northmen's thing은 스칸디나비아 여러 나라의 공공집회(Thingmote)의 의미. (〈초상〉 제4장 말미 참조, 스티븐의 과거역사에 대한 명상).

27) 삼위일체 학주學主여(my trinity scholard): (1)트리니티 강江 명 (2)더블린의 트리니티 대학.

28) 에브라나의 산양시민山羊市民이여!(Hircus Civis Eblanensis!): (L) goat citizen of Dublin(여기 HCE의 암시). (goat=thing. citizen=person. D=place).

29) 그는 자신에게 산양의 젖꼭지…고아들을 위한 유방柔房을. 호호 주여! 그의 가슴의 쌍둥이(He had buckgoat paps on…for orphmas): 남성의 젖꼭지를 빨게 하는 원시의 의식: 성 패트릭은 그걸 감수하기

를 거절했다.

30) 호!(ho!): 중국 강 이름. Ho: 강 이름.

31) 철렁대는(chittering): 한결같이 불평하는.

32) 숀이나 또는 솀에 관한 이야기(a tale of Shaun or Shem): 천치가 하는 이야기(a tale told by an idiot), 〈맥베드〉 V. 5. 30: 의 인유.

(216)

1) 느릅나무(Elm): (1)Elm: 강 이름 (2)호우드 성 입구에는 아직도 느릅나무 고목과 거암이 상존하는지라, C. L. Adams 저의 〈아일랜드의 성들〉(The Castles of Ireland)〔London, 1904〕에 의하면, 한 때 성의 왕자가 죽자, 느릅나무 가지 하나가 고갈했다 한다. 나그네는 Howth 성의 입구에 오늘날도 큰 느릅나무와 돌은 볼 수 있다.

2) 돌(Stone): (1)Stone: 강 이름이기도.

3) 여기저기찰랑대는(hitherandthithering): 〈초상〉 제4장말에서 바다 물을 헤집는 비둘기 소녀(dove—girl)의 동작이기도. (P 172)

• II부 - 1장 •

아이들의 시간 (pp.219-259)

(219)

1) 저녁 점등시點燈時(at light up o'clock): 신문新聞은 자전거 타는 사람들을 위해 점등 시간을 알려주기 마련.

2) 잼 단지(Jampots): 영국인은 아이들에게 그들이 잼 단지로 입장료를 지불할 수 있음을 말해 줌.

3) 주역 성 제네시우스(St Genesius Archimimus): (1)배우들의 수호자 (2)Archimimus: (Gr) 주역(배우).

4) 핀드리아스, 무리아스, 고리아스 및 파리아스(Findias, Murius, Gorias 및 Falias): 각각의 도시들로부터, 4마법적 물건들이 Tuatha(Fingal에 나오는 군소 여성인 Gelchossa의 아버지)에 의하여 전달되는데, 즉 De Danann: Nuad의 칼, Dagda의 큰 솥, Lug의 창, Fal의 돌이다.

5) 고애란승古愛蘭僧(Messoirs the Coarbs): 고대 아일랜드의 승려들의 서품.

6) 크라이브 광도光刀(Clive Sollis): 광도(Sword of Light).

7) 브라티스라 바키아 형제들(하일칸과 하리스토부루스)(the Brothers Bratislavoff Hyrcan and Haristobulus): Judas Aristobulus 2세는 기원전 78—40년에 유태인들의 고승인 그의 형제 John Hyrcanus를 자리에서 내쫓았다.

8) 아델피 극장(the Adelphi): 더블린의 Adephi 극장(Queen's 극장으로 개명 됨).

9) 켈틱헬레닉튜토닉스라빅젠드라틴산스크리트음영대본音影臺本으로(in celtellneteutoslazend latin sound—script): Celtic Hellenic Teutonic Slavic Zend Latin Sanskrit어의 대본으로).

10) 만년설이 차갑게 할 때까지(Until firn make cold): (1)(It) firne: 이전 겨울의 눈(만년설) (2)firn mak cold: (유음) Finn MacCool.

11) 청악靑顎 흑의黑醫(Ballymooney Bloodriddon Murther…Bluechin Blackdillain): Blue Chin: 르 파뉴 작 〈성당묘지 곁의 집〉의 등장인물. Black Dillon: 파뉴 소설에 등장하는 의사.

12) 글루그 공성자空聲者(Glugg): (AngI) 텅 빈 소리. 어리석은 허풍쟁이.

13) 범사대장犯寫臺帳의 악한(the rogue's gallery): 범죄인들의 초상첩肖像帖.

(220)

1) 처녀들의 일 개월 뭉치(a month's bunch of maids): 윤년의 2월은 29일(28명의 플로라들 + 이시)

2) 발카리 신神(valkyrienne): (북구 신화)(Ordin 신의 12선녀들의 하나. 전사한 영웅들의 영혼을 Valhalla 전당에 안내하여 시중든다고 함.)(전출)

3) 리프리트(leaflet): (1)작은 잎 (2)(신문 따위에 끼워 넣는) 전단광고.

4) 오팔(opal): (鑛) 단백석蛋白石.

5) 머리에서 발끝까지(caps or puds): (1)Castor & Pollux(그리스 신화에서 Zeus와 Leda의 쌍둥이 아들. 뱃사람의 수호신들) (2)cap—a—pie: 머리에서 발까지. a knight armed cap—a—pie(완전 무장한 기사).

6) 사적피射赤皮 총군적銃軍的으로(chuting redskin gunerally): 총 쏘는 소련 장군의 암시(〈경야〉의 주제들 중의 하나).

7) 그리스찬 스카우트교校(Grischun scoula): Rhaeto Romanic어語(스위스 남동부. 이탈리아 동부의 로망스어)를 쓰는 지역 학교.

8) 세족금화洗足金貨(mandamus monies): (1)Maundy Money: 세족식 날 왕실로부터 하사되는 빈민 구제금(英) (2)mandamus: 군주 또는 법정에 의해 발간되는 문서, 서간 및 기타.

9) 매이크올 곤 씨氏(Mr Makeall Gone): Michael Gunn: 더블린의 게이어티(Gaiety) 극장 지배인 및 그에 대한 익살.

10) 스웨던의 에리커스 왕(King Ericus of Schweden): 스웨덴의 Eric 왕은 바람의 방향을 그의 모자를 돌림으로써 바꿀 수 있었다 함.

11) 아이슬란드 전설(Laxdalesaga): 아이슬란드의 전설.

12) 도가머리와 조연자의 문장紋章(coat, crest and supporters): 문장은 도가머리(볏)로 상투삼고, 지지자들이 옆에 선다. 이들은 또한 갑옷 장식의 완전한 전시를 위해 3가지 가장 중요한 요소들이다.

13) 선풍旋風, 섬광과 고뇌(whirl, flash, trouble): 〈일반 기도서〉(Book of Common Prayer): 연도(Litany)의 글귀의 패러디: 세계, 육체, 악마(the World, the Flesh & the Devil).

14) 영구란永久卵(egg everlasting): (1)HCE의 암시 (2)Humpty—Dumpty(Mother Goose의 동요집에 나오는 커다란 계란 모양의 인물. 담에서 떨어져 깨짐) 땅딸보.

15) 천국교황(Poopinheaven): (1)Copenhagen의 암시 (2)pope in heaven.

16) 에스커 등성이—카헐(Caherlehome—upon—Eskur): 아서 왕의 궁전 자리 esker: (지질학), 빙하 후기에 생긴 자갈 등성이의 아일랜드 명.

17) 세관고객숙소(customhouse): 더블린 세관(Customhouse)의 암시.

(221)

1) (성인 신사들을 위한 성聖 패트리키우스 아카데미): 아일랜드의 서부 도시 Maynooth에 있는 성 패트릭 신학대학(신부 수업을 위한).

2) 정규 시간 후과정後課程(Afyrthour Courses): 정규 시간 후의 음주.

3) 연례 미사 사제(annuary): 연례 미사를 말하는 신부.

4) 다운즈의 계곡(Glen of the Downs): 위클로우 군에 있는 골짜기.

5) 오딘(the Gugnir): Odin: (북구 신화) 예술, 문화, 전쟁, 사자死者 등의 신(창을 들고 있는 것이 관례).

6) 낙희연樂戲煙(lokistroki): (1)북구 신화에서 Loki(파괴 재난의 신)는 겨우살이 나무(X마스 장식 용)를 가지고 Balder의 죽음을 야기 시켰다 (2)Lucky Strike(미국의 담배 명).

7) 라킬 리아 바리안(Rachel La Varian): Rachel & Leah: 야곱의 아내들 및 질녀들.

8) 은폐 커튼(pudah): 특히, 남자들의 시선으로부터 은폐하기 위한 커튼.

9) 성당 묘지(churchyard): 르 파뉴 작의 〈성당 묘지 곁의 집〉의 패러디. 그의 작품은 〈경야〉의 도처에 편재한다.

10) 급현재急現在(Pressant). (F) pressant: urgent(긴급한). present(현재).

11) 미래파 단마單馬 발레 전쟁화(futurist onehorse ballebattle): 미래파(Futurism) 그림(〈아방가르드〉의 중요 미술 학파).

12) 낙뢰 및 대혈실책 양씨(Thud and Blunder): blood and thunder: 폭력과 유혈 사태(극, 소설, 영화 등).

13) 상습 맹그로브 수소지(mangrovemazes): 미국 플로리다 주의 mangrove(관목) 습지.

14) 창조 생명력(Elanio Vitals): 베르그송(Bergson)의 e'lan vitale(F)(생명의 약동).

15) 마사魔射, 마몽魔夢, 대몽마大夢魔 및 신명神命(Hexenschuss, Coachmaher, Incubone, Rocknarrag): Hexenschuss: 마녀 복용復用(witches shot): 예리한 요통의 초기 통증. Coachmaher: nightmare(악몽). incubone: 대 악몽. Ragnarok: 신들의 운명.

16) 마담 버사 델라모드(Madame Berthe Delmode): Bertha Delimita: 조이스의 질녀.

17) 할리 퀸과 냉각冷脚 쿨림베이나(Harley Quinn and Coollimbeina): Harlequin: 무언극이나 발레 따위에 나오는 어릿광대. Columbine: 광대(Harlequin의 아내).

18) 안은거사安隱居士(R. I. C)씨: Royal Irish Constabulary: 아일랜드 왕립 경찰청(〈율리시스〉 제12장 초두 참조).

19) 크루커 및 톨(Crooker and Toll): Kreuger & Toll: 아일랜드의 석양 제조 회사.

20) 카파 페더센(Kappa Pedersen): 더블린의 파이프 및 연초 제조자들.

21) 몰겐 제製(Morgen): J. Morgen 부인: 더블린의 번화가 Grafton 가의 모자 상.

22) 비단책策(실컨) 이중망사二重網絲(토마스): Silken Thomas: 16세기의 아일랜드 반도叛徒.

23) (그건 콜크야!)(that's Cork!): 조이스는 콜크 제의 그림틀에 코크(Cork)(아일랜드 남주 도시 명)의 그림을 끼워 가졌었다.

24) 구덩이 속의 화부火夫(by the firement in the pit): (1)지옥의 화부 (2)pit: 이 장의 엘리자베스 조 극장들에 대한 많은 언급들 중의 하나.

(222)

1) 악기 활(弓)(랄키트)(L'Archet): 1908년 Abbey 극장의 오케스트라 지휘자.

2) 시작에서 우선(in the beginning): 〈창세기〉 1:1의 구절.

3) 아나폴리스의 암피온(ambiamphions of Annapolis): Amphion은 서정곡을 연주함으로써 테베(Thebes: 옛 그리스의 도시 국가)의 벽들을 다시 쌓았다.

4) 존 목코믹(유사희극)(Joan MockComic): John McCormack: 아일랜드의 유명한 테너 가수.

5) 진 소스레빈(Jean Soulslevin): John Sullivan: 아일랜드의 테너 가수.

6) 오 메스터 소가몬이여, 만일 그대가 무엇을 한들, 나는 전혀 즐겁지 않나니, 그대는 저 수고주병愁苦酒餠을 바라는지라(O, MesterSogermon, ef these es whot ye deux, then I'm not surpleased ye want that bottle of Sauvequipeu): 노래 가사의 패러디: 오 포터씨, 내가 무엇을 하든, 나는 버밍엄으로 가기 원하나니 그러자 그들은 나를 크루로 데리고 갈지라(Oh, Mr. Porter, whatever shall I do, I want to go to Birmingham & thery're taking me on to Crewe).

7) 오오 복수의 희망이여 날 저버리지 말지니(Oh Off Nunch Der Rasche Ver Lasse Mitch Nitscht): (1)(G) 오 복수의 희망이여, 나를 포기하지 마시라(O hope of revenge, abandon me not). (2)(G) Der Rasche: the quick one).

8) (포리퍼머스 발근拔根)(Polymop Baretherootsch): (1)그를 뿌리 채 뽑아요(pull him up by the roots) (2) Polyphemus: (희랍 신화 외눈의 거인(Cyclops의 우두머리, 〈율리시스〉 제12장 참조).

9) (제단복制端服의 처녀족)(maidykins in Undiform): 필름 명: 〈제단 복의 소녀〉(Ma'dchen in Uniform).

10) 전全 고그마고그 거인주연주巨人酒宴奏(the whole thugomagog): (1)Gog & Magog: 전설적 거인들(04 참조). (2)(전출, FW 6)

11) 장엄한 변용 장면Magnificent Transformation): 팬터마임 〈신데렐라〉(Cinderella)의 변용 장면.

12) 라듐 광사鑛射의 혼식婚式(Radium Wedding): 〈페티트 저널〉(Petit Journal) 지는 결혼 70주기를 라듐(방사성 원소) 혼婚이라 불렀다.

13) 우리들을 전회戰徊로부터 방어하소서(defendy nous from prowlabouts): 미사 종말의 기도의 패러디: 성 미카엘이여, 우리를 전쟁에서 옹호하소서(Holy St Michael, defend us in battle).

14) 유황 다불린多弗燐(duvlin sulph): (1)Devil himself (2)Dublin. sulphur.

15) 공성자空聲者(글루그): (AngI) 글루그거: 빈 소리, 어리석은 허풍쟁이.

16) 안공眼孔 낙누落淚하며(whiping his eyesoult): weeping his eyes out(울어서 눈이 붓다).

17) 위혹僞惑(liubbocks): (1)John Lubbock Avebury: 최초의 남작, 〈인생의 쾌락〉(The Pleasures of life)의 저자(전출) (2)(L) 위선적, 사기적(deceitful).

18) 3엽葉(his three of clubs): clover leaf.

19) 과욕의 공화恐火 속으로 들어가도다(into overkusting fear): 〈마태복음〉 25:41의 성구의 패러디: 저주받을 자들이여, 나를 떠나 마귀와 그 찬사들을 위하여 예비 된 영원한 불에 들어가라(Depart from me, ye cursed, into everlasting fire, prepared for the devil & his angels).

20) 발, 발굽과 무릎 굽음(feet, hoof and jarrety): 〈고린도전서〉 13:13의 성구의 패러디: 믿음, 희망 그리고 자비(faith, hope, charity).

21) 여럿의 석음夕陰들(nombre of evelings): 〈더블린 사람들〉, 〈에블린〉(Eveline)의 패러디.

22) 곡종曲鐘(twitchbells): 집게벌레.

(223)

1) 매리양, 그녀는 미증유의 모든 병성病性으로 고통 받고 있었도다(Mirrylamb, she was shuffering all diseasinesses of the unherd of): 램(Charles Lamb: 영국의 수필가, 비평가, 필명은 Elia(1775—1834))의 누이는 정신병으로 고통을 받았다.

2) 매리 슬충병虱蟲病 불침환자不寢患者 같으니!(Mary Louisan Shousapinas!): Marie Louise 및 Jodephine: 조이스의 누이동생들의 이름.

3) 만일 호고천사弧高天使가 더 이상…고모姑毛의 고孤늑대로부터 그의 양羊을 고약膏藥치료할 수 없다면!(If all the sirish signics of her dipanddump…Father Hogam): (아이들의 게임) 늑대 목양자는 늑대로부터 양을 구해야 한다네(Wolf shepherd has to save sheep from wolf).

4) 오감 문자부文字父(Father Hogam): Ogham: 고대 아일랜드의 문자 제도.

5) 노주공제조합모老酒共濟組合母(Mutther Masons): (1)(노래) 老 Mason 母(Norman Douglas 작 〈런던 거리 게임〉(London Street Games)의 찬가 (2)Mother Mason's: 더블린, 남부 킹 가의 무허가 술집.

6) 이조드(Isot): 트리스탄 & Isolde. Isolde: 여성 이름의 통칭이기도.

7) 그렌나스몰 계곡(Glenasmole): 더블린 산맥의 지빠귀 새들의 골짜기는 Finn의 사냥터로서, 거기서 Ossian(Finn의 아들)이 촉지觸地하고, 늙었다 한다. Ossian은 고령까지 살았으며, 패트릭을 만났다. (〈율리시스〉 제9장의 스티븐의 독백 참조: 오이신과 파트릭…클라마르 숲 속에서, 술병을 휘두르며, 오이신이 만난 목양신 파운먼…(Osiin with Patrick. Faunman he met in Clamart woods, blandishing winebottle). (U 164) 오이신은 전설적 시인, 영웅으로, 전설에 의하면 그는 3세기 영웅시대의 붕괴 후에도 살아남아 5세기에 성 패트릭의 손에 의해 개종을 경험했다 한다. 그들은 성스러운 숲 속에서 만났으며, 그의 개종의 댓가로 나이 많은 오이시은 페니언 영웅시대의 이야기를 파트릭에게 해주었다 한다(예이츠 작 〈오이시의 방랑기(The Wandering Oisin) 참조).

8) 코펜하겐—마렌고 마馬(Copenhague—Marengo): Copenhagen: 웰링턴의 말(전출). Marengo: 나폴레옹의 말.

9) 기계총(버짐)두시인頭詩人이여! 전도사자傳道獅子(scaldbrother! came the evangelion): (1)기계총두시인(Ossian)은 파트릭(복음자)을 만나다. (2)Scaldbrother's Hole: 약탈자 Scaldbrother가 그의 약탈 물을 보관했던, 더블린의 Arbour Hill(〈율리시스〉 제12장 초두 참조)의 지하 동굴 (3)Arrest thee, scaldbrother!: 숀—추프의 형—시인 솀—글루그에게 달려드는 말은 〈맥베드〉에서 마녀에게 덤비는 말(Aroint thee, witch)을 메아리 한다.

10) 사브로 고발자(sabre accusant): sabre: 기병대.

11) 총總 성聖 존 숲(St. John's Wood): (1)런던을 가리킴 (2)St, John Road: 더블린의 Kilmainham 가도 (3)Mrs John Wood 악단이 게이어티 극장의 개관식에서 연주했다.

12) (토끼)풀에서 따온 그의 삼엽三葉(the his trifle from the grass): 패트릭이 3위 일체(Trinity)로서 설명한 3잎 클로버.

13) 고양이의 어미(The cat's mother): 아이들의 질문을 멈추게 하기 위한 대답.

14) 암설暗舌(a darktongue): Macalister는 그의 저서 〈아일랜드의 비밀의 언어들〉(Secret Languages of Ireland)에서 암설(Ogham: 고대 아일랜드어)을 언급한다.

15) 에티오피아(Ethiaop): 아프리카의 흑인국.

16) 그는 초가草家의 화패火牌에 물었나니…. 거기에는 단지 그의 곡물만 무성할 뿐이었나니라(He askit of the hoothed…where ongly his corns were growing): 성 아우구스티누스(Augustine)의 〈고백〉(Confessions) X. vi의 글귀의 인유: 나는 대지에게 물었다. & 그것은 대답하기를: 나는 아니다. & 그 속의 사물들은 매 한가지를 말했다. 나는 바다에게 물었다 & 심해 & 기어 다니는 것들, & 그들은 대답했나니: 우리는 당신의 신이 아니다. 우리들 위를 찾으라. 나는 바람에게 물었다 & 그것의 생물들과 함께 모든 공기가 내게 대답했는지라: 아낙시메네스는 속았다. 나는 신이 아니다. 나는 하늘, 해, 달, 별들에게 물었다. (그들은 말한다) 우리는 당신이 찾고 있는 신이 아니다. (I asked the earth, & it answered: I am not. & the things in it said the same. I asked the sea & the deeps & creeping things, & they answered: We are not your God. seek above us. I asked the winds & the whole air with its inhabitants answered me: Anaximenes was deceived. I am not God, I asked the sky, the sun, the moon, the stars. Not(say they) are we the God whom thou seekest.

17) 코러스—라인(chorus—line): 주연 급 배우만이 넘을 수 있는 무대 앞 1/3에 그어진 흰 선.

18) 학교육學敎育의 수치(The skand for schooling): 셰리던(Sheridan)의 〈스캔들 학교〉(School for Scandal)의 패러디.

(224)

1) 창자항創者項(Atem): 〈이집트의 사자의 책〉(Egyptian Book of the Dead)에서 창조자.

2) 사탑似塔이라!(towerable): 〈구약 성서〉에서 바벨탑의 암시.

3) 저 거모巨毛의 녹안鹿顔(hehry antlets): hairy: 발정기 이전의 사슴뿔의 우단 털.

4) 노래할지라, 감금甘琴이여, 내게 단지 한 곡을!(Sing, sweetharp, thing to me anone!): 무어 노래 가사의 패러디.

5) 가성歌聖 세실리아여!(Cicely): St Cecillia: 노래의 수호자.

6) 화유花遊의 주름—장식—의녀衣女들frilles—in—pleyurs): 프랑스 작가 프루스트(Proust) 작의 인유: (A l'ombre des jeunes filles on fleurs).

7) 모의毛衣(Tireton): tiretain: 털 및 면화 또는 리넨의 천.

8) 얼마나 미모美貌로운 아가씨들인고(Quantly purty bellas): 이탈리아 자장가의 인유. (이하 주석10 참조).

9) 마담 리패이(Madama Lifay): 리피 강—ALP의 암시.

10) 마담(Madama): 이탈리아 자장가의 인유: 오, 얼마나 많은 아름다운 딸들을, 마담 도레여! 당신은 그들을 모두 어떻게 하려오, 마담 도레?(Oh, how many beautiful daughters, Madama Dore'!…What are you going to do with them, Madama Dore'?).

11) 신델레라답게(Cinderynelly): Cinderella: 계모와 자매에게 구박받다가, 마침내 행복을 얻는 동화 속의 주인공 소녀.

12) 그것은 너무나 작은 것인데도(it was cho chiny): 중국에서는 여인들이 작은 신발을 신는다.

13) 그는 두 형제 중 세신細身이요(who is really the rapier): 조이스는 피골신皮骨身(skinny)이다.

14) 오 마마여, 이거 야단났도다: 미, 오 라!(a simply gracious: Mi, O la!): 〈율리시스〉 제13장에서 우유를 새 턱받이에다 토한 아기를 두고 시씨(Cissy)가 하는 말과 유사함: 아, 저런! 푸딩 파이를!(O my! Puddeny pie!). (U 297)

(225)

1) 이야기 누가 믿는 담 식으로(that story to the ulstamarines): 속담의 패러디: 그런 소리를 누가 믿는 담(거짓말 마라)(tell it to the marines).

2) 설교(바지) 속에 화해(배뇨)하고 스스로를 조롱하고 있도다(he makes peace in his preaches and play with esteem): 다그라스(Douglas)(아일랜드의 당대 시인)의 〈런던 거리 경기〉(London Street Games)에 나오는 글귀: 그는 바지에 오줌 싸고, 그 김에 장난치네(he may piss in his breeches & play with the steam).

3) 소시지燒屍地(topheetuck): Tophet: 예루살렘 남동부의 화장터

4) 머핀빵떡배앓이인고?(muffinstuffinaches): Mephistopheles: Faust(악마에게 자신의 혼을 파는 16세기 마법사)의 전설, 특히 괴테의 〈파우스트〉(Faust)에 나오는 악마.

5) 수연충水蠕蟲(worrawarrawurms): Wurra—Wurra: 대충大蟲(Great Worm): 성 패트릭에 의하여 파괴된 우상.

6) 그녀가 의미한 바…황금 조청造淸(시럽)이었나니, 그녀가 의미하는…기사騎士의 플럼 잼이라(All she meaned was golten syvup…some Knight's ploung jamn): 아이들의 게임의 패러디: 산 위에 한 여인이 서 있대요. 그녀가 누군지 난 몰라요. 그녀가 바라는 모든 것은 황금과 은, 그녀가 바라는 모든 것은 멋진 젊은 남자…여 봐요 차를 무엇에 쓰나? 안녕히. (There stands a lady on a mountain, Who she is I do not know. All she wants is gold & silver. All she wants is a nice young man…What's for tea love? —Farewell).

7) 반 디먼의 산호 진주?(Van Diemen's coral pearl?): Van Diemnen's land: Tasmania: 오스트레일리아의 남동부 섬. Cora Pearl(1846—1871): 파리의 멋쟁이 고급 창부. 그녀의 부친은Kathleen Mavourneen의 작곡가였다.

8) 그들의 세상은 만사호미萬事好米로다!(All's rice with their whorl!): 브라우닝(R. Browning)의 시 〈피파 지나가다〉(Pippa Passes)의 시구: 하느님은 천국에 있나니, 세상만사 호사로다(God's in his Heaven, All's right with the world).

9) 그녀는 그가…눈길…약속했나니. 그녀의 진미眞美를…. 이제 그건 너무 장망長望하고 너무 진척進陟하고…(She's promised he'd eye her…so longed and so fared and so forth): 노래 〈여보, 그것이 무슨 소용이랴?〉의 인유: 그는 내게 파란 리본을 사주기를 약속했나니, 나의 진미의 머리카락을 매기 위해… 조니가 그토록 갈망한 머리카락…(O Dear, What Can the Matter Be?: He promised to buy me a bunch of blue ribbons To tie up my pretty brown hair…Johny's so long at the fair).

(226)

1) 저 캘로라인 가집歌集에는…귀여운 다이나 아씨들(down in Carolinas lovely Dionahs): 노래 가사의 인유.

2) 가련한 이사(poor Isa): (1)아이들의 게임: 가련한 매리는 울면서 앉아있네(Poor Mary sits a—weeping) (2)Isa Bowman: L. 캐럴의 친구인 그녀는 〈이상한 나라의 엘리스〉(Alice in Wonderland) 개작물에서 타이틀 역을 연출했다.

3) 황혼 속에 너무나 황홀하게 황울荒鬱히 앉아 있나니(glooming so gleaming in the gloaming: 노래 가사에서: Roaming in the Gloaming(황혼의 배회).

4) 이조드여(Isolde): (트리스탄) Isolde.

5) 성聖 프랑스(France's): St Francis: Assicis의 Francis(1182—1226): 프란체스코 수도회(Franciscan order)의 창시자, 동물 애호가. 그는 또한 새들, 때때로 작은 꽃들이라 할 소녀들에게 설교했다.

6) 클래아의 딸(daughter of Clare): St Clara: Franciscan 수녀원을 창설했다. Clara의 딸들(〈율리시스〉 제12장 참조(U 277).

7) 백주의白晝衣처럼(like Journee's clothes): 아이들의 게임의 인유: 〈제니 존즈〉(Jenny Jones): 넌 이제 그녀를 볼 수 없다네(You can't See her now).

8) 소녀답게 끄덕임을 산散하면서(scattering…girls who may): 아이들의 게임의 패러디: 여기 우리는 5월에 너도 밤을 모으러 간다네. (Here We Go Gathering Nuts in May).

9) 캐시미어 스타킹, 자유체自由締의 양말 대님, 털실 신발, 나무로 수은水銀칠된 채. 앞치마 프록 코트에 달린…모자 그리고…집게손가락의 반지(Catchmire stockings, libertyed garters…a ring on her fomefing finger): 스웨던보리(Swedenborg)(스웨덴의 신비적 종교 철학자)는 그의 저서〈천국과 지옥〉(Heaven and Hell)에서 천사들의 의상을 토론한다.

10) 그들은 그토록 데퉁 바리 마냥, 애광愛光되이, 혼례의 밤에 혼混올가미 되어(they look so loovely, so loovelit…: 아이들의 게임 패러디: 여기 데퉁바리 오도다(Here we come looby, looby).

11) 수줍은 내시선內視線으로, 그리고 부끄러운 외시선外視線으로. (Withasly glints in. Andecoy glants out.): 아이들의 게임의 패러디: 오른 발을 안으로, 왼발을 밖으로 둘지라(Put your left foot in, Put your right foot out).

12) 그녀들은 약간 날뛰나니(They ramp it a little, a lessle): Alice Liddell: L. 캐럴의 친구로, 〈이상한 나라의 엘리스〉의 모델.

13) 여 노예(odalisque): (회교도 국의) 동방 후궁의 처첩.

14) 아르(R)는 루브레타(붉은) 및 에이(A)는 아란시아(오렌지), 와이(I)는 일라를 위한 것 그리고 엔(N)은 녹지綠枝(N)를 위한 것이라네. 비(B)는…딸린 청소년靑少年 한편 더블류(W)(R is Rubretta and A is Arancia…W waters the fleurettes of novembrance): RAINBOW.

15) 11월의 불장난 여女에 물(水) 주다(waters the fleurettes of novembrance): 〈햄릿〉 IV. 5. 174의 글귀의 패러디: 추억을 위한 로주마리(rosemary, that's for rememberance)(11월(November)에 피는 자주빛 꽃).

16) 이들은 모두 제 갈 길을 갔도다(these way went they): 아이들의 게임 패러디: 내가 소녀였을 때, 나는 이 길을 갔다네(When I was a young girl: This way went I).

17) 아비뇽 도都 보이는 곳에(I'th' view o' th'avignue): 노래 가사의 인유: Sur le pont d. Avignon. Avignon: 남프랑스 론(Rhone) 강변의 도시.

18) 대홍수 이전(before the Luvium): (1)antediluvian. (2)Luvius: Lee 강의 프톨레마이오스 명칭.

19) 다명양多名讓(Miss Oodles): oodles(풍부함, 많음, 듬뿍)의 이름들.

20) 분노일憤怒日(Dies of Eirae): 노래 제목의 암시: Dies Irae.

(227)

1) 윈슈어의 많은 간계의 아낙네들이(many wiles of Winsure): 셰익스피어 작의 코미디 〈윈저의 즐거운 아낙네들〉(The Merry Wives of Windsor)의 인유.

2) 양회羊廻를 이루어 아웅 짝꿍 되돌아 달려오는지라(trailing their teenes behind them): 자장가의 패러디: 꼬마 보 깩꿍: 그들의 꼬리를 뒤로 끌면서(Little Bo Peep: dragging their tails behind).

3) 그들은 이 길로 통과했나니(those ways went they): 아이들의 게임: 내가 어린 소녀였을 때: 나는 이 길로 통과했도다(When I was a young girl: This way went I).

4) 윈니(W), 올리브(O) 및 비트리스(B), 넬리(N)와 아이다(I), 애미(A)와 루(R): WOBNIAR: Rainbow의 역행: 홍채의 색깔들이 처음에는 정상적이었다가, 이어 바뀌는 이중 무지개(the double rainbow in which the iritie colours are first normal and then reversed). (조이스 〈서간문〉 22/11/30) 참조).

5) 잎이 있는 곳에 희망 있나니(there's leaf there's hope): (격언)의 패러디: 생명이 있는 한 희망이 있나니(While there's life there's hope).

6) 대양大洋의 시관視觀(scout of ocean): Macpherson의 〈핀갈〉 I. 34: 대양의 내탐자(the scout of ocean).

7) 가시적 수치의 모든 서언술誓言術을 환치換置하자(the oathword science of his visible disgrace): 〈교리문답서〉(Catechism): 내향內向 및 정신적 은총의 외향적 및 가시적 증후(an outward & visible sign on an inward & spiritual graces)(성사聖事[sacrament]의 정의).

8) 타격두打擊頭로부터 복앙腹央(배꼽)까지(punchpoll to his tummy's shentre): (1)The Devil's Punchbowl: 킬라니(Killarney) 군의 균열공龜裂孔(chasm) (2)tummy's(R. Burns)의 시 〈모자〉(Tam O'Shanter) (3)shent: disgrace.

9) 토막 괴깔(bit of fluff): 소녀.

10) 시발始發부터, 스타트(Scratch. Start): (속담) 처음부터 시작(start from scratch).

11) 맥아이작(MacIsaac): (미상).

12) 공연한 법석으로(with Ado): 셰익스피어 작 〈헛소동〉(Much Ado about Nothing)의 패러디.

13) 타라스콘 타타린(Tartaran tastarin): (1)tartarin: 원숭이 (2)Alphonse Daudet 작의 Tartarin de Tarascon에서 주인공은 이중인격(split personality) 및 정신분열증(schizophrenia)을 갖는다.

14) 특미特味의 타과자唾菓子(tourtoun): (프로방스어語: Provencal): 아이들을 위한 과자.

15) 맥시카리즈 악취로부터 맥크노키 중구中溝까지(Machonochie Middle from the MacSiccaries): (미상) (It) sicarl: 흉한兇漢, 아일랜드 남서부의 케리(Kerry) 주의 McGillycudd's Reeks(악취, 연기)(?).

(228)

1) 에버라린(Everallin): Macpherson에서 Ossian의 아내요 Oscar의 어머니.

2) 성聖 선모충병 페트처럼(like holy Trichepatte): 성 패트릭 의 3부 인생(Tripartite Life of St Patrick)의 변형.

3) 젊은 도인島人들로부터 패트릭 애국당원(from yank islanders the patriotie's): Young Irelanders: 19세기 아일랜드 애국자 단.

4) 첫째 일광일日光日(first dagrene day): Macpherson의 〈핀갈〉 II. 55n의 글귀: Deo—grena는 일광(sun—bean)을 의미한다.

5) 거칠고 어두운, 과광過廣의 요파搖波(overwide tumbler, rough and dark): Macpherson의 〈테모라〉(Temora) VIII. 318의 글귀의 인유: 애린은, 거칠고 어두운, 넓게—굴러 떨어지면서, 전쟁으로 굽이치나니. (Erin rolls to war, wide—tumbling, rough and dark).

6) 석우夕雨의 활(弓)(bow of the shower): 〈핀갈〉 V. 91의 글귀: 소나기의 활(the bow of the shower)(무지개).

7) 브루스의 침묵, 코리오나스의 망명과 이그나티우스의 간계(the bruce, the coriolano and the ignacio): 침묵: Rbert Bruce(아일랜드로 원정을 감행한 스코틀랜드의 국민 영웅). 망명: Coriolanus(Plutarch에 의하여 대접받은 로마의 영웅, 그는 조이스와 함께'망명'의 주제와 연관된다). 교활: 성 로요라(Ignatius Loyola).

8) 빠이빠이, 브라소리스여(Byebye, Brassolis): (1)Macpherson의 Brassokis는 오빠가 그녀의 애인을 죽이자 자살한다.

9) 나는 이식離息하노라!(I'm breaving): 여기 글루그의 이별의 주제: breathe + leaving.

10) 안녕 둔鈍리 그레이!(Dully Gray!): 노래의 가사 패러디: Good—bye, Dolly Gray.

11) 로다 숭소원崇所園(lodascircles): Macpherson의 Carric—Thura 158n의 글귀 인유: 로다의 환(the circle of Loda)은…스칸디나비아인들 사이의 숭배 장소.

12) 겔코사 애인이여 이제 그만!(Gelchasser no more!): 〈핀갈〉 V. 90의 글귀: 나는 겔코사를 보지 않는지라, 나의 애인이여(I see not Gelchossa, my love).

13) 아람(Aram): 셈(노아의 맏아들)의 아들.

14) 성직을 위한 전도傳道(Mischnary for the minestrary): missionary for the ministry. (Heb) misna: Talmud(해설을 붙인 유태교의 율법 및 전설 집).

15) 노천교露天校의 여교사를 위한 탈피외금법脫皮猥禁法(Dora for hedgehung sheolmastress): (1) DORA: 1914년, 탈피외금법(the Realm Act)(영국) 국법 의 옹호자 (2)hedge school.

16) 암묵(안켈 사이랜스)의 근면역마차(U nkel Silence coach in diligence): (1)르 파뉴(Le Fenu) 작 〈숙부 실라스〉(Uncle Silas) (2)diligence: stagecoach (3)침묵, 망명, 간계(Silence, exile, cunning): 〈초상〉 제5장에서 스티븐 데덜러스의 자기 옹호를 위한 정신적 무기들(P 247).

17) 승계承繼의 단절(Disconnection of the succeeding): Crone 작의 〈아일랜드 전기 사전〉(Dictionary of Irish Biography) 은승계의 형제(brother of succeeding)라는 항목을 사용한다.

18) 브리티시 아메리카(Bretish Armerica): (1)(Da) Bretland: 본래는 웨일스(Wales)로, 지금의 대 브리튼(영 합중국)의 시명詩名 (2)Armorica: 트리스탄의 고향(03참조).

19) 펜실광狂(Pencylmania): 미국 Pennsylvania('자유의 종'소재지). 집필—광(writing—mania).

20) 신탁 은행의 그로리아 부인(Mrs Gloria of Bunker's Trust): Gloria Vanderbilt: 부유한 미국인의 통칭.

21) 라라코 구급차(hurry laracor): (1)Charles Lever(1806—1872): 아일랜드의 소설가, 그의 작품 Harry Lorrequer의 익살 (2)Laracor: Meath 주의 마을. 스위프트는 그곳 목사였다(1706—1714).

22) 부체재 동시東市(absendee tarry easty): 트리에스테(Trieste).

23) 접근시接近市(citta' immediata): 트리에스테는 한 때 La citta' immediata라 불리었다.

24) 비조飛鳥 로비(Rovy the Roder): W. Carlton(1794—1869): 아일랜드의 소설가로 〈유랑자 로디〉(Rody the Rover) 및 〈태평한 패디〉(Paddy—Go—Easy)의 작가.

25) 축복의 로렌스 오톨이여, 우리를 위하여 구하소서!(Beate Laurentie O'Tuli, Euro pra nobis!): (L) Blessed Laurence O'Toole, pray for us.

26) 모든 은거승은 그의 자신의 성주城主요(Every monk his own cashel): (1)모든 자는 자신의 성을 갖다(every man his own castle)의 인유 (2)Cashel: Munster 군의 고대 수도.

27) 최대의 안락으로(with the greatest of ease): 노래 나르는 그네 위의 사나이(The Man on the Flying Trapeze)의 가사 패러디: 최대의 안락을 가지고…그녀의 사랑하는 집(with the greatest of ease…her dear home).

28) 격노한 운하 위의(on the raging canal): 노래 제목.

29) 요르단의 피안을 향해(othersites of Jordan): 미국의 부흥 찬가(On the Other Side of Jordan).

30) 수동水童이여!(Waterboy!): 노래 가사.

31) 연쇄촌녀連鎖村女(knockonacow): Charles J. Kickham(1826—1882)(페니언 작가)의 저작: Knocknagow.

32) 대학잡기大學雜記(collegions): Gerald Griffin(1803—1840)(아일랜드의 저자)의 작품 The Colleians(보우시콜트 작 〈아리따운 아가씨〉[Colleen Bawn]의 토대가 됨).

33) 감옥일지監獄日誌(gheol ghiornal): John Mitchell(1815—1875): '흑색의 해방'(black emancipation)에 반대한, 아일랜드 자유 투사로, 〈감옥 일지〉(Jail Journal)의 저자.

34) 오汚 세 바스천(foul subustioned mullmud): Sebastian Melmuch: Wilde의 가명.

35) 토우마리아(Toumaria): Samaria: 옛 팔레스타인의 북부 지방 및 그 수도.

36) 개종改宗된 수시隋時 백부장百夫長 코네리우스(Cernilius): (1)베드로에 의하여 개종된 백부장(centurion) (2)〈율리시스〉 제15장에서 블룸의 음독자살한 부친 Virag는 마성적 인물(diabolical figure)이 되면서 그리스도에 대해 저주한다: 로마의 백부장인, 표범이 그의 생식기로 그녀를 능욕했던 거야(Panther, the Roman centurion, polluted her with his genitories)(U 425)(기독교의 이단설에서는 표범(Panther)이란 이름의 로마 군인이 그리스도의 아비라고 함).

37) 안토치의 회중(the clutch in Anteach): Antioch에 있는 성당 An teach: (I) 'the house'.

38) 무혼녀無婚女 및 접합사接合士 여러분!(Ladigs and jointuremen!): 신사 숙녀 여러분!(Ladies and Gentlemen!)

(229)

1) 일상의 햄과 계란과 함께!(With harm and aches): (대중 유행어) 더 많은 주문까지 햄과 계란(ham & eggs till further orders).

2) 솜씨 좋은 익살로(in handy antics): (1)S. Lover(1797—1868)(아일랜드의 노래 작가 및 소설가)의 자품의 패러디: Handy Andy (2)handy—dandy의 변형(어느 손에 물건이 있는지를 맞히는 아이들의 게임).

3) 통풍痛風이여 소택국沼澤國을 끈 맬지라!(Gout strap Fenlanns!): (G) Gott strafe England!: 하느님 영국을 벌주소서(May God punish England)(슬로건).

4) 성 조오지(Send Jarge): St George의 인유(영국의 수호성자). St George's 해협: 대서양과 아일랜드 해를 연결한다.

5) 그대는 조소하지 말지니!(daunt you logh): (1)don't you laugh. (2)W. J. O'Neill Daunt(19세기 아일랜드의 소설가)의 인유. (3)여기 단테와 겹친다. (373.32)

6) 로마 인민원로원人民元老院(S. P. Q. R): (L) Senatus Populusque Romanus(로마 제국의 모토). 라마인민상원羅馬人民上院이 타당하게 괴성魁聲 지르거니와(to begin properly SPQueaRking): (1) Senatus Populusque Romanus(the senate, and the people of Rome)(로마 제국의 모토)의 두문자로서, SPQuaRking(455 참조).

7) 아서 작가 협회(satiety of ardhurs): 영국의 작가 협회(Society of Authors)(조이스에게 보조금을 지불했다).

8) 양상羊商의 국민(nation of sheepcopers): 나폴레옹은 영국 국민을 상인들의 국민(nation of shopkeepers)이라 불렀다.

9) 암 사자獅子들 중의 혀짤배기 잔소리꾼(lalage of lyonesses): (1)Lalage: Horace의 여자 친구 Lady of Lyons와 함께 (2)콘월(잉글랜드 남서부의 주)의 Lyonesse 출신 트리스탄 (3)Bulwer—Lytton 작의 희곡 〈리옹의 여인〉(The Lady of Lyons)의 인유: 여기 글루그처럼, 〈초상〉 제2장말에서 스티븐은 이 작품에 나오는 남자 주인공과 자신을 일치시킴으로써, 작품의 주제인 신분의 탐색과 소외에 이바지 한다(P 98).

10) 그녀의 무술 협객俠客 간의 모든 서약적誓約的 진실에 관하여 알리리라: 〈서간문〉 22/11/30에서 조이스는 자기 아버지, 어머니에 관한 공갈 취재물을 발표할 생각이다. (he thinks of publishing blackmail stuff about his father, mother)라고 쓰고 있다.

11) 까까머리 까마귀 창녀(from Croppy Crowhore): Michael Banum 작의 〈까까머리: 빌후크의 창녀〉(Croppy: Crowhore of the Billhook)의 제목의 인유.

12) 길리건 과화원果花園(La Gilligan): Rose Gilliga: 더블린 Capel 가 소재의 과일 점 및 화원.

13) 야장미野薔薇(Wildrose). P. G. Smyth 작 〈길 호반의 야생장미〉(The Wild Rose of Lough Gill)의 제명에서.

14) 아카렙(Ukalepe): 〈율리시스〉, 〈칼립소〉 장의 암시.

15) 망우염자忘憂厭者의 휴가(Loather's leave): 〈율리시스〉, 〈로터스—이터즈〉 장의 암시.

16) 천일黃泉日(Had Days): 〈율리시스〉, 〈하데스〉 장의 암시.

17) 부국무인父國無人(Nemo in Patria): (1)〈율리시스〉, 〈아이올로스〉 장의 암시 (2)(L) nemo in patria(no one in the fathrland)의 익살.

18) 주외식晝外食(Luncher Out): 〈율리시스〉, 〈레스트리고니넌즈〉 장의 암시.

19) 와녀渦女와 암남岩男(Skilly and Carubdish): 〈율리시스〉, 〈스킬라와 카립디스〉 장의 암시.

20) 경驚방랑하는 난파難破(A Wandering Wreck): 〈율리시스〉, 〈배회하는 바위들〉 장의 암시.

21) 가인녀歌人女의 선술집(Mermaid's Tavern): 〈율리시스〉, 〈사이렌〉 장의 암시.

22) 유명고장사有名雇壯士(Bullyfamous): 〈율리시스〉, 〈키크롭스〉 장의 암시.

23) 음탕 종아리(Naughtsycalves): 〈율리시스〉, 〈나우시카〉 장의 암시.

24) 비참모悲慘母(Mother of Misery): 〈율리시스〉, 〈태양신의 황소들〉 장의 암시.

25) 발퍼기스의 나야裸夜(Walpurgas Nackt): 〈율리시스〉, 〈키르케〉 장의 암시(괴테 작 〈파우스트〉의 Walpurgis Nacht(5월 1일 전야: 이 밤에 마녀들이 Brochen 산상에 모여 술을 마시며 논다는) 부분과 유사함).

26) 야인복野人服(베레모)(tomashunders): 번주(Burns) 작: Tam O'Shanter(모자)의 제목 패러디.

27) 레티형型 영부인令夫人(Lettyshape): Letty: 스위프트의 친구 Laettia Van Lewen에 대한 Delaney의 이름.

28) 저 외음부外陰部의 초미균열超微龜裂(microchasm as gap as down low): (1)microcosm(cunt: 음부) (2)Kerry 주의 Gap of Dunloe.

29) 재임슨 주酒속에 맥아주소변(waking malters among jemassons): (1)배뇨하다(make water) (2) Jameson's whiskey(아일랜드의 특산 주).

30) 라이먼코논물스트라(Leimuncononnulstria): Leinster, Munster, Connacht, Ulster 4개 주의 함축어.

31) 머핀 빵이다 차(茶)다 하여(tiffin for thea): 동화 끝의 관용 표현.

32) 한 판 승부: all had tiffin for tea: (속담) 차 대신 점심을 먹다.

33) 진심으로 후회하고 있는지: 참회의 행위(heartsilly sorey he was, owning to the contrition): 나는 진

2부

심으로 후회하나니(I am heartily sorry).

34) 캑쓰톤과 폴록(Caxton and Pollock): (1)Caxton: 초기 인쇄업자 (2)Castor & Pollux: (희랍 신화) 제우스와 레다(Leda)의 쌍둥이 아들.

35) 그녀의 남편에 의하여 유독 친밀 속에 전적으로 감탄 받았다는 그들의 추단(their account ottorly admired by her husband in sole intimacy): Mithide Wesendonk(Otto Wesendonk의 아내)는 바그너의 정부로, 그의 작 〈트리스탄와 이솔드〉(Tristan and Isolde)에 영감을 주었다.

(230)

1) 빌 C. 배이비(Bill C. Babby): Beelzebub: 악마들의 왕자(prince of devils)(〈마태복음〉: 12:22)로 불리며, 밀턴(Milton)은 악의 힘에 있어서 그를 사탄 다음으로 삼았다.

2) 섹스(性)사탄의 모든 비탄의 총總(all the sorrors of Sexton): Marie Mackay(필명: Corelli)(1855—1924) 작 〈사탄의 슬픔〉(The Sorrow of Satan)의 패러디로, 〈율리시스〉 제9장 초두에서 스티븐 데덜러스는 이를 밀턴의 〈실낙원〉과 비교한다(U 151).

3) 마치 바그너(짐마차 꾼)가 파라다이스(樂園)의 그들 밀회소(트리스탄)에서 자신의 이족泥足의 윤녀潤女를 유혹하듯(as a wagoner would his mudheeldy wheelindonk at their trist in Parisise): 바그너의 정부情婦 Mathilde Wesendonk는 〈트리스탄와 이솔드〉에 영감을 주었다(전출: FW 229. 35 참조).

4) 빵을 물위에 투출投出하고(bread cast out on waters): 성구의 인유: 너는 네 식물을 물위에 던지라(Vast thy bread upon the water), 〈전도서〉 11: 1.

5) 새댁(新宅) 카사노바의 몬시뇨루 귀부인과 알만티어즈 출신의 처녀(Mondamoiseau of Casanuova and Mademosselle from Armentie'res): (1)Giovanni Giacomo Casanova: 엽색獵色군, 색마(lady—killer) (2)Armen— tie'res: 노래의 여주인공.

6) 운무심雲霧心의 신혼녀!(Neblonovi's Nivonovio): 운녀雲女 Nuvoletta의 변형(157 참조).

7) 침음악寢音樂(slee music): P. W. 조이스: 〈영어로 된 아일랜드의 농부의 노래〉(Irish Peasant Songs in the English Language), 〈고대 아일랜드의 문화〉(Ancient Irish Civilisation)의 19세기 저자). 조이스는 후자의 책을 소유했는데(〈서간문〉 III. 343, 344 참조), 여기 침음악은 다음의 문구에서 도래함: 아일랜드의 악사들은 다양한 스타일을 가졌었다…침음악(Sleep—music)은 잠을 오게 하는 것을 의도했다(The Irish musicians had various styles…The 'Sleep—music' was intended to produce sleep).

8) 무숙랑자無宿浪者 마냥(like Ipsey Secumbe): (1)Gipsy (2)(I) ipse secum: himself with himself.

9) 그가 피리 주자奏者를 박피箔避하기 시작할 때(fingon to foil the fluter): 노래 제목의 패러디: 피리 주자 필의 무도(Phil the Fluter's Ball).

10) 영혼의 버터로 성육成育되었는지라(being brung up on doul butter): M. 트웨인의 〈허클베리 핀〉 28: 25의 글귀.

11) 자신의 관장만가冠葬輓歌를 위하여 눈물로서, 마치 천사기차天使機車가 울부짖듯(With tears for his coronaichon, such as engines weep): 밀턴 작의 〈실낙원〉 I. 6. 20의 시구: 천사의 눈물 마냥 터져 나왔도다(Tears such as angels weep, burst forth). (U 151 참조).

12) 생인생生人生은 방생放生할 가치가 있는고?(Was liffe worth leaving?): W. H. Mallock 작 〈인생은 살 가치가 있는가?〉(Is Life Worth Living?)의 패러디.

13) 위대한 생애(grand carriero): 조이스의 유년시幼年詩 〈위대한 생애〉(Brilliant Career)의 인유.

14) 아르키메데 원조元祖의 지레 수혼주娷婚柱들이라(the archimade levirs): Archimedes: 지레 이론(theory of levers).

15) 그대 기억할지니, 파도破倒된 성城을?(Remember thee, castle throwen?): T. 무어의 노래 가사의 인유: 그대 기억하는고? 이 심장 안에 생명이 있도다(Remember Thee? Yes, While There's Life in This Heart)〔Castle Tirowen〕.

16) 번화 수로樹路, 이제는 석조(propsperups treed, now stohong baroque): 목석(tree & stone)(〈경야〉의 주제들 중 하나).

(231)

1) 그것이 사람의 아택我宅일 때: 셈의 최초의 수수께끼. (170 참조)

2) 나의 하느님, 아아, 저 정다운 옛 딩댕동 집…안에 색의色意를 위해 은거했도다!: 〈서간문〉, 22/11/30, 위버에게 보낸 편지 참조: 조이스의 9살 때 지은 집(cot)에 관한 시: 아 나의 집 다정하고 사랑하는 가정 거기 나는 가끔 젊음의 게임을 하고 놀았대요, 온 종일 청록 풀 위에 그늘진 가슴에서 잠시 서성거렸대요(My cot alas that dear old shady home where oft in youthful sport I played, upon thy verdant grassy fields all day or lingered for a moment in thy bosom shade).

3) 티모르 해海(Timor Sea): 인도양.

4) 만장시인萬葬詩人(Fonar): Macpherson의 Temora에 나오는 시인.

5) 퉁방울 눈의 라브레리스가 쓴 셸리의 향연왕饗宴王(feastking of shellies by googling Lovvey): (1) Danis Florence MacCarthy(아일랜드의 시인, 1817—1882) 작 〈셸리의 초년시절〉(The Early Years of Shelley)의 타이틀 패러디 (2)Lovvey: ? (3)Macpherson 작 〈핀갈〉 I. 43의 시구의 인유: 조가비 왕(king of shells).

6) 프레이르 신(freytherwm): Frey: (북구 신화) 비옥과 평화의 신.

7) 매 같은 깃털을 한(eagelly plumed): Macpherson 작 〈테모라〉(Temora) III. 262n의 시구의 인유: 아일랜드는 매의 깃털을 지녔도다(Ireland had a plume of eagles feathers).

8) 혹마或馬 같은 메기 및 음침관陰沈棺…집오리 새끼(horsery magee…odarkery): Thomas D'arcy McGee, John Boyle O'Reilly 등, 19새기의 아일랜드—아메리칸 2급 저널 시인들.

9) 그의 시열時熱의 치통齒痛이 그를 어떤 광란 당나귀의 광난두狂亂頭로 삼았나니라: 〈서간문〉, 22/11/30의 글귀의 변형: 이것은 치통의 갑작스러운 통증으로 중단 되었나니, 그 때문에 나를 섬뜻하게 했도다(This is interrupted by a violent pang of toothache after which he throws a fit).

10) 요수아 크로에수(Joshua Croesus): (1)Jesus Christ(저주) (2)Croesus: Lydia(고대 소아시아 서부의 옛 최고 부국) 최후의 왕, 세계에서 가장 부자 (3)Joshua: Nun의 아들(희랍과 슬라비아 판 〈성서〉,에서 불리는 예수(Jesus).

11) 무안無眼(눈)의 자식 같으니!(son of Nunn!): 이집트 신화에서 Nunn은 창조 시까지 잠잤다.

12) 비록 그가 수백만 년…수억만 년의 생을 산다 한들, …장미정원薔薇庭園로부터…자광택紫光澤으로 열광熱光할 때까지(Though he shall live for millions of year…from their roseaced glows to their violast listres…): 〈이집트의 사자의 책〉, CLXXV의 문구의 변형: 그대는 무지개의 생명, 수억만 년을 살 것으로 명명 되도다(It is decreed that thou shalt live for millions of millions of years, a life of millions of years).

13) 요비妖屁 페가서스 비마飛馬Pugases): (희랍 신화) 날개 달린 말(시신詩神 뮤즈의 말).

14) 혈역血域이여!(bloody acres): 더블린의 Glasnevin 공동묘지의 별명.

15) 자신의 흉패胸牌를 타打한 후에(after at he had bate his brestplates): (1)beat brest(가슴을 치며 슬퍼하다) (2)성 Patrick의 찬가흉패(Brestplate)(갑옷, 마구 따위의 가슴 바디).

16) 말소스 위偉모어)는 자신의 영혼을 회복했나니라(Malthos Moramor): (1)Malthos: Temora에서 Fingal의 적 (2)Temora I. 220의 글귀의 인유: Cairbar는, 놀란 뒤에, 마침내 자신의 영혼을 회복했도다.

17) 고주가古酒歌(oldsteinsong): (1)(미국 속어) 음주가(Stein song) (2)Old Steine: Rathgar의 Brighton 광장.

18) 양이兩耳까지(to his aers): (1)Fingal IV. 90의 글귀에서: 갈지라, Ferchios여, 반석의 백발 자식,

Allad에게로. (2)(Arch 고어) aer: ear.

19) 노老 소로자燒爐者(old Roastin): 노래 가사: 멋쟁이 로진 노인(Old Rosin the Beau).

20) 왜 저 사나이가 그녀에게 나쁜 짓을 하다니!: 노래 가사의 패러디: Franki & Johnny: 그는 나의 남자, 하지만 내게 나쁜 짓을 하다니(He was my man, but he done me wrong).

21) 도로徒勞의 쥐여우여, 그건 그의 복통腹痛의 독감사자毒感獅子로다(Mookery mooks, grippe of his gripes): 〈쥐여우와 포도 사자〉(Mookse and Gripes): 〈경야〉 주제 중의 하나.

(232)

1) 묽은 콜타르 피치가 그에게 직장염을 야기하지 않기를!(may his tarpitch dilute not give him chromitis): George Berkeley(아일랜드의 Cloyne의 앵글리칸 주교 및 철학자. (〈율리시스〉에 따르면, 그는 그의 삽 모자에서 사원의 휘장을 꺼냈다(U 40)) 그는 타르 수水를 만병통치로서 사용하고 옹호했다.

2) 대개 타르 탄炭이 양약良藥이라(mostly Carbo): 노래 가사의 패러디: 몬테 칼로의 은행을 파괴한 자(The Man The Broke the Bank of Monte Carlo).

3) 천연가스 불꽃으로(gasser). 〈더블린 사람들〉, 〈죽은 사람들〉에서 Michael Furey는 가스 공장(gasworks)에서 일했다.

4) 불꽃 및 참된 불꽃 및 온통…추소追燒할지라(with a pure flame and a true flame and a flame): (속담)의 패러디: 길게 당기기 & 강하게 당기기 & 모두 함께 당기기(a long pull & a strong pull & a pull all together).

5) 더브(疑)린의 매그 잡지(the dubuny Mag): Dub, Uni. . Mag. : Dublin University Magazine.

6) 나의 해학자諧謔者, 디니 피닌과 함께(With Dinny Fineen, me canty): (1)Dinneen's Ir. Dictionary (2)Denis F. MacCarthy(1817—82): 아일랜드의 시인 Dinneen(가장 잘 알려진 아일랜드 사전[1904]의 편집자)과 병행한다.

7) 음유시인의 최실자最失者로서(in the lost of the gleamens): Michael Moran은 더블린의 거리 가수로서, 음유시인의 최후자로 알려졌다.

8) 생가生可의 마이클 모란(Sousymoust): (Gr) zozimols: capable of living.

9) 정기심파精氣心波(herzian waves): 에데르(精氣)의 파도. (G) Herz: heart.

10) (그녀를 베니스 아명雅名으로 부르나니! 그녀를 스텔로 부르는지라!)(call her venicey names! call her a stell!): 스위프트의 연인들인 바네사와 스텔라.

11) 상처 입은(아스타르테)(astarted): Astarte(아스타르테): 페니키아의 풍요와 생식의 여신으로 바빌로니아의 Aphrodite에 해당함.

12) 앞마당(forecotes): (1)Four Court(아일랜드 대법원)의 변형

13) 오 도허티!(O doherlynt!): 아일랜드 시인 Kevin Isod D'Doherty, 그가 전근하자 약혼녀가 그에게 한 말의 패러디: 나는 그대를 기다릴지니, 오 사랑하는 이여(I'll wait for you, O darling).

14) 그슬린 모자 주위에…불꽃의 끈 실을 능직으로 짜는지라, 그녀가 혼욕婚辱되었음을…알리기 위해(around its scorched cap she has twilled…let the laitiest know she's marrid): 노래 가사의 변형: 아직 자라는지라: 그의 대학 모자 주위에 나는 푸른 띠를 매리니, 왜냐하면 모든 여인들에게 내가 결혼했음을 알리기 위해(Still Growing: & all around his college cap I'll bind a band of blue, For to let the ladies know that he's married).

15) 거절됨을(배구背球)(backballed): 거절당하다.

16) 클래러벨(claribel): Claribel: 애린으로 돌아와요(Come Back to Erin)를 작곡한 Charlotte Barnard의 가명.

17) 물가의 애우愛友(dearmate ashore): 노래 가사의 익살: Dermot Asthore.

18) 틴타젤18)의 만어慢語(in the languish of Tintangle): 마크 왕의 성城이 있던 Tinagel의 언어.

19) 강성주?(moiety lowd?): mighty loud + lord.

20) 애인(m. d.): my darling의 약자(스위프트가 그의 연인 스텔라에게 보낸 편지에서의 약호).

21) 판독하다(Decoded): 암호문을 해독하다.

22) 노계老鷄, 어린 까마귀(Old cocker, young crowy): (속어): 늙은 수탉이 울자, 어린 병아리가 배운다(As the old cock crows, the young cock learns).

23) 부父, 자子(馬)(sifadda, sosson): (속어) 그 아버지에 그 아들.

24) 바람을 타고 날뛰며 출범이라(outstripperous on the wind): Macpherson의 〈테모라〉(Temora) VII. 310n의 인유: 바람을 타고 항해하기 위해(To travel on the winds)(시적 표현).

25) 와아 외침, 스톱(停) 및 발작 혼족락混足落과 함께(with his whoop, stop and an upalepsy): hop, step & jump. epilepsy: 간질병.

26) 아트란티스 섬(Atlangthis): Atlantis: 바다 속에 잠겨 버렸다는 대서양 상의 전설적 섬.

27) 이중변장二重變裝으로(doubledasguesched): 트리스탄은 변장을 하고 이솔드에게로 돌아왔다.

28) 리오 그란드(Rio Grande): 리오그란데(미국과 멕시코 국경을 이루는 강). (233)

1) 모우톤레그와 카파(유상무幻想舞)(moutonlegs and capers): 환상적 행동 무용.

2) 그가 바로 농담 꾼 인척하며 자신의 꼬리를 쫑긋 추켜 올렸으리라(letting on he'd jest japers and his cooked up): P. W. 조이스 작: 〈아일랜드에서 우리가 말하는 영어〉(English as We Speak It in Ireland)의 글귀의 인유: 그대는 나무 삽으로 그의 꼬리를 쫑긋 추켜 세우고, 자신의 저녁 식사를 위해 땅을 파고 있는 악마를 여태 본적이 있는고?(Did you ever see the devil With the wooden spade & shovel Digging praties for his supper & histail cocked up).

3) 여기 여숙旅宿을 알아야만 하나니(he maun't know ledgings here): 아이들의 게임에서: 3 수부들: 우리 여기 숙소를 정할까?(Three Sailors Shall we have lodging here?)

4) 프록코트의 술 장식(불어佛語)(frenge for frocks): 〈초상〉 제4장에서 스티븐은 신부와의 대화 도중 숙녀의 프록코트를 프랑스어로 les jupes라 말하는데(P 155), 이는 여성이 입는 옷가지 중의 하나이다.

5) 당당히 놀아요(페어플레이를), 숙녀여!(playfair, lady!): 아이들의 게임에서: 런던 다리: 나의 당당한 여인이여(London Bridge: my fair lady).

6) 망명(exile): (1)조이스의 대륙으로의 망명 (2)그의 희곡의 제목이기도: 〈망명자들〉(Exiles)(극 중 Richard Rowan은 조이스 자신의 초상이다).

7) 대구두大口頭의 사교관(codhead's mitre): 입 벌린 대구의 머리는 사교관을 닮았다. 글루그(스티븐 데덜러스)의 종교의 포기 의미, 그는 성직의 부름을 버리고, 대륙으로 떠났다.

8) 하인下人 중 하복下伏 및 왕 중 왕(the server of servants and rex of regums): 그리스도의 노예들 중의 노예(교황의 타이틀)의 인유.

9) 그대 성냥을 켜는 것을 본적이 있는고 아니 이 화약은 내 것인 고 아니(have you seen a match being struck nor is this oowder mine but: C. K. Ogden 저 〈의미 중의 의미 3〉(The Meaning of Meanings3) 의 글귀: 이는 불을 기대하며 나아가는 성냥을 켜는 예를 인상 이상심리(engram complex)(신경 세포 안에 생긴다는 기억의 흔적에 대한 고정관념)의 예로 제시한다. 〈율리시스〉 제7장에서 스티븐은성냥을 켜는 행위(사소한 행위)를 에피파니(epiphany)로서 들먹인다(U 115).

10) 그대는 잔다르크인고?(Haps thee jaoneofergs): (I) fearg: anger (2)Joan of Arc.

11) 꼬마 독나방인고?(nunsibellies: Joyce thought nun's bellies yellow.

12) 아아니나니(Naohaohao): 〈율리시스〉 제13장에서 꼬마 아기(Boardman)의 상투어(U 285).

(234)

1) 속임수 가짜 셔츠 속에 깨어 삶은 계란처럼!(Hovpbovo halfogate hokidimatzi in kamicha): (1)노래의 인유: Hokey Pokey, Five a Plate (2)(It) affogate: of egg, poached (3)(It) in camica: in one's shirt.

2) 포도복통葡萄腹痛하게도(griposly): 포도사자(Gripes) 즉, 셈—글루그.

3) 최고트리스탄嘆 신사풍風을 띠었나니(tristiest cabaleer): (트리스탄과 이솔드).

4) 감당勘當 1페소 은화(pero besant): (Annie Besant: 접십론자 (2)peso: 스페인의 이전 통화 단위.

5) 신(죄罪)초 과시誇示판자(손)(Sin Shoqpantz): Sancho Panza: 〈돈키호테〉(Don Quixote) 돈키호테의 충실한 하인. 이상주의적 인물, 현실적 친구.

6) 이 세상을 백개안白開眼으로 걸어 다녔던 어느 하인何人인들 치고(walked…world…eyes whiteopen): 계몽 후의 불타佛陀는 세상을 산책하며, 뜬눈을 하고 움직이지 않은 채 그대로 있었다.

7) 그가 자신의 뒤에 두고 떠난 자者보다(than the kerl he left behind him?): 노래 가사의 패러디: 내가 뒤에 두고 온 소녀(The Girl I left behind Me).

8) 28혼명婚命 성인전기서聖人傳記書의 자者(haggiography in duotrigesumy): hagiography: 성인 생활전生活傳. (L) duodetriginta: 28.

9) 6어금니(齒)종상種象의 최낙천最樂天의 자子(son of sopimost of sire sixtusks): 불타佛陀는 한 때 6어금니의 코끼리로서 재탄再誕했다 한다.

10) 마야여왕摩耶女王(Mayaqueenies): Maya: 불타의 어머니.

11) 권두모卷頭毛(looiscurrals): loose curls의 Lewis Carroll.

12) 동량지혼棟梁之魂(soulnetzer): Solness: 입센의 청부업자(Master Builder)(4 참조).

13) 저 단디패니의 딸은 눈꺼풀의 유희를 아는지라(dem dandypanies). : 불타는 Dandapani의 딸과 결혼하고, 눈꺼풀이 팔랑거리는 여인들에 의해 둘러싸였다.

14) 천로여인天路旅人(pilgrim prinkips): 번니언(Bunyan) 작의 〈천로역정〉(Pilgrim's Progress)의 인유.

15) 성찬식축하 속에(in neuchrpristic congressulations): 〈성찬식 모임〉(Eucharistic Congress).

16) 달시니어(dulsy nayer): 돈키호테의 애인 Dulcinea의 암시.

17) 원무圓舞손잡고(t'rigolelect): 손을 서로 맞잡는 원무사圓舞師들의 환.

18) S의(essies): 'ss.

19) 아라비지여(arrahbeejee): 〈더블린 사람들〉의 〈애러비〉.

20) 프랑키(frankay): Frankish: 프랑크 족의(서 유럽인의).

(235)

1) 처녀들의 기도(madian's prayer): 노래 가사의 패러디: 〈처녀의 기도〉(The Maiden's Prayer).

2) 머리를 숙일지라(bow the head): 이슬람의 기도는 경두傾頭 동작의 연속.

3) 적성령滴聖靈(holiorops): (성부). (성자), 성령(holy) + heliotrope.

4) (알라라 랄라 라!)(Allahlah lahala lah!): Allah 신 이외에는 신이 없도다(기도에 대한 호소). 비코의 신성시대(Divine Age)의 암시.

5) 잔토스(성갈聖褐), 잔토스(성기聖祈), 잔토스(성도聖禱)!(Xanthos…): 힌두 경전 〈우파니샤드〉(Upanishads)(고대 힌두 경전)의 글귀의 변형: Shantih(the peace which passeth understanding). T. S. 엘리엇의 〈황무지〉의 결구. 후출 Sandhyas!(593 참조).

6) 미드랜드 은행(midland mansioner): 엘리엇—물질주의자(materialis): 한 때 유럽의 한 은행 서기로 일

했다.

7) 애이즈베리 가도街道(Ailesbury Road): 더블린의 볼즈브리지(Ballsbridge)에 있는 Ailesbury 가도(부유층 마을).

8) 충실한 종從들(obeissant servants): 은행의 통어.

9) 네보 산山 인근(nebohood): Nebo: Beaconfield 소재의 산으로, 시인 버크(E. Burke)가 근처에서 살았다. nebohood: Nebo 산山 + neighbourhood.

10) 온케일 장지葬地(Oncaill's plot): (속俗 라틴어) burying ground(장지).

11) 앤빌 산山(Mount Anvillr): 성심(Sacred Heart) 수녀원이 있는 더블린의 단드럼(Dundrum) 소재의 산 이름.

12) 극지낙엽송極止落葉松 성聖 오툴(Larix U'Thile): 성 오툴(Laurence O'Toole)의 익살. (L)larix: larch(낙엽송).

13) 먼네라이 지역(Manelagh): 더블린의 Ranelegh 지역 명.

14) 연백軟白 살구 빛의 사서함 우체통(palypeachum pillarposterns): Polly Peachum: 그래이(John Gray) 작의 희곡 〈거지의 오페라〉(Begger's Opera)의 여주인공.

15) 피아트—피아트(Fyat—Fyat): 이탈리아의 피아트(Fiat) 자동차 회사.

16) 칙칙 폭폭(추프)에 탄 똥똥이(추비)(Chubby in his Chuff): (1)추프 (2)uncle Chubb: (넋 빠진 얼간이) (U 510).

17) 이솔더(U)를 판매하자 트리스탄(T)(차茶)(T will be…I sold U): 트리스탄…Isolde.

18) 퍼시(Percy): (1)Percy Wyndham Lewis? (2)Percy Bennett(1866—1943): 취리히의 영국 영사로, 〈율리시스〉의 Percy Bennett(〈키르케〉장).

19) 샴 자매 고양이(Seemuease Sister): Siamese cat(파란 눈, 짧은 털의 고양이).

20) 파모어(poirette): (F) poire(먹는)배.

21) 부터스타운(Bootiestown): Booterstown: 더블린의 지역 명.

(236)

1) 글리세린 광光의 보석(Charmeuses chloes): 호라티우스(Horace)의 시 〈송가〉(Odes)에 나오는 소녀들, 마을 청년의 애정의 대상. (〈율리시스〉 산과 병원 장면에서의 Lynch의 방담: 글리세라 아니면 클로에게서 온 익살스러운 편지를 북 마크로 끼우고 있었어…(U 339 참조)

2) 숙광淑光 부채 및 분향焚香의 궐연초(ladislight fans and puffumed cynarettes): (1)ladylike or fanlight (2)perfumed cigarettes.

3) 미려녀美麗女에게는 미용남美容男(Luisome his for lissome hers): 속담의 변형: 행실이 훌륭하면 인품도 돋보인다(Handsome is as handsome does).

4) 성촉절聖燭節(Candtalamesse): (1)이탈리아의 가족 이름(미사곡을 노래한 자) (2)Candlemass: 성촉일(2월 2일)(성모 마리아가 순결하다는 표시로, 그를 기리기 위해 촛불 행렬을 행함) (3)조이스의 생일이기도.

5) 성聖 티브일日까지(결코) 코크에 가지 않을지니(Cork…Saint Tibble's Day): 아이들의 게임: 바빌론까지는 어마나 많은 마일일까요: 성촉 일까지 거기 도착할까요?(How many miles to Babylon: Will I be there by Candlemas?(U 22 참조).

6) 식농자植農者는 그의 소굴巢窟(퀸)에 있고(The Fomor's in his din): 아이들의 게임의 변형: 농부는 그의 소굴에 있다네…히 아이 헤디 호…농부는 그의 소굴에 있다네(The farmer's in his den, The farmer's in nhis den. He I Hedy Ho, The Farmer's in his den).

7) 노둔인魯鈍人(the Fomor's: Formorians): 초기 아일랜드 식민지들의 종족.

8) 팔타롱(paaralone): Parthalo'n: 초기 아일랜드의 식민자.

9) (솔로몬) 아가雅歌(song of Singlemonth): 〈성서〉, 〈아가〉(Song of Solomon) (3)자장가의 패러디: 6페니짜리 노래를 불러요(Sing a song of sixpence).

10) 부유한 신사분들(wealthy gentlemen): 노래 가사의 패러디: 하느님이시여 그대를 즐겁게 하소서, 아무것도 그대를 괴롭히지 마소서(God rest ye merry, gentlemen, let nothing you dismay).

11) 프루푸록(wibfrufrocksfull): Prufrock: T. S. 엘리엇 작 〈프루프록의 연가〉(Lovesong of J. Alfred Prufrock)의 주인공은 부유한 신사, 그는 여기 추프를 닮았다.

12) 그대 즐거운 호랑가시나무 그리고 담장이(Thej olly and thel ively): (1)Candlemas(성촉일 또는 성돈일 Groundhog Day). Christmas의 암시 (2)노래 가사의 인유: 호랑 나무와 담장이, 그들은 이제 한창 꽃피었네, 숲에 있는 모든 나무들 가운데, 호랑 나무가 관冠을 맺었다네(The Holly & the Ivy, Now they are both in bloom, Of all the trees that are in the wood The holly bears the crown).

13) 갈채 승자 잼보리 떠들썩한 연회! 갈 갈채 승자 잼보리 소동!(Hip Champouree! Hiphip champouree!…. Anneliuia!): 노래 가사의 인유: 마부 잼보리, 마부 잼보리, 오 그대 긴 꼬리 가진 검둥이, 내 뒤에서 그걸 찔러요(Whip jamboree…O, Jenny, get your oatcake done).

14) 처녀들이여 포럼 케이크를 빙빙 돌릴지라(jessies, push the pumkik round): 노래 가사의 인유: 폴리는 냄부를 오려 놓았네: 제시는 포럼 케이크를 건넸다네(Polly Put the Kettle On: Jessie, pass the plumcake round).

15) 로물루스와 림머스 쌍왕双王(Roamaloose and Rehmoose): Romulus & Remus: (로마 신화) 로마를 건설한 초대 형제 왕들, 그들 쌍둥이 형제들은 늑대에 의하여 양육되었다 함.

16) 차파리조드 땅(Chapelldiseut): Chapelizod의 거리들을 포함함.

17) 볼리 바러`역域(Ballybough): 더블린의 한 지역.

18) 피녀법정彼女法廷 유랑전차선로流浪電車線路(that hercpurt strayed reelway): 더블린의 Harcourt 가의 기차 정거장(railway station).

19) 그랜지고만(Grangegorman): 더블린의 한 지역.

20) 당시 이래로 스터링과 기네스가 시내들과 사자들에 의하여 대체代替되었고(sterlings and guineas…brooks and lions): 조이스의 부친은 1880년 총선거 동안'자유 연합 클럽'(United Liberal Club)의 서기였다. Maurice Brooks 및 Dr Dyer Lyons의 자유 연합 후보자들은 Arthur 경 및 James Stirling을 패배시켰다.

21) 타임이(Thyme): 조미, 완화제(seasoning)의 뜻.

22) 모머스가 마즈(momie mummed at ma): 드라이든(Dryden)(영국의 시인. 비평가, 극작가. 1631—1700) 작 〈화성을 위한 모머스의 노래〉(Song of Momus to Mars). (William Boyce(1710—79)(영국 작곡가 작곡)의 인유.

23) 스트래이트컷 또는 사이드위스트로(straightcut) or sidewaist): straightcut: 꼭 바로 썬. sidewaist: sideways: 비스듬히.

(237)

1) 화반성배花盤聖杯(Calyzettes): Chalice 혹은 Calyx: 성배로서의 꽃 받침대.

2) 뽕나무 망사지網絲紙(Mullabury): (1)아이들의 노래하는 게임의 일종: Mulberry Bush(뽕나무 숲) (2) 여기 거명되는 뽕나무는 소녀들의 화해의 노래와 함께, 〈율리시스〉의 도서관 장면에서 스티븐과 멀리건이 들먹이는 평화의 상징: 언제나 침묵의 목격자(만년의 셰익스피어)로서 지냈던 지상의 그 곳으로 되돌아와, 거기, 인생의 여정을 마치고, 뽕나무를 땅에 심는 거요(a silent witness and there, his journey of life ended, he plants his mulberrytree in the earth)(U 171)—스티븐. 오, 그대가 그대의 잡뽕나무색의 잡색의, 잡혼의 토물 속에 누워 있을 때(as you lay in your mulberrycoloured, mutyicoloured, mutitudinous vomit)(U 178)—멀리건.

3) (오 저런 녀女! 오 어렵쇼 녀女!)(오 my goodmiss, O my goodmess): 맙소사, 나의 기네스 맥주!(my goodness, my Guinness)(1930년대의 광고).

4) 만능약萬能藥(elixir): 〈트리스탄과 이솔드〉에서 트리스탄이 쓰던 만능약. 〈율리시스〉에서 블룸의 상투어: 생의 만능약(Elixir of life)(U 81).

5) 스태니슬로스 무결강자無缺鋼者(Stainusless): 조이스의 동생(더블린 대 교수)인 Stanislaus Joyce. 여기는 추프를 가리킨다.

6) 40 서간일書簡日에 세계 일주(round the world in forty mails): 프랑스 작가 Jules Verne(1828—1905)의 작품의 인유: 〈80일의 세계 일주〉(Around the World in Eighty Days).

7) 대니골 전역全域(Daneygaul): O'Flynn 신부의 노래 가사: 도네갈 전역에서(in all Donegal).

8) 갈마羯磨(karman): Carmanhall: 더블린 군, 북 Leopardstown의 도회지 땅.

9) 로키 신神(loki): Loki: (북구 신화) 파괴, 재난의 신.

10) 불가촉천민不可觸賤民(Untouchable): 인도 카스트(세습 계급) 천민.

11) 그대는 순결하나니. 그대는 유년기에 있도다(Tou are pure. You are in your puerity): 〈이집트의 사자의 책〉 CXXV의 구절의 인유: 나는 순결하다. 나는 순결 해. 나의 순결성은 저 위대한 베뉴의 순결성이라(I am pure, My purity is the purity of that great Bennu).

12) 아만티Amanti): (1)Amenti: 이집트의 하계. (2)(It) amanti: 애인들.

13) 엘브 아이남 여신, 타이텝 노텝 여신…에넬—라 여신…아룩—아이툭 여신(Elleb Inam, Ti tep Notep…Enel—Rah…Arue—Itus): 이집트의 지하 여신들.

14) 동아춘東阿春의 비(雨)(rains of Demani): demani: 동부 아프리카의 봄.

15) 바라자(Baraza): 베란다. 뒷마루.

16) 러부린 필생筆生(Labbeycliath longs): Baile Atha Cliath: 더블린의 고대 명.

17) 대가압大家鴨(The Great Cackler): 〈이집트의 사자의 책〉에 나오는 거위.

18) 후광락後光樂의 주主 아벨(Abel lord of all our haloease): (1)〈성서〉,의 아벨(및 가인) (2)Abelard & Heloise: Peter Abelard(1079—1142): 스콜라 철학자, Heloise는 그의 아우다.

19) 마가다렌 개종 창부娼婦들인 동시에 필로메들(philomels as well as magdelens): Philomela: (희랍 신화) 나이팅게일이 된 왕녀(T. S. 엘리엇의 〈황무지〉 101행 참조). 여기 추프(숀)는 엘리엇 격. Madalen: 갱생한 창녀.

(238)

1) BVD와 BVD 점點(dot): 남자용 속 팬티의 암시.

2) 그대의, 그대를, 그대에게 그리고 그대로부터(라틴어의 격변화(of and on, to and for, by and with, from you): 소유격, 대격(직접 목적격) 여격(이중 목적격), 탈격의 용례.

3) 만일 다가오는 공격이 우리들의 전율을 미리 투송投送할 수 있다면(if the coming offence can send our shudders before): Thomas Campbell(1777—1844)(영국의 시인), 그의 〈로치엘의 경고〉(Lochiel's Warning)의 글귀 패러디: 다가오는 사건은 미리 그 그림자를 던지나니(Coming events cast their shadows before).

4) 적와赤瓦, 등록橙鹿, 황수선黃水仙, 녹지綠枝, 남수藍水, 자상紫傷)(Brick, fauve, jonquil, sprig, fleet, nocturne, smiling bruise): 무지개 색깔.

5) 그들은 천사들의 의상衣裳이나니(they are an Ange'le's garment): 스베덴보리(Swedenborg)는 그의 〈천국과 지옥(Heaven and Hell)에서 천사들의 의상을 논한다.

6) 그리운 지난날을 그리워하며(sold long syne): (Gal)노래의 패러디: Auld Lang Syne.

7) (사탄마魔가 지나치게 탐探하는 한시閑時의 분망사奔忙事인지라!)(the bisifings in idolhours that satinfines tootoo): 격언의 패러디: 사탄은 게으른 손에게 할 일을 마련한다(Satan finds work for idle hands to do).

8) 그대가 고발하고 싶지 않으나, 만일 그렇게 하면(You don't want to peachbut bejimboed if ye do): (1) 노래 가사: 우리는 싸우기 원치 않으나, 정말이지, 만일 그렇게 한다면(We Don't Want to Fight, but, by Jingo, If We Do). (2)불타佛陀는 그의 법을 설법하기 원치 않았으나, 브라마(Brahma)(힌두교: 창조신)에 의해 권고 받았다.

9) 그의 과오타過誤打를 통하여, 그녀의 과오타를 통하여, 그의 그녀의 혼교混交의 과오를 통하여!(May he colp, may he colp her, may he mixandmass colp her!): 〈고백의 기도〉(Confiteor): mea culpa, mea culpa, mea maxima culpa.

10) 토끼와 이야기하면(Talk with a hare): 불타에 의하여 사사된 〈법〉(Law)의 일부.

11) 비안카 무탄티니(Bianca Mutantini): (It) 흰 팬티.

12) 배렌탐 공작公爵(herzog van Vellentam): (1)웰링턴 공작. (G) Herzog von: duke of (2)〈율리시스〉 12장 초두에 등장하는 차상인 명(U 240 참조) (3)미국의 소설가 Saul Bellow의 소설 제목이기도.

13) 보나파르트(Bohnaparts): Napoleon Bonaparte.

14) 나의 전유全唯의 몽소승천蒙召昇天(my wholesome assumption): 성처녀(BVM)의 몽소승천(夢召昇天)(Assumption)(일)(8월 15일).

15) 덤덤 탄彈(dongdong bollets): dum—dum bullets: 전쟁에서 명중하면 퍼져서 중상을 입히는 총알.

16) 가젤 영양원羚羊園(Gizzygazelle): 불타는 Gazelle 공원에서 설교했다.

17) 아죽림牙竹林(Tark's bimboowood): 거장(Master)을 이룬, 불타는 죽림(Bamboo Wood)에서 살았다.

(239)

1) 뱀들의 주主여(master of snakes): 뱀들의 왕이 불타佛陀를 맴돌며, 그를 따뜻하게 했다.

2) 능금(apple): 〈창세기〉에서 아담과 이브 및 뱀과 함께 금단의 열매인 능금의 암시.

3) 속에 탈피변화脫皮變化할 수 있는지라(sloughchange): 뱀이 껍질을 벗다.

4) 루트(적笛) 사발(lutean bowl): (1)루트(lute)는 14—17개기의 기타 비슷한 현악기로, 루트 사발은 두드리면 악기와 유사한 소리가 난다. (2)불타는 글을 가르치는 동안 루트를 연주한 것으로 전한다. (3)불타의 구걸 사발(begging bowl)의 인유.

5) 눈에는 눈으로 대시待時하리라(we're eyed for aye): Visvamitra(생활력)의 잃어버린 아이들에 관한 불타의 이야기에서, 아이들은 자신들의 눈빛으로 식별되었다.

6) 송어(魚)(trout): (구어) 지겨운 여자.

7) 그대의 마음을 앙양昂揚할지라!(Up some cauda!): (L) sursum corda: 그대의 자존심을 가질 지라(미사에서)(lift up your hearts).

8) 수제시녀手製侍女를 주시할지라!(handmades for the lured)!: 〈누가복음〉 1: 38의 인유: 주님의 시녀를 주시할지라(Behold the handmaid of the Lord)(천사들)(삼종 기도(Angelus) 달의 시녀를 보라(Beholds the handmaid of the moon) 〈율리시스〉 제3장에서 스티븐의 바닷가의 독백 참조(U 40).

9) 주여(Domne): (L) 오 주여(O Lord).

10) 허실虛實, 허실의 허실, 모두 허실이도다!(Vani, …Vaniorum…Vanias)!: (L) Vanity, vanity of vanities, all is vanity. 허공에, 허공 속의 허공에 그리고 허공인 모든 것에…(…to vanities to vanities and to all that is vanity)(U 574).

11) 고조시高潮時가…행하여지리로다!(Hightime is ups…into outs according!): 〈누가복음〉 1: 38: 말씀대로 내게 이루어지리다(Be it done unto me according to thy word)(삼종 기도)(Angelus).

12) 지상地上에서(On Earth…: 주님의 기도 문: 하늘에서처럼 지상에서도(On Earth as it is in Heaven).

13) 하녀의 모든 크리티(Klitty): Cytie는 아폴로 신을 연모하고, 헬리오트로(연보라 꽃)(소녀들처럼)로 바뀌었다.

14) 우리들 사이 어디에 거주하는지(dwellst amongst us): 〈요한복음〉 1: 14: 말씀이 육신이 되어, 우리들 사이에 거하시매…(the Word was made flesh & dwelt among us).

15) 매리(Mary): 성처녀 마리아.

16) 에레버스 암지暗地(wherebus): Erebus: 지구와 황천(Hades) 사이 암흑의 장소.

17) 비둘기들이 양식을 끓이도록 불을 나르는 곳(where pigeons carry fire): B. A. S. Macalister(미상). 그는 저 〈아일랜드의 비밀 언어〉(The Secret Languages of Ireland)에서, Bearlagair Na Saer의 문장을 번역 한다: 나는 비둘기들이 더블린에서 고기를 끓이기 위해 불을 나르는 것을 보았다(I saw pigeons bringing fire to boil meat in Dublin).

18) 런던 교파열橋破裂 타락한 채(Lonedom's breach): 아이들의 게임: 런던 다리가 무너지고 있다(London Bridge is Falling Down).

19) 침針언어유희와 바늘수수께끼로는(by punns and needles): 핀과 바늘로 메우다(bridged by pins and needles).

20) 장미薔薇롭게 빙빙 회전 놀이 했도다(ring gayed rund rorosily): 아이들의 게임: 장미여 빙빙 돌아라(Ring—a—ring o'roses).

(240)

1) 특사교명부特社交名簿에는 명예색원名譽色員이 아닌지라(No honaryhuest on our sposhialiste): (no honorary guest on our social list).

2) 자신의 무덤 속에 누워있었기 때문이로다(laid in his grave): 아이들의 게임. 늙은 로저는 죽어, 무덤 속에 누워있다네(Old Roger is dead & is laid in his grave).

3) 낮게, 소년들이여 낮게, 그는 일어나나니: 자신의 원한정怨恨情의 눈과 수심에 찬 애성哀聲를 어떻게 다루리요(low, boys low, he rises, shivering, with his spittyful eyes and his whoozebecome qoice): 노래 가사의 패러디: 우린 술 취한 수부를 어찌 하리요?(What Shall We Do with the Drunken Sailor?)

4) 열지어다! 열어라 목마른 참깨여!(Ephthah! Cisamis!): (Ali Baba의 이야기에서) 문을 여는 주문. 원하는 방법을 가져오는 불가 사이한 방법. 해결의 열쇠.

5) 특도석特盜石에 앉아 있지 않으리니(Nu mere for ever skden on the stolen): 노래 가사의 패러디: 아일랜드 이민자의 비탄: 울타리에 앉아서(Lament of the Irish Emigrant: sitting on the stile).

6) 그의 톰아퀸너스 비복문초肥腹問招와 더불어(With his tumescinquinance): 술통 배의 아퀴나스(Aquinas tunbelly), 스티븐의 Sandymount 해변에서의 독백 참조(U 39).

7) 삼위三位의 기상奇想이 자신의 원개숙명圓蓋宿命을 진흙투성이로 만들었는지라(Trinitatis kink had muddled his dome): 노래 가사의 패러디: 삼위일체(트리니티) 성당에서 나는 나의 숙명을 만났다네(At Trinity Church I met My Doom).

8) 변설變說의 알 바주아파派(allbigenesis henesies): Albigenses: 알 바주아파(12, 13세기 프랑스 Alibi 지방에 일어났던 일종의 반로마 성당파 교단)의 이설.

9) 전난폭비천前卵暴卑賤—놀림대장의천사악마색류종天使惡魔色類種인지라(eggscumuddher —in—chaff sporticolorissimo): 전 지휘관(ex—commander—in—chief). (It) colori: colours(경기, 천사와 악마의 번안).

10) 여왕을 조미調味하소서!(Good savours queen): 영국 애국가의 패러디: 하느님이시여 여왕을 구하소서!(God save our queen).

11) 마치 어느 매혹노성魅惑露聲 니즈니 노브고로드 마냥(like any nudgemeroughorude all over

Terracuta): Nijni Novgorod: 러시아. (아메리카) andare a Terracina: go to Terracina(지상 추락의 의미).

12) 성聖 어작란語作亂 코럼버너스(Saint Calembaurnus): 성 Columbanus: 아들의 승직僧職을 막으려는 시도에서 문지방에 엎드린 어머니의 몸을 넘고 유럽으로 간 열혈熱血의 아일랜드 성자, 스티븐의 아침 교실에서의 명상(U 23 참조).

13) 유치장에 가더라도 상관없이 그는 자신을 토출吐出하나니(He go calaboosh all same he tell him out): 대중 어의 인유: 그는 유치장에 가드라도 이야기를 모두 말하리라(he'll tell the whole story even if he has to go to jail for it).

14) 아나크스 안드룸(Anaks Andrum): 〈여호수아〉 11: 21 참조: 여호수아에 의하여 교살된 거인.

15) 다국어통多國語通의 순혈純血 가나안족族(parleyglutton pure blood Jebusite): 예루살렘의 다비드에 의해 쫓겨난 Canaanites족.

16) 어스어語(Erserum): 어스말 스코틀랜드 및 아일랜드의 고대 켈트어.

17) 오우가스틴 아로이시어스(A. A): 아우구스티누스. Aloysius: 조이스의 중간 이름(middle name).

18) 북경연사北京軟絲(peachskin shantung): shantung: 중국의 고운 비단.

19) 경건한 아네니아스로서 되풀이하는지라(repeats of him as pious alios): 베르기우스 작의 Aeneid에서 Aeneid는 자주 Pious Aeneas에 대해 언급한다.

20) 연대기(chronicles): 여기서는 〈성서〉.의 맹세를 말한다.

21) 뇌물로 받은 감자 구어區語(priamed full potato wards): 아일랜드에서, 감자 구역(potato wards)은 뇌물로 얻어졌다.

(241)

1) 리리스(Lilith): 〈성서〉, 에서 이브 이전의 아담의 아내.

2) 로도스 섬의 거상巨像(Collosul rhodomantic): (1)Rhodes: 에게 해의 섬 (2)Rhada- manrhus: Hades(황천)에 있는 판관들 중의 하나.

3) 거대한 모충인양 회색화灰色化되어(greyed vike cuddlepuller): Thomas Campbell(영국의 시인) 부인은 오스카 와일드를 거대한 흰 모충을 닮았다고 말했다.

4) 아서왕의 검劍!(Kaledvalch!): Caledwich: 웨일스의 〈삼부작〉(Triads)에 나오는 아서 왕의 칼.

5) 해포석海泡石(the formwhite foaminine): 희랍 신화에서 사랑과 미의 여신인 Aphorodite(로마 신화의 Venus에 해당)는 거품에서 태어났다.

6) 여부女婦(Mistress Mereshame): (G) meerschaum pipe: 해포석 담배 파이프.

7) 텔롭(腹)(Talop): Australia.

8) 지배자 바이킹자子(Meistral Wikingson): Viking의 프로방스(Provence: 프랑스 남동부의 옛 주)의 시인(Provencal poet).

9) 북파北波의(노르웨이의) 해장海將(Noordwogaen's kamften): Norwegian Captain.

10) 돌로마이트 백운암白雲岩의 안색(blushing dolomite): dolomite: 이탈리아 북부에 있는, 백운암

11) 유우달인(Master Milchku): Milchu: 패트릭이 그의 노예 시 소유했던 이름. (G) Milchkuh: 유우乳牛.

12) 야음연합여왕국(benighted queendom): 연합 왕국(United Kingdom): 아일랜드와 대 영국을 합친 왕국.

13) 안짱다리 로그 호반(lochkneeghed): (1)네이 호반(HCE의 수중 묘가 있던 곳(전출)(77 참조) (2)knock-kneed.

14) 허튼 소리하는 쥐 놈(tammy ratkins): Tommy Atkins: 영국 군대에 등록된 사나이. Tom, Dick and Harry(어중이떠중이 놈들)중의 하나. 〈율리시스〉 제1장 멀리건(멀리건)의 예수를 조롱하는 속요(The ballad of joking Jesus) 중의 인물(U 16).

15) 베르베르 야만인들과 그들의 베두 유랑자 놈들 위에 콥트 신의 저주를!(The kurds of Copt on the berberutters and their bedaweens!): (1)Copt: 고대 이집트인의 자손, 여기는 God (2)Berbers: 북아프리카 원주민. Bedouins: 사막에서 유목 생활을 하는 아랍인들.

16) 칼레도니아(Calumdonis): Caledonia: 스코틀랜드의 옛 이름(시명).

17) 희생자들!(ruperts!): 사나이 이름의 대명사.

18) 더 많은 오스카 황금상像들은 또한 가짜 허남虛男들(more osghirs is alse liarnels): (1)osghirs: Oscar: Ossian의 아들. (Ar) oski: gold (2)프라토우(Flotow)(독일의 가극 작곡가)작 〈마르타〉(Martha)의 주인공 Lionel(애인을 잃자 상심한 비운의 희생자)(〈율리시스〉 제11장 참조(U 227).

19) 로타 카쎈들(Lotta Karssens): (1)스위스의 취어릭에 고용된 영국 영사관 직원. 조이스와 빌린 바지 때문에 다툰 자 Carr의 별도 명인 듯(〈율리시스〉의 홍등가에서 스티븐을 때려눕힌 당사자) (2)Karssen: 악인의 대명사.

20) 존 피터를 그의 위성衛星동료로부터…그들의 렌즈를 핥고 만 있었도다(They would lick their lenses before they would negatise a jom petter…: 1904년, 캘리포니아의 Lick 천문대에서 관찰한 Jupiter의 두 위성들에 대한 암시.

21) 주교 바브위즈(Bichop Bubwith): 런던의 주교(1406—1407)

22) 악한의 바로 허구虛構(Just a Fication of Villumses): Orange 당(가톨릭 아일랜드에 수세기 동안 고통과 소요를 안겨 준 영국 신교도 당파)의 윌리엄 3세에 의해 유럽 법정(courts of Europe)에 보내진 변명서(Justification)의 익살.

(242)

1) 사정관査定官(Assassor): 스베덴보리(Swedenborg)는 Mines의 왕립 대학의 비상 사정관(Assessor Extraordinary)이였다.

2) 신辛자유국(sorestate): 아일랜드 자유국(Saorstat E'ireann).

3) 선증식비대증족腺增殖肥大症族(Adenoiks): adenoids: 인두 편도선.

4) 소로화小路畵(the lane picture): 일반에 의해 여러 해 동안 존경받지 못했던, 더블린 의회(D Corporation)에 속하는 Hugh Lane의 화집(painting) 유품에 대한 논란에 예이츠는 크게 걱정했다.

5) 고약한 아남兒男의 뻐드렁니를 얻었는지라…나이 81살(got a daarlingt babyboy bucktooth…at 81): 스베덴보리는 81세에 그이 입 속에 일련의 새 이빨이 자라고 있다고 주장했다.

6) 알메니아 시인詩人(nerses): Nerses the Gracious: 알메리아의 시인.

7) 광전도狂傳導성직자들(ecrazyaztecs): 〈성서〉, 〈전도서〉(Ecclesiastics)를 암시함.

8) 범죄 목사들(crime ministers): (1)prime minister: 수상 (2)공자는 범죄 장관(Minister of Crime)이 되었다.

9) 잠언사기도箴言邪祈禱(praverbs): 〈성서〉, 〈잠언〉의 인유.

10) 그것이 그의 최후의 주로走路의 한 바퀴(랩)여라, 거대巨大여, 그를 복녕福寧히!(It's his last lap, Gigantic, fare him weal!): 노래 가사의 패러디: 그것이 그대의 최후의 여정, 타이탄이여, 안녕히!(It's Your Last Trip, Titanic, Fare You Well).

11) 계시啓示여!(Revelation!): 〈성서〉, 〈요한 계시록〉의 인유.

12) 장석長石의 이야기를 악단惡短하고(a long stoney badder): 더블린 거리 명인 Stoneybatter의 인유.

13) 성전창 聖全娼의 얼굴(whorly show): (1)holy show(〈율리시스〉 제15장에서 블룸에 대한 Breen 부인의 표

2부

현: 그런 성스러운 얼굴을 하구서!(you do look a holy show!)(U 363) (2)whorlt: holy + wholly + whore.

14) 여성참정女性參政 지층地層(retup Suffrogate Strate): 더블린의 Suffolk 가, Norse Thingmote(북구 식민시대의 의회) 자리(지층)에 있는 성 Andrew 성당.

15) 토가(창녀) 대신의 의상(contrasta toga): (L) toga contrastata: a put—on(걸치레)—instead—of toga.

16) 요화의 거위모母(goosemother): (1)요정의 대모(fairy godmother) (2)팬터마임 〈어미 거위〉(Mother Goose).

17) 활기를 띠게 한다면(brisken up): M. 트웨인의 〈허클베리 핀의 모험〉(The Adventures of Huckleberry Finn) 26장의 글귀: 방을 활기 띠게 하다(Brisken up a room.

18) 사사士師님들이시여!…열왕님들!(judges!…Kings!): 〈성서〉, 〈사사기〉, 〈열왕기〉의 인유.

19) 모수母水, 아벤리스를 만날지라(Meet the Mem. Avenlith): (1)〈창세기〉 2: 18의 인유: 내가 그를 위하여 돕는 배필을 지을지라…. (I will make him an help meet for him…. (Eve) (2)1192년, 존 왕자의 헌장憲章(Carter)에 Avenelith로서 부여된 리피 강.

20) 톱으로 켜낸 원목은 지속적으로 떠내려 오는도다(her sawlogs come up all standing): sawlogs(톱 통나무): 〈허클베리 핀의 모험〉 17장의 문구.

21) 6페니의 아가雅歌를 통가通歌하여(psing a psalm of psexpeans): 자장가의 패러디: 6페니의 노래를 불러요, 보리 가득한 포켓(Sing a Song of Sixpence, a pocket full of rye).

22) 압운 가득한 묵시록적!(apocryphul of rhyme!): 〈성서〉, 〈아가〉의 인유, 〈경외서〉(Apocrypha).

23) 알라 신(allaph): Allah: 이슬람교의 유일 신.

24) 코란(회교 성전)은 그녀가 그대 자신의 소유자임을 결코 가르치지…(Kuran never teachit her the be the owner of thyself): (1)코란(회교 성전)은 이혼을 토론한다 (2)미국 Buffalo 대학 소재의 조이스 〈노트〉 33. 18 참조: 그대 자신의 소유자 되라(이혼)(be the owner of thyself(divorce).

25) 호워드던의(H) 성城(C)(Howarden's Castle): 글래드스턴의 시골 별장.

26) 그의 염홍炎紅의 승의僧衣에다(his flamen vestacoat): (1)flaming coat (2)(L) priest.

27) 주승主僧의 동복冬服에 대한 동銅 브로치의 걸쇠가 되나니(fibule broachbronze wintermantle of pointefox): 스위프트 작의 〈터무니없는 이야기〉(A Tale of a Tub)에서 연옥의 교리는 화색의火色衣에 의하여 대표된다.

28) 마담 쿨리—코우리(Madame Cooley—Couley): 마담 Finn MacCool로서의 아나 리비아.

(243)

1) 애니 마마모母와 그녀의 격사십激四十의 소동(Ani Mama and her fiertey bustles): (1)Ani: 이집트의 율법사 (2)팬터마임의 제목: 〈알리바바와 40인의 도적들〉(AliBaba & the Forty Thieves).

2) 북극곰(pialabellars): (pura e pia bella: (1)비코의 영웅시대의 종교 전쟁 (2)polar bears(북극 곰).

3) 파넬이즘(pannellism): Parnellism & Crime: Pigott의 위조 파넬 편지를 발표했던 〈타임즈〉(Times)의 논문 제자題字(전출 FW 97 참조).

4) 명성 앤티언트 연주실(antient consort ruhm): The Antient Concert Room: 조이스가 음악 경연에 참가한 바 있는 더블린의 음악당(현존). (Ruhm). fame.

5) 수령首領 맥컴불(Hetman MacCumhal): Finn MacCool.

6) 포리 경卿(Foli Signur): Giovanni Foli: 아일랜드 베이스 가수인, A. J. Foley에 의해 사용된 이름. (It) Signur: Sir.

7) 집게벌레(lugwags): 바그너의 후원자인 Bavaris(독일 남부의 주)의 Lugwig 2세에 대한 패러디.

8) 바람 센(blowick): Blowick: 더블린 남부 Dalkey 마을 가까이, 바람 센 Bullrock 항의 옛 이름.

9) 모든 그들의 허세에서 악마들을 단념하고 거리의 보행자들을 염병에서 보호하며(renownse the devilins in all their pumbs and kip the streelwarkers out of the plague): 〈일반 기도서〉(Book of Common Prayer): 교리문답서의 글귀: 악마와 모든 그이 소행, 허영과 허세를 단념할지라(renounce the devil & all his works, the pomps and vanity).

10) 아리我利 바바가 40강도 인품人品(Ulbo Bubo…foulty treepes): 팬터마임 제목의 인유: 〈알리 바바와 40인의 도적들〉.

11) 매이드 버레니스(Mayde Berendice): Mayde Berendice: 전쟁터의 남편의 안전을 위해 그녀의 머리카락을 헌납했다.

12) 오스만타운(Ostmannstown): Osmantown: 성 마이칸(Michan)(〈초상〉 제3장에서 스티븐이 죄를 고백한 성당) 성당으로부터 멀지 않은 북 더블린의 지역 명.

13) 몬시뇨어 로빈손 크루시스(Monsaigneur Rabbinshon Crucis): (1)1930년대의 아일랜드의 로마 교황 대사 (2)Robinson Crusoe.

14) 당과산모糖菓山帽(shookerloft): Wicklow 구 소재의 슈가롭 산(더블린에서 육안으로 볼 수 있는 당과 모형의 산. 블룸은 그곳을 내려오면서 발목을 베였다)(U 127).

15) 라마羅馬와 국가의 예뢰轝雷…(the hnor of Hrom and the nations): (1)(Cz) hrom: thunder (2)(Ar) Horm: Rome (3)honor of Rome.

16) 루이즈—마리오스—요셉(Luiz—Marios 요셉): (1)Jepsephine & Marie Louise: W. G. Wills의 〈왕실의 이혼〉(A Royal Divorce)의 주제(전출) (2)3인의 곤돌라 사공들: Luiz, Marco, Giuseppe (3)3인의 테너 가수들인 Ludwig, Mario Joseph Maas.

17) 퍼시 오레일리(Sant Pursy Oreilli): Persse O'Reilly: 프랑스어로 earwig란 뜻으로, 앞서 Hosty작의 〈퍼시 오레일리의 민요〉의 주인공, 이어위커는 이 이름으로 조롱되고 저주받는다.

(244)

1) 외세계外世界여!(worldwitjout): Gloria Patri('성부와 성자와 성령의 영광이 있을 지어다'의 찬가)의 종말 글귀: 끝없는 세계 그리고 아멘(World without end, amen).

2) 올리브(lolave): (1)olive (2)ollav: 고대 아일랜드의 성현.

3) 진흙 오두막에(새 mud cabins): 노래 가사의 패러디: 달의 솟음: 많은 진흙 벽의 오두막으로부터(The Rising of the Moon: Out from many a mud—wall cabin).

4) 삼목杉木의 천막에 평화를 갖고 올지라(peace to the tents of Ceder): 〈성서〉, 〈시편〉 120: 5의 성구: 메섹에 유하며 게달의 장막 궁에 거하는 것이 내게 화로다(Woe is me that I sojourn in Mesech, that I dwell in the tents of Kedar!)

5) 신월축시新月祝時!(Neomenie!): 유태의 태고에서, 새 달의 출현 시간과 그를 위한 축제.

6) 초막절草幕節(The feast of Tubbourigglers): 유태 신전의 축하(Feast of Tabernacles: 〈출애굽기〉의 유태적 기념 축하.

7) 대영촌大英村(Ondslosby): (속 라틴어)(bog Latin): 영국(Britain).

8) 늑대인간들(wildworewolf): werewolf: (전설) 늑대(이리)가 된 인간.

9) 아베마리아!: 성가 〈아베마리아〉(Ave Maria).

10) 귀먹은 노인老人이여, 석탄을 가加할지라(Zoo koud! Drr, deff, coal lay on): (1)Deucalion: 노인(노아와 병행됨), (Du) (2)koud: cold.

11) 석탄을 가加할지라(coal lay on): Jacques Mercanton 작 Etudes de letters XIII. 39—40)의 글귀:

귀먹은 늙은 노인이 화로에 석탄을 넣고, 집안의 바쁜 여인이 불붙는 것을 보다(deaf man put coal on the fire & busy woman of the house sees that it catches fire).

12) 청請할지라!(call us pyrress!): Pyrrha: Deucalion의 아내(제우스 신이 사악한 인간에게 풀어 놓은 홍수의 유일한 생존자들, 그들은 종족을 회복하기 위해 어깨 너머로 그들의 모친의 뼈를 던졌다. 그들은 살아남아 인류의 조상이 되었다).

13) 낸시 핸즈Nancy Hands): (1)피닉스 공원 북 벽의 구멍 (2)Ashrown에 있는 주막 이름(거기 안주인의 이름은 Nancy Hand).

14) 르나르 여우(Isegrim): Isengrim: Reynard(여우: 중세의 서사시의 주인공, [전출: FW 97]) 환(circle)의 늑대 이름).

15) 길의 족적足蹟(trail of Gill): Etudes de letters XIII. 39—40)의 글귀(주11) 참조).

16) 암험도岩險道(a craggy road): 노래 가사의 패러디: 더블린까지 바위 많은 길을(The Rocky Road to Dublin)(U 26 참조).

17) 8시가 오래 전, 지났도다. 안녕(Lang gong late, Say long): (1)Etudes de letters XIII. 39—40)의 글귀: (E)…It is long past eight.

18) 셀레네 월여신月女神이여, 오 항해할지라!(Sillume, see lo!): 무어의 노래의 패러디: 항해하라, 항해하라, 그대 겁 없는 범선이여(Sail On, Sail On, Thou Fearless Bark.

19) 달(月)이여! 방주方舟여!(Selene, sail O! Amune!): 야곱 Bryant는 노아의 방주를 새 달과 동일시했다.

20) 라마경비羅馬警備(conticinium): (L) 최초의 로마 야경.

21) 표범(Panther): 예수의 전설적 부친.

22) 사왕국獅王國이 양면羊眠하는 동안(While lovedom sheeps): 노래 가사의 패러디: 런던이 자는 동안…(While London Sleeps.)

23) 거아巨牙의 거상巨象은 실로 거대巨大하도다(Great is Eliphas Magistrodontos): 〈사도행전〉 18:34, 성구의 패러디: 에베소 사람들의 다이아나는 실로 위대하도다(Great is Diana of the Ephesians).

24) 매머드 하마(mahamoth): 〈욥기〉 40: 15, 성구의 패러디: 이제 소같이 풀을 먹는 하마를 볼지어다 내가 너를 지은 것같이 그것도 지었느니라(Look at the behemoth, which I made along with you and which feeds on grass like an ox)(아마도 하마[the hippopotamus]).

(245)

1) 살러메 평화를!(Salamsalaim): (Heb) salom aleikem: peace be with you.

2) 비그 사냥개의 잡규雜叫도 없고, 공작새의 광비狂飛도, 낙타의 코고는 소리도 드리지 않는도다(No chare of beagles, frantling of peacocks, no muzzing of the camel, smuttering of apes): Urquhart 작 〈라블레〉(Rabelais) IV. 13의 글귀 변형: 낙타의 코고는 소리…공작새의 광비…사냥개의 잡규…원숭이의 떠들음…(nuzzling of camels…frantling of peacocks…charming of beagles…gurieting of apes, snuttering of monkies).

3) 하누카 전典의 등불(Hanoukan's lamp): Hanukkah: 유태교의 빛의 축전.

4) 아오월我五月을 기억하도다(Yul remembers Mei): (1)노래 가사의 패러디: (다른 이들의 입술과 그들의 심장들이…할 때)그대는 나를 기억하리(Then You'll Remember Me(When other lips & other hearts) (2)무어의 노래 패러디: 젊은 초생 달이 비치고 있어요, 사랑이여(The Young may moon she's beaming love) (U 80).

5) 사파이어의 해화海火(arcglow's a seafire seimens): (1)준비 항港인 동서 Simens (2)남동부에 있는 마을들: Arklow, Wexford, Waterford. (3)Arklow의 등대 (4)헨리 2세는 Waterford 항의 Hook tower와 대면한 Crook에서 아일랜드에 상륙함.

6) 어선만곡灣曲(hookercrookers): Hook tower: Waterford 소재.

7) 선논쟁先論爭의 이야기 실마리가 약간 산만해지고(threads somwhat toran and knots in its antargumends): (1)somewhat torn (2)toran: 불교의 비밀 문 (3)integument(외피, 표피), undergarments(속옷), argument(논쟁).

8) 리피에타 만배灣盃(Liffetta's bowl): 리피 강구의 사발 형 만.

9) 성돈聖豚의 설령도聖靈道의 발현發現(the poissission of the hoghly course): 성령(Holy Ghost)의 발현(procession)은 동서 성당간의 원천 분열의 주제임.

10) 마야원魔夜員이여, 그대의 밤은 하비何備런고?(Witchman, watch of your night?): 〈아사야〉 21: 11: 파수군이여 밤이 어찌되었는고?(Whatchman, what of the night?).

11) 로지몬드 연못(Rosimund's): 런던의 성 James 공원에 있는 Rosamund 연못: 다양한 놀이의 애인들을 위한 장소.

12) 마스케트 총사銃士(musketeering): 듀마(Duma) 작 〈세 마스켓 총병들〉(The Three Musketeers)의 인유.

13) 허리띠 미녀들의 버팀대(Brace of girdles): Anne Bracegirdle: 여배우.

14) 초야성初夜星!(Hesperons!): Hesperus: the evening star.

15) 젬슨(흰 독말풀)의 잡초가 잭슨 섬(Jempson's weed decks Jacqueson's Island): 〈허클베리 핀〉 21: jumpson weed (2)〈허클베리 핀〉 7—11: Jackson's Island.

16) 지옥하인타종地獄何人打鐘(hellpelhullpulthebell): 장장가의 패러디: 누가 콕 로빈을 죽였는고?: 누가 종을 울릴 것인고?(killed Cock Robin?: Who'll pull the bell?).

17) 그대는 복통산증腹痛疝症을 앓는가하면 우리는 밀주蜜酒가 모자라는지라?(You took with the mulligrubs and we lack mulsum): 르 파뉴 작 〈성당 묘지 곁의 집〉 119(스위프트의 〈점잖은 대화〉(Polite Conversation)를 인용한 것): 아니, 건초를 먹으며, 복통산증을 앓고 있는고?(What, you are sick of the mulligrubs, with eating chopt hay?).

18) 아니 나리 경警! 맙소사(No sirrebob): 〈허클베리 핀〉 31의 글귀: No—siree—bob.

19) 비열鄙劣스코틀랜드의 여마왕女馬王(Marely quean of Scuts): 스코틀랜드의 여왕 Mary.

20) (우리들의 경무敬務로서, 경卿!)(our duty to you, chris!): 〈허클베리 핀〉 18의 글귀: 당신에 대한 우리의 의무, 나리(our duty to you, sir).

21) 얼마나 지친 채(마태) 당신의 마크, 당신의 주酒(요한) 미적지근할지라도(요한)(how matt your Mark… luked your johl): 4노인—〈성서〉, 의 4복음: 마태, 마가, 누가, 요한(Matthew, Mark, Luke, John).

22) 나이트 작사爵士, 바텐더, 집달리를 대령하리니(Mr Knight, tuntapster, buttles): 위버(Weaver) 여사에게 보낸 조이스의 〈서간문〉 20/1/26의 글귀의 인유: Euston 호텔. 732개의 방들, 2개 익벽翼壁, 정장 문지기들…지배인 E. H. Knight 씨. 나는 그를 매일 만나 행운을 빌었다오.

23) 자루걸레녀女인, 캐이트(homeswab…캐이트): 캐이트: HCE의 청소부, 그녀는 청소하고, 요리하고, 춤추고, 안내한다.

24) 체비 추자追者(Chavvyout Chacer): (1)노래 가사: Chevy Chase (2)〈캔터베리 이야기〉 작의 Chaucer에 대한 인유.

25) 키에르케고르(표백조漂白槽)(kerkegaard): 키에르케고르(Kierkegaard): 덴마크의 신학자, 철학자, 사상가(1813—1855)(Du) gaard: yard.

26) 성당묘지 곁의 고가古家로다(De oud huis): 르 파뉴 작 〈성당 묘지 곁의 집〉의 암시.

(246)

1) 적유혈赤流血(Gorey): 1798년, Wexford 군, Gorey 전투의 암시.

2) 성곽星郭과 가시나무 숲의 진유성眞鍮城 사이 양羊초가 불타는지라(Between the starford and the thornwood brass castle…mutton candles): (1)르 파뉴 작 〈성당 묘지 곁의 집〉 447의 구절: (피닉스 공

원) by the Star Fort & through the thorn woods. (2)The Brass Castle(채프리조드 소재): 〈성당 묘지 곁의 집〉에 나오는 Dangerfield의 집(거기 양초가 불타고 있다. 364, 408참조).

3) 브란덴버그토르(뇌신)의 문(門)(Brandenborgenthor): 독일 베를린 소재 Brandenburg Gate.

4) 뇌운가발雷雲假髮을 쓰고(In thundercloud periwig): 〈성당 묘지 경의 집〉에 나오는 Lord-Lieutenantsamants는a thunder-cloud-perwig를 쓰고 있다.

5) 나의(영)혼이여(My soul): 〈허클베리 핀〉 20의 글귀의 인유: 나의 영혼이여, 바람이 어찌 세차게 불지오(My soul, how the wind did scream along).

6) 그가 둑 아래에서 자신의 턱을 작동하여, 무덤으로부터 경청한다면!(his jaw to give down the banks and hark from the tomb): (1)둑 아래에서: 〈허클베리 핀〉 27. (2)무덤으로부터 경청…: 〈허클베리 핀〉 26.

7) 수프가 충분히 걸죽걸죽해졌는지를 보나니(to souse at the sop be sodden): (대중 어): 수프가 충분히 데워졌는지 보라.

8) 즐거운 경계구警戒口(joyous guard): Joyous Garde: Lancelot의 성으로, 거기서 트리스탄과 이솔드가 마크 왕(Malory)과 결별 후 머물렀다.

9) 빈貧레오니는 요세피너스와 마리오-루이스(leonie…. between Josephinus and Mario-Louis): (1)보우시콜드(보우시콜트) 작 〈아리따운 아가씨〉(Colleen Bawn)에 기초한 오페라 〈킬라니의 백합〉(The Lily of Killarney)에서 여주인공은 Hardress Cregan 및 Myles-na-Coppaleen의 두 남자에 의하여 사랑 받는다 (2)Josephine과 Marie Louise: 나폴레옹의 아내들, 그들은 W. G. Wills 작 오페라 〈완족의 이혼〉(전출 FW32)의 주제이다.

10) 프로레스탄, 타데우스, 하드레스 혹은 마이레서(Florestan, Thaddeus, Hardress or Myles): (1)Balfe의 오페라 〈보헤미언 아가씨〉에서 Florestein과 Thaddeus는 라이벌들 (2)Florestan: 베토벤의 Fidelio에 나오는 인물.

11) 포자捕者를 황홀로 인도하나니(lead raptivity captive): 〈시편〉 68: 18의 성구: 주께서 높은 곳으로 오르시며 사로잡은 자들을 끌고…(…thou hast led captivity captive).

12) 미녀-빙쟁氷爭!(Icy-la-Belle!): 미인 니슬트(Iseult la Belle).

13) 개트링 기관총!(gattling gan!): R. J. Gatling은 기관총을 발명했다.

14) 쿵, 쿵, 쿵, 소녀들은 행상하나니: 노래 가사: Tramp, Tramp…the Boys are marching.

15) 소렌토(Sorrento): 더블린 남부 외곽 마을 Dalkey에 있는 해각海角.

16) 비코 가도(Vico's road): Dalkey 외곽 해안선을 따라 달리는 반원형 도로(전출 FW 03 참조).

17) 오렌지 쟁지爭地, 돌리 브래(orangeray, Dolly Brae): (1)노래 Dolly Brae(오렌지 당원과의 다툼의 장소에 대한 언급) (2)노래의 인유: Good-bye, Dolly Gray.

18) 아담 렙터스(Adam leftus): Adam Lofus(1533-1605), Armagh와 더블린의 대주교, 트리니티 대학의 설립자 및 최초 학장 + Adam(〈성서〉, 〈창세기〉).

19) 악마가 앞을 다투어(the devil took our hindmost): (속담의 패러디): 뒤진 자를 악마가 잡아 간다(빠른 자가 장땡).

20) 통사과痛司果(painapple): (1)pineapple, Adam's apple, cain-apple: 딸기나무 열매 (2)〈성서〉, 의 가인(Cain)은 이슬람교의 Kabbalist들에 따르면, 사탄과 이브의 자식.

21) 워터루 좌전挫戰(battle of Whatalose): Battle of Waterloo.

22) 야곱과 수프 음자飮者 이소우(Jerkoff and eatsoup): 이삭의 장남 에서는 한 사발의 수프를 위해 자신의 생득권을 아우 야곱에게 판다. 〈창세기〉 25. 30-31.

23) 브룬은 지오다노 브루노(Brune is bad French for Jour d'Anno): (F) brune(Bruno), Giordano(Bruno).

24) 부정율不貞栗 칼(刀) 망아지라(the chastenot coulter): chestnut, coulter: knife(kinch: 〈율리시스〉

제1장에서 멀리건이 부르는 스티븐의 별명(그가 지어준 것): 여기는 글루그=솀=스티븐의 관계.

(247)

1) 루 바이야트(aruyat): 페르시아의 천문학자, 시인 Omar Khayyam(1046?—1122)의 시를 영국 시인 피츠제랄드(Fitzgerald가 번역한 시집 〈오마르 카이얌의 루비이아트〉(The Ruba'ya't of Omar Khayam').

2) 천전일화千戰逸話: 〈천일야화〉(Arabian Nights).

3) 바퀴 안과 바퀴 살 사이에(within wheels): 〈에스겔〉 1: 16의 인유: 그 바퀴의 형상과 그 구조는 넷이 한결같은데…그 형상과 구조는 바퀴 안에 바퀴가 있는 것 같으며…(This was the appearance and structure of the wheels: They sparkled the chrysolite…): 감응력의 복잡성(complexity of influences).

4) 느릅나무 가도와 스톤 가도(Elmstree to Stene): (1)tree / stone (2)Stane St: 영국의 Roman road.

5) 피이 그대는…. 무의미(Boo, you're through!…. Meetingless): 영어와 희랍어의 합작. (Teapotty, Teapotty!): 글루그의 3번째 무모한 추측은 희랍어 및 영어의 합작으로, 만찬의 차를 위한 것(Tindall 162참조).

6) 그가 소동少童일 때(when abuy): 노래 제목의 익살: My sweetheart When a Boy.

7) 높이 애연哀然의 정情으로 그는 자기 앞의 그녀를 보는지라(Highly momourning he see the before him): 노래 제목의 익살: 마우린 백합이여, 나는 그대를 내 앞에 보나니(Lily Mavourneen, I see Thee before Me)(〈킬라니의 백합〉에서).

8) 성신聖神이여(Holy Santalto): (미국 방언) Sant' Alto: God.

9) 산화수은처럼(like exude of margary): (1)거의 황금 색 (2)margaine(164. 1. 4).

10) 상대를 반反하여 거짓 증언하는고?(against thee how slight becomes a hidden wound?): 〈출애굽기〉 20: 16: 네 이웃에 대하여 거짓 증언하지 말지라(Thou shalt not bear false witness against neighbour).

11) 냉염수로 그는 자신에 속하는 대물大物…타박상처를 항시恒時 씻는도다(Soldwoter he wash all time… bruisy blong him): 글루그는 그의 상처를 씻는지라, 추프에 속하는 소녀들이 그것을 보기 원치 않기 때문이다.

12) 타라 도都(Tara): 아일랜드의 고대 수도.

13) 그가 단호히 자신의 모든 것을(his once for every): James Russell Lowell(미국의 시인, 평론가)(1819—91)의 글귀의 패러디: 단호히 모든 인간과 백성을 위해…(once for every man & nation).

14) 튜키카 속옷(tunics): 고대 그리스, 로마 사람의 소매가 짧고 무릎까지 내려오는 속옷.

15) 백광白光을 쪼개자 칠천색七天色의 포시脯視나니!(Split the hvide and aye seize heaven!): 흰빛을 쪼개어 무지개 색깔을 보다.

16) 명암배분법明暗配分法과 대등한(dandymount to a clearobscure): (1)Sandymount: 더블린의 해안명 (2)chiaroscuro: (미술) 명암(농담)의 배분.

17) 적赤사과, 바커스 딸기…(apple, bacchante, custard…: 바커스의 사제들(Bacchants)(술 좋아하는)은 사슴가죽을 입었다.

(248)

1) X 선: X광선은 무색.

2) 나이팅게일(philomel): (1)Philomela and Procne: 강탈당한 자매들, 그들은 나이팅게일과 제비로 변신하며, 〈경야〉에서 스위프트의 스텔라(스텔라)와 바네사(바네사)와 동일시된다. (2)T. S. 엘리엇의 〈황무

지〉의 주제들 중의 하나(WL 101행 참조).

3) 요정(이술트)(Shee): (1)si'dhe: fairy(29번째 이름, 즉 이슬트).

4) 안거스 다그다자子(Angus Dagdasson): (1)Aengus(Angus): 아일랜드의 애신愛神, Dagda의 아들 (2)〈율리시스〉에서 멀리건이 스티븐에게 부쳐준 이름이기도(제9장 말미 참조)(U 179).

5) 다불린多佛麟의 천연자석자天然磁石者!(lode mere of Duobtlyann): 팬터마임의 노래의 인유: 다시 몸을 돌려요, 위팅톤, 런던의 시장 각하(Turn again, Whittington, Lord—Mayor of London).

6) 파하—지—왕波下—地—王이여!(Land—under—Wave!): Diarmaid(Dermot)는 Land—under— Wave의 딸에게 한 때 사랑을 받았다.

7) 알리 어깨총자銃者여(Allysloper): Ally Sloper: 빅토리아조 만화란(comics)의 등장인물.

8) 아킬레스 건腱의 저부底部로(Achill's low): (1)Achilles의 약점(뒤꿈치) (2)아킬레스건腱의 치부: 지옥.

9) 태양처럼 값진 꽃(flower…solly well worth): heliotrope은 본래 해바라기(sunflower)에 적용되는 말.

10) 두건수사頭巾修士(Cucullus): (L) cucullus frere.

11) 뛰뛰빵빵! 깩꿍!(Bee Peep! Peepette!): (1)자장가 구절의 패러디. (2)Ptp: 스위프트의 연애편지 결구.

12) 터키의 눈깔사탕(Turkey's delighter): Turkish delight: 껌 모양의 드롭스.

13) 양모시합羊毛試合의 암색명暗色名(Dunckle Dalton of matching wools): 색맹(color —blindness)의 한 형태는 John Dalton(1766—1844)(일종의 색맹 발견자인 영국의 화학자)의 이름을 붙이고 있다.

14) 덤불 구멍을 통하여 악수할지라!(Shake hands through the thicketloch!): 1492년에 Ormond 및 Kildare 백작들은 더블린의 성 패트릭 성당의 참사회 집회소(Chapter House) 문을 통하여 악수하자 그들의 싸움을 종식시켰다.

15) 달콤한 백조수白鳥水여!(Sweet swanwater): 더블린의 Rathmines(한 때 조이스의 주거지)에 있는 지중천地中川.

16) 늙은 승원장이 위협하지 않는다면(won't be threaspanning): 노래의 가사에서: 데니스여 위협하지 말지라(Dennis, Don't Be Threatening).

17) 나는 그대에게 매화賣話할 비밀을 가질지라(I've a seeklet to sell thee): 무어의 노래 패러디: 나는 그대에게 말할 비밀을 가지도다(I've a Secret to Tell Thee).

18) 그렌다록의 나의 성주聖主(my lord of Glengalough): Wicklow 군 그랜달로우에 있는 성 Kevin의 수도원장.

19) 롱 앤트리(Long Entry): 더블린의 Coombe 가(빈민가) 지역 근처의 장소.

20) 이거리裏距離(Behind Street): 더블린의 거리 명.

21) 재곡소로再曲小路(Turnagain Lane): 더블린의 골목 명.

22) 브라슈 더 브라슈 점店(Blanche de Blanche's): (미상 ?)

23) 13실링(thirteens): 18세기 아일랜드의 화폐.

(249)

1) 여기 나를 인형으로 삼는 자者가 음별淫湎할 때(When here who adolls me infuxes sleep): 무어의 노래 패러디: 그가 그대를 존경할 때(When He who Adores Thee) 여우의 잠(眠)(The Fox's Sleep).

2) 그러나 만일 이 자가 그의 효경後景으로 볼 수 있다면 그는 크고 늙은 옥안綠眼의 왕새우이리라(But if this could see…. grand old greeneries lobster): Fritz Senn은, 여기 조이스가 더블린의 Smock Alley 극장에서의 Thomas Sheridan에 의한, 〈오셀로〉의 특별하고 유명한 공연을 언급하고 있다고, 지적한다. Sheridan은 Othello 역을 하고, Layfield가 Iago역을 하던 중 그는 무대 위에서 광기에 도취된 나머지, 질투를 말하면서, the green ey'd monster를green eyed lobster로 잘못 말했다는 것이다.

3) 리큐어 주酒(viewmarc): Vicux Marc(양주).

4) 행락幸樂!(Luck!): Lucky. look + luck + fuck의 합성어.

5) 튀루스의(Tyrian): Tyre: 옛 페네키아의 항구 도시. Tyrian purple(자주색 물감으로 유명함).

6) 모음공언母音公言(consonansia and avowals): (1)consonant(자음)과 vowles(모음) (2)(L) consonantia: harmony.

7) 그것을 고양高揚…피녀고귀彼女高貴…실추失墜하는 그녀의 저비속低卑俗(height herup…exalts…lowness…abaseth): Hillel(Herod 왕 당시 예루살렘에 살았던 고승 및 학자)의 말의 인유: 나의 실추는 나의 고양高揚이라(My abasement is my exaltation).

8) 그것이 곤충 견堅날개 위에 반향 하는지라(It vibroverberates upon the tebmen): tegmen: 어떤 곤충의 딱딱해진 날개 덮게. 메뚜기 족속(Orthopters)의 날개는 노래를 되울린다.

9) 성화聖化 공간(pomoeria): 시市의 벽 내외 부를 달리는 성화의 공간(consecrated space).

10) 창窓(H), 산울타리(E), 갈퀴(L), 수手(I), 안眼(O), 산호(T), 두상頭上(R) 그리고 그대의 다른 예안豫眼(O)(A window, a hedge, a prong, a hand, an eye, a sign, a head and…your other augur): 헤브라이 문자의 의미에 해당하는 영어: window: H. hedge: E. prong: L: hand: I: eye. O' sign: T. eye: O mouth: P.

11) 그녀는 모慕하는지라. 오 기차를 조심할지라! 견인차를 위해 길을 틀지라!(She dores. Oh backed von dem zug! Make weg for their tug!): 노래 가사의 패러디: 오! 프레드, 그들에게 멈추도록 말하라: 내가 방금 연모하는 이 소녀(O1 Fred, Tell Them to Stop: This girl which I do not sdore)(G) Obacht vor dem Zug!: 기차를 조심하라!.

12) 나는 오월주五月柱의 어느 아침 자리에서 일어나 거울 속에 보았는지라(I rose up one maypole morning and saw in my glass): 아이들의 게임: 메리 여왕: 어느 날 아침 나는 일어나 거울을 들어다 보았네(Queen Mary: One morning I rose & looked in the glass).

13) 추한醜漢(Ugh): Uggugg: 루이스 캐럴 작 Bruno & Sylvie의 악한.

(250)

1) 조마사調馬師(rossy banders): 건방진 소녀.

2) 흑수단黑手團(Swarthants): Schwarzer Hans: 악마 그림자. Grimm 동화의 셈(泉) 요정.

3) 유쾌락愉快樂하게 빈둥거렸기에(jollywelly dawdled all the day): 노래 가사에서: 종일 폴리 홀리를 노래하며(Singing Polly Wolly Doodle all the day).

4) 버남 불타는 숲이 무미無味하게 춤추며 다가오도다(a burning would is come to dance inane): (1)〈맥베드〉 V. 5. 44–5의 인유: 버넘 숲이 던시네인으로 오지 않는 한…(2)burning wood: 최후의 심판일.

5) 그라미스…애면愛眠을 혹살惑殺했는지라 그리하여 이 때문에 코도우…더 이상 도면跳眠해서는 안 되도다. 맥베드 결식缺息이 더 이상 도면해서는 안 되도다(Glamours hath moidered's lieb and herefore Coldours must leap no more. Lack breath must leap no more): 〈맥베드〉 II. 2. 44–5의 인유: 글래미스는 잠을 죽였다. 그러니까 코도우는 영영 못 잔다. 맥베드는 영영 못 잔다!

6) 애주과인愛主寡人(Liber Lord): Father Liber: 이탈리아의 다산의식多産儀式에서 숭상되다.

7) 엘은 그의 애과인愛寡人…단지 애풍향愛風向에 대한 애환愛環에 불과하도다…개암나무 깔 구리 목소리의 마편초馬鞭草 처녀들의 송가頌歌: …이 십자봉十字棒을…그를 발파봉發破棒으로 느끼리라. 냄새…악취로부터 자주自走할지라!…멸망의 냄새(Lel lols for libelman libling his lore. Lolo Lolo…Lala Lala, Leapermann, your lep's but a loop to lee): Grand Grimoire(Grand Guisnol의 좌座에서 공연되는 것과 같은 전율적인 촌극)는 끝이 개암나무 깔 꾸리로 된, 발파봉發破棒을 사용하여 악령 Lucifuge Rofocale의 주문으로 시작한다. 마편초馬鞭草의 화환으로 장식한 처녀 아기가 참수斬首되고, 그 피부는 환環을 만드는데 사용되는데, 여기에서 집도자執刀者는 주문을 읽나니: 나는 아무런 소동 없이 그리고 어떤 악의 냄새 없이 그대가 나타나도록…마법으로 불러내도다(I conjure thee…to appear without noise & without

any evil smell)(MacHugh 250 참조).

8) 나는 축복 받지만 그대는 그를 발파봉發破棒(I'm blessed…. a blasting rod): W. Lewis의 출판물인 〈돌풍〉(Blast)은 자주 다른 사람들에게 축복(BLESS) 및 돌풍(BLAST)으로 빈번히 혼용된다.

9) 뒤에, 나의(Behind, me): 〈누가복음〉 4: 8의 인유: 너의 주님을 경배하라, 악마여. (Get thee behind me, Satan).

10) 악령들 그들 처녀들은 꽃답게 성운星雲네브로스의 의지意志와 장미薔薇로소칼(Aghatharept…fleurelly…Nebnos…Rosocale): Grand Grimoire에서 악넝들의 이름: Agaliarept, Fleiurety, Nebiros, Lucifuge Rofocale.

11) 그녀의 굴광대屈光隊(her troup): heliotrope.

12) 무슨 하의상何衣裳을 걸친 걸로 그대는 생각하는고!(what do you think that pride was drest in!): 노래의 가사 패러디: 원숭이가 바분[Baboon]의 누이와 결혼 했다네: 신부는 무슨 옷을 입었는지 그대는 생각하는고?(Monkey Married the Baboon's Sister: What do you think the bride was dressed in?).

13) 비리킨즈의 다이아몬드다이나의(Voolykin's diamondinah's): 노래 가사: Vilikins & His Dinah.

14) 공기空氣 그곳 영원히 그들은 추향追香하나니(For ever they scent where air she went): 자장사의 패러디: 메리는 작은 양을 지녔나니: 메리가 가는 곳 양은 분명히 확행確行하나니(Mary Had a Little Lamb: everywhere that Mary went the lamb was sure to go).

15) 통(痛)(A) 베드(B) 오(汚)(C) 다프(臀)(D)(ach beth cac duff): (1)ABCD (2)Macbeth, Macduff.

16) 우리는 저 얼룩말에 지참금을 도행賭行하는지라(We haul minymony on that piebold nig): 노래 가사의 페러디: 나는 저 얼룩말에 지참금을 걸었나니. 누구든 적갈색 마를 내기할지라(Camptown Races: I put my money on de bob—tail nag, Somebody bet on de bay).

(251)

1) 절대부絶對否라?(Not far jocubus?): (속담) 결코 아니다(not for Joe).

2) 아틸라 왕의 한漢놈!(Attilad! Attattilad!): Attila: 아틸라 훈족.

3) 고트 만족蠻族(Goth): Goth(중세기경에 로마 제국을 침략한 튜턴계의 한 민족).

4) 자비를…분노가 점고漸高하도다(wrath the higher…charity): 〈고린도전서〉 13: 13: 그러나 이들 중 제일은 자비라(but the greatest of these is charity).

5) 최대의 하사가何事歌가 마녀가魔女歌에서부터 흑둔부黑臀部의 뒤뚱거림에 이르기까지 그에게 닥치나니, 기근마饑饉魔와 젊은 무녀巫女(영원한 협력) 작업복의 허락이 부여되리로다(…from a song of a witch to the totter of Blackarss, a fammished devil, a young sourceress)…permission of overalls): Malleus Maleficarum(마녀 재판을 위한 Kramer 및 Sprenger의 교과서) 가로 대: 제1부: 마녀 술의 세 필요한 부속물의 취급, 악마, 마녀 및 전능한 하느님의 허락이라. 질문2는 악마의 영원한 협력을 다룬다.

6) 슬다엽膝茶葉(lapspan): lapsang tea(leaves).

7) 이모젠 광상狂想(mad imogenation): 이모젠(Imogen): 셰익스피어 작 〈심베린〉의 여주인공.

8) 빔밤 밤!(A bimba, b bum!): 아이들의 게임에서 카운트아웃.

9) 버찌 미녀들이라!(ripecherry!): 노래 가사에서: 익은 체리(Cherry Ripe).

10) 단테감질나는(Dantellising): 감질 나는 단테(그의 작품).

11) 갈릴레오(Galilleotto): (1)Galileo: 이탈리아의 천문학자(1564—1643) (2)(It) Galeotto(Galehoult)는 Lamcelot(아서 왕의 기사)와 그의 애인 Guinevere를 결합한다. (3)Paeolo와 그의 형의 아내(형수) Francesea와 책을(단테의 〈지옥〉: 책은 뚜쟁이라. 읽는 동안 서로 사랑에 빠진다. 단테는 〈지옥〉 편의 제5곡(Canto)의 종말에서 그들을 만난다.

12) 마키아벨리(Smacchiavelluti): (1)마키아벨리(Machiavelli)(이탈리아의 정치가): Machia— vellism(권

모수술)의 주창자(1469— 1527) (2)(It) smacchia: cleans(클린). (역도): 바벨을 어깨까지 들어올리기.

13) 교장校長 아담이 에바 하트(Headmaster Adam…Eva Hart's): 아담과 이브.

14) 모든 관습과 시대에 있어서: (L) in omnibus moribus st temporibus.

15) 나(I)는 여성인사女性人詞로다. 오(O), 목적격성目的格性의. 당신(U)은 유일단수격唯一單數格: IOU: 여성은 남성의 소유. 〈율리시스〉 제2장에서 스티븐의 독백을 연상시킴: Amor matris: subjective and objective genitive(주격 및 목적소유격)(U 23)

16) B. 로한이…N. 오란을 대면하도다(B. Rohan meets N. Ohlan): (1)Benjamine Rohan: 유그노 교도의 지도자 (2)Bruno가 Nolan을 대면하다.

17) 송(歌)돔이 고모라(songdom was germurrmal): 〈성서〉,의 악의 도시들 〈창세기〉 XVIII: 20—21. XIX: 24—28.

(252)

1) 인류남아의 광란장기狂亂長期의 잔여의회殘餘議會라, 결학식缺學識의 학식자, 경이驚異처럼 무자비한(The mad long ramp of manchind's parlement's. the learned lackleaning merciless as wonderful): 영국의회의 난잡한 변천: Mad Parliament(1258). Long(1640—53)은 Rump Parliament가 되었다. Lack learning(1404). Merciless. 또는 Wonderful Parliament(1388)로 불렸다(이는 글루그와 추프의 난잡한 다툼을 대변하듯). 영국의회의 난잡함과 쌍 형제의 난투와 비유됨.

2) 이제 경쾌소록묘지輕快小綠墓地의 성목초聖牧草가 그대의 상지常芝 및 평조망묘원平眺望廟院이 되게 하소서!(may Saint Mowy of the Pleasant Grin be your everglass and even prospect!): (1)Mo—Bhile는 별명을 지닌 성 Bercha'n이 Glasnevin 수도원을 걸립했다 (2)(I) Glasisin Aoibhinn: Pleasant Little Green (3)Glasnevin에 있는 Prospect 공동묘지(가톨릭교도를 위한).

3) 창부의 저주(Harlot's Curse): Blake의 시 〈런던(경험의 노래)〉(London(Songs of Exxperience) 중의 시구: 창부의 저주(harlot' curse).

4) 성 제롬 묘지(Saint Jerome): 더블린의 Harlod's Cross에 있는 Mount Jerome Cemetery(신교도를 위한).

5) 각자는 그의 타자와 분투했도다. 그리하여 그의 안색이 변했나니(each wrought with his other. And continence fell): 〈창세기〉 4:5 가인이 심히 분하여 안색이 변하니(Cain was very wroth & his countenance fell).

6) 왕관 찬탈자들(crown pretenders): 입센의 극 제목: 〈왕관 찬탈자들〉(The Crown Pretenders). (U 38 참조).

7) 분할외설심分割猥褻心의 언쟁자들(obscindgemeinded biekerers): 영국의 시인 소설가 키프링(Kipling)의 시 제목의 패러디 〈얼빠진 거지〉(The Absent—minded Beggar)(U 154 참조).

8) 이키나 저런(for gracious sake): 〈허클베리 핀〉 13의 글귀.

9) 정통예두적正統藝頭的인지(artthoudux): (1)orthodox (2)Arthur Duke of Wellington.

10) 어느 쪽이 이단분열적異端分裂的인지(heteropic): (1)heretic (2)heliotropic: not exhibiting equal.

11) 요불쾌사尿不快事(waterstichystuff): (G) Wasserstoff: hydrogen(수소). (G) Stickstoff: nitrogen(질소). 질소 + 수소 + 뒤범벅, 찌꺼기.

12) 인간은 자연도태(natural selection): 다윈(Charles Darwin)의 〈종의 기원〉(Origin of Species)에서.

13) 찰리여, 그대는 나의 애愛다윙이라!(Charley, you're my darwing!): (노래 가사의 패러디: Charley is My Darling (2)Charles Darwin의 익살,

14) 인간의 상승(the assent of man): 다윈의 〈인간의 유래〉(The Descent of Man)의 패러디.

15) 정원은?(Gardon?): (1)angel's garden (2)Gardon: 강 이름.

(253)

1) 어스 말의 최초선最初善(the ersebest): Erse: 스코틀랜드와 아일랜드의 고대 켈트어.

2) 슬라브어語(slove): Slav: 러시아어, 체코슬로바키아어, 불가리아어, 폴란드어의 통칭.

3) 지금 나를 쳐다봐요(look at me now): 노래 가사: 이제 저를 봐요(Look At Me Now).

4) 현명한 개미들이 축적하고 베짱이들이 낭비벽浪費癖한(wise ants hoarded and sauterelles were spendthrifts): 부지런한 개미와 낭비벽의 베짱이의 동화에서.

5) 조침건강자早寢健康者요 만기현자晩起賢者인…노태양老太陽을…여태껏 어떤 부富(newthing wealth—showever for…Sol, healthytobedder and latewiser): 격언의 패러디: 일찍 자고, 일찍 일어나는 사람은 건강하고 부자요, 현명하다(Early to bed & early to rise Makes a man healthy and wealthy and wise).

6) 얽매인 명예 속에서(in honour bound): Sydney Grundy 작의 연극(1880): 〈얽매인 명예 속에〉(In Honour Bound).

7) 종綜마태, 사마邪瑪마가, 매買누가, 가歌요한이여(symethew, sammarc, selluc and singin): 〈성서〉, : 마태, 마가, 누가, 요한: 4성현聖賢들. 〈경야〉: 4대가(주제들 중의 하나).

8) 다가오는 사건은 미리(event coming off beforehand): Thomas Campbell(1777—1844): 영국의 시인(Atherton 참조: 343) 작 〈로키엘의 경고〉(Lochiel's Warning)의 글귀의 패러디: 다가오는 사건은 그림자를 미리 던진다(Coming events cast their shadows before).

9) 주저인躊躇人(Noodynaady): (1)(AngI) noody—nady: a hesitant person (2)Nobo— daddy(친부신親父神): 블레이크(W. Blake)의 분노와 지옥 불의 신의 의인화(U 168).

10) 담자색의 곡정穀庭 안으로 들어올지니(come into the garner mauve): 노래 가사: 정원으로 들어와요, 모드여(Come into the Garden, Maud).

11) 요오드 보라색(iodines): iodine(요오드) 증기는 보라색(mauve).

12) 세 번째도 실패했는지라(he has failed as tiercely as the deice): 조이스의 위버(Weaver) 여성에게 보낸 〈서간문〉, 22/11/30)에서: 악마는 3번 나타나는지라(the Devil has to come over three times).

13) 발레악樂에 구멍이 생겼는지라(there is a hole in the ballet trough): 조이스(P. W. Joyce) 왈: 노래 부르는 자가 다음 음절을 잊었기 때문에 멈추어야 할 때, 그는(대부분 장난으로) '민요에 구멍이 생겼어요'라고 말한다(When a person singing a song has to stop because hr forgets the next verse, he says. (mostly in joke) there's s hole in the ballad).

14) 감귤 류(a pomelo): (植) 자몽, 영국에서는 금단의 열매(Forbidden Fruit)로 불림.

15) 헝겊조각처럼 확실히(sure as…patch): 속담의 인유: 고양이에 꼬리가 있듯 확실히(sure as there's a tail on a cat).

16) 범아梵我(Myama): 버마(Burma).

17) 바나도 설자設者(Barnado): 버나드 박사(Dr Barnad): 더블린 태생의 고아원 설립자.

18) 장薔루칸궁宮(Lucanhof): (고사): 루칸(더블린 근교) 백작(Lord Lucan)(그는 Balaclava에서 기병들을 지휘했거니와, 이는 〈경야〉에서 테니슨의 〈경기병대〉 및 〈율리시스〉의 말 주제(제3장 참조]와 연관된다)은 그의 시골 마을에 갑자기 되돌아오자, 마을 사람들이 그의 초상을 불태움을 알았다.

19) 아이작亞而作 원충웅遠蟲熊 애란인(이삭 jacquemin mauromormo milesian): Isaac Jackman 작의 연극의 인유: 〈애란인〉(Milesian).

(254)

1) 총예總例를 들면(for an ensemble): 존즈(Jones) 교수는 〈역사와 전설의 아서 왕〉(King Arthur of History and legend)에서 그의 생활은 하나의 총체(앙상블)(whose life is ensemble)임을 인용한다.

2) 루리파波, 토스파波 및 클레버파波(Rurie, Thoath and Cleaver): Tonn Rudhraighe, Tonn Tuaithe, Tonn Chli'odhna: 애린의 4파도 중 3개(아일랜드 해안의 곶[岬]들).

3) 억센 돈심장자들(stout sweynhearts): (1)Welsh Triad(웨일스의 중세 문학의 삼제가三題歌)(Triad): 〈브리탄 섬의 세 억센 돈군(豚群)들〉(Three Stout Swineherds of the Isle of Britain) (2)Swein Forkbeard: 바이킹, Harald Bluetooth(10세기 덴마크의 왕)의 아들.

4) 비례축인秘禮祝人의 오리온(Orion of the Orgiasts): Orion: (로마, 희랍 신화) 거대한 사냥꾼(the Hunter) (Gr) orgiaste's: 비밀의 의식儀式을 축하하다.

5) 맥마헌의 크림 전사(Meereschal Macmulhun): Marechal MacMahon: 클레미아 전쟁의 프랑스 장교.

6) 이프스 자신自身(Ipse dadden): (1)(L) ipse: himself (2)Yspaddaden Penkawr: 웨일스 신화에서 신들의 악의적 추장으로서의 산사나무(hawthorn).

7) 최혹最酷의 속한俗漢(brutest layaman): (1)Layamon(1200?)의 저서: 〈브루트〉(Brut)(Brut: 영국의 전설적 설립자) (2)layaman: lawman.

8) 기사도의 연대기편자年代記編者(the chroncher of chivalries): Sulpicious Sevweus 저의 〈연대기〉(Chronica)의 패러디.

9) 클라이오 역사여신歷史女神(Clio's clippings): Clio: 역사의 muse 여신.

10) 존, 폴리카프 및 아이렌뉴즈(John, Polycaro and Irenews): 성 Polycarp은 성 John을 알고, 이어 중요 신학자 Irenaeus를 만나, 전통의 연쇄(chain of tradition)의 고리(link)를 형성했다.

11) 리피생수生水(livving): 리피 강.

12) 사라의 개폐교두開閉橋頭 사사책似舍柵에서부터 아이작의. (Sara's drawhead…to Isaac's): (1)Sarah Bridge: 리피 강상의 다리(지금의 Island Bridge) (2)〈창세기〉 21: 5–7의 인유: 아브라함이 그 아들 이삭을 낳을 때에 백세라 사라가 가로되 하느님이 나로 웃게 하시니 듣는 자가 다 나와 함께 웃으리로다(Sarah laughed when God said she was to bear a child at age 100, hence name Isaac means he laughed). 따라서 Isaac의 이름은 '그가 웃다'라는 뜻이다 (3)이삭 바트: 파넬에 의해 지휘권으로부터 축출 당함.

13) 바트 교橋(바트): 리피 강상의 O'Connel 교 및 바트 교는 조이스 생시의 다리들. 지금은 리피 하구에 새 다리가 건립되었다.

14) 모든 물고기의 길(the way of all fish): 버틀러(S. Butler)의 소설 〈육체의 길〉(The Way of All Flesh)의 인유.

15) 쾌활한 난 여女(airy Nan): Nanny Nancy: 아나 리비아의 별칭.

16) 애악결말애정행위대착임신愛惡結末愛情行爲臺着姙娠(Ricqueracqueracqbrimbillyjicquery–jocqjolicass): Ricqueraque: 사랑과 그의 모든 결과 + brimballer: 연애하다 + jocquer: 잣대에 앉다 + Joly cas: 임신한: 사랑의 결과로 임신한다는 합성어, ALP와 HCE의 치정관계의 암시.

17) 강江 수水 부父 백白(A and aa ab ad abu abiad): 〈만인의 백과사전〉(Everyman's Encyclopedia)의 세계지도에서 강, 물, 등의 표식.

18) 바벨남男 더브 눈물의 해협이여(A babbel men dub gulch of tears): (1)(Arab) 눈물의 문(the gate of tears): Aden만과 적해(Red Sea)의 남단 간의 해협 (2)Dublin Gulch: Montana(미국 북서부의 주). (글쓰기, 음향학과 잡화…탄생과 매장을 통틀어 커버하는 이 비코의 간주곡은 환년 대기주의에 대한 조이스의 거듭되는 찬양의 하나이다).

19) 속삭이는 뇌신(murmury mermers): (1)Mermer: Sumerian(유프라테스 강어귀의 옛 지명)의 폭풍 신 (2)흑해와 지중해 사이의 Marmora 해.

20) 대망막大網膜 쓴 태아만이(Only the caul): (1)영웅은 전통적으로 대망막(caul)(태아가 머리에 뒤집어쓰고 나오는 양막羊膜)을 쓰고 탄생한다.

21) 요술(H) 주문(C)(나의 육체), 참나무 고구高丘 (E)(Hocus Crocus, Esquilocus): HCE.

22) 나태자 핀핀(Finnfinn the Faineant): (F) les Rois Faine'ants: 메로빙거(Merovingian) 왕조(프랑크[Frank])(486–751)의 최후의 왕.

23) 프톨렘미아오汚스 모주謀酒(Potollomuck Sotyr): Ptolemy Soter는 프톨레마이오스 왕조(Ptolemaic dynasty를 건립했다.

24) 가인佳人 사위(辛)다나포로우스 배신당한 왕(Sourdanapplous the Lollapaloosa): (1)Sardanapalus: Assyria(아시아 서부의 옛 국가)의 최후 왕인, 그는 신민들이 그를 배신하고 반항했을 때 자신과 아내들 및 보물을 땅 속에 매장했다. (2)(미국 속어) lollapaloosa: wonderful.

25) 자바 재인(The Java Jane): (1)Ginger Jane: 세계에서 가장 오래된 완전 인간 (2)자바인(Java Man).

26) 오담 코스테로(Odam Costello): (1)Adam (2)Costello: 호우드 성으로 HCE와 연관됨.

27) 바빌론의 태양신이여(Merodach): Merodach: 바빌로니아의 태양 신.

28) 셰이커교도의 원여왕猿女王(a quine of selm ashaker): the Shaker: 공동생활, 공산제共産制, 독신주의를 교리로 삼는 미국 기독교의 일파 (2)quine: 암 원숭이.

29) 최고의 바리톤갑岬(the best berrathon sanger): (1)바리톤(baritone) 가수 (2)(G) 'sanger: 가수 (3) Macpherson 왈: Berrathon은 바다 한복판의 갑岬을 의미한다.

30) 번캄난설亂說(Bunnicombe): Buncombe: North Carolina(그로부터 unkum[인기 연설]이란 말이 파생됨).

31) 목초경木草卿(herblord): Macoherson의 Temora VIII은 약초(herb)에 대한 Fingal의 지식을 언급한다.

32) 아토가(Artho): Macpherson의 Cormac(Grania)의 부친.

(255)

1) 카피갑岬리사토(Capellisato): 채프리조드. HCE로 의인화 됨. cape+Chaplizod+ Kapilavatu(불타의 출생지).

2) 독수리리아 촌村(Aquileyria): Aquilea: 보호물로서 2차 포에니 전쟁(Punic War)(로마와 카르타고 사이의 3회에 걸친 전쟁)(264—146 BC) 뒤에 북부 이탈리아에 세워진 도회.

3) 여호사바 촌村(Jehosophat): valley of Jehoshaphat: 최후의 심판(Last Judgement)(〈요엘〉 3:12)의 장면: 열국을 통하여 여호사바 골짜기로 올라올지어다. 내가 거기 앉아서 사면의 열국을 다 심판하리로다(Let the nations be roused. let them advance into the Valley of Jehoshaphat, for there I will sit to judge all the nations on every side).

4) 모이킬 평원(Moykill): (I) Magh Caille: 성당의 평원.

5) 모이킬…날개(The wing of Moykill): 성 미카엘의 날개(Wing of St Michael): 〈기사의 훈위勳位)〉(order of knights).

6) 존 불(Bullion Bossbrute): John Bull 또는 벨기에 사자(Belgian Lion): 〈기사의 훈위)〉(order of knights).

7) 성미 급한 자(Calavera): 〈기사의 훈위)〉(order of knights).

8) 덕망의 노예(Slaves to Virtue): 〈기사의 훈위)〉(order of knights).

9) 북극광(Bearara Tolearis): Polar Star(aurora borealis): 〈기사의 훈위)〉(order of knights).

10) 덴마크의 상아뼈 찌르는 자여(The Ivorbonegorer of Danamaraca): Elephant(덴마크에서 시작한): 〈기사의 훈위)〉(order of knights).

11) 헥터 보호자 되소서!(Hector Protector!): 자장가의 가사.

12) 바사 왕(Vasa): Gustavus(1496—1560): 스웨덴의 Gustavus 1세로 조국을 덴마크인들로부터 해방시킴.

13) 울도마르(Woldomar): 〈기사의 훈위)〉(order of knights).

14) 피(血)의 고세계古世界(blooding worold): 〈기사의 훈위)〉(order of knights).

15) 소少 필리니가 노老 필리니에게(Pliny the Younger…Pliny the Elder): Pliny Elder: 〈자연사自然史〉(Naturalis Historia)의 저자, 그의 조카 Pliny the Younger: 웅변가 및 서간 집필자.

16) 오우러스 겔리어스(Aulus Gellius): Aulus Gellius: 문법가, Noctes Atticae의 저자.

17) 미크맥크로비우스(Micmacrobius): Macrobius(로마의 문법가)는 Aulus Gellius를 이러쿵저러쿵 평했다.

18) 비트루비우스(Vitruvious): Vitruvius: 로마의 건축가 및 기사. De Architectum Libre Decem의 저자.

19) 카시오도러스(Cassiodorous): (490—585) 역사가, 정치가 및 승정.

20) 콩담 쿰 가街의 저 루칸의 서書(that Buke of Lukan): (1)Book of lecan: 고대 아일랜드의 필사본 (2) The Coombe 가: 더블린 거리 명.

21) 펀치는 술통 자랑을 할지라도 그러나 그의 아내 주디의 기지奇智가 보다 낫도다(Punch may be…Judy's a wife's wit better): Punch and Judy(Show): 익살스러운 영국의 인형(극). Punch는 매부리코에 꼽추로서, 아이와 아내 Judy를 죽이고 끝내는 교수형을 당함.

22) 요한 세례자 비커씨(John Baptister Vickar): (1)비코(Giambattista Vico) (2)세례자 요한(John the Baptist).

23) 태만자들의 조부 위에 깊은 무위면을 내리도록 원인 되게 했는지라 그리하여, 측산물側産物로서…현장에 키틀릿(육편肉片)…배우자를 등장시켰는지라(caused a deep abuliousness to descend upon the Father of Truants…pluterpromptly brought on the scene the cutletsized consort): 〈창세기 2: 21〉의 인유: 여호와 하느님이 아담을 깊게 잠들게 하시니 잠들매 그가 그 갈빗대 하나를 취하고 살로 대신 채우시고…(the Lord God caused a deep sleep to fill upon Adam…& he took one of his ribs(creation of Eve).

(256)

1) 그들의 육肉의 가시(flesh to their thorns): 속어의 인유: 살 속의 가시(thorn in their flesh).

2) 모든 축복 받은 브리지드성자계聖子鷄가 한숨 쉬며 흐느끼며 다가 왔나니(every blessed brigid came aclucking): 노래 가사의 패러디: 누가 로빈 수탉을 죽였나: 공중의 모든 새들이 추락했나니. (Who Killed Cock Robin: 'All the birds of the air fell).

3) 한 잔 람주酒 한 잔 람주, 전골全骨의 수양(a rum. a rum, the ram of all harns): 노래 가사의 패러디: 뚝 새 굴뚝 새, 모든 새들의 왕(The Wren, the Wren, the King of All Birds).

4) 각자의 색色에 따라 고성소환高聲召喚되도다(hued and cried of each's colour): (사냥) 추적의 고함 소리(hue & cry)(U 479 참조).

5) 더 이상의 무축소음無軸騷音일랑 나팔 불지 말지니(no more rams(lares): 〈여호수아〉6: 6—20의 인유: …일곱 제사장은 일곱 나팔을 잡고 여호와의 앞에서 진행하며 나팔을 불고…(7 priests with trumpets of ram's horns demolish walls of Jericho).

6) 잡동사니 견함犬喊을!(oddmund barkes!): Edmund Burke(영국의 정치 작가, 1729—1797)의 이름의 인유.

7) 그대의 훈연燻煙을 멈출지라(cease your fumings): Crone의 〈아일랜드 전기의 간략 사전〉(Concise Dictionary of Irish Biography)은 Kendle Bushe의 Cease Your Funning as Cease Your Fuming이란 타이틀을 제공한다. 이 타이틀은 또한 〈거지의 오페라〉(The Beggar's Opera)로부터의 노래.

8) 총림叢林을 불태웠나니(kindalled bushies): 무어의 시구에서: 불타는 수풀(burning bush).

9) 쉐리(단)주酒골드(金)(스미스)(세공인)예이츠긍정肯定싱침구寢具(sherrigoldies yeassymg —nays): Sheridan…Goldsmith…예이츠…Synge 작가들의 암시.

10) 수위프트재빨리 스턴고물쪽으로(swiftly sternward): 스위프트…. 스턴.

11) 쥬쥬 잼(juju): 서 아프리카의 마물魔物.

12) 야자나무 사탕jaggery): 버마 산의 야자 사탕(Burmese palm sugar).

13) 문법의견의 소화(Grandme're des Grammaries): Charles—Pierre Girault 저의 Grammaire des grammarires(digest of grammatical opinion)의 익살.

14) 세련된 프랑스어구들(Fine French phrases): 속담의 인유: 입에 발린 말 만으로는 아무 소용없다. 말 단 집에 장 단 법 없다. 甘言家醬不甘(Fine words butter no parsnips).

15) 사대사四大師(Four Massores): (1)Massora: 〈성서〉.의 헤브라이 교본 (2)〈사대사의 연감〉(Annals of Four Masters).

16) 마타티아스, 마루시아스, 루카니아스, 요키니아스: 〈성서〉, : 마태, 마가, 누가, 요한(Matthew, Mark, Luke, John).

17) 왜 그가 현재 있는 영어囹圄의 몸인고(why is limbo where is he): 세익스피어 작 〈베로나의 신사〉(Gent. of Verona)의 패러디: 실비아는 누구인고? 그녀는 누구인고?(Who is Silvia? Who is she?).

18) 유수流水가…말하는 것을(the sound waves saying): 〈율리시스〉 제11장의 글귀(U 231 참조).

19) 하고何故로 도전백노稻田白鷺가 버마산웅産熊(whatfor paddybird notplease ransoon): Rangoon: 버마의 수도.

20) 수부 신다트가 섬록암수병閃綠岩水兵처럼(Sindat…. a saildior): 〈아라비안나이트〉에 나오는 수부(〈율리시스〉 제17장 말 참조)(U 607).

21) 하숙비의(dinggyings): Bed and Breakfast(B. B) crore: (앵글로—인도 화폐 단위)100만 루비.

22) 저 작은 구름, 한 운녀雲女(That little cloud, a nibulissa): 〈더블린 사람들〉, 〈작은 구름〉 참조.

23) 가침상歌寢床(Singabed): (1)이시 (2)Singabed: 셈(글루그)(Tindall, 164 참조).

24) 소우騷右 쪽으로 쾌각快脚 구르지 말지라!(Gaylegs to riot of us!): 테니슨의 시 〈경기병대의 공격〉(Charge of the Light Brigade): 오른쪽으로 대포를(Cannon to right of them)(U 33 참조).

(257)

1) 소녀여 오늘 할 일은 무엇인고?…스텔라의 속삭이는 저녁별이(What is amaid today todo?…Stella's vispirine): (1)세익스피어 작 〈앙갚음〉(Measure for Measure)의 Isabella로서의 이시는 불행한지라, 그녀는 Angelo(angellan) 때문에 울며 불행하다: 그녀의 처지에서 해야할 일 무엇인고? (2)스위프트의 연인들인 스텔라 및 베네사 자매에 대한 인유 (3)(L) Stellavesperina: 저녁 별.

2) 대조모(Geamatron): (1)(Gr) Gaia me't'er: Mother Earth (2)Gea—Tellus: (Gr) Gaea + (Roma) Tellus Mater(U 606).

3) 도리언 양과良果(durian gay): durian: (1)가시 많은 말레이지나 과일 (2)와일드의 〈도리언 그레이의 초상〉(The Picture of Dorian Gray)의 패러디.

4) 바람난 오월녀(narian maidcap): (1)Maid Marian: Robin Hood의 애인 및 몰리 블룸(〈율리시스〉). Mary Anne과 연결되기도 (2)madcap(말괄량이): 맥도웰(Gerty MacDowell)(U 270).

5) 마치에토(Matieto) 곁의 다리오우(Lou Dariou): la Matieto: Mistral 작의 프로방스(Provencal)(프랑스 남동부의 옛 주(중세의 서정 시인의 한 파의 기사도로 유명)말로 된 서사시. Dariou는 그 속의 한 등장인물.

6) 후디(Huddy): 토지 연맹 당시, 조이스 마을(Joyce Country)의, 무참히 살해 된, Huddy 가족.

7) 늙은 발리 대맥부大麥父(old Father Barley): Edward Lear(1812—88): (1)영국의 화가, 난센스 운시 및 익살시의 작가로, 〈알리 숙부〉(Uncle Arley)의 작가. 그는 난센스 운시의 또 다른 작사가인 Lear 왕(세익스피어 비극의 주인공)과 자주 결합 한다 (2)〈룻기〉 3: 2: 네가 함께 하던 시녀들을 둔 보아스는 우리의 친족이?…그가 오늘밤에 타작마당에서 보리를 까불리라(Boaz, with whose servant girls you have been, a

kinsman of ours?…winnoweth barley on the threshing floor).

8) 엉덩이 힙스와 산사나무 하우즈(Hips and Haws): hips and haws: 찔레 꽃 열매.

9) 스코우드 쇼즈(Skowood Shaws): ?

10) 부사제副司祭(Daddy Deacon): (1)스위프트 (2)자장가의 인유: 늙은 부사제는 한 조각의 베이컨을 샀데요 / 그걸 굴뚝 꼭대기에 놓았나니 / 그것이 없어질까 봐(Old Daddy Dacon Bought a bit of bacon).

11) 농사꾼 버레이(Farmer Burleigh): 상기 Edward Lear의 숙부인 Arley는 Leary의 글자 수수께끼로서, Arley는 Barley(Burleigh)요, 후자의 이름은 lear 및 leary와 결합한다.

12) 칙스피어 양(Missy Cheekspeer): Miss Shakespeare: Miss Issy.

13) 룻 밀밭(Ruth Wheatacre): 〈룻기〉 2: 23: 이에 룻이 보아스의 소녀들에게 가까이 있어서 보리 추수와 밀 추수를 마치기까지…이삭을 주우며 그 식모와 함께 거하니라(Unto the end of barley harvest & of wheat harvest…).

14) 부즈(booz): 〈룻기〉의 룻(Ruth)은 그녀 자신을 Boaz에게 양도했나니, 후자는 그녀보다 훨씬 나이가 많더라. booz: boose(독주).

15) 디디 아친(Diddiddy Achin): 앞서 Daddy Deadon. Cadenus: Cadenus and Vanessa)에 있어서 스위프트에 의해 사용된 Decanus(Dean)의 글자 수수께끼. Cadenus는 Cad와 겹치지 않은고? 영어의 Deacon은 라틴어와 희랍어의 Diaconus에서 도래하는지라, Deconus와 같은 발음, 그리하여 이는 스위프트를 캐럴(Lewis Carrol)과 결합한다. 캐럴은 부사제(deacon)이었다.

16) 쥬리 호텔(jurys): 더블린의 Jury's Hotel.

17) 폰치의 팬치(panch of the ponch): Punch & Judy: 영국의 익살극(전출: FW 255 주석21) 참조).

18) 분산分散의 절망(dia sporation of his diesparation): dispersal(분산) 유태인들은 그들의 바빌론 유수유수(the Captivity) 후에 분산되었다.

19) 맹렬猛烈의 맹열猛熱(deesperation of deispiratuon): 〈샨돈의 종〉(The Bells of Shandon)의 음률을 따르고 있다.

20) 쾅문닫아라탕탕…. 마팔나볼…벌주점문폐: HCE의 문 닫는 소리—이에 메아리치는 천둥소리.

21) 그대가 관극觀劇한 연극, 게임이, 여기서 끝나도다. 커튼은 심深한 요구로 내리나니: Ellerton 작의 노래 가사의 인유: 당신이 주신 그날이, 주여, 끝났나이다. 어둠이 당신의 요구로 나리나이다(The Day Thou Gavest, Lord, Is Ended: The darkness falls at Thy behest).

22) 구나의 객출(Gunnar's gustspells): (1)Michael Gunn: 더블린 Gaiety 극장의 지배인. (2)gustspell: 마돌풍魔突風. guest—expel. gospel. gods: 극장의 발코니.

23) 색조色調 무슨 색(the hue) What colour: heliotrope.

24) 궤도중재자軌道仲裁者(Orbiter): Nero의 친구요, Satyricon의 저자인 Petronius Arbiter(O Hehir 219 참조).

25) 피오니아(Fionia): Fiona Macleod: Whilliam Sharp의 여성 개체個體.

26) 피지 퍼지자子(Fidge Fudgesons: ?

(258)

1) 암렬岩裂 신神들의 운명의 지배(Rendningrocks roguesrecking reigns): (1)(고대 북구 신화) Ragnarock: (2)신들의 운명 (3)〈마태복음〉 27: 51의 패러디: 성소 휘장이 위로부터 아래까지 찢어져 둘이 되고 땅이 진동하며 바위가 터지고(earth did quake, & the rocks rent).

2) 신들의 황혼인지라(gttrdmmrng): (G) Gotterdammerung): 〈신들의 황혼〉(북구 신화), 옛 신들과 세계의 멸망).

3) 사보이 뇌가雷家의 모토(표어)(Fulgitudes ejist rowdownan tonuout): 프랑스 Savoy 왕가의 모토: Fortitudo eius Rhodum tenuit(FERT): 그의 힘이 로도스 섬을 장악 했도다(His Strength Has Held Rhodes).

4) 버컬리 양키두들 애창가愛唱歌!(buncskleydoodle!): 노래 가사의 패러디: Yankee Doodle(독립 전쟁 때 미국인들이 애창한 노래).

5) 유태 성축제의식聖祝祭儀式!(Kidoosh!): Kiddush: 축제의 성스러움이 선포되는 유태의 의식과 기도.

6) 그들이 식食했던 곳에 그들은 산비했나니라. 공포 때문에 모두들 산비하고, 그들은 도망쳤도다(where they ate there they fled. of their fear they fled, they broke away): 〈사사기〉 5: 7의 인유: 그녀의 발에 그는 절하고, 그는 넘어져 누었나니, 거기 그는 넘어져 죽었도다(At her feet he bowed, he fell, he lay down. at her feet he bowed, he fell, where he bowed, there he fell dead).

7) 우리 모두 사천사死天使 아자렐을 칭송할지라(Let us extol Azrael with our harks): 〈창세기〉 11: 4의 패러디: 가서, 우리 모두 도시와 탑을 새울지라(Go to, let us build us a city & a tower). Azrael: 죽음의 천사.

8) 성구함聖句函과 함께 문설주로(To Mezouzalem with the Dephilim): 〈신명기〉 6: 9: 의 패러디: 네 집 문설주의 바깥문에 성구함을 기록할지라(a sign upon thine hand…between thine eyes…upon the posts…on thy gates). 유태인들은 성구함(Tephilium)을 그들의 문설주(Mezouzah)에 붙였다.

9) 마혼魔魂이여, 내가 사死했다고 생각했는고?(didits dinkun's dud?): 〈피네간의 경야〉 노래의 패러디: 악마의 혼이여, 그대는 내가 죽었다고 생각했는고?(Souls to the devil, did you think I'm dead?).

10) 맥 마칼(Mak Makal): Nick / Mick: 아일랜드인들의 통칭.

11) 나의 모母, 국國, 명名의 무위無爲셈이여(Immi ammi Semmi): (Heb) my mother, my nation, my name). (Hu)semmi: nothing. I am Shem: 〈경야〉의 피네간과 셈의 혼용—혼돈.

12) 바벨은 적자敵者 레밥과 함께 있지 않을지니?(shall not Babel be with lebab?): lebab: Babel(탑)의 역철逆綴로서, 이 구는 만사의 혼성—혼돈을 의미한다.

13) 자신의 입을 열고(open his mouth): 〈이집트의 사자의 책〉(Egyptian Book of the Dead)의 글귀: 개구開口(Opening of Mouth).

14) 나는 듣나니, 오 이즈라엘이여(I hear, O Ismael): 〈창세기〉 6: 4의 패러디: 거인들(giants)

15) 성주신聖主神은 단지 나의 대성주신大聲主神의 단신單神인고(they laud is only as my loud): 〈신명기〉 6: 4의 패러디: 우리 하느님 여호와는 오직 하나인 여호와시니(Hear O Israel: The Lord Our God is One Lord).

16) 만일 네쿠론이 죄천락罪天落한다면 확실히 마칼에게 벌은 칠십칠배七十七倍로다(If Nekulon shall be havonfallen surely Makal haven heyens): (1)〈창세기〉 4:24의 패러디: 가인을 위하여 벌이 7배일진대 라멕을 위하여는 벌이 칠십칠배로다 하였나이라(If Cain shall be avenged sevenfold, truly Lamech seventy & sevenfold). (2)〈시편〉 115: 16의 패러디: 하늘은 여호와의 하늘이라도 땅은 인생에게 주셨도다(the heaven & heaven of heavens).

17) 우리 마칼을 칭화稱話 하세(Let us extell Makal): 〈시편〉 68: 5의 패러디: 구름을 타신 그 분을 칭송하세(extol him who rides upon the clouds).

18) 그래요, 우리 극도로 칭락稱樂하세(let us exceedingly extell): 〈시편〉 68: 3의 패러디: 의인은 기뻐하며 하느님 앞에서 뛰놀며 즐거워할지라(Yea, let them exceedingly rejoce).

19) 그대가 자신의 요육병尿肉甁속에 놓여있다 할지라도(Though you have lien amung your posspots): (1)〈시편〉 68: 13의 패러디: 너희가 양 우리 안에 누울 때라도(Though you have lien among the pots). (2)〈출애굽기〉 16: 3의 패러디: 우리가 애굽 땅에서 고기 가마 곁에 앉았던 때…(When we sat by the flesh pots).

20) 위엄威嚴이 이스마엘 위에 있나니라(my excellency is over Ismael): 〈시편〉 68: 34의 패러디: 너희의 하느님께 능력을 돌릴지어다. 그 위엄이 이스라엘 위에 있고 그 능력이 하늘에 있도다(His excellency is over Israel).

21) 그는 맥 노아의 대수大首가 될 지로다(he shall mekanek of Mak Nakulon): 〈창세기〉 17: 20의 패러디: 내가 그에게 복을 주어 생육이 중다하여 그로 크게 번성하게 하리라…(as for Ishmael…I will make him a great nation).

22) 그는 행위사行爲死했도다(he deed): 〈창세기〉 9: 20의 패러디: 노아…그리고 그는 사死하도다(Noah…& he died).

23) 승성갈채속재昇聲喝采速再!(Uplouderamaingain!): Up + louder + amain + again: Applause main again.

24) 타유사양인他類似兩人투위들담에서 타打통회回轉트위디까지(from tweedledeedumms down to twiddledeedees): 캐럴 작 〈이상한 나라의 엘리스〉(Alice in Wonderland)의 구절의 인유: tweedledum, & Tweedledee.

25) 대성주大聲主여, 우리를 들으소서! 대성주여, 은총 되게 우리를 들으소서!(Loud, hear us! Loud, graciously hear us!): 성자들의 연도(Litany of the Saints)의 구절 인유.

26) 이제…그들의 처소로 들어갔도다(entered into their habitations): 〈예레미아〉 21: 13: 누가 우리의 거처에 들어오리오. (We shall enter into our habitations).

27) 캠프 야외 집회가 끝나자(camp meeting over): camp—meeting(미국: 종교적 부활) 〈허클베리 핀의 모험〉 20 중, 글귀의 변용.

28) 가다(경비)와 디디머스와 가다(경비) 도마스(Garda Didymus and Garda Domas): 〈외경〉의 〈토마스의 사도행전〉(Acts of Thomas)에서 Judas Thomas는 예수의 쌍둥이로 이야기 됨. Thomas는 쌍둥이의 한 사람이란 뜻.

29) 개심開心(the opening of the mind): 〈이집트의 사자의 책〉의 글귀의 변형: 개구開口(Opening of the Mouth).

30) 돈족豚足의 케리 산産 젖소들(kerrybommers in their krubeems): (1)cherubim: 지품천사 (2) crubeen: 돼지 또는 양의 족발.

31) 티모시…톰(Timothy…Tom): 여기서는 두 경비원의 이름. Timothy: 명예, 하느님의 뜻.

(259)

1) 돌에서 돌, 돌들 사이의 돌, 돌 아래의 돌이(stone to stone, stone between stones, stone under stone): R. A. S. Macalister는 그의 〈아일랜드의 비밀 언어〉(The Secret Lnguages of Ireland)라는 책에서 프리메이슨 조합(Masony)(석공술石工術)의 맹약(the bonds)에 관에 언급하는 Bearlagair의 문장을(돌에서 돌…)로 번역한다.

2) 오 대성주여 청원하옵건대(wee beseech of thees): 기도문의 패러디: 오 주여, 청하옵건대(we beseech Thee, O Lord).

3) 오시각悟時刻에 잠을 하사하옵소서!(Grant sleep in hour's time!): 아침의 기도문의 패러디: 우리들의 시간에 평화를 주옵소서(Give peace in our time, O Lord).

4) 그들이 한기寒氣를 갖지 않도록. 그들이 살모를…않도록(That they take no chill. That they…no murder): 〈율법〉(Commandments) 구절의 인유: 그대 살해하지 말지니…그대 감음하지 말지니(Yoy shalt not kill…Thou shalt not commit adultery).

5) 우리들의 심업心業을 저소底笑로서 휘감으소서!(entwine our arts with laughters low): 〈일반 기도서〉(Book of Common Prayer)의 성찬식(Holy Communion)의 패러디: 당신의 법을 지키도록 우리의 마음을 경주하게 하소서(Incline our hearts to keep Thy Law).

6) 하 헤 히 호 후(Ha he hi ho hu): 동물원의 짐승들의 먼 울음소리(5개의 모음).

7) 만사묵묵萬事黙黙(Mummum): All is mum in mother dark(만사 모암母暗 속에 묵묵).

◆ II부 - 2장 ◆

학습시간 – 삼학三學과 사분면四分面 (pp.260-308)

(260)

1) 극소조담에서 원반구락총체까지(from tomittot to teetootomotalitarian): (1)teetotum: 찬스 게임에서 회전되는 4면 원반 (2)Tomtit: 작은 새. tots: 소량. (1)Tom Tit Tot: 악마의 안전이 그의 이름의 비밀에 달려있는 민속 담.

2) 차(茶) 차 차(tea too oo): (1)차는 생명의 증류수, 아기에게 밀크 격 (2)tea: titty(젖꼭지).

3) 선술집(porter palce): 피닉스 고원 앞의 HCE의 주점.

4) 가득 찻도다(격擊당했도다), 불량경비不良警備가 말하는지라(Am shot, says the biggurad): HCE의 집 문지기.

5) 리비우스(Livius): Livius: 초창기 로마의 역사가.

6) 메쪼환티 시장(Mezzofanti): 바티칸 도서관의 보관자 및 주교로, 50—60개 언어를 유창히, 구사한 언어학자.

7) 세면소(라 바터리)(Lavatery): 관상학자(1741—1801).

8) 타이초 브라히(Tycho Brache): 덴마크의 천문학자(1546—1601).

9) 버클리(Berkeley): (1)아일랜드의 철학자(1685—1753) (2)더블린의 버클리 가도.

10) 개인즈버러 횡단으로(Gainsbprough Carfax): 영국 화가(1727—1788).

11) 기이도 다레츠(Guido d'Arezz): 테트리코드(옛 4현금의) 발명가, 작곡가(990—1010), 현대 음악의 아버지.

12) 리비우스 신소로新小路New Livius): 상동. 재차 Livy(리피)로: 비코의 순환으로.

13) 비코의 회환점回還點. Old 비코 Roundpoint): (1)Trieste의 Pizza Giambattista 비코 (2)더블린 외곽 Dalkey 마을의 비코 가도. (3)비코 순환사.

14) 자연의, 단순한, 노예처럼, 자정(子情)의(공포恐怖)(natural, simple, slavish, fillial): Aquinas의 〈신학대전〉(Summa Theologiae)(〈초상〉에서 스티븐의 심미론의 전거가 됨)은 filial, initial, servile 및 wordly fear(공포)를 각각 구분한다.

15) 이단자 몬탄(Montan): 아마도 프리지아의 이단자(Phrygian heretic).

(261)

1) 인형극의녹색스커트(pulshandjupeyjade): Punch & Judy Show의 인형극의 암시(익살스러운 영국의 인형극으로, 주인공 Punch는 매부리코에 꼽추로서, 아이와 아내 Judy를 죽이고 끝내는 교수형을 당함).

2) 묘구墓丘(howe): (1)Howe: 바이킹의 옛 자리 (2)hume: 더블린의 Thingmote(북구의 식민시대)(〈초상〉 4장 참조).

3) 세계의 7대 불가사이(7 Wonders of the World): (1)원추(cones): Pyramids (2)유폐(the mured) (3)대롱대는 둥지(pensils) (4)올림퍼스 성지(the olymp) (5)다이아나 투명궁(temple of dianaphous) (6)거등대상(colosses of Rhodes) (7) 모소럼 장묘丈墓(mausoleum).

4) 무복無幅의 장長(length Withought Breath): 유클리드 기하학 원리의 패러디: 선線은 넓이 없는 길(A

line is length without breadth).

5) 동굴아洞窟兒(Cave of Kids): 예수는 동굴에서 산양의 젖을 먹고 잘았다.

6) 부족영지의(Hymanian): 아일랜드 골웨이 군의 부족 영토.

7) 덴 굴窟나리, 단單나리(denary, danery): 자장가의 패러디: Denary, danary.

8) 직접소유권(Dominic Directus): (L) dominium directum: 직접적 소유권(비코에게 로마 의 quiritary 소유권에 해당하는 신 야만주의(new barbarism)의 부속물.

9) 아인소프(Ainsophi): Calbalistic(중세의 신비철학의) 교본에서, 창조주로, 숫자 1을 대표함. 그는 연금술자의 수은이니, 그리하여 그 신비적 증류기 속에서 그의 증변症變을 보는 것은 공포의 대상이다.

10) 십이공도十二恐圖(horrorscup): 천궁도(horoscope): 탄생시의 별의 위치.

11) 낮에는 오공午攻의 공포요, 각 야혼례夜婚禮의 무화목無花木이라(Terror of the noon— struck by day, crytogam of each nightly bridable): (1)〈시편〉91: 5–6: 너는 밤에 놀람과 낮에 흐르는 살과 혹암 중에 행하는 염병과 백주에 황폐케 하는 파멸을 두려워 아니 하리로다(Thou shalt not be afraid for the terror by night…not for the destruction that wasteth at noonday). 각 야혼례夜婚禮의 무화목無花木이라(cryptogam of each nightly bridable). (2)이 글줄은, 셰익스피어의 연극들의 저작권에 관한 Bacon 류의 역설의 전거인 Ignatius Donnelly 작 〈위대한 암호문〉(The Great Cryptogram)에 관한 언급이다.

(262)

1) 이 다리(橋)(This bridge): Thom의 〈더블린인명록: 채프리조드〉(D Directory: Chapelizod)에 의하면: 부분적으로 Uppercross 남작령, Palmerstown 교구에, 그러나 주로 Castletown 남작령의, 같은 이름의 교구에 촌락으로 기록 되어있는데, 이 다리는 그곳에 위치함.

2) 예, 퍼스(Yes, pearse): (1)민요의 제목 인유 Persse O'Reilly (2)Padraic Pearse: Easter Rising(부활절 봉기)의 지도자 중의 하나로, 1916년에 사망.

3) 우뢰雨雷의 첫 공역恐力에(At furscht kracht of thunder): (1)(G) Furcht: 공포. (G) kracht: crashes (2)비코에 따르면, 첫 번째 천둥소리가 사람들을 동굴로 몰아넣었다 함.

4) 거지신巨地神나크루사(Erdnacrusha): (1)(G) Erd: earth (2)Ardnacrusha: Limerick 주의 마을 명.

5) 안식여신安息女神이여(requiestress): 사자를 위한 미사 구절에서: 영면: Requiem.

6) 행운의 영광永光으로 하여금 영안永安하게 하소서!(Let luck's pureshutterall lucy at ease!): 〈사자를 위한 미사〉(Mass for the Dead): 주여, 그들에게 영원한 안식을 하시하시고, 그들 위에 영원한 빛을 비추소서(Lord, grant them eternal rest & let perpetual light shine upon us).

7) 현명한 바보(wise fool): Nicholas of Cusa(1401–1464) 작: 〈박식한 무식〉(Learned Ignorance)의 패러디.

8) 암돼지로 하여금 대식大食하게 하소서(Sow byg eat): So be it(그러할지어다).

9) 픽카주타운의 부트(뽀이) 옥屋(the Boote's at Pickardstown): 더블린 군, Pickardstown에 있는 Boot Inn(여관).

10) 백회마白灰馬(skimmelk steed): (1)(Da) skimmel: 백회색마(유乳백마) (2)(G) Melk: milk.

11) 외벽(putwall): 피닉스 공원의 Magazine Wall(무기고 벽).

12) 빌리오라 산山(ballyhouraised): Cork 군의 Ballyhoura 산.

13) 여숙旅宿 여숙! 여숙 여숙!(Inn inn! Inn inn!): 아이들의 게임의 패러디: 농부는 굴속에 있네 / 농부는 굴속에 있네 / 히 아이 히디 호, 농부는 굴속에 있네(The farmer's in his den, the farmer's in his den, He I Hedy Ho, the farmer's in his den).

1) 고래古來의 기묘한 어구魚口(erst crafty hakemouth): (G): 훌륭하게 자격을 갖춘 피고용인.

2) 이그노투스 주酒쿠어(Ignotus Loquor): Ignatius Loyola: 예수회(the Society of Jesus)의 설립자.

3) 신부神父 티오볼드(father theobalder brake): (1)Theobald Matthew 신부: 아일랜드의 금주 옹호자 (2)Balder: 겨우살이(mistletoe에 의해 교살된 북구 신 (3)Lewis Theobald: 셰익스피어 학자, 각색자 및 위조자: 1728년에 그는 〈이중의 위선〉(Double Falsehood)이라는 연극을 인쇄했는데, 그것을 그는 셰익스피어의 잃어버린 연극 Cardenio의 현대화한 번안이라 주장했다. 그러나 그의 요구를 입증할 아무것도 여태 나타나지 않았다.

4) 키루스(Cyrus): 페르시아 제국의 건립자.

5) 격향격激香스트로보(the incenstrobed): strobe: strobescope: 급속히 움직이는 물체를 정지한 것처럼 관측, 촬영하는 장치(사진술).

6) 이지프터스(Egyptus, the incenstrobed): Aegypius: Denaus의 쌍둥이로, 이집트의 왕, 그의 50명의 아들들 중 49명이 Danaides 가家의 그들의 아내들에 의하여 살해되었다.

7) 동東고트족 및 오스만의(ostrogothic and ottomanic): (1)Ostrogoth: 동 고트족(이탈리아 왕국을 세움) (493—555) (2)Ottoman: 터키의 오스만 제국.

8) 대륙적 유행병국(Pandemia's postwartem): (1)pandemic disease(세계적 유행병) (2)postmortem: 사후의.

9) 롤프족 도보 여행자(Rolf the Ganger): 노르망디의 최초의 공작. ganger: 도보 여행자.

10) 건 주점(Gunne's): HCE의 주막의 암시.

11) 그저 그런 거란다. 이 아름다운 세계에서는, 나의 아이들아(Saaleddies er it in this warken werden): (Da): Saaledes er der i denne vakre verden mine b'orn: (it is like that in this beautiful world, my children).

12) 아이뎀의 원園(garden of Idem): 에덴동산.

13) 위쪽의 일들은 아래쪽의 술병과…라고 헤르메스의 취옥송가翠玉가 말하나니(The task above…flasks below…saith the emerald canticle of Hermes): Trismegistus Hermes: 홍수 전후에 살은 이집트의 고대 사제(magus). 그의 작품은 때때로 E, erald Tables라 불리며, Pimander로서 나타남. 그 중 10개의 훈계(precept) 가운데 제2항인 즉: 하나의 사물의 기적을 달성하기 위해서, 아래 있는 것은 위에 있는 것과 같고, 위에 있는 것은 아래 있는 것과 같도다(What is below is like that which is above, to accomplish the miracles of one thing).

14) 잉크병의 권위(inkbottle authority): (?) Inkbottle House(셈의 집)(182 참조).

15) 확장하고 있는 우주(expanding universe): (천문학) Eddington: The Expanding Universe: 에딩턴 우주 확장: 일정 천체의 확장. Eddington Limit: 에딩턴 한계 강도: 전체가 낼 수 있는, 일정 질량의 최대한의 밝기.

16) 무음율無音律의 이유(rhymeless reason): 속담의 패러디: 전혀 조리가 밝지 않은, 어림도 없는 소리(without rhyme and reason)(〈율리시스〉 제7장 U 114 참조).

17) 안전적으로 세속구世俗球를 심판하도다(Securely judges orb terrestrial): 성 아우구스티누스의 글귀의 패러디: 침착한, 세계 심판(U ntroubled, the world judges): (L) haud certo ergo: not at all certainly.

18) 오 경복慶福의 유죄(O felicitous culpability): 오 행복한 과오여!(O felix culpa)(아담의 과오에서 이룬 역복逆福)(〈경야〉의 주제들 중 하나).

19) 원형조신元型造神(archetypt): (1)archetype (2)architect.

20) 그대에게 지독한 악운을!(sweet bad cess to you): (앵글로—아이리시) 저주(imprecation).

(264)

1) 알소프(Allsap's): Allsop's Ale(맥주 명).

2) 황야이방인의 뿔!(Horn of Heatthen): Hill of Howth.

3) 십대 소년(backfrish): teenager.

4) 생명의 세강細江!(Brook of Life): 〈요한 계시록〉 20: 12의 구절의 패러디: 생명의 책(book of life).

5) 심지어(E) 저주자(H) 가나안(C)(Even Canaan the Hateful): 〈창세기〉 9: 25의 구절의 패러디: 이에 가로 대 가나안은 저주를 받아 그 형제의 종들이 종이 되기를 원하노라(Cursed be Canaan! The lowest of slaves will he be to his brothers): 노아가 그의 알몸을 아들 햄이 본 후에 한 말.

6) 시성視星과 식습지식息濕地 사이에(Between a stare and a sough): 노래 가사의 패러디: 키스와 한숨 사이(Between a Kiss and a Sigh).

7) 에브(潮)린의 물(水)(Eblinn water): (1)Afton Water: 노래의 가사 (2)Eblana: 더블린의 고대 명.

8) 환영幻影의 도시(A phantom city): 아일랜드의 작가 Gerald Griffin(1803—1907)의 저서: 〈환영의 도시〉(The Phantom City)의 인유. 그의 Talis Qualis 및 The Collegians는 보우시콜트(Boucicult)의 〈아리따운 아가씨〉(Colleen Bawn)에 영향을 줌.

9) 60에이커 토지 속에 인구 400 곱하기 26 더하기 6의 인구(sould for a four of hundreds of manhood in tyheir three and threescore fylkers): 채프리조드의 당시 추정 지역과 인구: 63에이커. 인구: 12,800명 =400x[26+6]. 아일랜드는 총 32개의 군들(남쪽 26+북쪽 6)을 지니고 있다.

10) 이 강변(this riverside). 양지 바른 강둑(sunnybank). 멋진 조망(buona the vista). 산타 로자 곁에!(Santa Rosa!). 오월의 들판(A field of May). 봄의 저 골짜기(the very vale of Spring). 과수원(Orchards). 성향聖香의 법계수法桂樹(sainted lawrels). 고대조망高大眺望(hoig view), 너도밤나무(ashwald). 가시 넝쿨의 계곡(a glen…thorns). 여계麗溪 그레노린(Gleannaulinn). 쾌고지快高地 알드빈(ardeevin). 촌변의 이 놀만 궁전(Norman court), 애란국 성당의 저 담쟁이 넝쿨 탑(yon creepered tower of a church of Ereland). 왕의 석가(king's house)—이상은 모두 Tom의 〈더블린 인명록〉에 수록된 채프리조드의 지역들. St Rosa of Lima: (1)불가능의 수호성자(patron saint of impossible) (2)by Santa Rosa: 산타 로자에 맹세코!(저주, mild oath).

(265)

1) 뽕나무(Mulberry House). 임위林圍(Belgrove). 풍차 칸이었던 정소淨所(피닉스 공원의 증류소 Distillery). 영한靈寒의 묘형墓型(ghastcold tomshape): 이상은 모두 Thom의 〈더블린 인명록〉에 수록 된 채프리조드 지역 명들.

2) 상술한 르 파뉴류類(Lefanunnian abovementioned): 르 파뉴 작 〈성당 묘지 곁의 집〉 제1장은 채프리조드를 서술한다: 마을 나무—저 상술한 건장한 느릅나무(the village tree—that stalworth elm above mentioned).

3) 학교! 다시 재차! 향기로운 황갈색(Shole!…auburn): 채프리조드의 지역 명들: (1)a National School (2)Sweetsome Auburn: Goldsmith의 〈황량한 마을〉(The Deserted Village)의 글귀의 인유: 달콤한 황갈색(Sweet Auburn).

4) 자생적自生的인 꽃처럼 다가오나니(cometh up as a selfreizing flower): 〈욥기〉 14: 2의 성구의 인유: 그 발생함이 꽃과 같아서 쇠하여지고, 그 그림자같이 신속하여 머물지 아니하거늘(He springs up like a flower and withers away. like a fleeting shadow, he does not endure).

5) 피닉스(불사조), 그의 화장목火葬木이(the pheonix, his pyre): 불꽃에서 되살아난 불사조.

6) 담쟁이덩굴과 가시나무(hedges of ivy): 노래 가사: The Holy and the Ivy.

7) 성림聖林(hollywood): Hollywood: Wicklow 군의 마을 이름.

8) 번뇌 앤거스의 활발活髮한 딸(blithehaird daughter of Angoisse): Thom의 〈더블린 인명록〉의 '채프리조드'란의 글귀: Aengus의 딸, 미녀 Izod라는 이름에서 파생한 것으로 전하다.

9) 두 남작男爵의 고교구古教區(two barrenyold perishers). 채프리조드의 Castleknock 마을 출신의 남작들.

10) 남루외투복장襤褸外套服場(Wone tarbard) Southwark의 Tarbard Inn: 거기서 Chaucer의 〈캔터베리 이야기〉(Canterbury Tales)가 시작된다.

11) 대상개발帶狀開發(ribbon development): (string development) 도시에서 교외로 간선도로를 따라서 띠 모양으로 뻗어 가는 건축 군群.

12) 임대소멸賃貸消滅(lease lapse): leixlip: 리피 강가의 마을 및 salmon—ladder(산란기에 연어를 방축 위로 올라가게 하는 어제魚梯의 암시).

13) 2백 2십 8만 9백 6십의 방사선(radiolumin lines): (1) 190,080(3마일의 인치) x 12 = 2,280,960인치. (2)—lumen: 광속의 단위.

14) 핀타운(Finntown): 더블린의 암시: Finn's Town.

15) 관대시인(우체국)寬大詩人(generous poet's office). 더블린 중앙 우체국General Post Office)(GPO).

16) 평원의 애극지愛極地(aloofliest of the plain): Goldsmith 작 〈황량한 마을〉의 글귀: 평원의 가장 아름다운 마을(loveliest village of the plain).

(266)

1) 시침市寢의 복종은 그의 구멍 속에 도락道樂 시골뜨기를 행복하게 만드나니(boxomeness…. hobby-hodge…his hoke): 더블린 표어의 패러디: 복종은 시의 행복이라(Obedience Is City's Happiness).

2) 스타와 차터(store and charter): Star & Garter의 흔한 주점 이름.

3) 린 아래 트리타운 카슬(목도성木都城)(Treetown Castle under Lynne): (1)영국의 지명: Newcastle—under—Lyme (2)더블린의 문장紋章: 3 castles(3城) (3)Lynne: 더블린?

4) 피어스 오레일리(요기妖氣의 잔교棧橋)(piers eerie): (1)노래의 인유: Dies Irae (2)민요의 주인공: Persse O'Reilly.

5) 드오브롱(D'Oblong): 아마도 더블린 및 혹은 May Oblong: 조이스 시절의 더블린 창녀.

6) 기사騎士가 원탁 주변에서 집사執事 노릇 하는(bedevere butlered table round): (1)Bedevere: 아서 왕의 집사. (2)원탁의 기사(knight of the Round Table).

7) 피주점하彼酒店下(barrabelowther): (1)bar below there (2)barrel(술통).

8) 조정朝頂의 필요와 해링톤의 발명(Morningtop's necessity and Harington's invention): (1)(앵글로—아이리시) 격언: top of the morning(조반실 및 화장실) (2)Sir John Harington 작 〈아이잭의 변신〉(The Metamorphosis of Ajax)은 수세용 변소를 서술한다.

9) 최고 아늑한 권력을 곰곰이 사논思論하고, 신품新品의 초심자들과…사랑을 할지니(dwell on homiest powers, love…novices): T. 무어의 노래 가사의 인유: 여기서 우리는 곰곰이 생각하나니, 가장 다정한 정자亭子에서(사랑과 초심자)(Here We dwell, in Homeliest Bowers)[Love & the Novice].

10) 고지소년들(doldorboys): Doldor: 취리히의 고지高地.

11) 수학數學 일급 합격자들(wranglers): Cambridge 대학의 속어: 수학 학위 시험의 일급 합격자들.

12) 아에티우수가 아틸라의 작전을…저지했던 당시 카타로우니아 전戰 개시 전에(Aetius check…Attil's gambit): (ere…catalaunic when Aetius check…Attil's gambit): 기원 451년의 Catalaunian 들판의 전쟁: Attila와 Ostrogotha가 일시적으로 Aetius 및 Visigoths에 의하여 패배 당했다.

13) 최마녀最魔女 유월초야六月初夜여(june of eves the jenniest): Attila로부터 파리를 구하는 성 Genevieve(Sweet Genevive의 노래 속에 나오는 인물이기도)의 군사 충고, Juno, Eve, Jennies와 함께.

(267)

1) 처녀곡處女谷(Maidadate): Maid Vale: 런던 소재의 계곡.

2) 처감응초處感應草(Mimosa): 신경초를 포함하는 식물 속.

3) 초소오월의미初小五月意味(maimoomeining): 노래 가사의 패러디: 오월의 초생달(The Young May Moon).

4) 처가애의미凄可愛意味(maymeaminning): C. K. Ogan 및 I. A. Richards의 저서의 패러디: 〈의미의 의미〉(The Meaning of Meaning).

5) 취사구점炊事具店의 왕(kongen in his canteenhus): 자장가의 인유: 임금님은 회계실에 있었다네(The king was in the countinghouse). 〈율리시스〉 제4장에서 블룸의 독백 참조(U 56).

6) 오우소니우수 담시인膽詩人(Ausonius Audacior): 고대 로마 시인 Decimus Magnus Ausonius(310—95).

7) 노래둥글게맴도나니(Singalinalying): (스위스—독일) 아이들의 경기: Ring—s—ring O'roses)의 패러디.

8) 그녀가 가유歌幼할 때 그건 허화虛話로다(Storiella as she's syung): James Millinton의 저서 인유: 〈그녀가 말하는 영어〉(English as She is Spoke).

9) 명부신冥府神 플루톤적的으로…예쁜 프로서파인(plutonically…Proserpronette): (희랍 신화) Pluto: 희랍의 황천(Hades)의 신. Proserpine: 희랍의 황천 여신, Zeus와 Demeter의 딸로서, Pluto에 의해 간음되고, 지하세계의 여왕이 됨.

10) 비리사 표지등標識燈(Belisha beacon): 횡단용 교통 신호.

11) 적赤, 청靑 및 황黃이 화음으로 박자를…저 오렌지의 녹광선綠光線이, 후풍厚風과 남풍藍風으로(as the red, blue and yellow flogs time on the domisole): 무지개 색깔.

12) 섬광閃光이 말(言)이 되고 묵음黙音이 모음이 되는도다(flesh becomes word and silents selfloud): 〈요한복음〉 1: 14의 패러디: 말이 육화되었도다(the Word was made flesh).

13) 아담남男, 이브녀女(Adamman, Emhe): (1)Adam, Eve (2)성 Adamnian: 성 Cplmcille의 아일랜드의 전기가 (3)Adamman: 일종의 인위적 언어.

14) 오시안전설시인傳說詩人…오딘 란신卵神(Issossianusheen…Yggely ogs): (1)Ossian: 스코틀랜드의 전설적 시인. Ygg: 란卵. (노르웨이) Odin: 북구 신화의 신들 중 우두머리.

15) 오 저런!(Uwayoei!) (1)모음들: A. E. I. O. U + 반모음(semivowels) Y & W. (2)oh dear.

16) 십볼렛(shibboleth): 〈사사기〉 12: 6: (쉬)음의 발음을 할 수 있는지 없는지를 시험해 보는 물음 말(국적, 계급 등을 판별하는 특징을 이루는 말투). 블룸: (그는 막연히 에브라임의 암호를 중얼거린다) 쉽볼렛.(U 373)

17) 노老비너스(Vetus): (1)Venus (2)(L) old, aged.

18) 처녀궁(Veto): Virgo: (천문) 처녀자리. 12궁의 처녀자리.

19) 해요정海妖精(Nereids): (희랍 신화) 바다의 요정(여신).

20) 유일녀唯一女(우나 우니카)(Una Unica): (1)(I) 여인에 의해 의인화 된 기근(famine (2)(L) one only (3)스펜서(Spencer)의 시작 〈요정의 여왕〉(The Faerie Queene)에서 그녀는 참된 종교를 대표한다.

(268)

1) 화란 유령선의 혹처녀惑處女(scentas): 〈유령선〉(The Flying Dutchman)의 여주인공, 처녀.

2) 처럼 섹스어필(sex appealing) Spechselau'ten): 취리히의 봄 축제.

3) 매종魅鐘, 링링!(the chimes…rung): 노래 가사의 패러디: 사랑의 종이 울리고 있어요(The Chimes of Love are Pealing).

4) 브라운 엔드 노란(jemmijohns): (1)솀 & 숀 (2)Blowne and Nolan's: 더블린의 서점 명.

5) 개미의 탐욕과 대大베짱이(grooser's grubbinessm andt's avarice): (1)Mooke & Gripes. Ondt & Gracehopper. 쌍둥이 형제(솀—숀. 돌프—케브)의 갈등.

6) 솔파(solfa): 음악.

7) 골무 무대극장(the Thimble Theatre): 런던과 더블린의 실재 극장 명.

8) 오늬 무늬 짜기(헤링본)(her inbourne): 청어 뼈. 오늬 무늬로 짠 천.

9) 조모문법(gramma's grammar): 알파벳의 서체, 그림, 철자.

10) 항문지적肛門知的 흥분제(his analectual pygmyhop): (1)anal pickmeup(흥분제, 회복약) (2) intellectual.

(269)

1) 피터 라이트(peterwright): Peter Wright: 1920년대에 파넬, 글래드스턴 등에 관한 추문서(scandalous book)를 출판한 자.

2) 아레스, 퉁명스러운 보레아스 및 지절대는 가니메데(ardent Ares, brusque Boreas and glib Gantmede): (1)Ares: 희랍의 전쟁 신 (2)러시아의 우상들에 관해 서술한 10명중의 Sts Boris & Gleb. Boreas: 희랍의 신. Ganymede: 제우스신의 컵 봉지다.

3) 내게냐 아니면 내게가 아니냐, 그것이 그대의 문탐問探이로다(To me or not to me. Satis thy quest on): (1)〈햄릿〉 III. 1〉63의 패러디: 죽느냐 사느냐 그것이 문제로다. (2)성에 굶주린 이시는 그녀의 형제들에게 자신에게 다가와 그들의 성의 욕구를 충족시키도록 애쓰고 있다.

4) 쿡쿡!(Cookcook!): cuckoo(뻐꾸기의 울음).

5) 그리하여 그것이 그대의 의(박)사가 아는 바이라(And that's what your doctor knows): 단테의 〈연옥〉 편 V. 121—3의 시구의 패러디: 비애중의 비애는 우리들의 비참 속에 옛 행복한 시절을 기억하는 것이라, 그리하여 이것을 박사는 알도다(The bitterest woe of woes Is to remember in our wretchedness Old happy times. and this thy Doctor knows).

6) 오 사랑 그것이…가장보통명사의 일이로다(O love it is the commonknounest thing): 노래 가사에서: 보리 맥: 오 럼주: 그것이 너무나 간질하다니 가장 우스꽝스러운 일(The Barley Corn: O rum it is the comicalest thing How it tickles.)

7) 린드리 및 머레이(Lindley's and Murrey's): Lindley Murray: 〈영어문법〉(Grammar of the English Language)의 저자.

(270)

1) 겉모양은 훌륭하면 일괄환불一括還拂이라(Lumpsome is who lumpsum pays): 격언의 변형: 행위가 훌륭하면 인품도 돋보인다(Handsome is who handsome does).

2) 강세强勢가 비틀거리더라도 양철자量綴子가 중요하도다(Quantity counts though accents falter): 강세(약강세의) 보다 오히려 양(장단 음절)에 의해 운각韻脚된 고전 시.

3) 변호사의 부록생(a sollicitor's appendx): Paul Dukas 작: 〈마술사의 견습생〉(The Sorcerer's Apprentice)의 인유.

4) 애란 빈곤 부인(Irish Distressed Ladies): 〈애란 빈곤 부인회의 자금〉(임차액의 미불인 경우를 위하여).

5) 험프리스타운(Humphreystown): 더블린 외곽 Poulaphouca 폭포 근처의 집.

6) 교활한 비방독사誹謗毒蛇(schlangder): 뱀이 가장 교활하더라…

7) 불가사이 잔디 원園(Wonderlawn): 루이스 작의 〈이상한 나라의 엘리스〉(Alice in Wonderland)의 인유.

8) 아리스여, 아아, 그녀가 거울을 깨었나니! 소곡小谷(Alis, alas, she broke the glass! Liddel): (1)노래 가사의 인유: Amo, Amas, I love a Lass. (2)Alice는 루이스 캐럴의 친구 Liddell에 기초함.

9) 유클리드청휘靑輝(youthlit): (1)Euclid's (2)youthlit.

10) 미크와 니크(Mike and Nike): Mick / Nick: 아일랜드 사람의 통칭.

11) 버질(처녀) 페이지를 넘기고 관찰해 볼지니(volve the virgil page and view): Virgil 작품을 무작위를 펼침으로서 갖는 점계.

12) 기억술의 견지에서 보건대 그대는 결코 탈선하지 않을지니(from Nebob see you never stray): 라틴 학교 교과서로부터의 기억술(Mnemonic): (1)nemo를 위해 나로 하여금 neminis 혹은 nemine을 절대 말하지 않게 하라. (2)〈율리시스〉 제15장 밤의 환각 장면 참조(U 418)

13) 하이어링용병傭兵의 퍼에니 전쟁(Hireling's puny wars): (1)아일랜드(Hireling)의 Punic Wars: 포에니 전쟁(264—146 BC): 로마와 카르타고 사이의 3회에 걸친 전쟁 (2)우리는 두 소년들(돌프와 케브)에게로 마음을 돌린다. 그들은 자신들의 역사 책 공부에서 등등의 행위에 관해 그리고 Punic 전쟁과 아일랜드의 5혈족, 시저, 드루이드 여인들 및 3두 정치에 관해 읽고 있다.

(271)

1) 오브라이엔, 오코노, 맥 로우린 및 맥 나마라(The O'Brien, The O'Connor, The Mac Loughlin, The Mac Namara): 아일랜드의 다섯 혈족들: O'Neil, O'Connor, O'Brien, O'Lochlin, McMurrough.

2) 질투嫉妬어스 포착捕捉시이자者 경卿(Sire Jeallyous Seizer): Sir Julius Caesar: 모든 값진 사람들에게 은혜와 자비를 위해 바친 탁월한 영국의 판사(1557—1636). 여기 시저 경의 사건은 HCE를 로마와 연결시킨다.

3) 사死옥스티비오스, 석조石造래피도스 및 몰트하우스 안테미의 삼두정치인三頭政治人들(the tryonforit of Oxthievious, Lapidous and Malthouse Anthemy): 기원 전 42—31동안의 3두 정치가들(triumvirate).

4) 수에토니아(Suetonius): 12 Caesars 중의 역사가 및 전기가.

5) 탁한 목소리의 간(Gruff Gunne): Michael Gunn: 더블린의 Gaiety 극장 지배인.

6) 하찮은 셔츠(Gam Gonna): (I) gam: fool. (It) gonna: skirt.

7) 헤버 조상과 헤레몬 선조(Heber and Heremon): 아일랜드 종족의 전설적 선조들.

8) 우리들의 팬지꽃(pansies): 프랑스의 사상가, 도덕가, 자연과학자인 Pascal의 사상 집 〈빵세〉(Pen' sees)(저자 유서의 통칭)의 변형. 이리하여 Pascal의 Pense'es는 팬지꽃(pansy), Ophelia 및 Issy—Cleopatra와 연관된다.

9) 있었다와 있을 것이다 사이에는 부정법의 간격이 있나니(There's a split in the infinitive from to have to have been to will be): 〈영광의 찬가〉(Gloria Patri)(L)(성부와 성자와 성령에 영광 있을지어다의 찬가 종말 구절의 변형: 애초에 그랬듯이, 지금도 그리고 영원히 그러하리라(As it was in the beginning, is now, & ever shall be).

10) 지사과地司果를 먹을지라. 독사毒蛇를 감언하여 지껄이게 할지라)(Eat early earthapples. Coax Cobra to chatters): 〈창세기〉의 인유.

11) 헤바(Hawah): Eve(U 32).

12) 고흐(Gough)가 선사한 정원(the garden Gough gave): Gough: 터키의 Gallipoli 반도(the Peninsula)에서 싸웠으며, 판자브(Punjab)(인도북부의 한 지방)인들을 정복했다. 그의 동상이 피닉스 공원(정원)에 서있다.

2부

(272)

1) 레다여, 나부裸婦여, 겁먹고—겁 퍼덕이니(leda, Lada, aflutter—afraida): Leda는 백조로서 Zeus 신에 의해 유혹 당했다.

2) 그대의 허리띠가 정원庭園처럼 자라는고!(how does your girdle grow!): 자장가의 패러디: 너의 정원은 어떻게 자라지?(how does your garden grow?)

3) 고의故意없이 의고意故했고, 목적 없이 의창계意娼界했는지라(Willed without witting, whorled without aimed): (Gloria Patri)(성부와 성자와 성령에 영광 있을지어다의 찬가의 글귀의 변형: 끝없는 세계(World without end).

4) 피파포쏘스(Pappapassos): Browning의 시〈피파 지나가다〉(Pippa Passes)의 제목 패러디.

5) 젖꼭지(titties): 〈율리시스〉 제18장 몰리의 독백에서 그녀가 회상하는, 보일런(Boylan)이 그녀의 nipple를 두고 한 말(U 620)

6) 오라 버킷 전투戰鬪여(come buckets come bats till deeleet): 노래 가사의 인유: 오라, 처녀들 및 총각들이여(Come, Lasses & Lads).

7) 동맹국의 출격이라면(a sally of the allies): 노래 가사의 인유: 우리들 동맹국의 샐리여(Sally in Our Alley).

8) 해군전海軍戰(naval actiums): 기원전 31년의 Actium 전쟁(Octanius 대 Mark Antony).

9) 성聖 아누스 양면신兩面神이여(holy Janus): 얼굴 양면을 가진 이탈리아의 신.

10) 마면馬面헹게스트와 마찬馬饌호스소스여(Hengegst and Horsesauce): Hengest 및 Horsa: 영국의 섹슨 침공을 지휘한 형제들.

11) 물통(터무니없는, 침실) 이야기(taletub): 스위프트의 〈터무니없는 이야기〉(A Tale of Tub)의 인유.

12) 휘닝족속族屬(hinnyhennyhindyou): Houyhnhnns): 스위프트의 〈걸리버 여행기〉에 나오는 인간의 이성을 갖춘 말.

13) 삼수고三手高(threehandshighs): 말의 키는 손 크기로 잰다.

14) 브록과 레온이, 툴툴대는 산외자算外者들, 스타린과 아서 귀니스 경을 따돌려 버렸도다. (Brook and leon…Starlin and Ser Arthur Ghinis): 조이스의 부친 존 조이스는 1880년 총선거 동안 연합 자유 구락부(United Liberal Club)의 서기였다. 자유당 후보들인 Mautice Brookes와 Dr Robert Dyer Lyons는 Sir Arthur Guinness 및 James Stirling을 따돌렸다.

15) 곰은 황소에게 재차 증권거래를 숙고하도다(Bull igien bear and): 곰과 황소(bears and bulls): 증권거래(Stock Exchange)에서, 승패 율을 참관하는 구경꾼들을 칭하는 말.

(273)

1) 평화의 일곱 겹 아치의 지간趾間 무지개다리!(heptarched span of peace!): (1)(Gr) heptarch'e: 1/7의 지사직 (2)7무지개 색깔: 평화의 상징.

2) 법法, 사死 및 관습의 동맹!(lex, nex and the mores!): 〈믹, 닉, 및 매기의 익살극〉(Mick, Nick & the Maggies)의 모방 구.

3) 촌민村民의 우민愚民에 의한 포민泡民을 위한 사정부詐政府(Imprverment of the booble by the bauble for the bubble): (1)링컨의 Gettysburg 연설의 패러디: 인민의 인민에 의한 인민을 위한 정부. (2)거품. 영국의 잔여 의회(Rump Parliament)를 해산할 당시 크롬웰의 명령: 이들 거품을 없애버릴지라(Take away these baubles).

4) 그대의 고뇌苦惱는 그대의 고통苦痛속에 고은苦隱할지라(wrap up your worries in your woe): 노래 가사의 인유: 그대의 낡은 배낭 속에 그대의 모든 고통을 꾸릴지라(Pack up Your Troubles in Your Old Kit Bag).

5) (고故조가비 염주 화폐!)(wumpumtum!): 통화로 사용된 조가비(wampum).

6) 추락墜落에 대해서는 한 개 더한 희망(one mere ope for downfall): Merope: Daedalus의 어머니. 추락의 주제.

7) 니브레류流(Nie'vre): 강 이름.

8) 신도석信徒席의 돼지(a pig in a pew): 격언에서: 부대 속의 돼지를 결코 사지 말라(Never buy a pig in a poke).

9) 맘보 줌보(mumbo jumbjubes): (1)Mumbo—Jumbo: 서아프리카 흑인이 숭배하는 귀신. 미신적 숭배물. 공포의 대상 (2)jujubes: 대추.

10) 뮤트와 젭 연재 만화(mutts and jeffs): Mutt & Jeff: 미국의 희극 만화.

11) 하생何生하게(howalively): 아나 리비아.

12) 경칠 놈의 굴광부대屈光部隊여!(Hell o' your troop!): heliotrope.

13) 윌스리의 오물기지汚物奇智(muckwits of willesly): (1)Marquis of Wellesley: 아일랜드 총독 (2)웰링턴의 형제.

14) 나포리옹마魔(napollyon): Apollyon: Bunyan의 〈천로역정〉(Pilgrim's Progress)에 나오는 악한으로, 나폴레옹 전쟁 동안 자신과 연관됨.

15) 수례首禮로 족足한지라(With is the winker): 격언의 패러디: 윙크는 눈 먼 말에게 목례만큼 좋다(A nod is as good as a wink to a blind horse).

(274)

1) 신존 산山(Monte Sinjon): Mont St Jean: Waterloo의 영국 군대 본부.

2) 낙오한 사나이(the man that broke the ranks): 노래 가사의 패러디: 몬테 칼로의 은행을 파괴한 사나이(The Man That Broke the Bank at Monte Carlo).

3) 오진지五陣地의 우愚 다티(Daft Dathy of the Five Positions): Dathi: Alps 산을 횡단하는 동안 우뢰에 의해 살해된, 아일랜드 최후의 이교도 왕.

4) 포러스(Paulus): (1)Little: Aemilian 가족의 로마 성姓 (2)L. Aemilius Paulus: C Anna에서 로마군을 지휘하고, 그곳에서 살해된, 집정관 (3)Paulus L: 성 Paul의 이름.

5) 마더혼(Madderhorn): Alps 산.

6) 헤지라의 도피자 하니발 맥(대大) 하밀탄(Hannibal mac Hamiltan the Hegerite): Hannibal: Alps 산을 횡단한 Hamilcar의 아들.

7) (더 많은 생력生力이여 그를 팔꿈치로 밀치게 할지라!)(more livepower elbow him!): (앵글로—아이리시) 그대의 팔꿈치에 더 힘을(more power to your elbow)(격려).

8) 사제건립司祭建立하면서(ministerbuilding): 입센의 〈청부업자〉(The Master Builder)(탑으로부터 하느님에 도전하다).

9) 티모시(Timothy): 많은 여행에서 St Paul의 동반자. Paul의 동료. 사도 바울의 서간문들 중의 2통은 그에게 쓰이다.

10) 성聖 바마브락(Saint Barmabrac's): barmbrake: 아일랜드의 포도 밀 빵(〈더블린 사람들〉, 〈진흙〉 초두 참조).

11) 귀신 병 들린 채, 두진頭振(elfshot): 나쁜 악령에 의해 생산되는 병.

12) 후궁後宮(하렘)의 휘장揮帳(커튼)(purdah): 회교국의 후궁에서 남자들의 시선으로부터, 특히 여자들을 가리는 커턴.

13) 저 도깨비 집(that jackhouse): 자장가의 패러디: 잭이 세운 집(The House That Jack Built).

14) 퍼매너 들판(fermanment): Fermanaagh: 북 아일랜드 남서부의 주 명.

15) 다고버트(Dagobert): (프랑스 왕국을 세운) 프랭크 가문(Franks)의 7세기 왕.

16) 크래인의 청결한 청생지淸生地(Clane's clean hoetown): 아일랜드 Kildare 군, Clane 마을에 있는 Clongowes Wood College(조이스의 초등학교)의 암시.

17) 브라이언 오우리닝(Bryan Awlining): 노래 가사의 패러디: Brian O'Linn은 입을 바지가 없었지(Brian O'Linn had no breeches to wear).

18) 찢어진 육소재肉素材(breached meataerial): 브라이안 오린(O'Linn)은 양피 가죽을 뒤집어 바지를 만들었다.

(275)

1) 평화스러운 오보니아다갈사多褐舍(Pacata Auburnia): (1)골드스미스(O. Goldsmith)의 시 〈삭막한 마을〉(The Deserted Village)의 시구의 인유: 아름다운 오우번(Sweet Auburn) (2)Thomas Stafford: Pacata Hibernia(들판의 가장 아름다운 마을)의 인유.

2) 정위자正位者(Standfest): (1)(G) standfest: steadfast (2)Bunyan의 〈천로역정〉 제2부에 나오는 Bubble 부인에 의하여 유혹된 Mr Stand-Fast의 익살.

3) 쾌공快公의 아나와 취풍청수吹風青鬚의 엉망진창인자(Airyanna and Blowyhart topsirturvy): (1) Dukas의 오페라 Ariane & Barbe-bleu의 인유 (2)topsy-turvy: 엉망진창, 뒤죽박죽.

4) 산양山羊과 나침반(The Goat and Compasses): 주점의 간판Goat and Compasses는 하느님이여 우리를 동정하소서(God encompasseth us)로부터 파생됨.

5) 활목수지活木樹脂의 그들의 궁전)(palace of quicken boughs): 〈활목 수지의 요정의 궁전〉(Fairy Palace of the Quicken Trees), 거기서 Finn과 그의 동료들은 Diarmaid에 의해 구조되었다.

6)(전화번호 17: 69)('phone number' 17: 69): 웰링턴은 1796년에 탄생했다.

7) 범죄와 수치를 지닌 우화, 가정과 소득(crime and fable with shame, home and profit): 〈창세기〉 노아의 아들들인 셈, 햄 및 야벳의 인유.

8) 그녀는 햄을 죽이려 애썼던고(tried to kill ham): 햄: 노아의 둘째 아들.

9) 난필난보자亂筆亂步者(scribbledehobbles): 조이스의 초고를 수집한 책이름이기도.

(276)

1) 무담낭無膽囊의 비둘기(dove without gall): 노아가 슬픔으로 담낭(쓸개)이 터졌을 때 비둘기들 자신은 담낭이 없다고 말한 것으로 전함.

2) 갈까마귀 보금자리의(the jilldaw's nest): 노래 가사의 패러디: 잭크도우(갈까마귀)의 보금자리(The Jackdaw's Nest).

3) 딸꾹질 자者(헤쿠베)가 무엇이며 그녀는 헤쿠베에게 무엇이랴?(What's Hiccupper to hem or her to Hagaba?): 그럼 대관절 헤쿠베가 뭐이며, 그는 헤쿠베에게 무엇이관데(김재남 813)(What's Hecuba to him, he to Hecuba) 〈햄릿〉 II. 2. 585.

4) 꺼져라, 꺼질지라, 짧은 촉화燭火여!(Ough, ough, brieve kindli!): 〈맥베드〉 V. 5. 27: 꺼져라 꺼져, 짧은 촛불아!(김재남 967)(Out, out, brief Candle).

5) 바커스(Becchus): Bacchus: (희랍 신화) 술의 신.

6) 닙폰(일본)이 진주珍珠(Nippon have pearls): (1)일본(Japan)과 진주만 공격 (2)the Yellow peril: 황화黃禍(독일의 윌리엄 2세가 주장한 황색 인종 우세 설).

7) 맛좋은 음식(dainty dish): 자장가의 패러디: 6페니의 노래를 노래해요: '맛좋은 음식'

8) 다이아나(Diana): (1)(로마 신화) 달의 여신. 처녀성과 사냥의 수호신 (2)(Sp) diana: reveille(기상나팔).

9) 습지의 브란난 정자亭子에서(Brannn's on the moor): 노래 가사의 패러디: 습지의 브레나(Brenna on the Moor).

10) 탬 핀네간은 경약經弱하지만(At Tam Fanagan's weak): 노래 가사의 인유: 〈피네간의 경야〉.

11) 여전히 강세强勢나니(still's going strang): 조니 워커 위스키의 슬로건: 여전한 강주强酒(still going strong).

12) 대야연大夜燕(nocules): noctule: 가장 큰 영국 박쥐.

(277)

1) 슬프도다! 불쌍한지고!(Ochone! Ochonal!): (1)(1)alas (2)O'Connell.

2) (무굴인이여!)(Mogoul!): Mogul: 16세기 인도에 침입한 몽고 족. 몽골 제국. 여기서는 Mongul, 즉 피네간을 암시함.

3) 분출(웰링) 가슴(wellingbreast): 웰링턴—피네간.

4) 의지意志하는 거인巨人(willing giant): 피네간의 암시.

5) 애통하는 산山(the mountain mourning): (1)아일랜드의 Down 군에 있는 Mourne 산 (2)〈율리시스〉 제11장에서 사이몬 데덜러스가 부르는 노래 제목이기도: Mourne mountains(U 215)

6) 시민의 복종은 도회都會의 지복至福이나니(To obedient of civicity, felicity): 더블린 시의 모토(전출).

7) 유순柔順한 미카엘…대의원이 될지니 베드로는…미쉬 머쉬 양讓은 소구小丘 태프트(Mike …Peter's…Miss Mishy Mushy…Toft Taft): Mike(Michael), Peter(〈성서〉, 에 나오는 예수의 사도 및 제자). Paul / Peter: 아일랜드 남성들의 통칭. Mishy Mushy…Toft Taft: 〈경야〉의 첫 페이지에 나오는 글귀의 인유: mishe mishe to tauftauf(나요 나요 풀무하여 다변강풍).

8) 양반은 양반답게(Boblesse gobleege): (F) noblesse oblige의 변형.

9) 애초에 그랬듯이 아직도 살아 있는지라(as Anna was at the beginning): (Gloria Patri)(성부와 성자와 성령에 영광 있을 지어다의 찬가 종말 구절의 변형): 애초에 그러하듯, 지금 그리고 영원히 그러하리라.

10) 백야白夜(white night): 루이스 작 〈이상한 나라의 엘리스〉에 나오는 흰 기사(The White Knight)의 익살.

11) 흑장미(black rose): 맹건(James Clarence Mangan)의 시제: 〈작은 흑장미〉(The Little Black Rose).

12) 동일 갱신更新이라(Sein annews): 동일 존재가 거듭 다시 태어나다(비코 사상의 암시)(seim anew: FW 215참조) 〈경야〉의 말 주제(verbal motif).

13) 우리는 존재하지 않는다 말하지 않을 것이며(We will not say it shall not be): Thomas Malory 작 〈아서 왕의 죽음〉(Morte d'Arthur)의 글귀의 인유: 어떤 이들은 아서 왕이 죽었다고 아직도 말한다…나는 그러지 않을 것이라 말하지 않겠다(Some men say yet that King Arthur is not dead…. I will not say it shall not be so).

(278)

1) 질식을 피하고자 하는 자는 반추反芻하기를 배워야만 했도다(who wants to cheat the choker's got to learn to chew the cut): 노래 가사의 인유: 피리 부는 필의 무도: 그대는 피리 부는 자가 피리를 불 때마다 돈을 지불해야 했도다(Phil the Fluter's Ball: You've got to the piper when he tootles on the flute).

2) 모퉁이의 고양이(pussy in the corner): (1)아이들의 놀이: 모퉁이의 고양이(Pussy in the corner (2)아일랜드 동화의 무서운 동물—마귀, 여기서는 피네간 공포를 암시한다.

2부

3) 버드나무(willow): 슬픔의 상징.

4) 그대 하주荷主의 수세공手細工에게 걸맞게 하라(behoves you handmake of the load): (1)〈누가복음〉 1:38의 인유: 주님의 시녀를 보라(Behold the handmaid of the Lord)(Angelus: 삼종기도) (2)〈율리시스〉, 샌디마운트 해변에서의 스티븐의 의식: 달의 저 시녀를 보라(Behold the handmaid of the moon). (U 40)

5) 쾌남快男, 계남鷄男, 흉남匈男이, 두목을 도살刀殺하기 위해 갔도다(fun men, hen men, hun men wend to raze a leader): 노래 가사의 패러디: 3남, 2남, 1남 그리고 그의 개가 목장으로 풀 베러 갔도다(3 men, 2 men, 1 man & his dog went to mow a meadow).

6) 적새敵塞 왕자(tris prince): (fortress) 트리스탄.

(279)

1) 모든 전쟁을 끝내는 전쟁이래(alla war that end war): 격언의 인유: (1)war to end war (2)All's well that ends well(끝이 좋으면 다 좋다)(셰익스피어 희극의 제목이기도).

2) 아 아하 건각자健脚者여(Ah ah athclete): 자장가의 패러디: 바, 바, 불길한 양(Baa, Baa, Black Sheep).

3) 요새도休息要都(fortrest): 더블린: 장애물 항도(Town of Hurdles Fort).

4) 나의 키스 속에 열쇠가 있듯 확실하기에(there's a key in my kiss): 디온 보우시콜트 작 〈키스의 아라(Arrah—na Pogue)에서 Arrah는 양 형제에게 그녀가 키스하는 동안 입에 담은 메시지의 도움으로 그를 탈옥에 성공시킨다.

5) 어떤 태자怠者(Rolando the Lasso): Oriando du Lasso: 벨기에의 작곡가의 이름의 인유.

6) 나의 해(年)의 긍肯이지만 나의 날(日)의 거의 부否로다.(yea of my year but…in my nay of my day): 〈허클베리 핀〉 29장의 글귀의 패러디: nary a pale did they turn….

7) 북구유모北歐乳母 아사(my old nourse Asa): Asa: (1)Odin인 북구 신화의 신들의 우두머리 (2)입센 작의 Peer Gynt의 어머니.

8) 소말리아의 광도당狂徒黨(Mad Mullans): (1)소말리아의 반도叛徒 (2)Mad Mullins: 18세기 더블린의 거지 이름.

9) 트리스탄(Trestrine): 트리스탄.

10) 사고 야자나무(Sago): 동인도 제도 산産.

11) 오딘이여(Auden): Asa와 함께 Odin의 이름

12) 천국의 아나크레온처럼(like anegreon in heaven): (1)노래의 가사 패러디: 천국의 아나크레온: 나는 추모자들을 매질하리라(Anacreon: I'll swinge the ringleaders) (2)Anacreon: 기원전 6세기의 그리스 서정시인.

13) 선부膳夫(good fother): 전능하신 하느님(Almighty God).

14) 견진실堅眞實은 우연의 허구 보다 더 강한지라(For tough is stronger than fortuitous diction): 격언의 패러디: 진리는 허구보다 낯설다(Truth is stranger than fiction).

(280)

1) 분석하는 귀(ear that annalykeses): (1)분석하다(analyses) (2)Annaly: 아일랜드 Longford 군의 고대 영토 이름.

2) 연어(魚)도跳처럼(lex leap): leixlip: 리피 강상의 마을 이름으로, 연어 도약을 의미함. (2)(L) lex: law.

3) (애욕愛慾된 대상의 이름, A. N)(name of desired subject, A. N): (1)Ann 여인 (2)(L) Amati Nomen:

애인의 이름.

4) F. M. (1)Father Michael의 약칭: Michael: 하느님을 닮은 신부란 뜻. (2)Michael Furey: 〈더블린 사람들〉, 〈죽은 사람들〉에 나오는 Gabriel 부인의 유년 시 죽은 애인. Nora Barnacle(조이스의 부인)의 옛 연인(〈서간문〉 II. 72 참조).

5) 자판字板들(potbooks): potbook: 육필의 한 획劃(stroke) 일필一筆.

6) 비어 포스터 아빠(Poppa Verse Foster): Vere Foster의 육필본(handwriting books).

7) (그걸 뒤집으며)(turning ptover): p. t. o. please turn over(이면에 계속).

8) 곧 소식 있기를(to soon air): hope to soon hear: 편지의 결구.

9) 회진灰塵 크리스티넷(cinder Christinette): (1)Cinderella: 계모의 구박을 받다가 마침내 행복을 찾는 동화 속의 주인공 (2)Morton Prince: Christine Beauchamp의 다양한 성격을 연구, 집필한 보스턴의 신경(병)학자. 그는 그의 저서 〈개성의 분열〉(The Dissociation of a Personality)에서 그녀를 가장 탁월한 제2개성인, Sally라 불렀다.

10) 매금賣金(Soldi): (1)Isolde (2)(It) soldi: money.

11) 경품(Get my Prize): 파넬의 글귀에서: 그대가 팔면, 나의 상찬을 받을지라(When you sell, get my prize).

12) 오우번 샤를마뉴(대제大帝)(Auburn chenlemagne): Charlemangne(742—814): 옛 프랑스 왕국(Franks)의 제왕으로, 가로대: 나는 자신과 아일랜드의 위대한 파넬 간의 보다 강한 유태를 찾고 싶도다(I would expect to find stronger ties between him and Ireland's great Charles Parnell).

13) 경근敬謹 및 순수미자純粹美者(Pious and pure fair one): (It) pura e pia bella: 비코의 영웅시대의 종교 전쟁.

14) 생명수엽生命樹葉(lifetrees leaves): (유태교의 신비철학)(Kabbalah) 생명의 나무(Tree of Life)의 인유.

15) 반두시아의 샘(泉)(fount Bandusian): Horace 작 〈송가〉(Odes) III. 13. 1의 시구에서: O fons Bandusiae(O spring of Bandusia).

(281)

1) 오늘날…에게 다달았도다(Aujourd' hui…. batailles): 19세기 프랑스 시인 및 역사가 꺵(Edgar Quinet) 작 〈인간성에 대한 역사철학의 소개〉(Ideen zur Philosophy der Geschichhte de Menscheir)의 글귀. 이 인용구는 역사의 환環의 특성을 암시하나니, 그의 힘은 인간의 노력을 초월하여 그의 가장假裝을 조롱한다. 즉, 예술은 도시보다 오래 살아남고, 자연은 양자보다 오래 존속한다. 이 글 속에 구체화 된 정신은 〈경야〉의 서술 속에 융합되고, 아일랜드의 민족주의에 대한 작가의 견해에 대하여 특별히 언급하는데, 조이스의 야망은 너무나 많은 불필요한 고통을 야기 시켜왔다. 그 밖에 꺵의 글들이 〈경야〉의 서술 속에 패러디로 여러 곳에 나타난다. (236 참조).

2) 진주점괘眞珠占卦!(Margaritomancy!): 뒤엎은 항아리 밑에 진주眞珠의 움직임으로 행하는 점괘.

3) 하아킨토스의 빙카 꽃!(Hyacinthous pervinciveness!): 하야신스 석石(적황색) 마거리트(데이지의 일종)(植).

4) 브루투스와 카이사르(Bruto and Cassio): (로마 역사의) Brutus 및 Cassius.

5) (그건 마성녀魔性女 데스데모나 때문!)('tis demonal!): 데스데모나(Desdemona): 브라밴쇼의 딸, 셰익스피어의 오셀로의 아내.

6) (위사취僞似臭의 위침상僞沈床과 함께 위침상 속의 불운의 위僞손수건)(It)folsoletto…dal fuzzolezzo): 손수건(데스데모나와 연관됨).

7) 경치게도 어리석도다(woful sally): (1)awful silly(무어인인 오셀로의 암시) (2)sally: willow(willow song, 데스데모나).

8) 승자勝者 시저를 덜 사랑한다면 어찌 할고?(What if she love Sieger less though): 셰익스피어 작 〈쥴리어스 시저〉 III. 2. 22의 글귀의 인유: (Not that I loves Caesar less but I loved Rome more), 내가 시저를 사랑하는 마음은 결코 남에게 못지않으나, 나는 로마를 더 한층 사랑했노라. (김재남 777)

9) 둘 중 하나(either or): 키에르케고르(Kierkegaard), 덴마크의 신학자, 철학자, 사상가, 1813—55의 시제: Enten—Eller(Either Or). 키에르케고르의 예는 〈율리시스〉의 밤의 환각에서도 나온다. (U 353)

(282)

1) 그의 노고勞苦에는 눈물로, 그의 불결에는 공포로 그러나 그의 파멸에는 기력氣力으로(with tears for his toil…for his perdition): 〈쥴리어스 시저〉 III. 2. 28의 글귀의 패러디: 사랑에는 눈물, 재산에는 기쁨, 용맹에는 명예가 있도다. 그리고 야망에는 죽음이(there is tears for his love. joy for his fortune. honour for his velour. & death for his ambition).

2) 하느님의 매일의 보다 성숙한 영광을 위하여(At maturing daily gloryaims): (L) Ad Majorem Dei Glorian: A. M. D. G. : For the Greater Glory of God. 조이스가 재학했던 Belvedere College에서 학생들은 그들의 숙제장의 모두에 이 예수회의 모토를 적었다. (〈초상〉 70 참조).

3) 구성構成의 기수경基數卿 성의聖意(curdinal numen): (1)Cardinal Newman(UCD의 설립자) (2)(L) numen: divine will(성의).

4) 간질癎疾의 기수경 현인賢人(curdinal marring): Cardinal Manning.

5) 캐이 오캐이(Kay O'Kay): Cardinal MacCabe: 더블린의 대주교.

6) 악마귀의 교리문답식으로(Fanden's catachysim): (1)John Fander 저 〈가톨릭 종교의 완전 교리문답서(A Full Catechism of the Catholic Religion)(1863)를 가리킴 (2)(Da) Fanden: Devil.

7) 십평의원회十評議院會까지 급진으로(quickmarch to decembers): (1)(L) magistrates (2)quick March to December: 18세기 역법曆法의 개혁 이전에는 신년이 3월에 시작되었다.

8) 엄지손가락을 아래로(thumbs down): (제스처) no의 뜻.

9) 방대수법尨大數法(om): Aun(Brahmanic[Braham婆羅門])(인도 사성의 제1계급인 승려계급)의 성스러운 상징.

(283)

1) 푸어 펍 파브 15 더하기 25 더하기, 2 빼기 41 더하기 31 더하기 1 더하기의 척도로(pippive: 15. + poopive: 25. Niall Dhu: —2. Foughty Unn: 41. Enoch Thortig: 31. endso one: 1. = 111).

2) 그대의 모자를 열 개의 나무 조각(spillicans)까지 투구하듯: spillicans: 쌓인 물건을 무너지지 않도록 하는 경기.

3) 성수性數, 석식夕食, 추파秋波, 기발奇拔 및 주사위(sexes suppers, oglers, novels and dice): (L) 6, 7, 8, 9, 10).

4) 39개조(thine—to—mine): 영국 국교의 신앙 39 개조個條(39 Articles of the Anglican church)에 대한 언급.

5) 노포크의 웨이 무게단위를 요크의 토드 단위(weys of Nuffolk till tods of Yorek): Norfolk wey: 40bushels(약 36리터, 약 두 말).

6) 수천數千 타운센드(several townsends): (1)thousands(1)Townsend: 더블린의 거리 명. (3)Town—send: 더블린의 수학자 이름.

7) 리빙스턴(alliving): David Livington: (1813—1873), 스코틀랜드의 선교사요 아프리카 탐험가.

8) 수의척도壽衣尺度(clothnails): 1 nail = 1/16 야드(옷감의 척도).

9) 에이커, 루드 및 퍼치의 리그 단위(archers, fools and lurchers): acres: 에이커: 논밭, 토지의 단위.

roods: 길이의 단위, 5 1/2—8야드. perches: 길이의 단위, 약 5.03 미터.

10) 엄지손가락의 조야한 척도尺度(the rude rule of fumb): (속담) 엄지(thumb)의 자(尺)(ruler).

11) 해독解讀, 전필典筆 및 주산注算(rede, rite and reckan): 3rs: reading, writing and arithmetic.

12) 자신의 위치를 종잡을 길 없었도다(They wouldn't took bearings): 〈허클베리 핀〉 제18장의 구절의 패러디: 그들은 어떤 돈도 받으려 하지 않았다(they wouldn't took any money).

13) 헬남男 및 도로시嫐(herman dororrhea): 괴테 작의 서사시: 〈헤르만과 도로테아〉(Hermann & Dorothea).

14) 그대를 애태우게 하나니, 그에게 그렇게 생각되었도다(Give you the fantods, seemed to him): 〈허클베리 핀〉 제17장의 구절의 패러디: 그들은 언제나 나를 애태우게 하다니…

15) 모두들 갖은 방법으로 독毒을 오랫동안(poison long): 〈허클베리 핀〉 제27장의 글귀.

(284)

1) 피어만 군郡(County Fearmanagh): 아일랜드의 군 이름.

2) 하부 모나칸 군(County Monachan): 아일랜드의 군 이름.

3) 영웅시체零雄詩體(zroic couplet): zero(heroic) couplet: (1)(시학) 압운된 약강 5보격의 대구對句 (2) ALP 및 HCE의 영웅적 부부(heroic couple).

4) 천국天國(heaventh): B. Browning 작 〈피파 지나가다〉(Pippa Passes)의 시구의 인유: 하느님은 천국에 계시나니. 만사형통 하도다…(God's in his heaven, All's…right)

5) 먼 장막(palls pell): John Pell: 영국의 수학자(1601—1685).

6) 청천벽력靑天霹靂이도다!(pthwndxrclzp!): thunderclap(뇌성).

7) 12 다른 아啞령함喊이 진행 중의 단어의 본래 뇌언성雷言聲…재생再生을 통한 연속임(the twelve…the urutteration of the word in progress): 〈경야〉의 초기 연구 논문집: 〈진행 중의 작품의 정도화를 위한 그의 진정성을 둘러 싼 우리들의 중탑사〉(Our Exagmination round His Factification for Incamination of Work of Progress)의 인유.

8) 두 앞의 유혹녀들(the two antesedents): (1)두 유혹녀(Two Temptresses) (2)앞서 〈진행 중의 작품〉에 수록된 논문들은 베켓 등, 조이스의 12전임자들(사도들)(antecedents)에 의해 집필 됨.

9) 이륜차를 타고(bissyclitties): Issy + Clytie: 헬리오트롭(굴광성 식물)으로 변신한 바다 요정.

10) 아이샤 라리팻(Aysha Laipat): (1)Aysha: 모하메드의 아내 (2)Lilliput: (소인국), 스위프트 작 〈걸리버 여행기〉의 상상상의 난쟁이 나라.

11) NCR(북순환로): North Circular Road: 더블린의 북쪽 외곽의 순환도로.

(285)

1) (호수의) 랜서롯(Lancelot): 아서 왕의 기사, Guinevere의 애인.

2) 마법자 멀린(Merlin): 아서 왕의 이야기들에 나오는 마법사.

3) 미로迷路의 도요새(knuts in maze): 노래 가사의 패러디: 여기 우리는 5월의 너도 밤을 모으러 가도다(Here We Go Gathering Nuts in May).

4) 성聖 지타(St Zita): 하인들의 수호자 및 Lucca의 도시.

5) 이각二脚의 물주物主조랑말(twalegged poneys): 르 파뉴의 〈성당 묘지 곁의 집〉 155의 글귀의 패러디: (세단 의자를 나르는 남자들) 이각의 조랑말들이 그들을 부르듯(the two—legged ponies, as Toole called

them).

6) MPM(수학): 필경 M 본래의 항項을 가진 M—항 순열(치환)(permutation). HCE의 암시(두 자계磁界 간의 늙은이).

(286)

1) 신경대수갈근神經代數褐筋을 위하여(For his neuralgiabrown): neuralgis + algebra + brawn.

2) 동등同等=아오혼돈啞墺混沌(Equal to + aosch): chaos(글자 수수께끼). Alpha, Omega, the Fall.

3) 손. 가락. 핥. 아. 넘. 겨. 요: please to lick one and turn over.

4) 원시의 오색조汚色調(primary tincture): 예이츠의 〈조망〉(A Vision)에 사용된 글귀.

5) 매데아인人 또는 페르시아인人도(anymeade or persan): Medes(Mrdia): 카스피 해의 남쪽에 있었던 옛 왕국 및 그 주민. Persians: 페르시아(1935년에 Iran으로 개칭)인들.

6) 희극 장면(컷)(comic ctus): Comic Cuts: 비토리아조의 아이들의 연재만화(1회에 4편).

7) 연심각連深刻의 연습왕王문제들(series exerxeses): Xerxes: 페르시아의 왕명.

8) 캐시의 제일본第一本(Casey's frost book): (1)Casey's Court: Comic Cuts의 만화 (2)John Casey: 〈유클리드 속편〉(Sequel to Euclid)의 저자.

9) 웰링턴 철교(웰링턴's Iron Bridge): 일명 metal bridge: 리피 강상의 다리로, Bachelor's Walk 가도로 나아간다.

10) 히크니의 소매상(Hicker's hucksler): 리피 강변의 고서점(Bachelor's Walk의 피안).

11) 나의 산국算國의 친애하는 심금心琴이여(Dear hearts of my counting): 노래 가사의 인유: 내 조국의 사랑하는 하프(Dear Harp of My Country).

12) 문제의 첫 번째, 아나 등변삼각等邊三角의 건각乾角을 건립할지라(Problem ye ferst, construct ann aquilittoral dryankle): 유클리드 〈기하학 원소〉의 제1호(Proposition): 주어진 유한 직선 상의 등변 삼각형[equilateral triangle]을 서술하는 문제.

13) 베틀(loom!): 〈율리시스〉의 블룸(블룸)과 배 짜는 페네로페(Penelope)의 언급일 수도.

14) 홍부興父와 집게자子와 신수령神數靈의 삼배신三拜身의 이름으로(On the name of the tizzer… mythametrical tripods): (I) 성부, 성자, 성령의 이름으로(In the Name of the Father, & of the Son, & of the Holy Ghost)(축복의 기도 끝 말).

15) 손에 키스하듯 최이最易로서(for easiest of kisshams): 속담: 손에 키스하듯 쉽게(easy as kissing hands).

16) 셈(Sem): (1)Ham: Noah의 아들 (2)여기서는 솀, 즉 돌프.

(287)

1) 후덕자厚德者(the virtuoser): 한층 후덕한 아우: 숀—케브—스태니슬로스(Stanislaus).

2) 신의神意로(D. V): God willing. 〈율리시스〉 제10장(U 181 참조).

3) 거위 같은 응답)(a goosey's ganswer): 자장가의 패러디: 암 거위, 암 거위, 수 거위야(Goosey, goosey gander).

4) 푸들린까지 왕도王道가 없는 걸 아는지라(Sknow royol road to Puddlin): (1)유클리드 기하학: 기하에는 왕도가 없다(There is no royal road to Geometry). (2)노래 가사에서 더블린까지 바위 많은 길을(The Rockey Road to Dublin): 〈율리시스〉 제2장 참조(U 26)

5) 진흙(mut): Mut: 이집트의 여신. 여기서는 ALP의 암시.

6) 아나 리피 진흙도 흑무관黑無關일지니(Anny liffle mud, which cometh out of Mam): 〈마태복음〉 15: 11 구절의 인유: 입에 들어가는 것이 사람을 더럽게 하는 것이 아니라 입에서 나오는 것이 사람을 더럽게 하는 것이니라(but that which cometh out of the mouth, this defileth a man).

7) 컴퍼스를 원점으로 돌리다(Unbox your compasses): 〈해상 항해〉(Naut): (1)나침반을 원점으로 완전히 돌리다(box the compass: go completely round) (2)box the compass: 나침반의 32 방위를 차례로 읽다. (293페이지에서 돌프의 원의 구성을 위해 필요한 컴퍼스).

8) 나는 불가可(인)지만 그대는 가可한고?(I caint but you are able?): 〈성서〉, 〈창세기〉의 가인과 아벨의 인유.

9) 연안지도沿岸地圖(coastmap): 더블린 만의 암시, 특히 리피 강구의 Dollymount 해변(〈초상〉 제4장의 비둘기 소녀(dove girl)의 현장).

10) 만 도島(the isle of Mun): (1)아일랜드 해의 만(Man) 섬(Isle of Man) (2)더블린 만의 Mud Island(리피 하구)(지금은 고원화된 Fairview Park).

11) 만사 사과 파이(애플)처럼 정연整然하도다(whole in applepine order): (1)완전한 질서 (2)파인애플. (3)(R) odr: applepie bed(발을 뻗지 못하도록 일부러 시트의 개켜놓은 잠자리(기숙생의 장난).

12) 기억, 청, 유령(huck, hick, a spirit spires): 예이츠의 〈조망〉(Vision)에서, 사람의 몸의 4원칙(Principle) 중의 3가지.

13) 나태자懶怠者들의 사제司祭(dean of idlers): 약소자의 왕자, 스위프트(dean).

14) 거트 스토아파(gert stoan): (1)(the Stoa)(the Porch) 스토아 철학 (2)stoat: 담비(동물).

15) 가까스로barekely): Berkeley(1685—1752): 아일랜드의 철학자 및 Cloyne의 성공회의 승정.

16) 말 떠듬적거리는 구근球根(balbose): Balbus: Gaul(옛 로마의 속령)에서 벽을 세우려고 애썼던 로마인(〈초상〉 제1장(P 43 참조).

17) 육肉의 항아리(fleshpots): 〈출애굽기〉 16: 3 구절의 패러디: 우리가 애급 땅에서 고기 가마 곁에 앉았던 때와 떡을 배불리 먹던 때에 여호와의 손에 죽었다면 좋았을 것을 너희가 이 광야로 우리를 인도하여 이 온 회중으로 주려 죽게 하는도다(Would to God we had died by the hand of thee Lord, in the land of Egypt, when we sat by the flesh pots).

18) 게으름뱅이 놈들(mikes): Mick(아일랜드인의 통칭).

19) 이소로裏小路(백로우)(뒷골목)대학(Backlane University): 〈더블린 연대기〉(D Annals) 1622: 로마 가톨릭교도의 교육을 위해 Back—lane에서 개교된 대학(A university opened in Back—lane for the education of Roman Catholics).

20) 버터빵타육打育되었나니(bred and battered): Bred in bread and butter.

(288)

1) 1달라,10시時 학자(a dillon a dollar): 자장가의 패러디: A dillar, a dollar, a 10 o'clock scholar.

2) 기꺼이 소편笑片하곤 하는지라(druider would smilabit): 〈허클베리 핀〉 10의 구절의 인유: 그는 초승달을 기꺼이 본다네(he druther see the new moon).

3) 아무 것도 말하지 않기 위하여(새 don't say nothing): 〈허클베리 핀〉 11의 구절의 인유: 제발 조롱하지 말아요(Please to don't poke fun).

4) 자신의 혀에 의하여 생긴 결절을 자신의 이빨로 끄르려고 애쓰며(trying to undo with his teeth, the knots…by his tongue): L. F. Sauv'e: Proverbes & dictions de la Basse—Bretegne, no. 156의 글귀: 혀로 만든 마디는 이빨로 풀 수 없다(Knot made with tongue can't be undone with the teeth).

5) 요녀妖女shee): 키티오시에(Kitty O'Shea)의 암시.

6) 그를 매魅하는 애녀愛女인지(the charmhim girlalove): 노래 가사의 패러디: 내가 사랑하는 매력녀(It is a Charming Girl I Love).

7) 우도牛都(Oxatown): 더블린 북부의 한 일부 지역.

8) 어형변화(barpccidents): proparoxytone: 끝에서 3번째 음절(antepenultimate syllable)에 악센트를 가지는 것.

9) 그가 자신이(he): 성. 패트릭 혹은 트리스탄 경을 가리킨다(3 참조).

10) 립톤의 강궁强弓의 함재정艦載艇(Lipton's strongbowed launch): (1)Sir Thomas Lipton은 모든' 클로버'로 명명 된, 다양한 요트 경기의 〈American Cup〉(아메리카 컵)을 획득하는데 거듭 실패함 (2) Strongbow: 아일랜드를 침공한 앵글로-노르만의 지도다.

11) 래이디(귀부인) 에바(Lady Eva): 상기 Strongbow는 Diarmaid MacMurchadha의 딸인 Eva와 결혼했다.

12) 숙학자肅學者들의 아지我地 라인스터에 상륙했을 때(when he landed in ourland Leinster): (1)숙학자들: 패트릭은 포로로서 처음 아일랜드에 왔다. 그가 선교를 시작한 것은 주교로서. 두 번째 상륙이었다. Strongbow는 헨리 2세의 침공 시의 지휘자였으며, Eva는 Leinster의 불만스러운 왕의 딸이었다. 그녀는 Strongbow의 원조를 위해 그에게 받혀졌다. (2)트리스탄과 이솔트는 두 번 채프리조드에 왔다. 처음에, 그는 불행하게도 이솔트의 오빠의 칼로부터 상처를 받았다. 그녀는, 그의 상처의 원인을 알지 못하고, 그가 누군지 알지도 못한 채, 그를 간호하고 목욕시켰다. 그러자, 그가 욕조 속에 있을 때, 그가 그녀의 오빠를 죽인 사나이임을 알고, 그의 자신의 칼로 그를 위협했다. 트리스탄이 아일랜드를 두 번째 방문한 것은 마크 왕에게 이솔트를 데리러 왔을 때였다.

13) 호민공화인민護民共和人民(P. T. Publikums): (1)P. T: 독일어 약자: ptamissis titulis(보통의 타이틀을 생략하건대) (2)(G) Publikum: the public.

14) 풍자기독론적諷刺基督論的 열성(sotiric zeal): soterology: Christology(그리스도 학자). satirical(스위프트의 암시).

15) 바르셀로나 모자(barcelonas): (1)조이스가 썼던 바르셀로나 모자 (2)barcelona: 목도리.

16) (대인 씨氏!)(Mr Dane): 더블린 사람들이 스위프트에게 거는 인사: Mr Dane(즉 감독님, dean).

17) 혈지血至의 범위 내에(within blood shot): within earshot(불러서 들리는 곳에)의 익살.

18) 힘북투(성가책이권聖歌册二券)(Hymbukto): (1)Timbuktu: 아프리카 서부, Mali 중부에 있는 도시 명(원격지) (2)찬성가본(hymnbook) 2.

19) 로마 갈리아의 문화(galloroman cultous): (L) cultus Galloromanus: 로마 화된 Gauls(옛 로마 속령)의 문화.

20) 수면국睡眠國(a land of nods): in the Land of Nod: 잠든.

21) 고리버들 세공자들일지라도(Wickerworks): 1172에, 헨리 2세는 더블린 외곽의 고리버들 누각에서 알현식을 거행했는 바, 그곳에서 Strongbow는 그에게 더블린을 양도했다.

(289)

1) 스와니 강(the Swanny): 노래 가사의 패러디: 고향의 옛 사람들: '스웨니강의 저 아래'(Old Folks at Home 'Way down upon the Sewanee river').

2) 포교성성布教聖省(Propagandi): (It) 전도에 의한 복음 전파(propagation of gospel)를 위한 로마 가톨릭의 모임.

3) 포타주(portage): 〈창세기〉에서 에서는 한 사발의 죽(pottage)을 위하여 아우에게 자신의 생득권을 팔았다(전후출).

4) 종토種土의 수프통桶(esoupcans): 죽(soup)의 뇌물에 의한 아일랜드의 신교도 개종.

5) 인다스 강(Indus): 인도 북서부의 강, 문명 발상지.

6) 사숭배蛇崇拜(ophis): (G) snake. Ophites: 뱀을 신으로 숭배한 2세기의 종파.

7) 광선光線이 전선電線을 살殺하기 전에(ere beam slewed cable): (1)〈성서〉, 〈창세기〉 가인은 아벨을 살해했다. (2)노래 가사의 패러디: 제국 출산出産 같은 발선髮線 있도다(There's Hair Like Coming out of the Empire).

8) 대군주大君主(Derzherr): (G) arch—lord(대군주).

9) 벤자민 유령광幽靈光(Benjermine Funkling): (1)전광을 발견한 프랭클린(Benjamin Franklin) (2)〈창세기〉 35: 18의 인용: 그녀가 죽기에 임하여 그 혼이 떠나려 할 때 아들의 이름은 베노니라 불렀으나 그 아비가 벤자민이라 불렀더라(As she breathed her last for she was dying—she named her son Ben—Oni. But his father named him Benjamin).

10) 고대 팔레스타인: (1)The Pale: 중세 아일랜드의 영국 점령지 (2)Palestine (3)Pales: 양의 무리와 목양자들의 이탈리아 신.

11) 빌 황천자黃泉者(Bill Hayse'ss): (1)Bully Hayes: 미국의 해적 (2)Blazes Boylan: 〈율리시스〉에 등장하는 악마(Blazes)같은 건달(몰리의 애인).

12) (고리버들 세공인들(t. a. w.): the at Wickerworks(288. 28).

13) 동東고트 족어族語(ostrovgods): (1)Ostrogoths: 이탈리아 왕국을 세운 동 고트족(493—555).

14) 울화鬱火(puddywhack): 노래 가사의 패러디: Paddy Whack.

15) 뱀을 상처 내는(to scotch the schlang): 〈맥베드〉 III. 2. 18행의 변형: 우리는 뱀을 상처냈도다(We have scotch'd the Snake.

16) 살녀殺女들(murry nagdies): (1)Martha 와 Mary: 〈성서〉, 〈누가복음〉10.38—42) 자매들의 암시 (2) Three Purty Maids(세 유쾌한 여학생들)(Three Purty Maids)(U 137). (Gilbert 및 Sullivan 작곡의The Mikado의 가사에서).

17) 피상의皮上衣(leathercoats): Murtagh of the leather Cloacks: 아일랜드의 고왕.

18) 지중해 어족계語族界(medeoturanian world): Mediterranean + Eranian + Turanian world + word): Turanian: 비 셈족 및 비 아리아 어족에 적용되는 이름. 아시아계 언어들(Asiatic languages).

19) 포인터 총왕寵王(Pointer the Grace's): Peter 대왕: 표트르(Pyotr) 대제大帝(러시아 황제)(1672—1725).

20) 그의 면전에서 실례지만(saving his presents): 속담의 변형: saving your presence.

21) 단우單友 폭음자暴飮者(onefriend Beveradge): 음료(beverage).

22) 활영웅活英雄 콘(Conn the Shaughtaun): 보우시콜트의 연극 〈활 영웅〉(The Shaughraun)에서 Conn은 그의 경야 동안 부활한다.

23) 파충류의 시대(reptile's age): (1)뱀 숭배의 시대(공룡시대, dinosaur's age) (2)패트릭은 뱀들을 추방했다 (3)트리스탄은 용을 살해했다.

24) (노장강老長江을 찾나니!)(page Aine'e Rivie're): (1)Anne Rivie're: 가수 (2)anie'e: elder.

25) (발렌티노의 흉일凶日에)(Ides of Valentino): (1)Rudolf Valentino: 1920년대의 성의 상징(sex symbol) (1)Ides of March(Julius Caesar의 암살의 날, 3월 15일).

26) 리브의 외로운 딸(Liv's lonely daughter): T. 무어의 노래: Fionnuala의 노래: 리어의 외로운 딸(Lir's lonely daughter). (U 158)

27) 무관無冠으로(Uncrowned): 파넬의 암시: 아일랜드의 무관의 왕(〈더블린 사람들〉, 〈위원실의 담쟁이 날〉, D 131 참조).

2부

(290)

1) 라 샤펠(채프리조드)의 미인(the belle of La Chapelle): 채프리조드의 미인, 이솔트는 그곳 출신.

2) 리세르(Liselle): 엘리자베스 조의 다양한 파생어들 중의 하나.

3) 나의—마음—의—말뚝(the peg—of—my—heart): 노래 가사의 패러디: Peg—o' My Heart.

4) 오후 4시 32분(4. 32 M. P): AD 432년에 성 패트릭이 아일랜드에 도착했다.

5) 맥 오리프 및 초라한 맥베스 및 가련한 맥김리(Mac Auliffe and poor MacBeth and poor MacGhimrdy): (1)Auliffe: aleph로 시작하여 tav로 끝나는 헤브라이 알파벳의 첫 글자로서의 아나 Livia (2) Macbeth: beth로 헤브라이 알파벳의 두 번째 글자 (3)ghimel: 헤브라이 알파벳의 세 번째 글다.

6) 빈노貧老의 맥아두 맥도렛(poor old MacAdoo MacDellett): (1)MacAdoo: 셰익스피어의 〈헛소동〉(Much Ado about Nothing[최초 절판 First Folio의 제목은 Much adoo about Nothing]에 나오는 이름 (2)daleth로 헤브라이 알파벳의 네 번째 글자.

7) 신성주의선견법神聖注意先見法과 공화정총독共和政總督(Devine Foresygth and decretal of the Douge):)(1)(G) Vorsicht(caution) (2)Doge: 옛 베니스 및 제노아의 공화정 총독.

8) 최암일락最暗日樂: darkist day light.

9) 그녀의 알맞은 손으로 뻔쩍이는 비누 기포탕氣泡湯의 저 이득을 당시 그에게 제공했는지라(gave him then that vantage of a Blinkensope): 아일랜드의 첫 방문 때, 트리스탄은 이솔트에 의하여 마련된 약초 목욕으로 상처를 치료받았다.

10) 미스 산山(mount miss): 패트릭은 소년으로서 Slemish(Mt Mish) 산정에서 Milch를 위해 목양자들을 돌보았고, Foclut의 숲 근처에 살았으며, Vartry 강구에 상륙한 자들의 목소리를 듣고 아일랜드로 되돌아왔다.

11) 난 실컷 놀았나니(Multalusi): (L) multa lusi: I have played much.

12) (씻을 테요?)(would it wash?): Will it wash?

13) 유일한 자칭의 청등淸燈(a singlr professed claire's): 클라라의 딸들(daughters of Clara)(U 277): 프란체스코 수도회의 수녀들(Franciscan nuns).

14) 그의 세세洗洗 문지름(washawash tubatubtub): 자장가의 페러디: Rub—a—dub —dub.

15) 통桶과 그의 진단자診斷者(디오게네스)(tubatubtub and his diagonoser's): Diogenes(기원전 그리스의 철학자)는 통(tub) 속에 살았으며, 등燈을 가지고 정직한 사람을 찾으려고 탐색했다.

16) 거기 진정 정직한 처녀들(where hornest girls): 노래 가사의 패러디: 그녀는 가난했지만 정직한 처녀였다오(She was Poor but She was Honest).

17) 아크로우 비크로에서 라우스 수퍼(超) 럭까지(from Arklow Vikloe to Louth super Luck): Wicklow 군의 Arklow 마을. Louth 군.

18) 와요 마담들, 와요 마마들(come messes, come mams): 노래 가사의 패러디: 와요, 처녀 및 총각들(Come, Kasses & Lads).

19) 누탄자淚嘆者와 신음자(Lagrima and Gemiti): (Sp) larrima: tear(L) gemiyus: groan(신음하다).

20) 그의 역량이 퇴조하자(his craft ebbing): (G) Kraft: 힘(strength). von Kraft —Ebbing: 성적 전도(sexual perversion)의 전문가.

(291)

1) 성聖 아이브즈 랜두센즈(Saint Yves by Landsend): 콘월(콘월의 마크 왕).

2) 투탕카멘(Tutankhamen): 기원전 14세기의 이집트 왕.

3) 외로운 페기(lonely peggy): The Lovely Peggy: 1798—1804 사이 Ringsend 등대 맞은편에 정박한 감

옥선監獄船.

4) 크램톤의 배나무처럼(Crampton's peartree): Sir Philip Crampton(1771—1858): 더블린의 유명한 외과의로, 메리온(Merrion) 광장에 그의 유명한 배나무를 심었다. (〈율리시스〉 제6장의 크림톤 분수(Crampton Fountain) 기념 흉상 참조(U 76).

5) 그녀는 자신의 얼굴의 갈감渴甘으로 신후 침대를 득得하리니!(…eurn bitter bed by thirt of her face!: 〈창세기〉 3: 19의 인유: 그대의 얼굴의 땀으로 그대는 빵을 벌지니(In the sweat of thy face shalt thou eat bread).

6) 금권정치(timocracy): 명예지상 정치(polity)(플라토닉).

7) 로크론스타운(Lochlaunstown): 더블린 군의 Killiney 근처의 지역.

8) 스타니배터(Staneybatter): Stineybatter: 더블린의 거리 명.

9) 익은 체리를 누구 사지 않겠는고?(burryripe who'll buy?): 노래의 가사의 패러디: 익은 체리, 누구 사지 않으리요?(Cherry ripe, who'll buy).

10) 토르소(torso): 머리 손발이 없는 조상彫像.

11) 피코 전도사관도傳道師館道?(Vicarage Road?): 달키의 비코 가도.

12) 교황 정치촌政治村?(Papesthorpe?): Papish village.

13) 말뚝 울타리, 돌담(picket fences, stonewalls): Pickett, 'Stonewall' Jackson: 미국의 연방 장군들.

14) 더모트와 그라니아(Dammad and Groany): Diarmaid(Dermot) 및 Grainne(Granian): Finn의 신화에서 트리스탄과 이슬트의 대칭자들.

15) (텁, 텁, 그대는 베드로!)(타프, 타프, que tu es pitre!): 〈마태복음〉 16: 18 또 내가 너에게 이르나니 너는 베드로라…And I tell you that you are Peter)(Tue est Petrus).

16) 해변—모처某處(Somehow—at—Sea): 잉글랜드 남동부의 Essex, 해상 남단(South —on—Sea).

17) 더모트 그리고 그래니아(diarmuee and granyou): Diarmaid and Grania.

(292)

1) 패자敗者에게 화禍 있으라(Vac Vinctis): Woe to the vanquished: Titus Livy(50 BC—17 AD , 로마의 역사가)의 저서 〈역사〉(History) V. 48. 의 글귀에서.

2) 상냥한 가슴을 재빨리 빨아드리는 사랑이(lamoor that of gentle breast): 단테의 〈지옥〉 편 V. 100: 사랑이란 상냥한 마음에 재빨리 타오르게 마련이라(Love, that soon teaches itself to the noble heart)(최현 역 〈신곡〉 상, 45 참조).

3) 저 울록鬱綠의 골풀 묶음에 의하여 모두 질식되는 것이 인생인지라(it's life that's all chokered by that batch of grim rushes): 무어의 노래 패러디: 이 인생은 모두 가지각색이라(This Life is All Chequered): (푸른 골 풀의 묶음)[The Bunch of Green Rushes].

4) 그의 결점을 천주여 도우소서(heaven help his hindmost): 속담의 인유: 뒤진 자 귀신이 잡아간다(Devil take the hindmost).

5) 공간향미와 서단 여인(Spice and Westend Woman): 루이스(Wyndham Lewis)의 저서 타이틀의 인유: 〈시간과 서방인〉(Time and Western Man). 이 저서에서 루이스는 조이스의 〈율리시스〉를 신랄하게 비판한다.

6) 인도지印度紙(indiapepper): 제책용의 인도 산産 종이.

7) 성聖러보크의 일호日號(Saint Lubbock's Day): St Lubbock's Day: 8월의 은행 휴일.

8) 호긴 녹지綠地(Huggin Green): 바이킹 점령 동안 더블린의 의회 자리.

9) ∵: 〈왜냐하면〉의 뜻(수학 기호).

10) 요약컨대(셔츠 바람에)(in shirt): (1)in short (2)셔츠는 제유법提喩法이야(U 480). Part for all. 제유법(synechdoche: (일부로서 전체를 나타내는 수사법).

11) 변덕스러운 여인 같은 지라(pi'u la gonna e' mobile): Verdi의 오페라 Rigoletto의 구절.

12) ∴ 〈그런 고로〉의 뜻(수학 기호).

13) 무육체無肉體일 정도로(discarnate): 예이츠 작 〈조망〉(A Vision) 194의 시구: discarnate Daimons.

14) 육지부하물陸地負荷物의 및 또한 설유기물舌遺棄物의, 석금폐물昔今廢物의(jetsam litterage of convolvuli…derelict…laggin…longa yamsayore): (1)flotsam, jetsam, lagan and derelict(표류물, 투하물, 부표 부하물)(U 590 참조) (2)littoral: 해상海上의 (3)lagan: 해상海床에 놓인 파선 물들 (4) Convolvulus: 메꽃 식물 (5)derelict: 버려진 물건들.

15) 파우스트적 퍼스티언직織의 호언범죄豪言犯罪(the crime of the whole faustian fustian): Oswarld Spengler(1880—1936)(독일의 저자)로 그의 〈서방의 몰락〉(The Decline of the West)은 서방 인을 파우스트적 유행 크림으로 언급한다. 루이스는 〈시간과 서부인〉에서 Spengler를 공격한다.

16) 종달새 되 듣도록 할 것이나니(hark back to lark): 노래 가사에서: Hark, Hark, the Lark.

17) 토지방언土地方言(landsmaul): Landsmaal: 지방 언어(rural dialects: (New Norse)(토지언어)에 근거한 신북구 어(New Norse).

18) 어떠한 입도…행진에 경계선을 펼 힘을 갖지는 못하는지라(no mouth has the might to set a mearbound on the march of landsmaul): (1)중세의 더블린 선거구(Riding the Franchises)는 도시와 자유구(Liberties)의 경계선을 언급한다. (2)파넬의 1885년 Cork에서의 연설 문구: 어떤 사람도 민족의 행진의 경계선을 고정할 권리를 갖지 못한다(No man has a right to fix the boundary of the march of a nation).

19) 반일철半一綴로, 반일리半一里로, 반일점半一粘으로(in half a sylb, helf a solb, holf a salb): 테니슨 작의 시 〈경기병대의 공격〉(Charge of the Light Brigade)의 시구: 반 리그 전진(Half a league onwards)의 패러디.

20) 이팅 S. S. 칼라(Eating S. S. collar): 윌리엄 3세에 의해 Bartholomew Vanhomrigh(스위프트의 부친이요, 1697년 더블린의 시장)에게 기증된 Collar SS.

21) 플라톤 위년아偉年兒들 쌍간双間의 프루톤의 애쾌愛快(Plutonic loveliaks twinnt Platonic yearlings): (1)Platonic(great) year(예이츠의 〈조망〉(A Vision) 404n에 언급된 말 (2)Platonic love.

(293)

1) 코스? 무엇(코스)인고?(Coss? Cossist?): Cosa의 법칙: 대수(Arab)의 cosa로부터: 미지의 양量(the unknown). Coss ist?(G) Was ist?. (It) cosa?: what?

2) 그가…죽음이 그가 죽어 들어가려는 삶이…영혼이 변천變遷과 변천.—그는 이성理性에 대하여 구루병佝僂病…마음의 균형은 안정되었었는지라(the death he has lived…a poor soul…balance of mind.): 예이츠의 〈조망〉(A Vision)의 구절들의 혼성된 인유: 〈조망〉 231: 죽음 다음의 제3의 상태로서, 이는 〈추이〉(Shifting)로 불리는 Gemini(천체: 쌍자궁)에 상응하는 바, 거기〈정신〉(Spirit)이 선과 악을 정화淨化한다. 예이츠의 〈조망〉 197에서, 모든 달 혹은 국면을 우리는 1국면에서 18국면까지, 혹은 음양의 두개의 기간의 움직이는 이중의 와권渦捲(a double vortex)으로 취급하거니와, 이는 Heraclitus의 말로 각자의 죽음을 살며, 각자의 삶을 죽는다를 뜻한다.

3) 모르퐁자夢蔗(murphy): 모르퐁자 = (희랍 신화) Murphy(Morpheus: 잠의 신)(몽신의 팔에 안겨)(U 539) + 감자甘蔗(potato)(속어).

4) 나태청안懶怠青眼(lazily eye): (1)(L) lapis: 연필: 돌 (2)조이스는 푸른 눈을 가졌었다(lapis lazuli).

5) 더블린(多拂隣)의 풍경철인지석風景哲人之石(Vieus Von DVbLIIn): (1)더블린 경관景觀(Views of Dublin). 〈톰의 인명록〉(1904)에 의하면, 더블린은 26개의 경관으로 약도를 그리고 있다. V + V + D + V + L + I = 566.

6) 그것은 로림露林 속 매혹가魅黑歌의 면몽眠夢들 중의 하나였나니): T. 무어의 노래 가사의 패러디: 그것은 음악이 사들인 저들 꿈들 중의 하나였나니(Twas One of Those Dreams That by Music Are Bought).

7) 지륜석指輪石(Mearingstone): 더블린 성(정청) 근처 벽에 있는 돌.

8) 아나 촌寸(린치)(ann linch): Anne Lynch의 더블린 차(茶).

9) 에제 아나 촌이 주어졌으니, 그대 척尺을 온통 취하라(Given now ann linch you take enn all): 〈허클베리 핀〉 16의 글귀: 검둥이에게 한 인치를 주었으니, 그는 모두를 취하리라(Give a nigger an inch an' he'll take an ell).

10) 사라 아이작의 무언가면산수신비술의 보편명제로부터 난발음대수적 표현을 발하면(heaving alljawbreakical expressions out of old old Sare Isaac's): 뉴턴(Sir Isaac Newton)의 대수를 위해 주어진 이름은우주의 사라(Universal Sarah)였다.

(294)

1) 람다 섬(島)(Lambday): 더블린의 북동쪽에 있는 Lambay 섬.

2) 모이도母泥島(Modder): (Du) mudd(더블린의 리피 강 하구의 Mud Island).

3) 엘리스(Ellis): (1)캐럴(Alice: Lewis Carroll)의 꿈의 판타지들 〈이상한 나라의 엘리스〉(Alice's Adventures in Wonderland)(1865) 및 〈거울을 통하여〉(Through the Looking Glass)(1872)의 여주인공. 〈경야〉에서 엘리스(Alice)는 이시의 특별한 역할로서, 감상적으로 사용되는 성적 대상으로서, 부친이란 인물에 의해 거절당한 소녀—아이. 또한 이시는 분할된 개성을 지닌다 (2)A. J. Ellis: 〈기하학과 동일시되는 대수〉(Algebra Identified with Geometry): (그리스 철자의 알파와 직경 알파 람다 위에 컴퍼스의 끝을 대고 원을 그림).

4) 루스한 카롤추론推論들)(loose carollaries): 꿈의 판타지 작인 〈거울을 통하여〉의 저자 루이스 캐럴에 대한 인유.

5) 매이크피어(恐)삼의 대양大洋(Makefearsome's Ocean): James Macpherson(1736—1796)(스코틀랜드 출신의 〈오시안〉(Ossian)시의 번역자). 시의 영웅은 Ossian의 부친인, Fingann 및 Finn MacCool.

6) 정신병원!(galehus!): St Parick 병원(스위프트가 더블린에 세운).

7) 보드빌(boudeville): (1)vaudeville(희가극) (2)Boudeville: 더블린의 거리 청소 국을 조직한 프랑스인.

8) 그로트스키 골러 바의 고통(Gorotsky Gollovar's Troubles): (1)(R) gorodskio golova: Catherine 2세(1729—96)(소련의 여재女帝) 통치하의 시장市長. 스위프트 작 〈걸리버 여행기〉(Gulliver's Travels)의 인유.

9) 리디아의 분연구糞煙區에서(the smukking precincts of lydias): 여인의 면전에서(presence of ladies)의 익살.

10) 매리 오웬즈(Mary Owens): Merrion의 변형: 더블린의 지역 명.

11) 돌리 몽크스(Dolly Minks): (1)더블린의 Dollymount (2)Monkstown: 두 곳 모두 더블린 지역 명 및 해안. 산책하기에 좋은 해안을 지님. 〈초상〉 제4장의 dove—girl의 현장.

12) 브랙—록, 킹스턴 그리고 도크렐(Blake—Roche, Kingston and Dockrell): Dalkey, Kingstown & Blackrock: 더블린 근교의 기차 철도 연결 마을들.

13) 아브라함 브래드리 킹(Abraham Bradley): Abraham Bradley King: 조지 4세를 환영한, 더블린 시장 각하.

14) 탄약고벽彈藥庫壁(magmasine fall): Magazine Wall: 피닉스 공원 소재의 군대 무기고의 익살.

15) 천둥과 잔디에 맹세코(thunder and turf): 르 파뉴 작 〈성당 묘지 곁의 집〉 323의 글귀의 패러디: breathing turf & thunder, fire & sword.

16) 비잔티움(Byzantium): (1)예이츠의 〈조망〉 및 다른 작품들에서 중요한 Byzantine 국가 (2) Byzantium: (Constantinople의 옛 이름. 지금의 Istanbul).

17) 역사는…노래하듯, 오늘까지 반복하는지라: 격언의 패러디: 역사는 돌고 돈다(History repeats itself).

18) 고디아나(Gaudyanna): 강 이름의 의인화: 그녀는 요기 위에서 배뇨하나니 (1)조이스의 〈실내악〉(Chamber Music)의 내용 익살 (2)〈율리시스〉 제1장에서 벅 멀리건의 배뇨에 대한 익살: 정말이지, 마님…제발 항아리 한 개에다 두 가지 짓을 하지 말아요. (So I do, Mrs Cahill…Begob, ma'am…. God send you don't make them in the one pot). (U 11) (3)여기서는 ALP의 암시.

19) 온유溫乳단지(possetpot): (1)posset: 와인 등으로 휘저은 뜨거운 우유 (2)여기서는 요수尿水의 암시.

(295)

1) 허영虛榮 중의 허영(Vanissas Vanistaturns): (1)〈전도서〉 1: 2의 패러디: 전도자가 가로되 헛되고 헛되고 헛되니 모든 것이 헛되도다. 허영의 허영(vanity of vanities) (2)스위프트의 애인 바네사에 대한 인유.

2) 일천사년一千思年의 밤 그리고 한 낮 동안(for a night of thoughtsendyures and a day): (1)〈1001일 야화〉, 〈아라비안나이트의 향연〉의 암시 (2)예이츠의 〈조망〉 266에서 역사적 원뿔(Historical Cones)의 1000년의 밤들 (3)〈신약〉에서 〈베드로 후서〉 3: 8: 사랑하는 자들아 주께는 하루가 천년 같고 천년이 하루 같은 이 한 가지를 잊지 말라(But do not forget this one thing, dear friends. With the Lord one day is as a thousand years).

3) 위대한 셰이프스피 어(모형면模型面)(Great Shapesphere): (1)셰익스피어에 대한 인유. 〈경야〉에는 그에 대한 다양한 별명들이 있다. (2)예이츠의 〈조망〉 187의 인유: 국면(Sphere)으로서 상징화 된, 궁극적 현실.

4) 산다크로스 옷(Sandaclouths): 산타클로스의 다양한 의상에 대한 익살.

5) 그녀는 투탕카멘왕王을 위하여 선물을 매달았고(She hung up for Tate): 예이츠의 〈조망〉 221: 어떤 런던의 강신술자들은…Tutankhamen(기원전 14세기의 이집트 왕)을 위하여 죽은 아이들의 이름을 각각 가진 선물들에 달아 크리스마스트리를 장식했다(Certain London Spiritualists…decked out a Christmas tree with presents that have each the names of some dead child upon them).

6) 슬리퍼 도깨비의 옛 놀이(old game of haunt the sleeper): 아이들의 게임의 인유: Hunt the slipper.

7) 유령의 날(저령일諸靈日)(Faithful departed): (1)모든 충실한 사자들의 기념일: 만성절일(All Soul's Day) (2)예이츠의 〈조망〉 229에서: 사자들에 대해 '되레 꿈꾸면서' 유래하는 것이란…우리가 말들 속에서 꿈을 꾸는 동안…. 우리는 일상의 심상을 얻는 바…이 때 나의 아버지는 키가 크고 수염이 달렸음을 나는 알도다. 다른 한편으로, 만일 내가 상들 속에 꿈꿀 때…나는 그가 거기 의자 또는 망원경의 접안렌즈에 의해 묘사되고 있음을 발견하도다(성인들의 영교)(It is from the dreaming back of the dead…that we get the imagery of ordinary sleep…so long as I dream in words I knew that my father, let us say, was fall & bearded. If, on the other hand, I dream in images…I may discover him there represented by a stool of the eyepiece of a telescope)(Communion of Saints).

8) 카멜리온의 성찬(comeallyoun saunds): chameleon: 변덕쟁이, 경박한 사람의 암시.

9) 내가 목애란牧愛蘭에 있는 것을 몽견夢見하고(I dromed I was in Dairy): 노래 가사에서: 나는 내가 데리에 있음을 꿈꾸었도다(I Dreamed I was in Derry).

10) 무無(nothung): Siegfried의 마도(sword): 바그너의 가극 〈니벨룽겐의 반지〉(Der Ring des Nibelungen)에서 지크프리트의 구원의 마도. 〈율리시스〉 제15장(U 475 참조).

11) 루칸(Luccan): Lucan: 리피 강변의 마을. Lucalizod = Lucan + Chapelizod.

12) 만사萬四가 만평萬平하고(All's fair on all fours): 격언의 패러디: 사랑과 전쟁에는 만평이라(All's fair in love & war).

13) 나의 교사教師가 내게 비밀육非密育 하다시피(as my instructor unstrict me): 예이츠는 그의 〈조망〉에서 교사들에 의해 그에게 주어진 정보를 전달하고 있다고 말한다.

14) 실례지만, 실례지만!(Allow, allow!): 〈허클베리 핀〉 7의 구절 패러디: 그는 실례지만 그것을 말했다(he 'lowed to tell it).

15) O 원뿔선旋(Gyre, O): gyres: 예이츠의 〈조망〉에서 서술된, 확정된 사건들의 원뿔선(conical spirals).

16) 원회전圓回轉!(gyrotundo!): (1)(It) giro giro tondo: Ring—a ring o'roses(노래놀이) 노래하며 놀다가 신호에 따라 급히 앉는 놀이에 대한 이탈리아 상당어의 첫 말들 (2)Rotunda: 더블린의 전쟁 기념 공원 및 병원 이름.

17) 한 쌍의 미려동일美麗同一한 컴퍼스 다리!(a daintical pair of accomplasses!): (속어): 한 쌍의 컴퍼스는 사람의 두 다리로 비유 됨.

18) 이중(二重)드블린의 쌍환(도)双環(道)의 한 쌍이(트웨인 of doubling bicirculars): 더블린의 남북 순화로(Circular Road)는 로이얼(왕) 운하(Royal Cannel)와 그랜드(대) 운하(Grand Cannel)와 쌍행을 이룬다.

19) 상호 고무접합 하는(dunloop into eath the ocher): Dunlop: 고무로 서로 접하다.

20) 두 획일점劃一點들)(tew tricklesome points): 원들이 교차해서 서로 만나는 두 점들.

(296)

1) 이중관二重觀의 종자種子들(The doubleviewed seeds): (1)the W. C. (2)seed: ∞.

2) 전제前提(lemmas): lemma: (1)탐구의 주제. 보조적 명제(subsidiary proposition) (2)레몬 스쿼시(lemon squash).

3) 우리들의 괴물사기怪物詐欺꾼(our monsterbilker): 입센 작 〈청부업자〉(The Master Builder)의 인유.

4) 목통木桶아담과 천天이브가 낙풍자樂諷刺의 매음조賣淫鳥(Hoddum and Hoave…his bawd of parodies): (1)Adam and Eve (2)Hod: 벽돌공(피네간).

5) 아미니어스여Airmienious): Jacobus Arminius: 네덜란드의 신학자.

6) 그대의 겸허한 가짜 파이를 만들지라(mick your modest mock Pie): 난 꼭대기(천국)의 P를 그릴지라.

7) 보족정점補足向點(apexojesus): (1)epexegesis: (수사) 설명의 보족어補足語 (2)apex: (천문학) 향점向點.

8) 질서의 점点(a point of order): point of order: (의회 용어) 의사 진행상의 문제.

9) 나갑니다 나갑니다 낙찰입니다(geing groan grunt): (경매 구호) going, going, gone.

10) 자네 거기 괜찮아, 마이클?(Are you right there, Michael?): Percy French의 노래의 인유: 거기 그대 있느뇨, 마이클, 그대 거기 있느뇨?(Are Ye Right There, Michael, Are Ye Right?)

11) 경치게도 천사풍風이군(awful angelous): 천국의 천사인 St Michael을 지칭함. 여기서는 ALP를 암시함.

12) 니클(Nickel): Nick(악마). 여기서는 ALP. 제2의 Eve인 Maria를 암시함.

13) 완전한 천사낚시각角이야 : (1)Izaak Walton 작 〈완벽한 낚시꾼〉(The Compleat Angler) (2)각을 완성하라(complete the angles). 여기서는 ALP를 암시함.

14) 형제 조나던(bironthiarn): Brethren Jonathan: 〈성서〉, 요나단(Saul의 장남, David의 친구).

15) 니케(Nike): 승리의 희랍 여신. 여기서는 케브를 암시함.

16) 기하대지모幾何大地母(geomater): (Gr) Gaia mate'r: mother Earth. 〈율리시스〉에서 몰리 블룸. (U 606)

(297)

1) 새먼슨이 자신의 혼인魂印을 육각요녀六角妖女가운(Salmonson set his seel on hexengown): (1)연어(salmon)를 먹고 지혜를 얻은 솔로몬(Solomon) 왕 〈성서〉 (2)Solomon's seat: 2개의 삼각형을 겹쳐 형성된 별.

2) 히쉬!(Hissss!): 잼의 소리.

3) 핀!(Fin): Finn.

4) 시베리아(Sibernia): (1)Siberia (2)Hibernia.

5) 셈솔기 햄가두리를 들어올리고 그녀의 삼각三角의 예점銳点에 야벳주름(seam hem and jabote): 〈성서〉, 셈, 햄, 야벳.

6) 행복죄幸福罪(fillies calpered): O felix culpa.

7) 적수赤首여(redneck): 미국, 남부의 가난한 백인들.

8) 종鐘과 함께 우린 가보지 않으련고?(addn't we to gayatsee with Puhl the Punkah's bell?): 노래 가사의 인유: 오! 피리 부는 필의 무도장에서 경쾌하지 않았던고(Oh! hadn't we the gaiety at Phil the Fluter's Ball).

9) 사해死海(dead waters): 〈허클베리 핀〉 9: 둑 아래의 사해(the dead water under the bank).

10) 허들베리 펜(장애물항) Hurdlebury's Fenn): 〈허클베리 핀〉(Huckleberry Finn).

11) (악마에게 영혼을 팔다니)(your sow to the duble): 〈피네간의 경야〉 노래의 가사에서: 악마에게 영혼을!(soul to the devil).

12) 육점부분(sixuous parts): Solomon의 인장의 6점들.

13) 아피아(A) 리피안眼(L) 복음판막複陰瓣膜(P)(appia lippia plivaville): (1)Aqua Appia: Venus의 사원 근처의 샘. (2)(L) luteus: muddy.

14) 재봉사를 유혹한 처녀처럼(the lass that lured a tailor): 노래 가사의 패러디: 수부를 사랑하는 아가씨(The Lass That Loves a Sailor).

15) 프란킥 대양(the Afrantic): (1)African (2)Atlantic.

16) 올(總)라프 코라여왕女王(allaph quaran): Olaf Cuaran: 더블린 출신의 북구 왕. (2)Al Koran.

(298)

1) 큐이에프(Quef): (L) quod erat feciendum: Which was to be done(했어야 할)(略: Q. E. F.) 유클리드 기하학에서 문제들 다음에 나타난다.

2) 퉁의(시므온 가歌의) 산散페이지(tune's dimssage): (1)〈켈즈의 책〉의 Tunc page 〈경야〉 제4장 참조. (2)(L) nunc dimittis(now you release): 〈누가복음〉 2: 29: 주재여 이제는 말씀하신 대로 종을 편안히 놓아 주소서(now you release).

3) 최소점最小点이 무량無量한 것으로(littlenist is of no magnetude): 유클리드 기하학에서 점은 크기가 없다(A point is that···which has no magnitude)의 패러디.

4) 동경승리안목動徑勝利眼目(vectorious readyeyes): Radius vector: 본래의 고정 원점으로부터 곡선까지 끄어진 가변선.

5) 궤적이법대수軌跡理法代數(logos): (철학) 세계를 지배하는 우주의 이법理法(Heracli– tus)(신학) 삼위일체의 제2위, 예수. 하느님의 말씀(Word)(요한복음〉 1: 1 참조)(수학) logarithm(對數)의 십진법(decimal part)은 가수假數(mantissa)이다. 전체 수는(대수對數의) 지표, 지수(characteristic)라 불린다.

6) 종국적으로 무無에 이르는지라(comes to nullum in the endth): (1)nothing in the end (2)n'th: 무한 수.

7) 육순절六旬節(Sexuagesima): 사순절(lent: Ash Wednesday) 다음의 둘 째 일요일.

8) 낙원적樂園的 주계진주모周界眞珠母(paradismic perimutter): (1)무어의 노래 패러디: 〈낙원 문의 요괴〉(The Peri at the Gate of Paradise) (2)(G) Perlmutter: 진주모.

9) 영원한 로마(eternal Rome): 영원의 도시 로마.

(299)

1) 매사每事에는 삼탄식면三歎息面(trist sigheds to everysing): 만사에는 3면이 있다. trist: 트리스탄.

2) 유클리드 증證(Qued): (L) quod erat demonstrandum: (略: Q. E. D.) 유클리드 기하학에서 정리定理 다음에 나타난다.

3) 방령芳靈인지 또는 생방사省放射(spictre or my omination): 예이츠의 〈조망〉 72의 글귀 인유: 나의 마음은 유녀 시절부터 내내 브리이크로 충만 되어 있었는데, 나는 세계를 '망령과 방사'의 갈등으로 보았다(my mind had been full of Blake from boyhood up & I saw the world as a conflict—Spetre & Emanation).

4) 나의 주기적主奇跡이여!(My Lourde!): (1)Laoudes: 기적 (2)My Lord!

5) 가장 기진氣盡한 일이로다(the beatenest lay I ever see): 〈허클베리 핀〉 13의 글귀의 패러디: 맙소사! 그것은 내가 우연히 여태 만난 가장 기진한 것이다(By George! It's the beatenest thing I ever struck).

6) 올로버 크룸월(Ollover Krumwall): 크롬웰(Oliver 크롬웰)의 암시.

7) 그라니아 조모祖母(grannyamother): Grania: Finn MacCool의 신화에서 Dermot의 애인.

8) 서잡하여 족처足處를 잘못되게 사구獅口하고 있으니(mooxed and gaping): Mookes & Gripes: 동화童話의 일종으로, 〈경야〉의 대표적 주제들 중의 하나. 여기 텍스트 속에 동화同化되어 있다.

9) 그녀를 선견善見할지라(See her good): 〈허클베리 핀〉의 글귀의 패러디: 우리는 그녀가 선한 걸 보지 못했다(We didn't see her good)

10) 오 정말, 오 디(O dee): (1)감탄사: Ah, dearo dear!. (2)John Dee: (1527—1608) 영국의 수학자 및 마술사.

11) 단설교單說敎 해멜음조(Simperspreach Hammeltones): William Gerald 'Simple Speech' Hamilton: 그는 아일랜드 국회의원으로 '탁월한 처녀 연설'을 했는 바, 다시는 더 연설하지 않음을 전한다.

12) 이웃 톱소야(topsowyer): 〈톰 소야의 모험〉의 주인공 Tom Sawyer. top—sawyer는 위쪽 톱장이.

13) 몰 켈리의 힘(the powers of Molly Kelly): (1)아일랜드의 일반 맹세 어 (2)Cuchullain(아일랜드 신화의 Ulster 전설의 영웅)(오늘날 그의 입상이 더블린의 G. P. O. 건물 홀에 비치되어 있다)은 'Moll Kelly의 소기도서小祈禱書의 엄숙한 내용'으로 맹세한다. (3)르 파뉴 작의 〈성당 묘지 곁의 집〉의 서곡에서: 오! 몰 켈리의 힘이 되소서!(Oh! be the powers o' Moll Kelly).

14) 여태 기네스 입사入社Guinnes'ss)에 대해 생각 해 보았는고: 조이스의 부친은 그에게 기네스 양조회사의 서기 직에 지원하도록 권고했다.

15) 유감스러운 로마의 목사의 충고를?(…Parson Rome's advice?):) 아마도 죄의 유혹을 피하도록 하는 로마 가톨릭의 충고의 암시인 듯(〈초상〉 제3장 참조).

(300)

1) 경찰이 되고 싶은고(Want to join the police): 조이스의 H. S. 위버에게 보낸 1929년 4월 18일자 우편엽서의 내용: …당신은 W. 루이스의 〈적〉(Enemy) 지의 신간 호를 읽었소? 나에 관한 많은 기사를, 하지만 나는 〈피어슨 주간〉(Pearson's Weekly) 지에 광고된 책을 더 좋아하오. '경찰이 되고 싶습니까?' 그게 적어도 전부요….

2) 재이콥 제製의 달콤한 마리아 비스킷(marie to reat from the Jacob's): 더블린의 야곱 제과점의 Sweet Marie 비스킷.

3) 비어 포스터의 습자 책(the sidepage of de Vere Foster): Vere Foster: 기근 때에 아일랜드 이민자들을 도운 영국의 박애주의다. 〈율리시스〉에 따르면, 그는 자신의 습자 책(Milly의 서랍 보관 물)(U 592)을 발행했다.

4) P. 케빈(P. Kevin): 케브(손).

5) 타자他者. 자신의 창조심創造心의 반조력半助力에…구해救解하기를 제안했던 반면, 우리들의 동일자同一者(Other by the halp of his creative mind…our Same with the holp of the bounty of food): 예이츠 작 〈조망〉 68의 글귀: 철학에 의해 분명히 서술된 첫 번째 윤형輪形(gyres)은 혜성들이 적도 상하를 오르내릴 때 Timaeus 속에 서술된 그들의 '타자'(the Other)(모든 특수한 물건들의 창조주)의 순환에 의해 이루어지는 것들이다. 그들은 천성적으로 '동일자'(the Same)를 구성하는 고정된 별들의 환에 반대되는 것이다. 〈조망〉 91의 글귀: 대조적 국면에 있어서 존재(the being)는 '창조적 마음'(the Creative Mind)의 도움에 의해 '운명 체'(Body of Fate)로부터 '가면'(the Mask)을 가져오기를 추구한다. 초보적 국면에서 존재는 '운명 체'의 도움에 의해 '가면'으로부터 '창조적 마음'을 가져오기를 추구한다.

6) 노오란(무지無地)의 브라운(갈색의) 지저스(예수)(noland's browne jesus): Bruno of Nola. Browne & Nolan: 더블린 소재의 서점 명. 〈경야〉의 중요한 주제들 중의 하나(형제 갈등).

7) 활活생득권(burstbright): 〈창세기〉 25.30에서 에서가 쌍둥이 동생 아곱에게 판 장자명분長子名分.

(301)

1) 브라쎈엉덩이(Brassenaarse): 옥스퍼드 대학의 한 학료: Brasenose College.

2) 오 그는 고통해야 하는지라!(O He Must Suffer!): (1)O. H. M. S.: On His Majesty's Service(공용 공문서 등의 무료 송달 도장) (2)I. H. S: 블룸의 독백(몰리의 회상): 나는(I) 고통을(have) 겪었도다(suffered).(U 66)

3) 멍텅구리에게 요구하여, 미사에 늦게(bosthoon, late for Mass): Boston, Mass(Anna의 편지 송부처).

4) 매매매맴 흑양(blaablaablack sheep): 자장가의 패러디: (Baa Baaa Black Sheep).

5) 피파 파스 구문句文든(pippap passage): 영국의 시인 브라우닝(R. Browning)의 시의 인유: 〈피파 지나가다〉(Pippa Passes).

6) 믹!(mick!): Mick / Nick.

7) 그리스도 성당 대對 베일럴 대학이라!(Christ Church varses Bellial!): Christ Church 대 Ballol(Oxford colleges).

8) 태어날 때부터의 위사衛士, 우리들의 매일의 빵 미녀(gentlemine born, milady bread): born gentleman. born / bread.

9) 해리옷(harriot): Thomas Harriot: 영국의 수학자.

10) 그는 비노悲奴였나니, 마魔 허드렛 꾼!(He was sadfellow, strifel!): Michael Stiefel: 16세기 독일의 수학자, plus (+) square root(제곱근, 예:22)의 기호 발명자 (2)(G) Stifel: root(根).

11) 연금의 해도海盜(purate of pensionee): Pirate of Penzance.

12) 신법神法의 두려움(the fear of the Law): Fear of the Lord: 성령(the Holy Spirit)의 선물들 중의 하나.

13) 아카시아 나무(shittim wood): 〈출애굽기〉 25:10: 그들은 아카시아 목의 궤(the Ark of the Covenant)를 짓다…(acacia wood, used in making the Ark of the Covenant).

14) 심침深沈하거나 아니면 데카르트 춘천春泉을 촉觸하지 말지라!(Sink deep or touch not the Cartesian spring!): 18세기 영국의 시인 A. Pope의 〈비평론〉(Essay on Criticism) 216의 글귀: 깊이 마시거나 아니면 데카르트(Descartes)(프랑스의 철학자) 샘을 맛보지 말라(Drink deep, or taste not the Pierian Spring): Pieria: 뮤즈(Muse) 신의 탄생지. (시적인) 영감의 우물(spring).

15) 그는 자신의 나측裸側이 악귀성惡鬼城에 포위되어 저속하게 누워 있었던고. 그리하여, 그 밖에, …크로크 공원 자고(鷓鴣)새 궁지에 버림받아 저장低張하게 누워 있었던고(laying siege to gobbin castle…And, bezouts that…hyensmeal…lying sack to croakpartridge): (1)〈성서〉, 〈에스겔〉 4: 1–6 구절의 인유: 박석을 가져다가 네 앞에 놓고 한 성읍을…그 성읍을 에워싸되 운제를 세우고…너는 또 좌편으로 누워 이

스라엘 족속의 죄악을…담당하고…우편으로 누워 유다 족속의 죄악을 담당하라…(take thee a tile…& portray upon it the city, even Jerusalem: lay siege against it…lie thou also upon they left side, & lay the iniquity of the house of Israel upon it…lie agin on the right side, & lay the inequity & thou shalt bear the iniquity of the house of Judah). (2)그 밖에(bezouts that). Etienne Bezouts: 18세기 프랑스의 수학자 (3)크로크 공원 자고(鷓鴣)새(croakpattridge): Croagh Parick: 아일랜드 Mayo 군의 산 이름. Croke Park: 더블린 북부의 축구장으로, 1920년, 영국 군대에 의한 학살의 현장.

16) (로라프(Rolaf's): 더블린의 북부 몇몇 왕들(Rolf, Olaf)의 이름. 프랑스를 침입한 노르만의 추장.

(302)

1) 나리(sahib): Tippoo Sahib: 웰링턴에 의하여 패배 당한 이슬람 Mysore의 군주(sultan)(1753—98).

2) 한 접시의 스튜 대금大金 값을(the price of a plate of poultice): 〈창세기〉 25.30에서 에서는 아우 야곱에서 한 접시의 편두 스튜를 위해 그의 생득권(장자 명분)을 판다. (전출)

3) 압지押紙비 바부터 친애하는 피키슈에게(From here Buvaed to dear Picuchet): 플로베르(Flaubert) 작의 미완성 장편 소설 〈부바르와 뻐꾹새〉(Boubert and Pe'cuchet)(1881)의 인유.

4) 유愉클리드 초등평자初等評者(elementator joyclid): 유클리드(Euclid)의 저서 〈기하학 초보〉(Elements of Geometry)(〈더블린 사람들〉, 〈자매〉 참조)의 패러디.

5) 스키 미끄럼장場의 독수리 지紙(Skibbering's eagles): 아일랜드 신문인 Skibbereen Eagle 지에 대한 패러디.

6) 볼셰비키론論(aboleshqvick): Bolshevik: 옛 소련 공산당(극단적 과격론자).

7) 구두口頭에는 이耳(Ohr for oral): 〈마태복음〉 5:38의 인유: 눈에는 눈(An eye for an eye).

8) 여불 비례, 여선여희망汝善女希望(Romain, hup u bn grl): 편지의 결구: I remain, hope you been a good girl.

9) 어중이떠중이의 두 나날들(Two dies of one rafflement): 조이스의 수필 〈소요의 시대〉(The Day of Rabblement), 그의 친구 F. Skeflington의 논문과 함께 출간되다(1901).

10) 각 한페니(Eche bennyache): 조이스의 시〈한 푼짜리 시들〉(Pomes Penyeach) 및 수필이 전단 광고용으로 사비 출판 되고, 사적으로 보급되었다.

(303)

1) 로미오풍만도윤豊滿跳閏 방식方式이도다. (the way Romeopullupslleaps): 각주(1)에 의하면: 그이, 나는 그를 천사로 생각했거늘, 그리하여 그는 굴광화로 역할 수 없으라니, 독화 마난 씨! 여기 내용상으로 케브를 암시한다.

2) 제사수리력第四數理力(Fourth power): 요가의중심력(force centers)(수학의 힘). 그것의 마력적 힘에 의한 아일랜드 작가들의 호출.

3) 생명을 위한 대담한 필치筆致!(Bould strokes for your life!): Mrs Leutlivre 작의 연극 패러디: 〈아내를 위한 대담한 일격〉(Bold Stroke for a Wife)(1717).

4) 도盜스틸, 이것은 함喊 바크, 이것은 엄嚴스턴, 이것은 급청急淸스위프트, 이것은 농弄와일드, 이것은 비소鼻笑쇼, 이것은 다불린만유칼리목灣柳칼里木예이츠로다: 아일랜드 출신의 작가들: Steele, Burke, Sterne, Swift, Wilde, Shaw, Yeats: 여기 돌프는 작가들을 예술과 신비의 과정으로 이해한다.

5) 대니(Danny): (남자 이름) Daniel.

6) 코노리(Connolly): (1)Daniel O'Connolly: (가톨릭 해방자) (2)James Connolly: 1916년, 더블린의 부활절 봉기의 지도자들 중 하나.

7) 초초초超超超파넬떠듬적행行하는지를(parparaparnellidoes): Charles Stewart Parnell(말더듬이). paraphernalis: 마약매매 부속품. 아내의 소지품으로, 파넬은 오시에(OShea) 여인의 소지품인 셈.

8) 우파니샤드서書(Upanishadem): 고대 힌두 경전으로 브라만교의 경전(Veda) 및 자연과 인간에 관한 접신론적 철학 사상(U 11 참조).

9) 애란 바라행愛蘭婆羅行(Eregobragh): 에린 심판의 날까지(Erin go Bragh): (게일어)(아일랜드의 전승구호 및 작가 미상의 가요 제목이기도(U 487 참조).

10) 교정쇄진격!(Prouf!: (1)Proof: 교정쇄 (2)웰링턴의 전승 구호: Up, guards, & at them)의 변형.

11) 케브는 그의 소형騷兄과 노환怒環했도다(Kev was wreathed): 〈창세기〉 4: 5의 인유: 가인과 그 제물은 열납하지 아니한지라 가인이 심히 분하여 안색이 변하니(& on Cain and his offering he did not look with favour. So Cain was very wroth, & his countenance fell).

12) 인디언 비스킷(puppadums): 인도의 유향 비스킷.

13) 기통곡선족飢痛曲線族과 이란泥亂의 수혼선어법垂混線語法으로 된 포물우화拋物寓話(paraboles of famellicurbs and meddlied muddlingisms): (1)families of curves(곡선족 曲線族)(수학 용어) (2) parabolae: 포물선.

14) 독재적자동서술獨裁的自動敍述(autocratic writings): 예이츠의 아내가 쓴 Automatic writing(자동서자自動書字: 자기가 글을 쓰고 있다는 것을 의식하지 않고 쓰는 일)은 〈조망〉을 가져왔다 (3)O. W. Holmes: (1809—94) 미국인 작자: 그의 저작: 〈조반 식탁의 독재자〉(The Autocrat of the Breakfast Table)의 패러디.

15) 그가 살고 있는 곳을 풍습風襲하여(hit him where he lived): Twain 작 〈허클베리 핀〉 33의 구절의 인유: 그것은 커다란 모험인지라, 그리고 신비스러웠나니, 그가 살았던 곳에서 그를(타)했나니)(it was a grand adventure, & mysterious, & so it hit him where he lived).

16) 타打하나니…축성祝聖(blasted…blessed): 루이스(Wyndham Lewis)의 출판물인 〈폭발〉(Blast)은 다른 사람들에게 BLESS 및 BLAST를 빈번히 말했다.

17) 가인혐오자(misocain): misogamy(여성혐오) + Cain(가인).

(304)

1) 그의 회계수會計手가 솟았도다(his countinghands rose): 〈창세기〉 4: 5 성구의 패러디: 그의 안색이 변했다(his countenance fell).

2) 사랑은 얼마나 단순한고!(Loves deathblow simple!): (L) Laws Gey Semper: 하느님께 영원한 찬미를(Praise to God Forever): 스티븐의 중학교 Belvedere College에서, 학생들은 그들의 숙제장의 말에 L. D. S.를 쓴다(숙제장 꼭대기에 쓰는 A. M. D. G. 참조, 〈초상〉(P 70).

3) 부가부 이륜마차에 태워(bugaboo ride): 민요의 인유: 도깨비 배를 타고(Aboard the Bugaboo)(〈율리시스〉 제6장 참조. (U 82)

4) 돈통(porker barrel): 미국의 pork barrel: 지방 목적을 위한 자금원으로 간주되는 연방재정보고聯邦財政寶庫.

5) 색슨 크로마티커스(Saxon Chromaticus): Saxo Grammaticus: 덴마크의 역사가.

6) 작은 꼬마(Tiny Mite): dynamite.

7) 종국終國의(Endsland's): England's.

8) 델프트 도자기(delph): Delft earthenware: 네덜란드 산 도자기.

(305)

1) 최고로 예언하는 자가 최고로 등쳐먹는 자라(He prophets most who bilks the best): 콜리지(Coleridge)의 시 〈노수부〉(Ancient Mariner) 614행의 시구의 패러디: 최고의 사랑으로 최고로 기도하는 자(He prayeth best, who loveth best).

2) 양쾌陽快한 심신神(Sunny Sim): (1)(R)(거인): 고대 슬래브 인들의 신 (2)조이스가 아이었을 때, 그의 가족은 그를 아침 식사의 알림으로 양쾌陽快한 짐(Sunny Jim)이라 불렀다.

3) 다래끼 눈으로 보건대!(Eyeibstye!): 아인스타인의(〈상대성의 원리〉(General Theory of Relativity)는 비-유클리드 공간을 보였다.

4) 죄간격罪間隔(the guilt of the gap): the gift of gap: 속어의 인유: 말재주, 달변.

5) 축교祝橋하려고(celebridging): Celebridge: Kildare 군의 마을 이름.

6) 두발가인적的으로(toobally): Tubal-Cain: 가인의 후손으로, 쇠붙이 숙련공.

7) 감청산적紺青酸的 블루셔츠(파쇼)(Prussic Blue in the shirtafter):)(1)Prussian blue: 감청색(안료) (2) Giordano Bruno (3)Blueshirts: 1930년대, 아일랜드 급진주의자들의 별명.

8) 형의 훈제형燻製(bloater's kipper) 〈창세기〉 4: 9 성구의 패러디: 나의 형제의 파수꾼인고?(Am I my brother's keeper?)

9) 재임슨 주酒(Jamesons): 아일랜드(더블린) 산 위스키 명: John Jameson Whiskey.

10) 늙은 여벨 케인!(Old Keane): (1)Old Keane: 그의 아들의 Iago에게 Othello 역을 하다가 졸도하여 죽은 배우. (2)Jubal-Cain(두발가인): 〈창세기〉 4:22: 동철 기구 장인의 조상인 Tubal-cain의 형제.

11) 은완銀腕으로 태어난 것(born with a solver arm): 격언의 패러디: 입에 은 숟가락을 물고 태어나다(부귀한 집에 태어나다)(born with a silver spoon in his mouth).

12) 성화聖和 생화 승화 속의 그대!(Thou in shanty scanty shanty!): (1)(산스크리트어) sandhi: 평화(기도) (2)T. S. 엘리엇의 〈황무지〉의 종행의 기도문 참조. (3)후출Sanhyas! Sanghyas! Sandhyas) (593).

13) 그대 정숙하라!(Bide in your hush!): (I) bi i dho husht: 조용히, 숲 속의 너 새여.

14) 아베!(Ave!): George 무어: Ave, Salve & Vale(〈환영과 작별〉(Hail and Farewell)의 부분).

15) 기억하게 할지라. 안녕 세곡世谷(Let it be to all remembrance Vale): 기억의 골짜기(Vale of Remembrance).

16) 처녀류천處女流川의 환기喚起여(Ovocation of maiding waters): T. 무어의 노래: 물이 만나는 곳(The Meeting of the Waters)(U 133 참조)(Vale of Ovoca 또는 Avoca에 대한 언급).

17) 흘러간 그 옛날을 위하여(For auld lang salvy stevne): (1)(I) 노래 가사 (2)Steyne: 바이킹 족에 의해 더블린에 세워진 기둥.

18) 사선사四先師들(Foremasters): 〈사대가 연감〉(Annals of the Four Master). 〈경야〉의 주제들 중의 하나(그들의 당나귀와 함께).

(306)

1) 노벨경상驚賞(Noblett's surprise): (1)Nobel Prize의 패러디 (2)더블린의 과자 가게.

2) 대성능大聲能의 교황교서찬미敎皇敎書讚美(this laudable purposes in loud ability): Adrian 4세의 교황 찬미 칙서(bull laudability)는 아일랜드를 헨리 2세에게 하사했다. 이는 〈율리시스〉, 〈태양신의 황소들〉 장에서 방담을 행하는 의과 대학생들에 의하여 Irish bull과 함께 토론된다(U 327 참조).

3) 나와 그대 협만峽灣(홍콩) 사이…망탑望塔(미스 바)(mizpah): (1)〈창세기〉 31: 48-9의 성구의 인유: 오늘날의 무더기가 너와 나 사이에 증거가 된다…또 미스 바라 하였으니 이는 그의 말에 우리 피차 떠나 있을 때 여호와께서 너와 나 사이에 감찰하옵소서 함이라. (This heap is a witness between you and me

today. This is why it was called Galeed. It was also called Mizpah, because he said, May the Lord keep watch between you and me when we are away each other). (2)미스바(mizpah): 망탑(감시)(watchtower): 피임 수단의 신조 어. 젊음의 피임 행위(감시행위)는 끝나고, 이제 공부의 성과(열매)로!

4) 공부벌레와 굼벵이(the mugs and the grubs): 쥐여우와 포도사자(Mookse & the Gripes): 형제 갈등의 주제 및 암시.

5) 많은 많은 많은 많은…반추反芻 있으리라(many many many many…manducabimus): 노래 가사의 인유: 로마 병사들: Mille Mille Mille Mille Decollavimus(L) studivimus: 우리는 공부하리라. (L) manducabimus: 우리는 씹으리라.

6) 예술, 문학, 정치학, 경제, 화학, 인류, 등등(Art, literature, politics, economy, chemistry, humanity, & c): 중세에 있어서 인문학은 7가지로 분류됨: Trivium(삼학)(문법, 수사학, 논리) 및 Quadrivium(사분면)(산수, 기하, 천문, 음악).

7) 의무, 즉 수양修養의 딸(Duty, the daughter of discipline): Cato(옛 로마 장군)의 정책은 전통적 통치를 통한 결속의 수립이었다.

8) 남시장南市場의 대화大火(the Great Fire at the South City Markets): (1)〈더블린 연감〉(27/8/1892)에 의하면: 더블린 시의 남부 시장의 대화는 불로 인해 거의 절반이 파괴되었다. (2)Nero는 로마의 절반을 파괴한 화제를 사주한 것으로 소문났다.

9) 거인과 요정녀의 신앙(Belief in Giants and the Banshee): 아리스토텔레스의 중요한 특징을 분류하는 정연한 질서와 욕망.

10) 붓은 칼보다 강한고?(Is the Pen Mightier than the Sword?): Bulwer—Lytton(1803—73)(영국의 소설가, 정치가)의 말: 펜은 칼보다 강하도다…시저 당파를 마비시키기 위해(The pen is mightier than the sword…To paralyze the Caesars)

11) 공무公務의 성공적 생애(A Successful Career in the Civil Service): Pericles는 40년 이상 동안 겸양과, 불패不敗의 아테네 정치가였다.

12) 숲 속의 자연의 목소리(The Voice of Nature in the Forest): Ovid의 〈변신〉(Metamorphoses)은 인간의 자연물로의 많은 변화를 포함한다.

13) 레크리에이션의 이득에 관하여(On the Benefits of Recreation): Domitian: 광범위한 군대의 캠페인과 대중의 일들에 책임이 있는 로마 황제.

14) 만일 서 있는 돌이 말할 수 있다면(Is Standing Stone Could Speak): 스핑크스는 Oedipus와 대면하는 동안 자주 기둥 위에 앉아있는 것으로 묘사되었다.

15) 볼즈브리지에서의 더블린 시경 스포츠 대회(The Dublin…Balsbridge): Ajax(아이아스)(트로이 전쟁의 영웅)는 Patroclus 때문에 장례 경기에서 율리시스와 다투었다.

16) 헤스페리데스의 난파(the Wreck of the Hespertus): 미국의 시인 롱펠로우(Longfellow) 작 〈헤스퍼러스의 난파〉(The Wreck of Hesperus)의 인유.

17) 무슨 교훈(What Morals): Marcus Aurelius의 〈명상〉(Meditations)은 도덕성(morality)과 많이 관련되어 있다.

18) 디아미도와 그라니아로부터 끌어낼 수 있는고?(can be drawn from Diarmuid and Grania): Diarmaid 및 Grania는 피니언 신화(Fenian myth)에서 트리스탄과 이솔드와 대응한다.

19) 곤충의 이용과 남용(The Uses and Abuses of Insects): 궁했던 Luvtrtius(라틴 시인)(98—55 BC)가 스페인의 파리(Spanish Fly)로 만든 사랑의 미약 때문에 미쳤을 때, Alcibiades(아테네의 장군, 정치가, 소크라테스의 친구)는 고소당하고, 도피해야했으며, 이어 도루 초청 받아 장군이 되었다.

(307)

1) 기네스 양조회사의 방문(Visit to Guinnes'ss Brewery): 〈창세기〉 9: 20—1: 노아는…술 취했나니(Noah…was drunken).

2) 클럽 패들, 페니 우편제郵便制의 이점(…Penny Post): 호라티우스(Horace)(로마의 서정시인): 〈서간문들〉(Epistles): (친구들에게 보낸 사적 편지들).

3) 곁말이 곁말이 아닐 때(When is a Pun not a Pun?): 이삭(이삭)이란 이름은 그는 웃었다의 뜻(곁말). Abraham과 Sara: 구약의 가장 및 자매—아내, 그들은 나이 들어 이삭(웃는 자)을 낳았다.

4) 아니머스(원동력)와 아니마(우주혼)의 공학共學은 전면적으로 바람직한고?(Is the Co—Education…Desirable): Sara는 하느님이 그녀가 90살에 아기를 가질 것이라 말하자, 웃었는지라, 금후 티레시아스(Tiresias)(〈오디세이〉에서 장님 예언자로, T. S. 엘리엇의 〈황무지〉의 화자들 중 하나) 남녀 양성으로 살았다.

5) 크론타프에서 무슨 일이 발생했던고?(What Happened at Clontarf?): Marius(로마의 장군)은 로마로부터 야만인들을 몰아냈다. Clontaff 전투(1014년): 더블린에서 몰려난 바이킹 족들.

6) 우리들의 형제 조나단이 금주의 맹세를 한 이래(Since our Brother Johnarthan.): (1)(속담) 형제 Jonathan과 상의하라 (2)Jonathan은 여호와가 준이란 뜻 (3)Jonathan 형제: 18세기 미국(U S)의 의인화.

7) 소시장경小市長卿을 사랑하는 이유(Why we all Love our Little Lord Mayor): Alfie Byrne: 1930년대 더블린의 시장으로, 우리들의 소시장 경(our little Lord—Mayor)으로 알려졌다.

8) 헨글러의 서커스 향락(Hengler's Circus Entertainment): (1)19세기 후반에 더블린을 해마다 방문한 행걸러 서커스 단(Hengler's Circus). 〈율리시스〉, 〈칼립소〉 장에서 블룸의 의식 속에 부동한다(U 52 참조) (2)Nestor: 조마사(서커스에서).

9) 케틀—그리프스—모이니한의 계획…(…The Kettle—Griffith—Moynihan): (1)Thomas Kettle: 아일랜드 문제에 대한 의회의 해결을 옹호했다 (2)Arthur Griffith는 Sinn Fain 운동을 창립했다. (3) Moynihan: 〈초상〉에서 스티븐 데덜러스의 친구: 그는 작품의 제5장에서 무장해제와 세계 평화를 위한 탄원서에 서명하다. (4)1920년대에 있어서 더블린을 위한 수력발전 계획의 설계는, 대표 기사인 Kettle를 포함하고, 기사 Griffith와 지역구 기사 Myhihan이 포함되었다.

10) 아메리카의 호반 시(American Lake Poetry): Theocritus: 목가 시의 가상적 발명가.

11) 파넬파는 헨리 튜더에게(Parnellites…Henry Tudor): (1)Sir Henry Tudor: 흑—갈색인들(Black—Tans)의 지도자(2(Henry Tudor Parnell: 경세가輕世家의 형제.

12) 베짱이와 개미의 우화를 친구에게 잡담 편지로 말할지라(Tell a Friend…the Fable of Grasshopper and the Ant): 이솝(Aesop)은 말하는 짐승의 우화를 발명한 것으로 전함.

13) 산타 클로스(Santa Claus): Prometheus는 인류에게 불을 선물함(Santa처럼).

14) 로마 교황(Roman Pontiffs): Pompeius Magnus: 로마 사령관.

15) 정통 성당(Orthodox Churches): Methades Strategos: 희랍 사령관.

16) 주당 삼십 시간(The Rhirty Hour Week): Solon은 비 특권층을 진압하려고 노력했다.

17) 지미 와일드와 잭 샤키(Jimmy Wilde and Jack Sharkey): 권투가들.

18) 귀머거리 이해법(How to Understand the Deaf): Sicily에 있는 Dionysius 궁전의 확대 감옥 감방.

19) 숙녀들은 음악과 수학을 배워야 하는고(Should Ladies learn Music): Sappho(그리스의 여류 시인(600 BC)의 〈책 III〉(Book III) 63은 교육받지 않은 여성을 비난한다.

20) 성 패트릭에게 영광 있을지라!(Glory be to Saint Patrick): 성. 패트릭은 모세를 모방하여 Connaught 군의 Mt. Croag 패트릭 상상에서 40일을 보냈다.

21) 상황증거의 가치(the Value of Circumstantial Evidence): Cicero는 Allobrogan 특사들의 상황증거의 도움으로 Catilina(옛 로마 귀족 반역자)를 파괴할 수 있었다.

22) 철자할 것인고?(Should Spelling?): 5개의 Cadmean(Cadmus): 희랍 신화의 용을 퇴치하여 Thebes를 건설하고 알파벳을 희랍에 전한 페니키아의 왕자. 그에 의해 문자들이 희랍 알파벳에 소개되었다.

23) 인도의 폐인들(Outcasts in India): Ezekiel은 인도의 Indus 강상의 Babylon의 유배 동안 예언했다.

24) 백랍 수집(Collecting Pewter): Solomon 왕의 주석 광 .

25) 유(善)(Eu): St Laurence O'Toole는 노르망디의 Eu에 매장되었다.

26) 적당 및 규정식의 필요(Proper and Regular Diet): Vitellius(로마의 황제)는 더 많이 먹을 수 있도록 구토제를 취했다.

27) 그대 하려면 당장 공격할지라(If You Do It Do It Now): Darius: 희랍인들의 즉각적인 공격으로 Matathon에서 패한 6세기 페르시아의 왕.

(308)

1) 지연遲延은 위험하도다. 활급活急!(Delays are Dangerous. Vitanite!): Xenophon은 그들을 제지하려는 시도에도 불구하고 10,000명의 군대를 귀향하도록 조처했다.

2) 안은 게걸게걸 소리 낸다: 차(茶)(Anne…tea's): Ann Lynch's tea: 더블린 산의 차 이름.

3) 그의 재무장관(그의 전시계前時計의 정교성): Chancellor & Son: 더블린의 부자父子 시계상을 암시함.

4) 일초壹秒…이貳두…십十란모십卵母(Aun…Do…Geg): 벽시계의 1…2…10) 시를 알리는 아일랜드어.

5) 야간편지(NIGHTLETTER): 밤새 송달된 미국 발 전보.

6) 크리스마스 내사계절來死季節(youlldies): Yuletide greetings: yule: X—mas.

7) 새(뉴) 장구년長久年(뉴 요크)(new yonks): 〈경야〉를 통하여 신세계는 아메리카로 상징된다. 조이스는 의식적으로 블레이크(William Blake)의 선례를 따르는 바, 그의 상징성(symbology)에서 〈보스턴 티 파티〉(The Boston Tea Party)는 인간의 긴 추락—낙원에서 시작하여, 거인 앨비오(Albion)(잉글랜드의 아명)의 야만적 상인—제국의질병과 곰팡이의 천저天底에 이르는 저 우주 개벽의 추락—으로부터 그의 최초의 상승을 대표한다. 블레이크의 영상은 비코의 그것과 쉽게 결합한다. 그것은 〈경야〉의 가장 강한 수많은 주제들을 공급한다. 예를 들면, 보스턴에서 온 차로 얼룩진 편지는, 블레이크의 견지에서 관찰 할 때, 새로운 신비들을 펼친다. 앨비온, 그의 주위를 사개체(4個體)(Four Zoas)의 인물들이 맴돌고, 그의 감화력이 상징적 예루살렘이요, 그리고 그가 최후의 심판일 까지'우주의 꿈'으로부터 깨어나지 않을—블레이크의 근본적 잠자는 개성의 이미지인, 앨비온이야 말로, 분명히 조이스의 HCE이다(Campbell & Robinson 196 참조).

8) 예藝재크, 상商재크 및 꼬마 내숭녀女(jake, jack and little sousoucie): J. J. & S. : John Jameson & Son: 더블린의 부유 주류상.

• II부 - 3장 •

축제의 여인숙 (pp.309 - 382)

(309)

1) 그의 빛의 공포는 농자聾者의 장애의 숙명 가운데 뒤로 숨어있지만(the fright of his light…hides aback.): 비코의 시대에서, 인간은 천둥소리의 공포로부터 동굴 속으로 숨었다.

2) 청수(lymph.): (1)(생리) 림프 액(상처 따위에서 나오는) 진물. (의학) 두묘痘苗. (2)시내, 샘의 맑은 물(clear water).

3) 도섭徒涉하는 때이겠지만(when…wades…): 비코의 제2기 단계인 결혼.

4) 경야의 영광(the glory of a wake.): 비코의 제3기 단계인 매장.

5) 룸바춤(rumba.): 룸바춤의 율동은 4대 3과 대등.

6) 총이상신숭배總異常神崇拜(allotheism.): 이상한 신들의 숭배.

7) 에셀이야의 아라비아 사막(Etheria Deserta): (1)C. M. Doughty 작 〈알라비아 사막 여행〉(Travels in Arabia Deserta) (2)Edri Deserta: 호우드 언덕의 옛 이름.

8) 하이버리오—밀레토스인들(Hiberio—Miletians): Milesians: 스페인(Hiberia) 출신의 아일랜드의 신화적 식민자들.

9) 마그로—놀만 족들(Argloe—Noremen: Anglo—Norman의 침입자들.

10) 노예한奴隷汗(sweatoslaves): 그의 슬래브 백성들과 구별되는 키예프(Kiev)(우크라이나 수도)의 북구北歐 최후의 왕.

11) 건축청부비동양지재秘棟梁之材(mysterbolder): 입센 작 〈건축 청부업자〉(The Master Builder)의 인유.

12) 히마나의 무슨 모하메드 이브둘린(Ibdullian…of Himania): Ibdullian & Aminah: 모하메드의 양친.

13) 홀링스타운(Wollintown): (1)Duke Of Wellington (2)Wollin: 폴란드 해안의 섬, 이름 등의 인유.

14) 벨리니—토스티(Bellini—Tosti): 무선전화의 선구자들(확성기의 결합 방식).

15) 전고애란全古愛蘭 토노土爐 및 가정家庭(allirish earths and ohmes): (1)노래 가사의 패러디: Old Ireland's Hearts and Hands. (2)ohm: 전기 저항의 단위.

(310)

1) 어뢰魚雷터슨(Thorpeterson): porpedo(어뢰) + Peterson coil: 피뢰침을 위한 코일.

2) 좀즈보그 셀버버그은산銀山(Jomsborg, Selverbergen): Jonsborg: 아마도 Wollin 섬의 Silberberg(Silver Hill) 산정 바이킹의 정착지.

3) 쌍삼극진공관단판双三極眞空管單瓣 파이프라인(twintriodic singulvalvulous pipelines): 라디오의 삼극 진공관.

4) 리피유수流水(liffing): 리피 강의 흐르는 물.

5) 레익스주류州流하면서(lackslipping): leixlip: 더블린 상류의 마을 및 연어 사다리.

6) 뇌수증적腦水症的(howdrocephalous): 뇌에 고인 물.

7) 이득제어(a gain control): 수신기, 증폭기의 이득 제어(조절).

8) 애란자유국(serostaatarean): (I) Saorata't Eireann: Ir. Free State.

9) 최소방법으로(most leastways): 〈허클베리 핀〉 25의 글귀: Everybody, most, leastways women: leastways: at least.

10) 피이(를)(pip): pips: 라디오의 시간을 알리는 신호.

11) 바이킹부父 침낭(Vakingfar sleeper): Viking(N) far: father.

12) 피아라스 오레일리…에스타스 직가直街, 다불린多拂隣(Piaras UaRhuamhalghaudhlug…Eustache Straight): (1)Piers O'Reilly의 민요 (2)O'Reilly & Co.: 더블린의 Eustace 가에 있는 망토 제조소 (3)Eustachian tube: 후두로부터 귀까지의 통로.

13) 나울 안벽岸壁 및 산트리 전全지역(Naul and Santry): Naul: 더블린의 북부 마을 명. Santry: 더블린 지역 명.

14) 고티 촌村(Corthy): Enniscorthy: 아일랜드 남부 해안 지역인 Wexford 군의 마을.

15) 브리톤의(Brythyc): Brython: Wales, Cornwall 및 고대 Cumbria의 Briton 인(옛 브리톤 섬에 살았던 브리톤 계의 민족).

16) 야후 청년연맹(Ligue of yahoo): 〈걸리버 여행기〉의 야후 족의 청년 연합.

2부

17) 해머, 모루, 및 등골鐙骨(hummer, enville and cstorrap): 중이中耳의 연골(ossicle of middle ear).

18) 샤를마뉴 대제大帝(Curlymane): Charlemagne: (742—814) Franks(프랑크인: Gaul 사람을 정복하여 프랑스 왕국을 세운, 서 유럽인들의 왕, 성스러운 로마 제왕) 그와 아일랜드의 파넬 간에 강한 유대를 갖다.

19) 이과학耳科學 생애의 내이미기선內耳迷基線路(the lubberendth of his ontological life): labyrinth of inner ear(내이의 미로). otology(이과학耳科學).

20) 카드 복점卜占이(cartomance): Cartomancy(복점): HCE의 주막은 카드놀이가 그러하듯, 운명의 환각적 비결을 지닌다.

21) 사행위死行爲의 추억(the mummery of whose deed): 노래 가사의 인유: 〈사자의 기억〉(The memory of the Dead)

22) 뉴이란의 명족明族(a lur of Nur): (Arab) Nur: light. Lur: 서부 이락의 부족. Nur: 북부 이란의 지역 명.

23) 시간이 딸랑 딸랑 항변할 때까지(till time jings pleas): 주점의 문 닫을 시간(time, gents): 엘리엇의 〈황무지〉, 〈율리시스〉 제14장 말 참조.

24) 전장충병戰場充甁의 점주店主(host of a bottlefilled): 〈코란〉(Koran)(회교 성전) 24Sura(장)은 하느님의 빛은 유리관 속에 닫힌 램프로 서술한다.

25) 오코넬 주酒(o'connell's): 더블린의 피닉스 양조장에서 생산되는 술(Ale).

26) 빈병貧甁하려하고(Unbulging): 병을 따려고(inbottling).

27) 스캔들 두頭의 탈취남奪取男(an oustman in skull of skand): (1)Ostman: Viking (2)Scandinavian (3)Sheridan의 〈스캔들 학교〉(School of Scandal).

28) 남자의 이러한 술(酒)(ale of man): 만 섬(Isle of Man)의 패러디.

29) 파타고니아인人인 쿨센(Culsen, the Patagoreyan): Culsen: MacCool의 덴마크—노르웨이 이름. Patagonean: (1)남아메리카 남단의 파타고니아 인들 (2)Pythagorean: 회의론자.

30) 니아 호반(Lough Neagk): 호수 네이(Lough Neagh).

31) 백발성포부왕白髮聖泡父王에게 압찬壓讚…교부敎父는 자신의 울숙鬱肅의 황우축복을 부여했나니(pressures be to our hoary frother…the pop gave his sullen bulletaction): 성부에게 칭송을, 교황은 그의 엄숙한 축복을 하사했도다.

32) 알 바주아 파派의 유제화乳劑化 해방운동(a movement of catharic emulsiption): (1)Catholic Emancipation(가톨릭 해방) (2)cathartic emulsion(카타르시스적 경쟁).

(311)

1) 아멘(Allamin): (1)amen (2)만 섬(Isle of Man).

2) 그의 궤도의 순회巡廻 속에(in the ambit of its orbit): 영국의 시인 A. Pope(1688—1744)의 연설 또는 축복의 글귀의 패러디: Urbi et Orbi

3) 두 피동행자彼同行者들, 음료의 수배水盃(sailer…drainer): 자장가의 패러디: 땜장이, 양복상, 군인, 수부(Tinker, tailor, soldier, sailor).

4) 바스(basses): 더블린 산의 Bass 맥주.

5) 바람 불어오고 바람 불어 가는 쪽(a lealand in the luffing): (lee & luff sides of ship).

6) 리랜드 선船(lealand): (1)Charles G. Leland: Shelta 언어의 발견자 (2)Charles Leland: 유령선(Flying Dutchman)에 관한 시를 썼다.

7) 커스의 모델(moddle of Kersse): (1)Persse O'Reilly: (F) 집게벌레: 이어위커의 별명. 그는 Hosty 작의 〈퍼스 오레일의 민요〉에서 조롱 받는다(44—47 참조) (2)Kersse: 재단사(양복상), 잇따르는 Kersse에

대한 많은 언급들은 결코 분명하지 않다. Kersse는 curse, course, curs 등과 연관되기도 하고, 때때로 노르웨이 선장과 Kersse는 형제 갈등에 연관된 셈과 숀으로 간주된다. 그러니 다른 경우에, 선장은 재단사의 딸을 구애하고, 재단사는 그녀의 의부義父로서 이야기도 한다.

8) 우愚재단사가 살았던 덜 뒤의 일이었나니…자신의 의상衣裳을 조끼 냅다…끌어내기 전이…또한 배(船)의 앞을…노르웨이 선장을 붙들고…(toyler…buttonholed the Norweeger's capstan): 존 조이스(조이스의 부친)가 들은 McCann의 이야기, 이는 더블린의 상부 Sackville 가(지금의 O'Connell 가) 34번지의 J. H. Kerse인, 더블린의 재단사로부터 양복을 주문한 곱사 등의 노르웨이 선장에 관한 것으로, 맞춘 양복이 몸에 맞지 않자, 선장이 바느질이 잘못된 재단사를 힐책했나니, 골이 난 재단사는 몸에 옷을 맞출 수 없는 그를 탄핵한다는 이야기이다.

9) 오, 맥주 통의 주여, 금구今□ 아뉴로부터 앞으로 나올지라(O, lord of the barrels, come forth from Anow): 〈이집트의 사자의 책〉(Egyptian Book of the Dead)의 글귀의 인유: Hail, Usekin—nemmet, coming forth from Anu. (여기 Anu는 Heliopolis의 이집트식 이름이다).

10) 스트롱보우(강궁强弓)째로(strongbowth): Strongbow는 아일랜드의 앵글로—놀만 침공을 영도했다.

11) 그대의 갈사상渴思想을 그와 함께 각목覺目할지라(slake your thirst thoughts awake with it): 속담의 인유: 한 개의 숫자를 생각하고, 그를 곱하고, 그로부터 첫 생각을 없앨 지라(Think of a number, double it, take your first thought away from it).

12) 우리들은 여汝를 구救하나니(Our svlves are svalves aroon): Sinn Fein 구호의 변형: 우리들 자신, 우리들 홀로(Ourselves, Ourselves Alone).

13) 코니벨이어(Connibell): O'Connell's Ale.

14) 기起, 경警 그리고 그들을 격擊할지라!(Up draught and whet them!): 웰링턴의 전쟁 구호: Up, gurds, & at them. (전출)

15) 선항주船港主(귀항선장)(ship's husband): 항구에 정박 중인 배의 일에 종사하기 위해 선주에 의해 지명된 직원.

16) 애복愛服(a suit and sowterkins): 결혼 예복. sooterskin: 애인, 마님.

17) 애쉬와 화이트헤드(Ashe and Whitehead): Ashe와 함께 White Head: Finn MacCool를 지칭함. head는 Howth Head의 암시이기도.

18) 공방우恐放友(Ahorror): horrow. O'Hare): 노르웨이 선장의 암시.

19) 최침最寢(bedest): 셰익스피어의 유언에서 bestbed의 암시(〈율리시스〉 제9장 참조)(U 167).

20) 오 행복한 죄여(finixed coupure): Exsultet: O felix culpa!: 〈율리시스 및 〈경야〉의 언어 주제들(verbal motifs) 중의 하나.

21) 성직자 통상복 모형하模型下의(Under the pattern of a cassack): Cossack: 게일 운동 연맹(Gaelic Athletic Association)의 창설자인 Michael Cussac(1847—1906): 〈율리시스〉 제12장의 〈시민〉' Citizen').

22) 어디 나로 하여금 시험하게 하사이다. 나 바라건대, 그러나 이번 한번(Let me prove, I pray thee, but this once…): 〈사사기〉 6: 39의 인유: 주여 내게 진노하지 마옵소서 내가 이번만 말하리다 구하옵나니 나로 하여금 다시 한 번 양털로 시험하게 하소서…(Let me prove, I pray thee, but this once with the fleece…).

23) 금목金目에는 완화緩和 그리고 여기 구치具齒에는 아랫단 천(Alloy for allay and this toolth for that soolth): 〈마태복음〉 5: 38 구절의 패러디: 또 눈은 눈으로, 이는 이로 갚으라…(An eye for an eye, & a tooth for a tooth).

24) 그리하여 아무쪼록 많이(And plentygood enough): 〈허클베리 핀〉 26의 글귀의 인유: plenty good enough.

25) 동료 노르웨이인人(neighbour Norreys): Sir John Norreys: 북 아일랜드 서부의 군 郡인 Tyrone과 싸운 영국의 장군.

26) 철두철미every bit and garain): 〈허클베리 핀〉 26의 글귀의 인유.

(312)

1) 애란야愛蘭野(Moy Eireann): (I) Magh Eireann: 아일랜드의 들판.

2) 프란츠 조셉군도群島(Franz Jose' Land): Spitsbergen 근처의 군도(archipelago).

3) 극지탐선極止探船(fram): Fram: Nansen(1861—1930)(노르웨이의 정치가 및 극지 탐험가)의 배.

4) 사십위일四十危日들과 사십공야일四十恐夜日들(Farety days and fearty nights): 간조 干潮가 이는 40일 낮 및 40일 야(홍수)(〈출애굽기 참조).

5) 눈 깜짝할 사이의(that wee halfbit a second): 무어의 노래 제목(Paddy Snap) 및 그의 가사의 패러디: 빨리! 우린 1초 밖에 없도다(Quick! We Have But a Second).

6) 호밀가家(reyhouse): The Ryehouse Riot(1683): 찰스 2세 및 요크 백작을 암살하려는 음모의 암시.

7) 희망봉 호우드 구안丘岸 월편의 로리츠 오백작誤伯爵(errol Loritz off his Cape of Good Howth): 호우드의 Lawrence OToole 백작(더블린의 수호성자).

8) 그의 삼방三訪의 창부娼婦 로레토 여인(his trippertrice loretta lady): Prankquean의 3차에 걸친 방문(21—2 참조).

9) 만일 아니면(if not): 속담의 패러디: 만일 산이 마호메트 및 기타에 나타나지 않으면(If the mountain will not come to Moahmmed & c)

10) 식통食桶(mealtub): Meal—tub Plot: 요크(York) 백작에 반대하는 17세기의 음모.

11) 수시 국교신봉자(occasional conformist): (영국 역사) 신봉자, 영국 국교도.

12) 머걸톤 머커즈(Muggleton Muckers): Muggletonian sect: 영국의 재단사에 의하여 창설 됨. Muckers: 독일의 그노시스교파(Gnostic: 영계의 신비를 이해하는).

13) 정의의 청원자請願者(petitionists of right): 1536년 찰스 1세에 의하여 승인된 의회의 선언.

14) 역정歷程의 은총(pilerinnager's grace): 1536년의 북부 영국의 반—개혁운동(anti—Reformation movement).

15) 장노파長老派의 길, 영파英派의 재才 버클리, 감리파監理派의 견경見驚 월리시(the Gill gob, the Burklley bump, the Wallisey wanderlook): 장노교도, 성공회회원, 감리교도들인, 신학자들.

16) 코란의 총정족수總定足數(sure ads of all quorum): (1)suras of the Koran: 코란의 장章(surah) (2) quorum: 12 배심원들

(313)

1) 초, 그리고 최후가 아닌(first, and not last): 〈마태복음〉 19: 30의 패러디: 그러나 저 된 자로서 나중 되고 나중 된 자로서 먼저 된 자가 많으리라(the last shall be the first).

2) 내려올지라 얼른 모세(Godeown moseys): (1)데덜러스, 내려와 얼른(Dedalus, come down, like a good mosey)(〈율리시스〉 1장에서 멀리건의 말, U 9 참조).

3) 그리고 그대의 성서를 벌(蜂) 날듯 띄움 띄움 읽을지라!(thy beeble bee!): 노래의 패러디: 내려와 모세야, 그리고 그대의 백성들을 자유롭게 하라(Go down, Moses, & set thy people free).

4) 나의 손에 맹세코(by mine hand): 〈사사기〉 6: 36, 37의 성구: 기드온(Gideon)이 하느님께 여쭈옵건대 주께서 이미 말씀하심 같이 내 손으로 이스라엘을 구원하려 하시거든…(Gideon said to God, if you will save Israel by my hand as you have promised…).

5) 신어神魚의 뜻이라면(piece Cod): Please Cods: 〈런던 거리 경기〉(London Street Games)지의 소녀들의 경기 란.

6) 재킷이 펄럭이는 순간에(in the flap of a jacket): 속어의 패러디: (flip in a jiffy: in a moment).

7) 귀항선원처럼 맑은 정신으로(as sober as the ship's husband): 속어의 패러디: (sober as a judge).

8) 그런고로 성서를 지닌 천주신이여 나를 도우소서!(So help me boyg who keeps the book!): 합법적 맹서: (1)boyg: Peer Gynt의 마귀 (2)so help me God & kiss my book.

9) 주정酒廷의 집회주왕集會主王과 주옥인酒獄人(suzerain law the Thing and the pilsener had the baar): 군주이신 왕과 법정의 죄수(Sovereign Lord the king & the prisoner at the bar).

10) 잘 백작(Recknar Jarl): (1)바이킹의 추장 (2)Jarl: (고대 북구의) 백작(Earl).

11) 기종畿種 양여讓與의 향응동화饗應銅貨(a several sort of coyne in livery): 식객의 비용에 의한 옛 아일랜드 향연 습관.

12) 밀고자(duff): Harvey Duff: 보우시콜트 작 The Shaughraun에 나오는 경찰 스파이.

13) 자양생활自養生活의 균형하저均衡荷底(the ballast of his natural life): balance of his natural life(자연 생활의 균형).

14) 돈전豚錢이오 그리고 여기 그대 야토野兎요 그리고 계鷄사기詐欺 금지라(pigses and hare you sre and no chicking): 아일랜드의 반 패니짜리 동전에는 돼지, 3패니짜리에는 토끼 및 1패니짜리에는 닭이 그려져 있다.

15) 호민관의 공물供物(tribune's tribute): 아일랜드인들에 의해 O'Conell에게 부연된 헌금金을 위한 대중명.

16) 식스트릭 금화(sixtric): 아일랜드를 위해 최초의 동화를 단금한 바이킹인 Sitric.

17) 톰인 딕인 해리인(Tom, Dick & Harry): (1)너나 할 것 없이 (2)돈푼 있는 사람들.

18) 우상牛像 새긴 쓸모없는 한 실링(a bullyou gauger): 아일랜드의 실링 화에는 황소가 새겨짐.

19) 잘하도다(brayvoh): (1)bravo (2)Bray: Wicklow 군의 마을 이름.

20) 미드—레이드(Meade—Reid): Midrid? Meath?

21) 린—더프(Lynn—Duff): (I) Dublin(lionn dubh. 'black ale')

22) 빛 인도 할지라(러aden be light): 〈창세기〉 1: 3의 성구의 인유: Let there be light.

23) 대지에 이슬 있을지라(it be drowned on all the ealsth): 〈사사기〉 6:40의 성구의 인유: 지상의 이슬(dew on all ground).

24) 낙타가(the camel): 〈마태복음〉 19:24의 성구의 인유: 낙타가 바늘귀로 들어가는 것이 부자가 하느님의 나라에 들어가는 것보다 쉬우니라. (it is easier for na camel to go through the eye of a needle than for a rich man to enter the kingdom of God).

(314)

1) 핀(finicking): 피네간.

2) 나불나불 수다 떨면서(Babeling): (1)Babel 탑 (2)babbling.

3) 키디(kiddy): Kitty O'Shea: 수년 동안 파넬의 정부로, 그녀의 남편 Captain OShea는 파넬을 대응자(correspondent)로 명하고, 이혼을 제기하자, 파넬의 생애는 파멸되었다.

4) 쌍관双館인물단單짝민주위총總원위圓圍미나룸고타鼓打트…: 천둥소리, 〈경야〉에서 7번째 천둥으로, 여기 파넬, 피네간, HCE 등의 매거진 탄약고 벽의 사다리에서의 추락 소리인 쿵으로 야기 됨.

5) 피남彼男 힘힘피남彼男(Himhim himhim): (1)HCE. 여기 1번 남, 2번 남, 3번 남은 HCE의 공원의 추락(죄)을 목격 하는 3군인들 격 (2)자장가의 패러디: 땅딸보(Humphty Dumpty) (3)〈율리시스〉 제16장의 수부에 관한 일화 참조: 맵시 있는 작품이군, 한 부두 노동자가 말했다—그런데 그 숫자는 무슨 뜻이오? 놈팡이 2호가 물었다—산채로 잡아먹혔나? 3호의 사나이가 수부에게 물었다(Neat but of work, one longshorceman said—And what's the number for? loafer number two queried—Eaten alive? a third asked the sailor)(U 516)

6) 먼지 사진沙塵(dustydust): 사자의 매장(Burial of the Dead) 중의 글귀: 먼지.

7) 사다리 꼭대기의 소년(the lad at the top of ladder): 사다리 위의 피네간.

8) 재단수부裁斷水夫의 매반박賣反駁인 즉(sartor's risorted): Carlyle의 〈의복 철학〉(Sartor Resartus): 양복상은 재삼 수선했다(tailor repaired again).

9) 죄인罪人 선악善惡인고!(the sinner the badder!): (1)빠를수록 더 좋아!(sooner the better) (2)돌아온 수부 신 바드(Sinbad the Sailor)(U 607).

10) 그냥은 안 일어나도다!(grist to our millery): 속어: 이익이 되다(grist to the mill).

11) 전환압인電環押引(pushpull): 전자 회로의 형태.

12) 역설요지경逆說瑤池鏡(Paradoxmutose): Parthalo'n: 아일랜드의 전설적 식민자.

13) 바타라모우의 볼라크래이 점토粘土(Ballaclay, Barthalamou): Bartholomew Vanhomrigh: Esther(스위프트의 바네사의 부친).

14) 삐, 삐, 삐(pp, pip, pip): 라디오의 시보時報 신호.

15) 있게 할지라, 만상滿霜. (Let there be. Due): 〈사사기〉 6: 39의 성구의 변형: 나를 다시 한 번 양털로 시험하게 하소서 양털만 마르고 사방 땅에는 이슬이 있게 하소서…(Allow me one more test with fleece. This time make the fleece dry and the ground covered. Let there be dew.)

16) 고왕高王[船夫](murtagh): 가죽 외투를 입은 Murtagh(아일랜드의 고왕).

17) (당시 그의 젊은 뿔 하품이 그의 침대의 유아幼兒를 흔들었는지라)(the youthel of his yorn shook the bouchal in his bed): 노래 가사의 패러디: 그의 뿔 나팔 소리가 나의 침대에서 나를 불러냈다네(the sound of his horn called me from my bed).

18) 왕실 둔부臀部(roalls davors): W. G. Willis 작 〈왕실의 이혼〉(A Royal Divorce)(전출 FW32).

(315)

1) 훈련訓練트리니티(Trainity): 더블린의 Trinity 대학의 암시.

2) 대담여大膽女(mebold laddy): (1)재단사의 딸 (2)노래 가사의 패러디: 라리가 뻗었던 전날 밤(The Night before Larry Was Stretches).

3) 놈이 위스키 한 방울(a drop of cradler): 노래 〈피네간의 경야〉의 가사.

4) 그들의 혀의 아우성(the cry of their tongues): 노래: 존 필: 그의 개들의 아우성이 나를 가끔 인도했나니(John Peel: the cry of his hounds has led me oftentimes led).

5) 놈의 능직綾織 앞의 범포帆布에 덧붙여(an inlay of a liddle more lining): Alice Liddell: 캐럴(Lewis Carrol)의 친구요, 〈이상한 나라의 엘리스〉(Alice in Wonderland)의 모델.

6) 더 많은 속옷의 안대기와 더불어(his ducks fore his drills): 두 가지 이야기를 추구함을 뜻함.

7) 화안여숙주火顔旅宿主(Burniface): 여관 숙주의 고유명사로서의 총칭.

8) 지연전류각도遲延電流角度(an angle of lag): 기전력起電力(electromotive force) 뒤에 교환 전류(AC)가 지체되는 각도.

9) 심측深測하게 호흡하며(heavyside breathing): Heaviside Layer of atmosphere: 전자파의 반사 지역.

10) 세 재단사들(The Three Tailors): 더블린의 Tooley 가의 양복상(53.29 참조).

11) 모일 해海의 청어로 귀둔歸臀하면서(butting back to Moyle): 노래 가사의 인유: 돌아와요, 애란으로(Come back to Erin) (2)Moyle: 아일랜드와 스코틀랜드 사이의 바다.

12) 스키버린(skibber): Skibbereen): Cork 군의 마을 명.

13) 바람에 돛을 활짝 펴며(threw the sheets in the wind): three sheets in the wing: 몹시 취하여.

14) 파블린(Publin): 더블린.

15) 키드볼랙 성당(Kidballacks): 한 때 Chapel of Mone로 불린 Kilbarrack Church(Sutton 남서쪽 소재).

16) 수톤갑자기(suttonly): Isthmus of Sutton: (1)suddenly (2)Sutton은 호우드를 본토와 연결한다.

17) 북안직로北岸直路(strandweys): 더블린의 북안 가도(North Strand Road).

18) 1014, 타전打電: 클립톱절벽정絶壁頂(tye hug fliorten. Cablen: Clifftop): (Da) ti og fjorten: 10&14(1014년의 Clontarf 전투).

19) 우현귀항右舷歸鄕(Posh): POSH: port out staboard home(동양선東洋船 상의 선실들 중 가장 값비싼 예약).

20) (스키버린)선장船長(Skibbereen): (N) skipperen: the skipper. Skibbereen: Cork 주의 마을.

21) 유랑해로流浪海路(pounautique): Pourquoi Pas: Charcot의 남극 탐험선.

(316)

1) 약간의 용맹스러운 무견침입자無見侵入者들(with our prowed invisors): 노래: 애린이여 옛날을 기억할지라(Let Erin Remember the Days of Old)의 인유: '용맹스러운 침입자'(the proud invader).

2) 이현일체二舷一體로 바닷가에 끌어 올려진 채(two boards that beaches as one): 하나처럼 고동치는 두 심장들(2 hearts that beat as1).

3) 다량측주多量測酒(proof): 알코올 강도.

4) 에릭 혈맹서약血盟誓約했는지라(swore his eric): eric: 혈맹 서약. 〈유령선〉의 Eric: Van der Decken(the other)의 라이벌.

5) 양폭우전조남작釀暴雨前兆男爵이여!(Brewinbaroon!): brewing(양도) + brewing(海)(폭우 전조) + Brian Boru = brewing baron.

6) 좋은 아침(Good Marrams): good morrow(좋은 아침).

7) 모우험담母友險談꾼(mothers gossip): 〈어미 거위〉(Mother Goose)(팬터마임).

8) 무경초지無境草地(bents): Unenclosed grassland.

9) 녹암綠岩(skerries): 만조에 의하여 해초에 덮인 바위.

10) 킨킨코라 성城의 고벽古壁(the old walled of Kinkincaraborg): Kincora: Brian Boru('덴마크 인들의 공포'로 알려진 아일랜드의 영웅—왕)가 살았던 곳.

11) 몬티번컴(Montybunkum): (1)mountebank: 돌팔이(약장수, 의사), 사기꾼, 협잡꾼 (2)bunkum: North Carolina를 대표하는 부질없는 이야기.

12) 장난치는 어류들(peixies): (Port) fish.

13) 바다 귀신(Divy and Jorum's): Davy Jone's locker: 바다의 익사.

14) 북구해신北歐海神(Ran): Davy Jones과 동류의 북구의 해신.

15) 축祝 사해대왕死海大王이여!(Morya Mortimor): (1)Morya: 접신론자 블라밧스키(Blavatsky)의 Mahatma 서간의 상상적 저다. (2)(F) Mer Morte: Dead Sea.

16) 우리들 위에 알라 팔라스신!(Allapalla overus!): 즐거운 한 때로!(To the ball!).

17) 선횡대船橫帶의 끝(his bum end): on one's beam end: 배가 몹시 기울어(파산 직전에).

18) 빈민의 깁은 헝겊으로(paupers patch): (1)또 한 차래 술을 갖다(1)두개의 이야기를 갖다.

19) 니거헤드탄炭(윈치 드럼)(niggerhead): 니거헤드 탄炭(석탄층 중에서 나는 둥근 탄 덩어리). (海) 윈치의 드럼.

20) 대수大水(the Big Water): 〈허클베리 핀〉 18: the big water(Mississippi 강을 의미함)

21) 망치의 신호를 했나니라(Made the sign of the hammer): 바이킹 족들은 주배酒杯 위에 뇌신(Thor)의 행운의 신호를 새기곤 했다.

22) 브라질(Blasil): (1)Hy—Brasil: 대서양의 전설적 섬 (2)(Port) Brasil: Brazil(그는 포르투갈의 식민지였다).

23) 시장市場—의—용약龍藥(a dargon—the—market): drug in the market(〈율리시스〉 제9장에서 존 이글린턴은 말한다: 만일 그것이 천재의 표시라면, 천제는 시장의 환약에 불과하다(If that were the birthmark of genius,…genius would be a drug in the market)(U 160).

24) 유복자遺腹子의 허사표현虛辭表現으로(with a warry posthumour's expletion): 〈율리시스〉 제15장 밤의 환각 장면서 Dr Dixon이 블룸을 진단하는 표현(U 403).

25) 저 얼간이[웨이터]는 어디에 있는고?(where's that slob?): 무어의 노래의 패러디: 저토록 비천한 노예는 어디 있는고?(Where is Slave So Lowly).

(317)

1) 패트릭 상(씨)을 위하여 케네디 제의 고급 빵(a doroughbread kennedy's for Patriki San Saki): (1) Kennedy: 패트릭 가의 더블린 빵 집 (2)상(San): 상氏(일어).

2) 사케(Saki): (일어) 술.

3) 그대는 내가 납로 침사浸死했다고 생각할 수 있는지라(you can sink me lead): 노래 〈피네간의 경야〉의 구절의 패러디: 악마에 대항 영혼이여, 그대는 내가 죽었다고 생각하는고?(Finnegan's Wake: Souls to the devil, did ye think I'm dead?)(〈경야〉의 말의 주제들 중의 하나).

4) 푸시풀 방식(電)(pusspull): 전기 회전로의 방식.

5) 주점의 집에 틀어박힌 선주(the shop's housebound): Ship's husband: 선부船夫.

6) 세관원에게 땜장이 수병 이야기(solder into tankar's tolder): 자장가의 패러디: 땜장이, 군인, 수부(Tinker, tailor, soldier, sailor).

7) 십인십색十人十色(every man to his breast): 격언의 인유: Every man to his taste.

8) 상업폐선商業廢船(trading scow): 〈허클베리 핀〉 13의 글귀: trading—scow.

9) 곡穀은 고庫를 급給하나니!(crop feed a stall!): 하느님 우리를 지키옵소서!(God keep us all!).

10) 선물先物 아멘(Afram): (1)Fram: Nansen의 극지 탐험선 (2)Amen.

11) 험프리 귀향아남歸鄕飢男(Hombreyhambrey): hungry Humphrey.

12) 뭔가 좋은 말로 대접했도다(What's the good word): 격언: 무슨 좋은 소식이라도?(What's good word?).

13) 알라 꾸러미!(Allahballah!): Allah: 이슬람교의 유일 신. (It) alla balla: to the bale(꾸러미에).

14) 그는 내가…무심한 사람…확실히…수명壽命을 지녔나니(He was the crelesses man…the most sand): 〈허클베리 핀〉 27, 29의 글귀의 인유.

15) 장식부裝飾付의 어육魚肉 완자 한 톨을!(One fishball with fixings): 노래 가사에서: The Lone Fish Ball…one fish ball.

16) 도박賭博 양羊새끼 아가미의 친구의 유단자有段者를 위하여. (For a dan of a ven of a fin of a son of a gun of a gombolier): 노래 가사에서: 나는 유단자의 아들의 아들의 아들의 아들의 아들이도다(I'm the son of a son of a son of a son of a son of gambolier).

17) 공복空腹의 새클턴! Shackleton Sulten): Shackleton: 극지 탐험가.

18) 괴노怪怒의 오슬러(orgy Osler): angry Ostman: 바이킹 인(북부 더블린의 Oxmantown).

19) 발데마는 뒤축으로 춤추고 말데마르는 발끝으로 걷고 있는지라(Waldemar was heeling it and Maldemaer was toeing): Valdemar: 몇몇 스칸디나비아 왕들.

20) 흑해海험티땅딸보 해침海沈덤티(Humpsea dumpsea): Humpty Dumpty.

21) 우적우적상인商人이여(munchantman): Merchantman.

22) 구인구역의 재단사로다(A ninth for a ninth): 〈마태복음〉 5: 38의 성구의 패러디: 눈에는 눈으로.

23) 재단화자裁斷話者에게 고리타분 말하고(thricetold the taler): H. Hawthorne 작의 제목: 〈몇 번이고 거듭되는(고리타분한)이야기)〉(Twice—Told Tales).

24) 추남醜男(맨드)은 등 혹에 맞으나 목이 온통 가득 차도다!(Uglymand fit himself but throats fill us all): 속어의 패러디: everyman for himself but God for us all: (각자는 자신을 위해 그러나 하느님은 우리 모두를 위해).

25) 배일리 등대 청구서(groot bairdy bill): (1)노래 가사의 제목에서: Billy Bailey, Won't You Please Come Home. (2)호우드의 Bailey 등대.

26) 오코너 단(O'Connor Don): 19세기 아일랜드의 의회 의원.

27) 오코로넬 파우워(O'Connor Power): 18세기 아일랜드의 의회 의원.

28) 갑돌기적岬突起的이나니(promonitory): 호우드 언덕은 돌기적突起的 갑(지형).

29) 명암배합明暗配合(Sheroskouro): chiaroscuro: 어둠과 밝음의 배합(미술). 여기서는 어둠 때문에 HCE의 두상을 구별하기 힘듦.

30) 성聖마르탱(mardal): 성 마르댄의 축일(11월 11일): St. Martin's day.

31) 암갈색의 돌출 도로마이츠 백운암白雲巖(dun darting dullemitter): (1)Dolomites: 산 이름 (2)속담의 인유: Dear Dirty Dublin.

32) (그대는 그토록 푸른 해안을 지닌 저 산정山頂을 보는고?)(do you kend yon peak with its coast so green?): 이는 John Peel의 주제의 첫 출현이다. (그대는 새벽에 존 필을 보았는고?) 이 주제는 이 장을 통하여 크레센도로(점고적로)로 솟는다. 영국 여우 사냥 향사의 전형인 John Peel은 여기 HCE이다. 민요 유행가로부터 따온 다음 행들의 모든 것은 〈피네간의 경야〉의 주제를 이룬다:

그의 뿔 나팔 소리가 나를 침대에서 끌어냈는지라,
그리고 그가 이따금 몰았던 사냥개들의 소리,
필의'봐요 여보!'소리가, 죽은 자들을,
그리고 아침에, 마굴로부터 여우를 깨우도다.

For the sound of his horn brought me from my bed,
And the cry of his hounds which he oft times led,
Peel's 'View halloo!' would awaken the dead,
And the fox from his lair, in the morning.

(318)

1) 몬트모렌시라는 분(a Montmalency): Montmalency: (1)더블린 군의 영국계 아일랜드 귀족 가문 출신의 한 사람 (2)나의 이모님은 어떤 모트모렌시라는 분과 결혼했지. (〈율리시스〉제15장 밤의 환각 장면에서 키티—캐이트의 말. (U 415)

2) 아무리 소박할지라도 내 집 같은 곳 없나니(The ghem's to the ghoom be she nere zo zma): 노래 가사

의 패러디: 집 같은 곳 없나니(There's no place like home).

3) 제발 흉조凶兆가 없기를!(Obsit nemon!): Nemon: 켈트의 전쟁 여신.

4) 파노라마 풍경화(panoramacron picture): (1)19세기의 거대한 풍경화 (2)(Gr) panoramamakron(인공적): 보여 지는 모든 것.

5) 포로정복(captive conquest): 저주로 방황해야했던 〈유령선〉의 선장.

6) 미우美羽 에트나 산山(Ethna Prettyplume): 화산.

7) 도랑 파는 자로나 쟁기질하는 자로나, 삼각주가 이항二港될 때까지(랙 ditcher for plower, till deltas twoport): 결혼 의식 문구의 패러디: 가난할 때나 부자일 때나, 죽음이 우리를 갈라놓을 때까지(for richer, for poorer…until death do us part).

8) While this glowworld's lump is gloaming): 노래 가사의 패러디: 〈오월의 초승달〉(The Young May Moon): 반딧불 등이 빤작이고 있어요, 사랑이여(glow—worm's lamp is gleaming, love).

9) 메뚜기들은…아메밀크 벌꿀과…보리 빵을 먹어버린 무지無知한 세월을 통하여(Through simpling years where the lowcasts…amilika honey): 〈요엘〉 2: 25의 성구의 인유: 내가 너희에게 보낸 군대 곧 메뚜기…먹은 햇수대로 너희에게 갚아주리라(I will restore to you the years that the locust hath eaten).

10) 배회황야徘徊荒野여(wanderness): Edward Fitzgerald가 번역하고 재창조한 Omar의 시 Rubalyat of Omar Khyyam의 시구(〈율리시스〉 15장 참조)(U 353): 황야는 새로운 낙원이나니(Wilderness is paradise anew).

11) 마이나 산山(Mina): 아프리카 북서 쪽 Mall의 산.

12) 이제 양조인은 이따금 불만월동不滿越冬하여(Now eats the ninter over these contents: 셰익스치어 작 〈리처드 3세〉(Richard III) I. 1. 1: 이제는 우리들의 불만의 겨울인지라(Now is the winter of our discontent).

13) 배이컨(backonham): 셰익스피어 작품들에 대한 F. Bacon의 이론, 〈율리시스〉 제9장에서 스티븐의 셰익스피어 이론 중의 글귀: 리틀랃드배이컨사우셈프턴셰익스피어 (Ruthlandbaconsout—hamptonshakespeare)(U 171).

14) 가무엘즈의 레지옹 도뇌르 훈위勳位(legions of donours of Gamuels): (1)legion of Honour: 레지옹 도뇌르 훈장(나폴레옹 1세 제정) (2)(노르웨이) gammel: old.

15) 타이프 아리프(Taif Alif): 아랍의 alif: 마호메트는 Taif에서 처형으로부터의 피난을 구했으나, 결국 Yethrib(Medina)로 이동했다.

16) 아나폴리스(Annapolis): 동부 미국의 naval academy가 있는 도시

17) 무쏘보토미아(Mussabotamia): Mesopotamia: 이라크의 옛 이름.

18) 존 앤더슨 일단과 합세할지라(Join Anderson and Co): 번즈(R. Burns)의 시구의 패러디: 이제 우리는 비틀거리며 내려갈지니, 존 그리고 손에 손잡고 우리는 가리라 그리고 산마루에서 함께 잠자리, 존 앤더슨 내 사랑(John Anderson, my jo: Now we maun totter down, & hand to hand we'll go, & sleep the gither at the foot).

19) 알프시니아(Alpyssinia): (1)Abyssinia에 있는 나일 강의 원류 (2)Alps.

20) 상음上音(Ulvertones): (1)Wolfe Tone: 1798년의 농민 봉기의 영웅 (2)더블린 외곽 Dalkey 마을의 Ulverto 가도.

21) 애란홍해愛蘭紅海(irised sea): (1)Irish Sea (2)Iris: 희랍의 무지개 여신.

22) 궁지, 탐담貪膽, 상실, 흑욕黑慾, 현식眩食, 선의羨意 및 비만鼻慢(plight…loss…unwill and snorth): (1)7가지의 큰 죄(deadly sins): 자만, 탐욕, 색욕, 분노, 식욕, 시기, 및 태만(sins, pride, covetousness, lust, anger, gluttony, envy & cloth)(P 111 참조) (2)7가지 무지개 색깔들.

(319)

1) 아침의 소리 그리고 향내와 함께(With the sounds and the scents in the morning): 노래 가사의 패러디: 그대 존 필을 아는고?: 아침에 그의 사냥개들과 뿔 나팔을. (Do Ye ken John Peel? : With his hounds and his horn in the morning).

2) 데메트리우스(Demetrius): Demetrias: 그리스의 유적 도시.

3) 이리하여 대사大赦가 우리들 모두를 주축柱軸으로 만들고 있나니(plinary indulgence makes collemullas of us all): (1)〈햄릿〉 III. I. 83의 인유: 이리하여 양심이 우리들 모두를 비급자로 만들도다(Thus conscience does make cowards of us all) (2)plenary indulgence: 대사大赦(가톨릭교).

4) 모젤 포도주(Moselems): (1)Moselle wine(프랑스 모젤 강 유역 산의 백포도주) (2)Moslem 교도들은 포도주를 마시지 않는다.

5) 세 연음燕飮의 하일람夏一覽(석회고시石灰孤時의 회灰 및 대리석)을 행하며(made one summery(Cholk and marble in lonetime) of his the three swallows)(1)격언의 패러디: 한번 마신다고 여름이 오지 않는다. (One swallow does not make a summer. (2)chalk, marble 및 limestone는 모두 탄산칼슘이다 (3)3 swallows: 더블린 산 Power whiskey의 상표(3목음을 하나로).

6) 자신의 관적管笛의 간지럼과 자신의 우화의 맴돌기에 맞추어, 오. (to the tickle of his tube and twobble of his fable): 노래 가사의 패러디: 피리 부는 필의 무도: 피리의 뚜우뚜우 및 바이올린의 빙빙에 맞추어 (Phil the Fluter's Ball: To the toot of the flute and the twiddle of the fiddle, O!).

7) 옛날 옛적 물보라 거짓 이야기하며 얼마나 괴상하고 역겨운 흥청망청 이었던고(fibbing once upon a spray what a queer and queasy spree it was): 〈초상〉 첫 행의 패러디: 옛날 옛적, 좋은 시절이었지(Once upon a time and a very good time it was).

8) 암스터음료자(Ampsterdampster: Amsterdam.

9) 알리 칠칠치 못한 자(Ali Slupa): 빅토리아 왕조의 희극 등장인물.

10) 호래이스(Horace): Horus: (이집트 신화) 매의 머리 모습을 한 태양 신.

11) 홉 건조막乾燥幕(oasthouse): hop(홉 열매)을 말리기 위해 세운 건조 막.

12) 이극진공관상二極眞空管商(double dyode dealered): (1)라디오의 이극 진공관(double diode valve) 취급상인 (2)Congreve(1670—1729)(영국의 극작가), 그의 〈일구이언〉(The Double Dealer).

13) 타라 수水(Tarra water): 성자 Berkeley는 타라 수를 약으로 평가했다.

14) 가르강튀아(gargantast): 라블레(Rabelais)(1495—1553), 프랑스의 풍자 작가로, 조이스에게 영향을 준 것으로 알려 짐)작 〈대식가〉(Gargantua)의 인유.

15) 오랍호狐의 저주를(The kerse of Wolafs): Olaf the White(더블린의 최초의 북구 왕)의 저주를.

16) 입느냐 입지 않느냐(at weave or not at weave): 〈햄릿〉에서 햄릿의 유명한 독백 문구의 인유.

17) 맥퍼슨의 산양山羊(murhersson goar): 노래 가사의 변형: McPherson's Goat.

18) 신新쥠쇠고리네브카드네자르(newbucklenoosers): 〈성서〉, 〈다니엘서〉에 나오는 옛 바빌론의 왕 네브카드네자르(Nebuchadnezzar)(605—562 BC).

19) 불 아궁이(fierifornax): 〈다니엘서〉 3: 6—12: 누구든지 엎드리어 절하지 아니하는 자는 극렬히 타는 풀무 가운데 던져 넣음을 당하리라(the image of Gold and fiery furnace).

20) 오마(Omar): Omar Khayyam(페르샤의 천문학자, 시인).

21) 유출적流出的으로 경계되려니와(debauchly to be watched for): 〈햄릿〉 III. 1. 64의 글귀의 인유: 열렬히 희구할 생의 극치가 아니겠는가!(김재남 815)(a consummation devoutly wished for).

(320)

1) 놈은 애정에 목 따는지라(the shines he cuts): 〈허클베리 핀〉의 구절 패러디: 애정에 목 타는 늙은 바보천

치: (the shines that old idiot cut). shines. 애착.

2) 옆구리 통증 앓는 놈(stichimesnider): Stich in my side.

3) 한련旱蓮(植)(사뜨기)(nosestorsioms): nasturtium: (植) 한련旱蓮. cast: 중상하다. 〈율리시스〉 제12장에서 Alf의 말의 인유: Don't cast your masturtiums on my character(자네 나의 인격을 중상하지 마)(U 263).

4) 더블(인) 각반항토공脚絆航土工을 위한(for a dubblebrasted navvypaiterd): 상의가 더블린(double) 항해자(doublebreasted navigator).

5) 최신 시민 새빌 유행복가당流行服街(thelitest civille row faction): Savile Row: 런던의 고급 양복점 가인 새빌 거리.

6) 놈이 밴드와 함께 왈츠 춤을 출 때(when he walts meet the banged): 노래 가사의 패러디: 내가 밴드와 함께 왈츠 춤을 출 때(When I waltz with the band).

7) 나는 화상으로火床爐 장작 속에 양털을 집어넣겠노라(I will put his fleas of wood in the flour): 〈사사기〉 6: 37의 인유: 보소서, 내가 양털 한 뭉치를 타작마당에 두리라(Behold, I will put a fleece of wool in the floor): (하느님께 기호를 요구하는 기드온[Gideon]).

8) 괴란어怪蘭語를 투덜대면서(mundering eeriesk): 살인하는 아일랜드인(Murthering Irish): (U 164): (자네를 살해한다라는 멀리건[Buck Mulligan]의 익살에 대한 스티븐 자신의 파리 생활에 대한 의식).

9) 합중국(Unitred stables): United States(미국)에 대한 인유.

10) 생선냄비 불 피우기에도 부적하고(not feed tonights a kittle offal fisk): 생선 냄비 불 피우기에 알맞은(fit to light a kettle of fish).

11) 탄서단국灘西端國의 활강복상滑降服商(wasteended shootmaker): Westend suitmaker: West End: 런던의 서부 지역(대저택, 큰 상점 따위가 많음).

12) 그가 자신의 단견短肩에…원조遠朝에 펠라갈피아를 향해 떠났던고(How he hised…shourter…for Fellagulphia in the farning): 노래 가사의 인유: 나의 어깨에 다발을 메고, 더 이상 대담한 자 없나니, 나는 아침에 필라델피아로 떠나리(With my bundle on my shoulder, There's no one could be bolder, & I'm off to Philadelphia in the morning).

13) 그의 드루이드신봉자몽실현산정信奉者夢實現山頂에서부터 발트 해—연안—브라이튼 귀착歸着까지(From his dhruimadhreamgrue back to Brighten—pon—the—Baltic): (1)노래 가사의 패러디: Drimmen Down Deelish (2)dream come true (3)(I) ridge of the druidical adherents(4)Brighten—pon—the—Baltic: Baltic Brighton.

14) 아불阿佛 아래나阿來羅(Afferik Arena): (L) Afer: African. (G) ape. (L) arena: sand.

15) 베링 배(船)해협(Blawland Bearring): (N) Blaaland: Africa의 고명. Bering Straits: 베링 해협.

16) 우장지牛葬地(Bullysacre): Bully's Acre: 더블린의 가장 오래된 공동묘지.

(321)

1) 그들의 팔꿈치까지 더 이상 무주력無酒力(no more powers to their elbow): (1)power: 더블린 산産 Power 위스키 (2)격언의 패러디. 당신의 팔꿈치에 더 많은 힘을!(more power to your elbow!).

2) 무식無識이 축복이라(Ignoriaser's bliss): Thomas Grey 작시 〈이턴 대학의 먼 조망에 대한 송시〉(Ode to Distant Prospect of Eton College): 거기 무식이 축복이나니, 우행은 현명하도다(Where ignorance is bliss 'Tis folloy to be wise).

3) 표적이라 말하는 것은 아니나, 조금도 현우賢愚하지 않은(not to say…target, none too wisefolly): 테이슨의 시 〈경기병대의 공격〉(Charge of the Light Brigade)의 시구 패러디: 이유를 대는 것은 아니나(Their's not to reason why).

4) 그는 먹고 있나니, 그는…. 젖이 짜여지고, 그는…. (he is eating, he…dives): 비코의 순환의 패러디: 그

는 태어나고, 결혼하고, 죽도다(he is born, is married, he dies).

5) 선의善意의 모든 사나이들에게…가시 등燈을 환영의 지팡이로서(Upholding lampthorn…welcome…in bonafay): 아일랜드의 주막들은 '충실한 길손'(bona—fide travellers)에게는 일요일에도 열린다.

6) 이렇게 주입한 바이러스에서 화관花冠을 그렇게 구救했던 것이로다!(he so has saved…the virus he has thus intected!): 갉아먹는 곤충들의 주입에 의하여 전해지는 어떤 식물 바이러스.

7) 더블린 주막(Dublin bar): 리피 하구의 더블린 사장沙場(Dublin Bar).

8) 그라스툴 보언(Glasthule Boeune): Glasthule: 단 레어리(Dun Laoghaire)의 지역.

9) 노라도都의 보하 공원도公園道(Boehernapark Nolagh): (1)(I) B'otha na pa'ire: park road (2)(Napoleon) Bonaparte (3)Bruno—Nola.

10) 와트의 증기선(wattsismade): James Watt(스코틀랜드의 발명가).

11) 비안코니 우편마차bianconi): Charles Bianconi: 19세기 초에 아일랜드의 가장 큰 우편 차 소유주.

12) 살가죽을 벗기다(galls his kibe): 〈율리시스〉 제9장에서 스티븐 데덜러스의 심중의 말: 나는 그의 튼 살을 긁어준다(gall his kibe)(U 176) (2)peasant's toe.

13) 바렌호항湖港(Wazwollenzee Haven.): (1)취리히의 동부에 있는 Walensee Lake (2)(G) Was She haben: 뭘 바라나?

14) 동東순환도로(east circular route): 더블린 시의 남북 순환도로(남북 로이얼[왕] 및 그랜드[대] 운하를 끼고).

15) 베링해주방위海(beerings): 덴마크의 Bering Sea.

16) 구명보트를 내릴지라, 하인무우何人無憂나니(Lifeboat Alloe, Noeman's Woe): Longfellow의 시 〈허스퍼러스 호의 난파〉(The Wreck of the Herserus)의 시구 인유: 노르만인의 우憂의 암초(the reef of Norman's woe).

17) 경단고둥 쇠고둥 및 새조개향香 해파리와 함께(With winkles whelks and cocklesent): 자장가의 패러디: 매리, 매리, 아주 반대야, 실버 벨, 새조개와 함께(Mary, Mary, Quite Contrary: With silver bells & cockles).

18) 피닉스 주막(the 피닉스): 르 파뉴 작 〈성당묘지 곁의 집〉에 언급 된 채프리조드의 주막.

19) 프라마겐의 무연舞宴에 오랜 만인다락萬人多樂을 갖다(old lotts have funn at Flammagen's ball): 노래의 패러디: 〈피네간의 경야에서 많은 재미를〉(Lots of fun at Finnegan's Wake).

20) 애란경야각愛蘭經夜覺까지(Till Irinwakes): 애란이 잠 깰 때 까지(till Erin wakes).

21) 사업事業(Business): 격언: 장사는 장사(Business is business).

22) 이봐 표유 동물 그대 듣느뇨?(a pattedyr but digit here): 노래 가사의 인유: 청의靑衣를 입으며: 친애하는 패디: 그대 들었느뇨?(The Wearing of the Green: Paddy dear & did you hear?

23) 암탉 페니, 개(犬) 6페니, 마馬 반 크라운, 병아리 3페니(the hens, hounds and horses): 아일랜드 동전 위에 새겨진 동물들: 암탉(페니), 사냥개(6페니), 말(반 크라운), 토끼(3페니 소액), 돼지(반 페니).

24) 호弧같은 자신의 탐수貪手를 가지고(with an ark of his coverhand): (1)〈창세기〉 노아는 방주(ark)에 동물들을 싣는다. (2)Ark of the Covenant(모세의 십계명을 새긴 두 개의 석판을 넣어 둔 상자).

25) 찌꺼기까지 다 마실지라!(trink me dregs!): 노래의 패러디: 〈경야〉: (악마에 대한 그대의 영혼이여), 그대는 내가 죽었다고 생각하는고!(Did ye think Im dead!).

26) 엘리스 춘春(a spring alice): Alice Springs: 오스트레일리아.

27) 마린가 주점 관목 숲(that mulligar scrub): (1)mulga: 오스트레일리아의 나무 (2)채프리조드의 Mullingar Inn(HCE 소유: 〈경야〉 주 무대).

28) 애쉬 주니어(Ashe Junior): Kersse로서, Joe, Gideon과 엇갈림.

29) 북경 한모漢帽 청일淸日이오(Peiwei toptip): Pei—wei: 지나支那의 한漢(Han) 왕조.

30) 지나면支那綿 바지(nankeen pontdelounges): nankeen: (1)중국의 면화 (2)Nanking: 한 나라 왕조들의 수도. (3)pantaloons(19세기 홀태바지).

(322)

1) 저 백모白帽를 벗을지라(Take off thatch whitehat): 〈Moore and Burgess〉: (1862년 런던에 온 흑인 순회 공연단)(minstrel)의 선전 문구(catchline) . Whitehead: Finn MacCool.

2) 볼도일 그루터기 장애물경마(the Boildawl stumplecheats): (1)Baldoyle(경마 코스) steeplechase (2)〈율리시스〉 제12장에서 화자가 행하는 블룸에 대한 비유: 삶은 올빼미(boiled owl)(U 251).

3) 그의 최호사最豪奢의 어깨 너머로 자신의 낡은 오코넬 외투를 뎅그렁 매달고(dangieling his old Conan over his top gallant shouldier): (1)Daniel O'Connell의 동상에 대한 묘사(더블린 중심가인, O'Connel 가 입구의 입상) (2)새로 돛대 위의 정상 깃발(top—gallant flag on mizen mast).

4) 저급의복자低級衣僕者(hwen ching hwan chang): (C) huan chang: return at a later stage. (C) huan shang: 저급 의복으로 바꾸다.

5) 마권 사기꾼(welsher): 돈을 잃으면 도망치는 경마 사기꾼.

6) 참회할지라(confiteor yourself): Confiteor: 미사의 시작에서 쓰이는 참회의 형태.

7) 적간판식赤看板式(hung hoang tseu): (C) hung: red. hoang tseu: '제왕의 아들'(son of the Emperor) 이란 상점의 간판 싸인.

8) 그의 상의를 그처럼 회중색灰重色으로. 그리고 자신의 파운드 화貨를 불타는…보증하다니(With his coate so grays. …his pounds…from the burning): 노래 가사의 패러디: 그대는 그처럼 회색의 상의를 한 존 필을 아는고…아침에 사냥개와 뿔 나팔과 더불어(Do you ken John Peel with his coat so grey…With his hounds and his horn on the morning).

9) 어떠했던고, 나의 다크호스 경마광 신사(who did…my horsy dorksey gentleman): 노래가사의 인유: How are you today, my dark sir?

10) 제삼재단사가 이걸 축언했을 때 커스(when Tersse had sazd this Kersse.): (T) terzi: tailor. kersey: 바지용의 거친 천.

11) 그에게 한잔 술을 세게 따르자 그를 신랄하게 말대꾸했나니(he tassed him tartly and he sassed him smartly): 〈허클베리 핀〉 21의 글귀의 패러디: 그를 비웃고 말대꾸하다(laughed at him and sassed him).

12) 무무無無 이인二人 피인彼人 하처행何處行인지 무지無知인지라(no nothing horces two feller go where): (BLM: Melanesia(멜라네시아: 오세아니아 중부의 도시)의 엉터리 영어(Melanesian pidgin).

13) 타문창옥打門娼屋(knockingshop): 속어: 사창가(brothel).

14) 임피던스(電)에 어드미턴스(電)(admittance to that impedance): 전기 임피던스(electrical impedance): 교류회로에서의 전압과 전류의 비比.

15) 그들이 삼진삼인三眞三人이듯(as three as they were there): as true as they were.

16) 맥아 주 학대(malttreating: 맥아 주(위스키)로 자신들을 학대하다(폭음하다).

17) 옴(電) 어語를 위한 옴 어語(mhos for mhos): (1)mho(모): 전기 전도율의 단위: ohm(옴)의 역철逆綴 (2)word for word(말 대 말).

18) 비전도변증非傳導辨證(dielectrik): (1)nonconductor (2)dialectic: 변증법적.

19) 무無닐센 기념비로18) 부터 그리고 빌리 골목대왕大王의 상像(from the pillary of Nilseens and from the statutes of the Kongbullies): 더블린의 Nelson 기념비(O'Connell 가 북 산단 소재) King Billy(윌리엄 3세) 동상(Dame) 가, Trinity 대학 정문 앞 소재)(〈초상〉, 〈죽은 사람들〉 참조).

20) 올리버 신음자의 맷돌로부터(from the milestones of Ovlergroamlius): (1)피닉스 공원의 웰링턴 기념

비: overgrown milestone(과성過成한 맷돌) (2)Oliver Cromwell.

21) 우리를 해방하소서, 오코넬주主여!(libitate nos, Domnia!): (1)(L) so free us Lord! (2)해방자(Liberator) Daniel O'Connell의 동상(리피 우측 강변, O'Connell 가 입구 소재).

22) 거위 신(goose): 재단사의 마감 질 다리미.

23) 미남 멋쟁이와 함께 칼라와 카프(cholers and coughs with his beaurw on the bummell): Collars & Cuffs: Clarence 공작(더블린 태생의 총독)의 별명 (2)Beau Brummel: 영국의 멋쟁이.

(323)

1) 해적질하는 선장(wanderducken): Van der Decken: 〈유령선〉의 선장.

2) 사막의 사이토해변沙泥土海邊마운트(shandymound of dussard): (1)더블린 만灣의 Sandymount 해변(〈율리시스〉 제3장의 배경) Sandycove 해변(〈율리시스 제1장의 배경) Dollymount 해변 〈초상〉 제4장의 배경) (2)ship of dessert: 낙타 (3)Sterne 작의 Tristram Shandy.

3) 조발粗髮의 해노상강도海路上强盜(coarsehair highsaydighsayman): Corsair: Byronic hero. highwayman.

4) 피(血) 도끼 혈치血齒의 발트해 삼돛대 뱃놈(the bloedaxe bloodooth baltxebec): (1)Harald Bluetooth: 바이킹 (2)Erik Blodoks: 노르웨이의 왕 Bloodaxe. (3)xebec: 지중해의 3돛대의 작은 범선.

5) 야속어野俗語 해군(raw lenguage naval): 영국 해군(royal English Navy).

6) 뇌운화雷雲火(Donnerbruxh fire): (1)노래 제목의 패러디: Donnybrook Fair (2)(G) Wolkenbrick: cloudburst(호우).

7) 축범자縮帆者는 매춘부賣春夫이었도다(Reefer was a wenchman: 노래 제목의 패러디: Taffy Was a Welshman.

8) 플리 킥(자유삼축自由三蹴)을 나에게서부터 그는 먹힐지니(Free kicks he will have from me): 조이스의 아우인 스태니슬로스 조이스의 일기에 따르면, 조이스의 독설가 부친인 존 조이스는 3번 걷어차서 저놈의 경칠 궁둥이를 깨트려 놓을 테다(break his bloody arse with 3 kicks) 라고 말하곤 했다 한다.

9) 바틀리 주막(Bar Bartley): ?

10) 산구복山球腹피투성이 곱추 개자식(goragorridgorballyed pishkalsson): gorbellied(퓟덩이 배를 한) Pukkelsen(노르웨이 선장).

11) 위장에는 자신의 여우(his wolf in a stomach): 위 속의 태아(여우): 〈율리시스〉 제14장 산과병원 장면에서 멀리건의 익살(U 330)

12) 자신의 루마褸魔 가톨릭약골음탕弱骨淫蕩성당 일가친척의 불의손상不意損傷하게도(a dis —agrees to his ranskew coddlelechrskither's zirkuvs): disgracr to Roman Catholic(로마 가톨릭의 수치). (R) zerkov: church. (G) Zurkus: cirdus.

13) 드루마단데리 산마루에서부터 머커로스의 유적까지의 스칸키나보리의 전부속토全附屬土에서(in the wholeabelonged of Skunkinabory from Drumadunderry till the rumnants of Mecckrass): (1) Londonderry: 북 아일랜드의 주명. (I) Drom an D'un Daire: 참나무 숲의 하구 가장자리(ridge of the fort of the oak wood). Mecca, Muckross: 남 아일랜드의 Kerry 군 (2)Skunkinabory: Scandinavia.

14) 롤런드(Riland): (Sh) Rilantus: Ireland.

15) 경칠 불가지력不可知力(the old damn ukonnen power): O'Connor Power: 18세기 아일랜드의 의회 의원.

16) 전리최고층電離最高層(Uppletoned layir): Appleton layer: 애플튼 층(전기 통신): 이온층(ionosphere) 중의 최고 정상 층.

17) 근시행진勤時行進하며 순회하면서(timemarching and patrolling): 노래 가사의 인유: 경찰관과 산양: 오 반사 경찰관들이 순찰과 순회하며 어느 날 밤 외출했다네(O the Bansha went out one night on duty and Patrolling).

18) 토니 땅딸보(Toni Lampi): Tony Lumpkin: 골드스미스(O. Goldsmith)의 연극 〈그녀는 정복하기 위해 몸을 굽히도다〉(She Stoops to Conquer) 중의 악한 인물.

19) (오, 늑대 그는 산보중散步中이나니, 저 놈의 답답한 위배僞背를 볼지라!)(O, the wolf he's on the walk, sees his sham book!): 노래 가사의 패러디: 프랑스인들은 해상에 있나니, Shan Van Vocht(아일랜드의 별명)가 말하도다. (the French are on the sea, Says the Shan Van Vocht!).

20) 마사馬舍를 향한 조타操舵 길(the steerage way for stabling): 노래 가사의 패러디: 더블린까지 바위 길을(The Rocky Road to Dublin)(〈율리시스〉 제2장 참조).

(324)

1) 자만自慢이마의 분한奮汗으로 자신의 식息빵을 얻으며…(erning his breadth to the swelt): 〈창세기〉 3:19 성구의 패러디: 이마에 땀 흘려 빵을 얻을지니(earning his bread in the sweat of his brow).

2) 리조드 횃불(lizod lights): Cornwall의 Lizard 곶(岬)의 등대.

3) 이드가 경비원警備員(Ede was a guradin): 이브는 아담의 갈비뼈로부터 창조되었다.

4) 스핑크스 원야原野(sphinxish): (1)피닉스 공원 (2)Sphinx의 수수께끼 (3)에덴동산.

5) 감염수부感染水夫(murralner): (1)시인 콜리지(Coleridge)의 〈노수부〉(The Ancient Mariner) (2)노래 가사에서: 수부를 사랑하는 아가씨(The Lass That Loves a Sailor).

6) 해海율리시스(Thallasee): Ulysses.

7) 잔 들어요(H), 여러분(C), 공空짜!(E)(Heave, coves, emptybloddy): (1)Here Comes Everybody: 만인도래(HCE) (2)empty bladder(방요).

8) 앉구려!(Sot!): (1)(N) 검댕 (2)sit down.

9) 저 전全세트[수신기]를 바꿀지라(change all that whole set): Moore & Burgess 흑인 가수단이 사용한 선전 문구(Take off that white hat!) 의 익살(전출).

10) 우리들의 신페인 홀로(our set's allohn): 신페인당의 구호: 우리들만으로Ourselves Alone!

11) 호우드(Hoved): 9세기 호우드의 덴마크 명칭.

12) 크론타프, (1014 Clontarf, one love, one fear): 1014년의 Clontarf 전쟁.

13) 피뉴캐인—리, 피뉴캐인—로우(Finucane—lee, Finucane—Law): (1)노래의 제목 패러디: Funicull, funicula. (2)〈율리시스〉 15장에서 사자의 유령인 Paddy Dignam이 진술하는 말의 인유: 그건 사실이오…제사 병에 굴복하여 자연사했을 때의 닥터 피뉴캐인이 사망 진단을 내렸던 거죠(It is true…Doctor Finucane pronounced life extinct when I succumbed to the disease from natural causes)(U 385).

14) 영광앙신榮光仰神(Am. Dg): (L) Ad Majorem Dei Gloriam): (예수회의 모토) 하느님의 보다 큰 영광을 위하여: Belvedere College에서, 스티븐을 비롯하여 학생들은 숙제 장의 시작에 A. M. D. G. 라는 문자를 쓴다.(P 70 참조)

15) 존경하올 코론필러 사師(our revelant Colunnfiller): St Columba: 6세기의 아일랜드 성인 및 Iona의 대 수도원의 우두머리. St Finnian이 소유한 수상受賞 책의 불법 묘사로서 유명함.

16) 산상자선설교山上慈善說敎(mount's chattiry sermon): (1)〈마태복음〉 5—7: 산상 수훈(Sermon on the Mount) (2)노래의 인유: Slatterly's Mounted Foot(기마보병).

17) 스키움운무雲霧디네비아(Schiumdinebbia): (1)Scandinavia (2)(It) schiuma di nebbis: 안개 거품(foam of mist)(안개 신호에 의하여 예고 된).

18) 비정상의 운의복雲衣服 속에 질구봉합疾驅封合 된 채(Unwalloped in an unsuable suite of clouds):

Harald Fairhair: 비정상적 의상에 봉합縫合된 노르웨이의 최초의 왕.

19) 성聖조지 하수해협下水海峡(the same gorger's kennel): 아일랜드와 웨일스 사이의 성 조지 해협.

20) (기선응력汽船應力의 월요세일月曜洗日일지라)(Streamstress Mandig): (1)steam—ship (2)(N) mandag: Monday(洗日).

21) 아던(Aden): Eden.

22) 거충돌巨衝突. 조비鳥飛가 파혼접근破婚接近의 혼례를 다짐하도다(Giant crash…Birdflights conform abbroaching nubtials): 비코의 순환설 암시: (1)우뢰, 추락(거충돌) (2)길조(조비 鳥飛에 의한 점), 혼례.

(325)

1) 매장…앙천仰天(burial of Lifetenant—Grovener Hatchett, R. I. D. devine Previdence): 비코의 순환론: (3)매장(4)앙천(divine Providence). lieutenant governor: 아일랜드 총독. R. I. D. : (L) Requiescat in Deo: May he rest in God. Rip: Rest in Peace. 속담의 패러디: 도끼를 땅에 묻다(bury the hatchet).

2) Lsd. De. : (1)(L) Laus Deo Semper: Praise to God Always(제주위트의 모토), Belvedere 학교에서 학생들의 그들의 숙제 장 끝에 쓰는 글귀 (2)L. S. D. : pounds, shillings, pence(화폐 단위) (3) L. S. D. : 여기 방송의 끝.

3) 그대 아서 기네스…유한有限(Art thou gainous…Limited): Aryhur Guinness 맥주 부자 상회, 주식회사(더블린 소재).

4) 린차 프류流라벨!(Anna Lynchys Pourable!): (1)Anna Livia Plurabelle (2)Anne Lynch: 더블린의 찻집.

5) 우린 뭉치면 살고(United We Stand): W. Morris(영국의 시인) 작 〈영국 국기〉(Flag of Union) 의 글귀: 우린 뭉치면 살고, 헤어지면 죽는다.

6) 우연 절대 진리, 우둔愚瞖절대…애운愛運과 함께(With hapsalap troth, …hoopsaloop): Oxford Group(1921년 미국인 F. Buckman에 의하여 옥스퍼드 대학에 설립된 조직으로, 공사 생활에 있어서 절대적 도덕률을 강조함)의 4가지 의무절대적 진리, 절대적 순결, 절대적 정직, 절대적 사랑.

7) 그대 강용剛勇의 역사力士(thou mighty man of valour): 〈사사기〉 6: 12의 패러디: 여호와의 사자가 기드온에게 나타나 이르대 큰 용사여 여호와께서 너와 함께 계시도다(The Lord is with thee, thou mighty man of valour).

8) 카펠 조우드(Capel Ysnod): 채프리조드.

9) 호사 형제(hunguest and horasa): Hengest and Horsa: 영국의 색슨 침공을 인도한 형제.

10) 판매술販賣術의 양兩 존 재임슨 주자酒子(jonjemsums both, in sailsmanship): (1)엘리자베스 1세 여왕이 18재단사에게 한 말의 인유: 굿 모닝, 양 신사 분들(Good morning, gentlemen both). (2)John Jameson Whiskey(아일랜드 산 위스키)의 암시.

11) 어심魚心이면 돈심豚心이라(one fisk and one flesk): (1)아일랜드 Kerry 군 소재의 두 강: Maine강 및 Fkesk강 (2)〈창세기〉 2: 24의 성구: 이러므로 남자가 부모를 떠나 그 아내와 연합하여 둘이 한 몸을 이룰찌로다(they shall be one flesh).

12) 바이킹 철인鐵人 아드먼드슨(Aestmand Addmundson): Osrman: Viking. Amundsen: 남극의 최초의 인간.

13) 그대는 철기병鐵騎兵(iron slides): Ironsides: 크롬웰의 별면.

14) 강건剛健한 카누 선인船人(hardy canooter): Hardicanute(995—1035): Canute: 바다를 물러가도록 말한 덴마크와 영국의 왕, 그는 자신의 의부 형제 Harold와 왕위를 위해 다투었다.

15) 애란 반 바(Banba): (1)Banba: Tuatha De Danaan의 여왕으로, 아일랜드의 시명詩名. (2)Paps of Ana: Killarney 근처의 두 언덕.

16) 이태우상伊太偶像(Idyall): (1)(I) Iod'all: Italy, idol.

17) 선우형제船友兄弟, 제복형제制服兄弟(Brothers Boathes, brothers Coathes): (1)sailors & tailors. boats…coats (2)John Maddison Morton 작 〈두 사람〉(Cox and Box)(동시에 같은 장소에 있는 일이 없다는 뜻) (3)Coats brothers: 실(絲) 제조업자.

18) 혈맹선언했도다(swallen blooder's oathes): Blood—brotherhood oath: 〈신들의 황혼〉(Gotterdammerung)(북구 신화: 옛 신들과 세계의 멸망)에 나오는 맹세.

19) 원통방패圓筒防牌의 일곱 돌점突點(seven bosses of his trunktarge): Macpherson 작: 〈테모라〉(Temora) VII. 309에서: 방패 위에 7개의 돌점들이 솟아있었다(Seven bosses rose on the shield).

20) 뒤쥐가 활공자滑空者(Gophar sayed unto Glideon)에게 언급했는지라: 만일 Clotilda의 하느님이 남편에게 승리를 하사한다면 그에게 개종하기를 서약했던 Clovis(프랑스의 Merovingian 왕조)(486—751) 의 아내, 성 Clotilda.

21) 오딘 신神의 목륜木輪(wutan whaal): (1)Wotan=Odin(북구 신들의 우두머리) (2)wooden wheel (3) white whale: 미국 19세기 소설가 Melville의 〈백경〉(Moby Dick)에 나오는 white whale(흰 고래).

22) 사족수도四足獸島의 선船 우리(shipfolds of our quadrupede): Sheepfolds(Ship holds) . 네 발을 가진 해견海犬(해구海狗).

23) 얼스터마태, 먼스터마가, 라인스터누가 및 코노트요한(madhugh, mardyk, luusk and cong): (1)〈성서〉,의 4복음자들 (2)Hugh O'Neill: Ulster. Mardyke: Cork. Lush: Leinster. Cong: Connacht: 아일랜드의 4주.

24) 고두叩頭(kowtoros): 존경의 표시로 땅에 머리를 조아리는 중국의 관습.

(326)

1) 공암恐巖호루스 태일러(Horrocks Toler): Hous: (1)이집트 신. tailor (2)Horrocks 방직 주식회사 (3) 조이스와 Budgen의 취리히 친구인 Lanes Horace Taylor.

2) 순살殉殺하리라(mardhyr): (1)최초의 순교자, 성 스티븐 (2)murder.

3) 패트릭(Paddeus: 성 패트릭.

4) 백합을 야박野箔에서 시들게 했나니(the lollies off the foiled): 들판의 수선화(lillies of the field).

5) 삼위일체(트리니티) 사사士師가…경기목景氣木을 십자가화十字架化하리라(A Trinity judge will crux.): (1)성 패트릭은 3잎 클로버로 산위일체(Trinity) 의 상징으로 삼았다. (2)노래 가사의 인유: 트리니티 성당에서 나는 나의 운명을 만났다네(At Trinity I Met My Doom).

6) 홉 건조소수乾燥所水로 그자를 배면세욕背面洗浴시켰나니(pured him beheild of the ouishguess): oasthouse 홉씨 건조장. (!) uisce: water.

7) 나는 그대를 황세례십일조皇洗禮十一組 부과하는도다. 이시안(대양大洋)이여(I popetithes thee, Ocean): Parick은 Ossian을 세례시켰으나, 그를 개종하는데 실패했다.

8) 오스카아부亞父여(Oscaraughther): Oscar: Ossian의 아들.

9) 애란 바이킹이여(Erievikking): Viking. 이어위커.

10) 근近조건적으로(onconditionally). 무조건 세례(Unconditional baptism).

11) 게일충영蟲嬰의 친親조부요 동족양同族洋횡단의 영웅 주장 탐탈자探奪者여(랙랙 furst of gielgaugalls and hero expunderer of the clansakiltic): HCE explorer. transatlantic.

12) 호우드이교도들의 헬싱키침옥沈獄에서(out of the hellsinky of the Howtheners): 호우드 언덕, heathen 이교도. Helsinki.

13) 우리들의 여유餘裕로마카토넬 종교관계宗敎關係 속으로(into our roomyo connellic relation): 로마 가톨릭 종교. Daniel O'Connell.

14) 이 때부터 우리들은 보증 받을지라(from which ourt this pledge is given): 무어 노래의 인유: 이 시간부터 보증이 주어지도다(From This Hour the Pledge is Given).

15) 그로 하여 재주宰主여 그대의 항혼航魂에 이단자異端慈를 조시造施하소서!(Edar in that the loyd mave hercy on your sael!): 사망 선고의 패러디: 주여 당신의 연혼에 자비를!Lord have mercy on your soul).

16) 아담성부어명雅淡聖父御名(Anomyn and awer): (I) In the name of the Father.

17) 수타공手唾攻(Spickinusand): 손에 침을(spit in his hand).

18) 무의미(Nansense): (1)nonsense (2)Nansen: 극지 탐험가.

19) 신神블린의—예수(Diaeblem—Balkley): Baile A'tha Cliath: Dublin.

20) 성심유령복의 성聖 패트릭 대사원(Domnkirk Saint Petricksburg): (1)(N) domkirkr: cathedral (2) 더블린의 St Patrick's Cathedral.

21) 피터 폴 요새의 해군 소장(my rere admirable peadar populsen): (1)성 Petersburg의 St Isaac's Cathedral (2)Peter/Paul(라이벌): 성 Petersburg에 있는 Peter 및 Paul 요새.

22) 저 포도주를 한 바퀴 돌리고 그대의 각배角盃를 치켜들지라…우리는 그대의 하夏를 우리와 함께 가져왔기에(comesend round that winw…we brought your summer): 무어의 노래의 패러디: 자, 그 포도주를 한 바퀴 돌려요[우린 우리와 함께 여름을 가져왔도다(Come, Send Round the Wine[We Brought the Summer with us].

23) 그대의 정신분석학자 에릭슨과 그의 아亞메기적의 개배발견에 관하여 이야기하면서(tomkin about your lief eurekason and his undishcovery of americle): Lief Ericson: 스칸디나비아의 탐험가로, 북미의 Vineland에 처음 도착한 유럽인.

24) 노도怒濤의 40도선度線(the rolling forties): 남 40도와 50도 사이의 대양 지역.

25) 하리스(Harris): Horus: 이집트의 태양신, Osiris와 Isis의 아들.

26) 볼즈카던 무만霧灣에서부터 타이어스톤의 연어도천跳川까지(from Ballscodden eastmost till Thyston's Lickslip): Balscadden Bay: 호우드. Thyrston's Lickslip: Leixlip: 더블린 리피 강상의 마을 및 연어 사다리(salmon ladder).

27) 구분지일(9/1) 돈자豚者있는지라(the ninethest pork of a man: 재단사는 유행어로 사람의 9/1 부분이라 불리었다.

(327)

1) 선도자(forelooper): 소들 무리를 이끄는 소년.

2) 브랜도니우스, 친우親友(카라)(Brandonius, …Cara): (1)St Brendan: 아일랜드의 이야기에서, 그는 대서양으로 여행했는지라, St Brandons Island는 진짜 섬으로, 지상의 낙원으로 오랜 동안 믿어졌다 (2) Cara: (I) a chara: friend (3)입센의 〈브랜드〉(Brand)에서 Brand는 하느님에 의하여 보내졌다고 생각한다.

3) 핀로그(Fynlogue): 성 Brenden의 부친.

4) 매력녀, 티나—박쥐—타러(la Charmadouiro), Tina—bat—Talur): (Pro) charmadouiro: charmer. Tina—bat—Talur: daughter of tailor—Anna Livia—Plurabelle.

5) 격파激波가 바다를 캄캄하게 할 때 밝혀주는(aswhen the surge seas sombren): 〈율리시스〉, 제11장에서 Lydia—siren이 그녀의 조가비를 두고 하는 말: 격파가 무엇을 말하나요?(What are the wild waves saying?)(U 231).

6) 그 어떤 이 보다 복수미인複數美人 중의 미녀(anny livving plusquebelle): Anna Livia Plurabelle. (L) plus Anna belle: more than beautifully.

7) 여자반(Totty): girl.

8) 트리니티 샛길(tramity trimming): Trinity College, Dublin의 인유.

9) 흥허영興虛榮의 시장市場(funnity fare): Thackeray 작의 〈허영의 시장〉(Vanity Fair) 의 패러디.

10) 범람氾濫의 디 강(the dee in flooing): Dee 강의 범람(flooding).

11) 수소산水素産의 제니(Hyderow Jenny): 물에서 태어난 요정.

12) 레토로만어語(rheadoromanscing long): Rhaeto—Romantic language: 스위스 남동부, Tyrol, 및 이탈리아 북부의 로망스어語.

13) 꼬마 안니 로너즈(little Anny Roners): 노래 가사에서: Little Annie Rooney.

14) 외관상…도독跳讀하고(at look…you leap): 격언의 패러디: 도跳하기 전에 관觀할지라(Look before you leap).

15) 다글 강 골짜기(Dargul dale): Wicklow 군의 Dargle강(관광 명소)(U 121).

16) 협곡강행峽谷)(Dinny dingle): Dingle: Kerry 군의 도회와 반도(U 121).

17) 라딘어녀語女(ladins): 레토로만어(RR)의 Ladin 방언을 사용하는 lady.

18) 콤브리아(Combria): 웨일스(Wales).

19) 월쉬 양산羊山(Wiltsh muntons): 웨일스의(Welsh) 산山. munton: mutton(did). munt(RR): mountain.

20) 감동남感動男의 유령선(the phantom shape): The Flying Dutchman(유령선)

21) 콘세사 모(Concessas): Concessa 성 패트릭의 어머니.

22) 신드 바드 수부(Sinbads): Sindbad(〈아라비안나이트〉의 뱃사공).

23) 킬배랙 성당(Kilbarrack): Contarf 북쪽의 Kilbarrack 성당(유적).

24) 춘제春祭(saksalaisance): 취리히 봄 축제.

25) 불케리 양孃(Miss Bulkeley): Anna Livia, 이어위커와 연애하다. 〈톰의 인명록〉은 Bulkeley 처녀들이 더블린의 Waterloo 가도에 살고 있는 것으로 등록하다.

26) 인형촌人形村(dollimonde): Kilbarrak 근처의 더블린 지역(〈초상〉 제4장의 dove—girl의 현장 해변. 여기서 스티븐은 성녀를 〈상아의 집〉(House of Ivory), 〈황금의 탑〉(Tower of Gold)(P 171)으로 상상한다.

27) 포투난터스 라이트 씨氏(Mr Fortunatus Wright): Mr Fortunatus Wright: Fortunatus: 18세기에 프랑스 배를 나포하고, 프랑스에 의하여 해적으로 간주되었다.

28) 상아댁象牙宅 황금탑黃金塔(house of ivory dower of gould): House of Ivory, Tower of Gold(〈초상〉 제1장(P 35참조): Angelus(Virgin Mary의 연도)(그녀는 성령을 잉태했다).

29) 푸른 개펄이라(a blue loogoont): The Blue lagoon(푸른 개펄): Dollymount 해변과 Bull Island(더블린 만의) 사이에 계획된 향락지享樂池(pleasure pool).

30) 멋진 공란空蘭의 시간(good airish times): 〈아이리시 타임스〉(Irish Times) 신문의 암시.

31) 가 나 다 라, 키릴 자모字母로(aiden bay scye and dye, aasbukividdy): 키릴 자모(Cyrillic alphabet)(그리스 정교를 믿는 슬라브 민족의 자모, 현 러시아 자모의 모체)의 첫 3자인 az, buky & vede)

32) 껴안거나 눈물 흘리는(huggin and munin): Huginn & Muninn: 마음과 기억: Odin의 사자들.

(328)

1) 늙은 바보처럼 순수한 멍텅구리도 없는지라(there's no pure rube.): 격언의 패러디: 늙은 바보처럼 바보도 없도다(There's no fool like an old fool) (속어) poor Rube: 뉴욕 시의 어쩔 수 없는 촌놈(helpless

rustic in N. Y. C)

2) 고래 새끼를 위한 그녀의 욋가지로 엮은 초벽(her wattling way for cubblin): (1)노래 가사의 패러디: The Rocky Road to Dublin) (2)더블린의 Watling 거리.

3) 그의 유람선을 유모차로 공성攻城 망치 타변제打變製할 때(when…his barge into a battering pram): 무리가 그 칼을 쳐서 보습을 만들고 그 창을 쳐서 낫을 만들 것이라(They shall beat their swords into plowshares).

4) 나의 예쁜 요정에(me fairy fay): 노래 가사의 패러디: Polly—wolly—doodle: 나의 예쁜 요정이여.

5) 조 애쉬의 아들(Son of Joe Ashe): Gideon은 Joash의 아들이었다. Gideon: Israel의 해방자, 개혁자, 판사(〈사사기〉 6:8). 양털 위의 이슬의 기적(〈사사기〉 6:32—40)은 여기 노르웨이 선장의 에피소드에 자주 인용 되는데, 이는 Gideon을 Kersse의 역할로 보여 진다.

6) 철사 같은 눈과 깜박이는 머리카락(wiry eyes and winky hair): 노래 가사의 패러디: 폴리—우들—두들: 곱슬 눈과 웃는 머리카락(Polly—wolly—doodle: curly eyes and laughing hair).

7) 안드로우즈(Andraws Melton): 영국의 농담 꾼, 요술 꾼.

8) 짧은 미덥지 못한 셔츠의 그의 애찬가愛讚歌(his lovsang of the short): 노래의 패러디: 셔츠의 노래(Song of the Shirt).

9) 고객선창자顧客善創者여(patrions good founter): 대부(godfather)

10) 염급厭急히 결혼하여 한욕閑慾하게 반복하리니(tie up in hates and repeat at luxure): 격언에서: 급히 결혼하고 한가로이 후회하다(Marry in haste & repent at leisure).

11) 숙명신교宿命新敎의 둔臀목사(prodestind arson): Protestant parson(신교도 교구 목사).

12) 권연卷煙(the volumed smoke): 노래 제목에서: 나의 최후의 시가: 소용돌이 연기(My Last Cigar: the volumed smoke).

13) 그의 도탑倒塔의 탕 시계時計가 경한시警1時를 칠지라도(the clonk in stumble strikes warn): 노래 가사의 패러디: Come home, Father: The clock in the steeple strikes two.

14) 노예제도 지지자(Slavocrates): 노래 가사에서: 링컨과 자유: 슬라보캣의 거인을 그는 살해했도다(Lincoln & Liberty: the Slavocat's giant he slew).

15) 저기 저 카운터 위에 때려눕혀진다 한들(were he laid out on that counter): 노래 가사에서: 멋쟁이 로빈, 내가 죽어서, 판대 위에 놓일 때(Robin the Beau: When I'm dead & laid out on the counter).

16) 쉬어즈(재단사)의 딸 평복의 유모(내니 니)를 만복滿腹의 다이나 후작부인으로 삼을지라(Nanny Ni Sheeres a full Dianamarqueza): (1)John & Henry Shears: John Curren(1750—1817)(아일랜드의 법률가)에 의해 방어되었으나 처형된 연합 아일랜드인들 (2)Nannywater(강 이름) (3)(Welsh) Ni: 산상 가옥의 딸(4)(폴란드) marqueza: 후작 부인(marchioness(4)(폴란드) Dinamarque's: Danish.

17) 산정옥山頂屋(hursey on the montey): 위의 주16) 참조.

18) 고애古愛, 나의 고애, 그리고 생류生流, 나의 생녀生女!(Elding, my elding! and Lif, my lif!): Anna Livia Plurabelle의 암시.

19) 한밤의 만남 시간에(at that meet hour of night): T. 무어의 노래에서: 한밤중에, 나의 애인 몰리(At the Mid Hour of Night, Molly, My Dear).

20) 행분幸奮 헬레스톤드(Huppy Hullesport): Hellespond: 지옥천地獄泉.

21) 콕슨하겐(Coxenhagen): Copenhagen.

22) 나일의 전창戰娼(the brottels of the Nile): Battle of Nile(Nelson의 승리). brothels / battle.

23) 모든 항구가 지닌 감심甘心의 에머 정부情婦(sweetheart emmas that every had a port in): (1)수부는 격언적으로 항구마다 아내가 있다 (2)Hamilton 부인, Nelson의 정부.

24) 내 사랑 몰리(the mallyme dears): 노래 가사의 인유: 몰리, 내 사랑(Molly, My Dear).

2부

25) 다광茶光이 그들의 파침波枕 아래에서 아직 골침滑寢하고 있는 동안(고양이 콜이 라드(while taylight is yet slipping under their pollow. (till…Kitty Cole): (1)무어의 노래 제목의 패러디: 대낮이 대파 大波 베개 아래에서 아직 잠잘 때(When Daylight Was Yet Sleeping under the Billow[Kitty of Coleraine) (2)노래에서: 그녀는 물주전자를 깨도다(In the Kitty of Coleraine, she breaks a pitcher).

26) 들판의 마틴 성가聖歌(Sing Martins in the Fields): St Martin—in—the—fields: 런던의 별칭.

27) 링센드(Ringsend): 더블린의 지역 및 항만.

28) 정복영웅征服英雄(Heri the Concorant Erho): 노래 가사의 제목 인유: 보라, 정복의 영웅이 오신다(See, the Conquering Hero Comes(여기 보일런의 암시)(U 217).

29) 호남狐男 종장(Referinn Euchs Gutmann) Referinn: Ireland. Euchs: (G) fox. Fox Goodman the bellmaster 종장이(35. 30).

30) 나는 정계井界를 종명鐘鳴하리라 또는 성당 뾰족탑 소년의 복수(Ill Bell the Welled or The Steeplepoy's Revanger): 노래가사에서: 나는 세계의 종에게 말하리라. 우물의 종(I'll Tell the World. Bell of the well): 성 패트릭의 종. 이들은 앞서 Beel과 함께 모두 종장鐘長에 관계한다.

31) 만사곡萬事谷 종좌(Thingavalley): Thingvellir: 아이슬란드 의회의 자리(Seat): 아이슬란드인들에 의해 기독교가 채택되었을 때 큰 종이 그 곳에 보내졌다.

32) (해녀여! 해녀여!)(the lassy! tha lassy!): Xenophon의 Anabasis에서 1망명의 군인들이 바다를 보자 부르짖는 Thalatta! Thalatta!(〈율리시스〉 제1장의 벅 멀리건의 절규 (U 5)의 인유.

33) 요정 여왕(fiery queen): 무어의 노래 제목의 인유: 요정의 여왕: 우리들 안에서 솟는 희망으로(By the Hope within Us Springing : The Fairy Queen)

34) 대도大濤의 도견자渡見者의 tet(도구)를 이중으로 발기하게 하는 밤의 만사萬事의 밤에 그리고 호루스 신神으로 하여금 자신의 적敵을 규승叫勝하게 하는 밤에(the mighty deep and on the night of making Horuse to crihumo over his enemy): 〈이집트의 사자의 책〉 XX의 글귀의 인유. Horus: 이집트의 태양—신(〈율리시스〉 제14장 첫 행 참조)으로, 밤의 신인 Set와 대칭. 여기 노르웨이 선장의 이야기(309.33)에서 Horus—Set 싸움과 평행을 이룸. Kersse 또는 숀은 Horus 이요, 노르웨이 선장은 Set 또는 셈 격. Thoth 신은 그들을 분리하고, Horus에게 낮의 힘을, Set에게 밤의 힘을 부여함.

35) 나의 가빠(망토) 의 도움 있게 하라(be the help of me cope): (1)Copenhagen (2)주님의 기도의 패러디: 그대의 것은 이루어질지라(Thy will be done).

36) 인코(양키) 진코 호색신好色神(Yinko Jinko Randy): 노래의 인유: Yankee Doodle Dandy.

(329)

1) 꼬마 소변여아小便女兒(little mimmykin puss): Brussels에 있는 소변보는 소년 상.

2) 호라시아!(horatia!): Nelson의 딸 이름.

3) 여단장旅團長(Briganteen): (1)Brigadier: 여단장 (2)brigantine: 쌍 돛대 범선.

4) A. I. 마그누스 장군 將軍 경卿(General Sir A. I. Magnus): 미상.

5) 오슬로(Onslought): Oslo: 노르웨이의 수도, 해항.

6) 구명 돛배 오리브 지호枝號(lifebark Ulivengrene): olive 나뭇가지.

7) 반자이(만세) 우안牛眼 일본日本(bonzeye nappin): (J) banzai: 1만세萬歲, Nippon: 일본.

8) 까악포박捕縛된 채. 꾸꾸구옥鳩獄된 채(Cawcaught. (1)Coocaged): caw(raven 까마귀). coo(dove 비둘기) (2)Cat & Cage: 더블린의 한 주막 명.

9) 더브[더블린]는 그날 밤 과연 빛을 발했나니라(Dud did glow that night): 〈사사기〉 6: 40: 밤에 하느님이 그대로 행하시니 곧 양털만 마르고 사면 땅에는 다 이슬이 있었더라(That night God did so. Only the fleecy was dry).

10) 승리의 핀갈에서. 칸마타와 캐쓰린(In Fingal of victories…. Cannmatha and Cathlin): (1) Canmathon & Cathlin: Macpherson 작 Temora에 나오는 별들 (2)Matha: Macpherson의 Fingal에 나오는 용사 (3)Fingal of Victories: Macpherson에 의하여 사용된 제목.

11) 세 절규자들. 외치며 그들의 하프를 반관半觀했나니(the three shouters of glory. Yelling halfviewed): (1)전설에서 Tuireann의 세 아들들은 참회의 표시로서 언덕에서 3번 고함을 외쳤다 한다 (2)노래 가사의 인유: 애린은 절반 그들의 하프를 들었도다(Erin Half—heard Their Harps) (3)Macpherson의 Berrathon 397에서: 절반 보이지 않는 하프(the half—viewless harp).

12) 투할이 애참愛慘한 다트후라(Surely Tuhal smiled upon drea Darthoola): Tuhal: Fingal의 인물. Darthula: Macpherson의 여주인공. 그녀는 대충 Deirdre이다.

13) 로즈크라나의 파청년波青年이 콜맥의 딸을 혹녀惑女했나니(Rosecranna's bolgabody begirlified the daughter of Cormac): (1)Temora에서 Cormac의 딸 Roscrana는 Fingal과 결혼한다 (2)Bolga: Temora에 따르면, 아일랜드 남부 지역의 이름 (3)MacArt Cormac: Grania의 아버지.

14) 성 聖로서아(Holyryssia): Holy + Russia.

15) 샌디개이트의 어떤 프라그 허풍전虛風戰(What battle of bragues on Sandgate): 1757년의 프라그(Prague) 전투. 잉글랜드 북부 도시인 Newcastle의 Sandgate 거리.

16) 그곳에 순경이 밀밭 사이를 지나오는 그의 정부情婦를 만나(met the bobby mobbed…through the rye): 노래 가사의 패러디: 한 몸이 밀밭으로 오는 몸을 만나면(If a body meets a body comin' through the rye).

17) 데미도프의 묘지(Demidoff's tomb): (미상) O. Mink의 Gazetteer(그의 연구서)에는 아무런 기록이 없다.

18) 모티 마닝(Morty Manning: ?

19) 유령도문幽靈都門(Ghoststown Gate): Goatstown: 더블린의 지역 명.

20) 폼페이(Ponpei): 화산 폭발로 파괴 된 이탈리아의 도시.

21) 루크 엘콕(Luke 띠채차): 〈톰의 인명록〉(1903)은 그를 Louth의 군의회의 의원으로 기록한다.

22) 하이트 보이즈(Whiteboys): Whitebopys(백의 단) 18세기 아일랜드의, 백의 입은 봉기단.

23) 그의 회색의 망토(his cloak so grey): 노래 가사의 패러디: his coat so grey.

24) 깃 발 행진하고 있는(trooping his colour) 군대의 사열 의식.

25) 대작大爵 멕크렌버그 혹은 엘리제 행도行道의 피터 대제大帝(the Granjook Meckl or Paster de Grace on the Route de l'Epe'e): (1)Grand Duke Mecklenburg(독일의 공작) (2)Peter the Great (3) rue de la Paix: 파리 가.

26) 애란 자유국당自由國黨과 공화당(Freestouters and publicranks): 아일랜드 시민전쟁의 분당紛黨들인 Free—Staters V. Republicans.

27) 운雲네보네타여!(Nevertoletta!): (1)Nuvoletta(운처녀)(157. 08)(무지개) (2)격언: 수선은 결코 늦지 않다(It's never too late to mend).

28) 속죄양Scape the Goat): 〈산양피〉(Skin the Goat)(여기서는 HCE) 그는 피닉스 공원의 암살 사건에서 마차를 몰았던 장본인이다(1882년, 5월 6일) 이 살인 사건은 파넬의 생애에 커다란 암운을 던졌다. (〈율리시스〉 제16장 참조) 〈경야〉에서 그것은 HCE의 공원의 스캔들과 연관된다.

(330)

1) 네드를…프레드를…그리고 피어 폴을(Ned…. Fred…. Peer Pol): Peter/Paul(적대 관계).

2) 맷 휴즈 신부(Father Theobald Mathew): 아일랜드의 금주 주창자(고인, 그의 동상이 O'Connel 가에 서 있다. (〈율리시스〉에서 보일런의 징글 마차가 몰리와의 간음을 위해 그 동상 앞을 달린다(U 227 참조).

3) 행진行盡(단)(Dune): 〈율리시스〉 11장의 종말의 단어 Done(U 239)을 상기시킴.

4) 우리는 노향露香의 찬송가가讚頌歌家와 함께 반점아斑點兒를 사랑하노니(Twere yeg will elsecare…. dewscent hyemn): (N) 노르웨이 국가(national anthem)의 첫 번 및 네 번째 행의 패러디: 그래요, 우리는 수천의 가정을 가진 이 나라를 사랑하노라(Yes, we love this country with its thousand homes).

5) 대포 천둥소리와 소총 울림소리에 맞추어 오두막 병사의 뱃노래를 부르리라!(cannon's roar and rifle'ss pea. vill shantey soloweys sang!): 아일랜드 국가의 가사.

6) 더 이상의 폭정暴政은 없는데다(there were no more Tyrrhances): 루이 14세의 말의 패러디: 더 이상의 피레네 산맥(프랑스와 스페인의 국경)은 없으리(there are no more Pyrenees)(1700).

7) 연어(魚) 셈브르크가 우리들의 성영모聖領母(Laxembraghs…pur Lader's): (1)lax: 연어 (2)Marechal de Luxemburg: Norte Dame을 위한 직물 장식 제조자(tapestrymaker) (3)our Lady's. leader's.

8) 오직 홍수위에 어둠이 있을 뿐 모든 지면 위에 명일明日이 있었도다(it was dim upon the floods only and there was day on all the ground): 〈사사기〉 6: 40: 이 밤에 하느님이 그대로 행하시니 곧 양털만 마르고 사면 땅에는 다 이슬이 있었더라(for it was dry upon the fleece only & there wsd dew on all the ground).

9) 부두노파들은 이야기를 방적하고(wharves woves tales): 늙은 아낙들의 이야기(old wive's tales) 의 인유.

10) 붉은 로우리이 놈들(Red Rowleys): Red Rowley: 노래 Armentires에서 온 마담의 저자(가명).

11) 믹 나 마라(Mick na Murrough): ?

12) 버크—리와 코일—핀 자者들(The Burke—Lees and Coyle—Finns): Finn MacCool.

13) 캡과 쿠리 양孃이 밧줄에 묶였을 때(when the Cap and Miss Coolie wre roped): Percy French 작 노래의 패러디: 쿠니 양이 사랑의 도피를 했던 밤(The Night Miss Cooney Eloped).

14) 롤로강탈 된 채(Rolloraped): Roll(Rolf) Ganger: 노르망디의 최초 공작.

15) 그녀의 판지상자板紙箱子를 버팀대로부터 들어 올려, 연못과 간척지를 지그재그 꺾으며 통과하여(With her banbax hoist from holder, zig for zag through pool and polder): 노래 가사의 인유: 나의 어깨에는 다발과 함께, 더 대담할 자 없나니, & 나는 아침에 필라델피아로 떠나노라(With my bundle on my shoulder, There's no one could be bolder, & I' off to Philadelphia in the morning. bandbox: 판지상자. (I) Banba: (시적) 아일랜드.

16) 웃음 짓는 재크 남男(Laughing Jack): Laughing Jack Hooper: 18세기 교수다.

17) 핀즈 호텔 피올드(Finn's Hotel Fiord): (1)더블린의 Finn's Hotel(노라는 조이스가 그녀를 만났을 당시 그곳에서 일했다.(현존) (2)Fiord): Dublin: Balle Atha Cliath(Hurdle Ford).

18) 노 바 노레닝(Nova Norening): Nore 강(?)

19) 거기 그들은 주전자를 끌어내려 공다空茶를 끓이는지라(Where they pulled down the kudd러.): 조이스는 영국의 동화들은 아래 같이 끝난다고 Ruggiery에게 말한다(〈서간문〉, 4/9/38): 고로 그들은 주전자를 올려놓고, 차를 끓이고, 그 후 내내 행복하게 살았대요.

20) 만일 가정답지 못하면, …그대와 나 혹 단추일지로다(if thee don't look homely…that Dook can eye Mae): if you don't live happy, that you & I may.

21) 그는 탄선실誕船室을 득했나니, 그리고 그녀는 장부丈夫를 우리 속에 가두었도다(He got a berth. And she cot a manege): (1)노래 가사의 패러디: 나는 구두를 얻고, 그대도 구두를 얻고, 하느님의 모든 아이들이 구드를 얻었대요(I got a shoe, you got a shoe, All God's children got shoes) (2)birth…marriage…gone west, died(비코의 순환 철학의 암시).

22) 노크 노크, 하전하처何戰何處! 어느 전쟁? 쌍생아, 노크 노크, 밖에 하수애何誰愛!(Knock knock. War's where! Which war? The Twwinns. Knock, knock. Woos without): (1)아이들의 게임: 노크, 노크, 거기 누구?

23) 능금, 노크 노크(An apple. Knock knock): (1)조이스는 J. J. Sweeney에게 〈성서〉,의 가인과 아벨은

전쟁의 기원이요, Twwinns의 두 번째 w는 이브를 의미한 것으로, 그녀는 아담의 사과(Adam's apple) 없이 태어났는지라, 사과 없음을 의미한다고 말했다 (2)Twwinns: Cain, Abel: Shem, Shaun.

24) 순교절아殉敎節兒(The kilder massed): 유대 왕 Herod의 무구 살해의 축제.

25) 단單 십十 그리고 무제백無制百(one then and hindred): 101.

26) 바퀴 원창촌야무圓窓村野舞(a kathareen round): Catherine wheel: 바퀴 무늬처럼 도는 무도.

(331)

1) 특무상사의 농차濃茶로부터 스푼처럼 무허공無虛空을 찌르며(Pointing up to skyless…sergeant—major's tay): 속어의 패러디: 차가 너무 독한지라 스푼이 그 속에 곳곳하게 서있도다(tea so strong that spoon stands upright in it).

2) 행복한 범죄(phaymix cupp러rts?): Exsultet: O felix culpa!(오 행복한 죄여!)(〈경야〉의 말의 주제들 중의 하나.

3) 오거나 계속 가거나(Becoming ungoing): 오거나 가거나, 결혼의 의식: 죽음이 우리를 갈라놓을 때까지(till death do us part)

4) 삼각남三脚男과 튜립 두 입술의 드루이드 여 성직자(이슬 의복자)(The threelegged man and the tulippied dewydress): (1)(게일 신화) 해신 Mananaan MacLir는 3개의 다리를 가지며, 바퀴처럼 회전했다(U 416 참조) (2)two—lipped druidess.

5) 전능하신 주여(Lludd hillmythey): (1)Lord Almighty! (2)London: Ludd는 London을 건립했다. (3)Lud's town, Ludgate Hill.

6) 페가닌 부쉬(Peganeen Bushe): ?

7) 하이랜드 춤(high land fling): Highland Fling: 스코틀랜드 고지의 민속 춤.

8) 칸칸을 캐치(catch) 하다니(catch—as—catch—can: Lancashire(잉글랜드 동북부의 주)식 자유형 레슬링.

9) tim 토미 멜루니여(tim Tommy Melooney): tim, Tom, Tam, Tem: 단어들의 중간 모음을 바꿈으로써, 조이스는 tim Finnegan을 모든 자들과 연결시킴.

10) 북구신부北歐神父의 그리고 유일자唯日者의 그리고 전번제全燔祭 성령의…이름으로(in the name of the balder…of the sol…of the hollichrost): (1)축복 기도의 패러디: 성부, 성자, 성령의 이름으로(In the name of the Father, & of the Son, & of the Holy Ghost's)(blessing) (2)Balder: 겨우살이 잔가지에 의하여 살해 된 북구의 신 (3)hollichrost: holocaust: 유태교의 전번제. 대 학살.

11) 베짱이 거신巨身(grosskropper): Gracehoper(후출: FW 414). (ON) grosskorper: big bodies(〈경야〉의 주제들 중의 하나).

12) 포사자葡獅子에 의하여 서鼠나귀(mokes…gribes): Mooke / Gripes(생쥐와 포도): 〈경야〉의 주제들 중의 하나(전출: FW 153).

13) 대홍수의 토루(mounden of Delude): Mount of God: Horeb(Sinai 산의 부분). Deluge: Arabat 산.

14) 고지高地(high places): 〈성서〉,의 Gibeon: 〈열왕기상〉 3:4 및 〈역대상〉 21:29: 이에 왕이 제사하러 기브온으로 가니 거기는 가장 높은 곳이라(성당)(The king went to Gibcon to offer sacrifices, for that was the most important high place).

15) 성전보루聖殿堡壘(Haraharem): Haram: 사원의 자리를 포함하는 예루살렘의 둘러싸인 지역.

16) 도약각跳躍脚(caprio러 legs): 르 파뉴 작 〈성당묘지 곁의 집〉 P.366의 글귀 패러디: 도약각의 오랜 마호가니 테이블(The capriole—legged old mahogany table). 〈율리시스〉, 12장 참조(U 253).

17) 모든 무기고면武器庫面에서(imageascene all): 피닉스 공원의 무기고 벽(Magazine Wall).

18) 신해석화법新解釋化法(neuhumorisation): neuhemerism: 실지 사건들로부터 신화를 창출하는 해석 방법.

19) 보르네오의 전장戰場으로부터…정예화함대精銳花艦隊의 로환露歡이 방금 극도에 달했기에(the joy of the dew on the flower of the fleets…. from Borneholm…come to crown): 노래 가사의 패러디: 보르네오에서 온 야인의 아내의 아이의 유모의 개의 꽁지 털에 붙은 빈대가 도회에 달했나니(The flea on the hair of the tail of the dog of the nurse of the child of the wife of the wild man from Borneo has just come to town).

(332)

1) 찰칵 찰깍 철꺽(Snip snap snoody): (Da) Snip snap snude: 동화의 끝을 맺는 공식어.

2) 여정旅程 함정(trip trap): (Da): 경기의 승리를 부르짖음으로 사용되는 표현.

3) 냄비를 끄고 그들은 삼다三茶를 끓이는지라(저런!) 그리고 만일 그가 근사하게 사랑하지 않는다면…괴롭힐지라. (he put off the ketyl and they made three…and if hec dont love.): 동화를 끝맺을 때의 공식어의 패러디: 고로 그들은 냄비를 올리고 차를 끓이고 그리하여 만일 그들이 행복하게 살지 않으면…(so they put on the kettle and they made tea and if they don't live happy that you may).

4) 우남愚男이 우녀愚女(hanigen with hunigen): 중국의 한漢 왕조와 그들의 주적인 훈 족.

5) 소련 체크밀경密警(cheekars): CheKa: 러시아 비상 위원회(Russian Extraordinary Commission)(1917): 비밀경찰.

6) 게슈탈트(Gestapose): 나치스 독일의 비밀경찰.

7) 의혹의 프랑크푸르트 소시지(frankfurters): frankfurtsausage: 쇠고기, 돼지고기를 섞은 소시지.

8) 좋아 재차(Fine again): 피네간.

9) 맥쿨! 평화, 오 간계여!(Peace, O wiley!): (1)Perse O'Reilly(민요)(〈경야〉 주제들 중의 하나) (2)Fine again, Cuholson: 팬터마임의 노래 패러디: 다시 돌아오라, 휘팅턴이여(Turn agin Whittington)

10) 두(브)린의 하담河談을 정도停渡하면서(stepping the tolk of Doolin): (1)Tolka: 더블린 외곽의 강 이름 (2)Doolin: Clare 군의 마을 이름 (3)stopping the talk of Dublin.

11) 잡지雜枝와 이토泥土(wattle and daub): 나무 가지와 진흙: 오막 집을 짓기 위해 사용되는 건축 자재.

12) 부싯깃과 광석光石(touchwood and shenstone): (1)tree/stone (2)touchwood: 행운을 위한 촉목觸木 (3)Touchstone: 셰익스피어 작 〈뜻대로 하세요〉에 나오는 얼간이(4)William Shenstone: 영국의 시인 명으로 Touchstone과 함께 함.

13) 인형과 퓨마, 망아지와 콘도르(鳥)(pop and puma, calf and his chi): (1)4복음자들의 상징: 사람, 사자, 황소, 독수리 (2)〈율리시스〉, 〈키르케〉장에 나오는 〈시민〉의 손수건에 수놓인 북미산 푸마(cougar)(U 272).

14) 찬조贊助(협찬協贊) 하에(Under all the gaauspices): G. A. A.: Gaelic Athletic Association(게일 운동 연맹), 창립자: Michael Cusack 1847–1906: 〈시민〉의 모델, 〈율리시스〉 제12장 참조.

15) 사람이던 그의 개(犬)던, 그들의 애란토방랑愛蘭土放浪 끝에(the chal and his chi, their roammerin over): 파넬의 Cork 주의 연설의 인유: 어떤 사람이든 그의 조국에 대해 말할 권리는 없나니: 멀리 더 멀리 방랑할 수 없으리(No man has a right to say to his country Yhus far & no further shalt thou go).

16) 물오리(anit): 이집트의 여신.

17) 저 꾸짖는 노장인老丈人(that gronde old mand): Grand Old Man: 글래드스턴을 지칭.

18) 청수남靑鬚男(blowbierd): Bluebeard: 프랑스 작가 Perrault의 이야기 및 영국의 팬터마임, Duka 및 Maeterlink의 오페라에서, 아내 살인자. 그는 또한 전설적 인물이기도. 〈율리시스〉 제15장 밤의 환각 장면에서 처신없는 여인들과 누더기 거지 떼들이 블룸을 이 이름으로 조롱한다(U 380).

19) 숙녀여, 귀중류貴重流여(leedy, plasheous stream): S. L. Hsiung 작의 연극 제목: 〈귀중한 천녀川女〉(Lady Precious Stream)의 패러디.

20) 뭐라나 하는 사건(theogamyjig): thingummy incident: 거 뭐라는 사건(아무개 사건)(Gr) theogamia: 신들의 결혼.

21) 부대에서 나온 천격남(the cad out on the beg): 속담: 고양이를 백에서 나오게 하라(Let the cat out of the bag)(비밀을 폭로하다)(U 343 참조).

22) 나일 강(nilly): (F) Nil: Nile강.

23) 아스완 댐(assuan damm): Aswan Dam(나일 강의).

24) 피닉스 행복악 측경기測徑器(피닉스 his calipers): 피닉스 공원.

25) 안녕하세요 선생, 돈을 많이 투자하구려! 건강은, 신사 나리!(Sarats ye, Gus Paudheen! Kenny's thought ye, Dinny Oozle!): (러시아어): how do you do, sir?

26) 전원田園의 북여명北黎明(a suburbiaurealis in his rure): M. Valerius Martial(로마 시인) 작 〈경구〉(Epigrammata) XII 57의 구절의 패러디: Rus—in Urbe(전강 향)(〈율리시스〉 제17장에서 블룸이 구상하는 별장 명이기도 (U 585) 참조).

27) 입문막간入門幕間. 체코(제지制止) 슬로바키아(느린귀환歸還)회문廻門(Enterruption. Check or slow—back. Divershen)(탈선): (1)Check in slowback (2)Czechoslovakia. (3)(Cz) dive're: door(이 탈선은 바 문의 열림의 소리에 의해 야기되었다).

(333)

1) 참깨 열리나니(szeszame open): 〈아라비안나이트〉의 구절 패러디.

2) 팻 포돔킨(Pad Podomkin): 왕자요, 러시아의 정치가, Catherine 여제의 애인.

3) 공자란孔子亂의(confusionary) 공자(Conficius)의 패러디.

4) 정강이캐이트(캐이트kattershin): (Cz) Catherine.

5) 눈부신 복도(danzing corridor): Dantzig Corrido는 폴란드로 하여금 1차 대전 후에 발틱 해의 접근을 허락했다.

6) 그녀는 그 사내에게 의존할 양으로(as she was going to pimpim him): 노래 가사의 패러디: 나는 성 Ives로 걸어갔는지라(As I Was Gong to St Ives).

7) 승전남勝戰男(way boy wally): 노래 가사의 패러디: 나의 사랑 윌리(My Boy Willie).

8) 코르시카 나포레옹 어정뱅이의 준비조준발사(readypresent fire of corkedagains): (1)전쟁 구호: ready! present! fire! (2)Corsican Upstart: Corsica의 나폴레옹.

9) 버섯물관物館(mewseyfume): 이제 당신은 뮤즈 박물관 안에 있어요(now you're in the museyroom)(전출: FW 8 참조).

10) 제임슨 주자酒者(The jammesons): Jameson's whiskey.

11) 웅우雄牛링돈(Bullingdong): 웰링턴.

12) 사리(sari): 힌두교 여인들이 입는 드레스.

13) 그의 요부의 종자들은 윙크하며 잠에서 깨어있으며(awinking and waking): Vock Robin의 노래 가사에서: 공중의 새들은 한숨지으며, 흐느끼고 있었는지라(The birds of the air were a—sighing & a—sobbing).

14) 우리들로 하여금…빈자貧者들과 함께 간음 감화로 인도하지 마사이다. 오 음吟!(lead us not into reformication…thingdom of glory…O moan!): 주님의 기도문의 패러디: 우리들을 유혹으로 인도하지 마사이다…왠고하니 당신의 왕국이요, 힘과 연관이나니…아멘(lead us not into temptation…For Thine is the Kingdom, the Power and the Glory…Amen).

15) 마톰 비톰 요리 책(Mattom Beetom): Mrs Beeton's cookery book(요리책).

16) 아친我親의 가루반죽 과자(dour dorty dompling): 속어의 패러디: Dear Dirty Dublin.

17) 규중설법(licture): 〈펀치〉(Punch)(1845) Esau Caudle 부인의 잠자리에서 남편에게 행하는 잔소리.

18) 나울(무소無所)(Naul): 더블린 주 소재의 도회.

19) 메리온 바스(탕천湯泉)(marrienbaths): 더블린 소재의 Merrion Baths(해안) 목욕탕.

20) 최각색담最脚色談(toplots): Teplitz & Marienbad: 보헤미안 경련(spas).

(334)

1) 처녀 코스텔로(Panny Kostello): (1)Panny: (Cz) Virgin (2)Costello: 호우드 Castle(?)

2) X. Y. Z(examine your zipper): 지퍼 요주의.

3) 침실의 석송분말石松粉末(the chamber's ensallycopodium): (1)석송식물(lycopodium): 다양한 종류의 포자로 이루어진 노란, 가연성의 분말로, 피부 찰과상 치료에 사용됨 (2)Chamber pot lycopodium: 무대 각광(stage light)에 사용되는 가연성 분말.

4) 노예 소유자 데 바레라(De Marera): Demerara: 글래드스턴(영국 수상, 자유당 당수)의 아버지, 그는 인육人肉으로 2백만 프랑의 돈을 번, 노예 소유자(slaveowner)였다.

5) 요금 징수옥徵收屋의 고모高帽(the toll hut): tall hat: 글래드스턴이 쓴 굽 높은 모자.

6) '글래드스턴 브라운'(글래드스턴 Brown): BROWNE: Browne and Nolan(〈경야〉의 주제들 중의 하나), 여기 글래드스턴과 함께.

7) '델개니 출신의 숙명의 사나이'(man of Delgany): (1)나폴레옹 (2)Delgany: Wicklow 군의 마을.

8) 대깍(Dip): 앞서 박물관의 안내양인 캐이트의 상투어 Tip에 대한 대칭 어(10).

9) '보나파르트 노란'씨(Mr Bonaparte Nolan): (1)NOLANE: Nolan and Browne(〈경야〉의 주제들 중의 하나)(적대 관계), 여기 나폴레옹과 함께 (2)Captain Nolane은 경기병대의 공격을 야기하는 명령을 날랐다.

10) '맥마혼 토노장土老壯'(ground old mahoabyn): (1)Grand Old Man: 글래드스턴의 별칭 (2) mahogany (3)MacMahon: 크리미아 전투의 프랑스 원수.

11) Danelagh): (1)9–10세기 덴마크 인들이 정주한 영국 북 및 북동의 지역 (2)Ranelagh: 더블린의 지역.

12) 유일남唯一男의 비구자非具者의 비非이행자의 비괴자非壞者의 비격자非擊者(defender of defeater of defaulter of deformer of the funst man): Gladstone, Browne, Bonaparte, Nolan, Parnell.

13) Oliver White: Olaf White: 더블린의 최초의 북구 왕.

14) 그리고 이건 그의 대언大言 진백마眞白馬입니다(And thisens his speak quite hoarse): 앞서 박물관에서 캐이트의 상투적 안내어(8).

15) 자신의 꼴불견 고흐 초소형상超小型像(own one's goff stature): 피닉스 고원에 있는 Hugh Gough(1779–1869)의 상(반도 전쟁에서 싸워, Punjab를 정복했다).

16) 나비그대오라모두(cmoeallyous): 민요의 패러디: come–all–you(〈 초상〉 P 89 참조).

17) 오 럼 주酒 그건 최고로 창맵익살스러운 물건이라 얼마나 매부리코 곱추의(O rum it is the chomicalest thing how it pickles up): 노래 가사의 패러디: O rum it is the comicalest thing, How it tickles…

18) 펀치와 유녀猶女 쥬디(the punchey and the jude): Punch & Judy(show): 이상스러운 영국의 인형극 주인공 Punch는 매부리코에 꼽추로, 아이와 아내 Judy를 죽이고, 교수형에 처형 됨.

19) 그가 극자를 쾅 세차게 치자 그녀는 설탕 자루를…한편 전술 주점의 오합지졸이 아연 응시했도다(He banged the scoop and she…the sugar while the whole pub's pobbel.): 노래의 패러디: 나는 신발을 갖고, 당신도 신발을…모든 하느님의 아이들이 신발을 갖도다(I got a shoe, you got a shoe, All God's

chillun got shoes).

20) 메조틴트 벽 위를(On the mizzatint wall): 벽에 걸린 동판 판화.

21) 크리미아 화畵(Crimm crimms): 벽화는 크리미아 전투 장면.

22) 총수역總首歷의 병사들(Allmeneck's—men): Almanack's: 섭정 시의 런던 구락부(London club in Regency).

23) 발사준비의 포차砲車(cains that lept at em): 테니슨의 시 〈경기병대의 공격〉(Charge of the Light Brigade)의 시구의 인유: 오른 쪽으로 대포, 왼 쪽으로 대포, 사격 및 천둥소리…(Cannon to right of them, Cannon to left of them…Volleyed and thundered).

24) 우린 그토록 경쾌한 저 판화를 숙독熟讀했는지라(we've conned thon print in its gloss so gay): 노래 가사의 패러디: 그대는 그토록 회색의 코트를 입은 존 필을 아는고…(Do ye ken John Peel with his coat so grey…)

25) 핀드라더(Finndlader): (1)Adam Findlater: 에드워드 왕조의 더블린의 식료품 거상 및 정치가 (2)더블린의 Findlater 성당.

26) 왕王의 공도상公道上의 헤이 텔라 호우(Hey Tallaght Hoe on the king's highway): Tallaght: 더블린의 Parthalonian(파르티아: 카스피 해 남동쪽의 옛 왕국) 침입자들의 역병자疫病者들 무덤 지역.

27) 도니쿰의 시장市場(Donnicoombe Fauring): 노래 가사들에서: (1)Donnybrook Fair(더블린 외곽 소재) (2)Widdicombe Fair.

28) 밀라킨 통과(Millikin's Pass): Millikin: (1)아일랜드의 노래 작가 (2)Manneken—Pis: Brussels에 있는 소변보는 소년 상.

29) 이즈—라—차페르 방문) Izd—la—Chapelle): 채프리조드.

30) 샤르마뉴 대제배大帝盃(Carlowman's Cup): (1)Carlow 군 (2)Charlemagne's: 새르마뉴 대제배(서로마제국의 황제(741—81).

(335)

1) 야도夜盜의 12갑주연대(the bugler's dozen): baker's dozen(한 다스의 빵을 사면 1개를 더 얹어 주는 덤). 12+1=13(tilly)(U 12)

2) 호리포리스(Holispolis): (1)피닉스(불사조)가 불탄 자리(Heliopolis) (2)Healy가 아일랜드 공화국의 총독이 되었을 때 더블린 사람들은 피닉스 공원 안에 있는 총독의 관저를 Heliopolis라 불렀다.

3) 파크랜드(Parkland): 피닉스 고원.

4) 그림 동화童話(grimm tale): Grimm 형제의 동화를 상기시킴.

5) 사냥개미성蟻이 베짱이 추적 터(the hundt…chivvychace): 개미(Ant)와 베짱이(Grasshoper): 〈경야〉의 주제들 중의 하나.

6) 버클리웅우곤봉자雄牛棍棒者가, 총돌격노서대장總突擊露西大將을…사살했도다(Bullyclubber burgherly shut…general): 조이스가 그의 부친으로부터 들은 유머러스한 이야기로, 잇따르는 〈경야〉제II부, 제3장(346—353) 에서 큰 주제로 이야기 된다. 즉, 크리미아 전쟁 동안(1853—5, 6) 영국 군대의 아일랜드 병사 버클리는 그가 러시아의 장군이 배변하는 것을 보자 인도적 견지에서 사살하는 것을 참는다. 그러나 장군이 뗏장(turf)(아일랜드의 상징)으로 밑을 훔치는 것을 보자, 아일랜드에 대한 모독으로 간주하고 그를 사살한다(Ellmann 411 참조).

7) 신열국新列國 하카 우르르! 아 라라! 신열국의 지혈地血이 덜커덕덜커덕!(Ko Niutirenis…. laleish): Polynesia(하와이, 사모아, 뉴질랜드 등, 대양주의 3대 섬들)인들의 〈하카〉(haka)(고전 음악)의 글귀(여기 울리는 천둥소리는 뉴질랜드어).

8) 웰링턴(Wellingthund): 웰링턴: 뉴질랜드의 도시 명.

9) 마오리소요騷擾(maormaoring): Maori: 뉴질랜드 종족.

10) 전사戰士의 공포恐怖! 전사의 장엄莊嚴!(Katu te ihis! Katu te wana wana!): 앞서 haka의 글귀(용사무勇士舞).

11) 노서생각露西生角 총장總將(rawshorn generand): 러시아 장군(Russian General).

12) 폴란 노어화露語話할지라(Paud the roosky): Paderewsky: 폴란드의 정치가.

13) 하이버니언 야기사夜騎士의 향연담객饗宴談客(hibernian knights underthaner): Samuel Ferguson 작의 〈하이버니안 밤의 향연〉(Hibernian Noght's Entertainment) 의 제목 인유.

14) 성聖 바 바라에 맹세코(the bliss it sint barbaras): 여 후원자(patroness)

15) 통桶블린의 무한천일화無限千一話를 그의 오리브 오코넬구鳩(doesend end once tale of a tublin): (1) dozen and one: 〈천일 야와〉의 인유. tale of a tub: 스위프트의 〈터무니없는 이야기〉(A Tale of a Tub)의 인유.

16) 아서 백작(Arthurduke): Arthur: 웰링턴 백작.

17) 어첩禦妾 아다리스크(odalisks): 동방의 여노예(첩).

18) 오 마튜린 수부군水夫君(O Mr Marthurin): (1)Grace O'Malley: 엘리자베스 1세 때의 해적. 그의 아일랜드 이름은 Granualle(U 270) (2)St Mathurn: 바보들의 수호자.

19) 무슨 정중頂重한 모자를 그대는 쓰고 있는고!(what a toheavy hat you're in!): (1)시인 맹건(J. C. Mangan)의 글귀의 패러디: 마투린, 마투린, 그대는 무슨 이상한 모자를 쓰고 있는고(Maturin, Maturin, what a strange hat you're in) (2)C. R. Maturin(1782—1824)(아일랜드의 소설가)은 괴상한 옷을 입은 데다가, 〈방랑자 멜모스〉(Melmoth the Wanderer) 스위프트가 사용한 이름 썼다. 이 소설에서 한 사나이는 악마에게 혼을 팔고, 유럽을 비참하게 배회하다가, 성 Petersburg에서 죽는다.

(336)

1) (신神의 데인어제語祭로 화행話行할지니)(enterrellbo add all taller Danis): (L) 가톨릭교의 미사 처음에 미사 집행사제(Celebrant)가 복사(Server) 에게 건네는 성구: 나는 하느님의 제단으로 가련다(I will go unto the altar of God), 〈율리시스〉의 시작에서 멀리건의 익살 참조(U 3).

2) (나는 굉장히 미안하지만!)(I'm amazingly sorracer!): 〈율리시스〉 14장말에서 만취의 학생들이 떠드는 말: 럭비다. 자네 다쳤나? 정말 미안해!(Rugger…you hurt! Most amazingly sorry!)(U 346).

3) 앙갚음으로(measures for messieurs): 셰익스피어 작 제3기의 코미디인 〈앙갚음〉(Measure for Measure)의 인유.

4) 맥아주광. 최후통첩, 이야기가 타르(지체) 될 때는 전철혹자여 계속 밀고 나갈지라Maltomeetim, alltomatetam, when a tale tarries shome shunter shove on): (1)노래 가사의 패러디: 바늘과 핀, 담요와 정강이, 남자가 결혼할 때는 슬픔이 시작 한다(Needles & pins, blankets & shins, When a man is married his sorrow begins) (2)shome shunter: 셈 / 숀.

5) 아틸라(tillalric): (1)Attila: 훈족의 왕(406?—453) (2)Alaric: 로마를 정복한 투톤의 지도자.

6) 방가모계紡家母系(spindlesong): 〈유령선〉에서 Santa는 실 짜는 노래를 부른다.

7) 아가들 마냥 선육鮮肉되는 언림言林 속에(babes awondering in a wold made fresh): (1)노래가사의 패러디: 숲속의 아가들(팬터마임)(The Babies in the Wood) (2)〈요한복음〉 1. 14: 말이 육화했도다(the Word was made flesh).

8) 진휴전眞休戰, 오랜 진실陳實 그리고 진실眞實 바트타프 이외에 아무 것도(the truce, the old truce and nottonbuff the truce): 법정 맹세의 변형: 진리, 모든 진리 그리고 진리이외에 아무것도(the truth, the whole truth & nothing but the truth)(legal oath).

9) 진갈眞渴은 실화實話 보다 더 강하도다(Drouth is stronger than faction): 격언의 패러디: 진리는 허구보다 강하도다(Truth is stranger than fiction).

10) 그랜트 여장군與將軍(The Grant): Ulysses Grant는 미국의 대통령으로, 시민전쟁에서 연방군을 통솔했다.

11) 공인公人 만리우스(Publius Manlius): T. Manlius: 아들을 사형 선고한 로마의 집정관.

12) 그의 장소는 그의 포스터…모두들 말했나니, 그리하여 우리는 주목하리라…그들은 말했나니(his place is poster, sure, they said.): 자장가의 패러디: 어디 가는 길이요, 나의 예쁜 아가씨?: 나의 얼굴은 나의 재산 이야요, 나리, 그녀는 말했도다. 나는 시장으로 가요, 나리, 그녀는 말했도다(Where Are You Going, My Pretty Maid? My face is my fortune, sir, she said: I'm going to market, sir, she said).

13) 자유해방축진당수(liberaloider): (1)the Liberator: Daniel O'Connell (2)Liberal leader: 글래드스턴.

14) 대서양파波의 흉융기胸隆起(atalantic's breastwells): (1)Atlantic swell(해팽海膨)(큰 파도) (2)Atalanta: (희랍 신화) 걸음이 빠른 미녀.

15) 쟁기의 채찍 땀(the welt of his plow): 〈창세기〉 3: 19의 인유: 이마의 땀(sweat of blow).

16) 작은 죄(pekadillies): peccadillo: 작은 죄, 작은 결점.

(337)

1) 수백 득점(centuries): 크리켓에서 수백 득점.

2) 타자打者의 일격에(at batman's biff): 아이들의 게임: 장님의 맨살(Blind Man's Buff).

3) 아웃 당한(was bowled out): (크리켓) 타자의 왼쪽 뒤편의 필드. 그 수비자(leg before wicket).

4) 세명의 다른 고객들(three oldher patron's): 더블린의 Rathgar(한 때 조이스 주거의 주소)에 있는 〈세 수호 성자 성당〉 Church of the Three Patrons.

5) 섭리자攝理者(providencer): Divine Providence: 비코.

6) 군살(하치)(hutch): Hutch & Annabel: 1920년대—30년대의 유행가 가수들의 통칭.

7) 연어(魚)로 하여금…솔로몬숙肅하게(salmon solemonly): Finn이 먹은 지혜의 연어(the Salmon of wisdom)의 암시.

8) 살벌잉크병가甁家(bleakhusen): 디킨즈(C. Dickens)의 작품명의 패러디: 〈살벌한 집〉(Bleak House).

9) 브라이언도 아니고 노엘도 아니고(nay brian nay noel): Bruno / Nolan의 대칭 관계.

10) 빌리도 아니고 보니도 아니고(ney billy ney boney): 윌리엄 글래드스턴 / 보나파르트 나폴레옹(Bonaparte).

11) 실비아 부副 사이런스(sylvias sub silence: Sylvia Silence): 1920년대의 영국 여학교 잡지의 등장인물.

12) 윌 울스리 웰라스래이어 가家(Will Woolsley Wellaslayers): (1)William(크리미아 전투의 자작子爵)(Viscount) Wollseley (2)Arthur Wellesley: 웰링턴 공작.

13) (벽화壁花도 귀가 있나니 피청彼聽!)(floweers have ears, heahear!): 격언의 패러디: 벽도 귀가 있나니(Walls have ears).

14) 그런 고로 이것이 아牙블린이나니!(So these ease Budlim!): M. J. MacManus 작품의 패러디: 〈고로 이것이 더블린이라〉(So This is Dublin)(192)

15) 돈 어중이, 디크 및 하리 떠중이(Dunn, Teague and Hurleg): 어중이떠중이(이놈 저놈)(Tom, Dick and Harry).

16) 볼사리노 살롱 모(Borrisalooner): 조이스가 한 때 쓴 모자(Borsalino hat).

17) 장국將國의 노중露衆을 피살避殺한 사나이(The man that shunned the rucks on Gereland): 러시아 장군을 쏜 산 사나이, 즉 바트.

18) 보인무도회의 전화戰花(The man thut won the bettlle of the bawll): 아일랜드 서북부의 보인(Boyne) 강 전투: 아일랜드의 패배.

19) 탄크리드(Tancred): Tancred: 로마인들에 의하여 패배당한 시실리의 왕.

20) 알타써어써스(Artaxerxes): Artaxerxes: 페르시아의 세 왕들의 이름.

21) 플라빈(Flavin): 대리인 미끼(blond).

22) 발나 바스 유릭 단(Barnabas Ulick Dunne): Barnabas: 사도. 무어(G Moore) 작의 Evelyn Innes 에나오는 이름: Ulick Dean. Uleeka: (R) 죄의 증거.

(338)

1) 버클리 도盜가 노불복 露不服의 친형장親兄將을 살피殺皮했던고(How Burghley shuck the rckushant): 버클리가 어떻게 소련 장군을 쏘았던고(How Buckley shot the Russian General).

2) 애란 명예(For Ehren): (G) Ehren: honours. Erin.

3) 영복永福!(gobrawl!): (I) go bra'th: 심판의 날까지(영원히).

4) 시민병市民兵들(Citizen gobrawl): 아일랜드의 시민군(Citizen Army)(191.6).

5) 이탄 수도사士(the peat freers): White Friars: Carmelites(카르멜파의 수도사).

6) 공포브뢰처 경칠 적나라했던고?(blutcherudd?): (1)General Blucher(Waterloo 전투의) (2)bloody red.

7) 나 역시 견지見知라(Till even so aften): 노래 가사의 패러디: 아름다운 아프톤이여, 조용히 흘러하(Flow gently, sweet Afton).

8) 우리들의 산가山家까지 구술할지라(Humme to our mounthings): 노래 가사의 패러디: 산을 향한 집(Home to our Mountains).

9) 희禧쥬발 수란관輸卵管 튜발(jubalant tubalence): 〈창세기〉 가인의 후손들: Jubal 및 Tubal.

10) 그의 일요일의 내측의內側衣에 월요일日의 외측의外側衣를 입고(with his soliday site out on his moulday side in): 노래의 패러디: Brian O'Linn: 그는 밖으로 가죽피를, 안으로 양모 털을 한 바지를 입었었다. (he had breeches with with The skinny side out & the woolly side in).

11) 발티모어 흑해의 중장 경卿의 정부총독(the gubernier—general in lout—livtonant of Baltiskeeamore): (1)Baltimore(Cork 군의 정부 총독 및 육군 중장(governor—general & lord—lieutenant of Baltimore) (2)(R) Baltiiskoe: Baltic 해.

12) 코뉴 아말태!(amaltheouse): (L) Cornu Amalthae: horn of plenty.

13) 군의회軍議會의 고용언어를 여용與用할지라(Endues paramilintary langdwage): end use parliamentary language(의회에서 쓰는, 격식적 언어).

14) 황곡黃谷의 가냘픈 백합은 팔리 불교원전의 우르두어語를 주아 말하지 않는도다(The saillis of the yellavs…. urdlesh): 골짜기의 백합은 Shelta어를 말하지 않는다(lilies of the valleys don't speak Shelta)의 익살.

15) 쉘타 침어寢語(Shelltoss): (1)(Sh) Seldru Shelta 어 (2)영국의 포함砲艦이 1916년의 부활절 봉기 동안 더블린의 자유 회관(Liberty Hall) 을 폭격했다(shelled).

16) 배杯타스 통신(telltuss): 소비에트의 타스(Tass) 통신.

17) 우크라이나 파어破語가 그녀에게 말하는고, 어語를 어로 신조하면서!(Malorazzias spikes her coining a speal a spake!): (R) Malorossiya: 작은 러시아(우크라이나): 삽을 삽이라 부르며, 그걸 말하다(speaks it, calling a spade a spade).

18) 마력가魔力家(Setanik): 여인의 이름.

19) 샬를—마뉴—대제大帝(Chang—li—meng): Charlemagne: (742—814) 스페인의 프랑크(Franks)의 왕, 성 로마 제왕. 그는 파넬과 연관된다.

20) 몰리 맥알펀…소騷부루안 용웅자勇熊者(Mollies Makehalpence…Bruyant the Bref): 무어의 노래 패러디: 용자 브라이언의 영관을 기억하라(The Remember the Glories of Brien the Brave).

21) 아침이 애등발기愛燈勃起를 솟게 할 때(when the morn hath razed out limpalove): 노래가사의 인유: 달이 그의 위 등燈을 처들 때(Moon Hath Raised Her Lamp Above)(발기의 암시).

22) 황상荒霜이 우리들의 광환상狂幻想을 냉살冷殺하던(the bleakfrost chilled our revery): 조반이 우리의 명상을 살해 했나니(breakfast killed our reverie).

23) 꿈의 용단해석勇斷解釋(intrepidation of our dreams): 프로이트의 저서 제목의 패러디: 〈꿈의 해석〉(Interpretation of Dreams).

24) 폭발(Upgo): OGPU(소련 비밀경찰)의 역순.

25) 비경찰秘警察!(bobbycop!): 러시아 비밀경찰(1922): Bobrikoff: 1904년 6월 16일 사살된, 핀란드의 소련 총독.

26) 소육燒肉을 기억 속에 란청蘭聽하게 할지라. 지속!(lets hear in remember the braise of. Hold!: 노래 가사의 패러디: 애린으로 하여금 옛날을 기억하게 하라(Let Erin Remember the days of Old).

27) 공란空蘭의 곡유(the grain oils of Awrin): hill of Erin.

28) 자신의 웃음이 배명背鳴하는지라(his laugh neighs): Lough 네이(네이 호반)(76).

(339)

1) 발화심發火心의 빛(flashwemid's rays): Fisherman's Ring: 교황의 서임敍任 반지(pope's ring of investiture).

2) 촌뜨기 상(양반)(pokehole sann): Pukkelsen: 등 혹의 노르웨이 선장의 이름으로, 아마도 여기 그는 버클리와 연결된다. sann(쌍): 일본어의 Mr(樣)

3) 그의 베이컨에…늙은 아빠의 우상을 닮았는지라(Like old Dolly Icon…bicon): 자장가의 패러디: 늙은 아빠 대콘은 한 조각 베이컨을 샀도다(Old Daddy Dacon, bought a bit of bacon).

4) 그는 발작하고 나는 경련하고 모든 신부는 정액을 품었도다(He gatovit…Cheloven gut a fudden): 노래의 패러디: 나는 신을 갖고, 그대는 신을 갖고, 하느님의 모든 아이들이 신을 갖도다(I got a shoe, you got a shoe . All God's chillun got shoes).

5) 그의 전포차前砲車, 후견포차後犬砲車(Limbers affront of him, lumbers behund): 테니슨의 시구절의 패러디: 〈경 기병대의 공격〉: 우측 포, 좌측 포(Charge of the Light Brigate: Cannon to right of them, Cannon to left.

6) 수사슴들이 그의 암컷들…어린 수사슴이 이슬을 견디나니…그의 궁지의 사냥개들이 경종을 울리는지라(While the bucks bite…till the bounds…bell the warning): 노래 가사의 패러디: 그대 존 필을 아는고?: 아침에 사냥개와 그의 각족을 데리고(Do Ye Ken John Peel?: With his hounds & his horn in the morning.

7) 거기까지는 괜찮으나, 짖음이 물리는 것보다 나쁜지라(Sobaiter sobarkar): 글귀의 변형: So far so good, his bark is worse that his bite.

8) 그의 라그란복服과 그의 마라코프 모피모(In his raglanrock and his malakoiffed bulbsbyg): Raglan—sleeved coat: 래그런 소매의 상의(어깨솔기 없이 통째로 내리 달린 소매의 코트).

9) 카디간 경卿(cardigans): 크리미아 전쟁의 Lord Cardigan의 인유.

10) 맨쉬코브(manchokuffs): 크리미아 전쟁의 소련 Menshikov 왕자.

11) 여기 모두 주당周當 할부 구입품들!…몇몇 금화로 적시 지불 가능. 마드무아젤이 이런 복장을 뒤돌아볼지

2부

라(Here weeks hire pulchers!…Polikoff's…Seval shimars pleasant time payings. Mousoumeselles buckwoulds look): 앞서 재단사 상점의 관고의 인유. Polikoff: 더블린 소재의 양복상(mademoiselles would look back at such clothes).

12) 안구眼球 가득히(full of eyes): 아일랜드의 전설적 영웅인 Cuchulain(현재 그의 동상은 GPO 건물 안에 설치되고 있거니와)은 일곱 개의 눈동자를 지녔다 한다.

13) 생사生死두꺼비작爵(쌤이듀둔): 크리미아 전쟁의 Count Todleben의 인유.

14) 아 즐거웠던 그 옛날 죄罪여!(low hum clang sin!): 노래 가사의 패러디: Auld Lang Syne.

15) 임야林野의 모든 식물군植物群 가운데(ameet the florahs of the follest): 노래 가사의 패러디: 숲의 꽃들(Flowers of the Forest).

16) 적열赤裂의…기구靑氣球의, 남藍휘방의 그리고 자격紫激의!(Rent…ballooned, hindergored and voluant!): 적, 오렌지, 황, 녹, 청, 인디고 및 자색들(무지개 색깔).

17) 어미나의 견외투肩外套를 걸친 두건사불구남頭巾死不具男!(Erminia's capecloaked hoodoodman): Tasso(이탈리아의 서정시인, 1544—95)의 Gerusalemme Liberata에서 Erminia는 자신을 가장하여 적의 캠프에 들어가 애인을 구했다.

18) 처음 그는 분奮스텝했나니. 이어 그는 정굴停屈스툽했도다(First he s s st steppes. Then he st stoo stoopt): 소련의 Nicholas 황제는 터키 사건에 개입(step into) 하여, 외교적 커다란 실수에 굴하기(stoop)까지, 유럽에서 극히 존경받는 인물이었다.

19) 충직忠直한 나태懶怠의 러브린인人(like alead lusky Lubliner): (1)격언의 패러디: Dear Dirty Dublin. (2)Lusk: 더블린 카운티의 마을 이름.

20) 쭈마의 엘 몬테를 옥독살獄毒殺함과 아울러 아타휴알파를 유살幽殺시켰나니…세례옥洗禮獄 되기 전까지(strungled Attahilloupa…Monte de Zuma…popsoused into the monkst of vatercon): 매콜리(Thomas R. Macaulay)의 글귀의 인유: 모든 학생은 누가 Montezumma를 감옥에 보냈는지 그리고 누가 Atahualpa를 목 졸랐는지 알도다.

21) 크렘린(Krumlin): Crumlin: 더블린의 지역 명.

22) 베짱이 상上 개미(the emt on the greaseshaper): 〈개미와 베짱이〉(동화) 후출(414. 20—1).

(340)

1) 죄罪황금의 능산자能散者(Scutterer of guld): (1)통속어의 패러디: 죄의 말더듬이, 그는 모든 면에서 악명으로 유명한지라(stutterer of guild, he is notorious on every rota) (2)scatterer of gold.

2) 세척치장洗滌治裝(walshbrushup): (1)wash and brush up (2)더블린의 추기경 Walsh.

3) 그의 골질骨質의 공恐유령 괴傀허풍이라(his boney bogey braggs): 노래 가사의 패러디: 로크 로몬드의 아름답고 아름다운 강둑에서(On the bonny bonny banks of Loch Lomond).

4) 드쥬브리안의 알프스(Djublian Alps): (1)Julian Alps: 유고슬라비아 (2)Ljubjana: 슬라비아의 수도 (3)Dublin.

5) 벌야伐野를 잊지 마시라! 오그림의 로몬드 탄호嘆湖(Forget not the felled! For the lomondations of Oghrem!): (1)무어의 노래에서: 잊지 마시라, 그 들판을(Forget Not the Field)(Aughrim의 개탄〔Lamentations〕) (2)Lock Lomond(탄호).

6) 물 떼 낀 계간溪間(furry glunn): 피닉스 공원의 The Furry Glen(계곡).

7) 새침데기 키스유혹녀들(primkissies): 공주(princesses).

8) 흑시자黑視者(blackseer): Black Sea(크리미아 전쟁).

9) 호시절節의 유물(relix of old decency): 더블린 속어: relic of old decency: 호시절의 기념품.

10) 백지白紙처럼 울부짖는 과부 상像(the widow in effigies keening after the blank sheets in their

family): (1)Ephesus(에베소: 소아시아의 옛 도읍)의 과부 (2)격언: 가족의 검은 양(Black sheep of the family).

11) 라스민지뢰地雷의 살모殺母여!(murther of mines!): (1)더블린 근교의 Rathmines는 아일랜드의 전쟁터(전출) (2)노래가사: 나의 어머니(Mother of Mine).

12) 에이, 솔레 미오!(Eh, selo moy!): 노래: O Solo Mio!

13) 오슬로(Osro): Ol=slo: 노르웨이의 수도, 해항.

14) 맥 마혼 웅자熊子(Bernesson Mac Mahahon): (1)Bjornson: 입센의 라이벌 (2)MacMahon: 프랑스의 크리미아 전쟁의 원수 (3)Bernesson: son of bear(MacMahon의 뜻).

15) 웅熊브루이노보로프(Bruinoboroff): Brian Boru: 아일랜드의 영웅—왕. 덴마크인의 공포로 알려짐.

16) 경신 警神, 농노 핀란드. 우리 모두 섬기나니!(Guards, self Finnland, serve we all!): 노래 가사의 패러디: God save Ireland say we all.

17) 팔크라츄드 육체미(bulchrichudes): pulchritude: 육체미(physical beauty).

18) 주교 리본캐이크(Bishop Ribboncake): 미상(?)

19) 호라이즌 양(Miss Horizon): 미상(?)

20) 안녕, 주전자, 그리고 안녕, 냄비 경卿!(Hyededye, kittyls, and howdeddoh, pan!): 노래 가사의 패러디: (1)굴뚝새야, 굴뚝새야 모든 새들의 왕(The Wren, the Wren, The king of all birds) (2)노래의 패러디: (Hi—de—hi, how do you do).

(341)

1) 우리는 응당 말하거니 (We should say): 노래 가사의 패러디: 토이는 내가 폴카 춤을 추는 것을 봐야만 하도다(Toy should See Me Dance the Polka).

2) 제분사製粉師 왕서방(whang goes the millner): Whang the Miller: 골드스미스(O. Goldsmith)의 〈세계의 시민〉(Citizen of the World) 의 등장인물.

3) 작은 갈색 항아리(the little brown jog): 노래 가사의 패러디: 작은 갈색 주전자(Little Brown Jug).

4) 왜 그가 애별愛別한 소녀笑女들이 그를 후목後目했던고(Why the gigls he lubbed beeyed him): 노래 가사의 패러디: 내가 뒤에 남겨 놓은 소녀(The Girl I left behind Me).

5) 토 바리쉬!(Trovatarovitsh!): the troubadour: (F) 11—13세기에 남부 프랑스, 북부 이탈리아 등지에서 활약하던 서정시인들(음유 시인들).

6) 타르(탈脫) 수水(Mortar): Berkeley는 tar water(담배의 댓진)를 약으로 사용했다.

7) 투자살投資殺(the murder of investment): 격언의 인유: 필요는 발명의 어머니(Necessity is the mother of invention).

8) 언월도성偃月刀星과 회월灰月(터키)(the scimitar star and the ashen moon): 달과 별: 터키의 국기.

9) 그들의 신호에 의하여 그대는 그를 패敗하리라!(By their lights shalthow throw him!): 〈마태복음〉 7:20의 패러디: 그들의 열매로 그대는 그들을 알리라(by their fruits ye shall know them).

10) 칙칙 폭폭(Piff paff): 노래 가사: Piff Paff: 〈위그노〉(16—7세기 프랑스의 신교도)의 군가.

11) 그의 제왕연초帝王煙草를 위해 나의 생生파이프를!(my pife for his cgar!): Michael Glinka(소련의 작곡가)(1803—57) 저의 패러디: 〈소련 제왕의 생애〉(A Life for the Czar).

12) 도박을 위한 말키은하銀河(The mlachy way for gambling): (1)Milky Way (2)노래 가사의 패러디: The Rocky Road to Dublin (3)노래 제목의 패러디: 말라키가 황금의 칼라를 달았을 때(When Malachy wore the collar of gold): 〈율리시스〉 제3자에서 스티븐의 바닷가의 의식, 참조(U 38).

13) 카(車) 호름 사건(Caerholme Event): Carholme: Lincoln의 경기 트랙.

14) 힙힙만세(Hippohopparray): Hip, hip, hurray!: 응원 갈채.

15) 아신我神이여!(Meusdeua!: My God!

16) 투마스 노호호란씨氏(Mr. Twomass Nohoholan): Thomas Nolan: 크리미아 전쟁의 장교.

17) 개락심改樂心의 취지로 그들 공통의 통회만용痛悔滿用을 위하여…(for their common contribe satisfuction in the purports of amusedment): 통회에서 참회자는 개심으로 만족(satisfaction)을 수행해야 하고 개선의 굳은 취지를 보여야 한다.

18) 성 드호로우 성당(Saint Dhorough's): Baldoyle(더블린 지역)에 있는 마을 및 동명의 성당.

19) 현현顯現(에피파니즈)(Epiphanes): 씨 말(馬)의 이름, 1932년 새끼를 낳다.

20) 확곤確壼(ossuary) 죽은 자의 뼈를 넣는 항아리.

21) 경마 장군연감將軍年鑑(racing kenneldar): The Racing Calendar: 경마 연감.

22) 성자다운 성학자聖學者의(saintly scholarist's): 아일랜드의 별명: 성자들과 학자들의 섬(Isle of saints and scholars), 동명의 조이스 비평문.

23) 반들반들한 샘(멋진 남자)(Slippery Sam): John Gay 작 〈거지의 오페라〉(Beggar's Opera) 에 나오는 도적, 재단사.

(342)

1) (아무리 육체적으로 건재한들) 도덕적으로 부재하여: 아일랜드에서는 미사 기간 동안 만원 성당 바깥의 예배자들은 비록 육체적으로 부재할지라도, 도덕적으로 참가함을 생각한다.

2) 맥스, 노브 및 드마기즈(Gmax, Knox, the Dmauggies): 팬터마임 익살극의 제목의 패러디: 〈믹, 닉, 및 매기〉(Mick, Nick & the Maggies)(전출, FW 218).

3) 뭘 멍하니 사죄하는고, 뗏장 심는 자들아!(a pinnance for your toughes, turffers!): 격언의 패러디: 뭘 멍하니 생각하는고(a penny for your thoughts)(U 295).

4) 시자視者들은 사무엘의 시자들이지만 청자聽者들은 티모스의 청자들이라(the seers are the seers of Samael but the heers are the heers of timoth): (1)〈창세기〉 27: 22 참조: 목소리는 야곱의 목소리지만, 손은 이서의 것이라(The voice is Jacob's voice but the hands are the hands of Esau.) (2)유태의 민속에서 Sammael은 하느님의 적이다.

5) 대주가(Boozer's Gloom): 1930년대의 경마.

6) 볼다울 경마 저주(Baldawl): Baldoylae: 더블린의 지역 명으로, 경마장으로 유명함.

7) 대장간 주장(chiefsmith): 〈핀의 청춘 탐험〉(Youthful Exploits of Finn)의 주된 대장 쟁이.

8) 카사비안카로부터의 여女재봉사(a middiness from the Casabianca): Mrs Hemans: 〈카사브란카〉(Casabianca): 카사블랑카: 모로코 서부의 항구.

9) 왜 저 기묘한 두건을 벗는고?(Why coif that weird hood?): 무어 & 버저스(Burgess) 등, 음유시인들의 선전문구(catchline)의 변형: 저 백모를 벗어요!(Take off that white hat!).

10) 후실後失의 정부政府—세총독世總督의 진세塵洗한 애고명사愛顧名士(the lost Gabbarnaur—Jaggarnath): 최후 총독—장군의 탁월한 애고(후원자)(distinguished patronage of the last government—general: 1932년의 Donald Butcherly.

11) 팜자브(Pamjab!): Punjab: 판자브: 인도 북서부의 한 지방(사람)(현재 인도 및 파키스탄의 공동 소유).

12) 행운행운행운행운행운행운행운!(Luckluck…luck!): 럭키세븐(행운의 수자).

13) 리버풀 하은배夏銀杯(Lipperfull Sliver Cup): Liverpool Summer Cup(경마 금배 우승 컵).

14) 1000기니로다(the Thousand): 경마의 상금.

15) 승안장乘鞍裝 견소堅少(ridesiddle titelittle): 노래 가사: 바로 작은, 딴딴한 작은 섬(Right Little, Tight Little Island).

16) 제4장애물항(the fourth of the huddles): 더블린의 별칭.

17) X리스도의 성가聖架에 맹세코(By the hross of Xristos): By the cross of Christ(맹세).

18) 헤리오포리스총중總衆은 흥분興糞의 사성射聲이나니!(Holophullopopulace is a shote of excramation): (1)피닉스 공원의 Heliopolis에서 불탄 불사조.

19) 판자브!(Bumchub!): Punjab(펀자브): 인도 북부의 한 지방(인).

20) 크리미아의 사냥꾼인, 해방자(Emancipator, the Creman hunter): Emancipator: 1927년의 새끼를 친, 경기 씨 말(馬).

21) 가제家製 잉크(Homo Made Ink): 솀이 그의 인분으로 만든 잉크(전출: FW 185)

22) 배일리 횃불 등대Bailey Beacon): Howth Head의 Bailey 등대.

23) 독수리의 길(the eagle's way): 격언의 구절에서: (1)공중에는 독수리의 길…처녀를 지닌 남자의 길(The way of an eagle in the air…& the way of a man with a amid) (2)Eagle's Way: 1919년의 새끼를 친 경기 씨 말.

24) 춘천욕春泉浴(spring dabbles): Spring Doubles 영국의 Lincolnshire(Liverpool)에서 매년 열리는 대 장애물 경마(Handicap & Grand National).

25) 이 에덴석모夕暮의 황금원黃金園(this golden of events): 에덴동산(Garden of Eden).

26) 론둔論鈍 지방(Loundin Reginald): B. BC London Regional(경마).

27) 오렌지임인林人(orangultonia): (Malay) orang—utan(실제로, '숲의 사나이'란 뜻).

28) 말레이의 공포(the tiomor of malaise): Mimor: Malay 군도의 섬.

2부

(343)

1) 궁수좌弓手座를 경유하여…용좌龍座(orients by way of Sagittarius towards Draco on the Lour): Orion: 성좌. 성좌 Draco는 Dipper와 Sagittarius 사이에 놓여 있다 Draco: 아테네의 법률가.

2) 종鐘보일, 책冊버크 및 촉燭캠벨과 함께(with Boyle, Burke and Campbell): with bell, book & candle): 결혼의 서약.

3) 강골强骨의 무덤에 도박행賭博行하도다(gogemble strangbones tomb): Strongbow의 무덤: 더블린의 Christchurch 사원(한 때 사업소).

4) 성聖 분묘墳墓(Sepulchre's) 더블린의 성 Sepulchre의 궁전(Marsh 도서관 근처).

5) 저주 방축 길(curseway): Causeway: 북 아일랜드의 Antrim 군에 있는 현무암 기둥의 방축 길의 인유.

6) 토미 녀석!(commeylad): 노래 가사의 패러디: 꼬마 토미(Tommy Lad).

7) 앨비언이여(Albion): 잉글랜드의 아명雅名.

8) 땜장이 재단사(Teakortairer): 노래 가사의 패러디: Tinker, Tailor.

9) 골웨이 장인丈人(Galwegian caftan): 노르웨이 선장(Norwegian Captain).

10) 화사話射했듯이(micramacrees): 노래 가사의 패러디: Mother Machree.

11) 보가린 병대兵隊(Miles na Bogaleen): 〈아리따운 아가씨〉(The Colleen Bawn)(보우시콜트 작)의 등장인물인, Myles—na—Coppaleen은 곱사등의 Danny를 사살한다.

12) 전청일전全淸日戰(the whole scoopchina): Jap…China War(청일 전쟁)(1930년대).

13) 집합적 영각(anggreget yup): Ginnungs Gap: 북구 아이슬란드의 신화(Norse Eddas)에서 영겁들

(aeons) 사이.

14) 워털루(awstooloo): Waterloo 전투의 암시.

15) 영웅하英雄下에 투영울곡投影鬱谷이 되었는지(was valdesombre belowes hero): (1)valley of shadow(투영울곡) (2)격언의 인유: 어떤 남자도 하인에게는 비 영웅(No man is a hero to his valet).

16) 위대한 쥬피터여!(Greates Schtschuptar!): Great Jupiter(Great Zeus)!

17) 거巨개미와 위약충偉藥蟲베짱이(antiants their grandoper): 개미와 베짱이(ant and grasshopper): 〈경야〉 주제들 중의 하나.

18) 모든 괴준마怪駿馬와 모든 괴민병怪民兵들(all the quirasses and all the qwehrmin): 자장가(동요)의 패러디: 〈땅딸보〉: 모두 임금님의 날들 그리고 모두 임금님의 사람들(Humpty Dumpty: All the king's horses and all the king's men).

19) 스캔들양초 양끝 토막을 불태우고 있었는지라!(smooking scandleloose at botthends): 속담의 인유: 초의 양 끝을 태우다(burning the candle at both ends)(…와는 비교도 안 된다).

20) 성가聖家의 반시半翅(鳥)(the homely Churopodvas): (Po) kuropatwa partridge: 반시(자고새).

21) 수노리數露里(a few versets): verst: 러시아의 측지 단위.

22) 그건 분명한 순종인지라 그리하여 그(Of manifest 'tis obedience and the): 밀턴(Milton) 작 〈실낙원〉(Paradise Lost) 의 서행의 패러디: 인간의 최초의 불복과 열매에 관하여(Of man's first disobedience & the fruit)

23) 피리(笛)!(Flute): HCE의 방귀소리. (〈율리시스〉 제11장말에서 블룸의 그것과 비교하라. Fff!: U 239).

(344)

1) 불운앵글로색슨(Unglucksarsoon): Siegfried Sassoon: 세계1차'전쟁 시인들'(War Poets) 중의 한 사람.

2) 비인悲人솔로몬의 노래!(song of sorrowmon): T. 무어의 노래의 패러디: 비탄의 노래: 계속 울어라, 계속 울지라, 그대의 시간은 지나갔도다(Weep Om, Wep on, Your Hour is Past)(Song of Sorrow).

3) 교황톨릭교도!(Papaist!): Pope + papist: 교황 절대 주의자, 가톨릭교도.

4) 케이스로부터 권총을 들어올리도다(lefting the gat out of the big): 속담의 패러디: 백에서부터 고양이를 내보내다(letting the cat out of the bag)(무심결에 비밀을 누설하다). 〈율리시스〉, 14장 산과병원 장면 참조 (U 343).

5) 카프카서 산맥(the carcasses): Caucasus: 카프카스 산맥(흑해와 카스피 해 사이의 산맥). 희랍 신화에서, 제우스신으로부터 불을 훔치다 발각된 Prometheus 신은 Caucasus 산의 암벽에 묶혀, 독수리에게 간을 쪼이는 수모를 당한다 〈초상〉의 주제 중 하나(P4 참조).

6) 그러나 나는 녀석…. 포획가부지捕獲可不知였도다(But when I seeing…. from lead or alimoney): 이상은 싱(Synge)의 작품 〈서부 세계의 바람둥이〉(Playboy of the Western World) 에서, 아들이 아버지를 살해하려고 노력하는 장면의 문체를 패러디 한다.

7) 치천사熾天使의 신랄어조의 울부짖는 방패실전防牌失戰(the shieldfails awail of the bitteraccents of sorafim): (1)방패실전(shieldfail awail): (I) Sinn Fe'in Amha'in: Ourselves Alone(신페인당의 구호) (2)sorafim: Seraphim: 세 쌍의 날개를 지닌 지품천사(seraph).

8) 금속 복본위제複本位制(basemiddelism): 두 금속 화폐의 고정율에 의한 유통(circulation).

9) 피터 대부大父(Peder the Greste): Peter the Great.

10) 이건 허언이 아니나니(no lie is this): 〈핀의 젊은 탐험〉(Youthful Exploits of Finn) 중의 문구.

11) 안녕 세렁가파탐(solongopatom): 1792, 1799년에 포위된 Seringapatam(?)

12) 애란즈람의 아람이여(Arram of Eirzerum): (1)Aram: 셈의 아들 및 아르메니아의 남성 명 (2)

Erzurum: 크리미아 전쟁의 터키 진지.

13) 애녹愛鹿 승처僧妻(Deer Dirouchy): (알메리아 동부의 방어) Der Dirouhi: 승려와 그의 아내를 부를 때의 표현.

14) 로인露人의 대태제大太帝(the Saur of all Haurousians): Czar of all the Russians.

15) 노드의 자식(the sons of Nuad): (1)Nuad: the Tuatha De' Danann의 아들 (2)부친의 나신을 가린 노아의 아들들.

(345)

1) 애란르메니아(Irmenial): Ireland + Armenia(독립 국가 연합 구성 공화국의 하나).

2) 노서아 주主 자비도(Gospolis fomiliours): (Old Church Slavonic: 고대 성당 슬라브어) Gospodi pomiluiny: 주여, 우리에게 자비를 하사하소서(Lord have mercy upon us). 〈율리시스〉 16장 참조(U 511).

3) 브루나이 출신의 이러한 황삼남荒森男이…시골 어릿광대들을 농락했는지를(how such waldmanns from Burnias seduced country clowns): 노래 가사의 패러디: 보르네오의 야생의 사나이가 방금 도회로 왔다네(The wild man from Borneo has just come to town).

4) 내가 그를 만나다니 때가 너무 늦었군요(I met with whom it was too late): 와일드의 〈심연에서〉(De Profundis)에서 와일드는 Douglas에게 그러나 나는 너무 늦게 또는 너무 일찍 만났군요(but I met you either too late or too soon)라고 말한다.

5) 신음의 채찍자국의 공포여!(Fearwealing of the groan): 노래의 패러디: 청의를 입으며(The Wearing of the Green).

6) 흡연을 흡吸할 때 그걸 생각할지라(think of that when you smugs to bagot): S. Lover(아일랜드 노래 작곡가(1797—1868) 작 〈핸디 앤디〉(Handy Andy) 제6장의 글귀의 인유: 당신이 흡연할 때 이걸 생각할지라(Think o' this when you're smoking tobacco).

7) 은어쟁반銀語錚盤의 여숙권旅宿權에다(Upon the repleted spechsalver's innkeeping right): 격언의 패러디: 말은 은이요, 침묵은 금이라(Speech is silver, silence is golden). 여기 음료의 주문.

8) 멋쟁이 술꾼에게는 식초食醋를!(oukosouso for the nipper dandy!): 노래 가사의 패러디: 청의를 입으며: 나는 Napper Tandy와 만났다네.

9) 이 어배魚杯를 홀딱 마셔요(Trink off this scup: 무어의 노래의 패러디: Drink of this Cup[Paddy O' Rafferty].

10) 이 고곤古困의 광전세廣戰世에 근심 넘치나니(Theres scares knud in this gnarld world): 무어의 시구의 인유: 이 넓은 세상에 그토록 아름다운 골짜기 없다네(There is not in this wide world a valley so sweet), 〈율리시스〉 제8장에서 블룸의 의식을 적신다(U 133).

11) 멀린가리아(Mullingaria): 채프리조드의 Mullingar Inn(HCE의 주옥).

(346)

1) (빙한의) 크림타아타리(Fruzian)(Creamtartery): (frozen) 크리미아.

2) 노브고로시 촌村(Novgolosh): 북부 러시아의 도회 명.

3) 반녹배당反綠背黨(그린백 파티)(antigreenst): Anti=Greenback Party): 미국의 화폐 정책 당.

4) 미수녀美修女 벨라 소라(Bella Suora): (It) beautiful nun.

5) 예일 소년들이(Old Yales boys): 미국의 예일 대학 학생들.

6) 결코 노열老熱하지 말며, 계속 시식始殖하며(never elding, still begidding): 드라이던(Dryden)의 시 〈알렉산더의 향연〉(Alexander's Feast) 의 시구의 패러디: 결코 끝이지 말며, 계속 시작하며(never ending, still beginning).

7) 결코 마테차(茶)를 대貸하지 말며(never to mate to lend): 격언의 패러디: 수선은 결코 늦지 않나니(It's never to mend).

8) 피니어스(Phineal): Anthony Trollope(1818—82)(아일랜드의 우체국에서 일한, 영국의 소설가, 그의 소설 〈피네스 핀〉(Phineas Finn)의 익살.

9) 피터 파이퍼(Peadhar Piper): (1)15세기의 무정부주의자 (2)두운을 맞춰 빨리 말하는 영국의 전승 동요의 주인공.

10) 녹鹿산사목장木杖(기네스 주酒)(the buckthurnstock): blackthorn stick(산사나무)(자두나무) 지팡이.

11) 버싱또리 프랑스 두목 편便(on for versingrhetorish): Vercingetorix: 시저에 반항했던 Gallic(프랑스의) 두목.

12) 버클리치(Buccleuch): 1879년 Midlothian에서 글래드스턴에 의하여 패배당한 Buccleuch의 제6공작.

13) 가스티 파워(Gasty Power): Ghazi Power: 아일랜드의 기자(521. 22 참조).

14) 어조프(az ov): 크리미아의 Azov Sea.

15) 패트 애란자愛蘭子여(piddyawhick): 노래 가사의 인유: Paddy Whack).

16) 비우卑愚(buthbach) 버클리.

17) 어제의 여울이 건초乾草하지 않았는고(Ath yetheredayth noth endeth): 노래 가사의 패러디: 당신이 주신 그 날은 끝났나니(The day Thou Gavest, Lord, Is Ended).

18) 불가리아 말로(Ballygarry): (1)bulgarski: Bulgarian 언어 (2)Ballygarry: Mayo 군의 마을 이름.

19) 80세(4기록) 속한俗漢들이…속죄양의 혈세血勢에 도전하려고 경계警戒하고 있도다(The fourscore solulums…cooll the skoo[goods blooff): (1)유행어의 패러디: 피라미드 위의 나폴레옹: 40세기들이 그대 위를 눈을 고정해 왔도다(Napoleon on pyramids 40 centuries have their eyes fixed on you) (2)속죄양의 혈세血勢(call the scapegoat's bluff).

20) 곱사 등의(허클베리) 엉터리 핀 같으니!(Harkabuddy, feign!): 〈허클베리 핀〉(Huckleberry Finn).

21) 어느 날 야습지夜濕地의 도금양桃金孃(植) 관목 한복판에 두 신 페인 당원이 난타亂打하기 위해 일어서자, 자유 농노들이 숨어서 보고 있었도다(Shinfine deed…free bond men lay lurkin on): 노래 가사의 변형: 어느 날 한 밤중에, 두 죽은 자가 싸우기 위해 일었났는지라, 두 장님이 구경하고 있었다네(One fine day in the middle of the night, Two dead men got up to fight, Two blind man were looking on).

22) 돌아와요 딕 휘팅턴!(Tuan about whattinghim!): 팬터마임의 변형: 돌아와요, 위팅턴, 런던의 시장 각하!(Turn again, Whittingon, Lord Mayoy of London).

23) 그대 그걸 할 수 있는고(Can you come it): 〈헉클베리 핀〉 18의 구절의 인유: could'nt come it.

24) 제구가단第九家段의 고왕高王인(of the ninth homestages): Niall of the Nine Hostages: 아일랜드의 고왕.

25) 상부복대上部腹袋(baggutstract upper): 더블린의 상부(Upper) Baggot 가街.

26) 그것은 처음에 소방진小方陣(육체의 행복 죄) 이었나니(It was Colporal Phailinx first): O felix culpa(행복 죄).

27) 히타이트족전族戰(Hittit): 히타이트족(소아시아의 옛 민족)의 전쟁.

(347)

1) 불가리아복腹(bulg): 불가리아인(Bulgarian).

2) 한역寒曆의 춘분초일정오경(about the first equinarx in the cholonder): 노래 가사의 인유: 어느 날 한 밤중에(One Fine Day in the Middle of the Night). 1st equinox: 3월 21일.

3) 코라손 평원(Khorason): 페르시아의 북동 지역.

4) 까마귀가…나르듯이(the krow flees): 〈맥베드〉 II. 2. 55: 더 잠자지 말지라, 까마귀가 나르나니(sleep no more as the crow flies).

5) 전초전의 활군活軍(a power of skimiskes): Ghazi Power(이교도와 싸우는 이슬람 용사) 는 전초전의 활군(power)을 인도했다.

6) 주야사십일晝夜四十日 홍수를 겪고(blodidents and godinats): 〈창세기〉, 대 홍수는 40일 주야 동안 계속 되었다.

7) 최후사심판일最後死審判日(dimsdzey): 세계의 최후의 날(Doomsday).

8) 아서 웰슬리 경卿연맹(Sirdarthar Woolwichleabues): Sir Arthur Wellesley: 웰링턴.

9) 애란육군기병대(the Reilly Oirish Krzerszonese Milesia): (1)the Royal Irish Army (2)Persse O'Relly (3)Chersonese: Sevastopol 반도. (40 Milesians: i) 아일랜드의 ii) 소아시아의 고대 그리스 수도.

10) 크리미아 전벽戰壁의 언젠가(somewhile in Crimmealian wall): (1)somewhere in Flanders(플란드르: 프랑스를 포함하는 북해에 면한 중세 국가)의 어딘가 (2)크리미아 전쟁 (3)크롬웰.

11) 당나귀 세월 동안(tomkeys years): donkey's years(ears): 매우 오랜 세월 동안.

12) 동염가역東廉價域의 선鮮환락가(런던) 와 정수골精髓骨(바빌론)의 가공원架公園(the frshprosts in Eastchept and the dangling garters of Marrowbone): 〈성경〉의 내용의 인유: (1)이집트의 육의 항아리 및 바빌론의 매달린 정원(the fleshpots of Egypt & the hanging gardens of Babylon) (2) Eastcheap & Marylebone: 런던의 장소들.

13) 보스턴 모스(Boston Moss): 미국, Boston Mass: ALP 편지 발송처.

14) 낡은 울타리(스타일) 및 새(新) 형(型)(스타일)(old stile and new style): Julian(New Style) 캘린더는 소련 혁명 후까지 러시아에서 낡은 형을 대치하지 않았다.

15) 반半 리그 전진하도다(heave a lep onwards): 테니슨의 시 〈경기병대의 공격〉의 모방: 반 리그 전진(Half a league onwards).

16) 밴지 우짖는 자여(banshee pealer): 노래 가사의 패러디: 경찰관과 양: 반사 경찰관들(The Peeler & the Goat: Nansha peelers).

17) 위대한 날 및 드루이드의 공일恐日은 오는지라(the great day and the druidful day come): 〈성서〉,의 〈말라키〉: 주님의 위대하고 무서운 날의 도래(the coming of the great and dreadful day of the Lord).

18) 성聖 패트리스키와 장대한 날(San Patrisky and the grand day: St 패트릭과 담쟁이 날(Ivy Day)(10월 6일)(파넬의 기일).

19) 주력칠백년主曆七百年(the heptahundread): 성 패트릭의 도래 일 기원 432 + 700(주력칠백년) + 1132. hapta: 숫자 7을 뜻하는 결합 사.

20) 메카도순례서역都巡禮書(Hajizfijjiz): (1)Mecca(사우디아라비아의 도시, 모하메드의 탄생지)의 순례서 (2) Hodges Figgis: 더블린의 서점 명(〈율리시스〉 제3장 스티븐의 의식의 흐름 참조).

21) 애란의 최후 심판일(Erin gone brugk): (I0) E]ire go br'ath: 아일랜드 심판의 날까지(영원히).

22) 서예언序豫言(prefacies): (1)St Colmcille(Clumba)의 것으로 추정되는 수많은 위조 예언들. 성당의 비둘기(The Dove of the Church)로 알려진 16세기 아일랜드의 성자로서, St Finnian이 소유한 책을 불법 복사한 것으로 유명함 (2)〈켈즈의 책〉(The Book of Kells)(더블린 트리니티 대학 도서관 장정)는 이따금 Colum Chile의 책으로 불림.

23) 아람의 소본沼本(the Bok of Alam): Bog of Allen(알렌의 소택지).

24) 연탐硏探하기 시작하고 나…는 이내 그들에게 당일의 이유를 보이나니 그들 엽고마멸자葉枯磨滅者〔침법자〕에게 냉정한 해고하는 법을 그리하여 나태자들을 도중하차 시키도다(begin to study and I soon show

them day's reason how to give the cold shake…lay over the beats): (1)〈허클베리 핀〉 31: 염탐하기 시작하다(begin to study) (2)〈허클베리 핀〉 8: 글쎄, 당일의 이유(Well, dey's reasons) (3)〈허클베리 핀〉 31: 냉정한 해고 법(we would give them the cold shake & clear out) (4)〈허클베리 핀〉 33: 나태자들을 도중 하차…(he lays over the yaller fever)

25) 그는 모든 자者를 보나니 멋진 넓은 마을 별장에 오는 자를 방문하는지라(All feller he lok he call all feller come longa villa finish): (1)(BLM: Bache—la—Mar: Melansesian pidgin: 오세아니아 중부의 군도에서 쓰는 엉터리 영어): they looked & called at who came to village(villa) (2)Longwille: 셰익스피어 작 〈사랑의 헛수고〉(Much Ado About Nothing)의 등장인물.

26) 의화단봉기자義和團蜂起者 및 키잡이(Boxerising and coxerusing): (1)John Maddison Morton 작: Cox & Box(John Box 및 James Cox에 관한 연극) (2)Boxer Rising: 중국 청나라 의화단義和團 사건(1900).

27) 조니 단(a johnny dann): 조나단 스위프트.

28) 하녀들의 행복에 더블린 시민답게 복종하는 동안(durblinly obasiant to the felicias pf the skivis): 더블린의 모토의 패러디: 시민의 복종은 시의 행복(Citizen's Obedience is City's Happiness)(〈경야〉 말의 주제들[verbal motifs] 중의 하나).

(348)

1) 야후 안녕 안녕, 자네?(Taa hoo how how, col?): (1)스위프트 작 〈걸리버 여행기〉의 Yahoo 족에 대한 패러디: 인간의 모습을 한 짐승, 짐승 같은 인간 (2)(C) hao pu—hao(속어): how do you do?

2) 참전자參戰者는 병甁 불무不無, 단절이라!(Whom battles joined no bottles sever!): 결혼 의식의 패러디: 하느님이 결結한자는 아무도 무절無絶이라!(Whom God hath joined let no man put asunder!)

3) 나의 공독恐毒한 편두통이라!(me awlphul omegrims!): alpha omega.

4) 발할라 영웅 기념당記念堂(Waulholler): (북구 신): 발할라: Odin 신의 전당, 전사자의 향연을 행하는 곳.

5) 러시아 기사騎士들(boyars): 러시아 귀족들의 계급인 erron, 러시아 지주들에게 적용 됨.

6) 알마(alma): 1854년의 Alma, 크리미아 전투.

7) 압생트(植) 베르뮤트 우울주憂鬱酒(absents wehrmuth): (1)absinthe: 프랑스 산 독주 (2)부재의 향수(the nostalgia of absence).

8) 서어誓禦(swooren): Swaran: Macpherson의 Fingal에 의하여 패배 당한 북구의 영도다.

9) 옥좌충자玉座充者(the thrownfullvner): 왕좌점령자(throne—filler).

10) 신란토국新蘭土國(Neuilands): New Ireland: New Guinea 근처의 섬.

11) 친전親錢에도 불구하고 만일 그들이 이번에 호된 경을 친다면!(get a kick…happenced): 격언의 패러디: 친절은커녕 호된 경을 치다(more kicks than ha'pence).

12) 곰레이슨의 화자話子 세드릭 및 다노 노단노쿠 및 코노 오카노챠(Cedric said Gormleyson and Danno O'Dunnochoo and Conno O'Cannochar): (1)Cedric: Cormfhlaith의 아들로 Clontarf 전쟁에서 덴마크 인들을 인도했다 (2)O'Donoghue: Kllarney의 추장, 전설의 영웅. O'Donoghue의 백마는 바람 부는 날의 백파白波이다(〈율리시스〉, 제15장〈키르케〉 밤의 환각 장면에서 스티븐이 영국 병사에 의해 구타당하기 직전, 우주적 재난의 기미들이던 곳의 목소리들로 동원 되는 바, O'Donoghue도 그 중 하나다: 계곡의 오도노휴 대 오도노휴의 계곡(U 489) (3)Conchubar: Ulster의 왕으로서, Cuchulain의 아들.

13) 콩 고즈 우드(Kong Gores Wood): Clongowes Wood College(〈초상〉 제1장 참조).

14) 늙은 아저씨 쟈쟈(old Djadja Uncken): 자장가의 패러디: Old Daddy Dacon.

15) 레스비아가 눈에 밝은 빛 지녔는지라(lispias harth a burm in eye): 무어의 노래의 인유: 레스비아가 빛나는 눈을 지녔는지라: 그러나 누굴 위해 비치는지 아무도 모르도다(Lesbia Hath a Beaming Eye: But no one knows for whom it beameth).

16) 차려 랑케스더 군軍! 사주射呪!(Up Lancesters! Anathem!): 웰링턴의 전쟁 구호의 익살: 차려, 경계, 쏘아(Up, guards, & at them).

17) 에스피오니아(Espionia): (1)(F) espionne: 여성 스파이 (2)스페인.

18) 배이커루 전철電鐵(Bakerloo): (1)런던의 지하철인 Bakerloo 선 (2)Waterloo 전투.

19) 인두 아이로니(smoothing irony): 노래의 패러디: 인두 다리미로 달려들다(Dashing away with a Smoothing Iron).

20) 늑골, 늑골, 노조老鳥의 여왕(The rib, the rib, the quean of oldbyrdes): 노래의 패러디: 굴뚝새야, 굴뚝새, 모든 새들의 왕(The Wren, The Wren, The king of all birds)(전출).

21) 로다 계마鷄馬들!(Rhoda Cockardes!): (1)창녀들 (2)자장가의 패러디: 계마鷄馬를 타요(Ride a Cock Horse).

(349)

1) 그들의 세 손가락 반지와 발가락 튀김 돌로(kinks in their tringers and boils on their taws): 자장가의 패러디: 손가락에는 반지 & 발가락에는 벨(종)(Rings on her fingers & bells on her toe).

2) 펜쵸씨?(Mer Pencho?): 영국 인형극 〈펀치와 쥬디 쇼〉(Punch and Judy Shaw)의 익살스러운 주인공.

3) 고두막전지鼓頭膜戰地 군법회의(Ist dramnead countmortial or gonorrhal stab?: 작전 동안 공격에 관하여, 위로 뒤집힌 북 주위에 소집된 회의.

4) 환감사언행歡感謝言行(pughs and keaoghs): 자장가 Ps & Qs의 패러디: please & thank you.

5) 여돈汝豚(you piggots): 피닉스 공원에서 파넬(무적단, 살인 사건)과 관련된 편지를 날조한 Piggot(아일랜드 기자)의 암시(전출): 여기서는 바트를 암시함.

6) 에테르(전송電送)(ethur): TV의 트랜스미션.

7) 바아드텔레비젼판板(the bairboard): Baird는 TV를 발명했다.

8) 스크린을 형성하고(teleframe): TV 스크린의 완전 소멸.

9) 경광여단輕光旅團의 돌격(the charge of a light barricade): 테니슨의 시의 패러디: 〈경기병재의 공격〉(The Charge of Light Brigade) 〈경야〉 및 〈율리시스〉의 말의 주제들 중 하나(U 33).

10) 애란 미사일 군대(missledhropes): 아일랜드 미사일 군대(Irish missile troops): 〈율리시스〉에서 블룸의 영국 군인들에 대한 도전: 우리들은 남아프리카에서 당신들을 위해 싸웠지, 아일랜드의 요격대(Irish missile troops). (U 486)

11) 반송관搬送銃(carier walve): carrier wave, TV transmission.

12) 분무총噴霧器(Spraygun) TV의 spray gun: 전자(electrons)와 더불어 tube bombards(충격) screen

13) 분할分割하도다(splits): split focus(TV의 초기 형태에서).

14) 탐사포화探查砲火가 수평경사평행선水平傾斜平行線의 대열隊列을 횡사橫射하는지라(firespot of theagunners traverses…lines): TV의 주사走査 스캐닝(sacnning spot)은 수평으로 기울은 평행선에서 화면 그림을 횡사한다.

15) 이코노스코프경鏡(inconoscope): 초기 TV 카메라.

16) 오도노쇼(O'Donoshough): O'Donough: Killarney의 추장, 신화의 영웅.

17) 예수회 총사總司(the jesueral of the russuates): General of the Jesuits.

18) 이사벨라 카토리카(Izodella the Calottica): Isabella la Catolica: Columbus의 수호성자로, 처형 후 330년 뒤에 그의 무덤이 열렸을 때 그의 혀는 부패하지 않았다 한다.

19) 마이클 파라에오로고스제帝(Michelides Apaleogos): Michael Palaelogus: Byzantium(지금의 이스탄불)의 제왕.

20) 파우더 및 폴(Powther and Pall): Peter & Paul: 경쟁 관계.

21) 골만 열전列傳(Martyrology of Gorman): Herbert Gorman의 패러디: 조이스가 검인한 그의 초기 전기傳記 저자: 〈제임스 조이스〉(James Joyce).

22) 대혁대大革帶(great belt): Zealand(덴마크 최대의 섬)과 덴마크의 나머지와 분할하는 해협.

23) 그는…근죄近罪 손가락을…취향臭香함을…비하鼻下를 봉쇄하도다. 그는…그녀의 상하에 있음을 고백하기 때문에…모구母口를 훔치도다(He…blocks his nosoes…putting up his latest faengers): 기독교에서 극단의 도유塗油(Extreme Unction)의 익살로서, 눈, 코, 입, 손 및 발이 도유되는데, 그들이 저지른 죄에 대한 하느님의 용서를 구하기 위함.

24) 고양이는 더 이상 훔칠 수 없다고 말하며 되돌아오고(here is cant came back saying…no lunger): 노래의 인유: 고양이는 멀리 떨어져 수 없었기에…되돌아 왔네(the cat came back…for it could'nt stay away).

(350)

1) 고양이는 그가 떨어져 있을 수 없기에 되돌아오다니(catz come buck beques he caudant stail awake): 노래의 인유: the cat came back…for it couldn't stay away.

2) 에덴원園의 패총貝塚 한복판에서 이러한 생존의 나무(the tree of livings in the middenst of the garerden): 〈창세기〉 2:9의 인유: 동산 가운데는 생명의 나무가 나게 하시며…(the tree of life also in the midst of the garden).

3) 구상丘上 및 곡하谷下(on Hillel and down Dalem): (1)Pharisee Hillel: 성전(scripture)의 해설자 (2)더블린의 Hillel Men's Shelter(주저) (3)up hill & down dale.

4) 경칠 상점의 도처에 어김없이 발정發情푸짐하게 사용되어 왔음을(jolly well ruttengener—ously olyovyover the ole blucky shop): 러시아 장군…버클리의 사격: (Russian General…Buckley shot).

5) 약숙녀掠淑女 그리고 악신사惡紳士 여러분(looties and gengstermen!): 신사 숙녀 여러분!(ladies and gentlemen)의 패러디.

6) 해 바라기의 단추 구멍(sunflawered beautohole): 와일드는 첫 재판 시에 단추 구멍에다 꽃을 달았다 한다. sunflower: heliotrope(연보라 색): 연보라색의 꽃 또는 일향성 식물로 앞서 아이들의 〈믹, 닉 및 매기의 익살극〉에 나오는 추프의 수수께끼 맞히기: 이시의 연보라 빛 팬티 색깔(218).

7) 거백거백 캐더폴드씨(모충毛蟲)(Lhugewhite Cadderpollard): Campbell 부인은 오스카 와일드를 마치 커다란 모충을 닮았다고 말했다 한다.

8) 올드볼리 재판정(Oldbally Court): (와일드의) Old Bailey 재판소.

9) 화장창조火葬創造의 제일주第一主(first lord for cremation): 창조주(하느님)(lord of creation).

10) 타방향으로(hother prace): Hotter place, 즉 지옥.

11) 제발 의용대여(cossakes): (1)코사크인 (2)God's sake

12) 카드 게임은 금물!(No more basquibezigues): (1)Bashi—bazique: 터키의 비정규 군 (2)Bezique: 카드 경기.

13) 터키가구식家鳩式 향락(duckish delights): 터키 눈깔사탕.

14) 낭浪로미오 그리고 만漫줄리언(rawmeots and juliannes): 〈로미오 줄리엣〉의 인유.

15) 콩밭에 양羊발가락(lambstoels): 램과 그의 누이(Charles 및 Mary Lamb)의 〈율리시스의 모험〉(Adventures of Ulysses) 의 패러디.

16) 색슨인의 갈빗대(sassenacher ribs): (1)(L) Sasanach: 영국인

17) 아시리아 인이 들판의 늑대처럼 떼 지어 내려올 때(when th'osirian cumb dumb like the whalf on the fiord): Sennacherib: 시인 바이런(바이런)에 의하여 언급된, Assyria(아시아 서부의 옛 도시 국가)의 왕: 그 아시리아인은 늑대처럼 옛 둥지로 되돌아 왔도다(The Assyrian came down like a wolf on the fold).

18) 영육군英陸軍 병사 골통대(troupkers tomiatskyns): Tommy Atkins: 영국 육군의 백인 병사의 통칭.

19) 페트리 스펜서 신부(Father Petrie Spence): (1)노래의 가사: 패트릭 스페니 경(Sir Patrick Spencer) (2)Peter's pence: 로마 가톨릭에의 공헌.

20) 창세創世알 바주아파(allbegeneses): (1)(학살된) 알비주아 파(Albigensians)(12—13세기 프랑스 Albi 지방에 일어났던 일종의 반로마 성당의 교단) (2)〈창세기〉(Genesis).

21) 혁명묵시록革命黙示錄(revolations): 〈성서〉,의 〈계시록〉(Revelation)의 인유.

22) 우리에게 보내주사이다 그리고 시성諡聖하사이다 그리고 포성砲聲하사이다!(sand us and saint us and sound as agun!): (1)노래의 인유: Father O'Flynn: 'sla'nte & sl'inte & sl'ainte again) (2) 이 노래는 〈율리시스〉에서 3번, 〈경야〉에서 16번 인용되는 노래로서, Graves 및 Stanford의 오페라 Shamus O'Brien에서 유래 됨. 아일랜드의 성직은 몹시 불쾌한 꽃이란 뜻으로, 조이스는 신부들에 대한 강박적 혐오를 받았는데, 여기 왜 노래가 조이스의 신경을 자극했는지, 왜 〈더블린 사람들〉의 〈자매〉에서 마비되고, 사악한 신부가 Father Flynn으로, 왜 멀리건이 〈율리시스〉의 〈키르케〉장의 종말에서 그가 흑미사를 축하할 때 Father Malachi O'Flynn으로 불리는지, 분명하다. 〈경야〉에서Father O'Flynn 노래의 코러스는 숀과 연결되며, 그는 또한 성 케빈(Kevin)과 연결된다. 케빈의 이야기는 G. 무어의 노래 〈호수〉(The Lake) 의 토대이며, 그의 주인공은 Father Oliver Gogarty란 이름의 신부이다.

23) 희우지료戲友志僚(gamefellow willmate): 어이 잘 마났다 하는 친구(hailfellow well— met).

(351)

1) 노란과 브라운 화기火器(nowells and brownings): (1)Nolan/Browne (2)Nowells, Brownings: 화기(firearm)

2) (그리하여 보내주사이다.) 우리에게 승리를(send us): 영국 국가의 패러디: 하느님 여왕을 도와서, 그녀에게 승리를(God Save the Queen: Send her vcitorious).

3) 돔, 스닉과 커리 어중이떠중이들(dumm, sneak and curry): Tom, Dick & Harry: 어중이떠중이, 모든 사람.

4) 재광경야再狂經夜의 주일에 온갖 재미를 갖다니(all the fun…in that fanagan's week): 노래의 패러디: 피네간의 경야의 많은 재미를(Lots of fun at Finnegan's Wake).

5) 칩핑 놀턴 도회(chipping nortons): Chipping Norton: Oxfordshire의 마을 이름.

6) 쇠붙이가 농부에게 어울리나니('tis iron fits the farmer): 〈이사야〉 2:4: 무리가 칼을 쳐서 보습을 만들고…(They shall beat their swords into plowshares…).

7) 옥평온절(hellscyown): Halcyon days: 할키온, 즉 동지冬至, 바다에 둥지를 띄워 알을 까며 파도를 가라앉히는 마력을 지닌 평화로운 기간.

8) 장미십자회신병薔薇十字會新兵들(recruitioners): Rosicrucians: 장미 십자회원 1484년 Christian Rosenkreuz가 독일에 창설했다고 하는 연금 마술법을 행하는 비밀결사의 회원. 장미 십자회.

9) 패디(Paddies): (1)아일랜드인들의 통칭 (2)벼 논(paddy field).

10) 바람받이 변덕 섬(waynward islands): Windward Islands(서 인도 제도).

11) 다크 로자린(durch rosolun): 노래 가사의 패러디: My Dark Rosaleen.

12) 오마 바다 가재 카이얀고추(Homard Kayenne): Omar Khayam: 페르시아의 천문학자 및 시인. 그의 4행시의 얼마간은 The Rubaiyat로서 Edward Fitzerald에 의하여 번역됨(〈율리시스〉 제15장 초두 참조 (U 353).

13) 우드 바인 윌리(Woodbine Willie): Stoddart Kennedy 목사의 익명으로, 그는 세계1차 전쟁 시에 군

인들에게 시가(cigar)를 나누어주었다.

14) 우리들의 검은 쵸니 초프린(our Chorney Choplain): Charlie Chaplin: 영국의 영화감독 및 희극 배우(1889—1977).

15) 우리는 모두 최고성最高聲의 고귀락高貴樂을 듣기 위해 합주合奏했는지라(we all tunes in to hear the topmast noviality): (1)노래 가사의 인유: 피리 부는 사람 Phill의 무도(Phil the Fluter's Ball) (2)그들은 모두 극세의 환희에 종세했도다(all joined in with the utmost joviality).

16) 패디 보나미 그자 만세! 앙코르!(Paddy Bonhamme he vives! Encore!): (1)(F) petit bonhomme il vit encore: man in the street still lives (2)Jacques Bonhomme는 프랑스를 의인화 한다.

17) 나의 몽주夢走의 나날이여(My droomodose days): 무어의 노래 익살: 저 나날의 꿈(The Dream of Those Days).

18) 로국露國 오코네니로프(Tanah Kornalls): Korniloff: 크리미아 전재의 소련 장교.

19) 측면기동側面機動(flank movements): 군 작전상의 측면 공격.

20) 세 땜장이 부랑자들(three tanker's hoots): Yuireann의 세 아들들의 전설에서, 세 아들들은 그들의 참회의 일부로서 언덕에서 3번 고함을 질러야했다.

21) 샘이든! 햄이든! 혹은 야벳이든!(sham! hem! or chaffit!): 〈성서〉, 노아의 세 아들들.

22) 린드허스트 테라스(Lyndhurst Terrace): 홍콩의 사창가 지역.

23) 세라나 다렘 백내의白內衣 자매(Misses Celana Dalems): 말레이어의 속옷(drawers)이란 뜻.

24) 미화美話(belle): (1)Prussia인들은 Waterloo 전쟁을 La Belle Alliance(미인 동맹) 이라 불렀다. (2)프랑스 전선의 중심에는 La Belle Alliance Inn(미인 동맹 여인숙)이 있었다.

25) 메래이 가街(Mellay Street): 싱가포르의 사창가.

26) 종경하올 창존부娼尊婦(respeaktoble medams culonelle): 동양의 사창가에서 한층 선호되는 존경하올(귀족)소녀들.

27) 뚜쟁이 같으니!(touters!): tout: (속어) 사창가의 고객을 졸라, 그 수입으로 기식하는 식객.

28) 신을 두고(by Jova!): (1)by Jove!(맹세코) (2)Java: 자바: 말레이 군도.

29) 위험운危險雲 노서낭露西狼(risky wark rasky wolk): (R) russkii volk: 러시아의 늑대.

30) 경야주초經夜週初에: 〈핀의 청년시절 탐험〉(Youthful Exploits of Finn)의 글귀의 인유: at the head(end) of a week.

(352)

1) 늙은 비열한!(olde cottemptable!): Old Contemptibles: 1914—1918년 사이 영국의 탐험대의 명칭.

2) 스코틀랜드 적군개조복赤軍改造服(scutt's rides): (1)Scott's Road: 상하이의 사창가 지역. (2)Scot Red

3) 무인반대無人反對의 태연자약으로(that nemcon enchelones): (1)nonchalance: 태연자약 (2)echelon: 군대의 제형梯形 편성.

4) 자기 앞을 걸어갔나니(he went befire him): 〈핀의 청년시절 탐험〉(Youthful Exploits of Finn) 그는 앞을 갔도다(He went before him).

5) 사과낙녀司果落女(the fallener): 이브 또는 윤락녀의 암시.

6) 연민하듯(petted): (1)pitied(1)(속어) petted: 개인적 만족을 위해 뚜쟁이가 보관한, 창녀에 관한.

7) 백만白慢(whitesides): James Whiteside(더블린의 변호사)는 O'Connell과 William O'Brien을 변호했다.

8) 적화赤花 강낭콩(scharlot runners): (1)scarlet runner(강낭콩). runner(속어): 이집트의 창녀 (2) General Scarlett: 크리미아 전쟁의 영국 장군 Sir James Yorke(1799—1871).

9) 촌인村人소로마스 반호햄란卵(boortholomas vadnhammaggs): Bartholomew Vanhomrigh: (스위프트의 연인 바네사 및 에서의 아버지).

10) 사랑을 제공하며(gave love to him): 〈핀의 청년시절 탐험〉(Youthful Exploits of Finn) 의 글귀의 인유: 사랑을 제공했도다(gave love to).

11) 광마리안 인어人魚(mairmaid maddenling): (1)Maid Marian: Robun Hood의 애인 (2) mermaid(인어).

12) 권총을 위해선 나의 광국鑛國도(my oreland for a rolvever): (1)〈리처드 3세〉 V. 4. 7: 말을 위해서는 나의 왕국도(my kingdom for a horse)의 패러디 (2)A Roland for an Oliver): 막상막하(두 장수가 5일간 싸웠어도 승부가 나지 않는데서 온 말).

13) 퍼시(Percy): Percy O'Reilly의 노래 중의 오레일리—HCE. (44 참조).

14) 전지천주全知天主(Almagnian Gothabobus): (1)Almighty God above us (2)Armenian Goth: 아르메니안 코트 족(3—5세기경에 로마 재국을 침략한 튜턴계의 한 민족).

15) 나(我) 임을!(Thistake it's meest!): this take(time) it's me.

16) 나 죽은 다음 홍수 난들 알게 뭐람(sfter meath the dulwich): (1)After me, the deluge. (2) Dulwich: 런던의 장소.

17) 성회聖會의 매춘녀에게 맹세코(by the procuratress of the hory synnotts): (1)Procurator of the Holy Synod(성 장로회의 태수太守) (2)(속어의 패러디): 사창을 위한 소녀들을 주선(procure) 하는 여인(포주).

18) 광노예상廣奴隷商처럼! 혹 대對 쿵탄彈! 하역도자荷役倒者!(like a wide sleever! Humo to dump! Tumbleheaver!): (1)white slaver. Raglan(크리미아의 Lord Raglan) coat는 넓은 소매를 갖다 (2) Humpth Dumpty (3)tumble heaver.

19) 볼카 강江 단가丹歌(the volkar boastsung): 노래의 패러디: 〈볼카의 뱃노래〉(The Volka Boat Song).

20) 심홍해深紅海(sea vermelhion): Vermillion Sea: 캐리포니아의 걸프 만의 옛 이름.

21) 성노聖露의 베이컨(Oholy rasher): (1)Holy Russia에 대한 익살 (2)rasher of bacon: 베이컨을 얇게 썬 조각.

22) 우민자牛敏者(bullyclaver): clever bull.

23) 여단총장旅團銃長이여!(bragadore—gunneral): brigadier—general: 여단장.

24) 위대한 오노老 거미(grand ohold spider): 파넬은 글래드스턴을 큰 거미(the Grand Old Spider)라 불렀다.

25) 그것은 그를 부를 타당한 이름인지라(It is a name to call to him): 〈핀의 청년시절 탐험〉(Youthful Exploits of Finn)의 글귀의 인유: It is a name for Deimne, Fionn).

26) 암스억셴담 귀족!(Umsturdum Vonn!): Amsterdam von(귀족).

27) 그대는 결사結射 폐자閉者요(you were shutter reshottus): T. Carlyle 작 Sartor Resartus 〈의복철학〉의 패러디.

28) 애란예상사수愛蘭銳商射手들(shorpshoopers): (1)나폴레옹의 영국 국민들에 대한 익살: 소매상의 백성(nation of shopkeepers) (2)sharpshooter: 날카로운 사수.

29) 그라브산産 백포도주(graves): Graves: 프랑스 Boardeaux 지방의 그라브 산産 백포도주.

30) 사망자 언덕(dead men's hills): 세계1차대전시, Verdun 북부의 사자의 언덕(Dead Man's Hill).

31) 저 나모자裸毛者에게 배시背視할지라!(backsights to his bared!): Bad cess to her big face!(그 여자의 커다란 얼굴이라니, 재수 없군!)의 인유(U 186).

32) 사성四星 노서장미십자장군露西薔薇十字將軍(fourstar Russkakruscam): (1)four star general(사성장군)(미국) (2)Russia General + Rosierucian.

33) 돔 알프 오콜원 총비사령관(Dom Allaf O'Khorwan): 총 사령관 Daniel O'Connell의 인유.

34) 연옥전煉獄戰(pungataries): (1)(It) punga: fight + purgatories (2)성 패트릭의 연옥(Purgatory): Lough Derg의 한 섬에 있는 지하 동굴.

(353)

1) 신통뇌기神統惱記(theogonies): (1)theogony: 신들의 세대 (2)모든 번뇌(the agonies).

2) 최고 자비, 경외유령敬畏幽靈, 현아자顯雅者의 이름으로!(the name of the Most Mersicul, the Aweghost, the Gragious One!): (감탄사) Bismillaha: 알라신의 이름으로!(이슬람교도의 맹세의 말)(In the name of allah…the Merciful).

3) (만) 도島의 인격(his all of man): Isle of Man island.

4) 검치호劍齒虎(sobre): sabre—toothed tiger(기병도刀 같은 이빨의 호랑이).

5) 새빌 옷(saviles): Savile Row(옷).

6) 킬토크의 콕스나크(Cocksnark of Killtock): (1)루이스 캐럴의 〈유도탄 사격〉 Hunting of the Snark (2)Fermanagh 군의 Kilturk.

7) 북극의 모든 방울뱀(all the rattles in his arctic): 속담의 패러디: 다락방의 쥐들(rats in his attic).

8) 초원의 황소(a bull in a meadows): Clontarf를 의미함.

9) 태형笞刑 편요술編妖術 비꼬인 거웃! 올리브, 적전시敵前時의 둔도鈍刀!(Knout Knittrick Kinkypeard!): 1014년, Clontarf 전투에서 덴마크 인들을 인솔한 Sitric Silkbeard(비단턱수염) 장군.

10) 엉덩이이스라엘이 신神 쥬피터(이집트)에서 출애굽 할 때처럼(his culothone in an exitous erseroyal Deo Jupto): 〈흠정영역서〉 〈시편〉 114. 1: 이스라엘이 이집트에서 나올 때(In exitu Israel de Aegypto). 〈불가타 성서〉 〈시편〉 113. 1: 그리스도에 의한 인간 구원의 축가이기도 함(U 573 참조).

11) 격발식擊發式 활(my crozzier): bishop's crozier: 주교장主教杖(U 32).

12) 나의 궁완弓腕으로 그리고 화살처럼 사각射脚으로 표적 떨어뜨리나니 진동 울새. 사射참새!(With my how on armer and hits leg an arrow cockshock rockrogn. Sparro!): 자장가의 패러디: 누가 Cock Robin을 죽였지요?'나요' 참새가 말했나니, '나의 활과 화살을 가지고'(Cock Robin, cock sparrow): 수참새. (고대 북구 신화) Ragnarok: 신들의 운명.

13) 루터장애물항(Hurtreford): (1)Hurdle Ford(장애물 항): 더블린 (2)Lord Rutherford는 1919년에 원자를 분할한다.

14) 비상공포쾌걸非常恐怖快傑이반적的인(ivanmorinthorrorumble): Ivan the Terrible: 이빈 뇌재雷宰, 쾌걸 이번).

15) 퍼시오렐리(Parsuralia): Persse O'Reilly: 프랑스어로 earwig(집게벌레)으로, 이어위커(HCE)로 의인화됨. 그는 Hosty 작의 〈퍼시 오레일의 민요〉(The Ballad of Persse O'Reilly)에서 조롱되고 비난 받는다(44—47).

16) 코번트리 시골 호박들이 야행자夜行者피카딜리의 런던우아기품優雅氣稟 속에 적절자신대모適切自身代母되도다. (coventry plumpkins fairlygosmotherthemselves in the Landaunelegants of Pinkadindy): (1)country pumkin(시골 호박) (2)영국의 Coventry 도시 (3)Fairy Godmother: 동화에서 주인공을 돕는 요정(4)Mother Goose(팬터마임)(5)런던 피커딜리 광장의 우아한 번화(London elegance of Piccadilly)(6)Landau carriage: 신데렐라 호박(Cinderella's pumpkin(7) pinkindindies: 그들의 칼끝으로 행인들을 베는 18세기 더블린의 밤의 야행자들.

17) 훌울루루欻爩樓樓), 사발와요沙鉢瓦窯, 최고천제最高天帝의 공라마空羅麻 및 현대의 아태수亞太守(Hullulullu, Bawlawayo, emptreal Raum and modern Atems): (1)Hullulullu: Honolulu (2)

Bulawayo (3)Modern Athens: Edinburgh (3)Atem: 〈이집트의 사자의 책〉의 조물주.

18) 정확히 12시, 영분零分, 무초無秒로다.(the twelves of clocks, noon minutes, none seconds): 라디오 시간의 신호: 프리메이슨 단에서 시간은 언제나 정오(noon)이다.

19) 올대이롱(종일)(Oldanelang): Danelagh: 9—10세기의 덴마크 인들에 의하여 정착된 영국 북 및 북동의 지역.

20) 전戰왕국(Konguerrig): (Da) Kongerige: 왕국.

21) 여명(dawnybreak): Donnybrook: 더블린의 지역 명.

22) 아테인(Artane: 기독 형제 학교(Christian Brothers) 와 함께 더블린의 지역 명.

23) 이조드의 회탑回塔이든가 그리고 사충오화기四充五火器의 파일품破逸品(her tour and…and the crockery): (1)더블린의 Isolde Tower (2)아일랜드의 실종된 다섯 번째 주(Meath).

(354)

1) 용서보다 한층 큰(부친살해)(too greater than pardon): 〈창세기〉 4:13의 패러디: 가인이 여호와에게 고하되 죄벌이 너무 중하여 견딜 수가 없나이다(My transgression is greater than pardon).

2) 비열卑劣 중의 비열(vility of vilities): 〈전도서〉 1:2의 패러디: 전도자가 가로되 헛되며 헛되고 헛되니 모든 것이 헛되도다(vanity of vanities).

3) 폰(목신木神) 맥굴처럼!(Like Faun MacGhoul!): Finn MacCool + Goll(Finn에 의해 패배 당함).

4) 결사적인 노예 도박사(desprot slave wager): (1)노래 가사의 인유: 병사의 노래: 폭군 또는 노예(The Soldier's Song: the despot or the slave.) (2)wage—slave: 공산주의 선전자(Communist propaganda).

5) 양자의 싸움은 잠시 동안…정당화正當化되며(their right upheld to right for a wee while): (1)노래 가사의 인유: Bishop O'Dwyer & Maxwell O'Dwter upheld the right) (2)잠시 동안(for a wee while): 노래 가사의 인유: 용감한 지원자여, 잠시 동안: (The Brave Volunteers: for a wee while).

6) 지배가 비속卑俗한 앞잡이들에 의하여 오욕汚辱당했던(whose sway craven minnions had caused to revile): 노래 가사의 패러디: 용감한 지원병들: 그들은 오욕을 야기시켰나니(They had caused to revile).

7) 고古 에리시아의(of Old Erssia's): Ireland: Erse.

8) 마우스 총銃(Mause's): Mauser Rifles: 더블린의 부활절 봉기에 사용된 총.

9) 불타는 낙인하烙印下에(Under boiling): (1)〈출애굽기〉 3:2의 인유: 모세의 불타는 숲(Mose's burning bush) (2)노래 가사의 패러디: 대영제국 대 아일랜드: 불타나니, 끓는 납과 불타는 나무와 함께(burning, With boiling lead & brands).

10) 적대敵對 골의 추종자에 의하여 추락하나니(falls by Goll's gillie): 〈핀의 청년 시절 탐험〉의 구절: Luichet fell by Goll. Finn MacCool은 Clan Morna의 전설적 인물인 Goll과 최대의 질시를 가지며, 그를 살해하지만, 그의 추종자들에 의하여 죽음을 당함. gillie: 젊은 추장의 부관.

11) 허디 거디곡曲의 시칠리아조調의 콘체르티노 합주곡(a hurdly gurdly Cicilian concertone): (1) hurdygurdy: 옛날 현악기의 일종(송진을 바른 바퀴를 돌려 현을 마찰시켜서 소리를 냄. 또는 손잡이를 돌려서 소리를 내는 오르간의 일종. (2)St Cicilia: 음악의 수호신. Sicilian hurdy—gurdies.

12) 파크스 오레일리들(Parkes O'Rarelys): Persse O'Reilly.

13) 상봉가相逢家 라니간(Meetinghouse Lanigan): 옛 더블린의 상봉가相逢家 골목(Meeting—house Lane).

14) 버지마운트 홀(관館)(Vergemount Hall): (1)더블린 소재의 Clonskeagh (2)Vergemount Hall.

15) S. E. 모오함턴(S. E. Morehampton): 더블린 남동부의 Morehampton 가도.

16) E. N. 쉘마틴(E. H. Sheilmartin): 더블린의 북동부의 호우드.

17) 선후자매성先後姉妹性(sophsterliness): 자매성을 띤 형제(brotherhood of sisterliness).

18) 주춤…없이(without falter): 노래 가사의 인유: 우리는 다시 봉기하리니: 주춤하지 않고(We Shall Rise Again: without Fear).

19) 핀 군대(finnaship): Finn's army.

20) 견남堅男과 최선신학남最善神學男(best man astoutsalliesemountioun): (1)(알메니안 속어) asdoucapanoutioun: 사변신학思辨神學 (2)노래 가사의 인유: 누가 부활절 주週를 말하는 걸 두려워하랴: 선남들과 견남들(Who Fears to Speak of Easter Week: great men & straight men).

21) 제삼第三 국제공산당원(a commonturn): 3rd Communist International.

22) 코코칸칸카카칸무연쇄舞連鎖(cococancacacanotioun): (1)can—can(캉캉 춤) (2)concatenation(연쇄)(사건 따위의).

23) 안티아(Anthea): 화여신花女神으로서의 Aphrodite(희랍 신화)(사랑과 미의 여신, 로마 신화의 Venus에 해당) 의 별명.

24) 사무라이 쌍생지双生肢(samuraised twimbs): (1)(Ja) 사무라이(용사): 봉건 시절 일본의 군가신軍家臣 (2)Siamese twins: 샴쌍둥이(허리가 붙은).

25) 모母속삭이는 애愛담쟁이덩굴(뮤트 hering ivies): (1)murmuring+mother ivy (2)아일랜드.

26) 모살謀殺하는 흉념凶念(murdhering idies): (1)살인하는 아일랜드인(Murthering Irish)이란 인기 있는 말은, 아일랜드인들에 의해 살해되는 자들 가운데 파넬을 함유 한다. 참조(U 164) (2)Ides of March: 3월 15일: 시저 암살의 예언 일.

27) 카로멜라(Calomella): de Pine et de Columelle: (전출) 에드가 깽 작 〈인간성에 대한 역사철학의 소개〉(Ideen zur Philosophy der Geschichhte de Menscheir)의 글귀 참조(WF. 281. 주1) 참조).

28) 머리의 섹스(性)를 귓불사랑하고(lobed the sex of his head): 성적 모자이크는 머리 및 육체의 다른 성을 가질 수 있다.

29) 봉밀蜂蜜(honey): 〈출애굽기〉 3: 8, 17 &c: 우유와 봉밀(milk and honey).

30) 코리오라누스 장군(corollanes): Coriolanus: Plutarch와 셰익스피어에 의해 취급된 로마의 영웅. 조이스는 그를 망명자로 다룬다.

31) 싹트도록(바드리) 소련어蘇聯語…맹아장군萌芽將軍을 사살할 때까지(till butagain budly shoots thon rising germinal): (1)Buckeley shoots the Russian General (2)Germinal: 봄의 첫 달.

32) 통고의 터무니없는 이야기(the toil of his tubb): 스위프트의 〈터무니없는 이야기〉(Tale of a Tub).

(355)

1) 펌프 및 파이프 오지발진기五指發振機(The pump and pipe pingers): (1)엄지와 다섯 손가락(thumb & five fingers) (2)펌프와 오르간 파이프: (pump & pipes of organ).

2) 접시와 사발(The putther and bowls): 자장가의 패러디: (1)늙은 왕 콜리: 그의 담뱃대…와 그의 사발 (Old King Cole: his pipe…& his bowl) (2)Peter & Paul(라이벌).

3) 월越(엑스)(ex): 미지수(대수의).

4) 그리하여 바드(싹) 는 정당하게 행사했나니. 그리하여 만일 그가 자신의 거울 속에 암울하게 묵가默歌한다면 담화가 얼굴 대 얼굴 사방에 빛이리라. (And bud did down well right. And if he sung dumb in his glass darkly speech lit face to face on allaround): 〈사사기〉 6: 40의 인유: 이 밖에 하느님이 행하시니 곧 양털만 마르고 사면 땅에는 다 이슬이 있었더라(& God did so that night: for it was dry upon the fleece only, & there was dew on all the ground).

5) 규발성적叫發性的, 역음성逆音性(Vociferagitant. Viceversounding): (1)〈고린도서〉 13: 12의 인유: 우리

가 이제는 거울을 보는 것같이 희미하나 그때에는 얼굴과 얼굴을 대하여 볼 것이요 이제는 내가 부분적으로 아나 그때에는 주께서 나를 아신 것같이 내가 온전히 알리라(For now we see through a glass, darkly. but then face to face)(여기 바트는 이야기를 멈추었지만, 그의 감정은 이해되었다는 뜻) (2)vice versa.

6) 아브둘 아불불 아미어인가 혹은 이반 스라반스키 스라 바인가(Abdul Abulbul Amir or Ivan Slavansky Slavar): 노래 가사의 패러디: Abdul the Bulbul Ameer(his enemy is Ivan Slavinsky Skavar.

7) 총혼란總混亂살램(alldconfusalem) OLd Jerusalem(크리미아 전쟁, 베들레헴의 성당의 열쇠에 대한 논쟁의 결과).

8) 미인의 목욕(Beauty's bath): (격언)의 패러디: 미는 보는 이의 눈 속에 있도다(Beauty is in the eye of the beholder).

9) 긍지는 남자를 정화하고(pride, his purge): 크롬웰의 의회의 긍지의 정화.

10) 평정가平靜家할지라!(Be of the housed!): (I) 조용이 하라!(be quiet!).

11) 이단 헌트가 촌구村丘를 써레질하고(Hersy Hunt they harrow the hill): (1)예수의 지옥 세레질(Jesu's Harrowing of Hell): 성 금요일과 부활절 일요일 사이의 하강 (2)Harrow–on–the–Hill: 런던의 별칭.

12) 경박한 악한들(rollicking rogues): 노래가사의 패러디: 경박한 수양(The Rollicking Rams)

13) 석가산원石假山園의 승마(rockery rides): 노래의 패러디: The Rocky Road to Dublin)(〈율리시스〉 제2장 참조) U26).

14) 소요하면서(Rambling): 위 주석12)의 Rams와 동음이어.

15) 야종夜終인지라…정복자의 편향도偏向道. 그들의 전쟁 뒤에 그대의 아름다운 가슴(Nightclothed…the conquerods sway…After their batt러 thy fair bosom): 토머스 무어의 노래의 패러디: 전쟁 뒤: 정복자의 길 주변에 밤은 닫히는지라…. (그대의 아름다운 가슴)(After the Battle: Night closed around the conqueror's way(Thy Fair Bosom).

16) 솔로몬 회교군도(Solidan Island): Solomon Islands: (1)솔로몬 제도: 남태평양 서부에 있는 new Guinea 섬 동쪽에 있는 제도, 이 제도를 주축으로 한 국가. 1978년에 영연방내의 독립국이 됨. 수도는 Honlara (2)Saladin's Islam: 살라딘(1137—93) 아유브 왕조의 시조 이슬람 회교도.

17) 아메리카인 人들(Amelakins): Gideon에 의하여 패배 당한 Amelekites 인들.

18) 고발동告發動의 이집트인人들의 나라(land of engined Egypsians): 〈베일 벗긴 이시스〉(Isis Unveiled)(접신론자 마담 블라바츠키의 저서로, '고대 및 현대 과학과 신학의 신비를 여는 열쇠'로 알려짐. Isis는 이집트 최고 여신. 이 책은 접신론의 신봉자들에게 텍스트 역할을 함. (U 157참조) 그의 1,528의 내용의 인유: 스티븐즈는…이집트 상부에 철도를 건립했는데, 그의 수로들은 철鐵로 덮혀있었다(Stevens…found railroads in Upper Egypt whose grooves were coated with iron).

19) 우설인牛舌人(oxmanstongue): Oxmantown: N. D(Ostman, 바이킹으로부터)의 부분.

20) 교수대락絞首臺落의 골격숙련충악당骨格熟練充惡黨의 신神(the scuffeldfallen skillfilled— felon): (1) fallen from scaffold (2)skeleton.

21) (그는 포괄규탄包括糾彈하는지라) 교수악한絞首惡漢(he contaimns) hangsters): (1)Hengest & Horsa: 영국의 색슨 침범을 인도한 형제들 (2)condemns gangsters.

22) 허설천문주天文主(hersirrs): (G) Herrseher: 통치자, 주장. Major Sirr은 아일랜드인들에게 가한 야만성으로 유명했다.

23) 자신의 음양견陰兩肩 간에 곱사등 위胃를 지닌 사나이(The topside humpup stummock atween his shdwdows fellah): 곱사: 그의 양 어깨 사이에 위장을 지님.

24) 안–리프(An–Lyph): Anna Livia(Plurabelle).

25) 상랑인常浪人들(childerness): W. Lewis 작의 책 타이틀의 패러디: The Childermas.

26) 약신藥神의 진리(the drugs truth): (1)God's truth (2)거짓말 비방자로서 약을 사용하는 시도.

(356)

1) 잉커인人(ilkermann): 크리미아 전쟁의 Inkerman(러시아 군이 패배한 곳).

2) 법률(Jura): (1)(Da: 덴마크어) jura: law (2)Jura 산맥.

3) 차선타처次善打妻(wifebetter): wifebeater(아내 구타자).

4) 복상계服商界의 혹자或者(a body in our taylorised world): 플라톤 주의자인 Thomas Taylor를 지칭함.

5) 노벨 최우상最優賞(primeum nobilees…farst wriggle from the ubivence): (1)노벨상(Nobel Prize) (2)(L) primum mobile: 최초의 가동적可動的(Ptolemiac 우주의 최외면最外面).

6) 인간은 하처존何處存이요, 자신이 동일하기 때문에 무타자無他者인고(whereom is man, that old offender, nother man, wheile he is asame): 앞서 제7장에서 셈의 첫 수수께끼: when is a man not a man?…when he is a…Sham. (170).

7) 충예充例를 들면(fullexampling): (G) zum Beispiel: for example.

8) 확수치確數値로서 장한정판長限定版이나니(by messures long and limited): John Long 주식회사(Messrs)는 조이스 초기 작 〈더블린 사람들〉(Dubliners) 을 출판하기를 거절했다.

9) 공석空席(blank seat): (1)Black Sea(흑해) (2)back seat(배석背席).

10) 베네치아 당초문唐草紋(vignettiennes): (1)Venetians: 베니스인들 (2)vignettes: 소품문小品文.

(357)

1) 오비리온 버드슬리씨氏(Mr Aubeyron Birdslay): Aubrey Beardsley 오스카 와일드의 〈살로메〉(Salome)를 위한 삽화들을 그린 영국의 화가. Heroidas(그리스의 역사가)의 딸: Herod 왕에게 청하여 세례자 요한의 목을 얻는 여인, 〈마태복음〉 XIV: 3. 11)를 위하여 그림을 그린 화가.

2) 한번 시용試用해볼 대단한 값어치라!(wellwillworth a triat!): well worth a trial(와일드의 호모섹스로 인한 재판에 관하여).

3) 주酒천만환영(Bismillafoulties): Bushmills whiskey + (I) mile fa'ilte: thousand welcomes.

4) 아라브휘황輝煌한(aurorbean): Arabian + aurora.

5) 영광되고 주광呪狂 할(hamid and damis): 〈사자의 매장〉의 글귀의 패러디: 재에는 재, 먼지에는 먼지(ahses to ashes, dust to dust)(Per) hamid: glory. (er) damida: blown. damn it.

6) 휴 데브라시의 턱수염만(Hugh de Brassey's beardslie): (1)Hudibra'ss beard: S. Butler의 시에 자세히 서술된 것 (2)Aubrey Beardsley.

7) 통창痛槍을 가지고 실감하도다(realisinus with purups a dard of pene: (1)Realismus: realism (2)(per) dard: pain (3)realise in us with perhaps a dart of pain.

8) 주지呪脂(finker): fink(지겨운 놈) + finger.

9) 자유빈번히 호지好指 해온(I have fombly fongered freequuntly): fondly fingered frequently.

10) 아에네아스 정부情婦의 허풍이여!(Culpo de Dido!): (1)마라르메(Mallarme)의 작품 제목의 인유 (2) Dido: 카르타고(Cartharge)(옛 아프리카 북부의 왕국)의 여왕.

11) 정교한(Kunstful): (G) ingenious.

12) 어떤 왕이라 할지라도 일천일종一千一種(Not the king…nightjoys of a thousand kinds): 〈천일야화: 아라비안나이트의 향연〉(The Thousand Nights & a Night(Arabian Nights): 이들 이야기는 Shahryar 왕에게 들려진다.

13) 셸리 청량료淸凉料(shahrryar): (1)King Shahyar (2)sherry-cobbler: 셸리가 든 청량음료.

14) 내가 미단이 창틀을 문 열고 까마귀 깍 우는소리를 들을 때(when I door my sliding panel and I cawcaw): 노래 가사의 인유: I Lift up My finger & I Say Tweet Tweet!

15) 사랑의 지엽紙葉(looves leaflefts: (1)Love leaflets: 블룸은 〈율리시스〉 제4장말 화장실에서 Titbits지를 읽은 뒤, 배변용을 쓴다(U 56) (2)leaves left(남은 나무 잎).

16) 환관宦官 곤수탄도노포리수(Eonochs Cunstuntonopolies): (1)eunuchs: 환관 (2)Constantinople (3)Enoch: 가인이 세운 도시(〈창세기〉 4: 17참조).

17) 골프 장군의 상像(a general golf stature): (1)(General Hugh Gough's statue in Phoenix Park) (2)전포대의 고호 장군 지휘 하에 그 얼빠진 전쟁에 종군했으며…〈율리시스〉 제15장 밤의 환각 장면에서 블룸은 경찰관에게 자신을 변명한다. (U 373)

18) 호손(산사나무) 계원溪園(howthern folleys): (1)호우드 (2)Hawthorn Glen=Furry Glen, 피닉스 Park.

19) 프라내간(Flannagan): 피네간.

20) 어떤 충동(some shock): shell shock: 기억 상실증(전쟁 중 폭격에 의한).

(358)

1) 내가 겁광창怯光窓을 열자 나는 구구鳩鳩를 보도다(I ope my skylight window and I see coocoo): 노래 가사의 인유: 내가 손가락을 들어올리자 나는.트위트 트위트 말하도다(I Lift Up My Finger & I say Tweet Tweet).

2) 구조체적具粗體的 연대기(concrude chronology): Alexander Cruden의 〈성경 어휘 색인〉(Biblical Concordance)의 인유. 그는 벽에서 낙서를 지우는 마니아.

3) 행복한 시민의 지종止從이 감고향甘故鄕 마을을 마음 편안히 하는지라(happy burgages abeyance would make homesweetstown hopeygoalucrey): (1)더블린의 모토의 패러디: 시민의 복종은 시의 행복(Citizen's Obedience is City's Happiness) (2)Burgage: Wicklow 군, Blessington의 옛 이름. (3)노래의 가사 패러디: Home Sweet Home. (3)happygolucky

4) 나의 자발적인 당표어當標語(모토)(my mottu propprior): (L) motu proprio(나의 자발적인)(of my own accord): 교황에 의해 발간된 서류.

5) 나의 삼산란三産卵 바테리 부분(my threespawn bottery parts): 두뇌의 암시.

6) 최후둔부심最後臀部心(mind hindmost hearts): my hindmost parts: 나의 가장 뒤쪽의: arse(둔부)

7) 구애자鳩愛者요…마젤란 구름(colombophile…Magellanic cloud): (1)Columbus 및 Magellan: 여행자들 (2)Magellanic clouds: 지구의 남반부에서 볼 수 있는 성운에 의해 형성된 두 점들.

8) 단지구單肢句의 참언讖言(the perofficies of merelimb): Monmouth의 Geoffrey 저의 〈머린의 예언들〉(Prophecies of Merlin) 의 인유.

9) 나야말로, 나(I am, I am.): (1)〈출애굽기〉 3: 14: 하느님이 모세에게 이르시되 나는 스스로 있는 자니라(I AM WHO I AM)(I will be what I will be) (2)〈율리시스〉 13 장말에서 블룸이 모래사장에 갈겨쓰는 글귀(자신의 신부 및 존재 파악)(U 312 참조).

10) 부재夫栽(husband): husband(夫) + cultivate(栽培).

11) 금항무관琴港務官…항만港灣 관리위원들(harpermaster…conservancy): (1)Tristran은 harp의 달인(master)이였다. (2)Habour Conservance Board(항만 관리청).

12) 퍼스왕실王室(the Perseoroyal): Persse O'Reilly.

13) 가짜 자라 수프(amack amock): 루이스 저의 〈이상한 나라의 엘리스〉에 나오는가짜 자라와 그리핀(그리스 신화에서 독수리 머리와 날개에 사자 몸을 한 괴수)(The Mock Turtle & the Gryffin).

14) 두 룰루 출중녀出衆女들 및 예황예항항괴수曳航航怪獸들과 함께(Qith the tou loulous and the gryffygryffs): (1)노래 가사의 패러디: British Brenadiers: with a tow row tow(영국 척탄병: 끌기 젖기 끌기) (2)with 2 Lulus(룰루: 미녀) (3)gryffygryffs: gryffin(괴수)(4)〈창세기〉 6: 2의 인유: 하느님의 아들들이 사람의 딸들을 보고 자기들이 좋아하는 모든 자로 아내를 삼는지라(the sons of God saw the

daughters of men)(5)Basel(바젤, 스위스의 북서부 도시)의 연례 축제에서 두 인물들(또한 바젤의 강 보트의 이름들이기도) 야인(der wilde Mann)과 Vogel Gryff는 3번째 보트(일명'leu—SwG' 'lion')를 타고 도착한다.

15) 행幸 등 혹(luckhump): 낙타 등의 혹을 만지면 행운을 가져온다는 미신.

16) 요나 예자豫者(jonahs): Jonah(〈구약 성서〉의 요나: 헤브라이의 예언자).

17) 성벽봉화城壁烽火(baillybeacons): 호우드 언덕 앞의 Bailey 등대.

18) 올라쉬드(alraschil): Haroun—al—Raschid: 〈아라비안나이트〉에 나오는 바그다드의 칼리프(마호메트 후계자).

19) 30빼기 1(werenighn on thaurity): (1)nigh on(near: 30—1=29: 무지개 소녀 (2)nine and thirty(39): 영국 성당의 39품목.

20) 문서 제일항(ducommans nonbar one): De Valera(아일랜드의 정치가로 장다리의 별명을 지님)의 추종자들이 사용했던 조약.

21) 곰의 존경과 황소의 감사로서(with bear's respect…bull's acknowledgement): bears & bulls: 구경꾼들. 주식가의 오르고 내림.

22) 성당석教會席(frithstool): 성소(sanctuary)의 특권을 부여하는 성당의 자리.

(359)

1) 애정 어린 우위牛圍의 배사상背思想으로 사냥된 펠리칸이 항시 온통…(the pelican huntered with truly fond buupen backthought.): (1)Pelagius: 펠라기우스(영국의 수도사 및 신학자로, 뒤에 이단시 됨, 360?—420?)(1)Pelagius의 제자 Caelastius는 다음과 같은 이설적 신념으로 비난을 받았다: (i)아담은 비록 그가 죄를 짓지 않았어도 죽었을 것이다. (ii)그의 죄가 단지 그에게 부상을 입혔다(iii) 신생아들은 추락 전의 아담과 같은 상태에 있었다. (iv)인류는 아담의 추락으로 죽지 않았으며, 그리스도의 부활에 의하여 소생하지 않았다. (v)법과 복음은 인간을 천국의 왕국으로 나를 수 있다. (vi)그리스도 이전에도 죄 없는 사람들이 있었다.

2) 유아幼兒들(chiltern): Chiltern Hundred: 영국 Bedford와 Hertford 사이에 위치한 Chiltern Hills는 한때 노상강도의 은거지로서, 관찰관(Crown Steward) 을 임명하여 이 지역을 순찰하게 함. 하원의 원직에서 물러나 갖는 일시적 한직 한직閑職이기도 함(U 135 참조).

3) 핀탄(Fintan): 홍수에 살아남은 유일한 아일랜드인. 하느님은 초기 그리스도 성인들에게 아일랜드의 과거사를 말하도록 그를 보존했음. 그는 독수리, 매(鳥)로서 수 세기를 보냈으며, 이어 지혜의 타 세계 신이 되고, Finn이 그로부터 그의 지혜의 엄지손가락을 얻은 연어로 화신 화되다.

4) 던롭(Danelope): Dunlop: 던롭 고무 타이어.

5) 럼주원탁酒圓卓(Arser of Tum Tipple) 원탁의 Arthur왕.

6) 캐밀롯추첨抽籤(camelottery): Camelot: Arthur왕의 본부.

7) 라이온네스(lyonesslooting): Lyonesse, Cornwall: Malory에 있는 트리스탄의 가정.

8) 야코 요괴妖怪와 이소우(Jacohob and Esahur): 야곱(야곱): 이스라엘 사람들의 조상 및 에서: (Esau): Issac의 장남(〈창세기〉 25:21—24).

9) 만성인萬聖人 또는 만소혼萬逍魂(all saults or all sallies): All Saints: All Hallow: 가톨릭교에서 모든 성인의 날(조이스의 동명의 논문 제목 참조) All Souls: 가톨릭교에서 위령절, 영혼제.

10) 감환전차승자甘歡戰車乘者를 저가低歌하는(to singaloo sweecheeriode): 노래 가사의 패러디: 낮게 흔들어요, 아름다운 츠가리옷(Swing Low, Sweet Chgariot).

11) 그[HCE]를 타쇄打鎖할지라, 노위老僞의 악한惡漢을(sock him up, the oldcant rogue): 노래 가사의 패러디: 옛 캔트 가도에서 그들을 쳐요(Knocked 'em in the Old Kent Road).

12) 존 위스턴(John Whiston): 〈붉은 처녀 학교〉(Red Maid School)의 설립자.

13) 육내석六內席의 마차(The Coach With The Six Insides): 칼라일(Carlyle)은 그의 저서 〈프랑스 혁명〉(French Revolution)에서 루이 16세가 파리로부터 1791년 6월 20일 밤에 6내석(즉 6승객들) 마차를 타고 도망쳤다고 서술한다.

14) 광석지鑛石地의 두왕頭王(a hofdking…Oreland): 아일랜드의 High King(고왕)

15) 집게벌레 위그스에 의한 토리귀신담鬼神談(Goes Tory by Eeric Whins): ghost story by earwigs. Tory 당 / Wing 당

16) 피어슨 나이트리(야간공자恐子) 지誌(Fearson's Nightly): Pearson's Weekly에 계속 연재함.

17) 루칸(Lucan): 더블린 근교의 마을로, 채프리조드와 자주 결합 한다: Lucalizod.

18) 종달새, 경쾌한 제비여!(Lhironedella, jauty lhirondella!: 노래의 패러디: Alouette, gentille Alouette!

19) 차렷! 섯!! 쉬엇!!!(Attention! Stand at!! Ease!!!): 우리는 뒤따르는 나이팅게일의 이중가에 귀를 기울일지니, 음악적 용어들과 유명한 작곡가들의 이름으로 된 모자이크인, 이 막간은 HCE의 Terseus에 대한 Procene—Philomena와 마찬가지로 두 이시를 Jenny Lind와 Florence Nightale로 묘사한다.

20) 농弄나이팅게일(the naughtingels): 1930년대의 나이팅게일에 관한 BBC의 정규외부 생방송. nightingales: naughty girls.

21) 그대에게! 당신에게!(you! to you!): 올빼미의 울음소리to—whit, to—whoo.

22) 알리스! 알리스 델시오 미녀여!(Alys! Alysaloe!): Alic Delysio: 1930년대의 무대 미인.

23) 매력림魅力林의 헤더 측구側丘(the heather side of waldalure): (1)heathe side: 호우드 언덕에 산재한 헤더(heather) 숲(일명 히스, heath)(〈율리시스〉 제8장, 블룸과 몰리의 낭만의 현장 참조). (U 144) (2) Waterloo.

24) 성聖 존 산山, 지니(신령神靈) 땅(Mount Saint John's, Jinnyland): (1)Mont St Jean: Waterloo 전쟁의 중심지 (2)Jenny Lind: 가수로 스웨덴의 나이팅게일로 불림.

25) 동료(allies): Alice: Lewis Carroll의 주인공.

26) 무어 마루공원(Mooreparque): 스위프트는 Surry의 무어 공원(Moor Park)에서 연인 스텔라(스텔라)를 만났다.

27) 일몰日沒(Sunsink): Dunsink(더블린의 천문대) 의 인유.

(360)

1) 여기저기에!(Hitherzither!): hither & thither: 물을 헤집는 동작: 〈초상〉 제4장말에서 비둘기 소녀(dove—girl)의 동작(P 172). 〈경야〉 제8장말에서 여인들의 변용 장면(216 참조)(전출).

2) 점보点步! 나는 대쉬돌突해야(dotty! dash!): dots & dashes Morse 전보 부호.

3) 프로프로 프로프로렌스(floflo floreflorence): (1)크리미아 전쟁의 Florence Nightingale(영국의 간호사로, 옛 간호학 확립의 공로자(1820—1910) (2)Swedish Nightingale: Jenny Lind: 그녀는 Philomela 및 Jinnies와 연관 된다.

4) 흑인까마귀, 갈까마귀, 첫째 및 둘째 그들의 셋째(jemcrow, jcakdaw, prime…terce): Prime & Tierce: (가톨릭) 정시과定時課)(canonical hours) (2)Tereus는 Philomela를 강탈하자, 후자는 나이팅게일이 되었다. (T. S. 엘리엇의 〈황무지〉(100행, 〈장기 놀이〉〔A Game of Chess〕 참조) (3)Jim Crow: 더블린에서 공연한 미국 흑인 코미디언.

5) 류트 악기(full theorbe): full it throbbed(U 225): (터질 듯 고놈이 맥박 쳤다)(섹스의 암시).

6) 넘치는…달시머(full…dulcifair): 무어의 노래 패러디: Fill the Bumper Fair.

7) 행태만부行怠慢父(pere Golazy): (1)Pergolesi: 작곡가 (2)발작(Balzac)의 〈고리오 영감〉(Le p'ere

Goriot)(1834—5)의 패러디.

8) 메이(罪) 비어(裸) 및 그대 벨리(부리)니, 그리하여 그대 머카(능글) 단테(미려한) 그리고, 베토벤(mere Bare and you Bill Heeny, and you Smorky Dainty and, more beethoken): Meyerbeer: 작곡가. Bellini 작곡가. Mercadante 작곡가. Beethoven: 작곡가.

9) 철썩디들 바그너숭배자들!(wheckfoolthenairyans): (1)Wagerians: 바그너 숭배자들 (2)노래 가사의 패러디: Whack Fol the Diddle.

10) 자그자그행복이라(gluckglucky): jug—jug: 나이팅게일의 소리(T. S. 엘리엇의 〈황무지〉 104행 참조).

11) 야야夜野(nocturnefield): John Field: 아일랜드의 작곡가.

12) 짤랑 모음곡(clinkar): Clinka: 작곡가.

13) 밤의 감미로운모차르트심곡心曲(night's sweetmoztheart): Mozart: 〈마적〉(The Magic Flute) 에서 밤의 여왕.

14) 카르멘 실 바비妃(Carmen Sylvae): 루마니아: 엘리자베스 여왕 펜 내임.

15) 탐객探客, 나의 여왕(my quest, my queen): 노래(Rigoletto)의 가사 Questa o quella.

16) 나를 공기냉空氣冷하기 위해 비탄해야 하는지라!(must wail to cool me airly!): (1)테니슨의 시의 인유: 〈오월의 여왕〉(The May Queen): 나를 일찍 불러요, 사랑하는 엄마(Call me early, mother dear) (2)조이스의 〈실내악〉(Chamber Music) 의 IX 구절의 인유: 오월의 바람이여.

17) 노래하여 번창하기를(하림下林에서), 합주돌合奏突 속에, 만세번성하기를(뉴트여신 속에, 뉴트공空에)(May song it flourish(in the underwood)…long make it flourish(in the Nut, in the Nutsky): Pepi 2세의 비문의 패러디: 하느님이시여 그의 피라미드가 번창하게 하사…뉴트(Nut)(이집트의 하늘—여신)의 이름이 번창하면…이 페피의 이름도…번창하리니.

18) 피로돌疲勞突까지! 비밀중계秘密中繼(till thorush! Secret Hookup): Horus: (이집트 신화) 매의 모습을 한 태양신(희랍 신화의 Helios에 해당하며, 〈율리시스〉의 〈태양신의 황소들〉(14장)의 첫 행의 기원문: Deshil Helloes Eamus(U 314 참조). Sekhet hetep: 이집트의 Elysian Fields(샹젤리제, 파리의 번화가).

19) 불쾌깡패 고성자만자高聲自慢者(Roguenaar Loudbrags): 바이킹의 추장.

20) 이건 황금 낫(鎌)의 시간이도다. 성스러운 달(月)의 여사제, 우리는 겨우살이의 포도타래를 사랑할지라!('Tis golden sickle's hour. Holy moon priestess. We'd love ours garppes of mistellose): 플리니우스(Pliny)(로마의 정치가, 편집자)는 겨우살이를 수집하는 의식을 서술 한다: 사제는 그 달의 제6일에 그것을 황금 낫으로 자른다.

21) 타 바린즈(Tabarins): 파리 거리의 돌팔이 의사인 Jean Soloman(1584—1633), 그는 익살스러운 은어를 쓰며 가짜 약을 팔았다.

22) 나는 복숭아에서 치솟았나니 그리하여 몰리 양이 그녀의 배(梨)를 또한 보였대요(I soared from the peach and Missmolly showed her pear too): 무어의 노래의 인유: 몰리 양, 나는 해변에서 보았다(Miss Molly: I saw from the Beach).

23) 녹초황마綠草黃馬를 탈화脫花하기 위해 꿀벌이 여하마如何磨라(Whet the bee as to deflowret greendy grassies yellowhorse): 무어의 노래의 인유: The Yellow Horse(황마): 꿀벌이 꽃과의 관계(What the Bee Is to the Flow'rest).

24) 클레머티스 위령선威靈仙(植)(Kematitis): Clematis(클레머티스)(식물) 위령선.

25) 휘그당원 공기空氣스러운 집게벌레(eeriewhigg airywhugger): 아일랜드.

26) 딩동종鐘!(Dingoldell!): 자장가의 패러디: Ding—dong Bell.

27) 이 개미언덕에 앉아 우리들의 주름장식 옷 이야기를 해요 베일에 가린 마음을(Let sit on this anthill for our frildress…making blithe inveiled the heart.): 프래이저(Frazer) 저의 〈금지〉(The Golden Bough) 의 글귀 인유: 영혼의 위기: 말레이 반도에서 인간의 영혼을 외전外傳시키는 방법: 달을 보며 개미 언덕에 앉자, 향을 피우고, 다음의 주문을 외어 봐요(sit down on an ant hill facing the moon, burn incense, & recite the following incantation).

28) 판쵸마스터(Panchomaster): (G) panto(all—): allmaster.

(361)

1) 할리킨 모든 우리들로 하여금 그의 콤비네이션 속옷이 어릿광대가 핍(엿보기) 토마임을 연출하게 할지라!(leqwind play peeptomine up all our colombinations): Harlequin: 무언극(pantomime) 이나 발레 따위에 나오는 어릿광대 및 그의 아내 Climbine.

2) 아서(Arthur)가 우리들에게 재삼 다가오고(Arthur comes againus): (1)아서 왕은 잠자고 있다가 영국이 필요시에 되돌아온다는 전설에서 (2)Sir Arthur Guinness.

3) 센 패트릭(sen peatrick's): Sen Patrick: St 패트릭의 양부養父.

4) 기네스에 주식株式을!(Shares in guineases!): Guinness 맥주 회사의 주식.

5) 산사나무(L), 사시나무(E), 물푸레나무(N) 및 주목朱木나무(I), 버들나무(S), 그대를 위해 참나무(D)와 함께 금작金雀나무(O)(Quicken, aspen, ash and yew, willow, broom with oak for you): 아일랜드의 알파벳의 철자는 나무의 이름들이다: quicken(L), aspen(E), ash(N), yew(I), willow(S), broom(O), oak(D).

6) 러브 올(O: O)(Love all): (테니스 스코어 = 0: 0)

7) 나를 위협적으로 조롱하다니!(Taunt me treattening!): 무어의 노래의 인유: 아니, 내게 말하지 말아요.〔대니스여, 나를 위협하지 말아요〕(That the Goblet Drowns)〔Dannis, Don't be Threatening〕.

8) 유스터스 씨(Mr Eustache): 아마도 eustachian tube(중이에서 인후로 통하는 관): HCE의 암시인 듯.

9) 아雅베짱이 뛰게도, 경驚개미두렵게도!(Hopping Gracius, onthy ovfu!): 베짱이…개미(grasshoper…ant): 〈경야〉의 주제들 중 하나: 상반된 대칭관계.

10) 가엾은 예쁜 넬리!(pitty pretty Nelly): 노래 가사의 패러디: 예쁜 키티 켈리(Pretty Kitty Kelly).

11) 누군가가 태깔부리면, 혹소인或小人은 꺼낼 건고?(Some Poddy pitted in, will anny petty out?): 자장가의 패러디: 딩동 종소리, 고양이가 우물에 빠졌대요, 누가 빠트렸나요, 누가 꺼냈나요?(Ding—dong Bell, Pussy's in the well, Who put her in?…Who pulled her out?).

12) 쉴레리 촌村(Shillelagh): Wicklow 군의 마을 명.

13) 로드위크(Lodewijk): (Du) lewis.

14) 아이사스 볼드만즈(Isas Boldmans): Isa Bowman: 〈이상한 나라의 엘리스〉의 번안에서 엘리스 역을 한, 캐럴(Lewis Carrol)의 친구.

15) 보인 강江(the boyane): 1690, Boyane 강 전투(오렌지 당원).

16) 찢는자 재크(jangtherapper): Jack the Rapper: John, Shaun.

17) 자신들이 이전에 결코 그렇지 않았던 것처럼 자신들이었도다(they were as were they never ere): 〈전도서〉 44:9: 그리하여 그들이 이전에 결코 그러지 않았던 것처럼 하도다(& are become as though they had not been).

18) 히라리온(고환희高歡喜)(High Hilarion): Hilarion: 플로베르(Flaubert)의 〈성 안토니오〉(St Antonie)에서 과학(Science)의 의인화.

19) 설화낭만담집(gestare romanowerum): (1)Gesta Romanorum: 중세의 이야기 집 (2)Romanov: 러시아의 왕족.

20) 오청안汚靑眼의 소년들(blottyeyed boys): of blot + blue—eyed boys.

1) 벌족다부린閥族多敷麟(Clandibblon): Dublin.

2) 결투도전장決鬪挑戰狀(cartel): written challenge: (경제) 키르텔: 기업 연합.

3) 결투도전장決鬪挑戰狀(condomnation): condom + condemnation(저주, 비난).

4) 낡은 일반적 비非사회규범의 크롬웰 철기병鐵騎兵(old nolleromforemost ironsides): (1)Old Nol & Ironside: 크롬웰의 별명들 (2)nonconformist: 일반 사회적 규범에 따르지 않는 사람, 비국교도.

5) 연어(魚) 혹자或者…생각했던(Sammon…trowed): (1)someone tried (2)Salmon troust(연어, 숭어).

6) 40인치의 신부新婦(the fortyinch bride): 노래 가사의 패러디: 여기 신부가 오도다, 소년들아, 40인치 넓은(결혼 행진 곡)(Here Comes the Bride, boys, forty inches wide)(tune: Wedding March).

7) 만영蠻英의 견병사犬兵士(the solde of a british): (1)son of bitch (2)British soldier.

8) 창녀군娼女群의 저 훈족族(that hun of a horde): son of a whore.

9) 텐트 아내(tent wife): tent: (의학 용어): 상처 구멍에 채워 넣는 거즈(심).

10) 최중출정영장면제하最重出廷令狀免除下(heaviest corpsus exemption): (L) habeas corpus: 출정 명령장.

11) 보리(麥)를 경야經夜하여 포도주로(the wine that wakes the barley): 노래 가사의 패러디: 보리(맥)를 흔드는 바람(The Wind That Shakes the Barley).

12) 임자들(keepers): 속담의 패러디: Finder's keepers(발견한 사람이 임자다).

13) 심장의 중통重痛을 겨누는(the peg…his heart): 노래 가사의 패러디: 오 나의 심장을 거눌지라(Peg O' My Heart).

14) 밝은 램프처럼, 성전聖殿(Like the bright lamps, Thamamahalla): T. 무어의 노래 패러디: 킬데어 성당에서 비치는 밝은 등처럼(Thamma Halls: Like the Bright Lamp That shone in Kildare's Holy Fane).

15) 존경(respectableness): 영국의. 사회학자 B. S. Rowntree(1954년 사망)(전출)는 그의 저서 〈빈곤〉(Poverty)에서 respectable(존경하올) 이란 단어를 빈번히 사용한다.

16) 불결한 털 뭉치 침구…하나의 상자에 쌍 의자(dirty flock bedding): 〈빈곤〉(Poverty) 156행의 글귀: Dirty flock bedding.

17) 천장을 통하여 떨어지는 물방울(drip dropping through thee ceiling): 〈빈곤〉 155행의 글귀: 비는 청정에서 떨어지고(Rain coming through ceiling).

18) 하나의 상자에 쌍 의자(의존疑尊의)(single box and pair of chairs(suspectible): 앞서 〈빈곤〉의 글귀: 거실의 안에 하나의 상자와 두 의자 위에 놓인(털 뭉치의 침구)(Dirty flock bedding in living room placed on a box & two chairs). suspectible은 상투어인 respectable의 익살.

19) 양자택일로 남편에 의하여 사용되거니와…우호적인 또는 그 밖의 사회단체와 글을 써야할 때…극빈極貧의 시기를 통하여: (alternatively used by husband…writing…other societies…): 〈빈곤〉 148행의 글귀의 인유: 이따금씩 친교의 또는 다른 사회단체와 연관하여 남편에 의하여 글을 쓰거나, 또는 음악 연습을 하는 아이들에 의하여 사용된다…(Occasionally it is used by the husband when he has writing to do in connection with friendly or other societies…).

20) 마모馬毛의 소파…, 새로 빌린 마불의 피아노, 이층에는 세 개의 침실): 이층에는 세 개의 침실이 있고, 그중 두개는 백로대가 마련되다…(Upstairs there are three bedrooms, two of them provided with fireplaces).

21) 덜비(Dually): Dublin.

(363)

1) 프린스(왕자) 가街(orincer street): 더블린의 거리 명: 〈프리먼즈 저널〉등 신문사가 즐비한 곳. (〈율리시스〉 제7장 신문사 장면 참조).

2) 뉴스보이들이 그들의 완조腕組로부터 비명돌출悲鳴突出하였도다(newnesboys…pearcin…armsworths): Newness, Pearson 및 Harmsworth: 영국 대중 신문의 설립자들.

3) 올마이네 로저스(Almayne Rogers): 노래의 패러디: Old Man River.

4) 그는 솟으며 깡충 뛰고 껑충 뛰는지라. 얼마나 길게!(He jumps leaps rizing. Howlong!): (1)노래 가사의 패러디: 그러나 노인 강. 그는 단지 계속 굴러가는지라(But Old Man River. He just keeps rolling along). (2)Thomas Macaulay(영국의 역사, 평론, 정치가) 저: 〈털자와 아이라드(Tirzah & Ahirad의 결혼)〉의 글귀: 얼마나 오랜, 오 주여, 얼마나 오래?(How long, O Lord, how long?)

5) 비급확悲急確하게 당장. 그들은 독毒을 재명구제再名救濟했던고? 위안하듯 낮게(Saddenly now. Has they bane reneemed? Soothinly low): 노래 가사의 패러디: 확실히 주여: 그대는 구제받았던고? 확실히, 주여. (Certainly, Lord: Has you been redeemed? Certainly, Lord).

6) 신문 배달원이 그들과 바보처럼 어울릴 때 그들은 그의 의견을 받아들어야 하는고?(Des they ought to buy the papelboy when he footles up their suit?): 노래가사의 패러디(속담): 피리 부는 필의 무도회: 피리 부는 자에게 그대는 돈을 지불해야 하도다(Phil the Fluter's Ball: You've got to pay the piper when he tootles on the flute).

7) 그는 조롱 자에게 박箔을 입힐 그들의 표적이요 그들은 확실을 빚지도다(He's their mark to foil the flouter and they certainly owe): (1)Cornwall of Mark 왕 (2)피리 부는 필(Phil the Fluter).

8) 뜨거운 완두콩을 팔 수 있었을지라도(selled my how hot peas): 〈빈곤〉 37의 글귀: 밤에 거리에서 뜨거운 완두콩을 팔다.

9) 비간음의 보바리(Unadulteratous bowery): 플로베르(Flaubert): 〈보바리 부인〉(Madame Bovary)(간음).

10) 불변오해不變誤解된 채(Missaunderstaid): misunderstood.

(364)

1) 신약神約의 진증眞證(The code's proof): 하느님의 맹세(God's truth).

2) 자통이십刺痛二十에서 비음이십이鼻音二十二 기력천氣力千의(twingty to twangty): 20 to 22 thousand.

3) 녹란綠蘭은 적습赤襲을 승인하도다!(The green approve the raid!): 노래 가사의 패러디: 푸름은 붉음의 위(The Green above the Red). 여기서 Green 색은 아일랜드, Red 색은 영국을 각각 암시한다. 〈율리시스〉 15장 밤의 환각, 홍등가 장면에서 스티븐의 영국 병사 Compton과의 난투 직전 여장부(Virago)가 하는 말: 초록색이 붉은 색보다 위야…(Green above the red, says he)(U 484 참조).

4) 숀 바움의 목신木身인…수풀 속에 응소부토應召腐土하고 있는 동안 자신의 습혼習魂은 혼조混造되고 있나니!(Shaum Baum's bode…amustering in the groves while his shool comes merging along): 노래 가사의 패러디: 존 브라운의 시신이 무덤 속에 부패하고 있네. 그러나 그의 영혼은 계속 행진하고 있네(John Brown's body lies a…moulding in the grave. But his soul keeps marching on).

5) 합병合倂을 잊지 않고(lest I forget mergers): 키프링(Kipling)의 글귀: 휴정: 우리가 잊지 않도록(Recessional: lest we forget).

6) 미혹월迷惑月(a mazing month): 2월을 두고 하는 말.

7) 그들의 일족 앞에 그토록 날개 훨훨 날고 싶은지고!(so wingtywish to flit): 자장가의 인유: 6페니짜리 노래를 노래해요: 그건 임금님 앞에 놓인 맛있는 음식이 아니었던고?(Sing a Song of Sixpence: Wasn't that a dainty dish to ser before a king?).

8) 듣기 위해 귀를!(Ears to hears!): 〈마가복음〉 4:9: 들을 귀 있는 자는 들으라(He that hath ears to hear).

9) 두개(골) 상학자頭蓋(骨) 相學者(The skall of a gall): Gall: 골상학의 창시자(founder of phrenology).

10) 그로 하여금 킨(族) 나안인人의 종놈이 되게 하소서!(Let him be asservent to Kinhaun!): 〈창세기〉 9:25: 가난에게 저주를: 하인들 중의 하인이 되게 하소서!(Cursed be Canaan: a servant of servants shall he be!).

11) 에부라나殰賦羅那 시市(the city of Analbe): 포토레마이오스(Ptolemy)에 의하여 사용된 더블린의 명칭.

12) 개미…베짱이(merryaunt…gravesobbers): 개미와 베짱이(ant and grasshopper): 〈경야〉의 주제들 중의 하나(대칭 관계).

13) 한 타스 및 반半의 육성六性(sex of fun to help a dazzle off the othour): 속담의 패러디: six of one & half a dozen of the other.

14) 서자鼠者이든 포자葡者이든(for Mucias and Gracias): 여우와 포도(Mookes & Gripes) 〈경야〉의 주제들 중의 하나(대칭 관계).

15) 뒤진 자 귀신이 강간하기 마련!(the duvlin rape the hadsomst!): 속담의 패러디: 뒤진 자 귀신이 잡아간다(devil take the hindmost).

16) 화약, 반옥叛獄 및 음모!(Tunpother, prison and ploch!): Guy Fawkes의 창가: 11월 5일을 기억할지라, 화약, 반역 및 음모(Please to remember the 5th of November, Gunpowder, treason and plot). Guy Fawkes(1570—1606): 화약으로 영국 의사당을 폭파하려던 로마 가톨릭의 음모는 11월 5이면 여전히 기억된다. Fawkes는 Fox(여우)로서 그리고 파넬의 가상된 이름들 중 하나로서, 조이스의 작품들에 들락거린다. 〈초상〉 P36 참조). 가죽 바지를 입은 기독여우, 숨으면서, 추적의 고함소리로부터 고갈 병에 걸린 목지 속의 한 도망자. 암 여우를 알아채지도 못하고, 추적당한 채 외로이 거닐고 있다…여우와 거위. 그리고 뉴 플레이스에는 한 때 아름다웠던, 맥 빠지고 유린당한 한 여인의 몸뚱이가…(U 159 참조).

17) 세상이 온통 범람汎濫한대도 놈들은 화염貨炎을 구하도다. 나는 방주方舟를 끝까지 열렬히 어뢰격침하리라(They seeker for vannflaum all worldins merkins. I'll esgare make lyst turpidump undher arkens): 입센의 글귀의 패러디: 그대는 세상을 극점까지 온통 범람하는지라: 나는 기꺼이 방주를 어뢰격침하리라(Til min Ven Revolutions—Taleren: You deluge the world to its topmost mark: With pleasure I will torpedo the Ark).

18) 극비에 날렵 엄가嚴街에서(in the Cutey Strict): 노래 가사의 변형: 극비에(On the Strict Q. T)

19) 세수洗手(mundamanu): Manu: 인도 신화의 아담. (L) munda manu: 깨끗한 손으로(with a clean hand).

20) 나의 늙은 꼬끼오!(my old chuck!): 노래 가사에서: 나의 늙은 네덜란드인(My Old Dutch).

21) 롯(다수)의 아내(lots wives): 〈성서〉, 롯(Lot)의 아내.

22) 허풍잡성虛風雜性(boastonmess): Boston. Mass(ALP의 편지 송달 처)의 암시.

(365)

1) 원부遠父 전능 마이클(for further oil mircles): Father Michael은 하느님과 닮은 신부란 뜻으로, 여기서 그는 Finn MacCool과 동일시된다.

2) 모든 수도여행자修道旅行者의 신들에 맹세코(Upon all herwayferer gods): 결혼 의식의 문구: 말로 표현되는 모든 선을 걸고(Upon all my wordy goods).

3) 지역적으로 동굴 인이었기에(a locally person of caves): 사랑스러운 꾸러미의 과자(lovely parcel of cakes)의 익살.

4) 금강절금강정신金剛切金剛精神의(daimond cap daimond): 격언의 패러디: 막상 막하의 경기(Diamonds cut diamonds).

5) 남작신사가문男爵紳士家門(baron gentilhomme): 몰리에르(Molie're) 작 〈타고 난 신사〉(le bourgeois gentilhomme) 의 제목 패러디.

6) 바카러스(Bacchulus): (1)Bacchus: 로마 및 희랍의 주신, 비극의 수호다. 여기 버클리(크리미아 전쟁의 애란 군인)과 함께. (2)Buckley: shoots the Russian general의 주제를 암시함.

7) 우린 별반 무음락無音樂이라(we are not amusical): 빅토리아 여왕의 상투어의 패러디: 우린 흥겹지 않아(We are not amused).

8) 버지니아 수담水潭(virginial water): Windsor(런던 서부의 도시, 영국 왕궁 Windsor Castle의 소재지) 근처의 Virginia Water.

9) 유서柔鼠나 아호雅狐(Mooke & the Gripes): 쥐여우와 포도사자〈경야〉의 주제들 중의 하나(대칭 관계).

10) 우리의 아미아 지사知事(Our Don Amir): (페르시아어) 지사(governor).

11) 벽시판壁示板(wholenosing): Hole in the Wall: 피닉스 공원 근처의 주점 명.

12) 이중二重 밀집최난폭密集最亂暴(double densed uncounthest): Double Dutch: 통 알아들을 수 없는 말.

13) 막스쥐(서鼠)다 그들의 군호群狐다(his Marx and their Groups): Mookse & Gripes, 주9) 참조.

14) 여기 그리고 저기 전후배前後背(Hinter and thonther): hither and thither(물결을 헤집는 동작)(전출).

15) 맥 거크군君!(Mr Mac Gu가): 〈율리시스〉의 벅 멀리건의 원형인, Oliver Gogarty 작 〈내가 색크빌 가를 걸어 내려가고 있었을 때〉(As I Was Walking Down Sacville Street)에 언급된 도덕 철학의 교수(Glasheen 178 참조).

16) 오두안군君!(Mr O'Duane!): 더블린 사람들은 스위프트를 Mr Dane(Dean) 이라 불렀다 한다.

17) 맥에리거트 군君!(Mr MacElligut): 미상(?)

18) 어떤 모부母婦든 동작의 사경斜傾을 저지할 막대를 갖지 않나니(No mum has the rod to pud a stub to the lurch of amotion): 파넬의 1885년 Cork에서 행한 연설 구절의 인유: 아무도 민족의 진군의 경계를 정착할 권리를 갖지 않도다(No man has a right to fix the boundary of the march of a nation).

19) 스텔라 낭자娘子, 바네사 낭자(the estelles, van Nessies): 스위프트의 연인들: 스텔라와 바네사.

20) 왕도실王道實한 애愛…단지 저락低樂이요(a reyal devouts…marly lowease): 〈왕실의 이혼〉(A Royal Divorce): 〈경야〉에 여러 번 언급되는 나폴레옹의 이혼에 관한 W. G. Wills(1828—91)(애란의 극작가 및 노래 작사가)의 오페라. W. W. Kelly(극단 지배인)의 Liverpool의 Evergreen Touring Company 극단이 그를 공연했다. (〈경야〉 FW 32 주 16참조). 이 극은 Marie Louise…Josephine…Champs Elyse'es의 Marly의 말(馬)들의 동상을 다룬다.

21) 노대양老大洋(old ocean): Ossian: Oisin의 Macpherson의 형태로서, 그는 Finn의 시인 아들이었으며, 오스카 와일드의 아버지요, Everallin의 남편. 여기 그는 대양(Ocean)과 함께 한다.

22) 양복상의 춘천春泉(Taylor's Spring): ?

(366)

1) 그대가 나를 매소賣消하는 곳에 그대는 우선 나의 뇌물賂物을 강측强測해야 할지로다(where you canceal me you mayst forced gauage my bribes): 파넬의 어투의 인유: 그대가 팔 때 나의 값을 얻어라(When you sell get my price).

2) 삼주문수비자三柱門守備者들여(Wickedgapers): wicketkeeper: (크리켓) 3주문의 수비자.

3) 빛에 항소抗訴하노라!(appeal against the light): (크리켓) 빛(대가)에 반대를 외치다.

4) 활거活據의 살존殺存!(A nexistence of vividence): 증거의 무존無存(nonexistence of evidence).

5) 강철심장鋼鐵心臟(hearts of steel): 냉혹한 마음(아일랜드 비밀 결사).

6) 테니스 스쾨쉬 라켓(tennis squats regatts): squash rackets: 일종의 테니스(사면이 벽으로 둘러 싸인 코트에서 자루가 긴 둥근 라켓을 사용함).

7) 공(불알)을 가진 용자勇者가 당연히 쇠녀衰女를 가질 자격이 있었나니(the balls did disserve the fain): 〈알렉산더의 향연〉(Alexander's Feast): 용감한 자 이외에 아무도 미인을 가질 자격이 없나니: (None but the brave deserves the fair).

8) 욕대욕慾對慾 욕뒤범벅(mitsch for matsch): Misch—Masch: 캐럴이 쓴 가정 잡지 명.

9) 성조기盛潮期에 파침波枕하고(pillowing in my brime): 정성기에 물결치다(billowing in my prime)의 패러디. brime: brine(염수).

10) 밀코 메렉만즈(Milcho Melekmans): 청년시절 패트릭이 아일랜드의 노예였을 때의 그의 소유다. 패트릭이 전도사로서 아일랜드에 되돌아 왔을 때, 그는 Milchu(패트릭을 섬기든 아일랜드의 노예)를 찾아 개종시키려 했다. Milchu는 그가 성자가 오는 것을 보았을 때, 자기 자신과 자신의 집을 불살랐다.

11) 뻣뻣씁쓸한 일 또는 배턴스탭(봉장棒杖) 놀이(bitterstiff work and battonstaff play): (1)바트 & 타프: 바트는 파넬에 의하여 아일랜드 국민당의 영도로부터 축출 당했으며, 〈경야〉에서 아이작 및 타프와 자주 동행 한다 (2)이삭 Bickers Taff: (1)Partridge(스위프트의 가명)의 점성학의 예언의 익살로서 스위프트에 의해 사용된 이름 (2)스위프트 작 〈1708년의 예보〉(Predictions for the Year 1708) 의 가명.

12) 포도탄葡萄彈의 병영보루兵營堡壘(a barrakraval of grakeshoots): grapeshot(포도탄): 옛날 대포에 쓰인 한 발에 9개의 작은 탄알로 이루어진 탄환.

13) 심지어 존불영국焴弗英國의 방어난防禦難은 토끼풀애란愛蘭의 고기회高機會일지라도(e'en tho' Jambywel's defecalties is Terry Shimmyrag's upperturnity): (1)격언의 패러디: 영국(John Bull)의 난관은 아일랜드의 기회(England's difficulty is Ireland's opportunity) (2)Terry Shimmyrag: (I) Tir na Simearo'ig: Land og the Shamrock).

14) 만일 풀(草)의 아치雅致가 가시덤불의 고약膏藥이라면…천식남색적喘息男色的 늙은 불량배인지라(if that is grace for the grass…catasthmatic old ruffian): 격언의 패러디: 갑에 적응되는 것은 을에도 적응 된다(What is suce for the goose is sauce for the gander)(U 229 참조).

15) 저 공恐스러운 발광의 부제녀副祭女들은(the dire daffy damedeaconesses): 속담의 패러디: Dear Dirty Dublin. (〈경야〉 및 〈율리시스〉의 중요한 말 주제(verbal motif)의 한 예.

16) 내가 자주 야감野感하는 백합꽃처럼(like…the lilliths oft I feldt): 〈누가복음〉 12: 27: 들판의 수선화(lilies of the field).

17) 브루투스짐승과 카시우스경계警戒(brutals and cautiouses): Brutus(로마의 정치가, 카이사르 암살자의 한 사람). Cassius(로마 군인, 정치가, 카이사르 암살 주모자).

18) 제기랄 그리고 저주할(Blymey and Torrenation): blimy(God blind me!) 제기랄: tarnation(미 방언): damnation.

19) 차렷계戒 및 사상射傷!(Upkurts and scotchem): 웰링턴의 전쟁 구호의 변형: 차렷, 경계, 쏘아!(Up, guards, & at them).

20) 연초煙草의 꽁초 재(灰)(thash on me stumpen): 속담의 패러디: the ash on me stump(of cigar).

21) 군신삼월軍神三月의 유흉일硫凶日은 사射하기 길일吉日이라(thit thides or marse makes a good dayle to be shatta): the Ides of March makes a good day to be shot at. Beware the Idas of March: 3월 15일을 경계하라(이 날은 카이사르 암살의 날로 예언 되어 있던 데서, 궂은 날의 경고).

22) 정지락경停止落硬(폴스타프)(Fall Stuff): (1)fullstop (2)Falstaff: 〈헨리 4세〉 및 〈윈저의 즐거운 아낙들〉에 등장하는, 장광설적, 그러나 싸움에서는 겁보인 기사 (3)fall stiff(고착 추락)

23) 공상空想마공티가 웅숭하강下降했나니(doing wonged Magongty): 노래 가사의 패러디: Down went McGinty.

24) 위일드 역域(Weald): The Weald of Sussex: 중심지역.

25) 파사(Bawshaw): bashaw: pasha: 터키의 고관 장교.

26) 미리암의 욕망慾望은 마리안의 절망絶望, 조 요셉의 미美가 재크 야곱의 비悲이듯이(The desire of Miriam is the despair of Marian as Job Joseph's beauty is Jacq Jacob's grief): Miriam: 모세의 누이. Marian: Robin Hood의 애인. 성모 마리아의. 요셉: 성모 마리아의 남편. 야곱: 이삭의 쌍둥이 아들.

(367)

1) 로크만예자豫者(Lokman): Lokman: 이슬람교의 예언자(코란의 31[수라Sura]의 타이틀이기도).

2) 킨킨나투스(원로원元老員)(chinchinatibus): Lucius Quintus Cincinnatus: 로마인의 눈으로 보아 낡은 청렴(integrity)의 전형. 그는 두 번이나 농경農耕으로부터 나라에 봉사하도록 부름을 받았으며, 두 번 그의 농경으로 되돌아 왔다. 여기는 HCE—Finn과 함께 한다.

3) 투탕카멘!(Tutty Comyn): (1)Tutankhamen: 찬연한 무덤이 1920년대 열렸던 이집트의 부활된왕의 이름으로, 그의 유골을 움직인 자들에게 저주가 내렸다 한다 (2)Tate and Comyng: (1)Thomas Tate(1807—88): 아마도 수학자 (2)셰익스피어의 〈리어 왕〉과 〈성서〉,의 〈시편〉을 개작한 아일랜드의 계관시인 및 극작가. Comyn: 아마도 더블린의 관구장(the see) 이었던 오툴(St Laurence O'Toole)의 후계다.

4) 칼라캑!(Kullykeg!): Kallikak: 미국의 상속적 퇴화족退化族.

5) 단 리어리(Dan Leary): Du'n Loaghaire: Dun Leary(더블린 남부 외곽 마을)의 옛 철자.

6) 각점角店(the corner house): Lyons Corner House 다점茶店.

7) 삼화비담三話悲談(threestory sorratelling): The three sorrows of storytelling): 3가지 유명한 아일랜드의 민속 담.

8) 공관복음共觀福音(Synopticked): synoptic Gospels: 마태복음, 마가복음, 누가복음의 첫 3편.

9) 쥬크가家(the Juke done it): (1)Jukes: 미국의 상속적 퇴화족退化族 (2)〈허클베리 핀〉19의 글귀의 변형: 공작은 실수했다(The duke done it).

10) 주코리온…페리(Jukoleon…perry): Jukes+Deucalion=Jukoleon. Deucalion 및 Pyrrha: 제우스신이 사악한 인간에게 풀어 놓은 홍수의 생존자들. 그들의 종족을 회복하기 위해 그들은 자신들의 어머니의 뼈를 그들의 어깨 너머로 던졌다. 조이스는 Anna Livia를 더블린의 Pyrrha라 불렀는데, 여기서 그는 Jukes, Duke, Perry와 동행한다. 이들은 오비디우스(Ovid: 로마의 시인)에서 노아와 그의 아내와 대등하다.

11) 아직도 강행중强行中인(still going strong): Johniie Walker 위스키 슬로건.

12) 무면霧眠(foggy doze): 노래 가사의 패러디: 안개 이슬(The Foggy Dew).

13) 불가시제국不可視帝國(invisible empores): Ku Klux Klan(3K: K. K. K)의 불가시의 재국(invisible empire).

14) 노해장老海將(thalassocrats): (Gr) thalassokrato'r): 해장海丈(master of the sea). 〈율리시스〉 제1장의 바다의 지배자(the sea's ruler)(U 16 참조).

15) 사차원대저택四次元大邸宅(fourdimmansions): four dimensions + mansions.

16) 빛이 뇌운雷雲으로부터 솟는 곳(Where the lighting leaps): 속담의 패러디: 어떤 구름이라도 그 뒤쪽은 은빛으로 빛난다. (괴로움이 있는 반면에 즐거움이)(Every cloud has a silver lining).

17) 천사…명령수命令獸…송아지? 저 집게벌레질(angel…kingcorrier of beheasts…calif…eyriewinging one): (1)4복음자들의 상징: 천사(마태), 사자(마가), 송아지(누가), 매(요한) (2)Kincora: Briian Boru의 고향 (3)이어위커.

18) 거수하마巨獸河馬(바람) 들(boomomouths): 〈욥기〉 40: 15: 이제 소같이 풀을 먹는 하마를(Look at the behemoth…which feeds on grass).

(368)

1) 실수失手버클리 일어서는 러시아 장군匠軍을 살殺하지 말지라(Not to go…and bungley well chute the rising gianerant): 버클리…소련장군을 죽이지 말지라.

2) 이 작은 무화과와 미주米酒 식용돼지 속 이 작은 핑크…(this little pink into porker.): 자장가의 패러디: 이 작은 돼지가 시장에 갔었데요(This Little Pig Went to Market).

3) 모나벨라(Monabella): (L) Mona bella: 아름다운 i)Man 섬 ii)Angesey: 앵글시 섬(Wales 서부의 섬으로, 옛날의 주, 지금은 Gwynedd 주의 일부).

4) 그들의 책략이 봉기蜂起하지 않으면 또 다른 낙자落者를 발견하기에(they'll find another faller it their ruse won't rise): 노래 가사의 패러디: 그대는 염호기선鹽湖汽船 위에 또 다른 아버지를 가질지니(You'll have another father on the Salt Lake Line).

5) Davy Jones(Casey Jones) 작의 민요: 올빼미 훌리(Whooley the Whooper), 노래 가사의 패러디: 올빼미 윌리(Willy the Weeper).

6) 그레고로비치, 리오노코포로스, 타르피나치 및 더글더글(Gregprovitch, Leonocopolos, Tarpinacci and Duggelduggel): (1)Moscow, Athens, Rome, Dublin (2)Matt Gregory, Mark Lyons, Like Tarpey & Jonny MacDougal.

7) 그렇잖은고?(Ned?): (1)(G) isn't that so? (2)Ned: 당나귀의 애칭.

(369)

1) 방도언方途言 의미표意味標(the waywords and meansigns): 수단과 방법(ways and means).

2) S. 브루노즈(S. Bruno): 1086년에 프랑스에 세워진 카르투지오(Carthusian) 수도회의 창시자.

3) 카로란(Carolan): 고대 아일랜드의 음유시인들의 최후로 알려짐, 18세에 장님이 되었다 한다.

4) 인민人民 포플라 공원(Poplar Park): 더블린 남부 단 레어리(D'un Laighaire)에 있는 민중의 공원(People's Park).

5) 개이지 피어(gazey Peer): Ghazi Power: 아일랜드의 신문인.

6) 재크스가 약탈했던 호수 댁宅(the hoose that Joax pilled): 자장가의 패러디: 잭이 세운 집(The House That Jack Built).

7) 최초로 여궁旅宮으로 광폭한 로더릭7)이 왕래王來했던 일(first a rudrik kingeomed to an inn court): Roderick O'Connor: 아일랜드 최후의 고왕(1116—98). Rory O'Connor는 1922년의 시민전쟁 동안 더블린의 King's Inns 부두의 Four Court(대법원 건물)를 장악했다.

8) 남단예법男丹禮法이 남자를 남조濫造할 때(last mannarks maketh man when): 격언의 패러디: 예법이 남자를 만든다(Manners maketh man).

9) 폴라부카(Paullabucca): Poulaphuca: 리피 강 상류의 폭포.

10) 문사文士 사기한詐欺漢 쉬케름으로부터의 담사저자동암시談史著自動暗示(authorsagastions from Schelm the Pelman): (1)autosuggestions from Shem the Penman. autosuggestion: (심리학) 자기 암시, 자기감응 (2)Pelman Institute: 기억 훈련원 (3)Jim the Penman: 더블린의 Poolbeg 등대의 날조자인 James Townsend Savard.

11) 타이기 여제女帝(Madges Mighe): Madge: 여인의 음부. Mages Tighe: Her Majesty(여제).

12) 그녀가 대담기분大膽氣分의 숙자熟者일 때(when her daremood's a grownian): Diarmaid와 Grania.

13) 거기 가는 자 누구냐의 초병哨兵이라(who goes where): 군 암호: 정지! 거기 가는 자 누구(보초)

14) 마카엘 신부神父(Michal): Father Michael: Michael: 하느님을 닮은 신부(father who is like God).

15) 거중인巨中央 우체국(gomeral's postponable): 더블린의 거대한 중앙 우체국 건물(General Post Office)(G. P. O)

(370)

1) 포퍼(Popper): Amalia Popper: 조이스의 장시 〈지아코모 조이스〉(Giacomo Joyce)의 여 주인공 Amalia의 부친.

2) 한 때 철애徹愛하는, 참된 애린哀隣의 위험물, 그의 허풍연인虛風戀人에게 애란의 촌선물村膳物으로서(onced at throughlove, true grievingfrue danger, as a nirshe present to his minstress): 무어 노래의 패러디: 나는 한 때 참 사랑을 가졌대요[슬픔을 통해 & 위험을 통해](I Once Had a True Love[Through Grief & through Dander]) 또는 아일랜드의 농부, 그의 안주인에게. (The Irish Peasant to His Mistress).

3) 커브라 공원(Cobra Park): Cabra Park: 조이스 가문이 그 근처에서 살았던 더블린 북부의 공원.

4) 청수혈마靑鬚血馬에 승세勝勢(bluebleeding boarhorse): (1)bluebeard: (2)The Bleeding Horse: 더블린의 주점 명 (3)Blue Boar Alley: 옛 더블린의 골목 이름.

5) 무슨 화자두禍者頭(soresen's head): Saracen's Head: 사라센(시리아, 아라비아의 사막에 사는 유목민. 특히 십자군 시대의 이슬람교도) 머리: 문장紋章(여인숙의 간판).

6) 참나무 호박엉덩(rumpumplikun oak): (1)무적 단들은 1882년 피닉스 공원의 암살 사전 전에, Parkgate 거리의 Royal Oak 주점에서 마지막 술을 마셨다.

7) 머저리(Noggens): noggin: (1)작은 잔 (2)머저리.

8) 록(湖) 런(스칸디나비아)(Lochlunn) 스칸디나비아인.

9) 토지투기꾼(외국인)(gonlannludder): landlubber: 풋내기 뱃사람.

10) 마린거(marringaar): Mullingar: 〈경야〉의 배경. 채프리조드 소재, HCE의 주막.

11) 허풍공虛風恐!(Boumce!): 주님의 공포(fear of the Lord).

12) 매인누스(maynoother): Maynooth 대학: 신부神父 양성 대학.

13) 오성자汚聖者의 탐식도貪食禱를!(glutany of stainks): 성자들의 연도(Litany of Saints).

(371)

1) 주입성부酒入聖父 및 영자靈子 침성령자沈聖靈者, 아아멘 우우멘!(Porter fillyers and spirituous sunckstery, oooom oooom!): 미사의 결구: (L) Pater, Fillius & Spiritus Sanctus: 성부, 성자 및 성령, 아멘!

2) 침沈몸통(sunkentrunk): William Tell(스위스의 전설적 영웅)이 폭군 Gessler를 기다리던 Sunken Road.

3) 朱錫時(tin): 10시.

4) 유목청遊牧聽(hord): heard + Hord(아이슬란드 전설의 영웅).

5) 실로 고집 세고 침착한 시길드선(자구) 해명海鳴에서부터 이별한 와수渦水처럼(Dour douchy was a suwguldson…Like wather parted from the say: 테너 텐두치(Tenducci)를 조롱하는 더블린의 거리 가요: 후렴: Water parted from the say.

6) 오스티아(Ostia): (1)Hosty: 운시(rann) 퍼시 오레일리의 민요(The Ballad of Persse O'Reilly)의 작자. 〈경야〉의 주제의 하나(44 참조) (2)(It) ostia: Host (3)Ostia: 로마의 해항.

7) 호주呼酒의 최후 방울(the last dropes of summour): 무어의 노래의 패러디: (여름의 마지막 장미)[바니의 작은 숲]('Tis the Last Rose of Summer)(〈율리시스〉 제11장 참조).

8) 공익자公益者들(probenopubblicoes): (L) pro bono publico: 공익公益을 위하여.

9) 후대주관厚待酒館(hostillery): 르 파뉴 작의 소설 제목 패러디: 〈성당 묘지 곁의 집〉(The House by the Churchyard).

10) 진사眞士 여러분, 제발 쾌유快遊(Tids, genmen, plays): (1)time, gentlemen, please(주점의 마감 시간을 알리는 상투어) (2)T. S. 엘리엇의 〈황무지〉 구절(144, 1156, 173—4행) 참조.

11) 직지直知(almaynoother): Maynooth 대학: 신부 양성 대학.

12) 그대 원파遠波의 분기奮起가 들리지 않은고?(You here nort farwellens rouster?): 입센 작 Borte!의 글귀: (N)farvellets rester tog nattevinden(Good—bye—the rest The night—wind swallowed).

13) 무목舞木으로부터 수톤석石까지(From Dancingtree till Suttonstone): (1)더블린의 동단 Sutton 여울목은 호우드 언덕과 본토를 연결 한다(우리나라 제주도의 일출봉과 본토의 연결처럼) (2)더블린의 Dunsink 측후소.

14) 아왼두(Awaindoo's): 강 이름: Awin—Dhoo: Man 섬 소재.

15) 은소천銀燒川(selverbourne): 강 이름: 만 섬 소재.

16) 로췌르 가로(Rochelle Lane): 더블린의 자유지역(Liberties)의 뒷골목(옛 이름).

17) 자유구(liberites): 본래는 더블린 남부 중심가의 변두리 지역으로 가톨릭교도의 특권 구역, 지금은 빈민가 및 벼룩시장 지역(U 31 참조).

18) 마린가드(Mullinguard): 체프리조드의 Mulligae(Mullingar) 여숙(〈경야〉의 배경).

19) 마정렬瑪整列했나니(marshalsing): 더블린의 Marshelsea 감옥의 인유.

20) 곡적도曲笛道 곁으로(par tunepiped road): 더블린의 Mullingar 가도는 1853년까지 유료도로(turnpike)였다.

21) 라이오즈의 가련한 사나이(that poor man of Lyones): 12세기 Peter Waldo의 추종자들.

22) 선량한 웰팅턴 비작卑爵(good Dook Weltington): (1)Dick Whittington: 런던 시장(1423년 사망), 여기 그는 종소리의 예언적 울림으로 런던으로 소환되어 시장이 된 민속의 Dick Whittington과 혼성됨. (2)웰링턴: Arthur Wellesley, 최초의 공작(1769—1852).

(372)

1) 애린향愛隣向(rindwards): towards Erin.

2) 이전에 궁종弓鐘을 듣기 위해(to the belles bows): 궁종을 경청하다(이 예언의 종은 Whittington에게 런던으로 되돌아와, 시장이 되도록 일러 준다)(민속 팬터마임에서).

3) 모제르 소총小銃(mausers): 더블린의 1916년 부활절 봉기 때 사용한 소총.

4) 자 이제 다시 전도轉都라, 더블린 시장市長 각하!(Now is it town again, londmear of Dublin): 팬터마임의 패러디: 돌아오라, 위팅턴이여, 런던의 시장 각하(Come again, Whittington, Lord—Mayor of London)(pantomime).

5) 복광자服狂者(coursse the toller): 재단사(tailor) Kersse(전출).

6) 복腹큰월의 마크 왕(Moke the Wanst): King Mark of Cornwall: 트리스탄의 숙부요 아일랜드의 이솔드의 남편 Mark 왕은 바그너의 오페라 곡으로서 가장 잘 알려져 있다.

7) 수양 피터 소요아騷擾兒(Tuppeter Sowyer): 미국 조지아 주에 더블린을 건립한 Jonathan Sawyer(3 참조).

8) 미급전사美給戰仕(a barttler of beauyne): 1690년의 보인(Boyne)강 전투, 아일랜드 자코뱅당원(영국 제임스 2세파)의 패배.

9) 생호인生好人 벤자민 양조인(benjamin liefest): 기네스 맥주 양조인인 Benjamin lee Guinness.

10) 익翼프랭크린(frankling): 미국의 정치가, 과학자 벤 자민 프랭클린(번개의 발견).

11) 조시아 핍킨, 안노스 러브, 레이루 러 프에버…하디 스미스(Josiah Pipkin, Amos Love, Jeremy Yoppe…Hardy Smith): 미국 조지아 주의 더블린 시 정주자들.

12) 카페 베랑지에(Cafe' B'eranger): Hugo, Saint-Beuve, Gautier 등이 자주 출입했던 파리의 카페.

13) 우블톤 화이트레그 웰서즈 가문家門(the Wobbleton Whiteleg WQelshers): Warburton, Whitelaw, Walsh: 1818년 〈더블린 시의 역사〉(A History of the City of Dublin) 에 수록된 유명 가문들.

14) 다이나스두브린(dinnasdoolins): Dinas-Dulin: 더블린의 웨일스 이름(Welsh name).

15) 브라운해즐우드(갈색개암나무숲): 더블린의 고대 아일랜드 명은개암나무의 활(brow of a hazelwood)을 의미한다.

16) 대인베리 코먼 마을(Danesbury Common): 영국 남동부의 주洲인 Hertz에 있는 Danesbury 마을.

17) 서향가정西向家庭 되돌아오기를(turn again weastinghome): (1)다시 돌아오라, 위팅턴(Turn again, Whittington)(팬터마임) (2)노래 가사의 패러디: Westering home.

18) 우배수雨排水의 천사십개泉四十個의 양동이(rainydraining founty-buckets): 〈창세기〉 노아의 호수: 40일 주야로 비가 내렸다(The Flood: rained 40 days & 40 nights)의 패러디.

19) 만세! 삼자유괴암산三自由怪岩山(Hray! Free rogue Mountone): 더블린의 구호의 패러디: Hurray! Three Rock Mountain.

20) 개리오웬과 영광(책교 awen and glowry): 노래 가사의 패러디: Garryowen: For Garryowen and glory. Garryowen: 〈율리시스〉 〈키크롭스〉장에서 시를 읊는 개(U 265 참조).

21) 이로순정二露純井(Mountone…Dew): 노래 가사: The Mountain Dew.

22) 바나비(갈색소년) 피네간(Brownaboy Fuinninuinn): 노래 가사의 패러디: Barnaby Finnegan.

23) 산 반(경警) 노파老婆(The Shanavan Wacht): 노래 가사의 패러디: The Shan Van Vocht(아일랜드의 별명).

24) 포대砲臺 도란의 천명사喘鳴死(Rantinroarin Batteries Dorans): 속담의 인유: 그는 도란의 황소처럼 으르렁거리며 죽다(he died roaring like Doran's bull).

25) 저 휘파람부는 도적(that whistling thief): 노래 제목의 패러디: The Whistlin' Thief.

26) 오 라인 오란(해여신海女神)(O'Ryne O'Rann): 퍼시 오레일리의 민요의 후렴. (45. 27).

(373)

1) 남빈민궁가南貧民宮(Poors Court): 더블린의 남부에 위치한 빈민 구제원.

2) 보허 고속도상高速道上(on the Moherboher): Galway의 Boher Road(가도).

3) 넘어지며자빠지며(hoompsydoompsy): Humpty Dumpty: 땅딸보, 한번 넘어지면 일어나지 못하는 사람.

4) 배다리계교階橋를 끌어당기고 노怒닻을 들어올리고(The gangstairs strain and anger's up): 노래 가사의 패러디: 배다리를 당기고, 닻을 올리고, 우리는 정든 티퍼레리를 떠나도다(The Ganhplank's raised & anchor's up, We're leaving Tipperary).

5) 저주의 신神 염소시민市民이여!(Horkus chiefest ebblynuncies!): (L) Hircus Civis Eblanensis: 더블린의 산양 시민(Goat Citizen of Dublin)(215.27 참조). 여기 HCE를 암시한다.

6) 헤이 호마馬, 헤이 호마馬…친왕국親王國!(Heigh hohse, heigh hohse, our kingdom…: 〈리처드 3세〉 v. 4. 7의 패러디: 말(馬), 말, 말을 위해서는 나의 왕국도.

7) 브라니 로니의 모둔부毛臀部의 부루니 라노의 양모의羊毛衣(Bruni Lanno's woollies on Branni Lonni's hairyparts): (1)Florence의 Brunni의 역사 (2)Bruno vs Nolan(대칭 관계) (3)노래의 패러디: 브라이안 오린은 입을 바지가 없었대요, 고로 그는 바지를 만들려고 양피를 샀대요. 양피는 밖으로, 양모는 안으로 그들은 시원하고 요양편리療養便利한지라, 브라이언 오린이 말했지요(Bruan O'Linn had no breeches to wear, So he bought him a sheepskin to make him a pair. The skinny side out, & woolly side in, 'They are cool convenient' said Brian Olinn)(〈아리따운 아가씨〉에서 보우시콜트가 인용함).

8) 의회폐색자議會閉塞者 리나 로나 레이네트 론내인(Rina Roner Reinette Ronayne): J. P Ronayne: Cork의 의회 의원으로, 조이스에 따르면, 그와 Joseph Biggar는 함께 의회 폐색론(Parliamentary obstruction)을 고안했다 한다.

9) 나의 하답何答인즉 애인레몬이라(To what mine answer is a lemans): 대답은 필요 없어요(The answer is a lemon): 〈율리시스〉 15장 사창가에서 Breen 부인의 블룸에 대한 조소적 대답(U 364).

10) 그건 그가 현기발작眩氣發作을 일으켰을 때였도다(That was when he had dizzy spells): 입센의 〈건축 청부업자〉(The Master Builder)에서 Solness는 자신이 세운 탑에 오르는 것을 멈추는지라, 그것의 현기 때문에. 그가 재 시도하자, 추락하여 죽음(04 참조).

11) 그래드석의자石椅子(Gladstools): 글래드스턴의 인유.

12) 산책길처럼(as the mall): (1)right as mail(우편처럼 바르게) (2)mall: 산책길. 쇼핑센터.

13) 그의 후디브라스 동색銅色 턱수염에 감사하게도(Thanks to his huedobrass beerd): Hudibras beard: 버틀러(S. Butler)의 시 속에 상세히 서술된 턱 수염.

14) 오로우크 렐리리로다!(Rorke relly): Tiernan O'Rourke(Breffni의 왕자)의 아내는 Dermot MacMurrough(아일랜드 동부 지방의 왕)에 반해 남편을 떠났는 바, 후자는 O'Rourke와 Roderick O'Connor에 대적하여 앵글로-노르만으로부터 도움을 구함. 이는 아일랜드에 대한 앵글로-노만의 참략을 야기함(〈율리시스〉 제2장 말 참조(U 29).

15) 퍼스 오레일(parssed our alley): Persse O'Reilly의 민요의 패러디.

16) 타고난 천성은 그대의 살에 나타나기 마련인지라(you've bled till you're bone it crops out): 격언: 타고 난 천성은 살에 나타나기 마련(What's bred in the bone comes out in the flesh).

(374)

1) 그대의 벌꿀 술이 어찌 만들어지는지(how your mead, mard, is made of): 자장가의 패러디: 꼬마 소녀들은 무엇으로 만들어 지는지(What Are Little Girls Made of, Made of).

2) 다저슨(Dadgerson): C. L. Dodgson: 캐럴(Lewis Carroll).

3) 불가사이국不可思議國(wonderland): 캐럴 작 〈이상한 나라의 엘리스〉(Alice in Wonderland) 의 암시.

4) 보이(소년) 전사轉寫(boyscript): 〈보스턴 전사〉(Boston Transcript)

5) 우목愚目에는 흑목黑目 그리고 목에는 목턱(Anigg for na nogg and a thrate for a throte): (1)〈마태복음〉 5: 38의 인유: 눈에는 눈, & 이에는 이(An eye for an eye, & a tooth for a tooth) (2)목의 치료(a treat for a throat).

6) 랭커셔의, 토컨화이트(白) 래드럼프(적혼赤魂)(Torkenwhite Radlumps, lens): 장미 전쟁(Wars of the Roses)의 암시. York: 흰 장미. Lancaster: 붉은 장미. (〈초상〉 제1장 참조, P12).

7) 익명의 좌수左手로 암시된 축수시縮綏詩(Anonymay's left hinted palinode): 익명의 좌수체左手體(anonymous left-handed). palinode: 앞서 시에서 말한 것을 일부 말 바꾸기.

8) 피펫(눈금 관管)(pipette): 스위프트의 편지 결구: Ppt.

9) 머드러스(Murdrus): Koran 및 Arabian Nights를 번역한 J. C. Murdrus.

10) 소년승정少年僧正(the Boy of Biskop) (1)Boy Bishop: 영국, 수도학교의 중세의 4월 1일에 (2)노래 가사의 패러디: 비스케이 만(The Bay of Biscay)(프랑스 서부와 스페인 북부 대서양에 면한 큰 만).

11) 애심愛深한 불결촌不潔村의 의疑블린(deep dorfy doubtlings): 속담의 패러디: Dear Dirty Dublin.

12) 사도서간인식신학론使徒書簡認識論(Epistlemadethemology): epistemology(인식론) + theology(신학) + epistle(사도서간).

13) 우리들의 섬, 라마羅馬 및 의무여!(Our island, Rome and duty!): 노래 가사의 인유: 넬슨의 죽음: '영국(조국), 가정과 애인을 위하여'(The Death of Nelson: For England, home and beauty)(U 185 참조).

14) 피니쉬(끝) 매이크 골(득점)!(Finnish Make Goal!): Finn MacCool.

15) 다비가 경찰국내(Darby's in the yard): Darby: 수갑의 속어. the yard: Scotland yard: 런던 경찰국(본래의 소재지 명에서).

16) 경찰관(peeler): 노래의 패러디: 경찰관과 염소(The Peeler and the Goat).

17) 핀즈베리(Finsbury): 런던이 Finsbury 공원.

18) 섭정명판攝政名判을 조심하는 게 좋아요(batter see to your regent refutation): (1)Battersea: 런던의 한 공원 명 (2)Regent's: 런던의 한 공원 명.

19) 이스채풀의 오렌지서書(the Orange Book of Estchapel): (1)Yellow Book of Lecan(아일랜드 원고본) (2)Eastcheap: 런던, 채프리조드.

20) 킹 가도(King's Avenance): 더블린, Ballybough의 King's Avenue(가도).

21) 냉검冷劍(낙인)(살인죄)을 잠시 그대의 이마에 눌려요(press this cold brand against your brow for a now): 〈창세기〉 4: 15의 인유: (여호와께서 그에게 이르시되 그렇지 않다 가인을 죽이는 자는 벌을 칠 배나 받으리라 하시고 가인에게 표를 주사(the Lord set a mark upon Cain) 만나는 누구에게든지 죽임을 면케 하시니라).

22) 가인조심스럽게!(Cainfully): Cain + carefully.

23) 저주가詛呪架의 죄표罪標(The sinus the curse): sign of the cross.

24) 흥지나난자興支那卵者(Hung Chung Egglyfella: HCE의 암시.

25) 땅딸보 혹 많은 톱소야(상위上位)(numptywumpty topsaws): (1)자장가의 인유: Humpty Dumpty(땅딸보) (2)트웨인의 Tom Sawyer.

26) 사대沙袋(sagasand): (1)sack of sand(모래주머니) (2)Sackerson(HCE의 하인) (3)Saxon.

(375)

1) 푸딩 파이(pudding and pie): 자장가의 패러디: Georgie Porgie, pudding & pie.

2) 잭이 세운 집을 향해 킬리킥(살축殺蹴) 킥킥 걷어차요!(kick…killykick…the house that juke built): (1) Kallikak & Juke: 미국의 상속적 퇴화가 (2)자장가의 패러디: the house that Jack built (3)게다가 잭이 세운 집 속에 살고 있는 어부 베드로처럼(Peter Piscator who lives in the house that Jack built)(U 321).

3) 십자가에 맹세코!(By juror's cruces): (1)(L) I swear by the cross (2)Jesus Christ.

4) 던피 모퉁이 땅딸보 영감(old Hunphydunphyville'll): (1)자장가의 패러디: Humpty Dumpty (2)더블린의 Dunphy's Corner(〈율리시스〉에서 장의 마차가 달리는 길목(U 81 참조).

5) 브리타스의 문제에 있어서 타他아서왕王보다(in the matter of Brittas more than anarthur): The Matter of Britain)(아서 왕의 환).

6) 제12교도소 앞의 배심석(the box before the twelfth correctional): (1)12배심원(jurymen) (2) correctional court: 특히 청소년을 위한 하급 재판소.

7) 반월혈액순환半月血液循環(halfmoon haemicycles): (G) 혈액 순환(여성의 멘스의 암시).

8) 색빌산山수도원(Mountsackvilles): 채프리조드 소재의 Sackville 산 수도원.

9) 카메라(Cameras): (법) 공개가 아닌 판사의 사실. in camera: 방청 금지로, 비밀리에.

10) 고로 그대의 죄를 규서叫誓하고 녹서鹿書에 입 맞출지라(So yelp your guilt and kitz the buck): (합법적 맹세시의 언약): so help you God and kiss the book.

11) 재정법원(the court to exchequer: 더블린의 Court of Exchequer(옛날의 상급 법원).

12) 돌리마운트(Dalymount): 더블린의 Dollymount 공원: 축구 경기장.

13) 도너 초독 버클리 경(Don Gouverneur Buckley's): Donal Buckley: 아일랜드의 최후의 총독.

14) 타라(Tara): 아일랜드의 고대 수도.

15) 다발多髮의 무舞예수여(hosy jigses): Hairy Jaysus: 조이스가 그의 대학 친구인 Francis Skeffington에게 붙인 별명.

16) 운의복雲衣服에 대몰貸沒되어(burrowed in Berkness cirrchus clouthes): (1)더블린의 Westmoreland에 있는 Barrow—in Furness, 서커스 복상 (2)cirrus cloud: 권운卷雲.

17) 베일에 가려진 입상粒狀의 적운積雲 핀 맥쿨(Fummuccumul with a graneen aveiled): (1)Grania와 더불어 Finn MacCool (2)cumulus cloud: 적운積雲.

18) 민敏(nimb): Nimb(금발의 Niav)은 Ossian을 영유지永幼地(the Ever Young)로 데리고 갔다.

19) 설태舌苔—계곡溪谷(Furr—y—Benn): the Furry Glen: 피닉스 공원.

20) 세계의 여성들의 경이와 함께, 허울 좋군!(The wonder pf the women of the world…moya!): (1)싱(Synge)의 극 〈서부세계의 바람둥이〉(The Playboy of the Western World) 의 첫 공연에서, 슈미즈 바람으로 서있는 메이요 아가씨들의 표류(drifts of Mayo girls standing in their shifts)라는 구절로 소동이 야기되었다. (2)(앵글로—아이리시) moya(감탄사): 의혹을 나타내는 아이러니컬한 감탄사(U 269 참조).

(376)

1) 이닌 맥콜믹 맥쿨트 맥콘 오퍽킨즈 맥컨드레드(Ineen MacCormick MacCoort MacConn): Grania(Dermot의 애인, 그녀는 Finn과 결혼하기로 작정 되어있었으나 Dermot와 눈이 맞아, 애인과 사랑의 도피를 행한다)의 계보(genealogy)의 패러디: Inghean Cormaic Mhic A'irt Mhic Cuinn C'eddeathach.

2) 힐만 민쓰(hillman minx): 소형 차.

3) 머드커트(Mudquirt): Midgaard: 북구 신화의 지구.

4) 견의肩衣, 염주 및 양초 몽당이(Scapulars, beads and a stump of a candle): 중세 성당에서 파문을 선언할 때의 장중한 문구, 이들 중 양초는 정신적 암흑을 상징하기 위하여 촛불을 끄는 행위(〈율리시스〉 제12장 말에서I(무대 화자)의 글귀 참조)(U 280).

5) 휴버트는 사냥꾼이었나니(Hubert was a Hunter): (1)자장가의 패러디: A는 사수요, H는 사냥꾼이었대요(A was an Archer: He was a hunter) (2)St Hubert: 추적(사냥)의 수호자.

6) 십자가의 길(chemin de croix): (F): 십자가의 길(Way of the Cross).

7) 오브라이언 맥브루이저(O'Bryan MacBruiser): Brian Boru: 아일랜드의 전설적 영웅, 덴마크 인들의 공포로 알려짐. 그는 1014년에 Clontarf 전투에서 그들을 패배시킴.

8) 크론타프(Clontarf): 1014년에 Brian Boru가 더블린의 덴마크 인들을 그 곳에서 패배시킨 더블린의 근교 장소. Clontarf는 Bull's Meadow로 알려지고, 호우드, 채프리조드 및 피닉스 공원처럼 혼성어로, 반 유생有生, 반 무생無生이다.

9) 느슨한 투표자(voterlooat): Waterloo(벨기에 중부의 마을로, 1815년 나폴레옹의 폐전지) 전쟁.

10) 자신의 무무르릎 사이에 그의 코코넛두개골을 깨면서(Becracking his cucconut between his kknness): Fianna들은 적들의 두개골을 그들의 무릎사이에 끼워 깨트리곤 했다.

11) 델핀…그루삼…왕실王實 하이머니언(Delphin…Grusham…Real Hymernians): 더블린의 호텔 명들: Dolphin, Gresham, Royal Hibernian.

12) 과일을 듬뿍(dos of frut): sod of turf의 역철逆綴.

13) 고창증鼓脹症(hoovier): heavier(뚱뚱보)

14) 골마가린(Gormagareen): 미상.

15) 의장흑인儀裝黑人 사냥 도박가賭博家(Gunting Munting Hunting Punting): 미상.

16) 포웰!(Powell!): 미상.

17) 히긴즈?(Huggins?): Hugh의 옛 약기체略記體.

18) 낸시녀女(nancies): (1)Phoenix 고원 북안에 있는 The Hole in the Wall(벽혈壁穴) (2)(주점 명)은 그것의 여주인의 이름을 따서Nancy Hand's로 알려짐.

19) 불꽃은…마족馬足이도다(Sparkes is the footer): Foote & Sparkes: 더블린의 배우들 이름.

20) 시간, 음주 및 급급急急(time, drink and hurry): Tom, Dick, Harry의 익살(너나 할 것 없이, 이놈 저놈).

21) 양키두덜(bunkledoodle): 노래 가사의 패러디: Yankee Doodle.

22) 유모乳母했던 꼭 같은 삼자三者, 스켈리, 바드볼즈 및 회색 녀(The same three that nursed you, Skerry, Badbols and the Grey One): Finn의 유모들은 Bodball 및the Grey One of Luachar였다.

23) 양육하기 위하여 음식(the massus for to feed): 사자를 위한 미사(Masses for the dead) 의 패러디.

24) 핀의 훈제견燻製犬(Buy bran): Bran: Finn의 개(dog).

25) 결코 사견死犬을 말하지 않으리로다(never say dog): 속담의 패러디: 결코 죽는다 말하지 말라(never say die).

26) 모리알테이 및 칼줄타기 녀석 그리고 통 굴리는 놈. 허언虛言의 장궁長弓(Morialtay and kniferope Walker…Rowley the Barrel): (1)Sherlock Holmes(영국 소설가 Canon Doyle 소설의 명탐정)는 그의 적 Moriarty를 절벽에서 만나다 (2)노래가사의 패러디: 술통을 굴려내라(Roll out the barrel).

27) 장궁長弓(Longbow): 아일랜드의 앵글로-노르만의 침공 대장.

28) 기교의 매끄러움(Slick of the trick): Sitric: 더블린의 몇몇 바이킹의 이름.

29) 브라니성城(B러nnercassel): Blarney Castle(stone): 아일랜드의 성으로, 여기에 있는 돌에 입 맞추면 아첨을 잘하게 된다는 전설.

30) 크랜루카드씨족氏族(Clanruckard): Clanrickard의 백작들은 3세기 동안 골웨이(Galway)를 지배했다.

31) 펜, 펜가家, 모든 펜족族의 왕척王戚!(The Tenn, the Fenn, the kinn of all Fenns): 노래의 패러디: 굴뚝새, 굴뚝새, 모든 새들의 왕(The Wen, the Wren, The king of all birds).

(377)

1) 천양天羊! 애신愛神이여! 적도寂禱!(Angus! Angus! Angus!): (1)Aengus: (I) 사랑의 신 (2)(L) agnus: (Sactus, Sanctus, Sanctus(성화, 성화, 성화)(기원문)(593 참조) (3)T. S. 엘리엇의 〈황무지〉 결구 참조(4)〈율리시스〉, 제9장말에서 스티븐 데덜러스가 부른 자신의 별명: 새들의 잉거스(Aengus of the birds).(U 179)

2) 낙단봉사駱單峯舍의 칠호七戶(the seven doors of the dreamadoory): dromedary: (1)아라비아 단봉낙타單峰駱駝 + dormitory(막사) (2)〈율리시스〉에서 주인공 블룸의 집 번지 Eccles No. 7을 상기시킴.

3) 애치이시(Hecech)의 가문家門의 집의…열쇠의 열쇠 지기가 화언話言하도다(The keykeeper of the keys…in the house of the household of Heceech saysaith): 〈이집트의 사자의 책〉의 잦은 소개문의 패러디: 옷새玉璽의 감독 댁의 감독 뉴, 의기양양, 말하도다(The overseer of the house of the overseer of the seal, Nu, triumphant, saith).

4) 마그로우!(Mawgraw!): Daniel McGrath(60.26): 다니엘 마그라스 씨氏…빈식료상인貧食料商人들에게 잘 알려진: Daniel McGrath: 더블린 Chalotte 가 4-5번지의 식료 및 주류 판매상.

5) 신랑은 온실에 있는지라, 자기 것을 개틀링 집集하면서(The groom is in the greenhouse, gattling out his): 자장가의 패러디: 임금님은 회계실에 있었는지라, 자신의 돈을 헤아리면서(The king was inn his countinghouse, counting out his money)(U 56 참조). gattling: Gatling(개들링 기관총 발명자) +

gathering.

6) 개틀링 집集하면서. 기관총!(gattling…Gun): R. J. Gatling은 기관총(machine gun)을 발명했다.

7) 래니간의 무도회!(Lannigan's ball): 노래 가사에서.

8) 실마톤구상實摩啍丘上(schlymartin): Shiel Martin: 호우드 언덕의 몇몇 정상들 중의 하나.

9) 삼등삼승소생삼목三登三乘蘇生三木(threequickenthrees): quicken trees: Diarmaid와 Grania는 Finn으로부터 단번에 숨었다.

10) 올드보이 웨스리 회자徊者 클럽의 윙(익翼) !(oldboy Welsey Wandrer!): 아일랜드의 럭비 연합 클럽.

11) 호타타好打唾(Well spat): 침 뱉은 채.

12) 웅얼스러운(멘델스존의) 충전充塡행진곡(Mumblesome Wadding Murch): Mendelssohn의 웨딩 마치(결혼 행진곡) 의 인유.

13) 알럼 관구館丘의 담쟁이 저녁(Ivy Eve in the Hall of Alum): (1)〈더블린 사람들〉, 〈위원실의 담쟁이 날〉(Ivy Day in the Committee Room)의 인유 (2)Eve…Adam (3)Allen의 언덕: Finn의 본부.

14) 바네사(finnecies): (1)바네사 (2)vanities (3)finesse(솜씨) (4)Finne'ces: Finn이 그를 위해 지혜의 연어를 요리해준 시인.

15) 피나와 퀴나(Peena and Queena): 미상.

16) 아란나 신부(brideen Alannah): 노래 가사의 패러디: Eileen Alannah.

17) 후킹 선수(Hooker): 럭비의 위치.

18) 비둘기는 승勝궐기하고, 조숙한 까마귀 핀도(Dovlen are out for it. So is Rathfinn): Dove vs Ranen.

19) 워 정지(hike!): 말에게 하는 호령.

20) 사필마四匹馬의 영구차가 지방자치의 십자가 형리刑吏들과 함께(here's the hearse and four horses with the interprovincial crucifixioners): (1)1920년의 더블린의 Croke 공원에서 아일랜드를 물러나는 축구 경기에서 영국 군대에 의한 대량학살 (2)〈성서〉, 〈묵시록〉의 4기사들.

21) 뉴스를 내일모來日母에게 파동破動할 것인지를(brake the news to morhor): 노래 가사의 패러디: 어머니에게 소식 터뜨리다(Break the news to Mother)(U 6).

22) 주신主神동양지재(myterbilder): 입센 작 〈건축 청부업자〉(The Master Builder)의 인유.

23) 아가 소년(Shonny Bhoy): 노래 가사: Sonny Boy.

24) 사전四前에(fore of them): 노래 가사의 패러디우리 넷을 위해 한잔만 더(One More Drink for the Four of Us).

25) 마태…마가…누가…요한(Matthews…Marks…Luk…Johnson): 〈신약〉의 4판사(대가)

26) 올솝(주酒) !(allsop!: Allsop's ale(아일랜드 특산 주).

27) 4(四) 송장귀신!(Gour ghools to nail): 4대0(four goals to nil).

(378)

1) 버커스로(입로)(par Buccas): (1)Bacchus(희랍 신화) 술의 신 (2)(L) bucca: mouth.

2) 차처此處 매인每人 도래시까지(till hulm culms evurdyburdy): Here Comes Everybody(HCE)의 암시.

3) 애탄국哀歎國의 영주領主였나니(mannork of Arrahland): (1)monarch of Ireland (2)manor of Arrah—land) (3)무어의 노래 패러디: O Arranmore(Kildroughalt 시장市場).

4) 섬광우역시장閃光牛肉市場에 신관화질인광信管火質燐光(fusefiressence on the flash—murket): fleshmarket(lightning flash) phosphorescence(인광).

5) 녹도인綠島人(Greenlender): Greenlander(북아메리카 동북의 큰 섬사람) + green islander.

6) 초소조상超小彫像을 주상鑄像하고 있는지라(molting superstituettes): (1)making substitutes(대용품을 만들다) (2)melting statuettes(소상小像을 주조하다).

7) 시표試標, 부활復活 바이킹, 간판, 소이더릭 오쿠녀 왕王(Tried mark, Easterlings, Sigh, Soideric O'Cunnue, Rix): (1)Cornwall의 Mark 왕 (2)Roderick O'Connor: 아일랜드의 최후의 왕 (3) Eastering: 아일랜드의 침입자들에 의하여 사용된 Viking (4)Sitiric: 더블린의 바이킹 왕들의 이름.

8) 역순逆順으로(Adversed ord): (L) in revered order.

9) 마그트몰겐(조조早朝)(Magtmorken): Art MacMurrough Kavanagh: Leinster의 14세기 왕.

10) 코펜하겐(Kovenhow): (Da) Copenhagen.

11) 대역전大逆轉(great conversion): 럭비 경기에서 트라이(try) 다음의 킥(kick).

12) 므두셀라에서부터 불리(웅우리雄牛里) 및 카우리(자우리雌牛里) 및 히코리디코리 항만港灣(From Motometusolum through Bulley and Cowlie and Diggerydiggerdock): (1)Methusalem: 〈율리시스〉 12장에서 Old Methusalm은 블룸이요, 매두살렘(므드셀라)은 성경의 969살을 산 최장수 인물(창세기〉 5:27). 여기서는 블룸의 부친인 Virag를 가리킴(U 275 참조) (2)bull & cow (3)자장가의 패러디: Hickory Dickory Dock의 인유.

13) 마이魔吏크에 맹세코! 루시퍼(악마) 전방前方에(by Mike! Loose afore): Michael(천사) vs Lucifer(악마).

14) 그대의 사행邪行을 폭로할지라!(Bring forth your deed): 1665년의 Plague(염병) 시의 상투어: 그대의 죽음을 폭로하라(bring out your death).

15) 파트릭 티스틀 재再 성聖, 메간즈 대對 브라이스탈 패리스(수정궁水晶宮) 급及 워샬(패트릭 Thistle, St. Mirren, Crystal Palace, Walshall: 축구 팀들(football teams).

16) 혁발발革勃發!(Putsch!): (G) Putsch: 혁명의 발발(revolutionary outbreak).

17) 사死의 공포가 흉일凶日을 어지럽게 하도다!(Themore moretis tisturb badday!): William Dunbar 작 〈제작자들을 위한 애탄哀歎〉(Lament for the Makers)의 글귀: 죽음의 공포가 나를 어지럽히도다 (timor Morttis contubat me).

18) 유역병游疫病은 곧 끝나리, 쥐여! 죄몰罪沒! 꺼져!(The playgue will be soon over, rats! let sin! Geh tont!): 쥐는 역병을 전염시킨다.

19) 터브(통桶) 는 그이 자신의 패트(지脂) 를 밸나니(Every tub here spucks his own fat): 바트(셈) vs 타프(손).

20) 그림 법칙!(Gramm's Laws!): 독일 언어학자 Grimm이 발표한 전 게르만계(pre—Germanic에서 역사적 튜톤(Teutonic) 언어들로의 묵黙 자음의 소리 전환의 법칙.

21) 개이리그(쾌연맹자快聯盟者)로다(a drippindhrue gayleague): (I) tuigeaan tu' Gaedhealig?: do you understand Irish? 〈율리시스〉 제1장에서 멀리건의 우유배달 할멈에 대한 질문아일랜드어지요… 게일어를 아세요?(U 12) 및 제9장에서 Best에 관한 서술 참조: 그는 텅 빈 노트를 책상 가장자리에 놓았다. 도전하듯 미소하면서. 원문으로 쓴 그의 사적 수기인 거다. '타 안 바드 아르 안 티르. 타임인 모 사가르트(보트가 육지에 대여 있다. 나는 승려다. 그것을 영어로 번역해 보라, 꼬마 존. 참조59) (2)Gaelic League(게일어 연맹).

22) 애초에 허어虛語있나니(In the buginning is the woid): 〈요한복음〉 1:1: 애초에 말씀이 있었나니(In the beginning was the word의 패러디. 이 말씀이 하나님과 함께 계셨으니 이 말씀은 곧 하나님이시니라.(the Word was with God, and the Word was God. He was with God in the beginning).

23) 그때 경조警朝에 필라델피아에서 그걸 개봉하다니 아주 미친 짓이로다(it's aped to foul a delfian in the Mahnung): 노래 가사의 패러디: 아침에 우리는 필라델피아로 출발 하도다(Off to Philadelphia in the Morning).

(379)

1) 녹캐슬(타성打城)!(Knockcastle!): 피닉스 공원 서부 지역.

2) 그걸[편지] 비지鼻知할지니(you'll nose it): 〈햄릿〉 IV. 3. 38의 패러디: you will nose it(거기서 냄새가 날 테니).

3) 나팔과 함께…암캐(with Bugle…the Bitch): 〈사냥개와 뿔 나팔〉(Hound and Horn) 잡지의 별명.

4) 자웅마행렬雌雄馬行列(Horssmayres Procession): (1)Lordmayor's procession: 런던 시장 취임 피로 행렬 (2)horse and mare(수말과 암말).

5) 주저躊躇가 어떤 것인지에(wharabahts hosetanzies): what about hesitency: 주저자躊躇者들의 전리품, 주저의 철자(마력): FW 1부 4장 P97, 주석 12 참조.

6) 춘제春祭(Saxolooter): 취리히의 봄 축제.

7) 인구과밀은 군인의 희생인지라(congesters are salder's prey): (1)19세기 말 후반, 아일랜드의 인구 밀집 지역 국. (2)soldier's pay.

8) 루즈 럭비 경기(the loose): (럭비) 공이 선수들 사이를 마구 굴러다니는 경기의 일부.

9) 뒤쫓을지라, 카로우!(Fellow him uo too, Carlow!): 행진곡: 카로우까지 그를 뒤쫓을지라(Follow Me up to Carlow). 그의 주인공은 Feagh MacHugh O'Byrene로, 반도의 추장, 1598에 더블린에서 살되다.

10) 폴리울리 얼간이에게!(volleyholleydoodlem!): 노래 가사의 패러디: Polly Wolly Doodle.

11) 폴스탑(견추락지堅墜落止)(Fell stiff): (1)Falstass (2)full stop.

12) 아빠아빠아빠포옹화자抱擁火者(pappappoppopcuddle): 화산인 Popocatepetl 산.

13) 그대의 모든 쇠월衰月에 속하는 그대의 기운찬 에일 주酒를(of all your wanings send us out your peppydecked ales): 자장가의 패러디: 꼬마 소녀들은 뭘로 만들어지는고?: '강아지 꽁지'(What Are Little Girls Made Of? 'puppydog's tails).

14) 골틴(Gorteen): Gorteen, 아일랜드 Longford의 마을 명.

15) 뎅 당 덩(BENG BANK BONK): (1)이 두문자의 철자들은 피네간의 추락, 잠의 심해 밑바닥의 배의 요동, 또한 권투 선수들이 상호 던지는 일련의 뻣뻣한 펀치를 대표한다. 총체적으로 이러한 결합은 HCE의 궁극적 붕괴와 운명을 암시한다.(J. Campbell & H. Robinson 249 참조) (2)여기 3종기도의 Angelus는 HCE의 부활을 울려낸다(Tindall 205). (〈율리시스〉 제13장말과 제14장 초두 참조).

16) 우리들의 최후의 싸움이나니, 거트타이탄, 공포작별恐怖作別!(It's our last fight, Megantic, fer you will!: 노래 가사의 패러디: 그건 그대의 마지막 여행이라, 타이탄이여, 그대 잘 가라: (It's Your Last Trip, Titanic, Fare You Well).

17) 흑여경黑女警(발키리 여신들)(Black Watch): (1)고지 연대聯隊(Highland regiment) (2)Valkyries): (북구 신화) Odin 신의 12신녀의 하나. 전사한 영웅들의 영혼을 Valhalla 신전에 안내하여 시중든다고 함.

18) 아밑타지亞美他地 왕王!(Armitage!): 책장수, Armitage은 Dalkey의 최후 왕이었다(87.25).

19) 태마니 홀(회관)(timmotty Hall): 뉴욕 시의 테마니 홀: 부패한 민주당 정책의 상징.

20) 양자兩者를 위한 차茶!(Tem for Tam): 노래 가사의 인유: 둘을 위한 차(Tea for Two).

(380)

1) 변이체變異體(바리안트) 의 캐티 쉐라트 남男(Variant's Katey Sherrant): (1)I. S. Variant: 더블린의 솔(brush) 제조 공장 (2)Kate Strong: 과부 + 더블린의 가장 밉살스러운 수세리(79.27 참조). 즉 여기서는 캐이트(과부—잡부雜婦와 조(Joe)(Jo)(남자—잡부雜夫)를 암시함.

2) 부라쉬화이트(백풍白風)와 브러쉬레드(적안赤顔)의 미안美顔(Blashwhite and Blushred): (1)Patrick Kennedy의 이야기 〈12마리 야생의 거위들〉(The Twelve Wild Geese) 의 여주인공은 백설 및 적장미(Snow—White and Rose—Red)로 불린다. (2)솀 및 숀의 암시.

3) 대주거大住居(Mocked Majesty): 여기서는 H. C. 이어위커 점주의 암시.

4) 모의폐하模擬陛下(Malincurred Mansion): 채프리조드의 Mullingar 여인숙.

5) 고창증鼓脹症 의회議會(the hoose uncommons): 의회(House of Common)의 패러디.

6) 그렌피니스크-계곡(Glenfinnisk-en-la-Valle): (I) Finnuisce: 청수(clear water). (2) Glenfinishk: 노래의 패러디 (3)(F) en la vall'ee(계곡).

7) 감사일感謝日(homy commulion): (미국의) 추수 감사절(Thanksgiving Day).

8) 계란소鷄卵素(eggfactor): 〈율리시스〉 제15장 밤의 환각 장면에서 블룸 시장市長, 메시아, 순교자를 추종하는 군중들: egg and potato factors(달걀 및 감자 도매상들)(U 392).

9) 로더릭 오코노 왕王(King Roderick O'Conor): 아일랜드의 최후의 왕 Roderic O'Conor: 90살의 나이에, 1198년에 사망, 그의 32년간의 통치 끝에 영국인들에 항복 시 나이 60살이 가까웠다. 그의 HCE로의 변용은 앞서 FW 368.18에 이미 시작되었다.

10) 백주병百酒甁의 투영가投影家(Umbrageous house of the hundred bottles): Conn of the Hundred Battles: 아일랜드의 고왕(high king).

11) 최후만찬(last supper): 예수와 그의 제자들의 최후의 만찬(Last Supper of Jesus & disciples).

12) 타라(Taharan): (1)Teheran: 이란의 수도 (2)Tara: 아일랜드의 고대 수도.

13) 혁복군단革服軍團(the leatherred leggions): Art MacMurrough Kavanagh: leinster의 14세기 왕.

14) 아서 목모로 카후이나후 웅왕雄王(King Arth Mockmorrow Koughenpugh): Muircheartach of the leather king: 941년의 아일랜드 고왕.

15) 빈자貧者의 항아리 속에 밀렵조密獵鳥를 넣어 두었나니(put a poached fowl in the poor men's pot): 프랑스의 헨리 4세가 행한 말: 나는 나의 왕국에 일요일마다 그의 항아리에 닭을 담지 못할 정도로 가난한 농부가 없기를 바라노라(I want there to be no peasant in my realm so poor that he will not have a chicken in his pot every Sunday).

16) 민둥민둥한 파도치는 부이(浮物)(like a bald surging buoy): 노래 가사의 패러디: The Bowld Sojer Boy.

17) 세 암소들(three cows): J. C. Mangan 작 〈세 암소들의 여인〉(The Woman of Three Cows)의 인유.

18) 그에게 고기요 음료요 개(犬)요 씻음(洗) 이었는지라(that was meat and drink and dogs and washing to him): 스턴(G. B. Sterne) 작의 소설 〈트리스트람 섄디〉(Tristram Shandy) VII. 38) 의 글귀: 그것은 그들에게 고기요, 음료요, 세탁이요, 잠자리라('tis meat, drink, washing & lodging to 'em).

19) 노란의 산양들과 아무렇게나 깔끔한 브라운가家의 서녀들(Nolan's goats and the Brownes girls): Nolan Vs Browne(대칭 관계).

20) 멋진 옛(grand old): Grand Old Man: 글래드스턴의 암시.

(381)

1) 맥카시의 암말(MacCarthy's mare): (1)노래 가사의 패러디 (2)Dermot MacCarthy는 침략 동안 Roderick O'Connor 측으로부터 저버림을 당했다. (3)Justin MacCarthy는 파넬의 패배 뒤에 그의 많은 추종자들을 얻었다.

2) 호버니아(Hauburnea): (1)골드스미스(O. Goldsmith)의 시: 〈삭막한 마을〉(The Deserted Village)의 글귀: 아름다운 오우번이여, 평원의 가장 아름다운 마을(Sweet Auburn! loveliest village of the plain) (2)Hibernia(아일랜드의 란틴 명). vintage(포도 수확).

3) 퍼볼그 족속 및 투아타 드 다난 정상배들과 함께 하찮은 파타로니아인人들(Parthalonians with the mouldy Firolgs and Tuatha de Danaan) googs): Pathalonians: Tuath De' Danann(또는 Danaan)족에 의하여 스스로 패배 당했던, Firbols족에 의해 추종되었던, 아일랜드 식민자들의 둘째 그룹.

4) 크래인 출신의 어정버정자者들(the ramblers from Clane): (1)노래의 패러디: 크래라의 소요자(The Rambler from Clare) (2)Clane: Kildare 군의 마을로, 리피 강 상류, Clongowes Wood College가 근처에 위치한다 〈초상〉 제1장 참조.

5) 신나는 호주가好酒家의 원탁(right royal round rollicking toper's table): (1)노래의 패러디: A Right Down Regular Royal Queen (2)아서의 원탁(Round Table)(기사).

6) 로더릭 랜돔(Roderick Random): 영국의 역사가, 소설가인 Tobias Smollett(1721—77) 작의 작품 명: Roderick Random, Humphrey Clinker, Peregrine Pickle의 인유. Smolt는 연어 성장의 한 단계.

7) 랜티 리어리(Lanty leary): (1)Samuel Lover(1797—1868)(노래 작사가 및 소설가: Handy Andy의 저자). 노래의 등장인물 명 (2)Leary Dun(Dan)—〈율리시스〉 제1장말에서(스티븐은 이때 아침 8시45분을 알리는 리어리 마을로부터의 성당 종소리를 듣거니와) 마텔로 탑과, 제2장에서 Deasy 학교와 달키(Dalkey) 마을 근처 남쪽 Dunleary(또는 지금의 Dun Laoghaire) 항(영국 치하의 Kingstown harbor)(U 21). 패트릭이 선교사로서 처음 왔을 때, 이 마을 명이 아일랜드의 고왕인, 같은 이름의 King Leary와 유관한지는 분명치 않다. 그러나 〈경야〉의 목적을 위해 조이스는 모든 Leary와 Lear를 하나의 실체로 만들고 있다.

8) 그린의 리넨(Greene's linner): 노래 제목: 푸른 리넨(The Green Linnet)(나폴레옹에 대한 언급).

9) 겐터인人(Ghenter): John of Gaunt: 셰익스피어의 유서 깊은 Lancaster인으로, 그는 〈리처드 2세〉(Richard II)에서 죽으며, 그의 이름으로 언어유희(punning)한다.

10) 맥르레스필드(Macclefield): 영국 북동부 Cheshire 주의 마을 이름.

11) 세상의 관례(the way the world): 영국의 극작가인 W. Congreve 작 〈세상의 관례〉(The Way of the World)(1700) 의 익살.

12) 미드라인스터의 심장(the heart of Midleinster): Sir Walter Scott(스코틀랜드의 소설가) 작의 소설 명. Scott는 그의 유명한 〈호수의 여인〉The Lady of the Lake(1810), 〈아이반호〉 Ivanhoe(1820)의 작가이기도하다.

13) 맥귀니의 유진 아담즈의 꿈(MacGuiney's Dreams of Ergen Adams): Thomas Hood(1799—1845)(아일랜드의 경운 시 작가) 작의 운시.

14) 벨칸투 창법唱法으로 총훈시總訓示하면서(allocutioning in bellcantos): (1)allocution: 연설, 훈시, 장군이 병사에게, 따라서 교황이 성직자에게, 행하듯 (2)Bell(더블린 시장)의 저서: 〈훈시의 기본〉(Fundalentals of Elocution)(It) bel canto: 단테의 〈신곡〉의 편(Canto) 또는 파운드(Ezra Pound)의 시제 명〈캔토스〉(Cantos), 〈후기 캔토스〉(Later Cantos) 에서 보듯.

15) 낡고 얽힌 느린 말투(ould plaised drawl): 노래 가사: 낡은 나사천의 숄(The Ould Plaid Shawl).

16) 크래어 곡(Clare air): (1)노래 가사의 패러디: 맑은(크리어) 곡(공기)의 종달새(The Lark in the Clear Air) (2)아일랜드의 Clare 군.

17) 알랑대는 카셀마, 흑조黑鳥(blurney Cashelmagh): 무어의 노래의 패러디: [흑조] 블라니 성이여, 나의 애인이여(O Blarney Castle, My Darling[The Blackbird]).

18) 나는 오늘 웅당 죽을 지독한 가실可失의…너무나 지독한날(I've a terribble terrible…tootorribleday): 노래가사의 패러디: 나는 오늘 할 일이 지독히도 많도다(I've Terrible Lot to Do Today).

19) 로더릭 오코노 원기왕성 왕폐하(exuberant 〈majesty King Roderick O'Conor): King Arth Mockmorrow는 여기 Cormac MacArt 및 Dermot MacMurrough의 결합인 듯.

20) 위샤위샤(wishawishawish): 〈율리시스〉에서 블룸이 갖는 몰리의 익사에 대한 생각 참조: 그녀의 물물결결결무거우거우운머리카락(Her wavyavyeavyheavyevyevyhair)(U 228): 여기 무력한 오코노 왕과 몰리의 익사를 비교하는 듯.

21) 그 아일랜드인人이, 소년들이여, 어떻게 할 수 있을지(what the Irish…can do): 노래 가사의 패러디: 애란 소년들이 할 수 있는 것(what Irish Boys Can Do).

22) 비틀비틀갈짓자걸음으로(sliggymaglooral): 노래 제목의 인유: Smiggy Maglorral.

23) 몰타 기사들(maltknights): Malta(몰타 섬, 공화국)의 기사들.

(382)

1) 매력이 든 생활(charmed life): 〈맥베스〉 V. 8. 12의 패러디: 내 생명에는 마력이 들어있도다(I bear a charmed life).

2) 오콘넬 제의…더블린 에일 주酒(O'Connell's…Dublin ale): 더블린의 피닉스 양조장 제의 O'Connell 주.

3) 한 길 또는 노긴(a gill or naggin): (1)gill=noggin: 1/4 파인트의 액량 (2)〈율리시스〉 제4장에서 한 노긴 물병을 든 노파가 길을 건넌다(U 50).

4) 아침의 출현까지(till the rising of the morn: 노래 가사의 패러디: 달의 솟음(The Rising of the Moon).

5) 꼬마 캐빈(little Kevin): Kevin and Jerry—성 케빈과 제레미아(Jeremiah)(유태인의 유수 이전의 예언자)로서의 숀 및 셈: Samuel Lover(아일랜드 노래 작가 및 소설가)에 따르면, 성 케빈은 그가 Jeremiah의 학교로 공부하러 갔기 때문에 가장 현명했다는 전설이 있음(110 주석 19 참조).

6) 나침반羅針盤을 온통 원점행原點行하다(the very boxed in all his composs): boxing the compass(책상을 맴돌다).

7) 라리의 강세로(Larry's on the focse): 노래 가사의 패러디: Larry's on the Force.

8) 포그 맥휴 오 바우라(Faugh MacHugh O'Bawlar): 1598년 더블린에서 살해된 아일랜드의 반도叛徒 추장으로, 그는 커로우까지 나를 따라 와요(Follow Me up to Carlow)(노래) 의 주인공, 1580년 영국인에 대한 그의 공격이 노래 속에 찬양되어 있다. Carlow: 아일랜드의 군 및 도회.

9) 자신의 년이年耳의 웨이크(경야) 의 흥분감과 더불어 우리들의 보리홈(맥가麥家) 출신의 주인酒人인 그는 왕위옥좌로 바로 폭침爆沈했도다(the feels of the fumes in the wakes of his ears pur wineman from Barleyhome he just slumped to throne: (1)노래 가사의 패러디: Borneo에서 온 야인의 아내의 아이의 유모의 개의 꽁지의 틀 위의 빈대가 방금 도회로 왔도다 (2)노래 가사의 패러디: 피네간의 경야(Finnegan's Wake)

10) 핸시 한즈 호(Nansy Hans): Nancy Hand's: 벽의 구멍(벽혈壁穴): 피닉스 공원 근처의 주점 명의 인유.

11) 원遠안녕(Farvel): (D) farewell (2)Cape Farvel Greenland.

12) 이도離島여!(farene!): (D) faeroeren: Faeroe Islands.

13) 이제 우리는 성광星光에 의해 출범하도다!(Now follow we out by Starloe!): 노래 가사의 패러디: McCall 작의 칼로까지 나를 따를 지라(Follow Me up to Carlow). Starloe: starlight.

• II부 - 4장 •

신부선과 갈매기 (pp.383 - 399)

(383)

1) 마크 대왕大王(Muster Mark): Sir Thomas Malory(〈아서 왕의 죽음〉의 15세기 작가) 작의 〈트리스트람〉(Tristram)에서 Dynaden 경은 마크에 반대하는 한 가지 노래를 작곡하고, 그의 면전에서 그것은 불러진다.

2) 퀙!(quarks): (G)(1)쓰레기 (2)일종의 신 크림 (3)여기 시가詩歌의 첫 행의 (quarks)는 갈매기의 소리이거니와, 1966년 4월 26일자의 미국의 〈뉴욕 타임스〉 지는 최근 어떤 물리학자(노벨 수상자 Murray Gell—Mann를 지칭)가 자신이 발명한 새로운 분자의 이름으로 이 단어를 선택했다고 보도한 바 있다 (4)〈율리시스〉의 밤의 환각장면에서 이야기하는 갈매기들이 블룸을 옹호 한다: 키이가 켄버리 케이크를 구었대요(Kaw have kanbury kake)(U 370). 〈경야〉의 여기 갈매기들과 다른 새들은 마크 왕을 공격하는데, 그는,

2부

새들이 서시序詩에서 말하듯, 트리스탄과 대치된다. 여기 갈매기들은 깃이 달린 4노인들이요, 선원들 격이다.

3) 전능한 독수리굴뚝새여(Wreneagle Almighty): 전설에 따르면, 굴뚝새는 독수리의 등을 타고 나름으로써 새들의 왕이 되었다.

4) 팔머스타운 공원(Palmerston Park): 더블린 소재의 공원.

5) 독불장군(cock of the walk): 두목, 유력자.

6) 트리스티(Tristy): 트리스탄(트리스탄).

7) 바다의 모든 새들(All the birds of the sea): 자장가의 패러디: 누가 수탉 로빈을 죽었어요?: 공중의 모든 새들(Who Killed Cock Robin? All the birds of the air).

8) 이솔더와 함께 트리스탄(Trustan with Usolde): 트리스탄과 이솔드.

9) 들고양이 선장들이 선회하는(the wildcaps was circling): 무어의 노래: 술잔이 선회하고 있네(The Wine—cup is Circling).

10) 그들의 배를 천천히(as slow their ship): 무어의 노래: 우리들의 배를 천천히(As Slow Our Ship).

11) 배진背戰은 작전作戰되고(the wardorse moved): 〈창세기〉 1: 2의 패러디: 하느님의 신은 수면에 운행하시니라(The Spirit of God moved upon the face of the waters).

12) 더블(화書) 다운빌로우(저사구低砂丘) 캠퍼(거인) 샐리 씨氏(Mr eaubaleau Down— bellow empersally): (1)double u, double u = w. w. (2)W. W. Kelly, 더블린의 상록 여행사(Evergreen Touring Company)의 지배인으로, 그는 〈왕족 의 이혼〉(A Royal Divorce) 극(〈경야〉에 여러 번 언급되는 나폴레옹의 이혼에 관한 W. G. Wills의 오페라)을 공연했다 (3)여기 4노대가들의 암시.

(384)

1) 길조吉鳥(auspices): 비코는 로마 역사에서 길조(吉兆)를 논한다.

2) 모두 한숨 쉬며 흐느끼며(all sighing and sobbing): 자장가의 패러디: 누가 수탉 로빈을 죽었어요?: 공중의 모든 새들이 한숨 쉬며 흐느끼고 있었네(Who Killed Cock Robin? All the birds of the air were a—sighing and a—sobbing).

3) 모이킬, 야호어어이!(Moykle ahoykling!): (1)무어의 노래: 술잔이 선회하고 있네(The Wine—cup Is Circling)[Michael Hoy]. (2)스코틀랜드와 아일랜드 사이의 Moyle 바다.

4) 대사인大四人들이었는지라(the big four): 〈4대가 연감〉(Annals of the Four Masters). 4대가(The Four Masters)는 17세기에 〈연감〉을 편집한 Michael, Conary, Peregrine O'Clery 및 Fearfesa O, Mulconry에게 주어진 이름이다(Atherton 89 참조)(13 참조).

5) 애란의 사주범파四主帆波(the four maaster waves of Erin): 아일랜드의 사주범파, 아일랜드 해안의 4곶(갑).

6) 자 여기 우리는 모두 사인四人이로다…하느님께 감사하게도, 우리는 더 이상은 없나니(the four of us…tank God…no more of us): 노래 가사의 패러디: 우리들 네 사람을 위하여 한 잔만 더: 영광, 영광! / 우리들 넷을 위해 한 통의 맥주를 / 하느님께 영광, 우리는 이제 더 이상 아니나니 / 우리들 넷이 홀로 마실 것이기에(One More Drink for the Four of Us: 'Glorious! glorious! / One keg of beer for the four of us! / Glory be to God there are no more of us / For the four of us will drink it all alone).

7) 물고기 앞에 식전기도(grace before meat): 물고기는 그리스도의 옛 상징.

8) 그리운 옛 시절(auld lang syne): 노래의 제목.

9) 오가스버그의 가假 종교화약宗教和約(the interims of Augusburgh): 30년 전쟁(the Thirty Year's War)에서 부분적 휴전.

10) 미천로美天路의 원역정遠歷程(the pulchrum's proculs): 번니언(John Bunyan) 작 〈천로역정〉(Pilgrim's

Progress)의 인유, 이를 조이스는 애러비와 태양신의 황소에서 모방한다. 그는 또한 〈배드먼의 생과 사〉(Life and Death of Mr Badman)의 저자이기도.

11) 자신들의 눈을 뻔뜩이면서(their eyes glistening): 〈트리스란과 이솔드〉(Tristran and Iseult)에서 저자 베디에(Be'dier)는 마크 왕을 위해 트리스탄과 이솔드를 염탐하는 넷 늙은 악당들을 언급한다.

12) 백미白美 아가씨(colleen bawn): 극작가 보우시콜트의 연극 〈아리따운 아가씨〉(The Colleen Bawn)의 암시.

13) 여수령여급사女首領女給仕(the chieftaness stewardesses): 파넬(Charles Stewart Parnell) 추장(Chief)(추장): 수령에 대한 언급은 〈율리시스〉 제6장의 조문객들의 담화 속에 나타난다: 우리 수령의 무덤을 둘러서 갑시다. 하인즈가 말했다 (U 92).

14) 마돈나 블루(maidenna blue): Virgin Mary의 암시. blue는 성모의 색깔(her slate—blue skirt: 〈초상〉에서 더블린 Dollymount 해안의 비둘기 소녀(dove—girl)의 묘사(P 171 참조).

15) 이솔라도녀島女(Isolamisola): Isola: 9살에 죽은 오스카 와일드의 누이동생.

16) 하나가 하나를 위한 채찍이요 둘을 위한 차茶 및 입술을 위한 둘 하나가 셋이나니(one was whips for one was two and two was lips for one was three): 노래 가사의 패러디: 우리들 넷을 위해 다시 한 번 차: 영광스러운, 영광스러운! 우리들 넷을 위해 한 잔의 맥주! 하느님께 영광 더 이상 우리는 아니나니, 우리들 넷이 홀로 그걸 마실 것이기에(One More Drink for the Four of Us: Glorious, glorious! One keg of beer for the four of us! / Glory be to God there are no more of us. / For the four of us will drink it all alone).

17) 키스—의—아라(Arrah—na—poghue): 보우시콜트의 연극 arrah—na—Pogue(키스의 아라) 이 극에서 아라는 옥중의 양 오빠에게 그의 입 속의 비밀 정보 쪽지를 그와의 키스를 통하여 전함으로써 그를 구출하는 데 성공한다. (〈율리시스〉에서 이러한 암시는 블룸이 몰리와 호우드 언덕에서 갖는 애정의 회상 장면과 그녀의 최후의 독백 장면에서에서도 들어난다) 제8장(U 144) 및 제18장(U 649—650).

18) 누가 이 세상을 만들었는지(who made the world): 〈교리문답서〉(Catechism)의 첫 질문(170 참조).

19) 속이俗耳 속에(in the vulgar ear): 시간의 공통 계산법.

(385)

1) 카런 헛간(Cullen's barn): 더블린의 Dolpins Barn(마을 명)의 인유.

2) 디이온 보우시콜트의 정다운 옛 흘러간 나날의 시절에, 이설二舌…타계에서(in the good old bygone days of Dion Baucicault…Arrah—na—pogue…in the otherworld): 보시콜트의 〈키스의 아라〉(Arrah—na—Pogue)(전출).

3) 갈대 배는 자, 매슈(Mush): (1)penman인 솀을 암시하는 바, 그의 이름의 철자는 헤브라이어의 역철 (2)〈이집트의 사자의 책〉에서 Thoth 신은 갈대 펜을 지닌다.

4) 누군가 세계를 만들었던(who made the world): 〈교리문답서〉의 첫째 질문의 인유: 누가 세계를 만들었던고?: 솀이 동생들에게 내는 수수께끼(170)

5) 오클러리(O'Clery): 4대가들 중의 셋째의 성명. 〈율리시스〉 제12장의 〈시민〉의 손수건에 이들 4복음자들이 수놓아져 있다: 자수 속에는 네 복음자들 각자가 그의 복음의 상징인, 한 개의…각각 네 사도에게 번갈아 증정하고 있도다…(U 272).

6) 대학생들(collegians): 아일랜드 작가 그리핀(Gerald Griffin)의 〈대학생들〉(The Collegians)의 인유로, 이는 보오시콜트의 〈아리따운 아가씨〉(The Colleen Bawn) 이야기의 전거典據가 됨.

7) 노더랜즈(노드의 땅)(Nodderlands): Netherlands. land of Nod: 가인이 살던 땅(〈창세기〉 IV. 16)(잠의 나라).

8) 너스케리(Nurskery): (Da) Norsk: Norwegian.

9) 백의당원들(whiteboys): 18세기 아일랜드의, 흰 셔츠를 입은 폭도들.

10) 여명당원들(peep of tim boys): Peep of Day Boys: 1784—95년 동안의 아일랜드 신교도 그룹. 노래 가사의 패러디: 톰, 톰, 피리는 이의 아들(Tom, Tom, the Piper's Son).

11) 피리 부는 톰 당원들(piping tom boys): Peeping Tom: 엿보기 좋아하는 호색가(그는 Godiva 부인을 염탐한다).

12) 죄가 번쩍이는 동안 큰 소동을 피우면서(raising hell while the sin was shining): 격언의 패러디: 해가 비치는 동안 건초를 만들면서(making hay while the sun was shining).

13) 프로리언(Florian): Jean de Florian: 우화 작가.

14) 원추곡선론圓錐曲線論(communic suctions): conic sections(기하학).

15) 분수分數 놀이(vellicar frictions): vulgar(common) fraction(수학).

16) 퀸즈 울토니언 대학(Queen's Ultonic colleges): 북 아일랜드의 Belfast 소재: Queen's College.

17) 소수素數(prime number): (수학).

18) 보리스 오브라이어언(Boris O'Brien): Brian Boru: 덴마크 인들의 공포로 알려진 아일랜드의 영웅—왕. 그는 Clontarf에서 적을 패배시켰다.

19) 미친 부감독 대인(the mad dane): 스위프트.

20) 사굴蛇窟(snakepit): Ragar Lodbrok: 전통에 의하면, 아일랜드에서 죽은 바이킹의 전설적 영웅(saga hero), 그는 뱀 굴에 던져졌으나, 그의 입은 두꺼운 바지 때문에 구조되었다.

21) 루빌리시트(불륜애향不倫愛鄕)(Luvillicit): (1)love illicit (2)채프리조드의 루칸 지역.

22) 수십망번數十望番(one hope a dozen): (속담) 타인의 반 타스 대 나의 여섯(six of one to a dozen of the other).

23) 최순最純의 화창한 공기(purest air serene): 영국의 시인 그래이(Thomas Gray)의 시 〈비가〉(Elegy)의 시구 인유: 최순의 화창한 보석 같은 무수한 햇빛…꽃은 눈에 띠지 않은 채 피나니(Full many a gem of purest ray serene…flower is born to bloom unseen).

24) 남월男月의 여광女光에 의하여, 우리는 서로 애무하기를 갈망했는지라, 그녀의 고밀古蜜 베틀(by she light of he moon, we longed to be spoon, before her honeyoldloom): 노래 가사의 패러디: 은빛 달빛에 의해, 우리는 애무하기를 좋아 하는지라, 나의 당밀에게 나는 사랑의 음률을 애무할지니, 밀월이여(By the light Of the silvery moon, We loved to spoon, To my honey I'll croon love's tune, Honeymoon).

25) 하느님께 감사하게도, 그들은 더 이상 없었나니(thank God, there were no more of them): 노래 가사의 변형: Glory be to God there are no more of us(전출).

26) 해원海員이 자신의 뻔뻔스러운 모두帽頭를 숙이고(the Moreigner bowed his crusted hoed): Felicia Hemans(1793—1835)(더블린에서 사망한 영국의 여류시인)의 시구의 인유: 용사가 자신의 볏 같은 머리를 숙이고, 불같은 그의 심장을 잡 재우도다(The warrior bowed his crested head & tamed his heart of fire).

27) 재단사의 딸 틸리(Tilly the Tailor's): Tilly the Toiler: 미국의 연재만화 명.

28) 소용돌이(rolls): 바이런의 시 Childe Harold의 구절: 소용돌이 처라, 그대 깊고 검푸른 대양아, 굴러라(Roll on, thou deep and dark blue ocean, roll).

29) 오시안(Ossian): Macpherson의 Temora VII는 Ossian(Oisin: Finn의 시인 아들)의검푸른 머리카락을 언급한다.

(386)

1) 세 즐거운 모주꾼들(three jolly topers): 더블린의 주점 명: 세 즐거운 술꾼들(The Three Jolly Topers).

2) 바다의 늙은 배우남配偶男들(the old connubial men of the sea): 노래 가사의 패러디: 바다의 노인(The

Old Man of the Sea).

3) 친절의 한 잔을 위하여(for a cup of kindness yet): 노래 가사: 그리운 옛 시절: 우리는 친절의 술잔을 마시리라(Auld Land Syne: We'll tak a cup of kindness yet).

4) 후작 파워스코프(Merquus of Pawerschoof): Marquis of Powerscout는 더블린의 남부 William 가에 Powerscourt House를 건립했다.

5) 오클러리 백화점(O'Clery's): 더블린의 중심가인 O'Connell 가, G. P. O. (중앙 우체국) 건물 맞은편의 대 백화점.

6) 흑구능黑丘陵 일 번지(the darkumound number wan): Document No. 1: 조약(the Treaty)(De Valera의 추종자들에 의하여 사용된 명칭).

7) 고대의 대임 가(ancient Dame street): 트리니티 대학을 향해 뻗은 고풍의 중심가.

8) 다나 로코넬 부인의 입상(the statue of Mrs Dana O'Connell): (1)더블린 O'Connell 가, 리피 강변에 세워진'민족의 해방자'인 Connell의 입상 (2)Dana: 아일랜드의 죽음과 풍요의 여신으로, the Tuatha De' Danaan의 어머니. 〈경야〉에서 그녀는 언제나 Dan, Dane, Daniel O'Connell과 서로 혼성된다.

9) 부터즈배이(Bootersbay): Boostertown: 더블린 외곽 지역, 경마로 유명함.

10) 경매인 바터스비 자매들(the auctioneer Battersby Sisters): Battersby Bro. : Westmoreland 가의 더블린 경매 상.

11) 해방자의 상像들(the emancipated statues): O'Connell은 해방자(Liberator)로 불리었다.

12) 재임즈 H. 틱켈(James H. Tickell): 미상.

13) 호긴 그린(Goggin Green): 더블린의 노르웨이 의회(Thingmote: 본래는 스칸디나비아 제국의 법률 집회를 의미했으나, 여기서는 그들 지배하의 더블린 의회: 지금의 College Green(트리니티 대학 정면)의 로터리 광장은 10세기에 Hoggen Green으로 불리었다)(〈초상〉 P 167 참조).

14) 미전마술尾轉馬術 쇼(tailturn borseshow): (1)Firbolg 족의 여왕인 Tailte를 축가하는 게임 (2)더블린 마술 쇼.

15) 카퓨친 카우보이 주아走兒들(cappunchers): (1)Capuchin 수녀 (2)cowpunchers: cowboys.

16) 오금 절단자(houghers): 여명 소년단(Peep O'Day Boys)은 그들이 적을 무릎 오금을 잘라 절름발이를 만들었기 때문에 houghers로 불리었다.

17) 시의회에 감사하게도!(praisers be to deeseesee!): 더블린 시 의회(Dublin City Corporation).

18) 호포화산가축火山家畜들(hopolopocattles): Popocatepetl 산山: 화산 명.

19) 산山(Yama): (1)(J) 야마(산) (2)사자死者들의 유령을 지배하는 인디언 신.

(387)

1) 쿠라 경마장Curragh): Kildare 군의 경마장 명.

2) 혼混참회자들과 권위자들(confusionaries and the authorities): 이른 바 사제—사냥꾼들은 형법(Penal Law)하의 사제들에게 보상금을 요구했다.

3) 해안경병안경海岸警兵眼鏡(gallowglasses): 중무장한 아일랜드 군인들을 암시하기도.

4) 대임 제임스씨(Mr Dame James): 더블린 사람들은 스위프트를 Mr Dane(Dean)으로 불렀다.

5) 포크턱수염(forkbearded): Sweyn Forkbeard: 덴마크의 왕 Barald Bluetooth의 아들.

6) 스트라스리프와 아이래스버그와 노드암버랜드 및 안젤시(Strathlyffe and Aylesburg and Northumberland Anglesey): 모두 바이킹 족들에 의해 약탈당한 더블린의 지명들.

7) 세 화산암과 두 화산소도火山小島(andesiters and the two pantellarias): (1)andesite: 남미의 Andes

산맥의 화산암 (2)Pantelleria: 지중해의 화산도.

8) 불쌍한 마커스(the poor Marcus of Lyons): Mark Lyons: 4복음자들(Four Evangelists) 중의 하나.

9) 불쌍한 조니(poor Johnny): 4복음자들(Four Evangelists) 중의 하나.

10) 만스터(Momonian): Munster: 아일랜드 서남부의 지방.

11) 미인 마가래트가 혼감婚甘의 빌렘(Fair Margrate waited Swede Villem): 노래 가사에서: Fair Margaret & Sweet William.

12) 랄리(Lally): 순경인 Lally Tompkins, FW 69, 96 참조.

13) 노르만녀女의 고뇌의 위해危害(the wreak of Worman's Noe): 19세기 미국 시인 Longfellow의 시 〈헤스퍼러스의 난파〉(The Wreck of the Hesperus)의 글귀의 인유 : (노르만의 고뇌의 암초(the reef of Norman's woe).

14) 주장여급의 탄식(the barmaisigheds): (1)R. D'A William 작: 〈주장여급 탄식하다〉(The Barmaids Sighs) (2)조이스의 당대 시인 맹건(J. C. Mangan)의 글 〈바베시데스의 시대〉(The time of Barmecides)(Barmecides: 8세기 페르시아의 귀족 가문).

15) 재일즈 캐이스맷(Jales Casemate): Roger Casement 경은 1916년의 아일랜드 봉기를 위해 독일 무기들을 수입하려고 애썼으나, 상륙 시에 채포되었다.

16) 볼터스비(Baltersby): Battersby sisters: 더블린의 경매업자들(Battersby Brothers).

17) 파라오(Pharoah): 고대 이집트의 왕, 전제적인 왕.

18) 그들은 모두 바다, 적해赤海 속으로 완전히 익사했는지라(they were all…drowned into the sea, the red sea): 헨리 1세의 유일한 독자獨子 윌리엄은 1120년에 흰 배(The White Ship)의 침몰에서 익사했다. 배는 암초에 부딪쳤는지라, 배에 탄 모든 사람들이 술에 취했기 때문이다.

19) 머킨 코닝함…익사했나니(Merkin Cornyngwham…drowned): 그는 더블린 정청(Castle)의 관리요 (Martin Cunningham으로 통합), 1904년 단 레어리(Dun Laoghaire) 항에서 익사한, Matthew Kane을 모델로 하고 있었다(〈율리시스〉, 〈하데스〉 장 참조).

20) 경卿(suir): Suir) 강 이름) + sir.

21) 과부(wddy): 컨닝엄 부인은 알코올 중독자로 알려짐.

22) 기장記裝하고 있도다(wreathing her murmoirs): 그녀의 메모를 필기하다.

23) 파원탁婆圓卓(Runtable's): 원탁(Round Table)(기사).

(388)

1) 노계老鷄가 순항했던 곳에 노계勞鷄 방금 비탄하는지라(old conk cruised now croons the yunk): 격언의 패러디: 노계가 울자, 영계令鷄가 배우도다(As the old cock crows, the young one learns).

2) 콘월의 폐廢마르크 아라스 문을 통하여 퇴장(Exeunc throw a darras Kram of Llawbroc): (1)햄릿은 드디어 아라스 천의 커턴을 통하여 칼로 Polonius를 살해한다(퇴장시킨다) (G) Kram: 쓰레기. (2)〈초상〉 제4장에서 스티븐 데덜러스는 어깨 너머로 멀리 리피 강 위의 더블린 시를 알라스 천의 펼쳐진 장면으로 관망한다. 다음은 그 유명한 구절이다: 인간의 권태처럼 오래 된, 어떤 막연한 아리스 천(아름다운 무늬를 짜 넣은 직물) 위에 펼쳐진 한 장면처럼, 기독교국의 제7도시의 이미지가 무궁한 천공을 가로질러 그에게 모습을 드러냈으니, 그것은 북구인들의 식민시대에 있어서보다 더 낡지도 지치지도 않았으며 더구나 굴종을 덜 견디지도 않았다.(P 167)

3) 그대 지겨운 녀석, 마당 속으로 걷어차인 채(ye gink guy, kirked into yord): 콘월의 마크 왕, 그대 왕 녀석, 마당으로 걷어차이도다(Mark of Cronwall, ye king guy, kicked into yard into yord): 여기 키에르케고르(Kierkegard)(덴마크의 신학자, 철학자 1813—55) 의 암시.

4) 밤 셔츠 바람으로 화탈출火脫出하면서(fairescapading in his natsirt): 파넬이 법정의 오해받은 증거는 그

가 놀라, O'Shea 부인의 방을 떠나기 위해 불 탈출을 사용했다는 인상을 주었다.

5) 유순한 숙모 리사는 그녀의 질녀처럼 맥 풀린 채도다(mild aunt Liza as loose as her neese): (1)바그너의 오페라 〈트리스탄〉(트리스탄)의 Liebestod는Mild und leise er lacchelt라는 구절로 시작한다 (2)마크왕의 아내로서, 이솔더는 트리스탄의 숙모였다.

6) 재앙재앙의 연인(Elsker woed): Selskar Gunn: 더블린의 Gaiety 극장 지배인인 Michael Guun의 아들.

7) 왕가의 탐이혼극貪離婚劇(A Royenne Devours): W. G. Wills의 〈왕실의 이혼〉은 Josephine과 Marie Louise 및 Napoleon에 관한 것이었다.

8) 최고의 보금자리(nets best): R. Ord & W. Gays—Mackay 작의 극(1920) 〈패디—다음—최고의—것〉(Paddy—the=Next—Best—Thing) 의 패러디.

9) 플랑드르 무적함대(the Flemish armada): 〈4대가의 연대기〉(Annals of the Four Masters) 는 1169년의 Flemings(벨기에인들)의 함대에 의한 아일랜드 침공을 기록한다(실제로 Baginbun에의 노르웨이 상륙).

10) 모두 뿔뿔이 흩어진 채(all scattered): 서부 아일랜드의 해상 폭풍에 의한 스페인 무적함대(Spanish Armada)의 파산破散.

11) 11시 32분경이었던고?(at about aleven thirty—two was it?): 1132(수비학, numerology)(그의 역逆은 2311): 부활, 경신의 상징.

12) 카밍홈(귀향)(Cominghome): 컨닝엄(Martin Cunningham): 성실한 가톨릭교도(〈율리시스〉 제6장 및 〈더블린 사람들〉, 〈은총〉 참조)(전출).

13) 세례교파(anabaptist): 1521년에 독일에서 생겨난 교파.

14) 호상파湖上派(lacustrine): 성 케빈은 위클로우 주의 그랜달로우에 수도원을 설립했다(지금도 관광 명소로 유명하다).

15) 포터스코트(Portescout): FW P386 주석4) 참조.

16) 도나(Dona): FW P386 주석8) 참조.

17) 한노버의 백가마白家馬(the whuite hourse of Hunover): 백마: 영국 Hanover 가家(the House of Hanover): 하노버 왕가(조지 1세부터 빅토리아 여왕까지)의 상징.

18) 카빈호갠(Cabinhogan): Clontarf.

19) 크룬터프(Clunkthurf): 웰링턴 공작의 백마 Copenhagen(전출).

20) 노아스도 바스의 프랭키쉬 홍수함대가 헤달고(the Frankish floor of Noahsdobahs, from Hedalgoland): (1)1914년의 Helgoland의 해전 (2)hidalgo: 하층 스페인 귀족의 하나.

21) 보나보취(Bonaboche): 나폴레옹(Napoleon Bonaparte).

22) (무無 천주교): 슬로건.

23) 가위 손톱 자르는 자(Nailscissor): Narcissus: (희랍 신화) 물에 비친 자기 모습을 연모하다가 빠져 죽자, 수선화가 된 미모의 소녀.

24) 키스—의—아라(Arrah—na—Poghue): 보우시콜트의 연극 명: 여기 arrah의 연인 Sean은 우체부로서, 〈경야〉에서 동명인 숀(Shaun)은 그의 모방.

25) 퀸즈 칼리지들(여왕대학)(Queen's College): Belfast의 왕립대학. Belfast, Galway 및 Cork에 있는 세 중요 아일랜드 국립대학들의 지칭.

26) 브라이드 가街(Bride): 더블린의 거리 명.

27) 최대의 영예참정권보편강좌榮譽參政權普遍講座(grandest gloiaspanquost universal howldmouth — herhibbert): (1)자장가의 패러디: 나이 많은 허바드 어머니(Old Mother Hubard) (2)Hibbert Lectureship: Robert Hibbert: 19세기 급진주의자로, Mother Hubbard와 함께 강좌를 베풀었다.

28) 우울문법가憂鬱文法家들(grimmacticals): (1)Saxo Grammaticus: 덴마크의 역사학자 (2)Grimm 형

제.

29) 라티머(Latimer): 화형을 당은, 영국의 성당 개혁자.

30) 휴 경卿(Lord Hugh): Hugh de Lacy: 헨리 2세 동안의 더블린 통치자. 여기 Lord는 육군중장(영국군).

31) 보커리 폐사閉射의 노장구정露將丘頂(Bockleyshuts the rahjahn gerachknell): Buckley shoots the Russian General.

32) 녹색綠色 대학생들(collegians green): (1)더블린의 College Green 광장(Trinity 대학 정면) (2)Gerald Griffin 저의 〈대학생들〉(The Collegians) 의 암시.

33) 성인聖人들 및 성자들(saints and sages): Ireland: Isle of Saints & Sages(1)(속어) (2)조이스의 논문 제목이기도.

(389)

1) 프리마우스 형제교단(Plymouth brethren): 1830년 Plymouth(잉글랜드 남서부의 군항) 에서 일어난 교단으로, 설립자는 더블린의 Trinity 대학에서 교육을 받았다.

2) 이(虱) 벼룩 발진發疹의 성전聖戰(per pioja at pulga bollas): O pia e pura bella: 비코의 영웅시대의 종교 전쟁들.

3) 궤양潰瘍스터, 월성月星스터, 경시傾視스터 및 포砲노트(Ulcer, Moonster, Leanstare and Cannought): 아일랜드의 4주들.

4) 이란耳蘭(Erryn): (1) E'ire go bra'th: 아일랜드, 심판의 날까지(영원히).

5) 형석螢石노아강상江上의—킬(살殺) 켈리(Killkelly—on—the—Flure): (1)노아강(Nore) 상의 Kilkenny (2)Killorcure…Killthemall…Killeachother and Killkelly—on—the—Flute: 문맥상, Belfast, Cork, Galway 및 UCD의 Queen's Collegeem의 의과 대학들. Erin은 state의 4 kills로 구성되고 그들은 성당의 kills보다 더 나쁠 것은 없다.

6) 잰네스댄스 래이디 앤더스도터 대학(Janesdances Lady Ander—daughter Universary): (1) Janesdances Lady Andersdaughter University(Dame 가?) (2)Elizabeth Anderson: 런던에 최초로 여성 의과대학을 서립한, 최초의 여의사들 중의 하나.

7) 그리운 우정을 위하여(for auld acquaintance sake): 노래 제목의 패러디: Auld Lang Syne(let auld acquaintance be forgot): (옛 우정을 잊게 하라)의 인유.

8) 유니테리언교파인(Unitarian): 삼위일체교파인(Trinitarians)과 반대되는.

9) 반 바애란愛蘭(Bambam): (1) Banba: (시적) 아일랜드.

10) 1169번(No. 1169): 기원 1169년에 Strongbow는 아일랜드에 상륙했다.

11) 피츠매리 광장(Fizmary Round): 더블린의 Fitawilliam 광장.

12) 파티마(Fatima): 모하메드의 딸; ALP의 암시.

13) 무기와 인간을 나는 노래하도다. (arma virum1ue romano): 베르길리우스(Virgil)의 대서사시 〈이니드〉(Aeneid)의 서행: arma virumque cano(나는 무기와 인간을 노래하도다).

14) 오 초저녁이 정자亭子를 엽리葉離하는 하시何時를 슬퍼할지라!(O weep for the hower when eve aleaves bower!): 무어의 노래 패러디: 오 이블린의 정자로 가는 시간을 슬퍼할지라(O Weep for the Hour When to Eveleen's bower).

15) 통풍痛風의 늙은 가라하드 고결인高潔人(the gouty old galahat): Sir Galahad(the Grail(성배): (1) the Holy Grail: 예수가 최후의 만찬에 사용했다는 성배 (2)아서 왕 전설 중의 원탁의 기사는 이것을 찾으려고 함(T. S. 엘리엇의 〈황무지〉의 주제) (2)〈아서 머린〉(Arthour Merlin)(익명의 13세기 시)은 한 진실한 Guinevere 여인을 묘사하는 바, 그녀를 아서 왕은 그녀의 불법의 반 자매, 가짜 Guinevere와 구별한다. (3)또한 초기 웨일스의 전설 및 테니슨의 〈왕의 목가〉(Idylls of the King) 에서.

16) 침침沈沈코딩한 깜찍굴르는 눈독번쩍이는(dullokbloom rodolling olosheen): (1)바이런(Byron) 작의 Childe Harold 시구의 인유: 굴러라, 그대 깊고 검은 대양아 굴러라(Roll on, thou deep & dark blue ocean roll)의 인유 (2)olosheen: Ossian: Osisin(Finn의 시인 아들)에 대한 Macpherson의 형태.

17) 코네리어스 네포스(손孫)(Cornelius Nepos): 로마의 역사가 및 서한 필자.

18) 나포(Napoo): 나폴레옹.

19) 얼간이(brythe): Brython: Wales, Cornwall 또는 고대 Cumbria(잉글랜드의 북부 주)의 한 영국인.

20) 불결의 견신모犬神母여!(Mahazar ag Dod!): Mother of God!(ar) agdod: dirty. Gog: Dog=God.

21) 랄리 녀석(Lally) Long Lally Tobkids(Tomkins): 〈경야〉 FW 67(순경)을 제외하고는, 4대가들과 연관 됨, 남녀혼성.

22) 만보신보漫步新報(Senders Newslaters): Saunders Newsletter: 더블린의 잡지 명.

(390)

1) 성聖 브라이스 일日의 대학살(the mosaacre of Saint Brices): 영국의 모든 덴마크 인들은 1002년 성 Brice의 날(12월 2일)에무방비 Ethelready에 의하여 학살당했다.

2) 강도인 그자가 참자慘者를 교유기攪乳器 기름 속에 밀어 넣었을 때(when the burglar…the wretch): 버클리가 소련 장군을 살해했음을 암시하기도.

3) 고스터스타운의 저하물취급장底荷物取扱長(the ballest master of Gosters—town): (1)Ballast Office : 리피 강가, Westmoreland 가 입구에 위치한 저하물 취급소로, 그의 벽면에 걸린 시계가 스티븐 데덜러스의 에피파니(epiphany)의 대상이 됨(SH 216) (2)Gosatown: 더블린의 지역 명.

4) 랄리(Lally): 앞서 FW 67에서 순경(보라 Sachsoun)이요, 여기서 그는 4대가들과 연관 됨, 남녀 공성자空性者, 그(녀)의 Lilly라는 모음 전환은'백합'Susanna이며, 후자는 Four Elders와 연관 됨(389 주석21) 참조).

5) 대장臺長(Lagener): General의 역철(anagram).

6) 집게벌레처럼 귀를 꿰찌르며(earing his wick with a pierce of railing): (이어위커, Persse O'Reilly (2) wick: 등대 램프의 심지.

7) 토우일土憂日의 조기운가早期雲歌(sadderday erely cloudsing): Sunday early closing(일요 조기폐점).

8) 스켈리, 가죽 배(腹)를 하고(Skelly, with the leather belly): 노래 가사의 패러디: Kelly with the leather Belly.

9) 아트시초크 가도街道(Artsichekes): 더블린의 가도(길) 명.

10) 소구평원小丘平原(Malmullagh Mullarty): the Mad Mullah: 소말리 족(Somali)(동아프리카 족) 모하메드 bin Abdullah.

11) 이슬람교 성원聖院의 사나이오란(the man in the Oran mosque): (1)프랑스의 Alexander Dumas의 소설 제목의 인유: 〈철가면의 사나이〉(The Man in the Iron Mask) (2)알제리아의 도시, 여기에는 유명한 사원(mosque)이 있다 (3)패트릭은 아일랜드의 Rosecommon 군에 몇몇 게일 성직자들을 위하여 용지用地을 할당했었다.

12) 장엄혼례식莊嚴婚禮式(confarreation): 고대 로마의 결혼의 가장 엄한 형태.

13) 캐비지등기부登記簿(cabbangers): (1)Coppinger's Register: 더블린의 성 Thoma's Abbey의 등기부(cartulary) (2)캐비지.

14) 톰 tim 타피(Tom tim Tarpey): Tom, Dick and Harry: 어중이떠중이(〈율리시스〉와 〈경야〉에서 말의 주제)(verbal motif).

15) 남각南角천사, 동각東角천사 및 서각西角천사들(nangles, sangles, angles and wangles: (1)동서남북

(2)Dr Wangel: 입센 작의 〈바다에서 온 여인〉(The Lady from the Sea) 에서 가장 젊은 여인에 결혼한 가장 나이 많은 사나이.

16) 웨일스 파波의 네 사람(the four of the Welsh waves): 아일랜드의 4파도(The Four Waves of Ireland): 아일랜드 해안의 4곶(points)

17) 럼백 보도步道(Lumbag Walk): 노래 가사의 패러디: The Lambert Walk: Walk(산책로): (예) 리피 강가의 Bachelor Walk.

18) 깃털 제기 채 와 깃털 공치기(Battleshore and Deaddleconchs): battledore & Shuttle—cock.

19) 취스터 대학 경매(Chichster College auction): 1700년에 아일랜드의 자코뱅 당원(Jacobites)의 땅이 College Green의 Chester House(이어 지금의 의회 의사당 건물로 대치됨)에서 공개적으로 경매되었다.

20) 친애하는 속담의 나날에(in dear byword days): 노래 가사의 변형: (I) 흘러 간 그리운 옛날(Auld Lang Syne.)

21) 다우多雨의 요尿피터(Nupiter Privius): Jupiter Pluvius: Jupiter: 로마 신화의 주신, 여기 성 Peter와 함께.

22) 옛날 순례자의 새조개가歌(old pilgrim cocklesong): 그들의 모자에 새조개를 단 순례자들이 St James the Greater(St James: 때때로 예수의 형제로 이야기되는, 12제자들 중의 하나로 그는 James the Little로 불림) 사원을 방문했다.

23) 당근매지糖根埋地(Burrymecarrott): Ballymacarret: 북 아일랜드의 Belfast의 지역 명.

24) 달키마운트 문서이호文書二號(Dalkymont nember to): (1)Dalkey: 더블린 남부 외곽 마을(〈율리시스〉의 Martello 탑의 조망 지역) (2)Document N0. 2: 아일랜드 조약(Ir. Treaty)에 대한 아일랜드 정치가 Eamon De Valera(1882—)의 제안된 대안代案.

25) 쿠넛의 성처녀가 쿰의 속남俗男에게 말했는지라(Kunut said to the haryman of Koobe): (1)켄트의 성처녀(The Holy Maid of Kent): Elizabeth Barton으로서, 그녀는 가톨릭교도에게 개혁을 반대하도록 사수하여, 교수형을 당함. (2)The Coome: 더블린의 빈민가 거리 명.

26) 이혼 확정 판결에 의하여(By decree absolute): 〈율리시스〉 제16장에서 블룸이 갖는 파넬에 대한 이혼 판결의 명상: 그리하여'니시'(조건부) 판결이 뒤따랐고…(Thus the decree nisi)(U 534).

27) 황금어족黃金魚族의 잉어카퍼리(Varpery of the Goold Fins): (1)Goldfish is in the carp family(잉어 족) (2)Cairpre: 다양한 아일랜드 왕들의 이름.

28) 미망인 자스티스 스콸취먼 부인(Mrs Dowager Justice Squalchman): Dowager Justice 부인: 아일랜드 고등법원 판사 Mr Justice Madden은 그의 셰익스피어에 대한 연구서 〈윌리엄 사이런스 씨의 일기〉(The Diary of Master William Silence) 에서 셰익스피어의 사냥에 대해 서술함(〈율리시스〉의 도서관 장면 참조(U 164).

(391)

1) 담비 모피 가운의 여제女帝!(Ermina Regina): Tasso 작 Gerusalemme Liberata에서 Erminia는 변장하여 적의 캠프에 들어가 그녀의 애인을 구한다.

2) 사인방四人幇(four masters): 〈4인방의 연대기〉(Annals Of the Four Masters).

3) 기사단 성당의 한복판(the middle of the temple): Middle Temple, 런던의 암시.

4) 가련한 마가던가 보완드코트 후작(poor Mark or Marcus Bowndcoat): Marquis of Powerscourt(그녀는 더블린의 남부 윌리엄 가에 Powerscourt House를 건립했다. 전출 FW 386. 18 참조).

5) 청어애란도鯖魚愛蘭島를 통하여(Herrinslide): (1)무어의 노래 패러디: 애란도를 통하여(Through Erinls Isle. (2)Erin's isle (3)(Da) slide: 청어(herring).

6) 방풍放風과 누수漏水(wind and water): 속담: (1)풍수風水 (2)요수尿水(making water: urination).

7) 거인아몬드의 방축 길…스컬로 노 저으면서(giamond's courseway…sculling): (1)Giant's Causeway(거인의 방축 길)(북 아이랜드 해안 소재) (2)Diamond Sculls, Henley: 런던의 요트 그룹.

8) 브라운노란 리놀룸 필지筆紙(bronnanoleum): Brown / Nolan: 더블린 문방구의 필지.

9) 로네오로부터 지리에트(from Roneo to Gilliette): (1)Romeo & Juliet (2)Roneo: 복사기 (3)Gillete 제의 면도 날.

10) 디온 카시우스 푸시콤(Dion Cassius Poosycomb): (1)Dion Boucicault (2)Dion Cassius: 로마 역사가.

11) 대상포진帶狀疱疹(shinglrs): (병리) herpes zoster.

12) 웨드모어에 평화의 콩(peaces pea to Wedmore): 북동 영국에서, 나중에 제한 된 Alfred 왕과 덴마크 인들 간의 Wedmore의 평화.

13) 그대의 서란抒蘭 위에 노래가 벙어리 되지 않게 할지니(let not the song go dumb upon your Ire): 〈신약〉, 〈에베소서〉 4: 26: 분을 내어도 죄를 짓지 말며 해가 지도록 분을 품지 말고(let not the sun go down upon your wrath).

14) 로즈 장미처럼 붉게(as red as a Rosse): 콜리지 작 〈노수부〉(The Ancient Mariner), 34 시구의 패러디: 그녀는 장미처럼 붉나니(Red as a rose is she).

15) 버클리족속의 대장大將(the general of the Berkeleyites): 소런 대장과 Berkeley(전출).

16) 만성절일의 과寡심야(Cailcainnin widnight): kalecannon: 만성절 전야(All Hallow's Eve)에 전통적으로 먹는 감자와 캐비지.

17) 비우非友(Unfriends): 덴마크어의 적敵에 대한 문어적 해석.

18) 최초의 견犬후작부인(first messes): 브라우닝(R. Browning)의 시제의 패러디: 〈최후의 후작〉(The Last Duchess)

(392)

1) 못된 장난(andrewmartins): Andrew martins: 농담, 추락.

2) 코나키(조니 맥다갈)(Connachy): John MacDougal: 4대가들 중의 4번째, 복음자 성 요한.

3) 조야한 대양大洋(홍해) 의 상한 잉어게(해蟹)를 먹은 다음…죽도록 뱃멀미로 병상에 누었는지라(after eten bad carmp in the rude ocean…dead seasickabed): 조이스는 1923년 10월 23일 위버 여사에게 보낸 서한에서 이 구절을 설명 한다: 홍해 산의 독 가제를 먹은 뒤 죽어가는 자의 수용소에 앉아 있는 왕립대학의 역사학의 연약한(兩性의) 교수. 여기 Lucas(John)의 초췌한 모습의 암시.

4) 순교殉敎 맥카우리 부인 병원(Martyr Mrs MacCawley's): Master Misericodiae Hospital: Catherine Macauley가 설립한, 자비수녀에 의해 건립된 더블린의 큰 병원(Eccles 7번지 블룸의 집 인근).

5) 사일死日을 위한 가불안락원家拂安樂院(the housepays for the dying: Our Lady's Hospice for the Dying : 더블린의 Harold's Cross 소재의 죽어가는 자를 위한 수용소.

6) 누가 누구를 코골게 했는지(who made a who a snore): 〈교리문답서〉의 첫 질문의 패러디: 누가 세상을 만들었던고?(who made the world?)

7) 아보타비숍(Abbotabishop): Abbottabad: 파키스탄.

8) 불란치佛蘭恥(ffrench): 〈선사시대의 신앙과 숭배: 고대 아일랜드의 생활 일별〉(Prehistoric Faith & Worship: Glimpses of Ancient Irish Life)의 저자 J. F. M. ffrench의 암시.

9) 네포스(Mnepos): Cornelius Nepos: 로마의 역사가 및 서한 필자.

10) 코카서스 대의원회(Caucuses): caucus: 정치적 행동을 안정시키기 위해 선임된 위원회.

11) 테미스틀토클스, 그의 다언어의 묘석墓石(Themistletocles…multilingual tombstone): Carnelius

Nepos는 Themispoches(아테네의 군인, 정치가)의 묘비가 몇몇 언어들로 된 비명으로 쓰였다 함.

12) 나벨리키 카멘 거석巨石(Navellicky Kamen): Presott 교수는 러시아어의거석이라 말함(Glasheen 204 참조).

13) 애란철愛蘭鐵의 산화酸化의(oxsight of Iren): (1)Oxide of iron(녹) (2)노래 가사의 패러디: 아이린의 망명(The Exile of Erin).

14) 모든 길조吉兆(all the auspices): 비코는 로마 역사의 길조들을 논한다.

15) 다나 오카넬(Duna O'Cannell): (1)Daniel O'Connell (2)Dana: Tuatha D'e Danann의 어머니—여신.

16) 뉴하이어랜드(Newwhigherland): New Ireland: New Guinea 근처의 섬.

17) 브리스톨오두막 소리를 들을 때까지(till…heard the Bristolhut): 헨리 2세는 더블린을 Bristol의 공민들에게 하사했다.

18) 안 린치 제(from Anne Lynch): Anne Lynch: 더블린의 차(다) 명.

19) 알프레드 케이크(alfred cakes): 아서 왕은 케이크를 굽었다.

20) 쇄클톤 점店(Shackleton's): 더블린의 제분 부자 상회.

21) 고지신高地神이여(Gordon Heighland): (1)천국의 신(God in Heaven) (2)Gorden Highlanders: 고지 연대.

22) 아서 오분汚糞이여!(The merthe dirther!): Malory 작의 〈아서의 죽음〉(Morte d'Arthur)의 인유.

23) 활동적인 객실남客室男(맥주)(active parlourmen laudabiliter): (1)(속어) Act of Parliament(의회의 법령): '싱거운 맥주'의 속어.

24) 수찬자受讚者(laudabiliter): Adrian 4세의 교황 칙서(bull) 인 수찬자(Laudabiliter): Andrian 4세는 아일랜드를 헨리 2세에게 하사하다(〈율리시스〉 제14장에서 스티븐은 bull(황소) 와 연관하녀 교황 칙서(bull)에 대해 토로한다(U 327 참조).

(393)

1) 쇄클틴(Shakeletin): 더블린의 Shackleton 부자 제분업소.

2) 산酸과 알카리. 그런고로 소금(acid + alkali = salt + water: 알칼리 산 = 염수).

3) 그리스도를 위하여 빵(the loaf for Christ): 그리스도의 마지막 만찬(Last Supper)의 암시.

4) 앤드류 마틴 커닝엄!(Andrew Martin Cunningham!): (전출) FW 388. 12) 참조. prank: 농담, 못된 장난.

5) 염견수厭絹鬚(Soteric Sulkinbored): Sitric Silkenbeard는 1014년 Clontarf 전투에서 덴마크 인들을 영도했다.

6) 정시장艇市長 바트(Bargomuster Bart): Bartholomew Vanhomrigh: 스위프트의 바네사의 아버지(장인) 및 더블린 시장.

7) 이로상泥路上의—기아항飢餓港(Hungerford—on—Mudway): 장애물 항(Hurdle=ford): 더블린.

8) 거기 처음으로 나는…비도飛逃하는 것을 만났나니(where first I met thee oldpoetryryck flied from may): 무어의 노래 가사의 패러디: 〈패트릭이여, 나로부터 날라라〉: 처음 내가 그녀를 만났을 때, 따뜻하고, 젊은(When First I Met Her, Warm & Young)〔Patrick, Fly from Me〕.

9) 핀난 대구大口(魚)(Finnan haddies): Finnan haddies: 푸른 숲, 뗏장(turf) 또는 토탄흙의 연기로 구어 보존되는(북대서양 산) 대구.

10) 노아 상어(Noal Sharks): 노아의 방주(Noah's Ark)의 암시.

11) 흘러간 옛 시절에(auld land syne): 노래 가사의 인유.

12) 골스톤베리(Gallstonebelly): Glastonebury: Giraldus Cambrensis(1146—1220: 존 왕과 함께 아일랜드에 온 웨일스의 성직자)에 따르면, 이는 한 때 아바롱의 섬(Isle of Avalon)으로서, 그는 아서 왕의 무덤에 대한 그곳의 발견에 관해 설명한다.

13) 샨돈 종상鐘箱(Shandon bellbox): 노래 가사에서: 샨돈의 종(The Bells of Shandon).

14) 네이 호湖의…(이거야! 이거!) 네 늙은 고참古參들, 그들의 겨드랑 밑에 베개를 고인 채): knockneeghs…four old oldsters…(ys! ys!) with the oerkussens under their armsaxters): (1)무어의 시구의 인유: 〈애란으로 하여금 옛 시절을 기억하게 하라〉(Let Erin Remember the Days of OLd): 네이 호반의 둑 위에, 어부(이거야! 이거!)가 배회하다…그는 지난날들의 둥근 탑을 보나니. 그의 아래 파도 속에 빛나도다(On Neagh's bank as the fisherman strays…He sees the round towers of other days. In the wave beneath him shing) (2)(이거야) Ys: 대양이 삼킨 브리타니의 전설적 도시.

15) 보스턴 추신전지追伸轉紙(Transton Postscript): 신문인 〈보스턴 필사〉(Boston Transcript) 지.

16) 복음연출福音演出(gastspiels): (G) Gastspiel: 잠들기 위해 양羊을 헤아리는 관객 앙상블(합주)에 의한 연기演技.

(394)

1) 갈색의 토막들(bits of brown): 군대 속어: 동성애(동성성욕).

2) 시간의 강주强酒(spirits of time): Spirits of wine: 에틸알코올(보통 알코올).

3) 흰 플란넬 겉옷(bawneen): (앵글로 아이리시) 농부들이 입는 흰 플란넬 겉옷(smock).

4) 워카 의사(doctor Walker): 미상.

5) 던롭 타이어 바퀴(doonloop): Dunlop(스코틀랜드의 발명가)이 발명한 던롭 고무 타이어.

6) 남풍(Foehn): (G) Fohn: 스위스의 남풍南風.

7) 랄리(Lally): Long Lally: 4대가들과 연관되며, 그는 남녀 공성共性의 순경.

8) 로오(Roe): Roe: Williams, Bewy, Greene, Gorham 등의 유명한 더블린인들의 성. Roe는 붉은 색깔의 뜻.

9) 인지술학人知術學(srthoroposophia): anthroposophy: (철학) 인지학: 일정한 자기 훈련에 의하여 정신세계가 직관적으로 관조될 수 있다고 주장함.

10) 그는 자신이 잊어버리기 전에 그에게 팔(賣) 이야기를 하면서(he selling him before he forgot): 파넬의 말의 인유: 그대가 팔면, 내 값을 받아라 (When you sell, buy my price)

11) 냉도전冷挑戰(coolun dare): 노래 가사의 패러디: Coolin Das.

12) 애니(Aithne): 예이츠 작시 〈에머의 유알헌 질투〉(Only Jealousy of Emer)에 등장하는 소녀.

13) 한 마리의 우조愚鳥가 화금란黃金卵을 낳았다는(a gooth a gev a gotheny): (팬터마임의 주제) 황금 알을 낳은 거위(goose that laid a golden egg).

14) 상류여왕上流女王의 공원변公園邊(the parkside pranks of quality queens): 피닉스 공원은 한 때 여왕의 정원(Queen's Garden)으로 알려졌다.

15) 고양이 연애 등등(katte sfter kinne): 고양이(Cat)라는 말은 신학적 언어로 은하수(Milky Way)의 영적 교습教友(communion)을 받아…심미적 숭배물(aesthetic worshipper)이 된다. katte(Da: cat)는 여기 eyesolt로 화신화 한다. 말의 에피파니화(epiphanization)의 예.

16) 후버 및 하맨 조상들(Huber and Harman): 아일랜드 종족의 전설적 선조들.

17) 안와眼窩(eyesolt): 고양이(Da: katte)—이솔드(Isolde)

18) 구렁텅이 심연(deprofundity): 오스카 와일드 작 〈심연에서〉(De Profundis)의 인유.

19) 고체의, 액류液類의 그리고 기화氣化의 육체(solod, likeward and gushious bodies): solid, liquid and gaseous.

20) 진주백珍珠白의(perilwhitened): Pearl White(필름 수타 명) pearl(진주) + white(흰).

(395)

1) 유장천乳漿川(nurky whey): 은하수(Milky Way)+milky whey(유장).

2) 투리수妬利水티 나그대의 이솔伊率드(theemeeng Narsty meetheeg Idoless): Trystan, Isolde의 명칭의 글자 수수께끼.

3) 명랑한 맥골리(Jolly MacGolly): 찔레나무 열매란 뜻.

4) 친애하는 요한 씨(dear mester John): (1)Prester John: 동방의 신비적 통치자로서 그의 군대들에 Gog와 Magog가 있었다. 후자들은 〈성서〉, 의곡(Gog)과 마곡(Magog)으로, 그들은 사탄에게 미혹되어 하늘나라에 대항하는 두 나라이다(〈계시록〉 20: 8—9)(전출 FW 9 주석 10 참조) 현란과 교란: Gog & Magog, 전설적 거인들 참조. (2)Albrecht 저의 Titural에서 Parzival은 성배(Grail)를 Pester John의 손에 안겨 준다.

5) 양피지족羊皮紙足으로 길 트면서(hacking away at a parchment pird): 노래 가사의 패러디: 다리미로 돌진하면서(Dashing away with a Smoothing Iron).

6) 결국 하장何長!(how long tandem!): Cicero 저의 〈카탈리나 탄핵〉(Catilinam) I.1의 글귀의 인유: Quo usque tandem…(How long at length).

7) 코모 호상湖(Coma): (1)coma: 혼수昏睡 (2)(Lake) Coma 호: 북 이탈리아 소재의 호수.

8) 기면발작환자嗜眠發作患者들(narcolepts): narcolepsy: 기면발작嗜眠發作(약한 지랄병의 시초).

9) 아리스 춘천소녀春川少女(a lass spring): Alice Springs: 오스트레일리아.

10) 아딧줄(시트)(海) 은 소년少年으로부터 멀리(sheets far from the lad): 노래 가사의 패러디: 그녀는 육지로부터 멀리 있도다(She is Far from the Land).

11) 투탕카맹投湯作孟의 구개월口開月의 예배구禮拜句 변운시邊韻詩(the verses of the chaptel of the opering of the month of Nema Knatut): (1)〈이집트의 사자의 책〉: 입을 여는 사건들(Chapters of Opening Mouth) (2)Nema Knatut: Tut—ankh—amen: 기원전 14세기의 이집트의 왕.

12) 그의 아부阿附하는 손(his flattering hend): 말더듬이 손(Stuttering Hand)(동양지재 피네간)을 수식하는: (전출: FW 04. 18).

13) 어떤 용기勇琦의 요리사(some cook of corage): 요리사의 증언(Cook's evidence)(파넬의 이혼 사건에서).

14) 오리집(압가鴨家)(duckhouse): 입센의 〈인형의 집〉(A Doll's House) 의 인유.

15) 사랑에 귀먹은 채(deaf with love): 죽음(death)(바그너의 〈트리스탄과 이솔드〉에서 Liebestod).

16) 돈피豚皮(pigskin): (1)남근, 섹스의 심벌 (2)(미국의 속어) pigskin: football(미식축구).

17) 아모리카阿模理作(Amoricas): 트리스탄.

18) 한 가닥 오만스러운 돌입突入으로, 생식남승生殖男勝의 거설근巨舌筋(with one aragan throust, drue the massive of Virilvigtoury flahpat): 트리스탄과 이솔트의 성 행위.

(396)

1) 이제, 똑 바로 섯 그리고 그들에 가세加勢!(Upright and add them!): 웰링턴의 명령 구호의 패러디: 걸어 총, 쏘아(UP guards, & at them).

2) 말(言) 에는 말로(A mot for amot): 〈마태복음〉 5: 38의 패러디: 눈에는 눈으로(An eye for an eye).

3) 마수고馬手高(내 hands high): 말(馬)의 키를 재는 단위(손 뼘).

4) 최고의 신비청神秘 푸른(of most unhomy blue): 무어의 노래 가사의 변형: 저 호수 곁에, 그의 침울한 물가: 최고의 비성 푸른 눈(By That Lake, Whose Gloomy Shore Eyes of most unholy blue).

5) 이우브(Ewe): Rachel: 야곱의 질녀/아내.

6) 에뎀(Edem): (1)Adam (2)Edem: 유대의 이단적 전통에 있어서 대지 모.

7) 폭발적 폭정暴情(volatile volupty): 〈전도서〉 1: 2의 패러디: 허영의 허영(Vanity of vanities).

8) 쇄락회당灑落會堂(chapellledeosy): (1)채프리조드 (2)chapel—of—ease(영국 국교의 분회당).

9) 야기사夜騎士(her knight): Odysseus의 인유.

10) 현안(혼약婚約) 이 팽 하고(polped the questioned): to pop the question): 결혼의 제의.

11) 광대중얼윤활潤滑주 바춤!(mummurlubejubes!): 마태 마가 누가 요한!

12) (위 하나 위 넷)(Up one up four): Clontarf 전투의 1014년.

(397)

1) 그레그 및 도우그(Greg and Doug: Gregory and MacDougal.

2) 마(태) 및 마(가) 및 누(가) 및 요(한)(Mat and Mar and Lu and Jo): Matthew, Mark, Luke, John(마마누요).

3) 그 귀녀貴女 소미少眉(the girleen bawn asthore): 보우시콜트 작 The Colleen Bawn(나의 아리따운 소녀) 제목의 인유.

4) 오 연침상宴寢床, 정자亭子 아닌!(O bunket not Orwin!): 무어의 노래의 패러디: 오 반짝이는 정자 속이 아닌 연회(O Banquet Not in These Shining Bowers).

5) 매그리 살모殺母에 노우자老愚者(the senior follies at murther magrees): (1)Giovanni Foli: 아일랜드의 베이스 가수인 A. J. Foley의 익명 (2)Mother Machree: 노래 가사.

6) 마마누요(Mamalujo): Matthew, Mark, Luke, John.

7) 캑슨(Caxons): Coxon: 한 때 HCE의 중간 이름. Coxon은 말(馬)로 자주 언급된다. (39. 9. 289. 25. 328. 22 참조).

8) 양로병원(Old Man's House): Kilmainham에 있는 왕립 병원(군대 연금 수령자를 위한).

9) 습공조정환기중濕空調停換氣中(the wet air register): (미국) 벽의 열 석쇠(heating grill)

10) 최친절最親切의 일잔一盞을 위하여(for a cup of kindest yet): 노래 가사에서: Auld Lang Syne(그리운 옛 친구를 위해): We'll tak a cup of kindness yet.

11) 아멘남男(Amensch): (G) Mensch: man.

12) 세상에 의해 잊혀진 채(by the world forgot): A. Pope의 시 Eloise의 글귀: 잊혀진 세계에 의한, 잊어지고 있는 세계(the world forgetting, by the world forgot).

13) 찔레나무 열매(johnny magories): (앵글로—아이리시) Jonny Magorey: fruit of dog rose.

14) 길조(auspices): 비코는 로마 역사의 길조를 논한다.

15) 마마누요(M. M. L. J): Matthew, Mark, Luke, John.

16) 초기 애란대법전(Senchus Mor): Seanchas M'or: Great Register: corpus of early Ir. law.

17) 쉐만스 부인(Mrs Shemans): Felicia Hemans(1793—1835): 더블린에 매장 된 영국의 여류시인.

18) 캐라컬 양피羊皮(cara broadtail): 아스트라한(astrakhan: 러시아 Volga 강 하구의 도시) 산의 모조 직물.

19) 오멀크노리(O'Mulcnory): Farfassa O'Mulconry: 4대가들 중의 하나.

(398)

1) 모리온(Morion): Merrion: 더블린의 지역 명. 메리온 광장(Merrion Square)(〈율리시스〉의 제14장의 국립 신과 병원 근처).

2) 마마누요(mamalujo): Matthew, Mark, Luke, John.

3) 거백去白, 거승去勝 그리고 거원去遠했도다(Gowan, Gawin and Gonne): (1)Gawain: 아서 왕의 조카 (1)경매 구호의 인유: 낙찰, 낙찰 낙찰되다(going, going, gone).

4) 언건言件의 한 복판에(in medios loquos): (1)in the middle of the events(beginning of an epic) (2)(L) loquor: to speak. (3)사랑의 포옹…방금 온통 연합(the love embrace…now unites): 바그너 작 〈트리스탄과 이솔드〉(Tristan & Isolde)의 주제: 애사愛死(Libestod)

6) 무가친족無家親族(sansfamillias): (1)(E) without familiar family (2)(F) snas famille(Hector Malot의 책 제목).

7) 오아吾我의 기도를 말할지라(to say oremus prayer): (L) oremus: let us pray.

8) 홈 스위트 홈답게(homeysweet homely): 노래 가사의 패러디: Home Sweet Home.

9) 그리운 옛 지인을 위해(for auld acquaintance): 노래 가사의 인유: Auld Lang Syne(그리운 옛 시절을 위해).

10) 페레그린과 마이클과 파파사와 페레그린(Peregrine and Michael and Farfassa and Peregrine): 〈4대가들의 연대기(Annals of the Four Masters)의 필자들인 Michael O'Clery, Farfassa O'Mulconry, Morris O'Mulconry, Peregrine O'Clery, Peregrine O'Duignan & Conary O'Clery.

11) 편역의 항해사들(navigants et peregrinantibus): 수부들과 순례자들.

12) 피오니안(길 터라)(Fionnachan): (게일어) Faugh a ballagh(아일랜드 왕실 척탄병의 전투 구호 및 Gough의 가족 표어 도는 항해 구호: 길 티어라!(clear the way!)(U 309).

13) 이이스양…긍안숙녀肯眼淑女에게(Miss Yiss…Ladyseyes): 무어의 노래 가사 패러디: 숙녀들의 둥근 눈에(To Ladies Eyes a Round).

14) 사지동물四肢動物(Doelsy): Ysolde(글자 수수께끼): Isolde)

15) 젊은 꿈을 사랑하나니(loves young dreams): 무어의 노래 패러디: 사랑의 어린 꿈(Love's Young Dream).

16) 왕王(킹) 다운 곁눈질(리어)(kingly leer): 셰익스피어 작 〈리어 왕〉(King Lear) . 여기 4노인들은 딸들에게 버림받은, 고독한 리어 왕 격.

17) 대법전주大法典主(senchus Mor): 중세의 codex book: 패트릭의 시대로부터 16세기까지 아일랜드의 질서를 약속한 Brehon 법의 중요 수집.

18) 나사로(Lazarus): 〈요한복음〉 11: 44: Lazarus는 죽음에서 부활했다.

19) 생애生愛와 흘러간 그 옛 시절(luke syne): 노래 가사의 패러디: 우리는 흘러간 옛 시절을 위하여 친절의 잔을 마시리라(We'll take a cup of kindness yet for the sake of auld lang syne).

20) 램버그의 큰 북(Lambeg drum): Ulster에서 7월 12일에 연주되는 Lambeg 대고大鼓.

21) 청동비음靑銅鼻音(brazenaze): 옥스퍼드 대학의 Brasenose college.

22) 우리들의 축복 받는 주主 예수 그리스도의 기원(Anno Domini nostri sancti Jesu Christi): (L) in the year of our blessed Lord Jesus Christ.

(399)

1) 딘글 해변의 모든…파도 타는 시빌(Dingle beach…Sybil sufriding): Munster 주 Kerry 군의 Dingle 반도 상의 Sybil 곶(point).

2) 은월청銀月靑 망토를 걸치고(silverymonnblue mantle): (1)노래 가사의 패러디: 달의 은빛으로(By the Light of the Silvery Moon) (2)Kerry 군의 여인들은 전통적으로 두건 달린 푸른 망토를 입는다.

3) 매끄리 창부窓婦여(window machree): 노래 가사의 인유: 과부 매끄리(Widow Machree).

4) 발브리간 외투(Balbriggan surtout): Balbriggan: (1)아일랜드 Leinster 주 더블린 군의 마을, 그곳 제의 짠 직물 (2)surtout: (F) 오버코트의 일종.

5) 내게 열광(mad gone on me): Maud Gonne: 예이츠의 애인.

6) 콩의 십자가(the cross of Cong): (1)아일랜드 국립 박물관의 유물 (2)Roderick O'Connor(아일랜드의 최후의 고왕으로, 60세에, 앵글로 노르만의 침공으로, 자신의 백성과 조국이 패배 당하고, 빼았겼다)는 Connacht 주, Mayo 군, Cong 사원에서 사망했다. 향연 90세.

7) 미크, 매고트(구더기) 니크(Mick, Nick the Maggot): Mick, Nick & the Maggies(219. 19)(팬터마임).

8) 보허모어(Bohermore): (I) bothar mo'r: 하이웨이.

9) 요한몽남夢男(johajeams): John—a—dreams: 〈햄릿〉 II. 2. 295의 인유: 꿈 많은 놈(dreamy fellow)의 총칭(generic).

• III부 - 1장 •

대중 앞의 숀 (p.403 - 428)

(403)

1) 무광霧光(fogbow): 안개나 빛에 의해 생기는, 무지개와 유사한 효과.

2) 콘월(삭과蒴果)의 마가(마크 as capsules): Cornwall(잉글랜드 남서부의 주)의 마크 왕.

3) 비공鼻孔(the nasoes): Publius Ovidius Naso, 즉, 오비디우스(Ovid)(기원전 고대 로마의 시인)를 말함.

4) 그는 너도밤나무 숲—아래—개복蓋覆된 가스코뉴의 주춤대는 내종피內種皮(植)나니(He am Gascon Titubante of Yegmime—sub—Figi): 베르길리우스(Virgil)(기원전 고대 로마의 시인)의 〈목가 시〉(Eclogues) 1, 1의 구절 패러디: 그대, 티티러스 마냥, 너도밤나무 숲 아래 누워있나니(You, Tityrus as you lie under the cover of beech).

5) 그의 용모는 나의 추억조追憶鳥의 전공前恐에 너무나 뒤뚱거리며 가변적이라(whose fixtures are mobilig so wobiling befear my remembrandts): (1)remembrandts: 렘브란트(Rembrandt)네덜란드의 화가(1606—69) (2)〈햄릿〉의 구절 인유: 이 로즈메리는 잊지 말라는 표적이구요. 제발 잊지 마세요, 네—그리고 이 삼색 오랑캐꽃은 생각해 달라는 꽃이구요(김재남 831)(There's rosemary, that's for remembrance… and there is pansies, that's for thought…)(IV. 5. 174)의 패러디.

6) 부활 아나스타시아(Anastashie): (1)(G) resurrection (2)Anastsia: 장애인(실어증의). 여기서는 ALP를 암시함.

7) 델프트 저지低地(lowdelph): delf(t): 네덜란드의 저지, 그 곳 산産의 도자기.

8) 저기 노려보고 있는 저주청치남의 이름은 무엇인고?(What named blautoothdmand is yon who stares?: (1)Harald Bluetooth: 덴마크의 왕, Canute(영국, 덴마크, 노르웨이의 왕. 994?—1035)의 조부 (2)〈맥베스〉의 구절 인유 : 저 경칠 사내는 누구인고?(What bloody man is that?)(I, 2, 1),

2부

9) 구걸타(몽마)!(Gugurtha!): Jugurtha: (1)Numida(아프리카 북부의 옛 공화국)의 왕(112—106 BC): 그가 최초로 로마를 방문했을 때 말하기를: [로마]는 판매를 위한 도시요, 매자를 발견하는 순간, 그것은 멸망할 운명을 지니도다(여기 그는 제국적 자아[imperialistic ego]에 대한 보다 어두운 암흑의 힘의 위협을 암시한다. 시간의 종이 울리자, 잠시 동안, 자극된 채, 그는 악마적 및 불길한 형태로서 HCE에 대한 이 순간의 총체적 의미를 구체화한다.) (2)〈율리시스〉의 Oliver Gogarty(벅 멀리건)(조이스의 마성적 적敵(diabolical enemy)의 암시이기도.

10) 그(숀)는 야성野性의 힌디간(북인도北印度)의 매부리를 갖고 있나니(He has becco of wild hindigan): Becco: (1)(It) beak (2)cuckold

11) 그는 은각隱角을 지녔도다!(he hath hornhide): (1)Hronhide: 여기 재차 cuckold를 암시 한다 (2) Virgil의 대서사시 〈이니드〉(Aeneid) VI. 893: 문간의 뿔 나팔이 참된 꿈으로 인도하나니(gates of horn to true dream)의 패러디.

12) 팡세(명상록)(Pense'e): 파스칼의(Pense'es)의 인유.

13) 베일 두른 바이올렛(제비꽃) 방야곡계方野谷界의(of the veilch veilchen veilde): (1)wild, wild world(veiled) (2)(G) Veilchen: voilets.

14) 영양羚羊 입 맞추리라(her dhove's suckling): 셰익스피어 작 〈한 여름 밤의 꿈〉(Midsummer Night's Dream)의 구절의 인유 : 하지만 난 속이는 듯한 큰 소리로 비둘기 새끼같이 조용히 으르렁댈 테야(김재남 159)(I will roar you as gently as any sucking dove)(I. 2. 75).

15) 화산음진火山淫唇(obacidian luppas): obsidian: 흑료석黑曜石(a volcanis glass) (2)obscene lips.

16) 애찬퇴거愛餐退去!(Apagemonite): (1)19세기 종교 단체의 훈련, back!(퇴거!) (2)(Gr) agage: go away!

17) 영시零時(zero hour): (軍) 영시의 공격(공격 개시 시각).

18) 선진남善眞男스럽게(a goodmantrue): Fox Goodman, 따라서 암 여우(vixen).

(404)

1) 광음율廣音律(broadstone): 더블린 소재의 철도 종점(Broadstone railway terminus)의 암시.

2) 활공기滑空機(flivvers): 1920년대의 값싼 항공기 또는 자동차.

3) 우편을 우송 할지라!(Post the post!): (1)보우시콜트(Boucicault) 작 〈키스의 아라〉(Arrah—na—Pogue)에 나오는 우편인 Sean the Post (2)〈율리시스〉 〈레스트리고니언즈〉 장의 블룸의 의식: 바라 첨부 엄금. 110알을 부치시오. (POST NO BILLS. Post 110 Pills).

4) 추측컨대 어떤 혹하或何가 그 소리에서 나왔나니(mescemed somewhat came of the noise): 내 생각에 무엇인가 소리에서 나왔나니(meseemed something came from the noise).

5) 하수何誰가 모든 암울을 걷어버리 듯 했도다(somewho might almove allmurk): 누군가 모든 암울을 걷어버릴 자(and someone who might remove all murk).

6) 흑안黑顔(moren): (1)(Sp) moreno: dark=complexioned (2)(Breton: 브리타니[프랑스의 한 지방]) moren: fog. glao: rain.

7) 박진迫眞(very similitude): 박진성(verisimilitude).

8) 벨트 램프(혁대등)나니!(his belted lamp!): (1)우편원 Sean은 그의 혁대에 램프를 지닌다. (2)〈율리시스〉 13장의 인용: 밤 9시의 우편배달부…혁대에 매단 반딧불 같은 램프를 여기저기 깜빡이며…(nine o'clock postman, the glowlworm's lamp at his belt gleaming)(U 310).

9) 도깨비불(will of a whip): 우편원 Sean은 회초리(whip)를 지닌다.

10) 프리즈의 외투(Frieze o'coat): 우편원 Sean은 frieze coat(두껍고 거친 모직물의 외투)를 입고 있다.

11) 인디고 블루 색(indigo braw): (1)indigo blue (2)(I) E'ire go bra'th: 아일랜드의 모토: 아일랜드, 심판의 날까지.

12) 신의神意의 재킷(jacket of providence): Mayo에 있는 신의 모직 제모소製毛所(Providence Woollen Mills), 그곳 제의 재킷.

13) 교황연공홍敎皇燃空紅(Krasnapoppsky red): (1)(R) Papal red (2)조이스는 암스테르담의 Krasnapolsky Hotel에 머물렀다.

14) 특대의 칠 겹—사절—七袂—四切(Tamandua sedate—and—forte): (1)Tarragon: 이태리의 테너 가수 (2)(L) tam magnum: so great 7 (3)seven and four.

15) 성조星條의(straphang라d): 노래 가사의 패러디: 성조기(The star spangled banner).

16) 완두, 쌀 및 오렌지 난황卵黃(peas, rice, and yeggyyolk): peasm rice and eggs: 아일랜드 국기의 청, 백 및 오렌지 색.

17) R. M. D. (더브린 왕실 우편)(Royal Mail, Dublin).

18) 커스복상服商이람!(amsolookly kersse): absolutely + Kersse 양복상.

19) 1백천百千의 환영(hundred thousand welcome): (I) ce'ad mi'le fa'ilte.

(405)

1) 우편 지급전언至急傳言된 채(postchased): with posy haste, post—chaise.

2) 나는, 가련한 당나귀나니, 하지만 그들의 사부합주四部合奏의 둔분鈍糞으로서 뿐이외다…그런데도 생각건대…당사자인 숀은(I, poor ass, am but as rheir fourpart tinckler's dunkey. Yet methought…Shaun in proper person…): 셰익스피어의 〈한 여름 밤의 꿈〉: 인간은 단지 당나귀이나니, 마치 그가 이 꿈을 설명하기 위해 사방 나돌아 다니듯. 나는 생각건대—무엇인지 말할 사람이 없도다(Man is but an ass as if he go about to expound this dream. Methought I was—there is no mancan tell what)(IV. 1)의 패러디.

3) 이 초야의 조망의 곤봉과 원추(rode & cones of this even's vision): 곤봉과 원추는 눈의 각막을 이룬다.

4) 보도步道의 미동美童(the Bel of Beau'ss Walk): (1)(F) bel Beaux's Walk: 더블린의 북부 스티븐 그린 광장 (2)피닉스 공원의 가도 명인 Beau—Belle Walk.

5) 여러 달을 통하여 팔월식八月食하리니(would aight through the months without a sign of an err in hem and then): r가 없는 달은 굴(oyster)이 없다(June has no ar oysters)의 패러디(〈율리시스〉 제8장의 블룸의 음식에 대한 의식 참조)(U 143).

6) 타라 장미의 찌꺼기까지(새 the lees of Traroe): 노래 가사의 익살: The Rose of Tralee (2)Tara(아일랜드의 옛 왕국)

7) 조브 신쾌神快의 일별안경一瞥眼鏡!(Those jehovial oyeglances): (1)jovial eyeglasses(경쾌한 눈 안경) (2)Johova(야호아: 〈구약 성서〉의 신. 전능하신 신) (3)Jove(신. By Jove: 맹세코).

8) 횡전심장橫轉心臟!(The heart of the rool!): 노래 가사의 인유: The Heart of the Roll is Dicey Riley.

9) 식사(maltsight): (G) Mahalzeit: dainty repast(미식).

10) 세인트 로우쩬즈 오브 툴 여인숙, 운명의 수레바퀴 주점, 그대의 몽둥이는 현관에 두고(Saint Lawzenge of Toole's, the Wheel of Fortune, leave your clubs on the hall): (1)어떤 광인이 성 Laurence O'Toole를 제단 층계에서 공격하고 몽둥이로 그를 때렸다(Becket의 암살에 평행)의 인유 (2)Wheel of Fortune: Tarot card(22매 한 벌의 카드).

11) 라젠비 오이지(Lazenby's): Lazenby's pickles.

12) 브리스톨과 발로더리의 한 때의 여왕이 이 집을 두 번 감탄했나니(the house the once queen of Bristol and Balrothery twice admired): (1)헨리 2세는 Bristol(영국 서남부의 항구 도시)의 시민들에게 더블린을 하사했다 (2)Balrothery: 더블린의 마을 이름. (3)고故 여왕에 의해 감탄 받았다고 전해지는 그 집(the house said to have been admired by the late queen)(U 209).

3부

13) 쌓아 놓은 음식의 삽 가득한 식사에(by the meals of spadefuls of mounded foot): 노래 가사의 패러디: 슬레타리의 말 탄 발(Slayyerly's Mounted Foot).

14) 유대 수장절受贓節의 테이블 냅킨(the faste of tablenapkins): Jewish Feast of Tabernacles(조상의 황야 방랑을 기념하는 유태인의 초막절草幕節)의 인유.

15) 삼분할三分割 만찬 식(threepartite pranzipal meals): 성 패트릭의 〈삼분할 생활〉(Tripartite Life): 오 주여 우리들을 축복하사 그대의 이 선물을(Bless us O Lord & these Thy gifts) 성구의 인유.

16) 혈주血主여(blood and thirsty): bloodthisty Blood Thursday(피의 목요일): 아일랜드에서의 성 무구일無垢日(Childermas. St Innocent's day).

17) 쌀 딸기자두의 충전물(riceplummy padding): Raspberry pudding의 익살.

18) 당시 상비上飛의 박쥐 흑야로부터(from the batblack night): 테니슨의 시구의 패러디: 마당으로 들어오라, 모드여, 밤의 검은 박쥐가 날랐기에(Come into the garden, Maud For the black bat, night, has flown.

19) 출차出差(evectuals): (산수) a contravariant(차변此邊).

20) 선편견입先偏見入 주스(prejuice): Prejudice + Pre-juice.

(406)

1) 포타링턴(Portarlington): 아일랜드 Laois 군의 마을 이름.

2) 코크샤 산(Corkshire): 잉글랜드 Yorkshire 산産의 푸딩.

3) 언덕 위에 사는 수탉의 여주인(the roastery who lives on the hill): 노래 가사의 패러디: 부엉이와 복슬 고양이: 언덕 위에 사는 칠면조 수탉(The Owl & the Pussy Cat: The turkey who lives on the hill).

4) 피닉스 통주桶酒(피닉스 porter: 피닉스 술(Ale).

5) 보터힘(Botherhim): (Breton) 산의 샌드위치.

6) 안장부대鞍裝負袋 스테이크…. 그의 길을 따라 휘파람 불기 위해(saddlebag steak…. whistle his way): 길을 가다 휘파람 불며 목을 축이기 위한 말안장 밑에 보관하는 주석酒石(타타르)으로 마련된 고기.

7) 보란드 점(Boland's broth): 더블린의 Boland's 빵 제조회사.

8) 녹자유국綠自由國(상태)(green free state): 아일랜드 자유국(Irish Free State).

9) 티퍼라리(Tipperary): 아일랜드 남부 Muster 지방의 주 이름.

10) 그의 심장은 자기 몸만큼 크기 때문이라(his heart was as big as himself): 소프라노 Titiens는 더블린에서 심장이 그녀의 몸만큼 큰 것으로 서술되었다.

11) 베리의 성聖 지리안 후의厚意의 만인滿人(All St Jillian's of Berry): (1)후의(환대)의 수호자(patron of hospitality) (2)Jilians of Bery: 〈불타는 공이의 기사〉(The Knight of the Burning Pest러)에서 노래에 나오는 바걸.

12) 마브로자피네(Mabhrodaphne): 일종의 희랍 술.

13) 커스터드(과자) 하우스(custard house): 더블린의 Custom House(세관)의 익살.

14) 우리를 원기 있게 할지라!(cheerus graciously, cheer us!): 성자들의 연도(Litany of the Saints)의 인유: 그리스도여 우리들에 귀 기울이소서, 감사하게도 그리스도여 우리들에 귀 기울이소서(Christ hear us, Christ graciously hear us).

15) 영원히 그대를(Ever of thee): 노래 가사의 패러디: 성시聖市: 영원히 그대를 나는 즐겨 꿈꾸도다(The Holy city: Ever of Thee I'm fondly dreaming).

16) 아나 린치(Anne Lynch): 더블린 차(茶).

17) 그리운 옛 시절(For auld lang): 노래 제목.

18) 메스트레스(굶주린) 반홍리그(Mesthress Vanhungrig): 스위프트의 연인 Hester Vanhomrigh(Vanester—Vanesa)의 암시.

19) 햄과 야벳(쟈 바 오렌지)(spme ham and jaffas): (1)〈창세기〉 X:1) 노아이 세 아들들: 셈, 햄 및 야벳의 암시 (2)Jaffa oranges.

20) 대음유죄가大飮有罪可한 대식가의 대간죄적大奸罪的이었음을(guilbey of guplable gluttony): (1) guilty, culpable(유죄의) (2)Gilbey: 더블린의 양조업소.

21) 유상乳商은 유상이라(biestings be biestings): (1)격언의 패러디: 장사는 장사(Business is business), 일이 제일이다. (2)(AngI) beestings: 암소의 갓 짠 우유.

22) 때가 하월중순夏月中旬 팔월추수절이거나 혹은 춘월 중순이면(were it thermidor oogst or floreal): 프랑스의 혁명 월력(Revolutionary Calender): Thermidor(한여름의 달), Floreal(봄의 한 달).

(407)

1) 목패牧貝의 굴술(려주蠣酒)(prairial riysters): (1)술의 일종 (2)Prairial: 프랑스의 혁명 월력(Revolutionary Calender)의 춘월.

2) 한 병의 아디론(a bottle of ardilaun): 한 병의 기네스 맥주.

3) 그의 정미正味의 경기신근중競技身根重(his net intrans wight weighed): 권투가와 경마 기수는 경기에 앞서 몸무게를 잰다.

4) 대체로(his gross and ganz): (G) grossen und ganzen: 대체로(by and large).

5) 부활려절復活蠣節의 월요일(Oyster Monday): 부활절 월요일(Easter Monday)(이날 부활절 봉기〔Easter Rising〕가 시작되었다). 특히 이 날은 관례적으로 굴을 먹는다.

6) 병사의 발걸음으로 행군중이라(on the ramp and mash): tramp and march(보무당당한 행진).

7) 서곡序曲 및 시자始者들이여!(Overture and beginners!): 연기演技의 시작 구호.

8) 숀의 음성, 애란민愛蘭民의 투표(the voice of Shaun, vote of the Irish): 성 패트릭의 〈고해〉(Confessio) III의 글귀: 그리하여 나는 〈애란인들의 목소리〉(The Voice of the Irish)를 포함하는 편지의 서두를 읽었도다. 그것을 읽는 동안 그는 the Wood of Foclut 근처의 사람들의 목소리를 들었다.

9) 신명神命(Tu es Petrus): 〈마태복음〉 16: 18: tu es Petrus(Thou art Peter).

10) 범천사적汎天使的으로(panangelical): 노래 가사의 패러디: Panis Angelicus(John McCormack이 부른 노래).

11) 마이크린 켈리(Michaeleen Kelly): 더블린의 가수.

12) 마라 오마리오(Mara O'Mario): Mario: 이탈리아의 가수(U 97 참조).

13) 영英오존해海(brozaozaozing sea): (Breton) Bro—Zaoz: Englnad.

14) 애란지대愛蘭地帶(Yverzone): (Breton) Ireland.

15) 인치게라로부터…내내 부르나니(from Inchigeela call the way): 노래 가사의 패러디: From Inchigela All the Way.

16) 모어포크! 담자돈육항淡紫豚肉港!(morepork! morepork!): 무어 피크(Moor Park): (1)오스레일리아의 어떤 새의 부르는 음조 (2)스위프트는 Moor Park에서 연인 스텔라를 만났다.

17) 크리브덴으로부터…무선無線의 비소秘所를 윙윙 열 듯 상냥하게…노 바 스코시아(Clifden sough open tireless…Nova Scotia's): Marconi 군郡은 Clifden, Connermara, 및 Glace Bay, Nova Scotia의 무선 정류장을 가졌다.

18) 상조相助의 수手가 혈거개穴擧皆로 치료하는지라!(Helpsome hand that holemost heals!): (1)격언의

3부

패러디: 행위가 훌륭하면 인품도 돋보인다(Handsome is that handsome does). (2)(Du) behulpzame hand: helping hand.

19) 아아, 알라딘(alass, aladdin): Alass: Alice. Aladdin: 팬터마임

20) 여女가 조용히 넘어져 누운 것은 휴저休低를 의미하는고?(Does she lag soft fall means rest down?): 음계의 패러디: do, si, la, so, fa, me, re, do(so fa).

21) 화요일의 샴페인(사통似痛)(the 'stueaday shampain): Tuesday's champagne.

22) 과거의 기억(the memories of the past): 노래 가사의 패러디: 한 송이 꽃이 피었나니: 과거의 기억이라(There is a Flower That Bloometh: the memory of the past).

23) 금처今處(hicnuncs): (L) hie et nunc: here and now.

24) 마카로니 극장(Miccheruni's band): Mickey Rooney band(극장의).

25) 높은 곳에서(ex alto): (L) from on high.

26) 기旗가 게양되었다거나(the rag was up) 극장에 게양하는 기.

27) 두死頭(deadheads): 극장 무료입장 자.

(408)

1) 자신의 운명의 용한鎔汗의 숙宿빵 인양(his board in the swealth of his fate as): 〈창세기〉 3: 19: 그대의 얼굴의 땀으로 그대는 빵을 먹으리라(In the sweat of thy face shalt thou eat bread)의 인유.

2) 입술(추자芻者)(manducators): (L) manducator: 씹는 자(chewer).

3) 곤드레만드레 되어 휴식하기 위해(dowanouet to rest): (1)down and out to rest (2)(Bre) Breton[브리타니: 프랑스의 한 지방 어]: sad.

4) 총체중總體重 톤의…무게가 자신에게는 너무 지나친 100남男(weight of his tone of iosals…. a hundred men's…): Ossian의 시 〈피오나〉(Fiona)의 시구의 변형: Iosal를 들어올리는데 100 사나이를 요했나니(It took 100 hundred men to lift Iosal. (I) Iosa: Jesus(It) a josa: in plenty. Hundred of Manhood: 백년남군촌百年男郡村의 시들레스햄의 이어위커 가문家門: 이어위커의 몇몇 가문은 영국 서부 서섹스(Sussex)의 100년 남군촌(the Hundred of Manhood)에 살았다 한다(30: 주석 3 참조).

5) 다 된(dished): (속어) done for.

6) 칸디아의 소비왕자小肥王者(the principot of Candia): (1)테너 가수 Mario는 Candia의 백작이었다. (2)Candia: 희랍의 Crete 섬 북부의 도시 (3)(It) principotto: smallfat prince (4)Count: McCormack의 교황의 타이틀이기도.

7) 마코니(maircanny): (1)Marconi(이태리의 무선 전신 제도의 발명자) (2)more canny.

8) 너무 일찍이 자극했거나 아니면 그의 탄생을 너무 늦게 만났도다!(mirth too early or met his birth too late): 와일드의 〈심연에서〉(De Profundis)에서 그는 Douglas에게 말한다: 그러나 나는 당신을 너무 일찍이 또는 너무 늦게 만났군요(but I met you either too late or too soon).

9) 그의 상시헌신常時獻身하는 귀우鬼友였기에(an everdevoting fiend of his): 조이스는 위버(H. S. Weaver) 여사에게 보낸 1927년 8월 14일자 서한에서: 루이스(Wyndham Lewis)가 그의 편지에 언제나 헌신적 친구(ever devoted friend)라 서명했음을 지적한다.

10) 오스카(os so ker): (1)us do dear (2)오스카 와일드.

11) 옛 시절에 내일경來日鏡을 나는 볼 수 있는지라(I can seeze tomirror in tosdays of yer): see tomorrow in those days of yore.

12) 저 단순한 사이먼이 호박파이남男을 만났던 시절!(Those sembal simon pumpkel pieman yers!): 자장가의 패러디: 단순한 사이먼이 호박남을 만났다네(Simple Simon met a pieman).

13) 우리들은 쌍둥이 방을 나누었는지라 그리고 우리는 저 한 사람 하녀에게 윙크를 했나니(We shared the twin chamber and we winked on the one wench): 〈율리시스〉 제14장의 산과병원 장면에서 스티븐은 Beaumont 및 Fletcher의 두 공동 작가의 치정관계를 논한다: 그들은 멋쟁이 산(山)(Beau Mount)과 호색한(lecher)으로 불리는 것이 더욱더 나을 것이라. 그 이유인즉…그들 두 사람 사이에 단지 한 사람의 정부가 있었는지라, 그녀는 매춘부 출신으로…(U 322).

14) 샘 디지어(Sam Dizzier's): (1)John Sims Reeves는 처음에 바리톤이었으나 이어 테너 가수가 되었다. (2)St Dizier: 프랑스의 도시로 그곳에서 나폴레옹은 1814년 Blu'cher를 패배시킴. 〈경야〉의 단편들을 출간한 전위 잡지 〈트랑지시옹〉(transition) 지는 그곳서 프린트 됨.

15) 곡조를 계속해요, 옛 시절을(tune on, old Tighe): 노래 가사의 패러디: 돌아봐요, 옛 시절을(turn on, Old time).

16) 부엉이 시계(owelglass): (1)Westmeath 군 소재의 호수인 Lough Owel (2)(G) owlglass(Eulenspiegel): jester, buffoon(어릿광대).

17) 나의 저 타자他者(that other of mine): 노래 가사의 패러디: 나의 어머니(Mother of Mine).

18) 맥솔리 쌍둥이!(MaSorley!): 노래 가사의 패러디: McSoley's Twin.

19) 음악당의 쌍둥이(the musichall pair): 샴의 쌍둥이(Siamese twins)의 인유. 샴의 쌍둥이, 잔디 깎는 기계를 든 두 옥스퍼드 대학 특별연구원들인 술 취한 필립과 술 안 취한 필립이 창구에 나타난다. 두 사람 다 매슈 아놀드의 얼굴 가면을 쓰고 있다(U 422), 또한 U 7 참조.

20) 바대니비아의 기네스 축제(the Guinness gala in Badeniveagh): 더블린의 Iveagh Baths(Baron Iveagh는 더블린 맥주회사 설립자인 Sir Arthe Guinness의 형이었다).

21) 금관 악기와 갈대, 브레이스(Brass and reeds, brace): 악기 기구들(musical instruments): brace: 큰 북의 가죽을 죄는 가죽.

22) 그대의 면두眠頭(napper)는 어떠한 고, 핸디(Handy)여(How is your napper, Handy): 노래 가사의 패러디: 청의를 입고: 나는 내퍼 탠디를 만났나니, 그가 나의 손을 잡고(The Wearing of the Green: I met with Napper Tandy & he took me by the hand).

23) 펜지(생각)(panseying): Pansy: 프랑스어의 pense'e에서 파생됨.

24) 마드러 패트릭(old Madre Patriack): (1)(It) madre patria: 조국(mother land) (2)Mother Patrick: 게일어 부흥(Gaelic Revival)의 옹호자 (3)patriarch: 개조(開祖).

25) 존 래인 주酒(John's Lane): (1)더블린의 Power's whiskey (2)John Lane: 〈율리시스〉의 영국 출판자.

26) 숀티(축배) 및 숀티(건승) 그리고 다시 숀티(축도)!(Shaunri and Shaunti and Shaunti again!): 노래 가사의 패러디: Father O'Flynn: Sla'inte & sla'inte & sla'inte again.

27) 십이원통역월十二圓筒曆月!(twelve coolinder moons!): (1)(노래 가사) The Coolin (2)calendar months (3)cylinder.

28) 창예숭세자娼隷崇洗者(helot washipper): hero—worshipper.

29) 생선장수!(Piscisvendolor): (It)생선장수(fishmonger).

30) 호의영지好意領地의 기폭사악자起爆邪惡者!(Futs dronk of Wouldndom!): 웰링턴의 최초 공작에 대한 익살.

(409)

1) 제미니 쌍둥이여(Germini): (성좌) 별의 쌍둥이자리, 쌍자궁.

2) 사내 벤지가 찬방만饌房灣에서 광가光歌하는 것을 들었도다(I heard the man Shee shinging in the pantry bay): (1)노래 가사의 제목: 벤지(The Banshee) 대령은 밴트리 만 탐험의 울프 톤처럼 같은 배를 타고 출항했단다(Col. Shee embarked in the same boat as Wolfe Tone on the Bantry Bay by Expedition).

3) 그를 저 아래 먼지 상자 사이에 눕게 해요(Down among the dustbins let him lie!: 노래 가사의 패러디: 사자들 사이 그를 눕세 해요(Down among the Dead Men let him lie.

4) 진가상眞價上(실력)(on my solemn): (1)진짜로 (2)On my Solomon: 맹세코.

5) 국민의 유령우부郵夫(the phost of a nation): (1)ghost of a notion (2)Frank O'Connor 작 〈국민의 빈객〉(The Guest of a Nation)의 인유.

6) 키다리 트롤로프(매춘부)(a long trollop): Trollope(1818—82): 영국의 소설가로, 아일랜드의 우체국에서 일했다. Phineas Finn 및 Phineas Redux등의 저자.

7) 성 안토니 길잡이에 맹세코!(Saint Anthony Guide!): 경근한 가톨릭교도들은 편지 뒤에다'확실 송달'의 암시로Saint Anthony Guide라 서명한다.

8) 오늘은 벌초자伐草者 당신 어떠세요, 오 흑신사黑紳士 양반?(Come hi's tar odd gee sing your mower O meeow?): (It) come sta oggi, signor moro mio?(how are you today, my black sir)의 익살.

9) 돈지신豚脂神이 그들 위에 자비慈悲겨자를 베푸소서!(Lard have mustard on them!: Lord have mercy! 의 익살.

10) 군 형무소(glasshouse): (속어) army prison.

11) 맥브랙스(대흑자大黑者)(MacBlakes): 그리스도와 함께 십자가에 매달린 두 도적들의 암시.

12) 두화頭火덤불구락부(Headfire Clump): 더블린 소재의 Hellfire Club의 암시.

13) 믿도록(beliek): (1)believe (2)Belleek: Fermanagh 군의 도회 명.

14) 성聖(Hagios): 동방성당(the Eastern Church)에서 성자들은 Hagios로 불린다.

15) 코림 바(처녀살자處女殺者)의 예언(Colleenkiller's prophecies): (1)성 Colmcille(Columba)에 기인된 수많은 가짜 예언들 (2)〈켈즈의 책〉(The Book of Kells)은 이따금 Colum Cille의 책으로 불린다 (3)(AngI) colleen: girl.

16) 그건 숲 비둘기에 의하여 해결되는지라!(Solvitur palumballando!: (L) palumbes: wood pigeon. (L) savator: saviour.

17) 완보緩步의 앤디여(ambly andy): Samuel Lover 작 〈핸디 앤디〉 Handy Andy의 인유. handy: 능숙한.

18) 용서할지라…내가 하고 싶은 일격사一擊事(발작) 때문이 아닌지라(Forgive me…not what I wants to do…): 〈누가복음〉 23: 34의 인유: 이에 예수께서 가라사대 아버지여 저희를 사하여 주옵소서 자기의 하는 일을 알지 못함이 나이다(Then said Jesus, Father, forgive them, for they know not what they do)의 인유.

19) 에우세비우스(Eusebius): 309년 또는 310년에 3개월 동안 재임한 교황. 아리우스 파(Arian)와 함께 성당사 사가(ecclesiastical historian)로서, 복음서들을 조화시킨 그의 〈성당법〉(Canons)으로 유명함.

20) 고용장서雇用長書(복쓰)와 감독장개관서監督長概觀書(콕쓰)(Hirea가 Books and Chiefoverseer Cooks): Sir Arthus Sullivan(작곡가)의 Box & Cox 곡. Box and Cox: 서로 엇갈리는 두 사람(또한 Morton 작의 단막 희극[1847]에 나오는 인물들).

(410)

1) 예의범절의 서書(the book of breedings): Book of Breathings: 〈이집트의 사자의 책〉(the Egyptian Book of the Dead)에 나오는 장례 의식.

2) 유전적이 되고 있기 때문이라(it is becoming hairydittary): John McCormack의 교황적 백작 칭호(countship)는 유전적이 되었다. 조이스는 그의 초기 가수 수업에서 McCormack과 친교하고 사사받았다(Ellmann 151 참조). 여기 〈경야〉 III부 1장에서 McCormack의 언급 및 조이스의 그에 대한 영웅 숭배가 두드러지다.

3) 스완(Swann): 프르스트(Proust)의 〈잃어버린 시간을 찾아서〉(A la Recherche du temps perdu)에 나오는 백조(Swan).

4) 맹배盲背(blindquarters): 짐승의 궁둥이와 뒷다리(hindquarters).

5) 쓸쓸한 숲(bleak forest): Black Forest(독일 남부의 산림지대)의 인유.

6) 더블린 강(더블린 river): London River(Thames 강)의 암시.

7) 송어 다획보조금多獲補助金(the catchalot trouth subsidity): Catholic Truth Society(가톨릭교 진리회).

8) 문자 그대로 진퇴양난에 처해있나니(veribally complussed): verbally nonplussed: 문자 그대로 난처하게 하다.

9) 요추도腰椎島(Lumbage Island): 더블린의 북부에 위치한 섬.

10) 소비확消費擴의 승합우주乘合宇宙(expending umniverse): Eddington's limit: (天) 에딩턴 한계 광도限界光度, 즉 일정 질량의 천체가 낼 수 있는 최대한의 광도: Eddington 저: 〈확대 우주〉(The Expanding Universe).

11) 기적적인 간섭(the miraculous meddle): 프랑스인의 예찬(cult)인 〈기적의 메달〉(Miraculous Medal)의 인유.

12) 에밀리아(Emailia): (1)얼스터의 옛 고도 명 (2)Aemilia: 여기 ALP의 편지에 관해 우체부 숀의 요구가 이루어진다. 〈오셀로〉(Othello)의 종말에서 Emilia의 폭로는 오셀로의 최후의 연설로 인도한다: 나에 관해 사실대로 말하라(Speak of me as I am…)(V. ii. 342). 그녀는 〈과오의 코미디〉(The Comedy of Errors)에 나오는 쌍둥이의 어머니이기도 하다 (3)Aemilia: 이탈리아 남부 Po강의 지역 명.

13) 바바라(턱수염)(by the benison of Barbe): (1)benison: benediction (2)St Barbara: 포병수의 수호다.

14) 속삭여 봐요, 우리는 들을 테니(Whimper and we shall): 노래 가사의 패러디: 속삭여요, 내가 들을 테니(Whisper & I Shall Hear).

15) 세 마일과 하루 저녁 두 마일(three masses a morn and two chaplets): 3. 2 아일랜드 마일 = 4영국 마일.

16) 톱, 시드 및 허키(Top, Sid and Hucky): Tom & Sid Sawyer, & Huckleberry Finn.

17) 테베 도적의 개정판(thieves'reascension): (1)Thebes: 옛 그리스의 도시 국가, 옛 이집트의 수도 (2)〈이집트의 사자의 책〉(Egyptian Book of the Dead)의 Theban revision(개정판).

18) 토드 참 진실眞實이라(a veriest throth): Thoth: 이집트의 신으로, 그의 이름은 weight, heart를 의미하며, 때때로 따오기의 머리를 한 사람으로 대표 된다 (3)Samuel Roth: 〈두 세계〉(Two Worlds) 지(뉴욕, 1925—26)에 조이스의 〈진행 중의 작품〉(Work in Progress)의 약간을 해적판으로 출판한 장본인.

(411)

1) 사령辭(명예 진급)(brvet): 권위 있게 쓰인 성명(authoritative written statement), 특히 교황적 특권(papal indulgence).

2) 무모한 보행이라 할 불필요한 노예적 봉사로부터 사면되어야…(be disbarred…from unnecessary servile work of reckless walking…): 일요일 불필요한 봉사 활동으로부터의 삼가. 정교적(正敎的) 유태인들은 안식일에 특수한 거리 밖으로 여행할 수 없다.

3) 승천당昇天堂(Excelsior): 보다 높은 것을 향하여: (뉴욕 주의 인장의 모토).

4) 파이프(pfife): pipe.

5) 아멘, 이신爾神이여!(Amen, Ptah): (1)Ptah: 이집트의 신 (2)Amenta: 이집트의 지하 세계 (3)Ammn: 이집트의 신.

6) 그의 공복空腹은 끝나리라!(His hungry will be done!): 주의 기도의 패러디: 그대의 것은 이루어지이다. 지상에서나 천국에서나(Thy will be done. On Earth as it is in Heaven).

7) 화도토和島土(Eironesia): (Gr) eire'ne'n'sia: 평화의 섬나라.

8) 오른 빰의 교훈에 찬양을!(praised be right cheek): 격언의 패러디: 다른 빰을 댈지라(부당한 처우를 얌전히 받다)(turn the other cheek).

9) 양신羊神의 전능무언극인全能無言劇人(Gaiety's Pantokreator): (Gr) geit: goat + deity + (Gr) Pantokrato'r: Alighty + Gaiety Theatre(더블린)(Xmas pantomimes).

10) 정례선농승定例善聾僧(bonze): 유럽인들에 의하여 일본의 불교에 적용되는 말.

11) 나의 집은 어디에(H다 domov muy): 체코의 국가國歌애서: Kde domv mu'f(Where is My Home).

12) 그대 오늘의 견犬이여, 그대의 매일육즙을 위하여(ghee up, ye dog, for your daggily broth): 주님의 기도의 패러디: 오늘 우리들의 빵을 하사하옵소서!(Give us this day our daily bread).

13) 영광의 패트릭(Glorious 패트릭): (L) Gloria Patri: Glory be to the Father.

14) 탐신貪信!(Greedo!): 〈더블린 사람들〉, 〈은총〉에서 갖는 조이스의 1870 바티칸 공의회(Vatican Council)에 대한 설명: John MacHale는 교황 불과오설(the infallibility of the Pope)을 처음에는 반대했다가 그것이 의결되는 순간찬성이오!(Credo!)하며 복종했다. MacHale는 아일랜드 독립투사이기도(1791—881)(D 166—67 참조).

15) 이것이 나의 비설사鼻舌辭로다(Her's me hongue!): 기품 있는 사람(여기서는 MacHale를 가리킴)의 순종적(thoroughbred) 위선.

16) 타라(Tara): 아일랜드의 옛 고도 명.

17) 순純숯 허위나니(the fullsoot): 앞서 KacHale의 순간적 위선.

18) 견단적犬斷的 손(dogmestic 손): dog + dogmatic(전단적) 손.

19) 녹색기마착의綠色騎馬着衣로 칠해버렸던고(wearing greenridinghued): (1)아일랜드의 독립과 함께, 거리의 우편함들은 녹색으로 도색되었다 (2)Little Red Riding Hood: 동화에서 (3)노래의 제목: 〈청의를 입고〉(The Wearing of the Green).

20) 그대는 들었던고?(did you hear?): 노래 가사의 패러디: The Wearing of the Green: O' Paddy dear, & did you hear'.

21) 램프소매까지 득의로 유소油笑하면서(smoiling…up his lampsleeve): (숙어) laughing up his sleeve: 가만히 뒷전에서 웃다. 득의의 미소를 짓다.

22) 신랑(우울)은 빛을 지니고, 신부의 덩어리는 사랑이라(The gloom hath rays, her lump is love): 노래 가사의 패러디: (1)달이 자신의 램프(등)를 쳐들었는지라(The Moon Hath Raised Her Lamp Above) (2) Lump of love: 〈율리시스〉 제3장 샌디마운트 해변에서 스티븐이 갖는 그의 외숙부 Richie Goulding의 막내인 Crissie에 대한 의식(U 33).

23) 디오게네스(진단)는 부정남不正男의 것인지라(Your diogneses is anonest man's): (1)Diogene(희랍의 철학자)는 등불을 들고 정직한 사람을 탐색했다고 하는 인유 (2)diagnosis: 진단.

24) 적영책赤英策(the Saozon ruze): Saxon ruze: Saxon rule.

25) 흡혈귀 위를 활보하고(Striding on the vampire): 노래 가사의 패러디: Stride la vampa(Il Toovatore)〉

(412)

1) 모든 것을 위한 신어세계新語世界를!(New worlds for all!): Aladdin(New Lamp for all): Aladdin's Lamp: 어떠한 소원도 다 들어 준다는 마법의 램프의 암시에서.

2) 신발견지新發見地(whofoundland): Newfoundland: 캐나다 동해안에 있는 섬 및 주.

3) 엑스 방사선 촬영법으로(scotographically): (1)of X—ray radiography: 방사선 촬영법으로 (2)John Scotus Erigena: 아일랜드의 철학자.

4) 선언서(대이비)(davy): (1)affidavit. affidavit of support(재정 보증서).

5) 아심고원我心高原의 낙일야樂日夜(Moyhard's daynoight): (1)(AngI) Moyard: 고원 (2)노래 가사의 패러디: 그대는 아심我心의 낙樂(You are My Heart'ss Delight) (3)daylight: 대낮.

6) 우리들의 엄축일嚴祝日 지정시指定時 에마니아의 나팔 불지로다(Buccinate in Emenia tuba insigni volumnitasis tuae): (1)〈불가타 성서〉(Vulgate) Ps 80: 4: (신월 속에서 나팔을 불지라, 정해진 시간에, 우리들의 엄숙한 축하에(Blow up the trumpet in the new moon, in the time appointed, on our solemn feast day). (2)Emania: Ulster의 옛 수도.

7) 폰토프벨익에서부터 키스레머취드(Pontoffbellek till the Kisslemerched): Belleck: 북 아일랜드 변경의 도회. Kisslemerched: 우시장(Castle market).

8) 노자怒者여!(angryman!): Angra Mainyu: Ahriman: 조로아스터교(Zoroastrian)의 악의 신.

9) 말대꾸하다(quoth mecback): (1)answer me back (2)Quote Macbeth.

10) 스코티아 빈민貧民의 1천千갤런 자우협회雌牛協會(Scotic Poor Men's Rhousand Gallon Cow Society): 아일랜드의 Glas Gainach 전설에서: 한 마리 암소가 1천 마리 암소들보다 낫다(a cow that is better than a thousand cows).

11) 페루안전방책들이(safty quipu): (1)(F) sauve qui peut: save himself who can! (2)quipu: 실의 매듭으로 사건을 세는 고대 페루의 셈 방책.

12) 오쟁이진 남편의 과오(Colpa 야 Becco): (1)(It) colpa di becco: cuckold's fault (2)(It) corpo di bacco: by Jove!(by God: 신을 두고, 맹세코).

13) 의도(intentions): O 와일드: 아일랜드의 시인, 극작, 기지와 재인으로 이름난 세기말적 대표작가로 조이스에게 지대한 영향을 줌(그와 그의 작품들의 인유들이 〈경야〉의 도처에 산재한다). 그는 〈예술을 위한 예술〉을 표방하는 탐미파로서, 그의 주장은 평론집 〈예술의 의상意想〉(Intentions)속에 설명됨.

14) 노라나와 브라우노(Nolaner and Browno): (1)노란 출신의 Giordano Bruno 철학(윤회적 대응: 반대의 일치)을 반증하는 〈경야〉의 주제들 중의 하나 (2)더블린 소재의 서점 명이기도.

15) 인쇄 허락 불요不要(Nickil Hopstout): (L) nihil obstat: 만사 불허(인쇄 허가).

(413)

1) 수치의 영전(The memory of Disgrace): 노래 가사의 패러디: 사자의 기억(The Memory of the Dead).

2) 경례(Salutem dicint): (L) 인사하다.

3) 고인 샌더즈 부인(Sanders): 스위프트는 그의 하인 Alexander McGee를 'Saunders'라 불렀다 한다.

4) 그녀에게 천지신명의 보험의 가호를!(the Loyd insure her!): Loyad: (1)Lord!(주여!) (2)Lloyds: (런던의)로이드 해상 보험회사.

5) 고등마술학원(highschoolhorse): 마술고등 훈련원.

6) 음의학音醫學 박의사博醫師(mudical dauctors): medicak doctor(M. D) + musical.

7) 너무나 다언多言인지라(tottydean verbish): (L) totidem verbis(너무나 많은 말들로).

8) 아가들에게 익숙하고, 너무나 다언多言인지라: (Used to babies and tottydean verbish): 스위프트의 〈존슨 부인의 죽음에 관해〉(On the Death of Mrs Johnson)의 글귀의 패러디: 단지 약간 뚱뚱할 뿐…이는 그녀의 장례의 밤인지라…그녀의 잦은 발작을…그녀는 시와 산문에 참된 취미를 가졌도다(only a little too fat…this is the night of her funeral…her frequent fits of sickness…she had true taste…both in poetry & prose).

9) 시학詩學(poetics): 아리스토텔레스의 〈시학〉(Poetics).

10) 단지 지나치게 뚱뚱할 뿐…시학詩學에 흥미를 지녔었다(only too fat…had tastes of the poetics): 아리스토텔레스의 〈시학〉의 글귀.

11) 달콤한 샌더손(sweet Standerson): 노래 가사의 패러디: John Anderson, My Jo.

12) 그대의 농부와 나의 난잡문亂雜文을 공경할지라(Honour thy farmer and my litters): 〈출애굽기〉 20:12의 인유: 내 부모를 공경하라(Honour thy father & thy mother).

13) 그들 부재의 여성폭행협회에 관한 거리증인면전距離證人面前(스트랫포드)에서 당필當筆된 나의 최후의 의지意志 유언장인지라(my last will intestice wrote off in the strutforit about their absent femafele assauciations): 스위프트 작: 〈존슨 부인의 죽음에 관해〉(On the Death of Mrs Johnson)의 글귀의 모방문(pastiche): 나와, 혹은 아마도 다른 사람이 그로 인해 영원히 축복 받는, 가장 진실한, 가장 덕망의, 신뢰하는 친구(the truest, most virtuous & reliable friend that I, or perhaps only other person, ever was blessed with).

14) 응회암상凝灰巖上에 웅크리고 앉은(had upon their polite sophykussens): 자장가 〈꼬마 무펫 아가씨 〉('Little Miss Muffet')의 가사의 패러디: 응회암에 웅크리고 앉은(squat on a tuffet).

15) 그람비 부인(Mrs Grumby): Mrs Grundy: 불찬성의 뮤즈 여신.

16) 실재의 면전에서(in the real presence): 성체(Eucharist)에서 예수의 육신의 실재 존재.

17) 당신의 사랑하는 로저스로부터(from their beloved Roggers): Dearly beloved Roger: 그의 서기 Roger와 기도하는 스위프트.

18) 내 사랑(M. D. D.): M. D(my darling): 스위프트의 스텔라에게 보낸 편지에서의 생략 체.

19) 이중적二重適을(May doubling drop): May Oblong: 더블린의 창녀.

20) 무망절대적으로…농살弄殺하고 있는지라(Hopsoloosely kidding): 절대적으로 농살하는(absolutely killing). 바네사의 스위프트에게 보낸 글귀: 당신의 저 농살 하는, 농살 하는 말씨들(those killing, killing words of yours).

21) 자신의 캐데너스(수사제)(your cadenus): Cadenus & Vanessa에서 스위프트가 사용한 Decanus(Dean)의 글자 수수께끼로서, 영어의 Deacon은 라틴어와 희랍어인 Diaconus, Diakonos에서 파생된 것이나, Deacon은 Decanus로 들리는지라, 이는 스위프트를 Lewis Carroll과 결합시킨다(Glasheen 48 참조).

22) 대견물자大堅物者!(Biggerstiff!): Partridge의 점성학적 예언을 패러디하여 스위프트가 사용한 이름. 그는 스위프트의 〈1708년의 예언〉(Predictions for the Year of 1708)의 가공의 저자. 그 내용인 즉, 구두수선공인 Hewson은 런던에 상경하여, 자신이 Partridge라 부르고, 점성가 및 울력月曆 제작자로 바뀌었으며, 교황제도의 탄핵으로 윌리엄 3세의 많은 총애를 받았다. 스위프트는 경쟁 월력 제작자의 분신으로 가장했으며, Partridge의 죽음을 예언했다.

23) 진실할라 그리고 전진全眞을!(Be trouz and wholetrouz): 법원 서약의 모방: 진리, 모든 진리, 진리이외 아무것도(the truth, the whole truth & nothing but the truth).

(414)

1) 오 즐거운 라인 강(O joyous rhine): (G) 독일 노래의 패러디: Die Wacht am Rhein.

2) 그녀가 사라졌던 밤 그녀는 파괴의 분노장미환憤怒薔薇環을 달았나니(she woor her wraith of ruins the night she lost I left): 노래 가사의 패러디: 그녀는 우리가 처음 만나던 밤 장미 환을 달았나니(She Wore a Wreath of Roses the Night That First We Met).

3) 크라운토킨(話광대)마을(Clowntalkin): 더블린 서부의 마을 명.

4) 트레드카슬(삼성三城)(Tredcastles): 더블린의 문장紋章인 3성(城).

5) 목재남木材男 반 호턴씨 氏(Mrvan Howrth): Van Houten's Dutch 코코아.

6) 낭비벽의 이웃들(prodigits naboba): (1)prodigal neighbours (2)nabob: 큰 재산가. 인디언 주지사.

7) 금수정禽獸庭의 삼림(소년)(Bois in the Boscoor): (1)Bois: boys. forest (2)Boscoor: (F) poultry yard.

8) 유령 개념(the ghuest of innation): (1)Frank O'Connor 작 〈민족의 고객〉(The Guest of a Nation) (2)ghost of a notion.

9) 뜨거운 빵수프처럼(날개 돋친 듯이)(like hot pottagebake): (1)like hot cakes (2)(G) Geba'k: 빵 가게의 제품 (3)〈신약〉 에서의 포타주(pottage) 식사.

10) 기네스 양조의 등기배심주통登記醅審酒桶(mooseyears Goonnes'ss registered andouterthus barrels): (1)Monsieus Ginnes'ss (2)〈어미 거위〉(Mother Goose)(팬터마임): 그대와 함께 하는 자 생통치生統治할지라(Quick take um whiffat andrainit)(1)미사 봉헌식(Offertory. Mass)의 구절: Qui tecum vivit et regnat(Who with thee lives and reigns.) (2)Tekem : 이집트의 신. 순경들은 언제나 냄새로서 생맥주 통을 테스트한다.

12) 우화사과寓話謝過하는도다(apologuise): apologies + apologue(우화 이야기).

13) 야곱과 이숍의 냉혹한(그림) 이야기(the grimm gests of Jacko and Esaup): (1)Jakob Grimm의 동화(〈개미와 베짱이〉의 이솝 이야기 (2)〈창세기〉 아이작의 아들들: 야곱과 에서.

14) 장황직담張皇織談(스피노자)(spinooze): (1)Spinoza (2)(Du) spin: spider.

15) 나의 친애하는 형제 각다귀여(my dear little cousis): (1)나의 사랑하는 어린 형제들이여(My dear little Brothers)(〈초상〉 제3장의 설교 문 참조) (2)(F) cousin: gnat(각다귀).

16) 그는 자신을 대신할 상대 쌍방의(he had a partner pair…): 에서의 파트너인 야곱은 그를 대신한다.

17) 후족제금後足提琴(findlestilts): 베짱이는 뒷다리를 비벼 노래한다.

18) 푸파(번데기)—푸파(pupa—pupa): 곤충의 유충 및 성충의 과정(Upupa: U338 참조).

19) 충蟲 근친상간(insects): insect + incest.

20) 굴근屈筋, 수축근收縮筋, 억제근抑制筋 및 신근伸筋)flexors, contractors, depressor and extensors): 근육의 형태들.

21) 쇼핑 시간(schoppinhour): shoppinhour + Schopenhauer(독일 철학자).

22) 무사사사無事似事 의구정蟻丘情답게(fourmillierly Tingsomingenting): (F) fourmille're: ant hill(개미 언덕). (Da) en ting som ingen ting: 아무것도 아닌 것 같은 일(a thing like no thing).

23) 최선 조부 제우츠(주시신主時神)(Besterfather Zeuts): (Da) bedstefar: 조부(grandfather). Zeuts: Zeus.

24) 사악한 화관(wigeared corollas): earwig + wicked. corolla: 꽃잎의 환環.

(415)

1) 핵과核果의 요정들(druping nymphs): 미숙한 비변용의(nonmetamorphosing) 곤충.

2) 데리아와 포니아(Dehlia and Peonia): 키츠(Keats)의 시 〈엔디미온〉(Endymion)에 나오는 인물들.

3) 그리운(A) 귀부인(L) 장화 신은 고양이(P)(Auld letty Plussiboots): ALP: Puss—in—Boots: 팬터마임의 인물.

4) 계천역溪川域의 망충蝄蟲의 나선螺線의 선윤旋輪의 회충蛔蟲의 후우 성聲이 이렇게 쇠파리에게 다가왔도다!(The whool of the whaal in the wheel of the whorl of the Boubou from Bourneum has thus come to taon!): 노래가사의 패러디: 보르네오 출신의 야인의 아내의 아이의 유모의 개의 꽁지의 털 위의 빈대가 방금 도회로 왔도다. (The flea on the hair of the tail of the dog of the nurse of the child of the wife of the wild man from Borneo has just come to town.)

5) 아늑히, 둥글게, 잔디벽壁 위에 우리 잠시 앉았도다(Hombly, Dombly Sod We Awhile): 자장가의 패러디: 땅딸보가 벽 위에 앉아 있었네(Humpty Dumpty sat on a wall).

6) 시간(타임) 재시再時(티메간)여, 경야經夜할지라(왜이크)!(time timeagen, Wake!): 노래 제목의 패러디: 팀 피네간의 경야(tim Finnegan's Wake).

7) 유력인명록有力人名錄(hoot's hoot): Who's Who(명사록).

8) 오크로니온이 자신의 모래 속에…자신의 태태양자손들은 여전히 계속 뒹구나니(O'Cronione lags acrumbling…his sunsunsuns still tumble on): 노래 가사의 패러디: 존 브라운의 시체는 무덤 속에 곰팡이 쓸고 있으나 그의 영혼은 계속 전진이라(John Brown's body lies a—moulding in the grave but his soul keeps marching on).

9) 호흡서呼吸書(Book of Breathing): 〈이집트의 사자의 책〉(the Egyptian Book of the Dead)에 나오는 장례 의식.

10) 바 신령(Ba): 이집트의 심장—영혼 및 11시의 신.

11) 태자怠者 토르 신(thon sloghard): 영국에서 한 때 숭상 받던, 아마도 Thor 신(천둥, 농업, 전쟁의 뇌신).

12) 베피 왕국이 넓게 번영하듯 나의 성대聖代가 번영할지니!(As broad as Beppy's realm shall flourish my reign shall flourish!): 이집트의 Pepi 2I세의 피라미드에 새겨진 묘비명의 패러디: 이 페피의 이름처럼…. 번성 할지라, & 페피의 이 피라미드는 번성 할지라 & 그의 작품은 영원히, 영원히 번성할지라(As the name of this Pepi…shall flourish, & this pyramid of Pepi…shall flourish, & this his work shall flourish for ever & ever).

(416)

1) 천수天讐(Heppy's hevn): Hapi: 이집트의 신. (Da) havn: 복수(vengeance).

2) 나의 증식增殖이 급황急惶할지니!(flurrish my haines shall hurrish!): (1)Haines(〈율리시스〉에 등장하는 스티븐의 영국 출신 친구). (F) haine: hatred(증오) (2)청소부 Hurrish: 더블린 거리를 통해 혹사당한 최후 인.

3) 등 혹 공간적이요(raumybult): Rumbold(〈율리시스〉 12장에 등장하는 교수자絞首者)(U 249).(Du) bult: hump, hill.

4) 괴상우자怪狀愚者(whim the sillybilly): (Du) Wim: William.

5) 사랑과 빚(債)(love and debts): 생과 사(life and death.

6) 뒝벌들과 함께 주축酒祝하며(bimb러beaks, drikking): bumblebees. (Du) drikke: drink.

7) 수생충水生蟲들(nautoneets): 수생충 족속: 물—보트면이란 별명.

8) 음탕여조淫蕩女鳥(ladybirdies): 음탕한 여인들(lewd women).

9) (나는 기회를 이용한답니다)(ichnehmon diagelenaitoikon): (1)(G) ich nehme dir Gelegenheit: I avail myself of the opportunity (2)ichneumons: 기생적 말벌(맵시 벌). 악어의 알을 먹는다고 하는 몽구스 동물의 일종.

10) 성당왕자서敎會皇子鼠처럼 궁핍했나니(pooveroo quant a churchprince): (1)(격언에서) as poor as a church mouse (2)church price: Satan (3)(It) yanto povero: as poor as.

11) 아폭설당자我暴雪當者(Meblizzered): Melanchthon: 독일의 이론가의 변형.

12) 나태당자懶怠當者여!(sluggered!): 〈잠언〉 6:6: 게으른 자여 개미에게로 가라(Go to the ant, you sluggard).

13) 5년 형광등(the lustres): (1)(G) Lu. ster: chandeliers (2)lustre: 5년 마다 한 번씩 불제祓除하는. 조이스의 H. S. Weaver 여사에게 보낸 〈서간문 선집〉(26/3/28: Selected Letters. (Ellmann 330 참조). luster = 5 years, also chandelier.

14) 생生서캐(蟲)(라이프니츠)가 자신이 태즈마니아(Tossmania): 그는 정반대(antipodal의 위치가 되기 위해 머리로 선다.

15) 운명신運命神(ragowrock): (고대 북구어) 신들의 운명(Fate of the Gods)(Edda: 고대 아이슬란드 신화).

(417)

1) 곤충어원학昆蟲語源學(entymology): entomology(곤충학) + etymology(어원).

2) 팸푸티 신을 신고(babooshkees: (1)pampooties: 아일랜드 작가 Synge의 암시: 팸푸티 신이란 아일랜드 서해안 애런 섬의 암소 가죽으로 만든, 슬리퍼나 나막신의 일종으로, pampooties 신을 신고라 함은 Synge이 한 때 이 애런 섬에 살았고, 그곳에서 그의 시와 연극에 영감을 많이 받았음을 상징함. (〈율리시스〉 제9장에서 벽 멀리건이 스티븐을 위협하는 말 참조(U 164) (2)babouche: 터키 또는 동양의 슬리퍼.

3) 호산나(Hosana): Havana: Cuba의 수도. 그곳 산의 연초.

4) 자신의 무사려無思慮로부터 무축無縮을 나비붕괴崩壞하며(Unshrinkables farfalling from his unthinkables: 여우 사냥 중의 와일드의 글귀의 패러디: 이 불가식不可食 추구의 불언물不言物(the unspeakable in the pursuit of the uneatables).

5) 박하요정薄荷妖精(minthe): Prosepine(그리스 및 로마 신화에서 지옥의 여왕)에 의해 식물植物로 바뀐 요정.

6) 어찌할 바 모르나니(at his wittol's indts): (1)at his wit's end (2)wittol: 공모하는 오장이진 사내.

7) 내가 뭘 질안선견嫉眼先見하는고!(what have eyeforsight!): (G) Eifersucht: 질시嫉視 (2)(Du) wat heb ik voorsegd: didn't I tell you(내가 그대에게 말하지 않았던고).

8) 극락요녀極樂妖女들(houri): 마호메트 낙원의 요정.

9) 자선慈善스럽게…나 또한 희망하거니와…신념 결단코(charity…. hope…faith): 〈고린도전서〉 13: 13의 글귀의 패러디: 그런 즉 믿음, 소망, 사랑 이 세 가지는 항상 있을 것인데 그들 중에 제일은 사랑이라(faith, hope, charity…).

10) 단샤나간(Dunshanagan): (I) 개미 항(Ant's Fort).

11) 만성적 절망을…뻔뻔스럽게(presumptuably…. chronic's despair): 절망과 뻔뻔스러움은 희망에 대한 죄들이라(despair and presumption are sins against hope)(〈서간문〉, 26/3/28, H. S. Weaver 여사에게 보낸 편지 참조. p. 332).

(418)

1) …자신의 기생충들과 함께 피부를 껍질 벗기는 누자淚者 아트론(고예孤藝)으로 내버려둘지니, 나(숀)는 고기지高機智의 허풍방자虛風放者일지라(…Artalone the Weeps with his parisisites peeling off him…. Highfee the Crackasider): (1)Artalone: Art the Lone: Conn의 아들. Conn은 Fianne의 아들. 또한 AD 177—212년의 아일랜드 고왕이요, 100년 전쟁의 Conn. 그와 Owenmore는 아일랜드를 그들 사이 분할하고, 북쪽 절반은 Conn의 것, 남쪽 절반은 Mogh의 것으로 함 (2)Artalone: 〈율리시스〉 제5장에서 블룸의 독백 글귀의 변형: 아이브아(lordIveagh) 경은 한 때 아일랜드 은행에서 7자리 수자의…수표를 현금으로 바꾸었지…. 더욱이 그의 형 아딜론(lord Ardilaun) 경은 하루에도 셔츠를 네 번이나 갈아입어야 만 한다고, 사람들이 말하지. 피부가 이 또는 기생충을 키우지. (U 65)

2) 자신의 엉터리 글을 술술 쓰면서(writing off his phoney): 노래 가사의 패러디: 양키 두들은, 조랑말을 타면서, 런던으로 갔대요(Yankee Doodle went to London, riding on a pony).

3) 시가백작詩歌伯爵은 금화를 주조鑄造하는 음률을 짓는도다(conte, Carme makes the melody that mints the money): 테너 가수인 John McCormack은 교황의 한 백작(a papal count)이었다.

4) 금전의 보다 큰 영광을 위하여. 문지방의 암담자(Ad majorem l. s. d. ! Divi gloriam): (L) Ad Mojorem Dei Gloriam의 변형: 하나님의 보다 큰 영광을 위하여!(For the Greater Glory of God)(예수회의 모토) (2)(L) Laus Deo Semper: 영원한 하나님의 칭송(Praise to God Foreever).

5) 호루스 신神(Haru): Horus: 이집트의 신들 중 형제의 하나. 아우 Hous는 Osiris와 Isis의 아들이었다.

6) 생주生主(Orimis): (1)Osiris: Isis와 함께 이집트의 주 신들. Horus는 그들 Osiris와 Isis의 아들 (2)(L) Oremus: 기도 하세.

7) 의주蟻舟(antboat): Ant: 〈이집트의 사자의 책〉에 나오는 신화적 물고기로서, 그는 태양신의 Ant-boat를 운항한다.

8) 사악邪惡—方向舵(Evil—it—is): 〈이집트의 사자의 책〉 CXXII의 글귀의 변형: Evil is it: 방향타(키)는 조종자의 이름인지라…나로 하여금 아름다운 Amentet와 평화를 갖게 할지니…그리하여 나로 하여금 오시리스를 장식하게 하소서, 생명의 주시여(Evil is it is the name of the rudder…let me…go in peace into the beautiful Amentet…and let me adore Osiris, the Lord of life).

9) 갈대 훈訓 sekketh rede): Sekhet Aaru: 갈대 밭: Sekhet Hetep의 일부.

10) 아멘타(Amongded): Amenti: 이집트의 사자의 지역 명.

11) 물보라낭비자(spondhrift): spindrift(물보라) + spendthrift(낭비).

12) 광고지혜廣高智慧(wideheight): (G) Weisheit: my wisdom.

13) 청일淸日!(Haru!): Hru: 〈이집트의 사자의 책〉의 최후의 단어로, day, into day, by day의 의미. 위 주(5)참조.

14) 그는 유충소幼蟲笑하고 계속 유충소하는지라 그는 이토록 욕소란辱騷亂했나니(He larved and he larved on he merd such a nauses): (1)he laughrf & he laughed & he made such a noise (2) nsuses: nauseating (3)misplace his faces (4)(F) faucheux: harvstman (5)forces (6)fauces: 입 뒤쪽에 있는 구멍.

15) 적취자역笛吹者役을 했는지라…계산(played the piper…the count): (1)(속담) pay the piper(적취자, 피리 부는 이에게 돈을 지불하라) (2)아일랜드의 가수 John McCormak은 교황의 백작(papal count)이었다(위 주3) 참조).

16) 마호메드촌村에 말하고 그대의 산山으로 가야만 하도다!(Moyhammlet…. to your Mount!): (속담)의 익살: 모하메드는 산으로 가야한다(Mohammed must go to the mountain).

17) 선물마膳物馬를(horsegift): (격언)의 패러디: 선물 받은 물건을 홈치다Never look a gift horse in the mouth). 말은 그 이(齒)로 나이를 알 수 있다는 말에서).

18) 평인平人(Homo Vulgaris): (L) homo vulgaris: 평상인(ordinary person).

19) 우리들은 결핍으로 무량無凉이라(We are Wastenot with Want): (격언)의 패러디: 무비無費할지라, 무결핍할지라(Waste not, want not).

20) 노오란우유부단자가 비행하고 브루노안眼이(Nolans go…Bruneys): 〈경야〉의 주제들 중의 하나, 즉 대위법적 관계(Bruno 철학 참조).

(419)

1) 가소로운 우주(risible universe): 아리스토텔레스나 아퀴너스의 가시적 우주(Visible Universe).

2) 염鹽마틴이여(Saltmartin): St Martin.

3) 전자의 그리고 후자의 그리고 그들 양자의 전번제全燔祭의 이름으로, 전인全人아멘(In the name of the former and of the latter and of their holocaust. Allmen.): 축도문(blessing)의 패러디: 성부와 성자와 성령의 이름으로, 아멘(In the name of the Father & of the Son & of the Holy Ghost, Amen).

4) 원遠루아르강속江俗(fokloire): (1)folklore(민속) (2)강 이름: Loire.

5) 호好음조의 그대의 호인공어휘好人工語彙인고!(velkingeling your volupkabulary): (Da) velklingende: 음조가 좋은(euphonious). (Da) tingeling: ding-dong과 같은 의성어 (2)Volapu'k: artificial language of vocabulary.

6) 희망하며 사는 자는 노래하며 죽는도다(Qui vive sparanto qua muore contanto): (It) he who lives

hoping dies singing.

7) 오 열광자여, 그대는 정말 저토록 놀라운 노勞철새의 소리로 노怒울부짖고 있나니!(O foibler, O flip, you've that wandervog! wail withyin!): 노래 가사의 패러디: 오, 오플린 신부님, 당신은 얼마나 멋진 버릇을 기지고 있나요!(O' Father O'Flynn, you've that wonderful way with you).

8) 코니월(Corneywall): Tintagel, Cornwall: 마크 왕의 성터.

9) 농弄요정(Lettrechaun): leprechaun: (아일랜드 전설)(붙잡으면 보물이 있는 곳을 알려 준다는 장난기 많은) 작은 요정.

10) 희랍적이라! 그걸 내게 넘겨줘요!(Greek! Hand it to me!): 그들이 우정을 나누던 시절 고가티(Oliver Gogarty)(〈율리시스의 멀리건의 모델)는 희랍어를 읽을 수 있었으나, 조이스는 그러지 못했다.

11) 고귀하게도 로마적(인물)(nobly Roman): 〈쥴리어스 시저〉 V. 5. 73의 패러디: 가장 고상한 로마의 인물(noblest Roman).

12) 야생의 오스카(Oscan 와일드): 오스카 와일드.

13) 퍼스식式(Persse): John St Perse: 프랑스의 시인.

14) 오토먼어語(타인)(Otherman): 오스만 제국 어 또는 터키어

15) 콥트어제語題(the Toptic): 콥트어(또는 고대 이집트어. James Clarence Mangan에 관한 조이스의 초기 논문은 Mangan의 오스만 제국 어 또는 콥트어와 같은 구절들의 사용에 관해 언급한다).

16) 호신론護紳論(theodicy): 하나님의 길을 정당화하는 이론서, 이를테면 〈오디세이〉 따위.

17) 챠리 루칸(Charley Lucan): 아일랜드의 적敵을 투표로서 가결한 아일랜드의 팸플릿 저다.

(420)

1) 허튼 소리(Flummery): nonsense.

2) 오 그의 꼭 같은 일을 육성育成하지 말기를!(O breed not his same): 무어의 노래의 패러디: 오 그의 이름을 부르지 말지니(O Breathe Not His Name).

3) 프랑시에서 프리찌까지(from Francie to Fritzie): from France to Germany.

4) 류석溜石(styne): Steyne: 바이킹인들에 의하여 세워진 더블린 거리의 돌기둥(트리니티 대학 북쪽 근처, 현존).

5) 장애물—항도障碍物—港都(Baile—Atha—Cliath): (I) 더블린의 옛 이름: Town of the Ford of the Hurdles.

6) 기네스 양조 귀하(Guineys, esqueer): Benjamin Lee Guinness 양조장(더블린 소재).

7) L. B. : 〈율리시스〉의 주인공인 Leopold Bloom: 그의 주소는 Eccles 가 7번지.

8) 죄서명罪署名(Sinned): sighned + sin.

9) 핀즈 호텔(Finn's Hot.): 조이스가 Nora를 만났을 때 그녀는 Finn's Hotel(드리니티 대학 후문 및 Nassau 가의 끝)에서 일했다.

10) 1014 사死에서 퇴종退鐘(Exbelled from 1014): 1014년의 Clontarf 전투에서의 전사를 암시함.

11) 던롭(Fit Dunlop): 던롭 타이어 회사.

12) 댄주 사제司祭(Dining with the Danes): 수석사제(Dean) 스위프트.

13) 성림城林 3(3 Castlerwoos): 더블린의 3성 문장(3 castles on Dublin coat of arms).

14) 포자평화捕者平和(P. V.): (L) pax vobiscum: peace be with you.

15) 치안(J. P.): Justice of the Peace.

16) 애란 은행(Once Bank of Ireland's): 아일랜드의 본래 의사당은 현재 아일랜드 은행으로 바뀌었다.

17) 시티 암즈(호텔)(City Arms): 더블린 소재의 City Arms Hotel(Bloom 내외가 한 때 살았던 호텔 U 140 참조).

18) 아담 진발견사塵發見師(Adam Foundlitter): Adam Findlater: 에드워드 조의 더블린의 식료품상인 및 정치가(〈더블린 사람들〉, 〈은총〉 참조), 그의 증조부는 애비 장로성당(Abbey Presbyterian Church)를 건립했다.

(421)

1) 패터센의 성냥(Patersen's Matches): Paterson & Co. 더블린 소재의 성냥 제조회사.

2) 오키드 로찌(Orchid Lodge): Orange Lodge: 색깔, 과일, 꽃 등, 타이틀은 모두 윌리엄 3세 왕과 연관되며, 그의 오렌지 신교도 도당(Orange Protestant faction)은 가톨릭 아일랜드의 수 세기에 걸친 소요와 고통을 안겨주었다. 〈경야〉에서 orange는 자주 wild men 및 orangutants와 연관 된다.

3) 수확제收穫祭(lemmas): (1)레몬 (2)8월 1일.

4) 망명자들(Ediles): (1)Exiles(조이스의 유일한 희곡 명이기도)(전출) (2)(L) aedillis: 로마의 집정관들.

5) 아이작 바트(이삭's 바트): 이삭 바트: 파넬에 의해 축출 당한 민족주의 당수(Nationalist leader).

6) 아브라함 배드리즈 킹(Abraham Badly's King): Sir Abraham Bradley King: 더블린의 시장 각하.

7) 공성목空聖木 담쟁이덩굴(Hollow and eavy): 크리스마스 장식 목들(호랑가시나무 및 담쟁이).

8) 시간 초과(Too let): 어머니의 송금 표를 들고…'앙코르 되 미뉘뜨(아직 2분이 남아 있지 않소)(money oder…Encore deux minutes.)(〈율리시스〉 제3장 Sandymount 해변에서의 스티븐의 회상 참조)(U 35).

9) 오매물汚賣物(To Be Soiled): 그는 편지를 말도 못할 정도로 더럽혀 줄 것을 간청했어요…(〈율리시스〉 15장 밤의 환각 장면에서 블룸의 행실에 대한 Mervyn Talboys 부인의 증언(U 381).

10) 육즙차박빙肉汁茶薄氷(Too is Frozen Over): 엄마, 쇠고기 수프가 끓어 넘쳐요(U 464). (308).

11) 정다운 옛 공란空蘭으로 햇빛 태워 저 되돌아오다(Came Baked to Auld Aireen): 노래 가사의 패러디: 애린으로 돌아와요(Come Back to Erin).

12) 범어원고梵語原稿(sinscript): Sanskrit.

13) 필적筆跡(penmarks): 트리스탄은 Penmarks의 절벽에서 죽는다.

14) 비어秘語(sheltar): 아일랜드 땜장이들의 비밀 언어.

15) 마법의 등燈을 총의식總意識의 백열白熱이 되도록 활발하게 비비면서(rubbing his magic lantern to a glow…): 〈아라비안나이트의 향연〉에서 Aladdin은 마귀 귀신(genie)을 나타나도록 마법의 등을 비빈다. (이는 조이스와 프로이트가 〈율리시스〉를 Aladdin의 동굴에서 제조했다는 W. 루이스의 말을 메아리 한다)(. 407. 27 참조).

16) 주저폐하躊躇陛下(HeCitEncy): (1)HCE의 암시. 〈경야〉 97 페이지의 주석(12) 참조 (2)숀의 대답은 셈을 HCE와 함께 Pigott(〈타임즈〉 지가 Parnellism and Crime로 출판한 편지를 날조한 아일랜드의 모호한 기자)의 것으로 삼고 있다.

17) 육현이六絃耳(ares): Aretino의 첫째, 넷째 및 일곱째 hexachords의 A 곡.

18) 포목상布木商(the Draper): 스위프트 작의 〈포목상 편지〉(Drapier Letters).

19) 오시안풍風의 셈씨 氏(Mr O'Shem): (1)Ossian Shem (2)O Shame(182 참조).

20) 동성애기숙객同性愛寄宿客(fagroaster): 공립학교에서 허드레 일을 하는 당번.

21) 루터즈와 하바스 통신(Rooters and Havbers): 뉴스 통신국들의 이름.

22) 길리간의 오월주五月柱(무선)(Gilligan's maypoles): 무선 안테나.

23) 저 괴별怪別스러운 시간 낭비벽자浪費癖者(the pixillarted doodler): 영화 〈디즈 씨가 도회로 가다〉(Mr

Deeds Goes to Town)에 나오는 구절.

24) 미사도묵禱默 당하고(to be silenced): 미사를 더 이상 말하는 것을 금지 당하다.

(422)

1) 반교황대척지反敎皇對蹠地(antipopees): antipodes(대척지) + Antipope(반 교황).

2) 군용우체軍用郵遞(fieldpost): 야전 우편. (G) Feldpost: 군대의 우편 업무.

3) 사이혼제판소四離婚裁判所(four divorce courts): 더블린의 대법원(Four Courts).

4) 왕좌위부王座胃部(all the King's paunches): (1)자장가의 패러디: Humpty Dumpty: 모두 임금님의 말들(All the King's horses). (2)King's Bench: 고등법원(High Court)의 왕좌 부.

5) 반살半殺된 뱀(Scotch snakes): (1)〈맥베드〉 III. 2. 13: 우리는 독사를 난도질했다(We have scotch'd the Snake). (2)The Scotch House: 더블린의 주점 명.

6) 장단두개골長短頭蓋骨의 매독(dalickey cyphalos): (1)dolichocephalic & brachycephalic: longskulled & shortskulled(장단두) (2)syphilis(매독) (3)더블린 외곽 촌인 Dalkey Head.

7) 우체통 속의 니크(nick onto post): (속어) 마침 제때에(put a nick in the post)(비상한 사건이 발생할 때 이야기 됨).

8) 굼벵이 시인(표범)이 얼룩(성격)을 바꾸면서(Making the lobbard change hisstops): (속담)의 패러디: 표범으로 하여금 그의 얼룩점들을 바꾸게 하면서(비상사가 발생했을 때 말해짐)(put a nick in the post).

9) 누구소유인고 아니면 나의 사병私兵인고!(Is he on whosekeeping or are my!): 〈창세기〉 4: 9: 나는 나의 형의 파수꾼인고?(Am I my brother's keeper?)

10) 완자연한 구빈사도救貧使徒 자존심(his prince of the a pauper's pride): 마크 트웨인의 소설의 패러디: 〈왕자와 거지〉(The Prince and the Pauper).

11) 두 세계(the two worlds): 미국의 Samuel Roth는 〈두 세계 월간〉(Two Worlds Monthly)지에 〈율리시스〉를 도재盜載했다.

12) 도제徒弟의 자존심을 그대의 당적當適의 지갑(prenti's pride in your aproper's purse): 영국 하원에서의 크롬웰의 자존심 청산(Purge).

13) 이솝피아의 우락화寓樂話(an esiop's foible): 마호메트 교인들이 어떤 이티오피아인人 Lugman에게 이솝 우화를 들려주다.

14) 브라함(Braham): John Braham: 테너 가수.

15) 식용율모食用律帽(Melosedible hat): (melodious (2)(L) melos: honey.

16) 성 도미니크의 바댄 벌들처럼 오래된 것이요(as old as the Baden bees of Saint Dominoc's): (1)성 Dominic(스페인의 수사로 도미니크회[會]의 개조)은 가상컨대 아일랜드에 벌들을 소개한 것으로 전함 (2) Baden-Baden: 독일의 광천鑛泉.

17) 전광삼회격주電光三會擊柱 넬슨(Nelson his trifulgurayous pillar): (1)Nelson's Pillar(더블린의 오코넬 가에 있던 영국 해장 넬슨의 기념탑으로, 진작 애란 해방군에 의해 파괴되고, 지금은 그 자리에 〈경야〉의 물의 여신 Anna Livia 상像이 서 있다[더블린 정도定都 1,000년 기념]) (2)Trafalgar: 런던의 Trafalgar Square에 있는 Nelson's Column (3)(L) tirfulgureus: 전광으로 3번 공격 받다.

18) 가만 어디 보자, 그래요(let me see, do): la mi si do.

19) 비어맥주남麥酒男의 허세(Beerman's bluff): 맹인의 허세(Blind man' bluff).

20) 노산구老山丘(Old Knoll): (1)'Old Nol': 크롬웰의 별명 (2)Jonson의 〈해학의 만인〉(Everyman in His Humour)에서 셰익스피어는 아마도 Old Knowell(만물박사) 역을 했음.

21) 초야草野의 백합녀들(the liliens of the veldt): 〈마태복음〉 6: 28: 들판의 백합들(lilies of the field).

3부

22) 바보녀와 폴타 매춘녀(Nickies and Folletta Lajambe): knickers: 여성용 블루머. (It) folletta: sprite: 요정.

23) 멤과 햄과 야벳(mem and hem and the jaquejack: Noah의 세 아들들: 셈, 햄 및 야벳.

24) 소란스러운 꼬치꼬치 캐는 자(noisy priors): nosy(코 큰, 소란스러운) pryers(priers).

25) 사이비 재미 소극사笑劇師(jameymock farceson): James Macpherson Ossian의 시들의 스코틀랜드 번역자.

(423)

1) 잉카 종 기원의 대구(a mouther of incas with a gacielasso): Garcilasso de la Vega 작, 작품 제목의 패러디: 〈잉카종의 기원〉(The Origin of the Incas).

2) 익명의 아나마뮤즈(생명학예신生命學藝神)(Ananymus): anonymus + anmus.

3) 발트해남海男(the Balt): Baltic man.

4) 충가忠家의 이혼(loyal divorces): W. G. Wills 작: 〈왕실의 이혼〉(A Royal Divorce)의 패러디(32 전출).

5) 터무니없는 인간통화제人間桶話題들(all the tell of the tud): 스위프트 작 〈터무니없는 이야기〉(A Tale of a Tub)의 익살.

6) 읍아취마표절자泣兒炊馬剽竊者(the cribibber): (1)cry—baby (2)crib—biter: 짙은 숨을 쉬면서, 물건을 씹는 말(馬).

7) 공아恐兒 차일드 홀 리드의 순례완巡禮頑(pilgrimage of Childe Horrid): 바이런 작 〈차일드 하롤드의 순례〉(Childe Harold's Pilgrimage)의 익살.

8) 어원어휘어語源語彙語(idioglossary): (Gr) 분명한 언어, 개인 언어의 뜻.

9) 히솝(우슬초)목지木枝(hyssop): Hyssop twigs: 유대 의식에서 살수撒水를 위해 사용되는 나무 가지.

10) 그는 술 마시는고, 나는 심감甚憾하게도 캐이츠(과자)와 넬즈(술)가 더 이상 없을 것이기에(Does he drink because I am sorely there shall be no more Kates and Nells): 셰익스피어의 〈12야〉(Twelfth Night)의 패러디: ·뭐야, 하난 청지기 따위가 그래 품행이 단정하답시고, 술과 안주도 손대지 않는단 말이야. (김재남 212)(Dost thou think because thou art virtuous, there shall be no more cakes and ale?)(II. 3. 12).

11) 왕좌 재판소(the Bench): 더블린의 King's Bench Court(고등 법원 왕좌부王座部).

12) 특수형평법特殊衡平法 재판소 면허(special chancery licence): 더블린 시내의 Chancery Court.

13) 스키리벤취(Skrivenitch): 트리에스테(Trieste)에서 조이스에게 영어를 배운 학생.

14) 난송자卵送者(eggschicker): 더블린의 옛 상급법원(Court of Exchequer).

15) 내 사랑(M. D.): 스위프트의 스텔라에게 보낸 편지 속의 약자.

16) 사전진단死前診斷(ante mortem): 사망 전(before death).

17) 대중에게 우우 절하고(made his boo to the publick): 속담) 거위에게 우우 말하다(say boo to a goose).

18) 조개삿갓 바나클(코 집게)(barnacled): 노라(Nora Barnacle)(조이스의 아내).

19) 눈까지…당하자 일곱 살에 후회했나니(새 the eye when he repented after seven): (격언) 급히 결혼하고, 한가할 때 후회한다(Mary in haste and repent ay leisure).

20) 쿰(즐櫛)가街(the coombe): 더블린의 Coombe 가街(사창가).

21) 머리채에서 다발을 강탈(rapes the pad off his lock): A. Pope의 시 제목의 패러디: 〈머리채 강탈〉(The Rape of the Lock).

22) 이성소실理性消失의 시대(the age of the loss of reason): 18세기 Pope의 시대인 이성의 시대(The Age of Reason).

23) 생동야채生動野菜 혼魂(vegetable soul): (L) vegetabilis anima: vivifing principle(생동원칙生動原則).

24) 난감시체법령하難堪屍體法令下(인신보호령)(the Helpless Corpses Enactment): (1)Habeas Corpus(출정영장出廷令狀) (2)sir Hercules Hannibal Habeas Corpus Anderson: 〈율리시스〉 12장에서 〈시민〉이 던진 상자(지진)에 의해 야기된 지진의 총 지휘자 명(U 282 참조).

25) 같은 취의趣意로서 버케리가…장대將大하게 사시射示한(whereby the sum taken Berkekey showed…): 버컬리와 러시아 장군: By the same token Berkeley shot the Russian General(〈경야〉의 주제들 중의 하나).

26) 거왕巨王, 거왕拒王(Negas negasti): (왕 중 왕): 아 바나시아의(Abyssinian)(옛 이티오피아의) 제왕의 칭호.

27) 단독화병丹毒火病(europicolas): erysipelas(단독丹毒): St Anthony's fire.

28) 유대 예수회(society of jewses): 예수회(Society of Jesus)(S. J)

(424)

1) 부루다(Bruda): 부다페스트(Budapest): 헝가리의 수도.

2) 프라트 슬로보스(Brat Slavos): 슬로바키아의 수도 Bratislava.

3) 아키시 태임즈(Ikis Tames): 아일랜드의 대표적 신문인 〈아이리시 타임스〉(Irish times)(Westmoreland가 소재).

4) 악마 도미니카의 스카이테리어 견犬(a demonican skyterrier): (1)중세의 말장난(medival pun)은 Dominicans(도미니카 인들)을, 하느님의 개들Domini cans(dogs of God)이라 불렀다 (2)Skye(스코틀랜드 서부의 섬) terrier: 복슬 개(털이 많고 다리가 짧은 테리어 개로 〈율리시스〉, 밤의 환각 장면에서 스티븐을 자주 미행한다)(U 360, 366).

5) 성농부聖農父(the Hooley Fermers): (1)Holy Father (2)성스러운 농부에 맹세코(by the holy farmer)(화자의 블룸에 대한 묘사 구절에서)(U 251).

6) 눈 속에 먼지를 던져 넣으면서!(Throwing dust in the eyes): 〈율리시스〉 15장 밤의 환각 장면 말에서 에드워드 7세의 익살스러운 노래의 패러디: 나의 요법은 새롭고, 놀라움을 야기하나니 / 장님을 눈뜨게 하기 위해 나는 그들의 눈 속에 먼지를 던지도다(My methods are new and are causing surprise / To make the blind see I throw dust in their eyes)(U 482).

7) 트리스탄 남男(vitandist): 트리스탄.

8) 갈레노스 의사(Galen): 2세기의 의사.

9) 아스베스토증(석면침착증石綿沈着症)(Asbestopoulos): 1854년의 Sevastopol 전쟁 + Inker—man 전쟁.

10) 몽마 잉크병!(Inkupot!): inkpot 또는 incubus(몽마 nightmare: 잠자는 여인을 덮친다는).

11) 잉크 상피相避(encaust): 친족상간(incest) 혹은(L) encaustum: ink.

12) 동상凍傷(프르스트)!(Prost bitten!): (1)속어의 패러디한번 물리면, 두 번 겁낸다. (Once bitten, twice shy) (2)Proust.

13) 양심병역거부자良心兵役拒否者!(Conshy): conscientious objectors(1914—18): 종교적, 도덕적 신념에 따른 병역 거부자(C. O)

14) 티베리아가…거드럭쟁이!(Tiberia…arestocrank!): (1)귀족들(aristocrats)을 위한 Siberia (2) Tiberius 통치 동안에 십자가형에 처형당한 그리스도.

15) 챠카 해구海鷗 티켓으로 가타뷔아와 가비아노옥행獄行이라!(Chaka a seagull ticket at Gattabula and

Gabbiano's!): (1)Chekhov: Chayka(The Seagull) (2)(IT) gattabula: 감옥 (3)CheKa: 소련 비밀경찰(4)(It) gabbiano: seagull.

16) 바다 너머로 갈지라(Go o'er the sea): 무어의 노래 패러디: 바다 너머로 오라, 처녀여, 나와 함께(Come O'er the Sea, Maiden with Me).

17) 트리니티 대학(TCD): Dublin Trinity College.

18) 당신의 푸딩이 요리되고 있도다!(Your puddin is cooked!): (격언): 당신의 거위가 요리되다(Your goose is cooked).

19) 파. 파. 파. 파(Ex. Ex. Ex. Ex.): 파문당하다(excommunicated).

20) 조근언어粗根言語(root language): 조잡한(rude) + 근원(뿌리)(root) language.

21) 십자과자탄十字菓子彈(crawsbomb): (1)(속어) crawthumper: Roman Catholic (2)crossbun.

22) 망회忘悔의 법령[참회 행위](act of oblivion): 제임스 1세는 낡은 아일랜드의 Brehon Laws를 포기하고 망회 법령을 발표 했다.

23) 구제역口蹄疫(footinmouther): Foot and mouth disease(소의 입 언저리에 생기는 구제역)(〈율리시스〉 제2장 Deasy 교장 참조)(U 29).

24) 요(yo): 일본인의 가족율家族律.

25) 백자명百字名(The hundredlettered name): 앞서 천둥소리 또는 숀의 방귀소리.

26) 존 재곱슨 위스키(Jon Jacobsen): John Jameson 더블린 위스키.

27) 돼지(스위니) 앞의 진주격眞珠格(pebils before Sweeney's): 〈마태복음〉 7: 6의 성구의 인유: 너희 진주를 돼지 앞에 던지지 말라(do not throw your pearls to pigs).

28) 우미성優美聲!(Mildbut likesome!): Tristan & Isolde의 Libbestod는 Mild und leise…로 시작한다.

29) 티브(tibbes): Tib: (1)never(there is no St Tibb) (2)Tabitha: 아마도 가족 고양이로, 이따금 이 시를 암시함 (3)셰익스피어 학자요, 날조자인, Lewis Theobald(Pope의 Tibbald)에 대한 언급. till tibbes grey eves라는 행은 솀의 표절성에 대한 숀의 직접적 비난 내에 일어난다.

30) 사갑타파四岬打波(four waves): 아일랜드의 사파(Four Waves): 아일랜드 해안의 4곶(岬)에 해당함.

31) 무녀철자巫女綴字와 전성어全聖語들(the silbils and wholly words): 무녀 철자: (G) syllable, sybils. holy words.

32) 도적 어중이떠중이(robblement): 조이스 작의 평론: 〈소요의 시대〉(The Day of the Rabblement)의 익살.

(425)

1) 생生의 전통삼심렬본傳統三深裂本(the authordux Book of Lief): 〈요한계시록〉 20: 12의 성구: 그 보좌 앞에 책들이 펴 있고, 다른 책이 펴졌으니 곧 생명의 책이라(I saw the dead, great and small, standing before the throne, and books were opened).

2) 위조극단과격론자僞造極端過激論者(bogus bolshy): Bolshevik.

3) 음모주자陰謀主者(Gaoy Fecks): Guy Fawkes: (1570—1606): 폭탄으로 영국 의회를 폭파하려던 음모는 지금도 11월 5일에는 기억되고 있다. Fawkes는 Fox라는 이름으로 그의 신분이 자주 거론되는 바, 이는 〈초상〉 및 〈율리시스〉에서 보듯 파넬의 가상적 이름들 중의 하나.

4) 오문자誤文字의 아카데미 희극!(Acomedy of Letters!): 셰익스피어 작 〈과오의 코미디〉(Comedy of Errors) + Academy of Letters(아일랜드 문학원으로, 조이스는 한 때 이에 합세하도록 청하는 예이츠의 초대를 거절했다).

5) 순順(톰), 심深(딕) 및 급急(하리)(tame, deep and harried): Tom, Dick & Harry: 어중이떠중이(너나 할 것 없이).

6) 광신성光神性(오무즈드)(ormuzd): Ormazed(Ahuranazda): 페르시아의 빛의 신성으로, 숀이 에 대하듯, 어둠과 악의 신성인 Ahriman(Angra mainyu)와 상반된다. 이들은 Zoroaster 종교의 선악의 지고 신들이요, 그들의 갈등은 영원하다.

7) 패트릭의 단산안多産眼(pucktricker. s ops): (1)Patrick's eyes (2)Ope: 로마의 다산의 여신 (3)Puck 또는 Robin Goodfellow: 영국 전설상의 장난꾸러기 꼬마 요정으로, 셰익스피어의 〈한 여름 밤의 꿈〉에 등장 함.

8) 당당표본堂堂標本이요(spaciaman spaciosum): (It) handsome model.

9) 초유독성超有毒性(Ultravirulence): (L) ultravirulentium: beyond a stink.

10) 교활승모남狡猾蠅毛男(a chap too fly and hairyman): (1)(더블린 속어) fly=hairy=cunning. Blazes is a hairy chap)(U 142) (2)Ahriman: Zoroaster 교의 악인의 상징 (3)〈창세기〉 27: 11: 내 형 에서는 털 많은 사람이오(Esau my brother is a hairy man).

(426)

1) 루니 영혼모靈魂母(annyma roner moother): (1)anima(생명, 영혼) (2)노래 가사의 패러디: 꼬마 애니 루니(Little Annie Rooney) (3)노래의 인유: 나의 어머니(Mother of Mine).

2) 악남惡男(ahriman): 조로아스터 교의 악의 주신.

3) 삼각三脚의 아귀성餓鬼聲(threelungged squool): (속어) threelegged stool: gallows(교수대).

4) 우모성牛母性(mooherhead): moo(cow)(〈초상〉 첫 행 참조) + motherhood.

5) 그녀의 머리카락에 감길 정도로 은누銀漏의 사랑에(with the love of the tearsilver that he twined through her hair): 노래 가사의 패러디: 어머니 맥크리: 나는 당신의 머리카락을 통해 엉킨 애은愛銀을 사랑해요(Mother machree: I love the dear silver that twines through your hair)(이는 조이스의 애창 가수인 McCormack에 의해 불려졌다).

6) 몽고메리(Montgomery): 통속적 남자 이름.

7) 하비의 감정하感情荷(harvey loads of feeling): Harlet: Mackenzie의 〈감정의 남자〉(Man of Feeling)의 주인공. 결혼을 수락하자 죽는다.

8) 자신의 눈의 눈물(his tare be the smeyle): 무어 노래 가사의 패러디: 에린愛燐이여, 그대의 눈의 눈물과 미소(The Tear and the Smile in Thine Eyes).

9) 만사우거萬事牛去(Ally bully): (G) alle balle: all gone.

10) 행복의 탄죄呑罪(떠 Li's gulpa): Exsulter: O felix culpa!(행복 악) 〈경야〉의 주제.

11) 조견고潮堅固의 족쇄 채운 팔목(his tide shackled wrists): 보우시콜트 작의 〈키스의 아라〉에서 우체부 Sean은 부분적으로 족쇄 채워졌다.

12) 파시팔(pansiful): Parsifal: Percival: 성배기사(Grail knight)(바그너의 오페라 주제).

13) 항성역恒星歷(sidereal): sidereal year(항성년): 태양의 완전 한 바퀴에 걸리는 시간.

14) 찰리의 전차(북두칠성)(Charley's Wain): (1)북두칠성 (2)Charlemagne: 샤를마뉴 대제(서 로마 제국의 황제)(742—814)의 칭호인 Ursa Major.

15) 심려천랑성深慮天狼星(sirious): Sirius(시리우스, 천랑성)(the Dog Star) + serious.

16) 유미관乳糜管(lacteal): (L) lacteus: Milky Way(은하수).

17) 고대시古代時로 향하는(turning on old times): 노래 가사의 패러디: 돌아오라, 옛 시절(Turn On, Old time.

18) 지복자至福者의 대저택(the mansions of the blest): Wallace의 Maritana의 구절: 아아, 그토록 달콤하게 몰래 들려오는 차임 벨 소리, 지복자의 대저택으로(Alas, those chimes so sweetly stealing. To

the mansions of the blest).

19) 진(술) 번개주잔酒盞(a flask of lightning): 〈누가복음〉 10:18의 인유: 나는 하늘로부터 사탄이 번개처럼 추락하는 것을 보았도다(I beheld Satan as lightning fall from heaven).

20) 후주곡後奏曲(postlude): 오라트리오(聖譚曲)의 종말에 연주되는 곡(piece of movement played at end of oratorio & c).

(427)

1) 킬레스터 지역의 호구(Killesther's lapes and falls): (1)Killester: 더블린의 지역 명. (2)노래 가사에서: 킬라니의 호와 언덕 곁에(By Killarney's lakes and fells).

2) 자신의 용골노龍骨櫓 쪽으로 더 많은 거품을 일으키며(more bubbles to his keelrow): 그의 팔꿈치에 더 많은 힘을(more power to his elbow): (1)(Angl) 격려의 뜻 (2)노래 가사의 패러디: 용골 거리(The Keel Row).

3) 맥 아우립가家(Mac Auliffe's): Sitric Amc Aulaf(Silkenbeard)는 더블린의 Christ Church 사원의 건립을 위해 부지를 제공했다.

4) 문을 조용히 열지라(Open the Door Softly): 노래 제목의 변형: 문을 조용히 열지라(Open the Door Softly)(보우시콜트 작 〈키스의 아라〉(Arrah—na—Pogue)의 우체부 Sean이 노래함. 여기서 그의 애인 Arrah는 돼지와 소의 목소리로 잘못 들은 척 함).

5) 골짜기 아래(down in the valley): 무어의 노래: 저 골짜기 아래문을 조용히 열지라(Open the Door Softly).

6) 멸거滅去했나니(vanessed): 스위프트의 애인 바네사에 대한 인유.

7) 환상環狀의 환원環圓(circular circulatio): (L) a round revolution(환상 혁명).

8) 요주의要注意!(Tapaa!): (Da) pas paa!: take care(요주의).

9) 대지야大地夜가 향기를 확산했나니. 그의 주관명奏管鳴이 흑습黑濕 사이에 기어 올랐나니라. 한 가닥 증기가 기류를 타고 부동했도다. 그는 우리들의 것이었나니, 모든 방향芳香이. 그리하여 우리는 일생동안 그의 것이었는지라. 오 감미로운 꿈의 나른함이여!(the earthnight strewed aromatose. His pibrook creppt mong the donkness. A reek was waft on the luststream. He was ours, all fragrance. And we were his for a lifetime. O dulcid dreaming languidous!): 이태리의 오페라 작곡가 푸치니(Puccini) 작 〈토스카 III〉(Tosca III)의 곡조의 인유: 별들은 빛났고, 대지는 향기를 품었나니, 정원의 문이 삐걱이자, 발걸음이 보도의 모래를 사그릉거렸도다. 향기에 넘쳐, 그녀는 들어왔네, 그리고 나의 양팔에 안겼는지라. 오! 달콤한 키스, 나른한 애무, 내가 그녀의 베일을 벗기며 떨고 있었네, 그녀가 미를 노출할 때(And the stars shone & the earth was perfumed, the gate to the garden creaked & a footstep rustled the sand on the path. Fragrant, she entered, and fell into my arms. Oh! sweet kisses, languid caresses, as I trembling unloosed her veils and disclosed her beauty)(MacHugh 427).

10) 매형스러웠나니!(sharmeng!): John Sharman 천문학자.

11) 램프가 더 이상 계속하여 광분光焚할 수 없는지라 꺼져버렸나니(the lamp went out as it couldn't on burning): 노래 가사의 변형: 고양이가 멀리 머물 수 없는지라, 되돌아 왔나니(The cat came back 'cause he couldn't stay away).

12) 우리는 어떻게 그대를 애등哀燈하랴!(how dire do we thee hours…!): 시간은 내게 얼마나 애친愛親하랴(How Dear to Me the Hours).

13) 그대가 여기서 사라지다니 정말 유감이라, 나의 형제여(it is to bedowern that thou art passing hence, mine bruder): 노래 가사의 변형: 그대는 여기 지나가는지라. 나의 형제여(Thou'rt Passing Hence, My Brother). (Sullivan의 노래).

14) 햇빛의 아침(the morning of light): 무어의 노래의 패러디: 인생의 아침에서(In the Morning of Life).

15) 아미리클(Amiracles): miracles + America.

16) 신 모이(Sean Moy): (I) Sean Magh: 고야古野(Moyelta): 그 곳에서 Parthalonian〔기원전 1500년에 아일랜드를 침공한 Scythian〕 식민자들이 염병으로 죽고 매장되었다.

17) 후하층관객後下層觀客(pittites): Hittites: 히타이트족(소아시아의 옛 민족).

18) 우리들의 유장엄幽莊嚴한 묵화黙話의 말쑥괴짜대변인代辯人!: Spickspookspokesman of our specturesque silentiousness!

19) 십이시학자12時學者들(twelve o'clock scholars): 자장가의 패러디: 한 딜라, 한 달라, 10시의 학자(스칼라)(A dillar, a dollar, a ten o'clock scholar).

20) 비디하우스(병아리 집)(Biddyhouse): 〈율리시스〉에서 블룸의 의식의 흐름: 잠옷에 뚤뚤 말려 있던 밀리(Milly tucked up in beddyhouse)(U 128).

(428)

1) 야자주椰子酒(palmwine): 아프리카 산産 밀주.

2) 매일사每日事(drizzle in drizzle out): (1)이슬비 오가다 (2)속담의 패러디: 날이면 날마다(day in day out).

3) 조상국祖上國(사이어랜드)(Sireland): 노래 가사의 패러디: 군인의 노래: 우리의 옛 조국은 더 이상 아니나니(Soldier's song: No more our ancient sireland). sireland: Ireland.

4) 메리 로이(Mery Loye): Marie Louise: Josephine과 함께 나폴레옹의 아내들. 그들은 미발표 연극인 〈왕실의 이혼〉(Royal Divorce)(전출 FW 32 참조)의 주제이다.

5) 교활한 중얼 숙녀(Slyly mamourneen's ladymaid): 노래 가사의 패러디: 엘리 마보닌, 나는 내 앞에 그대를 보도다(Eily Mavourneen, I see Thee before me).

6) 그래즈하우스 산막山幕(Gladshouse Lodge): Glasshouse(온실, 군 형무소)?

7) 여청년이여(yougander): 노래 가사에서: Thady, You Gander. Uganda: (G) Jugent: youth.

8) 번영무성繁榮茂盛의 이끼가 그대의 구르는 가정家庭을 수확하게 하옵소서!(may the mosse of prosperousness gather you rolling home!: (1)Mosse(Bartholomew, 18세가 더블린의 의사)는 더블린의 Rotunda 병원을 건립했다 (2)(격언): 구르는 돌에는 이끼가 끼지 않는다(A rolling stone gathers no moss).

9) 무로霧露(foggy dew): 노래 가사의 패러디: The Foggy Dew.

10) 분통구糞桶口(bunghole): (1)거짓말 (2)(속어) 밑구멍(arse hole).

11) 맥풍麥風(barleywind): (1)노래 제목: 보리를 흔드는 바람(The Wind That Shakes the Barley) (2)맥풍麥風(barley wind): 강주强酒.

12) 여귀부汝貴婦(Votre Dame): Notre Dame. 성모 마리아.

13) 황금빛 양승陽昇(조청造淸)(golden sunup): (1)Golden Syrup: 당밀로 만드는 조리용, 식탁용 정제 시럽 (2)솟는 태양, 솟는 아들: sun up, son up. Rudy(〈율리시스〉의 주제들 중 하나).

14) 공몰空沒(블라망즈)(blankmerges): (1)blanemange: 분유 과자 (2)blank + merge.

15) 돈(경卿) 리어리(Don Leary): Du'n Laoghaire(harbour)(더블린 남부 외곽 소재의 마을)는 조지 4세 뒤로 Kinstown(harbour)으로 개명되었다가, 애란 독립(2차 대전) 이후 다시 환명되었다(〈율리시스〉 제2장 초두 참조)(U 20).

16) 노주老酒(old grog): 해장 Vernon(노래 Kathleen Mavourneen에서 Kathleen May)의 별명.

17) 향락 조니(Jonnyjoys): (1)존 조이스(John Joyce): 조이스의 부친(그는 Dan Laoghaire 항에 경기용 요트를 지녔는지라) (2)이 항구로부터 항해하는 유람선의 이름.

18) 애란 왕(Erin king): Kish 등대를 회항하던 〈애린 킹〉 호상에서…(U 54 참조).

3부

19) 와권해渦卷海(Moylendsea): (1)Moyle: 아일랜드와 스코틀랜드 사이를 가르는 바다 명 (2)moiling sea(소용돌이 바다).

20) 도망말세론論(escapology): escape 도망 + eschatology(신학)종말론.

21) 임차賃借 전차電車(timus tenant): 전차표(tramticket)의 속어. (194: tramtokens 참조: 여기 ALP는 머리카락을 전차표로 장식한다).

• III부 - 2장 •

성 브라이드 학원 앞의 숀 (pp.429 - 473)

(429)

1) 후厚밑창 화靴(cothurminoue leg): cothurnus: 고대 그리스의 비극 배우들이 신던 두터운 밑창의 구두.

2) 스타킹 보다 약간 전에…만들어진 자신의 생상生傷된…생피화生皮靴(his brogues made a good bit before his hosen): L. F. Sau've 작 Proverbs and dictions de la Basse Bretange, no 376의 글귀의 인유: 그의 구두는 양말 이전에 만들어졌다(His boots were made before his socks). (G) Hosen: hose.

3) 라자르 산책로(Lazar's Walk): 더블린의 Lazar's Hill.

4) 성 재니아리스(holy januarious): St Januarius: 그의 피가 독주로 변한 나폴리의 수호성자.

5) 오스본(Osborne): 미상. (122. 8 참조).

6) 독점된 병甁(a monopolized bottel): 주류 독점 국가(스칸디나비아).

(430)

1) 성 버처드(Saint Berched): (브리톤) Berched: Brigid: 그녀는 아일랜드의 여성 수호성자로, 패트릭이 남자 수호성자인 것과 같다. 그녀는 Gael의 마리아로서 알려지고, 이교도의 여신으로 불리었다. 기독교로 개종한 뒤, 성 Brigid는 아일랜드에 첫 번째 여 수호성자가 되었다. Kildare 군에 그녀의 동굴'참나무 성당'을 만들었다 한다.

2) 매사년每四年—옛적—한번(a once—upon—a—four year): 윤년에 2월은 29일을 갖는다.

3) 황석黃石 이정표(yellowstone landmark): 미국의 Yellowstone Park의 패러디.

4) 곰, 보어인人, 모든 촌놈들의 왕, 그의 하인 험프리 경, 우리들은 그를 습지에서 만났도다!(the bear, the bear, the king of all boors…we met on the moors!): 노래 가사의 패러디: 굴뚝새, 굴뚝새, 모든 새들의 왕, 성 스티븐의 날, 가시양골 골짜기에서 사로 잡혔다네(The Wren, the Wren, The king of all birds, St Stephen's his day, Was caught in the furze).

5) 여덟과 쉰의 페달족足(eight and fifty pedalettes): 2 x 29 = 58 feet.

6) 멍텅구리(the log): 이솝 이야기에서 Log 왕과 Frog 왕.

7) 이것은 사고死高의 침대 틀, 나의 천굴賤掘한 밉살맞은 플라스크 병甁이라!(Dotter dead bedstead mean diggy amuggy flasky!): (Da) dette er det bedste, min smukke: (This is the best, my beautiful bottle.)

8) 보강왕관補强王冠(reinforced crown): 면류관(crown of thorn).

9) 구름딸기(cloudberry): tart 파이를 만드는데 사용되는 영국의 야생초.

10) 천사 같은지라(angelic): 노래 가사에서: Panis Angelicus.

11) 열여섯의 젊은 회당會堂꼬마(a young chapplie of sixtine): 바이런의 Don Juan(돈 주앙), 그는 16살이었다.

12) 친절에 의한 최살最殺(the killingest…by kindness): (속담) 친절로 사람을 죽이다(killed by kindness).

13) 통桶토끼(tubberbunnies): Toberbunny: 더블린 군의 마을 명.

14) 성 아가사 처녀양…성 버나데타…쥬리에나 성 유라리아(Agatha's lamb…Bernadetta…Julinnaw…Eulalina): 성 Agatha, 성 Bernadette, 성 Juliana 및 성 Eulalina, 이들 처녀들의 축제는 모두 2월에 있다.

(431)

1) 삼손Sampson): (성서) 힘이 장사인 히브리의 사사士師 〈사사기〉 XIII—XVI 참조.

2) 존즈의 잡어雜魚에 이르기까지 그리고 모든 굴뚝새들의 왕(Jone'ss sprat and from the King of all Wrenns): (1)Jonah: (구약 성서) 히브리의 예언자 〈요나서〉 I—IV: i)요나가 주님으로부터 도망감 ii)요나의 기도 iii)요나가 나느뷔로 감 iv)주님의 은혜에 대한 요나의 분노 (2)Inigo Jones and St Christopher Wren: 건축가들 (3)노래 가사: 굴뚝새야, 굴뚝새야, 모든 새들의 왕.

3) 적충류滴蟲類(infuseries): Infusoria: 현미경 하의 동물들.

4) 온갖 상하 모든 피조물을 사랑하는 자로(loving up and down the whole creation): 노래 가사의 패러디: 가정의 늙은이들: 온갖 상하 모든 피조물(Old Folks at Home: All up & down the whole creation).

5) 그녀의 휘돌輝突하는 파도에 의하여 자신의 사랑을 알았기 때문이나니(he knowed his love by her waves of splabashing): 노래 가사의 패러디: 나는 그의 걸음걸이로 나의 사랑을 알도다(I Know My Love by His Way of Walking).

6) 축복 받은(benedict): (1)(L) benedictus: blessed (2)St Benedict X: 베네딕트회를 창설한 이탈리아의 수도사(489?—543?), 교황 반대자(antipope).

7) 그녀의 달콤한 마음…(수려한지고!)(her sweet heart…(brao!): 노래 가사의 패러디: 잘 가요, 애인이여, 안녕 Goodbye, Sweetheart , Goodbye). brao: (브리톤) beautiful.

8) 일반송달一般送達(general delivery): General Deliveries(우체국).

9) 깊은 애정을 가지고(with deep affection): 노래 가사의 인유: 샨던의 종: 깊은 애정을 가지고(The Bells of Shandon: With deep affection).

10) 스콜라스티카(scolastica): 뇌우에게 기도하여 그녀의 형제를 성공적으로 붙든 성 Scolastica(St Benedict의 자매): 어느 날 그녀는 그가 수녀원에 머물 것을 바랐는지라, 맑은 하늘에서 갑자기 나타난 뇌우에게 기도하여 성공을 거두었다.

11) 위대한 하리에 맹세코(by Great Harry): Great Harry: 헨리 8세의 해군 함정으로, 1553년에 불탔다.

12) 자매여(gesweest): (G) Geschwister: sibling: 형제, 자매.

13) 총율동반總律動班의 우리들의 총애 생도…본생가本生家(the whole rhythmetic class and the mainsay…erigenal house): 아일랜드의 철학자 및 신학자인 John Scotus Erigena의 익살. 그의 책들은 불탔으며, 그가 Malmsbury에서 수업했을 때, 그의 아일랜드 학생들은 그들의 문설주(stiles)(대들보, mainstay) 및 펜들로 유혈성천流血成川 그를 암살했다.

14) 포이부스 신이여! 오 폴룩스 신이여! 파리쉬 당밀 위에 카스토(Phoebus! O Pollux!…Castor's oil on the Parrish): (1)Phoebus: Appolo 신으로 Delia의 쌍둥이 중 하나요, Mercury의 형: 셈 격 (2)Pollux: Castor 및 Pollux: Zeus와 Gemini의 쌍둥이 아들들: 여기 Pollux는 숀—숀 격 (3)Parrish: Food 회사.

(432)

1) 서문의 초입경初入經(this introit of exordium): (1)미사의 부분들 (2)introit: (L) 가톨릭교의 미사 처음에 집행사제가 복사에게 건네는 성구(〈율리시스〉 첫 구절—나는 하느님의 제단으로 가련다(Introibo ad altare Dei) 참조(U 3) (3)exordium: 논설의 소개 부분.

2) 자계하인雌鷄下人에 대한 지시(directions to henservants): 스위프트 작 〈남종들에 대한 지시〉(Directions to Menservants)의 패러디.

3) C. C. D. D. : County Counsel, Doctor of Divinity.

4) 절대금주(T. T.)(on the strict T. T.): 노래 가사의 인유On the strict O. T. T. T: teetotal(절대 금주).

5) 남사순처녀男似純處女(viragos): virago: 남자 같은 여자(〈율리시스〉 제15장 초에 등장하는 여장부: 그대에게 악운을, 이 엉덩이에 털 난 것아. 더 많은 힘을 캐번 소녀에게(Sign on you, hairy arse. Coothill and Belturbet)(U 351).

6) 빈가승貧價僧(poorish priced): parish priest(교구 목사).

7) 법공法恐스러운(lawful): lawful = lawful + awful.

8) 아무튼 무전객無錢客들이 돼지땅콩을 먹었는지(larries ate pignatties): confarreation: 고대 로마의 결혼의 가장 엄숙한 형식. 여기서 신랑 신부는 신비의 빵을 먹는다.

9) 더브루니크(Dubloonik): 더블린.

10) 명의사교名義司敎(bishop titular): 로먼 교황(Roman Pontificate)으로부터 영향을 받지 않는 고대의 관구로부터 타이틀을 획득하는 자.

11) 델아벨이니(Dellabelliney): 더블린: Eblana.

12) 불신不神 이단자들(portybusses): bishop in partibus: 자신의 관구가 부정한 자들의 소유 속에 있는 명의사교.

13) 청소구淸掃具없는 신사(a gentleman without a duster): a gentleman with a duster: Harold Begbie의 익명.

14) 아베스타 녹경전綠經典(verdidals): Zend—Avesta: 조로아스터 경전과 그 주석서.

15) 혹희망或希望(호브슨)의 선택(a hopesome's choice): Hobson's choice: 주어진 것을 갖느냐 안 갖느냐의 선택. 골라잡을 수 없는 선택(17세기 영국의 Hobson이라는 삯 말 업자가 손님에게 말의 선택을 허락하지 않은 데서).

(433)

1) 퍼파룸(Purpalume): 성 Ignatius Loyola는 Pampeluna에서 태어났다. 그의 축일은 12월 3일.

2) 프란시스코 울트라매어(Francisco Ultramare): (L) ulta mare: beyond the sea(해월海越).

3) 의식도儀式禱(proper): 특수한 경우를 위한 기도(office)(찬송가 따위): 또한 미사의 부분으로, 월력에 따라 다양하다.

4) 이십구번二十九番 째(vikissy manonna): (L) vicesima nona: 29번째.

5) 경쾌 오툴(Gay O'Toole): 성 Laurence O'Tool: 나이 25세에 그랜달로우의 대수도 원장(Abbot)이 되다.

6) 그로미 그웬 두 래이크(Gloamy Gwenn Lake): (1)그랜달로우: Wicklow 주의 비경지秘境地 및 호수 (2)무어의 노래의 인유: 저 호수 가. 그의 침울한 연안(By That Lake, Whose Gloomy Shore) (3)W. Scott의 시제: 〈호스의 여인〉(Lady of the Lake)의 패러디.

7) 영성체 월요일부터 수도체축자매修道蹄祝姉妹의 지나두건주만찬支那頭巾主晩餐까지(from Manducare Monday up till farrier's siesta in china dominos): (1)성 Francis Xavier는 중국에서 죽었다(〈초상〉 제3장 참조) (2)(L) in cena Domini: 주主의 만찬까지(세족 목요일의 의식(Maundy Thursday

ceremony).

8) 관용寬容스러운 펜(the sufferant pen): 문사 셈(Ahem the penman)의 암시.

9) 장미소동薔薇騷動하는(butrose): 노래 가사의 인유: 여름의 마지막 장미('Tis the Last Rose of Summer).

10) 마이레스 부처(Myles): 보우시콜트 작 〈아리따운 아가씨〉(The Colleen Bawn)에 등장하는 Myles-na-Coppaleen.

11) 순돈육純豚肉을 결코 염식厭食하지 말지라(Never hate mere pork): 이하 성당의 훈계: (1): i)일요 미사를 청 할지라 ii)금식과 금주 iii)죄를 고백하라 iv)축복의 성만찬을 값지게 받을지라 v)교구목사의 지지에 헌신하라 vi)금지된 시기에 결혼을 장엄하게 치루지 말지라. (2)순돈육(mere pork): Moor Park: 거기서 스위프트는 애인 스텔라를 만났다.

12) 킬리니의 그대 백합아마사百合亞麻絲(your linen of Killiney): (1)Sir Julius Benedict 작곡 〈킬라니의 백합〉(The Lily of Killarney)(The Colleen Bown의 번안) (2)Killiney: Killiney 군, 더블린.

13) 결코 상심하지 말지라(Never lose your heart away): 노래 가사의 패러디: 아일랜드의 눈이 미소 짓고 있을 때: 그대의 마음을 몰래 움직일 지라(When Irish Eyes Are Smiling: steal your heart away).

14) 하얀 사지四肢를 그들은 결코 지분거림을 멈추지 않는도다(White limbs they never stop teasing): 노래 가사의 패러디: 하얀 날개들, 그들은 결코 지치지 않도다.

15) 말리가 한 남자였을 때 민씨(왈가닥)(Murry woe a Man): 자장가의 패러디: 타피는 웨일스 인이었다네(Taffy Was a Welshman).

16) 콜롬비아의 밤 향연(Columbian nights entertainments): 〈아라비안의 밤의 향연〉(Arabian Night's Entertainments)(아라비안나이트, 천일 야화)의 패러디.

17) 다르(D) 베이(B) 카페테리아(C)(Dar Bey Coll Cafeteria): (1)DBC: Dublin Bread Company (2)D. BC (더블린의 과자점 이름) Damned Bad Cakes(벅 멀리건의 익살)(U 204). (3)아일랜드 철자: dair=D. beith=BColl=C.

18) 에소우 주식회사 제의 야곱 비스킷(bisbuiting His 에서s and Cos): 더블린의 Jacob's Biscuits 회사.

19) 도끼의 부드러운 쪽!(The soft side of the axe!): (속담) 중대한 일이 되는 작은 실마리 (thin end of the wedge).

20) 수줍어하는 처녀(a colleen coy): 보우시콜트 작 〈아리따운 아가씨〉(The Colleenb Bawn) 패러디.

21) 오 어리석은 사과원죄司果原罪여!(O foolish cuppled!): Exsulter: O felix culpa!(〈경야〉의 주제들 중의 하나.

22) 그대의 한 벌 이마 바지가 땀에 젖는 동안 항아리 속에 결코 담그지 말지라(Never dip in the ern while you've browers on your suite): (격언) 뜨거울 때 다리미에 침 뱉을지라(Spit on the iron while it's hot).

23) 누요漏尿하기 전에 살펴볼지라(look before you leak): 속담의 패러디: 껑충 뛰기 전에 살펴볼지라(Look before you leap).

24) 서양모과 사과를 결코 세례하지 말지라(Never christen medlard apples): (1)속담의 패러디: 성 Swithin은 사과를 세례하고 있었도다. (2)서양모과는 썩을 때 만 먹는다. (3)성 Medard: 비(雨)의 수호신.

25) 잡초가 있는 곳에 그대의 엉겅퀴를 적시고 그걸 그대는 후회할지니(Wet your thistle where a weed is and you'll rue it): 숀의 이시에 대한 경고는 우리에게 rue(회오)가 이시-햄릿의 오필리아와 연관된 꽃들 중의 하나임을 상기 시킨다: 왕비님께는 지난날의 회오를 나타내는 이 운향 꽃을(There's rue for you.) (〈햄릿〉 IV. v. 174).

3부

1) 신의…초망鍬望…자비…가정에서부터 시작할지라(firm…hoep…begin from athome…charity): (1)〈고린도전서〉 13: 13 구절의 패러디: 신의, 희망, 자비(faith, hope, charity) (2)(격언) 자비는 가정에서 시작한다(Charity begins at home).

2) 난폭자의 효능을 지닌 소년들이나 과오보다 신만찬辛晩餐하는 것이 대체적으로 보다 고상한 곳이로다(Where it is nobler in the main to supper than the boys and errors of outrager's virtue): 〈햄릿〉 III. 1. 57–8의 인유: 가혹한 운명의 화살을 참는 것이란 장한 것이냐(김재남. 815)(Whether 'tis nobler in the mind To suffer the slings & arrows of outrageous fortune). 이시에 대한 숀—레얼티즈의 경고는 솀에 관한 것이다. 만일 그녀가, 자신의 형제인, 솀에게 그녀의 부덕을 잃는다면, 그녀는 가정생활을 타락시키는 무리가 되리라. 솀—햄릿이 언급되는 난폭자임이 분명하다. 왜냐하면 여기 재차 숀은 햄릿의 독백을 메아리하고 있기 때문이다.

3) 저 도둑맞은 키스를 되돌려 줄지라(Give back those stolen kisses): 노래 가사에서: Give Back Those Stolen Kisses.

4) 저 총면화總棉花의 장갑을 반환할지라(restaure those allcotten glooves): 〈초상〉 제3장의 글귀의 패러디: 저 잘못 얻은 재산을 회복 할지라(restore those illgotten goods).

5) 리다호다와 다라도라(Rhidarhoda and Daradora): Rhoda: 〈율리시스〉에서 호우드 언덕의 만병초꽃(The rhododendron)은 중요하다: 블룸은 몰리와 함께 그가 그 아래서 첫정을 나누었음을 회상한다(U 144 참조): Rhoda는 희랍어로 rose라는 뜻. Daradora: Dora: Dorothea(여자 이름).

6) 황색의 위난危難(yella perals): yellow peril: 유럽의 동양 침공의 가상적 위험.

7) 대포大砲(the big gun's): (1)Michael Gunn (2)The Big Gun: 더블린의 Fairview 공원에 있는 주점.

8) 베씨 써드로우(Bessy Sudlow)…팬터마임: 더블린의 Gaiety 극장의 지배인 Michael Gunn의 아내 및 여배우. 그녀는 팬터마임을 운영하고, 많은 지방 소녀들을 침모로서 고용했다. (전출) 32.10.

9) 벽—뒤—크리켓 사주문전邪柱門前—타자후좌편打者後左便 필드(leg—before—Wicked lags—behind—Wall): 크리켓의 치는 위치.

10) 고리 버들 세공씨細工氏가 큰 추락을 철썩했나니(Mr Whicker whacked a great fall): 자장가의 패러디: 험티와 덤티는 큰 추락을 했대요(Humpty Dumpty had a great fall).

11) 퍼모라 가족(Femorafamilla): 미상.

12) 해이즈, 콘닝햄 및 로빈슨(Hayes, Conyngham and Erobinson): 더블린의 약제사들.

13) 나를 잊지 말지니!(Forglim mick aye!): (Da) forget me not!

14) 전입설득前立說得하고 여용서與容恕할지라!(forestand and tillgive it!): 격언의 패러디: 모두를 아는 것은 모두를 용서하는 것(To know all is to forgive all).

15) 마리 모우드린(Marie Maudlin): (1)Magdalene: St Mary—참회한 창녀로서, 그녀의 일곱 악마들은 예수에 의하여 쫓겨났다 (2)Crawshaw 작품의 패러디: 〈성 매리 마가다린, 혹은 우는 자〉(Saint Mary Magdalene, or the weeper).

16) 브리튼 광장(Britain Court): 더블린 소재.

17) 만개인 부인 댁(Mrs Mangain's): 미상.

18) 할로트 키이(Harlotte Quai): 더블린의 Charlotte Quay(부두)(리피 강변).

19) 짚 속(in the straw): 아기 침대(childbed) 속에서.

20) 백합훈百合訓을 강조할 수(point a lily): 셰익스피어 작 〈존 왕〉(King John)IV. 2. 11–16의 인유: 백합을 채색하는 일…이런 일은 쓸데없는 가소로운 일입니다(김재남 1311)(to paint the lily…is wasteful & ridiculous excess).

21) 맵시 있는 발(swell foot): 예수회의 Francis Finn 사師 작의 책 제목의 패러디: The Best Foot Forward.

22) 리머릭 자수견刺繡絹(limenick's disgrace): (1)노래 가사의 인유: 리머릭의 자존심(Limerick's Pride).

(2)Limerick은 고급 텀보린 레이스(가장자리에 방울이 달린) 린넨 천을 생산한다.

23) 나태강처녀懶怠江處女…산타클로스(유향착의有香着衣)(Languid Lola…Scenta Clauthes): (1)Senta & Lola: 〈유령선 선장〉(The Flying Dutchman)의 두 라이벌 소녀들 (2)Santta Claus.

24) 허영의 도피(Vanity flee): Thackeray 작 〈허영의 시장〉(Vanity Fair)의 패러디.

25) (새커리 투녀投女하라!)(thwackaway thwuck!): William Make Thackeray(1811—63): 영국의 소설가의 암시.

26) (명함名銜을!)(dickette's place!): (1)Charles Dickens(1812—70): 영국의 소설가의 암시 (2)ticket please!

27) 돌핀(돌고래)의 차고(Dolphin's Barncar): Dolphin's Barn: 더블린의 지역 명.

28) 상봉광우相逢狂友(meetual fan): Dickens 작 〈우리들의 상호 친구〉(Our Mutual Friend)의 패러디.

29) 구안鳩眼의 음녀淫女(Doveyed Covetfilles): Dickens 작 〈대이비드 커퍼필드〉(David Copperfield)의 암시.

30) 유리카의 술(Ulikah's wine): Uriah의 아내(〈성경〉에서 David와 함께하는.

31) 낡은 호기잔형옥好奇盞型屋(old cupiosity shape): Dickens 작 〈낡은 호기심 상점〉(The Old Curiosity Shop)의 변형.

32) 속달조반외전速達朝飯外電의 독락獨樂자동차(the autocart of the bringfast cable): O. W. Holmes 미국의 생리학자, 시인, 수필가(1809—94) 작 〈조반식탁[早飯食卓)]의 독재〉(The Autocrat of the Breakfast Table)의 익살.

33) 마틴머피 변신變身(martimorphysed): Martin Murphy: Irish Independent 지(현존 더블린 중요 일간지)의 소유자로, 반 파넬 파派.

34) 자폐술가自閉術家 앨지(Autist Algy): Swinburne의 익명(〈율리시스〉 제1장에서 멀리건이 들먹이는 그의 바다의 표현: 위대하고 감미로운 어머니(great sweet mother)(U 4) 참조.

(435)

1) 부엘라스 아이리아스 시(Buellas Arias): Buenos Aires 시(〈더블린 사람들〉의 〈에블린〉에서 프랭크는 애인 에블린을 부에노스아이레스로 데리고 가려 한다).

2) 딜레탕蕩트들(dallytaunties): 딜레탕트(dilettantes): 문학, 예술, 학술의 아마추어 애호가, 특히 미술 애호가, 어설픈 지식의 사람.

3) 역병극장疫病劇場(playguehouses): 역병(plague) 동안의 런던의 극장들(playhouses).

4) 비너스의 오행汚行(Smirching of Venus): 셰익스피어 작 〈베니스의 상인〉(Merchant of Venice)의 익살.

5) 대량살화백大量殺畵伯(Mazzaccio): (1)Mascaccio(1401—28): 이탈리아의 화가로서, 그는 3차원을 발명했다 (2)Boccaccio의 〈데카메론〉(Decameron)의 암시.

6) 간청우자懇請愚者와 킥킥 소자笑者와 수치자羞恥者와 용기자勇氣者와 같은 화랑돈자畵廊豚者들(hogarths like Bottisilly and Titteretto and Vergognese and Coraggio): W. Hogarth(영국 화가, 조각가), BotticelliSandro(플로렌스의 화가), Tintoretto J. Robusti(베네치아의 화가), Paul Veronese(이탈리아의 화가), Correggio(이탈리아의 화가).

7) 음란시인 바이란(lewd Buylan): (1)19세기 영국의 대표적 낭만파 시인들의 하나 (2)그이는 바이런 경의 시집을 내게 선물했지(〈율리시스〉에서 몰리의 독백 참조)(U 612).

8) 소승정騷僧正 거구리巨軀里(버클리)의 용수선철학容水仙哲學(the phyllisophies of Bussup Bulkeley): philosophy of Bishop Berkeley: (1)George Berkeley(1685—1752): 아일랜드 Cloyne의 영국 국교의(앵글리칸) 주교 (2)Lancelot Bulkeley: 17세기 더블린의 주교.

9) 금일사양예술今日斜陽藝術(nouveautays): Art Nouveau(New Art) + nowadays.

10) 빙한두氷寒頭의 세계상층관광世界上層觀光여행자들(icepolled globetopper): (1)icecold globetrotter (2)Globe playhouse 런던의 Southwark에 있는 셰익스피어의 초연 극장(템스 강변 소재).

11) 언제나 선두先頭사냥 열자熱者인, 램로드(Ramrod, always jaeger for a thrust): Nimrod: 〈성서〉, 의 영웅으로 강력한 사냥꾼(〈창세기 10장 참조). Jaeger: Hauptmann의 연극 〈직공들〉(The Weavers)에서 혁명가.

12) 푸른 다뉴브 강 대니 보이(Blue Danuboyes!): (1)노래의 인유: 〈푸른 다뉴브 강〉(The Blue Danube) (2)아일랜드의 민요 가사의 인유: Danny Boy.

13) 수지의 전형미녀들!(Suzy's Moedl's): Suzy: 파리의 제모사制帽士. (G) su'sse Ma'dels: sweet girls.

14) 노인을 바로 앞 현관에서 제거하고 맵시 있는 점화시點火士를 후변後邊에서 마음 들게 할지라(Put off the old man at the very font and get right on with the nutty sparker round the back): 〈일반 기도서〉(Book of Common Prayer)의 구절의 패러디가령 이 아이 속에 늙은 아담이 매장될 수 있다면, 이 새 사람은 그 이 속에 살아 일어서리라…늙은이를 십자가에 못 박을지…그리스도를 등장 시킬지라(Grant that the old Adam in this child may be so buried that the new man may be raised up in him…Crucify the old man…Put on Christ).

15) 프롬프터(prompter): 배우에게 대사를 읽어주는 자.

16) 딸기 잎(strawberry leaves): 공작령(dukedom): 공작의 보관寶冠은 8개의 딸기 잎을 지닌다.

17) 그대가 지상에서 여태껏 어떠한 결박노結縛奴를 결박하던 천상에서 그것이 속박된 것을 나는 기어코 속박하리라(What bondman ever you bind on earth I'll be bound on the relic): (1)Balfe 작곡 명: 〈결박자〉(The Bondman)의 패러디 (2)〈마태복음〉 16: 19의 패러디: 네가 땅에서 무엇이든지 결박하면 하늘에서도 결박당할 것이오…(whatever thou shalt bind on earth shall be bound in heaven…).

18) 조공기早空氣의 원무시圓舞時를 지키면 벌레는 여고汝古의 것이나니(Keep airly hores and the worm is yores): (격언)의 인유: 이른 새가 벌레를 잡는다(The early bird catches the worm).

19) 잘 자요(little poupeep): 자장가의 패러디: Little Bo Peep. bopeep(아웅 놀아).

20) 지나자기支那瓷器가 일(본)냄비(chine throws over jupan): china(支那, 자기). jupan: Japan + pan.

21) 새(鳥) 장수와 함께 잠자리로 가요…그리고 우유 장수와 함께 서둘러 깨구려(Go to doss with the poulterer…shake up with the milchmand): 격언의 패러디: 양과 자고, 종달새와 일어나요(Go to bed with the lamb & rise with the lark).

22) 살리(오汚) 반 독수리들(Sully van vultures): (1)노래 가사의 패러디: The Shan Van Vocht: (아일랜드 전설적 노파)(아일랜드의 상징) (2)John Sullivan: 아일랜드—프랑스 출신 오페라 테너 가수.

23) 익명수음匿名手淫(onaymous: anonymous(익명의) + Onanism(수음, 자위).

24) 저질베짱이들(lowcusses): low(저질) + locusts(베짱이).

25) 통桶 취미(paunchon): penchant(취미, 기호) + puncheon(나무통).

(436)

1) 작은 실마리나니…쐐기를 박아요!(the end…wedge): (격언) 중대한 일이 되는 작은 실마리(drive in the thin edge of the wedge): 아무것도 아니나 중대한 일을 초래하다는 뜻.

2) 도적여인!(Ragazza ladra!): G. Rossini(1792—1868), 이탈리아의 오페라 작곡가 작 〈도적 까치〉(La Gazza Ladra)의 패러디.

3) 마담의 사과(果)(madam's apples): Adam's apple의 익살.

4) 놀라워라!(Gee wedge!): gee whiz: 사람을 놀라게 하는. (감탄사) 깜짝이야!

5) 페그(Peg): 여자 이름, Margaret의 애칭.

6) 톰(Tom, atkings): 남자 이름, Thomas의 애칭. Tommy Atkins: 영국 육군의 병사.

7) 애녀愛女들(loves—o'women): Kipling의 이야기 제목의 패러디: 〈여인의 사랑〉(Love O'Women).

8) 형제자매스럽게(cisternbrothelly): 성 Jerome: 〈서간〉 CXXVII: 사창가에서 악의 물통을 찾으라. (Seek in brothels those cisterns of vice.) St. Jerome: 본래의 불가타(Vulgate) 성서의 번역자, 그는 성지(the Holy Land)를 여행하고, 로마 처녀들에게 독신주의를 설교했다. 이 행복한 사건은 〈경야〉 III부 2장에 영감을 주었음에 틀림없으며, 숀—숀은 십자가의 길(the Way of the Cross)을 걸어, 그의 자매들에게 정절을 설교한다. 그는 중세기에 감탄 받았으며, 마틴 루터(Luther)에 의하여 단지 금식, 고기 및 처녀성을 다룸으로써, 비난을 받았다.

9) 이십 강도强度 채리 위스키(twenty rod cherrywhisks): (속어) forty—rod: 값싼 표준 강도의 위스키(cheap overproof whiskey). 20도 가량의 체리브랜디.

10) 고양이 및 토끼 주막(the Cat and Coney): The Cat & Cage: 더블린의 주점 이름.

11) 로트 가도(Lot's Road): 더블린의 Lotts 가街.

12) 그녀의 입심 좋은 다변으로 더블린의 술 취하고 칠칠치 못한 매춘녀를 아는지라(the gilb of her gab know the drunken Dublin drab): 조이스 작의 해학시 〈분화구로부터의 가스〉(Gas from a Burner)의 시구 패러디: 그러면 그 외국인은 술 취하고 처신없는 더블린 창녀로부터 / 수다를 떠는 재능을 배우지요(And the foreigner learns the gift of the gab / From the drunken dragg러tail Dublin drab).

13) 매일요조每日曜朝(every billing sumday): Billy Sunday: 미국의 복음자.

14) 오월 안에 있을 때 달(May and the moon shines might): 노래 가사의 인유: 오월의 초승달(The Young May Moon). (조이스 작 〈실내악〉 IX 참조).

15) 천좌天座(Navan): Heaven + Navan(Meath 주의 소재지).

16) 켈주 화구락부火俱樂部(Kellsfrieclub): (1)Kells: Meath 군(county) (2)더블린의 Hellfire 클 러브.

17) 잿빛의 제녀製女들이여(Mades of ashens): 바이런의 시 〈돈 숀(주앙)〉(Don Juan)에서 〈아테네의 처녀〉(Maid of Athens)의 시구.

18) 킬데어에서…그대의 경야經夜로부터 그대의 결혼귀향을 볼 수 있으리라…그러나 그의 셔츠는 남겨둘지라!(Kildrae…driving home from your wake…but spare his shirt!): 노래 가사의 인유: 사랑하는 넬리, 킬데어의 경야로 올지니…그러나 경야에서 귀가하며 쓰러지지 말지라(You may go, darling Nelly, to the wake in Kildare…But keep your legs together coming home from the wake).

19) 그의 어깨에다…보다 담대膽大하거들랑…(…his shoulder but buck back if he buts bolder): 노래 가사의 인유: 나의 어깨에다 다발 짐을. 보다 대담 할 자 없나니. 그리하여 나는 아침에 필라델피아로 떠나도다(With my bundle on my shoulder. 'There's no one could be bolder & I'm off to Philadelphia in the morning).

(437)

1) 추돌 보트 레이스(Bumping races): 옥스퍼드 대학과 케임브리지 대학의 보트 젓기 경기(regatta).

2) 루트란 고개(Rutland Rise): 더블린의 Rutland square(광장)(기억의 정원)는 언덕 고지의 경사요, 도시의 북쪽에 위치한다.

3) 단로브 시市(the city of Dunlob): 더블린 시의 고명.

4) 지—비—디(go—be—dee): G. B. D. : 토바고 파이프.

5) 브레톤(breretonbiking): Wm Bereton은 1635년에 더블린을 방문했다.

6) 벨보울(Berrboel): 옥스퍼드의 Brasenose College.

7) 하복벽下腹壁(abdominal wall): 피닉스 고원 내의 Magazine Wall(탄약고 벽)에 대한 익살.

8) 십이지장(twelffinger): 십이지장(duodenum)은 23 손가락의 폭을 지닌다.

9) 판트의 향香(Punt's Perfume's): Somaliland의 해안으로, 거기서 고대 이집트인들은 향과 건포도를 수입했다.

10) 내가 거구巨口를 열면, 그 속에 식족食足을 채울지라(I never open momouth but I pack mefood in it): 속담의 패러디: 내가 입을 열면 그 속에 내 발을 채울지라(I never open my mouth but I put my foot in it).

11) 육체적 쾌락식물 만담(Creature Comforts Causeries): 요리책 명 〈비톤 부인의 요리 책〉(Mrs Beeton's Cookery Book)의 익살.

12) 엘리자비톤(the elizabeetons): 엘리자베스 조인朝人들(Elizabethans).

13) 새커슨 개자식(suskinsin of a vitch): (1)Sackerson(Sacksen, Sisterseen, Saunderson, Sockerson 등 다양한 이름을 지닌 HCE 댁의 하인, 그가 순경이었을 때 술꾼으로 알려짐 (2)son of bitch.

14) 파노니아(Pannonia): 남서부 헝가리와 오스트리아를 포함하는 로마 제국의 부분.

15) 그대의 이 미스트로(불신) 메로시오서스(선율旋律) 맥샤인(거사巨射) 맥(거巨)새인 족族(your Mistro Melosiosus MacShine Macshane): 셈의 암시. Mac—: Big.

(438)

1) 항아리를 우물에 따르면서(pouring pitches to the well): 〈전도서〉 12: 6의 성구에서: 항아리가 샘 곁에서 깨어지고(the pitcher be broken at the spring).

2) 저 기도선祈禱扇에서 나와 그들 프라이팬으로!(Off of that praying fan on to them priars!): 속담의 패러디: 작은 난難을 피하고 큰 난을 만나다(out of the frying pan into the fire).

3) 피터 패러그래프(사설)와 포울러스 팝(Peter Paragraph and Paulus Puff): (1)Peter Paragraph: Samuel Foote가 어떤 더블린의 책 판매자를 해학諧謔한 이름 (2)Mr Puff: Sheridan의 연극 〈비평자〉(The Critic)에 나오는 인물.

4) 불운숙녀不運淑女의(Unleckylike): William Edward Lecky: 아일랜드의 역사가, 그의 저서 〈유럽의 교훈사〉(History of European Morals)가 조이스의 개인 서재에 소장되고 있다. 이 책은 어찌 덕망의 여인이 거의 만사를 창녀들에게 계속 빚지고 있는지를 설명한다.

5) 루가등불(Lucalamplight): 〈더블린 사람들〉, 〈진흙〉에서 Maria가 근무하는 더블린 소재의 세탁소 이름인더블린 등대의 암시?(D 98).

6) 아리따운 소녀들(colleen bawns): 보우시콜트 작 〈아리따운 아가씨〉(The Colleen Bawn)의 패러디.

(439)

1) 변덕스러운 의향(fickling intentions): fucking intentions.

2) 무용사년舞踊師年(the dancer years): Ivor Novello 작: 〈무도년〉(The Dancing Years).

3) 전례도典禮禱(sedro): Maronite(마론파 교도, 주로 레바논에 살며, 아랍어의 전례를 쓰는 귀일歸一성당의 일파. 1182년부터 로마 가톨릭 성당과 정식 교류)의 연도(liturgy).

4) 환락의 인과因果를 위하여…비지혜非知慧의 자신의 좌座(his seat of unwisdom…the cause of his joy!): BVM(Blessed Virgin Mary)의 연도: 지혜의 좌…우리들의 환락의 인과.

5) 쿠퍼 화니모어(Cooper Funnymore): J. Fenimore Cooper(1789—1851): 미국의 소설가, 19세기 초두에 그의 작품들 속에 로맨스의 재료인 식민지 시대, 바다 등의 세계를 개척함. 그의 유명한 작품들인 〈개척자〉, 〈모이칸 족의 최후〉, 〈가죽 각반 이야기〉 등은 아메리카 토인과 개척자를 취급함으로써, 그들의 불후의 생명력을 묘사함. 여기 이시의 외설 신부에 대한 마론파적 연도 속에는 Cooper 정신의 인유가 다분히

함몰되어 있음.

6) 주된 마무리 공(工)(the prime finisher): 영국의 수상 글래드스턴의 암시.

7) 무어의 가요집(Moor's melodies): (1)토마스 무어(1779—1852): 아일랜드의 시인, 노래 작가로, 그의 가곡집인 〈아일랜드의 가요〉(Irish Melodies)는 아일랜드의 성서로 불릴 정도로 국민들의 애창가들. 각 가정마다 벽에 붙어있는 선반 위에 한 권씩 비치되어 있을 정도였다 한다. 그것의 애수哀愁를 담은 노스탤지어아의 율동적 표현이 만드는 아일랜드의 정취가 모든 이의 심금을 울렸다. Hodgart 교수는 무어 작의 〈아일랜드의 가요〉의 대부분의 서행들이 〈경야〉에 함몰되어 있다는 것(Glasheen 199 참조) (2)조지 무어(1852—1933): 아일랜드의 소설가(〈율리시스〉 제9장에서 그의 집 파티에 스티븐은 초대받지 못함을 기록한다) 그의 소설 〈한 젊은이의 고백〉(Confessions of a Young Man, 1888)의 타이틀은 조이스의 〈젊은 예술가의 초상〉의 제목에 영향을 주었으나, 그들의 문체나 구조들은 서로 상반된다. 그는 골웨이 출신으로, 〈율리시스〉에서 벅 멀리건의 원형인 고가티(O. Gogarty)와 절친한 친구였으며, 그의 이름을 〈호수〉(The Lake)에 사용하고 있다. 조이스는 〈율리시스〉(U 576)와 〈경야〉의 St Kevin 에피소드(604)에서 〈호수〉와 그것에 관한 자신의 서간을 메아리하고 있다. (3)여기 조이스는 T. 무어와 G. 무어를 영결하는 바, 왜냐하면 양자는 숀의 역할들을 하기 때문이다.

8) 초연무지初戀無知의 양모養母(the fostermother of the first nancyfree): 여기 희랍 Daedalus 신화의 Pasiphae 왕비를 암시한다. 〈율리시스〉의 밤의 환각 장면에서 스티븐 왈: 파시피에를 기억하라, 그녀의 정욕 때문에 나의 위대한 대조부가 최초에 참회실을 만들었던 거야. (U 464 참조)

9) 백의의 탁발 신부(the white friar's father)…쾌快멘: White Friars: Carmelites…Amene)(1)카르멜 수도회의 수사(아우구스티누스) (2)앞서 마론파 교도(Maronite)의 연도(litergy)의 기다란 패러디.

10) 나의 숨결이 나의 주변에(all abound me breadth): 노래 가사의 패러디: 나의 모자의 주변에 온통, 나는 3색 리본을 다는지라(All around My Hat I Wear a Tricoloured Ribbon).

11) 대소란大騷亂(Glor galore): (I) glor go leor: great noise.

12) 발 바우뎀(Val Vousdem): Val Vousden: 더블린의 음악당 연예인.

13) 발랜타인의 박스(valiantine vaux): Henry Cockton 작 〈발렌타인 교신〉(Valentine Vox)(복화술에 관한 소설)의 패러디.

14) 아빠 오도우드(Daddy O'Dowd): 보우시콜트 작 〈아빠 오도우드〉(Daddy O'Dowd), 〈오딘노후의 경고〉와 함께 더블린의 로이얼 극장에서 공연된 연극.

15) 부지하인不知何人 티오 단노후의 경고(Theo Dunnohoo's warning): (1)The O'Donoghue: Killarney의 호수 아래 사는 추장 (2)John Falconer(더블린 인쇄업자): 〈오딘노후의 경고〉(The O'Donoghue's Warning) (3)더블린의 Maunsel 출판자들의 사장 George Roberts는 조이스의 〈더블린 사람들〉의 원고를 수락했으나, 출판하지 않았다. 그러나 인쇄공인 John Falconer는 원고를 불태우고 지형을 파괴했다.

16) 대형쇠망치(sludgehummer's): (1)R. Browning 작: 〈매개인 슬러지 씨〉 Mr Sludge the Medium의 암시 (2)sledgehammer.

17) 무보경마도자無報競馬賭者(mugpunters): uninformed backer(말 도박자).

18) 나는 그대를 비탄하게 하는 책들은 불태우고…(I'd burn the books that grieve you): 무어의 노래의 패러디: 나는 나를 떠나는 희망들을 애도 할지라(I'd Mourn the hopes That leave Me).

19) 톰 프라이파이어(화열火熱)(Tome Plyfire): Savonarola: 분서焚書 주의자로, 자신이 화사火死 당했다.

20) 주간표준남근週刊標準男根(Weekly Standard) 지: 신문 명.

(440)

1) 사최진종서四最眞終書(the four verilatest): 사종四終: 죽음, 심판, 지옥 및 천국(the last things: death, judgement, hell & heaven)(〈초상〉 제3장의 묵도를 위한 설교 참조).

2) 알스디켄의 미라큐라(기적)에 관한 보고…(The Arsdiken's An traitey on Miracula…): R. Archidekin

사師 저의 〈기적에 관한 수필〉(Essay on Miracles)(아일랜드와 영국에서 공히 인쇄 된 첫 작품).

3) 죽음에 대한 관찰(Viewed to Death): 노래 가사의 패러디: 존 필: 아침의 죽음에 대한 경해(John Peel: view to death in the morning).

4) 카슬 바(성봉城棒)(castle bar): Castlebar: Mayo 군의 도회 명.

5) 윌리엄 아처(William Archer): (1)William Archer: 더블린의 국립 도서관의 경탄할 사전 카탈로그를 마련한, 유명한 도서관원 (2)조이스의 초년기에 그를 격려한, 아일랜드의 연극 비평가요, 입센 작품의 번역가.

6) 신곡神曲의 덴티 앨리개이터(치악어齒鰐魚)(the divine comic Denti Alligator): 단테의 〈신곡〉(Divine Comedy)은 몇몇 교황들을 지옥으로 보낸다.

7) 부교황父敎皇과 함께 지옥을 통하여(Through Hell with the Papes): 속담의 패러디: 교황을 지옥으로(to hell with the pope).

8) 색인索引을 실례하며(exsponging your index): Index Expurgatorius(색인 삭제).

9) 서제庶題(반표제半表題)(bastardtitle): 표제 페이지에 앞선 페이지에 있는 생략 타이틀.

10) 일첩一帖 일소연一笑連(a quip in a quire): 속담의 패러디: 페이지 마다 웃음(a laugh on every page).

11) 카니발(사육제) 컬런(Carnival Cullen): Cardinal Cullen: 더블린의 대주교.

12) 퍼시 윈즈(Percy Wynns): (1)Percy Wydham Lewis에 대한 익살. 그는 〈경야〉를 공박했다 (2)예수회의 Finn 신부 작: 〈퍼시 윈즈〉(Percy Wynns).

13) 전우戰疣의 치료사(the Curer of Wars): Cure' Ars: 교구 신부들의 수호자.

14) 최행운년最幸運年(this luckiest year): Finn 신부 작: 〈그의 최 행운의 해〉(His Luckiest year).

15) 부父길사社 제작, 자子길사社 발행 및 길리성령신聖靈神의 가격: Gill the father, …Gill the son…Gillydehool's Cost): (1)Gill 서점: 더블린의 출판사 및 서적 판매상에 대한 익살 (2)〈유리시스〉 제9장에서 도서관 사서보인 Mr Best는 Haines가 Gill 서점에 Hyde 작 〈코노트의 연가〉(Lovesongs of Connacht)를 사러갔음을 언급한다(U 153 참조) (3)God the Holy Ghost.

16) 마놀 캔터(Manoel Canter): Immanuel Kant.

17) 로퍼 더 피가스(Loper de Figas): Lope Felix de Vega: 극작가.

18) 매리 리들램의 야반도주담夜半逃走譚(Mary Liddlelambe's flitsy tales): (1)자장가의 패러디: 매리는 꼬마 양을 지녔었데요(Mary Had a Little Lamb (2)Charles & Lamb: 〈율리시스의 모험〉(The Adventures of Ulysses). Tindall 교수는 요정의 이야기들은 여기 손이 이시더러 읽도록 추천하는 책들 가운데 하나인 램(C. Lamb)의 감상적 책과 결합한다고 주장한다(Tindall 241). 램과 그의 누이 매리의 〈셰익스피어 이야기〉(Tales from Shakespeare)는 젊은 독자들을 위한 셰익스피어의 연극들의 감상 화된, 요정의 이야기 같은 번안들이다 (3)Alice Liddell: W. Lewis 작 〈이상한 나라의 엘리스〉(Alice in Wonderland) 중의 위대한 산물.

19) 주로 여아들(Chiefly girls): Father Finn 작의 익살: 〈대부분 남아들〉(Mostly Boys).

20) 명점성권존자皿点聖權尊者들(saucerdotes): sacerdotes: 성직자들.

21) 그대의 탐상探想의 신박하개선辛薄荷改善(the bitterment of your soughts): 당신의 사고의 개선(betterment of your thoughts)의 흉내.

22) 중풍환자들을 잊지 말지니(Forfet not the palsied): 무어 노래의 인유: 그들이 거기서 멸망한 들판을 잊지 말지니(Forgot Not the Field, Where They Perished).

23) 필요의 셔츠는 우정행위의 긍肯이로다(A hemd in need is aye s friendly deed): 격언의 패러디: 필요시의 치구가 진짜 친구이다(A friend in need is a friend indeed).

24) 여진汝塵은 힘일지라도 그대는 신데렐라로 회귀해야하나니(thou dust art power…thou must return): Ash Wednesday service(사순절, 재의 수요일)의 관례(예배)에서: 〈창세기〉 3. 19: 너는 흙이나니, 흙으로 돌아가리라(man that thou art, & unto dust shall thou return)(성찬식의 사자에 의해 평신도의 머리위

에 재를 뿌릴 때 그가 말한다).

(441)

1) 진짜의 말벌—두—보금자리(hornets—two—nest): honest—to—goodness: 진짜의.

2) 경주競走는 최급最急에 달렸는지라(the race is to the rashest of): 〈전도서〉 9: 11의 패러디: 빠른 경주자라고 선착하는 것이 아니며(The race is not to the swift).

3) 관선串線(瞖)의 흑내장黑內障, 녹내장 및 백내장(Haul Seton's down, black, green and grey): 조이스가 H. S. 위버 여사에게 보낸 편지(20/9/28)에 의하면: 독일인이 분류한 맹목(눈멂)(cecity)(blindness)의 연속적 단계에서 3색깔들인 즉. (1)green Starr: 녹내장(glaucoma) (2)grey Starr: 백내장(cataract) (3) black Starr: 흑장(망막)이다.

4) 백생白生있는 곳에 열린 희망있나니(where there's white lets ope): 생명이 있는 곳에 희망이 있나니 (where there's life there is hope)의 인유.

5) 착한 백작 험프리와 함께 걷는 여인은 축복 받나니(Blesht she that walked with good Jook Humprey): 속어의 변형: 착한 백작 험프리와 함께 점심 식사: 만찬 없이 보내다(lunch with good Duke Humphrey: go dinnerless).

6) 캔티린(요람가搖籃歌) 백작부인(Comtesse Cantilence): (1)예이츠 작의 극시의 제목 인유: 〈캐슬린 백작부인〉(Countess Cathleen), 여기서 백작 부인은 백성의 굶주림을 도우기 위해 그녀의 혼을 악마에게 판다 (2)(It) cradlesong(요람의 노래) (3)19세기 더블린의 로이얼 극장 공연: 남편의 도박 빚을 가상적으로 지지하는 어떤 Contessa라는 자를 크게 다루었다.

7) 매비스 토피립스 마왕(Mavis Toffeelips): Mephisopheles: 괴테 작 〈파우스트〉(Faust)에 나오는 악마.

8) 적하물滴下物! 소침銷沈!(La Dreeping! Die Droopink!): (불고기에서) 똑똑 떨어지는 기름방울 (dripping)과 양 기름(suet)이 그녀를 살찌게 하도다.

9) 불가피를 육수순추구肉水純追求하는 무류녀無類女!(The inimitable in puresuet of the inevitable): 여우 사냥의 오스카 와일드: 불가식不可食을 추구하는 무언자無言子(the unspeakable in full pursuit of the uneatable).

10) 그녀의 바다장미에는 원願이 그리고 그녀의 눈에는 주식기晝食氣가 있기에…the wish is on her rose marine and the lunchlight in her eye): Lady Dufferin(Sheridan의 손녀로 〈아일랜드 이민의 애탄〉(Lament of the Irish Emigrant)의 작가), 그녀의 글에 나오는 '나는 울타리에 앉아 있나니, 매리여…그대의 입술은 붉고, 매리여, 그대의 눈에는 사랑의 빛이 있도다'(I, m sitting on the stile, Mary…& the red in your lips, Mary & the lovelight in your eye의 인유.

11) 풍부하고 희귀한 것이나니(rich and rare): 무어의 노래에서: 그대가 낀 보석은 풍부하고 희귀한 것이었도다(Rich & Rare Were the Gems She Wore).

12) 브라함의 당나귀처럼 소리높이 울면서(braying aloud like Brahaam's ass): (1)〈민수기〉22: 23의 성구의 패러디: Balaam(헤브라이의 예언자)이 그로 하여금 Yahwe(하느님)의 분노를 경고 했다 (2)John Braham: 영국의 테너 가수.

13) 저주양피詛呪羊皮(the goattanned saxopeeler): 노래 가사의 패러디: 경찰관과 염소(The Peeler & the Goat).

(442)

1) 국가의 저 적敵(enemy of our country): 입센 작의 연극 명의 패러디: 〈인민의 적〉(An Enemy of the People).

2) 흑미지자黑未知者(the black Fremdling): (I) Dubh—ghall: 흑인 외국인, 즉 덴마크인.

3) 적격인 외무관外務官(the eligible) ministriss): 외무장관(Ministries).

4) 경칠 두 페니짜리 땜장이(a tongser's tammany hang): Tammany: 태머니 파派: 1789년에 조직된 뉴욕 시의 Tammany Hall을 본거지로 한 민주당 중앙 조직 파. 종종 정치적 부패, 추문을 암시함.

5) 언덕 위의 셋 고함소리도(three shouts on s hill): Tuireann의 세 아들들에 관한 전설에서, 아들은 자신들의 참회의 역할로 언덕 위에서 매일 세 번 고함을 질러야 했다.

6) 동명의(namesuch): (1)namesake (2)Nonesuch: 헨리 8세의 궁전 명 (3)Enoch: (성서) 가인(Cain)의 장남.

7) 콘스탄틴계인系人(constantineal): Constantine: 로마 황제.

8) 좋아 코 방귀 뀌는 자요(Attaboy Knowing): Nolan / Bluno.

9) 리어 레무스 숙부(Rere Uncle Remus): Dear Uncle Remus: 더블린의 일간지인 〈위클리 플리먼〉(Weekly Freeman)의 아동란兒童欄에 보내는 편지들(〈율리시스〉 제7장: 〈꼬마들을 위한 토비 아저씨 의 페이지〉(Uncle Toby's page for our tiny tots) 참조(U 98).

10) 울버함프톤의 랭커스터 멀대 향사鄕士(the lanky sire of Wolverhampton): Wolverhampton: (1)잉글랜드 Stuffordshire 주 중부의 Birmingham 서부에 있는 공업도시 (2)Lancaster(장미 전쟁)(〈초상〉(P 12 참조).

11) 우리스본 니커보커 노신부(Olf Father Ulissabon Knickerbocker): (1)(Fi)(핀란드어) (2)Lissabon: Lisbon (3)Knickerbocker: 뉴 요크 인(4)가상컨대 Ulysses 장군에 의하여 건립된 Lisbon.

12) 이도二道 피터버러 자치도自治都(Twoways Peterborugh): 영국 Huntingtonshire 주에 있는 Peterborough 자치도.

13) 신공新空의 조망(newsky prospect): Nevaky Prospect: St Petersburg의 주요 거리.

14) 브렌단(Brenden): 가상컨대 아메리카를 발견한 자.

15) 켈리브라실리안 바다(海)(the Kerribrasilian sea): (AngI) Hy Brasil: 대서양에 있는 전설적 섬(바다).

16) 약속파기의 땅(the land of breach of promise): 아메리카.

17) 쾌남의 여초향유汝招香油(his bringthee balm of Gaylad): 〈예레미아〉 : 22의 성구: 길르앳에는 유향이 없는가(Is there no balm in Gilead).

18) 아루피의 여가곡汝歌曲(singthee songs of Aruoee): 노래 가사의 패러디: 나는 그대에게 앨라비의 노래를 노래하리라(I'll Sing Thee Songs of Araby).

19) 간수두看守頭를 성소聖所 속으로 우연시입偶然試入하면서(chancetrying my ward's head into sanctuary): Ward in Chancery(대법관청의 간수): 대법원이 경비를 위해 지명된 소 관리 또는 그 관청 소속 인.

20) 이제 그럼(Ohibow): (It) now then, oh!

21) 아피我彼의 용모(ournhisn liniments): Lineaments of gratified desire(욕정으로 충족된 표정)(U 163): 〈율리시스〉의 도서관 장면에서 Blake의 〈로젯티의 시〉(Poems from the Rosetti)에 나오는 구절로, 스티븐은 이 구절로 멀리건의 얼굴을 조소하는 바, 여기서는 숀이 셈의 그것을 조소함.

22) 소沼펄프화化할지로다(we'll…to a poolp): 소沼펄프화化할지로다(reduce him to a pulp).

23) 문을 조용히 열지라, 누군가가 그대를 원하나니, 이봐요!(Open the door softly, somebody wants you, dear!): 보우시콜트(Dion Boucicault) 작 〈키스의 아라〉(arrah—na=Pogue)에서 우체부 Sean의 노래.

24) 그가 그대를 부르고 있는 것을 들으리라(You'll hear him calling you): 노래 가사의 패러디: 당신이 나를 부르고 있군요(I hear You Calling Me).

25) 밀경密警(cheekas): CheKa: 1917년에 창설된 소련의 비상위원회(비밀경찰. 1922년 재조직되어 OGPU로 개편되었다).

26) 성聖 패트리스 경내 주위(Close Saint Patric): (1)St Patrick's Close(더블린의'자유구역'(the Liberties) 내, 사원 곁). 〈율리시스〉 제3장에서 스티븐의 의식 속에 스위프트와 연관된다(U 33) (2)Clos St Patrice: 조이스가 찬양한 프랑스 와인 명.

27) 빗질(coomb): 더블린의 '자유구'(the Liberties)에 있는 The Coombe 가(더블린의 빈민가)의 암시.

(443)

1) 그의(모르몬 교) 종성당의(정족수)(his quoram): Retina의 Robert는 코란(회교 성전)을 라틴어로 번역했다.

2) 모호마드(우愚)하운 마이크(Mohomadhawn Mike): 모하메드(이슬람)교의 개조.

3) 애란공화국형제단(Dora's Diehards): Doran: 1914년에 검열 기관인, 국법령의 방위(Defence of the Realm Act). Diehards: 1920년대의 I. R. B. (Irish Republic Brotherhood)의 반-조약군(Anti Treaty forces).

4) 제일 경찰청년기동대원(the first police bubby cunstabless): 〈율리시스〉 12장의 구절 참조: 그 꼬마 경찰, 맥퍼든 순경(The baby policeman, Constable MacFadden)(U 253).

5) 형제창가주兄弟娼家主(brotherkeeper): (1)포주(brothelkeeper) (2)〈창세기〉 4: 9의 구절에서: 나는 나의 형제의 파수꾼인고?(Am I my brother's keeper?

6) 크론멜인人(벌꿀목장)(the clonmellian): (1)Clontarf(더블린 외곽 마을): 황소 목장(bull meadow)의 어원 (2)Clonmel: 아일랜드 서부의 Tipperary 군의 도회 명으로, 벌꿀 목장이란 뜻.

7) 예쁜 구릉丘陵…그의 정강이를 위하여 많은 수사슴(Pretty knocks…plenty burkes for his shind): (1)격언의 변형: 뭘 멍하니 생각하는가(a penny for your thought) (2)〈햄릿〉 IV. 5. 174: (pansies, that's for thoughts) 이 삼색 오랑캐꽃은 생각해 달라는 꽃이구요. (김재남 831) (3)해부학자인 Dr Robert Knox는 William Burke와 Hare가 훔친 시체들을 사(買)다.

8) 찰리 내 사랑(Charㅓy you're my darling): 노래 가사의 패러디: Charley Is My Darling.

9) 가정 외과의 흄(Home Surgeon Hume): (1)Surgeon Hume: 더블린의 주택 건설자 (2)노래 가사의 패러디: Home Sweet Home.

10) 롤로 기생자(Rollo the Gunger): Rolf Ganger(Rollo): 노르망디의 최초의 백작.

11) 아놀프 백화점(Arnolff's): 더블린 소재의 백화점.

12) 56을 훨씬 초과 또는 근처 또는 가량의 유인원類人猿의 체격…통상의 XYZ 타입(fifty six or so…. XYZ type): 아마도 조이스의 부친 존 조이스의 초상인 듯.

13) R. C. 토크 H(Toc H): 런던 소재의 로마 가톨릭 Talbot House(사원).

14) 매슈 신부(Father Mathew): 아일랜드의 금주 옹호가.

15) 로스 반점飯店(Rhos'ss): 더블린의 식당들.

16) 위트리 맥주(Wheatley's): 〈율리시스〉의 구절 참조: 휘틀리 점의 더블린 홉주 같은 알코올 성분이 없는 술(some temperance beverage Wheatley's Dublin hop bitters)(U 67).

17) 올파 건장 부신副腎(the Olaf Stout kidney): Olaf the White: 더블린의 최초 북구 왕. 삼형제들인 Olaf, Ivor, Sitric은 더블린, Limerick, Waterford를 설립했다. 〈경야〉에는 많은 Olaf에 대한 암시들이 있지만, 그 중 Olaf the Stout로 알려진 St Olaf가 있다.

18) 주회週回로(hebdomedaries): hebdomadary: 매주 한번씩 돌아가며 행하는 로마 가톨릭 예배.

19) 비이네스 상사의 호직好職(a good job…in Buinnes'ss): 존 조이스는 아들 조이스에게 기네스 회사에 직장을 가질 것을 권유했었다(전출).

20) 마이칸과 그의 잃어버린 천사자天使子(Michan and his lost angeleens): (1)Finn MacCool (2)Henry Arthur Jones 작 〈마이컨과 그의 잃은 천사들〉(Micjael & His Lost Angels)의 인유 (3)더블린의 Michan's Church: 대법원(Four Courts) 근처 Church 가에 있는 덴마크의 성자 Michan에 의해 세워진 성당, 그의 지하묘지에는 1798년의 대 반란(Great Rebellion) 당시 희생 된 많은 영웅들이 매장되었다(U 197 참조). 〈초상〉에서 스티븐은 이 성당에서 참회를 갖는다(P 141 참조).

3부

(444)

1) 승합버스 성격(omnibus character): 만사에 합당한 성격.

2) 토족兎足(harefoot): (1)Harald Fair Hair: 노르웨이의 최초의 왕 (2)Harald Harefoot: 11세기 색슨의 왕.

3) 방언장전方言裝塡(loadenbrogued): Ragnar Lodbrok: 바이킹 족의 추장.

4) 매리(Marie stopes): Marie Stopes: 산아 제한의 옹호자.

5) 필 적취자笛吹者(Phil fluther's): 노래 가사의 패러디: 필 적취자의 무도: 피리의 피 소리와 바이올린의 붕 소리에 맞추어, 오!(Phil the Fluter's Hall: 'To the toot of the flute & the twiddle of the fiddle, O!').

6) 타자打者 뛰기(tip and run): 크리켓의 한 형태.

7) 오해 양孃이여(Miss Forstowelsy): (Da) misunderstanding. 8) (회오悔悟의 날에…저 불결한 늙은 대大걸인(Rue the Day!…the dirty old bigger): (1)회오의 날: 〈햄릿〉 IV. v. 180 참조. (2)파넬의 곱사 등 지지다.

9) 어느 것이 선타先打했는지(Which struck backly): 19세기에 아일랜드인들을 괴롭히기 위해 사용된 말: 누가 버컬리를 쳤던고?(Who struck Buckley?)

10) 피혁교수자皮革絞手者(straphanger): 속어: 피대를 잡고, 버스 속에 서 있는 손님.

11) 비둘기집(pogeonhouse): Pigeonhouse: 더블린 만의 전력발전소(〈율리시스〉 제3장 스티븐의 Sandymount 해변의 내적 독백 참조(U 34—35).

12) 욕에는 침(tip for tap): tit for tat: 되갚음, 보복.

13) 자유로이(lupitally: (1)liberally(자유로이) (2)Lupita: 성 패트릭의 자매로서, 창녀가 되었다가 오빠에 의해 살해되었다.

14) 장미이세로薔薇泥細路(Rosemiry lean): 더블린의 Rosemary 샛길.

15) 환상병가幻想甁街(Potanasty Rod): 런던의 Patermoster 길.

16) 늑대 두목(Wolf the Ganger): Rolf Ganger: 노르망디 최초의 백작.

17) 이소드(고녀孤女)여?(isod?): Isolde?

18) 암 늑대 루펄카(Luperca): Romulus와 Remus에게 젖을 먹인 암 늑대. 이들 쌍둥이 형제는 함께 로마를 건설하기 시작했으나, 형 Romulus는 아우 Remus를 살해하고, 혼자서 로마를 건설했다.

19) 리머릭의 한 팔라틴)(a palatine in Limerick): Limerick 주에 있는 팔라틴(palatine) 백작(자기 영토 안에서 권력을 행사할 수 있는).

(445)

1) 하느님의 이름에 맹세코(Neb de Bios!): (Sp) Name of God.

2) 철로 위를 걷기 위해 간다면(goes to walk upon the railway): 노래 가사의 패러디: 나는 철로 위를 걷고 있었네(I've Been Walking on the Railroad).

3) 모자잡아채는 강탈자 되리로다(will be hatsnatching harrier): 조이스의 〈영웅 스티븐〉(Stephen Hero)에서 한 교구 신부는 소녀들의 모자를 모으는 취미를 갖는다.

4) 신데렐라(Unbrodhel): (G) Ashenbrodel: Cinderella.

5) 그대의 봉오리를 미연에 방지하고 상처에 입 맞출지라!(So skelp your budd and kiss the huet!): 속어의 인유: 하나님 나를 도우사…책에 입 맞출지라(God help me God…kiss the book).

6) 전권적全權的 가학만족(plenary sadisfaction): absolute sadistic satisfaction.

7) 주교봉主教捧(bishop): (속어) penis.

8) 부분면죄부(partial's indulgences): plenary indulgence(전적인 탐닉).

9) 옹졸한 견수자양絹繻子孃(Miss Pinpernelly satin): 아마도 Parnell과 그의 정부 Nell 또는 Helen(O'Shea 부인). 아마도 주홍색 별봄맞이꽃(the Scarlet Pimpernel)(植).

10) 여인에게 앞발을 쳐드는 사내는 친절을 위한 길을 절약하고 있기에(the man who lifts his pud to a woman is saving the way for kindness): John Tolan의 글귀의 인유: 친절의 행위로서 이외에 여자에게 손을 드는 사내야 말로 천인 중위 가장 천인(the man who lifts his hand to a woman save in the way of kindness)(U 290) 참조.

11) 아베 호라마虎羅瑪(Aveh Tiger Roma): (L) Amor regit Heva: Love guides Eve.

12) 만병초 꽃(rhodatantanrums): rhododendron: 〈율리시스〉 제8장에서 블룸은 과거 몰리와 그 아래서 첫 정을 나눈 호우드 언덕의 만명초 꽃을 회상한다. 몰리도 마찬가지(U 144, 643 참조)(전출).

13) 나는 여기 있도다. 나는 행하도다 그리하여 나는 고통 받도다(I am, I do and I suffer): 시자와 그리스도의 암시. Letters on his back: I. N. R. I? No: I. H. S. Molly told me one time I asked her. I have sinned: or no: I have suffered(U 66)

14) 숭고함에서 우스꽝스러움까지(from the sublime to the ridiculous): 속담의 패러디: 숭고함과 우스꽝스러움은 종이 한 장 차이(나폴레옹 1세의 말).

15) 가장 깊은 사랑과 회상으로(with deepest of love and recollection): 노래 가사의 패러디: Shandon의 종소리: 깊은 우정과 회상으로(Bells of Shandon: With deep affection and recollection).

16) 이원離遠의 파침波枕 위에(far away on the pillow): Thomas Campbell(영국의 시인)의 시구의 패러디: 파도를 타고 멀리(Far away on the billow).

17) 온통 공허를 통하여(all through the empties): 노래 가사의 패러디: 온통 밤을 통하여(All through the Nigh)t.

18) 오스테린다(Ostelinda): 미상?

19) 프레드 웨털리(Fred Wetherly): Fred Wetherby: 노래의 다산작가多産作家.

20) 그대는 나의 원형울타리 위에 앉아 있으리니, 필경, 그 위로 나는 그대를 도와 넘게 했도다(You're sitting on me style, maybe, whereoft I helped your ore): 노래 가사의 패러디: 나는 울타리 위에 앉아 있나니, 메리여, 우리가 나란히 앉았던 그 곳(I'm sitting on the stile, Mary, Where we sat side by side)(이는 Wetherby의 작품이 아님).

21) 항공단航空團(Aerwenger's): Airwiner's(공익 집개벌레)(28. 15): 이어위커의 암시.

22) 호박한족琥珀漢族(아브라함)의 사손沙孫(the sands on Amberhann): Abraham의 아들들(모래).

(446)

1) 연자부호連字符號(Hyphen): (1)hyphen(—) (2)Hymen: Hymen(희랍 신화) 혼인의 신(the god of marriage, represented as a handsome youth bearing a torch).

2) 소신小神이여(godkin): (1)이시 및 〈햄릿〉의 오피리아의 암시 (2)godkin: little god.

3) 갑옷에남鎧男(a man of Armor): (1)Armorica: 프랑스 서북부 고대의 한 지방(트리스탄) (3) (2) armour: 갑옷, 기사 (3)(F0 amour: love(4)(Cornish, Cornwall 어) armor: 바다의 파도.

4) 미복美腹(isabellis): 이시 + belly.

5) 여아심락汝我心樂(U. M. I. hearts): 노래가사의 패러디: 그대는 나의 마음의 날이라(You Are My Heart's Delight).

6) 나는 행할 희망 속에 살고 있나니(I am living in hopes to do): 노래 가사의 패러디: 나는 여전히 만나는 기쁨 속에 사나니, 다시 한 번 성토盛土를(It's still I live in hopes to see, The Holy Ground once

3부

more.)

7) 심술견心術犬과 부견목父堅木에 맹세코(by my rantandog and daddyoak): 노래 가사의 인유: The Ratin' Dog, the Daddy o't.

8) 만나는 물(수水)(our meeting waters): T. 무어의 노래: 물의 만남(The Meeting of the Waters)(그의 시비가 지금 강가에 새겨져 있다). 〈율리시스〉 제8장에서 블룸은 이 시를 회상 한다(U 133).

9) 아동여我同汝(I. R. U.): (1)I are you (2)Ir. Rugby Union(아일랜드 럭비 연합).

10) 황비자荒飛者의 여우를 나 자신의 녹야綠野기러기(wildflier's fox into my own greengeese): (1)wild geese: 기러기: 아일랜드의 대륙으로 간 제임스 2세 파들(Jacobites) (2)Fox & Geese: 더블린의 지역 명.

11) 이애란梨愛蘭으로 되돌아 올 때(when…come back to Ealing): (1)노래 가사: Come Back to Erin (2) Ealing: 런던의 교외 지역 명.

12) 더비 경마(derby): 영국 Surrey 주의 Epsom Downs에서 매년 개최되는 경마 대회.

13) 무마無馬의 빈마구貧馬區(horseless Coppal Poor): (I) capall horse.

14) 무지와 지복(ignorance and bliss): 속담의 패러디: 모르는 것이 약(Ignorance is bliss).

15) 남조토南祖土와 노르북토北土(suirland and noreland): 남부 아일랜드의 Suir강과 Nore강.

16) 왕촌王村과 여왕촌(kings country and queens): 아일랜드 공화국의 두 주명(King's & Queen's Counties)인 Offaly 군와 Leix 군.

17) 그대가 거의 부지不知한 길을(the way ye'll hardly. Knowme): 노래 가사의 패러디: Johnny, I Hardly Knew ye.

18) 나와 함께 가내빈加來貧할지니(come slum with me): 영국의 극작가 및 시인인 Marlowe의 글귀의 인유: 와서 나와 함께 살아요, 그리고 애인이 되어 줘요(Come live with me and be my love).

19) 양육의 양자입양養子入養…애베라이트 동맹(Abelite union…the adoptation of fosterings): Abelites: 아이들을 입양한 4세기 정절貞節의 그리스도 교도들.

20) 길음복감吉音福感(Euphonia): 기분 좋은 소리(euphobia + euphoria(행복감).

21) 머피, 헨손 및 오드워, 워체스터(Murphy, Henson and O'Dwyer): 1924—30년 사이의 더블린 시의 행정관들(commissioners).

22) 워체스터의 간수들이여(Warchester Warders): Manchester Martyrs: 피니언 추장들의 도피를 도운 대가로 1867년에 처형된 세 피니언 당원들.

23) 진행 중인 프로그램(working programme): 〈진행 중의 작품〉Work in Progress): 초기 조이스의 〈경야〉에 붙인 작중 명.

24) 원조합園組合에 가입하고(Come into the garden guild): 테니슨의 시명의 패러디: 모드여, 나의 정원에 들어올지라(Come into the Garden, Maud).

25) 우리들, 진짜 우리들(Us, the real us): 파라오 이집트 왕의 비명.

26) 연소聯燒하게 하고(ignite): St Ignatius의 변형.

(447)

1) 재크라인 자매(Jakeline sisters): Pascal은 그의 누이 Jacqueline에 의해 개종되었다

2) 세계개선론世界改善論(Meliorism): (철학) 인간의 노력이 세계를 개량할 수 있다는 것을 확증하는 이론.

3) 수령액受領額을 복권식판매하거나 독점경마총액을 배꼽 바퀴 통, 살과 테까지 분담하면서, 찬송가처럼 윙윙 소리내도다(raffling receipts and sharing sweepstakes till navel, spokes and felloes hum like hymn): 여신의 수레바퀴에서 살과 테를 부수어, 둥근 바퀴통만 구천을 굴러굴러 지옥 밑 마귀들 위로 떨어뜨려 하옵소서(김재남 812)(Break all the spokes and fellies from her wheel, And bowl the round

nave down the hill of heaven)(〈햄릿〉 II. 2. 517—8 구절의 인유).

4) 단지 애란적인 것만을 불태울지라, 그들의 석탄을 수납하면서(Burn only what's Irish, accepting their coals): 스위프트의 글귀의 패러디: 그들의 석탄을 제외하고, 영국적인 모든 것을 불태울지라(Burn everything English, excepting their coals).

5) 코크스흑黑 우울담즙(the cokeblack bile): 검은 담즙(black bile): 고대로 우울증의 원인이 되는 것으로 상상되는 가상적 액체.

6) 아모리카(Armourican's): (1)Armorica(트리스탄과 연관) (2)America.

7) 나에게 그대의 수필을 쓸지니(Write me your essayes): Henriette Renan은 그녀의 오빠로 하여금 그의 〈예수의 생애〉(Vie' de Je'sus)를 쓰는데 도왔는데(젠[Senn]의 말, Glasheen 244 참조), 이 책은 〈율리시스〉에서 스티븐의 의식 속에 부동한다: 하지만 그인 레오 땍실 저의 〈라 비 드 제쥐〉(예수의 생애)를 나에게 돌려줘야 한다. 그걸 그의 친구한테 빌려주었지)(U 34). 레오 땍실(Le'o Taxil): 프랑스의 작가로, 그의 저서는 전통적 기독교 및 예수의 생애에 대한 묘사의 불합리성을 지적한다.

8) 헨리타(Henrietta): 더블린의 거리 명.

9) 킹 할(냉해무冷海霧)링턴(King Haarington): Sir John Harington(1561—1623): (연극의 조신으로 애란의 Essex에 근무하고, 애란에 관한 책을 썼다). 그의 저서 〈아이잭의 변신〉(Metamorphosis of Ajax), 이 책은 변소(water closet)에 관해 서술한다.

10) 유쾌한 젊은 뱃사공(jolly young waterman): 노래 가사의 인유: The Jolly Young Waterman.

11) 헨리, 무어, 얼 및 탤보트 가街(Henry, 무어, Earl and Talbot): 이들 4개의 더블린 거리들은 Drogheds의 백작인 Henry More에 의해 명명되었다.

12) 캐슬노크 가도(Castleknock Road: 더블린의 거리 명.

13) 웨일스의 최초일별까지(till the first glimpse of Wales): 무어의 노래의 패러디: 애린의 최후 일별을 통하여(Through the Last Glimpse of Erin).

14) 볼즈브리지 경마 쇼 파열교破裂橋(Ballses Breach Harshoe): 더블린 외곽 Ballsbridge의 경마 쇼(Horse Show).

15) 덤핑 모퉁이(Dumping's Corner): Dunphy's Corner: 더블린의 주점 모퉁이로, 〈율리시스〉의 장의 마차 속에서 데덜러스 씨는 이 주점을 언급하고, 블룸 씨는 이를 명상한다(U 81).

16) 파티의 마리스트 신부형제원神父兄弟員 십일(11) 대對 카르멜파 수사들(the Mirist father's brothers eleven versus White Friars): (1)Marist Fathers: 더블린 소재 (2)머서 병원의 자금 마련을 위해 열리는 마이러스 자선 시(U 209) (3)White Friars: Carmelites(카르멜파의 수사).

17) 캐퓨친 수도회 수사 미장이들(caponchin trowlers): Capuchin trousers(프란체스코파의 캐퓨친 수도회의 수사)(〈초상〉 제4장 참조).

18) 페어뷔우(미관)의 트림 교橋(Bridge of Belches in Fairview): 더블린의 북동쪽 마을인 Fairview(지금은 공원)에 위치한 Ballybough 다리. (〈초상〉 제5장에서 스티븐은 이 다리를 건너, 리피 강을 건너고, 트리니티 대학을 지나, 그의 학교(UCD)로 향한다.

19) 잼 이방인(Jas Pagan): 제임스 조이스(젬)의 암시.

20) 피어스 이간에 의한 덥브린(진통塵桶)의 생엽生葉(liffe in Dufblin by Pierce Egan): Pierce Egan(1772—1849)(영국의 스포츠 작가)의 저서 〈어떤 진짜 패디에 의한 더블린의 진짜 생활〉(Real Life in Dublin by a Real Paddy) 및 〈런던의 생활〉(Life in London).

21) 피노 랄리(Fino Ralli): Egan ORahilly: (1694—1734) 아일랜드 Munster 주의 음유시인으로, 크롬웰의 정착자들에 반대하는 조잡한 해학 시를 썼다.

22) 에스파나 흑해안 월편의 최록最綠의 섬(the greenest island off the black coats of Spaign): 전설에 따르면, 아일랜드에 대한 밀레토스의(소아시아의 고대 그리스 도시, Milesian) 침공은 어느 날 스페인으로부터의 아일랜드의 가시可視 때문이었다 한다.

23) 자고鷓鴣 새(퍼드리쓰)(perdrix): Perdix: Daedalus의 조카요, 경쟁자, 그에 의해 살해되다.

24) 장애물항도(the Ford of a huddle): 더블린의 옛 이름.

25) 드럼곤돌라(Drumgondola): 더블린의 지역 명.

26) 아스톤 부두(Aston's): 더블린의 Aston 부두(리피 강 하류).

(448)

1) 11번지의 호포呼鋪, 캐인…32(11…the hoyth of number eleven, Kane…thirtytwo): (1)Kane 상商: Aston 부두 11번지의 가방 및 트렁크 제조회사 (2)1132: 〈경야〉의 상징적 수자(전출).

2) 키오 점(Keogh's): Ambrose Keogh: Aston 부두 12번지 소재의 포목상.

3) 교차흑벽교통交叉黑壁交通의 죽 같은 잼(the mush jam of the cross and blackwalls traffic): (1) Crosse & Blackwell점 제製의 잼 (2)St John of the Cross.

4) 카펠 가街(See Capelsand then fly): (1)더블린의 중심가(리피 강 북안) (2)(격언)의 패러디: 나폴리를 보면 죽어도 좋아(See Naples nad then die).

5) 카우(암소)텐즈 캐이트크린(Cowtends Kateclean): (1)예이츠의 극시 〈캐슬린 백작부인〉(Countess Cathleen)의 암시 (2)Katherine Strong: 17세기 더블린의 청소부(scavenger) 및 수셀리.

6) 청소국 외관外觀(W. D. face): Waste Department.

7) 트로이아(Trois): (L) Troy.

8) 대국립大國立 황금모黃金帽의 우마취愚痲醉(grandnational goldcapped dupsydurby): 경마: Grand National, Gold Cup, Derby.

9) 교황의 아비뇽 가도(Pope's Avegnue): 1309—77년 사이 교황들이 살았던 곳.

10) 아피아 가도(Opian Way): (2)더블린의 Appian 로(Way) (2)최초로 포장된 로마의 한길 이름.

11) 브래이호우드를 빛내며(brighton Brayhowth): (2)조이스는 더블린 외곽 Rathgar의 서부 Brighton 광장 41번지에서 태어나고, 뒤에 아일랜드의 Brighton이라 불리던 Bray에서 살았다.

12) 불(牛)매일리 등대(the Bull Bailey): (1)호우드 해안의 Bailey 등대 (2)노래 가사의 인유: Bill Bailey, Won't You Please Come Home?

13) 로칸스비(Lorcansby): Lorcan(Laurence) O'Toole: 더블린의 수호 성자.

14) 악잡초惡雜草는 어떤 양귀비도 무선효취無善效吹나니(Tis an ill weed blows no poppy good): 격언의 패러디: 누구에게도 좋은 바람은 불지 않나니, 그건 악풍惡風이라(It's an ill wind that blows nobody good).

15) 노자勞者는 나의 고고용高雇用으로 가치가 있도다(labour's worthy of my higher): 격언의 인유: 노동자는 고용되는 자기 가치를 지닌다(The labourer is worthy of his hire).

16) 보報를 위한 유油 및 육育을 위한 노勞(Oil for meed and toil for feed): 노래 가사의 패러디: 둘을 위한 차 & 차를 위한 둘(Tea for two & two for tea).

17) 악樂을 위한 악대와의 유遊(a walk with band for Job Loos): Joe Loos: 밴드 지휘자.

18) 만일 내가 자비를 무망無望하면 내게 무슨 폭리暴利를? 무無로다!(If I hope not charity what profiteer's me?: 〈고란도전서〉 13: 3: 사랑이 없으면 내게 아무 유익이 없으리라(have not charity, it profieth me nothing).

19) 이사그람(isagrim): Isengrim: (1)Renard the Fox cycle(중세 전설) 중의 여우 (2)Jakob Grimm의 동화.

20) 견목유희堅木遊戲를 삼가 하게 하나니(keeping…from the sport of oak): (영국 학생 속어) sport your oak: (부재, 면허사절의 표시로)문을 닫아두다(옥스퍼드 대학의 강의실 문은 주로 단짝의 느릅나무로 됨)(Oxford Slang).

21) 게으른 꼬마 현악소녀絃樂少女들이여(liddle giddles): Alice Liddell: Lewis Carroll의 친구로 〈이상한 나라의 엘리스〉의 모델(전출).

22) 나족자裸足者(discalced): 더블린의 나족 카르멜 파 성당(Discalced Carmelite's Church).

23) 욕탕치장浴湯治場(Badabuweir): 더블린의 Iveagh 탕치장湯治場(Baths).

24) 확마確魔로(sartunly): certainly + Satrun.

25) 고高 솔—파 루투곡曲이긴(high fa luting): (도 래 미) 파 솔—파 곡).

26) 취안본醉眼本(booseys): Boosey & Hawkes): 영국 악보 출판자들.

(449)

1) 그의 불확투신不確投神의 눈은 성상星狀의(스텔라) 매력 속에 상상적 비연飛燕을 재빨리 추적했는지라, 오, 베니씨 의 허영이여! 만사는 멸종滅終하도다!(his onsaturncast eyes in Stellar attraction followd Swift to an imaginary swellaw, O, the vanity of Vanissy ! All ends vanishing!): (1)스위프트의 애인들인 스텔라와 바네사의 암시 (2)swellaw: 조이스가 합작한 〈진행 중의 작품의 정도화正道化를 위한 그의 진상성眞相性을 둘러 싼 우리들의 중탐사衆探査〉 속의 S. Gilbert의 Swellaw에 대한 해설: 스위프트의 거기 보이지 않은, '새'에 대한 투영을 향하여 처다 보면서, 그는 목구멍의 장애물을 삼켜 내린다. (p.68) Swellaw: 천국의 법령(celestial ordinance)을 암시할 수 있다 (3)Lord Orrery 저 〈조아단 스위프트 박사의 생애와 글에 관한 말들〉(Remarks on the Life and Writings Dr. Jonathan Swift)은 바네사의 빠지기 쉬운 죄로서 허영을 서술한다. (4)〈전도서〉 1: 2의 인유: 헛되고 헛되나니 모든 것이 헛되도다(vanity of vanities. all is vanity.)

2) 개갑적個匣的으로(Pursonally): personally + purse: 숀은 그가 더 많은 돈을 필요로 함을 불평한다. 그는 결코 충분한 돈을 갖지 못한 그런 류의 사람이다(S. Gilbert의 〈진행 중의 작품〉의 서문(Prolegomena to Work in Progress, p. 68 참조).

3) 시간이 충분하여 집오리를 잃는다면(time enough lost the ducks): 격언의 변형: 만일 충분—시간 씨氏가 집오리를 잃는다면, 안일—보행자가 그들을 발견할지라(If Mr. time—Enough lost the ducks, Mr. Walking—Easy found them).

4) 사슴의 도행逃行, 사詐토끼의 주행走行(deerdrive, conconey's run): Deirdre: sun—beam이란 뜻으로, 예이츠와 Synge의 연극들의 주인공. Deirdre & Conchubar: Ulster 신화의 Ulster 왕이요, Cuchulan의 숙부. 이들은 Isolde의 마크 왕과 평행을 이룬다.

5) 저詛집토끼의 보행步行(wilfrid's walk): 어떤 동물에 대한 이이들이 붙인 이름인 듯(S. Gilbert의 〈진행 중의 작품〉의 서문, p. 68 참조). McHugh 교수는 토끼라 정의 한다(p. 449).

6) 길을 지나는 그들 모두(of all them that pass by): Of all who pass by etc 구절의 메아리(S. Gilbert의 〈진행 중의 작품〉의 서문, p. 68 참조).

7) 밀통탄密通嘆을 지닌(with any tristys): 지상에 사는 어느 비통한 사람(트리스탄)과 마찬가지로. tristy: (Cornish어) sorrow.

8) 푸른 악취惡臭 여우를 낌새챌지니(I'll nose a blue fonk): Fonk: fox(여우) 및a blue funk(질급窒急, 공황恐慌).

9) 민활여敏活女(the nippy girl): 속어: Lyon 점(Lyon's Corner Houses)의 다茶 여점원.

10) 진기독사도다주식성당眞基督使徒多柱式教會의 모나 버라(Mona Versa Toutou Ipostila): (1)Mona Vera: (the one true Catholic and Apostolic Church). toutou: fondling and everywhere(팔방미인) (2)(It) ipostila: hypostyle(多株式) (3)숀은 자기를 부양해줄, 그녀 자신의 일을 가진 소녀를 발견하기를 원하나니, 그리하여 자신은 일할 필요가 없다. 여기 다 점원이면 족하다.

11) 라이온즈의 귀여貴女(lady of Lyons): Bulwer Lytton의 유명한 연극 제목이요(〈초상〉 P 99), 인기 있는 레스토랑에 대한 인유.

12) 시견匙見할 수만 있다면(spoonfinf): kiss와 waitress)의 생각이 결합하여, Lady of Lyons(남자 주인

공 Claude Melnotte)를 마련하는지라.

13) 갬프의 하인, 투석 당한, 성 제임마스 한왜이(Saint Jamas Hanway, servant of Gamp, lapidated): (1)Dickens의 소설 Martin Chuzzleewit(1843—44)에 나오는 Sairey Gamp 부인의 이름을 딴, 거대한 우산. Mrs Gamp는 커다란 우산을 지녔을 뿐만 아니라, 소설에서 간호원 및 산파이다. the other's gamp poked in the beach(U 31) (2)Jonas Hanway(1712—1786): 우산을 갖고 런던 거리를 거닌 최초의 남자로, 런던 인들은 그에게 돌을 던졌다. 그는 차 마시는 것을 반대하는 글을 썼다 (3)lapidate: 돌을 던지다(성 스티븐의 암시).

14) 십자향로복사十字香爐服事로서, 자상刺傷 당한, 어떤 자코버스 퍼샴(Jacobus a Per—shawm, intercissous, for my thurifex): (1)Pershawm: 다른 성스러운 순교자(holy martyr)로서, 앞서 Hanway가 돌질 당하듯, 그는 자상(cut up)당했다 (2)thurifex: cricifix. 숀은 그의 파이프를 좋아하며, 토바코는, 사실상, 그의 기호향嗜好香이다.

15) 나의 흉취胸醉의 저 친구인, 피터 로취(Peter Roche, that friend of my boozum): (1)〈마태복음〉 16: 18의 인유: 너는 베드로라 내가 이 반석위에 내 성당을 세우리니(thou art Peter & upon his rock I will build my church).

16) 궁완弓腕(cubits): elbows + Cupids.

17) 지방선택권에 의한 조숙鳥宿 속에(by localoption in the bird's lodgimg): 의회 의원 Sir Boyle Roche는 한 때 말했나니: 의장 각하, 본인은 한꺼번에 두 자리에 있는 것이 불가능합니다. 본인이 새가 아닌 한(Mr Speaker, it is impossible I could have been in two places at once, unless I were a bird).

18) 나의 들쥉들에 휩싸인 채, 그리하여 여기 나는 꿈꿀지니, 지저귀는 새들의 벽 사이 나는 부숙富宿할지라(Ill dreamt that I'll dwealth mid warbler's walls): 노래 가사의 변형: 나는 내 곁에 신하들과 농노들과 함께 대리석 홀 안에 사는 것을 꿈꾸었지(I dreamt that I dwelt in marble hall with vassals and serfs at my side) 〈더블린 사람들〉. 〈진흙〉 종말에서 Maria가 부르는 노래.

19) 이발耳髮은 놀란 토끼 마냥(with me hares): 숀은 동물들 사이 숲(피닉스 공원?) 속에서 하루 밤을 보냄을 생각한다. 그의 놀란 머리카락이 끝으로 서고(〈율리시스〉 제1장에서 멀리건의 금간 거울에 비친 스티븐의 얼굴)(U 6), 귀는 쫑긋이라(longears: rabbits). 여기 숀의 설교는 다분히 목가적(pastoral)이요, 그것의 언어는 들과 숲의 동물군(fauna)을 암시한다.

20) 소적고小赤孤, 여우가!(a maurdering row, the fox!): 무어의 노래에서: Moddereen Rue(The Little Red Fox).

21) 두려운(coward): Couard: Reynard 우화 중의 토끼.

22) 미흉美胸(beausome: bosom + beauty.

23) 경칠 급정지!(fast cease to it!): bad cess to it!: 경칠!, 재기랄!(U 186).

24) 드럼샐리(Drumsally): 성 패트릭에게 부여된 Armagh의 토지.

25) 피리 취풍유희吹風遊戲하리라: flute + flirt(F).

26) 나는 성 그로세우스(뇌조雷鳥)의 울부짖음까지 와와 외침 시간동안 안전 측에 앉아 있을 수 있나니(I could sit on safe side till the bark of Saint Grouseus for hoopoe's hours): (1)I could sit on safe side로 시작되는 문장은 David Hayman에 의하여 깊이 있게 분석되고 있다(From Finnegans Wake: a Sentence in Progress, PMLA, LXXIII(1958년 3월), 136—54 참조. (2)St Grouse's day: 뇌조雷鳥(사냥)의 계절의 시작. 숀은 합법적 사냥 시절이 시작하기 전까지 안전한 자리에 머물지라.

27) 양전羊電(sheeps lightning): 막전(sheet lightning)은 양(sheep)이 늑대에게처럼 차상전광叉狀電光에 해당한다.

28) 애어리얼(Aerial): 〈템페스트〉의 Ariel(중세 전설의 공기의 요정).

29) 야강夜江을 건너는 우편열차(펍펍! 펍펍!)를…들으면서)(hearing…the mails across the nightrives): 숀은 강둑을 따라 건너는 야간 우편 열차의 소리를 듣는다(S. Gilbert의 〈진행 중의 작품〉의 서문(Prolegomena to Work in Progress, p. 70 참조) 펍펍!(peepet!) 스위프트의 스텔라에 대한 서한의 결구: Ppt.

30) 무어 파크!(moor park!): (1)이 오스트레일리아의 새의 부르짖는 소리: More Pork! (2)스위프트가 스

텔라를 그 곳에서 만난 Moor Park.

31) 애하천마愛河川馬(philopotamus): hippoporamus(하마)의 변형).

32) 짹짹 소리(jugs): (1)나이팅게일의 우는 소리 T. S. 엘리엇의 〈황무지〉 참조(109 행): Jug, Jug, To dirty ears (2)crekking: 숀은 개구리(frog)와 더불어 게골게골 소리 내리라. 이는 앞서 〈경야〉의 서곡격인 개구리의 고전적 합창(classical chors)(4)를 상기시킨다.

33) 숭어(魚)를 위한 다엽을 뒤로 남기며(leaving…the trout): 숀은 게으른지라, 자신의 피크닉의 장비를 나르기 위해 너무 느린 고로 이들을 뒤에 남긴다.

34) 도기陶器(belleeks): Belleek: (1)일종의 도자기 (2)낚시로 유명한 Fermanagh 군의 한 도회 명.

35) 측운경測雲鏡(neviewscope): 구름의 속력과 고도를 재는 망원경.

36) 서면향西眠向(westasleep): (1)노래 가사의 변형: 서쪽의 잠(The West's asleep)(자장가의 주제) (2)달은 그가 진로의 한계에 도착하자, 잠자러 가도다.

37) 자장 자장가 럭비 달(月)(rugaby moon): rugby + lullaby. 숀은 럭비의 스크럼의 진흙 발사이의 공처럼 달이 구름 사이를 구르는 것을 본다.

38) 구즈 마더(어미 오리)(goosemother): Mother Goose(팬터마임).

(450)

1) 황금 자란雌卵(golden sheegg): 속어의 패러디: 황금 알을 낳은 거위(goose that laid the golden egg).

2) 살필지로다(for to watch): 숀은 아침 해돋이를 기다리리라.

3) 수란水卵을 대치지 않으랴!(would'nt poach): 대쳐놓은 계란(poached egg): 〈율리시스〉 제8장에서 블룸은 지나가는 파넬의 아우요, 현 더블린 경시총감의 눈을 '대쳐놓은 눈'(poached eyes)으로 묘사는 데, 이는 〈햄릿〉에서 부왕의 유령에 달린 '대쳐놓은 눈'의 인유이다(U 135).

4) —나의 강측江側의 째진 틈(—the rent in my riverside): 나의 강을 향한 쪽에 바지 구멍이 나있다(S. Gilbert의 〈진행 중의 작품〉의 서문)(Prolegomena to Work in Progress, p. 71 참조).

5) 그라니아의 향연어부饗宴漁夫(dace feast of grannom): (1)낚시(fishing)에 대한 인유 (2)grannon: 어부들이 사용하는 파리 미끼 (3)feast of grannom: 어떤 어부들의 향연(4)Grannia: Finn.

6) 백조도白鳥道(swansway): (1)Proust 작 〈백조의 길〉(Swann's Way)의 인유 (2)백조는 Leda(그리스 신화에서 Tyndareus의 아내)의 백조 또는 하나님. 여기 숀이 취하는 길은 십자가의 길이다.

7) 지갑풍紙匣風의 숨찬(pursewinded): pursy + short-winded(숨찬).

8) 로드 퍼치 면적面積(rood perches): rods & perches(척도尺度).

9) 악취(astench): astern(고물) + tench(인어의 일종) + stench(냄새). 사람들은 숀의 냄새를 뒤에서부터, 배의 고물 쪽으로 맡을 것이다.

10) 자타처自他處 수영水泳하나니(rearin antis): (1)(L) rari nantes: 여기 저기 수영하는 (2)숀은 물론 리피 강의 수영 대회에서 손쉬운 승자이다(셈—스티븐과는 대조로).

11) 북北오렌지와 곰(웅熊)배(梨)(norange and bear): norange: north + orange: 여기 분명히 무지개의 주제가 있는지라, 이는 〈경야〉의 지배적 이미지이다. bear(곰) + pear(배).

12) 동고암動孤岩(logansome): lonesome + logan-stone: 강 가장자리에 위치한 중량의 돌멩이.

13) 얼. 굴. 에는 도관. 선율. 導管. 旋律. (지. 비. 디. 파이프)(my g. b. d. in my f. a. c. e.): (1)파이프—흡연자들과 음악사들을 암시하는 명석한 콤비네이션 (2)여기 GBD는공간인 FACE 사이에 끼어 있다 (3)유명한 GBD 파이프(4)여기음악의 주제가 싹트기 시작한다.

14) 성냥이 솔 파 음계音階치듯(solfanelly): tonic solfa: 기보법記譜法(성악 교수법, 창법) + (It) solfanelli(matched).

15) 향광享光(deelight): delight란 말은 듀엣의 인유: 달이 자신의 등불을 위로 올려놓았다(The Moon hath raised her lamp above)의 비유.

16) 창광천수槍光川水를 붉게 물들이면서(burning ater in the spearlight): burning water: 물(강)이 태양으로 뻔쩍이다.

17) 철갑상어 왕립대학(king's riyal college of sturgeone): 더블린 왕립 외과 대학(Royal College of Surgeon, Dublin).

18) 오 나의 정자를 엮어 주오(O twined me abower): (1)노래 가사의 메아리: O Twine Me a Bower (2) 무어의 노래 인유: 오 세월을 슬퍼하도다(O! Weep for the Hour).

19) 애덜레이드의 장난꾸러기나이팅게일들이 째그째그(Adelaide's naughtingerls juckjucking): (1) Aledaine 도회 명 및 노래를 회상시킴(Beethoven의 아리라) (2)nightingale's jug jug: T. S. 엘리엇 작 〈황무지〉의 말 주제들(verbal motifs) 중 하나(104행)(전출).

20) 도리언(Dorian)(1)옛 그리스의 Doria 지방의 (2)Oscar 와일드 작 〈도리언 그래이의 초상〉(The Picture of Dorian Gray)의 인유.

21) 여섯페니짜리가락을 전음계(singasongapiccolo): 자장가의 변형: Sing a Song of Sixpence.

22) 자전거성가곡自轉車聲歌曲(a voicical lilt): 노래 가사의 인유: 둘을 위해 마련된 자전거(A Bicycle Built for Two).

23) 무無마리오 테너!(Nomario!): 테너 마리오(Mario tenor): 1871년 마지막으로 무대에 선, 이탈리아의 테너 가수 마리오(Giovanni Giuseppe Mario, 1810—83)(19세기의 가장 유명한 테너 가수(〈율리시스〉 제7장 초두에서 블룸은 신문사 편집인 Brayden을 그와 비교하며, 마리오와 연관되고, 우리들의 구세주의 장본인(the picture of our Savior)으로 불린다(U 97). 그는 또한 칸디아의 왕자(prince of Candia)로 묘사되기도 한다(U 422).

24) 마리아와 예수!(Mary & Jesus!): 〈율리시스〉 제5장에서 블룸은 그들을 함께 생각한다(U 65).

25) 나는 가정독家庭獨 킬(살殺)라니의 백합白合해오라기 성가聲歌하는도다(I'm athlone in the lillabilling of killarnies): (1)Gerald Griffin의 〈대학생들〉(The Collegians) 중 〈킬라니의 백합〉(The Lily of Killarney)(이는 보우시콜트 작 〈아리따운 아가씨〉(The Colleen Bawn)의 기초)의 인유 (2)Athlone: John McCormack(아일랜드의 세계적 테너 가수로, 조이스에게 커다란 영향을 줌. 전출)의 탄생지. 〈경야〉 III부는 McCormack의 인유로 점철 되어 있다(Parick Reilly: Sea'nsong. or whatyoumacormack, James Joyce Quarterly Vol. 44. No. 4, Summer 2007, 719—736 참조).

26) 금작지金雀枝에 좋은 것은 정원의(가축)몰이 막대도 마찬가지(What's good for the gorse is goad for the garden): 격언의 인유: 갑에 적용되는 것은 을에도 적용 된다(What's sauce for the goose is sauce for the gander)(U 229 참조).

27) 브리오니 오브리오니(Bryony O'Bryony): 오이 속의 식물.

28) 벨라다마(Belladama): 가지 속屬의 식물(nightshade).

29) 민감도음敏感導音의 금화(sensitive coin): 바탕음(tonic)을 앞서는 곡(note).

30) 은행가족(Latouche's): (1)더블린의 은행가족으로, 더블린의 Castle 가에 은행을 가졌었다 (2)아마도 숀이 투자를 생각하는 사업: 이 이름은 분명히 음악과 연관된다(les touches—피아노의 키들을 위해 선택되었다). 문제의 Latouche 가족은, 필경, 더블린에 정착한 많은 유그노 가족들(부유층) 중의 하나로, 〈율리시스〉 제8장에서 블룸은 유그노 가문의Miss Dubedat에 관해 반성한다. (U 144) 또한 벅 멀리건은 제1장에서 L'Alounett's(아이러닉하게도 장의사)에 관해 언급한다(U 8).

(451)

1) 복식불법주형複式不法酒型의 투자로서(in vestments of subdominal poteen at prime coast): 버금딸림음(樂)에 가락을 맞춘 복부(배)(Abdominal attuned to subdominant): (1)여기 숀은 그가 얼마나, 통상적으로, 근면을 의식儀式과 결합하고 있는지를 주목한다 (2)(AngI) poteen: 불법 위스키.

2) 절반 전상형全常衡(온스)(the whole ounce you half): half: 이시는 가볍게 옷을 입고 있나니, 비록 무거울지라도, 절반 온스에 불과라.

3) 우연고의偶然固衣(chancey oldcoat): (1)의상 (2)Chancey Olcott: 우편배달부 Sean 역을 한 연극배우.

4) 메스다미나(mesdamines): 노래 가사에서: 〈돈 지오 바니〉의 Madamina. Mozart의 이 오페라 곡의 주인공은 여기 〈경야〉의 주인공인 Don Juan 격.

5) 병선영국病腺英國에 신냉벌神冷罰을 내리시기를!(may cold strafe illglands!): (G) God punish England(슬로건).

6) 수완가(gogetter): Gogarty: 〈율리시스〉에서 벅 멀리건의 모델로서, 그는 정신성의(of spirituality) 스티븐과 대조적으로 물질성의(of materiality, physicality) 화신이다.

7) 막대 위의 단지(a pot on a pole): 정원사가 집게벌레를 잡기 위해 고안된 방책(전출, FW 031. 2—3).

8) 한 사람의 생선이 열두 사람의 독毒이다(one man's fish and a dozen men's poissons): 격언의 변형: 갑의 약은 을의 독(One man's meat is another man's poison).

9) 젊은 혈기로 정수精髓를 뿌린다면(sowing my wild plums): 속담의 패러디: 젊은 혈기로 난봉부리다(sowing my wild oats)〈더블린 삶들〉, 〈하숙집〉(D 64).

10) 마적魔笛(magic fluke): Mozart의 〈마적〉(魔笛)(The Magic Flute).

11) 한 도매상(a factor): 이 단어 속의 막연한장사(business)의 암시 이외에, 프랑스어의 facteur(우체부)의 암시가 있다. 숀은 우체부의 화신.

12) 럭비 클럽(Becktive's): 아일랜드 럭비 클럽.

13) 불면不眠의 소하성溯河性 혜慧연어(Unsleeping Solman Annadromus): (1)Solman: Solomon(〈성서〉,에서 지혜의 왕)과 Salmon(잠자지 않은 것으로 전해지는 연어)의 연관은지혜의 salmon이 등장하는 아일랜드 전설과 동화될 수 있다. 이 물고기의 가장 적은 단편을 먹더라도(민족적 영웅인 Finn MacCool의 경우에 있어서처럼) 지혜와 예언의 선물을 얻는다. (즉, 지식의 나무와 Promethus 전설로, 이의 가락들은 〈경야〉의 텍스트 속에 자주 식별된다) (2)소하성溯河性 혜慧연어(Solman Annadromus)는 알을 낳기 위해 강을 거슬러 오르는 연어로서, 여기 n의 중복은 〈경야〉에서 자주 사용되는 강의 접두어인 아나를 형성하기 위해서다. 아나는 라틴어의 amnis의 대중적 폐어廢語처럼 보인다. 이리하여 아나 강은 옛 지도상으로Amnis Livius로 표기 되는 바, 이는 아나 Livia 강(이야기의 이브)의 옛말이다(S. Gilbert의 〈진행 중의 작품〉의 서문(Prolegomena to Work in Progress, p. 73 참조) (3)Solam O Droma: 〈발리모트 서〉(Book of Ballymote)의 공동 저자.

14) 소잡어小雜魚의 저 신에 맹세코(ye god of little percies): (1)격언의 인유: Ye gods and fishes (2)〈요한복음〉 6: 5—13: 빵과 물고기 (3)pescies: (It) 작은 물고기 + sin(pe'ch'es)(4)Ye gods and fishes: 어마나 맙소사(U 74).

15) 생피화生皮靴와 들통처럼(like the brogues and the kishes): (AngI) 속담: 들통의 구두처럼 무식쟁이(ignorant as a kish of brogues)(U 144).

16) 얼수터의 총기병대銃器兵隊, 코크의 슬의용대虱義勇隊, 더블린의 폭죽수발총병대爆竹隨發銃兵隊, 코노트의 집결된 무장 순찰대도(Ulster Rifles, Cork Milice, Dublin Fusees and Connacht Rangers): 아일랜드의 주요 지역에 산개한 군軍 연대들: Ulster Rifles, Cork Nilitia, Dublin Fusiliers, Connacht Rangers.

17) 사는 협강峽江을 부단斧斷할 것이요(axe the channon): Shannon강(아일랜드 서부의 강) + channel.

18) 리피 강해도江鮭跳할 것이요(leip a Liffey): 애인 숀의 진출을 무엇도 제지 할 수 없을 것인 즉, lief(salmon's leap, leixlip: 리피 강).

19) 여하흑수如何黑水(annyblack): 아일랜드에는 Blackwater로 불리는 3개의 강들이 있다.

20) 겁탈怯奪함은 단지 음경연陰莖然이요 그의 담행膽行은 성행聖行을 겁내도다(To funk is only peternatural its daring feers divine): Pope의 〈비평론〉(Essays on Criticism)의 글귀의 변형(525행): 과오는 인간의 직, 용서는 신의 짓(To err is human, to forgive divine). (1)perter(음경의 속어) (2)Peter: 성당의 흔들바위(loganstone)이라 불리든 Peter는 세 유명한 경우들에서 바로 인간 꺽다리

(human slip)역을 한다. (3)preternatural: 초자연적인, 이상한, 기이한(4)its daring: 우리가 겁내는 것을 모험적으로 행하는 것은 신의 일, 그러나 이 구절에서 숀은 연애하는 입장이라, 앞서 구절에 미루어, 어떤 노출증(exhibitionism)에 탐닉하는 듯하다. 금단의 열매의 개념, 즉 비정상적인 행위가 여기 함몰된 듯하다(S. Gilbert의 〈진행 중의 작품〉의 서문(Prolegomena to Work in Progress, p. 74 참조).

21) 빗솔 여공(Varian's): L. S. Varian: 더블린의 빗솔 공장(녀).

22) 그리하여 그대가 부재했던 곳을 그대가 알기 전에(And before you knew….): 이 구절은 어떤 애란 노래를 부르는 듯하다. 여기 숀은 소녀를 그의 양팔 안에다 높이, 더 높이 흔들고 있다.

23) 점화(點火)의 기적(ignitial's 야표): (1)숀은 우체부의 램프를 갖고 있다 (2)affidavit: 선언서.

24) 현금—및—현금—재삼再三 숨바꼭질(cash—and—cash—can—again): (F) 숨바꼭질. catch—as catch—can: 자유형 레슬링.

25) 그대를 충실하게 쓰러뜨리면서…나의 적赤클로버의 적재積載 속에(rolling you over…in my tons of red clover): 노래의 인유: 나를 쓰러뜨려요, 클로버 속에(Roll Me Over, in the Clover).

26) 애자愛子 및 애우愛友여(petter and pal): Peter and Paul: 〈성서〉, 의 베드로와 바울.

27) 쉐일라여!(Sheila!): Cyclops의 소녀. 아일랜드의 별명.

28) 맘 맥주(Mumm): mum: 도수 높은 맥주(샴페인).

29) 빤짝이는 빙안氷眼의 백포주白泡酒를 흔들고(shake a pale of sparkling ice): 노래 가사의 패러디: 한 쌍의 빤짝이는 눈을 가져라(Take a Pair of Sparkling Eyes).

30) 은피隱皮(hide): 숀의 피부뿐만 아니라, 보물주제의 회상.

31) K. C. : King's Counsel: 칙선勅選 변호사.

32) 축복주교祝福主敎를 사射할 때까지(till…shot that blissup): (속어의 패러디): 주교를 쏘다(shoot a bishop): 성교하다.

33) 무절칠천無絶七天(sever nevers): 칠천국(seventh heaven): 신과 천사들이 사는 최상 천국, 하늘나라.

34) 탐미歎美와 함께 단경이單驚異 봉무언縫無言되어(simpringly stichless with admiracion): (1)simply speechless with admiration (2)그녀는 감탄으로 선웃음 치다(simper her admiration).

35) 방탕별방放蕩別房들(sybarate chambers): Sybarite: 남 이탈리아의 고도로, 그곳 사람들은 방탕과 사치를 일삼았다.

36) 가까스로 영세자금에 달하기라도 한 듯(as I'd run shoestring): 아메리카는 쉬운 돈을 버는 곳이다. 여기 아메리카의 기미는 타당한지라, 왜냐하면 숀은 대양을 건너, 미국의 거금을 버는 애란류의 사람이기 때문이다.

37) 대우大雨(pluvious): (L) Juppiter Pluvius(비를 뿌리는 자, 〔希〕우신)(U 502). 숀은 밤에 별들 아래 얼마나 추울지를 생각한다.

(452)

1) 수압력水壓力(hedrolics): hydraulics(물을 조절하는 힘).

2) 조율성鳥慄聲(woabling): warbling: (새가) 지저귀는 소리: (물이) 졸졸 흐르는 소리.

3) 연환한발戀患旱魃(luftsucks)(G) draught: 가뭄, 한발.

4) 절삭풍切削風이 덴마크인人을 절멸할 것이요(borting that would perish the Dane): (1)숀은 감기가 한층 악화하고, 그리하여 그는 아침(morning)을 borting이라 콧소리로 말한다. Gilbert에 의하면 departure의 덴마크어의 전철(prefix)은 bort라는 것(S. Gilbert의 〈진행 중의 작품〉의 서문(Prolegomena to Work in Progress, p. 75 참조). Dane은Dean(아일랜드어의 발음)으로, 여기 스위프트의 주제가 성립된다 (2)(앵글로 아일랜드어) 속담: 덴마크 인들을 절멸할 찬바람(절삭풍)(that breeze would perish the Danes).

5) 사고事故의 연속(his chapter of accidents): chapter란 단어는 성당 참사회의 성직자란 뜻으로, 스위프트를 암시한다.

6) 흑유해黑有害할지라(atramental): detrimental(유해한) + black(dark).

7) 고양이가 들삭들삭 소리 내며 자루(袋)에서 나오듯(out of the cracking bag): 속어의 패러디: 자루에서 나온 고양이(cat out of the bag).

8) 허구만족虛構滿足(sotisfiction): satisfaction + so 'tis fiction: 엉터리(가짜) 만족.

9) 아여아汝我(eithou): I and thou(you). either(게다가).

10) 또는 나의 모궁帽窮에 빠져. 정말이지(Or up in my hat. I earnst): Schue!: my hat에 대구對句(antithetical)인 독일어. 그리하여 숀은 자신의 거짓 만족으로 I am in ernest(정말이지)를 서술한다.

11) 최애最愛의(Sissibis): ibis: 〈이집트의 사자의 책〉 LXXXV에 나오는 Thoth(이집트의 신, 그의 이름은 'heart'란 뜻). Thoth는 때때로 ibisheaded man, mooney crowned이란 의미.

12) 테니스 프론넬스 맥 코터(Tennis Flonnels Mac Courther): (1)Denis Florence MacCarthy: 아일랜드의 시인 (2)테니슨.

13) 열熱호드리조드(Hothelizod): Thoth + 채프리조드 + 호우드.

14) 파라오 왕(pharoph): Pharoah: 이집트의 왕 파라오, 혹사자酷使者. far off.

15) 램시즈 붕괴왕가崩壞王家(rameschekles). Rameses(파라오 왕) + ramshackle(흔들거리는, 줏대 없는).

16) 비코 가도街道(The 비코 road): Dalkey(더블린 남쪽) 마을 소재의 호형弧形 해안 길.

17) 루칸(Lucan): 더블린 근교 지역 명.

18) 무분별한조부모(wholeabuelish): (Sp) grandparents(Gr) sboulia: ill-advisedness: 무분별.

19) 회고담(아나nmeses): (G) reminiscences(회고담).

20) 해(태양)멀미에 걸리기…여호수아(to Jeshuam…get sunsick): Joshua(여호수아, 모세의 후계자)는 태양을 멈추게 한 장본인.

(453)

1) 앙알대는 암평아리(biddy moriarty): (1)〈피네간의 경야〉의 노래 가사의 구절: 비티 모리아티 아씨가 소리치기 시작했나니(Miss Biddy Moriaty began to cry) (2)Biddy Matiarty: 더블린의 유명한 잔소리꾼 여인.

2) 쿵쿵(clambake): 노래 가사의 패러디: Come Baxck to Erin.

3) 건방진 야바위(impudent barney): 노래 가사의 패러디: Impudent Barney O'Hea.

4) 월경도색月經塗色(the painters): (F) 'avoir les peintre's: 여인의 월경(menstruation).

5) 조반朝飯방귀를 최후실最後失 만찬晩餐(breakfarts into lost soupirs)으로: 조반을 최후의 만찬으로(바꿈).

6) 사이롱 차茶(salon thay): Ceylon tea.

7) 청월단시간靑月短時間(a bluemoondag): (1)(Du) een blauwe Maadag: a very short time (2)속담의 패러디: 한 때 푸른 달 속에서(once in a blue moon).

8) 볼리버 화폐통貨幣痛(Bollivar's troubles): (1)스위프트 작 〈걸리버 여행기〉(Gulliver's leTravels)의 익살 (2)아일랜드의 극작가요, 〈왕실의 이혼〉(전출)의 저자 W. G. Wills(1828—91). 그의 연극 Bolivar.

9) 소화불량세례洗禮 숀(Dyspeptist): 세례자 요한(John the Baptist).

10) 고의상古衣商(Old Clo): (1)Old Clothes: 런던의 낡은 양복점(U 346) (2)Clongowes Wood College(〈초상〉 제1장).

11) 구드보이 솜모즈(하기선소년夏期善少年)(Goodboy Sommers): (1)노래 가사의 패러디: Goodbye, Summer (2)(G) Sommer.

12) 청비풍시인青鼻風詩人(Mistral Blownowse): (1)Mistral: 바람(도한 시인) (2)blue nose(청비青鼻).

13) 반성반역反聲反逆(voiceyversy): vice versa(역로).

14) 설화요약본說話要約本(taletold book): (1)수다쟁이(telltale) (2)조이스의 초기 〈경야〉의 일부(단행본 제목): 〈솀과 숀에 관한 이야기〉(Tales Told of Shem and Shaun).

15) 근질근질한 구더기(maggalenes): (1)Mary Magdalene: St Mary Magdalene: 회개한 창녀로, 그녀의 일곱 악마들은 예수에 의해 추방당했다 (2)maggots: 구더기.

16) 옛날 옛적 한 모금의(Once upon a…): 〈초상〉의 시작 첫줄 참조.

17) 지절지절 허튼 이야기(blatherumskite): blather, yarns: 꾸며낸 이야기.

18) 충심고양忠心高揚할지니(Sussumcorials): (L) Sursum corda: 그대의 마음을 들지라(lift up your hearts).

19) 여汝 총심신總心身으로(alloyiss and ominies): Heloise(& Abelard): Peter Abelard(1079—1142): 대학자. Heloise는 그의 제자.

20) 뼈(골骨)의 과수원(the orchard of the bones): 피닉스 공원, Elysian Fields: (희랍 신화) 영웅, 시인들이 사후에 가는 낙원, 이상향.

21) 금광석광金鑛石鑛(Johannisburg's): 다이아몬드 광鑛.

22) 금식절禁食節(Fastintide): (Da) Fastetiden: lent(사순절). (Du) Vastentijd): lent.

(454)

1) 솔(신 바닥)과 미오(신 덮게)(sole and myopper): (1)구두 윗 덮게 (2)노래: Sole Mio.

2) 그럼 그대 영원히 잘 갈지라 그대여(구두 대다리여)!(So for e'er fare thee welt!): 바이런의 시구 인유: 안녕히, 그리고 영원이라면, 하지만 영원히 그대 안녕히(Fare thee well! and if for ever, Stll for ever fare thee well).

3) 이 시전時錢은 그대를 나의 시주완施主腕으로부터 정령 추방하는도다(This dime doth trost thee from mine alms): 노래의 패러디: 안녕히, 애인이여, 안녕히 시간이 나를 그대의 팔로부터 추방했기에…굿 바이(Goodbye, Sweetheart, Goodbye: For time doth tear me from thine arms…).

4) 서방음유西方吟遊의(westminstrel): (1)Westminister (2)postmaster: 우체국장.

5) 한여름 밤의 극도총광란極度總狂亂(missammen massness): midsummer madness〈율리시스〉 밤의 환각 장면 참조)(Midsummer Night's Madness)(U 402).

6) 찬란한 찔레나무 딸기(the jolly magoris): (AngI) Johny Magorey: fruit of dog rose.

7) 털 텁수룩한 자들이여!(hairy ones!): 〈창세기〉 27: 11: 에서는…털 많은 남자.

8) 수은水銀처럼 급하게(swifter as mercury): 스위프트의 암시.

9) 응시성凝視星으로(sternish): Sterne의 암시.

10) 너절한 것을(what's loose): (G) was ist los?: What's going on?

11) 이별의 한마디(A word apparting): 무어의 노래 인유: 이별의 술잔(A Bumper at Parting).

12) 마음의 음조를 잠재울지라(shall the heart's tone be silent): 무어 노래 인유: 하프는 잠재울 건고?(Shall the Harp Then be Silent?).

13) 교외(suburrs): suburbs: (L) 로마 제국의 홍등가(〈율리시스〉의 홍등가인 〈키르케〉 장면 참조).

14) 더비 및 조안(Derby and June): Henry Woodfall 작: Darby & Joan.

15) 소주옥燒酒屋(scorchhouse): 더블린의 주옥 이름인 Scotch House.

16) 우리를 신성하사! 우리를 신성하사! 우리를 신성하사!(Shunt us! shunt us! shunt us!): (L) Sanctus, Sanctus, Sanctus: (1)Holy, Holy, Holy(기도)(593) (2)T. S. 엘리엇 〈황무지〉의 종말 참조.

17) 만일 그대가 행복죄幸福罪(If you want to be filixed): Exsulter O felix culpa!(행복 악)〈경야〉의 주제들 중의 하나.

18) 공원주차(be parked): 피닉스 파크의 암시.

19) 거기 성낙聖樂이여!(Sacred ease there!): 군대 명령의 패러디: 쉬엇!(Stand at ease!).

20) 해상원海上院 및 불평천중不平賤衆의 유적(The seanad and pobbel queue's remainder): (L) Senatus populusque 111 Romanus(로마 제국의 구호).

21) 탐두상애급낙야探頭上埃及樂野!(Seckit headup!): Sekhet hetep: 이집트의 낙원야樂園野(Slysian Fields).

(455)

1) 우리들의 대법정隊法廷에는(in our Cihortyard): (1)르 파뉴 작 〈성당묘지 곁의 집〉(The House by the Churchyard)의 타이틀 패러디 (2)courtyard(법정).

2) 순량묵시순純量黙示脣(apuckalips): Apocalypse: 묵시록, 세상의 종말.

3) 타인기打印器 요들(puncheon jodelling): Punch and Judy show: 익살스러운 영국의 인형극(주인공 Punch는 매부리코에 꼽추로, 아내 Judy를 죽이고, 끝내는 교수형을 당함).

4) 파이론巴以倫…함께…영원히(with the Byrns…for ever…): 바이런의 시는 앞서 페이지 FW 454. 01–2의 영원히…(if for ever)란 구절로, 이는 Robert Burns(스코틀랜드의 시인)의 모토로 시작한다.

5) 새 분잡병紛雜甁의 늙은 주처酒妻(the old wife in the new bustle): 〈마태복음〉 9: 17의 이유: 새 포도주를 낡은 가죽 부대에 넣지 아니하고…(neither…pour new wine into the old wineskins…).

6) 최후심판일 성도화聖圖畵(latterday paint): Latter day Saint: 말일성도末日聖徒(모르몬 교도를 지칭함).

7) 농부전죄인農夫前罪人(farmer shinner): former sinner (2)(I) Sinn Fe'in 당의 모토: We Ourselves(우린 스스로).

8) 토우성聖의 경야각유보經夜覺遊步가 호루스신공포神恐怖의 방房(Toussaint's wakewalks experdition… the chamber of horrus): (1)Madame Tussaud의 밀랍 전시장(U 520) (2)Toussaint L'Ouvetune: Haiti(아이티: 서인도양 제도의 수도)의 해방다. 공포의 방(Chamber of Horrors): Madame Tussaud의 전시장 내에 있는 특별실(〈율리시스〉의 블룸이 행한 스티븐에 대한 경고의 설명에서(U 520) (3)호루스(Horus): (이집트 신화) 머리가 매의 모습을 한 태양 신.

9) 사프란(植) 성聖 빵(Saffron buns): Saffron cakes: 〈이집트의 사자의 책〉에 나오는 말로, Osiris 또는 천지天地의 뜻.

10) 효의(dovran): Milton이 쓴 sovereign의 철자.

11) 평애란平愛蘭 전역全域(Iereny allover): (1)rain (2)(Du) Ier: Irishman (3)(It) ieri: yesterday(4) Oliver(크롬웰).

12) 전가족군중全家族群衆이 집에(the whole flock's at home): 노래 가사의 패러디: 가정의 정다운 사람들(Old Folks at Home).

13) 돈다豚多 신축복神祝腹인고? 돈다豚多 매리梅利 신축복인고?(Hogmany di'yegut? Hogmanny di' diyesmellygut? hogmanny d i'yesmellysoatterygu?): 아일랜드어구들 (1)하느님이 그대를 축복하사 (2)하느님과 마리아 및 패트릭이 그대를 축복하사 (3)하느님과 마리아가 그대를 축복하사.

14) 요한 한니(Joe Hanny): (1)John Hanning Speke: 나일 강의 원류를 발견한 자 (2)(Don) Giovanni.

3부

15) 사후死後(Post martem): (L) post Martem after Mars: 화성火星을 좇아 (2)postmortem: (L) 사후의.

16) 사후死後가 선물善物이나니…차내일借來日 그리고 굴내일掘來日 그리고 분내일墳來日!…모작일毛昨日 및 상시 상록인생常綠人生이라(Postmartem is the goods…toborrow and toburrow and tobarrow!… hairy and evergrim life): (1)〈맥베스〉 V. 1. 18의 구절의 변형. 숀의 묵시록적 비전: 즉, 지상의 우리들의 생이란 일련의 내일의 연속이요, 흙 아래 매장으로 끝난다. 그는 같은 주제의 맥베드의 연설을 메아리 한다: 내일, 그리고 내일, 그리고 내일, 이 작은 발걸음으로 몰래 다가오도다(〈맥베스〉 V. v. 19) (2)내일, 내일, 그리고 내일: (〈초상〉 제1장에서 Dolan 신부[맥베스 격]의 학생들에 대한을 위협의 말)(P 49) (3)evergim은 Evergreen Touring Co. 라는 또 다른 극장에 대한 언급.

17) 그의 악취한惡臭漢들이…그의 뒤에 냄새 품기도다(his stinkers stank behind him…): 노래 가사의 패러디: 소년 음유시인: 그리하여 그의 거친 하프가 그의 뒤에 매달렸는지라(The Minstrel Boy: And his wild harp slung behind him).

18) 아담원자原子와 이브가설假說(atoms and ifs): 아담 과 이브의 인유.

19) 끝없이 오즈(불화不和)신계神界(odd's without ends): (성부와 성자와 성령에게 영광이 있을 지어다란 찬가: 끝없는 세계, 아멘(Gloria Patri(L): World without end, Amen).

20) 여기 우리는 카인 들판에서 탈피脫皮하고(Here we moult in Moy Kain): 노래 가사의 패러디: 여기 우리는 황야에 새들 마냥 앉아있도다(Here We Sit Like Birds in the wildness).

21) 납골당시체納骨堂屍體 여(Upmeyant): 미라를 보관하고 있는 더블린의 성 Michan 성당 지하 납골당.

22) 묘지시굴자墓地試掘者여(Prospector): 더블린의 Prospect 공동묘지로, Glasnevin 묘지 월편에 별도로 있다.

23) 아벨(abel): (Cain) & Abel.

24) 아재자재생자我在自在生者(Hyam Hyam's): 〈출애굽기〉 3: 14 글귀의 패러디: (1)하느님이 모세에게 이르시되 나는 스스로 있는 자이니라(God said to Moses: I AM WHO(THAT) I AM. (2)〈율리시스〉 제13장말에서 블룸이 Sandymount 해변의 모래사장 위에 쓴 글씨(여기서 I Am의 I는 그리스도, 희랍 문자의 알파 등 여러 상징적 의미를 내포함).

25) 내세來世익살촌극寸劇(Afterpiece): afterlife(연극).

26) 재삼차처再三此處(Hereweareagain): 노래 가사의 패러디: Here We are Again.

27) 환락극장歡樂劇場(Gaieties): gay + Gaiety Theatre(더블린 소재).

28) 땅딸보 저주지구詛呪地球(humpy daum earth): Humpty Dumpty(HCE의 별명). 이 구절(24–29)은 Xmas 팬터마임으로서 최후의 날(The Last Day) 및 최후의 만찬(The Last Supper)을 패러디함.

29) 진재眞在의 구체극좌球體劇座(real globoes): 1613년 왕을 위한 예포禮砲에 의해 우연히 불탄 Globe Theatre(런던 Thames 강변의 셰익스피어 극의 초연 극장).

30) 왕실연발권총王室連發拳銃(the Royal Revolver): W. G. Willis 작 패러디: 〈왕실의 이혼〉(A Royal Divorc e)(전출)(32).

31) 사죄도赦罪禱(mia colpo): (It) mio colpo(참회)(Confiteor).

32) 기독인基督人마스의 복마무언극伏魔無言劇(the chrisman's pandemon): (1)(Gaiety 극장의) 크리스마스 팬터마임 (2)pandemonium(복마전, 악마원).

33) 할리퀸광대익살극(the Harlequinade): Harlequin(무언극의 어릿광대) 익살극.

34) 라마인민상원羅馬人民上院이 타당하게 괴성魁聲 지르거니와(to begin properly SPQueaRking): (1) Senatus Populusque Romanus(the senate, and the people of Rome)(로마 제국의 모토)의 두문자로서, SPQuaRking은, 〈햄릿〉에서 무덤들은 텅 비고, 수의를 감은 시체들은 로마의 거리를 끽끽꽥꽥거리고 해매었도다.(김재남 797)(The graves stood tenantless and the sheeted dead / Did squeak and gibber in the Roman streets) I. i. 115–6), 하고, 3월의 흉일(the Ides of March)에 쥴리어스 시저가 쓰러진 날처럼, 〈최후의 날〉의 복마전(pandemonium)을 서술한다. SPQR은 숀이 〈햄릿〉의 메아리로 〈심판의 날〉을 총괄하는 바: 전우주全宇宙를 호두 껍데기 속에 집약하건대, 이는 〈최후의 날〉에 단지 일어

날 수 있는지라, 그렇게 함으로써, 공간인(spatialist)인 숀—숀을 즐겁게 하리라. 그런데 후자는 Hamlet 또는 Brutus처럼 말하리니: 천만에! 나는 호도 껍데기 속에 갇혀 있어도 나 자신을 무한한 천지의 왕이라 생각할 수 있을 사람일세, 나쁜 꿈만 꾸지 않는다면(김재남 810)(O God, I could be bounded in a nutshell and count myself a king of infinite space, were it not that I have bad dreams)(II. ii. 250)(Cheng 173). (2)Glasheen 교수는 그녀의 유익한 저서 〈피네간의 경야의 3번째 조사〉 Third Census of Finnegans Wake에서 암시하는 바(Glasheen 125), 여기 〈경야〉 FW 455. 26–9의 구절은 셰익스피어의 〈헨리 8세〉의 공연 동안 Globe 극장의 화제를 서술한다는 것 (3)1613년에 Globe 극장은, 연극의 4막에서처럼, 쏜 대포 때문에 소실燒失되었다. 전통적 영국 팬터마임은 그로테스크하고 광대역의 인물들, 이를테면, Harlequin(중요 인물)에 의한 공연을 포함한다. 팬터마임은 정교한 요정의 이야기 판타지에서 보드빌이나 인기 가요로 진화한다. 심지어 20세기에서도, 팬터마임은 영국에서 Xmas 유흥의 가장 인기 있는 형태이다.

35) 시간(타임)의 최종후最終後의 농담을 표적(마크)하라(Mark time's Finish Joke): (1)time's final joke (2)마크 트웨인 (3)King Mark.

36) 전우주(Allspace): allspice: 올스파이스나무(서 인도 산) 및 그 열매.

37) 전우주全宇宙(a Nutshall): (1)호두 껍데기 우주(nutshell universe)(I have put the matter into a nutshell. (〈율리시스〉에서 Deasy 교장의 말, U27) (2)Thou shall not…〈10가지 성훈〉(Ten Commandments)의 글귀. 위의 구절(24–29): 크리스마스 팬터마임으로서의 최후의 날: 셰익스피어적 언급들은 Gaiety Theatre, Globe Theatre, Michael Gun, Macbeth, Julius Caesar 및 Hamlet 등 이다.

38) 신사들의 조미육즙調味肉汁(gentlemen's relish): 고기 소스 명.

39) 원산지原産地 굴(natives): 영국의 굴(oysters).

40) 파삭파삭한 구운 돼지고기는 씹는 중이라(The crisp of the crakling is in the chawing): (1)격언의 변형: 백문이 불여일견(푸딩의 맛은 먹어봐야 안다)(The proof of the pudding is in the eating) (2)Oonagh(아일랜드 신화의 기근의 상징 및 예이츠의 극시 〈캐드린 백작부인〉의 등장인물)는 Cuchullain(아일랜드 신화의 전설적 영웅)으로 하여금 번철이 속에 든 케이크를 먹게 함으로써, 그의 이빨 몇 개를 잃게 했다.

(456)

1) 농차濃茶 위에 생쥐를 달리게 할 수 있을지라(could trot a mouse on it): (AngI)속담의 패러디: 차가 너무 진한지라, 생쥐가 그 위에 달릴 수 있을 정도(tea so strong you could trot a mouse on it).

2) 이태리 산産 치카릭 치즈(Italian…ciccalick cheese): 이탈리아 철자의 c(치?)를 발음하는 어려움: 예: 그들의 cheese(더블린 〈로이얼 극장 연감〉(Annals of Theatre Royal) 수록).

3) 킨킨나투스(Cincinnatius): 로마의 정치가. 숨은 위인.

4) 성신양요聖神羊料, 성강신양요聖强神羊料, 성불멸신양요聖不滅神羊料를!(Haggis good, haggis strong, haggis never say die!): (희랍) 성 금요일 미사의 글귀: 성신, 성 강자, 성 불멸의 자(Holy God, Holy strong one, Holy immortal ons).

5) 한 파운드 금화로 우리는 회복되었나니(For quid we have recipimus): 앵글리칸의 감사기도(Anglican Grace)의 패러디: 우리들이 받은 것을 위하여…(For what we have received…).

6) 오리비로(Oliviero): Laurence Olivier: Earnest Jones 작 〈햄릿과 오이디푸스〉(Hamlet and Oedipus)에 기초한 것으로, 〈햄릿〉 해석으로 유명함.

7) 수프미미微微!(Soupmeagre!): (1)가톨릭교도들이 육을 삼가 하는 날(즉, 금요일)의 암시 (2)so meagre(너무나 미미한).

8) 만일 그대가 내게 제일 좋은 얼룩덜룩한 털 코트를 사준다면, 나는 그걸 애써 끌어 입을지니!(if you'll buy me yon coat of the vairy furry best, I'll try and pull it awn mee): 노래 가사의 패러디: 군인이여, 군인, 나와 결혼하지 않으리오?: 그녀는 그에게 아주 멋진, 최상의 코트를 마련했지, 그러자 군인은 그걸 입었대요(Soldier, Soldier, Won't You Marry Me?: she brought him a coat of the very, very best & the soldier put it on.

9) 이 나사광포의螺絲廣布衣는 치워요!(Remove this boardcloth!): 크롬웰이 잔여 의회(Rump Parliament)(1648년의 추방 후에 남은 Long Parliament의 일부의 사람들만으로 행한 의회, 1648—53, 1659—60)의 해산을 위해 직장職杖을 치우도록 한 그의 명령의 패러디: 이들 어릿광대의 지팡이들을 치워요(Remove these baubles!).

10) 미사 종終(missal lest): Ite, missa est): 미사의 끝.

11) 양념제도諸島(spice isles): 음부(privy)의 속어. 블룸의 독백: 저 향료의 섬들…어디서 냄새가 나는 걸까…거긴가 혹은…(U 307).

12) 모든 비타민은 씹는 도중 점벙점벙…캐비지 와삭와삭 그리고 삶은 감자 우적우적 우쩍우쩍 마침내 나는 박제 폴스타프 마냥 식만복食滿腹되고(All the vitalmines is beginning to sizzle…xoxxoxo and xooxox xxoxoxxoxxx thill I'm fustfed like fungstif): (1)숀은 다시 음식을 먹고 있는지라, 그의 먹는 습관은 Sir Toby Belch와 연관된다. 여기 재차 kates and eaps에 있어서 Bech's cakes and ale 및 fungstif의 Falstaff가 있다. 그의 음식을 씹어 비타민으로 삼킬 때까지, 숀이 음식으로 남은 모든 것이란 소문자 x와 o이다. 이어 그는 Falstaff(〈헨리 4세〉 및 〈윈저의 명랑한 아낙네들〉에 나오는, 술을 좋아하고 몸집이 큰 쾌남이나, 싸움터에서는 겁쟁이 뚱뚱보 기사)처럼 재빨리 먹고 배를 불린다(stuffed)(Cheng 174 참조) (2)씹는 이빨에 의해 깨어지는 것으로 생각되는 연한 과자(fudge) 등은 kates, eaps로 철자 된다. 철저하게 씹힌 채, 음식은 xoxxoxo 및 xooxox xxoxoxxoxxx로서 나타난다. 만일 여기 x가 자음이라면, o는 모음, 이러한 거의 신원을 알 수 없는 최후의 품질은 아마도 cabbage 및 boiled potestants(감자)이다 (3)〈율리시스〉의 〈레스트리고니언즈〉(제8장)에서 블룸은 식당의 식객들이 즐기는 육의 카니발이즘을 이런 투로 서술한다: 나는 만취월요일 안체스타 방크에서 그를 만취 났지(I munched hum un thu Unchster Bunk un Munchday)(U 139)

13) 킬라다운 및 레터누스(편지올가미), 레터스피크(편지화便紙話), 레터먹(편지오물) 경유 리토란나니마(Killadown and Letternoosh, Lettersspeak, Lettermuck to Littoranaima): Killadoon: Sligo의 주도州都. Letternoosh, Galway의 주도. Letterspeak: Galway의 주도. Lettermuck: Derry의 주도. Letterananima: Donegal의 주도.

14) 저 최광방가最廣房家(the roomiest house): 아일랜드 의회의 의장이었던 William Connolly의 주택인 Castletown House는 아일랜드에서 가장 큰 사저로 알려졌다.

15) 타드우스 캘리에스크 귀하(Thaddeus Kellyesque Squire): Judas Thaddeus: 예수의 아우로서, 세상의 묵시록적 도래를 주장한 사람(apocalypticist).

16) 주크 일가와 켈리—쿠크 일가(The Jooks and the Kelly—Cooks): 미국의 Juke 및 Kallikak 일가들: 세습적 퇴화 가들.

17) 마셜쉬(marshalsea): 더블린의 Marshalsea 감옥(채무자들의 감옥).

18) 창과부窓寡婦 매크리어!(window machree!): 노래 제목의 변형: 과부 매크리어(Widow Machree).

19) 노죄수老罪囚 코놀리의 저택(old Con Connolly's residence): Kildare 군의 Castletown House는 William Connolly를 위해 건축되고, 1년 매일을 위한 한 개의 창문을 지녔다고 전해진다.

(457)

1) 그를 둥둥 쾅쾅 문 두들겨 방기放棄할지라!(rattattatter it out of him)(456.36): 아일랜드의 의회 의장인 William Connolly는 더블린의 지옥화地獄火 클럽(Hellfire Club)을 설립했다.

2) 두 성聖 콘노피 형제(the two Saint Collopys): 조이스가 관람했던 국제 럭비 대회에서 아일랜드를 위해 연기한 두 Collopy 형제.

3) 퍼디난드(Ferdinand): 셰익스피어 작 〈템피스트〉(태풍)에서 Miranda의 결혼 상대.

4) 막대가…나는 한 애욕의 부父가(a bar…a passionate father): (1)노래 가사의 패러디: 나를 때려줘요, 아빠, 당장(Beat Me, Daddy, Eight to the Bar) (2)〈더블린 사람들〉 〈짝패들〉에서 소년은 부르짖는다: 오 아빠, 날 때리지 말아요, 아빠!(O. Pa!…Don't beat me, pa!)(D 96).

5) 나의 공복空腹이 중압重壓되었나니(Me hunger's weighed): 노래 제목의 변형: 닻이 중압하도다(The

Anchor's Weighed.

6) 홍캉(Hungkung) Hong Kong.

7) 울곡鬱穀의 추수자秋收者(the grame reaper): 죽음의 암시.

8) 낫(鎌) 중의 낫을 들고(with the sackleof sickles): (L) in saeculorum: for ever & ever(영원히).

9) 저주경보詛呪輕步 노상강도 놈(lightfoot Clod Dewvals): (1)Father Finn(소년들을 위한 책의 예수회 저자) 작: 〈크로드 경보輕步〉(Claude Lightfoot) (2)Claude Duval: 노상강도 놈.

10) 저주방해하며(dicksturping): Dick Turpin(영국의 노상강도) + disturbing.

11) 양陽, 소笑, 속束, 중中, 창娼(yan, tyan, tethera, methera, pimp): 영국 양들의 이름표(sheep tally)

12) 혹일或日…일일一日…이일二日…하시일何時日): (Someday…oneday…twosday…whensday): (Sunday…Monday…Tusday…Wednesday).

13) 서휴西休의 나를 언제나 찾을지니(Look for me always at my west): 노래 가사의 패러디: 그대의 눈으로 나를 황홀하게 할지라(Drink to Me Only with Thine Eyes).

14) 한 두 눈물방울(A tear ot two): 노래 가사의 패러디: 둘을 위한 차(Tea for Two).

15) 창조를 좋아하는(likes creation): (속어) licks creation: 무엇보다 낫다. 비할 때 없다.

16) 지과부智寡婦의 소품(witwee's mite): 〈마가복음〉 12: 42의 패러디: 한 가나한 과부는 와서 단지 한 페니 값어치의 작은 두 동전을 넣는지라(But a poor widow came and put in two very small copper coins, worth only a fraction of a penny). widow's mite: 과부의 두 푼. 빈자의 일등一燈(조금) (2)이시의 손수건.

(458)

1) 리넨 홀 발렌티노(a linenhall valentino): (1)더블린의 Linen Hall: 정부 후원의 아일랜드 리넨 제조품을 보관하기 위해 1715년에 세워진 일련의 바라크 건물, 〈율리시스〉의 키크롭스장의 초두에서 Joe와 화자인 나(I)는 〈시민〉을 만나기 위해 키어난 주점으로 가는 도중 이곳을 지난다. (U 241 참조)(현재는 황무지 상태) (2)Rudolf Valentino: 1920년대에 있어서 시네마의 섹스 심벌. 그는 Valentine(축일에 애인에게 보내는 선물)로 힘을 배가한다.

2) 과부편寡婦片(witween piece): widow's piece: 빈자貧者의 단편. 지과부智寡婦의 소품(witwee's mite) (. 457, 주석 16 참조).

3) X. X. X. X. : 편지의 종말 결구. 〈율리시스〉 제5장의 Martha의 편지 참조(U 64).

4) 마이클 신부(Fr Ml): Father Michael: Michael은 하느님을 닮은 신부란 뜻.

5) 마흔 야夜의 마흔 길(forty ways in forty nights): (1)〈마태복음〉 4: 2: 황야의 마흔 밤과 낮(forty days and forty nights in wilderness)(황야의 그리스도) (2)〈창세기〉 7: 17: 대홍수(The Flood).

6) 메기 매妹sester Maggy): Gretta와 동일시되는데, 전자는 〈더블린 사람들〉 〈죽은 사람들〉에 등장하는 Gabriel Conroy의 아내로서, 조이스에게 이 이름은 언제나elopement(사랑의 도피)를 상기시켰다. 〈서간문〉, III, 222 참조). 또한 Maggy는, Gretta Conroy와 Michael Furey의 관계처럼, Father Michael과 연관되며, 그녀는 Cathleen Ni Houlihan(예이츠의 극시 제목)과 일치된다.

7) 프로라로라(floralora): Leslie Stuart 작 희가극(operetta)의 제목 Florodora.

8) 배로니카(veronique): 십자가의 6번째 정거장(6th Station of the Cross)에서 예수의 얼굴의 땀을 훔치는 Veronica 수녀.

9) 수면水面 위에(on the face of the waters): 〈창세기〉 1: 2: 하느님의 신神은 수면 위에 운행하시니라(the Spirit of God was hovering over the waters).

10) 요술 병(magginbottle): 아일랜드 시인 William Maginn 저의 〈호머의 민요, 셰익스피어의 문서〉 Homeric Ballads, Shakespeare Papers의 저자로, 그는 음독자살했다.

11) 사랑의 비둘기 영취靈臭(pigeon's pneu): (Fr) It's the pieson, Joseph: Le'o Taxil 저의 〈예수의 생애〉(La vie de Je'sus)의 글귀로, 〈율리시스〉 제3장에서 스티븐은 이를 회상한다(U 35).

12) 홈워드 조반탁朝飯卓 타블로이드판 신문(the Homesworth breakfast tablotts): (1)미국의 저자인, O. W. Holmes 작 〈조반탁의 독재자〉(The Autocrat of the Breakfast Table)의 인유 (2)A. C. W. Harmsworth, Viscount Northcliffe: 아일랜드 신문의 실력자들.

13) 청지급편지靑至急便紙(pity bleu): (F) petit bleu: 파리의 기송관氣送管(pneumatic tube)에 의해 송달되는 지급편지.

14) 십일拾壹(the ten and the one): 11: 〈경야〉의 주제적 수자(전출: FW 13 참조).

15) 사경絲競이라나 뭐라나(in my stringamejig): thingumajif: (구어) 거 뭐라나 하는 것(사람). Mr Thingumajig: 아무개 씨 .

16) 그대의 입을 궁궁窮弓할지라! 절대적으로 완전무결한!(Bow your boche! Absolutely perfect!): 〈율리시스〉 제13장 구절의 패러디: 그녀의 장미 봉오리 같은 입은 그리스적인 완벽한, 진짜 큐피트의 활과 같았다(her rosebud mouth was a genuine Cupid's bow. Greekly perfect)(U 286).

17) 오우(oh)와 서투른 오오(ah)(owes and artless awes): omega…alpha.

(459)

1) 환環로자리도禱(ringarosart): (1)자장가의 패러디: 링—이—린 오로자리(Ring—a—ring o'Rosary) (2) Rosary 염주도.

2) 백화점의 잡화)cleryng's jumbles): 〈율리시스〉의 거티(Gerty)는 클러리 백화점의 써머 세일에서 그걸 찾아냈던 것이다. (U 287). Clery's: 리피 강북 쪽, O'Connell 가, 더블린 중심가의 중요 백화점(현존)(U 62).

3) 하부下部 어언가街(Erne street Lower): 더블린의 거리 명.

4) 나는…진실 되고 싶은지라(I will…to betrue…): 조이스의 희곡 〈망명자들〉(Exiles) 2막에서 버사(Bertha)의 말의 인유.

5) 개립開立, 객, 그리고 격擊!(Ope, Jack, and atem!): (1)웰링턴의 전쟁 구호의 패러디: Up, gurds, & at them(섯, 조준, 쏘아) (2)Atem: 〈이집트의 사자의 책〉의 창조다.

6) 주도主盜(masterthief): 민속 담의 카테고리.

7) 정열화情熱花(passion flower): (植) 시계초時計草.

(460)

1) 입술첨물添物(립스틱)…아 저런 빗장열쇠 같으니(lupstucks…Arrah of the passkeys): 보우시콜트 작의 〈키스의 아라〉(Arrah—na Pogue)에서 Arrah의 양 오빠는 그녀가 키스로 그에게 전달한 메시지의 도움으로 감옥에서 도망친다(전출).

2) 나 자신 인진隣塵을 자물쇠로 채울지라(Lock my mearest next myself): 격언의 변형: 그대의 이웃을 나 자신처럼 사랑할지라(Love thy neighbour as thyself.)

3) 처음 살인할지라(first murder): 〈창세기〉, 가인의 형 아벨에 대한 살인의 암시.

4) 쉽스 근처 바로 거기 쉽 주점(Ship just there beside the Ship): (1)Ship 호텔 및 주점: 더블린 하부 애비(Abbey) 가 소재 (2)〈율리시스〉 제1장에서 멀리건이 스티븐하게 행하는 약속 장소: 쉽이야, 12시 반(U 19).

5) 애산락愛山樂 광장(lovemountjoy square): (1)더블린의 Mountjoy 광장 (2)더블린의 동명의 Mountjoy 교도소.

6) 고모高帽(caroline): (AngI) caroline: a tall hat.

7) 셈(simself): (1)Shem himself (2)셈: 노아의 맏아들.

8) 매원저주每猿詛呪스럽게 불변모방不變模倣하면서(immutating aperybally): 몰리의 독백에서: 그를 흉내내고 있는 거야 그이가 언제나 누군가의 흉내를 내고 있듯이…(imitating him as hes always imitating everybody…)(U 634).

9) 나를 사랑하도록 타청打請할(beat me to love): 노래 가사의 패러디: 나를 살려 주오(Bid Me to Live).

10) 다글 강江이 건유乾流할지라(The Dargle shall run dry): 노래 가사의 패러디: The Dargle Run Dry). Dargle: 더블린 남서부 12마일 지점, Bray 근처의 강 및 관광 명소(U 121 참조).

11) 청융프로이트(Jungfraud): (1)(G) Jungfrau: 처녀. Jung: young (2)Jung and Freud: 정신분석학자들로, 〈경야〉에 지배적 영향을 끼침.

12) 젤라틴(isinglass): 일종의 젤라틴(gelatin): 정제한 아교.

13) 염병목戀病木(cyprissis): Syeamores)(F) amour: love (2)sycamore: 북부 영국에서는 플라타너스 나무와 혼돈된다.

14) 영기파도靈氣波濤(hearz' waves): 일종의 영기파(ether waves).

15) 성 마가렛 본 헌가리아의 성흔聖痕(words over Margrate von Hungaria): 헝가리의 성 Margaret는 성흔聖痕(stigmata)(성인 등의 몸에 나타나는 십자가 위의 예수의 것과 비슷한 상처 자국)을 받았다.

16) 케도르세(뻐마요): (F) Quai d'Orsay: 파리 시내의 지명.

17) 보스포러스 소란강협少亂江峽(the boysforus): Bosphorus: 강 이름.

18) 반짝 반짝, 반짝 춤추며(Twick, twick, twinkle): 자장가의 패러디: 반짝, 반짝, 작은 별(Twinkle, Twinkle, Little Star).

19) 연어도跳(lex leap): leixlip: 리피 강의 연어도(salmon leap).

20) 사세의기양양四歲意氣揚揚 십이월심拾二月心(fourinhanced twelvemonthsmond): 연어는 4살이 되면 알을 낳기 위해 출생지로 되돌아온다.

21) 발할라 전당殿堂(Thingavalla): (1)Thingvellir: 아이슬란드의 의회 소재지 (2)Valhalla: (북구 신) Odin 신의 전당: Valkyrie들(Odin 신의 12 선녀들)에 의하여 전사자들의 영혼이 향연을 받는 곳.

22) 조심스러운 다과사茶菓事(dobe careful teacakes): D. BC (Dublin Bread Co.)(더블린 빵 집).

23) 그대가 나를 닮을 때까지 타고난 신사(a born gentleman till you resemble me): Balfe의 오페라 곡의 패러디: 〈보헤미아의 소녀〉: 그땐 그대는 날 기억하리라(The Bohemian Girl: Then You'll Remember Me).

24) 성촉일聖燭日(Candlemas): 2월 2일, 조이스의 생일이기도.

25) 나의 노상신老常新 조카여(my old evernew): 이솔트의 합법적 조카 트리스탄, 여기서는 숀.

(461)

1) 스타로…절대금주마차絶對禁酒馬車를…매어둘지니(star…citch…on the wagon): (1)미국의 19세기 대표적 시인 에머슨(Emerson의 시구의 변형: 〈문명〉(civilization) 그대의 마차를 별에 메어두라(hitch your wagon to a star). 〈율리시스〉 제9장에서 보듯, 만물을 생성시킨다는 에머슨의 대신령大(神靈Over —Soul)의 사상은 조이스에게 영감을 주었음이 분명하다(U 157 참조) (2)on the water waggon: (속어)금주, 술을 끊고.

2) 뿌루퉁 은폐 크림…그들이 크림을 엎지르는(I'll dubeurry my two faces…Pouts Vanisha Creme…spilling cream): (1)bury one's face: 얼굴을 가리다. Du Barry: 화장품 브랜드 (2)스위프트의 연인들인 바네사와 스텔라의 인유 (3)Pond's Vanishing Cream.

3) (항문肛門)애개성愛個性(peronnality): Anna + personality: Morton Prince 저 〈개성의 분열〉(The Dissociation of Personalty), 즉 dissociated personality(분열 인격)(정신의학).

4) 코끼리 상점(elephant's): 더블린의 오코넬 가의 Every's Elephant House(U 77)(지금의 Kentucky Fried Chicken shop), 그들은 옛날 우산을 판매했다.

5) 자선 코너, 신의信義 가街, 희망형제 백화점(Hope Bros. , Faith Street, Charity Corner): (1)Hope Bros: 런던의 백화점 명 (2)〈고린도전서〉 13: 13: 그런즉 믿음, 소망, 사랑, 이 세 가지는 항상 있을 것인데 그들 중에 제일은 사랑이라(faith, hope, charity…).

6) 암 벌(蜂)이 그녀의 고공행위를 사랑하듯(as the bee loves her skyhighdeed): 암 꿀벌은 비행飛行 도중 교미를 하고, 수벌은 그 후 이내 죽는다.

7) 요크의 여작女爵이 최미공원最美公園을 순환한 이래(the dusess…cycled round the Finest Park): (1)〈더블린 연대기〉(Dublin Annals)(1897)에 의하면, York의 백작 부처는 더블린을 방문하고 아일랜드를 여행한다 (2)the Finest Park: 피닉스 고원.

8) 브루노 곰과 노란(Bruin and Noselong): Browne & Nolan / Bruno of Nolan(노란 출신의 브루노): 〈경야〉의 대위법적 주제의 하나.

9) 핀차프파포프(Pinchapoppapoff): 미상.

10) 남근대장(jennyroll): (미 속어) 남근(penis).

11) 나의 황금의 자색격紫色激한 유혼濡婚…. 내게 뒹구는 법을 코치해 줄지라(my golden vilents wetting… Coach me how to tumble): 이시의 오빠에 대한 대답은 오필리아의 주요 말들을 특징짓는다 : 바요렛: 나는 당신에게 약간의 바요렛 꽃을 줄지니, 그러나 그들은 나의 아버지가 돌아갔을 때 모두 시들어버렸도다(I would give you some violets, but they withered all when my father died) 〈햄릿〉 IV. V. 182–3. 뒹굴다: 당신이 나를 뒹굴기 전에, 당신은 나와 결혼할 것을 약속해요(Before you tumbled me, / You promised me to wed) 〈햄릿〉 IV. v. 62–3).

12) 다른 입술과 함께(with other lipth): 노래 가사의 패러디: 그리고 그대는 나를 기억할지니: 다른 입술이…(Then You'll Remember Me: When other Lips…).

13) 유油올간 앞에 극장좌劇場座한 채(theated with Mag at the oilthan): 노래 가사의 패러디: 잃어버린 관현악管絃樂: 어느 날 오르간에(The Lost Chord: Seated one day at the organ).

(462)

1) 잭과 질(jackless jill): 자장가의 패러디: Kack & Jill.

2) 숀나타운(Shaunathaun): 숀 + 조나단 스위프트.

3) 휘젓기…컵(stir up…cup): 노래 가사의 패러디: 등지鐙子 컵(The Stirup Cup).

4) 눈처럼하얀가슴(snowybussted): 노래 가사의 패러디: 눈처럼 하얀 가슴 진주(The Snow— breasted Pearl).

5) 자장가歌구별驅別할지라(gullaby): goodbye + gullible + lullaby.

6) 무도남舞蹈男 상실喪失 데이브(lost Dave the Dancekerl_: (1)〈사무엘하〉 6:14): 대이비드는 여호와 앞에서 힘을 다하여 춤을 추는데…(David danced before the Lord) (2)kerl(G) man, guy.

7) 친애하는고우남故友男(old man pal): (1)Sir Palomides: Thomas Malory 작 〈아서 왕의 죽음〉(Morte d'Arthur) 중의 트리스트람의 라이벌 (2)노래 가사의 인유: 나의 다정한 옛 친구여(Dear Old Pal of Mine).

8) 파편(fraction): 성체를 부수는 행위.

9) 보극광寶極光이여(treasauro): 노래(Don Giovanni)의 가사 패러디: Il mio tesoro.

10) 표범 촌(리perstown): 더블린의 Leopardstown, 본래는 Leperstown.

11) 트루버더여(froubadour): (It) Travatore: 라이벌이란 뜻, 즉 여기서는 셈. Verdi의 오페라 Il

Travatore에서 주인공 Manrico는 서정시인(troubadour)이다.

12) 위장 속 늑대(wolf in a stomach): (1)격언의 패러디: 자라는 젊은이는 배 속에 늑대기 들었다(A growing youth has a wolf in his belly) (2)〈율리시스〉 산과병원 장면에서 멀리건의 복부 비만에 대한 언급(U 330).

13) 자운타운(촌村)(Jaunstown): 숀의 도시.

14) 타조駝鳥트리아(Outsterrike): Austria.

15) 마늘 파 냄새(the garlic leek): (1)마늘 냄새: 불멸의 상징(a symbol of immortality).

16) 스위스(swits): Swiss.

17) 묘구생描九生(catoninelives): 속담의 패러디: 고양이는 9개의 목숨을 지닌다(여간해서 죽지 않는다)(A cat has nine lives).

18) 평복(mufti): 정복을 입을 권리를 가진 자가 입는 평상복.

19) 구대륙절제舊大陸節制로부터 산들을 구슬퍼하기 위해 귀향했지라(coming home to mourn mountains from old continence): (1)대륙에서 갓 돌아온 솀에 대한 암시, 조이스는 스위스에서 오랜 동안 살았다 (2)노래 가사: 모운 산(The Mountains of Mourne): 더블린의 북쪽 50마일 지점에 위치한 Down 군의 산(U 215 참조) (3)노래 가사: 우리들의 산으로의 귀향(Home to Our Mountains): Verdi의 오페라 Il Travatore에서.

20) 프랑스의 진화혁명(French evolution): 프랑스 혁명이 사육제의 향연의 날인 식육참회(Mardi gras)로 변형되었다

21) 4. 32(the 4.23): 기원 432년에 성 패트릭은 아일랜드에 도착한다.

(463)

1) 부조장식적浮彫粧飾的으로(onaglibtograbakelly): anaglyptograph: 부조장식술浮彫粧飾術(메달이나 동전의 부조 장식 조성(elief representation)을 만드는 기계.

2) 해발海拔 훨씬 아래 패두아(Paddyousre far below on our sealevel): (1)Padua(이태리 동북부의 도시 명)의 변형 (2)Scott 작 〈마지막 음유 시인의 노래〉(The Lay of the Last Minstrel)의 시구 인유: 바다 너머 멀리 파두아에서 아무도 모를 기술을 그는 배웠다네(He learn'd the art that none may name In Padua far beyond the sea.

3) 국내요양의 이주자로서, 세 하얀 타조 깃털(the three white features as a home cured emigrant): 합법적 상속자(Heir Apparent)로서 웨일스(Wales)의 왕자의 휘장(배지) 위에 새겨지는 세 타조 깃털.

4) 고숭목사高崇牧師 여성기식자女性器食者(Lictor Magnaffica): (1)lictor: 판결문을 수행하는 로마 관리 (2)(L) Recto Magnificus: 고상한 교구 목사 noble rector) (3)(It) magnafica. cunt–eater.

5) 로미오(Romeo): (1)〈로미오와 줄리엣〉(Romeo and Juliet) (2)noble Roman(〈줄리어스 시저〉(Julius Caesar) V. 5. 73).

6) 오물영마汚物靈魔(jeejakes): 룻소(Jean–Jacques Rousseau).

7) 삐걱삐걱 기기묘묘한 어물魚物(a jarry queer fish): Alfred Jarry: 프랑스의 괴짜 극작가.

8) 승류심술昇流心術궂게도(cantanberous): (1)catanadromous: 알을 낳기 위해 승류하는 (2) cantankerous: 심술궂은(ill–natured).

9) 온통 반투명의 색안경에(all and semicoloured stainedglasses): (1)조이스는 눈의 수술 시 반투명의 색안경을 썼다 (2)Stanislaus Joyce(조이스의 아우)의 암시.

10) 유일 산양山羊에 의하여 득得되고…우리를 고세古世동족류로 삼는도다(Got by the one goat…one touch…makes us oldworld kin): (1)그의 쌍둥이 형인 Dave–Shem(데이브–솀)과 그의 상관관계를 서술하는 Jaun–Shaun(존–숀)은 셰익스피어의 〈트로일러스와 크레시다〉(Troilus and Cressida)에서

그리스 군의 장군인 율리시스의 글줄을 메아리 한다: 자연의 일촉一觸이…전 세계를 동족류로 삼는도다. (III. 3. 175) (2)(속어) twitchbell: earwig(HCE).

11) 관상管狀의 턱구球(tubular jawballs): (1)가인(Cain)의 후손인 Jubal에 대한 암유 (2)tubular: The 12 Tables(12 동판법)(로마법의 원전, 기원전 451—450 공포) + the Tables of Law(모세의 십계명).

12) 특허 헨네 씨 브랜디 주酒(patent henesy): heresy(이설) + Hennessy brandy.

13) 거기 수중묘水中墓로부터 수많은 불쌍한 익자溺者들을 구한 그대를 위하여 방금 한련화旱蓮花가 대령하도다(There's the nasturtium for ye now that saved amnny a poor sinker from water on the garve): 이 구절은 꽃을 배포하고, 가련한 익자로서, 수중묘 속으로 익사하는 오필리아를 소개하는 듯하다: (왕에게) 이회향 꽃과 매방톱 꽃은 임금님께. 왕비님께는 지난날의 회오를 나타내는 이 운향 꽃을. (김재남 832)(IV. v. 174—80)(Cheng 174 참조).

14) 바시리우스 오콜마칸 맥아티(Basilius O'Cornacan MacArty): (1)Cormac MacArt: Grania(Dermot: (1)Finn MacCool의 조카)의 아버지 (2)노래 가사에서: Dimetrius O'Flanagan McCarthy).

15) 로수아露需亞(Rossya): 러시아(Russia).

16) 알 바(Alba): Scotland.

17) 여汝애란인…오悟애란인(Ourishman…Yourishman): Irishman.

18) 조약돌 눈(pebbled eyes): pebble glasses: 근시안을 위한 짙은 안경.

19) 냄비(앤즈)…항아리(이프스)(pidgin's ifs…puffin's ands): 격언) If ifs 및 ands: 항아리와 냄비(pots and pans).

20) 그가 콜레라에 걸리지 않기를 희망하는지라(Hope he hasn't the cholera): J. C. 맹건(Mangan)은 콜레라 병으로 죽었다.

21) 배속에 암동난파巖動難破된(wrocked in the belly): (1)더블린 주 맞은편의 Rockabill 등대 (2)노래의 패러디: 심해의 요람에 요동된 채(Rocked in the Cradle in the Deep).

22) 암동난파巖動難破된 코롬 바 요나스 구도鳩島(Columbsisle Jones): (1)Iona의 성 Columba의 수도원의 기초 (2)Columba 와 Jonas: 둘 다 비둘기의 뜻.

23) 선소인善小人들의 왕자여!(the prince of goodfilips): (1)Prince of trifles(소인배들): 스위프트 (2)Philip the Good. Burgundy 백작 (3)goodfellows: 데이브—셈을 발광發狂시멘트 된 벽돌이라 부른 다음, 존—숀은 그를 선소인들의 왕자여!라고 이름 짓는다. 조이스는 또한 셰익스피어의 〈한 여름 밤의 꿈〉에서 Puck인, Robin Goodfellow를 마음에 두고 있는 듯하다. 왜냐하면 이 항목은 작가의 집필 원고 〈잡기〉Scribbledehobble 작업 본에 나타나기 때문이다: 선인들의 왕자: 로빈(prince of goodfellows: Robin)(Thomas E. Connolly, ed. 97참조).

(464)

1) 웨일스인人의 양초(Canwyll y Cymry): Vicar Pritchard(1579—1644)(도덕적 율시律詩의 저자)의 시제: Canwyll y Cymry(웨일스인[Welshman]의 양초).

2) 브라실 도島(Brazel): (AngI) Hy Brasil: 대서양의 전설적 섬.

3) 다이아몬드 경조두개골競漕頭蓋骨(diamond skull): Henley—on—Thames에서 개최되는 헨레이—온—템스(영국 Oxfordshire의 템스 강변의 도시) 보트 경기 배盃.

4) 사자使者의 파이 접시(Nuntius piedish): (L) nuntius: messenger (2)Pontius Pilate: 빌라도(예수를 처형시킨 Judea의 로마 총독).

5) 치즈 햄 값도 지불치 않고 카이버 산 고개 산초 판자 도망치도다!(khyber schinker escape sansa pagar!): (1)(It) 그는 지불하지 않고 도망치도다(el scapa scansa pagar) (2)Sancho Panza(돈키호테의 종자).

6) 흑경안대黑警眼帶의 눈을 하고(the spatton spit): 조이스의 눈 안대의 암시.

7) 셈웰 해구여인海鷗旅人(툴리버)(Shemuel Tulliver): 셈 + Lemuel Gulliver(〈걸리버 여행기〉).

8) 프루 프루쓰 팬 광狂소녀단(Flu Flux Fans): Ku Klux Klan: (1)3K단의 익살(남북 전쟁 후에 흑인 및 북부인을 위협하기 위해 남부 여러 주에서 결성된 미국의 비밀 결사(1871년 불법화 됨) (2)1915년 북미 태생의 백인 신교도들에 의하여 결성된 비밀 결사(구교도, 유태인, 동양인 등을 배척하는 운동을 전개함)(전출).

9) 윌킨주(Wilkins): Wilikins = William 및 Vilikins이 결합체: William(정복자란 명칭을 지니며, Hastins에서 Harrold를 패배시켜, 영국 왕이 됨) 및 Vilikins(Dinah). (HCE 가家의 여청소부인 Kate: 그녀는 청소하고, 요리하고, 춤추고, 앞서 〈경야〉 제1장에서 박물관의 안내역이다. 때때로 그녀는 Dinah로 불리며, 애란인들에 의해 그들의 공복 시에 먹이는 Cathleen 백작 부인으로 변용한다. 그녀는 또한 예이츠의 시극 주제인 Cathleen ni Houlin의 여주인공이요, 조이스는 나이 많은 Kate를 〈율리시스〉 제15장에서 Old Gummy Granny 노파로 배분하는지라, 그녀는, 제1장 마텔로 탑 장면에서, 그녀의 원주민 배신자인 멀리건과 영국인 Haines에게 머리 숙이고, 참된 상속자인 스티븐 데덜러스를 식별하는데 실패한다(U 12). 또한 사창가 장면에서 억압당하고 상처받은 아일랜드와 영국 군인들에게 대항할 수 없는 유약한 스티븐의 자화상이 되고, 그리하여 그녀는 그를 단두로 찌른다(U 486).

10) 마르세유(Moulsaybaysse): (1)노래의 인유: Marseillaise (2)(F) bouillabaisse: 수프와 함께 먹는 끓인 생선 요리.

11) 고적대鼓笛隊에 대한 버터 교환(the butter exchange to pfeife): 더블린의 Butter Exchange Band. pfeife: fife and drum.

12) 양키 두들(yunker doodler): 노래 가사의 패러디: 양키 두들이, 말을 타고 런던으로 갔대요(Yankee Doodle went to London, riding on a pony).

13) 크래다(Claddagh): 골웨이 시의 어촌: 이 어촌에서 어부들은 손바닥을 쳐서 생선 전시를 알린다.

14) 나는 날렵한 멋쟁이(대퍼 댄디)…내게 돈수豚手 크게 충격을 주었도다(I met with dapper dandy…shocked me big hamd): 노래의 패러디: 청의를 입으며: 나는 내피 탠디를 만났는지라, 그가 나의 손을 잡았지(I met with Napper Tandy and he took meby the hand).

15) 이태리구화球靴(the Boot nad Ball): 이탈리아(시치리)의 땅 모양은 공차기 구두를 닮았다.

16) 큰 사과와 함께…자유궁사수自由弓射手 아비(부父)(Father Freeshots Feilbogen…. the cosrard): 자유궁사수(free—archer): William Tell(스위스의 전설적 영웅). costard: 큰 사과(윌리엄 텔은 사과를 쏜다). Costard는 또한 〈사랑의 헛수고〉에서 광대 역.

17) 모나(월月), 내 자신의 사랑(Mona, my own love: 노래 제목.

18) 모나(월月)…그녀는 응당 자신보다 더 크지 않는지라…흉법胸法(Mona…no bigger…she should be…breastlaw): Breastlaw: 보통법(Common law): 애란 해의 Man 섬은 잘못하여 Mona로 불림.

19) 그대는 램배이 만도灣島로부터 도경跳景을 좋아하지 않았던고?(did you like the ladskip from Lambay?): (1)Lambay Island: 더블린 군 피안 소재 (2)존(숀)이 그의 형 셈에게 보낸 우편엽서(ladskip: 풍경화).

20) 프렌치(열광의) 양피향마羊皮香魔여!(french davil!): (1)Basil French: Henry James 작 〈신부 쥴리아〉(Julia Bride)의 주인공 (2)Michael Davitt: 19세가 아일랜드 민족주의자(〈초상〉 첫 페이지 참조) (3) devil(4)David.

(465)

1) 긍오肯悟에게(to yes!): yes: ye + us.

2) 이것은 나의 숙모 주리아 브라이드이니(This is me aunt Julia Bride): (1)트리스탄의 숙모에게 합법적으로 소개된 이솔더의 암시 (2)Henry James의 Julia Bride.

3) 모퉁이에 가두어진 뿔피리 부는 자 재코트이나니(Jackot the Horner…in his corner): 자장가의 패러디: 꼬마 잭 호너가, 모퉁이에 앉아있었대요(Little Jack Horner Sat in the corner).

4) 금지金枝(the bough): James Frazer의 〈금지〉(The Golden Bough) 참조.

5) 리옹화化의 편지(lyonised mails): Charles Reade(1814—84)(영국의 소설가로, 〈수도원과 노변, 나를 조금 사랑하라, 나를 노래 사랑하라〉The Cloister and the Hearth, Love Me Little, Love Me Long의 저자) 작 The Lyons Mail, 1877년 더블린의 Royal Theatre에서 공연되다.

6) 삼심렬三深裂(tripertight): tripartite: 세 겹잎으로 된 식물 이름(삼위일치〔Trinity〕의 상징).

7) 콜크 재형제再兄弟(the corks…brothers): 디온 보우시콜트 작 〈코르시카의 처녀〉(The Corsican Maid). Corsica: 이탈리아 서해안 프랑스 영의 섬, 나폴레옹의 출생지.

8) 근친매近親妹에게 도소년逃少年(boyrun to sibster): 바이런 자신의 자매와의 관계의 암시.

9) 진짜 경자脛者(shinners true): Shinner: Sinn Fe'in member.

10) 백작령伯爵領(the county de Loona): Conte de Luna: 베르디의 오페라 Il Travatore에 나오는 3형제들 중의 하나.

11) 겨우살이(mistletouch): (1)mistletoe (2)Midas: (희랍 신화) 손에 닿는 모든 것을 황금으로 변하게 한다는 Phrygia의 왕). the Midas touch: 돈 버는 재주.

12) 조권모早捲毛의 조시인鳥詩人이 부엌 여인을(the curly bard said after kitchinthe womn): 격언의 패러디: 일찍 일어나는 새가 벌레를 잡는다(The early bird catches the worm).

13) 꼬마 원숭이(a little tich): Little Tich: 영국의 음악당 코미디언.

14) 경기競技는 인종 차별주자差別走者, 건방진 녀女여. 땅은 혼자만을 경耕하기 위한 것이나니(The racist to the racy…The soil is for the self alone): 〈전도서〉 9: 11의 패러디: 빠른 경주자라고 승리하는 것이 아니며, 유력자라고 전쟁에 승리하는 것이 아니라…(The race is not to the swift, nor the battle to the strong). self alone: Sinn Fe'in의 모토: 우리들만으로!(Ourselves Alone!)

15) 찌꺼기오피리아 될지라. 작은 마을(햄릿) 될지라(Be offalia. Be hamlet): (1)Ophelia (2)Offaly: 아일랜드의 군. Hamlet.

16) 야호요크왕가와 홀쭉랭커스터 왕가 될지라(Be Torick and Lankystare): York 및 Lancaster(장미 전쟁, 〈초상〉 제1장 참조(P12).

17) 목사조물牧師造物이…아무리 순교한들…역소疫所는 없는지라(No martyr…preature…no plagues): 노래의 패러디: 향락과 궁전 사이라도 집 같은 곳 없나니(Mid pleasures & palaces There's no place like home).

18) 백조도白鳥道(swansway): 프르스트 작 〈백조의 길〉(Swann's Way).

19) 호상湖上의 영領부인(The lady on the lake): Sir T. Malory의 거작 〈아서 왕의 죽음〉(Le Marte d'Arthur) 중 글귀의 패러디: 호반의 여인이 아서에게 명검名劍을 주었도다(Lady of the Lake gave Arthur Excalibur).

(466)

1) 부귀父鬼(Babau): (1)아이들을 놀라게 하는 중세 프랑스 남부의 로망스 악귀(languedoc bogy) (2)(It) babbo: daddy.

2) 모든 우자愚者 커루로 나를 뒤따를지라!(All folly me yap to Curlew!): 노래 가사의 인유: 카로우까지 나를 뒤따를 지라(Follow Me Up to Carlow)(428 참조).

3) 차기수왕次期獸王(the next beast king): R. Ord 및 W. Gayer—Mackay 작의 연극 타이틀의 변형: 〈차기 최고의 패디〉(Paddy—the—Next—Best—Thing).

4) 레오에게 사랑의 미약媚藥을(love potients for Leos): (1)트리스탄과 이솔더가 마시는 사랑의 미약(love ption) (2)Leo: 남자의 통칭.

5) 살殺 살인광殺人狂(Rip ripper): 살인광 잭(Jack Ripper).

6) 영웅 및 상륙자上陸者여!(my hero and lander): 영웅 및 리앤더(Hero & Leander). Leander: (희랍 신화) Hero(神人)의 연인.

7) 모방자의 주 바무舞하프(imitationer's jubalharp): (1)Jubal Cain: 하프와 오르간을 사용한 자들의 조상 (2)imitationer: 루이스(Wyhdham Lewis)는 조이스의 문체를 Dickens 작 Pickwick Papers에서 Jingle의 그것과 비교했다.

8) 징글락樂 군君?(Mr Jinglejoys?) Joycity: Joyce + joy + Jingle + city.

9) 파륜 율류律流 파고다(Rota rota ran the pagota): 노래 가사: (1)Rhoda & Her Pagoda (2)(It) rota: broken wheel.

10): 머리에는 하나님 및 꼬리에는 악마(con dio in capo ed il diavolo in coda): (It) with God at the head & the devil at the tail.

11) 많은 광녀들(Many a diva devoucha): (Cz) mad girls.

12) 그는 언제나 원가猿歌하기에 너무나 근면한지라(He's so sedulous to singe always): (1)R. L. Stevenson 작: 〈기억과 초상〉 IV(Memories & Portraits)의 글귀: 나는 근면한 원숭이 역을 했도다(I played the sedulous ape) (2)싱(Synge)(극작가). (F) singe: ape.

13) 성음화장聲音花裝(coloratura): florid ornaments in vocal music.

14) 넬슨의 죽음(the death of Nelson): 노래 제목.

15) 갈채, 형!(Coraio, fra!): courage(cheer up), brother!

16) 로첼리 청근방聽近方의 나의 애愛빵과 포타주 수프 곡曲(My loaf and pottage neaheaheahear Rochelle): 노래 가사의 인유: 나의 사랑과 로첼리 근처의 오두막(My Love & Cottage near Rochelle).

17) 경칠!(Diavoloh!): (1)Fra Diavolo: 이탈리아의 산적(또한 그에 관한 오페라의 타이틀) (2)(It) 경칠!(the deuce!).

18) 배심陪審의 배신背信(betrayal buy jury): Gilbert(더블린 역사가) & Sullivan(아이리시—프랑스의 오페라 테너 가수)의 배심의 재판(Trial by Jury).

19) 위험웅우危險雄牛, 슬불결병虱不潔病. 비참 속의 나를 불쌍히 여기소서!(Taurus periculosus, morbus pedeiculous. Miserere mei in miseribilious!): (L) dangerous bull, lousy disease, pity me in my wretchedness.

20) R. E. 미한씨 眉漢氏(Mr R. E. Meehan): (Ormazd) 및 Ahriman과 함께 조로아스터 교(Zoroastrian)의 지고 신: 그들의 선악의 투쟁은 영원하다.

21) 자신의 빌리참화慘靴로 비참에(in misery with his billyboots): 웰즈(H. G. Wells)(1866—1946)(영국의 소설가 및 역사가) 작 〈구두닦이의 비참〉(The Misery of Boots). 웰즈는 조이스의 〈초상〉을 감탄했으나, 〈진행 중의 작품〉은 그렇지 않았다(〈서간문〉 I, 274—75 참조).

22) 그렇게 많은 녹綠은 없나니! 과성過聲의 감미자甘味者(so much green···. Sweet fellow): T. 무어의 시가: 물이 만나는 곳, 너무나 아름다운 골짜기(Meeting of the Waters: valley so sweet)의 패러디. 여기 물은 Wicklow 주 Avoca 강으로, 이 시가는 〈율리시스〉(제8장)에서 블룸의 의식을 자주 적신다. (오늘날 강변에는 시비詩碑가 서 있다)(1993년 필자가 확인 한 바).

(467)

1) 하늘의 반사처럼 그것[신발]은 호누湖漏하고 있었도다. (they were laking like heaven's reflexes): (1)Killarney의 호수들은Heaven's Reflex(천국의 반사)로 알려졌다. (2)구멍 난 신발이 호수처럼 물새다. (3)여기 빌린 구두의 문제는 〈율리시스〉에서 멀리건과 스티븐 간의 기질적 상반된 상관관계를 우리에게 상기시킨다. 멀리건은 그리스도의 승려를 거칠게 패러디하고 있다. 스티븐은 Joachim of Floris(이탈리아의 수도승)의 이설에 대하며 명상하고 있는데, 그에 따르면 그리스도 성당의 현 시대는 성령(the Holy Ghost)이 각 인간의 마음속에 이내 머무를 때, 한 정원적田園的 시대가 그를 대신한다는 것이다. 그럼 인간과 하느님 간의 성당의 성직자적 명상은 그 땐 불필요한 것이 될 것이다.

3부

여기 〈경야〉의 숀의 장들에서, 마치 〈율리시스〉에서처럼, 신학의 문제는 비종교적 세기의 경지에서 관찰된다. 혁명 후기의 반半 무신론적 풍조에서, 멀리건—숀은 스티븐—솀의 성령, 즉 그리스도의 역할을 희화화戲畵化한다. 오랜 잊혀진 족장적 시대(Patriarchal Age)의 심오한 상징들은 단지 그들의 힘을 잃었나. 심지어 그들이 자식들의 시대(the Age of the Sons) 동안에 견지되었던 존경심은 이미 상실되었다. 그들은 사방에 가벼이 걷어차이는, 빈 조가비들일 뿐이다. 이는 바로 분노의 천둥소리 전의 순간이다(Campbell & Robinson 285 참조).

2) 트리스탄노勞할지라!(Triss!): 이시를 얻기 위해 트리스탄처럼 애쓸지라.

3) 옥타브(octavium): (1)octave (2)〈돈 지오 바니〉에 나오는 Ovtavius: Caius Julius Cacsar Octavinus, 최초의 로마 황제, 그는 셰익스피어의 〈안토니와 클레오파트라〉의 등장인물이기도.

4) 일본—라틴어를 띄엄띄엄 말하곤 했는지라(Used to chop that tongue of his, japlatin): 〈성서〉, 에서 바벨탑이 무너지고, 말이 혼돈되기 전에 외국어들을 활발히 말하곤 했다.

5) 우울프 우던비어드(임수林鬚)(Woowoolfe Woodenbeard): 1014년 Clontarf 전투에서 Sitric Silkenbeard는 덴마크 인들을 영도했다.

6) 석농아石聾啞되었나니(stomebathed): (1)stone deaf (2)Stoneybatter: 더블린의 거리 명.

7) 발버스 탑(Balbus): (1)Babel (2)Balbus: Gaul(말 더듬[stammering]을 뜻하는 이름)에서 벽을 세우려고 애쓴 로마인(〈초상〉 P 43 참조).

8) 양羊 갈비 고깃점과 염육鹽肉 비스킷을 뱉어내곤 하던(scoff up muttan chepps and lobscouse): lobscourse: 해상에서 먹는 염육과 짠 비스킷(〈율리시스〉 제16장에서 수부의 뱃노래 참조: 비스켓은 놋쇠처럼 딱딱하기만 하고 / 쇠고기는 롯의 아내의 엉덩이처럼 짜기만 했다오(The biscuits was as hard as brass / And the beef as salt as Lot's wife's arse)(U 523, 수부의 노래 참조).

9) 설사일기泄瀉日記(diarrhio) dairy+diarrhoea(설사).

10) 벨리츠 영어학교(beurlads scoel): (1)조이스가 그곳에서 영어를 가르친 Trieste 소재 Pola의 Berlitz school (2)(I) Beurla 영어.

11) 성당을 불알농락하거나(codding chaplan): (1)cutting chapel(성당을 무시하며)(444.32—3) (2)Charles Chaplin: 루시아(Lucia)(이탈리아 이름은 루치아) 조이스(조이스의 딸)가 감탄했던 영국의 코미디언, 그녀는 그를 칭찬하는 글을 쓰고, 모방하기도(〈서간 문〉, III, 88).

12) 실용문학사(B. A. A.): Bachelor of Art of Availability.

13) 재빨리 충득充得을 얻는 자는 두 번 독일처럼 재 기억하도다. (Who gets twickly fullgets twice as allemanden huskers): (격언) 일찍 배우는 자는 일찍 잊도다(learns quickly forgets quickly). (F) Allemagne: 폭설.

14) 학사사각중정學舍四角中庭…트리니티 대학(quadra…Trinity): (1)옥스퍼드 대학의 사각 중전(Quadrangle)(U 7) (2)Trinity College.

15) 무우 우는 어느 웅우雄牛처럼(as any oen ever I nood with): (1)〈초상〉 첫 행 참조 (2)oxen: Oxford.

16) 애란이愛蘭耳(Erin's ear): Ireland's Eye: 호우드 언덕 근처의 섬.

17) 은시연자銀試演者 로물루스(rhearsilver ormolus): Rhea Silva: Romulus 및 Remus의 어머니. Romulus 및 Remus: 늑대로부터 젖을 먹은 쌍둥이.

18) 초월 목걸이(타퀴너스 수퍼버스)(torquinious superbers): (1)Tarquineus Superbus: 로마의 전설적 제7왕 (2)Priscius Lucius Tarquineus: 로마의 전설적 제5왕.

19) 란틴 작시법(Pernicious): Gradus ad Parnassum: 라틴 운시법 교재.

20) 안커스 마티우스 교각축자橋脚築者(ancomartins): Ancus Martius: 로마의 전설적 제4왕, 교각 건설자.

1) 복송암창復誦暗唱(recitatandsa): (L) 크게 읽을 가치 있는 것들.

2) 복건성전도福健省(Fuien): 중국의 한 성省.

3) F(포르테 강음)?): piano? forte?(포르테)(음악): 강음.

4) 어떻게 그대〔솀〕는 나를 체득하게 되었던고, 오가스터스 교형敎兄 나의 문예전성기 시절에? 카이사르 치켜보는 가운데(How used you learn me, brather soboostius, in my auguatan days? With cesarella lokking on): 존—숀은 이시의 사랑을 위하여 데이브—솀과의 그의 경쟁에 관하여 말한다. 가족 3인조(3두정치)(triumvirate)에 있어서, 존—숀은 Augustus(in my augustan days) Caesar, 또는 Octavius이요, 한편 솀은 완전 한 옥타브(a full octavium)(. 467. 08)로서, 아마도 솀은 Antony요, 이시는 cesarella 혹은 Margareen—Cleopatra이다. in my augustan days는 Cleopatra의 salad days(〈앤토니와 클레오파트라〉 I. 5.73의 글귀 패러디)(나의 풋내기 시절)를 메아리 하는지라, 그때 Caesar(Julius)가 쳐다보고 있다. 숀—Octavius는 그 역할이 거꾸로 바뀌면서, 이시—Cleopatra로 하여금 그의 자신의 풋내기 시절을 쳐다보게끔 하고 있다.

5) 애초에는 말(言)(이야기)이 있었나니(In the beginning was the gest): (1)〈요한계시록〉 1: 1: 애초에 말이 있었는지라(In the beginning was the Word). (2)〈요한계시록〉 1: 4: 말은 살이 되고(Word made Flesh).

6) 끝은 말—없는—육체(flesh—without—word): 〈율리시스〉의 schema에서 〈페네로페〉(Penelope)의 기관(organ)은 육(flesh)이다.

7) 강안산암江安山岩 차축車軸 구능丘陵 납蠟(Hammisandivis axes colles waxes warmas…): Kennedy 작 〈라틴어 초보〉(Latin Primer)에 의하면 is의 많은 주어—명사들은 남성으로 사용된다.

8) 시견視見이 신중信中이듯(my seeing is onbelieving): 격언의 패러디: 보는 것이 믿는 것이나니(Seeing is believing).

9) 메아리여, 종말을 읽을지라!(Echo, read ending!): 노래 〈세빌의 이발사〉(The Barber of Seville)의 구절 패러디: Ecco ridente in ciclo.

10) 그러나 그들의 생활기이산生活氣離散의 압박壓迫으로부터, 아아 손뼉 칠지라, 낙엽성적落葉性的으로, 니크로코스소우주小宇宙가 마이크로조탄造誕함에 틀림없는도다(But from the stress of their sunder enlivening, any clasp, deciduously, a nikrokosmikon must come to mike): 숀은 성적 행위의 천둥과 번개(sunder and enlivening)로부터 Nick와 Mike의 소우주인, 아이가 태어나리라고, 파악하는지라(ay clasp). 또는 스티븐 데덜러스가 〈율리시스〉 제9장에서 세익스피어에 관해 논하듯, 화해는 분열 뒤에만이 나타나는 법: 화해가 있는 곳에…애초에 분열이 있었음에 틀림없어요…화해란 있을 수 없습니다…만일 분열이 없다면…인간의 마음을 유화하게 하는 것은 무엇이겠어요?…한 아이, 그의 양팔 안의 한 소녀, 마리나이지요(U 161—2).

11) 아무리 그들이 나의 요술시계를 채워준다 한들…나의 중간 발가락이 가려우나니(they put on my watchcrft…Mymiddle toe's mitching): miching mallecho(햄릿: 이건 못된 수작: 〈햄릿〉 III. ii. 131의 변형. 문맥: 그들이 나의 요술 시계를 채워주다…나의 중간 발가락…은 witchcraft를 언급하고, 〈맥베스〉 Iv. i. 44—45)의 마녀(Witch)를 회상 시킨다: 이 엄지 손 가락이 쑤시는 걸 보니, 어떤 흉악한 놈이 오나 보다(김재남 958)(By the pricking of my thumbs, / Something wicked this way comes).

12) 잘 가요 그러나 언제든지, 티스달이 툴에게 말했듯이(Farewell but whenever, as Tisdall told Toole): (1)무어의 노래 패러디: 잘 가요, 그러나 그대가 언제든지 시간을 기꺼이 받아드릴 때(Farewell, but Whenever You Welcome the Hour) (2)Tisdall: ? Toole: 더블린의 건축가로, 그의 tool은 솀의 pen격(Glasheen 297).

13) 시비時飛 박자는 안절부절 이라(Tempos fidgets): (L) 시간은 날아간다.

14) 위대한 노老 군주주君主舟(the grand old manoark): (!) Grand old Man, 즉 글래드스턴 (3)man of ark: 〈성서〉, 노아의 방주에서 새(비둘기)를 날려 보내는 사람.

15) 카르타고(corthage): Carthage: 아프리카 북부의 고대 도시 국가(146 BC에 멸망함).

16) 앤드루 크레이즈가 다니엘의 늙은 콜리 개(Andrew Clays was sharing sawdust with Daniel's old dollie): (1)Androcles & the lion: Aulus Gellius가 쓴, Shawdmldus극 속의 이야기: Androcles

는 사자의 발에서 가시를 뽑아 주었는데, 나중에 사자는 그를 잡아먹지 않았다 (2)사자 굴속의 Daniel. Daniel O'Connell.

17) 아조레스 제도諸島(azores): the Azores: 대서양 중부의 섬으로, 포르투갈 령.

18) 이것을 기억할지라, 코러스여우녀우어, 관목황야灌木荒野에는 마풍魔風이 있나니, 자매여!(remember this a chorines, there's the witch on the heath, sistra) (1)sistra: chorus—girl 또는 (I) 친구들(호격) (2)숀은 자매 이시에게 황야의 마녀들인 〈맥베스〉의 운명의 3여신들을 상기시킨다.

19) 밴지요정파妖精婆가 요염여발妖艶女髮을 껍질 벗기고 있는 동안(Bansheeba peeling houri—haard): (1) George Peel(영국의 극작가) 작의 연극 David and Bathsaba (2)houri: 마호메트 낙원의 님프 요정.

20) 흑백혼혈아가(Orecotron): 디온 보우시콜트 작의 연극 〈흑백 혼혈아〉(The Octoroon).

(469)

1) 그녀의 양 젖통…심야욕월深夜慾月이 쟁희롱爭戲弄할 때…장중전능長中全能이(whinn…flirtsbit…her trittshe…tallmidy): (1)노래의 패러디: 내가 뒤에 남겨 두고 떠난 소녀(The Girl I left behind Me)는 다음 가사를 포함 한다: 그러나 달빛이 그녀의 젖꼭지 사이를 희롱할 때, 전능하신 예수 그리스도여!(But when moonlight flirts between her tits, Jesus Christ, Almighty!) (2)Talmud: 해설을 붙인 유태교의 율법 경전.

2) 천국의 빛이여(lucks in turnabouts): (L) lux in tenebris: 어둠의 빛.

3) 일곱 오래디 오랜 언덕들(Seven oldy oldy hills): 로마의 7언덕들.

4) 반바(Banba): (I) 아일랜드의 시적 명칭으로, 그의 신화에서 영웅들의 죽음을 애도 하는 노파. 〈율리시스〉 제12장에서 영웅의 죽음에 대한 아일랜드의 전설의 글귀 참조: 애통하라, 반바여, 너의 바람과 함께: 그리하여 애통하라, 오 대양아, 너의 회오리바람과 함께(Wail, Banba, with your wind. : and wail, O ocean, with your whirlwind)(U 248).

5) 내게 날개를 빌려주도록 길을 빌려야 할지니, 킥꽥꽥(빨리팔리), 그리고 예루살렘의 벽으로부터(to lend me wings, quickquak, and from Jehusalem's wall): 말(馬)의 날개를 탄 마호메트의 예루살렘까지의 밤 여행.

6) 아하인我何人을 위한 윈랜드(승토勝土)(Winland for moyne): (1)Henry van Dyke(T. 무어의 아내)작 글귀의 패러디: 그건 나를 위한 아메리카나니(It's American for me) (2)Vinland: 북미의 한 지역으로 기원전 1000년에 북구 인에 의하여 발견되다.

7) 핀갈(질풍)(Fingale): (I) Fionn=Gall: Fair Foreigner: 즉 노르웨이인.

8) 그론먼즈 서커스(Groenmund's Circus): Greenland?. Green Man

9) 작은 인형(Dinky Doll): (희랍 신화)아프로디테(Aphrodite): 사랑과 미의 여신(로마 신화의 Venus)으로, 세계의 지배 신 우라노스가 아들 크로노스에 의해 거세되어, 그의 성기가 바다에 떨어지자, 바다가 그 대신 잉태하여, 물거품에 의해 태어났다고 함. 〈율리시스〉 제9장에서 멀리건은 그가 더블린 국립 박물관에서 블룸이 아프로디테의 국부를 살피고 있던 것을 언급한다: 포경수집자, 여호와(하느님)는 이제 이상 무. 내가 포탄(포탄)의 아프로디테를 환호하려고 박물관에 갔을 때 거기 저이(블룸)를 보았어…그의 창백한 갈릴리아인의 시선이 여상의 중위의 홈에 도정되어 있었어. 칼리피지의 비너스 상말이야. 오, 경칠 저 요부 '신은 처녀를 좇고 있도다.'(U 165 참조).

10) 개암나무 산마루(Hazelridge): 더블린의 옛 이름.

11) 큐를 향해 질풍승선疾風乘船할지라(Squall aboard for Kew): (1)all aboard: fuck you (2)Kew: 영국 런던 교외의 이름.

12) 염수鹽水가 나의 연부戀婦될지니(brine's my bride to be): 아드리아 해(Adriatic Sea)에서 행해진 옛 베니스와 제노아의 추장인 Doge의 베네치아 결혼 의식.

13) 유인도誘引導할지라, 매카담이여, 그리하여 린더프(흑지黑池) 정停을 초시初視하는 자를 감사습感謝濕할지니!(Lead on, Macadam, and danked be he who first sights Halt Linduff!): 〈맥베스〉 V. viii, 33—34의 인유: 여기 숀은 맥베스의 마지막 말을 써서 그의 작별을 고한다: 자, 오라. 맥다프, 도중에서'손들었

어'(Hold, enough!)하고 처음 소리 지르는 놈이 지옥행이다(Lay on, Macduff, & damn'd be him who first cries hold)(두 사람이 성벽 야래서 결전 끝에, 맥베스가 살해되고 만다). 숀은, 그러나, 여기 맥다프 격으로, 그들의 역할이 뒤집힌다. 그리고 이 구절은 맥다프(Linduff)에 의하여 맥베스(Macadam: 아담의 아들)에게 언급되는 듯하다. 숀과 셰익스피어의 맥베스를 위해, 이들 말들은 그들의 최후의 작별을 형성한다: 우편후주곡郵便後奏曲의 최후불화最後不火의 말들(last fireless words of postludium)(469, 29)(Cheng 175 참조).

14) 루드 매每나나여, 그대 애통별哀痛別하나니!(Lood Erynnana, fare thee well): Lood Erynnana: Ireland (2)노래 가사의 패러디: 아름다운 이니스피리, 그대 안녕히(Sweet Innisfallen, fare thee well).

15) 시간은 적행敵行이라!(Here goes the enemy!): (1)what is the time (2)루이스(Wyndham Lewis) 작 〈적敵〉(The Enemy)의 패러디.

16) 축복하사 열보熱步 전지무별全知無別 체재자滯在者들을!(Bennydick hotfoots onimpudent stayers!): (1)미사: 마지막 축복: 전능하신 하느님이 당신을 축복하사!(Last Blessing: Benedicat vos omnipotens Deus) (2)Sir Julius Benedict는 〈킬라니의 백합〉(The Lily of KIllarney)을 작곡했다.

17) 케리(kerrycoys): Kerry: 아일랜드 서북 쪽 Muster 지방의 군 이름 (3)셰익스피어의 〈헛소동〉(Much Ado about Nothing)에 나오는 Padua의 젊은 영주 .

18) 전투의 수행 뒤에 나는 태형怠兄을 최고로 생각하고 있나니(After wage—of—battle bother I am thinking most): 노래 가사의 패러디: 바로 전쟁 전에, 어머니 나는 생각하고 있어요(Just before the battle, mother, I am thinking).

19) 우장담가郵壯談家 숀(Juan the post): 우편배달부 숀.

20) 로데오 곡예(rodeo): 카우보이 따위의 말 타기 곡예 쇼.

(470)

1) 헤르메스 같은 찌름(자극)(a hermetic prod): Hermes Psychopompos(희랍 신화에서 신들의 사자)는 막대로 사람을 찔러 독살시킨다(prod dead).

2) 용설이월溶雪二月의 딸들의 방진方陣(the phalanx of daughters of February Filldyke): 조이스의 Harret Weaver 여사에게 보낸 서한(8/8/1928) 참조: 마론 성당(Maronite Church)의 연도(liturgy)의 언어는 실리아어語가 그 배경이다. 성 금요일에 예수의 육체가 십자가에서 끌려나, 시의 屍衣에 쌓인 채, 무덤으로 운구 되는 동안, 백의의 소녀들이 꽃을 뿌리며 많은 향유가 사용된다. 마론 교의 의식은 레바논 산에서 사용한다. 이는 마치 어린 신인 Osiris의 육체가 탈의 되고 향유되는 것과 같다. 그는 이미 작일昨日처럼 보인다. 소녀들의 합창대는 Odhsis로 발음하는 자들과 Oeyesis로 발음하는 자들로 양분된다. 그의 애도가는 모두 29자로, 6 x 4 = 24 + 마지막 5자 = 29이다.

3) 공동집전公同執典 받는 진중진야陣中眞夜 해 바라기(concelebrated meednight sunflower): heliotrope의 암시. 여기 sunflower는 숀 및 이시이도 하다.

4) 여명당원(piopadey boy): Peep of Day Boys: 아일랜드의 신교도 구릅(1784—95).

5) 훤소喧騷(pollylogue): polylogy: loquacity: 다변, 수다.

6) 오아시스, 삼목杉木…피폐토皮廢土여, 파이프적타笛打는 비침을 부지不知했도다!(Oasis, cedarous… Pipetto, 프라타너수림樹林의 로착신기루露着蜃氣樓 테니스유희遊戲여!): (1)〈불가타 성서〉(Vulgate)(4세기에 된 라틴어역의 성서)의 성구 17—19의 변형: (L) 나는 레바논에 번성한 삼목 그리고 시온 산의 사이프러스 목을 닮았도다. 나는 Cades에 무성한 종려나무로서 그리고 젤리코의 이식된 장미를 닮았도다. 들판의 번성한 올리브 나무처럼 그리고 열린 공간의 바다 곁에 플라타너스 나무처럼, 나는 번성하도다(I am like a cedar on Lebanon & like a cypress on Mount Zion. I am as a palm—tree exalted in Cades & like the transplanting of a rose in Jericho. Like a splendid olive in the fields & like a plane—tree beside the water in the open spaces I am exalted).

7) 피폐토皮廢土여, 파이프적타笛打는 비침을 부지不知했도다!(Pipetto, Pipetta has misery unnoticed!): Robert Browning 작 〈피파 지나가다〉(Pippa Passes) 시제詩題의 패러디.

8) 기장記章(배지)(badge): 미국의 소설가 스티븐 크래인(Stephen Crane)(1871—1900)의 남북 전쟁에 참석한 무명의 한 병시의 심리를 다룬 전쟁 소설 〈붉은 무공훈장〉(The Red Badge of the Courage)(1893) 제목의 암시.

9) (후안 재이손이여 안녕히)(a Juan Jaimesan hastaluego): hastaluego: (Sp) so long.

10) 해도수海渡手(a handacross the sea): 노래 가사의 패러디: Hands across the Sea.

11) 평화소녀平和騷女들은 역방향逆方向으로 자신들의 수완평화협정手腕平和協定을 맺었나니(the pacifettes made their armpacts widdershins): 조이스의 Harret Weaver 여사에게 보낸 서한(8/8/1928)에 의하면: 이 윤년 코러스는 마론 교의 그리고 라틴어의'침구례'(pax)를 모방하여 한층 낮게 반복 된다. 소녀들은 실제로 아무것도 하지 않고, 서로 몸을 돌리고, 서로의 이름을 경쾌하게 부른다(This leapyear chorus is repeated lower down in imitation of the Maronite & Latin 'pax'. The girls do nothing really but turn on to another, exclaiming one another's name joyfully).

(471)

1) 지각知覺에스텔로와 독아毒蛾베네사(estellos and venoussas): 스위프트의 연인들인 스텔라와 바네사.

2) 별(성星)과 가터(양말대님)시자視者(star and gartergazer): Star and Garter(주점 명).

3) 타자우측전방打者右側前方으로(the off): 타자의 오른 쪽 전방(크리켓 전문 용어).

4) 자매성姉妹星(sthers): star + sister(Esther sisters) = 스텔라 & 바네사.

5) 푸른생울타리(hedgygreen): Hetty Green: 미국의 자본가.

6) 볼사리노모帽(borsaline): 조이스가 썼던 Borsalino hat.

7) 애돌풍愛突風(loveblast): W. 루이스 작 〈돌풍〉(Blast)의 익살.

8) 동산취득자動産取得者(trover): 어떤 개인적 재산의 소유를 찾아서, 갖는 행위.

9) 아래턱 숀 적두赤頭(Jawjon Redhead): Jen—Jacqes Rousseau.

10) 메카 토과대망상적土誇大妄想的(meccamaniac): megalomaniac(과대 망상적 + Mecca(사우드 아라비아의 도시, 마호메트의 출생지. 동경의 땅).

11) 숙녀성淑女城(래이디캐슬)(Ladycastle): 미상(?).

12) 스타디움(stadion): (Gr) 거리의 단위.

13) 킨코라왕실위급주王室圍急走했나니(kingscouriered): Kincora: Brian Boru(덴마크 인들의 공포로 알려졌던, 아일랜드의 영웅—왕)가 살았던 곳.

14) 헤르메스 사각기둥(herm): 통상적으로 헤르메스(Hermes)(그리스 신화의 신들의 사자)의 머리와 가슴을 떠받친 네 모퉁이의 기둥들.

15) 너무나 모근母近 하지만 너무나 부원父遠 떨어진 채(so mear and yet so far): 속담의 패러디: 너무나 가까이 하지만 너무나 멀리(so near and yet so far).

16) 각마脚馬로(on Shank's mare) 자신의 다리로(걸어서).

17) 방취防臭했나니(loose): 루이스(Wyndham Lewis)의 암시.

18) 다정한 기억에…재빨리 자취를 감추었는지라(lost to sight…memory dear): 노래 가사의 패러디: 자취를 감추었지만, 기억에 다정한(Though Lost to Sight, to Memory Dear).

19) 시커슨…성聖 얼수린카, 고뇌苦惱로 가득 찬 채(Sickerson…. hellyg Ursulinka…): (1)Sickerson: HCE 주점의 불결하고 주정뱅이 하인(Man Servant) (2)순경의 이름이기도 (3)성스러운 덴마크의 또는 성스러운 Ursuline의 곰의 아들, 또한 〈윈저의 즐거운 아낙네들〉(I. 1. 263)에 언급된 엘리자베스 조의 유명한 곰 (4)〈율리시스〉 제9장에서 스티븐이 셰익스피어의 Globe 극장에 관해 설명하면서 언급하는 곰: 그 근처, 파리 동물원, 울타리 안에는 곰 새커슨이 으르렁거리지요. 이 유명한 곰은 이따금 울타리를 뚫

고, 극장으로 가는 여인들을 위협했다고 함(U 154) (5)Bjorn: 덴마크어의 곰. hellig: 덴마크어의 holy. Ursulinka: uresus의 약 격. Born: 앵글로 색슨의 beorn로 man이란 뜻(Cheng 176).

20) 자웅雌熊의 탄자誕子(borne of bjoerne): Brynjolf Bjame: 입센이 사용한 펜네임.

21) 성聖 얼수린카(Ursulinka): 성 Ursula: 초기 기독교의 성녀로, 그녀의 전설적 생애에 의하면, 그녀는 결혼을 반대하고 여성의 처녀성을 존중한 나머지 11,000명의 처녀들을 대동하고 유럽을 순회한 것으로 전함. 〈율리시스〉 제1장에서 멀리건은 그녀를 숙모 댁 하녀로 병용시킴(U 6 참조).

22) 어디에 변덕쟁이(구더기) 하비…금궤부대金櫃負袋여? 앤드류가…돈모豚母여 안녕히!(Where maggot Harvey…till you…hogdam farvel): (1)(Da) 덴마크어의 변형: 얼마나 많이 우리는 망설였던고? 코스를 바꾸기 위해 그리고 작별(How much have we held back? To change course & so goodbye). (2) Bagnal Harvey: 아일랜드의 도당.

23) 수출 흑맥주(export stout): Guinness Export Stout(기네스 회사의 수출용 흑맥주).

24) 환기자喚起者의 달콤한 비탄(sweet wail of evoker): T. 무어의 노래 패러디: 물의 만남: 아보카의 달콤한 골짜기(The Meeting of Waters: Sweet vale of Avocs).

(472)

1) 원遠둔 블리니 성城(disdoon blarmey): (1)(I) Du'n Bla'ime: Blarney Castle (2)Lisdoonvarna: Clare 구의 마을 이름 (3)노래 가사에서: 블리니의 숲(The Groves of Blarney).

2) 우리들의 여호—와—신!(Our Joss—다—Jovan!): (Heb) God, Jehovah, Jove.

3) 우리들의—예수—크리쉬나여!(Our Chris—na—Murty!): Krisanamurt: 20세기 초의 인도 성현. Krishna: Christ.

4) 선인정善人情의(mansuetudinous): St Mansuetus: 로렌(Lorraine)(프랑스 동북부)의 1세기경 아일랜드의 전도사.

5) 사별死別처럼 확실한(true as adie): 속어의 패러디: 꼭 바른(true as a die).

6) 명멸광明滅光(light licerne): (1)자주개자리(植) (2)Lake Lucerne: 라틴어의 lux에서 파생된 장소 이름 (3)Lake Lucerne: Four Cantons(스위스의 주명)의 호수.

7) 사주四洲(Canton): 廣東(중국 남부의 도시).

8) 모형 수호성자여!(our pattern sent!): (1)patron saint (2)Pattern: 아일랜드의 수호성자의 날(a patron saint's day).

(473)

1) 성 실베스터 신년향연新年饗宴(Sylvester): 신년의 향연(12월 31일).

2) 어릿광대 워커(Walker): Whimsical Walker: 광대.

3) 진군귀향할 때까지(comes marching home): 노래 가사의 패러디: 조니가 집으로 행군해 올 때(When Johnny Comes Marching Home).

4) 모로크 신희생전神犧牲戰이 악마기惡魔期를 가져오기에 앞서(ere Molochy wares bring the devil era.): (1)노래 가사의 인유: 애린이 옛날을 기억하게 할지라: 말라키가 침입자로부터 얻은 금의 칼라를 달았을 때(Let Erin Remember the Days of Old: When Malachy wore the collar of gold that he won from the proud invader)(U 38 참조) (2)Malachy II: Brian Boru 전임의 아일랜드 왕, 966년에 그는 덴마크 인들과의 전투에서 승리했다 (3)카르타고인들(Carthaginians)(아프리카 북부의 도시 고대 국가 백성들, 146 BC 에 멸망)은 Moloch(유태 신으로, Milton의 〈실낙원〉(Paradise Lost)에 나오는 추락한 천사들 중의 하나)에게 아이들은 그에게 제물로 바쳐진다 (4)악마기(the devil era): De Valera: 키다리(the long fellow)란 별명을 가진 아일랜드의 정치가, 일명 요셉(Collins)으로서, 그는 자신의 저서 〈박사가 문학을

3부

보다〉(The Doctor Looks at Literature)에서 조이스를 아일랜드의 최근의 도덕률 폐기론자(moralistic abolitionist)로 힐난했다.

5) 다아비의 한축일寒祝日…요한 세례락洗禮樂(darby's chilldays…Juhn): 세례자 요한의 축일: 6월 24일.

6) 펄롱 마일(furlong mile): 8furlong = 1마일.

7) 에레비아(Erebia): Erebus: (희랍 신화(이승과 저승과의 사이에 있는 암흑계) 그의 누이에게 Aether, Day 및 Night를 낳게 한 Chaos의 아들.

8) 불사조원不死鳥園(phaynix): (1)피닉스(알라비아의 불사조) (2)피닉스 공원.

9) 베뉴 새여!(Bennu bird): Bennu: 〈이집트의 사자의 책〉에 나오는 불사조 또는 신조新鳥(new bird).

10) 아돈자我豚者여!(Va faotre!): (Breton): va paotr: my son. (F) va te faire foutre!: Go to hell!(뒈져라!)

11) 광포한 불꽃이(해)태양을 향해 활보할지라(sunward stride the ramoantre flambe): 노래 Il Trovatore의 가사 Stride la vampa의 인유.

12) 그대의 진행進 작업할지라!(Work your progress!): 〈경야〉: 〈진행 중〉(Work in Progress)의 책 타이틀.

13) 그대가 밤이 아침을 기다리는 동안 걸을지라(Walk while ye have the night for morn): 〈요한복음〉 12: 35 성구의 인유: 빛이 있을 동안에 걸을지라, 어두움에 다니는 자는 길을 알지 못하느니라(Walk whilst you have the light, that the darkness overtake you not).

14) 명조明朝가 오면 그 위에 모든 과거는 충분낙면充分落眠할지니(morroweth whereon every past shall full fost sleep): 〈요한복음〉 9: 4 성구의 인유: 때가 아직 낮일 때 나를 보내신 이의 일을 우리가 하여야 하리라 밤이 오리니 그때는 아무도 일할 수 없나니라(I must work the works of him that sent me, while it is day: the night cometh, when no man can work).

15) 아면(Amain): (1)아멘(Amen): 테베의 양두신 羊頭神. 옛 이집트의 태양신 (2)아멘(amen): 헤브리어: 그렇게 되어지어다!(So be it!)의 뜻: 기독교도가 기도 등의 끝에 부름.

• III부 - 3장 •

신문 받는 숀 (pp.474 - 554)

(474)

1) 심혼心魂(heartsoul): 심혼: 〈이집트의 사자의 책〉(Egyptian Book of the Dead)에 나오는 ba.

2) 초다변논법超多辯論法(parapolylogic): (1)paralogism(이성인이 의식하지 못하는 가짜 이성) + polylogy(다변).

3) 덜시톤(duciton): 인공 감미료.

4) 천사의…소년담애少年膽愛(love of an angel): 무어의 노래 재목에서: 〈천사들의 사랑〉(The Loves of the Angels).

5) 가화로家火爐를 계속 불태우면서(keeping the home fores burning): 노래 가사의 패러디: 집을 계속 불태울 지라(Keep the Home Fires Burning).

6) 브로스나(Brosna): 4주洲의 접합점인, Brosna강 근처의 Uisneach 언덕은 아일랜드의 중심으로 간주되었다.

7) 산지山地의 두더지 흙 두둑(mountainy molehill): 속담: 두더지 두둑으로 산을 만든다(making a

mountain out of a molehill).

(475)

1) 엘(ell): (길이의 단위) 45인치.

2) 코노트 지역의 반분이요…자신의 전체는 오웬모어의 사분지오로다(Conn's half but the whole of him… Owenmore's five quarters): (1)아일랜드는 고대로 Conn의 절반 및 Mogh의 절반으로 양분되었으니, 후자는 Eoghan Mo'r Mogh—Nuadhat에 속했는지라, 그는 Munster를 그의 다섯 아들에게 나누어주었다 (2)아일랜드는 한 때 5개 주로 나누어졌는데, 현재는 4개 주이다.

3) 광수선화狂水仙花(daffydowndillies): 노래 가사의 패러디.

4) 에스커퇴적능선堆積稜線까지는 몰린거 교구였나니(Up to the esker ridge it was, Mallinger parish): (I) Eiscir Riada: Conn 절반과 Mogh 절반을 분할하는 E—W. ridge of sandhills(모래 언덕 가장자리). Uisneach는 Mullingar 근처에 있다.

5) 구획족적區劃足跡(partition footsteps): Partition(구획): 북 아일랜드와 아일랜드 공화국의 경계선.

6) 공중의 하프 음(the harp in the air): 노래 가사의 패러디: '공중의 하프(Tis the Harp in the Air).

(476)

1) 조례朝禮 알리는 기상나팔(the bugle dianablowing): 노래 가사의 인유: 그대 뿔 나팔을 불지 않으리오(Won't You Blow Your Horn).

2) 그의 명언鳴言은 불운不運이라(whose word is misfortune): 자장가의 패러디: 그대 어디로 가는가, 나의 예쁜 처녀: 나의 얼굴은 나의 재산 이야요, 나리, 그녀가 말했도다(Where Are You Going, My Pretty Maid My face is my fortune, sir, she said).

3) 경작지구耕作地丘(the knoll Asnoch): Hill of Ulisneath.

4) 영기靈氣 메스머의 선서수宣誓手에 맹세코(Upon the ether Mesmer's Manuum): Franz Mesmer(1733—1815), 최면술[mesmerism, hyponotism)의 말을 우리에게 선사한 오스트리아의 의사, 그는 천체와 살아있는 육체 간에 어떤 정교한 액체가 상오의 영향을 삼투시켰다고 믿었다.

5) 프로스펙트 묘지(Prospect): 더블린의 Glasnevin에 있는 Prospect 공동묘지.

6) 현인賢人들(psychomorers): solon(sage) + sophomore(美)(대학 2학년생).

7) 상傷하트와 마魔다이아, 원怨스페이드와 펑 클럽(hurts and diamons, spites and clops): (카드놀이) hearts, diamonds, spades and clubs(패).

8) 캐럿(carrots): (F) diamonds(카드놀이).

9) 오스카면眠 잠들었나니(oscasleep asleep): 오스카 와일드: 그는'남색자'(sodomite)의 포즈를 취하고 있다는 Queenbury 후작의 고소에서 결과 된 재판의 인유.

10) 루멘(광光)경卿(Lord Lumen): Lord Lucan: 그는 Crimea 전투의 Balaclava에서 기병대를 지휘했으며, 조이스에 의하여 경 기병대(Light Brigade)와 연관된다.

11) 루카스 매트칼프(Lucas Metcalfe): 송아지(Calf)는 성 누가의 상징.

12) 그이 뒤에 숨은 나귀(ass that lurked behind him): 노래 가사의 패러디: 내가 뒤에 두고 온 소녀(The Girl I Left Behind Me).

13) 나 호싸린(na Hossaleen): (I) na h—asailin: of the little asses.

14) 마마누요(mamalujo): (1)Matthew(마태), 마크(마가), Luke(누가), John(요한) (2)(Sp) mamalujo: simpleton(멍청이).

3부

(477)

1) 노사老師들이(the masters): 〈사대가들의 연대기〉(Annals of the Four Masters)(13 참조).

2) 언덕의 네드(Ned of the Hill): Samuel Lover(아일랜드의 노래 가사 작가, 소설가, 1797—1868) 작: 〈언덕의 네드〉(Ned of the Hill).

3) 혹만자或萬者(somewan): C—wan: 10,000. 다수의 암시.

4) 찬조원贊助院(hospices): 〈사자의 성모병원〉(Our Lady's Hospice for the Dying)(더블린의 Harold's Cross 소재).

5) 난센(nansen): Fridtjof(1861—1930): 노르웨이의 정치가 및 북극 탐험자

6) 들의 마음의 귀(이耳)의 이면에……그리하여 자신들의 마음속에(in the back of their mind's ear…And in their minds years): 〈햄릿〉(I. ii. 186)의 변형: 나의 마음의 눈 속에, 호레이쇼. (254. 18 참조).

7) 원로 매트(Matt Senior): 4대가 중의 마태(Matthew).

8) 활면滑眠의 미인이어(slipping beauty): Sleeping Beauty: (동화) 잠자는 숲 속 미녀, 마법에 걸려 자다가, 왕자가 출현, 입 맞추어 깨어남.

9) 양자론量子論(planckton): Max Planck: 독일의 물리학자(1858—1947), 양자론(quantum theory)(방열이론放熱理論)의 주창자

10) 스패니시 골드(spanishing gold): 스페인의 파선된 Armada 무적함대로부터 인출한 황금.

11) 몰밀융합沒蜜融合(mellifond): 더블린 소재의 Melliffont Lane 골목 길(하부 Sackville 가(지금의 O'Connell 가).

12) 볼지라!(Ecko!): 조이스의 시제詩題의 인유: (보라 저 아이를)(Ecce Puer) + echo.

13) 얼마나 민감敏甘한 답(How sweet thee answer makes): 무어의 노래에서: 대답은 얼마나 달콤한 메아리를 낸 담(How Sweet the Answer Echo Makes).

(478)

1) 타이페트(애인)(Typette): 스위프트의 〈스텔라에게 보내는 저널〉(Journal to Stella)에서 애인 스텔라를 위한 편지의 결구인 'Ppt'의 암시.

2) 재의점再疑點을(deuterous point): dubious + Gr) deuteros: second.

3) 요한 당나귀(한나 이셀루스)(Hanner Easllus): (G) Hanner: 요한. (G) Esel: 당나귀.

4) 악초마가본惡草馬加本(malherbal Magis): Malherbe: 프랑스의 비평가, 그는 음률(Rhyme)은 교번적으로 남성적 및 여성적이야 한다고 생각했다.

5) 606개의 개쑥갓(植)어語(six hundred and six ragwords): (1)〈요한 계시록〉 13: 18의 변형: 지혜가 여기 있으니, 총명 있는 자는 그 짐승의 수를 세어 보라 그 수는 사람의 수니 육백육십육(666)이니라(the number of the beast…is Six Hundred threescore & six). ragwort: 개쑥갓. (G) Wort: word.

6) 삼림장森林杖(wald wnad): (G) Wald: 삼림. (G) Wand: wall. (E) 막대, 지팡이.

7) 대량매장지大量埋葬地(tartallaght): (1)다량교수多量教授 (2)Tallaght: 더블린 남서부에 위치한, 염병으로 교살된, 시칠리의 식민자들(Parthalonian colonists)의 가상적 집단 매몰지埋沒地.

8) 교본(vallums): (L) vallum: 누벽壘壁.

9) 주고대여도主古代旅道(rheda rhoda): Thaetian Road: 스위스의 알프스 산을 가로지르는 고대 주요 도로. (L) rhaeda: 여행 마차.

10) 환각비경과도幻覺秘經過道(hallucinian Via: (I) Eleusis(신비)의 성도聖道(Sacred Road).

11) 무덤해파리(動) 개구도開口道(aurellian gape): Aurellian Gate: 로마.

12) 일족발정관례도日族發情慣例道(sunkin rut): Sunken Road: 일명, Hohle Gasse로, William Tell(스위스의전설적 영웅)이 폭군 Gessler를 기다렸던 곳.

13) 초무성가도草茂盛街(grossgrown trek): Great Trek(1836—40): 아프리카의 Cape Colony로부터의 Boar 족의 이민.

14) 범죄노예犯罪奴隸의 방축도防築道(crimeslaved cruxway): 북 아일랜드의 거인의 방축길(Giant's Causeway)(현무암의 육각주 기둥 무리).

15) 희망항希望港(hopenhaven): Copenhagen. old hopeinhaven: 햄릿(Hamlet)의 독백에서 미발견의 나라와 반대되는—Copenhagen처럼, 잃어버린 덴마크의 영혼들의 안식처요, 햄릿의 천국의 희망(전출, FW 143.07 참조).

16) 파생된(Unde derivatur): whence[it] is derided.

17) 그것이…설명되면…이걸 덜 이해하는지라(Magis megis…mynus…intelligow): (L) 한층 완전하게 설명하면 할수록 나는 이를 덜 이해하나니(the more completely it is explained the less I understan this).

18) 어째서? 그건 발음불가하기에(How? C'est mal prononsable): (F) comment? c'est mal prononcable.

19) 그는 말더듬는지라(tartagliano): (It) tartagliano: 그들은 말 더듬다.

20) 프랑스어語(perfrances): (Sp) France's: Fr. language(성 패트릭은 본래 프랑스 출신).

21) 졸열구拙劣口에 침이나 바르시라, 당신. (Vous n'avez…mousoo): you have no water in your provincial mouth, sir.

22) 그럼에도 불구하고, 나는 들판에서 클로버—열쇠를 발견했도다. (Je mi'ncline mais…Moy…champs):): (F) 나는 묵인하나니, 그러나 나, 나는 들판에서 열쇠를 발견했나니.

23) 건초乾草 가짜 배뚱뚱이 같은 무가치, 이봐요!(Hay sham…velour, come on!: (F) et ca'na' pas… comment: & that has no value, how.

24) 사소삼엽些少三葉(trefling): trifling(사소한) + 삼엽: 클로버와 섐록은 3엽(trefoils)(Parick과 3위 1체의 상징).

25) 삼위三位 패트릭 여신증여자汝神贈與者(Trinathan partnick dieudonny): 조나단 스위프트, 트리스탄, 패트릭. 여신증여자汝神贈與者(dieudonnay)(F) Dieu—donne: 욘은 자기 자신을 아버지와 동질체(consubstantiality)로 선언한다.

26) 삼인三人들(Three persons) 3인으로 된 하느님. 패트릭의 3조 인생(tripartite life).

27) 한寒한지라!(sohohold!): (1)so cold (2)(G) hold: handsome.

28) 여장년汝壯年(yu): you +(C 중국) yu(幼).

29) 접촉 공포증(doraphobian): 동물의 털이나 피부를 만지는 두려움.

30) 무전리품霧戰利品(포그루트)의 수풀(the wood of fogloot): 패트릭은 Foclut의 숲 근처의 사람들의 목소리를 들은 것이, 아일랜드 귀국의 원인되었다.

31) 나의 혐오조상嫌惡祖上이여!(mis padredges!): (Sp) 나의 조상들이여!(my ancestors!).

(479)

1) 청춘몽향青春夢鄕(Tear—nan—Ogre): (I) Tir na nO'g: 젊음의 땅(〈율리시스〉 제9장 참조: 위대한 명사들이여? 이름으로 가장한 채: A. E. 영겁(eon): 매기…태양의 동쪽, 달의 서쪽 티르—나노—그(불로 불사의 나라(good masters? Mummed in names: A. E. eon: Magee…Tir na n—og. Booted the 트웨인 and staved)(U 160).

2) 서부의 나의 작은 회색의 집(my little grey home in the west): 노래 가사의 패러디.

3) 터커로우까지 나를 따라 와요!(Follow me up Tucurlugh!): 노래 가사의 패러디: Follow Me up to Carlow(428 참조).

4) 폴두디(Polldoody): Poldoody: Clare 군에 있는 굴 생산지.

5) 황서풍荒西風의 황도대(the zoedone of the zephyros): zone of the Zephyre(서풍의 의인화).

6) 통역사(dragoman): 아라비아어, 페르시아어 및 터키어 등을 말하는 나라의 통역사.

7) 필사必死(Dood): (Du) death, dead.

8) 폭루트의 숲 늑대들!(The wolves of Fochlut!): Wood of Focut(Mayo 군 소재).

9) 재발 12호狐들에게 나를 투축投蹴하지 말지라!(Do not flingamejig to the twolves!): 파넬의 구호 변형: Do not throw me to wolves.

10) 흉포凶暴여인(Turcafiera): (It) turca fiera: 사나운 터키 여인.

11) 민물도요새(Dunlin): (1)더블린 (2)dun(dull grayish brown coloured) + (C. 중국) lin(林).

12) 남풍려(굴)南風蠣(austers): (L) Auster: 남풍 + (G) Auster: oyster(굴).

13) 청색 초호礁湖(blue lagoon): 더블린의 Dollymount(호우드 언덕 앞 해안)의 돌출 산책길.

14) 역병총疫病塚(plagueburrow): 4노인들은 'plaguegrave'에 대한 애란어인 'Tallaght'를 파생하는지라, 따라서 이는 Parthalonian 매장장埋葬場과 연결된다.

15) 매장전선埋葬戰船(buralbattell): Viking의 선상 매장(ship—burial).

16) 수백만 년의 고선古船(the boat of millions of years): 이집트 신화에서'수백만 년의 보트'가 밤새 태양—신과 축복 받은 자의 영혼을 날랐다.

17) 함수깃艦首旗대(jacks타프): 그 위에 재크 수병(Jack)의 그림으로, 개양된 깃대.

18) 바아크 파스 호(Pourquoi Pas): 프랑스의 탐험가 Charcot가 사용한 남극 탐험선(1908—10).

19) 여지하국행汝知何國行(Weissduwasland): 노래 가사의 패러디그대 그 땅을 아는고(Know'st Thou the Land)(괴테의 Kennst du das Land)의 번안)(G) weisst du was?: do you know what?.

20) 웨브스터가 말하는, 결코 돌아오지 않은 우리들의 배(Webster says, our ship that ne're returned): Webster 작 〈흰 악마〉(The White Devil)의 글귀의 변형: 나의 영혼은 암흑의 폭풍우 속의 배처럼 어디로 행하는지 모르나니(My soul like a ship in a black storm Driven I know not whither).

21) 댄모크의 수오리 포선砲船!(Draken af Danemo rk!): (Da) draken af Danm'가: 덴마크의 뱀.

22) 윤상輪狀분묘운반차(ringbarrow): Hennu(Osiris, Tattu의 군주). 〈이집트의 사자의 책〉에서 Hennu의 보트는 썰매 위에 놓여지고, 새벽에, 아마도 태양 궤도를 모반한 듯, 성소 주위를 끌고 다님(비코의 환).

23) 장골호선長骨壺船(longurn): 바이킹의 배.

(480)

1) 두 속수취인俗受取人을 조타지휘操舵指揮하면서(Conning two lay payees): 노래 가사의 패러디: Connais—tu le pays?

2) 그의 갈까마귀 기旗가 펼쳐졌나니(Her raven flags was out): (1)대인족(Danes)(덴마크 사람들)(9—10세기 영국을 침략한 북구인들)의 해적 보트들은 갈까마귀의 기를 개양했다 (2)기원 878년의 Raven Banner 전투: 이때 Ubban인들은 Devon(잉글랜드 남서부의 사람들)에 의해 패배당하다.

3) 선신善神…대지의 창조신(good, jordan's scaper): (Da) 대지의 창조주인, 신.

4) 몸을 낮게 구부릴지니, 그대 세 비둘기들아!(Crouch low, you pigeos three!): (1)노래 가사의 변형: 조니여 히로로부터 내려올 지라: 푸른 옷을 입은 저 소녀를 깨울 지라(Johnny Come down from Hilo: 'wake that girl with the blue dress on) (2)The Three Jolly Pigeons: 골드스미스(Oliver Goldsmith)의 〈삭

막한 마을〉(The Deserted Village)에 나오는 여관 이름.

5) 저 탠 황갈색의 꺼끄러기 머리다발(the tan tress): (1)temptress(유혹녀) (2)Tantris: 아일랜드에 도착하자 트리스탄이 쓴 이름.

6) 바다의 늑대를(Wolf of the sea): Jack London 작 〈바다 늑대〉(The Sea Wolf).

7) 야랑野狼(Folchu): (1)(I): wild hound, wolf (2)패트릭은 배에 애란의 해랑을 싣고 아일랜드를 떠났다.

8) 푸른 언덕들(green hills): Green Hill: 더블린 주, Tallaght 근처 지역.

9) 애란愛蘭톤(Ireton): Henry Ireton: 크롬웰의 한 장군.

10) 저 황소 눈의 사나이가 항해했는지라, 이제 내가 말하는 것을 잘 명심할지로다(sailed the oxeyed man, now mark well what I say): 노래 가사의 변형: 암스테르담에 한 처녀가 살았는지라, 내가 말한 것을 잘 명심하도다(In Amsterdam there lived a maid, mark well what I do say).

11) 젖 빨도록 자신의 가슴 유두乳頭를 발가벗겼나니(Laid bare his breastpaps to give suck, to suckle me): 패트릭은 남성의 유두를 빠는 원시의 양자 의식에 관해 언급한다.

12) 보라 하기오스 크리스만(성기독남聖基督男)을!(Ecce hagios Chrisman!): HCE—Holy Christ. (Gr) hagios: holy. (L) ecce: behold: 조이스의 단시 제목의 인유: 〈보라 저 아이를〉(Ecce Puer).

13) 예수叡帥, 멸균성滅菌性의(Jeyses, fluid): Jeye's Fluid: 살균성의 예수(disinfectant Jesus).

14) 옛 배일리의 빌(부리)!(Bill of old Bailey): (1)노래 가사의 패러디: 빌리 베일리, 그대는 재발 귀가 하지 않으련고?(Billy Bailey, Won't You Please Come Home?) (2)호우드 언덕 동부 맨 끝의 Bailey 등대.

15) 그건 그의 최후실最後失의 찬스나니(It's his lost chance): 노래 가사의 변형: 그것은 그대의 최후의 여행이라, 타이탄이여, 잘 가라(It's Your Last Trip, Titanic, Fare You well).

16) 에마니아(Emania): 북 아일랜드의 고도古都.

17) 맥脈이여(acushla): (AngI) my pulse(애정의 표시).

18) 사경고斜頸孤(고孤 레이나드)(wrynecky fix): (G) Reinecke Fuchs: Reynard the Fox(괴테의 시). Reynard the Fox: 중세 금수禽獸 서사시의 주인공, 괴테의 이 시는 금수계의 최고 현대판인 것으로 유명하다.

19) 리케이 장場(lyceum): Lyceum: 아리스토텔레스가 Apollo Lyceus(늑대 같은)라는 이름을 따서, 글을 가르쳤던 운동장.

20) 집토끼여(couard): Reynard 금수계의 집토끼.

21) 당신이, 고고孤孤, 늑대 마냥 울부짖는 방법을 배우는 동안(you learned, volp…to howl…wolfwise): 늑대들에 의해 젖을 빨린 Romulus & Remus(쌍둥이 형제로 로마를 창건을 시작했으나, 형[전자]은 아우[후자]를 죽이고 혼자 로마를 건설하고, 최초의 왕이 됨), 또한 다양한 성인 人들의 암시.

22) 최선을! 심도深盜여!(Dyb! Dyb!): (1)영국의 Boy scout 이전 유년당원(cub scout)(8—11세) (2)Dyb: Do your best!. (Da) dyb: deep. (GI Dieb: thief.

23) 짐승이 다시 포효하도다!(animal jangs): Animal gangs: 깽 단.

24) 핀갈 해리스 사냥 단(the fingall harriers): Fingal Harries: 애란 수렵대狩獵隊.

25) 울프강(호당孤黨)(Wolfgang): Wolfgang von Goethe, 그의 시 〈레이나드 여우〉(Reinecke Fucks).

(481)

1) 요정이 바꿔친 아이(Changechild): 요정이 진짜 아이 대신 놓고 간 아이. 〈율리시스〉의 밤의 환각 장면 말에서 블룸은 그의 죽은 아들 Rudy—changeling을 그로 본다(U 497).

2) 각운강경증적 신외발기적!(cataleptic mithyphallic!): (1)cataleptic: (시적) 이해에 관한 (2)cataletic: 최후 보격에 음절이 부족한 운시에 관한 (3)3장단 격(troche)으로 구성된 외설 운시(ithyphallic verse)(4)

여기 욘의 HCE에 관한 룬 시구 수수께끼는 〈율리시스〉 제17장에서 블룸의 그것과 유사한 것으로, 그것은 그가 유년시절 몰리에게 보낸 자신의 최초의 이름의 생략체로 지은 이합체시이다:

포엣(시인)은 이따금 감미로운 음악의 선율로

오 찬미하도다 성스러운 하느님을.

홀연히 부르러므나 몇 번이고.

띠게 값진 것 노래 또는 술보다.

아라 와요 내 사랑. 세계는 안의 것.

Poets oft have sung in rhyme

Of music sweet their praise divine.

Let them hymn it nine times nine.

Dearer far than song or wine.

You are mine. The world is mine. (U 555)

3) 총總 토템 침주상 조상(Totem Fulcrum Est): (L) all is a bed.

4) 어떤 거미도 줄을 치지 않았던(no spider webbwth): 1098년에 윌리엄 2세는 웨스트민스터 사원의 홀 지붕을 위해 Oxmantown 산産의 재목을 구입했는데, 거기에는 오늘날까지 어떠한 영국 거미도 줄을 치거나 알을 낳는 일이 없었다.

5) 낙원애란(Dies Eirae): Eire: 에이레(애란)

6) 세계년世界年(Anno Mundi): (L) 세계의 해(year of the world).

7) 꿈. 비일非日에 나는 잠자도다. 나는 혹일或日을 꿈꾸었나니. 어느 승일勝日에 나는 잠깨리라. 아하!(Dream. Ona nonday I sleep. I dreamt of a someday. Of a wonday I shall wake. Ah!): 여기 욘은 셰익스피어 작 〈한 여름 밤의 꿈〉에서 직조공(weaver)인 Bottom의비일, 혹일, 월요일, 일요일등에 관한 꿈의 비전을 갖는다. 이것은 앞서 구절(. 403, 407)의 숀—Bottom의 비전의 메아리이다. Bottom은 그가 나귀임을 꿈꾼다. Glasheen 교수는where no spider webbeth가 〈한 여름 밤의 꿈〉에서 요정들이 Titania(Bottom의 애인)에게 함께 잠자기 위해 부르는 노래의 메아리라 지적한다(Glasheen36). 거미들아, 이곳에 줄을 치지 말아라. 저리 가라, 다리 긴 왕거미들아!(〈한 여름 밤의 꿈〉 II. ii. 18—19 참조). 여기 Bottom은 바트, Tom 등과 연관될 수도 있다.

8) 오 죄홍수罪洪水되어!(O sinflowed!): 브리이크(W. Blake)의 시제詩題의 변형: 아! 모든 해 바라기여(Ah! Sun—flower).

9) 삼행연구시三行聯句詩(tristich): 3행 연구 시이외에 트리스탄을 암시하기도.

10) 핀센 패이넌(Finnsen Faynean): Ossian은 Finn의 아들이었다.

11) 터플링 타운(도인都人)(Mr Tupling Toun): Dublin town.

12) 로미오 로저스(Romeo Rogers): (1)트리에스테에서의 조이스의 친구(Glasheen 246 참조) (2)〈로미오와 줄리엣〉(Romeo and Juliet)에서의 Romeo. 조이스는, 셰익스피어와 마찬가지로, Romeo를 중세의 순례자로 이용하는지라, 후자는 성 Iago 또는 James의 사원 출신으로, 가리비 껍질을 달고 있다.

13) 그로부터(from an urb): 교황의 연설에서: Urbi et Orbi(도시와 세계에게).

14) 아부라함사, 사라범어梵語(apabhramsa, sierrah): (1)(G) Apabhramsa: 산스크리트어의 발달 단계 (2)Abraham & Sara: 〈구약〉에서 족장과 그의 아내—자매, 후자는 나이가 들어, 이삭 또는 웃음(laughter)을 분만했다. 〈경야〉에서 Abraham은 다수의 부친 또는 잠재적 부친으로, 따라서 HCE로 나타난다. Sara는 슬픔과 웃음, 황무지와 비옥, 노예와 아내, 그리고 노소로 양분 된다. 그녀는 또한 Sarah Bridge(지금의 Island Bridge)와 연관되며, 그 곳에서 리피 강은 더블린 만의 염조鹽潮와 만난다.

15) 우리들의 원부遠父, 건(포砲)(Gun, the farther): 주의 기도문에서: 하늘에 계신 우리들의 아버지…: (Our Fatherr, which art in heaven…).

16) 발동처격發動處格으로(in the locative): local + locative case(文) 처격(위치격).

17) 성 아리 바 바(Hellig Babbau): Ali Baba(〈아라비안나이트〉에서 도둑의 보물을 발견한 나무꾼, 알리 바바).

18) 스미스위크, 론다, 캐일던, 설렘(매사츠세츠), 챠일더즈, 아고스 및 두스레스(Smithwick, Rhonnda, Kaledon, Salem(Mass), Childers, Argos and Duthless): Smithwick: Birmingham의 교외: Rhondda: Wales의 도회: Kalydo'n(스코틀랜드)에 있는 Artemis 사원: Homer의 출생지로 간주되었던 7도시들: Smyma, Rhodes, Kolophon, Salamis, Childers(Chios), Argos, Duth러ss(Athenae).

19) 아브라함스크(apabhramsa): Abrahamsk: (1)〈성서〉, 아브라함(유태인의 시조), 아들(Gun), 이들은 모두 HCE를 암시한다 (2)Apabhramasa: 산스크리트어의 발전 단계.

20) 브룩베어(계웅溪熊)(Brookbear): Edmund Brauhbar(1872—1952): 조이스가 세계1차 전쟁 동안 영어를 가르쳤던 취리히의 부유한 비단 상인.

21) 다치씨 多恥氏, 다치씨 !(Mushame, Mushame!): (F) Mesdames(Mrs.), Monsieurs(Mr)

22) 헛간자손子孫이여(barnabarnbarn): (Da) 손자.

23) 고전적(classic): Classics 영국의 5대 주요 경마.

24) 장애물항도障碍物港都(Huddlestown): 더블린의 옛 애란 명은Town of the Huddle Ford(장애물항)이었다.

25) 토미 테라코타(Tommy Terracotta): 영국 군대의 사병(E. M.): private soldier.

26) 미다스 부왕父王(my das): (1)da: Synge의 연극 〈서부 세계의 바람둥이〉에 쓰인 부(father) (2) Midas: (희랍 신화) 손에 닿는 모든 것을 황금으로 변하게 했다는 Phrygia(옛 소아시아 왕국)의 왕.

27) 라네일리(Ranelagh): 더블린의 지역 명.

28) 라네일리26)의 왕자남王者男의 파운드 인人의 결박자의 발견자의 아빠의 창설자의 형제(the founder of the father of the finder of the pfander of the pfunder of the furst man in Ranelagh): 노래 가사의 익살: 보르네오 출신의 야남野男의 아내의 아이의 유모의 개의 꽁지에 붙은 벼룩이 도회로 왔대요(The flea on the tail of the dog of the nurse of the child of the wife of the wild man from Borneo has just come to town).

29) 나는 바로 아我라(fue'!…. (I am yam): 〈출애굽기〉 3: 14: 하나님이 모세에게 이르시되 나는 스스로 있는 자이니라(I AM THAT I AM)(U 322 참조)(전출).

30) 탬 타워(Tam Tower): Oxford 대학 Christ Church College.

31) 규칙적으로 마시곤했나니(jagger pemmer): (1)jagger: Oxford 대학 Jesus College (2)pemmer: Oxford 대학 Pembroke College.

(482)

1) 에에디스 그리스도(Eddy's Christy): (1)Aedes Christi: Oxford의 Christ College, 거기서 작가 캐럴(Lewis Carrol)이 살았다 (2)Mary Baker Eddy는 Christian Science를 건립했다 (3)Edwin C. Christy Minstrels(흑인으로 분장하여 흑인의 노래를 부르는) 흑인 악단.

2) 청정성령淸靜聖靈이여(spiriduous sanction): (1)Coo': 비둘기 + Holy Spirit (2)(L) St Spiritus Sancti(Holy Spirit).

3) 이문耳聞은 금풍金風이나니(Aures are aureas): 격언의 패러디 침묵은 황금이라.

4) 이마즙泥馬汁이라!(Muddyhorsebroth): mudebroth: 진흙 수프!(성 패트릭의 절규).

5) 대돈천식성大豚喘息性!(Pig Pursyriley!): big Persse O'Reilly.

6) 루카스(Lucas): Lucan: 리피 강상의 더블린 교외 명.

7) 맥도갈, 대서양의 도시(Macdougal, Athlantic City): (1)Galway는 대서양 연안에 있다 (2)Atlantic City: New Jewrsy, U. S. A.

8) 야초野草당나귀인고, 장지葬地우적우적 씹으며 그리고 관棺기침하며!(his ongrass that is, chuam and coughan): (1)(Gr) onagros: 야생 나귀 (2)Galway 군의 Tuam: 장지를 뜻하는 이름 (3)coffin 및 Cavan 군.

9) 마호 군郡의 종이여(Jong of Majo): (1)Mayo 군 (2)Jong: 숀 (3)mah jong(魔障): 카드처럼 사용되는, 타일으로, 놀이를 하는 고대 중국 게임.

10) 암울한 풍조(O'Mulanchonry): O'Mulconry: 4인방들 중의 하나, 또한 Tuam(투아모투 제도, 남태평양의 프랑스 제도)의 주교.

11) 강장악强掌握의 그르위드 수위守衛(Glwlwd of the Mghtwg Grwpp): 강력한 권력의 Glewlwyd: 〈매버노기언〉(The Mabinogion)(웨일스어의 젊은 시인들에 대한 지침서: 영국의 여류작가 Lady Guest가 영어로 번역한 웨일스 일화집으로, 아서 왕의 이야기와 켈트의 신화가 수록 됨)에 나오는 힘 센 수문장(U 11 참조).

12) 나의 당나귀(동키)호테의 요한이여(Johnny my donkeyschott): 〈돈키호테〉(Don Quixote).

13) 독수리(spreadeagle): 독수리는 성 요한의 상징. Galway의 문장에 있는 독수리.

14) 지방원죄후계地方原罪候鷄(regional hin): regional hen(지방의 암탉) + original sin: 암탉과 HCE의 공원의 죄.

15) 무당압낙원鴨樂園(gander of Hayden): Garden of Eden + Mrs Hayden: 무당

16) 이반 보우한(Evan Vaughan): 최초의 더블린 우체국장(1638—46).

17) 하이 수트리트(고가高街) 소재 그의 우정각郵政角의(of his Posthorn in the Hight Street): 더블린의 High 가街에 있던 우체국(Post House).

18) 제일조약증서第一條約證書(the dogumen number one): Document No. 1: 조약(The Treaty): De Valera의 추종자들이 사용했던 말.

19) 비식적임자非食適任者에 의한…, 불가독물不可讀物을(무 illegible…, an unelgible): 와일드의 여우 사냥에 관한 표현 문구의 패러디: 불식물不食物을 추구하는 불가술물不可述物(the unspeakable in full pursuit of the uneatable).

20) 시성諡聖의 성인성聖人性(sinted sageness): 속담의 패러디: 성인들과 현인들의 섬(Land of Saints and Sages)(조이스의 비평문 제목이기도): 아일랜드.

21) 북의 수탉(a cock of the north): 노래 제목.

22) 매티 아마(Matty Armagh): (1)Matthew Arnold(19세기 영국 비평가) (2)Ulster(아일랜드 북부의 주)의 Armagh(도시 명).

23) 진짜—얼스터의(leal—Ulster): (스코틀랜드 속어) leal: loyal.

24) 자유—다운—인 이아시아(free—Down—in—Easia): 애란 자유 국(Ir. Free State).

25) 자만자自滿者(prouts): 신부 Prout(1804—66): 샨돈의 종소리(The Bells of Shandon)로 가장 잘 알려진, 경輕 운시의 작가요, 애란 예수회 회원인 F. S. Mahoney의 필명.

26) 살해殺害 서書(book of kills): 〈켈즈의 책〉(Book of Kells).

27) 분변종말론糞便終末論(eschatology): scatology(분비학) + eschatology(종말론: 4종〔죽음, 심판, 천국, 및 지옥〕의 연구).

28) 긍이목肯耳目이 부목이否目耳가 비탄착悲嘆捉했던 것을 포착捕捉한다면(if an ear aye seize what no eye ere grieved for): (1)〈초상〉 2장의 글귀의 패러디: 치료될 수 없는 것은, 확실히 상처입어야 하나니(What can't cured, sure, Must be injured, sure).

29) 암호법전으로 작성될 수 없는 것도 해독 될 수 있는지라(What can't be coded can be decorded): (1) 격언의 변형: 눈이 볼 수 없는 것은 마음이 슬퍼할 수 없도다(What the eye can't see the heart can't grieve for) (2)암호법전으로 해독될 수 없는 것은 비탄 포착될 수 있도다(What can't be coded….

grieved for): Boyle 신부는 그의 저서 〈제임스 조이스의 사도 바울의 비전〉(James Joyce's Pauline Vision)(pp. vii–xii, 10)에서 이 행은 〈한 여름 밤의 꿈〉의 두 행들을 메아리 한다고 적고 있고 있는 바, 즉: i)Theseus(티시어스)(아테네의 백작) 왈: 이런 부조화를 어떻게 조화시킬 수 있단 말인가?(How shall we find the concord of this discord?)(V. i. 60) ii)Bottom(보톰)(연극의 등장인물: 직공) 왈: 내 꿈을 아무도 눈으로 엿듣지도 않았구. 귀로 엿보지도 않았구)(김재남 177)(The eye of man hath not heard, the ear of man hath not seen)(IV. i. 209). 〈경야〉의 당나귀는 애도하는지라: 만일 내가 그레고리 씨 및 이온즈 씨, 및 타피 박사와 더불어 그리고 내가 감히 들먹이거니와 종경하올 맥도우갈 존사 씨와 일치하는 현두賢頭를 가졌다면, 그러나 나는, 가련한 당나귀나니, 하지만 그들의 사부합주四部合奏의 둔분鈍糞으로서 뿐이외다(405. 04–6). 그러나, 인간은, 만일 그가 위의 Bottom의 꿈을 설명하거나 혹은 암호로 풀기 위해 일치하는 현두로서 사방으로 돌아다니면, 한 마리 당나귀인 셈이다. Boyle 신부는 재차 거론하거니와, 조이스의 요점은 꿈과 비전의 기적적이요 영감적인 표현이야 말로 비시인(non–poet)의 합리적 해부에 전적으로 달려있지 않을 수 있다는 것이다(Robert Boyle, S. J. : 〈제임스의 조이스의 사도 바울의 비전: 가톨릭적 상설〉(James Joyce's Pauline Vision: A Catholic Explication. p. x).

30) 결과를 야기하는 유발적 원인(occasioning cause causing effects): 인과 관계(cause and effect).

(483)

1) 필남筆男(penman's): Shem the Penman's.

2) 존(숀): 우체부 숀.

3) 요지要旨는 숀의 요지이나 손(手)은 사미아스의 손인지라(The gist is the gist of Shaun but the hand is the hand of Sameas): 〈창세기〉 27: 22 성구의 패러디: 목소리는 야곱의 목소리이나, 손은 에서의 손이로다(The voice is Jacob's voice, but the hands are the hands of Esau).

4) 나와 그대 사이에 있는 그이(someone between me and thee): 〈창세기〉 31: 19 성구의 패러디: 주님께서 나와 그대 사이를 관찰하옵소서(the Lord watch between me and thee).

5) 스캔들의 종鐘(the bells of scandal): 노래 가사의 인유: The Bells of Shanon.

6) 둘 토이조土耳鳥(터키즈)에 설교하고(the two turkies): 유럽의 터키와 아시아의 터키로 양분된 터키.

7) 청동불승靑銅佛僧(the bonze age): 청동시대(Bronze) + bonze: 일본의 불승.

8) 볼사이오리니 소매치기의 모공예帽工藝(Borsaiolini's house of hatcraft): (1)조이스가 썼던 보사리노 모자 (2)(It) borsaiolino: 소매치기.

9) 그대는 우체직郵遞職(are you in your post?): 숀의 직업은 우체부.

10) 광표狂豹 같으니(Fierappel): 중세의 Reynard 짐승 서사시 중의 표범(전출 FW 97 참조).

11) 알랑대는 말칸토니오!(blarneying Marcantonio!): (1)아일랜드 서남부의 도시인 Munster의 Blarney 성 (2)안토이우스(Mark Antony): 로마의 장군, 정치가 (3)(It) marcantonio: 장강남長强男.

12) 나는 그대가 원부遠父를 감동했음을 볼지니, 알랑대는 말칸토니오[셈]! 이토록 처참한 자가 내게 뭘 말할 수 있으며 혹은 어찌 내가 그와 악운을 관계하랴?(I'll see you moved farther, blarneying Marcantonio! What cans such wretch to say to I or how have My to doom with him?): 여기 욘—숀은 그의 쌍둥이 형제 셈을 격멸하는 바, 후자를 그는 여기 Mark Antony로 부른다. 이 처참한 자가 내게 뭘 말할 수 있으며, 나는 그와 뭘 관계하랴?라고 질문하는데, 이는 욘이 햄릿의 놀이 배우에 관한 질문을 메아리고 있다: 그럼 대관절 헤쿠베가 뭣이며 그는 헤쿠베에게 무엇이관데?(김재남 813)(What's Hecuba to him, or he to Hecuba?)(II. ii. 543). 욘은 계속 묻는다: Been ike hins kindergardien?: 이는 나는 나의 형의 파수꾼인가?(Am I my brother's keeper)의 독일어이다. 또한 〈나의 형의 파수꾼〉(My Brother's Keeper)은 조이스의 친 동생 스태니슬로스 조이스의 형에 관한 전기서傳記書이다.

13) 시발적으로(initiumwise): Initium: 불가타 서(Vulg)의 〈마가복음〉의 서언.

14) 머리털 꼭대기에서 발뒤꿈치까지(hairytop on heeltipper): (〈창세기〉 25: 25—6): 야곱은 손으로 에서의 발꿈치를 잡았으므로…에서는 머리털 많은(hairy) 자이다.

15) 알피레베카(alpybecca): ALP + Rebecca: 이삭의 아내.

16) 기원적紀元的으로(imprincipially): In principio: 불가타 서의 〈요한복음〉의 서언.

17) 나의 나癩표범 형제, 어린애, 단지 15청춘기의 무구아無垢兒…(my leperd brethern, the Puer, ens innocens of but fifteen primes…): 성 패트릭의 〈고백〉(Confessio) 제II부의 글귀의 인유: 나는 나의 가장 절친한 친구에게 내가 어느 날 유년시절에 한 짓을 말했나니…나는, 맹세코, 내가 당시 15살이 어떤지를, 알지 못하노라…(I told my most intimate friend what I had one day done in my boyhood…I know not, God knows, whether I was then fifteen years of age).

18) 자우사화자子牛獅化者들(kalblionized): 〈성서〉,에서 누가의 상징은 송아지요, 마가의 그것은 사자이다.

19) 석냥처럼 직입直立한 채, 계란처럼…소금처럼…그리고 빵처럼…(Upright as his match, as is egg…so the salt…braod…): 새로 태어난 아이에게 덕망의 인생을 확신하기 위해 계란, 성냥, 소금, 빵을 선사하는 영국의 관례.

20) 맥脈이여(cashla): (AngI) acushala: my pulse(애정의 표시).

21) 나의 최소과오最少過誤를 통하여!(meas minimas culpads!): (L) through my least fault.

(484)

1) 그대들의 팔각목八脚目(動)에 발(yous octopods): 4사람 x 2족 =8족足.

2) 오디온 성당(Audeon's): 더블린의 성 Audoen 성당.

3) 민족통일주의자(irredent): Irredentist 이탈리아의 민족통합주의자. 조이스의 동생 스태니슬로스 조이스는 1916년 경 전쟁 시 오스트리아의 Katzenau에 있는 통합주의자 캠프에 수용된 죄수들 중 하나였다(사진 참조: Ellmann 380).

4) 마마누요(Momuluius): mamalujo: (1)Matthew(마태), 마크(마가), Luke(누가), John(요한) FW 476. 32).

5) 불과 과다애란인過多愛蘭人(meer hyber irish): 원주민 인구를 언급하기 위해 중세 더블린인들에 의하여 사용된 말.

6) 다수 토큰(대용 경화)이 손안에 있기 때문에(forasmuch as many have tooken in hand to): 〈누가 복음〉 1: 1의 패러디: 많은 사람들이 떠나려고 걱정했기 때문에(Forasmuch as many have taken in hand to set forth).

7) 왕자, 배회사자徘徊獅子, 도웅우跳雄牛, 자만自慢독수리(메 rince, ap roweler, ap rancer, ap rowdey): a prince(왕자)(man), a prowler(배회자)(lion), a prance(활보자)(bull), a proud(의기양양 자)(eagle): 복음자들의 상징.

8) 교창성가交唱聖歌를!(Improperial!): 일명 Reproaches: 성 금요일(예수의 수난일)의 예배로서, 일련의 교창가로 구성되는 바, 그들 각자 뒤에 Trisagion(Sanctus, Sanctus, Sanctus) 성화聖和! 성화! 성화!(593 참조)이 답창으로 노래된다. 교창가는 그리스도에 의해 그의 신도들에게 자신의 사랑을 그리고 그들의 무감사를 상기시키기 위해 불러지는 것으로 대표되는 문장들이다. 여기 현재의 절규는 셈과 4대가들에 항의하여 욘에게서 나온 것으로, 이는 죄과에 대한 응답이요, 그의 심문자들에 의하여 필남筆男(셈)의 글귀로부터 바로 인용된 것이다.

9) 히타이트 적족敵族(Hekkites): Hitties: 히타이트 족(고대 소아시아의 민족).

10) 맹루盲漏의 하리(bland Harry): Blind Harry: 15세기 스코틀랜드의 시인.

11) W. X. Y. Z. 와 P. Q. R. S.: 알파벳 끝의 역순으로, 로마 제국의 모토.

12) 애이비 및 시티크랜 승정들(Ailbey and Ciardeclan): 아일랜드에 있어서 성 패트릭 이전의 4기독교 주교들인 Ailbey, Ciaran, Declan Ibar.

13) 나병랑癩病狼의 루페(loup of Lazary): (1)Dives 와 Lazarus: 부자와 거지. Dives는 그의 문간에서 구걸하는 상처 입은 Lazarus를 거절하는지라, 그들은 죽은 뒤, Dives는 지옥에서, 천국의 Lazarus로부터 한 모금의 물을 요구했으나 거절당한다 (2)lapis lazuli: 청금석.

14) 편설실언片舌失言(lapsus langways): (L) a slip of tongue.

15)와시와시와타와타시!자아自我자아나나나자보쿠자신을!(Washywatchywataywatasy! Oirasesheorebukujibun!): (1)(일어) watakushi나(私)의 약어 watashi (2)(일어) boku(僕): 나의 친근 표현. ore: (나의 비어). hibun: (나 자신).

16) 다원체력학자多元體力學者 티오프라스티우스(Theophrastius Spheropneusmaticus): (1493—1541): 연금술자, 허풍쟁이(charlatan).

17) 켈리 텔리(Kelly Terry) 더블린의 전당포업자.

18) 야호 앵무새파파가루스와 펌퍼스마그너스(Pappagallus and Pumpusmugnus): 둘 다 성 Gall 사원에 연관된 성 Gallus 및 성 Magnus.

19)계란鷄卵 빈담수어貧淡水魚 여불식汝不殖 호기빈마好奇牝馬라(Eggs squawfish…. marecurious): Pythagoras(그리스의 옛 철학자, 수학자)의 것으로 여겨지는 경구의 익살: 그대는 어떤 나무 조각으로도 수은을 만들 수 없도다(You cannot make a Mercury out of any piece of wood).

(485)

1) 나의 고숭高崇의 삼우근장三羽根裝 관모冠毛(my High tripenniferry cresta): (L) tripennifer crista: 문장紋章의 3개의 깃털을 지닌 관모.

2) 나는 섬기노라(Itch dean): (G) I serve(Wales의 왕자의 모토).

3) 가스피, 오토 및 소우어(Gaspey, Otto and Sauer): 이태리의 왕실 백작인 Petro Motti 편집 하의 외국어 자습 시리즈의 독일 출판자.

4) 안녕(오러 브와)!(Hastan the vista!): (Sp) au revoir.

5) 수장절收藏節의 향연!(빨지라)(삿엣!)(Suck at!): (1)Sucat: 성 패트릭의 양친이 그에게 준 이름 (2)(Heb) Succoth: 소장절 향연(Feast of Tabernacles)(조상의 황야 방랑을 기념하는 유대인의 초막절).

6) 그걸 그대 몸소 빨지라(삭잇)(Suck it yourself): look at yourself.

7) 상한 발가락을 낙견樂見하거나(lucjat your sore toe): 속담의 패러디: 상한 다리에서 위스키를 핥다(lick whiskey off a sore leg).

8) 적赤장미 랜케스터와 백白장미 요크(Rose Lankester and Blanche Yorke!): (1)장미 전쟁: 붉은 Lancaster. 흰 York(〈초상〉 제1장 참조) (2)Blanche of Lancaster: 헨리 4세의 어머니.

9) 돌아 와요, 악동 심술궂게, 우여신구牛女神丘로!(Come back, baddy wrily, to Bulldamestough!): 노래 제목의 인유: Come Back, Paddy Riley, to Ballyjamesduff!

10) 노령老齡(old fellow): Othello의 암시. Oldfellow는 〈율리시스〉의 밤의 환각 장면인 키르케 장에서 Othello에 대한 pun으로, 거기서 셰익스피어는 부르짖는다: 이아고고! 나의 늙은 친구가 어떻게 하여 데스티모난을 목조라 죽였던고! 이아고고!(Iagogo! How my Oldfellow chokit his Thursdaymomum. Iagogo!)

11) 나의 소년, 세세歲歲를 통하여(me boy, through the ages): Dorothy Stuart 작 〈세세를 통한 소년〉(The Boy through the Ages).

12) 살구및애구가愛鳩家(peachumpidgeonlover): Jhon Gay(1685—1732)(영국의 시인, 극작가) 작 〈거지의 오페라〉(The Beggar's Opera)에 나오는 인물.

13) 젠킨즈의 이지역耳地域(Jenkin's Area): Jenkins의 귀의 전쟁(The war of Jenkin's Ear): 영국 선장 Robert Jenkins은 한 서반아의 사령관으로 하여금 그가 불법으로 자신의 배에 승선하자 그의 귀를 자르도록 요구했으니, 이것이 1739년의 영—서반아 전쟁을 야기한 부분적 원인이 되었다.

14) 삼三새끼(trifoaled): trfoil(세 잎 클로버).

15) 우리가 내이內耳로 뒤퉁스레 그를 청聽할 때 만일 그대가 그를 외이外耳로 청한다면, 아침의 미반米飯에서

3부

부터 야반夜飯까지(as we harum and bones and hums…heerdly heer he): 노래 가사의 인유: 조니여, 나는 그대를 거의 알지 못했나니: 북과 총과 북으로, 적이 그대를 거의 살해할 뻔했도다(Johnny, I Hardly Knew Ye: With drums & guns & drums, The enemy nearly slew ye).

16) 친나親那 친나!(Tsing tsing!): Chin—chin: 인사의 영지나英支那(Anglo—China) 말. (〈율리시스〉 제9장 도서관 장면 말에서 멀리건은 이 말을 사용하여, 에글린턴 무리들의 극장에 관한 관심을 조롱한다)(U 177 참조).

(486)

1) 양부羊父의 미담尾談(lambdad's tale): (1)granddad's(조부의) (2)lamb's tail(양의 꼬리) (3)Charles Lamb과 그의 자매 Mary Lamb 작 〈율리시스의 모험〉(The Adventures of Ulysses)의 인유.

2) 로마 까악트릭(묘기) 432인고?(roman cawthrick 432?): 성 패트릭은 기원 432년에 아일랜드에 상륙했다.

3) 사두마인차四頭馬引車할지라(Quadrigue): (1)(L) quadrigae: 4말들 머리에 걸친 멍에. (2)패트릭은 종교/정치의 갈등으로 당분간 Cothraige로 불렸다. 이는 4에 속한다(belong to)라는 의미로 나중에 잘못 해석되었으며, 그의 노예 신분 동안 4주인들에 의하여 소유된 것으로 주장되었다.

4) 밀회(tryst): 트리스탄의 이름의 암시이기도.

5) 역사는 피녀彼女처럼 하프 진주進奏되도다(History as her is harped): James Millington 작 〈그녀가 말하는 영어〉(English as She is Spoke)의 패러디: 영어를 거의 알지 못하는 자에 의한 포르투갈—영어 사전의 편집 판.

6) 이일조二一調에 맞추어 그대의 노야응老夜鷹 허언虛言 했나니(Too the toone your owldfrow lied of): (AngI) 속담의 패러디: 늙은 암소가 곡조에 맞추어 죽다(to the tune the old cow died of). (나쁜 느린 음악).

7) 탄트리스(Tantris): 트리스탄은 그가 아일랜드에 도착하자 자기 자신을 Tantris라 불렀다.

8) 통역남通譯男이여(dragman): 아랍어, 페르시아어, 터키어를 말하는 나라들의 통역사.

9) 신은 당농담當弄談하도다. 오래된 질서는 변화하나니(God has jest. Thge old order chnageth): 테니슨 작 〈아서 왕의 죽음〉(Morte d'Arthur) 71편의 시구의 패러디: 옛 질서는 변했는지라, 새것에 자리를 내어주며. 하느님은 많은 면에서 자신의 힘을 발휘 하도다(The old order changeth, yielding place to new, & God fulfills himself in many ways).

10) 최초처럼 후속하는지라(lasts like the first): 〈마태복음〉 19: 30의 패러디: 먼저 된 자로서 나중 되고 나중 된 자로서 먼저 된 자가 많으니라(many who are first will be last, and many who are last will be first).

11) 각각의 제삼남第三男(Every third man): 세 번째로 태어나는 모든 사람은 중국인이다(every 3rd man born is Chinese)라는 격언.

12) 지나녀支那女는…일담日談(chink…. jape). China / Japan.

13) 미뉴시우스 맨드래이크(맹자남용孟子男龍)여(Minucius Mandrake): (1)Mencius: 선선설先善說을 주창한 지나(중국)의 철학자 (2)Felix Marcus Minucius: 기독교에 대한 초기 라틴의 변증자요, 〈옥타비어스〉Octavius(남자 이름)의 저자.

14) 심리중화학心理中華學(psychosinology): Psychology(심리학) + sinology(중국학)(중국의 문화, 언어, 풍속 등).

15) 타투의 대왕大王(the lord of Tattu): Osiris: 명부의 왕(이집트 신화).

16) 그대의 관자놀이에 꼭 바로…. 템플 측두골기사단원側頭骨騎士團員이여?(Upright to your temple…templar?): (1)〈에스겔〉 9: 4—6: 하느님은 예루살렘의 사람들의 이마에 토우를 붙이게 하나니, 그들은 살해되지 않을 것이라: 모든 가증한 일로 이마에 표 있는 자에게…죽이지 말지니(God putting Tau on foreheads of those in Jerusalem who were not to be killed: also mark on Cain)(〈창세기〉 4:15) (2) Knights Templars: 마술로 부당하게 고소당하다.

17) 양두羊頭를 가진 이 뱀(蛇)(this serpe with ramshead): 고대 켈트의 기념비 꼭대기에 양의 머리 장식을 한 뱀.

18) 이시스부레풀(isisglass): Isis: (이집트 신화: 농사와 수태를 관장하는 여신) + singlass: 물고기의 부레로 만든 풀.

19) 하얀 양팔(white arms). 하얀 팔의 Isolde(브리타니의 트리스탄의 아내).

20) 급急히(스위프트) 그리고 정靜(스텔라)할지니 허영의 적자適者(바네사)여!(Swift and still a vain essaying). 스위프트와 그의 연인들인 스텔라 및 바네사의 인유.

21) 오늘은 충실한 채, 내일은 이별한 채(Trothed today, trenned tomorrow): 속담 here today, gone tomorrow(일시적일 뿐).

22) 손도끼(adze): 성 패트릭은 체발(tonsure) 때문에 부두斧頭(Adzehead)라 불리었다.

23) 가슴받이(breastplate): 패트릭의 찬가인, Breastplate(갑옷, 마구 따위의 가슴패기).

24) 성전聖戰(불알)(Bellax): Bella(비코의 영웅시대의 종교 전쟁) + ballocks(불알).

25) 매상妹像(irmages): 프로이트의 〈꿈의 해석〉(The Interpretation of Dreams)에 나오는 환자.

(487)

1) 목소리는 별도로, 아주 크게 대체代替될 수 있을 것인고?(very largely substituted…. voices apart?): 〈창세기〉 27: 22 성구의 인유: 목소리는 야곱의 목소리요…(전출)

2) 오딘버러에서 나의 부적형腐敵兄, 잭 존즈(I was in odinburgh with mt addlefoes): James Hogg(1770—1764)(스코틀랜드의 작가), 그의 작품 〈정당한 죄인의 고백〉(Confessions of a Justified Sinner)에서 Wringhim은 에든버러에서 그의 형과 적 조지를 죽인다.

3) 생존권을 뻗쳐보려고 했도다(be stretching…the liferight): 〈창세기〉 25: 31: 성구의 변형: 에서(Esau)는 자신의 생득권(명분)을 한 사발의 죽(포타주)을 위해 아우 야곱에게 판다(도처).

4) 버터 야수 속의 빵 미인(Bewley in the baste): (1)미녀와 야수(Beauty and Beast)(동화에서) (2) Bewley's: 더블린 소재의 동양 다방 이름.

5) 가재(動)피조물이여(craythur): 노래 가사의 패러디: 〈피네간의 경야〉그는 매일 아침 고 놈의 피조물 한 방울을 마셨는지라(He'd a drop of the craythur every morn).

6) 애당초에 숙어宿語 있었나니(In the becoming was the weared): 〈요한복음〉 1: 1: 성구의 변형: 애초에 말씀이 있었나니(In the beginning was the Word).

7) 목소리는 야곱농자弄者의 목소리이요(The voice is the voice of jokeup): 〈창세기〉 27: 22: 성구의 변형: 목소리는 야곱의 목소리요, 손은 에서의 손이라(The voice is Jacob's voice, but the hands are the hands of Esau).

8) 모방 로마(Roma)인고 아니면 이제 애愛아모(Amor)인고(imitation Roma now or Amor now): (1) Venus 및 Rome(AMOR/ROMA)의 사원들은 거울 이미지로 건립되었다 (2)Romanov: 러시아 왕제 가족 (3)Sir Amory 트리스트람: 호우드의 최초의 백작.

9) 패트릭(기교技巧) 군(Mr Trickpat): 패트릭 군(씨), 여기서는 욘 군(씨).

10) 신이여 수사修士를 도우소서!(God save the monk!): God save the mark(아이고 실례했소)(지나친 말을 했을 때 잘못을 빌어).

11) 귀환은 나의 것 그리하여 나는 귀환할 지로다(Gangang is Mine and I will return): 〈로마서〉 12: 19: 성구의 인유: 원수 갚는 것이 내게 있으니 내가 갚으리라고 주께서 말씀하시니라(It is mine to avenge. I will repay, says the Lord).

12) 리란더여(leelander): Charles Leland는 1876년 Bath 근처의 공도에서 Shelta(아일랜드의 땜장이의 밀어)를 발견했다.

13) 카파리수트(Capalisoot): 채프리조드.

14) 사랑과 도적에 있어서 자유금요일의 아이(Freeday's child in loving and thieving): 자장가의 패러디: 금요일의 아이는 사랑하고 주나니(Friday's child is loving and giving)(〈율리시스〉 제15장 스티븐과 Zoe의 방담 참조(U 458).

15) 최초의 허언인虛言人(the first liar): 악마(the Devil).

(488)

1) 브루노와 노라(Bruno and Nola): 이태리의 Nola 출신 철학자 Bruno는 반대의 신원(일치)(identity of opposites)을 토론했는 바, 이 원리는 〈경야〉의 지배적 구조를 이룬다. 여기 Bruno(사람)와 Nolan(장소)의 대위법적 위치가 성립되고 있다.

2) 오렌지 밭 성聖 나소우 가(orangey Saint Nessau Street): (1)Oranje Nassau: 네덜란드의 왕가, 윌리엄 3세의 선조들 (2)Nassau St. : 더블린의 중심가, 트리니티 대학 월편으로, 여기서 조이스는 Nora Barnacle를 처음 만났다 (3)Browne & Nolan 서점은(본래) Nassau 가街에 즐비한 서점들 중의 하나였다(현제 상존).

3) 이븐 센과 이판츄쓰(Ibn Sen and Ipanzussch): Ibn Sen: Avicenna + Ibsen(20 Ipanzussch: Averroes(Abul Walid Muhammad Ben Abmed Ibn Roshd(1126—98): 모슬렘의 철학자, 스페인 태생의 유태계 율법학자 및 의사인 Moses Maimonides와 함께 아리스토텔레스의 비평으로 유명함, 중세 기독교에 엄청난 영향을 끼쳤으며, 그는 〈율리시스〉의 Deasy 학교 수업 반에서 스티븐의 의식 속에 부동한다. (U 23 참조).

4) 번갈아(avicendas): (1)Avicenna: 아라비아의 철학자 (2)(It) a vicenda: each other. in turn.

5) 페린(Felin): Finn MacCool의 암시.

6) 곰 서방(브루노)이 사자 귀공貴公(노란)에 가는지라(Bruin goes to Noble): Reynard 수담獸談 동화에서. Bruin=bear, Nobel=lion.

7) 아버로스(aver): Averroes: 아라비아의 철학자 및 수학자(전출). 〈율리시스〉 제2장 스티븐의 의식 참: 아베로에스나 모지즈 마이모니테스, 용모나 행동에 있어서 어두운 사람들(Averroes and Maimonides, dark men in mien and movement)(U 23).

8) 그것이라면?(If is itsen?): 입센의 암시.

9) 범의변호묵犯意辯護黙하는고(do you Mutemalice): (1)모든 범의에 침묵함은, 변호를 거절하는 것 (2) Mute와 Jeff(셈과 숀)의 대위법적 관계(전출 FW29).

10) 회억悔憶할지라, 허풍자여, 그대 틀림없이 허언사침虛言死寢할지로다!(Ruemember, blither, thou must lie!): 〈햄릿〉의 오필리아의 다음 구절을 상기 시킨다: 이 로즈메리는 잊지 말라는 표적이구요. 제발 잊지 마세요, 네…왕비님께는 지난날의 회오를 나타내는 이 운향 꽃을. 저도 이 꽃을 하나 갖구요…(There's rosemary that's for remembrance, Pray you, love remember…Thre's rue for you and here's some for me)(〈햄릿〉 IV. v. 174—80). 여기Remembering과 rue는 오필리아에 대한 말의 모티브(veral motif)로서 사용되고 있다.

11) 오그래그래요!(Oyessoyess): 욘의 활기 찬 긍정은 햄릿 부왕(유령)의 그것이다: Oyeh! Oyeh!: 유령의 햄릿에게 명하는 말의 변형: 들어라! 들어라!(List!, List!). Oyeh! Oyeh!: oyez의 복수 형(Webster 사전 참조).

12) 하이 브라질(High Brazil): Hy—Brazil: 아일랜드 서부의 전설적 섬.

13) 브랜단(Brandan's): 성 Brendan은 가상컨대 아메리카를 발견했다.

14) 중 지구(midden Erase). Middle Earth: 천국과 지옥 사이의 땅.

15) 클레어 어語(clare language): 아일랜드 Clare 군.

16) 영영영구(0009)(Nought noughtnought): 전화 번호(〈율리시스〉 제3장에서 스티븐이 갖는 천국과의 그의 전화

교환을 비교하라: Put me on to Edenville. Alpha, alpha, nought, nought one)(001)(U 32).

17) 기선 편. 더브리어, 구주도歐洲道 경유(Assass. Dublire, per Neuropaths): S. S. (기선 편). Europe paths(〈율리시스〉 제9장에서 스티븐의 파리 행의 기선 편의 여행과 비교하라: 너는 날랐다. 어디로? 뉴해이븐—디에쁘, 삼등 여객. (You flew. Whereto? Newhaven —Dieppe, steerage passenger)(U 173).

18) 주호국酒豪國(swiltersland): 스위스(Switzerland).

19) 카펠러(Capeler): 더블린의 정다운 Capel 가(O'Connell 가 서쪽 월편 변화가).

20) 연합 애란인(United Irishmen): 아일랜드 연합회(Society of United Irishen): 1791에 창설된 혁명 운동 단체.

21) 이방인, 기침하는 자들 및 가려운 자들 및 적하자積荷者들 및 비만 서자鼠者들 및 이단자들(the stranger, the coughs and the itches…and bilgenses): Koran(회교 경전)의 다양한 장들(suras)의 영어화 된 명칭들: Oaf, Kahf, Hijr, Ma'arij….

22) 애국자들은 잘못했는지라(the patriots misyaken): Emily Monroe Dickenson(파넬의 자매) 작 〈한 애국자의 과오〉(A Patriots Mistake)의 인유.

23) 우리들의 그로우 맥그리였던 심금心琴이여!(The heart that wast our Graw MacGree!): 무어의 노래의 패러디: 심금心琴이여, 한때 타라의 회관을 통과하여(The Harp That Once through Tara's Halls).

(489)

1) 서서 기다리는 자들도 한층 많을 지로다(more there be that wait astand): 밀턴(Milton) 작 〈소네트 14〉(Sonnet XIX)의 시구의 패러디: 그들은 또한 서서 기다리는 자에게 봉사 할지라(They also serve who only stand and wait).

2) 빅토리아 훈장(V. V. C.): (1)V. C: Victoria Cross: 빅토리아 여왕 제정, 수훈을 세운 국민에게 수여하는 상 (2)BBC : 대영 방송국(British Broadcasting Corporation).

3) 의도蟻跳에는 충포도充葡萄를(Fullgrapce for an endupper): Gripes and hopper(여우와 포도): 〈경야〉(제13장)의 주제들 중의 하나.

4) 그가 심지어 망실자亡失者들 사이에 있게 하옵소서!(Would he were even among the lost!): 기도문의 변형 그의 영혼에 자비를 내리소서(Have mercy on his soul).

5) 가련한 형제를 위해 기도하나니(Oremus poor fraternibus): (L) Let us pray for our brothers(〈초상〉 제3장의 기도문 참조).

6) 우리들의 충실하게 고인이 된 자와 머물게 하옵기를(remain ours faithfully departed): 〈만성절〉(All Soul's Day): 모든 충실한 고인들에 대한 축하(Commemoration of All Faithful Departed).

7) 타스(Tass): 소련 방송국.

8) 쉬쉬 돈(hooshmoney): hush—monet: 범죄를 쉬쉬 감추기 위해 지불되는 뇌물성 돈.

9) N. S. W.: New South Wales(신 남부 웨일스).

10) 피彼햄(ham): him + Ham(노아의 아들).

11) 나는 나에 대한 피彼햄을 기억하는지라, 우리가 형兄 및 매妹처럼 우리들의 양념병과 포리지 죽을 함께 나누고 있었을 때…(I remember ham to me, when we were like two bro and sis over our castor and porridge): (1)욘과 셈은 그들의 쌍둥이(Castor and Pollux)와 함께 포리지 죽을 나누던 유년시절을 기억하는데, 후자는 ham과 Hamlet으로 언급 된다 (2)양념병과 푸리지 죽Castor and Pollux: Zeus와 Leda의 쌍둥이 아들(또한 Diocsuri 혹은 Genini로 불림).

12) 우리들은 마치 두 개의 반숙란半熟卵 덩어리 마냥 같은 나이 급에 속했도다(We were in one class of age like to two clots of egg): 셈과 욘(숀)은 계란 반숙의 두 덩어리를 닮았는지라, 이는 햄, 계란 및 다른 조반 음식의 유사성, 위조, 표절을 지시하기 위해 사용되는 이유를 나타내는 또 다른 지시이다. 이 인용구는 셰익스피어의 〈한 여름 밤의 꿈〉에서 Helena의 글귀를 메아리 한다: 우린 창조의 두 여신같이 각기의 바

늘로 하나의 꽃을 같이 수놓지 않았었나…우린 그렇게 같이 자랐던 거다…마치 쌍둥이 앵두 같이(김재남 170)(We, Hermia, like two artificial gods, / Have with our needles created both one flower…So we grew together, / Like to a double cherry…). (III. ii, 203—9).

13) 아미하리칸(셈)어語(Amharican): Armorican + Amharic: 셈어(Semitic language).

14) 원거리원자遠距離願者(the Duobly Telewisher): 더블린 television.

15) 나의 셈수다쟁이형兄(my halfbrother): 보들레르(Charles Baudelaire)의 글귀: Mon semblable, Mon fre're(My brother).

16) S. H. 대빗(Devitt): Michael Davitt: 피니언 당원의 지도자로, 언제나 형무소를 들락거렸다. 〈초상〉 첫 페이지 참조.

17) 애란병신愛蘭病身(irismained): 연합 아일랜드인(United Irishman).

18) 시드니와 알리 바니Sydney and Albany): 오스트레일리아의 도시들. 앞서 Davitt는 오스트레일리아에서 8개월을 보냈다.

19) 그대가 그걸 노래하듯 그건 일종의 학구로다…이 무일無日의 일기日記, 이 통야通夜의 뉴스얼레(As you sing it it's a study. That letter selfpenned…This nonday diary, this allnights nrwseryreel): 〈뜻대로 하세요〉(As You Like it)와 〈한 여름 밤의 꿈〉에서처럼, 편지와 〈경야〉는 셰익스피어 격이다. 즉, nonland에 있어서nonday의 숀(숀)—Bottom(직조공)이 갖는 꿈—비전이요, HCE와 그의 가족에 관한 밤새 꿈과 뉴스얼레(newsreel)(뉴스 영화)이다.

20) 멍텅구리(bostoons): (I) blockhead(얼간이).

(490)

1) 그가 고성으로 독서하고 있었을 때 한 대의 근접近接유모차가…공성공격攻城攻擊했는지라(A parambulator ram into…when he was reading): Eugene Sheehy(조이스의 친구요, Galway 대학 법과 교수)는 기록하기를, 조이스가 더블린의 Phibsborough 한길에서 책을 읽고 있었을 때 어떤 유모가 그녀의 유모차로 그의 등을 들이받자 그는 그 속으로 넘어졌다. 이 때 조이스가 그녀를 향하고, 아가씨 멀리 가세요?하고 물었다 한다(McHugh 490 참조).

2) 두 조복사助服事들…자신의 둔예臀藝의 저 격련을 실감失感해 왔도다(two ecolites…failing ofthat kink in his arts): Sheehy와 그의 아우가 그 사건을 목격했다.

3) 마도나와 영아嬰兒(Madonagh and Chiel): (1)Madonna and child: 유모와 조이스 (2)Thomas MacMonagh: 1916 봉기의 아일랜드 반도叛徒.

4) 유명론적唯名論的 출현자로서의 노란(the Nolan as appearant nominally): (1)Bruno는 때때로 단지노란(the Nolan)으로 불렸다 (2)Nominalism: 우주적 및 추상적 개념은 어떤 실체와도 일치하지 않는다는 견해.

5) 신여자神與者 씨氏(Mr Gottgab): (1)(G) God gave(신이 부여한 자) (2)더블린의 Baggot 가街.

6) 그대 악취자여(You reeker): (1)Eureka: (Gr) I have found it(알았도다): 아르키메데스가 왕관의 순금도를 발견했을 때 부르짖는 소리, 또는 목욕탕에서 부력의 원리를 발견했을 때의 부르짖는 소리 (2)〈율리시스〉 제9장에서 멀리건이 자신의 익살극을 발견하자 부르짖는 소리(U 175 참조).

7) 이 야후족(수면인간족獸面人間族)과 저 휘넘족(이성마족理性馬族)(this yohou and that houmonymh): 〈걸리버 여행기〉(Gulliver's Travels)의 Yahoo족(인간 수심의)과 Houyhnhnm족(인간의 이성의 말).

8) 이 체현體現하는 부副노란, 불결견상不潔肩上의 미발두美髮頭(this impersonating pronolan, fairhead on foulshoulders): (1)셈에 대한 비유 (2)personal pronoun(인칭 대명사). pro(부, 대신) + Nolan.

9) 도브린갱(마두목馬頭目)(doblinganger): (1)(G) Doppelga'ner: (double) (2)더블린.

10) 성 배고트 가의 삼용도三用途의 스타우트(맥주) 강음자强飮者(Treble Stauter of Holy Baggot Street): (1)terrible stouter(억센 자)(욘 자신) (2)stout: 기네스 흑맥주.

11) 성 배고트 가의…크리스마스 조鳥을 갖고 귀향하며(Baggot Street…bringing home the Christmas): 욘은 최근 Baggot 가를 따라 그의 우편낭(bag)(크리스마스 새)을 날랐다(Danis Rose & John O'Hanlon 250 참조).

12) 노엘의 주궁舟弓(Noel's Arch): 노아의 방주. 무지개 활(호)(arch of rainbow).

13) 양육장(foster's place): 더블린의 Foster Place(장場).

14) 제니 레디비 바(재생再生)여(Jenny Rediviva): (1)(아이들의 게임) 재생의 Jenny (2)Jenny Diver: John Gay의 〈거지의 오페라〉(The Begger's Opera)의 등장인물 (3)Rediviva: (L) 재생.

15) 뚜우변便!(Toot toot): 우체부의 대문 노크 소리.

16) 노브루씨…아놀씨 !(Mr Nobru…Mr Anol!): Bruno…Nolan.

17) 이것이 적상대면일赤相對面日 아침의 우리 길이도다)This is the way we. Of a redtettetterday morning): 노래 가사의 패러디: 여기 우리는 너도 밤을 주우려 가나니, 오월에, 차고, 서리 내린 아침에(Here We Go Gathering Nuts in May, On a cold & frosty morning).

18) 투와세아데이(Tuwarceathay): (I) tuar ceatha: 무지개. (I) Teamhar: Tara: 아일랜드의 고대 도시 명(수도).

19) 반향인反鄕人(contraman): (1)countryman (2)Cathy: 중국 명.

20) 마음의 웅돈雄豚에 대해서는…피긴이라면(his heart…Pegeen): 노래 가사의 패러디: Peg O'My Heart(내 마음을 나무 못 박을지라).

21) 만일 그녀가 그대의 창窓턱을 먹는다면 그대는 웅돈雄豚을(If she ate your windowsills you…sow): 〈초상〉 제5장에서 스티븐 글귀: 아일랜드는 그의 새끼를 잡아먹은 암돼지야(Ireland is old sow that eats her farrow).

22) 한 황소(a bosbully): 스티븐의 이름에 대한 자기 익살(L) bos: bull: Bous Stephanoumenous, Bous Stephaneforos: Bull wretched, Bull garlanded(〈초상〉 제4장 참조).

(491)

1) 고리아스(Gliath): 주교인 Golias: 물질주의 추구의 고위 성직자, 그의 이름을 중세의 Goliardi로서, 해학시를 썼다.

2) 나는 장례식을 의도하고 있었는지라(I was intending a funeral): 〈율리시스〉 제15장에서 첫째 경찰관의 몸수색에 대한 블룸의 변명: 아니, 아니오. 돼지 족발입니다. 저는 장례식에 참석했었어요(U 385).

3) 그들은 자신들의 형제를 해결하는데 지나치게 현명한고?(They are too wise of solbing their silbings?): 해결에는 양 방식이 있도다(There are two ways of solving).

4) 양자는 꼭 같은 주제에 당도하도다(both croon of the same theme): come to the same thing.

5) 백커트 가街(Baggut's): 더블린의 Baggot 가, Bggotrath는 더블린 근처의 고대 지역으로, Bagot라는 앵글로–노만의 이름을 지니며, 그곳에 성이 세워졌다.

6) 어빙 정통파(irvingite): 1833년에 스코틀랜드의 성당으로부터 파문당한 종교 단체.

7) 발톱 할퀴도다(clapperclaws): 세익스피어 작 〈트로이러스와 크레시다〉(Troilus and Cressida)의 첫 4절판의 서문을 읽는 독자에게, 일종의 호기심을 주는 서간문에 대한 언급: 영원한 독자여, 그대는 여기, 무대로서 결코 오염되지 않은, 새로운 연극이 있나니, 야비한 자의 손바닥으로 결코 할퀴지 않았도다…(Eternal reader, you have here a new play, never stated with the stage, never clapper—clawed with the palms of the vulgar, and yet passing full of the palm comical…)(Cheng 177참조).

8) 타래송곳이라 불리는 우리들의 곡통거리曲通距離(our straat that is called corkscrewed): 〈사도행전〉 9: 11: 주께서 가라사대 일어나 직 거리라 칭하는 거리로 가서 유다 집으로 가라)(Go to the house of Judas on Straight Street).

9) 리스모오로부터 브렌던 갑岬(from Lismore to Cape Brendan): (1)Lismore: Waterford 군의 해변 도회 명 (2)Brandon Head: Kerry 군 소재의 해안 곶(岬) 이름.

10) 산책곡도散策曲道일지니, 패트릭 가街(boulevard billy…Patrick's): Cork의 패트릭 가는 U자 형이다.

11) 투투(tutu): turtledove(산비둘기)(암수 사이좋기로 유명함). 셰익스피어의 〈윈저의 유쾌한 아낙네들〉(The Merry Wives of Windsor) V. v. 15–17) 참조. 〈율리시스〉 제9장에서 스티븐은 산비둘기를 비유하여 자신의 미혼의 처지를 생각한다: 여자를 구애鷗愛하라(turtledove her)(U 163).

12) 마로우뢰인 혹은 데마쉬(Mallowlane or Demaasch): Mallow: Cork 군의 도회 명. Demaasch: (미상) ?

13) 그대 오청誤聽한 적이 있는고, 반 호퍼 또는 에벨 테레사 캐인을(Have You Erred off Van Homper or Ebell Teresa Kane): 퍼스 오레일리의 민요(발라드)(The Ballad of Persse O'Reilly)의 첫 행인: 그대는 들은 적이 있는고, 험티 덤티라는 자 및 마지막 행인: 가인(캐인) 같은 자[HCE]를 일으켜 세울 수 있는 (44) 의 두 구절(45. 01. 47. 29)의 인유.

14) 마르크! 마르크! 마르크!(Marak! Marak! Marak!): 전출: 마크 대왕大王1)을 위한 3개의 !(383. 01)의 인유.

15) 지주저택원地主邸宅園(Mansianhase): 더블린의 시장 저택인 Mansion House(현존).

16) 요오오크의 대주교(the arkbashap of Yarak): (1)York의 대주교 (2)〈햄릿〉의 무덤 파는 인부인 Yorick의 두개골(boskop)에 대한 언급(189. 28)(전출: FW. 190. 19). Yorick는 〈경야〉에서 여러 번 언급된다.

17) 브라브딩나그(거인국인巨人國人)(Braudribnob's): 〈걸리버 여행기〉의 대인국인(Brobdingag), 여기서는 HCE의 암시.

18) 리리파트(소인국인小人國人)(lillypets): 〈걸리버 여행기〉의 소인국인(Lilliput), 여기서는 ALP의 암시.

19) 공세로부터 동맹까지(From the sallies to the allies): 노래 가사의 패러디: (1)Sally of the Alley. the allies: 세계 제1차 대전의 연합군들(영국, 프랑스, 기타) (2)〈율리시스〉 제7장에서 오먼드 버크의 우산의 동맹국의 일격(an ally's lunge of his umbrella)란 말을 참고 할 것(U 118).

20) 중심연합세력(central power): 세계 제1차 대전의 중심 열강들(오스트리아–헝가리, 독일, 기타).

21) 피어스! 퍼스!(Pirce! Perce!): 퍼스 오레일리의 민요(발라드)(The Ballad of Persse O'Reilly)의 인유.

22) 타라(Tara): 아일랜드의 고대 수도.

23) 초록세족목요일草綠洗足木曜日(green Thurdsday): 세족 목요일(Maunday Thursday): turd(똥): HCE는 피닉스 공원에서 배변한다.

24) 사다리 운반군(blutchy scaliger): (1)Scaliger: 15세기 이탈리아의 학자 (2)(L) 사다리 운반공(민요 피네간의 경야중의).

25) 누군지 그대 알고 있는고, 저 홍합남紅蛤男(Who you know the musselman): 노래 가사의 인유: Do You Know the Muffin Man?

26) 나의 홍 맘!(My Mo Mum!): 〈리어 왕〉 III. 4. 187의 구절 인유: 흐. 흥(영국인의 피 냄새가 나는군). (Fie, foh, fum)(말의 주지들 중 하나).

27) 호록 방직紡織(horrockse's): Horrocks: 영국 방직 주식회사.

28) 발틱의 바이그라드(Baltic Bygrad): Baltic Sea.

29) 자신의 신병휴가 바지와 승마 에이프런을 입은 채(put on his recriution trousers and riding apron…): 방담放談의 패러디: [킬트 단 바지로 유명한] Ashbourne 경이 아일랜드가 그를 신병 입대하려 하지 않자 헐렁 바지를 입었도다.

30) 아란亞蘭의 대담한 부소년浮少年들(the bold bhuoys of Iran): 노래 가사의 변형: The Bold Boys of Erin. Iran: Ireland, Iran.

(492)

1) 착한 샌디여(Sandy nice): 성 Denis: 프랑스의 수호성자.

2) 알파총소總笑…베타유혹…개머전음계全音階(allaughed…baited…gammat…): 그리스 알파벳 alpha…beta…gamma…. gamut: 음계.

3)성금요쌍교녀위협聖金曜双嬌女威脅된채!!!!!(Pairaskivvymenassed!!!!!): Parasceve: 유태교의 안식일, 특히 성 금요일의 준비일(parashah 참조) + skivvymenassed(쌍 교녀들에 의해 위협 받은 채).

4) 위선활강僞善活降된 채!!!!!!!(faulscrescendied!!!!!!): (고대 성당의 슬라브어) Resurrection + false crescendo(가짜).

5) 삼각주(델틱)의 암박명暗薄明(deltic dwilights): Celtic twilight(켈트의 박명): 아일랜드 민화民話의 신비스러운 분위기)(본래 예이츠 민화집 이름) + delta.

6) 홍해紅海(Crasnian Sea): (R) Red Sea(홍해).

7) 우리들 이웃들을 위하여 기도하사!(ara poog neighbours!): (1)(L) ora pro nobis: Pray for us (2) Arrah—na—Pogue(〈키스의 아라〉), 극작가 디온 보우시콜트 작의 연극 명의 패러디.

8) 매력현악축제인魅力絃樂祝祭人들(saxyluters): Sechsela'uten: 취리히의 봄 축제.

9)힌두스탄…. 제나피아 홀웰(hindustand…Zenaphiah Holwell): (1)Hindustini: 힌두스타니(인도의 중요 공용어) (2)John Zephaniah Holwell: 1756년 6월 인도의 캘커타의 블랙홀(Black Hole)(토굴에 검힌 영국 병사 123명이 하룻밤에 죽은데서)에 감금된 자들의 지도다.

10) 여과필류주병濾過泌流酒餠(Filtered pilsens): 유명한 독일산 보헤미아 백주.

11) 서래이저 도우링(Surager Dowling): Surrajah Dowlah: 앞서 Black Hole에 대해서 책임이 있었던 자.

12) 아파마도 해어독터 아킴드 보룸보드(Afamado Hairductor Achmed Borumboard): Dr Achmet Borumbodad: 18세기 돌팔이 의사인, 패트릭 조이스의 익명으로, 그의 매력은 그의 머리털에 있었다(hairductor).

13) 시링가 패드함(망우수화忘憂樹花), 알레루야(Syringa padham, Alleypulley): Seringapatam, Allapalli: 인도의 도시 명들.

14) 카 바나(Kavanagh): Thomas Henry Kavanaugh: 인도 폭동(Indian Mutiny)(1857년 Bengal 원주민의 폭동) 지도다.

15) 올펜(orpentings): 필경 G. H. Orpen: 1931년에 사망한 화가로서, 〈노르만인들 하의 아일랜드〉(Ireland Under the Normans)의 저자.

16) 성호화죄해협聖豪華罪海峽을 건너는 한 바스켓 가득한 승정들과 함께…그를 매도축출罵倒逐出하는지라(with a basketful of priesters crossing the singorgeous to aroint him…): (1)아일랜드와 웨일 사이의 해협인 St George's Channel (2)신도에게 성유하기 위해(to anoint) 그의 죄 많은 인후에 성호를 긋는(성호의 표시를 가지고 인후의 축복을)(성 조지의 성호—십자가) 신부들, 및 〈맥베스〉의 글귀: 꺼져, 마녀야(Aroint thee witch)(I. iii. 6).

17) 복황야腹荒野(투미 무어)의 곡마병曲魔病(tummy moor's maladies): T. 무어의 〈애란 곡〉(Irish Melodies)의 변형.

18) 남편각하(H. R. R.): His Royal Highness.

(493)

1) 에릴 퍼시 오의 아요兒謠(vallad of Erill Pearcey O): (1)(알바니) vallad: son of, a child (2)Persse O'Reilly (3)Bishop Percy: 민요 수집가.

2) 마하라니왕녀王女(mayarannies): (휜두스타니어語) maharajah(인도 토후국의 왕)의 아내.

3부

3) 수직지주연봉垂直支柱鉛奉(propendiculous loadpoker): (1)(L) propendulus: 앞으로 처진 채 매달린 (2)남근(penis).

4) 일력왕당파예술수호자日力王黨派藝術守護者들(the Vikramadityationists): (힌두어) Vikrama-ditya: 예술의 수호자(힘의 태양).

5) 보석寶石 나의 애. 인. 이여(Lithia, M. D.)(1)(Gr) lithia: 보석 (2)M. D. : my darling(스위프트가 애인 스텔라에게 보낸 편지 말의 결구).

6) 환상幻想(환타지)! 환상 위의 낙상樂想, 대사大赦의 판타지!(Fantasy! funtasy on fantasy, amnaes fintasies!): 〈전도서〉 1: 2의 변형: 헛되고 헛되나니 모든 것이 헛되도다(vanity of vanities, all is vanity).

7) 그리하여 의월하衣月下에 더 이상의 나신裸新은 없도다(And there is nihil nuder under the clothing moon): (1)〈전도서〉 1: 9 성구의 패러디: 태양 아래 새 것은 없도다(there is no new thing under the sun) (2)여기 4인방들은 ALP의 이야기에 대해 의문을 표시하는데, 이는 셰익스피어 연극의 Antony의 죽음에 대한 Cleopatra의 글을 메아리 한다: 차이는 없어졌어. 그리고 하계를 내려다보는 달님 아래는 특출한 것이라곤 없어졌구나(김재남1012)(the odds is gone, And there is nothing left remarkable / beneath the visiting moon)(Ant. IV. xv. 66—67).

8) 토켈즈의 하진부인何眞婦人, 오타(Ota, weewahrwificle of Torquells): 바이킹의 침입자인 Turgesius의 아내, 그들은 이교들로서, 그들이 Armagh를 통치했을 때, Ota는 Clonmacnois 사원의 높은 제단으로부터 예언을 터트렸다.

9) 모내의毛內衣(woolsark): Woolsack: 영국 하원의 대법관 자리.

10) 에피알테스(Ephialtes): (희랍 신화) Otus와 함께 Poseidon의 아들들, Olympus 산을 위협했다. Apollo 신이 그들을 파괴하지 않았더라면, 9살에, 그들은 Olympus 산을 파괴했을 것이다. Ephiates는 악몽을 야기하는 악마가 되었다.

11)(masssatab): (G) Massstab: 통치자, 자(尺)(ruler), 저울(measure): 치수.

12) 오우티스(Outis): 상기 Otus.

13) 애愛이븐으로 하여금 황금의 문을 탄억歎憶하게 하옵소서, 그들의 불퇴색不褪色의 일광日光이 그녀를 배난背難했기에(Let Eivin bemember for Gates of Gold for their fadeless suns betrayed her): 무어의 노래의 인유: 애린으로 하여금 옛날을 기억하게 하옵소서, 그의 불실한 아들들이 그를 배신하기 전에(Let Erin remember the days of old, Ere her faithless sons betrayed her).

14) 애기愛起할지라, 오시리스여!(Irise, Osirises): (1)Iris: 무지개의 의인화 (2)Osiris: Isis: 이집트의 주신들 중의 하나.

15) 장식무늬 위에 노도怒跳거위 있나니(On the vignetto is a ragingoos): 〈이집트의 사자의 책〉에 있는 장두章頭의 장식 무늬: XCV장은 그 장두 장식이 거위이다.

16) 해구해海狗海의 과천리안가過千里眼家의 감독자): The overseer of the house of the overseer of the deal, Nu, triumphnat, saith: 〈이집트의 사자의 책〉에서 잦은 소개.

17) 뉴멘(성지聖志)(Nu—Men): (1)Newman (2)(L) numen: devine will.

18) 애니 라치(Ani Latch): (1)Ani: 이집트의 필경사(scribe), 그를 위해 〈이집트의 사자의 책〉의 대부분의 교정본이 쓰였는데, 이는 아나 리비아와 자주 경합한다. (2)Anne Lynch: 더블린의 찻집.

19) 나의 심장, 나의 어머니! 나의 심장, 어둠의 나의 출현이여!(My heart, my mother! My heart my coming forth of darkness): 〈이집트의 사자의 책〉 XXX. B. 의 글귀의 패러디: 나의 심장, 나의 어머니, 나의 심장, 그에 의해 나는 태어났도다)My heart, my mother! My heart whereby I came into being.)

20) 그들은 나의 마음을 알지 못하는지라, 오 냉冷린 친애자親愛者여!(They know not my heart, O coolun dearast!): 무어의 노래 패러디They Know Not My Heart〔Coolin Das〕.

1) 가공성학可恐星學의 겸손폐하謙遜陛下(atrawnummical modestry): astronomical majesty(기상폐하), 즉 ALP를 암시함.

2) 황연黃鉛 감가甘家(스위트 홈)(chrome sweet home): 노래 가사의 패러디: Home Sweet Home.

3) 저 사궁斜弓 아치(that skew aech): 무지개, ALP의 암시.

4) 사령경탄死靈驚歎하는 천공天空(flabberghosted farmament): flabbergasted firmament): (뇌성으로) 소스라치게 놀라게 하는 천공.

5) 낙타가 바늘을 얻는 곳에 쿵(bump where the camel got the needle): 〈마태복음〉 19: 24 성구의 인유: 낙타가 바늘귀를 통하여 지나가는 것이 부자가 천국에 들어가는 것보다 한층 쉽도다(it is easier for a camel to go through the eye of a needle than for a rich man to enter the kingdom of God.

6) 적赤루비 및 황黃베리 및 귀감람석貴橄欖石, 녹경옥綠硬玉, 청靑새파이어, 갈벽옥褐碧玉 및 청금석靑金石(Ruby and beryl…jasper and lazul): (1)무지개 7색을 가진 광석(minerals) (2)〈요한계시록〉 21: 19–20 성구의 인유: 성시(Holy City)의 초석: 그 성과 성곽의 기초석은 각색 보석으로 꾸몄는데, 첫째는 벽옥이요 둘째는 남보석이요 셋째는 옥수요 넷째는 녹보석이요 다섯째는 홍마노요 여섯째는 홍보석이요 일곱째는 황옥이라…(The foundations of the city walls were decorated with every kind of precious stone. The first foundation was jasper, the second sapphire, the third chalcedony, the fourth emerald, the fifth sandonyx, the sixth carmelian, the seventh chrysolite…).

7) 올카 전여신戰女神이여!(Orca Bellona!): (1)(It) arcoboleno: 무지개 (2)Bellona: 전쟁—여신.

8) 구분출금口噴出禁(erupting): eruption(분출) + interrupting(금지).

9) 야유자여(hecklar): Hekla: 아일랜드의 화산.

10) 오피우커스 성좌(Ophiuchus): (1)뱀 성좌(the Serpent Constellation) (2)Vulpecula(여우자리 성좌).

11) 토성사탄마魔)의 사환제蛇環制(Satarn's serpent ring system): Satarn: Saturn: 농업의 신(토성) + Satan(마왕). serpent ring: 뱀같이 싸린 환環(반지).

12) 연약軟弱 여인(muliercula): (L) 연약한 작은 여인, 여기 ALP의 암시.

13) 소어신성小魚新星 아도니스(pisciolinnies Nova Ardonis): (it) pesciolini: 작은 물고기들. nova: 샛별: Adonis: (희랍 신화) Aphorodite(사랑과 미의 여신)에게 사랑 받은 미남.

14) 익사가요정성좌溺死歌妖精星座(Prisca Parthenopea): (L) prisca: old. Parthenope: 스스로 익사한 사이렌(물의 요정).

15) 지구砥球, 화성華星 및 수성繡星(Ers, Mores and Merkery): Earth, Mars and Mercury.

16) 최휘最輝 악투라성星, 비성秘星 마나토리아, 비너스 및 석성夕星메셈브리아(Arctura, Anatolia, Hesper and Mesembria): The'le'me에 있는 Rabelais 사원의 탑들: (1)Arctic(북), Anatole(동), Mesembrine(남), Hesperia(서) (2)Aecturus: Bootes(목자자리) 중 가장 밝은 별. (L)Hesperus: 비너스: 서부. (Gr) mese'mbria: 정오, 남부. (3)Anatle, Dusis, Arcis, Mesimbria: ADAM을 철자하고 있는 신비의 별들: 북, 동, 남, 및 서.

17) 아페프사신蛇神 및 우악트여사신女蛇神(Apep and Uachet): Apep: 이집트의 뱀 신. Uachet: 이집트의 뱀 여신.

18) 비비흑요석肥肥黑曜石(obesendean): obese(비대한) + obsidian: 화산 흑요석.

19) 마리아 접대아단급接待兒團級(the Emfang de Maurya's class): (1)(G) Empfang: 접대(reception) (2)(F) Enfants de Marie: 마리아의 아이들 (3)가톨릭 소녀 조직 단.

20) 빌 샤써(Bill Shasser): Belshazzar: 벨사살(Nebuchadnezzar의 아들로 바빌로니아의 왕)(〈다니엘서〉 V 참조).

21) 속기필경학원速記筆耕學院(Shotshrift): (Du) schotschrift: lampoon(풍자문). (G) Kurzshrift: 속기(stenography).

22) 그들의 신민臣民의 순복종純僕從은…우시愚市로다!(Obeisance…the follicity of this Orp!): 더블린 시

의 모토의 인유: 시민의 복종은 시의 행복이라(Citizen's Obedience is City's Happiness)(말의 주제).

23) 총선여인總善女人(Allapolloosa): 미국 속어: 고양이의 파자마.

24) 단 마그로우(Dan Magraw): (1)노래 가사의 패러디: 옛 아일랜드 만세 삼창하고, 주인 맥그라드가 말하나니(Three cheers for old Ireland, says Master Macgrath) (2)Robert E. Service 작의 시제詩題: 단 마그로우의 사격(Shooting of Dan Magrew)3) Daniel McGrath: 더블린의 Charlotte 가 4—5번지의 잡화상.

25) 헤 바(heva): 이브: 에덤 캐드의 신부며 조력자: 헤 바, 나체의 이브(Spouse and helpmate of Adam Kadmon: Heva, naked Eve)(스티븐의 독백)(U 32 참조).

26) 칠번여七番女(seventh): Uranus(일곱 번째 혜성): (희랍 신화) 우라누스 신(Gaea[지구]의 남편) (2)천왕성(星).

27) 죄를 고백하고(confess to his sins): 참회문의 글귀: entering confessional: 저를 축복하사, 신부여, 저는 죄를 지었기에(Bless me father for I have sinned).

28) 육완보자肉緩步者들(fleshambles): Fishamble: 더블린의 거리 명.

29) 운하소요자運河逍遙者(the canalles): 더블린의 외곽 양대 대 운화 및 왕 운하.

30) 그대 즉답할지라(Responsif vou plais): (F) Respondez, 'sil vous ptati: Reply, if you please.

(495)

1) 설리(Sully): (1)흉한. Sullivani(12 용병자들의 무리)의 두목 (2)캐드의 하인.

2) 흑수黑手(blackhand): 시실리의 마피아.

3) 샤벨(부삽)수승화물부手乘貨物夫(Shovellyvans): (1)Sullivans: 12명의 Sullivan 가수들 (2)John Sullivan: 애란—프랑스의 테너 가수로, 그의 목소리에 조이스는 열성적이었다.

4) 파시교전敎典 페르시아어(Parsee Franch): (1)Percy French: 아일랜드의 노래 작사가 (2)Parsee: 페르시아 왕들(Sassanian kings) 하의 페르시아어.

5) 마그라드(Magrath): 캐드를 지칭하는 듯. 그는 HCE의 적으로, 아나의 특별한 증오다. 그의 아내는 Lilly Kinsella. 그의 하인은 Sully the Thug(흉한).

6) 파워 회사제의 위스키(Power's spirits) 아일랜드 산 위스키.

7) 신전神殿의 성당(church milliner): (1)Church militant(악과 싸우는 이 세상의 성당 또는 교도) (2)여기 ALP의 신전의 성당을 두고 하는 맹세는, 〈율리시스〉 제1장 말미에서 스티븐이 로마 정교의 힘과 권위의 상징을 들어, 그들의 상위일체성(Trinitarianism) 및 부자동질론(Consubstantiality)의 이단적 견해를 내세우는 것과 동일하다: 그의 이교의 수령들을 무장하개 하고 위협했던 그 호전적 성당의 철야천사(the vigilant angel of the church militant disarmed and menaced her heresiarchs)(U 17).

8) 린치 브라더(Lynch Brother): James Lynch: Galway의 수장(Warden)으로, 1493년 사형 선고를 받자, 스페인 사람 Gomez를 암살한 그의 아들 Walter를 자기 자신의 손으로 목매달았다. Lynch는 〈초상〉(그를 심미론의 대역으로 삼다니 아이러니이거니와)과 〈율리시스〉에 등장하는 스티븐 데덜러스의 친구이기도, 그러나 그는 밤거리에서 친구(스티븐)를 배신한다.

9) T. C. 킹(T. C. King): 미상.

10) L. B. W. 헴프(Hemp): (1)leg before wicket(수비수)(크리켓) (2)hemp rope(교수용 끈).

11) 월광의 주장主將(the captain in the moonlight): Captain Moonlight: 토지 연맹(Land league)의 미지의 지도자. 그에 합세하기를 거절하는 자들에게 항거하는 테러 행위에 위임되었다.

12) 오본—천川의—그래니(Granny—stream—Auborne): (1)Grania: Finn의 약혼녀, Dermot의 연인 (2) Sweet Auburn(아름다운 다갈색): 골드스미스 작 〈삭막한 마을〉(The Deserted Village)의 글귀.

13) 피니킹(Finnyking): Finnegan.

14) 엘스벳과 매리에타 건닝(Elsebett and Marryetta Gunning): Elizabeth & Maria Gunning: 18세기 영국 귀족들과 결혼한 아일랜드의 자매들.

15) 600년제年祭(Saxontannery): (1)sexcentenary: (性)660 년제 (2)six & a tanner: 6실링 및 6페니.

16) 불란서라전어로(ffrenchllatin): (1)French-Latin language (2)〈선사시대의 신앙과 숭배: 고대 아일랜드 생활의 일별〉(Prehistoric Faith and Worship: Glimpses of Ancient Irish Life)(1912)(조이스의 개인 도서실 소장)의 필자인 Canon J. F. M ffrench 사師.

17) 법령 V. I. C. 5. 6. (statues. V. I. C. 5. 6.): 6빅토리아 15비둘기(6 Victoria15): 아프리카 노예 매매업에 대한 1843의 법규(전출 FW. 82. 12—13 참조).

18) 존경. 반신즉답返信卽答(Respect. S. V. P.): (F) Respondez, 'sil vous ptati: Reply, if you please.

19) 마리아 은총부인이여(Frui Mria): (1)성모(BVM)에 대한 연도: 아베 마리아, 은총 가득히(Hail Mary, full of grace) (2)F. R. U. I. : Fellow of the Royal University of Ireland(아일랜드 왕립 대학 평의원). M. R. I. A. : Member of the Royal Irish Academy(왕립 아일랜드 학원 회원).

20) 한 사람의 학예學藝수호녀(artis litterarumque patrona): (L) 예술의 수호여신

21) 수임정林精이다 뭐다 임林개꽃(植)이다(your silvanes and your salvines): 더블린의 로열 극장은, 자신을 Silvain이라 불렀던 무도의 거장(maitre de danse) Sullivan을 두었었다.

(496)

1) 주신부主神婦 까마귀 및 귀부인 돈이어!(Lordy Daw and Lady Don): (1)(G) la-di-da: stuck-up(거만한). 여기 ALP를 두고 (2)Lady Don: 더블린 로열 극장에서 연출한 여배우.

2) 숙부 푸즐(Uncle Foozle): 〈숙부 푸즐〉(Uncle Foozle): 〈더블린 56호: 로열 극장의 연보〉(Annals of the Theatre Royal: D 56)에 수록된 연극 명.

3) 숙모 잭!(Aunty Jack!): 〈게이어티 극장 25주년의 기념물, 34호〉(Souvenir of the 25th Anniversary of the Gaiety Theatre34)에 언재 된 연극 명.

4) 땅딸보, 벽 위에 앉은(Bumbty, tumbty, Sot on a Wall): 자장가의 패러디: 땅딸보 벽 위에 앉았었도다(Humpty Dumpty sat on a wall.)

5) 대인즈 아일랜드(Dane's Island): 아일랜드 남안 Waterford 군 연안도.

6) 우먼(여성)의 아일(도島)(the Isle of Woman): 〈맬디인의 항해〉(Voyage of Mael du'in)에 언급된 여성도(Island of Women).

7) 만 도인島人(minx): Man Island: 아일랜드 해상의 섬.

8) 사주호四洲湖(four cantins): Lake of 4 cantons: Lucerne 호.

9) 피어즈(부두) 오우렐이 소스라쳐 놀랐는지라(Piers Aurell was flapperganstered): Persse O' Reilly(HCE)가 공원에서 범한 죄로.

10) 핀갈(fingall's): (1)Macpherson(Ossian의 시들의 스코틀랜드 번역자)작의 〈핀갈〉(Fingal). Fingal은 이 시에서 Finn의 이름이요, 그는 아일랜드에 와서 덴마크인들과 싸운 영웅이다 (2)Fingall은 더블린 북부의 평원이요, Fingall's Cave(동굴)는 스코틀랜드에 있다.

11) 이 꼬마 돼지 새끼가 잼 항아리에 가고 싶었대요(This liggy piggy wated to go to the jampot): 자장가의 인유: 이 꼬마 돼지가 시장엘 갔대요. 이 꼬마 돼지가 집에 머물었는지라, 아이의 발가락을 희롱 거렸대요(This little piggy went to market, This little piggy stayed home & c).

12) 저 파요무침상인波搖無沈商人, 혈양부血養父요 유이자乳泥者와 그대 자신을 동일신분同一身分할 수 있을지니(that fluctuous neck merchamtur, bloodfadder and milkmudder, since then our too many of her): (1)아일랜드의 정치가요 작가인 Eoin MacNeill의 〈켈트의 아일랜드 55〉(Celtic Ireland 55)에 나오는 이야기의 인유: Lugaid Cichech가 Crimthann의 두 아들들인 Aed와 Laegaire를 그이 가슴으

3부

로 사육했는지라. 그는 Laegaire에게 그이 가슴의 신유新乳를 빨렸고, Aed에게 그의 신혈新血를 주었도다. 그들 각자는 그의 영양분을 취했는지라. Aed의 종족은 무기의 용맹성으로, Laegaire의 종족은 도적으로 두드러졌다 (2)파리 시의 모토: Ftuctuat nec mergitur(파도는 투척되어도, 전도되지 않도다)(It is Wave—tossed but Not Overwhelmed).

13) 아브하 나 리페(Abha na Life'): (I) 리피 강, 즉 ALP.

14) 크리스티 코룸(Christy Columb): 크리스토프 콜럼버스.

15) 그는 자신의 부리에 전과자의 주문부가물注文不可物을 물고 되돌아 왔나니(he came back with a jailbird's unbespokables in his beak): 노아는 홍수가 줄어들었는지를 보기 위해 비둘기를 날려 보내는데, 새는 부리에 올리브 나무 잎을 물고 돌아온다.

16) 캐론 크라우(러 Caron Crow): (1)Henry Le Caron은 캐나다를 침공하기 위해 미국의 피니언 계획(Am. Fenian plans)을 배신했다.

(497)

1) 퀴네간의 전율에 하다락何多樂!(Quinnigan's Quake!): 노래 가사의 인유: 피네간의 경야의 많은 재미(Lots of fun at Finnegans Wake).

2) 곡진행 중曲進行中의 정도화正道化를 위한 그의 진상성眞相性을 둘러 싼 그대들의 중탐사衆探査(Your exabmination round his factification for incamination of a warping process): 창작 중 발표된 〈피네간의 경야〉에 관한 논문집들(사무엘 베켓을 포함한, 모두 12편), 일부 변경된 제목.

3) 이라라 하나님 만만세(irrara hirrara man): (I) a Dhia are: (감탄사) O God now.

4) 양羊의 궁향연宮饗宴(Ad Regias Agni Dapes): 노래 제목의 변형: Ad regias agni dapes(To the Royal Feast of the Lamb): 부활절 다음의 최초의 일요일(Low Sunday)에 부르는 찬가.

5) 양날 폭죽단爆竹團(Twoedged Petrard): 〈요한계시록〉 1: 16 성구의 인유: 그의 입에서 좌우 날 선 검이 나오고(out of his mouth came a sharp double—edged sword).

6) 라스가, 라산가, 라운드타운 및 러쉬 마을(Rathgar, Rathanga, Roundtown and Rush): (1)Rathgar: 더블린 지역으로, 조이스의 출생지 (2)Rathanga: Kildare 군의 마을 (3)Roundtown: 더블린의 지역인 Terenure (4)Rush: 더블린 군의 마을 명.

7) 비코, 메스필 록(암岩) 및 소렌토 촌도(비코, Mespil Rock and Sorrento): (1)비코: Dalkey의 반원형 해안도 (2)Mespil Road: 더블린의 가도 명 (3)Sorrento Road: Dalkey 소재 (4)Rock Road: Blackrock의 해안 길.

8) 메리온 거주자들, 덤스트덤 고수鼓手들(Merrionites, Dumstdumbdrummers): Merrion & Dundrum: 더블린의 지역들.

9) 루칸인人들, 애쉬타운 촌인들, 바터즈비 공원인들 및 크룸린 보야즈, 필립스버그 가도인들, 카브라 인들 및 핀그로수 인들, 볼리먼 인들, 라헤니 인들(Luccanicans, Ashtoumers, Battersby Parks, Krumlin Boyards, Phgillipsburgs, Cabraists and Finlossies, Ballymunites, Raheniacs): 모두 더블린의 지역 명들.

10) 크론타프(Clontarf): Brian Boru가 덴마크인들을 패배시킨 전투.

11) 5백 및 66년째의 양탄일釀誕日(five hundredth and sixtysixth borthday): 2 x 566 = 1132.

12) 노위인老偉人(the grand old): Grand Old Man: 글래드스턴.

13) 퍼씨 및 라리(Persee and Rahli): (1)Persse O'Reilly (2)Parsee: 페르시아 후손의 조로아스터 인도인.

14) 피터 대포도大葡萄(Piowtor the Grape): 피터 대재(Peter the Great).

15) 하싼 칸 대사(the Hanzas Khan): 1819년에 더블린을 방문한 페르시아의 대사.

16) J. B. 단롭(J. B. Dunlop): (1)고무 타이어의 발명자 (2)예이츠 및 연재시連載時(serial time)의 권위자인 J. W. Dunne).

(498)

1) 오애란시절悟愛蘭時節(ourish times): 〈애란 신문〉(Irish times): 더블린의 중요 일간 신문에 대한 인유.

2) 시자비취 경마, 리오더가리우스 성聖 레가레거(Cesarevitch…leodegarius Sant legerleger): (1)양대 추기경마 대회(兩大 秋期競馬 大會) 명 (2)(L) leodegarius: 성聖 legar.

3) 아마쏘디아스 이스터로프로토스(Amaxodias Isteroprotos): hysteron proteron: 수사修辭 용어(앞뒤를 반대로, 거꾸로, back to front): He put his sweater on back to front.

4) 견목층계樫木層階(the oakses): The Oaks(경마).

5) 마공馬公이여 꽁지를 쳐들지라(Horsibus, keep your tailup): 노래 가사의 패러디: 호시여, 기운을 내요(Horsey, Keep Your tail Up).

6) 애가몬 자유연애 단체Agiapommenites): Agapemones: 19세기 종교 단체.

7) 장애물항(Athclee): (I) A'th Ciath: Hurdle Ford(더블린의 옛 이름).

8) 카슬린 대제大帝(his Imperial Athxlee): 러시아의 대제인 Catherine.

9) 애란어를 살해하면서(murdering Irish): 〈율리시스〉 제9장에서 스티븐의 의식: 살인하는 아일랜드인(어)(Mruthering Irish).

10) 편자브 어語(paunchjab): 인도 북서부의 한 지방 어(현재에는 인도와 파키스탄에 나누어 속해 있음).

11) 몰트 위스키(ball of malt): 아일랜드 산 위스키.

12) 성찬식 빵(pani's annagolorum): 노래 가사의 인유: Panis Anelicus): 성찬식 빵(Communion wafer).

13) 케네디 가게(Kennedy's: Kennedy: 더블린 빵 집.

14) 도더릭 오고노크(독신) 파멸 왕(Dodderick Ogonoch Wrack): Roderick O'Connor, Rex: 아일랜드 최후의 고왕.

15) 원탁(the table round): 아서 왕의 원탁(Round Table).

16) 버논 가家(the Vernons): Brian Boru(Clontarf에서 덴마크 인들을 패배시킨 애란의 영웅—왕)에 속했던 것으로 상상되던 검도를 소유했던 아일랜드의 가족.

17) 열두 및 하나 덤의 수지獸脂(a dozen and one by one tilly tallows): 12+1+13개의 양초.

18) 이태리 식품점(an italian warehouse): Italian Warehouses: 더블린의 이탈리아 식료품 가게들.

19) 향적운香積雲(the cummulium of scents): Communion of Saints(성인들의 교우交友).

20) 방출된 채, 부풀고 취출吹出되어, 무시파패無視破敗된 채(bulgy and blowrious, bunged to ignorious): 영국 국가의 패러디: God save the King: send him victorious, Happy & Glorious.

(499)

1) 불행—행行—계곡(Bappy—go—gully): happy—go lucky: 낙천적인.

2) 작살(gaff): 물고기(연어)를 낚아 올리는 작살.

3) 생生 아 사死여!(Ser Oh Ser!): S. O. S.

4) 그들에게 영원휴식永遠休息을 하사할지니! 오 주여, 영원한 빛이 그들 위에 비치게 하사!(Rockquiem

3부

eternuel give donal aye in dilmeny): (1)사자를 위한 미사의 초입경Introit of Mass for dead: Requiem aeternam dona eis…(Grant them eternal rest) (2)dolmeny: 무덤의 고인돌(dolmen on garve).

5) 피니쿤(쾌락복자快樂僕者) 위크(양초심지)에는 다량염락多量炎樂이 있도다(there's leps of flam in Funnycoon's Wick): 노래 가사의 인유: 피네간의 경야에 많은 환락을(Lots of fun at Finnegans Wake)

6) 탄곡嘆哭(keyn): keen: 경야에서의 조곡弔哭의 소리.

7) 열쇠왕王 폐활기肺活祈 하소서!(Lung lift the keying!): 왕은 돌아갔나니. 왕이여 오래도록 사옵소서(버마의 후작 부인 Lady Dufferin〔Frederick Tmemple Hamilton〕의 기도문에서).

8) 신이여 그대 왕답게 농노農奴하옵소서(God serf yous kingly): 영국 국가의 패러디: God Save the King(애란 어법)〔Irishism〕: God save you kindly).

9) 오이디푸스 국왕이여!(adipose rex!): Oedipus Rex(에디퍼스 국왕). Oedipus: 희랍 전설에서, 자기 부친을 죽이고, 어머니와 결혼함으로써Oedipus complex(이성 성적 사모)의 기원을 이룸.

10) 악마에게 혼령魂靈, 아사여려我死汝慮인고, 핀크. 핌. 퍼드여?(your saouls to the dhaoul. de ye. Finnk. Fime. Fudd?): 〈피네간의 경야〉 노래 가사의 패러디: 악마의 영혼이여, 그대는 내가 죽었다고 생각하는고? (Souls to the devil! Did you think I'm dead?)

11) 유일통唯一痛의 소년이여(Sorley boy): Sorley Boy MacDonnell(1505—90): 영국인들과 그의 이웃들을 괴롭혔던 Ulster의 추장. 엘리자베스 1세의 반대자.

12) 고총古塚(altknoll): (1)Old Nol: 크롬웰의 별명이기도 (2)셰익스피어는 아마도 Jonson의 극작인 〈유머의 매인〉(Everyman in His Humour)에서 Old Knowell(만물박사인 채)역을 했다.

13) 디글 마을(Dingle): Kerry 군의 마을(관광지) 이름

14) 나의 영혼은 죽음에까지도 슬프나니!(Tris tris a ni ma mea!): 〈마태복음〉 26: 38의 성구 패러디: 나의 영혼은 심지어 죽음에까지도 슬프도다(my soul is sad even unto death).

15) 상관족傷慣足!(Wonted Foot): 노래 가사의 변형: 슬래타리의 말 탄 발(Slattery's Mounted Foot).

16) 신의 분노와 도니 천둥 화火?(Rawth of Gar and Donnerbruck Fire?): (1)Rathgar: 더블린의 지역명. 신의 분노(wrath of God) (2)노래 가사에서: 도니브르크 시장(Donnybrook Fair). (G) Donner: 천둥.

17) 바벨 수다성(babel): (1)Babel 탑 (2)babble(허튼 소리).

(500)

1) 골무와 뜨개바늘 놀이를 하고 있도다(playing thimbles and bodkins): (1)bodkins는 햄릿의 bare bodkin(III. i. 76)을 암시하는 바, 그것으로 우리는 인생을 청산할 수 있다(with which one might his quietus make). 여기 인용구(햄릿의 죽느냐 사느냐의 구절)에서 bodkin은 햄릿의 dagger이나, 이상의 구절에서 Bodkins는 little body란 뜻이다. (Cheng 186) 따라서 이 구절의 골무와 뜨개바늘의 융합은 HCE와 ALP를 암시하는 듯함 (2)OED에 의하면, Thimble and Bodkin Army는 영국 시민전쟁의 의회군(Parliamentary Army)의 별명 (3)Michael Bodkin: Galway에서의 Nora의 연인으로, 〈더블린 사람들〉의 〈죽은 사람들〉에서 Michael Furey의 모델.

2) 일족一族!(Clan of the Gael!): 미국의 피니언 조직(단체).

3) 구담鳩膽(Dovegall): (I) Dubh—gal: 검은 외국인(Black foreigner), 즉 덴마크 인들.

4) 크럼 어뷰!(Crum abu!): Crom abu': Fitzgerald의 전쟁 구호. William John Fitzgerald(1830—98): 〈'98년〉의 공모자共謀者, Francis Higgins: 일명 엉터리 향사(The Sham Squire)(〈율리시스〉의 12장에서 〈시티즌〉(과장법의)의 허리 띠 위에 조각된 아일랜드 고대 영웅들 중의 하나)(U 242), 그는 Freeman's Journal의 편집자요, Lord Edward Fitzgerald를 배신했다.

5) 향사인지라! 영원한 적赤정강이! 랑카스(터)(the yeomen!…Lancs): York? Lancaster(장미전쟁).

6) 노루(獐)의 외침(The cry of the roedeer): Harold White(1872–1940): 더블린의 작곡가로, Tara의 성 패트릭을 다룬 〈사슴의 외침〉(Cry of the Deer)을 작곡함.

7) 사냥나팔 부는 사냥개!(the hound hunthorning!): 영국의 사냥 잡지인 Horn and Hound.

8) 아이리시 타임즈 지…그리스도! 애어즈 인디펜던스 지…그리스도! 그리스도…프리먼즈 챠맨 지를 지탕하소서! 그리스도 대일리 익스프레스 지를 밝히소서!(Christ in our irish times! Christ on the airs independence!. . Christ hold the freeman's chare man!…Christ light the dully expressed!): (1)더블린의 중요 일간지들에 대한 익살: Irish times, Irish Independent, Freeman's Journal, Daily Express (2)성 패트릭의 찬가인 〈가슴바디〉(Breastplate)의 가사: 나와 함께 그리스도, 나 앞에 그리스도, 나 뒤에 그리스도, 나 속에 그리스도, 나 아래 그리스도, 나 위에 그리스도(Christ with me, Christ before me, Christ behind me, Christ in me, Christ below me, Christ above me, &c).

9) 교황을 질식할지라!(Choke the pope!): 노래 제목의 익살: Kick the Pope.

10) 광청光聽할지라! 운부雲父여!)(Aure! Cloudy father!): 여기 Cloudy father는 〈햄릿〉에서 사이비부(pseudofahter)인 Claudius 뿐만 아이라, 그의 진부眞父(realfather)인 바, 작품에서 후자는 Head–in–Clouds(I. v. 10)이다. Aura!는 햄릿 부왕의List의 번안일 수 있다(라틴어의aude).

11) 초자初者!(ersther): Esther: 스위프트의 연인들인 스테라와 바네사, 양자의 이름.

12) 애관적愛管笛(피페트)!(Pipette). Ppt: 스위프트의 연서戀書 결구.

13) 진격!(Bayroyt!): 바그너(풍)의 오페라 하우스.

14) 그대가 팔 때 나의 값을 받을지라!(When you sell get my price!): 파넬의 글귀: 팔려면, 제 값을 받아야(When you sell, get my price).

15) 그대의 아들을 감쌀 지라!(Fold thy son!): 〈요한복음〉 19: 26: 예수께서 그 모친과 사랑하는 제자가 곁에 서 있는 것을 보시고 그 모친에게 말씀하시기를 여자여 보소서 아들이니 이다 하시고…(When Jesus saw his mother there, and the disciple whom he loved standing nearby, he said to his mother, Dear woman, there is your son).

(501)

1) 텃텃!(Tittit!): 아웅!(놀이).

2) 볼리마카렛!(Ballymacarett!): Belfast의 지역 명.

3) 58연초경골煙草脛骨(Cigar shank): cinquante huit(전화 번호).

4) 40 안(Gobble Ann): quante quinze(전화 번호).

5) 심해의 채렌저즈(도전자심저挑戰者深底)(Challenger's Deep): 태평양의 마리아나 해구海溝(Mariana Trench)의 가장 깊은 곳(10,924 미터).

6) 시빌(무녀巫女) 곶!(Sybil!): Kerry 군의 Sybil Head 곶(岬).

7) 성聖누가 성하盛夏의 밤(lukesummer night): St Luke's little summer: (1)전통적으로 10월의 따뜻한 기간(warm spell) (2)셰익스피어 작 〈한 여름 밤의 꿈〉의 장면을 상기시킴.

8) 아일도亞馹島는 타임즈(시보時報). 애주愛酒는 펜잔스(필독 筆獨). 격렬한 저널(간지刊紙). 델리 제명除名된 채(The isles is Thymes. The ales is Penzance. Vehement General. Delhi expused): (1)아일랜드 신문들에 대한 익살: Irish times, Irish Independent, Freeman's Journal, Daily Express (2)the isles is Thymes: 야생의 꿀 풀이 부는 강둑을 나는 아노니(I know a bank where the wild thyme blows). 〈한 여름 밤의 꿈〉(II. i. 249).

9) 특평양特平洋의 혹파或波로부터(somewhave from its specific): 태평양의 혹처(somewhere in the Pacific).

10) 그날 밤 성聖 아일랜드의 모든 민둥산 언덕에는 불이 타고 있었도다(There were fires on every bald hill in holy Ireland that night): 한 여름의 불꽃 축제가 한 때 유럽 도처에서 관찰되었다.

11) 그들은 봉화烽火들이었던고?(Were they bonfires?): 패트릭은 드루이드 족(가톨릭교로 개종 전의 Gaul, Britan의 고대 Celt 족)에 도전하기 위해 유월절의 봉화(paschal fire)를 밝혔다.

12) 진봉화眞烽火길손!(Bonafieries): (L) bonafides(진실) + bonafide(실제의 길손).

13) 고백야高白夜였던고?(high white night now?): Leuis Carroll 작 〈이상한 나라의 엘리스〉에 나오는 백 기사(The White Knight)의 암시.

14) 골짜기의 우리들 숙녀(lady of the valley): 노래 제목의 변형: 골짜기의 백합(The Lily of the Valley).

15) 루의수淚意守 가歌롤!(Lewd's caro!): Lewis Carroll의 암시(앞서 백작과 연관하여).

(502)

1) 성聖호랑가시나무—담쟁이덩굴(holy…ivory): 노래 가사의 패러디: 호랑가시나무와 담쟁이덩굴(The Holly & the ivy).

2) 가을?(jesse?): (1)(Cz) autumn (2)Tree of Jesse(David의 부친)은 그리스도의 하강(산)을 추적한다.

3) 피펩!(Pipep!): Pipette!: 스위프트의 연서의 결구.

4) 낙하의기양양樂夏意氣揚揚!)(Lieto galumphantes!): 노래 가사의 인유: Adeste fideles, laeti triumphantes(O come all ye faithful, joyful & triumphant).

5) 하나가 아니고 한 쌍의 예쁜 소월笑月을(not one but a pair of pritty geallachers): 〈더블린 연감〉(Dublin Annals)(1339)에 의하면, 동트기 전에 2개의 달이 더블린 가까이에 보였는지라, 하나는 서쪽에 밝게, 다른 하나는 동쪽에 희미하게.

6) 다자비多慈悲 위은총偉恩寵 충낙充落! 성상聖霜 무霧의 모살母殺이여!(Hail many fell of greats! Horey morey smother of fog!): 성모에 대한 연도의 패러디: Hail Mary, full of grace…. Holy Mary, Mother of God. (D 96 참조).

7) 쾌적快適, 모든 쾌적과 함께 쾌적 중의 쾌적(The amenities, the amenities of the amenities): 〈전도서〉 1: 2의 인유: 허영의 허영, 모두가 허영이라(Vanity of vanities, all is vanity).

8) 처녀계곡處女溪谷에는 유명有名한 유연적油煙的 유초무唯初霧의 유포성流泡性 유고有固가?(the firmness of the formouse of the famous of the fumous of the first fog in Madenvale?): 노래 가사의 패러디: 보르네오에서 온 거친 사내의 안내의 아이의 유모의 개의 꽁지의 털에 벼룩이 방금 도회로 왔데요(The flea on the hair of the tail of the dog of the nurse of the child of the wife of the wild man from Borneo has just come to town)(전출).

9) 매드 윈트롭(한겨울)의 섬망증譫妄症(Mad Winthrop's delugium stramens): (1)Maida Vale: 런던 (2)〈한 여름 밤의 꿈〉(A Midsummer Night's Dream). 이는 매드 윈프롭의 섬망증과 대조를 이룬다.

10) 폭스록(호암狐岩)에서 핑그라스(from Foxrock to Finglas): (1)Foxrock: (남) 더블린의 지역 (2) Finglas: (북) 더블린의 지역.

(503)

1) 인과因果의 방축 길(All effects…caused ways): (1)인과(cause and effect) (2)Giant's Causeway: 북 아일랜드 해안의 현무암 기둥 군.

2) 우대고雨大鼓(Raindrum): 극장의 음향 효고: 비 소리(북 속의 자갈 소리).

3) 뇌대雷帶(thundersheet): 우뢰(매단 금속판의 흔들음).

4) 영불결永不潔의 재떨이(evernasty ashtray): everlasting ashtree: 북구 신화의 Yggdrasil: 하늘, 땅, 지옥을 연결하는 거대한 물푸레나무(ashtree).

5) W. K. : wellknown kikkinmidden(유명한 폐촌).

6) 화소小平和所에서 만났나니, 안락구安樂區의 황주가黃酒家, 탄층갱로炭層坑路의 우락폭포 愚樂瀑布의 암주岩株를 가진 서광산西鑛山(Littlepeace, Snunsborough, Westreeve—Astagob and Slutsend with Stockins of Winnin's Folly Merryfalls, …skidoo and skephumble): 더블린 구, Fingal 지역의 도토都土들(townland).

7) 전지능신이여(Godamendy): 상기 도토들 중의 하나.

8) 화자의 특마特魔(a delville of a tolkar): (1)a devil of a kalker (2)Tolka: 더블린 외곽의 강 (3) Delville: Tolka 강상의 패트릭 Delaney(파넬 위원회에서 파넬을 반대 증언한 공원의 암살자, 또는 스위프트의 친구인, Delville의 Dr William Delaney) 집

9) 최후의 사종풍四終風(the four lasy winds): 4종(the 4 last things): 죽음, 심판, 지옥 및 천국(〈초상〉 제3장, 신부의 설교 장면 참조).

10) 희망하는…반진실半眞實이면…성심신의(faithly…hope…charity): 〈고린도전서〉 13: 13: 신의, 희망, 자선(faith, hope, charity).

11) 임계林界의 하적장荷積場, 그건 우탄憂歎의 덴마크 저소底所인고?(stow on the wolds, is it Woful Dane Bottom?): (1)England (2)우탄의 덴마크인은 여기 햄릿일 수도 있으나, Bottom은 Miss Somer's nice dream(502. 29)의 나귀—사내(ass—man)이다. 숲속의 이 장소는 또한, 우주의 우탄의 저소인 지옥일 수 있다. 그것이 어디이던 간에, 이 말을 그 밖에 〈경야〉의 다른 곳에서 3번 언급된다(340. 09. 369. 12. 594. 12).

12) 흑록수대하黑綠獸帶 태양(grianblachk sun): (1)(I) gre'inbeach: 수대(zodiac) (2)The Black Sun Press 출판사: 1929년 조이스의 〈셈과 숀에 관한 이야기들〉(Tales Told of Shem and Shaun)을 출판함.

13) 임입경고林入警告(sigeth Woodin Warneung): sayth wooden warning(간판).

14) 무단묘술침요자無斷妙術侵尿者는 대격리고소對隔離告訴함이라(Trickspissers vill be pair— secluded): 침입자 처벌(Trespassers will be prosecuted)(경고 간판).

15) 옥크(참나무)리 애쉬즈(물푸레목) 느릅나무(Oakley Ashe's elm): (1)〈율리시스〉 제13장에서 거티(Gerty)의 간접 내적독백의 구절: 그녀의 신발 사이즈: 영원히 그럴 수도 결코 없으리라(never would ash, oak or elm) (2)북구 신화에서 물푸레나무는 최초의 남자, 느릅나무는 최초의 여자를 각각 상징함.

16) 아날 강江 곁에, 스리베나몬드의 여울 가에, 옥크(참나무)리 애쉬즈(물푸레목) 느릅나무, 한 장과漿果나무 가지로부터 머리띠 눈더미와 함께(Beside the Annar, At the ford of Slivenamond…beerchen bough): 노래 가사의 인유: 그녀는 실버나몬 밑의 아나 강 곁에 살았대요…장과나무 가지 아래 눈보라, 그녀의 녹과율갈색 慄褐色 머리카락(She lived beside the Anner at the foot of Slivenamon…a snowdrift 'neath the beechen bough, Her neck & nutbrown hair).

17) 프리틀웰 간행물(The Prittlewell Press): Prittlewell의 목사인 Fredrick Nolan 저의 책: 〈주요 고대 및 현대 언어의 조화 문법〉(A Harmonical Grammar of the Principal Ancient & Modern Languages).

18) 노란 출판의 브라운 저著의 식물보전植物寶典(Browne's Thesaurus Plantarum): 더블린의 Browne & Nolan 출판사에 의해 출판된 〈학교 식물학〉(Botany for Schools).

(504)

1) 학목鶴木이여, 학목이여 모든 학목들의 왕(The cran, the cran the king of all crans): 아일랜드의 아이들은 성 스티븐의 날에 돈을 수금하기 위해 굴뚝새를 호랑가시나무와 담쟁이덩굴에 매어 집집을 방문하는 것이 상례였다. 그들은 이때 굴뚝새야, 굴뚝새, 모든 새들의 왕하고 찬가한다(전출).

2) 식물대리점植物代理店(프랜타넷)(plantagenets): 영국 왕가.

3) 귀부인남男(damesman): 귀부인을 시중드는 남자.

4) 그대의 굴뚝새를 말(두斗) 덤불 아래 감추지 말지니!(no hiding your wren under a bushle!): 〈마태복음〉 5: 15: 사람이 등불을 켜서 말(사발) 아래 두지 아니하고(Neither do people light a lamp and put it under a bowl).

5) 수메르 여름의 일광日光 속에?(In Summerian sunshine?): (1)Sumerian: 유프라테스 강 어귀의 옛 지명 및 사람(어) (2)summer.

6) 키메르의 음울陰慄 속에(in Cimmerian shudders): Cimmerians: 영원한 그늘 속에 사는 것으로 전설되는 종족(〈오디세이아〉 XI. 14).

7) 수행된 것을(being tune committed): 〈누가복음〉 2: 29: (1)주재여 이제는…종을 평안히 놓아 주시는도다(Now thou dost dismiss[thy servant]) (2)(L) tune: then (3)Tune page: 〈켈즈의 책〉의 퉁크 페이지.

8) 공간의 기관원器官源(the ouragan of spaces): C. Darwin의 〈종의 기원〉(Origin of Species)의 인유.

9) 그대의 시인의 곡상谷上, 조감고견鳥瞰高見으로!(Your bard's highview, avis on valley!): (1)아마도 Avon의 시인(the Bard of Avon)(avis on). Avis는 라틴어의 새요, Avon 골짜기의 조감도(a bird's eye view)(시인의 높은 식견(bard's eye view). avis on은 Avon 백조(Swan)일 수 있다 (2)G. 무어의 시구의 패러디: Ave, Salve, Vale(〈환호 그리고 작별〉: Hail & Farewell).

10) 자색적紫色的으로(purpurando): 바티간의 속어: purpurandus: (고왕이 되기에 알맞은: one fit to be purples), 즉 추기경의 주된 교황 선거장소로 삼다라는 뜻.

11) 이태희랍인적伊太希臘人的(italiote): 이탈리아의 희랍 정주자.

12) 두경존재豆莖存在(beingstalk): (팬터마임) 〈잭과 두경(콩 줄기)〉(Jack and Beanstalk).

13) 토마스 제우스뇌신자雷神者(Tonans Tomazeus): (1)Jupitar Tonans: 우뢰자로서의 주피터 (2)(It) Tommaseo: Thomas.

14) 자색적紫色的 앤디(Corcor Andy): (1)(I) cotcair(purple: 고왕의) (2)Andy: 남자 이름의 통칭 또는 예수 12제자들 중의 하나.

15) 숲의 아가들(woody babies): 노래 가사의 인유: Babies in the Wood.

16) 푸란아간 조鳥가 첨단尖端 돛대 위에서(bird flamingans…. on the tipmast): (1)애란 신화에서 새들과 함께 나무 꼭대기에 둥지를 마련했던 미친 Sweeny 왕 (2)Bird Flannigan: 성령처럼 옷을 입고 파티에 나타나, 알을 낳는 더블린의 익살꾸러기(wag).

17) 우라니아 사과司果들(Orania epples): (1)Urania: 천문학(성학)의 뮤즈 여신 (2)Emania of the apples 해왕 Manann'an MacLir의 거처.

18) 타이번 피니언들(Tyburn fenians): Tyburn: 공개 처형장인 런던.

19) 에라스머스 수미스(Erasmus Smith): 더블린의 트리니티 대학 후원자.

20) 향신료香辛料의 기원(the origin of spices): 〈종의 기원〉(Origin of Species).

21) 챠로트 다링(charlotte darlings): (1)Charles Darwin (2)노래의 제목: 찰리는 내 사랑(Charley is my Darling).

22) 겔프당원黨員처럼 깩깩거리며(guekfing and ghiberring): Guelphs & Ghibellings): (1)Guelph 및 Ghibel이란 위명僞名으로 알려진, 13세기 이탈리아의 전쟁 도당으로, Pistoria의 라이벌 형제 (2) gibbering.

23) 노불구병사老不具兵士들(killmaimthem): Kilmainham에 있는 노 병사를 위한 왕립 병원.

24) 과도過倒의 이정표(overhtrown milesstones): 피닉스 공원의 웰링턴 기념비는 한 때 대중에 의해 과성過成의 이정표(overgrown milestone)라 불리었다.

25) 코크 로빈 새들(cock robins): 자장가의 패러디: 누가 코크 로빈 새를 죽었던고?(Who Killed Cock Robin?).

26) 북구주신금지北歐主神金枝 난목卵木(missado eggdrazzles): (1)mistletoe(금지金枝) (2)Yggdrasil: 북구 신화에서 '세계목世界木'(the world tree).

(505)

1) 담쟁이덩굴과 함께 호랑가시나무가지(hollow mid ivy): 노래 가사의 변형: Holly & ivy.

2) 사막의 은둔자들이 나무의 삼문자근三文字根(bermits of the desert…. triliteral roots): 성 Jerome은 〈불가타서〉(Vulgate) 원전의 번역가로, 그는 사막에서 헤브라이어를 배웠는데, 이는 셈어에 어근을 가진 3개식의 문자를 지닌다. Jerome의 문자들(letters)은 중세에서 감탄을 받았으며, 단지단식, 고기 및 처녀성만을 다룬다 하여, Luther에 의하여 비난을 받았다. Jerome은 성지를 여행하면서 로마의 처녀들에게 독신을 설교했다. 이 행복한 사건은 숀—욘이 그의 자매들에게 설고하며, 십자가의 길을 걷는 장면에 영감을 주었다(〈경야〉 III부. ii장 참조.)

3) 바커스 인의 부르짖음이여!(Evovae!): a cry of the Bacchants(바커스 주신제인들).

4) 나를 위해 절벽열絶壁裂했도다!(rocked of agues, cliffef for aye!): 노래 가사의 변형: 세월의 바위여, 나를 위해 분열하라(Rock of Ages, Cleft for me.)

5) 저 견목樫木에게 진리를 청하면?(Tellwth that eke the treeth?): 〈마가복음〉 8: 24 성구의 변형: (1)나무 같은 인간들이 걸어가는 것을 보나이다(I see men as trees, walking) (2)〈실낙원〉 I. 620의 시구: 천사들의 눈물 마냥(Tears such as angels weep)(U 151 참조).

6) 대석주大石柱(steyne): 바이킹들이 세운 더블린의 석주.

7) 사死, 사死, 너무도 어려운 별리別離였나니!(Tod, tod, too hard parted!): (1)〈마태보음〉 16: 18 성구의 패러디 그대는 베드로니라(thou art Peter) (2)tauftauf(나요, 나요)(03) (3)죽음이 우리를 갈라놓을 때까지(till death do us part)(성혼문구에서).

8) 현자賢者—차선次善—왕이시여. 최대양자量子여!(pundit—the—next—best—king. Splanck): (1)R. Ord & W. Gayer—Mackay 작의 연극 제목의 패러디: Paddy—the—Next —Best— Thing(1920) (2) Max Planck(독일의 물리하자, 1858—1947): 양자론量子論(quantum theory)의 주창자.

9) 사과목司果木(Upfellbowm): (G)(뉴턴의) 사과나무(apple tree).

10) 딸들의 애읍哀泣(the weeping of the daughters): (1)무어의 노래 패러디: 〈물의 만남〉The Meeting of the Waves). (2)〈누가복음〉 23: 28 성구의 패러디: 예루살렘의 딸들이여, 나를 위해 울지 말지라(Daughters of Jerusalem, weep not for me.)

11) 오장이진 사내, 육녀肉女 및 혈마穴魔!(The wittold, the frausch and dibble!): (1)〈일반 기도서〉(Book of Common Prayer)의 연도 문구의 변형: 세계, 육肉, 그리고 악마(the World, the Flesh and the Devil) (2)wittol: 무의도식의 오쟁이(cuckold who does nothing about it).

12) 루시퍼산만마왕散漫魔王(looseaffair): 마왕(Lucifer).

13) 동물에 대한 조잡행위의 증여(the presentation of crudities toanomals): 동물 학대 금지 왕립협회(Royal Society for the Prevention of Cruelty to Animals).

(506)

1) 그는 저 등고자登高者가…자기 자신의 주석별명朱錫別名을 모든 두꺼비, 집오리…새겼는지라)(he had put his own nicklname on every toad, duck…): 〈창세기〉 2: 20 성구의 인유: 아담은…들판의 모든 짐승들에게 이름을 주었도다(Adam gave names…to every beast of the field).

2) 그자는 자신을…파충류(뱀)로 서렸고…자신의 생활의 균형전均衡戰을 위하여 스스로 수치스럽게 했도다(who coiled him a crawler…be aslimed of himself for the bellance of hissch lief): 〈창세기〉 3: 14 성구의 인유: 여호와 하나님이 뱀에게 이르시되 네가 이렇게 하였으니 네가…배로 다니고 종신토록 흙을 먹을 지로다(God said unto the serpent…upon thy belly shalt thou go, & dust shalt thou eat all the days of thy life).

3) 오 핀래이의 냉보冷褓(행복한 냉죄冷罪여!)(Oh Finlay's coldpalled!): (1)Finlay 신부는 예이츠 작의 〈캐드린 백작 부인〉(Countess Cathleen)의 첫 공연에 항의하는 더블린의 학생들을 부추겼다 (2)Exsulter: O felix culpa!: 〈경야〉의 주제들 중 하나.

3부

4) 아담 죄의 필요여!(Ahday's begatem!): (1)(L) Needful indeed was Adam's sin! (2)웰링턴의 전쟁 구호의 패러디: Up, guards & at them.

5) 그대는 그들이 골짜기를 통하여 그대를 각인脚引했을 때 거기 있었던고?(Were you there when they lagged um through the coombe?): 노래 가사의 인유: (1)그네들이 나의 주님을 십자가형 처했을 때 그대는 거기 있었던고?: 그네들이 그 분을 무덤에 눕혔을 때 그대는 거기 있었던고…(Were Tou There When They Crucified My Lord!: Were you there when they laid him in the toom…) (2)The Coombe: 더블린의 빈민 사창가.

6) 나를 사로잡아 구불구불 굽이치게 했도다(grauws on me to ramble, ramble, ramble): (1)그것이 나를 떨게, 떨게, 떨게 하도다(it causes me to tremble, tremble, tremble) (2)Johnson의 잡지 명: 〈소요자〉(The Rambler).

7) 하찮은 삼목락자三木落者들의 최락림왕자最樂林王子(the foerst of our treefellers): 하찮은 자들의 왕자(Prince of trifers): 스위프트.

8) 모두갑帽頭岬(capocapo promontory): (It) capo: cape. 호우드 언덕.

9) 한 채의 암벽하숙옥岩壁下宿屋처럼 보일 때(when he does be like a lidging house): 노래 가사의 인유: 한 채의 하숙집 있나니, 멀리, 저 멀리(There is a boarding house, Far, far away).

10) 랜즈다운 가도(Lansdowne Road): 더블린 소재의 길.

11) 그들이 이 성곡도聖哭島를 발효하게 하기 위하여 증오로서 단변單邊 이(치齒)를 작물식作物植했도다(they've cropped up tooth oneydge with hates to leaven this socried isle): (1)〈에스겔〉 18: 2의 성구의 변형: 아비가 포도를 먹었으므로 아들의 이가 시다고 함은 어찜이뇨(The fathers eat sour grapes, and the children's teeth are set on the edge?) (2)무어의 노래의 익살: 오! 이 성도를 급히 떠날 지라(O! Haste & leave This Sacred Isle) (3)Cadmus(포에니시아의 왕, 농업과 알파벳의 발명자)는 용龍의 이빨을 땅에 뿌리다…군인들이 솟았다.

12) 접촉자'톰'(Toucher 'Thom'): 'Toucher' Doyle: 20세기 초의 더블린 징발자(scrounger).

13) 돌을 걷어차거나(kicking stone): Dr Johnson은 Berkeley의 사물의 비존재의 증거를 논박하기 위해 그의 발로 돌을 걷어찼다.

(507)

1) 킴매이지(Kimmage): Kimmage: 더블린의 지역.

2) 그린 맨(녹인綠人)(the Green Man): 주점의 통칭.

3) 자신의 코트의 피측皮側을 외측外側으로 대고, 구두 안창을 고무탄측彈側으로 외봉外縫하고(the coat…skinside out…his socks outsewed his springsides): 노래 가사의 패러디: 오브라안 오린: 그의 바지는 피측皮側은 외측外側…모측毛側은 내측內側을 가졌다네(Brian O'Linn, his beeches had 'The skinny side out & the wooly side in.)

4) 장선대腸線帶(catteguts): 여기 구절은 HCE의 거구를 묘사하는데, 이는 〈율리시스〉 제12장의 〈시민〉의 과장적 외모의 그것과 비교 된다: …그는 장선으로 마구 꿰매진, 사슴가죽의 통 바지를 입고 있었나니(he wore trews of deerskin, roughly stitched with gut). (U 243—4)

5) 대소학위시험大小學位試驗(greats and littlegets): (1)Oxford 대학의 속어인 greats: (인문학) B. A. 과정 (2)Cambridge 대학의 속어인 Little Go: 고전 기초 시험 (3)덴마크의 분할 부분인 Great & Little Belts: Kattegat는 덴마크의 북동 해협이다.

6) 성수반정면聖水盤正面에서…사방 왈츠무舞(walzywembling…in front of tubbe—nuckles): 〈사무엘하〉 6: 14성구의 변형: 다윗이 여호와 앞에서 힘을 다하여 춤을 추었도다(David danced before the Lord), 즉 성수반(tabernacle) 앞에서.

7) 장완長腕의 러그 신神(a longarmed lugh): Fingal 신화의 Tuatha De' Danann의 신.

8) 바스크의 베레모帽(the basque of his beret): Basque는 beret 모를 발명했다.

9) 하부 오코넬 가(Lower O'Connel Street): 더블린의 중앙 거리.

10) 씻고 솔질해버릴지라(wash and brush up): 영국 남자 화장실의 통로.

11) 계약호주契約弧舟(arc of the covenant): 법궤法櫃(모세의 십계명을 새긴 두 개의 석판을 넣어 둔 상자).

12) 보터즈타운(Boaterstown): 더블린의 지역 명.

13) 쉬버링 윌리엄(Shivering William): 아마도 윌리엄 셰익스피어. 이 구절은 〈잡기〉Scribbledehobble(〈경야〉 초고의 기록문서)에 적혀 있다.

14) 호주점弧酒店(아치)(the Arch): 더블린의 Henry 가의 주점.

(508)

1) 성탄절을 기억할지라(Yule Remember): 노래 가사의 인유: 그때 그대는 나를 기억할지니(Then You'll Remember Me).

2) 제 십이일(12일)째 평화와 양자量子(the twelfth day Pax and Quantum): (1)〈12야〉(Twelfth Night)(Epiphany: 현현절: (예수 탄생에서 1월 6일까지) (2)the P / Q: 두 균열.

3) 바커스 예찬자禮饌者의 성계성聖桂聲에 맹세코(hullo and evoe): (1)노래 가사의 인유: 월계수와 담쟁이(The Holly and the Ivy) (2)(L) evoe!: 바커스 예찬자(the Bacchantes): 술 마시고 떠드는 사람들.

4) 에피파니(현현顯現)(epiphany): (1)갑작스러운 정신적 계시(sudden spiritual manifestation) (2)〈영웅 스티븐〉에서의 스티븐의 정의 참조(SH. 216) (3)Epiphany(현현절)(예수 공현空顯): 1월 6일. 여기 HCE는 그리스도 격.

5) 필요자는 네세스필내의必內衣Needer knows necess): Nessus(희랍 신화: Hercules(제우스의 아들로, 그리스 신화 최대의 영웅)가 독화살로 쏘아 죽인 반인반마의 괴물.

6) 미이거(Meagher): 월리 미거를 위한 한 쌍의 블라니 허풍쟁이(a pair of Blarney braggs for Wally Meagher) Wally Meagher: 나쁜 조건의 한 벌의 가족 바지를 물려 받고, 어떤 종류의약속(troth)에 함몰되었다(전출 FW. 211. 11 및 06. 13—27).

7) 패멀라스(Pamelas): 비극의 뮤즈 여신.

8) 준분반구체準分半球體(semidemihemispheres): 〈율리시스〉 제17장에서 몰리의 둔부에 대한 서술: 지구의 동서 양 반구半球에 있어서…전방부 지방질 및 여성의 후배부後背部 반구(엉덩이)에 대한 도처의 만족감(in eastern and western terrestrial hemispheres…of adipose anterior and posterior hemispheres…)(U 604 참조). 여기서는 공원의 두 소녀들(P&Q: 양 분열)이 여성의 양(반) 둔부로 비유되고 있다.

9) 볼룩하게(철凸하게) 오목(요凹)해지며(Concaving now convexly): 두 거울 이미지들(mirror images). 여기 공원의 두 소녀들에 대한 암시(HCE는 그들을 염탐한다).

10) 크로패트릭(Clopatrick's): Clio: 역사의 뮤즈 여신 + 클레오파트라 여왕 + St 패트릭(전출: FW. 091. 06).

11) 익은 버찌(cherierapest): 노래 가사의 변형: 익은 버찌(Cherry Ripe).

12) 피퀸(요여왕尿女王)(Peequeen): 앞서 Jarl van Hoother와 Prankquean 이야기의 암시(21—23 참조).

13) 경도견驚盜見했던(bopeeped): 자장가의 패러디: Little Bo Peep.

14) 해패海貝(shallshee): 자장가의 패러디: 그녀는 바닷가에서 바다 조개를 팔도다(She sells seashells by the seaside).

15) 쾌락축제快樂祝祭(Pranksome Quaine): (1)P & Q (2)Prankqean (3)Sechsela'ten: 취리히의 봄 축제.

16) 계계속행行한(gonning): Elizabeth 및 Marie Gunning: 18세기 영국 귀족들과 결혼한 아일랜드 자매들(전출).

17) 바흐(背) 여女들…리스트(Gels bach…liszted): (1)Salvador Dali의 그림의 암시: 〈소녀의 등〉(Girl's Back) (2)Bach & Liszt: 바흐(독일의 작곡)와 리스트(헝가리의 작곡가)의 암시.

(509)

1) 어디서 그대는 그런 부평浮評을 득했는고?(Where do you get that wash?): 노래 제목의 인유: 그대는 어디서 저 모자를 득했던고(Where Did You Get That Hat).

2) 톰키(Tomsky): Tomsk: 시베리아의 도회. 크리미아 전쟁의 Tomsk 연대.

3) 한 사람의 희랍인에게 남위안南慰安처럼 보였던 것이 한 사람의 거이방인巨異邦人에게는 북北올가미처럼 요약되었는지라(what seemed sooth to a Greek summed nooth to a gaintle): 격언의 패러디: 갑에 적용되는 것은 을에게도 적용된다(What is sauce for the goose is sauce for the gander)(U 229).

4) 해 바라기 상태(sunflower state): 미국의 Kansas 주.

5) 푸타와요(Putawayo): Brazil.

6) 리버남(Liburnum): (1)Liburnis: 지금의 유고슬라비아의 지역 명 (2)호색적 향락의 로마 신.

7) 뉴 애미스터덤(New Aimstirdames): New York City.

8) 그대의 눈물 그리고 우리의 미소(your tear and our smile): 노래 가사의 패러디: 애린, 그대 눈 속의 눈물과 미소(Erin, the Tear and the Smile in Thine Eyes.)

9) 고리 뒤에 고리. 나의 치수値數로 그의 기형畸形을 개형改形할지라(Lid sfter lid. Reform in mine size his deformation): 눈시울(고리)뒤에 눈시울은 햄릿의 나의 마음의 눈 속에(In my mind's eye)(I. II. 186)에 대한 또 하나의 유희를 소개한다.

10) 그는 자신의 탕녀의 탄생에 자신의 눈을 양폐兩閉할 수 있었나니, 그는 그녀의 유희의 절반을 통하여 내내 한 덩어리 될 수 있었는지라(He could claud boose his eyes…he could lump…her farce…): 이 구절은 〈햄릿〉에서 극중극에 대한, Claudius(claud) 및 쥐틀(Mousetrap)을 통하여 태연자약으로 끝까지 내내 앉아있지 못하는 심리상태에 대한, 언급으로 읽을 수 있다.

11) 그는 그녀의 유희의 절반을 통하여…그러나 그는 광대 마냥 그녀의 소극笑劇을 통하여 대소大笑할 수 없었나니 그 시유屍由인 즉 그는 그런 식으로…건조建造되지 않았기에(he jest…. through the whole the half of her play…through the whole of her farce…he wasn't billed that way): 속담의 변형: 사람은 전체 소극을 통하여 웃을 수 있나니. 사람은 전체 연극을 통하여 웃을 수 있도다. 그러나 사람은 밑구멍을 통하여 웃을 수 없나니, 왜냐하면 그는 그런 식으로 만들어지지 않았기에(A man may laugh through the whole of a farce. A man may laugh through the whole of a play. But a man can't laugh through the hole of his arse. 'Cause he just isn't built that way).

(510)

1) 칠면조 쫓기(turkay drive): 칠면조 몰이 경기의 상 타기.

2) 풀 깎기 여인이든 그리고 황야의 모든 도제공徒弟公(the laney moweress and all the prentisses of wildes): (1)Lady of Myoress(여시장 각하) (2)웨일스(Wales)의 왕자.

3) 쇼트랜드(Shotland): Scotland.

4) 발레 무용회(the ballat at the Tailor's Hall): (1)노래 가사의 패러디: 넝마장 수 무도회의 밤(The Night of the Ragman's Ball) (2)더블린의 자유구(Liberties)의 재단사 회관(Tailor's Hall).

5) 매일러즈 몰(Mailer's Mall): 집배원의 상점가.

6) 게일러즈 골(Gaeler's Gall): (1)게일인人의 담낭 (2)J. H. Todd 편: The War of the Gaedhill with the Gaill의 변형.

7) 잠에서 깨요! 와요, 경야제로다! 피혁세계의 모든 늙은 피자皮者, 사실상 누출주통漏出酒桶의 고가古家 전全주식회사(레퍼토리 극장)(Awake! Come, a wake! Every old skin in the leather world, infect the whole stock company): (1)하계에서 깨어나 일어나는, 〈경야〉의 묵시적 메시지. 극장으로서의 세계의 은유가 여기 명백히 서술되고 있거니와, 그 곳 세계는 전全주식회사(레퍼토리 극장)의 멤버들로 우글 되다 (2) Stock Company: 더블린의 Royal 극장.

8) 흑백지발보충병黑白芝髮補充兵(the blog and turfs): 1920—21년대에 왕립 아일랜드 경찰국(Royal Irish Constabulary)에 복무하는 영국의 지원병들.

9) 어떤 불결한 무딘 클럽들(Some nasty blunt clubs): Nast, Kolb & Schumacher: 1906년 조이스가 일했던 로마의 은행.

10) 훼슬링 술병 반란행위(wellesleyyan bottle riot act): The Bottle Riot: 1822년, 아일랜드 총독인 Richard Wellesley의 가톨릭교도에 대한 우대 행위에 반대하는 아일랜드 극장의 데모 행위. 맥주병을 포함하는 탄두(미사일) 등이 던져졌다.

11) 두도頭島(Fln's Insul): 두상頭狀의 덴마크 섬.

12) 헤븐 앤드 코베난트(천국과 성약聖約)(Heaven and Covenant): 〈창세기〉 9: 9—17: 하느님과 노아 사이의 무지개 성약(between God and all living creatures of every kind on the earth).

13) 로디 오코로윙(차처자此處者)(Rodey O'echolowing): Roderick O'Connor: 아일랜드 최후의 왕.

14) 투표자들에게 광투廣投한 빵(breadcost on the voters): 〈전도서〉 11: 1: 너는 네 빵을 물 위에 던지라 여러 날 후에 도로 찾으리라(Cast your bread upon the waters, for after many days you will find it again).

15) 되돌아오랴(a comeback): 노래의 인유: 돌라오라 애란으로(Come Back to Erin).

16) 해안고의海岸古衣(cloasts): 비정상적 의상(옷).

17) 조부사祖父師 아서(grandsire Orther): Arthur: Wellwsley: Richard 형—웰링턴.

18) 백마주白馬酒(innwhite horse): White Horse 위스키.

19) 그들은 모든 토지로부터 파도를 넘어 이니스필의 노래를 탐하여 왔도다(They came from all lands beyond the wave for songs of Inishfeel): 무어의 노래의 인유: 그들은 바다 건너 육지에서 왔도다(They Came from a Land beyond the Sea)(Innisfail의 노래).

20) 심지어 사死토록!(Usque ad mortem(even unto death): 〈마태복음〉 26: 38 성구의 패러디: 내 마음이 심히 고민하여 죽게 되었으니…

21) 퓨지적的(puseyporcious): Edward Pusey(1800—82)는 옥스퍼드 운동(Oxford Movement)(로마 가톨릭 부활)을 영도했다.

(511)

1) 노드(북)위건 배장杯長(Northwhiggern): (1)노르웨이 선장 (2)Northern Whig: Belfast의 신문.

2) 혼례의 야수남野獸男(wedding beastman): (1)최선남(best man) (2)batsman(망토를 입고 하늘을 나는 만화의 주인공) (3)여기 앞서 〈경야〉 II부 1장의 재단사 Kerse와 노르웨이 선장의 이야기의 재현.

3) 스레이터의 망치를 가지고(With Slater's hammer): Oscar Slater는 망치에 의한 암살로 피소되어, 19년 동안 투옥되었다.

4) 마그노우 씨(Mr Magraw): 노래 가사의 인유: Master McGrath.

5) 늙다리가 푸르게(bufeteer blue): Blue and buff: Whig 당의 깃발. 또한 Beaufort 공작(그의 사냥)의 깃발.

6) 프라드(Flood): Henry Flood: 아일랜드 정치가(1732—91). W. H. Grattan Flood는 〈아일랜드 음악사〉(A History of Irish Music)(1905)의 저자이기도 하다(202, 511, 514, 580 참조).

7) 십이(12)파운드 해소懈笑(twelve pound lach): 바리(J. M. Barrie) 작: 〈십이 파운드 얼굴〉(The Twelve Pound Look).

8) 충성스러운 처여인妻女人 가도呵導릭 백일해百日咳 같으니!(loyal wifish woman cacchinic wheepingcaugh!): Royal Irish Roman Catholic whooping cough.

9) 모두의 황홀열망恍惚熱望의 표적이었는지라(she laylylaw was all their rage): 노래의 패러디: 〈피네간의 경야〉: 몽둥이 법이 모두의 분노였는지라(Shilelagh law was all rage).

10) 만월灣越하는지라(beyawnd): beyond. 욘.

11) 나는 한 돈편豚片의 치즈에 휴식하고 있지만(I am resting on a pigs of cheesus): 노래 가사의 변형: 나는 예수의 팔 안에 휴식하고 있나니(I am resting in the Arms of Jesus).

12) 애 젖먹이 같으니!(suckersome!): Sackerson: (1)남자 하인 (2)엘리자베스 조의 곰 이름(그는 셰익스피어 극 관람자들을 위협하곤 했다)(U 154).

13) 어디서 귀부인들은 암안흑발자暗顔黑髮者을 세습하는고?(Where letties hereditate a dark mien swart hairry?): (1)전출: 어디 오늘은 어떠세요, 나의 음울한 양반?(Da) Hvrriedes har De det I dag, min sorte herre?: How are you today, my dark sir?)이란 구절의 패러디(186. 32 참조) (2)Letty Greene(Stratford-on-Avon에 살았던 셰익스피어의 혈연자 여인, FW 161. 30) 및 dark-faced ladies는 셰익스피어의 〈소네트〉에 나오는 흑 부인을 암시함. 이는 〈율리시스〉에서 스티븐의 이론 속에서도 언급 된다: (the dark lady of the sonnets(U 161).

14) 그건 여러 역亦 여자 및 남자 통通 남자에 관한 것이었는지라('Twas woman's too woman with man's throw man): 노래의 패러디: 〈피네간의 경야〉: 그건 여자 대 여자 그리고 남자 대 남자였나니('Twas woman to woman & man to man).

15) 마사(Massa): Tuscany의 마을 이름.

16) 이것이 여인을 껴안은…소문낸 띠 까마귀를…상스러운 사내를 모민毛悶하게 한 멍청이였던고?(this was the dope that woolied…. hugged the mort?): 자장가의 이유: 잭이 세운 집 안에 놓인 맥아를 담은 자루를 묶은 밧줄을 물어뜯은 쥐를 죽인 고양이를 염려한 개(the dog what worried the cat that killed the rat the gnawed the rope that tied the sack that held the malt that lay in the house that Jack built).

(512)

1) 전고안창물全考案創物을(All upsydown her wholw creation): 노래 가사의 인유: 가정의 옛 사람들: 아래 위 모두 모두 창안물(Old Folks at Home: All up & down the whole creation).

2) 곰(웅熊)(bear): 대웅좌(Great Bear)(성좌).

3) 포도주통수로桶水路의 대大마제란항해자航海者(Megalomagellan): (1)winevatswaterway: 〈율리시스〉에서 호머풍의 표현: 포도주 빛 검푸른 바다(oinopa ponton, winedark sea)(U 40). 포도주 검은 파도상의 포도주선 말이야(winebark on the winedark waterway)(U 269) (2)Magellan: 세계를 항해한 최초의 사람 (3)Magellanic Clouds: 2개의 성군星群.

4) 크리스토퍼(관모시혜자冠毛施惠者) 크램 바스!(Crestofer Carambas): Christopher Columbus.

5) kished: 더블린 만의 Kish 등대.

6) 그는 왔나니, 그는 키쉬 등대 역했나니, 그는 정복했도다(He came, he kished, he conqured): Caesar의 구호의 패러디: 나는 왔노라, 보았노라, 정복했노라(I came, I saw, I conquered).

7) 그녀의 눈 속의 대들보(대양大梁)를 꾀는 그의 광휘충전光輝充盞의 필수자必需者?(The must of…the beam in her eye?): 〈마태복음〉 7: 3의 인유: 형제의 눈 속에 있는 티는 보고 내 눈 속에 잇는 들보는 깨닫지 못하느냐?(beholdest thou the mote that is in the brother's eye, but considerest not the beam that is in thine own eye?).

8) 가면무도회(masked ball): 노래 가사의 인유: 가면무도회(The Masked Ball).

9) 라브벨라(Annabella): Cork 군의 마을 이름.

10) 성聖 사비나 사원(S. Sabina's): 로마의 Santa Sabina 성당.

11) 농도자聾盜者가 급생자急生者일수록(The quicker the deef): 〈티모데후서〉 4: 1의 성구의 인유: 생자와 사자(the quick, and the dead).

12) 광양廣洋으로 항행유희航行遊戲할지라!(To the vast go the game!): Vasco de Gama: 포르투갈의 항해사.

13) 리투아니아 이교도들의(antelithual paganelles). (1)이탈리아의 Paganella 산 (2)러시아 인들에 의해 개종된 Litguanian(유럽 동북부 발트 해 연안의 공화국) 이교도들.

14) 캐벗(cabotinesque): John Cabot(1450—98) 이탈리아의 항해사로, 영국의 Newfoundland의 발견자, 그의 아들 Sebastian 또한 항해사였다(312. 8).

15) 파타고니아인(puttagonnianne): 파타고니아인(Patagonian): 남아메리카 남단 지방인.

16) 오 얼레진실적으로!(O reelly!): Persse O'Reilly.

17) 카 바(植)커피의 증기 대신에 이제 정자차亭子茶(In steam of kavos now arbatos): Coleridge 작 〈노수부〉(The Ancient Mariner)의 시구 인유(141—2): 십자가 대신에 Albertross가 내 목 주위에 매달렸도다: (Instead of a cross the Albatross about my neck was hung).

18) 다환락多丸樂(logs of fun): 노래 구절피네간의 경야에 많은 재미를(Lots of fun at Finnegan's Wake).

19) 이협견耳鋏見이라(appierce): Persse O'Reilly.

20) 그녀의 생강미生薑味의(기운氣運의) 입으로부터 병독취病毒臭가(the sickly sigh from her gingering mouth): 셰익스피어 작의 〈12야〉(Twelfth Night)에서 Olivia의 집사인 Malvolio에 대한 Toby 경의 질문: 한낱 청지기가 그래 품행이 단정하답시고, 술과 안주도 손대지 않는단 말이지?(Dost thou think, because thou art virtuous, there shall be no more cakes and ale?)에 대한 광대인 Feste의 첨언添言인 즉, 그러나 앤 성자도 알고 계십죠. 하지만 생강즙으로 맛을 쳐서 좀 따끈하게 입맛을 돋우면 좋을 텐데(김재남 312)(Yes, by Saint Anne, and ginger shall be not i'th'mouth too)(I. iii 107).

21) 조조早弔의 더블린 주막酒幕처럼(like a Dublin bar in the moanign): 노래 가사의 인유: 그대 존 필을 아는고: 아침의 그의 뿔 나팔과 그의 사냥개를(Do ye ken John Peel: his horn and his hounds in the morning).

22) 공원은 구멍보다 우아하나니(The park is gracer than the hole): 헤시오도스(Hesiod)(기원전 8세기 그리스의 시인) 작시: 절반이 전체보다 더 크도다(The half is greater than the whole).

23) 해골탐자骸骨探者(shekleton's): Sir Earnest Henry Shackleton(1874—1922) 영국의 극지 탐험가.

24) 정명定命 됨을 상탐常探했던고?(Eversought of being artained?): (1)〈경야〉 FW 291의 각주 4 참조: 그대는…광시제가 되는 것을 여태 생각해 본적이 있는고?(ever thought of being ordained?) (2) Artane: 더블린 외곽의 지역: 〈율리시스〉 제10장에서 Conmee 신부는 Digman 유자의 취직을 위해 그곳을 방문한다.

25) 아첨자 오포드여(Flatter O'Ford): 노래 제목: (1)Father O'Ford (2)더블린의 옛 이름: 장애물 항(the Ford of the Hurdles).

26) 나는 그대를 거의 장애물 씹지 않는도다(I hurdley chew you): 노래 가사의 인유: Johnny, I Hardly Knew You

27) 다리(橋) 옆의 투당—카멘—인(도취우래옥陶醉又來屋)(Toot and Come—Inn by the bridge): 그 곁에 HCE의 주막인 Bristol이 있는 리피 강 상류의 다리.

28) 태양년太陽年(the canicular year): 천랑성(Sirius)의 회전에 기초한, 고대 이집트의 해.

29) 새 시대의 질서가 재탄再誕하도다(Nascitur ordo seculi numfit). Virgil의 〈목가시〉(Eclogues) IV. 5의 시구: the order of ages is reborn.

1) 세천랑성적世天狼星的으로 그리고 셀레네월적月的으로 덧문 뒤에서 확실히(Siriusly and selenely sure behind the shutter): (1)행복한 쌍은 덧문 뒤에서 번성하다 (2)(Gr) selene: moon (3)여기별과 달처럼 행복한 쌍은 번성할지라.

2) 한층 안전하게 그림자로 지구를 알아내도다(Securius indicat umbris tellurem): (L) 성 아우구스티누스의 글귀: (L) 세계의 편결은 안전하다(the verdict of the world is secure).

3) 코리그(암구岩丘)(Corrig): (I) rocky hill의 명사.

4) 광두狂頭의 숀(crazyheaded Jorn): 노래(러시아 민속 민요) 가사에서: 미친 머리의 존(Crazy—headed John).

5) 사자는 그의 발톱으로 아나니(Ex ugola lenonem): (L) 발톱으로 사자를 알다(we know a lion by its claws)(부분에서 전체의 재건).

6) 돌핀 태생(Delphin's Bourne): (1)Dophin's Barn: 더블린의 지역 (2)햄릿의 유명한 독백의 글귀의 패러디: 이래서 미지의 저 세상으로 날아가느니(김재남 815)(the undiscovered country from whose bourn)..(〈햄릿〉 III. i. 80).

7) 톱햇(Tophat): 시체를 태우는 장소, 예루살렘의 남동부: 지옥.

8) 노서아슬무露西亞膝舞를 합창풍향수식合唱楓香樹式으로 여무黎舞하면서(Dawncing the kniejink— sky choreopiscopally): (1)조이스는 술 취했을 때 이상한 춤을 추었다(Ellmann XLIX 참조) (2)Nijinsky: 러시아의 무용수 (3)(Gr) choreios: 코랄 댄스(choral dance)에 속하는.

9) 뇌성무雷聲舞 유쾌금일愉快今日!(Taranta boontoday): 노래 가사의 변형: Ta Ra Boom De Ay.

10) 그대는 그가 폴카(족제비)무舞를 도마跳馬춤추는 것을 틀림없이 보았으리라(You should pree him prance the polcat): You Should See Me Dance the Polka.

11) 페티코트(piedigrotts): (1)petticoats (2)Piedigrotta): 하루 밤사이에 기적적으로 세워진 이탈리아의 한 성당.

12) 크라쉬다파 코럼 바스(Crashedafar Corumbas!): Christopher Columbus+rumba(룸 바 춤).

13) 비코 질서의 반회귀半回歸. 비열점沸熱点에 도약한 유행성 독감처럼 그의 피(血)를 통한 즉흥가면 희극(semi recordo. The pantaglionic affection through his blood like a bad influenza in a leap at bounding point): (1)recorso: 비코의 역사 순환의 마지막 단계, 즉 회귀 (2)pantaglone: pantaloon in the commedia del arte(16, 18세기 이탈리아의의 즉흥가면 무도극의 늙은 어릿광대).

14) 파파게나(Poppagenua): Mozart의 〈마적〉(The Magic Flute)의 저급 코미디언.

15) 프리아모스 왕王(priamite): Priam: 트로이 최후의 왕. Homer 및 셰익스피어의 등장인물.

16) 에드윈 하밀턴 작의 크리스마스 빵따룬 무언극(Edwin Hamilton's Christmas pantaloonade): Edwin Hamilton: 더블린의 Gaiety 극장을 위한 가극 대본(libretti) 작가, Xmas 팬터마임으로 유명함.

17) 에디퍼스 왕과 흉포凶暴표범(Oropos Roxy and Pantharhea): (1)Oedipus Rex (2)뉴욕 시의 Roxy Theatre (3)Oropus: 극장을 가진 고대 희랍 도시.

18) 모두들 그와 같은 유사자類似者들에게 눈이 얼레어리벙벙할지니(They may reel at his likes): 무어의 노래의 패러디: 모두들 이 생활에 악담할지라(They May Rail at This Life).

19) 노아 선인善人(Noeh Bonum): Noah.

20) 무엇으로 릴라빌 이사빌은 이루어졌던고, 처녀이브, 처녀조處女造?(whit what was Lillabil Issabil maideve, maid at?): 이시—Isabel: 자장가의 인유: 꼬마 소녀들은 무엇으로 이루어(조성)졌던고?… 설탕과 양념과 모든 근사한 것으로(What are little girls made of, made of?…Sugar & spice & all things nice).

21) 처녀 페이지에게 등 돌리기(A take back to the virgin page): (1)무어의 노래: 처녀 페이지에게 등을 돌릴지라(Take Back the Virgin Page)[Dermott] (2)Anne Page: 〈윈저의 즐거운 아낙네들〉의 천진한 소녀 (3)Anna Livia.

22) 표류물적漂流物的 및 투하물적投荷物的, 부표부부하물적浮漂付浮荷物的 및 유기물적遺棄物的(flopsome and jerksome, lubber and deliric): 〈율리시스〉 제17장에서 블룸의 부富의 축적 계획: 표류물, 투하물, 부표부부하물 및 유기물(floatsam, jetsam, lagan and derelict)(U 590).

23) 리스트타웰(Listowel): Kerry 군의 마을 이름.

24) 12각脚의 테이블(twelve podestalled table): (1)Twelve Tables of the Law(12표법表法)(銅版法): 로마법 초기의 12 조문, 451—250 BC 제정) (2)HCE 주점의 12 단골손님들의 암시.

(514)

1) 북노만인北露蠻人, 남대수만인南擡袖蠻人, 동오수만인東吳須蠻人 및 서게만인西憩蠻人(Normand, Desmond, Osmund and Kenneth): 동서남북 Munster(아일랜드 서남부의 지역)에서 온 모든 결혼 하객들.

2) 그때 거인 아서가 애니의 구애에 야野줄행랑쳤도다(when Big Arthur flugged the field at Anne's courting): 노래 가사의 인유: 그때 맥커시가 에니스코시에서 줄행랑을 쳤대요(When McCarthy Took the Flure at Enniscorthy).

3) 지옥화地獄火 몽둥이(hellfire club): 18세기 초에 무모한 청년들의 클럽(더블린에 하나가 있었다).

4) …처소處所의 의시혈疑視穴을 통하여 축출蹴出되었도다(there was…kicked out…the wasistas): 노래 가사의 패러디: 제국 산産 철사 같은 머리털이 있었도다(There's Hair Like Wire Coming out of the Empire).

5) 중화신重火神의(H)(Heavystost): Hephaestus: 천국에서 내려 던져진, 불의 희랍 신.

6) 3일3회 불카누수 공화산空火山 속으로?(Three days three times into the Vulcuum?): (1)그리스도는 3일 동안 세례 받지 않은 채, 속죄하기 위해 지옥 속으로 내려간다 (2)Vulcan: 로마의 불의 신.

7) 그의 이름과 구제소를 댈지라(Name or redress him): (1)신랑의 이름과 주소는 무엇인지, 심문자가 묻는다 (2)Finn's Hotel: Nora가 조이스를 만났을 때 그녀가 일하던 곳.

8) 천구天丘의 소례정小禮亭(A Little Bit of Heaven): 노래 가사: 한 작은 조각의 천국(A Little Bit of Heaven). 그녀는 수부—개척자를 사랑하도다.

9) 보니브르크(애천愛川)(Bonnybrook): (1)Donnybrook: 남부 더블린 지역 (2)Bonnybrook: 더블린 군, Coolock 근처의 도토都土.

10) 생자를 위한 길조요원吉鳥療院(Auspice for the Living): 더블린 소재의 사자死者를 위한 의료원(Hospice for the Dying).

11) 색빌—로우리 및 몰랜드웨스터(Sackville—Lawry and Morland—West): (1)더블린의 하부 Sackville 가(지금의 O'Connell 가). 이 거리를 제목으로 쓴 Oliver St John Gogarty 자서전 〈내가 색빌 가를 걸어가고 있었을 때〉(As I Was Walking Down Sackville Street)가 있다. [Gogarty는 조이스의 당대인으로, 옥스퍼드 대학과 더블린의 트리니티 대학에서 교육을 받았다. 조이스는 그를 〈율리시스〉에서 벅 멀리건으로 묘사했는데, 이 사실을 당사자는 결코 용서하지 않았다. Gogarty는 예이츠처럼, 아일랜드 자유국(Free State)의 최초 상원의원들 중의 하나였으며, 저명한 외과의였다(a Fellow of the Royal College of Surgeons of Ireland)] (2)더블린의 Westmoreland 가(더블린의 중심가)

12) 브리그스 차리슬(Briggs Charlise): 더블린의 Carlisle Bridge(지금의 O'Connel Bridge).

13) 내밀발화內密發火된 채(furtivefired): the 45: 스코틀랜드의 Jacobite 패배(1745).

14) 무승조화無蠅弔花(No flies): 장례 고시: 요청에 의한 조화불청(No flowers by request).

15) 행行(Gaa): (1)G. A. A. (Gaelic Athletic Association) 게일 운동 연맹: 창립자는 Michael Cusack으로, 〈율리시스〉에서 〈시민〉(Citizen) 역(〈율리시스〉 제12장 참조).

(515)

1) 죄과罪過(culping): 〈참회〉(Confiteor)의 글귀: mea culpa(죄과).

2) 참신하게?(spick or spat?): spick and span: 말쑥하게, 새롭게.

3) 경멸의 계획에 의하여 화화禍話된 한마디 게일 화話는? 오닉(넉)?(A gael galled by scheme of scorn? Nock?…Sangnifying nothing): (1)G. Sigerson(1838—1925): 더블린 사람으로 번역가, 그의 작품으로 〈게일과 골의 시인들〉(Bards of the Gael and Gall)이 있음. 그의 딸 Dora는 여류시인(608.10) (2)J. H. Todd(편) 〈게일과 함께 게드힐의 전쟁〉(The War of the Gaedhill with the Gaill) (3)셈과 숀의 이야기(A tale of Shem and Shaun)〈피네간의 경야〉의 후렴(4)〈맥베스〉의 글귀: 글쎄 천치가 떠드는 이야기 같다고나 할까, 고래고래 소리를 친다. 아무 의미도 없이(김재남 967)(Told by an idiot, full of sound and fury, Signifying nothing)(V. v. 26—28).

4) 그의 체력이 로도스 도島를 견지하는고?(Fortitudo eius rhodammum tenuit?): 그의 힘이 로도스 섬을 장악했나니(His Strength Has Held Rhodes)(에게 해의 섬).

5) 하젤턴의 비밀연설秘密演說이요(Secret Speechg Hazelton): W. G. 'Single Speech' Hamilton: 아일랜드의 의회의원: 그는 처녀 연설을 한 후로, 다시는 결코 연설하지 않았다.

6) 카펠 코트(Capel Court): (1)런던의 증권 거래소(Stock Exchange) (2)더블린의 Capel 가.

7) 심안心眼의 견해처럼 꼭 같이(the same as a mind's eye view): 햄릿의 나의 마음의 눈 속에(In my mind's eye)의 구절(I. ii. 18. 6).

8) 호메로스 귀향의 전서구傳書鳩(homer's kerryer pidgeons): 호머의 귀향의 이야기(Nostos) 및 노아의 귀향 비둘기(homing pigeon).

9) 음악사여!(christie!): Christy Minstrels: 크리스티 악단(흑인으로 분장하여 흑인의 노래를 부르는).

10) 나의 주변에 온통 피학대증모彼虐待症帽로다('Tis all around me bebattersbit hat): 노래 가사의 패러디: 나의 모자 둘레에 온통 나는 삼색 리본을 달았나니(All around My Hat I Wear a Tri—coloured Ribbon).

11) 마스터 본즈(골군骨君)Masta Bones): 크리스티 쇼의 악단원의 이름.

12) 작살에는 익살(a gig for a gag): 〈마태복음〉 5: 38: 눈에는 눈(an eye for an eye)의 패러디.

13) 해이워든(건초감시구乾草監視區)(Hatwarden): 글래드스턴의 시골.

14) 피처(물주전자) 컵, 헝겊조각 모帽, 잔소리꾼 사내?(Pitcher cup, patcher cap, pratey man?): 자장가의 익살: 어린이 놀이, 빵 구이(Pat—a—cake, pat—a—cake, baker man).

15) 끝까지 갈지라(Go to the end). 〈잠언〉 6: 6의 패러디: 개미에게 갈지라, 그대 게으름뱅이(Go to the ant, thou sluggard).

(516)

1) 옛날 옛적 풀 위에 한 마리 높이 뛰는 풀(베짱이)이 있었대요(Once upon a grass and a hopping high grass it was): 〈초상〉 첫 행의 패러디: 옛날 옛적 좋은 시절 한 마리 움매 소가 있었대요(Once upon a time and a very good time it was). 여기 부자父子의 등장을 알린다.

2) 췌리먼(의장)(Meesta Cheeryman): 여기서는 셈을 암시한다.

3) 독신 가도(badgeler's rake): Bachelor's Walk: 더블린의 리피 강 동안東岸의 산책로 O'Connell 교 근방.

4) 축부촌畜斧村의 맥스마살 스윈지(MacSmashall Swingy of the Cattelaxes): (1)MacSuibhne na d' Tuath는 때때로 MacSweeney of the Battleaxes로 불린다 (2)Henry of the Battleeaxes: Kildare의 12번째 후작 명 (3)〈율리시스〉 제12장에서 블룸의 Breen 영감에 대한 괴벽(Up, up)의 묘사에서: 벽에는 스메쉬홀 스위니의 코밑수염을 기른 그의 초상이…(Picture of him on the wall with his Smashall Sweeney's moustache)(U 263).

5) 타타설 조끼(Tattersull): Tattersall(체크무늬의 모직물)제의 조끼.

6) 청의靑衣를 입고(Wearing of the Green): 노래 가사.

7) 마일즈여(Miles): Miles de Cogan: 12세기 더블린의 통치다.

8) 수염(hairs): 노래 가사의 인유: 제국 제의 철사 같은 머리털(수염)이 있는지라(There's Hair Like Wire Coming out of the Empire).

9) 나리(써)여(sirr): Edward Fitzgerald를 체포한 영국의 사관(소령), 그의 잔인성 중의 하나는 아일랜드인을 절반 목매다는 것(half-hanging).

10) 브라우닝 권총(browning): Browning(미국의 병기 발명가) 자동 권총.

11) 32초까지 11:1132: 〈경야〉의 수비학.

12) 일시, 원元11), 원. (wann swanns wann): (1)wan(중국어) 10,000(다수) (2)Major Swann: Major Sirr 소령의 친구.

13) 코간(Cogan): Miles de Cogan: 12세기 더블린의 통치자.

14) 잔심盞深의 불결마不潔魔(hascupth's foul Fanden): (1)Hasculf: 덴마크 최후의 더블린 통치자 (2)(Da) fanden: the devil.

15) 존 단(John Dunn's). John Donne: 영국의 종교가, 17세기 형이상학파 시인.

16) 몬터규(Montague): 〈로미오와 줄리엣〉의 로미오의 가족 이름.

17) 파취 퍼셀의 잡역부(Patsch Purcell's faketotem): (1)Patch Purcell: 19세기 아일랜드의 중요 우편마차 소유주 (2)faketotem: 이는 엘리자베스 조의 셰익스피어 학자인 Robert Greene 저의 〈상당한 값어치의 기지〉(Groatsworth of Wit)를 회상시키는 바, 거기에서 저자는 셰익스피어(사옹沙翁)를 표절자, 즉 그의 자신의 속임 속에 그 나라의 유일한 진경振景(Shake-scene)인, Iohannes factotum으로 비난한다. 셰익스피어에 대한 이러한 지론은 〈율리시스〉 제9장의 스티븐의 논설 속에 들어난다(U 156, 172)

18) 플랜태저넷 왕가주역王家主役(plantagonist). (1)protagonist(주역) (2)Plantagenet: Geoffrey, Anjou 여 백작 및 Maud 여제女帝로부터 계승하는 왕가의 성姓.

19) 터보트 가(Turbot Street): 더블린의 Talbot 가.

20) 사르센사암분출자砂岩噴出者(sarseneruxer): sarsen: 잉글랜드 남부 Wiltshire 주의 백악사암白堊砂巖의 분출.

21) 냅 오팔리 프래터 탠디(Nap O'Farrell Patter Tandy): 노래 가사의 인유: 청의를 입고: 나는 네퍼 탠디와 만났지(The Wearing of the Green: I met with Napper Tandy).

22) 무어 및 버거스(moor and burgess): 무어 & Burgess: 크리스티 흑인 악단의 라이벌.

(517)

1) 마법치료魔法治療(medicis): Medici family: 마법술의 수호자들.

2) 경고야말로 숭고崇高했도다!(Sublime was the warning!): 무어의 노래 제목.

3) 저자는, 사실상, 순교살해되었도다(The author, in fact, was mardered): 아서(Arthur) 왕의 조카 Modred는 그를 살해했다.

4) 검댕덩어리와 왕겨찌꺼기(smutt and chaff): Mutt와 Chuff(솀과 숀) 형제 대위법적 관계.

5) 흑돈방벽黑豚防壁(Black Pig's Dyke): 고대 아일랜드의 방어벽, Ulster 변경.

6) 박스…칵스(Box…Cox): John Maddison Morton 작의 Cox and Box(James Cox와 John Box에 관한 연극).

7) 재담문사才談文士(the punman): (1)Shem the penman (2)Jim the Penman: James Townsend

Savard(표절자).

8) 리버홀마 제製(leaverholma's): W. H. Leacerhulme(1851—1925) 최초의 자작子爵으로 영국의 비누 제조다. 그의 비누는 일광 비누(Sunlight Soap)라 불리었다.

9) 카리슬 항港(forte carlysle): Fort Carlisle & Fort Camden: Cork의 항구.

10) 지푸라기 접촉이 약음弱音의 낙타 등을 부수나니(carlysle touch breaking the campdens pianoback): 속담의 패러디: 한도를 넘으면 지푸라기 하나를 더 얹어도 낙타 등이 부서진다. (last straw breaking camel's back).

11) 무건년無件年의 무수평월無水平月의 무평탄일無平坦日(The uneven day of the unleventh month of the unevented year): 1918년 11월 11일 11시에 조인된 휴전.

12) 마르탱마스의 시장(mart in mass): Martinmas: 11월 11일(성 Martin〔프랑스 Tours의 주교, 315?—399?〕의 날).

13) 성녀 라리 자신의 날 전의 성삼일聖三日(A triduum before Pur Larry's own day): 노래 가사의 인유: 라리가 뻗기 전날 밤(The Night before Larry Was Stretched).

14) 그대의 정밀 시계에 의하여, 네 명의 야경원들(By which of your chronos, my man of four watches): W. Lewis가 전하는 바에 의하면 조이스는 언제나 4개의 시계를 가지고 다녔으나, 시간을 묻는 것 이외에 좀처럼 그에 대해 말하지 않았다 한다.

(518)

1) 던신크 타임 럭비 학교…볼라스트 시구時球(Dunsink. rugby, ballast and ball): (1)〈율리시스〉에서 블룸은 명상한다: 저하물취급소의 표시구가 내려 있군. 덩싱크 타임. 로버트 볼 경의 그 조그마한 책을…(timeball on the ballastoffice is down. Dunsink time…. little book…of sir Robert Ball's)… (2) Rugby 학교의 관측소.

2) 마르스 군신軍神의 애증愛憎(loathe of Marses): (1)love of Moses (2)Mars(군신軍神의 별).

3) 미덕…천사권품天使權品(virtues…pricipality): Virtues and Principalities: 이들은 둘 다 천사들의 품급서열(oder)이다.

4) 드로그헤다 가街(Drogheda Street): 지금의 더블린 중심가인 상부 O'Connell 가는 19세기에 Drogheda 가였다.

5) 마레지아(Milesian): Milesians: 아일랜드의 최후의 전설적 식민자들.

6) 곡간마谷間魔(Ghyllygully): 아일랜드의 Kerry 군 소재 Macgillycuddy의 내연內燃.

7) 명天命의 두장석頭長石(the headlong stone of kismet): (1)The Blarney Stone(아일랜드의 Blarney 성에 있는 돌로, 여기에 입 맞추면 아첨을 잘 하게 된다 함)은 성축城築(총안이 있는) 아래에 있음 (2)Long Stone: 덴마크 인들에 의하여, 더블린에 세워져 있는 긴 돌 비석(James 가 소재) (3)Stone of Destiny(운명 석, 신의 돌멩이).

8) 로칸 수호성자여!(Lorcans!): 성 Lorcan(Laurence) O'Toole: 더블린의 수호성자.

9) 맥전麥戰과 포도화葡萄和의(mere and woiney): 톨스토이 작의 소설 제목의 변형: 〈전쟁과 평화〉 Voina I mir(War & Peace).

10) 셔츠픽트인들 및 만인漫人스코틀랜드인들(Picturshirts and Scutticules): Picts and Scots: Pict: 픽트 인(옛 스코틀랜드의 북동부에 살던 민족).

11) 덴마크희랍인들의 추방배제追放排除(the expeltsion of the Danos): (1)1041년의 Clontarf 전투 시의 덴마크 인들의 추방 (2)(Gr) Danos: 덴마크 인들 (3)Gr) Dansos: 희랍인들.

12) 카락타커스추장酋長 만화들(caractacurs): Caractacus: 대영국의 추장으로, 로마인들에 저항했다.

13) 직립直立 사나이(Upright man): 더블린의 Essex 가에 세워진 목제남木製男.

14) 토스카니 지방구地方口의 라마어화자羅馬語話者(Limba romena in Bucclis tucsada): (1)(루마니아어) limba: 언어 (2)Byckley's tuxedo: 남자의 약식 야회복 (3)(It) Lingua Romana in bocca Tuscan: a Roman tongue in Tuscan mouth: 토스카니(이탈리어 중서부) 말투의 로마 이야기.

15) 모간 족속 그리고 도란 족속(the Morgans and the Dorans): Morgan: 남자 이름. Doran: 여자 이름.

16) 프로 권투선수(다 돈누리)(Da Donnuley): 19세기 아일랜드의 프로 권투선수.

17) 전쟁은 평화를 보상했는지라?(war has meed peace?): 〈요한복음〉 1: 14 성구의 패러디: 말은 육화했는지라(Word was made flesh).

18) 포도주진실葡萄酒眞實 속에(In voina viritas): 톨스토이의 〈전쟁과 평화〉(Ware and Peace).

19) 벨라! 오 종교전宗敎戰!(bella! O pia! O pura!): (1)(G) Wehr: 무기 (2)(It) pura e pia bella 비코의 영웅시대의 종교 전쟁.

20) 우리들 사이에 수벽축手壁築 한 채(Handwalled amokst us): 〈요한복음〉 1: 14의 패러디: 우리들 사이에 살았나니(dwelt among us).

21) 발버스인(Balbus): Gaul에 벽을 쌓으려고 노력한 로마인(〈초상〉 P 43 참조).

22) 크리스천들을 위해 지옥외각地獄外殼처럼 저주스럽게 땡그랑 짖어 댈 참인고?(would clang houlish like Hull hopen for christmians?): G. P Pinamonti(17세기 이탈리아의 예수회 작가), 그의 종교 책자인 〈크리스천들에게 열려있는 지옥, 그들이 들어가기 요 주위〉(Hell Opened to Christians, to Caution Them from Entering into it)는 〈젊은 예술가의 초상〉의 지옥에 대한 설교(제3장)의 근원이 되었다 함(McHugh 518 참조).

(519)

1) 불침번不寢番 설지라!(be vigil!): 〈베드로전서〉 5: 8 성구의 인유: 근신하라 깨어라(be self-controlled and alert).

2) 래리의 밤에 이어 그대의 밤(tour night after larry's night): 노래 가사의 패러디: 래리가 뻗기 전날 밤(The Night befor Larry Was Stretched).

3) 오몬드가 집사執事(ormonde caught butler): Butler 가족: 아일랜드 역사상 유명한 가족. 1328년에 그들은 Ormond란 칭호와 함께 아일랜드의 백작들이 되었다.

4) 오천국吾天國의 포술砲術이 맥크라우즈(거대운巨大雲)의 기사도에 응답하면서(the artillery of the O'Heferns answering the cavalry of the MacClouds): (1)〈율리시스〉 〈키크롭스〉 장의 삽입(interpolation)에서 혁명자의 처형 장면의 묘사 인유: 귀를 먹게 하는 천둥소리…번갯불이 천국의 대포(the srtillery of heaven)가 초자연적 장관…(U 252) (2)O'Heffernan: 아일랜드의 맹인 시인.

5) 일천일壹千壹 번(a thousand and one times): 〈천일 야화〉(Thousand and One)의 인유,

6) 철면피 씨여(Mr Brasslattin): brass latten: 아주 엷게 다져진 놋쇠.

7) 북극의 아테네(thathens of tharctic): Athens of the North: Belfast.

8) 우리로 하여금 그대를 믿도록…그대의 인애忍愛(ask us to believe you, for all you're enduring): 무어의 노래의 패러디: 나를 믿어요, 모든 저들 인애의 젊은 매녀들이…(Believe Me, If All Those Endearing Toung Charms)

9) 코스 신문관新聞官(Corth examiner): Cork Examiner: 신문 명.

10) 당신 대심원이(grand duly): Grand Jury: 대심원.

11) 로브먼(도남盜男) 칼뱅교도여(Robman Calvinic): (1)Roman Catholic (2)Calvinist: 칼뱅(프랑스의 종교 개혁자) 교도.

12) 믿음(정녕코)…희망…자선(faith…hope…charity): 〈고린도전서〉 13: 13의 성구(전출).

13) 타아피(Tarpey): (1)4복음자의 셋째인 Luke(누가). Leinster(아일랜드 동부의 한 지역)의 지방 또는 장

3부

소들로, 그는 탄생, 결혼, 죽음, 재생의 시대들에 있어서, 동쪽, 흙 원소, 금속 시대, 및 죽음이다. 성 누가(4복음자들)로서, 그의 상징은 황소 또는 암소이다. 성 누가는 의사였고, 그는 때때로 Dr Tarpey로 불렸다 (2)Tarpey는 더블린의 시장 각하였다.

14) 라이온즈(Lyons): 마크 Lyons: (1)성서의 4복음자들 중 둘째. 그는 사자(lion)와 전설적 연관을 갖으며, 〈경야〉 III부 3장의O I see〔이시, Isolde〕라는 구절은 그를 Cornwall의 마크 왕과 동일시 됨. (2)leo: Lion 또는 〈율리시스〉의 Leopold Bloom (3)때때로 13 교황들인 Leos 중의 한 사람.

15) 주장酒場이 너무나 익살맞은 때의 고갈의 눈 깜짝하는 때(when bars are keeping so sly): 무어의 노래 인유: 한 밤중 시간에, 별들이 울고 있는 순간, 나는 나르나니(At the mid hour of night, when stars are weeping, I fly)

(520)

1) 필믹스(애란인감愛蘭人感) 공원(feelmick's park): 피닉스 공원.

2) 쾌걸快傑 터키인처럼(a tarrable Turk): 〈쾌걸 터코〉(Turko the Terrible): 더블린의 Gaiety 극장에서 공연된 최초의 Xmas 팬터마임. (U 9 참조).

3) 마이클 클러리씨(Mr Michael Clery): Martin Clery: 4복음자들 중의 최초의 자(마태, Matthew).

4) 맥그레고 신부神父(Father MacGregor): Johnny MacDougal: 4복음자들(노인들) 중의 넷째. 복음자로서, 그는 St John(요한)이요, 그의 문장수紋章獸(heraldic beat)는 독수리.

5) 정말이지(be Cad): (1)God's truth (2)캐드: 조이스의 부친이 피닉스 공원에서 실제로 만난 부랑자(〈서간문〉 I. 396 참조)(전출) Caddy and Primas: 그는 Satan, 인간 비방자, Beggar, Bill, Magrath 등과 일치한다.

6) 다엽투자茶葉投者(cuptosser): tea—leaf reader: 다엽(도둑) 독자.

7) 매슈 신부(Father Mathew: 아일랜드의 금주 주창자.

8) 피터 사시헌금斜視獻金(Peter's pelf): Peter's pence: 로마 가톨릭 성당에 대한 헌금.

9) 브라운 가아家兒…노란 자者(Brown…Anlone): Browne / Nolan의 대위법적 관계.

10) N. D. 의 고급창부高級娼婦(N. D. de l'Ecluse): (1)Notre Dame (2)Ninon de lenclos: 고급 창부 (3)더블린의 St Mary del Dam 성당.

11) 바퀴 왕(wheel whang): Goldsmith 작 〈세계의 시민〉(Citizen of the World)에 나오는 방앗간 주인 Whang.

12) 오직 진창 처신머리 없는 여자는 아름답고 아름다운 개천 둑 위의 음주 순경 같은 사냥 사내를 결코 짝짓지 못할지라(mere and mire trullopes will knaver mate a game on the bibby bobby borns of): 노래 가사의 인유: 그대는 높은 길을 걷고 나는 낮은 길을 걷고, 그리고 나는 당신 먼저 스코틀랜드에 갈지니. 그러나 나와 나의 참 사랑은 로몬드 언덕의 아름답고 아름다운 둑 위에서 다시는 결코 만나지 못하리(You take the high road & I'll take the low road & I'll be in Scotland before you But me & my true love will never meet again On the bonny banks of Loch Lomond).

13) 성聖 얼스터(saint ulstar): Saint Ulster: Matt Gregory: 4복음자들의 첫째.

(521)

1) 골든 브리지(금문교)(the Golden Bridge): (1)더블린의 Inchicore 가도 명 (2)미국 샌프란시스코 소재의 다리 명

2) 루칸(Lucan): 더블린의 외곽지.

3) 세 왕관(the three crowns): Munster(아일랜드 공화국 서남부의 주) 주기洲旗 깃발에 새겨진 세 왕관들.

4) 큰 은혜에 대하여 우린 뭘 보답하랴?(Pro tanto quid retribuamus?): Belfast의 모토: For So Much What Shall We Repay?

5) 스카치 칵테일 돈미豚尾(scotty pictal): Picts & Scots: 스코틀랜드 동북부 주민들 및 원 스코틀랜드인들(상호 대칭적 관계).

6) 라빈(갈까마귀) 주점 및 슈거롭(사탕산정砂糖山頂) 옥(the Raven and Sugarloaf): 1740년대, 더블린의 Essex 가에 있던 잡화상.

7) 존즈 절름발이든(Jone's lame): (1)더블린의 John's 소로 및 Thomas 거리의 교차점에 있는 Power 위스키 정류소 (2)Jone's lame: 〈햄릿과 오이디푸스〉(Hamlet and Oedipus)를 쓴, 셰익스피어 비평가 및 정신분석학자인 Ernest Jones에 대한 언급인 듯. Oedipus는 편편족翩翩足을 가진 절름발이(lame)였다. 맵시 있는 발(swell foot): 예수회의 Francis Finn 사師 작의 책 제목의 패러디: The Best Foot Forward. (434. 19, 27).
정신분석은 여기와 다음 몇 페이지들에 대한 주제인 듯하다. Get yourself psychoanolised)(522. 32)의 충고에 대해, 욘은 대답하는지라(조이스가 Jung에게 그러하듯): 나는 내가 원할 때는 언제든지 나 자신을 정신잠석해제精神潛析解除할 수 있나니(I can psoakoonaloose myself any time I want)(522. 34).

8) 재임즈 속보速步든(Jsmesy's gait): 더블린의 기네스 맥주회사가 있는 더블린의 Jame's Gate의 인유.

9) 부쉬밀 알라 주신여!(Bushmillah!): (1)(Arab) Bismillah: 알라 신의 이름으로(In the Name of Allah) (2)Ulster 산産 Bushmill 위스키.

10) 비둘기 옥屋 그리고 갈까마귀 주점에서, 노, 아?(At the Dove and Raven tavern, no, ah?): Noah의 방주(Ark)로부터 나려 보낸 비둘기와 갈까마귀

11) 살오수撒汚水여!(darty water!): Vartry water: Roundwood의 저수지에서 더블린에 공급되는 물.

12) 주빌리 지지芝地(Jubilee sod): (가톨릭) 성년聖年의 땅.

13) 개지 파워여(Ghazi Power): Frank Ghazi Power: (1858–84) 아일랜드의 기자, 사기한 및 어릿광대.

14) 가스 파워든 또는 악성의 궤양潰瘍(알서)(gaspower or illconditioned ulcers): Power(Frank, 1858–84)(더블린의 기자 및 어릿광대)는 Plevna(노토 전쟁터)에 참가했다고 주장하여, 자신이Hooroo for Dublin를 외치면서, 터키의 기마병 공격을 영도했을 때, Ghazi 또는 Brave란 칭호를 득했다 한다. 그는 반항에 봉기한 더블린의 이야기를 가지고 파넬을 속이려고 사기했는데, 그의 다리에 총알자국(bullet wound)을 보여주었으나, 이는 실제로 가짜 악성 궤양(phoney illconditioned ulcer)으로 판명되었다. 그는 Khartoun을 토피하려고 시도하다 살해당했다.

15) 옹색불편한壅塞不便漢이여?(leinconnmuns?): Leinster + Connacht + Munster(모두 아일랜드 공화국의 북부 주들).

16) 에마니아(Emmania): Ulster 주의 고도.

17) 피니안인人들(Finnians): Finnian이란 이름의 두 아일랜드 성자들.

18) 나 귀자貴子를 매춘賣春하지 않을지라?(moll me roon): 무어 노래(Moll Roone)의 패러디: 잘가요, 하지만 그대가 시간을 환영할 때면(Farewell, but Whenever You Welcome the Hour).

19) 매범중賣帆中인(seilling): selling + sailing.

20) 퀸즈 가도(Queen's road): (1)Belfast의 Queen's Quay Road (2)단 레어리(Du'n Laoghaire)(더블린 변촌邊村)의 Queen's Road.

(522)

1) 저 적수赤手를 사랑할지라!(Love that red hand): 아일랜드 북부 주인 Ulster의 구호.

2) 이야기 속에 이야기가(tales within tles): 얽히고설킨 복잡한 사정(Wheels within wheels)(〈에스겔〉 1:16의 인유).

3) 흑지黑指(melanodactylism): (Gr) melas: black. daktylos: finger.

4) 세 바 암곰(shebears): Sheba: (1)(성서) 아라비아 남부의 옛 왕국 (2)시바의 여왕(the Queen of Sheba): 솔로몬 왕의 슬기와 위대함을 감복했다함(〈영왕기상〉 X: 1—13 참조).

5) 암곰4)(자웅) 앞의 숫소(웅우雄牛)(bull before shebears): 황소들과 곰들: 주식 거래(Stock Exchange)의 오르고 내림에 대한 상호 관망자들.

6) 오렌지 껍질 벗기는 자들(경찰관) 혹은 녹색목양신자牧羊神者들(청과물상)(orangepeelers or greengoaters): (1)오렌지 대 녹색(orange v green) (2)노래 가사의 인유: 경찰관과 양들(The Peeler and the Goat).

7) 그대 그따위'하'를 재발 '하'하지 말지라, 알겠는고, 속사速寫(You don't hah to do thah, you know, snapograph): (1)〈율리시스〉의 〈밤의 거리〉 장면에서 Virag가 블룸에게 행하는 외담猥談을 연상시킴: 내 두뇌가 짤깍 소리 나는 걸 자넨 들었나? 두다음절이란 거야!(Did you heat my brain go snap? Pollysylablax!)(U 418) (2)〈게이어티 극장 25주년 기념품〉(Souvenir of the 25th Anniversary of the Gaiety Theatre)(1896, 6월): X레이에 감사하나니, 시간은 의심 없이 오리니, 그때 그는 그대를 뒤집어 스냅 촬영 하리라(Thanks to Xrays, the time will come no doubt. When he will snappograph you wrong side out).

8) 경칠명鳴(bray): (1)pray (2)Bray: Wicklow 구의 해안 촌.

9) 둔부비상비만돌출적臀部非常肥滿突出的(steatopygic): Steatopygia: 둔부의 비정상적 돌출.

10) 카테키스(정신집중)(catheis): cathexis(프로이트): 동일인에 대한 정신력의 집중.

11) 카프카스Caucasis): 흑해의 카스피 해 사이의 한 지방.

12) 간호동정看護同情을 원치 않은지라(want no expert nursis): 조이스는 융에 의해 정신분석 되기를 거절했다 함.

(523)

1) 견본! 견본을!(Sample! Sample!): 앞서 욘의 말에 대한 심문자의 부르짖음. 여기 S 음은 잇따르는 소녀 형사인 Sivia Silence의 그것으로 연결된다.

2) 지금까지 오반영悟反映한 적이…전신화全新化를 향해 선로 계속 나아감을?)(ever weflected…to the good toward the genewality?): HCE에 대한(오기자悟記者에게 주어진) Sylivia Silence의 분석은 셰익스피어 문학의 견지에서, 시저의 야망에 있어서 악에 대한 브루터스의 반영을 회상할 수 있다: 그것이 만약 공익에 관한 일이라면(If it be aught toward the general good)(셰익스피어 작 〈줄리어스 시저〉 I. ii. 85), 그를 쳐야 할 개인적인 이유는 없지. 공적인 것밖에는(I know no personal cause to spurn at him, /But for the general)(II. i. 11—12)(김재남 761, 76. 6) 여기 HCE에 대한 Silence의 옹호는 역逆의 논리, felix culpa(과실의 죄)의 원칙을 따른다.

3) 먹는 밥에 목이 멘다는(haster meets waster): 격언의 패러디: Haste makes waste.

4) 성 아이브즈(Saint Yves): Cornwall(잉글랜드 남서부의 주)의 St Ives.

5) 저지른 죄만큼 죄 비난을 받을지니(sinned against as sinning): (1)〈리어 왕〉 III. 2. 60의 인유. 왕이 신하들과 함께 폭풍을 향해 분노를 터뜨리는 말 (2)〈율리시스〉 제13장에서 Gerty의 블룸에 대한 간접 묘사: 그가 죄를 지었다보기보다, 남들이 죄를 짓게 해서(more sinned against than sinning)(U 293). 또한 제15장에서 멀리건은 블룸에 대해 말한다내기 믿기에 그는 죄를 지었다기보다는 남들이 죄를 짓게했다(I believe him to be more sinned against sinning)(U 402).

6) 진짜 명사는 없을 것인 즉(no true noun in active nature): E. Fenollosa 저 〈시의 매개로서 쓰여진 중국 한문체〉(The Chinese Written Characters as a Medium for Poetry)의 글귀: 고립된 진짜 명사는 없다(A true noun, an isolated thing, does not exist in nature). E. 파운드의 당대 친구로, 전자는 그의 힘을 입어, 한시를 영역했다(H. Kenner: 〈파운드 시대〉(Pound Era) 참조).

7) 장형長形과 강형强形 그리고 모두 통틀어 개형改形할지라!(the long form and the strong form and reform alltogether!): 격언의 변형: 장인長引과 강인强引 그리고 총인總引 다 통틀어.

8) S. 샘슨 부자상회에 의하여 소속되고, 델리아 목장(S. Samson and son, bred by dilalahs): (1)더블린의

John Jameson & Son 부자 상회 위스키 (2)(성서) Samson과 Delilah.

9) 차오시此午時부터 피여시彼黎時까지(from nun till dan): (1)9시부터 10시까지 (2)정오에서 새벽까지 (3)(G) 지금부터 그때까지(now till then).

10) 중용은 만사에 필요하도다(The Mod needs a rebus): 호라디우스(Horace)(로마 시인) 작 〈해학〉(Satires) I. 1. 106의 시구: 만사에는 중용을(est modus in rebus)(A middle course in all things) 〈율리시스〉 제9장에서 Eglinton의 셰익스피어 이론을 총괄하는 말: 진리는 중용이야(The truth is midway)(U 174).

11) 총체적계속화總體的繼續化…단수심문화單數審問化…특수설명화特殊說明化(Pro general continuation…particular explication…singular interrogation): 논리(logic): 질량에 의한 명제의 형태(types of propositions by quality).

12) 프리스키 쇼티(Frisky Shorty): Treacle Tom과 밀크 및 피의 형제. 그들 양자는 전 죄수. Shorty는 정보 제공자(tipster)요, Tom은 돼지 도둑.

13) 서부 빈민 휴지화상구休紙花床區(West Pauper Bosquet): wastepaper basket.

14) 도더캔(Doddercan): (1)12 Dodeecanese islands (2)더블린의 남쪽 외곽을 흐르는 Dodder 강.

15) 미들(중성)섹스(middlesex): Middlesex: 앵글로 색슨 왕국.

16) 실톱(gigscrew): jigsaw: 실톱: 곡선으로 켜는데 쓰는 가느다란 톱.

17) 주탑酒塔의 여정(tour of bibel): Tower of Babel.

18) 과성過性(에섹스)(exess): Essex(앵글로 색슨 왕국).

(524)

1) 경찰청(metropolitan): (1)더블린 수도 경찰청(M. M. P) (2)〈율리시스〉 제12장의 초두 참조: 여기 1인칭 화자는 되뇐다: 나는 방금 더블린 수도 경찰청의 트로이 영감과 어버 언덕의 모퉁이…(U 240).

2) 코핀거 씨(Mr Coppinger): 더블린의 Thomas Court 소재의 성 Thomas 사원의 기록자로, Ellmann은 〈플레이보이〉(the Playboy) 폭도(riots)와 관계된다고 추단한다. Glasheen 교수는 조이스에게 위리엄 와일드(오스카 와일드의 부친으로 아들과 마찬가지로 유명한 성적 스캔들을 불러일으킨 장본인이요, 저명한 안과 의사)를 상기시켰던 소송사건과 관계된다고, 말한다(Glasheen 62 참조)

3) 화연관火煙管(fire fittings): Coppinger's Court는 1610년, Walter Coppinger 경에 의해 세워진, Cork 군의 저택으로, 전통적으로 1년 12달 중 매월의 굴뚝들, 매주의 문, 매일의 창문들을 가졌다고 한다(Glasheen 62).

4) 긍정적, 부정적 및 한정적(affirmative, negative and limitative): 논리적 용어(logic): 질량에 의한 명제의 형태(types of propositions by quality).

5) 양성주의兩性主義(bisectualism): bisexualism: 암수 양성의 구실을 하는 섹스.

6) 성구집聖句集(lectionary): 예배에서 읽히는 성구 집.

7) 사식스(Soussex): 잉글랜드 남부 Downs 주의 옛 왕국.

8) 직언적直言的으로(categoric): 논리적 용어(logic): 질량에 의한 명제의 형태.

9) 훈제해각(the Bloater Naze): Essex(아일랜드 남동부의 주)의 갑岬(headland).

10) 부딪치며, 공격하며, 버티며, 후퇴하며…(butting, charging, bracing, backing…sprinkling): 노래 가사의 패러디: 〈말로우의 갈퀴〉: 비위를 맞추며, 종을 울리며, 춤추며, 마시며…결코 생각지 않으며(The Rakes of Mallow): Beauing, belling, dancing, drinking…never thinking).

11) 쌍미雙尾를 지닌 자신들의 배수대背獸帶를 흩뿌리면서(sprinkling their dossies sodouscheock with twinx of their taylz): Zodiac(천문: 황도대, 수대, 12궁): (1)사슴 황소, 쌍생, 게, 사자, 처녀, 비늘, 전갈, 궁술가, 양, 물길이, 물고기 (2)이상의 묘사처럼, 〈율리시스〉 제14장 〈태양신의 황소들〉 장면에서 블룸의 고독과 꿈나라의 환상이 황무지와 연관하여 황도대의 무리들을 De Quincey의 문체로 서술 된다: 황

3부

도대의무리들!…뿔 짧은 놈…코고는 놈, 기는 놈…설치류, 반추 동물 및 후피동물(snouter and crawler, rodent, ruminanr and pachyderm)(U 338).

12) 문제적(problematical): 논리적 용어(logic): 질량에 의한 명제의 형태.

13) 위식시(Wissixy): Wessex: 앵글로 색슨의 왕국.

14) 단정적으로(assertitoff): 논리적 용어(logic): 질량에 의한 명제의 형태.

15) 필연적으로(apodictic): 논리적 용어(logic): 질량에 의한 명제의 형태.

(525)

1) 루티 박사(Dr Rutty): 광천수鑛泉水의 이점을 칭찬한 18세기 더블린의 의사.

2) 아리아어족語族의 분교접糞交接(Errian coprulation): Aryan: (1)인도이란어語의. 아리아어족. (나치 독일에서) 아리아인의(비 유대계 백인의) (2)(Gr) kopos: 분糞(dung).

3) 바 바도스로!(Barbados): 크롬웰: 지옥 또는 Cinnacht(아일랜드 북부 지역)으로 보낼지라(1654년 의회 강령으로부터). 많은 아일랜드인들이 당시 크롬웰에 의하여 Barbados(서인도 제도 카리브 해안 동쪽의 섬, 영 연방)로 추방되었다.

4) 이단표절자異端剽竊者!(Pelagiarist): Pelagius: 이단자들, 아마도 아일랜드인들.

5) 레몬스트란트 개혁파의 몽고메리 도당徒黨!(Remonstrant Montgomeryita!): (1)Remonstrants: 칼빙(프랑스의 종교 개혁자) 종교 개혁파 (2)더블린의 Montgomery 가(적선지대: 〈율리시스〉 밤의 거리 장면 참조).

6) 연어 도跳여!(leixlip!): leixlip: 리피 강의 연어 도약, 오늘날도 나그네는 O'Connell 교상에서 수많은 연어의 도약을 목격할 수 있다.

7) 로라 몬테츠(정부情婦)여(Lola Montez): Bavaria(독일 남부의 주)의 Ludwig 1세의 아일랜드 애첩.

8) 간낙군주奸樂君主(a marrye monarch): Merry Monarch: 헨리 8세.

9) 칠七교구성당들(seven parish churches): Wicklow 주 그랜달로우에 있는 7성당(7 Church).

10) 단(댐둑), 소반곡小反曲(오그스) 및 자운하子運河(코날)단(댐 둑)(dans, oges): (1)Daniel O'Connell (2) dams. 자운하子運河(conals): (1)Conal 또는 Conall: 9인질들(Nine Hostages) 중의 Nial의 아들. Nial: 아일랜드 전설에서 Tara의 고왕인 Leary의 아버지로, 4세기에 아일랜드를 지배하고, 영국을 침공했으나, 자기 자신의 부하들에 의하여 버림받고, 로마인들에 의하여 정복당함. 여기 Conal는 〈경야〉에서 언제나 O'Connell과 중복됨 (2)canals: 운하들.

11) 루니미드(기성旣成)(runnymede): Runnymede에서 조인된 Margna Carta(마그나카르타 대헌장. 1215년 John 왕이 국민의 권리와 자유를 인정한 것).

12) 비슈누 신(vesh vish): Vishnu: 힌두교의 3대 신들(Brahma, Siva와 함께) 중의 하나. 그는 대 홍수 동안 및 뒤에 얼마 동안 반인半人, 반어半魚로 지상에 환생 됨. 접신론자 Blavatsky의 〈비밀의 교의〉(The Secret Doctrine II. 307)에 의하면 Vaivasvata Manu는 Vishnu의 Matsya(또는 물고기) Avatar(화신)와 연결되는 인도의 노아(Indian Noah)인데, Vishnu는 Vaivasvata Manu의 방주인, 물고기(a fish)의 형태 하에, 은유 속에 안내자로서 나타난다. 〈비밀의 교의〉(313 참조).

13) 마그나 칼타(큰 잉어)(Magnam Carpam): Magna Carta(great carp).

14) 험버 하구河口(Humbermouth): Humber 강.

15) 마린 곶(岬)(Malin): Donnegal 주 소재로, 아일랜드 최북단의 곶.

16) 신도애란新島愛蘭(newisland): Melanesia(오세아니아 중부의 군도)의 뉴아일랜드(New Ireland).

17) 커다란 지느러미(great fin): Fin MacCool.

18) 군함기물軍艦器物!(Manu ware!): (1)Vaivasvata Manu (2)man of war(군함).

19) 그…디 하河로 입입立入했나니(He…stood into Dee): 성 패트릭은 고대의 Dea 강인 Varty의 하구에서

상륙했다.

20) 작다리 레머스(Romunculus Remus): homunculus(난쟁이) + Romulus(로마 신화의 건설자로 초대 왕. 그 쌍둥이 형제 Remus와 한께 늑대에 의해 양육되었다 함).

(526)

1) 여러 번 여러 번 그리고 재차 그리고 반 번(times and times and halve a time): 〈요한계시록〉 12: 14 성구의 패러디: 거기서 그 뱀의 낯을 피하여 한 때와 두 때와 반 때를 양육 받으매(her place, where she is nourished for a time, & times & half a time, from the face of the serpent).

2) 골풀지地(러쉬)(Rush below): 더블린 군의 시장과원市場果園(시장에 내기 위한 과수원)으로 유명한 Rush 도시. 〈율리시스〉 〈키클롭스〉 장의 한 삽입 장면은 이의 시장을 서술한다(U 102–118).

3) 토미 녀석(Tommy lad): 노래의 제목: Tommy, Lad.

4) 거품지껄이는 물결 곁에, 지껄지껄거품이는 물결의?(the bubblye waters of, babblyebubblye waters of): 〈경야〉는, 인생 그 자체처럼, 꼭 같은 과거사들이 재삼재사 반복한다. 그들의 끝임 없는 변형은 때때로 우스꽝스러운, 때때로 유익한, 때때로 지겨운, 때때로 시적이다. 여기 빨래하는 아낙들의 재현은 전적으로 시적이다(Tindall 269 참조). 이 빨래하는 아낙들의 풍부한 물의 철자 w는 〈율리시스〉에서 블룸이 갖는 몰리의 물의 익사에 대한 생각에서도 볼 수 있다: wavyavyeavyyeavyevyevyhair(U 228).

5) 낚시꾼천사들 또는 수호천사들(anglers or angelers): 교황 Gregory 1세는 로마의 영국 포로들을 보며, 앵글 족(Angles)이 아니라, 천사들(angels)라 불렀다 함.

6) 삼성강三城溝(three slots): 더블린의 문장紋章은 불타는 듯한 3성城을 지닌다.

7) Walker John Referent): (1)어떤 19세기 아일랜드의 종파의 창설자로, 여기서는 술 취한 듯한 손–온–우체부를 암시함.

8) 최대연最大演(patmost): utmost(최선)(여기 나이브한 Cruachan은 욘더러 최선을 다하도록 요구한다) + Patmos: 요한 계시록(종말론)의 장면.

9) 크로찬 왕좌!(Cruachan): (I) 코노트(Connacht)(아일랜드의 북서부 지역)의 고대 왕들의 왕좌王座(royal seat): 이는 사도인 요한(John)임에 틀림없다.

10) 화상화禍上禍, 워데브 댈리가 말하는지라(Woe on woe, says Wardeb Daly): 〈율리시스〉 제18장, 〈페네로피〉에서 몰리 블룸의 독백의 패러디: 점점 가난뱅이가 되어 갈 뿐이라고 문지기 델리가 말하고 있어(worse and worse says Warden Daly)(U 635).

11) 우곡愚谷의 처녀는 영광처榮光處로 가리라(the maid of folly will go where glory): 무어의 노래의 인유: 골짜기의 처녀: 영광이 그대를 기다리는 곳으로 가리다(Maid of the Valley: Gone Where Glory Waits Thee).

12) 스틸라 안더우드와 모스 맥그래이(Stilla Underwood and Moth MacGarry): (1)스위프트의 연인들(스텔라 & 바네사)의 암시 (2)(It) stilla: drop 바네사: 나방(moth)의 종種.

13) 설태舌苔 낀 계곡(furry glans): (1)피닉스 공원의 The Furry Glen (2)(Cornish) glan: riverbank.

14) 생나슬잡역부인生裸膝雜役婦人(rawkneepudsfrowse): (집시어) rawnie: lady, wife + (G) Putzfrua: charwoman.

15) 광행狂行했던(mad gone): 예이츠에 의해 사랑 받은 Maud Gonne의 암시.

16) 크로브스(정향)(cloves): Clovis: 살리 프랑 지족支族(Salian Franks)의 왕이요, Clotilda의 남편.

17) 로즈(장미)카몬 군, 코랙–온–샤론(Corrack–on–Sharon, County Rosecarmon): (1)Carrick–on–Shannon: Roscommon 군의 경계변境界邊에 있는 Leitrim의 도회 (2)〈아가〉 2: 1의 가사: 나는 샤론의 장미요 골짜기의 백합화로구나(I am a rose of Sharon, a lilly of the valleys).

18) 최고 광고廣告 고집통 사나이(the most broadcussed man): 〈율리시스〉의 광고 외무원 Leopold Bloom의 인유.

19) 타피얀(Tarpeyan): Leinster의 지역, 장소의 누가(Luke)(4복음자들 중의 하나)로서, 동쪽, 요소 지계地界(element earth), 청동기 시제, 그리고 탄생, 결혼, 죽음, 재생의 시대에 있어서 죽음의 상징.

20) 베스타 튤리 배우(Vesta Tully): 1890년대의 남성 분장사.

21) 전도傳倒의 망령妄靈 딸(the doaters of inversion): 격언의 변형: 필요는 발명의 어머니이다(Necessity is the mother of invention).

22) 소급경笑級鏡을 통한 엘리스 아씨들(Secilas through their laughing classes): Lewis Carroll의 작품명의 패러디: 〈거울을 통해서〉(Through the Looking Glasses). Secilas: 거울 속의 Narcissus처럼, 전도된 Alices.

23) 호후생湖後生의 소우하녀沼友下女(poolermates in laker life): (1)후생(만년)의 잡부 하녀 (2)독일의 작곡가 바흐(Bach)의 Ys와 그녀의 이미지.

(527)

1) 채프이술트(Isappellas): 이슬트 + 채프리조드(이슬트의 고향).

2) 무엇을 멍하니 생각하는고!(A trickey for tie taughts!): 격언의 변형: 뭘 멍하니 생각하는고(a penny for your thoughts): 〈율리시스〉 제13장의 Sandymount 해변에서 Eddy Boardman이 Gerty에게 하는 질문(U 295).

3) 올지라, 이 가슴속에, 쉬지니!(Come, rest in this bosom!): 무어의 노래에서: Come, Rest in This Bosom.

4) 폭탄사관爆彈士官(bombashaw): pasha: bashaw: 터키 군의 고급 장교.

5) 유로지아여(Eulogia): Eulogia: (Gr) eulogia(축복)으로부터 파생된 Eucharist(성체).

6) 보이루(Boileau's): 더블린의 약국인 Boileau & Boyd.

7) 블라망즈(Blanchemain): Isolde Lanchemains: 브리타니의 트리스탄의 아내.

8) 거울이여 정의를, 상아의 심지 탑, 맹약의 심주心舟, 황금의 굴렁쇠여!(Mirror do justice, taper of ivory, heart of conavent, hoops of gold!): 성처녀(BVM)의 연도: 정의의 거울…상아 탑, 황금의 집, 법궤(Mirror of justice…Tower of ivory, House of gold, Ark of the covenant).

9) 나를 변장하고 만나며(meeting me disguised): 트리스탄은 이슬트를 만나기 위해 변장하여 Cornwall에게 돌아온다.

10) 바솔레미오(Bortolomio): (1)Bartholomew: 12사도들 중의 하나 (2)노래 O Sole Mio.

11) 신의神意하사(D. V)(Deo volente(God willing)(U 181).

12) 나의 수미남水美男! 나의 무지개미녀!(Mon ishebeau! Ma reinebelle!): (1)la belle Isabeau: Camisards의 아이 예언자 (2)Isa Bowman: Lewis Carroll의 친구로서, 〈이상한 나라의 엘리스〉의 각색에 있어서 타이틀 역을 했다.

13) 스톰 칼라(storm collar): 웃옷의 높은 깃.

14) 포메라니아 종(pom) 오스트레일리아 산産.

(528)

1) 로레토 수도원들(the covent loretos): 더블린에 있는 몇 개의 Loreto 수도원들.

2) 운명여신(Clothea): Clotho: (로마, 희랍 신화) 운명을 맡은 3여신(Clotho, Lachesis, Atropos).

3) 아리타 모신母神(Alitten's): Alitta: 바빌로니아의 모신.

4) 성 오우딘즈(St Audiens): 더블린의 St Audoen's Church.

5) 브레시우스 민델신 신부神父(Father Blesius Mindelsinn): 독일의 작곡가 멘델스존(Mendelssohn)의 〈결혼 행진곡〉(Wedding March)의 내용.

6) 키리엘르 이래이션(주여 의기양양 하사下賜하소서)!(Kyrielle elation!): (1)(Gr) Lord have mercy! (2) kyrielle: 같은 단어로 끝나는 2행시의 프랑스 시형.

7) 성가도聖歌禱, 우리에게 가歌하소서, 우리에게 노래하소서!(Sing to us, sing to us, sing to us!): (L) Sanctus, Sanctus, Sanctus): holy, holy, holy(기도)(T. S. 엘리엇의 〈황무지〉 종행 참조(59. 3).

8) 히스터(피자매彼姉妹)여(hister): Esther: 스위프트의 애인들인 스텔라와 바네사의 이름들.

9) 마그다, 루츠와 요안과 함께 마르타여(Magda, Marthe with Luz and John): (1)마태, 마가, 누가, 요한, 마리아, 마르타 (2)Sudermann의 〈마그다〉(Magda)

10) 톨카 강(Tolka): 더블린의 Tolka 강.

11) 유사피아 무당이여!(Eusapia): Eusapia Palladino: 심령술사 영매靈媒(spiritualist medium).

12) 차체此體에 있어서 그 물체인 고(Is dads the thing in such): Kant 철학에서: 직감물直感物과 구별되는 사물 자체(thing in itself, distinct from Perceived thing).

13) 서사산문시(poseproem): prose poem의 거울 속에 비친 역철逆綴. proem: 서문(preface).

14) 엘리스감미甘味로운(Alicious): Alice + delicious.

15) 점보랜드(거대지巨大地)의 아아(슬픔)(alas in jumboland): (1)노래 가사의 패러디: Jumbo said to Alce: 'I love you' (2)Alice in Wonderland.

16) 매혹경魅惑鏡··통하여?(through alluring glass): (1)Lewis Carroll의 패러디: 〈거울을 통해서〉(Through the Looking Glasses).

17) 딩 동!(Ding dong!): (1)봄 축제의 종소리 (2)수태고지를 알리는 종소리(Angelus).

18) 광택비단(silks allustre): Sechsela'ten: 취리히의 봄 축제.

19) 태현胎現(Presentaction): (계시록적 복음[Apochryphal Gospels]에 있어서) 성처녀의 증정(presentation of the Virgin Mary).

20) 수태영고지受胎影告知(Annupciacion): (1)천사 Gabriel에 의한 성처녀에 대한 성보聖報(또는 대축일) (2)1879년, Mayo 군의 Knock에서 성모의 현시(apparition).

21) 원죄무잉태原罪無孕胎(Immacolacion): Immaculate Conception).

22) 두드릴지라 그러면 그대에게 공현恐現할지니!(Knock and it shall unto you!) 〈마태복음〉 7: 7 및 〈누가복은〉 11: 9의 성구의 패러디: 두드려라), 그러면 그대에게 열릴지니(Knock & it shall be opened unto you).

23) 쑨이센 일휘자日輝者(shone yet shimmers): Sun–Tat–sen(孫逸仙): 중국의 혁명가.

24) 불가사이 현상일지라(e'er scheining): (G) Erscheinung: 칸트 철학의 현상(phenonenon)(〈율리시스〉 12장에서 블룸과 〈시민〉은 아일랜드 혁명 정책에 관해 논쟁하는데, 이에 대해 화자는 이상 칸트 식의 현상을 사용하여, 전자의 우월성을 조롱한다)(U 251 참조). 현상 & 출현(apparition).

25) 키릴로스 서정과 메토디우스 선율을 따라 베일 직織의 부드러운 영란英蘭 홍색紅色 붙타나니(After liryc and themodius soft aglo iris of the vals): (1)Cyril and Methodius: 동지나東支那의 주된 성인들 (2) St Olga: 슬러브 사람의 통칭 (3)Anglo–Irish

26) 완곡어법적的으로(euphemiasly): (1)Euphemia: Pascal의 누이 (2)(Gr) euphe'mia: 길조의 언어 사용, 칭찬.

27) 콘수라가 소니아스(Consuelas to Sonias): (1)George Sand(프랑스 소설가 Baronne Dudevant의 펜네임) 작 Consuela. (2)Angelus: (Fr) et concepit de Spiritu Sacto(그리고 그녀는 성령을 잉태했도다).

28) 만스터(Moonster): 4복음자들 중 둘째인 Mark Lyons으로, 그는 또한 Munster 주 및 Cork 주의 여

3부

러 장소들의 대명사이기도 하다.

29) 2 R. N. : 1926년, 더블린 방송사의 본래의 호출 신호(Come Back 2RN).

30) 우장각牛長角 콘낙트주州여(Longhorns Connacht): 〈율리시스〉 12장에서 화자가 〈시민〉에게 빗대고 하는 말의 인유: 코낙트의 소들은 긴 뿔을 가졌다(Cows in Connacht have long horns)(U 269)(소작인들은 거칠다란 뜻).

31) 1542년 이래 사자獅子의 주보株報를(the lion's shire since 1542): 1542년: 영국 왕실에 대한 아일랜드 경卿들의 전반적 항복.

32) 변경성邊境性(borderation): 북 아일랜드와 아일랜드 자유국 간의 변경邊境

33) 라인스터(주州) 소년가수少年歌手 벽으로 사라지자(The Leinstrel boy to the wall is gone): 무어의 노래 가사 패러디: 전쟁으로 간 음유 시인 소년은 사라지다(The Minstrel Boy to the wars is gone).

34) 몬과 콘(Monn and Conn): 아일랜드의 2개 주들인 Munster와 Connacht.

35) 야견남野犬男 절대무승絶對無勝(Doggymen's nimmer): 조약 1조(Document no. 1): Valera의 지지자들에 의하여 사용된 조약.

36) 최후자와 함께 그대의 최후(last with a lasting): 〈마태복음〉 19: 30: 최후자가 최초자 될지라(the last shall be the first).

37) 가짜 두개골(skullabogue): (I)(지저깨비들): 1798년 New Ross 전투 뒤에 Scullabogue에 산채 화장된 10) 0면의 부녀자들.

(529)

1) 해이던 움웰(Hayden Womwell): 전출(060. 22): Ida Wombell의 야생 동물 쇼.

2) 십오호이하위원실법령十五號以下委員室法令(Committalman Number Underfifteen): 의회의 15호 위원실: 거기서 파넬의 영도력이 박탈되는 투표가 행해졌었다(〈더블린 사람들〉, 〈담쟁이 날의 위원실〉 참조).

3) 저렴비단금低廉鼻端金(nose money): 바이킹 족들에 의해 잘라 낸 코 돈(nose money): 그들은 만일 인민들이 돈을 지불하지 않으면 그들의 코를 잘랐다.

4) 마르타와 메리 양양兩孃(Misses Mirtha and Merry): 〈누가복음〉 10:38—42에 나오는 두 자매들인 Martha와 Mary의 암시(〈율리시스〉 제5장 블룸의 독백 참조(U 64).

5) 직물상의 조수들(the two dreeper's assistents): Dan Leno(음악당의 스타)의 독백 구절: 직물상회의 조수(The Draper's Assistant).

6) J. H. 노드 회사(J. H. North and Company): 더블린의 경매상.

7) 앤트림(anterim: Antrim: 북 아일랜드 동북부의 옛 주명.

8) 툴리 가街의 세 재단사들의 이름에 맹세코(in the name of the three tailors on Tooly Street): Tooley 가의 세 재단사들이우리, 영국의 국민으로 시작하는 청원서를 하원에 보냈다.

9) 바트 앤드 혹세트(바트 and Hocksett's): (1)이삭 바트(Isaac Butt)는 파넬에 의해 애란 자치당의 영도력에서 축출되었다 (2)butt(개머리)와 hogheads(돼지머리).

10) 오 바조룸센 혹은 모크맥마호니치(O'Bejororumsen or Mockmacmahonitch): (1)Bjo'rnson: 입센의 경쟁자 (2)MacMahon: Crimea의 프랑스 원수.

11) 백미온白微溫(whiteluke): Luke White: 더블린의 서적 판매원으로, 큰 재산가가 되었다.

12) 만 도島(Manofishe): 아일랜드 해의 가장 큰 만 섬(Isle of Man).

13) 프레드보그(Fredborg): Zeppelins(제펠린)(비행선)은 독일의 Friedrichshafen(Fredborg)에서 재작되었다.

14) 그라스툴 종착역(Glassthure). Du'n Laoghaire에 있는 Glasthule: 역마차 종착역.

15) 옴버 삼인조(three by nombres): ombre: 3인조 카드놀이.

16) 동굴구洞窟丘(cavehill): Belfast의 Cave Hill. 그곳에서 Wolfe Tone은 아일랜드를 자유화 할 것을 서약했다.

17) 한센, 모피트 및 오디어(Hansen, Morfydd and O'Dyar): Hernon, Murphy & Dwyer: 더블린 시의 행정관들(commissioners)(1924—30).

18) 하나님의 목사(V. D): Vicarus Dei(vicar of God): 교황.

19) 그레나기어리 모帽(glenagearries): (1)glenarry: 스코틀랜드 고지 사람이 쓰는 챙 없는 모자 (2)Glenag —eary: Du'n Laoghaire의 일부.

20) 왕실 얼스터 보안대保安隊(R. UC): Royal Ulster Constabulary.

21) 패터슨 및 헤리코트(Paterson and Hellicott's): (1)Peterson pipes (2)Paterson & Co. 더블린의 석양 제조소.

22) 프토로메이 주옥(Bar Ptolomei): 아일랜드의 전설적 식민자인 Parthalon은 때때로 Bartholomew(1212 사도들 중의 하나)로 영어화 되다.

23) 투계광장(hengster's circus): Hengler's Circus(곡마장)는 더블린의 Great Denmark 가, Rutland Square(지금의 추모의 정원[Garden of Remembrance])의 동쪽에 위치했다.

(530)

1) 광락우자狂落愚者(deffydowndummies): 노래 제목: 다프티다운딜리(Daffydowndilly).

2) 사건이소명령장事件移送命令狀(certiorari): 상급 법원의 사건 이송 명령.

3) 성 패트릭의 화장실(Saint Patrick's Lavatory): (1)더블린의 성 패트릭 성당 (2)St. Patrick's Purgatory(죄의 정화, 연옥, Derg 호반).

4) 볼브리간(balbriggans): Balbriggan: 더블린 군은 18세기에 양말을 제조했다.

5) 맥주 단지(jar od porter): 노래 제목의 인유: 맥주 잔(The Jar of Porter).

6) 부표애녀浮漂愛女들은(lagenloves): 나의 부표의 사랑(My Lagan Love).

7) 헤리오포리탄 경찰청(Heliopolitan constabulary): (1)피닉스(불사조)가 불탄 곳 Hellopolis (2)더블린 사람들은 Healy가 아일랜드의 총독이었을 때 총독관저(Viceregal Lodge)(피닉스 공원 내의)를Healiopolis라 불렀다 (3)더블린 수도 경찰청(Dublin Metropolitan Police(DMP)(U 240).

8) 모스—어스 어사서語辭書(morse—erse wordybook): Norse—Erse(북구어—스코틀랜드 및 아일랜드 고대 캘트어 사전)

9) 세커사인 반 델 데클(Seckesign van der Deckel): (1)Seckerson 순경 (2)Van der Decken: 〈유령선〉(Flying Dutchman)의 선장.

10) 색커선(약탈자)!(Sackerson): 셰익스피어 당시의 Grobe 극장 근처의 동물원의 곰으로, 〈윈저의 즐거운 아낙들〉(The Merry Wives of Windsor)(I. i. 306)에 서술된다. 또한 〈율리시스〉 제9장에서 스티븐이 이를 언급한다(U 154).

11) 일회피자日回避者…신록화新綠化하는지라. 고독주高毒酒는 어뢰魚雷(토피도)…난초를 탐探하게 했도다: Day shirker…verdants market. / High liquor…her orchid): 입센의 글귀의 패러디: 그대는 극한까지 세계를 범람시킬지라. 기쁨으로 나는 방주를 파괴하리라(You deluge the world to its topmost mark: With pleasure I will torpedo the Ark).

12) 젠장(Gob): 〈경야〉에서 5번 사용. 〈율리시스〉의 〈키크롭스〉의 I(1인칭 화자)는 20회에 걸쳐 이 저주(mild oath)의 말을 토한다.

13) 그녀의 신발을 그의 어깨 위에, 그가 우리들의 경고와 함께(With her shoes upon his shoulder, 'twas most trying to beholder…: 노래 가사의 패러디: 나의 어깨에 다발을 메고, 더 이상 대담할 자 없나니, & 나는 아

침에 필라델피아로 떠나도다(With my bundle on my shoulder, There's no one could be bolder, & I'm off to Philadelphia in the morning.

14) 두 손잡이 도산刀傘을 가진 경칠 늙은 아담이전신봉자以前信奉者!(Bloody old preadamite with his twohandled umberella): (1)Amory: 트리스트람 경이 사용한 두 손잡이의 칼이 호우드 성에(현재에도) 소장되고 있다 (2)preadamite: 아담 이전에 살았던 자. 아담 이전에 인간의 존재를 신봉한 자.

15) 벽숙청야마녀壁肅淸夜魔女!(Wallpurgies!: Walpurgis Night(발푸르기스의 밤): 4월 30일 밤. 이날 밤 마녀들이 모여 마음껏 환락을 즐긴다 함(악몽의 밤).

16) 노간손?(Norganson?): Norway(Mink 160).

17) 건축청부업자의(Bigmesser's): 입센: 〈건축 청부업자〉(Bygmester Solness)(The Master Builder).

18) 염주 키티…팁녹 캐슬(성城)(Kitty the Beads…Tipknock Castle): Kitty the Beads: 더블린 군 Ticknock에 살았던 행상인.

19) 마춘부魔春婦(succuba): Hecuba: 트로이의 여왕.

20) 요리사하갈(cookinghagar): Hagar: 아브라함의 첩.

21) 그의 터키악의惡意의 아르메니아 무례武禮를 위한 주主기도문 방귀 소요자(A farternoiser for his tuckish armenities): (1)Pater Noster: (L) our father (2)1405년부터 터키 인들에 의해 점령되었던 Armenia(독립 국가 연합 구성 공화국의 하나): 조직적 대학살에 봉착했던 19—20세기의 민족주의자들.

(531)

1) 등 혹 의 차일此日 우리들의 매애每愛의 양養빵을 하사下賜하는(erred in having down to gibbous disdag pur darling breed): 주의 기도문의 인유: 하늘에 계신 주님이시여 차일 우리들에게 매일의 빵을 하사하사: (Our Father, Which art in Heaven down to Give us this day our daily bread.

2) 탄당과聖誕糖菓라(confisieur): Confiteor(회개, 고백) + confectioner(당과).

3) 렌드—평의회원(the Councillors—om—Trent): the Council of Trent: (가톨릭) 트렌트 공의회: 1545—63년에 부정기적으로 열린 가톨릭성당의 회의, 개혁파의 성당을 부인하고 교리의 확립을 꾀함.

4) 主 건(포수砲手)은 사라졌어도 그는 상전최고床戰最高로다!(Master's gunne he warrs the bedst): (1) Michael Gunn: 더블린의 Gaiety 극장의 지배인 (2)gone he was the best: 술는 살아졌어도 기분은 최고,

5) 아브람 등의 효모 빵(Abarm's brack): Abraham's(유태인의 원조) back(등) + barmbrack: 아일랜드의 반점 빵(〈더블린 사람들〉, 〈진흙〉 참조(D 97).

6) 바디아 하녀(Obadiah): L. Sterne 작 〈트리스람 샌디〉(Tristram Shandy)에 나오는 하녀 이름.

7) 캐티와 래너 발레 무녀舞女들(Katty and Lanner): Katti—Lanner: 발레 무용수. shims, hams, jupettes…He never…Romiolo Frullin's flea pantamone: 셈, 햄 및 야벳, Romeo와 Juliet 및 자유 크리스마스 팬토마임 등, 여기 모두 함유 됨.

8) 진 수푸 여우女優(the refined souprette): 매력 있는 희극배우, 마리 켄달(유명한 영국의 희극 여가수) (poster of Marie Kendall, charming soubrette): 〈율리시스〉에서 당일 그녀의 광고가 더블린 시내 사방에 붙어 있다(U 189).

9) 위흑주대녀守衛黑酒對女를 격혼성激混成할지라(shake up prortner): 경야 노래 가사에서: 그대의 파트너에 맞춰 춤을…피네간의 경야에 많은 재미를(Dance to your partner…Lots of fun at Finnegans Wake).

10) 실프(요정)과 사라만더(불도마뱀)와 모든 트롤(동굴야산의 거인)과 트리톤(반인반어半人半魚)에 맹세코(sylph and salamander and all the trolls and tritons): 4원소: 실프(요정). 불속에 산 것으로 전해지는 동화의 불도마뱀, 지하에 살았던 트롤 거인, 물 밑의 트리톤 반인반어.

11) 마(the archsee): Armagh: 아일랜드의 로마 가톨릭 수석 대주교의 좌坐.

12) 성 쿨의 성자에 맹세코(by the holy child of Coole): (1)Finn MacCool (2)Coole Park: Lady Gregory의 교향.

13) 르타로스(Terretrry's Hole): Tartarus: (희랍 신화) 지옥 밑바닥의 끝없는 구렁.

14) 어릿광대들(jousters): (1)Marcel Jousse: 몸짓 언어의 연구가 (2)jester(어릿광대).

15) 지—총독(Kovboe—Journal): (1)Govenor_General(아일랜드 총독) (2)Kovno: 리투아니아의 (Lithuanian) 도시.

(532)

1) 옛 카리손 일당(Carrison old gang): Sir Edward Carson(1854—1935) Ulster 신교도 지도자요, 오스카 와일드의 재판들 중의 하나에서 고발자.

2) 하 히 후 헤 호 훙!…일어날 지라, 유령 나리!(Fa Fi Fu Fe Fo Fun!…Arise sir ghostus!): (1)〈리어 왕〉 III. 4. 187: 흐 흥!(영국인의 피 냄새가 나는군!)(Fie, Fa, & fum), I smell the blood of British man) (냉소 표시). 이 구절은 〈경야〉에서 최소한 10번 이상 인용 된다. 〈율리시스〉 제3장의 아침의 샌디마운트 해변의 산보에서 스티븐은, 바위에 앉아, 해변의 개의 시체를 바라보며, 〈리어 왕〉의 에드거의 인유어引喩語를 새김질 한다: 흐흐 홍 나는 아일래으으인의 피이 내엠새를 맡는도다(Feefawfum. I zmells do bloodz odz an iridzman)(U 37)(여기 스티븐은 죽음—황무지의 부정적 의미를 암시한다) (2)Arise…: 여기 부왕 햄릿의 유령은 HCE와 동일시 된다.

3) 암스아담인사我膽人事(Amtsadam): (1)I' Adam: 아담은 창조적 및 행복한 추락자. Amtsadam은 창조주 및 세계의 행정관의 의미. 더블린의 덴마크 침입자들 중의 하나.

4) 라마영원시羅麻永遠市(Eternest cittas): 영원한 도시: 로마.

5) 여기 우리는 다시 있는지라!(Here we are again!): 노래 가사.

6) 쉬트릭 견수絹鬚 일세一世(Shitric Shilkanbeard): (1)Sitiric Silkenbeard는 1014년에 Clontarf 전투를 인도했다 (2)몇몇 Sitic과 Olaf들은 더블린의 바이킹 족의 왕들이었다.

7) 요소梟笑 맥오스쿨피스 뇌신삼세雷神參世(Owllaugh MacAuscullpth the Thord): Ausculph Mac Torcall: 당시 더블린이 영국에 귀속되었던 더블린의 왕.

8) 고승高僧 절대 교황(pontofacts massimust): (L) Pontifex Maximus: 고승, 교황(high priest, pope).

9) 애란영愛蘭英 천사앵글로색슨어語(Allenglishes Angleslachsen): (1)Anglo—Saxon (2)Allen: 더블린 시장 경.

10) 퍼남의 토사土砦에서든 혹은 콩드라의 산령山嶺 혹은 달킨의 초원 혹은 몬키쉬 군구郡區에서든(Farnum's rath ot Condra's ridge or the meadows of Dalkin or Monkish tunshep): (1)Rathfarnham 및 Dumcondra: 더블린의 지역들 (2)Clondalkin: 더블린의 서부 촌. Monkstown: 단 레어리(Du'n Laoghaire)의 지역.

11) 애풀즈(Apples): Eve. apple, 유혹 등의 암시.

12) 다쉬 양孃(Miss Dashe): ?

13) 키스애愛의 왕궁원王宮園 혹은 기그로트 언덕(Kissilov's Slutsgartern or Gigglotte's Hill): (1)Kisilev 공원 (2)(G) Schlossgarten: 궁전원. (G) Lustgarten: 향락원 (3)Gilottes—Hill: 더블린, 지금의 성 Michael's Hill.

14) 바빌론(Babbyl): Babylon: 바빌로니아의 수도: 퇴폐적 악의 도시.

15) 묘지옥墓地獄(toombs): Tombs: 뉴욕 시의 묘지.

16) 채찍자들(lagmen): 북구 식민 시대(thingmote)의 더블린 재판관들.

17) 스킨너의 광장 소로小路(Skinner's): 더블린의 Skinner's Alley.

18) 무사태평하게(out of haram's way): (1)out of harm's way (2)Haram: 예루살렘의 지역.

19) 미녀몽美女夢들(dreams of fire women): 테니슨의 시제 〈미녀들의 꿈〉(A Dream of Fair Women).

20) 마네킨 소변소아상小便小兒像(Mannequins Passe): Manneken—Pis: Brussels에 있는 소변보는 아기 상.

(533)

1) 램비스 및 돌키의(Lambeyth and Dolekey: (1)호우드 북쪽의 Lambay 섬. Lambeth Palace: Canterbury 대주교의 거처 (2)Dalkey 마을(더블린 남쪽 외곽).

2) 몰인정(심장)과 신장腎臟(hard hearts and reins): 〈시편〉 7: 9: 의로우신 하느님은 사람의 심장과 신장을 감찰하는지라(For the righteous God trieth the heart and reins).

3) 오슬로 해항海港 대구(어魚)의 지문목사指紋牧師(oslo haddock's fumb): (1)Oslo: 노르웨이의 수도, 해항 (2)〈율리시스〉의 제15장, 밤의 환각 장면에서 스티븐이 자신의 손금을 점치는 Zoe에게 하는 말: 대구의 목에 찍힌 그분의 범죄의 엄지 손 가락 지문. (His criminal thumbprint on the haddock)(U 458)(대구 목은 성 베드로의 지문을 지니고 있는 것으로 상상됨).

4) 나의…격찬사激讚辭를 그대에게 크게 말할 수 있는지라(can speak…complimentary things about my). : 〈누가복음〉 22: 12: 성구의 변형: 그리하면 저기 자리를 베푼 큰 다락방을 그대에게 보이리니(he shall shew you a large upper room furnished(최후의 만찬에서).

5) 카스트루치 시니올라 및 데 메로스(Castrucci Sinior and De Mellos): Castrucci: 18세기 음악 지휘자로, 1752년 더블린을 방문, 거기서 사망했다. de Mellos가 그를 계승했는데, 후자는 더블린의 Sycamore 가의 Fishanble에 오페라 하우스를 건립했다.

6) 저들 포장복의包裝服衣의 노장老壯들(those whapping oldsteirs): Wapping Old Stairs: 동부 런던.

7) 가압녹가도家鴨綠街道(Goosna Greene): Goose Green Avenue: 더블린의 Drumcondra.

8) 오리인형가人形家(duckyheim): 입센 작: Et dukkehjem(A Doll's House).

9) 양정밀표음법兩精密表音法(either notation): (음악): B. S. Rowntree(1954년 사망), 영국의 사회학자로, 〈빈곤: 도시생활의 연구〉(Poverty: A Study of Town Life)의 저자)의 기호법記號法에 의한 노래.

10) 유포늄 악기(euphonium): tuba: 최저음의 대형 금관 악기. 풍금 음전의 일종.

11) 지불보고支佛寶庫(호워드 패이)(hoardpayns): Howard Payne: Home Sweet Home의 미국인 저자.

12) 참깨오두막(caninteeny): Cabinteely: 더블린 군의 마을 이름.

13) 후작(Murkiss): marquis. 마크(4대가들 중의 하나).

14) 침목沈目했도다(sankeyed): Moody & Sankey: (1)미국의 복음자들 및 찬송가 필자들. (2)Sankey: 더블린의 시장(Lord Mayor).

15) 오 크리어리!(O Clearly): (1)4 혹은 5장인匠人들에 의하여 Donegal의 프란체스코 수도회에서 편찬된 〈사대가 연감〉(Annals of the Four Masters), 이들 장인들의 이름은 다양한지라, Michael O'Clery, Farfassa O'Mulcnory, 등 (2)The O'Clerys는 O'Donnells의 전설적 시인들로서, 4대가는 앞서 페이지에서 시로 몰입 한다(398—99).

16) 그레고리(Gregorio): (1)(It) Gregory (2)Gregorian chant: 그레고리오 성가(가톨릭성당에서 부름).

17) 요한네스(Johannes): 바흐(Johannes Sebastian Bach): 독일의 작곡가.

18) 저 모퉁이 주변의 저 소성당小教會(ye litel chuch rond ye coner): 뉴욕 시의모퉁이의 작은 성당(The Little Church around the Corner).

19) 커크 핀드래이터즈처럼(as Kerk Findlater's): Findlater's Church: 더블린 시의 파넬 광장에 있는 Abbey 장로성당.

20) 울타리 학교(hedjeskool): (1)hedge—school: 아일랜드의 이전 야외학교(open—air school_ (2)Hejaz 사우디 알라비아의 주.

21) 마이클 엔겔주(Michael Engels): 성 Michael(천사).

22) 수톤(Sutton): (1)Isthmus of Sutton: 호우드와 본토를 연결하는 분지 마을 (2)Satan (3)Sutton: 더블린의 시장 각하.

23) 본토교신(Hiemlancollin): Oslao 근처의 언덕.

24) 국내주가(Holmstock): Stockholm + home stock.

25) 선善 차선次善 최선最善!(Big 바트er Boost!): (1)good, better, best (2)중세 더블린의 Big—btter—골목길.

(534)

1) 신득점별야神得點別夜, 절양자癤瘍者. 종급終及 이락泥樂 분쇄식성탄粉碎食聖誕!2) 약시略謝 여신汝新 뉴요크(년年) 돌풍관세突風關稅. 여사경도汝謝京都! 사謝(Godnotch, vrygoily. End a muddy crushmess! Abbreciades anew York gustoms. Kyow! Tak): goodnight, everybody, a merry Christmas, appreciate New Year customs, thank you): Kyoto(1868년까지 일본의 수도—왕도) + Thanks.

2) 쿵 쿵 쿵나니(the damp damp damp): 노래 가사의 패러디: 저벅, 저벅, 저벅, 소년들은 행진하도다(Tramp, tramp, tramp, the boys are Marching).

3) 피닉스 공원(Pynix Park): Phoenix Park + Pnyx(아테네의 언덕).

4) 주사제입증主司祭立證하기(세 provost): The Provost: 더블린의 육군 형무소.

5) 불결의류착복不潔衣類着服 39조항(dudud dirtynine): Thirty—nine Articles: 영국 국교의 39개 신조로, 성직에 오를 적에 이에 동의한다는 뜻을 표명함.

6) 차용할(contango): 계약 완료를 연기하기 위하여 지불된 금액에 대한 증권거래 용어.

7) 정당성 황송惶悚(gramercy of justness): Gramercy Park: 뉴욕 시의 공원 이름.

8) 모르몬(moremon): Mormon: (1)모르몬교도 (2)모르몬: 〈모르몬 서〉(Book of Mormon) 중의 가공의 예언자 (3)일부다처주의다.

9) 카이로(Misrs): (Arab) Cairo.

10) 키스저스 골목길(Keisserse Lane): 중세 더블린의 Kiss—arse—Lane(둔부 입맞춤 골목) 이란 이름의 Keyser's Lane(비속어).

11) 티브톰 취한醉漢 또는 도회건달都會乾達(tipsyloon or tobtomtowley): Tib & Tom: 고대 더블린의 Goggen Green(추원)에 세워진 건물들.

12) 세로락자細路落者(lanejoymt): Lane—Joynt: 더블린의 시장市長 각하.

13) 전착戰着하고(waring): Belfast의 Waring 거리.

14) 가석방의(knockbrecky): Knockbreckan Reservoir: Belfast의 저수지 명.

15) 폭포도위사조잡부수瀑布道僞辭粗雜斧手(a fallse roude axehand): (1)Belfast의 Falls Road (2)rude accent (3)Red Hand of Ulster(적수: 주표洲標).

16) 산책야서한散策夜書翰(Saunter's Noceletters): Saunter's News Letter: 더블린의 신문.

17) 우체국집정부郵遞局執政部(Poe's Toffee Directory): 더블린의 〈우편번호부〉(Post Office Directory).

18) 날조행실捏造行實(paviour): Thomas Pavier: 1619년에 셰익스피어 및 모조 셰익스피어 작품집을 출간하려고 시도한 날조자.

19) 베오그라디아(Belgradia): Belgrade: 유고슬라비아의 수도.

3부

20) 유일무이하게도(to my nonesuch): Nonesuch: 핸리 8세의 궁전.

21) 셀룰로이드 예술의 탐색자!(searchers…the celluloid art): 사진술이 취미였던 캐럴(Lewis Carroll).

22) 노드 스트랜드 가도(North Strand Road): 더블린 소재.

23) 경계 받고(keshaned): Keshan: 더블린의 시장 경卿.

24) 쉐룩(Sherlock): (1)Lorcan Sherlock (2)Sherlock Holmes.

25) 벨트 스패너(beltspanners): (G) Ba'ltrspa'nnere: 조상彫像의 무리.

26) 그의 역겨움에 수치!(Shames on his fulsomeness): (1)H. Travers Smith 저 〈오스카 와일드로부터 심리적 전언〉 40(Psychic Messages from Oscar Wilde) 40에 실린 글귀의 익살: 조이스의 수치(Shame upon Joyce) (2)〈율리시스〉에 대한 와일드의 냉소.

27) 천한 피의 깔 짚 속에 엎드린, 버림받은 맹견(outcast mastiff littered in blood currish!): Sir William Skeffington(1530년, 더블린의 부관(Deputy)의 말: 천한 피 속에 엎드린, 버림받은 맹견.

28) 정액남精液男(atkinscum's): Atkinson: 더블린의 시장 경.

29) 교수탑絞首塔!(Hanging Tower!): 교수 탑이 Buck Lane 곁의 더블린 시벽市壁 위에 있었다.

30) 즉시!(Instaunton!): Staunton : 더블린의 시장 각하.

31) 무당벌레여!(Larrybird!): 노래 가사 중의 인물: 전날 밤 랄리가 뻗었다네(교수 당했다네)(The Night before Larry Was Stretched[hanged]).

(535)

1) 헝가리의 바소로뮤(Barktholed von Hunarig): (1)Bartholomew Vanhomrigh: 스위프트의 애인 바네사의 아버지 (2)더블린의 시장 각하

2) 몸짓 언어(joussture): Marcel Jousse(S. J. 1885—1961): 그는 몸짓언어(language of gesture)를 연구했다. Abbe(Marcel) Jousse는 파리에서 연설을 하고 있었다. 그는 조이스가 집착했던, 그리고 언어는 그의 기원을 몸짓에 둔다는, 이론으로 유명한 제창자였다. (Mary Colum 저: 〈우리들의 친구 제임스 조이스〉(Our Friend James Joyce) p. 130—131 참조) 〈율리시스〉의 제15장 초두에서 스티븐은 Lynch에게 몸짓의 언어에 대해 설명한다: 아무튼, 한 조각의 빵과 한 개의 항아리를 설명하기 위해 누가 두개의 몸짓을 원하겠나? 오마르에는 이러한 동작으로 빵 덩어리 혹은 포도주 항아리를 설명하고 있네. 이를 위해 그는 몸소 몸짓의 언어를 행사 한다: 스티븐은 물푸레나무 지팡이를 그에게 내맡기고 두 손을 천천히 내밀어, 머리를 뒤로 젖히며…(U 353).
에피파니는 말이나 혹은 몸짓 혹은 마음 자체의 기억할 수 있는 국면에 있어서, 갑작스러운 정신적 개시를 의미한다. (SH 216)

3) 나의 포플러목木의 2섹스(섹스섹스), 나의 켄타우로스(반인반마)의 섹스(성性) 육백년제일六百年祭日에…당시 지옥문 곁에, 목인상木人像(my poplar Sexsex, my Sexencentaurnary…Gate of Hal…the Wodin): (1)sexcentenary: 600년제 (2)Hal: Hell, Valhalla: (북구 신) Odin 신의 전당 (3)Brussel의 Hal 항구(4)Wodin: Odin 신. The Wooden Man: 더블린의 Essex 가에 있는 신의 목형상木形像.

4) 최고숭最高崇(our most noble): 우리들의 최고 고상한 도시 더블린.

5) 신지구新地球(Nova Tara). (L) nova terra: new earth. Tara: 아일랜드의 고도古都.

6) 등마登馬한 채(hrossbucked): (1)horsebacked (2)(G) Ross: 군마 (3)Ross 더블린의 시장 각하.

7) 전광석고電光石膏 퍼디난드 마전하馬殿下(Pferdinamd Allibuster): (1)Ferdinand: 남자 이름 (2)(G) Pferd: horse (3)alabaster: 석고.

8) 그대는 모든 문간 위에 부채꼴 펼친 자者이기에…노르웨이까지 경노輕櫓할 필요가 없는지라(yeddonot need light oar till Norway…you fanned…every doorway): (1)노래 가사의 패러디: 한 밤중의 아들: 그대는 노르웨이까지 토닥토닥 달릴 필요 없는지라, 그대는 모든 문간에 그를 발견하리라(The Midnight Son: You needn't go trotting to Norway, You'll find him in every doorway) (2)Yeddo: Tokyo의

옛 이름.

9) 수진악수手振握手의(h) 여호여타자축하汝好如他者祝賀를(c), 이크레스각하(e)(handshakey congrandyoulike —thems, ecclesency): (1)congratulation+you+like+them(여기them은 셰익스피어, 단테, 블룸, 조이스 등을 포용한다) (2)Your Excellency' 더블린의 Eccles 가. Eccles: 더블린의 시장 각하. (3)여기 조이스는 〈경야〉에서 한번 이상 자기 자신을 3대 문필 거장들의 무리 속에 앉힌다: 그는 괴테, 셰익스피어 및 단테 3총사를 제시하는데, 이들은 서부 유럽 문화의 대표자들이다. 그러나 이 구절에서 조이스는 괴테의 이름을 생략하고 있는 반면, Eccles 가의 블룸을 통해서 〈율리시스〉의 자신을 포함시킨다. Congrandyoulikethems은 Can Grande에 대한 언급으로, 그에게 단테는 Comedy의 네 가지 수준을 다루는 편지를 썼다. Shakey는 셰익스피어에 대한 암시다. 여기 세 위인들은 단일 가족 속에 모여 있다. 그들은 축하 속에 조이스와 악수하는지라—왜냐하면 그는 likethems(그들+동류)이기 때문이다(Cheng 교수가 인용한 Nathan Halper의 글에서 재인용(Cheng 180).

10) 대항자(Adversarian): 〈베드로전서〉 5: 8의 성구: 너의 대적 마귀(your adversary the devil).

11) 런즈엔드Londsend!): Land's End, Cornwall(잉글랜드 남서부의주) 런던.

12) 피 자국(gore): Gore: 더블린의 시장 경.

13) 내가 병자연病者然하게 보수적이라?(I ere bluffet konservative?): 입센의 글귀: 사람들 말이, 나는 보수적이 되어가고 있다고(They say I'm becoming conservative).

14) 피터 껍데기 벗기는 자(경찰관) 및 폴 발톱!(Per Peeler and Pawr!): Peter Paul McSwiney: 더블린의 시장 각하.

15) 환관충분宦官充分!(Enouch): Enoch: 가인(Cain)이 세운 최초의 시市(〈창세기〉 4:17). enough + eunuch(환관).

16) 하이트헤드(백두白頭)(Whitehead): (1)Whitehead: Antrim 군의 도시 (2)White Hat: MacCool, HCE.

17) 철자오기綴字誤記(mesoilt): 더블린의 Mespil Road + misspelt(오철된).

18) 제발(그리스도여), 생선을 건넬지라!(Pass the fish for Christ's sake!): 생선(물고기)은 그리스도의 고대 상징. 여기 4대가들을 HCE로 하여금 빠져나와, 자신을 들어내도록 압력을 가한다.

19) 백白호우드구丘(White호우드): (1)호우드 헤드: HCE—Finn (2)White family: James 1세의 통치 이전의 호우드의 Corr Castle의 소유자들.

20) 유스타키오관管(구씨관)을 열지라!(Ope Eustace tube!): Eustachian tube: 후두부터 귀까지의 통로.

21) 가련한 백서白誓를 불쌍히 여길지라!(Pity poor whiteoath!): H. Travers Smith 저: 〈오스카 와일드로부터의 정신적 메시지〉(Psychic Messages from Oscar Wilde)의 글귀의 변형: 오스카는 다시 말하나니…오스카 와일드를 불쌍히 여길지라…친애하는 귀부인(Oscar is speaking again…Pity Oscar Wilde…dear laqdy).

22) 옥중심진獄中深塵의 속물행俗物行의 가련한 O. W.를 위하여(for poor O. W. in this profundust): O. W. (Oscar 와일드)의 〈심연에서〉(De Profundis).

23) 독사처럼 귀먹은 채(deff as Adder): 〈시편〉 58: 4: 저희는 귀를 막은 독사 같으니(the deaf adder).

24) 우리들의 과실果實에 의하여 나의 나무를 심판할 것을(to judge on my tree by our fruits): 〈마태복음〉 과실에 의하여 그들을 알지라(By their fruits ye shall know them).

25) 나는 그대에게 나무 실과實果를 주었나니(I gave you of the tree): 〈창세기 3: 12: 성구의 변형: 그녀는 내게 실과를 주었나니, 그리고 나는 먹었도다(she gave me of the tree, & I did eat)

26) 해브스(H) 차일더스(C) 에브리웨어(E)(Haveth Chilers Everywhere): (1)H. C. E. Childers: 19세기 후반에 있어서 로마의 대신관 의원(M. P for Pontefract) (2)Erskine Childers: 호우드 총포 밀수에 가담하여, 아일랜드 자유국(Irish Free State)(아일랜드 공화국의 전 이름)에 의해 처형된 공화당원 (3)1930년, 조이스가 〈경야〉의 일부분으로서 출판한 타이틀: 〈Haveth Childers Everywhere〉.

1) 세바스천(Sebastion): Sebastian Melmoth: 와일드의 재판 뒤에 사용한 이름.

2) 리우데자네이러(Januero): Rio de Janeiro(브라질 공화국의 옛 수도).

3) 기적맥奇蹟麥(miracle wheat): 국제 성경 학생 연합(International Bible Student's Association)(그들은 여호와의 목격자들이 되었거니와)이 팔았던 기적의 밀(麥).

4) PP 퀨비(Quemby): PP Quemby(1808—86): 미국 Maine 주의 남서부 항만 도시인 Portland의 정신 치료사로, 그는 Christian Science의 설립자인, Eddy 부인을 치료했는데, 그녀의 Christian Science의 대부분은 Quemby로부터 차용함.

5) 거품 떠듬거리는 자신의 설자舌者(tonguer of baubble): (1)혀의 떠듬거림(babble of tongues): 하느님은 Babel 탑의 추락 후로 여러 다른 말들을 창조했다 (2)크롬웰 왈: 이 헛것들을 치워버려(Take away these baubles)(전출) (3)오스카 와일드: 그의 형무소의 실체는 소년들의 피리 소리 나는(flautish) 목소리들에 의해 확신된다.

6) 개둔행복악자開臀幸福惡者(Felix Culapert): Exsultet: O felix culpa!(오 행복의 죄여!): 〈경야〉의 말 주제들 중의 하나.

7) 고古랜 악취도심惡臭都心(ould reekeries): Auld Reeke: Edinburgh.

8) 크럼린(krumlin): (1)Kremlin: Kremlin+Crumlin(더블린의 지역) (2)ould errkeries(Edinburgh)와 Krumlin 및 파리에 있는 주위 안뜰의 뾰족탑의 종들은 낡은 죄인을 울려내고(roll out), Sechselauten(취리히의 봄 축제)의 종들은 새것을 울러 들이나니(roll in)(테니슨의 주제).

9) 몬크리프의 비애! 오 슬픈지고!(Mingrieff! O Hone!): (1)Moncrieffe & Hone: 더블린의 시장 각하 (2)(AngI) ochone: alas.

10) 귀속상貴俗賞(nobelities): Nobel 상.

11) 아카슈스(achershous): Oslo 주위의 시골, 또는 그곳 성.

12) 고백모高白帽(white toff's hoyt): (1)White: 더블린의 시장 경(각하) (2)Hoyte: 더블린의 시장 경.

13) 아이젠(철鐵)봉捧(stock of eisen): Stock im Esen: 비엔나에 있는 고대 나무 그루터기(뿌리).

14) 로이얼 레그(황실각皇室脚) 점店(the Royal leg): 18세기 더블린의 양말 상점.

15) 뽐내는(buckely): (1)Vereker: 더블린의 시장 각하 (2)very carefully.

16) 오스카와일드(Oscarshal's): (1)Oscarshall: Oslo의 궁정 (2)Oscar Wilde.

17) 부엔 레티로 은주장隱酒場!(Buen retiro!): Buen Retiro: Madrid의 공원 명.

18) 소년의 소성笑聲(boyce voyce): (1)Boyce: 영국의 작곡가 및 합창대원: Boyce: 더블린의 시장 경 (2) boy's voice.

19) 그가 감옥 속으로 승입昇入했기(he was ascend into his prisonce): 감옥에 송치된 Oscar Wilde의 암시.

20) 감히 불가무不可無(Kanes nought): (G) Ich kann es nicht(I cannot do it) (2)Connacht: 아일랜드 공화국의 북서부 지역 (3)Kane: 더블린의 시장 경.

21) 해법鮭法(laxlaw): (1)leixlip: 연어도약 (2)(L) lex: law.

22) 회노인신용상인灰老人信用商人의 만사 중의 왕사王事, 혹은 시키비니스 법정, 제루 바밸(영포零泡) 브렌톤 법사法史, 요나 백경병위白鯨兵衛, 확정설간確定鱈幹 혹는 오이(식植)직립부直立部의 법원 판사(Recorder at Thing of all Things, or court of Skivinis, with marchants grey, antient and credibel, Zerobubble Barrentone, Jonah Whalley, Determined Codde or Cucumber Upright): (1)왕 중 왕(king of all kings). Allthing: 아이슬란드의 국민 의회 (2)Court of Skivini: 기원 1191년에 런던을 통치함 (3)더블린의 Merchant's 부두 (4)더블린의 Antient Concert Rooms(조이스는 유년 시 그곳 콘서트 경연에서 2등을 했다) (5)Zerubbabel: 유태인의 바빌론 유수幽囚(Captivity)후의 재건된 사원 Ezra의 유다 왕국의 왕자 (6)Sir Jonah Barrington: 아일랜드의 법률가 및 역사가. 그는 〈율리시스〉 제10장에서 Conmee 신부의 독백에도 나온다: 네드 램버트한테 요나 베링턴 경의 저 회고록을 내게 빌려달라고 부탁해 봐야겠어.(U 198)(7) Jonah(요나: 헤브라이의 예언자) 및 the Whale(고래).

23) 참여관들(jurats): 선서하는 자.

24) 우리들의 부왕(Haar Eaagher): Harald Haaragre 혹은 Halard Fairhair(527:21): 노르웨이 최초의 왕.

25) 하로드의 명남名男이여. 나의 친아親兒여 올지라, 나는 건승할지라(Harrod's be naun. Mine kinder come, mine wohl be won): (1)주님의 기도(Lord's Prayer)의 인유: 하늘에 계신 우리의 아버님, 당신의 이름은 신성하사, 당신의 왕국이 올지니. 당신은 이루어질지어다. (Our Father , Which art in Heaven, Hallowed by thy Name, Thy kingdom come, Thy will be done) (2)Harrods: 런던의 백화점.

26) 피대자皮帶者(루터) 같은 이 전무全無나니(There is nothing like leuther): (1)Matrin Luther (2)격언의 패러디: There is nothing like leather(자화자찬).

27) 오 시에(요녀)!(O Shee!): O'Shea: 파넬의 이혼 사건.

(537)

1) 그들은 돌멩이를 투척하지 않을지라(they shad not peggot stones): (1)격언의 인유: 유리 집에 사는 사람은 돌멩이를 던져서는 안 되는지라. (2)Piggot는 피닉스 공원 암살에 파넬을 관련시키는 편지를 날조했다(전출, FW 97 주12) 참조) (3)글래드스턴.

2) 코끼리의 집은 그의 성城이나니(The elephant's house is his castle): (1)격언의 인유 영국인의 집은 그의 성이나니(The Englishman's house is his castle) (2)Elephant & Castle: 런던의 지역 (3)Elvery Elephant House: 더블린의 비옷 상점(〈율리시스〉(O'Connell 가 입구 소재)에서 장의마차는 그 앞을 지난다). (현재 Kentucky Fried Chicken's House).

3) 허식의 격퇴(rinunciniation of pomps): (1)J. B. Rinuccini(로마 교황 복음 대사(Apostilic Nuncio)는 1645–9년 아일랜드를 방문했다 (2)〈일반 기도서〉(Book of Common Prayer)의 글귀: 교리문답(Catechism): …허식과 허영을 격퇴할지라(renounce…the pomps & vanities).

4) 나는 또한 손에 밀랍(초)을 쥐고(with a wax too held in hand): 〈더블린 사람들〉, 〈은총〉에서 Kernan 씨는 손에 양초를 들고 악마를 격퇴 한다.

5) 브라운이 크리스티나 안야를 포음抱陰 하듯(Browne umbracing Christina Anya): (1)Christianity(기독교 신앙) (2)〈더블린 연감〉(Dublin Annals)(1535): George Browne(더블린의 대주교)은 16세기의 종교개혁(Reformation)을 포용한다.

6) 덕력德力(virchow): virtue + Virchow(독일의 병리학자, 정치가).

7) 나의 고우선조古愚先祖들을 대리아세례代理兒洗禮시켜야만 하도다(proxy babetise my old antenaughties): 물론 교도들은 그들의 사자死者를 대리로서(by proxy) 세례 한다.

8) 리처(거머리) 루티(Leecher Rutty): 더블린의 내과의.

9) 일승랑자日昇浪者들(sunuppers): (Aust) sundowners: 음식과 밤의 잠자리를 얻기 위하여, 일몰에 정거장에 도착하는 방랑자들.

10) 브라이턴 확장하리라(outbreighten): Brighton(잉글랜드 동남부의 도시) + expand.

11) 요석자尿石者들(peebles): Peebles 스코틀랜드의 마을.

12) 기차도민汽車都民(trainsfolk): (1)townfolk (2)Rainsfolk: 더블린의 시장 각하.

13) 빌럽스씨(Mr Billups): Phelps: 선장으로, 그의 적대자는 Tomkins. 이리하여 두 더블린의 배우들인 Phelps 및 Tom King이 포함될 수 있다(Glasheen 232 참조).

14) 사분지일(1/4) 형제(quarterbrother): 1782년 전까지 더블린의 상인들은 quarterage(1/4 세)라 불리는 세금을 지불했는데, 따라서 그들은 quarter brother라 불리었다.

15) 매문소액환상賣文少額換(a grubstake): Grub Street(삼류 작가들): 진부한 문학 작품(hack work)으로, 스위프트에 의해 자기 작품에 적용된 말.

16) 브리스톨—경유—아프리카 토土(Blawlawnd—via—Brigstow): (N) Blaaland: 모험담에 나오는 아프리카. Brigstow: Bristol(영국 노예무역의 본부)의 옛 이름.

17) 쳐나 드잠자 출신의 부란체트(Blanchette Brewster from Cherna Djamja): Blanchette: Paris. Teherna Djamia: 불가리아의 Sofia에 있는 흑인 사원.

18) 신명기(Deuterogamy): (1)〈성서〉,의 〈신명기〉 (2)deuterogamy: 첫 아내의 사망 후의 결혼(재혼).

19) 포라드 및 크로카더(pollard and a crockard): 〈더블린 연대기〉(1300년): 소리쳐 행상할 때 쓰는, Pollard 및 Crocard라 불리는 기본 엽전.

20) 해변에 세 자갈이라(three pipp러s on the bitch): T. Crofton Croker: 〈남부 아일랜드의 요정 전설〉(Fairy legends of South Ireland)의 저자로, 그 속에 민속적 이야기인 해변의 세 자갈을 포함한다.

21) 몽 메그(Mons Meg's): Mons Meg: Edinburgh 성의 흉벽胸壁에 있는 대포.

22) 피네간의 각주覺週(Fanagan's Weck): (1)노래 제목 〈피네간의 경야〉 (2)William Fanagan: 더블린의 Aungier 가에 있는 장의사.

23) 돈키브르크(당나귀실개울) 시장市場(Donkeybrook Fair): (1)노래 제목의 익살: Donnybrook Fair (2) 더블린의 시장 명.

24) 호더의 그리고 코커의 산술유객算術誘客(Hodder's and Cocker's erithmatic): 그들은 런던에서 산수와 글쓰기를 교수했으며, 전자는 〈산술: 문사의 재창조〉(Arithmetick, The Penman's Recreation)의, 후자는 〈산술〉(Arithmetrik)의 저자이다.

(538)

1) 쥬노 금전에 맹세코!(by Juno Moneta!): Juno 여신은 로마와 Alba에서 Moneta란 칭호 하에 존경을 받았으며, 그녀의 사원이 조폐국으로 쓰였다.

2) 매리온 테레시안(Marryonn Teheresiann): 오스트리아의 대공비大公妃.

3) 레드위지 샐 바토리어스(Ledwidge Salvatorious): William Ledwidge(후에 Ludwig): 까까머리 소년(The Croppy Boy)(〈율리시스〉 11장 참조, 노래의 주제)을 부른 아일랜드의 바리톤 가수.

4) 오반박자誤反駁者들(mistraversers): Miss Travers는 오스카 와일드의 부친 윌리엄 와일드 경을 유괴범으로 고발했다.

5) 멀카드(melkkaart): (1)(Du) melk: milk. (Du) kaart: card, ticket (2)Melkarth: 옛 페니키아의 항구 도시인 Tyre의 신.

6) 재매再賣(resolde): Isolde.

7) 브릭스톤(Brixton): Briton: 옛날 브리튼 섬에 살았던 켈트계의 사람.

8) 옥션 교橋(Auction's Bridge): 더블린의 리피 강상 Brattan Bridge(상류).

9) 카르타고…중세강악中世强惡의 폐방廢房에서…극히 상응하는 공황무도恐慌無道함이었도다(honnibel crudelty…mightyevil…cartage): (1)Hannibal(카르타고의 장군으로, 알프스 산을 횡단, 로마를 침공함)(플로베르의 카르타고에 기초한, 역사 소설 〈살랑보〉(Salammbo')는 출판되었을 때 그의 잔인성으로 비평받았다 (2) Medieval ruins of ancient Carthage: 카르타고의 중세 유적.

10) 불가부당!(improperable!): Improperia 십자가로부터의 그리스도의 비난(성 금요일의 예배).

11) 고금古金(old Crusos): (1)Robinson Crusoe (2)Croesus: Lydia(소아시아 서부의 왕국) 최후의 왕은 세계의 가장 부유한 사람이었다.

12) 백혼금白魂金(white soul of gold): 현자의 돌(The Philosopher's Stone): 보통의 금속을 금으로 만드는 힘이 있다고 믿어, 옛날 연금술사가 애써 찾던 백색의 돌.

13) 유홍지(cunziehowffse): Cunzie House: 옛 Edinburgh의 조폐국.

14) 캐시(Cash): 더블린의 시장 각하.

15) 보인강의 생어生魚(a boyne alive): A. Peter 저의 〈더블린 단편〉(Dublin Fragments)에는 옛날 더블린의 거리 생선 장수의 외침을 언급한다: 싱싱한 보인강의 연어(Boyne salmon alive): 〈망명자들〉에 등장하는 아침의 생선장수 할멈의 외침 참조.

16) 버찌 따는 자들(cherripickers): The Cherry—Pickers: Prince Albert(빅토리아 여왕의 남편) Hussars.

17) 미혼녀채집망未婚女採集網(Catheringnettes): (F) catherinetta: 25살에 아직도 미혼인 여인.

18) 육肉판매대 가街(Street Fleshshambles): 더블린의 Fishamble 가의 패러디.

19) 태백성太白星과 함께 여명월黎明月이요(moon at aube with hespermun): (F) aube: dawn(L) Hesperus: 저녁 별.

20) 코번트 원園(covin guardient): Covent Garden: 런던.

21) 하아담(Haddem): A'dam: Amsterdam의 약자.

22) 그들의 구애의 프라이팬에서 나와 나의 노상爐床 속으로(Ous of their freiung pfann into myne foyer): (1)속담의 패러디: 프라이팬에서 나와(연옥의) 불길 속으로(out of the frying pan into the fire) (2)〈율리시스〉의 디그넘 장지에서 블룸의 독백: 인생의 플라이 팬에서 나와 연옥의 불길 속으로)(Out of the frying of life into the fire of purgatory)(U 91).

23) 카로우 군령郡領에서 자신의 정강이에 충격 받은 사나이. (The man what shocked his shanks at contey Carlow's): 노래 가사의 인유: (1)몬테카를로의 은행을 폭파한 사나이(The Man That Broke the Bank at Monte Carlo) (2)Shanks: 런던의 시장 각하 (3)Carlow 군.

24) 불알 남男인지라(Deucollion): (1)Deucalion: Ovid의 Noah와 동등 (2)testicles.

25) 추문지醜聞紙(rivulerblott): (G) Revolverblatt: scandal sheet.

26) 쇼텐호프에서 콩가(Congan's shootsmen in Schottenhof): (1)Congan: ? (2)Schottenhof: 비엔나의 베네딕트 사원(Benedictine Abbey).

27) 멋 부림(Gothamm chic): (1)goddemn cheek (2)Gotham: 주민의 우행에 대한 마을 격언. 뉴욕 시의 별명. Gotham Book Mart: 조이스에 관한 서적을 가장 많이 파는 뉴욕의 서점 명(지금은 패쇄 됨).

28) 맹서두盟誓頭(oathhead): 호우드 구두(Howth Head).

29) 페라기우스(Pelagios): 아마도 아일랜드의 이교도.

(539)

1) 로더릭(Roderick's): 아일랜드의 최후 고왕인 Roderick O'Connor.

2) 최단일통석最單一桶石(mostmonolith): 피닉스 공원의 웰링턴 기념비.

3) 듣기 위한 귀(이耳)를 가진 자(ears to ear): 〈마가복음〉 4: 9: 예수께서 이르시되: 귀 있는 자는 들으라(He that hath ears to hear).

4) 바지제네 바 바이(買) 바이블(brebreeches buybibles): Breeches Bible: 1560년의 제네바 성경.

5) 인착모人着帽(minhatton): Manhattan. 유태인은 모자를 쓴 채 맹서한다.

6) 기념입석인記念立石人(manhere): menhir: 직입 기념석: 여기 HCE를 암시함(〈율리시스〉의 블룸이 명상하는 Crampton 기념 흉상(분수상) 대신, 오늘날 Pearse 가와 College 가 및 Townsend 가 접합점에 서 있는 장석(Longstone): 1896년 더블린 태생의 조각가 Cussen이 본래 모습으로 돌기둥을 조각하여 그 자리에 세움, 현존(U 76)(Du) een mynheer: 신사.

7) 장석발기사원長石勃起寺院(longstone erectheion): (1)The Long Stone: 덴마크 인들의 상륙을 표하는 더블린의 돌기둥 (2)Erechtheion: Acropolis 언덕의 신전.

3부

8) 소매상인(셰익스피어)(Shopkeeper): (1)나폴레옹은 영국인을 소매상인의 백성(nation of shopkeepers)이라 불렀다 (2)Shopkeeper, A. G. : 〈율리시스〉를 처음 인쇄한 파리 소재의 서점, Sylvia Beach의 Shakespeare & Company.

9) 합자회사(A. G): (G) Aktien–Gesellschaft: 합자회사(joint stock co).

10) 정강이긁히우고, 불똥침밸이우고, 염병고뇌染病苦惱…리미안 전상戰傷…(shintoed, spitefired, perplagued…cramkrieged): 〈묵시록〉의 4말(馬)들: (G)죽음(Tod), 불(Fire), 염병(Plague). (G)(1) Crimean War (2)전쟁(Krieg).

11) 일요잡의류日曜雜衣類(suntry clothing): sundry(잡화의)+Sunday+Santry: 더블린의 지역들).

12) 장애물항(Athacleeath): (I) A'th Cliath: Hurdle Ford(더블린의 고명).

13) 제국왕기帝國王旗(imperial standard): 더블린 성(Dublin Castle(정청)에 개양된 제국 기(1801년 〈더블린 연감〉 수록).

14) 나의 부릭스톨의 선물選物을 지휘 및 가동했는지라(ran and operater my brixtol selection): (1)헨리 2세의 헌장憲章은 Bristol(영국 서남부의 항구 도시)의 시민들에게 더블린을 하사했다 (2)여기 brixtol은 HCE의 주막 이름인 Bristol.

15) 포프린스타운(Poplinstown): 포플린 직물을 위한 더블린의 한 때 중심지.

16) 던립 항港(Forte Dunlip): 더블린 항.

17) 셀보니안 소혈沼穴(holer of Serbonian bog): Serbonian Bog: 하부 이집트의 소지沼池에 대한 밀턴의 서술(〈실낙원〉(Paradise Lost) II. 592)

18) 광대거리廣大距離의 도시(city of magnificent distances): Madras(인도 남부의 주)는 City of Magnificent Distances라 불림.

19) 양벽외곽良壁外廓(walldabout): 뉴욕 시의 Wallabout 만灣.

20) 영령英領(paler): 옛 아일랜드의 영령 지역(더블린 주변).

21) 군사포위승軍事包圍勝(martiell siegewin): 더블린의 Marshelsea 감옥.

22) 전상이수용소戰傷痍收容所(Abbot War to blesse):): Abbot: 더블린의 시장 경. Warren: 더블린의 시장 경.

23) 하처법왕何處法王(Whncehislaws): Wenceslaus 1세 왕, Prague의 벽을 최초로 세움.

24) 베를린 웅자熊者 변경백邊境伯 알버트공公(Allbrecht the Bearn): Albert 1세(별명은곰), Brandenburg의 Margrave, Berlin을 설립함.

25) 프로이센(prusshing): Prussia의(독일 북부에 있었던 옛 왕국)(1701—1918).

26) 어번 I세 전하(T. R. H)(Their Royal Highnesses) Urban First): 교황 Urban 1세(222—230).

27) 샴페인 검댕남男(Champaign Chollyman): (1)Charlie Chaplin: 영국의 희극 배우(1889—1977) (2) Champagne Charlie: Edward 7세의 친구인 Charles Hardwick의 별명.

28) 헌거리(공복空腹)애왕愛王(Hungry the Loaved): 헨리 2세(the Loved).

29) 혐오 한거리 왕(Hangryn the Hathed): 헨리 8세(the Hated): 그는 셰익스피어의 역사극의 발원을 이룬다.

30) 종신업무終身業務(tenenure): (1)tenure(종신 보유권) (2)Terenure: 더블린의 지역 명.

31) 세보稅寶 및 부채유죄負債有罪(my skat and skuld(Da(taxes, treasure 및 debt, guilt.

32) 대大까마귀들의 변덕자變德者들(Flukie of the Ravens): Nauksbok의 Floki는 까마귀들에 의해 아이슬란드로 안내되었다.

33) 영국의 발한역병發汗疫病(famine with Englisch sweat): 1528년에 더블린은 영국의 악역惡疫(pest)의 침공을 받았다.

34) 전염병(oppedemics): (1)epidemics(전염병) (2)(L) oppidum: town.

(540)

1) 총류總類의 뱀들과 함께 양치兩齒의 용충龍蟲들(toothed dragon worms with allsort serpents): 〈더블린 연감〉 897에 의하면: 아일랜드는 두 개의 이빨을 가지며, 나라 안의 푸른 것은 모두 먹어치우는 이상한 벌레들의 침공을 받았는데, 이들은 메뚜기로 사료되었다(Ireland visited by a plague of strange worms, having two teeth, which devoured everything green in the land. supposed to have been locusts).

2) 토지연맹(landleagues): Land League: 19세기 후반의 아일랜드 민족주의 단체.

3) 공개악명公開惡名의 사악거주자邪惡居住者들(open and notorious naughty livers): 영국국교의 기도서: 영성체(Holy Communion)에 대한 서문 조항의 글귀: 공개적 및 사악한 거주자…자신의 이전 무모한 생활을 진실로 후회하고 개선했나니…(Holy Communion: An open & notorious evil liver…truly repented & amended his former naughty life).

4) 우리들의 시市의 이 거처석居處席은 사방팔방 유쾌하고…만일 그대가 언덕들을 횡단하면…. 만일 챔피언의 땅이라면…만일 그대가 신선한 물로 기뻐하고자 한다면…만일 그대가 바다를 취관取觀하려면…근수近手할지니(This seat of our city it is of all sides pleasant…If you would traverse hills…If you would be delighted…If you will take…it is at hand): (1)Holinshed 저 〈연대기 21〉(Chronicle21)의 글귀의 패러디: 더블린: 이 도시의 거처는 사방 유쾌하고…만일 그대가 언덕을 횡단하면, 그것은 멀지 않았나니. 만일 챔피언의 땅이라면…만일 그대가 신선한 물로 기뻐하고자 하면…. (The seat of the cities is of all sides pleasant, comfortable & wholesome. If you would trauerse hills, they are not far off. If champion ground, it lieth of all parts. If you be delited with fresh water, the famous river called the Liffie, named of Ptolome Lybnium, runneth fast by. If you will take the view of the sea, it is at hand) (2)〈연대기〉(Chronicle VI)(아일랜드)는 또한 〈맥베스〉(다른 연극들 중)를 위한 셰익스피어의 전거인지라, 이는 Iverness에 대한 Duncan 왕의 서술을 상기 시킨다: 이 성은 유쾌한 거처를 지니는지라. 공기는 유통이 빠르고, 달콤하게 마음에 드나니. 기분이 참 상쾌하도다. (This castle hath a pleasant seat. The air / Nimbly and sweetly recommends itself / Unto our gentle senses). (I. vi. 1—3)(Cheng 180).

5) 그대가 무슨 일을 하든지 드럼콜로가를…!Do Drumcollogher).: (1)Percy French(전세기의 전환기의 더블린 연예인 및 노래 가사 작가)작의 노래 재목의 패러디: There's only one house in Drumcollogher) (2)Drumcondra: 더블린의 한 지역.

6) 핍! 찍찍! 핍피치!(PiP. . Pipitch1): 스위프트의 연서戀書(스텔라 &바네사)의 결구.

7) 저기 족제비 짹짹이던 곳, 거기 휘파람 휘휘 부나니. (Ubipop jay piped, ibipep goes the whistle): Ubi와 ibi는 where와 there의 라틴어.

8) 타이번(Tyeburn): 런던의 공개 처형장, 지금의 Marble Arch.

9) 이제 군중의 중얼거림이 행진하도다: 버스가 멈추는 곳 거기 나는 쇼핑하나니(massed murmars march: where the bus stops there shop I): 더블린: 수도의 현대적 쇼핑 몰의 광경. 〈사랑의 헛수고〉의 구절 및 〈템페스트〉의 Ariel의 노래: V. 1. 88: 꿀벌이 빨던 곳 내가 거기를 빠나니(Where the bee sucks, there I suck).

10) : 고지의 나의 성채두城砦頭로부터 나의 족운足運인 괴저壞疽까지(From the hold of my capt in altitude till the mortification that's my fate): (1)Crimea 전쟁에서 MacMahon(프랑스의 원수)은 Malakoff 더러 성채를 떠나도록 요구한다. 〈햄릿〉: 부왕 햄릿의 발(fate)끝에서cap—a—pe 머리(capt)까지의 무장에 대한 묘사의 변형(I. ii. 227—28).

11) 집행관칭執行官稱의 최후가 오늘의 집달리칭執達吏稱의 최초일지라(the last of their hansbailis shall the first in our sheriffsby): 〈더블린 연감〉(1548)에 의하면: 더블린의 Bailiff의 제목은 Sheriff의 그것으로 바뀜.

12) 레두 네그루(Redu Negru): Bucharest(루마니아의 수도)의 창설자.

13) 귀남과 천녀(pees and gints): (1)Black and Tans: 1920—1년 사이 아일랜드 왕립 경찰청의 영국인 지

원자들의 통칭의 변형

14) 부두향사埠頭鄕士와 노예선복자奴隸船伏者, 화해話海로부터의 논단이 레티녀女 귀남과 논단이 레티녀女(fresk letties): peers and gints, quaysirs and galleyliers, fresh lettuce, fresh letters from the sea. (1)입센의 연극 품목들의 인유: Peer Gynt, Caesar and Calilean, The Lady from the Sea (2)letty Greene: Thomas Greene(음식 과잉으로 죽은 영국 작가)의 아내.

15) 사회를 주도리柱倒離하고 로즈메리 가정(pullars off societies and pushers on rothmere's homes): 입센의 연극 품목들: Hedda Gabler, Ghosts, When We Dead Awaken.

16) 도민都民의 복종은 중도重都에 의한 행복죄幸福罪를 흩뜨리나니(Obeyance from the townmen spills felixity by the town): 더블린 시의 모토.

17) 조크 쉐퍼드(Jock Shepherd): 영국의 범죄자, 교수형을 당함

18) 야성의 조나단(Jonathans, wild): (1)영국의 범죄자, 교수형을 당함. Shepherd와 라이벌 관계 (2) Fielding의 작품명의 인유: 〈야성 조나단 대제大帝〉(Jonathan Wild the Great).

19) 아이스큐라피우스(esculapuloids): Aesculapius: 로마의 의약 신.

20) 불벌레들(Firebugs): B'ogg: 취리히의 봄 축제에서 불을 피움.

(541)

1) 칠병구七病丘들을(Seven ills)…브래이드 브랙포드록(흑항암黑港岩) 구丘, 칼톤 구丘, 리버톤 구丘, 크래이 구丘 및 록하츠 구丘, A. 코스토피노 구丘, R. 터싯 구丘. : (1)Edinburgh에 있는 7언덕들: Braid Hills, Blackford Hill, Calton Hill, Liberton Hill, Craiglockhart Hills, Corstophine Hill, Arthur's Hill. (2)Prospect Hill, Galway 소재.

2) …七海(…seavens): 7 seas(바다).

3) 포위주변包圍周邊으로서 그대의 구조망丘眺望이도다(circumference…hill prospect): 〈더블린 연감〉(1746)에 의하면: 더블린의 포위 주변은 7과 1/2 마일로 알려졌다.

4) 3니코라스 위딘(Nicholas Within): St Nicholas Within: 더블린의 성당 명.

5) 교마도敎魔圖(chort): (1)chart(해도) (2)D. A. Chart: 〈더블린의 이야기〉(The Story of Dublin).

6) 마이칸(Michan): 더블린 Church 가 소재의 St Michan's 성당(〈초상〉 제3장에서 스티븐 데덜러스가 참회하는 성당).

7) 가공할(에펠) 암적탑岩積塔(awful tors). (1)Eiffel Tower (2)tor: 울퉁불퉁한 바위산(pile of rocks).

8) 나의 고가건물高價建物…발아창發芽槍의 첨탑을…운모극종탑雲帽極鐘塔을…(by awful tors my wellworth building…spearing spires): (1)뉴욕 시의 Woolworth Building (2)셰익스피어의 연극 〈템페스트〉(태풍)에서 Prospero의 구름을 인 탑들(cloud—capped towers)에 대한 언급. HCE는 Prospero처럼, 자신이 세운 시와 건물들을 자랑한다. 그러나 Prospero의 창조처럼, 구름을 인 탑도, 찬란한 대궐도, 장엄한 사원도, 대지 자체도…죄다 끝내는 녹아버릴지니. (IV. i. 152—54)(김재남 668)(The cloud—capped tow'rs the gorgeous, / The solemn temples, the great globe itself…shall dissolve).

9) 성곽세城郭稅(murage): 헨리 2세는 1174년 더블린 시민들에게 통과세, 성곽세, 부두세, 세관세, 시장세, 교구세, 등에서부터 면제를 부여했다.

10) 위그노 거군巨群(hugeknots): 위그노 교도들(16—17세기 프랑스의 신교도)은 홀란드를 통해 17세기에 아일랜드에 정착했다.

11) 바르톨로뮤 학살barthelemew): 교황절대자(가톨릭교도)(papist)에 의한 위그노 교도들의 성 바르톨로뮤날의 대 학살(St Bartholomew's Day Massacre)(1572년 8월 24일의 신교도 대학살).

12) 불라페스트인人들(Bulafests): (1)Belfast (2)Budapest.

13) 콜카타인人들(Corkcuttas): Calcutta(인도 북동부의 항구)인들.

14) 브라이엔보루(Brien Berueme): Brian Boru는 1014년에 Clontarf 전투에서 덴마크인들을 패배시켰다.

15) 안구眼球의 후부에 란분노蘭憤怒를 지니고 있었더라도 그들은 전치前齒(ire back of eyeball…front tooth): 〈마태복음〉 5: 38: 눈에는 눈, 이에는 이(An eye for a eye & a tooth for a tooth).

16) 유락중집회愉樂衆集會(ridottos): 18세기 더블린의 유락, 대중 집회.

17) 웰링호프 공작(Duke Wellinghof): 웰링턴 공작.

18) 월하루(초혼당招魂堂), 월하루, 월하루, 애도야哀悼野!(Walhalloo, Walhalloo, Walhallo mourn in plein!): Victor Hugo 작: 〈속죄〉(L'expiation): Waterloo, Waterloo, Waterloo, morne plaine).

19) 니더트룹(Neederthorpe): 취리히의 옛 도시.

20) 페어비우(faireviews): 더블린의 지역인 Fairview 해구海溝(지금은 공원).

21) 라스민즈(분노심려자憤怒心慮者)(wrathminders): Rathmines: 더블린의 지역 명.

22) 세 사람의 쭈그리고 앉은 엿보는 자들과 함께 이인양인二人兩人이었나니!(With three hunkered peepers and twa nd twas!): (1)노래 가사의 패러디: 1백 명의 피리 부는 이들과 함께(With a Hundred Pipers) (2)〈더블린 연감〉(1807): Prince of Wales Parkgate 하물荷物 및 Rochdate 수송자가, 300명의 승객들과 함께 Dunleary에서 난파당하여, 타고 있던 모든 사람들은 목숨을 잃었다.

23) 면육眠育의 짐승(sleeking beauties): 〈잠자는 미녀〉(The Sleeping Beauty)(팬터마임).

24) 헤어지는 물처럼 감미의 테너 가수(tendulcis tunes like water parted…from): Tenducci: 테너 가수: 바다를 떠난 물(Water Parted from the Sea)을 노래하여 명성을 떨친, 18세기 이탈리아 가수. 그는 1766년 코크에서 아일랜드 처녀와 결혼함.

25) 동쪽의 식도능보食道稜堡(gorges in the east): St George's—in—the—East: 런던.

26) 설쟁성舌爭聲(the strife of ourangoontangues): 〈시편〉 31: 230: 설전(strife of tongues).

27) 색스빌 가街 염병(페스트) 광장(thicville Escuterre): (1)더블린의 Sackville 가 (2)Esku'—Ter: Pest 광장.

28) 멕클렌버러 가街(burgh Belvaros): 〈율리시스〉 제15장의 배경인 야시(Nighttown)의 적선지대인 Mecklenburg 가: 그곳을 들어서며 린치(Lynch)는 스티븐에게 말한다: 외설철학적 언어신학이군. 멕클렌버그가의 형이상학이다!(Pornosophical philotheology. Metaphysics in Mecklenburgh street!)(U 35. 3).

(542)

1) 감자묘종원柑子苗種園 호킨소니아로부터(from the murphylanz Hawkinsonia): 〈더블린 연감〉(1565)에 의하면: John Hawkins가 감자를 아일랜드로 처음 소개했다.

2) 통곡조벽痛哭調壁(Wailington's Wall): (1)웰링턴 (2)예루살렘의 통곡의 벽.

3) 느릅나무 재목의 장관長管(longertubes of elm): 느릅나무로 된 긴 관이 1763년 대운하(Grand Canal)로부터 Richmond Basin(더블린의 중심부의 수원지(〈율리시스〉의 장의마차가 그 곁을 지난다)(U 80)까지 물을 공급하기 위해 사용되었다.

4) 착륙운반차着陸運搬車에 싣고 환영식사歡迎食事(Putzemdown cars to my Kommeandine): Pazundaung에서 Alo'n 및 Kemmendine까지의 Rangoon(미얀마의 수도)의 기차.

5) 수반동시적水盤同時的으로 주분출酒噴出하게…필립 절주대節酒臺(sprouts fontaneously from Philuppe Sobriety): (1)속담의 패러디: 필립 음주로부터 필립 금주로의 호소(appeal from Philip Drunk to Philip Sober) (2)술 안 취한 필립과 술 취한 필립(Philip Sober and Philip Drunk)(U 423)(이들은 스티븐의 심적 양면성을 대변하거니와) (3)William Cowper(영국의 시인) 작 〈노역〉(Task) 중의 글귀의 인유: 술 취하지 않고 원기를 주는 잔(the cups that cheer but not inebriate)(Berkeley로부터 파생 구) (4)Sir Philip Crampton Monument 분수 상(더블린 중심가, 트리니티 대학 북쪽에 위치함, 현존)은 체인에 매단 음료 수

3부

잔을 지님.

6) 역마차의 오두막(caabman's sheltar): 〈율리시스〉 제16장에서 블룸은 스티븐에게 이곳에서 커피를 대접한다 (2)Ka'aba: Mecca(사우디아라비아의 도시)의 신성 건물 (3)Shelta: 아일랜드 땜장이들의 비어秘語.

7) 나를 조롱할(meckamockame): (1)make a mock of me (2)Mocha coffee.

8) 야누스(Janus): (1)James 가, 더블린(2 Jaunus: 문간의 로마 신.

9) 크리스마스 계단(Christmas steps): 영국 서남부의 항구 도시에 있는 Christmas Steps.

10) 궁병자窮病者들과 지방리地方吏들(indigent and intendente): 더블린의 〈병궁자病窮者 모임〉(Sick & Indigent Society).

11) 포룸 포스터(Forum Foster): Foster Place: 더블린의 정치 집회 장소.

12) 민중적우정民衆敵友情(folksfiendship): 입센 작품명 〈민중의 적〉(En folkefiende)의 인유.

13) 무례無禮(brite): John Bright: 영국의 정치가로, 아일랜드 자치에 반대함.

14) 매크리 모母들(the maugher machrees): (1)노래 가사의 패러디: Mother Machree (2)Meagher: 더브린의 시장 각하.

15) 불붙은 스펀지(해면海綿)(litted spongelets): 836년에 점령군에 의해 노략질 당한 더블린: 도시를 태우기 위해 불붙은 스펀지를 재비들에게 날려 보내졌다.

16) 프레처-프레밍즈는(Fletcher—Flemmings): (1)Elizabeth Flemming: 투옥된 퀘이커교도 (2) Fleming: 더블린의 시장 각하.

17) 안백眼白을 볼 때까지 개똥벌레를 날려 보내지(공격하지) 않을 참인고!(let flyfire till…their whites of the bunker's eyes!): Bunker Hill 전투에서 Israel Putnam 장군은적들의 눈의 흰자위를 볼 때까지 총 쏘지 말라(Don't fire until you see the whites of their eyes)하고 말한 것으로 가상되다.

18) 브링엄 영(Brimgem young): Brigham Young: 모르몬교의 지도자.

19) 나의 솔로몬(독남獨男) 사원寺院에서 나는 그들의 토실토실 살찐 아이들을 감금했나니(in my bethel of Solyman's I accouched their rotundaties): (1)Solomon의 사원 (2)(Heb) beth EL: house of God(U 58: 11 참조) (3)Dr Bethel Solomon: 더블린의 Rotunda 산과 병원(더블린 중심가에 있는 기억의 정원[Garden of Remembrance]의 위치).

20) 강탈당한 파리녀巴里女들을 권모捲毛자물통(raped lutetias in the lock): (1)셰익스피어 작 〈루크리스의 능욕〉(Rape of Lucrece)과 A. Pope 작 〈머리채 강탈〉(Rape of the Lock)의 합성 (2)the Lock: 더블린의 Westmoreland Lock 병원의 매독{French disease)에 대한 대중 명.

21) 무각無脚거지처럼 매복소埋伏所 주변을 구걸求乞했도다(beggered about the amnibushes like belly in a bowle): (1)더블린의 지역인 Beggar's Bush (2)Billy-in-the-Bowl: 옛 더블린의 다리 없는 거지가, 그의 매복으로 행인들을 교살하다 (3)amnibushes. ambushes, omnibuses.

(543)

1) 더블린 대 수도경찰 예의를 배가하면서(doubling megalopolitan poleetness): 더블린의 미덕美德들의 서술 내에서, 이 구절은 더블린의 수도의 예의(Metropolitan politeness 및 후의(hospitality), 그리고 더블린 수도 경찰을 의미한다. 여기 또한 〈햄릿〉의 Polonius가 등장하는 듯 한지라(그는 metropolis(metropolonians)와 거듭 연관된다. (FW 616. 24). 여기서 HCE는 Poloniul의 딸인(오필리아), 그의taughters 딸(이시)(543. 15)을 또한 서술하고 있는데, 그녀는 의심할 바 없이 한결같이 훈도訓導를 받고 있는 바, 타당하게도 독일어의 Tochter는 영어의 daughter이다.

2) 이러한 자선들 가운데서도 나의 위대한 위대한 가장 위대한 것(great great greatest of these charities): 〈고린도전서〉 13: 13의 패러디: 이러한 것들 가운데 가장 위대한 것은 자선이라(but the greatest of these is charity).

3) 스콰이어 레그(square leg): (크리켓) 타자의 좌측, wicket 정면 부근의 야수野手.

4) 보타니 배이(식물만植物灣)(Botany Bay): 더블린의 Trinity 대학의 사각정원(quadrangle).

5) 24까지 수자를 급히 늘렸나니(ran up a score and four of mes): Dillon Cosgrave 저의 〈북 더블린, 시와 환경〉(North Dublin, City & Environs)에 의하면, 미국에는 24개의 더블린이란 장소가 있다는 것.

6) 축제의 성가대 소년들에게(cheoiboys): 조이스는 1904년 더블린의 Antient Concert Rooms(음악당)의 Feis Ceoil(음악 향연)에서 노래했다(결과는 2등).

7) 요주의! 침대휴청寢臺休聽!(Attend! Couch hear!: 부왕인 유령의 말 인유: ist, list!(〈햄릿〉 I. v. 22—2. 6)

8) 버섯지붕(mushroofs): 커원의 버섯 집들(Kerwan's mushroom houses)(더블린 건축 계약자 R. Kerwan은 피닉스 공원 동쪽에 더블린 예술가 촌의 날림(불실) 건물을 지어 물의를 일으킴)(U 135 참조).

9) 휴식 및 사려思慮(Rest and bethinful): Rest & be Thankful(관광 휴식소): Edinburgh.

10) 나는 들판의 백합을 생각하고 빌키스 여왕에게 나의 영광을 현출現出했나니(I considered the lilies on the veldt and unto Balkis did I disclothe mine glory): (1)〈누가복음〉 12: 27: 들판의 백합을 생각하라(Consider the lilies of the field) (2)Balkis: 시바의 여왕 (3)〈마태복음〉 6: 29: 솔로몬도 그의 영광 속에 이들 하나처럼 치장하지 않았나니(even Solomon in all his glory was not arrayed like one of these).

11) 오스마노럼(Ostmanorum: 북부 더블린의 한 부분.

12) 토스탄 가(Thostan's): Thor Stein: Hoggen Green 근처(지금의 College Green인 국회 의사당 자리), 더블린의 바이킹 숭배의 중심).

13) 토마스 거리(Thomars Straid): 더블린의 Thomas 거리.

14) 하긴 플라자로부터 윌리엄 인그리스까지(Huggin Pleaze to William Inglis): 더블린의 그리스도 성당의 백서(White Book of Christ Church, D)에는 경마 관할권을William English 까지 남쪽으로 그이 집을 제공한다라고 되있다.

15) 라운더레즈(de Loundres): Henry de Loundres: 더블린의 총독 및 대 주교.

16) 살터스 남작령(barony of Saltus): 북 Salt와 남 Salt의 남작령들.

17) 독일 물리학에 관한 저작물을 읽고 정신적으로 긴장한 채(mentally strained from reading…on German physics): B. S. Rowntree(영국의 사회학자, 1954 사망) 저 〈빈곤: 도시 생활의 연구〉(Poverty: A Study of Town Life)(1902)에 의하면: 한 남자가 여러 날 동안 발한發汗 열량계 속에 감금되었는데, 그 중 며칠을 그는 물리학에 관한 독일 논문들을 읽는 정신적 작업에 몰두했다.

18) 마운트고머리(Mountgomery). 더블린의 중심가의 이름.

19) 장남은 신을 섬기지 않을지나(eldest son will not serve): 〈초상〉에서 보듯, 장남인 스티븐은 신을 섬기지 않겠다고 다짐한다: non serviam: I will not serve(P 117).

20) 배구背口를 결缺한 방 두개의 가옥(anoopanadoom lacking backway): B. S. Rowntree: 존속하는 부차적 법률 하에는 모든 집에 뒷문이 권장되었다.

21) 넝마장수에게 퇴색된 창 커튼을 위해 뼈(골骨)로 지불하는지라(pays ragman in bones): B. S. Rowntree: 늙마 주인한테서 산 오래된 옷은…낡은 늙마와 뼈로 교환하여 주었다…그녀는 한 벌의 낡은 커튼을 늙마 주인으로부터 3페니로 샀다.

22) 오물에 잠겨 폐물로 차단된 집(house lost in dirt and blocked with refuse): B. S. Rowntree: 오물에 빠진 집…변소…쓰레기로 막히다(house lost in dirt…closets…blocked with refuse).

23) 로우 양조장(Roe's distillery): (1)더블린의 James 가에 있는 Roe's 양조장 (2)1860년에 Marrowbone Lane 양조장에 불이 나자, 위스키가 Cork 가의 도랑으로 흘러갔다.

24) 항아리 든(with the jug): B. S. Rowntree: 항아리를 든 한 노인이 들어왔다(맥주를 갖기 위해).

1) 제트랜드 후작(marquess of Zetland): 아일랜드 총독(Lord—Lieutenant)(1889—92).

2) 별난 무망성無望性의 사례 일호(case one of peculiar hopelessness): B. S. Rowntree 46: 이러한 노동자들의 위치는 별난 무망성無望性의 사례 1호라(The position of these workmen is one of peculiar hopelessness).

3) 똥거름은 코고는 집안을 통하여 옮겨져야만(nightsoil has to be removed through snoring household): B. S. Rowntree 51의 구절의 패러디: 야토夜土는 집을 통해 제거되어야 한다(night soil has to be removed through the house.)

4) 발판(트랩)으로 알려진, 문 앞에서…쿵쿵땅딸막 소리 내어 웃나니(before door, known as the trap). : B. S. Rowntree 3: 집 앞에는 장애물과 나무 둥지가 있는지라, 그 위에 주인은 자주 앉아, 소리 내어 잡담하도다(before many a house was a clog…. on which its owner…gossiped).

5) 과부와 잡역부(widow…chars): B. S. Rowntree 16: Widow, chars.

6) 무보험無保險된 식도구食道具들(tools too costly pledged): B. S. Rowntree 66: 자주 음주를 위해 저당 잡힌 도구들(tools often in pawn for drink).

7) 비동행非同行의 목사들에게는 위험한 마루(floor dangerous…old clergymen): B. S. Rowntree 36: 구멍들로 가득한 부엌 마루, & 노인들에게 위험이라(Floor of kitchen full of holes, & dangerous for old men).

8) 200야드 도피의 최단 수도꼭지(watertap two hundred yard's run away): B. S. Rowntree 59: 수도꼭지가 100야드 떨어져 있도다(The water—tap is quite 100 yards away).

9) 병에 든 구즈베리(bottled gooseberry): B. S. Rowntree 289: bottled gooseberries.

10) 12개월 동안 신발을 벗지 않았는지라(has not had boots off for twelve months): B. S. Rowntree 33: man has not had his boots on for twelve months.

11) 난간과 터진 벽 사이의 한 피트 먼지(one foot of dust between banister and cracked wall): B. S. Rowntree 155: 난간과 벽 사이 싸인 먼지는, 평균 9인치라, 자로 재어 한 곳에 16인치 씩.

12) 아내가 걸상을 청소하는지라(wife cleans stools): B. S. Rowntree 155: 아내는 학교를 청소하다(wife cleans schools).

13) 무직자(ottawark): B. S. Rowntree 37: Out of work.

14) 규칙적인 건달(regular loafer): B. S. Rowntree 35: Regular loafer.

15) 그녀가 승낙하면 작동될 수 있나니(should be operated would she consent): B. S. Rowntree 36: 종양腫瘍, 그녀가 승낙하면, 수술할 수 있나니(tumour, which should be operated upon would she consent).

16) 리오 제사장 이래 거미줄 쳐진 크라렛 포도주(claret…cobwebbed since pontificate of Leo): 〈더블린 연감〉(1490): 더블린으로의 포도주의 최초 수입.

17) 열병환자와 철야하는지라(sits up with fevercases): B. S. Rowntree 35: 병자와 함께 밤을 지새우다(sitting up at night with sick people).

18) 두 다락방을 소유하나니(등 대 등의 미풍)(two terraces(back to back breeze): B. S. Rowntree 153: 상호 통풍 불가의 등과 등을 댄 집들(back—to—back houses in which through ventilation is impossible).

19) 필경 심약한(supposingly weakminded): B. S. Rowntree 36: 심약한 듯 상상되다(supposed to be weak—minded).

20) 무해無害한 치우癡愚(harmless imbecile): B. S. Rowntree 36: Harmless imbecile.

21) 상침자常寢子들은 어둠 직후에 자매들과 외출하나니(lieabed sons go out with sisters…after dark): B. S. Rowntree 36: 이웃들이 말하나니, 아들들은 낮에 침대에 누워있고, 밤이면 누이들과 함께 외출하나니(Neighbours say sons lie in bed most of the day, & go out with sisters at night).

22) 식민지 봉사 후에 휴식하면서(resting after colonial service): B. S. Rowntree 64: Resting after a life's hard work).

23) 공장에서 노동하나니(labours at plant): B. S. Rowntree 22: Labourer, Plant.

24) 칼로리는…로운트리즈(목木)(calories…Rowntrees): B. S. Rowntree: 그는 스코틀랜드의 죄수들의 칼로리 필요량에 관한 Dr Dunlop의 연구를 이용한다.

25) V 가家의 V는(동물식이요법) 5층 절반 별채에서 사나니(the V. de V's…live in fivestoried): B. S. Rowntree 268: V 가家는 4개의 방을 가진 집에 사는지라, 그를 위해 주당 4실링, 4과 1/4페니를 지불하다.

(545)

1) 실종한 친구를 위해 보증인 역役했는지라(went security for friend who absconded): B. S. Rowntree 268: V 씨는 뒤에 실종한 친구를 위해 얼마간의 돈을 보증했다.

2) 열 네 채의 비슷한 오두막들(shared same closet with fourteen similar cottages): B. S. Rowntree 33: 열 네 채의 다른 셋집들과 한 개의 변소를 나누어 쓰다.

3) 한 채의 병판病判의 여인숙(an illfamed lodginghouse): B. S. Rowntree 17: 아마도 매음가로 사용되다.

4) 다과부연금茶寡婦年金은 단지 구매자에게만 적용된 채(teawidow pension but held to purchase): Rowntree에 의하면, 차(茶) 연금이란, 과부로 남을 경우에 차의 규칙적인 매입으로 주당 5실링의 연금을 받을 권리를 그녀에게 부여함을 의미한다.

5) 그들이 어떻게 사는지 묻는지라(queery how they live): B. S. Rowntree 23: Query—How they live?

6) 실려나간(죽은) 끄트머리 네 거주자들(last four occupants carried out): B. S. Rowntree 53: 최후의 네 세든 자들이 실려 나갔다(The last three tenants have been carried out)(죽다).

7) 단지 친우와 함께 정신적 우호, 불성공적으로 겨냥된 존경성(mental companionship with mates only, respectability unsuccessfully aimed at): B. S. Rowntree 77–8: 남편은 보통 그의 친우와의 우호로 인해, 그의 아내와의 정신적 존경심을 가질 생각을 하지 못한다.

8) 쥐들을 배출하는 커다란 구멍들(copious holes emitting mice): B. S. Rowntree 156: 많은 쥐들이 들낙이는 커다란 구멍들.

9) 우간다(Uganda): 아프리카 중동부의 한 공화국.

10) 중성약시中性弱視(amblyopia): 망막(retina)이 결핍된 감각.

11) 구드먼즈 필드(Goodmen's Field): Goodman's Field: 런던의 Whitechapel 지역.

12) 국새國璽(the great seal): 주권자의 이름으로 된 서류의 도장.

13) 짐朕은 의지意志하고 단호히 명령 하는지라…그을 거룹하며 그것을 보유할 지로다(Wherefor I will and frimly command)…inhabit and hold it): (1)1172년, Bristol의 시민들에게 더블린을 하사한 헨리 2세의 헌장: 그러므로 짐은 백성들이 그것을, 잘, 자유롭게, 조용히, 충분히 & 풍부하게 & 명예롭게, Bristol의 사람들이 Bristol에서 그리고 짐의 전토를 통하여 가지는 모든 자유와 자유스러운 관습을 가지고, 짐을 위해 그리고 짐의 상속자들을 위해, 자신들이 살고, 지니기를 단호히 명령하노라(Wherefore I will & firmly command that they do inhabit it, & hold it for me & of my heirs, well & in peace, freely & quietly, fully & amply & honourably, with all the liberties & free customs which the men of Bristol have at Bristol, & through my whole land). (2)HCE의 주점 Bristol은 그것의 이름을 Mullingar로부터 리피 강을 건너 Bridge Inn 및 Bristol 시 또는 Hericus Rex의 더블린에 빚지고 있다.

14) 흐 훙 훙(fee for farm): (1)〈리어 왕〉 III. 4. 187의 패러디(전출) (2)〈더블린 연감〉(1217): 더블린 시의 자유 농토가 시민들에게 하사되다(Free—farm of the city of Dublin granted to the citizens).

15) 리브라멘토(livramentoed): Rio de Janeiro의 Livramento Hill(언덕).

16) 귀천상혼貴賤相婚(morgenattics): 귀남과 천녀 간의 결혼에서 그들 중 아내도 아이들도 권위를 분담 받지 못한다.

17) 짐朕의 신민臣民을 관대화寬大和롭게 했으나…나는 당당자堂堂者를 극복했는지라(was parciful of my subject but…I debelledem superbs): Virgil 작의 대 서사시 〈이니드〉(Aeneid) 6. 853의 시구의 패러디: 정복당한 자에게 관용을, 침입자에게 강인을…(generosity to the conquered & firmness against aggressors).

18) 소법정小法廷(pettycourts): 행상인 및 기타를 위한 빠른 재판을 위해 열리는 장터의 가설 법정.

19) 나의 숙경내肅境內에서 진족塵足을 숙판宿判했도다(domstered dustyfeets in my husiclose): doomster: 불길 예언자, 판사.

20) 가이 원院…포우크 장場 Guy's…Foulke's: (1)Guy Fawkes: (1570—1606): 로마 가톨릭 교도로서, 폭약에 의한 그의 영국 의사당 폭파의 시도는 11월 5일로서, 지금도 기억됨. Fawkes는 Fox(파넬의 가상적 이름의 하나)라는 신분과 자주 얽힌다(파넬 역시 영국 의사당을 위협했다. FW 177. 29) (2)Guy's Hospital: 런던의 병원 이름.

21) 어떤 곰매츠 놈(Gomez): Galway의 시장인 Lynch: 그는 자신의 아들이 Gomez라는 어떤 스페인인을 살해한데 대해 그를 교수絞首했다.

22) 사형私刑을 위한 삽(the loy for a lynch): 〈마태복음〉 5: 38: 눈에는 눈.

23) 애란입법자愛欄立法者로서 이끼(植) 관대했다면(magmonimoss): (1)Mag—Mon: Ti'r an nOg(불노불사의 나라)(아일랜드 서부에 있는 것으로 추정되는 선남선녀, 청춘의 나라)(U 160) (2)magnanimous (3) Moses: 18세기 아일랜드의 의사: 그는 Rotunda 병원을 세웠다.

24) 성聖 루칸혁명화革命化되었으리라(revolucanized): 아마도 Charles Lucas(1713—71)로, 그는 스위프트 원리(the principles of Swift)의 옹호자, 그의 팸플릿인Molyneux는 당시 정부에 너무나 역겨운지라, 그는 아일랜드의 적敵으로 간주(voted)되었다.

25) 셰리던즈 서클(Sheridan's Circle): 뉴욕 시의 Sheridan Squire.

26) 흑사병 걸린 유아(pestered lenfant): Pierre L' Enfant: Washington D. C. 의 설계자.

27) 흑갱黑坑(브랙 피츠)(black pitts): Black Pitts: 더블린의 거리 명.

28) 참나무 심장이여(Hearts of Oak): Hearts of Oak 친우회.

(546)

1) 레갑 절주당원員이여!(Rechabites): 〈더블린의 절약 및 차관회借款會〉(Rechabite & Total Abstinence Loan & Investment Society)의 회원.

2) 송목수의松木壽衣에 덮인 채(pineshrouded): 〈더블린 연감〉(1733년)에, 목관木棺 매장의 습관이 소개되었다.

3) 깨지 말지라, 걷지 말지라!(wake not, walk not!): 격언의 패러디: 낭비 말지라, 탐내지 말지라!(Waste not, want not)

4) 천천히 탄부식歎腐蝕할지라, 모그여!(Sigh lento, Morgh!): 무어 노래의 변형: Silent, O Moyle.

5) 권한개시영장權限開示令狀(Quo warranto): (L) 제임스 2세에 의한 권한 개시 영장(예전에 권학, 직권 따위의 남용자에게 발부하는 영장).

6) V. 왕(V. King): Viking 왕.

7) 나의 품위귀성品位貴姓의 문장紋章일지니…두 어린 물고기가…매달린 채(These be my genteelician arms…. argent): 여기 HCE의 문장은 존 셰익스피어(시인의 부친)의 그것에 대한 표현의 유사성을 지닌다: This sheld or cote of Arms, viz. Gould, on a Bend Sables, a Shakespeare of the first

steeled argent. And for his creast or cognizance…〈셰익스피어 독자 백과사전〉(The Reader's Encyclopedia of Shakespeare)(P 122 참조). 조이스는 이미 〈율리시스〉 제9장에서 셰익스피어 가문의 문장을 언급한 바 있다: 존 오곤트처럼 그의 이름은 그에게 귀중해요. 검은 담비가죽 빛 띠 위에 한 개의 창 혹은 은빛 칼이 새겨진, 명예로 넘치는 것. . (Like John O'Grant has his name is dear to him, as dear as the coat and crest he toadied for, on a bend sable a spear or steeled argent, honorificabilitudinitaribus)(U 172)

8) 부분횡선部分橫線 포위되어(partifesswise): (문장학) Fess: 문장 표면의 1/3은, 2개의 수평선에 의해 둘러 처져 있다.

9) 집단혼集團婚(group marriage): 프로이트는 그의 〈토템 상像과 금기〉(Totem & Taboo)에서, 오스트레일리아 원주민(Aborigines)의 집단혼에 대해 토론한다.

10) 본질(essences): Essence: 고대 유태 사회주의자들.

11) 검은지빠귀 새 노예선(ouzel galley): Ouzel Galley: 잃은 것으로 믿어졌으나, 1700년에 갑자기 재현한, 같은 배(船)의 이름을 따서 부른, 더블린의 모임.

12) 회원들과 탈옥奪玉된 채(roberoyed with the faineans): (1)Sir Walter Scott 작 〈로브 로이〉(Rob Roy)(18세기 고지의 불만[highland grievances]을 다룬 소설) 제목의 익살 (2)Les Rois Faine'ants: 메로빙지 왕조(Merovingians)의 왕들의 최후.

13) 자유민의 여정旅程(저어니)인권(freeman's journrymanright): Freeman's Journey(더블린의 일간지).

14) 여명궁黎明弓(새벽녘)과 외관음영外觀陰影이 도망칠 때까지(Till daybowbreak and showshadows free): 〈솔로몬의 아가〉 2: 17의 인유: 동이 트고, 그림자가 날라 갈 때까지(U ntil the day break, & the shadow flee away).

15) 토브스tim(Taubiestimm): (G) taubstumm: 농아(deaf and dumb).

16) 흑수黑水(Black Water): Munster(아일랜드 서북부의 주) 강.

17) 갈색소褐色沼(Chief Brown Pool): 더블린의 별명.

18) 호박백요녀琥珀白妖女(amber whitch): Wilhelm Meinhod 작품명의 익살 〈호박 요정〉(The Amber Witch).

19) 모아빗(Moabit): Moabites: (1)경찰, 로마 가톨릭 (2)Moabit: Berlin의 감옥.

(547)

1) 호狐악당들(foxrogues): Foxrock: 더블린 군의 마을 이름.

2) 펠멜 지옥 가街(pellmell): Pall Mall: 런던의 클럽 중심지.

3) 풀비라 풀비아(Fulvia Fluvia): (L) 금발의 강(blonde river).

4) 수요정내의水妖精內衣(Undines): Undine: 희랍의 물의 요정 + underclothes.

5) 애스맥 베일(ymashkt): yashmak: 이슬람교 국가의 여자가 얼굴을 가리는 긴 베일.

6) 리피환상선교環狀線橋(liffsloup): 리피 강 + Loopline Bridge(당시 리피 강의 강구에서 최하위 다리, 지금은 세 번째).

7) 케빈즈 여울목(케빈's creek): 케빈 항(Port), 더블린.

8) 가드너즈 산책길(Gardener's Mall): 이는 본래 Sackville 가였으나, 지금은 더블린 중앙로인 O'Connell 가.

9) 긴 강변 차도(long rivier drive): 뉴욕 시를 감싼 Hudson 강변의 긴 차도.

10) 커다란 제방(embankment large): 런던.

11) 링센드 프롯과 도선장渡船場(Ringsend Flott and Ferry): 더블린의 관할권을 개관함에 있어서,

Ringsend의 낮은 수위의 표식(low—water 마크)에서, 시 경계를 정하기 위하여 바다 속으로 창을 가능한 멀리던지는 것이 관례였다.

12) 쿠크래인(Cowhowling): Cuchulain: 아일랜드의 전설적 영웅(그의 라이프사이즈 크기의 동상이 현재 G. P. O. 현관에 비치됨).

13) 세 갈퀴를 부父삼는 트리톤 해신의 첨장尖杖(the tridont sired a tritan): (Gr) triodontos: 3가지의. Triton: 해신으로, Poseidon의 아들.

14) 황해荒海로 하여금…물러갈 것을 명령했나니(seas to retire): Canute(영국, 덴마크, 노르웨이의 왕)는 바다가 물러갈 것을 명령했다.

15) 처녀 경마(maiden race): Maidan: Calcutta의 대 공원은 경마 코스(racecourse)를 지닌다.

16) 나의 모든 음란체淫亂體를 가지고 그녀를 창성숭배娼性崇拜했는지라(with all my bawdy did I Her whorship): 영국의 결혼 의식: 나의 육체를 가지고 나는 그대를 숭배하노라(With my body I thee worship).

17) 공명제방共鳴堤防(echobank): Echobank: Edinburgh의 묘지 명.

18) 강궁强弓(strongbow): Strongbow: 아일랜드의 침입자인 영—노르웨이의 지도다.

19) 갈라타! 갈라타!(Galata! Galata): (1)Istanbul의 다리 이름 (2)Thalatta Thalatta(바다! 바다!)(U 5): (G) 아테네의 역사가 Xenophon의 저서 〈아나 바시스〉(Anabasis)의 기록: 페르시아의 왕 키루스(Cyrus)가 그의 1만 명의 그리스 용병을 이끌고, 흑해에 도착, 바다를 보자, 그들이 부르짖는 승리의 함성. 〈율리시스〉 제1장에서 벅 멀리건 참조(U 5).

20) 환상도環狀道(ringstresses): 더블린의 남북 양대 운하를 따르는 양 순환도로(Grand & Royal Canal Road).

21) 그대의 굴뚝을 낮출지라(base your peak): 기네스 맥주 운반선은 리피 강의 다리들을 지날 때 굴뚝을 낮춘다.

(548)

1) 리브랜드(생토生土)(Livland): Baltic의 지역.

2) 아시아의 여제女帝(Impress of Asias): 배 이름.

3) 퀸 코럼비아 호號(Queen Columbia): 최초의 미국 배 이름.

4) 노래하는 사토沙土(the singing sands for herbride's music): (1)her brides (2)Hebrides: 헤브리디스 제도(Hebrides)(스코틀랜드 북서쪽의 열도) (3)singing Sands: (Hebrides의 Eigg go상에 있는) 노래하는 모래 땅.

5) 그녀의 집착자(her cleavunto): 〈창세기〉 2: 24: 그의 아내와 연합하여 둘이 한 몸을 이룰지라: (he united to his wife, and they will become on flesh).

6) 나의 애니愛禰(my annie): 노래 가사의 패러디: Annie Laurie.

7) 삼위소옥三位小屋(트리니티 핫)에서 그들은 나의 마님을(in trinity huts they met my dame): (1)노래 가사의 패러디: 트리니티 성당에서 나는 나의 운명을 만났도다(At Trinity Church I Met My Doom) (2) Trinity 대학은 Dame 가街를 면面한다.

8) 나를 잘 알지도 못한 채 나를 사다니(pick of their poke for me): 격언의 패러디: 잘 보지도 않고 물건을 사다(Never buy a pig in a poke).

9) 만일 내가 원탐遠探하면 나의 교활을 시試할지라(if I farseeker itch my list): 〈시편〉137: 5: 예루살렘아 내가 너를 잊을 찐대, 내 오른 손이 그 재주를 잊을지로다(If I forget you, O Jerusalem, may my right hand forget its skill).

10) liberties of fringes): (1)더블린의 자유구(Liberties) 안에 있는 서부 가장자리 (2)Liberty's: 런던의

백화점 이름.

11) 아그네스 모자 점(Agne's hats): Agne's: 파리의 여성 모자 점(milliner).

12) 핌 포목상 및 스라인 및 스패로우(Pim's and Slyne's and Sparrow's): 더블린의 포목상들 및 패션 하우스.

13) 킹즈 카운트(郡)(king's count): Offaly 군.

(549)

1) 레오나즈 및 던피(Leonard's and Dunphy's): 이들은 더블린의 모퉁이들로, 남쪽과 북쪽 십자로의 종요한 위치에 있다. Dunphy's는 북쪽에 있는 주점으로, 〈율리시스〉의 제6장에서 장의마차의 컨닝엄과 사이먼 데덜러스가 이를 들먹인다. Leonard's는 남부 순환도로 상에 있는 식료품 가게이다.

2) 흑혈黑穴(브랙홀)(blackholes): Calcatta(인도 북동부의 항구)에 있는 검은 구멍(Black Hole).

3) 며칠 동안이고 밤이 없었음은 밤이 낮이었기 때문이요(for days there was no night for nights wre days): 더블린의 역사가인 Chart의 〈더블린 이야기 92〉(The Story of Dublin 92)에 의하면, 더블린의 매 다섯 번째 집은 양초나 등을 꺼야만 했다.

4) 검은 이방인(브랙히든)(Blackheathen): (1)? Blackheath (2)Black foreigner: 덴마크 인들 (3)1381년 및 1450년의 켄트 주(잉글랜드 남동부)의 반도叛徒들의 본부.

5) 검은 이방인과 이교도들은 화평和平의 왕자로부터 각각 휴식을 가졌도다(had rest from Blackhearthen and the pagans from the prince of pacis): Chart의 〈더블린 이야기 6〉 : 875년부터 915년까지 역사가 들은덴마크 인들의 휴식을 기록한다.

6) 전율하고 있었던 지지芝地(trembling sod quaked no more): 〈4대가의 연감〉(Annals of the Four Masters)(1171)에 의하면: 전설의 Diamaid(Finn MacCool의 조카)는 아일랜드 전토를 전율하게 했다.

7) 얼어붙었던 허리(요부)는 동動하고 생生했나니(frozen loins were stirred and lived): Chart의 〈더블린 이야기 7〉: 북군이 그의 얼어붙었던 허리로부터 솟던 용사들의 혈류血流가 그들의 신호를 보여주었다.

8) 12우월憂月은 더 이상 없도다. 피의…섬뜩한…격노의…공황의 질색의(no more the tolvmaans, bloody…hideous…furious…frightful appalling): Ku Klux Klan(미국의 기독교도들에 의한 비밀 결사단인 3K)의 1주일: dark, deadly, dismal, doleful, desolate, dreadful: 12개월(1년): bloody, gloomy, hideous, fearful, furious, alarming, terrible, horrible, mournful, sorrowful, frightful, appalling.

9) 케틸 프라시노즈(뻔쩍 코)(Kettil Flashnose): Ketil Flatneb: Hebrides(헤브리디스 제도[스코틀랜드 북서쪽의 열도]의 바이킹 왕.

10) 나의 뻐꾸기, 나의 미인인(coloumba mea, frimósa mea): (〈불가타서〉, 〈솔로몬의 아가〉 2:10의 성구: 나의 비둘기, 나의 미인(my dove, my beautiful one).

11) 황서풍荒西風의 타르 칠한 지층 가街(Wastewindy tarred strate): 뉴욕 시의 서부 23번 가.

12) 엘긴 대리석 관館(Elgin's marble halles): Elgin Marbles: (1)(대영 박물관 소재)의 Parthenon(파르테논: 아테네의 Acropolis 언덕 위의 Athane 여신의 신전)의 일부 (2)노래 가사의 패러디: 나는 대리석 홀에 사는 걸 꿈 꾸었네(I Dreamt That I Dwelt in Marb Halls) 〈더블린 사람들〉 〈진흙〉 말에 나오는 마리아의 노래.

13) 흑후黑後에서 후구간後區間까지(from black to block): 전력 차단으로 캄캄해진 구간(blocks blacked out by power cuts).

14) 리 바니아(Livania): 리피 강.

15) 양극에서 음극(from anodes to cathodes): 전극電極(electrodes): anode(+), cathodes(−).

16) 와이킨로프래어, 모운 산山의 황색 석류석石榴石(topazolites of Mourne, Wykinloeflare): (1)석류석(tapazolites)은 Mourne 산의 산물 (2)Mourne 산: Wicklow 소재(Simon Dedalus가 즐겨 부르는 그를 주제로 한 노래)(〈율리시스〉, 〈사이렌〉 장 참조) (3)Wykingloe: Wicklow 마을의 바이킹 명.

3부

17) 아크로우의 사파이어 선원의 유혹물과 웩스터포드의 낚시 및 갈고리 등대 곁으로, 하이 킨셀라(Arklow's sapphire siomen's lure and Wexterford's hook and crook lights): (1)Arklow: Wicklow 주의 마을: E. & W. Siemens에 의하여 그곳의 등대가 의장艤裝 됨 (2)헨리 2세는 Crook에서 아일랜드에 상륙했는데, 그와 맞은편에 Waterford 만의 Hook Tower가 서있다. 여기 Hook란 말은by hook and by creek(기어코)란 술어에서 기원한 듯 (3)Hy Kinsella: Wexford 군의 부족 땅.

18) 하가로인何街路人(avenyue ceen): (1)haven't you seen (2)뉴욕 시의 Avenue Cross.

19) 벨롬 항(bellomport): Portobello: 더블린의 지역, 〈율리시스〉 제12장에서 그곳 군영軍營 출신인 영국의 Percy 상사와 더블린의 총아인 Myler가 복싱 챔피언십을 겨루는 장면이 서술 된다(U 261—2 참조).

20) 마틴 남男(maturin): C. R. Maturin: (1)Maturin은 아일랜드의 소설가로, 〈방랑자 멜모드〉(Melmoth the Wanderer)를 썼는데, 그로부터 와일드는 자신의 가상 명인 Sebastin Melmoth를 따왔다 (2)Peter, Jack & Martin: 스위프트의 〈터무니없는 이야기〉(Tale of a Tub)에서 가톨릭, 앵글리칸, 루터의 성당 이름들.

21) 성 피터스버그(sankt piotersbarq): St Petersburg.

22) 압류자가 난도질하는 것을 녹초원에서 톱장이(seizer…sawyer): Caesar…Rawyer는 미국 조지아 주에 Dublin을 건립했다(03 참조).

23) 브라실 섬(the island of Breasil): Hy Brasil: 아일랜드 서부의 전설적 섬.

24) 나는 지독히도 나의 향락 쟁기질했는지라(I took my plowshure sadly): (1)격언의 인유: 영국인은 지독히도 스스로 향락하도다(The English amuse themselves sadly) (2)〈이사야〉 2: 4: 무리가 그 칼을 쳐서 보습을 만들고…(They shall beat swords into plowshare)

25) 오코니가 모공해상母公海上(O'Connee weds on Alta Mahar): (1)미국 Georgia 주의 더블린은 Altamaha 강의 지류인 Oconnee 상에 있다(03 참조) (2)O'Connell: 더블린의 시장.

26) 아민주 가街(amiens): (1)더블린의 Amiens 가 (2)셰익스피어의 〈뜻대로 하세요〉(As You Like It)에서 Amiens는 Arden 숲의 유배당한 공작의 추종자이다. 그는 FW 30. 14, 74.10, 335.31—34에 언급된 푸른 숲의 나무 아래(Under the greenwood tree)라는 노래를 부른다. 여기 3행 뒤에Adam에 대한 언급이 있는 바, 그는 또한 Amiens의 노래와 연합하여 FW 30. 13에 언급된다. Adam은 〈뜻대로 하세요〉 중의 한 등장인물.

27) 고관 아담(loftust Adam): Adam Loftus: (1)더블린의 총독 각하 (2)Adam Duff: 이교 반역으로 화형 당한 Adam Duff O'Toole 순교다.

28) 콘과 아울(Conn and Owel): (1)아일랜드는 고대에 Conn 절반과 Mogh(Owen) 절반으로 분할되었다 (2)바이킹인인, Turgesius(Thorgil)은 Owel 호에서 익사했다.

29) 노아 기네스 경卿…축출 당하고, 조우 스타 주主(Sire Noeh Guinnass, exposant…Lord Joe Starr): Sir Arthur Guinness 및 James Stirling은 1880년 총선거에서 자유당원에 의해 축출되었는데, 당시 조이스의 부친 존 조이스는 더블린의 합동 자유 클럽(United Liberal Club)의 서기였다.

30) 낙타 체體의 혹이…제황帝皇을 게일의 침구주…(the camel…the Emperor…ninepins): (1)16세기 더블린의 Xmas 연극들은 이스라엘 아이들이 탄 낙타, 아담과 이브 역을 하는 재단사들, 가인과 아벨, 노아의 초상들, 및(나중에 성 조지의 야외극에서) 제왕 역을 하는 사기꾼들을 다루었다 (2)nine pins(9기둥): 보링 게임.

(550)

1) 6반半 페니 엽전葉錢을 가지고(with sixpenny hapennies): 눈을 감도록 시체의 눈에 올려놓는 반 패니 짜리 동화. (〈율리시스〉 제9장에서 셰익스피어 부인인 안 하사웨이의 부정의 암시로서, 남편의 죽음의 눈을 덮기 위해 동전을 눈시울에 올려놓는 이야기가 방담 자들 사이에 오간다)(U 156).

2) 나의 명사名士들은 조수아로부터 고드프리까지 2배 및 3배였는지라(my worthies were…from Joshua to Grafrey): (1)16세가 더블린의 Xmas 연극들은 6 내지는 9명사名士들(Worthies)을 주연시켰다 (2) Joshua: 〈구약성서〉의 인물로 9명사들(Worthies) 중의 하나 (3)Godfrey: Joshua처럼, 9명사들 중의

하나.

3) 예언자의 행렬(Procession prophetarum): (L) procession of prophets: 신비 극(mystery play)에서.

4) 그러나 그의 수족은 수불식적手不食適하도다(But his members handly food him): 노래 가사의 패러디: 조니여, 나는 그대를 거의 알지 못했노라(Johny, I Hardly Knew Ye.)

5) 공동예절을 위한 스티븐 그린(녹곡綠穀)(Steving's grain for's greet collegtium): (1)St Stephen's Green: UCD 월편의 공원 (2)College Green: 더블린의 Trinity College 앞의 광장.

6) S. S. 포드래익 호(S. S. Paudraic's: 미상(?).

7) 우슬牛膝 뼈골…피카딜리(marrolebone…pinkee): Marylebone: (1)런던 교외 및 정거장 Piccadilly: 런던의 번화가들 중 하나 (2)더블린의 Marrowbone 소로.

8) 성 팬크라스(Saint Pancreas): 런던 구와 기차 정거장의 Saint Pancras.

9) 습요리濕料理(dampkookin): Damokjo'kken: 빈민을 위한 대중 취사, Oslo 소재.

10) 항아리에 든 선육鮮肉(potted fleshmeats): 블룸 가家(Eccles 가 7번지)의 조리대 중단에 놓인 자두나무 표 통조림 고기(U 552).

11) 카파와 제루파(Kafa and Jelupa): L Kafa: Polynesia(대양주의 섬들, 하와이 등)의 관목으로, 그 뿌리는 취주영醉耐用으로 사용됨.

12) 보위크 빵가루(Biorwik's powlver): (1)Borwick's Baking Powder (2)Bjo'vik: Oslo 항의 중요 부분.

13) 갈색이지만 소희梳戲스러운(the brown but combly): 〈아가〉1: 5나는 비록 검으나 아름답나니(I am black but comely).

14) 그녀의 좌석을 소진掃塵하기 위한 몹사(자루걸레)의 빗자루(a mopsa's broom to duist her sate): 셰익스피어 작 〈겨울 이야기〉(The Winter's Tale)에 나오는 여 양지기.

15) 양良유리(핀그라스)(fineglas): Finglas: 더블린의 북부 지역.

16) 향사鄕士 살롱(saloons esquirial): Escurial Palace: Madrid 근처의 스페인 왕들의 주궁主宮

17) 그녀의 양견융기兩肩隆起 등을 사지유연四肢柔軟하게 비틀기 위하여(새 wring her withers limberly): 햄릿의 어구語句에 대한 언급: 도둑놈이 제발 저런다지만, 우리의 잔등은 아무렇지 않으니까(김재남 820)(let the galled jade winch, our withers are unwrung)〈햄릿〉 III. ii. 23. 4) 여기 Withers는 팔의 부분인 어깨로, 따라서 limberly(사지유연하게)는 문맥에서 타당한 부사임.

18) 내막폭로의 유희들(telltaл sports): Tailtean Games: 여왕 Tailte를 기념하기 위해 설립된 연례 게임.

19) 포목상의—주름(drapier…dean): Dean 스위프트작의 제목: 〈포목상의 편지〉(The Drapier's Letters).

20) 고두叩頭하면서(kiotowing): Kow—tow: 존경의 표시로 땅에 이마를 대는 습관.

21) 하인드(Hind): Horn: 민요의 주인공(ballad hero).

22) 쿠색(Cussacke): Michael Cusack: 〈율리시스〉, 〈키크롭스〉장의 〈시민〉(the Citizen)의 모델, 게일릭 운동 연맹(Gaelic Athletic Association)의 창설자.

23) 비수匕首 웨팅스톤(Dirk Whettingtone): Dick Whittington: 런던의 시장 각하.

24) 까치 스터이베산트(Pieter Stuyvesant): Pieter Stuyvesant: New Amsterdam의 지사.

25) 무법한無法漢 오닐(Outlawrie O'Niell): (1)1613년 법의 보호를 박탈당한 자 (2)Larry O'Niell: 더블린의 시장 각하.

26) 레이손—피기스(건포도—무화과)(Mrs Reyson—Figgs): Reyson: 더블린의 시장 각하.

27) 프루니 퀴취(자두 짜는)부인(Mrs Pruny—Quetch): Prunikos: 예수의 누이.

28) 아모스 서書 5장의 6 절: 그녀는 자신의 둔臀문설주…수유시간水遊時間을 가졌었나니(Amos five six: she had dabblingtime…. in her vauxhalls): 〈아모스서〉 5: 6 성구의 인유: 너희는 여호와를 찾아라 그리하면 살리라 염려컨대 저가 불같이 요셉의 집에 내리사 멸하시리니 베델에서 그 분들을 끌 자가 없을

까 하노라(Seek ye the Lord & ye shall live. lest he break out the fire in the house of Joseph, & devour it, & there be none to quench it in Beth—el).

29) 윤전선輪電線(interloopings): 리피 강상의 Loop Line 철교?

(551)

1) 나의 밸러스트로부터 시계 확실 내렸도다(fell clocksure off my ballast): Dunsink와 Ballast 사무실 간의 전선은 오후 1시에 표시구를 내린다(〈율리시스〉 제8장 참조(U 137).

2) 윈드소의 피터스버그 궁사원宮寺院(our windtor palast): (1)Windsor Palace(런던 서부의 도시인 윈저 소재의 왕궁) (2)Winter Garden Palace.

3) 면망양眠忘羊과 유령염소(the sleep and the ghoasts): 양과 염소(sheep & goats): 〈마태복음〉 25: 31—46 성구의 내용.

4) 스노리손(Snorryson): Prose Edda의 저자.

5) 리디우 시가市街(Rideau Row): Ottawa(캐나다의 수도).

6) 전능창조주(pantocreator): Constantinople Pantocratoe church(Gr. 'Almighty').

7) 소승마적모小乘馬赤帽(littleritt reddinghats): 팬터마임: Little Red Riding Hood의 패러디.

8) 석탄재 황색과 번쩍번쩍 금박편金箔片과 광채 장식품 및 두건하의 턱받이(cindery yellow…bibs under hood): 팬터마임: 〈숲 속의 신데렐라〉(Cinderella, Hansel, Babies in the Wood).

9) 연애 결전장決戰場(chamodamors): Paris의 Champ de Mars. (F) d'amour.

10) 우리는 유진幽塵의 골반이도다(pelves ad hombres sumus): 호라티우스(Horace)(고대 로마의 서정 시인)의 〈송시〉(Odes IV. 7. 16)의 시구에서: 우리는 단지 먼지요 그림자이니(we are dust and shadow). (L) 우리는 남자들에게 대야인지라(we are basins to men.)

11) 제2의 아담 안에서, 모두들 삶을 얻으리라(second adams, all be made alive): (1)제2의 아담: 예수 그리스도 (2)〈고린도전서〉 15: 22: 왜냐하면 모두가 아담 안에서 죽듯이, 그리스도 안에서 살지라(For as in Adam all die, even so in Christ shall all be made alive).

12) 대운하(그래든 커넬)(canal grand) 더블린의 남쪽 대 운화(Grand Canal).

13) 리겔리아 수상水上(Regalis Water): 더블린의 북쪽 왕 운하(Royal Canal).

14) 도시의 전원(Urbs in Rure): Rus in Urbe: 더블린의 Aldborough House(Aldborough 경이 그의 아내를 위해 지은 화려한 사저, 그러나 그녀는 그 곳이 습지 다는 이유로 살기를 거절했다(U 221). 〈율리시스〉에서 블룸의 자신을 위한 이상향 참조(U 585).

15) 대학들(Unniversiries): 아일랜드 국립대학의 암시.

16) 작은 이집트(little egypt): Little Egypt: 시카고의 세계 박람회의 댄서.

17) 두 별들(Stellas): 스위프트의 연인 스텔라. (It) sella: star.

18) 상형문자의, 희랍신력新曆의 그리고 민주민중의(hieros, gregos and democriticos): Rosetta Stone의 비문은 설형 문자, 희랍어, 및 이집트어(Demotic)로 쓰여 있다.

19) 수로도水路圖(charties): Chart: 더블린의 역사가.

20) 하이번스카 우리짜스(Hibernska Ulitzas): 예전에 Ir. Franciscan College가 있었던 Prague의 거리.

21) 12사침통로絲針通路(twelve Threadneedles: 런던의 Threadneedle 거리.

22) 신문新門(뉴게이트)과 비코 비너스 가街(Newgade and Vicus Veneris): (1)더블린의 Newgate 교도소 (2)(L) vicua Verneris: Venu'ss street. 더블린 외곽의 비코 가도.

23) 나의 낙타의 행보(my camel's walk): 〈마태복음〉 19: 24: 낙타가 바늘귀를 통과하는 것이 한층 쉬울지라.

24) 굉장한(고로사이) 굉장한!(kolossa kolossa!): (1)colossal: 굉장한 (2)Thalatta! Thalatta!: Xenophon의 1만 명의 용병들이 바다(흑해)를 보자 부르짖음(전출)(U 5).

25) 화장문火葬門(ghates): 힌두 교도들은 일생에 언젠가는 Benares 문에서 갠지스 강江에 몸을 씻어야 한다.

26) 다수투표 되었으나 나의 선자소수選者少數였나니(ye many but my fews were chousen): 〈마태복음〉 20: 16: 많은 자가 불리었으나 뽑힌 자는 극 소수나니(Many be called but few chosen)

27) 투표자(Voter): (G) father.

(552)

1) 솔즈베리(Sarum): (종교 개혁 이전에) Sarum(Salisbury)(영국 Whitshire 주의 종교 중심지) 교구. 고대 Sarum 헌장은 1832년 개혁법안 전에는 언덕 위에 1가구로 한정함.

2) 대북대북 기나, 대남서大南西 그리소우웨이, 데브윅웩, 중대서中大西 밉그리어위스(the Geenar…the Mifreawis): 더블린의 철로는 4개 주, Great Northern, Great Southern and Western, 더블린의 Wexord 및 Midland Great Western에 봉사한다.

3) 찬사贊寺 및 반사反寺(the pro and the con): 찬부양론(pros and cons).

4) 껍질을 벗긴 마법장魔法杖과…홍수이토洪水泥土로서…디딤장 장대성당(stavekirks…peeled wands…floodmud): 헨리 2세는 더블린 바깥에 껍질 벗긴 막대의 멋진 기술을 가지고 왕궁을 세웠다 한다.

5) 신페인 죄인들의 피난처(shinner's rifuge): BVM(Blessed Virgin Mary)의 연도: 죄인들의 피난처(Refuge of sinners).

6) 개척성약자開拓聖約者들…방주方舟(arked for covennanters): (1)the Ark of Covenant: 모세의 십계명을 새긴 돌을 넣은 법궤 〈출애굽기〉 XXV: 10 (2)the planter's covenant(식민자들의 맹약)(U 26 참조).

7) 하기아소피아(성지원聖智院)(Hagiasofia): Hagia Sofia(성 지혜) Istanbul의 회교사원(mosque).

8) 한漢 족族이여, 회로回路할지라! 셈 족族이여(Hams…Shemites): goa & 셈: 노아의 아들들.

9) 카셀즈, 레드몬드…포리, 파렐, 브노스트, 또한 토니크로프트와 호간(Cassels, Redmond, Gandon, Deane, Shepperd, Smyth, Neville, Heaton, Stoney, Gandon…Hogan): 더블린의 건축가들: Cassels(Leinster House 건축가), Redmond(Nathew 신부 상像), Gandon(더블린 세관 및 대법원: Four Courts), Deane(국립도서관 및 박물관 설계자), Shepperd(G. P. O. 내의 그의 동상), Smyth(세관의 조각들), Neville(Vartery 급수소), Heaton(Findlater 사원), Stoney(Essex 교), Foley(O'Connell 및 Grattan 동상), Farrell(O'Brien 동상), Nost(더블린 시청의 동상들), Thorneycroft(Plunkett 동상). Hogan(시청 앞의 O'Connell 상).

10) 부스 구세救世(Booth Salvation): 구세군 창설자.

11) 스웨턴버그스 복옥福獄에게 심원천상深遠天上을!(arcane…Sweatenburgs Welhell): (1)Swedenborg(스웨덴의 종교 철학자) 저: Arcana Coelestia (2)Valhalla: (북구 신화) Ordin 신의 전당).

12) 일곱 개의 예외통로例外通路를 지녔는지라(seven wynds): 노래 가사의 패러디: 내가 아이비즈 가를 내려가자, 일곱 아내를 지닌 사나이를 만났는지라, 각 아내는…(As I was going to St Ives, I met a man with seven wives…).

13) 니브로의 경원警園(Neeblow's garding): 뉴욕 시의 Niblo's Garden(음악당).

14) 브라버스가 자신의 벽을 무너뜨리고(Blabus was razing his wall): 〈초상〉 제1장 참조(P43).

15) 수잔나를 노경老更하고(eltering the suzannes): Susanna: 묵시록의 책에서 두 노경들에 의하여 유혹당한, 매춘부.

16) 멋진 돼지 새끼(smuggy piggiesknees): Chaucer 작 〈방앗간 주인 이야기〉(Miller's Tale) 1: 82: 그녀는…돼지였다(She was…a pigges—nye).

17) 적갈색의 수줍은 움찔녀(auburn coyquailing one): Goldsmith: 〈삭막한 마을〉(Deserted Village)의 구절: 달콤한 적갈색녀女(Sweet Auburn).

18) 십자구十字丘(coolocked): Coolock: 더블린 북동부 외곽 지역.

19) 도전궁稻田宮을 개수하고 복원했는지라(reform and restore…. paddypalace): 더블린의 성 패트릭의 사원은 Benjamin lee Guinness에 의하여 복원되었다.

20) 화선話先(텔포스)(tellforth's): (1)Telford & Telford: 성 패트릭의 오르간 제작자 (2)Thomas Telford: 교각 설계자 (3)〈시편〉 19: 1–2의 인유: 하늘이 하나님의 영광을 선포하고…한 날은 또 다른 날에게 말하고…(The heavens declare the glory of God…one day telleth another.

21) 천사탁선天使託宣 오르간(oragel of the lauds): 〈마태복음〉 1: 20의 인유: 주님의 천사(Angel of the Lord).

22) 지옥화地獄火(hellfire): 더블린의 Hellfire Club.

23) 복음의 신연민기도문神憐憫祈禱文(gospelly pewmillieu, christous pewmillieu): (희랍어 & 성당 슬라브어) Kyrie eleison, Christe eleison: 기도문: 하느님이여 불쌍히 여기소서의 뜻. 그리스 정성당 및 가톨릭에서는 미사의 첫머리에 외며, 영국 성당에서는 십계에 대한 은창應唱에 쓰임, 또, 이에 붙인 음악.

24) 제단석祭壇石(altarstance): 이교도요, 바이킹 침입자인 Thorgil(Armagh의 통치자), 그의 아내 Ota는 Clonmacnois 사원의 높은 제단석으로부터 예언을 말했다.

25) 40보닛 모帽(forty bonnets): (1)Forty Bonnets: timothy Healy(아일랜드의 정치가로, 파넬의 옹호자였으나, 만년에 그를 배신함)부인의 별명. (2)〈알리 바바와 40인의 도적들〉(Ali Baba & the Forty Thieves)의 인유.

26) 강설降雪(snaeffell): Snaefell: Man 섬의 산 이름.

27) 축복의 소나기우빙雨氷(sleetshowers of blessing): 노래 가사의 패러디: 축복의 소나기(Showers of Blessings).

28) 모피미본毛皮美本(fairskin book): Fagrskinns: 북구 왕들의 생활 일람표(compendium).

(553)

1) 시녀(vergin page): (1)무어의 노래 타이틀의 인유: 나의 처녀 시녀를 도로 데려가요(Take Back the Virgin Page) (2)또 다른 노라와 함께 또 다른 조이스인 HCE는 그녀의 처녀 페이지 위에 알파벳을 각인하려고 애썼다.

2) 아나(Ana): 〈핀갈〉(Fingal)에 등장하는 Yuathal De' Danann의 earth-goddess(대지여신).

3) 오리자작나무에서터 여송汝松에까지(from alderbirk to tannenyou): 아일랜드의 알파벳은 18개의 문자를 가지며, A(ailm: 느릅나무), B(b대소: 자작나무)에서 T(teithne: 금작화), U(fur: 헤더) Dundrum(황갈색구黃褐色丘: 더블린의 지역)까지 갖는다.

4) 캠모마일 도섭장徒涉場이 앵초 언덕길을 단절하고, 코니 곡도가 멀브리즈 섬을 경계하나니(Cammomile Pass cuts Primrose Rise and Coney Bend bounds Mulbreys Island): Coney Island와 Mulberry Bend는 뉴욕의 지역이다. 꼭 같은 종류의 제목—변경을 사용하여, 우리는 Cammomile Rise와 Primrose Pass를 얻는다. Camomile Rinse는 구식 화장품: 금발은 camomile tea(칼밀레를 다린 약)를 가지고 그들의 머리카락을 검게 되지 못하도록 세발한다. Primrose Pass는 오필리아의 primrose path of dalliance(의롱의 앵초 길)(〈햄릿〉 I. iii. 50)를 메아리 한다.

5) 고갈된 전全土(whole blighty acre): Bloody Acre: 더블린의 Glasnevin 공동묘지.

6) 유울절혈요비逾月節血尿肥된 한 방울 피가(bladey well pessovered): Passover(유월절: 제물로 바치는 어린 양과 문설주 위의 피)(〈출애굽기〉 12: 22–3).

7) 쿠푸 왕의 거대한 피라미드와 서회토鼠灰土의 영묘와 봉화등대와 거상巨象 콜셋과 세미라미스 공주): chopes pyramidous and mousselimes and beaconphires and colossets and pensilled

turisses…summiramies): (세계의 7경이驚異) Cheop's Pyramid, Halicanassus의 영묘, 알렉산드리아의 등대, Rhodes 섬에 있는 Apollo의 거상, Semiramis: Assyria의 공주 등…(전출 FW 261 참조).

8) 처녀사원…매이누스의 파돈넬(templeogues…Pardonell of Maynooth): (1)처녀사원: 더블린의 지역 명(church of virgin) (2)1535년의 아일랜드인들의 대량 학살.

9) 프라 토발도, 니엘센 희감탄제독稀感歎提督, 진 데 포떼루, 코널 그레테크록, 구그리엘머스 캐비지 및 고활계高滑稽의 파시부칸트(Fra Teobaldo, Nielsen, rare admirable, Jean de Porteleau, Conall Gretecloke, Guglielmus Caulis and the eiligh ediculous Passivucant): Fra Teobaldo: Matthew 신부(아일랜드 절주 옹호자)의 동생 또는 셰익스피어 학자 및 표절자. Nielsen: 해군 제독 Nelson. Jean de Porteleau: Sir John Gray(더블린 급수소의 우두머리)(그의 동상이 O'Connell 가에 서 있다). Conall Greteclocke: O'Connell(〈율리시스〉 제6장에서 장의마차가 거대한 외투의 행방자 아래를 지난다)(U 77). Guglielmus Caulis: 1848년의 'Cabbage Patch 반항'의 William Smith O'Brien. Passivucant: 피닉스 공원 가까이의 소로[Pass If You Can이라 불림].

10) 구어돈 보수시報酬市 의 나의 카펫 정원(carpet gardens of Guerdon City): Artemis의 사원, 바빌론의 Hanging Garden.

11) 그리스로마로미오 남男과 주리엣유랑녀流浪女(gregoromaios and gypsyjulinnes_: Greco —Roman Romeos 및 Gypsy Juliets.

12) 체스터필드 느릅나무(Chesterfield elms): 아일랜드 총독인 Philip Chaesterfield는 피닉스 공원에 느릅나무를 심어 미화했다.

13) 켄트 주산州産의 홉(Kentish hops): 잉글랜드 남동부 주 산産의 홉 열매.

14) 바로우의 맥근麥根(rigs of barlow): (1)rigs of barley (2)노래 가사의 변형말로우의 난봉꾼들(The Rakes Of Mallow).

15) 필수영왕궁必須英王宮(necessitades): Paco das Necessidades: Lisbon의 왕궁.

16) 산사나무호손덴 전당(hawthorndene): (1)Hawthornden Glen: 피닉스 공원 (2)Edinburgh의 Hawthornden House.

17) 핀마크스 저사구邸舍丘 Finmark's Howe): (1)더블린의 바이킹 의사당(Thingmote) 자리 (2)How: 더블린의 시장 각하.

18) 피닉스(불사조)의 여왕원女王園(Queen's garden of her 피닉스): 피닉스 공원의 옛 이름.

19) 에블나이트의(eblanite): Eblana: Ptolemaic(지동설의) 더블린 이름.

20) 시드니 급한 파래이드(syddenly parading): 더블린의 Sydney Parade.

21) 오슬로 느긋하게!(opslo): Oslo의 옛 철자.

22) 야후(수인간獸人間)남男(yahoomen): 스위프트의 Yahoo 족.

23) 호세아(Hoseyeh): Hosea: 〈구약 성서〉의 소少 예언지들 중의 첫째.

24) 클라이즈 데일 복마ㅏ馬(claudesdales): Clydesdale : 스코틀랜드 산産의 힘이 좋은 복마.

25) 히스파니아 왕(Hispain's King): 옛 스페인 왕.

(554)

1) 부쿠레슈티(buckarestive): Bucharest: 루마니아의 수도.

2) 브론코 야생마들bronchos): 북 아메리카 서부 산의 야생마들.

3) 로우디 다오(Lawdy Dawe): la—di—da: 으스대는 사람.

4) 야생마들…우편봉사차…두마차…얼룩마들(bronchs…poster shays…noddies): 여기 다양한 말들과 마차들은 〈율리시스〉 Aeolus장말에서 누전으로 전차들이 멈추자, 급히, 덜컹거리며 구르는 삯 마차, 배달 차,

우편 차, 사륜마차, 병 실은 달그락 상자 마차들을 연상시킨다(U 122).

5) 마태태하! 마가가하! 누가가하! 요한한한하나!(Mattaha! Marahah! Luaha! Joahanahanahana!): 4대가들(마태, 마가, 누가, 요한) 및 그들의 당나귀의 울음소리. 여기 2층으로부터의 아이의 울음소리(559. 30)는 이들의 나귀의(비웃음)소리로 변용한다.

• III부 - 4장 •

HCE 와 ALP – 그들의 심판의 침대 (pp.555 - 590)

(555)

1) 4일열日熱의 학질瘧疾(quartan agues): 격언의 패러디: 4일열의 학질은 노인을 죽이고 젊은이를 치료 한다(Quatan agues kill old men & cure young).

2) 주主, 머졸커, 소少마놀카, 상常이비자 및 발효醱酵포멘+테리아(the majorchy, the minorchy, the evrso and the frementarian): 자중해 서부의 군도인 Balearic Islands 중 가장 큰 4개의 섬들: (1)Majorea, Minorca, Iviza, Formentera. 여기 frementarian이란 말은 라틴인들에 의하여 희랍 기독교인(효모빵을 사용하는)들에게 적용되는 말 (2)여기 4대가득인, 마태, 마가, 누가, 요한의 암시.

3) 소동의(ballyhooric): (1)노래 가사: 〈소동의 푸른 리본 군대〉(The Ballyhooly Blue Ribbon Army)의 가사 (2)Cork 주의 Ballyhoura 부인.

4) 사묘우四猫隅에(pussycorners): (1)아이들의 게임: 고양이 4모퉁이(Pussy Four —corners)의 인유 (2)여기 4인방들이 떠받히고 있는 4침대 기둥들의 암시, 마치 〈율리시스〉, 〈태양신의 황소들〉 장에서, 방담한 의과대학생들이 마시는 주류를 그 위에 올려놓은 테이블을 지탱한 4다리처럼(U 317 참조).

5) 당나귀(cuddy): 여기 4대가들이 대동한 당나귀의 지칭.

6) 가스 워커(Gus Walker): Lewis Walker(1860—1915): 그는 Marie Corelli 작의 〈사탄의 슬픔〉(Sorrow of Satan)의 무대 판版에서사탄역을 함. 조이스의 슬픈 사탄(sad Satan)은 루이스(Wyndham Lewis)에 의해 몹시 비판 받은, 스티븐 데덜러스(U 151 참조)이다. W. Lewis, Lewis Waller 및 Lucifer는 loosewallawer(151)로 한 떼로 결합하는데, Professor Jones로서의 숀은 그를 모델로서 제시한다. 모든 이런 것들은 조이스와 스티븐은 동일체요, 신사가 되는 것에 강박되어 있다는 루이스의 〈시간과 서부인〉(time and Western Man)의 주장과 연관됨이 틀림없다.

7) 에스커, 신성新城, 토갑土匣, 비토肥土(esker, newcsle, saggard, crumlin): 더블린의 바이킹 왕들의 땅로부터, 헨리 2세는 Esker, Newcastle, Saggad 및 Crumlin의 4왕실 대저택을 형성했다(018. 06—7 참조).

8) 움블린(wumblin): 더블린.

9) 둔臀블린(bumblin): 더블린.

10) 케빈 매리(케빈 Mary): 노래의 인유: 케빈 바리(Kevin Barry.)

11) 애란소리愛蘭笑哩(irishsmiled): 1 아일랜드 마일은 2240 야드.

12) 젤리 고돌핑(젤리 Godolphing): (1)셈을 지칭, 그는 젤리—당나귀로서 변장하여 돌아다니며, 혈통이 분명한 경주마들의 선조 동물인, Godolphin Arab로서 전환한다. Arab는 파리에서 발견되었을 때, 별 가치가 없는지라, 그는 마차를 끌고 있었다. 그는 arbinstreeds로 Abrabin steed와 street arab로 결합한다(553. 35 참조). 말들의 Cinderella요, 그들의 가장 암흑자로서, 셈은 그의 부친의 왕국 절반을 얻는다(563.23—36 참조)

13) 단즉시單卽時 야료원夜療院(night refuge): 더블린의 Bow 가에 있는 극빈자 요양원(Nifht Asylum).

14) 추기경 하복下僕(cardinal scullion): 더블린의 대주교인 Cardinal Cullen.

(556)

1) 성 성일 및 성 담쟁이 상아일象牙日(Saint Holy and Saint Ivory): 노래의 인유: The Holy & the Ivy).

2) 봉헌수녀奉獻修女(presentation nun): (1)수녀의 봉헌식(Presentation Oder of nuns). 이시는 셰익스피어 작의 〈앙갚음〉(Measure for Measure)에서 Claudio의 누이인, Isabella처럼 보인다. 그녀는 또한 수습 수녀 격으로, 〈율리시스〉의 다역多役인(천사, 성모, 수녀, '황금의 집', '상아 탑' 등) 거티 맥다웰을 닮았다.

3) 미가엘 축일의 겨우살이(植)(Mistlemas): Michaelmas(대천사의 축일) + mistletoe(겨우살이).

4) 그녀는 화관을 쓰고(she wore a wreath): 노래 가사의 인유: 그녀는 우리가 처음 만났을 때 장미의 화환을 둘렀나니(She Wore a Wreath of Rosed While That First We Met).

5) 마담 이사 부부 라 벨(Madame Isa Venve La Belle): (1)Isa Bowman 〈이상한 나라의 엘리스〉의 각색극에서 타이틀 역을 한 루이스 캐럴의 친구 (2)Isolde la Belle (3)Keats의 시제 〈무정한 미녀〉(La Belle Dame san Merci).

6) 야생림의 눈(眼)…모든 삼림의 그토록 야생 그대로(wildwood's eyes…all the woods so wild): William Byrd(영국의 종교 음악 작곡가) 작의 시가 인유: 나는 여기 저기 거닐며, 야생 림을 산보하리라, 내가 한때 그토록 심혹甚酷 당했기네, 아아! 사랑을 위해! 나는 번뇌로 죽으리라(Shall I go walk the woods so wild, Wanad'ring, wand'ring here and there. As I was once full sore beguiled. Alas! for love! I die with woe).

7) 나를 득得할지라, 나를 애愛할지라, 나를 혼婚할지라, 아아 나를 피疲할지라!(win me, woo me, wed me ah weary!): 비코의 환(Viconian cycle)의 암시.

8) 밤의 금구수丘(nowth): (1)now + 호우드 (2)Rembrandt의 그림야경(Nachtwacht).

9) 야경남夜警男 해브룩(Wachtman Havelook): 14세기 운시 로망스의 주인공인 Havelok 작 〈해브록의 가락〉(The Lay of Havelok). 그의 이야기는 햄릿 이야기와 많은 공통점을 띠는지라, Havelok은 햄릿처럼 야경남이요, 죄수를 재판하여 처벌한다. 〈경야〉에서 그는 언제나 남자 종(Sigerson)과 연결되는데, 그는 순경이요 밀고자이다.

10) 발푸르기스 악몽전정죄야惡夢全淨罪夜(allpurger's night): 괴테의 〈파우스트〉(Faust)에서, 파우스트가 마의 산으로 오르는 길을 밝혀주는 도깨비불을 바라보며 나아가는 발푸라기스 전야제(Walpurgisnacht)의 인유.

11) 불不칠칠치녀女 코써린(Kothereen the Slop): 하녀(청소부) Kate.

12) 바스크언욕言浴하고(basquing): Basque language: 스페인 서부 Pyrenees 산지의 언어.

13) 헴 자신과 바스크회사일동(Hemself and Co. Esquara): (Bas) Eskuara: Basque.

14) 여분전보餘分電報를 지닌 화각靴角(구둣주걱)우인郵人(Shuhorn the posth): 전보를 지닌 우체부 숀.

(557)

1) 묵시默示폴카무舞 테의 그들 넷 목쉰 승마자들(four hoarsemen on their apolkaloops): 〈요한 계시록〉(the Revelation)의 4승마 자들(The Four Horsemen of the Apocalypse).

2) 북구인, 남진실자南眞實者, 동東유칼리목한木漢 및 서창공남西蒼空男인가(Norreys, Soothbys, Yates and Welks): 북(North), 남(South), 동(East), 서(West)(4복음자들의 암시).

3) 태백성太白星의 난파(the wrake of the hapspurus): 미국 시인 Longfellow의 시제의 변형: 〈태백성의 난파〉(The Wreck of the Hesperus).

4) 거산巨山의 노압왕老鴨王 오툴(old Kong Gander O'Toole of the Mountains): Samuel Lover(아일랜드의 노래 작사가 및 소설가) 작의 〈전설과 이야기〉(Legends and Stories) 속의 King Gander O'Toole: King O'Toole의 거위가 성 케빈에 의해 젊어졌다.

5) 딸의 대이비박애상아탑博愛象牙塔의 신부지참금新婦持參金이라(tocher of davy's tocher of ivileagh): tocher: dowery, daughter. Lord Iveagh: E. C. Guinness: 더블린의 박애주의다.

6) 여우와 거위(fox and geese): 더블린의 지역 명.

7) 새먼 상(Sannon's): (1)더블린의 북부 King 가 167번지 소재의 잡화상 (2)더블린 북부 King 가 35번지 소재의 말 창고(Sammon's Horse Repository).

(558)

1) 아담 핀드래이터(Adam Findlater): 19세기 더블린 사람으로, 그는 잡화상으로 큰돈을 벌어, 시민 복지를 위해 썼다. 더블린의 파넬 광장에 있는 한 장로성당관이 그에 의해 복원되어, Findlater 성당이라 불렸다.

2) 썰리(Sully): Lucius Cornelius Sulla(기원전 138—78): 로마의 흡혈괴 같은 독재자. 그는 〈경야〉에서 Sully the Thug와 혼성되는 바, 아마도 Sulla는 그의 죽음의 침상에서 질식사를 목격했기 때문인 듯.

3) 가브즈 여로보암(Gubbs Jeroboan): (1)이스라엘 최후의 왕(〈열왕기상〉 XI. 26). Solomon 왕의 자리를 빼앗으려다. 실패했다. jeroboam: 약 30리터 들이의 샴페인 용 큰 병.

4) 노란 보란즈(Nolans Volans): (1)(L) nolens volens: 자의타의 (2)The Nolan(Bruno), 장작에 화형 당하다.

5) 봉밀야주蜂蜜野酒(honeymeads): 아일랜드 Tipperary 구의 Clonmel 감옥 이름은 꿀벌의 목상(Meadow of Honey)을 의미한다.

6) 클라크(Clarke): Sir Edward Clarke는 O. 와일드의 재판을 변호했다.

7) 레익쓰립 윤년애녀閏年愛女들(leixip yearling): (L) leaper(도약자): 리피 강상의 연어 도약자(salmon leaper). 〈경야〉에서 이 변화무쌍한 물고기는 여러 외국어로 불린다 (2)leap—year(2월 29일).

8) 하위특제何爲特製의 최고미남(nice toppinshaun made of): 자장가의 인유: 이 꼬마 소녀들은 무슨 제품인가?(What are little girls made of, made of?).

9) 알 바트루스(신천옹信天翁)(鳥) 니안저가 빈타 니안자(Albatrus Nyanzer with Victa Nyanza): Albert & Victoria Nyanza: 나일 강의 2개의 서부 저수지 이름.

10) 우리들의 붉은 강아지 갱 갱 갱(our moddereen ru arue rue): 노래 가사의 패러디: Moddreen Rue: 붉은 강아지의 뜻. 마지막 갱(rue)이란 말은 아이들의 게임에서 반복된다.

11) 봉밀주의 삼목향杉木香의 집(House of the cederbalm): Tara의 연회장인 Teach Modhehuarta는 봉밀주 회전의 집(house of the Circulation of mead)이란 뜻.

12) 피던의 포도원(Garth of Fyon): Garden of Eden의 변형.

(559)

1) 아담 제製의 노대(Adam's): Roberts Adam: 영국의 건축가, 디자이너.

2) 딸기(strawberry): 채프리조드에 있는 Strawberry Beds.

3) 막역幕役: 무언극(Act: dumbshow): 〈햄릿〉의 무언극(dumbshow)의 인유.

4) 누비아 흑인녀黑人女(Nubian shine): Nubian slave: Nubia: 14세기부터 20세기까지 노예매매로 유명한 아랍 지역(U 434 참조).

5) 자유성당(free kirk): Free Kirk: 영국 성공회(감독성당[Episcopal Church])에 반대되는, 스코틀랜드의

자유 성당. (〈율리시스〉의 제10장, 제1 삽화에서 Conmee 신부가 Great Charles 가를 지나며 동명의 성당 곁을 지난다)(U 181 참조).

6) 피터수數(Footage): (시네마) 카메라 멘에게 진행을 알리는 지시.

7) 펴카혼타스(Pocahontas): Pocahontas: 영국의 경마.

8) 핀누아라의 백견白肩(Finnuala): Lir의 딸(이름은 흰 어깨란 뜻)(〈율리시스〉 제9장에서 'Lir의 가장 외로운' 딸인 Cordoglio와 바다의 신 Mananaan MacLir 참조)은 아일랜드에 기독교가 도래할 때까지 백조로 바뀌었다.

9) 메소포토맥 노모老母(old mother Mesopotomac): (1)강들 사이의 토지에 암시적으로 적용되는 말 (2) Mesopotamia (3)Potomac: 강 이름.

10) 8곱하기 8의 64스퀘어(eight and eight sixtyfour): 장기판의 64스퀘어 평방 넓이.

(560)

1) 무속해방無束解放의 문란난교紊亂亂交(Promiscuous Orebound): (1)Aeschylus(희랍의 비극 시인) 작의 〈프로메테우스 해박解縛〉(Prometheus Unbound) (2)셸리(Shelley)의 시극 제목이기도.

2) 성장城將과 브리지(rake and bridges): rooks & bishops(장기판의 장기들).

3) 틥(정상) 더블 코너…휘스트 놀이(tiltop double corner. Whilst) (1)장기판의 위 더블 코너 (2)whilst: 휘스트: 카드놀이의 일종.

4) 무기고마벽武器庫魔壁(maggics): Magazine Wall(피닉스 공원 내의 무기고 창고).

5) 독노력督努力(ephort): Ephor: 왕들을 통제한 스페인의 총독들 중의 하나.

6) 알라딘의 총암總暗 램프들(alladim lamps): Aladdin's lamp: 영국 팬터마임인 〈알라비안 나이트〉(Arabian Nights)의 이야기. 〈율리시스〉는 조이스와 프로이트의 제작이라는 루이스(W. Lewis)의 말의 메아리.

7) 청수관靑鬚棺(Bloombiered): HCE: Bluebeard + 블룸(〈율리시스〉 +피네간 + bier(관).

8) 최호수最好獸와 함께 전리품(booty with the bedst): 팬터마임: 〈미녀와 야수〉(Beauty and Beast).

9) 그가 선행살先行殺한 자들을 위하여 우리로 하여금 새롭게 감사하게 하옵소서!(For whom he have fordone make we newly thankful): 영국 국교(성공회)의 감사기도(Anglican Grace)의 변형: 우리가 받는 것에 대해 주님이시여 우리로 하여금 진실로 감사하게 하소서!(For what we are about to receive may the Lord make us truly thankful).

10) 포터 씨(Mr Porter): (1)HCE는, 팀 피네간으로서 그가 나무통(hod)을 지니기 때문에, 피네간의 시신은 술통(barrel of porter)을 갖기 때문에, 포터 씨라 불림 (2)HCE는 많은 것으로 이루어지는지라, porter(맥주)를 파는 주점 주인으로서, 그리고 Masonic 회관의 수위 및 문지기(porter)로서 (3)〈맥베스〉의 문지기 참조.

11) 바소로뮤(Bartholomew): Vanhomrigh: 스위프트의 바네사의 아버지(그의 장인).

12) 고등어(mackerel): 〈율리시스〉에서 블룸의 별명이기도(U 133).

13) 브로조 산 와인(Porto da Brozzol): Brozzo: 이태리의 마을 산의 와인.

14) 경외지미敬畏之味(from awe to zest): A to Z(철두철미).

(561)

1) 우고右高, 좌고左高!(hoyhra, till venstra): 스위프트의 연인들에 대한 암시: 스텔라 & 바네사.

2) 숲 속에(in the wood): 팬터마임 제목의 익살: 〈숲속의 아이들〉(Babies in the Wood).

3) 코르시카섬(島)의 형제(The Corsicos): (1)보우시콜트의 연극: 〈코르시카의 형제들〉(The Corsican Brothers) (2)Corsica: 이탈리아의 서해안 프랑스 영의 섬으로, 나폴레옹 1세의 출생지.

4) 쿠니나, 스타투리나 및 에두리아(Cunina, Statulina and Edulia): 아이들의 양육과 연결된 로마의 여신들.

5) 버터컵(미나리아재비)(植)이라 불리도다(is named buttercup): 두 저자들인 Gilbert 및 Sullivan 공저의 책 제목: 〈H. M. S. 앞치마〉(H. M. S. Pinafore: '나는 작은 버터 컵이라 불리도다'(I'm called little buttercup).

6) 아빠신神의 보석딸(dadad's lottiest daughterpearl): 〈창세기〉 19: 36: 롯의 두 딸이 아비로 말미암아 잉태하고…(Thus were both the daughters of Lot with child by thy father)

7) 황금전설(legend golden): Jacobus de Voragine 저의 〈황금 전설〉(Golden Legend): 13세기 성인들의 생활 기록 집.

8) 여기 신년소지新年小枝, 할미꽃(아네모네), …헬리오트로프 꽃이…거기 스위트미리암…아마란스…금관금잔화(Here's newyearspray…heliotrope…amaranth and marygold): 이시를 위한 꽃의 묘사.

9) 최경最輕의 마디를 첨혹尖惑에 첨가할지니(Add lighest knot unto tiptition): 주님의 기도문 중에서: 우리를 유혹으로 인도하지 마시라(Lead us not into temptation).

10) 카리스여! 오 카리씨마(최애자)여!(Charis! O Charissima!): (1)Charis: 미, 우아, 기쁨을 상징하는 3미의 여신들(Graces) 중의 하나 (2)(L) carissima: 최애(하는).

11) 밤보리나(bambolina): (It) 성인 여자로 옷 입힌 인형.

12) 보카치오의 에나멜론(Boccuccia's Enameron): (1)Boccaccio의 〈데카메론〉(Decameron) (2) enamour: 매혹 (3)(It) boccuccia 작은 입.

13) 나방(蟲)의 어머니여!(Mother of moth!): (1)Mother of God2) 바네사: 나방의 족속.

14) 육肉의 피녀어彼女語(herword in flesh): 〈요한복음〉 1: 14: 말은 육화했나니(the word was made flesh).

15) 낙수면落睡眠(dormition): the Dormition: 성처녀의 잠에 떨어짐, 염직廉直의 잠.

16) 페티코트(Petticoat's): 고양이의(pussy cat's).

17) 일어섯, 소녀들, 그리고 그에게 덤벼요!(Up, girls, and at him!): 웰링턴의 전쟁 구호: 일어섯, 경계 및 진격(Up, guards & at them).

18) 겉잠(fleurty winkies): 40 winks(식사 후의 졸음).

19) 꼬마 고양이들(Biddles): Tiddles: 고양이.

(562)

1) 돌리(Dolly): 여자 이름의 통칭.

2) 성소의 장막(temple's veil): 〈마태복음〉 27: 51: 예수의 죽음에 임하여: 이에 성소의 장막이…찢어져 둘이 되고 땅이 진동하며…(At that moment the veil of the temple was torn in two…The earth shook).

3) 어리석은 폴리 프린더즈(silly Polly Flinders): 자장가의 패러디: 꼬마 프린더주(Little Flinders).

4) 두 구더기(two maggots): (1)Les Deux Magots: 파리의 St Germain 불 바르 (2)아일랜드의 서사문인 Ta'in Bo' Cu'ailgne로, 이는 두 적대적 황소를 채포하는, Ulster의 Connacht의 전쟁을 다루는데, 이들 황소들은 나라의 두 주州들에서 두 암소들에 의하여 잉태되었으며, 이들 암소들은 두 구더기 모양을 한 두 적대적 돼지지기를 미리 삼킨 자들이었다.

5) 주님의 양지羊肢…기적역사장奇蹟役事杖(limb of the Lord…his buchel Iosa): 그리스도 성당(Christ Church)의 예수의 성장聖杖(sacred staff)으로, 기적을 행사하는 Bacall—Iosa로, 종교개혁

(Reformation) 때 불 태워졌다.

6) 자전거를 타고 나팔 요들노래 페달을 밟고 있듯이(blowdelling on a bugigle): 시인 맹건(J. C. Mangan) 작: 〈나의 나팔과 그것을 부는 법〉(My Bugle & How I Blow It)의 인유.

7) 내가 눈 속의 저 미소를 볼 때마다(When'er I see those smiles in eyes): T. 무어의 노래 패러디: When'er I See Those Eyes.

8) 퀸 신부神父(Father Quinn): (1)그림과 원고(〈율리시스〉를 포함하여)의 아일랜드계 미국인 변호사 John Quinn인 듯. Quinn은 미국의 Little Review지에 Nausicaa 삽화를 출판한데 대해 고소당한 Margaret Anderson과 Jane Heap를 변호했다 (2)Father Quinn은 T. 무어의When E'er I See 의 가락이기도 하다 (3)〈경야〉에서 Quin 또는 Quinn은 Harlequin, Aquinas, Finnegan과 자주 연관된다.

9) 아모리카(Amorica): America + Armorica(트리스탄의 출생지).

10) 만능萬能달러(富)!(Dollarmighty): Almighty Dollar: 미국의 수필가 Washington Irving이 최초로 사용한 표현.

(563)

1) 설간유鱈肝油로 쌍둥이 된 뗀 채(twined on codliverside): 대구 간유로 젖을 뗀 채(weaned on codliver oil).

2) 목장의 막대 같으니(A stake in our mead): 진흙에 꽂힌 막대 stick—in—the —mud)의 익살(〈율리시스〉의 〈나우시카〉 장말 및 밤의 환각에서 블룸이 자신을, 그리고 Marion이 남편을 농락하며, 붙인 말(U 312, 358).

3) 광조각상狂彫刻像(craven images): 〈출애굽기〉 20: 4: 성구의 패러디: 조각상(graven image): 하느님 이외의 상.

4) 낙樂 쾌남(job joy): 제임스 조이스(셈)의 암시.

5) 그의 이름을 알지라도…누구의 뒤꿈치를…가공우수架空右手로(know him by name…whose heel… hand): 〈창세기〉 25: 26의 인유: 그의 손이 에서의 발꿈치를 잡으니, 그의 이름은 야곱이라 불렸도다(his hand took hold on Esau's heel. & his name was called Jacob).

6) 오, 행복악태아면幸福惡胎兒眠이여!(O, foetal sleep!): O felix culpa!: 오 행복의 죄여!

7) 애란백愛蘭白동부(the pale): The Pale 1547 후 영국 관할권하의, 아일랜드 동부 지역.

8) 바이런경卿과…블레이크 황폐족속屬에 속함을 맹세할지니(lordbeeron…Blake tribes): (1)블레이크(Blake)의 〈아벨의 유령〉(The Ghost of Abel)의 헌제獻題: 황야의 바이런 경에게(To LORD Byron in the Wildness) (2)블레이크는 Galway 부족들 중의 하나.

9) 인생의 무축비참無祝悲慘을 통하여 고마尻馬 등을 타고(through life's unblest he rode): 무어의 노래의 패러디: 인생의 무축비참을 통하여 우리가 배회랄 때(When through Life's Unblest We Rove).

10) 야비野卑(bulgar): Bugger: 도착倒錯으로 비난 받은 불가리아의 이단자 Bulgarus로부터의 파생어.

11) 금일발金一髮(a gold of my bridest hair): 마크 왕은 재비가 떨어뜨린 이솔더의 한 오라기 머리카락을 본 뒤에 결혼하기로 결심했다.

12) 기증자 마르크(Donatus his 마크): (1)Donatus: 로마의 문법가로, 그의 〈문법 술〉(Ars Grammatica)은 중세에 너무나 인기가 있는지라, Donet란 이름은 무슨 종류든 기본적 논문을 의미하기에 이르렀다 (2) Donatus: 더블린의 최초의 주교.

13) 고양이와 우리(屋)(the Cat and Cage): 더블린의 주막 명.

14) 유랑자(집시) 데 바루가 리리안에게(Gipsy Devereux…to Lylian): Gipsy Dervereux 및 Lillias Walshingham: 르 파뉴 작 〈성당묘지 곁의 집〉의 연인들.

15) 빵부스러기(스크랩)(bredscrums): (1)빵부스러기 (2)럭비 경기의 스크랩.

16) 용두질(저코브)과 수프 먹보(이트숍)(Jerkoff and Eatsup): 야곱(이스라엘 인들의 조상) 및 에서(이삭의 아들). 여기서는 셈과 숀 형제.

17) 도니브룩 시장(Donnybrook Fair): 노래 제목: Donnybrook Fair.

18) 호이즈 광장(Hoy's Court): 스위프트는 Hoey Court에서 태어났다.

19) 개미와 연초煙草매미(Formio and Cigarette): (1)Romeo and Juliet (2)La Fontaine(17세기 프랑스의 시인 작 〈매미와 개미〉(La cigale & la fourmi)의 인유.

20) 장미능보薔薇稜堡를 위하여, 녹아綠牙를 위하여(rosengororge…greenafang): 〈햄릿〉의 두 궁신들.

21) 엄연주석奄然朱錫과 주석전朱錫錢(Bleck and tin soldies): Black & Tans: 1920—1년 사이 왕립 아일랜드 경찰의 영국 지원자들.

22) 생급生急을 사진死盡(quick with quelled): 〈디모데후서〉 4: 4: 1: 산자와 죽은 자(the quick & the dead).

(564)

1) 저미니(Jemin): Gemini: 천문학의 쌍자궁 성(Twins)(두 쌍의 별)(미국의 2인승 우주선의 별명이기도). 여기서는 케빈 및 제리 쌍둥이를 암시한다.

2) 보호 여성(femecovert): feme covert: 남편의 보호 하에 있는 기혼 부인, 유부녀(법률).

3) 메시도(meseedo): (1)(음악) 계階(scale) 이름 부르기(sol—fa) 제도(solmization)에서 C=do, E=mi, B(독일어 어원에서 H로 불림)=si. 따라서 mi—si—do는 EHC, 즉 HCE가 된다. (2)일명 금상아제상金象牙製像란 뜻.

4) 동물원공원의 백금상白金象(zoopark): (1)피닉스 공원 내의 동물원 (2)chyselephanine(황금과 상아): 올림피아 산정의 제우스신의 상.

5) 헤리우스 크로에서스(Helius Croesus): Tim Healy: 아일랜드의 총독 + Croesus: 세계에서 가장 부유한, Lydia(소아시아의 옛 왕국)의 최후 왕.

6) 풀백(fullback): full back(後位)(축구경기의 위치).

7) 핀(Finn): 피네간.

8) 직선도로(The straight road): 피닉스 공원의 중앙 도로인 Chesterfield Road는 각각의 양쪽에 총독 관저 및 국무장관 저택으로 분할한다.

9) 포주섭정총독葡酒攝政總督의 저택(vinesrent's lodge): 총독 저택(Viceregal Lodge): 〈율리시스〉 제10장에서 Dudley 총독은 이곳에서, 마차를 타고 더블린 외곽의 Ballsbridge에 있는 Mirus bazaar에 참가하기 위해 떠난다.

10) 성구관장서기장聖具管掌書記長(chief sacristary) Chief Secretary(국무장관).

11) 신사들의 의자(gentlemen's seats): 〈더블린 시의 역사〉(A History of the City of Dublin)(II. 1311)에 의하면, 피닉스 공원을 둘러싼 Warburton, Whitelay 및 Walsh 마을은 멋진 신사들의 의자들로 치장되고 있다.

12) 초일만원超壹萬員(super thin thousand): 10,000.

13) 생도강변生跳江邊(liveside) Liffeyside(리피 강변).

14) 촌락기사村落騎士(rustic cavalries): Mascagni 작 Cavaliieria Rusticana.

15) 저 쪽 골짜기에, 또한, 산 요정이 머물도다(In yonder valey…stays mountain sprite): 무어의 노래의 패러디: 저 골짜기에 홀로 살았다네(In Yonder Valley There Dwelt Alone)[산의 정령: The Mountain Sprite].

16) 분홍색 핌퍼넬(植)(scarlet pimparnell): (1)Baroness Orezy: The Scarlet Pimpernel(꽃) (2)파넬.

17) 반목反目형제살인(feud fionghalian): 1882년의 피닉스 공원 Samuel Childs 형제 살해 사건(U 82 참조) (2)(I) fionghal: fratricide: 형제 살인.

18) 세머스 스위프트패트릭 경(sir Shamus Swiftpatrick): 스위프트: 성 패트릭 사원의 부감독.

(565)

1) 함몰저지陷沒低地(Holl Hollow): Valhalla: (북구 신화) 전쟁 영웅의 영혼을 모시는 신전.

2) 하수구우울적下水溝憂鬱的(gutterglooming): (G) Go'tterda'mmerung(신들의 황혼).

3) 염호기심厭好奇心(발키리 여신)(wankyrious): Valkyries: (북구 신화) Odin 신의 12선녀들: 전쟁 영웅의 영혼을 Valhalla에서 안내하고 시중들다.

4) 펜타포리스의(pentapolitan): 사해의 지역 명.

5) 경찰흥악대警察興樂隊…삼수요일森水曜日…호곡狐曲(울프톤): poleesturcers…woodensdays…wolvertones: (1)피닉스 공원의 함몰저지(Holl Hollow)는 수요일(wednesday)에 더블린 수도 경찰 악대에 의하여 공연장으로 사용되었다 (2)Wolfe Tone: 〈연합 아일랜드인들〉(United Irishmen)의 창설자.

6) 호곡狐曲! 울보스!(Ulvos! Ulvos!): (1)Dalkey의 Ulverton 도로 (2)(Da) wolves. G) people. (R) wolf.

7) 거기 암스테르담에서 살았나니 한… : (In Amsterdam there lived a): 노래 가사의 패러디: 암스테르담에 한 처녀가 살았나니, 내가 방금 말하는 것을 잘 명시할지라(In Amsterdam there lived a maid, mark well what I do say).

8) 볼티건 왕, 아아 고티건 왕!(Vortigern, ah Gortigern!): (1)Vortigern(Guorthigirn): Hengest와 Horsa(영국 최초의 색슨 침입자들을 인도했던 형제 추장들)가 도착했을 때의 영국 왕 (2)1796년에 W. H. Ireland는 자신이 세익스피어가 쓴 잃어버린 연극인 Vortigern and Rowena를 발견했다고 주장했다. 많은 자들은 잃어버린 세익스피어의 문서들과 아일랜드의 이 잃어버린 연극의 초기 발견이, 위대한 세익스피어 학자인 Edmond Malone이 앞서 아일랜드를 위조자로 폭로할 때까지, 신빙성이 있다고 믿었다 한다(Cheng 183 참조).

9) 머시아(Mercia): (Vortigern 왕 훨씬 뒤의) 북 잉글랜드의 앵글로—색슨 왕국.

10) 종잡을 수 없는 망설자의(jibberweek's): 캐럴(Lewis Carroll) 작 Jabberwocky.

11) 살지殺遲의 음악(Slew musies): Slew + slow music(음악을 천천히 U 3).

12) 환영幻影흑표범(phanthares): 〈율리시스〉 제1장에서 스티븐이 Haines를 두고 멀리건에게 하는 말: 녀석이 밤새도록 흑 표범에 관해 떠들어대고 있었어(He was raving all night about a black panther)(U 4).

13) 하행下行(godown): godown: 극동의 외국 상사의 창고.

14) 러블린까지 행적도幸積道를 따라(the lucky load to Lublin): 노래 가사의 인유: (1)더블린까지 바위 길을(The Rocky Road to Dublin)(U 26) (2)Lublin: 폴란드의 도시 명.

15) 매강류每江流(elvery stream): 더블린의 Elvery's Elephant 우산 상점(O'Connell 가 입구 소재, 지금의 Kentucky Fried Chicken House)(전출)(U 77).

16) 루카리조즈 지방을 지나, 유황광천硫黃鑛泉(Lucalised, on the sulphur spa): Lucan(채프리조드) 근방의 마을)에 유황천이 있었다.

17) 해머(망치)가 자갈돌에 말(言)을 걸며(The hammers are telling the cobbles): 노래 가사의 변형: 천국이 영광을 말하고 있나니(The Heavens Are Telling the Glories).

18) 픽트인人들(the pickts): Picts: 옛날 스코틀랜드 북동부의 민족.

19) 굴침대窟寢臺하는 것이 보다 아늑할 지로다(snugger to burrow abed): Snugborough: 더블린, Castleknock의 도토(townland).

3부

(566)

1) 성체마聖體馬(hosties): horses + Eucharist(성체).

2) 파산으로의 모든 길을(all roads to ruin): 격언의 패러디: 모든 길은 로마로 인도하도다(All roads lead to Rome).

3) 귀족집사들(seneschals): Esker, Newcastle, Saggard 및 Crumlin: 이들 4도시들의 집사들은 영국 주권에 의해 임명되었다.

4) 승마(palfrey): Balaam(믿을 수 없는 예언자, 〈민수기〉 XXII: 23의 당나귀는 그에게 야훼(Yahweh)의 분노를 경고했다.

5) 투우육사鬪牛肉士 속커순(boufeither Sockersoon): 투우사(bullfighter) Sackerson: 곰(bear)(530. 22]. 황소와 곰: 주식의 상하승上下乘 구경꾼.

6) 팔짱(arums): 남근 모양을 한 식물 종.

7) 처녀새아씨들(maidbrides): 노래 가사의 인유: 마라하이드의 신부: 즐거운 벨이 울리고 있네. 경쾌한 마라하이드에(The Bridal of Malahide: The joy bells are ringing. In gay Malahide)(결혼식 날 살해된 남편의 신부에 관한 노래).

8) 왕립탑王立塔(the tower royal): Tower Royal: 런던의 Cannon 가의 궁전. 런던탑에서 암살된 왕자들(〈리처드 3세〉).

9) 디브린(deevlin): 런던탑(Tower of London)의 Develin Tower.

10) 보라, 돈자아豚自我!…일이 못되나니(Vidu, porkego…Maldelikado!): 여기 마가의 HCE에게 행한 Esperando어의 경고.

11) 오…황홀한 광경!(O, the sight entrancing): 무어의 노래: O, the Sight Entrancing[Planxty Sudley].

12) 사다리 주主에 맹세코(Lord of ladders): 〈이집트의 사자의 책〉의 소개문에서: 천국과 땅을 연결하는 사다리의 주인 하느님, Osiris.

13) 단 리어리의 오벨리스크(방첨탑)까지(To the dunleary obelisk): 조지 4세의 방문을 기념하여, Abraham Kink에 의해 세워진 단 레어리(Dun Laoghaire)의 방첨탑.

(567)

1) 반半 리그(half a legue): 테니슨의 시구의 인유: 〈경기병대의 공격〉(The Charge of the Light Brigade)의 전쟁 구호: 반 리그 전진(Half a league onwards).

2) 사라 교橋(Sara's Bridge): 더블린 소재 리피 강상의 Sara Bridge.

3) 향사鄕士(yeaoman's): Gilbert & Sullivan 작곡의 노래 패러디: 〈경비 향사들〉(Yeomen of Guard).

4) 나는 곶(갑岬) 위에 아주 연분홍 빛(핑크)의 장식裝飾 사냥 모(I mist see a buntingcap of so a pinky on the point): (1)buntingcap: condom의 암시 (2)pink: 여우 사냥꾼의 붉은 코트.

5) 십만환호十萬歡呼(Courtmilits)(1)ce'ad mi'le fa'ilte: 100,000 환영.

6) 포사격(gunnings): Elizabeth 및 Maria Gunning: 영국의 귀족들과 결혼한 아일랜드의 자매들.

7) 여왕은 노도질풍으로 선상에 누어있었는지라(the queen lying abroad from the fury of the gales): 1821년 조지 4세의 더블린 방문: 당시 여왕은 와병중이요, 역풍이 왕의 무리들의 아일랜드 해를 건너는 첫 시도에서 그들을 영국의 Holyhead로 되돌아오게 했다.

8) 난 난 난쟁이로(Nan Nan Nanetta): 노래 가사의 인유: No, No, Nanette.

9) 유사 별명(mocktitles): 〈이상한 나라의 엘리스〉(Alice in Wonderland)에서 Mock Turtle.

10) 미가엘 축일(Michalsmas): Michaelmas: 9월 29일.

11) 모든 왕의 오스트레일리아마馬들과 모든 그들의 왕신王臣들(all the king's aussies and all their king's men): 자장가의 패러디: 험티 덤티: 모두 임금님의 말들, 모두 임금님의 신하들(Humpty Dumpty: All the King's horses & all the king's men).

12) 템플 기사단(knechts tramplers): Knights Templars: 성지 예루살렘의 보호를 위한 조직(1118—1312).

13) 문장관회투紋章官灰套의(herald graycloak): Harald Gray Cloak 서부 노르웨이의 지배다.

14) 진행이 보도步道에 이루어질지니,)A Progress shall be made in walk): 작품 제작 동안의 조이스가 붙인 제목, 즉 〈경야〉의 진행 중의 작품(Work in Progress).

15) 육군준장 놀란…브라운(brigadier—general Nolan…Browme): (1)Brigadier—General Nolan: 미국 정보국의 두목(1917—18) (2)Browne & Nolan: 〈경야〉의 대칭적 관계.

16) 예비시험수입세지豫備試驗收入稅地(littlego): Cambridge 대학의 속어: 학사(BA)를 위한 1차 시험.

17) 비우포트(Beaufort): (1)영국의 한 사냥 명 (2)blue와 buff(담황색): Whig 당의 깃발.

18) 고양이의 도살이람!(cat's killings): Rip Van Winkle는 Carskill 산 아래서 20년간 잠잤다.

19) 유행가수인(Zosimus): 더블린의 시인 및 걸인.

20) 페로타 경기장(Pelouta): pelota: jai alai: handball과 비슷한 공놀이.

21) 잔디랭커스터에서…요크(yerking at lawncastrum): York &(Lancaster): 장미전쟁(Wars of Roses)(〈초상〉 제1장. P 12 참조).

(568)

1) 머우저 미스마(Mauser Misma): 1916년 부활절 봉기(Easter Rising)에 사용된 Howth Mausers 총銃.

2) 토리아 랜도우너 부인婦人(Lady Victoria landauner): Lady Victoria.

3) 리터스와 고씨어스(Britus and Gothius): (1)Brutus & Cassius: 로마의 정치가들, 전자는 후자의 암사자들 중의 하나 (2)British & Goths(고트족, 3—5세기경에 로마를 침공한 튜턴 계의 민족).

4) 록할지니(마크): Mark Antony: 안토니우스(로마의 장군, 83?—30, BC).

5) 로우디아 애이도울시스(Cloudia Aiduolcis): 로마 수도관(Roman aqueduct).

6) 포감사鼠葡感謝하게도!(Muchsias grapcias!): Mookse(쥐여우) 대 Gripes(포도사자).

7) 순간에 급류急流하는 것은 눈물이 아닌지라. 6페니!(Its ist not the tear on this movent sped. Tix sixponce!): 무어의 노래의 변형: 이 순간 흘리는 것은 눈물이 아닌지라[6페니](It is Not the Tear at This Moment Shed[The Sixpence]).

8) 자何者가 황소 뿔을 자르리오?(Hool poll the bull?): 자장가의 패러디: 누가 종을 울리리오(Who'll toll the bell?).

9) 부정억제지不停抑制紙(Instopressible): Insuppressible(〈불억제〉): 반反 파넬 신문(Anti— panallite newspaper).

10) 버크럼의 야자피椰子皮에 우링턴 부츠(Woolington bottes over buckram babbishkis): (1)buckram: 아교, 고무 따위로 굳힌 성긴 삼베(양복 및 구구 심에 씀). (2)웰링턴 boots: (무릎까지 오르는) 장화의 일종.

11) 구두쇠 골목길, 돈구豚丘…집달관소로執達官小路(pinchgut. hoghill…. bumbellye): 모두 중세 더블린의 보도 및 소로들.

12) 광석총구廣石塚丘(broadstone): 더블린의 Broadstone 기차 종착역.

13) 돔 킹(Dom King): Abraham Bradley King: 더블린의 시장 각하, 그는 조지 4세가 시 중심에 도착하자, 왕의 손에 키스하고, 시의 열쇠를 증정하자, 현장에서 작위를 수여받았다.

14) 일어나시오, 폼키 돔키 경卿! 이청耳聽! 이청! 난청難聽!(Arise, sir Pompkey Domkey! Ear!

3부

Ear!! Weaker!): 여기 부왕 햄릿의 유령은 HCE(Humpty Dumpty)와 동일시된다. Arise, sir ghostus!Ear! Ear!는 유령의List!. List!에 대한 이어위커(Weakear)의 번안이다.

15) 캐비지묘원墓園(cabbuchin garden): Cabbage Garden: 성 패트릭 사원 근처의 더블린 Capuchin(캐퓨친 수도회의) 묘지.

16) 풍요豊饒 하옵기를, 노두건장군老頭巾將軍이여!(That his be foison, old Caubeenhauben!): (1) foison: (F) abundance. poison (2)Copenhagen. 이들은 모드 〈햄릿〉에서 언급된다.

17) 알파 버니 감마남男…롬돔 누(slfi byrni gamman…lomdom noo): (gr) alph, beta, gamma, delta, epsilon, zeta, eta, theta, lota, kappa. Alfie Byrne: 1930년대의 더블린 시장 각하.

18) 페핀레인족族의 파피루스 왕王(Papyroy of Pepinregn): (1)papyrus: (植)고대 이집트의 제지 원료 (2) 단구短軀 Pepin: Franks(Gaul 인들을 정복하여 프랑스 왕국을 세운 사람들)의 왕.

19) 렉쓰 인그람(Rex Ingram): 〈푸른 목장〉(Green Pastures)에서 de Lawd 역을 한 미국의 배우.

20) 자신의…아리스 천의 이른 바 눈부신 교의류橋衣類 속으로 갑자기 나타나며(poking out with his canule into the arras): 〈햄릿〉에서 Polonius처럼.

(569)

1) 여기 그들의 검소한 주름장식의 코르셋에…익살촉감속觸感屬하옵소서(here's a help undo their modest stays): 노래 가사의 인유: 여기 폐하를 위해 건강을(Here's a Health unto His Majesty).

2) 이하 모두 더블린 시내의 실재 성당들: 성聖 북—부—장노원(S. Pres바트—in=the—North): 성 하환상下環狀 마가원院(S. Mark Underloop): 성 장비상자裝備箱子—곁의—로렌스 오툴원院(S. Loens— by—the—Toolechest): 성 마이라 니코라스원院(S. Nicholas Myre): 성 가드너 성당(S. Gardener): 성 조지—루—그리크 성당(S. George—le—Greek): 성 바크래이 공황恐慌 성당 S. Barclay Moitered): 성 피브, 사도—파울(S. Phibb): 아이오나 성당(Iona—in—the—Fields): 성 대문측大門側—주드(S. Jude—at—Gate): 부르노 수사修士 성당(Bruno Fiars): 성 웨스터랜드—로오—안드류 성당(S. Mary Stillamaries: 성 모리노 외지外持 성당(S. Molyneux Without): 성 마리아 스틸라마리즈 위즈 브라이드—앤드—오데온즈—비하인드—워드보그 성당(S. Mary Stillamaries with Bride —and—Audeons—behind—Wardborg): 성 아가사(Agithetta): 트란퀼라 수도원(Tranquilla): 말보로—더—레스(Marlborough—the—Less).

3) 드브랜(Deublan): Dublin.

4) 축복수혜자 축복할지라!(Benedicus benedicat!): 식사 때의 성공회의 감사기도(May the blessed one bless).

5) 나이 많은 핀쿨(Old Finncoole): (1)Finn MacCool) (2)자장가 가사의 패러디: 나이 많은 쿨 임금은 즐거운 노인…그는 3피들 주자들을 부르러 보냈지(Old King Cole was a merry old soul…& he sent for his fiddlers three).

6) 왠고하니 우리는 모두 아무도…거부하지 못할 쾌활희快活戲의 낙옥당落獄黨들인지라!(For we're all jollygame fellhellows which nobottle can deny!): (1)노래의 패러디: 왠고하니 그는 쾌활한 선인인지라…아무도 거부하지 못할지라…(For he's a jolly good fellow…Which nobody can deny) (2)속담: 어이 잘 만났다(hail fellow well met)(반가운 사람의 만남)(U 202).

7) 주저식언배우躊躇食言俳優를 식탁으로 불을지라!(Call halton eatwords!): Hilton Edwards: 더블린 배우.

8) 마마 내게 더 많은 샴페인을! 무엇이라(Mumm me moe mummers! What): Mumm Champagne.

9) 이태伊太뮤즈희극여신戲劇女神이(Ithalians): (1)Thalia: muse of comedy (2)Richardson 작 Charles Granison: Ithalisns 및 Pamelas의 구절.

10) 비극주신悲劇酒神(Moll Pamelas): Melpomend: muse of tragedy.

11): 극장문(gate): 더블린의 Gate Theatre.

12): 메쏘프 씨와 볼리 씨(Mr Messop and Mr Borry): Henry Mossop & Spranger Barry: 두 경쟁 및 대조적 배우들, 더블린의 18세기 지배인.

13) 베루노의 두 남근신사男根紳士(two gnitalmen) 〈벨로나의 두 신사〉(Two Gentlemen of Verona).

14) 상급 나우노와 상급 브로라노(Senior Nowno and Senior Brolano): Bruno of Nolan: Browne & Nolan.

15) 아름다운 참회자(a fair penitent): N. Rowe(영국의 극작가요 계관 시인) 의 대표작: 〈회오하는 미녀〉(The Fair Penitent).

16) 지상의 사랑(all for love).: John Dryden(영국의 시인, 비평가, 1631—1700)의 비극적 걸작 극: 〈지상의 사랑〉(All for Love).

17): 그녀는 초연招演되다니, 로다의 장미녀(she be broughton, rhoda's a rosy she): Rhoda Broughton(1840—1920)(영국의 소설가): 〈장미처럼 붉은 그녀〉(Red As a Rose Is She).

18): 소년한량극少年閑良劇(boyplay): Synge 작: 〈서부세계의 바람둥이〉(The Playboy of the Western World).

19): 부세(料)묘술妙術!(bouchicaulture!): 디온 보우시콜트(애란 극작가)에 대한 익살.

20): 무슨 타이론의 힘인고!(What tyronte power!): Tyrone Power: 무대 아일랜드인.

21): 무대요정에 맹세코!(Buy our fays!): (1)by my faith! (2)W & F. Fay: 애비 극장 소속의 배우들.

22): 나의 이름은(신기한) 노벨이요 언덕의 그란비 위에 있도다(My name is novel and on the Granby in hills): J. Home: (스코틀랜드의 극작가) 그의 대표작 Douglas의 문구의 인유: 나의 이름은 구램피언 언덕의 노발이요. 나의 부친은 양과 검약한 오리를 기르도다(My name is Norval on the Grampian hills My father feeds his flocks, a frugal swan).

(570)

1) 다심多深한 다울多鬱의 도란도!(Deep Dalchi Dolando): (1)속담의 패러디(dear Dirty Dublin)(U 119) (2)John Dowland: 아마도 Dalkey에서 태어난 작곡가.

2) 멋진 하프가 만가작별輓歌作別하리라!(Mighty gentle harp addurge!): 무어의 노래 인유: 나의 멋진 하프 다시 한 번 나는 깨어나니(My Gentle Harp Once More I Waken).

3) 인자군주폐하仁慈君主陛下(Grace's Mamnesty): Grace O'Malley: 아일랜드의 해적.

4) 열도熱都 금야의 어떤 전시간全時間!(Some wholetime hot town tonight!): 노래 제목의 인유: 오리들의 고도에 금야 열시熱時가 있을지라!(There'll Be a Hot time in the Old Town Tonight!)

5) 모건(Morganas): (1)(G) morgen: tomorrow (2)Morgana Le Fay: 아서 왕의 누이: 여마술사.

6) 헤르큘레스 괴력적怪力的이도다(herculeneous): (1)Herculas(희랍 신화) 제우스의 아들로 그리스 신화 최대의 영웅, 장사 (2)Herculaneum: 기원 73년 Vesuvius 화산의 분화로 Pompeii와 함께 매몰된 나폴리 근처의 고도.

7) 훨씬(lot): Lot: Abraham의 조카: 악도惡都인 Sadom 멸망으로 일족이 되거 할 때 뒤를 되돌아 번 그의 아내는 소금 기둥이 됨. 〈창세기〉XIII. 1—12. 〈율리시스〉 제4장에서 블룸은 이를 명상한다(U 50 참조).

8) 활동가 우리들의 유남油男처럼(oily the active): 노래 제목의 패러디: 활동가 존 레일리(John Reilly the Active).

9) 내게…이야기하지 않도록 할지라, 그건 언제나 너무 끈적끈적하기에(Forthink not me spill its at always so guey): 무어의 노래에서: 오 생각지 말지니, 나의 정신은 언제나 빛 같나니(O! Think Not My Spirits Are Always as Light).

10) 사라 숙모 댁소宅所(sairey's place): (1)Sarah: Abraham의 아내 (2)더블린의 Sara Place (3)스티븐의 숙모 Sara 댁: 그는 아침의 Sandymount 해변의 산보에서 이를 되뇐다: 사라 숙모 댁에 갈까 말

3부

까?(Am I going to aunt Sara's or not?)(U 32).

11) 국립제일로國立第一路 일영영일(1001)(natinal first rout, one ought ought one): (1)〈1001 야화의 향연〉(아라비안나이트)(Arabian Night's Entertainment) (2)〈율리시스〉에서 스티븐의 천국과 교신 전화 번호(0, 0, 1)(U 32).

12) 실 바누스 섄크투스…도유塗油의 저들 손가락 끝(Syvanus Sanctus…tips of his anointeds): VI. B.(Buffalo 대학의 조이스의 노트북의 수자와 페이지에 따른 언급) 16. 130: 성 Syvanus는 나이 60에 그의 성유 묻은 손가락을 끝만 씻었다 한다(McHugh 570).

13) 심장의 도둑놈이나니!(Stealer of the Heart!): 〈이집트의 사자의 책〉의 구절: 사자의 식자食者(Eater of the Dead).

14) 염하실鹽下室로 상도常倒하지 않을까(should everthrown your sillarsault): (1)위 주7) 참조 (2)행운을 위해 소금을 어깨 너머로 던지는 관례에서.

15) 상응추종相應追從(dui sui): (1)Sui: 〈이집트의 사자의 책〉 XXXI에 나오는 악어 악마 (2)(C) sui: 추종.

(571)

1) 농아자聾啞者여!(tefnute!): Tefnut: 이집트의 여신.

2) 이들 안경광휘眼鏡光輝의 파도광波跳光!(These brilling waveleaplights): 공원의 도깨비불에 대한 묘사.

3) 활탐活耽 활력活力!(Seekhem seckhem!): sekhem: 남자의 힘과 활력을 위한 이름.

4) 우리들의 공원 근방의 맑은 춘수도정春水跳井(a clear springwell in the near our park): 피닉스 공원은 애란어의 Pa'ire an Fionnuisee에서 파생한지라, 이는 맑은 물의 들판이란 뜻.

5) 주문呪文을 그 위에 던지는고…엽상체葉狀體들, 책보표册譜表의 나무 가지!(spells upon, the fronds that thereup the books 타프 branchings!): Be'dier는 프랑스의 원전에서 끌어 온 〈트리스탄과 이솔트의 로맨스〉(The Romance of Tristan and Iseult)의 개작(이를 조이스는 Weaver 여사에게 프랑스 판을 읽도록 추천했거니와, 〈서간문〉(I. 241)로, 그 내용인즉: 트리스탄은 나뭇가지에 새인 메시지를 이솔트에게 소나무 밑 둥에서 솟는 샘의 흐름에 띄워 보냈다.)

6) 탄트라 경전經典의 철자(trantrist spellings): (1)Trantris: 트리스탄이 아일랜드에 도착하자 스스로 부른 자기 이름 (2)Trantrist: 힌두교의 종교 고전.

7) 안락교회당安樂教會堂(chapelofeases): (1)채프리조드 (2)더블린의 성 Mary's Chapel of Ease.

8) 시온의 슬픈 자여?(sad one of Ziod?): 무어의 노래: 〈나는 차라리 아일랜드 보다〉: 그래요, 시온의 슬픈 자여(I would Rather Than Ireland: Yes, Sad One of Zion).

9) 수도직修道職 바곳(植)(monkshood): monkshood: 유독성 독초. 루돌프 블룸(블룸의 부친)은 그것의 정량 초과로 사망했다(U 560).

10) 기근饑饉 속에 차가운(cold in dearth): 무어 노래의 패러디: 대지 속에 차가울 때 그대가 사랑했던 친구가 누어있도다(When Cold in Earth Lies the Friend Thou hast Loved)(리머릭의 비탄).

11) 표백漂白의 키스벨(미인)이여(blanching kissabelle): Isolde Blanchemains: 블라망주 이솔트여.

12) 쳇쳇(pipette): 스위프트의 연서戀書의 결어結語.

13) 소락회당小樂會堂(littleeasechapel): Little Ease: 런던 탑 안에 있는 동굴.

14) 나는 차라리 아일랜드보다 !(Iwould rather than Ireland!): 노래 제목: 나는 차라리 아일랜드 보다 하고파(I Would Rather Than Ireland.

15) 오, 포올링투허(피녀주입彼女注入)의 왕자씨王子氏, 무엇이든 행行하여 두이락묘易樂할 고?(O, Mr Prince of Pouringtoher, whatever shall I pppease to do?): 노래 가사의 패러디: 오 포터씨, 무엇이든 나는 행할고?(O Mister Porter, Whatever Shall I Do?).

16) 리머릭호湖의 비탄悲歎(limmenings lemantitions): 노래 제목의 인유: 리머릭의 비탄(Limerick's Lamentation).

17) 사라지地(saarasplace): (1)Sarah Place: (더블린) (2)Saar: Finn의 아내 (3)Sarah: Abraham의 아내.

18) 안요정妖精(Annshee): Ann + she + banshee(비탄의 요정).

19) 풍요개조지색등豊饒開朝之色燈. 희생대비犧牲對備(Huesofrichunfoldingmorn…Provide—forsacrifice): aaaaaJohn Keble의 〈기독 년〉(The Christain Year)의 시구: 풍요한 열리는 아침의 색채들…우리들의 깨어남과 일어남은 증명하나니…하느님은 희생을 준비하리라. (Hues of the rich unfolding…New every morning is the Love. Our wakening & uprising prove…God will provide for sacrifice).

(572)

1) 양심가책하는 불(火) 트집 잡는 자들이 미망남迷妄男을 그의 후촉수後觸手로부터 문 두드려 깨우고 있도다(nagging firenibblers knocking aterman up out of his hiterclutch): 입센 작 〈건축 청부업자〉(The Master Builder)의 글귀의 패러디: 나는 그대에게 말하노니 젊은 세대가 어느 날 와서 나의 문을 뇌성노크하리라(I tell you the younger generation will one day come and thunder at my door).

2) 악음樂音!(Tone!): Wolfe Tone: 아란인 연합의 창설자.

3) 들을 수 없도다!(Cant ear!): Can't hear(전출, FW 215)

4) 호누프리우스는 모든 이에게 부정직한 제안을 하는 호색적인 퇴역…도다(Honuphrius…propositions to all): 이하 구절은 M. M. Matharan(Humphrey) 저 Casus de Matrimono를 패러디 한다(여기서 사용된 유사한 형식은 결혼의 경우 성당의 선언의 예들을 제시한다).

5) 사가 웨어(Ware's): Sir James Ware: 역사가, 〈아일랜드의 고대풍습과 역사〉(The Antiquities of & History of Ireland)의 저자.

6) 사가 드올톤(D'Alton): 역사가, 〈더블린 군의 여사〉(The History of the County of Dublin)의 저자.

(573)

1) 사가 홀리대이(Halliday): C. Haliday: 역사가 및 〈더블린의 스칸디나비아 왕국〉(The Scandinavian Kingtom of Dublin)의 저자.

2) 세루라리우스Cerularius): 희랍 성당(Greek Church)의 설립자.

3) 수라(Sulla): 로마의 독재자.

4) 그레고리우스, 리오, 비텔리우스, 맥더갈리우스(Gregorius, leo, Vitellius and Macdugalius): 4대가들(Four Masters): (1)Matthew Gregory (2)(L Leo: 사자(마크의 짐승) (3)(L) vitellus: Luke의 짐승 (4)Johnny MacDougal.

5) 길버트(Gilbert): (1)Stuart Gilbert: 비평가, 〈제임스 조이스의 '율리시스' 연구〉(James Joyce's Ulysse's: A Study)의 저자 및 조이스 〈서간집〉 I권의 편집자 (2)J. T. Gilbert: 〈더블린의 역사〉(History of Dublin)의 저자.

6) 39몇몇 작태들(thirtynine several manners): 영국 정교의 39개 교의敎義의 항(Articles).

7) 게론테스 캠브론즈(Gerontes Cambronses): (1)Giraldus Cambrensis: 12세기에 아일랜드에 관해 쓴 필자 (2)General Cambronne : merde(똥)이란 말을 쓰기로 유명한 장군.

8) 왜딩(Waddiing): Luke Wadding: 〈미노룸 연대기〉(Annales Minorum)을 쓴 역사가.

9) 우산雨傘(Umbrella): 피임의 상징.

(574)

1) 드오일리 오웬즈(D'Oyle Owens): Jesus, Mr Doyle: Christ=Anointed =oiled =Doyle(일종의 말수수께끼)(여기 스티븐은 〈율리시스〉, 제16장에서 소리 sound는 사기꾼입니다. 말하며, 이들 이름들을 블룸에게 들먹인다)(U 509 참조).

2) 핀 매그누쏜(Finn Magnusson): Finn MacCool.

3) 코퍼칩(Coppercheap): FW 55. (주) 10 참조.

4) 헐즈 크로스(Hurls Cross): Harold's Cross: 더블린의 지역 명.

5) 헐즈…윌드헤름(Wieldhelm, Hurls: William Hughes: Mr. W. H. (〈율리시스〉 제9장에서 Best는 W. H.에 의해 셰익스피어의 소네트가 쓰였다는 Wilde의 지론을 소개한다)(U 163 참조).

6) D 위폐 D 1132번(D you D No 11 hundred and thirty2): dud(위조화폐) 1132번.

7) 39년(thirtynine years): 영국국교 성당의 39조條(Articles).

(575)

1) 코핑거즈 카태이지스(Coppinger's Cottages): Frank Budgen 저〈제임스 조이스 & '율리시스' 제작〉(James Joyce & the Making of Ulysse's) XIV 중의 글귀의 인용: 나는 그림을 그렸다…한 줄 오막집들…아마도 코핑거의 집들—정면에(I painted a picture…in front of a row of cottages—Coppinger's perhaps).

2) 브랙포스 씨(Mr Brakeforth's): HCE: 윌리엄 셰익스피어.

3) 시市 및 교외(city and suburban): 영국의 경마 이름.

4) 소녹음小綠陰 법정(little green courtinghouse): (1)더블린의 Green St 법정 (2)더블린의 Little Green: Newgate 감옥소의 자리.

5) 제리킨 및 저린 그리고 모든 어중이떠중이 자들(jeerkin and jureens and every jim, jock and jarry): (1) Mick, Nick and Maggy: 팬터마임의 인물들(The Mime of Mick, Nick, and the Maggies) (2)every Tom, Dick and Harry: 너나 할 것 없이, 어중이떠중이(보통 every 다음에 옴).

6) 안착법安着法(act of settlement): Act of Settlement: 1652년, 아일랜드의 합법화된 크롬웰의 왕위 계승법.

7) 윌 브렉파스트(Will Breakfast): 부분적으로 리오폴드 블룸, 그는 〈율리시스〉의 종말에서 그의 아내에게 다음 날 아침 자신이 침대에서 아침 식사를 하겠다고 말한다.

8) 스파렘(Sparrem): 이 사건 장면에 등장하는 주식회사 하급회원.

9) 페피지(Pepigi): 라틴어의 pango의 완전 시제로서, make fast 또는compose, write의 뜻.

10) 제레미 도일(Jeremy Doyle): Jeremy Taylor: 17세기 영국의 신학자.

(576)

1) 칼리프 오브 만 상사商社 대 유데러스크 회사會社(the Calif of Man v the Eaudelusk Company): (1) Man 섬: Calf of Man (2)Eaudelusk Co, pany: Lusk, 더블린 군의 마을.

2) 할 킬브라이드 대 우나 벨리나(Hal Kilbride v Una Bellina): (1)Henry VIII, Wicklow 주의 마을 Kilbride (2)Anne Boleyn, Mayo 군의 도시 Ballina.

3) 페피지의(Pepig's): (1)(L) I have fastened (2)promised.

4) 화렘(Wharrem): 주식회사 하급 회원.

5) 그대 할 마음인고, 아닌고(Will you, won't you): 캐럴(Lewis Carroll) 작 〈새우 코드릴〉(Lobster Quadrille) 중의 글귀: 그대, 아니, 그대 춤에 합세할 터인고?(Will you, won't you, will you join the

dance?)

6) 꼬마 마네킹(mee mannikin): Manneken—Piss: Brussels에 있는, 소변보는 아이 상像.

7) 방축 길의 동량자棟梁者(boomooster…causeways): (1)(G) Baumeister: master builder. 입센 작의 〈건축 설계자〉(The Master Builder) (2)Giant's Causeway: 북 아일랜드, Antrim 군의 현무암의 방축 길(해변도).

8) 모든 다소多少가 그의 소다少多를 틀림없이 이루는지라(every muckle must make its mickle): 격언의 패러디: 작은 많은 것이 큰 것을 이룬다(Many a little amskes a mickle).

9) 마치 요크가 리즈와 다르듯(as different as York from Leeds): 격언의 패러디: 분필이 치즈와 다르듯(전혀 다르듯)(As different as chalk from cheese).

10) 두더지 사냥꾼에게 언덕을…가정을…돼지…위난진주危難珍珠(hills to molehunter, home…perils behind swine): 속담의 패러디(1)Mohammed에게 산(mountain to Mohammed)을. 언덕으로부터 사냥 집(the hunter home from the hill)을. 돼지 앞의 진주(pearls before swine)를: (〈마태복음〉 7:6: 거룩한 것을 개에게 주지 말며, 진주를 돼지 앞에 던지지 말라(pearls before swine).

11) 공복항空腹港(hungerford): (1)Hurdle Ford: 더블린 (2)Hungerford: 영국의 3마을들과 도회들.

12) 백만경심百萬鏡心의(mirrominded): 셰익스피어(myriad—minded man: 1백만 인의 마음을 가진 사람) = HCE = 셰익스피어(mirrominded man). HCE는 시굴자試掘者 설계자 그리고 모든 방축 길의 동량자棟梁者 거인 건축자로서 서술되고 있다. 그는 이렇게 많고 작은 국면들에서 동력이요, 타당하게도 Coleridge의 형용사의 대상이다. 그는 뒤에 종합적(synthetical)(596. 32)이란 말로서 서술된다.

13) 보기 보보우(Bogy Bobow): (1)Babbo: 이탈리아 속어: papa(아들 Giogio와 딸 Lucia가 조이스를 아빠라 부른 이름) (2)HCE가 의도한 것.

14) 피니시아 파크와 함께 대大동량지재 피니킨(Big Maester Finnykin with Phenicia Parkes): (1)입센: Bygmester Solness(The Master Builder) (2)피닉스 공원 (3)피네간.

15) 이름이 무수한(names are ligious): 〈마가복음〉 5: 9 성구의 패러디: 네 이름이 무엇이냐 가로대 내 이름은 군대니 우리가 많음이 나이다(My name is legion…for we are many)

16) 면세상품들(duty frees): 여행 시의 면세 주.

17) 구석기시대의(마그달렌) 교태허세남嬌態虛勢男들(magdalenian jinnyjones): (1)Magdeleanian culture in Upper Paleplithic) 구석기 시대 상부의 막달라(팔레스타인 북부의 마을) 문화 (2)Jenny Jones: H. Fielding의 소설 Tom Jones의 인물.

(577)

1) 바실리스크 괴사怪蛇(basilisk): (1)사람을 한번 노려보거나 그가 입김을 쐬면 죽는다는 독뱀 (2)치명적 숨결이나 시선을 가진 전설적 용龍. (3)스티븐은 주름진 눈썹 밑으로…극악한 눈의 독기에 저항했다. 독사다(A basilisk)(U 159 참조).

2) 창연蒼鉛(bissemate): 비소砒素와 동일 종류의 독약.

3) 백비소一級白砒素(white arsenic): 〈율리시스〉에서 몰리 블룸의 독백: 그녀는 그의 차 속에 백비소를 탔다(white arsenic she put in his tea)(U 613).

4) 피커딜리(peccadilly): (1)(L) peccatum: sin (2)Picadilly, London.

5) 엄남嚴男과 외소녀矮小女(solomn one and shebby): Solomon and Sheba.

6) 대연기大煙氣(big smoke): The Big Smoke: London.

7) 툴라 황야와 함께 매리잠복구潛伏區(Urloughmoor with Miryburrow): Tullamore, Offaly 군의 도회. Maryborough: Leix 군의 도회.

8) 누출구漏出區와 공포구恐怖區(leaks and awfully): Leix & Offaly: Queen's 및 King's counties.

9) 은총풍부優雅豊富(grace abunda): Bunyan 작: 〈풍부한 은총〉(Grace Abounding).

10) 흠정감독교수欽定監督教授(Regies Producer): Regius Professor: (대학)의 흠정 담당 교수(헨리 8세 제정): Vedette: 필름 스타.

11) 마음의 자만(pride of her heart): 노래 가사의 패러디: 나의 마음의 구실(Peg o' My Heart).

12) 니브스…윌세스…부쉬밀즈…엔노스…하렘…고레츠…스키티쉬 위다스…견목화상堅木火床. 비아 마라 경유. 하이버(과도) 통과, 고산高山(알프)궤도…수문통로: 허공토지…만다라지세蔓茶羅地勢)(Neaves…Willses…Bushmills…Enos…Goerz…Harleem…Hearths of Oak…Skittish Widdas…mala…hyber pass…heckhisway…mandelays): HCE 내외가 추구하는 인생의 여행길. W. G. Wills: 〈왕실의 이혼〉의 저자. Eno's Fruit Salts(침전물). Haarlem: 화란의 도시. Goerz: 이탈리아의 도시. Hearts of Oak Friendly Society & Scottish Widows: 생명 보험 회사들. Khyber Pass(통로). Via Mala: 스위스. Mandalay: Kipling의 노래 가사: The Road to Mandalay. Landweg: (G) 시골 길.

13) 노랗고, 누르고, 노란 앵초들판을 가로질러(yellow, yallow, past pumpkins…purplesome): Jean Ingelow 작: 〈린컨셔의 해안의 만조〉(High Tide on the Coast of Lincolnshire)의 구절 패러디: 달콤하고 달콤한…그대의 앵초를 버려요, 누런 앵초(mellow, mellow…Quit your cowslips, cowslips yellow).

14) 아서시트(arthruseat): Arthur's Seat: Edinburgh의 언덕으로, 그 위에서 Hogg 작 〈정당화 한 죄인의 고백〉(Confessions of a Justified Sinner)에서 Wringhim은 그의 형을 살해하려고 애쓴다.

15) 더비(derby): Henry Woodfall 작의 노래 제목: Derby & Joan.

16) 운터린넨(Unterlinnen): (1)Unter den Linden: Berlin의 거리 (2)(G) Linnen: linen.

17) 실비탄失悲歎(rue to lose): 비탄과 오필리아의 암시.

18) 선측船側에(shipside): Cheapside: 런던 중심부의 Covent Garden.

19) 스랭포드(strabford): Strangford 호반, Down 군 소재로서 17세기 농장(Ulster: (아일랜드 북부 주).

20) 나병자유구癩病自由區(leperties): leper(나병환자) + Liberties: 더블린의 자유 구.

21) 수라이고(slogo): Sligo(Connacht 주). (I) slighe: 길, 도로.

(578)

1) 파라오목인牧人(pharrer): (1)Pharaoh: 고대 이집트의 왕 (2)(G) Pfarrer: pastor(목사).

2) 레위족인族人(livite): levite: 레위(levi)족의 사람(특히 유태 신전에서 사재를 보좌 했던 사람).

3) 아가미 딕, 허파 툼 또는 거트지느러미 맥핀의 냉청어冷鯖魚(Dik Gill, Tum Lung or Mac— finnan's cool Harrying): (1)Tom, Dick & Harry: 어중이떠중이 (2)Finnan haddy: 푸른 숲, 토탄의 연기로 저리는 대구(魚)의 일종(haddock).

4) 발에는 이중폭二重幅의 단 양말을 신었나니(his feet wear doubled width socks): 젖은 양말을 가라신지 않음으로 야기 된 파넬의 죽음. 〈율리시스〉 제16장에서 블룸은 이를 명상 한다: 비를 맞고도 구두를 갈아 신거나 옷을 바꿔 입는 것을 등한시한 결과 감기에 걸려…사멸했든지…(he owed his death to his having neglected to change his boots and clothes…)(U 530).

5) 미소녀(finnoc): (1)Finn MacCool (2)(I) fionno'g: fair maid.

6) 우리들의 호텔을 보유하는 자(that keeps our hotel): 노래 제목의 패러디: 단신은 이 호텔을 보유하는 오레일인가요?(Are You the O'Reilly That Keeps This Hotel?)

7) 미스트라 노크먼(Misthra Norkmann): (1)Mithra: 페르시아의 빛의 신 (2)Norkmann: 입센 작품 명: John Gabriel Borman.

8) 오솔크맨씨(Mr O'Sorgmann): 슬픔의 남자(Man of Sorrow)(Sorgmann).

9) (H)화산야유인火山揶揄人의 (e)이방인 (c)투사(Hecklar's champion ethnicist): Hecka: 아이슬 랜드의 화산. Mt Etna: 화산.

10) 그이 곁의 소체小體는 누구인고, 나리?(who is the bodikin by him, sir?: 여기 소체는 ALP. 〈경야〉의 bodkin에 대한 또 다른 언급이다. 그러나 이는 햄릿의 bare bodkin에 대한 언급이 아니고, 그의 영감도 참. 더 잘 대접해요! 응분이 대우한다면 이 세상에서 회초리 면할 사람이 누가 있겠소.(김재남 813)(God's bodkin, man, much better! Use every man after his esert, and who shall scape whippng?)(II. ii. 516—17)이다. 여기 Bodkin은 little boy를 의미한다.

11) 칠순주일七旬週日(steptojazyma's): Septuagesima: (가톨릭교의) 칠순주일.

12) 라인골드냉冷맥주(rhaincold): (1)바그너: Das Rheingold (2)Rhine강 (3)Rheingold beer(미국 산).

13) 드디어 브루네 하구河口(Brounemouth): Bouremouth ?

14) 염매厭埋 도끼(Hatchsbury's Hatch): (1)Heytesbury 가街, 더블린 (2)Hatch 가, 더블린 (3)격언: bury the hatch(화해하다).

15) 애소로愛小路(Love Lane): 더블린의 소로.

16) 안젤 표적 혹은 아멘 모퉁이(Angell…Amen Corner): (1)The Angel, Islington(런던) (2)성 Paul 성당 근처의 Amen Corner(런던).

17) 북림北林의 남보도南步道 혹은 동東의 서황지西荒地?(Norwood's Southwalk or Euston Waste): (1)동서남북 (2)Norwood, Southwark 및 Euston(런던).

18) 군상의軍上衣(gambeson): 14세기 군복.

19) 엘 척도(ell): 45인치.

20) 아토스 산山의 모의毛衣(athors err): (1)Athos 산. (독일) (2)Err 산(스위스).

21) 알제트 강江과 함께 하는 저 룩셈부르크(Luxuumburgher…Alzette): Luxemburg는 Alzette 강상에 위치한다.

22) 스텝니의(Stepney's): Stepney(런던).

(579)

1) 선아船兒, 그의 흉갑판장胸甲板長의 무주택방랑자(shipchild with the waif): Dr Thomas John Barnardo(더블린 태생으로, 영국의 고아원의 건설자, 1845—1905), 특히 그는 런던의 Stepney Causeway에 집 없는 아이들 및 방랑자들을 위해 집을 마련했다. waif+wife of bosom.

2) 던모우의 염훈제鹽燻製 돼지(Dunmow's flitcher): Essex의 Dunmow 마을은 결혼 1년 동안을 조화롭게 보내는 것이 입증되는 부부에게 훈제 베이컨을 선사하는 습관을 가졌다.

3) 양딱총나무 암자에서부터 라 피레까지(from Elder Abor to La Pure'e): 출처 미상.

4) 성서를 쇄신할지라(Renove that bible): 이들 싸구려를 치울지라(Take away these baubles): 크롬웰은 잔여 의회(rump Parliament)의 해산에 의장직장議長職掌[mace]를 치우도록 명령했다.

5) 종의終蟻(베짱이)에게 양행羊行할지라(Goat to the Endth, thou slowguard!): 〈잠언〉 6: 6의 인유: 개미에게 갈지라, 이 게으름뱅이(Go to the ant, thou sluggard).

6) 수사修士들과 그들의 포도葡萄를 유념할지라(Mind the Monks and their Grasps): 쥐여우와 포도사자(Mookse & the Gripes): 〈경야〉의 주제들 중의 하나.

7) 청구서 연기 금지(Postpone no bills): 삐라 첨부 엄금(Post no Bills)(Post 110 pills)(U 126 참조).

8) 불염不厭 무지無持(Hatenot havenots): 속담의 패러디: 불원불비不願不費(Waste not, want not).

9) 부富를 나누며 행복을 결단 낼지라(Share the wealth and spoil the weal): 격언의 패러디: 매를 아끼면, 아이를 망친다(Spare the rod & spoil the child).

10) 악마 톰(tom the devil): Tom the Devil: (1)1798년 아일랜드 봉기 시의 영국 병사 (2)이 행은 〈햄릿〉에서 Polonius 같은 격언의 카탈로그와 유사하다.

3부

11) 나의 레테르(딱지)를 나 자신처럼 사랑할지라(Love my label like myself): 〈마태복음〉 19: 19, 〈마가복음〉 12: 31, 〈갈리디아서〉 5: 14: 그대 이웃을 네 자신처럼 사랑하라(Love thy neighbor as thyself).

12) 지하층에서 사지(買) 말지라. 프로이트우友에게는 팔지 말지라(Buy not from dives. Sell not to freund): Sauv'e 저: Proverbes & dictions de la Bretagne, no. 310의 글귀: Sell nothing to a friend & do not buy from a rich man.

13) 설교를 실행할지라(Practise preaching): 격언의 패러디: 그대가 설교한 것을 실행 할지라(Practise what you preach).

14) 고모라. 소돔 안녕. 나의 조표潮表로부터(롯) 다식할지라(Gomorrha. Salong. Lots feed from my tidetable): Gomorrah, Sodom: 〈성서〉,의 악의 도시들. Lot: 파괴된 평원의 Sodom 멸망으로부터 도망쳤다. 〈창세기: 13. 1—12〉

15) 우리들의 땅에 오일 다행정多幸井(Oil's wells in our lands): 격언의 패러디: 셰익스피어 작품의 인유: 〈끝이 좋으면 다 좋다〉(All's well that ends well).

16) 협강峽江(Hardanger): 노르웨이 항.

17) 폐통지肺痛地를 지하철 팠는지라(Undermined lungachers): 런던의 Piccadilly 지하철선은 폐통지(Long Acre) 아래를 달린다.

18) 음침한 온溫한 우憂한 우녀愚女가 문질러 닦는 동안(while wan warmwooded woman scrubbs): Wormwood Scurubs, London(교도소).

19) 일곱 자매들(seven sisters): 런던의 Seven Sisters Road.

(580)

1) 아노트 백화점(arnotts): 더블린의 Arnott 백화점.

2) 위기일발시에 청산淸算에서 도망하고(escaped from liquidation by the heirs of death): 〈욥기〉 19: 20: 골이 상접하고, 남은 것은 겨우 잇 꺼풀뿐이로다(I am escaped with the skin of my teeth).

3) 인구과밀지역(congested districts): 19세기 말, 아일랜드 서부의 과밀 인구국(Congested Districts Board).

4) 피터의 목재소 안으로 오래된 통나무를 굴러 들이고(rolled olled logs into Peyer's sawyery): (1)런던의 Wood Wharf 소재의 성 Peter 성당은 Paul's Wharf의 성 Benet와 연합했다 (2)Jonathan Sawyer는 미국 조지아 주에 Dublin을 건립했다(03 참조).

5) 파오리 부두(Paoli's wharf): de Paolis: 터너 기수.

6) 라켈의 초원목장(Rachel's lea): Rachel & Leah: 야곱의 아내들 및 질녀들.

7) 투빙아스드와 자카리(Toobiassed and Zachary): Tobias: 묵시록적 인물(Apochryphal figure)인 Tobit의 아들. Zachary: 세례자 요한의 부친.

8) 물타페리 전투(the battle of Multafeey): 1798년, Mayo 군의 도토都土인 Mullafarry의 전투.

9) 웅우해마왕雄牛海魔王과 고통악귀苦痛惡鬼(bullseaboob and rivishy divil): Beelzebub: 〈성서〉, 마왕, 악마(the Devil).

10) 일부서日附書(the book of the dates): 이집트의 〈사자의 책〉(Book of the Dead)의 익살.

11) 솔로스카(Soloscar): Selskar: 더블린의 Gaiety Theatre 지배인 Michael Gunne의 자식.

12) 오 희戱셈! 오 효效셈!(O Sheem! O Shaam): O Shame + Shem(O'Shame: FW 182: 30 참조).

13) 소교활騷狡猾하게(dinsiduously): 〈율리시스〉 제15장에서 소방목(YEW)의 외침: (그들의 은박 같은 잎사귀들이 곤두박질치며, 앙상한 가지들이 노화하며, 흔들거린다) 낙엽성落葉性이외다(their silverfoil of leaves precipitating, their skinny arms aging and swaying) Deciduously!(U 451).

14) 피네간(피네간): 노래 가사: Old Michael Finnegan.

15) 돌리마운트(산인형山人形)(Dollymount): 더블린 만의 해안 명.

16) 구인질왕九人質王(nine hosts): 아일랜드 고왕으로 9인질을 지닌 Niall.

17) 희극적수치료법喜劇的水治療法(hydrocomic): 채프리조드와 이웃한 Lucan에 있는 Hydropathic Spa(물 치료 온천 탕).

18) 순경(cop): Sackerson(캐드)은 바깥으로부터 등불의 흔듦을 살핀다.

19) 버크를 어깨로 밀어 제치게 하고 오하라(shouldered Burke that butted O'Hara): Burke와 Hare: Edinburgh에 있는 무덤을 도굴했던, 아일랜드인들.

20) 아이란 제도(Eryan's isles): 아일랜드 북쪽 해안도海岸島인 Ireland's Eye 섬.

21) 마린에서 크리어까지 그리고 칸소 갑岬에서 스리나그로우(from Malin to Clear and Carnsore Point to Slynagollow): Malin: 아일랜드 최북단의 곶(Ulster 주). Cape Clear: 아일랜드 최남단의 곶(Munster 주). Carnsore Point: 아일랜드 극남동의 곶(Leinster 주). Galway 군의 Slyne 갑(Connacht 주)+(I) na Gaillimhe: Galway.

(581)

1) 살리번의 기동力있는 턱수염(sullivan's mounted beards): (1)노래 가사의 변형: 슬라트리의 기동력 있는 발(Slattery's mounted Foot) (2)John Sullivan: 조이스가 그의 음성에 열성적이었던, 아일랜드의 테너 가수.

2) 각벽角壁(cornerwall): Ireland의 축출된 무능한 최후의 Cornwall 왕.

3) 정의에 능통한 마음(mens conscia recti): Virgil의 대 서서시 〈이니이드〉(Aeneid) I. 604: 정의에 정통한 마음(mind informed with right).

4) 곡지처녀谷地處女(maidavale): 런던의 Maida 골짜기.

5) 운사雲似크라디우스(cloudious): (1)habeas corpus: 출정 명령장 (2)〈햄릿〉의 덴마크 왕 Claudius (3) Appiusw Claudius: 기원전 312년에 최초의 실질적 로마 도로, the Via Appia를 건설함.

6) 가공화술장군可恐話術將軍(awlus plawshus): Aulus Plautus: 영국에 있던 로마 장군.

7) 하나 둘, 셋 적수들!(소두 and too the trivials!): 노래 가사의 인유: 푸름이 골 풀을 키우도다 오: 셋, 셋, 경쟁자들(Green Grow the Rushes. O. Three, three, the rivals).

8) 성무이행주간지聖務履行週刊誌(hebdromadary): (1)Paris의 잡지 명 Revue Hebdomadaire (2) hebdomadary: 성무의 이행 상 주간 차례를 행사하는 로마 가톨릭 헌장의 구성원.

9) 온통 아래위로 전공창조물全共創造物(all up and down the whole concreation): 노래 가사의 변형: 가정의 노인들: 온통 아래위로 건전 창조물(Old Folks at Home: All up and down the whole creation).

10) 독감희랍毒感希臘과 마차라마馬車羅麻에서(in grippes and rumblions): 희랍인들과 로마인들(Greeks and Romans).

11) 아침에 그토록 일찍(so early in the morning): 자장가의 인유: 이것이 우리가 옷을 씻는 법인지라…아침에 그토록 일찍(This is the way we wash our clothes…So early in the morning).

(582)

1) 악마의 산간분지山間盆地와 깊은 천사승선심해天使乘船深海 사이에(between the devil's punchbowland he deep anglesaboard): (1)Killarney 근처의 소격지疏隔地 (2)속담의 패러디: 악마와 깊은 바다 사이에(between the devil & the deep dea) (3)웨일스(Wales)의 Anglesey.

2) 타페에서 오리프까지(from Taaffe to Auliffe): (1)헤브라이 철자(alphabet)는 Aleph에서 Tav까지 달린다 (2)Amlave 또는 Aulaffe: 더블린의 덴마크 침입자.

3) 수치羞恥셈, 협잡挾雜햄 및 이익利益야벳(shame, humbug and profit): Noah의 세 아들들인 셈, 햄 및 야벳의 암시

4) 깡패들(larrikins): (1)(Aust) larrikin: 깡패, 불량자 (2)James Larkin: 20세기 아일랜드의 노동 지도자.

5) 그런고로 옛날 한 즐거운…있었대요…그러자 거기 한 젊은 아씨가 있었대요…그대 나의 습지에서 안달할 참인고…마이즌헤드에서 유갈까지 그녀의 길을 포장했대요(So there was a raughty…Will you peddle in my bog…paved her way from Maizenhead to Youghal): (1)노래 가사의 패러디: 한 즐거운 땜장이가 런던에 살았대요…그리고 그가 할일이 없다…고기 도끼를 팔았대요…나의 꺾쇠와 해머와 톱을 가지고…즐거운 노파를 만났대요…(There was a raughty tinker Who in London town did dwell & when he had no work to do His meat ax he did sell. With my solderin iron & taraway Hammer legs and saw…Came up a gay old lady & c) (2)from Maizenhead to Yougha: Cork의 전술 남쪽 해안.

6) 더그(협호峽湖)의 붉은 얼굴이 틀림없이 패트릭의 연옥하게 할지니(Derg rudd face should take Patrick's purge): Derg 호반: 성 패트릭의 연옥의 자리.

7) 시도미음계(Sidome): solmization: (음악) 계階 이름 부르기: C=도, E=미, B(독일어 어휘에서 H)+고로 si—do—mi=HCE.

8) 적점赤點(Redspot): (1)Jupiter 별의 붉은 점 (2)HCE의 음경 발기와 천계天界의 양상과의 암시.

9) 루터스타운(Lootherstown): 기차 철로(오늘의 Dart)는 Dalkey, Kingtown, Blackrock 및 Boostertown을 통과한다.

10) 리어리(leary): 단 리어리(Du'n Laoghaire).

11) 이십 리(twentytun): Larry Twentyman: Trollope(아일랜드 우체국에서 일한 영국의 소설가, 1818—82) 작 〈아메리카 상원의원〉(The American Senator) 중의 인물.

12) 왕도王都(kings down): Kingstown, 지금의 Du'n Laoghaire.

(583)

1) 주피터노가주목(木) 방주성채方舟城砦(juniper arx): Jupiter: 목성 또는 로마의 Capitoline 언덕인 Arx(L)(城)위의 Jupiter 사원. 여기 juniper는 HCE의 성기의 상징.

2) 대도통굴자大盜痛掘者 그의 소백합탕녀小百合蕩女(Bigrob dignagging his lylyputtana): 스위프트의 〈걸리버 여행기〉: 거인국과 소인국(Brobdingnag & Lilliput).

3) 호, 호(io, io): (1)(L) ho, ho! (2)Zeus의 연인, Jupiter의 위성.

4) 능직쌍자綾織双子들은, 배지참자杯持參者), 거원巨園): 배지참자杯持參者(the twillingsons, ganymede, garry—more): (1)쌍자들(twin)은 다른 한 쌍의 신분을 갖는다: Ganymede는 셰익스피어 작의 〈뜻대로 하세요〉의 Rosalind에 의해 채용되는 이름인즉, 그녀는 소년으로 변장한 채, Arden의 숲 속으로 들어간다. Zeus의 컵봉지자(cupbearer), Jupiter의 위성. garrymore: 유명한 셰익스피어 배우인 John Barrymore일 수도.

5) 쌍정애인双情愛人(pairamere): 정부情夫(paramour, 즉 HCE.

6) 여울두목頭目과 포스퍼 혜성彗星(Bossford and phospherine): HCE와 ALP. Phosphor: 해뜨기 전의 Venus 혜성.

7) 페르시아의 덧문에 이토록 그림자를 던지다니!(Casting such shadows to Persia's blind!): (1)노래 가사의 변형: 로치엘의 경고: 다가오는 사건은 미리 그들의 그림자를 던진다(Lochiel's Warning: coming events cast their shadows before) (2)주피터의 위성은 표면에 그림자를 던진다(Satellites of Jupiter cast shadows on surface).

8) 우라니아 뮤즈 신(Urania): 천문학의 여신.

9) 타이탄 성星 죄이는 질투의 환희처럼. 혹성(titaning fear…rhean round the planets): Titan: 농업 신 또는 토성(Saturn)의 위성. Rhea: 농업 신 또는 토성의 위성.

10) 외인위성(japets): japets: (1)Japan(일본) (2)Japetus: Saturn의 위성.

11) 회색애장미(rhodagrey): grey + rose.

12) 월여신月女神(Phoebe): 노래 가사: 사랑하는 포비(Phoebe Dearest) + Phoebe: Satrun 성의 가장 먼 위성.

13) 이란伊蘭(Irryland): (G) Ireland.

14) 악폐惡蔽할(malahide): Malahide: 더블린 군의 도회.

15) 누가 그녀의 장미꽃봉오리, 칠흑색漆黑色의 장미꽃봉오리, 백설白雪의 야생 자두, 아난 산山의 과일 젖꼭지를 사리(買)오?(who'll buy her rosebuds, jettyblack rosebuds, ninsloes of nivia): (1)노래 가사: 누가 나의 장미 봉우리를 사리오?(Who ll Buy My Rose?) (2)노래사사: 작은 까만 장미(Little Black Rose) Paps of Ana: Kerry 군의 산.

16) 킹 윌로우(King Willow): 크리켓 방망이.

17) 캐인 제작자의(Cainmaker's): C. Stewart Caine: 〈크리켓 선수들〉(Cricketers)의 편집인.

(584)

1) 떠듬적거리거나, 어르거나 그리고 나팔 불 때, 하리 상제上帝(stoddard and trutted and trumpere, … hard lordherry's): 유명한 크리켓 선수들: Stoddart, Trott, Yrumper, Lord Harris.

2) 검은 햄이 송아지 붉은 불알(blackham's red bobby abbels): McCarthy, Blackham, Abel: 크리켓 선수들.

3) 음조화音調和 정점頂點(피치)(consort pitch): 특수한 효과를 위하여 콘서트에서 사용되는, 보통보다 약간 높은 음.

4) 구성상영어鳩聲商英語(pigeony linguish): Pidgin English: 피진 영어(영어 단어를 상업상 편의로 중국어의 어법에 따라 쓰는 엉터리 영어).

5) 깍쟁이 당신, 돼지 당신, 엉덩이 당신 고용행상雇用行商!(Ye hek, ye hok, ye hucky hiremonger!): 〈율리시스〉 밤거리의 고아원 원아들이 부르는 거리의 속요 패러디: 너 돼지, 너 도야지, 너 더러운 개야(you hig, you hog, you dirty dig!)(U 405).

6) 마가라스(Magrath): 캐드, Gill, Snake: HCE의 적 및 ALP의 강적, 그의 아내는 Lily Kinsella, 그의 하인은 Sully the Thug(전출, FW 38 참조).

7) 나의 낡은 켄트 길을 벽돌로 막는도다(bricking up all my old kent road): 노래 가사의 인유: 낡은 켄트 길을 가로 막았도다(Knocked 'em in the Old Kent Road).

8) 톰(tom): Tom Bowler: (1)Tobias Smollett(영국의 역사가, 소설가) 작 Roderick Random의 수부 (2) tombola: 일종의 복권. (Smolt는 연어의 한 성장 단계).

9) 우리는 격앙해激昂海가 곡구曲球 달릴 때까지(till the empsyeas run googlie): (1)googly(크리켓) (2)노래 가사의 인유: 나의 사랑은 붉고 붉은 장미를 닮았대요: 바다가 온통 마를 때까지. (My Love is Like a Red Red Rose: till all the sea gang dry).

10) 회사灰死까지 중도회종선언中途回終宣言하고 호적수好敵手를 시험할지라!(Declare to ashes and reste his matich!): (크리켓) declare, Ashes, Test Match.

11) 내게는 2대3으로 족할지니…그대에게 그 남자 및 당신에게 그 여자(Three for two…he for thee and she for you): 노래(Kernan: 더블린의 차상인) 가사의 패러디: Tea for Two & two for tea, Me for you & you for me. 일반적으로 차는, 가정, 가족, 결혼 및 요尿와 연관되는지라, 이제 연애와 연관된다. 블룸

의 가족 차(family tea), 톰 커넌 차 상회로부터의 차 획득의 실패 및 그의 고급모(high grade ha)에서t의 (U 46) 부재를 생각하라.

12) 태평할지라, 필드(내야內野)의 품위를 위하여, 아니면 왁자지껄 함성(Goeasyosey, for the grace of the fields or hooley poorley): (1)W. G. Grace: 크리켓 선수 (2)Grace Fields: 가수 (3)Pooley: 크리켓 선수(4)(AngI) hooley poolry: hubbub: 왁자지껄.

13) 던롭콘돔(dunlops): (1)Dunlop 타이어(콘돔) (2)Dunlop: 크리켓 선수.

14) 옛 오락 게임, 야수좌측위치野手左側位置, 그의 롤리와이드 타월모帽 및 그의 취락趣樂(game old merrimynn…lollywide…hobby): (1)Merriman: 크리켓 선수 (2)Grand Old Man: 글래드스턴 (3) Mynn, Lillywhite, Hobbs: 모두 크리켓 선수들.

15) 지혜의 배강背腔(wisden's bosse): Wisden은 〈크리켓 선수 연감〉(Cricketers Almanac)의 창간자.

16) 신사의 손가방 및 그의 플레이보이의 무모한 투기(gentleman's grip and playboy's plunge): 크리켓 선수들은 신사(아마추어)와 플레이보이(직업적 선수)로 양분 된다.

17) 플란넬 바지의 우감촉愚感觸…콧대 꺾인 채(flannelly feelyfooling…hambledown…a maiden).: (1) flannelled fool: Kipling의 크리켓 선수들에 대한 언급 (2)Hambledon: 크리켓 개시 장소 (3)maiden over: 크리켓의 무득점 오버 . The Oval: 런던의 크리켓 운동장(4)더블린의 The Oval 주점(현존)(U 107).

18) 가슴받이…타자지시선打者指示線(the cease…pads): 크리켓 용어들.

19) 노볼(Noball): (1)no ball: 크리켓 용어 (2)Noble: 크리켓 선수.

20) 꼬꾀오!(Cocorico!): 수탉 우는 소리(cock—a—doodle—do). 〈율리시스〉 제11장에서 문 두드리는 knocker 소리와 비슷하다. 전자는 섹스의 종언을, 후자는 섹스의 시작을 예고한다. 이 구는 T. S. 엘리엇의 Co co rico(〈황무지〉 392행)에 빗진 듯하다(?). 엘리엇은 Shaun와 공통적으로 연결되고, 후자는 Haun으로서 수탉이요, 다음 장에서 아침의 수탉이 된다.

21) 아마셋돈전능지배군사全能支配軍使 영단식永斷食의 군주群主여(Armigerend everfasting hords): (1) Almighty(전능하신) + everlasting(영원한) (2)Lord(주여) (3)armiger: 의전적문장儀典的紋章을 지닌 자의 칭호.

22) 선기수船機首에 종명鐘鳴(the bill to the bowe): 런던의 Bow Bells(궁종弓鐘).

23) 남상주男像柱 빙역토氷轢土(Tellaman tillamie): Telamon: Ajax(아이아스)(트로이 전쟁의 영웅)의 아버지.

24) 공내보자空內報者(Tubbernacul): Tipperary 군.

(585)

1) 넵춘(Neptune): Neptune(해성): Ringsend의 예인선 클럽.

2) 트리톤빌(Tritonville): (1)Tritonville Road: 더블린의 한길 이름 (2)Triton: Neptune의 위성.

3) 꼬꾀(Echolo): (It) 여기 그이 있도다(Here he is).

4) 인내의 링센드(송환)(ringasend): (1)콘돔(condom) (2)Ringsend: 더블린의 지역 명.

5) 맬서스(Malthus): 영국의 산아 제한 주창자.

6) 프로메테우스(promethean): (희랍 신화) 프로메테우스(Prometheus)(하늘에서 불을 훔쳐 인류에게 주었기 때문에, 제우스신의 분노를 사서 Caucasus 산의 바위에 묶인 채 독수리에게 간을 먹였다고 하는 독창적 신): 〈초상〉의 주제 중의 하나(P8).

7) 모든 그대…올지라(Come all ye): 노래 가사의 패러디: come—all—yous(〈초상〉 P 88)

8) 충전절전充電節電(chargeleyden): Leyden Jar: 정전기靜電氣(static electricity) 충전자.

9) 현자다언무용賢者多言無用(all verbumsaps): (L) verbum sap: 현자에게는 한마디 말이면 충분.

10) 아난스카(Anunska): anastomosis(외과) 관상管狀 기관의 교차, 두 혈관의 연결.

11) 통합령統合令(act of union): 1801년, 영국과 애란의 통합법령(Act of Union).

12) 개문포기開門抛棄된 채(ablourned): abjuration: 맹세에 의한 공식적 청산.

13) 패어부라더즈 필드(Fairbrother's fields: 더블린의 자유구(the Liberties).

14) 돈널리즈 오차드(Donnelly's orchard): 더블린의 Clonliffe 소재의 과수원.

15) 험보여, 그대의 냄비를 자물쇠 채울 지라!(Humbo, lock your kekkle up!): 노래 가사의 패러디: 폴리여, 냄비를 올려놓아요(Polly, Put the Kettle On).

16) 안티 딜루비아(Aunty Dilluvia): Anna Livia Plurabelle.

17) 타인들도 그대처럼 자신들이 지쳐 있도다. 각자 스스로 지치는 것을 배우게 할지라(Others are as tired of themselves as you are. Let each one learn to bore himself): Kierkegaard(덴마크의 철학자) 저: 〈일자 선택〉(Either/Or)(윤번제)의 글귀의 인유: 스스로 지쳐있는 자들은 선민, 귀족들이요. 그리고 스스로 지쳐있지 않은 자들이 보통 타자들을 지치게 하는 반면, 스스로 지치는 자는 타인들을 대접하나니, 희한한 사실이라(Those who bore themselves are the elect, the aristocracy. & it is a curious fact that those who do not bore themselves usually bore others, while those who bore themselves entertain others) (2)Val Vousden 작의 노래 인유: 각자로 하여금 자기 자신을 알게 하라(Let Each Man learn to know themselves). Vousden은 세기의 전환기, 더블린의 음악당 공연자로, 아일랜드의 2륜 마차(The Irish Jaunting Car)(〈율리시스〉 제11장 오먼드 바 장면 참조)의 작곡가이다(50. 15. 439. 17—18).

(586)

1) 창 밖으로 방수防水를 금지할지라(새 be discharged…ex window): Sterne의 소설 〈신사, 트리스트램의 생애와 의견〉(The Life and Opinions of Tristram Shandy, Gentleman)에서 트리스트람 샌디(Tristram Shandy)는 창으로부터 소변보는 동안 그의 표피(foreskin)를 잃었다.

2) 매이드레인(Madeleine): 프르스트(Proust)의 〈잃어버린 시간을 찾아서〉에서 다과(tea—cake). 이로 인해 주인공의 의식은 과거로 거슬러 오른다. 민요 〈피네간의 경야〉 속에 나오는tay and cake는 암탉이 쓰레기 더미에서 파내는, 보스턴에서 부쳐 온 편지의 단편들 속에 자주 나타난다. 잃어버린 과거로부터의 다과는 스티븐이 샌마운트 해변에서 그의 과거를 읽는 만물의 징후들, 어란과 해초…저 녹슨 구두, 코딱지초록빛…녹빛…퇴색된 기호들(Signatures…seaspawn and seawrack…rusty boot…coloured signs(U 31)을 상기시킨다.

3) 영세한 자영업을 하는(playing peg and pom): 불순한 상관관계 및 셰익스피어 배우들인 Peg Woffington 및 Thomas Sheridan에 대한 또 다른 언급(전출, FW 210, 413, 436, 577). 이러한 언급들로부터 우리는 이 구절이 셰익스피어 연극의 역할 뿐만 아니라, 불륜의 성적 관계를 의미함을 추단 할 수 있다.

4) 불타는 수풀(byrn—and—bushe): Burning Bush(모세).

5) 눈물 흘리는(maudlin): Magdalen: (1)Sudermann의 연극 Heimat의 여주인공 (2)Magdelene: St Mary, 회개한 창녀로서, 그녀의 7악마들이 예수에 의해 추방당한다.

6) 매지 엘리스와 갈색의 매그 딜론(Madge Ellis and…Mag Dillon): Madge Ellis: 더블린의 여배우. Magdelene: St Mary(상기 주5) 참조).

7) 모두 경청!(Attention at all!): Oyeh! Oyeh!: List! List! 햄릿 부왕의 유령이 햄릿에게 하는 경고(I. v. 22—2. 6).

8) 더프링(Dupling): Dublin.

9) 여기는 가부락家部落이지 여창가旅娼家는 아닌지라(Here is a homlet not hothel): (1)porter—HCE의 집과 여인숙은 집(home)이지 호텔이나 매음가가 아니다 (2)Homelet: 햄릿, 부왕 햄릿과 왕자는 Bacon과 Claudius에 의해 자신들의 정당한 home에서 쫓겨났다. (3)〈햄릿〉 … 〈오셀로〉.

10) 건초전乾草錢과 은백천파전銀白川波錢을 총집總集하려고(at sammel up all wood's haypence and

riviers argent): 1724년, 사기한 William Wood에 의해 생산된 아일랜드의 가짜 동화銅貨. 스위프트는 Wood의 반 페니(halfpence)에 대한 비난을 썼으며, 그를 Son of a Beech로 힐난했다(413. 36. 574. 1. 586. 23. 603. 9).

11) 20곱하기 3의 절반은 5점 더하기와 함께 로마 수자로 LVII가 되는지라(multaplussed on a twentylot add allto a fiver with…ell a fee and do little ones): 1)(Da) halvtredsindstyve: 50(즉 1/2 3x20). 55+2+LVII (2)twentylot: 28명의 소녀들. fiver: HCE의 가족 산수. a fee and do little ones: 이시 및 쌍둥이. the duce or roamer'snumbers: 2 girls and 3 soldiers. (가족 산수에 대한 조이스의 또 다른 일탈): 이러한 수자들을 곱하기(multapluss) 하는 것은 나의 능력을 초과하나니, 낱말에는 능하지만, 숫자와 다수 것들에는 열劣하도다(Tindall 300).

12) 파랑상 거리(parasangs) parasang: 페르시아의 거리 단위. 1 파라상=3 및 3 1/2 마일 간間

13) 나의 천흠부賤欽父는 동단근접東端近接(아펜젤) 출신이라네, 하이홀(고혈高穴)의 나이든 소년(mean fawthery eastend appullcelery…. high hole): 스위스의 노래 가사의 패러디: 나의 아버지는 아펜젤 구 출신. 그는 치즈와 접시를 몽땅 먹어치운다네(My father is from the canton of Appenzell, He eats up the cheese and the plate as well).

14) 생간生肝리비아(livery): Anna Livia.

(587)

1) 경야맥經夜麥(waker osts): Quaker Oats: 덜 여문 커피 콩.

2) 공포시恐怖時!(Fearhour!): 새벽 4시.

3) 설어음낭鱈魚陰囊 이어 비어鯡魚(Loab at cod then herrin): 노래 가사: Lobet Gott, den Herrn.

4) 그들 나무 사이 연풍軟風을 신애神愛할지라(wind thin mong them treen): (1)입센의 〈건축 청부업자〉(The Master Builder)의 끝에서, Hilda는 나무의 바람을 노래하는 Solness로 오인한다 (2)괴테의 〈요정 왕〉(The Erlking)에서, 한 아버지가 그의 아이에게 그를 죽음으로 유혹하는 요정 왕을 듣지 말지니, 그건 단지 나무의 바람일 뿐이라고 말한다.

5) 거짓말이…대장大將(kidd, captn): Captain Kidd: 해적.

6) 마운트조이즈(Mountjoys): 더블린의 Mountjoy 형무소.

7) 캐드불리(반추우反芻牛의) 익살초콜릿(woodbines): Woodbine 궐연.

8) 이 든 멋진 우드 바인 궐련 담배(Cadbully's choculars): Cadbury 초콜릿.

9) 테오트레 리갈 좌坐(Theoatre Regal's): 팬터마임으로 유명한, 더블린의 Royal 극장. Theatre Royal(또는 King's House)은 Drury Lane(drolleries)의 본래의 공식적 목적지로, Davis Garrick의 그것들처럼, 그의 세익스피어 제작물로 유명한, 영국 무대 역사상 가장 유명한 극장이었다. 〈경야〉는 영국의 혹은 애란의 극장(Gaiety)에서 크리스마스 팬터마임과 반복적으로 동등하다. 크리스마스 팬터마임은 또한 Gaiety에서처럼, Drury Lane에서 한 가지 전통이었다.

10) 테디 애일즈의 케임브리지 암즈 주점(Cambridge Arms of Teddy Ales): (1)Cambridge Arms: 더블린의 주점 이름 (2)Tolly Ales: 동 Anglia(영국의 라틴 명)에서 파는 술.

11) 자신의 위트비 백모白帽를 싸게 구하며(taking low Whitby hat): (1)음유시인들인 Moore 및 Burgess는 선전 문구를 가졌었다: 재발 백모를 벗어요!(Take off that white hat!) (2)기원 659년, Whitby의 Synod에서 가진 아일랜드 체발剃髮 제도에 대한 암시.

12) 내일의 동료同僚, 우리들(tomorrow comrades, we): 무어의 노래 가사: 내일, 동료여, 우리는(Tomorrow, Comrades, We).

13) 고소성당이랑告訴教會廊(churchal): (1)church-ale: 주기적인 성당 페스티벌 (2)W. Churchill: 세계 1차 대전시의 최초의 영국 해군제독.

14) 피혁도살皮革屠殺해야(blucher): (1)butcher: 백정 (2)Blu'cher: Waterloo 전쟁시의 소련 원수.

15) 프레드 왓킨즈, 나팔부는 프레드(Fred Watkins, bugler Fred): Fred Atkins: 공갈자로, 그는 와일드의 2차 재판에서 와일드에 의해 대접받고 유혹 당했다고 주장했으나, 당시 그는 위증僞證했다.

16) 나탈의 멜모스(Melmoth in Natal): (1)Sebastin Melmoth: 와일드가 투옥 후에 사용한 이름 (2)Melmoth: Natal(남아공의 주)의 도회 명.

17) 수톤(sutton): Sutton 마을의 Ishmus 곶은 호우드를 본토로 잇는다.

18) 여급들의 만남에서(at the meeting of the waitresses): 무어의 노래 패러디: 물이 만나는 곳(The Meeting of the Waters).

19) 피닉스 소유림 감시자들(피닉스 Range's nuisance): 피닉스 공원은 삼림 감독관에 의해 감독된다.

20) 첼시즈 출신의 엘시즈(Elsies from Chelsies): 노래 가사의 인유: Elsie from Chelsea(런던 중심부의 일부).

21) 개화開花의 두 각소녀脚少女들(the two legglegels in blooms): 노래 가사의 인유: 청의의 두 꼬마 소녀(Two Little Girls in Blue).

22) 지미 맥카우더록?(Jimmy MacCawthelock): Jimmy d'Arcy: 셈: 제임스 조이스.

23) 누가 내게 죄를 범했던고!(Who trespass against us?): 주의 기도문에서: 우리가 우리에게 죄를 범한 자들을 용서할 때(As we forgive those who trespass against us.

24) 침팬지 노란(Jocko Nowlong): O'Flaherty(아일랜드 무대 감독) 작 〈밀고자〉(The Informer)의 주인공.

(588)

1) 걸인乞人의 숲(the begger's bush): 더블린 소재의 거지 숲(Beggar's Bush).

2) 우조愚鳥(an emugee): 노래 가사에서: 트리니티 성당에서 나는 나의 운명을 만났다네: 나는 멍청이(At Trinity Church I Met My Doom: I was an MUG).

3) 사냥개(Carryone): (1)Garryowen: 〈율리시스〉의 〈키르케〉장에서 시인경詩人犬: 그는 견성犬聲으로 시를 낭송한다(U 256) (2)Garryowen+Corry(더블린의 배우).

4) 우리들이 이 와일드광계廣界를 통하여 유배방랑流配放浪했는데도(though we marooned through this woylde): 노래 가사의 패러디: 우리는 이 세계를 통하여 방랑하리라(We May Roam through This World)〔Garryowen〕.

5) 저 천격남賤格男이 되돌아 온 후였음을…그자는 상호대립포수相互對立砲手요(the Cad came back…he wars a gunner): 노래 가사의 익살: 고양이는 돌아왔나니…그는 갔어도(The cat came back…though he was gonner).

6) 오 너무나 아아我雅!(O so mine!): 노래: 오 솔레 미오(O Sole Mio).

7) 해시점海視點(seepoint): Seapoint: Du'n Laoghaire의 지역.

8) 락樂호랑가시나무, 애哀담쟁이덩굴(Hollymerry, ivysad): 노래 가사의 패러디: 호랑가시나무와 담쟁이덩굴(The Holly & the Ivy).

9) 블랙 아트킨즈(공갈취자恐喝取者)씨氏(Mr Black Atkins): (1)Black & Tans: 흑백인 (2)Tom Atkins: 1920–1년 아일랜드 왕립 경찰청에 근무하는 영국 지원병들 (3)Fred Stkins: 공갈 자.

10) 그대들 거기 있었던고?(were you there?): 노래 가사의 인유: 주님을 십자가형 처할 때 그대는 거기 있었던고?(Were you there When They Crucified My Lord?).

11) 이찌(이시)는 곡간하谷間下에서 바쁘나니!(Issy's busy down the dell!): Isis(농업의 여신)는 Osiris(명부의 왕)의 시체를 탐색하여 Nile 삼각주를 뒤졌다.

12) 노엘(Noel): (1)Xmas (2)Noah

13) 재(灰)에서 재나무(회목灰木), 먼지에서 억수잡어雜魚!(Esach so eschess, douls a doulse!): 〈일반 기

도서〉(Book of Common Prayer)의 구절 패러디: 사자의 매장: 재에서 재, 먼지에서 먼지(Burial of the Dead: Ashes to ashes, dust to dust).

14) 아라 로그(악한)(Arrah Pogue): 보우시콜트 작 연극 제목의 변형 〈키스의 아라〉(Arrah—na—Pogue).

15) 아름다운 킬도우갈인지라(Killdoughall fair): T. 무어의 노래: O! Arranmore〔Killdroughhalt Fair}.

16) 기나幾那(버크)목木, 찔레(오즈리언)목木, 마가(로완)목木(the barketree, the o'briertree, the rowantree, the o'corneltree): Edmund Burke(더블린 태생의 영국 정치가), William S. O'Brien(1848년의 혁명 봉기자), Daniel O'Connell(애국지사), Archibald Hamilton Rowen(연합 애란당).

17) 바람 부는 암자(windy arbour): Windy Arbour: 더블린의 근처 지역 명.

18) 모두가 담전율膽戰慄(they trembold): 노래 가사의 인유: 그대 거기 있었던고, 전율, 전율, 전율(Were you There: tremble, tremble, tremble).

19) 숙명일宿命日의 란계蘭界정글(domday's erewold): 런던 신문인 Illustrated Sunday Herald의 변형.

20) 해방자(liberator): 해방자 Daniel O'Connell.

(589)

1) 칠트런 헌드레드(백百)(chiltren's hundred): Chilltern Hundreds: 자신의 자리를 사직하기를 원하는 의회 의원에게 부여한 한직(Stewardshi). 영국 Bedford와 Hertford 사이에 위치한 Chiltern Hill는 한때 노상강도의 온상으로, 관찰관(Crown Steward)을 임명하여 이 지역을 순찰케 했다. 〈율리시스〉 제8장에서 블룸의 의식 참조(U 135).

2) 엽전葉錢을 살피면 어버이의 화폐가 붓는 법(So childish pence…parent's pounds): 격언의 패러디: 푼돈을 살피면 큰돈이 모인다(Look after the pence & the pounds will look after themselves).

3) 세상의 길(the way of the world): Congreve 작: 〈세상의 길〉(The way of the World).

4) 도시구都市球처럼(like…urbanorb): 교황의 연설에서: Urbi et Orbi(To the City and the World).

5) 내 것 및 네 것(matom and ntuam): (1)Mayo 군. Tuam: Galway 군의 도회 (2)Mayo & Tuam: Tuam에 있는 대주교의 관구(archdiocese).

6) 세 개의 황금 공(three golden balls): (1)3 golden balls: 전당포업의 기호 (2)Three Golden Balls: 아이들의 놀이 (3)Golden Balls: Kilternan, 더블린 군의 마을 명.

7) 파운드 너벅선의 포경인捕鯨人, 한 기니에 한 그로트(귀리 밀)(the whaler in the punt a guinea by a groat): 노래 가사의 변형: 순경과 염소(The Peeler and the Goat).

8) 행상달인行商達人(master jackill): Dr Jekyll.

9) 조심성 있게 추락하고 저리低利하게 일어나고(Humbly to fall and cheaply to rise): (격언) 일찍 자고 일찍 일어나면 사람을 건강하고, 부하고, 현명하게 한다(Early to bed & early to rise makes a man healthy, wealthy and wise).

10) 다프(Duffy): O'Duffy 장군: 1930년대 아일랜드의 급진주의자(Blueshirt) 운동의 영도자.

11) 벌어진 대소동(the band played on): 노래 가사: 악대의 계속 연주(The Band Played on).

12) 추락빈후墜落頻後(Ofter the fall): 노래의 익살: 무도 뒤(After the Ball).

13) 소택지(fenland): Finland.

14) 다섯 법정(five's court): Four Courts(더블린의 대법원).

15) 그 속에서 도합실徒合室 안의…이우조二羽鳥만이 간신히 목숨을 건졌나니라): wherein were spared…wading room): 격언의 패러디: 유리 집에 사는 사람은 돌을 던져서는 안 된다(People who live in

glass houses shouldn't throw stones)(전출).

16) 종녀從女들(hussites): Hussites: 15세기 보헤미아 종교 개혁자의 추종자들.

17) 맥麥 지푸라기(barleystraw): (1)(속담): 낙타의 등을 부수는 마지막 지푸라기(last straw that breaks the camel's back) (2)노래 가사: 보리 지푸라기(The Barley Straw).

(590)

1) 칠왕국주七王國舟의 잔해(what remains of a heptark): 고대 희랍의 7현금인弦琴人 Heptarchy는 천사들과 마왕들이 건립한 7천국들에 대해 특히 언급한다.

2) 리어왕근시안王近視眼되고(Leareyed): (1)bleary—eyed: 눈이 흐린 (2)〈율리시스〉의 도서관 장면에서 스티븐은 코딜리어…리어의 가장 외로운 딸(Cordelia…Lir's loneliest daughter)이라 명상하는데, 여기 Cordelia는 셰익스피어의 〈리어 왕〉에서 왕의 가장 외로운 딸이요, 스티븐 자신의 외로운 처지를 연관시키다. lear 또는 lie는 애란어로 바다의 뜻이요, 외로운 해신 Mananaan MacLie가 그 예이다. 이 구절에서 외로운 HCE의 처지를 만년에 눈이 멀고 외로운 Lear 왕과 고독한 MacLir를 비유하는 듯함.

3) 정직한 정책자(honest polisit): 격언의 인유: 정직은 최선의 정책(Honesty is the best policy).

4) 포니스를 걸고(by Phoenis): Phoenix Fire Insurance Co. (화재보험회사).

5) 로이드 보험협회(Lloyd's): 런던의 해상보험협회.

6) 조 미드 경卿(Sir Joe Meade's): Joseph Meade: 더블린의 시장 각하.

7) 약정자約定者(covenanter): 〈창세기〉 9: 13—17: 무지개는 하느님과 노아 간의 성약(covenant). Ark of the Covenant: 모세의 십계명을 새긴 돌을 넣은 법궤法櫃.

8) 봉생蜂生에 있어서처럼 득지상得地上의(on earn as in hiving): 주님의 기도에서: 천국에 있어서처럼 지상에서(On earth as it is in heaven).

9) 뉴아—뉴아 왕王(Nuah—Nuah): Nuadha(Silver Hand): Tuatha D'e Danann의 왕 또는 신.

10) 네피림 거인들의 대부호왕大富豪王!(Nebob of Nephilim): Nephilim: (1)(Heb) giants(〈창세기〉 6: 4. 〈민수기〉 13:33) 하느님의 아들들과 인간의 딸들의 자손(person of great wealth). (고대 북구 신화) Niflhelm: 안개의 집으로, 어름(氷) 거인들의 영역 (2)nabob: 대부호.

11) 프타신神(ptah): 이집트의 신, 예술가 및 건축 설계업자.

12) 예수탄생시조誕生時潮의 부활절동방인復活節東方人(christmasstyde easteredman): (1)Eastman: 바이킹 (2)Christmastide(크리스마스 철: 12월 24일—1월6일) 및 Easter(부활절).

13) 양아견兩我見(Two me see): 음악의 음계법(solmization)에서: C=do. E=mi. B(독일 어원에서 H)=si. 따라서 do—mi—si, 즉 CEH.

14) 남과 여를 우리는 함께 탈가면脫假面할지라(Male and female unmask we hem): (1)〈창세기〉 1: 27: 남과 여(male and female) (2)남과 여가(H) them을 창조하는지라.

15) 건에 의한 여왕재개女王再開!(Begum by gunne): (1)Begum: 이슬람 국가들의 여왕 (2)Michael Gunn: 더블린의 Gaiety 극장 지배인.

16) 고완력古腕力을 취사臭思하나니(broothes oldbrawn): (1)broothes = broods + breathes (2) Oldbawn: 더블린의 Dodder 강상의 마을.

17) 암갈구暗褐丘(dun): Dundrum: 더블린의 지역.

18) 훈족族!(Hun!): 훈족(4, 5세기경 유럽을 휩쓴 아시아의 유목민).

19) 중핵中核의 1인치(an inch of his core): Inchicore: 더블린의 지역 명.

20) 회환원回環圓(Rounds): 비코의 역사의 환은 언제나 마냥 돌고 돌아(round and round).

◆ IV부 - 1장 ◆

Recorso(회귀) (pp.593 - 628)

(593)

1) 성화聖和!(Sandhyas !): (1)(L) Sanctus: 신성(기도) (2)(산스크리트) sam'dhi: 평화 (3)〈베일 벗은 이시스〉(Isis Unveiled)(접신론자 마담 블라바츠키의 저서: 현대와 고대 과학과 신학의 신비를 다룸), 〈율리시스〉에서 스티븐의 의식을 들락거린다.(U 157) (2)a sandhi: 주야 상오 가장자리 시간, 조석의 예명 및 황혼.

2) 모든 여명을 오늘로 부르고 있나니(Calling all downs).: 차량 총동원(경찰 필름).

3) 오 레일리(O rally): Persse O'Reilly: Hosty 작 〈퍼시 오레일리의 민요〉(The Ballad of Persse O'Reilly)(〈경야〉의 주제들 중 하나).

4) 저 새(조鳥)의 무슨 생사生似 징조徵兆에 대하여 가능한고(To what lifelike thyne of the bird can be): 무어의 노래 인유: 저 시인의 생활은 어떠할고?(What Life Like That of the Bard Can Be)(Planxty O'Reilly).

5) 오세아니아(대양주)(Osseania): (1)Oceania: 태평양 제도의 통칭 (2)Ossian: Macpherson(Ossian 시의 스코틀랜드 번역가)이 부른, Finn의 시인—아들인 Oisin의 형태.

6) 타스…하 바스…로이터 통신(Tass…Havy…Rutter): Tass, Havas, Reuter: 통신사들.

7) 신페인 유아자립唯我自立!(somme feehn avaunt): (I) Inn Fein(애국단체)의 슬로건: Sinn Fe'in Amha'in: 자립(Oureselves Alone).

8) 안녕 황금조黃金朝여, 그대는 피어(잔교棧橋)의 여명黎明 비누구球를 관견觀見했던고?(Guld modning, have yous viewsed Pier's aube?: 광고의 패러디: 안녕, 당신은 피어스 제의 비누를 써보셨나요?(Good Morning, Have you used Pear's soap?)

9) 우리가 타품他品을 쓰지 않은 이래 수년전 우리는 그대의 것을 탕진蕩盡했노라(Thane yaars agon…since when we have fused ow other): Punch 만화의 뜨내기(룸펜)의 묘사: 내가 다른 것을 쓰지 않은 3년전 이래 당신의 비누를 써 왔도다(Three years…since when I have used no other).

10) 맥후리간의(MacHooligan): Finn MacCool.

11) 공화국(culminwillth): Culmin: Macpheron 작 Temora에 언급된 사람.

12) 영도자여! 수령이여!(The leader, the leader!): (〈율리시스〉의 멀리건이 바다를 보자 10,000명의 군인이 부르짖은 함성의 익살: Thalatta! Thalatta!(바다! 바다!)(U 05).

13) 안전세재평결安全世裁評決(Securest jubilends albas): 성 아우구스티누스의 말: 세계의 판결은 안전하다(the verdict of the world is secure)(Newman의 〈변명〉(Apologia)에 영향을 준 구절.

14) 티모렘 백공포白恐怖(Temoram): Macpherson 작 Temora.

15) 진기震起할지라…건장자健壯者를 위해 숙도宿道 티 울지라!(Quake up. . wook doom for husky!): (1)1922년 Collins의 무덤 위에 발견된 노트: 일어나, 마이크야, 딕을 위해 길을 터라(Move up, Mike[Michael Collins], make way for Dick(R. Mulcahy)의 인유 (2)이 구절은 Dr 요셉 Collins(es)에 대한 언급으로, 그는 〈박사의 문학관〉(The Doctor Looks at Literature)의 저자, 그는 이 책에서 조이스를 아일랜드의 가장 최근 문학적 폐기론자(literary antinomian)라 매도했다.

16) 빌리 페긴(Billey Feghin): 미상 ?

17) 요굴謠掘 할지라(baallad): Ballad(of Finnegan's Wake) + (Cornwall 말) baal: spade(발굴하다).

18) 타타르 성당족族(churchen): Jurchen: Tartars 부족(몽고, 터키 족, 포악한 종족).

19) 기네스(칭키스칸)주酒는 그대를 위하여 뚜쟁이 선善하도다(genghis is ghoon for you): (광고) 기네스 맥주는 그대를 위해 좋으나니(Guinness is good for you).

20) 구름으로부터 한 개의 손이 출현하여, 지도를 펼치나니(A hand from the cloud emerges…chart): (1) the cloud: 하느님 아버지의 중세적 표현 (2)chart: 아직 쓰이지 않은 책 (3)〈더블린 사람들〉, 〈작은 구름〉에서 〈성서〉,의 인유: 〈열왕기상〉(18. 44) 일곱 번째 일어서는 자가 고하되 바다에서 사람의 손만 한 작은 구름이 일어나나니, 가로되 올라가 아합에게 고하기를 비에 막히지 아니하도록 마차를 갖추고 내려가소서 하라 하니라(The seventh time the servant reported, A cloud as small as a man's hand is rising from the sea. So Elijah said, Go and tell Alab, Hitch up your chariot and go down before the rain stops you(D 68 참조).

21) 노아공신(Nuahs): (1)Noah (2)Nu: 이집트의 하늘 신(sky—god).

22) 테프누트 농아여신聾啞女神(Defmut): Tefnut: (1)이집트의 여신 (2)deaf—mute(농아).

23) 빛의 씨앗(the seeds of light): 노래 가사의 인유: 나는 사랑의 씨앗을 뿌렸다네(I sowed the Seeds of Love).

24) 은탐프린(Ntamplin): Dublin.

25) 푸 뉴세트(Pu Nuseht): Pu: Vedas: Vedas(옛 인도 족의) 태양 신.

26) 최선最善 기고만장, 말하는도다(triumphant, speaketh): 〈이집트의 사자의 책〉의 잦은 소개문: 해구海狗의 감독 댁의 감독 누가, 기고만장 말하도다(The overseer of the house of the overseer of seal, Nu, triumphant, saith).

(594)

1) 티탄젤(Tirtangel): Cornwall(잉글랜드 남서부 주)의 Tintagel: 마크 성의 위치 및 아서(Arthur) 왕의 탄생지. 1832 전에는 부패한 성시城市(rotten borough)로 알려졌다.

2) 약세弱勢더블린인들은, 여간원汝懇願하도다(Durbalanars, theeadjue): Tim Healy가 애란 자유국의 총독이었을 때, 더블린 사람들은 총독관저를 Healiopolis라 불렀다. 즉 Heliopolis에서 불타고, 부활한 피닉스.

3) 빛을 불태우는 광선이 우리를 인도할(till light kindling light): Newman의 시구: 빛이여 우리를 상냥히 인도소서(lead Kindly Light).

4) 이 다전사구多戰砂丘의 타봉둔打棒臀 위에 태양연太陽然한 요정비누(sunlike sylp om this warful dune's battam): Sunlight Soap: 태양 같은 비누: 〈율리시스〉 제15장의 주제 중 하나: 비누: 우리는 의좋은 부부라네 블룸과 나. / 그는 대지를 밝혀요. 나는 하늘을 닦아요(The SOAP: We're a capital couple are Bloom and I. He brightens the earth. I polish the sky)(U 360).

5) 자애는…에서 시작하는지라(clarify begins at…): 격언의 패러디자애는 가정에서 시작한다(Charity begins at home).

6) 일광비누!(lever hulme): W. H. leverhulme(최초의 자작, 1851—1925): 영국의 비누 제작자, 그의 비누는Sunlight Soap라 불림. 그는 모델 시市인 Port Sunlight를 건립했다.

7) 아렌 언덕(Ahlen Hill): Hill of Allen: Finn의 본부.

8) 태양수호신 숙명(이어)워커(Lugh the Brathwacker): (1)Lugh La'mh—fhada: 태양과 천체의 신 (2)(I) bra'th: 심판, 숙명 (3)이어워커.

9) Helusbelus): Heliopolis: 이집트의 태양 촌村.

10) 판게라 만灣(Fangaluvu Bight): Fangelava Bay: Melanesia: 오세아니아 중부의 군도에 있는 환상적 신애란 新愛蘭(New Ireland).

11) 쌍각雙角의 원추석묘圓錐石墓(캐론)(horned cairns): 뿔 기념 돌무덤(cairn)은 평면으로 보면 2개의 돌 뿔처럼 보인다. 아일랜드에는 얼마간의 이런 돌무덤들이 서 있다. 예를 들면, 호우드 언덕의 꼭대기(현존).

12) 이스미언 지협인地峽人들의 우상이 되도다(idols of isthmians): Isthmian Games: Corinth 지역의 경기(Olympian, Nemean, Pythian과 함께 고대 희랍의 4대 경기 대회의 하나)는 해신 Poseidon을 기념하여 Olympiad의 첫째 및 셋째 해 각각 축하되었다.

13) 괴상한 괴회색怪灰色의…괴담怪談이 괴혼怪昏 속에…거장巨長하는지라(Gaunt…ghostly gossips…in the glow): 노래 가사의 변형: 존 브라운의 시체가 무덤 속에 곰팡이 쓸며 누워 있도다(John Brown's body lies a—moulding in the grave.

14) 과거가 이제 당기나니(Past now pulls): 광고 첨부 금지(post no bills)의 익살. (U 126 참조)

15) 호우드구丘(Edar): (L) Beinn E'adair: 호우드 언덕.

16) 왜 야명전夜明前에 똥개가 구덩이를 파는고?(why pit ther afore the noxe?): 속담의 익살: 본말을 전도하다(put the cart before the horse).

17) 불가식不可食의 황육黃肉이 불가전不可顚의 흑黑으로(inedible…. the invasable blackth): 와일드의 글귀의 패러디: 불가식을 추구하는 불가언자(the unspeakable in pursuit of the uneatable).

18) 회건回鍵(턴키) 트로트 무舞(turnkeyed trot): 1912년경에 소개된 미국의 무도실 댄스.

19) 해갑海岬(Seapoint): Du'n Laoghaire의 지역 명.

20) 노엘즈(Noel): Yule, Xmas.

(595)

1) 엑쓰무스(Exmooth): 잉글랜드 남서부 주 Devonshire 주의 도시.

2) 바이킹도都(Ostbys): Ostman: Viking.

3) 가젤 해협海峽(gazelle channell): New Ireland의 Gazelle 해협.

4) 장가사지長歌四肢를 곶(岬) 향向 뻗고 있을 때(strauches his lamusong): (1)Cape Strauch: New Ireland (2)Lamusong: New Ireelan의 도회 명.

5) 브리안의 신부新婦(the bride of the Bryne): Brinabride: 바다에서 태어난 비너스, 바다의 신부(bride).

6) 양녀羊女!(Lambe!): Lambel: New Ireland의 산.

7) 수위首位의 신애란토新愛蘭土 까지 기나 긴 광로도다(It's a long long ray to Newirglnad's tremier): (1) 노래 가사의 인유: 티퍼라리까지 먼 길을(It's a Long Way to Tipperary) (2)신애란(New Ireland).

8) 코크행行, 천어川漁행行…킬레니행(Korps, streamfish…kilalooly): (1)이상 32개(실제로 29개)의 아일랜드의 주들의 열람 (2)여기 이들 주들이 대부분 숀의 식사를 위한 음식 목록으로 비유되고 있다.

9) 열석列石을 환상環狀할지라!(crom lech!): cromlech: 선사시대의 구조물로서, 두 돌들이 바치고 있는 커다란 평석平石.

10) 톱Top): 이상의 tup, tep과 함께 박물관 안내원 캐이트의 상투어인Tip!)(8)을 대변한다.

11) 노老 브루톤(Old Bruton): Richard Burton 경은 나일 강의 원류에 관한 자신의 이론을 철회하고, 일부 여로를 Speke(나일 강의 발원 발견자)와 동행했다.

12) 나만타나 곡촌曲村(Namantanai): New Ireland의 도회 명.

13) 피지문서관皮紙文書館, 아란 공작상公爵像(vellumtomes muniment, Arans Duhkha): 웰링턴 박물관. Muniment Room: 더블린의 시청 홀. Iron Duke: 철공작.

14) 충휴지充休止(Fill stap): 셰익스피어의 Falstaff(〈헨리 4세〉 및 〈윈저의 즐거운 아낙네들〉의 쾌남아)과 full stop. 수탉의 울음으로, HCE—Falstaff에게 종말이 다가온다. 회귀는 새로운 HCE를 가져오는지라, 마치 Falstaff처럼.

15) 사시조四時鳥의 탁발수사조托鉢修士鳥(faraclacks the friarbird): 오스트레일리아의 friarbird는 four o'clock bird(반복 우는 그의 곡 때문에)라 불린다.

16) 남南시드니!(Syd!): Sydney + (Da) South.

17) 능숙한 미끄럼 손재주(seight by slide at hand): sleight of hand: 날쌘 손재주.

(596)

1) 심면深眠은 레몬 쓰레기 더미로다(thetheeatron is a lemonage): 〈율리시스〉, 밤의 환각 장면에서 Breen 부인이 블룸에게 하는 익살스러운 대답: 대답은 레몬이에요(The answer is a lemon.)(그 따위에는 대답이 필요 없다니까요.)(U 364)

2) 유산양시장乳山羊市場에서(at milchgoat fairmesse): Killorglin의 산양 시장(Goat Fair).

3) 견신犬神(dogdhis): Dagda: 아일랜드의 사랑의 신인 Aengus의 부친.

4) 추락墜落 위의 이토泥土(sod on a fall): 자장가의 패러디: 함티 덤피 벽 위에 앉았었네(Humpty Dumpty sat on a wall).

5) 남성의 백년남군촌百年男郡村(plundersundered manhood): 이어위커의 몇몇 가문은 영국 서부 서섹스(Sussex)의 100년 남군촌(the Hundred of Manhood)에 살았다 한다. (전출, FW 30. 08).

6) 타종인打鐘人의 켈트어류語類 부활봉기를 환영했도다(hailed chimer's ersekind): Erskine Childers 가문은 부활절 봉기에 호우드까지 무기를 밀수입 하는데 도왔다.

7) 재제성령再制聖令 39조항(articles thirtynine of reconstitution): 영국 성당의 39법령.

8) 텀 바룸 바(Tumbarumba): 오스트레일리아, New South Wales의 마을 명.

9) 랜써릿(landslots): Lancelot: 아서 왕의 원탁의 기사들 중 으뜸가는 용사.

10) 연못(더브)의 사시교외斜視郊外의 종부種父(sire of leery suns of dub): 더블린 외곽 지역인 단 리어리(Du'n Laoghaire) 항: Sandycove 해변의 Martello 탑 월편.

11) 우던핸즈(Woodenhenge): Stonehenge에서 그리 멀지 않은 곳.

12) 부화서반아산주孵化西班牙産酒(spawnish oel): (1)〈율리시스〉 12장에서 〈시민〉의 국수주의적 허풍 속의 패러디: 골웨이의 스페인 맥주(Spanish ale in Galway)(U 269) (2)시인 Mangan의 〈나의 까만 로자린〉(My Dark Roseleen)의 글귀: 스페인 산 맥주(Spanish ale).

13) 항사비석港死碑石(fert): 사자를 위한 아일랜드의 기념비.

14) 건닝가家의 총수銃手(Gunnar, of The Gunnings): (1)영국 귀족들에 의해 런던으로 급습 당한 채, 결혼한 18세기 아일랜드의 미녀들인 Gunning 자매들 Elizabeth와 Maria (2)Njal 전설의 인물.

15) 엘가(Elga): 아일랜드의 고명.

16) 유자유결함형有自由缺陷型(freeflawforms): 〈리어 왕〉 III. 4. 187행의 저주: Fie, foh, fum(〈경야〉 말의 주제).

17) 유사상징類似象徵(parasama): 고대 희랍의 상징(emblems).

18) 정신적 자아(아트만)(atman): 〈베일 벗은 이시스〉(Isis Unveiled)에서 하느님으로 인정되는 정신적 자아.

19) 달리아 꽃을 뒤쫓는 아주 큰 한 마리 벌레(a big bug after dahlias): 바퀴벌레에 의해 먹힌 달리아 꽃.

20) 지암 바티스타 비코(Jambudvispa Vipra): (1)Giambattista Vico (2)(산스크리트어) Meru 산 주위의 중앙 대륙.

21) 성구聖句(versicle): 신성 예배에 있어서 교창交唱으로 노래하거나 이야기 되는 짧은 문장.

22) 솥뚜껑이 흰 우유 냄비 나무라는(coalding the keddle mickwhite): 격언의 패러디: 냄비가 솥 검다고 나무라다(pot calling the kettle black).

23) 저 외투 위의 물방울이 핀갈 주위를 결코 강우降雨하지 않았나니(The drops upon that mantle rained never around Fingal): (1)〈사사기〉 6. 17—8의 패러디: 이슬이 양털에만 있고 사면 땅은 마르면). (dew

4부

on fleece, dry on all ground) (2)Fingal: 더블린의 북부 지역.

24) 의지意志(Will): William Shakespeare일 수 도. 〈율리시스〉의(스킬라와 카립디스)장에서 Shakespeare와Will에 대한 조이스의 언어유희는 빈번하다: 점잖은 윌이 거칠게 대우받고 있군.—어느 윌 말인가? 벅 멀리건이 묘하게 개그를 끼웠다. 우리는 혼돈하고 있어—살기 위한 윌은, 존 이글링턴이 철학화 했다. 윌의 과부는…죽기 위한 윌이야(—Gentle Will is being roughly handled.—Which will? gagged sweetly Buck Mulligan. We are getting mixed—The will to live, John Eglinton philosophised…Will's widow, is the will to die. (U 169)

(597)

1) 기풍태양신氣風太陽神의 장완長腕(Lamfadar's arm): Lugh La'mh –fhada(Long Arm): 태양과 천계의 신.

2) 화왕神話王(hadding): Hadding: 타 세계를 방문한, 덴마크의 신비의 왕.

3) 침면寢眠(Svapnasvap): 산스크리트어의 sleeping—sleep.

4) 백환百環…책자冊子에도(hundrund…. pageans): 〈1천1야〉(1001 Nights)의 100최선의 페이지들.

5) 묘, 임종臨終 및 공황恐惶(tomb, dyke and holoow): Tom, Dick and Harry: 어중이떠중이, 잡동사니(〈율리시스〉 및 〈경야〉의 말 주제).

6) 기이奇異하고 괴상怪狀한 책(eddas and oddes book of tomb): (1)The Eddias(고대 아이슬란드의 신화 집) (2)odds and ends: 잡동사니 (3)〈사자의 책〉(The Book of the Dead).

7) 그들의 말들 속에 시작이 있고(in whose words were the beginning): 〈요한복음〉 1: 1: 애초에 말씀이 있었나니(In the beginning was the Word).

8) 모스키오스크 요정령궁妖精靈宮(Moskiosk Djinlalast): (1)Moscow (2)kiosk: 옛 터키 등의 정자亭子 (3)ginpalace: 화려하게 꾸민 싸구려 술집(4)djinns: 이슬람 신화의 정령들. Mecca에 있는 대 모스크(Great Mosque)의 djinn들의 360개의 상들 (5)회교 사원 같은 목욕탕(mosque of the baths)(U 70).

9) 바자점店(bazaar): 더블린의 Stephen's Green 공원 옆, 터키 목욕탕 옆집의 Fred Barrettdm Bazaar 점.

10) 알라알라발할라 신전神殿(allalallalallah): Valhallah.

11) 옛날 옛적 침실조식寢室朝食에 관한 이야기(One's apurr apuss a story): 옛날 옛적에(Once upon a time), 〈초상〉 첫 행.

12) 사바만사생裟婆萬事生(Shavarsanjivana): 만물은 생을 가져오다.

13) 행운환하幸運環下(lucksloop): 더블린의 리피 강상의 Loopline 철교.

14) 얼마나말하기졸리고슬픈지고(何悲眠言)(howpsadrowsay): 모든 꿈은 끝나나니, 얼마나 말하기 슬픈지고!: how+sad+drowsy+say.

15) 사식蛇食했나니(snakked): 에덴동산의 뱀.

(598)

1) 매每 저런 사장물私場物들은…그들은 온갖 금일족극今日族劇에서 바로 바로 그대들의 취득물 구실을 해 왔도다(Every those personal place objects…they just done been doing being in a dromo of todos…. be your trowers): (1)때는 긴 밤인지라, 곧 아침이 다가오니, 우리가 꿈꾸었던 모든 사람들은 오늘과 todos의 드라마에서, 마치 셰익스피어의 〈과오의 코미디〉(Comedy of Error)의 Dromios 쌍둥이처럼, 방금 배역해 왔도다. (2)문법에서 실명사(실사實辭)는 인칭, 장소, 목적 및 사물을 대표한다.

2) 불깐 황소 대신 군마軍馬(Insteed for asteer): 〈마태복음〉 5: 38의 패러디: 눈에는 눈, 이에는 이(An eye

for an eye, a tooth for a tooth).

3) 나일 강 방랑향放浪向의 몽유뇌우운夢遊雷雨雲(Nuctu, bubulumbumus wanderwards the Nil): (1) cumulonimbus: 뇌운(thunderclous) (2)(L) noctu ambulabamus: 우리는 야보野步하고 있었도다 (3)Nile강(F) Nil.

4) 빅토리아스 근수지近水池, 알버트 원수지遠水池(Victorias neanzas, Alberths neantas): Victoria & Albert Nyanza: 나일 강의 두 서부 저수지들.

5) 다양한 그리고…굴러 더듬거리는 밤을 추가할 수 있으리로다(various…stumbling night): Macpherson 저의 Croma의 각주에서: 파도 어둡고 굴러 더듬거리는…밤은 다양하고…(the waves dark—tumble… various is the night).

6) 연꽃, 한층 밝게 그리고 한층 감자매甘姉妹하게, 종형개화鐘形開花의 꽃(Padma, brighter and sweetster, this flower that bells: 〈베일 벗은 이시스〉(Isis Unveiled) I. 92—3)의 글귀의 인유: 신비의 수선화는 은자隱者로부터 객관자의 발산을 의미하며…세례적洗禮的 성사聖事의 초기 도그마로 작용한다(the mystic water—lily(lotus)…signifies the emanation of the objective from the concealed into the earliest dogma of the baptismal sacrament).

7) 타밀어語(Taml): 남부 인도 언어.

8) 빵과 포도주에 불과한지라(simplysoley they are they): 빵과 포도주의 전질변화(transubstantiation).

9) 통桶속의 터무니없는 부화腐話요(a stale as a stub): 스위프트의 〈터무니없는 이야기〉(A Tale of a Tub)의 변형.

10) 물주전자화畵는 벽壁위에 원자행原子行이도다(the pitcher go aftoms on the wall): 속어의 패러디: 꼬리가 길면 밟힌다(the pitcher went too often to the well).

11) 곰팡이(마태), 암흑(마가), 누출漏出(누가) 및 허풍(요한)이 방금 그들이 누운 악상惡床을 필요로 하는지라(Mildew, murk, leak, and yarn now want the bad that theylied on): 전통적 기도문의 인유: 마태, 마가, 누가, 요한이여, 내가 누운 침상을 축복하사(Matthew, Mark, Luke, John, Bless the bed that I lie on).

12) 환희를 향한 힘을 통해(through towards joyance): Nazi의 슬로건: 즐거움을 통한 힘(Strength through Joy).

13) 완화안緩和眼에는 환화안, 인후咽喉에는 인협引脅(Allay for allay, a threat for a throat): 〈마태복음〉 5: 38의 패러디: 눈에는 눈, 이에는 이(An eye for an eye, a tooth for a tooth)(전출).

14) 로카 우주좌宇宙座(Loka): 산스크리트어 Loka: 우주.

15) 도시는 궤도軌道하는지라(The urb it orbs): 교황의 연설: Orbi et Orbi: (To the City(Rome) and the World).

16) 세 번의 시보교환타時報交換打(the thuds trokes truck): B. BC 의 시간 신호: 세 번째 시타時打.

17) 지금까지 있음 자는 연속 있으리로다, 들을지라!(Who having has he shall have had. Hear!): 〈마태복음〉 11: 15: 듣기 위해 귀를 가진 자는 듣게 하라(he who hath ears to hear, let him hear).

18) 억수만년億數萬年(madamanvantora): (L)힌두의 위대한 해. 〈율리시스〉 제3장 스티븐의 의식 참조: 세계의 모든 큰 도서관…수천 년, 억만 년 후에도 어떤 이가 거기서 읽게 되리라(all the great libraries… Someone was to read…. few thousand, a mahamanvantara).

19) 그들의 이웃들의 이이들의 이웃들…그들의 용인庸人들(their childer and their mapir…their servance): 〈출애굽기〉 2: 17: 네 이웃을 탐내지 말지니 네 이웃의 아내나…또는 그의 남종을(You shall not covet your neighbour's house……. or manservant).

4부

(599)

1) 동류 내외 찌꺼기(ilks and their orts): 〈율리시스〉, 〈스킬라와 카립디스〉에서 멀리건이 스티븐을 골리

는 말의 인유: 내가 자네한테 부스러기랑 먹 다 남은 찌꺼기를 다 대접할 테다(I will serve you your drts and of alls)(U 176).

2) 천국에서 오범誤犯한 우리들의 부친화신父親化身들(oura vatars that arred in Himmal): 주님의 기도문의 패러디: (1)하늘에 계신 우리의 아버지, 당신의 이름에 신성을(Our Father, Which art in Heaven, Hallowed be Thy Name) (2)(G) Himmel: Heaven (2)Himalaya 산.

3) 아타 신神(atlar vetals): Vata: (1)옛 인도의 성전인 베다(Veda) 신화의 바람의 정령 (2)Athar의 이름 하에, Ishtar는 음식에 대한 여가장제의 포기하던 시기에 Saudi Arabia의 남신男神이 되었다.

4) 엄숙嚴肅솔로몬 혼인주의婚姻主義(sollemn nuptialism): (1)Solomon (2)salmon.

5) 섭리적신의攝理的神意(providential divining): divine providence: 신성한 신의, 즉 비코의 사상.

6) 전동傳動! 나를 위해 더 이상의 형태소形態素모르페우스 면신眠神은 이제 그만!(Gearge! Nomomorphemy for me!): (1)조지 무어: 골웨이의 Moore Hall에서 태어난 아일랜드의 소설가로, 조이스와 상이가 좋지 않았을 듯, 그는 〈율리시스〉, 〈스킬라와 카립디스〉에서 그의 파티에 스티븐(젊은 조이스)을 초대하지 않았다. 그는 멀리건의 모델인 Oliver Gogarty의 절친한 친구였다. 조이스는 또한 Gogarty를 '가짜 신부'(mock priest)로 만들고 있다. 〈경야〉의 St Kevin 에피소드에서 그는 무어와 Gogarty를 그들의 육체적 비옥을 반대하는, 남자들로 조롱한다. 또한 무어는 스위프트처럼 스텔라라는 애인을 가졌는데, 그녀를 그는 얼렸다. 조이스의 초기 작품 자료집인, 〈잡기〉 Scribbledehobble(104)는 조이스가 조지 무어를 AE, 예이츠, 버나드 쇼와 함께, 〈경야〉의 4노인들 중의 하나로 만들 생각이었음 기록한다. (2)비코의 형태학[morphology]: 형이상학적 역사 철학. Morpheus: 꿈과 잠의 희랍 신. 〈율리시스〉 제16장에서 그는 수부 Murphy이다(U 510).

7) 위장胃腸을 깔고 군행진軍行進할지니(gat a tache of army on the stumuk): 격언의 패러디: 군대는 위장을 깔고 행진 한다(An army marches on its stomach).

8) 호수도湖水都에 주막이 있도다(There's a tavarn in the tarn): 노래 가사의 패러디: 도회에는 주막이 있다네(There is a Tavern in the town).

9) 팁. 타모티모의 마권내보馬券內報를 취하시라(Tip Take Tamotimo's topical): (1)Tip: 앞서 제1장에서 박물관 안내자인 캐이트의 나폴레옹의 군마에 대한 설명과 그녀의 짤각(8 주1) 참조) (2)속어: topical tip: 우연한 일치에 기초한, 경마 알아맞히기 텁.

10) 브라운은 하지만 무토無土(노란)(Brown yet Noland): (1)Browne & Nolan: 대위법적 관계〈경야〉의 주제들 중 하나 (2)Nolan 출신의 Bruno.

11) 적운권운난운積雲卷雲亂雲(Cumulonubulocirrhonimbant): 구름의 형태: cumulus(적운) +cirrus(권운) + nimbus(난운).

12) 욕망의 화살(the dart of desire): Blake 작 〈밀턴〉(Milton)의 서문: 욕망의 화살(Arrows of desire).

13) 상승하는 모든 것과 하강하는 전체(all the goings up and the whole of the comings down): 노래의 인유: 가정의 옛 사람들: 아래 위 모든 피조물(Old Folks at Home: All up and down the whole creation).

14) 바다의 노인(the old man of the sea): (1)Old Man of the Sea: Proteus (2)노래 가사의 인유: 노강老江이여: 말하라(Old Man River: 'don't say nothing).

(600)

1) 소품마小品馬…단락적單落的으로 그리고 유사적唯斜的으로(the property horse…slumply and slopely): 자장가의 익살: 험티 덤티: '왕의 말들'(Humpty Dumpty: 'king's horses).

2) 울세소로鬱世小路에서(in this drury world of ours): (1)런던의 Drury Lane Theatre(극장) (2)더블린의 Drury Lane(소로).

3) 다多잉어 연못(Polyxarp: 성 Polycarp: (1)Smyrna의 주교 (2)잉어 많은 연못.

4) 펀(네간)과 닌(안)(Funn and Nin): 피네간과 Anna Livia.

5) 아린니 이방인들(the Alieni): (I) Baile A'tha Cliath: 장애물항의 도시: 더블린.

6) 모이라모해海(Moylamore): Moyle: 애란과 스코틀랜드 사이의 바다.

7) 올브로트 니나드서 저수지가 비기네트 니인시 해海(Allbroggt Neandser…Viggynette Neeinsee): 나일강의 2개의 서부 저수지들.

8) 린피안 폭포(Linfian Fall): 나일강의 폭포.

9) 직립대폭포直立大瀑布!(Caughterect!): Cothraige: 성 패트릭의 초기 이름.

10) 담보물신전擔保物神殿 앞에서 우연히 탄금彈琴한 것으로 믿어지고 있거니와('tis believed that his harpened before Gage's Fane): 무어의 노래 인유: 이 탄금은 믿어지나니[Gage Fane]('Tis Believed That This Harp'[Gage Fane]).

11) 퇴역대령退役(e)大領 (c)코로널 (h)하우스(ex—Colonel House's): Colonel House: 대통령 고문.

12) 드위어 오마이클 도당徒黨(Dweyr O'Michael's): Michael Dwyer: 19세기 아일랜드의 반도.

13) 본질승천本質昇天에 의하여(by essentience): Ascension(승천) + essential(본질적).

14) 해풍海風람베이 섬(leeambye): Lambay Island: 더블린 연안 소재.

15) 입맞춤의(arrah): 보우시콜트 작 〈키스의 아라〉(arrah—na—Pogue).

16) 공동추기共同樞機(curdnal communial): Cardinal Cullen: 더블린의 대주교.

(601)

1) 라만 비탄호悲歎湖(lake lemanted): (1)제네바의 호수인 Lac Leman (2)엘리엇의 〈황무지〉에서 나는 정욕의 강가인 Leman에서 슬퍼하도다(WL. 189 행).

2) 이스의 전설시傳說市(Is is): Isis: Oriris와 함께 이집트의 주 신. 사자들을 위해 우는 Isis—이시는 피네간의 경야에서 우는 Biddy O'Bien과 연결 된다 (1)Ye: 대양에 의해 휩쓸려 간 브리타니의 전설적 도시 (2)Atlantia의 한 임금은 네이 호반 아래 매장된 것으로 상상된다.

3) 도시 및 궤도구軌道球(Urban and orbal): Orbi et Orbi: 교황의 연설의 패러디: 도시(로마)와 세계에게.

4) 애이레(Erie): 미국에 있는 Erie 호반.

5) 호박호수琥珀湖水 아래 수면睡眠을 통하여(through seep froms umber under wasseres): Giraldus Cambrensis(1146—1229): 영국의 존 왕과 함께 애란으로 온 웨일스의 성직자로 〈수도의 지지〉(Topographia Hibernica)의 저자. 그는 맑은 날씨에는 어부들이 네이 호반 밑에 탑으로 둘러 싼 건물들을 볼 수 있다고, 말한다.

6) 회사신灰邪神이여(Asthoreths): 노래 가사에서: Dermot Asthore.

7) 벼랑의 딸들(the daughters of the cliifs): Macpherson은 그의 〈셀마의 노래〉(The Song of Selma)에서벼랑의 아들을 뜻하는mac alla를 조어造語한다.

8) 샘파이어(samphire): (1)samphire: 해양식물로, 절임(피클)을 위해 사용되는 잎사귀 (2)Sampphire Island: Tralee 만에 위치함.

9) 이여二汝는 또한 이다二茶(thoo art it thoo): 노래 가사의 패러디: 둘을 위한 차(Tea for Two).

10) 거기 최진最眞 그대(that thouest there): (산스크리트) (tat—tuam—asi): that thou art: Brahma(힌두교의 창조신)를 일개인으로 동일시하는 격언(aphorism).

11) 열다섯 더하기 열넷은…음력 마지막 하나(Fiftiness andbut…. last a lone): 15+14 =9+20 =8+21 =28+1= 29.

12) 바로 꽃잎 달린 소종小鐘처럼(Sicut campanulae petalliferentes): (1)just lke petal—bearing little bells (2)Campanulae 가족은 캔터벨리 종들을 포함시킨다.

13) 보타니 만灣 둘레를 화관찬가花冠讚歌하도다(coroll…round Botany Bay): (1)Botany Bay: 더블린의 Trinity 대학 중정中庭(quadrangle) (2)Botany Bay: 북서 Wales 및 오스트레일리아의 포로 지역. corolla of flower: 꽃의 화관.

14) 음악이 케빈이었네 노래하는 오통 뗑뗑 목소리들!(all setton voices about singsing music was Keavn): 무어의 노래의 변형노래해요, 노래해요, 음악이 있었다네(Sing, Sing, Music Was Given).

15) 성聖 윌헬미나…성 롤리소톨레스!(S. Wilhelmina's…. S. Loellisotoelles!): 모두 더블린 및 인근 26개의 로마 가톨릭 성당들.

16) 목통굴木桶窟(cavern of a trunk): 성 케빈은 그랜달로우의 나무 통 속에 잠을 잔 것으로 상상되다.

17) 승기昇起할지니, 그리하여 묘휘廟輝할지라!(Ascend…. shrine): 〈이사야〉 60: 1: 일어나라 빛을 발하라(Arise, shine).

18) 카사린은 키천이도다(Kathlins is kitchin): (1)Cathleen: 굶주린 애란인들을 먹이기 위하여, 자신의 혼을 악마에게 파는 예이츠 극 〈캐스린 백작부인〉(The Countess Cathleen)의 주인공으로, 그녀는 케빈에 의하여 거절 된다(많은 아일랜드인들은 예이츠의 주제가 애란인들에게 모독이라 생각하고 Abbey 극장에서 반란했으나, 젊은 조이스는 예외였다) (2)여기 HCE가의 하녀 캐이트와 일치 된다 (3)St Kevin's Kitchen: 그랜달로우에 있는 성당.

19) 점성가 월라비가 이신론자理神論者 토란(austriloger Wallaby by Tola): (1)(Dr John Whalley: 더블린에서 런던으로 도망 친 오스트레일리아의 점성가 (2)John Toland: 더블린에서 추적당하자, 영국으로 도망 친 이신교理神敎 신봉자(deist).

20) 밀레네시아는 기다리나니, 예지銳智(비스마르크)할지라(Milenesia waits. Be smark): Malanesia(오세아니아 중부의 군도)의 Bismarck Archipelago는 New Ireland를 포함한다.

(602)

1) 하나의 탐색1)(One seekings): 우리는 완전한 신사의 전형을 탐색하는지라.

2) 해풍향海風向(리eward): 폴리네시아(Polynesia(대양주 3대 구역의 하나)에 있는 Leeward 섬들.

3) 풍향風向(windward): 폴리네시아의 Windward 섬들.

4) 콤헨(케빈)(Coemghen): (1)케빈의 게일어 (2)Macpherson의 〈카로스의 전쟁〉(War of Caros), 360의 글귀: 무엇을 카로스가 행하는고(What does Caros).

5) 도덕압정道德押釘(moraltack): morality + (I) Mo'ralltach: 대야도大野刀: Diarmuid(Finn MacCool의 조카로, 최고의 투사)의 칼 이름.

6) 골석滑石을 더 이상 토루土壘하지 않을지라(Rowlin's tun he gadder no must): 격언의 패러디: 구르는 돌은 이끼가 끼지 않는다(A rolling stone gathers no moss).

7) 그대의 것이 정숙의 관館이 될 지라(Be tine the silent hall): (1)무어의 노래 패러디: 침묵이 우리들의 페스탈 홀에 흐르나니(Silence is in our Festal Hall)([Truiga의 녹림] (2)Macpherson의 Cathlin of Clutha 336의 글귀의 패러디: 그대의 것은 비밀의 언덕(be thine the secret hill).

8) 자라마여!(Jarama!): (1)강 이름 (2)Jeremiah: 〈출애굽기〉 이전의 최후 예언자.

9) 한 처녀, 당자當者가, 그대를 애도할지니(A virgin, the one, shall mourn thee): Macpherson의 Comala 26의 글귀: 처녀가 그대를 애도하게 할지라(Let one virgin mourn thee).

10) 크루나는 원좌遠座에 있는지라(Croona is in adestance): (1)Croona: Ossian의 시들 중의 흐름(개울) (2)Macpherson의 Conlath & Cuthona 370행의 시구: 쿠소나는 멀리 앉아 우나니(Cuthona sits at a distance & weeps).

11) 회색계곡의 오드웨이(the O'Dwyer of Greyglens): (1)노래 가사의 패러디: 계곡의 존 오드웨이(John O'Dwyer of the Glen) (2)Dwyer Gray: Freeman's Journey의 소유자.

12) 빈자묘지貧者墓地의 사검시격四檢屍隔의(Potterton's forccoroners): (1)Hump는 케빈이 사방 모퉁이

에서 다양한 포즈로 다가옴을 상상한다 (2)forccoroners: 4노인들의 암시 (3)four corners(4)Potter's Fielf: 빈민 공동묘지의 빈번한 명칭.

13) 공포 속에(in his terroirs): Macpherson 작 Comala 176: 공포 속에(in his terror).

14) 독고신문獨考新聞 기자(무 indepondant reproter): Irish Independent(현존 더블린 일간지).

15) 포트런드(Portlund: Portlund: 18세기 총독을 위해 명명된 한 더블린 거리.

16) 더번 가제트 신문(the Durban Gazette): (1)남아공의 기간지 (2)더블린의 신문 명.

17) 상하부上下部 비곳 가街(Upper and Lower Byggotstrade): 더블린의 상하부 Baggot 거리.

18) 시워크(Ciwareke): 이어위커의 철자 바꾸기(anagram).

19) 토요야土曜夜의 장관(Satunights pomps): Saturday Evening Post: 신문 명.

20) 다취 슐즈(Dutch Schulds): Dutch Schultz: 미국의 갱 단.

21) 파토스(Parathicus): Pathe'(new): 프랑스의 발명가, 뉴스 영화 제작자.

22) 계산마計算馬 한센씨氏(Mr Hurr Hansen): (1)Lever Hans: Elberfeld의 첫 계산마(탁탁 쳐서 총계에 대한 답을 알아 챈다 (2)골통품상 Hans(Hans the Curier): John 또는 우체부 숀 (3)취리히의 Corso 극장의 지배인이오, 그의 딸 Lucia(마치 조이스의 딸 Lucia처럼)는 〈경야〉 FW 308에 그림을 그렸다.

23) 그림스태드 게리언(Grimstad galleon): (1)Grimstad: 입센이 7년 동안 약방 조수로서 일한 곳 (2) galleon: 15—18세기 초의 스페인—지중해의 큰 돛배.

24) 큰 나무 접시 위에 그들의 거위와 완두와 귀리(麥)로(geese and peeas and oats upon a trencher): 노래 가사의 패러디: 귀리, 완두, 콩 및 보리가 자라는지라(Oats, Peas, Beans & Barley Grow).

(603)

1) 우밍에서 그[숀]는 완구玩具를 탐색探色했건만(the toyms he'd lust in Wooming): 무어의 노래 가사의 변형: 구애에서 내가 잃은 세월[나무 접시 위의 완두콩](The time I've Lost in Wooing[Pease upon a Trenchers).

2) 우편처럼 왕정확王正確하게 그리고 취혼미醉昏迷처럼 둔비鈍肥하게!(As royt as the mail and as fat as a fuddle!): 속어의 패러디: 우편처럼 곧장(right as the mail). 바이올린처럼 튼튼하게(fit as a fiddle).

3) 우리들의 우편대郵便袋를 우리에게 갖고 올지라!(Bring us this days our maily bag!): 주님의 기도의 인유: 오늘 우리에게 매일의 빵을 주시고, 악으로부터 우리를 구하소서(Give us this daily bread and deliver us from evil).

4) 나를 수령受領할지라, 나의 지우紙友들이여, 에메랄드 어두운 장동長冬에서!(receive me, my frensheets, from the emerald dark winterlong): (1)Macpherson의 Croma의 각주에서: 나를 수령할지라, 친구들이여, 밤으로부터(receive me, my friends, from night) (2)〈율리시스〉, 〈키르케〉 장에서 〈시민〉의 말의 인유: 혹 포도주葡萄酒 파도상波濤上의 포도주선葡萄酒船 말이야(the winebark on the winedark waterway). (U 269)

5) 물오리포단布團을(Eilder Downes): Scott 작 〈스코틀랜드 변경의 음유시인〉(Minstrelsy of Scottish Border)의 시구에서: Ercildounce의 토머스가 여자 요정에 의해 Eildon 언덕 아래에서 납치당했다네(Thomas of Ercildounce was taken under Eildon Hill by a female elf).

6) 관할우체공사총재管轄遞信公司總裁(G. M. P): postmaster general.

7) 자신들의 머리를 받힐(butting heir headd): 파넬의 형제자매들은 그를 butt—head(술통 머리)라 불렀다.

8) 피彼를 위해 말하고 피녀彼女를 위해(for shee and sloo for slee): 노래 가사에서: 둘을 위해 차, 차를 위해 둘(Tea for Two & two for tea).

9) 한스(Hans): 앞서 계산마計算馬 한센 씨氏(Mr Hurr Hansen)(P 602, 주22)참조).

10) 아가 소년?(senny boy?): 노래 제목의 패러디: Sonny Boy.

11) 무채霧菜의 현찰침대現札寢臺 위에서 현기眩氣했나니(giddy on letties on the dewry of the duary): 〈사사기〉 6: 39—40의 패러디: 곧 양털만 마르고 사면 땅에는 다 이슬이 있었더라: (Only fleece was dry. all the ground was covered with dew).

12) 포동포동 풍만하고 외옥관람外屋觀覽의 멋진 활녀活女(wellstocked filleroyters plush— feberfraus): 〈미국 대학 속어〉(US. College Slang)에 나오는 속어들: well—stacked filler—outer. frau: lively lady. plush: posh(멋쟁이).

13) 그리트 촐즈 가街의 닥터 차트(Dr Chart of Greet Chorsles street): (1)D. A. Chart: 중세 도시 편람 시리즈에 있어서 더블린에 관한 책(〈더블린 이야기〉The Story of Dublin)의 저자. 조이스는 그의 책을 〈경야〉에 광범위하게 사용한다(541, 545, 551, 566, 593) (2)Charles S. Parnell(Great Charles 가의 이웃 거리 명) (3)이집트 연구자(Egytpologist)인 Flinders Petrie(1853년 태생)는 〈아일랜드 병기편람 지지국地誌局〉(Topographical Office of Ir. Ordnance Survey) 이 있는 Great Charles 가 21번지에 살았다.

14) 그는, 누족漏足(He…the foos as whet): 파넬은 비에 젖은 신발 때문에 사망했다(〈율리시스〉 16장 블룸의 으식 참조).

15) 입맞춤(hanging a goobes): (미국 대학 속어) hang a goober: kiss의 익살.

16) 녹행鹿行으로 보거나(the deers alones they sees): Macpherson 작의 Carthon은 사슴이 유령들을 볼 수 있다는 전통을 사용한다.

17) 헤리오트로프스(굴광성화屈光性花)와 함께 히아신스 같으니! Hyacinssies with heliotrollops): (1)이들 두 꽃들은 인간으로 윤회輪廻된다고 상상 된다 (2)〈율리시스〉, 〈나우시카〉에서 블룸의 독백: 저건 뭐야? 헬리오트로프. 아니야, 하야신스?(U 306)

18) 환속죄環贖罪해야만 할지라(summum): 조이스에게 영향을 준 아퀴너스(Aquinas) 저의 〈신학 대선〉(Summa theologica)의 인유(〈초상〉에서 스티븐의 심미론 참조).

19) 노고선인老孤善人(Fox Goodman): 종지기인 그는 〈경야〉를 통해 여러 번 재현 한다: (35. 30, 212. 9, 328. 26, 360. 11, 403. 20—22, 511. 9, 621. 35).

20) 율법 타이로(Tyro a tora): (1)W. Lewis 편遍: Tyro(1921—2) (2)Tora: Macpherson의 Carric—Thura에 나오는 강 이름. Tora(h): 유태교의 율법.

21) 포스포론(봉화신烽火神)(Phosphoron): 희랍 신화의 여신 Arthemis의 별명: torch—bearing(봉화 봉지자).

(604)

1) 테피아 땅(Teffia): Westmeath 군, Bregia 서부에 있는 부족 땅.

2) 브레지아 평원의 헤레몬헤버(Heremonheber on Bregia's: (1)Heremon and Heber: 아일랜드 종족의 전설적 조상들 (2)Bregia: 본래 Heber의 것이었으나, Heremon에 의해 빼앗긴, Meath 군의 부족 땅.

3) 히긴즈 신판新版, 카이언조간朝刊 및 이겐 스포츠일간日刊(Higgins, Cairns and Egen): (1)Higgins: Francis Higgins: 엉터리 향사(The Shame Aquire)로 알려진, Freeman's Journal 지의 편집자(그는 더블린에서 어느 변호사 서기로 있었으나, 자신을 지방의 향사라고 속여 어떤 젊은 과부와 결혼하고, 도박장을 경영하여 돈을 번 뒤 이상의 신문 소유주가 됨. 그는 또한 영국의 스파이 노릇을 하여, Edward Fitzgerld 경을 배신했다(U 104 참조): 여기서는 Freemans Journal 지의 편집장(Crawford) (2)John Eliot Cairns: 아일랜드의 정치적 경제학자 (3)Egan: 〈율리시스〉 제3장, 스티븐의 파리 경험에 관한 자신의 독백에 나오는 망명한 아일랜드 반도 케빈 이건(U 34).

4) 말서스(Malthus): 영국의 경제학자, 및 산아제한 주창자(U 345 참조).

5) 얼마나 감광甘廣 거기 답향答響을 골방은 그 속에서 내는고!(How swathed thereanswer alcove makes theirinn!): 무어 노래 〈굴뚝새〉(Wren)의 패러디: 메아리가 내는 응답은 얼마나 달콤하랴(How Aweet the Answer Echo Makes).

6) 레몬 소다의 원초신주原初神酒(solicates of limon sodias): 유리 제조에서 혼성되는 silica(규토),

Lime(석회) 및 소다.

7) 나무상자 가득한 신하神荷 실은 견인화차牽引貨車의 천사 엔진도(the engine of load with haled…full of crates): (1)〈마태복음〉 1:20: 주님의 천사(angel of the Lord) (2)아침 기도의 인유: 은총으로 가득하신, 마리아(Hail Mary, full of grace).

8) 희랍대希臘大의 시베리아 항성철도恒星鐵道(The greek Sideral Reulthway): 시베리아 대철도(Great Siberian Railway).

9) 스트로베리 과상果床(Strubry Bess): Strawberry Beds: 채프리조드.

10) 단애短涯(aubrey): John Aubrey: 그의 저서 〈짧은 생애들〉(Brief Lives)은 세익스피어와 배이컨을 포함한다. 이 책에는 또한 〈처녀의 비극〉(Maid's Tragedy)을 쓴 Beaumont와 Fletcher에 관한 기사도 나오는데, 이는 〈율리시스〉 제14장에서 스티븐을 포함한 의과학생들의 방담에 들먹여 진다(U 321—22)

11) 오긍청肯聽! 오긍청오아시스! 오긍청긍청오아시스!(Oyes! Oyeses! Oyesesyeses!): (1)(나무) 번성의 상징: 〈경야〉 FW 470 주6) 참조 (2)〈율리시스〉 종말에서 몰리의 독백 참조 (3)여기 케빈의 짧은 인생은O list(들어라)(〈햄릿〉의 부왕의 명령에 대한 부름으로 시작 한다(보라: U 154).

12) 갈리아인人들의…악명고위성직자두惡名高位聖職者頭(of Gaulls…protonotorious): (1)Gaul: 갈리아, 골(이탈리아 북부, 프랑스, 벨기에, 네덜란드, 스위스, 독일을 포함하는 옛 로마의 속령) (2)protonotary: 교황의 행동을 등록하거나, 기록을 보존하는 12고위 성직자단의 멤버.

13) 나는 경남莖男인 경남莖男인지라(I yam as I yam): (1)〈출애굽기〉 3: 14: 나는 스스로 있는 자니라(I AM THAT I AM) (2)블룸의 Sandymount 사장沙場에 위에 쓴 글씨(자기 신분의 파악)(U 312).

14) 애란자유국愛蘭自由國의 주질소자主窒素者(mitrogenerand in the free state): (1)애란 자유국(Irish Free State) (2)대기 중의 자유 질소(free nitrogen).

15) 애란안소도愛蘭眼小島(Eyrlands Eyot): Ireland's Eye: 호우드 월편의 소도(새들의 나원).

16) 일천도壹千島(thousand insels): Thousand Islands: 캐나다의 성 Lawrence 강, 소재.

17) 창조주의 효성공포자孝誠恐怖子(the Lord Creator a filial fearer): (성령의 선물: FEAR OF LORD)

18) 뛰는 뒤축 직공(놈들)(springy leeler): Springheeled Dick: 소년들의 희극 중의 인물.

19) 우리들이 수신受信한 것(what we have received): 앵글리칸의 감사기도의 글귀: 우리들이 받은 것에 대해 주님이시여 감사하게 하소서(For what we have received may the Lord make us truly thankful).

20) 넬리 네틀(Nelly Nettle): (1)Dickens의 소설 〈낡은 호기심 상점〉(The Old Curiosity Shop)에서 죽는 착한 소녀—아이. (2)〈율리시스〉 제9장말에서 멀리건의 속극俗劇에 나오는 석탄부두의 매음녀 이름(U 178).

(605)

1) 삼일三一의 성삼위일체(triune trishagion): (Gr) Trishagion: 성 상위일체(Holy Trinity).

2) 호상도湖上島(lake Ysle): 예이츠 시의 패러디: 〈이니스프리의 호도〉(The Lake of Innisfree).

3) 밀봉소옥蜜蜂小屋(honeybeehivehut): 예이츠의 〈이니스프리의 호도〉의 시구: 꿀벌을 위한 오두막(a hive for the honeybee). 예이츠의 시에 언급된 꿀벌 집 울타리.

4) 그레고리오 성가수聖歌水(gregorian): 로마 교황 Gregory 찬가.

5) 앰브로시아(Gregorian& Ambrosian): (희랍 신화)불사불노의 신찬神饌. 〈율리시스〉 〈레스트리고니언즈〉에서 블룸은 이를 명상 한다(U 144).

(606)

1) 이이크(Yee): 성자 케빈이 차가운 욕조 물 속에 웅크릴 때의 그의 전율.

2) 승주주교乘舟主敎(비숍)(Bisships, bevel to rock's rite!): (1)Bishop Rock 등대: 시실리 섬 (2) bishop(주장…rook(城將)의 오른 쪽(체스—장기).

3) 세 구정丘頂(벤)(the three Benns): 호우드의 꼭대기(Benn)는 3개의 가시적 작은 꼭대기가 있는지라(Sligo의 Yeats Country 산정 Benn Bull Benn 처럼), 오늘날 나그네는 〈초상〉의 스티븐이 그러하듯, (P 167) 그곳으로부터 안개를 통하여 어깨 너머로 더블린 시를 아련히 경관景觀할 수 있다. 멀리 더블린 만의 포도주 빛 검푸른 파도를 넘어 최남단에 바다 속 기슭 위로 불쑥 튀어 나온, 햄릿의 거성 마냥, 마텔로 탑(조이스 박물관) 꼭대기에 파란 색 깃발이(희랍 국기 색—작품의 초판본 색) 예나 다름없이 세차게 불어오는 훈풍에 펄럭이나니, 가시적인 것의 불가피한 양상(Ineluctable modality of the visible)(U 31)이라고나 할까!

4) 브리스톨(항시港市)(Bristol): Henry 2세는 더블린을 Bristro(영국 서남부의 항구 도시) 시민에게 선사했는데, 뒤이어 더블린에 이민이 이루어졌다.

5) 자유부동산보유자(프랭클린 전광電光)들(franklings): Benjamin Franklin과 그의 전광.

6) 친근여애무親近女愛撫가 내용을 호흡함으로서 새로워지는지라(the feminiairity…breathes content): 격언의 패러디: 친근성은 불만을 낳도다(Familiarity breeds contempt).

7) 문신낙인표적文身烙印標的(stigmataphoron): (Gr) 문신 표를 지닌 물건.

8) 필적(펜마크)(pen마크): 트리스탄은 브리타니의 Penmarks의 절벽에서 죽었다.

9) 궤지면櫃紙面(arky paper): (Sw) ark paper: 한 장의 종이.

10) 모범교수편模範敎授便으로(per sample prof): (전출 FW 124) 교수에 이해 만들어진 조이 흠.

11) 실내화마녀室內靴魔女(Toffler): (1)(Da to'ffler: 슬리퍼 (2)(G) Teufel 악마 (3)(Da) to'fler: 발을 질질 끄는 사람.

12) 의상희롱녀衣裳戲弄女 안(Panniquanne): pranquaen(21) + Anna Livia.

13) 가장복假裝服(claddaghs): Claddagh: 서부 골웨이 소재의 낚시 클럽: 여인들은 한 때 모두 붉은 플란넬 스커트를 입었다.

14) 아마 등이 고부라졌는지라, 아니, 그는 땅딸보(be humpy…dumpy): 자장가의 주인공: Humpty Dunpty.

15) 말 탄 수병이랄까(a sailor on a horseback: 미국의 속어: 말 탄 수병(a sailor on horseback).

(607)

1) 우리는 뒤범벅 메시아 미사욕浴에 도달하는도다(we get to Missas in Massas): 속어의 패러디: 그걸 수부들에게 말하도다(tell that to the mariners).

2) 오랜 마리노 해원海員(Old Marino): Marino: 더블린의 지역 명.

3) 진실중진필자眞實中眞筆者들(veriters verity): 〈전도서〉 1: 2의 성구 패러디: 허영 중의 허영(vanity of vanities).

4) 무력상찬서無力賞讚書 속의 과격주교過激主敎 맥시몰리언(maximollient in ludubility): (1) Maximillian: 맥시밀리언: 남자 이름, 애칭 Max). (2)Laudabilitier: 아일랜드를 헨리 2세에게 하사한 교황의 직서(〈더블린 사람들〉, 〈은총〉 참조).

5) 백현두白賢頭는 다취茶取할지라!(Teak off wise head!): 음류시인들인 무어 및 Burgess의 표제, 선전문구(catchline): 저 백모를 벗어요(Take off that white hat).

6) 베델 성지의 야곱…파이프(Jakob van der Bethel…pipe): (1)(Heb) bethel: 하느님의 집(〈율리시스〉 제5장초에서 블룸의 명상)(U 58) (2)Edessa의 야곱(Mesopotamia)(메소포타미아)(Tigris 및 Euphrates강 유

역의 옛 국가. 이라크의 옛 이름은 제임스 2세파(영사英史: Jacobite sect)를 건립했다 (3)Jacob's pipe: 대륙에서 사용하던, 커다란 사기 대통의 담뱃대(U 블룸이 명상하는 그의 부친 Virag의 소유물, 〈율리시스〉 제14장 U 337 참조).

7) 편두扁豆국자 퍼먹으면서(lentling…chafing dish): (1)〈창세기〉 25: 34: 야곱이 떡과 팥죽을 에서에게 주매…(Jacob gave Esau some bread and some lentil stew). 팥죽(lentils): 사도들의 상징 (2)chafing dish: 타는 연료를 담는 그릇.

8) 주주周宙의 최초 및 최후의 수수께끼 소동, 사람이 사람이 아닐 때(The first and last rittlerattle…anniverse…a nam nought a nam…)(1)E. H. Haechel(독일의 생물학자, 진화론자)의 저서 〈우주의 수수께끼〉(The Riddle of the Universe) (2)(전출) 셈의 수수께끼: 사람이…아닐 때(179: 05 참조).

9) 건배 잔을 채우나니(fill the bumoer fair): 무어 노래의 인유: 건배 잔을 채우라 Fill the Bumper Fair)〔Bob와 Joan〕.

10) 채프리마비자痲痺者(Champelysied): 채프리조드.

11) 샹젤리제(Chappielassies): 파리의 Champs Elysee's.

12) 피네간의 경야經夜(Finnegan's Wake): 피네간의 경야에 많은 재미(Lots of fun at Finnegan's Wake). 작품 속의 유일한 제목 명.

13) 때는 최고로 유쾌한 시각(it's high tigh tigh): 잠을 깰 때가 되었나니(It is high time)

14) 일록여명日綠黎明이(Dayagreening): (I) deo—gre'ine: spark of the sun. (Sw) daggryning: dawn

15) 공동원空洞園(the hollow): The Hollow(피닉스 공원의).

16) 텀프런 주장酒場(Tumplen Bar): 더블린과 런던의 Temple Bar(주점).

17) 그의 유증조상…누더기 모帽…(a clout capped…his bequined torse): (1)셰익스피어의 〈태풍(템페스트)〉 IV. i. 174: 구름을 인 탑들(cloud—capped towers). 이는 Prospero의 말(言)에 대한 언급으로, his bequised torse는 웰링턴의 말의 토르소(torso)(머리, 손발 없는 彫像)를 한 거백마이요, 4노인들의 당나귀처럼 이 작품의 사방에 산재한다. 또한 torse는 awful tors(541. 06) 및 Prospero의 tow'rs에 대해 언급한다 (2)HCE의 붉은 두발頭髮이 그의 토르소 두상 위로 솟다.

18) 브랜차즈타운(Blanchardstown): 더블린의 북서 마을.

19) 맙소사(善恩寵)(Gracest goodness): W. G. Grace: 19세기 크리켓의 영웅. 그는 〈경야〉에서 셰익스피어 및 Grace O'Malley와 혼성되는 HCE로 보인다.

20) 글래드스턴 위노偉老의 남아男兒여(Grand old Manbutton): 글래드스턴—HCE.

(608)

1) 블레혼 공과학마법사협회恐科學促進魔法師協會(the Brehons Assorceration): (1)Brehon Law: 고대 아일랜드의 법률 제도 (2)British Association of the Advancement of Science (3)sorceres: 마법사.

2) 습기현상학자濕氣現象學者(moisturologist): meteorologist: 기상학자(심령술자들에 대한 19세기 과학자 단체들의 적의).

3) 포목상 한 사람(draeper): 스위프트의 포목상(Draper): 스위프트의 가명: 한 가지 특허증이 아일랜드에 동전들(copper coins)을 공급한 대가로 Kendal의 여공작(왕의 정부情婦)에게 수여되었다. 그 특허를 그녀는 10,000파운드로 William Wood라는 포목상에게 판매했다. 1723년에 아일랜드 의회는 이와 같은 거래를 항의하자, 동전은 무가치한 것이라 널리 믿어졌다. 1724년에 스위프트는 한 더블린의 포목상의 역(자격)으로, Wood의 반 페니짜리에 항의하여 4통의 편지를 발표했다. 이 편지들은 대단한 소동의 원인이 되었는데, 스위프트를 밤사이에 일약 아일랜드의 영웅으로 만들었다. 그리하여 정부는 그 계획을 포기하지 않을 수 없었다.

4) 제도사의 조수(drawpers): The Draper's Assistant: Dan Leno(음악당의 스타)의 스케치.

5) 아서(Arth): Arthur.

6) 빌리힐리, 발리홀리 및 불리하울리(Billyhealy, Ballyholy and Bullyhowly): 노래 가사의 패러디: The Ballyhooly Blue Ribbon Army.

7) 시가드 시가손(Siguard Sigerson): George Sigerson: 19세기 더블린의 생물학 교수.

8) 나리(baas): (1)(Du) boss, master(I) ba's: death (2)B. A. A. S.: British Association of the Advancement of Science(영국 과학 진흥회).

9) 석石스테나(Stena): Stone + Shaun(숀).

10) 아리나(Alina): Elm(느릅나무—Shem). Aline Ann 또는 입센 작 건축 청부업자의 아내.

11) 마법의 단조單朝(that magic moning). Thomas Mann의 〈마의 산〉(The Magic Mountain).

12) 패심貝心의 몽상가를 기쁘게 하나니(gladdens the cocklyhearted dreamerish): (속어) 패심을 기쁘게 하다(gladdens the cockles of the heart).

13) 포리지 쌀죽(kaow laow): (중국) kao lao 고령으로 사직하는 휴가원.

14) 톱 자者(Sawyest): Jonathan Sayer: 미국 Georgia 주에 더블린을 건립하다(03참조).

15) 그녀뭐라나하는것(wenchyoumaycuddler): 소위(whatyoumaycallher).

16) 암래호暗來號(Nattenden Sorte): 입센 작 Bortel: 다가오는 어둠과 함께(fo'r natten den sorte).

17) 난파항적難破航跡(the wake of the blackshape): Stanley Houghton: Hindle Wakes의 내용인 즉, 백선白船은 침몰했는지라, 승선한 모든 이들이 술에 취했기 때문이요, 헨리 1세의 아들이 익사했다.

18) 아진아亞塵亞(Ashias): ashes + Asia.

19) 홍 쳇 쳇 발연發煙 발발勃發 발력拔力(fierce force fuming): 〈리어 왕〉 III. 4. 187의 패러디: 흐, 홍 쳇(fie, foh, & fum).

20) 탄탄炭炭(temtem): Tem: Heliopolis(Phoenix)의 원시의 진흙 무더기에다 침을 뱉거나, 수음手淫함으로써 세계에 인류를 퍼트린 이집트의 창조의 신. 중세의 이집트 사람들은 통상적으로 모음들을 나타내지 않는지라, 그리하여 그 신의 이름에 관하여 확신하는 모든 것이란 그것의 자음들은 t 및 m이였다는 것이다. Atem, Atoun, Tem, Temu가 모두 학자들에 의해 사용되었다. 이러한 모형으로, t—m이 모든 Tim Finnegan에 명명되었다. 이 신은 또한 〈경야〉 속에 모든 Tam—Tem —Tim—Tom —Tum으로 들어나거나 잠재해 있다.

(609)

1) 무소류無所類(no placelike): 노래 가사의 인유: 내 집이 제일(There's no place like home).

2) 무시류無時類(no timelike): 격언에서: 현재 같은 시간은 없도다(No time like the present).

3) 협잡소인백성挾雜小人百姓들(pettyvaughan): 노해의 패러디: Polly Vaughan.

4) 불가매음不可賣淫을 빈탐貧探하는 그토록 많은 있을 법하지 않는 것들(so many unprobables in their poor suit of the impressable): 여우 사냥에 관한 와일드의 구절의 인유: 불가식을 탐구하는 있을 법하지 않은 것들(The unspeakable in full pursuit of the uneatable)(전출).

5) 마타(Mata): 이브와 뱀의 자손인 칠두구七頭龜(7—headed tortoise).

6) 여화女花 로지나(Sheflower Rosina): 이탈리아 작곡가 G. A. Rossini(1792—1868) 작 〈세빌의 이발사〉(Barber of Serville)의 여주인공.

7) 아마리리스(Amaryllis)(belladonna): 목가 시들의 처녀 belladonna 및 핑크 꽃.

8) 살리실 또는 실리살(Sallysill or Sillysall): Christine Beauchamp의 잠재의식적 자아. 그녀는 자주 Sarah로 복사複寫하는지라, 왜냐하면 그녀의 웃음과 함께 Sarah는 새로운 개성이 되기 때문이다. Sally는willow로서, 그녀는 셰익스피어의 〈오셀로〉의 Desdemona의 이름이다.

9) 윈즈 호텔(Wynn's Hotel): 더블린 중심가의 호텔(현존).

10) 불벡, 올드부프…월홀(Bullbeck, Oldboof…Wallhall): Proust 작 〈잃어버린 시간을 찾아서〉(A' la Recherche du temps perdu)에 나오는 장소들.

11) 바이킹 북구의관北歐議館(the thingaviking): 더블린의 Viking 의회(thingmote).

12) 솟은 태양의 공분사자公憤使者(the messanger of the risen sun): 셰익스피어의 〈폭풍〉(Tempest)에서 Prospero의 사자인 Ariel일 수도. Oriel은 물론 반사하는 만의 창문으로, 솟는 태양의 전달자.

13) 색채…부르짖음(a hue…a cry): 추적의 고함 소리(도둑이야!).

14) 방금 주主님의 집에서 굴러 나오는 저 연기煙氣는 무엇인고?(Quodestnunc…Domoyno?): (1)(L) what now is that smoke rolling out of the Lord?(왕의 명령에 도전하여 피우는, 성 패트릭의 유월절의 불로부터 나는 연기) (2)〈율리시스〉 제9장말에서 및 〈초상〉 제5장에서 스티븐이 바라보는 Kildare 가의 연기(평화의 상징)(U 179)(〈심벨린〉(Cymbeline)(V. v. 435).

15) 케틀의 고구두古丘頭(Old Head of Kettle): Old Head of Kinsale: Cork 군의 돌출 갑.

16) 오딘 신神은…뇌신철저雷神徹底하게(odda…thorly): Odin+Edda. Thor(토르: 북구 신화의 천둥 신).

17) 진행운보자進行雲步者들(they wolk in process): Work in Progress(진행 중의 작품): 조이스의 작업 중 〈경야〉의 명칭.

18) 국화상륙자菊花上陸者(Chrystandthemlander): Christian(성 패트릭)+chrysanthemum(국화: 일본 왕실 화花).

19) 자동고사포自動高射砲(pompommy): Pom—pom: 기관총 소리.

20) 카브라마차전야馬車戰野(cabratt러field: Cabra: 더블린의 지역 명 + Cab + battlefield.

21) 드루이드 교인敎人…산재군散在群(druidful scatterings): 패트릭은 Tara에서 드루이드 교도들에 도전하여, Slane에 유월절의 불을 피웠다.

(610)

1) 버킬리: 그리고 그는 전창경마적全娼競馬的…접신염오적接神厭惡的이도다(Bulkily: and theosophagusted…the whorse proceeding): (1)버클리는 사물의 존재를 부정 한다 (2)theosophy(접신론: 두르이드 교도들과 R. Russell의 추종자들의 신비적 학문(〈율리시스〉, 제9장 참조).

2) 잔혹미발자殘酷美髮者!(horid haraflare!): Harald Fair Hair: 노르웨이의 최초 왕.

3) 핑 핑(포수捕手)! 왕폐하王陛下!(Fing Fing! King King!): Finn—King—HCE.

4) 그의 권능이 레도스(드루이드) 백성들을 지배하도다!(Fulgitudo…teneat!): Savory 가문의 모토: 그의 힘이 로데스를 장악했도다(His Strength Has Held Rhodes). Cecil Rhodes(1853—1902): 영국의 대령 및 제국 정치가.

5) 도처민到處民의 접종接從은 피닉스시市의 국리민복國利民福이나니(the ubideinta…ervics feniciras): (1)더블린의 모토: 시민의 복종은 시의 행복이라(Citizen's Obedience is City's Happiness) (2)(It) Fenicio: Phoenician Felix & Regula: 취리히의 수호 성자들 (3)(It) 피닉스.

6) 적규赤規 입술(rugular lips): Rugular: 혼족의 왕.

7) 리어리 추파秋波(leary): High King Laoghaire(즉 Leary는 성 패트릭이 그의 드루이드교도들을 패배한 후에 기독교도가 되었다).

8) 지참전액도박持參全額賭博!(Bitchorbotchum!): 속담의 변형: 밑바닥 달러까지 내기하라(bet your bottom dollar).

9) 버케리(burke러y): 버클리는 소련 장군을 사살했다(〈경야〉 II부 3장 참조).

10) 유라시아의 장군將軍(Eurasian Generalissimo): 구아歐亞 장군: 여기서는 성 패트릭을 암시함.

11) 무승산마無勝算馬에 10대 1!(Tempt to wom Outsider!): 여기서는 성 패트릭(outsider—외국인)에 대한 언급. 〈율리시스〉 제15장, 밤의 환각에서 추적의 고함 소리, 군중들의 경마 도박 장면 참조: 경마 권이요. 경마 권! 출전 말에 1대 10!(Card of the races. Racing Card! / Ten to one the field)(U 467).

12) 건乾!(Sec!): Sucat: 양친에 의해 주어진 성 패트릭의 이름.

13) 타르수水 타르전戰!(Wartar wartar!): 버클리는 타르수(tar water)를 만병통치약으로 간주했다.

14) 피아벨(종전宗戰)과 플루라벨?(Piabelle et Purabelle?): Pia e pura bella!: 비코의 영웅시대의 종교 전쟁.

15) 주관館酒에서, 수하녀誰何女 및 가歌(Winne, Woermann og Sengs): J. H. Voss: 술, 여인과 노래(wine, wome & song).

16) 토론공원討論公園(Park Mooting): Moor Park, 거기서 스위프트는 애인 스텔라를 만났다.

17) 최후 경마競馬(Peredos Last): (1)〈실낙원〉(Paradise Lost)의 패러디 (2)Peredos (Gr) 신들의 자리. 경마.

18) 테레불안不安비전 승자勝者(Velivision victor): 시저의 모토: veni, vedi, vici(나는 왔노라, 나는 보았노라, 나는 정복했노라)의 변형.

19) 위저(Widger): J. W. Widger: Waterford의 경마협회 가족 중 가장 유명한, 아마추어 기수(여성): 여기서 아나 리비아의 암시.

(611)

1) 여기 상세보詳細報 있도다(here are the details): Athlone 라디오의 표현.

2) 칠색七色(heptachromatic): (Gr) 7색(고대 아일랜드의 왕 Ollave(주 시인)은 7색의를 입었었다).

3) 콧노래 후가음喉歌音을 홍홍거리며(throat hum with): 패트릭의 인후는, 그와 함께 단식하는 수도승들에 의해 또한 노래되는, 찬가로 홍홍거렸다.

4) 단독 자유자재의 연설이 아니고(noh man liberty): 일본의 Noh 곡(극)은 예이츠 시詩에 영향을 끼쳤다.

5) 범현시적汎顯示的(panepiphanal): 〈영웅 스티븐〉(Stephen Hero)에 epiphany에 관한 정의가 수록되다(SH 218) (2)〈율리시스〉 제3장 스티븐의 독백 참조(U 34)(전출). 여기 버클리가 토로하는 범 현시적 세계는 〈율리시스〉의 〈키클롭스〉 장에서 블룸이 되뇌는 현상 세계(phenomenal world) 바로 그것이다: —그건 과학으로 설명할 수 있어요, 블룸이 말한다. 그건 단지 자연 현상에 불과하지, 알겠소, 왜냐하면 그 원인은… 그러고 나서 그는 현상과 과학 및 이런 현상, 저런 현상에 관해 발음하기 힘든 어구로 이야기하기 시작 한다(U 250).

6) 가구家具(furniture): 버클리는 물질적 대상물의 총체에 대해 언급하기 위해 대지의 가구(furniture of earth)란 말을 사용했다.

7) 탄흡呑吸 불가능하듯 드러나는 것이니(Unable to absorbere): 물체의 색채는 그것이 반사만 하고 흡수하지 않는 스펙트럼의 부분이다.

8) 제칠도第七度 지혜知慧(seventh degree of wisdom): 고대 아일랜드에 있어서 올리브 시인들에게 부과된 12년 프로그램.

9) 황하강성黃河江聲 거칠게 가창歌唱으로(hunghoranghoangoly tsinglontseng): 중국의 황하黃河는 제남강濟南江(Tsing)의 하상河床을 침식浸蝕하면서, 그의 코스를 변경했다.

10) 가창歌唱으로 중얼중얼렌토악장樂章느린어조語調로부터 다용장무미어반복多冗長無味語反復하면서(from murmurlentous till stridulocelerious): 패트릭의 창가는 조용한 목소리로부터 고성으로 나아간다.

11) 지고상왕至高上王 리어리 폐하(High Thats Hight Ulberking Leary): Laoghaire: 패트릭 당시의 아일랜드 고왕.

12) 에식스작위육색爵位六色의(essixcoloured): (1)스펙트럼에 비친 7색—청색=6색 (2)아일랜드의 두 총독들

은 Essex의 백작들이었다.

(612)

1) 색과色過의 작렬하게 흠뻑 젖은 일품(hueglut intensely saturated): 색의 변조: 색채(hue), 강도(intensity) 및 삼투(saturation).

2) 계피엽桂皮葉(sennacassia): 계피(Cassia)종의 의학상 센나(Senna) 잎(완화제).

3) 수묘誰猫?(Sukkot?): (1)성 패트릭의 양친이 그에게 준 이름 (2)(G) Kot: 오물.

4) 명암대조법明暗對照法 흑백 쓰레기 폐물론자廢物論者(shiroskuro blackwhite—paddyinger): (그림 명암의 배분법(chiaroscuro(본래 흑백의 그림 스타일).

5) 이로(Iro): (일어) 색.

6) 현화자賢話者의…녹진성綠眞性과 성자聖者(sager…saint): 조이스의 논문 제목 및 속담의 패러디: 아일랜드, 성자와 현자의 섬(Ireland, Isle of Saints and Sages).

7) 삼엽三葉클로바(shammyrag): 패트릭에 의하여 3위1체를 설명하기 위해 사용된 것으로 알려진 3잎 클로버.

8) 사삼이四三二(four three two): 기원 432년에 패트릭은 아일랜드에 상륙했다.

9) 무지개경신鯨神(Balenoarch): (It) arcobaleno: 〈창세기〉 9: 13—16.

10) 잡초도광야계雜草道曠野界의…그의 투후광전번제投後光全燔祭의 태양이로다. 인상人上(온멘)(the sound sense sympol…halo cast. Onmen): 축도의 패러디: 성부, 성자, 성령의 이름으로, 아멘(In the name of the Father and of the Son and of the Holy Ghost, Amen).

11) 예분각하藝糞閣下(High Ards): (1)The Ards: Down 군郡의 대장원大莊園(baronics)(군의 소구분) (2) arse (3)(I) ard: High.

(613)

1) 파이아일램프(화등火燈) 선신善神 만전萬全!(Good safe…!): 하느님 아일랜드를 도우소서(God Save Ireland): 이 구절은 다음 글귀의 패러디이다: [터벅, 터벅, 터벅]: 하느님 애란을 도우소서, 영웅들이 말했다. 하느님 아일랜드를 구하소서, 그들 모두가 말했다. 높은 단두대위에서든, 우리가 죽는 전장에서든(God save Ireland, said the heroes. God save Ireland, said they all. Whether on the scaffold high, or the battlefield we die. (패트릭은 Laoghaire의 드루이드에 의해 지워진 태양을 재현하게 했는지라, 방관자들은 패트릭의 하느님을 영광되게 했도다).

2) 여혹자汝或子 승정절도僧正切刀, 충充홍홍 하자何者에게(Per ye comdoom…Filium): 우리들의 친애하는 주 예수 그리스도 당신의 아들을 통하여.

3) 타라타르수水?(Taawhaar?): (1)타르 수(tar water)는 버클리의 만병통치약 (2)Tara: 아일랜드의 옛 수도.

4) 성송자聖送者 및 현잠자賢潛者(Sants and sogs): saints & sages)(성자와 현자)의 암시.

5) 캐비지두頭 및 옥수수두頭, 임금(cabs…kings): 캐럴(Lewis Carroll) 작 〈거울을 통하여〉(Through the Looking Glass)의 해마(Walrus)와 목수(Carpenter)의 암시. 캐비지와 왕들의 대위법적 관계.

6) 이제 암야暗夜는 원과遠過 사라지도다('Tis gone infarover): 무어 노래의 패러디: 갔도다. 그리고 영원히: 빛이 깨어짐을 우리는 보았도다('Tis Gone, & Forever, the Light We Saw Breaking)

7) 감실초막절龕室草幕節(Feist of Taborneccles): (조상의 황야 방랑을 기념하는)유태인의 초막절.

8) 광사현상光射現象(scheining): (1)(G) Erscheinung: 출현, 현상(phenomenon) (2)빛임(shining).

4부

9) 신진실神眞實!(Gudstruce)!): God's truth!(절대 진리!). (Da) Guds: God's.

10) 과재현재過在現在!(Fuitfiat!): (1)(L) 과거의 것은, 그대로 둘 지라! (2)조이스에 의하면: 〈경야〉의 제 IV부에는 사실상 3부작이 있는지라—비록 중간 창문은 햇빛이 거의 비치지 않을지라도. 이를테면. (1)새벽에 점차적으로 비치는 마을 성당의 창문들. (2)한쪽에 성 패트릭과 Archdruid의 만남 및 성 케빈의 점진적 고립의 전설을 나타내는 창문들. (3)노르웨이의 매장 된, 더블린의 수호성자, 성 Lawrence O'Toole의 창문들(그의 심장은 더블린의 Christ Church Cathedral의 성 Laud 사원에 매장되었다. 그는 한 때 그랜달로우의 승려로서, 더블린의 주교요 수호성자, 그리고 그는 1171년 영국을 위한 도시를 안전 시키기 위해 Henry 2세를 환영했다).

11) 리트리버 사냥개 랄프가 수놈 멋쟁이 관절과 암놈 여신女神 허벅지를 악골운전顎骨運轉하기 위해 헤매나니(Ralph the Retriever ranges…knuckles and her theas thighs).: 〈율리시스〉, 〈레스트리고니언〉 장면의 구절 패러디: 한 탐욕스러운 테리어 개가 자갈 위에 파삭하게 씹힌 관절을 내뱉으며, 새로운 열성으로 그걸 핥았다: (a ravenous terrier chocked up a sick knuckly cud on the cobblestones and lapped it with new zeal).

12) 자스미니아 아루나(Jasmina Aruna): 미상.

13) 홑암꽃술이(모노기네스)(Monogynes): Linnaeus(스웨덴의 식물학자 및 분류학자)의 분류법에 의하면 Monogynis(홑암꽃술)은 1개의 암술을, Diandria(수술꽃)는 2개의 수술을 지녔다. 이 구절(613. 17—36)에 사용된 많은 단어들은 식물들의 성적 조직에 둔 Linnaeus의 작품에서 파생한 것이다.

(614)

1) 농노農奴든, 무크쥐 또는 그라이프포도葡萄(Mopsus or Gracchus): 〈경야〉 주제의 대위법적 예들 중 하나 (1)Mookse와 Gripes (2)Gracchi: 로마의 정치가들과 Mopsus(아르고선船(Argo)〔희랍 신화의 Jason이 금양모金羊毛를 찾으려 타고 떠난 배〕의 일행들(Argonaut)의 점쟁이, 또는 Appolo의 아들.

2) 헤로도터스(horodities): (1)heredities(유전자) (2)Herodotus: 희랍의 역사가.

3) 둥둥몽고夢鼓(단드럼)(Doone of the Drumes): 더블린의 한 지역인 Dundrum.

4) 견목석여인숙堅木石旅人宿(Prmepierre Lodge): elm+stone.

5) 여인하원세녀汝人何願洗女들(Annone Wishwashwhose): Annona(로마의 곡물 여신)+washerwomen(〈경야〉 제8장).

6) 탄기조일국歎氣朝日國(mournenslaund): (1)(G) Morgenland(아침의 나라) 동양 (2)Mourne 산山: Down 주 소재.

7) 칼라와 커프스(Caffirs and Culls): Collars & Cuffs: Clarence 백작의 별명.

8) 재차 오버올(onceagain overalls): 작업복.

9) 증기재분세탁소蒸氣製粉洗濯所(mannormillor clipperclappers): 더블린 소재의 manor mill 증기 세탁소.

10) 펜우리들, 핀우리들, 우리들 맹서盟誓자신!(Fennsense, finnsonse, sworn!): (1)Sinn Fe'in, Sinn Fe'in Amhain: Ourselve, Ourselve Alone(신 페인당의 슬로건).

11) 그 따위 운동 단 바지 따위 벗어 버릴지라(Tuck upp those wide shorts): 무어 및 Burgess 음유 시인들의 선전 문구의 익살: 저 흰 모자를 벗어요!(Take off that white hat!).

12) 만일 그대가 더럽히면, 자네, 나의 값을 뺏을지라(If you soil may, puett me prives): 파넬의 문구의 패러디: 팔면, 제값을 받을지라(When you sell, get my price).

13) 방황신인彷徨新人은 감격착상感激着想의 합병合倂까지 변진군邊進軍(newmanmaun set a marge to the merge of unnotions): 파넬의 1885년, Cork에서의 연설의 변형: 아무도 민족의 행진을 위한 경계선을 고정할 권리는 없도다(No man has a right to fix the boundary of the march of a nation).

14) 개시開始 재삼 승경勝競하도다(Innition wons agame): 노래 가사의 인유: 국민은 다시 한 번(A Nation

Once Again).

15) 평명원계획平明原計劃된 리피 강(江)주의主義(plainplanned Liffeyism): 리피 강의 평원(plain).

16) 에부라니아(Eblania): 더블린의 옛 이름.

17) 암울한 암暗델타의 데 바(더블린)(dim delty Deva): 속어의 패러디: 다정하고 불결한 더블린(Dear Dirty Dublin)(〈율리시스〉 제7장의 제자 참조).

18) 한—당나귀(John—a—Donk): 꿈 많은 녀석에 대한 속명.

19) 소학교 소년 추문생醜聞生들(schoolboy scandaller) Sheridan의 극 제목의 패러디 〈스캔들 학교〉(School for Scandal).

20) 마마—루요(Mamma Lujah): 마태, 마가, 누가, 요한의 총화.

(615)

1) 플리니우스 및 작가 코룸세라스(Plooney and Columcellas): (1)Pliny: 〈자연의 역사〉(Naturalia Historia)의 저자 (2)Luctius Columella: 그는 기원 1세기에 살았으며, De re rustican 속에 농업에 관해 글을 썼다.

2) 노자老者 피니우스(Finnius the old One): Finn MacCool: 아일랜드의 전설의 거인: 그의 양친은 Cumhal, Morna. 그의 아내들은 Saar 및 Grania. 그의 아들은 Ossian. 그의 손자는 오스카.

3) 계란에 갈겨 쓴 계필鷄筆(scribings scrawled on eggs): 부활절 계란 껍데기 표면에 그린 그림.

4) 쓰레기 쥐놈들(Mucksrates): 쓰레기쥐. Magrath: 아나가 특히 혐오하는 캐드, 그의 아내는 Lily Kinsella, 그의 하인은 Sully the Thug.

5) 사몬 나리(Master Sarmon): (1)Finn이 먹은, 지식의 연어 (2)여기서는 HCE.

6) 두 손잡이 전무기戰武器(twohangled warpon): Amory Tristram이 사용한 것으로 상상되는 두 손잡이 칼이 호우드 성에 소장되어 있다(전출).

7) 윌리엄스타운과 마리온 애일즈베리(Williamstown and the Mairrion Ailesbury): (1)더블린의 Williamstown의 북부인 Merrion & Ailesbury 교차로 (2)Merrion 한길의 전차로의 암시 (3) William 3세와 Mary 여왕.

8) 우리들이 경락輕樂하게 굴러갔을 때(as merrily we rolled along): 노래 가사의 변형: 우리들은 경락하게 굴러가도다(Merrily we roll along).

9) 우리들이 마치 구름 속에 지나가듯(as if to pass away in a cloud): 〈욥기〉 30:15: 나의 부는 구름처럼 지나가도다(my welfare passeth as a cloud).

10) 금발남金髮男(goldylocks): 팬터마임: 〈금발 머리와 세 곰들〉(Goldilocks and the Three Bears).

11) 강광속强光束(beanstark): 팬터마임의 변형: 〈잭과 콩 줄기〉(Jack and the Beanstalk).

12) 실낙失樂한(paladays last): 밀턴의 〈실낙원〉(Paradise Lost)의 인유.

13) 비틀대는 찰라(on the brinks of the wobblish): 노래 가사의 인유: Wabash 가의 둑에서(On the Bank of the Wabash). 팬터마임: 〈잠자는 미녀〉(The Sleeping Beauty): 여걸은 물레에 손가락을 꽂은 채 잠든다.

14) 내게 몽국夢國에 열쇠를 준(gave me the keys to dreamland): 노래 가사의 인유: 나는 그대에게 천국의 열쇠를 줄지니(I Will Give You the Keys to Heaven).

15) 마가린(margarseen): Daniel McGrath: (1)조이스 시절, 더블린의 Charlotte 가 4—5번지의 주류 잡화상 (2)마가린 (3)Magazine Wall.

16) 제십계율第十戒律(tenth commendmant): 그대는 그대 이웃의 재산을 탐하지 말지라(Thou shalt not covet thy neighbor's goods).

17) 이웃촌놈의 간계奸計…폭로하지 말지니(shall not bare…a nighboor's wiles): 제구계율: 그대는 이웃 아내를 탐하지 말지니(Thou shalt not covet thy neighbor's wife).

18) 그로 하여금 저들의 과오를 망각하게 하옵소서(So may the low forget him their trespasses): 주여 그의 과오를 용서하소서(Lord forgive his trespasses)의 변형.

(616)

1) 몰로이드 오레일리(Molloyd O'Reilly): (1)Milord: 각하, 나리(my lord) (2)Persse O'Reilly: 민요의 주인공 (3)여기서는 HCE.

2) 포옹침상抱擁寢床의 광둔狂臀(hugglebeddy fann): 마크 트웨인(트웨인)의 작품 인유: Huckleberry Finn.

3) 올드미스 이야기(our oldhame story): 조이스의 재정적 후원자였던 올드미스 H. S. 위버(Weaver)는 Manchester의 외곽인 Oldham 출신.

4) 소매치기 피터(Peeter the Picker): Peter the Painter: 무정부주의자로, Sidney 가街의 포위에 가담했다 (2)Peter the Packer: Peter O'Brien 경: 19세기 판사.

5) 달키의 세 성찬반盛饌盤(the three Sulvans of Dulkey): Dalkey(더블린 근교)의 왕의 연례 대관식(스트립쇼 의식).

6) 모나치나(Monacheena): (It) monachina: 꼬마 수녀. Monaghan 군郡. (3)Monach: 3세기 아일랜드의 추장으로, 그의 이름을 따서 Fearmanagh 군이 됨.

7) 락소변금지樂小便禁止 위원회(the committee of amusance!): 벽에 붙은 광고: 소변 금지!(Commit No Nuisance!)(U 370).

8) 계란 컵의 사이즈를 아는 것에 관하여(his knowing the size of an eggcup): 닭이 먼저인지 계란이 먼저인지의 수수께끼에 관한 HCE의 지혜.

9) 책임기피매인責任忌避賣人이었는지라 그러자 쿠룬이 그를 터무니없이 해고解雇 시켰도다(skulksman…Cloon's fired…guff): HCE는 마치 〈율리시스〉의 블룸처럼 외판원이요, 후자 역시 Joe Cuffe에 의해 입을 삐죽거렸다는 이유로 회고 당함(U 337 참조). Cloon: (1)(AngI) 여기서는 농부 고용주이나, 본래 비옥한 땅 조각 (2)Cloon: Wicklow 군, Glencree 근처의 도토都土 이름.

10) 운노동자雲勞動者 감정보상법안感情報償法案(Wolkmans Cumsensation): 1906년의 노동자 보상법안(Workman's Compensation Act).

11) 임금님의 악연주창惡連珠瘡의 완화(mitigation of the king's evils): 이전에 섭정(regent)의 만짐으로 치료될 수 있다고 상상하던 일종의 연주창連珠瘡(scrofula).

12) 미상인未詳人(manunknown): Mananaan MacLir: 아일랜드 신화의 해신.

13) 성상聖霜, 빙氷담쟁이덩굴 및 겨우살이(植)에 관통불가貫通不可할지라(Unperceable to haily, icy and missilethroes): 북구 신인 Balder는 겨우살이 가시에 찔려 사망했다.

14) 럭비걸인乞人의 무림茂林(Rugger's Rush): Beggar's Bush: 아일랜드 럭비 연합의 본산인 Landsdowne(더블린 근교) 한길 럭비 스타디움의 자리(오늘날 더블린 전철 Dart가 그 곁을 통과한다).

15) 성聖 로렌스(Saint Laurans): 성 Laurence OToole: 더블린의 수호 성다.

(617)

1) 일천일타一千一他(one thousand and other): 〈아라비안나이트: 1천 1야〉(Arabian Nights: 1001 Nights).

2) 핀토나(Fintona): Tyrone 군의 마을.

3) 대니스(Danis): 성 Denis ? : 프랑스의 수호성자.

4) 진유전眞鍮錢이 가득한 호주머니(a pocket full of brass): 속담: 부의 상징.

5) 위치 장소를 잊을 것 같지 않는 사람들을 기억하는 것이 있을 법하지 않나니(in improbable to forget position places): MacCawley(천인)과 Magrath(전통파적 야만인)의 혼동.

6) 푼 맥크라울(Foon MacCrawl): (1)필경 대소우주로서의 Finn MacCool (2)McGrath(뱀의 의인화. Magrath).

7) 돈육순교원豚肉殉教園의 신비남神秘男(the pork martyrs): 무적단(the Invincible)의 피닉스 공원 살인 사건(188.2).

8) 티모시와 로칸(Tomothy and Lorcan): (1)Tomothy: 성 Thomas a Becket: 캔터베리 사원에서 암살된 영국의 성인 및 순교자 (2)Laurence O'Toole: Irish Lorcan: Irish Laurence라 불림, 더블린의 수호성자.

9) 도구자道具者들(Toolers): 성 Laurence O'Toole에 대한 말장난(punning).

10) 카락타커스(수령)(성격)(characticuls): (1)characters (2)Caractacus: 로마 침공에 저항했던 영국의 추장.

11) 캐논 볼즈(대포알)(Conan Boyles): (1)cannon balls(대포알) (2)Conon Doyle: 영국의 추리 소설가.

12) 음악을, 나의 거장巨匠, 제발 좀!(Music, me ouldstrow, please!): 노래의 패러디: 음악을, 거장, 제발(Music, Maestro, please).

13) 나이 먹은 핀가남歌男!(Fing him aging!): 피네간.

14) 분노憤怒 대살모代殺母(fury gutmurdherers): (팬터마임) 〈신델레라〉(Cinderella)에서 요정 대모代母(Fairy Godmother).

15) 완강한 사내 같으니(Gilly in the gap): (1)Gaping Ghyl: 잉글랜드 북부 주인 Yorkshire의 수직수갱垂直竪坑(vertical shaft) (2)(Angl) man in the gap: 완강한 방어다.

16) 올숍의 청염양주靑髥釀酒(Allso brewbeer): (1)Alsop's Ale: 더블린 산 주류 + Bluebeard(푸른 수염).

17) 맨첨 하우스 마경원馬警園(Manchem House Horsegardens): (1)Mansion House: 더블린의 시장 관저 (2)Horse Gurds: (영국) 근위 기병대.

18) 보스턴 트랜스크립 지紙…모닝 포스트지紙(Boston transcripped…Morning post): Boston Transcript(보스턴의 한 기관지). Morning Post(런던의 한 일간지).

19) 28부터 12까지(from twentyeight to twelve): 12시 28분 전, 즉 11시 32분.

20) 애적愛積스러운 교구목사(pour forther moracles): poor Father Mivhael(ALP의 한 때 연인).

21) 마야일摩耶日의 최충절인最忠節人(Mayasdaysed most duteoused): (산스크리트어) ma'ya': illusion. May Day. most dutiful(최고 충성인).

22) 나는 저 따위 바보 벙어리 당나귀 곁에 있기를 원하나니(I wisht I was be that dumb tyke): 무어의 노래 패러디: 나는 저 침침한 호숫가에 있고파(I Wish I was by That Dim Lake)

23) 세상에서 가장 달콤한 노래!(The sweetest song in the world): 노래의 인유: 온 세상에서 제일 달콤한 노래(The Sweetest Song in All the World).

24) 기혼여성의 부적절재산법령不適切財産法令(the Married Woman's Improperty Act): 1883년에 제작된 〈기혼 여성 재산법령〉(Married Women's Property Act).

25) 스위스감甘의 추황갈색秋黃褐色(Swees Aubumn): O. 골드스미스의 〈삭막한 마을〉(The Deserted Village)의 시구 패러디: 달콤한 암갈색(Sweet Auburn).

(618)

1) 오, 행복한 냉원죄冷原罪여!(O, felicious coolpose!): O felix culpa!)(〈경야〉 주제들 중 하나).

2) 맥크라울 형제(MacCrawls): Magrath, Cad, Snake, HCE의 적, ALP의 특별한 혐오 자.

3) 처녀들(virgils): (1)Virgins (2)Vigil의 서사시 Aeneid는 나는 무기와 인간을 노래하도다(I sing of arms and the man)으로 열린다.

4) 암즈웍스 주식회사(Armsworks, Limited): Viscount Harmsworth: Alfred Northecliffe, 채프리조드 태생의, 아일랜드 신문계의 거물(실력자).

5) 길선물吉贈物(handsel): (1)Hansel & Gretel: 팬터마임 (2)hadsel: 신년 선물, 기업 선물.

6) 마이크우남牛男(Micklemans): Mick + milkman.

7) 릴리 킨셀라(Lily Kinsella): Lilith: 아담의 첫 아내.

8) 바로 오늘밤을 위한 주공주主公主!(Just a prinche for tonight!): 바로 오늘 밤을 위한 왕자(just a prince for tonight)(팬터마임).

9) 등(背)과 심줄(back and streaky): 베이컨.

10) 불리즈 매구埋區(Bully's Acre): Kilmainham에 있는 더블린의 가장 오래된 묘지.

11) 부트 골목(Boot lane): Boot Lane: 옛 더블린 골목.

12) 스위프스 병원(Sweeos hospital): (1)스위프트에 의해 건립된 더블린의 성 패트릭 병원 (2)아일랜드의 Sweepstakes 병원.

13) 4. 32 또는 8과 22. 5(4. 32 or at 8 and 22. 5): (1)기원 432년에 성 패트릭은 아일랜드에 상륙했다 (2)5시—28분=4시 32분.

14) 마리 부활녀復活女들(Marie Reparatrices): (1)(L) Maria Reparatrix: Mary the Restoress (2)성 패트릭의 연옥: 연옥의 진짜 입구로 상상되는 Derg 호반의 섬에 있는 땅굴.

15) 릴리(그런데 귀부인!)Lily…(and a lady!): 노래 가사의 인유: Lily is a Lady.

16) 낮게 끌어당기면서(pulling a low): 노래 가사의 패러디: Lillibutlero, bullen law.

17) 쿠바 활창자滑唱者(cubarola glide): 노래 가사의 변형: The Cubanola Glide.

18) 원터론드 가도(Wanterlond Road): 더블린의 Waterloo 가도.

19) 힐러리 알렌(Hillary Allen): Allen의 언덕: Finn의 본부.

20) 양키살인殺人 날(Yankskilling Day): 추수감사절(Thanksgiving Day).

21) 기독제화자수호성자基督製靴者守護聖者(crispianity): (1)Christianity (2)성 Crispin & 성 Crispinian: 구두장이들의 수호 성자들.

22) 예의 바른 대화(polite conversation): 스위프트 작 〈예의 바른 대화〉(Polite Conversation).

(619)

1) 핀래터요(Finnlatter): Alex Findlater: Findlater 식료품 주식회사의 설립자요, 더블린 Abbey 장로 성당의 Adam Findlater 건립자, 그는 또한 에드워드 조의 더블린 정치가로, Griffith의 평가제(농지의 정부 비율 평가로 감하는 소작료)의 개혁에 참가했다.

2) 라스가 벽촌인僻村人(the Rathgarries): Rathgar: 더블린의 구역 명.

3) 땅딸보 등 혹의(hampty damp): 자장가의 익살: Humpty Dumpty.

4) 비돈肥豚 및 분견糞犬!(pigs and scuts!): Picts(옛 스코틀랜드의 북동부에 살던 민족) 및 Scots(스코틀랜드 본토인). 여기서 두 세계의 대표들.

5) 두 세계(two worlds): Samuel Roth는 그의 〈월간 두 세계〉(Two World Monthly) 지에 조이스의 〈율리시스〉를 도재盜揭했다.

6) 잡목산雜木山의 배구背丘(the himp of holth): 호우드 언덕(Hill of Howth).

7) 차처각자此處覺者(herewaker): 이어위커.

8) 병사兵士 롤로(Soldier Rollo): Rolf(Rollo) Gangerl: 노르망디의 최초 공작.

9) 리츠관부館富와 함께 국왕실에서 성장착盛裝着하는지라(rigs…regal rooms…ritzies): (1)(속담) 부자 대 누더기(rags to riches). 신데렐라의 암시 (2)Ritz: 보통 호텔의 통칭.

10) 갑판인간적甲板人間的 호박琥珀(deckhuman amber): Document No. 2: De Valera가 조약에 대해 제안한 대안.

11) 그 속 저들의 아가들(babies in): 팬터마임의 패러디: 〈숲 속 아가들〉(Babes in the Wood).

12) 울새들이 그토록 패거리로(robins in crews so): 팬터마임의 패러디: 〈로빈슨 크루소〉(Robinson Crusoe).

13) 피들 주자奏者를 위한 삼정시과三定時課(편), 조락자造樂者(맥)를 위한 육정시과六定時課, 어떤 콜을 위한 구정구시과九定時課(Terce for a fiddler, sixt for makemerriers, none for a Cole): (1)Tierce, Sext, None(가톨릭교의 성무 일과)(〈율리시스〉 제10장 초두에서 Conmee 신부는 더블린 거리를 거닐며 이를 집행한다(U 184) (2)a Cole: 자장가의 인물(때때로 Finn MacCool과 함께): 노 Cole 왕은 즐거운 늙은이, 늙은이는 그이. 그는 파이프, 사발 그리고 3피리를 가지려 심부름 보냈나니(Old King Cole was a merry soul & a merry old soul was he. He ent for his pipe…bowl…fiddlers three).

14) 황금녀黃金女(goolden): 나는 한 때 아름다운 매이 고울딩이었지(I was once the beautiful May Goulding)(U 473). 스티븐의 어머니의 처녀 명이기도.

15) 건장한 건혈귀健血鬼15)가 당신을 이따금(Stout Siokes…offly): (1)Whitley Stokes: 켈트의 권위자 (2)Offaly 주.

16) 야우 하품(Yawhawaw): YHWH, YHVH: 넉자로 된 말(tetragrammaton)의 익살.

(620)

1) 꽃 봉우리!(Budd): (1)(웰즈어)budd: 득, 이익 (2)역철逆綴: Dub(blin).

2) 벅클이 탄일복誕日服을 입으면(in the buckly suit): (1)Buckerly shot the Russian General (2) birthday suit(생일 복).

3) 당신은 샤론 장미에 가까울 지니(Rosensharonals near did for you): 〈솔로몬의 아가〉 2:1: 나는 샤론의 장미요, 골자기의 백합이라(I am rose of Sharon, and the lily of the valleys).

4) 빈부실貧不實 애란(pooraroon Eireen): (1)노래 가사의 패러디: Eileen Aroon (2)빈賓 애란 (3)Irene: 입센의 〈사자가 깨어날 때〉(When We Dead Awaken)의 여주인공.

5) 자만갑自慢匣 엘비언(Proudpurse Alby): (1)배반적 영국(perfidious Albion (2)부富 영국.

6) 경촌의驚村醫wonderdecker): (1)Van der Decken: 〈유령선〉(Flying Dutchman)의 선장 (2)(Du) wonderdokey: quack(돌팔이 의사).

7) 혹或발트국인國人 수부水夫(somebalt sailder): Sindbad: 〈아라비안나이트〉에 나오는 수부.

8) 호협탐남好俠探男(megallant): Magellan(1480—1521): 최초의 지구 탐험자.

9) 그는 백작이었던고, 루칸의(anearl was he, at Lucan): Lucan(더블린 근교)의 백작: Parick Sarsfield: 기러기(헛된 놈)(wild goose).

10) 철란鐵蘭의 공작公爵(Iren duke): Iron Duke: 웰링턴의 별칭.

11) 일항日港(Rathgreany): (I) Ra'th Gre'line: 태양의 항구(Fort of the Sun).

4부

12) 발꿈치 통과 치유여행治癒旅行. 골리버(담즙간膽汁肝)와 겔로버(Heel trouble and heal travel. Galliver and Gellover): High Heels and Low Heels: 스위프트의 〈걸리버 여행기〉의 소인국의 정당들(Lilliputian political parties).

13) 나는 눈 깜짝할 사이에 유사자類似者를 보았나니(I seen the likes in the twinngling of an aye): 〈고린도전서〉 15:51—2)의 인유: 우리가 다 잠잘 것이 아니요, 하지만 홀연히 다 변화하리니. 한 순간에, 마지막 나팔의 순식간에.(We shall not all sleep, but we shall all be changed. In a moment, in the twinkling of an eye, at the last trump).

14) 괴짜의 퀴이크이나프 부인과 괴상한 오드페블 양孃(Queer Mrs Quickenough and odd Miss Doddpebb러): (1)〈디모데후서〉 4:1: 생자와 사자(the quick and the dead) (2)Quickenough: Mrs and MissDoddpebb러: 〈경야〉 제8장 〈여울목의 빨래하는 아낙들〉의 두 빨래하는 여인들, 그들은 산 나무와 죽은 돌로 바뀜.

15) 로운더대일(세탁洗濯골) 민씨온즈로부터(From the Laundersdale Minssions): Arthur Symons: 영국의 비평가, 〈문학의 상징주의 운동〉(The Symbolist Movement in Literature)의 저자로서, 조이스는 그의 주소를 여기 134 Lauderdale Mansions, Maida Vale, London으로 부여하는데, 이는 앞서 세탁음과 연관하기 위해서다. 위의 주소에서 예이츠는 조이스를 Symons에게 소개했다.

16) 펀치(Punch): 꼭두각시. Punch는 곱사등으로, 악마에 의해 유괴 당한다.

17) 퍼스 식사式辭(pearse orations): (1)Persse O'Reilly (2)패트릭 퍼스(Pearse): 1916년 부활절 봉기자, 1915년 O'Donovan Rossa의 무덤에서의 연설. 피니언 당원으로, 더블린의 한 다리(bridge)는 그의 이름으로 명명되다.

18) 거들먹거리는 멍청이 놈들(jakeen gapers): (Angl) 더블린 사람에 대한 시골 사람의 조롱조의 말.

19) 그(사내)는 그대를 위하는가 하면 그녀(계집)는 나를 위하는지라(He's for thee what she's for me): 노래 가사의 패러디: 둘을 위한 차 그리고 차를 위한 둘(Tea for Two & two for tea.

20) 하구河口(cove): Cobh: Cork 군 소재(발음 Cove).

21) 잠자는 의무(sleeping duties): 팬터마임의 인유 〈잠자는 미녀〉(The Sleeping Beauty).

(621)

1) 불순不純 계집은 계집(물오리)대로 내버려둘지라(Let besoms be bosuns): 속어의 변형: 지난날은 지난날로 내벼려 두라(let bygones by bygones).

2) 우리들의 여정旅程을…감상적으로 만들게 합시다(Let's our joornee saintomichael make it): (1)L. Sterne 작 〈감상적 여정〉(A Sentimental Journey)의 패러디 (2)St Michael.

3) 사오지死奧地의 책(the book of the depth): 〈사자의 책〉(Book of the Dead)의 인유.

4) 알라딘 램프(laddy's lampern): (1)Aladdin lamp(알라딘의 램프): 어떠한 소원도 들어준다는 마법의 램프 (2)램프를 가진 여인(lady with the lamp): Florence Nightingale.

5) 댄디 등(dannymans): Danny Mann: 보우시콜트 작 〈아리따운 아가씨〉(The Colleen Bawn)에 나오는 곱사등.

6) 대각성大角星(Arctur): (1)의인화된 거대한 고정 별 (2)아서 왕 (3)Sir Arthur Guinnes(and Sons): Liffey 강변의 Jame'ss Gate 곁의 거대한 더블린 양조회사(및 주인). 그들의 모토는: 기네스는 그대의 몸에 좋으나니(Guinness is Good for You)이다. 숀은 기네스 수출 맥주 통에 실려, 리피 강을 타고 흘러간다. 조이스는 Benjamin Lee Guinness를 더블린의 노아로, 그의 아내 엘리자베스를 아나와 연관시킨다. (4)S. A. G.: St Anthony Guide(경근한 기독교인들에 의하여 편지 지 위에 낙인 된 표제).

7) 핀 바라(Finvara): (1)Clare 군의 마을 (2)노래 가사의 패러디: 낡은 스카치 나사 사울: 킨 바라에서 멀지 않는 곳(The Ould Plain Shawl: Not far from old Kinvara).

8) 흑소산黑沼産(Blugpuddels): Black Pool: 더블린의 고어.

9) 롤리 폴리(roly polony): 폴란드 산産 소시지.

10) 우식반도牛食盤都(Oaxmealturn): Oxmantown: 북 더블린의 지역.

11) 놀리(nolly): Nol: Cromwell의 별명.

12) 놀월 시장(Market Norwall): (1)Cornwall(잉글랜드 남서부의 주)의 마크 왕 (3) (2)North Wall: 리피 강의 북안北岸.

13) 아이작센 제製(Isaacsens): (1)Isaac's 부자 상회 (2)Isaac 바트: 파넬의 선임자.

14) 선 하나가 기울었기(slooped its line): 더블린의 리피 강 철교(Loopline railway bridge), 바트 교橋 옆.

15) 나의 작은 손을 위해(for a miny tiny. Dola): 음표(notes): 래, 미, 화, 솔, 도, 라.

16) 낸시 핸드 벽혈壁穴(mineninecyhadsy): (1)Nancy Hand's: 피닉스 공원의 벽공壁穴(그를 통해 외부에서 뇌물을 전한다는)의 이름 (2)피닉스 공원 근처의 주점 명이기도(전출).

17) 조겐 자곤센의 토착어土着語로다(Jorgen Jargonsen): (1)Jorgen Jorgensen(1780년 생): 영국 해군에 입적한 덴마크인으로, 토착어(원주민어)의 어휘를 연구하고 책을 썼다. jargon: 허튼 소리.

18) 커다란(hugon): King Hugon: 프랑스의 요귀(hobgoblin).

19) 동정童貞의 한 젊은이(a youth in his florizel): (1)florimel: 처녀성(virginity)(Spencer의 말) (2) Florizal: 〈거울 이야기〉(The Winter Tale)에서, 그의 Perdita처럼 젊고, 무구인, 보헤미아 젊은 왕자. (3)22매 한 벌의 트럼프(Tarot Card) XIX의 백마 탄 소년.

20) 노육老肉의 무게(the weight of old fletch): S. Butler의 〈육체의 길〉(The Way of All Flesh)의 인유.

21) 관묘원棺墓園 곁의 성당에서, 성패선인聖牌善人(In the church by the hearseyard. Pax Goodmens): 르 파뉴의 〈성당 묘지 곁의 집〉(The House by the Churchyard): 그의 구절여우 선인(Fox Goodman).

22) 볼지니, 저기 그들은 그대를 떠나 날고 있는지라. 높이 더 높이! 그리고(Look, there are yours off, high on high! And): (1)〈누가복음〉 2: 14의 패러디: 지극히 높은 곳에 하느님께 영광이요, 땅에는 기쁨, 사람들에게 평화(Glory to God in the highest, and on earth peace to men on whom his favor rests)(1) 바그너의 〈반지〉(Ring)에서: 보탄의 까마귀들은 나르나니(Wotan's ravens fly off).

(622)

1) 쿠쿠구鳩…까악 까악 우짖고 있도다…맥쿨!(cooshes…cawing…Coole!): Coo(비둘기 울음), caw(까마귀 울음) 또는 키스의 속삭임(U 387). Finn MacCool.

2) 이탄인투표泥炭人投票(peaters poll): 베드로와 바울(Peter and Paul): 〈경야〉의 대위법적 관계, 선거는 승패의 대위법.

3) 킨셀라(Kinsella): Lily Kinsella(캐드의 부인), Anna의 철천지원수.

4) 맥가라스 오쿠라 오머크 맥퓨니(MacGarath O'Cullagh O'Muirk MacFewney): 캐드, 즉 MacGrath.

5) 핀 갈 여숙소旅宿所(Fjorn na Galla): Tim Hearly(그는 애국지사 파넬을 거역하여, 어린 스티븐 데덜러스(어린 조이스)의 시제詩題 : 〈힐리여, 너 마저!〉[Et Tu, Healy]를 제공한 셈이거니와), 그가 아일랜드 자유국의 총독이 되었을 때, 더블린 사람들은 피닉스 공원 경내의 그의 관저를 팀 아저씨의 오두막(Uncle Tim's Cabin)이라 불렀다.

6) 독수리 대관代官(Vuker Eagle): MacDougal: 4복음자들의 하나인 성 요한, 그의 의전적儀典的 짐승은 독수리.

7) 앙클 팀의 고모古帽(Uncle Tim's Caubeen): Uncle Tom's Cabin(H. B. Stowe 작)의 익살: Uncle Tom은 주인공.

8) 그건 페니솔제製(Penisole's): (It) peninsula(3 참조).

9) 두 최매最魅의 신발(two goodiest shoeshoes): Goody Two-Dhoes(아마도 O. Goldsmith에 의한 아이들

의 이야기).

10) 화중묘靴中猫 양반(possumbotts): 팬터마임인 〈구두 속의 고양이〉(Puss in Boots).

11) 원사십금일遠四十今日, 공사십금야恐四十今夜(Afartodays, afeartonights): 〈창세기〉 7: 17: 40일 낮과 40일 밤(forty days & forty nights)(대홍수)(the Flood).

12) 찔레 열매(hucks and haws): hips and haws: 찔레 꽃 열매.

13) 월귤나무 히히 급주急走했을(berrying afte hucks): (1)Huckleberry(Finn) (2)hurrying.

14) 단그리벤(Danegreven): Duneriffan: Howth 언덕의 돌출 곶.

15) 길리간과 훌리간(Gilligan and Halligan): Gilligan: Gill: HCE의 비방자에게 이따금 주어지는 이름, 예 캐드: Halligan ?

16) 이리(Olobobo): (Sp) lobo: wolf.

17) 호농민狐農民들(foxy theagues): (1)팬터마임: 〈알리 바바와 40도적들〉(Ali Baba & the Forty Thieves) (2)Teague: 아일랜드 농민의 별명.

18) 흑가면자黑假面者들(moskors…ball): 노래 가사의 패러디: 가면무도회(The Masked Ball).

19) 나울 촌(the Naul): Naul: 더블린 군의 마을.

20) 수렵견담당자狩獵犬擔當者 및 존경하올 포인터사師(Honourable Whip and the Reverend Poynter): whip: 여우사냥 협회 부장副長(assists Master of Fox Hounds). Poynter?

21) 볼리헌터스 촌村(Ballyhuntus): Ballyhauntis: Mayo 군의 도회.

22) 패게츠(Pagets): Tallyhaugh의 여인, 〈율리시스〉의 Mrs Paget(그녀는 Ballsbridge의 구빈 바자로 향하는 총독을 대동한다)(U 207).

23) 도드미 꽉 끼는 승마습모乘馬襲帽(riddletight raiding hats): 팬터마임: 〈붉은 승마 두건(후드)〉(Little Red Riding Hood).

24) 건승축배健勝祝杯를 들었도다(lift a hereshealth): 노래 가사의 인유: 여기 폐하에게 건배(Here's Heath unto His Majesty).

25) 히스타운, 하버스타운, 스노우타운, 포 녹스, 프레밍타운, 보딩타운(Healthtown, Harbourstown, Snowtown, Four Kbocks, Flemingtown, Bodingtown): 더블린 주, Naul 근처, 상부 Upper의 남작령의 도회들. Snowton: Naul로부터 Delvin강을 가로지른 성 이름.

26) 델빈 강상江上의 핀항港(the Ford f Fyne on Delvin): Naul 근처 Delvin 강상의 Finn 여울.

27) 플라토닉 화식원華飾園(Platonic garlens): 더블린의 Glasnevin 공동묘지에 인접한 식물원(블룸은 그에 접근하면서 식물원〔Botanic Garden〕을 들먹인다)(U 88).

(623)

1) 각저자角笛者의(c) 각角은(that horner corner): 자장가의 패러디: 꼬마 잭 각자角者, 모퉁이에 앉아 있었대요(Little Jack Horner, Sat in the corner).

2) 투덜대는 잡담!(old mutther goosip!): 팬터마임의 변형: 입센의 〈어미 거위〉(Mother Goose) 의 인유.

3) 돌출갑突出岬(promnentory): 호우드 동단에 위치란 곳.

4) 그의 문은 언제나 열린 채(His door always open): 호우드 성문은 Grace O'Malley가 출입이 거절된 이래 전통적으로 열려 있었다. 이 이야기는 앞서 〈경야〉의 Prankquean과 Jarl van Hoother 삽화와 혼성되고 있다(21—22 참조).

5) 신기원의 날을 위해(For a newera's day): 새해 첫날(New Year's Day).

6) 흰 모자를 벗는 걸(새 take off your white hat): 무어 및 Burgess(IRA의 지도자들)의 구절: 저 흰 모자

를 벗을지라!(Take off that white hat!).

7) 안녕 호우드우드, 이스머스 각하!(say hoothoothoo, ithmuthisthy!): (1)how d'yo do, his majesty? (2)호우드, Isthums(호우드와 본토를 연결하는 Sutton 분지).

8) 최은最恩의 예의(my graciast kertssey): Grace O'Malley: 엘리자베스 I세 때의 아일랜드 여 해적, 〈율리시스〉, 〈키클롭스케〉장에 그녀의 애란 명 Granuaile가 기록되고 있다: 그라뉴에일의 아들들, 캐슬린의 백작부인(the sons of Granuaile, the champions of Kathleen ni Houlihan)(U 270).

9) 만일 명산당明山堂이 내게 경의를 표하지 않는다면 의경意敬이 산명당山明堂에 고두叩頭를 예禮할지로다(If the Ming Tung no go…hamage kow bow tow to the Mong Rang): (1)격언의 패러디: 만일 산이 마호메트에게 오지 않으면, 마호메트가 산으로 가리라(If the mountain will not come to Mohamed, Mohamed will to the mountain). (2)kow-tow(고두)叩頭(땅에 엎드려 머리를 숙이고 경배하는 중국의 인사).

10) 아모리카(Armor): Armorica(브리타니): 호우드의 최초의 백작, Amory Tristram 경의 고향(03) (1) 봄소로마뉴 저런 체 에잇(Bomthomanew vim vam vom): (1)Bartholomew Vanhomrigh: 스위프트의 연인 바네사의 부친, 그는 윌리엄 3세에 의하여 은성 훈장(SS)의 칼라를 하사받음 (2)〈리어 왕〉 III. 4. 187의 패러디: 흐, 홍, 첫(Fie, foh, & fum).

12) 우둔표어공예품愚鈍標語工藝品들(sillymottocraft): 강의 흐름에 남는 다양한 공예품들.

13) 풍향風向은 이제 충분 그만(Aloof is anoof): 격언의 패러디: 충분은 충분(Enough is enough).

14) 경마안내(ruffs): Ruff 저 〈경마의 안내〉(Guide to the Turf).

15) 불가사노세주不可死老衰主와 함께! 휘넘족族 흠흠 마인馬人!(With her strullde—burgghers! Hnmn hnmn!): (1)Struldbrugs: 〈걸리버 여행기〉에서 죽음이 불가능한 노쇠한 남자들 (2)Houyhnhnms: 휘넘 족: 〈걸리버 여행기〉 중의 인간의 이성을 갖춘 말.

16) 암활岩滑의 우뢰도雨雷道(The rollcky road adondering): 노래의 인유: 더블린까지 돌 많은 길(The Rocky Road to Dublin)(〈율리시스〉 제2장 참조).

17) 드럼렉 곶(岬)(Drumleek): Drumleck: 호우드 갑의 남쪽 곶.

18) 에보라(Evora): Tristram Amory가 호우드에 상륙했을 때, 그는 Bridge of Evora에서 덴마크 인들과 싸웠는지라, 이 다리는 작은 강을 횡단하고, Broady Stream이라 불림.

19) 다운즈 계곡 너머로(Over Glinaduna): Wicklow 군의 골짝 Downs 계곡.

20) 루나(Lonu): Hjalmar: 입센의 연극 〈야생의 오리〉(The Wild Duck)에 나오는 Lona the Konkubine.

21) 우리들 자신, 오영혼吾靈魂 홀로(Ourselves, oursouls alone): Sinn Fe'in의 스로건의 패러디: Ourselevs, Ourselves Alone.

22) 호두 알 지식의 단편(scrips of nutsnolleges): (1)Nut: 이집트의 하늘 여신 (2)Nuts of knowledge(지식의 호두): Finn이 잡은 Salmon에 의해 먹힌 것. Finn은 이름과 엄지손가락으로 지느러미 족속과 연결된다. Fintan(홍수에 살아남은 유일한 애란 인)로서, 그는 연어(salmon)이다. 그는 신비의 연어를 엄지손가락으로 터치함으로써, 지식의 엄지손가락을 얻는다.

23) 안을 갖고(hath a an): Ann Hathaway, 및 Anna Livia.

24) 보스주州, 마스톤시(Maston, Boss): Mass. Boston의 역철逆綴. Boston Transcript 지.

(624)

1) 파도가 그대를 포기할 때는(When the waves give up yours): 〈일반 기도서〉(Book of Common Prayer)의 문구: 바다의 매장: 바다가 그녀의 죽은 자를 포기할 때(Burial at Sea: when the sea shall give up her dead).

2) 적방향타赤方向舵(ruddery dunner): Roderick O'Connor: 아일랜드 최후의 고왕, 그의 가계도(계통수

系統樹)는적지赤枝(the red branch) 및 갈지褐枝(the brown branch)의 두 계통을 가진다.

3) 야웅(pippup): 자장가의 인유: 꼬마 야웅(Little Bo Peep).

4) 조브와 동료들(Jove and the peers talk): 팬터마임의 변형: 〈잭과 콩 줄기〉(Jack and Beanstalk).

5) 근엄단독성謹嚴單獨性…대들보여! 정상頂上을 사다리로 오를 지라! 당신은 이제 더 이상 현기증이 나지 않을 지니(the soleness…bigmaster! Scale the summit! You're not so giddy any more): (1)입센 작의 〈동양棟梁 솔레스〉(Bygmester Solness)에서 건축 설계업자는 그가 세운 탑을 현기증이 두려워, 기어오르는 것을 멈추지만(05), 연극 종말에서 다시 기어오르다 떨어져 죽는다 (2)The Summit는 벤(Benn: 꼭대기) 벤 호우드.

6) 덜렁(등 혹)(Humps): 자장가: 땅딸보(Humpty Dumpty). hump: 등 혹.

7) 투명한 변방邊方 위에 나는 자신의 가정을 꾸렸도다(On limpidy marge I've made me hoon): 노래 가사의 인유: 나는 트리니티 성당에서 나의 운명을 만났도다(At Trinity Church I Met Mt Doom)(전출).

8) 견율堅栗(tufnut!): (1)딱딱한 너도 밤 (2)Tefnut: 이집트의 여신.

9) 무한죄無限罪(sinfintins): (1)호우드의 성 Fintan's 성당(유적) (2)(I) Sinn Fe'in: We Ourselves.

10) 베일리 등대 꼬마 순경(bailby pleasemarm): (1)Bailey 등대, 호우드 (2)〈율리시스〉 제12장, 혁명적 처형 장면(병치, interpolation)에 등장하는 아가 경관(baby policeman)(U 253).

11) 축복 받는 방패防牌 마틴!(Blessed shield Martin!): Sheilmartib: 호우드 언덕의 한 정점 (2)성 마틴.

12) 콜루니(kolooney): Collooney: Sligo 군의 마을 이름 (2)Killarney 군.

13) 한 잔의 마라스키노 주酒(a spot of marashy): 양생 버찌로 만든 술.

14) 작금昨今 에스터 산産(Yesthers late Yhesters): 스위프트의 연인들인 에스터(Esthers) 자매, 즉 스텔라와 바네사의 암시.

15) 호우드 구비丘鼻(호우드's nose): Nose of Howth: 호우드 언덕의 북동부 끝.

16) 위대노살탈자偉大老殺奪者!(Astale of astun): Grand Old Man: Gladstone.

17) 나는 샘플 더미에서 거의 떨어질 뻔 했도다(I near fell off the pile of samples): 노르웨이 선장의 딸은 선화에 답하기 위해 쌓은 샘플 더미 위에 서야만 했다.

18) 당신의 손가락이 내가 듣도록 팅 이명耳鳴하게 하듯이(your tinger winged ting to me hear): 어떤 고대의 신학자들은 마리아가 그녀의 귀를 통하여 임신했다고 주장했다.

19) 브래이(Bray): Wicklow 군의 마을.

20) 브로스탤 교도소(Brostal): Botstal(Bristol)에 있는 교도소(감화원).

(625)

1) 마리네 쉐리(Marienne Sherry): (1)(F) Marianne Cherie: 프랑스 공화국의 의인화 (2)〈율리시스〉의 Marion Bloom(몰리)일 수도.

2) 독일 친사촌(Jermyn cousin): (1)cousin-german: 친사촌 (2)Jermyn: German?

3) 여행용 백(Clarksome bag): Gladstone bag: (가운데서 양쪽으로 열게 된)여행용 가방 (2)Clarkson: 런던 가발 제조업자.

4) 파라오 왕(Pharaops): Pharaoh: 고대 이집트의 왕.

5) 요정족妖精族(Aeships): (I) Aos-sidhe : 요정 족(fairy folk).

6) 누가 헤어지랴(Quid Superabit): (1)성 패트릭의 훈장(Order)의 모토: 누가 헤어지랴(Who Shall Separate?) (2)(L) quid speraqbit: What shall surpass?

7) 허곡촌虛谷村 중의 허별장虛別莊(villities valleties): 〈전도서〉 1:2의 패러디: 허영의 허영(vanity of

vanities)(전출).

8) 애진옥愛盡屋(Spendlove's): Spendlove 부인: 더블린의 창녀, 에드워드 7세를 애도했다.

9) 크라피 점(Claffey's): Pat Claffey: 전당포업자 또는 그의 딸(〈율리시스〉, 블룸의 독백 참조)(U 127).

10) 볼사리노 모帽(barsalooner): (1)조이스가 썼던 Borsalino 모 (2)바 살롱(bar saloon).

11) 코날 오다니엘(Conal O'Daniel): Daniel O'Connell (2)Conal: 9인질들의 고왕 Niall의 아들

12) 핀갈(Fingal): 더블린의 지역 명.

13) 진행 중의…작품(work in progress): 〈진행 중의 경야〉에 조이스 자신이 부친 이름.

14) 당신은 엄지손가락만큼 노래하며…해현鮭賢의 설교를 행하리라(you'll sing thumb…your selmon on it): Finn은 지신이 연어를 요리하는 동안 엄지를 태웠는지라, 고통을 덜기 위해 그것을 빠는 동안 지혜를 득했다. 어떤 설명에서, 그는 잇따라 큰 결정이 요구될 때 엄지를 빨았다 한다.

15) 홍? 단지 잔디일 뿐(Only turf): ALP는 갑자기 잔디(토탄) 냄새를 맡는 듯.

16) 크래인의 잔디 향香(Clane turf): Clane은 Kildare 군의 마을로 Clongowes Wood College 소재지요, 잔디(토탄)는 그곳 시골과 연관된다.

17) 타프 잔디의 탄 솜(綿)(batt on tarf): Butt and Taff: TV 극의 희극 배우들. 바트(숀), 타프(셈).

18) 브라이언 보루 굴窟의(broin burroow): 호우드 언덕의 Brian Boru 굴窟?

19) 다방多房 버섯들이오(the muchrooms): 〈율리시스〉 제8장에서 블룸의 의식: 커원의 버섯 집들(Kerwan's mushroom houses)(U 135). 더블린의 건축자인 Michael Kerwan은 피닉스 공원 동쪽에 날림 건물을 지어 물의를 일으킴(전출).

20) 애브라나(Eblana): 더블린의 별명.

21) 만일 내가 일이 분 동안 숨을 죽인다면(If I lose breath for a minute or two): 〈더블린 연감〉에 의하면, 1452년 리피 강은 2분 동안 완전히 고갈되었다.

22) 눈물을 숨기기 위하여(To hide away the tear): 〈율리시스〉 11장 순교자들을 위해 눈물을 훔치는 거다(To wipe away a tear for maytyre). (U 234)

23) 그들을 투기投棄한 용자勇者. 착의미녀着衣美女(The brave that gave their. The fair that wore): Dryden 작 〈알렉산더의 향연〉(Alexander's Feast): 용자 이외 아무도 미녀를 갖지 못한다(None but the brave deserves the fair).

24) 혼도婚都(웨딩타운), 론더브의 시장민市長民을 송頌할지라!(weddingtown, laud men of Londub!): (1) Dick Whittington(판터마임) 다시 돌아오라, 위팅턴이여, 런던의 시장 각하(Turn again Whittington, Lord Mayor of London) (2)Londub: London + Dublin.

(626)

1) 표석강漂石强의 대조수자大潮水者(bowldstrong bigtider): (1)Bow Bells(런던의 St Mary 성당의 종)는 위팅턴을 다시 돌아오라고 말했다(Bow Bells told Whittington to turn again) (2)Styrongbow: 아일랜드의 앵글로-노먼 침입자.

2) 천계현현절天啓顯現節의 밤이듯(Apophanypes): (1)〈더블린 연대기〉(1839)에 의하면, 정월 6일(Epiphany) 밤에 무서운 폭풍이 더블린을 찾아왔다 한다 (2)Apocalypse(묵시록).

3) 섬(島), 다리(橋)(island, bridge): Islandbridge: 리피 강과 더블린 만의 조류가 마주치는 곳.

4) 색스빌 가도(Shackville Strutt): (1)O'Connell가의 옛 이름 (2)Oliver Gogarty(〈율리시스〉의 벅 멀리건의 모델)의 저서의 타이틀이기도: 〈내가 색빌 가를 걸어내려 가고 있었을 때〉(As I Was Going Down Sackville Street). (이 책 속에 조이스와의 관계가 많이 기록된다).

5) 휘파람 부는 자들의 왕(a king of whistlers): 스위프트 말의 인유: 게으름뱅이의 왕자(prince of triflers).

6) 시이울라!(Scieoula!) 미상.

7) 빅로우(Vikloefells): 리피 강이 발원하는 Wicklow 언덕.

8) 봉인애탐인封印愛探人(sealskers): Selskar Gunn: Michael Gunn(Gaiety 극장 지배인)의 아들.

9) 나는 떠나기를 동경했나니(I longed to go to): 〈율리시스〉, 〈세이렌〉 장에서 블룸의 독백 글귀의 인유: 너무 늦었어. 그녀는 몹시 가고 싶었다. 그것이 이유인 거다. 여인. 바다를 쉽사리 멈추게 하듯(Too late. She longed to go. That's why. Woman. As easy stop the sea)(U 224)

10) 바켄틴 세대박이 범선帆船(bark and tan): Black and Tans: 왕립 아일랜드 경찰청 근무를 위한 영국 지원자들(1920—1).

11) 나는 얼어붙었나니(I'd frozen up): 〈더블린 연감〉에 의하면, 리피 강은 1338—1739년에 얼어붙었다 한다.

12) 콜세고스(Corsergoth): (골의)Gallic 추장.

13) 공침자恐侵者(Thorror): 아일랜드의 바이킹 침공자.

14) 당신이 내게 나의 마음의 열쇠를 어떻게 주겠는지를(how you' give me the keys of my heart): 노래 가사의 인유: 나는 그대에게 하늘의 열쇠를 주리라(I will Give You the Keys to Heaven).

15) 사주死洲가 아별我別할 때까지(till delth to uspart): 결혼의 의식 문구: 죽음이 우리를 갈라놓을 때까지(till death do us part).

16) 구정상久頂上(linn): Black Linn: 호우드 언덕의 최고 정점.

(627)

1) 히말리아야의 환환상完幻像(Imlamava): (1)〈성서〉, 〈역대하〉(II Chron) 18:7—8에서 Imla는 fullness(충만, 충실)의 뜻 (2)(Skt) ma'ya': 환상(illusion) (3)히말라야 산

2) 최후부습最後部에…꽁지에 마도전魔挑戰濕하면서 hindmoist. Diveltaking on me tail): 속담의 변형: 뒤진 자 귀신이 잡아 간다(let the devil take the hindermost).

3) 살타렐리(Saltarella): (1)Cinderella(팬터마임) (2)Saltarello: 무도(빠른 스텝으로 한 두 사람이 함께 추는 이탈리아의 춤).

4) 만일 내가 가면 모든 것이 가는 걸(if I go all goes): Boccaccio 왈: 단테가 교황에 대한 대사역大使役을 수락하도록 요청받았을 때, 그는 답하기를: 만일 내가 가면, 누가 남으리오, 만일 내가 머물면, 누가 가리오(If I go, who remains? If I remain, who goes?) 에이츠는 조이스에게 아일랜드 문학원(the Academy of Irish Letters)에 합세하도고 요청하면서, 이 말을 인용했다. 조이스는 이 요구를 거절했다.

5) 일백 가지 고통, 십분 지일의 노고 그리고 나를 이해할 한 사람(A hundred cares, a tithe of troubles and is there one): 100+10+1=111.

6) 일천년야一千年夜의 하나?(One in a thousand of years of the nights?): 〈1001 야화: 아라비안나이트의 향연〉(1001 Nights: Arabian Entertainments).

7) 고상한 마차…당신은 한 시골뜨기(호박)일 뿐이나니(the noblest of carriage…a bumpkin): 신데렐라의 마차가 한밤중에 한 개의 호박으로 되 바뀌었다.

8) 전신全新(알라루비아)의 복미인複美人(플추라벨)(allaniuvia pulchrabelled): Anna Livia Plurabelle.

9) 아미지아(Amazia): (1)아마존 강 (2)Amazons(희랍 신화)(아마존(흑해 근방의 땅으로, Scythia에 살았다는 용맹한 여인족의 한 사람)은 보다 잘 싸우고 쏘기 위해 한쪽 가슴을 마비시켰다.

10) 니루나여(Niluna): Nile강.

11) 황하黃河여!(Ho hang!): 황하黃河(중국의).

1) 수마일 및 기마일(the moyles and moyles): (1)miles and miles (2)Moyle: 아일랜드와 스코틀랜드 사이의 바다.

2) 해침니 염멀미나게(seasilt saltsick): Mananaan MacLir: 아일랜드 전설의 해신(〈율리시스〉, 〈스킬라와 카립디스〉에서 스티븐은 〈리어 왕〉(King Lear)의 이야기가 나오자, MacLir(동음이의)를 생각한다: 너의 파도 글고 너의 해수를 가지고 그들 위를 덮어 흘러라 / 마나난, 마나난 맥크리어(Flow over them with your waves and with your waters, Mananaan MacLir). (U 155)

3) 삼중공의 갈퀴 창(therrble prong): treble: Naptune의 새 갈퀴 창(trident).

4) 더 순간(moremens): (I) Muir Meann: 맑은 바다(Limpid Sea): 아일랜드 해.

5) 안녕아브리비아): (1)아나 Livia (2)(L) avw et vale: hail & farewell (3)(F) l'aval: 하류 방향.

6) 하얗게 편 날개 아래로 그가 방주천사 출산이듯이(Under whitespread nwings like he'd come from Arkangels): (1)노아는 육지를 발견하기 위해 새들을 날려 보낸다 (2)〈마태복음〉1:20: 주님의 천사(angel of the Lord)(성수태고지)(Annunciation).

7) 겸허하게 벙어리 되게(humbly dumbly): 자장가의 인유: 땅딸보(Humpty Dumpty).

8) 각세하기 위해(세 washup): (1)〈누가복음〉 7:38: 마리아 마그달린은 그리스도를 세족洗足한다(Mary Magdalen washes Christ's feet) (2)wake up(부활).

9) 기억수할지라!(mememormee): (remember me)(HCE에게 하는 아나의 최후 이별사). 이 말은 앞서 비코류의 육화(incarnation)에서, 부왕 햄릿처럼, 새벽이 이울자, 그의 아들에게 언급했던, HCE 자신의 같은 말의 통쾌한 메아리이다: 안녕, 안녕, 안녕, 나를 기억할지라(Adieu, adieu, adieu. Remember me!(I. v. 91).

10) 들을지니. 열쇠. 주어진 채! 한 길 열쇠(Lips. The key to. Given! A way): (1)노래 가사의 인유: 나는 그대에게 천국의 열쇠를 주리라(I Will Give You the Keys to Heaven) (2)Lps: List(햄릿 부왕의 당부) + Lips (3)The keys to. Given!: 회귀의 여명에 그리고 재기의 순간에 입술을 받고 주며(아마도 Bussoftlhee), 이 최후의 구절은 셰익스피어의 〈〈앙갚음〉(Measur e For Measure)에서 Mariana의 노래와 비교 된다: 가져가라, 아 저 달콤했던 입술을, / 거짓 맹세한 저 입술을. / 가져가라, 그 눈도, / 아침의 햇빛 같았던 그 눈도. / 그러나 되돌려 다고, 내 키스를(김재남 498)(Take, O take those lips away, / That so sweetly were forsworn, / And those eyes, the break of day, / Lights that do mislead the morn…)(IV. I. 1—5).

조이스 연보

· 1882년2월2일, 아일랜드 수도 더블린에서 경제적으로 넉넉지 못한 수세리(收稅吏) 존 스태니슬라우스 조이스(John Stanislaus Joyce)와 메리 제인 조이스(Mary Jane Joyce) 사이에서 장남으로 태어남.

· 1888년 9월, 한 예수회의 기숙사제 학교인 클론고우즈 우드 칼리지(Clongowes Wood College) 초등학교에 입학, 1891년 6월까지(휴가를 제외하고) 그곳에 적(籍)을 둠.

· 1891년, 이 해는 조이스 생애에 있어서 가장 중요한 한 해였음. 6월, 경제적 어려움 때문에 존 조이스는 제임스를 클론고우즈 우드 칼리지 초등학교에서 퇴교시킴. 10월 6일, 파넬(Parnell)의 죽음은 아홉 살 난 소년에게 큰 충격을 주어, 파넬의 '배신자'를 규탄하는 〈힐리여, 너마저(Et Tu, Healy)〉란 시를 쓰게 함. 존 조이스는 이 시에 크게 만족하여 그것을 인쇄하게 했으나 현재는 단 한 부部도 남아 있지 않음. 뒤에 〈젊은 예술가의 초상〉에 서술된 바와 같이 그의 격렬한 기분으로 조이스 가家의 크리스마스 만찬을 망쳐 버린 것도 이 해임.

· 1893년 4월, 역시 예수회 학교인 벨비디어 칼리지(Belvedere College) 중학교에 입학, 1898년까지 그곳에 적을 두었는데, 우수한 성적을 기록함.

· 1898년, 카디널 뉴먼(Cardinal Newman)이 설립한 예수 회 학교인 더블린의 유니버시티 칼리지(University College)에 진학, 이때부터 기독교 및 편협한 애국심에 대한 그의 반항심이 움트기 시작함.

· 1899년 5월, 예이츠 작作 〈캐슬린 백작부인〉을 공격하는 동료 학생들의 항의문에 서명하기를 거부함.

· 1900년, 문학적 활동의 해. 1월에 문학 및 역사학 학회에서 '연극과 인생(Drama and Life)'에 관한 논문을 발표함(《스티븐 히어로〔Stephen Hero〕》 참조). 4월에 〈입센의 신극(Ibsen's New Drama)〉이라는 논문이 저명한 《포트나이틀리 리뷰(Fortnightly Review)》지에 게재됨.

· 1901년, 이 해 말에 아일랜드 극장의 지방성을 공격하는 수필 〈소요의 날(The Day of Rabblement)〉을 발표함(본래 대학 잡지에 게재할 의도였으나, 예수회의 지도교수에 의하여 거절당함).

· 1902년 2월, 아일랜드 시인인 제임스 클라렌스 맨건(James Clarence Mangan)에 관한 논문을 발표, 맨건이 편협한 민족주의의 제물이었음을 주장함. 이어 10월에 학위를 받고 파리에서 의학을 공부하기로 결심함. 늦가을, 더블린을 떠나 런던의 예이츠를 방문하고, 그의 작품 판로販路의 가능성을 살피기 위해 얼마간 그곳에 머무름.

· 1903년, 파리에서 이내 의학에 대한 흥미를 잃고 잇따라 더블린의 일간지에 서평을 쓰기 시

작함. 4월 10일, "모(母) 위독 귀가 부(父)"라는 전보를 받고 더블린으로 돌아옴. 그의 어머니는 이 해 8월13일에 세상을 떠남.

· 1904년, 이 해 초에 〈예술가의 초상〉(A Portrait of the Artist)이라 불리는 단편을 시작으로 자서전적 소설 집필에 착수함. 이는 나중에 〈스티븐 히어로〉로 발전하고 이를 다시 개작한 것이 〈젊은 예술가의 초상〉임. 어머니 메리 제인의 사망 후로 조이스 가의 처지는 악화되었으며, 조이스는 가족과 점차 멀어지기 시작함. 3월에 달키(Dalkey)의 한 초등학교 교사로 취직, 6월말까지 그곳에 머무름. 이 해 6월 10일, 조이스는 노라 바너클(Nora Barnacle)을 만나 이내 사랑에 빠짐. 그는 결혼을 하나의 관습으로 보고 반대함으로써 더블린에서 노라와 같이 살 수 없게 되자, 유럽으로 떠나기로 작정함. 10월8일, 노라와 더블린을 떠나 런던과 취리히를 거쳐 폴라(유고슬라비아 령)에 도착한 뒤, 그곳 베를리쯔 학교에서 영어를 가르치기 시작함.

· 1905년 3월, 트리에스트로 이주, 7월27일 그곳에서 아들 조지오(Giorgio)가 탄생함. 3개월 뒤 동생인 스태니슬라우스가 트리에스트에서 그와 합세함. 이 해 말, 《더블린 사람들》의 원고를 한 출판업자에게 양도했으나, 10여 년의 다툼 끝에 1914년에야 비로소 출판됨.

· 1906년 7월, 로마로 이주, 이듬해 3월까지 그곳 은행에서 일함. 그 후 다시 트리에스트로 돌아와 계속 영어를 가르침.

· 1907년 5월, 런던의 한 출판업자가 그의 시집 〈실내악〉(Chamber Music)을 출판함. 7월 28일, 딸 루시아 안나(Lucia Anna)가 태어남.

· 1908년 9월, 〈영웅 스티븐〉을 개작하기 시작, 이듬해까지 이 작업을 계속함. 그러나 3장(章)을 끝마친 뒤 잠시 작업을 중단함.

· 1909년 8월, 방문차 아일랜드로 건너감. 다음날 트리에스트로 되돌아왔다가 경제적 지원을 얻어 더블린으로 돌아가 그곳에서 한 극장을 개관함.

· 1910년 1월, 트리에스트로 되돌아옴으로써 극장 사업의 모험은 이내 무너짐. 더블린을 처음 방문했을 때, 조이스는 뒤에 그의 희곡 〈망명자들〉의 소재로 삼은 감정적 위기를 경험함.

· 1912년, 몇 해 동안 〈더블린 사람들〉에 대한 시비가 조이스에게 하나의 강박관념이 됨. 마침내 7월, 마지막으로 더블린을 방문했으나, 여전히 그 출판을 주선할 수 없었음. 조이스는 심한 비통 속에 더블린을 떠났으며, 트리에스트로 돌아오는 길에 〈분화구로부터의 가스〉(Gas from a Burner)란 격문(檄文)을 씀.

· 1913년, 이 해 말에 에즈라 파운드(Ezra Pound)와 교신(交信)하기 시작함. 그의 행운이 움트고 있었음.

· 1914년, 이른바 조이스의 '기적의 해(annus mirabilis)'로, 2월에 〈젊은 예술가의 초상〉이 《에고이스트(Egoist)》지에 연재되기 시작, 이듬해 9월까지 계속됨. 6월, 《더블린 사람들》이

출판됨. 5월에 〈율리시스(Ulysses)〉를 기초起草하기 시작했으나, 〈망명자들〉을 쓰기 위해 이내 중단함.

· 1915년 1월, 전쟁에도 불구하고 중립국인 스위스의 입국이 허용됨. 이 해 봄에 〈망명자들〉이 완성됨.

· 1916년12월29일, 《젊은 예술가의 초상》이 출판됨.

· 1917년, 이 해 최초로 눈 수술을 받음. 이 해 말까지 〈율리시스〉의 새 에피소드 초고를 끝마침. 이 소설의 구조는 이때 이미 거의 틀이 잡혀 있었음.

· 1918년 3월, 《리틀 리뷰(Little Review)》지(뉴욕)에 〈율리시스〉를 연재하기 시작함. 5월 25일, 《망명자들》이 출판됨.

· 1919년 10월, 트리에스트로 귀환, 그곳에서 영어를 가르치며 〈율리시스〉를 다시 쓰기 시작함.

· 1920년 7월 초순, 에즈라 파운드의 주장으로 파리로 이주함. 10월, '죄악금지회(The Society for the Suppression of Vice)'의 고소로 《리틀 리뷰》지의 〈율리시스〉 연재가 중단됨. 제14장인 '태양신의 황소들(Oxen of the Sun)'의 초두가 그 마지막이었음.

· 1921년 2월, 〈율리시스〉의 마지막 남은 에피소드를 완성하고 작품 교정에 몰두함.

· 1922년, 조이스의 40번째 생일인 2월2일에 《율리시스》가 출판됨.

· 1923년3월10일, 〈피네간의 경야(經夜)〉 첫 부분 몇 페이지를 씀(1939년에 출판될 때까지 〈진행 중의 작품〔Work in Progress〕〉로 알려짐). 그는 수년 동안 이 새로운 작품에 대하여 활발한 계획을 세우고 있었음.

· 1924년, 《피네간의 경야》의 단편 몇 개가 4월에 처음 출판됨. 이후 15년 동안 조이스는 《피네간의 경야》의 대부분을 예비 판으로 출판할 계획이었음.

· 1927년, 이 해 4월과 1929년 11월 사이에 《피네간의 경야》 제1부와 제3부 초본(初本)을 실험잡지인 《트랑지숑(Transition)》지에 게재함.

· 1928년10월20일, 《아나 리비아 플루라벨(Anna Livia Plurabelle)》이 출판됨. 이후 10년 동안 《진행 중의 작품》의 여러 단편들이 출판됨.

· 1931년 5월, 아내와 함께 런던을 여행함. 12월29일, 아버지가 사망함.

· 1932년2월15일, 손자 스티븐 조이스가 탄생함. 이 사실은 조이스를 깊이 감동시켰으며, 이때 〈보라, 저 아이를(Ecce Puer)〉이라는 시를 씀. 3월에 딸 루시아가 정신분열증으로 고통을 받았음. 그녀는 이후 회복되지 못한 채 조이스의 여생을 암담하게 만들었음.

- 1933년, 이 해 말에 미국의 한 법원은 《율리시스》가 외설물이 아님을 판결함. 이 유명한 판결은 이듬해 2월, 이 작품에 대한 최초의 미국판 출판을 가능하게 함(최초의 영국판은 1936년에 출판됨).

- 1934년 이 해의 대부분을 스위스에서 보냄. 따라서 그는 딸 루시아 곁에 있을 수 있었음(그녀는 취리히 근처의 한 요양원에 수용됨). 1930년 이래 그의 고질적 눈병을 돌보았던 취리히의 의사와 상담함.

- 1935년, 수년 동안 집필해 오던 《피네간의 경야》를 완성하기 위해 노력함.

- 1938년, 프랑스, 스위스 그리고 덴마크의 잦은 여행으로 더 이상 파리에서 거주할 수 없게 됨.

- 1939년, 《피네간의 경야》가 5월4일에 출판되었고, 조이스는 이 책을 57세의 생일(2월2일) 선물로 미리 받음.

- 1940년, 프랑스가 함락된 뒤 조이스 가는 취리히에 거주함.

- 1941년1월13일, 장궤양으로 복부 수술을 받은 후 취리히에서 사망함.

참고문헌

· 어서톤(Artherton, James S), 〈경야의 책〉(The Books at the Wake)(런던, 패이버 앤드 패이버, 1959, 증쇄 1974)

· 벤스톡(Benstock, Bernard), 〈조이스–재차의 경야〉(Joyce–Again's Wake)(시애틀 및 런던 워싱턴 대학 출판, 1965)

· 비숍(Bishop, John), 〈조이스의 어둠의 책〉(Joyce's Book of the Dark)(매디슨 위스콘신 대학 출판, 1989)

· 버저스(Burgess, Anthony), 〈만인 도래(메인 도래)〉(Here Comes Everybody)(런던 패이버 앤드 패이버, 1965)

· 코놀리(Connolly Thomas E. 편), 〈제임스 조이스의 잡기雜記〉(James Joyce's Scribbledehobble, The Ur–Workbook for 'Finnegans Wake')(에반스톤 노드웨스턴 대학 출판, 1961)

· 코프(Cope, Jackson I.), 〈조이스의 시市들 영혼의 고고학〉(Joyce's Cities Archaeology of the Soul)(볼티모어 및 런던 존스 홉킨스 대학 출판, 1981)

· 에코(Echo, Umberto), 〈제임스 조이스의 중년 혼질서의 심미론〉(The Middle Ages of James Joyce The Aesthetics of Chaosmos)(E. 에스록 역)(런던 허친슨 라디어스, 1989)

· 엘먼(Ellmann Richard), 〈제임스 조이스〉(James Joyce)(뉴욕 옥스퍼드 대학 출판, 1959)

· 글라쉰(Glasheen, Adaline), 〈피네간의 경야의 세 번째 통계조사 인물과 역할의 색인〉(Third Census of 'Finnegans Wake' An Index of Characters and their Roles)(버클리, 로스앤젤레스 및 런던 캘리포니아 대학 출판, 1977)

· 하트(Hart, Clive), 〈피네간의 경야의 구조와 주제〉(Structure and Motif in 'Finnegans Wake')(런던 패이버 앤드 패이버), 1962)

· 〈피네간의 경야의 용어 색인〉(A Concordance of Finnegans Wake)(미네아폴리스 미네소타 대학 출판, 1963)

· 해이먼(Hayman, David), 〈전환의 경야〉(The 'Wake' in Transit)(이타카 및 런던 코넬 대학 출판, 1990)

· 〈피네간의 경야의 첫 초고본〉(A First–Draft Version of Finnegans Wake)(오스틴 텍사스 대학 출판, 1963)

· 히긴슨(Higginson, Fred, 편), 〈아나 리비아 플루라벨 한 장의 제작〉(Anna Livia Plurabelle The Making of a Chapter)(미네아폴리스 미네소타 대학 출판, 1960)

· 레노트(Lernout, Geert, 편), 〈유럽의 조이스 연구 II, 피네간의 경야 50년〉(European Joyce Studies II. 'Finnegans Wake' Fifty Years)(암스테르담 및 애틀랜타 로도피, 1990)

· 맥휴(McHugh, Roland),〈피네간의 경야의 기호〉(The Sigla of 'Finnegans Wake')(런던 에드워드 아놀드, 1976)

· 〈경야〉 주석(Annotations to Finnegans Wake)(볼티모어 및 런던 존스 홉킨스 대학 출판, 1980)

· 노리스(Norris, Margot), 〈피네간의 경야의 탈 중심의 우주 구조주의자의 분석〉(The Decentered Universe of 'Finnegans Wake' A Structuralist Analysis)(볼티모어 및 런던 존스 홉킨스 대학 출판, 1976)

· 로스(Rose, Danis, 편)〈제임스 조이스의 〈색인 원고〉 〈경야〉 자필 문서 작업본 V. I. B. 46〉(James Joyce's 'The Index Manuscript Finnegans Wake Holograph Workbook VI. B. 46)(콜체스터 Wake Newslitter 출판, 1978)

· 로스(Rose, Danis & John O'Hanlon). 〈피네간의 경야 이해 제임스 조이스의 걸작의 서술 안내〉(Understanding 'Finnegans Wake' A Guide to the Narrative of James Joyce's Masterpiece)(뉴욕 가랜드 출판, 1982)

· 틴덜(Tindall, William) 〈피네간의 경야 안내〉(A Guide to Finnegans Wake)(뉴욕 눈대이 출판, 1959)

· 버린(Verene, Donald Philip, 편), 〈비코와 조이스〉(Vico and Joyce)(알바니 뉴욕 주립 대학 출판, 1987)

· 또한 참조 〈제임스 조이스 기록문서〉(The James Joyce Archive) 편 마이클 그로던, 한스 월터 가블러, 대이비드 해이먼, A. 월톤 리츠 및 오한론과 함께, 대니스 로스, 63권(뉴욕 가랜드 출판, 1977–1979). 버펄로의 노트북을 위해, 28–43권을 참조 및 〈경야〉의 초고, 타자고, 교정쇄를 위해, 44–63권 참조

복원된 피네간의 경야

초판 1쇄 발행일 2018년 3월 30일

지음 제임스 조이스
편역 김종건
펴낸이 박영희
편집 윤석전
디자인 조은숙
마케팅 김유미
인쇄·제본 AP 프린팅
펴낸곳 도서출판 어문학사
서울특별시 도봉구 해등로357 나너울 카운티 1층
대표전화: 02-998-0094/편집부1: 02-998-2267, 편집부2: 02-998-2269
홈페이지: www.amhbook.com
트위터: @with_amhbook
페이스북: https://www.facebook.com/amhbook
블로그: 네이버 http://blog.naver.com/amhbook
다음 http://blog.daum.net/amhbook
e-mail: am@amhbook.com
등록: 2004년 7월 26일 제2009-2호

ISBN 978-89-6184-467-3 93840
정가 48,000원

이 도서의 국립중앙도서관 출판예정도서목록(CIP)은 e-CIP홈페이지(http://www.nl.go.kr/ecip)와 국가자료공동목록시스템(http://www.nl.go.kr/kolisnet)에서 이용하실 수 있습니다.
(CIP제어번호: CIP 2018007878)

※잘못 만들어진 책은 교환해 드립니다.